国家出版基金资助项目

国家社会科学基金重大招标项目

“中国诗词曲源流史”（项目编号：11ZD105）成果

国家出版基金项目
NATIONAL PUBLICATION FOUNDATION

唐五代两宋词调体式源流谱

李昌集 著

上

凤凰出版社

图书在版编目（CIP）数据

唐五代两宋词调体式源流谱 / 李昌集著. -- 南京 : 凤凰出版社，2024. 9. -- ISBN 978-7-5506-3706-1

Ⅰ. I207.23

中国国家版本馆CIP数据核字第2024YZ9166号

书　　名	唐五代两宋词调体式源流谱
著　　者	李昌集
责任编辑	单丽君
装帧设计	陈贵子
责任监制	程明娇
出版发行	凤凰出版社(原江苏古籍出版社) 发行部电话025-83223462
出版社地址	江苏省南京市中央路165号,邮编:210009
照　　排	南京凯建文化发展有限公司
印　　刷	江苏苏中印刷有限公司 江苏省泰州市经济开发区鲍徐镇,邮编:225315
开　　本	787毫米×1092毫米　1/16
印　　张	115.75
字　　数	2672千字
版　　次	2024年9月第1版
印　　次	2024年9月第1次印刷
标准书号	ISBN 978-7-5506-3706-1
定　　价	688.00元(全三册)

(本书凡印装错误可向承印厂调换,电话:0523-82099008)

目　录

敦煌写本失调名曲子辞

始词:104 调;同体异调 33 调;同源词调 25 调。总计:162 调。

二、唐五代文人始用词调

始词 114 调;同源词调 22 调,总计 136 调。

三、北宋文人始用词调

始词:380 调,同源词调 38 调。总计 418 调。

四、南宋文人始用词调

始词 218 调,同源词调 8 调。总计 226 调。

五、宋代无名氏独用词调

始词:55 调。

六、金代新生词调

七、元代文人新生词调

前言

词体构成与历史演变

唐代以后定名通称的“词”，指中国古代歌曲文化发展到唐代而产生的一种汉语声歌形态，有民间曲子和上流乐歌两脉，广泛流行的是民间歌辞。经唐五代两宋文人群体参与歌辞写作后，以文人的歌辞写作为主体，逐步建构完型为一种习称“词”的歌辞体种类，基本特征为“长短句”，成为一种与前代杂言歌辞体既相延续、又有创变的新型歌词体，此后成为文人诗歌写作的通行样式之一，代代相继。

“词”有若干词调，其“调”本指乐曲，一个词调即一个特定的曲调，每个词调音乐各有不同，相应的是每调之词为一个特定的“小文体”，文体形式各有不同：其一，短句、长句的数量和组合方式不同；其二，每个句子的平仄字声规则没有绝对限制；其三，韵位、韵数或有不同；其四，声韵体系与官方颁布的韵书标准不完全一致；其五，同调之词的文体样式既有同体亦有别体。由于每个词调的词体不同，故须“依调填词”。宋代以后，词、乐逐步分离，原生词乐日渐失传，“词调”成为一种集体确认的特定文体形式符号，文人作词乃按传统词调的文人之词而“依词填词”，由此产生了梳理归纳每调词体语文样式的词谱，所“谱”者，每个词调之词体的形式构成，包括声律、字数、韵格、句法、句型与体段。

传统词谱在明代中后期发轫，各种类型词谱有十来部，最早一部《词学筌蹄》完成于弘治七年（1494），周瑛、蒋华、徐楠编撰，共列唐五代两宋词调 176 名，词作 354 首，每首词配以平仄字声图谱[①]。该谱为手抄本，影响不大，其后影响较大的两部词谱是明代张綖《诗余图谱》和徐师曾《词体明辨》。《诗余图谱》刊刻于嘉靖十五年（1536），列五代两宋词调 150 名，词作 219 首，旁列平仄声谱，每调之词以字数多少划分为若干体，在词谱史上具有重要影响；万历二十七年（1599），谢天瑞《新镌补遗诗余图谱》增补 191 调及词作，谱例依旧。万历元年（1573），徐师曾《词体明辨》刊行，起初传播不广，万历四十七年（1619），程明善《啸余谱》刊刻问世，其中的《诗余谱》三卷即《词体明辨》的厘正校订本[②]，影响乃著。全谱共列 307 调，450 体，体例大体参照《诗余图谱》。所不

---

① 参见张仲谋《〈词学筌蹄〉考论》，《中国文化研究》2005 年第 3 期。

② 参见江合友《徐师曾〈词体明辨〉的谱式体例及其词学影响》，《江淮论坛》2008 年第 5 期。

同者，每调立一“定格”，有变者再列“第一体”“第二体”等若干别体。清万树评之曰：“旧谱之最无义理者是第一体、第二体等排次，既不论作者之先后，又不拘字数之多寡，强作雁行，若不可逾越者。而所分之体乖谬殊甚，尤不足取。”[①] 批评甚严而颇中肯綮，但该谱推举“定格”的谱例颇有影响，可谓此后《钦定词谱》“正体”“又一体”谱式的前身。

清代是词谱编撰的展开和集成期，各类词谱有二十余部，以康熙年间万树《词律》和《钦定词谱》影响最大。《词律》刊刻于康熙二十六年（1687），可谓第一部体系化的词谱，《四库全书总目》称其“析疑辨误所得为多”[②]。全谱以唐五代两宋词调为主，兼采金元词调，总计660调。词调排序以发生时代顺延，每调以早期某首词为“初体”，不列“正格”。一调以相同字数为一体，不同字数为“又一体”；全词字数相同而句数、句法、句型、韵式有所不同者亦作“又一体”，各体排序“以字少居前，以字多居后”。全谱660调，各体总计1180体，每一体出示该体年代较早的词作。谱式取消平仄字声图谱，只在词作的某些字位标注“可平”“可仄”；标点字符为“韵”“叶”“句”“豆”：词作的第一个韵句标为“韵”，此后押韵句标“叶”，无韵句标“句”。“韵”“叶”“句”皆为断句符号，“豆”则非断句符，而是句内主要语读间隔的标示。每调于第一首词说明该调的原始出处和体式特点；“又一体”诸词，则对该词声律、韵格、句法和句子的点断加以择要说明。

继《词律》之后，清廷组织编撰《钦定词谱》，康熙五十四年（1715）刊刻发行，收录词调超过《词律》，总计820调2306体。大体沿用《词律》谱式体例，有所改变者：一是将标点字符“豆”改为“读”；二是采纳《诗余图谱》《啸余谱》之例，兼出词作与平仄声谱；三是参照《词律》谱例，词调排列以该调最早作者的年代先后排序，每调注意“创始之词”和初期词作；四是改变《词律》“初体”与“又一体”的平行关系，吸收《啸余谱·诗余谱》推举“正格”的谱例，每调以始词或早期词作为“正体”，定为该调的词体范式，与“正体”不同的体式为“变体”，变体的不同词式划为若干“又一体”，每调“又一体”通常按该体最早作者的年代先后排序。《钦定词谱》的这一体例反映了一调体式演变的历史轨迹，赋予词谱考察词体演变史的意义，体现了对以往词谱的集成和进一步提升，成为古代最完备的语文形式之“词谱”，以朝廷权威和编撰者的精英地位而成词谱标范，《四库全书总目》称许为“分刌节度，穷极窈眇，倚声家可永守法程”，其影响一直至今[③]。

此后至道光年间，扬州人秦巘撰写了词调最多的词谱《词系》，收录唐五代宋辽金元词调1029名，各调“正体”“又一体”总计2200余。当时未及刊行，直到20世纪30年代为任中敏发现，转告夏承焘，引起词学界专家的重视，直至1996年方由北京师范大学出版社出版。该《谱》体例首先参照《钦定词谱》，“转移时代次序，首列宫调，次考调

① （清）万树《词律》发凡，中华书局1957年版，第14页。

② 按：《词律》有不同版本，谱式体例不尽相同，本文所据为1957年中华书局重印《四部备要》本。

③ 关于明清词谱的总体情况，参见江合友《明清词谱史》，上海古籍出版社2008年版。

名，次叙本事，次辨体裁，末附鄙见”[1]。每调以“创始之词”为首，其后体式有变者为“又一体”，每调若干“又一体”的次序，以该体最早作者年代先后确定；谱式则循《词律》以“韵”“叶”“句”“豆”为标点字符，亦无平仄图谱，注意转韵、平仄换押等韵式的标示。《词系》对《词律》乃至《钦定词谱》在词调数量、词文正误等方面有补缺匡正之功，词谱学路径则一脉相承，总体上没有突破和超越。

本撰《唐五代两宋词调体式源流谱》，以古代传统词谱为基础和参照，但本谱编撰的意图与传统词谱不同，根本目的不在提供“倚声家”填词的“法门”，而是以词谱方式呈现唐五代两宋的词体演化史，为学界研究词体形式源流史提供一部具有全面意义的基础资料。因此，本谱体例的总体框架参照《钦定词谱》为代表的传统谱式，梳理唐五代两宋词的全部作品，归纳每一个词调词体的起始和流变。每调严格以年代最早的作者之词为“始体”，其后该调的所有作品，凡与始词体式相同者归入“始词”体，不同者划为“变体”，各种“变体”的次生再变再予以归纳分类。与南宋同时的金代及继后元代词作，大多采用传统词调，新生词调极少（旧调新翻及调名变易不计），本谱梳理了金元新生词调始词与“变体”，以窥宋以后词调词体的生发和建构走向终场的历史态势。全谱总计一千余调，例词两千五百余首。按照《钦定词谱》的说法，即一千余调词体样式的两千五百多“又一体”。

本谱体例的设计，意在呈现唐五代两宋词体形式的源流与历史建构过程，故名“源流谱”。本前言则是对词体源流史的框架性阐述和关键点的说明，就此而言，本前言实可谓以《源流谱》为资料基础的“后论”。古今词谱，深层意味乃是一种词体观的展现，当代学界的词体观与明清人的词体观不尽相同，因此，对传统词谱认知展示的词体构成，既当借鉴之、汲取之，亦须反思之、走出之，故首先由此谈起。

一、本谱体例：借鉴和走出传统词谱

文体样式的“词谱”，是一种体系化的语文词体学。传统词谱体现了明清文人建立的语文形式词体学的基本框架，尤具典范意义的是《钦定词谱》，其谱式体例的核心在确定一调之“正体”和“变格”之“又一体”。

（一）《钦定词谱》解析的词体程式构架与“正体”“又一体”

《钦定词谱》（以下简称《钦谱》）解析的词体程式，是清人词体写作的具体操作要领，在学术上，则是对词体程式构架的认知总结和词体研究的方法论。

1.《钦谱》确定的词体程式构架

《钦谱》对词体程式构架的解析，每一调先作总述，每一体出示作品后再加以具体说明。如【洞仙歌】的总述：

---

① （清）秦巘编撰，邓魁英、刘永泰整理《词系》凡例，北京师范大学出版社2010年版，第1页。

洞仙歌　唐教坊曲名。此调有令词，有慢词。

令词，自八十三字至九十三字，共三十五首。康与之词名《洞仙歌令》，潘牥词名《羽仙歌》，袁易词名《洞仙词》；《宋史·乐志》名《洞中仙》，注“林钟商调”，又“歇指调”，金词注“大石调”。

慢词，自一百十八字至一百二十六字，共五首。柳永《乐章集》“嘉景”词，注“般涉调”；“乘兴闲泛兰舟”词注“仙吕调”；“佳景留心惯”词注“中吕调”。

按张綖《诗余图谱》，前段六句三韵，后段七句三韵，前后段第三句俱七字，第四句俱九字，前段结句六字，后段结句九字，此令词正体也。间有摊破、添字句、添韵者，皆从此出，谱中句读悉据之。[①]

《钦谱》对每一调的总述皆同此例，首先说明该调词体的大类，如【洞仙歌】有令词、慢词两大类；继述该调异名、音乐宫调；最后确定“正体”的标准式，对“正体”句子的摊破、增减字句、韵数的变化等，则列为“又一体”。谱例出示【洞仙歌】令词“三十五首”“慢词五首”，即令词为三十五体，慢词五体，总计归纳为四十体。具体言之，其分剖的词体形式架构为：

其一，一调之字数。若【洞仙歌】，全词字数有 12 体，令词为 82、83、84、85、86、87、88、93 字；慢词为 118、123、124、126 字，再进一步划分“正体”“又一体”，总计 40 体。

其二，句数和韵式，全词字数分体后的再分体。如 83 字的 7 个“又一体”，皆是“前段六句三韵，后段七句三韵”；84 字的 7 个“又一体”，则有三种句数和韵式：“前段六句三仄韵，后段八句三仄韵”“前后段各七句四仄韵”“前段六句三韵，后段七句三韵”。

其三，语读之句法，即一个句子的词组划分和语读节奏。若七字句的“上三下四”、九字句的“上四下五”等。句读之“整齐”与“参差”，是确认“正体”和“变格”的重要依据，如 83 字的七个“又一体”，也有“正”“变”的区别：“以上七词，俱八十三字者，内以苏、葛、张、辛、汪五词为正体，句读齐整，可以按谱。若刘词、赵词之句读参差，亦变格也。”[②] 所谓“句读整齐”，从“正体”五首词看来，主要指上下片同句位的句字数和语读节奏的一致性。

其四，平仄声律。一调之词每句的平仄字声组合，“每调一词，旁列一图，以虚实朱圈分别平仄，平用虚圈，仄用实圈，字本平而可仄者上虚下实，字本仄而可平者上实下虚。至词中句法如诗中五言、七言者，其第一字、第三字类多可平可仄，似不必拘谱……至一定平仄，别词有异同者，必引证其句，注明本词之下；又可平可仄中遇去声字，最为紧要，平声可以入声替，上声不可以去声替。宋沈伯时《乐府指迷》论之最详，谱内凡用

① （清）王奕清等编撰《钦定词谱》卷二十，中国书店 1983 年版，第 1322 页。
② （清）王奕清等编撰《钦定词谱·洞仙歌》，第 1330 页。

去声字不可易者，悉为标出”[1]。

《钦谱》汲取和整合以往词谱，进一步系统归纳词体程式架构，颇当借鉴，亦有可改进之处。如以全词字数分体即意义不大，词体形式的根本构架是句数和句型，一词字数多少在一定范围内对文体结构通常不具有决定性影响，《钦谱》其实已注意到字数与词体形式并无直接关系，所以将相同字数又划为若干“又一体”，字数实际上已包含在句数和句型之中而失去了程式意义；词体的平仄声律规则，是传统词谱确认词“体”规则的重要一项，也是近二十多年来学界词体研究的一个重要议题，下文将专述之；句数和韵式，则与“正体”和“变格”密切相关，可谓《钦谱》分剖词体的核心要素，辨析之，乃是借鉴和走出传统词谱的关键所在。

2.《钦谱》推举的一调之“正体”与“又一体”

《钦谱》根本目的在为“填词”树立统一样板，所谓“正体”“又一体”，不同称谓即反映了主导取向。《钦谱》确定“正体”的原则：“每调选用唐宋元词一首，必以创始之人所作本词为正体。”思路非常正确，可以客观呈现词体演化的历史轨迹，惜未严格遵守。如【洞仙歌】，所确定的令词“正体”是：“前段六句三韵，后段七句三韵；前后段第三句俱七字，第四句俱九字，前段结句六字，后段结句九字。”“宋人填《洞仙歌》令词者，句读韵脚互有异同，惟苏、辛两体填者最多，今以苏、辛二词为初体。”[2]《钦谱》在这里做了一个微妙的掩护，《凡例》规定“必以创始之人所作本词为正体”，被修改为“填者最多”，以含糊的“初体”替代了“正体”，实际上将苏轼词举为“正体”，但苏词既非【洞仙歌】的始作，所举之词的体式亦非“填者”最多，辛弃疾《洞仙歌》（婆娑欲舞）亦非此式“又一体”的首作。

今存【洞仙歌】最早作品见于近世发现的敦煌写本歌辞，清人大概不知道，可不论；但第一首文人词作者是五代孟昶，该词作者有不同说法，且不论；宋代第一个取【洞仙歌】作词的是柳永，长调而非令词，属于【洞仙歌】慢词一体，亦且不论；但苏轼的前辈欧阳修有两首令词《洞仙歌》，《钦谱》亦未取，就不符合所称“必以”一调始词为该调“正体”的原则了，看来是欧词不符合《钦谱》确认的“正体”要求。兹将欧词《洞仙歌令》与《钦谱》所示的苏、辛词作一比较，以见《钦谱》“正体”的具体标准。

先看《钦谱》所举的东坡词：

冰肌玉骨**句**自清凉无汗**韵**水殿风来暗香满**韵**绣帘开**读**一点明月窥人**句**人未寝**句**攲枕钗横鬓乱**韵**〇起来携素手**句**庭户无声**句**时见疏星渡河汉**韵**试问夜如何**读**夜已三更**句**金波淡**读**玉绳低转**韵**但屈指**读**西风几时来**句**又不道**读**流年暗中偷换**韵**[3]

---

[1] （清）王奕清等编撰《钦定词谱凡例》，第3—4页。

[2] （清）王奕清等编撰《钦定词谱》卷二十，第1322—1323页。

[3] （清）王奕清等编撰《钦定词谱》卷二十，第1323页。

为叙述方便，兹按《钦谱》的“正体”标准——“前段六句三韵，后段七句三韵；前后段第三句俱七字，第四句俱九字，前段结句六字，后段结句九字”，“读”作为“句内”语读节奏间隔而不加标点[①]，将《钦谱》的标点字符转换为现代标点符号：

冰肌玉骨，自清凉无**汗**。水殿风来暗香**满**。绣帘开一点明月窥人，人未寝，攲枕钗横鬓**乱**。〇起来携素手，庭户无声，时见疏星渡河**汉**。试问夜如何夜已三更，金波淡玉绳低**转**。但屈指西风几时来，又不道流年暗中偷**换**。

《钦谱》的这一句断颇可推敲。首先，“前后段第四句俱九字”就须斟酌，前段第四句“绣帘开**读**一点明月窥人”，语读节奏为“上三下六”，但下一句“人未寝**句**攲枕钗横鬓乱”，“上三”则断为“句”而划为3/6两个分句，从语意看，前句“绣帘开”是一个动作场景，可作语意自足的短语句，“一点明月窥人”是“绣帘开”所见的景象，故该处“读”作“句”而点断，语意更清晰——“绣帘开，一点明月窥人”，与下一句“人未寝，攲枕钗横鬓乱”句型相同，是词体两个相连复句常见的“对称型长短句”。再看下片第四句，也不是一个“九字句”：“试问夜如何**读**夜已三更”，一问一答，其“读”明显应当是“句”——“试问夜如何，夜已三更”；接之“金波淡**读**玉绳低转”，视点推移，也是两个自足短语句，且“淡”是“韵”，故“读”也应当是“句”——“金波淡，玉绳低转。”兹将该词重新标点如下：

冰肌玉骨，自清凉无**汗**。水殿风来暗香**满**。绣帘开，一点明月窥人，人未寝，攲枕钗横鬓**乱**。〇起来携素手，庭户无声，时见疏星渡河**汉**。试问夜如何，夜已三更，金波**淡**，玉绳低**转**。但屈指西风几时来，又不道流年暗中偷**换**。

如此点断，则上片七句，下片九句，故苏轼本词其实并不符合《钦谱》所定的前段六句、后段七句的“正体”标准。

再看欧阳修的《洞仙歌令》，亦以“前段六句”“后段七句”的正体标准点断之：

楼前乱草，是离人方**寸**。倚遍阑干意无**尽**。罗巾**掩**，宿粉残眉香未**减**，人与天涯共**远**。〇香闺知人否，长是厌**厌**，拟写相思寄归**信**。未写了泪成行早满香**笺**，相思字一时滴**损**。便直饶伊家总无**情**，也拚了一生为伊成**病**。

显然，该词为没有歧义的“前段六句，后段七句”。与苏词相比较，上下片对应句位的句

① 参见下文“词体的标点”，此不赘叙。

字数和句法不同，韵式亦不同：欧词上下片各多两韵，邻韵通押、跨部相押、三声通押[①]，押韵句位亦不尽相同，若以苏词为准便是“变格”。《钦谱》不选欧词，以自己的标准推选苏词，无可厚非，但违反了自定体例：以一调“创始”之词为“正体”。所云苏词“填者最多”，也不合事实，本《源流谱》统计的结果是：所有宋代《洞仙歌》，与苏词同体10首，与欧词《洞仙歌令》同体8首，“填者”皆不多。尤当注意的是，欧、苏所作《洞仙歌》皆不止一首，请看欧阳修的另一首《洞仙歌》，亦以前段六句、后段七句的“正体”点断之：

情知须**病**，奈自家先**肯**。天甚教伊恁端**正**。忆年时兰棹独倚春风，相怜处，月影花相**映**。○别来凭谁诉，空寄香笺，拟问前欢甚时**更**。后约与新期易失难寻，空肠断损风流心**性**。除只把芳尊强开颜，奈酒到愁肠醉了还**醒**。

语句很通顺。再看《钦谱》所云的“正体”细节——“前后段第三句俱七字，第四句俱九字，前段结句六字，后段结句九字”，除了前段结句少一字，其他三点皆符合，此外就是比“正体”上片多一韵，下片少一韵。当然，本词“前后段第四句俱九字”也和东坡词一样可划为二分句：“忆年时兰棹，独倚春风”，“后约与新期，易失难寻”；“后段结句九字”也不妨划为两句：“奈酒到愁肠，醉了还醒。”

欧阳修的两首《洞仙歌》，都完全可按《钦谱》确定的“正体”标准断句，比《钦谱》标点的苏词还要通畅。本谱对宋词中所有《洞仙歌》梳理归纳的结果是：与欧阳修该词的句断、句型完全同体48人68首，属于“填者最多”的一体，其中就有苏东坡和辛稼轩，故欧词才是宋词短调【洞仙歌】名符其实的“初体”。《钦谱》自言每一调皆将唐宋词全部作品予以“对证”，应该不至于看不到欧词，确定前段六句、后段七句的“正体”标准，很可能就是根据欧词确定的，所以按其标准点断所选的苏轼词反而有点牵强，欧词落选的原因，大概是其词言情太直白，不像苏词容易迁想为“香草美人之喻”。《钦谱》声称“专注备体，非选词也”，实际上仍不免掺入“选词”意识，尤其是对俚俗之词的排斥——“间有俚俗不成句法，并无别首可录者，虽系宋词，仍不采入”，可见主导倾向还是免不了“雅词”意识。欧阳修《洞仙歌》是典型的文人俗词，《钦谱》不选，乃是正统“文化观念”排挤了“创始之人”。

再看《钦谱》【洞仙歌】“又一体”的稼轩词：

婆娑欲舞**句**怪青山欢喜**韵**分得清溪半篙水**韵**记平沙鸥鹭**读**落日渔樵**句**湘江上**句**风景依然如此**韵**○东篱多种菊**句**待学渊明**句**酒趣诗情不相似**韵**十里涨春波**读**一棹归来**句**只做得**读**五湖范蠡**韵**是则是**读**一般弄扁舟**句**争知道**读**他家有个西子**韵**

① 以《词林正韵》按之，该词韵字跨三部：第六部“真文元”、第七部上声“阮”、平声“先”；第十一部平声“庚”、仄声“敬”。

与欧阳修《洞仙歌》（情知须病）体式相同。词中“上五下四”之“读”——上片“记平沙鸥鹭，落日渔樵”，明显应当是“句”；下片“十里涨春波，一棹归来”，也作二分点断为宜，如此则上下片第四句的句型对应相同。

上述《钦谱》对欧、苏、辛《洞仙歌》之“体”的划分和标点所以不尽妥当，在于迁就自己确立的“正体”标准，深层原因则在清人的词体观。《钦谱》赋予词体这样一个标准化定义：“夫词寄于调，字之多寡有定数，句之长短有定式，韵之平仄有定声，杪忽无差，始能谐合。”但这一“词体标准”的定义恰被《钦谱》自身所否定：“凡八百二十首调，二千三百六体”，可见大部分词调都有若干“又一体”，《钦谱》确定【洞仙歌】令词“正体”一种，变格之“又一体”三十四种，某种意义上可谓一调之词“无定体”，所谓“正体”是清人的观念而不是宋人的观念。《钦谱》编撰者没有追问一下：宋人为什么没有“正体”意识，为什么一个词调有若干变格之“又一体”？《钦谱》给了我们一个这样的触动和反思：其模糊和遮蔽的词体原型应当重新加以体认，走出传统词谱，回归词体发生演变的历史原态，是当代词体学的一个基本课题。

（二）《钦谱》的标点与今之重新标点

划分词“体”，基本点在词体的标点，作为一种叙述话语，词体形式的基本构架是句子的组合，如果句断不恰当，其他形式——句法、句型、韵式、声律等，皆无以落实，因此，句断乃是词“体”的根本形式，《钦谱》所确定的“正体”“又一体”，分“体”的具体操作首先在句断，如何断句，根本在于对词意的理解，词的句断标点乃是指示读者理解词意的关键。故词体的标点断句不单是技术问题，而且是词体学的基本起点，是词谱学所有问题求得解决的基础和前提。由此而言，今天借鉴和走出传统词谱，第一步即在词体的标点断句。

古代第一部体系化、有规则的标点词谱《词律》，以“韵”“叶”“句”为句断标识，以“豆”为一句语读间隔的指示，《钦谱》将“豆”改为“读”，指意相同而更清晰地指明了“语读”的意义。今之词体标点，普遍以现代标点符号对换《钦谱》的标点字符：韵、叶→句号，句→逗号，读→顿号。以国家颁布的《标点符号用法》衡量[①]，三个标点符号与《钦谱》标点字符的指义是否对等，颇需斟酌。

《钦谱》标示的“句”，与今指“句子”等同。现代语法定义的句子，有单句、复句两大类。单句，指独立表达一定的语意而不可析出分句的句子；复句，指两个以上意义相关、结构上互不作句子成分的分句组成的语段。韵文体复句的完结句必入韵，构成复句的分句则既可叶韵亦可无韵。《钦谱》标示的“句”，都是无韵句，皆属复句中的分句，用逗号对换之，符合国家标准《标点符号用法》中逗号的规定用法：“表示句子和语段内部的一般性停顿”，“复句内各分句之间的停顿，除了有时用分号，一般都用逗号”。

---

① 2011年12月30日发布，2012年6月1日开始实施。下文所引该《用法》，不再一一注明。

但“韵”及“叶”一概对换为句号，“读”一概对换为顿号，就须斟酌了。

先说“韵”。韵文体标点，韵句必断是基本常规，故《钦谱》的“韵”同时也是断句字符。词体的韵系和韵式较诗体复杂，《钦谱》把握较全面[1]，所标示的韵句总体上是准确的，故今天对《钦谱》标“韵”的句子亦必断。但清人没有今天的“分句”“复句”概念，虽然古人对文意的句型构造与今当有类似的理解，但在文本标点中通常不加区分。根据今天标点符号的使用规则，一个复句只有完结句标点为“用于句子末尾”的句号，分句则一概打逗号，词体复句的分句数从“二分复句”“三分复句”乃至“七分复句”，各分句可韵可不韵，故一个复句的分句有隔句韵、连句韵两种形式，以今标点符号替换之，《钦谱》标“韵”之句既有“分句韵”（姑称“小韵”），也有复句的结句韵（姑称“大韵”），“大韵”当用句号，“小韵”则和无韵句一样皆当用逗号。这本是现代标点古代诗歌的常识，从《诗经》、楚辞、汉乐府到魏晋隋唐的各类诗体，连韵句并非每句都打句号，近体诗的入韵首句，亦必打逗号；曲体多为连句韵，但并非每个韵句都打句号，唯独今之词体标点，凡韵句一概打句号，不仅违反现代标点符号用法，也有碍对词意层次结构的理解。且举两例，以见词体之“小韵”“大韵”：

长相思 唐·白居易

汴水**流**，泗水**流**，流到瓜洲古渡**头**。吴山点点**愁**。○思悠**悠**，恨悠**悠**，恨到归时方始**休**。月明人倚**楼**。

于飞乐 北宋·贺铸

日薄云**融**，满城罗绮芳**丛**，一枝粉淡香**浓**。几销魂，偏健羡紫蝶黄**蜂**。繁华梦断，酒醒来扫地春**空**。○武陵原，回头何处，情随流水无**穷**。寄两行清泪，想几许残**红**。惜花人老，年年奈依旧东**风**。

《长相思》，句句韵，上下片皆为三/一/型复句单句组合，“三分”复句为两小韵、一大韵；结末一单句为大韵。《于飞乐》，每片三复句，三/二/二/型复句组，上片“三分”复句为连句韵，两小韵、一大韵；下片“三分”复句的两个分句无韵，完结句押韵，一复句为一大韵，与上片对应句位的复句韵式不同；上下片的两个“二分”复句，则都是一大韵。因此，《词谱》标“韵”的句子并不能一概标为句号，白居易词若每句皆打句号——“汴水流。泗水流。流到瓜洲古渡头。”从今天标点符号的指意看，特定的复句型乃被消解，文意被割裂。

---

[1] 词体韵系远较诗韵通融，《钦定词谱·凡例》：“至宋人填词，间遵古韵，不外《礼部韵略》所注通转之法，或有从中原雅音者。”清戈载将唐宋词的韵字加以整理归纳，作《词林正韵》，分为十九韵部，将宋《礼部韵略》《平水新刊韵略》的大量韵部合并为一部，故唐宋金词的声韵体系与官方规定的标准语音颇有不同，实是当时书面化的民间四方“通语”。词体韵式，《钦谱》释云：“有三声叶者，有间入仄韵于平韵中者，有换韵者，有叠韵者，有短韵藏于句中者。”较近体诗灵活，同时也就相对复杂。

当然，有些词“小韵”“大韵”的区分或有一定的灵活性，如白居易的《长相思》，龙榆生先生点断为：“汴水**流**，泗水**流**。流到瓜洲古渡**头**，吴山点点**愁**。〇思悠**悠**，恨悠**悠**。恨到归时方始**休**，月明人倚**楼**。”[①] 上下片皆划为二/二/型复句组，与本谱的标点略有不同，亦完全可行。北宋晏几道也有一首《长相思》，上下片划为二/二/型复句组更宜：“长相思，长相思。若问相思甚了期，除非相见时。〇长相思，长相思。欲把相思说似谁，浅情人不知。”当然也不妨理解为“三/一/型复句组”，乃至每片可作为语意不断的一复句。这种贯连递进的句型结构，是词体不同于诗体的别致意趣，但如“大”“小”韵不分，凡“韵”皆作句号，其“意”其“趣”就不免消解了。

还有少数词作，标点者对韵位尚有不同看法，如宋杜安世《剔银灯》下片第一复句，《全宋词》点断为“三分”：“写遍香笺，分剖鳞翼，路遥难到。”或认为“剖”为韵字，断为“二分”：“写遍香笺分剖，鳞翼路遥难到。”两种点断皆无不可，“写遍香笺分剖”意指写信诉述衷情；“鳞翼路遥难到”之“鳞翼”指书信，意指书信难以传送，如此标点为“二分”则两句连韵，但前句显然只能作逗号而非句号。宋末元初张炎《词源・讴曲旨要》有云“大顿声长小顿促”“大顿小住当韵住”[②]，“大顿”“小顿”“小住”是词乐与词句相关联的概念，既有“大”“小”之别，故乐句和词句的表意层次当有分句韵和复句韵之别，如姜夔自度曲之音乐谱，即有“小顿”和“大顿”的区分（见下文），“小顿”即分句韵之“小韵”，“大顿”乃是复句完结句的“大韵”。因此，综合词调音乐和词文语意两方面，韵句应当区分“小韵”和“大韵”，不能一概都打句号。

《钦谱》还特别提出“句中韵”概念，在【玉蝴蝶】柳永词后注曰：“沈伯时《乐府指迷》云词中多有句中韵，人多不晓，不惟读之可听，而歌时最要叶韵应拍，不可以为闲字而不叶，如此词后段起句‘难忘’二字是也。《满庭芳》《木兰花慢》等词，皆同此例。”[③] 宋代文人词的一些新生词调，下片起句或以叶韵双字词“换头”，《钦谱》对此一格很注意，皆以“韵”标出，但特别指出是“句中韵”，请看柳永《玉蝴蝶》以“难忘”二字起头的下片：

> 难忘**韵**文期酒会**句**几辜风月**句**屡变星霜**韵**海阔山遥**句**未知何处是潇湘**韵**念双燕**读**难凭远信**句**指暮天**读**空识归航**韵**黯相望**韵**断鸿声里**句**立尽斜阳**韵**

“难忘文期酒会”本为语意连贯的一句，但“难忘”二字入韵——韵文体凡韵则点断，故指为“句中韵”，当然只是“小韵”：“难忘，文期酒会，几辜风月，屡变星霜。”今天对此

① 按：龙榆生先生遗著《唐宋词格律》（上海古籍出版社 2010 年版），是最早对词体“小韵”“大韵”及“复句”“分句”有所区分的现代标点。

② （宋末元初）张炎《词源・卷上・讴曲旨要》，郑孟津、吴平山《词源解笺》，浙江古籍出版社 1990 年版，第 439 页。

③ （清）王奕清等编撰《钦定词谱》，第 225 页。

类双字短韵语皆打句号，不符合《钦谱》标点的指意，也不符合现代标点符号用法。

再说“读”。《钦定词谱·凡例》：

> 有四字句而上一下一中两字相连者，有五字句而上一下四者，有六字句而上三下三者，有七字句而上三下四者，有八字句而上一下七或上五下三、上三下五者，有九字句而上四下五或上六下三、上三下六者，此等句法，不可枚举。谱内以整句为句，半句为“读”，直截者为句，蝉联不断者为“读”，逐一注明行间。①

这段话对理解《钦谱》“读”的标点指意很重要，说明《钦谱》的“读”只是“半句”而不是“整句”的标识，是一个句子语读节奏的提示，尤其是六字句的“上三下三”、七字句的“上三下四”，直到九字句的“上四下五或上六下三、上三下六”，“读”乃是“句内”语读节奏的提示符号以免误读。所谓“半句”，相当于现代语法所指句子中的词组短语，如“晚来高阁上读珠帘卷”，两个“半句”为上五下三；“对寒灯读潇洒枕书眠”，上三下五；“也要玉人读知道有秋风句”，上四下五。所以《钦谱》的“读”是词组短语分界的标示而不是断句符号，“读”所指示的“半句”“蝉联不断者”，都是“韵”“句”所划分的句子内部的语节。今天文本标点的通行规则，一个句子的语读节奏和词组是不予点断的——“晚来高阁上珠帘卷”，“对寒灯潇洒枕书眠”，“也要玉人知道有秋风”——所以，《钦谱》所谓“句法”之“读”的“半句”，按今天的标点规则应不作任何标点。

但问题是，《钦谱》标示的“读”，有些从词意的理解和今天的语法看，应当或可以作一个分句（通常是短语句），可以用逗号标点断句，如前举《钦谱》【洞仙歌】中指为“九字句”标示的“读”，今天看来即可作逗号，是为今日词体标点“走出”传统词谱最需仔细推敲处。但不知为什么，今日词体标点对《词律》《钦谱》的“豆”“读”全作顿号。顿号，今天的规定用法是：“句内点号的一种，表示语段中并列词语之间或某些序次语之后的停顿。”“序次语”，如“一、二、三”等，不必说；“并列词语”，古代诗歌有不少并列词语的句子，如“步摇金翠玉搔头”，最典型的是“枯藤老树昏鸦，小桥流水人家，古道西风瘦马”，每句皆由三个并列词语构成，古今一概不作标点，且《钦谱》标示的“读”没有一个是“并列词语”，今将“读”一概对换为顿号，在语意和语法上便会出现问题。兹举一些常见之例：

(1) 想千岁、楚人遗俗 (2) 乍遍水、新萍圆碧 (3) 红莲正、满城开遍
(4) 妙谢庭、春草吟笔 (5) 犹有封、狼居胥意
(6) 对潇潇、暮雨洒江天 (7) 转眼吴霜、点鬓催老 (8) 又是立尽、梧桐碎影

① (清) 王奕清等编撰《钦定词谱·凡例》，第2—3页。按：本文所引《钦定词谱》之文与标点作品皆据该书，下文兹不一一加注。

(9) 今夜觅、梦池秀句，明日动、探花芳绪。

(10) 杏花杨柳，对东风染尽、一年春色。

(11) 想人在、絮幕香帘凝望，误认几许，烟樯风幔。

(12) 梦觉、透窗风一线，寒灯吹息。那堪酒醒，又闻空阶，夜雨频滴。嗟因循、久作天涯客。负佳人、几许盟言，便忍把、从前欢会，陡顿翻成忧戚。

第（1）（2）例，都是词体特有的“一字领”七言句：“想//千岁/楚人/遗俗”“乍//遍水/新萍/圆碧”，皆不断为宜；第（3）例，散文化七字句，完全可不断，若断，在词体“长短句”框架中不妨标点为：“红莲，正满城开遍”，“红莲正”以顿号分断，破句。

第（4）例：“妙//谢庭/春草/吟笔”，“谢庭春草”之“吟笔”，以谢灵运诗句“池塘生春草”指代好诗，故“谢庭春草”是不可分拆的词组，以顿号点断，即成破句；第（5）例，“封狼居胥”，成语典故，“狼居胥”，山名，全句语读节奏为“犹有//封/狼居胥/意”，也是散文句法，与诗体七字句 4/3 句法的语读不同，不可点断。今将词中 3/4 语读的七字句习惯性“顿”为“二分”：“梅萼露、胭脂檀口”，“纱窗映、银缸明灭”，“满城但、风雨凄凉”，皆是破读。

第（6）例：“对//潇潇/暮雨//洒/江天”，《钦谱》指为“上一下七”八字句而不断，完全正确，“潇潇暮雨洒江天”是“对”的整体景象，今或断为“对潇潇、暮雨洒江天”，“潇潇暮雨”是偏正词组，不宜分断；第（7）例：“转眼//吴霜/点鬓//催老”，是一个整句，“吴霜点鬓”不可拆分，将“转眼吴霜”点断，即成破句；第（8）例：“立尽梧桐碎影”，意指整夜伫立难眠，“又是立尽”以顿号点断，造成语意残缺的破读。

第（9）例：“今夜//觅/梦池/秀句，明日//动/探花/芳绪”，《钦谱》指为“上三下四”七字句，今天看来是双字词接“一字领”五言短语的七字对偶句，词体常见的对仗句式，以顿号分断，不免破碎；第（10）例：“杏花杨柳，对东风染尽、一年春色”，“染尽一年春色”不可拆，“染尽”作顿号为破读，恰当的点断：“杏花杨柳对东风，染尽一年春色。”

第（11）例：“想//人在/絮幕/香帘/凝望，误认//几许/烟樯/风幔”，前句《钦谱》指为“上三下六”九字句，实是一字领带八言句的九字句；下句为不宜点断的连续双语步八字句，《钦谱》断为两个分句，将“误认几许”划为一分句，语意不完整。词的特点是“长短句”，一首词有几个长句很自然且别有风味，把语意连贯一气的长句硬割断为短句，反而无味。

第（12）例，今之通见的柳永【浪淘沙】上片的点断，将句意割裂得支离破碎。“梦觉”，即《钦谱》所指的“句中韵”，可作逗号，其他“顿号”皆连而不断为宜：

梦觉，透窗风一线，寒灯吹息。那堪酒醒，又闻空阶夜雨频滴。嗟因循久作天涯客，负佳人几许盟言，便忍把从前欢会，陡顿翻成忧戚。

如此断句，体现了词体的语体风味。词体语文形式的一大历史贡献，是建构了一种古代诗歌富有新意的书面白话色彩的散文化语体，“长短句”句型具有与齐言诗不同的灵动节律，今天的词体标点，需要细致理解和准确把握传统词谱标点的指意，不能简单化处理而割裂文意。

以上诸例，说明今天对《钦谱》标示的“读”，不能刻板地一概以顿号对换之，不少“读”可以连而不断，有些在文意和语法上宜于点断的语句，则当用逗号而不是顿号。对传统词谱标点的某些不当之处，尤须推敲，且举一例，将《钦谱》标点及今对换的标点符号并示之：

彩凤飞 宋·陈亮

十月十六日寿钱伯同

人立玉**句**，天如水**句**，特地如何撰**韵**。海南沉**读**、烧著欲寒犹暖**韵**。算从头**句**，有多少**读**、厚德阴功**句**，人家上**读**、一一旧时香案**韵**。〇煞经惯**韵**。小驻吾州才尔**句**，依然欢声满**韵**。莫也教**读**、公子王孙眼见**韵**。这些儿**读**、颖脱处**句**，高出书卷**韵**。经纶自入手**句**，不了判断**韵**。

《钦谱》将该词定格为“前段七句三仄韵，后段七句五仄韵”，《全宋词》将“煞经惯”作为上片结句，从文意和上下片对应句位看，作下片起句比较适宜。但《钦谱》的点断也须斟酌，“海南沉**读**烧著欲寒犹暖”，海南沉，海南的一种名贵沉香，“著”通“着”，“海南沉烧著”意为“海南沉香正烧着”，对应下文的上香祭拜祖先，故此句当标点为：“海南沉烧著，欲寒犹暖。”下一复句“算从头**句**有多少**读**厚德阴功**句**人家上**读**一一旧时香案**韵**”，两个“读”的语位都有问题，今对换标点为：“算从头，有多少、厚德阴功，人家上、一一旧时香案。”支离破碎，句不成句，将“读”不作标点而连读之：“算从头，有多少厚德阴功，人家上一一旧时香案。”语意便明白多了，可斟酌的是，“有多少厚德阴功”语意虽通，但与下句缺乏联络，贯通本词的文意斟酌之，上片称颂钱伯同为大家世族[1]，故“厚德阴功人家”当连为一句，“句”之标点当落在“人家”，将《钦谱》的“读”以顿号点断为“人家上”，割裂语意；“上一一旧时香案”为语意连贯的“一字领”七言句，指上香祭拜前世历代祖先。下片，“莫也教**读**公子王孙眼见**韵**这些儿**读**颖脱处**句**高出书卷**韵**”，两处“读”都无须点断：“莫也教公子王孙眼见，这些儿颖脱处，高出书卷。”可推敲的是，从语意看，“见”未必是韵脚，虽然一句之中最好不用韵脚的同韵字，但偶用一下也无妨，宋词中不止一例，点断为“莫也教公子王孙，眼见这些儿颖脱处”，更通畅。兹将该词重新标点如下：

---

① （宋）陈亮著，邓广铭点校《陈亮集》卷三十三《祭钱伯同母硕人文》：“大家世族，垂三百年，方其盛时，二浙惟钱。”中华书局 1987 年版，第 442 页。

人立玉，天如水，特地如何**撰**。海南沉烧著，欲寒犹**暖**。算从头，有多少厚德阴功人家，上一一旧时香**案**。○煞经**惯**，小驻吾州才尔，依然欢声**满**。莫也教公子王孙，眼见这些儿颖脱处，高出书**卷**。经纶自入手，不了判**断**。

以上所述断句标点的问题，归结到一点：今天词体断句的第一原则，应当据文意和语法而断句，需要充分参考传统词谱，但不必作为绝对标准。有论者主张“据乐断句”，立足词体的原生声歌本性，探究词体断句与音乐旋律结构的关联，很有意义，但需注意：词乐消亡之后，古今词文本的断句，皆是语文意义的断句，而不是臆测词乐节拍的断句。万树《词律·序》有云：

> 分句之误，更仆难宣。既未审本文之理路，语气又不校本调之前后短长，又不取他家对证，随读随分，任意断句……升庵谓淮海“念多情但有当时皓月照人依旧”，以词调拍眼言，当以“但有当时”作一拍、“皓月照”作一拍、“人依旧”作一拍，盖欲强同于前尾之三字二句也，其说乖谬。……吾不知词调拍眼今已无传，升庵从何考定乎？①

所举淮海词句为秦观《水龙吟》下片结句，万树批评升庵臆测“词调拍眼”而乖谬的断句是：“念多情，但有当时，皓月照，人依旧。”《词律》并没有选录秦观《水龙吟》，《钦谱》该句标点是：“念多情读但有当时皓月句照人依旧韵”——“念多情但有当时皓月，照人依旧”是为九字句下接四字句的“二分复句”。当然，这里的“读”也可作逗号而标点为“三分”：“念多情，但有当时皓月，照人依旧。”② 显然比杨升庵的断句合理通顺。《词律》对臆测音乐拍眼的批评，十分正确，由于原生词乐的消亡，仅以自己对古人所云“拍眼”的理解，主观臆断词体“拍眼”而标点断句，是违背学理的。当然，这并不意味着词体断句不必考虑乐体与文体的关系，关键是从汉语声乐的基本原理出发，结合汉语歌唱的具体实践，探究古代歌唱的乐、文关系，在不破坏词意的前提下，对词句予以符合乐理的点断。

综上所述，用现代标点符号转换传统词谱的标点，是时代之必然，但须符合现代标点符号的用法，不能刻板拘泥古代词谱的标断，乃至误解《钦谱》的“韵”“读”指意，再以习惯的诗体语读节奏为标准，凡语读节奏不同的词句便拆分之，将不宜分断的长句切割为两个短句，不仅有碍词意条畅，更遮蔽了词之语体的历史新意。

（三）本谱的体例和学术目标：回归唐宋词体演化的原态

以上对传统词谱断句标点的辨析，提出当代的词体标点应符合当今标点符号的统一规

① （清）万树《词律》，第 21—22 页。

② 《全宋词》该句“照”为“向”，标点为：“念多情但有，当时皓月，向人依旧。”“多情但有”不宜点断。若断为“三分”，当是：“念多情，但有当时皓月，向人依旧。”

范，根本旨意在回归词体发生演变的历史原态。由此进行的工作，须以今存唐五代两宋词所有作品为考察梳理对象，避免抽样分析可能出现的偏差和以偏概全，将每一个词调每一首词的样式置于明确的时间轴上，辨析归纳每一调词体的演变轨迹，直观呈现词体“不变”与“变”的历史全貌和演化规律，是本《源流谱》设定体例的总体纲领；从词体与音乐相关的特性，根据词体生成的具体运作——“依乐工拍但之声被之以辞，句之长短，各随曲度”①，考察辨析“拍但之声”的指意，从乐句与词句相对应的基本原理，注意“句之长短，各随曲度”的规定性和灵活性，将句数和句型作为辨析词体之变的根本切入点，是编撰《源流谱》具体操作的基本要领；将《源流谱》提供的事实，还原到历史的现实生态中理解，对词体演变的发生和运作机制予以确当的认知解释，是编撰《源流谱》的最终目的。为此，本谱汲取传统词谱的总体谱式框架，同时在体例上“走出”之而作如下改变：

一、改变以全词总字数笼统分体的思路，强化《钦谱》对一调诸词同句位分句字数差异的考察，以分句数、复句数、复句型的同异，作为区分一调词体的总体框架和基本原则。

二、取消传统词谱的“正体”概念，严格以一调的第一首“始词”为该调之词的始体，与始词体不同的“变格”，归纳为“变体一”“变体二”“变体三”三个系列。

（1）始词

每一调年代最早的作者之词。凡与始词的分句数、复句数、复句型完全相同之词，划为始词的“同体式作品”，分句字数有所增减，仍归一体，作为该体的“增减字”一式，根据增减字的句位、增减字数的差异，相同者列为一式，不同者为另一式，标示为“增减字”(一)、(二)、(三) 等，每一式按最早作者的生年先后依次排序。

（2）变体一

与始词分句数、复句数相同，复句型有变。复句型，指一个复句有几个分句，如“二分”型、“三分”型等；复句型有变，指与始词相同句位之复句的分句数发生变化。如唐曲子【春光好】，该调最早见于敦煌写本歌辞，惜有残缺，今存最早的完篇始词为五代欧阳炯作，后世通常分为双片：

春光好 五代·欧阳炯

天初暖，日初长，好春光。万汇此时皆得意，竞芬芳。○笋迸苔钱嫩绿，花偎雪坞浓香。谁把金丝裁剪却，挂斜阳。

该曲名亦见载于唐崔令钦《教坊记》，任半塘《教坊记笺订》：“此调始为玄宗所作，《羯鼓录》属太蔟商。”② 欧阳炯词总计 9 分句 4 复句，上片为一个“三分复句”和一个“二分复句”；下片为两个“二分复句”。宋代该调易名【愁倚阑】【愁倚阑令】，石孝友《愁倚阑》

① （宋）鲖阳居士撰《复雅歌词序》，见金启华、张惠民等编《唐宋词集序跋汇编》，江苏教育出版社 1990 年版，第 364 页。

② （唐）崔令钦撰，任中敏笺订，喻意志、吴安宁校理《教坊记笺订》，凤凰出版社 2013 年版，第 84 页。

(人好远)词序:“又名【春光好】。”是宋人的习用词调,宋无名氏有一首《愁倚阑》:

愁倚阑 宋·无名氏

冰肌玉骨精神,不风尘。昨夜窗前都折尽,忽疑君。〇清泪拂拂沾巾,谁相念,折赠芳春。羌管休吹别塞曲,有人听。

全词分句数复句数皆与始词同,但复句型有变:上下片的分句数和复句型与始词正相反:上片为两个“二分复句”,下片为一个“三分复句”和一个“二分复句”。本谱将分句数复句数不变而复句型有变统称为“变体一”。复句型之变,可在不同句位的复句中发生,即如【愁倚阑】这样的短令,复句型之变也有“三/二〇二/二”“二/三〇二/二”“二/二〇二/三”“二/二〇三/二”四种方式,中长调的复句型之变,弹性更大,故本谱将不同句位复句型之变再作次级分类,标示为“变体一·1”“变体一·2”……每一式的同体词作,若相同句位的分句字数有增减,则列为该式的“增减字”再加归纳。

(3)变体二

一调诸词,凡与始词复句数相同而分句数不同,本谱即划为该调的“变体二”,按分句增减数的不同再划分小类。如【洞仙歌】,本谱归纳的“变体二”有四种,分别较始词减1分句、增1分句、增2分句、增3分句,标示为“变体二·1”“变体二·2”“变体二·3”“变体二·4”。每一种再将不同的复句型作次级划分,如“变体二·2”,各家之词的复句型分为四类:三/四/〇三/四/三/型复句组、三/四/〇三/三/四/型复句组、三/三/〇三/四/四/型复句组、三/三/〇三/五/三/型复句组,分别标示为“变体二·2·1”、“变体二·2·2”、“变体二·2·3”、“变体二·2·4”。每一式同体词作相同句位的分句字数如有增减,则归为该式的“增减字”。

(4)变体三

较始词分句数、复句数皆变。如【凤归云】,始词见敦煌写本歌辞,18分句8复句,上下片均为9分句4复句,二/二/二/三/型复句组,本谱归纳的【凤归云】“变体三”有二体,皆北宋柳永词,姑取“恋帝里”一首作“变体三·1”,“向深秋”一词作“变体三·2”。“变体三·1”较始词增11分句2复句,上片14分句5复句,四/三/三/二/二/型复句组;下片15分句5复句,三/五/三/二/二/型复句组;“变体三·2”较始词增4分句减1复句,上片10分句4复句,二/二/三/三/型复句组,下片12分句3复句,六/三/三/型复句组。两词较始词体皆大变,尤其是“变体三·1”,较始词已是完全不同的两调。唐五代两宋词调的“变体三”很少,其“变”是以“母调”音乐为框架的“旧调翻新曲”,即使调名不变,实际上已是新调新体,在词体演变史上具有重要意义。

三、韵式。区分“小韵”(分句韵)和“大韵”(复句韵),小韵一律作逗号,大韵作句号。各种韵式:平韵、仄韵、平仄通押、邻韵通押,隔句韵、连句韵、隔句韵兼连句韵,换韵、间韵、抱韵、遥韵等,于一调概述中说明。

四、“始词”和三类“变体”以及次级变体，首作之词出示标点作品和平仄谱。每体的“同体式作品”，出示所有作者姓名与作品数；“增减字”各式，出示句字谱及所有作者姓名和作品数，按作者年代先后顺延排序。

上述本谱体例，旨在回归历史原态，以呈现词体“源”“流”的历史轨迹，从宏观视角和微观层面展示唐五代两宋词体演变史，以资进一步开展词体学研究。从“词选”角度看，本谱汇集的原历史“始词”与“变体”各式的第一首作品，相当于一部词体演变角度的“唯历史”词选，所呈现的词体“雅”“俗”“文”“白”各种原始面貌及其演化，可谓浓缩的唐宋词语言形态演变史。更有意味的是：从文学写作角度看，若干“始词”以调名为词题，或缘调名而赋词，词调之名具有某种文学“母题”的意味。其后该调的词作，既有“母题”的延续、扩展，亦有离之而另述新题，由之牵引的研究课题是：以每调“始词”与“变体”的文学主题为基点，考察后世同调之词文学主题的类别和作家作品数量，分析词作的文学主题与“择调”的关系，比较不同文学母题与词调的关联，辨析一调诸词文学母题的流衍与演变，是当代研究词体文学母题史的一个重要路径。本谱出示的唐五代两宋每一调的各体始词，以及对每调所有作品的“按体分类”，潜涵着唐宋词体文学母题的发生、延展和变异的历史轨迹，是考察和研究“唐宋词文学母题生成发展源流史”的基础资料，可谓本《源流谱》的延伸价值，希望有助于学界同仁的进一步研究。

二、唐五代两宋词体的程式框架与变体

上述本谱体例和学术思路，当落实为一部具体的《唐五代两宋词调体式源流谱》，翻开之，词体形式及其原生态的历史演变轨迹，便直观而清晰地呈现出来。

本谱收录的唐五代两宋一千多个词调的所有词作，除去“孤词孤调”，重复写作的词调只有几十调无“变体”，绝大多数皆有数量不等的“变体”之词。一调“始词”和三类“变体”某一式的同体词作，少则几人几首，多则数十人乃至数百人几百首，也有不少“变体”乃是“一体一词”。也就是说，一方面，一个词调的诸家之词或“同体”或“变体”，是“自由”的，“变体”乃是常态；另一方面，虽然不同词调的“变体”多少有所不同，但每一调的“变体”直观上又不是全然随意的，总有某种限定。因此，唐五代两宋的词体写作是程式性和灵活性的双向统一。而这正是词体研究的学术吸引力之一：怎样从词体的直观形式归纳词体的程式构架，解开古人的词体写作和“变体”之谜？

词体的程式构架，指词体构成要件的“结构”规则。词体与其他文体一样，以“话语单元”——句子为结构要件，分句数、复句数和复句型以一定规则构成“文体程式”，本谱出示的“始词”与三类“变体”诸词，语文形式上即是文体程式的差异。考察词的“变体”，不仅要看“什么变”，更重要的是理清“怎么变”。传统词谱把字数作为分体的基本标准，本谱则不把字数作为词体的结构要件，因为在一定数量范围内，字数变化并不必然导致词作的句子数量和复句型的改变，对词体“结构”没有实质性影响；传统词谱以自家

词体观念提出“正格”“正体”，以之为准说明“变格”“又一体”变了什么；本谱提出“始词”概念和三类“变体”，则指向古代词体写作的“变体”状况和规律的总结——

其一，一调“始词”是该调最初的词体样式，歌唱之的音乐是该调的“母调”，文体上则是该调的“母体”，一调无论有多少“变体”，都是在“母调”“母体”基础上产生的；种种“变体”的第一首作品，又成为该类“变体”作品群的“母体”，由此再派生出次级变体，故每一种变体和次级变体，都既保持着又改变着“母体”的程式构架。

其二，词体写作的“变体”，本《源流谱》提供的事实是：变数较大的是分句数，大部分词调的“又一体”都有分句数的增减，而分句数的增减很少改变复句数，一调词作的“变体”，变数最小的是复句数。因此，一调词体不变的最大公约数是复句数，是为词体的“一级程式”，与之相关的“二级程式”是复句型，分句字数和长短句组合方式为“三级程式”。

1. 复句数：词体的“一级程式”

词之“变体”，复句数变数最小而相对稳定，最有意味的印证是北宋新生词调之词。因为北宋是词调生成史上最重要的阶段，也是词体建构史上“变体”最活跃的时期①。今存古代文献中的北宋新生词调，计 418 调，其中 111 调为孤词孤调，是因各种缘由没有进入群体写作的词调；有两位以上“填者”的词调，计 297 调，其中 69 调诸家词作体式皆同，有各种“变体”的 228 调，远超“同体”词调，可见“变体”是宋文人词作的常态。“变体”方式，即本谱归纳的“变体一”“变体二”“变体三”，对比三种变体的多寡，即可察“复句数不变”在词之“变体”中的结构性意义——

（1）一调诸词中仅有一种“变体”

变一：13 调，变二：118 调，变三：25 调。

（2）一调诸词中兼有两三种“变体”

变一、变二：46 调，变一、变三：5 调，

变二、变三：22 调，变一、变二、变三：9 调。

再将三种变体方式分别统计，结果是：变体一 73 调；变体二 195 调；变体三 61 调。以复句数为基点视之：“变体一”和“变体二”皆保持着始词的原调复句数而不变，只有“变体三”复句数有变，总体看来，词的“变体”，复句数不变与变的比例为 268/61。如此大的反差，说明“分句数有变而复句数不变”是词之“变体”常规结构程式，一调之词作，对“始词体”的分句字数、分句数和复句型，一定范围内可以有变，但复句数则比较稳定而很少有变。因此，复句数是一个词调稳定的具有文体结构意义的主要程式，复句数不变

① 按：两宋新生词调，总计 694 调，北宋文人词占其大半，南宋文人词新调产生的势头大减，新调数量大约为北宋的一半略多一点，总计 226 调，其中 172 调无变体（孤调孤词 135 调，一调多词而同体 32 调，大曲、法曲、联章词组的独家之作 5 篇），有变体的词调仅有 54 调，绝大多数为“复句数不变，分句数有变”的“变体二”模式，其他变体方式寥寥无几；此外宋词尚有 55 个无名氏独用词调，其中 52 调为孤词孤调。当然，这只是“文献的历史”，并不直接等同于历史实际，但大体反映了北宋是词调生成、建构和发展史上最活跃的时代。

是对“变体”范围的制约和划界。其意味是：从词、乐相协角度看，一个复句对应着歌曲的一个相对完整的乐段，复句数的稳定，意味着歌曲的乐段与对应歌词句段的稳定对应。一调之歌词，分句字数可灵活，分句数可略有增减，但只要复句数与乐段数具有稳定的对应，就意味着音乐体量上此调还是“本调”。因此，复句数的稳定乃是词调音乐对歌词形式的一种框架性限定，从而使“复句数不变”成为一调之“体”的基本框架；改变复句数的“变体三”所以很少，因其实际上已越过“变体”的边界而成为再创作的一曲新调。因此，绝大多数词调的变体，都是在复句数相同的“一级程式”范围内的“变体”，而不是毫无节制的任意之“变”。前文所以强调词体韵句的标点要区分“小韵”“大韵”，即是为了确定一调之“体”的复句数，不能将所有韵句皆打句号而消解词调的复句数程式，迷失音乐上的“一调”之体性。

2. 分句数复句型：词体的“二级程式”

复句型，即一个复句以几个分句组成，分句数有变，复句型必变，故分句数和复句型是复句数“一级程式”框架内的“二级程式”。词体较诗体的明显不同，在于打破了诗体一复句为二分句的统一规则。总体上看，词体一个复句的分句数没有绝对统一的规定，但并非每一个词调都有各自不同的“复句型”，本谱提供的事实是：分句数、复句数、复句型皆同的词调具有一定的数量群，如始词上下片为 12 分句 4 复句、每 3 个分句构成一复句的词调有：

【永遇乐】【喜朝天】【慢卷绸】【霜叶飞】【尾犯】【瑶台第一层】【春从天上来】【五彩结同心】【龙山会】【山亭宴】【宝鼎现】【定风波慢】【选冠子】【瑞鹤仙】【二郎神】【合欢带】【解连环】【眉妩】（其调始词或变体之词）

再扩展到单片，约有一百多调的始词或变体的一片为三/三/三/三/型复句组。因此，三/三/三/三/型复句组为词调“二级程式”中的一类。当然，不同词调的“二级程式”复句型相同，并不代表这些词调音乐旋律类同，每一个词调都是一个旋律不同的“本调”，但二级程式相同，意味着这些词调的音乐体量大致相同；在文体层面，相同的二级程式意味着语文形式的趋同，因此，“词”所以成为共性化文体，起点生成于词调音乐，终点则在文体形式自身。

3. 句字数与长短句组合方式：词体的“三级程式”

在上述两个层级的程式基础上，词体的“三级程式”为分句字数，分句字数的变化，直接关涉到长短句的组合方式，一首词的某分句增减一两字，就可能将杂言连句变为齐言连句（或相反）。更有意味的是：本谱通过对唐五代两宋所有词作体式的梳理归纳，发现分句数、复句数、复句型全同词调的所有词作——从始词到各种变格的“又一体”（包括增减字），相同句位的分句字数绝大多数皆不同，是一调词体区别于它调的主要标志之一。兹以【霜叶飞】与【龙山会】各一首为例：

霜叶飞 北宋·沈唐

霜林凋晚，危楼迥，登临无限秋思。望中闲想，洞庭波面，乱红初坠。更萧索，风吹渭水，长安飞舞千门里。变景摧芳榭，唯有兰衰暮丛，菊残余蕊。○回念花满华堂，美人一去，镇掩香闺经岁。又观珠露，碎点苍苔，败梧飘砌。谩赢得，相思泪眼，东君早作归来计。便莫惜丹青手，重与芳菲，万红千翠。

龙山会 南宋·赵以夫

重整登高屐，群玉峰头，万里秋无极。远山青欲滴，新雁过，缥缈孤云天北。烟入小桥低，水痕退，寒流澄碧。对佳辰，惊心客里，鬓丝堪摘。○风流晋宋诸贤，骑台龙山，俯仰皆陈迹。凭阑看落日，嗟往事，唯有黄花如昔。醉袖舞西风，任教笑，参差凫舄。但回首，东篱久负，有谁知得。

两个词调之词，上下片分句数、复句数、复句型皆同，均为三/三/三/三/型复句组，两首词的体式区别，主要在相同句位的分句字数不同，兹以“句字谱”对比之：

【霜叶飞】：4，3，6。4，4，4。3，4，7。5，6，4。○6，4，6。4，4，4。3，4，7。6，4，4。
【龙山会】：5，4，5。5，3，6。5，3，4。3，4，4。○6，4，5。5，3，6。5，3，4。3，4，4。

全词24句，只有4个相同句位的分句字数相同，其他句位的分句字数皆不同，用词谱术语表述，两个词调“句型谱”相同而“句字谱”不同。这一点很重要，由此考察词体建构的历史轨迹：唐五代词的若干短调，尤其是敦煌写本歌辞，尚有一些“异调同体”现象，而宋代新生词调，以电脑“查找”功能检索本谱“二级程式”相同的词调群，“句字谱”无一全同，也就是说，“三级程式”的分句字数，是一个词调之“本调”的特定程式。虽然这一程式不是精确的定量，而是一种框架型常态。

从音乐与歌辞的对应关系说，通常情况下，一个短句和一个长句的音乐长度是不同的，长短句组合的“句字谱”不同，意味着“乐句谱”不同，一个词调的分句数量和复句型，或可能与他调相同，但句字数的不同决定了音乐上的“一调一曲”；从文体句子的组合方式言，“句字谱”的实质意义在于：一个词调作为一个特定的“小文体”，语文格式的唯一性，即在长、短句的不同交叉组合方式，即使分句数、复句数、复句型与他调相同，分句字数则多不相同，从而构成“一调”的自体样式。

从一调所有词作的实际“变体”看，本谱提供的事实是：一个词调最常见的“又一体”是“变体二”，而某一调所有“变体二”的同句位句子，60%～70%的分句字数是相同的，30%左右的分句字数有变，所以《钦定词谱》对一调之“正体”和“又一体”，特别强调某几个句位的字数变化。从音乐角度看，一个词调的若干“又一体”，其实大部分句位的字数是相同的，意味着种种“变体”在音乐上还是“这一调”；而某些句位的字数增减变化，意味着“这一调”音乐的局部弹性变化，从而使“这一调”在歌唱中具有丰富性。所以，一个词调的“变体一”“变体二”，都是程度不同的局部之变，大体上保持着“母调”的音乐主腔，其“变体”乃是以“母调”传唱不同作品的微妙音乐变化。音乐，不是刻板的，一个乐句，在音乐长度容许的范围内，对所歌语句的字数本没有刻板限定，增减一两字完全不妨碍歌唱，且歌者可以将“母调”和歌词予以调适，将一调之特定的“一首词”歌唱为既是“本调”同时又有局部新意的“一词一曲”。从乐、词相协角度看，词之“变体”在文本上是“语文”之变，“乐体”上则是音乐的微妙之变。这种一个曲调既有稳定的旋律框架，又有局部可变的弹性，所歌之词既大体相同，又有细节变化，是中国传统声乐的一种特有模式和丰富性的体现。至今，各种可得耳闻的传统说唱、原生态民歌小调，乃至传统的诗词吟诵，都可以根据一个“母调”歌唱不同的“变体”之辞。譬如一个“吟诵调”，既可吟咏五言诗，也可吟咏七言诗，还可加以变化而灵活吟咏各种词体作品，由之可推想古代词体歌唱“一调一曲”框架中“一词一曲”的千姿百态。古代声歌，不像现代一首歌曲为确定的一词一谱，请不要以现代“歌曲意识”简单套想古代的声歌形态。

4. “定式句”：一调词式的特定标志

上述分句字数程式的“一调一曲”与“一词一唱”的弹性统一，使一个词调的“始词”与“变体”的“句字谱”局部有所不同。一个词调，词人可以自由选择“始词体”或某种“又一体”进行写作，也可以在三个层次的程式框架中“变体”，一个词调每个“又一体”的“句字谱”也或有若干增减字的“又一式”。再加细察，便会发现若干“又一体”也有句字数稳定不变的共同“定式句”。兹举【贺新郎】始词与三首“变体”为例：

乳燕飞华屋，悄无人，桐阴转午，晚凉新浴。手弄生绡白团扇，扇手一时似玉。渐困倚孤眠清熟，帘外谁来推绣户，枉教人梦断瑶台曲。又却是，风敲竹。〇石榴半吐红巾蹙，待浮花浪蕊都尽，伴君幽独。秾艳一枝细看取，芳心千重似束。又恐被秋风惊绿，若待得君来向此，花前对酒不忍触。共粉泪，两簌簌。① ——北宋·苏轼

睡起啼莺语，掩青苔，房栊向晚，乱红无数。吹尽残花无人见，惟有垂杨自舞。渐暖霭初回轻暑，宝扇重寻明月影，暗尘侵，尚有乘鸾女。惊旧恨，遽如许。〇江南梦断横江渚，浪黏天，葡萄涨绿，半空烟雨。无限楼前沧波意，谁采蘋花寄取。但怅望兰舟容与，万里云帆何时到，送孤鸿，目断千山阻。谁为我，唱金缕。——北宋·叶梦得

薄晚收残暑，叹西风暗换流年，又还如许。鸦背斜阳初敛影，云淡新凉天宇。人袖手，阑干凝伫，邻笛唤将乡思动，听秋声，又入梧桐雨。秋到也，尚羁旅。〇故人只在江南渚，想应嫌久恋东华，软红尘土。寄远裁衣知念否，新月家家砧杵。魂梦

① 唐圭璋《全宋词》，中华书局1965年版，第297页。本文所引宋词作品皆出本书，下文不再一一注明。所引词作本序，注明之。

想，鹅黄金缕，雁影不来天更远，写书成，欲寄凭谁与。知客恨，两蛩语。——南宋·姚勉

主判茅君洞，有檐间喳喳喜鹊，晓来传送。几度黄符披戴了，此度君恩越重。被贺监天随调弄，做取散人千百岁，笑渠侬，一霎邯郸梦。歌而过，凤兮凤。○灌园织屦希陈仲，问先生，加齐卿相，可无心动。除却醴泉中太乙，拣个名山自奉。那捷径，输他藏用，有耳不曾闻黜陟，免教人，贬驳徂徕颂。服兰佩，结茅栋。——南宋·刘克庄

【贺新郎】，又名【贺新凉】【乳燕飞】【金缕曲】【金缕词】，是宋代的通行热调，今存宋词 434 首。该调词体字数变化较少，《钦定词谱》归纳为全词 113 字、115 字、116 字、117 字四种，四种分为十一体。按本谱的分类方法，以始词为基准，本调所有作品可归纳为“变体一”“变体二”两大类而无“变体三”，两类各种次级变体共有 33 式，加上始词本式总计为 34 式。是宋词中作品较多、变体较多的词调之一，上录四首仅是始词和“变体二·1”中的三式。

四首词互比，“一级程式”之复句数全同：全词 8 复句，每片 4 复句。但“二级程式”的分句数和复句型、“三级程式”的句字数均有变。苏轼始词，上片 11 分句，下片 10 分句，四/二/三/二/○三/二/三/二/型复句组，上下片分句数和复句型皆不同，形式不够整饬，故《钦谱》不作“正体”而列为“又一体”；《钦谱》推举的“正体”是叶梦得词，全词较苏轼词增加 3 个分句，每片 12 分句 4 复句，四/二/四/二/型复句组，上下片词式统一，将苏词“变”得十分整饬规则，故被推举为“正体”；姚勉词，与叶词上下片分句数相同，但复句型变为三/二/五/二；刘克庄词变化更大，全词分句数复句数与叶词同，但上下片分句数和复句型皆变，上片 11 分句 4 复句，三/二/四/二/型复句组，下片 13 分句 4 复句，四/二/五/二/型复句组，把叶梦得规则化词体又“变”得不规则了。

四首《贺新郎》，横向上可谓互为变体，都属于“变体二”——复句数不变而分句数和复句型有变。细察之，则也有稳定不变的复句型——四首词上下片第二、第四复句的句型和分句字数全同，兹以“句字谱”示之：

苏词：5，3，4，4。**7，6**。7，7，8。**3，3**。　○7，7，4。**7，6**。7，7，7。**3，3**。

叶词：5，3，4，4。**7，6**。7，7，3，5。**3，3**。○7，3，4，4。**7，6**。7，7，3，5。**3，3**。

姚词：**5，7，4**。**7，6**。3，4，7，3，5。**3，3**。○7，7，4。**7，6**。3，4，7，3，5。**3，3**。

刘词：**5，7，4**。**7，6**。7，7，3，5。**3，3**。　○7，3，4，4。**7，6**。3，4，7，3，5。**3，3**。

这一比对很有意思，综观本谱梳理的四百余首《贺新郎》，皆是如此：“变体一”“变体二”所有的次级变体加起来共 30 个变式，除 3 式例外，27 个变式第二、四复句的复句型和分句字数全同，亦即几乎所有【贺新郎】作品每片各有两个固定句位的复句型及分句字数皆

稳定不变，姑称之为“定式句”。通览全部唐宋词调的所有作品，比对每一调每一首词的“句字谱”，结果是：除了10%的“变体三”和少量小令衍生的慢词，每个词调在某个固定的句位皆有稳定不变的“定式句”。从词体演化史看，唐五代词以短调为主，尚有零星的“异调同体”，到了词体发展成熟的宋代，每个词调的所有作品，除了同体式作品，所有“又一体”的“句字谱”没有全部相同的，但上下片又总有某句位为覆盖本调所有作品的不变“定式句”。《钦定词谱》对此已有觉察和总结，不少词调的某些句位，都要特别交代此几句“俱为”几字，若【洞仙歌】之“正体”——“前后段第三句俱七字，第四句俱九字，前段结句六字，后段结句九字”，即是《钦谱》归纳总结的【洞仙歌】“定式句”。

《钦谱》对一调“定式句”的归纳值得借鉴，但《钦谱》没有将一调“变句”综合起来对比考察。如上举四首《贺新郎》，上下片各有两个复句不变，两个复句有变，但有变化的复句型和分句字数并非一家独变，上文所示四首词的句字谱：上下片第一复句分别有两首词相同，第三复句分别有两首词相同，可见一调各式“又一体”的语句之变也有“同变”；上举苏词下片第三复句与其他三首词皆不同，然梳理归纳宋代四百余首《贺新郎》，与苏词同体的作品虽然只有4首，但其他种种“又一体”上片第一复句与苏词句型相同的有79首；第三复句相同的有22首；上下片第三复句皆与苏词句型相同的21首。因此，一调词体之变并非任意之变，复句型和句字数的“变”有其不可逾越的范围，一个乐段和乐句的所歌之词，虽然复句型和句字数具有某种可变弹性，但不能突破该句位之乐句的音乐可容量。因此，一调若干“又一体”的“变句”形式，总有部分“又一体”的若干作品共用，说明“又一体”的“变句”不是个人的兴之所至，而是“依调填词”长期以来形成的小范围定式句。

以上对词体程式构架的解析，说明词体的“这一调”并非只是以调名将若干“又一体”拢在一起，而是在三个级次程式的层层覆盖下，以有限度的某种“变句”和不变的“定式句”，组构为一调既有规则又有弹性的若干“又一体”。在音乐上，一个“母调”可以化出若干“子调”，但其特色乐句和对应的歌词“定式句”不变，乐段和乐句的音乐容量限制着“变句”的弹性范围，一调的总体音乐框架不变，所有从“母调”衍生的“子调”都从属于本调特定的“乐体”框架，是为中国传统声乐的一大特色，也是词体建构的根本机制。

词体一调而有若干“又一体”的“弹性程式”，在古代诗歌文体史上具有特定意义。古代诗歌体程式大致有两种模型：一种为“固定程式”，一种为“弹性程式”，两种文体模型皆有不可替代的特色和意趣，前者的典型范式为近体格律诗，后者则涵盖了所有杂言歌辞体，而词体则是杂言歌辞体中第一个具有框架性“弹性程式”的历史坐标。此前的杂言歌辞，大体上处于具有某种灵活性的“泛程式”状态，词体的“弹性程式”保留了传统歌辞体的灵活性，同时具有层次性的程式框架，是程式化和弹性化的结合，每一个词调，都是一个不同长短句构成的特定小文体，每一调的“变体”，都有层次不同的程式框架制约，因此，词体的“弹性程式”才能成为一种特定的文体模型。较之近体诗的“固定程式”，词体的“弹性程式”具有不同的活力，在古代“歌辞体”演变史上揭开了新的一页，开启了丰富多彩的个性化特定“小文体”集合为“专类文体”的时代，其意义不仅在词体建构自身，同时引导着后世“曲体”的生成和建构。

三、词之“乐体”“文体”与变体机制

梳理全部唐五代两宋词，从词、乐相协原理梳理归纳词体的“弹性程式”模型，与考察词体弹性程式在实际运行中的生成和展开，是词体研究的一体两面。词调文体形式源流史的研究，有两个指向：其一是词调和词体最初的发生，其二是词体在传唱氛围中的再度建构。前者，是关于词调来源和“始词”产生的问题①；后者，是关于词之“变体”机制的发生问题。唐宋时代的词体建构，是在音乐和文学交叉运行的“声歌文化”中展开的，新旧词调递生，在历史运行中或存或亡，旧曲新翻和词体翻新在乐人和文士的互动中不断展开，一调之词的“旧体”与“变体”共存，历史的现实生态，从来是丰富多元的。

（一）词调之乐体牵引的词之变体

词的原生态为乐歌之词，词体的生成建构与音乐密不可分，由此而言，词之文体即是词调乐体的语文形态，探究词体构成及其“弹性”，第一指向是音乐词调的生成机制。

1. 唐五代两宋词调的生成方式：采曲填词、依词制曲、旧曲新翻

唐五代两宋音乐词调，主要有三个来源：其一，宫廷和社会上各类乐人所制乐曲；其二，民间传唱的歌曲；其三，文人自度曲。三个来源，局部有所交叉，而文人词调的生成，则不外乎两种方式：取乐曲“依调填词”，据文本之词“倚词制曲”。前者曲成在先，取之以配词，该曲即成词调；后者作词在先，谱曲以歌，该曲即成词调。

（1）采曲填词生成的词调

采用既成乐曲填词而歌，是文人词调的生成方式之一，其曲有宫廷乐曲、民间乐人作曲、民间传唱歌曲三大类，且从唐代宫廷乐曲说起。

唐代宫廷乐调，较集中的文献记载主要见于唐代崔令钦《教坊记》、南卓《羯鼓录》、段安节《乐府杂录》，宋初王溥汇集唐人撰述加以整理归纳的《唐会要》，后晋赵莹组织撰写的《旧唐书》，北宋欧阳修、宋祁等撰写的《新唐书》等关于宫廷音乐的书写，散见资料见于唐宋各种笔记、杂录、词话、词序等。《唐会要》所记主要是仪式乐曲，《羯鼓录》所记器乐曲 130 调，绝大部分非词调，少数几调如【破阵乐】【倾杯乐】等，复见于《教坊

① 关于词调及词体最初的生成，学界的宏观话题是关于“词之起源”的讨论，笔者曾有拙文发表，见《华乐、胡乐与词：词体发生再论》（《文学遗产》2003 年第 6 期），《“词体发生于民间”与“词起源于隋唐燕乐”》（《徐州师范大学学报》2005 年第 3 期），《词之起源：一个千年学案的当代反思》（《文学评论》2006 年第 3 期）。此与本文当下话题关系不大，姑不论。

记》。《教坊记》录有唐曲341调，有136调直接间接与今存唐宋词调相关；宋代宫廷乐曲，主要见载于《宋史·乐志》，王灼《碧鸡漫志》考述的30名词调，不少与宫廷音乐相关，今见宋文人词中约有二十多调源出宋代宫廷乐署教坊所制曲。此类词调，大多乐曲成之在先，经“依调填词”而成词调。

唐宋宫廷教坊是雅、俗乐曲的汇集之所，既有宫廷乐人和司乐职官乃至帝王所制曲，也有从民间采集的曲调，《教坊记》所记曲名中即有41调与敦煌写本歌辞调名相同，其中或有宫廷乐曲扩散到民间者，但从调名的民俗色彩看，大部分应来自民间。文人最初采用民间曲调作词赋歌，少数直接采风于民间，大多为取用教坊曲和市井传唱歌曲的“依调填词”，对民间曲调音乐可能会有某些改变和“据旧曲而度新声”。

宫廷所制乐曲中用作词调较多的是大曲摘遍。“大曲”之名起于汉，经魏晋延绵于唐而发展为大型器乐曲，是一种累积型的集体音乐创作。大曲的音乐形式，宋王灼《碧鸡漫志》曰：“凡大曲有散序、靸、排遍、攧、正攧、入破、虚催、衮遍、歇拍、杀衮，始成一曲，此谓大遍。”① 大曲演奏常伴以歌舞，今见文献所载的唐大曲歌词皆是择取既有文人诗的“选诗入乐”；宋大曲是对唐大曲的继承，今存宋大曲从歌词看无唐大曲规模，并将器乐曲为主体转化为歌曲为主体，本谱收录的大曲摘遍单行词调近五十调，如【倾杯乐】【水调歌头】【甘州遍】【六么令】【梁州令】【熙州慢】【换遍歌头】【石州引】【齐天乐】等，有令词、慢词二体。这些词调，都是以基于音乐的“依调填词”为主导而生成的词调。

大曲之外，还有宫廷乐人乃至擅长音律帝王的自制曲，请看下面两条资料：

> 天宝十五载正月，安禄山反……车驾幸蜀，途次马嵬驿，六军不发，赐贵妃自尽，然后驾行。次骆谷，上登高下马望秦川，遥辞陵庙，再拜，呜咽流涕，左右皆泣。谓力士曰：“吾听九龄之言，不到于此。”……因上马索长笛，吹笛曲成，潸然流涕，伫立久之，时有司旋录成谱。及銮驾至成都，乃进此谱，请名曲。帝谓：“吾因思九龄，亦别有意，可名此曲为《谪仙怨》。”……大历中，江南人盛为此曲。随州刺史刘长卿左迁睦州司马，祖筵之内，长卿遂撰其词，吹之为曲，意颇自得，盖亦不知本事。——唐·窦弘余《广谪仙怨·序》②

> 有晁次膺者……遂入大晟，亦为制撰。时燕乐初成，八音告备，因作徵招、角招，有曲名《黄河清》《寿香明》，二者音调极韶美。次膺作一词……时天下无问迩遐小大，虽伟男髫女，皆争气唱之。——宋·蔡絛《铁围山丛谈》③

---

① （宋）王灼撰，岳珍校正《碧鸡漫志校正》，巴蜀书社2000年版，第74页。

② （清）彭定求等编《全唐诗》卷八百九十，中华书局1960年版，第10058页。

③ （宋）蔡絛撰，冯惠民、沈锡麟点校《铁围山丛谈》卷二，中华书局1983年版，第28页。

第一条，唐明皇自制【雨霖铃】【谪仙怨】，初为器乐曲，大历中赵长卿始作歌辞，其后窦弘余作《广谪仙怨》，皆六言八句声诗。【雨霖铃】唐人歌词未传，始词为宋代柳永所作慢词，时距明皇已数百年，大概不会是唐曲原版，当是取相传之曲以度新声的再创作。

第二条，宋大晟府制撰晁次膺据宫廷燕乐曲调的“依调填词”。这种先有曲后配词而成的词调，社会上乐人亦擅其技，请看下面几条资料：

《盐角儿》，《嘉祐杂志》云：“梅圣俞说，始教坊家人市盐，于纸角中得一曲谱，翻之，遂以名。”今双调《盐角儿令》是也，欧阳永叔尝制词。——宋·王灼《碧鸡漫志》①

（【玉梅令】）高平调。石湖家自制此声，未有语实之，命予作。石湖宅南隔河有圃，曰范村，梅开雪落，竹院深静，而石湖畏寒不出，故戏及之。——宋·姜夔《玉梅令·序》②

羽调【解语花】，音韵婉丽，有谱而亡其辞。连日春晴，风景韶媚，芳思撩人，醉捻花枝，倚声成句。——宋·周密《解语花·序》③

第一条，盐市上偶得曲谱，此谱当是民间乐人所记，是记谱者自创还是录他人所作，不得而知，欧阳修的写作乃是依调填词。第二条，范成大家养乐人作【玉梅令】一曲，请姜夔依调填词而成词调。宋代士夫家养乐人歌妓，是一种普遍风气，家乐制曲是宋代新生词调的来源之一，惜今存资料太少。第三条，周密据“有谱而亡其辞”的【解语花】“倚声成句”，当然是倚曲填词，可见基于乐曲而“依调填词”是词调生成和文人词体写作的重要方式之一。

（2）因词制曲生成的词调

先有词后谱曲，亦是词调生成的方式之一，请看三则资料：

政和中，一中贵人使越州回，得词于古碑阴，无名无谱，不知何人作也。录以进御，命大晟府撰腔，因词中语，赐名“鱼游春水”。——宋·吴曾《能改斋漫录》④

琅琊幽谷，山水奇丽，泉鸣空涧，若中音会。醉翁喜之，把酒临听，辄欣然忘归。既去十余年，而好奇之士沈遵闻之往游，以琴写其声，曰《醉翁操》，节奏疏宕，而音指华畅，知琴者以为绝伦，然有其声而无其辞，翁虽为作歌，而与琴声不合；又依楚词作《醉翁引》，好事者亦倚其辞以制曲，虽粗合韵度，而琴声为词所绳约，非

① （宋）王灼撰，岳珍校正《碧鸡漫志校正》，第123页。

② 唐圭璋《全宋词》，第2173页。

③ 唐圭璋《全宋词》，第3270页。

④ （宋）吴曾撰《能改斋漫录》卷十六，中华书局1985年版，第411页。

天成也。后三十余年，翁既捐馆舍，遵亦没久矣。有庐山玉涧道人崔闲，特妙于琴，恨此曲之无词，乃谱其声，而请于东坡居士以补之云。——宋·苏轼《醉翁操·序》①

予颇喜自制曲，初率意为长短句，然后协以律，故前后阕多不同。桓大司马云："昔年种柳，依依汉南。今看摇落，凄怆江潭。树犹如此，人何以堪。"此语予深爱之。——宋·姜夔《长亭怨慢·序》②

第一条，"得词于古碑阴"，其碑"古"到什么程度，不得而知，其词无谱，经大晟府乐人为"古词"新撰歌腔，乃成词调【鱼游春水】。可惜"古词"无传，今见文人始词为宋张元幹作，长短句，据词中有云"老去情怀易醉"，应是晚年之作。发现"古词"的政和年间，张元幹 20 来岁，故作本词时，【鱼游春水】词调已流传了三四十年，张元幹有没有看过"古碑阴"之词，不知道，通常应是根据"大晟府撰腔"的"依调填词"。宋词【鱼游春水】今存 7 首，6 首有署名，1 首无名氏。署名之词中一首为"变体二"，无名氏与张元幹等另五首词同体，无名氏词上片末句"莺啭上林，鱼游春水"，与调名相合，通常是一个词调较原始的作品，是否即"古碑阴"之词，有可能，难确定，不排除其词可能作于张元幹之前。清初沈雄《古今词话》云此"古碑"为唐东都洛阳石刻，不知其据，大概只是传说而已。

第二条，很值得玩味。其文大意是：欧阳修作《醉翁亭记》，广为流传，吸引了一位擅乐文士沈遵来游琅琊，作琴曲《醉翁操》，欧阳修因琴曲"依调填词"，可能没有严格按照琴曲"莫不由之准度"，所以其词与琴曲不太吻合；欧公又以楚辞体作《醉翁引》，与琴曲的配合也不尽如意；有"好事者亦倚其辞以制曲"，但此"倚辞制曲"的词、乐配合仍然不如人意；此后有个叫崔闲的道人，将琴曲"谱其声"——即把琴曲的指法谱翻写为乐字谱，苏轼依此乐谱"依调填词"，是即【醉翁操】调名和始词的由来，可见【醉翁操】经历了"依词制曲"再"依调填词"的反复过程。

第三条，可作"依词制曲"的具体说明："初率意为长短句，然后协以律。"姜夔有《白石道人歌曲》传世，中有自度曲 17 首，是今存唯一保留完整的宋代词、乐合谱文献③，由于太稀罕，故容易看作是姜夔的个人行为，其实未必，结合前两条资料，可知"依词制曲"本是词调生成的一种普遍方式。严格说来，除了极少之例，今天实无任何依据认定唐宋词调哪些先成曲后作词，哪些先作词后制曲，由于"依调填词"说先出而知者广，像姜夔这样"依词制曲"资料太少，今天习惯上认为所有词调最初都是纯乐曲，文人作词都是音乐上的"依调填词"，历史的现实其实并非如此，宋代王灼早就说过："或由乐定词，或

① 唐圭璋《全宋词》，第 331 页。

② 唐圭璋《全宋词》，第 2181 页。

③ 按：宋代有官修的歌词谱《混成集》，清初亡佚。王骥德《曲律》录有明文渊阁藏《乐府混成》中的【小品】词和曲谱两段，【娋声】谱字五个。张炎《词源》："先人晓畅音律，有《寄闲集》，旁缀音谱，刊行于世。"《寄闲集》今佚，其乐谱为自度曲还是传世词调无考，从张炎有自度曲看，其中当有自度曲。

选词配乐，初无常法。习俗之变，安能齐一。”① 选词配乐的主要方法之一，即依词谱曲。依词谱曲的基本原理也是乐、词相洽，其妙在于音乐的灵活性与词体的弹性可变互动，下文将专述之，这里仅指出：词体的声歌属性，是以音乐之声而唱语文之词，在此语境中，乐乃是“用”，词乃是“体”，词的合乐协律，归根结底是为了更恰当、更美妙地表达词意。因此，词调和词体的生成，并不是一种刻板的音乐决定文体的单向逻辑。

(3) 旧曲翻新生成的词调

因旧曲而翻新曲，或许是词调生成演化最普遍的方式之一。先看唐段安节《乐府杂录》的一段记述：

> 大历中，有才人张红红者，本与其父歌于衢路丐食，过将军韦青所居，青于街牖中闻其歌者喉音寥亮，仍有美色，即纳为姬……乃自传其艺，颖悟绝伦。尝有乐工自撰一曲，即古曲《长命西河女》也，加减其节奏，颇有新声。未进闻，先印可于青，青潜令红红于屏风后听之。红红乃以小豆数合记其节拍。乐工歌罢，青因入问红红如何，云：“已得矣。”青出，绐云：“某有女弟子，久曾歌此，非新曲也。”即令隔屏风歌之，一声不失。乐工大惊异，遂请相见，叹伏不已，再云：“此曲先有一声不稳，今已正矣。”②

这是一条生动描述旧调翻新曲的珍贵资料。解读之首先要注意的一点是：乐工取古曲母调翻新而“自撰一曲”，所歌依然是古辞还是新词，“加减节奏”在歌辞字数、句数和句型上是否有所变动，书中均未交待。通常说来，对所熟悉的歌曲“加减节奏颇有新声”，一般人也能听出大概，张红红对古曲《长命西河女》其歌其词不会一点不熟悉，“以小豆数合记其节拍”，记的是乐工“加减节奏”的“新声”在什么句位的旋律节拍上，其过人的本领是当下即能将新声“隔屏风歌之，一声不失”，且将“不稳”一声“正之”，就不是一般人能做到了。这种因旧曲而度新声，当是对原调有所保持的变化，“新声”之调或用旧名，或取新名，若取新名即成新的词调，今见宋代词调【西河】，与【长命西河女】或许有渊源关系。

宋代通音律的文人，也能因旧曲而翻新曲，请看下面两条资料：

> 此一曲乃予昔所制，因旧曲《正宫·齐天乐慢》前两拍是徵调，故足成之。虽兼用母声，较大晟曲为无病矣。——南宋·姜夔《徵招·序》③

> 甲子夏，霞翁会吟社诸友逃暑于西湖之环碧。琴尊笔研，短葛练巾，放舟于荷深柳密间。舞影歌尘，远谢耳目。酒酣，采莲叶，探题赋词。余得【塞垣春】，翁为翻谱数字，短箫按之，音极谐婉，因易今名云。——南宋·周密《采绿吟·序》④

① (宋) 王灼撰，岳珍校正《碧鸡漫志校正》，第26页。

② (唐) 段安节撰《乐府杂录》，中华书局1985年版，第17—18页。

③ 唐圭璋《全宋词》，第2183页。

④ 唐圭璋《全宋词》，第3270页。

两条资料，所谓“因旧曲”“兼用母声”“翁为翻谱数字”云云，都是以旧曲为母调而度新声。结合唐代乐工对【长命西河女】的“加减其声”，可见从唐到宋，“旧曲新翻”是词调生成的一种惯常方式，南宋沈义父《乐府指迷》：“古曲谱多有异同，至一腔有两三字多少者，或句法长短不等者，盖被教师改换。”[①] 当时人说当下事，切实可信，可见宋代词调并非单纯的“一调一谱”而是“一调多谱”，这对考察词的“变体”机制十分重要。

2. 词调的音乐构成与歌词之变体

词调音乐，通常为双段，词体为双片。单片词调很少，多片更少。单片如【天仙子】【抛球乐】【如梦令】等，约数十调；一调三片有九：【三台】【阳关三叠】【戚氏】【夜半乐】【宝鼎现】【瑞龙吟】【兰陵王】【西河】【踏歌】；一调四片有四：【阿娘悲】【梁州令叠韵】【莺啼序】【胜州令】。

单片词调，多见于唐五代，敦煌曲子辞的单片词调不少，宋词单片则很少；兼有单片、双片二体的词调，双片多是单片之双叠，大多上下片体式相同，若敦煌写本歌辞【天仙子】【望江南】【喜秋天】等。五代文人词与唐敦煌写本歌辞的同调之作，多将单片衍为双叠，若毛文锡等 9 人 20 首《虞美人》，上下片体式皆与单片敦煌曲子辞相同，“变体”则增减一两字，或将某句摊破为两个短语句。由此看来，词调之双片起初本是一个曲子重复歌唱两段歌词，这对考察和理解词调的音乐构成很重要。

唐宋词调曲谱，唐敦煌写本中有【倾杯乐】等几首乐谱而无词，歌词与音乐的合谱，存世仅有南宋姜夔《白石道人歌曲》十七首自度曲。兹以《淡黄柳》为例，察其音乐结构与歌词形式的关系。先看其词：

淡黄柳 南宋·姜夔

正平调。近客居合肥南城赤阑桥之西，巷陌凄凉，与江左异。唯柳色夹道，依依可怜，因度此阕，以纾客怀。

空城晓**角**，吹入垂杨**陌**，马上单衣寒恻**恻**。
看尽鹅黄嫩**绿**，都是江南旧相**识**。

正岑**寂**，明朝又寒**食**，强携酒，小桥**宅**。
怕梨花落尽成秋**色**，燕燕飞来，问春何在，唯有池塘自**碧**。

全词以视觉景象与词人思绪为叙述层次。每片两个复句，上片前三句为一个相对独立完整的叙事场景，语意连贯组成一个完整意义的复句；接之两句，以视觉和思绪的转换构成第二复句。下片，前四个分句以当下现场叙事构成一复句；接之四个分句视点转移，托物写思，构成第二复句。全词以“一切景语皆情语”的“散点聚焦”构架，含蓄地将寄寓化入“清空”。

---

① （宋）沈义父撰《乐府指迷》，唐圭璋《词话丛编》，中华书局 1986 年版，第 283 页。

这里所以强调“分句”“复句”，因为词唱在字声正确的基础上，最重要的是词语、词组、句子顿延恰当，“乐句”与“文句”相互对应，比如：“明月-几时-有＝把酒-问-青天--”，不能唱成“明月几-时有把＝酒问-青天--”，所以词的一个分句也是一个小乐句。汉语句型，将两个或两个以上意义相关的分句组合称为复句，歌辞一个复句由两个以上“分句-小乐句”构成一个“复句-大乐句”①，几个“复句-大乐句”构成一首歌。因此，“一首歌”无论是先作词后谱曲，还是先有乐曲而后“填词”，“乐体”与“文体”语句形式的对应关系不变，请看丘琼荪先生翻译的白石曲谱：

淡黄柳

正平调(正工调)

1=F $\frac{4}{4}$

《白石道人歌曲》传世乐谱是宋代俗字谱，上录乐谱是以今日简谱所作的翻译②，乐音和旋律线是原谱，节拍和乐节是译者的拟定。考察本谱的乐、词对应方式，首先要注意姜白石

① 按：韵文体的押韵之句都是一个句子，也是一个乐句，但分句韵通常为“小顿”，复句的结句韵则为“大顿”，若《淡黄柳》“空城晓角，吹入垂杨陌，马上单衣寒恻恻”三个连韵句，前两句为“分句-小乐句”的“小顿”之韵，第三句为“复句-大乐句”结束句的“大顿”之韵。此涉及一个乐段之乐句的连接、展开和结束，姑不展开。

② 丘琼荪《白石道人歌曲通考》，音乐出版社1959年版，第107—108页。

“自度曲”的创作方式，白石自云：“予颇喜自制曲，初率意为长短句，然后协以律，故前后阕多不同。”[①] 这几句话，有两个注意点：

其一，姜夔自度曲是先作词后作曲，所谓“率意为长短句”，是相对于“依调填词”的规定性而言的“率意”，并非毫无节制的任意而为。词体的双乐段歌曲，两段音乐体量通常大致相当，旋律框架统一，从而构成“一个”和谐的音乐词调，虽然分句数和复句型“前后阕多不同”，但“协以律”必须仍然是“一首歌”，故姜夔的“率意为长短句”，仍然是乐体和文体对应统一框架中的个性写作。

其二，“前后阕多不同”是宋代词体的普遍样式。此前的唐五代词，一调上下片体式大多相同，而宋词绝大部分上下片体式不同，以上片为基准，则下片为上片的“变体”，音乐通常也会有所变化。笔者对宋词的统计：大约90%词调为程度不同的“前后阕多不同”，较唐五代词一调上下片不同的比例大幅度提高，乃是宋代词体的时代面貌。

由此两点看本歌上下片对应句位的“分句-小乐句”与“复句-大乐句”的同异，从词乐的组织结构和乐、词协调关系解析《淡黄柳》的音乐构成和旋律变化：

其一，上下片乐句组合的同异。

从乐句组织看，乐谱中押韵句的结音最长为三拍，是为“大乐句”的结束点，上片乐句结尾唱为三拍的两个结点在“恻”“识”，下片的两个结点在“宅”“碧”，故上下片皆为两个“复句-大乐句”。但上下片的“分句-小乐句”有所不同：上片第一“复句-大乐句”为3个“分句-小乐句”，下片变为4个“分句-小乐句”；上片第二“复句-大乐句”为2个“分句-小乐句”，下片变为4个“分句-小乐句”，即下片保持了上片两个“大乐句”构架，但“小乐句”有变，可谓是上片音乐的“变体”。

其二，下片音乐“变体”与上片原调的音乐关联。

（1）第一“复句-大乐句”

上片3分句，唱为3个小乐句，下片4分句，但仍唱为3个小乐句：起首三字句（正岑寂）与上片起首四字句（空城晓角）音乐旋律不同，习称“换头”；第二分句（明朝又寒食）的音乐旋律则是对上片第一分句（空城晓角）的模移，仅一个乐音微变（上片：6 5 4 **6** 6；下片：6—5 4 **7** 6）；第三、四分句（强携酒，小桥宅）唱为1个小乐句[②]，模移上片第三分句（马上单衣寒恻恻），旋律大致相同，减一个乐字（上片：4 **6** 2 1 2 121 6 - -；下片：4 2 1 2 121 6）。3个小乐句，2个乐句是对上片的模移，即下片的第一个“大乐句”是对上片旋律以保持为主的“变化重复”。

（2）第二“复句-大乐句”

上片2个七字句，唱为2个小乐句，下片变为“八/四/四/六”4个分句，但唱为3个小乐句：“怕梨花落尽成秋色”为1个乐句，“燕燕飞来，问春何在”唱为1个乐句，“唯

① （宋）姜夔《长亭怨慢》自序，唐圭璋编撰《全宋词》，第2181页。

② 按：《钦定词谱》标点为“强携酒读小桥宅”，六字为一句，语意上亦可划为两个短语句。

有池塘自碧”唱为1个乐句，较上片增加1个小乐句。第一、二小乐句音乐旋律与上片不同，第三小乐句对上片第二小乐句两个乐音稍加变化，旋律线大致相同（上片：7 1 **3** 2 - 1 **4** 2 - -，下片：7 1 **4** 2 1 **2** 2 - -），整个“复句-大乐句”是对上片旋律的“变化还原”。为看得清楚一点，且将下片对上片的“模移”与“变化”示之如下（小号字句子为变化，乐谱略）：

第一复句–大乐句：

上片：6 5 4 6 | 6 7 1̇ 4 | 3 2 4 6 | 2̇ 1̇ 2̇ <u>1̇2̇1̇</u> | 6 – –
空城晓角，吹入垂杨陌，马上单衣寒恻恻。
下片：正岑寂，明朝又寒食，强携酒，小桥宅。

第二复句–大乐句：

上片：1 | 2 <u>454</u> 2 4 | 6 7 1̇ 3 | 2 - 1 4 | 2 – – 0 ‖
看尽鹅黄嫩绿，都是江南旧相识。
下片：怕梨花落尽成秋色，燕燕飞来问春何在，唯有池塘自碧。

由上所示，《淡黄柳》下片两个“复句-大乐句”的旋律是以上片为音乐母调的“变体”。音乐首先是“耳学”，对音乐的书面表述总不免隔一层，有兴趣的朋友可从网上搜听一下本词的白石原谱歌唱①，以“耳”体会该曲音乐旋律构成的两个要点：

其一，上下片“复句-大乐句”数量相同，下片“分句-小乐句”数量有变，对上片音乐原型既有“变化”又有“保持”：下片两个“大乐句”，前一个是对上片略加变化的模移，后一个是对上片的变化还原，上下片结束小乐句的收尾旋律线相同，故文体上“前后阕多不同”，但上下片音乐的旋律仍然相合和谐而构成完整的“一首歌”，一个特定的“词调”。

其二，词的歌唱，乐句与词句并非机械对应，两个分句也可唱为一个乐句，如下片“强携酒，小桥宅”唱为上片“马上单衣寒恻恻”的旋律，故一个乐句的旋律不变而所唱词句的字数可变，分句数可变，“乐句”与“词句”的对应乃是一种弹性的协调统一。

以上两点，概括言之：一个词调的音乐构成，下片对上片的音乐旋律既有保持又有变化，但整体上统摄于“一调”的音乐框架。姜夔是文人音乐家，自度曲当有个人风格，与大众化词调音乐会有不同，但反映了宋代词乐的基本形态，体现了宋代词调音乐较唐五代的一个重要发展：将一个词调两段音乐的重复模式，演化为两段音乐既有统一框架又有局部变化的“一首歌”，音乐意趣更加丰富，是词调音乐构成的一大进展。一调上下片音乐的“变体”，本是“旧曲新翻”技巧的运用，音乐的性格本来就具有灵活性，古代歌辞体从“词”开始，每首作品皆要标明音乐调名，主要原因即在每个词调的“乐体”既是独特的，又是弹性的“一调多体”。确定了词调，歌手便可在此调特定的旋律框架中弹性“审

① 如中国音乐学院、上海音乐学院专家教授指导的本词歌唱。

调节唱”。若《淡黄柳》“燕燕飞来，问春何在”，白石本谱“飞来”唱一拍，八字唱为七拍：“燕-燕-飞来-问-春-何-在-”，而歌者不妨对原谱“加减节奏”，比如将“飞来”唱为两拍，“飞”加点“摇腔”，“来”字延长，唱为“燕-燕↘飞～来—，问-春—何-在↘--”，乐音不变，旋律线不变，节拍可变，节奏快慢可变，但仍然是本调之歌。“弹性”歌唱并不消解和改变本调音乐的独特性，而是对“独特”的发挥，无论怎样弹性歌唱，还是“这一调”，相应歌词的若干“又一体”，还是“这一调”之词体。而这乃是中国古代声乐由来已久的传统特色，直到今天原生态的民歌小调乃至戏曲音乐，我们还可以领略这一汉语声乐的传统“声影”①。

3. 民间歌曲的乐、辞共生机制与词之“变体”

唐宋词调的主要来源，是大众传唱的歌曲。民间歌唱，古人谓之“天机自动，触物发声”②，乃是一种发乎自然的“歌永言”，今谓之“乐因词生，词随乐行”，是古代汉语歌曲的原始生成方式。当“一首歌”广泛传唱，便成为一个相对稳定的“歌调”，若干歌调世代相传，人们用其“调”唱不同的歌辞，由于民间歌曲口耳相传，没有严格固定的“乐谱”，所以一调之歌可对“母调”乐腔灵活运用而“活态传唱”不同的歌辞，所谓“摊破”“折腰”“添字”“减字”等，即是民歌活态传唱的常法，故民间歌曲为母调统摄下的“一调多谱”，相应的歌辞则既有“同体”也有“变体”。古代上层文化圈采民歌曲调为用，本是中国“声歌文化”的悠久传统，如周代“诗三百”中采自民间的“国风”，汉乐府采用民间歌曲的“铙歌十八曲”，唐代教坊曲有四十几调与敦煌写本民间调名相同，此外若【牧羊怨】【好郎君】【想夫怜】等不少曲调，从调名看也是民间歌曲。教坊乐人对这些民歌的演唱，自然会带入民歌的活态传唱方式，可以说，民歌的活态传唱是“词”之变体的原生机制，对文人词的“一调多体”具有重要影响，不妨说文人词的“变体”乃是对大众活态传唱方式的移植。

(1) 民间曲子辞的“变体”习性及对文人词的影响

先看两首敦煌写本中的民间歌辞《洞仙歌》：

洞仙歌 唐敦煌写本歌辞

华烛光辉，深下屏帏，恨征人久镇边夷。酒醒后，多风醋，少年夫婿。向绿窗下，左偎右倚，拟铺鸳被，把人尤泥。○须索琵琶重理，曲中弹到想夫怜处，转相爱，几多恩义。却再絮衷鸳衾枕，愿长与今宵相似。③

---

① 按：中国传统音乐形式，一个曲调的调高、调式、旋律线的主干乐音是确定的，但节奏是“弹性”的，在具体演奏和歌唱中，可因不同场合和情境调整节奏快慢，从而改变乐曲的情调。因此中国古代乐谱没有节奏乐拍标记，习惯上以歌词句子的“句拍”为旋律单元，韵文歌辞以韵脚为主要“句拍”点。参见杨荫浏《谈中国音乐的特点问题》，《中国音乐》1981年第1期。

② (明) 徐渭撰《徐渭集》卷十六《奉师季先生书》三，中华书局1983年版，第458页。

③ 任中敏编著《敦煌歌辞总编》，《任中敏文集》，凤凰出版社2014年版，第98—99页。本文所引敦煌写本歌辞皆出此书，下文不再一一注明。

洞仙歌 唐敦煌写本歌辞

悲雁随阳，解引秋光。寒蛩响，夜作堪伤，泪珠串滴，旋流枕上。无计恨征人，争向金风飘荡，捣衣嘹亮。〇懒寄回文先往，战袍待稳，絮重更熏香。殷勤凭驿使追访，愿四塞来朝明帝，令戍客休施流浪。

两首民间曲子辞，皆不同于《钦谱》推举的【洞仙歌】13句6韵的令词“正体”。按以上标点，前一首16句5复句，三/三/四/〇四/二/型复句组；后一首15句5复句，二/四/三/〇三/三/型复句组，两首互为变体，属于复句数相同而分句数不同的“变体二”。将此唐曲《洞仙歌》为“母调”，宋词《洞仙歌》则是“流变”。

【洞仙歌】是宋文人词中“变体”最多的一调，将敦煌歌辞作为始词，小令一体既有“变体一”，也有“变体二”，只是断句不必恪守《钦谱》确定的“前段六句，后段七句”，如前述欧阳修《洞仙歌令》，可按《钦谱》的主张点断，亦可作如下标点：

楼前乱草，是离人方寸，倚遍阑干意无尽。罗巾掩，宿粉残眉香未减。人与天涯共远，香闺知人否，长是厌厌。〇拟写相思寄归信，未写了，泪成行，早满香笺。相思字一时滴损，便直饶伊家总无情，也拚了一生为伊成病。

如此标点，上片八句，下片七句，全词15分句5复句，三/二/三/〇四/三/型复句组，较上举敦煌写本前一首歌辞为“变体二”，较后一首歌辞为“变体一”。虽然此三词的标点都还可作细微变化，但无论如何标点，三首词仍然互为“变体”——分句数有变，复句型有变，但复句数不变。在词、乐关联上，由“词体”推测“乐体”，敦煌写本与欧公的【洞仙歌】复句数相同，音乐体量应大致相当；分句数、复句型以及韵位的变化，则意味着三首歌辞的音乐旋律在乐句组织上有所变化。也就是说，从唐到宋的【洞仙歌】“流变”体现了一个曲调辗转相传中的“活态歌唱”。尤值得注意的是：两首唐代歌辞《洞仙歌》的互为“变体”，意味着当初唐代民间【洞仙歌】即是一个“母调”的“活态歌唱”。姑从晚唐算起到欧阳修的北宋中期约两百年间，【洞仙歌】不知经历了几多“加减其声”的“活态传唱”和“旧曲新翻”。民间歌辞的“变体”，是代代相传的活态歌唱生发的一种“歌辞体”习性，【洞仙歌】则是民间歌辞“变体”习性传递给文人词的一个实例。

“活态歌唱”在宋代成为文人圈的一种流行风气，文人们享受着高雅的“浅斟低唱”和市井艺人的“拍曲儿”，领略各种雅俗歌唱演绎的歌辞“变体”趣味，所以文人词作的各种“变体”绝大部分产生于宋，尤其是北宋。当然，民间歌辞的变体习性对文人词作影响固然很大，但“词”的本体是文学，支撑词之“变体”的根本是文学修养，所以文人词“变体”的层次高于民间歌辞。即以【洞仙歌】为例，敦煌写本歌辞无长调，北宋文人则创制了慢词一体，是短调演化为长调的典型之例，兹各举一例：

洞仙歌 北宋·晁补之

群芳老尽，海棠花时候，雨过寒轻好清昼。最妖饶，一段全是初开，云鬓小，涂粉施朱未就。〇全开还自好，骀荡春余，百样宫罗斗繁绣。纵无语也，心应恨我来迟，恰柳絮将春归后。醉犹倚柔柯，怯黄昏，这一点愁，须共花同瘦。

洞仙歌 北宋·晁补之

花恨月恼，更夏有凉风，冬轩雪皎。闲事不关心，算四时皆好。从来又说，春台登览，人意多同，常是惜春过了。须痛饮，莫放欢情草草。〇年少，尚忆瑶阶，得隽寻芳，骖騑东城，适见垂鞭，酕醄南陌，又逢低帽。莺花荡眼，功名满意，无限嬉游，荣华事，如梦杳。伤富贵浮云，曾萦怀抱。为春醉倒，愿花更好春休老。开口笑，占醉乡，莫教人到。

一个词人的同调之作，慢词较令词增加了13分句4复句，句型仅上片第一复句同为“三分”，其他句位的复句型无一相同，即令、慢二体的“复句-大乐句”构造完全不同，慢词虽然调名仍是【洞仙歌】，实际上已是一个新的曲调。至于“令”“慢”音乐旋律是否有关联，不得而知，但从调名不变看，慢词仍应有“母声”的音乐元素，可谓大幅度的“旧曲新翻”，一个词调从“令”变体为“慢”，说到底还是一调“活态歌唱”之变。大幅度的“变体三”——“分句数复句数皆变”，实际上都具有同样性质。

（2）一调之辞的“诗”“词”异体：齐言声诗与杂言曲子辞

一调活唱，最明显的表现是一调兼有齐言声诗和长短句两种“歌辞体”，由此引发的“词由诗变”说，曾是学界关注和争议的一大问题。“声诗”与“词”，其实都是“曲子辞”，只是“辞体”不同而已。唐代“声诗”是个多元概念，在不同语境中有不同的含义，一调兼有“诗”“词”二体的曲调主要见于唐代，数量并不多。任半塘先生《唐声诗》指出：唐文人有时以“声诗”指称“歌辞”，是唐代特有的具有“歌调”意味的“歌辞体”概念，所收录的唐声诗134调，只有极少数衍生为长短句词调。唐代敦煌写本歌辞，声诗与长短句并存，但一调之辞兼有声诗、长短句二体极少，本谱收录的兼有声诗、长短句两体的三十余调，敦煌写本歌辞皆为长短句，声诗则为文人之作，两体在时段上平行共举。这一历史事实，直观反映了“词由诗变”并非词体生成的普遍规律，虽然也有少数声诗调演变为长短句词调，但总体看来，唐代兼有声诗、长短句二体的曲调，声诗调从五代起基本消失而只有零星流传，“歌辞”体式普遍为长短句，请看唐代同调之声诗和长短句数例：

新添声杨柳枝 唐·温庭筠

一尺深红朦曲尘，天生旧物如此新。合欢桃核终堪恨，里许元来别有人。

杨柳枝 五代·蜀·顾夐

秋夜香闺思寂寥，漏迢迢。鸳帏罗幌麝烟销，烛光摇。正忆玉郎游荡去，无寻处。更闻帘外雨萧萧，滴芭蕉。

竹枝 唐·刘禹锡

杨柳青青江水平，闻郎江上唱歌声。东边日出西边雨，道是无晴还有晴。①

竹枝子 唐·敦煌写本歌辞

高卷珠帘垂玉牖，公子王孙女。颜容二八小娘，满头珠翠影争光，百步惟闻兰麝香。〇口含红豆相思语，几度遥相许。修书传与萧娘，倘若有意嫁潘郎，休遣潘郎争断肠。

苏莫遮 唐·张说

摩遮本出海西胡，琉璃宝服紫髯胡。闻道皇恩遍宇宙，来时歌舞助欢娱。

苏莫遮 唐·敦煌写本歌辞

大唐五台曲子六首，寄在苏莫遮。

大圣堂，非凡地。左右盘龙，为有台相倚。岭岫嵯峨朝雾已，花木芬芳，菩萨多灵异。〇面慈悲，心欢喜。西国真僧，远远来瞻礼。瑞彩时时岩下起，福祚当今，万古千秋岁。

白居易声诗《杨柳枝》，七言四句；温庭筠《新添声杨柳枝》，音乐上当对原调有所翻新，但还是整饬的七言四句声诗，可见一调音乐有变而调名可以不变，歌词形式也可不变；五代顾夐《杨柳枝》则对"新添声"加以"填词"，将声诗变成了"长短句"，而调名依然不变。由此可证古代一个音乐"母调"在歌唱中可以"一调多谱"，音乐不同而歌辞形式仍然可以不变，如果随着音乐之变而增减语句，其辞就是一种"变体"。

刘禹锡《竹枝》诗，其调来自巴歈民歌，自序曰："《竹枝》，巴歈也。巴儿联歌，吹短笛、击鼓以赴节，歌者扬袂睢舞。"② 此前，唐玄宗时的崔令钦《教坊记》曲名表中即有【竹枝子】，是否亦采自"巴渝"，无可考，但表明在刘禹锡听巴人歌唱之前，地方民歌乃有【竹枝】歌调并为唐教坊采纳，可惜无传辞而不知其歌辞样式。刘禹锡观闻的巴儿歌舞，原歌辞是不是七言诗，也不可知，只能确定刘禹锡的《竹枝》是写诗赋歌，化俗为雅，使《竹枝》成为一首广为流传的声诗调。敦煌写本歌辞《竹枝子》与刘禹锡所闻《竹枝》年代孰为先后、是否与"巴歈"有关联，亦难确定，从调名相同看，或有某种同源关系，但却是长短句，上下片体式全同，为一曲叠唱两遍，每片 5 个"分句-小乐句"构成 2 个"复句-大乐句"，音乐上与齐言声诗之歌不会一样。设若同源，将敦煌写本《竹枝子》作"始词"，刘禹锡《竹枝》就是"变体"。

张说《苏莫遮》。张说是盛唐开元间重臣，其诗作年代或比敦煌写本歌辞《苏幕遮》

① 曾昭岷、曹济平等编《全唐五代词》，中华书局 1999 年版，第 59 页。
② （宋）郭茂倩撰《乐府诗集》卷八十一，中华书局 1998 年版，第 1140 页。

早。但“苏幕遮”本西域泼寒胡戏，最初在南朝刘宋时传入中土，故敦煌写本歌辞《苏幕遮》未必是从声诗演变的长短句。最重要的一点是，胡乐【苏幕遮】所歌之声诗、长短句都是汉语歌辞，可见胡乐及其转化的歌曲既可歌齐言，亦可歌杂言，有谓胡乐不可唱汉语齐言，所以配以长短句之“词”，由此“胡乐入华而词生”，显然是有违历史事实的误说。

上举三调，大约反映了声诗与词体的三种“关系”：其一，长短句是齐言声诗体的衍变，如《杨柳枝》；其二，声诗与长短句可能存在着交叉影响，如《竹枝子》；其三，声诗调和长短句曲调乃是有共同源头的“同名异调”，如《苏莫遮》。因此，脱离词体发生和运行的多元生态，将历史予以简单的“逻辑化”，认为唐代“歌辞体”经历了从“齐”到“杂”的“词由诗变”，既有违历史事实，亦有悖实际歌唱原理。

“词由诗变”说最早由宋代沈括、朱熹开其端，有谓词体长短句是将齐言歌唱中的和声填实的结果，所谓“和声”，即歌唱中的拖腔“呵呵呵”“啊啊啊”之类①，民间谓之“耍腔”。将声诗歌调“填实和声”而成“长短句”当然会有，但并非词体生成的普遍规律。古代歌唱方法多种多样，“歌辞体”从来就是齐言、杂言两体并存，无先后之分，如果单以声诗歌唱为本，将一个音乐曲调既歌齐言亦唱杂言强分先后，由此推论“词由诗变”，可谓只及一隅而未知全局，所以宋文人对“填实和声”说也有这样一种说法：

> 大抵唐人歌曲，本不随声为长短句，多是五言或七言诗，歌者取其辞与和声相叠成音耳……岂非当时人之辞为一时所称者，皆为歌人窃取而播之曲调乎?②

“本不随声为长短句”，可见其歌曲的乐句本来是“长短句”，而歌者不妨用其曲传唱齐言诗。一个曲调的歌辞文体形式是弹性可变的，其曲在历时传唱中也会发生种种变化，故一调歌词的体式有所不同很正常，敦煌写本歌辞《竹枝》是唐代的【竹枝】歌腔，五代顾复《竹枝》是五代【竹枝】的歌腔，【竹枝】的历时活态传唱造就了歌辞的不同“又一体”。

本源为西域胡乐【苏幕遮】的“诗”“词”二体歌辞，更有意味，其乐传入中土，有宫廷和民间两条路线，张说所作的声诗《苏幕遮》是宫廷宴乐场合的歌辞，敦煌写本的长短句《苏幕遮》则是民间流行的歌调之辞，虽然同源于一个“母调”，但没有任何事实和理由说民间歌辞是声诗歌调的演变。尤值得注意的是：今存五代文人词没有《苏幕遮》，但北宋范仲淹有《苏幕遮》词（碧云天黄叶地），体式与敦煌写本“大唐五台山曲子”《苏幕遮》全同，可以肯定范仲淹“依调填词”的“母调”不是唐代声诗调，而是北宋流传的民间曲调《苏幕遮》。两宋文人词《苏幕遮》计 24 人 28 首，体式与范仲淹词全同，是宋文人词中极少的无“变体”词调，诸词写作不排除有音乐上的“依调填词”，但主要应为范

① 沈括《梦溪笔谈》：“诗之外又有和声，则所谓‘曲’也。古乐府皆有声、有词，连属书之，如曰‘贺贺贺’‘何何何’之类，皆和声也。今管弦之中缠声，亦其遗法也。唐人乃以词填入曲中，不复用和声。”（金良年点校《梦溪笔谈》，中华书局 2017 年版，第 37 页）

② （宋）胡仔《苕溪渔隐丛话》引《蔡宽夫诗话》，人民文学出版社 1962 年版，第 140 页。

仲淹的人格和名家效应导向的“依词填词”，无论哪种情况，都说明“声诗”和“曲子辞”大多为平行关系而非“词由诗变”。

以上所述，由于缺乏具体音乐资料，只能根据间接资料以作推证，但可以肯定：词调的生成和所歌之词的“变体”机制，是在歌曲的大众活态传唱中发生运作的，文人词的一调同体之作，不只是“依调填词”的结果，名家之词的作者人格效应吸引着后人的“依词填词”，也是词体建构的重要机制之一。

4. “因声度词”“依词填词”与一调之“同体”与“变体”

（1）依调填词

文人依曲调音乐的“依调填词”之法，最早见于唐元稹《乐府古题序》：“在音声者，因声以度词，审调以节唱。句度短长之数，声韵平上之差，莫不由之准度。”① 用今天的话说，即依照一个音乐曲谱作词，语句的长短和句数，根据乐句的长短和句数而定，造词用字则根据音乐旋律的高低起伏走势决定平仄声调，以免唱起来“字非其声”而“倒字”。

对此基于音乐的“因声度词”说，今天无法穿越历史而领略其具体操作，但可从唐文人曲子辞推测大概：今存唐文人词多为“同体”，如【调笑】【望江南】等，体式完全相同，可视为比较规矩的“因声以度词”。

五代文人词开始出现少量“变体”，继之宋文人词作的“又一体”大为扩展，没有“变体”的词调反而罕见。本谱提供的事实是：宋代一调之“始词”及各种“又一体”首作，后之“同体”之词有几十首以上的不到百调，即使将之都作为“审调”而“准度”的填词之作，在整个文人词中也只是小范围现象，主流态势是一调之词多有细微或明显的“增减字”与若干“又一体”。这一现象，似乎有违“审调”而“准度”的填词说，如何看待这一“理论”与具体操作的背反现象，须将“依调填词”置于词体传唱的大语境中理解，将唐五代词与宋词的历史生态作一比较，探究文人词体从“稳定”转向“灵活”的缘由。对此有三个注意点：

其一，理解“依调填词”说，首先要明确一个前提：此为文人的“填词”理念，代表了文人对乐、词相协方式的理解，是唐代文人初涉“填词”的操作方法。但古代知乐擅乐的文人毕竟极少，具体操作起来有难度，唐五代文人同调之词的体式统一，恐怕有不少是“依词填词”的结果，如刘禹锡《忆江南》，自云按照白居易《忆江南》而“依曲拍为句”，“曲拍”，可以转化为词文语句之“句拍”，未必要亲自来“审调节唱”，只要白居易原词是“审调节唱”而作，按其词每句字数和字声“平上不差”而“填”之，也就等同于音乐上的“依调填词”了。到了宋代，参与填词的文人较唐五代大量增加，一般文人既做不到、也没兴趣先来下工夫“审调节唱”再“依调填词”，宋末元初张炎有云：“自古作词，能依句者已少，依谱用字者，百无一二。”② 所谓“依句”，即依照音乐谱的乐句和“小顿”“大

① （唐）元稹撰，冀勤点校《元稹集》卷二十三，中华书局1982年版，第254页。

② （宋）张炎撰《词源》，唐圭璋《词话丛编》，第268页。

顿”填词；“依谱用字”，即按照音乐旋律选择“声韵平上之差”而“准度”。具体操作方法，张炎以其父张枢《瑞鹤仙》为例云：“此词按之歌谱，声字皆协，惟‘扑’字稍不协，遂改为‘守’字，乃协。”① 所云“不协”的一句是“粉蝶儿，扑定花心不去”，为何“扑”字不协？以歌唱的一般原理测之，“扑”，入声，发音短促，出口即断，且“扑定”为入声、去声相搭，以之为乐句起腔，俗云“不起调”，勉强唱来可能会“字非其声”而“倒字”，故改为声音婉转的上声“守”，“乃协”。这就是精通音律文人的“依调填词”，“虽一字亦不放过，信乎协音之不易也”②。近体诗的声律规则是不须讲究如此细致“协音”的，“扑定花心不去”，标准平仄双语步的交叉循环，符合诗体声律规则，一点问题也没有，但在词中却“稍不协”。不过话说回来，如此讲究词、乐相协的文人毕竟极少，“百无一二”，所以严格基于音乐的“依调填词”并非文人的普遍操作方式，今天将之作为古人填词的唯一“标准”，就不免昧于变通了。

其二，严格基于音乐的“依调填词”虽非文人作词的普遍方法，但作为一种“填词”理念，深刻影响着词的“声歌”意识导向，是文人词体建构的重要基础。“依调”而“因声度词”乃成文人的一种“填词”观念，一个词调并非就是一个固定的歌谱，而是动态的“一调多谱”——“古曲谱多有异同，至一腔有两三字多少者，或句法长短不等者，盖被教师改换”，故依照“一调”之“多谱”而“依调填词”，即成一个词调的若干“又一体”。一调之“加减其声”与“被教师改换”，实即“因旧曲翻新声”，一旦“新声”美听而扩散开来，依照“新声”的“填词”就成了该调的“变体”，前文所举民间歌辞和文人词的“变体”诸例即是实证。由于资料缺失，今天已无法对每一个词调的“变体”由来予以具体考辨，但今日原生态民歌小唱乃至戏曲演唱，对“母调”音乐“加减其声”和局部“被教师改换”也还是常情，不妨“以今通古”大致推想历史的情形。

其三，在词体传唱大背景下，“依调填词”意识使文人词的案头写作始终保持着与音乐的亲缘关系。唐五代时，文人作词还是少数文人参与的小群体行为，文人词尚在小范围文人圈中流传，未融入广泛传唱的社会氛围，词体形式大多比较短小，限制了词体的可变量，故一个词调的“变体”还不多。到了宋代，太祖赵匡胤倡导的“多置歌儿舞女”从上层弥漫到社会，各种聚会和宴席上的“浅斟低唱”成为文人的一种普遍生活方式，词体传唱成为既风雅又世俗的享受，激发了文人的作词兴趣，文人们虽不躬亲“审调节唱”，但对活态传唱方式很熟悉，词、乐弹性相协技术，文人们未必“知其理”，但在直觉上“熟其事”：一调所歌之词，句子的字数可以略有增减，句法句型可有某种灵活性，局部可增减一两个小分句，歌者依然可以“依调歌之”而毫无妨碍。今通常认为古代歌曲唱词为一字一个乐音，实际情况并非如此，前文所录姜白石《淡黄柳》歌谱，即非一字只唱一个乐音。一个词调有一个框架性“母调”，可以歌唱不同作品，音乐上可以局部变化，词乐的弹

① （宋）张炎撰《词源》，唐圭璋《词话丛编》，第256页。
② （宋）张炎撰《词源》，唐圭璋《词话丛编》，第256页。

性歌唱与词体的“弹性程式”，乃一体之两面。文人们虽非歌手，但对“弹性”音乐的“因声以度词”应该很熟悉，作词有所“变体”很自然，宋词每一调的诸家之词，普遍有字数和小句增减之“变体”，原因即在此。前文所录之词皆可为例，兹再举几首《青玉案》而辨之。

青玉案 北宋·贺铸

凌波不过横塘路，但目送芳尘去。锦瑟华年谁与度，月桥花院，琐窗朱户，只有春知处。〇飞云冉冉蘅皋暮，彩笔新题断肠句。若问闲情都几许，一川烟草，满城风絮，梅子黄时雨。

青玉案 北宋·苏轼

三年枕上吴中路，遣黄耳，随君去。若到松江呼小渡，莫惊鸥鹭，四桥尽是老子经行处。〇辋川图上看春暮，常记高人右丞句。作个归期天已许，春衫犹是小蛮针线，曾湿西湖雨。

青玉案 北宋·李之仪

小篷又泛曾行路，这身世，如何去。去了还来知几度，多情山色，有情江水，笑我归无处。〇夕阳杳杳还催暮，练净空吟谢郎句。试祷波神应见许，帆开风转，事谐心遂，直到明年雨。

青玉案 北宋·毛滂

玉人为我殷勤醉，向醉里，添姿媚。偏著冠儿钗欲坠，桃花气暖，露浓烟重，不自禁春意。〇绿榆阴下东行水，渐渐近，凄凉地。明月侵床愁不睡，眉儿吃皱，为谁无语，阁住阳关泪。

【青玉案】，宋代通行词调，始词传为南唐李煜作（梵宫百尺同云护），北宋首作贺铸词，体式与李煜词全同，《钦谱》举为“正体”，本谱梳理的两宋同体词作 40 人 50 首，分句数复句型皆同而略有增减字 22 人 26 首。苏轼、李之仪、毛滂词，则属于复句数相同而分句数有变的“变体二”：苏词上片第二分句将六字句摊破为两个三字句，上下片第二复句各减 1 分句，宋词中与此体分句数复句型相同而分句字数有增减 1 人 1 首；李之仪词，上片第一复句与苏词同，其余复句则与李煜、贺铸词同，属于与始词稍有不同的“又一体”，宋词同体作品 24 人 32 首；毛滂词，上片与李之仪全同，下片将第二分句摊破为两个三字句，使“二分复句”变成了“三分复句”，宋词同体之作 2 人 2 首，增减字 2 人 2 首。三种“变体”，都没有理由认为是“审调节唱”的“填词”结果，苏、李二词皆是贺铸词的和韵之词，和韵之词“变”尚如此，可见“变体”是宋代词人的习以为常之事。四首词的共同之处乃复句数全同，如果将贺铸上片的一字领六言句点断为“但目送，芳尘去”，则四首词此句位的字数全同；下片第二复句，三首词皆为“四分”句型，只有苏词例外，此后【青玉案】最稳定的“定式句”即是上片第一复句和下片第二复句。而苏轼和毛滂之词，由于“定式句”不充分，效法者便极少，意味着“定式句”也是在词人群体写作中逐步形成的。四首同时期词人之作说明：一调之词的“弹性变体”，没有绝对规定，但又有某种特定框架，从而使词“体”更有张力，更有意味。

值得注意的是，四首《青玉案》的四种“又一体”，宋人的同体之作数量颇有差异：贺铸词的同体之作最多，但四人中苏轼名气最大，而其词体在宋代【青玉案】“填者”中却是最冷的“又一体”。前文曾云：一调之若干“又一体”，其体的“填者”多少与该体作者的名家效应相关，但苏轼《青玉案》却是一个反例，原因在于：名家效应同时还与其词之“体”的规则化程度相关，贺铸词体“填者”最多，乃因其“体”十分整饬——上下片句数、句型、韵格及每个分句的字数皆完全一致，而苏词则上下片体式不同，《钦谱》【青玉案】注曰“此调以贺词、苏词及毛（滂）词、史（达祖）词为正体”，但出示的词例却将苏词划为“又一体”。

实际上，苏轼若干词作与本调“始词”不同的“又一体”颇多，且后之“填者”的“冷”“热”相差颇大，典型之例为两首《念奴娇》，一首《念奴娇·中秋》，宋词同体之作263人481首；另一首《念奴娇·赤壁怀古》，完全同体无，同体增减字28人48首。《赤壁怀古》是词史上影响最大的作品，为何同体式“填者”远不及《中秋》？看来因为《中秋》体式较《赤壁怀古》整饬规则，兹将《钦谱》所标点的二词句字谱对比如下（《钦谱》之“读”不断；下划线为本词上下片中的相同句式；方括号为两首词的相同句型句式）：

《中秋》：4，5，4。7，6。[4，4，5。4，6。] ○ 6，4，5。[7，6。] 4，4，5。[4，6。]
《赤壁》：4，9。4，9。[4，4，5。4，6。] ○ 6，5，4。[7，6。] 4，5，4。[4，6。]

《钦定词谱》于《中秋》词下注曰：“此调仄韵词，以此词为正体。若苏词别首‘大江东去’词、姜夔‘五湖旧约’词，句读参差……皆变体也。”比较两词的句型句字谱，《钦谱》推举《中秋》为“正体”，显然在其体十分规则：上下片复句型完全相同，分句字数仅开头三句的字数略有不同，其余上下片对应各句位的分句字数全同，且没有一句有“读”，全词体式十分整饬。但《赤壁怀古》却“句读参差”：下片比上片多1分句，上下片只有结尾两句字数一致，其他对应句位的分句字数全不相同，“句读参差”故不能为“正”而列为“又一体”。

但细而察之，《赤壁》上片第三、四复句与《中秋》复句型和句字数全同，而《中秋》上片第一复句“凭高眺远，见长空万里，云无留迹”，也可断为“凭高眺远，见长空万里云无留迹”，如此则与《赤壁怀古》“大江东去，浪淘尽千古风流人物”同为4/9“二分复句”。当然，将此9字句断为“二分”，“见长空万里”与“云无留迹”有一个视点的微妙延伸而增加了体味性，故《钦谱》特别交代“前段第二句五字”；《中秋》上片第二复句，《钦谱》标点为“桂魄飞来光射处，冷浸一天秋碧”，亦不妨断为“桂魄飞来，光射处冷浸一天秋碧”，则与《赤壁》“故垒西边，人道是三国周郎赤壁”句字数和句型全同，如此，两词的上片就完全同体了。下片，两词第二、四复句全同，一、三复句则有微小的差异，《赤壁》第一复句："遥想公瑾当年，小乔初嫁了，雄姿英发。"《中秋》："我醉拍手狂歌，举杯邀月，对影成三客。"只是二、三两个小句字数为"5/4"与"4/5"的一字之差，古今有论者认为《赤壁》此两小句应断为"小乔初嫁，了雄姿英发"，便与《中秋》相同了，姑作一说；第三复句，也是二、三两个分句字数"5/4"与"4/5"的一字之差，《赤壁》："故国神游，多情应笑我，早生华发。"《中秋》："便欲乘风，翻然归去，何用骑鹏翼。"但此两句也可分别点断为："故国神游，多情应笑我早生华发。""便欲乘风翻然归去，何用骑鹏翼。"那么两词的该复句便同型为"二分复句"了，只是分句字数有4/9与8/5的差异。甚至可以点断为"便欲乘风，翻然归去何用骑鹏翼"，两句便完全"同型"。因此，如果对两首词有差异的四个复句以"求同"思路点断，两首词的分句数、复句型和分句字数即可完全"同体"。此关涉词体"流水句"的"可断可连"问题，下文将作专门阐释，这里仅指出：《钦谱》对两首词的不同点断，是从其理解的"最佳句读"及如此句读的"最佳词意"出发的，结合《钦谱》注重的"填者"多少，所以按《钦谱》的点断，体式规则整饬而"填者最多"的《中秋》被举为"正体"，而"句读参差"且"填者"数量大为落后的《赤壁怀古》便只能作"又一体"了。

《钦谱》注重一调之体的"填者"多少是很有意义的，"填者"越多意味着对此"体"认同的词人越多，意味着某调词体建构的历史趋向。而这，正是今天的词体学研究需要进一步深度考察和解释的问题。还以此二词为例：《赤壁》词体"填者"北宋11人，南宋17人；《中秋》词体"填者"北宋19人，南宋244人。显然，北宋时两种词体"填者"的差距还不大，至南宋则《中秋》体的"填者"激增，其意味是，北宋词人写作，一调之"同体"与"变体"两条路线并存，"变体"并不明显弱于"同体"；但时至南宋，词体规则化意识逐渐加强，相应的是"同体"趋势增强，尤其是传统词调的写作，南宋词人取样《中秋》的"填者"远多于《赤壁》，即是这一历史趋势的反映。而《钦谱》编撰的主旨，核心即在以"填者"最多的"正体"确立一调词体的统一规格，这一词体观念与词体建构的历史趋势是一致的，根本立场乃是中国历代相沿的文体建构的传统思路：走向规则。

词体建构"走向规则"的历史趋势，是词体建构逐渐脱离音乐后"文体"身份走向独立的体现，"走向规则"的逻辑指归是词体的语文形式。但回到唐宋当下的乐、词互动生态，冷热不同的词调和若干"又一体"的产生，恰是词调歌唱和词体建构充满活力的表现，"热"和"冷"是互动相生的，本谱呈现的事实是：同体作品越多的词调，相应的该调"又一体"也越多，"又一体"越多，"冷式"越多。"冷"的"又一体"并非不可唱和没人唱，任何一首词，只要有人愿意唱则皆可歌之，词体的"弹性程式"本来就是在活态传唱机制中生成的，"变体"多而"冷式"多，正是词体音乐灵活性的表现。通观唐宋所有词调的所有词作，所呈现的事实是：最"冷"的"孤词孤调"近四百调；"填者"有一二十人的"微冷"词调，约三百多调；像【念奴娇】这样"填者"有数百人的"热调"只有几十个；而每调之"正体""又一体"的"冷""热"比例，"冷"为十之八九，"热"仅十之一二，大量冷调、冷式的生成，恰说明活态传唱氛围中的词体建构充满活力，意味着文人的案头写作之词仍然属于“歌辞文学”。这对考察词体演变的历史轨迹十分重要：宋代以后，文人词体逐步进入“无变体时代”，恰说明词体成了与音乐歌唱无关的案头文学，从而失去了词体演变的根基和动力，唐宋文人的“依调填词”对词之“歌辞”身份的确认，“因声以度词”的规则和实际操作，与元明清文人的“依调填词”概念和实际操作有本质的不同，唐五代两宋之词乃是音乐意义主导的“词调”之词，宋以后乃是语文意义的“词牌”之词，词的文体观念从宋代的“弹性程式”逐步走向统一范式。清代以来，官方词谱确立的“正体”成为文人词体的集体样板，丰富多彩的词之“又一体”就几乎消失了，只有少数文人偶尔玩一下“变体”。

(2)“依词填词”

“因声以度词”的“依调填词”最初由唐人提出，而五代两宋词坛的相关话题却极少，“依词填词”作为“因声以度词”的变通方式，实际上更为普行。至南宋后期，文学立场上的“依词填词”成为“词学”话题之一。请看以下几条资料：

> 凡作词，当以清真为主。盖清真最为知音，且无一点市井气。下字运意，皆有法度，往往自唐宋诸贤诗句中来，而不用经史中生硬字面，此所以为冠绝也。——南宋·沈义父《乐府指迷》①
>
> 余尝爱古词云：“休眉锁，问朱颜去也，还更来么。”音韵低黯，辞情跌宕，庶几哀而不怨，有益于幽忧憔悴者。然二语外率鄙俚，因依声仿佛，反之和之，此曲少有作者，流为善歌，则或数十叠，其声皆不可考。今特以意高下，未必尽合本调，聊以纾思志感云尔。——南宋·刘辰翁《大圣乐·伤春》词序②
>
> 吴梦窗自制此曲，余喜其声调妍雅，久欲述之而未能。甲午春，寓罗江，与罗景良野游江上。绿阴芳草，景况离离，因填此解。惜旧谱零落，不能倚声而歌也。——南宋·张炎《西子妆慢·白浪摇天》序③

第一条出于《乐府指迷》，作者沈义父，南宋后期人，继张镃等之后热心词之“古雅”的词学家。所云“古雅”，有两个标准：一是乐腔要“古雅”，二是文学格调要“古雅”。乐腔的样板是“清真及诸家目前好腔”，文学的样板还是周邦彦词，“凡作词，当以清真为主”，反映了清真词在南宋后期词坛的经典化。其时清真词的“乐腔”还存有多少，不得而知，其词广为传播则是事实，因此，文本之词乃成为“好腔”的载体，“依词填词”成为音乐上“依调填词”的延伸方式。

① （宋）沈义父《乐府指迷》，见唐圭璋《词话丛编》，第277—278页。

② 唐圭璋《全宋词》，第3214页。

③ 唐圭璋《全宋词》，第3475页。

沈义父的这一“依词填词”说，绝非突发奇想，而是文人将文本之词作为“歌腔”延伸载体的习惯意识，可谓长期以来大多数文人作词的传统操作技法。宋代虽然未必每一首词都赋唱，但在词体活态传唱氛围中，各种场合的“浅斟低唱”成为任何词作皆可歌之的证明，成为案头之词亦可“依调而歌”的生动验证。在这种集体氛围中，“依词填词”自然就成了“因声度词”的一种变通方式，大多数文人不必自己先来一番“审调节唱”而后“依调填词”，“依词填词”乃成间接“倚乐填词”的捷径，用“倚乐”的文本成果替代了音乐本身，“倚乐”转化为一种“歌辞”理念，案头写作成为文人词写作的普遍方式。况且，文人意识中“词”的第一身份本来就是“文词”，写作的第一现场本来就在案头，何况“依词填词”也可以在词体“弹性程式”框架中“变体”，完全可以付之丝竹檀板歌唱，精于审调节唱的文人毕竟极少，苏东坡便自嘲有三不如人：喝酒、下棋、唱曲儿。

第二条，刘辰翁《大圣乐・伤春》词序，是对文人“依词填词”具体操作的记述。【大圣乐】，宋教坊四十大曲之一，《宋史・乐志》录有曲名而未载词作。文人词体有长调、短调二体，短调首作是南宋初仲并的《大圣乐令》，全词 12 分句 6 复句；长调始词为南宋陆游的《大圣乐》，全词 24 分句 8 复句。刘辰翁欣赏的佚名“古词”，与仲、陆词作孰为先后无可考，幸其词流传至今：

初夏

千朵奇峰，半轩微雨，晓来初过。渐燕子引教雏飞，菡萏暗薰芳草，池面凉多。浅斟琼卮浮绿蚁，展湘簟，双纹生细波。轻纨举，动团圆素月，仙佳婆娑。○临风对月恣乐，便好把千金邀艳娥。幸太平无事，击壤鼓腹，携酒高歌。富贵安居，功名天赋，争奈皆由时命呵。休眉锁，问朱颜去了，还更来么。

全词 23 分句 8 复句，与陆游词复句数相同，分句数减 1。从该词曾经广为传唱而“流为善歌”推之，或比陆游词年代早，但到刘辰翁时已“其声皆不可考”，故刘辰翁《大圣乐》是按照“古词”文本的“依词填词”。全词 27 分句 8 复句，复句数不变，但较“古词”增加了 4 分句，故自云“未必尽合本调”，可见“依词填词”亦可变体。此后本调“填者”有南宋末周密、蒋捷、张炎三首，当然也是“依词填词”，体式局部有变而各成“又一体”，可见“依词填词”有所变体也是一种常态（参见本谱第 659 调之“同源词调”）。

第三条，张炎《西子妆慢》序曰吴文英自度曲【西子妆慢】其时已失谱而不可歌，张炎乃按其词文本而“依词填词”。吴文英自度曲今存 15 调，有 3 调其后有“填者”。文人自度曲大多为“孤调孤词”，姜白石 17 调自度曲，后之“填者”有 14 调，虽然每调填者仅二三人，但已十分难得。南宋文人词始用新调，大多为孤调孤词，是否为自度曲难以确知，但有一点可以肯定：这些词调不是社会上广泛传唱的曲调，即使当时有完整的乐谱，取之填词的也极少，更不用说“旧谱零落”者了，所以张炎看上吴文英词而效填之，就不是轻描淡写之事了。兹将二词同录于下：

西子妆慢　南宋・吴文英

流水曲尘，艳阳醅酒，画舸游情如雾。笑拈芳草不知名，乍凌波，断桥西堍。垂杨漫舞，总不解将春系住。燕归来，问彩绳纤手，如今何许。〇欢盟误，一箭流光，又趁寒食去。不堪衰鬓著飞花，傍绿阴，冷烟深树。玄都秀句，记前度刘郎曾赋。最伤心，一片孤山细雨。

西子妆慢　南宋・张炎

白浪摇天，青阴涨地，一片野怀幽意。杨花点点是春心，替风前，万花吹泪。遥岑寸碧，有谁识朝来清气。自沈吟，甚流光轻掷，繁华如此。〇斜阳外，隐约孤村，隔坞闲门闭。渔舟何似莫归来，想桃源，路通人世。危桥静倚，千年事都消一醉。谩依依，愁落鹃声万里。

张炎“依词填词”的立场与刘辰翁不同，刘辰翁出于欣赏“古词”的“辞情跌宕”而“依词填词”，故不妨“变体”；张炎对梦窗词则是“喜其声调妍雅”，故与梦窗词的分句数、复句型、句字数、字声平仄全然相同。时梦窗本词已失谱，张炎大赞的“声调妍雅”指的不是“乐声”而是字声的平仄组合，梦窗原词是合乎近体诗声律的“律词”，张炎的“依词填词”也是“律词”，所透露的消息是：语文意义的“声调妍雅”成为文人词体写作的一个注意点，并把近体诗的声律形式输入进了词体。宋人的词体声律论，本初出于“声歌意识”，而张炎效法梦窗词的声律，则透露了词体声律从“乐声”为本体走向有意识注重语文声律的微妙转型。尤可注意的是：张炎精通乐律，对只依文本而不顾歌唱的“依词填词”颇有批评，其《词源》有曰：“述词之人，若只依旧本之不可歌者，一字填一字，而不知以讹传讹，徒费思索。”① 因此，其对“失谱”的梦窗《西子妆慢》符合近体诗声律的“声调妍雅”大加赞美，效法之而“依词填词”，更令人玩味——“失谱”的词文本也是“依调填词”的一种样板，只不过其词调没有音乐意义而成为纯粹文体意义的“词牌”，但依然要有听觉上的美感，故语文“声律”的听觉美感便很重要。词是声歌也是文学，对大多数文人言，“文学”的分量更重，所以宋代各种“词学”的主话题乃是文学。刘辰翁和张炎的“依词填词”，一重“辞情跌宕”，一重“声调妍雅”，主旨则皆归于“文学”，联系沈义父“好腔”“去俗”的“雅词”说，文人词作无论是词、乐兼顾还是偏重词意和语文声律，最终皆以“文学之词”为本位。而这，实际上是唐宋文人作词的主导倾向，刘、张二人的词序，说明至迟到南宋，以词文为本位的“依词填词”和“文字声律”意识已开始有所“自觉”了。

自南宋以后，“依词填词”逐步成为文人作词的主流方式，宋末元初虞集云：“近世士大夫号称能乐府者，皆依约旧谱，仿其平仄，缀缉成章。”② 所谓“依约旧谱，仿其平仄”，其时尚没有如同明清时的语文词谱，所谓“旧谱”大概是乐谱或乐、词合谱，但士大夫的

① （宋）张炎撰《词源》，唐圭璋《词话丛编》，第256页。
② （元）虞集撰，王颋点校《虞集全集》，天津古籍出版社2007年版，第522页。

关注点不在音乐，而在语文形式的“仿其平仄，缀缉成章”。“号称能乐府者”尚且如此，一般文人可想而知。

“依词填词”是文人词的写作捷径，所依之词可歌，则“仿其平仄”的“依词填词”也就可歌，略加“变体”也无妨付唱；如果曲谱零落“不能倚声而歌”，“依词填词”依然有趣：效法名家名作，既可显示自己的文学“渊源”，更有别出新意的愉悦，是古代文人写作的习惯路径。本《源流谱》提供的事实是：凡一调有若干同体作品，其始词或“变体”中的某一式，尤其是“热调”“热体”，始作者和早期参与者总有享誉四方的士大夫或文坛名家，后之“填者”十之七八乃是效仿前贤的“依词填词”，南宋后期文人的表述和“依词填词”的实际操作，其实是对长期以来文人“依词填词”常法的发扬。明清词谱，则标志着“依词填词”的观念和操作方法已成词坛的一统天下。

以上对“依调填词”和“依词填词”的勾勒解析，说明唐宋文人的作词方式是多元的，无论是基于音乐的“依调填词”，还是由之延伸变通的“依词填词”，都是在词体活态传唱的激发牵动下展开的，两种填词方式在现实中相互交叉、相互转化，词体建构的历史过程，并非单一基于音乐的被动生成，随着词人群体的扩展，语文形式的词体建构不断强化。词之“体”，归根结底是一种语文样式，文人词体建构的归宿在文体。从《诗经》开始，古代“歌辞体”总是始发于口头歌唱而归结为书面文体，从“歌辞总体观念”看，词体建构乃是中国古代“歌辞体”建构的一个历史环节，与前代歌辞体建构的传统路线一脉相沿，而古代所有的汉语“歌辞体”演变史，最终归宿都是语文维度的文体建构。

5. 旧曲翻新与词之变体

前文曾言：旧曲翻新是新的词调生成方式之一。从“变体”的角度说，一个词调的某种弹性歌唱之“新声”成为较稳定的歌腔，此“新声”即成“母调”的音乐变体，“新声”之歌词也就成为该调歌词的“又一体”，这一词调音乐变体牵动的词之变体，是词体建构的重要机制之一。姜白石自度曲，也有“旧曲翻新声”，其【徵招】自序：“此一曲乃予昔所制，因旧曲《正宫·齐天乐慢》前两拍是徵调，故足成之。虽兼用母声，较大晟曲为无病矣。”[①]《齐天乐慢》，宋廷宴乐曲调，宋周密《武林旧事》“天基圣节排当乐次”：“上寿第一盏，觱篥起《圣寿齐天乐慢》。”[②] 是为器乐曲，北宋大晟府周邦彦取之填词作《齐天乐》，姜夔《徵招》“兼用母声”，故与周邦彦词调为同源关系，音乐上既有同亦有变。由于周词无乐谱传世，从姜夔词序仅可知将正宫调改为徵调，无法具体比较两词音乐以察《徵招》的“兼用母声”和乐腔新变，只能从文体差异体会“旧曲新翻”的词体变化。

齐天乐 北宋·周邦彦

绿芜凋尽台城路，殊乡又逢秋晚。暮雨生寒，鸣蛩劝织，深阁时闻裁剪。云窗静掩，叹重拂罗茵，顿疏花簟。尚有綀囊，露萤清夜照书卷。○荆江留滞最久，故人相

① 唐圭璋《全宋词》，第2182页。

② （宋）周密著，李小龙、赵锐评注《武林旧事》，中华书局2007年版，第25页。

望处，离思何限。渭水西风，长安乱叶，空忆诗情宛转。凭高眺远，正玉液新篘，蟹螯初荐。醉倒山翁，但愁斜照敛。

徵招　南宋·姜夔

潮回却过西陵浦，扁舟仅容居士。去得几何时，黍离离如此。客途今倦矣，漫赢得一襟诗思。记忆江南，落帆沙际，此行还是。〇迤逦，剡中山，重相见，依依故人情味。似怨不来游，拥愁鬟十二。一丘聊复尔，也孤负幼舆高志。水葓晚，漠漠摇烟，奈未成归计。

以《齐天乐》为基准，《徵招》的“变体”十分明显，两词的句型句字谱如下：

《齐天乐》：7，6。4，4，6。4，5，4。4，7。〇6，5，4。4，4，6。4，5，4。4，5。
《徵　招》：7，6。5，5。5，7。4，4，4。　〇2，3，3，6。5，5。5，7。3，4，5。

复句数相同，分句数、韵式、复句型皆不同，两调上下片相同句位的本调“定式句”（下划线之句），也全然不同，两调“复句-大乐句”的数量虽同，但除了上片第一复句，其他各复句的“分句-小乐句”全然不同，“大乐句”的音乐构成当然也不同，故《徵招》“兼用母声”的“旧曲新翻”，音乐旋律对“母调”有所汲取，更多是姜夔的自度新声。

再看周密据“翻谱数字”《塞垣春》所作的《采绿吟》。《塞垣春》为北宋新调，始词张先作，兹录二词以作比较：

塞垣春　北宋·张先

野树秋声满，对雨壁，风灯乱。云低翠帐，烟销素被，签动重幔。甚客怀先自无消遣，更篱落秋虫叹。叹樊川风流减，旧欢难得重见。〇停酒说扬州，平山月，应照棋观。绿绮为谁弹，空传广陵散。但光纱短帽，窄袖轻衫，犹记竹西庭院。老鹤何时去，认琼花一面。

采绿吟　南宋·周密

采绿鸳鸯浦，画舸水北云西。槐薰入扇，柳阴浮桨，花露侵诗。点尘飞不到，冰壶里，绀霞浅压玻璃。想明珰凌波远，依依心事寄谁。〇移棹舣空明，蘋风度琼丝。霜管清脆，咫尺挹幽香，怅岸隔红衣。对沧洲，心与鸥闲，吟情渺，莲叶共分题。停杯久，凉月渐生，烟合翠微。

二词句型句字谱如下（下划双线为两词同句位的相同复句，单线为近似之句）：

《塞垣春》：5，3，3。4，4，4。8，6。6，6。〇5，3，4。5，5。5，4，6。5，5。

《采绿吟》：5，6。4，4，4。5，3，6。6，6。○ 5，5。4，5，5。3，4，3，5。3，4，4。

两词比对，上片大体相同，不同之处在周词将张词的两个 3/3 句合为一个 6 字句，一个 8 字句二分为 3/5 两句（亦可不断），推测之上片音乐旋律应大致相同。下片则变化较大，“翻谱数字”大概主要在下片。所谓“翻谱数字”，只是大概之言，从分句数看，“翻谱”的突出表现是“小乐句”的增加。当然，两词的复句数相同，故“翻谱”仍然保持了《塞垣春》的大体音乐框架。

由上二例，结合前述唐代乐工对【长命西河女】的“加减其声”，可见从唐到宋，“旧曲新翻”是词调音乐“变体”的常态机制，若干词调的“变体”，其实就是旧曲翻新的结果。最明显之例，是将短调小令翻新为长调慢词，此外容易忽略的还有“隐蔽”的旧曲新翻，如【念奴娇】，“念奴”为唐明皇时著名歌妓，其调或创于唐代，从调名看本为“艳曲”，但苏轼《念奴娇·赤壁怀古》却是豪放词，“须关西大汉，执铁板唱大江东去”①，由此推之，苏轼词调当是旧曲新翻之“新腔”，歌之“声情”方合“词情”。由于资料缺失，今天对一个词调若干“又一体”的由来已难具体考实，但必有一些“变体”出于旧曲新翻。“新翻”之曲的歌词广为传播，其词之“体”便成为一种样板，后之“填词”仿效其体而“依词填词”，从而出现大量同体之作，成为一调之“热”体。如《念奴娇》，始词为北宋沈唐作，其体“填者”不多，自苏轼取其调作词后，《念奴娇》乃成两宋词坛的热调，并衍生了不少异名，前文曾述苏轼【念奴娇】之《中秋》《赤壁》二词的“填者”数量差异，只是该调“填者”的一斑，将该调所有宋词按分句数各归一体，可得五体②，从其“填者”数量的多少，可察“旧曲新翻”对词体建构的意义。

	始作者	词体	完全同体	分句数、复句型相同 分句字数略有增减	分句数相同 复句型有变
始词	北宋·沈唐 “杏语过花”	22 分句 8 复句	1 人 1 首	7 人 7 首	3 人 3 首
又一体	北宋·苏轼 《赤壁怀古》	19 分句 8 复句	无	31 人 51 首	4 人 4 首
	北宋·苏轼 《中秋》	20 分句 8 复句	156 人 306 首	99 人 169 首	1 人 1 首
	北宋·赵佶 “雅怀素态”	21 分句 8 复句	无	3 人 3 首	7 人 8 首
	南宋·刘克庄 《和诚斋》	23 分句 8 复句	无	无	无

① （宋）俞文豹《吹剑续录》，邓子勉《宋金元词话全编》，凤凰出版社 2008 年版，第 1398 页。

② 按：本谱对“又一体”的划分标准与《钦定词谱》有所不同，《钦谱》将【念奴娇】及同调异名诸词划为十二体，以苏轼《念奴娇·中秋》为正体。

沈唐《念奴娇》始词是一首雅词格调的男愁女怨言情词，其词之体“填者”很少，分句数相同的所有“填者”12人12首，“填者”中没有一首艳情词——自苏轼词问世后，宋词《念奴娇》的文学主题几乎都是诉说文人胸怀，显示了苏轼《念奴娇》的巨大影响。古代歌曲传唱是动态的，传唱中对旧曲稍加变化本是常态，中国特色的各种弹性歌唱和旧曲翻新，充满着声歌艺术的生命力，是词调变体机制产生的直接原因。活跃的变体机制催生的若干“又一体”，为词体建构的历史选择提供了更多的样式，同时也提供了新的文学母题。其中，名家之词往往成为历史选择的焦点，词坛名家以及“流为善歌”的下层文人词作，若“井水饮处即能歌”的柳永词，朝廷司乐机构的专职文人若北宋大晟乐府的周邦彦词，尤为重要的是文坛精英之士夫文人，影响最大的即苏轼。名家之词——无论“始词”还是“又一体”——成为引导词坛写作的范本，文人们效其体而“依词填词”，从而形成“填者最多”的群体化词体，推动着词体“范式”的生成演化，后世的词谱才能将“填者最多”作为推举“正体”的一项标准，将若干“又一体”作为“正体”的参照，确定最有利于当下词体写作的集体范式。从这个意义上说，词的若干“又一体”为词体“范式”的历史选择提供了多元向度，是词之“变体”机制的重要功能和历史价值。

（二）词体语言形式的变体机制

从词调的“乐体”探析词之“变体”机制，根本在于词调歌唱的音乐弹性。这一点说来本是常识，歌曲音乐的性格本来就是“弹性”的，大众化歌唱更是如此。需要进一步追问的是：词调音乐为什么会有“弹性”，亦即词调音乐的生成机制和特质是什么？对此说来也是常识：词调，乃是传唱汉语之“词”的歌曲，因此，词调音乐生成的基本机制是汉语的字、词、语句声音织体的音乐化，是为词之“乐体”与“文体”关系的实质。

1. 汉语歌曲的生成机制：汉语有声形式的音乐化

汉语歌曲的生成机制，中华上古祖先即有答案：“诗言志，歌永言，声依永，律和声。”[①] 用当下语言表述：汉语歌曲生成的基本机制是对口头言语的“依字声行腔”，即把字声相连的“言”之声音抑扬顿挫“永言”之，“永言”之声具有一定的音阶音程关系，遵循一定的乐律规则，把歌辞的每个字、每个词、每个句子“永言”为长短张弛、高低和谐的连贯“乐腔”，“歌曲”便产生了，是为汉语歌曲生成的基本原理，学界表述为“依字行腔”，“以文化乐”，是为汉语歌曲与他语种歌曲生成机制的根本不同。词调音乐的生成自不例外，故词调音乐生成的根基是汉语歌词语文形式的声音织体，由此言之，姜白石“初率意为长短句，后协以律”的自度曲，乃是“词体时代”的“诗言志，歌永言，声依永，律和声”；旧曲翻新的“新声”所歌之词，归根结底乃是歌词的字词语句的“永言”。文人词体写作所以能够“因声以度词”，根本原因即在歌曲本来就是汉语言辞行声的音乐化。因此，词调音乐“弹性”的本根乃是词体的汉语形式，从逻辑上说，词体的语文形式

① （清）孙星衍撰，陈抗、盛冬铃点校《尚书今古文注疏》，中华书局1986年版，第70页。

也应具有弹性“变体”机制，才能促发和支持词调音乐的“弹性”。这一逻辑推断能得到具体事实的支持吗？能。

2. 汉语“流水句”与词之“变体”

词体语文形式与规格化近体诗的显著不同，在句式句型有一定的弹性，表现最突出的是复句的分句组织多为“流水句”。所谓流水句，是现代汉语语言学的概念，最早由吕叔湘先生提出，是汉语的一种常用语体形式，其特征为“一个小句接一个小句，很多地方可断可连”①，几个“小句”连接成的话语意义，前后包容、递相生发，形成流水般一波接一波的意义延伸，故称“流水句”。流水句的“小句”，相当于赵元任先生提出的“零句”②，通常为某种并置关系的短语句，语法上没有明确的主谓结构，具有相对的自足意义③。流水句在现代白话口语中很普遍，类似的句型在古汉语中也大量存在，且举一例古代散文的流水句，以见“小句”的“可断可连”：

王授璧，相如因持璧却立，倚柱，怒发上冲冠。
王授璧，相如因持璧，却立倚柱，怒发上冲冠。
王授璧，相如因持璧却立，倚柱怒，发上冲冠。
王授璧相如，因持璧却立倚柱，怒发上冲冠。
王授璧相如，因持璧，却立倚柱，怒，发上冲冠。④

第一种是今天的通常标点，另四种是断连的不同方式，若以一种句型为基准，其他四种即是“又一体”。这种散文体流水句在词体作品也常常有见，词之语体的历史进展，在于融合了诗歌、散文和通语白话的语体元素，建构了一种诗歌语体与散文语体相交织的“韵散织体”，典型特征即“流水句”。《钦定词谱》所谓语句的“蝉联不断者”，即属“流水句”，所云词体句法之“半句”、标示“读”的一些短语，亦是流水“小句”，一调之词的若干“又一体”，有不少实际上乃是“流水句”的不同断连方式。如前文所引姜夔《淡黄柳》中的一些复句，即可作不同的断连：

空城，晓角，吹入垂杨陌。马上单衣，寒恻恻。看尽鹅黄嫩绿，都是江南旧相识。〇正岑寂，明朝又寒食。强携酒，小桥宅。怕梨花落尽，成秋色。燕燕飞来，问春何在，唯有池塘自碧。

如此断连，在词体参差自由的“长短句”框架中看起来很自然，虽然一字没变，但较前文

① 吕叔湘《汉语语法分析问题》，商务印书馆1979年版，第27页。
② 参见赵元任著，吕叔湘译《汉语口语语法》，商务印书馆1979年版，第41—42页。
③ 参见沈家煊《“零句”和“流水句”——为赵元任先生诞辰120周年而作》，《中国语文》2012年第5期。
④ （汉）司马迁《史记·廉颇蔺相如列传》，中华书局1982年版，第2440页。

所引该词语句的断连则为“又一体”。当然，用白石原谱歌之依然浑然无碍。再看一首南宋曹豳的《红窗迥》：

春闱期近也，望帝乡迢迢，犹在天际。懊恨这一双脚底，一日厮赶上五六十里。〇争气，扶持我去，转得官归，恁时赏你。穿对朝靴，安排你在轿儿里，更选个官样鞋，夜间伴你。

全词以若干“可断可连”的“小句”构成流水句，一些语句可作不同的断连，如：“春闱期近也，望帝乡，迢迢犹在天际”；“懊恨，这一双脚底”；“争气扶持我去”。如果将“可断可连”的“小句”全连起来，尤可见该词的白话语体意趣：

春闱期近也，望帝乡迢迢犹在天际。懊恨这一双脚底一日厮赶上五六十里。争气扶持我去，转得官归恁时赏你，穿对朝靴安排你在轿儿里，更选个官样鞋夜间伴你。

如此将“小句”连起来，并非说该词即可如此点断，而是说明词体“可断可连”的流水句与歌曲音乐的“弹性”正相契合，一个稍长乐句皆有几个乐节，每个乐节与单词和词组相对应，如果在歌唱中“加减节奏”，将词组之乐节在节拍、速度、顿延上作些处理，原来的一个乐句就可以化为两个小乐句，词组也就变成了短语句；反之，两个小乐句也可以通过某种处理连为一个乐句，相应的两个短语句也就连成了一个长句。故乐句可随着流水句的“可断可连”弹性变化，所谓“摊破”“添声”“减字”产生的变体，即与流水句的“断”“连”紧密相连，《钦定词谱》指为“又一体”的一些样式，其实就是流水句的不同断连和由之形成的“小句”之增减。宋代文人的词体写作，并无《钦谱》的“正体”“变体”意识，一个词调的种种“又一体”，并非刻意“变体”，而是为了表达意绪而“流水”的。《全宋词》提供的事实是：一调诸家之词，既有“同体”也有“变体”，每调除了特定的一两个句位，其他句位皆可作不同程度的“变体”，“变”与“不变”是“弹性”的。兹以《八声甘州》为例解析之。

《八声甘州》，《全宋词》收录106首，始词为北宋柳永作，《钦定词谱》举为“正体”，与柳词相同句位的分句字数有所不同的作品，归纳为六个“又一体”。但一些分句数有增减的作品反而未纳入“又一体”，也许与《钦谱》对“流水句”的“断连”理解有关。兹举笔者梳理的宋词《八声甘州》各个复句的一些“变体”之例：

上片

第一复句：对潇潇暮雨洒江天，一番洗清秋。　（北宋·柳永）

问浮家泛宅，自玄真去后有谁来。　（北宋·叶梦得）

向吴天万里，一叶归舟。　（南宋·李石）

有情风，万里卷潮来，无情送潮归。（北宋·苏轼）
叹关河在眼，孰雌雄，兴废古犹今。（北宋·王之道）

第二复句：渐霜风凄惨，关河冷落，残照当楼。（北宋·柳永）
谁能借留侯箸，著祖生鞭。（南宋·刘过）
正峡江衮衮中流，我共一楫杭之。（南宋·李曾伯）
岁月尽悠悠，有清歌一曲，醉中自笑，酒醒还愁。（南宋·李石）

第三复句：是处红衰翠减，苒苒物华休。（北宋·柳永）
肠断洞庭叶下，倚西风，谁可寄芳蘅。（南宋·胡翼龙）

第四复句：惟有长江水，无语东流。（无变体）

下片

第一复句：不忍登高临远，望故乡渺邈，归思难收。（北宋·柳永）
况是岩前新创带，小轩横绝，松桂成蹊。（北宋·叶梦得）
几点别余清泪，尽化作妆楼断雨残云。（南宋·张炎）
春亦去，人远矣，是别情何薄，归兴何浓。（南宋·刘辰翁）

第二复句：叹年来踪迹，何事苦淹留。（无变体）

第三复句：想佳人，妆楼颙望，误几回，天际识归舟。（北宋·柳永）
约他年东还海道，愿谢公雅志莫相违。（北宋·苏轼）
便掀天卷地勋业，怕山中拍手笑希夷。（南宋·吴潜）
寄清谈，芒鞋筇杖，更尽驱风月入尊罍。（北宋·叶梦得）
尽诹谋询度归来，聊缓辔，岁晚雪霜深。（北宋·王之道）
有向来素琴，三尺枕，一编周易在床头。（南宋·李石）
归去好，散人相国迥升沉，毕竟总尘泥。（南宋·冯去非）

第四复句：争知我，倚阑干处，正恁凝愁。（北宋·柳永）
功名了却，茶烟琴月，慢慢东山。（南宋·詹玉）
须还我松间旧隐，竹上新诗。[①]（南宋·冯去非）

以上所示《八声甘州》各个复句的“变体”，多与“流水句”的弹性断连相关。

上片：柳词第一复句起句“对潇潇暮雨洒江天”，今或将“对潇潇”点断，《钦定词谱》作一个完整的八字句而未断；叶梦得二分句，亦可作不同断连“问浮家泛宅自玄真，去后有谁来”，或断为三分“问浮家泛宅，自玄真去后，有谁来”；东坡三分句，“有情风”连而不断即成二分句；王之道三分句，则必断为三分。第二复句，柳永三分句必断为三分，刘过二分句，或断为“谁能？借留侯箸，著祖生鞭”，两个四字句对仗，皆是“谁能”

① 诸词句分别引录自《全宋词》，第1册，第43、297页；第2册，第767、1156、1300—1301页；第3册，第2155页；第4册，第2721、2732、2818页；第5册，第3068、3224、3350、3485页。本文的标点句断或有不同。

话头的述语，如此“三分”，未尝不可；李石句，作四分为宜，较柳词增 1 分句。第三复句，柳词必断为二分；胡翼龙三分句可断为“肠断，洞庭叶下倚西风，谁可寄芳蘅”，亦不妨连为二分“肠断洞庭叶下倚西风，谁可寄芳蘅”。第四复句，无变体，106 首《八声甘州》此复句皆同。宋代有“变体”的词调，都有一两个复句的分句数和分句字数稳定无变的“定式句”，推测为该调音乐的“特色乐句”。

下片：柳词第一复句作三分；叶梦得三分句，今多参照柳词的分句字数点断为“况是岩前新创，带小轩横绝，松桂成蹊”，误，当断为“况是岩前新创带，小轩横绝，松桂成蹊”①，较柳词第一分句增 1 字、第二分句减 1 字；刘辰翁四分句，如果“春亦去，人远矣”连而不断，则与柳词三分句相同。第二复句，本调“定式句”。第三复句，变体最多，柳词四分句亦可连为二分“想佳人妆楼颙望，误几回天际识归舟”；苏轼二分句，可断为三分“约他年，东还海道，愿谢公雅志莫相违”②；吴潜二分句，亦可为三分“便掀天卷地勋业，怕山中拍手，笑希夷”；叶梦得三分句，则可作二分“寄清谈芒鞋筇杖，更尽驱风月入尊罍”；王之道三分句，不妨断为四分“尽诹谋，询度归来，聊缓辔，岁晚雪霜深”；冯去非三分句亦可断为四分“归去好，散人相国，迥升沉，毕竟总尘泥”，如此则与柳词复句型相同；李石三分句“有向来素琴，三尺枕，一编周易在床头”，非流水句，只宜断为三分。第四复句，变体极少，詹玉二分句“功名了却，茶烟琴月，慢慢东山”，较柳词第一分句增 1 字；冯去非二分句，若断为三分“须还我，松间旧隐，竹上新诗”，则与柳词复句型相同。

上述《八声甘州》诸词中“可断可连”的流水句，在宋词中普遍存在。但须注意：流水句所“断”所“连”的是“小句”，虽然断连有某种弹性，但须根据语意划分“小句”而不能破句。在语意正确基础上，流水小句的“断连”哪一种最恰当，需要学界共同讨论。实际上，古人即意识到词体流水句的“可断可连”，如李煜《相见欢》上下片结句，万树《词律》皆断为“上六下三”：“寂寞梧桐深院句锁清秋”，“别是一般滋味句在心头”。注云：“‘寂寞’至‘清秋’，‘别是’至‘心头’，皆是九字句，语气亦可于第四字略断。”③《钦谱》【相见欢】注解亦云：“前后两结句，或上四下五，或上六下三，句法俱蝉联不断。”可见《词律》《钦谱》皆认为这两个句位的九字点断是有“弹性”的。当然，“上四下五”或“上六下三”，具体作品有不同的选择，《钦谱》【相见欢】推举的“正体”是唐末薛昭蕴词，上下片结句皆作“上六下三”，上片结句“细草平沙蕃马读小屏风韵”——“细草平沙蕃马”是小屏风上的画景，“细草平沙蕃马小屏风”九字不宜断；下片结句“暮雨轻烟魂断读隔帘栊韵”，则不妨断为“上四下五”——“暮雨轻烟，魂断隔帘栊”。而李

① 按：“岩前新创带”，带，区域、地方，全句意为岩前新开辟的地方，对应上片“十亩荒园未遍”；“小轩横绝”，小轩建在高耸岩石的顶上，横绝天空，“带小轩横绝”，语意欠通。

② 按：“愿谢公雅志莫相违”，谢公雅志，指东晋-刘宋谢灵运的高雅情怀，典故词组，不可断，今或标点为“愿谢公、雅志莫相违”，误。原词全句意为：愿不要消失了谢公雅志（那样的情怀）。

③ （清）万树《词律》，第 237 页。

煜词的上下片结句皆不合适断为“上四下五”——“寂寞梧桐，深院锁清秋”，“别是一般，滋味在心头”，“上四”断开都有割裂语意之嫌，故只能断为6/3，本谱则保持为九字句而不断。

古人对一些词之流水句的断连也有争议，前文云《词律》批评杨升庵对秦观《水龙吟》下片结句的标点，实际上也是“流水句”的问题，《钦谱》的该句标点：“念多情但有当时皓月句，照人依旧韵。”较升庵《词品》标点为佳。《全宋词》该句“照人”作“向人”，点断为：“念多情但有，当时皓月向人依旧。”将“念多情但有”断为一个“小句”，有破句之嫌，若要突出“念多情”，可断为：“念多情，但有当时皓月，向人依旧。”词体流水句的“可断可连”并非随意而为，不是没有规则，“弹性”有其边界，断为几个“小句”是有限度的。本《源流谱》对所有宋词梳理归纳的结果：一个复句流水句可“弹性”划分的“小句”，若有增减，通常只有一个，最多两个；中长调每片通常有两三个复句的“流水句”可以弹性断连，而无论如何断连，一调的复句数通常稳定不变；同时每调皆有一个以上复句为稳定不变的“定式句”。此三点，是所有词调最普遍的“变体二”及其各种次生“又一体”均无突破的边界。词的“弹性文体”，是“变”与“不变”的交叉运作，因为有“边界”，所以才有“弹性”，或认为词体流水句的弹性断连会失去标准，各人自作主张而导致词句的点断千人千面，是对词体“流水句”的误解。

词体“流水句”如何断连最恰当，可以讨论，但“最恰当”并不否认流水句的“可断可连”，并不否定词的“弹性文体”特质。或认为词体句断即“音乐拍眼”，在词、乐相协的原理上是正确的，但须警惕《词律》所批评的对“拍眼”无根据的主观臆断，忽视词体的“活态传唱”，把词调音乐刻板僵化理解为绝对的“一调一谱”。宋代以后，词调音乐逐渐失传，今存宋代唯一的白石歌谱并无明确的拍眼标记，宋人的乐拍概念是“句拍”，一个音乐句拍对应歌辞一个句子，但以为歌词是刻板的一字一音，一句几个字就唱几个乐音，其实不然。汉字读音有四声，除了阴平和入声，阳平和上声的“永言”，要唱出字声的“头腹尾”，一个字就不会只唱“一音”，更不要说歌唱中的“花音”了。因此，对中唐文人所言“莫不由之准度”的“因声度词”之法，不能机械理解，所谓“句度短长之数”，虽然古人没有“流水句”概念，但汉语“流水句”自古而然，唐宋填词者对流水句“断连”或有不同理解，所以“句度短长”也会有某种不同，不能仅据唐文人书面概括表述的“因声度词”，便以为一首词的语句分断只能是“一种”。事实上，宋代当时的词文本并没有断句标点，明清词谱及今人的语句断连，是否为词人本意已无法定案，唯一能够确定的断句位置是“韵”，如果以韵断句，把语意上“可断可连”的无韵之句连起来，不宜“连”的无韵句保留之，便成一调之词的“最简标点”。且以此法对照《钦谱》之《八声甘州》的柳永“正体”和苏轼“又一体”：

对潇潇暮雨洒江天，一番洗清秋。渐霜风凄惨，关河冷落，残照当楼。是处红衰翠减，苒苒物华休。惟有长江水无语东流。〇不忍登高临远，望故乡渺邈归思难收。

叹年来踪迹何事苦淹留。想佳人妆楼颙望，误几回天际识归舟。争知我倚栏杆处正恁凝愁。(柳永)

有情风万里卷潮来，无情送潮归。问钱塘江上，西兴浦口，几度斜晖。不用思量今古，俯仰昔人非。谁似东坡老白首忘机。〇记取西湖西畔，正暮山好处空翠烟霏。算诗人相得如我与君稀。约他年东还海道，愿谢公雅志莫相违。西州路不应回首为我沾衣。(苏轼)

如此“最简标点”，柳词与苏词便完全“同体”，而将“流水句”作不同的断连，苏词便是“又一体”了。当然，如此“最简标点”只是一种研究策略，是断句的“底线”而非断句标准，将所有《八声甘州》皆作“最简标点”，便可清楚看出：【八声甘州】“乐体”不可变的是每片为四个“大乐句”，《钦谱》曰【八声甘州】“前后段八韵，故名‘八声’”[①]，在此乐体结构上绝无“变体”，相对应的是本调所有词作皆为八个复句，而复句中的“小句”则有“可断可连”的弹性，对应“小乐句”的歌唱可相应而变。因此，汉语流水句的弹性断连，既是词调“乐腔”具有某种弹性的内在依据，也是词调音乐变体机制具体运作的支撑。从音乐角度看，词调音乐是以“母调”为中心的“活态系统”，既可“一调同唱”，也可“一调活唱”，一调同唱，故有若干同体作品；一调活唱，故有若干变体作品；从文体角度看，歌词语文形式也是活态构成，词人写作有何“变体”，歌者就能随之对该调音乐加以“变体”。因此，词之“文体”与“乐体”性格相投，互动相洽。词之“变体”，是在词调音乐和歌词的语文形式互动相生的双重变体机制中发生的。

将词界定为“弹性文体”，似乎不符合精确定义的要求，其实文科研究对象的属性和状态几乎都是“弹性”的，何况理科也有“模糊数学”和“测不准原理”。“弹性”，是一切事物现实存在的普遍方式，判断“弹性”的根据是“标准”，有标准才有弹性，无标准便无所谓弹性。词体的“标准”，在于每一个词调的音乐形态和文体样式都是独有的“唯一”；词体的“弹性”，在于任何一调的乐体和文体在“标准”可容范围内都可以“变体”。“标准”，是“词”作为一种专类“歌辞体”的根据；“弹性”，是词体生长运行的活力。词的变体机制，是在唐宋时代音乐文化滋养下，在音乐和文学的双重“游于艺”中，逐步发展形成的。较之定格化的近体诗，词的“弹性文体”具有不同的文体特性，在古代诗歌文体史上建构了一种新型范式，而这一历史的意义，是在词之变体机制的支撑中实现的。

中国古代各种文体演变的主导趋向，历代文人写作的传统思路，是将某种文体最终建构为确定规格之“一体”。词体亦是如此，从整个词体演化史看，词之“一调多体”的最终走向是“一调一体”。唐五代宋金词体的建构和运演，是在“依调填词”“旧曲新翻”和“自制曲调”的交叉运作中展开的，唐文人的词体写作，主导意识为“一调一体”，“又一体”偶有发生；五代至北宋的文人词体写作，随着大量新生词调的流行，一调“同体”与

① 《钦定词谱》卷二五，第3册，第1680页。

“变体”双线并存，词人们并不刻意追求“变体”，也不刻意恪守“同体”；从南宋开始，文人圈的新生词调大减，采用传统词调日益成为主流，词体写作的“同体”趋势逐渐加强；自元代以后，新词调的产生渐缓渐止，词体写作成为文人的案头文学行为，歌词的变体机制转移到“声歌家族”中的“曲”体，文人词作的“一调一体”意识逐渐强化，明人撰写词谱而推举“范例”“正体”就是在这样的意识中产生的，所举“正体”的范例截止到元词，意味着词体建构实际上已经终结。清康熙年间朝廷主持编撰和刊行的《钦定词谱》，是语文意义上传统词谱的集大成，以朝廷权威和编撰者的精英地位，强势推举“正体”，将文人词写作导向“一调一体”，只有少数词作还保留着“变体”的惯性，词体文学身份的彻底独立和形式的规范化，有力支撑了清代文人词体写作的普及，造就了文人词在词史上的复兴，掀起文人词体文学的高潮和词学的兴盛。近代以来，主流群体为学者的文人词写作，“一调一体”已成定势。今天，一些专家和爱好者的词体写作、各种形式的诗词写作大赛，作词总是遵守当下各种渠道和方式推举的“正体”，笔者对此非常理解和赞同，但我们不能以今天的“词体观念”和“一调一体”的写作意识，替换对词体历史真相的认知和探究。

词的变体机制，是以往尚未探究的词体学课题。以上对词之变体机制的探究，只是在词体形式本体层面进行的初步研究，进一步展开关涉到词体形式中古代“歌辞体”的传统基因，古代文人的文化观念和文体观念对词体身份的定位，词体在不同时代文化语境中的运作生态，雅俗文化圈的词体承传、交融和变异等，是内涵深广的词体学命题。从文学角度看，词体形式的“弹性”赋予词人写作的某种自由，是促进词的变体机制和发挥其功能的动力，细察各家词作不同的“又一体”——语句字数和分句数的增减、语句的不同断连、复句型的弹性变化，玩味其中叙述方式和文学意涵的微妙不同，体会作者如此“变体”的用心，是词之变体机制研究更有意趣的内容。词的变体机制，不但是“文体”的命题，也是“文学”的命题。

四、词体声律形式的生成机制与历史演变

词体声律，是传统词谱关注的要点之一。晚明影响较大的《诗余图谱》《啸余谱》，每首例词皆注有平仄图谱，注意用近体诗的平仄声律程式梳理归纳词体声律。这一以“诗律”代换“词律”的方法遭到清初万树的强烈反对，《词律·自叙》云：

> 维扬张氏据词而为图，钱唐谢氏广之，吴江徐氏去图而著谱，新安程氏辑之，于是《啸余谱》一书通行天壤，靡不骇称博核，奉作章程矣。百年以来，蒸尝弗辍，近岁所见剞劂载新，而未察其触目瑕瘢，通身罅漏也。近复有填词图谱者，图则葫芦张本，谱则矇捧《啸余》，持议或偏，参稽太略，盖历来造谱之意，原欲有便于人，但疑拗句难填，试易平辞易叶，故于每篇作注，逐字为音，可平可仄并正韵，而皆移五

言七言改诗句而后已，列调既谬，分句尤讹，云昭示于来兹，实大误夫后学。不知诗余乃剧本之先声，昔日入伶工之歌板，如耆卿标明于分调，诚斋垂法于择腔，尧章自注鬲指之声，君特致辨煞尾之字，当时或随宫造格创制于前，或遵调填音因仍于后，其腔之徐疾长短，字之平仄阴阳，守一定而不移，证诸家而皆合。兹虽旧拍不复可考，而声响犹有可推。乃今泛泛之流，别有超超之论，谓词以琢辞见妙，炼句称工，但求选艳而披华，可使惊新而赏异，奚必斤斤于句读之末，琐琐于平仄之微？况世传《啸余》一编，即为铁板，近更有《图谱》数卷，尤是金科，凡调之稍有难谐，皆《谱》所已经驳正，但从顺口便可名家，于是篇牍汗牛，枣梨充栋，至今日而词风愈盛，词学愈衰矣。①

上一段话，可谓古代理论性的“词体声律论”，指出“词律”与“诗律”为两种声律体系——“诗余乃剧本之先声”，意指“词”体原生于民间曲唱，词中不符合律诗平仄语步交错循环的“拗句”，正是应歌唱而产生的，所以柳永、杨万里、姜夔、吴文英等宋词名家强调音乐之“分调”“择腔”，“鬲指”和“煞尾”，而不是考虑是否符合近体诗的“声律”。至于今日之词将古人词作中不合诗律的“非律句”改为“顺口”的“律句”，在宋人当日的词唱中反而倒是“捩喉扭嗓”的拗唱之句——

今之所疑拗句者，乃当日所为谐音协律者也。今日所改顺句者，乃当日所为捩喉扭嗓者也，但观清真一集方氏和章，无一字而相违，更四声之尽合，如可议改，则美成何其暗劣而不能制为婉顺之腔，千里何其昏庸而不能换一妥便之字？其他数百年间之才流韵士，何以识见皆出今人之下万万哉？②

因此，万树《词律·发凡》所述词体声律规则，只强调两点：“平止一途；仄兼上去入三种，不可遇仄而以三声概填，盖一调之中可概者十之六七，不可概者十之三四，须斟酌而后下字，方得无疵。”③ 所谓“可概者十之六七，不可概者十之三四”，可见词体的声律既有程式性亦有相当的灵活性。

万树《词律》的词体声律论，《钦定词谱》有所吸收，但根本思路则是将“词律”向“诗律”靠拢，吸纳明人词谱某些字位的“可平可仄”之法，借此调和词律与诗律，提出以“诗体句”为参照的“不必拘谱”——“词中句法如诗中五言、七言者，其第一字、第三字类多可平可仄，似不必拘谱”，为消解前代词作中的一些“拗句”提供方便之门。

《钦定词谱》将词律向诗律靠拢，是明清以来“词、乐分离”之“词”文学身份彻底独立的反映。从历史的角度看，万树《词律》的词体声律说注重的是词律不同于诗律的

① （清）万树《词律》，第7—8页。
② （清）万树《词律》，第9页。
③ （清）万树《词律》，第26页。

“自体性”声律构成方式，《钦谱》及明代词谱注重的是词体声律对诗律的汲取，二者本是唐宋词体声律建构的一舟双桨，《词律》看来“严格”的词律论与词体声律发生说，根本出发点在唐文人的“因声度词”说，是作为乐歌之词基于“唱”而生成的声律；《钦谱》宽松的“不必拘谱”词律说，则是作为文本之词基于“文”之传统所取的语文声律。两种观念的“声律”，虽然表层上都是平仄字声的组合，内在本质其实不同，是词体声律建构的一体之两面，构成词体声律形式建构中复杂交叉的历史图景。

20 世纪 90 年代，洛地先生从新的视角对“因声度词”的词体发生说及词律的构成提出质疑，提出新的“律词”概念：“词—格律化的长短句韵文—律词。”[①] 将语文声律作为词体声律的根本，“词之为词在其律”[②]，提出“律词”的生成是移用近体诗声律规则的结果。其论大要，包括三个方面：

其一，词体的生成，音乐绝非基础性、决定性要素。“我国音乐，以歌唱为其主体。歌唱，在我国，以‘传辞’为第一目的……在总体上，无不是：‘文’为主，‘乐’为从；‘文体’决定‘乐体’，‘乐体’从属于‘文体’。”[③]

其二，“文主乐从”决定了词体的声律并非由“协乐应歌”产生，而是文人将律诗的平仄格律运用于词，“以邻近语步平仄相对为规则向上建构而成”[④]。“律词之为律词，在于唐近体律诗的完成，以律诗之律运用、扩大其运用于‘长短句’乃为律词。”[⑤]

其三，古代歌曲有“以乐传辞”和“以文化乐”两种方式，前者主要为民间普众的歌唱方式；后者为文化圈的词唱方式，文人词的音乐“没有、也不能有确定旋律”。因此，长期以来词学界一些浮于表层的观点，如泛泛而言音乐风格以推说词之起源，刻板解说音乐上的“依调填词”“因声度词”等等，均不能揭示词体的本质，不符合词体和词律生成的历史真实。

洛先生“以文化乐”“文主乐从”的词、乐关系论，揭示了汉语歌唱发生学的基本原理，极富启迪。“词之为词在其律”的“律词”说，开启了探究词体建构的新视角，得到不少学界同仁的赞同，也是笔者长期关注思考的一个问题，对汉语歌唱的“文主乐从”，词体声律并非单向契合音乐而产生，词体声律对近体诗声律程式的移用等，宏观上十分认同。但另一方面，词体声律的建构是个历史的过程，将近体诗声律标准落实到具体词作是渐进的，并非文人词声律的原发性生成机制。唐五代两宋词既有“律词”，也有“非律词”，完全符合律诗声律标准的“律词”并不多，“律词”成为主流范式是宋代以后“词、乐分离”的结果。因此，对词体声律的生成和规则，要作动态的、演化的、不同时段、不

① 洛地《词体构成》，中华书局 2009 年版，第 4 页。按：此前刘大杰《中国文学发展简史》中提出“格律词派”，指词作风格工丽雅正的周邦彦、姜夔等词人，是为文学风格概念而非文体形式概念。

② 洛地《“词”之为“词”在其律——关于律词起源的讨论》，《文学评论》1994 年第 2 期；洛地《词乐曲唱》，人民音乐出版社 1995 年版；洛地《词体构成》，中华书局 2009 年版。

③ 洛地《词体构成》，第 5—6 页。

④ 洛地《词体构成》，第 4 页。

⑤ 洛地《词乐曲唱》，人民音乐出版社 1995 年版，第 248 页。

同文化圈词体运作史的研究。为此笔者多次拜见洛先生，先生笑曰："值得研究，拿出证据。"《唐五代两宋词调体式源流谱》即是在洛先生激励和关心下启动开展的[①]，编撰中将唐宋词的"律化"列为一项重要内容，将"词律"作为探究语文维度词体形式建构的要点之一，深化理解词体建构在古代诗歌文体史上的意义。

（一）词体声律的生成机制与"律化"的历史演变

今谓"律词"之"律"，指与近体诗相同的"邻近语步平仄相对"之规则，至于格律诗的对偶、粘连、拗律等，词体虽亦有其迹，但非常规，故"律词"之"律"仅指语句之平、仄双字语步的交错循环组合规则。

词体平仄字声组合的原初形态，从汉语歌曲的原始发生机制言，产生于"依字声行腔"的"歌永言"，歌辞"声律"——语句字声组合的音乐化，即是一首歌曲的"乐体"。一首歌流传开来，文人依其曲调"因声以度词"——根据每个乐句之乐音的抑扬走势填以适当的语句，歌唱的每个字都符合本字的正确声调，便构成每一个语句的平仄声律。如"6 5 4 6"填以"空城晓角"，该句字声为"阴阳上人"，符合"平平仄仄"的近体诗声律规则（以下简称"律句"）。但一个乐句可配唱语句的平仄字声组合是灵活的，并无绝对规定，如该乐句填以"燕燕飞来"，"声律"为"去去阴阳"——与"空城晓角"平仄组合完全相反，但旋律不变也完全能唱，只要歌唱时将"燕燕"的"字头"咬为去声，字尾拖为平声，"来"的字头咬为阳平，即不会"倒字"。所以"依乐定声"在很多情况下其实对歌词的字声并没有绝对限定。而且，即使一句中有个别"倒字"也不要紧，如杨荫浏先生翻译的岳飞《满江红》古谱，"怒发冲冠"四字唱为"3 5 56 1"，"冲"唱为56，阴平就成为上声了，但并不会产生误解。再举一个人们熟悉的现代歌曲之例，《在希望的田野上》第一句：

5 1 2 | 3·4 3 2 | 3 – | 3 5 | 5 2 4 | 3 2 2 5 | 2 3·5 | 1· 0 |
我们的 家 乡 在 希 望的 田 野 上，

以今普通话字音为准，"我"为上声，按谱唱"5"则成平声，故发声先要"咬"为上声再延音；问题较大的是"望"，字音为去声，按谱歌之则为平声，由于歌谱该字乐音接前音下行且只有半拍，紧接"的"乐音上行，故无法用咬字来解决，唱起来就是阳平而"倒字"了，但在上下文的连贯语境中谁也不会将"希望"理解为"希亡"。有的时候，一个乐句中的歌辞字音恰要唱得"模糊"一些才更能表现旋律的美感，所以歌词传唱中的字声平仄有某种"弹性"，本是歌唱中的常情。当然，完美的歌唱是乐音与字声完全契合，"在希望的田野上"若改为"在幸福的田野间"，则乐音与字声便完全"协矣"。今天可得耳闻

① 笔者1986年幸识洛先生，此后一直与先生保持联系，经常向先生请教，获益良多。关于词体的"律化"，曾多次向先生讨教，提出一些自己的想法，并向先生汇报了《唐五代两宋词调体式源流谱》的思路，得到先生的鼓励和指教，憾尚未完成而洛先生驾鹤仙去，痛哉！痛哉！

的传统京、昆唱腔，就特别讲究字声的准确和韵味。

因此，从歌唱的乐、词关系言，音乐旋律对歌词的字声并没有严格限定，无论“律化”或“非律化”语句，只要语意通畅，均可圆融歌之。所以，“歌辞体”没有且无须固定的“声律”程式，是为“唱歌”的常态。在活态传唱语境中，即使唱起来有个别“字音不协”的“倒字”，也无妨歌辞语意的传达。当然，擅乐者对“填词”字音的“协乐”很考究，某些字位不仅讲究平仄，更细致到四声，前文所举“扑定花心”一句就是一例，就此而言，词律比诗律更“细”。但这是精通音律的“内行”考究的事情，一般“外行”文人和大众的歌唱就不这么讲究了。

歌曲音乐对字声没有严格的绝对限定，产生了双重效应：一方面，字声没有限定，文人会“习惯”地将熟悉的、主流化的近体诗声律移用于“填词”；另一方面，由于词乐对字声没有规定，所以填词的字声也不必尽合诗律，自我感觉词意好、可以唱，便大可不必考虑是否合乎诗律。如此两种似乎相反的“声律”意识，却在“填词”中相安无事，一点没有冲突，语文声律意义上的“词律”，从来就不是唐宋词坛的普遍话题。因此，文人们的填词，如果能够“邻近语步平仄相对”，则习惯性填以“律句”；如果因表意的需要不能作律句，则无妨为“非律句”，所以唐五代两宋的词作，“律词”与“非律词”始终共存。

为了呈现唐宋词体声律构成的总体态势，本谱出示的每首例词，凡“非律句”均在平仄声律图谱中以下划线标出。一句在四字以上，才能构成“平平仄仄相对交错”之“律句”，故本谱将四字以上不符合诗律平仄语步交错的句子作为“非律句”；符合诗律的句子作“律句”——包括“一三五不论，二四六分明”，凡“两平夹一仄”、“两仄夹一平”、一句尾三字“三连平”等诗律所忌，只要不违反语步平仄，即作为“律句”，双字句、三字句，一概计为律句，从而最大限度计量一首词的“律句”比例。按律诗不可一句失律的标准，全部为律句的词为“律词”；凡一句以上失律即为“非律词”，再将“非律词”的律化程度分为三等：律句占90%以上为“接近律化”，80%左右为“不完全律化”，70%以下为“低律化”。以此为标准，综观唐五代两宋词的“律化”格局，可谓纷纭复杂。

1. 唐五代两宋词体的“律化”状况

唐五代两宋词有两大系列，其一为民间曲子辞，主要为敦煌写本歌辞及唐宋文献中零星的无名氏词；其二为文人词，是今存唐五代两宋词的主体。两个系列皆有“律词”和“非律词”。

（1）唐敦煌写本歌辞中的“律词”与“非律词”

本谱收录的敦煌写本歌辞，仅有齐言声诗一体的曲调原则上不收，兼有齐言、杂言二体收之。齐言、杂言皆有律词和非律词，非律词的律化程度不等。兹举几首以示之（非律句在平仄谱中以下划线标示）：

天仙子

燕语莺啼惊觉梦，羞见鸾台双舞凤。　◆◆◇◇◇◆◆，◇◆◇◇◇◆◆。

思君别后信难通，无人共，花满洞，	◇◇◆◆◆◇◇，◇◇◆，◇◆◆，
羞把同心千遍弄。	◇◆◇◇◇◆◆。

捣衣声

良人去，住边庭，三载长征。	◇◇◆，◆◇◇，◇◆◇◇。
万家砧杵捣衣声，	◆◇◇◆◆◇◇，
坐寒更，添玉漏，懒频听。	◆◇◇，◇◆◆，◆◇◇。
向深闺，远闻雁悲鸣，遥望行人。	◆◇◇，◆◇◆◇◇，◇◆◇◇。
三春月影照阶庭，	◇◇◆◆◆◇◇，
帘前跪拜，人长命，月长生。	◇◇◆◆，◇◇◆，◆◇◇。

望远行

年少将军佐圣朝，为国扫荡狂妖。	◇◆◇◇◆◆◇，◆◆◆◆◇◇。
弯弓如月射双雕，马蹄到处阵云消。	◇◇◇◆◆◇◇。◆◇◆◆◆◇◇。
休寰海，罢枪刀，迎鸾驾上超霄。	◇◇◆，◆◇◇，◇◇◆◆◇◇。
行人南北尽歌谣，莫把尧舜比今朝。	◇◇◇◆◆◇◇，◆◆◇◆◆◇◇。

送征衣

今世共你如鱼水，是前世因缘。	◇◆◆◆◇◇◆，△◇◆◇◇。
两情准拟过千年，	◆◇◆◆◆◇◇，
转转计较难，教汝独自眠。	◆◆◆◆◇，◆◆◆◆◇。
每见庭前双飞燕，他家好自然。	◆◆◇◇◇◇◆，◇◇◆◆◇。
梦魂往往到君边，	◆◇◆◆◆◇◇，
心专石也穿，愁甚不团圆。	◇◇◆◆◇，◇◆◆◇◇。

斗百草

建寺祈长生，花林摘浮郎，	◆◆◇◇◇，◇◇◆◇◇，
有情离合花，无风独摇草。	◆◇◇◆◇，◇◇◆◇◆。
喜去喜去觅草，色数莫令少。	◆◆◆◆◆◆，◆◆◆◆◆。

【天仙子】，单片 6 分句，每句皆律句，律词；【捣衣声】，双片 14 分句，1 句为非律句，律化程度 93%，接近律化；【望远行】，双片 9 分句，两个非律句，律化程度 78%，不完全律化；【送征衣】，双片 10 分句，4 句非律句，律化程度 60%，低律化；【斗百草】，单片 6 分句，非律句 4，律化程度 33%，低律化。

以上所举敦煌写本歌辞，大致反映了敦煌写本歌辞的“律化”各种情形。本谱收录的敦煌曲子辞例，律词大约为 26%，非律词为 74%。可见民间曲子辞的主流是“非律词”。这一事实，有两个关注点：其一，敦煌写本歌辞是民间口头流传歌辞的书面传写，语文形式属于“四方能解”的书面白话，口语化程度高，没有固定的声律格式，少量“律词”并非有意识的“律化”，而是古代白话歌辞的“自然律句”。其二，敦煌写本民间歌辞的这一“律化”形态，是历来“歌辞”体的传统。在唐前历代歌辞中，白话色彩的“自然律句”一直存在，请看下列几首歌辞——双划线为律句（三字句不计入）：

东门行

出东门，不顾归。来入门，怅欲悲。盎中无斗米储，还视架上无悬衣。拔剑东门去，舍中儿母牵衣啼：“他家但愿富贵，贱妾与君共哺糜。上用仓浪天故，下当用此黄口儿。今非！”“咄！行！吾去为迟！白发时下难久居。”

长歌行

青青园中葵，朝露待日晞。阳春布德泽，万物生光辉。常恐秋节至，焜黄华叶衰。百川东到海，何时复西归？少壮不努力，老大徒伤悲。

懊侬歌

丝布涩难缝，今侬十指穿。黄牛细犊车，游戏出孟津。（其一）

江中白布帆，乌布礼中帷。撢如陌上鼓，许是侬欢归。（其二）

江陵去扬州，三千三百里。已行一千三，所有二千在。（其三）

杨柳歌

杨柳青青著地垂，杨花漫漫搅天飞。柳条折尽花飞尽，借问行人归不归。

《东门行》《长歌行》，汉代民歌，一杂言、一齐言，两首各有50%律句；《懊侬歌》，东晋民歌，《古今乐录》：“《懊侬歌》者，晋石崇绿珠所作，唯‘丝布涩难缝’一曲而已，后皆隆安初民间讹谣之曲。”[①] 三章歌辞，《其一》四分之三律句，《其二》全律句，《其三》一半律句；《杨柳歌》，据《东虚记》记载，隋代大业年间民歌，全律句，略同一首七言律绝。四首民间白话歌辞，可能记录者在语言上有一些加工，但“律句”绝非有意而为。因此，汉语白话歌辞声律上的“律句”和“非律句”，原本都是古代汉语的天然形式。由此反思近体诗格律规范的产生，在根本上乃是文人对“自然律化”语句形式的提炼和格式化，是文人在“不歌而赋”中逐步形成的，基于自然字声的诵读、朗吟的听觉美感而建构的一种规则化声律的书面语文形式[②]。文人建构的律诗之“律”，最基本的一条，即是将以往诗歌天然的“律句”与“非律句”的自由组合，统一规定全部为“律句”。

民间歌曲，是“天机自动”的朴素“歌永言”，“歌”即“说”的音乐化，乐音与字声自然吻合，歌辞语句无论“律”与“不律”，其“歌”皆不会有“倒字”，所以民间乐歌的

① （宋）郭茂倩《乐府诗集》卷四十六，中华书局1979年版，第667页。

② 关于近体诗格律的触发原因和建构过程的种种论述，如佛教偈语、赞呗的影响、“四声”理论的产生、礼乐文化传统的影响等，姑且不辩。

乐、辞相协与语句的“律”与“不律”无关。文人“填词”之所以有乐、词相协的声律要求，因为文人“填词”本初是先有乐后配词的“因声度词”，第一要求就是字声准确而不能“倒字”，词、乐相协成为歌唱艺术的专业水准之一，但“天机自动”的民间“歌永言”无此关节，大众化歌唱也不像专业的“依腔而歌”那么精致，当一个“歌永言”的民间曲子广泛传唱，并不断地编新词以歌，由于音乐对歌辞形式本来并无绝对限定，歌辞声律与音乐旋律的对应就不会那么严格了。事实上，以近体诗的“律句”声律格式衡之，从先秦诗歌、汉乐府到唐敦煌写本歌辞，历代民歌乃至“古体”诗，全首皆是“非律句”的甚少，总有多少不等的“自然律句”，当然，全为“律句”的亦很少——发乎自然歌唱的语句平仄字声组合，“不律”或“律”，自然而然，并无定格，乃是“歌辞体”语文形式的本态。因此，唐宋民间歌辞之“词”起初本无所谓语文上的“声律”，本谱录敦煌歌辞142首，20%为律词，可谓“自然律词”，移用近体诗声律入词，乃至“词之为词在其律”，是文人参与歌辞写作后的“填词”现象，而“歌辞体”的本性使唐宋文人之“词”的语句，必然“律”与“不律”共存。

(2) 唐五代两宋文人词的“律词”与“非律词”概况

唐五代两宋文人词，“律词”比例最高的是唐五代词，宋词则低得多，律词比例比敦煌写本歌辞还要低。本谱收录的唐五代两宋文人词各调始词和各种“又一体”首作，“律词”比例大体如下：

甲、唐五代文人词：

① 与敦煌曲辞同调词作之变体51首：律词32首，占比63%

② 新生词调始词及各式变体首作159首：律词91首，占比57%

乙、北宋文人词：

① 采用唐五代词旧调的变体首作198首：律词57首，占比29%

② 新生词调始词及各式变体首作659首：律词148首，占比22%

丙、南宋文人词[①]**：**

① 采用传统词调的变体之作：

采用唐五代词调的变体首作148首：律词31首，占比21%

采用北宋词调的变体首作439首：律词75首，占比17%

② 新生词调始词及各种变体首作354首：律词57首，占比16%

丁、唐五代两宋所有词调始词及变体首作的律词、非律词比例：

本谱采录唐五代两宋词计2401首，律词、非律词分别占比约21%、79%，律词515首，非律词1886首，二者比例接近1∶4。

① 按：本谱北宋文人与南宋文人的分界，凡南宋立朝时已满30岁者归入北宋，其中少数在南宋为职官者，酌情划入南宋。介乎两朝之间者的划分很难有严格的界限，本谱的划分只是权宜之策。

以上数据，只是对唐五代两宋各调始词、三类变体和次级变体首作的考察，但大体反映了唐宋词“律化”的普遍情形，其历史演变的状况是：

其一，所有唐五代两宋词调，文人始词及各种变体首作，律词占全部词作比例的21%，与敦煌歌辞中的律词占比大致相当，反映了词之传唱背景下，文人词与民间歌词声律形式的总体态势相同。这一点对认知唐五代两宋文人词的“歌辞本性”十分重要，是理解活态传唱中文人词体建构机制的重要参考。

其二，唐五代文人的律词在比例上为两宋文人词的三倍。所以如此，可考虑的原因是：由于唐五代文人词以短调为主，篇幅和句式与诗体接近，有些短调是声诗语句的“摊破”和“增减字”所转化的长短句，在律诗为主流样式的唐五代，起步不久的文人词作习惯性带入诗律意识，完全可以理解，所以唐五代文人词中的“律词”比例相对较高。但其“高”毕竟只占全部作品的60%多，还有近40%为“非律词”，因此不能认定唐五代文人词声律以近体诗律为规范，中唐元稹《乐府古题序》所言的“依调填词”之法——“声韵平上之差，莫不由之准度”，恰说明“长短句”声律的依据在乐声而非移用近体诗声律。

其三，从唐五代到两宋，文人词作的律词比例总体上呈下降趋势，说明唐宋文人并未将诗体声律作为词体的声律规则，总体上以非律词为主流，体现了词体声律对诗体声律规则的某种解构。至于格律诗的格式化对仗、粘连等，“长短句”更不具备移植的条件，一些词作局部有对偶句，但并非统一规则。因此，词与律诗在句型和声律上是两种不同的韵文体。

但另一方面，文人词在声律上也始终是“诗之傍行”，在律诗体为韵文体绝对主流的时代，文人词作的声律形式必受其影响，“律化”与“非律化”呈现为复杂的交错。从唐到宋，“律词”在词作中的比例越来越小，入宋以后，非律词成为主流，但非律词的“律化”程度却在逐渐提高，预示着文人词声律形式的历史走向。本谱收录的唐五代两宋各调始词及各种变体首作，非律词的“律化”程度演变如下：

敦煌写本歌辞非律词：接近律化14%；不完全律化43%；低律化43%。
唐五代文人之非律词：接近律化33%；不完全律化43%；低律化24%。
北宋文人新调非律词：接近律化45%；不完全律化50%；低律化5%。
南宋文人新调非律词：接近律化32%；不完全律化65%；低律化3%。

以上数据表明：

其一，唐五代文人非律词“接近律化”的比例高出敦煌写本歌辞19%，“不完全律化”比例相同，“低律化”减少19%，总体律化程度高于敦煌民间歌辞。说明近体诗的声律程式对文人词的影响确实存在，并渐有加强趋势。

其二，北宋文人律词比例较唐五代文人词大幅度下降，但非律词的“律化”程度较唐五代词却在上升：“接近律化”较唐五代文人词提高12%，“不完全律化”提高7%，“低律化”则大幅度降低。说明北宋文人词写作在词体传唱的大背景下，也在寻求词的“歌”之意义与“文”之意义的平衡，既保持着词之声律的自体性以发挥“歌”的功能，同时又输入近体诗声律元素以提升“小词”之“文”的品格。

其三，南宋的律词比例比北宋还低，“接近律化”较北宋文人词低13%，但“不完全律化”提高了15%，“低律化”降低了2%，总体看来，非律词的“律化”程度也在微妙提高，与南宋文人走向“雅词”潜在呼应。

唐五代两宋文人的“律词”与“非律词”，是词体建构的一体之两面，综合观之：唐宋文人词的“律化”程度虽然逐步有所提高，但总体上对“律化”并没有强制性统一要求，不受诗律规则的绝对制约，词之声律依然保持着以传唱功能主导的“歌辞体”本性。

2. 新、旧词调群的不同“律化”态势及其历史意味

前文在梳理唐五代两宋文人律词与非律词的比例时，之所以将采用旧调与新生词调分别统计，是为了考察和呈现词人用调与“律化”的关系。总体看来，旧调“律词”比例相对偏高，新调以“非律词”为主，二者的反差，反映了文人词体建构复杂的历史走向。

(1) 文人旧调之词的律化走向

唐代的民间曲子和文人词调，至五代乃成传统“旧调”；五代文人词调到宋代即成传统“旧调”。兹以本谱收录的从唐到宋相延不绝的词调——敦煌写本歌辞与唐五代两宋文人词的同调作品，看文人律词与非律词比例的变化：

调名		唐五代民间词		唐五代文人词		北宋文人词		南宋文人词	
		始词	律句比率	变体首作	律句比率	变体首作	律句比率	变体首作	律句比率
1	天仙子	敦煌写本歌辞	100%	皇甫松	100%	张先	100%	李弥逊	100%
2	破阵子	敦煌写本歌辞	100%	李煜	80%	晏殊	100%	陆游	100%
3	浣溪沙	敦煌写本歌辞	100%	韦庄	100%	张先	100%	吕本中	100%
4	何满子	敦煌写本歌辞	100%	薛逢	100%	张先	100%	仇远	100%
5	渔歌子	敦煌写本歌辞	100%	张志和	100%	徐积	100%	郭新	100%
6	西江月	敦煌写本歌辞	100%	欧阳炯	100%	柳永	100%	吕本中	100%
7	生查子	敦煌写本歌辞	100%	魏承班	100%	陈亚	89%	吕本中	100%
8	抛球乐	敦煌写本歌辞	100%	刘禹锡	100%	柳永	63%	李从周	100%
9	更漏长	敦煌写本歌辞	100%	温庭筠	100%	杜安世	77%	向子諲	100%
10	长相思	敦煌写本歌辞	100%	白居易	100%	林逋	91%	吕本中	92%
11	临江仙	敦煌写本歌辞	90%	和凝	95%	柳永	97%	范梦龙	100%
12	菩萨蛮	敦煌写本歌辞	87%	李白	100%	张先	100%	何籀	87%
13	摊破浣溪沙	敦煌写本歌辞	87%	和凝	88%	贺铸	100%	袁去华	100%
14	杨柳枝	敦煌写本歌辞	87%	刘禹锡	100%	晁补之	100%	张元幹	100%

（续表）

调名		唐五代民间词		唐五代文人词		北宋文人词		南宋文人词	
		始词	律句比率	变体首作	律句比率	变体首作	律句比率	变体首作	律句比率
15	小重山	敦煌写本歌辞	87%	韦庄	100%	张先	100%	沈晦	100%
16	洞仙歌	敦煌写本歌辞	82%	孟昶	78%	柳永	79%	吕直夫	80%
17	望江南	敦煌写本歌辞	80%	刘禹锡	100%	张先	100%	向子諲	100%
18	虞美人	敦煌写本歌辞	80%	毛文锡	100%	张先	100%	吕本中	100%
19	望远行	敦煌写本歌辞	78%	韦庄	90%	柳永	80%	孙惟信	82%
20	春光好	敦煌写本歌辞	67%	欧阳炯	100%	晏几道	95%	蔡伸	93%
21	酒泉子	敦煌写本歌辞	67%	温庭筠	92%	潘阆	100%	王灼	100%
22	苏莫遮	敦煌写本歌辞	64%	张说	75%	范仲淹	100%	王质	100%
23	木兰花	敦煌写本歌辞	63%	韦庄	100%	钱惟演	100%	向子諲	100%
24	定风波	敦煌写本歌辞	60%	欧阳炯	100%	范仲淹	96%	蔡伸	100%
25	鹊踏枝	敦煌写本歌辞	55%	冯延巳	100%	丁谓	100%	吕本中	100%
26	捣练子	敦煌写本歌辞	51%	冯延巳	100%	黄庭坚	100%	李石	100%
27	三台	敦煌写本歌辞	38%	韦应物	45%	沈括	71%	赵师侠	77%

上表反映的情况是：

其一，敦煌写本歌辞与唐文人词的时间先后无以确定，可确定的是五代文人对民间曲调的采选，倾向于原词为律词的曲调，敦煌写本歌辞之“律词”，文人的同调作品绝大多数依然为律词，有些非律词的曲调则改变为律词；“变体”为非律词者，如北宋柳永《抛球乐》，将敦煌写本歌辞单片小令衍为双片长调，实是旧名新调，杜安世《更漏长》，亦是将令词扩展为慢词的旧调翻新。

其二，敦煌写本的17调非律词，11调被宋文人改变为律词，6调“低律化”转变为“接近律化”和“不完全律化”，透露了文人词体写作带入诗体声律意识的迹象。

其三，综观27调，敦煌写本歌辞“律词”为40%，唐五代文人律词为58%，两宋文人律词为70%，体现了文人旧调写作的律词比例在历史地提升。其原因，大概是传统旧调多已“声谱不传”，因而成为一种文体意义的“词牌”，文人写作的主导意识为“文学”，词体本性从“声歌”转移为“文体”，基于“因声度词”而协调音乐的声律意识消解，诗律被习惯性移用到词体写作中。

以上三点，说明从五代开始，文人的传统旧调写作确实在移用诗律入词，至宋代进一步扩展。在旧调之词写作中，“律”与“不律”发生重心转移：在文学上，文人作词的初发点之一，欲以文人词之“雅”代民歌之“俗”，所谓“以代莲舟之吟”，反映在词体形式上即是将诗律意识带入词体写作，从而导致词作律化程度的提高；在音乐上，不少唐五代词调到宋代“其声零落”，前辈名公之词成为一种词体范式，范式的指向在“文体”而不在“乐体”，“依词填词”成为旧调写作的主导，因而对语文形式的要求有所增强，体现在声律上，即是律词数量的提升与非律词律化程度的提高。要言之：文人词旧调写作总体上律化程度的提升，乃是词、乐分离的结果。歌曲的发生与流变，从来都是动态过程，新调不断产生，旧调不断消亡，本是歌曲流传史上的常情，前文所述“旧谱零落”“古音寥寥”的“依词填词”，即发生在传统旧调写作中，既然无乐可协，协乐声律自然让位于语文声律，诗律被习惯性带入词体写作；另一方面，适当灵活的词体写作习惯仍在延续，活态传唱氛围仍然支撑着词的“歌辞体”属性，两种态势的交叉并存，使传统旧调写作的律词比例增加，非律词依然普遍存在，但律句的比例增大，律化程度得以提高。

（2）宋代文人新生词调写作的非律化

宋文人新生词调的律词比例只有20％左右，主流态势是“非律化”，词体写作不是移用诗律，而是大可不必严格遵循诗律。或问：一个词调是否有特定的声律程式？总体看来也没有，只有极少词调的某句位有特殊的声律格式，如《钦定词谱》所指的“五连平”“五连仄”，万树《词律》云某调某字位只能用上、去、入中的某一声，但也只有“十之三四”的词作如此，大部分词调非律句的位置是随机的，失律情况也不尽相同，故新生词调对诗律或移用或不用，并无统一要求。旧调与新调文人词的律化态势所以不同，一言蔽之：传统旧调是“词、乐分离”后“文学”意识主导的写作，故律词偏多；新生词调是当下活态传唱中“歌唱”意识牵引的写作，故无须“律词”。典型之例如北宋晁端礼的《并蒂芙蓉》，宋吴曾《能改斋漫录》：“政和癸巳，大晟乐成。嘉瑞既至，蔡元长以晁端礼次膺荐于徽宗，诏乘驿赴阙。次膺至都，会禁中嘉莲生。分苞合跌，夐出天造，人意有不能形容者。次膺效乐府体属词以进，名《并蒂芙蓉》。”[①] 所谓“效乐府体”，即晁端礼的《并蒂芙蓉》是明确为了赋唱而写作的歌词，是宫廷中文人作词乐人制曲的常规，其词如下（下划线为非律句）：

太液波澄，向鉴中照影，芙蓉同蒂。	◆◆◇◇，△◆◇◆◆，◇◇◇◆。
千柄绿荷深，并丹脸争媚。	◇◆◆◇◇，△◇◆◇◆。
天心眷临圣日，殿宇分明敞嘉瑞。	◇◇◆◇◆◆，◆◆◇◇◆◇◆。
弄香嗅蕊，愿君王，寿与南山齐比。	◆◇◆◆，◆◇◇，◆◆◇◇◇◆。
池边屡回翠辇，拥群仙醉赏，凭栏凝思。	◇◇◆◇◆◆，△◇◇◆◆，◇◇◇◆。
萼绿揽飞琼，共波上游戏。	◆◆◆◇◇，△◇◆◇◆。
西风又看露下，更结双双新莲子。	◇◇◆◆◆◆，◆◆◇◇◇◇◆。
斗妆竞美，问鸳鸯，向谁留意。	◆◇◆◆，◆◇◇，◆◇◇◆。

① （宋）吴曾《能改斋漫录》，上海古籍出版社1979年版，第479页。

按理说，先作词后作曲，如果有“诗律意识”，完全可以作一首“律词”，乐人度曲完全可以“依字声行腔”而谱曲，且该词是要呈献给皇上看的，但晁端礼却作了一首“低律化”的非律词，可见“效乐府体”——旨在传唱的“词”——是不要求律化的。本谱收录的宋代宫廷礼乐歌词，非律词居多，但律句的比例则又较高，说明律诗为诗歌主流样式的宋代，诗律确实影响着词体写作，但并没有跨越“歌词”的本性。文人作词，一些词句移用诗律，因诗律已成习惯常识；一些词句不“律”，因作词不是为了科举而是为了歌唱，“声律”并非评价词作高下的标准，所以不用刻意讲究“律”与“不律”，移用诗律与否，词人自取。因此，为歌唱而新生的词调，律词很少是必然的——尤其是新调之“始词”，律词甚少。

上述文人的旧调与新调词作的不同状况，反映了文人词作实践中“律化”“非律化”双重意识的交叉。而在“词学”领域，宋代文人对词体声律都不太介意，词学主话题是词体的文学精神、写作技巧和审美意趣，很少有词人说到词体声律，偶有言词之声律者，无一句关涉“诗律”，强调的恰是词体不同于律诗的协乐之“腔律”，批评的是作词者在音乐上“不知声律”。请看两条学界常用的资料：

> 盖诗文分平侧，而歌词分五音，又分五声，又分六律，又分清浊轻重。且如近世所谓《声声慢》《雨中花》《喜迁莺》，既押平声韵，又押入声韵；《玉楼春》本押平声韵，又押上去声韵，又押入声。本押仄声韵，如押上声则协，如押入声则不可歌矣。王介甫、曾子固，文章似西汉，若作一小歌词，则人必绝倒，不可读也。乃知别是一家，知之者少。后晏叔原、贺方回、秦少游、黄鲁直出，始能知之。——李清照《词论》①
>
> 前辈好词甚多，往往不协律腔，所以无人唱。……近世作词者，不晓音律，乃故为豪放不羁之语，遂借东坡、稼轩诸贤自诿。诸贤之词，固豪放矣，不豪放处，未尝不叶律也。如东坡之《哨遍》、杨花《水龙吟》，稼轩之《摸鱼儿》之类，则知诸贤非不能也。——沈义父《乐府指迷》②

李清照所言的“五音”，指乐音之宫、商、角、徵、羽；“五声”指字声的阴、阳、上、去、入；“六律”指古代音乐十二律的阴、阳各六律；“清浊轻重”指字的唇、牙、舌、齿、喉的发声部位和声态。可见词体讲究的声律是与乐音的配合，比诗体只讲平仄更加严格精致，词体“别是一家”，声律不同于诗律是“别家”的标识之一。但如此基于乐律和声腔的词律“知之者少”，《乐府指迷》所述的普遍状况是“前辈好词甚多，往往不协律腔，所以无人唱”，“近世作词者不晓音律”，这些少数精通音律文人的叹息，正是有感于大多数文人不太在意词体的“协律”——无论是协之乐律还是合乎诗律。尤有意味的是沈

① （宋）李清照撰，徐培均笺注《李清照集笺注》，上海古籍出版社 2002 年版，第 267 页。
② （宋）沈义父《乐府指迷》，唐圭璋《词话丛编》，第 281—282 页。

义父云东坡、稼轩词“不豪放处，未尝不叶律也”，这里的“叶律”指合乎歌唱的音乐声律，所举的具体词例是东坡《哨遍》《水龙吟》和辛稼轩《摸鱼儿》。东坡《哨遍》有两首，本谱皆收录之，一首主题为“不豪放”的隐逸情趣，有序曰：“陶渊明赋《归去来》，有其词而无其声。……乃取《归去来辞》，稍加隐括，使就声律，以遗毅夫，使家僮歌之，时相从于东坡，释耒而和之，扣牛角而为之节，不亦乐乎!”可见该词是实际歌唱的“歌辞”。全词39个分句，11个非律句，语文角度可谓“低律化”非律词，但在音乐上却是“叶律”之“歌辞”。另一首《哨遍》，题曰“春词”，亦属“不豪放”之词，全词37分句，10个非律句，也是“低律化”非律词（二词见本谱第426调【哨遍】），是否曾赋予歌唱不知道，推测之也是应当可歌的。《水龙吟·次韵章质夫杨花词》，是东坡“婉约词”的代表作，全词22句，2句非律句，接近律化，但毕竟还不是律词。至于辛稼轩《摸鱼儿》，亦是本谱的词例（见本谱第365调【摸鱼儿】），最著名的是“更能消几番风雨”一首，以“香草美人之喻”的“娥眉怨春”而感怀自叹，全词20分句，3个非律句，不完全律化，另一首《摸鱼儿》亦同，23分句5个非律句，两首词都属于非律词。关于豪放和不豪放与歌唱“叶律”的关系，姑不论，这里仅指出：“知乐者”所说的词体“叶律”，指合乎音乐歌唱的“腔律”，而不是文本之语文诗律。

“知乐者”词体声律论的根本要义是确认词的“歌辞体”本性，强调字声和乐音的对应，恰要排斥刻板移用诗律格式，李清照词作即有不少“非律词”，宋人批评柳永词俗，但一致肯定柳词音律谐美，而柳词有不少非律词，文人词中少见的低律化，在柳词中不止一例；被沈义父赞为“好腔”的清真词，也有不少非律词，宋末元初的张炎还委婉批评周邦彦“于音谱且间有未谐”①。宋代新生词调所以大部分为非律词，重要原因即在“歌辞”观念中的词体声律恰排斥简单移用诗律，活态传唱的词体声律，第一要义乃是字声与乐声的协调，柳永、苏轼、晁端礼、周邦彦、辛弃疾对诗律岂能不熟，不少词只有一两个非律句，一些“非律句”往往只有一字不合律，调整一下很容易，但就是不改，为什么？因为这些非律句是可以合乐歌唱的，“词”，并不以合乎近体诗律为声律标准。宋代文人非律词占全部词作的七八成，说明宋文人并无自觉的“移用诗律”意识，宋代若干名公的非律词，后之同调“填者”对其词中的非律句，或照旧，或改之，并无定规。既能合乎诗律又能合乐歌唱当然很好，但若有一两个字遵守诗律会“稍不协”，或语意趣味大减，则首先服从的是合乐歌唱和词体趣味，这就是“声歌”意识中的宋词性格。诗律可“移用”则用之，欲“移去”则去之，所以标准律词很少，但非律词又以律句为主，不少非律词只有一两个非律句，说明宋文人作词对诗律的习惯性带入，但并没有将近体诗声律格式作为规范的“词之为词在其律”意识。

宋词旧调与新调之词律化的复杂态势，反映了词体建构中声歌和文词双重身份的交叉，词体弹性形式与诗体范式双重意识的交织。词的“弹性文体”本是对格式化诗体的解

① （宋）张炎撰《词源》，见唐圭璋《词话丛编》，第255页。

构，声律上的表现即是“非律词”对诗律规则的打破，而中国文化的包容通变性格，从来不对“传统”进行颠覆性变革，将主流诗体的声律规则吸收到词体中，是文人的文化性格使然，故文人词作亦有“律词”。但词体的弹性程式与诗体的固化程式本难完美相容，所以更多词作乃是“接近”和“不完全”律化，以一种“中庸”方式将诗律与词律相交织。历史现象是复杂多元的，抽样提取“律词”而忽略“非律词”，以局部现象替代全貌，就会妨碍完整、细致的认知历史。

上述唐五代两宋文人词“律化”的复杂现象，归结为一点：牵引词之“律化”的根本机制，是词体传唱功能和语文功能的交叉转移，当新调传唱生命力旺盛时，严谨的诗律因有碍词体传唱而放松；当词体的声歌场境有所变迁，旧调“声谱零落”而词、乐分离，音乐声律意识便微妙地向语文声律意识转移，“弹性程式”悄然向“固定程式”转型，文人习惯的、主流化的诗律向词律渗透。从歌唱的角度说，整齐的“平平仄仄”双字语步的交叉循环、声音节律的规则化平均行进，并不适合音乐的灵动性格，“律化”程度愈上升，愈说明词体传唱功能的消退。从南宋开始，词体的传唱动力逐步衰减，迹象之一是新生词调逐步减少，传统旧调成为文人词作的主要取向，相应的是文人词与大众声歌趣向的疏离，“吾辈只当以古雅为主”，因而文人词的律化程度提升。当词体写作脱离活态歌唱而定位于“古雅”，词体的活态生命也就行将终止，而民间新生的曲唱，若诸宫调、唱赚、鼓子词等，除有个别文人染指，整个文人群并无兴趣，待到新的民间歌曲以鲜活的形态扩散到文人层，“词”便日益成为一种单纯的书面文体，当初的词、乐互动机制退场，词体的音乐生命消失而被活态之“曲”取代，词体弹性程式的生命力转移到新的曲体之中，而“词”则日渐固化为历史的传统形式，从“歌辞体”角度说，词体的历史建构在宋代以后实际上已经终结。

由此便不难理解：为什么到了南宋晚期，词体语文样式的建构意识启动，沈义父提出作词“自唐宋诸贤诗句中来”，张炎对吴文英“声律妍美”律词的赞叹和仿效，元初虞集将作词之法概括为“依约旧谱，仿其平仄，缀缉成章”，反映了词体脱离音乐而立足语文形式的建构走向。当词体彻底脱离音乐进入书斋，乃有明人开始编撰语文形式的词谱，微妙带入了“诗律”意识；清人词谱对词体语文声律加以进一步细致化、体系化，万树《词律》反对将词律诗律化，但阻挡不了历史的趋势；《钦定词谱》虽然没有明确提出以诗律为规范，但选择推举的“正格”“正体”多倾向于规则化词体，将近体诗句一、三、五字位“可平可仄”的诗律规则移用于词体，将词律潜在导向诗律程式。由此，清文人的词体写作成为“词之为词在其律”的具体实践，清文人词的绝大多数作品“以邻近语步平仄相对为规则”，律词乃成主流，至少是“接近律化”和“不完全律化”，“低律化”消失。清代推尊词体，词律归化诗律亦是表现之一，到了民国时期，“词之为词在其律”，词体写作几乎是清一色的律词，其影响一直至今。

词体声律形式的历史建构以“律词”收官，是历史之必然。古代声歌文化从来都是与时俱迁的，当词体传唱渐渐退出历史舞台，出自歌唱的新生词调归零，脱离歌唱的词体势必转化为一种单纯的书面文体，词体弹性程式的运作便失去了支撑而转型为格式化样式，传统词谱以“正体”“又一体”分解词体的弹性程式，标举“正体”将每一调词体导入“标准范式”，声律参照诗律为规范，“律词”乃成词体声律的终极样式。

词体声律建构的这一终极成果，是“发展”还是“退步”，抽象讨论是无意义的，从历史的角度看，宋代词体的弹性程式造就了词体的丰富生态，清代的律词导向则对清词的复兴有促进之功——将语文范畴的律词作为集体范式，较之只有少数文人知晓的词、乐相协，规矩简明而易于操作，无疑是对普及词体的一种推动。唐五代两宋词人，其实只是当时全体文人中为数不多的小众群体，唐五代宋金元明清的诗人、词人及作品数量的巨大反差，即是实证：文献所存唐五代宋金文人词计两万数千首，元明文人词计四万余首，清文人词则达二三十万首，虽然现实中历代文人词的数量应当远不止此，但清词的“复兴”乃是事实。历代词人远少于诗人，固有将词视为“小道”的原因，“审调而节唱”的专业技能使不少文人对“填词”望而束手也是原因之一。清人将词律与诗律合一，抛却词律合乐的顾忌，以一调之“正体”淡化种种纷纭多变的“又一体”，确立统一的词体范式，从而把精力投入到文学上，当然会有更多文人加入词体写作。虽然，清人对词体“宽律”还是“严律”、“宽韵”还是“严韵”、某些字位是否必用某声等有所争议，但这些与传唱相联的操作技术问题，在词乐消亡语境中已成一种“学问”，用韵宽严之辨乃是汉语音韵史知识，与什么句位押韵无关；声律上某字位必用某声云云，是知乐专家的学术研究，而官方词谱以“正体”赋予词体形式最大化的公约性、规范性和可操作性，以诗律为标范整合词律，赋予词律移用诗律的合法性，使词人们可以驾轻就熟地将简明的诗律移作词律，“律词”成为词体建构的终极样式，乃是清词复兴的需求，也是清词复兴的支撑。

五、词之语体的“文白兼容”“韵散织体”与“词体叙述”

所谓文体，基本要素是语体；一种特定的文体，必有其语体特征。现代语言学的“语体”，《辞海》概括为：“语言的社会功能变体。指适应不同的社会活动领域的交际需要所形成的具有一定功能风格特点的语文表达体式，是语言交际历史发展的产物。”语体有各种不同的分类，大分之有口头语体和书面语体；口头语体，约分之有方言和通语两大类；书面语体，通常分为“文艺”“政论”“科技”“公文”四种文类。“文艺语体”相对复杂，各种艺文的语体特征——常用词汇、句式结构、修辞手法等，既交叉互涉，又各具特征。词的“文艺语体”，是在传唱和文本二重传播方式中形成的——作为传唱之词，诉诸听觉的音乐美感要求词的语言具有听之即明的通俗性；作为书面传播之词，诉求经久阅读的美感则需要词的语言具有反复会意的体味性。这种“乐歌”和“文本”的二重生态，口头语言和书面语言的互转互化，是词之语体形式生成的根本依托，前文所述词体“乐”“文”弹性互洽的“流水句”、声律上“律句”与“非律句”的交叉并行，亦是词体之语体的各种表现形式。中国古代汉语歌辞体，听觉语言和文本语言的互转互化，本是一以贯之的悠久传统，词体乃是古代“歌辞体”历史链中的一环。故本部分主要从“口头—书面”交互相生的“文白兼容”语体、句式句型的“韵散织体”两个方面，解释词体的语体特征，以之为基础，解析古代诗歌文体史上既富有传统、又富有新意的“词体叙述”方式。

（一）古代歌辞语体的“文白兼容”传统与唐宋词语体的历史演变

唐五代两宋词从口头歌词转化为书面歌词，语体特征一言以蔽之：文言与白话的“文白兼容”。现代中国语言学将古汉语分为文言和白话两大类，文言指“以先秦口语为基础而形成的上古汉语书面语言，以及后来历代作家仿古的作品中的语言”①；白话指平常口头语言转化为通行汉字书写的书面白话，既保留着日常生活的习惯语态和语词，同时亦吸收了文言语法和词汇，故书面白话和文言一样，也具有历史贯通性和稳定性，同时具有一定的时代风味。古代诗歌语言，大体为一种“文”“白”兼容而边界模糊的“兼类语体”，具体作品的“文白兼容”或偏“文”或偏“白”，没有精确的界定标准。今天统称的古代“诗歌”，有齐言、杂言两大类，大体看来，齐言体是一种人为加工后的语体，偏于“文”而雅；句子长短自由交错的杂言体则保留了平常口语的习惯语态，偏于“白”而俗。先秦至唐，古代诗歌的文体建构以齐言体为主流和中心，最终以格律诗确立了“诗”体的典范样式：统一的语读节律和平仄语步交叉循环的声律规则，固定的句数、句字、句法、句式和复句型，可谓以“文言”为主导的诗歌语体标范；杂言体则始终汲取着当下长短不拘的平常白话，以书面白话为语体特色。词之语体，乃是先秦以来历代歌辞语体“文白兼容”传统衍生的唐宋时代样态。

1. 中国古代歌辞语言的“文白交融”传统

中国古代初生于口头传唱的歌辞，以通用文字记录为文本，乃成书面形态的“歌辞体”。中国文字语言与口头语言并不直接对应，将平常口头语言翻写为书面文字语言，语体必有某种改变，既有口头语言之“白”，亦有文字语言之“文”。中国古代书面“文言”和“白话”，都是通用的书面语言，文言文的语法自成体系，辅以吸纳一些当下白话转化的文言，词汇和语法系统具有自我满足的衍生功能；口头传唱的韵文“歌辞体”，时代的日常白话则始终是语言母体，从而形成古代汉语歌辞——尤其是民间歌辞语体一以贯之的“文白兼容”传统。兹举唐前历代歌辞数例：

生民（摘录） 《诗经·大雅》

厥初生民，时维姜嫄。生民如何？克禋克祀，以弗无子。履帝武敏歆，攸介攸止，载震载夙。载生载育，时维后稷。

诞弥厥月，先生如达。不坼不副，无菑无害，以赫厥灵。上帝不宁，不康禋祀，居然生子。诞寘之隘巷，牛羊腓字之。诞寘之平林，会伐平林。诞寘之寒冰，鸟覆翼

① 王力《古代汉语》，中华书局2001年版，第1页。

之。鸟乃去矣，后稷呱矣。

柏舟 《诗经·鄘风》

泛彼柏舟，在彼中河。髧彼两髦，实维我仪。之死矢靡它！母也天只！不谅人只！

泛彼柏舟，在彼河侧。髧彼两髦，实维我特。之死矢靡慝！母也天只！不谅人只！

越人歌 春秋民歌

今夕何夕兮，搴舟中流。今日何日兮，得与王子同舟。蒙羞被好兮，不訾诟耻。心几烦而不绝兮，得知王子。山有木兮木有枝，心悦君兮君不知。

巫山高 汉乐府民歌

巫山高，高以大。淮水深，难以逝。我欲东归，害梁（娘）不为。我集（急）无高曳，水何梁（凉），汤汤回回。临水远望，泣下沾衣。远道之人，心思归，谓之何。

敕勒歌 北朝民歌

敕勒川，阴山下。天似穹庐，笼盖四野。天苍苍，野茫茫，风吹草低见牛羊。

折杨柳枝歌 北朝民歌

门前一株枣，岁岁不知老。阿婆不嫁女，那得孙儿抱。
敕敕和力力，女子临窗织。不闻机杼声，惟闻女叹息。
问女何所思，问女何所忆，阿婆许嫁女，今年无消息。

华山畿 南朝民歌

奈何许！天下人何限，慊慊只为汝！
啼着曙，泪落枕将浮，身沉被流去。

西洲曲 南朝民歌

忆梅下西洲，折梅寄江北。单衫杏子红，双鬓鸦雏色。西洲在何处，两桨桥头渡。日暮伯劳飞，风吹乌臼树。树下即门前，门中露翠钿。开门郎不至，出门采红莲。采莲南塘秋，莲花过人头。低头弄莲子，莲子清如水。置莲怀袖中，莲心彻底红。忆郎郎不至，仰首望飞鸿。鸿飞满西洲，望郎上青楼。楼高望不见，尽日栏杆头。栏杆十二曲，垂手明如玉。卷帘天自高，海水摇空绿。海水梦悠悠，君愁我亦愁。南风知我意，吹梦到西洲。

送别 隋朝民歌

杨柳青青著地垂，杨花漫漫搅天飞。
柳条折尽花飞尽，借问行人归不归。

上举《诗经》、汉乐府、南北朝和隋代的民间歌辞，齐言、杂言并举，篇幅有短有长，词汇、声韵、句型不尽相同，但有着相同气息和风味。《诗经》的书面语言今天看起来“文”一些，但白话色彩依然明显；汉以后到唐前歌辞——尤其是长短句歌辞的语体，千百年没有特别明显的区别，其意味是：以平常白话为基础，一直是汉语歌辞语体生成的主要机制。唐五代两宋词的语言形态，即是在传统“歌辞体”的历史惯性牵引下，在词的口头传播和文本书写的互转互化中，综合汲取当下书面语言和通行的口头语言而生成的。

2. 唐五代两宋词语体的“文白交融”

（1）敦煌民间写本曲子辞

敦煌写本歌辞有齐言、杂言两类。齐言体今划为“声诗”，杂言体称“曲子辞”，亦可谓唐代的民间之“词”，兹举数例：

捣练子

堂前立，拜辞娘，不觉眼中泪千行。劝你耶娘少怅望，为吃他官家重衣粮。

小重山

四海天下及诸州，皆言今岁永无忧。长图欢宴在高楼，寰海内，束手愿归投。〇朱紫尽风流，殿前卿相对，列诸侯。叫呼万岁愿千秋，皆乐业，鼓腹满田畴。

抛球乐

珠泪纷纷湿绮罗，少年公子负恩多。当初姊姊分明道，莫把真心过与他。子细思量着，淡薄知闻解好么。

凤归云

征夫数载，萍寄他邦。去便无消息，累换星霜。月下愁听砧杵起，塞雁南行。孤眠鸾帐里，枉劳魂梦，夜夜飞扬。〇想君薄行，更不思量。谁为传书与，表妾衷肠。倚牖无言垂血泪，暗祝三光。万般无奈处，一炉香尽，又更添香。

敦煌写本歌辞的叙述者，涉及各个阶层，少量为个体创作，大部分为历时传唱的通行歌辞，可谓平民百姓、民间文人和歌手的“集体创作”。上录《捣练子》，一个从役男子离家告别爹娘之辞；《小重山》，大概是一个下层文人的写作；《抛球乐》是一个年轻女子的恋爱之辞；《凤归云》则是一个底层少妇怀念从征丈夫之辞，都是市井广泛传唱歌辞的记录、翻写和加工。

显然，敦煌写本歌辞的语体与前代民间歌辞一脉相沿，白话色彩更加浓厚。民间歌辞的传播，无论是口头传唱还是记录为文本歌辞的传抄扩散，接受群体为普通大众，由于中国方言不一，语音各异，所以通行歌辞语体首先要“白”，同时又是通行汉字书写的“文”，从而决定了歌辞语体势必为文白兼容。敦煌写本歌辞是一种当下鲜活口语转化的书面白话，齐言歌辞有五言、七言两大类，习惯上划为“诗体”；杂言“长短句”亦以五言七言为主，间插三字、四字句，五、七言句为2/3、4/3语读节奏，四字句为2/2语读节奏，与齐言诗句式及语读节奏相同。但由于长、短句的交错组合，因而较齐言体接近口语而具有某种白话散文意味，故“长短句”乃成“曲子辞”的特征性“自体”语言，扩散到文人圈，乃成文人之“词”语体建构的重心。

（2）唐五代文人词

今言唐五代文人词，通常不包括齐言声诗。当然，声诗也是“歌辞”，与“词”恰相对照，由之可领略齐、杂言歌辞的语体差异。

新曲 唐·谢偃

青楼绮阁已含春，凝妆艳粉复如神。细细轻裾全漏影，离离薄扇讵障尘。樽中酒色恒宜满，曲里歌声不厌新。紫燕欲飞先绕栋，黄莺始哢即娇人。撩乱丝垂昏柳陌，参差浓叶暗桑津。上客莫畏斜光晚，自有西园明月轮。

新曲 唐·长孙无忌

家住朝歌下，早传名。结伴来游淇水上，旧长情。玉佩金钿随步动，云罗雾縠逐风轻。转目机心悬自许，何须更待听琴声。

忆江南 唐·白居易

江南忆，最忆是杭州。山寺月中寻桂子，郡亭枕上看潮头，何日更重游。〇江南忆，其次忆吴宫。吴酒一杯春竹叶，吴娃双舞醉芙蓉，早晚复相逢。

调笑 唐·戴叔伦

边草，边草，边草尽来兵老。山南山北雪晴，千里万里月明。明月，明月，胡笳一声愁绝。

雀飞多 唐·张籍

雀飞多，触网罗。网罗高树颠，汝飞蓬蒿下，勿复投身网罗间。粟积仓，禾在田，巢之雏，望其母来还。

思帝乡 唐·李晔

纥干山头冻杀雀，何不飞去生处乐。况我此行悠悠，未知落在何所。

八六子 唐·杜牧

洞房深，画屏灯照，山色凝翠沈沈。听夜雨冷滴芭蕉，惊断红窗好梦，龙烟细飘绣衾。辞恩久归长信，凤帐萧疏，椒殿闲扃，辇路苔侵。〇绣帘垂，迟迟漏传丹禁。蕣华偷悴，翠鬟羞整，愁坐望处，金舆渐远，何时彩仗重临。正消魂，梧桐又移翠阴。

更漏长 唐·温庭筠

柳丝长，春雨细，花外漏声迢递。惊塞雁，起城乌，画屏金鹧鸪。〇香雾薄，透帘幕，惆怅谢家池阁。红烛背，绣帷垂，梦长君不知。

贺明朝 后蜀·欧阳炯

忆昔花间初识面，红袖半遮，妆脸轻转。石榴裙带，故将纤纤玉指，偷捻双凤金线。○碧梧桐琐深深院，谁料得，两情何日教缱绻。羡春来双燕，飞到玉楼，朝暮相见。

寿山曲 南唐·冯延巳

铜壶滴漏初尽，高阁鸡鸣半空。催启五门金锁，犹垂三殿帘栊。阶前御柳摇绿，仗下宫花散红。鸳瓦数行晓日，鸾旗百尺春风。侍臣舞蹈重拜，圣寿南山永同。

浪淘沙令 南唐·李煜

帘外雨潺潺，春意阑珊，罗衾不耐五更寒。梦里不知身是客，一晌贪欢。○独自莫凭栏，无限江山，别时容易见时难。流水落花春去也，天上人间。

上举唐五代文人词，显示了唐代初、盛、中、晚到五代曲子辞的语体变化。初唐的两首《新曲》，“新曲”尚不是严格的曲调专名，说明初唐文人的歌辞写作还没有特定的“曲调”意识，尚未产生“依调填词”的歌辞写作。两“曲”一为七言声诗，语体文雅；一为长短句，以七字句为主，交叉一个五字句、两个三字句，白话语感强于齐言诗，可谓一首雏形之“词”。

从盛唐开始，文人词写作有了特指的“曲调”概念和“依调填词”方式，延续到中晚唐而成文人词写作的基本方式。盛唐词调【调笑】，今见始词为戴叔伦作，此外有韦应物 2 首、王建 4 首，体式全同；【忆江南】始词为中唐白居易作，刘禹锡、皇甫松、温庭筠等诸家之词，与始词体式全同；【更漏长】始词为晚唐温庭筠 6 首，体式全同，唐末五代词人韦庄、牛峤、毛文锡、顾敻、毛熙震、孙光宪、冯延巳诸家《更漏长》计 19 首，体式与始词全同，当是规范的“依调填词”及由之转化的“依词填词”，都是具有白话感的长短句。

唐五代文人词多短调，晚唐杜牧《八六子》90 字 19 句，唐文人曲子辞中罕见。句型构造，长句以五言、六言、七言为主，间插二言、三言、四言短句。五、六、七言句语步节奏多与齐言诗相同（姑称“诗体句”），也有少量语句的语读节奏不同于“诗体句”（姑称“散文句”），如《八六子》“听/夜雨//冷滴/芭蕉”，一字领带六言，3/4 语读节奏；《贺明朝》“羡//春来/双燕”，一字领带四言，1/4 语读节奏。在诗体主流化背景下，五、七言诗定格化的“2/3”“4/3”语读节奏，成为韵文体的规范句读和“文”的一种标识，虽然语读节奏不是区别文言、白话的主要标准，但改变已成集体习惯的齐言诗语读节奏，便会产生一种“散文”的白话感。唐五代文人词中的“散文句”虽不多，但却是“词”体汲取白话元素的微妙迹象，可谓文人词的语体建构“文白兼容”走向的一种预示，此后乃成宋文人词的一种常见句式。

（3）北宋文人词

爪茉莉 北宋·柳永

每到秋来，转添甚况味。金风动，冷清清地。残蝉噪晚，其聒得人心欲碎。更休道宋玉多悲，石人也须下泪。○衾寒枕冷，夜迢迢，更无寐。深院静，月明风细。巴巴望晓，怎生捱，更迢递。料我儿，只在枕头根底，等人来，睡梦里。

曲玉管 北宋·柳永

陇首云飞，江边日晚，烟波满目凭阑久。立望关河萧索，千里清秋。忍凝眸，杳杳神京，盈盈仙子，别来锦字终难偶。断雁无凭，冉冉飞下汀洲。思悠悠。○暗想当初，有多少幽欢佳会。岂知聚散难期，翻成雨恨云愁。阻追游，每登山临水，惹起平生心事。一场消黯，永日无言，却下层楼。

雨中花慢 北宋·苏轼

邃院重帘何处，惹得多情，愁对风光。睡起酒阑花谢，蝶乱蜂忙。今夜何人，吹笙北岭，待月西厢。空怅望处，一株红杏，斜倚低墙。○羞颜易变，傍人先觉，到处被著猜防。谁信道，些儿恩爱，无限凄凉。好事若无间阻，幽欢却是寻常。一般滋味，就中香美，除是偷尝。

念奴娇 北宋·苏轼

凭高眺远，见长空万里，云无留迹。桂魄飞来光射处，冷浸一天秋碧。玉宇琼楼，乘鸾来去，人在清凉国。江山如画，望中烟树历历。○我醉拍手狂歌，举怀邀月，对影成三客。起舞徘徊风露下，今夕不知何夕。便欲乘风，翻然归去，何用骑鹏翼。水晶宫里，一声吹断横笛。

望远行 北宋·黄庭坚

自见来，虚过却好时好日。这訑尿粘腻，得处煞是律。据眼前言定，也有十分七八，冤我无心除告佛。○管人闲底，且放我快活嘚。便索些别茶祗待，又怎不遇偎花映月。且与一班半点，只怕你没丁香核。

虞美人 北宋·黄庭坚

天涯也有江南信，梅破知春近。夜阑风细得香迟，不道晓来，开遍向南枝。○玉台弄粉花应妒，飘到眉心住。平生个里愿杯深，去国十年，老尽少年心。

满园花 北宋·秦观

一向沈吟久，泪珠盈襟袖。我当初不合苦撋就，惯纵得软顽，见底心先有。行待痴心守，甚捻著脉子，倒把人来僝僽。○近日来，非常罗早丑，佛也须眉皱。怎掩得众人口，待收了孛罗，罢了从来斗。从今后，休道共我，梦见也，不能得句。

木兰花慢 北宋·秦观

过秦淮旷望，迥萧洒，绝纤尘。爱清景风蛩，吟鞭醉帽，时度疏林。秋来政情味淡，更一重烟水一重云。千古行人旧恨，尽应分付今人。○渔村，望断衡门，芦荻浦、雁先闻。对触目凄凉，红凋岸蓼，翠减汀蘋。凭高正千嶂黯，便无情到此也销魂。江月知人念远，上楼来照黄昏。

浣溪沙慢 北宋·周邦彦

水竹旧院落，樱笋新蔬果。嫩英翠幄，红杏交榴火。心事暗卜，叶底寻双朵，深夜归青琐。灯尽酒醒时，晓窗明，钗横鬓亸。○怎生那，被间阻时多。奈愁肠数叠，幽恨万端，好梦还惊破。可怪近来，传语也无个。莫是瞋人呵，真个若瞋人，却因何逢人问我。

渡江云 北宋·周邦彦

晴岚低楚甸，暖回雁翼，阵势起平沙。骤惊春在眼，借问何时，委曲到山家。涂香晕色，盛粉饰，争作妍华。千万丝陌头杨柳，渐渐可藏鸦。○堪嗟，清江东注，画舸西流，指长安日下。愁宴阑，风翻旗尾，潮溅乌纱。今宵正对初弦月，傍水驿，深舣蒹葭。沉恨处，时时自剔灯花。

上举北宋几代词人各两首作品，目的在提请注意北宋文人词语体的“一人两格”现象：既有明显口语色彩的白话“俗词”，亦有以“文”为主的“雅词”。前者与敦煌写本歌辞语体颇为接近，反映了民间白话歌辞是文人词语体的“外源”；后者则是文人习惯的“自源”性雅化语体。两种不同色彩的语体，都体现了北宋文人词语体是一种有意识的建构，有些“俗词”甚至比敦煌民间曲子辞“俗”得更地道、更有趣，可谓艺术化的通俗白话；“雅词”则既有诗体语言之雅，同时兼有散文语体的参差风味。“长短句”本是日常言语形态，既可雅化为文言，亦可入俗为白话，北宋文人的词体写作，双轨并行，词人们一方面提倡“风调闲雅”，一方面又“嬉弄于乐府”，文白兼容，化俗为雅，以雅润俗。北宋文人的词体写作，是词体建构史上最富有活力的时代，使“词”成为古代诗歌体的一种新型样式。

（4）南宋文人词

如梦令 北宋-南宋·李清照

昨夜雨疏风骤，浓睡不消残酒。试问卷帘人，却道海棠依旧。知否，知否，应是绿肥红瘦。

渔家傲 北宋-南宋·李清照

天接云涛连晓雾，星河欲转千帆舞。仿佛梦魂归帝所，闻天语，殷勤问我归何处。○我报路长嗟日暮，学诗漫有惊人句。九万里风鹏正举，风休住，蓬舟吹取三山去。

唐多令　南宋·辛弃疾

淑景斗清明，和风拂面轻。小杯盘，同集郊坰。著个簪儿不肯上，须索要，大家行。〇行步渐轻盈，行行笑语频。凤鞋儿，微褪些根。忽地倚人陪笑道，真个是，脚儿疼。

永遇乐　南宋·辛弃疾

千古江山，英雄无觅孙仲谋处。舞榭歌台，风流总被雨打风吹去。斜阳草树，寻常巷陌，人道寄奴曾住。想当年，金戈铁马，气吞万里如虎。〇元嘉草草，封狼居胥，赢得仓皇北顾。四十三年，望中犹记，烽火扬州路。可堪回首，佛狸祠下，一片神鸦社鼓。凭谁问，廉颇老矣，尚能饭否。

步月　南宋·史达祖

翦柳章台，问梅东阁，醉中携手初归。逗香帘下，璀璨镂金衣。正依约冰丝射眼，更荏苒蟾玉四飞。轻尘外，双鸳细蹙，谁赋洛滨妃。〇霏霏，红雾绕，步摇共鬓影，吹入花围。管弦将散，人静烛笼稀。泥私语香樱乍破，怕夜寒罗袜先知。归来也，相偎未肯入重帏。

潇湘静　南宋·史达祖

暮草堆青云浸浦，记匆匆，倦篙曾驻。渔榔四起，沙鸥未落，怕愁沾诗句。碧袖一声歌，石城怨，西风随去。沧波荡晚，菰蒲弄秋，还重到，断魂处。〇酒易醒，思正苦，想空山桂香悬树。三年梦冷，孤吟意短，屡烟钟津鼓。屐齿厌登临，移橙后，几番凉雨。潘郎渐老，风流顿减，闲居未赋。

木兰花慢　南宋·吴文英

送秋云万里，算舒卷，总何心。叹路转羊肠，人营燕垒，霜满蓬簪。愁侵，庾尘满袖，便封侯，那羡汉淮阴。一醉莼丝脍玉，忍教菊老松深。〇离音，又听西风，金井树动秋吟。向暮江目断，鸿飞渺渺，天色沈沈。沾襟，四弦夜语，问杨琼往事到寒砧。争似湖山岁晚，静梅香底同斟。

荔枝香近　南宋·吴文英

睡轻时闻，晚鹊噪庭树。又说今夕天津，西畔重欢遇。蛛丝暗锁红楼，燕子穿帘处。天上未比人间更情苦。〇秋鬓改，妒月姊长眉妩。过雨西风，数叶井梧愁舞。梦入蓝桥，几点疏星映朱户。泪湿沙边凝伫。

上举四位南宋不同时期的词人之作，对比北宋文人词，明显一点是：从南宋开始，文人词雅俗并举的“一人两格”现象几乎消失。李清照由北宋入南宋，是词史上具有坐标意义的女词人，反对“词语尘下”，是宋词语体转向“以雅化俗”的历史节点之一；其后的辛稼轩，由金地入南宋，其词偶见民间白话色彩，总体上以文人化的文白兼容为主，常以散文句法入词，体现了一种有意识的词化语体建构；年辈略小的姜夔、史达祖，淡化世俗口语色彩，将“文白兼容”进一步雅化。从南宋开始，文人词作的“俗词”大减，“雅词”日渐普行，无论是婉约言情，还是深长写心，语体趋向一致，以雅润俗的文白兼容，成为文人词的主导语体。南宋文人词的这一语体转型，与南宋文人对词体语文形式美感的重视、律化程度的提高、词坛对北宋以来“雅词”说的进一步发扬、对民间新兴声歌的排斥，交叉贯穿为相延不断的历史图景。中国古代文人文学的发生发展，从先秦时代就形成了向民间采风的传统，最终总是回归文人自身，是一个饶有趣味而内涵深厚的文学史话题。

（二）词之语体的“韵散织体”

词之语体的“文白兼容”，体现在句式句型上，即是近体齐言诗句式的“诗体句”与“散文句”的组合，故谓之“韵散织体”。具体言之，“韵”指词体继承了历代韵文体的连韵、间韵、转韵等各种韵格，错落有致的韵句——尤其是每个复句必押韵，乃是韵文体的第一形式要素，不少词句为近体诗句式句型的“诗体句”及诗体式的齐言连句；所谓“散”，指词体具有散文体的若干元素，长、短句交错是散文体的典型样式，词体句子的语读节奏、句式和句法多有不同于“诗体句”的“散文句”，若《钦定词谱》所云“上一下一中两字”的四字句、“上一下四”的五字句、“上三下四”的七字句、“上三下五”的八字句等，尤其是每一个词调的句数，既有一定范围的限定，又有可增可减的弹性，与近体诗的规定句数句型大相径庭。当然，词体的第一身份是韵文体，是为韵文体兼有散文体元素的“韵散织体”。

中国古代韵文吸收散文体元素的“韵散织体”由来已久，若“诗三百”中的“长短句”、杂言体楚辞、韵赋、铭文等，尤其是自先秦以来的历代杂言歌辞，皆是程度不同的“韵散织体”。传统雅、俗两脉“歌辞体”流衍到唐代，文人层在上流乐歌和民间曲子辞影响下的歌辞写作，经五代两宋而逐步成为一种群体写作行为，从而生成一种新型“韵散织体”——“词”。

1. 词之“韵散织体”的几种方式

唐五代两宋词“诗体句”与“散文句”的交织，总体看来“诗体句”始终多于“散文句”，但即使只有一个长短不同的“散文句”，便属于“韵散织体”而与齐言诗体有所差异。杂言体歌辞本是历代相延的古老传统，传统的张力驱动着词体以“韵散织体”显示“自体性”。因此，在齐言诗为主流韵文体的集体语境中，文人的词体写作既有习惯性的诗体意识，又有着词的“自体”意识，两种意识交织的结果，使词体写作既保持着“诗体句”又融入了“散文句”，最明显之例，是将传唱的名家之诗改写为词，且看二例：

阳关引 北宋·寇准

塞草烟光阔，渭水波声咽，春朝雨霁轻尘歇。征鞍发，指青青杨柳，又是轻攀折。动黯然，知有后会甚时节。○更尽一杯酒，歌一阕，叹人生，最难欢聚易离别。

且莫辞沉醉，听取阳关彻。念故人千里，自此共明月。

古阳关 宋·无名氏

渭城朝雨，一霎裛轻尘。更洒遍客舍青青，弄柔凝千缕，柳色新。更洒遍客舍青青，千缕柳色新。休烦恼，劝君更尽一杯酒，人生会少。自古富贵功名有定分，莫遣容仪瘦损。休烦恼，劝君更尽一杯酒。只恐怕，西出阳关，旧游如梦，眼前无故人。只恐怕西出阳关，眼前无故人。

改写之诗是唐王维七绝《送元二使安西》，唐人传唱之名为《阳关曲》，一脉流传至宋，乃有宋人改诗为词的“新唱”。北宋初寇准的将诗改词，上片首起5/5/7型“三分复句”，对应原诗首句“渭城朝雨浥轻尘”，两个五字句“塞草烟光阔，渭水波声咽”，诗体对偶句，七字句“春朝/雨霁//轻尘/歇”，语读节奏亦为“诗体句”，“散”的意味体现为复句型为“长短句”；第二复句，3/5/5三分句，以三字短语起句，接之“指//青青/杨柳”为“一字领”五言“散文句”，结末五言句“又是//轻/攀折”则为“诗体句”；第三复句，3/7二分句，七字句“知有/后会//甚/时节”为诗体句。下片八个分句——两个三字句、五个五字句、一个七字句，构成三复句。其中两个五言句为“一字领”散文句（且//莫辞/沉醉；念//故人/千里），余皆“诗体句”。全词的单个句式以“诗体句”为主，但长短句交错的复句型及间插短语句和“散文句”，形成一种“韵散织体”意趣，是文人词“韵散织体”的普遍构架。佚名宋词《古阳关》，“歌”的色彩更浓，采用复沓唱和，当是市井传唱之词。全词保留了原诗句“劝君更尽一杯酒”，其他三句则扩展为“二分”“三分”“五分”三种句型的复句。全词长句与短句、“诗体句”与“散文句”交错相间。长句“更洒遍客舍青青”“弄柔凝千缕柳色新”，为“上三下四”“上三下五”散文句式，“自古富贵功名有定分”为九字散文句；结尾复沓和唱，将原诗“西出阳关无故人”扩写为“二分”流水句“只恐怕西出阳关，眼前无故人”，前句为3/4语读散文句，后句为2/3语读诗体句，亦不妨点断为“三分”：“只恐怕，西出阳关，眼前无故人。”连读之——“只恐怕西出阳关眼前无故人”——尤见白话散文意味。全词与寇准《阳关引》一样，以“诗体句”为主而织入散文句，是词之“韵散织体”的常见模式。

词之“韵散织体”的成熟和形式多样化，是宋代的长调慢词实现的。慢词的篇幅体量具有更充分的“韵散织体”条件，较唐五代短调小令，“散”之一端有所强化：五、七言“诗体句”减少，“散文句”有所增加；三、四字短句增多，长短句交错比率增大，是为词的“自体化”样式。慢词的早期历史坐标是北宋柳永，其“韵散织体”约有两种方式：第一种，每个复句的分句皆为长短不同的杂言句，其间或有齐言连句，但复句型为“杂言句”，如：

采莲令 北宋·柳永

月华收，云淡霜天曙。西征客，此时情苦，翠娥执手送临岐，轧轧开朱户。千娇面，盈盈伫立，无言有泪，断肠争忍回顾。〇一叶兰舟，便恁急桨凌波去。贪行色，岂知离绪，万般方寸但饮恨，脉脉同谁语。更回道，重城不见，寒江天外，隐隐两三烟树。

四字以上诸句，语读句式为“诗体句”，“散文句”为三字短语句。当然，复句分句可作弹性化“可断可连”，若上片最后的“四分”复句即可断为“三分”：“千娇面盈盈伫立，无言有泪断肠，争忍回顾。”但无论怎样断连，每个复句都是长短交错的杂言句，上下片形式大体对称，分句数、复句型相同，同句位分句字数仅上下片第一、二分句字数不同，其余各句皆同，从而构成词体的整饬感。

第二种，“齐言连句”与“杂言连句”两种复句型的组合，既有整饬感又有跳动感，是词之“韵散织体”较普遍的模式，如：

归朝欢 北宋·柳永

别岸扁舟三两只，葭苇萧萧风淅淅。沙汀宿雁破烟飞，溪桥残月和霜白。渐渐分曙色，路遥山远多行役。往来人，只轮双桨，尽是利名客。〇一望乡关烟水隔，转觉归心生羽翼。愁云恨雨两牵萦，新春残腊相催逼。岁华都瞬息，浪萍风梗诚何益。归去来，玉楼深处，有个人相忆。

上下片第一、二复句皆为二分复句，四个分句都是七言律句，三、四两句对偶，两个“二分”复句构成类似“七绝”的组合；继之三、四两个复句则是杂言句，一个“二分”一个“三分”，可谓先“诗式”后“词式”的组合。这种齐言连句、杂言连句截然两分的前后组合，“韵”“散”对比分明，但不是词体常式，更圆融的“韵散织体”是齐言连句、杂言连句的错落组合，还以柳词为例：

满江红 北宋·柳永

暮雨初收，长川静，征帆夜落。临岛屿，蓼烟疏淡，苇风萧索。几许渔人飞短艇，尽载灯火归村落。遣行客，当此念回程，伤漂泊。〇桐江好，烟漠漠，波似染，山如削。绕严陵滩畔，鹭飞鱼跃。游宦区区成底事，平生况有云泉约。归去来，一曲仲宣吟，从军乐。

上片，11分句4复句。第一复句，4/3/4“三分”组合，亦不妨连为7/4“二分”复句“暮雨初收长川静，征帆夜落”，从上下片分句数保持一致考虑，断为三分句为宜；第二复句3/4/4，以三字短语起，接之两个四言连句对偶，典型的“韵散织体”复句；第三复句，7/7齐言连句，语读节奏为“诗体句”；第四复句，3/5/3，散文句型复句。下片，分句数复句数与上片同，复句型有变，是为上片的“变体”。第一复句，3/3/3/3，将上片“三分”变为“四分”之三言连句，所有【满江红】词，该句位复句型皆同，是本调的“定式句”；第二复句，较上片“三分”复句减一分句，变为 5/4“二分”复句。第三、四复句，与上片相同无变。

柳永《满江红》齐言连句与杂言连句的交错相间，既有韵文体的整饬感，又有散文体的生动感，是词之韵散织体的主要构架。在语体格调上，《满江红》为柳永词中的“雅词”，与其“俗词”判然有别，今存宋词《满江红》的所有作品皆偏“文”，可谓词调中的“雅调”，名家“创始之词”的文体和文学格调对“填者”的影响，由此可见一斑。

柳永之后，“齐言连句”与“长短连句”、“诗体句”与“散文句”的交错组合，成为词之“韵散织体”的普遍模式。尤值得注意的是：较之唐五代文人词，宋词“韵散织体”的白话语感明显强化，意味着文人词作“自体性”意识的进一步强化，且看三例：

水龙吟·次韵章质夫杨花词　北宋·苏轼

似花还似非花，也无人惜从教坠。抛家傍路，思量却是，无情有思。萦损柔肠，困酣娇眼，欲开还闭。梦随风万里，寻郎去处，又还被莺呼起。○不恨此花飞尽，恨西园落红难缀。晓来雨过，遗踪何在，一池萍碎。春色三分，二分尘土，一分流水。细看来，不是杨花，点点是离人泪。

西江月·遣兴　南宋·辛弃疾

醉里且贪欢笑，要愁那得工夫。近来始觉古人书，信着全无是处。○昨夜松边醉倒，问松我醉何如。只疑松动要来扶，以手推松曰去。

念奴娇·丁卯生朝　南宋·刘克庄

小孙盘问翁翁，今朝怎不陈弧矢。翁道暮年惟只眼，不比六根全底。常日谈玄，余龄守黑，赤眚从何起。鬓须雪白，可堪委顿如此。○心知病有根苗，短檠吹了，世界朦胧里。纵有金篦能去翳，不敢复囊萤矣。但愿从今，疾行如鹿，更细书如蚁。都无用处，留他教传麟史。

苏轼《水龙吟·杨花》，是东坡的婉约词名篇，语体为典型的“韵散织体”：齐言连句与杂言连句交错，长句为七字句、六字句，短句为四字句。两个七字句——“也//无人惜/从教坠”“恨//西园/落红/难缀”——皆是散文句式；两个六字句——“似花/还似/非花”，语读节奏为连续双字步的六言“诗体句”，“点点/是/离人/泪”则是双字语步和单字语步交错的“散文句”；五字句“梦//随风/万里”，一字领“散文句”；全词 8 个复句，4 个复句是“三分”四言连句，皆为双字语步“诗体句”。全词以“诗体句”为主，“散文句”为辅，但有意味的是：虽然语读节奏是双语步“诗体句”——“似花还似非花”“又还被莺呼起”“不恨此花飞尽”“春色三分，二分尘土，一分流水”，语气语态却是“散文化”的，与“散文句”——“也无人惜从教坠”“细看来，不是杨花，点点是离人泪”等，圆融组合为一体，整个词的叙述语气可谓都是“散文化”的，是为词之“韵散织体”别具一格的语体风味。

辛稼轩《西江月·遣兴》，是今词学界所推举的典型“散文化”之词。每片三个六字句、一个七字句，构成6/6齐言连句与7/6杂言连句两个复句。从语读节奏看，六字句皆是双字语步连续行进的“诗体句”，七字句语读节奏亦为七言“诗体句”，且每句皆是符合诗体平仄语步交错的“律句”。但词学界却推举其为“散文化”之词，典型依据在此两句：“问松我醉何如”“以手推松曰去”，今或标点为——“问松：‘我醉何如?’”“以手推松曰：‘去!’”——当然，词体没有如此标点之法，如此标点是为了突出两句的“散文化”，其“散”之意趣不在语读节奏，而在动作感和话语感，与东坡《水龙吟·杨花》一样，句子语读节奏是“诗体句”，语词和叙述语气则是“散文化”的，是为更微妙的“韵散织体”。

刘克庄《念奴娇》亦如此，全词只有“更/细书/如蚁”为语读上的“散文句”，但全词的散文式白话感较苏、辛词更突出。叙述语气的散文化，可谓宋文人词语体的时代风格，刘克庄词则是南宋晚期的代表。不过话说回来，词体的定位首先是韵文体，如果把“句读不葺之诗”变成仅是押韵的“句读不齐之文”，也是对词之自体性的消解，散文化过甚而削弱诗性灵气，难免得不偿失。

2. 词之韵散织体的白话口述感

“散文化”白话语感，是词之“韵散织体”的深层本色。“词”体原生于口头传唱，生动自然的口述白话是词之“韵散织体”生成的内在基础，词体生成的主源民间歌辞于此尤为明显：

鹊踏枝 敦煌写本歌

叵奈灵鹊多瞒语，送喜何曾有凭据。几度飞来活捉取，锁上金笼休共语。○比拟好心来送喜，谁知锁我在金笼里。欲他征夫早归来，腾身却放我向青云里。

红窗迥 宋·无名氏

河可挽，石可转，那一个愁字，却难驱遣。眉向酒边暂展，酒后依旧见。○枫叶满阶红万片，待拾来，一一题写教遍。却倩霜风吹卷，直到沙岛远。

《鹊踏枝》是民间歌辞口语化叙事极有意趣的一例。上片是一个年轻女子的自言自语，也是对喜鹊说话；下片则是拟人化的喜鹊自语，也是喜鹊对女子说话。全词以既写实又虚拟的“人鹊对话”构成一种“心理叙事”，刻画年轻女子的心灵情感。生动朴素的口述感，使生活化与诗意化叙事相得益彰。在句式句型上，全词句子长短相差不大，6个七字句在语读上都是“诗体句”，1个八字句和1个九字句可谓“散文句”，全词为朴素的“韵散织体”。

无名氏《红窗迥》，“自叙”与“他叙”相交融，心理叙述和情感行为互文，语体与敦煌写本歌辞一脉相承，可见“韵散织体”是民间歌辞的语体传统。这一传统的根基，在于白话长短句本是生活语言的常态，而这，正是词之韵散织体的生命本质。

文人词的写作，是在词体传唱的集体氛围中运行的，故白话口述感也是文人词语体的特色之一，前录东坡、稼轩、后村词皆其例，从唐五代到两宋，文人词“韵散织体”语体演化趋势最有意味的是白话口述感的增强。兹举语感有所不同的几首文人小令领略之：

宴桃源 唐·白居易

前度小花静院，不比寻常时见。见了又还休，愁却等闲分散。肠断，肠断，记取钗横鬓乱。

忆仙姿 后唐·孟昶

曾宴桃园深洞，一曲清歌舞凤。长记欲别时，和泪出门相送。如梦，如梦，残月落花烟重。

如梦令 北宋·苏轼

水垢何曾相受，细看两俱无有。寄语揩背人，尽日劳君挥肘。轻手，轻手，居士本来无垢。

如梦令 北宋-南宋·李清照

昨夜雨疏风骤，浓睡不消残酒。试问卷帘人，却道海棠依旧。知否，知否，应是绿肥红瘦。

白居易【宴桃源】，后易名为【忆仙姿】，苏轼题为【如梦令】，遂成普名，今存唐五代两宋词作 73 人 207 首，无变体，少数作品的韵数和个别字位的平仄略有不同。上举四首小令，白居易、孟昶词是唐五代文人小令“韵散织体”的普遍形式：词语偏雅，语读节奏与诗体同，惟长短句组合显示了散文化意味；苏轼词的语体较唐五代词的变化，最明显的是将文雅的旁叙变为口语化的诙谐独白；李清照《如梦令》，也是一种对话叙述，但与苏词意趣不同，东坡词是寓意性对话，漱玉词是真实的即时叙事，以当下对话营造生动的现场感，“试问”“却道”“知否”的散文语词，体现了词体“韵散织体”的微妙意趣，妙语“绿肥红瘦”使该词当时即成词坛流传的名作，此后成为历代公认的经典小令。

当然，文人诗也有“对话叙述”，若妇孺皆知的唐诗绝句——“少小离家老大回，乡音无改鬓毛衰。儿童相见不相识，笑问客从何处来。”“君自故乡来，应知故乡事。来日绮窗前，寒梅著花未。”这些具有白话口述感的唐诗，也是文人词的语体源泉，而词体长短句的白话口语感，较诗体更接近生活，现场感更强，体现了词之“韵散织体”建构的本质：将整饬的齐言，重构为接近生活语言的生动“长短句”。因此，词之语体在句式句型上的“韵散织体”，实与前述词之语体的“文白兼容”互为表里，相辅相成——“文白兼容”乃是根本，“韵散织体”的口述感乃是“文白兼容”的体现方式。

"文白兼容"本是古代汉语演化的重要机制，诗歌语言自不例外，事实上，齐言诗的语体走势也在朝着接近生活语言的"文白兼容"方向演化，中国最早成型的四言诗体，是上层礼乐文化造就的韵文体，《诗经·国风》的不少篇章即有浓厚的"文白兼容"色彩；中古成为韵文体主流的五、七言诗，并非四言诗的自发演变，而是对生活语言的汲取和"文言化"重塑，本质上也是一种"文白兼容"语体，在中古语境中已成"雅言"的四言诗基础上融入了白话口述感。但齐言诗整饬的固态形式构架限制了吸收白话的容量，难以和当下白话与时俱进，而以平常口语为母体的长短句歌辞，则将平常白话与各种书面语言交织为"歌辞语体"，在雅、俗两个文化圈的交流互动中与时俱进。唐宋词的"韵散织体"，即是沿着传统"歌辞体"的"文白兼容"语体路线，将"传统"与"当下"的书面语体和口头语体互动交融，从而织成有别于"诗"的自性语体。"韵散织体"的白话口述感，归根结底是"声歌文化"的口传方式与听觉接受对词体提出的要求，故文人词的语体建构"雅""俗"兼取，对文人诗的雅化语体既继承又解构，对民间歌辞的白话语体既吸收又分离，双向互动，"文""白"互化。而这，乃是中国古代雅俗文化交流的悠久传统——周代"诗三百"采录的十五"国风"，汉乐府采录的民间讴咏，魏晋南北朝官乐吸纳的民间歌曲，唐代宫廷教坊中大量的民间曲调——中国古代"声歌文化"从来都是在雅俗文化交流中展开的。文人诗歌，从屈原的《九歌》、汉魏六朝文人的"拟乐府"到唐五代文人的"依调填词"，不断开发着文人的"歌辞体"写作，两宋文人则沿着前代文人的"歌辞体"写作之路，在传统和当下雅俗交融的"声歌文化"中前行，建构了完型化"词"体。

（三）"词体叙述"的自体方式与对"诗体叙述"的汲取

上述词之语体的"文白兼容""韵散织体"及白话口述感，是伴随着词体的"自体建构"不断形成和强化的。文人确立词之"自体意识"的关键之一，在于明确和处理诗、词二体的关系，故两宋词坛乃有"诗词异同"之辩，形成"类诗"与"别家"两种观点。"类诗说"首发于苏轼，自谓所作之词"虽无柳七郎风味，亦自是一家"①，称赞友人陈季常词作乃"诗人之雄，非小词也"②，蔡景繁词乃"长短句诗也"③。此后的"类诗说"以苏轼词为典范，提倡词体写作"一洗绮罗香泽之态，摆脱绸缪宛转之度，使人登高望远，举首高歌，而逸怀浩气超然乎尘垢之外"④；而词坛的"别家说"，则云东坡词"要非本色"，词体乃"别是一家"而与诗体有所不同⑤。两种观点，"类诗"说以传统"诗言志"为旗帜，"别家"说则以"诗缘情"为本，是文人"言志"与"缘情"两种文学观念在词

① 孔凡礼点校《苏轼文集》卷五十三《与鲜于子骏三首》之二，中华书局 1986 年版，第 1560 页。
② 孔凡礼点校《苏轼文集》卷五十三《与陈季常十六首》之十三，第 1569 页。
③ 孔凡礼点校《苏轼文集》卷五十五《与蔡景繁十四首》之四，第 1662 页。
④ （明）吴讷编《百家词》，天津古籍书店 1992 年版，第 595 页。
⑤ 宋代"诗词异同之辩"，参见李昌集《论宋代诗词异同之争》，《扬州师院学报》1989 年第 2 期，此不展开。

体领域的展开。但“别家说”在表述上有意回避了“情”“志”的直接碰撞，从词的原生本性“歌辞体”出发，确立词体不同于诗体之“别家”的合理性。南宋初“别家说”代表——李清照《词论》，首先即从歌唱的角度区分诗、词二体，严厉批评北宋诸词家对词体“别是一家”的特性“知之者少”，词作多为“句读不葺之诗”[①]。对此，古今论者皆有不同看法，但从文体的直观形式看，词体确实“别是一家”，《词论》批评北宋诸名家之词“皆句读不葺之诗尔”，不免过于苛刻，但以晏殊词为代表，指出其词的不足乃“苦无铺叙”，则是精到之见。

所谓“铺叙”，在宋代文论的写作技法话语中，“铺”指铺展，“铺叙”即从各种角度围绕话题层层铺开[②]，词体“别是一家”的“铺叙”，简言之即记事写景抒情之种种“叙述”较诗体更加具体细致，更具有当下现场叙述感。故《词论》之“别是一家”和“铺叙”概念，乃是一个深刻的词体学命题，以今天的学术视角解读之、阐释之，命题的核心是“词体叙述”的自体特征，以及与传统的文人“诗体叙述”之关系。

1.“词体叙述”与“诗体叙述”的差异

“词体叙述”与“诗体叙述”的不同方式，词学界多有论述，兹尝试一法：效仿古人的“改诗为词”之法而“改词为诗”，以直观领略“词体叙述”不同于“诗体叙述”的自体特征。兹以柳永《八声甘州》为例，将词改“诗”如下：

对潇潇暮雨洒江天，一番洗清秋。	暮雨洒江天，潇潇洗清秋。
渐霜风凄惨，关河冷落，残照当楼。	霜风关河冷，残照落当楼。
是处红衰翠减，苒苒物华休。	红衰翠减处，苒苒物华休。
惟有长江水，无语东流。	惟有长江水，无语自东流。
不忍登高临远，望故乡渺邈，归思难收。	不忍登高望，归思渺难收。
叹年来踪迹，何事苦淹留。	年来叹踪迹，何事苦淹留。
想佳人，妆楼颙望，误几回，天际识归舟。	佳人妆楼望，几回识归舟。
争知我，倚阑干处，正恁凝愁。	争知我倚阑，独自正凝愁。

① （南宋）李清照《词论》（摘录）：“乐府、声诗并著，最盛于唐。……又涵养百余年，始有柳屯田永者，变旧声作新声，出《乐章集》，大得声称于世，虽协音律，而词语尘下。又有张子野、宋子京兄弟，沈唐、元绛、晁次膺辈继出，虽时时有妙语，而破碎何足名家；至晏元献、欧阳永叔、苏子瞻，学际天人，作为小歌词，直如酌蠡水于大海，然皆句读不葺之诗尔。……王介甫、曾子固，文章似西汉，若作一小歌词，则人必绝倒，不可读也。乃知别是一家，知之者少。后晏叔原、贺方回、秦少游、黄鲁直出，始能知之。又晏苦无铺叙，贺苦少典重，秦即专主情致，而少故实，譬如贫家美女，虽极妍丽丰逸，而终乏富贵态；黄即尚故实而多疵病，譬如良玉有瑕，价自减半矣。”（王仲闻《李清照集校注》，人民文学出版社 1979 年版，第 194—195 页）

② （宋）陈善《扪虱新话》：“文章铺叙事理，要须往复上下，婉转钩贯，令人一读终篇不可间断，乃为尽善。”（山东人民出版社 2018 年版）（宋）晁说之《晁氏客语》：“韩文公诗号‘状体’，谓铺叙而无含蓄也。”（岳麓书社 2005 年版）（宋）周必大《跋杨廷秀〈石人峰〉长篇》：“状物姿态，写人情意，则铺叙纤悉，曲尽其妙。”（《周必大集校证》，上海古籍出版社 2020 年版）

原词上下片各四复句，改词为诗，将上下片组合为一首诗，以便理解全词的意脉和叙述构架；所以改写为五言诗，意在保留原词语句和词汇，尽量避免添字，故所改之“诗”是对原词长短句略加省简的“齐言化”①。将原词与“诗”对比之，总体看来有以下特点：

其一，从“听觉语言”角度看，诗体语读节奏具有统一规则，音流具有对称性、整饬性美感；词体语读则是活态的、参差的，音流节律具有流动性、跳跃性美感。这一点似乎与叙述方式无关，其实不然，同一句话、一个句段，由于句子长短不同而形成的不同声音节律，潜含着不同声音意味的“音流叙述”，转化为文字语言，牵动着语文叙事的不同方式，是齐言和杂言所以有不同叙述方式的“文体基因”。

其二，词的长短句贴近平常的口述语态，直觉上容易产生一种对话感，从而更容易进入作品叙述的当下现场，感受词人当下特有的心境。相对而言，诗体规则化的书面齐言，则与平常说话的语感产生一种疏离，“诗体叙述”恰要淡化和超越当下语境，以种种“意象”书写诗人的胸怀意绪，让读者自会其意，接受者的直觉感受首先是“观象”，由诗中描述的“客观”景象体会其蕴涵的诗意情境。因此，“诗体叙述”往往在语面上将自我隐藏起来，以某种超越一己的“境界”展开景象的、行为的、思绪的叙述，而“词体叙述”在语面上则是我行我心的书写，一切景象、行为、心理的叙述都以“我”导入而展开。词人书写的“我”，首先是个体之“我”，是当下现场情境中“我”的心绪；诗中的“我”，则是淡化个体而化入群体的“我”，书写指归乃是具有某种普泛意义的人学话题。是为“词体叙述”与“诗体叙述”的精神内涵、叙述构架及叙述口吻的根本差异。

其三，学界常云“诗阔词细”，文学主题的言志与言情且不论，叙述方式上的表现，诗“阔”要求简约概括的“约叙”，词“细”要求细节伸展的“铺叙”。对应的语句结构，诗体为固定的齐言“二分”复句，词体为长短句和弹性的多句型复句。相同的描述对象，“约叙”话少，“铺叙”话多，故长篇慢词的叙述必“铺”，短篇之诗体叙述必“约”，是乃诗、词二体叙述方式自身的“文体逻辑”。

上述诗、词叙述方式的内在精神和艺术旨趣的各自特点，落实到细节上，试比较《八声甘州》词与“诗”而解析之。

词的上片，开篇首句“对潇潇暮雨洒江天”，第一字“对”，便以词人当下的一个细节动作突出了叙述中“我”的现场感。诗体句法无“一字领”，将词改诗去此一字，“我”在语面上就“隐藏”起来而成一种“无我”之景，而原词仅此起首一字，即确立了全词的“有我”之境。第二复句“渐霜风凄惨，关河冷落，残照当楼”，将词体的“三分”复句改写为诗体“二分”五言句，也须省略一字领“渐”，而词人伫立面对山河的时间感便消失了，若改为两个七字句：“渐渐霜风关河冷，凄凄残照正当楼”，内容不变，但消解了“霜

① 若改写为七言诗：“暮雨潇潇洗清秋，霜风残照冷当楼。苒苒物华红翠减，默默无语大江流。登高临远故乡缈，空叹归思苦淹留。佳人颙望怨天际，我自倚栏正凝愁。”叙述方式与五言诗大体相同。

风凄惨”“关河冷落”“残照当楼”视点移动的过程感，淡化了词之“定点观照”的“铺叙”，叙述的细节性和生动性不免有所削弱。第三复句“是处红衰翠减，苒苒物华休”，“是处”乃散文语词，“诗句”不宜，但却是词体有意识的口述感散文语气，增强了叙述的现场感。结句“惟有长江水，无语东流”，以“景语”表达孤独感的“情语”，改作诗句，“二分”句型不变，意境不变，但须加一字将“5/4”长短句改为“5/5”齐言句，一字之差，诗句固有整饬之美，然移之于词则弱化了词体语读节奏变化的生动性。

下片，第一复句“不忍登高临远，望故乡渺邈，归思难收”，将词的“三分”复句改为“二分”诗句：“不忍登高望，归思渺难收。”以诗句言，“故乡”已包含在“归思”中而可意会，故省却“故乡”的“约叙”更精炼；以词句言，则“望故乡”具有现场感、动作感和情境感，“归思”是“不忍登高”而“望故乡”的“因”和“果”。第二复句“叹年来踪迹，何事苦淹留”，改为诗句须将一字领“叹”移到句中以符合诗句语读节奏规则，但此很微小的改动，词句突出的“一字领”——“叹”的当下动作和心理叙事，改为诗句则成一般叙事，弱化了词句强调的“叹”。两句将词改诗，“约”去的都是词之细节化的“铺叙”，“铺叙”的妙处，细节上有时就在一两个字。第三复句“想佳人，妆楼颙望，误几回，天际识归舟”，“四分”流水句，也可连为“二分”七字句“想佳人妆楼颙望，误几回天际识归舟”，但“四分”流水句能突出词体的“铺叙”构架：一个分句就是一个动作场景而延绵为一个“过程”，是为词体常见的“铺叙”方式，连为两个七字句，语意通畅，改写为五言“二分”复句“佳人妆楼望，几回识归舟”，则取消了词人之“想”和佳人“误几回”的细节铺叙，词人“想”的自叙意味消失而成为“旁叙”，淡化了当下现场感，成为一种普遍的深情“佳人”意象，若改为两个七字句“佳人妆楼颙望久，天际误识几归舟”，一字领“想”仍然无法带入，词人的“想”和佳人“望”的双向叙事，改为诗句乃成单向叙事，消解了词句意涵的丰富性。第四复句“争知我，倚阑干处，正恁凝愁”，词人之“我”从想象空间回到当下，以细节动作和心理描述结束全词，改为“争知我倚阑，独自正凝愁”，句式为“诗”，格调非“诗”，由此可领略词之“散文句”白话口述感的微妙意趣。

由上简析，“词体叙述”较“诗体叙述”的不同构架，在于词体的口述感长短句和多句型复句，可以将叙述的“点”清晰化、行为动作过程化、心理意绪细致化。词作如果没有细节化“铺叙”，没有“我”的现场口述感，即成“句读不葺之诗”。词体句型对诗体固定的“二分”复句的突破，以“三分”复句为普遍的复句型，扩大了一个复句的话语容量，甚至一复句可达六七个分句，如柳永《洞仙歌·乘兴》的“六分”复句：“羁旅，渐入三吴风景，水村渔市，闲思更远，神京抛掷，幽会小欢何处。”晁补之《洞仙歌·留春》的“七分”复句：“年少，尚忆瑶阶，得隽寻芳，骖騑东城，适见垂鞭，酕醄南陌，又逢低帽。”以一个复句叙述过去到当下的经历和种种行为心绪，“二分复句”显然难以承载。词体的“长短句”，不仅在各个分句的长短，更在以长短不同复句的交错组合，展开跌荡生动、细致丰富的“铺叙”，从而形成具有自体特性的“词体叙述”模式。

以上将原词与改写之诗的比较，只是一种阐释策略，以资具体比较和理解诗、词叙述方式的差异。由此来看与柳永《八声甘州》思乡主题相同的文人诗，如唐代崔颢的经典之作《黄鹤楼》：

昔人已乘黄鹤去，此地空余黄鹤楼。
黄鹤一去不复返，白云千载空悠悠。
晴川历历汉阳树，芳草萋萋鹦鹉洲。
日暮乡关何处是，烟波江上使人愁。

与《八声甘州》即景抒情的叙述框架类同，但叙述结构和章法有所不同。《黄鹤楼》的开篇是一种宏观意味的诗性思索——人生短暂与世界永恒的千古之思，由之导向诗人的当下心绪——一种人生的普遍思乡情结。柳永《八声甘州》亦不乏宏观景象，但最终结穴是词人的当下心灵情愫，全词以现场“自叙”与想象中的“她叙”，构成一种故事化、动作化、细节化、情感化的“铺叙”。《黄鹤楼》的诗人“我”在语面上是隐蔽的，结句的望乡情结，既是自我的，更是超自我的游子集体形象；《八声甘州》则一开始就将“我”置于叙事中心，所有叙述都是特定“此在”之我的心理叙述，可谓“词体叙述”不同于“诗体叙述”的主要特征。

“词体叙述”的历史贡献，在其“铺叙”丰富和扩展了诗歌领域的叙述方式，但这并不意味着“词体叙述”即比“诗体叙述”高明。“约叙”和“铺叙”，叙述功能和旨趣有别，诗体“约叙”之高妙，词体“铺叙”亦不能达，如杜甫《登岳阳楼》：

昔闻洞庭水，今上岳阳楼。吴楚东南坼，乾坤日夜浮。
亲朋无一字，老病有孤舟。戎马关山北，凭轩涕泗流。

与柳永《八声甘州》相比较，且不论诗、词表达的“志”“情”之别，从叙述结构言，杜诗也是一种明显而强烈的“自我叙事”，其观象与感怀的当下现场与宏观世界，个体之境与天下大势，惟无“铺叙”之细节刻画，乃得景象之壮阔，意绪之潜转，是一种典范的诗体之“约叙”，词体的“铺叙”难达其境。“诗阔词细”，各得其境，各擅其妙，诗体叙述的主导取向，在以宽广高远的襟怀或空灵幽深的意绪，营造意象化现场空间和心理空间，最终归结为人生体验的感悟、延伸和超越；词体叙述的主导倾向，在以自我情感投入当下景观而营造心理场境，表现个体当下心灵情感的盘旋、细味和深潜。

2. “词体叙述”对“诗体叙述”的汲取

词的自体性建构，是词之为“词”的必由之路，同时，词体对诗体叙述方式的汲取，也是“词”成为文人集体通行文体的必然途径。中国古代诗歌史，自周代便将“诗”确立为诗歌家族的权威，此后历代诗体写作皆以齐言体为主流，不断展开诗体建构和范式的确定，每个时代的“诗”，都是韵文体的一种样板，文人们将其对诗体的理解与作诗的经验辐射到他类文体，是中国古代韵文体发展史延绵不断的一条规律。因此，“词”作为唐五代两宋文人写作的一种新型韵文体，既不断进行着自体性建构，又始终受约于诗体传统，两种机制交织一体。在叙述方式上，词体以“铺叙”自立“别家”门户，而在总体叙述框架上，词体则始终是“诗之傍行”，不断吸纳着“诗体叙述”。“词体叙述”是个复杂的多维命题，关涉时空构架、情景交融、意象意境等若干方面，本文难以全面展开，兹以叙述构架的时空关系为例，以见“词体叙述”对“诗体叙述”的汲取和织入。

文学叙事的时空构架，基本模式有两种：一是同时空延展，二是异时空交叠。兹以两首唐诗为例：

终南山　唐·王维

太乙近天都，连山到海隅。白云回望合，青霭入看无。
分野中峰变，阴晴众壑殊。欲投人处宿，隔水问樵夫。

晚晴　唐·李商隐

深居俯夹城，春去夏犹清。天意怜幽草，人间重晚晴。
并添高阁迥，微注小窗明。越鸟巢干后，归飞体更轻。

王维《终南山》，当下景象和行为的同时空叙事。全诗四复句。一至六句的三个“二分”复句，以同一现场、同一视角连绵展开的景象表达诗人的山水之情，结末“二分”复句转向行为叙事，含蓄表达诗人的淡泊情怀。在语句组织上，每个分句和复句的语意前后贯穿，连续成文，如同一幅画中潺潺不断的流水，姑称为“同时空-单线型”叙述构架。李商隐《晚晴》，全诗四复句，每个复句为一个相对独立的意象，以四个不同时空的景象和意绪，综合为一种人生的精神情感境界。在语句组织上，四个复句的语意各自完成，就像分别展开四幅不同时空景象的图画，姑称为“异时空-多面型”叙述构架。

唐五代两宋词，亦有“同时空-单线型”与“异时空-多面型”两种叙事构架。大体看来，单片短调绝大部分为同时空单线型叙述。双片词调则有三种方式：其一，全词为同时空叙事，上下片叙事抒情顺延展开，常见结构为上片描述此在景象，下片生发心理叙述；其二，每片各自为同时空叙事，上下片叠加为异时空组合，构成词体特有的以“片”为“同时空”单元的“异时空”交构叙述，是词体叙述较普遍的时空构架；其三，两片皆为“异时空-多面型”叙述，全词为多维度的“异时空-多面型”叙述构架。

纵观唐五代两宋词体的演化轨迹，敦煌写本歌辞以“同时空-单线型”为常用叙述模式，结构相对简单，贴近平常讲述方式，是民间曲子辞的本原形式；唐五代文人词，大多为短调，在文人诗与民间曲子辞的双重影响下，多为“同时空-单线型”叙事，同时出现了“同时空”“异时空”交构；宋文人词，两种叙述模式并行，北宋词以上下片“同时空”“异时空”交构为主要模式，南宋词的“异时空-多面型”叙述则有所增加。兹举数例，以示唐五代两宋词叙述方式的大体面貌与演进轨迹。

鹊踏枝 敦煌写本歌辞

独坐更深人寂寂，忆念家乡，路远关山隔。寒雁飞来无消息，教儿牵断心肠忆。〇仰告三光珠泪滴，教他耶娘，甚处传书觅。自叹宿缘，作他邦客，辜负尊亲虚劳力。

鹊踏枝 南唐·冯延巳

谁道闲情抛掷久，每到春来，惆怅还依旧。日日花前常病酒，不辞镜里朱颜瘦。〇河畔青芜堤上柳，为问新愁，何事年年有？独立小桥风满袖，平林新月人归后。

两首词大体上都是同时空叙述。敦煌写本歌辞，是词中“我”之“独坐”“仰告”“自叹”的行为场景、当下情境及心理描述；冯延巳词，是“每到春来”的现场情境和心理意绪，表达了一种对人生的“思”“想”。文人诗词常将“过去”和“现在”反复重现的历时景象和心绪，凝聚为一种同时空的当下意象，“每到春来”，既是“当下”，也是“曾经”乃至“以后”的重复行为，是文人诗词常见的文学母题和一种恒定意味的“同时空-单线型”叙事。

唐五代词也有一些“同时空”和“异时空”的交叠叙事，如：

洞仙歌 敦煌写本歌辞

悲雁随阳，解引秋光。寒蛩响，夜夜堪伤，泪珠串滴，旋流枕上。无计恨征人，争向金风飘荡，捣衣嘹亮。〇懒寄回文先往，战袍待稳，絮重更熏香。殷勤凭驿使追访。愿四塞来朝明帝，令戍客休施流浪。

浪淘沙 南唐·李煜

帘外雨潺潺，春意阑珊，罗衾不耐五更寒。梦里不知身是客，一晌贪欢。〇独自莫凭阑，无限江山，别时容易见时难。流水落花春去也，天上人间。

敦煌写本歌辞，上片为“悲雁”“夜伤”“捣衣”三个场景，三个复句构成“多面”叙述；下片第一复句“懒寄回文”和“絮重更熏香”为一同时空场景，接之“殷勤凭驿使追访”转为异时空行为；最后“诉愿”二句为心理叙述。全词以思念征人为意脉，以“同时空”“异时空”的交叉叙事展开情境意念的铺叙。李煜词，上片为“夜梦”的定点场景叙述；下片转为异时空的“凭栏”，发抒亡国之痛的无限伤感。上下片分别为“同时空-单线型”复句组合，全词叠合为“异时空-多面型”叙述。当然，本词的“夜梦”和“凭栏”，也是经常发生的“事”“情”。“异时空-多面型”叙述在唐五代文人词中尚不多见，在宋文人词中则成为较普遍的叙述构架。

北宋文人词，长调慢词的产生扩展了词体的叙事容量，叙述框架多是每片各自为“同时空-单线型”叙事，两片叠构为“异时空-多面型”叙述。如：

雨霖铃 北宋·柳永

寒蝉凄切，对长亭晚，骤雨初歇。都门帐饮无绪，留恋处，兰舟催发。执手相看泪眼，竟无语凝噎。念去去千里烟波，暮霭沉沉楚天阔。〇多情自古伤离别，更那堪冷落清秋节。今宵酒醒何处，杨柳岸晓风残月。此去经年，应是良辰好景虚设。便纵有千种风情，更与何人说。

念奴娇·赤壁怀古 北宋·苏轼

大江东去，浪淘尽千古风流人物。故垒西边，人道是三国周郎赤壁。乱石穿空，惊涛拍岸，卷起千堆雪。江山如画，一时多少豪杰。〇遥想公瑾当年，小乔初嫁了，雄姿英发。羽扇纶巾，谈笑间，樯橹灰飞烟灭。故国神游，多情应笑我，早生华发。人生如梦，一尊还酹江月。

瑞龙吟 北宋·周邦彦

章台路，还见褪粉梅梢，试花桃树。愔愔坊陌人家，定巢燕子，归来旧处。〇黯凝伫，因念个人痴小，乍窥门户。侵晨浅约宫黄，障风映袖，盈盈笑语。〇前度刘郎重到，访邻寻里，同时歌舞。唯有旧家秋娘，声价如故。吟笺赋笔，犹记燕台句。知谁伴名园露饮，东城闲步。事与孤鸿去，探春尽是伤离意绪。官柳低金缕，归骑晚，纤纤池塘飞雨。断肠院落，一帘风絮。

柳永《雨霖铃》，上片为离别情景的现场叙事，下片可解读为词人的现场感慨，“今宵酒醒何处，杨柳岸晓风残月”，乃是当下“想象”的异时空场景；“此去经年”云云，也是一种“此后”的“异时空”情境。这种全词既有当下现场感，又微妙融入“异时空”意味，是柳词颇富特色的一种叙述构架。苏轼《念奴娇·赤壁怀古》，是影响深远的词作经典，叙述构架与柳永《雨霖铃》类似，当下行为、心理叙述与超越当下的想象，构成“同时空”与“异时空”的交叠。上片“赤壁观景”，起首以生命的短暂对比世界的永恒，反思个体的人生价值，接之展开赤壁场景的铺叙，结句“多少英雄豪杰”与开篇首句相呼应；下片，以“遥想”转向历史叙事，结篇以“故国神游，多情应笑我”回归当下心理思绪。全词在现场“观”“想”的同时空叙述中化入“遥想”之异时空叙事，个人情怀与历史往事互释，成为一首千古不衰的绝唱。周邦彦《瑞龙吟》，三片。上、中两片短小，每片6分句2复句，习称“双拽头”，下片16分句7复句，是全词叙述的主体内容。上片，现场叙事，“还见”二字透露了此“现场”乃是怀旧；中片，以“黯凝伫”承接上片，转入记忆中的“异时空”叙事。下片，第一复句化用唐刘禹锡《再游玄都观》：“百亩庭中半是苔，桃花净尽菜花开。种桃道士归何处，前度刘郎今又来。”但词人并非直用原诗本义[①]，而是化用

① 按：唐顺宗永贞年间，刘禹锡因“永贞革新”被贬出京，九年后召回长安，游玄都观而作诗《游玄都观》：“紫陌红尘拂面来，无人不道看花回。玄都观里桃千树，尽是刘郎去后栽。”随后再度贬谪为地方官，继被解职。十四年后再度召回长安，作诗《再游玄都观》，二诗本义为官场沉浮的伤感。

为“怀旧”之感。接之第二复句用“秋娘”之典[①]，移入词人的某种思念之情。三、四两个复句，用“燕台”之典[②]，抒发今非昔比的伤离之意。三个典故，是文人离情别绪与“香草美人之喻”的兼融会意。这种以典故的“异时空”叙事暗写当下的心绪情感，扩展了叙事含量，是传统文人诗的常用之法。第五复句，起句“事与孤鸿去”，收拢“怀旧”叙述，接之回到当下现场的“探春尽是伤离意绪”。第六、七复句，展开当下现场情景的铺叙，与上片构成“同时空”呼应。全词上片以“同时空”叙述开篇，中片以“黯凝伫”的情感行为化入“异时空”叙事，下片为“异时空”叙述的扩展，结尾回归现场叙述与上片遥相呼应。全词以心理叙述为贯穿意脉，跌宕开阖，可谓文人词体叙述的典型范式。

南宋文人的“词体叙述”构架与北宋一脉相承，而“异时空-多面型”叙事则有所强化和扩展。张炎批评吴文英词“如七宝楼台，眩人眼目，碎拆下来，不成片段”[③]。即是指其“异时空-多面型”叙述之意脉不够清晰明朗，如前文所举吴文英词《荔枝香近》即是一例。南宋姜夔词亦擅长“异时空-多面型”叙述，典型之例为《暗香》《疏影》，张炎对之推崇备至：“诗之赋梅，惟和靖一联而已，世非无诗，不能与之齐驱耳。词之赋梅，惟姜白石《暗香》《疏影》二曲，前无古人，后无来者，自立新意，真为绝唱。”[④] “和靖一联”，指北宋隐士诗人林逋《山园小梅》中二句：“疏影横斜水清浅，暗香浮动月黄昏。”白石【疏影】【暗香】之调名，即取自本联，请看白石词《暗香》《疏影》以领略姜夔词的“异时空-多面型”叙述方式：

暗香疏影

辛亥之冬，予载雪诣石湖。止既月，授简索句，且征新声，作此两曲。石湖把玩不已，使工妓隶习之，音节谐婉，乃名之曰《暗香》《疏影》。

暗香

旧时月色，算几番照我，梅边吹笛。唤起玉人，不管清寒与攀摘。何逊而今渐老，都忘却春风词笔。但怪得竹外疏花，香冷入瑶席。○江国正寂寂，叹寄与路遥，夜雪初积。翠尊易泣，红萼无言耿相忆。长记曾携手处，千树压西湖寒碧。又片片吹尽也，几时见得。

疏影

苔枝缀玉，有翠禽小小，枝上同宿。客里相逢，篱角黄昏，无言自倚修竹。昭君不惯胡沙远，但暗忆江南江北。想佩环月夜归来，化作此花幽独。○犹记深宫旧事，

---

① 秋娘，唐代艺伎之通名。白居易《琵琶行》：“曲罢曾教善才服，妆成每被秋娘妒。”

② 燕台，战国燕昭王于燕城筑台招贤纳士，史称“燕台”。晚唐汪遵《燕台》诗：“礼士招贤万古名，高台依旧对燕城。如今寂寞无人上，春去秋来草自生。”

③ （宋）张炎撰《词源》，唐圭璋《词话丛编》，第259页。

④ 林逋全诗为：“众芳摇落独暄妍，占尽风情向小园。疏影横斜水清浅，暗香浮动月黄昏。霜禽欲下先偷眼，粉蝶如知合断魂。幸有微吟可相狎，不须檀板共金樽。”

那人正睡里，飞近蛾绿。莫似春风，不管盈盈，早与安排金屋。还教一片随波去，又却怨玉龙哀曲。等恁时重觅幽香，已入小窗横幅。

两调为相联一体的咏梅组词，可谓词体之“带过曲”。《暗香》上片，第一复句以“旧时月色”中“我”之“梅边吹笛”起境，“几番”二字，说明是词人的反复行为，将历时性“几番”场景凝聚为一种泛时空意象；第二复句之“玉人”，从下片“长记曾携手处”看，当指一位女性，“唤起玉人”乃是往事，两个相连复句，以当下“回忆”构成“同时空”与“异时空”的交织；第三复句，以南朝诗人何逊之典暗喻词人自我，是为当下心理叙事；第四复句，“疏花”“香冷”，扣本词“暗香”之题，既是当下现场之景，也是以往“几番”的共同景象。整个上片，“同时空-单线型”与“异时空-多面型”叙述微妙地融为一体。下片，第一复句叙述当下场境，对上片的心理叙述加以展开；第二、三复句的“以往”回忆，从“当下”延伸向“异时空”叙述；第四复句回到当下现场，结句“几时见得”是全词“回忆”意脉的“合拢”。全词“当下”和“以往”的二重叙事交错展开，彼此包涵，形成“同时空”和“异时空”浑然一体的交融合构。

《疏影》的叙述构架与《暗香》异曲同工。上片第一、二复句，是词人“客里相逢”梅花的当下景象描绘，“无言自倚修竹”，借用杜甫《佳人》诗句“天寒翠袖薄，日暮倚修竹”，以佳人喻梅花；第三、四复句，化用西汉昭君和亲之典，以人喻梅，将历史故事化为当下意象，形成微妙的“异时空”“同时空”交构；整个上片，含蓄朦胧，表达了一种失落感和孤独感。下片四个复句，每复句用一个有关梅花的典故：第一复句，“深宫旧事”“飞近蛾绿”——传说南朝宋武帝之女寿阳公主卧于檐下，梅花飞落公主眉额成五出之花，拂之不去，宫女模仿之画梅花于额上，曰“梅花妆”；第二复句，化用“金屋藏娇”之典，承前复句谓飘落的梅花不该被春风无情吹尽，而应有美好的归宿；第三复句，“还教一片随波去，又却怨玉龙哀曲”，“玉龙哀曲”，“玉龙”指竹笛，“哀曲”指古典笛曲《梅花落》，全句化用李白《黄鹤楼闻笛》诗句“黄鹤楼中吹玉笛，江城五月落梅花”，叹惜落梅随波逐流而去；第四复句，化用北宋末陈与义《水墨梅》诗：“晴窗画出横斜枝，绝胜前村夜雪时。”这种连续用典和化用前人诗句，从典故本事的时空维度看，每一个典故都是“异时空”故事，构成“多面型”复句组合，意脉则连贯有序：前三个典故围绕“梅花”意象展开，以“落梅”为连贯意象，最后一复句回到现实，结句“已入小窗横幅”点“疏影”之题，小窗上的梅花疏影，象征着“梅花”花开花落的永恒生命。全词含蓄运用传统的“香草美人之喻”，以“落梅”比喻人生的不同命运，喻体和喻指不粘不滞，既是词人的伤感，更是一种“命运”的泛喻。张炎曰姜夔词“不惟清空，又且骚雅，读之使人神观飞越。”骚雅，传统文人的高格雅致；“清空”，寓意可感而不沾滞，《疏影》的“清空”，即把历时空的“点”汇聚为超时空意象。“清空”，不是空洞无物，而是负载了某种广泛意味。

《暗香》《疏影》的时空构架，将“同时空-单线型”和“异时空-多面型”叙述交揉一体，以密集的典故意象贯穿全词，在此前文人词中很少见，但在文人诗——尤其是中晚唐的文人诗，则是一种成熟而擅长的结构方式和叙述句型，兹举一例：

锦瑟 唐·李商隐

锦瑟无端五十弦，一弦一柱思华年。庄生晓梦迷蝴蝶，望帝春心托杜鹃。

沧海月明珠有泪，蓝田日暖玉生烟。此情可待成追忆，只是当时已惘然。

首联和尾联皆为“单线型”当下叙事，二、三两联四分句，每分句用一典故，四个典故相连为异时空“多面型”叙述，这种多元意象聚合成整体意象的叙述方式，可谓《暗香》《疏影》的结构方式和叙述句型的诗体范本。实际上，文人词的各种时空构架的叙述方式，都可从传统文人诗中找到某种类似的样式。

文人词对“诗体叙述”的汲取，是文人词体建构的重要机制，意味着文人词体建构处在诗、词交流的张力之中。宋代词坛所以发生“诗词异同”之辩，一方面因为“词”乃一种新型韵文体，自体建构是历史的必然要求；另一方面，文坛主流地位的诗体，乃是历史传统赋予词体建构的样板。“类诗说”与“别家说”的两种主张，在文学精神上是“言志”与“缘情”孰为主导之争，而“别家说”关于词体形式和叙述方式的个性特征，则是“类诗说”没有提及的问题，而在具体词作中，无论“言志”还是“言情”，实际上都在不同程度汲取诗体形式，同时也在不断进行着词的“自体”建构。姜夔词作为“词体叙述”演进中的一个历史坐标，在其打通了“诗词异同”之辩的各家之说，姜夔的平民文人身份使其词既不“艳”也不“豪”，“言情”乃有“香草美人之喻”，“言志”乃是文人的广泛生活体验，故得到南宋末词坛的赞赏而被推举为一种词体范式。清代前期，词坛主流浙西词派标举的词体范式，即白石词的“清空骚雅”；清后期主张“寄托”的常州词派，则对白石词“贪用典故”和“费解”不无微辞[①]。两种观点，其实都是以“诗学”而论词，而在词体形式上，白石词乃是文人词体建构方式的一个缩影：注重“词体叙述”，同时汲取和融入“诗体叙述”，“铺叙”既有“单线型”连绵延伸，又有“多面型”交叉扩展，丰富了“铺叙”的艺术旨趣；语体上长短“散文句”和“诗体句”的交错组合，文言与白话的交构，以散文化语态表达诗性情趣——可谓“词体叙述”的一种完型样式。后世所言的“白石范式”，本质上是文人观念的词体建构历史逻辑的符号，意味着“类诗”与“别家”之争在文人观念中合流。到了清代，词体建构的历史结局是：词体形式向一统化靠拢，弹性词体渐成“正体”为标范的固态词式，参照“律诗”声律的“律词”，平衡了诗词文体的尊卑；在文学格调上，清代前期一百多年间，词坛的“清空”与诗坛的“神韵”合流；后一百多年间，词坛的“寄托”将词体写作经学化，词体观念与文人的“大文学”集体观念合流。于是，文人们遵照官方词谱推举的“正体”，或精妙或平庸地表达自我的思绪怀抱，

① 参见（清）王闿运《湘绮楼词选》、（清）刘体仁《七颂堂词绎》对姜夔词《暗香》《疏影》的评述。

书写着词体文学史上的清代“复兴”，而词体本身，则沉淀着不可复归的唐宋声歌文化，成为一种诗歌文体的书面样式，一种历史塑造的永恒之文体。中国古代的传统文人文化，注定了词体建构的必然归宿。

六、词的联调组构方式

词体运行，以一调独用为普遍方式，亦有几个词调组合完篇的“联调”，相当于后世取称的“曲”体之“带过曲”和“套曲”。由于词的“联调”与一调之词体样式无关，故长期以来没有列之为词体学命题。近些年来，曲学界关于套曲生成的研究，涉及词、曲二体“套曲”的关系问题，学人开始有所关注，成为词体学的一个新课题。

词体的“联调”和“套曲”，广言之有联章、大曲、唱赚、犯调四种方式。联章，同调之词组，类同南戏中一调的反复连唱（一调“同前”反复）；大曲和唱赚，相当于南北曲之套曲和带过曲；犯调，相当于南曲之集曲。兹分述之。

1. 同一曲调的“联章”

一调反复相连成篇，习称“联章”。任半塘先生《敦煌歌辞总编》将“联章”分为普通联章、重句联章、定格联章。普通联章，即一个曲调连续歌唱、歌辞内容连贯的词组；重句联章，每首歌辞的固定句位为相同的复沓句（如本谱第 72 调《斗百草・喜去觅草》）；定格联章，每篇有固定的曲调数量和一定的格式，如《五更转》，从“一更”至“五更”计五首，《九张机》从“一张机”到“九张机”共九首。文人词作“联章”，如白居易《忆江南》三首，欧阳修《采桑子・西湖好》十首，词史上类似之例甚少（参见本谱所录诸调词例），兹不展开讨论。

2. 不同乐段组合的“大曲”

古代所称的“大曲”，指以若干不同乐段组合的大型乐曲。学界一般将大曲的原始源头追溯到上古，若西周仪式乐舞《大武乐》、战国楚地民俗祭神歌舞《九歌》等；汉代，音乐体量较大的成套乐曲习称“大曲”，有琴曲大曲、相和大曲等，魏晋六朝演进为器乐、声乐、舞蹈相结合的大曲。魏晋“大曲”的音乐结构，宋郭茂倩《乐府诗集》据《晋书・乐志》《宋书・乐志》《古今乐录》《元嘉正声技录》等典籍中的相关资料，概括为“艳、曲、趋、乱”——“艳在曲之前，趋与乱在曲之后”[①]。今见最早的大曲歌辞，为《宋书・乐志》所载的“十五大曲”。

接踵魏晋六朝大曲的唐宋大曲，由宫廷司乐机构运作，包括雅乐大曲、清乐大曲、燕乐大曲、胡乐大曲；民间乐曲，没有类同上流大曲规模的大型器乐曲，声乐有不同曲调连接构成的组歌。今存唐代典籍未见对“大曲”音乐形式的说明，从宋人对“大曲”的说明看，唐宋大曲是有史以来“套曲”音乐的高峰，北宋沈括《梦溪笔谈》：“所谓大遍者，有

① （宋）郭茂倩《乐府诗集》卷二十六《相和歌辞一》，第 377 页。

序、引、歌、𣯶、嗺、哨、催、攧、衮、破、行、中腔、踏歌之类，凡数十解。每解有数叠者，裁截用之则谓之‘摘遍’。”[①] 可见“大曲”规模宏大，《宋史·乐志》记载的宋代宫廷大曲有：

> 每春秋圣节三大宴，其第一，皇帝升坐，宰相进酒，庭中吹觱栗，以众乐和之；……第七，合奏大曲；第八，皇帝举酒，殿上独弹琵琶；第九，小儿队舞，亦致辞以述德美；第十，杂剧……
>
> 其御楼赐酺同大宴。……所奏凡十八调四十大曲：一曰正宫调，其曲三，曰《梁州》《瀛府》《齐天乐》；二曰中吕宫，其曲二，曰《万年欢》《剑器》；三曰道调宫，其曲三，曰《梁州》《薄媚》《大圣乐》；……十八曰正平调，无大曲，小曲无定数。……乐用琵琶、箜篌、五弦琴、筝、笙、觱栗、笛、方响、羯鼓、杖鼓、拍板。
>
> 太宗洞晓音律，前后亲制大小曲及因旧曲创新声者，总三百九十。凡制大曲十八：正宫《平戎破阵乐》，南吕宫《平晋普天乐》，……黄钟羽《降圣万年春》，平调《金觞祝寿春》。曲破二十九：正宫《宴钧台》，南吕宫《七盘乐》，……般涉调《郁金香》，高般涉调《会天仙》。
>
> 云韶部者，黄门乐也。……遇南至、元正、清明、春秋分社之节，亲王内中宴射，则亦用之。奏大曲十三：一曰中吕宫《万年欢》；二曰黄钟宫《中和乐》；……十二曰中吕调《绿腰》；十三曰仙吕调《采云归》。乐用琵琶、筝、笙、觱栗、笛、方响、杖鼓、羯鼓、大鼓、拍板。杂剧用傀儡，后不复补。
>
> 钧容直，亦军乐也。……其乐旧奏十六调，凡三十六大曲，鼓笛二十一曲，并他曲甚众。嘉祐二年，……诏罢钧容旧十六调，取教坊十七调肄习之，虽间有损益，然其大曲、曲破并急慢诸曲，与教坊颇同矣。[②]

由此可见，宋代宫廷大曲与唐大曲一脉相沿，皆是大型器乐曲，伴以歌舞。但从现有资料看，唐、宋大曲的配乐歌辞则有根本不同——唐大曲歌辞为零散的“选诗入乐”，《乐府诗集》所录唐大曲的配歌之辞，如《陆州·歌第一》，摘用王维《终南山》后四句，《伊州·歌第三》，摘录沈佺期《杂诗·其三》前四句，都是采取既有名人之诗，未见“依调填词”的唐大曲[③]；宋大曲则是“裁截”大曲若干乐段的“依调填词”。《宋史·乐志》所述宫廷大曲不少，但因不向社会传播，故歌词不传，今存宋代“大曲体”歌词七篇：文人词五篇，大晟乐府制“曲破”《惜奴娇》、“巫山神女”道观歌词《惜奴娇》各一篇。数

① （宋）沈括《梦溪笔谈》卷五《乐律一》，中华书局2015年版，第42页。

② 《宋史》卷一四二《志第九十五·乐十七》，中华书局1997年版，第3348—3360页。

③ 按：《旧唐书·音乐志三》载唐代宫廷仪式乐曲歌辞，其中有若干篇为组歌，如武则天撰《唐飨昊天乐》十二首，但其音乐体制不明，姑不作大曲歌辞论。

量甚少，只是宋代大曲一斑而已，但历史意义十分重要，是今存中国古代最早的“套曲-套词”——具有完整的音乐结构、以不同乐段歌唱、内容连贯的长篇成“套”之词，今存词作有：

(1) 北宋曾布《水调歌头·冯燕传》(计七遍)。

(2) 南宋董颖《薄媚·西子词》(【排遍第八】【排遍第九】【第十攧】【入破第一】【第二虚催】【第三衮遍】【第四催拍】【第五衮遍】【第六歇拍】【第七煞衮】)。

(3) 南宋沈瀛《野庵曲》(计十遍)。

(4) 南宋曹勋《法曲·道情》(【散序】【歌头】【排遍第一】【排遍第二】【排遍第三】【第四攧】【入破第一】【入破第二】【入破第三】【入破第四】【第五煞】)。

(5) 南宋史浩《采莲·寿乡词》(【延遍】【攧遍】【入破】【衮遍】【实催】【衮】【歇拍】【煞衮】)

(6) 宋大晟乐府《破子·惜奴娇》(计十一遍)[①]。

(7) “巫山神女”《惜奴娇》(计九遍：引第一、瑶台景第二、蓬莱景第三、劝人第四、王母宫食蟠桃第五、玉清宫第六、扶桑宫第七、太清宫第八、归第九)[②]。

大曲的成套音乐在演奏中或可局部省减，对同一个大曲“裁截”什么乐段以及“解”“叠”数量，没有统一规定，如大晟乐府和“巫山神女”的“曲破”《惜奴娇》，“遍”数不同，每“遍”词体也不相同[③]，但“裁截”的乐遍都是原大曲的本有乐段，因此，宋大曲的歌词写作，以“依调填词”为主导，“填者”可以在一定范围内适当“变体”。

3. 宋代上流乐歌多调组合的“套曲-套词”

宋代成“套”乐歌组合方式最重要的创新，是将几个通行词调组合为一体，歌词内容连贯成篇，姑称为“套曲-套词”。每“套”少则两三调，多则四五调乃至十来调，参照曲体学概念，姑将三调以下联调谓之“带过”，四调以上谓之“套曲”[④]。在曲体学研究中，“带过”和“套曲”的发生先后及二者的关系，至今仍是一个有争议的问题，词体学则对此不大在意。实际上，词、曲二体的“套曲”与“带过”，音乐原理相同，“套词”可谓后世“套曲”的前身。兹将宋代四调以上“套曲”与两三调“带过”诸式梳理归纳之，以察词体联调之“带过”与“套曲”之概况。

---

① 大晟乐府《惜奴娇》，注为“破子”，是为大曲“入破”乐段的多“解”体词组。大曲的“曲破”乐段在宋代被提取出来成为“套曲”的一种专门形式，《宋史·乐志》专门载有“曲破”二十九调，但无【惜奴娇】，大晟乐府所制看来是以【惜奴娇】为主调而扩展成的“曲破”。

② “巫山神女”的多“解”体《惜奴娇》，应当也是“曲破”，可见上流的“大曲”体式也在向民间扩散，当然也可能是民间“套曲”向上层的渗透。

③ 按：宋词人贺铸、晁补之、蔡伸、辛弃疾各有一首双片《惜奴娇》词，每片词式与“套词”诸“遍”均不同(见本谱第499调)。文人【惜奴娇】是初始本调还是“曲破”《惜奴娇》的“摘遍单行”，难以确断。

④ 按：曲体学的“套数”概念，最早见于元芝庵《唱论》：“有尾声曰套数。”套数亦称套曲，以元代北散曲和北杂剧为准，套曲为四支以上乃至十几支同宫调曲牌相连接的曲组。凡两三支曲调连接成篇的则谓之“带过曲”，其名由来，因元北曲有些曲牌明确标示为两三个曲牌的“带”“过”，如【雁儿落带得胜令】【骂玉郎过采茶歌】【快活三过朝天子四边静】等。元北散曲计有二十七个“带过”曲牌，通常为两曲带过，偶有三曲带过。

（1）宋代礼乐之“套曲-套词”

①《治平二年南郊鼓吹曲》《亲耕籍田歌》《明道二年籍田歌》。每套皆四曲：【导引】【六州】【十二时】【奉禋歌】。

②《隆兴二年南郊鼓吹曲》。全套五曲：【六州歌头】【十二时】【奉禋歌】【降仙台】【正宫导引】。

③《宁宗朝郊祀大礼歌》。全套四曲：【六州】【十二时】【奉禋歌】【降仙台】。

④《嘉祐四年袷享太庙辞》。全套四曲：【导引】【奉禋歌】【六州】【十二时】。

⑤《嘉祐七年明堂曲》。全套四曲：【导引】【合宫歌】【六州】【十二时】。

⑥《元丰二年慈圣光献皇后发引曲》《元丰八年神宗灵驾发引曲》。每套四曲：【导引】【六州】【十二时】【袝陵歌】。

⑦《虞主回京曲》。全套四曲：【导引】【六州】【十二时】【虞神歌】。

⑧《太宗元德皇后御容赴启圣院奉安辞》。全套五曲：【导引】【恭谢导引】【合宫歌】【六州】【十二时】。

（2）宴乐歌舞之“套曲-套词”

① 南宋史浩《采莲舞》队舞歌词，全套乐曲为【双头莲令】【采莲令】【采莲曲破】【入破】【渔家傲】【画堂春】【河传】【双头莲令】八调，以异调带过与同调联章两种方式交替构成，歌舞交叉展开；歌词为【采莲令】一首，【渔家傲】五首（连唱），【画堂春】一首，【河传】一首。

② 南宋史浩《太清舞》，全套乐曲为【道引】【太清】【破子】【步虚子】四调，以【道引】开场伴舞，接着歌唱【太清歌】六遍，边歌边舞，再唱【破子】一首，以【步虚子】曲伴舞收场。

③ 南宋史浩《花舞》，全场以【三台】【蝶恋花】“两腔互迎”之“缠达”反复展开，以【三台】伴乐诵诗，【蝶念花】歌词，循环往复十次，接之连唱两首【折花三台】，舞蹈，再唱两首【折花三台】，终以【三台】伴奏念诵舞蹈收场。

④ 南宋史浩《柘枝舞》队舞歌词，全套音乐九曲，依次为【引子】【柘枝令】【三台】【射雕】【歌头】【朵肩】【扑胡蝶】【画眉】【柘枝令】，是为一套器乐曲，仅《歌头》《柘枝令》二调配唱歌词。

⑤ 南宋王义山《乐语·寿崇节致语隆兴府》，全套五曲：【瑶台第一层】【柘枝令】【玉女瑶仙佩】三曲与失调名二曲。失调名二曲，一曲单片，词式与【青玉案】始词下片相同；一曲双片，词式与【鹊踏枝】同。

⑥ 大晟乐府《献仙桃》。全套计七调：【献仙桃】【献天寿慢】【献天寿令】【金盏子慢】【金盏子令】【瑞鹧鸪慢】【瑞鹧鸪慢·慢嗺子】。

⑦ 大晟乐府《抛球乐》。全套计四调：【折花令】【水龙吟令】【小抛球乐令】【清平令破子】。

以上所列上流乐歌和文人词的“套曲-套词”诸式，首先表明上层乐歌建立了一种不同于大曲“多遍体”的“多调体”套曲体系，并获得上流权威的确认。两种既同且异的“套曲-套词”形式，是以往词体演变史研究未予重视而有待开发的新课题。

(3)“多遍体”大曲歌词与“多调体”套曲歌词的发生基础

宋人将“多遍体”大曲和“多调体”套曲统称为“大曲”，若南宋初史浩《鄮峰真隐大曲》录有两个《采莲》“大曲”：《采莲·寿乡词》为“多遍体”大曲——【延遍】【攧遍】【入破】【衮遍】【实催】【衮】【歇拍】【煞衮】；队舞《采莲》歌词则为“多调体”套曲——【采莲令】【渔家傲】（五首）【画堂春】【河传】。“采莲”为宋代宫廷“四十大曲”之一，但两个“大曲”名同而实异，音乐和歌词形式完全不同。队舞首曲【采莲令】亦是宋代文人词的单行词调，始词为北宋柳永《采莲令》，史浩《采莲令》体式与之相同，仅上片最末二句字数略变（参见本谱第261调）；对比大曲《采莲·寿乡词》各“遍”，词式无一相同，故【采莲令】不是宋教坊《采莲》大曲的“摘遍”。唐崔令钦《教坊记》记有曲调【采莲子】，“子”为单个小调的俗称，惜今存唐五代民间曲子辞和文人词皆无其调，柳永《采莲令》歌曲是否传自唐曲，难以落实，但其调当为宋代民间流传的【采莲令】。因此，宋大曲“多遍体”的生成基础是唐大曲，“多调体”套曲体制则是宋人新创。“多调体”套曲的用调多为社会上的通行歌曲，如【采莲令】【鹊踏枝】【扑蝴蝶】【六州歌头】【十二时】等，但今存“多调体”之词则为宫廷礼乐和宴乐的专用歌词，文人自我写心的“多调体”极少，只有沈瀛的“带过”词组《醉乡曲》和姜夔的“带过”词《暗香》《疏影》，可谓文人词作的冷门，故“多调体”之“套曲-套词”与文人群的词体写作为两个体系，发生基础不在文人的词体写作，而是宫廷礼乐和宴乐活动的产物，为宫廷乐人和供职文人的创造。但是，上流“多调体”的“调”，有不少本是市井民间长期流传的歌调，故“多调体”的发生基础还当考察宋代民间曲唱的“联调”方式方能加以判断，对此留待下文专门讨论。

(4) 上流乐歌多调体“套曲-套词”的不同组构方式

宋代宫廷礼乐与上层宴乐歌舞之“套曲-套词”，联调方式颇有不同：礼乐套词通常为四、五调，以【导引】【六州】【十二时】三调“带过”为主干，是宋代稳定的常规“礼乐三调”，根据祭祀主题或增加一调（【奉禋歌】【祔陵歌】【虞神歌】），有稳定的套曲程式；但宴乐队舞“套曲-套词”采用的曲调和联调数量则无一相同，如史浩《鄮峰真隐大曲》的七套“大曲”，《采莲·寿乡词》为传统大曲的“多遍体”套词；《渔父舞》则仅有【渔家傲】一调伴舞配歌，全场歌词为《渔家傲》联章八首；《剑舞》以【剑器曲破】一调反复吹奏伴舞，中间插入【霜天晓角】一曲歌词；《太清舞》“套曲”为四调组合，【道引】开场伴舞，接之唱【太清歌】六遍，边歌边舞，再唱【破子】一首，以【步虚子】曲伴舞收场；《花舞》，全场以【三台】【蝶恋花】“两腔互迎”之“缠达”反复展开，以【三台】伴乐诵诗，【蝶念花】歌词，循环往复十次，接之连唱两首【折花三台】，舞蹈之后再唱两首【折花三台】，终以【三台】伴奏念诵舞蹈收场；《柘枝舞》，全套九曲，是为一套器乐曲，仅《歌头》《柘枝令》二调配唱歌词；《采莲舞》，全套八曲，伴奏歌舞，歌词为【采莲令】一首，【渔家傲】五首（连唱），【画堂春】一首，【河传】一首。综观此七“大曲”，《采莲·寿乡词》是典型的大曲“多遍体”套词；《渔父舞》《剑舞》乐曲其实算不上“套曲”；余四篇才是“多调体”，音乐意义的全场乐曲可谓“套曲”，但配歌之词的体制则非严格意义的“套词”。与宋代礼乐歌辞的“联调”方式相对照，庄重严肃的礼乐“套曲”的联调组合是程式化的；活泼灵动的娱乐歌舞“联调”组合是自由化的；礼乐的运作——尤其是祭祀仪式——是一种时间、地点、主题、参加者均有限定的非经常行为；娱乐宴乐的操作，则是相对自由的、多元主题的、雅俗文化圈通融的惯常行为。因此，宋代宴乐歌舞“套曲-套词”的组构策略，必然要适应娱乐文化性格，以灵活多变的曲调组合为主要导向。

（5）“套曲”与“带过”的关系

前文言：曲学将两三个曲调组合一体，歌词连贯为具有独立意义的完篇，称为带过曲。以此为标准，今存宋词的“带过曲”有以下几例：

① 宋代常规“礼乐三调”：【导引】【六州】【十二时】，若《郊祀词》《恭谢太庙词》等（参见本谱《附录一·宋代套曲歌词》之《礼乐歌词》），前举宋代礼乐“套曲-套词”，皆以此三调“带过”为主干而增一两调为“套词”。

② 南宋初史浩《太清舞》，全套用【太清歌】【破子】二调，《太清歌》联章六首，终以《破子》一首结尾，音乐上可谓【太清歌】带【破子】。

③ 南宋早期沈瀛《醉乡曲》，以【醉乡曲】【驻马听】【风入松】三调连贯而成，可谓三调“带过”之词。

④ 南宋早期姜夔咏梅自度曲【暗香】【疏影】，咏梅词组，音乐上为“带过曲”。

宋代上流乐歌与文人词的“带过曲”极少，尚无“带过”这一曲调组合概念。将此寥寥数例“带过”与前举“套曲”综合观之，从音乐原理看：两三支曲调“带过”的扩展——此曲“带”彼曲，彼曲再“带”它曲，若干曲子的连续“带过”，便是“套曲”。因此，从简单到复杂的事物进化一般规律看，“带过曲”是“套曲”的初始形式。从宋代“套曲”的应用功能看，配合场上表演的成“套”乐曲，音乐结构的起、承、转、合，须要对应场上的表演段落而划分音乐段落，以两三支相对完整的“曲组”随着表演段落而跌宕展开——此“曲组”，即“带过曲”。因此，稍有一定规模的“套曲”，既是多支单曲的组合，更是几个“带过”之“曲组”的组合，如南宋史浩《柘枝舞》之“套曲”：

> 竹竿子勾念：（词略）
>
> 念了。后行吹**【引子】半段**，入场。**连吹【柘枝令】**，分作五方舞。舞了。
>
> 竹竿子又念：（辞略）念了。花心出，念：（辞略）念了，竹竿子问，念：既有清歌妙舞，何不献呈？花心答，念：旧乐何在？竹竿问，念：一部俨然。花心答，念：再韵前来，念了。
>
> 后行吹**【三台】一遍**，五人舞。拜，起舞。后行再吹**【射雕】**遍连**【歌头】**，舞了。
>
> 众唱**【歌头】**（歌词略），唱了。

后行吹【朵肩】遍。吹了。又吹【扑胡蝶】遍，又吹【画眉】遍。舞转。谢酒了。

众唱【柘枝令】（歌词略），又唱【柘枝令】（歌词略）。

唱了。后行吹【柘枝令】。众舞了。

竹竿子念遣队：（念辞略）

念了。后行吹【柘枝令】。出队。①

全场音乐，从念白、舞蹈、歌唱的表演段落，可以看出套曲的“曲组”单元结构：

【引子】【柘枝令】器乐、舞蹈、念白→【三台】【射雕】【歌头】器乐、舞蹈→【歌头】合乐歌唱→【朵肩】【扑胡蝶】【画眉】器乐、舞蹈→【柘枝令】合乐歌唱【柘枝令】合乐歌唱→【柘枝令】器乐、舞蹈→【柘枝令】器乐，收场。

“套曲”结构很清楚：戏头（竹竿子）开场念白后，开始奏乐，【引子】演员入场，连吹【柘枝令】以伴奏开场舞；接之戏头与主角（花心）对白，演出正式开始。全场以舞蹈和歌唱交替展开：两个舞蹈段落，均以管乐连吹三曲为一组“带过曲”；两个歌唱单元，一为单曲，一为两曲联章；最后以器乐伴以舞蹈收场。全场的音乐“套曲”，不仅是单支曲调的简单连接，更重要的是对应场上的表演段落而划分为相应的“音乐段落”，舞蹈伴奏为三曲“带过”，歌唱则为单曲，全场“套曲”为单曲与“带过曲”的组合，创作的过程显然是“带过曲”的完成先于“套曲”，与音乐原理上“带过曲”为“套曲”的初始形式亦相吻合。从曲唱生态学和行为学角度说，“联调”歌唱是应表演的需求和功能的扩展而生发和进展的，因此，综合音乐原理和具体实践，“带过曲”乃是“套曲”的初始形式，是成“套”音乐的结构基础和组建单元。

或曰：大曲的“多遍体”也是一种“套曲”，宋大曲的前身是唐大曲，没有证据说唐大曲由“带过曲”演化而成，现存的宋大曲诸词，亦无法从中分解出“带过曲”，故不能证明大曲生成于“带过曲”。因此，一脉相沿的唐宋大曲之“套曲”，先于“带过曲”产生。对此说来话长，在此仅指出一点：大曲为“多遍体”套曲，与“多调体”套曲为两种不同的成“套”音乐体系，关于“套曲”与“带过”的关系及孰先发生，特指“多调体”套曲，无论“多遍体”大曲的生成机制如何，都不否定宋代“套曲-套词”的起步形式是“带过曲”。同时，宋代上流乐歌“多调连唱”的情况，只是考察宋代“套曲-套词”与“带过曲”的一个方面，更普遍的民间曲唱是否有“联调”方式，对考察宋代及北方金地的“套曲”和“带过”的关系更为重要。

4. 两宋及北地金域的民间“联调”曲唱

今见民间“联调”曲唱的最早歌辞文本，是唐代敦煌写本歌辞《五更转兼十二时》，今见唐代曲子辞中仅此一例，从调名看是二曲“兼带”，但在词式上作了同化处理，与后世的“带过曲”联调方式颇有不同（参见本谱【五更转兼十二时】），故唐五代尚无曲体学

① 唐圭璋《全宋词》，第1255页。

指称的“带过曲”。两宋及金，从现存资料看，民间曲唱的“联调”方式颇行于市井勾栏，宋人笔记略有记载的是“唱赚”：

> 唱赚在京师日，有“缠令”“缠达”。有引子、尾声者为缠令；引子后只以两腔互迎循环间用者为缠达。中兴后，张五牛大夫因听动鼓板中，又有四片太平令或赚鼓板——即今拍板大筛扬处是也，遂撰为“赚”。赚者，误赚之义也，令人正堪美听，不觉已至尾声，是不宜为片序也。今又有“覆赚”，又且变花前月下之情及铁骑之类。凡赚最难，以其兼慢曲、曲破、大曲、嘌唱、耍令、番曲、叫声诸家腔谱也。①

这段宋人讲述的“唱赚”，解读之有几个关键点：

其一，“唱赚在京师日”之“京师”，指北宋首都开封，故“唱赚”产生于北宋。“有引子尾声”之“缠令”和“引子后两腔互迎”之“缠达”，都是超越只曲单唱的“联调”，“缠令”的最简体制为“一曲一尾”，“缠达”为两曲“互迎”，音乐组织都相当于“带过”，若增加所“缠”的曲调数量，即成“套曲”。

其二，“中兴后”的“张五牛大夫”，应是南宋勾栏的当红艺人，创制了一种富有特色的歌唱新技巧——“赚”。从今存宋金曲唱文本所标示的“赚”看来，此“赚”为一个乐段，体量大约相当于一支曲子，但并不单行歌唱，只在“联调”的“套”中起着过渡作用。“唱赚”之名大概即因张五牛所创“赚”的特色唱法而定称，并将“缠令”“缠达”统括为“唱赚”。

其三，所谓“覆赚”，从字面指意看，“覆赚”即“覆套”——反复运用“缠令”“缠达”的大型曲唱，由于体量大，故用之演唱“花前月下之情及铁骑之类”的长篇故事。

以上三点，对照今存宋金曲唱文本，单行“唱赚”有南宋陈元靓《事林广记》记载的两篇，一是《圆社市语·中吕宫·圆里圆》：【紫苏丸】【缕缕金】【好女儿】【大夫娘】【好孩儿】【入赚】【越恁好】【鹘打兔】【尾声】；此外还有一“套”有谱无辞的《狮子序谱》：【狮子序】【本宫破子】【赚】【双胜子急】【三句儿】②。是为多调组合的一“套”缠令——两“套”首曲【紫苏丸】【狮子序】相当于“引子”，结末【尾】【三句儿】为“尾声”，其间有若干过曲和“赚”。今存宋代传世文献中的单行成“套”唱赚仅此，至于“变花前月下之情及铁骑之类”的“覆赚”，则有宋金诸宫调和南戏。

诸宫调，北宋兴起的说唱艺术③，惜宋代诸宫调文本无传，今存仅有金代《刘知远诸宫调》残本和董解元《西厢记诸宫调》全本。诸宫调的曲唱体制，以“一曲一尾”和“多曲连套”交叉展开。“一曲一尾”，一个双片词调接一个单片之“尾”，是诸宫调中体量最

---

① （南宋）耐得翁《都城纪胜》，《都城纪胜（外八种）》，上海古籍出版社 1993 年版，第 8 页。

② （南宋）陈元靓《事林广记》，刘崇德编《全宋金曲》，中华书局 2020 年版，第 183—188 页。

③ 北宋晚王灼《碧鸡漫志》：“熙丰、元祐间……泽州孔三传者，首创诸宫调古传，士大夫皆能诵之。”南宋孟元老《东京梦华录》、吴自牧《梦粱录》皆有类似记述。

小、运用最多的曲唱单元；“多曲连套”，指两支以上曲子连唱、末以“尾”结唱的成“套”曲唱单元。这里所说的“曲唱单元”，指音乐和歌辞内容连贯一体而相对独立完整的曲唱段落，划定“单元”的依据有三：其一，每个“曲唱单元”，首曲皆标以宫调，终以【尾】结束，中间只曲不标宫调；其二，每个“曲唱单元”歌辞内容连贯，韵押通常为一个韵摄乃至同韵；其三，“单元”内诸曲连唱不断，不夹一点说白，“一曲一尾”之间自无说白，“多曲连套”即使有八九曲，首曲到“尾”亦连唱而不插一句说白；所有说白——长短不等的故事讲说和人物对话，都在“曲唱单元”之间，故“讲说”是“曲唱单元”的明显分界。

以上三点，可见诸宫调的“曲唱单元”实即缠令、缠达之“唱赚”，《西厢记诸宫调》即有明确标示：凡两调以上连唱的曲组单元，多在首曲调名上加注“缠令”，最简之“缠”为“一曲一尾”，繁体之“缠”为“多曲连套”，全本诸宫调的曲唱体制即是“一曲带尾”和“多曲连套”之繁简“缠令”交相组构的“覆赚”。

再看宋代南戏。今存宋南戏有《张协状元》完本和《错立身》残本①。南戏曲唱体制与诸宫调的明显不同：一是诸宫调每曲皆为双片，与“词”同体；南戏则每曲皆单片，是为后世所称“曲”体的普式。二是南戏“曲唱单元”有单曲、联章、套曲三种，没有诸宫调的“一曲一尾”，诸宫调则无“同调联章”。三是南戏曲调一律不标宫调，包括“曲唱单元”首曲亦无宫调，多支曲调的成“套”曲唱以【尾】结束，两三曲“带过”的曲唱单元则无【尾】。与诸宫调相同的是：其一，南戏“曲唱单元”的连唱诸曲之间亦无说白，“曲唱单元”之间则有长短不等的科白，故说白也是南戏“曲唱单元”的区界。其二，南戏虽无“缠令”的直接标示，但也有“唱赚”之“缠”套，如《张协状元》第二十出的【醉落魄】【四换头】【赚】【绛罗裙】【呼唤子】【尾声】，即是一套“缠令”；《宦门子弟错立身》第五出的【醉落魄】【赏花时】【排歌】【哪吒令】【排歌】【鹊踏枝】【安乐神】【六幺序】【尾声】，乃是“缠达”与“缠令”合成的“套曲”，可见宋南戏也汲取了唱赚之“缠”的联调方式，曲唱体制大体亦为“覆赚”。兹将宋金单行唱赚、诸宫调、南戏的“曲唱单元”之“套曲”和“带过”诸式列之如下：

套曲（四曲以上之联调）

（1）【中吕宫·紫苏丸】【缕缕金】【好女儿】【大夫娘】【好孩儿】【入赚】【越恁好】【鹘打兔】【尾声】（《圆社市语·中吕宫·圆里圆》，南宋陈元靓《事林广记》）

（2）【黄钟宫·狮子序】【本宫破子】【赚】【双胜子急】【三句儿】（《狮子序谱》，南宋陈元靓《事林广记》）

（3）【双调·安公子缠令】【柳青娘】【酸枣儿】【柳青娘】【尾】（《刘知远诸宫调》）

（4）【仙吕调·六幺实催】【六幺遍】【咍咍令】【瑞莲儿】【咍咍令】【瑞莲儿】【尾】（《西厢记诸宫调》）

① 按：两剧的写作时代，学界还有不同观点，本文认同钱南扬《永乐大典戏文三种校注》的年代考定。

（5）【黄钟宫·间花啄木儿第一】【整乾坤】【啄木儿第二】【双声叠韵】【啄木儿第三】【刮地风】【啄木儿第四】【柳叶儿】【啄木儿第五】【赛儿令】【啄木儿第六】【神杖儿】【啄木儿第七】【四门子】【啄木儿第八】【尾】（同上）

（6）【般涉调·哨遍】【耍孩儿】【太平赚】【柘枝令】【墙头花】【尾】（同上）

（7）【越调·上平西缠令】【斗鹌鹑】【青山口】【雪里梅】【尾】（同上）

（8）【仙吕调·点绛唇】【叨叨令】【风吹荷叶】【醉奚婆】【尾】（同上）

（9）【越调·上平西缠令】【斗鹌鹑】【雪里梅】【错煞】（同上）

（10）【越调·上平西缠令】【斗鹌鹑】【青山口】【雪里梅花】【尾】（同上）

（11）【越调·上平西缠令】【斗鹌鹑】【看花回】【青山口】【渤海令】【尾】（同上）

（12）【道宫·凭栏人缠令】【赚】【美中美】【大圣乐】【尾】（同上）

（13）【黄钟宫·侍香金童缠令】【双声叠韵】【刮地风】【整金冠令】【赛儿令】【柳叶儿】【神杖儿】【四门子】【尾】（同上）

（14）【正宫·梁州缠令】【应天长】【甘草子】【梁州三台】【尾】（同上）

（15）【正宫·梁州缠令】【应天长】【甘草子】【梁州三台】【尾】（同上）

（16）【正宫·梁州断送】【应天长】【赚】【甘草子】【脱布衫】【梁州三台】【尾】（同上）

（17）【般涉调·沁园春】【墙头花】【柘枝令】【长寿仙衮】【急曲子】【尾】（同上）

（18）【越调·水龙吟】【看花回】【雪里梅】【揭钵子】【叠字三台】【绪煞】（同上）

（19）【薄媚令】【红衫儿】【同前换头】【同前换头】【赚】【同前】【金莲子】【同前换头】【醉太平】【尾声】（《张协状元》第十四出）

（20）【菊花新】【后衮】【歇拍】【终衮】（《张协状元》第十六出）

（21）【醉落魄】【四换头】【赚】【绛罗裙】【呼唤子】【尾声】（《张协状元》第二十出）

（22）【醉落魄】【赏花时】【排歌】【哪吒令】【排歌】【鹊踏枝】【安乐神】【六幺序】【尾声】（《宦门子弟错立身》第五出）

带过曲（二、三曲联调，“一曲带尾”不计）

（1）【正宫·应天长缠令】【甘草子】【尾】（《刘知远诸宫调》）

（2）【仙吕调·恋香衾缠令】【整花冠】【绣裙儿】【尾】（同上）

（3）【仙吕调·醉落魄缠令】【整金冠】【风吹荷叶】【尾】（《西厢记诸宫调》）

（4）【仙吕调·醉落魄缠令】【风吹荷叶】【醉奚婆】【尾】（同上）

（5）【仙吕调·点绛唇缠】【风吹荷叶】【醉奚婆】【尾】（同上，二例）

（6）【仙吕调·点绛唇缠令】【瑞莲儿】【风吹荷叶】【尾】（同上）

（7）【仙吕调·点绛唇缠令】【天下乐】【尾】（同上）

（8）【中吕调·香风合缠令】【墙头花】【尾】（同上）

（9）【双调·豆叶黄】【搅筝琶】【庆宣和】【尾】（同上）

（10）【正宫·虞美人缠】【应天长】【万金台】【尾】（同上）

（11）【正宫·文序子缠】【甘草子】【脱布衫】【尾】（同上）

(12)【黄钟调·喜迁莺缠令】【四门子】【柳叶儿】【尾】(同上)

(13)【大石调·伊州衮缠令】【红罗袄】【尾】(同上)

(14)【正宫·文序子】【甘草子】【尾】(同上)

(15)【正宫·甘草子缠令】【脱布衫】【尾】(同上)

(16)【黄钟宫·快活尔缠令】【出队子】【柳叶儿】【尾】(同上)

(17)【中吕调·碧牡丹缠令】【木鱼儿】【鹘打兔】【尾】(同上)

(18)【越调·斗鹌鹑缠令】【青山口】【雪里梅】【尾】(同上)

(19)【中吕调·棹孤舟缠令】【双声叠韵】【迎仙客】【尾】(同上)

(20)【中吕调·碧牡丹】【鹘打兔】【双声叠韵】【尾】(同上)

(21)【黄钟宫·侍香金童缠令】【双声叠韵】【出队子】【尾】(同上)

(22)【般涉调·哨遍缠令】【急曲子】【尾】(同上)

(23)【般涉调·哨遍缠令】【长寿仙衮】【急曲子】【尾】(同上)

(24)【般涉调·苏幕遮】【柘枝令】【墙头花】【尾】(同上)

(25)【高平调·糖多令】【牧羊关】【尾】(同上)

(26)【黄钟宫·降黄龙衮缠令】【双声叠韵】【刮地风】【尾】(同上)

(27)【仙吕调·河传令缠】【乔合笙】【尾】(同上)

(28)【越调·厅前柳缠令】【蛮牌儿】【山麻稭】【尾】(同上)

(29)【中吕调·香风合缠令】【石榴花】【尾】(同上)

(30)【正宫·梁州令缠令】【甘草子】【脱布衫】【尾】(同上)

(31)【南吕宫·一枝花缠】【傀儡儿】【转青山】【尾】(同上)

(32)【中吕调·安公子赚】【赚】【渠神令】【尾】(同上)

(33)【大圣乐】【叨叨令】(《张协状元》)

(34)【金钱子】【赏宫花序】(同上)

(35)【薄媚令】【红杉儿】(同上)

(36)【金莲子】【同前换头】【醉太平】【尾】(同上)

(37)【风入松】【醉太平】(同上)

(38)【荷叶铺水面】【孝顺歌】(同上)

(39)【打球场】【香满遍】(同上)

(40)【锦缠道】【过绿襕踢】(同上)

(41)【红绣鞋】【越恁好】(同上)

诸宫调和南戏的“曲唱单元”以“一曲带尾”和单曲独唱为主，上列“套曲”“带过曲”的占比并不大，但意义重大。民间“唱赚”融会了各种雅、俗曲唱之法——“兼慢曲、曲破、大曲、嘌唱、耍令、番曲、叫声诸家腔谱”，较上流乐歌更加丰富多彩，而在音乐形态上，民间曲唱与上流乐歌的“套曲”“带过”音乐原理完全相同，属于同一种音乐形式。虽运行于不同的文化圈，但必有交流，将民间曲唱和上流乐歌的“套曲”“带过”综合观之，对学界争论的“套曲”“带过”孰先产生问题，可以进一步获得解释。

其一，宋金民间曲唱的“联调”式样和数量，仅有今存两部宋南戏和两部金诸宫调可以查考，但式样和数量已远超两宋上层乐歌和文人词的“套曲”和“带过”，可见民间的联调曲唱远比上流乐歌普遍，故民间曲唱是宋代“联调”生成和发展的实践主体，较上层乐歌更切实反映了宋代乐歌“带过”和“套曲”的生长轨迹。

其二，民间联调曲唱也吸收了上流大曲的某些音乐元素，如《张协状元》第十六出的套曲：【菊花新】【后衮】【歇拍】【终衮】，透露了上流“大曲”样式也在向民间扩散，民间艺人也在向上流乐歌汲取营养，不过其例极少。诸宫调和南戏的“套曲”“带过”，绝大部分是市井勾栏流行的“缠令”“缠达”之“唱赚”，是民间艺人曲唱实践的创获和自构。

其三，上流乐歌和文人词“套曲”“带过”两种联调形式，从数量和时间上很难找到孰先发生的明确迹象，但宋金民间曲唱的“带过”远比“套曲”多，可见其时尚以“带过”为主，但后世定称的“曲”体，反以“套曲”为主而“带过”甚少，恰显示了民间联调曲唱从“带过”走向“套曲”的演化轨迹。由此返观上流乐歌的“套曲”和“带过”所以难分孰为先后，在于二者皆非上流乐歌自创，所以没有清晰的生成和演化轨迹。因此，宋代上流礼乐、宴乐的“多调体”之“带过”和“套曲”，是在民间联调曲唱的启示和雅俗互动中产生的，“多遍体”套词则是传统大曲的一脉相传。中国古代乐文化本有雅、俗交流的悠久传统，从上古开始，上流社会向民间“采风”即不断影响着“歌辞体”的建构，词体的建构也是这一古老传统的映现，宋代曲唱的新型“联调”方式，是雅、俗曲唱互动交流的成果。

5. 宋代词体之“集曲”

集曲，指摘取若干曲调的部分乐句构成新的一调，唐宋时所谓“犯调”的方式之一，清代以来曲学界定名为“集曲”，《九宫大成南北词宫谱·凡例》：“词家标新领异，以各宫牌名汇而成曲，俗称犯调，其来久矣。然于‘犯’字之义，实属何居？因更之曰集曲。”[①]所谓“俗称犯调”之“犯”，是个多义音乐术语，北宋陈旸《乐书》：“唐自天后末年《剑气》入《浑脱》，始为犯声之始，《剑气》宫调，《浑脱》角调，以臣犯君，故有犯声。明皇时，乐人孙处秀善吹笛，好作犯声，时人以为新意而效之，因有犯调。”[②]“《剑气》入《浑脱》”云云，指采取《剑器》舞曲音乐用到《浑脱》舞曲中，可谓两个曲调的“集曲”，由于两曲宫调或不同，故此类“集曲”在音乐上需要“转调”，以今日乐理言，即调高调式的转换，姜夔云：“凡曲言犯者，谓以宫犯商、商犯宫之类。如道调宫上字住，双调亦上字住，所住字同，故道调曲中犯双调，或于双调曲中犯道调，其他准此。唐人乐书云：‘犯有正、旁、偏、侧，宫犯宫为正、宫犯商为旁、宫犯角为偏、宫犯羽为侧。’此说

① （清）周祥钰、邹金生编纂《九宫大成南北词宫谱》，王秋桂主编《善本戏曲丛刊》第六辑，台湾学生书局 1987 年版，第 46 页。

② 张国强《〈乐书〉点校》，中州古籍出版社 2019 年版，第 852—853 页。

非也。十二宫所住字各不同、不容相犯、十二宫特可犯商角羽耳。”[①] 所云“犯”即音乐上的“转调”，如“侧犯”之“宫犯羽”，以本音阶首音“宫”（do，简谱 1）作新音阶之“羽”（la，简谱 6），即乐理意义上的“犯”。但宋代词乐所指的“犯”不仅是“转调”，还有“犯他词句法”，清万树《词律》：“词中题名‘犯’字者，有二义：一则犯调，如以宫犯商、角之类。梦窗云‘十二宫住字不同，惟道调与双调俱上字住’，可犯是也；一则犯他词句法，若【玲珑四犯】【八犯玉交枝】等，所犯竟不止一词。”[②] 这里说的“犯调”之二义，第一义即乐理上的“转调”，第二义“犯他词句法”，指摘取若干曲调的部分乐句及对应句式“集”成一调，是为“曲”体调牌生成的常法之一，所以《九宫大成南北词宫谱》将“犯他词句法”的“犯调”改称为“集曲”。唐五代时期，类似“《剑气》入《浑脱》”之类的“犯声”和“集曲”极少，词调则无一例“集曲”，至宋代文人词始有“集曲”数例，集曲方式则有两种：一是取两调各一片合为一调，姑谓之“摘片”之集曲；二是摘取数调之部分乐句及对应句式合为一调，姑谓之“摘句”之集曲。“摘片”将两调各取一片合为一调，类似两曲“带过”；“摘句”则是一种别致的新创曲调，此后成为南曲新生曲调的常法。

（1）宋文人词的“集曲”

宋文人词的“摘片”和“摘句”集曲，在调名上皆有显示：“摘片”调名为两个词调的压缩合写，如【江城梅花引】【暗香疏影】（见下文）；“摘句”则对摘取的词调数量有所标示，如【玲珑四犯】【六丑】【八犯玉交枝】，分别指摘取四调、六调、八调之部分乐句集为一调。宋词“集曲”调名的专门化，反映了文人词的“集曲”是有意识的创制。今存宋文人词的“集曲”调有九调：

①【江城梅花引】

始词北宋王观作，取【江城子】上片、【梅花引】下片合为一调。以单片言，可谓两调“带过”，由之可窥“集曲”的发生机制与“带过”的内在关联。

②【六丑】

北宋周邦彦自度曲，宋周密《浩然斋雅谈》：“宣和中，……朝廷赐酺，师师又歌《大酺》《六丑》二解，上顾教坊使袁绹问，绹曰：‘此起居舍人新知潞州周邦彦作也。’问‘六丑’之义，莫能对。急召邦彦问之，对曰：‘此犯六调，皆声之美者，然绝难歌。昔高阳氏有子六人，才而丑，故以比之。’”故“六丑”即“六犯”，指摘取六调之乐句而成一曲，惜所“犯”之六调已不可考。

③【玲珑四犯】

始词北宋周邦彦作，当是摘取四调乐句合成的“集曲”，具体词调名已不可考。

④【八宝妆】【八犯玉交枝】

《钦定词谱》等传统词谱将二调作异名同调。宋词今存北宋刘焘《八宝妆》、南宋仇远

① （宋）姜夔著，夏承焘校辑《白石诗词集·凄凉犯》，人民文学出版社 1959 年版，第 133 页。

② （清）万树《词律》，第 372 页。

《八犯玉交枝》各一首，二词同体，个别分句字数略异。“八犯”，指摘取不同词调的八个乐句合为一调；“八宝妆”，大约是“八犯”之喻。“八犯玉交枝”之“玉交枝”，或亦摘句交叉组合之比喻。北宋词调【琴调相思引】偶作异名【玉交枝】，或与【八犯玉交枝】有某种关联。

⑤【四犯令】

又名【四和看】。南宋初康与之首作。据调名，当是分别摘取四调乐句合成一调之“集曲”，具体摘取的曲调不可考。

⑥【八音谐】

始词南宋初曹勋作，序曰：“赏荷花。以八曲声合成，故名。”

⑦【江月晃重山】

始词南宋陆游作。双片，每片摘取【西江月】前二句（第一复句）、【小重山】后三句（第二复句）合成，集二调之名为“江月晃重山”，颇富诗意，后世南曲“集曲”调名常用此法。

⑧【四犯剪梅花】

南宋刘过作，本词注明为摘取【解连环】【醉蓬莱】【雪狮儿】【醉蓬莱】各一复句合成，故曰“四犯”。唐宋词调无“剪梅花”，看来是以“剪”（摘取）“梅花”（词调）比喻“摘句”。

⑨【三犯渡江云】（【渡江云三犯】）

始词南宋吴文英作，“三犯”，当为摘取三调之“集曲”。【渡江云】始词，北宋周邦彦作，吴词上下片复句数与之悉同，复句型有变：上片第三复句减1分句，下片第二、三复句各减1分句，“三犯”很可能即此三个复句为取“他词句法”之摘句，具体词调不可考。

⑩【暗香疏影】

南宋吴文英作，取姜夔自度曲【暗香】上片【疏影】下片合为一调，以单片计，为两调之“带过”，合成一调则为“摘片”之“集曲”。

（2）宋金民间曲唱中“集曲”萌生之迹象

宋文人词的“集曲”，是个别文人“游于艺”的偶尔兴致，宋金民间唱赚、诸宫调、南戏则皆无“集曲”。但是，诸宫调常规为一调双片，然偶有取一调“单片”之例；南戏每曲皆单片，但偶见取一调“摘句”而歌。“摘片”和“摘句”是“集曲”的基本手法，诸宫调和南戏的“摘片”和“摘句”虽然不多，但颇堪深味，不妨视为“集曲”在诸宫调和南戏中“孕育”的迹象。

先看诸宫调。诸宫调曲调通常双片，但在“套曲”中却出现了“单片”，如《刘知远诸宫调》的《安公子缠令》：【安公子】【柳青娘】【酥枣儿】【柳青娘】【尾】，“缠”四曲带一“尾”，其中《安公子》双片，《柳青娘》《酥枣儿》皆单片，【尾】在诸宫调中则皆为三四个小句的单片。此“缠令”中【柳青娘】【酥枣儿】两调的“摘片”连唱，音乐上须和谐一体，虽然不是独立的“集曲”，但从诸宫调“一调双片”常格看，此集两调单片的

“双片”连唱可谓有某种“集曲”意味。

《西厢记诸宫调》的“缠令”较《刘知远》大增，所“缠”之调以双片为主，但也有少数“缠令”夹有单片，如《哨遍缠令》——【哨遍】【急曲子】【尾】，《哨遍》双片，《急曲子》单片；《文序子缠》——【文序子】【甘草子】【脱布衫】【尾】，《文序子》双片，【甘草子】【脱布衫】则为两调单片连唱，具有“摘片”而“集曲”之意味。四调以上的“缠令”，“单片”更多，如《六幺实催缠令》，六曲一“尾”，首两曲双片，余四曲皆单片；《侍香金童缠令》，九曲一尾，首曲【侍香金童】双片，余八曲皆单片。以“摘片”集曲衡量之，八个不同词调的单片相连当然不是“集曲”，但各“片”连接的音乐原理与“摘片”之“集曲”是一致的。由此而问：文人词的“摘片”集曲是否受到民间“摘片”连唱的启示？曰：有可能，难确定。至于文人词的“摘句”集曲，今存诸宫调没有类似之例。

再看宋南戏。首先须注意：南戏每曲皆一片，是南戏有意识采用的“曲体”。南戏中也有双片之“词”，但只作“韵白”而不唱。《张协状元》第一出：

(末上白)【水调歌头】韶华催白发，光景改朱容。人生浮世，浑如萍梗逐西东。陌上争红斗紫，窗外莺啼燕语，花落满庭空。世态只如此，何用苦匆匆。○但咱们，虽宦裔，总皆通。弹丝品竹，那堪咏月与嘲风。苦会插科使砌，何吝搽灰抹土，歌笑满堂中。一似长江千尺浪，别是一家风。

(再白)【满庭芳】暂息喧哗，略停笑语，试看别样门庭。教坊格范，绯绿可同声。酬酢词源诨砌，听谈论四座皆惊。浑不比乍生后学，谩自逞虚名。○《状元张叶传》，前回曾演，汝辈搬成。这番书会，要夺魁名。占断东瓯盛事，诸宫调唱出来因。厮罗响，贤门雅静，仔细说教听。

(唱)【凤时春】张叶诗书遍历，困故乡功名未遂。欲占春闱登科举，暂别爹娘，独自离乡里。

(白)看的世上万般俱下品，思量惟有读书高。若论张叶，……(下略)

(唱)【小重山】“前时一梦断人肠，教我暗思量：平日不曾为宦旅，忧患怎生当？”

(白)孩儿覆爹妈：“自古道：一更思，二更想，三更是梦。……”爹娘见儿苦苦要去……(略)

(唱)【浪淘沙】迤逦离乡关，回首望家，白云直下把泪偷弹。极目荒郊无旅店，只听得流水潺潺。

(白)话休絮烦。那一日正行之次，自觉心儿里闷。……(下略)

(唱)【犯思园】刮地朔风柳絮飘，山高无旅店，景萧条。蹭蹬何处过今宵，思量只恁地，路迢遥。

(白)道犹未了，只见怪风淅淅，芦叶飘飘；野鸟惊呼，山猿争叫。……(下略)

(唱)【绕池游】张叶拜启：“念是读书辈，往长安拟欲应举。些少裹足，路途里欲得支费，望周全不须劫去。”

(白)强人不管他说。怒从心上起，恶向胆边生。左手捽住张协头稍，……(下)①

① 钱南扬《永乐大典戏文三种校注》，中华书局1979年版，第1—4页。以下《张协状元》的引文皆出此书，不另加注。

《张协状元》第一出是“正戏”前的开场戏，出场的“末”不是戏剧故事中的角色，相当于宋杂剧金院本脚色行当中的“引戏”，俗称“戏头”，开场韵白的两首词皆双片长调，可见市井艺人十分熟悉“词”的格式。接之所唱的五曲，皆单片小令，除【犯思园】在宋文人词调中无见，其余四曲亦是文人词调，皆双片，但南戏曲唱以“一调一片”为定格，可见每曲一片是南戏有意识采用的“曲”体。第一出的五支单曲，每曲之间皆有长段说白，一支单曲就是一个“曲唱单元”。但南戏也有两曲连唱的“曲唱单元”，前文所列《张协状元》中的两曲“带过”诸例，即相当于取两调“摘片”而成的“集曲”，且看《张协状元》的两场戏：

第四十三出（全出）

（旦出唱）

【锦缠道】苦天天，几年来劳笼着万千，寻思自埋冤。少它张协债负，是奴前缘。大雪下身无寸缕，投古庙泪珠涟涟，奴家便相怜。与它身衣口食，教人说化我，共它成因眷，只图它共百年。

【过绿襕踢】心肠变，投京汴。没盘缠我把头发剪，伊去赴魁选。绝音书，将奴要抛闪。到京华，何曾见伊面。叫门子特骨恁薄贱，到如今依旧把奴斩。我命乖，你情浅。臂镇疾，每衔冤，朝夕泪偷揾。

（白）张状元，你今日害奴身，不记当初彻骨贫。又道剑诛无义汉，金赠有恩人。（下）

第四十五出（摘录）

（外出唱）

【川拨棹】为孩儿，特特来蜀地。满目萍芜见古庙，教人转悲，我寻思珠泪垂。

【长相思】好因缘，恶因缘，儿又青春正少年，那堪遇状元。儿分悭，子分悭，马上徘徊不接鞭，浓婚结厚冤。

（末出白）覆夫人：前无旅店，后绝茅檐，……（略）。

第四十三出是过场戏，只有贫女的二曲连唱；第四十五出是重头戏，这里摘录的是王德用夫人出场戏的二曲连唱单元。两曲连唱，音乐上必须“带过”融合为一体，故南戏的单片体两曲“带过”，音乐上类似宋词取两调各一片合为一调的“摘片”体集曲。当然，这里所言的“类似”，相比文人词的“带过”和“集曲”只是一种“萌芽”：在韵式上，四十三出的连唱二曲，前曲押平，后曲押仄，为同韵部平仄通押；四十五出的连唱两曲则不同韵，可见还没有清晰明确的“集曲”意识。

宋文人词的“摘句”体集曲，宋南戏也没有，但与诸宫调有所不同的是，《张协状元》中出现了“摘句”而歌的“简化”曲调，例如：

（旦上唱）【新水令】朔风凛冽云垂地，见长空六花飞坠。踏雪归来也，仗一点灯儿伴岑寂。（《张协状元》第十出）

（生）【酷相思】父母家乡知几里，怎知道儿狼狈！（旦上接）早听得君家长吁气，亦带累奴垂泪。（《张协状元》第十二出）

【新水令】，词体双片，每片 13 分句 4 复句，《张协状元》该曲较词调"减去"9 分句 2 复句；曲体之【新水令】，若南戏《小孙屠》【北新水令】："梦魂中只听得雨滋滋，元来是死生别处。浑身上都破损，疼痛怎支吾。朱邦杰，于你有何辜，天怜念小孙屠。"《张协状元》较之减 3 分句 1 复句。可见《张协状元》的《新水令》乃是对原调的"摘句"而歌；【酷相思】，词调每片 9 分句 3 复句，这里减少了 5 分句 1 复句，也是"摘句"而歌。在《张协状元》中，最省减的"摘句"是一调仅唱 1 复句：

【临江仙】一堂神道你须知：我门非别底，你不是男儿！（二十出）

【满江红】望大贤周济我两文钱，归乡去。（三十七出）

【生查子】不见去年人，心事谁知得！（四十八出）

三曲显然都是原调的"摘句"。这种"摘句而歌"在宋南戏中并不多，但显示了民间南曲有"摘句而歌"之法，虽然没有形成"摘句"体集曲，但开启了"摘句"体集曲生成的可能性。其实，文人"犯他词句法"的"集曲"词调，也只是个别擅乐文人的一时兴致，并非宋代词调生成的常态方式，也许，正是民间曲唱的摘句而歌触发了擅乐文人的"集曲"灵感。当然，这只是一种"可能"的推想，从现有资料看，"集曲"最初发生于北宋文人词体写作的"犯调"之法，宋代民间南戏只能说有某种"萌芽"迹象。但此后"集曲"的进展却似乎不合常情：文人词调再无新的"集曲"之调产生，但民间曲唱之"集曲"却蓬勃展开，尤有意味的是元代北曲罕有"集曲"①，而宋南戏的集曲"萌芽"在元南戏中却灿烂花开，产生了大批"集曲"调牌。兹将钱南扬先生《宋元戏文辑佚》中的"集曲"诸调提取之②，以见宋元南戏中的"集曲"从初始萌芽到开花结果的历史轨迹。

两调之"集曲"：

① 按：元代北曲罕见的"集曲"《九转贺郎儿》，是一个以"集曲"为主的特殊套数。"九转"即九曲，一曲为原调，八曲为"集曲"。一转：【贺郎儿】原调；二转：【贺郎儿】首三句-【卖花声】二至四句-【贺郎儿】末句；三转：【贺郎儿】首五句-【斗鹌鹑】一至四句-【贺郎儿】末句；四转：【贺郎儿】首三句-【山坡羊】一至九句-【贺郎儿】末句；五转：【贺郎儿】首三句-【迎仙客】全曲-【红绣鞋】一至五句-【贺郎儿】末句；六转：【贺郎儿】首三句-【叨叨令】一句-【上小楼】三至末句-【幺】一至八句-【贺郎儿】末句；七转：【贺郎儿】首三句-【殿前欢】三至七句-【贺郎儿】末句；八转：【贺郎儿】首二句-【快活年】首二句-【尧民歌】五、六两句-【叨叨令】五、六两句-【倘秀才】末句-【快活年】首二句-【尧民歌】五、六两句-【叨叨令】五、六两句-【贺郎儿】末句；九转：【贺郎儿】首三句-【脱布衫】全曲-【醉太平】一至七句-【贺郎儿】末句。

② 钱南扬《宋元戏文辑佚》（上海古典文学出版社 1956 年版）共辑录散佚宋元南曲戏文残本 119 部的曲辞数百首。诸戏文在《九宫正始》中标注为"元传奇"，其"母本"有不少始出于宋，故钱南扬先生统称为"宋元戏文"。

○**【二犯集贤宾】**（【集贤宾】【二郎神】）○**【孝南枝】**（【孝顺歌】【锁南枝】）○**【锁窗乐】**（【大圣乐】【锁窗寒】）○**【罗江怨】**（【香罗带】【一江风】）○**【灯月交辉】**（【玩仙灯】【月上海棠】）○**【马蹄花】**（【驻马听】【石榴花】）○**【金梧歌】**（【梧叶儿】【淘金令】）○**【惜英台】**（【祝英台】【惜奴娇】）○**【番马舞秋风】**（【驻马听】【一江风】）○**【渔家灯】**（【渔家傲】【剔银灯】）○**【解醒歌】**（【解三醒】【排歌】）○**【六幺儿】**（【六幺令】【梧叶儿】）○**【锦亭芳】**（【锦缠道】【满庭芳】）○**【金风曲】**（【四块金】【一江风】）○**【花堤马】**（【石榴花】【驻马听】）○**【霜蕉叶】**（【霜天晓角】【金蕉叶】）○**【山虎蛮牌】**（【下山虎】【蛮牌令】）○**【绣太平】**（【绣带儿】【醉太平】）○**【沙雁拣南枝】**（【雁过沙】【锁南枝】）○**【临江梅】**（【一剪梅】【临江仙】）○**【三字令过十二娇】**（【三字令】【十二娇】）○**【惜英台】**（【祝英台换头二】【惜奴娇】）○**【絮英台】**（【祝英台换头三】【絮蛤蟆】）

三调之集曲：

○**【二犯狮子序】**（【宜春令】【狮子序】【奈子花】）○**【南枝歌】**（【锁南枝】【孝顺歌】【锁南枝】）○**【渔灯花】**（【渔家傲】【剔银灯】【石榴花】）○**【薄媚衮罗袍】**（【衮衮令】【薄媚衮】【皂罗袍】）○**【雁过锦】**（【雁过声】【锦缠道】【雁过声】）○**【摊破锦缠雁】**（【摊破第一】【锦缠道】【雁过声】）○**【花犯扑灯蛾】**（【扑灯蛾】【花犯】【扑灯蛾】）○**【香五娘】**（【香遍满】【五更转】【香柳娘】）○**【三花儿】**（【石榴花】【杏坛三操】【和佛儿】）○**【集莺花】**（【集贤宾】【黄莺儿】【赏宫花】）○**【破莺阵】**（【喜迁莺】【破阵子】【喜迁莺】）○**【梁州锦序】**（【梁州序】【刷子序】【锦缠道】）○**【渔灯雁】**（【渔家傲】【剔银灯】【雁过声】）○**【花犯扑灯蛾】**（【扑灯蛾】【花犯】【扑灯蛾】）○**【香归罗袖】**（【桂枝香】【皂罗袍】【袖天香】）

四调之集曲：

○**【二红郎上小楼】**（【南福马郎】【南水红花】【南红杉儿】【北上小楼】）○**【犯欢】**（【归朝欢】【风入松】【归朝欢】【风入松】）○**【驻马击梧桐】**（【击梧桐】【上马踢】【驻云飞】【击梧桐】）○**【犯声】**（【双声子】【风入松】【双声子】【风入松】）

五调之集曲：

○**【五团花】**（【赏宫花】【腊梅花】【一盆花】【石榴花】【芙蓉花】）○**【四犯江儿水】**（【五马江儿水】【朝元歌】【本宫水红花】【淘金令】【商调水红花】）

六调之集曲：

○**【金落索】**（【金梧桐】【东瓯令】【针线箱】【解三醒】【懒画眉】【寄生子】）

三十调集曲：

○**【三十腔】**（【绣带儿】3句【大胜乐】2句【梁州序】3句【三学士】2句【女冠子】2句【懒画眉】2句【五更转】2句【琐窗寒】2句【十五郎】1句【贺新郎】2句【狮子序】2句【香遍满】2句【香罗带】2句【红杉儿】1句【绣衣郎】3句【针线箱】2句【浣沙溪】2句【东瓯令】3句【大迓鼓】2句【阮郎归】3句【一江风】2句【梧桐树】2句【孤飞雁】2句【金莲子】1句【太师引】2句【刘泼帽】2句【奈子花】1句【刮鼓令】2句【生姜芽】2句【节节高】4句）（按：本调为戏文《孟月梅写恨锦香亭》中的“南吕过曲”，曲牌名【三十腔】，取30调摘句而成，总计63小句，是为体量最大的“集曲”，可谓一种“摘句”方式的“套曲”。)

“集曲”,是古代曲调生成史上一个新的历史坐标,尤其是“犯他词句法”的“集句”成调,需要相应的音乐水平和技能——不是随意取几个词调的乐句就能构成“一调”,“集曲”的选“调”和选“句”,不仅要美听,更关键的是所选各个乐句在调式、旋律上“能够”组合为和谐的、美妙的“一调”。故最早具有典范意义的“集曲”,出自宋代极少数擅乐文人词家之手,虽然在词坛没有掀起波澜,但创始之功影响深远;民间曲唱一脉,令人惊异的是宋南戏中的集曲“萌芽”在元南戏中蓬勃发展,出现了大量“集曲”;到了明代,南曲广泛扩散到文人圈而成为全域性曲种,曲家们将“集曲”推广为南曲新调生成的常态机制,晚明沈自晋编撰的《南词新谱》,“集曲”调牌约占一半,成为融会“传统”和“当下”的“曲牌体”最有意味的曲体形式,至今还是中国原生态民歌和地方戏曲的常用之法。

结 语

以上对词体形式建构历史轨迹的勾勒梳理,只是在一个总体框架中提取几个视角、几个层面的解说和讨论,若干细节未能展开,许多问题还有待进一步深入探讨。为了使学界同仁有一整体印象,谨将本序的学术思路和学理框架概括如下:

一、作为一种音乐文学样式,词体建构中“乐体”与“文体”的关联,不能仅用抽象的乐理推论解释,文词与音乐只有在歌唱中才发生具体的、各种方式的联系,因此必须回归历史本来,在词体发生运行的现实生态中,从词的乐歌和文词的双重身份,以“听”和“看”的直觉审美感受为基点,以汉语歌曲传唱的具体实践和乐、辞相协的普遍原理,参考和辨析古人对词体形式的种种解说,确认词体的形式构成,梳理词体建构的历史轨迹。

二、词体从本初之乐歌和文本的双重身份,逐渐“词、乐分离”而成为单纯的文体,标志着词体建构活态运行的终结。明清词谱对唐五代宋元词体语文形式的归纳和格式化,广义上可谓词体建构的历史延伸,严格意义上已无新的词体建构意义。今天既要把握和借鉴古代词谱,又不能单一地以传统词谱的词体观遮蔽对唐宋词体形式的研究,以文本词体为依据单向解释词体的活态建构史;同时也不能主观臆测词调音乐,仅据文献中对词调音乐的某些解释判断词体的句断和句型,而要以现代知识考古学原理,结合古代文献资料和当下保留的传统声歌操作的普遍方法和原理,考察和解释词体的生成机制和建构过程。

三、词体的活态传唱方式,是词体建构机制的基础和现实展开的依托。在活态传唱的集体氛围中,词之文体与乐体的互动相生,既有相互调适的弹性,又有不可超越的互约规定;曲先成而填词,词先成而谱曲,曲唱实践中各种旧曲翻新的“一调多谱”,是词体建构的综合机制;曲变而词变,词变而曲变,曲变而词不变,词变而曲不变,曲、词有变而调名或变或不变,在现实展开中交叉相叠;“依调填词”和“依词填词”,是词体建构的一舟之双桨,词体的建构,应传唱功能而展开,随传唱功能的消解而终结。

四、作为一种语文形式，词体的第一功能是传达语言意义，以传唱和文本两种方式传播，是口头形态和文本形态的复合体。在文体形式上，词调音乐的特定性和弹性与汉语流水句的互约互动，使一调之词形成若干“又一体”；在语言形态上，口头传唱决定了词之语体与平常白话的亲缘关系，吸收民间歌辞语体及大众化白话通语，是文人词写作语体建构的外源支撑；以文人传统诗文的自性语言为基础，对文人诗体的声律、句型既跨越之，又采纳之，是文人词语体建构的内源基础。文人词雅俗交融、韵散交织的语体建构，使词体成为文人诗歌体发展史上的一种新型样式，凝聚着文人和民间的双重集体智慧。

五、词体建构，归根结底是人的实践行为。实践主体有不同的文化圈，不同层次文化圈的词调生成方式、词体建构方式和运行机制的同异、雅俗文化对词体应用功能的牵引和各种导向、一般文人和知乐文人的词体建构理念和词体写作方式的同异、“乐存词亡”和“词存乐亡”境况中词体建构的不同机制、名家名词在词体建构中的影响力，各种宏观和微观原因，决定了词体建构并非笼统乐、词关系的理论命题，而是复杂丰富的词作实践的文化功能学和行为学命题。

六、中国古代每一种“歌辞体”，都是历代相沿的“歌辞体”演变史上的一个环节，每一种歌辞体的发生和建构，都是传统“歌辞体”形态的遗传、延伸、变化和重构。因此，将词体建构置于汉语“歌辞体”的总体历史中考察，可以进一步认知理解词体建构的历史轨迹和历史意义。同时，中国古代韵文体长期形成的以诗体为主流范式的传统语境，势必影响着词体的生成和演化——从语言到声律，从叙事方法到叙述构架，词体始终在自体建构和汲取诗体元素的二重张力中进展，最终在总体框架上走向与诗体合流。将词体建构置于古代韵文体乃至整个文体大历史中考察，从文体形态学、文体生态学、文体功能学与社会文化学相结合的视角，考察词体建构的动力和受约的各种因素，认知理解中国古代传统的文人文化赋予词体建构的历史命运。

以上六点学术思路和学理框架，本文所展开的阐述，尚是一种粗线条的概要，希望对学界的进一步研究有所裨益。不到之处，诚请学界同仁批评指正。

李昌集

2023 年 4 月 26 日四稿

凡 例

一、本谱以唐五代两宋全部存世之词为梳理对象，以呈现唐五代两宋词体演变的全貌与历史轨迹。全谱收录唐五代两宋原生词调871调，与原调具有同源关系及有某种关联性的词调126调，总计997调，每调出示“始词”与各式“变体”的第一首词作，总计2413首。与南宋同时之金及其后之元，新生词调甚少，本谱收录金代新生词调57调，元代新生词调27调，总计84调，各调“始词”与“变体”计104首，由之可窥词调的流行从高潮走向尾声的历史趋势。全谱总计1081调，各调“始词”与“变体”词例，合计2517首。唐五代两宋词调之“变体”，追踪范围止于宋，不涉及金元同调之词；金元新生词调之“变体”，梳理范围只限本朝，不涉及明清。

二、本谱收录词调词作的文献来源：任半塘《敦煌歌辞总编》，任半塘、王昆吾《隋唐五代燕乐杂言歌辞集》，曾昭岷、曹济平、王兆鹏、刘尊明《全唐五代词》，张璋、黄畬《全唐五代词》，唐圭璋《全宋词》，孔凡礼《全宋词补辑》，唐圭璋编纂、王仲闻参订、孔凡礼补辑《全宋词》（简体增订本），唐圭璋《全金元词》，杨镰《全元词》，辅以历代词集整理本，酌情查考古代原刊本、明清词谱及古今相关论著，凡所录之词皆注明出处。

三、本谱所称的“原生词调”和“同源词调”，前者指原生曲调，是为词调中的绝大部分；后者指原生曲调经过各种音乐技术操作而衍生的词调，其音乐为原调音乐的演变，故以原调名加上音乐意义的前后缀为调名。如【木兰花】同源词调【减字木兰花】【偷声木兰花】【摊破木兰花】，以乐技为前缀；【卓牌子】同源词调【卓牌子近】【卓牌子慢】，以“近”“慢”乐体形式为调名后缀。

同源之调也有与原调完全不同的调名，如南宋周密词《采绿吟》，词序云其调乃【塞垣春】“翻谱数字”而成，故知【采绿吟】原调为【塞垣春】。本谱将同源词调排在原调之后作为一组，以见词调源流的微观一斑。

此外尚有一种特殊的“同源词调”：一调而有体式颇为不同的短调、长调二体，实际上已是两调。如【玉蝴蝶】，唐温庭筠作有短调，全词8分句4复句；宋柳永【玉蝴蝶】则是长调，全词25分句8复句，应是柳永“旧曲新翻”的二度创作，可谓唐词【玉蝴蝶】的“同源词调”。但其调名无变，故本谱仍归一调名下，分短调、长调两类谱之。

四、词调中的同体异调与同名异调，虽然极少，但不可忽视。

同体异调，如敦煌写本歌辞【三冬雪】，敦煌写本和唐文人歌辞有33调辞体与之全同，本谱取【三冬雪】为谱例，其他诸调在“同体式作品”中出示调名，为示区别，将“同体式作品”换为“同体词调”。其“调”有些本是词题而并非调名，如敦煌写本中贯休

《赞念法华经僧》、《全唐五代词》所录的顾况《送行歌》等，姑亦作调名。

同名异调，如【江南春】，北宋寇准有单片小令一首，南宋吴文英有双片【江南春】自度曲。本谱对同名异调不作特别安排，按常规分别置于作者生年历史时段中谱之。

还有一种特殊的“同名异调”：一调之词有齐言诗与杂言长短句二体。如【苏幕遮】，既是齐言声诗调，也是杂言辞调，是唐代胡乐舞曲扩散到雅、俗文化圈而衍生的不同曲调，亦可谓一种特殊的“同源词调”。此类词调主要见于唐五代，至宋而消失，本谱对此类词调，声诗与长短句同时收入，以助词体与声诗关系之研究。单一的声诗调，无词体研究意义，故不收。

五、一调之异名，如【江城子】【江神子】，由音近而别写；一调而多名，如【鹊踏枝】，又名【蝶恋花】【凤栖梧】【黄金缕】【卷珠帘】【一箩金】。本谱以年代最早词作之调名为本名，异名来由，可考者简要说明之。敦煌写本中的失调名歌辞，研究者或有不同拟名，本谱谨遵《敦煌歌辞总编》所拟调名。凡宋代以后衍生的同调异名，概不计。

六、词调之名有雅、俗二类，文人词调之名，不少为语文角度的“因词名调”，命名方式大约有：以词题兼作调名、取词句作调名、旧曲改名、因名家词衍名等，有迹可循者，简要考辨说明之。

七、一调名下之词，囊括今存唐五代两宋全部该调之词。词调先后排序，以一调最早作品年代为据确定先后。近世发现的敦煌写本歌辞，含唐代各时期及一些五代歌辞，绝大多数作品难以考定具体年代，故作一个板块集中处理；作家之词，按作者生年先后为序；无名氏词，列于作家词后集中处理；宋话本小说中的拟名、托名之词，划入宋无名氏词；宋以后笔记、传说、话本小说、戏曲故事中托名唐宋人之词，概不收入。

八、本谱标示的词体韵式与声律。

1. 韵式

（1）同韵：全词通押同部平声韵、仄声韵，或平、仄通押。

（2）换韵：一词换押两个以上韵部，称换韵；四个复句以上的句段，首、尾复句同押一韵，中间几复句换韵，称抱韵；抱韵首、尾相隔之韵押，称“遥韵”。

（3）隔句韵、连句韵：一复句中无韵句、有韵句相连为隔句韵，两个以上韵句相连为连句韵。两个相连复句，前复句尾句、后复句首句皆韵句，不作连句韵。

（4）本谱对“始词”和“变体”例词的韵数、韵式，每首皆有说明；所录例词以黑体字标示韵脚；凡换韵、抱韵、遥韵，以楷、行、新魏等不同字体标示，相同字体表示同韵。

（5）宋词韵格较宽松，《钦定词谱》：“宋人填词，间遵古韵，不外《礼部韵略》所注通转之法，或有从中原雅音者。”所谓“通转”之“古韵”，实是宋代南方一带方言保留的“古韵”音调；“中原雅音”，宋代北方一带的方音文读声调。本谱标注的韵字，唐五代词据今人整理的隋陆法言《切韵》、唐孙愐《唐韵》确定；两宋词，综合宋《礼部韵略》《平水韵》、清《词林正韵》及明清词谱酌定。跨不同韵部相押者，统称“换韵”；同韵部不同声部相押、邻近韵部相押、偶用方言之韵，不复细辨，统称“邻韵通押”。

2. 声律

（1）每首例词，皆旁列平仄声谱（◇为平，◆为仄），标注的平仄声调皆为该作品实际平仄字声，不取明清词谱某些字位的“可平可仄”之法。

（2）词体参用近体诗声律规则的“律化”，曾是词体研究的一个热点话题。本谱出示的例词，凡四字以上语句，皆衡以近体诗“律句”规则——“平平仄仄”交替行进，奇数字位平仄不拘，偶数字位平仄不可违背（一、三、五不论，二、四、六分明），符合此规则的句子为“律句”，反之为“非律句”。如四字律句：◇◇◆◆、◆◆◇◇、◆◇◇◆、◇◆◆◇、◇◆◇◇、◆◇◆◆、◇◇◇◆、◆◆◆◇；非律句：◆◆◆◆、◇◇◇◇、◇◆◇◆、◆◇◆◇、◆◇◇◇、◇◆◆◆、◇◇◆◇、◆◆◇◆；词体以单字语步起句的“一字领”句，如“对//长亭晚”“庆//朋良相遇”“算//谁在回廊影下”“笑//繁杏夭桃争烂漫”，“一字领”标作△，其字声不介入“律句”判断，以一字领后语句判定“律句”与“非律句”，律句如：“但不说归来”（△◆◆◇◇）、“对潇潇暮雨洒江天”（△◇◇◆◆◆◇◇）；非律句如：“知多少他日深盟”（△◇◆◇◆◇◇）、“算只有殷勤画檐蛛网”（△◆◆◇◇◆◇◇◆）。凡“非律句”，在平仄谱中以下划线示之，全词皆律句为“律词”；有一个以上非律句即为“非律词”。诗律学所谓“大拗”“小拗”与“拗救”，不予细究，概作“非律句”；双字、三字短语句，概作律句，以最大化计算一首词的律句比例与律化程度。

九、本谱不以字数划分词体，以句子为词体结构单元。句子，现代语言学定义为：前后都有较大停顿、带有一定的语气和语调、表达相对完整意义的语言单位。句子有单句、复句两大类——单句指独立表达一个完整意义、不可析出分句的“一句话”；复句指两个以上分句构成语意相联、意义完整的“几句话”。一个复句由几个分句构成，本谱称为“复句型”，如“二分复句”“三分复句”“四分复句”等。分句数、复句数、复句型，三者共生互摄，形成词体的语文形式构架，与词调的音乐结构内在相应。本谱出示的所有词例，均出示“句字句型谱”，标明该词的分句数（单句纳入全词分句数统计）、复句数、复句型及每个分句的字数。如敦煌写本歌辞《竹枝子》：

> 高卷珠帘垂玉牖，公子王孙女。颜容二八小娘，满头珠翠影争光，百步惟闻兰麝香。〇口含红豆相思语，几度遥相许。修书传与萧娘，倘若有意嫁潘郎，休遣潘郎争断肠。

逗号为分句，句号为复句，全词10分句4复句，双片。每片5个分句构成2复句：1个“二分”型复句，1个“三分”型复句，句型为二/三/型复句组，句字句型谱为：

> 7，5。6，7，7。
>
> 7，5。6，7，7。——唐·敦煌写本·《敦煌歌辞总编》第91页

再如唐温庭筠《诉衷情》：

> 莺语，花舞，春昼午。雨霏微，金带枕，宫锦凤皇帷。柳弱燕交飞，依依，辽阳

音信稀。梦中归。

单片10分句，构成3个“三分”复句和1单句，句型为三/三/三/一/型复句单句组合，句字句型谱为：

2，2，3。3，3，5。5，2，5。3。——唐·温庭筠·《全唐五代词》第121页

十、本谱不采用明清词谱“正格”“正体”概念，以《钦定词谱》强调的“创始之词”作为考察研究一调词体的基点；《钦定词谱》视为“正体”之变格的“又一体”，本谱统称为“变体”，以“创始之词”作为衡量“变体”的尺度。唐宋词调的“创始之词”是确定的，“变体”则一直遗传到金元乃至明清，本谱对唐宋词“变体”的梳理归纳，覆盖唐五代两宋的全部词作，由于词调的流行至金元已走向尾声，故对“变体”的追究止于宋，不涉金元词；金元新生词调，仅收本朝“创始之词”和“变体”，不涉明清词。

本谱所称“始词”，专指一调存世之第一首词；本谱所称之“变体”，专与“始词”相对比，只要分句数、复句数、复句型中任何一项较始词有变，即为“变体”。本谱将词之“变体”梳理归纳为“变体一”“变体二”“变体三”三个系列；一调诸词，凡分句数、复句数、复句型皆同，则为“同体”，分别归入“始词”体和三类“变体”。

1. 变体一

与始词分句数复句数相同，复句型有变。如敦煌写本歌辞【洞仙歌】二首：

其一

华烛光辉，深下屏帏，恨征人久镇边夷。酒醒后，多风醋，少年夫婿。向绿窗下，左偎右倚，拟铺鸳被，把人尤泥。○须索琵琶重理，曲中弹到想夫怜处，转相爱，几多恩义。却再絮衷鸳衾枕，愿长与今宵相似。

其二

悲雁随阳，解引秋光，寒蛩响。夜夜堪伤，泪珠串滴，旋流枕上。无计恨征人，争向金风飘荡，捣衣嘹亮。○懒寄回文先往，战袍待稳，絮重更熏香。殷勤凭驿使追访，愿四塞来朝明帝，令戍客休施流浪。

两词都有“流水句”可断可连的微妙弹性，按以上标点，两词分句数复句数相同，皆15分句5复句，但复句型有所不同，句字句型谱如下：

其一：4，4，7。|3，3，4。|8，4，4。○6，8，3，4。|7，7。

其二：4，4，3。|4，4，4。|5，6，4。○6，4，5。　|7，7，7。

第一首，三/三/三○四/二/型复句组；第二首，三/三/三○三/三/型复句组。上片复句型相同，下片不同：第一首为“四分”型、“二分”型两个复句，第二首为两个“三分”型复句。两词难判年代先后，若将第一首作“始词”，则第二首为“变体一”，反之亦然。

2. 变体二

复句数与始词同，分句数有变，复句型随之而变。如苏轼《洞仙歌》：

冰肌玉骨，自清凉无汗，水殿风来暗香满。绣帘开，一点明月窥人，人未寝，攲枕钗横鬓乱。○起来携素手，庭户无声，时见疏星渡河汉。试问夜如何，夜已三更，

金波淡，玉绳低转。但屈指西风几时来，又不道流年暗中偷换。

从与始词体靠近的思路标点之，在不妨碍文意前提下，可将该词划为与始词相同的5复句，如此则较始词增1分句，全词为16分句5复句，复句数不变，但复句型有变：上片较始词（其一）减2分句1复句，下片增3分句1复句。句字句型谱如下：

始词上片：4，4，7。|3，3，4。|8，4，4。

苏词上片：4，5，7。|3，6，3，6。

始词下片：6，8，3，4。|7，7。

苏词下片：5，4，7。|5，4，3，4。|8，9。

复句数不变，分句数、复句型皆变，本谱将此类变体划为“变体二”，是唐五代两宋词最普遍的“变体”方式。

3. 变体三

分句数复句数较始词皆变。如北宋仲殊《洞仙歌》：

广寒晓驾，姑射寻仙侣，偷被霜华送将去。过越岭，栖息南枝，匀妆面，凝酥轻聚。爱横管孤度陇头声，尽拼得幽香，为君分付。〇水亭山驿，衰草斜阳，无限行人断肠处。尽为我留得多情，何须待春风相顾。任倒断深思向梨花，也无奈寒食几番春雨。

较敦煌写本始词增2分句1复句，上片10分句3复句，三/四/三/型复句组；下片7分句3复句，三/二/二/型复句组。这种增减几个分句和一两个复句，是“变体三”较常见的方式，至于将短调衍生为长调，如柳永创制的长调【洞仙歌】，较短调增加了十几个分句、三四个复句，虽然调名不变，音乐上当有很大变化，当是对原调音乐加以变化的再创作，实际上已是两个不同的曲调，即便吸收融入原调“母声”，亦是新曲。

上述三类“变体”，具体词作的“弹性标点”在局部形式上或有灵活性，但在根本上不影响“变体”性质的确定。中国汉语歌唱的乐、词灵动相洽和活态传承，是中国传统声歌文化的一大特色。

4. “变体”的次生再变

以句子的型态结构为“体”的语文意义词调的“变体”，每一类变体都是一个系列。“变体一”保持始词的分句数复句数不变，仅复句型有变；“变体二”增减分句数，虽然复句数不变，但复句型必变，实际上便包含了“变体一”；“变体三”较始词分句数复句数皆变，实际上将“变体二”“变体一”都包括了。因此，三类变体都有次生再变。“变体一”相对简单，只有二级次生之变，如《前言》所述【愁倚阑】复句型之变的几种不同方式。而“变体二”“变体三”则有三级次生再变，如本谱归纳的【木兰花慢】“变体二”，共有7式变体，7式变体的次生再变，总计有27式；【荔枝香近】的“变体三”，有4种变式，其中两式各有一个次生再变，故该调“变体三”共有6式变体。本谱将三类变体的次生再变系列标示为：

变体一	变体一·1　变体一·2　变体一·3　……	依次顺延
变体二	变体二·1　变体二·1·1　变体二·1·2　变体二·1·3　……	
	变体二·2　变体二·2·1　变体二·2·2　变体二·2·3　……	
	变体二·3　变体二·3·1　变体二·3·2　变体二·3·3　……	
	变体二·4　变体二·4·1　变体二·4·2　变体二·4·3　……	
	变体二·5　变体二·5·1　变体二·5·2　变体二·5·3　……	
变体三	变体三·1　变体三·1·1　变体三·1·2　变体三·1·3　……	
	变体三·2　变体三·2·1　变体三·2·2　变体三·2·3　……	
	变体三·3　变体三·3·1　变体三·3·2　变体三·3·3　……	

三类变体系列的每一式，本谱皆以其式最早作品为例词，各式按其首作的年代先后依次顺延排序。每一变式的同体式作品，出示作者名及作品数，按作者年辈先后排序。

5. 同体词的增减字

一调之词体，字数在一定范围内可增减，是长短句不同于齐言诗的词体特性。“变体”较始词字数必有增减，自不待言，更微妙的是“同体式作品”也有增减字。尤其是宋词，始词与三类变体中的若干变式，相当一些具有多少不等的“同体词作群”，以变式首作之词为基准，增减1字以上，即属“增减字”一式。以本谱【洞仙歌】“变体二·2·1”为例，该式第一首词欧阳修作，“同体词作群”有数十人，词近百首，诸词分句数、复句数与复句型与欧词全同，但无一首分句字数全同，“增减字”有43式，绝大多数只是不同句位增减一两字。且看前几式的句字谱（斜体加点者为增减字分句）：

4，5，7。3，6，3，6。○5，4，7。5，4，3，5。8，5，4。北宋：欧阳修

（一）4，5，7。3，6，3，6。○5，4，7。5，4，3，***4***。8，5，4。北宋：苏轼1首。南宋：黄公绍1首。

（二）4，5，7。3，6，3，6。○5，4，7。***3***，***3***，***4***，***7***。8，5，4。北宋：黄庭坚1首。

（三）4，5，7。***5***，***4***，3，6。○5，4，7。5，4，3，5。8，5，4。北宋：晁端礼1首。

（四）4，5，7。3，6，3，6。○5，4，7。***6***，4，3，***4***。8，5，4。北宋：晁端礼1首。

（五）4，5，7。3，6，3，***5***。○5，4，7。5，4，3，***6***。8，***6***，4。北宋：阮阅1首。

（六）4，5，7。***5***，***4***，3，***5***。○5，4，7。5，4，3，***4***。8，5，4。北宋：曾纡1首。

（七）4，5，7。***5***，***4***，3，6。○5，4，7。***3***，***6***，3，***4***。8，5，4。北宋：张继先1首，晏几道1首。

（八）4，5，7。***5***，***4***，3，6。○5，4，7。5，4，3，***6***。8，5，4。北宋：朱敦儒3

首。南宋：陈亮1首，卢祖皋4首，吴泳1首，刘子寰1首，吴潜1首，吴文英1首，刘辰翁1首，刘埙1首，晁补之1首，李弥逊1首，王之望1首，葛郯4首。

这种“小句”增减一两字的“变”，放在齐言诗中必很明显，但在长短句词中则几乎没有感觉，是为词体“弹性”最细微的表现。本谱以增减字的不同句位划分各式，标示为“增减字（一）”“增减字（二）”……不录作品，仅出示句字句型谱和作者名，各式排序按其式最早作者年辈依次顺延。

十一、词作标点采用现代标点符号，执行国家颁布的《标点符号用法》[1]。

1. 单句与复句的完结句，标点为句号。

2. 复句内各分句之间的停顿用逗号。

3. 分句中的语读节奏不加标点，取消以往的顿号点断。

4. 根据学界对古代诗歌标点的常规方式，逗号、句号以外的其他标点符号一概不用。

十二、本谱的断句原则。

1. 据韵位与文意断句，注意复句型，区别分句的“小韵”（逗号）与复句结句的“大韵”（句号）。

2. 根据作品的意脉层次、时空推移转换，结合叙述结构的视点移换、场景变化、心理流动等，确定分句、复句的分断。

3. 体现词体“长短句”特色和“韵散织体”意趣，适当保持语意贯通的长句；注意显示词体特有的对称型长短句，适当保持词体的散文语态。

例一：史达祖【换巢鸾凤】《春意》（摘句）：

习惯断句：相思因甚到纤**腰**，定知我今、无魂可**销**。佳期晚，谩几度、泪痕相**照**。

本谱断句：相思因甚到纤**腰**，定知我今无魂可**销**。佳期晚，谩几度泪痕相**照**。

例二：欧阳修《洞仙歌令》下片：

习惯断句：拟写相思寄归**信**，未写了，泪成行、早满香笺，相思字、一时滴**损**。便直饶、伊家总无情，也拚了一生、为伊成**病**。

本谱断句：拟写相思寄归**信**，未写了，泪成行，早满香笺，相思字一时滴**损**。便直饶伊家总无情，也拚了一生为伊成**病**。

例三：史达祖《东风第一枝》下片：

习惯断句：今夜觅、梦池秀**句**。明日动、探花芳**绪**。寄声沽酒人家，预约俊游伴**侣**。怜它梅柳，乍忍俊、天街酥**雨**。待过了一月灯期，日日醉扶归**去**。

本谱断句：今夜觅梦池秀**句**，明日动探花芳**绪**。寄声沽酒人家，预约俊游伴**侣**。怜它梅柳，乍忍俊，天街酥**雨**。待过了一月灯期，日日醉扶归**去**。

---

① 2011年12月30日，中国国家标准化管理委员、国家质量监督检验检疫总局联合发布《标点符号用法》（GB/T 15834-2011），2012年6月1日正式实施。

4. 比勘一调所有作品，在语法、语意恰当前提下，注意保持一调复句数的一致，上下片复句数、复句型的一致；兼顾一调同句位语句的句法句型普式，注意一首词上下片同句位句法句型的对应，保持上下片同句位句法句型的一致。

5. 汉语“可断可连”的“流水句”，使词体复句中的分句点断具有一定的弹性，本谱对一调诸词相同句位的流水句，或以不同方式断连，以显示词的“弹性文体”意味。本谱的断连方式，并非指该词只能作此一种标点，但无论何种断连方式，都必须合乎该调的程式框架，不违反文意和语法。一调多首词作的点断，注意恰当维持一定数量的同体作品。

6. 本谱标点与以往习惯标点或有不同，不作一一说明，仅取少数典型词例解说之。

十三、词调乐体形式如令、引、近、慢，音乐操作和歌唱技巧如摊破、减字、添字、转调等，凡调名中有标示者，予以简要说明。词调的不同音乐类别，如胡乐、民歌、大曲、法曲、自度曲等，简要注明之；特殊的专类词调，如犯调、缠达、兼带、集曲等，专用与通用相兼词调，若礼乐、宴乐、队舞所用的词调，在本谱前言中解说之；异调组合的成套组曲及组词，本谱表述为“套曲-套词”，所用各调分别谱之，完整套词于本谱《附录》列示。

十四、例词若有词题、词序，并录之，以为学界同仁提供研究资料和信息。

十五、少数词作的署名有不同版本，如【眼儿媚】一调的几首词，“楼上黄昏杏花寒”一首，《钦定词谱》署名宋代左誉，《全宋词》署名宋代阮阅；“杨柳丝丝弄轻柔”一首，《钦定词谱》署名为宋代王雱，《全宋词》署为无名氏；“萧萧江上荻花秋”一首，《钦定词谱》署名贺铸，《全宋词》《全宋词补辑》未收，本谱署为“（传）贺铸作”。再如《解佩令·修行之士》，《全宋词》（中华书局简体增订本）署名北宋张伯端，该词首见于南宋李简易《玉溪子丹经指要》，云乃“张真人道成之日”作，是否为北宋紫阳真人张伯端之词，尚须考证，故本谱署名“张真人”。《全宋词》与别本相校，一些词作在语词、句字数、断句乃至分片上偶或有异，本谱原则上依《全宋词》，一般不作考辨和说明；个别异文较多、或明显不同的标点断句，注明之。词中或有俗字、别字、误字，据今人校勘整理本订正，一般不加注释；个别疑为错讹之字，注明之。

十六、孤调孤词残存的词句，录之以存调名；失调名残词、见有其他词作的有调名残词，概不收入。

十七、词人年代，见附录《唐五代两宋词人年序表》，谱中不再出示，仅示朝代。

十八、本谱参考文献，择要以示，不俱录。

十九、本谱汲取和参考了大量学界同仁的有关成果，难以一一备注，谨致谢意。

二十、本谱采用中华人民共和国颁布实行的简体字。

一、敦煌写本曲子辞调

20世纪初，敦煌莫高窟藏经洞的一批唐代曲子辞手抄卷被发现，学界称之为敦煌写本曲子辞。其中“云谣集”名下曲子辞30首，其他一千多首散见于各种写卷中。今敦煌曲辞整理本，有王重民《敦煌曲子词集》、饶宗颐《敦煌曲》、潘重规《敦煌云谣集新书》、任中敏《敦煌曲校录》《敦煌歌辞总编》等。

敦煌写本歌辞主要是唐代作品及少量五代作品，内容涉及不同社会阶层人群的生活。有主名作品极少，绝大部分作品无署名；个别作品可以大致推定创作年代，绝大部分具体年代难以考定。本谱将之作为一个系列，收录的曲调及歌辞以《敦煌歌辞总编》为底本，参考其他诸本。凡“长短句”杂言体曲调尽收之，同体异调，仅录一调之辞为例，其他各调仅收录调名；一调兼有杂言、齐言二体，并录之；仅有齐言一体之声诗调，原则上不予收录，少数特例，酌情收之。唐五代两宋文人与敦煌曲子辞的同调之词，亦归入本部分记之。每调始词与“变体”首作，全录之。有主名之词，以作者年代先后排序，以资考察一调词体的历史演变。

1.【凤归云】

1. 曲子辞始见敦煌写本，声诗为唐滕潜首作。
2. 亦为唐教坊曲，见唐崔令钦《教坊记·曲名》。任中敏（别号二北、半塘）《教坊记笺订》《唐戏弄》考其源于六朝清商曲【凤将雏】，唐人循声以作新辞，易名为【凤归云】。
3. 齐言声诗、杂言曲子二体。声诗，七言四句，平韵，连句韵、隔句韵；长短句曲子辞，双片，始词上片四平韵、下片五平韵；后世变体有平、仄二韵式，韵数有变；隔句韵，间插连句韵。

声诗
七言声诗：4分句2复句，二/二/型复句组。平韵，连句韵、隔句韵。律词。
7，7。7，7。——唐·滕潜·《乐府诗集》第1154页

凤归云

金井栏边见羽**仪**，梧桐树上宿寒**枝**。　◇◆◇◇◆◆◇，◇◇◆◆◆◇◇。

五陵公子怜文彩，画与佳人刺绣**衣**。　◆◇◇◆◇◇◆，◆◆◇◇◆◆◇。

同体式作品：唐：滕潜 1 首。

长短句

始词：18 分句 8 复句。双片。每片 9 分句 4 复句，二/二/二/三/型复句组。平韵，隔句韵。

4，4。5，4。7，4。5，4，4。

4，4。5，4。7，4。5，4，4。——唐·敦煌写本歌辞·《敦煌歌辞总编》第 37 页

凤归云

征夫数载，萍寄他**邦**。　◇◇◆◆，◇◆◇◇。

去便无消息，累换星**霜**。　◆◆◇◇◆，◆◆◇◇。

月下愁听砧杵起，塞雁南**行**。　◆◆◇◇◇◆◆，◆◆◇◇。

孤眠鸾帐里，枉劳魂梦，夜夜飞**扬**。　◇◇◇◆◆，◆◇◇◆，◆◆◇◇。

想君薄行，更不思**量**。　◆◇◆◇，◆◆◇◇。

谁为传书与，表妾衷**肠**。　◇◆◇◇◆，◆◆◇◇。

倚牖无言垂血泪，暗祝三**光**。　◆◆◇◇◇◆◆，◆◆◇◇。

万般无奈处，一炉香尽，又更添**香**。　◆◇◇◆◆，◆◇◇◆，◆◆◇◇。

同体式作品：敦煌写本歌辞 1 首。

增减字：

（一）4，4。4，4。6，3。5，4，4。○ 4，5。4，4。7，3。5，4，4。敦煌写本歌辞 2 首。

变体三

较始词分句数复句数皆变

变体三·1

29 分句 10 复句

【变体三·1】29 分句 10 复句。上片 14 分句 5 复句，四/三/三/二/二/型复句组；下片 15 分句 5 复句，三/五/三/二/二/型复句组。上片第一复句四分句无韵；仄韵，隔句韵。

3，4，4，4。4，4，4。3，5，4。3，5。6，4。

3，4，4。4，4，4，4，4。4，4，4。3，6。6，4。——北宋·柳永·《全宋词》第 31 页

凤归云

恋帝里，金谷园林，　◆◆◆，◇◆◇◇，

平康巷陌，触处繁华。　◇◇◆◆，◆◆◇◇。

连日疏狂，未尝轻负，寸心双**眼**。　◇◆◇◇，◆◇◇◆，◆◇◇◆。

况佳人，尽天外行云，掌上飞**燕**。	◆◇◇，△◇◆◇◇，◆◆◇◇。
向玳筵，一一皆妙**选**。	◆◆◇，◆◆◇◆◆。
长是因酒沉迷，被花萦**绊**。	◇◆◇◆◇◇，◆◇◇◆。
更可惜，淑景亭台，暑天枕**簟**。	◆◆◆，◆◆◇◇，◆◇◆◆。
霜月夜凉，雪霰朝飞，	◇◆◆◇，◆◆◇◇，◆◆◇◇，
一岁风光，尽堪随分，俊游清**宴**。	◆◇◇◇，◆◇◇◆。
算浮生事，瞬息光阴，锱铢名**宦**。	◆◇◇◆，◆◆◇◇，◇◇◇◆。
正欢笑，试恁暂时分**散**。	◆◇◆，◆◆◆◇◇◆。
却是恨雨愁云，地遥天**远**。	◆◆◆◆◇◇，◆◇◇◆。

按：本词上片从文意及下片同句位复句型看，起首四分句划为一个复句为宜，但第四句无韵，按《钦定词谱》的标点，上片一至七句为一个复句，如此则上片为4复句，下片为5复句。

同体式作品：无。

变体三·2

22分句7复句

【变体三·2】22分句7复句。上片10分句4复句，二/二/三/三/型复句组；下片12分句3复句，六/三/三/型复句组。平韵，隔句韵。

3，7。4，5。4，4，5。6，4，6。

4，4，4，4，5，3。4，4，5。6，4，7。——北宋·柳永·《全宋词》第45页

凤归云

向深秋，雨余爽气肃西**郊**。	◆◇◇，◆◇◆◆◆◇◇。
陌上夜阑，襟袖起凉**飙**。	◆◆◆◇，◇◆◆◇◇。
天末残星，流电未灭，闪闪隔林**梢**。	◇◆◇◇，◇◆◆◆，◆◆◆◇◇。
又是晓鸡声断，阳乌光动，	◆◆◆◇◇◆，◇◇◇◆，
渐分山路迢**迢**。	◆◇◇◆◇◇。
驱驱行役，苒苒光阴，	◇◇◇◆，◆◆◇◇，
蝇头利禄，蜗角功名，	◇◇◆◆，◇◆◇◇，
毕竟成何事，漫相**高**。	◆◆◇◇◆，◆◇◇。
抛掷云泉，狎玩尘土，壮节等闲**消**。	◇◆◇◇，◆◇◇◆，◆◆◆◇◇。
幸有五湖烟浪，一船风月，	◆◆◆◇◇◆，◆◇◇◆，
会须归去老渔**樵**。	◆◇◇◆◆◇◇。

同体式作品：无。

增减字：

（一）3，7。4，5。4，4，5。6，4，6。○4，4，4，4，5，3。4，4，5。6，4，6。南宋：赵以夫1首。

2.【天仙子】

1. 始词为敦煌写本歌辞。
2. 亦为唐教坊曲，见崔令钦《教坊记》曲名表。唐段安节《乐府杂录·龟兹部》：“《万斯年》曲，是朱崖李太尉（李德裕）进此曲名，即《天仙子》是也。”然此前唐玄宗时崔令钦《教坊记》曲名表中即有《天仙子》，敦煌写本歌辞《天仙子》是否为中唐李德裕进献之龟兹乐《万斯年》易名之《天仙子》，可能性不大。《钦定词谱》云“天仙子”调名“因皇甫松词有‘懊恼天仙应有以’句，取以为名”。《天仙子》调名在皇甫松词之前，是说尚可商榷。“天仙”，民间对美女的泛称，两首敦煌写本歌辞皆是“辞赋调名本意”，皇甫松词亦是“闺怨”主题。
3. 单片、双片二体。单片体五仄韵；双片体每片五仄韵；连句韵、隔句韵。

单片体

始词：单片。6 分句 2 复句，二/四/型复句组。仄韵，连句韵、隔句韵。律词。

7，7。7，3，3，7。——唐·敦煌写本歌辞·《敦煌歌辞总编》第 80 页

天仙子

燕语莺啼惊觉**梦**，羞见鸾台双舞**凤**。	◆◆◇◇◇◆◆，◇◆◇◇◇◆◆。
思君别后信难通，无人**共**，花满**洞**，	◇◇◆◆◆◇◇，◇◇◆，◇◆◆，
羞把同心千遍**弄**。	◇◆◇◇◇◆◆。

同体式作品：敦煌写本歌辞 1 首。唐五代：皇甫松 2 首，和凝 2 首，韦庄 5 首。

双片体

始词：12 分句 4 复句。双片。每片各 6 分句 2 复句，二/四/型复句组。上下片体式均与单片体相同。律词。

7，7。7，3，3，7。
7，7。7，3，3，7。——唐·敦煌写本歌辞·《敦煌歌辞总编》第 76 页

天仙子

燕语莺啼三月**半**，烟蘸柳条金线**乱**。	◆◆◇◇◇◆◆，◇◆◆◇◇◆◆。
五陵原上有仙娥，携歌**扇**，香烂**漫**，	◆◇◇◆◆◇◇，◇◇◆，◇◆◆，
留住九华云一**片**。	◇◆◆◇◇◆◆。
犀玉满头花满**面**，负妾一双偷泪**眼**。	◇◆◆◇◇◆◆，◆◆◆◇◇◆◆。
泪珠若得似真珠，拈不**散**，知何**限**，	◆◇◆◆◆◇◇，◇◆◆，◇◇◆，

串向红丝应百**万**。　　　　◆◆◇◇◇◆◆。

同体式作品：敦煌写本歌辞1首。北宋：张先5首，苏轼1首，赵令畤1首，沈蔚1首，周紫芝1首。南宋：李弥逊2首，张元幹1首，吕渭老1首，冯时行1首，侯寘1首，张孝祥1首，丘崈1首，赵长卿1首，程垓1首，马子严1首，陈亮1首，刘过2首，洪咨夔1首，吴潜1首，卫宗武1首，随车娘子1首。计22人28首。

3.【竹枝】

【竹枝词】【竹枝子】

1. 声诗始词唐顾况作，曲子辞始见敦煌写本歌辞。
2. 亦为唐教坊曲（见《教坊记》）。宋郭茂倩《乐府诗集》："《竹枝》本出于巴渝。唐贞元中，刘禹锡在沅湘，以俚歌鄙陋，乃依骚人《九歌》作《竹枝》新辞九章，教里中儿歌之，由是盛于贞元、元和之间。禹锡曰：'《竹枝》，巴歈也。巴儿联歌，吹短笛、击鼓以赴节。歌者扬袂睢舞，其音协黄钟羽，末如吴声，含思宛转，有淇濮之艳焉。'"此前，比刘禹锡年长的顾况即有《竹枝》，有曰"巴人夜唱竹枝"，可见《竹枝》的流行。
3. 声诗调一名《竹枝词》，或有和声"竹枝"；长短句调名一作【竹枝子】。
4. 声诗体，七言三平韵，连句韵、隔句韵。长短句，双片，上片四韵，下片五韵；平仄换韵，前二韵押仄，后三韵押平，连句韵。

声诗

七言声诗：4分句2复句，二/二/型复句组。平韵，连句韵、隔句韵。律词。

7，7。7，7。——唐·顾况·《全唐五代词》第977页

竹枝

帝子苍梧不复**归**，洞庭叶下荆云**飞**。　　　　◆◆◇◇◆◆◇，◆◇◆◆◇◇◇。
巴人夜唱竹枝后，肠断晓猿声渐**稀**。　　　　◇◇◆◆◆◇◆，◆◆◆◇◇◆◇。

同体式作品：唐五代：刘禹锡12首，白居易4首，李涉7首，袁郊1首，孙光宪2首。计5人26首。

按：或传李白《竹枝词》二首（"一声望帝花片飞""命轻人鲊瓮头船"），为黄庭坚《梦李白诵竹枝词三叠》组诗之其一、其三。

长短句

始词：10分句4复句。双片，每片5分句2复句，二/三/型复句组。换韵，遥韵，每片第一复句押仄，第二复句押平。上片首句不韵，继连句韵。

7，5。6，7，7。

7，5。6，7，7。——唐·敦煌写本歌辞·《敦煌歌辞总编》第91页

竹枝子

高卷珠帘垂玉牖，公子王孙**女**。	◇◆◇◇◇◆◆，◇◆◇◇◆。
颜容二八小**娘**，满头珠翠影争**光**，	◇◇◆◆◆◇，◆◇◇◆◆◇◇，
百步惟闻兰麝**香**。	◆◆◇◇◇◆◇。
口含红豆相思**语**，几度遥相**许**。	◆◇◇◆◇◇◆，◆◆◇◇◆。
修书传与萧**娘**，倘若有意嫁潘**郎**，	◇◇◇◆◇◇，◆◆◆◆◆◇◇，
休遣潘郎争断**肠**。	◇◆◇◇◇◆◇。

同体式作品：敦煌写本歌辞1首。

同源曲调：【纥那曲】

1. 始词唐刘禹锡作。
2. 取本诗"听唱纥那声"句为调名。其曲本源为民歌，"纥那"，语气词，相当于今"啊呦""啊呀"，民歌中的虚言歌声。刘禹锡《竹枝词·其二》："楚水巴山江雨多，巴人能唱本乡歌。今朝北客思归去，回入纥那披绿罗。"故本调与《竹枝词》同为巴蜀民歌。
3. 或认为【纥那曲】与【阿那曲】乃同调别写，本谱作两调处理。
4. 五言声诗体，三平韵，连句韵、隔句韵。
5. 此调仅见刘禹锡二首。

始词：五言声诗体。4分句2复句，二/二/型复句组。平韵，连句韵、隔句韵。

5，5。5，5。——唐·刘禹锡·《全唐五代词》第59页

纥那曲

杨柳郁青**青**，竹枝无限**情**。	◇◆◆◇◇，◆◇◇◆◇。
同郎一回顾，听唱纥那**声**。	◇◇◆◇◆，◇◆◆◇◇。

同体式作品：唐：刘禹锡2首。

4.【洞仙歌】

【洞仙歌令】

1. 始词见敦煌写本歌辞二首，姑取一首作始词。

2. 亦唐教坊曲（见《教坊记》）。
3. 调名或作【洞仙歌令】。有短调（百字以下）、长调二体（百字以上），短调为常用体式，变体纷纭，《钦定词谱》将短调划为35体，长调划为5体。兹将全词5复句、6复句划为短调；全词8复句以上划为长调。
4. 双片，每片韵数无定，仄韵，或平仄通押，连句韵、隔句韵。

短调

始词：16分句5复句。上片10分句3复句，三/三/四/型复句组；下片6分句2复句，四/二/型复句组。平仄通押，连句韵，隔句韵。

4，4，7。3，3，4。4，4，4，4。
6，8，3，4。7，7。——唐·敦煌写本歌辞·《敦煌歌辞总编》第94页

洞仙歌

华烛光**辉**，深下屏**帏**，恨征人久镇边**夷**。	◇◆◇◇，◇◆◇◇，△◇◇◆◆◇◇。
酒醒后，多风醋，少年夫**婿**。	◆◆◆，◇◇◆，◆◇◇◆。
向绿窗下，左偎右**倚**，	△◆◇◆，◆◇◆◆，
拟铺鸳**被**，把人尤**泥**。	◆◇◇◆，◆◇◇◆。
须索琵琶重**理**，曲中弹到想夫怜处，	◇◆◇◇◇◆，◆◇◇◆◆◇◇◆，
转相爱，几多恩**义**。	◆◇◆，◆◇◇◆。
却再絮衷鸳衾枕，愿长与今宵相**似**。	◆◆◆◇◇◇◆，△◇◆◇◇◇◆。

同体式作品：无。

变体一

与始词分句数复句数相同，复句型有变。

【变体一·1】16分句5复句。上片较始词减3分句1复句，7分句2复句，三/四/型复句组；下片增3分句1复句，9分句3复句，三/三/三/型复句组。仄韵，隔句韵，插一连句韵。

4，5，7。5，4，3，6。
5，4，7。7，4，5。8，5，4。——北宋·晁补之·《全宋词》第561页

洞仙歌

菊

今春闰好，怪重阳菊**早**，	◇◇◆◆，△◇◇◆◆，
满槛煌煌看霜**晓**。	◆◆◇◇◆◇◆。
唤金钱翠雨，不称标容，	△◇◇◆◆，◆◆◇◇，
潇洒意，陶潜诗中能**道**。	◇◆◆，◆◆◇◇◇◆。

不应夸绝艳，曾妒春华，　◆◆◇◆◆，◇◆◇◇，
因甚东君意不**到**。　◇◆◇◇◆◆◆。
又似锁三千汉女，　◆◆◆◇◇◆◆，
偏教明妃，怨西风边**草**。　◇◆◇◇，△◇◇◇◆。
也何必牛山苦沾衣，　△◇◆◇◇◆◇◇，
算只好龙山，醉狂吹**帽**。　△◆◆◇◇，◆◇◇◆。

同体式作品：无。

增减字：

（一）4，5，7。5，4，3，6。○5，4，7。6，4，7。7，5，4。北宋：王安中1首。
（二）4，5，7。5，4，3，6。○5，4，7。5，4，7。8，5，4。南宋：李弥逊1首，李流谦1首，韩淲1首，魏了翁1首，汪元量1首，段宏章1首。
（三）4，5，7。5，4，3，6。○5，4，7。4，4，7。8，5，4。南宋：京镗1首。
（四）4，5，7。5，4，3，6。○5，4，7。3，6，9。8，5，4。南宋：京镗1首。
（五）4，5，7。5，4，3，6。○5，4，7。5，4，7。8，3，6。南宋：辛弃疾1首。
（六）4，5，7。5，4，5，4。○5，4，7。5，4，7。8，5，4。南宋：戴复古1首。
（七）4，5，7。3，6，3，6。○5，4，7。6，5，6。8，5，4。南宋：刘克庄1首。
（八）4，5，7。6，5，3，6。○5，4，7。6，4，9。8，5，4。南宋：赵长卿1首。
（九）4，5，7。3，6，3，6。○5，4，7。5，5，7。8，5，4。南宋：刘辰翁1首。
（一〇）4，5，7。5，4，3，6。○5，4，7。5，4，8。8，5，4。南宋：赵文1首。
（一一）4，5，7。6，4，3，6。○5，4，7。5，4，7。8，5，4。南宋：蒋捷1首。
（一二）4，5，7。5，4，3，6。○5，4，7。6，4，7。8，5，4。南宋：蒋捷1首。
（一三）4，5，7。5，4，3，6。○5，4，7。6，3，6。8，5，4。南宋：陈深1首。
（一四）4，5，7。5，4，3，6。○5，4，7。5，7，6。8，5，4。南宋：无名氏1首。

【变体一·2】16分句5复句，每片分句数复句数与【变体一·1】相同，上片复句型不变，下片复句型有变。上片2复句，三/四/型复句组；下片3复句，三/四/二/型复句组。仄韵，隔句韵，间插连句韵。

4，5，7。5，4，3，6。
5，4，7。3，7，3，6。8，9。——北宋·吕直夫·《全宋词》第912页

洞仙歌

征鞍带月，浓露沾襟**袖**，　◇◇◆◆，◇◆◇◇◆，
马上轻衫峭寒**透**。　◆◆◇◇◆◇◆。
望翠峰深浅，忆着眉儿，　△◆◇◇◆，◆◇◇◇，
腰肢袅，忍看风前细**柳**。　◇◇◆，◆◆◇◇◆◆。

别时频嘱付，早寄书来，　◆◇◇◆◆，◆◆◇◇，
能趁清明到家**否**。　◇◆◇◇◆◇◆。
这言语，便梦里也在心头，　◆◇◆，△◆◆◆◆◇◇，

重相见，不知伊瘦我**瘦**。	◇◇◆，◆◇◇◆◆◆。
纵百卉千花已离披，	△◆◆◇◇◆◇◇，
也趁得酴醾牡丹时**候**。	△◆◆◇◇◆◇◇◆。

同体式作品：无。

增减字：

（一）4，5，7。3，6，3，6。○5，4，7。3，6，3，6。8，9。南宋：史浩1首。

（二）4，5，7。5，4，3，6。○5，4，7。5，4，3，4。8，9。南宋：范成大1首，姚云文1首。

（三）4，5，7。5，4，3，6。○5，4，7。5，4，3，6。8，9。南宋：卢祖皋1首。

【变体一·3】16分句5复句。上片分句数与始词下片同，复句型不同，6分句2复句，二/四/型复句组，下片分句数复句型与始词上片同，10分句3复句，三/三/四/型复句组。仄韵，隔句韵。

4，5。7，5，7，6。

5，4，7。6，4，7。3，5，5，4。——南宋·辛弃疾·《全宋词》第1876页

洞仙歌

访泉于奇师村，得周氏泉，为赋。

飞流万壑，共千岩争**秀**。	◇◇◆◆，△◇◇◆◆。
孤负平生弄泉**手**，	◇◆◇◇◆◇◆，
叹轻衫短帽，几许红尘还自喜，	△◇◇◆◆，◆◆◇◇◇◆◆，
濯发沧浪依**旧**。	◇◆◇◆◇◆。
人生行乐耳，	◇◇◇◆◆，
身后虚名，何似生前一杯**酒**。	◇◆◇◇，◇◆◇◇◆◇◆。
便此地结吾庐，待学渊明，	△◆◆◇◆◇，◆◆◇◇，
更手种门前五**柳**。	△◆◆◇◇◆◆。
且归去，父老约重来，	◆◇◆，◆◆◆◇◇，
问如此青山，定重来**否**。	△◇◆◇◇，◆◇◇◆。

同体式作品：无。

变体二

与始词复句数相同，分句数有变。

变体二·1

15分句5复句

【变体二·1·1】15分句5复句。双片。上片较始词减1分句，9分句3复句，二/四/三/型复句组；下片分句数同，复句型有变，6分句2复句，三/三/型复句组。平仄通押，隔句韵，间插连句韵。律词。

4，4。3，4，4，4。5，6，4。

6，4，5。7，7，7。——唐·敦煌写本歌辞·《敦煌歌辞总编》第 98—99 页

洞仙歌

悲雁随**阳**，解引秋**光**。	◇◆◇◇，◆◆◇◇。
寒蛩响，夜作堪**伤**，	◇◇◆，◆◆◇◇，
泪珠串滴，旋流枕**上**。	◆◇◆◆，◇◇◆◆。
无计恨征人，争向金风飘**荡**，捣衣嘹**亮**。	◇◆◆◇◇，◇◆◇◇◇◆，◆◇◇◆。
懒寄回文先往，战袍待稳，絮重更熏**香**。	◆◆◇◇◇◆，◆◇◆◆，◆◆◆◇◇。
殷勤凭驿使追**访**，愿四塞来朝明帝，	◇◇◇◆◆◇◆，△◆◆◇◇◇◆，
令戍客休施流**浪**。	△◆◆◇◇◇◆。

同体式作品： 无。

【变体二·1·2】15 分句 5 复句。上片较始词减 3 分句，下片增 2 分句。上片 7 分句 2 复句，三/四/型复句组；下片 8 分句 3 复句，三/三/二/型复句组。仄韵，隔句韵，间插连句韵。

4，5，7。3，6，3，7。

5，4，7。5，4，7。8，9。——北宋·周紫芝·《全宋词》第 891 页

洞仙歌

江梅吹尽，更幽兰香**度**，	◇◇◇◆，△◇◇◇◆，
可惜浓春为谁**住**。	◆◆◇◇◆◇◆。
最嫌他，无数轻薄桃花，推不**去**，	◆◇◇，◇◆◇◆◇◇，◇◆◆，
偏守定东风一**处**。	◇◆◆◇◇◆◆。
病来应怕酒，□眼常醒，	◆◇◇◆◆，□◆◇◆，
老去羞春似无**语**。	◆◆◇◇◆◇◆。
准拟强追随，管领风光，	◆◆◇◇◇，◆◆◇◇，
人生只欢期难**预**。	◇◇◆◇◇◇◆。
纵留得梨花做寒食，	△◇◆◇◇◆◇◆，
怎吃他朝来这般风**雨**。	△◆◇◇◇◆◇◇◆。

同体式作品： 无。

增减字：

（一）4，5，7。4，7，3，6。○5，4，7。7，4，9。8，9。南宋：陈亮 1 首。

【变体二·1·3】15 分句 5 复句。上下片分句数与【变体二·1·1】上下片相反，复句型有变。上片 6 分句 2 复句，三/三/型复句组；下片 9 分句 3 复句，三/四/二/型复句组。仄韵，插一平声连句韵；隔句韵，间插连句韵。

4，5，7。5，4，9。

5，4，7。5，4，3，4。8，9。——南宋·杨无咎·《全宋词》第 1191 页

洞仙歌

痴牛呆女，谩恩深情**远**，	◇◇◇◆，△◇◇◇◆，
一岁惟能一相**见**。	◆◆◇◇◆◇◆。
纵金风玉露，胜却人间，	△◇◇◆◆，◆◆◇◇，
争奈向雪月花时阻**间**。	◇◆◆◆◆◇◇◆◆。
幽欢犹未足，	◇◇◇◆◆，
催度桥归，乌鹊无端便惊**散**。	◇◆◇◇，◇◆◇◇◆◇◆。
别后欲重来，	◆◆◆◇◇，
杳杳银河，空怅望，不胜凄**断**。	◆◆◇◇，◇◆◆，◆◇◇◆。
最可惜当初泛槎人，	△◆◆◇◇◆◇◇，
甚不问天边这些磨**难**。	△◆◆◇◇◆◇◇◆。

同体式作品： 无。

增减字：

(一) 4，5，7。3，6，9。〇 5，4，7。3，4，3，6。8，9。南宋：赵长卿 1 首。

【变体二·1·4】15 分句 5 复句。上下片分句数与【变体二·1·3】同，复句型皆变。上片 6 分句 2 复句，二/四/型复句组；下片 9 分句 3 复句，三/三/三/型复句组。仄韵，隔句韵。

4，5。7，5，6，7。

5，4，7。6，4，7。8，5，4。——南宋·辛弃疾·《全宋词》第 1876 页

洞仙歌

为叶丞相作

江头父老，说新来朝**野**。	◇◇◆◆，△◇◇◇◆。
都道今年太平也，见朱颜绿鬓，	◇◆◇◇◆◇◆，△◇◇◆◆，
玉带金鱼相公，是旧日中朝司**马**。	◆◆◇◇◆◇，△◆◆◇◇◇◆。
遥知宣劝处，东阁华灯，	◇◇◇◆◆，◇◆◇◇，
别赐仙韶接元**夜**。	◆◆◇◇◆◇◆。
问天上几多春，只似人间，	△◇◆◆◇◇，◆◆◇◇，
但长见精神如**画**。	△◇◆◇◇◇◆。
好都取山河献君王，	△◇◆◇◇◆◇◇，
看父子貂蝉，玉京迎**驾**。	△◆◆◇◇，◆◇◇◆。

同体式作品： 无。

【变体二·1·5】15 分句 5 复句。上下片分句数与【变体二·1·5】相同，复句型有变。上片 6 分句 2 复句，三/三/型复句组；下片 9 分句 3 复句，三/三/三/型复句组。仄韵，隔句韵，间插连句韵。

4，5，7。4，7，6。
5，4，7。5，4，7。8，5，4。——南宋·熊德修·《全宋词》第 3545 页

洞仙歌

庆县宰

洪崖仙**裔**，接武浮丘袂，	◇◇◇◆，◆◆◇◇◆，
佩玉长裾下尘**世**。	◆◆◇◇◆◇◆。
东寻山水，独抱一琴来锦**里**，	◇◇◇◆，◆◆◆◇◇◆◆，
不犯人间宫**祉**。	◆◆◇◇◇◆。
城山堂宇静，百丈楼高，	◇◇◇◆◆，◆◆◇◇，
湖海元龙浩然**气**。	◇◆◇◇◆◇◆。
初度启初筵，昼永堂垂，	◇◆◆◇◇，◆◆◇◇，
笙鹤铿轰出云**际**。	◇◆◇◇◆◇◆。
问雅乐何时献三雍，	△◆◆◇◇◆◇◇，
待汉殿明年，日长风**细**。	△◆◆◇◇，◆◇◇◆。

同体式作品：无。

变体二·2

17 分句 5 复句

【变体二·2·1】17 分句 5 复句。上片较始词减 3 分句 1 复句，7 分句 2 复句，三/四/型复句组；下片分句数与始词上片同，复句型有变，10 分句 3 复句，三/四/三/型复句组。仄韵，邻韵通押，上片首二句连韵，继隔句韵。

4，5，7。3，6，3，6。
5，4，7。5，4，3，5。8，5，4。——北宋·欧阳修·《全宋词》第 151 页

洞仙歌

情知须**病**，奈自家先**肯**，	◆◇◇◆，△◆◇◇◆，
天甚教伊恁端**正**。	◇◆◆◇◆◇◆。
忆年时，兰棹独倚春风，	◆◇◇，◇◆◆◆◇◇，
相怜处，月影花光相**映**。	◇◇◆，◆◆◇◇◇◆。
别来凭谁诉，空寄香笺，	◆◇◇◇◆，◇◆◇◇，
拟问前欢甚时**更**。	◆◆◇◇◆◇◇。
后约与新期，易失难寻，	◆◆◆◆◇，◆◆◇◇，

空肠断，损风流心**性**。　　　◇◆◇，△◇◇◇◆。

除只把芳尊强开颜，　　　△◇◆◇◇◇◇◇，

奈酒到愁肠，醉了还**醒**。　　　△◆◆◇◇，◆◇◇◆。

同体式作品： 无。

增减字：

(一) 4，5，7。3，6，3，6。○ 5，4，7。5，4，3，4。8，5，4。北宋：苏轼 1 首。南宋：黄公绍 1 首。

(二) 4，5，7。3，6，3，6。○ 5，4，7。3，3，4，7。8，5，4。北宋：黄庭坚 1 首。

(三) 4，5，7。5，4，3，6。○ 5，4，7。5，4，3，5。8，5，4。北宋：晁端礼 1 首。

(四) 4，5，7。3，6，3，6。○ 5，4，7。6，4，3，4。8，5，4。北宋：晁端礼 1 首。

(五) 4，5，7。3，6，3，5。○ 5，4，7。5，4，3，6。8，6，4。北宋：阮阅 1 首。

(六) 4，5，7。5，4，3，5。○ 5，4，7。5，4，3，4。8，5，4。北宋：曾纡 1 首。

(七) 4，5，7。5，4，3，6。○ 5，4，7。5，4，3，6。8，5，4。北宋：朱敦儒 3 首。南宋：陈亮 1 首，卢祖皋 4 首，吴泳 1 首，刘子寰 1 首，吴潜 1 首，吴文英 1 首，刘辰翁 1 首，刘埙 1 首，晁补之 1 首，李弥逊 1 首，王之望 1 首，葛郯 4 首。

(八) 4，5，7。5，4，3，6。○ 5，4，7。3，6，3，4。8，5，4。北宋：张继先 1 首，晏几道 1 首。

(九) 4，5，7。5，4，3，6。○ 5，4，7。3，6，3，6。8，5，4。北宋：刘一止 1 首。

(一〇) 4，5，7。3，6，3，6。○ 5，4，7。3，7，3，4。8，5，4。南宋：向子諲 1 首。

(一一) 4，5，7。6，4，3，6。○ 4，4，7。3，7，3，4。8，5，4。北宋：蔡伸 1 首。

(一二) 4，5，7。3，3，5，8。○ 5，4，7。5，4，3，6。8，5，4。北宋：李商英 1 首。

(一三) 4，5，7。5，4，3，6。○ 5，4，7。6，4，3，6。8，5，4。北宋：李商英 1 首。南宋：周云 1 首。

(一四) 4，5，7。6，4，3，6。○ 5，4，7。3，3，7，4。8，5，4。南宋：李邴 1 首。

(一五) 4，5，7。5，4，3，6。○ 5，4，7。5，4，3，4。8，5，4。南宋：葛郯 2 首，辛弃疾 1 首，沈端节 1 首。

(一六) 4，5，7。4，6，3，6。○ 5，4，7。5，4，3，4。8，5，4。南宋：谢懋 1 首。

(一七) 4，5，7。5，4，3，6。○ 5，4，7。5，4，3，4。8，3，6。南宋：谢懋 1 首。

(一八) 4，5，7。5，4，3，6。○ 5，4，7。5，4，3，6。8，3，6。南宋：陈造 1 首。

(一九) 4，5，7。6，4，3，6。○ 5，4，7。3，3，7，6。8，3，6。南宋：丘崈 1 首。

(二〇) 4，5，7。3，6，3，6。○ 5，4，7。6，4，3，6。8，5，6。南宋：丘崈 1 首。

(二一) 4，5，7。3，6，3，6。○ 5，4，7。3，3，7，6。8，5，6。南宋：丘崈 1 首。

(二二) 4，5，7。5，4，3，6。○ 5，4，7。3，3，4，7。8，5，4。南宋：辛弃疾 1 首，熊子默 1 首，石孝友 1 首。

(二三) 4，5，7。5，4，3，6。○ 5，4，7。5，4，4，6。8，3，4。南宋：辛弃疾 1 首。

(二四) 4，5，7。5，4，3，6。○ 5，4，7。5，4，3，4。8，3，4。南宋：辛弃疾 1 首。

(二五) 4，5，7。3，6，3，6。○ 5，4，7。5，4，3，4。7，5，4。南宋：刘光祖 1 首。

(二六) 4，5，7。5，4，3，6。○ 5，4，7。3，3，7，6。8，5，4。南宋：杨炎正 2 首。

(二七) 4，5，7。3，6，3，6。○ 5，4，7。5，4，3，6。8，5，4。南宋：高观国 1 首，赵鼎 1 首。

(二八) 4，5，7。5，4，3，6。○ 4，5，7。5，4，3，6。8，5，4。南宋：葛长庚 1 首。

(二九) 4，4，7。3，5，3，6。○ 5，4，7。5，4，3，4。8，5，4。南宋：张韫 1 首。
(三〇) 4，5，7。3，6，3，6。○ 5，4，7。5，4，3，4。8，3，4。南宋：陈著 1 首。
(三一) 4，5，7。6，4，3，6。○ 5，4，7。3，3，4，7。8，3，6。南宋：胡翼龙 1 首。
(三二) 4，5，7。6，4，3，6。○ 5，4，7。5，4，3，6。5，5，4。南宋：何梦桂 1 首。
(三三) 4，5，7。6，4，3，6。○ 5，4，7。6，4，3，4。8，5，4。南宋：何梦桂 1 首。
(三四) 4，5，7。5，4，3，6。○ 5，4，7。3，3，7，6。8，5，4。南宋：李鼐 1 首。
(三五) 4，5，7。4，4，3，6。○ 5，4，7。3，3，7，6。8，5，4。南宋：林外 1 首。
(三六) 4，5，7。5，4，3，6。○ 5，4，7。3，3，4，9。8，5，4。南宋：管鉴 1 首。
(三七) 4，5，7。3，3，4，6。○ 5，4，7。3，8，3，7。8，5，4。南宋：赵师侠 1 首。
(三八) 4，5，7。6，4，3，6。○ 5，4，7。3，3，4，9。8，3，6。南宋：黄载 1 首。
(三九) 4，5，7。3，3，7，6。○ 5，4，7。6，4，3，6。8，5，4。南宋：廖行之 1 首。
(四〇) 4，5，7。5，3，3，6。○ 5，4，7。3，3，4，8。8，3，6。宋：无名氏 1 首。
(四一) 4，5，7。3，7，3，6。○ 5，4，7。3，6，3，6。8，5，4。宋：无名氏 1 首。
(四二) 4，5，7。5，4，3，6。○ 5，4，7。4，4，3，4。8，5，4。宋：无名氏 1 首。
(四三) 4，5，7。3，3，7，6。○ 5，4，7。5，4，3，4。8，5，4。宋：无名氏 1 首。

【变体二·2·2】17 分句 5 复句。上片与【变体二·2·1】同，下片分句数同，复句型有变。上片 7 分句 2 复句，三/四/型复句组；下片 10 分句 3 复句，三/三/四/型复句组。仄韵，隔句韵，插一连句韵。

4，5，7。5，4，3，6。
5，4，7。5，4，7。5，4，5，4。——北宋·黄裳·《全宋词》第 378 页

洞仙歌

暑中

乱蝉何事，冒暑吟如**诉**，	◆◇◇◆，◆◆◇◇◆，
断续声中为谁**苦**。	◆◆◇◇◆◇◆。
阵云行碧落，舒卷光阴，	◆◇◇◆◆，◇◆◇◇，
秋意爽，俄作晴空骤**雨**。	◇◆◆，◇◆◇◇◆◆。
明珠无限**数**，都在荷花，	◇◇◇◆◆，◇◆◇◇，
疑是星河对庭**户**。	◇◆◇◇◆◇◆。
莫负昼如年，况有清尊，	◆◆◆◇◇，◆◆◇◇，
披襟坐水风来**处**。	◇◇◆◆◇◇◆。
信美景良辰，自古难并，	△◇◇◆◆，◆◆◇◆，
既不遇多才，岂能欢**聚**。	△◆◆◇◇，◆◇◇◆。

同体式作者：北宋：黄裳 1 首。

增减字：

(一) 4，5，7。3，6，3，6。○ 5，4，7。5，4，7。3，5，3，6。北宋：刘弇 1 首。
(二) 4，5，7。5，4，3，6。○ 5，4，7。4，6，7。5，3，4，5。北宋：晁补之 1 首。

(三) 4，5，7。3，6，3，6。○ 5，4，7。5，4，7。3，5，5，4。南宋：姚述尧 1 首。
(四) 4，5，7。5，4，3，6。○ 5，4，7。5，4，7。3，5，5，4。南宋：辛弃疾 1 首。
(五) 4，5，7。5，4，3，6。○ 5，4，7。5，4，7。3，5，5，4。南宋：姜夔 1 首。
(六) 4，5，7。3，6，3，6。○ 5，4，7。6，4，7。2，6，3，6。南宋：刘克庄 1 首。
(七) 4，5，7。3，6，3，6。○ 5，4，7。5，4，7。5，4，4，4。南宋：利登 1 首。
(八) 4，5，7。5，4，3，6。○ 5，4，7。5，4，7。3，5，5，4。南宋：张炎 1 首。

【变体二·2·3】17 分句 5 复句。上下片与【变体二·2】前两式分句数相同，复句型有变。上片 6 分句 2 复句，三/三/型复句组；下片 11 分句 3 复句，三/四/四/型复句组。仄韵，隔句韵，间插连句韵。

4，5，7。5，7，6。
5，4，7。5，4，3，6。5，3，5，4。——北宋·李元膺·《全宋词》第 447 页

洞仙歌

一年春物，惟梅柳间意味最深。至莺花烂熳时，则春已衰迟，使人无复新意。予作《洞仙歌》，使探春者歌之，无后时之悔。

雪云散尽，放晓晴池**院**，	◆◇◆◆，◆◆◇◇◆，
杨柳于人便青**眼**。	◇◆◇◇◆◇◆。
更风流多处，一点梅心相映**远**，	△◇◇◇◆，◆◆◇◇◇◆◆，
约略嚬轻笑**浅**。	◆◆◇◇◆◆。
一年春好处，不在浓芳，	◆◇◇◆◆，◆◆◇◇，
小艳疏香最娇**软**。	◆◆◇◇◆◇◆。
到清明时候，百紫千红，	△◇◇◇◆，◆◆◇◇，
花正乱，已失春风一**半**。	◇◆◆，◆◆◇◇◆◆。
蚤占取韶光，共追游，	△◆◆◇◇，◆◇◇，
但莫管春寒，醉红自**暖**。	△◆◆◇◇，◆◇◆◆。

同体式作品：无。
增减字：
(一) 4，5，7。3，8，9。○ 5，4，7。4，4，5，4。3，5，5，4。宋：无名氏 1 首。

【变体二·2·4】17 分句 5 复句。上片与【变体二·2·3】相同，下片复句型有变。上片 6 分句 2 复句，三/三/型复句组；下片 11 分句 3 复句，三/五/三/型复句组。仄韵，隔句韵，间插连句韵。

4，5，7。5，7，6。
5，4，7。3，3，4，3，4。8，5，4。——北宋·李元膺·《全宋词》第 447 页

洞仙歌

廉纤细雨，殢东风如**困**，	◇◇◆◆，△◇◇◇◆，

萦断千丝为谁**恨**。	◇◆◇◇◆◇◆。
向楚宫一梦，千古悲凉无处**问**，	△◇◇◆◆，◇◆◇◇◇◆◆，
愁到而今未**尽**。	◇◆◇◇◆◆。
分明都是泪，泣柳沾花，	◇◇◇◆◆，◆◆◇◇，
常与骚人伴孤**闷**。	◇◆◇◇◆◇◆。
记当年，得意处，酒力方融，	◆◇◇，◆◆◆，◆◆◇◇，
怯轻寒，玉炉香**润**。	◆◇◇，◆◇◇◆。
又岂识情怀苦难禁，	△◆◆◇◇◆◇◆，
对点滴檐声，夜寒灯**晕**。	△◆◆◇◇，◆◇◇◆。

同体式作品：无。

变体二·3

18 分句 5 复句

【变体二·3】18 分句 5 复句，上片较始词减 3 分句 1 复句，7 分句 2 复句，三/四/型复句组；下片增 5 分句 1 复句，11 分句 3 复句，三/四/四/型复句组。仄韵，隔句韵，间插连句韵。

4，5，7。3，6，3，6。

5，4，7。5，4，3，4。3，5，3，6。——北宋·苏轼·《全宋词》第 297 页

洞仙歌

公自序云：仆七岁时见眉山老尼姓朱，忘其名，年九十余，自言：尝随其师入蜀主孟昶宫中。一日大热，蜀主与花蕊夫人夜起避暑摩诃池上，作一词。朱具能记之。今四十年，朱已死，人无知此词者。但记其首两句，暇日寻味，岂《洞仙歌令》乎，乃为足之。

冰肌玉骨，自清凉无**汗**，	◇◇◆◆，△◇◇◇◆，
水殿风来暗香**满**。	◆◆◇◇◆◇◆。
绣帘开，一点明月窥人，	◆◇◇，◆◆◇◆◆◇，
人未寝，欹枕钗横鬓**乱**。	◇◆◆，◆◆◇◇◇◆。
起来携素手，庭户无声，	◆◇◆◆◆，◇◆◇◇，
时见疏星渡河**汉**。	◇◆◇◇◆◇◆。
试问夜如何，夜已三更，	◆◆◆◇◇，◆◆◇◇，
金波**淡**，玉绳低**转**。	◇◇◆，◆◇◇◆。
但屈指，西风几时来，	◆◆◆，◇◇◆◇◇，
又不道，流年暗中偷**换**。	◆◆◆，◇◇◆◇◇◆。

同体式作品：无。

增减字：

(一) 4，5，7。5，4，3，6。○ 5，4，7。5，4，3，4。3，4，5，4。北宋：黄裳 1 首。

（二）4，5，7。5，4，3，6。○5，4，7。5，4，3，4。5，4，5，4。北宋：黄裳1首。

（三）4，5，7。5，4，3，6。○5，4，7。5，4，3，4。3，5，5，4。北宋：赵子发1首。

（四）4，5，7。5，4，3，6。○5，6，5。5，4，3，6。3，5，5，4。南宋：陈著1首。

（五）4，5，7。5，4，3，6。○5，4，7。5，4，3，6。5，3，3，6。南宋：张成可1首。

（六）4，5，7。6，4，3，6。○5，4，7。6，4，3，6。5，3，3，6。南宋：汪莘1首。

（七）4，5，7。5，4，3，6。○5，4，7。5，4，3，6。3，5，5，4。南宋：汪莘1首。

（八）4，5，7。5，4，3，6。○5，4，7。5，4，3，6。3，5，5，4。南宋：高似孙1首。

（九）4，5，7。5，4，3，6。○5，4，7。5，4，3，6。5，3，5，4。南宋：史浩1首。

（一○）4，5，7。3，6，3，6。○5，4，7。5，4，3，4。3，5，5，4。南宋：张炎1首。

变体二·4

19分句5复句

【变体二·4·1】19分句5复句，较始词增3分句。上片8分句2复句，三/五/型复句组；下片11分句3复句，三/四/四/型复句组。仄韵，隔句韵，间插连句韵。

4，5，7。3，3，4，3，6。

5，4，7。3，3，4，7。3，5，3，6。——南宋·姚述尧·《全宋词》第1567页

洞仙歌

夜宴梁季全大卿，赏牡丹作。

化工妙手，惯与花为**主**，	◆◇◆◆，◆◆◇◇◆，
忍便摧残任风**雨**。	◆◆◇◇◆◇◆。
剪姚黄，移魏紫，齐集梁园，	◆◇◇，◇◆◆，◇◆◇◇，
春艳艳，何必尊前解**语**。	◇◆◆，◇◆◇◇◆◆。
绣屏深照影，帘密收香，	◆◇◇◆◆，◇◆◇◇，
夜久寒生费调**护**。	◆◆◇◇◆◇◆。
宝杯翻，银烛烂，	◆◇◇，◇◆◆，
客醉忘归，共惜此芳菲难**遇**。	◆◆◆◇，◆◆◆◇◇◇◆。
看明年，紫禁绕莺花，	◆◇◇，◆◆◆◇◇，
谩相望，春风五云深**处**。	◆◇◆，◇◇◆◇◇◆。

同体式作品：无。

增减字：

（一）4，5，7。3，3，3，4，6。○5，4，7。5，4，3，5。3，6，5，4。无名氏1首。

【变体二·4·2】19分句5复句。上片第二复句较【变体二·4·1】减1分句，下片第二复句增1分句。上片7分句2复句，三/四/型复句组；下片12分句3复句，三/五/四/型复句组。仄韵，隔句韵，间插连句韵。

4，5，7。5，4，3，6。

5，4，7。3，4，4，3，6。5，3，3，6。——南宋·潘牥·《全宋词》第2950页

洞仙歌

雕檐绮户，倚晴空如**画**，	◇◇◆◆，△◇◇◇◆，
曾是吴王旧台**榭**。	◇◆◇◇◆◇◆。
自浣纱去后，落日平芜，	△◆◇◆◆，◆◆◇◇，
行云断，几见花开花**谢**。	◇◇◆，◆◆◇◇◇◆。
凄凉阑干外，一簇江山，	◇◇◇◇◆，◆◆◇◇，
多少图王共争**霸**。	◇◆◇◇◆◇◆。
莫闲愁，金杯潋滟，对酒当歌，	◆◆◆，◇◇◆◆，◆◆◇◇，
欢娱地，梦中兴亡休**话**。	◇◇◆，◆◇◇◆。
渐倚遍西风，晚潮生，	△◆◆◇◇，◆◇◇，
明月里，鹭鹚背人飞**下**。	◇◆◆，◆◇◇◇◆。

同体式作品：无。

变体三

较始词上下片分句数复句数皆变

变体三·1

16 分句 6 复句

【变体三·1】16 分句 6 复句。上片较始词分句数减 3，复句数不变，下片分句数增 3，复句数增 1。上片 7 分句 3 复句，二/二/三/型复句组；下片 9 分句 3 复句，三/三/三/型复句组。仄韵，隔句韵，间插连句韵。

4，5。7，5。4，3，6。

5，4，7。5，7，6。8，5，4。——五代·孟昶·《全唐五代词》第 732 页

洞仙歌

冰肌玉骨，自清凉无**汗**。	◇◇◆◆，△◇◇◇◆。
贝阙琳宫恨初**远**，玉阑干倚**遍**。	◆◆◇◇◆◇◆，◆◇◇◆◆。
怯尽朝**寒**，回首处，何必留连穆**满**。	◆◆◇◇，◇◆◆，◇◆◇◇◆◆。
芙蓉开过也，楼阁香融，	◇◇◇◆◆，◇◆◇◇，
千片红英泛波**面**。	◇◆◇◇◆◇◆。
洞房深深锁，莫放轻舟瑶台去，	◆◇◇◇◆，◆◆◇◇◇◇◆，
甘与尘寰路**断**。	◇◆◇◇◆◆。
更莫遣流红到人间，	△◆◆◇◇◆◇◇，
怕一似当时，误他刘**阮**。	◆◆◆◇◇，◆◇◇◇。

按：本词一传为宋陈著作。

同体式作品：无。

变体三·2

17分句6复句

【变体三·2·1】17分句6复句。双片。上片较始词减2分句，8分句3复句，二/三/三/型复句组；下片增3分句1复句，9分句3复句，四/二/三/型复句组。换韵间押，平仄通押，邻韵通押，隔句韵，间插连句韵。

4，5。7。3，7。6，5，4。

7，3，3，4。3，4。8，5，4。——北宋·欧阳修·《全宋词》第151页

洞仙歌令

楼前乱草，是离人方**寸**。	◇◇◆◆，△◇◇◇◆。
倚遍阑干意无**尽**，	◆◆◇◇◆◇◆，
罗巾掩，宿粉残眉香未减。	◇◇◆，◆◆◇◇◇◆◆。
人与天涯共远，香闺知人否，长是厌厌。	◇◆◇◇◆◆，◇◇◇◇◆，◇◆◆◆。
拟写相思寄归**信**，	◆◆◇◇◆◇◆，
未写了，泪成行，早满香笺。	◆◆◆，◆◇◇，◆◆◇◇。
相思字，一时滴**损**。	◇◇◆，◆◇◆◆。
便直饶伊家总无情，	△◆◇◇◇◆◇◇，
也拚了一生，为伊成病。	◆◇◆◆◇，◆◇◇◆。

同体式作品：无。

【变体三·2·2】17分句6复句。全词分句数复句数与【变体三·2·1】同，上下片分句数、复句型皆变。上片10分句3复句，三/四/三型复句组；下片7分句3复句，三/二/二型复句组。仄韵，隔句韵，间插连句韵。

4，5，7。3，4，3，4。8，5，4。

4，4，7。7，7。8，9。——北宋·仲殊·《全宋词》第551页

洞仙歌

广寒晓驾，姑射寻仙**侣**，	◆◇◆◆，◇◆◇◇◆，
偷被霜华送将**去**。	◇◇◇◇◆◇◆。
过越岭，栖息南枝，匀妆面，凝酥轻**聚**。	◆◆◆，◇◆◇◇，◇◇◆，◇◇◇◆。
爱横管孤度陇头声，	△◇◆◇◆◆◇◇，
尽拚得幽香，为君分**付**。	△◇◆◇◇，◆◇◇◆。
水亭山驿，衰草斜阳，无限行人断肠**处**。	◆◇◇◆，◇◆◇◇，◇◆◇◇◇◆◇◆。
尽为我留得多情，何须待春风相**顾**。	◆◆◆◇◆◇◇，◇◇◆◇◇◇◆。
任倒断深思向梨花，	△◆◆◇◇◆◇◇，
也无奈寒食几番春**雨**。	◆◇◆◇◆◆◇◇◆。

同体式作品：无。

长调

始词：26 分句 8 复句。上片 11 分句 4 复句，三/二/三/三/型复句组；下片 15 分句 4 复句，六/二/三/四/型复句组。仄韵，隔句韵，间插连句韵。

5，5，4。5，4。7，3，5。3，5，5。

2，4，4，4，6，6。7，8。3，3，7。3，6，5，7。——北宋·柳永·《全宋词》第 36 页

洞仙歌

佳景留心**惯**，况少年彼此，风情非**浅**。	◇◆◇◇◆，◆◆◇◆◆，◇◇◇◆。
有笙歌巷陌，绮罗庭**院**。	△◇◇◆◆，◆◇◇◆。
倾城巧笑如花**面**，恣雅态，明眸回美**盼**。	◇◇◆◆◇◇◆，◇◆◆，◇◇◇◆◆。
同心**绾**，算国艳仙材，翻恨相逢**晚**。	◇◇◆，△◆◆◇◇，◇◆◇◇◆。
缱**绻**，洞房悄悄，绣被重重，夜永欢余，	◆◆，◆◇◆◆，◆◆◇◇，◆◆◇◇，
共有海约山盟，记得翠云偷**剪**。	◆◆◆◆◇◇，◆◆◆◇◇◆。
和鸣彩凤于飞**燕**，间柳径花阴携手**遍**。	◆◇◆◆◇◇◆，△◆◆◇◇◇◆◆。
情眷**恋**，向其间，密约轻怜事何**限**。	◇◆◆，◆◇◇，◆◆◇◇◇◆◇◆，
忍聚**散**，况已结深深**愿**，	◆◆◆，△◆◆◇◇◆，
愿人间天上，暮云朝雨长相**见**。	△◇◇◇◆，◆◇◇◆◇◇◇◆。

按：柳永《洞仙歌》三首，皆为令词【洞仙歌】母调新翻之长调慢词。

同体式作品：无。

变体一

与始词分句数复句数相同，复句型有变。

【变体一】26 分句 8 复句。上片较始词减 1 分句数同，10 分句 4 复句，二/二/四/二/型复句组；下片较始词增 1 分句，16 分句 4 复句，六/四/二/四/型复句组。仄韵，隔句韵，间插连句韵。

6，6。5，5。4，4，4，6。3，6。

2，6，4，4，4，6。6，6，3，3。5，4。4，7，3，7。

——北宋·柳永·《全宋词》第 42 页

洞仙歌

乘兴闲泛兰舟，渺渺烟波东**去**。	◇◆◇◆◇◇，◆◆◇◇◇◆。
淑气散幽香，满蕙兰汀**渚**。	◆◆◆◇◇，△◆◇◇◆。
绿芜平畹，和风轻暖，	◆◇◇◆，◇◇◇◆，
曲岸垂杨，隐隐隔桃花**圃**。	◆◆◇◇，◆◆◆◇◇◆。
芳树外，闪闪酒旗遥**举**。	◇◆◆，◆◆◆◇◇◆。

羁**旅**，渐入三吴风景，	◇◆，◆◆◇◇◇◇◆，
水村渔市，闲思更远，	◆◇◇◆，◇◇◆◆，
神京抛掷，幽会小欢何**处**。	◇◇◇◆，◇◆◆◇◇◆。
不堪独倚危樯，凝情西望日边，	◆◇◆◆◇◇，◇◇◇◆◆◇，
繁华地，归程**阻**。	◇◇◆，◇◇◆。
空自叹当时，言约无**据**。	◇◆◆◇◇，◇◆◇◆。
伤心最**苦**，伫立对碧云将**暮**，	◇◇◆◆，◆◆◆◆◇◇◆，
关河远，怎奈向此时情**绪**。	◇◇◆，◆◆◆◆◇◇◆。

同体式作品：无。

变体三

较始词分句数复句数皆变

变体三·1

25 分句 9 复句

【变体三·1】25 分句 9 复句。上片第一复句较始词增 1 分句，下片第一复句减 1 分句、第二复句增 1 复句。上片 11 分句 4 复句，三/二/四/二/型复句组；下片 14 分句 5 复句，五/三/二/二/二/型复句组。仄韵，隔句韵，间插连句韵。

5，3，5。5，4。7，3，4，4。3，6。

2，7，4，6，6。7，5，6。5，4。4，6。3，7。——北宋·柳永·《全宋词》第 50 页

洞仙歌

嘉景向少年，彼此争，不雨沾云**惹**。	◇◆◆◆◇，◆◆◇，◆◆◇◇◆。
奈傅粉英俊，梦兰品**雅**。	△◆◆◇◆，◆◇◆◆，
金丝帐暖银屏**亚**，	◇◇◆◆◇◇◆，
并粲枕，轻偎轻倚，绿娇红**姹**。	◆◆◆，◇◇◇◆，◆◇◇◆。
算一笑，百琲明珠非**价**。	◆◆◆，◆◆◇◇◇◆。
闲**暇**，每只向洞房深处，痛怜极宠，	◇◆，△◆◆◆◇◇◆，◆◇◆◆，
似觉些子轻孤，早恁背人沾**洒**。	◆◆◇◆◇◇，◆◆◆◇◇◆。
从来娇纵多猜**讶**，	◇◇◇◆◇◇◆，
更对剪香云，须要深心同**写**。	△◆◆◇◇，◇◆◇◇◇◆。
爱揾了双眉，索人重**画**。	△◇◆◇◇，◆◇◇◆。
忍孤艳**冶**，断不等闲轻**舍**。	◆◇◆◆，◆◆◆◇◇◆。
鸳衾**下**，愿常恁好天良**夜**。	◇◇◆，△◇◆◆◇◇◆。

同体式作品：无。

变体三·2

30分句9复句

【变体三·2·1】30分句9复句。上片与【变体三·1】同，下片增5分句。上片11分句4复句，三/二/四/二/型复句组；下片19分句5复句，七/五/二/二/三/型单句复句组。仄韵，隔句韵，间插连句韵。

4，5，4。5，5。4，4，4，6。3，6。

2，4，4，4，4，4，4。4，4，4，3，3。5，4。4，7。3，3，4。

——北宋·晁补之·《全宋词》第558页

洞仙歌

留春

花恨月**恼**，更夏有凉风，冬轩雪**皎**。　◇◆◆◆，△◆◆◇◇，◇◇◆◆。

闲事不关心，算四时皆**好**。　◇◆◆◇◇，△◆◇◇◆。

从来又说，春台登览，　◇◇◆◆，◇◇◇◆，

人意多同，常是惜春过**了**。　◇◆◇◇，◇◆◆◇◆◆。

须痛饮，莫放欢情草**草**。　◇◆◆，◆◆◇◇◆◆。

年**少**，尚忆瑶阶，得隽寻芳，骖驔东城，　◇◆，◆◆◇◇，◆◆◇◇，◇◇◇◇，

适见垂鞭，酕醄南陌，又逢低**帽**。　◆◆◇◇，◇◇◇◆，◆◇◇◆。

莺花荡眼，功名满意，　◇◇◆◆，◇◇◆◆，

无限嬉游，荣华事，如梦**杳**。　◇◆◇◇，◇◇◆，◇◆◆。

伤富贵浮云，曾萦怀**抱**。　△◆◆◇◇，◇◇◇◆。

为春醉**倒**，愿花更好春休**老**。　◆◇◆◆，△◇◆◆◇◇◆。

开口**笑**，占醉乡，莫教人**到**。　◇◆◆，◆◆◇，◆◇◇◆。

同体式作品：无。

【变体三·2·2】30分句9复句。双片。上下片与【变体三·2·1】分句数相同，复句型皆变。上片11分句4复句，二/二/五/二/型复句组；下片19分句5复句，七/五/二/三/二/型复句组。仄韵，隔句韵，间插连句韵。

8，4。5，5。4，4，4，3，3。3，6。

2，4，4，4，3，3，6。4，4，4，3，3。5，4。4，4，3。3，7。

——北宋·晁补之·《全宋词》第558页

洞仙歌

填卢仝诗

当时我醉美人颜**色**，如花堪**悦**。　◇◇◆◆◆◇◇◆，◇◇◇◆。

今日美人去，恨天涯离**别**。　◇◆◆◇◆，△◇◇◇◆。

青楼朱箔，婵娟蟾桂，　◇◇◇◆，◇◇◇◆，

三五初圆，伤二八，还又**缺**。	◆◆◇◇，◇◆◆，◇◆◆。
空伫**立**，一望一见心**绝**。	◇◆◆，◆◆◆◆◇◆。
心**绝**，顿成凄凉，千里音尘，一梦欢娱，	◇◆，◆◇◇◇，◇◆◇◇，◆◆◇◇，
推枕惊，巫山远，洒泪对湘江**阔**。	◇◆◇，◇◇◆，◆◆◆◇◇◆。
美人不见，愁人看花，	◆◇◆◆，◇◇◆◇，
心乱含愁，奏绿绮，弦清**切**。	◇◆◇◇，◆◆◆，◇◇◆。
何处有知音，此恨难**说**。	◇◆◆◇◇，◆◆◇◆。
怨歌未**阕**，恐暮雨收，行云**歇**。	◆◇◆◆，△◆◆◇，◇◇◆。
窗梅**发**，乍似睹芳容冰**洁**。	◇◇◆，◆◆◆◇◇◇◆。

同体式作品：无。

按：本词序曰“填卢仝诗”，指唐卢仝拟乐府古题《有所思》。“有所思”为汉乐府“铙歌十八曲”之一，汉乐府诗如下：

有所思，乃在大海南。何用问遗君，双珠玳瑁簪，用玉绍缭之。闻君有他心，拉杂摧烧之。摧烧之，当风扬其灰。从今以往，勿复相思。相思与君绝，鸡鸣狗吠，兄嫂当知之。妃呼狶！秋风肃肃晨风飔，东方须臾高知之。

六朝以后，历代文人皆有拟效汉乐府诗“古题”的诗歌写作，形成古代诗歌史上习称的“乐府诗”一脉。《有所思》即是“乐府古题”之一，六朝到唐皆有文人拟作，李白即有乐府体《有所思》一首，晁补之这首“改诗为词”之母本则是唐卢仝《有所思》，其诗如下：

有所思

当时我醉美人家，美人颜色娇如花。今日美人弃我去，青楼珠箔天之涯。天涯娟娟姮娥月，三五二八盈又缺。翠眉蝉鬓生别离，一望不见心断绝。心断绝，几千里，梦中醉卧巫山云，觉来泪滴湘江水。湘江两岸花木深，美人不见愁人心。含愁更奏绿绮琴，调高弦绝无知音。美人兮美人，不知为暮雨兮为朝云。相思一夜梅花发，忽到窗前疑是君。

变体三·3

22分句10复句

【变体三·3】22分句10复句。较始词增6分句2复句。每片11分句5复句，三/二/二/二/二/型复句组。仄韵，隔句韵。律词。

4，3，3。4，5。5，5。3，3。4，5。

4，3，3。5，5。5，5。3，3。4，5。——南宋·翁溪园·《全宋词》第3320页

洞仙歌

代寿李尉儒人

几番梅雨，蒲风过，端阳**后**。	◆◇◇◆，◇◇◆，◇◇◆。
细数月轮，犹待双蓂**秀**。	◆◆◆◇，◇◆◇◇◆。
戏彩华堂宴，设帨朱门**右**。	◆◆◇◇◆，◆◆◇◇◆。
酌金荷，争献**寿**。	◆◇◇，◇◆◆。

蟠桃新熟，阿母齐长**久**。	◇◇◇◆，◇◆◇◇◆。
一门奋建，攀桂客，无双**手**。	◆◇◆◆，◇◆◆，◇◇◆。
好事来春在，杏苑联蓝**绶**。	◆◆◇◇◆，◆◆◇◇◆。
应继琼林董，却胜燕山**窦**。	◇◆◇◇◆，◆◆◇◇◆。
夸盛事，真罕**有**。	◇◆◆，◇◆◆。
金花封诰，管取重重**受**。	◇◇◇◆，◆◆◇◇◆。

同体式作品：无。

同源词调：【古四北洞仙歌】

1. 始词宋无名氏作。
2. 今存南宋无名氏残词三句，录之以存调名。

始词：残词 3 句。

4，4，6。

银缸挑尽，纱窗未晓，独拥寒衾一**半**。——宋·无名氏·《全宋词》第 3697 页

◇◇◆◆，◇◇◆◆，◆◆◇◇◆◆。

5. 【破阵乐】

【破阵子】【十拍子】

1. 声诗首作为唐张说《破阵乐》六言声诗二首（宋郭茂倩《乐府诗集·近代曲辞》），唐敦煌写本有哥舒翰声诗一首，与张说声诗同体，兹以哥舒翰诗为首例。短调长短句曲子辞始见唐代敦煌写本；长调【破阵乐】始词北宋柳永作，当为取旧曲而度新声。
2. 本为唐太乐署供奉曲（见《唐会要》），亦唐教坊曲。唐段安节《乐府杂录·龟兹乐》："《破阵乐》曲，亦属此部，秦王所制，舞人皆衣画甲，执旗旆；外藩镇春冬犒军亦舞此曲，兼马军引入场，尤甚壮观也。"本为歌舞大曲，摘遍单行乃成词调，俗名一曰【十拍子】。
3. 声诗，平韵，连句韵、隔句韵。双片短调，上片四韵，下片三韵；长调上片五韵，下片六韵，变体韵数或有变；仄韵，隔句韵。

声诗

六言声诗：8 分句 4 复句，二/二/二/二/型复句组。平韵，起首二句连韵，继隔句韵。

6，6。6，6。6，6。6，6。——唐·哥舒翰·《敦煌歌辞总编》第 272 页

破阵乐

西戎最沐恩**深**，犬羊违背生**心**。	◇◇◆◆◇◇，◆◇◇◆◇◇。
神将驱兵出塞，横行海畔生**擒**。	◇◆◇◇◆◆，◇◇◆◆◇◇。
石堡岩高万丈，雕窠霞外千**寻**。	◆◆◇◇◆◆，◇◇◇◆◇◇。
一唱尽属唐国，将知应合天**心**。	◆◆◆◆◇◆，◇◇◆◆◇◇。

同体式作品：唐：张说 2 首。

七言声诗：4 分句 2 复句，二/二/型复句组。平韵，首句入韵七绝体。律词。

7，7。7，7。——唐·无名氏《乐府诗集》第 1127 页

破阵乐

秋来四面足风**沙**，塞外征人暂别**家**。	◇◇◆◆◆◇◇，◆◆◇◇◆◆◇。
千里不辞行路远，时光早晚到天**涯**。	◇◆◆◇◇◆◆，◇◇◆◆◆◇◇。

同体式作品：无。

长短句·短调

始词：10 分句 4 复句。双片。每片 5 分句 2 复句，二/三/型复句组。平韵，连句韵，隔句韵。律词。

6，5。7，7，5。

6，6。7，7，5。——唐·敦煌写本歌辞·《敦煌歌辞总编》第 105 页

破阵子

莲脸柳眉休**晕**，青丝罢拢**云**。	◇◆◆◇◇◆，◇◇◆◆◇。
暖日和风花带媚，画阁雕梁燕语**新**， 卷帘恨去**人**。	◆◆◇◇◇◆◆，◆◆◇◇◆◆◇， ◆◇◆◆◇。
寂寞长垂珠泪，焚香祷尽灵**神**。	◆◆◇◇◇◆，◇◇◆◆◇◇。
应是潇湘红粉继，不念当初罗帐**恩**， 抛儿虚度**春**。	◇◆◇◇◇◆◆，◆◆◇◇◇◆◇， ◇◇◇◆◇。

同体式作品：敦煌写本歌辞 4 首。

增减字：

（一）6，6。7，7，5。○ 6，6。7，7，5。五代：李煜 1 首。北宋：晏殊 5 首（【破阵子】），晏几道 1 首（【破阵子】），苏轼 1 首（【十拍子】）。南宋：陆游 2 首（【破阵子】），范成大 1 首（【破阵子】），张孝祥 1 首（【破阵子】），辛弃疾 5 首（【破阵子】），赵善扛 1 首（【十拍子】），马子严 1 首（【十拍子】），程垓 1 首（【破阵子】），仇远 1 首（【破阵子】）。计 12 人 21 首。

长短句·长调

始词：31分句10复句。双片。上片15分句5复句，三/二/三/四/三/型复句组；下片16分句5复句，五/二/三/四/二/型复句组。仄韵，隔句韵。

4，4，4。6，7。4，4，4。3，5，5，4。4，4，4。

2，4，4，3，3。7，6。3，3，4。6，4，4，4。6，4。

——北宋·柳永·《全宋词》第28页

破阵乐

露花倒影，烟芜蘸碧，灵沼波**暖**。	◆◇◆◆，◇◇◆◆，◇◆◇◆。
金柳摇风树树，系彩舫龙舟遥**岸**。	◇◆◇◇◆◆，△◆◆◇◇◇◆。
千步虹桥，参差雁齿，直趋水**殿**。	◇◆◇◇，◇◇◆◆，◆◇◆◆。
绕金堤，曼衍鱼龙戏，	◆◇◇，◆◆◇◇◆，
簇娇春罗绮，喧天丝**管**。	◆◇◇◇◆，◇◇◇◆。
霁色荣光，望中似睹，蓬莱清**浅**。	◆◆◇◇，◆◇◆◆，◇◇◇◆。
时**见**，凤辇宸游，鸾觞禊饮，	◇◆，◆◆◇◇，◇◇◆◆，
临翠水，开镐**宴**。	◇◆◆，◇◆◆。
两两轻舠飞画楫，竞夺锦标霞**烂**。	◆◆◇◇◇◆◆，◆◆◆◇◇◆。
罄欢娱，歌鱼藻，徘徊宛**转**。	◆◇◇，◇◇◆，◇◇◆◆。
别有盈盈游女，各委明珠，	◆◆◇◇◇◆，◆◆◇◇，
争收翠羽，相将归**远**。	◇◇◆◆，◇◇◇◆。
渐觉云海沈沈，洞天日**晚**。	◆◆◇◆◇◇，◆◇◆◆。

按：下片起首“时见”双字短韵语，语意与所接之句紧密相联，《钦定词谱》谓之“句中韵”，故标点为逗号。本谱双字短韵语的标点，据其与相连之句在语法、语意上的关联性，原则上标点为逗号，少量用句号，后谱不再一一说明。

同体式作品：无。

变体三

较长调始词分句数复句数皆变

【变体三】32分句9复句。上片较始词增1分句，16分句5复句，三/三/三/三/四/型复句组；下片与始词分句数同，减1复句，16分句4复句，三/四/三/六/型复句组。仄韵，隔句韵。

4，4，4。6，3，4。4，4，4。3，5，6。4，4，4，4。

2，4，4。3，3，7，6。3，3，4。6，4，4，4，6，4。

——北宋·张先·《全宋词》第69页

破阵乐

钱塘

四堂互映，双门并丽，龙阁开**府**。	◆◇◆◆，◇◇◆◆，◇◆◇◆。
郡美东南第一，望故苑，楼台霏**雾**。	◆◆◇◇◆◆，◆◆◆，◇◇◇◆。
垂柳池塘，流泉巷陌，吴歌处**处**。	◇◆◇◇，◇◇◆◆，◇◇◆◆。
近黄昏，渐更宜良夜，簇簇繁星灯**烛**。	◆◇◇，△◆◇◇◆，◆◆◇◇◇◆。
长衢如昼，暝色韶光，	◇◇◇◆，◇◆◇◇，
几许粉面，飞甍朱**户**。	◆◆◆◆，◇◇◇◆。
和**煦**，雁齿桥红，裙腰草**绿**。	◇◆，◆◆◇◇，◇◇◆◆。
云际寺，林下**路**，	◇◆◆，◇◆◆，
酒熟梨花宾客醉，但觉满山箫**鼓**。	◆◆◇◇◇◆◆，◆◆◆◇◇◆。
尽朋游，同民乐，芳菲有**主**。	◆◇◇，◇◇◆，◇◇◆◆。
自此归从泥诏，去指沙堤，	◆◆◇◇◇◆，◆◆◇◇，
南屏水石，西湖风月，	◇◇◆◆，◇◇◇◆，
好作千骑行春，画图写**取**。	◆◆◇◆◇◇，◆◇◆◆。

按：《钦定词谱》本词上片“望故苑”句作“望故园楼阁霏雾”；“簇簇”句作“簇繁星灯烛”；“长衢如昼”作“长衢如画”；“几许粉面”作“几帘粉面”；下片起首“和煦”作“欢聚”；“尽朋游，同民乐”作“尽游，因民乐”。《钦定词谱》所录之词与《全宋词》常有差异，本谱原则上以《全宋词》为准，后谱不再一一说明。

同体式作品：无。

6.【柳青娘】

1. 始词见敦煌写本歌辞。
2. 亦唐教坊曲（见《教坊记》）。
3. 柳青娘，唐代著名歌妓，唐冯翊《桂苑丛谈》：“国乐妇人有永新妇、御史娘、柳青娘，皆一时之妙也。”
4. 本调仅见敦煌写本歌辞二首。双片，每片三韵；平韵，连句韵、隔句韵。

始词：10 分句 4 复句。双片。每片 5 分句 2 复句，二/三/型复句组。平韵，连句韵，隔句韵。律词。

7，7。7，3，7。

7，7。7，3，7。——唐 · 敦煌写本歌辞 · 《敦煌歌辞总编》第 119 页

柳青娘

青丝髻绾脸边**芳**，淡红衫子掩酥**胸**。	◇◇◆◆◆◇◇，◆◇◇◆◆◇◇。
出门斜捻同心弄，	◆◇◇◆◇◇◆，
意恛**惶**，故使横波认玉**郎**。	◆◇◇，◆◆◇◇◆◆◇。
叵耐不知何处去，教人几度挂罗**裳**。	◆◆◆◇◇◆◆，◇◇◆◆◆◇◇。
待得归来须共语，	◆◆◇◇◇◆◆，
情转**伤**，断却妆楼伴小**娘**。	◇◆◇，◆◆◇◇◆◆◇。

同体式作品：无。

增减字：

(一) 7，7。7，7，7。○ 7，7。7，3，7。敦煌写本歌辞1首。

7.【浣溪沙】

【浣沙溪】【摊破浣溪沙】【摊声浣溪沙】【添字浣溪沙】
【减字浣溪沙】【山花子】

1. 始词见敦煌写本歌辞。
2. 亦为唐教坊曲（见《教坊记》）。
3. 唐宋通行词调。一写作【浣沙溪】，或名【摊破浣溪沙】【摊声浣溪沙】【添字浣溪沙】【减字浣溪沙】，词式全同，兹作一调处理。
4. 词调名标以“摊破”“摊声”者，在唐崔令钦《教坊记》中的曲名、敦煌写本歌辞调名、五代文人词调名中尚无见，宋代词调名中始见标注“摊破”“摊声”“添字”“减字”等。“摊破”是中国声歌曲乐的一种变化方式，也是词体语文形式变化的方式之一。音乐上的“摊声”“摊破”，指将一个乐句分解为两个（或以上）乐句；在歌词上，则将一个单句“破”为两个（或以上）分句，“摊破”的句式无刻板规定，如7字句可摊破为“4/3”“3/4”“2/5”等；8字句可摊破为“4/4”“3/5”“5/3”“2/3/3”等不同形式；6字句摊破为两个3字句，是词体最常见的形式，习称“折腰”。本谱【浣溪沙】“变体三·2”下片，即是把原调第三个7字句摊破为两个3字句，再增一3字句。“摊破”与“摊声”“添字”“减字”等，在技术上有所交叉，是词调音乐变化的普遍方式，也是词体语文形式的“变体”机制。由于原生态词调音乐无存，具体情况已难以知详，只能根据普遍的音乐原理作一大致推测。
5. 【浣溪沙】有两种词式，一体为上下片皆三个7字句；一体为上下片各增一个3字结句。若以每片三个7字句为本调，则增3字句一体可谓本调的“添字”；若将3字尾之体作原调，无3字尾则可谓本调的“减字”，故【摊破浣溪沙】【添字浣溪沙】【减字浣溪沙】与【浣溪沙】本调体式多相同或略变，兹作一调之“变体”处理。五代和凝【山花子】2首、南宋许棐、袁去华【山花子】各1首、刘辰翁2首，与敦煌写本歌辞【浣溪沙】体式全同，兹作【浣溪沙】的异名同调处理。

6. 长调【浣溪沙慢】，作本调之同源词调。
7. 双片体。以上片三平韵、下片二平韵为常格，连句韵、隔句韵。

始词：8分句4复句。双片。每片4分句2复句，二/二/型复句组。平韵，上片起首二句连韵，继隔句韵，律词。

7，7。7，3。

7，7。7，3。——唐·敦煌写本歌辞·《敦煌歌辞总编》第116页

浣溪沙

髻绾湘云淡淡**妆**，早春花向脸边**芳**。　◆◆◇◇◆◆◇，◆◇◇◆◆◇◇。
玉腕慢从罗袖出，捧杯**觞**。　◆◆◆◇◇◆◆，◆◇◇。

纤手令行匀翠柳，素咽歌发绕雕**梁**。　◇◆◆◇◇◆◆，◆◇◇◆◆◇◇。
但是五陵争忍得，不疏**狂**。　◆◆◆◇◇◆◆，◆◇◇。

同体式作品：唐五代：敦煌歌辞13首，和凝2首（【山花子】），毛文锡1首，李璟2首，计18首。北宋：晁端礼1首，贺铸4首（【摊破浣溪沙】），毛滂3首（【摊声浣溪沙】），李新1首（【摊破浣溪沙】），陈克1首（【摊破浣溪沙】），周紫芝2首（【摊破浣溪沙】），李清照2首（【摊破浣溪沙】），计7人14首。南宋：赵鼎1首，沈瀛1首，辛弃疾4首（【添字浣溪沙】），黄机2首，韩准1首，赵必瑑1首，楼锷1首，韩准1首，袁去华1首（【山花子】），石孝友1首（【摊破浣溪沙】），韩淲1首（【摊破浣溪沙】），高观国1首（【摊破浣溪沙】），许棐1首（【山花子】），刘辰翁4首（【摊破浣溪沙】2【山花子】2），陈妙常1首，无名氏5人5首（【摊破浣溪沙】1【山花子】4），计20人27首。

增减字：

（一）7，7。7，3。○7，7。7，7。敦煌写本歌辞4首。
（二）7，8。7，3。○7，7。7，5。敦煌写本歌辞1首。
（三）7，7。7，3。○7，7。8，5。敦煌写本歌辞1首。
（四）7，7。4，5。○7，7。4，5。宋：无名氏1首（【摊破浣溪沙】）。

变体三

较始词句数句型皆变

变体三·1

6分句，2复句2单句。

【变体三·1】6分句，2单句2复句。双片，每片3分句，1复句1单句。平韵，连句韵，插一隔句韵。律词。

7，7。7。

7，7。7。——五代·韦庄·《全唐五代词》第150页

浣溪沙

清晓妆成寒食**天**，柳球斜袅间花**钿**。　◇◆◇◇◇◆◇，◆◇◇◆◆◇◆。
卷帘直出画堂**前**。　◆◇◆◆◆◇◇。

指点牡丹初绽朵，日高犹自凭朱**栏**。　◆◆◆◇◇◆◆，◆◇◇◆◆◇◇。
含嚬不语恨春**残**。　◇◇◆◆◆◇◇。

按：本词亦可视为单片，每三句为一复句，全词 2 复句。北宋莫将【浣溪沙】残词三句："宝钏緗裙上玉**梯**，云重应恨翠楼**低**，愁同芳草两萋**萋**。"（《全宋词》第 895 页），或即单片体【浣溪沙】之一复句。

同体式作品：唐五代：韦庄 4 首，韩偓 2 首，张曙 1 首，欧阳炯 3 首，薛昭蕴 8 首，张泌 10 首，毛文锡 2 首，顾夐 8 首，阎选 1 首，毛熙震 7 首，李珣 4 首，孙光宪 9 首，冯延巳 2 首，李煜 1 首（"转烛飘蓬一梦归"，或传为冯延巳作），计 14 人 62 首。北宋：张先 2 首，晏殊 12 首，欧阳修 9 首，杜安世 2 首，王安石 1 首，晏几道 21 首，苏轼 48 首，李之仪 5 首，舒亶 4 首，黄庭坚 3 首，晁端礼 10 首，李元膺 2 首，秦观 6 首，米芾 1 首，赵令畤 5 首，贺铸 15 首（【减字浣溪沙】），仲殊 1 首，晁补之 3 首，陈师道 1 首，周邦彦 10 首，谢逸 1 首，苏庠 1 首，毛滂 23 首（【摊声浣溪沙】），李新 1 首，王寀 3 首，谢薖 10 首，惠洪 2 首，葛胜仲 10 首，赵子发 1 首，徐俯 3 首，王安中 2 首，叶梦得 7 首，刘一止 3 首，曹组 1 首，王庭珪 2 首，陈克 8 首，朱敦儒 9 首，孙觌 1 首，慕容喦卿妻 1 首，周紫芝 6 首，曾慥 2 首，张纲 3 首，李清照 5 首，计 43 人 266 首。南宋：吕本中 2 首，赵鼎 1 首，向子諲 25 首，沈与求 2 首，洪皓 2 首，蔡伸 13 首，王灼 1 首，李弥逊 3 首，王以宁 5 首，陈与义 1 首，张元幹 15 首，邓肃 8 首，吕渭老 5 首，王之道 11 首，曾惇 1 首，曹勋 8 首，胡铨 1 首，史浩 8 首，仲并 4 首，曾觌 5 首，黄公度 1 首，曾协 1 首，洪适 9 首，韩元吉 1 首，朱淑真 2 首，张抡 1 首，侯寘 3 首，赵彦端 8 首，王千秋 5 首，何作善 1 首，袁去华 3 首，朱雍 1 首，李结 1 首，程大昌 6 首，曹冠 3 首，姚述尧 4 首，耿时举 2 首，管鉴 4 首，吴儆 12 首，陆游 2 首，姜特立 1 首，范成大 8 首，赵磻老 2 首，王质 4 首，沈瀛 1 首，李洪 3 首，朱熹 1 首，沈端节 1 首，张孝祥 30 首，郭世模 1 首，李处全 1 首，丘崈 2 首，吕胜己 2 首，楼锷 1 首，赵长卿 21 首，林淳 2 首，杨冠卿 2 首，辛弃疾 17 首，程垓 5 首，黄人杰 1 首，陈三聘 7 首，石孝友 4 首，赵师侠 6 首，陈亮 2 首，杨炎正 2 首，张镃 1 首，刘过 5 首，卢炳 2 首，姜夔 6 首，汪莘 3 首，韩彦古 1 首，郭应祥 4 首，李壁 1 首，韩淲 35 首，钟将之 2 首，吴礼之 1 首，郑域 1 首，戴复古 1 首，赵扩 1 首，李刘 1 首，史达祖 1 首，高观国 5 首，魏了翁 5 首，卢祖皋 1 首，刘学箕 2 首，洪咨夔 4 首，刘镇 1 首，方千里 7 首，黄机 4 首，张辑 1 首，李好古 1 首，吴潜 8 首，周弼 1 首，黄时龙 1 首，方岳 2 首，许棐 1 首，李昴英 1 首，吴文英 10 首，李彭老 1 首，黄昇 1 首，杨泽民 7 首，昭顺老人 1 首，张桂 1 首，毛珝 1 首，陈允平 11 首，薛梦佳 1 首，何梦桂 2 首，赵汝茪 1 首，谭宣子 1 首，曾栋 1 首，江开 1 首，王大简 1 首，刘辰翁 8 首，颜奎 1 首，张磐 1 首，周密 7 首，刘埙 1 首，詹玉 1 首，黎廷瑞 1 首，仇远 4 首，张淑芳 1 首，杨舜举 1 首，陈德武 2 首，张炎 5 首，王从叔 1 首，游稚仙 1 首，李氏 1 首，珍娘 1 首，赵旭 1 首，朱端朝 1 首，方岳 4 首，无名氏 15 人 21 首。计 146 人 534 首。

变体三·2

8 分句，3 复句 1 单句。

【变体三·2】8 分句，2 复句 1 单句。上片 3 分句，1 复句 1 单句，二/一/型复句单句组合；下片 5 分句 2 复句，二/三/型复句组。平韵，连句韵、隔句韵。律词。

7，7。7。

7，7。3，3，3。——五代·孙光宪·《全唐五代词》第 637 页

浣溪沙

风撼芳菲满院**香**，四帘慵卷日初**长**。　◇◆◇◇◆◆◇，◆◇◇◆◆◇◇。
鬓云垂枕响微**锽**。　◆◇◇◆◆◇◇。

春梦未成愁寂寂，佳期难会信茫**茫**。　◇◆◆◇◇◆◆，◇◇◇◆◆◇◇。
万般心，千点泪，泣兰**堂**。　◆◇◇，◇◆◆，◆◇◇。

同体式作品：无。

按：以上"变体三"两体，皆可视为单片体。

同源词调：【浣溪沙慢】

1. 始词北宋周邦彦作。
2. "慢"，慢曲，音乐上以"曼声"为歌，音乐旋律摇曳而节奏舒缓。《钦定词谱》："盖调长拍缓，即古曼声之意也。"转化为词体概念，习称"长调""慢词"，字数在百字以上；百字以下习称"令词""短调"。元张炎《词源》："慢曲不过百余字，中间抑扬高下，丁抗掣拽，……累累乎端如贯珠之语，斯为难矣。"一些慢词的音乐母调本为短调，经过音乐再创作而成"慢词"，是词调音乐和文体的"变体"方式之一。
3. 双片。始词上片五韵，下片六韵，变体上片增一韵；仄韵，或间插平韵，隔句韵，间插连句韵。

始词：20 分句 8 复句。双片。每片 10 分句 4 复句，上片二/二/二/四/型复句组；下片二/三/二/三/型复句组。平仄通押，隔句韵，间插连句韵。

5，5。4，5。4，5。5，5，3，4。

3，5。5，4，5。4，5。5，5，7。——北宋·周邦彦·《全宋词》第 628 页

浣溪沙慢

水竹旧院落，樱笋新蔬**果**。　◆◆◆◆◆，◇◆◇◇◆。
嫩英翠幄，红杏交榴**火**。　◆◇◆◆，◇◆◇◇◆。
心事暗卜，叶底寻双**朵**。　◇◆◆◆，◆◆◇◇◆。
深夜归青**琐**，灯尽酒醒时，　◇◆◇◇◆，◇◆◆◇◇，
晓窗明，钗横鬓**鬟**。　◆◇◇，◇◇◆◆。

怎生**那**，被间阻时**多**。	◆◇◆，△◆◆◇◇。
奈愁肠数叠，幽恨万端，好梦还惊**破**。	△◇◇◆◆，◇◆◆◇，◆◆◇◇◆。
可怪近来，传语也无**个**。	◆◆◆◇，◇◆◆◇◆。
莫是瞋人**呵**，真个若瞋人，	◆◆◇◇◇，◇◆◆◇◇，
却因何逢人问**我**。	△◇◇◇◇◆◆。

同体式作品：无。

变体二

与始词复句数相同，分句数减2。

【变体二】19分句8复句。上片分句数复句型与始词同，分句字数有变，10分句4复句，二/二/二/四/型复句组；下片减1分句，9分句4复句，二/二/三/二/型复句组。仄韵，连句韵、隔句韵。

5，5。4，5。4，5。5，5，3，3。

3，5。4，5。3，5，4。5，6。——南宋·马子严·《全宋词》第2071页

浣溪沙慢

璧月上极**浦**，帆落人挝**鼓**。	◆◆◆◆◆，◇◆◇◇◆。
石城倒影，深夜鱼龙**舞**。	◆◇◆◆，◇◆◇◇◆。
佳气郁郁，紫阕腾云**雨**。	◇◆◆◆，◆◆◇◇◆，
回首分今**古**，千载是和非，	◇◆◇◇◆，◇◆◆◇◇，
夕阳中，双燕**语**。	◆◇◇，◇◆◆。
向人**诉**，记玉井辘**轳**。	◆◇◆，△◆◆◆◇。
胭脂涨腻，几许蛾眉**妒**。	◇◇◆◆，◆◆◇◇◆。
感叹息，花好随风**去**，流景如**羽**。	◆◆◆，◇◆◇◇◆，◇◆◇◆。
且共乐升平，不须后庭玉**树**。	△◆◆◇◇，◆◇◆◇◆◆。

同体式作品：无。

8.【捣衣声】

1. 始词见唐敦煌写本歌辞。
2. 敦煌写本歌词无调名，《敦煌歌辞总编》据“万家砧杵捣衣声”之句拟调名作【捣衣声】。
3. 双片。平韵，上片5韵，下片4韵，邻韵通押，隔句韵、连句韵。

始词：14 分句 4 复句。双片。每片 7 分句 2 复句，三/四/型复句组。平韵，邻韵通押，隔句韵，间插连句韵。

3，3，4。7，3，3，3。

3，5，4。7，4，3，3。——唐·敦煌写本歌辞·《敦煌歌辞总编》第 192 页

良人去，驻边**庭**，三载长**征**。	◇◇◆，◆◇◇，◇◆◇◇。
万家砧杵捣衣**声**，	◆◇◇◆◆◇◇，
坐寒**更**，添玉漏，懒频**听**。	◆◇◇，◇◆◆，◆◇◇。
向深闺，远闻雁悲**鸣**，遥望行**人**。	◆◇◇，◆◇◆◇◇，◇◆◇◇。
三春月影照阶**庭**，	◇◇◆◆◆◇◇，
帘前跪拜，人长命，月长**生**。	◇◇◆◆，◇◇◆，◆◇◇。

同体式作品：无。

9.【倾杯乐】

【倾杯】【古倾杯】

1. 始词见敦煌写本歌辞。
2. 亦唐教坊大曲（见《教坊记》）。
3. 又名【倾杯】【古倾杯】。
4. 双片，始词每片四仄韵；变体韵数有变；仄韵，隔句韵。

始词：21 分句 8 复句。双片，上片 12 分句 4 复句，三/五/二/二/型复句组；下片 9 分句 4 复句，二/二/三/二/型复句组。仄韵，隔句韵。

4，4，5。5，4，6，3，5。5，6。4，7。

7，6。7，7。6，3，5。8，5。——唐·敦煌写本歌辞·《敦煌歌辞总编》第 124 页

倾杯乐

忆昔笄年，未省离合，生长深闺**院**。	◆◆◇◇，◆◆◇◆，◇◆◇◇◆。
闲凭着绣床，时拈金针，	◇◇◆◆◇，◇◆◇◇，
拟貌舞凤飞鸾，对妆台，重整娇姿**面**。	◆◆◆◆◇◇，◆◇◇，◇◆◇◇◆。
知身貌算料，□□岂教人**见**。	◇◇◆◆◇，□□◆◇◇◆。
又被良媒，苦出言词相诱**炫**。	◆◆◇◇，◆◆◇◇◇◆◆。
每道说水际鸳鸯，惟指梁间双**燕**。	◆◆◆◆◆◇◇，◇◆◇◇◇◆。
被父母将儿匹配，便认多生宿姻**眷**。	◆◆◆◇◇◆◆，◆◆◇◇◆◇◆。

一旦娉得狂夫，攻书业，抛妾求名**宦**。　◆◆◇◆◇◇，◇◇◆，◇◆◇◇◆。

纵然选得一时朝要，荣华争稳**便**。　◆◇◆◆◆◇◇◆，◇◇◇◆◆。

同体式作品： 无。

增减字：

（一）4，4，5。5，4，6，3，5。5，6。4，5。○ 7，8。7，7。6，3，5。7，3，4。敦煌写本歌辞1首。

变体二

与始词复句数相同，分句数有变。

变体二·1

23分句8复句

【变体二·1·1】23分句8复句。上片第二复句较始词减2分句、第三复句增2分句，下片第一、二复句各增1分句、第四复句减1分句。上片12分句4复句，三/三/四/二/型复句组；下片11分句4复句，三/三/三/二/型复句组。平仄通押，隔句韵。

4，4，5。5，4，6。3，5，5，6。4，5。

3，4，8。3，4，7。6，3，5。7，7。——唐·敦煌写本歌辞·《敦煌歌辞总编》第131页

倾杯乐

窈窕逶迤，体貌超群，倾国应难**比**。　◆◆◇◇，◆◆◇◇，◇◆◆◇◆。

浑身挂绮罗，装束□□，未省从天得**至**。　◇◇◆◆◇，◇◆□□，◆◆◇◇◆◆。

脸如花，自然多娇**媚**，　◆◇◇，◆◇◇◇◆，

翠柳画蛾**眉**，横波如同秋**水**。　◆◆◆◇◇，◇◇◇◇◇◆。

裙生石榴，血染罗衫**子**。　◇◇◆◇，◆◆◇◇◆。

观艳质，语软言轻，玉钗缀素绾乌云**鬓**。　◇◆◆，◆◆◇◇，◆◇◆◆◆◇◇◆。

年二八，久锁香闺，爱引猧儿鹦鹉**戏**。　◇◆◆，◆◆◇◇，◆◆◇◇◇◆。

十指如玉如葱，凝酥**体**，雪透罗裳**里**。　◆◆◇◆◇◇，◇◇◆，◆◆◇◇◆。

堪娉与公子王孙，五陵年少风流**婿**。　◇◆◇◇◆◇◇，◆◇◇◆◇◇◆。

同体式作品： 无。

【变体二·1·2】23分句8复句。上下片分句数与【变体二·1·1】同，上片复句型不变，下片复句型有变。上片12分句4复句，三/三/四/二/型复句组；下片11分句4复句，二/五/二/二/型复句组。仄韵，隔句韵。

4，4，7。7，3，4。3，5，6，5。4，7。

3，4。5，4，4，3，6。7，9。5，7。——北宋·柳永·《全宋词》第16页

倾杯乐

大石调

皓月初圆，暮云飘散，分明夜色如晴**昼**。　◆◆◇◇，◆◇◇◆，◇◇◆◆◇◇◆。

渐消尽醺醺残**酒**，危阁迥，凉生襟**袖**。　△◇◆◇◇◇◆，◇◆◆，◇◇◇◆。
追旧事，一饷凭阑**久**，　◇◆◆，◆◆◇◇◆，
如何媚容艳态，抵死孤欢**偶**。　◇◇◆◇◆◆，◆◆◇◇◆。
朝思暮想，自家空恁添清**瘦**。　◇◇◆◆，◆◇◇◆◇◇◆。

算到头，谁与伸**剖**。　◆◆◇，◇◆◇◆。
向道我别来，为伊牵系，　◆◆◆◆◇，◆◇◇◆，
度岁经年，偷眼觑，也不忍觑花**柳**。　◆◆◇◇，◇◆◆，◆◆◆◆◇◆。
可惜恁好景良宵，未曾略展双眉暂开**口**。　◆◆◆◆◆◇◇，◆◇◆◆◇◇◆◇◆。
问甚时与你，深怜痛惜还依**旧**。　△◆◇◆◆，◇◇◆◆◇◇◆。

同体式作品：无。

【变体二·1·3】23 分句 8 复句。上片第三复句较【变体二·1·1】减 2 分句、第四复句增 1 分句，11 分句 4 复句，三/三/二/三/型复句组；下片第四复句增 1 分句，12 分句 4 复句，三/三/三/三/型复句组。仄韵，隔句韵。

4，4，6。4，4，5。7，5。4，5，4。
6，4，5。5，5，4。4，4，5。3，3，4。——北宋·柳永·《全宋词》第 51 页

倾杯

散水调

鹜落霜洲，雁横烟渚，分明画出秋**色**。　◆◆◇◇，◆◇◇◆，◇◇◆◆◇◆。
暮雨乍**歇**，小楫夜泊，宿苇村山**驿**。　◆◆◆◆，◆◆◆◆，◆◆◇◇◆。
何人月下临风处，起一声羌**笛**。　◇◇◆◆◇◇◆，◆◆◇◇◆。
离愁万绪，闻岸草切切，蛩吟如**织**。　◇◇◆◆，△◆◆◆◆，◇◇◇◆。

为忆芳容别后，水遥山远，何计凭鳞**翼**。　◇◆◇◇◆◆，◆◇◇◆，◇◆◇◇◆。
想绣阁深沈，争知憔悴损，天涯行**客**。　△◆◆◇◇，◇◇◇◆◆，◇◇◇◆。
楚峡云归，高阳人散，寂寞狂踪**迹**。　◆◆◇◇，◇◇◇◆，◆◆◇◇◆。
望京**国**，空目断，远峰凝**碧**。　◆◇◆，◇◆◆，◆◇◇◆。

同体式作品：无。

【变体二·1·4】23 分句 8 复句。上片与【变体二·1·3】同，下片第二复句减 1 分句，第三复句增 1 分句。上片 11 分句 4 复句，三/三/二/三/型复句组；下片 12 分句 4 复句，三/二/四/三/型复句组。仄韵，隔句韵。

4，4，6。4，4，5。7，5。4，3，6。
6，4，5。5，4。5，4，4，5。3，3，4。——北宋·柳永·《全宋词》第 52 页

倾杯

散水调

楼锁轻烟，水横斜照，遥山半隐愁**碧**。　◇◆◇◇，◆◇◇◆，◇◇◆◆◇◆。

片帆岸远，行客路杳，簇一天寒**色**。	◆◇◆◆，◇◆◆◆，△◆◇◇◆。
楚梅映雪数枝艳，报青春消**息**。	◆◇◆◆◆◇◆，△◇◇◇◆。
年华梦促，音信断，声远飞鸿南**北**。	◇◇◆◆，◇◆◆，◇◆◇◇◇◆。
算伊别来无绪，翠消红减，双带长抛**掷**。	◆◇◆◇◇◆，◆◇◇◆，◇◆◇◇◆。
但泪眼沉迷，看朱成**碧**。	△◆◆◇◇，◆◇◇◆。
惹闲愁堆**积**，雨意云情，	△◇◇◇◆，◆◆◇◇，
酒心花态，孤负高阳**客**。	◆◇◇◆，◇◆◇◇◆。
梦难**极**，和梦也，多时间**隔**。	◆◇◆，◇◆◆，◇◇◆◆。

同体式作品：无。

【变体二·1·5】23 分句 8 复句。与【变体二·1】前诸式句数相同，复句型有变。上片 11 分句 4 复句，三/三/三/二/型复句组；下片 12 分句 4 复句，三/三/四/二/型复句组。仄韵，隔句韵，间插连句韵。

4，4，4。7，4，4。7，4，6。4，6。

3，4，8。3，4，6。3，4，3，4。6，4。——南宋·杨无咎·《全宋词》第 1185 页

倾杯

上梁帅上元词

瑞日凝晖，东风解冻，峭寒犹**浅**。	◆◆◇◇，◇◇◆◆，◆◇◇◆。
正池馆梅英粉淡，柳梢金**软**，兰芽香**暖**。	△◇◆◇◇◆◆，◆◇◇◆，◇◇◇◆。
滕城谁种芙蕖**满**，	◇◇◇◆◇◇◆，
浸银蟾影，一夜万花开**遍**。	△◇◇◆，◆◆◆◇◇◆。
翠楼朱户，是处重帘竞**卷**。	◆◇◇◆，◆◆◇◇◆◆。
罗绮簇，欢声一**片**，看五马行春旌旆**远**。	◇◆◆，◇◇◆◆，△◆◆◇◇◇◆◆。
拥穤袴，千里歌谣，都入太平弦**管**。	◆◇◆，◇◆◇◇，◇◆◆◇◇◆。
且莫厌，瑶觞屡**劝**，	◆◆◆，◇◇◆◆，
闻凤诏，催归非**晚**。	◇◆◆，◇◇◇◆。
愿岁岁今夜里，端门侍**宴**。	△◆◆◇◆◆，◇◇◆◆。

同体式作品：无。

变体二·2

22 分句 8 复句

【变体二·2】22 分句 8 复句。上片第二复句较始词减 2 分句、第三复句增 2 分句；下片第二复句增 1 分句。上片 12 分句 4 复句，三/三/四/二/型复句组；下片 10 分句 4 复句，二/三/三/二/型复句单句组合。仄韵，隔句韵，间插连句韵。

4，4，5。4，4，6。6，4，4，4。4，6。

7，7。5，4，5。6，5，6。4，4。——北宋·柳永·《全宋词》第27页

古倾杯

林钟商

冻水消痕，晓风生暖，春满东郊**道**。　◆◆◇◇，◆◇◇◆，◇◆◇◇◆。
迟迟淑景，烟和露润，偏绕长堤芳**草**。　◇◇◆◆，◇◇◆◆，◇◆◇◇◇◆。
断鸿隐隐归飞，江天杳**杳**，　◆◇◆◆◇◇，◇◇◆◆，
遥山变色，妆眉淡**扫**。　◇◇◆◆，◇◇◆◆。
目极千里，闲倚危樯迥**眺**。　◆◆◇◆，◇◆◇◇◆◆。

动几许伤春怀**抱**，念何处韶阳偏**早**。　◆◆◆◇◇◇◆，△◇◆◇◇◇◆。
想帝里看看，名园芳树，烂漫莺花**好**。　△◆◆◇◇，◇◇◇◆，◆◆◇◇◆。
追思往昔年**少**，继日恁把酒，　◇◇◆◆◇◆，◆◆◆◆◆，
听歌量金买**笑**。　◇◇◇◇◆◆。
别后暗负，光阴多少。　◆◆◆◆，◇◇◇◆。

同体式作品：无。

变体二·3

24分句8复句

【变体二·3·1】24分句8复句。上片第二复句较始词减1分句、第三复句增1分句，下片第二复句增2分句、第三复句增1分句、第四复句减1分句。每片12分句4复句，上片三/四/三/二/型复句组；下片二/四/四/二/型复句组。仄韵，隔句韵。

4，4，4。3，4，4，4。7，4，6。4，6。

3，4。5，3，7，6。3，4，3，4。6，4。——北宋·柳永·《全宋词》第16页

倾杯乐

仙吕宫

禁漏花深，绣工日永，蕙风布**暖**。　◆◆◇◇，◆◇◆◆，◆◇◆◆。
变韶景，都门十二，　◆◇◆，◇◇◆◆，
元宵三五，银蟾光**满**。　◇◇◆◆，◇◇◇◆。
连云复道凌飞**观**，　◇◇◆◆◇◇◆，
耸皇居丽，嘉气瑞烟葱**蒨**。　◆◇◇◆，◇◆◆◇◇◆。
翠华宵幸，是处层城阆**苑**。　◆◇◇◆，◆◆◇◇◆◆。

龙凤烛，交光星**汉**。　◇◆◆，◇◇◇◆。
对咫尺鳌山，开羽**扇**，　△◆◆◇◇，◇◆◆，
会乐府两籍神仙，梨园四部弦**管**。　△◆◆◆◆◇◇，◇◇◆◆◇◆。

向晓色，都人未**散**，盈万井，山呼鳌**抃**。	◆◆◆，◇◇◆◆，◇◆◆，◇◇◇◆。
愿岁岁天仗里，常瞻凤**辇**。	△◆◆◇◆◆，◇◇◆◆。

同体式作品：无。

【变体二·3·2】24 分句 8 复句。上片第三复句较【变体二·3·1】减 1 分句、第四复句增 1 分句，下片第一复句增 2 分句、第二复句减 2 分句。上片 12 分句 4 复句，三/三/三/三/型复句组；下片 12 分句 4 复句，四/三/三/二/型复句组。仄韵，隔句韵。律词。

4，4，6。4，4，6。4，4，4。5，4，4。

3，4，4，6。4，4，6。4，4，4。5，6。——南宋·林季仲·《全宋词》第 1135 页

倾杯乐

宠庆主人寿，代作。

璧月初圆，彩云轻护，散雪叠冰凉**馆**。	◆◆◇◇，◆◇◇◆，◆◆◆◇◇◆。
张眉竞巧，赵瑟新成，整顿戏衫歌**扇**。	◇◇◆◆，◆◆◇◇，◆◆◆◇◇◆。
寿酒殷勤，娇语温柔，只愁杯**浅**。	◆◆◇◇，◇◆◇◇，◆◇◇◆。
正连山玉枕，回波瑶席，漏长更**款**。	△◇◇◆◆，◇◇◇◆，◆◇◇◆。
良会久，细拥香肩，瑶庭闲步，	◇◆◆，◆◆◇◇，◇◇◇◆，
共指渡河星**点**。	◆◆◆◇◇◆。
今朝此日，同祝卿卿，福寿禄星齐**转**。	◇◇◆◆，◇◆◇◇，◆◆◆◇◇◆。
但愿与君，歌舞常新，欢娱无**算**。	◆◆◆◇，◇◆◇◇，◇◇◇◆。
看河桥鹊架，重会双星嬿**婉**。	△◇◇◆◆，◇◆◇◇◆◆。

同体式作品：无。

变体二·4

25 分句 8 复句

【变体二·4·1】25 分句 8 复句。双片。较始词复句数不变，分句数增 4。上片 12 分句 4 复句，三/四/二/三/型复句组；下片 13 分句 4 复句，四/四/三/二/型复句组。仄韵，隔句韵。

4，3，5。3，4，4，5。4，8。5，4，6。

4，4，3，4。3，4，3，6。5，3，4。6，6。——北宋·沈蔚·《全宋词》第 708 页

倾杯

梅英弄**粉**，尚浅寒，腊雪消未**尽**。	◇◇◆◆，◆◆◇，◆◆◇◆◆。
布彩箔，层楼高下，	◆◆◆，◇◇◇◆，
灯火万点，金莲相照**映**。	◇◆◆◆，◇◇◇◆◆。
香径纵横，听画鼓声声随步**紧**。	◇◆◆◇，△◆◆◇◇◇◆◆。
渐霄汉无云，月华如水，夜久露清风**迅**。	△◇◆◇◇，◆◇◇◆，◆◆◆◇◇◆。

轻车趁马，微尘杂雾，	◇◇◆◆，◇◇◆◆，
带晓色，绮罗生**润**。	◆◆◆，◆◇◇◆。
花阴下，瞥见仍回，	◇◇◆，◆◆◇◇，
但时闻，笑音中香阵**阵**。	◆◇◇，◆◇◇◇◆◆。
奈酒阑人**困**，残漏里，年年余**恨**。	△◆◇◇◆，◇◆◆，◇◇◇◆。
归来沉醉何处，一片笙歌又**近**。	◇◇◇◆◇◆，◆◆◇◇◆◆。

同体式作品：无。

【变体二·4·2】25分句8复句。上下片分句数复句数与【变体二·4·1】同，复句型有变。上片12分句4复句，三/四/三/二/型复句组；下片13分句4复句，三/三/四/三/型复句组。仄韵，隔句韵，间插连句韵。

4，4，4。3，4，4，4。7，4，6。5，6。

3，4，8。7，3，3。3，4，3，4。3，3，4。——南宋·曾觌·《全宋词》第1311页

倾杯乐

仙吕。席上赏雪。

锦帐寒添，画檐雀噪，冻云布**野**。	◆◆◇◇，◆◇◆◆，◆◇◆◆。
望空际，瑶峰微吐，	◆◇◆，◇◇◇◆，
琼花初绽，江山如**画**。	◇◇◇◆，◇◇◇◆。
裁冰剪水装鸳**瓦**，杳旗亭路，	◇◇◆◆◇◇◆，◆◇◇◆，
依稀管弦台**榭**。	◇◇◆◇◇◆。
倚小楼佳兴，一行珠帘不**下**。	◆◆◇◇◆，◆◇◇◇◆◆。
随绫板，歌声闲**暇**，傍翠袖云鬟怜艳**冶**。	◇◆◆，◇◇◇◆，△◆◆◇◇◇◆◆。
似佯醉不耐娇羞，浓欢旋，学风**雅**。	△◇◆◆◆◇◇，◇◇◆◆◇◆。
向暝色，双鸾舞**罢**，红兽暖，春生金**斝**。	◆◇◆，◇◇◆◆，◇◆◆，◇◇◇◆。
但殢饮，香雾卷，壶天不**夜**。	◆◆◆，◇◆◆，◇◇◆◆。

同体式作品：无。

变体二·5

19分句8复句

【变体二·5】19分句8复句。双片。上下片较始词各减1分句，上片11分句4复句，三/三/三/二/型复句组；下片8分句4复句，二/二/二/二/型复句组。仄韵，隔句韵，间插连句韵。

4，4，4。7，4，4。7，7，4。4，6。

7，8。7，6。7，7。6，4。——南宋·程珌·《全宋词》第2297页

倾杯乐

丁亥自寿

銮殿秋深，玉堂宵永，千门人**静**。	◇◆◇◇，◆◇◇◆，◇◇◇◆。
问天上西风几度，金盘光满，露浓银**井**。	△◇◆◇◇◆◆，◇◇◇◆，◆◇◇◆。
碧云飞下双鸾**影**，	◆◇◇◆◇◇◆，
迤逦笙歌近笑语，群仙隐**隐**。	◆◆◇◇◆◆◆，◇◇◆◆。
更前问**讯**，堕在红尘今**省**。	◆◇◆◆，◆◆◇◇◇◆。
渐曙色晓风清**迥**，更积霭沉阴都卷**尽**。	△◆◆◆◇◇◆，△◆◆◇◇◇◆◆。
向窗前引镜看来，尚喜精神炯**炯**。	△◇◇◆◆◇◇，◆◆◇◇◆◆。
便折简浮丘共酌，奈天也未教酩**酊**。	△◆◆◇◇◆◆，△◇◆◆◆◆◆。
来岁却笑群仙，月寒空**冷**。	◇◆◆◆◇◇，◆◇◇◆。

同体式作品：无。

变体三

较始词分句数复句数皆变

变体三·1

22 分句 7 复句

【变体三·1】22 分句 7 复句，较始词增 1 分句，减 1 复句。上片分句数复句型与【变体二·2】同，分句字数有变，下片分句数相同，复句数减 1。上片 12 分句 4 复句，三/三/四/二/型复句组；下片 10 分句 3 复句，二/五/三/型复句组。仄韵，邻韵通押，隔句韵，间插连句韵。

4，4，6。5，6，4。3，6，5，4。4，7。

3，4。5，4，4，9，5。7，4，7。——北宋·柳永·《全宋词》第 27 页

倾杯

林钟商

离宴殷勤，兰舟凝滞，看看送行南**浦**。	◇◆◇◇，◇◇◇◆，◆◆◆◇◇◆。
情知道世上，难使皓月长圆，彩云镇**聚**。	◇◇◆◆◆，◇◆◆◆◇◇，◆◇◆◆。
算人生，悲莫悲于轻别，	△◇◇，◇◆◇◇◇◆，
最苦正欢娱，便分鸳**侣**。	◆◆◆◇◇，◆◇◇◆。
泪流琼脸，梨花一枝春带**雨**。	◆◇◇◆，◇◇◆◇◇◆◆。
惨黛蛾，盈盈无**绪**。	◆◆◇，◇◇◇◆。
共黯然消魂，重携纤手，话别临行，	△◆◇◇◇，◇◇◇◆，◆◆◇◇，
犹自再三问道君须**去**，频耳畔低**语**。	◇◆◆◆◆◆◇◇◆，△◆◆◇◆。
知多少他日深盟，平生丹**素**，	△◇◆◇◆◇◇，◇◇◇◆，
从今尽把凭鳞**羽**。	◇◇◆◆◇◇◆。

同体式作品：无。

变体三·2

20分句，6复句1单句。

【变体三·2】20分句，6复句1单句。上片较【变体三·1】减2分句1复句，增1单句，下片分句数相同，复句型有变。上片10分句，3复句1单句，二/三/四/一/型复句单句组合；下片10分句3复句，三/三/四/型复句组。仄韵，隔句韵，间插连句韵。

4，7。6，4，6。5，4，3，6。10。

6，4，4。3，6，5。4，7，5，8。——北宋·柳永·《全宋词》第51页

倾杯

大石调

金风淡荡，渐秋光老清宵**永**。 ◇◇◆◆，△◇◇◆◇◇◆。
小院新晴天气，轻烟乍敛， ◆◆◇◇◇◆，◇◇◆◆，
皓月当轩练**净**。 ◆◆◇◇◆◆。
对千里寒光，念幽期阻， △◇◆◇◇，△◇◇◆，
当残**景**，早是多情多**病**。 ◇◇◆，◆◆◇◇◇◆。
那堪细把旧约前欢重**省**。 ◆◇◆◆◆◆◇◇◇◆。

最苦碧云信断，仙乡路杳，归鸿难**倩**。 ◆◆◆◇◆◆，◇◇◆◆，◇◇◇◆。
每高歌，强遣离怀惨咽，翻成心耿**耿**。 ◆◇◇，◇◆◇◇◆◆，◇◇◇◆◆。
漏残露**冷**，空赢得悄悄无言， ◆◇◆◆，◇◇◆◆◆◇◇，
愁绪终难**整**，又是立尽梧桐碎**影**。 ◇◆◇◇◆，◆◆◆◆◇◇◆◆。

同体式作品：无。

变体三·3

24分句7复句

【变体三·3】24分句7复句。较【变体三·1·1】增2分句。上片13分句3复句，三/五/五/型复句组；下片11分句4复句，三/三/二/三/型复句组。仄韵，隔句韵，间插连句韵。

4，3，5。6，3，4，4，4。3，5，4，6，4。

4，4，6。4，4，6。6，7。4，4，4。——北宋·柳永·《全宋词》第51页

倾杯

黄钟羽

水乡天气，洒蒹葭，露结寒生**早**。 ◆◇◇◆，◆◇◇，◆◆◇◇◆。
客馆更堪秋**杪**，空阶下，木叶飘零， ◆◆◆◇◇◆，◇◇◆，◆◆◇◇，
飒飒声乾，狂风乱**扫**。 ◆◆◇◇，◇◇◆◆。

当无绪，人静酒初醒，	◇◇◆，◇◆◆◇◇，
天外征鸿，知送谁家归信，穿云悲**叫**。	◇◆◇◇，◇◆◇◇◇◆，◇◇◇◆。
蛩响幽窗，鼠窥寒砚，一点银釭闲**照**。	◇◆◇◇，◆◇◇◆，◆◆◇◇◇◆。
梦枕频惊，愁衾半拥，万里归心悄**悄**。	◆◆◇◇，◇◇◆◆，◆◆◇◇◆◆。
往事追思多**少**，赢得空使方寸**挠**。	◆◆◇◇◇◆，◇◆◇◆◇◆◆。
断不成眠，此夜厌厌，就中难**晓**。	◆◆◇◇，◆◆◇◇，◆◇◇◆。

同体式作品：无。

变体三·4

25 分句 7 复句

【变体三·4】25 分句 7 复句。上片 14 分句 4 复句，三/四/三/四/型复句组；下片 11 分句 3 复句，三/三/五/型复句组。仄韵，隔句韵，插一连句韵。律词。

4，3，3。4，4，4，4。5，3，5。4，4，4，4。

6，4，4。7，3，5。4，3，4，5，7。——北宋·张先·《全宋词》第 75 页

倾杯

般涉调。吴兴。

横塘水静，花窥影，孤城**转**。	◇◇◆◆，◇◇◆，◇◇◆。
浮玉无尘，五亭争景，	◇◆◇◇，◆◇◇◆，
画桥对起，垂虹不**断**。	◆◇◆◆，◇◇◆◆。
爱溪上琼楼，凭雕阑，久□飞云**远**。	△◇◆◇◇，◇◇◇，◆□◇◇◆。
人在虚空，月生溟海，	◇◆◇◇，◆◇◇◆，
寒渔夜泛，游鳞可**辨**。	◇◇◆◆，◇◇◆◆。
正是草长蘋老，江南地暖，汀洲日**晚**。	◆◆◆◇◇◆，◇◇◆◆，◇◇◆◆。
更荼山已过清明，风雨暴，千岩啼鸟**怨**。	△◇◇◆◆◇◇，◇◆◆，◇◇◇◆◆。
芳菲故**苑**，深红尽，绿叶阴浓，	◇◇◆◆，◇◇◆，◆◆◇◇，
青子枝头**满**，史君莫放寻春**缓**。	◇◆◇◇◆，◆◇◆◆◇◇◆。

同体式作品：北宋：张先 1 首（《般涉调·倾杯·青澜堂席上有感》，《永乐大典》）。

同源词调一：【倾杯令】

1. 始词南宋吕渭老作。
2. “令”，唐代本指酒令之“令”。“酒令”游戏，花式繁多，有一项为行酒令而咏诵诗歌，歌辞短小，故以“令”转称短篇歌辞。唐宋以“令”为名的词调，字数多为数十字而不到百字。元代以“令”“小令”称只曲，相当于词体的单片，通常比较短小。

3. 双片。每片三仄韵，隔句韵，连句韵。

4. 此调仅见吕渭老二首。

始词：10 分句 4 复句。双片，每片 5 分句 2 复句，三/二/型复句组。仄韵，隔句韵，间插连句韵。

4，4，6。6，6。

7，3，4。6，6。——南宋·吕渭老·《全宋词》第 1126 页

倾杯令

枫叶飘红，莲房肥露，枕席嫩凉先**到**。　◇◆◇◇，◇◇◇◆，◆◆◆◇◇◆。

帘外蟾华如**扫**，枝上啼鸦催**晓**。　◇◆◇◇◇◆，◇◆◇◇◇◆。

秋风又送潘郎**老**，小窗明，疏萤浅**照**。　◇◇◆◆◇◇◆，◆◇◇，◇◇◆◆。

登高送远惆怅，白发至今未**了**。　◇◇◆◆◇◆，◆◆◆◇◆◆。

同体式作品：南宋：吕渭老 1 首。

同源词调二：【倾杯近】

1. 始词南宋袁去华作。

2. “近”，词调音乐术语，其义无定说，一般认为是中篇乐曲及相应之词。

3. 双片。每片四仄韵，隔句韵。

4. 此调宋词仅此一首。

始词：17 分句 8 复句。双片。上片 8 分句 4 复句，二/二/二/二/型复句组；下片 9 分句 4 复句，三/二/二/二/型复句组。仄韵，隔句韵。

6，5。6，5。4，7。3，7。

3，3，5。4，7。2，9。3，5。——南宋·袁去华·《全宋词》第 1499 页

倾杯近

邃馆金铺半掩，帘幕参差**影**。　◆◆◇◇◆◆，◇◆◇◇◆。

睡起槐阴转午，鸟啼人寂**静**。　◆◆◇◇◆◆，◆◇◇◆◆。

残妆褪粉，松髻欹云慵不**整**。　◇◇◆◆，◇◆◇◇◇◆◆。

尽无言，手挼裙带绕花**径**。　◆◇◇，◆◇◇◆◆◇◆。

酒醒时，梦回处，旧事何堪**省**。　◆◆◇，◆◇◆，◆◆◇◇◆。

共载寻春，并坐调筝何时**更**。　◆◆◇◇，◆◆◇◇◇◇◆。

心情，尽日一似杨花飞无**定**。　◇◇，◆◆◆◆◇◇◇◇◆。

未黄昏，又先愁夜**永**。	◆◇◇，△◇◇◆◆。

同体式作品：无。

同源词调三：【倾杯序】

1. 始词南宋无名氏作。
2. “序”，大型乐曲的起始乐段，歌词一般较长。
3. 双片。仄韵，上片九韵，下片十二韵；隔句韵，间插连句韵。
4. 此调宋词仅此一首。

始词：双片。44 分句 16 复句。每片 22 分句 8 复句，上片三/三/三/二/四/三/二/二/型复句组；下片三/三/三/二/二/四/三/二/型复句组单句组合。仄韵，隔句韵，间插连句韵。

4，4，6。6，4，6。4，4，4。7，3。3，6，4，4。4，6，6。6，6。3，7。
3，3，7。8，4，4。4，4，4。5，5。6，7。4，4，4，4。4，4，4。3，5。

——宋 · 无名氏 · 《全宋词》第 3675 页

倾杯序

昔有王生，冠世文章，尝随旧游江**渚**。	◆◆◇◇，◆◆◇◇，◇◇◆◇◇◆。
偶尔停舟寓目，遥望江祠，	◆◆◇◇◆◆，◇◆◇◇，
依依陌上闲**步**。	◇◇◆◆◇◆。
恭诣殿砌，稽首瞻仰，返回归**路**。	◇◆◆◆，◇◆◇◆，◆◇◇◆。
遇老叟坐于矶石，貌纯**古**。	◆◆◆◆◇◇◆，◆◇◆。
因语□，子非王勃是致，	◇◆□，◆◇◇◆◆◆，
生惊询之，片饷方**悟**。	◇◇◇◇，◆◆◇◆。
子有清才，幸对滕王高阁，	◆◆◇◇，◆◆◇◇◇◆，
可作当年词**赋**。	◆◆◇◇◇◆。
汝但上舟休**虑**，迢迢仗清风**去**。	◆◆◆◇◇◆，◇◇◆◇◇◆。
到筵中，下笔华丽如神**助**。	◆◇◇，◆◆◇◆◇◇◆。
会俊**侣**，面如**玉**，大夫久坐觉生**怒**。	◆◆◆，◆◇◆，◆◇◆◆◆◇◆。
报云落霞并飞孤**鹜**，	◆◇◆◇◆◇◇◆，
秋水长天，一色澄**素**。	◇◆◇◇，◆◆◇◆。
阎公竦然，复坐华筵，次诗引**序**。	◇◇◆◇，◆◆◇◇，◆◇◆◆。
道鸣鸾佩玉，锵锵罢歌**舞**。	△◇◇◆◆，◇◇◆◇◆。
栋云飞过南**浦**，暮帘卷向西山**雨**。	◆◇◇◆◇◆，◆◇◆◆◇◇◆。

闲云潭影，淡淡悠悠，	◇◇◇◆，◆◆◇◇，
物换星移，几度寒**暑**。	◆◆◇◇，◆◆◇◆。
阁中帝子，悄悄垂名，在于何**处**。	◆◇◆◆，◆◆◇◇，◆◇◇◆。
算长江，俨然自东**去**。	◆◇◇，◆◇◆◇◆。

同体式作品：无。

10.【内家娇】

1. 始词见敦煌写本歌辞。
2. 据敦煌写本歌辞一首之题序“御制林钟商内家娇”，可见本为唐代内廷所制曲。
3. 陆游《风流子》（“人生谁能料”）词序“一名【内家娇】”，但词式与【内家娇】颇为不同，与秦观词【风流子】全同，综观宋词【风流子】，所有作品无一与【内家娇】体式相同（见本谱第194调【风流子】，两调为异名同调，仅有陆游独作此说）。兹作两调处理，陆游词不计入本调。
4. 双片。平韵、仄韵二式，常格每片四韵，变体韵数或变；隔句韵。

始词：22分句8复句。上片11分句4复句，三/三/三/二/型复句组；下片11分句4复句，二/四/三/二/型复句组。平韵，邻韵通押，隔句韵。

4，4，6。4，4，6。4，4，4。7，6。

4，7。3，4，4，6。4，4，4。7，6。——唐·敦煌写本歌辞·《敦煌歌辞总编》第149页

内家娇

御制林钟商

两眼如刀，浑身似玉，风流第一佳**人**。	◆◆◇◇，◇◇◆◆，◇◇◆◆◇◇。
及时衣着，梳头京样，素质艳丽青**春**。	◆◇◇◆，◇◇◇◆，◆◆◆◆◇◇。
善别宫商，能调丝竹，歌令尖**新**。	◆◆◇◇，◇◇◇◆，◇◆◇◇。
任从说洛浦阳台，谩将比并无**因**。	◆◇◇◆◆◇◇，◆◇◆◆◇◇。
半含娇态，逶迤缓步出闺**门**。	◆◇◇◆，◇◇◆◆◆◇◇。
搔头重，慵憁不插，	◇◇◆，◇◆◆◆，
□□□□，□□□□□□□。	□□□□，□□□□□□□。
只把同**心**，千遍捻弄，来往中**庭**。	◆◆◇◇，◇◆◆◆，◆◇◇◇。
应长降王母仙宫，凡间略现容**真**。	△◇◆◇◆◇◇，◇◇◆◆◇◇。

同体式作品：无。

变体一

与始词复句数分句数相同，复句型有变。

【变体一】22 分句 8 复句。上片分句数复句型与始词同，分句字数有变，11 分句 4 复句，三/三/三/二/型复句组；下片第一、三复句各增 1 分句，第二复句减 1 分句，11 分句 4 复句，三/二/四/二/型复句组。平韵，隔句韵。

4，4，6。4，6，4。4，4，4。7，6。

4，3，5。7，4。6，4，4，4。7，6。——唐·敦煌写本歌辞·《敦煌歌辞总编》第 138 页

内家娇

丝碧罗冠，搔头缀髻，宝妆玉凤金**蝉**。	◇◆◇◇，◇◇◆◆，◆◇◆◆◇◇。
轻轻敷粉，深深长画眉绿，雪散胸**前**。	◇◇◇◆，◇◇◇◆◇◆，◆◆◇◇。
嫩脸红唇，眼如刀割，口似朱**丹**。	◆◆◇◇，◆◇◇◆，◆◆◇◇。
浑身挂异种罗裳，更熏龙脑香**烟**。	◇◇◆◆◆◇◇，◆◇◇◆◇◇。
屐子齿高，慵移步，两足恐行**难**。	◆◆◆◇，◇◇◆，◆◆◆◇◇。
天然有□□灵性，不娉凡**间**。	◇◇◆□□◇◆，◆◆◇◇。
教招事无不会，解烹水银，	◇◇◆◇◆◆，◆◇◆◇，
炼玉烧金，别尽歌**篇**。	◆◆◇◇，◆◆◇◇。
除非却应奉君王，时人未可趋**颜**。	◇◇◆◆◆◇◇，◇◇◆◆◇◇。

同体式作品：无。

变体二

与始词复句数相同，分句数有变。

变体二·1

20 分句 8 复句

【变体二·1】20 分句 8 复句。上片较始词减 1 分句，下片分句数同，复句型有变。每片 10 分句 4 复句，三/三/二/二/型复句组。仄韵，隔句韵，间插连句韵。

4，4，6。4，4，6。6，6。9，4。

2，5，6。5，5，4。6，6。7，6。——北宋·柳永·《全宋词》第 28 页

内家娇

煦景朝升，烟光昼敛，疏雨夜来新**霁**。	◆◆◇◇，◇◇◆◆，◇◆◆◇◇◆。
垂杨艳杏，丝软霞轻，绣出芳郊明**媚**。	◇◇◆◆，◇◆◇◇，◆◆◇◇◇◆。
处处踏青斗草，人人眷红偎**翠**。	◆◆◆◇◆◆，◇◇◆◇◇◆。
奈少年自有新愁旧恨，消遣无**计**。	△◆◇◆◆◇◇◆◆，◇◆◇◆。
帝**里**，风光当此**际**，正好恁携佳**丽**。	◆◆，◇◇◇◆◆，◆◆◆◇◇◆。

阻归程迢**递**，奈好景难留，旧欢顿**弃**。　◆◇◇◇◆，△◆◆◇◇，◆◇◆◆。
早是伤春情绪，那堪困人天**气**。　◆◆◇◇◇◆，◆◇◆◇◇◆。
但赢得独立高原，断魂一饷凝**睇**。　△◇◆◆◆◇◇，◆◇◆◆◇◆。

同体式作品：无。

变体二·2

24 分句 8 复句

【变体二·2】24 分句 8 复句。上片较始词增 2 分句，13 分句 4 复句，三/四/三/三/型复句组；下片增 1 分句，11 分句 4 复句，三/二/四/二/型复句组。平韵，隔句韵。

5，3，5。4，4，4，4。4，4，5。4，8，4。
3，4，7。6，4。5，4，4，4。6，4。——北宋·刘弇·《全宋词》第 452 页

内家娇

绰约群芳里，阳和意，偏向一枝**浓**。　◆◆◇◇◆，◇◇◆，◇◆◆◇◇。
南国骤惊，动人奇艳，　◇◆◆◇，◆◇◇◆，
未饶西洛，百本千**丛**。　◆◇◇◆，◆◆◇◇。
斩新弄晓，来无比格，半拆断肠**红**。　◆◇◆◆，◇◇◆◆，◆◆◆◇◇。
三月洞天，又还疑是赋情楚客，　◆◆◆◇，◆◇◇◆◆◇◆◆，
窥见墙**东**。　◇◆◇◇。

朱栏干，遍倚生愁，怕无计奈雨禁**风**。　◇◇◇，◆◆◇◇，△◇◆◆◆◇◇。
别有瑞烟幕幕，时与遮**笼**。　◆◆◆◇◆◆，◇◆◇◇。
便纵使当日，文忠品第，　△◆◆◇◆，◇◇◆◆，
赵昌模写，难更形**容**。　◆◇◇◆，◇◆◇◇。
应念故园桃李，羞怨春**工**。　◇◆◆◇◇◆，◇◆◇◇。

同体式作品：无。

变体二·3

26 分句 8 复句

【变体二·3】26 分句 8 复句。上片较始词增 3 分句，14 分句 4 复句，三/四/三/四/型复句组；下片增 2 分句，12 分句 4 复句，三/二/四/三/型复句组。平韵，隔句韵。

5，3，5。5，4，4，4。3，5，5。4，4，4，4。
5，5，4。6，4。3，6，4，4。3，3，4。——南宋·刘辰翁·《全宋词》第 3229 页

内家娇

寿王城山

结客少年**场**，携高李，闻笛赋游**梁**。　◆◆◆◇◆，◆◇◇，◇◆◆◇◇。
看汉水淮山，高楼共卧，　△◆◆◇◇，◇◇◆◆，

融尊郑驿，飞盖相**望**。	◇◇◆◆，◇◆◇◆。
春风里，种他红与白，笑我懒中**忙**。	◇◇◆，◆◇◇◆◆，◆◆◆◇◇。
供奉后来，玄都桃改，	◆◆◆◇，◇◇◇◆，
佳人好在，庾岭梅**香**。	◇◇◆◆，◇◆◇◇。
何处最难忘，会稽归鬓晚，空带吴**霜**。	◇◆◆◇◆，◆◇◇◆◆，◇◆◇◇。
赢得黄冠野服，笑傲羲**皇**。	◇◆◇◇◆◆，◆◆◇◇。
看花外，小车出长生洞，	◆◇◆，◆◇◆◇◇◆，
橘中二老，斗智琼**黄**。	◆◇◆◆，◆◆◇◇。
称寿堂，添十字，孙认三**房**。	◇◆◇，◇◆◆，◇◆◇◇。

同体式作品：无。

11.【拜新月】

【拜星月】【拜星月慢】

1. 声诗见唐李端一首；曲子辞首见唐敦煌写本歌辞二首，姑取一首为始词。
2. 亦为唐教坊曲（见《教坊记》）。唐时宫廷和民间皆有拜新月习俗，调名本此。
3. 宋词一名【拜星月】【拜星月慢】，复句型与敦煌写本歌辞【拜新月】相同，兹作一调处理。
4. 声诗，五言四句；词体，双片，平韵、仄韵二式，常格每片四韵；变体下片或增韵；隔句韵，连句韵。

五言声诗

五言声诗：4 分句 2 复句，二/二/型复句组。仄韵，隔句韵。

5，5。5，5。——唐·李端·《全唐五代词》第 986 页

拜新月

开帘见新月，便即下阶**拜**。	◇◇◆◇◆，◆◆◆◇◆。
细语人不闻，北风吹裙**带**。	◆◆◇◆◇，◆◇◇◇◆。

同体式作品：无。

长短句

始词：17 分句 8 复句。双片。上片 8 分句 4 复句，二/二/二/二/型复句组；下片 9 分句 4 复句，二/三/二/二/型复句组。平韵，隔句韵。

5，7。5，5。4，7。4，6。

5，6。3，3，6。4，5。5，4。——唐·敦煌写本歌辞·《敦煌歌辞总编》第158页

拜新月

荡子他州去，已经新岁未还**归**。	◆◆◇◇◆，◆◇◇◆◆◇◇。
堪恨情如水，到处辄狂**迷**。	◇◆◇◇◆，◆◆◆◇◇。
不思家国，花下遥指祝神**祇**。	◆◇◇◆，◇◆◇◆◆◇◇。
直至于今，抛妾独守空**闺**。	◆◆◇◇，◇◆◆◆◇◇。
上有穹苍在，三光也合遥**知**。	◆◆◇◇◆，◇◇◆◆◇◇。
倚屏帏，坐泪流，点滴金粟罗**衣**。	◆◇◇，◆◆◇，◆◆◇◆◇◇。
自嗟薄命，缘业至于**斯**。	◆◇◆◆，◇◆◆◇◇。
乞求待见面，誓不辜**伊**。	◆◇◆◆◆，◆◆◇◇。

同体式作品： 无。

变体二

与始词复句数相同，分句数有变。

变体二·1

21分句8复句

【变体二·1】21分句8复句。双片。上片较始词增2分句，10分句4复句，三/二/三/二/型复句组；下片增2分句，11分句4复句，四/二/三/二/型复句组。仄韵，隔句韵。

4，4，6。4，5。3，6，6。4，5。

3，5，3，5。6，5。8，3，5。7，5。——北宋·周邦彦·《全宋词》第613页

拜新月

高平。秋思。

夜色催更，清尘收露，小曲幽坊月**暗**。	◆◆◇◇，◇◇◇◆，◆◆◇◇◆◆。
竹槛灯窗，识秋娘庭**院**。	◆◆◇◇，△◇◇◇◆。
笑相遇，似觉琼枝玉树，暖日明霞光**烂**。	◆◇◆，◆◆◇◇◆◆，◆◆◇◇◇◆。
水眄兰情，总平生稀**见**。	◆◆◇◇，△◇◇◇◆。
画图中，旧识春风**面**，	◆◇◇，◆◆◇◇◆，
谁知道，自到瑶台**畔**。	◇◇◆，◆◆◇◇◆。
眷恋雨润云温，苦惊风吹**散**。	◆◆◆◆◇◇，△◇◇◇◆。
念荒寒寄宿无人**馆**，	△◇◇◆◆◇◇◆，
重门闭，败壁秋虫**叹**。	◇◇◆，◆◆◇◇◆。
怎奈向一缕相思，隔溪山不**断**。	◆◆◆◆◆◇◇，△◇◇◆◆。

同体式作品： 南宋：陈允平1首（【拜新月慢】）。

变体二·2
23分句8复句

【变体二·2】23分句8复句。上片较【变体二·1】增1分句，11分句4复句，三/二/四/二/型复句组；下片分句数增1，12分句4复句，四/二/四/二/型复句组。仄韵，隔句韵。

4，4，6。4，5。3，4，4，6。4，5。

3，5，3，5。6，5。3，5，3，5。5，7。——南宋·吴文英·《全宋词》第2878页

拜星月慢

林钟羽。姜石帚以盆莲数十置中庭，宴客其中。

绛雪生凉，碧霞笼夜，小立中庭芜**地**。　◆◆◇◇，◆◇◇◆，◆◆◇◇◇◆。
昨梦西湖，老扁舟身**世**。　◆◆◇◇，△◇◇◇◆。
叹游荡，暂赏吟花，　◆◇◆，◆◆◇◇，
酌露尊俎，冷玉红香罍**洗**。　◆◆◇◆，◆◆◇◇◇◆。
眼眩魂迷，古陶洲十**里**。　◆◆◇◇，◆◇◇◆◆。

翠参差，澹月平芳**砌**，　◆◇◇，◆◆◇◇◆，
砖花滉，小浪鱼鳞**起**。　◇◇◆，◆◆◇◇◆。
雾盎浅障青罗，洗湘娥春**腻**。　◆◆◆◆◇◇，△◇◇◇◆。
荡兰烟，麝馥浓侵**醉**，　◆◇◇，◆◆◇◇◆，
吹不散，绣屋重门**闭**。　◇◆◆，◆◆◇◇◆。
又怕便绿减，西风泣秋檠烛**外**。　◆◆◆◆◆，◇◇◆◇◇◆◆。

同体式作品：无。

变体二·3
20分句8复句

【变体二·3】20分句8复句。上下片较【变体二·1】各减1分句，上片9分句4复句，三/二/二/二/型复句组；下片11分句4复句，三/二/四/二/型复句组。仄韵，隔句韵。

4，4，6。4，5。9，8。4，5。

8，3，5。6，5。3，5，3，5。6，5。——南宋·周密·《全宋词》第3274页

拜星月慢

癸亥春，沿檄荆溪，朱墨日宾送，忽忽不知正芳事落鹃声草色间。郡僚间载酒相慰荐，长歌清醑，正尔供愁，客梦栩栩，已飞度四桥烟水外矣。醉余短弄，归日将大书之垂虹。

腻叶阴清，孤花香冷，迤逦芳洲春**换**。　◆◆◇◇，◇◇◇◆，◆◆◇◇◇◆。
薄酒孤吟，怅相如游**倦**。　◆◆◇◇，△◇◇◇◆。

想人在絮幕香帘凝望，	△◇◆◆◆◇◇◇◇◆，
误认几许烟樯风**幔**。	◆◆◆◆◇◇◇◇◆。
芳草天涯，负华堂双**燕**。	◇◆◇◇，△◇◇◇◆。
记箫声淡月梨花**院**，	△◇◇◆◆◇◇◆，
研笺红，谩写东风**怨**。	◆◇◇，◆◆◇◇◆。
一夜落月啼鹃，唤四桥吟**缆**。	◆◆◆◆◇◇，△◆◇◇◆。
荡归心，已过江南**岸**，	◆◇◇，◆◆◇◇◆，
清宵梦，远逐飞花**乱**。	◇◇◆，◆◆◇◇◆。
几千万缕垂杨，剪春愁不**断**。	◆◇◆◆◇◇，◆◇◇◆◆。

同体式作品：无。

变体二·4

18 分句 8 复句

【变体二·4】18 分句 8 复句。上片较敦煌始词增 2 分句，10 分句 4 复句，三/二/三/二/型复句组；下片减 1 分句，8 分句 4 复句，二/二/二/二/型复句组。仄韵，隔句韵。

4，4，6。4，5。3，6，6。4，5。

8，8。6，5。7，8。7，5。——南宋·彭泰翁·《全宋词》第 3566 页

拜星月慢

祠壁，宫姬控弦，可念。

雾罥觚棱，尘侵团扇，恨满哀弹倦**理**。	◆◆◇◇，◇◇◇◆，◆◆◇◇◆◆。
控雨笼云，共闲情孤**倚**。	◆◆◇◇，△◇◇◇◆。
敛娥黛，怕似流莺历历，惹得玉销琼**碎**。	◆◇◆，◆◆◇◇◆◆，◆◆◆◇◇◆。
可惜阑干，但苔花沈**穗**。	◆◆◇◇，△◇◇◇◆。
算天音不入人间耳，何人谩裛损青衫**泪**。	△◇◇◆◆◇◇◆，◇◇◆◆◆◇◇◆。
不是旧谱都忘，厌新腔娇**脆**。	◆◆◆◆◇◇，△◇◇◇◆。
多生不得丹青意，重来又花锁长门**闭**。	◇◇◆◆◇◇◆，◇◇◆◇◆◇◇◆。
到夜永笙鹤归时，月明天似**水**。	△◆◆◇◆◇◇，◆◇◇◆◆。

同体式作品：无。

变体三

较始词分句数复句数皆变

【变体三】18 分句 6 复句。双片，上下片分句数与始词同，各减 1 复句。上片 8 分句 3 复句，三/三/二/型复句组；下片 9 分句 3 复句，三/三/三/型复句组。仄韵，邻韵通押，隔句韵、连句韵。

5，7，5。6，4，5。5，6。

6，7，3。7，5，5。3，3，3。——唐·敦煌写本歌辞·《敦煌歌辞总编》第161页

拜新月

国泰时清晏，咸贺朝列多贤**士**，	◆◆◇◇◆，◇◆◇◆◇◇◆，
播得群臣**美**。	◆◆◇◇◆。
卿贰如同鱼**水**，况当秋景，蓂叶初敷**卉**。	◇◆◇◇◇◆，◆◇◇◆，◇◆◇◇◆。
同登新楼上，仰望蟾色光**起**。	◇◇◇◇◆，◆◆◇◆◇◆。
回顾玉兔影**媚**，	◇◆◆◆◆◆，
明镜匣参差斜**坠**，澄波**美**。	◇◆◆◇◇◇◆，◇◇◆。
犹怯怕半钩衔饵，	◇◆◆◆◇◇◆，
万家向月下，祝告深深**跪**。	◆◇◆◆◆，◆◆◇◇◆。
愿皇寿，千千**岁**，登宝**位**。	◆◇◆，◇◇◆，◇◆◆。

同体式作品：无。

12.【抛球乐】

【莫思归】【小抛球乐令】

1. 五言声诗首见唐刘禹锡作；七言声诗、单片体曲子辞始见敦煌写本；双片长调仅见北宋柳永一首。
2. 亦为唐教坊曲（见《教坊记》）。“抛球”，酒宴中抛球巡酒取乐的游戏，任半塘《唐声诗》：“酒筵中抛球行令歌之，故名。”
3. 南唐冯延巳《抛球乐》（“酒罢歌余兴未阑”）结句“且莫思归去，须尽笙歌此夕欢”，后世或衍名为【莫思归】；宋代或作【小抛球乐令】。
4. 声诗体，四平韵，连句韵、隔句韵；单片长短句，四平韵，连句韵兼隔句韵；双片体，上片六韵，下片八韵；仄韵，隔句韵。
5. 本调有声诗体、单片体、双片体，三体形式差异很大，双片体较单片体实际上已全然为异调，是探究“一调”音乐和歌辞体式演变的典型一例。

声诗

【五言声诗】6分句3复句，二/二/二/型复句组。平韵，连句韵、隔句韵。律词。

5，5。5，5。5，5。——唐·刘禹锡·《乐府诗集》第1152页

抛球乐

五彩绣团**团**，登君玳瑁**筵**。　◆◆◆◇◇，◇◇◆◆◇。

最宜红烛下，偏称落花**前**。　◆◇◇◆◆，◇◆◆◇◇。

上客如先起，应须赠一**船**。　◆◆◇◇◆，◇◇◆◆◇。

同体式作品：唐：刘禹锡 1 首，皇甫松 2 首，徐铉 2 首。

【七言声诗·1】6 分句 3 复句，二/二/二/型复句组。平韵，连句韵、隔句韵。律词。

7，7。7，7。7，7。——唐·敦煌写本歌辞·《敦煌歌辞总编》第 166 页

抛球乐

上阳家

宝髻钗横缀鬓**斜**，殊容绝胜上阳**家**。　◆◆◇◇◆◆◇，◇◇◆◆◆◇◇。

蛾眉不扫天生绿，莲脸能匀似早**霞**。　◇◇◆◆◇◇◆，◇◆◇◇◆◆◇。

无端略入后园看，羞煞庭中数树**花**。　◇◇◆◆◆◇◆，◆◆◇◇◆◆◇。

同体式作品：无。

【七言声诗·2】4 分句 2 复句，二/二/型复句组。平韵，连句韵、隔句韵。律词。

7，7。7，7。——南宋·无名氏《全宋词》第 3825 页

小抛球乐令

两行花窍占风**流**，缕金罗带系抛**球**。　◆◇◇◆◆◇◇，◆◇◇◆◆◇◇。

玉纤高指红丝网，大家著意胜头**筹**。　◆◇◇◆◇◇◆，◆◇◆◆◆◇◇。

同体式作品：无。

长短句·单片体

始词：6 分句 3 复句。单片，二/二/二/型复句组。连句韵、隔句韵。律词。

7，7。7，7。5，7。——唐·敦煌写本歌辞·《敦煌歌辞总编》第 164 页

抛球乐

珠泪纷纷湿绮**罗**，少年公子负恩**多**。　◇◆◇◇◆◆◇，◆◇◇◆◆◇◇。

当初姊妹分明道，莫把真心过与**他**。　◇◇◆◆◇◇◆，◆◆◇◇◆◆◇。

子细思量着，淡薄知闻解好**么**。　◆◆◇◇◆，◆◆◇◇◆◆◇。

同体式作品：五代：冯延巳 9 首（【抛球乐】8【莫思归】1）。南宋：李从周 1 首，无名氏 1 首（【莫思归】）。

变体二

7 分句 3 复句

【变体二】第二复句较始词增 1 分句，7 分句 3 复句，二/三/二/型复句组。平韵，连句韵、隔句韵。律词。

5，5。3，5，5。5，5。——晚唐·皇甫松·《全唐五代词》第 94 页

抛球乐

红拨一声**飘**，轻裘坠越**绡**。	◇◆◆◇◇，◇◇◆◆◇。
坠越**绡**，带翻金孔雀，香满绣蜂**腰**。	◆◆◇，◆◇◇◆◆，◇◆◆◇◇。
少少抛分数，花枝正索**饶**。	◆◆◇◇◆，◇◇◆◆◇。

同体式作品：无。

长短句·双片体

始词：40 分句 14 复句。上片 19 分句 6 复句，二/四/四/三/四/二/型复句组；下片 21 分句 8 复句，三/二/三/二/三/三/三/二/型复句组。仄韵，隔句韵。

6，4。3，4，4，4。3，4，3，4。6，4，5。5，4，4，4。5，8。

5，4，4。6，8。3，3，6。4，7。4，4，7。5，6，6。5，3，5。5，4。

——北宋·柳永·《全宋词》第 31 页

抛球乐

晓来天气浓淡，微雨轻**洒**。	◆◇◇◆◇◆，◇◆◇◆。
近清明，风絮巷陌，	◆◇◇，◇◆◆◆，
烟草池塘，尽堪图**画**。	◇◆◇◇，◆◇◇◆。
艳杏暖，妆脸匀开，弱柳困，宫腰低**亚**。	◆◆◆，◇◆◇◇，◆◆◆，◇◇◇◆。
是处丽质盈盈，巧笑嬉嬉，手簇秋千**架**。	◆◆◆◆◇◇，◆◆◇◇，◆◆◇◇◆。
戏彩球罗绶，金鸡芥羽，	◆◆◇◇◆，◇◇◆◆，
少年驰骋，芳郊绿**野**。	◆◇◇◆，◇◇◆◆。
占断五陵游，奏脆管繁弦声和**雅**。	◆◆◆◇◇，△◆◆◇◇◇◇◆。
向名园深处，争泥画轮，竞羁宝**马**。	△◇◇◇◆，◇◇◆◇，◆◇◆◆。
取次罗列杯盘，就芳树绿阴红影**下**。	◆◆◇◆◇◇，△◇◆◆◇◇◆◆。
舞婆娑，歌宛转，仿佛莺娇燕**姹**。	◆◇◇，◇◆◆，◆◆◇◇◆◆。
寸珠片玉，争似此浓欢无**价**。	◆◇◆◆，◇◆◆◇◇◇◆。
任他美酒，十千一斗，饮竭仍解金貂**贳**。	◆◇◆◆，◆◇◆◆，◆◆◇◆◇◇◆。
恣幕天席地，陶陶尽醉太平，	△◆◇◆◆，◇◇◆◆◆◇，
且乐唐虞景**化**。	◆◆◇◇◆◆。
须信艳阳天，看未足，已觉莺花**谢**。	◇◆◆◇◇，◆◆◆，◆◆◇◇◆。
对绿蚁翠蛾，怎忍轻**舍**。	△◆◆◆◇，◆◆◇◆。

同体式作品：无。

13.【鱼歌子】

【渔歌子】【渔歌】【渔父词】【渔父引】

1. 双片体长短句始词见敦煌写本歌辞；单片长短句始词唐张志和作；声诗唐僧德释始作。
2. 亦为唐教坊曲（见《教坊记》）。
3. “子”，唐代民间小曲习称；调名或作【渔歌子】【渔歌】【渔父词】【渔父引】。
4. 单片体三韵或四韵；双片体每片四韵或五韵；平韵、仄韵二式；连句韵，或间插隔句韵。

声诗

七言声诗：4 分句 2 复句，二/二/型复句组。平韵，连句韵、隔句韵。律词。

7，7。7，7。——唐·释德诚·《全唐五代词》第 38 页

鱼歌子

千尺丝纶直下**垂**，一波才动万波**随**。　◇◆◇◇◆◆◇，◆◇◇◆◆◇◇。
夜静水寒鱼不食，满船空载月明**归**。　◆◆◆◇◇◆◆，◆◇◇◆◆◇◇。

同体式作品： 五代：李梦符 2 首（【渔父引】）。

六言声诗：3 分句，1 复句 1 单句。平韵，连句韵。（按：本诗疑有残缺。）

6，6。6。——唐·顾况·《全唐五代词》第 977 页

渔父词

新妇矶边月**明**，　◇◆◇◇◆◇，
女儿浦口潮**平**。　◆◇◇◆◆◇。
沙头鹭宿鱼**惊**。　◇◇◆◆◇◇。

同体式作品： 无。

长短句·单片体

始词：单片，5 分句 2 复句，二/三/型复句组。平韵，连句韵，间插隔句韵。律词。

7，7。3，3，7。——唐·张志和·《全唐五代词》第 25 页

渔歌子

西塞山边白鹭**飞**，桃花流水鳜鱼**肥**。　◇◆◇◇◆◆◇，◇◇◇◆◆◇◇。
青箬笠，绿蓑**衣**，斜风细雨不须**归**。　◇◆◆，◆◇◇，◇◇◆◆◆◇◇。

同体式作品：唐五代：张志和4首，张松龄2首，欧阳炯2首，和凝1首，李珣3首，李煜2首，无名氏15首，计7人29首。北宋：徐积6首，周紫芝6首，计2人12首。南宋：李弥逊6首，赵构15首，陆游5首，薛师石7首，高翥2首，王谌7首，蒲寿宬15首，孙锐1首，张炎10首，赵处澹2首，计10人70首。

增减字：

（一）7，7。7，3，7。北宋李彭10首（《渔歌》）。

按：此十首《渔歌》，体式与单片体【渔家傲】相同，词题曰："渔歌十首，颂尊宿付杲山人。"疑词题为"渔歌"，词调为【渔家傲】。兹录李彭《渔歌十首·其一》：

渔歌十首 北宋·李彭

颂尊宿付杲山人

汾阳

南院嫡孙唯此个，西河狮子当门坐。绢扇清凉随手簸，君知么，无端吃棒休寻过。

变体一

与始词分句数复句数相同，复句型有变。

【变体一】5分句2复句，三/二/型复句组。仄韵，连句韵、隔句韵。律词。

3，3，6。7，6。——北宋·苏轼·《全宋词》第330页

渔父四首

其一

渔父饮，谁家**去**，鱼蟹一时分**付**。 ◇◆◆，◇◇◆，◇◆◆◇◇◆。

酒无多少醉为期，彼此不论钱**数**。 ◆◇◇◆◆◇◇，◆◆◇◇◇◆。

同体式作品：北宋：苏轼3首。

变体二

较始词复句数不变，分句数有变。

【变体二】4分句2复句。平韵，首句不韵，连句韵。律词。

3，3。7，5。——南宋·戴复古·《全宋词》第2310页

渔父四首

其一

渔父饮，不须**钱**。 ◇◆◆，◆◇◇。

柳枝斜贯锦鳞**鲜**，换酒却归**船**。 ◆◇◇◆◆◇◇，◆◆◆◇◇。

同体式作品：南宋：戴复古3首。

双片体

始词：12分句4复句。双片。每片6分句2复句，三/三/型复句组。仄韵，隔句韵、连句韵。律词。

3，3，8。3，3，6。

3，4，7。3，3，6。——唐·敦煌写本歌辞·《敦煌歌辞总编》第169页

鱼歌子

睹颜多，思梦**误**，花枝一见恨无门**路**。　◆◇◇，◇◆◆，◇◇◆◆◆◇◇◆。
声哽噎，泪如**雨**，见便不能移**步**。　◇◆◆，◆◇◆，◆◆◆◇◇◆。

五陵儿，恋娇态**女**，莫阻来情从过**与**。　◆◇◇，◆◇◆◆，◆◆◇◇◇◆◆。
畅平生，两风**醋**，若得丘山不**负**。　◆◇◇，◆◇◆，◆◆◇◇◆◆。

同体式作品：无。

增减字：

（一）3，3，7。3，3，6。○ 3，3，7。4，4，6。敦煌写本歌辞1首。

（二）3，3，7。3，3，6。○ 3，3，7。3，3，6。敦煌写本歌辞2首；五代：魏承班1首，顾敻4首，李珣4首，孙光宪2首，计4人11首；南宋：郭新1首。

变体二

较始词复句数不变，分句数有变。

【变体二】10分句4复句。上下片第一复句较始词各减1分句，每片5分句2复句，二/三/型复句组。仄韵，连句韵。律词。

7，7。7，3，7。

7，7。7，3，7。——北宋·惠洪·《全宋词》第710页

渔父词

述古德遗事，作渔父词八首。

玉带云袍童顶**露**，一生笑傲知何**故**。　◆◆◇◇◇◆◆，◆◇◆◆◇◇◆。
万里归来方旦**暮**，　◆◆◇◇◇◆◆，
休疑**虑**，大千捏在豪端**聚**。　◇◇◆，◆◇◆◆◆◇◇◆。

不解犁田分亩**步**，却能对客鸣花**鼓**。　◆◆◇◇◇◆◆，◆◇◆◆◇◇◆。
忽共老安相耳**语**，　◆◆◆◇◇◆◆，
还推**去**，莫来拦我球门**路**。　◇◇◆，◆◇◇◆◇◇◆。

同体式作品：北宋：惠洪7首；南宋：法常1首。

14. 【喜秋天】

1. 始词见唐代敦煌写本歌辞。
2. 亦为唐教坊曲（见《教坊记》）。

3. 单片、双片二式。平、仄通押，单片体三韵；双片体，每片四韵；连句韵、隔句韵。
4. 此调仅见敦煌写本歌辞。

单片体

始词：单片，4 分句 2 复句，二/二/型复句组。平仄通押，连句韵、隔句韵。律词。

5，5。7，5。——唐·敦煌写本歌辞·《敦煌歌辞总编》第 177 页

潘郎妄语**多**，夜夜道来**过**。 ◇◇◆◆◇，◆◆◆◇◆。
赚妾更深独弄琴，弹尽相思**破**。 ◆◆◇◇◆◆◇，◇◆◇◇◆。

同体式作品： 敦煌写本歌辞 3 首。

双片体

始词：单片体之双叠。上下片换韵，平仄通押，连句韵。

5，5。7，5。
5，5。7，5。——唐·敦煌写本歌辞·《敦煌歌辞总编》第 779 页

喜秋天

缓步出门**厅**，直走到街**庭**。 ◆◆◆◇◇，◆◆◆◇◇。
今夜斗末见流**星**，奔逐向前**迎**。 ◇◆◆◆◆◇◇，◇◆◆◇◇。

此时为将见，发却千般愿。 ◆◇◆◇◆，◆◆◇◇◆。
无福之人莫怨天，皆是少因缘。 ◇◆◇◇◆◆◇，◇◆◆◇◇。

同体式作品： 敦煌写本歌辞 4 首。

15. 【宫怨春】

1. 始词见敦煌写本歌辞。
2. 敦煌写本调名原作“恭怨春”，《敦煌歌辞总编》改为“宫怨春”，兹从之。
3. 双片，每片四平韵，连句韵、隔句韵。
4. 此调仅见敦煌写本歌辞。

始词：16 分句 6 复句。双片，每片 8 分句 3 复句，二/三/三/型复句组。平韵，邻韵通押，隔句韵。律词。

5，5。7，6，4。4，3，3。
5，5。7，7，4。4，3，3。——唐·敦煌写本歌辞·《敦煌歌辞总编》第 194 页

宫怨春

柳条垂处处，喜鹊语零**零**。	◆◇◇◆◆，◆◆◆◇◇。
焚香稽首表君**情**，	◇◇◇◆◆◇◇，
慕得萧郎好武，累岁长**征**。	◆◆◇◇◆◆，◆◆◇◇。
向沙场里，轮宝剑，定欃**枪**。	◆◇◇◆，◇◆◆，◆◇◇。
去时花欲谢，几度叶还**青**。	◆◇◇◆◆，◆◆◆◇◇。
相思夜夜到边**庭**，	◇◇◆◆◆◇◇，
愿天下销戈铸戟，舜日清**平**。	△◇◆◇◇◆◆，◆◆◇◇。
待功成日，麟阁上，画图**形**。	◆◇◇◆，◇◆◆，◆◇◇。

同体式作品：无。

16.【鹊踏枝】

【蝶恋花】【转调蝶恋花】【凤栖梧】【黄金缕】【卷珠帘】【一箩金】

1. 始词见敦煌写本歌辞。
2. 亦为唐教坊曲（见《教坊记》）。
3. 中国古代民俗以喜鹊为报喜鸟，调名缘此。
4. 南唐冯延巳《鹊踏枝》“杨柳风轻，展尽黄金缕”，或衍名为【黄金缕】，别一首（“六曲阑干偎碧树”）词题“蝶恋花”，后成本调常用名。宋代常用词调，多有异名，欧阳修《蝶恋花》（“帘幕东风”）词序“一名【凤栖梧】，又名【鹊踏枝】”，贺铸词调名作《凤栖梧》；李石词调名作《一箩金》；衷元吉词调名《鱼水同欢》；沈会宗词调名《转调蝶恋花》；或从本调之名家词句而衍为异名，晏几道《蝶念花》（“欲减罗衣”）“不卷珠帘，人在深深处”（一说作者为赵令畤），或衍名为【卷珠帘】；司马槱词有“夜凉明月生南浦”句，或衍名为《明月生南浦》；韩淲词有“细雨吹池沼”句，或衍名为《细雨吹池沼》。本谱作一调处理，凡调名为【蝶恋花】者不复标示，异名者标示之。
5. 【转调蝶恋花】之“转调”，亦称“犯调”，略有二义：一指音乐上改变原曲之调高调式，若【转调蝶念花】；二指文体形式上转取别调之乐句及句式。【转调蝶恋花】，词式与【蝶恋花】同，当为宫调之转换，兹纳入一调处理。
6. 双片。每片三仄韵或四仄韵，以每片四仄韵为普式；连句韵、隔句韵。

始词：8 分句 4 复句。每片 4 分句 2 复句，二/二/型复句组。仄韵，连句韵、隔句韵。

7，7。7，7。

7，8。7，9。——唐·敦煌写本歌辞·《敦煌歌辞总编》第 196 页

鹊踏枝

叵奈灵鹊多瞒**语**，送喜何曾有凭**据**。　◆◆◇◆◇◇◆，◆◆◇◇◆◇◆。

几度飞来活捉**取**，锁上金笼休共**语**。　◆◆◇◇◆◆◆，◆◆◇◇◇◆◆。

比拟好心来送**喜**，谁知锁我在金笼**里**。　◆◆◆◇◇◆◆，◇◇◆◆◆◆◇◇◆。

欲他征夫早归来，腾身却放我向青云**里**。　◆◇◇◇◆◇◇，◇◇◆◆◆◆◆◇◇◆。

同体式作品：无。

增减字：

(一) 7，7。5，5。○ 5，5。5，5。宋：无名氏 1 首（【一箩金】）。

变体二

较始词复句数不变，分句数有变。

变体二·1

11 分句 4 复句

【变体二·1】11 分句 4 复句。与始词复句数相同，分句数增 3。双片，上片 5 分句 2 复句，三/二/型复句组；下片 6 分句 2 复句，三/三/型复句组。仄韵，隔句韵、连句韵。

7，4，5。7，7。

7，4，5。4，4，7。——唐·敦煌写本歌辞·《敦煌歌辞总编》第 304 页

鹊踏枝

独坐更深人寂**寂**，忆念家乡，　◆◆◇◇◇◆◆，◆◆◇◇，

路远关山**隔**。　◆◆◇◇◆。

寒雁飞来无消**息**，教儿牵断心肠**忆**。　◇◆◇◇◇◇◆，◆◇◇◆◇◇◆。

仰告三光珠泪**滴**，教他耶娘，　◆◆◇◇◇◆◆，◆◇◇◇，

甚处传书**觅**。　◆◆◇◇◆。

自叹宿缘，作他邦**客**，辜负尊亲虚劳**力**。　◆◆◆◇，◆◇◇◆，◇◆◇◇◇◇◆。

同体式作品：无。

变体二·2

10 分句 4 复句

【变体二·2】10 分句 4 复句。与始词复句数相同，分句数增 2。双片，上下片各 5 分句 2 复句，三/二/型复句组。仄韵，隔句韵、连句韵。律词。

7，4，5。7，7。

7，4，5。7，7。——五代·冯延巳·《全唐五代词》第 650 页

鹊踏枝

谁道闲情抛掷**久**，每到春来，　◆◆◇◇◇◆◆，◆◆◇◇，

惆怅还依**旧**。　◇◆◇◇◆。

日日花前常病**酒**，不辞镜里朱颜**瘦**。　◆◆◇◇◇◆◆，◆◇◆◆◇◇◆。

河畔青芜堤上**柳**，为问新愁，　◇◆◇◇◇◆◆，◆◆◇◇，

何事年年**有**。　◇◆◇◇◆。

独上小楼风满**袖**，平林新月人归**后**。　◆◆◆◇◇◆◆，◇◇◇◆◇◇◆。

同体式作品：五代：冯延巳 13 首（【鹊踏枝】），李煜 1 首（【蝶恋花】），计 2 人 14 首。北宋：丁谓 2 首（【凤栖梧】），寇准 1 首，柳永 3 首（【凤栖梧】），张先 5 首，晏殊 9 首（【鹊踏枝】2），李冠 2 首，宋祁 2 首，欧阳修 20 首，杜安世 10 首（【凤栖梧】），卢氏 1 首（【凤栖梧】），滕甫 2 首，晏几道 15 首，魏夫人 1 首（【卷珠帘】），王诜 2 首，苏轼 16 首，李之仪 5 首，舒亶 2 首，黄裳 17 首，黄庭坚 1 首，晁元礼 2 首，秦观 9 首，米芾 1 首，赵令畤 14 首，贺铸 5 首（【凤栖梧】3），仲殊 4 首（【鹊踏枝】3 首），陈师道 1 首，周邦彦 6 首，陈瓘 2 首，谢逸 1 首，毛滂 10 首，司马槱 1 首（【黄金缕】），王重 1 首，王寀 6 首，谢薖 1 首，沈蔚 2 首（【转调蝶恋花】），惠洪 1 首，葛胜仲 13 首，王安中 3 首，叶梦得 1 首，曹组 1 首，王庭珪 4 首（【凤栖梧】1），周紫芝 1 首，张纲 5 首（【凤栖梧】），李清照 3 首，计 44 人 217 首。南宋：吕本中 1 首，赵鼎 2 首，向子諲 2 首，石耆翁 1 首，宝月 1 首，蔡柟 1 首（【凤栖梧】），曾协 1 首（【凤栖梧】），李弥逊 5 首，张元幹 3 首（【卷珠帘】1），邓肃 1 首，吕渭老 2 首，王之道 9 首，朱松 1 首，欧阳澈 1 首，杨无咎 4 首，何大圭 1 首，史浩 2 首，曾觌 2 首，倪偁 4 首，葛立方 1 首，毛幵 1 首，洪适 1 首，朱淑真 1 首，张抡 11 首，侯寘 1 首，赵彦端 2 首，陈从古 1 首，李吕 1 首（【凤栖梧】），袁去华 2 首，曹冠 4 首（【凤栖梧】），向滈 1 首，管鉴 1 首，陆游 4 首，姜特立 1 首，范成大 1 首，张孝祥 5 首，陈造 1 首，丘崈 3 首，吕胜己 6 首，赵长卿 9 首，张震 1 首，廖行之 2 首（【凤栖梧】），王炎 2 首，杨冠卿 2 首，辛弃疾 12 首，程垓 15 首（【凤栖梧】4），陈三聘 1 首，石孝友 3 首，赵师侠 8 首，陈亮 1 首，杨炎正 3 首，张镃 3 首，刘过 2 首，卢炳 2 首，刘翰 1 首，刘仙伦 1 首，韩淲 5 首，吴礼之 3 首，汪晫 1 首，史达祖 1 首，魏了翁 3 首，真德秀 1 首，刘学箕 1 首，洪咨夔 1 首，刘镇 1 首，方千里 4 首，黄机 1 首，严仁 2 首，葛长庚 3 首，冯取洽 1 首，吴潜 3 首，赵崇嶓 1 首，方岳 3 首，高观国 3 首（【凤栖梧】），吴文英 4 首（【凤栖梧】2），万俟绍之 1 首，黄升 1 首，杨泽民 4 首，陈著 1 首，王义山 11 首，刘云甫 1 首，萧汉杰 1 首，陈允平 5 首，何梦桂 1 首，周密 1 首（【凤栖梧】），刘辰翁 2 首，彭元逊 2 首，汪宗臣 1 首，柴元彪 1 首，姚云文 1 首，黎廷瑞 1 首，仇远 3 首，蒋捷 1 首，陈德武 1 首，张炎 7 首，刘铉 1 首，俞克成 1 首，萧允之 1 首，刘天迪 2 首（【凤栖梧】1），周孚先 1 首，李石才 1 首（【一箩金】），钱易 1 首，周起 1 首，甄良友 1 首，黄人杰 1 首，江衮 1 首，华岳 1 首，林伯镇 1 首（【凤栖梧】），赵希蓬 1 首，李夫人 1 首，杨道居 1 首，徐去非 1 首（【卷珠帘】），无名氏 14 人 14 首（【鹊踏枝】12、【一箩金】1、【凤栖梧】1）。计 126 人 282 首。

单片体

单片体：5 分句 2 复句，与【变体二·2】之单片相同，三/二/型复句组。仄韵，隔句韵、连句韵。律词。

7，4，5。7，7。——南宋·史浩·《全宋词》第 1257 页

蝶恋花

贵客之名从此**有**，多谢风流，　　◆◆◇◇◇◆◆，◇◆◇◇，
飞驭陪尊**酒**。　　◇◆◇◇◆。
持此一卮同劝**后**，愿花长在人长**寿**。　　◇◆◆◇◇◆◆，◆◇◇◆◇◇◆。

同体式作品：南宋：史浩 9 首。

按：本词为史浩所作舞队《花舞》歌词【蝶恋花】联章 10 首之第一首。《花舞》全篇见本谱附录。

17. 【望江南】

【双调望江南】【忆江南】【梦江南】

1. 民间歌辞始见敦煌写本；文人始词唐白居易作。
2. 亦为唐教坊曲（见《教坊记》）。《敦煌曲初探》考其初为盛唐曲调；唐段安节《乐府杂录》“望江南”条：“始自朱崖李（德裕）太尉镇浙西日，为亡妓谢秋娘所撰，本名《谢秋娘》，后改此名，亦曰《梦江南》。”
3. 唐五代两宋通行词调。或题【忆江南】【梦江南】【双调望江南】，兹作一调处理。
4. 单片、双片二体，词式相同。单片体，三平韵；双片体，每片三韵，平韵，或换韵；隔句韵、连句韵。

单片体

始词：5 分句 2 复句，二/三/型复句组。平韵，隔句韵、连句韵。

3，5。7，7，5。——唐·敦煌写本歌辞·《敦煌歌辞总编》第 199 页

望江南

莫攀我，攀我太心**偏**。　　◆◇◆，◇◆◆◇◇。
我是曲江临池柳，　　◆◆◆◇◇◇◆，
者人折了那人**攀**，恩爱一时**间**。　　◆◇◆◆◆◇◇，◇◆◆◇◇。

同体式作品：敦煌写本歌辞 2 首。唐五代：刘禹锡 2 首，白居易 3 首，皇甫松 2 首，温庭筠 2 首，易静 720 首，伊用昌 1 首，牛峤 2 首，李煜 4 首，计 8 人 736 首。北宋：王安石 4 首，王齐叟 1 首；南宋：何令修 1 首，陈东甫 1 首，范成大 1 首，赵时行 1 首，刘辰翁 4 首，黄公绍 10 首，无名氏 1 首，计 9 人 24 首。

增减字：

(一) 3，6。7，7，5。唐：敦煌写本歌辞 1 首。

(二) 5，5。7，7，5。唐：崔怀宝 1 首。

双片体

始词：10分句4复句，双片，每片体式与始词同，5分句2复句，二/三/型复句组。平韵，邻韵通押，连句韵、隔句韵。

3，5。7，7，5。

3，5。7，7，6。——唐·敦煌写本歌辞·《敦煌歌辞总编》第296页

望江南

曹公德，为国拓西**关**。	◇◇◆，◆◆◆◇◇。
六戎尽来作百姓，	◆◇◆◇◆◆◆，
压坛河陇定羌**浑**，雄名远近**闻**。	◆◇◇◆◆◇◇，◇◇◆◆◇。
尽忠孝，向主立殊**勋**。	◆◇◆，◆◆◆◇◇。
靖难论兵扶社稷，	◆◆◆◇◇◆◆，
恒将筹略定妖氛，愿万载作人**君**。	◇◇◇◆◆◇◇，△◆◆◆◇◇。

同体式作品：唐五代：敦煌写本歌辞3首，无名氏8首。北宋：张先2首，欧阳修3首，王琪10首，韩琦1首，陈朴9首，曾布1首，苏轼2首，仲殊10首（《南徐好》），周邦彦2首，谢逸2首，廖刚3首，赵子发1首，王安中9首（《安阳好》），张继先13首，朱敦儒1首，李纲10首，计16人79首。南宋：向子諲1首，蔡伸1首，杨无咎4首，康与之1首，洪适2首，张孝祥2首，赵长卿1首，程垓1首，石孝友1首，王楙1首，赵师侠1首，张镃4首，刘过1首，李好义1首，戴复古7首，陈楠8首，卢祖皋1首，净圆12首，方千里1首，吴潜14首，方岳1首，吴文英3首，刘辰翁1首，赵汝茪1首，仇远1首，杨泽民1首，陈允平2首，汪元量1首，金德淑1首，连妙淑1首，黄静淑1首，陶明淑1首，柳华淑1首，杨慧淑1首，华清淑1首，梅顺淑1首，吴昭淑1首，周容淑1首，吕岩1首，蔡真人1首，清源真君1首，王氏1首，申纯1首，华岳1首，刘辰翁6首，无名氏6人6首，计51人104首。

增减字：

（一）4，5。7，7，5。○3，6。7，7，6。敦煌写本歌辞1首（“大丈夫汉”）。

变体一

与始词分句数复句数相同，复句型有变。

【变体一】10分句4复句。双片。每片5分句2复句，三/二/型复句组。每片二换韵，第一复句押仄韵，第二复句押平韵，连句韵，插一隔句韵。

7，4，4。7，7。

7，4，5。7，7。——五代·冯延巳·《全唐五代词》第704页

忆江南

去岁迎春楼上**月**，正是西窗，夜凉时**节**。	◆◆◇◇◇◆◆，◆◆◇◇，◆◇◇◆。
玉人贪睡坠钗**云**，粉消妆薄见天**真**。	◆◇◇◆◆◇◇，◆◇◇◆◆◇◇。
人非风月长依**旧**，	◇◇◇◆◇◇◆，
破镜尘筝，一梦经年**瘦**。	◆◆◇◇，◆◆◇◇◆。

今宵帘幕扬花**阴**，空余枕泪独伤**心**。 ◇◇◇◆◇◇◇，◇◇◆◆◆◇◇。

同体式作品：南唐：冯延巳 1 首（此式仅见冯延巳 2 首）。

18. 【别仙子】

1. 始词见敦煌写本歌辞。
2. 双片。上片四韵，下片六韵，仄韵，隔句韵，间插连句韵。
3. 此调仅见敦煌写本歌辞 1 首。

始词：21 分句 4 复句。双片。上片 10 分句 4 复句，二/三/三/二/型复句组；下片 11 分句 4 复句，三/三/三/二型复句组。仄韵，隔句韵，间插连句韵。

4，6。3，3，3。3，3，6。3，6。

4，3，3。3，3，3。3，3，5。3，6。——唐·敦煌写本歌辞·《敦煌歌辞总编》第 201 页

别仙子

此时模样，算来似秋天**月**。 ◆◇◇◆，◆◇◆◇◇◆。

无一事，堪惆怅，须圆**阙**。 ◇◆◆，◇◇◆，◇◇◆。

穿窗牖，人寂静，满面蟾光如**雪**。 ◇◇◆，◇◆◆，◆◆◇◇◇◆。

照泪痕，何似两眉双**结**。 ◆◆◇，◇◆◆◇◇◆。

晓楼钟动，执纤手，看看**别**。 ◆◇◇◆，◆◇◆，◇◇◆。

移银烛，猥身**泣**，声哽**咽**。 ◇◇◆，◆◇◆，◇◆◆。

家私事，频付嘱，上马临行**说**。 ◇◇◆，◇◆◆，◆◆◇◇◆。

长思**忆**，莫负少年时**节**。 ◇◇◆，◆◆◆◇◇◆。

同体式作品：无。

19. 【菩萨蛮】

【菩萨蛮令】【重叠金】

1. 始词见敦煌写本歌辞。
2. 亦为唐教坊曲（见《教坊记》）。
3. 调名一作“菩萨鬘”，本胡乐，宋王灼《碧鸡漫志》：“《南部新书》及《杜阳杂编》云：‘大中初，女蛮国入贡，危髻金冠，缨络被体，号菩萨蛮队，遂制此曲。当时倡优李可及作菩萨蛮队舞，文士亦往往声其词。’大中，乃宣宗纪号也。《北梦琐言》：‘宣宗爱

唱《菩萨蛮》词，令狐相国假温飞卿新撰密进之，戒以勿泄，而遽言于人，由是疏之。’温词十四首，载《花间集》，今曲是也。”

4. 唐五代两宋通行词调，调名一作【菩萨蛮令】，或由唐温庭筠【菩萨蛮】“小山重叠金明灭”之句而衍名为【重叠金】。

5. 双片。同韵、换韵二式；每片四韵，连句韵，或隔句韵。

始词：8分句4复句。双片。每片4分句2复句，二/二/型复句组。每片二换韵，第一复句押仄，第二复句押平，连句韵。律词。

7，7。5，5。

5，5。5，5。——唐·敦煌写本歌辞·《敦煌歌辞总编》第223页

菩萨蛮

清明节近千山**绿**，轻盈士女腰如**束**。	◇◇◆◆◇◇◆，◇◇◆◆◇◇◆。
九陌正花**芳**，少年骑马**郎**。	◆◆◆◇◇，◆◇◇◆◇。
罗衫香袖**薄**，佯醉抛鞭**落**。	◇◇◇◆◆，◇◆◇◇◆。
何用更回**头**，谩添春夜**愁**。	◇◆◆◇◇，◆◇◇◆◇。

同体式作品：唐五代：敦煌写本歌辞13首。李白2首，温庭筠21首，韦庄5首，李晔4首，欧阳炯4首，和凝1首，魏承班3首，牛峤7首，尹鹗3首，毛熙震3首，李珣3首，孙光宪5首，冯延巳8首，卢绛1首，李煜3首，林楚翘1首，计16人74首。北宋-南宋初：张先9首，晏殊4首，谢绛1首，杜安世2首，李师中1首，王安石1首，孙洙1首，韦骧1首，晏几道9首，王观1首，魏夫人3首，苏轼22首，李之仪2首，王齐愈7首，舒亶20首，黄庭坚1首，晁端礼5首，李元膺1首，秦观1首，米芾1首，赵令畤3首，贺铸11首，晁补之3首，陈师道7首，周邦彦1首，李廌1首，谢逸2首，苏庠7首，祖可2首，毛滂8首，刘焘8首，周纯1首，谢薖1首，沈蔚2首，曾纡1首，赵子发1首，王安中5首，叶梦得1首，赵子崧4首，鉴堂4首，梅窗6首，王庭珪1首，陈克6首，朱敦儒5首，周紫芝3首，李元卓1首，李清照2首，何籀1首，李元卓1首，张纲2首，吕本中3首，向子諲4首，李邦献1首，蔡伸11首，王灼1首，孙舣1首，李弥逊5首，陈与义1首，朱淑真2首，沈端节1首，赵师侠13首，张元幹8首，康与之2首（【菩萨蛮令】），邓肃10首，谢明远1首，王之道5首，张表臣1首，曹勋9首，胡铨1首，孙道绚1首，计70人275首。南宋：史浩1首，仲并1首，黄昇3首，闻人武子1首，曾觌2首，黄公度2首，王之望1首，葛立方1首，王炎1首，韩元吉6首，朱淑真2首，张抡10首，侯寘15首，赵彦端6首，王千秋1首，姚宽2首，汤思退1首，袁去华4首，向滈2首，管鉴1首，陆游2首，姜特立3首，范成大6首，李洪1首，朱熹2首，黄铢1首，沈端节2首，张孝祥22首，陈造1首，李处全3首，丘崈3首，吕胜己2首，赵长卿17首，张孝忠1首，赵善扛3首（【重叠金】），黄昇3首（【重叠金】），林淳10首，杨冠卿4首，辛弃疾22首，赵善括2首，程垓15首，陈三聘3首，石孝友3首，赵蕃1首，张镃4首，卢炳3首，汪莘2首，刘翰1首，刘仙伦2首，郭应祥15首，韩淲16首，史达祖3首，高观国6首，魏了翁2首，卢祖皋3首，刘学箕4首，洪咨夔1首，方千里1首，吴泳1首，许玠1首，黄机3首，严仁1首，葛长庚1首，刘克庄1首，李亿1首，李好古3首，留元崇1首，曾原一1首，赵崇嶓1首，李昴英1首，吴文英2首，

翁元龙 2 首，王氏 1 首，洪瑹 3 首，楼枎 1 首，利登 1 首，杨泽民 1 首，张桂 1 首，刘之才 1 首，萧汉杰 1 首，陈允平 2 首，江开 1 首，萧元之 1 首，郭□□1 首，刘辰翁 6 首，颜奎 1 首，史介翁 1 首，周密 1 首，陈达叟 1 首，彭元逊 1 首，刘埙 2 首，赵必瑑 1 首，仇远 2 首，张炎 2 首，王去疾 1 首，高子芳 1 首，陈义 4 首，方乔 1 首，紫竹 2 首，申纯 1 首，王娇娘 2 首，阮华 1 首，邓肃 1 首，甄良友 1 首，黄人杰 1 首，华岳 1 首，赵希蓬 1 首，朱子厚 1 首，无名氏 10 人 10 首，计 118 人 340 首。

增减字：

（一）7，7。6，7。○ 5，5。5，7。敦煌写本歌辞 1 首。

（二）7，7。5，5。○ 5，5。6，5。敦煌写本歌辞 1 首。

（三）7，7。5，5。○ 5，5。5，6。敦煌写本歌辞 2 首。

（四）7，7。5，5。○ 5，5。5，7。敦煌写本歌辞 1 首。

（五）7，7。5，5。○ 4，5。5，5。南宋：芮辉 1 首。

变体三

较始词分句数复句数皆变

【变体三】22 分句 8 复句，每片 11 分句 4 复句，三/四/二/二/型复句组。仄韵，隔句韵，间插连句韵。

4，5，4。3，4，5，4。4，7。5，8。

6，5，4。3，6，5，4。4，7。3，8。——南宋・罗志仁・《全宋词》第 3430 页

菩萨蛮

晓莺催**起**，问当年秀色，为谁料**理**。	◆◇◇◆，△◇◇◆◆，◆◇◆◆。
怅别后，屏掩吴山，	◆◆◆，◇◆◇◇，
便楼燕月寒，鬓蝉云**委**。	△◇◆◆◇，◆◇◇◆。
锦字无凭，付银烛尽烧千**纸**。	◆◆◇◇，◆◇◆◆◇◇◆。
对寒泓静碧，又把去鸿往恨都**洗**。	△◇◇◆◆，◆◆◆◇◆◆◇◆。
桃花自贪结**子**，道东风有**意**，吹送流**水**。	◇◇◆◇◆◆，△◇◇◆◆，◇◆◇◆。
谩记得，当日心嫁卿卿，	◆◆◆，◇◆◇◆◇◇，
是日暮天寒，翠袖堪**倚**。	◆◆◆◇◇，◆◆◇◆。
扇月乘鸾，尽梦隔婵娟千**里**。	◆◆◇◇，△◆◆◇◇◇◆。
到嗔人，从今不信画檐鹊**喜**。	◆◇◇，◇◇◆◆◆◇◆◆。

按：长调【菩萨蛮】仅此 1 首。作者罗志仁，宋末入元之遗民，无擅音律之记载。查其词作，多循旧式，有如该词之变体未之见，在宋词【菩萨蛮】诸作中亦难寻该变体的痕迹，疑其调名为误传。

同体式作品：无。

20.【思越人】

1. 始词见敦煌写本歌辞。
2. 源出六朝陈宫廷歌曲。《敦煌歌辞总编》："蜀何光远《鉴戒录》谓陈后主之内臣严凝月能竟唱《后庭花》《思越人》。又曰：'《思越人》者，亡吴之曲。'故胡曾咏史诗曰：'吴王恃霸气雄才，贪向姑苏醉绿醅。不觉钱塘江上月，一宵西宋越兵来。'"按：陈后主之内臣所唱【后庭花】【思越人】二调，其辞失传，《南史·陈后主张贵妃传》有云陈后主喜游宴，"使诸贵人及女学士与狎客共赋新诗，互相赠答，采其尤艳丽者，以为曲调，被以新声……其曲有《玉树后庭花》《临春乐》等"。可知本为声诗调。
3. 五代文人词调【满宫花】与【思越人】词式全同（见本谱第169调），或指为同调异名，本谱仍作两调。
4. 双片。平韵，隔句韵；或平仄换韵，上片押平，下片押仄；每片或二韵、或三韵、或四韵；隔句韵、连句韵。

始词：9分句4复句。双片。上片5分句2复句，三/二/型复句组；下片4分句2复句，二/二/型复句组。平韵，隔句韵。

3，3，6。7，6。

7，6。7，6。——唐·敦煌写本歌辞·《敦煌歌辞总编》第204页

思越人

美东邻，多窈窕，绣裙步步轻**抬**。	◆◇◇，◇◆◆，◆◇◆◆◇◇。
独向西园寻女伴，笑时双脸莲**开**。	◆◆◇◇◇◆◆，◆◇◇◆◇◇。
□□分手低声问，匆匆恨缺良**媒**。	□□◇◆◇◇◆，◇◇◆◆◇◇。
怕被颠狂花下恼，牡丹不折先**回**。	◆◆◇◇◇◆◆，◆◇◆◆◇◇。

同体式作品：敦煌写本歌辞1首。五代：张泌1首，鹿虔扆1首，孙光宪2首。

附：五代张泌平仄换韵《思越人》：

燕双飞，莺百转，越波堤下长**桥**。斗钿花筐金匣恰，舞衣罗薄纤**腰**。○东风澹荡慵无**力**，黛眉愁聚春**碧**。满地落花无消息，月明肠断空**忆**。

变体一

与始词分句数复句数相同，复句型有变。

【变体一】9分句4复句。上下片分句数、复句型与始词正相反，上片4分句2复句，二/二/型复句组；下片5分句2复句，三/二/型复句组。平韵，连句韵、隔句韵。律词。

7，7。7，7。

3，3，7。7，7。——北宋·贺铸·《全宋词》第538页

思越人

怊怅离亭断彩**襟**，碧云明月两关**心**。　◆◆◇◇◆◆◇，◇◇◆◆◆◇◇。
几行书尾情何限，一尺裙腰瘦不**禁**。　◇◇◆◆◇◇◆，◇◆◇◇◆◆◇。

遥夜半，曲房**深**，有时昵语话如**今**。　◆◆◆，◆◇◇，◆◇◆◆◆◇◇。
侵窗冷雨灯生**晕**，泪湿罗笺楚调**吟**。　◆◇◆◆◆◇◆，◇◆◇◇◆◆◇。

同体式作品：北宋：贺铸2首，郑少微1首。南宋：程正同1首。

变体二

较始词复句数不变，分句数增1。

【变体二】10分句4复句。上片与始词同，下片增1分句，分句字数有变。每片5分句2复句，三/二/型复句组。仄韵，隔句韵、连句韵。

5，3，4。4，4。

5，3，6。3，7。——五代·冯延巳·《全唐五代词》第705页

思越人

酒醒情怀**恶**，金缕褪，玉肌如**削**。　◆◆◇◇◆，◇◆◆，◆◇◇◆。
寒食过**却**，海棠零**落**。　◇◆◆◆，◆◇◇◆。

乍倚遍阑干，烟澹**薄**，翠幕帘栊画**阁**。　△◆◆◇◇，◇◆◆，◆◆◇◇◆◆。
春睡**著**，觉来失秋千期**约**。　◇◆◆，◆◇◆◇◇◇◆。

同体式作品：无。

21.【怨春闺】

1. 始词见敦煌写本歌辞，词咏调名本意。
2. 此调名仅见敦煌写本歌辞一首。《敦煌歌辞总编》考【传言玉女】【侍香金童】二调与【怨春闺】有渊源关系，兹将三调作同源词调处理。
3. 双片。上片四仄韵，下片五仄韵，连句韵、隔句韵。

始词：17分句8复句。双片。上片8分句4复句，二/二/二/二/型复句组；下片9分句4复句，二/二/三/二/型复句组。仄韵，隔句韵，插一连句韵。律词。

5，4。4，5。4，4。4，6。

4，6。4，5。3，3，4。4，6。——唐·敦煌写本歌辞·《敦煌歌辞总编》第207页

怨春闺

好天良夜月，碧霄高**挂**。 ◆◇◇◆◆，◆◇◇◆。
羞对文鸾，泪湿红罗**帊**。 ◇◆◇◇，◆◆◇◇◆。
时敛愁眉，恨君颠**罔**。 ◇◆◇◇，◆◇◇◆。
夜夜归来，红烛长流云**榭**。 ◆◆◇◇，◇◆◇◇◇◆。

夜久更深，罗帐虚熏兰**麝**。 ◆◆◇◇，◇◆◇◇◇◆。
频频出户，迎取嘶嘶**马**。 ◇◇◆◆，◇◆◇◇◆。
含笑觑，轻轻**骂**，把衣挦**扯**。 ◇◆◆，◇◇◆，◆◇◇◆。
叵耐金枝，扶入水精帘**下**。 ◆◆◇◇，◇◆◆◇◇◆。

同体式作品：无。

同源词调一：【传言玉女】

1. 始词见北宋晁冲之作。
2. 以典故为调名。《汉武帝内传》："帝夜闲居承华殿，东方朔、董仲舒侍，忽见一女子着青衣，美丽非常。帝愕然问之，女对曰：'我墉宫玉女王子登也，乃为王母所使，从昆山来。'语帝曰：'闻子轻四海之禄，寻道求生，降帝王之位而屡祷山岳，勤哉！有似可教者也。从今日清斋，不闲人事。至七月七日，王母暂来也。'帝下席跪诺。言讫，玉女忽然不知所在。帝问东方朔：'此何人?'朔曰：'是西王母紫兰宫玉女，常传使命，往来扶桑，出入灵州，交关常阳，传言玄都。阿母昔以出配北烛仙人，近又召还，使领命禄，真灵官也。'"
3. 双片。每片四仄韵，变体或增一韵，隔句韵。

始词：17分句8复句。上片8分句4复句，二/二/二/二/型复句组；下片9分句4复句，三/二/二/二/型复句组。仄韵，隔句韵。

4，6。4，5。4，6。4，4。
4，3，3。4，5。4，6。2，6。——北宋·晁冲之·《全宋词》第654页

传言玉女

一夜东风，吹散柳梢残**雪**。 ◆◆◇◇，◇◆◆◇◇◆。
御楼烟暖，正鳌山对**结**。 ◆◇◇◆，△◇◇◆◆。
箫鼓向晚，凤辇初归宫**阙**。 ◇◆◆◆，◆◆◇◇◇◆。
千门灯火，九街风**月**。 ◇◇◇◆，◆◇◇◆。

绣阁人人，乍嬉游，困又**歇**。	◆◆◇◇，◆◇◇，◆◆◆。
笑匀妆面，把朱帘半**揭**。	◆◇◇◆，△◇◇◆◆。
娇波向人，手捻玉梅低**说**。	◇◇◆◇，◆◆◆◇◇◆。
相逢，常是上元时**节**。	◇◇，◇◆◆◇◇◆。

同体式作品： 南宋：杨无咎1首，黄机1首，何梦桂1首。

变体二

较始词复句数不变，分句数减1。

【变体二】16分句8复句。每片8分句4复句，二/二/二/二/型复句组。仄韵，邻韵通押，掺方言韵，隔句韵，间插连句韵。

4，6。4，5。4，6。4，4。

4，5。4，5。4，6。4，4。——北宋·袁绹·《全宋词》第986页

传言玉女

眉黛轻分，惯学玉真梳**掠**。	◇◆◇◇，◆◆◆◇◇◆。
艳容可画，那精神怎**貌**。	◆◇◆◆，△◇◇◆◆。
鲛绡映**玉**，钿带双穿缨**络**。	◇◇◆◆，◆◆◇◇◇◆。
歌音清丽，舞腰柔**弱**。	◇◇◇◆，◆◇◇◆。
宴罢瑶池，御风跨皓**鹤**。	◆◆◇◇，◆◇◆◆◆。
凤凰台上，有萧郎共**约**。	◆◇◇◆，△◇◇◆◆。
一面笑开，向月斜褰珠**箔**。	◆◆◆◇，△◆◇◇◇◆。
东园无限，好花羞**落**。	◇◇◇◆，◆◇◇◆。

同体式作品： 无。

增减字：

（一）4，6。4，5。4，6。4，4。○4，6。4，5。4，6。4，4。南宋：曾觌1首，石孝友1首，吴潜1首，汪元量1首。

（二）4，6。4，5。4，6。4，4。○4，6。4，4。4，6。4，4。南宋：赵善扛1首。

（三）4，6。4，5。4，6。4，4。○6，4。4，5。4，6。4，4。南宋：郭应祥1首。

变体三

较始词分句数复句数皆变

【变体三】15分句6复句。双片。上片7分句3复句，三/二/二/型复句组，下片8分句3复句，三/二/三/型复句组。仄韵，隔句韵，间插连句韵。

4，6，9。4，6。4，4。

4，3，3。4，5。4，7，8。——南宋·杨无咎·《全宋词》第1183页

传言玉女

王显之席上

料峭寒生，知是那番花**信**，	◆◆◇◇，◇◆◆◇◇◆，
算来都为惜花人做**恨**。	◆◇◇◆◆◇◇◆◆。
看犹未足，早觉枝头吹**尽**。	◇◇◆◆，◆◆◇◇◆◆。
曲栏幽榭，乱红成**阵**。	◆◇◇◆，◆◇◇◆。
釃酒花前，试停杯，与细**问**。	◆◆◇◇，◆◇◇，◆◆◆。
褪香销**粉**，问东君怎**忍**。	◆◇◇◆，△◇◇◆◆。
韶华过半，谩赢得几场春**困**，	◇◇◆◆，◆◇◆◆◇◇◆，
厌厌空自为花愁**损**。	◆◆◇◆◆◇◇◆。

同体式作品：无。

同源词调二：【侍香金童】

1. 始词北宋贺铸作。
2. 托典故为调名。唐王仁裕《开元天宝遗事·床畔香童》："（王）元宝好宾客，务于华侈，器玩服用，僭于王公，而四方之士尽归而仰焉。常于寝帐床前雕矮童二人，捧七宝博山炉，自暝焚香彻晓。"
3. 双片。仄声韵，每片四韵，隔句韵，间插连句韵。

始词：12 分句 6 复句。每片 6 分句 3 复句，二/二/二/型复句组。仄声韵，隔句韵，间插连句韵。

4，5。7，7。4，4。
3，7。7，7。4，4。——北宋·贺铸·《全宋词》第 518 页

侍香金童

楚梦方回，翠被寒如**水**。	◆◆◇◇，◆◆◇◇◆，
尚想见扬州桃**李**，姿秀韵闲何物**比**。	◆◆◆◇◇◇◆，◇◆◆◇◇◆◆。
玉管秋风，漫声流**美**。	◆◆◇◇，◆◇◇◆。
燕堂开，双按秦弦呈素**指**。	◆◇◇，◇◆◇◇◇◆◆，
宝雁参差飞不**起**，三五彩蟾明夜**是**。	◆◆◇◇◇◆◆，◆◆◆◇◇◆◆。
屈曲阑干，断肠千**里**。	◆◆◇◇，◆◇◇◆。

同体式作品：无。

增减字：

（一）4，5。8，7。4，4。〇 5，5。7，7。4，4。北宋：蔡伸 1 首。

（二）4，5。8，7。4，4。○ 3，7。8，7。4，4。南宋：赵长卿 1 首。

（三）4，5。8，7。4，4。○ 6，5。7，7。4，4。南宋：无名氏 1 首。

（四）4，5。7，7。4，4。○ 5，5。8，7。4，4。南宋：无名氏 1 首。

22.【送征衣】

1. 始词见敦煌写本歌辞。
2. 亦为唐教坊曲（见《教坊记》）。
3. 短调、长调二体。敦煌写本歌辞，短调，上下片各四平韵，首句不韵，继连句韵；长调始词北宋柳永作，上片七韵，下片六韵，平韵，隔句韵。
4. 本调仅见此二首。

短调

始词：10 分句 4 复句。每片各 5 分句 2 复句，二/三/型复句组。平韵，上下片首句不韵，继连句韵。

7，5。7，5，5。

7，5。7，5，5。——唐・敦煌写本歌辞・《敦煌歌辞总编》第 210 页

送征衣

今世共你如鱼水，是前世因**缘**。	◇◆◆◆◇◇◆，△◇◆◇◇。
两情准拟过千**年**，	◆◇◆◆◆◇◇，
转转计较**难**，教汝独自**眠**。	◆◆◆◆◇，◆◆◆◆◇。
每见庭前双飞燕，他家好自**然**。	◆◆◇◇◇◇◆，◇◇◆◆◇。
梦魂往往到君**边**，	◆◇◆◆◆◇◇，
心专石也**穿**，愁甚不团**圆**。	◇◇◆◆◇，◇◆◆◇◇。

同体式作品：无。

长调

始词：29 分句 10 复句。双片。上片 15 分句 5 复句，四/二/四/三/二/型复句组；下片 14 分句 5 复句，三/二/四/三/二/型复句组。平韵，隔句韵。

3，4，4，6。3，3。2，3，4，4。7，3，3。7，5。

6，3，3。6，4。2，3，4，4。7，3，3。7，5。——北宋・柳永・《全宋词》第 15 页

送征衣

过韶**阳**，璇枢电绕，华渚虹流，	◆◇◇，◇◇◆◆，◇◆◇◇，

运应千载会**昌**。	◆◇◇◆◆◇。
罄寰宇，荐殊**祥**。	◆◇◆，◆◇◇。
吾**皇**，诞弥月，瑶图缵庆，玉叶腾**芳**。	◇◇，◆◇◆，◇◇◆◆，◆◆◇◇。
并景贶三灵眷祐，挺英哲，掩前**王**。	◆◆◆◇◇◆◆，◆◇◆，◆◇◇。
遇年年嘉节清和，颁率土称**觞**。	△◇◇◇◆◇◇，△◆◆◇◇。
无间要荒华夏，尽万里，走梯**航**。	◇◆◆◇◇◆，◆◆◆，◆◇◇。
彤庭舜张大乐，禹会群**方**。	◇◇◆◇◆◆，◆◆◇◇。
鹓**行**，望上国，山呼鳌抃，遥爇炉**香**。	◇◇，◆◆◆，◇◇◇◆，◇◆◇◇。
竞就日瞻云献寿，指南山，等无**疆**。	◆◆◆◇◇◆◆，◆◇◇，◆◇◇。
愿巍巍宝历鸿基，齐天地遥**长**。	△◇◇◆◆◇◇，△◇◆◇◇。

同体式作品：无。

23.【临江仙】

【谢新恩】

1. 短调始词见敦煌写本歌辞；长调始词北宋柳永作。
2. 亦为唐教坊曲（见《教坊记》）。
3. 五代两宋通行词调。南唐李煜【谢新恩】二首（另四首残词不计），《钦定词谱》指为【临江仙】异名，兹从之。
4. 通行普式为始词体“增减字”（二）（五）两式。
5. 短调（4复句）、长调（8复句）二体。双片，平韵、仄韵二式。短调上片四平韵，下片三平韵，首句入韵，隔句韵；长调上片五平韵，下片六平韵，变体每片四平韵；隔句韵，间插连句韵。

短调

始词：10分句4复句。双片，每片5分句2复句，二/三/型复句组。平韵，连句韵、隔句韵。

7，6。7，3，5。

7，6。7，3，5。——唐·敦煌写本歌辞·《敦煌歌辞总编》第1115页

临江仙

大王处分靖烽**烟**，山路阻隔多**般**。	◆◇◆◆◆◇◇，◇◆◆◇◇◇。
寒风切切贱于**丹**，行路远，正见一条**天**。	◇◇◆◆◆◇◇，◇◆◆，◆◆◆◇◇。

愿我早晚夺山**川**，大王尧舜团**圆**。　◆◆◆◆◆◇◇，◆◇◇◆◇◇。

自今以后把枪**攒**，卸金甲，高唱快活**年**。　◆◇◆◆◆◇◆，◆◇◆，◇◆◆◇◇。

同体式作品： 敦煌写本歌辞2首。

增减字：

（一）7，6。7，5，5。○7，6。7，4，5。敦煌写本歌辞1首（“少年夫婿负恩多”）。五代：冯延巳1首。北宋：王观1首。南宋：胡铨1首。

（二）7，6。7，4，5。○7，6。7，4，5。五代：张泌1首，毛文锡1首，顾夐3首，鹿虔扆2首，阎选2首，尹鹗2首，毛熙震2首，李珣2首，孙光宪2首，冯延巳2首，李煜1首（【谢新恩】），计11人20首。北宋：柳永1首，张先1首，晏殊1首，欧阳修2首，俞紫芝1首，李之仪1首，晁端礼1首，秦观1首，邹浩1首，谢逸1首，叶梦得1首，计11人12首。南宋：蔡伸5首，刘袤1首，李石2首，许庭4首，赵彦端1首，刘光祖1首，计6人14首。

（三）6，6。7，5，5。○6，6。7，5，5。五代：徐昌图1首。北宋：晏几道7首，陈师道1首，陈克1首。南宋：赵与仁1首。

（四）7，6。7，5，5。○7，6。7，5，5。北宋：滕宗谅1首，杜安世2首，苏氏1首，魏夫人1首，苏轼13首，李之仪6首，许将1首，郑无党1首，舒亶1首，晁元礼1首，吕希纯1首，秦观5首，贺铸1首，赵令畤1首，晁补之10首，陈师道3首，侯蒙1首，陈与义1首（“忆昔午桥桥上饮”，一说为周邦彦作），陈瓘1首，谢逸1首，晁冲之3首，苏庠2首，毛滂3首，李新1首，欧阳辟1首，沈蔚1首，葛胜仲9首，米友仁4首，曾纡1首，王安中2首，张继先3首，叶梦得19首，刘一止3首，曹组1首，万俟咏1，王庭珪4首，陈克2首，朱敦儒8首，周紫芝2首，赵佶1首，曾慥1首，张纲2首，李清照1首，计43人128首。南宋：范梦龙1首，洪皓1首，蔡伸2首，李弥逊5首，王以宁3首，陈与义2首，刘彤1首，张元干4首，邓肃9首，王之道3首，刘袤1首，曹勋2首，何蓑衣道人1首，史浩8首，李石2首，倪偁7首，王之望3首，许庭4首，洪适8首，韩元吉3首，张抡2首，侯寘2首，赵彦端1首，王千秋2首，李吕1首，洪迈1首，向滈2首，曹冠1首，姚述尧8首，管鉴2首，姜特立1首，范成大2首，王质4首，张孝祥3首，李处全1首，丘崈1首，吕胜己1首，赵长卿11首，廖行之1首，王炎3首，辛弃疾24首，程垓2首，虞俦1首，陈三聘2首，石孝友5首，韩玉1首，刘光祖1首，马子严1首，陈亮1首，宋先生1首，张镃1首，刘过4首，卢炳1首，郭应祥3首，韩淲6首，李廷忠2首，高似孙1首，高观国1首，魏了翁18首，卢祖皋4首，孙居敬2首，刘学箕1首，林正大1首，洪咨夔1首，刘镇1首，黄机3首，张辑2首，刘克庄4首，阳枋1首，赵希囿1首，李曾伯1首，太学士人1首，王义山1首，陈允平1首，何梦桂1首，刘辰翁5首，王奕1首，赵文1首，刘埙1首，张炎3首，彭子翔1首，易少夫人2首，张伯寿6首，叶景山1首，范成大1首，黄人杰4首，俞国宝1首，叶景山1首，王阜民1首，无名氏22人22首，计111人273首。

（五）7，7。7，5，5。○7，7。7，5，5。北宋：晏几道1首。

（六）6，6。7，4，5。○6，6。7，4，5。北宋：陈克1首。南宋：向子諲1首，赵长卿2首。

（七）7，6。7，5，5。○7，7。7，5，5。南宋：韩世1首。

（八）7，6。7，4，5。○7，6。7，5，5。南宋：许庭1首。

（九）6，6。7，5，5。○7，6。7，5，5。南宋：程大昌3首，张孝祥、陈妙常、俞国宝，各1首。

（一〇）7，6。7，5，5。○6，6。7，5，5。南宋：赵长卿1首，王炎2首，刘辰翁4首，赵文1首。

（一一）7，6。7，5，5。○7，5。7，5，5。南宋：贾少卿1首。

变体二

较始词复句数相同，分句数有变。

变体二·1

11 分句 4 复句

【变体二·1】11 分句 4 复句。双片。上片与始词同，5 分句 2 复句，二/三/型复句组；下片第二复句较始词增 1 分句，6 分句 2 复句，二/四/型复句组。平韵，上片起首二句连句韵，继隔句韵。

7，6。7，6，5。

7，6。7，4，3，5。——唐·敦煌写本歌辞·《敦煌歌辞总编》第 255 页

临江仙

岸阔临江帝宅**赊**，东风吹柳西**斜**。　◆◆◇◇◆◆◇，◇◇◇◆◇◇。
春光催绽后园**花**，　◇◇◇◆◆◇◇，
莺啼燕语撩乱，争忍不思**家**。　◇◇◆◆◇◆，◇◆◆◇◇。

每恨经年离别苦，等闲抛弃生**涯**。　◆◆◇◇◇◆◆，◆◇◇◆◇◇。
如今时世已参**差**，　◇◇◇◆◆◇◇，
不如归去，归去也，沉醉卧烟**霞**。　◆◇◇◆，◇◆◆，◇◆◆◇◇。

同体式作品：五代：和凝 1 首。

变体二·2

8 分句 4 复句

【变体二·2】8 分句 4 复句。上下片第二复句较始词各减 1 分句，每片 4 分句 2 复句，二/二/型复句组。平韵，隔句韵、连句韵。律词。

7，6。7，7。

7，6。7，7。——五代·和凝·《全唐五代词》第 469 页

临江仙

海棠香老春江晚，小楼雾縠涳**蒙**。　◆◇◇◆◇◇◆，◆◇◆◆◇◇。
翠鬟初出绣帘**中**，麝烟鸾佩惹苹**风**。　◆◇◇◆◆◇◇，◆◇◇◆◆◇◇。

碾玉钗摇鸂鶒战，雪肌云鬓将**融**。　◆◆◇◇◇◆◆，◆◇◇◆◇◇。
含情遥指碧波**东**，越王台殿蓼花**红**。　◇◇◇◆◆◇◇，◆◇◇◆◆◇◇。

同体式作品：无。

变体二·3

12 分句 4 复句

【变体二·3】12分句4复句。双片。上下片较始词各增1分句。每片6分句2复句，二/四/型复句组。平韵，隔句韵。律词。

7，6。7，4，3，3。

7，6。7，4，3，3。——五代·顾夐·《全唐五代词》第567页

临江仙

碧染长空池似镜，倚楼闲望凝**情**。 ◆◆◇◇◇◆◆，◆◇◇◆◇◇。
满衣红藕细香**清**，象床珍簟， ◆◇◇◆◆◇◇，◆◇◇◆，
山障掩，玉琴**横**。 ◇◆◆，◆◇◇。

暗想昔时欢笑事，如今赢得愁**生**。 ◆◆◆◇◇◆◆，◇◇◇◆◇◇。
博山炉暖澹烟**轻**，蝉吟人静， ◆◇◇◆◆◇◇，◇◇◇◆，
残日傍，小窗**明**。 ◇◆◆，◆◇◇。

同体式作品：无。

变体二·4

9分句4复句

【变体二·4】9分句4复句。双片。上片与始词同，5分句2复句，二/三/型复句组；下片第二复句较始词减1分句，4分句2复句，二/二/型复句组。仄韵，换韵，遥韵；连句韵、隔句韵。

7，5。5，5，4。

6，5。7，7。——五代·李煜·《全唐五代词》第763页

谢新恩

冉冉秋光留不**住**，满阶红叶**暮**。 ◆◆◇◇◇◆◆，◆◇◇◆◆。
又是过重阳，台榭登临**处**，茱萸香坠。 ◆◆◆◇◇，◇◆◇◇◆，◇◇◇◆。

紫菊气飘庭**户**，晚烟笼细**雨**。 ◆◆◆◇◇◆，◆◇◇◆◆。
雍雍新雁咽寒声，愁恨年年长相似。 ◇◇◇◆◆◇◇，◇◆◇◇◇◇◆。

同体式作品：无。

长调

始词：24分句8复句。双片。每片12分句4复句，三/二/四/三/型复句组。平韵，隔句韵。

5，4，4。3，6。2，4，3，4。3，5，4。

2，4，6。5，4。2，4，3，4。3，5，4。——北宋·柳永《全宋词》第43页

临江仙

梦觉小庭院，冷风淅淅，疏雨潇**潇**。 ◆◆◆◇◆，◆◇◆◆，◇◆◇◇。

绮窗外，秋声败叶狂**飘**。	◆◇◆，◇◇◆◆◇◇。
心**摇**，奈寒漏永，孤帏悄，泪烛空**烧**。	◇◇，△◇◆◆，◇◇◆，◆◆◇◇。
无端处，是绣衾鸳枕，闲过清**宵**。	◇◇◆，△◆◇◇◆，◇◆◇◇。
萧**条**，牵情系恨，争向年少偏**饶**。	◇◇，◇◇◆◆，◇◆◇◆◇◇。
觉新来憔悴，旧日风**标**。	△◇◇◇◆，◆◆◇◇。
魂**消**，念欢娱事，烟波阻，后约方**遥**。	◇◇，△◇◇◆，◇◇◆，◆◆◇◇。
还经岁，问怎生禁得，如许无**聊**。	◇◇◆，△◆◇◇◆，◇◆◇◇。

同体式作品：无。

同源词调：【临江仙引】

1. 始词北宋柳永作。
2. “引”，词调音乐概念，具体指意未有定论。宋末元初张炎《词源》曰“美成诸人又复增演慢曲、引、近”，将词调音乐分为令、引、近、慢、三台、序子几类。明清人或将令、引、近、慢作为词之四体，“令”为短调，“引”“近”为中调，“慢”为长调；或曰“引”指一个较长乐曲开头的乐段；或曰本是琴曲术语。诸说可作参考。从今存唐宋词作品看，“引”之词调体式长短有一定弹性。
3. 双片。上片四平韵，下片三平韵，隔句韵。
4. 此调名仅见柳永词三首。无名氏【临江仙】一首，复句数与本调同，兹划入本调。

始词：15 分句 6 复句。双片。上片 9 分句 3 复句，三/三/三/型复句组；下片 6 分句 3 复句，二/二/二/型复句组。平韵，隔句韵。

4，3，3。6，5，5。4，4，5。

7，6。5，5。6，6。——北宋·柳永·《全宋词》第 48 页

临江仙引

渡口向晚，乘瘦马，陟平**冈**。	◆◆◆◆，◇◆◆，◆◇◇。
西郊又送秋**光**，	◇◇◆◆◇◇，
对暮山横翠，衫残叶飘**黄**。	△◆◇◇◆，◇◇◆◇◇。
凭高念远，素景楚天，无处不凄**凉**。	◇◇◆◆，◆◆◆◇，◇◆◆◇◇。
香闺别来无信息，云愁雨恨难**忘**。	◇◇◆◇◇◆◆，◇◇◆◆◇◇。
指帝城归路，但烟水茫**茫**。	△◆◇◇◆，△◇◆◇◇。
凝情望断泪眼，尽日独立斜**阳**。	◇◇◆◆◆◆，◆◆◆◆◇◇。

同体式作品：北宋：柳永 1 首。

变体二

较始词复句数不变，分句数有变。

变体二·1

14 分句 6 复句

【变体二·1】14 分句 6 复句。双片。上片第三复句较始词减 1 分句，8 分句 3 复句，三/三/二/型复句组；下片与始词同，6 分句 3 复句，二/二/二/型复句组。平韵，隔句韵。

4，3，3。6，5，5。6，7。

7，6。5，5。6，6。——北宋·柳永·《全宋词》第 43 页

临江仙引

画舸荡桨，随浪箭，隔岸**虹**。	◆◆◆◆，◇◆◆，◆◆◇。
□荷点断秋**容**，	□◇◆◆◇◇，
疑水仙游泳，向别浦相**逢**。	△◆◇◇◆，△◆◆◇◇。
鲛丝雾吐渐收，细腰无力转娇**慵**。	◇◇◆◆◆◇，◆◇◇◆◆◇◇。
罗袜凌波成旧恨，有谁更赋惊**鸿**。	◇◆◇◇◇◆◆，◆◇◆◆◇◇。
想媚魂杳信，算密锁瑶**宫**。	△◆◇◆◆，△◆◆◇◇。
游人漫劳倦□，奈何不逐东**风**。	◇◇◆◇◆□，◆◇◆◆◇◇。

同体式作品：无。

变体二·2

17 分句 6 复句

【变体二·2】17 分句 6 复句。上片与始词同，9 分句 3 复句，三/三/三/型复句组句；下片增 2 分句，8 分句 3 复句，二/三/三/型复句组。仄韵，隔句韵，间插连句韵。律词。

6，3，4。4，4，6。3，4，6。

4，6。4，6，6。3，4，6。——宋·无名氏·《全宋词》第 3899 页

临江仙

自古钱塘难**比**，看潮人，成群作**队**。	◆◆◇◇◇◆，◆◇◇，◇◇◆◆。
不待中秋，相随相趁，尽往江边游**戏**。	◆◆◇◇，◇◇◇◆，◆◆◇◇◇◆。
沙滩畔，远望潮头，不觉侵天浪**起**。	◇◇◆，◆◆◇◇，◆◆◇◇◆◆。
头巾如**洗**，斗把衣裳去**挤**。	◇◇◇◆，◆◆◇◇◆◆。
下浦桥边，一似奈何桥畔，	◆◆◇◇，◆◆◆◇◇◆，
裸体披头如**鬼**。	◆◆◇◇◇◆。
入城里，烘好衣裳，犹问几时起**水**。	◆◇◆，◇◆◇◇，◇◆◆◇◆◆。

同体式作品：无。

24.【南歌子】

【南柯子】【望秦川】

1. 五言声诗始见唐裴诚作；长短句曲子辞始见敦煌写本。
2. 亦为唐教坊曲（见《教坊记》）。
3. 两宋通行词调，别写为【南柯子】，或名【望秦川】。
4. 单片、双片二体。单片体，三平韵，隔句韵；双片体，始词每片三平韵，普式每片二平韵，隔句韵。

五言声诗

始词：4 分句 2 复句，二/二/型复句组。平韵，隔句韵。律绝。

5，5。5，5。——唐·裴诚·《全唐五代词》第 133 页

南歌子

不是厨中弗，争如炙里**心**。　◆◆◇◇◆，◇◇◆◆◇。

井边银钏落，展转恨还**深**。　◆◇◇◆◆，◆◆◆◇◇。

同体式作品：无。

长短句·单片体

始词：单片，5 分句 2 复句，二/三/型复句组。平韵，隔句韵。律词。

5，5。7，6，6。——唐·敦煌写本歌辞·《敦煌歌辞总编》第 221 页

南歌子

翠柳眉间绿，桃花脸上**红**。　◆◆◇◇◆，◇◇◆◆◇。

薄罗衫子掩酥**胸**，　◆◇◇◆◆◇◇，

一段风流难比，像白莲出水**中**。　◆◆◇◇◇◆，△◆◇◆◆◇。

同体式作品：无。

增减字：

（一）5，5。7，6，5。敦煌写本歌辞 3 首。

（二）5，5。5，5，3。唐：温庭筠 7 首。

（三）5，5。7，6，3。五代：欧阳炯 1 首，张泌 2，毛熙震 3 首。

双片体

始词：10 分句 4 复句，单片体之双叠，每片 5 分句 2 复句，二/三/型复句组。平韵，隔句韵。律词。

5，5。7，6，5。

5，5。7，6，5。——唐·敦煌写本歌辞·《敦煌歌辞总编》第220页

南歌子

悔嫁风流婿，风流无准**凭**。	◆◆◇◇◆，◇◇◇◆◇，
攀花折柳得人**憎**，	◇◇◆◆◆◇◇，
夜夜归来沉醉，千声唤不**应**。	◆◆◇◇◇◆，◇◇◆◆◆。
回觑帘前月，鸳鸯帐里**灯**。	◇◆◇◇◆，◇◇◆◆◇。
分明照见负心**人**，	◇◇◆◆◆◇◇，
问道些须心事，摇头道不**曾**。	◆◆◇◇◇◆，◇◇◆◆◇。

同体式作品：无。

增减字：

（一）5，5。7，6，5。〇5，5。7，6，6。敦煌写本歌辞1首。

（二）5，5。7，5，5。〇5，5。7，4，5。敦煌写本歌辞1首。

（三）5，5。7，6，5。〇5，5。7，6，3。敦煌写本歌辞1首。

（四）5，5。7，6，6。〇5，5。7，6，5。敦煌写本歌辞1首。

（五）5，5。7，6，4。〇5，5。7，4，5。南宋：杨无咎1首。

变体二

较始词复句数不变，分句数减1。

【变体二】8分句4复句。上下片较始词各减1分句，4分句2复句，二/二/型复句组。平韵，隔句韵，连句韵。律词。

5，5。7，9。

5，5。7，9。——五代·孙光宪·《全唐五代词》第642页

南歌子

映月论心处，偎花见面**时**。	◆◆◆◇◆，◇◇◆◆◇。
倚郎和袖抚香**肌**，遥指画堂深院许相**期**。	◇◇◆◆◆◇◇，◇◆◆◇◇◆◆◇◇。
解佩君非晚，虚襟我未**迟**。	◆◆◇◇◆，◇◇◆◆◇。
愿如连理合欢**枝**，不似五陵狂荡薄情**儿**。	◆◇◇◆◆◇◇，◆◆◆◇◇◆◆◇◇。

同体式作品：唐五代：孙光宪3首。北宋：张先3首，欧阳修1首，苏轼18首，黄庭坚4首（【南歌子】2【南柯子】2），晁元礼1首，秦观4首（【南歌子】3【南柯子】1），贺铸3首（【南歌子】2【南柯子】1），仲殊2首（【南柯子】1），晁补之2首，陈师道2首（【南柯子】），周邦彦2首（【南柯子】），谢逸1首，毛滂2首，米友仁1首，徐俯1首，叶梦得2首，李光1首，田为2首，朱敦儒1首，周紫芝2首，李祁1首，赵子发2首；两宋之交：李清照1首，陈克10首，吕本中1首，向子諲8首，权无染2首，蔡伸3首，杨适1首，陈与义1首，王灼1首，王以宁1首，张元幹5首，邓肃4首，吕渭老3首，王之道7首，杨无咎5首，刘子翚2首，史浩1首，姚述尧1首，高登1首，曾觌4

首，倪偁5首，北宋至南宋初计43人125首。南宋：洪适7首，韩元吉3首（【南柯子】），侯寘1首，袁去华1首（【南柯子】），王千秋1首，向滈1首，程大昌2首，姚述尧9首，陆游1首，范成大3首（【南柯子】），陈三聘1首（【南柯子】），张孝祥4首，李漳1首，沈端节1首，赵磻老2首（【南柯子】），郭世模1首，赵长卿7首，王炎3首（【南柯子】），辛弃疾4首，陈亮1首，陈三聘3首（【南柯子】），苏十能1首（【南柯子】），曾揆1首（【南柯子】），严仁1首（【南柯子】），程垓8首（【南柯子】5【望秦川】3），张镃1首，赵师侠1首（【南柯子】），魏了翁1首（【南柯子】），赵崇嶓2首（【南柯子】），王迈1首，石孝友6首，郭应祥2首，李壁1首，史达祖1首，徐照1首，吴潜1首（【南柯子】），张枢1首，胡翼龙1首，张辑1首，陈允平2首，续雪谷1首，仇远2首，张炎1首，李太古1首，洪瑹1首，黄昇2首，陈舜翁1首（【南柯子】），王从叔1首（【南柯子】），王氏1首，陈晔1首，华岳1首，赵希蓬1首，臧余庆1首，倪偁6首，吕胜己1首，无名氏12人12首（【南歌子】9【南柯子】3），计67人125首。

按：本调北宋毛滂2首（《东堂小酌赋秋月》《席上和衢守李师文》），调名或题【玉楼春】，词式与【玉楼春】略同而非一调，当为传词者误题，其调当为【南歌子】。兹录其《玉楼春·东堂小酌赋秋月》一首：

庭下新生月，凭君把酒**看**。不须直待素团**团**，恰似那人眉样秀弯**环**。○冷射鸳鸯瓦，清欺翡翠**帘**。数枝烟竹小桥**寒**，渐见风吹疏影过阑**干**。

增减字：

（一）5，7。7，9。○5，7。7，9。南宋：谢福娘1首，张时1首。

25.【泛龙舟】

1. 始词见敦煌写本歌辞。
2. 亦为教坊曲（见《教坊记》），《敦煌歌词总编》考其始源为隋曲。
3. 七言体，单片四平韵，隔句韵，曲尾有和声。
4. 此调仅见敦煌写本歌辞一首。

始词：单片。10分句5复句，二/二/二/二/二/型复句组，最后二句为和声。平韵，隔句韵。

7，7。7，7。7，7。7，7。和声：3，3。

——唐·敦煌写本歌辞·《敦煌歌辞总编》第237页

泛龙舟

春风细雨沾衣湿，何时恍忽忆扬**州**。　◇◇◆◆◇◇◆，◇◇◆◆◆◇◇。

南至柳城新造口，北对兰陵孤驿**楼**。　◇◆◆◇◇◆◆，◆◆◇◇◇◆◇。

回望东西二湖水，复见长江万里**流**。　◇◆◇◇◆◇◆，◆◆◇◇◆◆◇。

白鹭双飞出溪壑，无数江鸥水上**游**。　◆◆◇◇◆◇◆，◇◆◇◇◆◆◇。

泛龙舟，游江乐。　　◆◇◇，◇◇◆。

同体式作品：无。

26.【谒金门】

【出塞】

1. 始词见敦煌写本歌辞，调名或作【儒士谒金门】。
2. 亦为唐教坊曲（见《教坊记》）。
3. 始为道教歌辞。金门，道教所谓之仙门。
4. 宋代通行词调，调名偶作【出塞】。
5. 双片。每片三仄韵，或四仄韵，连句韵。

始词：8 分句 4 复句。双片。每片 4 分句 2 复句，二/二/型复句组。仄韵，连句韵，隔句韵。

3，6。7，5。
6，6。7，5。——唐·敦煌写本歌辞·《敦煌歌辞总编》第 327 页

谒金门

长伏**气**，住在蓬莱山**里**。　　◇◆◆，◆◆◇◇◇◆。
绿竹桃花碧溪**水**，洞中常晚**起**。　　◆◆◇◇◆◇◆，◆◇◇◆◆。

闻道君王诏**旨**，服裹琴书欢**喜**。　　◇◆◇◇◆◆◆，◆◆◇◇◇◆。
得谒金门朝帝**美**，不辞千万**里**。　　◆◆◇◇◇◆◆，◆◇◇◆◆。

同体式作品：唐五代：韦庄 3 首，魏承班 3 首，薛昭蕴 1 首，牛希济 1 首，阎选 1 首，冯延巳 3 首，计 6 人 12 首。北宋：晏殊 1 首，晏几道 1 首，苏轼 3 首，黄庭坚 1 首，贺铸 1 首，谢逸 1 首，苏庠 1 首，毛滂 1 首，曾纡 1 首，王庭珪 1 首，陈克 8 首，朱敦儒 1 首，周紫芝 1 首，计 13 人 22 首。北宋晚-南宋：蔡伸 2 首，李弥逊 1 首，张元幹 3 首，吕渭老 1 首，王之道 1 首，曹勋 3 首，李石 1 首，康与之 1 首，毛开 2 首，韩元吉 2 首，朱淑真 1 首，赵彦端 8 首，王千秋 2 首，李流谦 4 首，袁去华 7 首，朱雍 1 首，范成大 1 首，沈端节 3 首，丘崈 4 首，吕胜己 8 首，赵长卿 4 首，杨冠卿 1 首，周必大 1 首，辛弃疾 4 首，赵善扛 1 首，程垓 7 首，石孝友 5 首，赵师侠 7 首，陈亮 1 首，张镃 2 首，刘过 2 首，卢炳 3 首，汪莘 1 首，赵廱 1 首，张履信 1 首，徐珌 2 首，郭应祥 1 首，韩淲 9 首，吴礼之 1 首，李好义 1 首，程珌 1 首，高观国 1 首，魏了翁 1 首，李从周 1 首，卢祖皋 10 首，洪咨夔 2 首，曾揆 2 首，卫元卿 1 首，吴泳 2 首，黄机 5 首，史愚 1 首，葛长庚 1 首，赵以夫 1 首，郑觉斋 1 首，王平子 1 首，姚镛 1 首，吴潜 10 首，曾原一 1 首，陈云崖 1 首，陈东甫 1 首，李曾伯 2 首，赵崇嶓 4 首，许棐 1 首，吴文英 1 首，翁元龙 1 首，洪瑹 1 首，李莱老 1 首，黄昇 1 首，张枢 1 首，赵庆御 1 首，陈允平 3 首，胡仲弓 1 首，赵闻礼 1 首，赵汝茪 1 首，谭宣子 2 首，杜龙沙 1 首，张辑 2 首，李好古 1 首，陈坦之 1 首，

刘辰翁4首，赵淇1首，何光大1首，周密3首，彭元逊1首，刘埙4首，仇远1首，张炎1首，无名氏6人6首，计93人205首。

增减字：

（一）3，6。7，5。○6，6。7，6。敦煌写本歌辞1首。

（二）3，6。7，5。○7，6。4，5。敦煌写本歌辞1首。北宋：王安石1首，贺铸1首，无名氏1首。

（三）3，6。7，5。○6，6。7，5。南宋：李石1首（【出塞】）。

（四）3，5。7，6。○6，6。7，6。南宋：辛弃疾1首（【出塞】）。

（五）3，6。7，5。○7，6。7，5。南宋：朱子厚1首。

变体二

较始词体复句数相同，分句数增1。

【变体二】9分句4复句。上片与始词同，4分句2复句，二/二/型复句组；下片第一复句增1分句，5分句2复句，三/二/型复句组。仄韵，连句韵，隔句韵。律词。

3，6。7，5。

3，3，6。7，5。——五代·孙光宪·《全唐五代词》第634页

谒金门

留不**得**，留得也应无**益**。　◇◆◆，◇◆◆◇◇◆。

白纻春衫如雪**色**，扬州初去**日**。　◆◆◇◇◇◆◆，◇◇◇◆◆。

轻别离，甘抛**掷**，江上满帆风**疾**。　◇◆◇，◇◇◆，◇◆◆◇◇◆。

却羡彩鸳三十六，孤鸾还一**只**。　◆◆◆◇◆◆◆，◇◇◇◆◆。

同体式作品：无。

27.【生查子】

1. 始词见敦煌写本歌辞。
2. 盛唐曲调，亦为唐教坊曲（见《教坊记》）。《教坊记笺订》："曾慥《类说》载：'明皇呼人为"查"，言士大夫如"仙查"，随流变化，升天入地，能处清浊也。'调名之'查'，亦可能用此义。"
3. 唐五代两宋通行词调。声诗、长短句二体。普式为双片五言声诗，首句摊破则为长短句，是为声诗调转化为长短句典型之例。声诗上片三仄韵，下片二仄韵；长短句每片三仄韵，连句韵、隔句韵。

声诗

始词：8 分句 4 复句。五言声诗双叠，每片 4 分句 2 复句，二/二/型复句组。仄韵，连句韵、隔句韵。律词。

5，5。5，5。

5，5。5，5。——唐·敦煌写本歌辞·《敦煌歌辞总编》第 247 页

生查子

三尺龙泉**剑**，篋里无人**见**。　◇◆◇◇◆，◆◆◇◇◆。

一张落雁弓，百只金花**箭**。　◆◇◆◆◇，◆◆◇◇◆。

为国竭忠贞，苦处曾征**战**。　◆◆◆◇◇，◆◆◇◇◆。

先望立功勋，后见君王**面**。　◇◆◆◇◇，◆◆◇◇◆。

同体式作品：唐：敦煌写本歌辞 1 首。五代：魏承班 2 首，牛希济、刘侍读、欧阳彬共 3 首，计 4 人 5 首。北宋-南宋初：张先 1 首，欧阳修 2 首，杜安世 1 首，晏几道 13 首，王观 1 首，苏轼 1 首，贺铸 1 首，晁补之 4 首，毛滂 5 首，谢薖 1 首，刘一止 1 首，朱敦儒 1 首，周紫芝 6 首，吕本中 3 首，向子諲 9 首，蔡伸 5 首，张元幹 1 首，邓肃 1 首，吕渭老 3 首，朱翌 1 首，杨无咎 3 首，计 21 人 64 首。南宋：史浩 1 首，李石 4 首，曾觌 1 首，洪适 18 首，朱淑真 2 首，赵彦端 2 首，王千秋 7 首，姚宽 1 首，朱雍 1 首，管鉴 1 首，陆游 2 首，陆游妾 1 首，赵磻老 4 首，王质 1 首，李漳 1 首，张孝祥 1 首，李处全 2 首，杨冠卿 3 首，辛弃疾 12 首，程垓 3 首，黄人杰 1 首，韩玉 1 首，赵师侠 5 首，杨炎正 1 首，汪莘 2 首，郭应祥 2 首，韩淲 3 首，李廷忠 1 首，吴礼之 1 首，李刘 2 首，高观国 6 首，魏子敬 1 首，岳珂 1 首，刘克庄 1 首，吴潜 3 首，吴文英 2 首，李彭老 1 首，李莱老 1 首，彭元逊 1 首，莫仑 1 首，仇远 2 首，楚娘 1 首，紫竹 2 首，无名氏 3 人 3 首，计 46 人 113 首。

增减字：

(一) 5，5。5，5。○ 7，5。5，5。五代：魏承班 1 首，孙光宪 7 首。北宋：陈亚 4 首。

(二) 5，6。5，6。○ 5，5。5，6。北宋：王安石 1 首。

按：此“增减字”，分句数复句型皆不变，然其“体”已成“长短句”，可见“声诗”向“长短句”的转化；反之，“长短句”小令亦可转化为“声诗”。

长短句

始词：10 分句 4 复句。上下片第一复句较始词各增 1 分句，起首五字句摊破为 3/3 句。每片 5 分句 2 复句，三/二/型复句组。仄韵，连句韵、隔句韵。律词。

3，3，5。5，5。

3，3，5。5，5。——五代·张泌·《全唐五代词》第 523 页

生查子

相见稀，喜相**见**，相见还相**远**。　◇◆◇，◆◇◆，◇◆◇◇◆。

檀画荔枝红，金蔓蜻蜓**软**。　◇◆◆◇◇，◇◆◇◇◆。

鱼雁疏，芳信**断**，花落庭阴**晚**。　◇◆◇，◇◆◆，◇◆◇◇◆。

可惜玉肌肤，销瘦成慵**懒**。　　◆◆◆◇◇，◇◆◇◇◆。

同体式作品： 无。

28. 【水调辞】

1. 始词见敦煌写本歌辞。
2. 唐有《水调》大曲，隋曲之传。宋王灼《碧鸡漫志》引《隋唐嘉话》《脞说》，谓隋炀帝巡幸江都开凿汴河而作《水调》，唐代成为官廷教坊大曲，【水调辞】当为《水调》大曲之摘遍单行词调。
3. 七言声诗，二平韵，隔句韵。

始词：七言声诗。4 分句 2 复句，二/二/型复句组。平韵，隔句韵。

7，7。7，7。——唐·敦煌写本歌辞·《敦煌歌辞总编》第 250 页

水调辞

楚江摇曳大川冥，天阙声名发梦**思**。　　◆◇◇◆◆◇◇，◇◆◇◇◆◆◇。
孤雁北望呈心远，不及南山献寿**时**。　　◇◆◆◆◇◇◆，◆◆◇◇◆◆◇。

同体式作品： 敦煌写本歌辞 1 首。唐五代：吴融 1 首，陈陶 10 首。

同源词调一：【水调歌头】

【水调歌】【凯歌】

1. 始词北宋刘潜作。
2. 取《水调》大曲“歌头”摘遍单行而成词调。
3. 宋代通行词调，省名作【水调歌】，偶名【凯歌】。
4. 宋无名氏有【新水令】一词，词式与该调大异，兹作另调处理。
5. 双片，每片四韵，普式平韵，或有平仄通押，隔句韵。

始词：19 分句 8 复句。双片。上片 9 分句 4 复句，二/二/三/二/型复句组；下片 10 分句 4 复句，三/二/三/二/型复句组。平韵，隔句韵。

5，5。6，5。6，6，5。5，5。

3，3，3。4，7。6，6，5。5，5。——北宋·刘潜·《全宋词》第 113 页

水调歌头

落日塞垣路，风劲戛貂**裘**。	◆◆◆◇◆，◇◆◆◇◇。
翩翩数骑闲猎，深入黑山**头**。	◇◇◆◆◇◆，◇◆◆◇◇。
极目平沙千里，惟见雕弓白羽，	◆◆◇◇◇◆，◇◆◇◇◆◆，
铁面骇骅**骝**。	◆◆◆◇◇。
隐隐望青冢，特地起闲**愁**。	◆◆◇◇◆，◆◆◆◇◇。
汉天子，方鼎盛，四百**州**。	◆◇◆，◇◆◆，◆◆◇。
玉颜皓齿，深锁三十六宫**秋**。	◆◇◆◆，◇◆◇◆◆◇◇。
堂有经纶贤相，边有纵横谋将，	◇◆◇◇◇◆，◇◆◆◇◇◆，
不作翠蛾**羞**。	◆◆◆◇◇。
戎虏和乐也，圣主永无**忧**。	◇◆◇◆◆，◆◆◆◇◆。

同体式作品：北宋：苏轼1首，苏辙1首，黄庭坚2首，吕颐浩1首，葛胜仲1首，叶梦得2首，李光2首，朱敦儒2首，周紫芝1首，计9人13首。南宋：向子諲1首，蔡伸2首，李弥逊1首，张元幹1首，吕渭老2首，王之道2首，杨无咎2首，仲并1首，曾协1首，韩元吉1首，赵彦端3首，王千秋2首，程大昌1首，姚述尧2首，管鉴3首，王质1首，沈瀛1首，朱熹1首，张孝祥1首，李处全4首，丘崈1首，赵长卿2首，罗愿1首，林淳2首，廖行之1首，王炎1首，杨冠卿1首，辛弃疾5首，赵善括2首，蔡戡1首，韩玉1首，刘光祖1首，赵师侠2首，杨炎正2首，张镃1首，刘过1首，卢炳2首，汪莘3首，韩淲1首，章斯才1首，程珌3首，魏了翁5首，刘学箕1首，程公许1首，林正大1首，岳甫1首，黄机1首，吴渊1首，哀长吉1首，吴潜14首，吴千能1首，李曾伯5首，方岳1首，李昴英1首，卫宗武1首，刘辰翁1首，石麟1首，梁大年1首，贾应1首，万某1首，覃怀高1首，孔德明1首，俞国宝1首，华岳1首，沈元实1首，黄庭佐1首，无名氏8人8首，计74人122首。

增减字：

(一) 5，5。4，7。6，6，5。5，5。○3，3，3。4，7。6，6，5。5，5。北宋：尹洙1首，苏轼1首，晁端礼1首，米芾1首，贺铸1首，毛滂2首，张继先1首，李光1首，朱敦儒5首，李纲6首，计10人20首。南宋：李弥逊4首，王以宁2首，张元幹9首，吕渭老7首，王之道2首，杨无咎2首，仲并1首，曾觌2首，王识1首，郑庶1首，毛幵5首，韩元吉6首，侯寘3首，王千秋2首，李流谦1首，刘之翰1首，袁去华3首，刘望之1首，程大昌1首，范成大1首，汪相如1首，林正大7首，曹冠1首，葛郯3首，姚述尧2首，管鉴4首，陆游1首，范成大2首，赵磻老1首，沈瀛2首，杨万里1首，陈居仁1首，李泳1首，朱熹1首，张孝祥5首，李处全4首，丘崈4首，赵长卿2首，傅大询1首，林淳2首，廖行之4首，京镗6首，张颜1首，王炎3首，辛弃疾3首，赵善括2首，蔡戡1首，陈三聘1首，石孝友6首，马子严1首，陈亮4首，杨炎正4首，张镃1首，刘过2首，卢炳2首，汪莘2首，韩淲4首，李廷忠1首，徐冲渊1首，彭叔夏1首，汪晫1首，程珌2首，戴复古2首，陈楠1首，李刘2首，魏了翁2首，包恢1首，叶路铃1首，黄机1首，葛长庚18首，刘克逊1首，赵以夫1首，张友仁1首，徐宝之1首，黎廷瑞1首，程节斋2首，胡德芳1首，无名氏1首，李好古1首，夏元鼎2首，李曾伯5首，李昴英1首，章谦亨1首，王义山2首，姚勉2首，荣樵仲1首，张炎1首，钟辰翁1首，程节斋1

首，魏顺之1首，陈惟喆1首，曾中思1首，张嗣初1首，沈明叔1首，巴州守1首，范学士1首，张伯寿1首，马伯升1首，徐明仲2首，邵元实1首，程伯春1首，连久道1首，无名氏10人10首，计112人233首。

（二）5，5。4，7。6，6，5。5，5。〇3，3，3。6，5。6，6，5。5，5。北宋：苏舜钦1首，毛滂1首，叶梦得1首。南宋：李弥逊1首，张元幹2首，曹勋1首，何大圭1首，曾觌1首，袁去华3首，曹冠1首，王质3首，朱熹1首，张孝祥1首，陈造1首，李处全1首，廖行之2首，京镗2首，辛弃疾9首，赵善括1首，陈三聘1首，韩玉2首，赵师侠2首，李訦1首，杨炎正1首，汪莘1首，韩淲1首，林正大1首，魏了翁5首，葛长庚4首，刘克庄2首，江万里1首，李曾伯3首，方岳1首，李昴英1首，虞珏1首，利登1首，陈著1首，牟巘1首，郑雪岩1首，刘辰翁2首，翁溪园1首，胡幼黄1首，孙锐1首，曹遇1首，黄子功1首，吴叔虎1首，陈尃1首，郑元秀2首，无名氏2人2首，计47人76首。

（三）5，5。6，5。6，6，5。5，5。〇3，3，3。6，5。6，6，5。5，5。北宋：苏轼2首，葛胜仲2首，叶梦得6首，李光1首，朱敦儒1首，周紫芝2首，计6人14首。南宋：赵鼎1首，向子諲3首，蔡伸1首，王灼1首，张元幹2首，王之道1首，胡寅1首，吴芾1首，关注1首，倪偁2首，葛立方1首，曾协1首，侯寘2首，李吕1首，袁去华1首，向滈1首，曹冠1首，范成大1首，王质4首，朱熹2首，张孝祥7首，崔敦礼1首，邵怀英1首，舒邦佐1首，吴镒2首，京镗2首，杨冠卿3首，辛弃疾21首，赵善括2首，韩玉1首，赵师侠4首，刘褒1首，熊以宁1首，姜夔1首，汪莘3首，崔与之1首，张祥1首，韩淲1首，易祓1首，章斯才1首，程准1首，徐鹿卿4首，魏了翁27首，洪咨夔2首，王迈1首，严仁1首，刘克庄9首，冯取洽2首，刘清夫1首，戴翼2首，徐经孙1首，吴潜8首，李曾伯22首，方岳6首，祖吴1首，李昴英1首，吴文英1首，魏庭玉1首，曾宏正1首，利登1首，家铉翁1首，陈著1首，谭方平1首，马廷鸾2首，牟巘1首，刘辰翁22首，王奕3首，汪宗臣1首，赵必𤩪1首，陈德武5首，刘将孙1首，梅坡1首，张椝1首，石麟1首，翠微翁1首，刘灥1首，卫时敏1首，王罙高2首，华岳1首，赵希蓬1首，方岳2首，刘仲讷1首，蒋思恭2首，无名氏16人16首，计99人248首。

（四）5，5。8，3。6，6，5。5，5。〇3，3，3。4，7。6，6，5。5，5。南宋：甄龙友1首。

（五）5，5。6，5。6，6，5。5，5。〇3，3，3。4，5。6，6，5。5，5。南宋：张栻1首，夏元鼎1首。

（六）5，5。4，7。6，6，5。5，5。〇3，3，3。4，5。6，6，5。5，5。南宋：夏元鼎9首。

（七）5，5。4，5。6，6，5。5，5。〇3，3，3。4，7。6，6，5。5，5。南宋：白君瑞1首。

（八）5，5。6，7。6，6，5。5，5。〇3，3，3。6，5。6，6，5。5，5。南宋：无名氏1首。

（九）5，5。4，5。6，6，5。5，5。〇3，3，3。6，5。6，6，5。5，5。南宋：无名氏1首。

（一〇）5，5。6，5。6，6，5。5，5。〇3，3，3。5，7。6，6，5。5，5。南宋：马伯升1首。

变体二

与始词体复句数相同，分句数有变。

变体二·1

20分句8复句

【变体二·1·1】20 分句 8 复句。上片第二复句较始词增 1 分句，10 分句 4 复句，二/三/三/二/型复句组；下片与始词同，10 分句 4 复句，三/二/三/二/型复句组。平韵，隔句韵。

5，5。4，4，5。6，6，5。5，5。

3，3，3。4，7。6，6，5。5，5。——北宋·王之道·《全宋词》第 1139 页

水调歌头

和张文伯对月词

斜阳明薄暮，暗雨霁凉**秋**。	◇◇◇◆◆，◆◆◆◇◇。
弱云狼藉，晚来风起，席卷更无**留**。	◆◇◇◆，◆◇◇◆，◆◆◆◇◇。
天外老蟾高挂，皎皎寒光照水，	◇◆◆◇◇◆，◆◆◇◇◆◆，
金璧共沉**浮**。	◇◆◆◇◇。
宾主一时杰，倾动庾公**楼**。	◇◆◆◇◆，◇◆◆◇◇。
渡银汉，浡玉露，势欲**流**。	◆◇◆，◇◆◆，◆◆◇。
不妨吟赏，坐拥红袖舞还**讴**。	◆◇◇◆，◆◆◇◆◆◇◇。
暗祝今宵素魄，助我清才逸气，	◆◆◇◇◆◆，◆◆◇◇◆◆，
稳步上瀛**洲**。	◆◆◆◇◇。
欲识瀛洲路，雄据六鳌**头**。	◆◆◇◇◆，◇◆◆◇◇。

同体式作品：无。

增减字：

（一）5，5。5，3，3。6，6，5。5，5。○ 3，3，3。4，7。6，6，5。5，5。南宋：无名氏 1 首。

【变体二·1·2】20 分句 8 复句。与【变体二·1】分句数复句数相同，复句型有变。上片 9 分句 4 复句，二/二/三/二/型复句组；下片 11 分句 4 复句，三/三/三/二/型复句组。平韵，隔句韵。

5，5。4，7。6，6，5。5，5。

3，3，3。4，3，4。6，6，5。5，5。——南宋·黄格·《全宋词》第 1483 页

水调歌头

寿留守刘枢密

富贵不难致，名节几人**全**。	◆◆◇◇◆，◇◆◆◇◇。
渡江龙化，于今五十有三**年**。	◆◇◇◆，◇◇◆◆◆◇◇。
历数朝堂诸老，谁似武夷仙伯，	◆◆◇◇◇◆，◇◆◆◇◇◆，
操行老弥**坚**。	◇◇◆◇◇。
吾道适中否，一柱独擎**天**。	◇◆◆◇◆，◆◆◆◇◇。
湖南北，江左右，屡藩**宣**。	◇◇◆，◇◆◆，◆◇◇。

韩公城下，烽火静，米斗三**钱**。	◇◇◇◆，◇◆◆，◆◆◇◇。
人愿公归台鼎，我愿公归中隐，	◇◆◇◇◇◆，◆◆◇◇◇◆，
九老要齐**肩**。	◆◆◆◇◇。
岁岁祝公寿，风月伴梅**仙**。	◆◆◆◇◆，◇◆◆◇◇。

同体式作品：无。

增减字：

（一）5，5。6，5。6，6，5。5，5。○ 3，3，3。4，4，5。6，6，5。5，5。南宋：张孝祥2首。

（二）5，5。6，5。6，6，5。5，5。○ 3，3，3。4，3，3。6，6，5。5，5。南宋：甄良友1首。

同源词调二：《水调歌头》大曲套词

1. 北宋曾布作。
2. 大曲歌词。大曲始于魏晋，盛于唐，为宫庭大型器乐组曲，由“歌头”“中序”“拍序”“排遍”“破子”“衮煞”“煞”等构成，每个乐段相对完整，表演中或伴歌舞，歌词多选名家名诗入唱。宋代宫廷大曲承唐大曲而演化，将器乐曲为主体演变为以歌舞为主，取消“选诗入乐”而“依调填词”。
3. 本大曲歌辞为冯燕故事，根据唐沈亚之所撰传奇故事《冯燕传》改编。
4. 调名总题“水调歌头”，不同于单行词调【水调歌头】，为《水调》大曲“歌头”乐段之“排遍第一”到“排遍第七”构成的连贯词组，每遍相当于一首词，姑称为“套词”，类似宋金民间诸宫调中的“缠令”、唱赚之“覆赚”，为后世南北曲“套数”的前形态。其中“排遍第六”注曰“带花遍”，“排遍第七”注曰“撅花十八”，或为乐段之曲名，或为伴舞的指示。
5. 每“排遍”为双片，词体不同；七遍一韵，平声韵，局部间换仄韵；邻韵通押，隔句韵、连句韵。

排遍第一

20分句7复句

双片。上片10分句4复句，二/二/三/三/型复句组；下片10分句3复句，五/三/二/型复句组。平仄通押，隔句韵，间插连句韵。

5，5。6，5。3，3，6。5，6，5。

4，4，4，6，5。6，6，5。6，5。——北宋·曾布·《全宋词》第266页

魏豪有冯燕，年少客幽**并**。	◆◇◆◇◆，◇◆◆◇◇。
击球斗鸡为戏，游侠久知**名**。	◆◇◆◇◇◆，◇◆◆◇◇。
因避仇，来东**郡**，元戎留属中**军**。	◇◆◇◇◇◆，◇◇◇◆◇◇。

直气凌貔虎，须臾叱咤风**云**，	◆◆◇◇◆，◇◇◆◆◇◇，
凛凛坐中**生**。	◆◆◆◇◇。
偶乘佳兴，轻裘锦带，东风跃马，	◆◇◇◆，◇◇◆◆，◇◇◆◆，
往来寻访幽**胜**，游冶出东**城**。	◆◇◇◇◆◇◆，◇◆◆◇◇。
堤上莺花撩乱，香车宝马纵**横**，	◇◆◇◇◇◆，◇◇◆◆◆◇，
草软平沙**稳**。	◆◆◇◇◆。
高楼两岸春风，语笑隔帘**声**。	◇◇◆◆◇◇，◆◆◆◇◇。

同体式作品：无。

排遍第二

21 分句 5 复句

与“排遍第一”分句数复句数皆不同，双片，上片 10 分句 3 复句，二/三/五/型复句组；下片 11 分句 2 复句，六/五/型复句组。平韵抱仄韵，隔句韵，间插连句韵。

5，5。3，3，5。4，4，4，7，7。

3，4，4，3，4，4。6，6，5，4，7。——北宋·曾布·《全宋词》第 266 页

袖笼鞭敲镫，无语独闲**行**。	◆◇◇◇◆，◇◆◆◇◇。
绿杨下，人初**静**，烟澹夕阳**明**。	◆◇◆，◇◇◆，◇◆◆◇◇。
窈窕佳人，独立瑶阶，掷果潘郎，	◆◆◇◇，◆◆◇◇，◆◆◇◇，
瞥见红颜横波盼，不胜娇软倚银**屏**。	◆◆◇◇◇◇◆，◆◇◇◆◆◇◇。
曳红裳，频推朱户，半开还掩，	◆◇◇，◇◇◇◆，◆◇◇◆，
似欲倚，咿哑声里，细说深**情**。	◆◆◆，◇◇◇◆，◆◆◇◇。
因遣林间青鸟，为言彼此心期，	◇◆◇◇◇◆，◇◇◆◆◇◇，
的的深相许，窃香解佩，	◆◆◇◇◆，◆◇◆◆，
绸缪相顾不胜**情**。	◇◇◇◆◆◇◇。

同体式作品：无。

排遍第三

17 分句 6 复句

与“第一”“第二”分句数复句数皆不同。双片，上片 8 分句 3 复句，三/二/三/型复句组；下片 9 分句 3 复句，二/二/五/型复句组。平韵，插一仄韵，邻韵通押，隔句韵。

7，6，6。6，6。5，8，3。

5，4。6，5。6，4，6，6，5。——北宋·曾布·《全宋词》第 266 页

说良人滑将张**婴**，	◆◇◇◆◆◇◇，
从来嗜酒还家，镇长酩酊狂**醒**。	◇◇◆◆◇◇，◆◇◆◆◇◇。

屋上鸣鸠空斗，梁间客燕相**惊**。	◆◆◇◇◇◆，◇◇◆◆◇◇。
谁与花为主，兰房从此朝云夕雨，	◇◆◇◇◆，◇◇◇◆◇◇◆◆，
两牵**萦**。	◆◇◇。
似游丝飘荡，随风无**定**。	◆◇◇◇◆，◇◇◇◆。
奈何岁华荏苒，欢计苦难**凭**。	◆◇◆◇◆◆，◇◆◆◆◇。
唯见新恩缱绻，连枝并翼，	◇◆◇◇◆◆，◇◇◆◆，
香闺日日为郎，谁知松萝托蔓，	◇◇◆◆◆◇，◇◇◇◇◆◆，
一比一毫**轻**。	◆◆◆◇◇。

同体式作品：无。

排遍第四

16 分句 7 复句

双片。上片 6 分句 3 复句，二/二/二/型复句组；下片 10 分句 4 复句，三/二/二/三/型复句组。平仄通押，邻韵通押，隔句韵。

5，5。6，5。4，7。

3，4，4。6，5。6，6。5，4，7。——北宋·曾布·《全宋词》第 267 页

一夕还家醉，开户起相**迎**。	◆◆◇◇◆，◇◆◆◇◇。
为郎引裾相庇，低首略潜**形**。	◆◇◆◇◇◆，◇◆◆◇◇。
情深无**隐**，欲郎乘间起佳**兵**。	◇◇◇◆，◆◇◇◆◆◇◇。
授青**萍**，茫然抚叹，不忍欺**心**。	◆◇◇，◇◇◆◆，◆◆◇◇。
尔能负心于彼，于我必无**情**。	◆◇◆◇◇◆，◇◆◆◇◇。
熟视花钿不足，刚肠终不能**平**。	◆◆◇◇◆◆，◇◇◇◆◇◇。
假手迎天意，一挥霜刃，	◆◆◇◇◆，◆◇◇◆，
窗间粉颈断瑶**琼**。	◇◇◆◆◆◇◇。

同体式作品：无。

排遍第五

19 分句 6 复句

双片。上片 9 分句 3 复句，一/三/五/型复句组；下片 10 分句 3 复句，五/二/三/型复句组。平韵，邻韵通押，隔句韵。

7。3，3，4。6，6，5，4，5。

3，4，4，6，5。6，6。5，4，7。——北宋·曾布·《全宋词》第 267 页

凤凰钗宝玉凋**零**。	◆◇◇◆◆◇◇。
惨然怅，娇魂怨，饮泣吞**声**。	◆◇◆，◇◇◆，◆◆◇◇。

还被凌波呼唤，相将金谷同游，	◇◆◇◇◇◆，◇◇◇◆◇◇，
想见逢迎处，揶揄羞面，妆脸泪盈**盈**。	◆◆◇◇◆，◇◇◇◆，◇◆◆◆◇◇。
醉眠人，醒来晨起，血凝螓首，	◆◇◇，◆◇◇◆，◆◇◇◆，
但惊喧白邻里，骇我卒难**明**。	◆◇◇◆◇◆，◆◆◆◇◇。
思败幽囚推究，覆盆无计哀**鸣**。	◇◆◇◇◇◆，◆◇◇◆◇◇。
丹笔终诬服，圜门驱拥，	◇◆◇◇◆，◇◇◇◆，
衔冤垂首欲临**刑**。	◇◇◇◆◆◇◇。

同体式作品：无。

排遍第六

18分句4复句

双片。上片9分句2复句，五/四/型复句组；下片9分句2复句，四/五/型复句组。平韵，隔句韵，间插连句韵。

4，5，4，8，3。6，6，4，5。

4，4，4，4。4，4，5，4，7。——北宋·曾布·《全宋词》第267页

带花遍

向红尘里，有喧呼攘臂，转声辟众，	◆◇◇◆，△◇◇◇◆，◆◇◆◆，
莫遣人冤滥杀张室，忍偷**生**。	◆◆◇◇◆◆◇◆，◆◇◇。
僚吏惊呼呵叱，狂辞不变如初，	◇◆◇◇◇◆，◇◇◆◆◇◇，
投身属吏，慷慨吐丹**诚**。	◇◇◆◆，◆◆◆◇◇。
仿佛缧绁，自疑梦中，	◆◆◇◆，◆◇◆◇，
闻者皆**惊**，叹为不**平**。	◇◆◇◇◆，◆◆◇。
割爱无心，泣对虞姬，手戮倾城宠，	◆◆◇◇，◆◆◇◇，◆◆◇◇◆，
翻然起死，不教仇怨负冤**声**。	◇◇◆◆，◆◇◇◆◆◇◇。

同体式作品：无。

排遍第七

17分句6复句

双片。上片9分句3复句，三/三/三/型复句组；下片8分句3复句，三/三/二/型复句组。平仄通押，邻韵通押，隔句韵，间插连句韵。

7，5，3。3，3，4。5，6，5。

7，3，3。3，5，5。6，5。——北宋·曾布·《全宋词》第267页

撷花十八

义城元靖贤相国，喜慕英雄士，赐金**缯**。	◆◇◇◆◇◆◆，◆◆◇◇◆，◆◇◇。

闻斯事，频叹赏，封章归**印**。　◇◇◆，◇◆◆，◇◇◇◆。
请赎冯燕罪，日边紫泥封诏，　◆◆◇◆◆，◆◇◆◇◇◆，
阖境赦深**刑**。　◆◆◆◇◇。

万古三河风义在，青简上，众知**名**。　◆◆◇◇◇◆◆，◇◆◆，◆◇◇。
河东注，任流水滔滔，水涸名难**泯**。　◇◇◆，△◇◆◇◇，◆◆◇◇◆。
至今乐府歌**咏**，流入管弦**声**。　◆◇◆◆◇◆，◇◆◆◇◇。

同体式作品：无。

29. 【郑郎子辞】

1. 始词见敦煌写本歌辞。
2. “郎子”，青年男子习称，始于南北朝，通行于唐代民间。从本词内容看，“郑郎子”为年轻乐人。
3. 单片，三仄韵，隔句韵。
4. 本调仅见敦煌写本歌辞 1 首。

始词：单片。6 分句 2 复句，四/二/型复句组。仄韵，隔句韵。

3，3，5，3。7，7。——唐·敦煌写本歌辞·《敦煌歌辞总编》第 251 页

郑郎子辞

青丝弦，挥白**玉**，宫商角徵羽，五音**足**。　◇◇◇，◇◆◆，◇◇◆◆◆，◆◇◆。
何时得对明主弹，一弦弹却天下**曲**。　◇◇◆◆◇◆◇，◆◇◇◆◇◆◆。

同体式作品：无。

30. 【山僧歌】

1. 始词见敦煌写本歌辞。
2. 调名即词题。《敦煌歌辞总编》：“此歌在原本，列于许多佛偈及两组【取性游】之间，格调独立，内容与【取性游】前四首相同。”“论内容：‘山僧歌’三字乃原题，兹用作拟调名。”按：唐宋原生词调，以词题作调名，调名即词题，情况很普遍。
3. 单片，八仄韵，连句韵、隔句韵。
4. 此调仅见敦煌写本歌辞 1 首。

始词：12 分句 5 复句。单片。二/二/三/二/三/型复句组。仄韵，连句韵、隔句韵。

7，7。7，7。3，3，7。7，7。3，3，7。

——唐·敦煌写本歌辞·《敦煌歌辞总编》第 260 页

山僧歌

闲日居山何似**好**，起时日高睡时**早**。　◇◆◇◇◇◆◆，◆◇◆◇◆◇◆。
山中软草以为衣，斋餐松柏随时**饱**。　◇◇◆◆◆◇◇，◇◇◇◆◇◇◆。
卧岩龛，石枕**脑**，一抱乱草为衣**袄**。　◆◇◇，◆◆◆，◆◆◆◆◇◇◆。
面前若有狼藉生，一阵风来自扫**了**。　◆◇◆◆◇◆◇，◆◆◇◇◆◆◆。
独隐山，实畅**道**，更无诸事乱相**挠**。　◆◆◇，◆◆◆，◆◇◇◆◆◇◆。

同体式作品：无。

31.【春光好】

【愁倚阑】【愁倚阑令】

1. 始词见敦煌写本歌辞。
2. 本唐教坊曲（见《教坊记》）。《教坊记笺订》：“此调始为玄宗所作，《羯鼓录》属太蔟商。”
3. 宋词或名【愁倚阑】【愁倚阑令】。石孝友《愁倚阑》（“人好远”）序：“又名【春光好】。”
4. 双片。每片三平韵，连句韵、隔句韵。

始词：9 分句 4 复句。双片。上片 5 分句 2 复句，三/二/型复句组；下片 4 分句 2 复句，二/二/型复句组。平韵，连句韵、隔句韵。

3，3，3。7，5。

6，6。7，3。——唐·敦煌写本歌辞·《敦煌歌辞总编》第 275 页

春光好

□□□，□□□，□□□。　□□□，□□□，□□□。
□□□塞旧戎**装**，却着汉衣**裳**。　□□□◆◆◇◇，◆◆◆◇◇。

家住大杨海□，蛮骞不会宫**商**。　◇◆◆◇◆□，◇◇◆◆◇◇。
今日得逢明圣主，感恩**光**。　◇◆◆◇◇◆◆，◆◇◇。

同体式作品：无。

增减字：

（一）3，3，3。7，3。○ 6，6。7，3。五代：欧阳炯 8 首，和凝 1 首。北宋：李之仪 1 首。南宋：张

元幹 2 首。

（二）3，3，3。6，3。○ 6，6。7，3。五代：和凝 1 首。

按： 敦煌写本歌辞有残缺，完篇始词为五代欧阳炯作，兹录之：

春光好

天初暖，日初**长**，好春**光**。万汇此时皆得意，竞芬**芳**。○笋迸苔钱嫩绿，花偎雪坞浓**香**。谁把金丝裁剪却，挂斜**阳**。

变体一

与始词分句数复句数相同，复句型有变。

【变体一】9 分句 4 复句。上下片复句数与始词同，上片减 1 分句，下片增 1 分句。上片 4 分句 2 复句，二/二/型复句组；下片 5 分句 2 复句，三/二/型复句组。平韵，连句韵、隔句韵。

6，3。7，3。

6，3，4。7，3。——宋・无名氏・《全宋词》第 3639 页

愁倚阑

冰肌玉骨精**神**，不风**尘**。　◇◇◆◆◇◇，◆◇◇。

昨夜窗前都折尽，忽疑**君**。　◆◆◇◇◇◆◆，◆◇◇。

清泪拂拂沾**巾**，谁相念，折赠芳**春**。　◇◆◆◆◇◇，◇◇◆，◆◆◇◇。

羌管休吹别塞曲，有人**听**。　◇◆◇◇◆◆◆，◆◇◇。

同体式作品： 无。

变体二

与始词复句数相同，分句数增 1。

【变体二】10 分句 4 复句，上片与始词同，下片第一复句增 1 分句，每片 5 分句 2 复句，三/二/型复句组。平韵，隔句韵，插一连句韵。

3，3，3。7，3。

6，3，4。7，3。——北宋・晏几道・《全宋词》第 243 页

愁倚栏令

凭江阁，看烟**鸿**，恨春**浓**。　◇◇◆，◆◇◇，◆◇◇。

还有当年闻笛泪，洒东**风**。　◇◆◇◇◇◆◆，◆◇◇。

时候草绿花**红**，斜阳外，远水溶**溶**。　◇◆◆◆◇◇，◇◇◆，◆◆◇◇。

浑似阿莲双枕畔，画屏**中**。　◇◆◇◇◇◆◆，◆◇◇。

同体式作品： 南宋：蔡伸 3 首，张元幹 2 首，曾觌 3 首，丘密 1 首，程垓 2 首，石孝友 2 首，卢祖皋 1 首，无名氏 1 首（【愁倚阑令】），计 8 人 15 首。

增减字：

（一）3，3，3。7，3。○ 6，3，4。7，4。北宋：王灼 1 首。南宋：蔡伸 1 首。

（二）6，3，4。7，4。○ 6，3，4。7，4。南宋：葛立方 2 首，无名氏 1 首。

（三）3，3，3。7，3。○ 6，3，3。7，3。南宋：张抡 1 首。

32.【酒泉子】

1. 始词见敦煌写本歌辞。
2. 亦为唐教坊曲（见《教坊记》）。《教坊记笺订》："敦煌卷子《茶酒赋》有'国家音乐，本为酒泉'语，疑另有《酒泉》大曲。"
3. 酒泉，在今甘肃，北朝为"五凉"（前凉、后凉、南凉、北凉、西凉）政权辖地，隋朝统一，唐继之，德宗以后为吐蕃所占。"五凉"地处中原及周遭地区，汉族与少数民族共居，民间歌曲自有地域特色，或谓【酒泉子】为胡乐，未必；从其歌辞为汉语书面白话看，音乐性质乃以华乐为主导而融以胡乐，似更合理。
4. 双片，平、仄换韵，邻韵通押；每片三韵、四韵或二韵；换韵，遥韵，抱韵，连句韵。
5. 本调作品之增减字、韵格、句型，变化较多，《钦定词谱》划为二十二体，韵式则"约不过五体"：平韵、仄韵、平仄通押、一韵、换韵。

始词：8 分句 4 复句。双片，每片 4 分句 2 复句，二/二/型复句组。平韵，换韵，抱韵，连句韵。

4，7。7，5。

7，7。7，5。——唐·敦煌写本歌辞·《敦煌歌辞总编》第 314 页

酒泉子

三尺青蛇，崭新铸就锋刃**刚**。	◇◆◇◇，◆◇◆◆◇◆◇。
沙鱼裹把用银**装**，宝现七星**光**。	◇◇◆◆◆◇◇，◆◆◆◇◇。
曾经长蛇偃月**阵**，一遍离匣神鬼**遁**。	◇◇◇◇◆◆◆，◆◆◇◇◇◆◆。
鸿门会上佑明**王**，胜用一条**枪**。	◇◇◆◆◆◇◇，◆◆◆◇◇。

同体式作品：敦煌写本歌辞 1 首。北宋：潘阆 10 首。

增减字：

（一）4，7。7，3。○ 7，7。7，3。唐：司空图 1 首。五代：毛文锡 1 首。

（二）4，7。7，3。○ 7，6。7，3。唐：张泌 1 首。

变体二

较始词复句数不变，分句数有变。

变体二·1

10 分句 4 复句

【变体二·1】10 分句 4 复句。上下片较始词各增 1 分句，每片 5 分句 2 复句，二/三型复句组。平仄换韵，遥韵、抱韵，连句韵，间插隔句韵。律词。

4，6。3，3，3。

7，5。3，3。3。——唐·温庭筠·《全唐五代词》第 109 页

酒泉子

花映柳**条**，闲向绿萍池**上**。	◇◆◆◇，◇◆◆◇◇◆。
凭栏干，窥细**浪**，雨萧**萧**。	◇◇◇，◆◆◆，◆◇◇。
近来音信两疏**索**，洞房空寂**寞**。	◆◇◇◆◆◇◇，◆◇◇◆◆。
掩银屏，垂翠**箔**，度春**宵**。	◆◇◇，◇◆◇，◆◇◇。

同体式作品：唐：温庭筠 3 首。

增减字：

（一）4，6。3，3。3。○ 7，6。3，3。3。五代：韦庄 1 首，顾敻 1 首。

（二）4，7。3，3。3。○ 7，7。3，3。3。五代：张泌 1 首，顾敻 1 首，李珣 2 首。

（三）4，6。3，3。3。○ 7，5。3，3。3。五代：牛希济 1 首，毛熙震 2 首，孙光宪 3 首，顾敻 1 首。

（四）4，6。3，3，3。○ 7，7。3，3，3。五代：顾敻 1 首。

（五）4，7。3，3。3。○ 7，6。3，3。3。五代：顾敻 2 首，冯延巳 6 首。

（六）4，6。4，3，3。○ 3，3。6，7，3。五代：李珣 1 首。

变体二·2

9 分句 4 复句

【变体二·2】9 分句 4 复句。上片较始词增 1 分句，5 分句 2 复句，三/二型复句组；下片句型与始词同，分句字数有变，4 分句 2 复句，二/二型复句组。平仄通押。上片押平，隔句韵；下片押仄，结句押平，与上片遥韵。连句韵。律词。

4，7，3。3，3。

7，5。7，3。——五代·牛峤·《全唐五代词》第 512 页

酒泉子

记得去年，烟暖杏园花正发，雪飘**香**。	◆◆◆◇，◇◆◆◇◇◆◆，◆◇◇。
江草绿，柳丝**长**。	◇◆◆，◆◇◇。
钿车纤手卷帘**望**，眉学春山**样**。	◆◇◇◆◆◇◇，◇◆◇◇◆。
凤钗低袅翠鬟**上**，落梅**妆**。	◆◇◇◆◆◇◆，◆◇◇。

同体式作品：无。

变体三

较始词分句数复句数皆变

变体三·1

9分句，2复句2单句。

【变体三·1·1】9分句，2复句2单句。上片分句数与始词同，下片第一复句增1分句，两片句型皆变。上片4分句，1复句1单句，三/一/型复句单句组合；下片5分句，1复句1单句，四/一/型复句单句组合。平韵，隔句韵。

4，7，7。5。

4，4，7，7。5。——唐·敦煌写本歌辞·《敦煌歌辞总编》第312页

酒泉子

红耳薄**寒**，摇头弄耳摆金辔，	◇◆◆◇，◇◇◆◆◆◇◆，
曾经数阵战场**宽**。	◇◇◆◆◆◇◇，
用势却还**边**。	◆◆◆◇◇。
入阵之时，汗流似血，	◆◆◇◇，◆◇◆◆，
齐喊一声而呼歇，但则收阵卷旗**幡**。	◇◆◆◇◇◇◆，◆◆◇◆◆◇◇。
汗散卸金**鞍**。	◆◆◆◇◇。

同体式作品：无。

【变体三·1·2】9分句，2复句2单句。上下片分句数与【变体三·1·1】同，上片复句型不变，下片复句型有变。上片4分句，1复句1单句，三/一/型复句单句组合；下片5分句，1单句1复句，一/四/型单句复句组合。平韵，插一仄韵，隔句韵。

4，6，7。3。

7。7，3，3，3。——五代·李珣·《全唐五代词》第603页

酒泉子

秋雨联绵，声散败荷丛里，	◇◆◇◇，◇◆◆◇◇◆，
那堪深夜枕前**听**。	◆◇◇◆◆◇◇。
酒初**醒**。	◆◇◇。
牵愁惹思更无**停**。	◇◇◆◇◆◇◇。
烛暗香凝天欲晓，	◆◆◇◇◇◆◆，
细和烟，冷和雨，透帘**旌**。	◆◇◇，◆◇◆，◆◇◇。

同体式作品：无。

增减字：

（一）4，7，7。3。○7。3，4，7，3。北宋：晁补之1首。

变体三·2

8分句，2复句2单句。

【变体三·2·1】8分句，2复句2单句。上下片分句数与始词同，复句数减1，增1单句。每片4分句，1复句1单句，三/一/型复句单句组合。平韵，换韵，隔句韵。

4，7，7。3。

7，5，7。3。——五代·顾敻·《全唐五代词》第561页

酒泉子

水碧风清，	◆◆◇◇，
入槛细香红藕腻，谢娘敛翠恨无**涯**。	◆◆◆◇◆◆◆，◆◇◆◆◆◇◇。
小屏**斜**。	◆◇◇。
堪憎荡子不还**家**，	◇◆◆◆◆◇◇，
谩留罗带结，帐深枕腻炷沉**烟**。	◆◇◇◆◆，◆◇◆◆◆◇◇。
负当**年**。	◆◇◇。

按：本词下片亦可点断为一/二/一/型单句复句组合："堪憎荡子不还**家**。谩留罗带结，帐深枕腻炷沉烟。负当年。"考虑保持上下片句型的一致，皆断为三/一/型复句单句组合。

同体式作品：无。

【变体三·2·2】8分句，2复句2单句。上下片分句数、复句数、单句数与【变体三·2·1】同，上片句型不变，下片有变。每片4分句，1单句1复句，上片三/一/型复句单句组合；下片一/三/型复句单句组合。平韵，隔句韵，间插连句韵。律词。

4，7，7。3。

7。7，7，3。——北宋·晏殊·《全宋词》第95页

酒泉子

三月暖风，	◇◆◆◇，
开却好花无限了，当年丛下落纷**纷**。	◇◆◇◇◇◆◆，◇◇◇◆◆◇◇。
最愁**人**。	◆◇◇。
长安多少利名**身**。	◇◇◇◆◆◇◇。
若有一杯香桂酒，莫辞花下醉芳**茵**，	◆◆◇◇◇◆◆，◇◇◇◆◆◇◇，
且留**春**。	◆◇◇。

按：本词上片前三句为一复句无疑；下片则亦可点断为"三/一"型复句组，还不妨作"一/二/一"单句复句组合："长安多少利名**身**。若有一杯香桂酒，莫辞花下醉芳**茵**。**且留春**。"从句意的关联性看，"长安多少利名**身**"具有相对独立的语义，接之三句则是对"利名身"的反向叙述，"若有一杯香桂酒，莫辞花下醉芳茵"，是"且留春"的行为方式，故将此三句作为一复句。从接受角度看，汉语"流水句"的弹性可断可连，读者对句意的联络可能有不同的会意取向，所以若干词作在"文意"上可

能会有不同的断句方式；从创作角度看，汉语特有的可断可连"流水句"，使词人在话题述义和意绪表达的层次结构上具有某种灵活性，是为词体"流水句"弹性句断的深层意趣。

同体式作品：北宋：晏殊1首，王灼1首。南宋：曹勋4首，管鉴2首，辛弃疾1首。

变体三·3

9分句，3复句1单句

【变体三·3】9分句，3复句1单句。上片较始词增1分句，5分句2复句，二/三/型复句组；下片分句数与始词同，减1复句，增1单句，4分句，1复句1单句，一/三/型复句单句组合。换韵，上片押仄，下片押平，隔句韵、连句韵。

4，7。4，3，3。
7。5，7，3。——五代·顾敻·《全唐五代词》第561页

酒泉子

掩却菱花，收拾翠钿休上**面**。	◆◆◇◇，◇◆◆◆◇◆◆。
金虫玉**燕**，琐香**奁**，恨厌**厌**。	◇◇◆◆，◆◇◇，◆◆◆。
云鬟半坠懒重篸。	◇◇◆◆◆◇◇。
泪侵山枕湿，银灯背帐梦方**酣**，雁飞**南**。	◆◇◇◆◆，◇◇◆◆◆◇◇，◆◇◇。

同体式作品：五代：顾敻1首。

变体三·4

10分句，2复句2单句。

【变体三·4】10分句，2复句2单句。上下片较始词各增1分句、减1复句、增1单句。每片5分句，1单句1复句，一/四/型单句复句组合。平韵，邻韵通押，隔句韵。律词。

4。7，3，3，3。
7。6，3，3，3。——北宋·张先·《全宋词》第87页

酒泉子

亭下花**飞**。	◇◆◇◇。
月照妆楼春欲晓，	◆◆◇◇◇◆◆，
珠帘风，兰烛烬，怨空**闺**。	◇◇◇，◇◆◆，◆◇◇。
迢迢何处寄相**思**。	◇◇◇◆◆◇◇。
玉箸零零肠断，	◆◆◇◇◇◆，
屏帏深，更漏永，梦魂**迷**。	◇◇◇，◇◆◆，◆◇◇。

同体式作品：北宋：张先4首。

33. 【赞普子】

【赞浦子】

1. 始词见敦煌写本歌辞。
2. 亦为唐教坊曲（见《教坊记》）。《敦煌曲初探》曰唐有【赞普】大曲，本调为【赞普】大曲的摘遍单行曲调，故称“子”。
3. 本源为胡曲。“赞普”，吐蕃语，《新唐书·吐蕃传》：“其俗谓强雄曰‘赞’，丈夫曰‘普’，故号君长曰‘赞普’。”唐段成式《酉阳杂俎》：“蕃将赏以羊革数百，因转近牙帐，赞普子爱其了事，遂令执纛。”敦煌辞首句“本是蕃家将”，词咏调名本意。五代词调写作【赞浦子】。
4. 双片。每片二平韵，隔句韵。

始词：8分句4复句。双片。每片4分句2复句，二/二/型复句组。平韵，隔句韵。

5，5。5，5。

6，7。6，5。——唐·敦煌写本歌辞·《敦煌歌辞总编》第278页

赞普子

本是蕃家将，年年在□**头**。	◆◆◇◇◆，◇◇◆□◇。
夏月披毡帐，冬天挂皮**裘**。	◆◆◇◇◆。◇◇◆◇◇。
语即令人难会，朝朝牧马在荒**丘**。	◆◆◆◇◇◆，◇◇◆◆◆◇◇。
若不为抛沙塞，无因拜玉**楼**。	◆◆◆◇◇◆，◇◇◆◆◇。

同体式作品：无。

增减字：

（一）5，5。5，5。○6，6。5，5。五代：毛文锡1首（【赞浦子】）。

34. 【定西蕃】

【定西番】

1. 始词见敦煌写本歌辞。
2. 亦为唐教坊曲（见《教坊记》）。“蕃”或写作“番”。《教坊记笺订》考此曲始创于开元末至天宝六载（747）之间，写唐将封常清平定西域事。
3. 双片。平仄换韵，或平韵；上片三韵或四韵，下片二韵；连句韵、隔句韵。

始词：8分句4复句。双片。上片4分句2复句，二/二/型复句组；下片4分句2复句，二/二/型复句组。双韵式，平仄换韵，连句韵，隔句韵。

6，3。3，3。

6，5。6，3。——唐·敦煌写本歌辞·《敦煌歌辞总编》第285页

定西番

事从星车入**塞**，冲沙**碛**。　◆◇◇◇◆◆，◇◇◆。

冒风**寒**，度千**山**。　◆◇◇，◆◇◇。

三载方达王命，岂辞辛苦**艰**。　◇◆◇◆◇◆，◆◇◇◆◇。

为布我皇纶綍，定西**番**。　◆◆◆◇◇◆，◆◇◇。

同体式作品：唐五代：温庭筠4首，韦庄2首，牛峤1首，毛熙震1首，孙光宪2首。

变体二

与始词复句数相同，分句数增1。

【变体二】9分句4复句。上片第一复句较始词增1分句，5分句2复句，三/二/型复句组；下片与始词同，4分句2复句，二/二/型复句组。平韵，邻韵通押，隔句韵，插一连句韵。律词。

6，3，3。6，3。

6，5。6，3。——北宋·张先·《全宋词》第72页

高平调

定西番

年少登瀛词客，飘逸气，拂晴**霓**。　◇◆◇◇◇◆，◇◆◆，◆◇◇。

尽带江南春色，过长**淮**。　◆◆◇◇◇◆，◆◇◇。

一曲艳歌留别，翠蝉摇宝**钗**。　◆◆◆◇◇◆，◆◇◇◆◇。

此后吴姬难见，且徘**徊**。　◆◆◇◇◇◆，◆◇◇。

同体式作品：张先2首。

按：张先【定西番】作有三首，词式全同，宫调不同。这里所录一首为“高平调”，另两首为“般涉调”。“高平调”与“般涉调”，词调音乐“七宫十二调”之律调名，宋末元初张炎《词源·卷上》：“七宫为黄钟宫、仙吕宫、正宫、高宫、南吕宫、中吕宫、道宫；十二调为大石调、小石调、般涉调，歇指调、越调、仙吕调、中吕调、正平调、高平调、双调、黄钟羽、商调。”属于“燕乐二十八调”乐律体系，以今日音乐调式概念言，“般涉调”，以“商”（re，简谱2）为旋律主音和结音之调式；“高平调”，以“羽”（la，简谱6）为旋律主音和结音之调式。“2”“6”为完全协和音，两种调式音阶首音不同，但各音之间的音程关系不变，故两个调式可以互转。一调之词标示不同宫调，意味着该调传唱在调高、调式上可以“转调”，若以般涉调转高平调，则2（re）转唱为6（la），是为张炎《词源·卷上·五音相生》所谓“商犯羽”，即“同均”之商、羽二调之可以互“转”、互“犯”。

35.【献忠心】

【献衷心】

1. 始词见敦煌写本歌辞。
2. 亦为唐教坊曲（见《教坊记》）。敦煌写本见有五首，兹取一首作始词。
3. 五代词调名作【献衷心】。
4. 双片，始词每片三韵，变体每片四韵；平仄换韵，遥韵，抱韵；隔句韵。

始词：18分句6复句。双片，每片9分句3复句，二/四/三/型复句组。平仄换韵，遥韵，抱韵（以平抱仄），隔句韵。

5，4。3，3，6，4。3，3，3。

4，5。3，3，6，5。3，3，3。——唐·敦煌写本歌辞·《敦煌歌辞总编》第426页

献忠心

臣远涉山水，来慕当**今**。	△◆◆◇◆，◇◆◇◇。
到丹阙，向龙楼，	◆◇◆，◆◇◇。
弃毡帐与弓剑，不归边**土**。	△◇◆◆◇◆，◆◇◇◆。
学唐化，礼仪同，沐恩**深**。	◆◇◆，◆◇◇，◆◇◇。
见中华好，与舜日同**钦**。	△◇◇◆，◆◆◆◇◇。
垂衣理，教化隆，	◇◇◆，◆◆◇。
臣遐方无珍宝，愿公千秋**住**。	△◇◇◇◇◆，◆◇◇◇◆。
感皇泽，垂珠泪，献忠**心**。	◆◇◆，◇◇◆，◆◇◇。

按：上下片第一、三复句押平，隔句遥韵；中间第二复句押仄，隔片遥韵；平仄间押，以平抱仄。

同体式作品：无。

增减字：

（一）6，4。4，3，7，4。3，3，3。○5，3。3，3，6，3。3，3，3。唐：敦煌写本歌辞1首。

变体二

与始词复句数相同，分句数有变。

变体二·1

16分句6复句

【变体二·1】16分句6复句。上下片较始词各减1分句，每片8分句3复句，三/二/三/型复句组。平韵，隔句韵，插一连句韵。

7，4，5。4，4。6，3，3。

4，5，7。5，5。4，4，6。——唐·敦煌写本歌辞·《敦煌歌辞总编》第431页

献忠心

御制曲子，瑞气满山河。

时清海晏定风**波**，恩光六塞，	◇◇◆◆◆◇◇，◇◇◆◆，
瑞气遍山**河**。	◆◆◇◇◇。
风调雨顺，野老行**歌**。	◇◇◆◆，◆◆◇◇。
四塞休征罢战，放将士，尽回**戈**。	◆◆◇◇◆◆，◆◆◆，◆◇◇。
君臣道泰，礼乐燕中**和**，	◇◇◆◆，◆◆◆◇◇，
此时快活感恩**多**。	◆◇◆◆◆◇◇。
愿圣寿万岁，同海岳山**河**。	△◆◆◆◆，◇◆◆◇◇。
似生佛□，向宫殿里，绝胜兜率大**罗**。	◆◇◆□，△◇◆◆，◆◇◇◆◆◇。

同体式作品：无。

增减字：

(一) 6，4，7。4，4。3，3，3。○4，4，7。4，4。4，3，3。唐：敦煌写本歌辞1首。

变体二·2

17分句6复句

【变体二·2】17分句6复句。上片分句数与始词同，复句型有变，9分句3复句，四/二/三/型复句组；下片较始词减1分句，8分句3复句，三/二/三/型复句单句组合。平韵，隔句韵，插一连句韵。律词。

5，4，3，3。5，4。3，3，3。

3，3，7。5，4。3，3，3。——后蜀·欧阳炯·《全唐五代词》第453页

献衷心

见好花颜色，争笑东**风**，	△◆◇◇◆，◇◆◇◇，
双脸上，晚妆**同**。	◇◆◆，◆◇◇。
闭小楼深阁，春景重**重**。	△◆◇◇◆，◇◆◇◇。
三五夜，偏有恨，月明**中**。	◇◆◆，◇◆◆，◆◇◇。
情未已，信曾**通**，满衣犹自染檀**红**。	◇◆◆，◆◇◇，◆◇◇◆◆◇◇。
恨不如双燕，飞舞帘**栊**。	△◆◇◇◆，◇◆◇◇。
春欲暮，残絮尽，柳条**空**。	◇◆◆，◇◆◆，◆◇◇。

同体式作品：五代：顾夐1首。

变体三

较始词分句数复句数皆变

【变体三】19 分句 8 复句。上片较始词分句数不变，增 1 复句，9 分句 4 复句，二/二/二/三/型复句组；下片较始词增 1 分句 1 复句，10 分句 4 复句，二/二/三/三/型复句组。平韵，隔句韵，间插连句韵。

7，4。5，4。5，7。3，3，3。

5，7。6，3。4，4，5。4，3，4。——唐·敦煌写本歌辞·《敦煌歌辞总编》第 431 页

献忠心

百花竞发焕青**阳**，柳院重**光**。	◆◇◆◆◆◇◇，◆◆◇◇。
向珠帘□□，万蕊含**芳**。	△◇◇□□，◆◆◇◇。
观园里青青，山川草木异祯**祥**。	△◇◆◇◇，◇◇◆◆◆◇◇。
万人乐，行歌□，尔时**康**。	◆◇◆，◇◇□，◆◇◇。
我□明主□，中□景色在边**疆**。	◆□◇◆□，◇□◆◆◆◇◇。
更将新翻御制，□□□。	◆◇◇◇◆◆，□□□。
□步元戎，千秋万岁，圣祚得遥**长**。	□◆◇◇，◇◇◆◆，◆◆◆◇◇。
知存而治，化□□，尧舜禹**汤**。	◇◇◇◆，◆□□，◇◆◆◇。

按：本词有残缺不明之字，姑作此断句。

同体式作品：无。

按：《全唐五代词》所录该词不分片，词文校理及断句与《敦煌歌辞总编》有所不同，其词如下：

百花竞发，焕新杨柳垂院光。向珠帘□□，万喜含芳。观园里青青，山川草木异祯祥。一万人乐，行歌国泰时康。我□明主，□中看景色在边疆。更将新翻御制□□□，□步元戎，千秋万岁，圣祚得遥长。知存而治化，□□尧舜禹汤。

36. 【望远行】

1. 始词见敦煌写本歌辞。
2. 亦唐教坊曲（见《教坊记》）。《教坊记笺订》："调名本义与汉横吹曲内之《望行人》同。王建、张籍均有《望行人》辞，孟郊有《望远曲》。"王建、张籍《望行人》皆五言律诗，兹不收入，孟郊《望远曲》作关联词调处理。
3. 唐五代为短调，宋代衍为长调。
4. 双片。平韵、仄韵、平仄换韵三式；短调每片 3 复句，四平韵，变体五平韵；长调每片 4 复句，四韵或五韵，连句韵，或隔句韵。

短调

始词：9 分句 4 复句。双片，上片 4 分句 2 复句，二/二/型复句组；下片 5 分句 2 复句，三/二/型复句组。平韵，连句韵，插一隔句韵。

7，6。7，7。
3，3，6。7，7。——唐·敦煌写本歌辞·《敦煌歌辞总编》第 301 页

望远行

年少将军佐圣**朝**，为国扫荡狂**妖**。　◇◆◇◇◆◆◇，◆◆◆◆◇◇。
弯弓如月射双**雕**，马蹄到处阵云**消**。　◇◇◇◆◆◇◇，◆◇◆◆◆◇◇。

休寰海，罢枪**刀**，迎鸾驾上超**霄**。　◇◇◆，◆◇◇，◇◇◆◆◇◇。
行人南北尽歌**谣**，莫把尧舜比今**朝**。　◇◇◇◆◆◇◇，◆◆◇◆◆◇◇。

同体式作品：唐五代：李珣 2 首。

增减字：

（一）7，7。7，7。○ 3，3，7。7，7。五代：李璟 1 首。

变体三

较始词分句数复句数皆变

变体三·1

11 分句 5 复句

【变体三·1·1】11 分句 5 复句。双片，上片与始词同，4 分句 2 复句，二/二/型复句组；下片较始词增 2 分句 1 复句，7 分句 3 复句，三/二/二/型复句组。平韵，连句韵，插一隔句韵。

7，5。7，5。
3，3，6。7，7。5，5。——五代·韦庄·《全唐五代词》第 160 页

望远行

欲别无言倚画**屏**，含恨暗伤**情**。　◆◆◇◇◆◆◇，◇◆◆◇◇。
谢家庭树锦鸡**鸣**，残月落边**城**。　◆◇◇◆◆◇◇，◇◆◆◇◇。

人欲别，马频**嘶**，绿槐千里长**堤**。　◇◆◆，◆◇◇，◆◇◇◆◇◇。
出门芳草路萋**萋**，云雨别来易东**西**。　◆◇◇◆◆◇◇，◇◆◆◇◆◇◇。
不忍别君后，却入旧香**闺**。　◆◆◆◇◆，◆◆◆◇◇。

同体式作品：无。

【变体三·1·2】13 分句 5 复句。复句数与【变体三·1·1】同，分句数增 2。双片，上片 6 分句 2 复句，三/三/型复句组；下片 7 分句 3 复句，二/二/三/型复句组。仄韵，邻韵通押，隔句韵，间插连句韵。

7，5，4。7，6，7。

4，7。5，4。6，6，7。——南宋·孙惟信·《全宋词》第 2485 页

望远行

元夕

又还到元宵台**榭**，记轻衫短帽，	◆◇◆◇◇，◇◆◆◇◇◆◆，
酒朋诗**社**。	◆◇◇◆。
烂漫向罗绮丛中，驰骋风流俊**雅**，	◆◆◆◇◆◇◇，◇◆◇◇◆◆。
转头是三十年**话**。	◆◇◆◆◆◇◆。
量减才悭，自觉是欢情衰**谢**。	◆◆◇◇，◆◆◆◇◇◇◆。
但一点难忘，酒痕香**帕**。	△◆◆◇◇，◆◇◇◆。
如今雪鬓霜髭，嬉游不饮深**夜**，	◇◇◆◆◇◇，◇◇◆◇◇◆，
怕相逢风前月**下**。	△◇◇◇◇◆◆。

同体式作品：无。

变体三·2

13 分句 6 复句

【变体三·2】13 分句 6 复句。双片。上片 7 分句 3 复句，二/二/三/型复句组；下片 6 分句 3 复句，二/二/二/型复句组。仄韵，隔句韵。

3，7。3，7。5，6，7。

4，6。7，8。6，7。——北宋·黄庭坚·《全宋词》第 407 页

望远行

勾尉有所眄，为太守所猜。兼此生有所爱，住马湖，马湖出丁香核荔枝，常以遗生，故戏及之。

自见来，虚过却好时好**日**。	◆◆◇，◇◆◆◆◇◆◆。
这訑尿，粘腻得处煞是**律**。	◆◇◆，◇◆◆◆◆◆◆。
据眼前言定，也有十分七八，	◆◆◇◇◆，◆◆◆◇◆◆，
冤我无心除告**佛**。	◇◆◇◇◇◆◆。
管人闲底，且放我快活**嗬**。	◆◇◇◆，△◆◆◆◆◆。
便索些别茶祗待，又怎不遇偎花映**月**。	△◆◇◆◇◆◆，△◆◆◆◇◇◆◆。
且与一班半点，只怕你没丁香**核**。	◆◆◆◇◆◆，◆◆◆◆◇◇◆。

同体式作品：无。

变体三·3

16 分句 6 复句

【变体三·3】16 分句 6 复句。与【变体三·2】复句数同，分句数增 3。每片 8 分句 3 复句，上片二/二/四/型复句组；下片三/二/三/型复句组。换韵，上片押仄，下片押平，隔句韵，间插连句韵。

4，6。4，7。4，6，4，4。

4，6，6。6，6。4，6，4。——宋·无名氏·《全宋词》第 3796 页

望远行

寿商人。五月廿一。

青钱流地，更积满籯金**玉**。	◇◇◇◆，◆◆◆◇◇◆。
斡运营谋，无过是老郎惯**熟**。	◆◆◇◇，◇◆◆◆◇◆◆。
利收万倍，归来喜色津津，	◆◇◆◆，◇◇◆◆◇◇，
家道从兹，十分富**足**。	◇◆◇◇，◆◇◆◆。
好庆生辰，正属蕤宾月**余**，	◆◆◇◇，◆◆◇◇◆◇，
六飞蓂荚庭**除**。	◆◇◇◆◇◇。
举盏祝寿何**如**，子孙荣贵须**臾**。	◆◆◆◆◇◇，◆◇◇◆◇◇。
长是赖你，作个陆地仙客，行乐蓬**壶**。	◇◆◆◆，◆◆◆◆◇◆，◇◆◇◇。

同体式作品：无。

长调

始词：23 分句 8 复句。双片。上片 12 分句 4 复句，三/三/四/二/型复句组；下片 11 分句 4 复句，三/三/三/二/型单句复句组合。仄韵，隔句韵，间插连句韵。

4，3，6。4，4，6。4，4，4，4。3，7。

2，6，7。3，4，6。6，6，4。3，5。——北宋·柳永·《全宋词》第 36 页

望远行

绣帏睡**起**，残妆浅，无绪匀红补**翠**。	◆◇◆◆，◇◇◆，◇◆◇◇◆◆。
藻井凝尘，金梯铺藓，寂寞凤楼十**二**。	◆◆◇◇，◇◇◇◆，◆◆◆◇◆◆。
风絮纷纷，烟芜苒苒，	◇◆◇◇，◇◇◆◆，
永日画阑，沈吟独**倚**。	◆◆◆◇，◇◇◆◆。
望远行，南陌春残悄归**骑**。	◆◆◇，◇◆◇◇◆◇◆。
凝**睇**，消遣离愁无**计**，但暗掷金钗买**醉**。	◇◆，◇◆◇◇◇◆，△◆◆◇◇◆◆。
对好景，空饮香醪，争奈转添珠**泪**。	◆◆◆，◇◆◇◇，◇◆◆◇◇◆。
待伊游冶归来，	◆◇◇◆◇◇，
故故解放翠羽，轻裙重**系**。	◆◆◆◆◆◆，◇◇◇◆。
见纤腰，图信人憔**悴**。	◆◇◇，◇◆◇◇◆。

同体式作品：无。

变体一

较始词分句数复句数相同，复句型有变。

【变体一】23 分句 8 复句。上片第三复句较始词减 1 分句，下片第一复句增 1 分句。上片 11 分句 4 复句，三/三/三/二/型复句组；下片 12 分句 4 复句，四/三/三/二/型单句复句组合。仄韵，隔句韵。律词。

4，3，6。4，4，6。4，6，6。3，6。

2，6，3，4。4，4，6。6，4，6。5，4。——北宋·柳永·《全宋词》第 42 页

望远行

长空降瑞，寒风剪，淅淅瑶花初**下**。	◇◇◆◆，◇◇◆，◆◆◇◇◇◆。
乱飘僧**舍**，密洒歌楼，迤逦渐迷鸳**瓦**。	◆◇◇◆，◆◆◇◇，◆◆◆◇◇◆。
好是渔人，披得一蓑归去，	◆◆◇◇，◇◆◆◇◇◆，
江上晚来堪**画**。	◇◆◆◇◇◆。
满长安，高却旗亭酒**价**。	◆◇◇，◇◆◇◇◆◆。
幽**雅**，乘兴最宜访戴，	◇◆，◇◆◆◆◇◆◆，
泛小棹，越溪潇**洒**。	◆◆◆，◆◇◇◆。
皓鹤夺鲜，白鹇失素，千里广铺寒**野**。	◆◆◆◇，◆◇◆◆，◇◆◆◇◇◆。
须信幽兰歌断，彤云收尽，	◇◆◇◇◇◆，◇◇◇◆，
别有瑶台琼**榭**。	◆◆◇◇◇◆。
放一轮明月，交光清**夜**。	◆◆◇◇◆，◇◇◇◆。

同体式作品：无。

增减字：

(一) 4，3，6。4，4，6。4，6，6。3，6。○ 2，6，3，4。4，4，6。4，6，6。3，6。宋：无名氏 1 首。

变体二

较始词分句数不变，分句数有变。

【变体二】22 分句 8 复句。上片与始词同，下片减 1 分句，每片 11 分句 4 复句，三/三/三/二/型复句组。仄韵，隔句韵。律词。

4，3，6。4，4，6。6，4，6。3，6。

2，6，6。4，4，6。4，6，6。3，6。——南宋·陈德武·《全宋词》第 3461 页

望远行

城头初鼓，天街上，渐渐行人声**悄**。	◇◇◇◆，◇◇◆，◆◆◇◇◇◆。
半窗风月，一枕新凉，睡熟不知天**晓**。	◆◇◇◆，◆◆◇◇，◆◆◆◇◇◆。
最是家山千里，远劳归梦，	◆◆◇◇◇◆，◆◇◇◆，

待说离情难**觉**。	◆◆◇◇◇◆。
觉来时，帘外数声啼**鸟**。	◆◇◇，◇◆◆◇◇◆。
谁**道**，为甚新来消瘦，底事恹恹烦**恼**。	◇◆，◆◆◇◇◇◆，◆◆◇◇◇◆。
不是悲花，非干病酒，有个离肠难**扫**。	◆◆◇◇，◇◇◆◆，◆◆◇◇◇◆。
怅望江南，天际白云飞处，	◆◆◇◇，◇◆◆◇◇◆，
念我高堂人**老**。	◆◆◇◇◇◆。
寸草心，朝夕怎宽怀**抱**。	◆◆◇，◇◆◆◇◇◆。

同体式作品：无。

关联词调：【望远曲】

1. 唐孟郊作。
2. 单片六韵，平仄换韵，隔句韵，插一连句韵。

始词：单片，9 分句 4 复句，二/二/二/三/型复句组。换韵，隔句韵，连句韵。

5，5。7，7。7，7。7，7，7。——唐·孟郊·《隋唐五代燕乐杂言歌辞集》第 294 页

望远曲

朝朝候归信，日日登高**台**。	◇◇◆◇◆，◆◆◇◇◇。
行人未去植庭梅，别来三见庭花**开**。	◇◇◆◆◆◇◇，◆◇◇◆◇◇◇。
庭花开尽复几**时**，春光骀荡阻佳**期**。	◇◇◇◆◆◆◇，◇◇◇◆◆◇◇。
愁来望远烟尘**隔**，空怜绿鬓风吹白，	◇◇◆◆◇◇◆，◇◇◆◆◇◇◆，
何当归见远行**客**。	◇◇◇◆◆◇◆。

同体式作品：无。

37.【歌乐还乡】

1. 始词见敦煌写本歌辞。
2. 敦煌写本无调名，《敦煌歌辞总编》取本辞“歌乐还乡”句拟为调名。
3. 六言声诗体，末句为重唱或和唱。单片六平韵，起二句连韵，隔句韵。
4. 此调仅见敦煌写本歌辞 1 首。

始词：单片。9 分句 5 复句，二/二/二/二/一/型复句组。平韵，起首二句连韵，继隔句韵。

6，6。6，6。6，6。6，6。6。——唐·敦煌写本歌辞·《敦煌歌辞总编》第303页

歌乐还乡

匈奴扰乱四**方**，丈夫按剑而**王**。 ◇◇◆◆◆◇，◆◇◆◆◇◇。

铁衣年年不脱，龙马岁岁长**缰**。 ◆◇◇◇◆◆，◇◆◆◆◇◇。

腰间宝剑常挂，手里遮月恒**张**。 ◇◇◆◆◇◆，◆◆◇◆◇◇。

一去扫除荡阵，为须歌乐还**乡**。 ◆◆◆◇◆◆，◇◇◇◆◇◇。

为须歌乐还乡。 ◇◇◇◆◇◇。

同体式作品：无。

38.【红娘子】

1. 始词见敦煌写本歌辞。
2. 亦唐教坊曲（见《教坊记》）。唐代酒令抛打曲，元稹《痁卧闻幕中诸公征乐会饮，因有戏呈三十韵》首句“红娘留醉打”自注：“《舞引》《红娘》，抛打曲名。”又《狂醉》诗：“一自柏台为御史，二年辜负两京春。岘亭今日颠狂醉，《舞引》《虹娘》乱打人。”抛打，酒宴击节抛球，最终抛中者按酒令要求作诗吟唱，唐曲子【抛球乐】之“抛球”本义即此。
3. 双片，每片三仄韵；连句韵、隔句韵。

始词：9分句4复句。双片。上片5分句2复句，二/三/型复句组；下片4分句2复句，二/二/型复句组。平韵，隔句韵。律词（不计残句）。

5，7。3，4，7。

7，5。4，4。——唐·敦煌写本歌辞·《敦煌歌辞总编》第320页

红娘子

□□□□**宣**，美人秋水似天**仙**。 □□□□◇，◆◇◇◆◆◇◇。

红娘子，本住□□，蝶儿终日绕花**间**。 ◇◇◆，◆◆□□，◆◇◇◆◆◇◇。

举头聚落秋□□，悔上采莲**船**。 ◆◇◆◆◇□□，◆◆◆◇◇。

杨柳枝柔，堕落西**番**。 ◇◆◇◇，◆◆◇◇。

同体式作品：无。

变体三

较始词分句数复句数皆变

【变体三】15 分句 6 复句。双片。较始词增 2 复句，上片 7 分句 3 复句，二/三/二/型复句组；上片 8 分句 3 复句，二/三/三/型复句组。仄韵，连句韵、隔句韵。

5，5。4，4，4。8，5。

5，5。4，4，4。3，5，5。——南宋·程垓·《全宋词》第 1996 页

红娘子

小小闲窗**底**，曲曲深屏**里**。	◆◆◇◇◆，◆◆◇◇◆。
一枕新凉，半床明月，留人欢**意**。	◆◆◇◇，◆◇◇◆，◇◇◇◆。
奈梅花引里唤人行，苦随他无**计**。	△◇◇◆◆◆◇◇，◆◇◇◇◆。
几点清觞**泪**，数曲乌丝**纸**。	◆◆◇◇◆，◆◆◇◇◆。
见少离多，心长分短，如何得**是**。	◆◆◇◇，◇◇◆◆，◇◇◆◆。
到如今，留下许多愁，枉教人憔**悴**。	◆◇◇，◇◆◆◇◇，◆◇◇◇◆。

按：本词与敦煌写本歌辞《红娘子》词式相差较大，与【连理枝】词式相同，或谓本词乃【连理枝】，可作一说。

同体式作品：无。

39.【杨柳枝】

【杨柳枝词】【柳枝】

1. 声诗始见唐白居易、刘禹锡作；长短句始见敦煌写本歌辞。
2. 亦为唐教坊曲（见《教坊记》）。
3. 后蜀何光远《鉴戒录》："《柳枝歌》，亡隋之曲也。"唐白居易《杨柳枝》诗序："《杨柳枝》，洛下新声也。洛之小妓有善歌之者，词章音韵，听可动人。"诗有云："古歌旧曲君休听，听取新翻《杨柳枝》。"刘禹锡和作有云："请君莫奏前朝曲，听唱新翻《杨柳枝》。"唐张祜《杨柳枝》："莫折宫前杨柳枝，玄宗曾向笛中吹。"一作【杨柳枝词】【柳枝】。
4. 七言声诗，七平韵，隔句韵；双片长短句，上片四平韵，下片三平韵，连句韵、隔句韵。

长短句

始词：8 分句 4 复句。双片。上下片各 4 分句 2 复句，二/二/型复句组。平韵，连句韵，间插隔句韵。

7，4。7，5。

7，4。7，5。——唐·敦煌写本歌辞·《敦煌歌辞总编》第 326 页

杨柳枝

春去春来春复**春**，寒暑来**频**。	◇◆◇◇◇◆◇，◇◆◇◇。
月生月尽月还**新**，又被老催**人**。	◆◇◆◆◆◇◇，◆◆◆◇◇。
只见庭前千岁月，长在长**存**。	◆◆◇◇◇◆◆，◇◆◇◇。
不见堂上百年**人**，尽总化微**尘**。	◆◆◇◆◆◇◇，△◆◆◇◇。

同体式作品：无。

增减字：

（一）7，3。7，3。○7，3。7，3。五代：顾敻1首，成彦雄10首。北宋：晁补之1首，赵子发1首，朱敦儒1首，张元幹1首，王质1首。南宋：张孝祥1首，张镃1首，葛长庚1首，许棐1首，玉真1首，潘必正2首，陈妙常3首，无名氏1首。

七言声诗

七言声诗：4分句2复句，二/二/型复句组。平韵，隔句韵。律词。

7，7。7，7。——唐·白居易·《全唐五代词》第66页

杨柳枝

六么水调家家唱，白雪梅花处处**吹**。	◆◇◆◆◇◇◆，◆◆◇◇◆◆◇。
古歌旧曲君休听，听取新翻杨柳**枝**。	◆◇◆◆◇◇◆，◇◆◇◇◇◆◇。

同体式作品：唐五代：白居易13首，刘禹锡11首，卢贞1首，姚合5首，滕迈1首，韩琮1首，皇甫松2首，温庭筠8首，薛能19首，司空图20首，和凝3首，牛峤5首，孙光宪4首，徐铉22首。

按：明清词选总集如《唐词纪》《花草粹编》等，将很多唐五代咏柳七绝题以“杨柳枝”“柳枝”“柳枝词”“杨柳枝词”，与声诗调【杨柳枝】混为一体。唐五代绝句，“声诗”与“徒诗”有交叉，“选诗入乐”本是常态，绝句入唱尤为普遍（如王昌龄、高适、王之涣“旗亭赌唱”佳话），但从严格意义上说，本有一个特定的乐调、诗人的该诗写作第一动机在赋唱，方谓之“声诗”；若以此“声诗调”唱长短句，即成“词调”。任半塘先生曾郑重指出：“唐声诗”是一个特定的断代概念，宋代以后，长短句“词”兴起流行，虽然选诗入乐之歌唱依然存在，但具有特定曲调的“声诗”乃消失，故本谱收录的【杨柳枝】声诗，主要为《尊前集》《乐府诗集》等宋人所编歌辞集中的唐五代作品，宋初仅录徐铉一首，该诗有云“把酒凭君唱柳枝”，姑作【柳枝】曲调之声诗，其他题为“柳枝”诸诗，不复收入。

同源词调：【添声杨柳枝】

【贺圣朝影】【太平时】

1. 声诗唐温庭筠首作；长短句始词北宋欧阳修作。
2. 宋王灼《碧鸡漫志》：“黄钟商有《杨柳枝》曲，仍是七言四句诗，与刘、白及五代诸子所制并同，但每句下各添三字一句，乃唐时和声，如《竹枝》《渔父》，今皆有和声也。旧词多侧字起头，第三句亦复侧字起，声度差稳耳，今名《添声杨柳枝》，欧阳修

词名《贺圣朝影》，贺铸词名《太平时》，《宋史·乐志》：‘《太平时》，小石调。’”可见【添声杨柳枝】与【杨柳枝】的音乐有不同。

2. 声诗、长短句二体。添声，在原调基础上添加乐声。“添声”的具体操作灵活多变，“添声”后的歌辞，体式或变或不变，声诗【添声杨柳枝】仍为声诗；长短句之“添声”，即声诗每句后加一短语三字句，或省题为【柳枝】【杨柳枝】。兹据《碧鸡漫志》所述，将【贺圣朝影】【太平时】【柳枝】【杨柳枝】归为一调。

4. 声诗，首句入韵七言四句；长短句，单片，始词六平韵、二仄韵；常式八平韵，连句韵。

声诗

声诗：4 分句 2 复句，七言体，二/二/型复句组。平韵，连句韵、隔句韵。

7，7。7，7。——唐·温庭筠·《全唐五代词》第 126 页

新添声杨柳枝

一尺深红朦曲**尘**，天生旧物如此**新**。　◆◆◇◇◇◆◇，◇◇◆◆◇◆◇。

合欢桃核终堪恨，里许元来别有**人**。　◆◇◇◆◇◇◆，◆◆◇◇◆◆◇。

按：本词题为“新添声”，词式与白居易、刘禹锡全同，但音乐上当有变化。

同体式作品：唐五代：温庭筠 1 首，裴诚 2 首。

长短句

始词：单片，声诗体每句加三字短语和声之变体。8 分句 4 复句，二/二/二/二/型复句组。平仄交韵，抱韵，连句韵。律词。

7，3。7，3。7，3。7，3。——五代·顾敻·《全唐五代词》第 562 页

杨柳枝

秋夜香闺思寂**寥**，漏迢**迢**。　◇◆◇◇◇◆◇，◆◇◇。

鸳帏罗幌麝烟**销**，烛光**摇**。　◇◇◇◆◆◇◇，◆◇◇。

正忆玉郎游荡**去**，无寻**处**。　◆◆◇◇◇◆◆，◇◇◆。

更闻帘外雨萧**萧**，滴芭**蕉**。　◆◇◇◆◆◇◇，◆◇◇。

同体式作品：北宋：欧阳修 1 首（【贺圣朝影】），贺铸 8 首（【太平时】），晁补之 1 首（【杨柳枝】），朱敦儒 1 首（【柳枝】），张元幹 1 首。南宋：陆游 1 首，王质 1 首，张镃 1 首，葛长庚 1 首，赵子发 1 首，许棐 1 首（【柳枝】），无名氏 1 首。

40.【还京乐】

1. 单片体仅见敦煌写本歌辞；双片体始词北宋周邦彦作。

2. 亦为唐教坊曲（见《教坊记》）。曲调由来有二说，唐段安节《乐府杂录》：“明皇自西蜀返，乐人张野狐所制。”《新唐书·礼乐志》：“民间以帝自潞州还京师，举兵夜半诛韦皇后，制《夜半乐》《还京乐》二曲。”

3. 单片体，四平韵，连句韵，间插隔句韵；双片体，始词上片七韵，下片六韵，变体韵数有变；仄韵，隔句韵，间插连句韵。

单片体

始词：单片，5分句2复句，二/三/型复句组。平韵，连句韵，间插隔句韵。

6，3。3，3，5。——唐·敦煌写本歌辞·《敦煌歌辞总编》第654页

还京乐

知道终驱猛**男**，世间**专**。	◇◆◇◇◆◇，◆◇◇。
能翻海，解移**山**，捉鬼不曾**闲**。	◇◇◆，◆◇◇，◆◆◆◇◇。

同体式作品：敦煌写本歌辞3首。

按：敦煌写本歌辞《还京乐·斫妖魅》为四首联章，惟此第一首全，余三首残缺。

双片体

始词：22分句8复句。双片。上片10分句4复句，三/三/二/二/型复句组；下片12分句4复句，四/三/三/二/型复句组。仄韵，邻韵通押，隔句韵，间插连句韵。

3，4，5。5，4，4。5，7。3，8。

4，5，4，6。6，3，4。3，5，4。5，6。——北宋·周邦彦·《全宋词》第596页

还京乐

大石

禁烟近，触处浮香，秀色相料**理**。	◆◇◆，◆◆◇◇，◆◆◇◆◆。
正泥花时候，奈何客**里**，光阴虚**费**。	△◇◇◇◆，◆◇◆◆，◇◇◇◆。
望箭波无**际**，迎风漾日黄云**委**。	△◆◇◇◆，◇◇◆◆◇◇◆。
任去远，中有万点相思清**泪**。	◆◆◆，◇◆◆◆◇◇◇◆。
到长淮**底**，过当时楼下，	△◇◇◆，△◇◇◇◆，
殷勤为说，春来羁旅况**味**。	◇◇◆◆，◇◇◇◆◆◆。
堪嗟误约乖**期**，向天涯，自看桃**李**。	◇◇◆◆◇◇，◆◇◇，◆◇◇◆。
想而今，应恨墨盈笺，愁妆照**水**。	◆◇◇，◇◆◆◇◇，◇◇◆◆。
怎得青鸾**翼**，飞归教见憔**悴**。	◆◆◇◇◆，◇◇◇◆◇◆。

同体式作品：无。

增减字：

（一）3，4，5。5，4，4。5，7。3，4，4。○4，3，6，6。6，3，4。3，5，4。5，6。南宋：陈允平1首。

（二）3，4，5。5，4，4。5，7。4，3，4。○4，5，4，6。6，3，4。3，4，4。4，6。南宋：张炎1首。

变体二

较始词复句数不变，分句数有变。

变体二·1

23 分句 8 复句

【变体二·1】23 分句 8 复句。上片较始词增 1 分句，11 分句 4 复句，三/三/二/三/型复句组；下片同，12 分句 4 复句，四/三/三/二/型复句组。仄韵，隔句韵。

3，4，5。5，4，4。5，7。3，4，4。
4，5，6，4。6，3，4。3，5，4。5，6。——南宋·吴文英·《全宋词》第 2888 页

还京乐

黄钟商。友人泛湖，命乐工以筝、笙、琵琶、方响迭奏。

宴兰溆，促奏丝萦，管裂飞繁**响**。 ◆◇◆，◆◆◇◇，◆◆◇◇◆。
似汉宫人去，夜深独语，胡沙凄**哽**。 △◆◇◇◆，◆◇◆◆，◇◇◇◆。
对雁斜玫柱，琼琼弄月临秋**影**。 △◆◇◇◆，◇◇◆◆◇◇◆。
凤吹远，河汉去杳，天风飘**冷**。 ◆◇◆，◇◆◆◇，◇◇◇◆。

泛清商**竟**，转铜壶敲漏， ◆◇◇◆，△◇◇◇◆，
瑶床二八青娥，环佩再**整**。 ◇◇◆◆◇◇，◇◆◆◆。
菱歌四碧无声，变须臾，翠翳红**暝**。 ◇◇◆◆◇◇，◆◇◇，◆◆◇◆。
叹梨园，今调绝音希，愁深未**醒**。 ◆◇◇，◇◆◆◇◇，◇◇◆◆。
桂楫轻如翼，归霞时点清**镜**。 ◆◆◇◇◆，◇◇◇◆◇◆。

同体式作品：无。

变体二·2

21 分句 8 复句

【变体二·2】21 分句 8 复句。上片第四复句较始词减 1 分句，10 分句 4 复句，三/三/二/二/型复句组；下片第二复句减 1 分句，11 分句 4 复句，四/二/三/二/型复句组。仄韵，隔句韵，间插连句韵。

3，6，3。5，4，4。5，7。5，6。
4，5，6，4。6，7。3，5，4。5，6。——南宋·方千里·《全宋词》第 2490 页

还京乐

岁华惯，每到和风丽日，欢再**理**。 ◆◇◆，◆◆◇◇◆◆，◇◆◆。
为妙歌新调，粲然一曲，千金轻**费**。 △◆◇◇◆，◆◇◆◆，◇◇◇◆。
记夜阑沉**醉**，更衣换酒珠玑**委**。 △◆◇◇◆，◇◇◆◆◇◇◆。
怅画烛摇影，易积银盘红**泪**。 △◆◆◇◆，◆◆◇◇◇◆。

向笙歌**底**，问何人能道， △◇◇◆，△◇◇◇◆，

平生聚合欢娱，离别兴**味**。	◇◇◆◆◇◇，◇◆◆◆。
谁怜露浥烟笼，尽栽培艳桃秾**李**。	◇◇◆◆◇◇，△◇◇◆◇◇◆。
谩萦牵，空坐隔千山，情遥万**水**。	◆◇◇，◇◆◆◇◇，◇◇◆◆。
纵有丹青笔，应难摹画憔**悴**。	◆◆◇◇◆，◇◇◇◆◇◆。

同体式作品：无。

变体二·3

18分句8复句

【变体二·3】18分句8复句。上片第二复句较始词减1分句，下片第一、二、三复句各减1分句，每片9分句4复句，三/二/二/二/型复句组。仄韵，隔句韵，连句韵。

3，6，3。7，6。5，7。3，8。

4，7，8。6，7。8，4。5，6。——南宋·杨泽民·《全宋词》第3001页

还京乐

春光**至**，欲访清歌妙舞，重为**理**。	◇◇◆，◆◆◇◇◆◆，◇◇◆。
念莺轻燕怯媚容，百斛明珠须**费**。	△◇◇◆◆◆◇，◆◆◇◇◇◆。
算枕前盟**誓**，深诚密约堪凭**委**。	△◆◇◇◆，◇◇◆◆◇◇◆。
意正**美**，娇眼又洒梨花春**泪**。	◆◆◆，◇◆◆◆◇◇◇◆。
记罗帷**底**，向鸳鸯灯畔相**偎**，	△◇◇◆，△◇◇◇◆◇◇，
共把前回词语咏**味**。	◆◆◇◇◇◆◆◆。
无端浪迹萍蓬，奈区区又催行**李**。	◇◇◆◆◇◇，△◇◇◆◇◇◆。
忍重看小岸柳梳风，江梅鉴**水**。	△◇◇◆◆◆◇◇，◇◇◆◆。
待学鹣鹣**翼**，从他名利荣**悴**。	◆◆◇◇◆，◇◇◇◆◇◆。

同体式作品：无。

变体二·4

20分句8复句

【变体二·4】20分句8复句。上片分句数与始词同，复句型有变，10分句4复句，三/三/二/二/型复句组；下片第二、三复句各减1分句，10分句4复句，四/二/二/二/型复句组。仄韵，隔句韵，间插连句韵。

3，4，5。5，4，4。5，7。4，7。

4，5，4，6。6，7。7，4。5，6。——南宋·张炎·《全宋词》第3475页

还京乐

送陈行之归吴

醉吟**处**，多是琴尊，竟日松下**语**。	◆◆◆，◇◆◇◇，◆◆◇◆◆。
有笔床茶灶，瘦筇相引，逢花须**住**。	△◆◇◇◆，◆◇◇◆，◇◇◇◆。

正翠阴迷**路**，年光荏苒成孤**旅**。　　△◆◇◇◆，◇◇◆◆◇◇◆。
等趁燕樯，休忘了玄都前**度**。　　◆◆◆◇，◇◆◆◇◇◇◆。

渐烟波远，怕五湖凄冷，　　△◇◇◆，△◆◇◇◆，
佳人袖薄，修竹依依日**暮**。　　◇◇◆◆，◇◆◇◇◆◆。
知他甚处重逢，便匆匆背潮归**去**。　　◇◇◆◆◇◇，△◇◇◆◇◇◆。
莫因循误了幽期，应孤旧**雨**。　　△◇◇◆◆◇◇，◇◇◆◆。
伫立山风晚，月明摇碎江**树**。　　◆◆◇◇◆，◆◇◇◆◇◆。

同体式作品：无。

41.【回波乐】

1. 民间始词见敦煌写本歌辞，署名“王梵志”；文人始词唐沈佺期作。兹取《敦煌歌辞总编》该调第一首为始词。
2. 曲调由来有二说，《北史·朱尔荣传》：“（尔荣）与左右连手踏地唱《回波乐》而出。”中唐刘肃《大唐新语》则曰景龙年间，唐中宗游兴庆池，伴歌舞，唱《回波词》，给事中李景伯起舞。宋郭茂倩《乐府诗集》取《大唐新语》之说：“《回波乐》，唐中宗时造，盖出于曲水引流泛觞也。”北歌《回波乐》与唐乐《回波词》，一般认为是两调，或云唐【回波乐】乃取北歌而度新声，可成一说，未可定论。兹将两调作一调处理。
3. 唐崔令钦《教坊记》谓该调为软舞乐曲，亦为唐酒令常用调，唐南卓《羯鼓录》作《回婆乐》，据其名该调为胡乐。唐以后，该调无继作。
4. 六言声诗、长短句二体。平韵、仄韵二式，声诗三平韵、五平韵、六仄韵三式，首句入韵，隔句韵；长短句，单片三仄韵，连句韵、隔句韵。

六言声诗

其一：4 分句 2 复句，二/二/型复句组。平韵，连句韵，隔句韵。

6，6。6，6。——唐·沈佺期·《全唐五代词》第 1 页

回波乐

回波尔时佺**期**，流向岭外生**归**。　　◇◇◆◇◇◇，◇◆◆◆◇◇。
身名已蒙齿录，袍笏未复牙**绯**。　　◇◇◆◇◆◆，◇◆◆◆◇◇。

同体式作品：唐：李景伯 1 首，中宗朝优人 1 首。

其二：8 分句 4 复句，二/二/二/二/型复句组。平韵，首二句连韵，继隔句韵。

6，6。6，6。6，6。6，6。——唐·王梵志·《敦煌歌辞总编》第 658 页

回波乐

法性大海如**如**，风吹波浪沟**渠**。　◆◆◆◆◇◇，◇◇◇◆◇◇。
我今不生不灭，于中不觉愚**夫**。　◆◇◆◇◆◆，◇◇◆◆◇◇。
憎恶若为是恶，无始流浪三**涂**。　◇◆◆◇◆◆，◇◆◇◆◇◇。
迷人失路但坐，不见六道清**虚**。　◇◇◆◆◆◆，◆◆◆◆◇◇。

同体式作品：敦煌写本王梵志 3 首。

其三：12 分句 6 复句，二/二/二/二/二/二/型复句组。仄韵，隔句韵。

6，6。6，6。6，6。6，6。6，6。6，6。——唐·王梵志·《敦煌歌辞总编》第 658 页

回波乐

回波尔时六贼，不如持心断**惑**。　◇◇◆◇◆◆，◆◇◇◇◆◆。
纵使诵经千卷，眼里见经不**识**。　◆◆◆◇◇◆，◆◆◆◇◆◆。
不解佛法大意，徒劳排文数**黑**。　◆◆◆◆◆◆，◇◇◇◇◆◆。
头陀兰若精进，希望后世功**德**。　◇◇◇◆◇◆，◇◆◆◆◇◆。
持心即是大患，圣道何由可**克**。　◇◇◆◆◆◆，◆◆◇◇◆◆。
若悟生死如梦，一切求心皆**息**。　◆◆◇◆◇◆，◆◆◇◇◇◆。

同体式作品：敦煌写本王梵志 2 首。

长短句

始词：5 分句 2 复句，单片，二/三/型复句组。仄韵，连句韵、隔句韵。

6，6。3，4，6。——唐·杨廷玉·《全唐五代词》第 2 页

回波乐

回波尔时廷**玉**，打獠取钱未**足**。　◇◇◆◇◇◆，◆◇◆◇◆◆。
阿姑婆，见作天子，傍人不得枨**触**。　◇◇◇，◆◆◇◇，◇◇◆◆◇◆。

同体式作品：无。

42.【木兰花】

【木兰花令】【玉楼春】【玉楼春令】【玉楼人】

1. 齐言始词见敦煌写本歌辞；长短句始词前蜀韦庄作。
2. 亦唐教坊曲，见《教坊记》。
3. 唐宋通行词调，一作【木兰花令】。韦庄【木兰花】词首句“独上小楼春欲暮”，或衍名为【玉楼人】【玉楼春】【玉楼春令】，兹归一调处理。【偷声木兰花】【摊破木兰花】【木兰花慢】，作同源词调处理。
4. 七言声诗、长短句两体。声诗六仄韵，连句韵、隔句韵；长短句，双片，每片三仄韵。

声诗

始词：8 分句 4 复句。双叠七言声诗，每叠 4 分句 2 复句，二/二/型复句组，仄韵，连句韵、隔句韵。

7，7。7，7。

7，7。7，7。——唐·敦煌写本歌辞·《敦煌歌辞总编》第 340 页

木兰花

十年五岁相看**过**，为道木兰花一**朵**。　◆◇◆◆◇◇◆，◆◆◆◇◇◆◆。

九天远地觅将来，移将后院深处**坐**。　◆◇◆◆◆◇◇，◇◇◆◆◇◆◆。

又见蝴蝶千千**个**，由住安良不敢**做**。　◆◆◇◆◇◇◆，◇◆◇◇◇◆◆。

傍人不必苦相须，恐怕春风斩断**我**。　◆◇◆◆◆◇◇，◆◆◇◇◆◆◆。

同体式作品：五代：欧阳炯 1 首，魏承班 1 首，牛峤 1 首（【玉楼春】），顾夐 4 首（【玉楼春】），冯延巳 1 首（【玉楼春】），李煜 1 首（【玉楼春】），庾传素 1 首，徐昌图 1 首，许岷 2 首，计 9 人 13 首。北宋：钱惟演 2 首，柳永 13 首（【木兰花】7【木兰花令】1【玉楼春】5），张先 8 首，晏殊 11 首（【玉楼春】1），宋祁 1 首（【玉楼春】），贾昌朝 1 首（【木兰花令】），梅尧臣 1 首（【玉楼春】），欧阳修 33 首（【玉楼春】），杜安世 7 首（【玉楼春】），晏几道 21 首（【木兰花】8【玉楼春】13），王诜 1 首（【玉楼春】），苏轼 6 首，盼盼 1 首（《惜花容》），马成 1 首（【玉楼春】），舒亶 2 首，黄庭坚 10 首（【木兰花令】），秦观 4 首（【木兰花】1【玉楼春】3），贺铸 5 首，晁补之 1 首，陈师道 3 首，周邦彦 7 首（【木兰花】1【木兰花令】1【玉楼春】5），谢逸 4 首（【玉楼春】），苏庠 1 首，毛滂 13 首（【玉楼春】），王寀 2 首（【玉楼春】），葛胜仲 2 首，王安中 2 首（【玉楼春】1【木兰花】1），叶梦得 1 首，刘一止 1 首，朱敦儒 2 首，周紫芝 1 首，莫将 10 首，李清照 1 首（【玉楼春】），计 33 人 179 首。南宋：向子諲 1 首，李邴 1 首（【木兰花】），郭仲循 1 首，蔡伸 2 首，陈与义 1 首，王之道 2 首，冯时行 1 首，欧阳澈 2 首，杨无咎 3 首（【木兰花】），曹勋 4 首，胡铨 1 首，李石 2 首（【木兰花】），曾觌 1 首，葛立方 1 首（【木兰花】），毛开 2 首（【木兰花】），侯寘 2 首（【木兰花】），袁去华 1 首（【木兰花】），康与之 1 首（【玉楼春令】），陆游 1 首（【木兰花】），范成大 2 首，李处全 1 首，赵长卿 1 首，张孝忠 1 首，王炎 2 首，辛弃疾 14 首，程垓 2 首（【木兰花】），石孝友 11 首（【木兰花】），朱景文 1 首，马子严 1 首，汪莘 1 首，郭应祥 2 首，李子酉 1 首，黄简 1 首，史达祖 2 首，高观国 4 首，徐照 1 首，刘镇 1 首，王武子 1 首，方千里 2 首，严仁 1 首，刘克庄 1 首，周端臣 1 首，楼采 1 首，刘清夫 1 首，刘子寰 1 首，陈云崖 1 首，方岳 1 首，吴文英 3 首，尹词客 1 首，吴益 1 首，利登 1 首，杨泽民 2 首（【木兰花】1【玉楼春】1），陈允平 6 首（【木兰花】1【玉楼春】5），江开 1 首，刘辰翁 2 首，莫仑 1 首，蒋捷 1 首，仇远 2 首（【木兰花令】），刘景翔 1 首，方乔 1 首，申纯 1 首，郭生 1 首，吴则礼 2 首，黄人杰 1 首，汪元量 2 首，张时甫 2 首，李朝卿 3 首，李季萼 1 首（【木兰花】），无名氏 10 人 10 首（【木兰花】8【玉楼春】1【玉楼人】1），计 78 人 136 首（无标注者均【玉楼春】）。

长短句

始词：9 分句 4 复句。双片。上片第二复句将声诗七字句折腰摊破为 3/3 句，5 分句 2 复句，二/三/型复句组；下片与声诗同，4 分句 2 复句，二/二/型复句组。仄韵，连句韵、隔句韵。律词。

7，7。3，3，7。

7，7。7，7。——五代·韦庄·《全唐五代词》第171页

玉楼春

独上小楼春欲**暮**，愁望玉关芳草**路**。　◆◆◆◇◇◆◆，◇◆◆◇◇◆◆。
消息断，不逢人，却敛细眉归绣**户**。　◇◆◆，◆◇◇，◆◆◆◇◇◆◆。

坐看落花空叹**息**，罗袂湿斑红泪**滴**。　◆◆◆◇◇◆◆，◇◆◆◇◇◆◆。
千山万水不曾行，魂梦欲教何处**觅**。　◇◇◆◆◆◇◇，◇◆◆◇◇◆◆。

同体式作品：无。

变体一

较始词句数不变，复句型有变。

【变体一】9分句4复句。上片与始词下片同，4分句2复句，二/二/型复句组；下片将第二分句七字句摊破为3/4短语句，5分句2复句，三/二/型复句组。仄韵，连句韵、隔句韵。

7，7。7，7。

7，3，4。7，7。——宋·无名氏·《全宋词》第3763页

玉楼春

子寿母

戏彩堂高无溽**暑**，满座风生闻笑**语**。　◆◆◇◇◇◆◆，◆◆◇◇◇◆◆。
慈闱今日庆生申，歌遏行云香篆**缕**。　◇◇◇◆◆◇◇，◇◆◇◇◇◆◆。

万事从今休挂**虑**，儿辈行，当壮门**户**。　◆◆◇◇◇◆◆，◇◆◇，◇◆◇◆。
一杯祝寿比庄椿，愿长与儿孙作**主**。　◆◇◆◆◆◇◇，△◇◆◇◇◆◆。

同体式作品：无。

变体二

较始词复句数不变，分句数有变。

变体二·1

10分句4复句

【变体二·1·1】10分句4复句。上片将声诗两个七字句摊破为3/3句，6分句2复句，三/三/型复句组；下片与声诗同，4分句2复句，二/二/型复句组。连句韵、隔句韵。律词。

3，3，7。3，3，7。

7，7。7，7。——五代·魏承班·《全唐五代词》第483页

木兰花

小芙蓉，香旖**旎**，碧玉堂深清似**水**。　◆◇◇，◇◆◆，◆◆◇◇◇◆◆。

闭宝匣，掩金铺，倚屏拖袖愁如**醉**。	◆◆◆，◆◇◇，◆◇◇◆◇◇◆。
迟迟好景烟花**媚**，曲渚鸳鸯眠锦**翅**。	◇◇◆◆◇◇◆，◆◆◇◇◇◆◆。
凝然愁望静相思，一窝笑靥嚬香**蕊**。	◇◇◇◆◆◇◇，◆◇◆◆◇◇◆。

同体式作品：无。

【变体二·1·2】10 分句 4 复句。每片 5 分句 2 复句，二/三/型复句组。仄韵，连句韵，隔句韵。

7，7。6，3，4。

7，7。6，3，4。——南宋·魏了翁·《全宋词》第 2391 页

木兰花令

叔母庆七十

儿前捧劝孙扶**掖**，共庆贺娘娘七**帙**。	◇◇◆◆◇◇◆，◆◆◆◇◇◆◆。
此杯不比寻常，百年间，才是省**陌**。	◆◇◆◆◇◇，◆◇◇，◇◆◆◆。
眼前彩绣成行**立**，已应是天公偏**惜**。	◆◇◆◆◇◇◆，◆◇◆◇◇◇◆。
何须剩觅长年，且只消，一百二**十**。	◇◇◆◆◇◇，◆◆◇，◆◆◆◆。

同体式作品：无。

增减字：

（一）7，6。5，4，5。○ 7，7。5，4，5。宋：无名氏 2 首。

【变体二·1·3】10 分句 4 复句。与【变体二·1】前二式分句数相同，复句型有变。上片 4 分句 2 复句，二/二/型复句组；下片 6 分句 2 复句，三/三/型复句组。仄韵，上片首二句连韵，继隔句韵。

7，7。6，7。

7，3，4。6，3，4。——宋·无名氏·《全宋词》第 3633 页

玉楼人

去年寻处曾持**酒**，还是向南枝见**后**。	◇◇◆◆◇◇◆，◆◆◆，◇◇◆◆。
宜霜宜雪精神，没些儿风味减**旧**。	◆◇◆◆◇◇，◆◇◇，◇◆◆◆。
先春似与群芳**斗**。暗度香，不待频**嗅**。	◆◇◆◆◇◇◆，◆◇◆，◇◇◇◆。
有人笑折归来，玉纤长，尽露罗**袖**。	◇◇◆◆◇◇，◆◆◇，◆◆◆◆。

同体式作品：无。

变体二·2

11 分句 4 复句

【变体二·2】11 分句 4 复句。上片分句数复句型与始词同，分句字数有变，5 分句 2 复句，二/三/型复句组；下片第一、二复句各增 1 分句，6 分句 2 复句，三/三/型复句组。

仄韵，连句韵、隔句韵。

7，6。5，4，5。

3，4，7。5，4，5。——宋·无名氏·《全宋词》第3774页

木兰花

贺生双子

天上双星欢迤**逦**，报道一门双**喜**。　◇◆◇◇◇◆◆，◆◆◆◇◇◆。
果庆双弧**矢**，双桂连芳，双璧光华**起**。　◆◆◇◇◆，◇◆◇◇，◇◆◇◇◆。

看取他，时双彩**戏**，双堕号机云才**子**。　◆◆◇◇◇◆◆，◇◆◆◇◇◇◆。
更带横双**玉**，鱼佩双金，作个无双**字**。　◆◆◇◇◆，◇◆◇◇，◆◆◇◇◆。

按：双堕，双胞胎；机云才子，指西晋陆机、陆云兄弟，文采出众，时人称为才子。

同体式作品：无。

同源词调一：【减字木兰花】

【木兰花减字】【减兰】【木兰香】

1. 始词北宋柳永作。
2. “减字”，其“字”本指乐字，唐宋时代以乐字记谱，乐字有减，即音乐旋律有所简化，词句字数亦相应有减。
3. 宋代通行词调，偶名【减兰】【木兰花减字】【木兰香】。《钦定词谱》将【天下乐令】作【减字木兰花】又一体之异名。本谱作【天下乐】之同源词调（见本谱第629调）。
4. 双片，换韵；每片四韵，每两韵换押，先押仄，后押平，连句韵。

始词：8分句4复句。与【偷声木兰花】分句数、复句型、韵式皆同，上下片起句字数有减。每片4分句2复句，二/二/型复句组。平仄通押，每片先押仄，后押平，连句韵。律词。

4，7。4，7。

4，7。4，7。——北宋·柳永·《全宋词》第46页

减字木兰花

花心柳**眼**，郎似游丝常惹**绊**。　◇◇◆◆，◇◆◇◇◇◆◆。
慵困谁**怜**，绣线金针不喜**穿**。　◇◆◇◇，◆◆◇◇◆◆◇。

深房密**宴**，争向好天多聚**散**。　◇◇◆◆，◇◆◆◇◇◆◆。
绿锁窗**前**，几日春愁废管**弦**。　◆◆◇◇，◆◆◇◇◆◆◇。

同体式作品：北宋：张先1首，欧阳修7首，元绛1首，韩维1首，陈汝羲1首，王安国1首，韦骧6

首，晏几道3首，王观13首，魏夫人2首，苏轼26首，李之仪2首，舒亶3首，刘泾1首，黄裳1首，黄庭坚10首，秦观1首，米芾2首，贺铸6首，仲殊3首，晁补之1首，陈师道6首，张耒1首，周邦彦1首，陈瓘6首，阮阅1首，谢逸2首，夏倪1首，毛滂3首，谢薖3首，葛胜仲2首，米友仁1首，吴则礼8首，张继先1首，叶梦得3首，李光1首，陈克1首，朱敦儒17首，周紫芝4首，李纲4首，李祁1首，张纲1首，李清照1首，计43人161首。南宋：吕本中1首，赵鼎1首，向子諲12首，蒋氏女1首，洪皓1首，蔡伸5首，王灼1首，陈袭善1首，张元幹1首，吕渭老2首，王之道12首，胡铨1首，康与之1首，曾觌1首，倪偁1首，李子正10首（【减兰】），王之望2首，葛立方2首，洪适2首，韩元吉2首，朱淑真1首，张抡10首，侯寘1首，赵彦端6首，王千秋1首，洪惠英1首，袁去华2首，向滈1首，程大昌2首，姚述尧8首，吴儆4首，范成大5首，沈瀛48首，张孝祥10首，李处全3首，吕胜己1首，赵长卿4首，林淳2首，廖行之1首，辛弃疾3首，程垓1首，陈三聘5首，石孝友3首，韩玉1首，杨炎正1首，赵师罼1首，卢炳3首，汪莘1首，郭应祥4首，韩淲4首，程珌1首，戴复古3首，徐鹿卿2首，魏了翁1首，黄机1首，赵福元1首，淮上女1首，李曾伯2首，马光祖1首，陈著2首，刘辰翁10首，仇远3首，罗志仁1首，张炎1首，胡平仲2首，苏小小1首，李秀兰1首，吕岩1首，申纯1首，徐介轩1首（【木兰香】），王娇娘1首，赵孟谦1首，李夫人1首，马琼琼1首，管鉴1首，无名氏17人17首（【天下乐令】1），计92人257首。

同源词调二：【偷声木兰花】

1. 始词北宋张先作。
2. 偷声，在歌唱中缩减原谱乐句的旋律，与“减字”同法。一调之“偷声”“减字”，旋律位置或有不同，故【木兰花】之“偷声”与“减字”词式不同。
3. 北宋晏几道【偷声木兰花】（落梅着雨消残粉），《钦定词谱》指为南唐冯延巳作，调名【上行杯】，但与五代文人词《上行杯》词体不同，兹将该词作晏几道词计入【偷声木兰花】。
4. 双片，每片四韵，平仄换押；连句韵。

始词：8分句4复句。双片。每片4分句2复句，二/二/型复句组。四换韵，每片先押仄，后押平，连句韵。律词。

7，7。4，7。

7，7。4，7。——北宋·张先·《全宋词》第72页

偷声木兰花

雪笼琼苑梅花**瘦**，外院重扉联宝**兽**。　◆◇◇◆◇◇◆，◆◆◇◇◇◆◆。
海月新**生**，上得高楼无奈**情**。　◆◆◇◇，◆◆◇◇◆◆◇。

帘波不动凝釭**小**，今夜夜长争得**晓**。　◇◇◆◆◇◇◆，◇◆◆◇◇◆◆。
欲梦高**唐**，只恐觉来添断**肠**。　◆◆◇◇，◆◆◆◇◇◆◇。

同体式作品：北宋：张先1首，晏几道1首，谢薖1首。

按：晏几道《偷声木兰花》，《钦定词谱》署为冯延巳《上行杯》，其词如下：

落梅著雨消残粉，云重烟轻寒食**近**。罗幕遮**香**，柳外秋千出画**墙**。○春山颠倒钗横**凤**，飞絮入帘春睡**重**。梦里佳**期**，只许庭花与月**知**。

同源词调三：【摊破木兰花】

1. 始词北宋贺铸作。
2. 双片。每片四平韵，隔句韵，间插连句韵。
3. 此调仅见贺铸词三首。

始词：11 分句 4 复句。与前谱【木兰花】“变体三”分句数相同，复句型不同。上片 6 分句 2 复句，三/三/型复句组；下片 5 分句 2 复句，二/三/型复句组。平韵，隔句韵，间插连句韵。

7，4，4。7，4，4。

7，7。7，4，4。——北宋·贺铸·《全宋词》第 528 页

摊破木兰花

南浦东风落暮**潮**，祓禊人归，相并兰**桡**。	◇◆◇◇◆◆◇，◆◆◇◇，◇◆◇◇。
回身昵语不胜**娇**，犹碍华灯，扇影频**摇**。	◇◇◆◆◆◇◇，◇◆◇◇，◆◆◇◇。
重泛青翰顿寂**寥**，魂断高城手漫**招**。	◇◆◇◆◆◆◇，◇◆◇◇◆◆◇。
佳期应待鹊成**桥**，为问行云，谁伴朝**朝**。	◇◇◇◆◆◇◇，◆◆◇◇，◇◆◇◇。

同体式作品：北宋：贺铸 1 首。

变体二

与始词复句数相同，分句数增 1。

【变体二】12 分句 4 复句。双片。每片 6 分句 2 复句，三/三/型复句组。平韵，隔句韵。律词。

7，4，4。7，4，4。

7，4，4。7，4，4。——北宋·贺铸·《全宋词》第 530 页

摊破木兰花

桂叶眉丛恨自**成**，锦瑟弦调，双凤和**鸣**。	◆◆◇◇◆◆◇，◆◆◇◇，◇◆◇◇。
钗梁玉胜挂兰**缨**，帘影沈沈，月堕参**横**。	◇◇◆◆◆◇◇，◇◆◇◇，◆◆◇◇。
屏护文茵翠织**成**，摘佩牵裾，燕样腰**轻**。	◇◆◇◇◆◆◇，◆◆◇◇，◆◆◇◇。
清溪百曲可怜**生**，大抵新欢，此夜□**情**。	◇◇◆◆◆◇◇，◆◆◇◇，◆◆□◇。

同体式作品：无。

同源词调四：【木兰花慢】

1. 始词北宋柳永作。
2. “慢”，音乐上指旋律节拍较缓，通常乐曲较长，歌词篇幅较长，习称“慢词”。一调由令词演化的慢词，在篇幅、句式、句型上均有较大变化。
3. 本调为宋代常用词调，调名或省略“慢”，兹将长调【木兰花】计入【木兰花慢】。
4. 双片。始词上片五平韵、下片六平韵；变体韵数有变；隔句韵。

始词：23 分句 8 复句。双片。上片 11 分句 4 复句，三/三/三/二/型复句组；下片 12 分句 4 复句，四/三/三/二/型复句组。平韵，隔句韵。律词。

5，3，3。5，4，4。2，4，8。6，6。

2，4，3，3。5，4，4。2，4，8。6，6。——北宋·柳永·《全宋词》第 47 页

木兰花慢

倚危楼伫立，乍萧索，晚晴**初**。	△◇◇◆◆，◆◇◆，◆◇◇。
渐素景衰残，风砧韵响，霜树红**疏**。	△◆◆◇◇，◇◇◆◆，◇◆◇◇。
云**衢**，见新雁过，奈佳人自别阻音**书**。	◇◇，△◇◆◆，△◇◇◆◆◆◇◇。
空遣悲秋念远，寸肠万恨萦**纡**。	◇◆◇◇◆◆，◆◇◆◆◇◇。
皇**都**，暗想欢游，成往事，动欷**歔**。	◇◇，◆◆◇◇，◇◆◆，◆◇◇。
念对酒当歌，低帏并枕，翻恁轻**孤**。	△◆◆◇◇，◇◇◆◆，◇◆◇◇。
归**途**，纵凝望处，但斜阳暮霭满平**芜**。	◇◇，△◇◇◆，△◇◇◆◆◆◇◇。
赢得无言悄悄，凭阑尽日踟**蹰**。	◇◆◇◇◆◆，◇◇◆◆◇◇。

同体式作品：北宋：柳永 1 首，秦观 1 首，吴则礼 1 首，洪皓 1 首。南宋：吕胜己 2 首，吴文英 6 首，李彭老 2 首，周密 2 首，张炎 1 首。

增减字：

(一) 5，3，3。5，4，4。2，4，8。6，6。○ 2，4，3，3。5，4，4。3，3，8。6，6。北宋：洪皓 1 首。

(二) 5，3，3。5，4，4。6，3，5。6，6。○ 2，4，3，3。5，4，4。2，4，8。6，6。南宋：吴文英 1 首。

(三) 5，3，3。5，4，4。2，7，5。6，6。○ 2，4，3，3。5，4，4。2，7，5。6，6。南宋：周密 2 首，蒋捷 1 首，范周 1 首。

变体一

与始词分句数复句数相同，复句型有变。

【变体一·1】23 分句 8 复句。双片。上片第四复句较始词增 1 分句，下片第一复句减 1 分句。上片 12 分句 4 复句，三/三/三/三/型复句组；下片 11 分句 4 复句，三/三/三/

二/型复句组。平韵，邻韵通押，隔句韵，间插连句韵。律词。

5，3，3。5，4，4。2，4，8。4，4，4。

2，5，5。5，4，4。2，4，8。6，6。——南宋·曹勋·《全宋词》第1225页

木兰花慢

断虹收霁雨，卷帘幕，与风**期**。	◆◇◇◆◆，◆◇◆，◆◇◇。
正燕子将雏，莺儿弄巧，日影迟**迟**。	△◆◆◇◇，◇◇◆◆，◆◆◇◇。
荼**蘼**，牡丹过也，但游丝上下网晴**晖**。	◇◇，◆◇◇◆，△◇◇◆◆◆◇◇。
三月韶华，转头易失，密荫匀**齐**。	◆◆◇◇，◆◇◆◆，◆◆◇◇。
常**思**，入夏景偏**奇**，是梅雨霏**微**。	◇◇，◆◆◆◇◇，△◇◆◇◇。
更乍著轻纱，凉摇素羽，翠点清**池**。	△◆◆◇◇，◇◇◆◆，◆◆◇◇。
还**思**，故山旧隐，想葱茏翠竹锁窗**扉**。	◇◇，◆◇◆◆，△◇◇◆◆◆◇◇。
独倚西楼谩久，此怀冷淡谁**知**。	◆◆◇◇◆◆，◆◇◆◆◇◇。

同体式作品：无。

【变体一·2】23分句8复句。双片。上下片第一复句较始词各减1分句、第三复句各增1分句。上片11分句4复句，二/三/四/二/型复句组；下片12分句4复句，三/三/四/二/型复句组。平韵，邻韵通押，隔句韵，间插连句韵。

5，6。5，4，4。2，4，4，4。6，6。

2，5，5。5，4，4。2，4，3，5。6，6。——南宋·曹冠·《全宋词》第1540页

木兰花慢

和旧词韵

念行藏在道，仕宦岂为谋**身**。	△◇◇◆◆，◆◆◆◆◇◇。
自谤起营蝇，东山高卧，北海开**尊**。	△◇◆◇◇，◇◇◇◆，◆◆◇◇。
荣枯，置之度外，得饶人处，谩也饶**人**。	◇◇◆，◆◇◆◆，◆◆◇◇。
须信吾躬道义，巍然良贵中**存**。	◇◆◇◇◆◆，◆◇◇◆◇◇。
浮**名**，蜗角是非**蚊**，过耳总休**论**。	◇◇，◇◆◆◇◇，◆◆◆◇◆。
且啸傲幽居，清风皓月，光景常**新**。	△◆◆◇◇，◇◇◆◆，◇◆◇◇。
佩**琴**，行吟胜景，访林泉，避暑赏烟**云**。	◆◇，◇◇◆◆，◆◇◇，◆◆◆◇◇。
谁识怀忠畎亩，此心常不忘**君**。	◇◆◇◇◆◆，◆◇◇◆◆◇。

同体式作品：无。

【变体一·3】23分句8复句。双片。上片分句数复句型与始词上片同，11分句4复句，三/三/三/二/型复句组；下片分句数复句型与【变体一·2】下片同，12分句4复句，三/三/四/二/型复句组。平韵，邻韵通押，隔句韵。律词。

5，3，3。5，4，4。3，3，8。6，6。

2，6，4。5，4，4。3，3，3，5。6，6。——南宋·王炎·《全宋词》第 1856 页

木兰花慢

暮春，时在分宁。

博山香雾冷，新雨过，怯单**衣**。	◆◇◇◆◆，◇◆◆，◆◇◇。
正飞絮蒙蒙，平芜杳杳，家在天**涯**。	△◇◆◇◇，◇◇◆◆，◇◆◇◇。
春难住，人易老，又等闲过了踏青**时**。	◇◇◆，◇◆◆，△◆◇◆◆◆◇◇。
枝上红稀绿暗，杜鹃刚向人**啼**。	◇◆◇◇◆◆，◆◇◇◆◇◇。
依**依**，谩叹歌生弹铗，尘满弦**徽**。	◇◇，◆◆◇◇◇◆，◇◆◇◇。
想北山猿鹤，南溪鸥鹭，怪我归**迟**。	△◆◇◇◆，◇◇◇◆，◆◆◇◇。
青云事，今已晚，倚小窗，谁与话襟**期**。	◇◇◆，◇◆◆，◆◆◇，◇◆◆◇◇。
对酒有愁可解，擘笺无怨休**题**。	◆◆◆◇◆◆，◆◇◇◆◇◇。

同体式作品：无。

【变体一·4】23 分句 8 复句。双片。上片第一复句较始词减 1 分句，下片第三复句增 1 分句。上片 10 分句 4 复句，二/三/三/二/型复句组；下片 13 分句 4 复句，四/三/四/二/型复句组。平韵，隔句韵。律词。

5，6。5，4，4。2，4，8。6，6。

2，4，3，3。5，4，4。2，4，3，5。6，6。——南宋·吴文英·《全宋词》第 2917 页

木兰花慢

施芸隐随绣节过浙东，作词留别，用其韵以饯。

几临流送远，渐荒落旧邮**亭**。	◆◇◇◆◆，△◇◆◆◇◇。
念西子初来，当时望眼，啼雨难**晴**。	△◇◆◇◇，◇◇◆◆，◇◆◇◇。
娉**婷**，素红共载，到越吟翻调倚吴**声**。	◇◇，◆◇◆◆，◆◆◇◇◆◆◇◇。
得意东风去棹，怎怜会重离**轻**。	◆◆◇◇◆◆，◆◇◆◆◇◇。
云**零**，梦绕浮觞，流水畔，叙幽**情**。	◇◇，◆◆◇◇，◇◆◆，◆◇◇。
恨赋笔分携，江山委秀，桃李荒**荆**。	△◆◆◇◇，◇◇◆◆，◇◆◇◇。
经**行**，问春在否，过汀洲，暗忆百花**名**。	◇◇，◆◇◆◆，◆◇◇，◆◆◆◇◇。
莺缕争堪细折，御黄堤上重**盟**。	◇◆◆◇◆◆，◆◇◇◆◇◇。

同体式作品：南宋：周密 1 首。

【变体一·5】23 分句 8 复句。上片第三复句较始词增 1 分句，下片第三复句减 1 分句。上片 12 分句 4 复句，三/三/四/二/型复句组，下片 11 分句 4 复句，四/三/二/二/型复句组。平韵，隔句韵。

5，3，3。5，4，4。2，4，3，5。6，6。

2，4，3，3。5，4，4。6，8。6，6。——南宋·李芸子·《全宋词》第2990页

木兰花慢

秋意

占西风早处，一番雨，一番**秋**。	△◇◇◆◆，◆◇◆，◆◇◇。
记故园斜阳，去年今日，落叶林**幽**。	△◇◆◇◇，◆◇◇◆，◆◆◇◇。
悲**歌**，几回激烈，寄疏狂，酒令与诗**筹**。	◇◇，◆◇◆◆，◆◇◇，◆◆◇◇◇。
遗恨清商易改，多情紫燕难**留**。	◆◆◇◇◆◆，◇◇◆◆◇◇。
嗟**休**，触绪茧丝，抽旧事，续何**由**。	◇◇，◆◆◆◇，◇◆◆，◆◇◇。
奈予怀渺渺，羁愁郁郁，归梦悠**悠**。	△◇◇◆◆，◇◇◆◆，◇◆◇◇。
生平不如老杜，便如他漂泊之风**流**。	◇◇◆◇◆◆，◆◇◇◇◆◇◇◇。
寄语庭柯径竹，甚时得棹孤**舟**。	◆◆◇◇◆◆，◇◇◆◆◇◇。

同体式作品：无。

变体二

与始词复句数相同，分句数有变。

变体二·1

22分句8复句

【变体二·1·1】22分句8复句。双片。上片第一复句较始词减1分句，下片同。上片10分句4复句，二/三/三/二/型复句组；下片12分句4复句，四/三/三/二/型复句组。平韵，隔句韵。律词。

5，6。5，4，4。2，4，8。6，6。
2，4，3，3。5，4，4。2，4，8。6，6。——北宋·柳永·《全宋词》第48页

木兰花慢

南吕调

古繁华茂苑，是当日帝王**州**。	◆◇◇◆◆，◆◇◆◆◇◇。
咏人物鲜明，土风细腻，曾美诗**流**。	△◇◆◇◇，◆◇◆◆，◇◆◇◇。
寻**幽**，近香径处，聚莲娃钓叟簇汀**洲**。	◇◇，◆◇◆◆，△◇◇◆◆◆◇◇。
晴景吴波练静，万家绿水朱**楼**。	◇◆◇◇◆◆，◆◇◆◆◇◇。
凝**旒**，乃眷东南，思共理，命贤**侯**。	◇◇，◆◆◇◇，◇◆◆，◆◇◇。
继梦得文章，乐天惠爱，布政优**优**。	△◆◆◇◇，◆◇◆◆，◆◆◇◇。
鳌**头**，况虚位久，遇名都胜景阻淹**留**。	◇◇，△◇◆◆，△◇◇◆◆◆◇◇。
赢得兰堂酝酒，画船携妓欢**游**。	◇◆◇◇◇◆，◆◇◇◆◇◇。

同体式作品：南宋：李莱老1首，吴文英1首，周密1首。

增减字：

（一）5，6。5，4，4。6，3，5。6，6。○2，4，3，3。5，4，4。6，3，5。6，6。南宋：吕渭老1首，张炎1首。

（二）5，6。5，4，4。6，5，3。6，6。○2，4，3，3。5，4，4。6，3，5。6，6。南宋：卫宗武1首。

【变体二·1·2】22分句8复句。双片。上片第三复句较始词减1分句，10分句4复句，三/三/二/二/型复句组；下片与始词同，12分句4复句，四/三/三/二/型复句组。平韵，隔句韵，间插连句韵。

5，3，3。5，4，4。6，8。6，6。

2，4，3，3。5，4，4。2，4，8。6，6。——北宋·秦观·《全宋词》第470页

木兰花慢

过秦淮旷望，迥萧洒，绝纤**尘**。　◆◇◇◆◆，◆◇◆，◆◇◇。

爱清景风蛩，吟鞭醉帽，时度疏**林**。　△◇◆◇◇，◇◇◆◆，◇◆◇◇。

秋来政情味淡，更一重烟水一重**云**。　◇◇◆◇◆◆，△◆◇◇◆◆◇◇。

千古行人旧恨，尽应分付今**人**。　◇◆◇◇◆◆，◆◇◇◆◇◇。

渔**村**，望断衡**门**，芦荻浦，雁先**闻**。　◇◇，◆◆◇◇，◇◆◆，◆◇◇。

对触目凄凉，红凋岸蓼，翠减汀**蘋**。　△◆◆◇◇，◇◇◆◆，◆◆◇◇。

凭高，正千嶂黯，便无情到此也销**魂**。　◇◇，△◇◆◆，△◇◇◆◆◆◇◇。

江月知人念远，上楼来照黄**昏**。　◇◆◇◇◆◆，◆◇◇◆◇◇。

同体式作品：无。

增减字：

（一）5，3，3。5，4，4。6，8。6，6。○2，4，3，3。5，4，4。6，3，5。6，6。南宋：赵以夫1首。

【变体二·1·3】22分句8复句。双片。上片分句数与始词同，下片减1分句，每片11分句4复句，上片三/三/三/二/型复句组；下片二/四/三/二/型复句组。平韵，隔句韵，间插连句韵。

5，3，3。5，4，4。6，3，5。6，6。

7，5。2，3，4，4。6，3，5。6，6。——南宋·曾觌·《全宋词》第1311页

木兰花慢

长乐台晚望偶成

正枝头荔子，晚红皱，袅熏**风**。　△◇◇◆◆，◆◇◆，◆◇◇。

对碧瓦迷云，青山似浪，返照浮**空**。　△◆◆◇◇，◇◇◆◆，◆◆◇◇。

高台称吟眺处，□繁华，清胜两无**穷**。　◇◇◇◆◆◆，□◇◇，◇◆◆◇◇。

帘卷榕阴暮合，万家香霭溟**蒙**。　◇◆◇◇◆◆，◆◇◇◆◇◇。

年光冉冉逐飞**鸿**，叹雨迹云**踪**。　◇◇◆◆◆◇◇，△◆◆◇◇。

渐暑，退兰房，凉生象簟，知与谁**同**。 △◆◆◇◇，◇◇◆◆，◇◆◇◇。
临鸾晚妆初罢，怨清宵，好梦不相**逢**。 ◇◇◆◇◇◆，◆◇◇，◆◆◆◇◇。
看即天涯秋也，恨随一叶梧**桐**。 ◆◆◇◇◇◆，◆◇◆◆◇◇。

同体式作品：南宋：京镗1首，辛弃疾2首，张镃3首，刘仙伦1首，戴复古1首，魏了翁6首，林正大1首，岳珂1首，黄机2首，刘克庄3首，冯取洽1首，张榘1首，黄昇1首，冯伟寿1首，牟巘1首，邓剡1首，廖莹中1首，赵文1首，李琳1首，陈德武4首，程节斋1首，周孚先1首，卫芳华1首，计23人37首。

增减字：

（一）5，3，3。5，4，4。3，3，8。6，6。○7，5。5，4，4。3，3，8。6，6。南宋：辛弃疾1首。
（二）5，3，3。5，4，4。6，3，5。6，6。○6，5。5，4，4。6，3，5。6，6。南宋：卢祖皋1首。
（三）5，3，3。5，4，4。3，3，8。6，6。○7，5。5，4，4。6，3，5。6，6。南宋：刘克庄1首。
（四）5，3，3。5，4，4。6，3，5。6，6。○6，6。5，4，4。6，3，5。6，6。南宋：李商英1首。
（五）5，3，3。5，4，4。3，3，7。6，6。○7，5。5，4，4。6，3，5。6，6。南宋：程节斋1首。

【变体二·1·4】22分句8复句。双片。上片与始词同，下片减1分句，每片11分句4复句，三/三/三/二/型复句组。平韵，隔句韵，间插连句韵。律词。

5，3，3。5，4，4。2，4，8。6，6。
2，5，5。5，4，4。2，4，8。6，6。——南宋·辛弃疾·《全宋词》第1912页

木兰花慢

题上饶郡圃翠微楼

旧时楼上客，爱把酒，向南**山**。 ◆◇◇◆◆，◆◆◆，◆◇◇。
笑白发如今，天教放浪，来往其**间**。 △◆◆◇◇，◇◇◆◆，◇◆◇◇。
登楼，更谁念我，却回头西北望层**栏**。 ◇◇，◆◇◆◆，△◇◇◇◆◆◇◇。
云雨珠帘画栋，笙歌雾鬓云**鬟**。 ◇◆◇◇◆◆，◇◇◆◆◇◇。

近来，堪入画图**看**，父老愿公**欢**。 ◆◇，◇◆◆◇◇，◆◆◆◇◇。
甚拄笏悠**然**，朝来爽气，正尔相**关**。 △◆◆◇◇，◇◇◆◆，◆◆◇◇。
难忘，使君后日，便一花一草报平**安**。 ◇◆，◇◇◆◆，△◆◇◆◆◆◇◇。
与客携壶且醉，雁飞秋影江**寒**。 ◆◆◇◇◆◆，◆◇◇◆◇◇。

同体式作品：南宋：张镃1首，张榘1首，杨子咸1首，黄昇2首，张枢1首，陈允平2首，李珏1首，史深1首，刘辰翁2首，仇远1首，张炎1首，罗志仁1首，无名氏1首。

同体式作品：无。

增减字：

（一）5，3，3。5，4，4。3，3，8。6，6。○3，4，5。5，4，4。3，3，8。6，6。南宋：辛弃疾1首。
（二）5，3，3。5，4，4。6，3，5。6，6。○2，4，5。5，4，4。6，3，5。6，6。南宋：卢祖皋1首。
（三）5，3，3。5，4，4。6，3，5。6，6。○6，3，3。5，4，4。6，3，5。6，6。南宋：黄机2首。
（四）5，3，3。5，4，4。2，4，8。6，6。○2，4，6。5，4，4。2，4，8。6，6。南宋：周密1首。
（五）5，3，3。5，4，4。2，4，8。6，6。○6，3，3。5，4，4。2，4，8。6，6。南宋：周密1首。

（六）5，3，3。5，4，4。2，7，5。6，6。○ 2，5，5。5，4，4。6，3，4。6，6。南宋：王奕 1 首。
（七）5，3，3。5，4，4。6，3，4。6，6。○ 2，5，5。5，4，4。6，3，4。6，6。南宋：王奕 1 首。
（八）5，3，3。5，4，4。6，3，5。6，6。○ 7，3，3。5，4，4。6，3，5。6，6。南宋：刘应雄 1 首。

【变体二·1·5】22 分句 8 复句。双片。上下片分句数与【变体二·1·4】同，上片复句型不变，下片有变。每片 11 分句 4 复句，上片三/三/三/二/型复句组，下片四/二/三/二/型复句组。平韵，隔句韵，间插连句韵。

5，3，3。5，4，4。6，3，5。6，6。
2，4，3，3。5，8。2，4，8。6，6。——南宋·吴文英·《全宋词》第 2916 页

木兰花慢

虎丘陪仓幕游，时魏益斋已被亲擢，陈芬窟、李方庵皆将满秩。

紫骝嘶冻草，晓云锁，岫眉**颦**。　◆◇◇◆◆，◆◇◆，◆◇◇。
正蕙雪初销，松腰玉瘦，憔悴真**真**。　△◆◆◇◇，◇◇◆◆，◇◆◇◇。
轻藜渐穿险**磴**，步荒苔，犹认瘗花**痕**。　◇◇◆◇◆◆，◆◇◇，◇◆◆◇◇。
千古兴亡旧恨，半丘残日孤**云**。　◇◆◇◇◆◆，◆◇◇◆◇◇。

开**尊**，重吊吴**魂**，岚翠冷，洗微**醺**。　◇◇，◇◆◇◇，◇◆◆，◆◇◇。
问几曾夜宿，月明起看剑水星**纹**。　△◆◇◆◆，◆◇◆◇◆◆◇◇。
登**临**，总成去客，更软红先有探芳**人**。　◇◇，◆◇◆◆，△◆◇◇◆◆◇◇。
回首沧波故苑，落梅烟雨黄**昏**。　◇◆◇◇◆◆，◆◇◇◆◇◇。

同体式作品：

增减字：

（一）5，3，3。5，4，4。6，3，5。6，6。○ 2，4，3，3。3，8。2，4，8。6，6。南宋：周密 2 首。

变体二·2

25 分句 8 复句

【变体二·2·1】25 分句 8 复句。双片。上下片较始词各增 1 分句，上片 12 分句 4 复句，三/三/四/二/型复句组；下片 13 分句 4 复句，四/三/四/二/型复句组。平韵，隔句韵。律词。

5，3，3。5，4，4。2，4，3，5。6，6。
2，4，3，3。5，4，4。2，4，3，5。6，6。——北宋·晁端礼·《全宋词》第 426 页

木兰花

苦春宵漏短，梦回晚，酒醒**迟**。　△◇◇◆◆，◆◇◆，◆◆◇。
正小雨初收，余寒未放，怯试单**衣**。　△◆◆◇◇，◇◇◆◆，◆◆◇◇。
娇**痴**，最尤殢处，被罗襟，印了宿妆**眉**。　◇◇，◆◇◆◆，◇◇◇，◆◆◆◇◇。
潇洒春工斗巧，算来不在花**枝**。　◇◆◇◇◆◆，◆◇◆◆◇◇。

芳**菲**，正好踏春，携素手，暂分**飞**。　◇◇，◆◆◇◇，◇◆◆，◆◇◇。
料恨月愁花，多应瘦损，风柳腰**肢**。　△◆◆◇◇，◇◇◆◆，◇◆◇◇。
归**期**，况春未老，过南园，尚及牡丹**时**。　◇◇，◆◇◆◆，◆◇◇，◆◆◆◇◇。
拚却栏边醉倒，共伊插满头**归**。　◇◆◇◇◆◆，◆◇◇◆◇◇。

同体式作品：北宋：范周1首。南宋：周端臣1首。

【变体二·2·2】25分句8复句。双片。上下片分句数与【变体二·2·1】相同，上片复句型无变，下片复句型有变。上片12分句4复句，三/三/四/二/型复句组；下片13分句4复句，二/五/四/二/型复句组。平韵，邻韵通押，隔句韵，间插连句韵。

5，3，3。5，4，4。2，4，3，5。6，6
2，4。3，3，5，4，4。2，4，3，5。6，6。——南宋·吕胜己·《全宋词》第1762页

木兰花慢

朝天门外路，路坦坦，走瑶**京**。　◇◇◇◆◆，◆◆◆，◆◇◇。
悔年少狂图，争名远宦，为米孤**征**。　△◇◆◇◇，◇◇◆◆，◆◆◇◇。
星**星**，半凋鬓发，事千端，回首只堪**惊**。　◇◇，◆◇◆◆，◆◇◇，◇◆◆◇◇。
居士新来悟也，渭川小隐初**成**。　◇◆◇◇◆◆，◆◇◆◆◇◇。

临**清**，巧创幽**亭**。　◇◇，◆◆◇◇。
真富贵，享安荣，　◇◆◆，◆◇◇。
有猿鸟清讴，松篁森卫，桧柏双**旌**。　△◇◆◇◇，◇◇◇◆，◆◆◇◇。
蛙**鸣**，自然鼓吹，粲林华，前后锦围**屏**。　◇◇，◇◇◆◇，◆◇◇，◇◆◆◇◇。
须信早朝鸡唱，未如夜枕滩**声**。　◇◆◆◇◇◆，◆◇◆◆◇◇。

同体式作品：无。

变体二·3

21分句8复句

【变体二·3·1】21分句8复句。双片。上片分句数复句型与始词同，下片减2分句。上片11分句4复句，三/三/三/二/型复句组；下片10分句4复句，三/三/二/二/型复句组。平韵，隔句韵，间插连句韵。

5，3，3。5，4，4。3，3，8。6，6。
2，5，5。5，4，4。6，8。6，6。——北宋·朱敦儒·《全宋词》第837页

木兰花慢

和师厚和司马文季虏中作

指荣河峻岳，锁胡尘，几经**秋**。　△◇◇◆◆，◆◇◇，◆◇◇。
叹故苑花空，春游梦冷，万斛堆**愁**。　△◆◆◇◇，◇◇◆◆，◆◆◇◇。
簪缨散，关塞阻，恨难寻杏馆觅瓜**畴**。　◇◇◆，◇◆◆，△◇◇◆◆◆◇◇。

凄惨年来岁往，断鸿去燕悠**悠**。	◇◆◇◇◆◆，◆◇◆◆◇◇。
拘**幽**，化碧海西**头**，剑履问谁**收**。	◇◇，△◆◆◇◇，◆◆◆◇◇。
但易水歌传，子山赋在，青史名**留**。	△◆◆◇◇，◆◇◆◆，◇◆◇◇。
吾曹镜中看取，且狂歌载酒古扬**州**。	◇◇◆◇◆◆，△◇◇◆◆◆◇◇。
休把霜髯老眼，等闲清泪空**流**。	◇◆◇◇◆◆，◆◇◇◆◇◇。

同体式作品： 南宋：辛弃疾1首。

增减字：

（一）5，3，3。5，4，4。6，3，5。6，6。○ 2，5，5。5，4，4。6，8。6，6。南宋：陈允平1首。

（二）5，3，3。5，4，4。3，4，8。6，6。○ 2，5，5。5，4，4。6，8。6，6。南宋：陈与义1首。

（三）5，3，3。5，4，4。2，6，8。6，6。○ 2，5，5。5，4，4。6，8。6，6。南宋：陈德武2首，

（四）5，3，3。3，4，6。6，3，5。6，6。○ 2，4，6。5，4，4。6，8。6，6。南宋：无名氏1首。

【变体二·3·2】21分句8复句。双片。上下片较始词各减1分句，上片10分句4复句，二/三/三/二/型复句组；下片11分句4复句，四/三/二/二/型复句组。平韵，隔句韵。

5，6。5，4，4。6，4，4。6，6。

2，4，3，3。5，4，4。6，8。6，6。——南宋·吕渭老·《全宋词》第1130页

木兰花慢

石榴花谢了，正荷叶盖平**池**。	◇◇◇◆◆，△◇◆◆◇◇。
试玛瑙杯深，琅玕簟冷，临水帘**帏**。	△◆◆◇◇，◇◇◆◆，◇◆◇◇。
知他故人甚处，晚霞明断，浦柳枝**垂**。	◇◇◆◇◇◆，◆◇◇◆，◆◆◇◇。
唯有松风水月，向人长似当**时**。	◇◆◇◇◆◆，◆◇◇◆◇◇。
依**依**，望断水穷，云起处，是天**涯**。	◇◇，◆◆◆◇，◇◆◆，◆◇◇。
奈燕子楼高，江南梦断，虚费相**思**。	△◆◆◇◇，◇◇◆◆，◇◆◇◇。
新愁暗生旧恨，更流萤弄月入纱**衣**。	◇◇◆◇◆◆，△◇◇◆◆◆◇◇。
除却幽花软草，此情未许人**知**。	◇◆◇◇◆◆，◆◇◆◆◇◇。

同体式作品： 无。

【变体二·3·3】21分句8复句。双片。上下片分句数与【变体二·2】前二、三两式同，上片复句型亦同，下片有变。上片10分句4复句，二/三/三/二/型复句组；下片11分句4复句，三/三/三/二/型复句组。平韵，隔句韵，间插连句韵。

5，6。5，4，4。6，4，4。6，6。

2，5，5。5，4，4。6，3，5。6，6。——南宋·曹冠·《全宋词》第1540页

木兰花慢

和旧词韵

念行藏在道，仕宦岂为谋**身**。　　△◇◇◆◆，◆◆◆◆◇◇。
自谤起营蝇，东山高卧，北海开**尊**。　　△◆◆◇◇，◇◇◇◆，◆◆◇◇。
荣枯置之度外，得饶人处，谩也饶**人**。　　◇◇◆◇◆◆，◆◇◇◆，◆◆◇◇。
须信吾躬道义，巍然良贵中**存**。　　◇◆◇◇◆◆，◇◇◇◆◇◇。

浮**名**，蜗角是非**蚊**，过耳总休**论**。　　◇◇，◇◆◆◇◇，◆◆◆◇◇。
且啸傲幽居，清风皓月，光景常**新**。　　△◆◆◇◇，◇◇◆◆，◇◆◇◇。
佩琴行吟胜景，访林泉，避暑赏烟**云**。　　◆◇◇◇◆◆，◆◇◇，◆◆◆◇◇。
谁识怀忠畎亩，此心常不忘**君**。　　◇◆◇◇◆◆，◆◇◇◆◇◇。

同体式作品：南宋：卢祖皋1首。

增减字：

（一）5，6。5，4，4。3，3，8。6，6。○2，5，5。5，4，4。3，3，8。6，6。南宋：王炎1首。

（二）5，6。5，4，4。2，4，8。6，6。○2，5，5。5，4，4。2，4，8。6，6。南宋：蒋捷1首，彭子翔1首。

【变体二·3·4】21分句8复句。上下片分句数与【变体二·2】前四式同，复句型皆不同。上片9分句4复句，二/三/二/二/型复句组；下片12分句4复句，四/三/三/二/型复句组。平韵，隔句韵。

5，6。5，4，4。6，8。6，6。

2，4，3，3。5，4，4。7，3，5。6，6。——南宋·吕胜已·《全宋词》第1762页

木兰花慢

看春有感

平生花恨少，又那得酒中**愁**。　　◇◇◇◆◆，△◆◆◆◇◇。
自禅板停参，薄团悟罢，身世忘**忧**。　　△◇◆◇◇，◇◇◆◆，◇◆◆◇。
南柯旧时太守，尽当年富贵即时**休**。　　◇◇◆◇◆◆，△◇◇◆◆◆◇。
莫羡痴儿小子，心心念念封**候**。　　◆◆◇◇◆◆，◇◇◆◆◇◇。

优**游**，取次凝眸，春浩浩，思悠**悠**。　　◇◇，◆◆◇◇，◇◆◆，◆◇◇。
爱万木欣荣，幽泉流注，好鸟勾**舟**。　　△◆◆◇◇，◇◇◇◆，◆◆◇◇。
感生生自然造化，玩吾心，此外复何**求**。　　△◇◇◆◆，◆◆◇，◆◆◆◇◇。
应有知音共赏，定当一语相**投**。　　◇◆◇◇◆◆，◆◇◆◆◇◇。

同体式作品：无。

【变体二·3·5】21分句8复句。双片。上下片分句数与【变体二·3·1】相同，上片复句型不变，下片有变。上片11分句4复句，三/三/三/二/型复句组；下片10分句4复句，二/三/三/二/型复句组。平韵，隔句韵，间插连句韵。律词。

5，3，3。5，4，4。3，3，8。6，6。

7，5。5，4，4。3，3，8。6，6。——南宋·高似孙·《全宋词》第2270页

木兰花慢

孟津官舍寄钦若、钦用昆弟，并长安故人。

流年春梦过，记书剑，入西**州**。	◇◇◇◆◆，◆◇◆，◆◇◇。
对得意江山，十千沽酒，著处欢**游**。	△◆◆◇◇，◆◇◇◆，◆◆◇◇。
兴亡事，天也老，尽消沉不尽古今**愁**。	◇◇◆，◇◆◆，△◇◇◆◆◆◇◇。
落日霸陵原上，野烟凝碧池**头**。	◆◆◆◇◇◆，◆◇◇◆◇◇。
风声习气想风**流**，终拟觅菟**裘**。	◇◇◆◆◆◇◇，◇◆◆◇◇。
待射虎南山，短衣匹马，腾踏清**秋**。	△◆◆◇◇，◆◇◆◆，◇◆◇◇。
黄尘道，何时了，料故人应也怪迟**留**。	◇◇◆，◇◇◆，△◆◇◇◆◆◇◇。
只问寒沙过雁，几番王粲登**楼**。	◆◆◇◇◆◆，◆◇◇◆◇◇。

同体式作品：无。

增减字：

（一）5，3，3。5，4，4。2，4，8。6，6。○ 7，5。5，4，4。2，4，8。6，6。南宋：高似孙3首。

【变体二·3·6】21分句8复句。双片。上下片分句数与【变体二·3·5】相同，上片复句型不变，下片复句型有变。上片10分句4复句，三/三/二/二/型复句组；下片11分句4复句，四/三/二/二/型复句组。平韵，隔句韵，间插连句韵。

5，3，3。5，4，4。6，8。6，6。

2，4，3，3。5，4，4。6，8。6，6。——南宋·卢祖皋·《全宋词》第2413页

木兰花慢

别西湖两诗僧

嫩寒催客棹，载酒去，载诗**归**。	◆◇◇◆◆，◆◆◆，◆◇◇。
正红叶漫山，清泉漱石，多少心**期**。	△◇◆◆◇，◇◇◆◆，◆◆◇◇。
三生溪桥话别，怅薜萝犹惹翠云**衣**。	<u>◇◇◇◇◆◆</u>，△<u>◆◇◇◇◆◇◇</u>。
不似今番醉梦，帝城几度斜**晖**。	◆◆◇◇◆◆，◆◇◆◆◇◇。
鸿**飞**，烟水弥**弥**，回首处，只君**知**。	◇◇，◆◆◇◇，◇◆◆，◆◇◇。
念吴江鹭忆，孤山鹤怨，依旧东**西**。	△◇◇◆◆，◇◇◆◆，◇◆◇◇。
高峰梦醒云起，是瘦吟窗底忆君**时**。	<u>◇◇◆◆◇◆</u>，△◆◇◇◆◆◇◇。
何日还寻后约，为余先寄梅**枝**。	◇◆◇◇◆◆，◆◇◇◆◇◇。

同体式作品：南宋：张炎5首。

【变体二·3·7】21分句8复句。双片，上下片分句数复句型与【变体二·3·1】正相反相同，上片10分句4复句，三/三/二/二/型复句组；下片11分句4复句，三/三/三/二/型复句组。平韵，隔句韵。

5，3，3。5，4，4。6，8。6，6。

2，5，5。5，4，4。6，3，5。6，6。——南宋·刘辰翁·《全宋词》第3228页

木兰花慢

别云屋席间赋

午桥清夜饮，花露重，烛光**寒**。 ◆◇◇◆◆，◇◆◆，◆◇◇。
约处处行歌，朝朝买酒，典却朝**衫**。 △◆◆◇◇，◇◇◆◆，◆◆◇◇。
尊前自堪一醉，但落红枝上不堪**安**。 ◇◇◆◇◆◆，△◆◇◇◆◆◇◇。
归去柳阴行月，酒醒画角声**残**。 ◇◆◆◇◇◆，◆◆◆◆◇◇。

王**官**，难得似君闲，闲我见君**难**。 ◇◇，◇◆◆◇◇，◇◆◆◇◇。
记李陌看花，光阴冉冉，风雨番**番**。 △◆◆◆◇，◇◇◆◆，◇◆◇◇。
相逢故人又别，送君归，斜日万重**山**。 ◇◇◆◇◆◆，◆◇◇，◇◆◆◇◇。
江上愁思满目，离离芳草平**阑**。 ◇◆◇◇◆◆，◇◇◇◆◇◇。

同体式作品：南宋：李芸子1首

变体二·4

19分句8复句

【变体二·4·1】19分句8复句。较始词减5分句。双片，上片9分句4复句，二/三/二/二/型复句组；下片10分句4复句，三/三/二/二/型复句组。平韵，隔句韵，间插连句韵。

5，6。5，4，4。6，8。6，6。

2，4，6。5，4，4。6，8。6，6。——北宋·万俟咏·《全宋词》第811页

木兰花慢

恨莺花渐老，但芳草绿汀**洲**。 △◇◇◆◆，△◇◆◆◇◇。
纵岫壁千寻，榆钱万叠，难买春**留**。 △◆◆◇◇，◇◇◆◆，◆◆◇◇。
梅花向来始别，又匆匆结子满枝**头**。 ◇◇◆◆◆◆，△◇◇◆◆◆◇◇。
门外垂杨岸侧，画桥谁系兰**舟**。 ◇◆◇◇◆◆，◆◇◇◆◇◇。

悠**悠**，岁月如**流**，叹水覆杳难**收**。 ◇◇，◆◆◇◇，△◆◆◆◇◇。
凭画阑往往，抬头举眼，都是春**愁**。 △◆◇◆◆，◇◇◆◆，◇◆◇◇。
东风晚来更恶，怕飞红拍絮入书**楼**。 ◇◇◆◇◆◆，△◇◇◆◆◆◇◇。
双燕归来问我，怎生不上帘**钩**。 ◇◆◇◇◆◆，◆◇◆◆◇◇。

同体式作品：南宋：张镃1首

增减字：

（一）5，6。5，4，4。6，8。6，6。○2，4，5。5，4，4。6，8。6，6。南宋：卢祖皋1首。

（二）5，6。5，4，4。6，8。6，6。○2，5，5。5，4，4。6，8。6，6。南宋：卢祖皋1首，曾原郕1

首，张榘1首，陈允平1首，仇远1首，张辑1首，黄升1首，杨子咸1首，黄升1首，史深1首。

（三）5，5。5，4，4。6，8。6，6。○2，5，5。5，4，4。6，8。6，6。南宋：李珏1首。

（四）5，6。5，4，4。6，8。6，6。○2，4，6。5，4，4。6，8。6，6。南宋：姚云文1首。

（五）5，6。5，4，4。6，8。6，6。○7，3，3。5，4，4。6，8。6，6。南宋：刘应雄1首。

（六）5，6。5，4，4。6，8。6，6。○2，4，6。5，4，4。6，7。6，6。南宋：郭居安1首。

【变体二·4·2】19分句8复句。上下片分句数复句型与【变体二·4·1】恰相反，上片10分句4复句，三/三/二/二/型复句组；下片9分句4复句，二/三/二/二/型复句组。平韵，隔句韵，间插连句韵。

5，3，3。5，4，4。6，8。6，6。

7，5。5，4，4。6，8。6，6。——北宋·朱敦儒·《全宋词》第837页

木兰花慢

折芙蓉弄水，动玉佩，起秋**风**。	△◇◇◆◆，◆◆◆，◆◇◇。
正柳外闲云，溪头澹月，映带疏**钟**。	△◆◆◇◇，◇◇◆◆，◆◆◇◇。
人间厌谪堕久，恨霓旌未返碧楼**空**。	◇◇◆◆◆◆，△◇◇◆◆◆◇◇。
且与时人度日，自怜怀抱谁**同**。	◆◆◇◇◆◆，◆◇◇◆◇◇。
当时种玉五云**东**，露冷夜耕**龙**。	◇◇◆◆◆◇◇，◆◆◆◇◇。
念瑞草成畦，琼蔬未采，尘染衰**容**。	△◆◆◇◇，◇◇◆◆，◇◆◇◇。
谁知素心未已，望清都绛阙有无**中**。	◇◇◆◇◆◆，△◇◇◆◆◆◇◇。
寂寞归来隐几，梦听帝乐冲**融**。	◆◆◇◇◆◆，◆◇◆◆◇◇。

同体式作品：南宋：曾觌1首，陆游1首，张镃1首，戴复古1首，范成大1首，张孝祥1首，刘克庄5首，刘仙伦1首，冯伟寿1首，邓剡1首，廖莹中1首，赵文1首，李琳1首，罗志仁1首。

增减字：

（一）5，3，3。5，4，4。6，7。6，6。○7，5。5，4，4。6，7。6，6。南宋：陈德武1首。

（二）5，3，3。5，4，4。6，7。6，6。○7，5。5，4，4。6，8。6，6。南宋：无名氏1首。

【变体二·4·3】19分句8复句。双片。上下片分句数与【变体二·4·2】相同，上片复句型不变，9分句4复句，二/三/二/二/型复句组；下片复句型有变，10分句4复句，二/三/三/二/型复句组。平韵，隔句韵，插一连句韵。

5，6。5，4，4。6，8。6，6。

7，5。5，4，4。6，3，5。6，6。——南宋·牟巘·《全宋词》第3142页

木兰花慢

钱公孙倅

山城如斗大，君肯为两年**留**。	◇◇◇◆◆，△◆◇◆◇◇。
问读易堂前，翛然松竹，留得君**不**。	△◆◆◇◇，◇◇◇◆，◇◆◇◇。

天边乍传消息，趁春风归侍翠云**裘**。　◇◇◆◇◇◆，△◇◇◇◆◆◇◇。
留取去思无限，江蓠香满汀**洲**。　◇◆◆◇◇◆，◇◇◇◆◇◇。

不妨无蟹有监**州**，臭味喜相**投**。　◆◇◇◆◆◆◇，◆◆◆◇◇。
怪底事朝来，骊歌催唱，唤起离**愁**。　△◆◆◇◇，◆◇◇◆，◆◆◇◇。
羡君戏衫脱却，一身轻，无事也无**忧**。　◆◇◆◇◆◆，◆◇◇，◇◆◆◇◇。
昨夜梦随杖履，道林岳麓同**游**。　◇◆◆◇◆◆，◆◇◆◆◇◇。

同体式作品：无。

变体二·5

20分句8复句

【变体二·5·1】20分句8复句。双片。上片第一复句较始词减1分句，下片第一、三复句各减1分句。每片10分句4复句，上片二/三/三/二/型复句组，下片三/三/二/二/型复句组。平韵，隔句韵。

5，6。5，4，4。3，4，8。6，6。

2，5，5。5，4，4。6，8。6，6。——北宋·陈与义·《全宋词》第1070页

木兰花慢

北归人未老，喜依旧著南**冠**。　◆◇◇◆◆，△◇◆◆◇◇。
正雪暗滹沱，云迷芒砀，梦绕邯**郸**。　△◆◆◇◇，◇◇◇◆，◆◆◇◇。
乡心促，日行万里，幸此身生入玉门**关**。　◇◇◆，◆◇◆◆，△◆◇◇◆◆◇◇。
多少秦烟陇雾，西湖净洗征**衫**。　◇◆◇◇◆◆，◇◇◆◆◇◇。

燕**山**，望不见吴山，回首一归**鞍**。　◇◇，◆◆◆◇◇，◇◆◆◇◇。
慨故宫离黍，故家乔木，那忍重**看**。　△◆◇◇◆，◆◇◇◆，◆◆◇◇。
钧天紫微何处，问瑶池八骏几时**还**。　◇◇◆◇◇◆，△◇◇◆◆◆◇◇。
谁在天津桥上，杜鹃声里阑**干**。　◇◆◇◇◇◆，◆◇◇◆◇◇。

同体式作品：无。

增减字：

（一）5，6。5，4，4。6，3，5。6，6。○ 2，4，5。5，4，4。6，8。6，6。南宋：卢祖皋1首。

（二）5，6。5，4，4。6，3，5。6，6。○ 2，4，6。5，4，4。6，8。6，6。南宋：张炎1首。

【变体二·5·2】20分句8复句。双片。上片第三复句较【变体二·5·1】减1分句，下片第一复句增1分句。上片9分句4复句，二/三/二/二/型复句组，下片11分句4复句，四/三/二/二/型复句组。平韵，隔句韵。

5，6。5，4，4。6，8。6，6。

2，4，3，3。5，4，4。6，8。6，6。——南宋·吕渭老·《全宋词》第1131页

木兰花慢

七夕

桂乡云万缕，更飞雨洗香**车**。	◆◇◇◆◆，△◇◆◆◇◇。
念密会经年，银潢浪阻，玉露期**赊**。	△◆◆◇◇，◇◇◆◆，◆◆◇◇。
灵星瑞桥对展，散匆匆喜色满天**涯**。	◇◇◆◇◆◆，△◇◇◆◆◆◇◇。
回首丁宁晓角，未宜吹动梅**花**。	◇◆◇◇◆◆，◆◇◇◆◇◇。
家**家**，竞赏彩茸，穿桂影，醉流**霞**。	◇◇，◆◆◆◇，◇◆◆，◆◇◇。
渐舞袖翻鸾，歌声缀凤，钗影交**加**。	△◆◆◇◇，◇◇◆◆，◇◆◇◇。
人间共饶宴乐，算天孙怎忍遣河**斜**。	◇◇◆◇◆◆，△◇◇◆◆◆◇◇。
莫惜西楼剪烛，大家同到啼**鸦**。	◆◆◇◇◆◆，◆◇◇◆◇◇。

同体式作品：南宋：赵以夫1首，卫宗武1首，张炎2首。

增减字：

(一) 5，6。5，4，4。6，8。6，6。○ 2，4，3，3。3，6，4。6，8。6，6。南宋：仇远1首。

【变体二·5·3】20分句8复句。上片较始词减1分句，下片减2分句，每片10分句4复句，三/三/二/二/型复句组。平韵，隔句韵。

5，3，3。5，4，4。6，7。6，6。

2，5，5。5，4，4。5，8。6，6。——南宋·史浩·《全宋词》第1267页

木兰花慢

知明州王侍郎生日。伏审帝永萝图，天开人杰。乃祖乃父，忠劳久笃于王家；维熊维罴，吉梦是生于男子。彩绚朝阳之鸑鷟，光腾天上之麒麟，岂维相阀之英，抑亦圣朝之瑞。椒花柏叶，王正初过于三朝；凤蜡星球，灯夕匪遥于十日。懿兹盛旦，宜溢欢声，恭维某官昴宿储神，长庚孕瑞。五百年之名世王国克生，暂离玉立之班，聊践人生之贵。公平政教，揽回六邑之阳和；洒落文章，改观十洲之风月。苹其阴德，获是遐龄。紫府茂万福之祺，黑头伫三公之拜。某一廛受地，千指戴天，虽居原宪之贫，实感文翁之化。式逢庆诞，辄献邑歈，寄调于【木兰花】，侑欢于【金蕉叶】。仰祈青瞩，少见丹衷；干冒台严，不任愧汗。

喜阳和应律，启佳气，满寰**瀛**。	△◇◇◆◆，◆◇◇，◆◇◇。
正雪洗疏梅，云浮淡月，昨夜生**明**。	△◆◆◇◇，◇◇◆◆，◇◆◇◇。
熊罴信占梦好，当年相阀再蟠**英**。	◇◇◆◆◆◆，◇◇◆◆◆◇◇。
收拾仙风道韵，萃兹一点台**星**。	◇◆◇◇◆◆，◆◇◆◆◇◇。
功**名**，壮岁逢真主，紫橐耀西**清**。	◇◇，◆◆◇◇◆，◆◇◆◇◇。
向玉笋光中，瑶林宴里，来拥双**旌**。	△◆◆◇◇，◆◆◇◇，◇◆◇◇。
青毡家旧物，看长参鼎鼐乐升**平**。	◇◇◇◆◆，△◇◇◆◆◆◇◇。
春醑休辞介寿，鹤书已播彤**廷**。	◇◆◇◇◆◆，◆◇◆◇◇◇。

同体式作品：无。

增减字：

(一) 5，3，3。5，4，4。6，8。6，6。○ 2，5，5。5，4，4。6，8。6，6。南宋：陈允平 2 首，刘辰翁 1 首，张炎 1 首，刘镇 1 首，黄升 1 首，张枢 1 首。

(二) 5，3，5。5，4，4。6，8。6，6。○ 6，3，3。5，4，4。6，8。6，6。宋：无名氏 1 首。

(三) 5，3，3。5，4，4。6，8。6，6。○ 2，4，6。5，4，4。6，7。6，6。宋：无名氏 1 首。

【变体二·5·4】20 分句 8 复句。双片。上下片分句数与【变体二·5·4】同，复句型有变。上片 10 分句 4 复句，二/三/三/二/型复句组；下片 10 分句 4 复句，三/三/二/二/型复句组。平韵，隔句韵。

5，6。5，4，4。2，4，8。6，6。

2，5，5。5，4，4。7，7。4，8。——南宋·袁去华·《全宋词》第 1498 页

木兰花慢

用韩幹《闻喜亭柱间》韵

□中原望眼，正汉水接天**流**。	□◇◇◆◆，△◆◆◆◇◇。
渐霁雨虹消，清风面旋，借我凉**秋**。	△◆◆◇◇，◇◇◆◆，◆◆◇◇。
草庐，旧三顾处，但孤云翠壁晚悠**悠**。	◆◇，◆◇◆◆，△◇◇◆◆◆◇◇。
唯有兰皋解佩，至今犹话离**愁**。	◇◆◇◇◆◆，◆◇◇◆◇◇。
迟**留**，叹息此生浮，去去老沧**洲**。	◇◇，◆◆◆◇◇，◆◆◆◇◇。
念岁月侵寻，闲中最乐，饱外何**求**。	△◆◆◇◇，◇◇◆◆，◆◆◇◇。
功名付他分定也，谁能伴得赤松**游**。	◇◇◆◇◇◆◆，◇◇◆◆◆◇◇。
尊酒相逢，更莫问依依旧狂**不**。	◇◆◇◇，◆◆◆◇◇◇◆◇◇。

按：“草庐，旧三顾处”，用刘备三顾诸葛亮草庐之典，三国诸葛亮《出师表》：“臣本布衣，躬耕于南阳，苟全性命于乱世，不求闻达于诸侯。先帝不以臣卑陋，猥自枉屈，三顾臣于茅庐之中。”“兰皋解佩”，化用屈原《离骚》之句：“步余马于兰皋兮，驰椒丘且焉止息。”

同体式作品：无。

【变体二·5·5】20 分句 8 复句。双片。上片与始词同，11 分句 4 复句，三/三/三/二/型复句组，下片与【变体二·5·2】上片同，9 分句 4 复句，二/三/二/二/型复句组。平韵，隔句韵，插一连句韵。

5，3，3。5，4，4。2，4，8。6，6。

7，5。5，4，4。6，8。6，6。——南宋·张孝祥·《全宋词》第 1689 页

木兰花慢

送归云去雁，淡寒采，满溪**楼**。	△◇◇◆◆，◆◇◆，◆◇◇。
正佩解湘腰，钗孤楚鬓，鸾鉴分**收**。	△◆◆◇◇，◇◇◆◆，◇◆◇◇。
凝情，望行处路，但疏烟远树织离**忧**。	◇◇，◆◇◆◆，△◇◇◆◆◆◇◇。
只有楼前溪水，伴人清泪长**流**。	◆◆◇◇◇◆，◆◇◇◆◇◇。

霜华夜永逼衾**裯**，唤谁护衣**篝**。 ◇◇◆◆◆◇◇，◆◇◆◇◇。
念粉馆重来，芳尘未扫，争见嬉**游**。 △◆◆◇◇，◇◇◆◆，◆◆◇◇。
情知闷来殢酒，奈回肠不醉只添**愁**。 ◇◇◆◇◆◆，△◇◇◆◆◆◇◇。
脉脉无言竟日，断魂双鸳南**州**。 ◆◆◇◇◇◇，◆◇◆◆◇◇。

同体式作品：南宋：张孝祥 1 首，吕胜己 1 首，辛弃疾 1 首，程垓 1 首。

增减字：

(一) 5，3，3。5，4，4。3，3，8。6，6。○ 7，5。5，4，4。6，8。6，6。南宋：辛弃疾 1 首。

(二) 5，3，3。5，4，4。6，3，5。6，6。○ 7，5。5，4，4。6，8。6，6。南宋：辛弃疾 1 首。

(三) 5，3，3。5，4，4。6，3，5。6，6。○ 7，5。5，4，4。6，8。6，6。南宋：张镃 1 首。

(四) 5，3，3。5，4，4。6，4，4。6，6。○ 7，5。5，4，4。6，8。6，6。南宋：刘克庄 1 首。

【变体二·5·6】20 分句 8 复句。上下片分句数与【变体二·5·1】同，上片复句型不变，下片复句型有变。每片 10 分句 4 复句，二/三/三/二/型复句组。平韵，隔句韵，插一连句韵。律词。

5，6。5，4，4。3，3，8。6，6。
7，5。5，4，4。6，3，5。6，6。——南宋·严仁·《全宋词》第 2547 页

木兰花慢

社日有怀

东风吹雾雨，更吹起夹衣**寒**。 ◇◇◇◆◆，△◇◆◆◇◇。
正莽莽丛林，潭潭伐鼓，郁郁焚**兰**。 △◆◆◇◇，◇◇◆◆，◆◆◇◇。
阑干曲，多少意，看青烟如篆绕溪**湾**。 ◇◇◆，◇◆◆，△◇◇◇◆◆◇◇。
桑柘绿阴犹薄，杏桃红雨初**翻**。 ◇◆◆◇◇◆，◆◇◇◆◇◇。

飞花片片走潺**湲**，问何日西**还**。 ◇◇◆◆◆◇◇，△◇◆◇◇。
叹扰扰人生，纷纷离合，渺渺悲**欢**。 △◆◆◇◇，◇◇◇◆，◆◆◇◇。
想云軿何处也，对芳时，应只在人**间**。 △◇◇◇◆◆，◆◇◇，△◆◆◇◇。
惆怅回纹锦字，断肠斜日云**山**。 ◇◆◇◇◆◆，◆◇◇◆◇◇。

同体式作品：无。

增减字：

(一) 5，6。5，4，4。6，3，5。○ 7，5。5，4，4。6，3，5。6，6。南宋：陈德武 1 首。

【变体二·5·7】20 分句 8 复句。双片。上下片分句数与【变体二·5·1】同，复句型正相反。每片 10 分句 4 复句，上片三/三/二/二/型复句组，下片二/三/三/二/型复句组。平韵，偶插仄声韵，隔句韵，间插连句韵。

5，3，3。5，4，4。6，8。6，6。
7，5。5，4，4。6，3，5。6，6。——南宋·尹济翁·《全宋词》第 3256 页

木兰花慢

寄朱子西

渺渺怀芳意，苦对景，可怜**生**。	◆◆◇◇◆，◆◆◆，◆◇◇。
记燕外莺边，柳深竹嫩，度密穿**青**。	△◆◆◇◇，◆◇◆◆，◆◆◇◇。
如今淡烟细雨，正午窗半梦酒初醒。	◇◇◆◇◆◆，△◆◇◆◆◆◇◆。
乐事怎堪重省，起来一饷愁**萦**。	◆◆◆◇◇◆，◆◇◆◆◇◇。
悠然又把酒壶**倾**，摆不动离**情**。	◇◇◆◆◆◇，◆◆◆◇◇。
想闲却春游，绿阴深院，芳草长**亭**。	△◇◆◇◇，◆◇◇◆，◇◆◆◇。
乾愁有谁解得，傍晚来，风起碎池**萍**。	◇◇◆◇◆◆，◇◆◇，◇◆◆◇◇。
坐待晴云四卷，依然月上疏**棂**。	◆◆◇◇◆◆，◆◇◆◆◇◇。

同体式作品：无。

变体二·6

24分句8复句

【变体二·6·1】24分句8复句。上片第三复句较始词增1分句，下片分句数与始词同，复句型有变。每片12分句4复句，三/三/四/二/型复句组。平韵，隔句韵，间插连句韵。律词。

5，3，3。5，4，4。2，4，3，5。6，6。

2，5，5。5，4，4。2，4，3，5。6，6。——北宋·王之道·《全宋词》第1159页

木兰花慢

追和晁次膺

对春光淡沲，烟冉冉，日迟**迟**。	△◇◇◆◆，◇◆◆，◆◇◇。
渐红入桃溪，青回柳陌，莺刷金**衣**。	△◇◆◇◇，◇◇◆◆，◇◆◇◇。
差**池**，竞求友去，恼佳人，幽恨上蛾**眉**。	◇◇，◆◇◆◆，◆◇◇，◇◆◆◇◇。
应念年时追逐，妆余为带交**枝**。	◇◆◇◇◇◆，◇◇◆◆◇◇。
芳**菲**，谁共赏游**嬉**，何处马如**飞**。	◇◇，◇◆◆◇◇，◇◆◆◇◇。
□不道新来，牵肠惹肚，暗减腰**肢**。	□◆◆◇◇，◇◇◆◆，◆◆◇◇。
须**知**，乍寒乍暖，裙朱唇，又过海棠**时**。	◇◇，◆◇◆◆，◆◇◇，◆◆◆◇◇。
已约姚黄魏紫，留花等待伊**归**。	◆◆◇◇◆◆，◇◇◆◆◇◇。

同体式作品：南宋：蒋捷2首，彭子翔1首。

【变体二·6·2】24分句8复句。上下片分句数复句数与【变体二·6·1】同，每片12分句4复句。上片复句型不变，下片复句型有变，第一复句增1分句，第三复句减1分句。上片三/三/四/二/型复句组，下片四/三/三/二/型复句组。平韵，隔句韵，间插连句韵。律词。

5，3，3。5，4，4。2，4，3，5。6，6。

2，4，3，3。3，6，4。2，4，8。6，6。——南宋·周密·《全宋词》第 3265 页

木兰花慢

曲院风荷

软尘飞不到，过微雨，锦机**张**。	◆◇◇◆◆，◆◇◆，◆◇◇。
正荫绿池幽，交枝径窄，临水追**凉**。	△◇◆◇◇，◇◇◆◆，◇◆◇◇。
宫**妆**，盖罗障暑，泛青蘋，乱舞五云**裳**。	◇◇，◆◇◆◆，◆◇◇，◆◆◆◇◇。
迷眼红绡绛彩，翠深偷见鸳**鸯**。	◇◆◇◇◆◆，◆◇◇◆◇◇。
湖**光**，两岸潇**湘**，风荐爽，扇摇**香**。	◇◇，◆◆◇◇，◇◆◆，◆◇◇。
算恼人，偏是萦丝露藕，连理秋**房**。	◆◇◇◆，◇◇◆◆，◇◆◇◇。
涉**江**，采芳旧恨，怕红衣夜冷落横**塘**。	◆◇，◆◇◆◆，△◇◇◆◆◆◇◇。
折得荷花忘却，棹歌唱入斜**阳**。	◆◆◇◇◆◆，◆◇◆◆◇◇。

同体式作品：无。

变体二·7

18 分句 8 复句

【变体二·7】18 分句 8 复句。较始词减 6 分句，上下片各 9 分句 4 复句，二/三/二/二/型复句组。平韵，隔句韵，间插连句韵。

5，6。5，4，4。6，8。6，6。

7，5。5，4，4。6，8。6，6。——南宋·张孝祥·《全宋词》第 1689 页

木兰花慢

送归云去雁，澹寒采满溪**楼**。	△◇◇◆◆，◆◇◆◆◇◇。
正佩解湘腰，钗孤楚鬓，鸾鉴分**收**。	△◆◆◇◇，◇◇◆◆，◇◆◇◇。
凝情望行处路，但疏烟远树织离**忧**。	◇◇◆◇◆◆，△◇◇◆◆◆◇◆。
只有楼前流水，伴人清泪长**流**。	◆◆◇◇◇◆，◆◇◇◆◇◇。
霜华夜永逼衾**裯**，唤谁护衣**篝**。	◇◇◆◆◆◇◇，◆◇◆◇◇。
今粉馆重来，芳尘未扫，争见嬉**游**。	△◆◆◇◇，◇◇◆◆，◇◆◇◇。
情知闷来殢酒，奈回肠不醉只添**愁**。	◇◇◆◇◆◆，△◇◇◆◆◆◇◇。
脉脉无言竟日，断魂双鹜南**州**。	◆◆◇◇◆◆，◆◇◇◆◇◇。

同体式作品：南宋：程垓 1 首，范成大 1 首，张镃 1 首，魏了翁 5 首，卢祖皋 1 首，岳珂 1 首，黄机 4 首，刘克庄 2 首，冯取洽 1 首，程节齐 1 首，尹济翁 1 首，陈德武 1 首，周孚先 1 首。

增减字：

（一）5，6。5，4，4。6，7。6，6。○ 7，5。5，4，4。6，8。6，6。南宋：魏了翁 1 首。

（二）5，6。5，4，4。6，8。6，6。○ 6，6。5，4，4。6，8。6，6。南宋：李商英 1 首。

（三）5，6。5，4，4。6，7。6，6。○ 7，5。5，4，4。6，8。6，6。南宋：陈德武 1 首，无名 1 首。

43.【捣练子】

【古捣练子】

1. 始词见敦煌写本歌辞。
2. 明杨慎《词品》卷一："词名《捣练子》，即咏捣练，乃唐词本体也。"
3. 敦煌写本歌辞为两篇联章组词，咏孟姜女故事，一篇四首，一篇五首，每首词式有同有异，兹取不同词式谱之。
4. 宋词或题【古捣练子】。
5. 单片、双片二体。单片体，三平韵、四平韵、六平韵三格；双片体至南宋始见，始词为李石作，每片三平韵；连句韵、隔句韵。

单片体

始词：单片。5 分句 2 复句，三/二/型复句组。平韵，连句韵、隔句韵。

3，3，7。7，8。——唐·敦煌写本歌辞·《敦煌歌辞总编》第 349 页

捣练子

堂前立，拜辞**娘**，不觉眼中泪千**行**。　◇◇◆，◆◇◇，◆◆◆◇◆◇◇。

劝你耶娘少怅望，为吃他官家重衣**粮**。　◆◆◇◇◆◆◆，◆◆◇◇◇◆◇◇。

同体式作品：无。

增减字：

（一）4，3，7。7，7。敦煌写本歌辞 1 首。

（二）3，3，7。8，7。敦煌写本歌辞 1 首。

（三）3，3，7。7，7。敦煌写本歌辞 7 首。五代：冯延巳 1 首，李煜 2 首。北宋：黄庭坚 1 首，贺铸 1 首（【古捣练子】）。南宋：陈著 1 首，无名氏 12 首。

变体三

分句数复句数皆变

变体三·1

10 分句 3 复句

【变体三·1】单片。较始词增 4 分句 1 复句，10 分句 3 复句，三/四/三/型复句组。平韵，隔句韵，间插连句韵。

3，3，7。5，3，3，5。7，3，5。——唐·敦煌写本歌辞·《敦煌歌辞总编》第 358 页

捣练子

娘子好，体一**言**，离别耶娘十数**年**。　◇◆◆，◆◆◇，◇◆◇◇◆◆◇。

早晚到家乡，勤饽馓，　◆◆◆◇◇，◇◆◆，
月尽日，交管黄纸**钱**。　◆◆◆，◇◆◇◆◇。
少长无□□□□，月尽日，交管黄纸**钱**。　◆◆◇□□□□，◆◆◆，◇◆◇◆◇。

同体式作品： 无。

变体三·2

11 分句 3 复句

【变体三·2】单片。11 分句 3 复句，三/四/四/型复句组。平韵，隔句韵，插一连句韵。律词。

3，3，7。3，3，3，3。4，3，3，3。——宋·无名氏·《全宋词》第 3639 页

捣练子

欺万木，怯寒**时**，倚阑初认月宫**姬**。　◇◆◆，◆◇◇，◆◇◇◆◆◇◇。
拭新妆，披素**衣**，孤标韵，暗香**奇**。　◆◇◇，◇◆◇，◇◇◆，◆◇◇。
冰容玉艳，缀琼**枝**，借阳和，天付**伊**。　◇◇◆◆，◆◇◇，◆◇◇，◇◆◇。

同体式作品： 无。

双片体

始词：10 分句 4 复句。双片。上下片体式与单片体始词相同，字数有减。每片 5 分句 2 复句，三/二/型复句组。平韵，连句韵、隔句韵。律词。

3，3，7。3，3。
3，3，7。3，3。——北宋·李石·《全宋词》第 1297 页

捣练子

送别

斟别酒，问东**君**，一年一度一回**新**。　◇◆◆，◆◇◇，◆◇◆◆◆◇◇。
看百花，飘舞**茵**。　◆◆◇，◇◆◇。

斟别酒，问行**人**，莫将别泪裛罗**巾**。　◇◆◆，◆◇◇，◆◇◆◆◆◇◇。
早归来，依旧**春**。　◆◇◇，◇◆◇。

同体式作品： 南宋：李石 3 首，沈瀛 5 首，宋先生 1 首。

44.【长相思】

【长相思令】【相思令】【吴山青】【越山青】

1. 短调、长调二体。短调，文人始词唐白居易作，民间曲子始见敦煌写本歌辞，姑以敦

煌写本歌辞为始词；长调始词北宋柳永作。

2. 亦为唐教坊曲（见《教坊记》）。

3. 唐宋常用词调。通行词式为短调，或题【长相思令】【相思令】，北宋林逋【相思令】有“吴山青，越山青”之句，后人或易名作【吴山青】【越山青】；长调亦名【长相思】，偶见一首作【长相思慢】。

4. 北宋新生词调【相思儿令】【极相思令】，与本调体式不同，作另调处理。

5. 双片。短调每片三平韵或四平韵；长调始词上片六平韵，下片四平韵，变体韵数有变；连句韵、隔句韵，或连句韵间插隔句韵。

短调

始词：8 分句 4 复句。双片。每片 4 分句 2 复句，二/二/型复句组。平韵，连句韵、隔句韵。律词。

5，5。5，5。

7，6。6，5。——唐·敦煌写本歌辞·《敦煌歌辞总编》第 374 页

长相思

估客在江**西**，富贵世间**稀**。	◆◆◆◇◇，◆◆◆◇◇。
终日红楼上，□□舞着**辞**。	◇◆◇◇◆，□□◆◆◇。
频频满酌醉如**泥**，轻轻更换金**卮**。	◇◇◆◆◆◇◇，◇◇◇◆◇◇。
尽日贪欢逐乐，此是富不**归**。	◆◆◇◇◆◆，◆◆◆◇◇。

同体式作品：无。

变体三

与始词分句数相同，每片减 1 复句，增 1 单句。

【变体三】8 分句，2 复句 2 单句。双片，每片 4 分句，1 复句 1 单句，三/一/型复句单句组合。平韵，连句韵。律词。

3，3，7。5。

3，3，7。5。——唐·白居易·《全唐五代词》第 74 页

长相思

汴水**流**，泗水**流**，流到瓜洲古渡**头**。	◆◆◇，◆◆◇，◇◆◇◇◆◆◇。
吴山点点**愁**。	◇◇◆◆◇。
思悠**悠**，恨悠**悠**，恨到归时方始**休**。	◆◇◇，◆◇◇，◆◆◇◇◇◆◇。
月明人倚**楼**。	◆◇◇◆◇。

同体式作品：唐五代：白居易 2 首，吴二娘 1 首，冯延巳 1 首，李煜 1 首，计 4 人 5 首。北宋：林逋 1 首（【相思令】），杨适 1 首，张先 2 首（【长相思】【相思令】各 1），欧阳修 3 首，晏几道 1 首，周邦

彦 5 首，万俟咏 2 首，朱敦儒 2 首，计 8 人 17 首。南宋：吕本中 1 首，向子諲 1 首，赵鼎 1 首（【琴调相思令】），蔡伸 3 首，王灼 1 首，张元幹 2 首，邓肃 3 首，吴淑姬 1 首，孙惔 1 首，王之道 6 首，李石 3 首，康与之 1 首，曾觌 1 首，洪适 2 首，袁去华 1 首，向滈 2 首，陆游 5 首，王质 2 首，张孝祥 1 首，吕胜己 3 首，赵长卿 2 首，程垓 3 首，石孝友 4 首，刘光祖 1 首，张镃 1 首，刘学箕 1 首，韩㻁 3 首，黄机 1 首，刘克庄 5 首，吴潜 3 首，陈东甫 1 首，黄昇 3 首，胡翼龙 1 首，徐霖 1 首，陈允平 1 首，谭宣子 2 首，杨韶父 1 首，续雪谷 1 首，刘辰翁 1 首，赵溍 1 首，周密 2 首，张辑 1 首，汪元量 1 首，章丽贞 1 首，袁正真 1 首，仇远 1 首，张炎 1 首，张幼谦 1 首，贺怜怜 1 首，汪元量 1 首，无名氏 8 人 8 首，计 58 人 97 首。

按：白居易词亦可标点为每片二/二/型复句组合："汴水**流**，泗水**流**。流到瓜洲古渡**头**，吴山点点**愁**。○思悠**悠**，恨悠**悠**。恨到归时方始**休**，月明人倚**楼**。"甚至可作每片 1 复句："汴水**流**，泗水**流**，流到瓜洲古渡**头**，吴山点点**愁**。○思悠**悠**，恨悠**悠**，恨到归时方始**休**，月明人倚**楼**。"兹标点为每片三/一/型复句组，以见词体有些句型的"弹性"结构意趣。

长调

始词：22 分句 8 复句。双片。每片 11 分句 4 复句，三/三/三/二/型复句组。平韵，邻韵通押，隔句韵，插一连句韵。

4，4，6。6，4，4。4，5，4。4，7。

5，6，4。4，4，4。4，3，4。7，6。——北宋·柳永·《全宋词》第 33 页

长相思

京妓

画鼓喧街，兰灯满市，皎月初照严**城**。	◆◆◇◇，◇◇◆◆，◆◆◇◆◇◇。
清都绛阙夜景，风传银箭，露叆金**茎**。	◇◇◆◆◆◆，◇◇◇◆，◆◆◇◇。
巷陌纵**横**，过平康款辔，缓听歌**声**。	◆◆◇◇，◆◇◇◆◆，◆◆◇◇。
凤烛荧**荧**，那人家未掩香**屏**。	◆◆◇◇，△◇◇◆◆◇◇。
向罗绮丛中，认得依稀旧日，雅态轻**盈**。	△◇◆◇◇，◆◆◇◇◆◆，◆◆◇◇。
娇波艳冶，巧笑依然，有意相**迎**。	◇◇◆◆，◆◆◇◇，◆◆◇◇。
墙头马上，漫迟留，难写深**诚**。	◇◇◆◆，◆◇◇，◇◆◇◇。
又岂知名宦拘检，年来减尽风**情**。	△◆◇◇◆◇◆，◇◇◆◆◇◇。

同体式作品：无。

增减字：

（一）4，4，6。4，4，6。4，5，4。5，7。○ 5，4，6。5，3，4。4，3，4。7，6。北宋：秦观 1 首。南宋：杨无咎 1 首，刘埙 1 首，奚秋崖 1 首（【长相思慢】）。

按：秦观 1 首，古代词选中或署名贺铸，或署名周邦彦，调名或作【望扬州】。

变体一

与始词分句数复句数相同，复句型有变。

【变体一·1】22 分句 8 复句。上片与始词同，下片第三复句减 1 分句、第四复句增 1 分句。每片 11 分句 4 复句，上片三/三/三/二/型复句组，下片三/三/二/三/型复句组。平韵，隔句韵，插一连句韵。

4，4，6。4，6，4。4，5，4。4，7。
5，6，4。4，4，4。4，7。5，4，4。——北宋·周邦彦·《全宋词》第 620 页

长相思

高调

夜色澄**明**，天街如水，风力微冷帘**旌**。	◆◆◇◇，◇◇◇◆，◇◆◇◆◇◇。
幽期再偶，坐久相看才喜，欲叹还**惊**。	◇◇◆◆，◆◆◇◇◇◆，◆◆◇◇。
醉眼重**醒**，映雕阑修竹，共数流**萤**。	◆◆◇◆，△◇◇◇◆，◆◆◇◇。
细语轻**盈**，侭银台挂蜡潜**听**。	◆◆◇◇，△◇◇◆◆◆◇。
自初识伊来，便惜妖娆艳质，美眄柔**情**。	△◇◆◇◇，△◆◇◇◆◆，◆◆◇◇。
桃溪换世，鸾驭凌空，有愿须**成**。	◇◇◆◆，◇◆◇◇，◆◆◇◇。
游丝荡絮，任轻狂相逐牵**萦**。	◇◇◆◆，△◇◇◇◆◇◇。
但连环不解，流水长东，难负深**盟**。	△◇◇◆◆，◇◆◇◇，◇◆◇◇。

同体式作品：无。

【变体一·2】22 分句 8 复句。每片 11 分句 4 复句，上片复句型与始词同，下片复句型较始词与【变体一·1】皆不同。上片三/三/三/二/型复句组；下片四/二/二/三/型复句组。平韵，隔句韵。

4，4，6。4，6，4。4，3，6。4，6。
3，4，4，4。4，8。4，7。3，4，6。——北宋·谭意哥·《全宋词》第 1042 页

长相思令

旧燕初归，梨花满院，迤逦天气融**和**。	◆◆◇◇，◇◇◆◆，◆◆◇◆◇◇。
新晴巷陌，是处轻车骏马，禊饮笙**歌**。	◇◇◆◆，◆◆◇◇◆◆，◆◆◇◇。
旧赏人非，对佳时，一向乐少愁**多**。	◆◆◇◇，◆◇◇，◆◆◆◆◇◇。
远意沉沉，幽闺独自颦**蛾**。	◆◆◇◇，◇◇◆◆◇◇。
正消黯，无言自感，	◆◇◆，◇◇◆◆，
凭高远意，空寄烟**波**。	◇◇◆◆，◇◆◇◇。
从来美事，因甚天教两处多**磨**。	◇◇◆◆，◇◆◇◇◆◆◇◇。
开怀强笑，向新来宽却衣**罗**。	◇◇◇◆，◆◇◇◇◆◇◇。
似恁他，人怪憔悴，甘心总为伊**呵**。	◆◆◇，◇◆◇◆，◇◇◆◆◇◇。

按：谭意哥，艺妓。北宋刘斧编撰《青琐高议·别集》小说故事中的人物。本词当为宋人作。
同体式作品：无。

变体二

较始词复句数不变，分句数有变。

【变体二】21 分句 8 复句。上片与始词同，11 分句 4 复句，三/三/三/二/型复句组；下片较始词减 1 分句，10 分句 4 复句，三/三/二/二/型复句组。平韵，隔句韵，间插连句韵。

4，4，6。4，4，6。4，5，4。5，7。

7，4，4。5，3，4。4，7。7，6。——南宋·袁去华·《全宋词》第 1499 页

长相思

叶舞殷红，水摇瘦碧，隐约天际帆**归**。	◆◆◇◇，◆◇◆◆，◆◆◇◆◇◇。
寒鸦影里，断雁声中，依然残照辉**辉**。	◇◇◆◆，◆◆◇◇，◇◇◇◆◇◇。
立马看**梅**，试寻香嚼蕊，醉折繁**枝**。	◆◆◇◇，△◇◇◆◆，◆◆◇◇。
山翠扫修**眉**，记人人蹙黛愁**时**。	◇◆◆◇◇，△◇◇◆◆◇◇。
叹客里光阴易失，霜侵短鬓，尘染征**衣**。	△◆◆◇◇◆◆，◇◇◆◆，◇◆◇◇。
阳台云归后，到如今，重见无**期**。	◇◇◇◇◆，◆◇◇，◇◆◇◇。
流怨清商，空细写琴心向**谁**。	◇◆◇◇，△◆◆◇◇◆◇。
更难将愁随梦去，相思惟有天**知**。	◆◇◇◇◇◆◆，◇◇◇◆◇◇。

同体式作品： 无。

45. 【三台】

【三台令】【三台词】【折花三台】【伊州三台】【宫中三台】【江南三台】

1. 始词见敦煌写本歌辞。
2. 亦为唐教坊曲（见《教坊记》）。胡震亨《唐音统签》："唐曲有《三台》《急三台》《宫中三台》《上皇三台》《怨陵三台》《突厥三台》。《三台》为大曲。"《钦定词谱》："按王建集有【宫中三台】【江南三台】之分。大约如【竹枝词】有蜀中、江南、渔父之目，各随其所咏之事而名之也。"兹将诸【三台】作一调处理。
3. 有论者据《突厥三台》《伊州三台》推其本源为胡乐。
4. 冯延巳【三台令】词式与【调笑】全同，疑调名为传者误题，兹归入【调笑令】处理。
5. 声诗、长短句二体。声诗体：六言体、七言体两式；长短句：短调双片、长调三片两体。六言声诗，五平韵、二平韵两格；七言声诗，四平韵；短调双片体：仄韵格，上片三韵、下片二韵；平韵格，每片四韵；长调三片体，每片五仄韵。隔句韵，或间插连句韵。

六言声诗

其一：8 分句 4 复句，二/二/二/二/型复句组。平韵，首二句连韵，继隔句韵。

6，6。6，6。6，6。6，6。——唐·敦煌写本歌辞·《敦煌歌辞总编》第 378 页

三台

正月年首初**春**，□□改故迎**新**。　◇◆◇◆◇◇，□□◆◆◇◇。

李玄附灵求学，树下乃逢子**珍**。　◆◇◆◇◇◆，◆◆◆◇◆◇。

项托七岁知事，甘罗十二相**秦**。　◆◆◆◆◇◆，◇◇◆◆◆◇。

若无良妻解梦，冯唐宁得忠**臣**。　◆◇◇◇◆◆，◇◇◆◆◇◇。

同体式作品：敦煌写本歌辞 1 首。

其二：4 分句 2 复句，二/二/型复句组。平韵，隔句韵。

6，6。6，6。——唐·韦应物·《全唐五代词》第 23 页

三台令

一年一年老去，来日后日花**开**。　◆◇◆◇◆◆，◇◆◆◆◇◇。

未报长安平定，万国岂得衔**杯**。　◆◆◇◇◇◆，◆◆◆◆◇◇。

同体式作品：唐五代：韦应物 1 首（【三台令】），王建 6 首（【宫中三台】2【江南三台】4）。北宋：沈括 4 首。南宋：许棐 2 首。

七言声诗

七言声诗：4 分句 2 复句，二/二/型复句组。平仄通押，邻韵通押，连句韵。律词。

7，7。7，7。——唐·无名氏·《全唐五代词》第 1085 页

三台词

雁门关上雁初**飞**，马邑栏中马正**肥**。　◆◇◇◆◆◇◇，◆◆◇◇◆◆◇。

日旰山西逢驿**使**，殷勤南北送征**衣**。　◆◆◇◇◇◆◆，◇◇◇◆◆◇◇。

同体式作品：无。

短调

折花三台

始词：10 分句 4 复句。双片。上片 6 分句 2 复句，三/三/型复句组；下片 4 分句 2 复句，二/二/型复句组。仄韵，隔句韵，插一连句韵。

3，3，7。4，4，6。

6，7。7，7。——南宋·史浩·《全宋词》第 1258 页

折花三台

算仙家，真巧**数**，能使众芳长绣**组**。　◆◇◇，◇◆◆，◇◆◆◇◇◆◆。

羽軿芝葆，曾到世间，谁共凡花为**伍**。　◆◇◇◆，◇◆◆◇，◇◆◇◇◇◆。

桃李漫夸艳阳，百卉又无香可**取**。　◇◆◆◇◆◇，◆◆◆◇◇◆◆。
岁岁年年长是春，何用芳菲分四**序**。　◆◆◇◇◇◆◇，◇◆◇◇◇◆◆。

按：本词为南宋史浩《花舞》套曲歌词之一，故名为“折花三台”。

同体式作品：南宋：史浩 3 首。

伊州三台

始词：10 分句 4 复句。上下片同体，各 5 分句 2 复句，二/三/型复句组。平韵，连句韵，隔句韵。

6，6。5，3，4。
6，6。5，3，4。——南宋 · 赵师侠 · 《全宋词》第 2096 页

伊州三台

丹桂

桂华移自云**岩**，更被灵砂染**丹**。　◆◇◇◆◇◇，◆◆◇◇◆◇。
清露湿酡**颜**，醉乘风，下临世**间**。　◇◆◆◇◇，◆◇◇，◆◇◆◇。

素娥襟韵萧**闲**，不与群芳并**看**。　◆◇◇◆◇◇，◆◆◇◇◆◇。
蔌蔌绛绡**单**，觉身轻，梦回广**寒**。　◆◆◆◇◇，◆◇◇，◆◇◆◇。

同体式作品：南宋：杨韶父 1 首。

长调

始词：42 分句 12 复句。三片，每片分句数、句字数、复句型全同，14 分句 4 复句，二/四/四/四/型复句组。仄韵，隔句韵。此体仅见万俟咏一首。

7，6。3，5，3，4。3，5，3，4。3，4，3，4。
7，6。3，5，3，4。3，5，3，4。3，4，3，4。
7，6。3，5，3，4。3，5，3，4。3，4，3，4。——北宋 · 万俟咏 · 《全宋词》第 809 页

三台

清明应制

见梨花初带夜月，海棠半含朝**雨**。　△◇◇◇◆◆◆，◆◇◆◇◇◆。
内苑春，不禁过青门，　◆◆◇，◆◆◆◇◇，
御沟涨，潜通南**浦**。　◆◇◆，◇◇◇◆。
东风静，细柳垂金**缕**，　◇◇◆，◆◆◇◇◆，
望凤阙，非烟非**雾**。　◆◆◆，◇◇◇◆。
好时代，朝野多欢，遍九陌，太平箫**鼓**。　◆◇◆，◇◆◇◇，◆◆◆，◆◇◇◆。

乍莺儿百啭断续，燕子飞来飞**去**。　△◇◇◆◆◆◆，◆◆◇◇◇◆。

近绿水，台榭映秋千， ◆◆◆◇◆，◆◇◇，
斗草聚，双双游**女**。 ◆◆◆，◇◇◇◆。
饧香更，酒冷踏青**路**， ◇◇◆，◆◆◆◇◆，
会暗识，夭桃朱**户**。 ◆◆◆，◇◇◇◆。
向晚骤，宝马雕鞍，醉襟惹，乱花飞**絮**。 ◆◆◆，◆◆◇◇，◆◇◆，◆◇◇◆。

正轻寒轻暖漏永，半阴半晴云**暮**。 <u>△◇◇◇◆◆◆</u>，<u>◆◇◆◇◇◇◆</u>。
禁火天，已是试新妆， ◆◆◇，◆◆◆◇◇，
岁华到，三分佳**处**。 ◆◇◆，◇◇◇◆。
清明，看汉宫传蜡**炬**， ◇◇，△◆◇◇◆◆，
散翠烟，飞入槐**府**。 ◆◆◇，<u>◇◆◇◆</u>。
敛兵卫，阊阖门开，住传宣，又还休**务**。 ◆◇◆，◇◆◇◇，◆◇◇，◆◇◇◆。

同体式作品：无。

46. 【取性游】

1. 始词见敦煌写本歌辞。
2. 敦煌写本原失调名，《敦煌歌辞总编》取首句“取性游”三字拟作调名。
3. 单片，七言声诗摊破体；三仄韵，隔句韵、连句韵。
4. 此调仅见敦煌写本歌辞。

始词：单片。5 分句 2 复句，二/三/型复句组。仄韵，隔句韵，间插连句韵。律词。

7，7。3，3，7。——唐·敦煌写本歌辞·《敦煌歌辞总编》第 382 页

取性游

只向岩前取性游，每看飞鸟作忙**闹**。 ◆◆◇◇◆◆◇，◆◇◇◆◆◇◆。
念佛鸟，分明**叫**，啾啾唧唧撩人**笑**。 ◆◆◆，◇◇◆，◇◇◆◆◇◇◆。

同体式作品：敦煌写本歌辞 7 首。

47. 【西江月】

1. 始词见敦煌写本歌辞。
2. 亦唐教坊曲（见《教坊记》）。
3. 唐宋通行词调。宋代《步虚词》常用其调，“步虚词”本为道教之词统称，所用词调不一，或标调名，或无调名，常用调为【西江月】【桂殿秋】。兹将《步虚词》中与【西

江月】同体之词计入本调，【桂殿秋】作另调处理。宋词【西江月慢】二首，作同源词调处理。

4. 双片，平仄换韵，每片四韵，仄、平相间换押；连句韵、隔句韵，遥韵。

始词：8分句4复句。双片。每片4分句2复句，二/二/型复句组。平仄换韵，抱韵，上下片起句与末句一韵，押仄；二、三两句一韵，押平，连句韵。律词。

6，6。7，6。

7，6。7，6。——唐·敦煌写本歌辞·《敦煌歌辞总编》第384页

西江月

女伴同寻烟**水**，今宵江月分**明**。　◆◆◇◇◇◆，◇◇◇◆◇◇。

舵头无力一船**横**，波面微风暗**起**。　◆◇◇◆◆◇◇，◇◆◇◇◆◆。

拨棹乘船无定**止**，楚词处处闻**声**。　◆◆◇◇◇◆◆，◆◇◆◆◇◇。

连天江浪浸秋**星**，误入蓼花丛**里**。　◇◇◇◆◆◇◇，◆◆◆◇◇◆。

同体式作品：敦煌写本歌辞2首。五代：欧阳炯2首。

增减字：

(一) 6，6。7，6。○6，6。7，6。北宋：柳永2首，张先3首，张伯端25首，韩维1首，司马光1首，王安石1首，晏几道2首，苏轼14首，李之仪3首，黄庭坚3首，晁端礼3首，蔡京1首，苏琼1首，米芾1首，赵令畤1首，贺铸1首，仲殊2首，晁补之1首，陈师道4首，谢逸9首，毛滂3首，曹希蕴1首，惠洪5首，葛胜仲8首，张继先1首，梅窗1首，王庭珪1首，薛式9首，朱敦儒8首，周紫芝7首，李纲1首，李祁2首，范智闻1首，程邻1首，张纲1首，计35人129首。南宋：吕本中2首，赵鼎1首，向子諲6首，颜博文1首，陈东2首，宋江1首，杜安道1首，蔡伸1首，张元幹1首，邓肃2首，王之道7首，杨无咎2首，曹勋4首，赵桓2首，史浩1首，高登1首，李石1首，康与之1首，曾觌3首，倪偁1首，葛立方1首，石安民1首，洪适2首，韩元吉2首，朱淑真1首，张抡11首，侯寘2首，赵彦端1首，王千秋5首，李流谦1首，向滈5首，曹冠3首，姚述尧2首，管鉴2首，吴儆2首，姜特立1首，周必大2首，范成大2首，王质4首，沈瀛1首，李洪1首，李洤1首，朱熹2首，沈端节2首，张孝祥14首，崔敦礼1首，李处全3首，丘崈2首，吕胜己1首，梁安世1首，赵长卿3首，张良臣1首，张孝忠1首，廖行之2首，王炎1首，杨冠卿3首，辛弃疾17首，程垓1首，陈三聘2首，石孝友3首，韩玉1首，赵师侠2首，叶適1首，刘过4首，卢炳1首，汪莘3首，郭应祥17首，李壁1首，韩淲6首，汪晫1首，程珌4首，戴复古2首，方信孺1首，龚大明1首，史达祖4首，高观国1首，魏了翁3首，卢祖皋1首，孙居敬1首，刘学箕1首，洪咨夔1首，曾揆1首，黄机2首，刘克庄1首，冯取洽1首，赵以夫1首，张榘1首，宋自逊1首，包荣父1首，夏元鼎12首，哀长吉1首，萧廷之12首，李曾伯2首，方岳3首，李昴英1首，吴文英4首，翁元龙2首，储泳1首，尹词客1首，王同祖1首，李莱老1首，徐俨夫1首，陈著6首，胡翼龙1首，何梦桂1首，林自然1首，刘辰翁3首，陈逢辰1首，周密5首，王沂孙1首，仇远5首，陈德武8首，张炎3首，陈深1首，刘涧谷1首，程梅斋1首，曹遇1首，越娘1首，张师师1首，钱安安1首，张生1首，郑云娘1首，吕岩3首，申纯1首，韩师厚1首，陈妙常1首，仲殊2

首，吴淑虎 1 首，陈克 1 首，范成大 1 首，李朝卿 1 首，无名氏 43 人 43 首，计 174 人 361 首。
(二) 5，6。6，6。○ 6，6。7，6。南宋：无名氏 1 首。

变体二

4 分句 2 复句

【变体二】单片，复句数与始词之一片相同，4 分句 2 复句，二/二/型复句组。平仄换韵间押。律词。

6，6。7，6。——南宋·程垓·《全宋词》第 2011 页

西江月

汲井漫随兰**炷**，心情半怯罗**衣**。	◆◆◆◇◇◆，◇◇◆◆◇◇。
粉香消尽无人**觑**，只门外子规**啼**。	◆◇◇◇◆◇◇◆，△◇◆◆◇◇。

按：《全宋词》以该词为【西江月】下片。

同体式作品：无。

同源词调：【西江月慢】

1. 始词南宋吕渭老作。
2. 双片。仄韵，上片四韵，下片五韵，隔句韵。

始词：21 分句 8 复句。双片。上片 11 分句 4 复句，二/三/四/二/型复句组；下片 10 分句 4 复句，二/二/四/二/型复句组。仄韵，隔句韵，插一连句韵。

7，4。5，4，4。3，4，4，4。7，5。
8，7。7，5。3，4，4，4。7，3。——南宋·吕渭老·《全宋词》第 1128 页

西江月慢

春风淡淡清昼永，落英千**尺**。	◇◇◆◆◇◆◆，◆◇◇◆。
桃杏散平郊，晴蜂来往，妙香飘**掷**。	◇◆◆◇◇，◇◇◇◆，◆◇◇◆。
傍画桥，煮酒青帘，	◆◆◇，◆◆◇◇，
绿杨风外，数声长**笛**。	◆◇◇◆，◆◇◇◆。
记去年紫陌朱门，花下旧相**识**。	△◆◇◆◆◇◇，◇◆◆◇◆。
向宝帕裁书凭燕**翼**，望翠阁烟林似**织**。	△◆◆◇◇◇◆◆，△◆◆◇◇◆◆。
闻道春衣犹未整，过禁烟寒**食**。	◇◆◇◇◇◆◆，△◆◇◇◆。
但记取，角枕情题，	◆◆◆，◆◆◇◇，
东窗休误，这些端**的**。	◇◇◇◆，◆◇◇◆。
更莫待青子绿阴，春事**寂**。	△◆◆◇◆◆◇，◇◆◆。

同体式作品：无。

变体一

与始词分句数复句数相同，复句型有变。

【变体一】21分句8复句。上片较始词减1分句，下片增1分句。上片10分句4复句，三/二/二/三/型复句组，下片11分句4复句，三/三/三/二/型复句组。仄韵，隔句韵，插一连句韵。

4，3，4。7，6。8，7。7，3，3。

3，5，7。7，3，3。5，3，7。7，4。——宋·无名氏·《全宋词》第3831页

西江月慢

烟笼细柳，映粉墙，垂丝轻**袅**。	◇◇◆，◆◆◆◇，◇◇◇◆。
正岁稍暖律风和，装点后苑台**沼**。	◆◆◇◆◆◇◇，◇◆◆◆◇◆。
见乍开桃若燕脂染，便须信江南春**早**。	△◆◇◇◆◇◇◆，△◇◆◇◇◇◆。
又数枝零乱残花，飘满地，未曾**扫**。	△◆◇◇◆◇◇，◇◆◆，◆◇◆。
幸到此，芳菲时渐**好**，恨间阻佳期尚**杳**。	◆◆◆，◇◇◇◆◆，△◆◆◇◇◆◆。
听几声云里悲鸿，动感怨，愁多**少**。	△◆◇◇◆◇◇，◆◆◆，◇◇◆。
谩送目层阁，天涯远，甚无人音书来**到**。	△◆◆◇◆，◇◇◆，△◇◇◇◇◇◆。
又只恐别有深情，盟言忘**了**。	△◆◆◆◆◇◇，◇◇◆◆。

按："正岁稍暖"句，句语读节奏为"正岁/稍暖/律风和"，正岁，岁首，农历正月；律风，和风。《钦定词谱》该句"稍"作"首"，标点为："正岁首**读**暖律风和**句**装点后苑台沼**韵**"，则该句为一字领七字句："正//岁首/暖律/风和"，岁首，正月；暖律，和暖的季节。"正岁稍暖律风和"的描写感、季节感更强。

同体式作品：无。

48.【虞美人】

【鱼美人】【虞美人令】

1. 始词见敦煌写本歌辞。
2. 亦为唐教坊曲（见《教坊记》）。
3. 唐宋通行词调，一作【虞美人令】，别写作【鱼美人】。宋张君房《脞说》以为此调源于项羽《虞兮之歌》，宋王灼《碧鸡漫志》驳之云："予谓后世以此命名可也，曲起于当时非也。"并据《益州草木记》《酉阳杂俎》等，谓本调源于雅州山中应拍之舞"虞美人草"。任中敏（二北）《敦煌曲初探》据郭茂倩《乐府诗集》，推测该调源于古琴曲。
4. 单片、双片二体。单片体四平韵，连句韵；双片体，平仄换韵，每片五韵，二仄三平，

先押仄后押平；连句韵。

单片体

始词：单片。5分句2复句，二/三/型复句组。平韵，连句韵，隔句韵。

7，5。7，7，3。——唐·敦煌写本歌辞·《敦煌歌辞总编》第387页

虞美人

东风吹绽海棠**开**，香麝满楼**台**。	◇◇◇◆◆◇◇，◇◆◆◇◇。
香和红艳一堆**堆**，	◇◇◇◆◆◇◇，
又被美人和枝折，缀金**钗**。	◆◆◆◇◇◇◆，◆◇◇。

同体式作品：敦煌写本歌辞1首。

双片体

始词：10分句4复句。上下片词式与单片体始词同，每片5分句2复句，二/三/型复句组。四换韵，每片先押仄后押平，连句韵。律词。

7，5。7，7，3。

7，5。7，7，3。——五代·毛文锡·《全唐五代词》第529页

虞美人

鸳鸯对浴银塘**暖**，水面蒲梢**短**。	◇◇◆◆◇◇◆，◆◆◇◇◆。
垂杨低拂曲尘**波**，蛟丝结网露珠**多**，	◇◇◇◆◆◇◇，◇◇◆◆◆◇◇，
滴圆**荷**。	◆◇◇。
遥思桃叶吴江碧，便是天河隔。	◇◇◇◆◇◇◆，◆◆◇◇◆。
锦鳞红鬣影沉**沉**，相思空有梦相**寻**，	◆◇◇◆◆◇◇，◇◇◇◆◆◇◇，
意难**任**。	◆◇◇。

同体式作品：五代：毛文锡2首，顾夐6首，鹿虔扆1首，阎选2首，李珣1首，孙光宪2首，冯延巳2首，文珏1首，顾卞1首，计9人18首。北宋：欧阳修1首，杜安世3首，晁补之1首。南宋：许棐1首。

增减字：

(一) 7，5。7，4，5。○7，5。7，6，3。五代：冯延巳2首。

变体二

与始词复句数相同，分句数减2。

【变体二】8分句4复句。每片第二复句较始词减1分句，4分句2复句，二/二/型复句组。四换韵，先押仄后押平，连句韵。律词。

7，5。7，9。

7，5。7，9。——五代·李煜·《全唐五代词》第741页

虞美人

春花秋月何时**了**，往事知多**少**。　◇◇◇◆◇◇◆，◆◆◇◇◆。
小楼昨夜又东**风**，故国不堪回首月明**中**。　◆◇◇◆◆◇◇，◆◆◆◇◇◆◆◇◇。

雕阑玉砌应犹**在**，只是朱颜**改**。　◇◇◆◆◇◇◆，◆◆◇◇◆。
问君能有几多**愁**，恰似一江春水向东**流**。　◆◇◇◆◆◇◇，◆◆◇◇◇◇◆◆◇◇。

按：本词上下片结尾9字句，或断为6/3二分句，亦可，是为可断可连之“流水句”。在语意上，“恰似一江春水向东流”一气连贯，不断更佳。五代文人《虞美人》上下片该九字均为六字一韵、三字一韵之6/3二分句，但李煜第六字不用韵，另一首《虞美人》上下片结句“依旧竹声新月似当年”“满鬓清霜残雪似当年”，第六字亦不用韵，可见是有意不用韵而将九字连贯为一句。此后宋代文人词《虞美人》除个别例外，该句位皆去韵而作九字句，可见李煜词的普遍影响。更有意味的是，诸家之作无一首香艳词，李煜《虞美人》的文学主题，在宋代文人词文学母题生成史上具有重要意义，李煜后期词作的经典化，是在宋文人的同体写作中历史地确立的。

同体式作品：五代：李煜1首。北宋：张先2首，晏几道9首，苏轼6首，王齐愈1首，舒亶2首，张景修1首，黄庭坚2首，晁端礼6首，秦观4首，赵令畤1首，贺铸1首，仲殊1首，晁补之3首，陈师道1首，周邦彦6首，李廌1首（【虞美人令】），谢逸3首，苏庠1首，毛滂3首，谢薖2首，葛胜仲4首，吴则礼4首，赵子发1首，徐俯1首，王安中4首，叶梦得8首，刘一止1首，王庭珪1首，陈克4首，周紫芝4首，计30人88首。南宋：吕本中3首，赵鼎1首，向子諲8首，蔡伸7首，黄大舆1首，王灼2首，李弥逊6首，王以宁1首，陈与义4首，张元幹4首，王之道2首，何栗1首，冯时行3首，欧阳澈1首，曹勋2首，曾觌1首，王之望1首，魏杞1首，洪适1首，韩元吉4首，赵彦端5首，王千秋4首，李流谦2首，袁去华1首，邵伯雍1首，向滈2首，韦能谦1首，管鉴2首，吴儆3首，范成大4首，王质2首，沈端节3首，张孝祥7首，陈造1首，吕胜己3首，赵长卿7首，王炎1首，辛弃疾5首，赵善括1首，程垓1首，陈三聘4首，石孝友2首，陈亮1首，张镃1首，姜夔3首，郭应祥4首，韩淲2首，魏了翁3首，刘学箕1首，方千里2首，黄机3首，葛长庚3首，卢祖皋1首，赵以夫2首，张榘3首，吴潜2首，李曾伯1首，方岳1首，杨泽民2首，吴文英1首，陈著1首，陈允平5首，刘天迪1首，刘辰翁18首，仇远1首，罗志仁1首，李太古1首，黄舜英1首，林正大1首，蒋捷2首，张炎2首，陈深1首，萧允之1首，刘公子1首，崔木1首，芮辉1首，黄人杰5首，胡文卿5首，无名氏10人12首。计88人213首。

增减字：

（一）7，6。7，9。○7，6。7，9。南宋：黄时龙1首。

（二）7，6。7，9。○7，5。7，9。南宋：韩淲1首。

同源词调：【转声虞美人】

【桃源忆故人】【虞美人影】

1. 始词北宋张先作。
2. 转声，有两种方式：一是变换调式；二是局部改变母调之音乐。
3. 宋代常用词调，与李煜《虞美人》句数、句型皆同，分句字数有变。调名一作【桃源忆故人】，源出欧阳修《桃源忆故人》词，其序曰“一名虞美人影”，词体与张先《转声虞美人》全同。

4. 双片。每片四仄韵，连句韵。

始词：8 分句 4 复句。每片 4 分句 2 复句，二/二/型复句组。仄韵，连句韵。律词。

7，6。6，5。

7，6。6，5。——北宋·张先·《全宋词》第 71 页

转声虞美人

霅上送唐彦猷

使君欲醉离亭**酒**，酒醒离愁转**有**。	◆◇◆◆◇◇◆，◆◆◇◇◆◆。
紫禁多时虚**右**，苕霅留难**久**。	◆◆◇◇◇◆，◇◆◇◇◆。
一声歌掩双罗**袖**，日落乱山春**后**。	◆◇◇◆◇◇◆，◆◆◆◇◇◆。
犹有东城烟**柳**，青荫长依**旧**。	◇◆◇◇◇◆，◇◆◇◇◆。

同体式作品：北宋：欧阳修 3 首，苏轼 1 首，黄庭坚 1 首，秦观 1 首，赵子发 1 首，王庭珪 1 首，朱敦儒 6 首，计 7 人 14 首。南宋：赵鼎 1 首，王道亨 1 首，王之道 5 首，曾协 1 首，赵彦端 1 首，王千秋 1 首，管鉴 2 首，陆游 5 首，李漳 1 首，张孝祥 1 首，赵长卿 1 首，程垓 1 首，马子严 1 首，杨炎正 1 首，宋先生 1 首，韩淲 1 首，吴礼之 1 首，郑域 1 首，史达祖 2 首，刘学箕 1 首，吴文英 2 首，周密 1 首，仇远 1 首，无名氏 5 人 5 首，计 28 人 39 首。（诸词调名皆【桃源忆故人】）

增减字：

（一）7，6。5，5。○ 7，6。6，5。南宋：何澹 1 首。

（二）7，5。6，5。○ 7，6。6，5。南宋：汪莘 1 首。

49.【定风波】

【定风波令】

1. 始词见敦煌写本歌辞。
2. 亦为唐教坊曲（见《教坊记》）。
3. 敦煌写本歌辞以该调“定风波”定格套语为调名。
4. 唐宋常用词调。宋词调名一作【定风波令】，与【相思引】词式略但非同调，【相思引】作另调处理。
5. 双片，始词上片五韵，下片四韵，变体或增韵；平仄抱韵，连句韵。

始词：10 分句 4 复句。双片。每片 5 分句 2 复句，二/三/型复句组。平仄抱韵，方言入韵，连句韵，插一隔句韵。

7，7。7，2，7。

6，7。7，3，7。——唐·敦煌写本歌辞·《敦煌歌辞总编》第412页

定风波

攻书学剑能几**何**，争如沙塞骋偻**罗**。	◇◇◆◆◇◇◆，◇◇◇◆◆◇◇。
手执绿沉枪似铁，	◆◆◆◇◇◆◆，
明月，龙泉三尺斩新**磨**。	◇◆，◇◇◇◆◆◇◇。
堪羡昔时军伍，谩夸儒士德能**康**。	◇◆◆◇◇◆，◆◇◇◆◆◇◇。
四塞忽闻狼烟**起**，	◆◆◆◇◇◇◆，
问儒**士**，谁人敢去定风**波**。	◆◇◆，◇◇◆◆◆◇◇。

按：“康”读若“科”。

同体式作品：敦煌写本歌辞1首。

增减字：

（一）7，7。7，3，7。○5，7。7，3，7。敦煌写本歌辞1首。

（二）7，7。7，2，7。○6，7。7，3，7。敦煌写本歌辞2首。

（三）7，7。7，2，7。○6，7。7，2，7。敦煌写本歌辞1首。

（四）7，7。7，3。7。○7，7。7，3，7。北宋：范仲淹1首。

（五）6，6。7，7，5。○6，6。7，7，5。北宋：贺铸1首。

（六）7，7。7，2，7。○7，7。7，2，7。南宋：蔡伸1首，曾觌2首，曹冠1首，李泳1首，张孝祥1首，丘密1首，黄机1首，吴文英1首，无名氏2首。

（七）7，7。7，4，5。○7，7。7，4，5。南宋：陈允平1首。

变体二

与始词复句数相同，分句数有变。

变体二·1

11分句4复句

【变体二·1】11分句4复句。较始词体复句数相同，分句数增1。上片与始词同，5分句2复句，二/三/型复句组；下片第一复句增1分句，6分句2复句，三/三/型复句组。平仄换韵，抱韵（以平抱仄）；连句韵，间插隔句韵。律词。

7，7。7，2，7。

7，2，7。7，2，7。——五代·欧阳炯·《全唐五代词》第464页

定风波

暖日闲窗映碧**纱**，小池清水浸晴**霞**。	◆◆◇◇◆◆◇，◆◇◇◆◆◇◇。
数树海棠红欲尽，	◆◆◆◇◇◆◆，
争**忍**，玉闺深掩过年**华**。	◇◆，◆◇◇◆◆◇◇。
独凭绣床方寸**乱**，	◆◆◆◇◇◆◆，

肠断，泪珠穿破脸边**花**。	◇◆，◆◇◇◆◆◇◇。
邻舍女郎相借**问**，	◇◆◆◇◇◆◆，
音信，教人羞道未还**家**。	◇◆，◇◇◇◆◆◇◇。

同体式作品： 五代：阎选1首，李珣5首。北宋：张先5首，欧阳修7首，王琪1首，魏夫人1首，苏轼11首，黄庭坚8首，晁端礼1首，贺铸1首，仲殊1首，晁补之1首，周邦彦1首，谢邁1首，葛胜仲2首，叶梦得4首，朱敦儒1首，计15人46首。南宋：蔡伸2首，陈与义1首，曹勋1首，曾觌4首，管鉴1首，陆游1首，王质3首，辛弃疾11首，无名氏3人3首，计11人27首。

增减字：

(一) 7，7。7，4，5。○ 7，2，7。7，4，5。南宋：京镗1首。

(二) 7，7。7，4，5。○ 7，4，5。7，4，5。南宋：京镗1首。

变体二·2

12分句4复句

【变体二·2】12分句4复句。上片与始词同，5分句2复句，二/三/型复句组；下片第一、二复句各增1分句，7分句2复句，三/四/型复句组。平仄换韵间押，抱韵（以平抱仄），连句韵。律词。

7，7。7，2，7。

7，2，7。7，2，3，5。——五代·孙光宪·《全唐五代词》第641页

定风波

帘拂疏香断碧**丝**，泪衫还滴绣黄**鹂**。	◇◆◇◇◆◆◇，◆◇◇◆◆◇◇。
上国献书人不**在**，凝**黛**，	◆◆◆◇◇◆◆，◇◆，
晚庭又是落花**时**。	◆◇◆◆◆◇◇。
春日自长心自**促**，	◇◆◆◇◇◆◆，
翻**覆**，年来年去负前**期**。	◇◆，◇◇◇◆◆◇◇。
应是秦云兼楚**雨**，留**住**，	◇◆◇◇◇◆◆，◇◆，
向花**枝**，夸说月中**枝**。	◆◇◇，◇◆◆◇◇。

同体式作品： 无。

同源词调一：【定风波慢】

1. 始词北宋柳永作。
2. 龙榆生《唐宋词格律》谓本调为柳永取《定风波》翻度之新声。
3. 双片，仄韵，上片五韵，下片六韵，隔句韵，间插连句韵。

始词：22 分句 8 复句。上片 10 分句 4 复句，二/四/二/二/型复句组；下片 12 分句 4 复句，四/三/三/二/型复句组。仄韵，上片首起二句连韵，继隔句韵。

4，5。3，4，4，6。5，6。7，7。

2，4，4，4。5，4，8。3，4，4。7，5。——北宋·柳永·《全宋词》第 21 页

定风波慢

伫立长**堤**，淡荡晚风**起**。	◆◆◇◇，◆◆◆◇◆。
骤雨歇，极目萧疏，	◆◆◆，◆◆◇◇，
塞柳万株，掩映箭波千**里**。	◆◆◆◇，◆◆◆◇◇◆。
走舟车向此，人人奔名竞**利**。	△◇◇◆◆，◇◇◆◇◆◆。
念荡子终日驱驱，争觉乡关转迢**递**。	△◆◆◇◆◇◇，◇◆◇◇◆◇◆。
何**意**，绣阁轻抛，锦字难逢，等闲度**岁**。	◇◆，◆◆◇◇，◆◆◇◇，◆◇◆◆。
奈泛泛旅**迹**，厌厌病绪，	△◆◆◆◆，◇◇◆◆，
迩来谙尽宦游滋**味**。	◆◇◇◆◆◇◇◆。
此情怀，纵写香笺，凭谁与**寄**。	◆◇◇，◆◆◇◇，◇◇◆◆。
算孟光争得知我，继日添憔**悴**。	△◆◇◇◆◇◆，◆◆◇◇◆。

同体式作品：无。

变体二

较始词复句数不变，分句数有变。

【变体二】24 分句 8 复句。较始词增 2 分句，每片 12 分句 4 复句，三/三/三/三/型复句组。仄韵，隔句韵，间插连句韵。

3，4，6。4，4，5。3，3，7。2，5，4。

4，3，5。3，6，5。3，3，7。2，4，4。——北宋·柳永·《全宋词》第 29 页

定风波慢

自春来，惨绿愁红，芳心是事可**可**。	◆◇◇，◆◆◇◇，◇◇◆◆◆◆。
日上花梢，莺穿柳带，犹压香衾**卧**。	◆◆◇◇，◇◇◆◆，◇◆◇◇◆。
暖酥消，腻云**亸**，终日厌厌倦梳**裹**。	◆◇◇，◆◇◆，◇◆◆◆◆◇◆。
无**那**，恨薄情一去，音书无**个**。	◇◆，△◆◇◆◆，◇◇◇◆。
早知恁么，悔当初，不把雕鞍**锁**。	◆◇◆◆，◆◇◇，◆◆◇◇◆。
向鸡窗，只与蛮笺象管，拘束教吟**课**。	◆◇◇，◆◆◇◇◆◆，◇◆◇◇◆。
镇相随，莫抛**躲**，针线闲拈伴伊**坐**。	◆◇◇，◆◇◆，◇◆◇◇◆◇◆。
和**我**，免使年少，光阴虚**过**。	◇◆，◆◆◇◆，◇◇◇◆。

同体式作品：无。

增减字：

(一) 3，4，6。5，4，5。3，3，7。2，5，4。○ 4，3，5。3，6，5。3，3，7。2，5，4。南宋：无名氏1首。

同源词调二：【转调定风波】

1. 始词南宋胡铨作。
2. 体式与【定风波】之【变体二·1】字数、句数、句型皆同，调名标示“转调”，当与【定风波】原调音乐有所不同，兹作同源词调处理。
3. 双片，上片五韵，下片六韵，平仄抱韵，连句韵。

始词：11分句4复句。双片。上片5分句2复句，二/三/型复句组；下片6分句2复句，三/三/型复句组。平仄换韵，抱韵，连句韵，间插隔句韵。

7，7。7，2，7。

7，2，7。7，2，7。——南宋·胡铨·《全宋词》第1243页

转调定风波

从古将军自有**真**，引杯看剑坐生**春**。　◇◆◇◇◆◆◇，◆◇◇◆◆◇◇。

扰扰介鳞何足**扫**，　◆◆◆◇◇◆◆，

谈笑，纶巾羽扇典刑**新**。　◇◆，◇◇◆◆◆◇◇。

试问天山何日**定**，　◆◆◇◇◇◆◆，

伫**听**，雅歌长啸静烟**尘**。　◆◆，◆◇◇◆◆◇◇。

解道汾阳是人杰，　◆◆◇◇◆◇◆，

见说，如今也有谪仙**人**。　◆◆，◇◇◆◆◆◇◇。

同体式作品：无。

50.【苏莫遮】

【苏幕遮】【苏摩遮】【云鬓松令】

1. 声诗始见唐张说作；长短句始见敦煌写本歌辞。
2. 亦为唐教坊曲（见《教坊记》）。或作“苏幕遮”“苏摩遮”。
3. 本源胡乐，始为北周歌舞“泼寒戏”曲调，传入中土，唐初颇流行，开元间被禁，其中一些歌曲舞蹈与泼寒戏剥离，转化为歌舞、戏弄、曲子辞乐调，继成宋代通行词调之一。

4. 宋无名氏有《般涉·送傅国华奉使三韩》，未题调名，词式与【苏莫遮】全同，首句为“鬓云松，眉叶聚”，传者或以【云鬓松令】为调名，词学界判为【苏莫遮】衍生异名，兹归入本调。
5. 双片体，仄韵，上片三韵或四韵，下片四韵，隔句韵；声诗体，平韵，连句韵、隔句韵。

七言声诗

始作：4 分句 2 复句，二/二/型复句组。平韵，连句韵、隔句韵。律词。

7，7。7，7。——唐·张说《全唐诗》第 415 页

苏摩遮

摩遮本出海西**胡**，琉璃宝服紫髯**胡**。　◇◇◆◆◆◇◇，◇◇◆◆◆◇◇。
闻道皇恩遍宇宙，来时歌舞助欢**娱**。　◇◆◇◇◆◆◆，◇◇◇◆◆◇◇。

同体式作品：唐：张说 4 首。

长短句

始词：13 分句，5 复句 1 单句。上片 6 分句，2 复句 1 单句，二/一/三/型复句单句组；下片 7 分句 3 复句，三/二/二/型复句组。仄韵、插一平韵，换韵，遥韵，隔句韵。

3，3。9。7，5，5。
3，3，4。5，7。4，5。——唐·敦煌写本歌辞·《敦煌歌辞总编》第 409 页

苏莫遮

聪明儿，禀天**性**。　◇◇◇，◆◇◆。
莫把潘安才貌相比**并**。　◆◆◇◇◇◆◇◆◆。
弓马学来阵上骋，　◇◆◆◇◆◆◆，
似虎入丘山，勇猛应难**比**。　◆◆◆◇◇，◆◆◇◇◆。

善能歌，打难**令**，正是聪**明**。　◆◇◇，◆◇◆，◆◆◇◇。
处处皆通娴，久后策官应决**定**。　◆◆◇◇◇，◆◆◆◇◇◆◆。
马上盘枪，辅佐当今**帝**。　◆◆◇◇，◆◆◇◇◆。

按：上下片结句“比”“帝”遥韵。

同体式作品：无。

变体二

较始词复句数、单句数不变，分句数有变。

【变体二】11 分句，5 复句 1 单句。双片。上片较始词减 1 分句，5 分句，2 复句 1 单句，二/一/二/型复句单句组合；下片分句数与始词同，复句型有变，6 分句 3 复句，二/二/二/型复句组。仄韵，换韵间押，隔句韵。律词。

3，3。9。7，9。

3，3。4，5。7，9。——唐·敦煌写本歌辞·《敦煌歌辞总编》第1087页

苏莫遮

聪明儿，无不**会**。	◇◇◇，◇◆◆。
只为红鳞未变归沧**海**。	◆◆◇◇◆◆◇◇◆。
几度龙门点额**退**，所有红波绿水归潭**再**。	◆◆◇◇◆◆◆，◆◆◇◇◆◆◇◇◆。
摆金铃，摇玉**佩**。	◆◇◇，◇◆◆。
常有坚心，洒雨乾坤**内**。	◇◆◇◇，◆◆◇◇◆。
稍有行云□顶**戴**，	◇◆◇◇□◆◆，
猛透强波直向青云**外**。	◆◆◇◇◆◆◇◇◆。

按：会、退、佩、内，四字同韵，海、戴、外，三字同韵，民歌之换韵间押之法。

同体式作品：无。

变体三

较始词分句数复句数皆变

【变体三】14分句6复句。双片，上片较始词增1分句1复句，减1单句；下片分句数与始词同，复句型有变，与【变体二】复句型相同。每片7分句3复句，二/二/三/型复句组。仄韵，隔句韵。律词。

3，3。4，5。7，4，5。

3，3。4，5。7，4，5。——唐·敦煌写本歌辞·《敦煌歌辞总编》第409页

大唐五台曲子六首，寄在苏莫遮。

大圣堂，非凡**地**。	◆◆◇，◇◇◆。
左右盘龙，为有台相**倚**。	◆◆◇◇，◆◆◇◇◆。
岭岫嵯峨朝雾**已**，	◆◆◇◇◇◆◆，
花木芬芳，菩萨多灵**异**。	◇◆◇◇，◇◆◇◇◆。
面慈悲，心欢**喜**。	◆◇◇，◇◇◆。
西国真僧，远远来瞻**礼**。	◇◆◇◇，◆◆◇◇◆。
瑞彩时时岩下**起**，	◆◆◇◇◇◆◆，
福祚当今，万古千秋**岁**。	◇◆◇◇，◇◆◇◇◆。

同体式作品：敦煌写本歌辞《大唐五台山曲子》5首。北宋：范仲淹1首，张先1首，梅尧臣1首，杜安世1首，苏轼1首，晁端礼1首，周邦彦1首，张继先2首，朱敦儒2首，周紫芝2首，计10人13首。南宋：王质2首，韩仙姑1首，马子严1首，宋先生1首，方千里1首，杨泽民1首，赵文1首，柴元彪1首，赵必瑑1首，陶氏1首，史佐尧1首，无名氏1首（【云鬓松令】），无名氏2人2首，计14人15首。

51.【感皇恩】

【小重山】【小重山令】【小冲山】

1. 始词见于敦煌写本歌辞。
2. 唐宋通行词调。
3. 五代文人词【小重山】与敦煌写本歌辞【感皇恩】体式全同，《宋史·乐志》载宋太宗赵匡义制【小重山】，词式与唐曲子【感皇恩】全同，论者判其为一调之传，古代词集词谱多将【感皇恩】【小重山】作一调。宋词调名多作【小重山】，一作【小重山令】【小冲山】。
4. 双片。平韵，每片四韵，连句韵、隔句韵。

始词：11 分句 4 复句。双片。上片 5 分句 2 复句，二/三/型复句组；下片 6 分句 2 复句，三/三/型复句组。平韵，上片起首二句连韵，继隔句韵。

7，7。7，3，5。
5，4，4。7，3，5。——唐·敦煌写本歌辞·《敦煌歌辞总编》第 432 页

感皇恩

四海天下及诸**州**，皆言今岁永无**忧**。　◆◆◇◆◆◇◇，◇◇◇◆◆◇◇。
长图欢宴在高**楼**，寰海内，束手愿归**投**。　◇◇◇◆◆◇◇，◇◆◆，◆◆◆◇◇。

朱紫尽风**流**，殿前卿相，对列诸**侯**。　◇◆◆◇◇，◆◇◇◇，◆◆◇◇。
叫呼万岁愿千**秋**，皆乐业，鼓腹满田**畴**。　◆◇◆◆◆◇◇，◇◆◆，◆◆◆◇◇。

同体式作品：敦煌写本歌辞 1 首。南宋：刘景翔 1 首（【小重山】），无名氏 2 首（【感皇恩】【小重山】）。

增减字：

（一）7，8。7，3，5。〇 5，5，3。7，3，5。南宋：李壁 1 首。

变体二

较始词复句数不变，分句数有变。

变体二·1

12 分句 4 复句

【变体二·1】12 分句 4 复句。双片，上片第一复句较始词增 1 分句，下片分句数复句型与始词同，局部有增减字，每片 6 分句 2 复句，三/三/型复句组。平韵，隔句韵。

7，5，3。7，3，5。
5，5，3。7，3，5。——唐·敦煌写本歌辞·《敦煌歌辞总编》第 433 页

感皇恩

四海清平遇有**年**，黔黎歌圣德，乐相**传**。 ◆◆◇◇◆◆◇，◇◇◇◆◆，◆◇◇。
修文偃革习农**田**，钦皇化，雨露溉无**边**。 ◇◇◆◆◆◇◇，◇◇◆，◆◆◆◇◇。

瑞气集诸**贤**，群僚趋玉砌，贺龙**颜**。 ◆◆◆◇◇，◇◇◇◆◆，◆◇◇。
盘石永固寿如**山**，梯航路，相向共朝**天**。 ◇◆◆◆◆◇◇，◇◇◆，◇◆◆◇◇。

同体式作品：五代：韦庄1首（【小重山】），和凝1首（【小重山】），薛昭蕴2首（【小重山】），毛熙震1首（【小重山】），计4人5首。北宋：张先2首（【感皇恩】），晁端礼1首，赵令畤2首，贺铸7首，晁冲之1首，祖可1首，毛滂4首，沈蔚1首，米友仁2首，王安中3首，汪藻1首，曹组3首，周紫芝2首，赵佶1首，李清照1首，15人32首。南宋：沈晦1首，赵鼎1首，李邴1首（【小冲山】），宋丰之1首（【小冲山】），蔡伸4首，吴淑姬1首，李弥逊2首，张元幹1首，吕渭老3首，王之道2首，欧阳澈1首，何大圭1首，岳飞1首，王之望1首，赵彦端1首，李流谦1首，向滈1首，曹冠1首，赵长卿4首，王炎1首，杨冠卿1首，辛弃疾3首，赵善扛1首，赵蕃1首，赵师侠1首，陈亮1首，章良能1首，卢炳1首，汪莘1首，姜夔2首（【小重山令】），韩淲2首，魏了翁3首，刘学箕1首，黄机1首，赵以夫1首，吴潜2首，曾原一1首，许棐1首，黄铸1首，章谦亨1首，李莱老1首，陈著1首，陈允平1首，何梦桂1首，程武1首，陈成之1首，周容1首，蒋捷2首，张炎3首，黄子行1首，张生1首，赵旭1首，吴则礼1首，李朝卿1首，无名氏3人3首，（不注调名者皆【小重山】），计57人77首。

增减字：

（一）7，5，3。7，3，5。○5，5，3。7，3，6。敦煌写本歌辞1首（【感皇恩】）。

变体二·2

14分句4复句

【变体二·2】14分句4复句。较始词增3分句，上下片各7分句2复句，三/四/型复句组。平韵，隔句韵。律词。

7，5，3。7，3，3，3。
5，5，3。7，3，3，3。——北宋·张先·《全宋词》第61页

感皇恩

安车少师访阅道大资，同游湖山。

廊庙当时共代**工**，睢陵千里远，约过**从**。 ◇◆◇◇◆◆◇，◇◇◇◆◆，◆◆◇。
欲知宾主与谁**同**， ◆◇◇◆◆◇◇，
宗枝内，黄阁旧，有三**公**。 ◇◇◆，◇◆◆，◆◇◇。

广乐起云**中**，湖山看画轴，两仙**翁**。 ◆◆◆◇◇，◇◇◇◆◆，◆◇◇。
武林嘉语几时**穷**， ◆◇◇◆◆◇◇，
元丰际，德星聚，照江**东**。 ◇◇◆，◆◇◆，◆◇◇。

同体式作品：北宋：张先3首。

变体三

较始词分句数复句数皆变

变体三·1

14分句6复句

【变体三·1】14分句6复句。与【变体二·2】分句数相同，增2复句。双片，每片7分句3复句，三/二/二/型复句组。仄韵，隔句韵。

5，4，7。4，6。5，3。

4，4，7。4，6。5，3。——北宋·晁端礼·《全宋词》第429页

感皇恩

蜀锦满林花，三年重**到**，	◆◆◆◇◇，◇◇◇◆，
应被花枝笑人**老**。	◇◆◇◇◆◇◆。
半开微谢，占得几多时**好**。	◆◇◇◆，◆◆◆◇◇◆。
便须拚痛饮，花前**倒**。	◆◇◇◆◆，◇◇◆。
醉中但记，红围绿**绕**，	◆◇◆◆，◇◇◆◆，
人面花光斗相**照**。	◇◆◇◇◆◇◆。
缭墙重院，爱惜遮藏须**早**。	◇◇◇◆，◆◆◇◇◇◆。
免如梦折柳，临官**道**。	◆◇◆◆◆，◇◇◆。

同体式作品：北宋：晁补之2首，阮阅2首，赵企2首，晁冲之2首，毛滂3首，陆蕴1首，王庭珪3首，朱敦儒3首，周紫芝4首，李纲2首，胡舜陟1首，张纲1首，计12人26首。南宋：蔡伸2首，李弥逊3首，王以宁1首，张元幹4首，王之道1首，史浩3首，康与之1首，曾觌1首，王千秋1首，李流谦1首，程大昌10首，陆游2首，姜特立1首，沈端节1首，吕胜己1首，辛弃疾6首，赵善扛1首，黄人杰1首，韩玉1首，汪莘1首，韩淲2首，李廷忠1首，魏了翁1首，刘镇1首，张侃2首，赵孟坚1首，黄昇1首，陈允平1首，叶景山2首，臧余庆3首，无名氏3人3首，计33人61首。

增减字：

（一）5，4，7。4，6。5，3。○5，4，7。4，6。5，3。北宋：晁冲之1首。南宋：邓肃1首。

（二）5，4，7。4，6。5，3。○4，5，7。4，6。5，3。北宋：周紫芝1首，李纲1首。

（三）5，4，7。4，6。4，4。○4，4，7。4，6。5，3。南宋：丘崈1首，吴潜1首，霍安人1首。

（四）5，4，7。5，5。5，3。○4，4，7。4，6。6，3。南宋：马子严1首。

（五）5，4，7。4，6。5，3。○4，5，6。4，6。5，3。南宋：邹应博1首。

（六）5，4，7。4，6。5，3。○4，4，7。4，8。4，4。南宋：赵孟坚1首。

（七）5，4，7。4，6。5，3。○4，4，7。4，6。4，4。南宋：叶巽斋1首。

（八）5，4，7。5，4。5，3。○4，4，6。4，6。5，3。南宋：甄良友1首。

（九）5，4，7。4，6。4，4。○4，4，7。4，5。5，3。南宋：无名氏1首。

（一〇）5，4，7。4，6。4，4。○4，4，7。4，6。4，4。南宋：无名氏1首。

变体三·2

15 分句 6 复句

【变体三·2·1】15 分句 6 复句。双片，上片与【变体三·1】同，7 分句 3 复句，三/二/二/型复句组；下片第三复句增 1 分句，8 分句 3 复句，三/二/三/型复句组。仄韵，隔句韵。插一连句韵。

5，4，7。4，6。5，3。

4，4，7。4，6。3，3，3。——北宋·周邦彦·《全宋词》第 618 页

感皇恩

大石。标韵。

露柳好风标，娇莺能**语**，	◆◆◆◇◇，◇◇◇◆，
独占春光最多**处**。	◆◆◇◇◆◇◆。
浅嚬轻笑，未肯等闲分**付**。	◆◇◇◆，◆◆◆◇◇◆。
为谁心子里，长长**苦**。	◆◇◇◆◆，◇◇◆。
洞房见说，云深无**路**，	◆◇◆◆，◇◇◇◆，
凭仗青鸾道情**素**。	◇◆◇◇◆◇◆。
酒空歌断，又被涛江催**去**。	◆◇◇◆，◆◆◇◇◇◆。
怎奈向，言不尽，愁无**数**。	◆◆◆，◇◆◆，◇◇◆。

同体式作品：无。

【变体三·2·2】15 分句 6 复句。双片，上片与【变体三·2·1】同，7 分句 3 复句，三/二/二/型复句组；下片第一复句增 1 分句，第三复句减 1 分句，8 分句 3 复句，四/二/二/型复句组。仄韵，隔句韵，插一连句韵。

5，4，7。4，6。5，3。

4，4，5，3。4，6。5，3。——南宋·葛郯·《全宋词》第 1548 页

感皇恩

风雨半摧残，一园花**老**，	◇◆◆◇◇，◆◇◇◆，
绿遍池塘夜来**草**。	◆◆◇◇◆◇◆。
看花何处，莫被此花相**恼**。	◆◇◇◆，◆◆◆◇◇◆。
世间多少事，邯郸**道**。	◆◇◇◆◆，◇◇◆。
凭远下临，暗尘飞**绕**，	◇◆◆◇，◆◇◇◆，
数点烟中树，水村**小**。	◆◆◇◇◆，◆◇◆。
斜阳且住，为我花间留**照**。	◇◇◆◆，◆◆◇◇◇◆。
从教红满地，何须**扫**。	◇◇◇◆◆，◇◇◆。

同体式作品：南宋：葛郯 2 首。

变体三·3

16 分句 6 复句

【变体三·3】16 分句 6 复句。双片，每片 8 分句 3 复句，三/三/二/型复句组。仄韵，隔句韵、连句韵。律词。

5，4，5。2，4，6。5，3。

4，4，5。2，4，6。5，3。——北宋·贺铸·《全宋词》第 513 页

感皇恩

人南渡

兰芷满芳洲，游丝横**路**，罗袜尘生**步**。　◇◆◆◇◇，◇◇◇◆，◇◆◇◇◆。

迎**顾**，整鬟颦黛，脉脉两情难**语**。　◇◆，◆◇◇◆，◆◆◆◇◇◆。

细风吹柳**絮**，人南**渡**。　◆◇◇◆◆，◇◇◆。

回首旧游，山无重**数**，花底深朱**户**。　◇◆◆◇，◇◇◇◆，◇◆◇◇◆。

何**处**，半黄梅子，向晚一帘疏**雨**。　◇◆，◆◇◇◆，◆◆◆◇◇◆。

断魂分付**与**，春将**去**。　◆◇◇◆◆，◇◇◆。

同体式作品：北宋：晁冲之 1 首。

增减字：

（一）5，4，7。4，3，4。5，3。○ 4，4，7。4，3，4。5，3。南宋：张镃 1 首。

变体三·4

12 分句 4 复句

【变体三·4】12 分句 4 复句。双片，每片 6 分句 2 复句，三/三/型复句组。仄韵，连句韵，间插隔句韵。

5，4，7。4，6，7。

4，4，7。4，6，7。——南宋·赵长卿·《全宋词》第 1778 页

感皇恩

柳

景物一番新，熙熙时**候**，　◆◆◆◇◇，◇◇◇◆，

小院融和渐长**昼**。　◆◆◇◇◆◇◆。

东君有意，为怜纤腰消**瘦**，　◇◇◆◆，◆◇◇◇◇◆，

软风吹破眉间**皱**。　◆◇◇◆◇◇◆。

袅袅枝头，轻黄微**透**，舞到春深转清**秀**。　◆◆◇◇，◇◇◇◆，◆◆◇◇◆◇◆。

锦囊多感，又更新来伤**酒**，　◆◇◇◆，◆◆◇◇◇◆，

断肠无语凭栏**久**。　◆◇◇◆◇◇◆。

同体式作品：南宋：赵长卿 1 首。

同源词调：【泛清苕】

1. 始词北宋张先作。
2. 该调仅见张先一首，序曰："又名【感皇恩】。"以【感皇恩】为母调扩展成的长调。《词律》《钦定词谱》作别调，兹作同源词调处理。
3. 双片。上片四韵，下片五韵，平韵，隔句韵。

始词：26 分句 8 复句。每片 13 分句 4 复句，三/四/三/三/型复句组。平韵，隔句韵。律词。

4，5，4。3，3，3，4。7，3，4。4，3，6。
6，5，4。3，3，3，4。7，3，4。4，5，4。——北宋·张先·《全宋词》第 82 页

泛清苕

又名【感皇恩】。正月十四日，与公择吴兴泛舟。

绿净无痕，过晓霁清苕，镜里游**人**。　◆◆◇◇，△◆◆◇◇，◆◆◇◇。
红柱巧，彩船稳，当筵主，秘馆词**臣**。　◇◆◆，◆◇◆，◇◇◆，◆◆◇◇。
吴娃劝饮韩娥唱，竞艳容，左右皆**春**。　◇◇◆◆◇◇◆，◆◆◇，◆◆◇◇。
学为行雨，傍画桨，从教水溅罗**裙**。　◆◇◇◆，◆◆◆，◇◇◆◆◇◇。

溪烟混月黄**昏**，渐楼台上下，火影星**分**。　◇◇◆◆◇◇，△◇◇◆◆，◆◆◇◇。
飞槛倚，斗牛近，响箫鼓，远破重**云**。　◇◆◆，◆◇◆，◆◇◆，◆◆◇◇。
归轩未至千家待，掩半妆，翠箔朱**门**。　◇◇◆◆◇◇◆，◆◆◇，◆◆◇◇。
衣香拂面，扶醉卸簪花，满袖余**煴**。　◇◇◆◆，◇◆◆◇◇，◆◆◇◇。

同体式作品：无。

52.【水鼓子】

1. 始词见敦煌写本歌辞。宋郭茂倩《乐府诗集》"杂谣歌辞"收录之。
2. 亦为唐教坊曲。《教坊记》作"水沽子"；五代孙光宪《北梦琐言》作"水牯子"。
3. 七言声诗。二平韵，隔句韵。

始词：七言声诗。4 分句 2 复句，二/二/型复句组。平韵，隔句韵。律词。

7，7。7，7。——唐·敦煌写本歌辞·《敦煌歌辞总编》第 447 页

水鼓子

降诞宫中呼万岁，此时长庆退云**飞**。　◆◆◇◇◇◆◆，◆◇◇◆◆◇◇。

银台门外多车马，尽是公卿进御**衣**。　◇◇◇◆◇◇◆，◆◆◇◇◆◆◇。

同体式作品：敦煌写本歌辞 38 首，无名氏 1 首。

53.【皇帝感】

1. 始词见敦煌写本歌辞。
2. 亦唐教坊曲（见《教坊记》）。
3. 七言声诗。三平韵，连句韵、隔句韵。
4. 该调仅见敦煌写本歌辞。

始词：七言声诗。4 分句 2 复句，二/二/型复句组。平韵，连句韵、隔句韵。律词。

7，7。7，7。——唐·敦煌写本歌辞·《敦煌歌辞总编》第 467 页

皇帝感

新歌旧曲遍州**乡**，未闻典籍入歌**场**。　◇◇◆◆◆◇◇，◆◇◆◆◆◇◇。

新合孝经皇帝感，聊谈圣德奉贤**良**。　◇◆◆◇◇◆◆，◇◇◆◆◆◇◇。

同体式作品：敦煌写本歌辞 17 首。

54.【十恩德】

1. 始词见敦煌写本歌辞，署名“释愿清”。
2. 原作题《报慈母十恩德》，十首联章，每首词式相同，兹取一首为谱，调名作【十恩德】。
3. 单片，七平韵。连句韵，插一隔句韵。
4. 该调仅见敦煌写本歌辞。

始词：8 分句 4 复句。单片，二/三/二/一/型复句单句组合。平韵，连句韵、隔句韵。律词。

5，7。5，3，3。6，7。5。——释愿清《敦煌歌辞总编》第 477 页

十德恩

第一，怀躬守护恩

说着气不**舒**，慈亲身重力全**无**。　◇◇◆◆◇，◇◇◇◆◇◇◇。

起坐待人**扶**，如恙病，喘息**粗**。　◆◆◆◇◇，◇◆◆，◆◆◇。

红颜渐觉焦**枯**，报恩十月莫相**辜**。　◇◇◆◆◇◇，◆◇◆◆◆◇◇。

佛且劝门**徒**。　◆◆◆◇◇。

同体式作品：敦煌写本歌辞9首，与本词为联章组词。

55.【孝顺乐】

1. 始词见敦煌写本歌辞。
2. 调名即词题。同调联章十二首，七言声诗，结尾加定格复沓和声。兹取一首谱之。
3. 单片，三平韵，连句韵、隔句韵。
4. 该调仅见敦煌写本歌辞。

始词：8分句4复句。单片。主辞4分句2复句，二/二/型复句组；和声4分句2复句，二/二/型复句组。主辞平韵，连句韵、隔句韵；和声换韵，仄韵，连句韵、隔句韵。

7，7。7，7。3，3。5，3。——唐·敦煌写本歌辞·《敦煌歌辞总编》第492页

孝顺乐

人生一世大堪**伤**，浮生如似电中**光**。　◇◇◆◆◆◇◇，◇◇◇◆◆◇◇◇。

道场今日苦相劝，是须孝顺阿耶**娘**。　◆◆◇◆◆◇◇，◆◇◆◇◇◆◇◇。

孝顺乐，孝顺乐。　◆◆◆，◆◆◆，

孝顺阿耶**娘**，孝顺乐。　◆◆◆◇◇，◆◆◆。

同体式作品：敦煌写本歌辞11首。

56.【求因果】

1. 始词见敦煌写本歌辞。
2. 同调联章十首，总题《孝义》。每首词式相同，兹取一首谱之。
3. 单片，八平韵，邻韵通押，连句韵、隔句韵。
4. 该调仅见敦煌写本歌辞。

始词：单片。8分句4复句，二/二/二/二/型复句组。换韵，一、三复句同韵，二、四复句同韵，仄、平间韵，连句韵。律词。

7，5。7，5。7，5。7，5。——唐·敦煌写本歌辞·《敦煌歌辞总编》第495页

求因果

孝义

一一劝君学好**事**，孝义存终**始**。　◆◆◆◇◇◆◆，◆◆◇◇◆。

立身礼让最为**先**，每事学周**旋**。　◆◇◆◆◆◇◇，◆◆◆◇◇。

学取每常存义**礼**，好事人皆**美**。　◆◆◆◇◇◆◆，◆◆◇◇◆。
不得摴蒱学赌**钱**，非道没良**贤**。　◆◆◇◇◆◆◇，◆◆◆◇◇。

同体式作品：敦煌写本歌辞 40 首。

57.【证无为】

1. 始词见敦煌写本歌辞。
2. 同调联章，每首词式相同。兹取《太子赞》（共二十七首）第一首谱之。
3. 单片，和声“释迦牟尼佛”。三平韵，连句韵、隔句韵。
5. 该调仅见敦煌写本歌辞。

始词：单片。5 分句 3 复句，二/二/一/型 2 复句 1 单句组合。平韵，隔句韵，连句韵。

5，5。7，5。5。——唐·敦煌写本歌辞·《敦煌歌辞总编》第 510 页

证无为

太子赞·其一

听说牟尼佛，初学修道**时**。　◆◆◇◇◆，◇◆◇◆◇。
归宫启告父王**知**，道我证无**为**。　◇◇◆◆◆◇◇，◆◆◆◇◇。
释迦牟尼佛。

同体式作品：敦煌写本歌辞 35 首。

58.【望月婆罗门】

1. 始词见敦煌写本歌辞。
2. 亦为唐教坊曲（见《教坊记》）。
3. 本源胡乐，一作“望月波罗门”，与唐大曲【婆罗门】当属同源词调，或为大曲摘遍单行词调。
3. 敦煌写本歌辞四首，起句皆为“望月婆罗门”，调名本此。任中敏《敦煌曲初探》考四辞产生于唐玄宗时。
4. 单片，五平韵，连句韵、隔句韵。
5. 该调仅见敦煌写本歌辞。

始词：单片。6 分句，2 复句 2 单句，一/二/二/一/型单句复句组合。平韵，连句韵，隔句韵。

5。5，7。7，5。5。——唐·敦煌写本歌辞·《敦煌歌辞总编》第 524 页

望月婆罗门

望月婆罗**门**。	◆◆◇◇◇。
青霄现金**身**，面带黑色齿如**银**。	◇◇◆◇◇，◆◆◆◆◆◇◇。
处处分身千万亿，锡杖拨天**门**。	◆◆◇◇◇◆◆，◆◆◆◇◇。
双林礼世**尊**。	◇◇◆◆◇。

同体式作品： 敦煌写本歌辞 3 首。

同源词调一：【婆罗门令】

1. 始词北宋柳永作。
2. 唐【婆罗门】大曲摘遍单行词调。曲调本源为胡乐，调名为“令”，体段为中调。
3. 双片。仄韵，上片八韵，下片四韵；隔句韵。
4. 此调仅见柳永一首。

始词：21 分句 8 复句。双片，上片 9 分句 4 复句，二/二/三/二/型复句组；下片 12 分句 4 复句，四/三/二/三/型复句组。仄韵，连句韵、隔句韵，下片结末二句连韵。

3，4。3，5。4，3，3。3，5。

3，3，3，5。7，3，5。4，4。4，7，5。——北宋·柳永·《全宋词》第 24 页

婆罗门令

昨宵里，恁和衣**睡**。	◆◇◆，◆◇◇◆。
今宵里，又恁和衣**睡**。	◇◇◆，◆◆◇◇◆。
小饮归来，初更过，醺醺**醉**。	◆◆◇◇，◇◇◆，◇◇◆。
中夜后，何事还惊**起**。	◇◆◆，◇◆◇◇◆。
霜天冷，风细**细**，触疏窗，闪闪灯摇**曳**。	◇◇◆，◇◆◆，◆◇◇，◆◆◇◇◆。
空床展转重追想，云雨梦，任欹枕难**继**。	◇◇◆◆◇◇◆，◇◆◆，△◇◆◇◆。
寸心万绪，咫尺千**里**。	◆◇◆◆，◆◆◇◆。
好景良天，彼此空有相怜**意**，	◆◆◇◇，◆◆◇◆◇◇◆，
未有相怜**计**。	◆◆◇◇◆。

同体式作品： 无。

同源词调二：【婆罗门引】

1. 始词北宋曹组作。
2. 调名或省写为【婆罗门】；较【婆罗门令】减1复句。
3. 引，音乐术语，或谓与“序”同义，取较长乐曲开始一段单行。
4. 双片。平韵，上片四韵，下片五韵，隔句韵，间插连句韵。

始词：17分句7复句。双片。上片7分句3复句，二/三/二/型复句组；下片10分句4复句，三/二/三/二/型复句组。平韵，隔句韵。

4，7。6，6，5。5，4。

4，3，3。6，4。4，3，5。3，4。——北宋·曹组·《全宋词》第806页

婆罗门引

望月

涨云暮卷，漏声不到小帘**栊**。	◆◇◆◆，◆◇◆◆◆◇◇。
银河淡扫澄**空**，	◇◇◆◆◇◇，
皓月当轩高挂，秋入广寒**宫**。	◆◆◇◇◇◆，◇◆◆◇◇。
正金波不动，桂影朦**胧**。	△◇◇◆◆，◆◆◇◇。
佳人未**逢**，叹此夕，与谁**同**。	◇◇◆◇，◆◆◆，◆◇◇。
望远伤怀对景，霜满愁**红**。	◆◆◇◇◆◆，◇◆◇◇。
南楼何处，想人在，长笛一声**中**。	◇◇◇◆，◆◇◆，◇◆◆◇◇。
凝泪眼，泣尽西**风**。	◇◆◆，◆◆◇◇。

同体式作品： 南宋：蔡伸1首，辛弃疾5首，赵昂1首，严仁1首，吴文英2首，汪元量1首。

增减字：

（一）4，7。6，6，5。5，4。○4，3，3。4，6。4，3，5。3，4。南宋：杨景1首。

（二）4，7。7，6，5。5，4。○4，3，3。6，4。4，3，5。3，4。南宋：熊禾1首。

变体二

与始词复句数相同，分句数有变。

变体二·1

16分句7复句

【变体二·1】16分句7复句。上片较始词增1分句，下片减2分句。每片8分句，上片3复句，三/四/二/型复句组；下片4复句，二/二/二/二/型复句组。平韵，隔句韵，间插连句韵。

4，7。4，4，4，5。5，4。

4，6。6，4。4，8。3，4。——南宋·陈允平·《全宋词》第 3104 页

婆罗门引

两峰插云

髻鬟对耸，万松扶玉上青**冥**。	◆◇◆◆，◆◇◇◆◆◇◇。
西风共倚，烟南水北，	◇◇◆◆，◇◇◆◆，
石荒苔老，三十六梯**平**。	◆◇◇◆，◇◆◆◇◇。
爱翠尖如削，天外亭**亭**。	△◆◇◇◆，◇◆◇◇。
高寒梦**惊**，是何夕堕双**星**。	◇◇◆◇，◆◇◆◆◇◇。
无限苍崖紫岫，谁拊棱**层**。	◇◆◇◇◆◆，◇◆◇◇。
薜萝深处，算少年游屐几番**登**。	◆◇◇◆，△◆◇◇◆◆◇◇。
河汉近，疑在蓬**瀛**。	◇◆◆，◇◆◇◇。

同体式作品：无。

变体二·2

15 分句 7 复句

【变体二·2】15 分句 7 复句。上片分句数复句型与始词同，第三分句增 1 字，7 分句 3 复句，二/三/二/型复句组；下片分句数复句型与【变体二·1】同，第六分句减 1 字，8 分句 4 复句，二/二/二/二/型复句组。平韵，隔句韵，间插连句韵。

4，7。7，6，5。5，4。

4，6。6，4。4，7。3，4。——宋·无名氏·《全宋词》第 3623 页

婆罗门引

江南地暖，数枝先得岭头**春**。	◇◇◆◆，◆◇◇◆◆◇◇。
分付似剪玉裁**冰**，素质偏怜匀澹，	◇◆◆◆◆◇◇，◆◆◇◇◇◆，
羞杀寿阳**人**。	◇◆◆◇◇。
算多情留意，偏在东**君**。	△◇◇◇◆，◇◆◇◇。
暗香旋**生**，对澹月与黄**昏**。	◆◇◇◇，△◆◆◆◇◇。
寂寞谁家院宇，斜掩重**门**。	◆◆◇◇◆◆，◇◆◇◇。
墙头半开，却望雕鞍无故**人**。	◇◇◆◇，◆◆◇◇◇◆◇。
断肠处，容易飘**零**。	◆◇◆，◇◆◇◇。

同体式作品：无。

变体三

较始词分句数复句数皆变

【变体三】9 分句 4 复句。上片 5 分句 2 复句，三/二/型复句组，下片 4 分句 2 复句，二/二/型复句组。平韵，隔句韵。

4，3，4。5，3。

6，5。5，4。——南宋·彭耜·《全宋词》第2527页

婆罗门引

寿长老

中秋皓月，隔霄光，倍照尘**寰**。　◇◇◆◆，◆◇◇，◆◆◇◇。

九龙喷香水，胜沉**檀**。　◆◇◆◇◆，◆◇◇。

白象珠明协瑞，尊者诞人**间**。　◆◆◇◇◆◆，◇◆◆◇◇。

世称生佛子，派接清**原**。　◆◇◇◆◆，◆◆◇◇。

按：本词与【婆罗门引】体式差异甚大，疑本为一片。

同体式作品：无。

59.【出家乐】

1. 始词见敦煌写本歌辞，署名“释法照”。
2. 词咏调名本意，调名即词题。
3. 单片，有和声。八仄韵，连句韵、隔句韵。
4. 该调仅见敦煌写本歌辞。

始词：单片。14分句6复句，四/二/二/二/二/二/型复句组。有和声。平韵，起首二分句连韵，隔句韵。律词。

3，3，3，3。7，7。3（和声）3，3。7，7。3（和声）3，3。7，7。3（和声）

——唐·释法照·《敦煌歌辞总编》第583页

出家乐

出家**乐**，出家**乐**，无始起，离诸**着**。　◆◇◆，◇◇◆，◇◆◆，◇◇◆。

今生值善割亲缘，顿舍尘情断众**恶**。　◇◇◆◆◆◇◇，◆◆◇◇◆◆◆。

断众恶。　◆◆◆。

发身心，依圣**学**。　◆◇◇，◇◆◆。

除于结使下金刀，落发披衣餐宝**药**。　◇◇◆◆◆◇◇，◆◆◇◇◇◆◆。

餐宝药。　◇◆◆。

怀法喜，加踊**跃**。　◇◆◆，◇◆◆。

谁其长夜睡重昏，此日轻身忻大**觉**。　◇◇◇◆◆◇◇，◆◆◇◇◇◆◆。

忻大觉。　◇◆◆。

同体式作品：敦煌写本歌辞1首。

60.【乐世辞】

1. 始词见敦煌写本歌辞，署名沈宇。
2. 源出唐教坊【乐世】大曲，一名“六幺”，雅名“绿腰”。唐白居易《乐世》诗：“管急丝繁拍渐稠，绿腰宛转曲终头。诚知乐世声声乐，老病人听未免愁。”
3. 沈宇，唐玄宗朝官为太子洗马。唐天宝年间芮挺章编选唐人诗集《国秀集》三卷，所录沈宇诗一首即本诗。敦煌写本中另有无名氏《乐世辞》一首，两诗内容皆与“乐世”无涉，可见【乐世辞】是一个特定的声诗曲调。
4. 首句入韵七言声诗，三平韵，连句韵、隔句韵。

始词：七言声诗。4分句2复句，二/二/型复句组。平韵，连句韵，隔句韵。律词。

7，7。7，7。——唐·沈宇·《敦煌歌辞总编》第242页

乐世辞

菊黄芦白雁南**飞**，羌笛胡琴泪湿**衣**。 ◆◇◇◆◆◇◇，◇◆◇◇◆◆◇。
见君长别秋江水，一去东流何日**归**。 ◆◇◇◆◇◇◆，◆◆◇◇◇◆◇。

同体式作品：唐敦煌写本歌辞无名氏1首。

61.【无相珠】

1. 始词见敦煌写本歌辞。
2. 调名即词题。
3. 同调联章。首起七言四句序诗，继为十首联章组词，每首词式相同，皆七言声诗之变体（首句摊破为3/3）。兹录序诗与第一章。
4. 单片，二仄韵，隔句韵。
5. 该调仅见敦煌写本歌辞。

始词：9分句4复句。双片。上片4分句2复句，二/二/型复句组，下片5分句2复句，三/二/型复句组。仄韵，隔句韵。

7，7。7，7。
3，3，7。7，7。——唐·敦煌写本歌辞·《敦煌歌辞总编》第587页

无相珠

序诗：

念珠出自王宫宅，旷劫年来人不识。　◆◇◆◆◇◇◆，◆◆◇◇◇◆◆。

有人识得难凡夫，隐在中山舍卫国。　◆◇◆◆◇◇◇，◆◆◇◇◆◆◆。

歌辞（第一章）：

无相珠，方丈觅，能青能黄能赤**白**。　◇◆◇，◇◆◆，◇◇◇◇◇◆◆。

玛瑙珊瑚摧合成，慧线穿连无间**隔**。　◆◆◇◇◇◆◇，◆◆◇◇◇◆◆。

同体式作品：敦煌写本歌辞 9 首。

62. 【悉昙颂】

1. 始词见敦煌写本歌辞，署名“释寰中”。
2. 本源胡乐敦煌写本《悉昙颂》两篇，同调联章，每篇八章，每章体式或同或有变，兹取一篇第一首为始词，其他各章作变体。
3. 该作品为汉字读音声韵和宣讲佛教之辞，调名曰“颂”，指吟唱念诵，不同于通常歌唱之曲子辞，录之以作吟唱之调一例。
4. 单片，十三仄韵，连句韵。
5. 该调仅见敦煌写本歌辞。

始词：单片。13 分句 6 复句，三/二/二/二/二/二/型复句组。仄韵，连句韵。

3，3，7。7，7。7，7。7，7。7，7。5，5。——唐·释寰中·《敦煌歌辞总编》第 592 页

悉昙颂

夫《悉昙章》者，四生六道，殊胜语言。唐国中岳释氏沙门定惠法师翻注，并合秦音鸠摩罗什通韵，鲁、流、卢、楼为首。

现练**现**，现练**现**，第一俗流无利**见**。　◆◆◆，◆◆◆，◆◆◆◇◇◆◆。

饮酒食肉相呼**唤**，谗言谄为相斗**乱**。　◆◆◆◆◇◇◆，◇◇◆◇◇◆◆。

怀挟无明不肯**断**，鲁流卢楼现练**现**。　◇◆◇◇◆◆◆，◆◇◇◇◆◆◆。

贪爱愚痴无岸**畔**，眷属婚姻相继**绊**。　◇◆◇◇◇◆◆，◆◆◇◇◇◆◆。

三界牢狱作留**难**，俗流颠倒共嗟**叹**。　◇◆◇◆◆◇◆，◆◇◆◆◆◇◆。

延连现贤**扇**，努力各相**劝**。　◇◇◆◇◆，◆◆◆◇◆。

同体式作品：唐：释寰中 7 首。

变体

变体：单片，18分句8复句，三/二/二/二/二/二/二/三/型复句组。仄韵，连句韵。

3，3，7。7，7。7，7。4，7。7，3。7，7。7，3。2，3，2。

——唐·释寰中·《敦煌歌辞总编》第597页

悉昙颂

诸佛子等，合掌至心听。我今欲说大乘楞伽悉谈章。悉谈章者，昔大慧在楞伽山，因得菩提达摩和尚元嘉元年从南天竺国将楞伽经来至东都，跋陀三藏法师奉诏翻译，其经总有五卷，合成一部。文字浩瀚，意义难知。达摩和尚慈悲，广济群品，通经问道，识揽玄宗，穷达本原，皆蒙指受。又嵩山会善沙门定惠翻出悉谈章，广开禅门，不妨慧学，不着文字，并合秦音，亦以鸠摩罗什法师通韵“鲁、留、卢、楼”为首。

颇逻**堕**，颇逻**堕**，第一舍缘清净**坐**。	◆◇◆，◆◇◆，◆◆◆◇◇◆◆。
万事不起真无**我**，直进菩提离因**果**。	◆◆◆◆◇◇◆，◆◆◇◇◇◇◆。
心心寂灭无殃**祸**，念念无念当印**可**。	◇◇◆◆◇◇◆，◆◆◆◆◇◆◆。
可底利**摩**，鲁留卢楼颇罗**堕**。	◆◆◆◇，◇◇◇◇◇◇◆。
诸佛弟子莫懒**惰**，自劝**课**。	◇◆◆◆◆◆◆，◆◆◆。
爱河苦海须渡**过**，忆食不餐常被**饿**。	◆◇◆◆◇◆◆，◆◆◆◇◇◆◆。
木头不钻不出**火**，那逻**逻**。	◆◇◆◆◆◆◆，◆◇◇。
端**坐**，娑诃耶，莫**卧**。	◇◆，◇◇◇，◆◆。

同体式作品：唐：释寰中1首。

句数增减：

（一）3，3，7。7，7。7，7。4，7。7，7。7，7。7，7。7，3。2，3，7。唐：释寰中1首。

（二）3，3，7。7，7。7，7。4，7。7，7。7，7。7，7。7，3。2，3，2。唐：释寰中1首。

（三）3，3，7。7，7。7，7。4，7。7，7。7，7。3。2，3，2。唐：释寰中2首。

（四）3，3，7。7，7。7，7。7，7。4，7。7，7。7，3。2，3，2。唐：释寰中1首。

（五）3，3，7。7，7。7，7。7，7。7，7。7，4，7。7，3。7，7。3，2，3，2。唐：释寰中1首。

按：该调“变体”，在七字句数量的增减。本调之复句型有6种：“3/3/7”“7/7”“4/7”“7/3”“3/2/3/2”“2/3/7”，其中只有“7/7”有增减，其他于各章均为一句，兹不一一谱之。

63.【空无主】

1. 始词见敦煌写本歌辞。
2. 同调联章，共八篇，每篇体式相同，兹取一篇为谱。
3. 调名即词题。每篇为一诗一曲相组合，后世所称“两腔互迎”之“转踏”的前形态。
4. 单片，四仄韵，隔句韵。
5. 该调仅见敦煌写本歌辞。

始词：单片。10 分句，2 单句 2 复句，一/二/一/二/型单句复句组合。仄韵，隔句韵。

7，7。7，7。

3。7，7。3。7，7。——唐·敦煌写本歌辞·《敦煌歌辞总编》第 607 页

空无主

处众未曾同轰轰，孤独未辞无伴**侣**。	◆◆◆◇◇◇◇，◇◆◆◇◇◆◆。
或在深山旷野中，身心无知如灰**土**。	◆◆◇◇◆◆◇，◇◇◇◇◇◇◆。
空无**主**。	◇◇◇。
春秋冬夏常不变，寂寞□游无处**所**。	◇◇◇◆◇◆◆，◆◆□◇◇◆◆。
学慈**父**。	◆◇◆。
四大五蕴腐烂空，誓愿为君作梁**柱**。	◆◆◆◆◆◆◇，◆◆◆◇◆◇◆。

同体式作品：敦煌写本歌辞 7 首。

64. 【三皈依】

1. 始词见敦煌写本歌辞。
2. 调名即词题。
3. 同调联章四首。每首词式相同，兹取一首为谱。
4. 单片，五仄韵，隔句韵。
5. 该调仅见敦煌写本歌辞。

始词：单片。9 分句 4 复句，二/二/二/三/型复句组。仄韵，隔句韵。

3，6。3，3。7，6。3，4，4。——唐·敦煌写本歌辞·《敦煌歌辞总编》第 611 页

三皈依

归依佛，大圣释迦化**主**。	◇◇◆，◆◆◆◇◆◆。
兴慈愿，救诸**苦**。	◇◇◆，◆◇◆。
能宣妙法甚深言，闻者如沾甘**露**。	◇◇◆◆◆◇◇，◇◆◇◇◇◆。
慈悲**主**，接引众生，同到净**土**。	◇◇◆，◆◆◆◇，◇◆◆◆。

同体式作品：敦煌写本歌辞 3 首。

65.【行路难】

1. 始词见敦煌写本歌辞。
2. 调名始源为汉乐府杂曲歌题，南朝刘鲍照、唐李白等文人有拟乐府古题《行路难》，兹不收入。
3. 敦煌曲辞两篇，皆重句定格联章词组，一组八首，各首词式不尽同；另一组十六首，各首词式相同，末以“行路难”套语复沓作结。兹将不同词式分别谱之。
4. 单片。韵式多变，有三换韵、二换韵、平仄通押三式。隔句韵，间插连句韵。

词式一

8分句4复句

词式一：单片。8分句4复句，二/二/二/二/型复句组。仄韵，隔句韵，间插连句韵。最后四分句为本调统一的和声之辞。

8，6。6，6。6，6。6，6。复沓：3，3。3，5。

——唐·敦煌写本歌辞·《敦煌歌辞总编》第627页

行路难

始知虚空以为屋宅，大地以为床**席**。	◆◇◇◇◆◇◆◆，◆◆◆◇◇◆。
水火毕竟相随，如风无有踪**迹**。	◆◆◆◆◇◇，◇◇◇◆◇◆。
离散各不相知，合即五家共**一**。	◇◆◆◆◇◇，◆◆◆◇◆◆。
既知自身状**迹**，何处更有亲**戚**。	◆◇◆◇◆◆，◇◆◆◆◇◆。
君不见，行路难。	◇◆◆，◇◆◇。
行路难，道上无踪迹。	◇◆◇，◆◆◇◇◆。

同体式作品：无。

增减字：

（一）7，7。7，7。5，5。7，7。和声：3，3，3，5。敦煌写本歌辞1首。

词式二

9分句4复句

词式二：单片。9分句4复句，三/二/二/二/型复句组。平仄通押，隔句韵，间插连句韵。

5，3，3。5，5。5，5。5，5。复沓：3，3。3，5。

——唐·敦煌写本歌辞·《敦煌歌辞总编》第627页

行路难

众生大大痴，不肯著，如来衣。	◆◇◆◆◇，◆◆◆，◇◇◇。
常卧无明**被**，昏昏长夜**睡**。	◇◆◇◇◆，◇◇◇◆◆。
念念求财色，不觉死时**至**。	◆◆◇◇◆，◆◆◆◇◆。
空手入三途，何期悔来**此**。	◇◆◆◇◇，◇◇◆◇◆。
君不见，行路难。	◇◆◆，◇◆◇。
行路难，道上无踪**迹**。	◇◆◇，◆◆◇◇◆。

同体式作品：无。

词式三

6 分句 3 复句

词式三：单片。6 分句 3 复句，二/二/二/型复句组。仄韵，邻韵、方言混押，隔句韵，间插连句韵。

10，10。7，8。6，6。复沓：3，3。3，5。

——唐·敦煌写本歌辞·《敦煌歌辞总编》第 627 页

行路难

父母皆从贪嗔痴爱生**我**，	◆◆◇◇◇◇◇◇◆◇◆，
祖父先是二十五有眷**属**。	◆◆◇◆◆◆◆◆◆◆。
原是色声香味**触**，妻儿即是色境五**欲**。	◇◆◆◇◇◆◆，◇◇◆◆◆◆◆◆。
万法毕竟相随，微尘以为同**学**。	◆◆◆◆◇◇，◇◇◆◇◇◆。
君不见，行路难。	◇◆◆，◇◆◇。
行路难，道上无踪**迹**。	◇◆◇，◆◆◇◇◆。

同体式作品：无。

词式四

14 分句 7 复句

词式四：单片。14 分句 7 复句。二/二/二/二/二/二/二/型复句组。邻韵、换韵混押，平韵，隔句韵。

8，4。4，4。4，4。4，4。4，4。4，4。4，4。复沓：3，3。3，5。

——唐·敦煌写本歌辞·《敦煌歌辞总编》第 628 页

行路难

众生常被色财缠缚，没溺爱**河**。	◆◇◇◆◆◇◇◆，◆◆◆◇。
沉沦生死，处处经**过**。	◇◇◇◆，◆◆◇◇。
八风常动，六识昏**波**。	◆◇◇◆，◆◆◇◇。
常念五欲，不念弥**陀**。	◇◆◆◆，◆◆◇◇。

生天无分，地狱对门。　◇◇◇◆，◆◆◆◇。
循环六道，回换万身。　◇◇◆◆，◇◆◆◇。
欲得学道，须舍冤亲。　◆◆◆◆，◇◆◇◇。
君不见，行路难。　◇◆◆，◇◆◇。
行路难，道上无踪迹。　◇◆◇，◆◆◇◇◆。

同体式作品：无。

词式五

12 分句 6 复句

词式五：单片。12 分句 6 复句。二/二/二/二/二/二/型复句组。平韵，换韵，隔句韵，间插连句韵、无韵。

7，7。7，7。7，8。7，7。7，7。7，7。复沓：3，3。3，5。

——唐·敦煌写本歌辞·《敦煌歌辞总编》第 628 页

行路难

常捏龟毛为罝网，磨炼兔角作刀枪。　◇◆◇◇◇◇◆，◇◆◆◆◆◇◇。
大悲泽里网得鹿，铁围山中捕得羊。　◆◇◆◆◆◆◆，◆◇◇◇◆◆◇。
白牛驾车来运载，乾闼婆城中作宴会。　◆◇◆◇◇◆◆，◇◆◇◇◇◆◆◆。
二乘门外不忍看，菩萨端坐意气大。　◆◆◇◆◆◆◇，◇◆◇◆◆◆◆。
辟支四果心生疑，声闻缘觉无所知。　◆◇◆◆◇◇◇，◇◇◇◆◇◆◇。
修道若达此法门，始能行得大慈悲。　◇◆◆◆◆◆◇，◆◇◇◆◆◇◇。
君不见，行路难。　◇◆◆，◇◆◇。
行路难，道上无踪迹。　◇◆◇，◆◆◇◇◆。

同体式作品：敦煌写本歌辞 1 首。

词式六

18 分句 9 复句

词式六：单片。18 分句 9 复句。二/二/二/二/二/二/二/二/二/型复句组。入声韵，隔句韵。

4，5。5，5。5，7。5，5。5，5。3，5。5，5。5，5。5，5。复沓：3，3。3，5。

——唐·敦煌写本歌辞·《敦煌歌辞总编》第 628 页

行路难

身骑精进，忍辱作鞍**辔**。　◇◇◇◆，◆◆◆◇◆。
持戒作枪幡，慈悲为将**帅**。　◇◆◆◇◇，◇◇◇◆◆。
手把禅定弓，身破三十六军**贼**。　◆◆◇◆◇，◇◆◇◆◆◇◆。
获得菩提勋，无心是官**职**。　◆◆◇◇◇，◇◇◆◇◆。

差作巡境使，四方和六**贼**。	◇◆◇◆◆，◆◇◇◆◆。
大丈夫，自恨无道**德**。	◆◆◇，◆◆◇◆◆。
虚食信施供，假名入山**谷**。	◇◆◆◇◇，◆◇◆◇◆。
忽若得道果，历劫相劳**碌**。	◆◆◆◆◆，◆◆◇◇◆。
欲得学无为，常须三不**足**。	◆◆◆◇◇，◇◇◇◆◆。
君不见，行路难。	◇◆◆，◇◆◇。
行路难，道上无踪**迹**。	◇◆◇，◆◆◇◇◆。

同体式作品：无。

词式七

22分句10复句

词式七：单片。22分句10复句。三/二/二/二/二/二/二/二/三/二/型复句组。仄韵，隔句韵。

3，5，7。7，7。7，7。7，7。7，7。7，7。7，7。7，7。3，3，5。7，7。

——唐·敦煌写本歌辞·《敦煌歌辞总编》第751页

行路难

君不见，无心之大**施**，旷然忘怀绝衰**利**。	◇◆◆，◇◇◇◆◇，◆◇◆◇◆◇◆。
随缘聚散任五家，不计彼此之差**二**。	◇◇◆◆◆◆◇，◆◆◆◆◇◇◆。
开门任取不为限，缘起即住非关**自**。	◇◇◆◆◆◇◆，◇◆◆◆◇◇◆。
三事由来不预怀，岂简福田之渐**次**。	◇◆◇◇◆◆◇，◆◆◆◇◇◆◆。
一切无求无所欲，任运无施无不**施**。	◆◆◇◇◇◆◆，◆◆◇◇◇◆◇。
无心之心超世间，故得称为施中**至**。	◇◇◇◇◇◆◇，◆◆◇◇◇◇◆。
无心之心通法界，法界平等非殊**异**。	◇◇◇◇◇◆◆，◆◆◇◆◇◆◆。
若能悟此一体檀，即是无碍檀那**地**。	◆◇◆◆◆◆◇，◆◆◇◆◇◆◆。
行路难，行路难，无心甚奇**特**。	◇◆◇，◇◆◇，◇◇◆◇◆。
不见福田之是非，深达无利无功**德**。	◆◆◆◇◇◆◇，◇◆◇◆◇◇◆。

同体式作品：敦煌写本歌辞15首。

66.【拨禅关】

1. 始词见敦煌写本歌辞。
2. 同调联章，仅存二首。
3. 单片。结尾和声“弥勒佛”。六平韵，隔句韵。

始词：单片。10 分句 4 复句，二/三/二/三/型复句组。平韵，隔句韵。

7，3。7，3，3。7，3。7，3，3。和声：3。

——唐·敦煌写本歌辞·《敦煌歌辞总编》第 637 页

拨禅关

第一劝汝学参禅，心须**坚**。　◆◆◆◆◆◇◇，◇◇◇。

禅门禅理性甚**玄**，悟者少，迷多**般**。　◇◇◆◆◆◇◇，◆◆◆，◇◇◇。

欲得学人悟本性，出巡**环**。　◆◆◆◇◆◆◆，◆◇◇。

不在内外不中**间**，无住相，遍三**千**。　◆◆◆◆◆◇◇，◇◆◆，◆◇◇。

弥陀佛

同体式作品：敦煌写本歌辞 1 首。

67.【无如匹】

1. 始词见敦煌写本歌辞。
2. 同调联章。调名即词题。
3. 双片。平仄换韵，上片四仄韵，下片四平韵。连句韵，间插隔句韵。
4. 该调仅见敦煌写本歌辞一首。

始词：10 分句 4 复句。双片。每片各 5 分句 2 复句，二/三/型复句组。上下片换韵，上片仄韵，下片平韵，连句韵，间插隔句韵。

4，7。3，3，7。

4，7。3，3，7。——唐·敦煌写本歌辞·《敦煌歌辞总编》第 638 页

无如匹

隐隐逸**逸**，天上天下无如**匹**。　◆◆◆◆，◇◆◇◆◇◇◆。

左边升，右边**没**，如山岌岌云中**出**。　◆◇◇，◆◇◆，◇◇◆◆◆◇◇。

崔崔嵬**嵬**，天堂地狱一时**开**。　◇◇◇◇，◇◇◆◆◆◇◇。

行如雨，动如**雷**，似月团团海上**来**。　◇◇◆，◆◇◇，◆◆◇◇◆◆◇。

同体式作品：无。

68.【隐去来】

1. 始词见敦煌写本歌辞。
2. 取首句为调名，调名即词题。
3. 单片，五仄韵，隔句韵。
4. 该调仅见敦煌写本歌辞。

始词：10 分句 5 复句。单片。二/二/二/二/二/型复句组。仄韵，隔句韵。律词。

3，5。5，5。5，5。5，5。3，5。——唐·敦煌写本歌辞·《敦煌歌辞总编》第 661 页

隐去来

隐去来，隐去游朝**市**。	◆◆◇，◆◆◇◇◆。
不离烦恼原，无希真妙**理**。	◆◇◇◆◇，◇◇◇◆◆。
对境息贪痴，何假求高**士**。	◆◆◆◇◇，◇◆◇◇◆。
是非不二见，法界同昆**季**。	◆◇◆◆◆，◆◆◇◇◆。
隐去来，大乐无基**地**。	◆◆◇，◆◆◇◇◆。

同体式作品：无。

增减字：

（一）3，5。5，7。7，7。7，7。3，5。敦煌写本歌辞 1 首。

69.【十二时】

1. 始词见敦煌写本歌辞。
2. 敦煌写本歌辞为同调联章词组，每组十二首，皆单片短调，兹取其一作始词。
3. 唐曲为单片小令，宋代衍生为双片长调，或名【十二时慢】，宫廷礼乐专用曲调之一，其音乐未必从民间曲调来，但透露了雅俗阶层文化习俗的交融。
4. 单片体，篇幅长短与韵数无定制，平韵，或仄韵；双片体，短调仄韵，上片四韵，下片三韵；长调韵数无定规，多押平，偶押仄，或平仄通押，隔句韵，间插连句韵。

单片体

始词：4 分句 3 复句。一/一/二/型单句复句组合。平韵，隔句韵。

3。5。5，5。——唐·敦煌写本歌辞·《敦煌歌辞总编》第 874 页

十二时

平旦**寅**。　◇◆◇。

发意断贪**嗔**。　◆◆◆◇◇。

莫教心散乱，虚度一生**身**。　◆◆◇◆◆，◇◆◆◇◇。

同体式作品：敦煌写本歌辞23首，智威《莫系念》1首，失调名《五位君臣颂》5首。

增减字：

（一）3。7。7，7。敦煌写本歌辞81首，唐：善导12首，善导《修西方十劝》10首，五代：文偃12首。

（二）3。7。9，7。敦煌写本歌辞1首。

（三）3。8。7，7。敦煌写本歌辞1首。

变体三

较始词分句数复句数皆变

变体三·1

9分句4复句

【变体三·1】9分句4复句。三/二/二/二/型复句组。仄韵，连句韵、隔句韵。

3，3，7。7，7。7，7。7，7。——唐·敦煌写本歌辞·《敦煌歌辞总编》第856页

十二时

夜半**子**，夜半**子**，众生重重萦俗**事**。　◆◆◆，◆◆◆，◆◇◇◇◇◆◆。

不能禅定自观心，何日得悟真如**理**。　◆◇◇◆◆◇◇，◇◆◆◆◇◇◆。

豪强富贵暂时间，究竟终归不免**死**。　◇◇◆◆◆◇◇，◆◆◇◇◆◆◆。

非论我辈是凡夫，自古君王亦如**此**。　◇◆◆◆◆◇◇，◆◆◇◇◆◇◆。

同式作者：敦煌写本歌辞12首。

增减字：

（一）3，3，7。7，7。7，7。7，8。敦煌写本歌辞1首。

变体三·2

8分句5复句

【变体三·2】单片。8分句，2单句3复句，一/一/二/二/二/型单句复句组合。仄韵，连句韵、隔句韵。

3。7。7，7。7，7。7，7。——唐·敦煌写本歌辞·《敦煌歌辞总编》第989页

十二时

隅中**巳**。　◇◇◆。

有子须教识文**字**。　◆◆◇◇◆◇◆。

共人两递定英雄，把笔思惟获道**理**。　◆◇◆◆◆◇◇，◆◆◇◇◆◆◆。

远近称传到姓名，遥闻谈说人皆**美**。　◆◆◇◇◆◆◇，◇◇◇◆◇◇◆。
世人不敢苦欺凌，都为文章有纲**纪**。　◆◇◇◆◆◇◇，◇◆◇◇◆◇◆。

同体式作品：敦煌写本歌辞 11 首。

变体三·3

5 分句 2 复句

【变体三·3】5 分句 2 复句，三/二/型复句组。仄韵，隔句韵。律词。

3，3，7。7，7。——唐·玄奘·《隋唐五代燕乐杂言歌辞集》第 23 页

十二时

去贪瞋，除鄙**吝**，十二时中常谨**慎**。　◆◇◇，◇◆◆，◆◆◇◇◇◆◆。
炼磨真性若虚空，自然战退魔军**阵**。　◆◇◇◆◆◇◇，◆◇◆◆◇◇◆。

同体式作品：唐：释智严 134 首。

变体三·4

9 分句 5 复句

【变体三·4】单片。9 分句，2 单句 3 复句，一/一/二/三/二/型单句复句组合。仄韵，隔句韵。律词。

3。7。7，7。3，3，7。7，7。——唐·从谂·《隋唐五代燕乐杂言歌辞集》第 412 页

十二时

鸡鸣**丑**。　◇◇◆。
愁见起来还漏**逗**。　◇◆◆◇◇◆◆。
裙子褊衫个也无，袈裟形相些些**有**。　◇◆◆◇◆◆◇，◇◇◇◆◇◇◆。
裩无腰，袴无口，头上青灰三五**斗**。　◇◇◇，◆◇◆，◇◆◇◇◇◆◆。
比望修行利济人，谁知变作不唧**溜**。　◆◆◇◇◆◆◇，◇◇◆◆◆◇◆。

同体式作品：唐：从谂 11 首。

变体三·5

14 分句 6 复句

【变体三·5】单片。14 分句 6 复句，三/二/二/三/二/二/型复句组。平韵，隔句韵、连句韵。

3，4，5。4，4。5，7。3，5，5。4，5。3，5。——宋·无名氏·《全宋词》第 3716 页

太宗元德皇后御容赴启圣院奉安辞

十二时

金徒箭，晓漏延**长**，霄极烂星**芒**。　◇◇◆，◆◆◇◇，◇◆◆◇◇。
珠旒绚采，黼衮交**章**。　◇◇◆◆，◆◆◇◇。

宸表寝永**昂**，上交合萸闿流**香**。　◇◆◆◆◇，◆◇◆◆◆◇◇。

燎扬**光**，神锡以百**祥**，寿延于无**疆**。　◆◇◇，◇◆◆◆◇，◆◇◇◇◇。

三时告稔，万亿满仓**箱**。　◆◇◆◆，◆◆◆◇◇。

思边**防**，蛮貊尽来**王**。　◇◇◇，◇◆◆◇◇。

同体式作品：无。

变体三·6

15分句6复句

【变体三·6】15分句6复句，三/二/三/三/二/二/型复句组。平韵，隔句韵、连句韵。律词。

3，4，5。4，4。5，3，4。3，5，5。4，5。3，5。

——宋·无名氏·《全宋词》第3717页

袷享太庙

十二时

明昌世，乾统弥**文**，皇德揆华**勋**。　◇◇◆，◇◆◇◇，◇◆◆◇◇。

三辰顺晷，庆霭轮**囷**。　◇◇◆◆，◆◆◇◇。

潜宝耀坤**珍**，躬袷飨，肃荐牺**尊**。　◇◆◆◇◇，◇◆◆，◆◆◇◇。

孝仪**申**，助祭俨缨**绅**，大乐奏韶**钧**。　◆◇◇，◆◆◆◇◇，◆◆◆◇◇。

阳开阴闭，幽显尽欣**欣**。　◇◇◇◆，◇◆◆◇◇。

庆霄**文**，思结在黎**民**。　◆◇◇，◆◆◆◇◇。

同体式作品：无。

双片体·短调

始词：10分句4复句。双片。每片5分句2复句，三/二/型复句组。仄韵，连句韵、隔句韵。

3，3，7。7，7。

3，3，7。7，7。——唐·敦煌写本歌辞·《敦煌歌辞总编》第955—956页

十二时

鸡鸣**丑**，鸡鸣**丑**，宝积发心中夜**后**。　◇◇◆，◇◇◆，◆◆◆◇◇◆◆。

启问如来不独行，五百之中为上**首**。　◆◆◇◇◆◆◇，◆◆◇◇◇◆◆。

天将曙，命无**垢**，与君今为不请**友**。　◇◇◆，◆◇◆，◆◇◇◇◆◆◆。

言谈尚未成宝经，所以相印传金**口**。　◇◇◆◆◇◆◇，◆◆◇◆◇◇◆。

同体式作品：敦煌写本歌辞11首。

双片体·长调

始词：30分句12复句。双片。每片15分句6复句，三/二/三/三/二/二/型复句组。平韵，隔句韵，间插连句韵。

3，4，5。4，4。5，3，4。3，5，5。4，5。3，5。

3，5，5。4，4。5，3，4。3，5，5。4，5。3，5。——北宋·和岘·《全宋词》第1页

开宝元年南郊鼓吹曲

十二时

承宝运，驯致隆**平**，鸿庆被寰**瀛**。	◇◆◆，◇◆◇◇，◇◆◆◇◇。
时清俗阜，治定功**成**。	◇◇◆◆，◆◆◇◇。
遐迩咏由**庚**，严郊祀，文物声**明**。	◇◆◆◇◇，◇◇◆，◇◆◇◇。
会天正，星拱奏严**更**，布羽仪簪**缨**。	◆◇◆，◇◆◆◇◇，◆◆◇◇◇。
宸心虔洁，明德播惟**馨**。	◇◇◇◆，◇◆◆◇◇。
动苍**冥**，神隆享精**诚**。	◆◇◇，◇◇◆◇◇。
燔柴半，万乘移天仗，肃銮辂旋**衡**。	◇◇◆，◆◆◇◇◆，◆◇◆◇◇。
千官云拥，群后葵**倾**。	◇◇◇◆，◇◆◇◇。
玉帛旅明**庭**，韶沪荐，金奏谐**声**。	◆◆◆◇◇，◇◆◆，◇◆◇◇。
集休**亨**，皇泽浃黎庶，普率洽恩**荣**。	◆◇◇，◇◆◆◇◆，◆◆◆◇◇。
仰钦元后，睿圣贯三**灵**。	◆◇◇◆，◆◆◆◇◇。
万邦**宁**，景贶福千**龄**。	◆◇◇，◆◆◆◇◇。

同体式作品：南宋：无名氏5首。

增减字：

（一）3，4，5。4，4。5，3，4。3，5，5。4，5。4，4。○3，4，6。4，4。5，3，4。3，5，5。4，5。4，5。南宋：崔敦诗1首。

（二）3，4，5。4，4。5，3，4。3，4，5。4，5。3，5。○3，5，5。4，4。5，3，4。3，5，5。4，5。3，5。南宋：无名氏2首。

变体二

较始词复句数不变，分句数有变。

变体二·1

31分句12复句

【变体二·1】31分句12复句。较始词复句数不变，分句数增1。上片14分句6复句，三/二/三/二/二/二/型复句组；下片17分句6复句，四/五/二/二/二/二/型复句组。平韵，隔句韵，间插连句韵。

3，4，5。4，4。5，3，7。5，5。4，5。3，5。

3，4，3，3。4，4，3，3，3。6，4。5，5。4，5。3，5。

——南宋·洪适·《全宋词》第1389页

隆兴二年南郊鼓吹曲

十二时

庭有燎，叠鼓鸣**鼍**，更问夜如**何**。　　◇◆◆，◆◆◇◇，◆◆◆◇◇。

信星彪列，天象森**罗**。　　◆◇◇◆，◇◆◇◇。

虞旦闳宫毕，觞清庙，浆柘尊牺继猗**那**。　　◇◆◆◇◆，◇◇◆，◇◆◇◇◆◇◆。

嘉颂可同**科**，扈圣万肩**摩**。　　◇◆◆◇◇，◆◆◆◇◇。

饬躬三宿，泰畤缛仪**多**。　　◆◇◇◆，◆◆◆◇◇。

丘泽合，岳渎从曦**娥**。　　◇◆◆，◆◆◆◇◇。

神光烛，云车风马，芝作盖，玉为**珂**。　　◇◇◆，◇◇◇◆，◇◆◆，◆◇◇。

奉瑄成礼，燔柴竣事，　　◆◇◇◆，◇◇◆◆，

休嘉砰，隐丹阙，湛恩**波**。　　◇◇◇，◆◇◆，◆◇◇。

共愿乾坤隤祉，边鄙投**戈**。　　◆◆◇◇◇◆，◇◆◇◇。

覆盂连瀚海，洗甲挽天**河**。　　◆◇◇◆◆，◆◆◆◇◇。

欣欣喜色，长遇六龙**过**。　　◇◇◆◆，◇◆◆◇◇。

奏云**和**，三春荐嘉**禾**。　　◆◇◇，◇◇◆◇◇。

同体式作品：无。

变体二·2

29分句12复句

【变体二·2·1】29分句12复句。较双片体始词复句数不变，分句数减1。上片14分句6复句，二/二/三/三/二/二/型复句组；下片15分句6复句，三/二/三/三/二/二/型复句组。平韵，隔句韵，间插连句韵。律词。

7，5。4，4。5，3，4。3，5，5。4，5。3，5。

3，5，5。4，4。5，3，4。3，5，5。4，5。3，5。

——宋·无名氏·《全宋词》第3711页

天禧三年南郊鼓吹歌曲

十二时

雕戈偃玉塞清**明**，道德洽和**平**。　　◇◇◆◆◆◇◇，◆◆◆◇◇。

龟畴凤枏，腾实飞**英**。　　◇◇◆◆，◇◆◇◇。

岱畎让功**成**，汾水上，寅辂銮**声**。　　◆◆◆◇◇，◇◆◆，◇◆◇◇。

荐精**诚**，仙宇玉为**京**，圭洁奉高**明**。　　◆◇◇，◇◆◆◇◇，◇◆◆◇◇。

瑶山银榜，固国本丕**闳**。　　◇◇◇◆，◆◆◆◇◇。

诏公**卿**，绵蕝殉舆**情**。　　◆◇◇，◇◆◆◇◇。

稽阳位，报本郊坛畤，助祭俨簪**缨**。　　◇◇◆，◆◆◇◇◆，◆◆◆◇◇。

祖宗配侑，朱燎晶**荧**。　　◆◇◆◆，◇◆◇◇。

百礼备丰**盈**，答天地，用厚怀**生**。	◆◆◆◇◇，◆◇◆，◆◆◇◇。
泰黎**氓**，千畿先润泽，万宝尽开**荣**。	◆◇◇，◇◇◇◆◆，◆◆◆◇◇。
龙沙日窟，文轨永来**并**。	◇◇◆◆，◇◆◆◇◇。
保嘉享，史册焕鸿**名**。	◆◇◆，◆◆◆◇◇。

同体式作品：无。

【变体二·2·2】29分句12复句。上片较【变体二·2·1】复句型有变，下片同。上片14分句6复句，三/二/三/二/二/二/型复句组；下片15分句6复句，三/二/三/三/二/二/型复句组。平韵，隔句韵，间插连句韵。

3，4，5。4，4。5，3，4。7，5。4，5。3，5。

3，5，5。4，4。5，3，4。4，4，5。4，5。3，5。

——宋·无名氏·《全宋词》第3713页

明道二年庄献明肃皇后恭谢太庙

十二时

母仪下，国祚和平，玉帛凑寰**瀛**。	◆◇◆，◆◆◇◇，◆◆◆◇◇。
尤祥极瑞，茂实英**声**。	◇◇◆◆，◆◆◇◇。
两耀比皇**明**，昭孝飨，躬荐精**诚**。	◆◆◆◇◇，◇◆◆，◇◆◇◇。
祥并保佑洽由**庚**，和乐遍怀**生**。	◇◇◆◆◆◇◇，◇◆◆◇◇。
柔远能迩，海宇永澄**清**。	◇◆◇◆，◆◆◆◇◇。
复曾**城**，宝册受鸿**名**。	◆◇◇，◆◆◆◇◇。
绵龙绪，十治同齐**圣**，至治播欢**声**。	◇◇◆，◆◆◇◇◆，◆◆◆◇◇。
止戈为武，顿纲搜**英**。	◆◇◇◆，◆◇◇◇。
察万物人**情**，损服御，不尚瑛**琼**。	◆◆◆◇◇，◆◆◆，◆◆◇◇。
俗怀生动，修文考制，颛法上天**明**。	◆◇◇◆，◇◇◆◆，◇◆◆◇◇。
地不爱宝，人不爱其**诚**。	◆◆◆◆，◇◆◆◇◇。
帝图宏，寿岳永峣**峥**。	◆◇◇，◆◆◆◇◇。

同体式作品：无。

【变体二·2·3】29分句12复句。上片较【变体二·2】前二式复句型有变，下片同。上片14分句6复句，三/二/二/三/二/二/型复句组；下片15分句6复句，三/二/三/三/二/二/型复句组。平韵，隔句韵，间插连句韵。

3，4，5。4，4。5，7。3，5，5。4，5。3，5。

3，4，5。4，4。5，3，3。3，5，5。4，5。3，5。

——宋·无名氏·《全宋词》第3718页

嘉祐七年明堂

十二时

承平世，嘉祐壬**寅**，九月上旬**辛**。　◇◇◆，◇◆◇◇，◆◆◆◇◇。
酒醪香旨，谷实丰**珍**。　◆◇◇◆，◆◆◇◇。
宗祀敞中**宸**，宾延上帝五方**神**。　◇◆◆◇◇，◇◇◆◆◆◇◇。
以严**亲**，诚心通杳杳，文物盛彬**彬**。　◆◇◇，◇◇◇◆◆，◇◆◆◇◇。
金声玉色，和奏翕铿**纯**。　◇◇◆◆，◇◆◆◇◇。
荡无**垠**，天地一洪**钧**。　◆◇◇，◇◆◆◇◇。

明天子，至化深**仁**，壹意奉精**禋**。　◇◇◆，◆◆◇◇，◆◆◆◇◇。
感时怵惕，即事恭**夤**。　◆◇◆◆，◆◆◇◇。
用孝教斯**民**，多仪举，大恩**沦**。　◆◆◆◇◇，◇◇◆，◆◇◇。
福来**臻**，清风动阊阖，皓气下天**津**。　◆◇◇，◇◇◆◇◆，◆◆◆◇◇。
币诚玉腆，朱燎焜槱**薪**。　◆◇◆◆，◇◆◆◇◇。
积欢**欣**，皇历万斯**春**。　◆◇◇，◇◆◆◇◇。

同体式作品：无。

增减字：

（一）3，4，5。4，4。5，7。3，5，5。4，5。3，5。○3，3，7。4，4。5，3，4。3，5，5。4，5。3，5。南宋：无名氏1首。

【变体二·2·4】29分句12复句。较【变体二·2】前诸式分句数复句数皆不变，复句型有变。上片15分句6复句，三/二/三/三/二/二/型复句组；下片14分句6复句，三/三/二/二/二/二/型复句组。平韵，隔句韵，间插连句韵。

3，4，5。4，4。5，3，4。3，5，5。4，5。3，5。
3，5，5。4，4，5。6，4。5，5。4，5。3，5。——宋·无名氏·《全宋词》第3726页

高宗祀大礼鼓吹曲

十二时

日将旦，阴曀潜**消**，天宇扇祥**飙**。　◆◇◆，◇◆◇◇，◇◆◆◇◇。
边陲静谧，夜熄鸣**刁**。　◇◇◆◆，◆◆◇◇。
文教普旁**昭**，兴太学，多士舒**翘**。　◇◆◆◇◇，◇◆◆，◇◆◇◇。
奉宗**祧**，新庙榜宸**毫**，配侑享于**郊**。　◆◇◇，◇◆◆◇◇，◆◆◆◇◇。
慈宁万寿，四海仰东**朝**。　◇◇◆◆，◆◆◆◇◇。
男女正，中壶至桃**夭**。　◇◆◆，◇◇◆◇◇。

年屡稔，漕舟衔尾夥，高廪接楹**饶**。　◇◆◆，◇◇◇◆◆，◇◆◆◇◇。
庙堂自有，擎天一柱，功比汉庭**萧**。　◆◇◆◆，◇◇◆◆，◇◆◆◇◇。
多少群工同德，俊乂旁**招**。　◇◆◇◇◇◆，◆◆◇◇。

吉祥诸福集，燮理四时**调**。	◆◇◇◆◆，◆◆◆◇◇。
三年郊见，六变奏咸**韶**。	◇◇◇◆，◆◆◆◇◇。
望云**霄**，降福与唐**尧**。	◆◇◇，◆◆◆◇◇。

同体式作品：无。

变体二·3

34 分句 12 复句

【变体二·3】34 分句 12 复句。上片 16 分句 6 复句，二/二/三/二/三/四/型复句组；下片 18 分句 6 复句，二/三/二/五/三/三/型复句组。平韵，隔句韵，间插连句韵。

7，5。4，6。3，3，3。5，5。4，4，4。5，6，5，5。

4，4。4，3，3。4，6。3，3，3，3，4。4，4，4。3，3，3。

——宋·无名氏·《全宋词》第 3729 页

显仁皇后上同发引

十二时

炎图景运正延**鸿**，文思坐深**宫**。	◇◇◆◆◆◇◇，◇◆◆◇◇。
慈宁大养，乐事时奏宸**聪**。	◇◇◆◆，◆◆◇◆◇◇。
皇龄永，恩霈下，遍寰**中**。	◇◇◆，◇◆◆，◆◇◇。
君王乘彩服，嫔御上瑶**钟**。	◇◇◇◆◆，◇◆◆◇◇。
年年诞节，就盈吉月，交庆流**虹**。	◇◇◆◆，◆◇◆◆，◇◆◇◇。
欢洽意方**浓**，不觉仙游渺邈，	◇◆◆◇◇，◆◆◇◇◆◆。
但号泣苍**穹**，追慕念音**容**。	△◇◆◇◇，◇◆◆◇◇。
诗书慈俭，配古追**踪**。	◇◇◇◆，◆◆◇◇。
躬行四德，谁知继，二南**风**。	◇◇◆◆，◇◇◆，◆◇◇。
移盼俄空，宝鉴脂泽尘**封**。	◇◆◇◇，◆◆◇◆◇◇。
清都远，帝乡遥，杳难**通**，	◇◇◆，◆◇◇，◆◇◇，
想云軿，还上瀛**蓬**。	◆◇◇，◇◆◇◇。
稽山何在，当年禹宅，万古葱**葱**。	◇◇◇◆，◇◇◆◆，◆◆◇◇。
最难堪，潮头定，海波**融**。	◆◇◇，◇◇◆，◆◇◇。

同体式作品：无。

变体二·4

36 分句 12 复句

【变体二·4】36 分句 12 复句。较双片体始词复句数不变，分句数增 6。上片 18 分句 6 复句，三/二/三/五/三/二/型复句组；下片 18 分句 6 复句，三/二/三/二/五/三/型复句组。平韵，隔句韵，间插连句韵。

3，3，6。4，5。4，5，4。3，3，5，5，6。3，3，5。4，3。

3，5，4。4，5。3，3，4。4，5。3，3，7，4，5。3，3，4。

——宋·无名氏·《全宋词》第3725页

虞主回京

十二时

太平**时**，御华**夷**，躬听断破危**疑**。　◆◇◇，◆◇◇，◇◇◆◆◇◇。
春秋鼎盛，细声乐游**嬉**。　◇◇◆◆，◆◇◆◇◇。
日升繁**机**，长驾远驭**垂**，意在轩**羲**。　◆◇◇◇，◇◆◆◆◇，◆◆◇◇。
恢六典，斥三**垂**，有殊尤绝迹，　◇◆◆，◆◇◇，◆◇◇◆◆，
盛德魄周**施**，方将缀缉声**诗**。　◆◆◆◇◇，◇◇◆◆◇◇。
扩皇纲，明帝典，绍累圣重**熙**。　◆◇◇，◇◆◆，◆◆◆◇◇。
高拱无**为**，事难**知**。　◇◆◇◇，◆◇◇。

春色盛，逼千秋嘉节，忽闻玉**几**。　◇◆◆，◆◇◇◇◆，◆◇◆◇。
颁命彤**闱**，厌世御云**归**。　◇◆◇◇，◆◆◆◇◇。
翊翠凤，驾文**螭**，缥缈难**追**。　◆◆◆，◆◇◇，◆◆◇◇。
侍臣宫女，但攀慕号**悲**。　◆◇◇◆，◆◇◆◇◇。
玉轮动，指嵩**伊**，龙镳日益远空游，　◆◇◆，◆◇◇，◇◇◆◆◆◇◇，
汉庙冠**衣**，惟盛德巍**巍**。　◆◆◇◇，◇◆◆◇◇。
镂玉册，传青**史**，昭示无**期**。　◆◆◆，◇◇◆，◇◆◇◇。

同体式作品：无。

变体二·5

38分句12复句

【变体二·5】38分句12复句。较双片体始词增8分句2复句。上片18分句6复句，三/二/三/五/二/三/型复句组；下片20分句6复句，二/三/五/五/二/三/型复句组。平韵，隔句韵，间插连句韵。

3，4，5。4，5。3，3，3。5，5，4，4，4。4，5。3，5，3。

3，4。4，5，4。5，3，3，3，3。2，4，4，4，4。5，4。3，3，4。

——北宋·范祖禹·《全宋词》第367页

虞主回京

双调十二时

转招**摇**，厚陵回望，双阙起岧**峣**。　◆◇◇，◆◇◇◆，◇◆◆◇◇。
晓日丽**谯**，金爵上干**霄**。　◆◆◇◇，◇◆◆◇◇。
风雨阕，夜宫闭，不重**朝**。　◇◆◆，◆◇◆，◆◇◇。
奉鸾镳渐**遥**，玉京知何处，　◆◇◇◆◇，◆◇◇◇◆，

飞英衔恤，乱絮缠悲，春路迢**迢**。	◇◇◇◆，◆◆◇◇，◇◆◇◇。
缥缈哀音，发龙笳凤**箫**。	◆◆◇◇，◆◇◇◆◇。
光景同，惨淡度岩邑，指河**桥**。	◇◆◇，◆◆◆◇◆，◆◇◇。
马萧**萧**，络绎星**轺**。	◆◇◇，◆◆◇◇。
拂天容卫，江海上寒**潮**，万国魂**销**。	◆◇◇◆，◇◆◆◇◇，◆◆◇◇。
追昔御东**朝**，开钿扇，垂珠箔，	◇◆◆◇◇，◇◆◆，◇◇◆，
侍珰**貂**，宝香**烧**。	◆◇◇，◆◇◇。
散**飘**，开仁寿域，神孙高拱，	◆◇，◇◇◆◆，◇◇◇◆，
昆仑渤澥，玉烛方**调**。	◇◇◆◆，◆◆◇◇。
一旦宫车晚，旋归泬**寥**。	◆◆◇◇◆，◇◇◆◇。
九载初，如梦次，功得琼**瑶**。	◆◆◇，◇◆◆，◇◆◇◇。

同体式作品：无。

变体三

较始词分句数复句数皆变

变体三·1

38 分句 14 复句

【变体三·1】38 分句 14 复句。上片 17 分句 6 复句，二/二/三/二/四/四/型复句组；下片 21 分句 8 复句，二/三/二/三/三/三/三/二/型复句组。平韵，隔句韵，间插连句韵。

7，5。6，4。3，3，3。5，5。4，4，4，5。6，3，3，3。

3，4。4，3，3。4，6。3，3，3。3，3，4。4，4，4。3，3，3。3，5。

——宋·无名氏·《全宋词》第 3723 页

神宗八年神宗灵驾发引

十二时

珍符锡佑启真**人**，储思在斯**民**。	◇◇◆◆◆◇◇，◇◆◆◇◇。
勤劳日升万物，皆入陶**钧**。	◇◇◆◇◆◆，◇◆◇◇。
收威柄，更法令，鼎从**新**。	◇◇◆，◇◆◆，◆◇◇。
东风吹百卉，上苑正青**春**。	◇◇◇◆◆，◆◆◆◇◇。
流虹节近，衣冠玉帛，	◇◇◆◆，◇◇◆◆，
交奏严**宸**，万寿祝尧**仁**。	◇◆◇◇。◆◆◆◇◇。
忽听宫车晚出，但号慕，	◆◆◇◇◆◆，◆◇◆，
瞻云路，企龙**鳞**。	◇◇◆，◆◇◇。
穷天**英**，冠古精**神**。	◇◇◇，◆◆◇◇。
杳然上傈，人空望，属车**巡**。	◆◇◆◆，◇◇◆，◆◇◇。

虚仗星**陈**，画翣环拥龙**輴**。　◇◆◇◇，◆◆◇◆◇◇。
泉宫掩，帝乡远，邈难**亲**。　◇◇◆，◆◇◆，◆◇◇。
反雕**轮**，飞羽盖，还渡天**津**。　◆◇◇，◇◆◆，◇◆◇◇。
雾迷朱服，风摇细扇，触目悲**辛**。　◆◇◇◆，◇◇◆◆，◆◆◇◇。
列嫔嫱，垂红泪，浥行**尘**。　◆◇◇，◇◇◆，◆◇◇。
相将**问**，何日下青**旻**。　◇◇◆，◇◆◆◇◇。

同体式作品：无。

变体三·2

36分句14复句

【词体三·2】36分句14复句。较【变体三·1】复句数不变，分句数减2。上片18分句7复句，二/二/三/二/四/二/三/型复句组；下片18分句7复句，二/二/三/三/三/三/二/型复句组。平韵，隔句韵，间插连句韵。

7，5。4，6。3，3，3。5，5。4，4，4，5。6，5。5，4，4。
4，6。4，6。3，3，3。3，3，4。4，4，4。3，3，3。3，5。

——南宋·洪迈·《全宋词》第1489页

高宗梓宫发引

十二时

璧门双阙转苍**龙**，德寿俨祇**宫**。　◆◇◇◆◆◇◇，◆◆◆◇◇。
轩屏正坐，天子亲拜天**公**。　◇◇◆◆，◇◆◇◆◇◇。
仪绅笏，罗鹓鹭，粲庭**中**。　◇◇◆，◇◇◆，◆◇◇。
仙家欢不尽，人世寿无**穷**。　◇◇◇◆◆，◇◆◆◇◇。
谁知云路，玉京成就，　◇◇◇◆，◆◇◇◆，
催返璇**穹**，转手万缘**空**。　◇◆◇◇。◆◆◆◇◇。
见说烟霄好处，不与下方**同**。　◆◆◇◇◆◆，◆◆◆◇◇。
尘合雾迷**蒙**，笙箫寥寂，楼阁玲**珑**。　◇◆◆◇◇。◇◇◇◆，◇◆◇◇。

中兴大业，巍巍稽古成**功**。　◇◇◆◆，◇◇◇◆◇◇。
事去孤**鸿**，忍听宵柝晨**钟**。　◆◆◇◇，◆◇◇◆◇◇。
灵舆驾，素帏低，杳庞**茸**。　◇◇◆，◆◇◇，◆◇◇。
浙江潮，万神护，川后滋**恭**。　◆◇◇，◆◇◆，◇◆◇◇。
因山祇事，崔嵬禹穴，此日重**逢**。　◇◇◇◆，◇◇◆◆，◆◆◇◇。
柏城**封**，愁长夜，起悲**风**。　◆◇◇，◇◇◆，◆◇◇。
歌清庙，千古诵高**宗**。　◇◇◆，◇◆◆◇◇。

同体式作品：无。

变体三・3

37 分句 14 复句

【变体三・3・1】37 分句 14 复句。与【变体三・1】复句数相同，分句数减 1。上片 15 分句 6 复句，三/二/三/二/三/二/型复句组；下片 22 分句 8 复句，三/二/三/三/三/三/三/二/型复句组。平仄通押，隔句韵，间插连句韵。

3，4，5。4，5。3，3，3。5，5。4，4，4。5，4。

5，3，3。3，4。4，5，4。5，3，3。3，5，5。4，4，4。5，4，5。3，3。

——宋・无名氏・《全宋词》第 3722 页

虞主回京

警场内・十二时

望嵩**邙**，永昭陵畔，王气压龙**冈**。	◆◇◇，◆◇◇◆，◇◆◆◇◇。
巩洛灵**光**，郁郁起嘉**祥**。	◆◆◇◇，◆◆◆◇◇。
虚彩旆，转哀仗，闷幽**堂**。	◇◆◆，◆◇◆，◆◇◇。
叹仙乡路**长**，景霞飞松上。	◆◇◇◆◇，◆◇◇◇◆。
珠襦宵掩，细扇晨归，昆阆茫**茫**。	◇◇◇◆，◆◆◇◇，◇◆◇◇。
满目东郊好，红葩斗**芳**。	◆◆◇◇◆，◇◇◆◇。
韶景空骀**荡**，对春色，倍凄**凉**。	◇◆◇◇◆，◆◇◆，◆◇◇。
最情**伤**，从辇嫔**嫱**。	◆◇◇，◇◆◇◇。
指瑶津路，泪雨泣千**行**，翠珥明**珰**。	◆◇◇◆，◆◆◆◇◇，◆◆◇◇。
曾忆荐琼**觞**，春又至，人何往。	◇◆◆◇◇，◇◆◆，◇◇◆。
事难**忘**，向斜阳断**肠**，听钧天嘹亮。	◆◇◇，◆◇◇◆◇，◆◇◇◆◆。
清都风细，朱栏花满，谁奏清**商**。	◇◇◇◆，◇◇◇◆，◇◆◇◇。
紫幄重帘外，时飘宝**香**，环佩珊珊响。	◆◆◇◇◆，◇◇◆◇，◇◆◇◇◆。
问何日，反雕**房**。	◆◇◆，◆◇◇。

同体式作品：无。

【变体三・3・2】37 分句 14 复句。较前三式复句数不变，分句数不同。上片 18 分句 7 复句，二/二/三/二/三/三/三/型复句组；下片 19 分句 7 复句，三/二/三/三/三/三/二/型复句组。平韵，隔句韵，间插连句韵。律词。

7，5。4，6。3，3，3。5，5。4，4，4。5，6，5。5，4，4。

4，3，3。4，6。3，3，3。3，3，4。4，4，4。3，3，3。5，3。

——宋・无名氏・《全宋词》第 3730 页

安恭皇后上仙发引

十二时

皇家景运合无**疆**，天子坐明**堂**。	◇◇◆◆◆◇◇，◇◆◆◇◇。

丰年多黍，四方争报时**康**。　◇◇◇◆，◆◇◇◆◇◇。
酒常清，花易好，寿君**王**。　◆◇◇，◇◆◆，◆◇◇。
天宫见玉女，大笑亿千**场**。　◇◇◆◆◆，◆◆◆◇◇。
不知何事，椒涂暗淡，瑶殿凄**凉**。　◆◇◇◆，◇◇◆◆，◇◆◇◇。
宝镜玉台**光**，　◆◆◆◇◇，
可奈画眉人去，脂泽散余**芳**。　◆◆◆◇◇◆，◇◆◆◇◇。
极目望潇**湘**，波遥草远，只见残**阳**。　◆◆◆◇◇，◇◇◆◆，◆◆◇◇。

南山古阜，松柏茂，蔚苍**苍**。　◇◇◆◆，◇◆◆，◆◇◇。
杳霭宫**商**，风过金殿琳**瑯**。　◆◆◇◇，◇◇◇◆◇◇。
导歌繁，严鼓近，惨悲**伤**。　◆◇◇，◇◆◆，◆◇◇。
水凝愁，山攒恨，烟淡云**黄**。　◆◇◇，◇◇◆，◇◆◇◇。
神山何在，蟠桃已远，弱水何**长**。　◇◇◇◆，◇◇◆◆，◆◆◇◇。
最难堪，回翟雉，返鸾**凰**。　◆◇◇，◇◆◆，◆◇◇。
向芙蓉别殿，谩焚**香**。　◆◇◇◆◆，◆◇◇。

同体式作品：无。

变体三·4

35分句13复句

【变体三·4】35分句13复句。上片18分句7复句，二/二/三/二/三/三/三/型复句组；下片17分句6复句，三/三/三/三/三/二/型复句组。平韵，隔句韵，间插连句韵。

7，5。4，4。3，3，3。3，7。4，4，4。5，6，5。5，4，4。
4，6，4。5，3，6。3，3，4。4，4，4。3，3，3。3，5。

——宋·无名氏·《全宋词》第3734页

宁宗皇帝发引

十二时

弋绨革舄最仁**贤**，俭德自躬**全**。　◇◇◆◆◆◇◇，◆◆◆◇◇。
忧勤庶政，三十余**年**。　◆◇◆◆，◇◆◇◇。
金风肃，秋渐老，摄调**愆**。　◇◇◆，◇◆◆，◆◇◇。
忱恂遍，群祀号泣诉旻**天**。　◇◇◆，◇◆◇◆◆◇◇。
缀衣将出，神凝玉几，一夜登**仙**。　◆◇◇◆，◇◇◆◆，◆◆◇◇。
弓堕隔苍**烟**，　◇◆◆◇◇，
七月有来同轨，引綍动灵**辁**。　◆◆◆◇◇◆，◆◆◆◇◇。
凄怆泪潸**然**，行号巷哭，薤露声**传**。　◇◆◆◇◇，◇◇◆◆，◆◆◇◇。

东城去路，惊涛忍见江**船**，憔悴山**川**。　◇◇◆◆，◇◇◆◆◇◇，◇◆◇◇。
不禁箫鼓咽，山阴处，茂林修竹芊**芊**。　◆◇◇◆◆，◇◇◆，◆◇◇◆◇◇。

望陵宫，应弗远，金粟堆**前**。	◆◇◇，◇◆◆，◇◆◇◇。
人徒慕恋，百神警待，盘翥驱**先**。	◇◇◆◆，◆◇◆◆，◇◆◇◇。
戴鸿恩，空痛慕，泪珠**连**。	◆◇◇，◇◆◆，◆◇◇。
千秋岁，功德寄华**编**。	◇◇◆，◇◆◆◇◇。

同体式作品：无。

变体三·5

39分句14复句

【变体三·5】39分句14复句。上片19分句7复句，三/二/二/四/三/三/二/型复句组；下片20分句7复句，四/二/四/三/三/二/二/型复句组。平仄通押，隔句韵，间插连句韵。

3，3，3。3，6。4，4。4，4，3，3。3，4，4。6，3，3。5，3。

3，3，4，4。4，3。3，4，4，4。5，3，3。3，6，5。3，3。5，3。

——宋·无名氏·《全宋词》第3721页

元丰二年慈圣光献皇后发引

十二时

治平**时**，暂垂帘，佑圣子。	◆◇◇，◆◇◇，◆◆◆。
解危**疑**，坐安天下逾岁。	◆◇◇，◆◇◇◆◇◆。
厌避万**机**，退处宸**闱**。	◆◆◆◇，◆◆◇◇。
殿开庆养，志入希**夷**，	◆◇◇◆，◆◆◇◇，
扶皓日，浴咸**池**。	◇◆◆，◆◇◇。
看神孙，抚御千载，重雍累**熙**。	◆◇◇，◆◆◇◆，◇◇◆◇。
四方钦仰洪**慈**，阴德远，仁功**积**。	◆◇◇◆◇◇，◇◆◆，◇◇◆。
欢养罄九域，礼无**违**。	◇◆◆◆◆，◆◇◇。
事难**期**，乘霞去，	◆◇◇，◇◇◆，
乍睹升仙，诰下九**围**。	◆◆◇◇，◆◆◆◇。
泣血涟如，更鸾**车**。	◆◆◇◇，◆◇◇。
动春晚，雾暗翠**旗**，	◆◇◆，◆◆◆◇，
路指嵩**伊**，薤歌风**吹**。	◆◆◇◇，◆◇◆◆。
悠扬逐风**悲**，珠殿悄，网尘**垂**。	◇◆◆◇◇，◇◆◆，◆◇◇。
空坐湿，罔极吾皇孝**思**，镂玉写音**徽**。	◇◆◆，◆◆◇◇◆◇，◆◆◆◇◇。
彤管炜，青编纪。	◇◆◆，◇◇◆。
宁更羡周雅，播声**诗**。	◆◆◆◇◆，◆◇◇。

同体式作品：无。

变体三·6

31分句13复句

【变体三·6】31分句13复句。较上【变体三·7】复句数不变，分句数减3。上片15分句6复句，三/二/三/三/二/二/型复句组；下片16分句7复句，四/二/二/二/二/二/二/型复句组。平仄通押，隔句韵，间插连句韵。律词。

3，4，5。4，4。4，4，4。3，5，5。4，5。3，5。
3，4，3，3。4，4。4，5。6，4。4，5。4，5。3，4。

——宋·无名氏·《全宋词》第3732页

宁宗郊祀大礼

十二时

宵景霁，河汉清**夷**，旷典讲明**时**。	◇◆◆，◇◆◇◇，◆◆◆◇◇。
合祛升侑，孝德爰**熙**。	◆◇◇◆，◆◆◇◇。
陈祼閟宫，澹觞太室，来奏天**仪**。	◇◆◆◇，◆◇◆◆，◇◆◇◇。
驷苍**螭**，玉辂驭蕤**绥**，觚陛展躬**祠**。	◆◇◇，◆◆◆◇◇，◇◆◆◇◇。
长梢饰玉，翠羽秀金**支**。	◇◇◆◆，◆◆◆◇◇。
华始倡，雅韵出宫**垂**。	◇◆◇，◆◆◆◇◇。
神来下，云车风马，缤晻蔼，宴栖**迟**。	◇◇◆，◇◇◇◆，◇◆◆，◆◇◇。
毕觞流胙，柴烟竣事。	◆◇◇◆，◇◇◆◆。
棠梨回谒，宣室受蕃**厘**。	◇◇◇◆，◇◆◆◇◇。
盛德无心专飨，端为民**祈**。	◆◆◇◇◇◆，◇◆◇◇。
云恩有截，雨泽霈无**涯**。	◇◇◆◆，◆◆◆◇◇。
君王愉乐，和气溢瑶**卮**。	◇◇◇◆，◇◆◆◇◇。
寿天**齐**，长拥神**基**。	◆◇◇，◇◆◇◇。

同体式作品：无。

文人词

始词：27分句10复句。双片。上片14分句5复句，三/二/三/四/二/型复句组；下片13分句5复句，三/二/三/三/二/型复句组。仄韵，隔句韵。

3，4，6。7，6。4，4，5。3，4，4，6。7，6。
4，4，5。5，6。3，4，6。4，4，5。5，6。

——北宋·柳永·《全宋词》第55页

十二时

秋夜

晚晴初，淡烟笼月，风透蟾光如**洗**。	◆◇◇，◆◇◇◆，◇◆◇◇◇◆。
觉翠帐凉生秋思，渐入微寒天**气**。	△◆◆◇◇◇◆，◆◆◇◇◇◆。

败叶敲窗，西风满院，睡不成还**起**。	◆◆◇◇，◇◇◆◆，◆◆◇◇◆。
更漏咽，滴破忧心，	◇◆◆，◆◆◆◇，
万感并生，都在离人愁**耳**。	◆◆◆◇，◇◆◇◇◇◆。
天怎知当时一句，做得十分萦**系**。	◇◆◇◇◇◆◆，◆◆◆◇◇◆。
夜永有时，分明枕上，觑着孜孜**地**。	◆◆◆◇，◇◇◆◆，◆◆◇◇◆。
烛暗时酒醒，元来又是梦**里**。	◆◆◇◆◇，◇◇◆◆◆◆。
睡觉来，披衣独坐，万种无憀情**意**。	◆◆◇，◇◇◆◆，◆◆◇◇◇◆。
怎得伊来，重谐云雨，再整余香**被**。	◆◆◇◇，◇◇◇◆，◆◆◇◇◆。
祝告天发愿，从今永无抛**弃**。	◆◆◇◆◆，◇◇◆◇◇◆。

同体式作品：无。

变体三

较始词分句数复句数皆变

【变体三】20 分句 7 复句。较前谱双片体诸式分句数复句数大减，上片 9 分句 3 复句，三/三/三/型复句组；下片 11 分句 4 复句，四/二/三/二/型复句组。仄韵，隔句韵。

3，4，6。3，4，6。3，4，5。

3，4，4，6。6，6。4，4，5。5，6。——南宋·朱雍·《全宋词》第 1510 页

十二时慢

粉痕轻，谢池泛玉，波暖琉璃初**暖**。	◆◇◇，◆◇◆◆，◇◆◇◇◇◆。
睹靓芳，尘冥春浦，水曲漪生遥**岸**。	◆◆◇，◇◇◇◆，◆◆◇◇◇◆。
麝气柔，云容影淡，正日边寒**浅**。	◆◆◇，◇◇◆◆，◆◆◇◇◆。
闲院寂，幽管声中，	◇◆◆，◇◆◇◇，
万感并生，心事曾陪琼**宴**。	◆◆◇◇，◇◆◇◇◇◆。
春暗南枝依旧，但得当时缱**绻**。	◇◆◇◇◇◆，◆◆◇◇◆◆。
昼永乱英，缤纷解佩，映人轻盈**面**。	◆◆◆◇，◇◇◆◆，◆◇◇◇◆。
香暗酒醒处，年年共副良**愿**。	◇◆◆◇◆，◇◇◆◆◇◆。

同体式作品：南宋：马子严 1 首。

70.【五更转】

1. 始词见敦煌写本歌辞，调名即词题。
2. 始源为六朝民歌。南朝梁傅翕有《五章词》，一至五章以“一更始”至“五更初”起句，每章四句（3/5/5/5）、南朝陈伏知道作有五言诗《从军五更转》；唐【五更转】曲

子辞仅见敦煌写本歌辞，以“一更”“二更”“三更”“四更”“五更”为每章起句，任半塘先生取称为“定格联章”。“五更”定格联章为民歌的一种固定格式，可用不同词调作“五更”联章，敦煌曲子词即有以【喜秋天】作“五更转”联章；宋有【五更令】，与【五更转】一脉相承；亦有声诗调【度清霄】联章“五更转”；金词有以【两只雁儿】【川拨棹】【挂金索】词调填写的“五更转”联章歌词（参见本谱第879调、909调）。

3. 七言声诗、长短句二体，本谱仅录长短句。
4. 联章五首，每首词体或同或异，兹将不同词式各取一首谱之，取最简一式为始词。
5. 单片，句数、韵数无定制。

始词：单片。5分句2复句，三/二/型复句组。平韵，连句韵、隔句韵。律词。

3，3，7。7，7。——唐·敦煌写本歌辞·《敦煌歌辞总编》第948页

五更转

一更**初**，一更**初**，医王设教有多**途**。	◆◇◇，◇◇◆，◇◇◆◆◆◇◇。
维摩权疾徙方丈，莲花宝相坐街**衢**。	◇◇◇◆◆◇◆，◇◇◆◆◆◇◇。

同体式作品： 敦煌写本歌辞5首。

变体三

较始词分句数复句数皆变

变体三·1

8分句4复句

【变体三·1】8分句4复句。单片。二/二/二/二/型复句组。换韵，平仄通押，连句韵。

7，5。7，5。5，5。7，5。——唐·敦煌写本歌辞·《敦煌歌辞总编》第779页

五更转

四更缓步出门**听**，直走到街**庭**。	◆◇◆◆◆◇◇，◆◆◆◇◇。
今夜斗末见流**星**，奔逐向前**迎**。	◇◆◆◆◆◇◇，◇◆◆◇◇。
此时为将**见**，发却千般**愿**。	◆◇◆◇◆，◆◆◇◇◆。
无福之人莫怨**天**，皆是少因**缘**。	◇◆◇◇◆◆◇，◇◆◆◇◇。

同体式作品： 敦煌写本歌辞4首。

变体三·2

10分句4复句

【变体三·2】10分句4复句。单片，二/二/四/二/型复句组。平韵，首句连韵，隔句韵。律词。

3，7。7，7。3，3，3，3。7，7。——唐·释神会·《敦煌歌辞总编》第904页

五更转

一更**初**，涅盘城里见真**如**。 ◆◇◇，◆◇◇◆◆◇◇。
妄想是空非有实，不言为有不言**无**。 ◆◆◆◇◇◆◇，◆◇◇◆◆◇◇。
非垢净，离空**虚**，莫作意，入无**余**。 ◇◆◆，◇◇◇，◆◆◆，◆◇◇。
了性即知当解脱，何劳端坐作功**夫**。 ◆◆◆◇◇◆◆，◇◇◇◆◆◇◇。

同体式作品：无。

变体三·3

11分句4复句

【变体三·3】11分句4复句。单片，三/二/四/二/型复句组。平韵，首句连韵，隔句韵。

3，3，7。7，7。3，3，3，3。7，7。——唐·敦煌写本歌辞·《敦煌歌辞总编》第908页

五更转

南宗赞

一更**长**，一更**长**，如来智慧化中**藏**。 ◆◇◇，◆◇◇，◇◇◆◆◆◇◇。
不知自身本是佛，无明障闭自慌**忙**。 ◆◆◆◇◆◆◆，◇◇◆◆◆◇◇。
了五蕴，体皆**亡**，灭六识，不相**当**。 ◆◆◆，◆◇◇，◆◆◆，◆◇◇。
行住坐卧常作息，则知四大是佛**堂**。 ◇◆◆◆◇◆◆，◆◇◆◆◆◆◇。

同体式作品：敦煌写本歌辞《南宗赞》4首。

变体三·4

12分句6复句

【变体三·4】12分句6复句。单片，二/二/二/二/二/二/型复句组。平仄通押，连句韵、隔句韵。

5，5。7，3。5，5。7，3。5，5。7，5。

——唐·敦煌写本歌辞·《敦煌歌辞总编》第926页

五更转

太子入山修道赞

一更夜月**凉**，东宫建道**场**。 ◆◇◆◆◇，◇◇◆◆◇。
幡花伞盖日争**光**，烧宝**香**。 ◇◇◆◆◆◇◇，◇◆◇。
共奏天仙乐，龟兹韵宫**商**。 ◆◆◇◇◆，◇◇◆◇◇。
美人无奈手颐**忙**，声绕**梁**。 ◆◇◇◆◆◇◇，◇◆◇。
太子无心恋，闭目不形**相**。 ◆◆◇◇◆，◆◆◆◇◆。
将身不作转轮**王**，只是怕无**常**。 ◇◇◆◆◆◇◇，◆◆◆◇◇。

同体式作品：敦煌写本歌辞《太子入山修道赞》2首（二更、三更）。

增减字：

（一）5，5。7，3。5，5。7，3。5，5。7，3。敦煌写本歌辞《太子入山修道赞》1首（四更）。

（二）5，5。7，3。5，5。7，5。5，5。7，3。敦煌写本歌辞《太子入山修道赞》1首（五更）。

变体三·5

22分句11复句

【变体三·5】22分句11复句。首句以“一更初”起兴，全篇为七言诗体，辞之所咏与调名已无关联。单片，二/二/二/二/二/二/二/二/二/二/二/型复句组。平韵，首句连韵，隔句韵。

3，7。7，7。7，7。7，7。7，7。7，7。7，7。7，7。7，7。7，7。7，7。

——唐·敦煌写本歌辞·《敦煌歌辞总编》第995页

五更转

警世

一更**初**，少年光景暂时**无**。	◆◇◇，◆◇◇◆◆◇◇。
一世之间何足度，谁知四大是空**虚**。	◆◆◇◇◇◆◆，◇◇◆◆◆◇◇。
人皆恒作千年调，谓将不死镇安**居**。	◇◇◇◆◇◇◆，◆◇◆◆◆◇◇。
有钱不解修功德，沽酒买肉事凶**粗**。	◆◇◆◆◆◇◆，◇◆◆◆◆◇◇。
终日贪生不觉老，鬓边白发实难**除**。	◆◆◇◇◆◆◆，◆◇◆◆◆◇◇。
面上红颜千道皱，腰疼脊曲项筋□。	◆◆◇◇◇◆◆，◇◇◆◆◆◇◆。
眼暗耳聋□不辨，头昏脑转手专□。	◆◆◆◇□◆◆，◇◇◆◆◆◇□。
□中牙齿并落尽，皮肉瘦损□身**枯**。	◆◇◇◆◆◆◆，◇◆◆◆□◇◇。
出门入户着弱杖，坐卧欲起觅人**扶**。	◆◇◆◆◆◆◆，◆◆◆◆◆◇◇。
村舍追随不能去，亲情故旧往还**疏**。	◇◆◇◇◆◇◆，◇◇◆◆◆◇◇。
丈夫一朝身如此，与死无别有何**殊**。	◆◇◆◇◇◇◆，◆◆◇◆◆◇◇。

同体式作品：敦煌写本歌辞《警世》联章1首（二更）。

关联词调：【五更转兼十二时】

1. 始词见敦煌写本歌辞。
2. 异调联章。两调合为一曲，为元散曲异曲“带过”方式的历史源头。
3. 两调体式与单曲不同，单曲二调为异调，两调“兼”合为一体，词式完全相同，可见民间小调乐、词协调的灵活性。兹略平仄谱，仅录原文。

【五更转兼十二时】两调带过。【五更转】，同调联章，每章单片，5分句2复句，三/二/型复句组；【十二时】，同调联章，每章双片，上下片均与【五更转】词式相同。全篇计17章。一章一韵，平、仄换韵，连句韵、隔句韵。

3，3，7。7，7。——唐·敦煌写本歌辞·《敦煌歌辞总编》第948页

维摩托疾

五更转

一更**初**，一更**初**，医王设教有多**途**。维摩权疾徙方丈，莲花宝相坐街**衢**。

二更**浅**，二更**浅**，金粟如来巧方**便**。室包千象掌擎**山**，示有妻儿常厌**患**。

三更**深**，三更**深**，释迦演法语同**音**。听闻随类皆得解，观根为说称人**心**。

四更**至**，四更**至**，月面毫光千道**起**。有学无学万余人，助佛弘宣一大**事**。

五更**晓**，五更**晓**，将明佛国先有**兆**。一盖之中千土呈，十方世界俱能**照**。

十二时

夜半**子**，夜半**子**，（下残）

鸡鸣**丑**，鸡鸣**丑**，宝积发心中夜**后**。启问如来不独行，五百之中为上**首**。
天将曙，命无**垢**，与君今为不请**友**。言谈尚未成宝经，所以相印传金**口**。

平旦**寅**，平旦**寅**，毗耶长者半千**人**。俱持宝盖来相诣，维摩托疾有其**因**。
从托疾，何所**因**，将明佛土有灵**真**。料取世尊必问疾，从此折服大声**闻**。

日出**卯**，日出**卯**，声闻弟子如来**告**。汝往维摩问疾因，出来皆说无词**报**。
有何遇，无词**报**，舍利林间岂为**道**。呵嗔原是大菩提，何须宴坐除烦**恼**。

食时**辰**，食时**辰**，迦叶头陀偏乞**贫**。须菩提持钵见居士，舍贫从富被呵**嗔**。
一从富，一从**贫**，两皆住着心不**匀**。但知取食无高下，自然即是法真**身**。

隅中**巳**，隅中**巳**，文殊忽然承圣**旨**。往问维摩疾何因，相逢皆不谈真**理**。
谈真**理**，问善**喜**，不来而来何届**此**。二士法性原本同，无所从来复无**至**。

正南**午**，正南**午**，文殊问疾维摩**与**。维摩说疾贪爱生，众生疾损我还**愈**。
妄有疾，真无**愈**，不要寻思始觉**悟**。本性原来无损增，祗为迷愚有言**语**。

日昳**未**，日昳**未**，居士室中天女**侍**。声闻神变不知他，舍利怀惭花不**坠**。
花不**落**，心有**畏**，无明相中妄生**二**。将知未晓法性空，滞此空花便为**耻**。

晡时**申**，晡时**申**，光明童子到城**门**。借问道场何所是，维摩报到直心**人**。
佛亲侍，阿难**云**，如来有疾要医**身**。持钵乞乳呵令去，慎莫教他外道**闻**。

日入**酉**，日入**酉**，须菩提解空不着**有**。尼干是汝本来师，尘劳与魔共一**手**。
不着空，不着**有**，不断贪嗔不离**垢**。不见佛僧可取食，若能如此无净**咎**。

黄昏**戌**，黄昏**戌**，问疾还到阿那**律**。稽首推辞我不任，天眼不真被呵**叱**。
维摩诘，问弥**勒**，一生受记何时**得**。未来未至不住今，正位之中无歇**息**。

人定**亥**，人定**亥**，湍波澄澄清净**海**。更不回流生死河，永别泥犁辞渴**爱**。
辞渴**爱**，归妙**海**，取舍之心俱窒**碍**。不空不有不处中，若能如此真三**昧**。

同体式作品：无。

71.【何满子】

1. 始词见敦煌写本歌辞。
2. 亦为唐教坊曲（见《教坊记》），一写作“河满子”。
3. 唐代流行歌调。唐白居易《何满子》诗：“世传满子是人名，临就刑时曲始成。一曲四词歌八迭，从头便是断肠声。”自注：“（何满子）开元中沧州歌者姓名……临刑进此曲以赎死，上竟不免。”元稹《何满子》诗：“何满能歌声婉转。”张祜《宫词二首·其一》：“一声何满子，双泪落君前。”唐段安节《琵琶录》：“后游灵武，李灵曜尚书席上有客唱《何满子》，四座称妙。”
4. 敦煌写本歌辞为七言声诗体，五代衍为长短句，单片、双片二体。单片三平韵，双片每片三平韵，隔句韵。

声诗

始词：七言声诗，4分句2复句，二/二/型复句组。平韵。首句入韵，隔句韵。

7，7。7，7。——唐·敦煌写本歌辞·《敦煌歌辞总编》第1070页

河满子

半夜秋风凛凛**高**，长城侠客逞雄**豪**。　◆◆◇◇◆◆◇，◇◇◆◆◆◇◇。
手执钢刀利如雪，腰间恒挂可吹**毛**。　◆◆◇◇◆◇◆，◇◇◇◆◆◇◇。

同体式作品：唐：元稹1首，白居易1首；敦煌写本歌辞《长城侠客》3首。

增减字：

（一）5，5。5，5。唐：薛逢1首。

五言声诗：4分句2复句，二/二/型复句组。平韵，隔句韵。律词。

5，5。5，5。——唐·薛逢·《乐府诗集》第480页

河满子

系马宫槐老，持怀店菊**黄**。　◆◆◇◇◆，◇◇◆◆◇。
故交今不见，流恨满川**光**。　◆◇◇◆◆，◇◆◆◇◇。

同体式作品：无。

长短句·单片

始词：单片，6 分句 3 复句，二/二/二/型复句组。平韵，隔句韵。律词。

6，6。7，6。6，6。——五代·和凝·《全唐五代词》第 472 页

河满子

正是破瓜年几，含情惯得人**饶**。	◆◆◆◇◇◆，◇◇◆◆◇◇。
桃李精神鹦鹉舌，可堪虚度良**宵**。	◇◆◇◇◇◆◆，◆◇◇◆◇◇。
却爱蓝罗裙子，羡他长束纤**腰**。	◆◆◇◇◇◆，◆◇◇◆◇◇。

同体式作品：五代：孙光宪 1 首。

增减字：

（一）6，6。6，6。6，6。五代：和凝 1 首，毛文锡 1 首。

长短句·双片

始词：12 分句 6 复句。上片较单片体减 1 字，下片与单片体同式，为单片体的双叠。每片 6 分句 3 复句，二/二/二/型复句组。平韵，隔句韵。律词。

6，6。6，6。6，6。

6，6。7，6。6，6。——五代·尹鹗·《全唐五代词》第 580 页

河满子

云雨常陪胜会，笙歌惯逐闲**游**。	◇◆◇◇◆◆，◇◇◆◆◇◇。
锦里风光应占，玉鞭金勒骅**骝**。	◆◆◇◇◇◆，◆◇◇◆◇◇。
戴月潜穿深曲，和香醉脱轻**裘**。	◆◆◇◇◇◆，◇◇◆◆◇◇。
方喜正同鸳帐，又言将往皇**州**。	◇◆◆◇◇◆，◆◇◇◆◇◇。
每忆良宵公子伴，梦魂长挂红**楼**。	◆◆◇◇◇◆◆，◆◇◇◆◇◇。
欲表伤离情味，丁香结在心**头**。	◆◆◇◇◇◆，◇◇◆◆◇◇。

同体式作品：无。

增减字：

（一）6，6。7，6。6，6。○ 6，6。7，6。6，6。五代：毛熙震 2 首。北宋：张先 1 首，杜安世 2 首，晏几道 2 首，苏轼 1 首，晁端礼 2 首，毛滂 1 首，贺铸 1 首，孙洙 1 首，计 8 人 11 首。南宋：仇远 1 首。

72.【斗百草】

1. 始词见敦煌写本歌辞。
2. 斗草，民俗游戏，文献所载始于南朝，梁宗懔《荆楚岁时记》："五月五日，四民并踏百草，又有斗百草之戏。"唐宋民间依然流行。

3. 始为隋炀帝时所制曲，唐收入法曲，其声沿隋之旧，《唐会要》“太常梨园别教法曲乐章”中有“《斗百草》乐一章”。
4. 敦煌写本歌辞为同调联章，由“第一”“第二”“第三”“第四”四遍合为一篇，总题《喜去觅草》，略似大曲排遍体制，每遍词体相同，以“喜去喜去觅草”为复沓句。
5. 单片体，三仄韵，隔句韵、连句韵，唐以后无继作；双片体仅见北宋晁补之二首，上片四仄韵，下片五仄韵，隔句韵。

单片体

始词：单片。6分句2复句，四/二/型复句组。仄韵，隔句韵，连句韵。

5，5，5，5。6，5。——唐·敦煌写本歌辞·《敦煌歌辞总编》第1067页

斗百草

喜去觅草·第一

建寺祈长生，花林摘浮郎，	◆◆◇◇◇，◇◇◆◇◇，
有情离合花，无风独摇**草**。	◆◇◇◆◇，◇◇◆◇◆。
喜去喜去觅**草**，色数莫令**少**。	◆◆◆◆◆◆，◆◆◆◆◆。

同体式作品：敦煌写本歌辞《喜去觅草》联章3首。

双片体

始词：24分句8复句。双片。每片12分句4复句，三/三/三/三/型复句组。仄韵，隔句韵。律词。

4，4，3。4，4，6。3，5，4。5，4，4。

6，4，7。4，4，7。3，4，3。3，3，4。——北宋·晁补之·《全宋词》第579页

斗百草

别日常多，会时常**少**，天难**晓**。	◆◆◇◇，◆◇◇◆，◇◇◆。
正喜花开，又愁花谢，春也似人易**老**。	◆◆◇◇，◆◇◇◆，◇◆◆◇◆◆。
惨无言，念旧日朱颜，清欢莫**笑**。	◆◇◇，△◆◆◇◇，◇◇◆◆。
便苒苒如云，霏霏似雨，去无音**耗**。	△◆◆◇◇，◇◇◆◆，◆◇◇◆。
追想墙头梅下，门里桃边，	◇◆◇◇◇◆，◇◆◇◇，
名利为伊都忘**了**。	◇◆◆◇◇◆◆。
血写香笺，泪封罗帕，记三日离肠恨**搅**。	◆◆◇◇，◆◇◇◆，△◇◆◇◇◆◆。
如今事，十二楼空，凭谁**到**。	◇◇◆，◆◆◇◇，◇◇◆。
此情**悄**，拟回船，武陵路**杳**。	◆◇◆，◆◇◇，◆◇◆◆。

同体式作品：晁补之1首。

73. 【三冬雪】

1. 始词见敦煌写本歌辞。
2. 同调联章十五首词组，每章体式相同。敦煌写本曲辞与本曲单章体式相同之联章词组有数十篇，各篇联章数量多寡不同，每章体式完全一致，是为同体异调之曲。兹不重复作谱，仅以【三冬雪】为例，同体异调归为“同体式作品”，仅出示调名，不复谱。
3. 单片，三仄韵，隔句韵、连句韵。

始词：5 分句 2 复句。单片，三/二/型复句组。仄韵，隔句韵，连句韵。律词。

3，3，7。7，7。——唐·敦煌写本歌辞·《敦煌歌辞总编》第 665 页

三冬雪

话苦辛，申恳**切**，数个师僧门仞**列**。　◆◇◆，◇◆◆，◆◆◇◇◇◆◆。

只为全无一事衣，如何御彼三冬**雪**。　◆◆◇◇◆◆◇，◇◇◆◆◇◇◆。

同体式词调词作：唐五代：释法照《归去来》，释贯休《赞念法华经僧》《长松下》，玄觉《证道歌》，圆智《乐道歌》，希迁《草庵歌》，寰普《心珠歌》，匡山和尚《示徒颂》，道寻《遍参三昧歌》，慈恩法师《出家箴》，顾况《送行歌》，张籍《白鼍鸣》，刘禹锡《潇湘神》；无名氏《玩珠吟》《无相珠》《杖前飞》《最上乘》《迷生死》《千门化》《和菩萨戒文》《驱催老》《无常取》《愚痴意》《无厌足》《先祗备》《为大患》《佛性成就》《圣教佛本行赞》《太子成佛》《骊弄珠吟》《戒人斫松竹》《心丹诀》《也大奇》。总计 33 调。（诸调以词题为调名，诸调来源：《敦煌歌辞总编》《隋唐五代燕乐杂言歌辞集》《全唐五代词》。）

附：敦煌写本《三冬雪·望寄寒衣》联章全辞

沙门入言：

如来典句，盖不虚拈。令护命于九旬，遣加提于一月。是以共邀流辈，同出精蓝。讽宝偈于长街，□深怀于碧磵。希添忍服，望济寒衣。他时猊座，上答酬恩。此日轩阶，略呈雅韵。

平吟：

远辞萧寺来相**谒**，总把衷肠斩切**说**。一回吟了一伤心，一遍言时一气**咽**。

○话苦辛，申恳**切**，数个师僧门仞**列**。只为全无一事衣，如何御彼三冬**雪**。

○或秋深，严凝**月**，萧寺寒风声切**切**。囊中青缗一个无，身上故衣千处**结**。

○最伤情，难申**说**，杖笠三冬皆总**阙**。寒窗冷慑一无衣，如何御彼三冬**雪**。

○被蝉声，耳边聒，讲席绊萦身又**阙**。大业鸿名都未成，禅体衣单难可**说**。

○坐更阑，灯残**灭**，讨义寻文愁万**结**。抱膝炉前火一星，如何御彼三冬**雪**。

○师僧家，滋味**别**，不解经营无计**设**。一夏安居奈苑中，三秋远诣英聪**哲**。

○律藏中，分明**说**，亲许加提一个**月**。若不今朝到此来，如何御彼三冬**雪**。
○命同人，相提**篋**，总向朱门陈恳**切**。不是三冬总没衣，谁能向此谈扬**说**。
○恨严凝，兼腊**月**，既是多寒且无**热**。怕怖忧煎将告来，垂慈御彼三冬**雪**。
○诣英聪，访贤**哲**，盼望仁慈相允**察**。退故嫌生惠与僧，教将御彼三冬**雪**。
○尊夫人，也相**谒**，敬佛敬僧人尽**说**。背子衫裙百种衣，施交御彼三冬**雪**。
○诸郎君，不要**说**，记爱打傍兼出**热**。酒沾墨污损伤衣，施僧御彼三冬**雪**。
○小娘子，娉二八，月下花前避炎**热**。万般新好污沾衣，施交御彼三冬**雪**。
○阿孩子，怜心**切**，满篋名衣皆罗**列**。倘要延年养北堂，施交御彼三冬**雪**。
○苦再三，斩切**说**，未沐恩光难告**别**。回身检点篋箱中，施交御彼三冬**雪**。

侧吟：

秋风忽尔入僧扃，又被蝉吟别树鸣。故国未期愁悄悄，乡关思处泪盈盈。
寒衣未放无支拟，便觉秋风意不停。结侣共吟花院侧，遂将肝胆一时倾。

按：本篇以“言”为开场白，接以“平吟”作引子，进入联章曲唱，最后以“侧吟”终结。是唐代寺庙面向民众的小型说唱，诉说平民百姓的苦难以推广佛教，也是吸引香客的一种方式。

74. 【抛暗号】

1. 始词见敦煌写本歌辞。
2. 调名即词题。
3. 定格联章十首，七言诗变体（第五句折腰摊破为二句），各章末句定格复沓“抛暗号”。
4. 单片，六仄韵，起首二句连韵，继隔句韵。
5. 该调仅见敦煌写本歌辞。

始词：单片。9分句4复句，二/二/三/二/型复句组。仄韵，连句韵，隔句韵。

7，7。7，7。3，3，7。7，9。——唐·敦煌写本歌辞·《敦煌歌辞总编》第714页

抛暗号

休夸似玉如花**貌**，年去年来数便**老**。	◇◇◆◆◇◇◆，◇◆◇◇◆◆◆。
须知浮世片时间，莫作久长千岁**调**。	◇◇◇◆◆◇◇，◆◆◆◇◇◆。
劈面言，劈面**道**，劈面道时合醒**早**。	◆◆◇，◆◆◆，◆◆◆◇◆◆◆。
头上缘何白发多，只这个是无常抛暗**号**。	◇◆◇◇◆◆◇，△◆◆◆◇◇◇◆◆。

同体式作品：无。

增减字：

（一）7，7。7，7。3，3，7。7，8。敦煌写本歌辞9首。

75. 【十无常】

1. 始词见敦煌写本歌辞。
2. 调名即词题。
3. 同调联章十首，每首词式相同，各章结尾复句定格复沓。兹取一首谱之。
4. 单片，八韵，平仄换韵，隔句韵。
5. 该调仅见敦煌写本歌辞。

始词：单片。12 分句 5 复句，二/二/二/二/四/型复句组。换韵，仄、平间押，连句韵。

7，3。7，3。7，3。7，5。复沓：3，3，7，3。

——唐·敦煌写本歌辞·《敦煌歌辞总编》第 685 页

十无常

每思人世流光**速**，时短**促**。	◆◇◇◆◇◇◆，◇◆◆。
人生日月暗催**将**，转茫**茫**。	◇◇◆◆◆◇◇，◆◇◇。
容颜不觉暗里**换**，已改**变**。	◇◇◆◆◆◆◆，◆◆◆。
直饶便是转轮**王**，不免也无**常**。	◆◇◆◆◆◇◇，◆◆◆◇◇。
堪嗟叹，堪嗟叹，	◇◇◆，◇◇◆，
愿生九品坐莲台，礼如来。	◆◇◆◆◆◇◇，◆◇◇。

同体式作品：敦煌写本歌辞 9 首。

76. 【阿曹婆】

1. 始词见敦煌写本歌辞。
2. 同调联章三首，调名作【阿曹婆辞】，词组总题《镇陇西》，每首词式相同。
3. 单片，七平韵，连句韵、隔句韵。

始词：单片。9 分句，4 复句 1 单句，二/二/二/二/一/型复句单句组合。平仄通押，连句韵、隔句韵。

7，3。7，3。7，7。7，7。3。——唐·敦煌写本歌辞·《敦煌歌辞总编》第 1062 页

阿曹婆

镇陇西·第一

昨夜春风入户**来**，动人**怀**。	◇◆◇◇◆◆◇，◆◇◇。

祇见庭前花欲发，半含**哈**。	◆◆◇◇◇◆◇，◆◇◇。
直为思君容貌**改**，征夫镇在陇西**坏**。	◆◆◇◇◇◆◆，◇◇◆◆◆◇◇。
正见庭前双鹊喜，君在塞外远征**回**。	◆◆◇◇◇◆◆，◇◆◆◆◆◇◇。
梦先**来**。	◆◇◇。

同体式作品：敦煌写本歌辞2首。

77.【剑器辞】

1. 始词见敦煌写本歌辞。
2. 五言声诗联章3首，调名【剑器辞】，组诗总题《上秦王三首》，兹录一首。
3. 单片。五平韵，连句韵、隔句韵。

始词：8分句4复句，二/二/二/二/型复句组。首句入韵五言声诗。平韵，连句韵、隔句韵。

5，5。5，5。5，5。5，5。——唐·敦煌写本歌辞·《敦煌歌辞总编》第1075页

剑器辞

上秦王三首（其一）

皇帝持刀**强**，一一上秦**王**。	◇◆◇◇◆，◆◆◆◇◇。
斗贼勇勇勇，拟欲向前**汤**。	◆◆◆◆◆，◆◆◆◇◇。
应手三五个，万人谁敢**当**。	◆◆◇◆◆，◆◇◇◆◇。
从家缘业重，终日事三**郎**。	◇◇◇◆◆，◇◆◆◇◇。

同体式作品：敦煌写本歌辞《上秦王》2首。

78.【秋夜长】

1. 始词见敦煌写本歌辞。
2. 调名即词题。
3. 双片，每片三平韵，连句韵。
4. 此调仅见敦煌写本歌辞二首。

双片。每片4分句2复句，二/二/型复句组。平韵，每片首句无韵，连句韵。

5，3。5，3。

5，3。5，3。——唐·敦煌写本歌辞·《敦煌歌辞总编》第243页

秋夜长

天暮芦花白，秋夜**长**。 ◇◆◇◇◆，◇◆◇。
庭前树叶**黄**，旋草**霜**。 ◇◇◆◆◇，◇◆◇。

门前客来了，绣盖**裆**。 ◇◇◆◇◆，◆◆◇。
夫妻在他**乡**，泪千**行**。 ◇◇◆◇◇，◆◇◇。

同体式作品：敦煌写本歌辞 1 首。

79. 【杖前飞】

1. 始词见敦煌写本歌辞。
2. 调名即词题。“杖前飞”，打马球之游戏。
3. 单片，四仄韵，连句韵、隔句韵。
4. 本调仅见敦煌写本歌辞五首，均写马球游戏。

始词：单片。5 分句 2 复句，三/二/型复句组。仄韵，连句韵、隔句韵。

3，3，7。7，7。——唐·敦煌写本歌辞·《敦煌歌辞总编》第 463 页

杖前飞

青一**队**，红一**队**，敲磕玲珑得人**爱**。 ◇◆◆，◇◆◆，◇◆◇◇◇◆◇◆。
前回断当不赢输，此度若输后须**赛**。 ◇◇◆◆◆◇◇，◆◆◆◇◆◇◆。

同体式作品：敦煌写本歌辞 4 首。

80. 【定乾坤】

1. 始词见敦煌写本歌辞。
2. 调名即词题。
3. 双片。每片二平韵，连句韵、隔句韵。

始词：8 分句 4 复句。双片。上下片各 4 分句 2 复句，二/二/型复句组。平韵，上下片换韵，连句韵、隔句韵。

7，3。7，3。
7，5。5，5。——唐·敦煌写本歌辞·《敦煌歌辞总编》第 274 页

定乾坤	
修文寰海圣明**君**，感皇**恩**。	◇◇◇◆◆◇◇，◆◇◇。
八方无事妖氛靖，定乾**坤**。	◆◇◇◆◇◆◆，◆◇◇。
君臣道泰如鱼水，衣永挂长**新**。	◇◇◆◆◇◇◆，◇◆◆◇◇。
道属轻山岳，千秋与万**春**。	◆◆◇◇◆，◇◇◆◆◇。

同体式作品：无。

增减字：

（一）7，3。7，5。○7，5。5，5。敦煌写本歌辞1首（“塞北征战几时休”）。

81.【再相逢】

1. 始词见敦煌写本歌辞，仅此一首。
2. 调名即词题。
3. 双片。每片四平韵，连句韵、隔句韵。

始词：双片。上片6分句2复句，三/三/型复句组；下片4分句2复句，二/二/型复句组。平韵，连句韵、隔句韵。

4，5，7。3，3，6。

7，7。7，6。——唐·敦煌写本歌辞·《敦煌歌辞总编》第211页

再相逢	
与君别后，何日再相**逢**，	◆◇◆◆，◇◆◆◇◇，
关山阻隔信难**通**。	◇◇◆◆◆◇◇。
情恨切，气填**胸**，连襟泪落重**重**。	◇◆◆，◆◇◇，◇◇◆◆◇◇。
世通荣贵寿如**松**，寒雁来过附书**踪**。	◆◇◇◆◆◇◇，◇◆◇◆◆◇◇。
谓君憔悴损形**容**，教儿泪落千**重**。	◆◇◇◆◆◇◇，◇◇◆◆◇◇。

同体式作品：无。

82.【百岁篇】

1. 始词见敦煌歌辞。
2. 定格联章歌辞。计十章，若以“片”计，可谓十片，全篇歌辞总题“百岁篇”。
3. “百岁”歌题之源，今存古代文献最早可见为晋·陆机之《百岁歌》，本篇文体格式和

歌咏主题与之大同，看来是雅俗通行已久的传统歌题。

4. 每章自韵，三韵或四韵，连句韵、隔句韵。

定格联章。全篇计 10 章。每章 4 分句 2 复句，二/二/型复句组。每章自韵，第三、第十两章平韵，其余各章仄韵，偶插平韵。邻韵通押，间用方言韵，连句韵，隔句韵。

3，7。7，7。（共十章）——唐・敦煌写本歌辞・《敦煌歌辞总编》第 845—846 页

百岁篇

一十**一**，池上新荷行花**出**。	◆◆◆，◇◆◇◇◇◇◆。
珠弹近追黄雀年，玉䙰初缦青春**日**。	◇◆◆◇◇◆◇，◆◇◇◆◇◇◆◆。
二十**二**，专为英侠交豪**贵**。	◆◆◆，◇◇◇◆◇◇◆。
箜篌筚篥杨柳花，青丝玉镫浮云**骑**。	◇◇◆◆◇◆◇，◇◇◆◆◇◇◇
三十**三**，武略文章陌上**谈**。	◇◆◇，◆◆◇◇◆◆◇。
十月角弓鸣塞北，五花骏马猎城**南**。	◆◆◆◇◇◆◆，◆◇◆◆◆◇◇。
四十**四**，草木山川动杀**气**。	◆◆◆，◆◆◇◇◆◆◆。
风光渐渐不依**依**，物色那堪太憔**悴**。	◇◇◆◆◆◇◇，◆◆◆◇◆◇◆。
五十**五**，前王后帝何堪**数**。	◆◆◆，◇◇◆◆◇◇◆。
寂寂春光愁不明，凛凛寒风来入**户**。	◆◆◇◇◇◆◇，◆◆◇◇◇◆◆。
六十**六**，日月迅走如奔**蝮**。	◆◆◆，◆◆◆◆◇◇◆。
鬓边白发竞相催，手中拄杖仍嫌**曲**。	◆◇◆◆◆◇◇，◆◇◆◆◇◇◆。
七十**七**，举头斜望西山**日**。	◆◆◆，◆◇◇◆◇◇◆。
皇王纵有金马迎，伛偻那堪玉堂**出**。	◇◇◆◆◇◆◇，◆◆◆◇◆◇◆。
八十**八**，筋疲力尽如枯**札**。	◆◆◆，◇◇◆◆◇◇◆。
毡褥从君坐万重，还如独卧寒江**雪**。	◇◆◇◇◆◆◇，◇◇◆◆◇◇◆。
九十**九**，临崖垂藤挂枯**柳**。	◆◆◆，◇◇◇◇◆◇◆。
百年之事俄尔间，金玉满堂非我**有**。	◆◇◇◆◇◆◇，◇◆◆◇◇◇◆。
一百**终**，坟前几树凌霜**松**。	◆◆◇，◇◇◆◆◇◇◇。
千秋不见蛾眉态，万岁空留狐兔**踪**。	◇◇◆◆◇◇◆，◆◆◇◇◇◆◇。

同体式作品：敦煌写本歌辞 1 篇。

附：晋・陆机《百岁歌》

百岁歌

一十时，颜如蕣华晔有**晖**。体如飘风行如**飞**，娈彼孺子相追**随**。终朝出游薄暮**归**，六情逸豫心无**违**。清酒将炙奈乐何，清酒将炙奈乐何。

二十时，肤体彩泽人理**成**。美目淑貌灼有荣，被服冠带丽且**清**。光车骏马游都**城**，高谈雅步何盈**盈**。清酒将炙奈乐何，清酒将炙奈乐何。

三十时，行成名立有令**闻**。力可扛鼎志干云，食如漏卮气如**熏**。辞家观国综典**文**，高冠素带焕翩**纷**。清酒将炙奈乐何，清酒将炙奈乐何。

四十时，体力克壮志方**刚**。跨州越郡还帝**乡**，出入承明拥大**珰**。清酒将炙奈乐何，清酒将炙奈乐何。

五十时，荷旄仗节镇邦**家**。鼓钟嘈囋赵女歌，罗衣綷粲金翠**华**。言笑雅舞相经过，清酒将炙奈乐何，清酒将炙奈乐何。

六十时，年亦耆艾业亦**隆**。骖驾四牡入紫**宫**，轩冕婀那翠云**中**，子孙昌盛家道**丰**。清酒将炙奈乐何，清酒将炙奈乐何。

七十时，精爽颇损膂力**愆**。清水明镜不欲**观**，临乐对酒转无**欢**，揽形修发独长**叹**。

八十时，明已损目聪去**耳**。前言往行不复**纪**，辞官致禄归桑**梓**。安车驷马入旧**里**，乐事告终忧事**始**。

九十时，日告耽瘁月告**衰**。形体虽是志意**非**，言多谬误心多**悲**，子孙朝拜或问**谁**。指景玩日虑安**危**，感念平生泪交**挥**。

百岁时，盈数已登肌内**单**。四支百节还相**患**，目若浊镜口垂**涎**。呼吸嚬蹙反侧**难**，茵褥滋味不复**安**。

敦煌写本失调名曲子辞

敦煌写本中失调名歌辞，任半塘先生《敦煌曲初探》《敦煌歌辞总编》选取词中有主题意味之语句为词题而作其调，谨遵之。本谱所收失调名曲子辞，残缺之词不收，齐言歌诗不收。

83.《贺当家》

只曲。敦煌写本原题“般涉调”，无调名。《敦煌歌辞总编》取末句为词题。12 分句 6 复句，双片，每片 6 分句 3 复句，二/二/二/型复句组。平韵，连句韵、隔句韵。

5，5。5，5。3，3。

3，3。7，7。3，4。——唐·敦煌写本歌辞·《敦煌歌辞总编》第 300 页

贺当家

般涉调

国泰人安静，风沙向秀□。　　◆◆◇◇◆，◇◇◆◆□。

□□□□□，□地种□□。　　□□□□□，□◆◆□□。
□宫闹，任船**车**。　　□◇◆，◆◇◇。

听海燕，坐金**牙**。　　◇◆◆，◆◇◇。
提葫芦帝萨金**沙**，长垂罗袖拂烟**霞**。　　◇◇◇◆◆◇◇，◇◇◇◆◆◇◇。
齐拍手，贺我当**家**。　　◇◆◆，◆◆◇◇。

同体式作品：无。

84.《阿娘悲》

联章三首。复沓体歌辞，《敦煌歌辞总编》定为“重句联章体”，取词中复沓句“阿娘悲泣”为题。兹以第一首为谱，以定格复沓句分段而划为三片。每片 5 分句 2 复句，三/二/型复句组。仄韵，连句韵、隔句韵，复沓结句“阿娘悲泣”不入韵。

3，3，7。8，4。
3，3，7。7，4。
3，3，7。7，4。——唐·敦煌写本歌辞·《敦煌歌辞总编》第 777 页

阿娘悲

经道：“儿行千里，母心千里。”云男女成长已后，各须仕宦经营，总出他州，母心相逐。朔方征戍，三年而目断长城；剑岭兴生，半岁而魂归锦水。书云：父母之年，不可不知。思量我等生身母，终日忧怜男与女。为儿子抛出外边，阿娘悲泣无情绪。

或仕宦，或职**务**，离别耶娘经岁**数**。　　◆◆◆，◆◆◆，◇◆◇◇◇◆◆。
见四时八节未归来，阿娘悲泣。　　△◆◇◆◆◆◇◇，◆◇◇◆。

或经营，逐利**去**，或住他乡或道**路**。　　◆◇◇，◆◆◆，◆◆◇◇◆◆◆。
儿子虽然向外安，阿娘悲泣。　　◇◇◇◇◆◆◇，◆◇◇◆。

或在都，或镇**戍**，三载防边受辛**苦**。　　◆◆◇，◆◆◆，◇◆◇◇◆◇◆。
信息希疏道路遥，阿娘悲泣。　　◇◆◇◇◆◆◇，◆◇◇◆。

同体式作品：敦煌写本歌辞《阿娘悲》3 首。

85.《莨菪不归》

只曲。集药名词，以草药名为词题，莨菪，俗名天仙子，不归，即当归。单片，6 分句 3 复句，二/二/二/型复句组。平韵，连句韵。

5，5。7，7。7，6。——唐·敦煌写本歌辞·《敦煌歌辞总编》第 318 页

苠苔不归

苠苔不归**乡**，经今半夏**姜**。　◆◆◆◇◇，◇◇◆◆◇。

去他乌头了血**傍**，□他家附子豪**强**。　◆◇◇◇◆◆◇，□◇◇◆◆◇◇。

父母依意美长**短**，桂心日夜思**量**。　◆◆◇◇◆◆◇，◆◇◆◆◇◇。

同体式作品：无。

86.《劝诸人》

只曲。原辞题"劝诸人一偈"，无调名。单片。8 分句 4 复句，二/二/二/二/型复句组。平韵，隔句韵。律词。

7，5。5，5。5，5。5，5。——唐·敦煌写本歌辞·《敦煌歌辞总编》第 324 页

劝诸人

劝君学道莫言说，言说性恒**空**。　◆◇◆◆◆◇◇，◇◆◆◇◇。

不断贪痴爱，坐禅浪用**功**。　◆◆◇◇◆，◆◇◆◆◇。

用功计法数，实是大愚**庸**。　◆◇◆◆◆，◆◆◆◇◇。

但得无心想，自合太虚**空**。　◆◆◇◇◆，◆◆◆◇◇。

同体式作品：无。

87.《断诸恶》

只曲。取首句为题。单片，12 分句 6 复句，二/二/二/二/二/二/型复句组。平韵，隔句韵。

5，5。5，5。7，7。7，7。7，7。5，5。

——唐·敦煌写本歌辞·《敦煌歌辞总编》第 322 页

断诸恶

□□断诸恶，细细詃贪**嗔**。　□□◆◇◆，◆◆◇◇◇。

若使如罗汉，即自绝器**尘**。　◆◆◇◇◆，◆◆◆◇◇。

将刀且割无明暗，复用利剑断亲**姻**。　◇◇◆◆◇◇◆，◆◆◆◆◆◇◇。

究竟涅槃非是远，寻思寂灭即为**邻**。　◆◆◆◇◇◆◆，◇◇◆◆◆◇◇。

只是众生不牵致，所以沉沦罪业**深**。　◆◆◆◇◆◇◆，◆◆◇◇◆◆◇。

努力遵三宝，何处不全**身**。	◆◆◇◇◆，◇◆◆◇◇。

同体式作品：无。

88. 《见真时》

只曲。单片。7分句3复句，二/二/三/型复句组。平仄通押，连句韵。

5，5。5，5。3，3，7。——唐·敦煌写本歌辞·《敦煌歌辞总编》第323页

见真时

往日修行**时**，忙忙为生**死**。	◆◆◇◇◇，◇◇◆◇◆。
今日见真**时**，生死寻常**事**。	◇◆◆◇◇，◇◆◇◇◆。
见他生，见你**死**，反观自身亦如**此**。	◆◇◇，◆◆◆，◆◇◆◇◆◇◆。

同体式作品：无。

89. 《一室空》

只曲。单片，6分句2复句，三/三/型复句组。平韵，隔句韵、连句韵。律词。

3，5，7。3，3，7。——唐·敦煌写本歌辞·《敦煌歌辞总编》第324页

一室空

五蕴山，山中一室**空**，来来去去不相**逢**。	◆◆◇，◇◇◆◆◇，◇◇◆◆◆◇◇。
一生身，任舍住，至今不识主人**翁**。	◆◇◇，◆◆◆，◆◇◆◆◆◇◇。

同体式作品：无。

90. 《葡萄酒》

只曲。单片，12分句4复句，三/三/三/三/型复句组。仄韵，隔句韵，间插连句韵。

5，3，3。5，3，7。3，3，7。6，4，4。

——唐·敦煌写本歌辞·《敦煌歌辞总编》第336页

葡萄酒

葡萄酒金盏，差差差，斟未**满**。	◇◇◆◇◆，◇◇◇，◇◆◆。

□远黑花发，侧先□，明朝看花花满**县**。	□◆◆◇◇，◆◇□，◇◇◆◇◇◆◆。
唤同朋，出□□，三杯以后人尽**醉**。	◆◇◇，◆□□，◇◇◆◆◇◆◆。
欢情乐曲陈□，打不涂**散**，却罗无**限**。	◇◇◆◆◇□，◆◆◇◆，◆◇◇◆。

同体式作品：无。

91. 《花落又重开》

只曲。单片，8分句2复句，四/四/型复句组。平韵，隔句韵。

3，3，3，5。3，3，4，6。——唐·敦煌写本歌辞·《敦煌歌辞总编》第341页

花落又重开

飞过尽，不敢**抬**，	◇◆◆，◆◆◇，
今岁中，□□望夫**来**。	◇◆◇，□□◆◇◇。
□花落，又重**开**，	□◇◆，◆◇◇，
断弦罢却，世总量□尘**埃**。	◆◇◆◆，◆◆◆□◇◇。

同体式作品：无。

92. 《苏合香》

只曲。单片。9分句4复句，三/二/二/二/型复句组。平韵，隔句韵。律词。

3，3，5。5，5。5，5。5，5。——唐·敦煌写本歌辞·《敦煌歌辞总编》第343页

苏合香

兴未□，望休□，迢逍边塞**长**。	◆◆□，◆◇□，◇◇◇◆◇。
青山昏自阴，秋树本来**黄**。	◇◇◇◆◇，◇◆◆◇◇。
秋树□无叶，鸟来何处**藏**。	◇◆□◇◆，◆◇◇◆◇。
日炽蒲桃垂，风吹苏合**香**。	◆◆◇◇◇，◇◇◇◆◇。

同体式作品：无。

93.《母恩长》

三首联章。三首词分题为《母恩长》《母同恩》《须报恩》。单片，8 分句 4 复句，二/二/二/二/型复句组。仄韵，隔句韵。

4，4。4，4。6，7。5，5。——唐·敦煌写本歌辞·《敦煌歌辞总编》第 344 页

母恩长

只为长时，驱驰辛**苦**。 ◆◆◇◇，◇◇◇◆。
形貌精神，都来失**绪**。 ◇◆◇◇，◇◇◆◆。
一头承侍翁姑，一畔又剸缚男**女**。 ◆◇◇◆◇◇，◆◆◆◇◆◇◆。
日夜不曾闲，往往啼如**雨**。 ◆◆◆◇◇，◆◆◇◇◆。

同体式作品：无。

增减字：

（一）4，4。4，4。6，6。5，5。敦煌写本歌辞《母同恩》1 首。

（二）4，4。4，4。7，7。5，5。敦煌写本歌辞《须报恩》1 首。

94.《阿罗汉》

双片。14 分句 6 复句，每片 7 分句 3 复句，二/二/三/型复句组。仄韵，连句韵、隔句韵。律词。

4，5。5，5。3，3，4。

5，5。6，5。3，3，3。——唐·敦煌写本歌辞·《敦煌歌辞总编》第 345 页

阿罗汉

贪嗔皆**断**，尽是阿罗**汉**。 ◇◇◇◆，◆◆◆◇◇。
来往得逍遥，生死难萦**绊**。 ◇◆◆◇◇，◇◆◇◇◆。
慧剑镇，锋鑱智，月常圆**满**。 ◆◆◇，◇◇◆，◆◇◇◆。

龙天释梵人，见者皆称**赞**。 ◇◇◆◆◇，◇◆◇◇◆。
会中罗好形仪，月面长眉**眼**。 ◆◇◇◆◇◇，◆◆◆◇◆。
绀青身，挂衲袍，云片**片**。 ◇◇◇，◆◆◇，◇◆◆。

同体式作品：无。

95.《祥花坠》

只曲。单片，7分句3复句，二/二/三/型复句组。仄韵，隔句韵，间插连句韵。

7，7。7，7。3，3，6。——唐·敦煌写本歌辞·《敦煌歌辞总编》第346页

祥花坠

声闻菩萨兼龙鬼，浩浩如沙难总**记**。　　◇◇◇◆◇◇◆，◆◆◇◇◇◆◆。
风雨旋来海角清，神仙乱下祥花**坠**。　　◇◆◇◇◆◆◇，◇◇◆◆◇◇◆。
满虚空，遍天**地**，墋罗微尘纤**起**。　　◆◇◇，◆◇◆，◆◇◇◇◇◆。

同体式作品：无。

96.《女神郎庙》

1. 作者苏皈。敦煌写本原跋“清明日登张女神郎庙四首”，兹以“女神郎庙”为词题。
2. 四首联章。第一、二、三首单片，第四首双片，兹分别谱之。

单片

单片一：8分句3复句，三/三/二/型复句组。平仄换韵，隔句韵、连句韵。

3，3，7。3，3，7。7，7。——唐·苏皈·《敦煌歌辞总编》第395页

女神郎庙

清明日，登张女神郎庙四首（其一）

汧水北，陇山**东**，汉家神女庙其**中**。　　◇◆◆，◆◇◇，◆◇◇◆◆◇◇。
寒食尽，清明**旦**，远近香车来不**断**。　　◇◆◆，◇◇◆，◆◆◇◇◇◆◆。
飞泉直注淙道**间**，大岫横遮隐天**半**。　　◇◇◆◆◇◆◇，◆◆◇◇◆◇◆。

同体式作品：无。

单片二：6分句2复句，三/三/型复句组。平仄换韵，隔句韵、连句韵。

3，3，7。3，3，7。——唐·苏皈·《敦煌歌辞总编》第396页

女神郎庙

清明日，登张女神郎庙四首（其二）

花正新，草复**绿**，黄莺睍睆迁乔**木**。　　◇◆◆，◆◆◆，◇◇◆◆◇◇◆。
汧流活，古树**攒**，龙坂高高布云**端**。　　◇◇◆，◆◆◆，◇◆◇◇◆◇◇。

同体式作品： 唐：敦煌写本歌辞 1 首（《女神郎庙·其三》）。

双片

双片：10 分句 4 复句。上下片各 5 分句 2 复句，三/二/型复句组。平仄通押，隔句韵、连句韵。律词。

3，3，7。7，7。

3，3，7。7，7。——唐·苏亂·《敦煌歌辞总编》第 396 页

女神郎庙

清明日，登张女神郎庙四首（其四）

尘冥漠，鸟盘**桓**，争奔陌上声散**散**。	◇◇◆，◆◇◇，◇◇◆◆◇◇◇。
公子王孙一队队，管弦歌舞几般**般**。	◇◆◇◇◆◆◆，◇◇◇◆◆◇◇。
酌醇醑，舞锦**筵**，罗帷翠幕掩灵**泉**。	◆◇◆，◆◆◇，◇◇◆◆◆◇◇。
堤上淹留不觉昧，归来明月满秦**川**。	◇◆◇◇◆◆◆，◇◇◇◆◆◇◇。

同体式作品： 无。

97.《三嘱歌》

复沓定格联章三首，每章以“第一嘱”“第二嘱”“第三嘱”起句，词式相同。每首 8 分句 4 复句，二/二/二/二/型复句组，仄韵，连句韵、隔句韵。

5，7。7，7。3，3。7，7。——唐·敦煌写本歌辞·《敦煌歌辞总编》第 653 页

三嘱歌

第一嘱甚**嘱**，发愿耶娘长万**福**。	◆◆◆◆◆，◆◆◇◇◇◆◆。
十月怀躬受苦辛，乳哺三年相养**畜**。	◆◆◇◇◆◆◆，◆◆◇◇◇◆◆。
貌堂堂，仁义**足**。	◆◆◆，◇◆◆。
可中五逆甘采□，死了掇头入地**狱**。	◆◇◆◆◇◆□，◆◆◇◇◆◆◆。

同体式作品： 本联章第 2 首。

增减字：

（一）5，7。7，7。4，4。7，7。本联章第 3 首。

98.《发箭到长安》

只曲。单片。10 分句 4 复句，二/三/二/三/型复句组。平仄通押，换韵，隔句韵、连句韵。

7，7。5，6，5。3，7。5，3，5。——唐·敦煌写本歌辞·《敦煌歌辞总编》第 1111 页

发箭到长安

□□射立甚分明，忙把金弓接画**簳**。	□□◆◆◆◇◇，◇◆◇◇◆◆◆。
四围百姓**看**，	◇◇◆◆◆，
脚踏□白□**坛**，发箭到长**安**。	◆◆□◆□◇，◆◆◆◇◇。
适□面，从来合有动停**君**。	◆□◆，◇◇◆◆◆◇◇。
恰似前过□，侧耳**听**，只似觉凄**声**。	◆◆◇◆□，◆◆◇，◆◆◆◇◇。

同体式作品：无。

99.《一家归》

只曲。单片。12 分句，5 复句 1 单句，三/二/二/二/二/一/型复句单句组合。平仄换韵，抱韵，隔句韵。

3，3，3。7，7。5，5。5，7。5，5。5。

——唐·敦煌写本歌辞·《敦煌歌辞总编》第 1112 页

一家归

一家**归**，□年尽，日渐**西**。	◆◇◇，□◇◆，◆◆◇。
□□上诣开云道，专使请事大王□。	□□◆◆◇◇◆，◇◆◆◆◆◇□。
生死说一场，自身受甚**苦**。	◇◆◆◆◆，◆◇◆◆◆。
观音也合知，自身坐处无罪**过**。	◇◇◆◆◇，◆◇◆◆◇◆◆。
三边使来**不**，发遣一封**书**。	◇◇◆◇◆，◆◆◆◇◇。
青天也合**知**。	◇◇◆◆◇。

同体式作品：无。

100.《问安》

只曲。单片。10 分句 5 复句，二/二/二/二/二/型复句组。平韵，连句韵，间插隔句韵。

7，2。7，2。7，2。7，2。7，7。——唐·敦煌写本歌辞·《敦煌歌辞总编》第 1114 页

问安

问安分明不似**潘**，绕**欢**。　◆◇◇◇◆◆◇，◆◇。
贱妾□至五更**寒**，外**看**。　◆◆□◆◆◇◇，◆◇。
远闻孤山风动晓，心**酸**。　◆◇◇◇◇◆◆，◇◇。
□手两□酒家**钱**，皇**天**。　□◆◆□◆◇◇，◇◇。
愿作江河变澄**川**，将身航海没波**澜**。　◆◆◇◇◆◇◇，◇◇◇◆◆◇◇。

按：此句原本作“贱妾□妥□□至五更寒”，从该词形式看，此句当是七字句，写本疑为抄手之误。

同体式作品：无。

101.《草头霜冷》

只曲。8 分句 4 复句。双片。每片 4 分句 2 复句，二/二/型复句组。平仄换韵，抱韵，连句韵。

7，3。7，5。
7，3。8，5。——唐·敦煌写本歌辞·《敦煌歌辞总编》第 1114 页

草头霜冷

草头霜冷误中**年**，误中**年**。　◆◇◇◆◆◇◇，◆◇◇。
先须学取礼仪**全**，誓愿莫归**还**。　◇◇◆◆◆◇◇，◆◆◆◇◇。

脱却皮裘蕃汉**国**，蕃汉**国**。　◆◆◇◇◇◆◆，◇◆◆。
多应养马上胭脂**山**，泪眼仰青**天**。　◇◇◆◆◆◇◇◇，◆◆◆◇◇。

同体式作品：无。

102.《远征行》

只曲。8分句4复句。双片，每片4分句2复句，二/二/型复句组。平韵，隔句韵，间插连句韵。

7，7。7，8。

7，7。7，7。——唐·敦煌写本歌辞·《敦煌歌辞总编》第1116页

远征行

上却沙场别却妻，教我儿婿远征**行**。	◆◆◇◆◆◆◇，◆◆◇◆◆◇◇。
乃可䗪鞍拂汉**婿**，大王不容许女人**妆**。	◆◆◇◆◆◇◆，◆◇◆◇◆◆◇◇。
女人束妆有何**妨**，妆束出来似神**王**。	◆◇◆◇◆◇◇，◆◇◆◇◆◇◇。
乃可刀头剑下死，夜夜不愿守空**房**。	◆◆◇◇◆◆◆，◆◆◆◆◆◇◇。

同体式作品：无。

103.《抛我一生》

只曲。16分句8复句。双片。每片8分句4复句，二/二/二/二/型复句组。上片换韵，首、尾二复句押平、遥韵，隔句韵；二、三复句换韵押仄、抱韵；下片同韵，平仄通押，连句韵，隔句韵。

5，5。3，3。3，7。4，6。

4，4。4，5。3，5。3，7。——唐·敦煌写本歌辞·《敦煌歌辞总编》第1117页

抛我一生

抛我一生却，自家一身**当**。	◇◆◆◇◆，◆◇◆◇◇。
归汉路，千万**忆**。	◇◆◆，◇◆◆。
君若在，生之时不谓人**死**。	◇◆◆，◇◇◇◆◆◇◆。
卿卿忆着，眼中泪落千**行**。	◇◇◆◇，◆◇◆◆◇◇。
道路遥**远**，早晚得**见**。	◆◆◇◆，◆◆◆◆。
回过黄河，水满过三**边**。	◇◆◇◇，◆◆◆◇◇。
圌上过，不觉水深**浅**。	◇◆◆，◆◆◆◇◆。
早去过，日落西下得相**见**。	◆◆◆，◆◆◇◆◆◇◇。

同体式作品：无。

按：敦煌写本歌辞为民间抄本，或有字迹模糊不清，且古无句读，故各家整理本或有不同。《敦煌歌辞总编》与《全唐五代词》（中华书局 1999 年版）所录该词及句断即有差异，本谱句断与之则皆有不同，兹录《总》《全》两种版本如下：

抛我一身却，自家一身当。归汉路。千万亿君。若在生之时。不谓人死。卿卿忆着。眼中泪落千行。〇道路遥远。早晚得迴过。黄河水满过三边。圝上过。不觉水深浅。早去过。日落西下得相见。

——《敦煌歌辞总编》第 1117 页

抛我一身却，自家一身当。归汉路，千万忆，君若在，生之时，不为人，死卿卿，忆着眼中泪落千行。〇道路遥远，早晚得见回过，黄河水满，过三边。圝上过，不觉水深浅。早去过，日落西下得相见。

——《全唐五代词》第 948 页

《敦煌歌辞总编》以“。”作断句符，非今标点符号之句号，《全唐五代词》则为现代标点符号。撇开分句、复句的划分，仅看句断两个版本即颇有不同。本谱辞文参校两种版本，句断与句型划分则有调整。

104.《耶娘老》

只曲。8 分句 4 复句。单片，二/二/二/二/型复句组。平韵，隔句韵。

6，6。6，6。5，5。5，5。——唐·敦煌写本歌辞·《敦煌歌辞总编》第 1118 页

耶娘老

一不愿耶娘老，二不愿梵公**王**。	◆◆◆◇◇◆，◆◆◆◆◇◇。
三不愿无弟兄，四不愿自身**当**。	◇◆◆◇◇◆，◆◆◆◆◇◇。
燕子云中鸟，下来绕此**堂**。	◆◆◇◇◆，◆◇◆◆◇。
同席温美酒，且以唱歌**人**。	◇◆◇◆◆，◆◆◆◇◇。

同体式作品：无。

二、唐五代文人始用词调

文人始用词调，指始词为文人写作的词调。其调来源，一为传世乐曲而原词无存，今见其调始词为文人所作；二为文人首次取官廷教坊之曲填写的词调；三为勾栏散乐、秦楼楚馆、市井民旷传唱之歌，然其词无存，今见始词为文人所作的词调；四为文人首次取民间乐人、大户家乐所制乐曲而填词的词调；五为擅乐文人的自度曲调。凡此五种词调，其源可考者简要说明之，无可考者阙如。文献所传无名氏始用词调，亦划入文人词调。全谱计收录唐五代文人始用词调 115 调，当下及后世同源词调 22 调，总计 137 调。

105.【大酺】

1. 声诗唐杜审言首作；长短句始词北宋周邦彦作。
2. 始源为唐教坊曲《大酺乐》，见唐崔令钦《教坊记》。大酺，唐张守节《史记正义》："天下欢乐大饮酒也。"
3. 声诗有五言、七言四句与八句二体，四句二韵或三韵，八句四韵或五韵，平韵，隔句韵，或间插连句韵；长短句，双片，上片五韵，下片七韵或六韵，仄韵，隔句韵，或间插连句韵。

五言声诗

其一：8 分句 4 复句，二/二/二/二/型复句组。平韵，隔句韵。律词。

5，5。5，5。5，5。5，5。——唐·杜审言《乐府诗集》第 1135 页

大酺乐

圣后乘乾日，皇明御历**辰**。	◆◆◇◇◆，◇◇◆◆◇。
紫宫初启坐，苍璧正临**春**。	◆◇◇◆◆，◇◆◆◇◇。
雷雨垂膏泽，金钱赐下**人**。	◇◆◇◇◆，◇◇◆◆◇。
诏酺欢赏遍，交泰睹惟**新**。	◆◇◇◆◆，◇◆◆◇◇。

同体式作品：无。

其二：4 分句 2 复句，二/二/型复句组。平韵，隔句韵。律词。

5，5。5，5。——唐五代·无名氏《乐府诗集》第 1135 页

大酺乐

泪滴珠难尽，容残玉易**销**。　◆◆◇◇◆，◇◇◆◆◇。

倘随明月去，莫道梦魂**遥**。　◆◇◇◆◆，◆◆◆◇◇。

同体式作品：无。

七言声诗

其一：8 分句 4 复句，二/二/二/二/型复句组。平韵，隔句韵。律词。

7，7。7，7。7，7。7，7。——唐·杜审言《乐府诗集》第 1135 页

大酺乐

毗陵震泽九州**通**，士女欢娱万国**同**。　◇◇◆◆◆◇◇，◆◆◇◇◆◆◇。

伐鼓撞钟惊海上，新妆袨服照江**东**。　◆◆◆◇◇◆◆，◇◇◆◆◆◇◇。

梅花落处疑残雪，柳叶开时任好**风**。　◇◇◆◆◇◇◆，◆◆◇◇◆◆◇。

大德不官逢道泰，天长地久属年**丰**。　◆◆◆◇◇◆◆，◇◇◆◆◆◇◇。

同体式作品：无。

其二：4 分句 2 复句，二/二/型复句组。平韵，首句入韵，隔句韵。律词。

7，7。7，7。——唐·张祜《乐府诗集》第 1135 页

大酺乐

车驾东来值太**平**，大酺三日洛阳**城**。　◇◆◇◇◆◆◇，◆◇◇◆◆◇◇。

小儿一伎竿头绝，天下传呼万岁**声**。　◆◇◆◆◇◇◆，◇◆◇◇◆◆◇。

同体式作品：唐：张祜 1 首。

长短句

始词：30 分句，9 复句 1 单句。双片。上片 15 分句 5 复句，三/三/三/三/三/型复句组；下片 15 分句，4 复句 1 单句，三/五/三/三/一型复句单句组合。仄韵，隔句韵。

4，3，6。5，5，4。4，4，6。5，5，4。5，4，4。

5，3，5。3，4，4，3，4。5，3，4。6，4，6。6。

——北宋·周邦彦·《全宋词》第 609 页

大酺

越调。春雨。

对宿烟收，春禽静，飞雨时鸣高**屋**。　△◆◇◇，◇◇◆，◇◆◇◇◇◆。

墙头青玉旆，洗铅霜都尽，嫩梢相**触**。　◇◇◇◆◆，△◇◇◇◆，◆◇◇◆。

润逼琴丝，寒侵枕障，虫网吹黏帘**竹**。　◆◆◇◇，◇◇◆◆，◇◆◆◇◇◆。

邮亭无人处，听檐声不断，困眠初**熟**。　◇◇◇◇◆，△◇◇◆◆，◆◇◇◆。

奈愁极顿惊，梦轻难记，自怜幽**独**。　△◇◆◆◇，◆◇◇◆，◆◇◇◆。

行人归意**速**，最先念，流潦妨车**毂**。　◇◇◇◆◆，◆◇◆，◇◆◇◇◆。
怎奈向，兰成憔悴，卫玠清羸，　◆◆◆，◇◇◇◆，◆◆◇◇，
等闲时，易伤心**目**。　◆◇◇，◆◇◇◆。
未怪平阳客，双泪落，笛中哀**曲**。　◆◆◇◇◆，◇◆◆，◆◇◇◆。
况萧索青芜**国**，　△◇◆◇◇◆，
红糁铺地，门外荆桃如**菽**。　◇◆◇◆，◇◆◇◇◇◆。
夜游共谁秉**烛**。　◆◇◆◇◆◆。

同体式作品：无。

变体一

较始词分句数相同，复句型有变。

【变体一】30 分句，9 复句 1 单句。上片与始词同，下片第二复句减 1 分句，第四复句增 1 分句。上片 15 分句 5 复句，三/三/三/三/三/型复句组；下片 15 分句，4 复句 1 单句，三/四/三/四/一/型复句组。仄韵，隔句韵。

4，3，6。5，5，4。4，4，6。5，5，4。5，4，4。
5，3，5。3，4，4，7。5，3，4。3，3，4，6。6。

——南宋·杨泽民·《全宋词》第 3013 页

大酺

渐雨回春，风清夏，垂柳凉生芳**屋**。　◆◆◇◇，◇◇◆，◇◆◇◇◇◆。
余花犹满地，引蜂游蝶戏，慢飞轻**触**。　◇◇◇◆◆，△◇◇◆◆，◆◇◇◆。
院宇深沉，帘栊寂静，苍玉时敲疏**竹**。　◆◆◇◇，◇◇◆◆，◇◆◇◇◇◆。
雕梁新来燕，恣呢喃不住，似曾相**熟**。　◇◇◇◇◆，△◇◇◆◆，◆◇◇◆。
但双去并来，漫萦幽恨，枕单衾**独**。　△◇◆◇◇，◆◇◇◆，◆◇◇◆。

仙郎去又**速**，料今在，何许停双**毂**。　◇◇◆◆◆，◆◇◆，◇◆◇◇◆。
任梦想，频登台榭，　◆◆◆，◇◇◇◆，
遍倚阑干，水云千里空流**目**。　◆◆◇◇，◆◇◇◆◇◇◆。
纵遇双鱼客，难尽写，别来心**曲**。　◆◆◇◇◆，◇◆◆，◆◇◇◆。
媚容幸，倾城**国**，　◆◇◆，◇◇◆，
今日何事，还又难分辨**菽**。　◇◆◇◆，◇◆◇◇◇◆。
寸心天上可**烛**。　◆◇◇◆◆◆。

同体式作品：无。

变体二

较始词复句数不变，分句数有变。

变体二·1

29 分句，9 复句 1 单句。

【变体二·1·1】29 分句，9 复句 1 单句。上片与始词同，15 分句 5 复句，三/三/三/三/三/型复句组；下片较始词减 1 分句，14 分句，4 复句 1 单句，二/五/三/三/一/型复句单句组合。仄韵，隔句韵，间插连句韵。

4，3，6。5，5，4。4，4，6。5，5，4。5，4，4。
5，8。3，4，4，3，4。5，3，4。6，4，6。6。——南宋·方千里·《全宋词》第 2502 页

大酺

正夕阳间，秋光淡，鸳瓦参差华**屋**。	△◆◇◇，◇◇◆，◇◆◇◇◇◆。
高低帘幕迴，但风摇环佩，细声频**触**。	◇◇◇◆◆，△◇◇◇◆，◆◇◇◆。
瘦怯单衣，凉生两袖，零乱庭梧窗**竹**。	◆◆◇◇，◇◇◆◆，◇◆◇◇◇◆。
相思谁能会，是归程客梦，路谙心**熟**。	◇◇◇◇◆，△◇◇◆◆，◆◇◇◆。
况时节黄昏，闲门人静，凭栏身**独**。	△◇◆◇◇，◇◇◇◆，◇◇◇◆。
欢情何太**速**，岁华似飞马驰轻**毂**。	◇◇◇◆◆，◆◇◆◇◆◇◇◆。
谩自叹，河阳青鬓，苒苒如霜，	◆◆◆，◇◇◇◆，◆◆◇◇，
把菱花，怅然凝**目**。	◆◇◇，◆◇◇◆。
老去疏狂减，思堕策，小坊幽**曲**。	◆◆◇◇◆，◇◆◆，◆◇◇◆。
趁游乐繁华**国**，	△◇◆◇◇◆，
回首无绪，清泪粉于红**蔌**。	◇◆◇◆，◇◆◇◇◇◆。
话愁更堪剪**烛**。	◆◇◆◇◆◆。

按：本词较始词惟下片第一复句减一分句，其他各句位皆同。始词下片第一复句“最先念，流潦妨车毂”，可断可连之流水句，不断则与本词体式相同；但本词该句位若参照始词断为“岁华似、飞马驰轻毂”，则为破读（正确语读：岁华//似/飞马/驰轻毂），故此 8 字句不宜点断，由此可见“流水句”之断连与“变体”之关系。

同体式作品：无。

【变体二·1·2】29 分句，9 复句 1 单句。上片与始词同，15 分句 5 复句，三/三/三/三/三/型复句组；下片分句数与【变体二·1·1】同，复句型有变，14 分句，4 复句 1 单句，三/四/二/四/一/型复句组。仄韵，隔句韵。

4，3，6。5，5，4。4，4，6。5，5，4。5，4，4。
5，3，5。3，4，4，7。5，7。3，3，4，6。6。——南宋·李曾伯·《全宋词》第 2819 页

大酺

和陈次贯赠行韵

对剑花凝，�叶卷，天宇尘清声**肃**。	△◆◇◇，◇◆◆，◇◆◇◇◇◆。
楼船催解处，正日戈夕照，风旗西**矗**。	◇◇◇◆◆，△◆◇◆◆，◇◇◇◆。
虎战龙争，人非地是，形势昔雄三**国**。	◆◆◇◇，◇◇◆◆，◇◆◆◇◇◆。
景升今何在，怅婆娑老子，奚堪荆**牧**。	◆◇◇◇◆，△◇◇◆◆，◇◇◇◆。

岂自古常言，力宁斗智，智宁如**福**。	△◆◆◇◇，◆◇◆◆，◆◇◇◆。
西征非太**速**，奈臣职，难负君王**嘱**。	◇◇◇◆◆，◆◇◆，◇◆◇◇◆。
嗟往事，祁山抗表，	◇◆◆，◇◇◆◆，
剑阁刊铭，只成堕甑并空**轴**。	◆◆◇◇，◆◇◆◆◆◇◆。
喜听平安信，岂止为区区一**竹**。	◆◆◇◇◆，◆◆◆◇◇◆◆。
蚊氓类，笑谈**逐**，	◇◇◆，◆◇◆，
玉关归老，不愿封侯食**肉**。	◆◇◇◆，◆◆◇◇◆◆。
愿还太平旧**蜀**。	◆◇◆◇◆◆。

同体式作品：南宋：吴文英1首，周密1首。

增减字：

（一）4，3，6。5，5，4。4，4，6。5，5，4。5，4，4。○5，3，5。7，4，3，4。5，7。3，3，4，6。6。南宋：陈允平1首。

【变体二·1·3】29分句，9复句1单句。上片与始词同，下片减1分句，复句型较【变体二·1】前两式有变。上片15分句5复句，三/三/三/三/三/型复句组；下片14分句，4复句1单句，三/三/三/四/一/型复句单句组合。仄韵，间插连句韵，隔句韵。

4，3，6。5，3，6。4，4，6。5，3，6。5，4，4。

5，3，5。7，4，7。5，3，4。3，3，4，6。6。——南宋·陈著·《全宋词》第3034页

大酺

寿江东运使陆云西集撰

把雪冰心，钧韶手，飞上青云时**早**。	△◆◇◇，◇◇◆，◇◆◇◇◇◆。
红尘难染著，十年前，曾坐凤池鳌**岛**。	◇◇◇◆◆，◆◇◇，◇◆◆◇◇◆。
晕锦锵环，重金压带，相去能争多**少**。	◆◆◇◇，◇◇◆◆，◇◆◇◇◇◆。
从容何心问，到如今，都领绣春花**草**。	◇◇◇◇◆，◆◇◇，◇◆◆◇◇◆。
算耐处光阴，淡中滋味，世人那**晓**。	△◆◆◇◇，◆◇◇◆，◆◇◇◆。
笺天新有**稿**，要归去，盘礴山阴**道**。	◇◇◇◆◆，◆◇◆，◇◆◇◇◆。
便整顿随琴霜鹤，带石秋兰，	△◆◆◇◇◇◆，◆◆◇◇，
约松乔倚风清**啸**。	△◇◇◆◇◇◆。
争奈俞音**杳**，明月**棹**，又还停**了**。	◆◆◇◇◆，◇◆◆，◆◇◇◆。
但珍重，经纶**料**，	◆◇◆，◇◇◆，
时来须做，休管急流人**笑**。	◇◇◇◆，◇◆◇◇◇◆，
功名尽迟尽**好**。	◆◇◆◇◆◆。

同体式作品：南宋：陈著2首。

增减字：

（一）4，3，6。5，5，4。4，4，6。4，6，4。5，4，4。○5，3，5。7，4，7。5，3，4。3，3，4，6。6。南宋：刘辰翁《春寒》1首（一传本词为朱子厚作）。

（二）4，3，6。5，5，4。4，4，6。5，5，4。5，4，4。○5，5，3。7，4，7。5，3，4。3，3，4，6。6。南宋：赵文1首。

【变体二·1·4】29分句，9复句1单句。上片与始词同，15分句5复句，三/三/三/三/三型复句组；下片第二、三复句各减1分句、第四复句增1分句，14分句，4复句1单句，三/四/二/四/一/型复句单句组合。仄韵，隔句韵。

4，3，6。5，5，4。4，4，6。6，4，4。5，4，4。

5，3，5。3，4，4，7。5，7。3，3，4，6。6。——南宋·陈允平·《全宋词》第3098页

大酺

元夕寓京

渐入融和，金莲放，人在东风楼**阁**。	◆◆◇◇，◇◇◆，◇◆◇◇◇◆。
天香吹辇路，净无云一点，桂流霜**魄**。	◇◇◇◆◆，◆◇◇◆◆，◆◇◇◆。
雪霁梅飘，春柔柳嫩，半卷真珠帘**箔**。	◆◆◇◇，◇◇◆◆，◇◆◇◇◇◆。
迢迢鸣鞘过隘，车钿辔玉，暗尘轻**掠**。	◇◇◇◆◆◆，◇◆◆◆，◆◇◇◆。
拥琼管吹龙，朱弦弹凤，柳衢花**陌**。	△◇◆◇◇，◇◇◇◆，◆◇◇◆。
鳌山侵碧落，绛绡远，春霭浮鸩**鹊**。	◇◇◇◆◆，◆◇◆，◇◆◇◇◆。
民共乐，金吾禁静，	◇◆◆，◇◇◆◆，
翠跸声闲，遍青门尽停鱼**钥**。	◆◆◇◇，◆◇◇◆◇◇◆。
衩袜寒初觉，方怪失绣鸳弓**窄**。	◇◆◇◇◆，△◆◆◆◇◇◆。
误良夜，瑶台**约**，	◆◇◇，◇◇◆，
渐彩霞散，双阙星微烟**薄**。	△◇◇◆，◇◆◇◇◇◆。
洞天共谁跨**鹤**。	◆◇◆◇◆◆。

同体式作品：无。

变体二·2

31分句，9复句1单句。

【变体二·2】31分句，9复句1单句。上片第一复句较始词增1分句，16分句5复句，四/三/三/三/三/型复句组；下片分句数与始词同，复句型有变，15分句，4复句1单句，三/四/三/四/一/型复句组。仄韵，隔句韵。

4，3，3，3。5，5，4。4，4，6。5，5，4。5，4，4。

5，3，5。7，4，3，4。5，3，4。3，3，4，6。6。

——南宋·赵以夫·《全宋词》第2660页

大酺

牡丹

正绿阴浓，莺声懒，庭院寒，轻烟**薄**。	△◆◇◇，◇◇◆，◇◆◇，◇◇◆。
天然花富贵，逞夭红殷紫，叠葩重**萼**。	◇◇◇◆◆，△◆◇◆◆，◇◇◇◆。

醉艳酣春，妍姿浥露，翠羽轻明如**削**。	◆◆◇◇，◇◇◆◆，◇◆◆◇◇◆。
檀心鸦黄嫩，似离情愁绪，万丝交**错**。	◆◇◇◇◆，◆◇◇◆◆，◇◇◇◆。
更银烛相辉，玉瓶微浸，宛然京**洛**。	△◆◆◇◇，◆◇◆◆，◆◇◇◆。
朝来风雨恶，怕僝僽，低张青油**幕**。	◇◇◇◆◆，◆◇◆，◇◆◇◇◆。
便好倩佳人插帽，贵客传笺，	△◆◆◇◇◆◆，◆◆◇◇，
趁良辰，赏心行**乐**。	◆◇◆，◆◇◇◆。
四美难并也，须拚醉，莫辞杯**勺**。	◆◆◇◇◆，◆◆◆，◇◇◆◆。
被花恼，情无**著**，	◇◇◆，◆◇◆，
长笛何处，一笑江头高**阁**。	◆◇◇◆，◆◆◇◇◆◆。
极目水云漠**漠**。	◆◇◆◇◆◆。

同体式作品：无。

变体二·3

28分句，9复句1单句。

【变体二·3】28分句，9复句1单句。上片第一复句较始词减1分句，下片第二复句减1分句。上片14分句5复句，二/三/三/三/三/型复句组；下片14分句，4复句1单句，三/四/三/三/一/型复句单句组合。仄韵，隔句韵，间插连句韵。

7，6。5，5，4。4，4，6。5，5，4。5，4，4。

5，3，5。3，4，4，7。5，3，4。6，4，6。6。——南宋·颜奎·《全宋词》第3255页

大酺

和须溪春寒

唱古荼蘼新荷叶，谁向重帘深**处**。	△◆◇◇◇◇◆，◇◆◇◇◇◆。
东风三十六，向园林都过，余寒犹**妒**。	◇◇◇◆◆，△◇◇◇◆，◇◇◇◆。
公子狐裘，佳人翠袖，怎见此时情**否**。	◇◆◇◇，◇◇◆◆，◆◆◆◇◇◆。
天上知音杳，怪参差律**吕**，世间多**误**。	◇◆◇◇◆，△◇◇◆◆，◆◇◇◆。
记画扇题诗，单衣试酒，梦归泥**絮**。	△◆◆◇◇，◇◇◆◆，◆◇◇◆。
嗟春如逆旅，送无**路**，远涉前无**渡**。	△◇◇◆◆，◆◇◆，◆◆◇◇◆。
回首**住**，凌波亭馆，	◇◆◆，◇◇◇◆，
待月楼台，满身花气凝香**雾**。	◆◆◇◇，◆◇◇◆◇◆。
度入南薰**去**，留燕伴，不教迟**暮**。	◆◆◇◇◆，◇◆◆，◆◆◇◆。
但一点芳心**苦**，	△◆◆◇◇◆，
生怕摇落，分付荷房收**贮**。	◇◆◇◆，◇◆◇◇◇◆，
晚妆又随过**雨**。	◆◇◆◇◆◆。

同体式作品：无。

106.【好时光】

1. 始词唐李隆基作。
2. 取本词末句“莫负好时光”为词题，词题即调名。
3. 双片。每片二平韵，隔句韵。
4. 此调仅见李隆基一首。

始词：9 分句 4 复句。双片。上片 5 分句 2 复句，三/二/型复句组；下片 4 分句 2 复句，二/二型复句组。平韵，隔句韵。

6，3，3。7，5。
5，6。5，5。——唐 · 李隆基 · 《全唐五代词》第 6 页

好时光

宝髻偏宜宫样，莲脸嫩，体红**香**。　◆◆◇◇◇◆，◇◆◆，◆◇◇。
眉黛不须张敞画，天教入鬓**长**。　◇◆◆◇◇◆◆，◇◇◆◆◇。

莫倚倾国貌，嫁娶个有情**郎**。　◆◆◇◆◆，◆◆◆◆◇◇。
彼此当年少，莫负好时**光**。　◆◆◇◇◆，◆◆◆◇◇。

按：“嫁娶个有情郎”，歌唱可以（且极可能）以两个小乐节展开，“嫁娶个/有情郎”，但文本标点不宜分断。

同体式作品：无。

107.【梁州令】

【凉州词】【凉州令】【凉州歌】

1. 声诗始词唐王翰作，长短句始词北宋柳永作。
2. 唐教坊有【凉州】大曲，“梁”“凉”，同音别写。《新唐书 · 礼乐志》：“天宝乐曲皆以边地为名，若《凉州》《伊州》《甘州》之类。”本调为【凉州】大曲摘遍而成的单行词调。一作【凉州词】【凉州令】【凉州歌】【梁州令叠韵】。
3. 五言声诗二平韵，七言声诗三平韵。本谱所录诗例，亦可作徒诗观，其标有调名，当可用【凉州】曲歌之；长短句，短调：上片二韵或三韵，下片四韵；长调：每片六韵。仄韵，连句韵、隔句韵。
4. 此调南宋无继作。

声诗

七言声诗：4分句2复句，二/二/型复句组。平韵，连句韵、隔句韵。律词。

7，7。7，7。——唐·王翰·《全唐诗》第1609页

凉州词

蒲萄美酒夜光**杯**，欲饮琵琶马上**催**。　◇◇◆◆◆◇◇，◆◆◇◇◆◆◇。
醉卧沙场君莫笑，古来征战几人**回**。　◆◆◇◇◇◆◆，◆◇◇◆◆◇◇。

同体式作品：唐：王翰1首，孟浩然2首，王之涣2首，耿湋1首，张籍3首，薛逢1首，无名氏2人5首（【凉州歌】），计8人15首。

五言声诗：4分句2复句，二/二/型复句组。平韵，隔句韵。

5，5。5，5。——唐·薛逢·《全唐诗》第6391页

凉州词

君住孤山下，烟深夜径**长**。　◆◆◇◇◆，◇◇◆◆◇。
辕门渡绿水，游苑绕垂**杨**。　◇◇◆◆◆，◇◆◆◇◇。

同体式作品：唐：薛逢2首，韩琮1首，无名氏1首（【凉州歌】）。

长短句·短调

始词：10分句4复句。双片。每片5分句2复句，二/三/型复句组。仄韵，连句韵、隔句韵。

5，6。7，4，5。
7，5。7，4，5。——北宋·柳永·《全宋词》第53页

梁州令

梦觉纱窗**晓**，残灯掩然空**照**。　◆◆◇◇◆，◇◇◆◇◇◆。
因思人事苦萦牵，　◇◇◇◆◆◇◇，
离愁别恨，无限何时**了**。　◇◇◆◆，◇◆◇◇◆。

怜深定是心肠**小**，往往成烦**恼**。　◇◇◆◆◇◇◆，◆◆◇◇◆。
一生惆怅情多**少**，　◆◇◇◆◇◇◆，
月不长圆，春色易为**老**。　◆◆◇◇，◇◆◆◇◆。

同体式作品：无。

增减字：

（一）5，6。7，4，5。○7，5。4，4，5。北宋：晁补之1首。

变体二

与始词复句数相同，分句数有变。

变体二·1

8 分句 4 复句

【变体二·1】8 分句 4 复句。上下片较始词第二复句各减 1 分句。4 分句 2 复句，二/二/型复句组。仄韵，连句韵、隔句韵。

5，6。7，7。

7，5。6，7。——北宋·晏几道·《全宋词》第 257 页

梁州令

莫唱阳关曲，泪湿当年金**缕**。	◆◆◇◇◆，◆◆◇◇◇◆。
离歌自古最消魂，闻歌更在魂消**处**。	◇◇◆◆◆◇◇，◇◇◆◆◇◇◆。
南楼杨柳多情**绪**，不系行人**住**。	◇◇◇◆◇◇◆，◆◆◇◇◆。
人情却似飞**絮**，悠扬便逐春风**去**。	◇◇◆◆◇◆，◇◇◆◆◇◇◆。

同体式作品：北宋：晁端礼 1 首。

长短句·长调

始词：18 分句 8 复句。双片。上下片各 9 分句 4 复句，二/三/二/二/型复句组。仄韵，连句韵、隔句韵。

5，6。7，4，5。7，5。6，7。

5，6。7，4，5。7，6。7，7。——北宋·欧阳修·《全宋词》第 150 页

梁州令

红杏墙头**树**，紫萼香心初**吐**。	◇◆◇◇◆，◆◆◇◇◇◆。
新年花发旧时枝，	◇◇◇◆◆◇◇，
徘徊千绕，独共东风**语**。	◇◇◇◆，◆◆◇◇◆。
阳台一梦如云**雨**，为问今何**处**。	◇◇◆◆◇◇◆，◇◆◇◇◆。
离情别恨多少，条条结向垂杨**缕**。	◇◇◆◆◇◆，◇◇◆◆◇◇◆。
此事难分**付**，初心本谁先**许**。	◆◆◇◇◆，◇◇◆◇◇◆。
窃香解佩两沉沉，	◆◇◆◆◆◇◇，
知他而今，记得当初**否**。	◇◇◇◇，◆◆◇◇◆。
谁教薄幸轻相**误**，不信道相思**苦**。	◇◇◆◆◇◇◆，◆◆◆◇◇◆。
如今却恁空追悔，元来也会忆人**去**。	◇◇◆◆◇◇◆，◇◇◆◆◆◇◆。

同体式作品：无。

增减字：

（一）5，6。7，4，5。7，5。6，7。○ 5，6。7，4，5。7，5。7，7。北宋：欧阳修 1 首。

同源词调：【梁州令叠韵】

1. 始词北宋晁补之作。
2. 调名之“叠韵”，指加片。
3. 四片。每片三韵或四韵，仄韵，连句韵、隔句韵。
4. 此调仅见晁补之一首。

始词：四叠。18分句8复句。第一片5分句2复句，二/三/型复句组；第二片4分句2复句，二/二/型复句组；第三片5分句2复句，二/三/型复句组；第四片4分句2复句，二/二/型复句组。仄韵，连句韵、隔句韵。

5，6。7，4，5。
7，5。2，7。
5，6。7，4，5。
7，5。6，7。——北宋·晁补之·《全宋词》第555页

梁州令叠韵

田野闲来**惯**，睡起初惊晓**燕**。 ◇◆◇◇◆，◆◆◇◇◆◆。
樵青走挂小帘钩， ◇◇◆◆◆◇◇，
南园昨夜，细雨红芳**遍**。 ◇◇◆◆，◆◆◇◇◆。

平芜一带烟光**浅**，过尽南归**雁**。 ◇◇◆◆◇◇◆，◆◆◇◇◆。
俱**远**，凭栏送目空肠**断**。 ◇◆，◇◇◆◆◇◇◆。

好景难常**占**，过眼韶华如**箭**。 ◆◆◇◇◆，◆◆◇◇◇◆。
莫教鶗鴂送韶华， ◆◇◇◆◆◇◇，
多情杨柳，为把长条**绊**。 ◇◇◇◆，◆◆◇◇◆。

清樽满酌谁为**伴**，花下提壶**劝**。 ◇◇◆◆◇◇◆，◇◆◇◇◆。
何妨醉卧花底，愁容不上春风**面**。 ◇◇◆◆◇◆，◇◇◆◆◇◇◆。

同体式作品：无。

108.【连理枝】

【小桃红】

1. 始词传为唐李白作。
2. 初为单片体，后演为双片体；南宋又名【小桃红】。

3. 单片四仄韵；双片每片四仄韵；连句韵、隔句韵。

单片体

始词：单片。8 分句 3 复句，二/三/三/型复句组。仄韵，连句韵、隔句韵。律词。

5，5。4，4，4。3，5，5。——唐·李白·《全唐五代词》第 8 页

连理枝

黄钟宫

雪盖宫楼**闭**，罗幕昏金**翠**。　◆◆◇◇◆，◇◆◇◇◆。
斗鸭阑干，香心淡薄，梅梢轻**倚**。　◆◆◇◇，◇◇◆◆，◇◇◇◆。
喷宝猊，香烬麝烟浓，馥红绡翠**被**。　◆◆◇，◇◆◆◇◇，◆◇◇◆◆。

同体式作品：唐：李白 1 首。

双片体

始词：14 分句 6 复句。双片。每片体式同始词。每片 7 分句 3 复句，二/三/二/型复句组。仄韵，连句韵、隔句韵。律词。

5，5。4，4，4。8，5。
5，5。4，4，4。8，5。——北宋·晏殊·《全宋词》第 108 页

连理枝

玉宇秋风**至**，帘幕生凉**气**。　◆◆◇◇◆，◇◆◇◇◆。
朱槿犹开，红莲尚拆，芙蓉含**蕊**。　◇◆◇◇，◇◇◆◆，◇◇◇◆。
送旧巢归燕拂高檐，见梧桐叶**坠**。　△◆◇◇◆◆◇◇，◆◇◇◆◆。

嘉宴凌晨**启**，金鸭飘香**细**。　◇◆◇◇◆，◇◆◇◇◆。
凤竹鸾丝，清歌妙舞，尽呈游**艺**。　◆◆◇◇，◇◇◆◆，◆◇◇◆。
愿百千遐寿比神仙，有年年岁**岁**。　△◆◇◇◆◆◇◇，◆◇◇◆◆。

同体式作品：北宋：晏殊 1 首，贺铸 1 首，计 2 人 2 首。南宋：程垓 1 首（【小桃红】），刘过 1 首（【小桃红】），余桂英 1 首（【小桃红】）。

变体二

与始词复句数相同，分句数减 2。

【变体二】12 分句 6 复句。上下片第二复句较始词各减 1 分句，每片 6 分句 3 复句，二/二/二/型复句组。仄韵，连句韵，隔句韵。

5，5。7，6。8，5。
5，5。7，6。8，5。——北宋·邵叔齐·《全宋词》第 995 页

连理枝

淡泊疏篱**隔**，寂寞官桥**侧**。　◆◆◇◇◆，◆◆◇◇◆。
绿萼青枝风尘外，别是一般姿**质**。　◆◆◇◇◇◇◆，◆◆◆◇◇◆。

念天涯憔悴各飘零，记初曾相**识**。　　△◇◇◇◆◆◇◇，△◇◇◇◆。

雪里清寒**逼**，月下幽香**袭**。　　◆◆◇◇◆，◆◆◇◇◆。
不似薄情无凭准，一去音书难**得**。　　◆◆◆◇◇◇◆，◆◆◇◇◇◆。
看年年时候不逾期，报阳和消**息**。　　△◇◇◇◆◆◇◇，△◇◇◇◆。

同体式作品： 无。

109.【清平乐】

【清平乐令】

1. 始词传为唐李白作。
2. 亦为唐教坊曲（见《教坊记》）。旧说调名“清平”指清商三调之清调、平调，任中敏《教坊记笺订》：“温庭筠《清平乐》辞‘新岁清平思同辇’，显为《两都赋》‘海内清平，朝廷无事’之意。《敦煌杂录》下《愿文》云：‘社稷有应瑞之祥，国境有清平之乐。’可知调名中二字，并不指清调、平调。”
3. 五代两宋通行词调，偶名【清平乐令】。【清平调】【清平令破子】，作同源词调。
4. 双片体，每片三韵，平仄换韵，上片押仄，下片押平，连句韵，间插隔句韵。单片体仅见南宋无名氏【清平乐】一首，七平韵，连句韵、隔句韵。

始词：8 分句 4 复句。双片。每片 4 分句 2 复句，二/二/型复句组。上下片平、仄换韵，连句韵，下片末句隔句韵。

4，5。7，6。
6，6。6，6。——唐·李白·《全唐五代词》第 9 页

清平乐
禁庭春**昼**，莺羽披新**绣**。　　◆◇◇◆，◇◆◇◇◆。
百草巧求花下**斗**，祇赌珠玑满**斗**。　　◆◆◆◇◇◆◆，◇◆◇◇◆◆。

日晚却理残**妆**，御前闲舞霓**裳**。　　◆◆◆◆◇◇，◆◇◇◇◆◇◇。
谁道腰肢窈窕，折旋笑得君**王**。　　◇◆◇◇◆◆，◆◇◆◆◇◇。

同体式作品： 唐五代：李白 4 首，温庭筠 2 首，韦庄 6 首，欧阳炯 1 首，尹鹗 2 首，毛熙震 1 首，孙光宪 2 首，冯延巳 3 首，李煜 1 首，计 9 人 22 首。北宋：张先 3 首，晏殊 5 首，欧阳修 1 首，刘敞 1 首，王安石 2 首，王安国 2 首，晏几道 18 首，王观 2 首，王仲甫 1 首，苏轼 1 首，李之仪 6 首，陈睦 1 首，黄庭坚 7 首，晁端礼 5 首，刘弇 1 首，赵令畤 1 首，贺铸 7 首，晁补之 3 首，陈师道 4 首，李廌 1 首，谢逸 2 首，苏庠 1 首，毛滂 20 首，王安中 3 首，张继先 1 首，叶梦得 1 首，刘一止 1 首，陈克 1 首，朱敦儒 6 首，周紫芝 6 首，张纲 1 首，李清照 1 首，计 32 人 116 首。南宋：吕本中 1 首，李邴 1 首，向子諲 7 首，韩璜 1 首，袁绹 1 首，蔡伸 3 首，王灼 2 首，杨师纯 2 首，李弥逊 5 首，陈与义 1 首，张

元幹2首，吕渭老1首，李鼐1首，杨无咎2首，曹勋7首，胡铨1首，孙道绚1首，史浩8首，曾觌2首，葛立方1首，邵某1首，洪适2首，朱淑真2首，侯寘2首，赵彦端3首，王千秋2首，袁去华6首，朱雍1首，向滈1首，管鉴1首，王质3首，徐逸1首，张孝祥5首，吕胜己2首，赵长卿7首，王炎3首，杨冠卿1首，辛弃疾16首，赵善括1首，程垓4首，石孝友6首，韩玉1首，赵师侠3首，陈亮1首，连久道1首，张镃2首，刘过2首，卢炳2首，刘翰2首，韩淲3首，张辑1首，俞国宝1首，戴复古2首，高观国2首，魏了翁2首，李从周2首，卢祖皋4首，徐照1首，林正大1首，刘镇1首，孙惟信1首，吴泳1首，黄机7首，刘克庄6首，赵汝迕1首，李好古2首，吴潜1首，周晋1首，赵崇嶓2首，许棐1首，吴文英1首，李彭老1首，李莱老2首，施乘之1首，黄昇2首，张枢1首，石正伦1首，罗椅1首，陈允平1首，赵汝茪1首，程武1首，刘辰翁2首，颜奎1首，赵与仁1首，周密6首，黎廷瑞2首，仇远2首，陈德武11首，张炎14首，程节斋1首，申纯1首，吴则礼5首，范成大2首，黄人杰1首，贾逋1首，无名氏4人4首，计99人244首。

增减字：

(一) 4，5。7，6。○7，6。6，6。北宋：柳永1首。

(二) 4，6。7，6。○6，6。6，6。北宋：王安石1首。

(三) 4，5。7，5。○6，6。6，6。南宋：刘埙1首。

(四) 3，6。7，6。○6，6。6，6。南宋：无名氏1首。

(五) 6，6。5，6。○6，6。5，6。南宋：吴城小龙女1首（【清平乐令】）。

单片体

始词：单片，12分句4复句，二/五/三/二/型复句组。平韵，连句韵，间插隔句韵。

6，7。5，3，3，6，5。7，3，4。3，4。——宋·无名氏·《全宋词》第3828页

清平乐

真主玉历成**康**，德睿宁安国中**良**。	◇◆◆◆◇◇，◆◆◇◇◆◇◇。
时和岁丰稔，民阜乐，何情泚，	◇◇◆◇◆，◇◆◆，◇◇◆，
瑞木呈日五色，月华重有**光**。	◆◆◇◆◆◆，◆◇◇◆◇。
更羽鹤来仪凤**凰**，万邦**乡**，齐供明**皇**。	△◆◆◇◇◆◇，◆◇◇，◇◆◇◇。
祝遐龄，圣寿无**疆**。	◆◇◇，◆◆◇◇。

按：本词体式与双片体【清平乐】之上下片体式迥异，疑“清平乐”为词题而非调名。

同体式作品：无。

同源词调一：【清平调】

1. 始词唐李白作。
2. 七言声诗。平韵，首句入韵，隔句韵。
3. 唐代原生于随调而唱的“声诗”，本性亦为“曲子辞”，记为文本则为徒诗；案头徒诗亦可歌，若歌之则亦称声诗，故声诗与徒诗可以互相转化，但有调名声诗与徒诗的原生性质不同，不可笼统混为一谈。（参见任半塘《唐声诗》）

4. 宋人【清平调】之作，仅见苏轼《清平调引》三首，皆七言声诗，然宋人用其调作词者必不止此，宋晁补之《夜合花》：“记清平调，词成进了。”惜无其他作品存世。
5. 【清平调】与【清平乐】之关系，学界尚有不同观点，本谱姑作同源词调处理，可作声诗与长短句关系之一例。

始词：七言声诗。单片。4 分句 2 复句，二/二/型复句组。平韵，首句入韵，隔句韵。律词。

7，7。7，7。——唐·李白·《全唐五代词》第 14 页

清平调

云想衣裳花想**容**，春风拂槛露华**浓**。 ◇◆◇◇◇◆◇，◇◇◆◆◆◇◇。
若非群玉山头见，会向瑶台月下**逢**。 ◆◇◇◆◇◇◆，◆◆◇◇◆◆◇。

同体式作品：唐：李白 3 首，北宋：苏轼 3 首（【清平调引】）。

附：苏轼【清平调引】（其一）：

陌上花开蝴蝶**飞**，江山犹是昔人**非**。 ◆◆◇◇◇◆◇，◇◇◇◆◆◇◇。
遗民几度垂垂老，游女还歌缓缓**归**。 ◇◇◆◆◇◇◆，◇◆◇◇◆◆◇。

同源词调二：【清平令破子】

1. 始词南宋无名氏作。
2. 《高丽史·乐志》所录《抛球乐》大曲组词只曲。
3. 破子，大曲“入破”乐段之一遍。【清平令破子】，即以【清平令】作“破子”，音乐是否有变，难以确定。兹作【清平乐】同源词调处理。
4. 双片，每片四仄韵，连句韵。

始词：8 分句 4 复句。双片。上下片各 4 分句 2 复句，二/二/型复句组。仄韵，连句韵。

6，6。8，6。
6，6。7，7。——宋·无名氏·《全宋词》第 3826 页

清平令破子

满庭罗绮流**粲**，清朝画楼开**宴**。 ◆◇◇◆◇◆，◇◇◆◇◇◆。
似初发芙蓉正烂**熳**，金尊莫惜频**劝**。 △◇◆◇◇◆◆◆，◇◇◆◆◇◆。

近看柳腰似**折**，更看舞回流**雪**。 ◆◆◆◇◆◆，◆◆◆◇◇◆。
是欢乐宴游时**节**，且莫催欢歌声**阕**。 △◇◆◆◇◇◆，△◆◇◇◇◇◆。

同体式作品：无。

110.【忆秦娥】

【秦楼月】

1. 始词唐李白作。
2. 秦娥，相传为秦穆公之女，名弄玉。（见《列仙传》）
3. 宋代通行词调。调名或作【秦楼月】，取始词“梦断秦楼月”之句而衍名。北宋贺铸有《秦楼月》一首，传世本或题《子夜歌》，实《秦楼月》。
4. 双片，上片五韵或四韵，下片四韵，仄韵，连句韵，间插隔句韵。

始词：10 分句 4 复句。双片。每片 5 分句 2 复句，二/三/型复句组。仄韵，连句韵，插一隔句韵。律词。

3，7。3，4，4。
7，7。3，4，4。——唐·李白·《全唐五代词》第 16 页

忆秦娥

箫声**咽**，秦娥梦断秦楼**月**。	◇◇◆，◇◇◆◆◇◇◆。
秦楼**月**，年年柳**色**，灞桥伤**别**。	◇◇◆，◇◇◆◆，◆◇◇◆。
乐游原上清秋**节**，咸阳古道音尘**绝**。	◆◇◇◆◇◇◆，◇◇◆◆◇◇◆。
音尘**绝**，西风残照，汉家陵**阙**。	◇◇◆，◇◇◇◆，◆◇◇◆。

同体式作品：北宋：苏轼 1 首（【秦楼月】词题《双荷叶》），李之仪 1 首，贺铸 3 首，晁补之 1 首，毛滂 3 首（【秦楼月】），吴则礼 1 首（【秦楼月】），万俟咏 2 首，王庭珪 1 首，周紫芝 1 首（【秦楼月】），朱敦儒 4 首，李清照 1 首，计 11 人 19 首。南宋：向子諲 2 首（【秦楼月】），房舜卿 1 首，蔡伸 2 首，陈与义 1 首，张元幹 1 首，王之道 1 首（【秦楼月】），杨无咎 1 首，孙道绚 1 首，曾协 1 首（【秦楼月】），仲并 1 首，康与之 1 首，曾觌 5 首（【秦楼月】），朱淑真 1 首，王千秋 3 首，袁去华 1 首，朱雍 1 首，向滈 1 首，姚述尧 1 首，韩元吉 1 首（【秦楼月】），侯寘 1 首（【秦楼月】），赵彦端 2 首（【秦楼月】），陆游 1 首，范成大 6 首（【秦楼月】），杨万里 1 首，朱熹 2 首，陈三聘 5 首（【秦楼月】），沈端节 1 首，张孝祥 2 首，李处全 2 首，赵长卿 1 首，王炎 2 首，杨冠卿 2 首，程垓 3 首，石孝友 1 首，赵师侠 1 首，杨炎正 1 首（【秦楼月】），汪莘 1 首，郭应祥 1 首（【秦楼月】），张侃 1 首（【秦楼月】），黄昇 1 首（【秦楼月】），黎廷瑞 10 首（【秦楼月】），韩淲 1 首，高观国 2 首，黄机 1 首，张辑 2 首，刘克庄 5 首，吴潜 1 首，翁元龙 1 首，何梦桂 1 首，刘辰翁 5 首，颜奎 1 首，仇远 1 首，陈德武 1 首，郑文妻 1 首，汪元量 7 首，梁意娘 1 首，无名氏 10 人 10 首（【秦楼月】3 首），计 66 人 116 首。

变体二

与始词复句数相同，分句数有变。

变体二·1

8分句4复句

【变体二·1】8分句4复句。双片。上下片第一，二复句较始词各减1分句。每片4分句2复句，二/二/型复句组。入声韵，邻韵通押，连句韵。律词。

3，5。2，7。

7，5。2，7。——五代·冯延巳·《全唐五代词》第704页

忆秦娥

风淅**淅**，夜雨连云**黑**。	◇◆◆，◆◆◇◇◆。
滴**滴**，窗外芭蕉灯下**客**。	◆◆，◇◆◇◇◇◆◆。
除非魂梦到乡**国**，免被关山**隔**。	◇◇◇◆◆◇◆，◆◆◇◇◆。
忆**忆**，一句枕前争忘**得**。	◆◆，◆◆◆◇◇◆◆。

同体式作品：无。

增减字：

（一）2，5。2，7。○7，5。2，7。北宋：毛滂2首。

变体二·2

9分句4复句

【变体二·2】9分句4复句。双片。较始词上片第一、二复句各减1分句，下片第一复句增1分句，第二复句减1分句。上片4分句2复句，二/二/型复句组；下片5分句2复句，三/二/型复句组。入声韵，连句韵，插一隔句韵。律词。

3，5。3，7。

3，5，5。3，7。——北宋·张先·《全宋词》第76页

忆秦娥

参差**竹**，吹断相思**曲**。	◇◇◆，◆◆◇◇◆。
情不**足**，西北有楼穷远**目**。	◇◆◆，◇◆◆◇◇◆◆。
忆苕溪，寒影透清**玉**，秋雁南飞**速**。	◆◇◇，◇◆◆◇◆，◇◆◇◇◆。
菰草**绿**，应下溪头沙上**宿**。	◇◆◆，◇◆◇◇◇◆◆。

同体式作品：无。

变体三

较始词分句数复句数皆变

【变体三】13分句5复句。上片第一复句较始词增1分句，6分句2复句，三/三/型复句组；下片增2分句1复句，7分句3复句，二/二/三/型复句组。入声韵，隔句韵。律词。

3，3，5。3，3，3。

3，5。3，5。3，3，3。——北宋·欧阳修·《全宋词》第155页

忆秦娥

十五**六**，脱罗裳，长恁黛眉**蹙**。	◆◆◆，◆◇◇，◇◆◆◇◆。
红玉暖，人人怀，春困**熟**。	◇◆◆，◆◇◇，◇◆◆。
展香茵，帐前明画**烛**。	◆◇◇，◆◇◇◆◆。
眼波长，斜浸鬓云**绿**。	◆◇◇，◇◆◆◇◆。
看不**足**，苦残宵，更漏**促**。	◇◆◆，◆◇◇，◇◆◆。

同体式作品：无。

111.【长命女】

1. 声诗始词唐岑参作；长短句始词五代和凝作。
2. 唐教坊曲（见《教坊记》），一作“西河长命女”“长命西河女”。《唐会要》载唐太乐署供奉曲有《西河长命》，或为一调。初唐虞世南《琵琶赋》：“少年有‘长命’之词，倡女有‘可怜’之调。”故该曲母调源出初唐。宋王灼《碧鸡漫志》：“此曲起开元以前，大历间，乐工加减节奏。”
3. 唐段安节《乐府杂录》：“大历中，有才人张红红者，本与其父歌于衢路丐食，过将军韦青所居，青于街牖中闻其歌者喉音寥亮，仍有美色，即纳为姬……乃自传其艺，颖悟绝伦。尝有乐工自撰一曲，即古曲《长命西河女》也，加减其节奏，颇有新声。未进闻，先印可于青，青潜令红红于屏风后听之。红红乃以小豆数合，记其节拍。乐工歌罢，青因入问红红如何，云：‘已得矣。’青出，给云：‘某有女弟子，久曾歌此，非新曲也。’即令隔屏风歌之，一声不失。乐工大惊异，遂请相见，叹伏不已，再云：‘此曲先有一声不稳，今已正矣。’”由此可窥一曲歌辞“变体”的音乐原因。
4. 五绝声诗，二平韵；单片长短句，六仄韵，连句韵、隔句韵。
5. 此调长短句仅见和凝、冯延巳各一首，两宋无继作。

声诗

五言声诗：4分句2复句，二/二/型复句组，平韵，隔句韵。律词。

5，5。5，5。——唐·岑参·《全唐五代词》第966页

长命女

雪送关西雨，风传渭北**秋**。	◆◆◇◇◆，◇◇◆◆◇。

<table>
<tr><td>孤灯然客梦，寒杵捣乡愁。</td><td>◇◇◇◆◆，◇◆◆◇◇。</td></tr>
<tr><td colspan="2">同体式作品：无。</td></tr>
<tr><td colspan="2" align="center">长短句</td></tr>
<tr><td colspan="2">始词：单片。7 分句 3 复句，三/二/二/型复句组。仄韵，连句韵、隔句韵。</td></tr>
<tr><td colspan="2">3，7，5。6，6。7，5。——五代·和凝·《全唐五代词》第 472 页</td></tr>
<tr><td colspan="2">长命女</td></tr>
<tr><td>天欲晓，宫漏穿花声缭绕，窗里星光少。</td><td>◇◆◆，◇◆◇◇◇◇◆，◇◆◇◇◆。</td></tr>
<tr><td>冷雾寒侵帐额，残月光沉树杪。</td><td>◆◆◇◇◆◆，◇◆◇◇◆◆。</td></tr>
<tr><td>梦断锦帏空悄悄，强起愁眉小。</td><td>◆◆◆◇◇◆◆，◇◆◇◇◆。</td></tr>
<tr><td colspan="2">同体式作品：五代：冯延巳 1 首。</td></tr>
</table>

112. 【欸乃词】

【欸乃曲】

1. 七言声诗首作见唐元结【欸乃曲】五首；长短句始词南宋蒲寿宬作。
2. 本为舟子棹歌。《乐府诗集》：“《欸乃曲》，元结之所作也。其序曲曰：‘大历初，结为道州刺史，以军事诣都。使还州，逢春水，舟行不进。作《欸乃曲》，令舟子唱之，以取适于道路云。’欸音袄，乃音霭，棹船声也。”
3. 或云【阿那曲】与【欸乃曲】为一调之别写，“欸乃”“阿那”为同音语气词。然【阿那曲】本为歌舞曲，两调似非一调。姑将两调作同源词调处理。
4. 七绝声诗，三平韵，连句韵、隔句韵；单片长短句，二平韵，隔句韵。

<table>
<tr><td colspan="2" align="center">声诗</td></tr>
<tr><td colspan="2">七言声诗：4 分句 2 复句，二/二/型复句组。平韵，连句韵，隔句韵。</td></tr>
<tr><td colspan="2">7，7。7，7。——唐·元结《乐府诗集》第 1160 页</td></tr>
<tr><td colspan="2">欸乃曲</td></tr>
<tr><td>偏存名迹在人间，顺俗与时未安闲。</td><td>◇◇◇◆◆◇◇，◆◆◆◇◆◇◇。</td></tr>
<tr><td>来谒大官兼问政，扁舟却入九疑山。</td><td>◇◆◆◇◇◆◆，◇◇◆◆◆◇◇。</td></tr>
<tr><td colspan="2">同体式作品：唐：元结 4 首。</td></tr>
<tr><td colspan="2" align="center">长短句</td></tr>
<tr><td colspan="2">始词：单片。5 分句 2 复句，三/二/型复句组。平韵，隔句韵。律词。</td></tr>
</table>

3，3，7。7，7。——南宋·蒲寿宬·《全宋词》第 3303 页

欸乃词

赠渔父刘四

白头翁，白头翁，江海为田鱼作**粮**。　◆◇◇，◆◇◇，◇◆◆◇◇◆◇。
相逢只可唤刘四，不受人呼刘四**郎**。　◇◇◆◆◆◇◆，◆◆◇◇◇◆◇。

同体式作品：无。

同源词调：【阿那曲】

1. 始词唐柳宗元作。
2. 阿那曲，初源为魏晋民间歌舞曲，西晋陆机《日出东南隅行》："俯仰纷阿那，顾步咸可欢。"阿那，指舞姿柔美，唐《文选五臣注》："阿那，柔弱貌。"明杨慎则云"阿那"即其曲和声"纥那"（方言语气词）之语音。将"阿那"和声为曲名，遂以其曲代指歌舞，后以"阿那"移指舞姿优美，书面语作"婀娜"，可见其曲乃因歌舞而流传不衰，与【竹枝】"踏歌"的流传方式类似。
3. 柳宗元《欸乃曲》是否即【阿那曲】，有可能，或未必，无可考实。兹将两调作为源于民间歌曲意义上的同源曲调。唐代民间或称【阿那曲】为【鸡叫子】（见任半塘先生《唐声诗》）。
4. 单片。六句体四仄韵，四句体三仄韵；连句韵、隔句韵。

其一：6 分句 3 复句，二/二/二/型复句组。入声韵，首二句连韵，继为隔句韵。

7，7。7，7。7，7。——唐·柳宗元·《全唐五代词》第 1005 页

阿那曲

渔翁夜傍西岩**宿**，晓汲清湘燃楚**竹**。　◇◇◆◆◇◇◆，◆◆◇◇◇◆◆。
烟销日出不见人，欸乃一声山水**绿**。　◇◇◆◆◆◆◇，◇◇◆◆◇◆◆。
回看天际下中流，岩上无心云相**逐**。　◇◇◇◆◆◇◇，◇◆◇◇◇◇◆。

按：本诗原无调名，明卓人月《古今词统》题【阿那曲】，《全唐五代词》收录，兹从之。

同体式作品：无。

其二：4 分句 2 复句。首句入韵，入声韵，连句韵、隔句韵。

7，7。7，7。——唐·李玫·《全唐五代词》第 1025 页

阿那曲

春草萋萋春水**绿**，野棠开尽飘香**玉**。　◇◆◇◇◇◆◆，◆◇◇◇◆◇◇◆。
绣岭宫前白发翁，犹唱开元太平**曲**。　◆◆◇◇◆◆◇，◇◆◇◇◇◆◇◆。

同体式作品：唐：裴铏1首，崔公达1首，姚月华1首，无名氏1首。北宋：张耒1首（【鸡叫子】《荷花》）。南宋：朱淑真1首。

按：裴铏《题赠张云容舞》一诗，或传为杨玉环作，然作诗"题赠"舞女，似不合杨玉环之贵妃身份；朱淑真《阿那曲》，一说为徒诗《春宵》而非声诗。兹录二诗一阅：

题赠张云容舞 唐·裴铏

罗袖动香香不已，红蕖袅袅秋烟里。轻云岭上乍摇风，嫩柳池边初拂水。

春宵 宋·朱淑真

平池碧玉秋波莹，绿云拥扇青摇柄。水宫仙子斗红妆，轻步凌波踏明镜。

113.【章台柳】

1. 始词唐韩翃作。
2. 始词取首句为调名。
3. 单片四仄韵，邻韵通押，连句韵、隔句韵。

始词：单片。5分句2复句，三/二/型复句组。仄韵，邻韵通押，连句韵、隔句韵。

3，3，7。7，7。——唐·韩翃·《全唐五代词》第973页

章台柳

寄柳氏

章台**柳**，章台**柳**，往日依依今在**否**。	◇◇◆，◇◇◆，◆◆◇◇◇◆◆。
纵使长条似旧垂，亦应攀折他人**手**。	◆◆◇◇◆◆◇，◆◆◇◆◇◇◆。

同体式作品：宋：柳氏1首。

按：该调二词见于宋《太平广记》之小说故事，尚有柳氏答词一首："杨柳枝，芳菲节，恨年年赠离别。一叶随风忽报秋，纵使君来岂堪折。"

114.【调笑】

【调笑歌】【调笑令】【调啸词】【古调笑】【转应词】

1. 单片体始词唐戴叔伦作；双片体始词南宋洪适作。
2. 本为唐代抛打曲，"酒筵中抛球行令歌之"，唐白居易《代书诗一百韵寄微之》："打嫌调笑易，饮讶卷波迟。"自注："抛打曲有《调笑令》，饮酒曲有《卷白波》。"（参见任半塘《唐声诗》）
3. 又名【调笑歌】【调笑令】【调啸词】【古调笑】【转应词】。

4. 单片【调笑】常用于一诗一词“两腔互迎”之“缠达”体；或作队舞组曲中的“破子”。

5. 单片体八韵，双片体每片七韵；平仄换韵，连句韵。

单片体

始词：8 分句 3 复句，三/二/三/型复句组。一复句一换韵，仄、平、仄三换韵，连句韵。

2，2，6。6，6。2，2，6。——唐·戴叔伦·《全唐五代词》第 19 页

调笑

边草，边草，边草尽来兵老。　◇◆，◇◆，◇◆◆◇◇◆。
山南山北雪晴，千里万里月明。　◇◇◇◆◆◇，◇◆◆◆◆◇。
明月，明月，胡笳一声愁绝。　◇◆，◇◆，◇◇◆◇◇◆。

同体式作品：唐五代：戴叔伦 1 首，韦应物 2 首，王建 4 首，冯延巳 3 首，计 4 人 10 首。北宋：苏轼 2 首，吕南公 2 首。

按：冯延巳 3 首，传词者误题为【三台令】，实为【调笑】。兹录其一首：

三台令

春色，春色，依旧青门紫陌。日斜柳暗花蔫，醉卧谁家少年。年少，年少，行乐直须及早。

变体二

与始词复句数相同，分句数有变。

变体二·1

9 分句 3 复句

【变体二·1】第三复句较始词增 1 分句。9 分句 3 复句，三/二/四/型复句组。仄、平、仄三换韵，连句韵。

2，2，6。6，6。2，2，2，6。——北宋·苏辙·《全宋词》第 355 页

调啸词

效韦苏州

渔父，渔父，水上微风细雨。　◇◆，◇◆，◆◆◇◇◆◆。
青蓑黄箬裳衣，红酒白鱼暮归。　◇◇◇◆◇◇，◇◆◆◇◆◇。
暮归，暮归，归暮，长笛一声何处。　◆◇，◆◇，◇◆，◇◆◆◇◇◆。

按：疑“暮归，暮归”为传写中的衍文，按词式当为“归暮，归暮，长笛一声何处。”

同体式作品：北宋：苏辙 1 首。

变体二·2

7 分句 3 复句

【变体二·2】7 分句 3 复句。较始词第三复句减 1 分句。三/二/二/型复句组。仄韵，连句韵。

2，3，7。7，6。7，6。——北宋·黄庭坚·《全宋词》第399页

调笑歌

诗曰：

海上神仙字太真、昭阳殿里称心人。犹思一曲霓裳舞，散作中原胡马尘。

方士归来说风度。梨花一枝春带雨。分钗半钿愁杀人，上皇倚阑独无语。

无**语**，恨如**许**，方士归时肠断**处**。	◇◆，◆◇◆，◇◆◇◇◇◆◆。
梨花一枝春带**雨**，半钿分钗亲**付**。	◇◇◆◇◇◆◆，◆◆◇◇◇◆。
天长地久相思**苦**，渺渺鲸波无**路**。	◇◇◆◆◇◇◆，◆◆◇◇◇◆。

按：此为一诗一词相组合之缠达体，亦称转踏、传踏。本篇诗与词用顶针法相连接，词以诗之末句结尾单词为起句，是为文人化"缠达"之词。

同体式作品：北宋：秦观10首（缠达联章），晁补之7首（缠达），毛滂10首（《调笑》缠达8首，【破子】2首），郑仅12首（《调笑转踏》）、曾慥6首（《调笑口号》缠达联章，【破子】2首），计5人45首。南宋：李邴1首（传踏），洪适10首（队舞转踏），李吕5首（缠达），无名氏8首（《调笑集句》队舞），计4人24首。

双片体

始词：14分句6复句。双片。为单片体【变体二·2】双叠。每片7分句3复句，三/二/二/型复句组。仄韵，连句韵。律词。

2，3，7。7，6。7，6。

2，3，7。7，6。7，6。——南宋·洪适·《全宋词》第1370页

调笑令·破子

南**海**，繁华**最**，城郭山川雄岭**外**。	◇◆，◇◇◆，◇◆◇◇◇◆◆。
遗踪嘉话垂千**载**，竹帛班班俱**在**。	◇◇◇◆◇◇◆，◆◆◇◇◇◆。
元戎好古新声**改**，调笑花前分**队**。	◇◇◆◆◇◇◆，◇◆◇◇◇◆。
高**会**，尊罍**对**，笑眼茸茸回盼**睐**。	◇◆，◇◇◆，◆◆◇◇◇◆◆。
踢筵低唱眉弯**黛**，翔风惊鸾多**态**。	◆◇◇◆◇◇◆，◇◆◇◇◇◆。
清风不用一钱**买**，醉客何妨倒**载**。	◇◇◆◆◆◇◆，◆◆◇◇◆◆。

按：本词为洪适《番禺调笑》队舞套曲中的"破子"。

同体式作品：无。

115.【谪仙怨】

1. 始词唐刘长卿作。

2. 唐明皇李隆基自度曲。唐窦弘余《广谪仙怨》序："天宝十五载正月，安禄山反，陷没洛阳。王师败绩，关门不守。车驾幸蜀，途次马嵬驿，六军不发，赐贵妃自尽，然后驾行。次骆谷，上登高下马望秦川，遥辞陵庙，再拜，呜咽流涕，左右皆泣。谓力士曰：'吾听九龄之言，不到于此。'乃命中使往韶州，以太牢祭之。因上马索长笛，吹笛曲成，潸然流涕，伫立久之。时有司旋录成谱。及銮驾至成都，乃进此谱，请名曲。帝谓'吾因思九龄，亦别有意，可名此曲为《谪仙怨》'。其旨属马嵬之事。厥后以乱离隔绝，有人自西川传得者，无由知，但呼为《剑南神曲》。其音怨切，诸曲莫比。大历中，江南人盛为此曲。随州刺史刘长卿左迁睦州司马，祖筵之内，长卿遂撰其词，吹之为曲，意颇自得，盖亦不知本事。余既备知，聊因暇日撰其词，复命乐工唱之，用广其不知者。"
3. 六言声诗双叠，上片三韵，下片二韵，平韵，连句韵、隔句韵。

始词：8分句4复句。双叠，每叠各为4分句2复句，二/二/型复句组。平韵，连句韵、隔句韵。

6，6。6，6。

6，6。6，6。——唐·刘长卿·《全唐五代词》第20页

谪仙怨

晴川落日初**低**，惆怅孤舟解**携**。	◇◇◆◆◇◇，◇◆◇◇◆◇。
鸟去平芜远近，人随流水东**西**。	◆◆◇◇◆◆，◇◇◇◆◇◇。
白云千里万里，明月前溪后**溪**。	◆◇◇◆◆◆，◇◆◇◇◆◇。
独恨长沙谪去，江潭春草萋**萋**。	◆◆◇◇◆◆，◇◇◇◆◇◇。

同体式作品：唐五代：窦弘余1首（【广谪仙怨】），康骈1首（【广谪仙怨】），韩偓3首；南宋：刘斧1首。

116.【秋风清】

1. 始词唐刘长卿作。
2. 传李白有《秋风清》一首，宋严羽《沧浪诗话》曰为隋郑世翼作；宋魏庆之《诗人玉屑》曰李白作；《全唐五代词》参校宋本《无名氏诗集》，作无名氏诗。清人多认为李白作，清王琦《李太白诗集注》收录本诗；《钦定词谱》于李白《秋风清》注曰："此本三、五、七言诗，后人采入词中，其平仄不拘。"指其诗本为徒诗，后被采作歌词一式，入乐而歌，遂成曲子辞调名。
3. 单片四仄韵，连句韵、隔句韵。

始词：单片，6分句3复句，二/二/二/型复句组。仄韵，连句韵、隔句韵。律词。

3，3。5，5。7，7。——唐·刘长卿·《全唐五代词》第980页

秋风清

新安**路**，人来**去**。	◇◇◆，◇◇◆。
早潮复晚潮，明日知何**处**。	◆◇◆◆◇，◇◆◇◇◆。
潮水无情亦解归，自怜长在新安**住**。	◇◆◇◇◆◆◇，◆◇◇◆◇◇◆。

按：本词一传为唐李嘉祐作。

同体式作品：（传）李白1首。

附：（传）李白《秋风清》

秋风清，秋月明。	◇◇◇，◇◆◇。
落叶聚还散，寒鸦栖复惊。	◆◆◆◇◆，◇◇◇◆◇。
相思相见知何日，此时此夜难为情。	◇◇◇◆◇◇◆，◆◇◆◆◇◇◆。

117.【江南春】

1. 声诗始见唐王建作；长短句始词北宋寇准作。
2. 王建《江南春》可能为声诗，亦有可能为徒诗，从其辞意并非吟咏“江南春”看，【江南春】为曲调名的可能性更大。
3. 宋词【江南春】仅存两首：寇准单片体1首，吴文英双片体长调1首。学界多认为吴词为自度曲，以本词咏题作调名，与寇词【江南春】同名而异调，兹将两调分别处理。
4. 寇准《江南春》与唐刘长卿《秋风清》体式完全一致，皆“三、五、七”体杂言诗，《钦定词谱》将【江南春】【秋风清】作同调异名，寇准词为【秋风清】“首句不用韵”之“又一体”。按“三、五、七”体杂言诗首创于唐代，是否与歌唱的音乐格式相关，待研究。北宋初寇准《江南春》与唐《秋风清》虽皆“三、五、七”体杂言诗，但歌辞体式相同而乐曲未必即是一调，姑将【江南春】【秋风清】作两调处理。
5. 七言声诗，平仄通押，连句韵；长短句，平韵，隔句韵。

声诗

七言声诗：4分句2复句，二/二/型复句组。平仄通押，连句韵。

7，7。7，7。——唐·王建·《全唐五代词》第990页

江南春

良人早朝夜半**起**，樱桃如珠露如**水**。	◇◇◆◇◆◆◆，◇◇◇◇◆◇◆。

下堂把火送郎**归**，移枕重眠晓窗**里**。	◆◇◆◆◆◇◇，◇◆◇◇◆◇◆。

同体式作品：唐：白居易 1 首。

长短句

始词：单片，6 分句 3 复句，二/二/二/型复句组。平韵，隔句韵。律词。

3，3。5，5。7，7。——北宋·寇准·《全宋词》第 4 页

江南春

波渺渺，柳依**依**。	◇◆◆，◆◇◇。
孤村芳草远，斜日杏花**飞**。	◇◇◇◆◆，◇◆◆◇◇。
江南春尽离肠远，萍满汀洲人未**归**。	◇◇◇◆◇◇◆，◇◆◇◇◇◆◇。

同体式作品：无。

按：《全宋词》"附录四·误题撰人姓名词存目"录有署名为南宋·邓深《秋风清》一首，非宋词，兹不计入。

118.【浪淘沙】

【浪淘沙令】【卖花声】【过龙门】

1. 声诗始词唐刘禹锡作；长短句始词南唐李煜作。
2. 本为唐教坊曲（见《教坊记》）。
3. 声诗调名即诗题，长短句调名或作【浪淘沙令】，【卖花声】【过龙门】词式与【浪淘沙令】全同，《钦定词谱》作同调异名，兹从之。【浪淘沙近】【浪淘沙慢】作同源词调处理。
4. 七言声诗，四句三平韵，连句韵、隔句韵；长短句，双片，始词每片四平韵，变体韵数或有变，韵格有押平、押仄二体；连句韵、隔句韵。

七言声诗

始词：七言声诗。4 分句 2 复句，二/二/型复句组。平韵，连句韵，隔句韵。律词。

7，7。7，7。——唐·刘禹锡·《全唐五代词》第 60 页

浪淘沙

九曲黄河万里**沙**，浪淘风簸自天**涯**。	◆◆◇◇◆◆◇，◆◇◇◆◆◇◇。
如今直上银河去，同到牵牛织女**家**。	◇◇◆◆◇◇◆，◇◆◇◇◆◆◇。

同体式作品：唐五代：刘禹锡 9 首，白居易 6 首，司空图 1 首，皇甫松 2 首（【浪涛沙】），计 4 人 18 首。

长短句

始词：10 分句 4 复句。双片。每片 5 分句 2 复句，二/三/型复句组。平韵，连句韵、隔句韵。律词。

5，4。7，7，4。

5，4。7，7，4。——南唐·李煜·《全唐五代词》第 758 页

浪淘沙

往事只堪**哀**，对景难**排**。　　◆◆◆◇◇，◆◆◇◇。
秋风庭院藓侵**阶**，　　◇◇◇◆◆◇◇，
一行珠帘闲不卷，终日谁**来**。　　◆◆◇◇◇◆◆，◇◆◇◇。

金锁已沈**埋**，壮气蒿**莱**。　　◇◆◆◇◇，◆◆◇◇。
晚凉天静月华**开**，　　◆◇◇◆◆◇◇，
想得玉楼瑶殿影，空照秦**淮**。　　◆◆◆◇◇◆◆，◇◆◇◇。

同体式作品：五代：李煜 1 首。北宋：张先 1 首，欧阳修 6 首，韩维 1 首（残词），王安石 1 首（【浪淘沙令】），裴湘 2 首，晏几道 3 首，王观 1 首，张舜民 2 首（【卖花声】），苏轼 1 首，李之仪 1 首，黄庭坚 1 首，米芾 1 首，贺铸 5 首，谢逸 1 首，毛滂 1 首，惠洪 1 首，葛胜仲 5 首，赵子发 1 首，王庭珪 1 首，朱敦儒 3 首，周紫芝 2 首，李祁 1 首，计 22 人 42 首。南宋：吕本中 1 首，赵鼎 3 首，幼卿 1 首，蔡伸 1 首，李弥逊 2 首，康与之 2 首（【卖花声】），吕渭老 3 首，王之道 1 首，陈康伯 1 首，曹勋 2 首，仲并 3 首，高登 1 首，曾觌 1 首，葛立方 1 首，毛开 1 首，韩元吉 3 首，侯寘 1 首，赵缩手 1 首，曹冠 1 首，陆游 1 首，姜特立 1 首，范成大 1 首，谢懋 1 首，张孝祥 2 首，丘崈 1 首，赵长卿 3 首，王炎 3 首（【浪淘沙令】），黄昇 2 首（【卖花声】），萧汉杰 2 首（【浪淘沙】1【卖花声】1），辛弃疾 3 首，程垓 3 首，徐似道 1 首，陈三聘 1 首，石孝友 1 首，马子严 1 首，赵师侠 3 首，陈亮 2 首，宋先生 3 首，汪莘 1 首，吴琚 2 首，高观国 1 首，魏了翁 2 首，周文璞 1 首，韩䨱 2 首，刘克庄 5 首，张榘 4 首，善珍 2 首，吴潜 3 首，史达祖 2 首（【过龙门】），李曾伯 2 首，吴文英 3 首，洪瑹 1 首，章谦亨 1 首，李彭老 1 首，李莱老 2 首，李振祖 1 首，洪子大 1 首，陈著 6 首，金淑柔 1 首，向希尹 1 首，刘辰翁 3 首，周密 3 首，黎廷瑞 1 首，仇远 1 首，蒋捷 2 首，张炎 6 首，吴元可 1 首，了元 1 首，郑意娘 1 首（【过龙门】），托名吕岩 1 首，无名氏 4 人 4 首，计 74 人 134 首。（无标注调名者皆【浪淘沙】）

增减字：

（一）4，4。7，7，4。○ 4，4。7，7，4。北宋：柳永 1 首（【浪淘沙令】）。

（二）4，4。7，7，4。○ 5，4。7，7，5。北宋：杜安世 1 首。

（三）4，4。8，8，4。○ 5，4。9，9，4。南宋：史浩 1 首（【浪淘沙令】）。

（四）5，4。7，7，4。○ 5，4。6，7，4。南宋：邓剡 1 首。

变体二

较始词复句数不变，分句数有变。

变体二·1

11 分句 4 复句

【变体二·1】11 分句 4 复句。上片第二复句较始词增 1 分句，6 分句 2 复句，二/四/型复句组；下片与始词体同，5 分句 2 复句，二/三/型复句组。仄韵，连句韵，隔句韵。

4，4。7，4，4，4。

5，4。7，7，5。——北宋·杜安世·《全宋词》第 179 页

浪淘沙

又是春**暮**，落花飞**絮**。	◆◆◇◆，◆◇◇◆。
子规啼尽断肠声，	◆◇◇◆◆◇◇，
秋千庭院，红旗彩索，淡烟疏**雨**。	◇◇◇◆，◇◇◆◆，◆◇◇◆。
念念相思**苦**，黛眉长**聚**。	◆◆◇◇◆，◆◇◇◆。
碧池惊散睡鸳鸯，	◆◇◇◆◆◇◇，
当初容易分飞**去**，恨孤儿欢**侣**。	◇◇◇◆◇◇◆，△◇◇◇◆。

同体式作品：北宋：杜安世 2 首。

变体二·2

8 分句 4 复句

【变体二·2】8 分句 4 复句。每片第二复句较始词减 1 分句，4 分句 2 复句，二/二/型复句组。平韵，上下片换韵，连句韵，插一隔句韵。律词。

4，5。7，6。

6，6。6，6。——南宋·吕本中·《全宋词》第 938 页

浪淘沙

柳塘新**涨**，艇子操双**桨**。	◆◇◇◆，◆◆◇◇◆。
闲倚曲楼成怅**望**，是处春愁一**样**。	◇◆◆◇◇◆◇，◆◆◇◇◆◆。
傍人几点飞**花**，夕阳又送栖**鸦**。	◇◇◆◆◇◇，◆◇◆◆◇◇。
试问画楼西畔，暮云恐近天**涯**。	◆◆◆◇◇◆，◆◇◆◆◇◇。

同体式作品：无。

变体三

分句数复句数皆变

【变体三】16 分句 8 复句。双片。每片 8 分句 4 复句，二/二/二/二/型复句组。仄韵，隔句韵。

4，6。3，4。4，5。3，4。

4，6。3，4。4，5。3，4。——南宋·陈著·《全宋词》第 3053 页

卖花声

立春酒遍

残梦腾腾，好鸟一声呼**醒**。	◇◆◇◇，◆◆◆◇◇◆。

小窗明，萧萧鬓**影**。　　◆◇◇，◇◇◆◆。
当年头上，惯曾簪幡**胜**。　　◇◇◇◆，◆◇◇◇◆。
到如今，有谁怀**省**。　　◆◇◇，◆◇◇◆。

东风著面，却自依然相**认**。　　◇◇◆◆，◆◆◇◇◇◆。
哄痴儿，忺声弄**景**。　　◆◇◇，◇◇◆◆。
盘蔬杯酒，强教人欢**领**。　　◇◇◇◆，◇◇◇◇◆。
也微酣，带些春**兴**。　　◆◇◇，◆◇◇◆。

按：宋词《卖花声》诸作皆与李煜《浪淘沙》同体，传统词谱皆作异名同调，然本词与《卖花声》体式大异，疑调名为误传。其词与【谢池春】体同，疑本词调名为【谢池春】。（参见本谱第 316 调【谢池春】“变体二”）

同体式作品：无。

同源词调一：【浪淘沙近】

1. 始词北宋宋祁作。
2. 双片，每片四仄韵，连句韵，间插隔句韵。
3. 此调仅见宋祁一首。

始词：10 分句 4 复句。双片，每片 5 分句 2 复句，二/三/型复句组。仄韵，连句韵、隔句韵。

4，4。7，3，8。
7，4。7，3，7。——北宋·宋祁·《全宋词》第 116 页

浪淘沙近

少年不**管**，流光如**箭**。　　◆◇◆◆，◇◇◇◆。
因循不觉韶光**换**，　　◇◇◆◆◇◇◆，
至如今，始惜月满花满酒**满**。　　◆◇◇，◆◆◆◆◇◆◆◆。

扁舟欲解垂杨**岸**，尚同欢**宴**。　　◇◇◆◆◇◇◆，◆◇◇◆。
日斜歌阕将分**散**，　　◆◇◇◆◇◇◆，
倚兰桡，望水远天远人**远**。　　◆◇◇，△◆◆◇◆◇◆。

按：本词上下片尾句，若作叠字韵，可点断为：“始惜月**满**，花**满**，酒**满**。”“望水**远**，天**远**，人**远**。”语读停顿更有弹性和趣味。

同体式作品：无。

同源词调二：【浪淘沙慢】

1. 始词北宋柳永作。
2. 或省写作【浪淘沙】，凡长调归入【浪淘沙慢】。
3. 双片。上下片句数与体式相差很大，为词体的特例之一。每片五韵，入声韵，变体韵数有变，隔句韵。

始词：29 分句，7 复句 1 单句。双片。上片 10 分句 3 复句，三/三/四/型复句组；下片 19 分句，1 单句 4 复句，一/六/三/三/六/型单句复句组合。入声韵，邻韵通押，隔句韵。

2，5，4。4，4，4。8，7，7，6。

2。4，4，6，5，5，4。4，5，4。4，4，6。3，5，5，5，4，5。

——北宋·柳永·《全宋词》第 26 页

浪淘沙慢

梦觉，透窗风一线，寒灯吹**息**。	◆◆，◆◇◇◆◆，◇◇◇◆。
那堪酒醒，又闻空阶，夜雨频**滴**。	◆◇◆◆，◆◇◇◇，◆◆◇◆。
嗟因循久作天涯**客**，负佳人几许盟言，	◇◇◇◆◆◇◇◆，◆◇◇◆◆◇◇，
便忍把从前欢会，陡顿翻成忧**戚**。	△◆◆◇◇◇◆，◆◆◇◇◆◆。
愁**极**。	◇◆。
再三追思，洞房深处，几度饮散歌阑，	◆◇◇◇，◆◇◇◆，◆◆◆◆◇◇，
香暖鸳鸯被，岂暂时疏散，费伊心**力**。	◇◆◇◇◆，◆◆◇◇◆，◆◇◇◆。
殢云尤雨，有万般千种，相怜相**惜**。	◆◇◇◆，△◆◇◇◆，◇◇◇◆。
恰到如今，天长漏永，无端自家疏**隔**。	◆◆◇◇，◇◇◆◆，◇◇◆◇◇◆。
知何时，却拥秦云态，愿低帏昵枕，	◇◇◇，◆◆◇◇◆，△◇◇◆◆，
轻轻细说与，江乡夜夜，数寒更思**忆**。	◇◇◆◆◆，◇◇◆◆，◆◇◆◇◆。

同体式作品：无。

变体三

较始词分句数复句数皆变

变体三·1

28 分句 11 复句

【变体三·1】28 分句 11 复句。双片。上片分句数与始词同，复句数增 1，下片减 1 分句、1 单句，增 3 复句。上片 10 分句 4 复句，三/二/三/二/型复句组；下片 18 分句 7 复句，二/二/二/三/三/二/四/型复句组。仄韵，邻韵通押，隔句韵，间插连句韵。

3，4，4。6，6。8，3，4。8，5。

2，6。8，5。5，4。4，3，6。7，3，4。3，5。3，4，3，7。

——北宋·周邦彦·《全宋词》第598页

浪淘沙

商调

昼阴重，霜凋岸草，雾隐城**堞**。	◆◇◆，◇◇◆◆，◆◆◇◆。
南陌脂车待发，东门帐饮乍**阕**。	◇◆◇◇◆◆，◇◇◆◆◆◆。
正拂面垂杨堪缆**结**，掩红泪，玉手亲**折**。	△◆◆◇◇◇◆◆，◆◇◆，◆◆◇◆。
念汉浦离鸿去何许，经时信音**绝**。	△◆◆◇◇◆◇◆，◇◇◆◇◆。
情**切**，望中地远天**阔**。	◇◆，◆◇◆◆◇◆。
向露冷风清无人处，耿耿寒漏**咽**。	△◆◆◇◇◇◇◆，◆◆◇◆◆。
嗟万事难忘，唯是轻**别**。	△◆◆◇◇，◇◆◇◆。
翠尊未**竭**，凭断云，留取西楼残**月**。	◆◇◆◆，◇◆◇，◇◆◇◇◇◆。
罗带光销纹衾**叠**，连环解，旧香顿**歇**。	◇◆◇◇◇◇◆，◇◇◆，◆◇◆◆。
怨歌永，琼壶敲尽**缺**。	◆◇◆，◇◇◇◆◆。
恨春去，不与人期，	◆◇◆，◆◆◇◇，
弄夜色，空余满地梨花**雪**。	◆◆◆，◇◇◆◆◇◇◆。

同体式作品：南宋：方千里1首。

增减字：

（一）3，4，4。6，6。8，3，4。6，7。○2。6，5，3，5。5，4。4，5，4。7，3，4。8，3，4，5，5。
南宋：陈允平1首。

变体三·2

27分句10复句

【变体三·2】27分句10复句。上片较【变体三·1】减2分句，下片增1分句，复句数皆同。上片8分句3复句，二/二/四/型复句组；下片19分句7复句，二/二/二/三/四/二/四/型复句组。仄声韵，邻韵通押，连句韵、隔句韵。

7，4。6，6。8，7，8，5。

2，6。8，5。5，4。4，3，6。3，4，3，4。3，5。3，4，3，7。

——北宋·周邦彦·《全宋词》第628页

浪淘沙

万叶战秋声露**结**，雁度砂**碛**。	◆◆◆◇◇◇◆◆，◆◆◇◆。
细草和烟尚**绿**，遥山向晚更**碧**。	◆◆◇◇◆◆，◇◇◆◆◆◆。
见隐隐云边新月**白**，映落照帘幕千家，	△◆◆◇◇◇◆◆，△◆◆◇◆◇◇，
听数声何处倚楼**笛**，装点尽秋**色**。	△◆◇◇◇◆◆◇◆，◇◆◆◇◆。

脉**脉**，旅情暗自消**释**。	◆◆，◆◇◆◆◇◆。
念珠玉临水犹悲感，何况天涯**客**。	△◇◆◇◆◇◇◆，◇◆◇◇◆。
忆少年歌酒，当时踪**迹**。	△◆◇◇◆，◇◇◇◆。
岁华易老，衣带宽，懊恼心肠终**窄**。	◆◇◆◆，◇◆◇，◆◆◇◇◇◆。
飞散后，风流人阻，蓝桥约，怅恨路**隔**。	◇◆◆，◇◇◇◆，◇◇◆，◆◆◆◆。
马蹄过，犹嘶旧巷**陌**。	◆◇◆，◇◇◆◆◆。
叹往事，一一堪伤，	◆◆◆，◆◆◇◇，
旷望**极**，凝思又把阑干**拍**。	◆◆◆，◇◇◆◆◇◇◆。

按：本词首句"万叶战秋声露结"，《钦谱》"万叶战"标"读"，今见诸版本以顿号分断，破句。"露结"，指霜天季节，元吴澄撰《月令七十二候集解》："九月中，肃而凝，露结为霜矣。""万叶战秋声露结"，"露结"为了押韵而状语后置，语读节奏为：万叶//战/秋声//露结，常态语序为"露结/万叶/战秋声"，或"万叶/露结/战秋声"。另：词体用韵比诗体宽松，相邻韵部可以通押、借押，且间以方言为韵，本词的诸韵字跨四韵部（《词林正韵》十五、十六、十七、十八韵部），可谓"韵宽"的典型之例，但另一方面，【浪淘沙慢】为入声韵格，韵字皆当入声，就此而言，词韵又有"严格"之一面。

同体式作品：无。

变体三·3

26分句10复句

【变体三·3】26分句10复句。双片，上片较【变体三·2】增1分句1复句，9分句4复句，二/二/二/三/型复句组；下片减2分句1复句，17分句6复句，二/三/二/三/三/四/型复句组。仄韵，隔句韵，间插连句韵。

5，6。6，6。8，7。5，3，5。

2，6。5，3，5。5，4。4，5，4。7，3，4。8，7，5，5。

——南宋·吴文英·《全宋词》第2890页

浪淘沙慢

夷则商。赋李尚书山园。

梦仙到吹笙，路杳度巘云**滑**。	△◇◆◇◇，◆◆◆◆◇◆。
溪谷冰绡未**裂**，金铺昼锁乍**掣**。	◇◆◇◇◆◆，◇◇◆◆◆◆。
见竹静梅深春海**阔**，有新燕帘底低**说**。	△◆◆◇◇◇◆◆，△◇◆◇◆◇◆。
念汉履无声，跨鲸远，年年谢桥**月**。	△◆◆◇◇，◆◇◆，◇◇◆◇◆。
曲**折**，画阑尽日凭**热**。	◆◆，◆◇◆◆◇◆。
半蜃起玲珑，楼阁畔，缥缈鸿去**绝**。	◆◆◆◇◇，◇◆◆，◆◆◇◆◆。
飞絮扬东风，天外歌**阕**。	◇◆◇◇◇，◇◆◇◆。
睡红醉**缬**，还是催寒食，看花时**节**。	◆◇◆◆，◇◆◇◇◆，◆◇◇◆。
花下苍苔盛罗**袜**，银烛短，漏壶易**竭**。	◇◆◇◇◆◇◆，◇◆◆，◆◇◆◆。

料池柳不攀春送**别**，倩玉兔别捣秋香，　　△◇◆◆◇◇◆◆，△◆◆◆◆◇◇，
更醉蹋千山，冷翠飞晴**雪**。　　△◆◆◇◇，◆◆◇◇◆。

同体式作品：无。

变体三·4

26分句，9复句1单句。

【变体三·4】26分句，9复句1单句。较始词减3分句，增1复句。双片，上片9分句4复句，三/二/二/二/型复句组；下片17分句，1单句5复句，一/四/二/三/二/五/型单句复句组合。仄韵，隔句韵，间插连句韵。

3，4，4。6，6。8，7。8，5。
2。6，5，3，5。5，4。4，5，4。7，7。8，3，3，4，7。

——南宋·杨泽民·《全宋词》第3003页

浪淘沙慢

禁城外，青青细柳，翠拂高**堞**。　　◆◇◆，◇◇◆◆，◆◆◇◆。
征鼓催人骤发，长亭渐觉宴**阕**。　　◇◆◇◇◆◆，◇◇◆◆◆◆。
情绪似丁香千百**结**，忍重看手简亲**折**。　　◇◆◆◇◇◇◆◆，△◇◇◆◆◇◆。
听怨举离歌寄深意，新声更清**绝**。　　△◆◆◇◇◆◇◆，◇◇◆◇◆。

心**切**。　　◇◆。
暮天塞草烟阔，正乍褢轻尘，　　◆◇◆◆◇◆，△◆◆◇◇，
新晴后，汩汩清渭**咽**。　　◇◇◆，◆◆◇◆◆。
闻西度阳阔，风致全**别**。　　△◇◆◇◆，◇◆◇◆。
玉杯屡竭，思故人千里，唯同明**月**。　　◆◇◆◆，△◆◇◇◆，◇◇◇◆。
扶上雕鞍远三**叠**，那堪第四声未**歇**。　　◇◆◇◇◆◇◆，◆◇◆◆◇◆◆。
念蟾魄能圆还解**缺**，况人事，莫苦悲，　　△◇◆◇◇◇◆◆，◆◇◆，◆◆◇，
伤悴艳色，归来复见头应**雪**。　　◇◆◆◆，◇◇◆◆◇◇◆。

同体式作品：无。

119.【潇湘神】

1. 始词唐刘禹锡作。
2. 以典故为调名，调名即词题。相传帝舜死后，二妃娥皇、女英投湘水自尽，遂为潇湘之神。（参见司马迁《史记·五帝本纪》、刘向《列女传》）
3. 单片，四平韵，连句韵、隔句韵。

始词：单片。5 分句 2 复句，三/二/型复句组。平韵，连句韵，隔句韵。律词。

3，3，7。7，7。——唐·刘禹锡·《全唐五代词》第 62 页

潇湘神

湘水**流**，湘水**流**，九疑云物至今**秋**。	◇◆◇，◇◆◇，◆◇◇◆◆◇◇。
若问二妃何处所，零陵芳草露中**愁**。	◆◆◆◇◇◆◆，◇◇◇◆◆◇◇。

同体式作品：唐：刘禹锡 1 首。南宋：黄公绍 10 首。

120. 【步虚词】

1. 声诗始见唐刘禹锡作；长短句始词唐李德裕作。
2. 步虚，道教醮坛仪式之程式化游走动作，习称“飞仙步”，“步虚”过程伴有器乐吟唱。“步虚词”为道教之词的统称，专类歌调的总名，歌调与歌词体式无定规，姑作一调谱之。宋无名氏【步虚子令】一首，体式差异较大，作同源词调处理。
3. 声诗、长短句二体。七言声诗，四仄韵；长短句，双片，每片三平韵；上下片换韵，隔句韵、连句韵。

声诗

始词：4 分句 2 复句。仄韵，邻韵通押，邻韵通押，连句韵。

7，7。7，7。——唐·刘禹锡·《全唐五代词》第 1000 页

步虚词

阿母种桃云海**际**，花落子成二千**岁**。	◆◆◆◇◇◆◆，◇◆◆◇◇◆◆。
海风吹折最繁**枝**，跪捧琼盘献天**帝**。	◆◇◇◆◆◇◇，<u>◆◆◇◇◆◇◆</u>。

同体式作者：唐：刘禹锡 1 首，陈羽 2 首，苏郁 1 首，施肩吾 1 首，高骈 1 首，司空图 1 首。

长短句·双片体

始词：10 分句 4 复句。双片。声诗之变体，上下片首句 7 字句摊破为 3/3 句，每片 5 分句 2 复句，三/二/型复句组。平韵，邻韵通押，隔句韵、连句韵。

3，3，7。7，7。

3，3，7。7，7。——唐·李德裕·《全唐五代词》第 82 页

步虚词

仙女侍，董双**成**，桂殿夜寒吹玉**笙**。	◇◆◆，◆◇◇，<u>◆◆◆◇◇◆◇</u>。
曲终却从仙官去，万户千门空月**明**。	◆◇◆◆◇◇◆，◆◆◇◇◇◆◇。

河汉女，玉炼**颜**，云□往往到人**间**。　◇◆◆，◆◆◇，◇□◆◆◆◇◇。
九霄有路去无迹，袅袅天风吹佩**环**。　◇◇◆◆◆◇◆，◆◆◇◇◇◆◇。

同体式作者：无。

变体二

与始词复句数相同，分句数减2。

【变体二】8分句4复句。双片。每片4分句2复句，二/二/型复句组，亦声诗之变体。平仄通押，隔句韵，连句韵。

6，6。7，6。

6，6。7，6。——南宋·程珌·《全宋词》第2292页

步虚词

寿张门司

休怪频年司钥，仙官长守仙**宫**。　◇◆◇◇◇◆，◇◇◇◆◇◇。
东风未肯到凡**红**，先舞云韶彩**凤**。　◇◇◆◆◆◇◇，◇◆◇◇◆◆。

都是一团和气，故教上苑春**浓**。　◇◆◆◇◇◆，◆◆◆◆◇◇。
群仙拍手过江**东**，高唱紫芝新**颂**。　◇◇◆◆◆◇◇，◇◆◆◇◇◆。

同体式作品：无。

长短句·单片体

单片体：5分句，2复句1单句，二/二/一/型复句单句组合。平韵，隔句韵。律词。

3，5。7，7。5。——南宋·范成大·《全宋词》第1621页

白玉楼步虚词六首

赵从善示余玉楼图，其前玉阶一道，横跨绿霄中。琪树垂珠网，夹阶两旁。绿霄之外，周以玉阑，阑外方是碧落。阶所接亦玉池，中间涌起玉楼三重，千门万户，无非连璐重璧。屋覆金瓦，屋山缀红牙垂楹。四檐黄帘皆卷，楼中帝座，依约可望。红云自东来，云中虚皇乘玉辂，驾两金龙。侍卫可见者：灵官法服骑而夹侍二人，力士黄麾前导二人，仪剑四人，金围子四人，夹辂黄幡二人，五色戟带二人，珠幢二人，金龙旗四人，负纳陛而后从二人。云头下垂，将至玉阶，楼前仙官冠帔出迎，方下阶，双舞鹤行前。云驾之旁，又有红云二：其一仙官立幢节间，其二女乐并奏。玉楼之后，又有小玉楼六，其制如前，宝光祥云，前后蔽亏，或隐或现。小案之前，独为金地，亦有仙官自金地下迎。傍小楼最高处，有飞桥直瑶台，仙人度桥登台以望。名数可纪者，大略如此。若其景趣高妙、碧落浮黎、青冥风露之境，则览者可以神会，不能述于笔端。此画运思超绝，必梦游帝所者仿佛得之，非世间俗史意匠可到。明窗净几，尽卷展玩，恍然便觉身在九霄三景之上，奇事不可以不识。简斋有水府法驾导引歌词，乃倚其体，作《步虚词》六章，以遗从善。羽人有不俗者，使歌之于清风明月之下，虽未得仙，亦足以豪矣。

其一

珠霄境，却似化人**宫**。　◇◇◆，◆◆◆◇◇。

梵气弥罗融万象，玉楼十二倚清**空**。　◆◆◇◇◇◆◆，◆◇◆◆◆◇◇。
一片宝光**中**。　◆◆◆◇◇。

按：以下5首词式全同，字声平仄略有差异，兹不俱录。
同体式作品：南宋：范成大5首。

同源词调：【步虚子令】

1. 始词宋无名氏作。
2. 道教曲，与【步虚词】同源同类而体式不同。
3. 双片。上片四平韵，下片三平韵；上片连句韵、隔句韵；下片隔句韵。

始词：13分句6复句。双片。上片6分句3复句，二/二/二/型复句组；下片7分句3复句，三/二/二/型复句组。平韵，连句韵、隔句韵。律词。

7，5。4，6。3，3。
7，3，3。4，6。3，3。——宋·无名氏·《全宋词》第3824页

步虚子令

碧烟笼晓海波**闲**，江上数峰**寒**。　◆◇◇◆◆◇◇，◇◆◆◇◇。
佩环声里，异香飘落人**间**。　◆◇◇◆，◆◇◇◆◇◇。
弭绛节，五云**端**。　◆◆◆，◆◇◇。

宛然共指嘉禾瑞，开一笑，破朱**颜**。　◆◇◆◆◇◇◆，◇◆◆，◆◇◇。
九重峣阙，望中三祝高**天**。　◆◇◇◆，◆◇◇◆◇◇。
万万载，对南**山**。　◆◆◆，◆◇◇。

同体式作品：无。

121.【如梦令】

【宴桃源】【如意令】【忆仙姿】【古记】

1. 单片体始词唐白居易作，传世调名【宴桃源】；双片体仅见宋无名氏1首，调名【如意令】。
2. 宋调该调普名【如梦令】，调名为苏轼所拟，其《如梦令》词序曰："元丰七年十二月十八日，浴泗州雍熙塔下，戏作《如梦令》阕。此曲本唐庄宗制，名'忆仙姿'，嫌其名不雅，故改为'如梦令'。盖庄宗作此词卒章云：'如梦如梦，和泪出门相送。'因取以为名云。"

3. 唐宋通行词调，以单片体为普式；宋词调名或作【忆仙姿】【如意令】【古记】。
4. 晁端礼《醉桃源》一首，体式与【如梦令】全同，【醉桃源】与【宴桃源】为两调（见本谱【醉桃源】），疑本该词为【宴桃园】，兹归入【如梦令】。
5. 仄韵，单片体六韵，双片体每片六韵，连句韵、隔句韵。

单片体

始词：7 分句 3 复句，二/二/三/型复句组。仄韵，连句韵、隔句韵。律词。

6，6。5，6。2，2，6。——唐·白居易·《全唐五代词》第 73 页

宴桃源

前度小花静**院**，不比寻常时**见**。　　◇◆◆◇◆◆，◆◆◇◇◇◆。
见了又还休，愁却等闲分**散**。　　◆◆◆◇◇，◇◆◆◇◇◆。
肠**断**，肠**断**，记取钗横鬓**乱**。　　◇◆，◇◆，◆◆◇◇◆◆。

同体式作品：唐五代：白居易 2 首（【宴桃源】），李存勖 1 首（【忆仙姿】），冯延巳 1 首（【忆仙姿】），计 3 人 4 首。北宋：苏轼 5 首（【如梦令】），李之仪 1 首，黄庭坚 1 首（【宴桃源】），晁端礼 1 首（【醉桃源】），秦观 7 首（【如梦令】6【醉桃源】1），贺铸 11 首（【忆仙姿】），晁补之 1 首（【宴桃源】），周邦彦 2 首，谢逸 2 首，晁冲之 3 首，苏庠 1 首，毛滂 1 首，谢薖 1 首，沈蔚 2 首（失调名，词题《不见》，体式与【如梦令】全同），米友仁 1 首（【宴桃源】），美奴 1 首，曹组 1 首，朱敦儒 8 首，周紫芝 4 首（【宴桃源】），李祁 3 首，李清照 2 首，计 21 人 59 首。南宋：吕本中 1 首，赵鼎 1 首，向子諲 3 首，蔡伸 2 首，洪皓 4 首（【忆仙姿】），张元幹 3 首，吕渭老 4 首，王之道 8 首（5 首调名【宴桃源】），陈允平 2 首（【宴桃源】），胡铨 1 首，孙道绚 1 首，史浩 7 首，李石 2 首，陈祖安 1 首，赵彦端 2 首，张仲宇 1 首，李流谦 1 首，朱雍 1 首，向滈 8 首，姚述尧 3 首，陆游 1 首，范成大 2 首，沈瀛 1 首，严蕊 1 首，沈端节 1 首，张孝祥 1 首，丘崈 2 首，吕胜己 3 首，赵长卿 5 首，廖行之 2 首，杨冠卿 1 首，辛弃疾 2 首，程垓 1 首，陈三聘 2 首，石孝友 3 首，张镃 2 首，汪晫 2 首，张辑 1 首，李仲虺 1 首，冯镕 1 首，吴潜 10 首，赵崇嶓 2 首，方岳 2 首，吴文英 2 首，陈著 2 首，赵汝茪 1 首，杨韶父 1 首，刘辰翁 4 首，彭元逊 1 首，王沂孙 1 首，姚云文 1 首，仇远 2 首，蒋捷 1 首，张炎 3 首，刘景翔 1 首，刘南翁 1 首，元净 1 首，张舜美 3 首，刘素香 1 首，无名氏 4 人 4 首，无名氏 3 人 3 首（【古记】），无名氏 2 人 2 首（【如意令】），无名氏 1 首（【宴桃源】），计 69 人 141 首。（不注调名皆【如梦令】）

增减字：

（一）6，6。6，5。2，2，6。南宋：南轩 1 首。

按：晁端礼《醉桃源》一首，体式与【如梦令】全同。【醉桃源】【宴桃源】为异调，晁词【醉桃源】当是【如梦令】异名【宴桃源】的误写，其词如下：

又是青春将暮，望极桃溪归路。洞户悄无人，空锁一庭红雨。凝伫，凝伫，人面不知何处。

双片体

始词：14 分句 6 复句。双片。每片 7 分句 3 复句，二/二/三/型复句组。体式为单片体双叠。仄韵，连句韵、隔句韵。律词。

6，6。5，6。2，2，6。

6，6。5，6。2，2，6。——宋·无名氏·《全宋词》第 3799 页

如意令

寿新恩人，六月廿二。

炎暑尚余八**日**，火老金柔时**节**。	◇◆◆◇◆◆，◆◆◇◇◇◆。
闻道间生贤，储秀降神嵩**极**。	◇◆◆◇◇，◇◆◆◇◇◆。
无**敌**，无**敌**，当代人伦准**的**。	◇◆，◇◆，◇◆◇◇◆◆。
射策当为第一，高跃龙门三**级**。	◆◆◇◇◆◆，◇◆◇◇◇◆。
荣著绿袍新，帝渥必加宠**锡**。	◇◆◆◇◇，◆◆◆◇◆◆。
良**弼**，良**弼**，真个国家柱**石**。	◇◆，◇◆，◇◆◆◆◇◆◆。

同体式作品：南宋：无名氏 1 首。

122.【行香子】

1. 始词传为唐白居易作。
2. 据始词内容及调名，本调始为佛教行香科仪曲调。
3. 宋代常用词调。双片，上片四韵，下片三韵，变体韵数或有增；平韵，隔句韵。

始词：18 分句 6 复句。双片。上片 8 分句 3 复句，三/二/三/型复句组。下片 10 分句 3 复句，四/三/三/型复句组，平韵，上下片换韵，隔句韵。律词。

4，4，7。6，4。3，3，3。

4，4，4，4。4，3，3。4，3，3。——唐·白居易·《隋唐五代燕乐杂言歌辞集》第 331 页

行香子

清凉山文殊赞

文殊菩萨，出化清**凉**，	◇◇◇◆，◆◆◇◇。
神通力以现他**方**。	◇◇◆◆◆◇◇。
真座金毛师子，微放珠**光**。	◇◆◇◇◇◆，◇◆◇◇。
众生仰，持宝盖，绝明**香**。	◆◇◆，◇◆◆，◆◇◇。
我今发愿，虔诚归命，	◆◇◆◆，◇◇◇◆。
不求富贵，不恋荣**华**。	◆◇◆◆，◆◆◇◇。
愿当来世，生净土，法王**家**。	◆◇◇◆，◇◆◆，◆◇◇。
愿当来世，生净土，法王**家**。	◆◇◇◆，◇◆◆，◆◇◇。

同体式作品：无。

变体二

与始词复句数相同，分句数有变。

变体二·1

16分句6复句

【变体二·1】16分句6复句。双片。下片第一、二复句较始词减1分句。每片8分句3复句，三/二/三/型复句组。平韵，首句入韵，隔句韵。律词。

4，4，7。4，4。4，3，3。

4，4，7。4，4。4，3，3。——北宋·张先·《全宋词》第81页

行香子

舞雪歌**云**，闲淡妆**匀**，	◆◆◇◇，◇◆◇◇，
蓝溪水深染轻**裙**。	◇◇◆，◇◆◇◇。
酒香醺脸，粉色生**春**。	◆◇◇◆，◆◆◇◇。
更巧谈话，美情性，好精**神**。	△◆◇◆，◆◇◆，◆◇◇。
江空无畔，凌波何处，	◇◇◇◆，◇◇◇◆，
月桥边青柳朱**门**。	◆◇◇，◇◆◇◇。
断钟残角，又送黄**昏**。	◆◇◇◆，◆◆◇◇。
奈心中事，眼中泪，意中**人**。	△◇◇◆，◆◇◆，◆◇◇。

同体式作品：北宋：晏几道1首，苏轼9首，晁端礼1首，王诜1首、晁补之4首，汪辅之1首，葛胜仲1首，朱敦儒1首，李清照1首，计9人20首。南宋：赵鼎1首，蔡伸1首，曹勋1首，高登1首，葛立方1首，姚述尧1首，沈瀛3首，沈端节1首，辛弃疾5首，石孝友1首，韩玉1首，赵师侠1首，刘过1首，汪莘2首，戴复古1首，刘镇1首，葛长庚1首，吴潜1首，洪瑹1首，黄升1首，陈著1首，刘辰翁4首，方岳1首，蒋捷1首，于真人1首，钱选1首（残词），无名氏3人3首，计29人39首。

增减字：

（一）4，4，7。5，5。3，3，3。○4，4，7。5，5。3，3，3。北宋：杜安世1首。

（二）4，4，7。4，4。3，3，3。○4，4，7。4，4。3，4，4。南宋：赵长卿1首。

（三）4，4，7。4，4。4，4，4。○4，4，7。4，4。4，4，4。南宋：傅大询1首。

（四）4，4，7。4，4。3，3，3。○4，4，7。4，4。3，3，3。南宋：刘学箕1首。

（五）4，4，7。4，4。5，3，3。○4，4，7。4，4。4，3，3。南宋：无名氏1首。

变体二·2

17分句6复句

【变体二·2】17分句6复句。上片第一复句较始词增1分句，9分句3复句，四/二/三/型复句组；下片第一、二复句较始词减少1分句。8分句3复句，三/二/三/型复句组。平韵，连句韵、隔句韵。

4，4，3，4。4，4。3，3，3。

4，4，6。4，4。3，3，3。——宋·无名氏·《全宋词》第 3900 页

行香子

雨后风**微**，绿暗红**稀**，	◆◆◇◇，◆◆◇◇，
燕巢成，蝶绕残**枝**。	◆◇◇，◆◆◇◇。
杨花点点，永日迟**迟**。	◇◇◆◆，◆◆◇◇。
动离怀，牵别恨，鹧鸪**啼**。	◆◇◇，◇◆◆，◆◇◇。
辜负佳**期**，虚度芳**时**，为甚褪尽罗**衣**。	◇◆◇◇，◇◆◇◇，◆◆◆◆◇◇。
宿香亭下，红芍栏**西**。	◆◇◇◆，◇◆◇◇。
当时情，今日恨，有谁**知**。	◇◇◇，◇◆◆，◆◇◇。

同体式作品：无。

同源词调：【行香子慢】

1. 始词南宋无名氏作。
2. 较【行香子】分句数复句数有增。
3. 双片。上下片各五韵，平韵，隔句韵，间插连句韵。
4. 该调仅见无名氏一首。

始词：22 分句 8 复句。双片。每片 11 分句 4 复句，三/二/三/三/型复句组。平韵，隔句韵。

4，5，4。5，4。3，4，6。3，4，5。

6，5，4。4，5。3，4，6。4，4，4。——宋·无名氏·《全宋词》第 3831 页

行香子慢

瑞景光**融**，换中天霁烟，佳气葱**葱**。	◆◆◇◇，△◇◇◆◇，◇◆◇◇。
皇居崇壮丽，金碧辉**空**。	◇◇◇◆◆，◇◆◇◇。
彤霄外，瑶殿深处，帘卷花影重**重**。	◇◇◆，◇◆◇◆，◇◆◇◆◇◇。
迎步辇，几簇真仙，贺庆寿新**宫**。	◇◆◆，◆◆◇◇，◆◆◆◇◇。
方逢圣主飞**龙**，正休盛大宁，朝野欢**同**。	◇◇◆◆◇◇，△◇◆◆◇，◇◆◇◇。
何妨宴赏，奉宸意慈**容**。	◇◇◆◆，△◇◆◇◇。
韶音按，露觞将进，蕙炉飘馥香**浓**。	◇◇◆，◆◇◇◆，◆◇◇◆◇◇。
长愿承颜，千秋万岁，明月清**风**。	◇◆◇◇，◇◇◆◆，◇◆◇◇。

同体式作品：无。

123.【离别难】

1. 声诗始见唐白居易作；长短句始词五代薛昭蕴作。
2. 唐教坊曲（见《教坊记》）。《教坊记笺订》："白居易《听歌六绝》中曾咏及之。《乐府杂录》谓此调一名《大郎神》，一名《悲切子》，……《留客住》与此调，接在《下水船》之后，疑三调同为筵间酒令之用。"
3. 声诗体，五言二平韵，隔句韵；七言声诗，四韵，平仄通押，连句韵；长短句，五代词上片八韵，下片十韵，平仄换韵，连句韵，插一隔句韵；宋词每片五平韵，隔句韵。
4. 此调南宋无继作。

声诗

七言声诗：4 分句 2 复句，二/二/型复句组。平仄通押，邻韵通押，隔句韵。律词。

7，7。7，7。——唐·白居易·《全唐五代词》第 1003 页

离别难

绿杨陌上送行**人**，马去车回一望**尘**。　　◆◇◆◆◆◇◇，◆◆◇◇◆◆◇。
不觉别时红泪尽，归来无可更沾**巾**。　　◆◆◆◇◇◆◆，◇◇◇◆◆◇◇。

同体式作品：无。

五言声诗：4 分句 2 复句，二/二/型复句组。平韵，隔句韵。律词。

5，5。5，5。——晚唐·封特卿·《全唐五代词》第 185 页

离别难

佛许众生愿，心坚石也**穿**。　　◆◆◆◇◆，◇◇◆◆◇。
今朝虽送别，会却有明**年**。　　◇◇◇◆◆，◆◆◆◇◇。

同体式作品：无。

长短句

始词：20 分句 8 复句。上片 9 分句 4 复句，二/二/二/三/型复句组；下片 11 分句 4 复句，四/二/二/三/型复句组。仄、平换韵间押，连句韵、隔句韵。

6，6。5，5。5，3。3，3，7。
3，3，3，6。5，5。3，3。3，3，7。——唐末-五代·薛昭蕴·《全唐五代词》第 500 页

离别难

宝马晓鞴雕**鞍**，罗帏乍别情**难**。　　◆◆◆◆◇◇，◇◇◆◆◇◇。
那堪春景**媚**，送君千万**里**。　　◆◇◇◆◆，◆◇◇◆◆。

半妆珠翠落，露华**寒**。	◆◇◇◆◆，◆◇◇。
红蜡**烛**，青丝**曲**，偏能钩引泪阑**干**。	◇◆◆，◇◇◆，◇◇◇◆◆◇◇。
良夜**促**，香尘**绿**，	◇◆◆，◇◇◆，
魂欲**迷**，檀眉半敛愁**低**。	◇◆◇，◇◇◆◆◇◇。
未别心先**咽**，欲语情难**说**。	◆◆◇◇◆，◆◆◇◇◆。
出芳草，路东**西**。	◆◇◆，◆◇◇。
摇袖**立**，春风**急**，樱花杨柳雨凄**凄**。	◇◆◆，◇◇◆，◇◇◇◆◆◇◇。

同体式作品：无。

变体二

较始词复句数不变，分句数增 3。

【变体二】23 分句 8 复句。双片。上片较始词增 2 分句，11 分句 4 复句，二/三/三/三/型复句组；下片增 1 分句，12 分句 4 复句，四/二/三/三/型复句组。平韵，隔句韵。

6，5。7，3，5。7，4，4。3，6，5。

3，3，3，4。7，8。7，4，4。3，6，5。——北宋·柳永·《全宋词》第 36 页

离别难

花谢水流倏忽，嗟年少光**阴**。	◇◆◆◇◆◆，△◇◆◇◇。
有天然蕙质兰**心**，美韶容，何啻值千**金**。	△◇◇◆◆◇◇，◆◇◇，◇◆◆◇◇。
便因甚翠弱红衰，缠绵香体，都不胜**任**。	△◇◆◆◆◇◇，◇◇◇◆，◇◆◇◇。
算神仙，五色灵丹无验，中路委瓶**簪**。	◆◇◇，◆◆◇◇◇◆，◇◆◆◇◇。
人悄悄，夜沉**沉**，闭香闺，永弃鸳**衾**。	◇◆◆，◆◇◇，◆◇◇，◆◆◇◇。
想娇魂媚魄非远，纵洪都方士也难**寻**。	△◇◇◆◆◇◆，△◇◇◇◆◆◇◇。
最苦是好景良天，	◆◆◆◆◆◇◇，
尊前歌笑，空想遗**音**。	◇◇◇◆，◇◆◇◇。
望断处，杳杳巫峰十二，千古暮云**深**。	◆◆◆，◆◆◇◇◆◆，◇◆◆◇◇。

同体式作品：无。

124. 【樱桃歌】

1. 始词传为唐元稹作。
2. 一作【樱桃花】。词咏调名本意，调名即词题。
3. 单片，二仄韵，隔句韵。
4. 本调仅见元稹 1 首。

始词：单片。4分句2复句，二/二/型复句组。仄韵，隔句韵。

3，7。7，7。——唐·元稹·《全唐五代词》第1006页

樱桃歌

樱桃花，一枝两枝千万**朵**。　　◇◇◇，◆◇◆◇◇◆◆。

花砖曾立摘花人，窣破罗裙红似**火**。　　◇◇◇◆◆◇◇，◆◆◇◇◇◆◆。

同体式作品： 无。

125. 【思归乐】

【惜芳时】

1. 五言声诗唐张祜首作；长短句始词北宋欧阳修作。
2. 一名【惜芳时】。
3. 声诗体，五言二平韵，隔句韵；七言声诗，双叠，每叠四仄韵，连句韵；长短句，双片，每片三仄韵，隔句韵。
4. 此调南宋无继作。

声诗

五言声诗：4分句2复句，二/二/型复句组。平韵，隔句韵。律词。

5，5。5，5。——唐·张祜《乐府诗集》第1125页

惜芳时

晚日催弦管，春风入绮**罗**。　　◆◆◇◇◆，◇◇◆◆◇。

杏花如有意，偏落舞衫**多**。　　◆◇◇◆◆，◇◆◆◇◇。

同体式作品： 唐五代：无名氏1首。

七言双叠

始词：8分句4复句。双片。每片4分句2复句，二/二/型复句组。仄韵，连句韵。

7，7。7，7。

7，7。7，7。——北宋·柳永·《全宋词》第32页

惜芳时

天幕清和堪宴**聚**，想得尽高阳俦**侣**。　　◇◆◇◇◇◆◆，△◆◆◇◇◇◆。

皓齿善歌长袖**舞**，渐引入醉乡深**处**。　　◆◆◆◇◇◆◆，△◆◆◆◇◇◆。

晚岁光阴能几**许**，这巧宦不须多**取**。　　◆◆◇◇◇◆◆，△◆◆◆◇◇◆。

共君把酒听杜**宇**，解再三劝人归**去**。	◆◇◆◆◇◆◆，△◆◇◆◇◇◆。

同体式作品： 无。

长短句

始词：10 分句 4 复句。每片 5 分句 2 复句，三/二/型复句组。仄韵，隔句韵。

7，3，4。7，7。

7，3，4。7，7。——北宋·欧阳修·《全宋词》第 151 页

惜芳时

因倚兰台翠云**亸**，睡未足，双眉尚**锁**。	◇◆◇◇◆◇◆，◆◆◆，◇◇◆◆。
潜身走向伊行坐，孜孜地告他梳**裹**。	◆◇◆◆◇◇◆，◇◇◇◆◇◇◆。
发妆酒冷重温**过**，道要饮，除非伴**我**。	◆◇◆◆◇◇◆，◆◆◆，◇◇◆◆。
丁香嚼碎偎人睡，犹记恨夜来些**个**。	◇◇◆◆◇◇◆，△◆◆◆◇◇◆。

同体式作品： 北宋：张继先 1 首（调名【惜芳时】，词题《对竹赋》）。

126. 【雨霖铃】

【雨淋铃】

1. 声诗仅见唐张祜一首，长短句始词北宋柳永作。
2. 唐教坊曲（见《教坊记》）。唐段安节《乐府杂录》："《雨霖铃》者，因唐明皇驾回至骆谷，闻雨淋銮铃，因令张野狐撰为曲名。"唐郑处诲《明皇杂录》："明皇既幸蜀，西南行，初入斜谷，属霖雨涉旬，于栈道雨中，闻铃音与山相应，上既悼念贵妃，采其声为《雨霖铃》曲，以寄恨焉。时梨园弟子善吹觱篥者张野狐，惟此人从至蜀。上因以其曲授野狐。"
3. 一作【雨淋铃】。
4. 声诗，四句三平韵；词体，上片四韵，下片五韵，变体韵数或有变；仄韵，隔句韵，或间插连句韵。

声诗

始词：4 分句 2 复句。二/二/型复句组。平韵，首句入韵律绝。

7，7。7，7。——唐·张祜·《乐府诗集》第 1138 页

雨霖铃

雨霖铃夜却归**秦**，犹是张徽一曲**新**。	◆◇◆◆◆◇◇，◇◆◇◇◆◆◇。

长说上皇垂泪教，月明南内更无**人**。　◇◆◆◇◇◆◆，◆◇◇◆◆◇◇。

按： 疑“雨霖铃”为诗题而非调名。

同体式作品： 无。

长短句

始词：18 分句 8 复句。双片。上片 10 分句 4 复句，三/三/二/二/型复句组；下片 8 分句 4 复句，二/二/二/二/型复句组。仄韵，隔句韵，插一连句韵。

4，4，4。6，3，4。6，5。7，7。

7，8。6，7。4，8。7，5。——北宋·柳永·《全宋词》第 21 页

雨霖铃

寒蝉凄**切**，对长亭晚，骤雨初**歇**。　◇◇◇◆，△◇◇◆，◆◆◇◆。

都门帐饮无绪，留恋处，兰舟催**发**。　◇◇◆◆◇◆，◇◆◆，◇◇◇◆。

执手相看泪眼，竟无语凝**噎**。　◆◆◇◇◆◆，△◇◆◇◆。

念去去千里烟波，暮霭沉沉楚天**阔**。　△◆◆◇◆◇◇，◆◆◇◇◆◇◆。

多情自古伤离**别**，更那堪冷落清秋**节**。　◇◇◆◆◇◇◆，△◆◇◆◆◇◇◆。

今宵酒醒何处，杨柳岸晓风残**月**。　◇◇◆◆◇◆，◇◆◆◆◇◇◆。

此去经年，应是良辰好景虚**设**。　◆◆◇◇，◇◆◇◇◆◆◇◆。

便纵有千种风情，更与何人**说**。　△◆◆◇◆◇◇，◆◆◇◇◆。

同体式作品： 无。

按：《钦定词谱》将【雨霖铃】划为三体，本词为“正体”，“又一体”分别为王庭珪词、黄裳词（二词见下谱），“变格”在“句读小异”。如王庭珪词，“与柳词同，惟前段第二、三句作八字一句异”；黄裳词与王庭珪词比对，“前段第六句四字，第七句、第八句、结句俱作上三下四七字句异”。所言“变格”，多与汉语“流水句”的“可断可连”密切相关。本谱对“变体”诸式的标点和划分，有些“小句”亦“可断可连”，若“杨柳岸晓风残**月**”之“上三下四七字句”，不妨断为“杨柳岸，晓风残**月**”。本谱划为“变体”之词，有些句子或可断可连，姑不一一说明。

变体二

与始词复句数相同，分句数有变。

变体二·1

20 分句 8 复句

【变体二·1·1】20 分句 8 复句。上下片较始词各增 1 分句，上片 11 分句 4 复句，三/三/二/三/型复句组；下片 9 分句 4 复句，三/二/二/二/型复句组。仄韵，隔句韵。

4，4，4。6，4，4。6，5。3，4，7。

7，3，5。6，7。4，8。7，5。——北宋·王安石·《全宋词》第 205 页

雨霖铃

孜孜矻**矻**，向无明里，强作窠**窟**。	◇◇◆◆，◆◇◇◆，◇◆◇◆。
浮名浮利何济，堪留恋处，轮回仓**猝**。	◇◇◇◆◇◆，◇◇◆◆，◇◇◇◆。
幸有明空妙觉，可弹指超**出**。	◆◆◇◇◆◆，△◇◆◇◆。
缘底事，抛了全潮，认一浮沤作瀛**渤**。	◇◆◆，◇◆◇◇，◆◆◇◇◆◇◆。
本源自性天真**佛**，祇些些，妄想中埋**没**。	◆◇◆◆◇◇◆，◆◇◇，◆◆◇◇◆。
贪他眼花阳艳，谁信道本来无**物**。	◇◇◆◇◇◆，◇◆◆，◆◇◇◆。
一旦茫然，终被阎罗老子相**屈**。	◆◆◇◇，◇◆◇◇◆◆◇◆。
便纵有千种机筹，怎免伊唐**突**。	△◆◆◇◆◇◇，◆◆◇◇◆。

同体式作品：无。

【变体二·1·2】20 分句 8 复句。上下片分句数复句型与【变体二·1·1】同，上片复句型不变，下片有变。上片 11 分句 4 复句，三/三/二/三/型复句组；下片 9 分句 4 复句，二/三/二/二/型复句组。仄韵，隔句韵，间插连句韵。

4，5，4。6，4，4。6，5。3，4，7。

7，8。6，3，4。4，8。7，5。——北宋·李纲·《全宋词》第 901 页

雨霖铃

明皇幸西蜀

蛾眉修**绿**，正君王恩宠，曼舞丝**竹**。	◇◇◇◆，△◇◇◇◆，◆◆◇◆。
华清赐浴瑶甃，五家会处，花盈山**谷**。	◇◇◆◆◇◆，◆◇◆◆，◇◇◇◆。
百里遗簪堕珥，尽宝钿珠**玉**。	◆◆◇◇◆◆，△◆◇◇◆。
听突骑，鼙鼓声喧，寂寞霓裳羽衣**曲**。	△◆◆，◇◆◇◇，◆◆◇◇◆◇◆。
金舆远幸匆匆**速**，奈六军不发人争**目**。	◇◇◆◆◇◇◆，△◆◇◆◆◇◇◆。
明眸皓齿难恋，肠断处，绣囊犹**馥**。	◇◇◆◆◇◆，◇◆◆，◆◇◇◆。
剑阁峥嵘，何况铃声带雨相**续**。	◆◆◇◇，◇◆◇◇◆◆◇◆。
谩留与千古伤神，尽入生绡**幅**。	△◇◆◇◆◇◇，◆◆◇◇◆。

同体式作品：无。

变体二·2

22 分句 8 复句

【变体二·2·1】22 分句 8 复句。上片较始词增 1 分句，11 分句 4 复句，二/三/三/三/型复句组；下片增 3 分句，11 分句 4 复句，三/三/三/二/型复句组。仄韵，隔句韵，间插连句韵。

4，8。6，4，4。4，3，4。7，3，4。

7，3，5。6，3，4。4，4，4。7，5。——北宋·黄裳·《全宋词》第 377 页

雨霖铃

送客还浙东

天南游**客**，甚而今却送君南**国**。	◇◇◇◆，△◇◇◆◆◇◇◆。
薰风万里无限，吟蝉暗**续**，离情如**织**。	◇◇◆◆◇◆，◇◇◆◆，◇◇◇◆。
秣马脂车，去即去，多少人**惜**。	◆◆◇◇，◆◆◆，◇◆◇◆。
为惠爱烟惨云山，送两城，愁作行**色**。	△◆◆◇◆◇◇，◆◆◇，◇◆◇◆。
飞帆过浙西封城，到秋深，且舣荷花**泽**。	◇◇◆◆◇◇◇，◆◇◇，◆◆◇◇◆。
就船买得鲈鳜，新谷破，雪堆香**粒**。	◆◇◆◆◇◆，◇◆◆，◆◇◇◆。
此兴谁同，须记东秦，有客相**忆**。	◆◆◇◇，◇◆◇◇，◆◆◇◆。
愿听了一阕歌声，醉倒拚今**日**。	△◇◆◆◆◇◇，◆◆◇◇◆。

同体式作品：无。

【变体二·2·2】22 分句 8 复句。上片第四复句较【变体二·2·1】增 1 分句，12 分句 4 复句，三/三/三/三/型复句组；下片第一复句减 1 分句，10 分句 4 复句，二/三/三/二/型复句组。平韵，间插仄韵，隔句韵。

4，4，4。6，3，4。4，3，4。3，4，7。

7，8。5，3，4。4，3，4。7，5。——南宋·杜龙沙·《全宋词》第 3178 页

雨淋铃

窗影珑璁，画楼平晓，翳柳啼**鸦**。	◇◆◇◇，◆◇◇◆，◆◆◇◇。
门巷渐有新烟，东风定，人扫桐**花**。	◇◆◆◆◇◇，◇◇◆，◇◆◇◇。
峭寒斗减，看旅雁，争起蒹**葭**。	◆◇◆◆，◆◆◆，◇◆◇◇。
溯断云，多少悲鸣，数行又下远汀**沙**。	◆◆◇，◇◆◇◇，◆◇◆◆◆◇◇。
应是故园桃李谢，送清江一曲阑干下。	◇◆◆◇◇◆◆，△◇◇◆◆◇◇◆。
染翰为春羁，嗟双鬓，客舍成**华**。	◆◆◆◇◇，◇◇◆，◆◆◇◇。
绣鞭绮陌，强携酒，来觅吴**娃**。	◆◇◆◆，◇◇◆，◇◆◇◇。
听扇底凄惋新声，醉里翻念**家**。	△◆◆◇◆◇◇，◆◆◇◆◇。

同体式作品：无。

变体二·3

21 分句 8 复句

【变体二·3】21 分句 8 复句。上片较始词增 1 分句，11 分句 4 复句，三/三/二/三/型复句组；下片第二、四复句各增 1 分句，10 分句 4 复句，二/三/二/三/型复句组。仄韵，隔句韵，间插连句韵。

4，4，4。6，3，3。5，5。3，4，7。

7，8。6，3，4。4，8。3，4，5。——北宋·晁端礼·《全宋词》第 436 页

雨霖铃

槐阴添**绿**，雨余花落，酒病相**续**。	◇◇◇◆，◆◇◇◆，◇◆◇◆。
闲寻双杏凝伫，池塘暖，鸳鸯**浴**。	◇◇◇◆◇◆，◇◇◆，◇◇◆。
却向窗昼卧，正春睡难**足**。	◆◆◇◆◆，△◇◆◇◆。
叹好梦，一一无凭，帐掩金花坐凝**目**。	◆◆◆，◆◆◇◇，◆◆◇◇◆◇◆。
当时共赏移红**烛**，向花间小饮杯盘**促**。	◇◇◆◆◇◇◆，△◇◇◆◆◇◇◆。
蔷薇花下曾记，双凤带，索题诗**曲**。	◇◇◇◆◇◆，◇◆◆，◆◇◇◆。
别后厌厌，应是香肌瘦减罗**幅**。	◆◆◇◇，◇◆◇◇◆◆◇◆。
问燕子，不肯传情，甚入华堂**宿**。	◆◆◆，◇◆◇◇，◆◆◇◇◆。

同体式作品：无。

变体二·4

19分句8复句

【变体二·4】19分句8复句。上片第四复句较始词增1分句，11分句4复句，三/三/二/三/型复句组；下片分句数复句型与始词同，8分句4复句，二/二/二/二/型复句组。仄韵，隔句韵，间插连句韵。

4，3，5。6，3，5。6，5。3，4，7。

7，8。6，7。6，6。6，5。——北宋·王庭珪·《全宋词》第822页

雨霖铃

雪

琼楼玉**宇**，满人寰，似海边洲**渚**。	◇◇◆◆，◆◇◇，△◆◇◇◆。
蓬莱又还水浅，鲸涛静，见银宫如**许**。	◇◇◆◇◆◆，◇◇◆，△◇◇◇◆。
紫极鸣箭声断，望霓舟何**处**。	◆◆◇◇◇◆，△◇◇◇◆。
待夜深，重倚层霄，认得瑶池广寒**路**。	◆◆◇，◇◆◇◇，◆◆◇◇◆◇◆。
郢中旧曲谁能**度**，恨歌声响入青云**去**。	◆◇◆◆◇◇◆，△◇◇◆◆◇◇◆。
西湖近时绝唱，总不道月梅盐**絮**。	◇◇◆◇◆◆，◆◆◆◆◇◇◆。
暗想当年宾从，毫端有惊人**句**。	◆◆◇◇◇◇，◇◇◆◇◇◆。
谩说枚叟邹生，共作梁园**赋**。	◆◆◇◆◇◇，◆◆◇◇◆。

同体式作品：无。

127.【桂殿秋】

1. 双片体始词唐李德裕作；单片体始词南宋向子禋作。
2. 双片体始词本题为《步虚词》，或取首句“桂殿夜寒吹玉笙”而易名为【桂殿秋】。

3. 平韵，单片三韵，双片每片三韵；连句韵、隔句韵。

双片

始词：10 分句 4 复句。双片。每片 5 分句 2 复句，三/二/型复句组。平韵，连句韵，隔句韵。

3，3，7。7，7。

3，3，7。7，7。——唐·李德裕·《全唐五代词》第 82 页

桂殿秋

步虚词

仙女侍，董双**成**，桂殿夜寒吹玉**笙**。　◇◆◆，◆◇◇，◆◆◆◇◇◆◇。
曲终却从仙官去，万户千门空月**明**。　◆◇◆◇◇◇◆，◆◆◇◇◇◆◇。

河汉女，玉炼**颜**，云軿往往到人**间**。　◇◆◆，◆◆◇，◇◇◆◆◆◇◇。
九霄有路去无迹，袅袅天风吹佩**环**。　◆◇◆◆◆◇◆，◆◆◇◇◇◆◇。

同体式作品：无。

单片

始词：单片。5 分句 2 复句。为本调双片体的单片形式。5 分句 2 复句，三/二/型复句组。平韵，连句韵、隔句韵。律词。

3，3，7。7，7。——宋·向子諲·《全宋词》第 967 页

桂殿秋

秋色里，月明**中**，红旌翠节下蓬**宫**。　◇◆◆，◆◇◇，◇◇◆◆◆◇◇。
蟠桃已结瑶池露，桂子初开玉殿**风**。　◇◇◆◆◇◇◆，◆◆◇◇◆◆◇。

同体式作品：南宋：刘翰 2 首，李仁本 1 首。

128.【八六子】

1. 始词唐杜牧作。
2. “八六子”，似为民间曲调俗称，其意不明。
3. 双片。始词平韵，上片四韵，下片三韵，宋词韵数较始词有变，平、仄二韵式。隔句韵，间插连句韵。
4. 或疑杜牧词为后世托名之作，可作研究，姑不辨。

始词：19 分句 6 复句。上片 10 分句 3 复句，三/三/四/型复句组；下片 9 分句 3 复句，二/五/二/型复句组。平韵，隔句韵。

3，4，6。7，6，6。6，4，4，4。

3，6。4，4，4，4，6。3，6。——唐·杜牧·《全唐五代词》第 86 页

八六子

洞房**深**，画屏灯照，山色凝翠沉**沉**。	◆◇◇，◆◇◇◆，◇◆◇◆◇◇。
听夜雨冷滴芭蕉，惊断红窗好梦，	△◆◆◆◆◇◇，◇◆◇◇◆◆，
龙烟细飘绣**衾**。	◇◇◆◇◆◇。
辞恩久归长信，凤帐萧疏，	◇◇◆◇◇◆，◆◆◇◇，
椒殿闲扃，辇路苔**侵**。	◇◆◇◇，◆◆◇◇。
绣帘垂，迟迟漏传丹**禁**。	◆◇◇，◇◇◆◇◇◆。
蕣华偷悴，翠鬟羞整，	◆◇◇◆，◆◇◇◆，
愁坐望处，金舆渐远，何时彩仗重**临**。	◇◆◆◆，◇◇◆◆，◇◇◆◆◇◇。
正消魂，梧桐又移翠**阴**。	◆◇◇，◇◇◆◇◆◇。

同体式作品：无。

变体二

较始词复句数不变，分句数有变。

变体二·1

18 分句 6 复句

【变体二·1】18 分句 6 复句。上片第三复句较始词减 1 分句，下片分句数同，复句型有变。每片 9 分句 3 复句，上片三/三/三/型复句组，下片四/三/二/型复句组。平韵，邻韵通押，隔句韵，间插连句韵。

3，4，6。7，6，6。6，6，6。

3，6，4，4。3，6，6。3，6。——北宋·晁补之·《全宋词》第 565 页

八六子

重九即事呈徐倅祖禹十六叔

喜秋**晴**，淡云萦缕，天高群雁南**征**。	◆◇◇，◆◇◇◆，◇◇◇◆◇◇。
正露冷初减兰红，风紧潜凋柳翠，	△◆◆◇◆◇◇，◇◆◇◇◆◆，
愁人漏长梦**惊**。	◇◇◆◇◆◇。
重阳景物凄**清**，渐老何时无事，	◇◇◆◆◇◇，◆◆◇◇◇◆，
当歌好在多**情**。	◇◇◆◆◇◇。
暗自想，朱颜并游同醉，	◆◆◆，◇◇◆◇◇◆，
官名缰锁，世路蓬**萍**。	◇◇◇◆，◆◆◇◇。
难相见，赖有黄花满把，从教渌酒深**倾**。	◇◇◆，◆◆◇◇◆◆，◇◇◆◆◇◇。
醉休**醒**，醒来旧愁旋**生**。	◆◇◇，◆◇◆◇◇◇。

同体式作品：无。

【变体二·2·2】18 分句 6 复句。上下片分句数复句数与【变体二·2·1】相同，复句型有变，上片三/三/三/型复句组，下片四/二/三/型复句组。平韵，隔句韵。

3，4，6。7，4，6。6，6，6。

3，6，4，6。6，6。3，3，4。——南宋·杨缵·《全宋词》第 3075 页

八六子

牡丹。次白云韵。

怨残**红**，夜来无赖，雨催春去匆**匆**。	◆◇◇，◆◇◇◆，◆◇◇◆◇◇。
但暗水新流芳恨，	△◆◆◇◇◇◆，
蝶凄蜂惨，千林嫩绿迷**空**。	◆◇◇◆，◇◇◆◆◇◇。
那知国色还**逢**，	◆◇◆◆◇◇，
柔弱华清扶倦，轻盈洛浦临**风**。	◇◆◇◇◇◆，◇◇◆◆◇◇。
细认得，凝妆点脂匀粉，	◆◆◆，◇◇◆◇◇◆，
露蝉耸翠，蕊金团玉成**丛**。	◆◇◆◆，◆◇◇◆◇◇。
几许悉随笑解，一声歌转春**融**。	◆◆◆◇◆◆，◆◇◇◆◇◇。
眼朦**胧**，凭阑干，半醒醉**中**。	◆◇◇，◇◇◇，◆◆◆◇。

同体式作品：无。

变体三

较始词分句数复句数皆变

变体三·1

18 分句，5 复句 1 单句。

【变体二·1】18 分句，5 复句 1 单句。上片较始词减 1 分句 1 复句，增 1 单句；下片分句数复句数与始词同，复句型有变。每片 9 分句，上片 2 复句 1 单句，三/五/一/型复句单句组合；下片 3 复句，三/四/二/型复句组。仄韵，隔句韵，间插连句韵。

3，4，6。5，4，4，7，6。6。

6，3，6。6，4，6，6。3，6。——北宋·柳永·《全宋词》第 39 页

八六子

如花**貌**，当来便约，永结同心偕**老**。	◇◇◆，◇◇◆◆，◆◆◇◇◇◆。
为妙年俊格，聪明凌厉，多方怜爱，	△◆◇◆◆，◇◇◇◆，◇◇◇◆，
何期养成心性近，元来都不相**表**。	◇◇◆◇◇◆◆，◇◇◇◆◇◆。
渐作分飞计**料**。	◆◆◇◇◆◆。
稍觉因情难供，恁殛**恼**，争克罢同欢**笑**。	◇◆◇◇◇◆，◇◇◆，△◆◆◇◇◆。
已是断弦尤续，覆水难收，	◆◆◆◇◇◆，◆◆◇◇，
常向人前诵谈，空遣时传音**耗**。	◇◆◇◇◆◇，◇◆◇◇◇◆。

漫悔**懊**，此事何时坏**了**。　　◆◆◆，◆◆◇◇◆◆。

同体式作品：无。

变体三·2

17分句5复句

【变体三·2】17分句5复句。上片6分句2复句，三/三/型复句组；下片11分句3复句，三/六/二/型复句组。平韵，隔句韵、下片结句连句韵。

3，6，4。7，6，4。

6，6，6。3，6，4，4，8，6。3，6。——北宋·秦观·《全宋词》第456页

八六子

倚危**亭**，恨如芳草萋萋，刬尽还**生**。　　◆◇◇，◆◇◇◆◇◇，◆◆◇◇。

念柳外青骢别后，水边红袂分时，　　△◆◆◇◇◆◆，◆◇◇◆◇◇，

怆然暗**惊**。　　◆◇◆◇。

无端天与娉**婷**，夜月一帘幽梦，　　◇◇◇◆◇◇，◆◆◆◇◇◆，

春风十里柔**情**。　　◇◇◆◆◇◇。

怎奈向，欢娱渐随流水，　　◆◆◆，◇◇◆◇◇◆，

素弦声断，翠绡香减，　　◆◇◇◆，◆◇◇◆，

那堪片片飞花弄晚，蒙蒙残雨笼**晴**。　　◆◇◆◆◇◇◆◆，◇◇◇◆◇◇。

正销**凝**，黄鹂又啼数**声**。　　◆◇◇，◇◇◆◇◆◇。

按：本词一传为南宋葛长庚作，序曰："戏改秦少游词。"葛长庚，南宋中后期人，入武夷山修道，道号白玉蟾。嘉定中奉诏入京，封紫清明道真人，今存后人整理本《海璚词》二卷，多发道教之旨，其中或有戏改少游词之作，但与本词之言情内容和风格不类。本词未见载于传世秦观词集，《钦定词谱》将本词作【八六子】之"又一体"，定为秦观作，兹从之。

同体式作品：无。

增减字：

（一）3，4，6。7，6，4。○ 6，6，6。5，4，4，4，8，6。3，6。南宋：曹冠1首，郑熏初1首，李演1首，王沂孙1首。

（二）3，4，6。7，6，4。○ 6，6，5。5，4，4，4，8，6。2，6。南宋：方岳1首。

129.【泰边陲】

1. 始词唐李忱作。

2. 仅存残词1句，录之以存调名。

始词：残词一首，仅存1句。

海岳晏咸通。——唐·李忱《隋唐五代燕乐杂言歌辞集》第442页

同体式作品：无。

130.【摘得新】

1. 始词唐皇甫松作。
2. 本为唐教坊曲（见《教坊记》），调名来自唐时宫廷摘新果游戏，唐王建《宫词》："众里遥抛新摘子，在前收得便承恩。"王涯《宫词》："御果收时属内官，傍檐低压玉阑干。明朝摘向金华殿，尽日枝边次第看。"
3. 单片，四平韵，连句韵、隔句韵。
4. 此调仅见皇甫松二首。

始词：单片。6分句3复句，二/二/二/型复句组。平韵，连句韵，隔句韵。律词。

3，5。5，3。7，3。——唐·皇甫松·《全唐五代词》第91页

摘得新

酌一**卮**，须教玉笛**吹**。　　◆◆◇，◇◇◆◆◇。

锦筵红蜡烛，莫来**迟**。　　◆◇◇◆◆，◆◇◇。

繁红一夜经风雨，是空**枝**。　　◇◇◆◆◇◇◆，◆◇◇。

同体式作品：唐：皇甫松1首。

131.【采莲子】

1. 始词唐皇甫松作。
2. 唐教坊曲（见《教坊记》），当采自民间，调名出自民间采莲习俗，"子"，唐代民间小曲习称。
3. 古代采莲之歌，初有汉代民间歌诗"江南可采莲"，后有唐王昌龄七言声诗《采莲曲》，皇甫松【采莲子】可谓是文学意义上的同源曲调。
4. 七言声诗加和声。三平韵，连句韵、隔句韵。
5. 此调仅见皇甫松词二首。

始词：4 分句 2 复句。七言声诗。有和声。平韵，连句韵、隔句韵。律词。

7（2），7（2）。7（2），7（2）。——唐·皇甫松·《全唐五代词》第 92 页

采莲子

菡萏香连十顷**陂**举棹，小姑贪戏采莲**迟**年少。 ◆◆◇◇◆◆◇，◆◇◇◆◆◇◇。
晚来弄水船头湿举棹，更脱红裙里鸭**儿**年少。 ◆◇◆◆◇◇◆，◆◆◇◇◆◆◇。

同体式作品：唐：皇甫松 1 首。

附：唐：王昌龄《采莲曲》：

吴姬越艳楚王妃，争弄莲舟水湿衣。来时浦口花迎入，采罢江头月送归。（其一）
荷叶罗裙一色裁，芙蓉向脸两边开。乱入池中看不见，闻歌始觉有人来。（其二）

132.【怨回纥】

1. 始词唐皇甫松作。
2. 调名即词题。
3. 双叠五言声诗，每叠二平韵，隔句韵。
4. 此调仅见皇甫松二首。《全唐五代词》录有《乐府诗集·杂曲歌辞》无名氏《回纥》杂言诗一首，兹作同源词调处理。

始词：8 分句 4 复句。双片。每片 4 分句 2 复句，二/二/型复句组。平韵，隔句韵。律词。

5，5。5，5。
5，5。5，5。——唐·皇甫松·《全唐五代词》第 95 页

怨回纥

白首南朝女，愁听异域**歌**。 ◆◆◇◇◆，◇◇◆◆◇。
收兵颉利国，饮马胡卢**河**。 ◇◇◆◆◆，◆◆◇◇◇。

毳布腥膻久，穹庐岁月**多**。 ◆◆◇◇◆，◇◇◆◆◇。
雕窠城上宿，吹笛泪滂**沱**。 ◇◇◇◆◆，◇◆◆◇◇。

同调名作品：唐：皇甫松 1 首。

同源词调：【回纥】

1. 始词为唐五代民间流传歌辞。
2. 单片，四平韵，连句韵、隔句韵。

始词：单片。6分句3复句，二/二/二/型复句组。平韵，连句韵、隔句韵。

7，7。7，7。5，7。——唐五代·无名氏·《全唐五代词》第1081页

回纥

阴山瀚海信难**通**，幽闺少妇罢裁**缝**。 ◇◇◆◆◆◇◇，◇◆◆◆◆◇◇。

缅想边庭征战苦，谁能对镜冶愁**容**。 ◆◆◇◇◇◆◆，◇◇◆◆◆◇◇。

久戍人将**老**，须臾变作白头**翁**。 ◆◆◇◇◆，◇◇◆◆◆◇◇。

同体式作品：无。

133.【更漏长】

【更漏子】

1. 始词唐温庭筠作。
2. 亦为唐教坊曲（见《教坊记》）。
3. 唐五代两宋常用词调，又名【更漏子】，北宋偶见衍为长调。
4. 短调、长调二体，普式为短调小令。双片，小令始词上片四韵，下片五韵，变体韵数有变；同韵或换韵，连句韵，间插隔句韵；长调上片六韵，下片五韵，平韵，邻韵通押，隔句韵，间插连句韵。

短调

始词：12分句4复句。每片6分句2复句，三/三/型复句组。每片二换韵，第一复句押仄，第二复句押平，连句韵、隔句韵。律词。

3，3，6。3，3，5。

3，3，6。3，3，5。——唐·温庭筠·《全唐五代词》第104页

更漏子

柳丝长，春雨细，花外漏声迢递。 ◆◇◇，◇◆◆，◇◆◆◇◇◆。

惊塞雁，起城乌，画屏金鹧鸪。 ◇◆◆，◆◇◇，◆◇◇◆◇。

香雾**薄**，透帘**幕**，惆怅谢家池**阁**。 ◇◆◆，◆◇◆，◇◆◆◇◇◆。

红烛背，绣帷**垂**，梦长君不**知**。 ◇◆◆，◆◇◇，◆◇◇◆◇。

同体式作品：唐五代：温庭筠6首，韦庄1首，牛峤3首，毛文锡1首，顾敻1首，毛熙震2首，孙光宪6首，冯延巳5首，刘侍读（刘保）1首，计9人26首。北宋：张先2首，晏殊4首，欧阳修1首，杜安世3首，苏氏1首，晏几道6首，苏轼1首，李之仪1首，黄庭坚1首，贺铸3首，毛滂3首，张继先3首，计12人29首。南宋：向子諲3首，赵长卿2首，石孝友2首，郭应祥1首，高观国1首，

卢祖皋 2 首，洪咨夔 1 首，黄机 1 首，吴潜 1 首，赵崇嶓 1 首，许棐 1 首，罗椅 1 首，王大简 1 首，陈达叟 1 首，王沂孙 1 首，仇远 1 首，张淑芳 1 首，无名氏 6 人 6 首，计 23 人 28 首。

变体二

复句数不变，分句数有变。

变体二·1

9 分句 4 复句

【变体二·1】9 分句 4 复句。双片。上片 4 分句 2 复句，二/二/型复句组；下片 5 分句 2 复句三/二/型复句组。平韵，上、下片首句不入韵，连句韵。律词。

7，6。7，5。

3，3，6。7，5。——后蜀·欧阳炯《敦煌歌辞总编》第 201 页

更漏子

三十六宫秋夜永，露华点滴高**梧**。	◇◆◆◇◇◆◆，◆◇◆◆◇◇。
丁丁玉漏咽铜**壶**，明月上金**铺**。	◇◇◆◆◆◇◇，◇◆◆◇◇。
红线毯，博山**炉**，香风暗触流**苏**。	◇◆◆，◆◇◇，◇◇◆◆◇◇。
羊车一去长青**芜**，尘镜彩鸾**孤**。	◇◇◆◆◆◇◇，◇◆◆◇◇。

同体式作品：无。

变体二·2

11 分句 4 复句

【变体二·2】11 分句 4 复句。双片。上片 6 分句 2 复句，三/三/型复句组；下片 5 分句 2 复句，二/三/型复句组。换韵，平仄换押，隔句韵、连句韵。律词。

3，3，6。3，3，5。

5，6。3，3，5。——后蜀·欧阳炯·《全唐五代词》第 463 页

更漏子

玉阑干，金甃**井**，月照碧梧桐**影**。	◆◇◇，◇◆◆，◆◆◆◇◇◆。
独自个，立多**时**，露华浓湿**衣**。	◆◆◆，◆◇◇，◆◇◇◆◇。
一向凝情**望**，待得不成模**样**。	◆◆◇◇◆，◆◆◆◇◇◆。
虽叵耐，又寻**思**，怎生瞋得**伊**。	◇◆◆，◆◇◇，◆◇◇◆◇。

同体式作品：无。

长调

始词：22 分句 8 复句。每片 11 分句 4 复句，三/三/二/三/型复句组。平韵，隔句韵、连句韵。

4，5，4。4，4，6。6，5。5，4，4。

6，5，4。4，4，6。6，5。5，4，4。——北宋·杜安世·《全宋词》第179页

更漏长

庭远途**程**，算万山千水，路入神**京**。	◇◆◇◇，△◆◇◇◆，◆◆◇◇。
暖日春郊，绿柳红杏，香径舞燕流**莺**。	◆◆◇◇，◆◆◇◆，◇◆◆◆◇◇。
客馆悄悄闲**庭**，堪惹旧恨**深**。	◆◆◆◆◇◇，◇◆◆◆◇。
有多少驱驱，蓦岭涉水，枉费身**心**。	△◇◆◇◇，◆◆◆◆，◆◆◇◇。
思想厚利高**名**，谩惹得忧烦，枉度浮**生**。	◇◆◆◆◇◇，△◆◆◆◇，◆◆◇◇。
幸有青松，白云深洞，清闲且乐升**平**。	◆◆◇◇，◆◇◇◆，◇◇◆◆◇◇。
长是宦游羁思，别离泪满**襟**。	◇◆◆◇◇◆，◆◇◆◆◇。
望江乡踪迹，旧游题书，尚自分**明**。	△◇◇◇◆，◆◇◇◇，◆◆◇◇。

同体式作品：北宋：贺铸1首。

134.【归国遥】

【归平遥】

1. 始词唐温庭筠作。
2. 唐教坊曲（见《教坊记》）。据调名，其源为唐代边地曲调。清代该调传入蒙古笳吹，任中敏《教坊记笺订》："此调在清笳吹乐章中，有辞有谱，见《律吕正义》后集四七。'遥'作'谣'，乃源宋人词调《归自谣》而误。……唐乐已多不传于中土，何以反流变于蒙古之笳吹中？其声谱较之唐宋燕乐所有，究竟如何？研讨音乐史者应有以明之。"
3. 宋词一作【归平遥】。五代文人词有【归国谣】，体式与本调完全不同，兹作两调处理。
4. 始词所咏内容，与调名无涉，属于采熟调而赋新词，与"词咏调名本义"为两种用调方式。
5. 双片。上片三韵，下片四韵或三韵，仄韵，连句韵。

始词：8分句4复句。双片。每片4分句2复句，二/二/型复句组。仄韵，上片首句不入韵，继连句韵。

4，5。6，5。

6，5。6，5。——唐·温庭筠·《全唐五代词》第108页

归国遥

香玉翠凤，宝钗垂簏**簌**。	◇◆◆◆，◆◇◇◆◆。
钿筐交胜金**粟**，越罗春水**渌**。	◆◇◇◆◇◆，◆◇◇◆◆。

画堂照帘残**烛**，梦余更漏**促**。 ◆◇◆◇◇◆，◆◇◇◆◆。
谢娘无限心**曲**，晓屏山断**续**。 ◆◇◇◆◇◆，◆◇◇◆◆。

同体式作品：温庭筠1首。
增减字：
（一）3，7。6，5。〇6，5。6，5。五代：韦庄3首。
（二）5，5。6，5。〇6，5。6，5。南宋：颜奎1首（【归平遥】）。

135.【河渎神】

1. 始词唐温庭筠作。
2. 本为唐教坊曲（见《教坊记》）。《教坊记笺订》：“《宋史·乐志》：‘山岳、河渎，皆坤之灵’，宜乎有神；祀神，乃有曲。肃宗乾元间，王延昌有《河渎神灵源公祠庙碑》云：‘存乎祀典，代以为常，则班固序《汉书》所谓“河祠临晋”是也。’”宋黄昇《花庵词选》云：“唐词多缘题所赋《河渎神》之咏祠庙，亦其一也。”
3. 双片。每片四韵，换韵，上片押平，下片押仄，连句韵。

始词：8分句4复句。双片。每片4分句2复句，二/二/型复句组。换韵，上片押平，下片押仄，连句韵。

5，6。7，6。
7，6。6，6。——唐·温庭筠·《全唐五代词》第117页

河渎神
河上望丛**祠**，庙前春雨来**时**。 ◇◆◆◇◇，◆◇◇◆◇◇。
楚山无限鸟飞**迟**，兰棹空伤别**离**。 ◆◇◇◆◆◇◇，◇◆◇◇◆◇。

何处杜鹃啼不**歇**，艳红开尽如**血**。 ◇◆◆◇◇◆◆，◆◇◇◆◇◆。
蝉鬓美人愁**绝**，百花芳草佳**节**。 ◇◆◆◇◇◆，◆◇◇◆◇◆。

同体式作品：唐五代：温庭筠2首，张泌1首，孙光宪2首。南宋：辛弃疾1首。

136.【女冠子】

1. 始词唐温庭筠作。
2. 亦唐教坊曲（见《教坊记》）。据调名本为道教之曲。女冠，“女黄冠”，女道士。
3. 短调、长调二体。双片。短调上片四韵，下片二韵，平仄换韵；长调，始词上片七韵，

下片五韵，变体韵数有变；仄韵，隔句韵，间插连句韵。

短调

始词：9 分句 4 复句。上片 5 分句 2 复句，二/三/型复句组；下片 4 分句 2 复句，二/二/型复句组。平仄换韵，连句韵、隔句韵。律词。

4，6。3，5，5。

5，5。5，3。——唐·温庭筠·《全唐五代词》第 119 页

女冠子

含娇含笑，宿翠残红窈**窕**。　◇◇◇◆，◆◆◇◇◆◆。
鬓如**蝉**，寒玉簪秋水，轻纱卷碧**烟**。　◆◇◇，◇◆◇◇◆，◇◇◆◆◇。

雪胸鸾镜里，琪树凤楼**前**。　◆◇◇◆◆，◇◆◆◇◇。
寄语青娥伴，早求**仙**。　◆◆◇◇◆，◆◇◇。

同体式作品：唐五代：温庭筠 1 首，韦庄 2 首，欧阳炯 2 首，薛昭蕴 2 首，牛峤 4 首，张泌 1 首，鹿虔扆 2 首，尹鹗 1 首，毛熙震 2 首，李珣 2 首，孙光宪 2 首，计 11 人 21 首。

长调

始词：24 分句 8 复句。上片 13 分句 4 复句，三/五/二/三/型复句组；下片 11 分句 4 复句，四/三/二/二/型复句组。仄韵，隔句韵，间插连句韵。

4，3，3。3，4，4，4，4。6，7。4，4，4。

4，4，4，5。7，4，5。6，7。4，8。——北宋·柳永·《全宋词》第 19 页

女冠子

断云残**雨**，洒微凉，生轩**户**。　◆◇◇◆，◆◇◇，◇◇◆。
动清籁，萧萧庭**树**，　◆◇◆，◇◇◇◆。
银河浓淡，华星明灭，轻云时**度**。　◇◇◇◆，◇◇◇◆，◇◇◇◆。
莎阶寂静无**睹**，幽蛩切切秋吟**苦**。　◇◇◆◆◇◆，◇◇◆◆◇◇◆。
疏篁一径，流萤几点，飞来又**去**。　◇◇◆◆，◇◇◆◆，◇◇◆◆。

对月临风，空恁无眠，　◆◆◇◇，◇◆◇◇，
耿耿暗想，旧日牵情**处**。　◆◆◆◆，◆◆◇◇◆。
绮罗丛里有人人，　◆◇◇◆◇◇◆，
那回饮散，略曾谐鸳**侣**。　◆◇◆◆，◆◇◇◇◆。
因循忍便睽**阻**，想思不得长相**聚**。　◇◇◆◆◇◆，◆◇◆◆◇◇◆。
好天良夜，无端惹起千愁万**绪**。　◆◇◇◆，◇◇◆◆◇◇◆◆。

同体式作品：无。

变体一

与始词分句数复句数相同，复句型有变。

【变体一·1】24 分句 8 复句。上片第一、二复句较始词各减 1 分句，第三复句增 1 分句；下片第一复句减 1 分句，第三、四复句各增 1 分句。每片 12 分句 4 复句，上片二/四/三/三/型复句组，下片三/三/三/三/型复句组。仄韵，上片起首二句连韵，继隔句韵。

4，6。4，4，4，4。3，6，4。4，4，4。

8，3，7。4，5，4。5，4，4。4，4，4。——北宋·柳永·《全宋词》第 54 页

女冠子

夏景

火云初**布**，迟迟永日炎**暑**。	◆◇◇◆，◇◇◆◆◇◆。
浓阴高**树**，黄鹂叶底，	◇◇◇◆，◇◇◆◆，
羽毛学整，方调娇**语**。	◆◇◆◆，◇◇◇◆。
薰风时，渐动峻阁池塘，芰荷争**吐**。	◇◇◇，◆◆◆◆◇◇，◇◇◇◆。
画梁紫燕，对对衔泥，飞来又**去**。	◆◇◆◆，◆◆◇◇，◇◇◆◆。
想佳期容易成辜**负**，	△◇◇◇◆◇◇◆，
共人人，同上画楼斟香**醑**。	◆◇◇，◇◆◆◇◇◇◆。
恨花无**主**，卧象床犀枕，成何情**绪**。	◆◇◇◆，◆◆◇◇◆，◇◇◇◆。
有时魂梦断，半窗残月，透帘穿**户**。	◆◇◇◆◆，◆◇◇◆，◆◇◇◆。
去年今夜，扇儿揜我，情人何**处**。	◆◇◇◆，◆◇◇◆，◇◇◇◆。

同体式作品：无。

【变体一·2】24 分句 8 复句。上下片与【变体一·1】分句数复句数相同，复句型有变。每片 12 分句 4 复句，上片三/二/四/三/型复句组；下片四/三/三/二/型复句组。仄韵，隔句韵，插一连句韵。

4，3，4。5，7。6，6，4，4。4，4，4。

3，5，3，7。4，5，6。5，4，4。7，6。——宋·无名氏·《全宋词》第 3740 页

女冠子

彤云密**布**，撒梨花，柳絮飞**舞**。	◇◇◆◆，◆◇◇，◆◆◇◆。
楼台诮似**玉**，向红炉暖阁院**宇**。	◇◇◆◆◆，△◇◇◆◆◆◆。
深庭广排筵会，听笙歌犹未彻，	◇◇◆◇◇◆，△◇◇◇◆◆，
渐觉轻寒，透帘穿**户**。	◆◆◇◇，◆◇◇◆。
乱飘僧舍，密洒歌楼，酒帘如**故**。	◆◇◇◆，◆◆◇◇，◆◇◇◆。
想樵人，山径迷踪**路**，	◆◇◇，◇◆◇◇◆，

料渔人，收纶罢钓归南**浦**。	◆◇◇，◇◇◆◆◇◇◆。
路无伴**侣**，见孤村寂寞，招飐酒旗斜**处**。	◆◇◆◆，△◇◇◆◆，◇◆◆◇◇◆。
南轩孤雁过，呖呖声声，又无书**度**。	◇◇◇◆◆，◆◆◇◇，◆◇◇◆。
见腊梅枝上嫩蕊，两两三三微**吐**。	△◆◇◇◆◆◆，◆◆◇◇◇◆。

同体式作品：无。

变体二

较始词复句数不变，分句数有变。

【变体二】23 分句 8 复句。上片较始词减 2 分句，下片增 1 分句。上片 11 分句 4 复句，三/三/三/二/型复句组；下片 12 分句 4 复句，三/三/三/三/型复句组。仄韵，隔句韵。

4，6，4。4，4，4。5，4，6。7，6。

7，5，5。4，5，4。5，4，4。5，4，4。——南宋·李邴·《全宋词》第 950 页

女冠子

上元

帝城三**五**，灯光花市盈**路**，天街游**处**。	◆◇◇◆，◇◇◇◆◇◆，◇◇◇◆。
此时方信，凤阙都民，奢华豪**富**。	◆◇◇◆，◆◆◇◇，◇◇◇◆。
纱笼才过**处**，喝道转身，一壁小来且**住**。	◇◇◇◆◆，◆◆◆◇，◆◆◆◇◆◆。
见许多才子艳质，携手并肩低**语**。	△◆◇◇◆◆◆，◇◆◆◇◇◆。
东来西往谁家**女**，	◇◇◇◆◇◇◆，
买玉梅争戴，缓步香风**度**。	◆◆◇◇◆，◆◆◇◇◆。
北观南**顾**，见画烛影里，神仙无**数**。	◆◇◇◆，△◆◆◆◆，◇◇◇◆。
引人魂似醉，不如趁早，步月归**去**。	◆◇◇◆◆，◆◇◆◆，◆◆◇◆。
这一双情眼，怎生禁得，许多胡**觑**。	△◆◇◇◆，◆◇◇◆，◆◇◇◆。

同体式作品：无。

增减字：

（一）4，6。4，4，4，4。5，6，4。7，6。○ 7，5，5。4，5，4。5，6，4。5，4，4。南宋：蒋捷 2 首。

变体三

较始词分句数复句数皆变

【变体三】27 分句 9 复句。较始词增 3 分句 1 复句。上片 14 分句 5 复句，三/二/三/三/三/型复句组；下片 13 分句 4 复句，五/二/三/三/型复句组。仄韵，隔句韵。

4，3，4。3，4。4，6，3。4，3，3。5，4，4。

5，4，6，3，4。4，7。4，3，4。5，4，4。——北宋·柳永·《全宋词》第 45 页

女冠子	
淡烟飘**薄**，莺花谢，清和院**落**。	◆◇◇◆，◇◇◆，◇◇◆◆。
树阴翠，密叶成**幄**。	◆◇◆，◆◆◇◆。
麦秋霁景，夏云忽变奇峰，倚寥**廓**。	◆◇◆◆，◆◇◆◆◇◇，◆◇◆。
波暖银塘，涨新萍，绿鱼**跃**。	◇◆◇◇，◆◇◇，◆◇◆。
想端忧多暇，陈王是日，嫩苔生**阁**。	△◇◆◇◆，◇◇◆◆，◆◇◇◆。
正铄石天高，流金昼永，	△◆◆◇◇，◇◇◆◆，
楚榭光风转蕙，披襟处，波翻翠**幕**。	◆◆◇◇◆◆，◇◇◆，◇◇◆◆。
以文会友，沉李浮瓜忍轻**诺**。	◆◇◆◆，◇◆◇◇◆◇◆。
别馆清闲，避炎蒸，岂须河**朔**。	◆◆◇◇，◆◇◇，◆◇◇◆。
但尊前随分，雅歌艳舞，尽成欢**乐**。	△◇◇◇◆，◆◇◆◆，◆◇◇◆。

同体式作品：无。

137.【玉胡蝶】

1. 始词唐温庭筠作。
2. 一写作【玉蝴蝶】。
3. 短调、长调二体，以长调为普式。
4. 平韵，短调上片四韵，下片三韵，连句韵，间插隔句韵。长调上片五韵，下片六韵，隔句韵。

短调

始词：8 分句 4 复句。双片。每片 4 分句 2 复句，二/二/型复句组。平韵，连句韵，插一隔句韵。律词。

6，5。5，5。
5，5。5，5。——唐·温庭筠·《全唐五代词》第 120 页

玉胡蝶	
秋风凄切伤**离**，行客未归**时**。	◇◇◇◆◇◇，◇◆◆◇◇。
塞外草先**衰**，江南雁到**迟**。	◆◆◆◇◇，◇◇◆◆◇。
芙蓉凋嫩脸，杨柳堕新**眉**。	◇◇◇◆◆，◇◆◆◇◇。
摇落使人**悲**，断肠谁得**知**。	◇◆◆◇◇，◆◇◇◆◇。

同体式作品：无。

变体二

与始词复句数相同，分句数增2。

【变体二】10分句4复句。上下片第一复句较始词各增1分句，每片5分句2复句，三/二/型复句组。平韵，隔句韵，连句韵。律词。

3，3，5。5，5。

3，3，5。5，5。——五代·孙光宪·《全唐五代词》第632页

玉胡蝶

春欲尽，景仍**长**，满园花正**黄**。	◇◆◆，◆◇◇，◆◇◇◆◇。
粉翅两悠**扬**，翩翩过短**墙**。	◆◆◆◇◇，◇◇◆◆◇。
鲜飚暖，牵游伴，飞去立残**芳**。	◇◇◆，◇◇◆，◇◆◆◇◇。
无语对萧**娘**，舞衫沉麝**香**。	◇◆◆◇◇，◆◇◇◆◇。

同体式作品：无。

长调

始词：25分句8复句。上片12分句4复句，三/二/四/三/型复句组；下片13分句4复句，四/二/四/三/型复句组。平韵，隔句韵，间插连句韵。

6，4，4。4，6。3，4，3，4。3，4，4。

2，4，4，4。4，7。3，4，3，4。3，4，4。——北宋·柳永·《全宋词》第40页

玉蝴蝶

望处雨收云断，凭阑悄悄，目送秋**光**。	◆◆◆◇◇◆，◇◇◆◆，◆◆◇◇。
晚景萧疏，堪动宋玉悲**凉**。	◆◆◇◇，◇◆◆◆◇◇。
水风轻，苹花渐老，月露冷，梧叶飘**黄**。	◆◇◇，◇◇◆◆，◆◆◆，◇◆◇◇。
遣情**伤**，故人何在，烟水茫**茫**。	◆◇◇，◆◇◇◆，◇◆◇◇。
难**忘**，文期酒会，几孤风月，屡变星**霜**。	◇◇，◇◇◆◆，◆◇◇◆，◆◆◇◇。
海阔山遥，未知何处是潇**湘**。	◆◆◇◇，◆◇◇◆◆◇◇。
念双燕，难凭远信，指暮天，空识归**航**。	◆◇◆，◇◇◆◆，◆◆◇，◇◆◇◇。
黯相**望**，断鸿声里，立尽斜**阳**。	◆◇◇，◆◇◇◆，◆◆◇◇。

同体式作品：北宋：柳永2首，晁端礼1首，晁冲之1首，王安中1首，计4人5首。南宋：李邴1首，陆游1首，辛弃疾1首，史达祖1首，高观国1首，吴文英1首，尹济翁1首，仇远1首。计8人8首。

增减字：

（一）6，4，4。6，4。3，4，3，4。3，4，4。○2，4，4，4。4，7。3，4，3，4。3，4，4。北宋：柳永1首；南宋：赵长卿1首，陈德武1首。

（二）6，4，4。6，4。3，4，3，4。3，4，4。○2，4，4，4。6，5。3，4，3，4。3，4，4。北宋：柳永1首。

(三) 6，4，4。6，4。3，4，3，4。3，4，4。○ 2，4，4，4。4，6。3，4，3，4。3，4，4。北宋：李之仪 1 首。

(四) 6，3，4。6，4。3，4，3，4。3，4，4。○ 2，4，4，4。4，7。3，4，3，4。3，4，4。北宋：晁补之 1 首。

(五) 6，4，4。4，7。3，4，3，4。3，4，4。○ 2，4，4，4。5，5。3，4，3，4。3，4，4。南宋：潘汾 1 首。

(六) 4，6，4。4，6。3，4，3，4。3，4，4。○ 2，4，4，4。4，7。3，4，3，4。3，4，4。南宋：辛弃疾 1 首。

(七) 6，4，4。6，4。3，4，3，4。3，4，4。○ 2，4，5，4。4，7。3，4，3，4。3，4，4。南宋：陈德武 1 首。

(八) 6，4，4。4，6。3，4，3，4。3，4，4。○ 2，4，4，4。4，6。3，4，3，4。3，4，4。南宋：李鼐 1 首。

(九) 4，6，4。6，4。3，4，3，4。3，4，4。○ 2，4，4，4。4，7。3，4，3，4。3，4，4。南宋：葛郯 1 首。

变体二

与始词复句数相同，分句数有变。

变体二·1

24 分句 8 复句

【变体二·1】24 分句 8 复句。下片第一复句较始词减 1 分句，每片 12 分句 4 复句，三/二/四/三/型复句组。平韵，隔句韵。

6，4，4。4，6。3，4，3，4。3，4，4。

4，4，4。4，7。3，4，3，4。3，4，4。——北宋·李纲·《全宋词》第 908 页

玉蝴蝶

万古秣陵江国，舣舟烟岸，千里云**林**。	◆◆◆◇◇◆，◆◇◇◆，◇◆◇◇。
故垒高楼，凝望远水遥**岑**。	◆◆◇◇，◇◇◆◆◇◇。
景阳钟，那闻旧响，玉树唱，空有余**音**。	◆◇◇，◆◇◆◆，◆◆◆，◇◆◇◇。
感春**心**，六朝遗事，萧索难**寻**。	◆◇◇，◆◇◇◆，◇◆◇◇。
甘泉法从，弟兄芝玉，顾我情**深**。	◇◇◆◇，◆◇◇◆，◆◆◇◇。
契阔相思，岂知今日共登**临**。	◆◆◇◇，◆◇◇◆◆◇◇。
对尊俎，休辞痛饮，伤志节，须且高**吟**。	◆◇◆，◇◇◆◆，◇◆◆，◇◆◇◇。
柳摇**金**，断霞轻霭，残照西**沉**。	◆◇◇，◆◇◇◆，◇◆◇◇。

按：下片首句，《全宋词》按曰："换头处疑有夺字。"

同体式作品：无。

增减字：

(一) 6，4，4。4，6。3，4，3，4。3，4，4。○ 6，4，4。4，7。3，4，3，4。3，4，4。南宋：张炎 1 首，仇远 1 首。

变体二 · 2

26分句8复句

【变体二 · 2】26分句8复句。上片与始词同，下片增1分句。上片12分句4复句，三/二/四/三/型复句组；下片14分句4复句，四/三/四/三/型复句组。平韵，隔句韵。律词。

4，6，4。6，4。3，4，3，4。3，4，4。

2，4，4，4。4，3，4。3，4，3，4。3，4，4。——南宋 · 葛郯 · 《全宋词》第1542页

玉蝴蝶

和维扬晁侍郎寄伯强

忆昨苕溪，惯弄五亭月笛，四水烟**蓑**。　◆◆◇◇，◆◆◆◇◆◆，◆◆◇◇。
何事毗檀门外，马驻长**坡**。　◇◆◇◇◇◆，◆◆◇◇。
野花中，乱红杳霭，小桥外，叠翠嵯**峨**。　◆◇◇，◆◇◆◆，◆◇◆，◆◆◇◇。
且颜**酡**，但存长袖，舞倒婆**娑**。　◆◇◇，◆◇◇◆，◆◆◇◇。

云**何**，主盟惠政，春行五马，月皎千**波**。　◇◇，◆◇◆◆，◇◇◆◆，◆◆◇◇。
赢得宾僚，听隔墙，无事高**歌**。　◇◆◇◇，◇◆◇，◇◆◇◇。
帐烟寒，瑞麟影堕，帘雾细，宝鸭香**多**。　◆◇◇，◆◇◆◆，◇◆◆，◆◆◇◇。
试蹉**跎**，一枰落日，又送樵**柯**。　◆◇◇，◆◇◆◆，◆◆◇◇。

同体式作品：无。

138. 【遐方怨】

1. 始词唐温庭筠作。
2. 亦为唐教坊曲（见《教坊记》）。唐敦煌写卷中有《遐方远》舞曲谱，以调名本意推之，其调本源为边地歌舞曲。
3. 单片、双片二体。单片三韵，双片每片四韵，平韵，隔句韵，间插连句韵。
4. 本调五代后无继作。

单片体

始词：单片，7分句3复句，二/二/三/型复句组。平韵，隔句韵。

3，3。4，7。7，5，3。——唐 · 温庭筠 · 《全唐五代词》第121页

遐方怨

凭绣槛，解罗**帏**。　◇◆◆，◆◇◇。

未得君书，断肠潇湘春雁**飞**。	◆◆◇◇，◆◇◇◇◇◆◇。
不知征马几时**归**，海棠花谢也，雨霏**霏**。	◆◇◇◆◆◇◇，◆◇◇◆◆，◆◇◇。

同体式作品：唐：温庭筠 1 首。

双片体

始词：12 分句 6 复句。双片。每片 6 分句 3 复句，二/二/二/型复句组。平韵，邻韵通押，隔句韵，间插连句韵。律词。

3，3。5，5。7，7。

3，3。5，5。7，7。——五代·顾敻·《全唐五代词》第 562 页

遐方怨

帘影细，篁纹**平**。	◇◆◆，◆◇◇。
象纱笼玉指，缕金罗扇**轻**。	◆◇◇◆◆，◆◇◇◆◇。
嫩红双脸似花**明**，两条眉黛远山**横**。	◆◇◇◆◆◇◇，◆◇◇◆◆◇◇。
凤箫歇，镜尘**生**。	◆◇◆，◆◇◇。
辽塞音书绝，梦魂长暗**惊**。	◇◆◇◇◆，◆◇◇◆◇。
玉郎经岁负娉**婷**，教人争不恨无**情**。	◆◇◇◆◆◇◇，◇◇◇◆◆◇◇。

同体式作品：五代：孙光宪 1 首。

139.【诉衷情】

【诉衷情令】【渔父家风】

1. 始词唐温庭筠作。
2. 亦为唐教坊曲（见《教坊记》）。
3. 宋代通行词调，偶作【诉衷情令】；或易名为【渔父家风】，源出黄庭坚《诉衷情》（“一波才动”）序：“在戎州登临胜景，未尝不歌渔父家风，以谢江山。”
4. 【诉衷情近】【摊破诉衷情】，作同源词调处理。
5. 单片、双片二体。单片体九韵，变体韵数有变，仄平换韵，或平韵，连句韵、隔句韵；双片体，每片三韵或四韵，平韵，连句韵、隔句韵。

单片体

始词：单片。10 分句，3 复句 1 单句，三/三/三/一/型复句单句组合。平仄换韵，连句韵，插一隔句韵。律词。

2，2，3。3，3，5。5，2，5。3。——唐·温庭筠·《全唐五代词》第 121 页

诉衷情

莺**语**，花**舞**，春昼**午**。　　◇◆，◇◆，◇◆◆。
雨霏**微**，金带枕，宫锦凤皇**帷**。　　◆◇◇，◇◆◆，◇◆◆◇◇。
柳弱燕交**飞**，依**依**，辽阳音信**稀**。　　◆◆◆◇◇，◇◇，◇◇◇◆◇。
梦中**归**。　　◆◇◇。

同体式作品：无。

变体二

较始词复句数不变，分句数减1。

【变体二】单片。9分句，3复句1单句，三/二/三/一/型复句单句组合。平韵，邻韵通押，隔句韵、连句韵。律词。

4，3，3。3，5。5，2，5。3。——五代·韦庄·《全唐五代词》第167页

诉衷情

烛烬香残，帘未卷，梦初**惊**。　　◆◆◇◇，◇◆◆，◆◇◇。
花欲谢，深夜月胧**明**。　　◆◆◆，◇◆◆◇◇。
何处按歌**声**，轻**轻**，舞衣尘暗**生**。　　◆◆◆◇◇，◇◇，◆◇◇◆◇。
负春**情**。　　◆◇◇。

同体式作品：无。

变体三

较始词分句数不变，复句数有变。

【变体三】10分句4复句。单片。与始词分句数相同，句型有变，减1单句，增1复句，二/三/二/三/型复句组。平韵，首句不韵，继连句韵，间抱二仄韵。律词。

7，3。3，2，3。5，3。3，3，5。——五代·顾敻·《全唐五代词》第564页

诉衷情

永夜抛人何处去，绝来**音**。　　◆◆◇◇◇◆◆，◆◇◇。
香阁**掩**，眉敛，月将**沉**。　　◇◆◆，◇◆，◆◇◇。
争忍不相**寻**，怨孤**衾**。　　◇◆◆◇◇，◆◇◇。
换我**心**，为你**心**，始知相忆**深**。　　◆◆◇，◇◆◇，◆◇◇◆◇。

同体式作品：五代：顾敻1首。

双片体

始词：10分句4复句。双片。每片5分句2复句，二/三/型复句组。平韵，连句韵，间插隔句韵。律词。

7，5。3，3，5。

5，3。4，3，3。——五代·魏承班·《全唐五代词》第485页

诉衷情

高歌宴罢月初**盈**，诗情引恨**情**。 ◇◇◆◆◆◇◇，◇◇◆◆◇。
烟露冷，水流**轻**，思想梦难**成**。 ◇◆◆，◆◇◇，◇◆◆◇◇。

罗帐袅香**平**，恨频**生**。 ◇◆◆◇◇，◆◇◇。
思君无计，睡还**醒**，隔层**城**。 ◇◇◇◆，◆◇◇，◆◇◇。

按：与前顾敻词比照，本词亦可视为一片；或顾词亦可分为两片。

同体式作品：五代：魏承班4首，毛文锡2首。

变体一

与始词分句数复句数相同，复句型有变。

【变体一】10分句4复句。双片。上片第二复句较始词减1分句，4分句2复句，二/二/型复句组；下片第一复句增1分句，6分句2复句，三/三/型复句组。平韵，连句韵、隔句韵。律词。

7，5。6，5。

3，3，3。4，4，4。——北宋·柳永·《全宋词》第35页

诉衷情

一声画角日西**曛**，催促掩朱**门**。 ◆◇◆◆◆◇◇，◇◆◆◇◇。
不堪更倚危阑，肠断已消**魂**。 ◆◇◆◆◇◇，◇◆◆◇◇。

年渐晚，雁空**频**，问无**因**。 ◇◆◆，◆◇◇，◆◇◇。
思心欲碎，愁泪难收，又是黄**昏**。 ◇◇◆◆，◇◆◇◇，◆◆◇◇。

同体式作品：北宋：张先2首，晏殊10首，王益1首，谢绛1首，欧阳修2首，杜安世1首，王安石5首，晏几道8首，苏轼3首，黄庭坚3首，晁端礼3首，米芾1首，贺铸2首，仲殊5首，晁补之1首，周邦彦3首，苏庠2首，毛滂2首，沈蔚1首，唐庚1首，葛胜仲1首，米友仁1首，万俟咏1首，朱敦儒4首，李清照1首，计25人65首。南宋：蔡伸1首，李弥逊1首，张元干2首（【渔父家风】），邓肃3首，曾惇1首，曹勋3首，曾觌5首，康与之2首（【诉衷情令】），韩元吉1首，张抡10首，赵彦端2首，袁去华2首，陆游2首，张孝祥3首，陈造1首，李处全1首，丘崈4首，赵长卿2首，赵师侠4首，陈亮1首，杨炎正1首，张镃1首，卢炳2首，姜夔1首，刘仙伦1首，高观国1首，方千里2首，黄机1首，吴潜1首，吴文英4首，杨泽民2首，陈允平2首，张辑1首，王苍1首，郑楷1首，黎廷瑞1首，仇远1首，播台寺僧1首，无名氏1首，计39人77首。

增减字：

（一）7，5。7，5。○3，3，3。4，4，4。南宋：严仁1首。

变体二

与始词复句数相同，分句数有变。

变体二·1

11 分句 4 复句

【变体二·1】11 分句 4 复句。较始词增 1 分句。上片 5 分句 2 复句，二/三/型复句组；下片 6 分句 2 复句，三/三/型复句组。平韵，连句韵、隔句韵。律词。

7，5。3，3，5。

3，3，3。4，4，4。——北宋·欧阳修《全宋词》第 155 页

诉衷情

歌时眉黛舞时**腰**，无处不妖**饶**。　◇◇◇◆◆◇◇，◇◆◆◇◇。

初剪菊，欲登**高**，天气怯鲛**绡**。　◇◆◆，◆◇◇，◇◆◆◇◇。

紫丝障，绿杨**桥**，路迢**迢**。　◆◇◆，◆◇◇，◆◇◇。

酒阑歌罢，一度归时，一度魂**消**。　◆◇◇◆，◆◆◇◇，◆◆◇◇。

同体式作品：无。

增减字：

（一）7，5。6，3，3。○ 3，3，3。4，4，4。北宋：黄庭坚 2 首。南宋：王千秋 1 首，吴潜 1 首。

变体二·2

9 分句 4 复句

【变体二·2】9 分句 4 复句。双片。上片较始词减 1 分句，4 分句 2 复句，二/二/型复句组；下片分句数与始词同，复句型有变，5 分句 2 复句，三/二/型复句组。平韵，连句韵、隔句韵。

7，5。6，5。

3，3，3。8，4。——北宋·俞紫芝·《全宋词》第 209 页

诉衷情

钓鱼船上谢三**郎**，双鬓已苍**苍**。　◆◇◇◆◆◇◇，◆◆◆◇◇。

蓑衣未必清贵，不肯换金**章**。　◇◇◆◆◇◆，◆◆◆◇◇。

汀草畔，浦花**旁**，静鸣**榔**。　◇◆◆，◆◇◇，◆◇◇。

自来好个渔父家风，一片潇**湘**。　◆◇◆◆◇◆◇◇，◆◆◇◇。

按：该词调名或题为【阮郎归】，实为【诉衷情】。

同体式作品：无。

同源词调一：【诉衷情近】

1. 始词北宋柳永作。
2. 该调名宋词仅见柳永 2 首，晁补之【诉衷情】（“小院过午”）与之同体，兹归本调。
3. 双片。始词仄韵，连句韵、隔句韵。

始词：16 分句 6 复句。双片。上片 7 分句 3 复句，二/二/三/型复句组；下片 9 分句 3 复句，二/二/五/型复句组。仄韵，隔句韵，间插连句韵。律词。

4，6。6，6。6，4，5。

3，6。4，5。3，4，4，4，5。——北宋・柳永・《全宋词》第 30 页

诉衷情近

雨晴气爽，伫立江楼望**处**。 ◆◇◆◆，◆◆◇◇◆◆。

澄明远水生光，重叠暮山耸**翠**。 ◇◇◆◆◇◇，◇◆◆◇◆◆。

遥认断桥幽径，隐隐渔村，向晚孤烟**起**。 ◇◆◆◇◇◆，◆◆◇◇，◆◆◇◇◆。

残阳**里**，脉脉朱阑静**倚**。 ◇◇◆，◆◆◇◇◆◆。

黯然情绪，未饮先如**醉**。 ◆◇◇◆，◆◆◇◇◆。

愁无**际**，暮云过了，秋光老尽， ◇◇◆，◆◇◆◆，◇◇◆◆，

故人千**里**，竟日空凝**睇**。 ◆◇◇◆，◆◆◇◇◆。

同体式作品：北宋：柳永 1 首。

增减字：

（一）4，6。6，6。4，4，7。○ 3，6。4，5。3，4，4，4，5。北宋：晁补之 1 首（【诉衷情】）。

同源词调二：【摊破诉衷情】

1. 始词北宋蔡柟作。
2. 双片，上片四韵，下片三韵，平韵，连句韵。
3. 此调仅见蔡柟二首。与前谱【诉衷情】之“变体二・2”俞紫芝词分句数、复句型皆同，俞词调名或省题“摊破”二字。

始词：9 分句 4 复句。双片。上片 4 分句 2 复句，二/二/型复句组；下片 5 分句 2 复句，三/二/型复句组。平韵，连句韵，间插隔句韵。律词。

7，5。7，5。

3，3，5。7，5。——北宋・蔡柟・《全宋词》第 989 页

摊破诉衷情

寄友

栏干十二绕层**楼**，珠帘卷素**秋**。 ◇◇◆◆◆◇◇，◇◇◆◆◇。

当年尊酒屡迟**留**，识公惟白**鸥**。 ◇◇◇◆◆◇◇，◆◇◇◆◇。

才得趣，又成**愁**，情钟我辈**流**。 ◇◆◆，◆◇◇，◇◇◆◆◇。

买山同隐肯来不，遥怜笑点**头**。 ◆◇◇◆◆◇◇，◇◇◆◆◇。

同体式作品：北宋：蔡柟 1 首。

140.【思帝乡】

1. 始词唐温庭筠作。
2. 亦为唐教坊曲（见《教坊记》）。《教坊记笺订》："令狐楚有《坐中闻〈思帝乡〉有感》诗，刘禹锡和之，足见此曲颇能感人。不知齐言抑杂言，开、天间情形又如何。《北梦琐言》纪昭宗有此调，更在后矣。"
3. 单片五韵，平、仄二韵式，连句韵、隔句韵。
4. 此调五代后无继作。

始词：单片。8分句4复句，二/二/二/二/型复句组。平韵，连句韵、隔句韵。律词。

2，5。4，5。6，5。4，5。——唐·温庭筠·《全唐五代词》第122页

思帝乡

花**花**，满枝红似**霞**。　◇◇，◆◇◇◆◇。
罗袖画帘，肠断卓香**车**。　◇◆◆◇，◇◆◆◇◇。
回面共人闲语，战篦金凤**斜**。　◇◆◆◇◇◆，◆◇◇◆◇。
唯有阮郎，春尽不归**家**。　◇◆◆◇，◇◆◆◇◇。

按：本词《钦定词谱》及今之标点为："花花。满枝红似霞。罗袖画帘肠断，卓金车。回面共人闲语，战篦金凤斜。惟有阮郎春尽、不还家。""花花"，本谱作逗号，因其与下一句紧密相连——"花花满枝红似霞"，因是词体特有的双字短韵语——《钦谱》谓之"句中韵"，故标以逗号；"罗袖画屏肠断卓金车"，"罗袖画帘"，罗袖，代指女子；画帘，车之窗帘，勾勒女子车中场境；"肠断卓金车"，为女子心境，故断为"罗袖画屏，肠断卓金**车**"；"惟有阮郎春尽不还家"，"惟有阮郎春尽"点断则为破句，当于"阮郎"点断，或可连而不断为九字句。

同体式作品：无。

增减字：

（一）3，5。6，3。6，3。5，3。五代：韦庄1首。

（二）3，3。4，5。4，5。6，3。五代：韦庄1首。

（三）2，5。6，3。6，5。4，5。五代：孙光宪1首。

变体三

较始词分句数复句数皆变

【变体三】单片。4分句2复句，二/二/型复句组。换韵，平仄通押，连句韵。

7，7。6，6。——唐·李晔·《全唐五代词》第184页

思帝乡

纥干山头冻杀**雀**，何不飞去生处**乐**。　◆◇◇◇◆◆◆，◇◆◇◆◇◆◆。

况我此行悠**悠**，未知落在何**所**。	◆◆◆◇◇◇，◆◇◆◆◇◆。

同体式作品：无。

141.【河传】

【怨王孙】【秋光满目】【庆同天】【月照梨花】

1. 始词唐温庭筠作。
2. 本源为隋曲，宋王灼《碧鸡漫志》引《脞说》："水调《河传》，炀帝将幸江都时所制，声韵悲切，帝喜之。"隋曲无传辞，晚唐转化为词调，《钦定词谱》谓唐五代《河传》诸词"句读韵叶，颇极参差"。调名多变，《钦定词谱》："韦庄词名《怨王孙》，宋人多宗之；……张先词有'海宇，称庆，与天同'句，更名《庆同天》；李清照词有'人静皎月初斜，浸梨花'句，更名《月照梨花》；……徐昌图词有'秋光满目'句，更名《秋光满目》。"
3. 双片，始词每片七韵，变体韵数多变；平仄换韵，邻韵通押，连句韵，或间插隔句韵。

始词：14 分句 5 复句。双片。上片 7 分句 3 复句，二/二/三/型复句组；下片 7 分句 2 复句，三/四/型复句组。四换韵，连句韵。

2，2。3，6。7，2，5。

7，3，5。3，3，2，5。——晚唐·温庭筠·《全唐五代词》第 123 页

河传

湖**上**，闲**望**。	◇◆，◇◆。
雨萧**萧**，烟浦花桥路**遥**。	◆◇◇，◇◆◇◇◆◆。
谢娘翠蛾愁不**销**，终**朝**，梦魂迷晚**潮**。	◆◇◆◇◇◆◇，◇◇，◆◇◇◆◆。
荡子天涯归棹**远**，春已**晚**，莺语空肠**断**。	◆◆◇◇◇◆◆，◇◆◆，◇◆◇◇◆。
若耶**溪**，溪水**西**，	◆◇◇，◇◆◇，
柳**堤**，不闻郎马**嘶**。	◆◆，◆◇◇◆◇。

同式作者：唐：温庭筠 3 首。

变体一

与始词分句数复句数相同，复句型有变。

【变体一】14 分句 5 复句。双片。全词分句数复句数与始词同，上下片复句型正相反，上片 7 分句 2 复句，三/四/型复句组；下片 7 分句 3 复句，二/二/三/型复句组。平仄换韵，遥韵，连句韵。

2，2，4。4，4，6，3。

4，3。3，5。4，6，3。——五代·韦庄·《全唐五代词》第 172 页

怨王孙

锦**里**，蚕**市**，满街珠**翠**。	◆◆，◇◆，◆◇◇◆。
千万红**妆**，玉蝉金雀，	◇◆◇◇，◆◇◇◆，
宝髻花簇鸣**珰**，绣衣**长**。	◆◇◇◆◇◇，◆◇◇。
日斜归去，人难**见**。	◆◇◇◆，◇◇◆。
青楼**远**，队队行云**散**。	◇◇◆，◆◆◇◇◆。
不知今夜，何处深锁兰**房**，隔仙**乡**。	◆◇◇◆，◇◆◇◆◇◇，◆◇◇。

同体式作品：无。

变体二

与始词复句数相同，分句数有变。

变体二·1

15 分句 5 复句

【变体二·1】15 分句 5 复句。上片第三复句较始词增 1 分句，8 分句 3 复句，二/二/四/型复句组；下片与始词同，7 分句 2 复句，三/四/型复句组。三换韵，平仄通押，连句韵，插一隔句韵。

2，2。4，4。3，3，2，5。

7，3，5。3，3，2，5。——五代·顾夐·《全唐五代词》第 552 页

河传

曲槛，春晚。	◆◆，◇◆。
碧流纹细，绿杨丝软。	◆◇◇◆，◆◇◇◆。
露花鲜，杏枝繁，莺啭，野芜平似剪。	◆◇◇，◆◇◇，◇◆，◆◇◇◆◆。
直是人间到天**上**，堪游**赏**，醉眼疑屏**障**。	◆◆◇◇◆◇◆，◇◇◆，◆◆◇◇◆。
对池**塘**，惜韶**光**，	◆◇◇，◆◇◇，
断肠，为花须尽**狂**。	◆◇，◆◇◇◆◇。

同体式作品：无。

变体二·2

12 分句 5 复句

【变体二·2】12 分句 5 复句。上片第三复句较始词减 1 分句，6 分句 3 复句，二/二/二/型复句组；下片第二复句减 1 分句，6 分句 2 复句，三/三/型复句组。四换韵，每片先押仄后押平，连句韵。律词。

2，4。4，7。2，3。

7，3，5。7，2，5。——五代·张泌·《全唐五代词》第521页

河传

红**杏**，交枝相**映**。 ◇◆，◇◇◇◆。

密密蒙**蒙**，一庭浓艳倚东风。 ◆◆◇◇，◆◇◇◆◆◇◇。

香**融**，透帘**栊**。 ◇◇，◆◇◇。

斜阳似共春光**语**，蝶争**舞**，更引流莺**妒**。 ◇◇◆◆◇◇◆，◆◇◆，◆◆◇◇◆。

魂销千片玉樽**前**，神**仙**，瑶池醉暮**天**。 ◇◇◇◆◆◇◇，◇◇，◇◇◆◆◇。

同体式作品：无。

增减字：

（一）4，4。4，4。6，3。○7，3，5。4，6，3。北宋：李清照1首。南宋：张元幹2首（【怨王孙】）。

（二）4，4。4，4。6，3。○7，4，5。6，4，3。南宋：陆游2首（【月照梨花】）。

（三）4，4。4，4。6，3。○7，4，5。4，4，3。南宋：黄昇1首（【月照梨花】）。

（四）4，4。4，4。6，3。○7，3，5。6，4，3。南宋：无名氏1首。

变体三

较始词分句数复句数皆变

变体三·1

13分句4复句

【变体三·1·1】13分句4复句。上片与始词分句数相同，减1复句，7分句2复句，三/四/型复句组；下片较始词减1分句，复句数不变，6分句2复句，三/三/型复句组。平仄换押，连句韵，间插隔句韵。律词。

2，2，4。4，4，6，3。

7，3，5。4，6，3。——五代·韦庄·《全唐五代词》第163页

河传

何**处**，烟**雨**，隋堤春**暮**。 ◇◆，◇◆，◇◇◇◆。

柳色葱**茏**，画挠金缕， ◆◆◇◇，◆◇◇◆。

翠旗高飐香风，水光**融**。 ◆◇◇◆◇◇，◆◇◇。

青娥殿脚春妆**媚**，轻云**里**，绰约司花**妓**。 ◇◇◆◆◇◇◆，◇◇◆，◆◆◇◇◆。

江都宫阙，清淮月映迷**楼**，古今**愁**。 ◇◇◇◆，◇◇◆◆◇◇，◆◇◇。

同体式作品：五代：韦庄3首。北宋：张先1首。

增减字：

（一）2，2，4。4，4，6，3。○7，3，5。5，5，3。五代：李珣2首。

（二）2，2，4。4，4，6，3。○7，3，5。4，6，3。北宋：张先1首（【庆同天】）。

（三）2，2，4。4，4，6，3。○7，2，5。4，4，3。北宋：张先1首。

【变体三·1·2】13 分句 4 复句。上片与【变体三·1·1】分句数复句数相同，复句型有变，7 分句 2 复句，四/三/型复句组；下片分句数复句型同，分句字数有变，6 分句 2 复句，三/三/型复句组。平仄换韵间押，连句韵，插一隔句韵。

2，2，4，4。7，2，3。

7，3，5。7，2，5。——五代·阎选·《全唐五代词》第 574 页

河传

秋雨，秋雨，无昼无夜，滴滴霏**霏**。　◇◆，◇◆，◇◆◇◆，◆◆◇◇。

暗灯凉簟怨分**离**，妖**姬**，不胜**悲**。　◆◇◇◆◆◇◇，◇◇，◆◇◇。

西风稍急喧窗竹，停又续，腻脸悬双玉。　◇◇◆◆◇◇◆，◇◆◆，◆◆◇◇◆。

几回邀约雁来**时**，违**期**，雁归人不**归**。　◆◇◇◆◆◇◇，◇◇，◆◇◇◆◇。

同体式作品：无。

增减字：

(一) 2，2。4，4。4，6，5。○ 7，3，5。4，6，5。北宋：柳永 1 首。

变体三·2

14 分句 4 复句

【变体三·2】14 分句 4 复句。双片。与始词分句数相同，减 1 复句。每片 7 分句 2 复句，三/四/型复句组。仄韵，连句韵、隔句韵。律词。

4，4，4。4，6，3，3。

4，5，5。4，6，3，3。——五代·徐昌图·《全唐五代词》第 731 页

河传

秋光满**目**，风清露**白**，莲红水**绿**。　◇◇◆◆，◇◇◆◆，◇◇◆◆。

何处梦回，弄珠拾翠盈盈，　◇◆◆◇，◆◇◆◆◇◇，

倚栏桡，眉黛**蹙**。　◆◇◇，◇◆◆。

采莲调稳，吴侣声相**续**，倚棹吴江**曲**。　◆◇◆◆，◇◆◇◇◆，◆◆◇◇◆。

鹭起暮天，几双交颈鸳鸯，　◆◆◆◇，◆◇◇◆◇◇，

入芦花，深处**宿**。　◆◇◇，◇◆◆。

同体式作品：无。

增减字：

(一) 4，4，5。4，6，3，3。○ 7，4，5。4，6，3，3。北宋：黄庭坚 1 首。

(二) 4，5，4。4，6，3，3。○ 7，4，5。4，6，3，3。北宋：司马槱 1 首。南宋：赵鼎 1 首。

(三) 4，5，4。4，6，3，3。○ 7，4，5。4，4，3，3。南宋：史浩 1 首。

(四) 4，3，4。4，6，3，3。○ 7，4，5。4，6，3，3。南宋：无名氏 1 首。

变体三·3

12 分句 4 复句

【变体三·3·1】12 分句 4 复句。较始词减 2 分句 1 复句，每片 6 分句 2 复句，三/三/型复句组。仄韵，隔句韵，连句韵。律词。

4，4，4。4，6，5。

7，3，5。6，4，5。——北宋·柳永·《全宋词》第 47 页

河传

翠深红**浅**，愁蛾黛蹙，娇波刀**剪**。	◆◇◇◆，◇◇◆◆，◇◇◇◆。
奇容妙妓，争逞舞茵歌**扇**，妆光生粉**面**。	◇◇◆◆，◇◆◆◇◇◆，◇◇◇◆◆。
坐中醉客风流**惯**，尊前**见**，特地惊狂**眼**。	◆◇◆◆◇◇◆，◇◇◆，◆◆◇◇◆。
不似少年时节，千金争**选**，相逢何太**晚**。	◆◆◆◇◇◆，◇◇◇◆，◇◇◇◆◆。

同体式作品：无。

增减字：

（一）4，4，4。4，6，3。〇 7，3，5。4，6，3。北宋：张先 1 首（【怨王孙】）。

【变体三·3·2】12 分句 4 复句。上片较【变体二·3·1】减 1 分句，下片增 1 分句。上片 5 分句 2 复句，三/二/型复句组；下片 7 分句 2 复句，三/四/型复句组。平仄换韵，连句韵。

4，4，4。7，7。

7，3，5。3，3，2，5。——南宋·辛弃疾·《全宋词》第 1919 页

河传

唐【河传】，效《花间集》。

春水千**里**，孤舟浪**起**，梦携西**子**。	◇◆◇◆，◇◇◆◆，◆◇◇◆。
觉来村巷夕阳**斜**，几家短墙红杏**花**。	◆◇◇◆◆◇◇，◆◇◆◇◇◆◇。
晚云做造些儿**雨**，折花**去**，岸上谁家**女**。	◆◇◆◆◇◇◆，◆◇◆，◆◆◇◇◆。
太狂**颠**，那岸**边**，柳**绵**，被风吹上**天**。	◆◇◇，◆◆◇，◆◇◇◆◇。

同体式作品：无。

142.【蕃女怨】

1. 始词唐温庭筠作。
2. 单片六韵，二换韵，先押仄后押平，连句韵，间插隔句韵。
3. 此调仅见温庭筠二首。

始词：单片。7分句3复句，二/三/二/型复句组。换韵，先押仄后押平，连句韵，间插隔句韵。

7，4。3，3，4。7，3。——唐·温庭筠·《全唐五代词》第124页

蕃女怨

万枝香雪开已**遍**，细雨双**燕**。　◆◇◇◆◇◆◆，◆◆◇◆。

钿蝉筝，金雀**扇**，画梁相**见**。　◆◇◇，◇◆◆，◆◇◇◆。

雁门消息不归**来**，又飞**回**。　◆◇◇◆◆◇◇，◆◇◇。

同体式作品：温庭筠1首。

143.【荷叶杯】

1. 始词唐温庭筠作。
2. 亦为唐教坊曲（见《教坊记》）。
3. 荷叶杯，唐代酒器。唐白居易诗："石榴枝上花千朵，荷叶杯中酒十分。"唐赵璘《因话录》："李少师……与宾僚饮宴，暑月临水，以荷为杯，满酌，密系，接近人口，以箸刺之。不尽则重饮。"唐段成式《酉阳杂俎》："郑公悫取大荷叶盛酒，以簪刺叶，令与柄通，传吸之，名曰碧筒杯。"宋苏轼《中山松醪》诗自注："唐人以荷叶为酒杯，谓之'碧筒酒'。"
4. 单片、双片二体。单片六韵，双片每片五韵；换韵，遥韵，平仄交押，连句韵。

单片体

始词：单片，6分句2复句，三/三/型复句组。平仄交韵，遥韵，连句韵。律词。

6，2，3。7，2，3。——唐·温庭筠·《全唐五代词》第124页

荷叶杯

一点露珠凝**冷**，波**影**，满池**塘**。　◆◆◆◇◇◆，◇◆，◆◇◇。

绿茎红艳两相**乱**，肠**断**，水风**凉**。　◆◇◇◆◆◇◆，◇◆，◆◇◇。

同体式作品：唐：温庭筠2首。

增减字：

（一）6，2，5。7，3，3。五代：顾敻9首。

双片体

始词：双片，每片5分句2复句，二/三/型复句组。四换韵，先押仄后押平，连句韵。律词。

6，2。5，7，5。

6，2。5，7，5。——五代·韦庄·《全唐五代词》第158页

荷叶杯

绝代佳人难**得**，倾**国**。	◆◆◇◇◇◆，◇◆。
花下见无**期**，一双愁黛远山**眉**，	◇◆◆◇◇，◆◇◇◆◆◇◇。
不忍更思**惟**。	◆◆◆◇◇。
闲掩翠屏金**凤**，残**梦**。	◇◆◆◇◇◆，◇◆。
罗幕画堂**空**，碧天无路信难**通**，	◇◆◆◇◇，◆◇◇◆◆◇◇。
惆怅旧房**栊**。	◇◆◆◇◇。

同体式作品：五代：韦庄1首。南宋：许棐1首。

144.【卜算子】

【卜算子慢】

1. 始词晚唐锺辐作。
2. 明毛先舒《填词名解》："唐骆宾王诗好用数名，人称为'卜算子'，词取以名。"清万树《词律》："盖取义以今卖卜算命之人也。"
3. 慢词、小令二体。调名缀以"慢"惟锺辐一首。锺辐，一说为晚唐人，一说为五代后周人。其《卜算子慢》为今见最早文人写作的近百字长调。唐五代文人存世之词皆短调，长调惟有《卜算子慢》（99字）及晚唐杜牧《八六子》（90字）。然今存唐五代词调名均无"慢"之后缀，疑为后世传词者所加。锺辐词见载文献年代很晚，清康熙本《全唐诗》、道光本《本事词》收之，故有论者认为锺辐《卜算子慢》越出时代常情，疑为后世托名之作，但目前尚不能断定为伪作，姑仍作本调之始词。
4. 调名通常作【卜算子】，宋词长调首作者柳永，小令始词张先作。
5. 双片，长调上片四韵，下片五韵；短调每片二韵，仄韵，隔句韵。

长调

始词：19分句6复句。上片10分句3复句，三/四/三/型复句组；下片9分句3复句，三/二/四/型复句组。仄韵，隔句韵。

4，4，6。4，6，3，5。3，4，6。

5，5，4。4，6。3，5，7，5。——晚唐·锺辐·《全唐五代词》第148页

卜算子慢

桃花院落，烟重露寒，寂寞禁烟晴**昼**。	◇◇◆◆，◇◆◆◇，◆◆◆◇◇◆。
风拂珠帘，还记去年时**候**，	◇◆◇◇，◇◆◆◇◇◆，
惜春心，不喜闲窗**牖**。	◆◇◇，◆◆◇◇◆。
倚屏山，和衣睡觉，醺醺暗消残**酒**。	◆◇◇，◇◇◆◆，◇◇◆◇◇◆。
独倚危栏**久**，把玉笋偷弹，黛蛾轻**斗**。	◆◆◇◇◆，△◆◆◇◇，◆◇◇◆。
一点相思，万般自家甘**受**。	◆◆◇◇，◆◇◆◇◇◆。
抽金钗，欲买丹青**手**，	◇◇◇，◆◆◇◇◆，
写别来容颜寄与，使知人清**瘦**。	△◆◇◇◇◆◆，◆◇◇◇◆。

同体式作品：无。

变体二

与始词复句数相同，分句数有变。

变体二·1

18分句6复句

【变体二·1】18分句6复句。上片较始词减1分句，9分句3复句，三/三/三/型复句组；下片分句数与始词同，复句型有变，9分句3复句，三/四/二/型复句组。仄韵，隔句韵。

4，4，6。4，6，8。3，4，6。

5，5，4。4，6，3，5。7，5。——北宋·柳永·《全宋词》第26页

卜算子

江枫渐老，汀蕙半凋，满目败红衰**翠**。	◇◇◆◆，◇◆◆◇，◆◆◆◇◇◆。
楚客登临，正是暮秋天**气**，	◆◆◇◇，◆◆◆◇◇◆，
引疏砧断续残阳**里**。	△◇◇◆◆◇◇◆。
对晚景，伤怀念远，新愁旧恨相**继**。	◆◆◆，◇◇◆◆，◇◇◆◆◇◆。
脉脉人千**里**，念两处风情，万重烟**水**。	◆◆◇◇◆，△◆◆◇◇，◆◇◇◆。
雨歇天高，望断翠峰十**二**，	◆◆◇◇，◆◆◆◇◆◆，
尽无言，谁会凭高**意**。	◆◇◇，◇◆◇◇◆。
纵写得离肠万种，奈归云谁**寄**。	△◆◆◇◇◆◆，△◇◇◇◆。

同体式作品：无。

变体二·2

16分句6复句

【变体二·2】16分句6复句。双片。上片较始词减2分句，下片减1分句；每片8分句3复句，上片三/三/二/型复句组；下片三/二/三/型复句组。仄韵，隔句韵。

4，4，6。4，6，8。5，8。

5，5，4。4，6。8，7，5。——北宋·张先·《全宋词》第 66 页

卜算子

溪山别意，烟树去程，日落采蘋春**晚**。	◇◇◆◆，◇◆◆◇，◆◆◆◇◇◆。
欲上征鞍，更掩翠帘相**眄**，	◆◆◇◇，◆◆◆◇◇◆，
惜弯弯浅黛长长**眼**。	△◇◇◆◆◇◇◆。
奈画阁欢游，也学狂花乱絮轻**散**。	△◆◆◇◇，◆◆◇◇◆◆◇◆。
水影横池**馆**，对静夜无人，月高云**远**。	◆◆◇◇◆，△◆◆◇◇，◆◇◇◆。
一饷凝思，两袖泪痕还**满**。	◆◆◇◇，◆◆◆◇◇◆。
恨私书又逐东风**断**，	△◇◇◆◆◇◇◆，
纵西北层楼万尺，望重城那**见**。	△◇◆◇◇◆◆，△◇◇◆◆。

同体式作品：无。

增减字：

（一）4，4，6。4，6，8。7，6。○ 5，5，4。4，6。8，7，5。北宋：朱敦儒 1 首。

小令

始词：10 分句 4 复句。双片。每片 5 分句 2 复句，二/三/型复句组。仄韵，隔句韵。

5，5。7，3，3。

5，5。7，3，3。——北宋·张先·《全宋词》第 78 页

卜算子

梦短寒夜长，坐待清霜**晓**。	◆◆◇◆◇，◆◆◇◇◆。
临镜无人为整妆，但自学，孤鸾**照**。	◇◆◇◇◆◆◇，◆◆◆，◇◇◆。
楼台红树杪，风月依前**好**。	◇◇◇◆◆，◇◆◇◇◆。
江水东流郎在西，问尺素，何由**到**。	◇◆◇◇◇◆◇，◆◆◆，◇◇◆。

同体式作品：北宋：欧阳修 1 首，杜安世 1 首，黄庭坚 1 首，晁端礼 1 首。南宋：李太古 1 首。

变体二

较始词复句数不变，分句数有变。

变体二·1

8 分句 4 复句

【变体二·1】8 分句 4 复句。上下片第二复句较始词各减 1 分句，每片 4 分句 2 复句，二/二/型复句组。仄韵，隔句韵。律词。

5，5。7，5。

5，5。7，5。——北宋·王观·《全宋词》第 260 页

卜算子

送鲍浩然之浙东

水是眼波横，山是眉峰**聚**。　　◆◆◆◇◇，◇◆◇◇◆。
欲问行人去那边，眉眼盈盈**处**。　　◆◆◇◇◆◆◇，◇◆◇◇◆。

才始送春归，又送君归**去**。　　◇◆◆◇◇，◆◆◇◇◆。
若到江东赶上春，千万和春**住**。　　◆◆◇◇◆◆◇，◇◆◇◇◆。

同体式作品：北宋：苏轼1首，舒亶1首，陈师道5首，陈瓘5首，谢逸1首，秦湛1首，徐俯3首，王安中2首，叶梦得2首，美奴1首，曹组1首，朱敦儒8首，周紫芝3首，李敦诗1首，计14人35首。南宋：李敦诗1首，向子諲6首，蔡伸6首，如晦1首，张元幹4首，吕渭老5首，王之道3首，董颖1首，杨无咎3首，史浩1首，李石1首，康与之1首，曾觌1首，黄公度1首，葛立方2首，魏杞1首，洪适2首，朱淑真1首，赵彦端1首，李流谦1首，卓世清1首，向滈1首，程大昌1首，曹冠1首，陆游1首，姜特立1首，范成大2首，游次公1首，沈瀛3首，李洪1首，严蕊1首，沈端节5首，张孝祥3首，李处全2首，丘崈1首，吕胜己2首，赵长卿4首，廖行之1首，王炎3首，杨冠卿1首，辛弃疾13首，程垓3首，陈三聘2首，石孝友4首，韩玉1首，赵师侠5首，陈亮1首，张镃1首，姜夔8首，汪莘1首，郭应祥5首，韩淲3首，李廷忠1首，谢直1首，俞国宝1首，邹应龙1首，高观国1首，魏了翁3首，卢祖皋4首，洪咨夔2首，吴泳1首，黄机1首，葛长庚3首，刘克庄9首，吴潜2首，吴文英1首，陈著4首，刘辰翁2首，黄右曹1首，汪元量1首，莫仑1首，仇远1首，止禅师1首，张炎1首，张幼谦1首，罗惜惜1首，紫竹1首，王娇娘1首，无名氏5人5首，计83人178首。

增减字：

(一) 5，5。7，5。○5，5。7，6。北宋：李之仪1首。南宋：赵长卿1首。

(二) 5，5。7，6。○5，5。7，5。北宋：施酒监1首。南宋：黄童1首。

按：同体作品无名氏【卜算子令】中有一首为宴间巡回酒令之词，原词附有行酒令的场景，兹录于下：

卜算子令　宋·无名氏

先取花一枝，然后行令，唱其词，逐句指点。举动稍误，即行罚酒，后词准此。

我有一枝花，指自身、复指花**斟我些儿酒**。指自令斟酒**唯愿花心似我心**，指花、指自身头**岁岁长相守**。放下花枝，叉手。○**满满泛金杯**，指酒盏**重把花来嗅**。把花以鼻嗅**不愿花枝在我旁**，把花向下座人**付与他人手**。把花付下座接去。

变体二·2

9分句4复句

【变体二·2】9分句4复句。上片与【变体二·1】同，4分句2复句，二/二/型复句组；下片与始词同，5分句2复句，二/三/型复句组。仄韵，隔句韵、连句韵。律词。

5，5。7，5。

5，5。7，3，3。——北宋·琴操·《全宋词》第359页

卜算子

欲整别离情，怯对尊中**酒**。　　◆◆◆◇◇，◆◆◇◇◆。

野梵幽幽石上飘，搴落楼头**柳**。	◆◆◇◇◆◆◇，◇◆◇◇◆。
不系黄金**绶**，粉黛愁成**垢**。	◆◆◇◇◆，◆◆◇◇◆。
春风三月有时阑，遮不尽，梨花**丑**。	◇◇◆◆◆◇◇，◇◆◆，◇◇◆。

按：本词作者琴操，传为杭州妓，后出家为尼。

同体式作品：北宋：徐俯1首。南宋：福建士子1首。

增减字：

（一）5，5。7，6。○ 5，5。7，3，3。南宋：乐婉1首，无名氏1首。

145.【一盏酒令】

1. 始词唐方干作。
2. 此调本事见宋王谠《唐语林》卷七，有云：方干貌陋唇缺，味嗜鲊，性多讥戏。在杭州宴饮时，有军倅吴杰患眼疾畏风，女伶以巾障之，方干因作此小令调侃，吴杰亦作令反讥之。
3. 单片，二平韵，隔句韵。
4. 此调仅见此二首。

始词：单片。4分句2复句，二/二/型复句组。平韵，隔句韵。

3，3。6，6。——唐·方干·《隋唐五代燕乐杂言歌辞集》第450页

一盏酒令

一盏酒，一捻**盐**。	◆◆◆，◆◆◇。
止见门前悬箔，何处眼上垂**帘**。	◆◆◇◇◇◆，◇◆◆◆◇◇。

同体式作品：唐：吴杰1首。

146.【应天长】

【应天长令】

1. 始词晚唐-前蜀韦庄作。
2. 短调、长调二体，短调或名【应天长令】。
3. 双片。短调每片四韵，长调始词上片六韵，下片七韵，变体韵数有变；仄韵，连句韵、隔句韵。

短调

始词：10分句4复句。双片。每片5分句2复句，上片二/三/型复句组；下片三/二/型复句组。仄韵，连句韵，间插隔句韵。律词。

7，7。3，3，7。

3，3，6。6，5。——五代·韦庄·《全唐五代词》第156页

应天长

绿槐阴里黄莺**语**，深院无人春昼**午**。　◆◇◇◆◇◇◆，◇◆◇◇◇◆◆。

画帘垂，金凤**舞**，寂寞绣屏香一**炷**。　◆◇◇，◇◆◆，◆◆◆◇◇◆◆。

碧天云，无定**处**，空役梦魂来**去**。　◆◇◇，◇◆◆，◇◆◆◇◇◆。

夜夜绿窗风**雨**，断肠君信**否**。　◆◆◆◇◇◆，◆◇◇◆◆。

同体式作品：唐五代：牛峤，顾敻，孙光宪共3首。南宋：许棐1首。

变体二

与始词复句数相同，分句数有变。

变体二·1

8分句4复句

【变体二·1】8分句4复句。双片，上下片较始词各减1分句，每片4分句2复句，二/二/型复句组。仄韵，连句韵。

7，7。7，7。

5，6。6，5。——晚唐-西蜀·牛峤·《全唐五代词》第507页

应天长

玉楼春望晴烟**灭**，舞衫斜卷金条**脱**。　◆◇◇◆◇◇◆，◆◇◇◆◇◇◆。

黄鹂娇啭声初**歇**，杏花飘尽龙山**雪**。　◇◇◇◆◇◇◆，◆◇◇◆◇◇◆。

凤钗低赴**节**，筵上王孙愁**绝**。　◆◇◇◆◆，◇◆◇◇◇◆。

鸳鸯对衔罗**结**，两情深夜**月**。　◇◇◆◇◇◆，◆◇◇◆◆。

同体式作品：唐五代：毛文锡1首。

变体二·2

9分句4复句

【变体二·2】9分句4复句。上片与始词同，5分句2复句，二/三/型复句组；下片减1分句，4分句2复句，二/二/型复句组。仄韵，邻韵通押，连句韵。律词。

7，7。3，3，7。

5，6。6，5。——五代·冯延巳·《全唐五代词》第723页

应天长

一钩初月临妆**镜**，蝉鬓凤钗慵不**整**。 ◆◇◇◆◇◇◆，◇◆◆◇◇◆◆。
重帘**静**，重楼迥，惆怅落花风不**定**。 ◇◇◆，◇◇◆，◇◆◆◇◇◆◆。

柳堤芳草**径**，梦断辘轳金**井**。 ◆◇◇◆◆，◆◆◆◇◇◆。
昨夜更阑酒**醒**，春愁过却**病**。 ◆◆◇◇◆◆，◇◇◆◆◆。

同体式作品：唐五代：李璟 1 首。南宋：毛开 1 首（【应天长令】）。

长调

始词：22 分句 8 复句。双片。每片 11 分句 4 复句，三/二/三/三/型复句组。仄韵，邻韵通押，隔句韵。

4，5，4。4，6。5，3，4。3，4，4。
5，5，4。4，6。5，3，4。3，4，4。——北宋·柳永·《全宋词》第 32 页

应天长

残蝉渐**绝**，傍碧砌修梧，败叶微**脱**。 ◇◇◆◆，◆◆◆◇◇，◆◆◇◆。
风露凄清，正是登高时**节**。 ◇◆◇◇，◆◆◇◇◇◆。
东篱霜乍**结**，绽金蕊，嫩香堪**折**。 ◇◇◇◆◆，◆◇◆，◆◇◇◆。
聚宴处，落帽风流，未饶前**哲**。 ◆◆◆，◆◆◇◇，◆◇◇◆。

把酒与君**说**，恁好景佳辰，怎忍虚**设**。 ◆◆◆◇◆，△◆◆◇◇，◆◆◇◆。
休效牛山，空对江天凝**咽**。 ◇◆◇◇，◇◆◇◇◇◆。
尘劳无暂**歇**，遇良会，剩偷欢**悦**。 ◇◇◇◆◆，◆◇◆，◆◇◇◆。
歌声**阕**，杯兴方浓，莫便中**辍**。 ◇◇◆，◇◆◇◇，◆◆◇◆。

同体式作品：无。

增减字：

（一）5，5，4。4，6。5，3，4。3，4，4。○ 5，5，4。4，6。5，3，4。3，4，4。北宋：叶梦得 1 首。
（二）4，4，6。6，5。6，3，4。3，4，4。○ 5，4，5。6，5。6，3，4。3，4，4。南宋：陈允平 1 首。

变体二

较始词复句数不变，分句数有变。

变体二·1

24 分句 8 复句

【变体二·1】24 分句 8 复句。上下片第三复句较始词各增 1 分句。每片 12 分句 4 复句，三/二/四/三/型复句组。仄韵，隔句韵。

4，4，6。6，5。3，3，3，4。3，4，4。
5，4，5。6，5。3，3，3，4。3，4，4。——北宋·周邦彦·《全宋词》第 596 页

应天长

商调

条风布暖，霏雾弄晴，池塘遍满春**色**。	◇◇◆◆，◇◆◆◇，◇◇◆◆◇◆。
正是夜堂无月，沉沉暗寒**食**。	◆◆◆◇◇◆，◇◇◆◇◆。
梁间燕，前社**客**，似笑我，闭门愁**寂**。	◇◇◆，◇◆◆，◆◆◆，◆◇◇◆。
乱花过，隔院芸香，满地狼**藉**。	◆◇◆，◆◆◇◇，◆◆◇◆。
长记那回时，邂逅相逢，郊外驻油**壁**。	◇◆◆◇◇，◆◆◇◇，◇◆◆◆◇◆。
又见汉宫传烛，飞烟五侯**宅**。	◆◆◆◇◇◆，◇◇◆◇◆。
青青草，迷路**陌**，强带酒，细寻前**迹**。	◇◇◆，◇◆◆，◇◆◆，◆◇◇◆。
市桥远，柳下人家，犹自相**识**。	◆◇◆，◆◆◇◇，◇◆◇◆。

同体式作品：南宋：吴文英1首，张矩10首，蒋捷1首。

增减字：

（一）4，4，6。4，7。3，3，3，4。3，4，4。○5，4，5。4，7。3，3，3，4。3，4，4。南宋：康与之1首。

变体二·2

23分句8复句

【变体二·2】23分句8复句。上片较始词增1分句，12分句4复句，三/二/四/三/型复句组；下片与始词同，11分句4复句，三/二/三/三/型复句组。仄韵，隔句韵。

4，4，6。6，5。3，3，3，4。3，4，4。

5，4，5。6，5。6，3，4。3，4，4。——南宋·方千里·《全宋词》第2489页

应天长

嫩黄上柳，新绿涨池，东风艳冶天**色**。	◆◇◆◆，◇◆◆◇，◇◇◆◆◇◆。
又见乍晴还雨，年华傍寒**食**。	◆◆◆◇◇◆，◇◇◆◇◆。
春依旧，身是**客**，对丽景，易伤岑**寂**。	◇◇◆，◇◆◆，◆◆◆，◆◇◇◆。
怅凝望，一带平芜，剪就茵**藉**。	◆◇◆，◆◆◇◇，◆◆◇◆。
前度少年场，醉记旗亭，联句遍窗**壁**。	◇◆◆◇◇，◆◆◇◇，◇◆◆◇◆。
调笑映墙红粉，参差水边**宅**。	◇◆◆◇◇◆，◇◇◆◇◆。
芦鞭懒过故**陌**，恨未老，渐成尘**迹**。	◇◇◆◆◆◆，◆◆◆，◆◇◇◆。
谩无语，立尽斜阳，怀抱谁**识**。	◆◇◆，◆◆◇◇，◇◆◇◆。

同体式作品：无。

增减字：

（一）4，4，6。6，5。3，3，3，4。3，4，4。○5，4，5。6，5。5，3，4。3，4，4。南宋：王沂孙1首。

变体二・3

20分句8复句

【变体二・3】20分句8复句。上下片较始词各减1分句，每片10分句4复句，三/二/三/二/型复句组。仄韵，邻韵通押，隔句韵，插一连句韵。

4，4，6。6，5。6，3，4。5，6。
5，4，5。6，5。3，3，7。7，4。——南宋・杨泽民・《全宋词》第3000页

应天长

夭桃弄粉，繁杏透香，依然旧日颜**色**。	◇◇◆◆，◇◆◆◇，◇◇◆◆◇◆。
奈彼妒花风雨，连阴过寒**食**。	◆◆◆◇◇◆，◇◇◆◇◆。
金钗试寻妙**客**，正昼永，院深人**寂**。	◇◇◆◇◆◆，◆◆◆，◆◇◇◆。
善歌更解舞，传闻触处声**藉**。	◆◇◆◆◆，◇◇◆◆◇◆。
当日俊游时，屡向平康，吟咏共题**壁**。	◇◆◆◇◇，◆◆◇◇，◇◆◆◇◆。
自后纵经回曲，难寻阿姨**宅**。	◆◆◆◇◇◆，◇◇◇◇◆。
芳华苑，罗绮**陌**，怎断得怪踪狂**迹**。	◇◇◆，◇◆◆，◆◆◆，◆◇◇◆。
惯来往柳外花间，莺燕都**识**。	◆◇◆◆◆◇◇，◇◆◇◆。

同体式作品：无。

147.【江城子】

【江神子】

1. 始词晚唐-五代前蜀韦庄作。
2. 始为唐酒令曲。一名【江神子】。
3. 单片、双片二体。宋代通行词体为双片。
4. 单片五韵，双片每片五韵；平韵，连句韵、隔句韵。

单片

始词：单片。8分句3复句，三/二/三/型复句组。平韵，连句韵、隔句韵。律词。

7，3，3。4，5。7，3，3。——五代・韦庄・《全唐五代词》第162页

江城子

恩重娇多情易**伤**，漏更**长**，解鸳**鸯**。	◇◆◇◇◇◆◇，◆◇◇，◆◇◇。
朱唇未动，先觉口脂**香**。	◇◇◆◆，◇◆◆◇◇。
缓揭绣衾抽皓腕，移凤枕，枕潘**郎**。	◆◆◆◇◇◆◆，◇◆◆，◆◇◇。

同体式作品：五代：韦庄1首，和凝5首，牛峤1首，张泌3首，计4人10首。北宋：张先2首。

增减字：

（一）7，3，3。4，5。7，4，3。唐后蜀：欧阳炯1首。

（二）7，5，3。4，5。7，3，3。唐五代：牛峤1首。

变体二

复句数相同，分句数增1。

【变体二】9分句3复句。第二复句较始词增1分句，三/三/三/型复句组。平韵，隔句韵，间插连句韵。律词。

3，3，5。3，4，5。7，3，3。——五代·尹鹗·《全唐五代词》第579页

江城子

裙拖碧，步飘**香**，纤腰束素**长**。 ◇◇◆，◆◇◇，◇◇◆◆◇。

鬓云**光**，拂面珑璁，腻玉碎凝**妆**。 ◆◇◇，◆◆◇◇，◆◆◆◇◇。

宝柱秦筝弹向晚，弦促雁，更思**量**。 ◆◆◇◇◇◆◆，◇◆◆，◆◇◇。

同体式作品：无。

双片

始词：16分句6复句。上下片复句数复句型均与单片体始词相同，每片8分句3复句，三/二/三/型复句组。平韵，连句韵、隔句韵。律词。

7，3，3。4，5。7，3，3。

7，3，3。4，5。7，3，3。——北宋·张舜民·《全宋词》第265页

江神子

癸亥，陈和叔会于赏心亭。

七朝文物旧江**山**，水如**天**，莫凭**栏**。 ◆◇◇◆◆◇◇，◆◇◇，◆◇◇。

千古斜阳，无处问长**安**。 ◇◆◇◇，◇◆◆◇◇。

更隔秦淮闻旧曲，秋已半，夜将**阑**。 ◆◆◇◇◇◆◆，◇◆◆，◆◇◇。

争教潘鬓不生**斑**，敛芳**颜**，抹么**弦**。 ◇◇◇◆◆◇◇，◆◇◇，◆◇◇。

须记琵琶，子细说因**缘**。 ◇◆◇◇，◆◆◆◇◇。

待得鸾胶肠已断，重别日，是何**年**。 ◆◆◇◇◇◆◆，◇◆◆，◆◇◇。

同体式作品：北宋：苏轼10首，李之仪3首，黄庭坚2首，晁端礼2首，秦观2首，贺铸1首，魏夫人1首，晁补之4首，谢逸2首，谢薖1首，葛胜仲3首，王安中1首，张继先1首，叶梦得6首，刘一止1首，王庭珪5首，周紫芝2首，李纲7首，张纲1首，计19人55首。南宋：莫蒙1首，郭仲宣1首，沈与求2首，蔡伸1首，李弥逊1首，张元幹1首，邓肃1首，吕渭老2首，王之道2首，曹勋2首，史浩1首，曾觌1首，康与之1首，毛开2首，洪适3首，韩元吉2首，朱淑真1首，侯寘1首，赵彦端1首，王质3首，曹冠1首，葛郯2首，沈端节1首，崔敦礼1首，黄铢1首，陈造1首，李处全1首，吕胜己2首，王炎1首，赵长卿4首，辛弃疾13首，石孝友2首，刘光祖1首，张镃3首，

刘过2首，汪莘1首，刘仙伦2首，郭应祥1首，韩淲2首，李壁1首，高似孙4首，高观国1首，魏了翁6首，卢祖皋3首，黄机1首，李好古2首，林正大2首，刘镇2首，吴潜1首，李曾伯1首，翁元龙1首，吴文英6首，万俟绍之1首，陈著5首，陈允平1首，谭宣子1首，刘辰翁4首，曹良史1首，周密2首，仇远1首，张炎2首，刘将孙1首，逸民1首，莫蒙2首，方岳3首，陆汉广1首，赵旭1首，无名氏1首，计68人131首。

增减字：

（一）7，3，3。4，5。7，3，3。○7，3，3。6，3。7，3，3。北宋：秦观2首。

（二）7，3，3。4，5。7，3，3。○8，3，3。4，5。7，3，3。南宋：无何有翁1首。

（三）7，3，3。6，3。7，3，3。○7，3，3。6，3。7，3，3。南宋：虞某1首。

同源词调一：【江城子慢】

1. 始词北宋田为作。
2. 一作【江神子慢】。双片，上片七韵，下片六韵，仄韵，隔句韵。

始词：23分句8复句。上片11分句4复句，三/二/四/二/型复句组；下片12分句4复句，三/三/四/二/型复句组。仄韵，隔句韵。

5，3，5。3，9。3，7，3，5。6，6。

6，5，4。3，3，6。3，7，3，5。6，4。——北宋·田为·《全宋词》第814页

江神子慢

玉台挂秋**月**，铅素浅，梅花傅香**雪**。	◆◇◆◇◆，◇◆◆，◇◇◆◇◆。
冰姿**洁**，金莲衬小小凌波罗**袜**。	◇◇◆，◇◇◆◆◆◇◇◇◆。
雨初**歇**，楼外孤鸿声渐远，	◆◇◆，◇◆◇◇◇◇◆，
远山外，行人音信**绝**。	◆◇◆，◇◇◇◆◆。
此恨对语犹难，那堪更寄书**说**。	◆◆◆◆◇◇，◆◇◆◆◇◆。
教人红销翠减，觉衣宽金缕，	◆◇◇◇◆◆，△◇◇◇◆，
都为轻**别**。	◇◆◇◆。
太情**切**，销魂处，画角黄昏时**节**。	◆◇◆，◇◇◆，◆◆◇◇◇◆。
声呜**咽**，落尽庭花春去也，	◇◇◆，◆◆◇◇◇◆◆，
银蟾迥，无情圆又**缺**。	◇◇◆，◇◇◇◆◆。
恨伊不似余香，惹鸳鸯**结**。	◆◇◆◆◇◇，◆◇◇◆。

同体式作品：无。

变体一

与始词分句数复句数相同，复句型有变。

【变体一】23 分句 8 复句。上下片分句数复句型与始词正相反，上片 12 分句 4 复句，三/三/四/二/型复句组；下片 11 分句 4 复句，三/二/四/二/型复句组。仄韵，隔句韵。

5，3，5。3，3，6。3，7，5，3。6，6。

6，5，4。3，9。3，7，3，5。6，3。——南宋·吕渭老·《全宋词》第 1124 页

江城子慢

新枝媚斜**日**，花径霁，晚碧泛红**滴**。	◇◇◆◇◆，◇◆◆，◆◆◆◇◆。
近寒**食**，蜂蝶乱，点检一城春**色**。	◆◇◆，◇◆◆，◆◆◆◇◇◆。
倦游**客**，门外昏鸦啼梦破，	◆◇◆，◇◆◇◇◇◆◆，
春心似游丝，飞远**碧**。	◇◇◆◇◇，◇◆◆。
燕子又语斜檐，行云自没消**息**。	◆◆◆◆◇◇，◇◇◆◆◇◆。
当时乌丝夜语，约桃花时候，同醉瑶**瑟**。	◇◇◇◇◆◆，△◇◇◇◆，◇◆◇◆。
甚端**的**，看看是榆角杨花飞**掷**。	◆◇◆，◆◆◆◇◆◇◇◇◆。
怎忘**得**，斜倚红楼回泪眼，	◆◆◆，◇◆◇◇◇◆◆，
天如水，沉沉连翠**璧**。	◇◇◆，◇◇◇◆◆。
想伊不整啼妆，影帘**侧**。	◆◇◆◆◇◇，◆◇◆。

同体式作品：无。

同源词调二：【江城梅花引】

【江梅引】【摊破江城子】【西湖明月引】【明月引】

1. 始词北宋王观作。
2. 据万树《词律》，本调为【江城子】与【梅花引】的集曲，取【江城子】上片、【梅花引】下片合为一调。兹作【江城子】的关联词调。
3. 调名或作【江梅引】【摊破江城子】【西湖明月引】【明月引】。
4. 双片。始词上片五韵，下片九韵，变体韵数多变；平韵，或平仄通押，连句韵、隔句韵。

始词：19 分句，6 复句 1 单句。上片 7 分句，1 单句 2 复句，三/一/三/型单句复句组合；下片 12 分句 4 复句，四/三/二/三/型复句组。平仄通押，邻韵通押，连句韵、隔句韵。

7，3，3。9。7，3，5。

4，3，3，3。4，3，4。4，5。7，3，5。——北宋·王观·《全宋词》第 262 页

江城梅花引

年年江上见寒**梅**，暗香**来**，为谁**开**。	◇◇◇◆◆◇◇，◆◇◇，◆◇◇。
疑是月宫仙子下瑶**台**。	◇◆◆◇◇◆◆◇◇。

冷艳一枝春在手，故人远，相思寄与**谁**。	◆◆◆◇◇◆◆，◆◇◆，◇◇◆◆◇。
怨极恨**极**，嗅香**蕊**，念此情，家万**里**。	◆◆◆◆，◆◇◆，◆◆◇，◇◆◆。
暮霞散**绮**，楚天**碧**，片片轻**飞**。	◆◇◆◆，◆◇◆，◆◆◇◇。
为我多情，特地点征**衣**。	◆◆◇◇，◆◆◆◇◇。
花易飘零人易老，正心**碎**，那堪塞管**吹**。	◇◆◇◇◇◆◆，◆◇◆，◆◇◆◆◇。

按：上片“疑是月官仙子下瑶**台**”，语读节奏为首起双音语步带七言诗体句“疑是//月宫仙子/下瑶**台**”，语意连贯，不断为宜。或断为“疑是月宫、仙子下瑶**台**”，则为破读。歌唱可以旋律的抑扬顿挫唱出节律感，书面点断则须保持语法和语意的连贯性。

同体式作品：无。

变体二

与始词复句数相同，分句数有变。

变体二·1

20分句，6复句1单句。

【变体二·1】20分句，6复句1单句。上片较始词增1分句，8分句，1单句2复句，三/一/四/型复句单句组合；下片分句数与始词同，复句型有变，12分句4复句，三/三/二/四/型复句组。平仄通押，隔句韵，间插连句韵。

7，3，3。9。7，3，3，3。

7，3，3。4，3，4。4，5。7，3，3，3。——南宋·洪皓·《全宋词》第1002页

江梅引

顷留金国，四经除馆。十有四年，复馆于燕。岁在壬戌，甫临长至，张总侍御邀饮。众宾皆退，独留少款。侍婢歌【江梅引】，有“念此情家万里”之句，仆曰：“此词殆为我作也。”又闻本朝使命将至，感慨久之。既归，不寝，追和四章，多用古人诗赋，各有一笑字，聊以自宽。如暗香、疏影、相思等语，虽甚奇，经前人用者众，嫌其一律，故辄略之。卒押吹字，非风即笛，不可易也。此方无梅花，士人罕有知梅事者，故皆注所出。

忆江梅

天涯除馆忆江**梅**，几枝**开**，使南**来**。	◇◇◇◆◆◇◇，◆◇◇，◆◇◇。
还带余杭春信到燕**台**。	◇◆◇◇◇◆◆◇◇。
准拟寒英聊慰远，	◆◆◇◇◇◆◆，
隔山水，应销落，赴诉**谁**。	◆◇◆，◇◇◆，◆◆◇。
空恁遐想笑摘**蕊**，断回肠，思故**里**。	◇◆◇◆◆◆◆，◆◇◇，◇◆◆。
漫弹绿**绮**，引三弄，不觉魂**飞**。	◇◇◆◆，◆◇◆，◆◆◇◇。
更听胡笳，哀怨泪沾**衣**。	◆◆◇◇，◇◆◆◇◇。
乱插繁花须异日，	◆◆◇◇◇◆◆，
待孤讽，怕东风，一夜**吹**。	◆◇◆，◆◇◇，◆◆◇。

按：本词为洪皓【江梅引】四首联章词组第一首，四首为《忆江梅》《访寒梅》《怜落梅》《雪欺梅》，词式全同，兹谱一首。

同体式作品：南宋：洪皓 3 首。

变体二·2

22 分句，6 复句 1 单句。

【变体二·2】22 分句 6 复句 1 单句。上片与【变体二·1】同，8 分句，2 复句 1 单句，三/一/四/型复句单句组合；下片增 2 分句，14 分句 4 复句，五/三/二/四/型复句组。平仄通押，隔句韵，间插连句韵。律词。

7，3，3。9。7，3，3，3。

2，2，3，3，3。4，3，4。4，5。7，3，3，3。——南宋·丘密·《全宋词》第 1743 页

江城梅花引

枕屏

轻煤一曲染霜**纨**，小屏**山**，有无**间**。　◇◇◆◆◆◇◇，◆◇◇，◆◇◇。

宛是西湖雪后未晴**天**。　◆◆◇◇◆◆◆◇◇。

水外几家篱落晚，　◆◆◆◇◇◆◆，

半开**关**，有梅花，傲峭**寒**。　◆◇◇，◆◇◇，◆◆◇。

渐**看**，渐远，水弥漫，小舟轻，去又**还**。　◆◇，◆◆，◆◇◆，◆◇◇，◆◆◇。

野桥断岸，隐萧寺，□出晴**峦**。　◆◇◆◆，◆◇◆，□◆◇◇。

忆得孤**山**，山下竹溪**前**。　◆◆◇◇，◇◆◆◇◇。

佳致不妨随处有，　◇◆◆◇◇◆◆，

小窗**闲**，与词人，伴醉**眠**。　◆◇◇，◆◇◇，◆◆◇。

同体式作品：南宋：程垓 1 首（【摊破江城子】），赵汝茪 1 首，周密 1 首。

增减字：

(一) 7，3，3。9。7，3，3，3。○ 2，2，3，3，3。4，3，4。5，4。7，3，3，3。宋：无名氏 1 首。

变体二·3

21 分句，6 复句 1 单句

【变体二·3】22 分句，6 复句 1 单句。双片，上片与【变体二·2】同，下片减 1 分句。上片 8 分句，2 复句 1 单句，三/一/四/型复句单句组合；下片 13 分句 4 复句，五/二/二/四/型复句组。平韵，邻韵通押，连句韵、隔句韵。

7，3，3。9。7，3，3，3。

2，2，3，3，3。7，4。5，4。7，3，3，3。——宋·无名氏·《全宋词》第 3822 页

江城梅花引

和赵制机赋梅

逋仙千载独知**心**，别无**人**，泪痕**深**。　◇◇◇◆◆◇◇，◆◇◇，◆◇◇。

长是自开自落自成**阴**。	◇◆◆◇◆◆◆◇◇。
白石后来疏影句，	◆◆◆◇◇◆◆，
饶绮丽，总输他，清浅**吟**。	◇◆◆，◆◇◇，◇◆◇。
伤**情**，伤**情**，角中**声**，夜沉**沉**，更捣**砧**。	◇◇，◇◇，◆◇◇，◆◇◇，◆◆◇。
欲雪未雪天欲老，云气昏**昏**。	◆◆◆◆◇◆◆，◇◆◇◇。
梦绕西湖路，渐不堪**行**。	◆◆◇◇◆，◆◆◇◇。
人已骑驴毡笠去，	◇◆◇◇◇◆◆，
留恨也，仗梅花，说与**君**。	◇◆◆，◆◇◇，◆◆◇。

同体式作品：无。

变体三

较始词分句数复句数皆变

变体三·1

20 分句 7 复句

【变体三·1·1】20 分句 7 复句。上片较始词增 2 分句 1 复句，减 1 单句，9 分句 3 复句，三/二/四/型复句组；下片较始词减 1 分句，复句数同，复句型变，11 分句 4 复句，三/二/二/四/型复句组。平仄通押，隔句韵，间插连句韵。

7，3，3。4，5。7，3，3，3。

7，3，3。4，7。4，5。7，3，3，3。——南宋·姜夔·《全宋词》第 2170 页

江梅引

丙辰之冬，予留梁溪，将诣淮而不得，因梦思以述志。

人间离别易多**时**，见梅**枝**，忽相**思**。	◇◇◇◆◆◇◇，◆◇◇，◆◇◇。
几度小窗，幽梦手同**携**。	◆◆◆◇，◆◆◆◇◇。
今夜梦中无觅处，	◇◆◆◇◇◆◆，
漫徘徊，寒侵被，尚未**知**。	◆◇◇，◇◇◆，◆◆◇。
湿红恨墨浅封**题**，宝筝空，无雁**飞**。	◇◇◆◆◆◇◇，◆◇◇，◇◆◇。
俊游巷陌，算空有古木斜**晖**。	◆◇◆◆，△◇◆◆◆◇◇。
旧约扁舟，心事已成**非**。	◆◆◇◇，◇◆◆◇◇。
歌罢淮南春草赋，	◆◆◇◇◆◆，
又萋**萋**，漂零客，泪满**衣**。	◆◇◇，◇◇◆，◆◆◇。

同体式作品：南宋：刘辰翁 1 首。

增减字：

（一）7，3，3。4，5。7，3，3，3。〇 7，3，3。7，4。4，5。7，3，3，3。南宋：赵与洽 1 首（【江城梅花引】），陈允平 2 首（【西湖明月引】1【明月引】1），刘埙 1 首（【西湖明月引】），周密 2 首（【明月引】），蒋捷 1 首（【梅花引】）。

【变体三·1·2】20分句7复句。上下片分句数与【变体三·1·1】同，上片复句型无变，下片复句型有变。上片9分句3复句，三/二/四/型复句组；下片11分句4复句，三/三/二/三/型复句组。平仄通押，隔句韵，间插连句韵。

7，3，3。4，5。7，3，3，3。

7，3，3。4，3，4。4，5。7，3，6。——南宋·吴文英·《全宋词》第2898页

江城梅花引

赠倪梅村

江头何处带春**归**，玉川**迷**，路东**西**。	◇◇◇◆◆◇◇，◆◇◇，◆◇◇。
一雁不**飞**，雪压冻云**低**。	◆◆◆◇，◆◆◆◇◇。
十里黄昏成晓色，	◆◆◇◇◇◆◆，
竹根**篱**，分流**水**，过翠**微**。	◆◇◇，◇◇◆，◆◆◇。
带书傍月自锄**畦**，苦吟**诗**，生鬓**丝**。	◆◇◆◆◆◇，◆◇◇，◇◆◇。
半黄烟雨，翠禽语，似说相**思**。	◆◇◇◆，◆◇◆，◆◆◇◇。
惆怅孤山，花尽草离**离**。	◇◆◇◇，◇◆◆◇◇。
半幅寒香家住远，	◆◆◇◇◇◆◆，
小帘垂，玉人误听马**嘶**。	◆◇◇，◆◇◆◇◆◇。

同体式作品：无。

变体三·2

21分句7复句

【变体三·2·1】21分句7复句。上片较始词增2分句1复句，减1单句，9分句3复句，三/二/四/型复句组；下片分句数复句数与始词同，复句型有变，12分句4复句，三/二/三/四/型复句组。平韵，邻韵通押，连句韵、隔句韵。

7，3，3。4，5。7，3，3，3。

7，3，3。4，7。3，3，3。7，3，3，3。——南宋·刘辰翁·《全宋词》第3212页

江城梅花引

辛巳洪都上元

几年城中无看**灯**，夜三**更**，月空明。	◆◇◇◇◇◆◇，◆◇◇，◆◇◇。
野庙残梅，村鼓自春**声**。	◆◆◇◇，◇◆◆◇◇。
长笑儿童忙踏舞，	◇◆◇◇◇◆◆，
何曾见，宣德**棚**，不夜**城**。	◇◇◆，◇◇◇，◆◆◇。
去年今年又伤心，去年晴，去年**曾**。	◆◇◇◇◆◇◇，◆◇◇，◆◇◇。
不似今年，闲坐处却不曾行。	◆◆◇◇，◇◆◆◆◆◇◇。
忆去年，人弹烛，泪纵**横**。	◆◇◇，◇◇◆，◆◆◇。
想见西窗窗下月，	◆◆◇◇◇◆◆，

窗下月，是无情，是有情。　◇◆◆，◆◇◇，◆◆◇。

同体式作品：无。

【变体三·2·2】21分句7复句。上片与【变体三·2·1】同，下片复句型有变。上片9分句3复句，三/二/四/型复句组；下片12分句4复句，三/三/二/四/型复句组。平韵，邻韵通押，连句韵、隔句韵。

7，3，3。4，5。7，3，3，3。

7，3，3。4，3，4。4，5。7，3，3，3。——南宋·刘将孙·《全宋词》第3527页

江城梅花引

登高

明霞回雨霁秋**空**，笑难**逢**，步城**东**。　◇◇◇◆◆◇◇，◆◇◇，◆◇◇。
直上翠微，客有可人**同**。　◆◆◆◇，◆◆◆◇◇。
回首向来轻节序，　◇◆◆◇◇◆◆，
筋力异，心犹在，愧鬓**蓬**。　◆◇◆，◇◇◆，◆◆◇。

悲年冉冉江滚**滚**，骑台平，蒋陵**冷**。　◇◇◆◆◇◇◇，◇◇◇，◆◇◆。
天高年晚，山河险，烟雾冥**蒙**。　◇◇◇◆，◇◇◆，◇◆◇◇。
一幅乌纱，闲著傲西**风**。　◇◇◆◆，◇◆◆◇◇。
古往今来只如此，　◆◆◇◇◆◇◆，
便潦倒，渺乾坤，醉眼**中**。　◆◇◆，◆◇◇，◆◆◇。

同体式作品：无。

148. 【喜迁莺】

【喜迁莺令】【燕归来】【喜迁莺慢】

1. 始词晚唐-五代前蜀韦庄作。
2. 唐教坊曲有【喜春莺】（见《教坊记》），或与本调有关联。
3. 五代两宋通行词调，短调或作【喜迁莺令】，长调或名【喜迁莺慢】，或皆题【喜迁莺】，本谱将短调、长调作分类处理。
4. 本调颇多异名，《钦定词谱》曰："此调有小令、长调两体。小令起于唐人，……因韦庄词有'鹤冲天'句，更名《鹤冲天》；和凝词有'飞上万年枝'句，名《万年枝》；冯延巳词有'拂面春风长好'句，名《春光好》；宋夏竦词名《喜迁莺令》；晏几道词名《燕归来》；李德载词有'残腊里早梅芳'句，名《早梅芳》；江汉词一名《烘春桃李》。"《钦谱》所指本调几个异名，不可一概而论，【鹤冲天】，短调如周邦彦《鹤冲天》二首，与【喜迁莺】短调体同，但柳永长调《黄钟·鹤冲天》则与【喜迁莺】长调

体式颇异，皆是别调；【春光好】，只有一首无名氏词与短调【喜迁莺】体式略同，其他五代两宋该调之词当是别调；【燕归来】，宋词仅见两首，体式与【喜迁莺】短调同；【早梅芳】，只有李德载二首与【喜迁莺】短调体式相同，其他诸词体式大异，当为别调；至于【万年枝】【烘春桃李】，五代两宋尚无此调名。故本谱对传统词谱所指本调异名词调诸词，皆审察具体作品而定归属。

5. 双片。短调始词每片四韵，变体下片或增一韵，平仄换韵，连句韵；长调始词每片五韵，变体韵数有变；仄韵，隔句韵、连句韵。

短调

始词：10 分句 4 复句。双片。每片 5 分句 2 复句，三/二/型复句组。三换韵，上片押平，下片先押仄后押平，连句韵，插一隔句韵。律词。

3，3，5。7，5。

3，3，6。7，5。——五代·韦庄·《全唐五代词》第 166 页

喜迁莺

人汹**汹**，鼓冬**冬**，襟袖五更**风**。	◇◇◇，◆◇◇，◇◆◆◇◇。
大罗天上月朦**胧**，骑马上虚**空**。	◆◇◇◆◆◇◇，◇◆◆◇◇。
香满衣，云满**路**，鸾凤绕身飞**舞**。	◇◆◇，◇◆◆，◇◆◆◇◇◆。
霓旌绛节一群**群**，引见玉华**君**。	◇◇◆◆◆◇◇，◆◆◆◇◇。

同体式作品：五代：韦庄 1 首，和凝 1 首，薛昭蕴 3 首，毛文锡 1 首，冯延巳 2 首，李煜 1 首。北宋：夏竦 1 首，晏殊 4 首，晏几道 1 首（【燕归来】），欧阳修 1 首（【鹤冲天】），杜安世 1 首，周邦彦 2 首（【鹤冲天】）。南宋：张元幹 1 首，周端臣 1 首（【喜迁莺令】），李弥逊 1 首（【鹤冲天】），许棐 1 首，吴龙翰 1 首，李德载 1 首（【早梅芳】）。

增减字：

（一）3，4，5。7，5。○ 3，3，6。7，5。北宋：晏殊 1 首。

（二）3，3，5。7，5。○ 3，3，5。7，5。南宋：张元幹 1 首（【喜迁莺令】）。

（三）4，3，5。7，5。○ 3，3，6。7，5。南宋：李德载 1 首（【早梅芳】）。

变体二

较始词复句数不变，分句数有变。

变体二·1

11 分句 4 复句

【变体二·1】11 分句 4 复句。上片 5 分句 2 复句，三/二/型复句组；下片较始词第一复句增 1 分句，6 分句 2 复句，四/二/型复句组。平仄通押，连句韵，插一隔句韵。律词。

3，3，5。7，5。

3，3，3，3。7，5。——南宋·仇远·《全宋词》第 3400 页

燕归来

三叠曲，四愁**诗**，心事少人**知**。　◆◆◆，◆◇◇，◇◆◆◇◇。
西风未老燕迟**归**，巢冷半干**泥**。　◇◇◆◆◆◇◇，◇◆◆◇◇。

流红句，回文字，除燕**知**，谁能记。　◇◇◆，◇◇◆，◇◆◇，◇◇◆。
一声恰到画楼**西**，云压小鸿**低**。　◆◇◆◆◆◇◇，◇◆◆◇◇。

同体式作品：无。

变体二·2

9分句4复句

【变体二·2】9分句4复句。上片句数句型与始词同，5分句2复句，三/二/型复句组；下片较始词第一复句减1分句，4分句2复句，二/二/型复句组。平仄通押，隔句韵，连句韵。

6，3，4。7，4。
6，7。7，4。——宋·无名氏·《全宋词》第3643页

春光好

看看腊尽春**回**，消息到，江南早**梅**。　◇◇◆◆◇◇，◇◆◆，◇◇◆◇。
昨夜前村深雪里，一朵花**开**。　◇◆◇◇◇◆◆，◆◆◇◇。

盈盈玉蕊如**裁**，更风细清香暗**来**。　◇◇◆◆◇◇，△◇◆◇◇◆◇。
空使行人肠欲断，驻马徘**徊**。　◇◆◇◇◇◆◆，◆◆◇◇。

同体式作品：无。

长调

始词：23分句8复句。双片。上片11分句4复句，三/三/二/三/型复句组；下片12分句4复句，四/三/二/三/型单句复句组合。仄韵，隔句韵。

4，5，4。4，4，6。6，6。3，5，4。
2，3，4，5。4，4，6。6，6。3，3，6。——北宋·蔡挺·《全宋词》第197页

喜迁莺

霜天清**晓**，望紫塞古垒，寒云衰**草**。　◇◇◇◆，△◆◆◆◆，◇◇◇◆。
汗马嘶风，边鸿翻月，垅上铁衣寒**早**。　◆◆◇◇，◇◇◇◆，◆◆◆◇◇◆。
剑歌骑曲悲壮，尽道君恩难**报**。　◆◇◆◆◇◆，◆◆◇◇◇◆。
塞垣乐，尽双鞬锦带，山西年**少**。　◆◇◆，△◇◇◆◆，◇◇◇◆。

谈**笑**，刁斗静，烽火一把，常送平安**耗**。　◇◆，◇◆◆，◇◆◆◆，◇◆◇◇◆。
圣主忧边，威灵遐布，骄虏且宽天**讨**。　◆◆◆◇，◇◇◇◆，◇◆◆◇◇◆。
岁华向晚愁思，谁念玉关人**老**。　◆◇◆◆◇◇，◇◆◆◇◇◆。

太平也，且欢娱，不惜金尊频**倒**。　　◆◇◆，◆◇◇，◆◆◇◇◇◆。

同体式作品：南宋：何梦桂2首。

增减字：

(一) 4，5，4。4，4，6。6，6。3，5，4。○2。3，4，5。4，4，6。6，6。3，5，4。北宋：黄裳1首，晁端礼1首，张继先2首，计3人4首。南宋：史浩6首，康与之1首，赵彦端1首，王千秋2首，曹冠1首，耿时举1首，沈端节1首，赵善扛1首，吴礼之1首，程珌1首，高观国1首，孙居敬1首，彭耜1首，黄机1首，杜东1首，冯去非1首，李曾伯1首，方岳1首，吴文英1首，陈著1首，黄公绍1首，蒋捷3首，无名氏3人3首，申纯1首，郝子直1首，林伯镇1首，卑叔文1首，计29人37首。

(二) 4，5，4。4，4，6。6，6。3，3，6。○2。3，4，5。4，4，6。6，6。3，5，4。北宋：刘一止1首。南宋：辛弃疾1首，易祓1首，程珌1首，无名氏1首。

(三) 4，5，4。4，4，6。4，8。3，5，4。○2。3，4，5。4，4，6。6，6。3，5，4。北宋：江汉1首。

(四) 4，3，6。4，4，6。6，6。3，5，4。○2。3，4，5。4，4，6。6，6。3，3，6。北宋：李纲2首。

(五) 4，5，4。4，4，6。6，6。3，4，4。○2。3，4，5。4，4，5。6，6。3，5，4。南宋：刘仙伦1首。

(六) 4，3，6。4，4，6。6，6。3，5，4。○2。3，4，5。4，4，6。6，6。3，5，4。南宋：高观国1首，吴潜1首。

(七) 4，5，4。4，4，6。6，6。4，4，4。○2。3，4，5。4，4，6。6，6。4，4，4。南宋：魏了翁1首。

(八) 4，5，4。4，4，6。6，6。3，3，6。○2。3，4，5。4，4，6。6，6。3，3，6。南宋：俞文豹1首，无名氏1首。

(九) 4，5，4。4，4，6。6，5。3，5，4。○2。3，4，5。4，4，6。6，6。3，5，4。南宋：张□□1首。

(一○) 4，3，6。4，4，6。6，6。3，3，6。○2。3，4，5。4，4，6。6，6。3，3，6。南宋：吴文英2首。

(一一) 4，5，4。4，4，6。6，6。3，4，4。○2。3，4，5。4，4，6。6，6。3，5，4。南宋：无名氏1首。

变体一

与始词分句数复句数相同，复句型有变。

【变体一】23分句8复句。上片较始词增1分句，下片减1分句。上片12分句4复句，三/三/三/三/型复句组；下片11分句4复句，三/三/二/三/型复句组。仄韵，隔句韵。

4，5，4。4，4，6。4，4，4。3，5，4。

5，4，5。4，4，6。6，6。3，3，6。——南宋·杨再可《全宋词补辑》第89页

喜迁莺

腊天初**晓**，庆五色瑞云，华轩呈**绕**。　　◆◇◇◆，△◆◆◆◇，◇◇◇◆。

紫府真人，丹台仙伯，合降世间荣**耀**。　◆◆◇◇，◇◇◇◆，◆◆◇◇◇◆。
彩笔素题，篇翰未减，家声词**藻**。　◆◆◆◇，◇◆◆◆，◇◇◇◆。
秀眉宇，俊丰标阀阅，声名都**好**。　◆◇◆，◆◇◇◆◆，◇◇◇◆。

富贵长欢**笑**，此际锦堂，移下蓬莱**岛**。　◆◆◇◇◆，◆◆◆◇，◇◆◇◇◆。
妙舞蹁跹，清歌宛转，两行翠娥燕**赵**。　◆◆◇◇，◇◇◆◆，◆◇◆◇◇◆。
劝饮百千钟酒，岁岁朱颜不**老**。　◆◆◆◇◇◆，◆◆◇◇◆◆。
春近也，看香红，又怕小桃开**了**。　◇◆◆，◆◇◇，◆◆◆◇◇◆。

同体式作品：无。

变体二

与始词复句数相同，分句数有变。

变体二·1

21 分句 8 复句

【变体二·1·1】21 分句 8 复句。双片，上片与始词同，11 分句 4 复句，三/三/二/三/型复句组；下片减 2 分句，10 分句 4 复句，三/三/二/二/型复句组。仄韵，隔句韵。

4，3，6。4，4，6。6，6。3，5，4。
5，4，5。4，4，6。6，6。6，6。——北宋·黄裳·《全宋词》第 377 页

喜迁莺

表海亭冬日闲宴

雕栏闲倚，瑞雪霁，浣出人间金**碧**。　◇◇◇◆，◆◆◆，◆◆◇◇◇◆。
下想名园，芳心多少，欲占九州颜**色**。　◆◆◇◇，◇◇◇◆，◆◆◆◇◇◆。
洞开路入丹汉，自是神仙真**宅**。　◆◇◆◆◇◆，◆◆◇◇◇◆。
寒吟外，看歌云舞**雪**，光阴难**得**。　◇◇◆，△◇◇◆◆，◇◇◇◆。

谁共怀古**意**，东海一老，居易头垂**白**。　◇◆◇◆◆，◇◆◆◆，◇◆◇◇◆。
自此英雄，功名相继，空有寂寥遗**迹**。　◆◆◇◇，◇◇◇◆，◇◆◆◇◇◆。
圣贤电拂休笑，离合许多宾**客**。　◆◇◆◆◇◆，◇◆◆◇◇◆。
使君乐与人同，且对云门斜**日**。　◆◇◆◆◇◇，◆◆◇◇◇◆。

同体式作品：无。

增减字：

（三）4，3，6。4，4，6。6，6。3，5，4。○ 5，4，5。4，4，6。6，6。3，9。南宋：吴文英 1 首。

【变体二·1·2】21 分句 8 复句。全词分句数与【变体二·1·1】同，上下片分句数与复句型皆变。上片 12 分句 4 复句，三/三/三/三/型复句组；下片 9 分句 4 复句，三/二/二/二/型复句组。仄韵，隔句韵。

4，4，6。4，4，6。4，4，5。3，4，6。

4，4，6。6，4。6，7。5，6。——南宋·张元幹·《全宋词》第 1093 页

喜迁莺慢

鹿鸣宴作

雁塔题名，宝津肦宴，盛事簪绅常**说**。	◆◆◇◇，◆◇◇◆，◆◆◇◇◇◆。
文物昭融，圣代搜罗，千里争趋丹**阙**。	◇◆◇◇，◆◆◇◇，◇◆◇◇◇◆。
元侯劝驾，乡老献书，发轫龟前**列**。	◇◇◆◆，◇◆◆◇，◆◆◇◇◆。
山川秀，圜冠众多，无如闽越豪**杰**。	◇◇◆，◇◆◆◇，◇◇◇◆◇◆。
姓标红纸，帖报泥金，喜信归来俱**捷**。	◆◇◇◆，◆◆◇◇，◆◆◇◇◇◆。
骄马芦鞭醉垂，蓝绶吹**雪**。	◇◆◇◇◆◇，◇◆◇◆。
芳月素娥情厚，桂华一任郎君**折**。	◇◆◆◇◇◆，◆◇◆◆◇◇◆。
须满引南台，又是合沙时**节**。	△◆◆◇◇，◆◆◆◇◇◆。

按：“须满引南台”，该词为饮宴之作，疑“满引”为“满饮”之误写；南台，御史台。

同体式作品：无。

【变体二·1·3】21 分句 8 复句。上下片较始词各减 1 分句，上片 10 分句 4 复句，二/三/二/三/型复句组；下片 11 分句 4 复句，四/三/二/二/型复句组。仄韵，隔句韵，间插连句韵。

4，9。4，4，6。6，7。3，5，4。

2，3，4，5。4，4，6。6，6。3，9。——南宋·姜夔·《全宋词》第 2180 页

喜迁莺慢

太簇宫。功父新第落成。

玉珂朱**组**，又占了道人林下真**趣**。	◆◇◇◆，◆◆◆◆◇◇◆◇◆。
窗户新成，青红犹润，双燕为君胥**宇**。	◇◆◇◇，◇◇◇◆，◇◆◆◇◇◆。
秦淮贵人宅第，问谁记六朝歌**舞**。	◇◇◆◇◆◆，◆◇◆，◆◇◇◆。
总付与，在柳桥花馆，玲珑深**处**。	◆◆◆，△◆◇◇◆，◇◇◇◆。
居**士**，闲记**取**，高卧未成，且种松千**树**。	◇◆，◇◆◆，◇◆◆◇，◆◆◇◇◆。
觅句堂深，写经窗静，他日任听风**雨**。	◆◆◇◇，◆◇◇◆，◇◆◆◇◇◆。
列仙更教谁做，一院双成俦**侣**。	◆◇◆◇◇◆，◆◆◇◇◇◆。
世间**住**，且休将鸡犬云中飞**去**。	◆◇◆，△◇◇◇◆◇◇◇◆。

同体式作品：无。

【变体二·1·4】21 分句 8 复句。上下片分句数复句数与【变体二·1·3】相同，复句型有变。上片 10 分句 4 复句，三/三/二/二/型复句组；下片 11 分句 4 复句，三/三/三/二/型单句复句组合。仄韵，隔句韵。

4，5，4。4，4，5。6，6。7，4。

2，7，5。4，4，6。7，3，4。8，4。——宋·无名氏·《全宋词》第3773页

喜迁莺

贺生双子

物中双**美**，惟郧县双凫，禹门双**鲤**。	◆◇◇◆，◇◆◆◇◇，◆◇◇◆。
太华双莲，蓝田双璧，剑丰城而**已**。	◆◇◇◇，◇◇◇◆，◆◇◇◇◆。
争是一门双秀，又是一朝双**喜**。	◇◆◆◇◇◆，◆◆◆◇◇◆。
人总道机云双陆，同年弧**矢**。	◇◆◆◇◇◇◆，◇◇◇◆。
希**耳**，会见这双桂连芳，双鹄冲霄**举**。	◇◆，◆◆◆◇◆◇◇，◇◆◇◇◆。
鱼诏双金，带横双玉，惟道无双国**士**。	◇◆◇◇，◆◇◇◆，◇◆◇◇◆◆。
但愿双英双戏彩，且直与，双亲儿**齿**。	◆◆◇◇◇◆◆，◆◆◆，◇◇◇◆。
愿岁岁见东风双燕，满城桃**李**。	△◆◆◆◇◇◇◆，◆◇◇◆。

同体式作品：无。

变体二·2

22分句8复句

【变体二·2·1】22分句8复句。上片分句数与【变体二·1·1】同，下片增1分句，每片11分句4复句，三/三/二/三/型复句组。仄韵，隔句韵，间插连句韵。

5，4，4。4，4，6。5，7。3，5，4。

5，4，5。4，4，6。5，7。3，5，4。——北宋·晁端礼·《全宋词》第425页

喜迁莺

伫立蘅皋暮，冻云乍敛，霜飙微**列**。	◆◆◇◇◆，◆◇◆◆，◇◇◇◆。
帐饮杯深，阳关声苦，愁见画船催**发**。	◆◆◇◇，◇◇◇◆，◇◆◆◇◇◆。
夜来红泪烛，还解惜王孙轻**别**。	◆◇◇◆◆，◇◆◆◇◇◇◆。
怅望处，乍金丝冷**落**，兰薰销**歇**。	◆◆◆，◆◇◇◆◆，◇◇◇◆。
闻说归兴**切**，华鬓未生，得意浓时**节**。	◇◆◇◆◆，◇◆◆◇，△◆◇◇◆。
画戟门开，斑衣追逐，晓日凤凰双**阙**。	◆◆◇◇，◇◇◇◆，◆◆◆◇◇◆。
帝城春信早，随处有江梅攀**折**。	◆◇◇◆◆，◇◆◆◇◇◇◆。
烂熳赏，也多应忘了，东堂风**月**。	◆◆◆，◆◇◇◆◆，◇◇◇◆。

同体式作品：南宋：曾觌1首，沈端节1首，黄公绍1首，曹宰3首，李焕2首。

增减字：

（一）4，5，4。4，4，6。6，6。3，5，4。○5，4，5。4，4，6。6，6。3，5，4。南宋：康与之1首。

（二）4，5，4。4，4，6。6，6。3，5，4。○2，3，9。4，4，6。6，6。3，5，4。南宋：程珌1首。

【变体二·2·2】22分句8复句。双片，上片与始词同，11分句4复句，三/三/二/三/型复句组；下片第四复句较始词减1分句，11分句4复句，四/三/二/二/型单句复句组合。仄韵，邻韵通押，隔句韵，间插连句韵。

5，5，4。4，4，6。5，7。3，5，4。
2，3，4，5。4，4，6。5，7。6，6。——北宋·晁端礼·《全宋词》第424页

喜迁莺

嫩柳初摇**翠**，怪朝来早有，飞花零**坠**。　◆◆◇◇◆，△◇◇◆◆，◇◇◇◆。
洞门斜开，珠帘初卷，惊起谢娘吟**缀**。　◆◇◇◇，◇◇◇◆，◇◆◆◆◇◇◆。
蕊珠宫殿晓，谁乱把云英揉**碎**。　◆◇◇◆◆，△◆◆◇◇◇◆。
气候晚，被寒风卷渡，龙沙千**里**。　◆◆◆，△◇◇◆◆，◇◇◇◆。

沉**醉**，深院**里**，粉面照人，疑是瑶池**会**。　◇◆，◇◆◆，◆◆◆◇，◇◆◇◇◇◆。
润拂炉烟，寒欺酒**力**，低压管弦声**沸**。　◆◆◇◇，◇◇◆◆，◇◆◆◇◇◆。
艳阳过半也，应是好郊原新霁。　◆◇◆◆◆，◇◆◆◇◇◇◆。
待更与上层楼，遍倚栏干十**二**。　◆◆◆◆◇◇，◆◆◇◇◆◆。

按：下片“应是好郊原新霁”，语读为“应是/好郊原/新霁”，或点断为：“艳阳过半也，应是好，郊原新霁。”未尝不可，本调所有作品该句位皆“二分”复句，故该句不点断。

同体式作品：无。

增减字：
（一）4，5，4。4，4，6。6，6。3，5，4。○2。3，4，5。4，4，6。6，6。6，6。北宋：李纲2首。
（二）4，5，4。4，4，6。5，7。3，5，4。○2。3，4，5。4，4，6。5，7。6，4。南宋：史达祖1首。
（三）4，3，6。4，4，6。6，6。3，5，4。○2。3，4，5。4，4，6。6，6。3，9。南宋：吴文英2首。

【变体二·2·3】22分句8复句。双片，上片较【变体二·2·2】减1分句，下片增1分句。上片10分句4复句，三/三/二/二/型复句组；下片12分句4复句，四/三/二/三/型复句组。仄韵，邻韵通押，隔句韵，间插连句韵。

4，5，4。4，4，6。6，6。8，4。
2，3，4，5。4，4，6。6，6。3，3，6。——南宋·程珌·《全宋词》第2295页

喜迁莺

寿李文昌

评君谁似，似长松千丈，离奇多**节**。　◇◇◇◆，◆◇◇◇◆，◇◇◇◆。
骨瘦棱棱，文高荦荦，　◆◆◇◇，◆◆，◇◇◆◆，
今日□来仙**阙**。　◇◆□◇◇◆。
走卒识公容貌，酋虏问公官**阀**。　◆◆◆◇◆，◇◇◆◇◇◆。
更史馆一编书多少，频添勋**业**。　△◆◆◆◇◇◇◆，◇◇◇◆。

伟**绝**，今岁**别**，新绿名孙，又见枝生**叶**。　◆◆，◇◆◆，◇◆◇◇，◆◆◇◇◆。
底事七旬，双瞳如水，毕竟桂花方**发**。　◆◆◆◇，◇◇◇◆，◆◆◆◇◇◆。
赐第彤墀秋早，又一瑶枢光**洁**。　◆◆◇◇◇◆，△◆◇◇◇◆。
故人也，念相逢，谁似凤池同**列**。　◆◇◆，◆◇◇，◇◆◆◇◇◆。

同体式作品：无。

【变体二·2·4】22 分句 8 复句。全词分句数与【变体二·2·3】相同，上下片分句数、复句型皆变。上片 10 分句 4 复句，二/三/二/三/型复句组，下片 12 分句 4 复句，四/三/二/三/型复句组。仄韵，隔句韵。律词。

4，9。4，4，6。6，6。3，3，6。

2，3，4，5。4，4，6。6，6。3，3，6。——南宋·吴文英·《全宋词》第 2918 页

喜迁莺

太蔟宫，俗名中管高宫。同丁基仲过希道家看牡丹。

凡尘流**水**，正春在绛阙瑶阶十**二**。	◇◇◇◆，△◇◆◆◆◇◇◆◆。
暖日明霞，天香盘锦，低映晓光梳**洗**。	◆◆◇◇，◇◇◇◆，◇◆◆◇◇◆。
故苑浣花沉恨，化作妖红斜**紫**。	◆◆◆◇◇◆，◆◆◇◇◇◆。
困无力，倚阑干，还倩东风扶**起**。	◆◇◆◆◇，◆◇◇◆◇，◇◇◇◇。
公**子**，留意处，罗盖牙签，一一花名**字**。	◇◆，◇◆◆，◇◆◇◇，◆◆◇◇◆。
小扇翻歌，密围留客，云叶翠温罗**绮**。	◆◆◇◇，◆◇◇◆，◇◆◆◇◇◆。
艳波紫金杯重，人倚妆台微**醉**。	◆◇◆◇◇◆，◇◆◇◇◇◆。
夜和露，翦残枝，点点花心清**泪**。	◆◇◆，◆◇◇，◆◆◇◇◇◆。

同体式作品：无。

【变体二·2·5】22 分句 8 复句。上下片分句数复句数与【变体二·2·2】同，上片复句型不变，下片复句型有变。每片 11 分句 4 复句，上片三/三/二/三/型复句组；下片四/二/二/三/型复句组。仄韵，邻韵通押，隔句韵，间插连句韵。

4，5，4。4，4，6。6，6。3，5，4。

2，3，4，5。7，6。6，6。3，3，6。——宋·无名氏·《全宋词》第 3797 页

喜迁莺

庆陈丞在任。五月三十。

生贤时**协**，正炎官直午，日周三**浃**。	◇◇◇◆，△◇◇◆◆，◆◇◇◆。
门左垂弧，眉间喜色，尽道降神嵩**岳**。	◇◆◇◇，◇◇◆◆，◆◆◆◇◇◆。
百里葱葱和气，总向蓝田会合。	◆◆◇◇◇◆，◆◆◇◇◆◆。
称庆旦，见吏民鼓舞，欢声和**洽**。	◇◆◆，△◆◇◆◆，◇◇◇◆。
玉**叶**，斟劝处，一饮流霞，红艳生双**颊**。	◆◆，◇◆◆，◆◆◇◇，◇◆◇◇◆。
巨竹槐松吟哦**乐**，指日荣膺异**渥**。	◆◆◇◇◇◇◆，◆◆◇◇◆◆。
皇上渴思经济，环召为霖作**楫**。	◇◆◆◇◇◆，◇◆◇◇◆◆。
快人望，愿长生，须与绛人同**甲**。	◆◇◆，◆◇◇，◇◆◆◇◇◆。

同体式作品：无。

149.【上行杯】

1. 始词晚唐-五代韦庄作。
2. 唐教坊曲（见《教坊记》）。常作酒令词，与【回波乐】【下水船】类似（参见《教坊记笺订》）。
3. 本调为单片体还是双片体，历来有争议，传世本《花间集》多作双片，《词律》《钦定词谱》皆作单片体，本谱作双片。
4. 南唐冯延巳【上行杯】一首，一传为北宋晏几道作，词式与【偷声木兰花】全同，本调当为【减字木兰花】或【偷声木兰花】。（参见前谱第43调【木兰花】同源词调二。）
5. 韵格有一韵与换韵二式；始词上片三韵，下片四韵，变体韵数多变；仄韵，隔句韵，间插连句韵、遥韵。
6. 此调两宋无继作。

始词：9分句，3复句1单句。双片。上片4分句1复句1单句，三/一/型复句组；下片5分句2复句，二/三/型复句组。仄韵，隔句韵，连句韵。律词。

6，3，4。7。

6，7。2，3，3。——晚唐-五代·韦庄·《全唐五代词》第168页

上行杯

芳草灞陵春**岸**，柳烟深，满楼弦**管**。　◇◆◆◇◇◆，◆◇◇，◆◇◇◆。

一曲离声肠寸**断**。　◆◆◇◇◇◆◆。

今日送君千**万**，红缕玉盘金镂**盏**。　◇◆◆◇◇◆，◇◆◆◇◇◆◆。

须**劝**，珍重意，莫辞**满**。　◇◆，◇◆◆，◆◇◆。

同体式作品：五代：韦庄1首。

变体三

较始词分句数复句数皆变

【变体三】11分句4复句。双片。较始词增2分句1复句，减1单句。上片6分句2复句，三/三/型复句单句组合；下片5分句2复句，二/三/型复句组。平仄换韵，隔句韵，连句韵，遥韵，平仄抱韵。

4，5，4。4，3，4。

3，3。2，2，4。——晚唐-五代·孙光宪·《全唐五代词》第634页

上行杯

草草离亭，鞍马从远道，此地分**衿**。　◆◆◇◇，◇◆◇◆◆，◆◆◇◇。

燕宋秦吴，千万**里**，无辞一**醉**。　　◇◆◇◇，◇◆◆，◇◇◆◆。

野棠开，江草**湿**。　　◆◇◇，◇◆◆。
伫**立**，沾**泣**，征骑骎**骎**。　　◆◆，◇◆，◇◆◇◇。

按：上片首三句，今皆断为："草草离亭鞍马，从远道，此地分衿。"离亭，古代驿站，外出远行多在此宴别，故"离亭"常代指宴别；草草，此处意为简单、匆匆，"草草离亭"，指在离亭草草宴别，故下文有"无辞一醉"；"鞍马从远道"，指鞍马从此踏上远程，故曰"此地分衿"。三句当断为："草草离亭，鞍马从远道，此地分衿。"

《钦定词谱》将该词作单片体，注曰："《花间集》所载孙词二首，俱于第三句分段，但此词前段文势，直至'无辞一醉'句始足，况'醉'字仍押'里'字韵，'野棠开'句后又换韵，其界限甚明，不宜于第三句截住，《词律》则云当合为单调，今从之。"本词韵格为平仄换韵，第一复句起首小句尾字"亭"与第三句"衿"本不同韵，然唐宋词中多见前后鼻音韵母通押，是为方言韵的带入；接之第二复句换押仄韵"里""醉"相押；继以"湿""立""泣"同韵连押，最后结句尾字换韵"骎"，与起首第一复句"亭"遥押，首尾平韵，中间抱以仄韵换押。孙光宪另一首《上行杯》："离棹逡巡欲**动**，临极浦，故人相**送**。去住心情，知不**共**，金船满**捧**。○绮罗愁，丝管**咽**。迴**别**，帆影**灭**，江浪如**雪**。"句数、句型与本词悉同，韵格将平仄换韵变为仄声换韵。以换韵为界，可分两片，故孙光宪本词亦可划为双片。至于《钦定词谱》所述本词之"文势"，大约相当于今天所说的"意脉"，曰上片至"无辞一醉"句始足，甚确，从文意将本词作单片，亦可成立。五代不少短调双片小词，在文意上皆可合为一片。

同体式作品：无。

增减字：

（一）6，3，4。4，3。○ 4，3，3。2，3，4。五代：孙光宪1首。

150.【金陵】

1. 始词晚唐韩偓作。
2. 《香奁集》注"杂言"，王国维《香奁集跋》云："《玉合》《金陵》二首，皆系致光（韩偓字）创调，而《金陵》尤纯乎词格。"
3. 双片。上片四韵，下片三韵，平韵，连句韵，插一隔句韵。
4. 此调仅见韩偓1首。

始词：8分句4复句。双片。每片4分句2复句，二/二/型复句组。平韵，连句韵、隔句韵。

4，7。4，7。

7，7。7，7。——晚唐-五代·韩偓《隋唐五代燕乐杂言歌辞集》第455页

金陵

风雨萧**萧**，石头城下木兰**桡**。　◇◆◇◇，◆◇◇◆◆◇◇。

烟月迢**迢**，金陵渡口去来**潮**。　◇◆◇◇，◇◇◆◆◆◇◇。

自古风流皆暗**销**，才魄妖魂谁与**招**。　◆◆◇◇◇◆◇，◇◇◇◇◇◆◇。

彩笺丽句今已矣，罗袜金莲何寂**寥**。　◆◇◆◆◇◆◆，◇◆◇◇◇◆◇。

同体式作品：无。

151. 【玉合】

1. 始词晚唐-五代韩偓作。
2. 双片，上片二仄韵，下片三平韵，换韵，隔句韵。
3. 此调仅见韩偓1首。

始词：10分句4复句。双片。上片4分句2复句，二/二/型复句组。下片6分句2复句，四/二/型复句组。换韵式，上片押仄韵，下片押平韵，隔句韵。

6，6。7，7。

3，3，3，3。7，7。——晚唐-五代·韩偓·《隋唐五代燕乐杂言歌辞集》第455页

玉合

罗囊绣两凤凰，玉合雕双鸂**鶒**。　◇◇◆◆◆◇，◆◆◇◇◇◆。

中有兰膏渍红豆，每回拈著长相**忆**。　◇◆◇◇◆◇◆，◆◇◆◆◇◇◆。

长相忆，经几**春**，人怅望，香氤**氲**。　◇◇◆，◇◆◇，◇◆◆，◇◇◆。

开缄不见新书迹，带粉犹残旧泪**痕**。　◇◇◆◆◇◇◆，◆◆◇◇◆◆◇。

同体式作品：无。

152. 【忆眠时】

1. 始词晚唐-五代韩偓作。
2. 调名即词题。
3. 单片，二平韵，隔句韵。
4. 此调仅见韩偓二首。

始词：单片。4分句2复句，二/二/型复句组。平韵，隔句韵。

3，5。5，5。——晚唐-五代·韩偓·《隋唐五代燕乐杂言歌辞集》第456页

忆眠时

忆眠时，春梦困腾**腾**。	◆◇◇，◇◆◆◇◇。
展转不能起，玉钗垂枕**稜**。	◆◆◇◇◆，◆◇◇◆◇。

同体式作品：唐：韩偓2首。

153.【巫山一段云】

1. 始词唐昭宗李晔作。
2. 亦唐教坊曲（见《教坊记》）。《教坊记笺订》："此曲晚唐犹唱，崔珏《和人听歌》云：'巫山唱罢行云过，犹自微尘舞画梁。'所谓'巫山'，无非指本调或《巫山女》。"
3. 始词缘调名而赋词。
4. 双片，上片二韵，下片三韵。平仄换韵，抱韵；或平韵；连句韵。

始词：双片。每片4分句2复句，二/二/型复句组。平仄换韵，抱韵。起句不韵，继连句韵。律词。

5，5。7，5。
6，6。7，5。——（传）唐·李晔·《全唐五代词》第183页

巫山一段云

缥缈云间质，盈盈波上**身**。	◆◆◇◇◆，◇◇◇◆◇。
袖罗斜举动埃**尘**，明艳不胜**春**。	◆◇◇◆◆◇◇，◇◆◆◇◇。
翠鬓晚妆烟**重**，寂寂阳台一**梦**。	◆◆◆◇◇◆，◆◆◇◇◆◆。
冰眸莲脸见长**新**，巫峡更何**人**。	◇◇◇◆◆◇◇，◇◆◆◇◇。

按：本词首见宋初辑集之词选《尊前集》，题名李晔。有序曰："上幸蜀，官人留题宝鸡驿寺。"据此，该词作者并非唐昭宗李晔，词序当为传词者所记，所曰"上幸蜀"云云，当指安史之乱时唐明皇移驾避蜀之事。

同体式作品：唐：李晔1首；北宋：柳永5首。

增减字：

（一）5，5。7，5。○5，5。7，5。五代：欧阳炯2首，毛文锡1首，李珣1首。北宋：杜安世1首。南宋：仇远1首。

154. 【闲中好】

1. 始词晚唐郑符作。
2. 始词取首句为调名，调名即词题。
3. 单片二韵，仄韵，隔句韵。
4. 此调五代两宋无继作。

始词：单片。4 分句 2 复句，二/二/型复句组。仄韵，隔句韵。

3，5。5，5。——唐·郑符《隋唐五代燕乐杂言歌辞集》第 407 页

闲中好

闲中好，尽日松为**侣**。　　◇◇◆，◆◆◇◇◆。

此趣人不知，轻风度僧**语**。　　◆◆◇◆◇，◇◇◆◇◆。

同体式作品：唐：段成式 1 首，张希复 1 首。

155. 【一叶落】

1. 始词五代后唐李存勖作。
2. 取本词“一叶落”为调名，调名即词题。
3. 单片六韵。仄韵，连句韵、隔句韵。
4. 此调仅见李存勖一首。

始词：单片。7 分句 3 复句，三/二/二/型复句组。仄韵，连句韵，间插隔句韵。

3，3，7。5，5。3，5。——五代后唐·李存勖·《全唐五代词》第 444 页

一叶落

一叶**落**，褰朱**箔**，此时景物正萧**索**。　　◆◆◆，◇◇◆，◆◇◆◆◆◇◆。

画楼月影寒，西风吹罗**幕**。　　◆◇◆◆◇，◇◇◇◇◆。

吹罗**幕**，往事思量**著**。　　◆◇◆，◆◆◇◇◆。

同体式作品：无。

156.【阳台梦】

1. 始词五代后唐李存勗作。
2. 取始词“阳台梦”句为调名，调名即词题。
3. 双片，始词上片三韵，下片二韵，仄韵；变体上片五韵，下片四韵，平仄换韵，连句韵、隔句韵。

始词：8分句4复句。每片4分句2复句，二/二/型复句组。仄韵，连句韵、隔句韵。律词。

7，7。7，5。
5，6。7，5。——五代·李存勗·《全唐五代词》第444页

阳台梦

薄罗衫子金泥**缝**，困纤腰怯铢衣**重**。	◆◇◇◆◇◇◆，◆◇◇◆◇◇◆。
笑迎移步小兰丛，亸金翘玉**凤**。	◆◇◇◆◆◇◇，◆◇◇◆◆。
娇多情脉脉，羞把同心捻**弄**。	◇◇◇◆◆，◇◆◇◇◆◆。
楚天云雨却相和，又入阳台**梦**。	◆◇◇◆◆◇◇，◆◆◇◇◆。

同体式作品：无。

变体二

复句数不变，分句数增3。

【变体二】11分句4复句。上片较始词一、二复句各增1分句，下片第二复句增1分句。上片6分句2复句，三/三/型复句组；下片5分句2复句，二/三/型复句组。换韵，每片先押仄后押平，连句韵、隔句韵。律词。

4，5，6。7，3，3。
7，5。7，5，5。——北宋·解昉·《全宋词》第169页

阳台梦

仙姿本**寓**，十二峰前**住**，千里行云行**雨**。	◇◇◆◆，◆◆◇◇◆，◇◆◇◇◇◆。
偶因鹤驭过巫**阳**，邂逅他，楚襄**王**。	◆◇◆◆◆◇◇，◆◆◇，◆◇◇。
无端宋玉夸才**赋**，诬诞人心**素**。	◇◇◆◆◇◇◆，◇◆◇◇◆。
至今狂客到阳**台**，	◆◇◇◆◆◇◇，
也有痴心望，妾入梦中**来**。	◆◆◇◇◆，◆◆◆◇◇。

同体式作品：无。

157.【歌头】

1. 始词五代后唐李存勖作。
2. 歌头，通常指大曲多“遍”乐段的开头乐遍。夏敬观《词调溯源》：“歌头为大曲之曲遍称谓，不应以为词牌名，疑是大曲中之一遍而失其调名。”
3. 双片。五代词上片八韵，下片五韵，仄韵，隔句韵；宋词上片七韵，下片十韵，平仄通押，隔句韵，间插连句韵。

始词：37 分句 10 复句。双片。上片 18 分句 5 复句，二/四/三/四/五/型复句组；下片 19 分句 5 复句，三/二/四/四/六/型复句组。仄韵，隔句韵。

3，4。4，5，3，3。3，4，4。3，4，5，3。3，3，3，5，3。
3，3，3。4，5。5，3，5，3。3，3，3，6。3，6，4，3，3，3。

——五代·李存勖·《全唐五代词》第 444 页

歌头

赏芳春，暖风飘**箔**。	◆◇◇，◆◇◇◆。
莺啼绿树，轻烟笼晚**阁**，	◇◇◆◆，◇◇◇◆◆，
杏桃红，开繁**萼**。	◆◇◇，◇◇◆。
灵和殿，禁柳千行，斜金丝**络**。	◇◇◆，◆◆◇◇，◇◇◇◆。
夏云多，奇峰如**削**，	◆◇◇，◇◇◇◆，
纨扇动微凉，轻绡**薄**。	◇◆◆◇◇，◇◇◆。
梅雨霁，火云**烁**，	◇◆◆，◆◇◆，
临水槛，永日逃烦暑，泛觥**酌**。	◇◆◆，◆◆◇◇◆，◆◇◆。
露华浓，冷高梧，雕万**叶**。	◆◇◇，◆◇◇，◇◆◆。
一霎晚风，蝉声新雨**歇**。	◆◆◆◇，◇◇◇◆◆。
惜惜此光阴，如流水，	◆◆◆◇◇，◇◇◆，
东篱菊残时，叹萧**索**。	◇◇◆◇◇，◆◇◆。
繁阴积，岁时暮，	◇◇◆，◆◇◆，
景难留，不觉朱颜失**却**。	◆◇◇，◆◆◇◇◆◆。
好容光，旦旦须呼宾友，	◆◇◇，◆◆◇◇◇◆，
西园长宵，宴云谣，歌皓齿，且行**乐**。	◇◇◇◇，◆◇◇，◇◆◆，◆◇◆。

按： 本词上片 8 韵，下片 5 韵，下片按韵分断，可划为 5 复句，而上片若依韵划为 8 复句，则有违词体上下片复句数通常一致的普遍规则，故上片亦划为 5 复句，是亦汉语“流水句”在词体中的表现。

同体式作品： 无。

变体二

较始词复句数不变，分句数有变。

【变体二】32 分句 10 复句。上片较始词减 3 分句，下片减 2 分句。上片 15 分句 5 复句，四/二/二/三/四/型复句组；下片 17 分句 5 复句，三/二/五/四/三/型复句组。平仄通押，隔句韵，间插连句韵。

4，4，4，6。4，5。3，6。4，4，7。3，6，4，4。

4，4，6。4，7。4，4，4，3，3。4，6，5，4。7，4，3。

——南宋·曹勋·《全宋词》第 1207 页

歌头

柱史乘车，青牛驾軏，	◆◆◇◇，◇◇◆◆，
紫云覆顶，函关令已前**知**。	◆◇◆◆，◇◇◆◆◇◇。
西升稍驻，尹喜虔恭**誓**。	◇◇◆◆，◆◆◇◇◆。
求老**子**，亲谈道德微**旨**。	◇◆◆，◇◇◆◆◇◆。
五千余言，俱救末俗，度脱令咸归生**理**。	◆◇◇◇，◇◆◆◆，◆◆◆◇◇◇◆。
体元**机**，人间方解道术，	◆◇◇，◇◇◇◆◆◆，
兼明治身，与国阶**梯**。	◇◇◆◇，◆◆◇◇。
更有黄庭，专分二境，内外皆举璇**题**。	◆◆◇◇，◇◇◆◆，◆◆◇◆◇◇。
羽客见者，倾诚恳诵合彝**仪**。	◆◆◆◆，◇◇◆◆◆◇◇。
万神潜**礼**，密奉二经，	◆◇◇◆，◆◆◆◇，
炷香静默，心无竞，靡端**倪**。	◆◇◆◆，◇◇◆，◆◇◇。
得失扫去，意海澄流要**体**，	◆◆◆◆，◆◆◇◇◆◆，
内景防愆**失**，外景忘**疲**。	◆◆◇◇◆，◆◆◇◇。
阆风蓬岛岂能**移**，念诵灵**辞**，指群**迷**。	◆◇◇◆◆◇◇，◆◆◇◇，◆◇◇。

按：本词为曹勋所作《法曲·道情》套词之《歌头》，与李存勖《歌头》音乐当有不同。法曲体制与大曲类同，皆为多遍体"套曲-套词"，"歌头"是开始的乐遍，姑将之与李存勖《歌头》合并处理以作比较。曹勋《法曲·道情》全套歌词见本谱第 653 调【法曲】及附录，原词未分片，兹分为两片，每片 5 复句。

同体式作品：无。

同源词调：【换遍歌头】

1. 始词北宋王诜作。
2. "遍"，大曲一个相对独立完整的乐段，"换遍歌头"，大曲换遍开头起唱的乐段。
3. 本调亦当为大曲（或法曲）的"歌头"之"遍"，其大曲之名亦无考，兹从其为大曲

“歌头”的角度作【歌头】的同源词调。

4. 双片，上片五韵，下片六韵；平仄通押，隔句韵，间插连句韵。

5. 此调仅见王诜一首。

始词：21分句6复句。双片。上片11分句3复句，二/五/四/型复句组；下片10分句3复句，四/四/二/型复句组。上片换韵，遥韵，下片同韵，平仄通押；隔句韵，间插连句韵。

5，5。3，3，5，4，5。5，6，5，3。

6，5，4，6。3，3，6，5。3，5。——北宋·王诜·《全宋词》第274页

换遍歌头

雪霁轻尘敛，好风初报**柳**。	◆◆◇◇◆，◆◇◇◆◆。
春寒浅，当三**五**，	◇◇◆，◇◇◆，
是处鳌山耸，金羁宝乘，游赏遍蓬**壶**。	◆◆◇◇◆，◇◇◆◆，◇◆◆◇◇。
向黄昏时候，对双龙阙门前，	△◇◇◇◆，△◇◇◆◇◇，
皓月华灯射，变清**昼**。	◆◆◇◇◆，◆◇◆。
彩凤低衔天**语**，承宣诏传**呼**，	◆◆◇◇◇◆，△◇◆◇◇，
飞上层霄，共陪霞觞频**举**。	◇◆◇◇，◆◇◇◇◇◆。
更渐阑，正回**路**，	◇◆◇，◆◇◆，
遥拥车佩珊珊，笼纱满香**衢**。	◇◆◇◆◇◇，◇◇◆◇◇。
指凤楼，相将醉归**去**。	◆◆◇，◇◇◆◇◆。

同体式作品：无。

158.【乐游曲】

1. 始词为五代之闽国皇后陈金凤作。

2. 单片四平韵，连句韵、隔句韵。

3. 此调仅见陈金凤二首。

始词：单片。5分句2复句，二/三/型复句组。平韵，连句韵，插一隔句韵。

7，7。3，3，7。——十国·闽·陈金凤·《全唐五代词》第446页

乐游曲

龙舟摇曳东复**东**，采莲湖上红更**红**。	◇◇◇◆◇◆◇，◆◇◇◆◇◆◇。
波澹澹，水溶**溶**，奴隔荷花路不**通**。	◇◆◆，◆◇◇，◇◆◇◇◆◆◇。

同体式作品：五代：陈金凤1首。

159.【三字令】

1. 始词后蜀欧阳炯作。
2. 每句皆三字，以句字数为调名。
3. 双片，每片四韵；平韵，连句韵、隔句韵。

始词：16 分句 6 复句。双片。每片 8 分句 3 复句，三/二/三/型复句组。平韵，连句韵，隔句韵。律词。

3，3，3。3，3。3，3，3。
3，3，3。3，3。3，3，3。——五代·欧阳炯·《全唐五代词》第 450 页

三字令

春欲尽，日迟**迟**，牡丹**时**。	◇◆◆，◆◇◇，◆◇◇。
罗幌卷，翠帘**垂**。	◇◆◆，◆◇◇。
彩笺书，红粉泪，两心**知**。	◆◇◇，◇◆◆，◆◇◇。
人不在，燕空**归**，负佳**期**。	◇◆◆，◆◇◇，◆◇◇。
香烬落，枕函**欹**。	◇◆◆，◆◇◇。
月分明，花澹薄，惹相**思**。	◆◇◇，◇◆◆，◆◇◇。

同体式作品：无。

变体三

较始词分句数复句数皆变

【变体三】18 分句 8 复句。双片。每片 9 分句 4 复句，二/二/二/三/型复句组。平韵，隔句韵。律词。

3，3。3，3。3，3。3，3，3。
3，3。3，3。3，3。3，3，3。——南宋·向子諲·《全宋词》第 966 页

三字令

春尽日，雨余**时**。	◇◆◆，◆◇◇。
红蔌蔌，绿漪**漪**。	◇◆◆，◆◇◇。
花满地，水平**池**。	◇◆◆，◆◇◇。
烟光里，云影上，画船**移**。	◇◇◆，◇◆◆，◆◇◇。
纹鸳并，白鸥**飞**。	◇◇◆，◆◇◇。
歌韵响，酒行**迟**。	◇◆◆，◆◇◇。
将我意，入新**诗**。	◇◆◆，◆◇◇。

春欲去，留且住，莫教**归**。　　◇◆◆，◇◆◆，◆◇◇。
同体式作品：无。

160.【南乡子】

1. 始词后蜀欧阳炯作。
2. 唐教坊舞曲（见《教坊记》）。敦煌写卷有本调舞谱。
3. 五代两宋通行词调。
3. 单片、双片二体。单片五韵，平仄换韵，先押平，后押仄，连句韵；双片体每片四韵，平韵，连句韵、隔句韵。

单片体
始词：5 分句 2 复句。二/三/型复句组。平仄换韵，先押平后押仄，连句韵。律词。 4，7。7，3，7。——五代后蜀·欧阳炯·《全唐五代词》第 451 页 **南乡子** 嫩草如**烟**，石榴花发海南**天**。　　◆◆◇◇，◆◇◇◆◆◇◇。 日暮江亭春影**渌**，鸳鸯**浴**，　　◆◆◇◇◇◆◆，◇◇◆， 水远山长看不**足**。　　◆◆◇◇◇◆◆。 **同体式作品**：五代：欧阳炯 5 首。 **增减字**： （一）4，7。7，2，7。五代后蜀：欧阳炯 1 首。 （二）5，7。7，2，7。五代南唐：冯延巳 1 首。
变体二 与始词复句数相同，分句数增 1。
【变体二】6 分句 2 复句。较始词增 1 分句。三/三/型复句组。平仄换韵，先押平后押仄，连句韵。律词。 3，3，7。7，3，7。——五代后蜀·李珣·《全唐五代词》第 599 页 **南乡子** 烟漠漠，雨凄**凄**，岸花零落鹧鸪**啼**。　　◇◆◆，◆◇◇，◆◇◇◆◆◇◇。 远客扁舟临野**渡**，思乡**处**，　　◆◆◇◇◇◆◆，◇◇◆， 潮退水平春色**暮**。　　◇◆◆◇◇◆◆。 **同体式作品**：五代：李珣 16 首，钱俶 1 首。

双片体

始词：10 分句 4 复句。双片。每片 5 分句 2 复句，二/三/型复句组。平韵，连句韵、隔句韵。律词。

5，7。7，2，7。

5，7。7，2，7。——五代南唐·冯延巳·《全唐五代词》第 683 页

南乡子

细雨湿流**光**，芳草年年与恨**长**。 ◆◆◆◇◇，◇◆◇◇◆◆◇。
烟锁凤楼无限事， ◇◆◆◇◇◆◆，
茫**茫**，鸾镜鸳衾两断**肠**。 ◇◇，◇◆◇◇◆◆◇。

魂梦任悠**扬**，睡起杨花满绣**床**。 ◇◆◆◇◇，◆◆◇◇◆◆◇。
薄幸不来门半掩， ◆◆◆◇◇◆◆，
斜**阳**，负你残春泪几**行**。 ◇◇，◆◆◇◇◆◆◇。

同体式作品：五代：冯延巳 1 首，韩文璞 1 首。北宋：张先 3 首，欧阳修 1 首，荣諲 1 首，王安石 2 首，晏几道 7 首，苏轼 17 首，李之仪 6 首，黄庭坚 6 首，黄叔达 1 首，秦观 2 首，贺铸 2 首，陈师道 6 首，周邦彦 5 首，谢逸 1 首，葛胜仲 4 首，张继先 2 首，叶梦得 2 首，朱敦儒 2 首，计 18 人 70 首。南宋：向子諲 1 首，蔡伸 2 首，花仲胤 1 首，张元幹 1 首，吕渭老 2 首，王之道 4 首，吴亿 1 首，李石 2 首，曾觌 1 首，韩元吉 3 首，赵彦端 3 首，太学诸生 1 首，姚述尧 1 首，甄龙友 1 首，管鉴 1 首，陆游 2 首，李洪 1 首，朱熹 1 首，张孝祥 1 首，李处全 1 首，吕胜己 2 首，赵长卿 1 首，王炎 1 首，辛弃疾 6 首，程垓 1 首，赵师侠 1 首，陈亮 2 首，张镃 1 首，汪莘 1 首，虞刚简 1 首，高观国 1 首，魏了翁 2 首，洪咨夔 2 首，孙惟信 1 首，方千里 1 首，赵葵 1 首，黄机 1 首，葛长庚 2 首，吴淇 1 首，吴潜 4 首，萧廷之 12 首，潘牥 1 首，李演 1 首，黄昇 2 首，杨泽民 1 首，陈著 1 首，朱埴 1 首，陈允平 1 首，薛燧 1 首，刘辰翁 3 首，王奕 2 首，汪梦斗 1 首，黎廷瑞 1 首，仇远 1 首，蒋捷 3 首，张炎 5 首，王去疾 1 首，张商英 2 首，贾奕 1 首，贺怜怜 1 首，沈唐 1 首，张浚 1 首，林伯镇 1 首，甄良友 1 首，石孝友 1 首，潘熊飞 1 首，无名氏 12 人 12 首，计 78 人 124 首。

增减字：

（一）4，7。7，2，7。○ 4，7。7，2，7。北宋：欧阳修 2 首，南宋：向滈 1 首。
（二）4，7。4，5，7。○ 4，7。7，2，7。北宋：欧阳修 1 首。
（三）5，7。7，2，7。○ 4，7。7，2，7。南宋：韩世忠 1 首。
（四）5，7。4，5，7。○ 5，7。4，5，7。南宋：王之道 2 首。

变体二

与始词复句数相同，分句数增 1。

【变体二】11 分句 4 复句。上片与始词同，5 分句 2 复句，二/三/型复句组；下片增 1 分句，6 分句 2 复句，三/三/型复句组。平韵，连句韵、隔句韵。

5，8。7，2，7。

5，4，4。7，2，7。——南宋·赵长卿·《全宋词》第 1817 页

南乡子

楚楚窄衣**裳**，腰身占却多少风**光**。	◆◆◆◇◇，◇◇◆◆◇◆◇◇。
共说春来春去事，	◆◆◇◇◇◆◆，
凄**凉**，懒对菱花晕晓**妆**。	◇◇，◆◆◇◇◆◆◇。
闲立近红**芳**，游蜂戏蝶，误采真**香**。	◇◆◆◇◇，◇◇◆◆，◆◆◇◇。
何事不归巫峡去，	◇◆◆◇◇◆◆，
思**量**，故来尘世断人**肠**。	◇◇，◆◇◇◆◆◇◇。

同体式作品：无。

同源词调：【摊破南乡子】

1. 始词南宋程垓作。

2. 双片，平韵，上片三韵，下片二韵，变体韵数有变；隔句韵，或间插连句韵。

始词：14分句4复句。每片7分句2复句，三/四/型复句组。平韵，隔句韵。律词。

5，3，4。7，4，4，4。

5，3，4。7，4，4，4。——南宋·程垓·《全宋词》第2004页

摊破南乡子

休赋惜春**诗**，留春住，说与人**知**。	◇◆◆◇◇，◇◇◆，◆◆◇◇。
一年已负东风瘦，说愁说恨，	◆◇◆◆◇◇◆，◆◇◆◆，
数期数刻，只望归**时**。	◆◇◆◆，◆◆◇◇。
莫怪杜鹃**啼**，真个也，唤得人**归**。	◆◆◆◇◇，◇◆◆，◆◆◇◇。
归来休恨花开了，梁间燕子，	◇◇◇◆◇◇◆，◇◇◆◆，
且教知道，人也双**飞**。	◆◇◇◆，◇◆◇◇。

同体式作品：南宋：赵长卿1首。

变体二

与始词复句数相同，分句数减1。

【变体二】13分句4复句。上片7分句2复句，三/四/型复句组；下片较始词第一复句减1分句，6分句2复句，二/四/型复句组。平韵，隔句韵，插一连句韵。律词。

3，5，4。7，4，4，4。

5，6。7，4，4，4。——宋·无名氏·《全宋词》第3761页

摊破南乡子

夫人生日

瑞溪庭，满闺秋色好，帘幕低**垂**。	◆◇◇，◆◇◇◆◆，◇◆◇◇。
一床簪笏人间盛，沉檀影里，	◆◇◇◆◇◇◆，◇◇◆◆，
笙歌沸处，齐捧瑶**卮**。	◇◇◆◆，◇◆◇◇。
习礼复明**诗**，胡氏清畏人**知**。	◆◆◆◇◇，◇◇◇◆◇◇。
寿堂已庆灵椿老，年年岁岁，	◆◇◆◆◇◇◆，◇◇◆◆，
重添嫩叶，频长繁**枝**。	◇◇◆◆，◇◆◇◇。

同体式作品：无。

161. 【贺明朝】

1. 始词后蜀欧阳炯作。
2. 唐教坊曲有【贺圣朝】（见《教坊记》），或与本调相关。
3. 双片，上片三韵，下片四韵；仄韵，连句韵、隔句韵。
4. 此调仅见欧阳炯二首。

始词：12 分句 4 复句。双片。每片 6 分句 2 复句，三/三/型复句组。仄韵，隔句韵。

7，4，4。4，6，6。

7，3，7。5，4，4。——五代后蜀·欧阳炯·《全唐五代词》第 454 页

贺明朝

忆昔花间初识**面**，红袖半遮，妆脸轻**转**。	◆◆◇◇◇◆◆，◇◆◆◇，◇◆◇◆。
石榴裙带，故将纤纤玉指，	◆◇◇◆，◆◇◇◇◆◆，
偷捻双凤金**线**。	◇◆◇◆◇◆。
碧梧桐琐深深**院**，	◆◇◇◆◇◇◆，
谁料得，两情何日教缱**绻**。	◇◆◆，◆◇◇◆◇◆◆。
羡春来双**燕**，飞到玉楼，朝暮相**见**。	△◇◇◇◆，◇◆◆◇，◇◆◇◆。

同体式作品：五代：欧阳炯 1 首。

162. 【凤楼春】

1. 始词后蜀欧阳炯作。

2. 唐教坊曲（见《教坊记》）。
3. 双片，上片六韵，下片五韵；平韵，连句韵、隔句韵。
4. 此调仅见欧阳炯一首。

始词：17 分句 7 复句。双片。上片 8 分句 3 复句，二/三/三/型复句组；下片 9 分句 4 复句，二/三/二/二/型复句组。平韵，连句韵、隔句韵。

5，4。3，4，3。6，7，5。

3，4。4，4，6。4，7。4，4。——五代后蜀·欧阳炯·《全唐五代词》第 455 页

凤楼春

凤髻绿云**丛**，深掩房**栊**。　◆◆◆◇◇，◇◆◇◇。
锦书**通**，梦中相见，觉来**慵**。　◆◇◇，◆◇◇◆，◆◇◇。
匀面泪脸珠**融**，因想玉郎何处去，　◇◆◆◆◇◇，◇◆◆◇◇◆◆，
对淑景谁**同**。　△◆◆◇◇。

小楼**中**，春思无**穷**。　◆◇◇，◇◆◇◇。
倚栏颙望，暗牵愁绪，柳花飞起东**风**。　◆◇◇◆，◆◇◇◆，◆◇◇◆◇◇。
斜日照帘，罗幌香冷粉屏**空**。　◇◆◆◇，◇◆◇◆◆◇◇。
海棠零落，莺语残**红**。　◆◇◇◆，◇◆◇◇。

同体式作品：无。

163.【赤枣子】

1. 始词后蜀欧阳炯作。
2. 唐教坊曲（见《教坊记》）。《教坊记笺订》：“或本于梁曲《咄喈歌》，非胡乐。”
3. 单片三韵，平韵，连句韵、隔句韵。

始词：单片。5 分句 2 复句，三/二/型复句组。平韵，连句韵、隔句韵。律词。

3，3，7。7，7。——后蜀·欧阳炯·《全唐五代词》第 461 页

赤枣子

夜悄悄，烛荧**荧**，金炉香尽酒初**醒**。　◆◆◆，◆◇◇，◇◇◇◆◆◇◇。
春睡起来回雪面，含羞不语倚云**屏**。　◇◆◆◇◇◆◆，◇◇◆◆◆◇◇。

同体式作品：五代：欧阳炯 1 首。南宋：游九言 3 首。

164.【望梅花】

1. 始词五代和凝作。
2. 唐教坊曲（见《教坊记》）。
3. 单片、双片二体。单片六平韵，连句韵；双片始词上片二韵，下片三韵，变体韵数有变；平韵，或仄韵；单片连句韵，双片隔句韵、连句韵。

单片体

始词：单片。6分句3复句，二/二/二/型复句组。仄韵，连句韵。律词。

6，6。7，6。7，6。——五代后梁·和凝·《全唐五代词》第473页

望梅花

春草全无消**息**，腊雪犹余踪**迹**。	◇◆◇◇◇◆，◆◆◇◇◇◆。
越岭寒枝香自**拆**，冷艳奇芳堪**惜**。	◆◆◇◇◇◆◆，◆◆◇◇◇◆。
何事寿阳无处**觅**，吹入谁家横**笛**。	◇◆◆◇◇◆◆，◇◆◇◇◇◆。

同体式作品：无。

变体二

与始词分句数相同，复句数有变。

【变体二】6分句2复句。单片，三/三/型复句组。平韵，插一仄韵，连句韵。律词。

7，7，7。5，7，5。——五代-宋初·孙光宪·《全唐五代词》第636页

望梅花

数枝开与短墙**平**，见雪萼红跗相**映**，	◆◇◇◆◆◇◇，△◆◆◇◇◇◆，
引起谁人边塞**情**。	◆◆◇◇◇◆◇。
帘外欲三**更**，吹断离愁月正**明**，	◇◆◆◇◇，◇◆◇◇◆◆◇，
空听隔江**声**。	◇◆◆◇◇。

同体式作品：无。

双片体

始词：12分句6复句。双片，每片6分句3复句，二/二/二/型复句组。仄韵，连句韵、隔句韵。律词。

4，6。7，6。7，6。

4，6。7，6。7，6。——北宋·蒲宗孟·《全宋词》第211页

望梅花

一阳初**起**，暖力未胜寒**气**。　◆◇◇◆，◆◆◆◇◇◆。
堪赏素华长独秀，不并开红抽**紫**。　◇◆◆◇◇◆◆，◆◆◇◇◇◆。
青帝只应怜洁白，不使雷同众**卉**。　◇◆◆◇◇◆◆，◆◆◇◇◆◆。

淡然难**比**，粉蝶岂知芳**蕊**。　◆◇◇◆，◆◆◆◇◇◆。
半夜卷帘如乍失，只在银蟾影**里**。　◆◆◆◇◇◆◆，◆◆◇◇◆◆。
残雪枝头君认取，自有清香旖**旎**。　◇◆◇◇◇◆◆，◆◆◇◇◆◆。

同体式作品：无。

变体二

与始词复句数相同，分句数增 2。

【变体二】14 分句 6 复句。上下片较双片始词各增 1 分句，每片 7 分句 3 复句，二/三/二/型复句组。仄韵，连句韵、隔句韵。律词。

4，6。3，5，4。7，6。
4，6。3，5，4。7，6。——宋 · 无名氏 · 《全宋词》第 3613 页

望梅花

寒梅堪**羡**，堪羡轻苞初**展**。　◇◇◇◆，◇◆◇◇◇◆。
被天人，制巧妆素**艳**，群芳皆**贱**。　◆◇◇，△◆◇◆◆，◇◇◇◆。
碎剪月华千万**片**，缀向琼枝欲**遍**。　◆◆◆◇◇◆◆，◆◆◇◇◆◆。

小庭幽**院**，雪月相交无**辨**。　◆◇◇◆，◆◆◇◇◇◆。
影玲珑，何处临溪**见**，谢家新**宴**。　◆◇◇，◇◆◇◇◆，◆◇◇◆。
别有清香风际**转**，缥缈著人头**面**。　◆◆◇◇◇◆◆，◆◆◆◇◇◆。

同体式作品：无。

165. 【采桑子】

【罗敷歌】【罗敷媚】【罗敷媚歌】【丑奴儿】
【摊破丑奴儿】【促拍丑奴儿】【转调丑奴儿】【丑奴儿慢】

1. 始词五代和凝作。
2. 始源为唐曲。唐代教坊有【采桑】大曲、【杨下采桑】，其曲与汉乐府相和歌《陌上桑》是否有关联，待研究。
3. 五代两宋通行词调。五代和凝词调名作【采桑子】，《尊前集》冯延巳词题【罗敷媚歌】，乃取乐府古题而今用。宋词调名衍为【罗敷歌】【罗敷媚】【丑奴儿】，以【丑奴

儿】为普名。

4. 【丑奴儿】调名始见北宋杜安世词（“樱桃谢了梨花发”），该词或传为晏殊作，调名【采桑子】。晏殊与杜安世大约同时，该词作者究竟为谁，难以定论，但一首词同时以两个调名相传，说明【丑奴儿】【采桑子】在北宋前期已是同调异名，【丑奴儿】可能为民间流传的【采桑子】俗名，此后【丑奴儿】调名广泛流行，并衍生出【摊破丑奴儿】【促拍丑奴儿】【转调丑奴儿】【丑奴儿慢】系列词调。所谓“摊破”“促拍”“转调”“慢”，均是以【采桑子】为母调的某种音乐变化，惜今已无法得知其详，从调名及词式推之，当有种种音乐变化。
5. 【采桑子】【丑奴儿】异名同调诸词，体式或同或异，调名与词式差异无明显的直接对应。以句型审之，有全词4复句短调、8复句长调两大类，兹将【采桑子】【丑奴儿】异名同调归为短调、长调分别谱之。
6. 双片。普式为短调，每片三韵；长调每片四韵；平、仄二韵式，隔句韵、连句韵。

短调

始词：8分句4复句。双片。每片4分句2复句，二/二/型复句组。平韵，隔句韵，连句韵。律词。

7，4。4，7。

7，4。4，7。——五代·和凝·《全唐五代词》第475页

采桑子

蝤蛴领上诃梨子，绣带双**垂**。　◇◇◆◆◇◇◆，◆◆◇◇。

椒户闲**时**，竞学樗蒲赌荔**枝**。　◇◆◇◇，◆◆◇◇◆◆◇。

丛头鞋子红编细，裙窣金**丝**。　◇◇◇◆◇◇◆，◇◆◇◇。

无事颦**眉**，春思翻教阿母**疑**。　◇◆◇◇，◇◆◇◇◇◆◇。

同体式作品：五代：冯延巳14首，花蕊夫人1首，李煜2首，计3人17首。北宋：张先1首，晏殊7首，杜安世1首（【丑奴儿】），欧阳修13首，晏几道27首（【采桑子】25【丑奴儿】2），王仲甫1首（【丑奴儿】），苏轼1首，李之仪2首（【采】【丑】各1），舒亶1首（【丑奴儿】），黄庭坚8首（【采】7【丑】1），晁端礼2首（【丑奴儿】），秦观1首（【丑奴儿】），米芾1首（【丑奴儿】），贺铸7首（【罗敷歌】），陈师道2首（【罗敷媚歌】【罗敷歌】），周邦彦3首（【丑奴儿】），谢逸3首，赵子发1首，叶梦得1首，朱敦儒3首，周紫芝2首，李纲2首（【丑奴儿】），计22人90首。南宋：吕本中2首，向子諲3首（【采】2【丑】1），蔡伸1首，何桌1首，王灼1首（【丑奴儿】），张元幹1首，王之道1首（【丑奴儿】），姚述尧2首（【丑奴儿】），胡铨1首，康与之3首（【采】1【丑奴儿令】2），曾觌1首，陆游1首，沈端节1首，张孝祥6首（【丑奴儿】），赵长卿3首（【采】2【丑】1），廖行之1首（【丑奴儿】），张良臣1首，王炎1首，辛弃疾7首（【采】1【丑】6），赵师侠2首，石孝友1首（【丑奴儿】），陈亮2首（【采】1【丑】1），宋先生5首（【丑奴儿】），郭应祥2首，韩淲2首，方千里1首（【丑奴儿】），朱藻1首，吴文英2首，黄机2首（【丑奴儿】），杨泽民1首（【丑奴儿】），陈

允平1首（【丑奴儿】），张炎2首（【采】1【丑】1），吴元可1首，胡夫人1首，无名氏11人11首，计45人75首。

变体二

与始词复句数相同，分句数有变。

变体二·1

12分句4复句

【变体二·1】12分句4复句。较始词增4分句，每片6分句2复句，三/三/型复句组。平韵，隔句韵。律词。

5，3，4。7，6，6。

5，3，4。7，6，6。——北宋·黄庭坚·《全宋词》第409页

丑奴儿

济楚好得**些**，憔悴损，都是因**它**。	◆◆◆◆◇，◇◆◆，◇◆◇◇。
那回得句闲言语，	◆◇◆◆◇◇◆，◆◆◆◇◇。
傍人尽道你管，又还鬼那人**吵**。	◇◇◆◆◆◆，◆◇◆◇◇◇。
得过口儿**嘛**，直勾得，风了自**家**。	◆◆◆◇◇，◆◇◆，◇◆◆◇。
是即好意也毒害，	◆◆◆◆◆◆◆，
你还甜杀人了，怎生申报孩**儿**。	◆◇◇◆◇◇，◆◇◇◇◆◇◇。

同体式作品：无。

增减字：

（一）5，3，4。4，4，4。〇 7，3，4。4，4，4。北宋：朱敦儒1首（【促拍丑奴儿】）。

变体二·2

14分句4复句

【变体二·2】14分句4复句。较始词增6分句，每片7分句2复句，三/四/型复句组。平韵，隔句韵。律词。

5，3，4。7，4，4，4。

5，3，4。7，4，4，4。——北宋·黄庭坚·《全宋词》第388页

转调丑奴儿

得意许多**时**，长醉赏，月影花**枝**。	◆◆◆◇◇，◇◆◆，◆◆◇◇。
暴风狂雨年年有，金笼锁定，	◆◇◇◆◇◇◆，◇◇◆◆，
莺雏燕友，不被鸡**欺**。	◇◇◆◆，◆◆◇◇。
红旆转逶**迤**，悔无计，千里追**随**。	◇◆◆◇◆，◆◇◆，◇◆◇◇。
再来应绾泸南印，而今目下，	◆◇◇◆◇◇◆，◇◆◆◆，
恓惶怎向，日永春**迟**。	◇◇◆◆，◆◆◇◇。

同体式作品：南宋：刘辰翁5首（【转调丑奴儿】2【促拍丑奴儿】3），邓剡1首（【促拍丑奴儿】），赵长卿2首（【摊破丑奴儿】）。

增减字：

（一）5，3，4。7，4，4，5。○5，3，4。7，4，4，4。宋：曾乾曜1首（【丑奴儿】）。

（二）7，4，4。7，2，3，3。○7，4，4。7，2，3，3。宋：赵长卿1首（【摊破丑奴儿】）。

变体二·3

10分句4复句

【变体二·3·1】10分句4复句。上下片较始词各增1分句，每片5分句2复句，二/三/型复句组。平韵，隔句韵。律词。

7，4。4，4，5。

7，4。4，4，5。——北宋·贺铸·《全宋词》第511页

丑奴儿

中吴茂苑繁华地，冠盖如**林**。	◇◇◆◆◇◇◆，◇◆◇◇。
桃李成**阴**，若个芳心，真个会琴**心**。	◇◆◇◇，◆◆◇◇，◇◆◆◇◇。
高秋霁色清于水，月榭风**襟**。	◇◇◆◆◇◇◆，◆◆◇◇。
且伴登**临**，留与他年，尊酒话而**今**。	◆◆◇◇，◇◆◇◇，◇◆◆◇◇。

同体式作品：北宋：黄庭坚1首（【转调丑奴儿】），贺铸1首。南宋：李清照1首（【添字丑奴儿】），王之望2首。

增减字：

（一）7，4。4，7，5。○7，4。4，7，5。南宋：朱希真1首（【添字丑奴儿】）。

【变体二·3·2】10分句4复句。与【变体二·3·1】分句数复句数皆同，复句型变为每片三/二/型复句组。仄韵，连句韵，间插隔句韵。律词。

7，4，5。7，7。

7，4，5。7，7。——北宋·周邦彦·《全宋词》第624页

丑奴儿

美盼低迷情宛**转**，	◆◆◇◇◇◆◆，
爱雨怜云，渐觉宽金**钏**。	◆◆◇◇，◆◆◇◇◆。
桃李香苞秋不**展**，深心黯黯谁能**见**。	◇◆◇◇◇◆◆，◇◇◆◆◇◇◆。
宋玉墙高才一**觇**，	◆◆◇◇◇◆◆，
絮乱丝**繁**，苦隔春风**面**。	◆◆◇◇，◆◆◇◇◆。
歌板未终风色**便**，梦为蝴蝶留芳**甸**。	◇◆◆◇◇◆◆，◆◇◇◆◇◇◆。

同体式作品：北宋：周邦彦3首。

变体二·4

15分句4复句

【变体二·4】15分句4复句。上片与【变体二·2】同，7分句2复句，三/四/型复句组；下片增1分句，8分句2复句，三/五/型复句组。平韵，隔句韵。

5，3，4。7，4，4，6。

5，3，4。7，4，4，3，3。——南宋·向滈·《全宋词》第1520页

摊破丑奴儿

自笑好痴**迷**，只为俺，忒噘雏**儿**。	◆◆◆◇◇，◆◆◆，◆◆◇◇。
近来都得傍人道，帖儿上面，	◆◇◇◆◇◇◆，◆◇◆◆，
言儿语子，那底都是虚**脾**。	◇◇◆◆，◆◆◇◆◇◇。
楼上等多**时**，两地里，人马都**饥**。	◇◆◆◇◇，◆◆◆，◇◆◇◇。
低低说与当直底，轿儿抬转，	◇◇◆◆◇◆◆，◆◇◇◆，
喝声靠里，看俺么，裸而**归**。	◆◇◆◆，◆◆◇，◆◇◇。

同体式作品：无。

变体二·5

13分句4复句

【变体二·5】13分句4复句。较始词增5分句。上片7分句2复句，三/四/型复句组；下片6分句2复句，三/三/型复句组。平韵，隔句韵。

5，3，4。7，4，4，4。

5，3，4。7，6，6。——南宋·赵长卿·《全宋词》第1813页

摊破丑奴儿

最苦是离**愁**，行坐里，只在心**头**。	◆◆◆◇◇，◇◆◆，◆◆◇◇。
待要作个巫山梦，孤衾展转，	◆◆◆◆◇◇◆，◇◇◆◆，
无眠到晓，和梦都**休**。	◇◇◆◆，◇◆◇◇。
梦里也无**由**，谁敢望，真个绸**缪**。	◆◆◆◇◇，◇◆◆，◇◆◇◇。
暂时不见浑闲事，	◆◇◆◆◇◇◆，
只愁柳絮杨花，自来摆荡难**留**。	◆◇◆◆◇◇，◆◇◆◆◇◇。

同体式作品：无。

长调

始词：19分句8复句。上片9分句4复句，二/二/二/三/型复句组；下片10分句4复句，三/二/二/三/型复句组。平仄通押，隔句韵。

4，6。5，6。4，7。4，4，4。

4，4，4。7，4。4，7。4，4，4。——北宋·蔡伸·《全宋词》第1009页

丑奴儿慢

明眸秀色，别是天真潇**洒**。	◇◇◆◆，◆◆◇◇◇◆。
更鬓发堆云，玉脸淡拂轻**霞**。	△◆◆◇◇，◆◆◆◆◇◇。
醉里精神，众中标格谁能**画**。	◆◆◇◇，◆◇◇◆◇◇◆。
当时携手，花笼淡月，重门深**亚**。	◇◇◇◆，◇◇◆◆，◇◇◇◆。
巫峡梦回，已成陈事，岂堪重**话**。	◇◆◆◇，◆◇◇◆，◆◇◇◆。
谩赢得罗襟清泪，鬓边霜**华**。	◆◇◆◇◇◇◆，◆◇◇◇。
念□伤怀，凭阑烟水渺无**涯**。	◆□◇◇，◇◇◇◆◆◇◇。
秦源目断，碧云暮合，难认仙**家**。	◇◇◆◆，◆◇◆◆，◇◆◇◇

同体式作品：无。

增减字：

（一）4，6。7，4。4，7。4，4，4。○4，4，4。7，4。4，7。4，4，4。南宋：吴文英1首。

变体一

与始词分句数复句数相同，复句型有变。

【变体一】19分句8复句。上片与始词同，下片复句型有变。上片9分句4复句，二/二/二/三/型复句组；下片10分句4复句，二/三/二/三/型复句组。平韵，隔句韵，插一连句韵。

4，6。7，4。4，7。4，4，4。

6，6。3，4，4。4，7。4，4，4。——南宋·吴礼之·《全宋词》第2278页

丑奴儿

秋别

金风颤叶，那更饯别江**楼**。	◇◇◆◆，◆◆◆◆◇◇。
听凄切阳关声断，楚馆云**收**。	△◇◆◇◇◇◆，◆◆◇◇。
去也难留，万重烟水一扁**舟**。	◆◆◇◇，◆◇◇◆◆◇◇。
锦屏罗幌，多应换得，蓼岸蘋**洲**。	◆◇◇◆，◇◇◆◆，◆◆◇◇。
凝想恁时欢笑，伤今萍梗悠**悠**。	◇◆◆◇◇◆，◇◇◇◆◇◇。
谩回首，妖饶何处，眷恋无**由**。	◆◇◆，◇◇◇◆，◆◆◇◇。
先自悲**秋**，眼前景物只供**愁**。	◇◆◇◇，◆◇◆◆◆◆◇。
寂寥情绪，也恨分浅，也悔风**流**。	◆◇◇◆，◆◆◇◆，◆◆◇◇。

同体式作品：无。

变体二

与始词复句数相同，分句数有变。

变体二·1

18分句8复句

【变体二·1】18分句8复句。上片句数与始词同，复句型有变，第三复句增1分句、第四复句减1分句，9分句4复句，二/二/三/二/型复句组；下片第四复句减1分句，9分句4复句，三/二/二/二/型复句组。平仄通押，隔句韵。

4，6。5，6。4，3，4。6，6。

4，4，4。4，6。4，7。4，8。——南宋·辛弃疾·《全宋词》第1879页

丑奴儿

博山道中。效李易安体。

千峰云起，骤雨一霎时**价**。	◇◇◇◆，◆◆◆◆◇◆。
更远树斜阳，风景怎生图**画**。	△◆◆◇◇，◇◆◆◇◇◆。
青旗卖酒，山那畔，别有人**家**。	◇◇◆◆，◇◆◆，◆◆◇◇。
只消山水光中，无事过这一**夏**。	◆◇◇◆◇◇，◇◆◆◆◆◆。
午醉醒时，松窗竹户，万千潇**洒**。	◆◆◆◇，◇◇◆◆，◆◇◇◆。
野鸟飞来，又是一般闲**暇**。	◆◆◇◇，◆◆◆◇◇◇。
却怪白鸥，觑着人欲下未**下**。	◆◆◆◇，◇◆◇◆◆◆◆。
旧盟都在，新来莫是别有说**话**。	◆◇◇◆，◇◇◆◆◆◆◇◆。

同体式作品：无。

按：稼轩自云本词“效李易安体”，可见李清照在当时的影响。稼轩对易安词的效法，学界关注不多。易安《丑奴儿》无长调，仅有短调《添字丑奴儿》一首（与贺铸词同体），兹录于下：

窗前谁种芭蕉树，阴满中庭。阴满中庭，叶叶心心，舒卷有余情。○枕上三更雨，点滴霖霪。点滴霖霪，愁损北人，不惯起来听。

变体二·2

21分句8复句

【变体二·2·1】21分句8复句。较始词增2分句。上片10分句4复句，二/二/三/三/型复句组；下片11分句4复句，三/三/二/三/型复句组。平仄通押，隔句韵。

4，6。7，4。4，4，3。4，4，4。

4，4，4。3，4，4。4，7。4，4，4。——南宋·卢祖皋·《全宋词》第2413页

丑奴儿慢

湘筠展梦，还是带恨攲**枕**。	◇◇◆◆，◇◆◆◆◆◆。
对千顷风荷凉艳，水竹清**阴**。	△◇◆◇◇◇◆，◆◆◇◇。
半掩龟纱，几回小语，月华**侵**。	◆◆◇◇，◆◇◆◆◆◇◇。
娉婷何处，回首画桥，朱户沉**沉**。	◇◇◇◆，◇◆◆◇，◇◆◇◇。

闻道近时，题红传素，长是沾**襟**。	◇◆◆◇，◇◇◇◆，◇◆◇◇。
想当日，冰弦弹断，总废清**音**。	◆◇◆，◇◇◇◆，◆◆◇◇。
准拟归来，扇鸾钗凤巧相**寻**。	◆◆◇◇，◆◇◇◆◆◇◇。
如今无奈，七十二峰，划地云**深**。	◇◇◇◆，◆◆◆◇，◆◆◇◇。

同体式作品：无。

【变体二·2·2】21分句8复句。上下片分句数复句数与【变体二·2·1】相同，上片复句型有变，10分句4复句，二/三/二/三/型复句组；下片同，11分句4复句，三/三/二/三/型复句组。平仄通押，隔句韵。

4，6。3，4，4。4，7。4，4，4。

4，4，4。3，4，4。4，7。4，4，4。——南宋·吴文英·《全宋词》第2916页

丑奴儿慢

黄钟商。麓翁飞翼楼观雪。

东风未起，花上纤尘无**影**。	◇◇◆◆，◇◆◇◇◇◇◆。
峭云湿，凝酥深坞，乍洗梅**清**。	◆◇◆，◇◇◇◆，◆◆◇◇。
钓卷愁丝，冷浮虹气海空**明**。	◆◆◇◇，◆◇◇◆◆◇◇。
若耶门闭，扁舟去懒，客思鸥**轻**。	◆◇◇◆，◇◇◆◆，◆◇◇◇。
几度问春，倡红冶翠，空媚阴**晴**。	◆◆◆◇，◆◇◆◆，◇◆◇◇。
看真色，千岩一素，天澹无**情**。	◆◇◆，◇◇◆◆，◇◆◇◇。
醒眼重开，玉钩帘外晓峰**青**。	◆◆◇◇，◆◇◇◆◆◇◇。
相扶轻醉，越王台上，更最高**层**。	◇◇◇◆，◆◇◇◆，△◆◇◇。

同体式作品：无。

变体二·3

20分句8复句

【变体二·3】20分句8复句。较始词增1分句。上片分句数与始词同，复句型有变，9分句4复句，二/二/二/三/型复句组；下片增1分句，11分句4复句，三/三/二/三/型复句组。平仄通押，隔句韵。

4，6。7，4。6，5。4，4，4。

4，4，4。3，4，4。4，7。4，4，4。——南宋·潘汾·《全宋词》第1039页

丑奴儿慢

愁春未醒，还是清和天**气**。	◇◇◆◆，◇◆◇◇◇◇◆。
对浓绿阴中庭院，燕语莺**啼**。	△◇◆◇◇◇◆，◆◆◇◇。
数点新荷翠钿，轻泛水平**池**。	◆◆◇◇◆◆，◇◆◆◇◇。
一帘风絮，才晴又雨，梅子黄**时**。	◆◇◇◆，◇◇◆◆，◆◆◇◇。

忍记那回，玉人娇困，初试单**衣**。　◆◆◆◇，◆◇◇◆，◇◆◇◇。
共携手，红窗描绣，画扇题**诗**。　◆◇◆，◇◇◇◆，◆◆◇◇。
怎有如今，半床明月两天**涯**。　◆◆◇◇，◆◇◇◆◆◇◇。
章台何处，应是为我，蹙损双**眉**。　◇◇◇◆，◇◆◆◆，◆◆◇◇。

按：下片“两天涯”之“涯”，《词林正韵》一为“家麻”韵，一为“四支、五微、八齐、十灰通用”，读若“伊”，本词即用此韵。

同体式作品：无。

166. 【麦秀两岐】

1. 始词五代和凝作。
2. 唐教坊曲（见《教坊记》）。“岐”或作“歧”。宋王灼《碧鸡漫志》引《文酒清话》：“唐封舜卿性轻佻。德宗时使湖南，道经金州，守张乐燕之。执杯索《麦秀两岐》曲，乐工不能，封谓乐工曰：‘汝山民亦合闻大朝音律。’守为杖乐工。复行酒，封又索此曲，乐工前乞侍郎举一遍，封为唱彻，众已尽记，于是终席动此曲。封既行，守密写曲谱，言封燕席事，邮筒中送与潭州牧。封至潭，牧亦张乐燕之。倡优作褴褛数妇人，抱男女筐筥，歌《麦秀两岐》之曲，叙其拾麦勤苦之由。封面如死灰，归过金州，不复言矣。”《教坊记笺订》：“朱梁时，此调在长安颇流行。蜀中曾用作戏曲，见《唐戏弄》。”
3. 双片，每片六仄韵，连句韵、隔句韵。
4. 此调仅见和凝一首。

始词：14分句6复句。双片。每片7分句3复句，二/三/二/型复句组。仄韵，连句韵，间插隔句韵。律词。

5，5。3，3，5。7，4。
5，5。3，3，5。7，4。——五代·和凝·《全唐五代词》第480页

麦秀两岐

凉簟铺斑**竹**，鸳枕并红**玉**。　◇◆◇◇◆，◇◆◆◇◆。
脸莲红，眉柳**绿**，胸雪宜新**浴**。　◆◇◇，◇◆◆，◇◆◇◇◆。
淡黄衫子裁春**縠**，异香芬**馥**。　◆◇◇◆◇◇◆，◆◇◇◆。

羞道教回**烛**，未惯双双**宿**。　◇◆◇◇◆，◆◆◇◇◆。
树连枝，鱼比**目**，掌上腰如**束**。　◆◇◇，◇◆◆，◆◆◇◇◆。
娇娆不奈人拳**局**，黛眉微**蹙**。　◇◇◆◆◇◇◆，◆◇◇◆。

同体式作品：无。

167.【解红】

1. 始词五代和凝作。
2. 和凝自度曲。解红，歌童名。
3. 单片，三平韵，连句韵、隔句韵。
4. 此调于两宋文人词中无见。金代有托名吕岩（吕洞宾）【解红】一首、“三于真人”【解红】一首、重阳真人王喆【解红】四首。诸词皆长调，是为短调演变为长调之典型之例，音乐当有取原调母声，实已是新调。金词该调分句数、复句型较始词亦有不同，兹附二例，以见本调词体演变。

始词：单片。5分句2复句，三/二/型复句组。平韵，连句韵、隔句韵。

3，3，7。7，7。——五代·和凝·《全唐五代词》第480页

解红

百戏罢，五音**清**，解红一曲新教**成**。	◆◆◆，◆◇◇，◆◇◆◆◇◇◇。
两个瑶池小仙子，此时夺却柘枝**名**。	◆◆◇◇◇◆◇◆，◆◇◆◆◆◇◇。

同体式作品：宋代：无。

附：金词二首

解红　金·王喆

杖藜徐**步**，过小桥，逍遥游南**浦**。韶华暗改，俄然又翠红**疏**。东郊雨霁，何处绵蛮黄鹂**语**。见云山掩映，烟溪外，斜阳**暮**。晚凉趁竹风，清香**度**，这闲里光阴向谁**诉**。尘寰百岁能几**许**，似浮沤出没，迷者难**悟**。〇归去来，田园恐荒**芜**。东篱畔，坦荡笑傲琴**书**。青松影里，茅檐下，保养残**躯**。一任世间物态，翻腾催今**古**。争如我，懒散生涯贫与**素**，兴时歌，困时眠，狂时**舞**。把万事纷纷总不**顾**，从他人笑真愚**鲁**。伴清风皓月，幽隐蓬**壶**。

解红　金·无名氏（托名“吕岩”）

洞天深**处**，道非远，咫尺人难**悟**。浮沉内景，须凭匠手工**夫**。专候晓来，一点阳生通玄**路**，尽在碧波深深**处**。恁时**主**，地雷震动山头**雨**，渐浇灌，黄芽乍离**土**。婴儿采得携篮**去**，向真霞六阳，鼎内烹**煮**。〇搬运转，东西與南北，铺八卦九宫，要知宗**祖**。十干数内分左右，要显龙**虎**，玄武后随，朱雀当先祥云**布**。曲江上，万神都来**聚**，夫与**妇**。癸母跨赤龙，归洞**府**，要寻觅金翁，问凭**据**。阴阳会合三千**数**，指天地海山，同寿坚**固**。

168. 【薄命女】

1. 始词五代和凝作。
2. 词咏调名本义。
3. 单片六仄韵，连句韵，间插隔句韵。

始词：单片。7分句，1单句3复句，一/二/二/二/型单句复句组合。仄韵，连句韵、插一隔句韵。

3。7，5。6，6。7，5。——五代·和凝·《全唐五代词》第472页

薄命女

天欲**晓**。	◇◆◆。
宫漏穿花声缭**绕**，窗里星光**少**。	◇◆◇◇◇◇◆，◇◆◇◇◆。
冷雾寒侵帐额，残月光沉树**杪**。	◆◆◇◇◆◆，◇◆◇◇◆◆。
梦断锦帏空悄**悄**，强起愁眉**小**。	◆◆◆◇◇◆◆，◇◆◇◇◆。

同体式作品：五代：冯延巳1首。

169. 【满宫花】

1. 始词五代前蜀魏承班作。
2. 唐教坊曲有【满堂花】（见《教坊记》），或与本调有渊源关系。
3. 双片，每片三仄韵，连句韵、隔句韵。

始词：9分句4复句。上片5分句2复句，三/二/型复句组；下片4分句2复句，二/二/型复句组。仄韵，连句韵、隔句韵。律词。

3，3，6。7，6。

7，6。7，6。——五代·魏承班·《全唐五代词》第488页

满宫花

寒夜长，更漏**永**，愁见透帘月**影**。	◇◆◇，◇◆◆，◇◆◆◇◆◆。
王孙何处不归来，应在倡楼酩**酊**。	◇◇◇◆◆◇◇，◇◆◇◇◆◆。
金鸭无香罗帐**冷**，羞更双鸾交**颈**。	◇◆◇◇◇◆◆，◇◆◇◇◇◆。
梦中几度见儿夫，不忍骂伊薄**幸**。	◆◇◆◆◆◇◇，◆◆◆◇◆◆。

同体式作品：五代：魏承班1首，张泌1首。

变体二

与始词复句数相同，分句数增1。

【变体二】10分句4复句。较始词下片增1分句，每片5分句2复句，三/二/型复句组。仄韵，连句韵、隔句韵。律词。

3，3，6。7，6。

3，3，6。7，6。——五代·尹鹗·《全唐五代词》第578页

满宫花

月沉沉，人悄**悄**，一炷后庭香**袅**。	◆◇◇，◇◆◆，◆◆◆◇◇◆。
风流帝子不归来，满地禁花慵**扫**。	◇◇◆◆◆◇◇，◆◆◆◇◇◆。
离恨多，相见**少**，何处醉迷三**岛**。	◇◆◇，◇◆◆，◇◆◆◇◆◆。
漏清宫树子规啼，愁锁碧窗春**晓**。	◆◇◇◆◆◇◇，◇◆◆◇◇◆。

同体式作品：无。

增减字：

(一) 3，3，6。7，6。○ 3，3，6。7，5。南宋：许棐1首。

170. 【黄钟乐】

1. 始词五代前蜀魏承班作。
2. 本为唐教坊曲，见唐崔令钦《教坊记》。
3. 黄钟乐，“黄钟”有律名、音名、调高、调式四义。律名指“黄钟律”，中国古代十二平均律之第一律；音名指“黄钟音”，黄钟律十二声音阶的首音，唱名为do（简谱1）；调高指以黄钟音为乐曲音阶的首音；调式指以黄钟音为旋律构成的主音和煞音。本调名之“黄钟乐”，当为宫调义。
4. 此调仅见魏承班一首。
5. 双片，每片三平韵，隔句韵。

始词：10分句4复句。双片。每片5分句2复句，三/二/型复句组。平韵，隔句韵。律词。

7，6，5。7，7。

7，6，5。7，7。——五代·魏承班·《全唐五代词》第487页

黄钟乐

池塘烟暖草萋**萋**，惆怅闲宵含恨， 愁坐思堪**迷**。	◇◇◇◆◆◇◇，◇◆◇◇◇◆， ◇◆◆◇◇。

遥想玉人情事远，音容浑似隔桃**溪**。	◇◆◆◇◇◆◆，◇◇◇◆◆◇◇。
偏记同欢秋月**低**，帘外论心花畔，	◇◆◇◇◇◆◇，◇◆◆◇◇◆，
和醉暗相**携**。	◇◆◆◇◇。
何事春来君不见，梦魂长在锦江**西**。	◇◆◇◇◇◆◆，◇◇◇◆◆◇◇。

同体式作品：无。

171.【醉妆词】

1. 始词为五代前蜀末代皇帝王衍自度曲。
2. 五代-北宋孙光宪《北梦琐言》："蜀主衍裹小巾，其尖如锥。宫妓俱衣道服，簪莲花冠，施胭脂夹脸，名曰醉妆，自制《醉妆词》。"
3. 单片六韵，仄韵，连句韵。
4. 此调仅见王衍一首。

始词：单片。6 分句 2 复句，三/三/型复句组。仄韵，连句韵。律词。

3，3，5。3，3，5。——五代·王衍·《全唐五代词》第 491 页

醉妆词

者边**走**，那边**走**，只是寻花**柳**。	◆◇◆，◆◇◆，◆◆◇◇◆。
那边**走**，者边**走**，莫厌金杯**酒**。	◆◇◆，◆◇◆，◆◆◇◇◆。

同体式作品：无。

172.【相见欢】

【上西楼】【西楼子】

1. 始词唐末-五代薛昭蕴作。
2. 本源为唐教坊曲（见《教坊记》）。
3. 宋代通行词调。或因李煜【相见欢】词（"无言独上西楼"）衍名为【上西楼】【西楼子】。
4. 历代词谱多将【乌夜啼】与【相见欢】作同调异名，兹将【乌夜啼】诸词中与【相见欢】词式全同者计入【相见欢】，不同词式作品计入【乌夜啼】，二调作同源词调处理。
5. 双片，上片三韵，下片四韵。平仄换韵，上片押仄，下片押平，连句韵、隔句韵。

始词：9 分句 4 复句。双片。上片 4 分句 2 复句，二/二/型复句组；下片 5 分句 2 复句，三/二/型复句组。平韵，连句韵、隔句韵；又平仄通押，连句韵、隔句韵。律词。

6，3。6，3。

3，3，3。6，3。——五代·薛昭蕴·《全唐五代词》第 500 页

相见欢

罗襦绣袂香**红**，画堂**中**。　◇◇◆◆◇◇，◆◇◇。

细草平沙蕃马，小屏**风**。　◆◆◇◇◇◆，◆◇◇。

卷罗**幕**，凭妆**阁**，思无**穷**。　◆◇◆，◇◇◆，◆◇◇。

暮雨轻烟魂断，隔帘**栊**。　◆◆◇◇◇◆，◆◇◇。

同体式作品： 五代：冯延巳 1 首，李煜 1 首。北宋：毛滂 1 首，朱敦儒 7 首，蒋元龙 1 首（【乌夜啼】），康仲伯 1 首（《忆真妃》），蔡伸 1 首（【西楼子】）。南宋：赵鼎 2 首（【乌夜啼】），向子諲 3 首，杨无咎 1 首（【乌夜啼】），陆游 1 首（【上西楼】），王质 1 首，张辑 1 首（《月上瓜洲》），李处全 1 首，辛弃疾 4 首（【乌夜啼】），石孝友 1 首（【乌夜啼】），杨炎正 1 首，张镃 1 首（【乌夜啼】），刘学箕 1 首（【乌夜啼】），黄机 1 首（【乌夜啼】），郑熏初 1 首（【乌夜啼】），吴文英 2 首（【乌夜啼】），潘牥 1 首（【乌夜啼】），刘辰翁 3 首（【乌夜啼】），陈逢辰 1 首（【乌夜啼】），无名氏 1 首，无名氏 3 人 3 首（【乌夜啼】），计 22 人 31 首。（按：不注调名皆【相见欢】。）

增减字：

（一）7，3。6，3。○ 3，3，3。6，3。南宋：许棐 1 首。

（二）6，3。4，5。○ 3，3，3。6，3。南宋：刘铉 1 首（【乌夜啼】）。

变体三

较始词分句数复句数皆变

【变体三】7 分句，2 复句 2 单句。上下片第二复句较始词各减 1 分句。上片 3 分句，1 复句 1 单句，二/一/型复句组；下片 4 分句，1 复句 1 单句，三/一/型复句单句组合。平韵，连句韵。律词。

6，3。9。

3，3，3。9。——南唐·李煜·《全唐五代词》第 733 页

相见欢

无言独上西**楼**，月如**钩**。　◇◇◆◆◇◇，◆◇◇。

寂寞梧桐深院锁清**秋**。　◆◆◇◇◇◆◆◇◇。

剪不**断**，理还**乱**，是离**愁**。　◆◇◆，◆◇◆，◆◇◇。

别有一番滋味在心**头**。　◆◆◆◇◇◆◆◇◇。

按： 本词一传为五代孟昶作。

同体式作品： 无。

同源词调：【乌夜啼】

【圣无忧】

1. 始词五代李煜作。
2. 本为南朝琴曲，唐代入教坊曲（见《教坊记》）。宋郭茂倩《乐府诗集》卷四十七："元嘉二十八年，彭城王义康有罪放逐，行次浔阳；江州刺史衡阳王义季，留连饮宴，历旬不去。帝闻而怒，皆囚之。会稽公主，姊也，尝与帝宴洽，中席起拜。帝未达其旨，躬止之。主流涕曰：'车子岁暮，恐不为陛下所容！'车子，义康小字也。帝指蒋山曰：'必无此！不尔，便负。'初宁陵、武帝葬于蒋山，故指先帝陵为誓。因封余酒寄义康，且曰：'昨与会稽姊饮，乐，忆弟，故附所饮酒往。'遂宥之。使未达浔阳，衡阳家人扣二王所囚院曰：'昨夜乌夜啼，官当有赦。'少顷，使至，二王得释，故有此曲。亦入琴操。"《乐府诗集》卷六十引李勉《琴说》："《乌夜啼》者，何晏之女所造也。初，晏系狱，有二乌止于舍上。女曰：'乌有喜声，父必免。'遂撰此操。"
3. 从【乌夜啼】调名本事推之，何晏女作《乌夜啼》琴操，记述夜闻乌啼，预感其父可免狱而得相见而欢，故宋代【乌夜啼】【相见欢】二名常互用。二调词式相似，但两调原本未必为一调。兹将【乌夜啼】词作中与【相见欢】体式全同者归【相见欢】。
4. 欧阳修词调名或传为【圣无忧】，仅此一例。
5. 双片，每片二平韵，隔句韵。

始词：8 分句 4 复句。双片。每片 4 分句 2 复句，二/二/型复句组。平韵，隔句韵。律词。

5，6。7，5。
6，6。7，5。——五代·李煜·《全唐五代词》第 742 页

乌夜啼

昨夜风兼雨，帘帏飒飒秋**声**。　◆◆◇◇◆，◇◇◆◆◇◇。
烛残漏断频欹枕，起坐不能**平**。　◆◇◆◆◇◇◆，◆◆◆◇◇。

世事漫随流水，算来梦里浮**生**。　◆◆◆◇◇◆，◆◇◆◆◇◇。
醉乡路稳宜频到，此外不堪**行**。　◆◇◆◆◇◇◆，◆◆◆◇◇。

同体式作品：五代：李煜 1 首。北宋：欧阳修 2 首（【圣无忧】），贺铸 1 首（【乌啼月】），朱敦儒 1 首。南宋：权无染 1 首。

增减字：

（一）6，6。7，5。○ 6，6。7，5。北宋：苏轼 1 首，赵令畤 1 首，李甲 1 首。南宋：李石 3 首，陆游 8 首，程垓 4 首，魏了翁 1 首，李从周 1 首，卢祖皋 5 首，赵文 1 首，无名氏 1 首，计 8 人 24 首。

（二）6，3。6，3。○ 6，3。6，3。南宋：张镃 1 首。

变体二

与始词复句数相同，分句数增2。

【变体二·1】10分句4复句。双片。上片第一复句较始词增1分句，5分句2复句，三/二/型复句组；下片第二复句增1分句，5分句2复句，二/三/型复句组。平韵，连句韵、隔句韵。律词。

3，3，6。6，5。

6，6。6，3，3。——北宋·欧阳修·《全宋词》第147页

圣无忧

珠帘卷，暮云**愁**，垂杨暗锁青**楼**。	◇◇◆，◆◇◇，◇◇◆◆◇◇。
烟雨蒙蒙如画，轻风吹旋**收**。	◇◆◇◇◇◆，◇◇◆◆◇。
香断锦屏新别，人闲玉簟初**秋**。	◇◆◆◇◇◆，◇◇◆◆◇◇。
多少旧欢新恨，书杳杳，梦悠**悠**。	◇◆◆◇◇◆，◇◆◆，◆◇◇。

同体式作品：无。

【变体二·2】10分句4复句。每片5分句2复句，二/三/型复句组。较前一式上片复句型有变。平韵，隔句韵。律词。

6，6。7，3，3。

6，6。7，3，3。——南宋·程垓·《全宋词》第2012页

乌夜啼

墙外雨肥梅子，阶前水绕荷**花**。	◇◆◆◇◇◆，◇◇◆◆◇◇。
阴阴庭户熏风满，水纹簟，怯菱**芽**。	◇◇◇◆◇◇◆，◆◇◆，◆◇◇。
春尽难凭燕语，日长惟有蜂**衙**。	◇◆◇◇◆◆，◆◇◇◆◇◇。
沉香火冷珠帘暮，个人在，碧窗**纱**。	◇◇◆◆◇◇◆，◆◇◆，◆◇◇。

同体式作品：无。

173.【醉公子】

1. 五言四句声诗今存唐五代无名氏一首，五言八句声诗五代薛昭蕴作；长短句仅见南宋史达祖一首。
2. 本为唐教坊曲（见《教坊记》）。
3. 声诗、长短句二体。五言四句声诗，二平韵，隔句韵；五言八句声诗，八韵，平仄换韵，连句韵；长短句，双片，每片六仄韵，邻韵通押，隔句韵。

声诗

五言四句声诗：4分句2复句，二/二/型复句组。平韵，隔句韵。律词。

5，5。5，5。——唐五代·无名氏《乐府诗集》第1129页

醉公子

昨日春园饮，今朝倒接**篱**。 ◆◆◇◇◆，◇◇◆◆◇。
谁人扶上马，不省下楼**时**。 ◇◇◇◆◆，◆◆◆◇◇。

按：该诗载宋郭茂倩《乐府诗集·近代杂曲歌辞》，题“醉公子”，所写即“醉公子”形象，曰为“杂曲歌辞”，则“醉公子”既为曲名亦为诗题，也可能是“缘调名而赋诗”。古代民间曲调之名，最初多以歌辞之“话题”为曲名，一曲之早期歌辞，往往“以词题为调名”或“缘调名而赋词”，由此看来，该声诗为本调的初始之词。

同体式作品：无。

五言八句声诗：8分句4复句。双片，每片4分句2复句，二/二/型复句组。四换韵，先仄后平，连句韵。律词。

5，5。5，5。
5，5。5，5。——五代·薛昭蕴·《全唐五代词》第501页

醉公子

慢绾青丝**发**，光研吴绫**袜**。 ◆◆◇◇◆，◇◆◇◇◆。
床上小熏**笼**，韶州新退**红**。 ◇◆◆◇◇，◇◇◇◆◇。

叵耐无端**处**，捻得从头**污**。 ◆◆◇◇◆，◆◆◇◇◆。
恼得眼慵**开**，问人闲事**来**。 ◆◆◆◇◇，◆◇◇◆◇。

按：该声诗内容与调名“醉公子”无关，参看前一首无名氏声诗，可见一调之词有“词咏调名本义”“赋词与调名无涉”两种情况，前者通常为该调的初始之辞，本声诗则为一调传播后别写新辞之例。另：本诗八句亦可连为一体，分作两片，则为五绝声诗之双叠。

同体式作品：唐五代：顾敻2首，尹鹗1首，无名氏1首。南宋：仇远1首。

长短句

始词：24分句8复句。上片13分句4复句，三/三/四/三/型复句组；下片11分句4复句，三/三/三/二/型复句组。仄韵，邻韵通押，隔句韵，插一连句韵。

5，4，4。4，4，4。3，3，4，4。5，4，5。
2，5，8。4，4，4。3，7，4。7，5。——南宋·史达祖·《全宋词》第2347页

醉公子

咏梅。寄南湖先生。

神仙无皋**泽**，琼裾珠佩，卷下尘**陌**。 ◇◇◇◇◆，◇◇◇◆，◆◆◇◆。

秀骨依依，误向山中，得与相识。	◆◆◇◇，◆◆◇◇，◆◆◇◆。
溪岸**侧**，倚高情，自锁烟翠，时点空碧。	◇◆◆，◆◇◇，◆◆◇◆，◇◆◇◆。
念香襟沾恨，酥手剪愁，今后梦魂**隔**。	△◇◇◇◆，◇◆◆◇，◇◆◆◇◆。
相思，暗惊清吟**客**，想玉照堂前树三**百**。	◇◇，◆◇◇◇◆，△◆◆◇◇◆◇◆。
雁翅霜轻，凤羽寒深，谁护春**色**。	◆◆◇◇，◆◆◇◇，◇◆◇◆。
诗鬓**白**，总多因水村携酒，烟墅留屐。	◇◆◆，△◇◇◆◇◇◆，◇◆◇◆。
更时带明月同来，与花为表**德**。	△◇◆◇◆◇◇，◆◇◇◆◆。

同体式作品：无。

174.【感恩多】

【感恩多令】

1. 始词唐末五代牛峤作。
2. 调名亦见唐代《教坊记》。唐代侑酒常用曲，唐李群玉《留别马使君》："唯有管弦知客意，分明吹出《感恩多》。"唐白居易《闻歌伎唱严郎中》："但是人家有遗爱，就中苏小《感恩多》。"五代宋初孙光宪《北梦琐言》记有唐代路岩【感恩多】残词二句："离魂何处断，烟雨江南岸。"
3. 一作【感恩多令】。双片，每片三平韵，连句韵、隔句韵。

始词：9分句4复句。上片4分句2复句，二/二/型复句组；下片5分句2复句，二/三/型复句组。平仄通押，隔句韵、连句韵。律词。

5，5。5，3。

6，3。3，4，5。——唐末-五代·牛峤·《全唐五代词》第506页

感恩多

两条红粉泪，多少香闺**意**。	◆◇◇◆◆，◇◆◇◇◆。
强攀桃李**枝**，敛愁**眉**。	◇◇◇◆◇，◆◇◇。
陌上莺啼蝶舞，柳花**飞**。	◆◆◇◇◆◆，◆◇◇。
柳花**飞**，愿得郎心，忆家还早**归**。	◆◇◇，◆◆◇◇，◆◇◇◆◇。

同体式作品：无。

增减字：

(一) 5，5。5，3。○ 7，3。3，4，5。五代·牛峤1首。

变体二

与始词复句数相同，分句数有变。

【变体二】11 分句 4 复句。双片。上片较始词增 1 分句，5 分句 2 复句，二/三/型复句组；下片较始词增 1 分句，6 分句 2 复句，三/三/型复句组。平韵，起首二句连韵，继隔句韵。律词。

7，7。4，3，3。
4，3，7。4，3，3。——宋·无名氏《全宋词》第 3833 页

感恩多令

罗帐半垂门半**开**，残灯孤月照窗**台**。	◇◆◆◇◇◆◇，◇◇◇◆◆◇◇。
北斗渐移，天欲曙，漏更**催**。	◆◆◆◇，◆◆◇，◆◆◇。
携手劝君，离别酒，泪和红纷滴金**杯**。	◇◆◆◇，◇◆◆，◆◇◇◆◆◇◇。
呜咽问君，今夜去，几时**回**。	◇◆◆◇，◇◆◆，◆◇◇。

同体式作品：无。

175. 【望江怨】

1. 始词唐末五代牛峤作。
2. 单片六仄韵，连句韵，插一隔句韵。
3. 此调仅见牛峤一首。

始词：单片。7 分句 3 复句，二/二/三/型复句组。仄韵，连句韵、隔句韵。

3，7。5，7。3，5，5。——唐末-五代·牛峤·《全唐五代词》第 509 页

望江怨

东风**急**，惜别花时手频**执**。	◇◇◆，◆◆◇◇◆◇◆。
罗帏愁独**入**，马嘶残雨春芜**湿**。	◇◇◇◆◆，◆◇◇◆◇◇◆。
倚门**立**，寄语薄情郎，粉香和泪**泣**。	◆◇◆，◆◆◆◇◇，◆◇◇◆◆。

同体式作品：无。

176. 【西溪子】

1. 始词唐末五代牛峤作。
2. 源出唐教坊曲，调名见《教坊记》。
3. 单片六韵。平仄换押，三换韵；连句韵，间插隔句韵。

4. 此调两宋无继作。

始词：单片。8 分句 3 复句，二/三/三/型复句组。三换韵，二仄韵一平韵，连句韵、隔句韵。律词。

6，6。3，3，3。6，3，3。——五代·牛峤·《全唐五代词》第 513 页

西溪子

捍拨双盘金**凤**，蝉鬓玉钗摇**动**。	◆◆◇◇◇◆，◇◆◆◇◇◆。
画堂前，人不**语**，弦解**语**。	◆◇◇，◇◆◆，◇◆◆。
弹到昭君怨处，翠娥**愁**，不抬**头**。	◇◆◇◇◆◆，◆◇◇，◆◇◇。

同体式作品： 无。

变体一

与始词分句数复句数相同，复句型有变。

【变体一】单片。较始词第二复句增 1 分句，第三复句减 1 分句。8 分句 3 复句，二/四/二/型复句组。三换韵，二仄一平，连句韵、隔句韵。律词。

6，6。3，3，3，6。5，3。——五代·毛文锡·《全唐五代词》第 531

西溪子

昨夜西溪游**赏**，芳树奇花千**样**。	◆◆◇◇◇◆，◇◆◇◇◇◆。
锁春光，金尊**满**，	◆◇◇，◇◇◆，
听弦**管**，娇妓舞衫香**暖**。	◇◇◆，◇◆◆◇◇◆。
不觉到斜**晖**，马驮**归**。	◆◆◆◇◇，◆◇◇。

同体式作品： 五代：李珣 2 首。

177. 【胡蝶儿】

1. 始词唐末五代张泌作。
2. 取首句为题，以词题作调名。与【玉蝴蝶】（见前谱）非同源词调。
3. 双片，上片三韵，下片四韵。平韵，连句韵，插一隔句韵。
4. 此调仅见张泌一首。

始词：8 分句 4 复句。双片。每片 4 分句 2 复句，二/二/型复句组。平韵，隔句韵，连句韵。律词。

3，3。7，5。

5，5。7，5。——五代·张泌·《全唐五代词》第 527 页

胡蝶儿

胡蝶儿，晚春**时**。	◇◆◇，◆◇◇。
阿娇初着淡黄**衣**，倚窗学画**伊**。	◇◇◇◆◆◇◇，◆◇◆◆◇。
还似花间见，双双对对**飞**。	◇◆◇◇◆，◇◇◆◆◇。
无端和泪拭燕**脂**，惹教双翅**垂**。	◇◇◇◆◆◇◇，◆◇◇◆◇。

同体式作品：无。

178. 【赞成功】

1. 始词五代前蜀毛文锡作。
2. 宋乐史《广卓异记》引《唐年补录》：唐僖宗光启三年，昭宗复辟，“后宴保宁殿，撰制曲曰《赞成功》，出戏作《樊哙救君难》以褒之”。本调或源于此。
3. 双片，每片四平韵，隔句韵。
4. 此调仅见毛文锡一首。

始词：14 分句 6 复句。双片。每片 7 分句 3 复句，二/三/二/型复句组。平韵，隔句韵。

4，4。7，4，4。4，4。

4，4。7，4，4。4，4。——五代前蜀·毛文锡·《全唐五代词》第 531 页

赞成功

海棠未坼，万点深**红**。	◆◇◆◆，◆◆◇◇，
香包缄结一重**重**，似含羞态，邀勒春**风**。	◇◇◇◆◆◇◇。◆◇◇◆，◇◆◇◇。
蜂来蝶去，任绕芳**丛**。	◇◇◆◆，◆◆◇◇。
昨夜微雨，飘洒庭**中**。	◆◆◇◆，◇◆◇◇。
忽闻声滴井边**桐**，美人惊起，坐听晨**钟**。	◆◇◇◆◆◇◇，◆◇◇◆，◆◇◇◇。
快教折取，戴玉珑**璁**。	◆◇◆◆，◆◆◇◇。

同体式作品：无。

179. 【中兴乐】

1. 始词五代前蜀毛文锡作。
2. 短调、中调二体。双片，短调每片四韵，中调每片六韵。平仄换韵，或平韵；连句韵，

间插隔句韵。

3. 此调两宋无继作。

短调

始词：8分句4复句。双片。每片4分句2复句，二/二/型复句组。平仄换韵，抱韵，遥韵；连句韵，间插隔句韵。

7，6。3，5。

7，3。6，4。——五代·毛文锡·《全唐五代词》第546页

中兴乐

豆蔻花繁烟艳**深**，丁香软结同**心**。	◆◆◇◇◇◆◇，◇◇◆◆◇◇。
翠鬟**女**，相与共淘**金**。	◆◇◆，◇◆◆◇◇。
红蕉叶裹猩猩**语**，鸳鸯**浦**。	◇◇◆◆◇◇◆，◇◇◆。
镜中鸾舞丝**雨**，隔荔枝**阴**。	◆◇◇◆◇◆，△◆◇◇。

按："红蕉叶裹猩猩**语**"，传本"猩猩语"作"猩猩语"，兹改之。另：上片"与"、下片"舞"，本谱不作韵字。

同体式作品：无。

变体二

与始词复句数相同，分句数增1。

【变体二】9分句4复句。双片。上片与始词同，4分句2复句，二/二/型复句组；下片增1分句，5分句2复句，二/三/型复句组。平韵，连句韵、隔句韵。律词。

7，6。4，4。

6，3。4，4，4。——五代·牛希济·《全唐五代词》第546页

中兴乐

池塘暖碧浸晴**晖**，蒙蒙柳絮轻**飞**。	◇◇◆◆◆◇◇，◇◇◆◆◇◇。
红蕊凋来，醉梦还**稀**。	◇◆◇◇，◆◆◇◇。
春云空有雁**归**，珠帘**垂**。	◇◇◇◆◆◇，◇◇◇。◆◆◆◇
东风寂寞，恨郎抛掷，泪湿罗**衣**。	◇◇◆◆，◆◇◇◆，◇◆◇◇。

同体式作品：无。

中调

始词：18分句8复句。双片。每片9分句4复句，二/二/二/三/型复句组。平韵，连句韵、隔句韵。律词。

7，6。4，4。6，3。4，4，4。

7，6。4，4。6，3。4，4，4。——五代·李珣·《全唐五代词》第608页

中兴乐

后庭寂寂日初**长**，翩翩蝶舞红**芳**。 ◆◇◆◆◆◇◇，◇◇◆◆◇◇。
绣帘垂地，金鸭无**香**。 ◆◇◇◆，◇◆◇◇。
谁知春思如**狂**，忆萧**郎**。 ◇◇◇◆◇◇，◆◇◇。
等闲一去，程遥信断，五岭三**湘**。 ◆◇◆◆，◇◇◆◆，◆◆◇◇。

休开鸾镜学宫**妆**，可能更理笙**簧**。 ◇◇◇◆◆◇◇，◆◇◆◆◇◇。
倚屏凝睇，泪落成**行**。 ◆◇◇◆，◆◆◇◇。
手寻裙带鸳**鸯**，暗思**量**。 ◆◇◇◆◇◇，◆◇◇。
忍孤前约，教人花貌，虚老风**光**。 ◆◇◇◆，◇◇◇◆，◇◆◇◇。

同体式作品：无。

180.【接贤宾】

【集贤宾】

1. 始词五代毛文锡作。
2. 双片体始词北宋柳永作，调名【集贤宾】。
3. 单片六韵，平韵，首句入韵、隔句韵；双片，上片五韵，下片六韵，平韵，隔句韵，间插连句韵。
4. 此调南宋无继作。

单片

始词：单片。11分句5复句，二/二/二/二/三/型复句组。平韵，连句韵、隔句韵。

7，5。6，4。7，6。7，6。3，3，5。——五代·毛文锡·《全唐五代词》第532页

接贤宾

香鞯镂襜五花**骢**，值春景初**融**。 ◇◇◆◆◆◇◇，△◇◆◇◇。
流珠喷沫躞蹀，汗血流**红**。 ◇◇◇◆◆◆，◆◆◇◇。
少年公子能乘驭，金镳玉辔珑**璁**。 ◆◇◇◆◇◇◆，◇◇◆◆◇◇。
为惜珊瑚鞭不下，骄生百步千**踪**。 ◆◆◇◇◇◆◆，◇◇◆◆◇◇。
信穿花，从拂柳，向九陌追**风**。 ◆◇◇，◇◆◆，◆◆◆◇◇。

同体式作品：无。

双片

始词：23 分句 10 复句。上片 11 分句 5 复句，二/二/二/三/二/型复句组；下片 12 分句 5 复句，二/二/二/四/二/型复句组。平韵，隔句韵，插一连句韵。

7，4。6，4。6，6。7，3，4。6，5。

7，5。6，4。6，6。3，4，3，4。6，5。——北宋·柳永·《全宋词》第 31 页

集贤宾

小楼深巷狂游遍，罗绮成**丛**。　◆◇◇◆◇◇◆，◇◆◇◇。

就中堪人属意，最是虫**虫**。　◆◇◇◇◆◆，◆◆◇◇。

有画难描雅态，无花可比芳**容**。　◆◆◇◇◆◆，◇◇◆◆◇◇。

几回饮散良宵永，鸳衾暖，凤枕香**浓**。　◆◇◆◆◇◇◆，◇◇◆，◆◆◇◇。

算得人间天上，惟有两心**同**。　◆◆◇◇◇◆，◇◆◆◇◇。

近来云雨忽西**东**，诮恼损情**悰**。　◆◇◇◆◆◇◇，◆◆◆◇◇。

纵然偷期暗会，长是匆**匆**。　◆◇◇◇◆◆，◇◆◇◇。

争似和鸣偕老，免教敛翠啼**红**。　◇◆◇◇◇◆，◆◇◆◆◇◇。

眼前时，暂疏欢宴，盟言在，更莫忡**忡**。　◆◇◇，◆◇◇◆，◇◇◆，◆◆◇◇。

待作真个宅院，方信有初**终**。　◆◆◇◆◆◆，◇◆◆◇◇。

按：“虫虫”，宋词中常见的对歌女艺伎的昵称。

同体式作品：无。

181. 【纱窗恨】

1. 始词五代毛文锡作。
2. 源出唐教坊曲，调名见《教坊记》。
3. 双片，每片二平韵，隔句韵。
4. 此调仅见毛文锡二首。

始词：9 分句 4 复句。双片。上片 4 分句 2 复句，二/二/型复句组；下片 5 分句 2 复句，三/二/型复句组。平韵，隔句韵。

7，3。7，3。

3，7，4。4，3。——五代·毛文锡·《全唐五代词》第 534 页

纱窗恨

双双蝶翅涂铅粉，咂花**心**。　◇◇◆◆◇◇◆，◆◇◇。

绮窗绣户飞来稳，画堂**阴**。　◆◇◆◆◇◇◆，◆◇◇。

二三月，爱随飘絮伴落花，来拂衣**襟**。　◆◇◆，◆◇◇◆◆◆◇，◇◆◇◇。

更剪轻罗片，傅黄**金**。　　◆◆◇◇◆，◆◇◇。

同体式作品：五代：毛文锡1首。

182. 【柳含烟】

1. 始词五代毛文锡作。
2. 源出唐教坊曲，调名见《教坊记》。
3. 双片，上片三韵，下片四韵，平韵，三换韵，隔句韵、连句韵。
4. 此调仅见毛文锡四首。

始词：9分句4复句。双片。上片5分句2复句，二/三/型复句组；下片4分句2复句，二/二/型复句组。三换韵，上片押平，下片换韵，先押仄后押平，连句韵、隔句韵。律词。

3，3。6，7，3。

7，6。7，3。——五代·毛文锡·《全唐五代词》第535页

柳含烟

隋堤柳，汴河**旁**。　　◇◇◆，◆◇◇。

夹岸绿阴千里，　　◆◆◆◇◇◆，

龙舟凤舸木兰**香**，锦帆**张**。　　◇◇◆◆◆◇◇，◆◇◇。

因梦江南春景**好**，一路流苏羽**葆**。　　◇◆◇◇◇◆◆，◆◆◇◇◆◆。

笙歌未尽起横**流**，锁春**愁**。　　◇◇◆◆◆◇◇，◆◇◇。

同体式作品：五代：毛文锡3首。

183. 【醉花间】

1. 始词五代毛文锡作。
2. 调名首见唐《教坊记》。亦酒筵行令之曲，见《教坊记笺订》。
3. 宋词【醉花阴】，或曰与该调相关，兹作两调处理。
4. 双片，每片三韵或四韵，仄韵，连句韵、隔句韵。

始词：9分句4复句。双片。上片5分句2复句，三/二/型复句组；下片4分句2复句，二/二/型复句组。仄韵，连句韵、隔句韵。律词。

3，3，5。5，5。

5，5。5，5。——五代·毛文锡·《全唐五代词》第536页

醉花间

深相**忆**，莫相**忆**，相忆情难**极**。	◇◇◆，◆◇◆，◇◆◇◇◆。
银汉是红墙，一带遥相**隔**。	◇◆◆◇◇，◆◆◇◇◆。
金盘珠露**滴**，两岸榆花**白**。	◇◇◇◆◆，◆◆◇◇◆。
风摇玉佩清，今夕为何**夕**。	◇◇◆◆◇，◇◆◇◇◆。

同体式作品：五代：毛文锡1首。

变体二

10分句4复句

【变体二】10分句4复句。双片。上片较始词减1分句，4分句2复句，二/二/型复句组；下片增2分句，6分句2复句，三/三/型复句组。仄韵，连句韵、隔句韵。律词。

7，5。5，5。

5，5，5。7，3，3。——五代·冯延巳·《全唐五代词》第671页

醉花间

独立阶前星又**月**，帘拢偏皎**洁**。	◆◆◇◇◇◆◆，◇◇◇◆◆。
霜树尽空枝，肠断丁香**结**。	◇◆◆◇◇，◇◆◇◇◆。
夜深寒不**彻**，凝恨何曾**歇**，凭阑干欲**折**。	◆◇◇◆◆，◇◆◇◇◆，◇◇◇◆◆。
两条玉箸为君垂，此宵情，谁共**说**。	◆◇◆◆◆◇◇，◆◇◇，◇◆◆。

同体式作品：五代：冯延巳3首。

184.【月宫春】

【月中行】

1. 始词五代毛文锡作。
2. 本调与【阮郎归】词式相近，或谓同调异名，兹作两调处理。
3. 宋词调名一作【月中行】。
4. 双片，上片四韵，下片二韵或三韵，平韵，连句韵，间插隔句韵。

始词：8分句4复句。双片。每片4分句2复句，二/二/型复句组。平韵，连句韵，隔句韵。律词。

7，5。7，5。

7，7。6，5。——五代·毛文锡·《全唐五代词》第538页

月宫春

水精宫里桂花**开**，神仙探几**回**。 ◆◇◇◆◆◇◇，◇◇◆◆◇。
红芳金蕊绣重**台**，低倾马脑**杯**。 ◇◇◇◆◆◇◇，◇◇◆◆◇。

玉兔银蟾争守护，姮娥姹女戏相**偎**。 ◆◆◇◇◇◆◆，◇◇◆◆◆◇◇。
遥听钧天九奏，玉皇亲看**来**。 ◇◆◇◇◆◆，◆◇◇◆◇。

同体式作品：南宋：韩淲1首。

变体二

与始词复句数相同，分句数增1。

【变体二】9分句4复句。上片4分句2复句，二/二/型复句组；下片第一复句较始词增1分句，5分句2复句，三/二/型复句组。平韵，连句韵，间插隔句韵。律词。

7，5。7，5。
7，3，4。7，5。——北宋·周邦彦·《全宋词》第615页

月中行

怨恨

蜀丝趁日染干**红**，微暖面脂**融**。 ◆◇◆◆◆◇◇，◇◆◆◇◇。
博山细篆霭房**栊**，静看打窗**虫**。 ◆◇◆◆◆◇◇，◆◆◆◇◇。

愁多胆怯疑虚幕，声不断，暮景疏**钟**。 ◇◇◆◆◇◇◆，◇◆◆，◆◆◇◇。
团团四壁小屏**风**，啼尽梦魂**中**。 ◇◇◆◆◆◇◇，◇◆◆◇◇。

同体式作品：南宋：吴文英1首（【月中行】），陈允平1首（【月中行】）。

185.【甘州】

【甘州歌】【甘州遍】【甘州子】【甘州曲】

1. 声诗唐符载首作；长短句始词五代毛文锡作。
2. 唐有甘州大曲（见《教坊记》），唐五代文人曲子辞与甘州大曲相关的调名有【甘州】【甘州遍】【甘州子】【甘州曲】【甘州歌】，皆为大曲之摘遍单行，毛文锡《甘州遍》："美人唱，揭调是甘州。"兹归一调处理。
3. 五代文人词皆短调，宋代中长调【甘州令】【八声甘州】，或省名作【甘州】，兹作同源词调处理。
4. 声诗，五言三平韵；长短句，单片体四韵，双片体上片三韵，下片五韵；平韵，隔句韵，间插连句韵。

声诗

七言声诗：4 分句 2 复句，二/二/型复句组。平韵，连句韵，隔句韵。律词。

7，7。7，7。——唐・符载・《全唐五代词》第 989 页

甘州歌

月里嫦娥不画**眉**，只将云雾作罗**衣**。	◆◇◆◆◆◇◇，◆◇◇◆◆◇◇。
不知梦逐青鸾去，犹把花枝盖面**归**。	◆◇◆◆◇◇◆，◇◆◇◇◆◆◇。

同体式作品：无。

五言声诗：4 分句 2 复句，二/二/型复句组。平韵，隔句韵。律词。

5，5。5，5。——唐五代・无名氏《乐府诗集》第 1130 页

甘州

欲使传消息，空书意不**任**。	◆◆◇◇◆，◇◇◆◆◇。
寄君明月镜，偏照故人**心**。	◆◇◇◆◆，◇◆◆◇◇。

同体式作品：无。

单片长短句

始词：7 分句 3 复句，单片，三/二/二/型复句组。平韵，隔句韵，连句韵。律词。

3，3，3。7，5。3，5。——五代・王衍・《全唐五代词》第 491 页

甘州曲

画罗裙，能结束，称腰**身**。	◆◇◇，◇◆◆，◆◇◇。
柳眉桃脸不胜**春**，薄媚足精**神**。	◆◇◇◆◆◇◇，◆◆◆◇◇。
可惜许，沦落在风**尘**。	◆◆◆，◇◆◆◇◇。

同体式作品：无。

增减字：

（一）7，3，3。7，5。3，5。五代・顾敻 5 首（【甘州子】）。

双片长短句

始词：15 分句 6 复句。上片 8 分句 3 复句，三/三/二/型复句组；下片 7 分句 3 复句，二/二/三/型复句组。平韵，隔句韵，间插连句韵。

3，5，3。4，4，7。3，3。

6，5。3，5。3，4，5。——五代・毛文锡・《全唐五代词》第 533 页

甘州遍

春光好，公子爱闲**游**，足风**流**。	◇◇◆，◇◆◆◇◇，◆◇◇。
金鞍白马，雕弓宝剑，红缨锦襜出长**楸**。	◇◇◆◆，◇◇◆◆，◇◇◆◇◆◇◇。
花蔽膝，玉衔**头**。	◇◆◆，◆◇◇。

寻芳逐胜欢宴，丝竹不曾**休**。 ◇◇◆◆◇◆，◇◆◆◇◇。
美人唱，揭调是甘**州**。 ◆◇◆，◆◆◆◇◇。
醉红**楼**，尧年舜日，乐圣永无**忧**。 ◆◇◇，◇◇◆◆，◆◆◆◇◆。

同体式作品：五代：毛文锡 1 首。

同源词调一：【甘州令】

1. 始词北宋柳永作。
2. 源于唐【甘州】大曲。宋王灼《碧鸡漫志》：“《甘州》，世不见，今仙吕调有曲破、有八声慢、有令，而中吕调有甘州八声，它宫调不见也。凡大曲就本宫调制引、序、慢、近、令，盖度曲者常态。”
3. 双片，每片四仄韵，隔句韵。
4. 调名【甘州令】词仅此一首。

始词：22 分句 8 复句。双片。上片 12 分句 4 复句，三/二/三/四/型复句组；下片 10 分句 4 复句，二/二/二/四/型复句组。仄韵，隔句韵。律词。

3，3，4。3，4。3，3，4。3，3，3，4。
4，4。3，4。6，4。3，3，3，4。——北宋·柳永·《全宋词》第 46 页

甘州令

冻云深，淑气浅，寒欺绿**野**。 ◆◇◇，◆◆◆，◇◇◆◆。
轻雪伴，早梅飘**谢**。 ◇◆◆，◆◇◇◆。
艳阳天，正明媚，却成潇**洒**。 ◆◇◇，◆◇◆，◆◇◇◆。
玉人歌，画楼酒，对此景，骤增高**价**。 ◆◇◇，◆◇◆，◆◆◆，◆◇◇◆。

卖花巷陌，放灯台**榭**。 ◆◇◆◆，◆◇◇◆。
好时节，怎生轻**舍**。 ◆◇◆，◆◇◇◆。
赖和风荡霁霭，廓清良**夜**。 △◇◇◆◆◆，◆◇◇◆。
玉尘铺，桂华满，素光里，更堪游**冶**。 ◆◇◇，◆◇◆，◆◇◆，◆◇◇◆。

同体式作品：无。

同源词调二：【八声甘州】

1. 始词北宋柳永作。
2. 本源为唐《甘州》大曲。
3. 宋代通行词调，或省名作【甘州】。南宋张炎因柳永词起句“对潇潇暮雨洒江天”，易

调名为【潇潇雨】。

4. 双片，每片四平韵，邻韵通押，隔句韵。

始词：21 分句 8 复句。上片 9 分句 4 复句，二/三/二/二/型复句组；下片 12 分句 4 复句，三/二/四/三/型复句组。平韵，隔句韵。

8，5。5，4，4。6，5。5，4。

6，5，4。5，5。3，4，3，5。3，4，4。——北宋·柳永·《全宋词》第 43 页

八声甘州

对潇潇暮雨洒江天，一番洗清**秋**。	△◇◇◆◆◆◇◇，◆◇◆◇◇。
渐霜风凄惨，关河冷落，残照当**楼**。	△◇◇◇◆，◇◇◆◆，◇◆◇◇。
是处红衰翠减，苒苒物华**休**。	◆◆◇◇◆◆，◆◆◆◇◇。
惟有长江水，无语东**流**。	◇◆◇◇◆，◇◆◇◇。
不忍登高临远，望故乡渺邈，归思难**收**。	◆◆◇◇◇◆，△◆◇◆◆，◇◆◇◇。
叹年来踪迹，何事苦淹**留**。	△◇◇◇◆，◇◆◆◇◇。
想佳人，妆楼颙望，	◆◇◇，◇◇◇◆，
误几回，天际识归**舟**。	◆◆◇，◇◆◆◇◇。
争知我，倚阑干处，正恁凝**愁**。	◇◇◆，◆◇◇◆，◆◆◇◇。

同体式作品：南宋：仲并 1 首，袁去华 1 首，张镃 2 首，吴泳 1 首，李曾伯 1 首，黎廷瑞 1 首，刘将孙 1 首，魏了翁 1 首，周密 1 首，张炎 1 首，计 10 人 11 首。

增减字：

(一) 8，5。5，4，4。6，5。5，4。○ 6，5，4。4，6。3，4，3，5。3，4，4。南宋：李曾伯 1 首。

(二) 8，5。5，4，4。6，5。5，4。○ 6，5，4。5，5。3，4，3，5。3，4，4。南宋：魏了翁 1 首。

变体一

与始词分句数复句数相同，复句型有变。

【变体一·1】21 分句 8 复句。上片第一复句较始词增 1 分句，下片第三复句减 1 分句。上片 10 分句 4 复句，三/三/二/二/型复句组；下片 11 分句 4 复句，三/二/三/三/型复句组。平韵，隔句韵。

5，3，5。5，4，4。6，5。5，4。

6，5，4。5，5。7，3，5。3，4，4。——北宋·王之道·《全宋词》第 1156 页

八声甘州

和张漕进彦

叹关河在眼，孰雌雄，兴废古犹**今**。	△◇◇◆◆，◆◇◇，◇◆◆◇◇。
问中原何处，黄尘千里，远水平**林**。	△◇◇◇◆，◇◇◇◆，◆◆◇◇。
闻说讴谣思汉，人有望霓**心**。	◇◆◇◇◇◆，◇◆◆◇◇。
想垂髫戴白，泣涕盈**襟**。	△◇◇◆◆，◆◆◇◇。

流水高山还会，意不烦挥按，如见虞**琴**。	◇◆◇◇◇◆，◆◆◇◇◆，◇◆◇◇。
□逶迟周道，四牡骤骎**骎**。	□◇◇◇◆，◆◆◆◇◇。
尽诹谋询度归来，聊缓辔，岁晚雪霜**深**。	△◇◇◇◆◇◇，◇◆◆，◆◆◆◇◇。
西湖好，光风迟日，同快吴**吟**。	◇◇◆，◇◇◇◆，◇◆◇◇。

同体式作品： 南宋：张镃 1 首，陈偕 1 首，张炎 1 首（【甘州】）。

增减字：

（一）3，5，5。5，4，4。6，5。5，4。○ 6，5，4。5，5。7，3，5。3，4，4。南宋：王质 2 首。

（二）3，5，5。5，4，4。6，5。5，4。○ 6，3，6。5，5。7，3，5。3，4，4。南宋：王质 1 首，李好古 1 首。

（三）3，5，5。5，4，4。6，5。5，4。○ 6，5，4。5，5。6，3，5。3，4，4。南宋：程垓 1 首。

（四）5，3，5。5，4，4。6，4。5，4。○ 6，5，4。5，4。7，3，5。3，4，4。南宋：汤恢 1 首。

【变体一·2】21 分句 8 复句。上下片分句数复句数与【变体一·1】同，复句型有变。上片 10 分句 4 复句，三/三/二/二/型复句组；下片 11 分句 4 复句，三/二/四/二/型复句组。平韵，隔句韵。

5，3，5。5，4，4。6，5。5，4。

6，5，4。5，5。3，4，3，5。5，6。——南宋·朱雍·《全宋词》第 1511 页

八声甘州

听琤琤漏永，洗银林，梅英半寒**收**。	△◇◇◆◆，◆◇◇，◇◇◆◇◇。
正蟾辉舒粉，云容缕色，切近妆**楼**。	△◇◇◇◆，◇◇◆◆，◆◆◇◇。
人在东风伫立，悄悄独凝**眸**。	◇◆◇◇◆◆，◆◆◆◇◇。
多少横斜影，萦绕江**流**。	◇◆◇◇◆，◇◆◇◇。
只有清香暗度，堕髻簪珥玉，曾赋清**游**。	◆◆◇◇◆◆，△◆◇◆◆，◇◆◇◇。
认瑶车冰辙，佳致肯延**留**。	△◇◇◇◆，◇◆◆◇◇。
指蓬山，青砂初转，	◆◇◇，◇◇◇◆，
望沧溟，羽佩一同**舟**。	◆◇◆，◆◆◆◇◇。
仙娥许酒渑，与我消尽春**愁**。	◇◇◆◆◆，◆◆◇◆◇◇。

同体式作品： 无。

增减字：

（一）5，3，5。5，4，4。6，5。5，4。○ 6，5，4。5，5。3，4，3，5。7，4。南宋：魏了翁 1 首。

【变体一·3】21 分句 8 复句。上下片分句数与【变体一·2】相同，复句型有变。上片 10 分句 4 复句，二/四/二/二/型复句组；下片 11 分句 4 复句，三/二/三/三/型复句组。平韵，隔句韵。

5，4。5，5，4，4。6，4。5，4。

6，4，4。5，5。5，3，7。3，4，4。——南宋·李石·《全宋词》第 1300 页

八声甘州

怀归

向吴天万里，一叶归**舟**。　　△◇◇◆◆，◆◆◇◇。
岁月尽悠**悠**，有清歌一曲，　　◆◆◆◇◇，△◇◇◆◆，
醉中自笑，酒醒还**愁**。　　◆◇◆◆，◆◆◇◇。
几度春莺啭午，塞雁横**秋**。　　◆◆◇◇◆◆，◆◆◇◇。
渔笛蓑衣底，依旧勾**收**。　　◇◆◇◇◆，◇◆◇◇。

多谢飞来双鹤，水边林下，伴我遨**游**。　　◇◆◇◇◇◆，◆◇◇◆，◆◆◇◇。
笑老莱晨昏，色笑为亲**留**。　　△◆◇◇◇，◆◆◆◇◇。
有向来素琴，三尺枕，一编周易在床**头**。　　△◆◇◇◆，◇◆◆，◆◇◇◆◆◇◇。
君知否，家山梦寐，浑胜瀛**洲**。　　◇◇◆，◇◇◆◆，◇◆◇◇。

同体式作品：无。

【变体一·4】21分句8复句。上片与【变体一·2】复句型相同，下片复句型有变。上片10分句4复句，三/三/二/二/型复句组；下片11分句4复句，二/二/四/三/型复句组。平韵，邻韵通押，隔句韵。

3，5，5。5，4，4。6，5。5，4。
6，9。5，5。3，4，3，5。3，4，4。——南宋·张炎·《全宋词》第3485页

甘州

赵文叔与余赋别十年余。余方东游，文叔北归，况味俱寥落。更十年观此曲，又当何如耶。

记当年，紫曲戏分花，帘影最深**深**。　　◆◇◇，◆◆◆◇◇，◇◆◆◇◇。
听惺忪语笑，香寻古字，谱掐新**声**。　　△◇◇◆◆，◇◇◆◆，◆◆◇◇。
散尽黄金歌舞，那处著春**情**。　　◆◆◇◇◇◆，◆◆◆◇◇。
梦醒方知梦，梦岂无**凭**。　　◆◆◇◇◆，◆◆◇◇。

几点别余清泪，尽化作妆楼断雨残**云**。　　◆◆◆◇◇◇，△◆◆◇◇◆◆◇◇。
指梢头旧恨，豆蔻结愁**心**。　　△◇◇◆◆，◆◆◆◇◇。
都休问，北来南去，　　◇◇◆，◆◇◇◆，
但依依，同是可怜**人**。　　◆◇◇，◇◆◆◇◇。
还飘泊，何时尊酒，却说如**今**。　　◇◇◆，◇◇◇◆，◆◆◇◇。

同体式作品：无。

变体二

与始词复句数相同，分句数有变。

变体二·1

20分句8复句

【变体二·1·1】20分句8复句。上片较始词增1分句，下片减2分句。每片10分句4复句，上片三/三/二/二/型复句组，下片三/二/二/三/型复句组。平韵，隔句韵。

3，5，5。5，4，4。6，5。5，4。

6，5，4。5，5。7，8。3，4，4。——北宋·苏轼·《全宋词》第297页

八声甘州

寄参寥子

有情风，万里卷潮来，无情送潮**归**。	◆◇◇，◆◆◆◇◇，◇◇◆◇◇。
问钱塘江上，西兴浦口，几度斜**晖**。	△◇◇◇◆，◇◇◆◆，◆◆◇◇。
不用思量今古，俯仰昔人**非**。	◆◆◇◇◇◆，◆◆◆◇◇。
谁似东坡老，白首忘**机**。	◇◆◇◇◆，◆◆◆◇。
记取西湖西畔，正暮山好处，空翠烟**霏**。	◆◆◇◇◇◆，△◆◇◆◆，◇◆◇◇。
算诗人相得，如我与君**稀**。	△◇◇◇◆，◇◆◆◇◇。
约他年东还海道，愿谢公雅志莫相**违**。	◆◇◇◇◇◆◆，△◆◇◆◆◆◇◇。
西州路，不应回首，为我沾**衣**。	◇◇◆，◆◇◇◆。◆◆◇◇。

按：下片第三复句之"约他年东还海道"，亦可断为"约他年，东还海道"，然下句"愿谢公雅志莫相**违**"不可断，"谢公雅志"，指东晋谢安隐居情志，典故见《晋书·谢安列传》："安虽受朝寄，然东山之志始末不渝。"故此句为一字领八字句："愿//谢公雅志/莫相违。"对应上片第三复句，亦为"二分"复句，故"约他年"八字不断，保持上下片该句位复句型一致。

同体式作品：北宋：晁补之1首。

增减字：

(一) 5，3，5。5，4，4。6，5。5，4。○6，5，4。5，5。7，8。3，4，4。北宋：叶梦得1首。南宋：李曾伯1首，吴文英1首，陈允平2首，刘辰翁1岁。

(二) 5，4，4。5，4，4。6，5。5，4。○6，5，4。5，5。7，8。3，4，4。北宋：黄裳1首。南宋：张炎1首。

(三) 5，3，5。5，4，4。6，5。5，4。○6，5，4。5，5。6，8。3，4，4。南宋：向子諲1首，刘克庄1首，李好古1首。

(四) 3，5，5。5，4，4。6，5。5，4。○6，5，4。6，4。7，8。3，4，4。南宋：吕胜己1首，汪莘1首，吴潜1首，李曾伯5首，刘辰翁1首，沈钦1首。

(五) 3，5，5。5，4，4。4，7。5，4。○6，5，4。5，5。7，8。3，4，4。南宋：黄机1首。

(六) 5，3，5。5，4，4。6，5。5，4。○4，5，6。5，5。7，7。3，4，4。南宋：郑子玉1首。

(七) 5，3，5。5，4，4。6，5。5，4。○6，5，4。5，5。7，7。3，4，4。南宋：陈允平1首，刘将孙1首。

(八) 3，5，5。5，4，4。6，5。5，4。○6，5，4。5，5。7，5。3，5，4。南宋：王奕1首。

(九) 3，5，5。5，4，4。6，5。5，4。○6，5，4。5，5。6，8。3，4，4。南宋：赵功可1首。

(一〇) 4，4，5。5，4，4。6，5。5，4。○6，5，4。5，5。7，7。3，4，4。南宋：林实之1首。

【变体二·1·2】20分句8复句。上片第一复句较【变体二·1·1】减1分句，下片第

三复句增 1 分句。上片 9 分句 4 复句，二/三/二/二/型复句组，下片 11 分句 4 复句，三/二/三/三/型复句组。平韵，隔句韵。律词。

5，8。5，4，4。6，5。5，4。
6，5，4。5，5。3，4，8。3，4，4。——北宋·叶梦得·《全宋词》第 767 页

八声甘州

问浮家泛宅，自玄真去后有谁**来**。　△◇◇◆◆◆◇◇，◆◆◆◇◇。
漫烟波千顷，云峰倒影，空翠成**堆**。　△◇◇◇◆，◇◇◆◆，◇◆◇◇。
可是溪山无主，佳处且徘**徊**。　◆◆◇◇◇◆，◇◆◆◇◇。
暮雨卷晴野，落照天**开**。　◆◆◆◇◆，◆◆◇◇。

老去余生江海，伴远公香火，犹有宗**雷**。　◆◆◇◇◇◆，△◆◇◇◆，◇◆◇◇。
便何妨元亮，携酒间相**陪**。　△◇◇◇◆，◆◆◆◇◇。
寄清谈，芒鞋筇杖，更尽驱风月入尊**罍**。　◆◇◇，◇◇◇◆，△◆◇◇◆◆◇◇。
江村路，我歌君和，莫棹船**回**。　◇◇◆，◆◇◇◆，◆◆◇◇。

同体式作品：南宋：陆叡 1 首，邓剡 1 首，无名氏 1 首。

增减字：

（一）8，5。5，4，4。6，5。5，4。○ 6，5，4。5，5。8，3，5。3，4，4。南宋：何梦桂 1 首。
（二）8，5。5，4，4。6，5。5，4。○ 7，4，4。5，5。7，3，6。3，4，4。南宋：姚云文 1 首。
（三）8，5。5，4，4。6，5。5，4。○ 7，4，4。5，5。7，3，5。3，4，4。南宋：周密 1 首。
（四）8，5。5，4，4。6，5。5，4。○ 6，5，4。5，5。7，3，5。3，4，4。南宋：张炎 2 首，刘沆 1 首。

【变体二·1·3】20 分句 8 复句。上下片与【变体二·1·1】分句数同，复句型有变。每片 10 分句 4 复句，上片三/三/二/二/型复句组，下片三/二/三/二/型复句组。平韵，隔句韵。

3，5，5。5，4，4。6，5。5，4。
6，5，4。5，5。3，7，5。7，4。——南宋·冯去非·《全宋词》第 2721 页

八声甘州

过松江

买扁舟，载月过长桥，回首梦耶**非**。　◆◇◇，◆◆◆◇◇，◇◆◆◇◇。
问往日三高，清风万古，继者伊**谁**。　△◆◆◇◇，◇◇◆◆，◆◆◇◇。
惟有茶烟轻扬，零露湿莼**丝**。　◇◆◇◇◇◇，◇◆◆◇◇。
西子如何处，鸿怨蛩**悲**。　◇◆◇◇◆，◇◆◇◇。

遥想家山好在，正倚天青壁，石瘦云**肥**。　◇◆◇◇◆◆，△◆◇◇◆，◆◆◇◇。
甚抛奇弹秀，猿鹤互猜**疑**。　△◇◇◇◆，◆◆◆◇◇。
归去好，散人相国迥升沉，毕竟总尘**泥**。　◇◆◆，◆◇◆◆◆◇◇，◆◆◆◇◇。

须还我松间旧隐，竹上新**诗**。　　△◆◆◇◇◆◆，◆◆◇◇。

同体式作品：无。

增减字：

（一）5，3，5。5，4，4。6，5。5，4。○6，5，4。5，5。7，3，5。7，4。南宋：何梦桂1首。

（二）3，5，5。5，4，4。6，5。5，4。○6，5，4。5，5。7，3，5。7，4。南宋：赵文1首。

【变体二·1·4】20分句8复句。上片较【变体二·1·1】减1分句，下片增1分句。上片9分句4复句，三/二/二/二/型复句组，下片11分句4复句，三/二/三/三/型复句组。平韵，隔句韵。

3，5，5。7，6。6，5。5，4。

6，5，4。3，7。3，4，8。3，4，4。——南宋·李曾伯·《全宋词》第2818页

八声甘州

送吴峡州

问西陵，治比汉河南，若为遽东**归**。　　△◇◇，◆◆◆◇◇，◆◆◆◇◇。

正峡江衮衮中流，我共一楫航**之**。　　△◇◇◆◆◇◇，◆◆◆◇◇◇。

倏听攀辕告语，公去袴襦**谁**。　　◇◆◇◇◆◆，◇◆◆◇◇。

赖有甘棠在，人口如**碑**。　　◆◆◇◇◆，◇◆◇◇。

百尺楼头徙倚，记绸缪桑土，几对灯**棋**。　　◆◆◇◇◇◆，△◇◇◇◆，◆◆◇◇。

指鹭洲，何处心事想鸥**知**。　　◆◆◇，◇◆◇◆◆◇◇。

向江湖，毋忘魏阙，正吾皇当馈急贤**时**。　　◆◇◇，◆◆◆◆，△◇◆◇◆◆◇◇。

经纶事，更须玩易，勿但言**诗**。　　◇◇◆，◆◇◇◆，◆◆◇◇。

同体式作品：无。

【变体二·1·5】20分句8复句。上片与【变体二·1·2】同，9分句4复句，二/三/二/二/型复句组；下片复句型有变，11分句4复句，三/二/四/二/型复句组。平韵，隔句韵。

5，8。5，4，4。6，5。5，4。

6，5，4。5，5。3，4，3，5。7，4。——南宋·刘辰翁·《全宋词》第3223页

八声甘州

和汪士安海棠下先归，前是观桃水东，至其乡真常观。

问海棠花下，又何如玄都观中**游**。　　△◆◇◇◆，△◇◇◇◇◇◇。

叹佺巢蜀锦，常时不数，前度何**稠**。　　△◇◇◆◆，◇◇◆◆，◇◆◇◇。

谁见宣华故事，歌舞簇遨**头**。　　◇◆◇◇◆◆，◇◆◆◇◇。

共是西江水，不解西**流**。　　◆◆◇◇◆，◆◆◇◇。

在处繁华如梦，梦占人年少，生死堪**羞**。　　◆◆◇◇◇◆，◆◆◇◇◆，◇◆◇◇。

任倾城倾国，风雨一春**休**。　　△◇◇◇◆，◇◆◆◇◇。

醉逢君，何须有约，	◆◇◇，◇◇◆◆，
醉留君，系不住扁**舟**。	◆◇◇，◆◆◆◇◇。
空又失花前一笑，绿尽芳**洲**。	◇◆◆◇◇◆◆，◆◆◇◇。

同体式作品：无。

【变体二·1·6】20分句8复句。上片与【变体二·1】第二、四两体同，下片复句型有变。上片9分句4复句，二/三/二/二/型复句组，下片11分句4复句，四/二/二/三/型复句组。平韵，隔句韵。

8，5。5，4，4。6，5。5，4。

3，3，5，4。5，5。7，8。3，4，4。——南宋·刘辰翁·《全宋词》第3224页

八声甘州

送春韵

看飘飘万里去东流，道伊去如**风**。	△◇◇◆◆◆◇◇，◆◇◆◇◇。
便锦缆危潮，青山御宿，烟雨啼**红**。	△◆◆◇◇，◇◇◆◆，◇◆◇◇。
愁是明朝酒醒，听著返魂**钟**。	◇◆◇◇◆◆，◇◆◆◇◇。
留得春如故，了不关**侬**。	◇◆◇◇◆，◆◆◇◇。
春亦去，人远矣，	◇◆◆，◇◆◆，
是别情何薄，归兴何**浓**。	△◆◇◇◆，◇◆◇◇。
但江南好□，未便到芙**蓉**。	△◇◇◆□，◆◆◆◇◇。
念今夜初程何处，有何人垂袖舞行**宫**。	△◇◆◇◇◇◆，△◇◇◇◆◆◇◇。
青青柳，留君如此，如此匆**匆**。	◇◇◆，◇◇◇◆，◇◆◇◇。

同体式作品：无。

变体二·2

22分句8复句

【变体二·2·1】22分句8复句。上片较始词增1分句，10分句4复句，三/三/二/二/型复句组；下片与始词同，12分句4复句，三/二/四/三/型复句组。平韵，插一仄韵，隔句韵。

3，5，5。5，4，4。6，5。5，4。

6，5，4。5，5。3，4，3，5。3，4，4。——北宋·晁补之·《全宋词》第553页

八声甘州

扬州次韵和东坡钱塘作

谓东坡，未老赋归来，天未遣公**归**。	◆◇◇，◆◆◆◇◇，◇◆◆◇◇。
向西湖两处，秋波一种，飞霭澄**辉**。	△◇◇◆◆，◇◇◆◆，◇◆◇◇。
又拥竹西歌吹，僧老木兰**非**。	◆◆◆◇◇◇，◇◆◆◇◇。
一笑千秋事，浮世危**机**。	◆◆◇◇◆，◇◆◇◇。

应倚平山栏槛，是醉翁饮处，江雨霏**霏**。 ◇◆◇◇◇◆，△◆◇◆◆，◇◆◇◇。
送孤鸿相接，今古眼中**稀**。 △◇◇◇◆，◇◆◆◇◇。
念平生，相从江海， ◆◇◇，◇◇◇◆，
任飘蓬，不遣此心**违**。 ◆◇◇，◆◆◇◇◇。
登临事，更何须惜，吹帽淋**衣**。 ◇◇◆，△◇◇◆，◇◆◇◇。

同体式作品：南宋：张元幹1首。

【变体二·2·2】22分句8复句。上片与【变体二·2·1】同，10分句4复句，三/三/二/二/型复句组；下片第一复句增1分句、第二复句减1分句，12分句4复句，三/二/四/三/型复句组。平韵，邻韵通押，隔句韵。

5，3，5。5，4，4。6，5。5，4。
6，5，4。5，5。3，4，3，5。3，4，4。——北宋·叶梦得·《全宋词》第766页

八声甘州

寿阳楼八公山作

故都迷岸草，望长淮，依然绕孤**城**。 ◆◇◇◆◆，◆◇◇，◇◇◆◇◇。
想乌衣年少，芝兰秀发，戈戟云**横**。 △◇◇◇◆，◇◇◆◆，◇◆◇◇。
坐看骄兵南渡，沸浪骇奔**鲸**。 ◇◆◇◇◇◆，◆◆◆◇◇。
转盼东流水，一顾功**成**。 ◆◆◇◇◆，◆◆◇◇。

千载八公山下，尚断崖草木，遥拥峥**嵘**。 ◇◆◆◇◇◆，△◆◇◆◆，◇◆◇◇。
漫云涛吞吐，无处问豪**英**。 △◇◇◇◆，◇◆◆◇◇。
信劳生，空成今古， ◆◇◇，◇◇◇◆，
笑我来，何事怆遗**情**。 ◆◆◇，◇◆◆◇◇。
东山老，可堪岁晚，独听桓**筝**。 ◇◇◆，◆◇◆◆，◆◆◇◇。

同体式作品：南宋：向子諲1首，仲并1首，李曾伯2首，吴文英1首，吴季子1首。

增减字：

（一）5，3，5。5，4，4。6，5。5，4。○7，4，4。5，5。3，4，3，5。3，4，4。南宋：张元幹1首。
（二）3，5，5。5，4，4。6，5。5，4。○6，5，4。5，5。3，4，3，5。3，4，4。南宋：王质1首，辛弃疾1首，李曾伯1首，仇远1首。
（三）5，3，5。5，4，4。6，5。6，4。○6，5，4。5，5。3，4，3，5。3，4，4。南宋：吴文英1首。
（四）3，5，5。5，4，4。6，5。5，4。○6，3，6。5，5。3，4，3，5。3，4，4。南宋：张炎1首。

【变体二·2·3】22分句8复句。上片分句数与【变体二·2】前两式同，复句型有变，10分句4复句，二/三/三/二/型复句组；下片与【变体二·2·2】同，12分句4复句，三/二/四/三/型复句组。平韵，插一仄韵，邻韵通押，隔句韵。

8，5。5，4，4。6，3，5。5，4。
6，5，4。5，5。3，4，3，5。3，4，4。——南宋·胡翼龙·《全宋词》第3068页

八声甘州

甚年年心事占秋多，芳洲乱芜**生**。	△◇◇◇◆◆◇◇，◇◇◆◇◇。
正小山已桂，东篱又菊，秋为人**清**。	△◆◇◆◆，◇◇◆◆，◇◆◇◇。
肠断洞庭叶下，倚西风，谁可寄芳**蘅**。	◇◆◆◇◇◆，◆◇◇，◇◆◆◇◇。
袅袅愁予处，欲醉还**醒**。	◆◆◇◇◆，◆◆◇◆。
为问素娥饮否，自谪仙去后，知与谁**明**。	◆◆◆◇◆◆，△◆◇◆◆，◆◆◇◇。
耿盈盈如此，分影落瑶**觥**。	△◇◇◇◆，◇◆◆◇◇。
步高台，夜深人静，	◆◇◇，◆◇◇◆，
有飞仙，同跨海山**鲸**。	◆◇◇，◇◆◆◇◇。
归来也，远游歌罢，失却秋**声**。	◇◇◆，◆◇◇◆，◆◆◇◇。

同体式作品：无。

变体二 · 3

19 分句 8 复句

【变体二·3·1】19 分句 8 复句。较始词减 2 分句。上片 10 分句 4 复句，三/三/二/二/型复句组；下片 9 分句 4 复句，三/二/二/二/型复句组。平韵，隔句韵。

5，3，5。5，4，4。6，5。5，4。

7，4，4。5，5。7，8。7，4。——北宋·叶梦得·《全宋词》第 767 页

八声甘州

甲辰，承诏堂。知止亭初毕工，刘无言相过。

寄知还倦鸟，对飞云，无心两难**齐**。	△◇◇◆◆，◆◇◇，◇◇◆◇◇。
漫飘然欲去，悠然且止，依旧山**西**。	△◇◇◆◆，◇◇◆◆，◇◆◇◇。
十亩荒园未遍，趁雨却锄**犁**。	◆◆◇◇◆◆，◆◆◆◇◇。
敢忘邻翁约，有酒同**携**。	◆◆◇◇◆，◆◆◇◇。
况是岩前新创带，小轩横绝，松桂成**蹊**。	◆◆◇◇◆◆◆，◆◇◇◆，◇◆◇◇。
试凭高东望，云海与天**低**。	△◇◇◇◆，◇◆◆◇◇。
送沧波浮空千里，照断霞明灭卷晴**霓**。	△◇◇◇◇◇◆，△◆◇◇◆◆◇◇。
君休笑此生心事，老更沉**迷**。	△◇◆◆◇◇◆，◆◆◇◇。

按：“况是”三句，今多断为：“况是岩前新创，带小轩横绝，松桂成**蹊**。”误。此句之“带”，地带；“岩前新创带”，岩前新开辟的一块地方。

同体式作品：无。

【变体二·3·2】19 分句 8 复句。上片第一复句较【变体三·1】减 1 分句，9 分句 4 复句，二/三/二/二/型复句组；下片第一复句增 1 分句，10 分句 4 复句，三/二/二/三/型复句组。平韵，隔句韵。

8，5。5，4，4。6，5。5，4。

6，3，6。5，5。7，8。3，4，4。——南宋·辛弃疾·《全宋词》第1876页

八声甘州

为建康胡长文留守寿。时方阅折红梅之舞，且有锡带之宠。

把江山好处付公来，金陵帝王**州**。　△◇◇◆◆◆◇◇，◇◇◆◇◇。
想今年燕子，依然认得，王谢风**流**。　△◇◇◆◆，◇◇◆◆，◇◆◇◇。
只用平时尊俎，弹压万貔**貅**。　◆◆◇◇◇◆，◆◆◆◇◇。
依旧钧天梦，玉殿东**头**。　◇◆◇◇◆，◆◆◇◇。

看取黄金横带，是明年，准拟丞相封**侯**。　◆◆◇◇◇◆，◆◇◇，◆◆◇◆◇◇。
有红梅新唱，香阵卷温**柔**。　△◇◇◇◆，◇◆◆◇◇。
且华堂通宵一醉，待从今更数八千**秋**。　△◇◇◇◇◆◆，△◇◇◆◆◆◇◇。
公知否，邦人香火，夜半才**收**。　◇◇◆，◇◇◇◆，◆◆◇◇。

同体式作品：无。

增减字：

（一）8，5。5，4，4。6，5。5，4。○6，5，4。5，5。7，8。3，4，4。南宋：吴泳1首，吴潜1首，陆叡1首，曾原郕1首，李曾伯3首，张炎3首，杨守1首。

（二）8，5。5，4，4。6，5。5，4。○6，5，4。5，5。7，8。5，3，4。南宋：周济川1首。

（三）5，8。5，4，4。6，5。5，4。○6，5，4。5，5。7，8。5，3，4。南宋：何梦桂1首。

（四）5，8。3，4，6。6，5。5，4。○6，3，6。5，5。7，8。5，3，4。南宋：何梦桂1首。

（五）8，5。5，4，4。6，5。5，4。○8，5，4。5，5。7，8。3，3，4。南宋：刘辰翁1首。

【变体二·3·3】19分句8复句。上片较【变体二·3·1】减1分句，下片增1分句。上片8分句4复句，二/二/二/二/型复句组，下片11分句4复句，三/二/三/三/型复句组。平韵，隔句韵。

8，5。6，4。6，5。5，4。

6，5，4。5，5。7，3，5。3，5，4。——南宋·刘过·《全宋词》第2155页

八声甘州

送湖北招抚吴猎

问紫岩去后汉公卿，不知几貂**蝉**。　△◆◇◆◆◆◇◇，◆◇◆◇◇。
谁能借留侯箸，著祖生**鞭**。　◇◇◆◇◇◆，◆◇◇◆。
依旧尘沙万里，河洛染腥**膻**。　◇◆◇◇◆◆，◇◆◆◇◇。
谁识道山客，衣钵曾**传**。　◇◆◆◇◆，◇◇◇◇。

共记玉堂对策，欲先明大义，次第筹**边**。　◆◆◆◇◆◆，△◇◇◆◆，◆◆◇◇。
况重湖八桂，袖手已多**年**。　△◇◇◆◆，◆◆◆◇◇。
望中原驱驰去也，拥十州，牙纛正翩**翩**。　△◇◇◇◇◆◆，◆◆◇，◇◆◆◇◇。

春风早，看东南王气，飞绕星**躔**。	◇◇◆，△◇◇◇◆，◇◆◇◇。

同体式作品：无。

【变体二·3·4】19分句8复句。上片与始词同，10分句4复句，三/三/二/二/型复句组；下片分句数与【变体二·3·1】同，复句型有变，9分句4复句，三/二/二/二/型复句组。平韵，隔句韵。

5，3，5。5，4，4。6，5。5，4。
6，5，4。5，5。7，8。7，4。——南宋·吴潜·《全宋词》第2732页

八声甘州

和魏鹤山韵

任渠侬造物，自儿嬉，安能止吾**归**。	△◇◇◆◆，◆◇◆，◇◇◆◆◇。
有秋来竹径，春时花坞，夏里荷**漪**。	△◇◇◆◆，◇◇◇◆，◆◆◇◇。
何事东涂西抹，空遣鬓毛**稀**。	◇◆◇◇◇◆，◇◆◆◇◇。
矫首看鸿鹄，远举高**飞**。	◆◆◆◇◇，◆◆◇◇。
点检人间今古，问谁为赢局，底是输**棋**。	◆◆◇◇◇◆，△◇◇◇◆，◆◆◇◇。
谩区区成败，蚁阵与蜗**围**。	△◇◇◇◆，◆◆◆◇◇。
便掀天卷地勋业，怕山中拍手笑希**夷**。	△◇◇◆◆◇◇，△◇◇◆◆◆◇◇。
如何是一尊相属，万事休**知**。	◇◇◆◆◇◆◆，◆◆◇◇。

同体式作品：南宋：刘辰翁1首。

增减字：

(一) 3，5，5。5，4，4。6，5。2，7。○ 6，5，4。5，5。7，8。7，4。南宋：赵文1首。

【变体二·3·5】19分句8复句。上片句数句型与【变体二·3】第3、4两式上片同，9分句4复句，三/二/二/二/型复句组，下片与【变体二·3·2】下片同，10分句4复句，三/二/二/三/型复句组。平韵，隔句韵。

5，3，5。8，5。6，5。5，4。
6，5，4。5，5。6，8。4，4，4。——南宋·詹玉·《全宋词》第3350页

八声甘州

寿张尚书

从黄石容履，一编书，曾佐汉王**关**。	△◆◆◇◆，◆◆◇，◇◆◆◇◇。
甚殷勤佳约茹芝人，共引鹤差**鸾**。	△◇◇◇◆◇◇◇，△◆◆◇◇。
借手便成羽翼，方略正如**闲**。	◆◆◆◇◆◆，◇◆◆◇◇。
说道赤松去，还在人**间**。	◇◆◆◇◆，◇◆◇◇。
紫绶青春如许，是南辰尊宿，北斗天**官**。	◆◆◇◇◇◆，△◇◇◇◆，◆◆◇◇。
问沙时早晚，喜色满长**安**。	△◇◇◆◆，◆◆◆◇◇。

传宣能勾凤诏，便玉除前面领仙**班**。	◇◇◇◇◆◆，△◆◇◇◆◆◇◇。
功名了却，茶烟琴月，慢慢东**山**。	◇◇◆◆，◇◇◇◆，◆◆◇◇。

同体式作品：无。

186.【恋情深】

1. 始词五代毛文锡作。
2. 唐教坊曲（见《教坊记》）。
3. 词咏调名本意。
4. 双片，上片四韵，下片三韵。平仄换韵，连句韵、隔句韵。
5. 此调仅见毛文锡2首。

始词：双片。每片4分句2复句，二/二/型复句组。仄、平换韵，邻韵通押，连句韵，插一隔句韵。律词。

7，4。7，3。
7，5。6，3。——五代·毛文锡·《全唐五代词》第538页

恋情深

滴滴铜壶寒漏**咽**，醉红楼**月**。	◆◆◇◇◇◆◆，◆◇◇◆。
宴余香殿会鸳衾，荡春**心**。	◆◇◇◆◆◇◇，◆◇◇。
真珠帘下晓光**侵**，莺语隔琼**林**。	◇◇◇◆◆◇◇，◇◆◆◇◇。
宝帐欲开慵起，恋情**深**。	◆◆◆◇◇◆，◆◇◇。

同体式作品：五代：毛文锡1首。

187.【酐红】

1. 始词传为五代毛文锡作。
2. 调名即词题。酐红，牡丹花名。
3. 双片，每片四仄韵，隔句韵，连句韵。
4. 本调仅此一首。

始词：12分句4复句。双片。每片6分句2复句，三/三/型复句组。仄韵，连句韵，隔句韵。

4，4，7。4，4，7。

4，4，7。4，4，7。——五代·毛文锡·《全唐五代词》第541页

鞓红

粉香尤嫩，衾寒可**惯**，怎奈向春心已**转**。　◆◇◇◆，◇◇◆◆，◆◆◆◇◇◆◆。

玉容别是，一般闲**婉**，悄不管桃红香**浅**。　◆◇◆◆，◆◇◇◆，◆◆◆◇◇◇◆。

月影帘栊，金琼波**面**，渐细细香风满**院**。　◆◆◇◇，◇◇◇◆，△◆◆◇◇◆◆。

一枝折寄，故人虽**远**，辄莫使江南信**断**。　◆◇◆◆，◆◇◇◆，◆◆◆◇◇◆◆。

按：一说该词为宋无名氏作。

同体式作品：无。

188.【醉桃源】

【阮郎归】

1. 始词南唐冯延巳作。
2. 调名一作【阮郎归】，皆以典故为调名。“醉桃源”本事，出自陶渊明《桃花源记》；“阮郎归”，本事见南朝刘义庆《幽明录》，有云东汉永平年间，剡县人阮肇、刘晨同入天台山，遇二仙女，邀至其处，淹留半年，及归，子孙已历七世。
3. 唐教坊曲有【阮郎迷】。《教坊记笺订》：“此调托于神仙故事，乃道家之曲，观曹唐以同题材入《大游仙诗》可知。……五代调中尚存《阮郎归》，可能创始时先‘归’后‘迷’，为故事之两段情节，两曲皆戏曲也。”
4. 五代两宋通行词调，调名多作【阮郎归】。
5. 双片，每片四韵。平韵，连句韵；或连句韵、隔句韵。

始词：9分句4复句。上片4分句2复句，二/二/型复句组；下片5分句2复句，三/二/型复句组。平韵，连句韵，插一隔句韵。律词。

7，5。7，5。

3，3，5。7，5。——五代·冯延巳·《全唐五代词》第694页

醉桃源

南园春半踏青**时**，风和闻马**嘶**。　◇◇◇◆◆◇◇，◇◇◇◆◇。

青梅如豆柳如**眉**，日长蝴蝶**飞**。　◇◇◇◆◆◇◇，◆◇◇◆◇。

花露重，草烟**低**，人家帘幕**垂**。　◇◆◆，◆◇◇，◇◇◇◆◇。

秋千慵困解罗**衣**，画梁双燕**栖**。　◇◇◇◆◆◇◇，◆◇◇◆◇。

同体式作品：五代：冯延巳2首（【醉桃源】），李煜1首（【阮郎归】）。北宋：张先3首（【醉桃源】），欧阳修5首，司马光1首，晏几道5首，魏夫人1首，苏轼4首，李之仪1首，黄庭坚6首（以上皆【阮郎归】，以下凡【阮郎归】皆不注），秦观6首（【阮】5【醉】1），米芾1首，晁补之4首，周邦彦2首（【醉桃源】），陈瓘1首，谢逸3首（【醉桃源】），苏庠1首，毛滂2首，廖刚1首，米友仁2首，赵子发1首，梅窗1首，曹组1首，王庭珪1首（【醉桃源】），李祁2首（【阮】【醉】各1），朱敦儒1首，周紫芝3首，蒋元龙1首，计26人60首。南宋：李祁1首（【醉桃源】），向子諲1首，蔡伸1首，杨端臣1首，吕渭老1首（【醉桃源】），曹冠2首（【宴桃源】），吕胜己3首（【醉桃源】），赵师侠3首（【醉桃源】），李弥逊1首，王之道2首，陈康伯1首，曹勋2首，高登1首，曾觌1首，洪适1首，张抡10首，侯寘3首，赵彦端3首，向滈2首，姚述尧1首，管鉴1首，姜特立1首，赵昚1首，李处全1首，赵长卿3首，王炎2首，辛弃疾1首，徐似道1首，石孝友1首，马子严1首，陈亮1首，宋先生1首，姜夔2首，李壁1首，韩淲3首（【阮】1【醉】2），史达祖2首，魏了翁2首，徐照1首，刘镇2首，孙惟信1首，方千里2首（【醉桃源】），严仁2首（【阮】【醉】各1），葛长庚1首，刘子寰1首，吴潜2首，吴文英5首（【醉桃源】），翁元龙1首（【醉桃源】），李演1首（【醉桃源】），翁孟寅1首，洪瑹1首，王同祖1首，黄昇1首，宋德广1首，赵文2首，詹玉1首，仇远2首，蒋捷1首，张炎1首，杨泽民2首（【醉桃源】），陈允平3首（【醉桃源】），曹遇2首（【宴桃源】），王从叔1首，宋媛1首，胡文卿3首，丁持正1首（词题《碧桃春》），无名氏6人6首，计71人116首。

增减字：

（一）7，5。6，5。○3，3，3。8，4。北宋：俞紫芝1首。

变体二

与始词复句数相同，分句数减1。

【变体二】8分句4复句。上片与始词同，下片减1分句，每片4分句2复句，二/二/型复句组。平韵，连句韵。律词。

7，7。7，5。

7，5。7，5。——宋·春娘·《全宋词》第3856页

阮郎归

妾本金陵人也。因父受官于上国，妾生于长安，长于洛东。是年十五也，时守香闺，惯闻欢乐，岂识干戈。一旦胡虏兵升四海，干戟山川，妾不幸生于此时，凌霄失寄于乔松，兔丝徒忘于巨木。兄嫂愚浊，使妾待陷于虏庭，无由得脱。鹤胫虽长不可截，凫胫虽短不可续，此分定也。请过往君子览之勿笑。妾身许良人下归，杳无音信。长安既失，未知存亡，一命孤苦。夜寝一梦难成，愁眉易锁难开。镇日恹恹，离情默默。秦晋未通，良人徒失，妾之不幸。今过旧都，故书于壁，希颜过此请览。言不尽意，意不尽言，复书《阮郎归》一阕于后：

胡虏中原乱似**麻**，此景依稀似永**嘉**。	◇◆◇◇◆◆◇，◆◆◇◇◆◆◇。
丁珠片玉落泥**沙**，何时返翠**华**。	◇◇◆◆◆◇◇，◇◇◆◆◇。
呈祥鸾凤失仙**槎**，因循离恨**加**。	◇◇◇◆◆◇◇，◇◇◇◆◇。
前生应是负偿**他**，思量无岸**涯**。	◇◇◇◆◆◇◇，◇◇◇◆◇。

按：本词见于明郦琥编辑《彤管遗编别集》，《全宋词》收入“宋人话本小说中人物词”，为宋话本作者拟作之词。

同体式作品：无。

189.【杏园芳】

1. 始词五代尹鹗作。
2. 双片，上片四韵，下片三韵。平韵，连句韵。
3. 此调仅见尹鹗1首。

始词：8分句4复句。双片。每片4分句2复句，二/二/型复句组。平韵，连句韵，插一隔句韵。律词。

6，6。7，3。

7，6。7，3。——五代·尹鹗·《全唐五代词》第578页

杏园芳

严妆嫩脸花**明**，交人见了关**情**。　◇◇◆◆◇◇，◇◇◆◆◇◇。

含羞举步越罗**轻**，称娉**婷**。　◇◇◆◆◆◇◇，◇◆◇。

终朝咫尺窥香阁，迢遥似隔层**城**。　◇◇◆◆◇◇◆，◇◇◆◆◇◇。

何时休遣梦相**萦**，入云**屏**。　◇◇◇◆◆◇◇，◆◇◇。

同体式作品：无。

190.【拨棹子】

1. 始词五代尹鹗作。
2. 始源民歌，亦为唐教坊曲（见《教坊记》）。《教坊记笺订》：“乃民间棹歌，自古已然。在此以前，古‘相和歌辞’瑟调曲中已有《棹歌行》，唐人亦曾有拟作。……此调名三字，唐时原为蟹名，北宋用本调作唱道之辞。”
3. 双片，始词上片五韵，下片四韵，变体韵数或变。仄韵，连句韵、隔句韵。

始词：12分句4复句。双片。每片6分句2复句，上片三/三/型复句组；下片二/四/型复句组。仄韵，连句韵、隔句韵。律词。

3，3，7。6，3，7。

7，7。3，4，3，7。——五代·尹鹗·《全唐五代词》第581页

拨棹子	
风切**切**，深秋**月**，十朵芙蓉繁艳**歇**。	◇◆◆，◇◇◆，◆◆◇◇◇◆◆。
小槛细腰无**力**，	◆◆◆◇◇◆，
空赢得，目断魂飞何处**说**。	◇◇◆，◆◆◇◇◇◆◆。
寸心恰似丁香**结**，看看瘦尽胸前**雪**。	◆◇◆◆◇◇◆，◇◇◆◆◇◇◆。
偏挂恨，少年抛**掷**，	◇◆◆，◆◇◇◆，
羞觑见，绣被堆红闲不**彻**。	◇◆◆，◆◆◇◇◇◆◆。

同体式作品：无。

增减字：

（一）3，3，7。7，3，7。○7，7。3，4，5，5。五代：尹鹗1首。

变体二

与始词复句数相同，分句数有变。

变体二·1

13分句4复句

【变体二·1】13分句4复句，上片分句数复句型与始词同，下片第一复句增1分句。上片6分句2复句，三/三/型复句组；下片7分句2复句，三/四/型复句组。平仄通押，连句韵、隔句韵。

3，3，7。7，3，7。

3，3，8。3，4，5，5。——北宋·黄庭坚·《全宋词》第398页

拨棹子	
退居	
归去**来**，归去**来**，携手旧山归去**来**。	◇◆◇，◇◆◇，◇◆◆◇◇◆◇。
有人共月对尊**罍**，	◆◇◆◆◆◇◇，
横一琴，甚处不逍遥自**在**。	◇◆◇，◆◆◆◇◇◆◆。
闲世**界**，无利**害**，何必向世间甘幻**爱**。	◇◆◆，◇◆◆，◇◆◆◆◇◇◆◆。
与君钓，晚烟寒**濑**，	◆◇◆，◆◇◇◆，
蒸白鱼稻饭，溪童供笋**菜**。	△◆◇◆◆，◇◇◇◆◆。

同体式作品：无。

变体二·2

14分句4复句

【变体二·2】14分句4复句。上下片较始词各增1分句，每片7分句2复句，四/三/型复句组。仄韵，隔句韵。

3，3，3，6。5，4，5。

3，5，3，6。6，4，5。——宋·无名氏·《全宋词》第3840页

拨棹子

烟姿媚，冰容**薄**，	◇◇◆，◇◇◆，
芳蕖嫩，隐映新萍池**阁**。	◇◇◆，◆◆◇◇◇◆。
撷英人去后，清香微绽，透真珠帘**幕**。	◆◇◇◆◆，◇◇◇◆，△◇◇◇◆。
似无语，含情垂彩佩，	◆◇◆，◇◇◇◆◆，
戏芳阴，渐许纤鲜相**托**。	◆◇◇，◆◆◇◇◇◆。
西风直须爱**惜**，看看浓艳，伴秋光零**落**。	◇◇◆◇◆◆，◇◇◇◆，△◇◇◇◆。

按：本词一传为黄庭坚作。

同体式作品：无。

191.【金浮图】

1. 始词五代尹鹗作。
2. 双片，每片七仄韵，隔句韵，间插连句韵。
3. 此调仅见尹鹗一首。

始词：21分句6复句。双片。上片11分句3复句，四/四/三/型复句组；下片10分句3复句，四/三/三/型复句组。仄韵，隔句韵，间插连句韵。律词。

3，4，4，4。3，5，4，6。6，4，5。
3，4，4，4。7，4，5。6，4，5。——五代·尹鹗·《全唐五代词》第582页

金浮图

繁华**地**，王孙富**贵**，	◇◇◆，◇◇◆◆，
玳瑁筵开，下朝无**事**。	◆◆◇◇，◆◇◇◆。
压红茵，凤舞黄金**翅**，	◆◇◇，◆◆◇◇◆，
立玉纤腰，一片揭天歌**吹**。	◆◆◇◇，◆◆◆◇◇◆。
满目绮罗珠**翠**，和风淡荡，偷散沉檀**气**。	◆◆◆◇◇◆，◇◇◆◆，◇◆◇◇◆。
堪判**醉**，韶光正**媚**，	◇◆◆，◇◇◆◆，
坼尽牡丹，艳迷人**意**。	◆◆◆◇，◆◇◇◆。
金张许史应难**比**，	◇◇◆◆◇◇◆，
贪恋欢娱，不觉金乌**坠**。	◇◆◇◇，◆◆◇◇◆。
还惜会难别**易**，金船更劝，勒住花骢**辔**。	◇◆◆◇◆◆，◇◇◆◆，◆◆◇◇◆。

同体式作品：无。

192.【秋夜月】

1. 始词五代尹鹗作。
2. 词咏调名本意。
3. 双片，五代词每片六韵，宋词每片五韵，仄韵，隔句韵。
4. 此调南宋无继作。

始词：22 分句 8 复句。双片。每片 11 分句 4 复句，四/二/三/二/型复句组。仄韵，邻韵通押，隔句韵，间插连句韵。律词。

4，3，3，4。6，4。3，3，4。2，6。
4，3，3，4。6，4。3，3，4。2，6。——五代·尹鹗·《全唐五代词》第 582 页

秋夜月

三秋佳**节**，罩晴空，凝碎露，茱萸千**结**。　◇◇◇◆，◆◇◇，◇◆◆，◇◇◇◆。
菊蕊和烟轻捻，酒浮金**屑**。　◆◆◇◇◇◆，◆◇◇◆。
征云雨，调丝竹，此时难**辍**。　◇◇◆，◇◇◆，◆◇◇◆。
欢**极**，一片艳歌声**揭**。　◇◆，◆◆◆◇◇◆。

黄昏慵**别**，炷沉烟，熏绣被，翠帷同**歇**。　◇◇◇◆，◆◇◇，◇◆◆，◆◇◇◆。
醉并鸳鸯双枕，暖偎春**雪**。　◆◆◇◇◇◆，◆◇◇◆。
语丁宁，情委曲，论心正**切**。　◆◇◇，◇◆◆，◆◇◆◆。
深**夜**，窗透数条斜**月**。　◇◆，◇◆◆◇◇◆。

同体式作品：无。

变体三

较始词分句数复句数皆变

【变体三】17 分句，7 复句 1 单句。上片较始词减 3 分句 1 复句，增 1 单句；下片减 2 分句，复句数不变。上片 9 分句，3 复句 1 单句，二/二/三/一/型复句单句组合；下片 9 分句 4 复句，三/二/二/二/型复句组。仄韵，隔句韵。

4，9。3，7。3，3，6。6。
4，5，5。6，4。4，5。4，4。——北宋·柳永·《全宋词》第 23 页

秋夜月

当初聚**散**，便唤作无由再逢伊**面**。　◇◇◆◆，△◆◆◇◇◆◇◇◆。
近日来，不期而会重欢**宴**。　◆◆◇，◆◇◇◆◇◇◆。
向尊前，闲暇里，敛著眉儿长**叹**。　◆◇◇，◇◆◆，◆◆◇◇◇◆。

惹起旧愁无**限**。	◆◆◆◇◇◆。
盈盈泪**眼**，漫向我耳边，作万般幽**怨**。	◇◇◆◆，◆◆◆◆◇，◆◆◇◇◆。
奈你自家心下，有事难**见**。	◆◆◆◇◇◆，◆◆◇◆。
待信真个，恁别无萦**绊**。	◆◆◇◆，△◆◇◇◆。
不免收心，共伊长**远**。	◆◆◇◇，◆◇◇◆。

同体式作品：无。

193.【玉树后庭花】

【后庭花】

1. 始词五代毛熙震作。
2. 始为南朝陈之宫廷歌曲。《南史·陈后主张贵妃传》：“每引宾客，对贵妃等游宴，则使诸贵人及女学士与狎客共赋新诗，互相赠答。采其尤艳丽者，以为曲调，被以新声。……其曲有《玉树后庭花》《临春乐》等。”传至唐代教坊，扩展为多遍体法曲。本调为法曲摘遍单行词调，调名或省作《后庭花》。
3. 宋陈旸《乐书》：“《后庭花破子》，李后主、冯延巳相率为之。”然无存词，明陈耀文《花草粹编》收无名氏《后庭花破子》一首：“玉树后庭前，瑶草妆镜边。花不老，月又圆。莫教偏，和月和花，大教长少年。”清周济、谭献《词辨》疑为李煜作或冯延巳作，本谱不予收录。
4. 双片、单片二体。双片体每片四仄韵，连句韵；单片体五平韵，插一仄韵，连句韵。

双片体

始词：8 分句 4 复句。双片。每片 4 分句 2 复句，二/二/型复句组。仄韵，连句韵。律词。

7，4。7，4。

7，4。7，4。——五代·毛熙震·《全唐五代词》第 592 页

玉树后庭花

轻盈舞妓含芳**艳**，竞妆新**脸**。	◇◇◆◆◇◇◆，◆◇◇◆。
步摇珠翠修蛾**敛**，腻鬟云**染**。	◆◇◇◆◇◇◆，◆◇◇◆。
歌声慢发开檀**点**，绣衫斜**掩**。	◇◇◆◆◇◇◆，◆◇◇◆。
时将纤手匀红**脸**，笑拈金**靥**。	◇◇◇◆◇◇◆，◆◇◇◆。

同体式作品：五代：毛熙震 2 首。南宋：许棐 1 首。

增减字：

(一) 7，4。6，5。〇7，4。6，5。北宋：张先2首（【玉树后庭花】）。

变体二

与始词复句数相同，分句数增1。

【变体二】9分句4复句。双片。上片与始词同，4分句2复句，二/二/型复句组；下片增1分句，5分句2复句，三/二/型复句组。仄韵，连句韵，插一隔句韵。

7，4。7，4。

5，3，5。7，4。——五代·孙光宪·《全唐五代词》第624页

玉树后庭花

景阳钟动宫莺**啭**，露凉金**殿**。	◆◇◇◆◇◇◆，◆◇◇◆。
轻飚吹起琼花**旋**，玉叶如**剪**。	◇◇◆◆◇◇◆，◆◆◇◆。
晚来高阁上，珠帘**卷**，见坠香千**片**。	◆◇◇◆◆，◇◇◆，◆◆◇◇◆。
修蛾慢脸陪雕**辇**，后庭新**宴**。	◇◇◆◆◇◇◆，◆◇◇◆。

同体式作品：无。

增减字：

(一) 7，4。7，4。〇5，4，4。7，4。五代：孙光宪1首。

单片体

始词：7分句3复句，二/二/三/型复句组。平韵，隔句韵，间插连句韵。律词。

5，5。5，5。3，4，5。——南宋·刘天义·《全宋词》第3879页

玉树后庭花

云鬟堆绿**鸦**，罗裙簌绛**纱**。	◇◇◇◆◇，◇◇◆◆◇。
巧锁眉颦柳，轻匀脸衬**霞**。	◆◆◇◇◆，◇◇◆◆◇。
小妆**鬟**，凌波罗**袜**，洞天何处**家**。	◆◇◇，◇◇◇◆，◆◇◇◆◇。

同体式作品：南宋：王翠鸾1首。

194. 【风流子】

1. 始词五代孙光宪作。
2. 始为唐教坊曲（见《教坊记》）。
3. 宋代通行词调，将五代之单片体衍生为双片体，始词作者秦观。
4. 单片体五仄韵，连句韵、隔句韵；双片体始词每片四韵，变体韵数有变；平韵，隔句韵。

单片体

始词：单片。7 分句 3 复句，二/三/二/型复句组。仄韵，连句韵，隔句韵。

6，6。3，3，6。4，6。——五代·孙光宪·《全唐五代词》第 630 页

风流子

茅舍槿篱溪**曲**，鸡犬自南自**北**。	◇◆◆◇◇◆，◇◆◆◇◆◆。
菰叶长，水葓开，门外春波涨**渌**。	◇◆◇，◆◇◇，◇◆◇◇◆◆。
听织声**促**，轧轧鸣梭穿**屋**。	◇◆◇◆，◆◆◇◇◇◆。

同体式作品： 五代：孙光宪 2 首。

双片体

始词：25 分句 8 复句。双片。上片 14 分句 4 复句，三/四/三/四/型复句组；下片 11 分句 4 复句，三/二/四/二/型复句组。平韵，隔句韵。

5，3，5。5，4，4，4。3，5，5。4，4，4，4。

5，3，6。6，4。5，4，4，4。6，4。——北宋·秦观·《全宋词》第 484 页

风流子

新阳上帘幌，东风转，又是一年**华**。	◇◇◆◇◆，◇◇◆，◆◆◆◇◇。
正驼褐寒侵，燕钗春袅，	△◇◆◇◇，◆◇◇◆，
句翻词客，簪斗宫**娃**。	◆◇◇◆，◇◆◇◇。
堪娱处，林莺啼暖树，渚鸭睡晴**沙**。	◇◆◆，◇◇◇◆◆，◇◆◆◇◇。
绣阁轻烟，剪灯时候，	◇◆◇◇，◆◇◇◆，
青旗残雪，卖酒人**家**。	◇◇◇◆，◆◆◇◇。
此时因重省，瑶台畔，曾过翠盖香**车**。	◆◇◇◇◆，◇◇◆，◇◆◆◆◇◇。
惆怅尘缘犹在，密约还**赊**。	◇◆◇◇◇◆，◆◆◇◇。
念鳞鸿不见，谁传芳信，	△◇◇◆◆，◇◇◇◆，
潇湘人远，空采苹**花**。	◇◇◇◆，◇◆◇◇。
无奈疏梅风景，淡草天**涯**。	◇◆◇◇◇◆，◆◆◇◇。

同体式作品： 北宋：张耒 1 首，周邦彦 1 首。南宋：曹勋 1 首，毛开 1 首，袁去华 1 首，陆游 1 首，谢懋 1 首，史达祖 1 首，李从周 1 首，方千里 2 首，赵以夫 1 首，翁元龙 1 首，王泳祖 1 首，陈允平 1 首，赵必瑑 2 首，无名氏 1 首，计 14 人 16 首。

增减字：

（一）5，3，5。5，4，4，4。7，3，3。4，4，4，4。○5，3，6。4，6。5，4，4，4。4，6。北宋：周邦彦 1 首。

（二）5，3，5。5，4，4，4。3，5，5。4，4，4，4。○5，5，4。6，4。5，4，4，4。6，4。北宋：李坦然 1 首。南宋：史达祖 1 首，杨泽民 2 首，谢枋得 1 首。

（三）5，3，5。5，4，4，4。3，5，5。4，4，4，4。○5，3，6。6，4。3，4，6，4。6，4。北宋：朱

敦儒1首。
（四）5，3，5。4，4，4，4。3，5，5。4，4，4，4。〇5，5，4。6，4。5，4，4，4。6，4。北宋：贺铸1首。南宋：康与之1首。
（五）5，3，5。4，4，4，4。3，5，5。4，4，4，4。〇5，5，4。6，4。5，4，4，4。4，6。南宋：蔡伸1首。
（六）5，3，5。5，4，4，4。4，5，5。4，4，4，4。〇5，5，4。6，4。5，4，4，4。6，4。南宋：张元幹1首。
（七）5，3，5。5，4，4，4。3，5，5。5，4，4，4。〇5，5，4。6，4。5，4，4，4。6，4。南宋：王之道1首，王之望1首。
（八）5，3，5。4，4，4，4。3，5，5。4，4，4，4。〇5，3，6。6，4。5，4，4，4。6，4。南宋：葛立方1首，孙维信1首。
（九）5，3，5。5，4，4，4。3，5，5。4，4，4，4。〇5，3，6。5，4。5，4，4，4。6，4。南宋：王千秋1首。
（一〇）5，3，5。5，4，4，4。3，5，5。4，4，4，4。〇5，3，6。6，4。5，4，4，4。4，6。南宋：利登1首。
（一一）5，3，5。5，4，4，4。3，5，5。4，4，4，4。〇5，3，6。6，4。4，4，4，4。6，4。南宋：罗志仁1首。
（一二）5，3，5。5，4，4，4。4，3，5。4，4，4，4。〇5，3，6。4，6。5，4，4，4。6，4。南宋：洪咨夔1首。
（一三）5，3，5。5，4，4，4。4，3，5。4，4，4，4。〇5，3，6。6，4。5，4，4，4。6，4。南宋：吴文英2首。
（一四）5，3，5。5，4，4，4。5，3，5。4，4，4，4。〇5，3，6。4，6。5，4，4，4。6，4。南宋：陈允平1首。

变体一

较始词分句数复句数不变，复句型有变。

【变体一】25分句8复句。双片。上片第三复句较始词减1分句，下片第一复句增1分句。上片13分句4复句，三/四/二/四/型复句组；下片12分句4复句，四/二/四/二/型复句组。平韵，隔句韵。

5，3，5。5，4，4，4。7，5。4，4，4，4。
5，3，3，3。4，6。5，4，4，4。4，6。——南宋·赵孟坚·《全宋词》第2855页

风流子

清涵万象阁

望极思悠**悠**，江如练，籁息浪纹**收**。	◆◆◇◇◇，◇◇◆，◆◆◆◇◇。
看帆卷帆舒，往来征艇，	△◇◆◇◇，◆◇◇◆，
鹭飞鹭立，远近芳**洲**。	◆◇◆◆，◆◆◇◇。
逝波不舍山常好，只白少年**头**。	◆◇◆◆◇◇◆，◆◆◆◇◇。
杜若满汀，离骚幽怨，	◆◆◆◇，◇◇◇◆，

鸱夷去国，烟浪遨**游**。　◆◇◆◆，◇◆◇◇。

江南知何许，青林晚，山断处，白云**浮**。　◇◇◇◇◆，◇◇◆，◇◆◆，◆◇◇。
怀古慨今，谁人似我闲**愁**。　◇◆◆◇，◇◇◆◆◇◇。
叹醉生浪迹，鲈乡蟹舍，　△◆◇◆◆，◇◇◆◆，
殢红怨粉，莲棹菱**舟**。　◆◇◆◆，◇◆◇◇。
敲遍阑干，默然竟日凝**眸**。　◇◆◇◇，◆◇◆◆◇◇。

同体式作品：无。

变体二

与始词复句数相同，分句数有变。

变体二·1

24 分句 8 复句

【变体二·1·1】24 分句 8 复句。双片。上片与始词同，14 分句 4 复句，三/四/三/四/型复句组；下片第三复句减 1 分句，10 分句 4 复句，三/二/三/二/型复句组。平韵，隔句韵。

5，3，5。5，4，4，4。3，5，5。4，4，4，4。
5，3，6。6，4。5，4，8。6，4。——北宋·秦观·《全宋词》第 456 页

风流子

东风吹碧草，年华换，行客老沧**洲**。　◇◇◇◆◆，◇◇◆，◇◆◆◇◇。
见梅吐旧英，柳摇新绿，　△◇◆◆◇，◆◇◇◆，
恼人春色，还上枝**头**。　◆◇◇◆，◇◆◇◇。
寸心乱，北随云黯黯，东逐水悠**悠**。　◆◇◆，◆◇◇◆◆，◇◆◆◇◇。
斜日半山，暝烟两岸，　◇◆◆◇，◇◇◆◆，
数声横笛，一叶扁**舟**。　◆◇◇◆，◆◆◇◇。

青门同携手，前欢记，浑似梦里扬**州**。　◇◇◇◆◆，◇◇◆，◇◆◆◆◇◇。
谁念断肠南陌，回首西**楼**。　◇◆◆◇◇◆，◇◆◇◇。
算天长地久，有时有尽，　△◇◇◆◆，◆◇◆◆，
奈何绵绵此恨难**休**。　◆◇◇◇◆◆◇◇。
拟待倩人说与，生怕人**愁**。　◆◆◆◇◆◆，◇◆◇◇。

同体式作品：无。

【变体二·1·2】24 分句 8 复句。双片，上片较始词减 1 分句，13 分句 4 复句，三/四/二/四/型复句组；下片分句数与始词同，复句型有变，11 分句 4 复句，四/二/三/二/型复句组。平韵，隔句韵。

5，3，5。5，4，4，4。7，5。5，4，4，4。
2，3，3，6。5，6。3，6，8。4，6。——南宋·刘克庄·《全宋词》第 2623 页

风流子

白莲

松桂各参**天**，石桥下，新种一池**莲**。　◇◆◆◇◇，◆◇◆，◇◆◆◇◇。
似仙子御风，来从姑射，　△◇◆◆◇，◇◇◇◆，
地灵献宝，产向蓝**田**。　◆◇◆◆，◆◆◇◇。
曾入先生虚白屋，不喜傅朱**铅**。　◇◆◇◇◇◆◆，◆◆◆◇◇。
记茂叔溪头，深衣听讲，　△◆◆◇◇，◇◇◇◆，
远公社里，素衲安**禅**。　◆◇◆◆，◆◆◇◇。

山**间**，多红鹤，端相久，蓦地飞去蹁**跹**。　◇◇，◇◇◆，◇◇◆，◆◆◇◆◇◇。
但蝶戏鹭翘，有时偷近旁**边**。　△◆◆◆◇，◆◇◇◆◇◇。
对月中，乍可伴娥孤另，　◆◆◇，◆◆◆◇◇◆，
墙头谁肯窥玉三**年**。　◇◇◇◆◆◆◇◇。
俗客浓妆，安知国艳天**然**。　◆◆◇◇，◇◇◆◆◇◇。

按：“乍可伴娥孤另”，乍可，宁可，宁愿。唐高适《封丘作》：“乍可狂歌草泽中，宁堪作吏风尘下。”今或点断为“对月中乍可，伴娥孤另”，不妥。“墙头谁肯窥玉三**年**”，典出唐白居易长篇叙事诗《井底引银瓶》“墙头马上遥相顾”故事。

同体式作品：无。

【变体二·1·3】24 分句 8 复句。上下片分句数复句数与【变体二·1·2】同，上片复句型不变，下片复句型有变。上片 13 分句 4 复句，三/四/二/四/型复句组；下片 11 分句 4 复句，三/二/四/二/型复句组。平韵，隔句韵。

5，3，5。5，4，4，4。7，5。4，4，4，4。
5，3，6。4，6。5，4，4，4。6，4。——南宋·方君遇·《全宋词》第 2771 页

风流子

春被雨禁**持**，伤心事，仿佛去年**时**。　◇◆◆◆◇，◇◇◆，◆◆◆◇◇。
记芳径暮**归**，褪妆微醉，　△◇◆◆◇，◆◇◇◆，
暗帏先寝，闻笑佯**痴**。　◆◇◇◆，◇◆◇◇。
回首别离容易过，杨柳又依**依**。　◇◆◆◇◇◆◆，◇◆◆◇◇。
红烛怨歌，鬓花零落，　◇◆◆◇，◆◇◇◆，
青绫牵梦，屏影参**差**。　◇◇◇◆，◇◆◇◇。

桃源今何在，刘郎去，应念瘦损香**肌**。　◇◇◇◇◆，◇◇◆，◇◆◆◆◇◇。
误约夜阑，从前怪我多**疑**。　◆◆◆◇，◇◇◆◆◇◇。
但怕收残泪，对人徐语，　◆◆◇◇◆，◆◇◇◆。
指弹新恨，推户潜**窥**。　◆◇◇◆，◇◆◇◆。
还是恹恹病也，无计怜**伊**。　◇◆◇◇◆◆，◇◆◇◇。

同体式作品：

增减字：

（一）5，3，5。5，4，4，4。7，5。4，4，4，4。○ 5，3，6。4，6。5，4，4，4。4，6。南宋：危西麓 1 首。

（二）5，3，5。5，4，4，4。7，5。4，4，4，4。○ 5，5，4。4，6。5，4，4，4。4，6。南宋：仇远 1 首。

变体二·2

26 分句 8 复句

【变体二·2·1】26 分句 8 复句。上片与始词同，下片第一复句增 1 分句。上片 14 分句 4 复句，三/四/三/四/型复句组；下片 12 分句 4 复句，四/二/四/二/型复句组。平韵，隔句韵。

5，3，5。5，4，4，4。3，5，5。4，4，4，4。

2，3，3，6。6，4。5，4，4，4。6，4。——南宋·孙惟信·《全宋词》第 2484 页

风流子

三叠古阳**关**，轻寒噤，清月满征**鞍**。	◇◆◆◇◇，◇◇◆，◇◆◆◇◇。
记玉笋揽衣，翠囊亲赠，	△◆◆◆◇，◆◇◇◆，
绣巾揾脸，金柳初**攀**。	◆◇◆◆，◇◆◇◇。
自回首，燕台云掩冉，风阁雨阑**珊**。	◆◇◆，◇◇◇◆◆，◆◆◆◇◇。
天有尽头，水无西注，	◇◆◆◇，◆◇◇◆，
鬓难留黑，带易成**宽**。	◆◇◇◆，◆◆◇◇。
啼妆，东风悄，菱花在，拟倩锦字封**还**。	◇◇，◇◇◆，◇◇◆，◆◆◆◆◇◇。
应想恨蛾凝黛，慵髻堆**鬟**。	◇◇◆◇◇◆，◇◆◇◇。
奈情逐事迁，心随春老，	△◇◆◆◇，◇◇◇◆，
梦如香冷，欢与花**残**。	◆◇◇◆，◇◆◇◇。
闲煞唾茸窗阁，十二屏**山**。	◇◆◆◇◇◆，◆◆◇◇。

同体式作品：无。

【变体二·2·2】26 分句 8 复句。上片与始词同，下片第二复句增 1 分句。上片 14 分句 4 复句，三/四/三/四/型复句组；下片 12 分句 4 复句，三/三/四/二/型复句组。平韵，隔句韵。

5，3，5。5，4，4，4。3，5，5。4，4，4，4。

5，3，6。3，3，4。5，4，4，4。6，4。——南宋·方岳·《全宋词》第 2845 页

风流子

和楚客维扬灯夕

小楼帘不卷，花正闹，灯火竞春**宵**。	◆◇◇◆◆，◇◆◆，◇◆◆◇◇。

想旧日何郎，飞金叵罗，	◆◆◆◇◇，◇◇◆◇，
三生杜牧，醉董娇**饶**。	◇◇◆◆，◆◆◇◇。
香尘路，云松鸾髻鬌，月衬马蹄**骄**。	◇◇◆，◇◇◇◆◆，◆◆◆◇◇。
仿佛神仙，刘安鸡犬，	◆◆◇◇，◇◇◇◆，
分明富贵，子晋笙**萧**。	◇◇◆◆，◆◆◇◇。
人生行乐耳，君不见，迷楼春绿迢**迢**。	◇◇◇◆◆，◇◆◆，◇◇◇◆◇◇。
二十四，经行处，旧月今**桥**。	◆◆◆，◇◇◆，◆◆◇◇。
但索笑梅花，酒消新雪，	◆◆◆◇◇，◆◇◇◆，
纵情诗草，笔卷春**潮**。	◆◇◇◆，◆◆◇◇。
俯仰人间陈迹，莫惜金**貂**。	◆◆◇◇◇◆，◆◆◇◇。

同体式作品：无。

195.【瑞鹧鸪】

【鹧鸪词】【瑞鹧鸪慢】

1. 始词五代欧阳炯作。
2. 宋代常用词调，调名或作【鹧鸪词】，或偶作【瑞鹧鸪慢】。兹归一调，分长、短调谱之。
3. 双片。七言、长短句二体。七言体上片三韵，下片四韵，平韵，连句韵、隔句韵；长短句，短调上片三韵，下片二或三韵；长调每片五韵；平韵，隔句韵。

齐言体

始词：8分句4复句。七言声诗双叠。上下片各4分句2复句，二/二/型复句组。平韵，连句韵、隔句韵。律词。

7，7。7，7。

7，7。7，7。——五代·欧阳炯·《全唐五代词》第680页

瑞鹧鸪

严妆才罢怨春**风**，粉墙画壁宋家**东**。	◇◇◇◆◆◇◇，◆◇◆◆◆◇◇。
蕙兰有恨枝犹绿，桃李无言花自**红**。	◆◇◆◆◇◇◆，◇◆◇◇◇◆◇。
燕燕巢时帘幕卷，莺莺啼处凤楼**空**。	◆◆◇◇◇◆◆，◇◇◇◆◆◇◇。
少年薄幸知何处，每夜归来春梦**中**。	◆◇◆◆◇◇◆，◆◆◇◇◇◆◇。

按：本词一传为南唐冯延巳作，调名作【舞春风】，疑为词题而非调名。

同体式作品：北宋：杜安世1首，苏轼2首，贺铸1首（【鹧鸪词】），周纯1首，葛胜仲2首，李清照1首，计6人8首。南宋：张元幹2首，邓肃1首，葛立方1首，侯寘1首，赵彦端2首，姚述尧1首，

尤袤 2 首，张孝祥 1 首，郭世模 1 首，吕胜己 2 首，赵长卿 2 首，辛弃疾 5 首，程垓 2 首，卢炳 1 首，韩淲 1 首，汪晫 1 首（【鹧鸪词】），李廷忠 1 首，徐照 1 首，方岳 1 首，史铸 1 首，彭元逊 2 首，陈彭年 1 首，黄人杰 1 首，华岳 2 首，赵希蓬 4 首，汪元量 1 首，李夫人 1 首，无名氏 5 人 5 首，计 32 人 47 首。

按：北宋林逋七律《山园小梅·其一》（“众芳摇落独暄妍”），古代词集或作【瑞鹧鸪】收入，兹不计入；欧阳修《瑞鹧鸪》，亦为律绝体，序云：“此词本李商隐诗，公尝笔于扇，云可入此腔歌之。”是本为徒诗而取词调歌之。其诗如下：

楚王台上一神仙，眼色相看意已传。见了又休还似梦，坐来虽近远如天。

陇禽有恨犹能说，江月无情也解圆。更被春风送惆怅，落花飞絮两翩翩。

长短句·短调

始词：10 分句 4 复句。复句数与齐言体同，分句数增 2。每片 5 分句 2 复句，二/三/型复句组。平韵，隔句韵，下片结末连句韵。律词。

7，7。4，5，7。

7，6。7，8，7。——北宋·柳永·《全宋词》第 49 页

瑞鹧鸪

天将奇艳与寒梅，乍惊繁杏腊前**开**。	◇◇◇◆◆◇◇，◆◇◇◆◆◇◇。
暗想花神，巧作江南信，	◆◆◇◇，◆◆◇◇◆，
鲜染燕脂细剪**裁**。	◇◆◇◇◆◆◇。
寿阳妆罢无端饮，凌晨酒入香**腮**。	◆◇◇◆◇◇◆，◇◇◆◆◇◇。
恨听烟坞乌深中，谁恁吹羌管逐风**来**，	◆◇◇◆◇◇◆，◇◆◇◇◆◆◇◇，
绛雪纷纷落翠**苔**。	◆◆◇◇◆◆◇。

同体式作品：无。

增减字：

（一）7，7。4，5，7。〇 7，6。7，7，7。宋·无名氏 1 首。

变体二

较始词复句数不变，复句数有变。

变体二·1

11 分句 4 复句

【变体二·1】11 分句 4 复句。上片与始词同，5 分句 2 复句，二/三/型复句组；下片增 1 分句，6 分句 2 复句，二/四/型复句组。平韵，连句韵、隔句韵。

7，7。4，5，7。

7，6。6，5，3，7。——北宋·柳永·《全宋词》第 50 页

瑞鹧鸪

全吴嘉会古风**流**，渭南往岁忆来**游**。	◇◇◇◆◆◇◇，◆◇◆◆◆◇◇。

西子方来，越相功成去，	◇◆◇◇，◆◆◇◇◆，
千里沧江一叶**舟**。	◇◆◇◇◆◆◇。
至今无限盈盈者，尽来拾翠芳**洲**。	◆◇◇◆◇◇◆，◆◇◆◆◇◇。
最是簇簇寒村，遥认南朝路，	◆◆◆◆◇◇，◇◆◇◇◆，
晚烟**收**，三两人家古渡**头**。	◆◇◇，◇◆◇◇◆◆◇。

同体式作品：北宋：晏殊2首。

变体二·2

8分句4复句

【变体二·2】8分句4复句。上片较始词减1分句，下片减2分句。每片4分句2复句，二/二/型复句组。平韵，邻韵通押，隔句韵、连句韵。

4，6。7，5。

7，7。7，5。——宋·无名氏·《全宋词》第3824页

瑞鹧鸪慢

北暴东顽，纳款慕义争**来**。	◆◆◇◇，◆◆◆◆◇◇。
日新君德更明**哉**，歌咏载衢**街**。	◆◇◇◆◆◇◇，◇◆◆◇◇。
清宁海宇无余事，乐与民同燕春**台**。	◇◇◆◆◇◇◆，◆◆◇◇◆◇◇。
一年一度上元**回**，愿醉万年**杯**。	◆◇◆◆◆◇◇，◆◆◆◇◇。

同体式作品：无。

长短句·中调

始词：20分句8复句。每片10分句4复句，三/二/二/三/型复句组。平韵，隔句韵。原题【瑞鹧鸪】，宋以后选本多作【瑞鹧鸪慢】。

4，3，6。4，4。6，5。3，4，4。

5，5，4。3，6。6，5。3，4，4。——北宋·柳永·《全宋词》第49页

瑞鹧鸪

宝髻瑶**簪**，严妆巧，天然绿媚红**深**。	◆◆◇◇，◇◇◆，◇◇◆◆◇◇。
绮罗丛里，独逞讴**吟**。	◆◇◇◆，◆◆◇◇。
一曲阳春定价，何啻值千**金**。	◆◆◇◇◆◆，◇◆◆◇◇。
倾听处，王孙帝子，鹤盖成**阴**。	◇◇◆，◇◇◆◆，◆◆◇◇。
凝态掩霞**襟**，动象板声声，怨思难**任**。	◇◆◆◇◇，◆◆◆◇◇，◆◆◇◇。
嘹亮处，回压弦管低**沉**。	◇◆◆，◇◆◇◆◇◇。
时恁回眸敛黛，空役五陵**心**。	◇◆◇◇◆◆，◇◆◆◇◇。
须信道，缘情寄意，别有知**音**。	◇◆◆，◇◇◆◆，◆◆◇◇。

同体式作品： 无。

变体二

与始词复句数相同，减1分句。

【变体二】19 分句 8 复句。上片 9 分句 4 复句，三/二/二/二/型复句组；下片 10 分句 4 复句，三/二/二/三/型复句组。平韵，隔句韵。

4，3，6。4，4。6，5。6，4。

5，5，4。4，4。6，5。3，4，4。——北宋·柳永·《全宋词》第49页

瑞鹧鸪

吴会风**流**，人烟好，高下水际山**头**。	◇◆◇◇，◇◇◆，◇◆◆◆◇◇。
瑶台绛阙，依约蓬**丘**。	◇◇◆◆，◇◆◇◇。
万井千间富庶，雄压十三**州**。	◆◆◇◇◆◆，◇◆◆◇◇。
触处青蛾画舸，红粉朱**楼**。	◆◆◇◇◆◆，◇◆◇◇。
方面委元**侯**，致讼简时丰，继日欢**游**。	◇◆◆◇◇，◆◆◆◇◇，◆◆◇◇。
襦温袴暖，已扇民**讴**。	◇◇◆◆，◆◆◇◇。
旦暮锋车命驾，重整济川**舟**。	◆◆◇◇◆◆，◇◆◆◇◇。
当恁时，沙堤路稳，归去难**留**。	◇◆◇，◇◇◆◆，◇◆◇◇。

同体式作品： 无。

同源词调：【鹧鸪天】

【思佳客】【思越人】

1. 始词南唐李煜作。
2. 本调名与【瑞鹧鸪】相近，词体相近，仅下片将七言体【瑞鹧鸪】下片首起七字句摊破为两个三字句，兹作【瑞鹧鸪】同源词调。
3. 两宋通行词调，或偶名【思佳客】【思越人】。【归国谣】亦或异名为【思佳客】【思佳客令】，与【鹧鸪天】非一调。
4. 双片，每片四韵，三平一仄，连句韵、隔句韵。
5. 清人传有李煜《鹧鸪天》二首，《全唐五代词》考为托名伪作，兹附录于后。

始词：9 分句 4 复句。双片。上片 4 分句 2 复句，二/二/型复句组；下片 5 分句 2 复句，三/二/型复句组。平仄通押，连句韵、插一隔句韵。律词。

7，7。7，7。

3，3，7。7，7。——北宋·夏竦·《全宋词》第9页

鹧鸪天

镇日无心扫黛**眉**，临行愁见理征**衣**。　◆◆◇◇◆◆◇，◇◇◇◆◆◇◇。
尊前只恐伤郎**意**，阁泪汪汪不敢**垂**。　◇◇◆◆◇◇◆，◆◆◇◇◆◆◇。

停宝马，捧瑶**卮**，相斟相劝忍分**离**。　◇◆◆，◆◇◇，◇◇◇◆◆◇◇。
不如饮待奴先**醉**，图得不知郎去**时**。　◆◇◆◆◇◇◆，◇◆◆◇◇◆◇。

同体式作品：北宋：柳永1首，宋祁1首，欧阳修1首，范纯仁1首，晏几道19首，王诜1首，苏轼2首，李之仪4首，黄庭坚6首，晁端礼13首，李元膺1首，米芾2首，赵令畤1首，贺铸4首（【思越人】3），晁补之3首，张耒1首，孔榘1首，谢逸4首，苏庠3首，郑少微2首（【思越人】1），惠洪1首，葛胜仲5首，吴则礼3首，赵子发1首，徐俯5首，王安中1首，叶梦得7首，李光1首，刘一止1首，曹组2首，陈克7首，朱敦儒14首，周紫芝11首，李清照2首，计34人132首。南宋：赵鼎1首，向子諲17首，蔡柟1首，邵叔齐1首，石耆翁1首，蔡伸1首，聂胜琼1首，王以宁4首，张元幹1首，杨无咎4首，吕渭老6首（【思佳客】），曹勋4首，胡铨2首，史浩4首，仲并2首，曾觌4首，倪偁4首，王之望1首，洪适6首（【思佳客】1），韩元吉2首，朱淑真1首，侯寘4首，赵彦端15首（【思佳客令】1），王千秋2首，李吕2首，晁公武1首，曹冠1首，葛郯2首，姚述尧4首，管鉴5首，陆游8首，范成大5首，赵磻老2首，王质2首，李洪1首，李漳1首，朱熹3首，张孝祥19首，崔敦礼2首，陈造3首，黄定1首，李处全2首，丘崈5首，吕胜己5首，赵长卿21首，张孝忠1首，林淳1首，廖行之8首，张震2首，王炎1首，杨冠卿1首，袁去华3首（【思佳客】），刘清之1首，辛弃疾62首，赵善括6首，程垓3首，徐安国1首，何澹2首，陈三聘4首，石孝友12首，韩玉2首，熊可量1首，马子严1首，赵师侠7首，陈亮2首（【思佳客】），张镃4首，刘过1首，高观国6首（【思佳客】），卢炳3首，姜夔7首，刘仙伦1首，郭应祥21首，李壁1首，韩淲10首，李廷忠1首，程珌1首，戴复古1首，邹应龙4首，邹应博2首，李刘1首，陈耆卿2首，史达祖4首，魏了翁13首，李从周1首，卢祖皋4首，刘学箕4首，洪咨夔1首，黄机3首，严仁7首，葛长庚3首，刘克庄2首，赵福元1首，张榘2首，徐经孙1首，吴潜1首，许棐1首，吴文英5首（【思佳客】3），洪瑹1首，利登1首，黄昇3首，陈著1首，胡翼龙1首，陈允平8首（【思佳客】6），牟巘1首，戴平之1首，刘辰翁7首，周密2首，汪元量1首，赵必𤩪1首，陈德武1首，仇远5首（【思佳客】），张炎2首（【思佳客】1），刘鼎臣妻1首，石麟1首，周孚先1首，窃杯女子1首，刘锜1首，黄夫人1首，赵旭1首，申纯1首，潘必正1首，陈妙常1首，陈克1首，沈长卿1首，李鼐2首，张抡5首，程正同1首（【思越人】），徐叔至1首，范成大2首，高伯达1首，黄人杰3首，石孝友1首，臧鲁子1首，李朝卿2首，臧余庆2首，胡于4首，申国章1首，陈日章1首，李景良1首，张思济1首，无名氏57人57首，计197人558首。

附：托名李煜《鹧鸪天》二首

其一

节候虽佳景渐阑。吴绫已暖越罗寒。朱扉日暮随风掩，一树藤花独自看。○云鬟乱，晚妆残。带恨眉儿远岫攒。斜托香腮春笋嫩，为谁和泪倚阑干。

其二

塘水初澄似玉容，所思还在别离中。谁知九月初三夜，露似珍珠月似弓。○深院静，小庭空，断续寒砧断续风。无奈夜长人不寐，数声和月到帘栊。

196.【八拍蛮】

1. 始词五代阎选作。
2. 始为唐教坊曲（见《教坊记》）。
3. 八拍，音乐术语，古代通常指八个乐句，该诗四句，每句可能唱为两个小乐句。
4. 七言声诗，四句二平韵，隔句韵。

始词：七言声诗。4分句2复句，二/二/型复句组。平韵，隔句韵。律词。

7，7。7，7。——五代·阎选·《全唐五代词》第574页

八拍蛮

云琐嫩黄烟柳细，风吹红蒂雪梅**残**。	◇◆◆◇◇◆◆，◇◇◇◆◆◇◇。
光影不胜闺阁恨，行行坐坐黛眉**攒**。	◇◆◆◇◇◆◆，◇◇◆◆◆◇◇。

同体式作品：五代：阎选1首，孙光宪1首。南宋：仇远1首。

197.【风光好】

1. 始词五代-北宋初陶毂作。
2. 宋文莹《玉壶清话》："宋遣陶毂使江南，李献以书抵韩熙载曰：'五柳公骄甚，其善待之。'毂至，果如李言。熙载谓所亲曰：'陶非端介者，其守可堕，当使诸君一笑。'因使歌姬秦弱兰衣弊衣，为驿卒女，毂见之而喜，遂与私，作长短句赠之。明日，主宴客，毂凛然不敢犯。主持觥立，命弱兰出，歌所赠之曲以侑觞，毂大惭而罢。词名《风光好》云。"
3. 双片，每片四韵，上片平韵，下片平仄换韵，连句韵。

始词：8分句4复句。双片。每片4分句2复句，二/二/型复句组。上片一韵，下片先换韵押仄，后转押平归本韵；抱韵，连句韵。律词。

3，3。7，3。
7，3。7，3。——五代·陶毂·《全唐五代词》第716页

风光好

好因**缘**，恶因**缘**。	◆◇◇，◆◇◇。
只得邮亭一夜**眠**，别神**仙**。	◆◆◇◇◆◆◇，◆◇◇。

琵琶拨尽相思**调**，知音**少**。　◇◇◆◆◇◇◆，◇◇◆。
待得鸾胶续断**弦**，是何**年**。　◆◆◇◇◆◆◇，◆◇◇。

同体式作品：南宋：无名氏1首。

198.【归国谣】

【归自谣】【思佳客】【思佳客令】

1. 始词五代冯延巳作。
2. 谣，民间徒歌。
3. 与唐曲子【归国谣】为两调。宋词调名多作【思佳客】。
4. 或曰【归字谣】与【归国谣】【归自谣】同调异名，【归字谣】又名【苍梧谣】，本谱作两调处理。
5. 双片，每片三仄韵，连句韵。

始词：6分句4复句。双片。每片3分句2复句，二/一/型复句组。仄韵，连句韵。律词。

3，7。7。
7，3。7。——五代·冯延巳·《全唐五代词》第681页

归国谣

何处**笛**，终夜梦魂情脉**脉**。　◇◆◆，◇◆◆◇◇◆◆。
竹风檐雨寒窗**隔**。　◆◇◇◆◇◇◆。

离人数岁无消**息**，今头**白**。　◇◇◆◆◇◇◆，◇◇◆。
不眠特地重相**忆**。　◆◇◆◆◇◇◆。

同体式作品：五代：冯延巳2首。北宋：晏殊3首（一传为欧阳修作，调名【归自谣】），姚述尧2首。南宋：吕渭老2首，洪适1首，赵彦端1首（【思佳客令】）袁去华3首，陈亮1首，高观国1首，吴文英1首，陈允平5首，仇远2首，刘辰翁1首，张炎1首，无名氏1首（【归自谣】）。（不注调名皆【思佳客】）

199.【芳草渡】

1. 始词五代冯延巳作。或传该词为欧阳修作，兹仍以之为始词。
2. 唐教坊曲有【芳草洞】，或与本调相关。

3. 短调、长调二体。双片。短调 6 复句，多为三言连句，上片四平韵，下片五韵，平仄换韵，隔句韵、连句韵；长调 8 复句，长短句，每片五仄韵，隔句韵，插一连句韵。

短调

始词：17 分句 6 复句。双片。上片 9 分句 3 复句，四/二/三/型复句组；下片 8 分句 3 复句，三/二/三/型复句组。平韵，间换押仄抱韵；隔句韵，间插连句韵。律词。

3，3，3，3。4，3。3，3，3。
3，3，6。3，3。3，3，3。——五代·冯延巳·《全唐五代词》第 686 页

芳草渡

梧桐落，蓼花**秋**，烟初冷，雨才**收**。	◇◇◆，◆◇◇。◇◇◆，◆◇◇。
萧条风物，正堪**愁**。	◇◇◇◆，◆◇◇。
人去后，多少恨，在心**头**。	◇◆◆，◇◆◆，◆◇◇。
燕鸿**远**，羌笛**怨**，渺渺澄江一**片**。	◆◇◆，◇◆◆，◆◆◇◇◆◆。
山如黛，月如**钩**。	◇◇◆，◆◇◇。
笙歌散，魂梦断，倚高**楼**。	◇◇◆，◇◆◆，◆◇◇。

同体式作品：无。

变体二

较始词复句数相同，分句数减 1。

变体二·1

16 分句 6 复句

【变体二·1·1】16 分句 6 复句。较始词减 1 分句。上下片各 8 分句 3 复句，上片三/二/三/型复句组；下片二/三/三/型复句组。平韵，隔句韵。律词。

7，3，3。4，3。3，3，3。
3，3。3，3，7。3，3，3。——北宋·张先·《全宋词》第 80 页

芳草渡

双门晓锁响朱**扉**，千骑拥，万人**随**。	◇◇◆◆◆◇◇，◇◆◆，◆◇◇。
风乌弄影，画船**移**。	◇◇◆◆，◆◇◇。
歌时泪，和别怨，作秋**悲**。	◇◇◆，◇◆◆，◆◇◇。
寒潮小，渡淮**迟**。	◇◇◆，◆◇◇。
吴越路，渐天涯，宋王台上为相**思**。	◇◆◆，◆◇◇，◆◇◇◆◆◇◇。
江云下，日西尽，雁南**飞**。	◇◇◆，◆◇◆，◆◇◇。

同体式作品：无。

【变体二·1·2】16 分句 6 复句。每片分句数复句数与【变体二·1·1】同，上片复句型亦同，下片复句型有变。每片 8 分句 3 复句，三/二/三/型复句组。平韵，隔句韵，插一连句韵。律词。

7，3，3。4，3。3，3，3。

3，3，6。4，3。3，3，3。——北宋·张先·《全宋词》第 80 页

芳草渡

主人宴客玉楼**西**，风飘雪，忽雰**霏**。 ◆◇◆◆◆◇◇，◇◇◆，◆◇◇。

唐昌花蕊，渐平**枝**。 ◇◇◇◆，◆◇◇。

浮光里，寒声聚，队禽**栖**。 ◇◇◆，◇◇◆，◆◇◇。

惊晓日，喜春**迟**，野桥时伴梅**飞**。 ◇◆◆，◆◇◇，◆◇◇◆◇◇。

山明日远，霁云**披**。 ◇◇◆◆，◆◇◇。

溪上月，堂下水，并春**晖**。 ◇◆◆，◇◆◆，◆◇◇。

同体式作品：无。

变体二·2

15 分句 6 复句

【变体二·2】15 分句 6 复句。上片第一复句较始词减 2 分句，下片与始词同。上片 7 分句 3 复句，二/三/二/型复句组；下片 8 分句 3 复句，二/三/三/型复句组。平韵，邻韵通押，隔句韵，连句韵。律词。

3，3。3，3，7。4，5。

3，3。3，3，7。3，3，3。——北宋·贺铸·《全宋词》第 524 页

芳草渡

留征辔，送离**杯**。 ◇◇◆，◆◇◇，

羞泪下，捻青**梅**，低声问道几时**回**。 ◇◆◆，◆◇◇，◇◇◆◆◆◇◇。

秦筝雁促，此夜为谁**排**。 ◇◇◆◆，◆◆◆◇◇。

君去也，远蓬**莱**。 ◇◆◆，◆◇◇。

千里地，信音**乖**，相思成病底情**怀**。 ◇◆◆，◆◇◇，◇◇◇◆◆◇◇。

和烦恼，寻个便，送将**来**。 ◆◇◆，◇◆◆，◆◇◇。

同体式作品：无。

长调

始词：21 分句 8 复句。上片 10 分句 4 复句，三/二/二/三/型复句组；下片 11 分句 4 复句，三/三/三/二/型复句组。仄韵，隔句韵，间插连句韵。

3，5，4。5，6。5，5。3，4，4。

2，4，7。3，4，5。4，3，4。3，6。——北宋·周邦彦·《全宋词》第618页

芳草渡

别恨

昨夜里，又再宿桃源，醉邀仙**侣**。	◆◆◆，◆◆◆◇◇，◆◇◇◆。
听碧窗风快，珠帘半卷疏**雨**。	△◆◇◇◆，◇◇◆◆◇◆。
多少离恨**苦**，方留连啼**诉**。	◇◆◇◆◆，◇◇◇◇◆。
凤帐晓，又是匆匆，独自归**去**。	◆◆◆，◆◆◇◇，◆◆◇◆。
愁**睹**，满怀泪粉，瘦马冲泥寻去**路**。	◇◆，◆◇◆◆，◆◆◇◇◇◆◆。
谩回首，烟迷望眼，依稀见朱**户**。	◆◇◆，◇◇◆◆，◇◇◆◇◆。
似痴似醉，暗恼损，凭阑情**绪**。	◆◇◆◆，◆◆◆，◇◇◇◆。
淡暮色，看尽栖鸦乱**舞**。	◆◆◆，◆◆◇◇◆◆。

同体式作品：南宋：陈允平1首。

200. 【点绛唇】

1. 始词五代冯延巳作。
2. 宋代通行词调，无变体。
3. 双片，上片三韵，下片四韵，仄韵，连句韵。

始词：9分句4复句。双片。上片4分句2复句，二/二/型复句组；下片5分句2复句，二/三/型复句组。仄韵，隔句韵、连句韵。律词。

4，7。4，5。

4，5。3，4，5。——五代·冯延巳·《全唐五代词》第702页

点绛唇

荫绿围红，梦琼家在桃源**住**。	◆◆◇◇，◆◇◇◆◇◇◆。
画桥当**路**，临水双朱**户**。	◆◇◇◆，◇◆◇◇◆。
柳径春深，行到关情**处**。	◆◆◇◇，◇◆◇◇◆。
颦不**语**，意凭风**絮**，吹向郎边**去**。	◇◆◆，◆◇◇◆，◆◆◇◇◆。

同体式作品：北宋：王禹偁1首，寇准1首，林逋1首，晏殊1首，韩琦1首，王安国1首，晏几道5首，王安礼1首，魏夫人1首，苏轼7首，舒氏1首，舒亶1首，黄庭坚3首，晁端礼2首，秦观2首，米芾1首，贺铸3首，仲殊1首，晁补之2首，周邦彦4首，谢逸2首，苏庠1首，毛滂7首，苏过1首，葛胜仲1首，米友仁1首，赵子发1首，王安中1首，张继先1首，叶梦得3首，刘一止4首，汪藻3首，曹组8首，王庭珪2首，陈克1首，朱敦儒5首，周紫芝2首，李祁1首，张纲2首，

李清照 1 首，计 40 人 88 首。南宋：郭章 1 首，赵鼎 2 首，向子諲 18 首，宝月 1 首，洪皓 2 首，蔡伸 11 首，王灼 1 首，孙惔 1 首，李弥逊 2 首，陈与义 1 首，张元幹 10 首，吕渭老 2 首，王之道 8 首，冯时行 3 首，朱翌 1 首，曾惇 1 首，杨无咎 4 首，曹勋 9 首，史浩 4 首，仲并 1 首，曾觌 2 首，黄公度 1 首，王十朋 19 首，曾协 2 首，毛开 1 首，洪适 1 首，韩元吉 1 首，朱淑真 2 首，张抡 10 首，侯寘 2 首，赵彦端 6 首，王千秋 5 首，李吕 1 首，李流谦 1 首，袁去华 2 首，朱雍 1 首，向滈 2 首，程大昌 1 首，姚述尧 4 首，管鉴 2 首，陆游 1 首，周必大 4 首，张孝祥 4 首，丘崈 1 首，吕胜己 5 首，赵长卿 12 首，方有开 1 首，廖行之 7 首，王炎 1 首，辛弃疾 2 首，程垓 1 首，蔡戡 1 首，石孝友 6 首，赵师侠 3 首，陈亮 4 首，杨炎正 2 首，俞灏 1 首，宋先生 2 首，卢炳 1 首，姜夔 3 首，汪莘 2 首，郭应祥 4 首，韩淲 4 首，高似孙 2 首，赵希侕 1 首，史达祖 2 首，高观国 2 首，洪咨夔 1 首，方千里 3 首，李铨 1 首，宋自道 1 首，苏茂一 1 首，冯去非 1 首，吴潜 2 首，周晋 1 首，李曾伯 1 首，吴文英 7 首，李莱老 1 首，邓有功 1 首，应次蘧 1 首，张辑 2 首，杨泽民 3 首，陈景沂 1 首，朱埴 1 首，吴大有 1 首，陈允平 4 首，刘辰翁 6 首，王茂孙 1 首，周密 1 首，刘埙 1 首，仇远 2 首，张炎 1 首，徐瑞 1 首，萧允之 1 首，刘天迪 1 首，曾允云 1 首，寇寺丞 1 首，申纯 1 首，吴则礼 2 首，赵彦逾 1 首，谈羲仲 1 首，舒大成 1 首，无名氏 17 人 17 首，计 119 人 302 首。（无名氏“蹴罢秋千”一首，或传为李清照作。）

增减字：

（一）5，7。4，5。〇 4，5。3，4，5。南宋：无名氏 1 首。

201.【贺圣朝】

1. 始词五代冯延巳作。
2. 始源为唐教坊曲（见《教坊记》）。《教坊记笺订》：“此调或即出于《贺圣乐》。”
3. 双片，始词每片三韵，变体韵数或有增减，仄韵、平仄通押二式，隔句韵，间插连句韵。

始词：11 分句 4 复句。双片。上片 5 分句 2 复句，二/三/型复句组；下片 6 分句 2 复句，三/三/型复句组。仄韵，连句韵、隔句韵。律词。

7，4。4，4，4。

4，4，4。4，4，4。——五代·冯延巳·《全唐五代词》第 703 页

贺圣朝

金丝帐暖牙床**稳**，怀香方**寸**。	◇◇◆◆◇◇◆，◇◇◇◆。
轻颦轻笑，汗珠微透，柳沾花**润**。	◇◇◇◆，◆◇◇◆，◆◇◇◆。
云鬟斜坠，春应未已，不胜娇**困**。	◇◇◇◆，◇◇◆◆，◆◇◇◆。
半欹犀**枕**，乱缠珠被，转羞人**问**。	◆◇◇◆，◆◇◇◆，◆◇◇◆。

同体式作品：无。

增减字：

（一）7，5。4，4，4。〇 4，4，5。4，3，5。南宋：赵彦端 1 首。

（二）7，5。4，4，4。〇 4，4，5。4，4，4。南宋：吴潜 1 首。

变体二

与始词复句数相同，分句数有变。

变体二·1

10分句4复句

【变体二·1】10分句4复句。上片第二复句较始词减1分句，4分句2复句，二/二/型复句组；下片与始词同，6分句2复句，三/三/型复句组。仄韵，连句韵、隔句韵。律词。

7，5。7，4。

4，4，4。4，4，4。——北宋·张先·《全宋词》第65页

贺圣朝

淡黄衫子浓妆**了**，步缕金鞋**小**。　◆◇◇◆◇◇◆，◆◆◇◇◆。

爱来书幌绿窗前，半和娇**笑**。　◆◇◇◆◆◇◇，◆◇◇◆。

谢家姊妹，诗名空**杳**，何曾机**巧**。　◆◇◆◆，◇◇◇◆，◇◇◇◆。

争如奴**道**，春来情思，乱如芳**草**。　◇◇◇◆，◇◇◇◆，◆◇◇◆。

同体式作品：无。

增减字：

(一) 7，4。7，4。○4，4，5。4，4，4。北宋：杜安世1首。

变体二·2

9分句4复句

【变体二·2】9分句4复句。上下片第二复句较始词各减1分句。上片4分句2复句，二/二/型复句组；下片5分句2复句，三/二/型复句组。仄韵，连句韵、隔句韵。律词。

7，4。7，4。

4，4，5。7，5。——北宋·杜安世·《全宋词》第180页

贺圣朝

牡丹盛拆春将**暮**，群芳羞**妒**。　◆◇◆◆◇◇◆，◇◇◇◆。

几时流落在人间，半间仙**露**。　◆◇◇◆◆◇◇，◆◇◇◆。

馨香艳冶，吟看醉赏，叹谁能留**住**。　◇◇◆◆，◇◇◆◆，△◇◇◇◆。

莫辞持烛夜深深，怨等闲风**雨**。　◆◇◇◆◆◇◇，◆◆◇◇◆。

同体式作品：无。

增减字：

(一) 7，5。7，5。○4，4，5。7，5。北宋：叶清臣1首。南宋：赵鼎1首，韩元吉1首，马子严1首，赵师侠1首。

(二) 7，4。7，5。○4，4，4。7，5。南宋：赵鼎1首。

(三) 7，4。7，5。○4，4，5。7，5。南宋：赵鼎1首。

变体二·3

8分句4复句

【变体二·3】8分句4复句。与始词复句数相同，分句数减3。每片4分句2复句，二/二/型复句组。仄韵，连句韵、隔句韵。律词。

7，4。7，5。

7，5。7，5。——北宋·黄庭坚·《全宋词》第412页

贺圣朝

脱霜披茜初登**第**，名高得**意**。　◆◇◇◆◇◇◆，◇◇◆◆。
樱桃荣宴玉墀游，领群仙行**缀**。　◇◇◇◆◆◇◇，△◇◇◇◆。

佳人何事轻相**戏**，道得之何**济**。　◇◇◇◆◇◇◆，△◆◇◇◆。
君家声誉古无双，且均平居**二**。　◇◇◇◆◆◇◇，△◇◇◇◆。

同体式作品：无。

增减字：

(一) 7，5。7，5。○7，5。7，5。南宋：赵彦端1首，无名氏1首。

变体三

较始词分句数复句数皆变

【变体三】17分句8复句。上片8分句4复句，二/二/二/二/型复句组；下片9分句4复句，二/二/三/二/型复句组。仄韵，插一平韵；隔句韵，间插连句韵。

4，7。4，7。7，6。9，3。

4，6。5，5。3，3，8。4，4。——宋·无名氏·《全宋词》第3677页

贺圣朝

预赏元宵

太平无事，四边宁静狼烟**眇**。　◆◇◇◆，◆◇◇◆◇◇◆。
国泰民安，谩说尧舜禹汤**好**。　◆◆◇◇，◆◆◇◆◆◇◆。
万民翘望彩都门，龙灯凤烛相**照**。　◆◇◇◆◆◇◇，◇◇◆◆◇◆。
只听得教坊杂剧欢**笑**，美人**巧**。　◆◇◆◆◇◆◆◇◆，◆◇◆。

宝箓宫前，咒水书符断**妖**。　◆◆◇◇，◆◆◇◇◆◇。
更梦近竹林，深处胜蓬**岛**。　△◆◆◆◇，◇◆◆◇◆。
笙歌**闹**，奈吾皇，不待元宵景色来**到**。　◇◇◆，◆◇◇，◆◆◇◇◆◆◇◆。
只恐后月，阴晴未**保**。　◆◆◆◆，◇◇◆◆。

同体式作品：无。

同源词调：【转调贺圣朝】

1. 始词南宋无名氏作。
2. 双片，每片二平韵，隔句韵。
3. 此调仅见南宋无名氏 1 首。

始词：双片。上下片各 4 分句 2 复句，二/二/型复句组。平韵，下片插一仄韵，隔句韵。

8，4。7，5。

8，4。8，5。——宋·无名氏·《全宋词》第 3839 页

转调贺圣朝

渐觉一日浓如一日，不比寻**常**。	◆◆◆◆◇◇◆◆，◆◆◇◇。
若知人为伊瘦损，成病又何**妨**。	◆◇◇◆◇◆◆，◇◆◆◇◇。
相思到了不成模样，收泪千**行**。	◇◇◆◆◆◇◇◆，◇◆◇◇。
把从前泪来做水流，也流到伊**行**。	◆◇◇◆◇◆◆◇，◆◇◆◇◇。

同体式作品：无。

按：本词为民间歌辞，口语色彩鲜明。今多参照《钦谱》标点为："渐觉一日、浓如一日，不比寻**常**。若知人为伊瘦损，成病又何**妨**。○相思到了，不成模**样**，收泪千**行**。把从前泪、来做水流，也流到伊**行**。"上片起句"一日浓如一日"，作"渐觉"宾语，语意不宜拆分；下片"相思到了，不成模样"，"把从前泪，来做水流"，不断更顺畅，更有口语意趣。

202.【朝天子】

1. 始词五代冯延巳作。
2. 唐教坊曲有【朝天乐】，《教坊记笺订》："《朝天子》应为小曲，出于《朝天》或《朝天乐》大曲，然后得名。"
3. 双片，每片四仄韵，隔句韵、连句韵。

始词：10 分句 4 复句。双片。上下片各 5 分句 2 复句，三/二/型复句组。仄韵，隔句韵、连句韵。

5，3，4。4，4。

5，3，6。3，7。——五代·冯延巳·《全唐五代词》第 705 页

朝天子

酒醒情怀**恶**，金缕褪，玉肌如**削**。	◆◆◇◇◆，◇◆◆，◆◇◇◆。

寒食过**却**，海棠零**落**。　　◇◆◆◆，◆◇◇◆。

乍倚遍阑干，烟澹**薄**，翠幕帘栊画**阁**。　　◆◆◆◇◇，◇◆◆，◆◆◇◇◆◆。
春睡**著**，觉来失秋千期**约**。　　◇◆◆，◆◇◆◇◇◇◆。

按：本词或传为晁补之作。

同体式作品：无。

增减字：

(一) 5，3，4。4，5。〇 5，3，7。3，7。南宋：杨无咎 1 首。

变体二

较始词复句数不变，分句数减 1。

【变体二】9 分句 4 复句。上片第一复句较始词减 1 分句，4 分句 2 复句，二/二/型复句组；下片与始词同，5 分句 2 复句，三/二/型复句组。仄韵，连句韵，间插隔句韵。

5，6。4，5。

5，3，7。3，7。——南宋·刘克庄·《全宋词》第 2643 页

朝天子

宿雨频飘**洒**，欢喜西畴耕**者**。　　◆◆◇◇◆，◇◆◇◇◇◆。
终朝连**夜**，有珠玑鸣**瓦**。　　◇◇◇◆，△◇◇◇◆。

渐白水青秧，鸥鹭**下**，老学种花兼学**稼**。　　△◆◆◇◇，◇◆◆，◆◆◆◇◇◆◆。
心两**挂**，这几树海棠休**也**。　　◇◆◆，◆◆◆◆◇◇◆。

同体式作品：无。

203.【金错刀】

1. 始词五代冯延巳作。
2. 双片，每片三平韵，连句韵、隔句韵。
3. 此调仅见冯延巳 2 首。

始词：10 分句 4 复句。双片。每片 5 分句 2 复句，三/二/型复句组。平韵，连句韵、隔句韵。律词。

3，3，7。7，7。

3，3，7。7，7。——五代·冯延巳·《全唐五代词》第 708 页

金错刀

日融融，草芊**芊**，黄莺求友啼林**前**。　　◆◇◇，◆◇◇，◇◇◇◆◇◇◇。

柳条袅袅拖金线，花蕊茸茸簇锦**毡**。　◆◇◆◆◇◇◆，◇◆◇◇◆◆◇。

鸠逐妇，燕穿**帘**，狂蜂浪蝶相翩**翩**。　◇◆◆，◆◇◇，◇◇◆◆◇◇◇。

春光堪赏还堪玩，恼煞东风误少**年**。　◇◇◇◆◇◇◆，◆◆◇◇◆◆◇。

同体式作品：五代：冯延巳1首。

204.【寿山曲】

1. 始词五代冯延巳作。
2. 词咏调名本意，调名即词题。
3. 单片五平韵，隔句韵。
4. 此调仅见冯延巳1首。

始词：单片。六字齐言，10分句5复句，二/二/二/二/二/型复句组。平韵，隔句韵。

6，6。6，6。6，6。6，6。6，6。——五代·冯延巳·《全唐五代词》第710页

寿山曲

铜壶滴漏初尽，高阁鸡鸣半**空**。　◇◇◆◆◇◆，◇◆◇◇◆◇。

催启五门金锁，犹垂三殿帘**栊**。　◇◆◆◇◇◆，◇◇◇◆◇◇。

阶前御柳摇绿，仗下宫花散**红**。　◇◇◆◆◇◆，◆◆◇◇◆◇。

鸳瓦数行晓日，鸾旗百尺春**风**。　◇◆◆◇◆◆，◇◇◆◆◇◇。

侍臣舞蹈重拜，圣寿南山永**同**。　◆◇◆◆◇◆，◆◆◇◇◆◇。

同体式作品：无。

205.【帝台春】

1. 始词传为五代南唐李璟作。
2. 宋教坊存其调，琵琶曲，见《宋史·乐志》。
3. 双片，上片五韵，下片七韵，仄韵，邻韵通押，隔句韵，间插连句韵。
4. 本调仅见该词一首，一传为北宋李甲作。从词风看，似为李甲所作可能性更大。

始词：21分句8复句，双片。上片10分句4复句，二/二/三/三/型复句组；下片11分句4复句，四/三/二/二/型复句组。仄韵，邻韵通押，隔句韵、连句韵。

4，5。4，8。2，5，7。3，4，4。

3，3，3，3。5，3，7。6，7。5，5。——南唐·李璟·《全唐五代词》第729页

帝台春

芳草碧色，萋萋遍南**陌**。 ◇◆◆◆，◇◇◆◇◆。
飞絮乱红，也似知人春愁无**力**。 ◇◆◆◇，◆◆◇◇◇◇◇◆。
忆**得**，盈盈拾翠侣，共携赏凤城寒**食**。 ◆◆，◇◇◆◆◆，◆◇◆◆◇◇◆。
到今来，海角逢春，天涯行**客**。 ◆◇◇，◆◆◇◇，◇◇◇◆。

愁旋**释**，还似**织**，泪暗**拭**，又偷**滴**。 ◇◇◆，◇◆◆，◆◆◆，◆◇◆。
谩倚遍危栏，尽黄昏，也只是暮云凝**碧**。 △◆◆◇◇，◆◇◇，◆◆◆◆◇◇◆。
拚则而今拚了，忘则怎生便忘得。 ◇◆◇◇◇◆，◆◆◆◇◆◆。
又还问鳞鸿，试重寻消**息**。 △◇◆◇◇，△◇◇◇◆。

同体式作品：无。

按：本词一传为宋李甲作。个别字有异同，兹录署名李甲词（下划线为异文）：

芳草碧色，萋萋遍南陌。暖絮乱红，也知人春愁无力。忆得，盈盈拾翠侣，共携赏凤城寒食。到今来，海角逢春，天涯为客。〇愁旋释，还似织，泪暗拭，又偷滴。谩伫立，遍倚危阑，尽黄昏，也只是暮云凝碧。拚则而今已拚了，忘则怎生便忘得。又还问鳞鸿，试重寻消息。

206. 【一斛珠】

【醉落魄】【醉落托】【怨春风】

1. 始词南唐李煜作。
2. 始源为唐曲。唐曹邺《梅妃传》有云：杨玉环专宠，妒明皇与旧宠梅妃相往来，玄宗封珍珠一斛，遣使密赐梅妃，梅妃不受，报以诗曰："柳叶双眉久不描，残妆和泪污红绡。长门尽日无梳洗，何必珍珠慰寂寥。"玄宗见诗，怅然不乐，令乐府以新声度之，号《一斛珠》。
3. 五代两宋通行词调。又名【醉落魄】【醉落托】【怨春风】，以【醉落魄】为普名，本谱"同体式作品"凡调名为【醉落魄】不再标注。
4. 双片，每片四仄韵，连句韵、隔句韵。

始词：10分句4复句。双片。每片5分句2复句，二/三/型复句组。仄韵，连句韵、隔句韵。律词。

4，7。7，4，5。
7，7。7，4，5。——五代·李煜·《全唐五代词》第742页

一斛珠

晓妆初**过**，沉檀轻注些儿**个**。 ◆◇◇◆，◇◇◇◆◇◇◆。

向人微露丁香**颗**，	◆◇◇◆◇◇◆，
一曲清歌，暂引樱桃**破**。	◆◆◇◇，◆◆◇◇◆。
罗袖裛残殷色**可**，杯深旋被香醪**涴**。	◇◆◆◇◇◆◆，◇◇◆◆◇◇◆。
绣床斜凭娇无**那**，	◆◇◇◆◇◇◆，
烂嚼红茸，笑向檀郎**唾**。	◆◆◇◇，◆◆◇◇◆。

同体式作品：北宋：张先3首（【一斛珠】2【怨春风】1），欧阳修1首（【一斛珠】），晏几道4首，王仲甫1首，苏轼5首（【一斛珠】1【醉落魄】4），黄庭坚4首，晁端礼2首（【一斛珠】），哑女1首，秦观1首（【一斛珠】），晁补之1首，谢逸1首，吴则礼1首，汪藻1首，朱敦儒1首，周紫芝4首，赵佶1首，计16人32首。南宋：蔡伸4首，李弥逊1首，张元幹4首，吕渭老2首，冯时行1首，胡铨2首，李石1首，曾觌1首，毛开1首，韩元吉5首，张抡10首，侯寘3首，王千秋2首，姚述尧1首，管鉴4首，陆游1首，周必大2首，范成大3首，沈瀛4首，沈端节1首，王质2首（【一斛珠】），张孝祥1首，赵长卿3首，京镗1首，赵善括3首，程垓3首，石孝友4首，刘光祖1首，郭应祥1首，韩淲1首，戴复古1首，叶秀发1首，史达祖1首，魏了翁3首，刘学箕1首，李彭老1首，岳珂1首，黄机1首，张榘1首，吴文英2首，薛梦佳1首，周密3首，王沂孙1首，仇远1首，张炎1首，无名氏3人3首，计48人96首。

增减字：

（一）4，8。7，4，5。○7，7。7，4，5。南宋：杨无咎1首。

（二）4，7。7，4，6。○7，7。7，4，5。南宋：李吕1首。

（三）4，7。7，5，5。○7，7。7，4，5。南宋：范成大1首。

变体二

较始词复句数相同，分句数增1。

【变体二】11分句4复句。上片第一复句较始词增1分句，6分句2复句，三/三/型复句组；下片与始词同，5分句2复句，二/三/型复句组。仄韵，隔句韵，间插连句韵。律词。

4，3，4。7，4，5。

7，7。7，4，5。——北宋·周邦彦·《全宋词》第620页

醉落魄

茸金细**弱**，秋风嫩，桂花初**著**。	◆◇◆◆，◇◇◆，◆◇◇◆。
蕊珠宫里人难**学**，	◆◇◇◆◇◇◆，
花染娇荑，羞映翠云**幄**。	◇◆◇◇，◇◆◆◇◆。
清香不与兰荪**弱**，一枝云鬓巧梳**掠**。	◇◇◆◆◇◇◆，◆◇◇◆◆◇◆。
夜凉轻撼蔷薇**萼**，	◆◇◇◆◇◇◆，
香满衣襟，月在凤凰**阁**。	◇◆◇◇，◆◆◆◇◆。

同体式作品：南宋：史达祖1首，高观国1首，赵必瑑1首。

207.【青玉案】

1. 始词传为南唐李煜作。
2. 宋代通行词调。
3. 双片，每片四仄韵，变体偶或增韵，连句韵、隔句韵。

始词：12 分句 4 复句。每片 6 分句 2 复句，二/四/型复句组。仄韵，隔句韵、连句韵。

7，6。7，4，4，5。

7，7。7，4，4，5。——南唐・李煜・《全唐五代词》第 774 页

青玉案

梵宫百尺同云**护**，渐白满苍苔**路**。	◇◇◆◆◇◇◆，△◆◆◇◇◆。
破腊梅花李蚤**露**，	◆◆◇◇◆◆◆，
银涛无际，玉山万里，寒罩江南**树**。	◇◇◆◆，◆◇◆◆，◇◆◇◇◆。
鸦啼影乱天将**暮**，海月纤痕映烟**雾**。	◇◇◆◆◇◇◆，◆◆◇◇◆◇◆。
修竹低垂孤鹤**舞**，	◇◆◇◇◇◆◆，
杨花飞弄，鹅毛天剪，总是诗人**误**。	◇◇◇◆，◇◇◇◆，◆◆◇◇◆。

同体式作品：北宋：贺铸 1 首，黄庭坚 1 首，惠洪 1 首，曹组 1 首，朱敦儒 1 首，周紫芝 2 首，计 6 人 7 首。南宋：李弥逊 1 首，张元幹 1 首，生朝 2 首，王之道 3 首，冯时行 1 首，杨无咎 2 首，史浩 1 首，曾觌 1 首，侯寘 1 首，赵彦端 1 首，王千秋 1 首，李流谦 1 首，向滈 2 首，陆游 1 首，赵长卿 1 首，廖行之 2 首，辛弃疾 1 首，赵善扛 1 首，韩淲 1 首，高观国 1 首，吴泳 1 首，赵以夫 1 首，张榘 2 首，吴潜 1 首，李曾伯 1 首，李彭老 1 首，李莱老 1 首，陈允平 1 首，刘辰翁 3 首，无名氏 5 人 5 首，计 34 人 43 首。

增减字：

(一) 7，5。7，4，4，5。○ 7，7。7，4，4，5。北宋：蔡伸 1 首，王质 1 首，赵长卿 1 首，无名氏 1 首。

(二) 7，7。7，4，4，5。○ 7，7。7，4，4，5。北宋：史浩 1 首。南宋：赵长卿 2 首，张榘 1 首，吴潜 2 首。

(三) 7，6。7，4，4，5。○ 7，8。7，4，4，5。北宋：史浩 2 首。

(四) 7，7。7，4，4，5。○ 7，8。7，4，4，5。北宋：黄公度 1 首。南宋：沈端节 1 首，王炎 1 首，史达祖 1 首，李曾伯 1 首，薛泳 1 首，陈著 2 首，刘辰翁 1 首，无名氏 2 首。

(五) 7，5。7，4，4，5。○ 7，6。7，4，4，5。宋：无名氏 2 首。

(六) 7，6。7，4，4，5。○ 7，6。7，4，4，5。宋：无名氏 1 首。

按：本调李煜之词，《全唐五代词》考为托名之作。然传为李煜词，则其调有始于五代之可能，姑仍将其词作始词。今见该调宋人始词贺铸作，体式与传李煜词全同，兹录之：

青玉案 北宋·贺铸

横塘路

凌波不过横塘**路**，但目送芳尘**去**。锦瑟华所谁与**度**，月桥花院，琐窗朱**户**，只有春知**处**。○飞云冉冉蘅皋**暮**，彩笔新题断肠**句**。若问闲情都几**许**，一川烟草，满城风絮，梅子黄时**雨**。

变体二

较始词复句数不变，分句数有变。

变体二·1

11分句4复句

【变体二·1·1】11分句4复句。下片较始词减1分句。上片6分句2复句，三/三/型复句组；下片5分句2复句，二/三/型复句组。仄韵，隔句韵、连句韵。

7，3，3。7，4，9。

7，7。7，8，5。——北宋·苏轼·《全宋词》第320页

青玉案

和贺方回韵，送伯固归吴中故居。

三年枕上吴中**路**，遣黄耳，随君**去**。　◇◇◆◆◇◇◆，◆◇◆，◇◇◆。

若到松江呼小**渡**，莫惊鸥**鹭**，　◆◆◇◇◇◆◆，◆◇◇◆，

四桥尽是老子经行**处**。　◆◇◆◆◆◆◇◇◆。

辋川图上看春**暮**，常记高人右丞**句**。　◆◇◇◆◇◇◆，◇◆◇◇◆◇◆。

作个归期天已**许**，　◆◆◇◇◇◆◆，

春衫犹是小蛮针线，曾湿西湖**雨**。　◇◇◇◆◆◇◇◆，◇◆◇◇◆。

（注：本词一传为南宋蒋灿作，或传为姚述尧作。）

同体式作品：无。

增减字：

（一）7，3，3。7，7，6。○7，7。7，7，6。毛滂1首。

【变体二·1·2】11分句4复句。上片与始词同，下片较始词少1分句。上片6分句2复句，二/四/型复句组；下片5分句2复句，二/三/型复句组。仄韵，连句韵、隔句韵。

7，6。7，4，4，5。

7，7。7，8，6。——南宋·魏了翁·《全宋词》第2394页

青玉案

次西叔兄《送南叔兄赴钤干见寄》韵

中年怕踏长亭**路**，便自有离愁**苦**。　◇◇◆◆◇◇◆，△◆◆◇◇◆。

一自送君趋幕**府**，　◆◆◆◇◇◆◆，

悭憁莺舌，呢喃燕觜，那解春无**语**。　◇◇◇◆，◇◇◆◆，◆◆◇◇◆。

三年山月移朝**暮**，独倚松风等闲**度**。　◇◇◇◆◇◇◆，◆◆◇◇◆◇◆。

到得除书萦绊**住**，　◆◆◇◇◇◆◆，
却愁不似当时皓月，长伴君来**去**。　◆◇◆◆◇◇◆◆，◇◆◇◇◆。

同体式作品：无。

变体二·2

13 分句 4 复句

【变体二·2·1】13 分句 4 复句。上片第一复句较始词增 1 分句，7 分句 2 复句，三/四/型复句组；下片与始词同，6 分句 2 复句，二/四/型复句组。仄韵，隔句韵，连句韵。

7，3，3。7，4，4，5。
7，7。7，4，4，5。——北宋·李之仪·《全宋词》第 347 页

青玉案

用贺方回韵，有所祷而作。

小篷又泛曾行**路**，这身世，如何**去**。　◆◇◆◆◇◇◆，◆◇◆，◇◇◆。
去了还来知几**度**，多情山色，　◆◆◇◇◇◆◆，◇◇◇◆，
有情江水，笑我归无**处**。　◆◇◇◆，◆◆◇◇◆。

夕阳杳杳还催**暮**，练净空吟谢郎**句**。　◆◇◆◆◇◇◆，◆◆◇◇◆◇◆。
试祷波神应见**许**，帆开风转，　◆◆◇◇◇◆◆，◇◇◇◆，
事谐心**遂**，直到明年**雨**。　◆◇◇◆，◆◆◇◇◆。

同体式作品：北宋：黄大临 2 首，晁补之 2 首，周邦彦 1 首，谢逸 1 首，刘一止 1 首，李祁 1 首，蔡伸 1 首，计 7 人 9 首。南宋：张元幹 4 首，杨无咎 2 首，史浩 1 首，曾觌 1 首，侯寘 1 首，王千秋 1 首，曹冠 1 首，管鉴 1 首，朱熹 1 首，张孝祥 1 首，赵长卿 1 首，刘清之 1 首，程垓 1 首，石孝友 1 首，陈亮 1 首，吴文英 3 首，陈妙常 1 首，倪翼周 2 首，计 18 人 25 首。

增减字：

(一) 7，3，3。7，4，4，5。○ 7，8。7，4，4，5。晁补之 1 首，陈瓘 1 首，曹勋 1 首，胡铨 1 首。
(二) 7，3，3。7，4，4，5。○ 7，6。7，4，4，5。毛滂 2 首，吕渭老 1 首。

【变体二·2·2】13 分句 4 复句。上片与始词同，下片第一复句增 1 分句。上片 6 分句 2 复句，二/四/型复句组；下片 7 分句 2 复句，三/四/型复句组。仄韵，连句韵、隔句韵。律词。

7，6。7，4，4，5。
7，3，3。7，4，4，5。——北宋·刘一止·《全宋词》第 799 页

青玉案

马头双鹊飞来**喜**，惜凝望音书**至**。　◆◇◇◆◇◇◆，△◇◆◇◇◆。
一掬离怀千万**事**，　◆◆◇◇◇◆◆，
绿窗深夜，短笺封就，应也寻人**寄**。　◆◇◇◆，◆◇◇◆，◇◆◇◇◆。

春风鬓畔疏梅**蕊**，映妆艳，清如**洗**。	◇◇◆◆◇◇◆，◆◇◆，◇◇◆。
苦恨眼边常忆**记**，	◆◆◆◇◇◆◆，
楚宫行路，倚桥攀驿，供尽梅花**泪**。	◆◇◇◆，◆◇◇◆，◆◆◇◇◆。

同体式作品： 南宋：张孝祥 1 首，张榘 1 首，张炎 1 首。

变体二·3

14 分句 4 复句

【变体二·3】14 分句 4 复句。上片第一复句较始词增 1 分句，下片第一复句增 1 分句，每片 7 分句 2 复句，三/四/型复句组。仄韵，隔句韵。律词。

7，3，3。7，4，4，5。

7，3，3。7，4，4，5。——北宋·毛滂·《全宋词》第 680 页

青玉案

戏赠醉妓

玉人为我殷勤**醉**，向醉里，添姿**媚**。	◆◇◆◆◇◇◆，◆◆◆，◇◇◆。
偏著冠儿钗欲**坠**，	◆◆◇◇◇◆◆，
桃花气暖，露浓烟重，不自禁春**意**。	◇◇◆◆，◆◇◇◆，◆◆◆◇◆。
绿榆阴下东行**水**，渐渐近，凄凉**地**。	◆◇◇◆◇◇◆，◆◆◆，◇◇◆。
明月侵床愁不**睡**，	◆◆◇◇◇◆◆，
眉儿吃皱，为谁无语，阁住阳关**泪**。	◇◇◆◆，◆◇◇◆，◆◆◇◇◆。

同体式作品： 北宋：惠洪 1 首。南宋：侯寘 1 首。

增减字：

（一）7，3，3。7，4，4，5。○ 7，3，5。7，4，4，5。北宋：曹组 1 首。南宋：吴潜 1 首。

变体二·4

13 分句 4 复句

【变体二·4】13 分句 4 复句。上片与始词同，下片较始词增 1 分句，上片 6 分句 2 复句，二/四/型复句组；下片 7 分句 2 复句，二/五/型复句组。仄韵，邻韵通押，连句韵，隔句韵。

7，6。7，4，4，6。

7，7。7，4，4，3，3。——宋·向滈·《全宋词》第 1517 页

青玉案

多情赋得相思**分**，便揽断愁和**闷**。	◇◇◆◆◇◇◆，◆◆◆◇◇◆。
万种千般说不**尽**，	◆◆◇◇◆◆◆，
吃他圈樻，被他拖逗，便佛也须教**恨**。	◆◇◇◆，◆◇◇◆，◆◆◆◇◇◆。
传消寄息无凭**信**，水远山遥怎生**奔**。	◇◇◆◆◇◇◆，◆◆◇◇◆◇◇。

梦也而今难得**近**，　　◆◆◇◇◇◇◆◆，
伊还知道，为伊成**病**，便死也，谁能**问**。　　◇◇◇◆，◆◇◇◆，◆◆◆，◇◇◆。
同体式作品：无。

208.【忆王孙】

【怨王孙】【豆叶黄】【独脚令】

1. 始词南唐李煜作。
2. 始词取首句为调名，调名即词题。
3. 两宋沿用词调，又名【怨王孙】【豆叶黄】【独脚令】【忆君王】。
4. 本调异名【怨王孙】，与唐曲子【河传】别名【怨王孙】同，但体式完全不同，乃属异调同名（参见前谱第 141 调【河传】）。
5. 单片、双片二体，以单片体为普式。单片体五平韵，连句韵；双片体，一体为每片三仄韵，隔句韵；一体为平仄换韵，每片四韵。

单片体
始词：单片。5 分句 2 复句，二/三/型复句组。平韵，连句韵。律词。
7，7。7，3，7。——南唐·李煜·《全唐五代词》第 773 页
忆王孙
萋萋芳草忆王**孙**，柳外楼高空断**魂**。　　◇◇◇◆◆◇◇，◆◆◇◇◇◆◇。
杜宇声声不忍**闻**，　　◆◆◇◇◆◆◇，
欲黄**昏**，雨打梨花深闭**门**。　　◆◇◇，◆◆◇◇◇◆◇。
按：李煜《忆王孙》计四首，《全唐五代词》考其作者为宋李重元（约 1122 年前后在世）。如此，则今存该调始词为宋谢克家（1063—1134）作，词体与传李煜词全同，姑以传李煜词为始词。
同体式作品：五代：（传）李煜 3 首。北宋：谢克家 1 首（【忆君王】），赵子发 1 首，陈克 3 首（【豆叶黄】），莫将 1 首，计 4 人 6 首。南宋：蔡伸 1 首，李重元 4 首（与传李煜词同），史远道 1 首，仲并 1 首，张元幹 2 首（【豆叶黄】1【怨王孙】1），吕渭老 5 首（【豆叶黄】），姚宽 1 首，赵彦端 1 首（【豆叶黄】），陆游 2 首，辛弃疾 1 首，张辑 2 首，程垓 1 首，姜夔 1 首，汪元量 17 首，张炎 1 首，史道远 1 首（【独脚令】），无名氏 1 首（【独脚令】），计 17 人 43 首。
双片体
始词：12 分句 4 复句。双片。每片 6 分句 2 复句，三/三/型复句组。仄韵，隔句韵。律词。

7，3，4。7，3，3。

7，3，4。7，3，3。——北宋·周紫芝·《全宋词》第892页

忆王孙

绝笔

梅子生时春渐**老**，红满地，落花谁**扫**。	◇◆◇◇◇◆◆，◇◆◆，◆◇◇◆。
旧年池馆不归来，又绿尽，今年**草**。	◆◇◇◆◆◇◇，◆◆◆，◇◇◆。
思量千里乡关**道**，山共水，几时得**到**。	◇◇◇◆◇◇◆，◇◆◆，◆◇◆◆。
杜鹃只解怨残春，也不管，人烦**恼**。	◆◇◆◆◆◇◇，◆◆◆，◇◇◆。

同体式作品： 南宋：李清照1首（【怨王孙】），无名氏2首（【忆王孙】1【怨王孙】1）。

增减字：

（一）4，4，4。4，6，3。○7，3，5。4，6，3。南宋：李清照1首（【怨王孙】）。

（二）6，3，4。7，3，4。○7，3，4。7，3，3。南宋：刘学箕1首。

变体三

较始词分句数不变，复句数增1。

【变体三】12分句5复句。上片分句数与始词同，增1复句；下片分句数复句型与始词同，分句字数有增减。上片6分句3复句，二/二/二/型复句组；下片6分句2复句，三/三/型复句组。平仄换韵间押，连句韵，间插隔句韵。

4，4。4，4。6，3。

7，3，5。4，6，3。——南宋·张元幹·《全宋词》第1092页

怨王孙

小院春**昼**，晴窗霞**透**。	◆◆◇◆，◇◇◇◆。
把雨燕脂，倚风翠**袖**。	◆◆◇◆，◆◇◆◆。
芳意恼乱人多，暖金荷。	◇◆◆◆◇◇，◆◇◇。
多情不分群葩**后**，	◇◇◆◇◇◆◆，
伤春**瘦**，浅黛眉尖**秀**。	◇◇◆，◆◆◇◇◆。
红潮醉脸，半掩花底重门，怨黄昏。	◇◇◆◆，◆◆◇◆◇◇，◆◇◇。

同体式作品： 无。

209.【秋霁】

【春霁】

1. 始词南唐李煜作。

2. 又名【春霁】。
3. 或曰李煜词为宋无名氏作，如是则该调署名始词为北宋曾纡作。姑将传李煜词作“始词一”，曾纡词作“始词二”。
4. 双片，上片五韵，下片四韵，仄韵，邻韵通押，隔句韵。

始词一：21 分句 7 复句。双片。上片 10 分句 4 复句，三/三/二/二/型复句组；下片 11 分句 3 复句，三/三/五/型复句组。仄韵，邻韵通押，隔句韵，插一连句韵。

4，5，4。4，4，6。4，7。7，5。
4，4，8。3，4，7。7，4，6，4，4。——（传）南唐·李煜·《全唐五代词》第 774 页

秋霁

虹影侵阶，乍雨歇长空，万里凝**碧**。	◇◆◇◇，△◆◆◇◇，◆◆◇◆。
孤鹜高飞，落霞相映，远状水乡秋**色**。	◇◆◇◇，◆◇◇◆，◆◆◆◇◇◆。
黯然望**极**，动人无限愁如**织**。	◆◇◆◆，◆◇◇◆◇◇◆。
又听得云外数声，新雁正嘹**呖**。	△◆◆◇◆◆◇，◇◆◆◇◆。
当此暗想，画阁轻抛，	◇◆◆◆，◇◆◆◇◇，
杳然殊无些个消**息**。	◆◇◇◇◇◆◇◇。
漏声稀，银屏冷落，那堪残月照窗**白**。	◆◇◇，◇◇◆◆，◆◇◇◆◇◆。
衣带顿宽犹阻**隔**，算此情苦，	◇◆◆◇◇◆◆，◆◆◇◆，
除非宋玉风流，共怀伤感，有谁知**得**。	◇◇◆◆◇◇，◆◇◇◆，◆◇◆◇。

按：本词一传为宋无名氏作，从该词语言色彩和风格看，无名氏作可能性更大。

同体式作品：无。

始词二：21 分句 7 复句。双片。与传【始词一】句数、句型全同，对应句位的字数或有增减。上片 10 分句 4 复句，三/三/二/二/型复句组；下片 11 分句 3 复句，三/三/五/型复句组。仄韵，隔句韵，间插连句韵。律词。

4，3，6。4，6，4。4，7。3，9。
6，4，4。3，4，7。7，4，6，4，4。——北宋·曾纡·《全宋词》第 732 页

秋霁

木落山明，暮江碧，楼倚太虚寥**廓**。	◆◆◇◇，◆◇◆，◇◆◆◇◇◆。
素手飞觞，钗头笑取金英，满浮桑**落**。	◆◆◇◇，◇◇◆◆◇◇，◆◇◇◆。
鬓云慢**约**，酒红拂破香腮**薄**。	◆◇◆◆，◆◇◆◆◇◇◆。
细细**酌**，帘外任教月转画阑**角**。	◆◆◆，◇◆◆◇◆◆◆◇◆。
当年快意登临，异乡节物，难禁离**索**。	◇◇◆◆◇◇，◆◇◆◆，◇◇◇◆。
故人远，凌波何在，惟有残英共寂**寞**。	◆◇◆，◇◇◇◆，◇◆◇◇◆◆◆。
愁到断肠无处**著**，寄寒香与，	◇◆◆◇◇◆◆，◆◇◇◆，

凭渠问讯佳时，弄粉吹花，为谁梳**掠**。　　◇◇◆◆◇◇，◆◆◇◇，◆◇◇◆。

同体式作品：无。

变体二

与始词复句数相同，分句数有变。

变体二·1

22 分句 7 复句

【变体二·1·1】22 分句 7 复句。上片与始词同，下片分句数增 1。上片 10 分句 4 复句，三/三/二/二/型复句组；下片 12 分句 3 复句，四/三/五/型复句组。仄韵，邻韵通押，隔句韵，间插连句韵。

4，5，4。4，4，6。4，7。3，9。

4，4，4，4。3，4，7。7，4，6，4，4。——南宋·史达祖·《全宋词》第 2343 页

秋霁

江水苍苍，望倦柳愁荷，共感秋**色**。　　◇◆◇◇，△◆◆◇◇，◆◆◇◆。

废阁先凉，古帘空暮，雁程最嫌风**力**。　　◆◆◇◇，◆◇◇◆，◆◇◆◇◇◆。

故园信**息**，爱渠入眼南山**碧**。　　◆◇◆◆，◆◇◆◆◇◇◆。

念上国，谁是脍鲈江汉未归**客**。　　◆◆◆，◇◆◆◇◇◆◆◇◆。

还又岁晚，瘦骨临风，　　◇◆◆◆，◆◆◇◇，

夜闻秋声，吹动岑**寂**。　　◆◇◇◇，◇◆◇◆。

露蛩悲，清灯冷**屋**，翻书愁上鬓毛**白**。　　◆◇◇，◇◇◆◆，◇◇◇◆◆◇◆。

年少俊游浑断**得**，但可怜处，　　◇◆◆◇◇◆◆，◆◆◇◆，

无奈苒苒魂惊，采香南浦，剪梅烟**驿**。　　◇◆◆◆◇◇，◆◇◇◆，◆◇◇◆。

同体式作品：南宋：吴文英 1 首，胡浩然 1 首（【春霁】）。

增减字：

（一）5，4，4。4，4，6。4，7。5，7。○ 4，4，4，4。3，4，7。7，4，6，4，4。南宋：陈允平 1 首（【秋霁】）。

按：陈允平该词，本谱标点与今通常标点略有不同，兹示之：

平湖秋月

千顷玻璃远，送目斜阳，渐下林**阒**。题叶人归，采菱舟散，望中水天一**色**。碾空桂魄，玉绳低转云无**迹**。有素鸥闲伴，夜深呼棹过环**碧**。○相思万里，顿隔婵媛，几回琮台，同驻鸾**翼**。对西风，凭谁问取，人间那得有今**夕**。应笑广寒宫殿**窄**，露冷烟淡，还看数点残星，两行新雁，倚楼横**笛**。

今见标点，上片起首二句作“千顷玻璃，远送目斜阳”；上片末三句标点为：“有素鸥，闲伴夜深，呼棹过环碧。”下片“应笑广寒宫殿窄”，标点为句号，本谱作逗号，与接之四句相组合，五个分句构成一复句，与史达祖词该句位之复句型一致。

【变体二·1·2】22分句7复句。上片与【变体二·1·1】同，下片分句数同，复句型有变。上片10分句4复句，三/三/二/二/型复句组；下片12分句3复句，四/四/四/型复句组。仄韵，隔句韵，间插连句韵。

4，5，4。4，4，6。4，7。3，9。

2，6，4，4。3，4，7，7。4，6，4，4。——南宋·卢祖皋·《全宋词》第2417页

秋霁

虹雨才收，正抱叶残蝉，渐老云**木**。 ◇◆◇◇，△◆◆◇◇，◆◆◇◆。
银汉飞星，玉壶零**露**，万里素秋如**沐**。 ◇◆◇◇，◆◇◇◆，◆◆◆◇◇◆。
倚颦抱**独**，盼娇曾记郎心**目**。 ◆◇◆◆，◆◇◇◆◇◇◆。
向艳歌，偏爱赋情多处寄衷**曲**。 ◆◆◇，◇◆◆◇◇◆◆◇◆。

凄凉，漫有旧月阑干， ◇◇，◆◆◆◆◇◇，
夜凉无因，重照颓**玉**。 ◆◇◇◇，◇◆◇◆。
扇纨收，鸾孤蠹损， ◆◇◇，◇◇◆◆，
一番愁绪黯相**触**，回首寒云空雁**足**。 ◆◇◇◆◇◆，◇◆◇◇◇◆◆。
露井零乱，已是负了桐阴， ◆◆◇◆，◆◆◆◆◇◇，
可堪轻**误**，满篱种**菊**。 ◆◇◇◆，◆◇◆◆。

按：“扇纨收，鸾孤蠹损”，“扇纨收”，纨扇长久不用；“鸾孤”，喻孤独一身；“蠹损”，指纨扇已蛀蚀破损，两句铺叙女子孤独寂寞已久。“回首寒云空雁**足**”，用“鸿雁传书”之说，“空雁足”指大雁足上无有书信，叙述女子盼望心上人音讯而不得。由此理解，从“扇纨收”到“空雁**足**”四句，构成一个完整叙事之复句。对照史达祖之词，两首下片分句数相同，复句型有变，其意味是：词体的“流水句”为词人的写作提供了构思和表达的相对自由，为词体的“铺叙”特色提供了文体支持。

同体式作品：无。

变体二·2

21分句7复句

【变体二·2】21分句7复句。上片第三复句较始词增1分句，11分句4复句，三/三/三/二/型复句组，下片第一、二复句各增1分句、第三复句减1分句，10分句3复句，三/三/四/型复句组。仄韵，隔句韵。

4，5，4。4，4，6。4，3，4。7，5。

4，4，8。7，7，7。4，6，4，4。——南宋·吴潜·《全宋词》第2763页

秋霁

己未六月九日雨后赋

阶砌吟蛩，正竹外萧萧，雨骤风**驶**。 ◇◆◇◇，△◆◆◇◇，◆◆◇◆。
凉浸桃笙，暑消葵扇，借伊一些秋**意**。 ◇◆◇◇，◆◇◇◆，◆◇◆◇◇◆。
枕边茉**莉**，满尘奁，贮香能**腻**。 ◆◇◆◆，◆◇◇，◆◇◇◆。

也不用玉骨冰肌，人伴佳眠**尔**。	◆◆◆◆◆◇◇，◇◆◇◇◆。
谁信此境，渐入华胥，	◇◆◆◆，◆◆◇◇，
旷然不知庄蝶谁**是**。	◆◇◆◇◇◆◇◆。
笑邯郸羁魂客梦，	△◇◇◇◇◆◆，
贪他荣贵暂时**里**，飞鼠扑灯还自**坠**。	◇◇◇◆◆◇◆，◇◆◆◇◇◆◆。
展转惊寤，才听禁鼓三敲，	◆◆◇◆，◇◇◆◆◇◇，
夜声寥阒，又般滋**味**。	◆◇◇◆，◆◇◇◆。

同体式作品：无。

变体二·3

23分句7复句

【变体二·3】23分句7复句。上下片分句数与【变体二·2·1】同，复句型有变。上片11分句4复句，三/三/二/三/型复句组；下片12分句3复句，四/三/五/型复句组。仄韵，隔句韵，间插连句韵。

4，5，4。4，4，6。4，7。3，4，5。

4，4，4，4。3，4，7。7，4，6，4，4。——南宋·周密·《全宋词》第3272页

秋霁

乙丑秋晚，同盟载酒为水月游。商令初肃，霜风戒寒。抚人事之飘零，感岁华之摇落，不能不以之兴怀也。酒阑日暮，怃然成章。

重到西泠，记芳园载酒，画船横**笛**。	◇◆◇◇，◆◇◇◆◆，◆◇◆◇◆。
水曲芙蓉，渚边鸥鹭，依依似曾相**识**。	◆◆◇◇，◆◇◇◆，◇◇◆◇◇◆。
年芳易**失**，段桥几换垂杨**色**。	◇◇◆◆，◆◇◆◆◇◇◆。
谩自惜，愁损庾郎，霜点鬓华**白**。	◆◆◆，◇◆◆◇，◇◆◆◇◆。
残蛩露草，怨蝶寒花，	◇◇◆◆，◆◆◇◇，
转眼西风，又成陈**迹**。	◆◆◇◇，◆◇◇◆。
叹如今，才消量减，尊前孤负醉吟**笔**。	◆◇◇，◇◇◆◆，◇◇◇◆◆◇◆。
欲寄远情秋水**隔**，旧游空在，	◆◆◆◇◇◆◆，◆◇◇◆，
凭高望极斜阳，乱山浮紫，暮云凝**碧**。	◇◇◆◆◇◇，◆◇◇◆，◆◇◇◆。

同体式作品：宋：无名氏1首。

增减字：

(一) 4，5，4。4，4，6。4，7。3，4，4。○ 4，4，4，4。3，4，7。7，4，6，4，4。宋：无名氏1首。

210.【镇西】

【小镇西】

1. 声诗始见唐五代无名氏作，长短句始词北宋柳永作。
2. 唐教坊曲有【镇西乐】【镇西子】，当为本调之源。
3. 又名【小镇西】。
4. 声诗、长短句二体。声诗七言四句三平韵，连句韵、隔句韵；长短句，双片，始词每片五仄韵，变体韵数增一，隔句韵，间插连句韵。

声诗

七言声诗：4分句2复句，二/二/型复句组。平韵，连句韵，隔句韵。律词。

7，7。7，7。——唐五代·无名氏·《乐府诗集》第1129页

小镇西

天边物色更无**春**，只有羊群与马**群**。	◇◇◆◆◆◇◇，◆◆◇◇◆◆◇。
谁家营里吹羌笛，哀怨教人不忍**闻**。	◇◇◇◆◇◇◆，◇◆◇◇◆◆◇。

同体式作品：唐五代：无名氏1首。

长短句

始词：19分句，5复句1单句。双片。上片10分句3复句，二/二/六/型复句组；下片9分句，1单句2复句，一/三/五/型单句复句组合。仄韵，隔句韵。律词。

5，4。3，4。3，3，4，4，4，4。

3。5，4，7。3，5，4，4，6。——北宋·柳永·《全宋词》第43页

小镇西

意中有个人，芳颜二**八**。	◆◇◆◆◇，◇◇◆◆，
天然俏，自来奸**黠**。	◇◇◆，◆◇◇◆。
最奇**绝**，是笑时，媚靥深深，	◆◇◆，◆◆◇，◆◆◇◇，
百态千娇，再三偎著，再三香**滑**。	◆◆◇◇，◆◇◇◆，◆◇◇◆。
久离**缺**。	◆◇◆。
夜来魂梦里，尤花殢**雪**，	◆◇◇◆◆，◇◇◆◆，
分明似旧家时**节**。	◇◇◆◆◇◇◆。
正欢**悦**，被邻鸡唤起，一场寂寥，	◆◇◆，◆◇◇◆◆，◆◆◆◇，
无眠向晓，空有半窗残**月**。	◇◇◆◆，◇◆◆◇◇◆。

同体式作品：无。

变体三

与始词分句数相同，复句数单句数有变。

【变体三】19 分句，6 复句 2 单句。上片较始词减 1 分句、增 1 单句；下片增 1 分句、1 复句。上片 9 分句，3 复句 1 单句，二/二/四/一/型复句单句组合；下片 10 分句，3 复句 1 单句，三/二/四/一/型复句单句组合。仄韵，隔句韵，间插连句韵。

5，4。3，4。3，5，4，4。6。

3，5，4。3，4。3，5，4，4。6。——北宋·蔡伸·《全宋词》第 1027 页

镇西

秋风吹暗雨，重衾寒**透**。	◇◇◇◆◆，◇◇◇◆，
伤心听，晓钟残**漏**。	◇◇◆，◆◇◇◆。
凝情**久**，记红窗夜雪，	◇◇◆，△◇◇◆◆，
促膝围炉，交杯劝**酒**。	◆◆◇◇，◇◇◆◆。
如今顿孤欢**偶**。	◇◇◆◇◇◆。
念别**后**，菱花清镜里，眉峰暗**斗**。	◆◆◆，◇◇◇◆◆，◇◇◆◆。
想标容，怎禁销**瘦**。	◆◇◇，◆◇◇◆。
忍回**首**，但云笺妙墨，	◆◇◆，◆◇◇◆◆，
鸳锦啼妆，依然似**旧**。	◇◆◇◇，◇◇◆◆。
临风泪沾襟**袖**。	◇◇◆◇◇◆。

同体式作品：无。

同源词调：【小镇西犯】

1. 始词北宋柳永作。
2. 双片，上片五韵，下片六韵，仄韵，隔句韵、隔句韵。
3. 此调仅见柳永一首。

始词：17 分句 8 复句。较【小镇西】减 2 分句，去 2 单句，增 2 复句。上片 8 分句 4 复句，二/二/二/二/型复句组；下片 9 分句 4 复句，三/二/二/二/型复句组。仄韵，隔句韵，间插连句韵。律词。

5，4。3，4。6，4。3，5。

3，5，4。3，4。6，4。3，5。——北宋·柳永·《全宋词》第 44 页

小镇西犯

水乡初禁火，青春未**老**。	◆◇◇◆◆，◇◇◆◆。
芳菲满，柳汀烟**岛**。	◇◇◆，◆◇◇◆。

波际红帏缥**缈**，尽杯盘**小**。　　◇◆◇◇◆◆，◆◇◇◆，
歌祓禊，声声谐楚**调**。　　◇◇◆，◇◇◇◆◆。

路缭**绕**，野桥新市里，花秾妓**好**。　　◆◇◆，◆◇◇◆◆，◇◇◆◆。
引游人，竞来喧**笑**。　　◆◇◇，◆◇◇◆。
酩酊谁家年**少**，信玉山**倒**。　　◆◆◇◇◇◆，△◆◇◆。
家何处，落日眠芳**草**。　　◇◇◆，◆◆◇◇◆。

同体式作品：无。

211.【塞姑】

【塞孤】

1. 声诗为唐五代无名氏作，长短句始词为北宋柳永作。
2. 声诗调名《塞姑》，长短句调名作《塞孤》。
3. 六言声诗，四句三仄韵，连句韵、隔句韵；长短句，双片，每片六仄韵，隔句韵，间插连句韵。

声诗

六言声诗：4 分句 2 复句，二/二/型复句组。仄韵，连句韵、隔句韵。

6，6。6，6。——唐五代·无名氏《乐府诗集》第 1128 页

塞姑

昨日卢梅塞**口**，整见诸人镇**守**。　　◆◆◇◇◆◆，◆◆◇◇◆◆。
都护三年不归，折尽江边杨**柳**。　　◇◆◇◇◆◇，◆◆◇◇◇◆。

同体式作品：无。

长短句

始词：24 分句 10 复句。双片。每片 12 分句 5 复句，二/二/二/四/二/型复句组。仄韵，隔句韵，间插连句韵。

3，5。6，7。3，3。3，3，3，3。4，4。
5，5。6，7。3，3。3，3，3，3。3，4。——北宋·柳永·《全宋词》第 49 页

塞孤

一声鸡，又报残更**歇**。　　◆◇◇，◆◆◇◇◆。
秣马巾车催**发**，草草主人灯下**别**。　　◆◆◇◇◇◆，◆◆◆◇◇◆◆。
山路险，新霜**滑**。　　◇◆◆，◇◇◆。

瑶珂响，起栖乌，金镫冷，敲残**月**。	◇◇◆，◆◇◇，◇◆◆，◇◇◆。
渐西风紧，襟袖凄**冽**。	△◇◇◆，◇◆◇◆。
遥指白玉京，望断黄金**阙**。	◇◆◆◆◇，◆◆◇◇◆。
还道何时行**彻**，算得佳人凝恨**切**。	◇◆◇◇◇◆，◆◆◇◇◇◆◆。
应念念，归时**节**。	◇◆◆，◇◇◆。
相见了，执柔荑，幽会处，偎香**雪**。	◇◆◆，◆◇◇，◇◆◆，◇◇◆。
免鸳衾，两恁虚**设**。	◆◇◇，◆◆◇◆。

同体式作品：无。

变体三

较始词分句数复句数皆变

【变体三】22 分句 9 复句。上片与始词同，12 分句 5 复句，二/二/二/四/二/型复句组；下片减 2 分句 1 复句，10 分句 4 复句，二/二/四/二/型复句组。仄韵，隔句韵、连句韵。

3，5。6，7。3，3。3，3，3，3。3，4。

5，5。6，7。5，3，3，6。3，4。——南宋·朱雍·《全宋词》第 1511 页

塞孤

次柳耆卿韵

雪江明，练静波声**歇**。	◆◇◇，◆◆◇◇◆。
玉浦梅英初**发**，隐隐瑶林堪乍**别**。	◆◆◇◇◇◆，◆◆◇◇◇◆◆。
琼路冷，云阶**滑**。	◇◆◆，◇◇◆。
寒枝晚，已黄昏，铺碎影，留新**月**。	◇◇◆，◆◇◇，◇◆◆，◇◇◆。
向亭皋，一任风**冽**。	◆◇◇，◆◆◇◆。
歌起郢曲时，目断秦城**阙**。	◇◆◆◆◇，◆◆◇◇◆。
远道冰车清**彻**，追念酥妆凝望**切**。	◆◆◇◇◇◆，◇◆◇◇◇◆◆。
淡伫迎佳**节**，	◆◆◇◇◆，
应暗想，日边人，聊寄与同欢**悦**。	◆◆◆，◆◇◇，◇◆◆◇◇◆。
劝清尊，忍负盟**设**。	◆◇◇，◆◆◇◆。

同体式作品：无。

212.【柘枝引】

【柘枝行】【柘枝令】

1. 始词传为唐五代无名氏作。

2. 本源为唐教坊《柘枝》大曲（见《教坊记》），宴乐歌舞曲。唐章孝标《柘枝》：“柘枝初出鼓声招，花钿罗衫耸细腰。移步锦靴空绰约，迎风绣帽动飘飖。亚身踏节鸾形转，背面羞人凤影娇。只恐相公看未足，便随风雨上青霄。”宋代承唐代传统，亦为宴乐歌舞曲，存词有史浩《柘枝舞》队舞歌词二首、王义山《乐语》队舞歌词三首，调名作【柘枝令】。

3. 单片、双片二体。单片三平韵，连句韵间隔句韵；双片有平韵，仄韵二式，上片三韵，下片二韵或三韵；连句韵、隔句韵。

单片

始词：单片。4 分句 2 复句，二/二/型复句组。平韵，连句韵、隔句韵。律词。

7，5。5，7。——（传）唐·无名氏·《全唐五代词》第 1090 页

柘枝引

将军奉命即须**行**，塞外领强**兵**。　◇◇◆◆◆◇◇，◆◆◆◇◇。
闻道烽烟动，腰间宝剑匣中**鸣**。　◇◆◇◇◆，◇◇◆◆◆◇◇。

按：调名一作【柘枝行】。

同体式作品：无。

双片

始词：9 分句 4 复句。双片。上片 5 分句 2 复句，二/三/型复句组；下片 4 分句 2 复句，二/二/型复句组。仄韵，起首连句韵，继隔句韵。律词。

7，5。3，4，6。
7，6。7，5。——南宋·史浩·《全宋词》第 1256 页

柘枝令

回头却望尘寰**去**，喧画堂箫**鼓**。　◇◇◆◆◇◇◆，◇◆◇◇◆。
整云鬟，摇曳青绡，爱一曲柘枝**舞**。　◆◇◇，◇◆◇◇，△◆◆◆◇◆。

好趁华封盛祝笑，共指南山烟**雾**。　◆◆◇◇◇◆◆，◆◆◇◇◇◆。
蟠桃仙酒醉升平，望凤楼归**路**。　◇◇◇◆◆◇◇，△◆◇◇◆。

同体式作品：无。

增减字：

（一）6，5。3，4，6。○ 7，6。7，5。南宋：史浩 1 首。

变体一

与始词分句数相同，复句型有变。

【变体一】9 分句 4 复句。上片第二复句较始词减 1 分句，下片第一复句增 1 分句。上片 4 分句 2 复句，二/二/型复句组；下片 5 分句 2 复句，三/二/型复句组。平韵，隔句韵、

连句韵。律词。

7，5。7，5。

6，3，4。7，5。——南宋·王义山·《全宋词》第3061页

柘枝令

风吹仙袂飘飘举，底事下蓬**莱**。	◇◇◇◆◇◇◆，◆◆◆◇◇。
东朝遥祝万年**杯**，玉液泻金**罍**。	◇◇◇◆◆◇◇，◆◆◆◇◇。
天上蟠桃又熟，晕酡颜，红染芳**腮**。	◇◆◇◇◆◆，◆◇◇，◇◆◇◇。
年年摘取献天**阶**，齐舞柘枝**来**。	◇◇◆◆◆◇◇，◇◆◆◇◇。

同体式作品：无。

变体二

较始词复句数不变，分句数减1。

【变体二】8分句4复句。上片第二复句较始词减1分句，下片与始词同，每片4分句2复句，二/二/型复句组。平韵，隔句韵、连句韵。律词。

7，5。7，5。

7，6。7，5。——南宋·王义山·《全宋词》第3061页

柘枝令

西山元是神仙境，瑞气郁森**森**。	◇◇◇◆◇◇◆，◆◆◆◇◇。
彩鸾飞下五云**深**，急管递繁**音**。	◆◇◇◆◆◇◇，◆◆◆◇◇。
碧鬓□斜花欲颤，轻盈莲步移**金**。	◆◆□◇◇◆◆，◇◇◇◆◇◇。
柴檀催拍莫沉**吟**，传入柘枝**心**。	◇◇◇◆◆◇◇，◇◆◆◇◇。

同体式作品：南宋：王义山1首。

213.【金殿乐】

【金殿乐慢】

1. 声诗始见唐无名氏一首；长短句始词为宋无名氏作。
2. 五言声诗，二平韵，隔句韵；长短句，双片，每片三平韵，起句入韵，隔句韵。

声诗

五言声诗：4分句2复句，二/二/型复句组。平韵，隔句韵。律词。

5，5。5，5。——（传）唐五代·无名氏·《乐府诗集》第1125页

金殿乐

入夜秋砧动，千门起四**邻**。　◆◆◇◇◆，◇◇◆◆◇。

不缘楼上月，应为陇头**人**。　◆◇◇◆◆，◇◆◆◇◇。

同体式作品：无。

长短句

始词：11分句4复句。双片。上片5分句2复句，二/三/型复句组；下片6分句2复句，四/二/型复句组。平韵，上片首二句连韵，继隔句韵。

4，6。4，3，4。

3，3，3，4。7，7。——宋·无名氏·《全宋词》第3829页

金殿乐

驾紫鸾**軿**，乘风缥缈游**仙**。　◆◆◇◇，◇◇◆◆◇◇。

红霓蘸影，近瑶池，鹤戏芝**田**。　◇◇◆◆，◆◇◇，◆◆◇◇。

临蕙圃，饮琼**泉**，上萧台，遥瞻九**天**。　◇◆◆，◆◇◇，◆◇◇，◇◇◆◇。

对真人蕊书亲授，已向南宫仕长**年**。　◆◇◇◆◇◇◆，◆◆◇◇◆◇◇。

同体式作品：无。

214.【石州】

1. 始词见宋郭茂倩《乐府诗集·杂曲歌辞》，内容、语体与敦煌写本歌辞颇接近，故推为唐五代曲子辞。
2. 唐宋教坊均有【石州】大曲。宋洪迈《容斋随笔》：“今乐府所传大曲皆出于唐，而以州名者五：伊、凉、熙、石、渭也。”
3. 双片，上片三韵，下片二韵，平韵，连句韵、隔句韵。

始词：8分句4复句。双片。上片4分句2复句，二/二/型复句组；下片4分句2复句，二/二/型复句组。平韵，连句韵、隔句韵。律词。

7，7。5，5。

5，5。5，5。——唐五代·无名氏·《乐府诗集》第1122页

石州

自从君去远巡**边**，终日罗帏独自**眠**。　◆◇◇◆◆◇◇，◇◆◇◇◆◆◇。

看花情转切，揽镜泪如**泉**。　◆◇◇◆◆，◆◆◆◇◇。

一自离君后，啼多双脸**穿**。　◆◆◇◇◆，◇◇◇◆◇。

何时狂虏灭，免得更留**连**。　◇◇◇◆◆，◆◆◆◇◇。

同体式作品：无。

同源词调：【石州引】

【石州词】【石州慢】

1. 始词北宋贺铸作。
2. 【石州】大曲摘遍单行词调，又名【石州词】【石州慢】。
3. 双片，上片四韵，下片五韵，仄韵，隔句韵。

始词：21 分句 8 复句。双片。上片 10 分句 4 复句，三/二/三/二/型复句组；下片 11 分句 4 复句，四/二/三/二/型复句组。仄韵，邻韵通押，隔句韵。

4，4，4。6，6。4，6，7。5，5。

2，4，4，4。4，6。4，6，7。5，5。——北宋·贺铸·《全宋词》第 540 页

石州引

薄雨初寒，斜照弄晴，春意空**阔**。	◆◆◇◇，◇◆◆◇，◇◆◇◆。
长亭柳色才黄，远客一枝先**折**。	◇◇◆◆◇◇，◆◆◆◇◇◆。
烟横水际，映带几点归鸦，	◇◇◆◆，◆◆◆◆◇◇，
东风销尽龙沙**雪**。	◇◇◇◆◇◇◆。
还记出关来，恰而今时**节**。	◇◆◆◇◇，△◇◇◇◆。
将**发**，画楼芳酒，红泪清歌，顿成轻**别**。	◇◆，◆◇◇◆，◇◆◇◇，◆◇◇◆。
已是经年，杳杳音尘多**绝**。	◆◆◇◇，◆◆◇◇◇◆。
欲知方寸，共有几许清愁，	◆◇◇◆，◆◆◆◆◇◇，
芭蕉不展丁香**结**。	◇◇◆◆◇◇◆。
枉望断天涯，两厌厌风**月**。	△◆◆◇◇，◆◇◇◇◆。

同体式作品：南宋：张元幹 1 首，谢懋 1 首，章谦亨 1 首，张炎 1 首。

增减字：

(一) 4，4，4。6，6。4，6，7。5，5。○ 2，4，4，4。6，4。4，6，7。5，5。南宋：张元幹 1 首。

(二) 4，4，4。6，6。4，6，7。5，5。○ 2，5，4，4。4，6。4，6，7。5，5。南宋：申纯 1 首。

变体二

较始词复句数不变，分句数有变。

变体二·1

20 分句 8 复句

【变体二·1】20 分句 8 复句。上片与始词同，下片第一复句减 1 分句。每片 10 分句 4 复句，三/二/三/二/型复句组。仄韵，邻韵通押，隔句韵。

4，4，4。6，6。4，6，7。5，5。

2，6，6。6，4。5，5，5。5，5。——北宋·胡松年·《全宋词》第 983 页

石州词

月上疏帘，风射小窗，孤馆岑**寂**。	◆◆◇◇，◇◆◆◇，◇◆◇◆。
一杯强洗愁怀，万里堪嗟行**客**。	◆◇◇◆◇◇，◆◆◇◇◇◆。
乱山无数，晚秋云物苍然，	◆◇◇◆，◆◇◇◆◇◇，
何如轻抹淮山**碧**。	◇◇◇◆◇◇◆。
喜气拂征衣，作眉间黄**色**。	◆◆◆◇◇，△◇◇◇◆。
役**役**，马头尘暗斜阳，陇首路回飞**翼**。	◆◆，◆◇◇◆◇◇，◆◆◆◇◇◆。
梦里姑苏城外，钱塘江**北**。	◆◆◇◇◇◆，◇◇◇◆。
故人应念我，负吹帽佳时，同把金英**摘**。	◆◇◇◆◆，◆◆◆◇◇，◇◆◇◇◆。
归路且加鞭，看梅花消**息**。	◇◆◆◇◇，△◇◇◇◆。

同体式作品：南宋：胡松年 1 首。

增减字：

(一) 4，4，4。6，6。4，6，7。5，5。○ 2，6，6。4，6。4，6，7。5，5。南宋：赵文 1 首。

变体二·2

23 分句 8 复句

【变体二·2】23 分句 8 复句。上片第二复句较始词增 1 分句，下片第三复句增 1 分句。上片 11 分句 4 复句，三/三/三/二/型复句组；下片 12 分句 4 复句，四/二/四/二/型复句组。仄韵，隔句韵。

4，4，4。4，4，4。4，4，5。6，5。

2，4，4，4。4，6。4，4，4，5。4，6。——北宋·王之道·《全宋词》第 1152 页

石州慢

和董令升《岁除》

磔攘送寒，燔烈兴岁，又颁尧**历**。	◆◇◆◇，◇◆◇◆，◆◇◇◆。
青霭烧痕，绿浮风皱，暖回春**色**。	◇◆◇◇，◆◇◇◆，◆◇◇◆。
地天交泰，时当倾否，五鬼休相**厄**。	◆◇◇◆，◇◇◇◆，◆◆◇◇◆。
何妨笑倚东风，一饮杯三**百**。	◇◇◆◆◇◇，◆◆◇◇◆。
长**忆**，苻坚入寇，功高晋室，无如安**石**。	◇◆，◇◇◆◆，◇◇◆◆，◇◇◇◆。
义概雄心，辄莫等闲抛**掷**。	◆◆◇◇，◆◆◆◇◇◆。
盖壤声名，鼎彝勋**业**，	◆◆◇◇，◆◇◇◆，

朋溪虽好，未放终闲**逸**。	◇◇◇◆，◆◆◇◇◆。
喈喈黄鸟，更看壶中春**日**。	◇◇◇◆，◆◆◇◇◇◆。

同体式作品：无。

增减字：

（一）4，4，4。4，4，4。4，5，5。6，5。○ 2，4，4，4。4，6。4，4，4，5。4，6。南宋：王之道1首。

215. 【后庭宴】

1. 始词传为北周无名氏作。
2. 南宋陈岩肖《庚溪诗话》："宣政间，修西京洛阳大内，掘地得一碑，隶书小词一阕，名《后庭宴》，……余见此碑墨本于李丙仲南家，仲南云得之张魏公侄椿处也。"宣政，北周武帝宇文邕年号（587年）。但从词风和语体看，年代颇有疑问。姑作唐五代无名氏词备录之。
3. 双片，上片二韵，下片三韵，仄韵，连句韵、隔句韵。
4. 此调仅见此1首。

始词：12分句5复句。双片。上片5分句2复句，三/二/型复句组；下片7分句3复句，三/二/二/型复句组。仄韵，隔句韵，间插连句韵。律词。

4，4，7。7，7。

6，3，3。4，5。5，5。——（传）北周·无名氏·《隋唐五代燕乐杂言歌辞集》第800页

后庭宴

千里故乡，十年华屋，乱魂飞过屏山**簇**。	◇◆◆◇，◆◇◇◆，◆◇◇◆◇◇◆。
眼重眉褪不胜春，菱花知我销香**玉**。	◆◇◇◆◆◇◇，◇◇◇◆◇◇◆。
双双燕子归来，应解笑，人幽**独**。	◇◇◆◆◇◇，◇◆◆，◇◇◆。
断歌零舞，遗恨清江**曲**。	◆◇◇◆，◇◆◇◇◆。
万树绿低迷，一庭红扑**簌**。	◆◆◆◇◇，◆◇◇◆◆。

同体式作品：无。

216. 【踏阳春】

1. 始词传为唐五代无名氏作。

2. 单片二平韵，隔句韵。
3. 此调仅此 1 首，无继作。

始词：单片。4 分句 2 复句，二/二/型复句组。平韵，隔句韵。律词。

3，7。7，7。——（传）唐五代·无名氏·《隋唐五代燕乐杂言歌辞集》第 514 页

踏阳春，人间二月雨和**尘**。	◆◇◇，◇◇◆◆◆◇◇。
阳春踏尽秋风起，肠断人间白发**人**。	◇◇◆◆◇◇◆，◇◆◇◇◆◆◇。

同体式作品：无。

217.【伤春曲】

1. 始词传为唐五代无名氏作。
2. 单片四仄韵，邻韵通押，连句韵、隔句韵。

始词：单片。8 分句 2 复句，四四/型复句组。入声韵，换韵、遥韵，连句韵、隔句韵。

4，4，4，4。5，3，7，7。——（传）唐五代·无名氏·《全唐五代词》第 795 页

伤春曲

芳菲时**节**，花压枝**折**，	◇◇◇◆，◇◆◇◆。
蜂蝶撩乱，阑槛光**发**。	◇◆◇◆，◇◆◇◆。
一旦碎花魄，葬花骨，	◆◆◆◇◆，◆◇◆，
蜂兮蝶兮何不知，空使雕阑对明**月**。	◇◇◆◇◇◆◇，◇◆◇◇◆◇◆。

同体式作品：无。

218.【鱼游春水】

1. 始词约为五代-宋无名氏作。
2. 宋吴曾《能改斋漫录》："政和中，一中贵人使越州回，得词于古碑阴，无名无谱，不知何人作也。录以进御，命大晟府撰腔，因词中语，赐名'鱼游春水'。"宋杨湜《古今词话》："东都防河卒于汴河上掘地得石刻，有词一阕，不题其目。臣僚进上，上喜其藻思绚丽，欲命其名，遂摭词中四字，名曰'鱼游春水'，令教坊倚声歌之。"依此，本调约为五代至北宋早期民间传播的无名氏之词。
3. 双片。每片五仄韵，偶见每片六仄韵，连句韵，隔句韵。

始词：16 分句 8 复句。双片。每片 8 分句 4 复句，二/二/二/二/型复句组。仄韵，邻韵通押，连句韵、隔句韵。

5，7。4，6。7，7。4，4。

6，7。7，4。7，7。4，4。——五代-宋·无名氏·《隋唐五代燕乐杂言歌辞集》第 801 页

鱼游春水

秦楼东风**里**，燕子还来寻旧**垒**。	◇◇◇◇◆，◆◆◇◇◇◆◆。
余寒初退，红日薄侵罗**绮**。	◇◇◇◆，◇◆◆◇◇◆。
嫩草初抽碧玉簪，媚柳轻窣黄金**缕**。	◆◆◇◇◆◆◇，◆◆◇◆◇◇◆。
莺啭上林，鱼游春**水**。	◇◆◆◇，◇◇◇◆。
几曲阑干遍**倚**，又是一番新桃**李**。	◆◆◇◇◆◆，◆◆◆◇◇◇◆。
佳人应念归期**未**，梅妆泪**洗**。	◇◇◇◆◇◇◆，◇◇◆◆。
凤箫声绝沉孤雁，目断清波无双**鲤**。	◆◇◇◆◇◇◇，◆◆◇◇◇◇◆。
云山万重，寸心千**里**。	◇◇◆◇，◆◇◇◆。

同体式作品：无。

增减字：

（一）5，7。4，6。7，7。4，4。○ 6，7。6，4。7，7。4，4。南宋：张元幹 1 首，吕胜己 1 首，马子严 1 首，卢祖皋 1 首，吴泳 1 首，赵闻礼 1 首。

变体二

较始词复句数不变，分句数增 1。

【变体二】17 分句 8 复句。上片与始词同，8 分句 4 复句，二/二/二/二/型复句组；下片第一复句增 1 分句，9 分句 4 复句，三/二/二/二/型复句组。仄韵，起首二句连韵，继隔句韵。

5，7。4，6。7，7。4，4。

6，3，4。6，4。7，7。4，4。——南宋·李刘·《全宋词》第 2320 页

鱼游春水

寿衔大参

湖南三千**里**，百万人家争送**喜**。	◇◇◇◇◆，◆◆◇◇◇◆◆。
元戎初度，和气水流山**峙**。	◇◇◇◆，◇◆◆◇◇◆。
荆楚中间寿域开，翼轸傍边台躔**起**。	◇◆◇◇◆◆◇，◆◆◆◇◇◇◆。
崧岳降神，维箕骑**尾**。	◇◆◆◇，◇◇◇◆。
见说君王注**倚**，问舟楫，盐梅谁**是**。	◆◆◇◇◆◆，◆◇◆，◇◇◇◆。
国人争望周公，东归几**几**。	◆◇◇◆◇◇，◇◇◆◆。
功名多载旗常上，福禄平分天壤**里**。	◇◇◇◆◇◇◆，◆◆◇◇◇◆◆。
家家弦管，年年孤**矢**。	◇◇◇◆，◇◇◇◆。

同体式作品：无。

国家出版基金项目
NATIONAL PUBLICATION FOUNDATION

唐五代两宋词调体式源流谱

中

李昌集 著

凤凰出版社

三、北宋文人始用词调

北宋是词体演变史上最重要的时代。今见宋代文人始用词调，约三分之二在北宋产生。词调音乐与相应词式——令、引、近、慢、序，诸体纷呈并臻于成熟，尤其是长调慢词的普及，是北宋文人词体建构的一大历史贡献。在词体广泛传唱背景下，一调诸词既有“同体”亦有若干“又一体”，体现了词体建构的活力。宋词写作的“变体”远较唐五代文人词突出，一个词调作为一个特定的“小文体”，既有大体统一的程式框架，又有局部的灵活性，“同体”与“变体”的并行，体现了文人词体建构“变体”和走向规则化的双重态势。在语体上，北宋文人词体汲取了白话通语和散文体元素，对传统诗体既有汲取又有突破，在语体形态、叙述方式、表意结构诸方面，建构了词体文学的“自体”格调。还值得注意的是：承继传统大曲的“多遍体”套词、不同曲调组合的“多调体”套词、摘取数调乐句而成一调的“犯调”，在北宋出现，虽然只是词体建构的微小一隅，但却是后世“曲”体的初萌形态。本谱梳理的北宋文人始用词调380名，同源新生词调38名，总计418调。

219.【导引】

1. 始词北宋和岘作。
2. 宋鼓吹曲。一名【道引】【平调发引】。“导引”，仪式乐歌的起始乐曲，《宋史·乐志》：“鼓吹始自唐制，卤簿大驾、法驾、小驾皆有其乐，宋初因之。车驾出入，前后部用金钲、捆鼓等乐，歌【导引】一曲。郊祀、籍田、明堂，各有《导引》。其曲有正宫、黄钟宫、仙吕调之异，各随所用奏之。”
3. 宋代礼乐、燕乐歌辞，以数曲联章构成，或同调联章，异调联章多由【导引】【六州】【十二时】三曲为主干，兹对各调词式分别谱之（【十二时】见前谱），完篇组词见本谱附录。
4. 单片、双片二体，以单片为普行。单片六韵或五韵，平韵，偶为仄韵，隔句韵、连句韵；双片上片六韵，下片五韵，平韵，隔句韵，偶插连句韵。

双片体
始词：18分句8复句。双片。每片9分句4复句，三/二/二/二/型复句组。平韵，连句韵、隔句韵。律词。 4，5，5。7，5。7，5。7，5。

4，5，5。7，5。7，5。7，5。——北宋·和岘·《全宋词》第1页

开宝元年南郊鼓吹曲

导引

气和玉烛，睿化著鸿**明**，缇管一阳**生**。	◆◇◆◆，◆◆◆◇◇，◇◆◆◇◇。
郊禋盛礼燔柴毕，旋轸凤凰**城**。	◇◇◆◆◇◇◆，◆◆◆◇◇。
森罗仪卫振华**缨**，载路溢欢**声**。	◇◇◇◆◆◇◇，◆◆◆◇◇。
皇图大业超前古，垂象泰阶**平**。	◇◇◆◆◇◇◆，◇◆◆◇◇。
岁时丰衍，九土乐升平，睹寰海澄**清**。	◆◇◇◆，◆◆◆◇◇，△◇◆◇◇。
道高尧舜垂衣治，日月并文**明**。	◆◇◇◆◇◇◆，◆◆◆◇◇。
嘉禾甘露登歌荐，云物焕祥**经**。	◇◇◇◆◇◇◆，◇◆◆◇◇。
兢兢惕惕持谦德，未许禅云**亭**。	◇◇◆◆◇◇◆，◆◆◆◇◇。

同体式作品：南宋：无名氏8首。

单片体

始词：单片。9分句4复句，三/二/二/二/型复句组。与双片体单片体式全同。《全宋词》划为双片，兹作单片处理。平韵，连句韵、隔句韵。律词。

4，5，5。7，5。7，5。7，5。——宋·王珪·《全宋词》第201页

奉安真宗皇帝御容于寿星观永崇殿

导引

忆玉清景，繁盛极当**时**，千古事难**追**。	△◆◇◆，◇◆◆◇◇，◇◆◆◇◇。
汉家别庙秋风起，空出奉宸**衣**。	◆◇◆◆◇◇◆，◇◆◆◇◇。
三山浮海日晖**晖**，羽盖共云**飞**。	◇◇◇◆◆◇◇，◆◆◆◇◇。
灵宫旧是栖真处，还望玉舆**归**。	◇◇◆◆◇◇◆，◇◆◆◇◇。

同体式作品：北宋：王珪3首，苏轼2首。南宋：洪适1首，周必大3首，无名氏65首。

增减字：

(一) 4，5，5。7，5。6，5。7，5。北宋：范祖禹2首。

(二) 3，5，5。7，5。7，5。7，5。北宋：无名氏1首。南宋：楼钥2首，无名氏1首。

变体一

与始词分句数复句数相同，复句型有变。

【变体一】9分句4复句，二/二/三/二/型复句组。平韵，连句韵、隔句韵。

7，6。7，7。7，3，3。5，7。——宋·无名氏·《全宋词》第3728页

显仁皇后上仙发引三首

导引

长乐晚彩戏莱**衣**，奄忽梦报仙**期**。	◇◆◆◆◆◇◇，◆◆◆◆◇◇。

帝乡渺渺乘鸾去，啼红嫔御不胜**悲**。　◆◇◆◆◇◇◆，◇◇◇◆◆◇◇。
苍梧烟水杳难**追**，肠断处，过江**时**。　◇◇◇◆◆◇◇，◇◆◆，◆◇◇。
银涛千万叠，不知何处是瑶**池**。　◇◇◇◆◆，◆◇◇◆◆◇◇。

同体式作品：无。

变体二

复句数不变，分句数有变。

变体二·1

11分句4复句

【变体二·1·1】较始词分句数增2，11分句4复句，三/三/二/三/型复句组。平韵，隔句韵、连句韵。律词。

4，5，5。3，4，5。7，5。3，4，5。——北宋·范祖禹·《全宋词》第368页

虞主祔庙日

中吕导引

延和幄座，临御九年**中**，往事已成**空**。　◇◇◆◆，◇◆◆◇◇，◆◆◆◇◇。
皇基固，覆盂四海，本自太任**功**。　◇◇◆，◆◇◆◆，◆◆◆◇◇。
九虞初毕下西**宫**，朝祏与天**崇**。　◆◇◇◆◆◇◇，◇◆◆◇◇。
周家盛，卜年卜世，万祀永无**穷**。　◇◇◆，◆◇◆◆，◆◆◆◇◇。

同体式作品：无。

【变体二·1·2】11分句4复句。三/三/二/三/型复句组。仄韵，隔句韵，连句韵。

4，5，5。6，3，3。7，5。6，3，3。——宋·无名氏·《全宋词》第3714页

三圣御容赴南京鸿庆宫

（庆历七年）

导引

炎精凿乾，正统膺瑶**历**，万宇归神**德**。　◇◇◆◇，◆◆◇◇◆，◆◆◇◇◆。
以圣继圣三后，光声明，扬典**则**。　◆◆◆◆◇◆，◇◇◇，◇◆◆。
天清日润莹玉**泽**，华殿辉金**碧**。　◇◇◆◆◇◆◆，◇◆◇◇◆。
宸心思孝仙驭，三灵休，绥万**亿**。　◇◇◇◆◇◆，◇◇◇，◇◆◆。

同体式作品：无。

增减字：

（一）4，5，5。3，4，5。7，5。3，4，5。南宋：无名氏1首。

【变体二·1·3】11分句4复句。三/二/三/三/型复句组。平韵，隔句韵，间插连句韵。

3，7，3。7，3。4，5，5。5，3，3。——宋·无名氏·《全宋词》第3720页

慈圣光献皇后发引四首（其一）

（元丰二年）

仪仗内导引

驾斑**龙**，忽催金母转仙仗，去瑶**宫**。	◆◇◇，◆◇◇◆◆◇◆，◆◇◇。
绛阙深沉杳无**踪**，渐尘**空**。	◆◆◇◇◆◇◇，◆◇◇。
丝网琼林，花似怨东**风**，垂清露啼**红**。	◇◆◇◇，◇◆◆◇◇，◇◇◆◇◇。
犹想旧春**中**，献万寿，宝船**空**。	◇◆◆◇◇，◆◆◆，◆◇◇。

同体式作品：无。

【变体二·1·4】11 分句 4 复句。四/二/三/二/型复句组。平韵，隔句韵，结末连句韵。律词。

3，4，3，3。7，7。7，3，3。5，7。——宋·无名氏·《全宋词》第 3730 页

安恭皇后上仙发引三首（其一）

（神宗八年）

导引

金殿晚，愁结坤**宁**，天下母，忽仙**升**。	◇◆◆，◇◆◇◇，◇◆◆，◆◇◇。
云山浩浩归何处，但闻空际彩鸾**声**。	◇◇◆◆◇◇◆，◆◇◇◆◆◇◇。
紫箫断后无踪迹，烟霭霭，夜澄**澄**。	◆◇◆◆◇◇◆，◇◆◆，◆◇◇。
晓梦到瑶**城**，当时花木正冥**冥**。	◆◆◆◇◇，◇◇◇◆◆◇◇。

同体式作品：无。

变体二·2

13 分句 4 复句

【变体二·2】较始词增 4 分句。13 分句 4 复句，四/三/四/二/型复句组。平韵，隔句韵。律词。

3，4，3，3。7，3，4。3，3，3，3。5，7。——南宋·洪迈·《全宋词》第 1489 页

高宗梓宫发引三首

导引

寒日短，草露朝**晞**，仙鹤下，梦云**归**。	◇◆◆，◆◆◇◇，◇◆◆，◆◇◇。
大椿亭畔苍苍柳，怅无由，挽住天**衣**。	◆◇◇◆◇◇◆，◆◇◇，◆◆◇◇。
昭阳深，暝鸦**飞**，愁带箭，恋恩**栖**。	◇◇◇，◆◇◇，◇◆◆，◆◇◇。
笳箫三叠奏，都人悲泪袂成**帷**。	◇◇◇◆◆，◇◇◇◆◆◇◇。

同体式作品：无。

变体二·3

8 分句 4 复句

【变体二·3】8 分句 4 复句。二/二/二/二/型复句组。平韵，首句入韵，隔句韵。

7，5。7，5。7，5。7，5。——宋·无名氏·《全宋词》第 3716 页

袷享太庙

（嘉祐四年）

导引

天仪安豫洽无**为**，九域被雍**熙**。　◇◇◇◆◆◇◇，◆◆◆◇◇。

鸾刀亲割升圭瓒，清庙展孝**思**。　◇◇◇◆◇◇◆，◇◆◆◆◇。

箫韶九变皇灵格，赧告显深**慈**。　◇◇◆◆◇◇◆，◆◆◆◇◇。

精诚动感归能飨，福祚衍金**枝**。　◇◇◆◆◇◇◆，◆◆◆◇◇。

同体式作品：无。

增减字：

（一）4，5。7，5。7，5。7，5。南宋：无名氏 1 首。

变体二·4

10 分句 4 复句

【变体二·4】10 分句 4 复句，三/二/三/二/型复句组。平韵，隔句韵、连句韵。律词。

3，5，5。7，6。7，3，3。5，6。——宋·无名氏·《全宋词》第 3723 页

八年神宗灵驾发引四首（其一）

导引

金殿晚，注目望宫**车**，忽听受遗**书**。　◇◆◆，◆◆◆◇◇，◆◆◆◇◇。

白云缥缈帝乡去，抱弓空慕龙**湖**。　◆◇◆◆◆◇◆，◆◇◇◆◇◇。

瑶津风物胜蓬**壶**，春色至，望雕**舆**。　◇◇◇◆◆◇◇，◇◆◆，◆◇◇。

花飞人寂寂，凄凉一梦清**都**。　◇◇◇◆◆，◇◇◆◆◇◇。

同体式作品：无。

变体二·5

12 分句 4 复句

【变体二·5】12 分句 4 复句。12 分句 4 复句，四/三/三/二/型复句组。平韵，隔句韵。律词。

3，4，3，3。7，3，4。7，3，3。5，7。——宋·无名氏·《全宋词》第 3732 页

光宗皇帝发引

（庆元六年）

导引

笳鼓发，云惨寒**空**，丹旐去，卷悲**风**。　◇◆◆，◇◆◇◇，◇◆◆，◆◇◇。

忧勤六载亲几务，有巍巍，圣德仁**功**。　◆◇◆◆◇◇◆，◆◇◇，◆◆◇◇。

褰裳尊处大安**宫**，荆鼎就，遽遗**弓**。	◇◇◇◆◆◇◇，◇◆◆，◆◆◇。
仙游攀不及，臣民号恸诉苍**穹**。	◇◇◇◆◆，◇◇◇◆◆◇◇。

同体式作品：无。

同源词调：【法驾导引】

1. 始词北宋陈与义作。
2. 单片、双片二体。单片三平韵；双片体，单片体之双叠；平韵，隔句韵。

单片体

始词：6 分句 2 复句，三/三/型复句组。平韵，连句韵兼隔句韵。律词。

3，3，5。7，7，5。——北宋·陈与义·《全宋词》第 1068 页

法驾导引

传顷年都下市肆中，有道人携乌衣椎髻女子，买斗酒独饮。女子歌词以侑，凡九阕，皆非人世语。或记之以问一道士，道士惊曰："此赤城韩夫人所制水府蔡真君法驾导引也，乌衣女子疑龙"云。得其三而亡其六，拟作三阕。

朝元路，朝元路，同驾玉华**君**。	◇◇◆，◇◇◆，◇◆◆◇◇。
千乘载花红一色，人间遥指是祥**云**，	◇◆◆◇◇◆◆，◇◇◇◆◆◇◇，
回望海光**新**。	◇◆◆◇◇。

同体式作品：南宋：陈与义 2 首，赵文 3 首。

双片体

始词：12 分句 4 复句，上下片各 6 分句 2 复句，三/三/型复句组。平韵，隔句韵、连句韵。律词。

3，3，5。7，7，5。

3，3，5。7，7，5。——南宋·刘克庄·《全宋词》第 2639 页

法驾导引

樵柯烂，丹灶熟，一跳出红**尘**。	◇◇◆，◇◆◆，◆◆◆◇◇。
斗紫一双龙奋蛰，帝青九万里为**程**，	◆◆◆◇◇◆◆，◆◇◆◆◆◇◇，
赤脚踏层**云**。	◆◆◆◇◇。
鞭鸾上，骑麟下，仿佛睹昆**仑**。	◇◇◆，◇◇◆，◆◆◆◇◇。
洒马鬃泉苏赤地，翻蟾滴水涨沧**溟**，	◆◆◇◇◇◆◆，◇◇◆◆◆◇◇，
笑杀懵仙**人**。	◆◆◆◇◇。

同体式作品：南宋：刘辰翁 10 首。

220.【六州】

1. 始词北宋和岘作。
2. 始源为唐曲。宋郭茂倩《乐府诗集·近代曲辞》录有唐代《六州歌》，宋末元初马端临《文献通考》述宋代宫廷乐："本朝歌吹，止有四曲：《十二时》《导引》《降仙台》并《六州》为四。每大礼宿斋或行幸，遇夜每更三奏，名为'警场'。政和七年，诏《六州》改名《崇明祀》，然天下仍谓之《六州》，其称谓已熟也。"
3. 始词为礼乐歌词，前谱和岘所作【导引】组词第二首。
4. 单片，双片二体。双片始词上片七韵，下片八韵，变体韵数或变；单片七韵或六韵；平韵，或平仄通押；隔句韵，间插连句韵。

始词：32 分句 10 复句。双片。每片 16 分句 5 复句，二/三/四/三/四/型复句组。平韵，隔句韵，间插连句韵。

3，5。3，3，5。3，4，5，4。3，4，5。4，4，4，5。
3，6。3，3，5。3，4，3，6。3，4，5。4，4，4，5。

——北宋·和岘·《全宋词》第1页

开宝元年南郊鼓吹歌曲

六州

严夜警，铜莲漏迟**迟**。	◇◆◆，◇◇◆◇◇。
清禁肃，森陛戟，羽卫俨皇**闱**。	◇◆◆，◇◆◆，◆◆◆◇◇。
角声励，钲鼓攸**宜**，	◆◇◆，◇◆◇◇，
金管成雅奏，逐吹逶**迤**。	◇◆◇◆◆，◆◇◇◆。
荐苍璧，郊祀神**祇**，属景运纯**禧**。	◆◇◆，◇◆◇◇，◆◆◆◇◇。
京坻丰衍，群材乐育，	◇◇◇◆，◇◇◆◆，
诸侯述职，盛德服蛮**夷**。	◇◇◆◆，◆◆◆◇◇。
殊祥萃，九苞丹凤来**仪**。	◇◇◆，◆◇◇◆◇◇。
膏露降，和气洽，三秀焕灵**芝**。	◇◆◆，◇◆◆，◇◆◆◇◇。
鸿猷播，史册相**辉**，	◇◇◆，◆◆◇◇，
张四**维**，卜世永固丕**基**。	◇◆◇，◆◆◆◆◇◇。
敷玄化，荡荡无**为**，合尧舜文**思**。	◇◇◆，◆◆◇◇，△◇◆◇◇。
混并寰宇，休牛归马，	◆◇◇◆，◇◇◇◆，
销金偃革，蹈咏庆昌**期**。	◇◇◆◆，◆◆◆◇◇。

同体式作品：南宋：无名氏1首。

变体一

与始词句数相同，复句型有变。

【变体一·1】32 分句 10 复句。上下片各 16 分句 5 复句，上片与始词相同，二/三/四/三/四/型复句组；下片复句型有变，二/三/五/二/四/型复句组。平韵，隔句韵，间插连句韵。律词。

3，5。3，3，4。3，4，5，4。3，3，5。4，4，4，5。
3，6。3，3，5。3，4，3，3，3。7，5。4，4，4，5。

——宋·无名氏·《全宋词》第 3714 页

太宗皇帝

六州

崇严配，衢室飨中**宸**。	◇◇◆，◇◆◆◇◇。
寻汉礼，崇唐典，袭暎情**文**。	◇◆◆，◇◇◆，◆◆◇◇。
方宝辂，羽卫星**陈**，	◇◆◆，◆◆◇◇，
藻绣填驰路，昭烂如**云**。	◆◆◇◇◆，◇◆◇◇。
灵顾諟，德升**闻**，旷瑞集纷**纶**。	◇◆◆，◆◇◇，◆◆◆◇◇。
承平嘉靖，收成和熟，	◇◇◇◆，◇◇◇◆，
万方歌舞，喜气满青**旻**。	◆◇◇◆，◆◆◆◇◇。
成熙事，宣和舆物惟**新**。	◇◇◆，◇◇◇◆◇◇。
展宫寝，疑庙室，飨帝极尊**亲**。	◆◇◆，◇◆◆，◆◆◆◇◇。
罄宸虑，四海骈**臻**，	◆◇◆，◆◆◇◇，
肃簪**绅**，斋明际，浃人**神**。	◆◇◇，◇◇◆，◆◇◇。
乾元盛则属兹**辰**，皇业协华**勋**。	◇◇◆◆◆◇◇，◇◆◆◇◇。
房心正位，端居报政，	◇◇◆◆，◇◇◆◆，
三年美荐，广孝福吾**民**。	◇◇◆◆，◆◆◆◇◇。

同体式作品：无。

【变体一·2】32 分句 10 复句。较始词上片分句数减 1，15 分句 5 复句，二/三/二/四/四/型复句组；下片分句数增 1，17 分句 5 复句，二/三/三/四/五/型复句组。平韵，隔句韵。

3，5。3，3，5。7，5。4，5，5，7。7，4，4，3。
3，6。3，3，5。6，3，3。4，4，4，4。4，4，4，4，4。

——宋·无名氏·《全宋词》第 3724 页

虞主回京

六州

承圣绪，垂意在升**平**。	◇◆◆，◇◆◆◇◇。

驱貔虎，策豪**英**，号令肃天**兵**。	◇◇◆，◆◇◇，◆◆◆◇◇。
四方无复羽书**征**，德泽浸群**生**。	◆◇◇◆◆◇◇，◆◆◆◇◇。
睿谋雄俊，绌汉高狭陋，	◆◇◇◆，△◆◇◆◆，
慕三皇二帝，登闳缉乐缀文**明**。	◆◇◇◆◆，◇◇◆◆◆◇◇。
将升岱狱告功**成**，玉牒金**绳**，	◇◇◆◆◆◇◇，◆◆◇◇，
腾宝飞**声**，事难**评**。	◇◆◇◇，◆◇◇。
轩鼎就，清都一梦俄**顷**。	◇◆◆，◇◇◆◆◇◇。
飞霞佩，乘龙驭，羽卫入高**清**。	◇◇◆，◇◇◆，◆◆◆◇◇。
祥光浮动五色，迎鸾凤，杂箫**笙**。	◇◇◇◆◆◆，◇◇◆，◆◇◇。
因山功就，同轨人至，	◇◇◇◆，◇◆◇◆，
铭旌画翣，行背重**城**。	◇◇◆◆，◇◆◇◇。
楚笳凝咽，汉仪雄盛，	◆◇◇◆，◆◇◇◆，
攀慕伤**情**，惟余内传，知向蓬**瀛**。	◇◆◇◇，◇◇◆◇，◇◆◇◇。

同体式作品：无。

【变体一·3】32分句10复句。与始词上片相同，16分句5复句，二/三/四/三/四/型复句组；下片复句型有变，16分句5复句，四/三/三/二/四/型复句组。平韵，隔句韵，间插连句韵。

3，5. 3，3，5. 3，4，5，4. 3，4，5. 4，4，4，5.

3，3，3，3. 3，3，5. 7，3，6. 7，5. 3，3，3，5.

——宋·无名氏·《全宋词》第3732页

宁宗郊祀大礼

六州

皇抚极，明德贯乾**坤**。	◇◆◆，◇◆◆◇◇。
信星列，卿云烂，辉亘紫微**垣**。	◆◇◆，◇◇◆，◇◆◆◇◇。
思报贶，明诏祠宫，	◇◆◆，◇◆◇◇，
练时搜旷典，紫畤觚**坛**。	◆◇◇◆◆，◆◆◇◇。
昭孝德，亲御和**銮**，振鹭玉珊**珊**。	◇◆◆，◇◆◇◇，◆◆◆◇◇。
精纯谒款，膋萧爊炀，	◇◇◆◆，◇◇◆◇，
黄流湛**澹**，百末布生**兰**。	◇◇◆◆，◆◆◆◇◇。
扣天阍，延飞驾，相仿佛，降云**端**。	◆◇◇，◇◇◆，◇◇◆，◆◇◇。
神光集，嘉向应，霭霭万衣**冠**。	◇◇◆，◇◆◆，◆◆◆◇◇。
竣熙事清晓轻**寒**，	◆◇◆◇◆◇◇，
恣荣**观**，华衣雾縠般**般**。	◆◇◇。◇◇◆◆◇◇，
乾坤并贶庆君**欢**，翘首圣恩**宽**。	◇◇◆◆◆◇◇，◇◆◆◇◇。

遵皇极，沛天泽，灵心怿，龟鼎永尊**安**。　◇◇◆，◆◇◆，◇◇◆，◇◆◆◇◇。

同体式作品：无。

【变体一·4】2分句10复句。较始词增3分句1复句。双片。上片15分句5复句，二/三/三/三/四/型复句组；下片17分句5复句，三/三/四/四/三/型复句组。平韵，隔句韵，间插连句韵。

3，6。3，3，6。4，3，7。7，4，5。5，5，4，4。

3，4，6。3，3，6。3，4，3，4。4，3，4，5。5，6，4。

——南宋·洪迈·《全宋词》第1489页

高宗梓宫发引

六州

尧传舜，盛事千古难**并**。　◇◇◆，◆◆◇◆◇◇。

回龙驭，辞凤掖，北内别有蓬**瀛**。　◇◇◆，◇◆◆，◆◆◆◆◇◇。

为天子父，册鸿**名**，万年千岁福康**宁**。　◇◇◆◆，◆◇◇，◆◇◇◆◆◇◇。

春秋不说楚冥**灵**，　◇◇◆◆◆◇◇，

莱衣彩戏，汉殿玉卮**轻**。　◇◇◆◆，◆◆◆◇◇。

宸游今不见，烟外落霞**明**，　◇◇◇◆◆，◇◆◆◇◇，

前回丁未，雾塞神**京**。　◇◇◇◆，◆◆◇◇。

正同符，光武中**兴**，擎天独力扶**倾**。　◆◇◇，◇◆◇◇，◇◇◆◆◇◇。

定宗庙，保河山，乾坤整顿庚**庚**。　◆◇◆，◆◇◇，◇◇◆◆◇◇。

功成了，脱屣遗**荣**，访崆峒，容与丹**庭**。　◇◇◆，◆◆◇◇，◆◇◇，◇◆◇◇。

笑挹尘寰，不留**行**，　◆◆◇◇，◆◇◇，

吾皇哀恋，泪血洒神**旌**。　◇◇◇◆，◆◆◆◇◇。

肠断涛江渡，明日稽山暮云，东望元**陵**。　◇◆◇◇◆，◇◆◇◇◆◇，◇◆◇◇。

同体式作品：无。

变体二

与始词复句数皆同，分句数有变。

变体二·1

29分句10复句

【变体二·1·1】29分句10复句。较始词复句数不变，分句数减3。上片14分句5复句，二/三/二/四/三/型复句组；下片15分句5复句，三/三/二/四/三/型复句组。平韵，连句韵、隔句韵。

3，5。3，3，5。7，5。4，5，7，5。7，4，4。

3，3，6。3，3，5。7，5。4，5，7，5。7，4，4。

——北宋·范祖禹·《全宋词》第367页

六州

太平**功**，拥佑帝尧**聪**。	◆◇◇，◆◆◆◇◇。
歌九德，偃五**戎**，寰海被祥**风**。	◇◆◆，◆◆◇，◇◆◆◇◇。
车书万里文轨**同**，自南北西**东**。	◇◇◆◆◇◆◇，△◇◆◇◇。
耕田凿井，戏垂髫华发，	◇◇◆◆，△◇◇◇◆，
跻仁寿域变时**雍**，大明方天**中**。	◇◇◆◆◆◇◇，◆◇◇◇◇。
弃养东朝苦匆**匆**，玉座如存，永隔慈**容**。	△◆◇◇◆◇◇，◆◆◇◇，◆◆◇◇。
恨难**穷**，崇庆**空**，飙轮仙驭无**踪**。	◆◇◇，◇◆◇，◇◇◇◆◇◇。
超宇宙，驾云**龙**，祎翟掩轩**宫**。	◇◆◆，◆◇◇，◇◆◆◇◇。
柏城王气长郁**葱**，温洛照寒**松**。	◆◇◇◆◇◆◇，◇◆◆◇◇。
光灵在上，徽音流千古，	◇◇◆◆，◇◇◇◇◆，
昭如日月丽层**穹**，太任家邦**隆**。	◇◇◆◆◆◇◇，◆◇◇◇◇。
彤史青编永垂**鸿**，清庙笙**镛**，奏假钦**崇**。	◇◆◇◇◆◇◇，◇◆◇◇，◆◆◇◇。

同体式作品：无。

【变体二·1·2】29 分句 10 复句。上片 16 分句 5 复句，二/三/四/三/四/型复句组；下片 13 分句 5 复句，二/二/四/二/三/型复句组。平韵，隔句韵、连句韵。

3，5。3，3，4。3，4，5，4。3，4，5。4，4，4，5。

3，5。3，6。3，4，4，4。7，5。7，4，5。——宋·无名氏·《全宋词》第 3710 页

天禧三年南郊鼓吹

六州

齐天宇，四海洽淳**风**。	◇◇◆，◆◆◆◇◇。
接宝胄，垂真检，景祚无**穷**。	◆◆◆，◇◇◆，◆◆◇◇。
成玉牒，日观归**功**，	◇◆◆，◆◆◇◇，
冀野升方鼎，脽上由**崇**。	◆◆◇◇◆，◇◆◇◇。
钦桧井，云跸巡**东**，国本震为**宫**。	◇◆◆，◇◆◇◇，◆◆◆◇◇。
乾文焕炳，真祠曲密，	◇◇◆◆，◇◇◆◆，
重祥叠瑞，琼蕴降高**穹**。	◇◇◆◆，◇◆◆◇◇。
膺丕烈，虔心建垂**鸿**。	◇◇◆，◇◇◆◇◇。
询吉土，郊兆执玉荐**衷**。	◇◆◆，◇◆◆◆◆◇。
钟律应，云物迎**空**，	◇◆◇，◇◆◇◇，
乐和轮**囷**，嘉气葱**葱**。	◆◇◇◇，◇◆◇◇。
天神来降发冲**融**，玉烛四时**通**。	◇◇◇◆◆◇◇，◆◆◆◇◇。
星回金辂雷作解，	◇◇◇◆◇◆◆，
昆蚑被惠，亿载帝基**隆**。	◇◇◆◆，◆◆◆◇◇。

同体式作品：无。

变体二·2

28分句10复句

【变体二·2】28分句10复句。较始词复句数不变，分句数减4。上片15分句5复句，二/三/四/三/三/型复句组；下片13分句5复句，二/三/二/二/四/型复句组。平韵，隔句韵，间插连句韵。

3，5。3，3，4。3，4，5，4。3，3，5。7，5，5。

3，6。3，3，5。3，5。7，5。4，4，6，3。——南宋·崔敦诗·《全宋词》第1866页

六州

商秋吉，嘉会协中**辛**。	◇◇◆，◇◆◆◇◇。
涓路寝，修禋祀，圣德昭**清**。	◇◆◆，◇◇◆，◆◆◇◇。
端志虑，罄竭斋**精**，	◇◆◆，◆◆◇◇，
锦绣排天仗，羽卫缤**纷**。	◆◆◇◇◆，◆◆◇◇。
朝太室，返中**宸**，被衮接神**明**。	◇◆◆，◆◇◇，◆◆◆◇◇。
时平天时俱清晏，	◇◇◇◇◇◇◆，
兼丰年和气，品物达芳**馨**。	◇◇◇◇◆，◆◆◆◇◇。
瞻熉座，春容娭燕三**灵**。	◇◇◆，◇◇◇◆◇◇。
奠瑶爵，荐量币，清思呦冥**冥**。	◆◇◆，◆◇◆，◇◆◇◇◇。
望昆**仑**，嘉祥塞烟**缊**。	◆◇◇，◇◇◆◇◇。
诚殚礼洽庆休**成**，润泽被生**民**。	◇◇◆◆◆◇◇，◆◆◆◇◇。
端门肆眚，昕庭称贺，	◇◇◆◆，◇◇◇◆，
俱将景福万寿，祝双**亲**。	◇◇◆◆◆◆，◆◇◇。

同体式作品：无。

变体二·3

31分句10复句

【变体二·3·1】31分句10复句。较始词复句数不变，分句数减1。上片16分句5复句，二/三/四/三/四/型复句组；下片15分句5复句，二/三/三/三/四/型复句组。平韵，隔句韵，间插连句韵。

3，5。3，3，5。3，4，5，4。3，4，5。4，4，4，5。

3，6。3，3，5。3，7，6。3，4，5。4，4，4，5。

——宋·无名氏·《全宋词》第3705页

真宗封禅

六州

良夜永，玉漏正迟**迟**。	◇◆◆，◆◆◆◇◇。
丹禁肃，周庐列，羽卫绕皇**闱**。	◇◆◆，◇◇◆，◆◆◆◇◇。
严鼓动，画角声**齐**，	◇◆◆，◆◆◇◇，
金管飘雅韵，远逐轻**飔**。	◇◆◇◆◆，◆◆◇◇。
荐嘉玉，躬祀神**祇**，祈福为黔**黎**。	◆◇◆，◇◆◇◇，◇◆◆◇◇。
升中盛礼，增高益厚，	◇◇◆◆，◇◇◆◆，
登封检玉，时迈合周**诗**。	◇◇◆◆，◇◆◆◇◇。
玄文锡，庆云五色相**随**。	◇◇◆，◇◇◆◆◇◇。
甘露降，醴泉涌，三秀发灵**芝**。	◇◆◆，◆◇◆，◇◆◆◇◇。
皇猷播，史册光辉受鸿**禧**，	◇◇◆，◆◆◇◇◆◇◇，
万年永固丕**基**。	◆◇◆◆◇◇。
吾君德，荡荡巍**巍**，迈尧舜文**思**。	◇◇◆，◆◆◇◇，△◇◆◇◇。
从今寰宇，休牛归马，	◇◇◇◆，◇◇◇◆，
耕田凿井，鼓腹乐昌**期**。	◇◇◆◆，◆◆◆◇◇。

同体式作品：无。

【变体二·3·2】31 分句 10 复句。上片 16 分句 5 复句，二/三/四/三/四/型复句组；下片 15 分句 5 复句，二/三/四/二/四/型复句组。平韵，隔句韵，间插连句韵。

3，5。3，3，5。3，4，5，4。3，4，5。4，4，4，5。

3，6。3，3，5。3，4，3，6。7，5。4，4，4，5。

——宋·无名氏·《全宋词》第 3707 页

南郊恭谢

六州

承天统，圣主应昌**辰**。	◇◇◆，◆◆◆◇◇。
宝篆降，飙游至，瑞命庆惟**新**。	◆◆◆，◇◇◆，◆◆◆◇◇。
崇大号，仰奉高**真**，	◇◆◆，◆◆◇◇，
献岁当初吉，天下皆**春**。	◆◆◇◇◆，◇◆◇◇。
谒秘宇，藻卫星**陈**，芗霭极纷**纶**。	◆◆◆，◆◆◇◇，◇◆◆◇◇。
琼编焜耀，仙衣猝蔡，	◇◇◇◆，◇◇◆◆，
垂旒俯拜，荐献礼惟**寅**。	◇◇◆◆，◆◆◆◇◇。
芬芳备，精衷上达穹**旻**。	◇◇◆，◇◇◆◆◇◇。
尊道祖，享清庙，助祭万方**臻**。	◇◆◆，◆◇◆，◆◆◆◇◇。
升泰畤，缛典弥**文**，	◇◆◆，◆◆◇◇，

侍群**臣**，汉庭儒雅彬**彬**。　◆◇◇，◆◇◇◆◇◇。
烟飞火举毕严**禋**，天地降氤**氲**。　◇◇◆◆◆◇◇，◇◆◆◇◇。
高临华阙，恩覃动植，　◇◇◇◆，◇◆◆◆，
庆延宗社，圣寿比灵**椿**。　◆◇◇◆，◆◆◆◇◇。

同体式作品：无。

增减字：

（一）3，5。3，3，4。3，4，4，5。3，3，5。4，4，4，5。○ 3，6。3，3，5。3，4，3，6。7，5。4，4，4，4。南宋：无名氏 1 首。

（二）3，5。3，3，4。3，4，5，4。3，4，5。4，4，4，5。○ 3，6。3，3，5。4，3，5，4。7，5。3，4，4，4。南宋：无名氏 1 首。

【变体二·3·3】31 分句 10 复句。上片 17 分句 5 复句，二/三/二/五/五/型复句组；下片 14 分句 5 复句，二/三/二/三/四/型复句组。平韵，隔句韵，间插连句韵。

3，5。3，3，5。7，5。4，5，3，4，5。4，3，4，4，3。
3，6。3，3，5。6，5。4，5，7。3，7，4，4。——宋·无名氏·《全宋词》第 3722 页

虞主回京

警场内

六州

庆深**恩**，宝历正乾**坤**。　◆◇◇，◆◆◆◇◇。
前帝子，后圣**孙**，援立两仪**轩**。　◇◆◆，◆◆◇，◇◆◆◇◇。
西宫大母朝寝门，望椒闼常**温**。　◇◇◆◆◇◆◇，△◇◆◇◇。
芳时媚景，有三千宫女，　◇◇◆◆，△◇◇◇◆，
相将奉，玉辇金**根**，上林红英**繁**。　◇◇◆，◆◆◇◇，◆◇◇◇◇。
缥缈钧**天**，奏梨**园**，　◆◆◇◇，◆◇◇，
望绝瑶池，影断桃**源**，恨难**论**。　◆◆◇◇，◆◆◇◇，◆◇◇。

开禁**阍**，春风丹旐翩**翩**。　◇◆◇，◇◇◇◆◇◇。
飞翠盖，驾雕**辒**，容卫入西**原**。　◇◆◆，◆◇◇，◇◆◆◇◇。
管箫动地清**喧**，陵上柏烟**昏**。　◆◇◆◆◇◇，◇◆◆◇◇。
残霞弄影，孤蟾浮天外，　◇◇◆◆，◇◇◇◇◆，
行人触目是销**魂**。　◇◇◆◆◆◇◇。
问苍**天**，尘世光阴去如奔，　◆◇◇，◇◆◇◇◆◇◇，
河洛潺**湲**，此恨长**存**。　◇◆◇◇，◆◆◇◇。

同体式作品：无。

【变体二·3·4】31 分句 10 复句。上片 15 分句 5 复句，三/三/二/三/四/型复句组；下片 16 分句 5 复句，三/三/四/三/三/型复句组。平韵，隔句韵，间插连句韵。

3，3，3。3，3，6。7，7。7，4，5。5，5，4，4。

3，4，6。3，3，6。3，4，3，4。7，4，5。5，5，6。

——宋·无名氏·《全宋词》第3723页

神宗灵驾发引

（神宗八年）

六州

炎图盛，六叶正，协重**光**。	◇◇◆，◆◆◆，◆◇◇。
膺宝瑞，更法度，智勇超轶成**汤**。	◇◆◆，◇◆◆，◆◆◇◆◇◇。
昭回云汉烂文**章**，震扬威武慑多**方**。	◇◇◇◆◆◇◇，◆◇◇◆◆◇◇。
生民帖泰拥殊**祥**，	◇◇◆◆◆◇◇，
封人祝颂，万寿与天**长**。	◇◇◆◆，◆◆◆◇◇。
岂知丹鼎就，龙下五云**旁**，	◆◇◇◆◆，◇◆◆◇◇，
飘然真**驭**，游衍仙**乡**。	◇◇◇◆，◇◆◇◇。
泣彤**裳**，伊落洋**洋**，嵩峰少室相**望**。	◆◇◇，◇◆◇◇，◇◇◆◆◇◇。
藏弓剑，游衣冠，俊功盛德难**忘**。	◇◇◆，◇◇◆，◆◇◆◆◇◇。
泉台寂，鱼烛荧**煌**，	◇◇◆，◇◆◇◇，
银海深，凫雁翱**翔**。	◇◆◇，◇◆◇◇。
想像平居谩焚**香**，	◆◆◇◇◆◇◇，
望陵人散，翠柏忽成**行**。	◆◇◇◆，◆◆◆◇◇。
犹余嵩峰月，夜夜照幽**堂**，	◇◇◇◇◆，◆◆◆◇◇，
千秋陈迹凄**凉**。	◇◇◇◆◇◇。

同体式作品：无。

增减字：

（一）3，3，3。3，3，6。7，7。7，4，5。5，5，4，4。○3，4，6。3，3，6。3，4，3，4。7，6，3。5，4，6。南宋：无名氏1首。

变体二·4

33分句10复句

【变体二·4】33分句10复句。较始词复句数不变，分句数增1。上片16分句5复句，二/三/四/三/四/型复句组；下片17分句5复句，四/三/四/二/四/型复句组。平韵，隔句韵，间插连句韵。

3，5。3，3，5。3，4，5，4。3，4，5。4，4，4，5。

3，3，3，3。3，3，5。3，4，3，6。7，5。3，3，3，5。

——宋·无名氏·《全宋词》第3719页

仁宗御容赴景灵宫奉安

（治平二年）

六州

垂炎运，真主嗣瑶**图**。	◇◇◆，◇◆◆◇◇。
海波晏，卿云烂，日月丽皇**都**。	◆◇◆，◇◇◆，◆◆◆◇◇。
年屡稔，万宝山**储**，	◇◆◆，◆◆◇◇，
广莫风生律，一气潜**嘘**。	◆◆◇◇◆，◆◆◇◇。
陈法驾，翠羽装**舆**，清跸下天**衢**。	◇◆◆，◆◆◇◇，◇◆◆◇◇。
金匏六变，欻然灵顾，	◇◇◆◆，◆◇◇◆，
来车风马，拜贶紫坛**初**。	◇◇◇◆，◆◆◆◇◇。
奉神**娱**，嘉笾荐，美玉奠，照荧**朱**。	◆◇◇，◇◇◆，◆◆◆，◆◇◇。
星彩动，霜华薄，禁阁漏声**疏**。	◇◆◆，◇◇◆，◆◆◆◇◇。
回龙驭，宝瑞纷**敷**，	◇◇◆，◆◆◇◇，
众心**愉**，钧天别奏箫**竽**。	◆◇◇，◇◇◆◆◇◇。
仙人楼上捧赦**书**，舞鹤更踌**蹰**。	◇◇◇◆◆◆◇，◆◆◆◇◇。
丹徼北，穷沙漠，涵皇泽，盛德迈唐**虞**。	◇◆◆，◇◇◆，◇◇◆，◆◆◆◇◇。

同体式作品：无。

变体二·5

30分句10复句

【变体二·5·1】30分句10复句。较始词复句数不变，分句数减2。上片16分句5复句，三/三/三/三/四/型复句组；下片14分句5复句，三/三/二/三/三/型复句组。平仄通押，隔句韵，间插连句韵。

3，3，3。3，3，6。3，4，7。7，4，5。5，5，5，3。

3，4，6。3，3，6。7，7。7，4，5。5，5，6。——宋·无名氏·《全宋词》第3721页

元丰二年慈圣光献皇后发引

警场内

六州

九龙**舆**，记春暮，幸蓬**壶**。	◆◇◇，◆◇◆，◆◇◇。
琼囿敞，绣仗**趋**，年华与逝水**俱**。	◇◆◆，◆◆◇，◇◇◆◆◆◇。
瑶京远，信息断**无**，宝津池面落花**铺**。	◇◇◆，◆◆◆◇，◆◇◇◆◆◇◇。
愁晚容车来禁**涂**，	◇◆◇◇◇◆◇，
凤箫鸾翣，西指昭陵**去**。	◆◇◇◆，◇◆◇◇◆。
旧赏蟠桃熟，又见涨海**枯**，	◆◆◇◇◆，◆◆◆◆◇，
应共灵真母，曳霞**裾**。	◇◆◇◇◆，◆◇◇。

宴清**都**，恨满山**隅**，春城翠柏藏**乌**。	◆◇◇，◆◆◇◇，◇◇◆◆◇◇。
扃户剑，照灯**鱼**，人间一梦觉**余**。	◇◆◆，◆◇◇，◇◇◆◆◆◇。
泉宫窈窕锁夜龙，银江澄澹浴仙**凫**。	◇◇◆◆◆◆◇，◇◇◇◆◆◇◇。
烟冷金炉玉殿**虚**，	◇◆◇◇◆◆◇
绿苔新长，雕辇曾行**处**。	◆◇◇◆，◇◆◇◇◆。
夜夜东朝月，似旧照锦**疏**，	◆◆◇◇◆，△◆◆◆◇，
侍女盈盈泪**珠**。	◆◆◇◇◆◇。

同体式作品：无。

【变体二·5·2】30 分句 10 复句。上片 14 分句 5 复句，二/三/二/三/四/型复句组；下片 16 分句 5 复句，三/三/四/三/三/型复句组。平韵，隔句韵，间插连句韵。

3，5。3，3，6。7，7。7，4，5。5，5，4，4。

3，4，6。3，3，6。3，4，3，4。7，4，5。4，4，6。

——宋·无名氏·《全宋词》第 3728 页

显仁皇后上仙发引

六州

中兴运，孝治格升**平**。	◇◇◆，◆◆◆◇◇。
回騩驭，弭凤驾，册宝初上鸿**名**。	◇◇◆，◆◆◆，◆◆◇◆◇◇。
龙楼问寝候鸡**鸣**，更翻莱戏彩衣**轻**。	◇◇◆◆◆◇◇，◆◇◇◆◆◇◇。
坤躔夜照老人**星**，	◇◇◆◆◆◇◇，
金觞上寿，长愿燕慈**宁**。	◇◇◆◆，◇◆◆◇◇。
乘云何处去，愁断紫箫**声**，	◇◇◇◆◆，◇◆◆◇◇，
追思金殿，椒壁丹**楹**。	◇◇◇◆，◇◆◇◇。
又谁知，勤俭仁**明**，风行化被宫**庭**。	◆◇◇，◇◆◇◇，◇◇◆◆◇◇。
佑圣主，底明**时**，阴功暗及生**灵**。	◆◆◆，◆◇◇，◇◇◆◆◇◇。
离宫晚，花卉娉**婷**，甲观高，潮海峥**嵘**。	◇◇◆，◇◆◇◇，◆◇◇，◇◆◇◇。
往事回头忽飘**零**，	◆◆◇◇◆◇◇，
空留嫔御，掩泣望霓**旌**。	◇◇◇◆，◆◆◆◇◇。
会稽山翠，永祐陵高，而今便是蓬**瀛**。	◆◇◇◆，◆◆◇◇，◇◇◆◆◇◇。

同体式作品：无。

【变体二·5·3】30 分句 10 复句。较【变体二·5】前两式分句数复句数相同，复句的分句数构成不同。上片 18 分句 5 复句，二/四/四/四/四/型复句组；下片 12 分句 5 复句，二/二/三/三/二/型复句组。平韵，隔句韵、连句韵。

3，6。3，3，3，3。4，3，4，3。4，3，4，5。5，5，4，4。

7，6。7，5。7，4，3。7，4，5。7，6。——宋·无名氏·《全宋词》第 3733 页

宁宗皇帝发引

六州

明天子，昔日丕纂鸿**图**。	◇◇◆，◆◆◇◆◇◇。
躬道德，崇学问，稽古训，访群**儒**。	◇◆◆，◇◆◆，◇◆◆，◆◇◇。
日亲广厦，论唐**虞**，讲求政治，想都**俞**。	◆◇◆◆，◆◇◇，◆◇◆◆，◆◇◇。
君臣一德，志交**孚**，	◇◇◆◆，◆◇◇，
外夷效顺，犹自选车**徒**。	◆◇◆◆，◇◆◆◇◇。
仁恩霑四国，固结满寰**区**，	◇◇◇◆◆，◆◆◆◇◇，
千年宗社，万岁规**摹**。	◇◇◇◆，◆◆◇◇。
重新天命出乾**符**，老癃策杖相**扶**。	◇◇◇◆◆◇◇，◆◇◆◆◇◇。
愿观德化遍方**隅**，幸无死须**臾**。	◆◇◆◆◆◇◇，△◇◆◇◇。
谓宜圣寿等嵩**呼**，遽登云**舆**，上龙**湖**。	◆◇◆◆◆◇◇，◆◇◇◇，◆◇◇。
宸居幽寂紫云**孤**，	◇◇◇◆◆◇◇，
宸章宝画，但与日星**俱**。	◇◇◆◆，◆◆◆◇◇。
龙帷凤翣已载**涂**，忍听笳鼓嗟**呼**。	◇◇◆◆◆◆◇，◆◇◇◆◇◇。

同体式作品：无。

变体三

较始词分句数复句数皆变

变体三·1

26 分句 9 复句

【词体三·1】26 分句 9 复句。较始词分句数减 6，复句数减 1。上片 16 分句 5 复句，二/三/四/三/四/型复句组；下片 10 分句 4 复句，一/二/三/四/型复句组。平韵，隔句韵、连句韵。

3，5。3，3，4。3，4，5，4。3，4，5。4，4，4，5。

7。5，5。5，7，5。4，4，4，5。——宋·无名氏·《全宋词》第 3711 页

南郊鼓吹曲

（天圣二年）

六州

承皇统，天地洽清**宁**。	◇◇◆，◇◆◆◇◇。
熙帝载，建民极，百度推**明**。	◇◆◆，◆◇◆，◆◆◇◇。
崇讲肄，博考儒**经**，	◇◆◆，◆◆◇◇，
游豫腾谣诵，星跸天**行**。	◇◆◇◇◆，◇◆◇◇。
留组宇，顺拜金**庭**，兆庶动欢**声**。	◇◆◆，◆◆◇◇，◆◆◆◇◇。

灵心上达，卿云成盖，	◇◇◆◆，◇◇◇◆，
祥风袭物，瑞日耀圜**清**。	◇◇◆◆，◆◆◆◇◇。
列圣孝德被寰**瀛**。	◆◆◆◆◆◇◇。
就阳位协吉，周正俨簪**缨**。	◆◇◆◆◆，◇◆◆◇◇。
交对越群**灵**，皇威赫奕盛仪**成**，	◇◆◆◇◇，◇◇◆◆◆◇◇，
徽册受鸿**名**。	◇◆◆◇◇。
鸡竿肆赦，鸳行均庆，	◇◇◆◆，◇◇◇◆，
翾飞浸泽，期万保升**平**。	◇◇◆◆，◇◆◆◇◇。

同体式作品：无。

变体三·2

30 分句 9 复句

【变体三·2】30 分句 9 复句。较始词分句数减 2，复句减 1。上片 16 分句 5 复句，二/三/四/三/四/型复句组；下片 14 分句 4 复句，五/三/二/四/型复句组。平韵，隔句韵，间插连句韵。律词。

3，5。3，3，4。3，4，5，4。3，4，5。4，4，4，5。

3，4，3，5，5。7，5，4。7，5。3，4，4，4。——宋·无名氏·《全宋词》第 3712 页

籍田

（明道二年）

六州

寰宇定，四海奉文**思**。	◇◆◆，◆◆◆◇◇。
书轨混，梯航凑，共戴昌**期**。	◇◆◆，◇◇◆，◆◆◇◇。
稽古典，方咏京**坻**，	◇◆◆，◇◆◇◇，
耕籍丰民稼，敦本农**时**。	◇◆◇◇◆，◇◆◇◇。
陈羽卫，日月旌**旗**，衮冕次坛**壝**。	◇◆◆，◆◆◇◇，◆◆◆◇◇。
帷宫宿设，桂柾相**差**，	◇◇◆◆，◆◆◇◇。
穆清端拱，星毕照罘**罳**。	◆◇◇◆，◇◆◆◇◇。
良宵永，为民广**洽**，	◇◇◆，◇◇◆◆，
庞褫奏，行漏昭庭燎，铙吹鼓曾**飔**。	◇◇◆，◇◆◇◇◆，◇◆◆◇◇。
百神拥卫斗东**移**，	◆◇◆◆◆◇◇，
明发俨皇**仪**，手揽洪**縻**。	◇◆◆◇◇，◆◆◇◇。
丰年万亿与千**斯**，德泽遍华**夷**。	◇◇◆◆◆◇◇，◆◆◆◇◇。
回旋辂，天临双阙，	◇◇◆，◇◇◇◆，
四方在宥，永保鸿**基**。	◆◇◆◆，◆◆◇◇。

同体式作品：无。

单片体

始词：16 分句 5 复句，二/三/四/三/四/型复句组。与双片体上片复句数相同。平韵，隔句韵，间插连句韵。律词。

3，5。3，3，4。3，4，5，4。3，3，5。4，4，4，4。

——宋·无名氏·《全宋词》第 3716 页

恭谢导引

（嘉祐元年）

六州

严太寝，容礼绎前**经**。	◇◆◆，◇◆◆◇◇。
仰苍粹，钦厚顺，式报生**成**。	◆◇◆，◇◆◆，◆◆◇◇。
至信洽，上格神**灵**，	◆◆◆，◆◆◇◇，
太和凝气象，霄宇澄**清**。	◆◇◇◆◆，◇◆◇◇。
圭币列，鼓钟**铿**，群品荐丰**盈**。	◇◆◆，◆◇◇，◇◆◆◇◇。
熙事既备，大仪交举，	◇◆◆◆，◆◇◇◆，
百嘉允集，万福来**迎**。	◆◇◆◆，◆◆◇◇。

同体式作品：无。

变体二

较始词复句数不变，分句数减 2。

【变体二】单片。较始词复句数不变，复句型有变。14 分句 5 复句，二/三/三/二/四/型复句组。平韵，隔句韵、连句韵。

3，5。3，3，4。7，5，4。7，5。4，4，4，5。——宋·无名氏·《全宋词》第 3717 页

祫享太庙

（嘉祐四年）

六州

深仁化，穹厚格成**平**。	◇◇◆，◇◆◆◇◇。
徇诚虑，托皇统，万宇光**亨**。	◆◇◆，◆◇◆，◆◆◇◇。
申孝致洁飨宗祊，	◇◆◆◆◆◇◇，
金驾徐徐动，容礼辉**明**。	◇◆◇◇◆，◇◆◇◇。
躬道祖谒款殊**庭**，列圣固纯**诚**。	◇◆◆◆◆◇◇，◆◆◆◇◇。
灵心底豫，休祥充塞，	◇◇◆◆，◇◇◇◆，
端闱肆眚，爱日灿然**明**。	◇◇◆◆，◆◆◆◇◇。

同体式作品：无。

同源词调：【六州歌头】

1. 始词北宋刘潜作。
2. 礼乐歌辞转化的文人词调。宋程大昌《衍繁露》："《六州歌头》，本鼓吹曲也，近世好事者倚其声为吊古词。"
3. "歌头"，大曲的乐段开头之乐遍。从歌词体量看，【六州歌头】与【六州】相当，【六州】为仪式"导引"组曲之词，作单行词调称名【六州歌头】。
4. 宋代通行词调。
5. 清初沈雄《古今词话·词话》据《乐府衍义》录唐代岑参七言绝句一首（"西去轮台万里余"），题"六州歌头"，兹不计入。
6. 双片，始词上片十五韵，下片十七韵，平仄换韵，交叉间押；变体韵数有变，韵式有平仄换韵与平韵二格；平仄换押、邻韵通押，连句韵，间插隔句韵。

始词：39 分句 12 复句。双片。上片 19 分句 6 复句，二/四/五/四/二/二/型复句组；下片 20 分句 6 复句，四/四/三/三/三/三/型复句组。平仄换韵间押，邻韵通押，隔句韵，连句韵。

4，5。3，3，3，3。5，3，3，3，3。3，4，5，4。5，5。4，3。

4，3，3，3。3，3，3，3。5，3，3。3，3，3。6，3，4。5，5，4。

——北宋·刘潜·《全宋词》第 113 页

六州歌头

项羽庙

秦亡草昧，刘项起吞**并**。	◇◇◆◆，◇◆◆◇◇。
驱龙**虎**，鞭寰**宇**，斩长**鲸**，扫欃**枪**。	◇◇◆，◇◇◆，◆◇◇，◆◇◇。
血染彭门**战**，视余耳，皆鹰**犬**，	◆◆◇◇◆，◆◇◆，◇◇◆，
平祸**乱**，归炎**汉**。	◇◆◆，◇◇◆。
势奔**倾**，兵散月**明**，	◆◇◇，◇◆◆◇，
风急旌旗乱，刁斗三**更**。	◇◆◇◇◆，◇◆◇◇。
命虞姬相对，泣听楚歌**声**。	△◇◇◇◆，◆◆◆◇◇，
玉帐魂**惊**，泪盈**盈**。	◆◆◇◇。◆◇◇，
恨花无**主**，凝愁**绪**，挥雪刃，掩泉**扃**。	◆◇◇◆，◇◇◆。◇◆◆，◆◇◇。
时不利，骓不**逝**，困阴**陵**，叱追**兵**。	◇◆◆，◇◆◆。◆◇◇，◆◇◇。
喑呜摧天**地**，望归路，忍偷**生**。	◇◇◇◇◆，◇◇◆，◆◇◇。
功盖**世**，成闲**纪**，建遗**灵**。	◇◆◆，◇◇◆，◆◇◇。
江静水寒烟冷，波纹**细**，古木凋**零**。	◇◆◆◇◇◆，◇◇◆，◆◆◇◇。
遣行人到**此**，追念痛伤**情**，胜负难**凭**。	◆◇◇◆◆，◇◆◆◇◇，◆◆◇◇。

按：《钦定词谱》本词署名为北宋李冠。全词个别字句与《全宋词》有异，如“势奔倾**平韵**，兵散月明风急**句**，旌旗乱**句**，刁斗三更**韵**。”本谱标点为“势奔**倾**，兵散月**明**，风急旌旗乱，刁斗三**更**。”

同体式作品：无。

变体一

与始词分句数复句数相同，复句型有变。

【变体一·1】39分句12复句。双片。上片较始词减1分句，18分句6复句，二/四/三/三/三/三/型复句组；下片增1分句，21分句6复句，四/四/四/三/三/三/型复句组。平仄换韵，交叉间韵，连句韵、隔句韵。律词。

4，5。3，3，3，3。5，3，3。3，3，3。4，5，4。5，5，4。

3，4，3，3。3，3，3，3。3，5，3，3。3，3，3。4，5，4。5，5，5。

——北宋·贺铸·《全宋词》第538—539页

六州歌头

少年侠气，交结五都**雄**。	◆◇◆◆，◇◆◆◇◇。
肝胆洞，毛发耸，立谈**中**，死生**同**。	◇◇◆，◇◆◆，◆◇◇，◆◇◇。
一诺千金**重**，推翘**勇**，矜豪**纵**。	◆◆◇◇◆，◇◇◆，◇◇◆，
轻盖拥，联飞鞚，斗城**东**。	◇◆◆，◇◇◆，◆◇◇。
轰饮酒垆，春色浮寒**瓮**，吸海垂**虹**。	◇◆◆◇，◇◆◇◇◆，◆◆◇◇。
闲呼鹰嗾犬，白羽摘雕**弓**，狡穴俄**空**。	◆◇◇◆◆，◆◆◆◇◇，◆◆◇◇。
乐匆**匆**，似黄粱**梦**，辞丹**凤**，明月**共**。	◆◇◇，◆◇◇◆，◇◇◆，◇◆◆。
漾孤**篷**，官冗**从**，怀倥**偬**，落尘**笼**。	◆◇◇，◇◆◆，◇◆◆，◆◇◇。
簿书**丛**，鹖弁如云**众**，共粗**用**，忽奇**功**。	◆◇◇，◆◆◇◇◆，◇◆◆，◆◇◇。
笳鼓**动**，渔阳**弄**，思悲**翁**。	◇◆◆，◇◇◆，◆◇◇。
不请长缨，击取天骄**种**，剑吼西**风**。	◆◆◇◇，◆◆◇◇◆，◆◆◇◇。
恨登山临水，手寄七弦**桐**，目送归鸿**韵**。	△◇◇◇◆，◆◆◆◇◇，◆◆◇◇。

按：《钦定词谱》以本词为该调“定体”：“此调平仄互叶，当以此词为定体。平用东、冬，叶用董、肿、宋、送，不杂他韵。按贺铸北宋人，其用韵校诸家不同，盖当日倚声，必有所本也。”

同体式作品：无。

【变体一·2】39分句12复句。上下片与始词分句数相同，复句型有变。上片19分句6复句，二/三/七/三/二/二/型复句组；下片20分句6复句，四/四/三/三/三/三/型复句组。平韵，间插平仄串押，连句韵、隔句韵。

4，5。3，3，3。3，5，3，3，3，3，3。4，5，4。5，5。4，3。

4，3，3，3。3，3，3，3。5，3，3。3，3，3。4，5，4。5，5，4。

——南宋·韩元吉·《全宋词》第1042页

六州歌头

桃花

东风著**意**，先上小桃**枝**。　◇◇◆◆，◇◆◆◇◇。
红粉腻，娇如醉，倚朱**扉**。　◇◆◆，◇◇◆，◆◇◇。
记年**时**，隐映新妆面，临水岸，　◆◇◇，◆◆◇◇◆，◇◆◆，
春将半，云日暖，斜桥转，夹城**西**。　◇◇◆，◇◆◆，◇◇◆，◆◇◇。
草软莎平，跋马垂杨渡，玉勒争**嘶**。　◆◆◇◇，◆◆◇◇◆，◆◆◇◇。
认蛾眉凝笑，脸薄拂燕**支**。　△◇◇◇◆，◆◆◆◇◇。
绣户曾**窥**，恨依**依**。　◆◆◇◆，◆◇◇。

共携手处，香如雾，红随步，怨春**迟**。　△◇◆◆，◇◇◆，◇◇◆，◆◇◇。
销瘦损，凭谁问，只花**知**，泪空**垂**。　◇◆◆，◇◇◆，◆◇◇，◆◇◇。
旧日堂前燕，和烟雨，又双**飞**。　◆◆◇◇◆，◇◇◆，◆◇◇。
人自老，春长好，梦佳**期**。　◇◆◆，◇◇◆，◆◇◇。
前度刘郎，几许风流地，花也应**悲**。　◇◆◇◇，◆◆◇◇◆，◇◆◆◇。
但茫茫暮霭，目断武陵**溪**，往事难**追**。　△◇◇◆◆，◆◆◆◇◇，◆◆◇◇。

同体作品：无。

增减字：

（一）4，5。3，3，3。3，5，3，3，3，3，3。4，5，4。5，5。4，3。○4，3，3，3。3，3，3，3。5，3，3。3，3，3。6，3，4。5，5，4。南宋：辛弃疾2首，李訦1首，刘过1首，黄机1首。

（二）4，5。3，3，3。3，6，3，3，3，3，3。6，3，4。5，6。4，3。○4，3，3，3。3，3，3，3。5，3，3。3，3，3。5，3，4。5，4，4。南宋：程珌1首。

【变体一·3】39分句12复句。上片较始词减2分句，17分句6复句，二/四/二/四/三/二/型复句组；下片增2分句，22分句6复句，六/四/三/三/三/三/型复句组。平韵，插一仄韵，隔句韵、间插连句韵。律词。

4，5。3，3，3，3。5，3，3，3，3，3。6，3，4。5，5。
4，3，4，3，3，3。3，3，3，3。5，3，3。3，3，3。6，3，4。5，5，4。

——南宋·袁去华·《全宋词》第1497页

六州歌头

渊明祠

柴桑高隐，邛壑岁寒**姿**。　◇◇◇◆，◇◆◆◇◇。
北窗下，羲黄上，古人**期**，俗人**疑**。　◆◇◆，◇◇◆，◆◇◇，◆◇◇。
束带真难**事**，赋归**去**。　◆◆◇◇◆，◆◇◆。
吾庐好，斜川路，携筇杖，看云**飞**。　◇◇◆，◇◇◆，◇◇◆，◆◇◇。
六翮冥冥高举，青霄外，矰缴何**施**。　◆◆◇◇◇◆，◇◇◆，◇◆◇◇。
且流行坎止，人世任相**违**。　△◇◇◆◆，◇◆◆◇◇。

采菊东**篱**，正悠然，见南山处，	◆◆◇◇，◆◇◇，◆◇◇◆，
无穷景，与心会，有谁**知**。	◇◇◆，◆◇◆，◆◇◇。
琴中趣，杯中物，醉中**诗**，可忘**机**。	◇◇◆，◇◇◆，◆◇◇，◆◆◇。
一笑骑鲸去，向千载，赏音**稀**。	◆◆◇◇◆，◆◇◆，◆◇◇。
嗟倦翼，瞻遗像，是吾**师**。	◇◆◆，◇◇◆，◆◇◇。
门外空余衰柳，摇疏翠，斜日辉**辉**。	◇◆◇◇◇◆，◇◇◆，◇◆◇◇。
遣行人到此，感叹不胜**悲**，物是人**非**。	◆◇◇◆◆，◆◆◆◇◇，◆◆◇◇。

同体式作品：无。

【变体一·4】39 分句 12 复句。上下片与始词分句数相同，复句型较【变体一·2】有变。上片 19 分句 6 复句，二/四/六/三/二/二/型复句组；下片 20 分句 6 复句，四/三/四/三/三/三/型复句组。平韵，邻韵通押，隔句韵，间插连句韵。律词。

4，5。3，3，3，3。5，3，3，3，3，3。4，5，4。5，5。4，3。

4，3，3，3。3，3，3。3，5，3，3。3，3，3。6，3，4。5，5，4。

——南宋·岳珂·《全宋词》第 2516 页

六州歌头

海棠开后，红雨洒江**渍**。	◆◇◇◆，◇◆◆◇◇。
春风路，窥杏非，剪葵榛，绕梅**魂**。	◇◇◆，◇◆◇，◆◇◇。
满院禽声悄，扶醉起，	◆◆◇◇◆，◆◇◇，
初睡足，诮不似，玉奴辈，负东**昏**。	◇◆◆，◆◆◆，◆◇◆，◆◇◇。
回首曲江，多少花边卧，高冢麒**麟**。	◇◆◆◇，◇◆◇◇◆，◇◆◇◇。
谩名缰利锁，何日濯尘**缨**。	△◇◇◆◆，◇◆◆◇◇。
几绊浮生，遣区**惊**。	◆◆◇◇，◆◇◇。
试从今数，春归日，留不住，掩重**门**。	△◇◇◆，◇◇◆，◇◆◆，◆◇◇。
风雨遇，归阆女，战吴**军**。	◇◆◆，◇◇◆，◆◇◇。
费温存，总被流莺笑，英烂熳，误间**关**。	◆◇◇，◇◆◇◇◆，◇◆◆，◆◇◇。
诗卷债，负便腹，遂吟**肝**。	◇◆◆，◆◆◆，◆◇◇。
长记风光流转，问少陵，曾与春**言**。	◇◆◇◇◇◆，◆◆◇，◇◆◇◇。
便联镳相约，一醉卧红**云**，画角城**阍**。	△◇◇◇◆，◆◆◆◇◇，◆◆◇◇。

同体式作品：南宋：刘克庄 1 首。

增减字：

（一）4，5。3，3，3，3。5，3，3，3，3，3。6，3，4。5，5。4，3。○ 4，3，3，3。3，3，3。3，5，3，3。3，3，3。6，3，4。5，5，4。南宋：黄机 1 首。

变体二

与始词复句数相同，分句数有变。

变体二·1

40分句12复句

【变体二·1】40分句12复句。双片。上片较始词增1分句，20分句6复句，二/四/五/四/三/二/型复句组；下片分句数与始词同，复句型有变，20分句6复句，四/三/四/三/三/三/型复句组。平仄交押，换韵，抱韵，隔句韵，连句韵。律词。

4，5。3，3，3，3。5，3，3，3，3。3，6，3，4。3，3，4。4，3。
4，3，3，3。3，3，3。3，5，3，3。3，3，3。6，3，4。5，5，4。

——北宋·李冠·《全宋词》第114页

六州歌头

骊山

凄凉绣岭，宫殿倚山**阿**。	◇◇◆◆，◇◆◆◇◇。
明皇**帝**，曾游**地**，锁烟**萝**，郁嵯**峨**。	◇◇◆，◇◇◆，◆◇◇，◆◇◇。
忆昔真妃**子**，艳倾国，方姝**丽**，	◆◆◇◇◇，◆◇◆，◇◇◆
朝复**暮**，嫔嫱**妒**。	◇◆◆，◇◇◆。
宠偏**颇**，三尺玉泉新浴，	◆◇◇，◇◆◆◇◇◆，
莲羞**吐**，红浸秋**波**。	◇◇◆，◇◆◇◇。
听花**奴**，敲羯**鼓**，酣奏鸣**鼍**。	◆◇◇，◇◆◆，◇◆◇◇。
体不胜**罗**，舞婆**娑**。	◆◆◆◇，◆◇◇。
正霓裳**曳**，惊烽**燧**，千万**骑**，拥雕**戈**。	△◇◇◆，◇◇◆，◇◇◆，◆◇◇。
情宛**转**，魂空**乱**，蹙双**蛾**。	◇◆◆，◇◇◆，◆◇◇。
奈兵**何**，痛惜三春**暮**，委妖**丽**，马嵬**坡**。	◆◇◇，◆◆◇◇◆，◆◇◆，◆◆◇。
平寇**乱**，回宸**辇**，忍重**过**。	◇◆◆，◇◇◆，◆◇◆。
香瘗紫囊犹有，鸿都客，钿合应**讹**。	◇◆◆◇◇◆，◆◆◇◇。
使行人到**此**，千古只伤**歌**，事往愁**多**。	△◇◇◆◆，◇◆◆◇◇，◆◆◇◇。

同体式作品：无。

变体二·2

38分句12复句

【变体二·2·1】38分句12复句。上片较始词增1分句，20分句6复句，二/四/六/三/三/二/型复句组；下片减2分句，18分句6复句，三/四/二/三/三/三/型复句组。平韵，隔句韵，间插连句韵。律词。

4，5。3，3，3，3。5，3，3，3，3，3。6，3，4。3，4，4。4，3。
5，4，4。3，3，3，3。6，5。3，3，3。6，3，4。5，5，4。

——南宋·王之道·《全宋词》第1158页

六州歌头

和张安国舍人韵，呈进彦。

燧珹勋业，何敢望西**平**。	◆◇◇◆，◇◆◆◇◇。
观当日，清大憝，震天**声**，绩其**凝**。	◇◇◆，◇◆◆，◆◇◇，◆◇◇。
追配汾阳郭，临淮李，扫妖孽，	◇◆◇◇◆，◇◇◆，◆◇◆，
植颠仆，复疆宇，洗膻**腥**。	◆◇◆，◆◇◆，◆◇◇。
堪叹中原久矣，长淮隔，胡骑纵**横**。	◇◆◇◇◆◆，◇◇◆，◇◆◆◇。
问何时，风驱电扫，重见文**明**。	◆◇◇，◇◇◆◆，◇◆◇◇。
宾雁胥**鸣**，梦初**惊**。	◇◆◇◇，◆◇◇。
念吾君复古，修攘两尽，早晚功**成**。	◆◇◇◆◆，◇◇◆◆，◆◆◇◇。
岁云暮，冰腹壮，雪花**零**，怅神**京**。	◆◇◆，◇◆◆，◆◇◇，◆◇◇。
谁信汉家陵阙，呵护有神**兵**。	◇◆◆◇◇◆，◇◆◆◇◇。
罄寰海，重回首，镇关**情**。	◆◇◆，◇◇◆，◆◇◇。
想见皇华咨度，望淮北，心曲摇**旌**。	◆◆◇◇◇◆，◆◇◆，◇◆◇◇。
愿变夷用夏，荆狄是惩**膺**，补弊支**倾**。	△◆◇◆◆，◇◆◆◇◇，◆◆◇◇。

同体式作品：无。

【变体二·2·2】38 分句 12 复句。上下片分句数皆与始词上片同，复句型有变。每片 19 分句 6 复句，上片二/三/七/三/二/二/型复句组；下片四/三/四/三/二/三/型复句组。平韵，隔句韵，间插连句韵。

4，5。3，3，3。3，5，3，3，3，3，3。4，5，4。5，5。4，3。

4，3，3，3。3，3，3。3，5，3，3。3，3，3。6，7。5，5，4。

——南宋·张孝祥·《全宋词》第 1686 页

六州歌头

长淮望断，关塞莽然**平**。	◇◇◆◆，◇◆◇◇◇。
征尘暗，霜风劲，悄边**声**。	◇◇◆，◇◇◆，◆◇◇。
黯销**凝**，追想当年事，殆天数，非人力，	◆◇◇，◇◆◇◇◆，◆◇◆，◇◇◆。
洙泗上，弦歌地，亦膻**腥**。	◇◆◆，◇◇◆，◆◇◇。
隔水毡乡，落日牛羊下，区脱纵**横**。	◆◆◇◇，◆◆◇◇◆，◇◆◆◇。
看名王宵猎，骑火一川**明**。	△◇◇◇◆，◆◆◆◇◇。
笳鼓悲**鸣**，遣人**惊**。	◇◆◇◇，◆◇◇。
念腰间箭，匣中剑，空埃蠹，竟何**成**。	△◇◇◆，◇◇◆，◇◇◆，◆◇◇。
时易失，心徒壮，岁将**零**。	◇◆◆，◇◇◆，◆◇◇。
渺神**京**，干羽方怀远，静烽燧，且休**兵**。	◆◇◇，◆◆◇◇◆，◆◇◆，◆◇◇。
冠盖使，纷驰骛，若为**情**。	◇◆◆，◇◇◆，◆◇◇。

闻道中原遗老，常南望羽葆霓**旌**。　◇◆◇◇◇◆，△◇◆◆◆◇◇。

使行人到此，忠愤气填**膺**，有泪如**倾**。　△◇◇◆◆，◇◆◆◇◇，◆◆◇◇。

同体式作品：无。

增减字：

（一）4，5。3，3，3。3，5，3，3，3，3，3。6，3，4。5，6。4，3。○4，3，3，3。3，3，3。3，5，3，3。3，3，3。5，7。5，5，4。南宋：程珌1首。

（二）4，5。3，3，3。3，5，3，3，3，3，3。6，3，4。5，5。4，3。○4，3，3，3。3，3，3。3，5，3，3。3，3，3。6，7。4，5，4。南宋：李曾伯1首。

（三）4，5。3，3，3。3，5，3，3，3，3，3。4，5，4。5，5。4，3。○4，3，3，3。3，3，3。3，5，3，3。3，3，3。6，7。5，5，4。南宋：刘辰翁1首。

（四）4，5。3，3，3。3，5，3，3，3，3，3。4，5，4。5，5。4，3。○3，3，3，3。3，3，3。3，5，3，3。3，3，3。6，7。5，5，4。南宋：刘将孙1首。

【变体二·2·3】38分句12复句。上下片分句数与【变体二·2·2】同，复句型有变。每片19分句6复句，上片二/四/六/三/二/二/型复句组；下片四/四/三/三/二/三/型复句组。平韵，邻韵通押，隔句韵，间插连句韵。律词。

4，5。3，3，3，3。5，3，3，3，3，3。6，3，4。5，5。4，3。

4，3，3，3。3，3，3，3。5，3，3。3，3，3。6，7。5，5，4。

——南宋·刘褒·《全宋词》第2124页

六州歌头

上广西张帅

凭深负阻，蜂午肆奔**腾**。　◇◇◆◆，◇◆◆◇◇。

龙江上，妖氛涨，鲸海外，白波**惊**。　◇◇◆，◇◇◆，◇◆◆，◆◇◇。

羽檄交飞急，玉帐静，金韬闷，　◆◆◇◇◆，◆◆◆，◇◇◆，

恢远驭，振长**缨**，密分**兵**。　◇◆◆，◆◇◇，◆◇◇。

细草黄沙渺渺，西关路，风袅高**旌**。　◆◆◇◇◆◆，◇◇◆，◇◆◇◇。

听飞霜令肃，坚壁夜无**声**。　△◇◇◆◆，◇◆◆◇◇。

鼓角何**神**，地中**鸣**。　◆◆◇◇，◆◇◇。

看追风骑，攒云槊，雷野毂，激天**钲**。　△◇◇◆，◇◇◆，◇◆◆，◆◇◇。

飞箭集，旄头坠，长围掩，郭东**倾**。　◇◆◆，◇◇◆，◇◇◆，◆◇◇。

振旅观旋凯，笳鼓竞，绣旗**明**。　◆◆◇◇◆，◇◆◆，◆◇◇。

刀换犊，戈藏革，士休**营**。　◇◆◆，◇◇◆，◆◇◇。

黄色赤云交映，论功何止蔡州**平**。　◇◆◆◇◇◆，◆◇◇◆◆◇◇。

想环城苍玉，深刻入青**冥**，永诏来**今**。　△◇◇◇◆，◇◆◆◇◇，◆◆◇◇。

同体式作品：无。

【变体二·2·4】38分句12复句。上下片分句数复句数与【变体二·2·2】同，复句型

有变。上片19分句6复句，三/三/六/三/二/二/型复句组；下片19分句6复句，三/四/三/三/三/三/型复句组。平韵，隔句韵，间插连句韵。

3，3，3。3，6，3。5，3，3，3，3，3。4，5，4。5，5。4，3。
5，3，5。3，3，3，3。5，3，3。3，3，3。5，4，4。5，5，4。

——南宋·刘过·《全宋词》第2155页

六州歌头

镇长淮，一都会，古扬**州**。	◆◇◇，◆◇◆，◆◇◇。
升平日，珠帘十里春风，小红**楼**。	◇◇◆，◇◇◆◆◇◇，◆◇◇。
谁知艰难去，边尘暗，胡马扰，	◇◇◇◇◆，◇◇◆，◇◆◆，
笙歌散，衣冠渡，使人**愁**。	◇◇◆，◇◇◆，◆◇◇。
屈指细思，血战成何事，万户封**侯**。	◆◆◆◇，◆◆◇◇◆，◆◆◇◇。
但琼花无恙，开落几经**秋**。	△◇◇◇◆，◇◆◆◇◇。
故垒荒**丘**，似含**羞**。	◆◆◇◇，◆◇◇。
怅望金陵宅，丹阳郡，山不断绸**缪**。	◆◆◇◇◆，◇◇◆，◇◆◆◇◇。
兴亡梦，荣枯泪，水东**流**，甚时**休**。	◇◇◆，◇◇◆，◆◇◇，◆◇◇。
野灶炊烟里，依然是，宿貔**貅**。	◆◆◇◇◆，◇◇◆，◆◇◇。
叹灯火，今萧索，尚淹**留**。	◆◇◆，◇◇◆，◆◇◇。
莫上醉翁亭，看蒙蒙雨，杨柳丝**柔**。	◆◆◆◇◇，△◇◇◆，◇◆◇◇。
笑书生无用，富贵拙身**谋**，骑鹤东**游**。	△◇◇◇◆，◆◆◆◇◇，◇◆◇◇。

同体式作品：无。

【变体二·2·5】38分句12复句。上下片分句数与【变体二·2·1】相反，上片18分句6复句，二/四/五/三/二/二/型复句组；下片20分句6复句，四/四/三/三/三/三/型复句组。平韵，隔句韵，间插连句韵。律词。

4，5。3，3，3，3。5，3，3，4，5。4，5，4。5，5。4，3。
4，3，3，3。3，3，3，3。5，3，3。3，3，3。4，5，4。4，5，4。

——南宋·王埜·《全宋词》第2715页

六州歌头

龙蟠虎踞，今古帝王**州**。	◇◇◆◆，◇◆◆◇◇。
水如淮，山似洛，风来游，五云**浮**。	◆◇◇，◇◆◆，◆◇◇，◆◇◇。
宇宙无终极，千载恨，六朝事，	◆◆◇◇◆，◇◆◆，◆◇◆，
同一梦**休**，更莫问闲**愁**。	◇◆◆◇，◆◆◆◇◇。
风景悠**悠**，得似清溪曲，著我扁**舟**。	◇◆◇◇，◆◆◇◇◆，◆◆◇◇。
对残烟衰草，满目是清**秋**。	△◇◇◇◆，◆◆◆◇◇。
白鹭汀**洲**，夕阳**收**。	◆◆◇◇，◆◇◇。

黄旗紫盖，中兴运，钟王气，护金**瓯**。	◇◇◆◆，◇◇◆，◇◇◆，◆◇◇。
驻游跸，开行殿，夹朱**楼**，送华**辀**。	◆◇◆，◇◇◆，◆◇◇，◆◇◇。
万里长江险，集鸿雁，列貔**貅**。	◆◆◇◇◆，◆◇◆，◆◇◇。
扫关河，清海岱，志应**酬**。	◆◇◇，◇◆◆，◆◇◇。
机会何常，鹤唳风声处，天意人**谋**。	◇◆◇◇，◆◆◇◇◆，◇◆◇◇。
臣今虽老，未遣壮心**休**，击楫中**流**。	◇◇◇◆，◆◆◆◇◇，◆◆◇◇。

同体式作品：无。

【变体二·2·6】38分句12复句。上片分句数、复句型与【变体二·2·2】同，下片复句型有变。上片19分句6复句，二/四/六/三/二/二/型复句组；下片19分句6复句，四/三/三/三/三/三/型复句组。平韵，隔句韵，间插连句韵。律词。

4，5。3，3，3，3。5，3，3，3，3，3。5，3，4。5，5。4，3。

4，3，3，3。5，3，3。5，3，3。3，3，3。6，3，4。5，5，4。

——宋·无名氏·《全宋词》第3779页

六州歌头

寿徐枢密

扬休玉色，山立秉鸿**枢**。	◇◇◆◆，◇◆◆◇◇。
圣天子，方有志，会东**都**，得真**儒**。	◆◇◆，◇◆◆，◆◇◇，◆◇◇。
身佩安危寄，本兵柄，修军政，	◇◆◇◇◆，◆◇◆，◇◇◆，
朝野庆，钧衡任，赖诗**谟**。	◇◆◆，◇◇◆，◆◇◇。
天上麒麟挺，徐卿子，坐肃儉**夫**。	◇◆◇◇◆，◇◇◆，◆◆◇◇。
向六阳时候，佳瑞纪门**弧**。	◆◆◇◇◆，◇◆◆◇◇。
炳炳阶**符**，照蓬**壶**。	◆◆◇◇，◆◇◇。
看兄枢使，弟元帅，真盛事，世间**无**。	◆◇◇◆，◆◇◆，◇◆◆，◆◇◇。
筹密边烽息，凛羌**胡**，玉音**俞**。	◇◆◇◇◆，◆◇◇，◆◇◇。
伫正三槐位，散膏泽，福寰**区**。	◆◆◇◇◆，◆◇◆，◆◇◇。
河如带，山如砺，巩皇**图**。	◇◇◆，◇◇◆，◆◇◇。
金鼎调元远大，中书考，致主唐**虞**。	◇◆◇◇◆◆，◇◇◆，◆◆◇◇。
想公门桃李，应不弃山**樗**，愿借嘘**枯**。	△◇◇◇◆，◇◆◆◇◇，◆◆◇◇。

同体式作品：无。

变体二·3

34分句12复句

【变体二·3】34分句12复句。与始词复句数相同，分句数减5。上片16分句6复句，二/三/二/二/三/四/型复句组；下片18分句6复句，四/三/二/三/二/四/型复句组。平

韵，隔句韵，间插连句韵。律词。

3，5。3，3，5。3，4。5，4。3，4，5。4，4，4，5。

3，3，3，3。3，3，5。3，4。3，3，3。7，5。3，3，3，5。

——南宋·洪适·《全宋词》第1389页

隆兴二年南郊鼓吹曲

六州歌头

严更永，今夕是何**年**。	◇◇◆，◇◆◆◇◇。
玉衡正，钩陈灿，天宇起祥**烟**。	◆◇◆，◇◇◆，◇◆◆◇◇。
协风应，江海安**澜**。	◆◇◇，◇◆◇◇。
重规仍叠矩，圣主乘**乾**。	◇◇◇◆◆，◆◆◇◇。
尧授舜，盛事光**前**，称寿玉卮**边**。	◇◆◆，◆◆◇◇，◇◆◆◇◇。
三年亲祀，一阳回律，	◇◇◇◆，◆◇◇◆，
八乡承宇，觚陛紫为**坛**。	◆◇◇◆，◇◆◆◇◇。
仰天**颜**，斋居寂，诚心肃，礼容**专**。	◆◇◇，◇◇◆，◇◇◆，◆◇◇。
存钟石，约舆卫，五辂不求**全**。	◇◇◆，◆◇◆，◆◆◆◇◇。
听金钥，虎旅无**眠**。	◇◇◆，◆◆◇◇。
俨千**官**，须期**显**，相嘉**筵**。	◆◇◇，◇◇◆，◇◇◇。
一人俭德动天**渊**，费减大农**钱**。	◆◇◆◆◆◇◇，◆◆◆◇◇。
神示格，宗祧燕，人民悦，祉福正绵**绵**。	◇◆◆，◇◇◇，◇◇◆，◆◆◆◇◇。

同体式作品：无。

变体三

较始词分句数复句数皆变

【变体三】36分句11复句。上片较始词减2分句1复句，17分句5复句，二/四/六/三/二/型复句组；下片减1分句，19分句6复句，四/四/三/三/二/三/型复句组。平仄通押，隔句韵，间插连句韵。

4，5。3，3，3，3。5，3，3，3，3，3。4，5，4。4，3。

4，3，3，3。3，3，3，3。5，3，3。3，3，3。6，7。5，5，4。

——南宋·汪元量·《全宋词》第3340页

六州歌头

江都

绿芜城上，怀古恨依**依**。	◆◇◇◆，◇◆◆◇◇。
淮山**碎**，江波**逝**，昔人**非**，今人**悲**。	◇◇◆，◇◇◆，◆◇◇，◇◇◇。
惆怅隋天**子**，锦帆**里**，环朱**履**，	◇◆◇◇◆，◆◇◆，◇◇◆，
丛香**绮**，展旌**旗**，荡涟**漪**。	◇◇◆，◆◇◇，◆◇◇。

击鼓挝金，拥琼璈玉**吹**，恣意游**嬉**。	◆◆◇◇，◆◇◇◆◇，◆◆◇◇。
斜日晖**晖**，乱莺**啼**。	◇◆◇◇，◆◇◇。
销魂此际，君臣醉，貔貅弊，事如**飞**。	◇◇◆◆，◇◇◆，◇◇◆，◆◇◇。
山河坠，烟尘起，风凄**凄**，雨霏**霏**。	◇◇◆，◇◇◆，◇◇◇，◆◇◇。
草木皆垂泪，家国弃，竟忘**归**。	◆◆◇◇◆，◇◆◆，◆◇◇。
笙歌地，欢娱地，尽荒**畦**。	◇◇◆，◇◇◆，◆◇◇。
惟有当时皓月，依然挂杨柳青**枝**。	◇◆◇◇◆◆，◇◇◆◇◆◇◇。
听堤边渔叟，一笛醉中**吹**，兴废谁**知**。	△◇◇◇◆，◆◆◆◇◇，◇◆◇◇。

同体式作品：无。

221.【越江吟】

1. 始词北宋苏易简作。
2. 始源为隋代曲调。宋释文莹《续湘山野录》："太宗尝酷爱宫调中十小调子，乃隋贺若弼所撰，……十调者一曰《不博金》，二曰《不换玉》，三曰《夹泛》，四曰《越溪吟》，五曰《越江吟》，六曰《孤猿吟》，七曰《清夜吟》，八曰《叶下闻蝉》，九曰《三清》，外一调最优古，忘其名。……命近臣十人各探一调，撰一辞，苏翰林易简探得《越江吟》。"
3. 调名或取始词首句"瑶池宴"而易名为【瑶池宴】【瑶池宴令】【瑶池燕】，单片衍为双片，词式颇异，实成新调，兹作同源词调处理。
4. 单片，三仄韵，隔句韵、连句韵。

始词：单片。6分句2复句，三/三/型复句组。仄韵，隔句韵，间插连句韵。

7，4，5。4，5，7。——北宋·苏易简·《全宋词》第2页

越江吟

神仙神仙瑶池宴，	◇◇◇◇◇◇◆，
片片碧桃，零落春风**晚**。	◆◆◆◇，◇◆◇◇◆。
翠云开处，隐隐金舆**挽**，	◆◇◇◆，◆◆◇◇◆，
玉麟背冷清风**远**。	◆◇◆◆◇◇◆。

同体式作品：无。

同源词调：【宴瑶池】

【瑶池宴令】【瑶池燕】

1. 始词北宋欧阳修作。
2. 由【越江吟】衍变的词调，又名【瑶池宴令】【瑶池燕】。
3. 双片，每片三仄韵，变体韵数有变；连句韵、隔句韵。

始词：10 分句 4 复句。双片。每片 5 分句 2 复句，二/三/型复句组。仄韵，连句韵、隔句韵。

7，5。7，3，4。
6，7。7，3，4。——北宋·欧阳修·《全宋词》第 158 页

宴瑶池

恋眼哝心终未**改**，向意间长**在**。	◆◆◇◇◇◆◆，◆◆◇◇◆。
都缘为颜色殊常，见余花，尽无心**爱**。	◇◇◆◇◆◇◇，◆◇◇，◆◇◇◆。
都为是风流**瞰**，至他人强来厮**坏**。	◇◆◆◇◇◆，◆◇◇◇◇◇◆。
从今后若得相逢，绣帏里，痛惜娇**态**。	◇◇◆◆◆◇◇，◆◇◆，◆◇◇◆。

同体式作品：无。

变体三

较始词分句数复句数皆变

变体三·1

13 分句 6 复句

【变体三·1】13 分句 6 复句。双片。上片较始词增 1 分句 1 复句，6 分句 3 复句，二/二/二/型复句组；下片增 2 分句 1 复句，7 分句 3 复句，二/二/三/型复句组。仄韵，连句韵、隔句韵。

4，3。4，4。3，7。
3，4。5，4。3，4，3。——北宋·苏轼·《全宋词》第 331 页

瑶池燕

飞花成**阵**，春心**困**。	◇◇◇◆，◇◇◆。
寸寸别肠，多少愁**闷**。	◆◆◆◇，◇◆◇◆。
无人**问**，偷啼自揾残妆**粉**。	◇◇◆，◇◇◆◆◇◇◆。
抱瑶琴，寻出新**韵**。	◆◇◇，◇◆◇◆。
玉纤趁南风，来解幽**愠**。	◆◇◆◇◇，◇◆◇◆。

低云鬟，眉峰敛**晕**，娇和**恨**。　　◇◇◇，◇◇◆◆，◇◇◆。

按：本词或传为北宋廖正一作，调名【瑶池宴令】。

同体式作品：无。

增减字：

(一) 4，3。4，4。3，4，3。○3，4。3，6。3，4，3。北宋：贺铸1首（【燕瑶池】）。

按：贺铸本词调名为【燕瑶池】，取上片首句“秋风叹”为词题。或谓“秋风叹”为新拟调名，非。其词如下：

燕瑶池

秋风叹

琼钩褰**幔**，秋风**叹**。漫漫白云，联度河**汉**。长宵**半**，参旗烂**烂**，何时**旦**。○命闺人，金徽重**按**。商歌**弹**，依稀广陵清**散**。低眉**叹**，危弦未断，肠先**断**。

变体三·2

19分句8复句

【变体三·2】19分句8复句。双片。上片较始词增4分句2复句，9分句4复句，三/二/二/二/型复句组；下片增5分句2复句，10分句4复句，三/三/二/二/型复句组。仄韵，隔句韵。

4，5，4。7，6。6，5。6，7。

7，4，5。4，5，4。4，7。6，5。——南宋·奚倬然·《全宋词》第3158页

宴瑶池

神仙词

紫鸾飞舞，又东华宴罢，归步凝**碧**。　　◆◇◇◆，△◇◇◆◆，◇◆◇◆。
缥缈天风吹送处，泠泠佩声清**逸**。　　◆◆◇◇◇◆◆，◇◇◆◇◇◆。
青童两两争笑，捻琪花半**折**。　　◇◇◆◆◇◆，△◇◇◆◆。
羽衣寒露香披，翠幢珠辂去云**疾**。　　◆◇◇◆◇◇，◆◇◇◆◆◇◆。

西真还又传帝**敕**，　　◇◇◇◆◇◆◆，
霞城检校，问学仙消**息**。　　◇◇◆◆，△◆◇◇◆。
玉府高寒，有不老丹容，自然琼**液**。　　◆◆◇◇，△◆◆◇◇，◆◇◇◆。
人间尘梦，应误认烟痕雾**迹**。　　◇◇◇◆，△◆◆◇◇◆◆。
洞云依约开时，丹华飞素**白**。　　◆◇◇◆◇◇，◇◇◇◆◆。

按：该“变体”虽用原调名，实已是新调。

同体式作品：无。

222.【甘草子】

1. 始词北宋寇准作。
2. 双片。每片四仄韵，隔句韵、连句韵。

始词：10 分句 4 复句。双片。每片 5 分句 2 复句，三/二/型复句组。仄韵，连句韵、隔句韵。

2，4，5。5，5。
7，3，4。7，5。——宋·寇准·《全宋词》第 3 页

甘草子

春**早**，柳丝无力，低拂青门**道**。　◇◆，◆◇◇◆，◇◆◇◇◆。
暖日笼啼**鸟**，初坼桃花**小**。　◆◆◇◇◆，◇◆◇◇◆。

遥望碧天净如**扫**，曳一缕，轻烟缥**缈**。　◇◆◆◇◆◇◆，◆◆◆，◇◇◆◆。
堪惜流年谢芳**草**，任玉壶倾**倒**。　◇◆◇◇◆◇◆，△◆◇◇◆。

同体式作品：北宋：柳永 2 首，杨无咎 1 首。

223.【踏莎行】

【柳长春】

1. 始词北宋寇准作。
2. 宋代通行词调，无变体。
3. 偶见异名作【柳长春】。南宋曹冠《喜朝天·绮霞阁》序曰“即踏莎行”，与本调词式全同，兹将其词纳入本调统计，【喜朝天】作另调谱之。
4. 双片，每片三仄韵，隔句韵、连句韵。

始词：10 分句 4 复句。双片。每片 5 分句 2 复句，三/二/型复句组。仄韵，连句韵、隔句韵。律词。

4，4，7。7，7。
4，4，7。7，7。——宋·寇准·《全宋词》第 3 页

踏莎行

春色将阑，莺声渐**老**，红英落尽青梅**小**。　◇◆◇◇，◇◇◆◆，◇◇◆◆◇◇◆。
画堂人静雨蒙蒙，屏山半掩余香**袅**。　◆◇◇◆◆◇◇，◇◇◆◆◇◇◆。

密约沉沉，离情杳**杳**，菱花尘满慵将**照**。　◆◆◇◇，◇◇◆◆，◇◇◇◆◇◇◆。
倚楼无语欲销魂，长空黯淡连芳**草**。　◆◇◇◆◆◇◇，◇◇◆◆◇◇◆。

同体式作品：北宋：陈尧佐1首，张先2首，晏殊5首，欧阳修4首，杜安世4首，韩绛1首，韩维1首，苏氏1首，刘敞1首，晏几道4首，苏轼2首，李之仪4首，黄庭坚2首，晁端礼4首，秦观4首，贺铸7，仲殊3首，陈师道1首，阮阅1首，谢逸1首，毛滂8首，曹希蕴1首，吴则礼1首，徐俯3首，欧阳珣1首，刘一止2首，赵温之1首，朱敦儒2首，周紫芝4首，计29人76首。南宋：侯彭老1首，吕本中1首，向子諲1首，蔡伸6首，王以宁3首，张元幹1首，谢明远1首，张焘1首，欧阳澈2首，杨无咎1首，史浩1首，曹冠2首（《喜朝天·绮霞阁》），曾觌1首，曾协1首，张抡10首，侯寘2首，姚宽1首，李流谦1首，洪迈1首，袁去华1首，向滈1首，李洪1首，张孝祥8首，赵长卿3首（【踏莎行】2【柳长春】1），王炎1首，辛弃疾5首，石孝友2首，刘光祖1首，赵师侠2首，陈亮1首，杨炎正1首，卢炳3首，姜夔1首，郭应祥7首，韩淲1首，李廷忠1首，高观国2首，卢祖皋1首，刘镇1首，黄机1首，刘克庄2首，吴潜1首，吴文英2首，洪瑹1首，杨伯嵒1首，李彭老1首，陈著2首，胡翼龙1首，毛珝1首，何梦桂1首，赵闻礼1首，王万之1首，钱若舟1首，陈璧1首，杜龙沙1首，刘辰翁5首，周密2首，汪梦斗1首，翁溪园1首，王沂孙1首，黄公绍1首，柴元彪1首，陈德武3首，张炎5首，刘将孙1首，刘仁父1首，张魁1首，申二官人1首，紫竹2首，宇文绶1首，潘必正1首，无名氏（宋媛）4首，丁求安2首，李朝卿1首，无名氏10人10首，计84人146首。

同源词调一：【转调踏莎行】

1. 始词南宋曾觌作。
2. 曾觌词调名作【踏莎行】，与【转调踏莎行】词式全同，当省写“转调”，兹作【转调踏莎行】始词。
3. 双片，每片四仄韵，隔句韵。

始词：14分句6复句2单句。每片7分句，3复句1单句，二/二/二/一/型复句单句组合。仄韵，隔句韵。

4，4。5，3。4，5。8。
4，4。4，4。4，5。8。——南宋·曾觌·《全宋词》第1317页

踏莎行

翠幄成阴，谁家帘**幕**。　◆◆◇◇，◇◇◇◆。
绮罗香拥处，觥筹**错**。　◆◇◇◆◆，◇◇◆。
清和将近，□春寒更**薄**。　◇◇◇◆，□◇◇◆◆。
高歌看簌簌梁尘**落**。　◇◇◇◆◆◇◇◆。

好景良辰，人生行**乐**。　◆◆◇◇，◇◇◇◆。
金杯无奈，是苦相**虐**。　◇◇◇◆，◆◆◇◆。

残红飞尽，袅垂杨轻**弱**。　◇◇◇◆，△◇◇◇◆。
来岁断不负莺花**约**。　◇◆◆◆◆◇◇◆。

按：本词调名题为【踏莎行】，但与始词体不同而与两首《转调踏莎行》同体，兹作“转调”之体。
同体式作品：南宋赵彦端1首（【转调踏莎行】）。
增减字：
（一）4，4。5，3。4，4。8。○4，4。5，4。4，4。8。南宋：陈亮1首（【转调踏莎行】）。

附：赵彦端《转调踏莎行·路宜人生日》：

宿雨才收，余寒尚力。牡丹将绽也，近寒食。人间好景，算仙家也惜。因循尽扫断蓬莱迹。○旧日天涯，如今咫尺。一月五番价，共欢集。些儿寿酒，且莫留半滴。一百二十个好生日。

同源词调二：【踏莎行慢】

1. 始词北宋欧阳修作。
2. 双片，每片五仄韵，隔句韵，间插连句韵。
3. 此调仅见欧阳修一首。

始词：19分句8复句。双片，上片9分句4复句，二/二/三/二/型复句组；下片10分句4复句，三/二/三/二/型复句组。仄韵，隔句韵，插一连句韵。

5，5。4，4。5，3，3。3，7。
4，4，4。7，6。3，3，3。3，7。——北宋·欧阳修·《全宋词》第156页

踏莎行慢

独自上孤舟，倚危樯目**断**。　◆◆◆◇◇，◆◇◇◆◆。
难成暮雨，更朝云**散**。　◇◇◆◆，◆◇◇◆。
凉劲残叶**乱**，新月照，澄波**浅**。　◇◆◇◆◆，◇◆◆，◇◇◆。
今夜里，厌厌离绪难销**遣**。　◇◆◆，◇◇◇◆◇◇◆。

强来就枕，灯残漏永，合相思**眼**。　◇◇◆◆，◇◇◆◆，◆◇◇◆。
分明梦见如花**面**，依前是旧庭**院**。　◇◇◆◆◇◇◆，◇◇◆，◆◇◆。
新月照，罗幕挂，珠帘**卷**。　◇◆◆，◇◆◆，◇◇◆。
渐向晓，脉然睡觉如天**远**。　◆◆◆，◆◇◆◆◇◇◆。

同体式作品：无。

224.【阳关引】

1. 始词北宋寇准作。

2. 源出唐王维《送元二使安西》传唱而衍生的曲调。调名由原诗“西出阳关”之句作《阳关引》。苏轼《东坡志林》：“旧传《阳关》三叠，然今世歌者，每句再叠而已。若通一首言之，又是四叠，皆非是。或每句三唱以应三叠之说，则丛然无复节奏。余在密州，文勋长官以事至密，自云得古本《阳关》，其声宛转凄断，不类向之所闻。每句皆再唱，而第一句不叠，乃知古本三叠盖如此。及在黄州，偶读乐天《对酒诗》云：‘相逢且莫推辞醉，听唱阳关第四声。’注云：第四声，‘劝君更尽一杯酒’。以此验之，若一句再叠，则此句为第五声，今为第四声，则第一句不叠审矣。”
3. 双片，上片五韵，下片四韵，仄韵，隔句韵，间插连句韵。
4. 此调仅寇准一首。

始词：16 分句 8 复句。双片。每片 8 分句 4 复句，二/二/二/二/型复句组。仄韵，隔句韵，插一连句韵。

5，5。7，3。5，5。3，7。
5，3。3，7。5，5。3，7。——北宋·寇准·《全宋词》第 3 页

阳关引

塞草烟光阔，渭水波声**咽**。	◆◆◇◇◆，◆◆◇◇◆。
春朝雨霁轻尘**歇**，征鞍**发**。	◇◇◆◆◇◇◆，◇◇◆。
指青青杨柳，又是轻攀**折**。	△◇◇◇◆，◆◆◇◇◆。
动黯然，知有后会甚时**节**。	◆◆◇，◇◆◆◆◆◇◆。
更尽一杯酒，歌一**阕**。	◆◆◆◇◆，◇◆◆。
叹人生，最难欢聚易离**别**。	◆◇◇，◆◇◇◆◆◇◆。
且莫辞沉醉，听取阳关**彻**。	◆◆◇◇◆，◇◆◇◇◆。
念故人，千里自此共明**月**。	◆◆◇，◇◆◆◆◆◇◆。

同体式作品：无。

同源词调一：【阳关曲】

1. 始词北宋苏轼作。
2. 苏词序曰：“本名【小秦王】，入腔即阳关曲。”南宋佚名《类编草堂诗余》：“《渭城曲》绝句，近世又歌入《小秦王》，更名《阳关曲》。属双调，又属大石调。”【小秦王】本源为唐教坊曲（见《教坊记》），白居易《对酒诗》所云唐代王维诗之歌腔是否为【小秦王】，无可考，而唐代以来流传到宋时的【小秦王】，则可歌七绝声诗，“入腔即阳关曲”，可知宋时《阳关曲》音乐母调与《小秦王》有某种渊源关系，从《东坡志林》所述宋代“旧传”《阳关》三叠与“古本”之《阳关》唱腔不同看，声诗可以不同曲调歌之，有些声诗调或衍生为长短句，是词调生成的方式之一，《阳关》的同源词调即典

型之例。

3. 单片三平韵，连句韵、隔句韵。

始词：单片。4 分句 2 复句，二/二/型复句组。平韵，连句韵、隔句韵。律词。

7，7。7，7。——北宋·苏轼·《全宋词》第 311 页

阳关曲

中秋作。本名小秦王，入腔即阳关曲。

暮云收尽溢清**寒**，银汉无声转玉**盘**。　◆◇◇◆◆◇◇，◇◆◇◇◆◆◇。
此生此夜不长好，明月明年何处**看**。　◆◇◆◆◆◇◆，◇◆◇◇◇◆◇。

同体式作品： 北宋：苏轼 3 首。南宋：仇远 2 首。

同源词调二：【古阳关】

1. 始词北宋晁补之作。
2. 单片、双片二体。双片体，上片五韵，下片四韵，仄韵；单片体十一韵，三换韵，平仄交押。隔句韵，间插连句韵。

双片体

双片。18 分句 8 复句。双片。每片 9 分句 4 复句，二/三/二/二/型复句组。仄韵，上片首二句连韵，隔句韵。

5，5。4，3，3。3，7。3，7。
5，3。4，3，3。7，3。7，3。——北宋·晁补之·《全宋词》第 563 页

古阳关

寄无斁八弟宰宝应

暮草蛩吟**噎**，暗柳萤飞**灭**。　◆◆◇◇◆，◆◆◇◇◆。
空庭雨过，西风紧，飘黄**叶**。　◇◇◆◆，◇◇◆，◇◇◆。
卷书帷，寂静对此伤离**别**。　◆◇◇，◆◆◆◆，◇◇◆。
重感叹，中秋数日又圆**月**。　◇◆◆，◇◇◆◆，◆◇◆。

沙觜樯竿上，淮水**阔**。　◇◆◇◇◆，◇◆◆。
有飞凫客，词珠玉，气冰**雪**。　◆◇◇◆，◇◇◆，◆◇◆。
且莫教皓月照影，惊华**发**。　△◆◆◆◆◆◆，◇◇◆。
问几时清尊夜景，共佳**节**。　◆◆◇◇◇◆◆，◆◇◆。

同体式作品： 无。

单片体

单片。20 分句 7 复句，二/三/二/三/二/六/二/型复句组。换韵，平仄换韵交押，邻韵通押，隔句韵，间插连句韵。

4，5。7，5，3。7，5。3，7，4。9，6。3，7，3，4，4，5。7，5。

——宋·无名氏·《全宋词》第 3841 页

古阳关

渭城朝雨，一霎裛轻**尘**。	◆◇◇◆，◆◆◆◇◇。
更洒遍客舍青**青**，弄柔凝千缕，柳色**新**。	△◆◆◆◆◇◇，◆◇◇◇◆，◆◆◇。
更洒遍客舍青**青**，千缕柳色**新**。	△◆◆◆◆◇◇，◇◆◆◆◇。
休烦**恼**，劝君更尽一杯酒，人生会**少**。	◇◇◆，◆◇◆◆◆◇◆，◇◇◆◆。
自古富贵功名有定**分**，莫遣容仪瘦**损**。	◆◆◆◆◇◇◆◆◆，◆◆◇◇◆◆。
休烦恼，劝君更尽一杯酒，	◇◇◆，◆◇◆◆◆◇◆，
只恐怕，西出阳关，	◆◆◆，◇◆◇◇，
旧游如梦，眼前无故**人**。	◆◇◇◆，◆◇◇◆◇。
只恐怕西出阳关，眼前无故**人**。	◆◆◆◇◆◇◇，◆◇◇◆◇。

同体式作品：无。

同源词调三：【阳关三叠】

1. 始词南宋柴望作。
2. 三片，上片五韵，中片四韵，下片三韵；平韵，隔句韵，间插连句韵。
3. 此调仅见柴望一首。

始词：27 分句 11 复句。三片。上片 9 分句 4 复句，二/三/二/二/型复句组；中片 9 分句 4 复句，二/二/三/二/型复句组；下片 9 分句 3 复句，二/五/二/型复句组。平韵，偶插一仄韵；邻韵通押，隔句韵，间插连句韵。

4，5。3，6，5。7，7。4，5。

3，4。4，5。3，7，7。3，3。

6，5。7，3，4，4，5。7，5。——宋·柴望·《全宋词》第 3026 页

阳关三叠

庚戌送何师可之维扬

西风吹鬓，残发早星**星**。	◇◇◆◆，◇◆◆◇◇。
叹故国，斜阳断桥流水，荣悴本无**凭**。	◆◆◆，◇◇◆◇◇◆，◇◆◆◇◇。
但朝朝才雨又**晴**，人生飘聚等浮**萍**。	△◇◇◇◆◆◇，◇◇◇◆◆◇◇。
谁知桃叶，千古是离**情**。	◇◇◇◆，◇◆◆◇◇。

正无奈，黯黯离**情**。	◆◇◆，◆◆◇◇。
渡头烟暝，愁杀渡江**人**。	◆◇◇◆，◇◆◆◇◇。
伤情处，送君且待江头月，	◇◇◆，◆◇◆◆◇◇◆，
人共月千里难**并**。	◇◆◆◇◆◇◇。
笳鼓发，戍云**平**。	◇◆◆，◆◇◇。
此夜思君肠断，不禁仅思**君**。	◆◆◇◇◇◆，◆◆◆◇◇。
送君立尽江头月，奈此去，	◆◇◆◆◇◇◆，◆◆◆，
君出阳关，纵有明月，无酒酌故**人**。	◇◆◇◇，◆◆◇◆，◇◆◆◆◇。
奈此去君出阳关，明朝无故**人**。	△◆◆◇◆◇◇，◇◇◇◆◇。

同体式作品：无。

225.【扫市舞】

【扫寺舞】

1. 始词北宋潘阆作。
2. 始源为民间曲调，亦为唐教坊曲（见《教坊记》）。《唐诗纪事》曰杨云卿（字师皋）醉后善歌之，白居易《哭师皋》："何日重闻扫市歌，谁家收得琵琶伎。"自注："师皋醉后善歌扫市词。"
3. 或写作【扫寺舞】。
4. 单片、双片二体。单片体三仄韵，首句不韵，连句韵；双片体每片七韵，上下片换韵，连句韵。

单片体

始词：单片。4 分句 2 复句，二/二/型复句组。仄韵，隔句韵、连句韵。律词。

3，3。7，3。——宋·潘阆·《全宋词》第 6 页

扫市舞

出砒霜，价钱**可**。	◆◇◇，◆◇◆。
赢得拨灰兼弄**火**，畅杀**我**。	◇◆◆◇◇◆◆，◆◆◆。

同体式作品：无。

双片体

始词：14 分句 4 复句。双片。每片 7 分句 2 复句，三/四/型复句组。仄韵，上下片换韵，连句韵。

3，3，7。3，3，7，3。

3，3，7。3，3，7，3。——宋·无名氏·《全宋词》第3632页

扫寺舞

酥点**萼**，玉碾**萼**，点时碾时香雪**薄**。	◇◆◆，◆◆◆，◆◇◆◇◇◆◆。
才折**得**，春方**弱**，	◇◆◆，◇◇◆，
半掩朱扉垂绣**幕**，怕吹**落**。	◆◆◇◇◇◆◆，◆◇◆。
捻一饷，嗅一饷，捻时嗅时宿酒忘。	◆◆◆，◆◆◆，◆◇◆◇◆◆◆。
春争**上**，不忍**放**，	◇◇◆，◇◆◆，
待对菱花斜插**向**，宝钗**上**。	◆◆◇◇◇◆◆，◆◇◆。

同体式作品：无。

226.【霜天晓角】

【霜天晓月】

1. 始词北宋林逋作。
2. 宋代通行词调，一作【霜天晓月】。
3. 双片，每片三韵；仄韵，连句韵、隔句韵；偶有平韵，隔句韵。

始词：11分句4复句。双片。上片5分句2复句，二/三/型复句组；下片6分句2复句，三/三/型复句组。仄韵，连句韵、隔句韵。律词。

4，5。6，3，3。

2，3，5。6，3，3。——北宋·林逋·《全宋词》第7页

霜天晓角

冰清霜**洁**，昨夜梅花**发**。	◇◇◇◆，◆◆◇◇◆。
甚处玉龙三弄，声摇动，枝头**月**。	◆◆◆◇◇◆，◇◇◆，◇◇◆。
梦**绝**，金兽爇，晓寒兰烬**灭**。	◆◆，◇◆◆，◆◇◇◆◆。
要卷珠帘清赏，且莫扫，阶前**雪**。	◆◆◇◇◇◆，◆◆◆，◇◇◆。

同体式作品：南宋：史浩1首，姜特立1首，范成大1首，谢懋1首，赵长卿2首，杨冠卿1首，吴礼之2首，郑域1首，王澡1首，高观国3首，张辑1首，吴文英1首，赵希靓1首，陈著1首，姚勉1首，陈允平1首，吴淑真1首，仇远1首，蒋捷1首，无名氏1首，吕岩（托名）1首，韩玉1首，萧泰来1首，张辑1首，计24人28首。

增减字：

（一）5，5。6，3，3。○2，3，5。6，3，3。南宋：吴文英1首。

变体二

较始词复句数不变，分句数有变。

变体二·1

10分句4复句

【变体二·1】10分句4复句。较始词复句数不变，下片第一复句减1分句，每片5分句2复句，二/三/型复句组。仄韵，连句韵、隔句韵。律词。

4，5。6，3，3。

5，5。6，3，3。——南宋·韩元吉·《全宋词》第1391页

霜天晓角

蛾眉亭

倚天绝**壁**，直下江千**尺**。 ◆◇◆◆，◆◆◇◇◆。

天际两蛾凝黛，愁与恨，几时**极**。 ◇◆◆◇◇◆，◇◆◆，◆◇◆。

怒潮风正**急**，酒醒闻塞**笛**。 ◆◇◇◆◆，◆◇◇◆◆。

试问谪仙何处，青山外，远烟**碧**。 ◆◆◆◇◇◆，◇◇◆，◆◇◆。

同体式作品：南宋：韩元吉1首，张抡1首，曹冠3首，甄龙友1首，范成大1首，张孝祥1首，吕胜己1首，赵长卿2首，张孝忠1首，辛弃疾3首，赵善括1首，赵师侠2首，张镃1首，刘过1首，刘仙伦1首，郭应祥1首，韩淲1首，张辑1首，李廷忠1首，赵希明1首，魏了翁1首，黄机4首，葛长庚1首，刘子寰1首，吴潜10首，楼槃2首，陈允平1首，刘辰翁11首，王奕1首，邓剡1首，杨均3首，徐君宝妻1首，华岳1首，计33人64首。

增减字：

(一) 5，5。6，3，3。○ 5，5。6，3，3。南宋：赵长卿1首，程垓2首。

变体二·2

9分句4复句

【变体二·2】9分句4复句。与始词复句数相同，上下片各减1分句。上片4分句2复句，二/二/型复句组；下片5分句2复句，三/二/型复句组。仄韵，连句韵、隔句韵。

4，5。6，6。

2，3，5。6，6。——南宋·韩玉·《全宋词》第2059页

霜天晓月

竹篱茅**屋**，一树扶疏**玉**。 ◆◇◇◆，◆◆◇◇◆。

客里十分清绝，有人在江南**北**。 ◆◆◆◇◇◆，<u>◆◇◆◇◇◆</u>。

伫**目**，诗思**促**，翠袖倚修**竹**。 ◆◆，◇◇◆，◆◆◆◇◆。

不是月媒风聘，谁人与伴幽**独**。 ◆◆◆◇◇◆，<u>◇◇◆◆◇◆</u>。

同体式作品：南宋：萧泰来1首。

变体二·3

8分句4复句

【变体二·3·1】8分句4复句。较始词复句数不变，分句数减3。每片4分句2复句，二/二/型复句组。仄韵，连句韵、隔句韵。

4，5。6，5。

5，5。6，6。——南宋·华岳·《全宋词补辑》第74页

霜天晓角

裙儿六**幅**，谁染秋波**绿**。	◇◇◆◆，◇◆◇◇◆。
一搦柳腰两过，樽前粲粲**玉**。	◆◆◆◇◆◆，◇◇◆◆◆。
暑气消烦**溽**，日月飞车**轴**。	◆◆◇◇◆，◆◆◇◇◆。
线幕黄帘风**露**，那堪人在天**北**。	◆◆◇◇◇◆，◆◇◇◆◇◆。

同体式作品：南宋：赵希蓬1首。

【变体二·3·2】8分句4复句。上片与【变体二·2·1】同，下片复句型有变。上片4分句2复句，二/二/型复句组；下片4分句2复句，二/二/型复句组。仄韵，连句韵、隔句韵。

4，5。6，5。

5，5。6，6。——南宋·刘子寰·《全宋词》第2707页

霜天晓角

子庆母八十

满前儿**女**，今日都欢**聚**。	◆◇◇◆，◇◆◇◇◆。
今也阿弥八十，儿也五十**五**。	◇◆◇◇◆◆，◇◆◆◆◆。
瓷瓯并瓦**注**，山歌和社**舞**。	◇◇◇◆◆，◇◇◇◆◆。
但管年年强健，妆成个西王**母**。	◆◆◇◇◇◆，◇◇◆◇◇◆。

同体式作品：无。

227.【少年游】

1. 始词北宋杨亿作。
2. 宋代通行词调。
3. 双片，每片二韵或三韵；平韵，隔句韵、连句韵。

始词：12 分句 4 复句。双片。每片 6 分句 2 复句，三/三/型复句组。平韵，隔句韵。律词。

4，4，5。4，4，5。

4，4，5。7，3，3。——宋·杨亿·《全宋词》第 8 页

少年游

江南节物，水昏云淡，飞雪满前**村**。 ◇◇◆◆，◆◇◇◆，◇◆◆◇◇。

千寻翠岭，一枝芳艳，迢递寄归**人**。 ◇◇◆◆，◆◇◇◆，◇◆◆◇◇。

寿阳妆罢，冰姿玉态，的的写天**真**。 ◆◇◇◆，◇◇◆◆，◆◆◆◇◇。

等闲风雨又纷**纷**，更忍向，笛中**闻**。 ◆◇◇◆◆◇◇，◆◆◆，◆◇◇。

同体式作品：无。

增减字：

（一）7，3，3。4，4，5。○ 7，3，3。4，4，5。北宋：柳永 1 首。

（二）4，4，5。4，4，5。○ 4，4，5。4，4，5。北宋：晏几道 5 首。南宋：姜夔 1 首。

（三）4，4，5。4，4，5。○ 7，3，3。4，4，5。南宋：韩淲 1 首。

变体二

与始词复句数相同，分句数有变。

变体二·1

10 分句 4 复句

【变体二·1·1】10 分句 4 复句。上下片第一复句较始词各减 1 分句，每片 5 分句 2 复句，二/三/型复句组。平韵，连句韵、隔句韵。律词。

7，5。4，4，5。

7，5。4，4，5。——北宋·柳永·《全宋词》第 32 页

少年游

长安古道马迟**迟**，高柳乱蝉**栖**。 ◇◇◆◆◆◇◇，◇◆◆◇◇。

夕阳岛外，秋风原上，目断四天**垂**。 ◆◇◆◆，◇◇◇◆，◆◆◆◇◇。

归云一去无踪迹，何处是前**期**。 ◇◇◆◆◇◇◆，◇◆◆◇◇。

狎兴生疏，酒徒萧索，不似去年**时**。 ◆◆◇◇，◆◇◇◆，◆◆◆◇◇。

同体式作品：北宋：柳永 2 首，张先 3 首，晏殊 2 首，欧阳修 2 首，晁端礼 2 首，李甲 1 首，晁补之 1 首，陈师道 1 首，周邦彦 3 首，毛滂 1 首，计 10 人 18 首。南宋：赵鼎 1 首，林仰 1 首，赵师侠 2 首，卢炳 1 首，方千里 2 首，周端臣 1 首，杨泽民 2 首，陈允平 4 首，周密 2 首，仇远 1 首，蒋捷 2 首，赵子发 1 首，刘铉 1 首，温镗 3 首，胡翼龙 1 首，计 15 人 25 首。

增减字：

（一）7，5。4，4，5。○ 7，5。7，3，3。北宋：杜安世 1 首。

（二）7，5。4，4，5。○ 7，6。4，4，5。北宋：晁补之 1 首。

（三）7，5。4，4，4。○ 7，5。4，4，4。南宋：周密 1 首。

（四）7，5。4，4，5。○ 6，5。4，4，5。南宋：无名氏 1 首。

【变体二·1·2】10 分句 4 复句。与【变体二·1·1】句数相同，复句型有变。每片 5 分句 2 复句，三/二/型复句组。仄韵，隔句韵。

4，4，4。6，7。

4，4，4。7，5。——北宋·晁补之·《全宋词》第 576 页

少年游

当年携手，是处成双，无人不**羡**。 ◇◇◇◆，◆◆◇◇，◇◇◆◆。

自间阻五年也，一梦拥娇娇粉**面**。 △◇◆◆◇◆，◆◆◆◇◇◆◆。

柳眉轻扫，杏腮微拂，依前双**靥**。 ◆◇◇◆，◆◇◇◆，◇◇◇◆。

盛睡里起来寻觅，却眼前不**见**。 ◆◆◆◆◇◇◆，△◆◇◇◆。

同体式作品：无。

变体二·2

11 分句 4 复句

【变体二·2·1】11 分句 4 复句。上片与【变体二·1·1】同，5 分句 2 复句，二/三/型复句组；下片增 1 分句，6 分句 2 复句，三/三/型复句组。平韵，首句入韵，隔句韵。律词。

7，5。4，4，5。

7，3，3。4，4，5。——北宋·柳永·《全宋词》第 32 页

少年游

层波潋滟远山**横**，一笑一倾**城**。 ◇◇◆◆◆◇◇，◆◆◆◇◇。

酒容红嫩，歌喉清丽，百媚坐中**生**。 ◆◇◇◆，◇◇◇◆，◆◆◆◇◇。

墙头马上初相见，不准拟，恁多**情**。 ◇◇◆◆◇◇◆，◇◆◆，◆◇◇。

昨夜怀阑，洞房深处，特地快逢**迎**。 ◆◆◇◇，◆◇◇◆，◆◆◆◇◇。

同体式作品：北宋：柳永 5 首，张先 1 首，欧阳修 2 首，苏轼 2 首，计 4 人 10 首。

增减字：

（一）7，5。4，4，5。○ 4，4，5。7，3，3。北宋：欧阳修 1 首，杜安世 1 首。

（二）7，7。7，2，7。○ 7，4，5。7，2，7。北宋：苏轼 6 首。

（三）7，6。4，4，5。○ 7，3，3。4，4，5。北宋：陈师道 1 首。

（四）7，5。4，4，5。○ 7，3，3。7，3，3。北宋：张耒 1 首。

（五）7，5。4，4，5。○ 3，3，5。4，4，5。宋：无名氏 1 首。

【变体二·2·2】11 分句 4 复句。上下片分句数复句数与【变体二·2·1】相反。上片 6 分句 2 复句，三/三/型复句组；下片 5 分句 2 复句，三/二/型复句组。平韵，隔句韵，下片结末连句韵、律词。

4，4，5。4，4，5。

4，4，5。7，5。——北宋·晏殊·《全宋词》第94页

少年游

重阳过后，西风渐紧，庭树叶纷**纷**。	◇◇◆◆，◇◇◆◆，◇◆◆◇◇。
朱阑向晓，芙蓉妖艳，特地斗芳**新**。	◇◇◆◆，◇◇◇◆，◆◆◆◇◇。
霜前月下，斜红淡蕊，明媚欲回**春**。	◇◇◆◆，◇◇◆◆，◇◆◆◇◇。
莫将琼萼等闲**分**，留赠意中**人**。	◆◇◇◆◆◇◇，◇◆◆◇◇。

同体式作品：北宋：晏殊1首，晏几道3首。

【变体二·2·3】11分句4复句。上片与【变体二·2·2】同，下片复句型有变。上片6分句2复句，三/三/型复句组；下片5分句2复句，二/三/型复句组。平韵，隔句韵。

4，4，5。4，4，5。

7，5。7，3，3。——北宋·苏轼·《全宋词》第288页

少年游

润州作

去年相送，余杭门外，飞雪似杨**花**。	◆◇◇◆，◇◇◇◆，◇◆◆◇◇。
今年春尽，杨花似雪，犹不见还**家**。	◇◇◇◆，◇◇◆◆，◇◆◆◇◇。
对酒卷帘邀明月，风露透窗**纱**。	◆◆◆◇◇◇◆，◇◆◆◇◇。
恰似姮娥怜双燕，分明照，画梁**斜**。	◆◆◇◇◇◇◆，◇◇◆，◆◇◇。

同体式作品：北宋：晁补之1首。南宋：向子諲1首。

增减字：

（一）4，4，5。4，4，5。○7，5。4，4，5。北宋：周邦彦1首。南宋：康与之1首，高观国1首，方千里1首，杨泽民1首，陈允平1首。

变体二·3

9分句4复句

【变体二·3·1】9分句4复句。与始词复句数相同，分句数减3。上片5分句2复句，二/三/型复句组；下片4分句2复句，二/二/型复句组。平韵，首句入韵，隔句韵。

7，5。4，4，5。

7，5。7，5。——北宋·欧阳修·《全宋词》第155页

少年游

绿云双亸插金**翘**，年纪正妖**饶**。	◆◇◇◆◆◇◇，◇◆◆◇◇。
汉妃束素，小蛮垂柳，都占洛城**腰**。	◆◇◆◆，◆◇◇◆，◇◆◆◇◇。
锦屏春过衣初减，香雪暖凝**消**。	◆◇◇◆◇◇◆，◇◆◆◇◇。

试问当筵眼波恨，滴滴为谁**娇**。　　◆◆◇◇◆◇◆，◆◆◆◇◇。

同体式作品：无。

【变体二·3·2】9分句4复句。上片较【变体二·3·1】复句型有变，下片同。上片5分句2复句，三/二/型复句组；下片4分句2复句，二/二/型复句组。仄韵，隔句韵，插一连句韵。

4，4，4。5，5。

8，7。5，5。——宋·孙道绚·《全宋词》第1248页

少年游

葛氏侄女子告归，作《少年游》送之。

雨晴云敛，烟花澹荡，遥山凝**碧**。　　◆◇◇◆，◇◇◆◆，◇◇◇◆。

驱车问征路，赏春风南**陌**。　　◇◇◆◇◆，△◇◇◇◆。

正雨后梨花幽艳**白**，悔匆匆过了寒**食**。　　△◆◆◇◇◇◆◆，△◇◇◆◆◇◆。

归家渐春暮，探酴醾消**息**。　　◇◇◆◇◆，△◇◇◇◆。

同体式作品：无。

同源词调：【少年游慢】

1. 始词北宋张先作。
2. 此调名仅见张先一首。宋无名氏《少年游》一首，与张先词同体而少一字，兹归本调。
3. 双片，上片六韵，下片五韵，变体韵数有变；仄韵，隔句韵，间插连句韵。

始词：16分句8复句。双片。每片8分句4复句，二/二/二/二/型复句组。仄韵，连句韵、隔句韵。

5，6。4，7。5，5。4，6。

5，6。4，7。5，5。4，6。——北宋·张先·《全宋词》第79页

少年游慢

春城三二**月**，禁柳飘绵未**歇**。　　◇◇◇◆◆，◆◆◇◇◆◆。

仙籞生香，轻云凝紫临层**阙**。　　◇◆◇◇，◇◇◇◆◇◇◆。

歌掌明珠**滑**，酒脸红霞**发**。　　◇◆◇◇◆，◆◆◇◇◆。

华省名高，少年得意时**节**。　　◇◆◇◇，◆◇◆◆◇◆。

画刻三题**彻**，梯汉同登蟾**窟**。　　◆◆◇◇◆，◇◆◇◇◇◆。

玉殿初宣，银袍齐脱生仙**骨**。　　◆◆◇◇，◇◇◇◆，◇◇◆。

花探都门晓，马跃芳衢**阔**。　　◇◆◇◇◆，◆◆◇◇◆。

宴罢东风，鞭梢一行飞**雪**。　　◆◆◇◇，◇◇◆◇◇◆。

同体式作品： 无。
增减字：
（一）5，6。4，7。4，5。4，6。○ 5，6。4，7。5，5。4，6。宋：无名氏 1 首（【少年游】）。

228. 【多丽】

【绿头鸭】【陇头泉】

1. 始词北宋聂冠卿作。
2. 唐教坊曲有【多利子】，《教坊记笺订》："'利'当作'丽'，冯贽《云仙杂记》五：'张均妓多丽弹琵琶曲，项上有高丽丝结，赵诗争夺，致伤二指。'足证此调开天间已有。杂曲之外，或尚有大曲《多利》。宋慢词《多丽》，应为唐大曲《多利》之遗。"
3. 宋代常见词调，又名【绿头鸭】；北宋宣和奉直大夫周格非《绿头鸭》首句云："陇头泉，未到陇下轻分。"后南宋张元幹词调名作【陇头泉】。
4. 双片，上片六韵，下片五韵；平韵、仄韵二式，隔句韵。

始词：31 分句 11 复句。双片。上片 17 分句 6 复句，二/二/三/四/三/三/型复句组；下片 14 分句 5 复句，二/三/三/三/三/型复句组。仄韵，隔句韵。

3，6。7，6。7，3，4。4，4，4，4。3，4，5。3，4，4。
7，6。3，4，7。4，4，7。3，4，5。3，4，4。——北宋·聂冠卿·《全宋词》第 10 页

多丽

李良定公席上赋

想人生，美景良辰堪**惜**。	◆◇◇，◆◆◇◇◇◆。
问其间赏心乐事，就中难是并**得**。	△◇◇◆◇◆◆，◆◇◇◆◆◆。
况东城凤台沙苑，泛晴波，浅照金**碧**。	△◇◇◆◇◇◆，◆◇◇，◆◆◇◆。
露洗华桐，烟霏丝柳，	◆◆◇◇，◇◇◇◆，
绿阴摇曳，荡春一**色**。	◆◇◇◆，◆◇◆◆。
画堂迥，玉簪琼佩，高会尽词**客**。	◆◇◆，◆◇◇◆，◇◆◆◇◆。
清欢久，重然绛蜡，别就瑶**席**。	◇◇◆，◇◇◆◆，◆◆◇◆。
有翩若轻鸿体态，暮为行雨标**格**。	△◇◆◇◇◆◆，◆◇◇◆◇◆。
逞朱唇，缓歌妖丽，似听流莺乱花**隔**。	◆◇◇，◆◇◇◆，◆◆◇◇◆◇◆。
慢舞萦回，娇鬟低亸，腰肢纤细困无**力**。	◆◆◇◇，◇◇◇◆，◇◇◇◆◆◇◆。
忍分散，彩云归后，何处更寻**觅**。	◆◇◆，◆◇◇◆，◇◆◆◇◆。
休辞醉，明月好花，莫谩轻**掷**。	◇◇◆，◇◆◆◇，◆◇◇◆。

同体式作品： 无。

变体一

与始词分句数复句数相同，复句型有变。

【变体一·1】31分句11复句。双片。上片较始词减1分句，下片增1分句。上片16分句6复句，二/三/三/三/二/三/型复句组；下片15分句5复句，三/三/三/三/三/型复句组。平韵，隔句韵。律词。

3，6。3，4，6。3，4，7。4，4，7。7，5。3，4，4。
3，3，6。3，4，7。4，4，7。3，4，5。3，4，4。

——北宋·晁补之·《全宋词》第571页

绿头鸭

韩师朴相公会上观佳妓轻盈弹琵琶

新秋近，晋公别馆开**筵**。　◇◇◆，◆◇◆◆◇◇。
喜清时，衔杯乐圣，未饶绿野堂**边**。　◆◇◇，◇◇◆◆，◆◇◆◆◇◇。
绣屏深，丽人乍出，坐中雷雨起鹍**弦**。　◆◇◇，◆◇◆◆，◆◇◇◆◆◇◇。
花暖间关，冰凝幽咽，宝钗摇动坠金**钿**。　◇◆◇◇，◇◇◇◆，◆◇◇◆◆◇◇。
未弹了昭君遗怨，四坐已凄**然**。　◆◇◆◇◇◇◆，◆◆◆◇◇。
西风里，香街驻马，嬉笑微**传**。　◇◇◆，◇◇◆◆，◇◆◇◇。

算从来，司空惯，断肠初对云**鬟**。　◆◇◇，◇◇◆，◆◇◇◆◇◇。
夜将阑，井梧下叶，砌蛩收响悄林**蝉**。　◆◇◇，◆◇◆◆，◆◇◇◆◆◇◇。
赖得多愁，浔阳司马，当时不在绮筵**前**。　◆◆◇◇，◇◇◇◆，◇◇◆◆◆◇◇。
竞叹赏，檀槽倚困，沉醉到觥**船**。　◆◆◆，◇◇◆◆，◇◆◆◇◇。
芳春调，红英翠萼，重变新**妍**。　◇◇◆，◇◇◆◆，◇◆◇◇。

按：昭君遗怨，指琴曲；檀槽，紫檀木制作的酒杯。

同体式作品：无。

【变体一·2】31分句11复句。上下片分句数与始词同，复句型皆变。上片17分句6复句，二/三/四/三/二/三/型复句组；下片14分句5复句，二/四/三/二/三/型复句组。平韵，起首连句韵，继隔句韵。

3，6。3，4，6。3，4，3，4。4，4，7。7，5。3，4，4。
7，6。3，4，3，4。4，4，7。6，5。3，4，4。——宋·石孝友·《全宋词》第2053页

多丽

晚山**青**，一川云树冥**冥**。　◆◇◇，◆◇◇◆◇◇。
正参差，烟凝紫翠，斜阳画出南**屏**。　◆◇◇，◇◇◆◆，◇◇◆◆◇◇。
馆娃归，吴台游鹿，铜仙去，汉苑飞**萤**。　◆◇◇，◇◇◇◆，◇◇◆，◆◆◇◇。
怀古情多，凭高望极，且将尊酒慰飘**零**。　◇◆◇◇，◇◇◆◆，◆◇◇◆◆◇◇。
自湖上爱梅仙远，鹤梦几时**醒**。　△◇◆◆◇◇◆，◆◆◆◇◇。
空留得，六桥疏柳，孤屿危**亭**。　◇◇◆，◆◇◇◆，◇◆◇◇。

待苏堤歌声散尽，更须携妓西**泠**。　　△◇◇◇◇◆◆，◆◇◇◆◇◇。
藕花深，雨凉翡翠，菰蒲软，风送蜻**蜓**。　　◆◇◇，◆◇◆◆，◇◇◆，◇◆◇◇。
澄碧生秋，闹红驻景，采菱新唱最堪**听**。　　◇◆◇◇，◆◇◆◆，◆◇◇◆◆◇◇。
一片水天无际，渔火两三**星**。　　◆◆◆◇◇◆，◇◆◆◇◇。
多情月，为人留照，未过前**汀**。　　◇◇◆，◆◇◇◆，◆◆◇◇。

同体式作品：无。

变体二

与始词复句数相同，分句数有变。

变体二·1

34分句11复句

【变体二·1】34分句11复句。双片。上片较始词增1分句，下片增2分句。上片18分句6复句，二/三/四/三/三/三/型复句组；下片16分句5复句，三/四/三/三/三/型复句组。平韵，隔句韵。

3，6。3，6，4。3，4，3，4。4，4，7。3，4，5。3，4，4。
3，4，6。3，4，3，4。4，4，7。3，4，5。3，4，4。

——北宋·晁端礼·《全宋词》第418页

绿头鸭

锦堂深，兽炉轻喷沉**烟**。　　◆◇◇，◆◇◇◆◇◇。
紫檀槽，金泥花面美人，斜抱当**筵**。　　◆◇◇，◇◇◇◆◆◇，◇◆◇◇。
挂罗绶，素肌莹玉，近鸾翅，云鬓梳**蝉**。　　◆◇◆，◆◇◇◆，◆◇◆，◇◆◇◇。
玉笋轻拢，龙香细抹，凤凰飞出四条**弦**。　　◆◆◇◇，◇◇◆◆，◆◇◇◆◆◇◇。
碎牙板，烦襟消尽，秋飞满庭**轩**。　　◆◇◆，◇◇◇◆，◇◇◆◇◇。
今宵月，依稀向人，欲斗婵**娟**。　　◇◇◆，◇◇◆◇，◆◆◇◇。

变新声，能翻往事，眼前风景依**然**。　　◆◇◇，◇◇◆◆，◆◇◇◆◇◇。
路漫漫，汉妃出塞，夜悄悄，商妇移**船**。　　◆◇◇，◆◇◆◆，◆◆◆，◇◆◇◇。
马上愁思，江边怨感，分明都向曲中**传**。　　◆◆◇◇，◇◇◆◆，◇◇◇◆◆◇◇。
困无力，劝人金盏，须要倒垂**莲**。　　◆◇◆，◆◇◇◆，◇◆◆◇◇。
拚沉醉，身世恍然，一梦游**仙**。　　◇◇◆，◇◆◆◇，◆◆◇◇。

同体式作品：北宋：晁端礼2首，王安中1首，张纲2首，李清照1首（【多丽】），计4人6首。南宋：张元幹1首，杨无咎1首，葛立方1首，侯寘1首，张孝祥1首，富修仲1首，辛弃疾1首，利登1首，卢炳1首，严仁1首，赵时奚1首，无名氏1首，计12人12首。

增减字：

（一）3，6。3，4，6。3，4，3，3。4，4，7。3，4，5。3，4，4。○ 3，4，6。3，4，3，3。4，4，7。3，4，5。3，4，4。北宋：贺铸1首。

（二）5，4。5，4，4。3，4，3，4。4，4，7。4，4，5。3，4，4。○3，4，6。3，4，3，4。4，4，7。4，4，5。3，4，4。南宋：曹勋1首。

（三）5，4。3，4，6。3，4，3，4。4，4，7。3，4，5。3，4，4。○3，4，6。3，4，3，4。4，4，7。3，4，5。3，4，4。南宋：葛立方1首。

（四）3，6。3，4，6。3，4，3，3。4，4，7。3，4，5。3，4，4。○3，4，6。3，4，3，4。3，4，7。3，4，5。3，4，4。南宋：李子申1首。

（五）3，6。3，4，6。3，4，3，4。4，4，7。3，4，5。3，4，4。○4，4，6。3，4，3，4。4，4，7。3，4，5。3，4，4。南宋：无名氏1首。

（六）3，6。3，4，5。3，4，3，4。4，4，7。3，4，5。3，4，4。○3，4，6。3，4，3，4。4，4，7。3，4，5。3，4，4。南宋：吴则礼1首。

变体二·2

30分句11复句

【变体二·2·1】30分句11复句。双片，上片较始词增1分句，18分句6复句，二/三/四/三/三/三/型复句组；下片减2分句，12分句5复句，二/二/三/二/三/型复句组。平韵，隔句韵。

3，6。3，4，6。3，4，3，4。4，4，7。3，4，5。3，4，4。

7，6。7，7。4，4，7。5，7。3，4，4。——北宋·周格非·《全宋词》第914页

绿头鸭

陇头泉，未到陇下轻**分**。	◆◇◇，◆◆◆◆◇◇。
一声声，凄凉呜咽，岂堪侧耳重**闻**。	◆◇◇，◇◇◇◆，◆◇◆◆◇◇。
细思量，那时携手，画楼高，帘幕黄**昏**。	◆◇◇，◆◇◇◆，◆◇◇，◆◆◇◇。
月不长圆，云多轻散，天应偏妒有情**人**。	◆◆◇◇，◇◇◇◆，◇◆◇◆◆◇◇。
自别后，小窗幽院，无处不消**魂**。	◆◆◆，◆◇◇◆，◆◆◆◇◇。
罗衣上，残妆未减，犹带啼**痕**。	◇◇◆，◇◇◆◆，◇◆◇◇。
自一从瓶沉簪折，杳知欲见无**因**。	△◆◇◇◇◇◆，◆◇◆◆◇◇。
也浑疑事如春梦，又只愁人是朝**云**。	△◇◇◆◇◇◆，△◆◇◇◇◆◇◇。
破镜分来，朱弦断后，不堪独自对芳**樽**。	◆◆◇◇，◇◇◆◆，◆◇◆◆◆◇◇。
试与问多才，谁更匹配得文**君**。	◆◆◆◇◇，◇◆◆◆◆◇◇。
须知道，东阳瘦损，不为伤**春**。	◇◇◆，◇◇◆◆，◆◆◇◇。

同体式作品：无。

【变体二·2·2】30分句11复句。上片较始词减1分句，16分句6复句，二/三/二/三/三/三/型复句组，下片与始词同，14分句5复句，二/四/三/二/三/型复句组。平韵，邻韵通押，隔句韵。

3，6。3，4，6。7，7。4，4，7。3，4，5。3，4，4。

7，6。3，4，3，4。4，4，7。7，5。3，4，4。——南宋·张元幹·《全宋词》第 1100 页

陇头泉

少年时，壮怀谁与重**论**。	◆◇◇，◆◇◇◆◇◇。
视文章，真成小技，要知吾道称**尊**。	◆◇◇，◇◇◆◆，◆◇◆◆◇◇。
奏公车治安秘计，乐油幕谈笑从**军**。	△◇◇◆◇◆◆，△◇◆◇◆◇◇。
百镒黄金，一双白璧，坐看同辈上青**云**。	◆◆◇◇，◆◇◆◆，◆◇◇◆◆◇◇。
事大谬，转头流落，徒走出修**门**。	◆◆◆，◆◇◇◆，◇◆◆◇◇。
三十载，黄粱未熟，沧海扬**尘**。	◆◆◆，◇◇◆◆，◇◆◇◇。
念向来浩歌独往，故园松菊犹**存**。	△◆◇◆◇◆◆，◆◇◇◆◇◇。
送飞鸿，五弦寓目，望爽气，西山忘**言**。	◆◇◇，◆◇◆◆，◆◆◆，◇◇◆◇。
整顿乾**坤**，廓清宇宙，男儿此志会须**伸**。	◆◆◇◇，◆◇◆◆，◇◇◆◆◆◇◇。
更有几渭川垂钓，投老策奇**勋**。	◆◆◆◆◇◇◆，△◆◆◇◇。
天难问，何妨袖手，且作闲**人**。	◇◇◆，◇◇◆◆，◆◆◇◇。

同体式作品：无。

【变体二·2·3】30 分句 11 复句。双片，上下片分句数复句数与【变体二·2·2】同，复句型有变，上片 16 分句 6 复句，二/二/四/三/二/三/型复句组；下片 14 分句 5 复句，二/四/三/二/三/型复句组。平韵，隔句韵。

3，6。7，6。3，4，3，4。4，4，7。7，5。3，4，4。
7，6。3，4，3，4。4，4，6。7，5。3，4，4。

——南宋·詹玉·《全宋词》第 3349 页

多丽

念念

晚云归，小楼又作阴**凉**。	◆◇◇，◆◇◆◆◇◇。
霎儿间恨桐招雨，西风叶叶商**量**。	◆◇◇◆◇◇◆，◇◇◆◆◇◇。
醒时心，又还南浦，愁边句，多在斜**阳**。	◆◇◇，◆◇◇◆，◇◇◆，◇◆◇◇。
菱椀笼青，莲瓶拖艳，旋倾花水咽茶**香**。	◇◆◇◇，◇◇◇◆，◇◇◇◆◆◇◇。
怨蛩有许多言语，说动软心**肠**。	◆◇◆◆◇◇◆，◆◆◆◇◇。
夜沉沉，几条凉月，界破晴**窗**。	◆◇◇，◆◇◇◆，◆◆◇◇。
共绣帘吹絮未久，却孤剑水云**乡**。	△◆◇◇◆◆◆，◆◇◆◆◇◇。
自家书，未能成字，邻家笛，且莫吹**商**。	◆◇◇，◆◇◇◆，◇◇◆，◆◆◇◇。
好梦偏悭，闲情未了，隔墙又唱秋**娘**。	◆◆◇◇，◇◇◆◆，◆◇◆◆◇◇。
帕绡依旧时香折，戏封做书**囊**。	◆◇◇◆◇◇◆，◆◇◆◇◇。
鸳鸯字，见时千万，绣一双**双**。	◇◇◆，◆◇◇◆，◆◆◇◇。

同体式作品：无。

变体二·3

28分句11复句

【变体二·3·1】28分句11复句，上片较始词减2分句，下片减1分句。上片15分句6复句，二/二/二/三/三/三/型复句组；下片13分句5复句，二/二/三/三/三/型复句组。平韵，隔句韵。

3，6。7，6。7，7。4，4，7。2，4，5。3，4，4。

7，6。7，7。4，4，6。3，4，5。3，4，4。——南宋·高登·《全宋词》第1293页

多丽

人间世，偶然攘臂来**游**。　◇◇◆，◆◇◇◆◇◇。

何须恁乾坤角抵，又成冷笑俳**优**。　◇◇◆◇◇◆◆，◆◇◆◆◇◇。

且宽心待他天命，谩鼓舌夸吾人**谋**。　△◇◇◆◇◇◆，△◆◆◇◆◇◇。

李广不侯，刘蕡未第，千年公论合谁**羞**。　◆◆◆◇，◇◇◆◆，◇◇◇◆◆◇◇。

往矣，瓦飘无意，甑堕懒回**头**。　◆◆，◆◇◇◆，◆◆◆◇◇。

真堪笑，直钩论议，圆枘机**筹**。　◇◇◆，◆◇◇◆，◇◆◇◇。

幸斯道元无得丧，壮心岂有沉**浮**。　△◇◆◇◇◆◆，◆◇◆◆◇◇。

好温存困中节概，莫冷落穷里风**流**。　△◇◇◆◇◆◆，△◆◆◇◇◆◇◇。

酒滴真珠，饭钞云子，醉饱卧信缘**休**。　◆◆◇◇，◆◇◇◆，◆◆◆◆◇◇。

归去也，幅巾谈笑，卒岁且优**游**。　◇◆◆，◆◇◇◆，◆◆◆◇◇。

循环事，亡羊须在，失马何**忧**。　◇◇◆，◇◇◇◆，◆◆◇◇。

同体式作品：无。

【变体二·3·2】28分句11复句。全词分句数复句数与【变体二·3·1】同，上下片分句数复句型皆变。上片14分句6复句，二/二/二/三/二/三/型复句组；下片14分句5复句，三/二/三/三/三/型复句组。平韵，隔句韵。

3，6。5，8。7，7。4，4，7。7，5。2，5，4。

3，4，6。7，7。4，4，7。3，4，5。3，4，4。——南宋·张孝祥·《全宋词》第1689页

多丽

景萧疏，楚江那更高**秋**。　◆◇◇，◆◇◆◆◇◇。

远连天茫茫，都是败芦枯蓼汀**洲**。　◆◇◇◇◇，◇◆◆◇◇◆◇◇。

认炊烟几家蜗舍，映夕照一簇渔**舟**。　△◇◇◆◇◇◆，△◆◆◆◆◇◇。

去国虽遥，宁亲渐近，数峰青处是吾**州**。　◆◆◇◇，◇◇◆◆，◆◇◇◆◆◇◇。

便乘取波平风静，荃棹且夷**犹**。　△◆◆◇◇◇◆，◇◆◆◇◇。

关情，有冥冥去雁，拍拍轻**鸥**。　◇◇，△◇◇◆◆，◆◆◇◇。

忽追思，当年往事，惹起无限羁**愁**。　◆◇◇，◇◇◆◆，◆◆◇◆◇◇。

拄笏朝来多爽气，秉烛夜永足清**游**。	◆◆◇◇◇◆◆，◆◆◆◆◆◇◇。
翠袖香寒，朱弦韵悄，无情江水只东**流**。	◆◆◇◇，◇◇◆◆，◇◇◇◆◆◇◇。
柂楼晚，清商哀怨，还听隔船**讴**。	◇◇◆，◇◇◇◆，◇◆◆◇◇。
无言久，余霞散绮，烟际帆**收**。	◇◇◆，◇◇◆◆，◇◆◇◇。

同体式作品：无。

变体二·4

33分句11复句

【变体二·4】33分句11复句。双片。上片较始词减1分句，16分句6复句，二/三/二/三/三/三/型复句组；下片增3分句，17分句5复句，四/四/三/三/三/型复句组。平韵，隔句韵。

3，6。3，4，6。7，7。4，4，7。3，4，5。3，4，4。

3，4，3，3。3，4，3，4。4，4，7。3，4，5。3，4，4。

——宋·无名氏·《全宋词》第3683页

多丽

杨花

日初长，宝炉一缕沉**烟**。	◆◇◇，◆◇◆◆◇◇。
绿阴新，垂杨亭榭，知谁巧擘香**绵**。	◆◇◇，◇◇◇◆，◇◇◆◆◇◇。
有时共落红零乱，有时共芳草留**连**。	◆◇◆◆◇◇◆，◆◇◆◇◆◇◇。
只道无情，那知有意，几回飞过绮窗**前**。	◆◆◇◇，◆◇◆◆，◆◇◇◆◆◇◇。
人争讶，艳阳三月，干雪舞晴**天**。	◇◇◆，◆◇◇◆，◇◆◆◇◇。
游丝外，不堪燕掠，无奈蜂**黏**。	◇◇◆，◆◇◆◆，◇◆◇◇。
那小鬟，忒瞅娇劣，镇日地，倚阑**干**。	◆◆◇，◆◆◇◆，◆◆◆，◆◇◇。
轻吹处，樱桃的的，闲拈处，笋指纤**纤**。	◇◇◆，◇◇◆◆，◇◇◆，◆◆◇◇。
爱点猩罗，装成粉缬，嗔人不许放朱**帘**。	◆◆◇◇，◇◇◆◆，◇◇◆◆◆◇◇。
端相好，蓦然风起，特送上秋**千**。	◇◇◆，◆◇◇◆，◆◆◆◇◇。
明朝看，池塘雨过，萍翠应**添**。	◇◇◆，◇◇◆◆，◇◆◇◇。

同体式作品：无。

229.【滴滴金】

1. 始词北宋李遵勖作。
2. 明毛先舒《填词名解》引宋史铸《菊谱辩疑》："越俗，有菊由花梢引露滴入土，却生新根而出，故名滴滴金。"谓本调取菊名为调名，可成一说，尚可斟酌。

3. 双片，每片三仄韵，变体韵数有变，隔句韵。

始词：10 分句 4 复句。双片。上下片体式全同。每片 5 分句 2 复句，三/二/型复句组。仄韵，隔句韵。

7，3，3。7，5。

7，3，3。7，5。——北宋·李遵勖·《全宋词》第 10 页

滴滴金

帝城五夜宴游**歇**，残灯外，看残**月**。	◆◇◆◆◆◇◆，◇◇◆，◇◇◆。
都人犹在醉乡中，听更漏初**彻**。	◇◇◇◆◆◇◇，△◇◆◇◆。
行乐已成闲话**说**，如春梦，觉时**节**。	◇◆◆◇◇◆◆，◇◇◆，◆◇◆。
大家同约探春行，问甚花先**发**。	◆◇◇◆◆◇◇，◆◆◇◇◆。

同体式作品：北宋：晏殊 1 首。南宋：李弥逊 1 首，杨无咎 2 首，赵彦端 1 首，王质 1 首，陈亮 1 首。

变体一

与始词分句数复句数相同，复句型有变。

【变体一】10 分句 4 复句。上片第二复句较始词增 1 分句，下片第一复句减 1 分句。上片 6 分句 2 复句，三/三/型复句组；下片 4 分句 2 复句，二/二/型复句组。仄韵，连句韵、隔句韵。

7，3，3。3，3，4。

7，6。7，4。——北宋·晁端礼·《全宋词》第 443 页

滴滴金

庞儿周正心儿**得**，眼儿单，鼻儿**直**。	◇◇◇◆◇◇◆，◆◇◇，◆◇◆。
口儿香，发儿**黑**，脚儿一**折**。	◆◇◇，◆◇◆，◆◇◆◆。
从来薄命多阻**隔**，未曾有恁相**识**。	◇◇◆◆◇◆◆，◆◇◆◆◇◆。
除非烧香做功**德**，且图消**得**。	◇◇◇◇◆◇◆，◆◇◇◆。

同体式作品：无。

变体二

与始词复句数相同，分句数有变。

变体二·1

8 分句 4 复句

【变体二·1】8 分句 4 复句。上下片第一复句较始词各减 1 分句。每片 4 分句 2 复句，二/二/型复句组。仄韵，连句韵、隔句韵。

7，5。7，4。

7，5。7，4。——北宋·欧阳修·《全宋词》第 153 页

滴滴金

尊前一把横波**溜**，彼此心儿**有**。	◇◇◆◆◇◇◆，◆◆◇◇◆。
曲屏深幌解香罗，花灯微**透**。	◆◇◇◆◆◇◇，◇◇◇◆。
偎人欲语眉先**皱**，红玉困春**酒**。	◇◇◆◆◇◇◆，◇◆◆◇◆。
为问鸳衾这回**后**，几时重**又**。	◆◆◇◇◆◇◆，◆◇◇◆。

同体式作品：无。

增减字：

（一）7，6。7，5。○7，5。7，5。南宋：无名氏1首。

变体二·2

9分句4复句

【变体二·2】9分句4复句。上片与始词同，5分句2复句，三/二/型复句组；下片第一复句减1分句，4分句2复句，二/二/型复句组。仄韵，连句韵、隔句韵。

7，3，3。7，5。

7，7。7，5。——宋·孙道绚·《全宋词》第1247页

滴滴金

梅

月光飞入林前**屋**，风策**策**，度庭**竹**。	◆◇◇◆◇◇◆，◇◆◆，◆◇◆。
夜半江城击柝声，动寒梢栖**宿**。	◆◆◇◇◆◆◇，◆◇◇◇◆。
等闲老去年华**促**，只有江梅伴幽**独**。	◆◇◆◆◇◇◆，◆◆◇◇◆◇◆。
梦绕夷门旧家山，恨惊回难**续**。	◆◆◇◇◆◇◇，△◇◇◇◆。

同体式作品：无。

230.【忆汉月】

【望汉月】

1. 始词北宋李遵勖作。
2. 始源为唐教坊曲【忆汉月】（见《教坊记》）。一名【望汉月】，兹以【忆汉月】为本名。
3. 该调南宋无继作。
4. 双片，上片三韵，下片三韵或二韵，仄韵，连句韵、隔句韵。

始词：10分句4复句。双片。上片4分句2复句，二/二/型复句组；下片6分句2复句，三/三/型复句组。仄韵，上片首二句连韵，隔句韵。

6，6。7，7。

5，3，4。7，3，4。——北宋·李遵勖·《全宋词》第10页

望汉月

黄菊一丛临**砌**，颗颗露珠装**缀**。　◇◆◆◇◇◆，◆◆◆◇◇◆。
独教冷落向秋天，恨东君不曾留**意**。　◆◇◆◆◆◇◇，△◇◇◆◇◇◆。

雕阑新雨**霁**，绿藓上，乱铺金**蕊**。　◇◇◇◆◆，◆◆◆，◆◇◇◆。
此花开后更无花，愿爱惜，莫同桃**李**。　◆◇◇◆◆◇◇，◆◆◆，◆◇◇◆。

同体式作品：无。

变体一

与始词分句数复句数皆同，复句型有变。

【变体一·1】10分句4复句。上片第二复句较始词增1分句，下片第一复句较始词减1分句。每片5分句2复句，二/三/型复句组。仄韵，连句韵、隔句韵。

6，6。7，3，4。

5，6。7，3，4。——北宋·柳永·《全宋词》第38页

望汉月

明月明月明**月**，争奈乍圆还**缺**。　◇◆◇◆◇◆，◇◆◆◇◇◆。
恰如年少洞房人，暂欢会，依前离**别**。　◆◇◇◆◆◇◇，◆◇◆，◇◇◇◆。

小楼凭槛处，正是去年时**节**。　◆◇◇◆◆，◆◆◆◇◇◆。
千里清光又依旧，奈夜永，厌厌人**绝**。　◇◆◇◇◆◇◆，◆◆◆，◇◇◇◆。

同体式作品：无。

【变体一·2】10分句4复句。上片与【变体一·1】同，下片复句型有变。每片5分句2复句，上片二/三/型复句组；下片三/二/型复句组。仄韵，连句韵、隔句韵。

6，6。7，3，4。

5，3，4。7，7。——北宋·晏殊·《全宋词》第108页

望汉月

千缕万条堪**结**，占断好风良**月**。　◇◆◆◇◇◆，◆◆◆◇◇◆。
谢娘春晚先多愁，更撩乱，絮飞如**雪**。　◆◇◇◆◇◇◇，◆◇◆，◆◇◇◆。

短亭相送处，长忆得，醉中攀**折**。　◆◇◇◆◆，◇◆◆，◆◇◇◆。
年年岁岁好时**节**，怎奈尚有人离**别**。　◇◇◆◆◆◇◆，◆◆◆◆◇◇◆。

同体式作品：无。

变体二

与始词复句数皆同，分句数有变。

变体二·1
9分句4复句

【变体二·1】9分句4复句。上片与始词同，下片减1分句。上片4分句2复句，二/二/型复句组；下片5分句2复句，三/二/型复句组。仄韵，首句入韵，隔句韵。律词。

6，6。7，6。
5，2，5。7，6。——北宋·欧阳修·《全宋词》第146页

忆汉月

红艳几枝轻**袅**，新被东风开**了**。　◇◆◆◇◇◆，◇◆◇◇◇◆。
倚烟啼露为谁娇，故惹蝶怜蜂**恼**。　◆◇◇◆◆◇◇，◆◆◆◇◇◆。

多情游赏处，留恋，向绿丛千**绕**。　◇◇◇◆◆，◇◆，◆◆◇◇◆。
酒阑欢罢不成归，肠断月斜春**老**。　◆◇◇◆◆◇◇，◇◆◆◇◇◆。

同体式作品：无。

变体二·2
12分句4复句

【变体二·2】12分句4复句。上片较始词增2分句，下片同。每片6分句2复句，三/三/型复句组。仄韵，隔句韵。

6，3，3。7，3，4。
5，3，4。7，3，4。——北宋·杜安世·《全宋词》第186页

忆汉月

红杏一枝遥**见**，凝露粉，愁香**怨**。　◇◆◆◇◇◆，◇◆◆，◇◇◆。
吹开吹谢任春风，恨流莺，不能拘**管**。　◇◇◇◆◆◇◇，◆◇◇，◆◇◇◆。

曲池连夜雨，绿水上，碎红千**片**。　◆◇◇◆◆，◆◆◆，◆◇◇◆。
直拟移来向深**院**，任凋零，不孤双**眼**。　◆◆◇◇◆◇◆，◆◇◇，◆◇◇◆。

同体式作品：无。

231.【渔家傲】

1. 单片始词相传为南唐无名氏“渔父”作；双片始词北宋范仲淹作。
2. 该调最早见于北宋神宗年间僧文莹的《玉壶清话·李先主传》（一名《玉壶野史》）：“先是数载前，一渔者持蓑笠纶竿，击短板唱《渔家傲》，其舌为鸣榔之声以参之，自号回同客，人后疑为吕洞宾。音清悲切烟波间，听者无厌。唱曰：‘二月江南山水路，李花零落春无主，一个鱼儿无觅处。风兼雨，土龙生甲归天去。’人或与钱，则摆首不

接。唱于金陵凡半年，了无悟者，里巷村落皆歌焉。”据此，本调为民间传说的南唐先主李昪时某“渔父”所歌，“人疑为吕洞宾”，故后世或传为“吕洞宾”（吕岩）作。《玉壶清话》乃北宋中期僧人文莹所记的民间口述史，所述之事难断真实性与确切年代，故将【渔家傲】仍作北宋文人始用词调。宋人野史、笔记、话本托名“吕岩”之词不少，本谱皆作宋代“无名氏”之词，本谱所记双片体【渔家傲】“无名氏”词中即有四首，姑不注明。

3. 宋代通行词调。单片五仄韵；双片体普式每片五韵，变体上片或增一韵；仄韵，连句韵，变体或间插隔句韵。

单片体

始词：单片，5 分句 2 复句，二/三/型复句组。仄韵，连句韵。律词。

7，7。7，3，7。——（传）南唐·渔父·《全宋词》第 3858 页

渔家傲

二月江南山水**路**，李花零落春无**主**。　◆◆◇◇◇◆◆，◆◇◇◆◇◇◆。
一个鱼儿无觅**处**，　◆◆◇◇◇◆◆，
风和**雨**，玉龙生甲归天**去**。　◇◇◆，◆◇◇◆◇◇◆。

同体式作品：南宋：史浩 8 首（《花舞》联章组词）。

双片体

始词：10 分句 4 复句。双片。上下片与单片体词式全同，每片 5 分句 2 复句，二/三/型复句组。仄韵，连句韵。律词。

7，7。7，3，7。
7，7。7，3，7。——北宋·范仲淹·《全宋词》第 11 页

渔家傲

秋思

塞下秋来风景**异**，衡阳雁去无留**意**。　◆◆◇◇◇◆◆，◇◇◆◆◇◇◆。
四面边声连角**起**，　◆◆◇◇◇◆◆，
千嶂**里**，长烟落日孤城**闭**。　◇◆◆，◇◇◆◆◇◇◆。

浊酒一杯家万**里**，燕然未勒归无**计**。　◆◆◆◇◇◆◆，◇◇◆◆◇◇◆。
羌管悠悠霜满**地**，　◇◆◇◇◇◆◆，
人不**寐**，将军白发征夫**泪**。　◇◆◆，◇◇◆◆◇◇◆。

同体式作品：北宋：张先 1 首，晏殊 13 首，欧阳修 46 首，杜安世 3 首，王安石 2 首，强至 1 首，寿涯禅师 1 首，圆禅师 1 首，苏轼 6 首，李之仪 1 首，苏辙 1 首，黄裳 8 首，黄庭坚 4 首，朱服 1 首，米芾 1 首，贺铸 1 首，陈师道 1 首，周邦彦 2 首，净端 4 首，邹浩 1 首，谢逸 1 首，晁冲之 1 首，毛滂 3 首，王寀 1 首，葛胜仲 2 首，米友仁 2 首，张继先 1 首，李光 1 首，曹组 1 首，陈克 1 首，朱敦儒 3 首，周

紫芝 4 首，李纲 1 首，胡舜陟 1 首，李清照 2 首，计 35 人 124 首。南宋：吕本中 1 首，薛几圣 1 首，洪皓 4 首，王灼 1 首，陈袭善 1 首，李生 1 首，杨端臣 2 首，李弥逊 1 首，王以宁 1 首，陈与义 1 首，张元幹 3 首，吕渭老 6 首，王之道 8 首，冯时行 1 首，杨无咎 4 首，史浩 6 首，高登 1 首，李石 1 首，毛开 2 首，洪适 14 首，侯寘 2 首，王千秋 1 首，陆游 1 首，无际道人 1 首，黄铢 1 首，张孝祥 1 首，吕胜己 3 首，赵长卿 1 首，辛弃疾 2 首，程垓 2 首，石孝友 2 首，陈亮 1 首，张镃 1 首，郭应祥 2 首，危稹 1 首，吴礼之 1 首，卢祖皋 3 首，可旻 20 首（《渔家傲·赞净土》转踏联章），刘学箕 1 首，方千里 2 首，吴泳 1 首，吴潜 2 首，李昴英 1 首，杨泽民 2 首，石正伦 1 首，陈著 2 首，陈允平 2 首，牟巘 1 首，谭宣子 1 首，张炎 2 首，丁羲叟 1 首，无际道人 1 首，申纯 1 首，庞籍 1 首，李鼐 1 首，黄人杰 1 首，华岳 1 首，赵希蓬 1 首，无名氏 8 人 11 首，计 66 人 143 首。

变体二

与始词复句数相同，分句数有变。

变体二·1

11 分句 4 复句

【变体二·1】11 分句 4 复句。双片。上片较始词增 1 分句，下片同。上片 6 分句 2 复句，二/四/型复句组；下片 5 分句 2 复句，二/三/型复句组。仄韵，连句韵。律词。

7，7。7，3，3，3。

7，7。7，3，7。——北宋·晏殊·《全宋词》第 100 页

渔家傲

荷叶初开犹半**卷**，荷花欲拆犹微**绽**。	◇◆◇◇◇◆◆，◇◇◆◆◇◇◆。
此叶此花真可**羡**，	◆◆◆◇◇◆◆，
秋水**畔**，青凉**伞**，映红妆**面**。	◇◆◆，◇◇◆，◆◇◇◆。
美酒一杯留客**宴**，拈花摘叶情无**限**。	◆◆◆◇◇◆◆，◇◇◆◆◇◇◆。
争奈世人多聚**散**，	◇◆◆◇◇◆◆，
频祝**愿**，如花似叶长相**见**。	◇◆◆，◇◇◆◆◇◇◆。

同体式作品：无。

变体二·2

12 分句 4 复句

【变体二·2】12 分句 4 复句。双片。上下片第一复句较始词各增 1 分句，每片 6 分句 2 复句，三/三/型复句组。仄韵，连句韵、隔句韵。律词。

7，4，5。7，3，7。

7，4，5。7，3，7。——北宋·蔡伸·《全宋词》第 1024 页

渔家傲

烟锁池塘秋欲**暮**，	◇◆◇◇◇◆◆，

细细前香，直到双栖**处**。 ◆◆◇◇，◆◆◇◇◆。
并枕东窗听夜**雨**， ◆◆◇◇◇◆◆，
偎金**缕**，云深不见来时**路**。 ◇◇◆，◇◇◆◆◇◇◆。

晓色朦胧人去**住**， ◆◆◇◇◇◆◆，
香覆重帘，密密闻私**语**。 ◇◆◇◇，◆◆◇◇◆。
目断征帆归别**浦**， ◆◆◇◇◇◆◆，
空凝**伫**，苔痕绿印金莲**步**。 ◇◇◆，◇◇◆◆◇◇◆。

同体式作品：无。

232.【御街行】

【御阶行】【孤雁儿】

1. 始词北宋范仲淹作。
2. 宋代常用词调。一作【御阶行】，或名【孤雁儿】。
3. 双片，始词上片四韵，下片五韵，变体韵数有变，普式每片四韵。仄韵，隔句韵。

始词：16 分句 6 复句。双片。每片 8 分句 3 复句，三/二/三/型复句组。仄韵，隔句韵，间插连句韵。律词。

7，3，3。7，6。4，4，5。
7，3，3。7，6。4，4，5。——北宋·范仲淹·《全宋词》第 11 页

御街行

秋日怀旧

纷纷堕叶飘香**砌**，夜寂静，寒声**碎**。 ◇◇◆◆◇◇◆，◆◆◆，◇◇◆。
真珠帘卷玉楼空，天淡银河垂**地**。 ◇◇◇◆◆◇◇，◇◆◇◇◇◆。
年年今夜，月花如练，长是人千**里**。 ◇◇◇◆，◆◇◇◆，◇◆◇◇◆。

愁肠已断无由**醉**，酒未到，先成**泪**。 ◇◇◆◆◇◇◆，◆◆◆，◇◇◆。
残灯明灭枕头**欹**，谙尽孤眠滋**味**。 ◇◇◇◆◆◇◇，◇◆◇◇◇◆。
都来此事，眉间心上，无计相回**避**。 ◇◇◆◆，◇◇◇◆，◇◆◇◇◆。

同体式作品：北宋：贺铸 1 首，李清照 1 首。南宋：杨无咎 1 首，程垓 2 首（【孤雁儿】），赵长卿 1 首，辛弃疾 1 首，张镃 1 首。

增减字：

（一）7，3，3。7，6。4，4，5。○ 7，3，3。7，6。7，3，3。南宋：韩师厚 1 首。

（二）7，3，3。7，7。4，4，6。○ 7，3，3。7，7。4，4，5。南宋：高观国 1 首。

变体一

与始词分句数复句数相同，复句型有变。

【变体一】16 分句 6 复句。全词分句数与始词同，上下片分句数复句型皆变。上片 9 分句 3 复句，三/三/三/型复句组；下片 7 分句 3 复句，二/二/三/型复句组。仄韵，连句韵、隔句韵。

7，3，3。7，3，4。4，4，5。

7，5。7，6。4，4，5。——南宋·赵长卿·《全宋词》第 1799 页

御街行

夜雨

晚来无奈伤心**处**，见红叶，随风**舞**。	◆◇◇◆◇◇◆，◆◇◆，◇◇◆。
解鞍还向乱山深，黄昏后，不成情**绪**。	◆◇◇◆◆◇◇，◇◇◆，◆◇◇◆。
先来离恨，打叠不下，天气还凄**楚**。	◇◇◇◆，◆◆◇◆，◇◆◇◇◆。
风儿住后云来**去**，装撰些儿**雨**。	◇◇◆◆◇◇◆，◇◆◇◇◆。
无眠托首对孤灯，好语向谁分**付**。	◇◇◆◆◆◇◇，◆◆◆◇◇◆。
从来烦恼，吓得胆碎，此度难担**负**。	◇◇◇◆，◆◆◆◆，◆◆◇◇◆。

同体式作品：无。

变体二

较始词复句数不变，分句数有变。

变体二·1

14 分句 6 复句

【变体二·1】14 分句 6 复句。上下片第一复句较始词各减 1 分句，每片 7 分句 3 复句，二/二/三/型复句组。仄韵，连句韵、隔句韵。律词。

7，5。7，6。4，4，5。

7，5。7，6。4，4，5。——北宋·柳永·《全宋词》第 22 页

御街行

圣寿

燔柴烟断星河**曙**，宝辇回天**步**。	◇◇◇◆◇◇◆，◆◆◇◇◆。
端门羽卫簇雕阑，六乐舜韶先**举**。	◇◇◆◆◆◇◇，◆◆◆◇◇◆。
鹤书飞下，鸡竿高耸，恩霈均寰**寓**。	◆◇◇◆，◇◇◇◆，◇◆◇◇◆。
赤霜袍烂飘香**雾**，喜色成春**煦**。	◆◇◇◆◇◇◆，◆◆◇◇◆。
九仪三事仰天颜，八彩旋生眉**宇**。	◆◇◇◆◆◇◇，◆◆◇◇◇◆。
椿龄无尽，萝图有庆，常作乾坤**主**。	◇◇◇◆，◇◇◆◆，◇◆◇◇◆。

同体式作品：北宋：晏几道 2 首，晁端礼 1 首，晁补之 2 首，王安中 1 首。南宋：辛弃疾 1 首。

增减字：
(一) 7，5。7，6。4，4，5。○ 7，5。7，6。3，5，5。北宋：张先 1 首。
(二) 7，5。7，6。4，4，5。○ 7，5。7，6。8，3，3。北宋：蔡伸 1 首。
(三) 7，6。7，6。4，4，5。○ 7，5。7，6。4，4，5。南宋：无名氏 1 首（【御阶行】）。

变体二·2

15 分句 6 复句

【变体二·2·1】15 分句 6 复句。上片与始词同，下片减 1 分句。上片 8 分句 3 复句，三/二/三/型复句组；下片 7 分句 3 复句，二/二/三/型复句组。仄韵，隔句韵、间插连句韵。律词。

7，3，3。7，6。4，4，5。
7，5。7，6。4，4，5。——北宋·张先·《全宋词》第 80 页

御街行

夭非花艳轻非**雾**，来夜半，天明**去**。	◇◇◇◆◇◇◆，◇◆◆，◇◇◆。
来如春梦不多时，去似朝云何**处**。	◇◇◇◆◆◇◇，◆◆◇◇◇◆。
远鸡栖燕，落星沉月，纨纨城头**鼓**。	◆◇◇◆，◆◇◇◆，◆◆◇◇◆。
参差渐辨西池**树**，珠阁斜开**户**。	◇◇◆◆◇◇◆，◇◆◇◇◆。
绿苔深径少人行，苔上屐痕无**数**。	◆◇◇◆◆◇◇，◇◆◆◇◇◆。
余香遗粉，剩衾闲枕，天把多情**付**。	◇◇◇◆，◆◇◇◆，◇◆◇◇◆。

按：本词上片化用白居易诗："花非花，雾非雾，夜半来，天明去。来如春梦几多时，去似朝云无觅处。"白诗未见有歌唱之记载，然或为唐代可歌之小词。

同体式作品：北宋：欧阳修 1 首。南宋：曹勋 1 首。

【变体二·2·2】15 分句 6 复句。上片与【变体二·2·1】同，下片复句型有变。上片 8 分句 3 复句，三/二/三/型复句组；下片 7 分句 3 复句，三/二/二/型复句组。仄韵，隔句韵。

7，3，3。7，6。3，5，5。
7，3，3。7，6。8，7。——宋·无名氏·《全宋词》第 3841 页

御街行

霜风渐紧寒侵**被**，听孤雁，声嘹**唳**。	◇◇◆◆◇◇◆，◇◇◆，◇◇◆。
一声声送一声悲，云淡碧天如**水**。	◆◇◇◆◆◇◇，◇◆◆◇◇◆。
披衣**起**，告雁儿略住，听我些儿**事**。	◇◇◆，<u>◆◆◇◆◆</u>，◆◆◇◇◆。
塔儿南畔城儿**里**，第三个，桥儿**外**。	◆◇◇◆◇◇◆，◆◇◆，◇◇◆。
濒河西岸小红楼，门外梧桐雕**砌**。	◇◇◇◆◆◇◇，◇◆◇◇◇◆。
请教且与低声飞过，那里有人人无**寐**。	◆◇◆◆◇◇◇◆，<u>◆◆◆◇◇◇◆</u>。

按：本词首见南宋杨湜《古今词话》，作者佚名。明陈耀文编辑《花草粹编》词集收录之，作无名氏词，明赵琦美《小山词补》定为晏几道词，今多作宋无名氏词。从现有资料看，【御街行】衍名为【孤雁儿】由该词“听孤雁”之句而起。今见【孤雁儿】始词为两宋之际李清照作，故该无名氏词当为宋人所作。

同体式作品：无。

增减字：

（一）7，3，3。7，6。4，4，5。○ 7，3，3。7，6。4，4，5。北宋-南宋：李清照1首（【孤雁儿】）。

孤雁儿　李清照

世人作梅词，下笔便俗，予试作一篇，乃知前言不妄耳。

藤床纸帐朝眠起，说不尽，无佳思。沉香断续玉炉寒，伴我情怀如水。笛里三弄，梅心惊破，多少春情意。○小风疏雨萧萧地，又催下，千行泪。吹箫人去玉楼空，肠断与谁同倚。一枝折得，人间天上，没个人堪寄。

变体二·3

12分句6复句

【变体二·3】12分句6复句。上下片较始词各减2分句，每片6分句3复句，二/二/二/型复句组。仄韵，连句韵、隔句韵。

7，5。7，6。6，7。

7，5。7，6。8，5。——北宋·柳永·《全宋词》第22页

御街行

前时小饮春庭**院**，悔放笙歌**散**。	◇◇◆◆◇◇◆，◆◆◇◇◆。
归来中夜酒醺醺，惹起旧愁无**限**。	◇◇◇◆◆◇◇，◆◆◆◇◇◆。
虽看坠楼换马，争奈不是鸳鸯**伴**。	◇◆◆◇◆◆，◇◆◆◆◇◇◆。
朦胧暗想如花**面**，欲梦还惊**断**。	◇◇◆◆◇◇◆，◆◆◇◇◆。
和衣拥被不成眠，一枕万回千**转**。	◇◇◆◆◆◇◇，◆◆◆◇◇◆。
惟有画梁新来双燕，彻曙闻长**叹**。	◇◆◆◇◇◇◇◆，◆◆◇◇◆。

同体式作品：无。

增减字：

（一）7，5。7，6。7，5。○ 7，5。7，6。5，6。宋：无名氏1首。

变体三

较始词分句数复句数皆变

【变体三】19分句7复句。较始词增3分句1复句。上片9分句3复句，三/三/三/型复句组；下片10分句4复句，二/三/三/二/型复句组。仄韵，隔句韵。

7，3，3。7，3，4。5，3，3。

3，4。3，4，7。3，4，4。4，5。——北宋·秦观·《全宋词》第470页

御街行

银烛生花如红豆，这好事，而今**有**。　◇◆◇◇◇◇◆，◆◆◆，◇◇◆。
夜阑人静曲屏深，借宝瑟，轻轻招**手**。　◆◇◇◆◆◇◇，◆◆◆，◇◇◇◆。
一阵白蘋风，故灭烛，教相**就**。　◆◆◆◇◇，◆◆◆，◇◇◆。

花带雨，冰肌香**透**。　◇◆◆，◇◇◇◆，
恨啼乌，辘轳声晓，岸柳微风吹残**酒**。　◆◇◆，◆◇◇◆，◆◆◇◇◆◇◆。
断肠时，至今依旧，镜中消**瘦**。　◆◇◇，◆◇◇◆，◆◇◇◆。
那人知后，怕你来僝**僽**。　◆◇◇◆，◆◆◇◇◆。

同体式作品：无。

按：本词一传为黄庭坚作，词题《私情》，调名【忆帝京】，局部有异文。其词如下：

忆帝京

私情

银烛生花如红豆，占好事，而今有。人醉曲屏深，借宝瑟，轻招手。一阵白蘋风，故灭烛，教相就。○花带雨，冰肌香透。恨啼乌，辘轳声晓，岸柳微凉吹残酒。断肠时，至今依旧，镜中消瘦。那人知后，怕夯你来僝僽。(下划线为异文)

233.【剔银灯】

1. 始词北宋范仲淹作。
2. 双片，每片四韵或五韵；仄韵，首句入韵，隔句韵，或间插连句韵。

始词：14分句6复句。双片。上片7分句3复句，二/三/二/型复句组；下片7分句3复句，三/二/二/型复句组。仄韵，邻韵通押，起首二句连韵，继隔句韵。

6，7。4，4，6。5，7。
6，3，4。8，6。5，7。——北宋·范仲淹·《全宋词》第11页

剔银灯

与欧阳公席上分题

昨夜因看蜀**志**，笑曹操孙权刘**备**。　◆◆◇◇◆◆，◆◇◇◇◇◇◆。
用尽机关，徒劳心力，只得三分天**地**。　◆◆◇◇，◇◇◇◆，◆◆◇◇◇◆。
屈指细寻思，争如共刘伶一**醉**。　◆◆◆◇◇，◇◇◆，◇◇◆◆。

人世都无百**岁**，少痴呆，老成尪**悴**。　◇◆◇◇◆◆，◆◇◇，◆◇◇◆。
只有中间些子少年，忍把浮名牵**系**。　◆◆◇◇◇◆◆◇，◆◆◇◇◇◆。
一品与千金，问白发如何回**避**。　◆◆◆◇◇，△◆◆◇◇◇◆。

同体式作品：无。

变体一

与始词分句数复句数相同，复句型有变。

【变体一】14 分句 6 复句。上片句型与始词同，下片第一复句减 1 分句、第二复句增 1 分句。上下片各 7 分句 3 复句，上片二/三/二/型复句组；下片二/三/二/型复句组。仄韵，连句韵、隔句韵。律词。

6，7。4，4，6。4，7。

6，6。4，4，6。4，7。——北宋·柳永·《全宋词》第 44 页

剔银灯

何事春工用**意**，绣画出万红千**翠**。　◇◆◇◇◆◆，◆◆◆，◆◇◇◆。

艳杏夭桃，垂杨芳草，各斗雨膏烟**腻**。　◆◆◇◇，◇◇◇◆，◆◆◆◇◇◆。

如斯佳**致**，早晚是读书天**气**。　◇◇◇◆，◆◆◆，◆◇◇◆。

渐渐园林明**媚**，便好安排欢**计**。　◆◆◇◇◇◆，◆◆◇◇◇◆。

论槛买花，盈车载酒，百琲千金邀**妓**。　◆◆◆◇，◇◇◆◆，◆◆◇◇◇◆。

何妨沉**醉**，有人伴日高春**睡**。　◇◇◇◆。◆◇◆，◆◇◇◆。

按：本词《钦定词谱》举为【剔银灯】“正体”，与始词分句数复句数皆同，复句型有变，分句字数略有变。毛滂《剔银灯》词序曰：“同公素赋，侑歌者以七急拍七拜劝酒。”据知【剔银灯】乐调每片有七个“句拍”，即 7 个小乐句，词体对应为每片 7 个分句。《钦定词谱》对本词的标点，上下片标“句”“韵”计 7 个句位，即每片 7 个分句，三个七言句标有“读”：“绣画出**读**万红千翠”“早晚是**读**读书天气”“有人伴**读**日高春睡”，可见其“读”是一个分句之语读节奏的提示，《钦谱》谓之为“半句”。今通常将“读”以顿号点断，不符合今之顿号标点的规定语法指意，也容易造成语意的破读。故《钦谱》标示“读”的若干词句，今日不宜用顿号标点，有一些则可据语意点断为短语句，如毛滂《剔银灯》“锦瑟畔**读**低迷醉玉”，不妨可标点为“锦瑟畔，低迷醉玉”，但该词中“又何似**读**红围翠簇”，则不宜点断。

同体式作品：北宋：毛滂 1 首。南宋：关注 1 首。

增减字：

（一）6，6。4，4，6。4，7。○ 6，6。4，4，6。4，7。北宋：杜安世 1 首。

（二）6，7。4，4，7。4，7。○ 7，6。4，4，7。4，7。宋：无名氏 1 首。

变体二

与始词复句数相同，分句数有变。

变体二·1

16 分句 6 复句

【变体二·1】16 分句 6 复句。上下片较始词各增 1 分句。每片 8 分句 3 复句，上片二/三/三/型复句组；下片三/三/二/型复句组。仄韵，连句韵、隔句韵。

6，6。4，4，6。4，3，4。

7，3，4。4，4，6。7，4。——宋·沈邈·《全宋词》第 12 页

剔银灯

途次南京，忆营妓张温卿。

一夜隋河风**劲**，霜湿水天如**镜**。 ◆◆◇◇◇◆，◇◆◆◇◇◆。
古柳堤长，寒烟不起，波上月无流**影**。 ◆◆◇◇，◇◇◆◆，◇◆◆◇◇◇◆。
那堪频**听**，疏星外，离鸿相**应**。 ◆◇◇◆，◇◇◆，◇◇◇◆。

须信道情多是**病**，酒未到，愁肠还**醒**。 ◇◆◆◇◇◆◆，◆◆◆，◇◇◇◆。
数叠兰衾，余香未减，甚时枕鸳重**并**。 ◆◆◇◇，◇◇◆◆，◆◇◆◇◇◆。
教伊须更将盟誓，后约言**定**。 ◇◇◇◆◇◇◆，◆◆◇◆。

按：本词每片标点为 8 分句，“疏星外离鸿相**应**”“酒未到愁肠还**醒**”二句若连而不断，则每片与始词相同为七分句，兹点断之以见词体“流水句”可断可连之“弹性”。

同体式作品：北宋：沈邈 1 首。

变体二·2

17 分句 6 复句

【变体二·2】17 分句 6 复句。上片与【变体二·1】同，下片增 1 分句。上片 8 分句 3 复句，二/三/三/型复句组；下片 9 分句 3 复句，三/三/三/型复句组。仄韵，起首二句连句韵，继隔句韵。

6，7。4，4，6。4，3，4。

6，3，4。4，4，6。4，3，4。——北宋·杜安世·《全宋词》第 181 页

剔银灯

好事争如不**遇**，可惜许多情相**误**。 ◆◆◆◇◆◆，◆◆◆◇◇◇◆。
月下风前，偷期窃会，共把衷肠分**付**。 ◆◆◇◇，◇◇◆◆，◆◆◇◇◇◆。
尤云殢**雨**，正缱绻，朝朝暮**暮**。 ◇◇◆◆，◆◆◆，◇◇◆◆。

无奈别离情**绪**，和酒病，双眉长**聚**。 ◇◆◆◇◇◆，◇◆◆，◇◇◇◆。
往事凄凉，佳音迢递，似此因缘谁**做**。 ◆◆◇◇，◇◇◇◆，◆◆◇◇◇◆。
洞云深**处**，暗回首，落花飞**絮**。 ◆◇◇◆，◆◇◆，◆◇◇◆。

同体式作品：无。

变体二·3

15 分句 6 复句

【变体二·3】15 分句 6 复句。上片与始词同，7 分句 3 复句，二/三/二/型复句组；下片增 1 分句，8 分句 3 复句，三/三/二/型复句组。仄韵，连句韵、隔句韵。

6，7。4，4，6。4，7。

4，4，4。4，4，6。4，7。——北宋·杜安世·《全宋词》第 181 页

剔银灯

夜永衾寒梦**觉**，翠屏共绣帏灯**照**。	◆◆◇◇◆◆，◆◇◆◆◇◇◆。
就枕思量，离多会**少**，孤负小欢轻**笑**。	◆◆◇◇，◇◇◆◆，◇◆◆◇◇◆。
风流争**表**，空惹尽一生烦**恼**。	◇◇◆◆，◇◆◆◆◇◇◆。
写遍香笺，分剖鳞翼，路遥难**到**。	◆◆◇◇，◇◇◇◆，◆◇◇◆。
泪眼愁肠，朝朝暮暮，去便不知音**耗**。	◆◆◇◇，◇◇◆◆，◆◆◆◇◇◆。
终须拚**了**，别选个如伊才**调**。	◆◇◇◆，◆◆◆◇◇◇◆。

同体式作品：无。

234.【黄莺儿】

1. 始词北宋柳永作。
2. 始词缘题赋咏，调名即词题。
3. 双片，上片四韵，下片五韵；仄韵，隔句韵。

始词：20 分句，8 复句 1 单句。双片。上片 10 分句 4 复句，二/四/二/二/型复句组；下片 10 分句，1 单句 4 复句，一/二/三/二/二/型单句复句组合。仄韵，隔句韵。

4，3，4，4，4，4。6，5。6，8。

2。5，5，4，4，6。6，5。6，5。——北宋·柳永·《全宋词》第 13 页

黄莺儿

园林晴昼，春谁**主**。	◇◇◇◆，◇◇◆。
暖律潜催，幽谷暄和，	◆◆◇◇，◇◆◇◇，
黄鹂翩翩，乍迁芳**树**。	◇◇◇◇，◆◇◇◆。
观露湿缕金衣，叶映如簧**语**。	△◆◆◆◇◇，◆◆◇◇◆。
晓来枝上绵蛮，似把芳心深意低**诉**。	◆◇◇◆◇◇，◆◆◇◇◇◆◇◆。
无**据**。	◇◆。
乍出暖烟来，又趁游蜂**去**。	◆◆◆◇◇，◆◆◇◇◆。
恣狂踪迹，两两相呼，终朝雾吟风**舞**。	◆◇◇◆，◆◆◇◇，◇◇◆◇◇◆。
当上苑柳秾时，别馆花深**处**。	△◆◆◆◇◇，◆◆◇◇◆。
此际海燕偏饶，都把韶光**与**。	◆◆◆◆◇◇，◇◆◇◇◆。

同体式作品：南宋：陈允平 1 首。

变体一

与始词分句数复句数相同，复句型有变。

【变体一】20 分句，8 复句 1 单句。上片第二复句较始词减 1 分句，第四复句增 1 分句，10 分句 4 复句，二/三/二/三/型复句组；下片与始词同，10 分句，1 单句 4 复句，一/二/三/二/二/型单句复句组合。仄韵，隔句韵。

4，3。6，6，6。6，5。6，4，4。

2。5，5。4，4，6。6，5。6，5。——北宋·晁补之·《全宋词》第 555 页

黄莺儿

东皋寓居

南园佳致，偏宜**暑**。	◇◇◇◆◇◇◆。
两两三三修篁，新篁新出初齐，	◆◆◇◇◇◇，◇◇◇◆◇◇，
猗猗过檐侵**户**。	◇◇◆◇◇◆。
听乱飐芰荷风，细洒梧桐**雨**。	△◆◆◆◇◇，◆◆◇◇◆。
午余帘影参差，远林蝉声，幽梦残**处**。	◆◇◇◆◇◇，◆◇◇◇，◇◆◇◆。
凝**伫**。	◇◆。
既往尽成空，暂遇何曾**住**。	◆◆◆◇◇，◆◆◇◇◆，
算人间事，岂足追思，依依梦中情**绪**。	◆◇◇◆，◆◆◇◇，◇◇◆◇◇◆。
观数点茗浮花，一缕香萦**炷**。	△◆◆◆◇◇，◆◆◇◇◆。
怪来人道陶潜，做得羲皇**侣**。	◆◇◇◆◇◇，◆◆◇◇◆。

同体式作品：无。

增减字：

（一）4，3。6，6，4。6，5。6，4，4。○ 2。5，5。4，4，6。6，5。6，5。南宋：无名氏 1 首。

变体三

较始词分句数复句数皆变

【变体三】22 分句，7 复句 2 单句。上片较始词增 1 分句减 1 复句，增 1 单句，11 分句，1 单句 3 复句，一/四/三/三/型单句复句组合；下片较始词增 1 分句，单句数复句数不变，11 分句，1 单句 4 复句，一/二/二/三/二/型单句复句组合。仄韵，邻韵通押，入声统韵，隔句韵。

7。4，4，4，4。3，3，5。6，4，4。

2。5，5。8，6。3，3，5。6，5。——北宋·王诜·《全宋词》第 273 页

黄莺儿

多情春意忆时**节**。	◇◇◇◆◆◇◆。
北圃人来，传道江梅，	◆◆◇◇，◇◆◇◇，
依稀芳姿，数枝新**发**。	◇◇◇◇，◆◇◇◆。
夸嫩脸，著胭脂，腻滑凝香**雪**。	△◆◆◆◇◇，◆◆◇◇◆。
问伊还记年时，正好相看，因甚轻**别**。	◆◇◇◆◇◇，◆◆◇◇，◇◆◇◆。

情**切**。	◇◆。
往事散浮云，旧恨成华**发**。	◆◆◆◇◇，◆◆◇◇◆。
算知空对绮槛雕栏，孜孜望人攀**折**。	◆◇◇◆◆◆◇◇，◇◇◆◇◇◆。
愁未见，苦思量，待见重端**叠**。	◇◆◆，◆◇◇，◆◆◇◇◆。
愿与永仿高堂，云雨芳菲**月**。	◆◇◆◆◇◇，◇◆◇◇◆。

同体式作品：无。

235.【玉女摇仙佩】

1. 始词北宋柳永作。
2. 双片，始词每片七韵，变体韵数有变。仄韵，隔句韵，间插连句韵。

始词：28 分句 10 复句。双片。每片 14 分句 5 复句，三/三/三/三/二/型复句组。仄韵，邻韵通押，隔句韵，间插连句韵。

4，4，6。4，4，6。5，5，4。2，5，8。5，8。

6，4，6。4，4，6。5，3，6。7，4，4。3，7。——北宋·柳永·《全宋词》第 13 页

玉女摇仙佩

飞琼伴侣，偶别珠宫，未返神仙行**缀**。	◇◇◆◆，◆◆◇◇，◆◆◇◇◇◆。
取次梳妆，寻常言语，有得几多姝**丽**。	◆◆◇◇，◇◇◇◆，◆◆◆◇◇◆。
拟把名花**比**，恐旁人笑我，谈何容**易**。	◆◆◇◇◆，△◇◇◆◆，◇◇◇◆。
细思，算奇葩艳**卉**，惟是深红浅白而**已**。	◆◇，◆◇◇◆◆，◇◆◇◇◆◆◇◆。
争如这多情，占得人间千娇百**媚**。	◇◇◆◇◇，◆◆◇◇◇◇◆◆。
须信画堂绣阁，皓月清风，	◇◆◆◇◆◆，◆◆◇◇，
忍把光阴轻**弃**。	◆◆◇◇◇◆。
自古及今，佳人才子，少得当年双**美**。	◆◆◆◇，◇◇◇◆，◆◆◇◇◇◆。
且恁相偎**倚**，未消得，怜我多才多**艺**。	◆◆◇◇◆，◆◇◆，◇◆◇◇◇◆。
愿奶奶兰心蕙性，枕前言下，表余深**意**。	△◆◆◇◇◆◆，◆◇◇◆，◆◇◇◆。
为盟**誓**，今生断不孤鸳被。	◇◇◆，◇◇◆◆◇◇◆。

同体式作品：无。

变体二

与始词复句数相同，分句数有变。

变体二·1

30 分句 10 复句

【变体二·1】30 分句 10 复句。上下片较始词各增 1 分句，每片 15 分句 5 复句，三/三/三/三/三/型复句组。仄韵，隔句韵。律词。

4，4，6。4，4，6。5，5，4。7，4，4。3，6，4。

6，4，6。4，4，6。5，5，4。7，4，4。3，4，3。

——北宋·晁端礼·《全宋词》第 423 页

玉女摇仙佩

宫梅弄粉，御柳摇金，又喜皇州春**早**。	◇◇◆◆，◆◆◇◇，◆◆◇◇◇◆。
盛世生贤，真仙应运，当日来从三**岛**。	◆◆◇◇，◇◇◆◆，◇◆◇◇◆◆。
车马喧青**晓**，看千钟赐饮，中人传**诏**。	◇◆◇◇◆，△◇◇◆◆，◇◇◇◆。
最好是芝兰并砌，鸣佩腰金，彩衣相**照**。	◆◆◆◇◇◆◆，◇◆◇◇，◆◇◇◆。
炉烟**袅**，高堂半卷珠帘，神仙缥**缈**。	◇◇◆，◇◇◆◆◇◇，◇◇◆◆。
须信槐庭荫美，凤沼波澄，	◇◆◇◇◆◆，◆◆◇◇，
屈指十年三**到**。	◆◆◆◇◇◆。
九叙重歌，元圭再锡，已把成功来**告**。	◆◆◇◇，◇◇◆◆，◆◆◇◇◇◆。
四海瞻仪**表**，庆君臣会集，诗符天**保**。	◆◆◇◇◆，◆◇◇◆◆，◇◇◇◆。
况自有仙风道骨，玉函金篆，阴功须**报**。	△◆◆◇◇◆◆，◆◇◇◆，◇◇◇◆。
方知**道**，八千岁月，椿难**老**。	◇◇◆，◆◇◆◆，◇◇◆。

同体式作品：无。

增减字：

（一）4，4，6。4，4，6。5，5，4。7，4，4。3，4，6。○ 6，4，6。4，4，6。5，3，6。7，4，4。3，4，3。南宋：朱雍 1 首。

变体二·2

31 分句 10 复句

【变体二·2】31 分句 10 复句。上片较始词增 1 分句，15 分句 5 复句，三/三/三/三/三/型复句组；下片增 2 分句，16 分句 5 复句，三/三/三/四/三/型复句组。仄韵，隔句韵。

4，4，6。4，4，6。4，5，4。4，5，4。3，4，6。

6，4，6。4，4，6。4，4，6。3，4，4，4。3，4，3。

——宋·王义山·《全宋词》第 3063 页

玉女摇仙佩

龙楼日永，鹤禁风薰，拂晓寿星光**现**。	◇◇◆◆，◆◆◇◇，◆◆◆◇◇◆。
无限霞裾，欣传帝母，与佛同生华**旦**。	◇◆◇◇，◇◇◆◆，◆◆◇◇◇◆。
佳气慈闱，看龙颜欢动，玉卮亲**劝**。	◇◆◇◇，△◇◇◇◆，◆◇◇◆。
捧祝殷勤，对萱草青松，菖蒲翠**软**。	◆◆◇◇，△◇◆◇◇，◇◇◆◆。
奇香喷，阶前芍药，频繁红深紫**浅**。	◇◇◆，◇◇◆◆，◇◇◇◇◆◆。

遥望千官鹭序，晓仗初齐，	◇◆◇◇◆◆，◆◆◇◇，
趋觐慈元宫**殿**。	◇◆◇◇◇◆。
更喜明朝，虹流佳节，同听嵩山呼**万**。	◆◆◇◇，◇◇◇◆，◇◆◇◇◇◆。
湛露重重，燕庆两宫，盛事如今亲**见**。	◆◆◇◇，◆◆◆◇，◆◆◇◇◇◆。
齐祝愿，西昆凝碧，	◇◆◆，◇◇◇◆，
南山增绿，与天齐**算**。	◇◇◇◆，◆◇◇◆。
身长好，年年拜舞，宫花**颤**。	◇◇◆，◇◇◆◆，◇◇◆。

按：本词为王义山作《乐语》队舞组曲歌词之一。

同体式作品：无。

236.【雪梅香】

1. 始词北宋柳永作。
2. 双片，上片四韵，下片五韵，变体下片减一韵；平韵，隔句韵。

始词：20分句8复句。双片。上片9分句4复句，二/二/二/三/型复句组；下片11分句4复句，四/二/二/三/型复句组。平韵，隔句韵。

3，7。5，6。7，7。3，4，4。

2，3，4，4。4，6。7，7。3，3，5。——北宋·柳永·《全宋词》第13页

雪梅香

景萧索，危楼独立面晴**空**。	◆◇◆，◇◇◆◆◆◇◇。
动悲秋情绪，当时宋玉应**同**。	△◇◇◇◆，◇◇◆◆◇◇。
渔市孤烟袅寒碧，水村残叶舞愁**红**。	◇◆◇◇◆◇◆，◆◇◇◆◆◇◇。
楚天阔，浪浸斜阳，千里溶**溶**。	◆◇◆，◆◆◇◇，◇◆◇◇。
临**风**，想佳丽，别后愁颜，镇敛眉**峰**。	◇◇，◆◇◆，◆◆◇◇，◆◆◇◇。
可惜当年，顿乖雨迹云**踪**。	◆◆◇◇，◆◇◆◆◇◇。
雅态妍姿正欢洽，落花流水忽西**东**。	◆◆◇◇◆◇◆，◆◇◇◆◆◇◇。
无憀恨，相思意，尽分付征**鸿**。	◇◇◆，◇◇◆，△◇◆◇◇。

同体式作品：无。

增减字：

(一) 3，7。5，6。7，7。3，4，4。○ 2，3，4，4。4，6。7，7。3，4，4。南宋：无名氏1首。

变体二

较始词复句数不变，分句数减1。

【变体二】19 分句 8 复句。上片与始词同，9 分句 4 复句，二/二/二/三/型复句组；下片第一复句减 1 分句，10 分句 4 复句，三/二/二/三/型复句组。平韵，隔句韵。

3，7。5，6。7，7。3，4，4。

5，4，4。4，6。7，7。3，4，4。——宋·无名氏·《全宋词》第 3624 页

雪梅香

岁将暮，云帆风卷正凄**凉**。	◆◇◆，◇◇◇◆◆◇◇。
见梅花呈瑞，素英澹薄含**芳**。	△◇◇◇◆，◆◇◆◆◇◇。
千片逞姿向江国，一枝无力倚邻**墙**。	◇◆◆◇◆◇◆，◆◇◇◆◆◇◇。
凝眸望，昨夜前村，雅态难**忘**。	◇◇◆，◆◆◇◇，◆◆◇◇。
争妍斗鲜洁，皓彩寒辉，冷艳清**香**。	◇◇◆◇◆，◆◆◇◇，◆◆◇◇。
姑射真人，更兼粉傅容**光**。	◇◆◇◇，◆◇◆◆◇◇。
梁苑奇才动佳句，汉宫娇态学严**妆**。	◇◆◇◇◆◇◆，◆◇◇◆◆◇◇。
无憀恨，独对光辉，别岸垂**杨**。	◇◇◆，◆◆◇◇，◆◆◇◇。

同体式作品：无。

237.【早梅芳】

1. 始词北宋柳永作。
2. 【早梅芳近】与本调体式差异颇大，作同源词调处理。
3. 双片，始词上片五韵，下片三韵，变体韵数有变。仄韵，隔句韵。

始词：24 分句 6 复句。双片。每片 12 分句 3 复句，三/三/六/型复句组。仄韵，隔句韵，插一连句韵。

3，3，7。4，4，6。4，4，5，4，4，5。

3，6，5。4，4，6。4，4，3，4，4，5。——北宋·柳永·《全宋词》第 14 页

早梅芳

海霞红，山烟**翠**，故都风景繁华**地**。	◆◇◇，◇◇◆，◆◇◇◆◇◇◆。
谯门画**戟**，下临万井，金碧楼台相**倚**。	◇◇◆◆，◆◇◆◆，◇◆◇◇◇◆。
芰荷浦溆，杨柳汀洲，映虹桥倒影，	◆◇◆◆，◇◆◇◇，◆◇◇◆◆，
兰舟飞棹，游人聚散，一片湖光**里**。	◇◇◇◆，◇◇◆◆，◆◆◇◇◆。
汉元侯，自从破虏征蛮，峻陟枢庭**贵**。	◆◇◇，◆◇◆◆◇◇，◆◆◇◇◆。
筹帷厌久，盛年昼锦，归来吾乡我**里**。	◇◇◆◆，◆◇◆◆，◇◇◆◇◆◆。
铃斋少讼，宴馆多欢，未周星，	◇◇◆◆，◆◆◇◇，◆◇◇，

便恐皇家，图任勋贤，又作登庸**计**。 ◆◆◇◇，◇◆◇◇，◆◆◇◇◆。

同体式作品： 无。

变体三

较始词分句数复句数皆变

【变体三】18 分句 8 复句。上下片较始词减 3 分句、增 1 复句。每片 9 分句 4 复句，三/二/二/二/型复句组。仄韵，连句韵、隔句韵。

3，5，5。4，7。5，5。3，5。

3，3，5。4，7。5，5。3，5。——北宋·李之仪·《全宋词》第 339 页

早梅芳

雪初销，斗觉寒将**变**，已报梅梢**暖**。 ◆◇◇，◆◆◇◇◆，◆◆◇◇◆。

日边霜外，迤逦枝条自柔**软**。 ◆◇◇◆，◆◆◇◇◆◇◆。

嫩苞匀点缀，绿萼轻裁**剪**。 ◆◇◇◆◆，◆◆◇◇◆。

隐深心，未许清香**散**。 ◆◇◇，◆◆◇◇◆。

渐融和，开欲**遍**，密处疑无**间**。 ◆◇◇，◇◆◆，◆◆◇◇◆。

天然标韵，不与群花斗深**浅**。 ◇◇◇◆，◆◆◇◇◆◇◆。

夕阳波似动，曲水风犹**懒**。 ◆◇◇◆◆，◆◆◇◇◆。

最销魂，弄影无人**见**。 ◆◇◇，◆◆◇◇◆。

同体式作品： 无。

增减字：

（一）3，3，5。4，7。5，5。5，5。〇 3，3，5。4，7。5，5。3，5。北宋：周邦彦 2 首。南宋：陈允平 2 首，仇远 1 首（【早梅芳近】）。

（二）3，3，5。4，7。5，5。5，5。〇 3，3，5。4，7。5，5。3，3。南宋：吕渭老 1 首（【早梅芳近】）。

（三）3，3，5。4，7。5，5。5，5。〇 3，3，5。4，7。5，5。5，3。宋：无名氏 1 首。

同源词调：【早梅芳近】

1. 始词北宋李德载作。
2. 将【早梅芳】长调变为短调，体式差异颇大。
3. 双片，每片四韵，仄韵，隔句韵、连句韵。
4. 本调仅见李德载两首。

始词：10 分句 4 复句。双片。每片 5 分句 2 复句，三/二/型复句组。三换韵，上片押平，同韵；下片平仄换韵，第一复句押仄，第二复句押平。隔句韵、连句韵。律词。

3，3，5。7，5。

3，3，5。7，5。——北宋·李德载·《全宋词》第739页

早梅芳近

残腊里，早梅**芳**，春信报新**阳**。	◇◆◆，◆◇◇，◇◆◆◇◇。
晓来枝上斗寒**光**，轻点寿阳**妆**。	◆◇◇◆◆◇◇，◇◆◆◇◇。
雪难欺，霜莫妒，别是一般风措。	◆◇◇，◇◆◆，◆◆◆◇◇◆。
望林人意正妖娆，又看长新条。	◆◇◇◆◆◇◇，◆◆◆◇◇。

同体式作品： 北宋：李德载1首。

238. 【斗百花】

1. 始词北宋柳永作。
2. 双片，始词上片五韵，下片三韵，变体韵数有变。仄韵，隔句韵，间插连句韵。

始词：15分句6复句。上片8分句3复句，二/二/四/型复句组；下片7分句3复句，二/二/三/型复句组。仄韵，隔句韵，间插连句韵。

6，6。6，6。4，6，6，5。

4，6。4，6。4，6，6。——北宋·柳永·《全宋词》第14页

斗百花

煦色韶光明**媚**，轻霭低笼芳**树**。	◆◆◇◇◇◆，◇◆◇◇◇◆。
池塘浅蘸烟芜，帘幕闲垂风**絮**。	◇◇◆◆◇◇，◇◆◇◇◇◆。
春困厌厌，抛掷斗草工夫，	◇◆◇◇，◇◆◆◆◇◇，
冷落踏青心**绪**，终日扃朱**户**。	◆◆◆◇◇◆，◇◆◇◇◆。
远恨绵绵，淑景迟迟难**度**。	◆◆◇◇，◆◆◇◇◇◆。
年少傅粉，依前醉眠何**处**。	◇◆◇◆，◇◇◆◇◇◆。
深院无人，黄昏乍拆秋千，	◇◆◇◇，◇◇◆◆◇◇，
空锁满庭花**雨**。	◇◆◆◇◇◆。

同体式作品： 北宋：柳永2首，晁补之2首，王琪1首。

增减字：

(一) 6，6。6，6。4，6，6，5。○ 4，6。4，6。4，6，5。晁补之1首。

变体三

较始词分句数复句数皆变

【变体三】14 分句 5 复句。上片与始词同，下片减 1 分句 1 复句。上片 8 分句 3 复句，二/二/四/型复句组；下片 6 分句 2 复句，三/三/型复句组。仄韵，连句韵、隔句韵。

6，6。6，6。4，6，6，5。

4，4，3，4，4。4，4，8。——北宋·晁补之·《全宋词》第 580 页

斗百花

汶妓阎丽

小小盈盈珠**翠**，忆得眉长眼**细**。　◆◆◇◇◇◆，◆◆◇◇◆◆。

曾共映花低语，已解伤春情**意**。　◇◆◆◇◇◆，◆◆◇◇◇◆。

重向溪堂，临风看舞梁州，　◇◆◇◇，◇◇◆◆◇◇，

依旧照人秋**水**，转更添姿**媚**。　◇◆◆◇◇◆，◆◆◇◇◆。

与问阶上簸钱时节，　◆◆◇◆◆◇◇◆，

记微笑，但把纤腰向人娇**倚**。　◆◇◆，◆◆◇◇◆◇◇◆。

不见还休，谁教见了，　◆◆◇◇，◇◇◆◆，

恹恹还是向来情**味**。　◇◇◇◆◆◇◇◆。

同体式作品：无。

同源词调：【斗百花近拍】

1. 始词北宋仲殊作。
2. “近拍”，词调音乐有“令”“引”“近”“慢”四类，研究者认为其别在音乐旋律节奏的快慢和句拍数量的不同；从词体看，“近”多为中调或短调。
3. 本调体式与【斗百花】始词相同，局部有增减字；调名标注“近拍”，与原调音乐之同异，无以确知，但提供了一种可能性：一个词调的旋律节奏乃至句拍数量，在一定范围内是可变的，一个词调音乐有变，词体或有变，也可能不变，但歌唱起来会有不同的音乐趣味。
4. 双片，上片五韵，下片三韵；仄韵，连句韵、隔句韵。
5. 此调仅见仲殊一首。

始词：15 分句 6 复句。双片。体式与【斗百花】始词体相同。上片 8 分句 3 复句，二/二/四/型复句组；下片 7 分句 3 复句，二/二/三/型复句组。仄韵，隔句韵、连句韵。

6，6。4，6。4，6，6，5。

4，6。4，6。4，6，6。——北宋·仲殊·《全宋词补辑》第 11 页

斗百花近拍

九凤啸歌宛**转**，鹤舞长生排**遍**。　◆◆◆◇◆◆，◆◆◇◇◇◆。

彩衣朱绂，醉挹绮园彭**羡**。　◆◇◇◆，◆◆◆◇◇◆。
香在云头，星宫寿纪重新，　◇◆◇◇，◇◇◆◆◇◇，
东斗瑞光昏**见**，嘉庆留西**宴**。　◇◆◆◇◇◆，◇◆◇◇◆。

酒乍醒时，便拥一封归**传**。　◆◆◇◇，◆◆◆◇◇◆。
雨露旧恩，长沙再膺天**眷**。　◆◆◆◇，◇◇◆◇◇◆。
还了宫符，前席受取丁宁，　◇◆◇◇，◇◆◆◆◇◇，
功业算来何**晚**。　◇◆◆◇◇◆。

同体式作品：无。

239.【昼夜乐】

1. 始词北宋柳永作。
2. 双片，上片六韵，下片五韵，变体韵数有变；仄韵，隔句韵。

始词：16 分句 8 复句。双片。每片 8 分句 4 复句，二/二/二/二/型复句组。仄韵，隔句韵，间插连句韵。

7，6。6，6。7，7。5，5。
7，6。6，6。7，7。5，5。——北宋·柳永·《全宋词》第 15 页

昼夜乐

洞房记得初相**遇**，便只合长相**聚**。　◆◇◆◆◇◇◆，△◆◆◇◇◆。
何期小会幽欢，变作离情别**绪**。　◇◇◆◆◇◇，◆◆◇◇◆◆。
况值阑珊春色**暮**，对满目乱花狂**絮**。　◆◆◇◇◇◆◆，△◆◆◆◇◇◆。
直恐好风光，尽随伊归**去**。　◆◆◆◇◇，◆◇◇◇◆。

一场寂寞凭谁**诉**，算前言总轻**负**。　◆◇◆◆◇◇◆，△◇◇◆◇◆。
早知恁地难拚，悔不当时留**住**。　◆◇◆◆◇◇，◆◆◇◇◇◆。
其奈风流端正外，更别有系人心**处**。　◇◆◇◇◇◆◆，△◆◆◆◇◇◆。
一日不思量，也攒眉千**度**。　◆◆◆◇◇，△◇◇◇◆。

同体式作品：北宋：柳永 1 首，黄庭坚 1 首。

变体二

与始词复句数相同，分句数增 4。

【变体二】20 分句 8 复句。双片。较始词增 4 分句，上下片第一复句之 6 字结句、第三复句之 7 字结句，摊破为 3/3、3/4 两个短语句。每片 10 分句 4 复句，三/二/三/二/型

复句组。仄韵，隔句韵。

7，3，3。6，6。7，3，4。5，5。

7，3，3。6，6。7，3，4。5，5。——宋·无名氏·《全宋词》第3618页

昼夜乐

一阳生后风光**好**，百花瘁，群木**槁**。	◆◇◇◆◇◇◆，◆◇◆，◇◆◆。
南枝探暖欺寒，嘉卉争先占**早**。	◇◇◆◆◇◇，◇◆◇◇◆◆。
晓来风送清香**杳**，映园林，报春来**到**。	◆◇◇◆◇◇◆，◆◇◇，◆◇◇◆。
素艳自超群，似姑射容**貌**。	◆◆◆◇◇，△◇◆◇◆。
画堂开宴邀朋友，赏琼英，同欢**笑**。	◆◇◇◆◇◇◆，◆◇◇，◇◇◆。
陇头寄信丁宁，楼上新妆斗**巧**。	◆◇◆◆◇◇，◇◆◇◇◆◆。
对景乘兴倾芳酒，拚沉醉，玉山频**倒**。	◇◆◇◆◇◇◆，◇◇◆，◆◇◇◆。
结实用和羹，是真奇国**宝**。	◆◆◆◇◇，△◇◇◆◆。

同体式作品：无。

240.【柳腰轻】

1. 始词北宋柳永作。
2. 调名即词题。
3. 双片，每片四仄韵，隔句韵。
4. 此调仅见柳永一首。

始词：20分句6分句。双片。每片9分句3复句，三/三/三/型复句组。仄韵，隔句韵。

7，3，3。4，4，6。7，3，4。

6，3，4。4，4，6。7，3，4。——北宋·柳永·《全宋词》第15页

柳腰轻

英英妙舞腰肢**软**，章台柳，昭阳**燕**。	◇◇◆◆◇◇◆，◇◇◆，◇◇◆。
锦衣冠盖，绮堂筵会，是处千金争**选**。	◆◇◇◆，◆◇◇◆，◆◆◇◇◇◆。
顾香砌丝管初调，倚轻风，佩环微**颤**。	△◇◆◇◆◇◇，◆◇◇，◆◇◇◆。
乍入霓裳促**遍**，逞盈盈，渐催檀**板**。	◆◆◇◇◆◆，◆◇◇，◆◇◇◆。
慢垂霞袖，急趋莲步，进退奇容千**变**。	◆◇◇◆，◆◇◇◆，◆◆◇◇◇◆。
算何止倾国倾城，暂回眸，万人肠**断**。	△◇◆◇◆◇◇，◆◇◇，◆◇◇◆。

同体式作品：无。

241.【笛家弄】

1. 始词北宋柳永作。
2. 双片，始词上片四韵，下片五韵，变体韵数有变。仄韵，隔句韵，或间插连句韵。

始词：30 分句 8 复句。双片。每片 15 分句 4 复句，上片四/四/三/四/型复句组；下片六/三/二/四/型复句组。仄韵，隔句韵。

4，4，4，7。4，4，4，4。4，4，5。3，3，4，4。
2，4，4，4，4，4。4，4，6。8，5。3，3，4，4。

——北宋·柳永·《全宋词》第 16 页

笛家弄

花发西园，草薰南陌，	◇◆◇◇，◆◇◇◆，
韶光明媚，乍晴轻暖清明**后**。	◇◇◇◆，◆◇◇◆◇◇◆。
水嬉舟动，禊饮筵开，	◆◇◇◆，◆◆◇◇，
银塘似染，金堤如**绣**。	◇◇◆◆，◇◇◇◆。
是处王孙，几多游妓，往往携纤**手**。	◆◆◇◇，◆◇◇◆，◆◆◇◇◆。
遣离人，对嘉景，触目伤怀，尽成感**旧**。	◆◇◇，◆◇◆，◆◆◇◇，◆◇◆◆。
别**久**，帝城当日，兰堂夜烛，	◆◆，◆◇◇◆，◇◇◆◆，
百万呼卢，画阁春风，十千沽**酒**。	◆◆◇◇，◆◆◇◇，◆◇◇◆。
未省宴处，能忘管弦，醉里不寻花**柳**。	◆◆◆◆，◇◇◆◇，◆◆◆◇◇◆。
岂知秦楼玉箫声断，前事难重**偶**。	◆◇◇◇◆◇◇◆，◇◆◇◇◆。
空遗恨，望仙乡，一饷消凝，泪沾襟**袖**。	◇◇◆，◆◇◇，◆◆◇◇，◆◇◇◆。

同体式作品：无。

变体一

与始词分句数复句数相同，复句型有变。

【变体一】30 分句 8 复句。上片与始词同，下片第一复句减 1 分句、第三复句增 1 分句。每片 15 分句 4 复句，上片四/四/三/四/型复句组；下片五/三/三/四/型复句组。连句韵、隔句韵。

4，4，4，6。4，4，4，4。4，4，5。3，3，4，4。
4，4，4，4，4。4，4，6。4，4，5。3，4，3，4。

——南宋·王质·《全宋词》第 1649 页

笛家弄

水际闲行

凌乱败荷，既似沙莞，	◇◆◆◇，◆◆◇◆，
又如溷**水**，颠倒旌旗都**靡**。	◆◇◇◆，◇◆◇◇◇◆。
余花欹谢，又似乌江，	◇◇◇◆，◆◆◇◇，
骓兮不**逝**，虞兮奈**尔**。	◇◇◆◆，◇◇◆◆。
凋柳萧骚，又如轵道，故老何颜**对**。	◇◆◇◇，◆◇◆◆，◆◆◇◇◆。
因缘断，时节转，自然如**彼**，自然如**此**。	◇◇◆，◇◆◆，◆◇◇◆，◆◇◇◆。
水边沙**际**，芦花摇**曳**，	◆◇◇◆，◇◇◇◆，
唤住行人，蓼花妩**媚**，引翻游**子**。	◆◆◇◇，◆◇◆◆，◆◇◇◆。
又似江都，酣夜延秋，建业望仙结**绮**。	◆◆◇◇，◇◆◇◇，◆◆◇◇◆◆。
月下心飞，风前骨**醉**，共蘋花得**意**。	◆◆◇◇，◇◇◆◆，△◇◇◆◆。
今看昔，后看今**未**，一回头，已百弹**指**。	◇◇◆，◆◇◇◆，◆◇◇，◆◆◇◆。

同体式作品：无。

变体二

与始词复句数相同，分句数有变。

【变体二】28 分句 8 复句，上下片第四复句较始词各减 1 分句。每片 14 分句 4 复句，上片四/四/三/三/型复句组；下片六/三/二/三/型复句组。仄韵，隔句韵，插一连句韵。

4，4，4，7。4，4，4，4。4，4，5。3，3，6。

2，4，4，4，4，4。4，4，6。8，5。3，5，4。——宋·朱雍·《全宋词》第 1512 页

笛家弄

用耆卿韵

瑰质仙姿，缟袂清格，	◇◆◇◇，◆◆◇◆，
天然疏**秀**，静轩烟锁黄昏**后**。	◇◇◇◆，◆◇◇◆◇◇◆。
影瘦零乱，艳冷珑璁，	◆◆◇◆，◆◆◇◇，
雪肌莹暖，冰枝萦**绣**。	◆◇◇◆，◇◇◇◆。
更赋风流，几番攀赠，细捻香盈**手**。	◆◆◇◇，◆◇◇◆，◆◆◇◇◆。
与东君，叙暌远，脉脉两情有**旧**。	◆◇◇，◆◇◆，◆◆◆◇◆◆。
立**久**，阆苑凝夕，瑶窗淡月，	◆◆，◆◆◇◆，◇◇◆◆，
百琲寻芳，醉玉谈群，千钟酹**酒**。	◆◆◇◇，◆◆◇◇，◇◇◆◆。
向此是处，难忘瘦花，送远何劳垂**柳**。	◆◆◆◆，◇◆◆◇，◆◆◇◇◇◆。
忍听高楼笛声凄断，乐事人非**偶**。	◆◆◇◇◆◇◇◆，◆◆◇◇◆。
空余恨，惹幽香不灭，尚沾春**袖**。	◇◇◆，△◇◇◆◆，◆◇◇◆。

同体式作品：无。

242.【迎新春】

1. 始词北宋柳永作。
2. 亦宋教坊曲（见《宋史·乐志》）。
3. 双片，上片七韵，下片六韵。仄韵，隔句韵，间插连句韵。
4. 此调仅见柳永一首。

始词：24 分句 8 复句。双片。上片 12 分句 4 复句，三/四/三/二/型复句组；下片 12 分句 4 复句，四/三/三/二/型复句组。仄韵，隔句韵，间插连句韵。

5，6，5。3，3，3，4。3，6，5。3，4。

4，4，3，6。7，3，4。3，7，4。4，6。——北宋·柳永·《全宋词》第 17 页

迎新春

嶰管变青律，帝里阳和新**布**，	◆◆◆◇◆，◆◆◇◇◇◆，
晴景回轻**煦**。	◇◆◇◇◆。
庆嘉节，当三**五**，列华灯，千门万**户**。	◆◇◆，◇◇◆，◆◇◇，◇◇◆◆。
遍九陌，罗绮香风微**度**，十里然绛**树**。	◆◆◆，◇◆◇◇◇◆，◆◆◇◆◆。
鳌山耸，喧天箫**鼓**。	◇◇◆，◇◇◇◆。
渐天如水，素月当**午**，	△◇◇◆，◆◆◇◆，
香径里，绝缨掷果无**数**。	◇◆◆，◆◇◆◆◇◆。
更阑烛影花阴下，少年人，往往奇**遇**。	◇◇◆◆◇◇◆，◆◇◇，◆◆◇◆。
太平时，朝野多欢民康**阜**，随分良**聚**。	◆◇◇，◇◆◇◇◇◇◆，◇◇◇◆。
堪对此景，争忍独醒归**去**。	◇◆◆◆，◇◆◆◆◇◆。

同体式作品：无。

243.【曲玉管】

1. 始词北宋柳永作。
2. 本源为唐教坊曲。唐·郑处晦《明皇杂录》："安禄山自范阳入觐，亦献白玉箫管数百，皆陈于梨园，自是音响殆不类人间。"玉管，玉箫；曲玉管，指玉管吹奏之曲。
3. 双片，上片五平韵，下片四韵，平仄间押；隔句韵、连句韵。
4. 此调仅见柳永一首。

始词：22 分句，6 复句 2 单句。双片。上片 11 分句 4 复句，三/二/四/二/型复句组；下片 11 分句，2 单句 2 复句，一/四/一/五/型单句复句组合。平韵，邻韵通押，隔句韵。

4，4，7。6，4。3，4，4，7。4，6。
3。4，7，6，6。3。5，6，4，4，4。——北宋·柳永·《全宋词》第 17 页

曲玉管

陇首云飞，江边日晚，烟波满目凭阑**久**。 ◆◆◇◇，◇◇◆◆，◇◇◆◆◇◇◆。
立望关河萧索，千里清**秋**。 ◆◆◇◇◇◆，◇◆◇◇，
忍凝**眸**，杳杳神京， ◆◇◇，◆◆◇◇，
盈盈仙子，别来锦字终难**偶**。 ◇◇◇◆，◆◇◆◆◇◇◆。
断雁无凭，冉冉飞下汀**洲**。 ◆◆◇◇，◆◆◇◆◇◇。

思悠**悠**。 ◆◇◇。
暗想当初，有多少幽欢佳会， ◆◆◇◇，◆◇◆◇◇◇◆，
岂知聚散难期，翻成雨恨云**愁**。 ◆◇◆◆◇◇，◇◇◆◆◇◇。
阻追**游**。 ◆◇◇。
每登山临水，惹起平生心事， △◇◇◇◆，◆◆◇◇◇◆，
一场消黯，永日无言，却下层**楼**。 ◆◇◇◆，◆◆◇◇，◆◆◇◇。

按：《钦定词谱》及今日标点，“思悠悠”为上片结句，本谱作下片首句。

同体式作品：无。

244.【满朝欢】

1. 始词北宋柳永作。
2. 长调、短调二体。双片。长调始词每片四韵，变体韵数有变；短调每片二韵；仄韵，隔句韵。

长调

始词：21 分句 8 复句。双片。上片 11 分句 4 复句，三/二/三/三/型复句组；下片 10 分句 4 复句，三/二/三/二/型复句组。仄韵，隔句韵。

4，4，6。6，4。4，5，4。4，4，4。
6，4，6。4，6。4，4，6。6，6。——北宋·柳永·《全宋词》第 17 页

满朝欢

花隔铜壶，露晞金掌，都门十二清**晓**。 ◇◆◇◇，◆◇◇◆，◇◇◆◆◇◆。
帝里风光烂漫，偏爱春**杪**。 ◆◆◇◇◆◆，◇◆◇◆。

烟轻昼永，引莺啭上林，鱼游灵**沼**。	◇◇◆◆，△◇◆◆◇，◇◇◇◆。
巷陌乍晴，香尘染惹，垂杨芳**草**。	◆◆◆◇，◇◇◆◆，◇◇◇◆。
因念秦楼彩凤，楚观朝云，	◇◆◇◇◆◆，◆◆◇◇，
往昔曾迷歌**笑**。	◆◆◇◇◇◆。
别来岁久，偶忆欢盟重**到**。	◆◇◆◆，◆◆◇◇◇◆。
人面桃花，未知何处，但掩朱扉悄**悄**。	◇◆◇◇，◆◇◇◆，◆◆◇◇◆◆。
尽日伫立无言，赢得凄凉怀**抱**。	◆◆◆◆◇◇，◇◆◇◇◇◆。

同体式作品：无。

变体二

与始词复句数相同，分句数减 1。

【变体二】20 分句 8 复句。上片第一复句较始词减 1 分句，下片分句数同，复句型有变。每片 10 分句 4 复句，上片二/二/三/三/型复句组；下片三/二/二/三/型复句组。仄韵，隔句韵，插一连句韵。

7，6。4，6。6，3，4。3，4，6。

6，5，4。4，6。6，7。3，4，6。——宋・无名氏・《全宋词》第 3808 页

满朝欢

寿韩尚书出守，九月廿五。

一点箕星近天边，光彩辉耀南**极**。	◆◆◇◇◆◇◇，◇◆◇◆◇◆。
竹马儿童，尽道使君生**日**。	◆◆◇◇，◆◆◆◇◇◆。
元是凤池仙**客**，曾曳履，持荷簪**笔**。	◇◆◆◇◇◆，◇◆◆，◇◇◇◆。
称觞处，晚节花香，月周犹待五**夕**。	◇◇◆，◆◆◇◇，◆◇◇◆◆◆。
谁道久拘禁**掖**，任双旌五马，暂从游**逸**。	◇◆◆◇◆◆，△◇◇◆◆，◆◇◇◆。
九棘三槐，都是等闲亲**植**。	◆◆◇◇，◇◆◆◇◇◆。
见说玉皇侧**席**，但早晚促归调**燮**。	◆◆◆◇◆◆，△◆◆◆◇◇◆。
功成了，笑傲南山，寿如南山松**柏**。	◇◇◆，◆◆◇◇，◆◇◇◇◇◆。

同体式作品：无。

短调

始词：12 分句 4 复句。双片。每片 6 分句 2 复句，三/三/型复句组。仄韵，隔句韵。

4，4，6。4，3，7。

4，4，6。7，3，4。——北宋・王仲甫・《全宋词》第 270 页

满朝欢

忆得延州，旧曾相见，东城近东下**住**。	◆◆◇◇，◆◇◇◆，◇◇◆◇◆◆。

被若著意，引归家，放十分以上抬**举**。　◆◆◆◆，◆◇◇，◆◆◇◆◆◇◆。

小样罗衫，淡红拂过，风流万般做**处**。　◆◆◇◇，◆◇◆◆，◇◇◆◇◆◆。
怕伊蓦地忆人时，梦中来，不要迷**路**。　◆◇◆◆◆◇◇，◆◇◇，◆◆◇◆。

同体式作品：无。

变体二

与始词复句数相同，分句数有变。

【变体二】9 分句 4 复句。双片。上片较始词减 2 分句，4 分句 2 复句，二/二/型复句组；下片减 1 分句，5 分句 2 复句，二/三/型复句组。仄韵，换韵，隔句韵，插一连句韵。

7，7。7，7。

7，7。3，4，7。——宋・无名氏・《全宋词》第 3832 页

满朝欢令

未央宫阙丹霞住，十二玉楼挥锦**绣**。　◆◇◇◆◇◇◆，◆◆◆◇◇◆◆。
云开雉扇卷珠帘，烟粉龙香添瑞**兽**。　◇◇◆◆◆◇◇，◇◆◇◇◇◆◆。

瑶觞一举箫韶**奏**，环佩千官齐拜**首**。　◇◇◆◆◇◇◆，◇◆◇◇◇◆◆。
南山**翠**，应北华高，共献君王千万**岁**。　◇◇◆，△◆◇◇，◆◆◇◇◆◇◆。

同体式作品：无。

245. 【梦还京】

1. 始词北宋柳永作。
2. 双片，上片四韵，下片五韵，仄韵，隔句韵，间插连句韵。
3. 此调仅见柳永一首。

始词：17 分句 6 复句。双片。上片 9 分句 3 复句，二/四/三/型复句组；下片 8 分句 3 复句，二/二/四/型单句复句组合。仄韵，隔句韵，间插连句韵。

6，5。4，4，4，6。3，4，7。

3，4。3，6。3，7，4，6。——北宋・柳永・《全宋词》第 17 页

梦还京

夜来匆匆饮散，欹枕背灯**睡**。　◆◇◇◇◆◆，◇◆◆◇◆。
酒力全轻，醉魂易醒，　◆◆◇◇，◆◇◆◆，
风揭帘栊，梦断披衣重**起**。　◇◆◇◇，◆◆◇◇◇◆。
悄无**寐**，追悔当初，绣阁话别太容**易**。　◆◇◆，◇◆◇◇，◆◆◆◆◆◇◆。

日许时，犹阻归**计**。　　◆◆◇，◇◆◇◆。
甚况**味**，旅馆虚度残**岁**。　　◆◆◆，◆◆◇◆◇◆。
想娇**媚**，那里独守鸳帏静，　　◆◇◆，◆◆◆◆◇◇◆，
永漏迢迢，也应暗同此**意**。　　◆◆◇◇，◆◇◆◇◆◆。

同体式作品：无。

246.【凤衔杯】

1. 始词北宋柳永作。
2. 双片，平韵、仄韵二格，每片五韵，变体韵数或有变；隔句韵，间插连句韵。
3. 此调南宋无继作。

始词：14 分句 6 复句。双片。每片 7 分句 3 复句，上片三/二/二/型复句组；下片三/二/二/型复句组。仄韵，隔句韵、连句韵。

4，3，7。5，4。3，6。
3，3，7。5，7。3，3。——北宋·柳永·《全宋词》第 18 页

凤衔杯

有美瑶卿，能染**翰**，千里寄小诗长**简**。　　◆◆◇◇，◇◆◆，◇◆◆◆◇◇◆。
想初襞苔笺，旋挥翠**管**。　　△◇◆◇◇，◇◇◆◆。
红窗**畔**，渐玉箸银钩**满**。　　◇◇◆，△◆◆◇◇◆。

锦囊收，犀轴**卷**，常珍重小斋吟**玩**。　　◆◇◇，◇◆◆，◇◇◆◆◇◇◆。
更宝若珠玑，置之怀袖时时**看**。　　△◆◆◇◇，◆◇◇◆◇◇◆。
似频**见**，千娇**面**。　　◆◇◆，◇◇◆。

同体式作品：北宋：柳永 1 首。

增减字：

（一）7，3，4。6，3。3，3。○ 3，3，3，4。5，3。3，3。北宋：晏殊 1 首，杜安世 1 首。

变体二

与始词复句数相同，分句数减 1。

【变体二】13 分句 6 复句。上片较始词减 1 分句，6 分句 3 复句，二/二/二/型复句组；下片分句数复句型与始词同，7 分句 3 复句，二/二/三/型复句组。仄韵，隔句韵、连句韵。

7，7。4，5。3，3。

3，3。3，4。2，7，5。——北宋·晏殊·《全宋词》第 91 页

凤衔杯

青蘋昨夜秋风**起**，无限个露莲相**倚**。	◇◇◆◆◇◇◆，◇◆◆◆◇◇◆。
独凭朱阑，愁望晴天**际**。	◆◆◇◇，◇◆◇◇◆。
空目断，遥山**翠**。	◇◆◆，◇◇◆。
彩笺长，锦书**细**。	◆◇◇，◆◇◆，
谁信道，两情难**寄**。	◇◆◆，◆◇◇◆。
可**惜**，良辰好景欢娱**地**，只恁空憔**悴**。	◆◆，◇◇◆◆◇◇◆，◆◆◇◇◆。

同体式作品：无。

变体三

较始词减 2 分句 1 复句

【变体三】12 分句 5 复句。双片。上片较始词减 1 分句，6 分句 3 复句，二/二/二/型复句组；下片减 1 分句 1 复句，6 分句 2 复句，三/三型复句组。平韵，邻韵通押，首起连句韵，继隔句韵。

7，7。4，5。3，3。

3，3。7，4。9，3，3。——北宋·晏殊·《全宋词》第 91 页

凤衔杯

柳条花颣恼青**春**，更那堪飞絮纷**纷**。	◆◇◇◆◆◇◇，◆◆◇◇◆◇◇。
一曲细丝，清脆倚朱**唇**。	◆◆◆◇，◇◆◆◇◇。
斟绿酒，掩红**巾**。	◇◆◆，◆◇◇。
追往事，惜芳**辰**，暂时间留住行**云**。	◇◆◆，◆◇◇，◆◇◇◇◆◇◇。
端的自家心下眼中**人**，到处里，觉尖**新**。	◇◇◆◇◇◆◆◇◇，◆◆◆，◆◇◇。

同体式作品：无。

247.【鹤冲天】

1. 始词北宋柳永作。
2. 五代韦庄《喜迁莺·街鼓动》末句："家家楼上簇神仙，争看鹤冲天。"后人偶或将【喜迁莺】题作【鹤冲天】（如冯延巳《喜迁莺·晓月坠》），但二调体式不同，本谱作两调处理。
3. 双片，每片五韵；仄韵，隔句韵，间插连句韵。
4. 本调南宋无继作。

始词：20 分句 8 复句。双片。每片 10 分句 4 复句，二/二/三/三/型复句组。仄韵，隔句韵，间插连句韵。

4，5。5，3。5，3，3。5，4，6。

2，5。5，3。5，3，3。5，4，6。——北宋·柳永·《全宋词》第 18 页

鹤冲天

闲窗漏永，月冷霜花**堕**。	◇◇◆◆，◆◆◇◇◆。
悄悄下帘幕，残灯**火**。	◇◇◆◇◆，◇◇◆。
再三追往事，离魂乱，愁肠**锁**。	◆◇◇◆◆，◇◇◆，◇◇◆。
无语沉吟**坐**，好天好景，未省展眉则**个**。	◇◆◇◇◆，◆◇◆◆，◆◆◆◇◇◆。
从前，早是多成**破**。	◇◇，◆◆◇◇◆。
何况经岁月，相抛**亸**。	◇◆◇◆◆，◇◇◆。
假使重相见，还得似，旧时**么**。	◆◆◇◇◆，◇◆◆，◆◇◆。
悔恨无计那，迢迢良**夜**，自家只恁摧**挫**。	◆◆◇◆◆，◇◇◇◆，◆◇◆◆◇◆。

同体式作品：北宋：贺铸 1 首。

增减字：

（一）4，5。5，3。5，3，3。5，4，6。○ 4，5。5，3。5，3，3。5，4，6。南宋：杜安世 1 首。

变体二

与始词复句数相同，分句数有变。

【变体二】19 分句 8 复句。双片，上片第三复句较始词减 1 分句，9 分句 4 复句，二/二/二/三/型复句组；下片分句数复句型与始词同，分句字数有变，10 分句 4 复句，二/二/三/三/型复句组。仄韵，隔句韵，间插连句韵。律词。

4，5。5，3。5，5。5，4，6。

4，6。5，3。5，3，3。5，4，6。——北宋·柳永·《全宋词》第 51 页

鹤冲天

黄金榜**上**，偶失龙头**望**。	◇◇◆◆，◆◆◇◇◆。
明代暂遗贤，如何**向**。	◇◆◆◇◇，◇◇◆。
未遂风云便，争不恣狂**荡**。	◆◆◇◇◆，◇◆◆◇◆。
何须论得**丧**，才子词人，自是白衣卿**相**。	◇◇◆◆◆，◇◆◇◇，◆◆◆◇◇◆。
烟花巷陌，依约丹青屏**障**。	◇◇◆◆，◇◆◇◇◇◆。
幸有意中人，堪寻**访**。	◆◆◆◇◇，◇◇◆。
且恁偎红翠，风流事，平生**畅**。	◆◆◇◇◆，◇◇◆，◇◇◆。
青春都一**饷**，忍把浮名，换了浅斟低**唱**。	◇◇◇◆◆，◆◆◇◇，◆◆◆◇◇◆。

同体式作品：无。

248. 【受恩深】

1. 始词北宋柳永作。
2. 双片，每片五仄韵，连句韵、隔句韵。
3. 此调仅见柳永一首。

始词：16 分句 6 复句。双片。每片 8 分句 3 复句，三/二/三/型复句组。仄韵，隔句韵。

5，5，7。5，7。5，5，4。

7，4，6。5，7。5，5，4。——北宋·柳永·《全宋词》第 18 页

受恩深

雅致装庭**宇**，黄花开淡泞， ◆◆◇◇◆，◇◇◇◆◆，
细香明艳尽天**与**。 ◆◇◇◆◆◇◆。
助秀色堪餐，向晓自有真珠**露**。 ◆◆◆◇◇，◆◆◆◆◇◇◆。
刚被金钱**妒**，拟买断秋天，容易独**步**。 ◇◆◇◇◆，△◆◆◇◇，◇◆◆◆。

粉蝶无情蜂已**去**，要上金尊， ◆◆◇◇◇◆◆，◆◆◇◇，
惟有诗人曾**许**。 ◇◆◇◇◇◆。
待宴赏重阳，恁时尽把芳心**吐**。 △◆◆◇◇，◆◇◆◆◇◇◆。
陶令轻回**顾**，免憔悴东篱，冷烟寒**雨**。 ◇◆◇◇◆，△◇◆◇◇，◆◇◇◆。

同体式作品：无。

249. 【看花回】

1. 始词北宋柳永作。
2. 双片，始词每片四韵，变体韵数有变。平韵，或仄韵，连句韵、隔句韵。

始词：12 分句 6 复句。双片。每片 6 分句 3 复句，二/二/二/型复句组。平韵，连句韵、隔句韵。律词。

7，4。7，7。5，4。

7，4。7，6。5，4。——北宋·柳永·《全宋词》第 18 页

看花回

屈指劳生百岁**期**，荣瘁相**随**。 ◆◆◇◇◆◆◇，◇◆◇◇。

利牵名惹逡巡过，奈两轮玉走金**飞**。　◆◇◇◆◇◇◆，△◆◇◆◆◇◇。
红颜成白发，极品何**为**。　◇◇◇◆◆，◆◆◇◇。

尘事常多雅会**稀**，忍不开**眉**。　◇◆◇◇◆◆◇，◆◆◇◇。
画堂歌管深深处，难忘酒盏花**枝**。　◆◇◇◆◇◇◆，◇◇◆◆◇◇。
醉乡风景好，携手同**归**。　◆◇◇◆◆，◇◆◇◇。

同体式作品：北宋：柳永1首。

变体三

较始词分句数复句数皆变

变体三·1

20分句8复句

【变体三·1】20分句8复句。上下片较始词各增2分句1复句。每片10分句4复句，上片二/三/二/三/型复句组，下片三/三/二/二/型复句组。仄韵，隔句韵，间插连句韵。

6，4。6，5，4。4，7。3，4，7。
3，4，7。6，5，4。6，5。6，5。　北宋·欧阳修·《全宋词》第149页

看花回

晓色初透东窗，醉魂方**觉**。　◆◆◇◆◇◇，◆◇◇◆。
恋恋绣衾半拥，动万感脉脉，春思无**托**。　◆◆◆◇◆◆，△◆◆◆◆，◇◇◇◆。
追想少年，何处青楼贪欢**乐**。　◇◆◆◇，◇◆◇◇◇◇◆。
当媚景，恨月愁花，算伊全忘凤帏**约**。　◇◆◆，◆◆◇◇，◆◇◇◆◆◇◆。

空泪滴，真珠暗**落**，又被谁连宵留**著**。　◇◆◆，◇◇◆◆，◆◆◇◇◇◇◆。
不晓高天甚意，既付与风流，却恁情**薄**。　◆◆◇◇◆◆，△◆◆◇◇，◆◆◇◆。
细把身心自解，只与猛拚**却**。　◆◆◇◇◆◆，◆◆◆◇◆。
又及至见来了，怎生教人**恶**。　△◆◆◆◇◆，◆◇◆◇◆。

同体式作品：无。

增减字：

（一）6，4。6，3，7。4，7。3，4，7。○3，4，7。6，6，4。4，7。6，5。北宋：周邦彦1首。

变体三·2

21分句7复句

【变体三·2】21分句7复句。上片较始词增4分句，复句数相同；下片增5分句1复句。上片10分句3复句，二/五/三/型复句组；下片11分句4复句，三/三/二/三/型复句组。仄韵，邻韵通押，隔句韵，插一连句韵。

6，4。6，5，4，4，7。3，4，7。
3，4，7。6，5，4。4，7。3，3，5。——北宋·黄庭坚·《全宋词》第404页

看花回

茶词

夜永兰堂醺饮，半倚颓**玉**。	◆◆◇◇◇◆，◆◆◇◆，
烂熳坠钿堕履，是醉时风景，	◆◆◆◆◆◆，△◆◇◇◆，
花暗烛残，欢意未阑，舞燕歌珠成断**续**。	◇◆◆◇，◇◆◆◇，◆◆◇◇◇◆◆。
催茗饮，旋煮寒泉，露井瓶窦响飞**瀑**。	◇◆◆，◆◆◇◇，◆◆◇◆◆◇◆。
纤指缓，连环动**触**，渐泛起满瓯银**粟**。	◇◆◆，◇◇◆◆，△◆◆◆◇◇◆。
香引春风在手，似粤岭闽溪，初采盈**掬**。	◇◆◇◇◆◆，△◆◆◇◇，◇◆◇◆。
暗想当时，探春连云寻篁**竹**。	◆◆◇◇，◆◇◇◇◇◇◆。
怎归得，鬓将老，付与杯中**绿**。	◆◇◆，◆◇◆，◆◆◇◇◆。

同体式作品：无。

变体三・3

21分句8复句

【变体三・3・1】21分句8复句。双片。较【变体三・1】增1分句，较【变体三・2】增1复句。上片10分句4复句，二/三/二/三/型复句组；下片11分句4复句，三/三/二/三/型复句组。仄韵，邻韵通押，隔句韵。

6，5。6，5，4。4，7。3，4，7。

7，3，4。6，5，4。4，7。3，3，5。——北宋・周邦彦・《全宋词》第621页

看花回

越调

蕙风初散轻暖，霁景微澄**洁**。	◆◇◇◆◇◆，◆◆◇◇◆。
秀蕊乍开乍敛，带雨态烟痕，春思纡**结**。	◆◆◆◇◆◆，△◆◆◇◇，◇◇◇◆。
危弦弄响，来去惊人莺语**滑**。	◇◇◆◆，◇◆◇◇◇◆◇。
无赖处，丽日楼台，乱纷岐路思奇**绝**。	◇◆◆，◆◆◇◇，◆◇◇◆◇◇◆。
何计解黏花系**月**，叹冷落，顿辜佳**节**。	◇◆◆◇◇◆◆，◆◆◆，◆◇◇◆。
犹有当时气味，挂一缕相思，不断如**发**。	◇◆◇◇◆◆，△◆◆◇◇，◆◆◇◆。
云飞帝国，人在天边心暗**折**。	◇◇◆◆，◇◆◇◇◇◆◆。
语东风，共流转，谩作匆匆**别**。	◆◇◇，◆◇◆，◆◆◇◇◆。

同体式作品：无。

【变体三・3・2】21分句8复句。双片。上片分句数复句型与【变体三・3・1】同，下片分句数同，复句型有变。上片10分句4复句，二/三/二/三/型复句组；下片11分句4复句，四/三/二/二/型复句组。仄韵，隔句韵。

4，6。6，5，4。6，5。3，4，7。

2，5，3，4。6，5，4。6，5。6，5。——北宋·蔡伸·《全宋词》第1028页

看花回

和赵智夫韵

夜久凉生，庭院漏声频**促**。　◆◆◇◇，◇◆◆◇◇◆。
念昔胜游旧地，对画阁层峦，雨余烟**簇**。　◆◆◆◇◆◆，◆◆◆◇◇，◆◇◇◆。
新诗暗藏小字，霜刀刊翠**竹**。　◇◇◆◇◆◆，◇◇◇◆◆。
携素手，细绕回塘，芰荷香里彩鸳**宿**。　◇◆◆，◆◆◇◇，◆◇◇◆◆◇◆。

别后，想香销腻**玉**，带围减，钏宽金**粟**。　◆◆，△◇◇◆◆，◆◇◆，◆◇◇◆。
虽有鳞鸿锦素，奈事与心违，佳期难**卜**。　◇◆◇◇◆◆，△◆◆◇◇，◇◇◇◆。
拟解愁肠万结，唯凭尊酒**绿**。　◆◆◇◇◆◆，◇◇◇◆◆。
望天涯断魂处，醉拍阑干**曲**。　△◇◇◆◇◆，◆◆◇◇◆。

同体式作品：无。

变体三·4

23分句8复句

【变体三·4】23分句8复句。上下片较【变体三·3】各增1分句。上片11分句4复句，三/三/二/三/型复句组；下片12分句4复句，四/三/二/三/型复句组。仄韵，邻韵通押，隔句韵。

2，5，4。6，5，4。4，7。3，4，7。

3，4，3，4。6，5，4。4，7。3，4，5。——南宋·赵彦端·《全宋词》第1443页

看花回

张守生日

注**目**，正江湖浩荡，烟云离**属**。　◆◆，◆◇◇◆◆，◇◇◇◆。
美人衣兰佩**玉**，澹秋水凝神，阳春翻**曲**。　◆◇◆◇◆◆，◆◇◆◇◇，◇◇◇◆。
烹鲜坐啸，清净五千言自**足**。　◇◇◆◆，◇◆◆◇◇◆◆。
横剑气，南斗光中，浩然一醉引双**鹿**。　◇◆◆，◇◆◇◇，◆◇◆◆◆◇◆。

回雁到，归书未**续**，梦草处，旧芳重**绿**。　◇◆◆，◇◇◆◆，◆◆◆，◆◇◇◆。
谁忆潇湘岁晚，为唤起长风，吹飞黄**鹄**。　◇◆◇◇◆◆，◇◆◆◇◇，◇◇◇◆。
功名异时，圯上家传谢荣**辱**。　◇◇◆◇，◆◆◇◇◆◇◆。
待封留，拜公堂下，授我长生**箓**。　◆◇◇，◆◇◇◆，◆◆◇◇◆。

同体式作品：无。

增减字：

（一）3，4，4。6，5，4。4，7。3，4，7。○3，4，3，4。6，5，4。4，7。3，4，6。南宋：赵彦端1首。

250.【柳初新】

1. 始词北宋柳永作。
2. 调名即词题。
3. 双片，每片五仄韵，隔句韵。

始词：16 分句 6 复句。双片。每片 8 分句 3 复句，二/三/三/型复句组。仄韵，连句韵，隔句韵。

7，6。4，4，6。6，3，4。
6，7。4，4，6。7，3，4。——北宋·柳永·《全宋词》第 19 页

柳初新

东郊向晓星杓**亚**，报帝里春来**也**。　◇◇◆◆◇◇◆，△◆◆◇◇◆。
柳抬烟眼，花匀露脸，渐觉绿娇红**姹**。　◆◇◇◆，◇◇◆◆，◆◆◆◇◇◆。
妆点层台芳**榭**，运神功，丹青无**价**。　◇◆◇◇◇◆，◆◇◇，◇◇◇◆。

别有尧阶试**罢**，新郎君成行如**画**。　◆◆◇◇◆◆，◇◇◇◇◇◇◆。
杏园风细，桃花浪暖，竞喜羽迁鳞**化**。　◆◇◇◆，◇◇◆◆，◆◆◆◇◇◆。
遍九陌相将游**冶**，骤香尘，宝鞍骄**马**。　◆◆◇◇◇◇◆，◆◇◇，◆◇◇◆。

同体式作品：北宋：沈蔚 1 首。

变体一

与始词分句数复句数相同，复句型有变。

【变体一】16 分句 6 复句。双片，上下片第一复句较始词各增 1 分句、第二复句各减 1 分句，每片 8 分句 3 复句，三/二/三/型复句组。仄韵，隔句韵，间插连句韵。

7，3，3。8，6。3，4，7。
6，3，4。8，6。3，4，7。——北宋·晁端礼·《全宋词》第 442 页

柳初新

些儿柄靶天来**大**，闷损也，还知**么**。　◇◇◆◆◇◇◆，◆◆◆，◇◇◆。
共伊合下深盟厚约，比望收因结**果**。　◆◇◆◆◇◇◆◆，◆◆◇◇◆◆。
这好事，难成易**破**，到如今彼此无**那**。　◆◆◆，◇◇◆◆，◆◇◇◆◆◇◆。

终日行行坐**坐**，未曾识，展眉则**个**。　◇◆◇◇◆◆，◆◇◆，◆◇◆◆。
若还不是前生注定，甚得许多摧**挫**。　◆◇◆◆◇◇◆◆，◆◆◆◇◇◆。
去你行，有甚罪**过**，送一场烦恼与**我**。　◆◆◇，◆◆◆◆，◆◆◇◇◆◆◆。

同体式作品：南宋：无名氏 1 首。

251. 【两同心】

1. 首作北宋柳永二首，姑取一首作始词。
2. 词咏调名本意。
3. 双片。始词上片三韵，下片四韵，变体韵数或有变。仄韵，或平仄通押，隔句韵，间插连句韵。

始词：12 分句 6 复句。双片。每片 6 分句 3 复句，二/二/二/型复句组。仄韵，隔句韵，间插连句韵。

4，4。7，7。7，4。

6，4。7，7。3，8。——北宋·柳永·《全宋词》第 19 页

两同心

嫩脸修蛾，淡匀轻**扫**。	◆◆◇◇，◆◇◇◆。
最爱学宫体梳妆，偏能做文人谈**笑**。	◆◆◆◇◆◇◇，◇◇◆◇◇◇◆。
绮筵前舞燕歌云，别有轻**妙**。	◆◇◇◆◆◇◇，◆◆◇◆。
饮散玉炉烟**袅**，洞房悄**悄**。	◆◆◆◇◇◆，◆◇◆◆。
锦帐里低语偏浓，银烛下细看俱**好**。	◆◆◆◇◆◇◇，◇◆◆◆◇◇◆。
那人人，昨夜分明许伊偕**老**。	◆◇◇，◆◆◇◇◆◇◇◆。

同体式作品：无。

增减字：

（一）4，4。7，7。7，4。○6，4。7，7。7，4。北宋：黄庭坚 3 首。

（二）6，4。7，7。4，8。○6，4。7，7。5，6。南宋：杨无咎 1 首。

按：柳永词上下片第二复句皆对偶句，上片：“最爱学宫体梳妆，偏能做文人谈笑。”下片对应句位亦同：“锦帐里低语偏浓，银烛下细看俱好。”四个七字句，皆为散文化 3/4 语读，今通常将前三字以顿号断，但上片二句皆为动宾结构，不宜分断；下片两句则不妨“四分”：“锦帐里，低语偏浓，银烛下，细看俱好。”其句式为“状语＋行为”，故“锦帐里”“银烛下”可划为短语句，从一首词上下片同句位保持句型一致考虑，本谱皆不断。此外，上片结尾复句亦可划为“三分”：“绮筵前，舞燕歌云，别有轻妙。”但下片结尾复句若点断为“三分”——“那人人，昨夜分明，许伊偕老”，“昨夜分明”点断则有破句之嫌，考虑上下片同位置句型保持一致，故皆标点为“二分”复句，词体“流水句”可断可连，但并非任意断连而无节制。

另：传黄庭坚《两同心》2 首，下片多重文，当是一词传播中的改易，二词如下：

其一

一笑千金，越样情深。曾共结合欢罗带，终愿效比翼纹禽。许多时灵利惺惺，蓦地昏沉。○自从官不容针，直至而今。你共人女边著子，争知我门里挑心。记携手小院回廊，月影花阴。

其二

秋水遥岑，妆淡情深。尽道教心坚穿石，更说甚官不容针。霎时间雨散云归，无处追寻。○小楼朱阁沉沉，一笑千金。你共人女边著子，争知我门里挑心。最难忘小院回廊，月影花阴。

变体二

与始词复句数相同，分句数有变。

变体二·1

18分句6复句

【变体二·1】18分句6复句。上下片第二复句较始词各增3分句，每片9分句3复句，二/四/三/型复句组。仄韵，上下片换韵，隔句韵。

4，4。3，4，3，4。3，4，4。

6，4。3，4，3，4。3，4，4。——北宋·柳永·《全宋词》第21页

两同心

伫立东风，断魂南**国**。　◆◆◇◇，◆◇◇◆。

花光媚，春醉琼楼，蟾彩迥，夜游香**陌**。　◇◇◆，◇◆◇◇，◇◆◆，◆◇◇◆。

忆当时，酒恋花迷，役损词**客**。　◆◇◇，◆◆◇◇，◆◆◇◆。

别有眼长腰**搦**，痛怜深**惜**。　◆◆◆◇◇◆，◆◇◇◆。

鸳会阻，夕雨凄飞，锦书断，暮云凝**碧**。　◇◆◆，◆◆◇◇，◆◇◆，◆◇◇◆。

想别来，好景良时，也应相**忆**。　◆◆◇，◆◆◇◇，◆◇◇◆。

按：该词较始词之变，乃上下片第二复句为“四分”复句；上下片结句，亦可参照始词断为“二分”复句：“忆当时酒恋花迷，役损词**客**”；“想别来好景良时，也应相**忆**。”

同体式作品：北宋：晏几道1首，黄庭坚1首。南宋：杨无咎1首，仇远1首。

变体二·2

16分句6复句

【变体二·2】16分句6复句。上下片第二、三复句较始词各增1分句，每片8分句3复句，二/三/三/型复句组。平仄通押，隔句韵，间插连句韵。

4，5。7，3，4。4，4，4。

5，5。7，3，4。4，4，4。——北宋·杜安世·《全宋词》第172页

两同心

巍巍剑外，寒霜覆林**枝**。　◇◇◆◆，◇◇◆◇◇。

望衰柳尚色依**依**，暮天静，雁阵高**飞**。　△◇◆◆◆◇◇，◆◇◆，◆◆◇◇。

入碧云际，江山秋色，遣客心**悲**。　△◆◇◆，◇◇◇◆，◆◆◇◇。

蜀道崄行**迟**，瞻京都迢**递**。　◆◆◆◇◇◆，△◇◇◇◆。

听巴峡数声猿**啼**，惟独个，未有归计。　△◆◆◆◆◇◇，△◇◆，◆◆◇◆。
谩空怅望，每每无言，独对斜**晖**。　◆◇◆◆，◆◆◇◇，◆◆◇◇。

同体式作品：无。

变体二·3

14分句6复句

【变体二·3】14分句6复句。较始词上下片各增1分句，每片7分句3复句，二/二/三/型复句组。仄韵，邻韵通押，隔句韵，间插连句韵。

4，4。7，7。3，4，4。
6，4。7，7。3，4，4。——南宋·杨无咎·《全宋词》第1203页

两同心

秋水明眸，翠螺堆**发**。　◇◆◇◇，◆◇◇◆。
却扇坐羞落庭花，凌波步尘生罗**袜**。　◆◆◆◇◆◇◇，◇◇◆◇◇◇◆。
芳心**发**，分付春风，恰当时**节**。　◆◇◇◇，◇◆◇◇，◆◇◇◆。

渐解愁花怨**月**，忒贪娇**劣**。　◆◇◆◇◇◆，◇◆◇◆。
宁宁地情态于人，惺惺处语言低**说**。　◇◆◆◇◆◇◇，◇◆◆◆◆◇◆。
相思**切**，不见须臾，可堪离**别**。　◆◇◇◆◆，◇◇◆◆◇◆。

同体式作品：无。

变体二·4

13分句6复句

【变体二·4】13分句6复句。上片较始词增1分句，7分句3复句，二/三/二/型复句组；下片分句数复句数与始词同，分句字数有变。仄韵，邻韵通押，隔句韵，间插连句韵。

4，4。4，4，7。3，8。
6，4。7，7。3，8。——南宋·杨无咎·《全宋词》第1204页

两同心

月可中庭，夜凉初**燕**。　◆◆◇◇，◆◇◇◆
见个人人，越格风流，饶济济入时打**扮**。　◆◆◇◇，◆◆◇◇，△◆◆◆◇◆◆。
小从容，不似前回匆匆得**见**。　◆◇◇，◆◆◇◇◇◇◆◆。

坐上不禁肠**断**，捧杯深**劝**。　◆◆◆◆◇◆，◆◇◇◆。
争敢望白雪新声，唯啜得秋波一**眄**。　◆◆◆◆◆◇◇，△◇◆◇◇◆◆。
告从今，休要教人千呼万**唤**。　◆◇◇，◇◆◆◇◇◇◆◆。

同体式作品：无。

252.【金蕉叶】

1. 始词北宋柳永作。
2. 取下片首句“金蕉叶”为词题，以词题为调名。金蕉叶，酒器，唐冯贽《云仙杂记·酒器九品》：“李适之有酒器九品：蓬莱盏、海川螺、舞仙、瓠子卮、幔卷荷、金蕉叶、玉蟾儿、醉刘伶、东溟样。”
3. 双片，上片四韵，下片三韵，变体上片减一韵；仄韵，隔句韵。

始词：12 分句 4 复句。双片。每片 6 分句 2 复句，三/三/型复句组。仄韵，隔句韵、连句韵。

7，3，4。4，7，6。

7，3，4。6，5，6。——北宋·柳永·《全宋词》第 20 页

金蕉叶

厌厌夜饮平阳**第**，添银烛，旋呼佳**丽**。	◇◇◆◆◇◇◆，◇◇◆，◆◇◇◆。
巧笑难禁，艳歌无间声相**继**，	◆◆◇◇，◆◇◇◆◇◇◆，
准拟幕天席**地**。	◆◆◆◇◆◆。
金蕉叶泛金波齐，未更阑，已尽狂**醉**。	◇◇◆◆◇◇◇，◆◇◇，◆◆◇◆。
就中有个风流，暗向灯光**底**，	◆◇◆◆◇◇，◆◆◇◇◆，
恼遍两行珠**翠**。	◆◆◆◇◇◆。

同体式作品：北宋：仲殊 1 首。

增减字：

（一）7，3，4。6，5，6。○ 7，3，4。6，5，6。北宋：晁端礼 1 首。

（二）4，3，4。3，4，5。○ 6，3，4。3，4，5。南宋：袁去华 4 首。

变体二

与始词复句数相同，分句数有变。

【变体二】10 分句 4 复句。上下片第二复句较始词各减 1 分句，每片 5 分句 2 复句，三/二/型复句组。仄韵，隔句韵。律词。

4，3，4。4，7。

6，3，4。4，7。——南宋·蒋捷·《全宋词》第 3442 页

金蕉叶

秋夜不寐

云褰翠**幕**，满天星，碎珠迸**索**。	◇◇◆◆，◆◇◇，◆◇◆◆。
孤蟾阑外，照我看看过转**角**。	◇◇◇◆，◆◆◇◇◇◆◆。

酒醒寒砧正**作**，待眠来，梦魂怕**恶**。 ◆◆◇◇◆◆，◆◇◇，◆◇◆◆。
枕屏那更，画了平沙断雁**落**。 ◆◇◆◆，◆◆◇◇◆◆◆。

同体式作品：无。

253.【惜春郎】

1. 始词北宋柳永作。
2. 词咏调名本意。
3. 双片，每片三仄韵，连句韵、隔句韵。
4. 此调仅见柳永一首。

始词：10 分句 4 复句。双片。每片 5 分句 2 复句，二/三/型复句组。仄韵，连句韵、隔句韵。

7，5。4，4，4。
7，5。3，4，6。——北宋·柳永·《全宋词》第 20 页

惜春郎

玉肌琼艳新妆**饰**，好壮观歌**席**。 ◆◇◇◆◇◇◆，◆◆◇◇◆。
潘妃宝钏，阿娇金屋，应也消**得**。 ◇◇◆◆，◇◇◇◆，◇◆◇◆。

属和新词多俊**格**，敢共我勍**敌**。 ◆◆◇◇◇◆◆，△◆◆◇◆。
恨少年，枉费疏狂，不早与伊相**识**。 ◆◆◇，◆◆◇◇，◆◆◆◇◇◆。

同体式作品：无。

254.【传花枝】

1. 始词北宋柳永作。
2. 双片，上片六韵，下片四韵；仄韵，连句韵、隔句韵。
3. 此调仅见柳永一首。

始词：21 分句 8 复句。双片。上片 11 分句 4 复句，二/三/三/三/型复句组；下片 10 分句 4 复句，二/三/二/三/型复句组。仄韵，隔句韵，间插连句韵。

8，8。3，3，4。3，3，4。7，4，5。
7，8。3，3，4。6，4。3，4，7。——北宋·柳永·《全宋词》第 20 页

传花枝

平生自负风流才**调**，口儿里道知张陈**赵**。	◇◇◇◆◇◇◇◆，◆◇◆◆◇◇◇◆。
唱新词，改难令，总知颠**倒**。	◆◇◇，◆◇◆，◆◇◇◆。
解剧扮，能兵嗽，表里都**峭**。	◆◆◆，◇◇◆，◆◆◇◆。
每遇著饮席歌筵，	◆◆◆◆◆◇◇，
人人尽**道**，可惜许老**了**。	◇◇◆◆，◆◆◆◆◆。
阎罗大伯曾教来，道人生但不须烦**恼**。	◇◇◆◆◇◇◇，◆◇◇◆◆◇◇◆。
遇良辰，当美景，追欢买**笑**。	◆◇◇，◇◆◆，◇◇◆◆。
剩活取百十年，只恁厮**好**。	◆◆◆◆◆◇，◆◆◇◆。
若限满，鬼使来追，待倩个掩通著**到**。	◆◆◆，◆◆◇◇，△◆◆◆◇◆◆。

同体式作品：无。

255.【尉迟杯】

【尉迟杯慢】

1. 始词北宋柳永作。
2. 或作【尉迟杯慢】。
3. 双片，始词每片六韵，变体韵数有变。平韵，或仄韵；隔句韵，或连句韵、隔句韵。

始词：20分句8复句。双片。上片9分句4复句，二/二/三/二/型复句组；下片11分句4复句，三/三/三/二/型复句组。仄韵，首二句连韵，继隔句韵，间插连句韵。

3，8。6，6。4，3，5。7，6。

6，3，6。4，4，6。3，4，8。7，6。——北宋·柳永·《全宋词》第21页

尉迟杯

宠佳**丽**，算九衢红粉皆难**比**。	◆◇◆，△◆◇◇◆◇◇◆。
天然嫩脸修蛾，不假施朱描**翠**。	◇◇◆◆◇◇，◆◆◇◇◇◆。
盈盈秋**水**，恣雅态，欲语先娇**媚**。	◇◇◇◆，◆◆◆，◆◆◇◇◆。
每相逢月夕花朝，自有怜才深**意**。	◆◇◇◆◆◇◇，◆◆◇◇◇◆。
绸缪凤枕鸳**被**，深深处，琼枝玉树相**倚**。	◇◇◆◆◇◆，◇◇◆，◇◇◆◆◇◆。
困极欢余，芙蓉帐暖，别是恼人情**味**。	◆◆◇◇，◇◇◆◆，◆◆◆◇◇◆。
风流事，难逢双**美**，况已断香云为盟**誓**。	◇◇◆，◇◇◇◆，△◆◆◇◇◇◇◆。
且相将共乐平生，未肯轻分连**理**。	△◇◇◆◆◇◇，◆◆◇◇◇◆。

同体式作品：无。

变体一

与始词分句数复句数相同，复句型有变。

【变体一】20 分句 8 复句。上片第一复句较始词增 1 分句，下片第二复句减 1 分句。每片 10 分句 4 复句，三/二/三/二/型复句组。仄韵，隔句韵。

3，3，5。6，6。4，3，5。7，6。

6，5，4。7，7。7，3，5。7，6。——北宋·周邦彦·《全宋词》第 614 页

尉迟杯

大石，离恨。

隋堤**路**，渐日晚，密霭生深**树**。	◇◇◆，◆◆◆，◆◆◇◇◆。
阴阴淡月笼沙，还宿河桥深**处**。	◇◇◆◆◇◇，◇◆◇◇◆。
无情画舸，都不管，烟波隔南**浦**。	◇◇◆◆，◇◆◆，◇◇◆◇◆。
等行人醉拥重衾，载将离恨归**去**。	△◇◇◆◆◇◇，◆◇◇◆◇◆。
因念旧客京华，长偎傍疏林，小槛欢**聚**。	◇◆◆◆◇◇，◇◇◆◇◇，◆◆◇◆。
冶叶倡条俱相识，仍惯见珠歌翠**舞**。	◆◆◇◇◇◇◆，△◆◆◇◇◆◆。
如今向渔村水驿，夜如岁，焚香独自**语**。	◇◇◆◇◇◆◆，◆◇◆，◇◇◆◆◆。
有何人念我无憀，梦魂凝想鸳**侣**。	◆◇◇◆◆◇◇，◆◇◇◆◇◆。

同体式作品：无。

增减字：

（一）3，3，5。6，6。4，3，5。7，6。〇 6，5，4。7，7。7，5，3。7，6。南宋：吴文英 1 首、陈允平 1 首、尹公远 1 首。

变体二

与始词复句数相同，分句数有变。

变体二·1

23 分句 8 复句

【变体二·1】23 分句 8 复句。双片。较始词增 3 分句，复句数不变。上片 11 分句 4 复句，二/四/三/二/型复句组；下片 12 分句 4 复句，四/三/三/二/型复句组。仄韵，邻韵通押，隔句韵，间插连句韵。

3，8。3，3，3，3。4，3，5。7，6。

3，3，3，6。4，4，6。3，4，8。7，6。——北宋·贺铸·《全宋词》第 511 页

尉迟杯

东吴乐

胜游**地**，信东吴绝景饶佳**丽**。	◆◇◆，△◇◇◆◆◇◇◆。
平湖底，见层岚，凉月下，闻清**吹**。	◇◇◆，◆◇◇，◇◆◆，◇◇◆。
人如秾**李**，泛襟袂，香润苹风**起**。	◇◇◇◆，◆◇◆，◇◆◇◇◆。
喜凌波素袜逢迎，领略当歌深**意**。	△◇◇◆◆◇◇，◆◆◇◇◇◆。

鄂君**被**，双鸳**绮**，	◆◇◆，◇◇◆，
垂杨荫，夷犹画舲相**舣**。	◇◇◆，◇◇◆◇◇◆。
宝瑟弦调，明珠佩**委**，回首碧云千**里**。	◆◆◇◇，◇◇◆◆，◇◆◆◇◇◆。
归鸿后，芳音谁**寄**，念怀悬青鬓今无**几**。	◇◇◆，◇◇◇◆，△◇◇◇◆◇◇◆。
枉分将镜里华年，付与楼前流**水**。	△◇◇◆◆◇◇，◆◆◇◇◇◆。

同体式作品：无。

变体二·2

21 分句 8 复句

【变体二·2·1】21 分句 8 复句。双片。上片较始词增 2 分句，11 分句 4 复句，三/二/三/三/型复句组；下片较始词减 1 分句，10 分句 4 复句，三/二/二/三/型复句组。平韵，隔句韵，间插连句韵。

3，3，5。6，6。5，3，5。3，4，6。

6，5，4。7，7。7，8。3，4，6。——北宋·晁补之·《全宋词》第 565 页

尉迟杯

亳社，作《惜花》。

去年**时**，正愁绝，过却红杏**飞**。	◆◇◇，◆◇◆，◆◆◇◆◇。
沉吟杏子青**时**，追悔负好花**枝**。	◇◇◆◆◇◇，◇◆◆◆◇◇。
今年又春到，傍小阑，日日数花**期**。	◇◇◆◇◆，◆◆◇，◆◆◆◇◇。
花有信，人却无凭，故教芳意迟**迟**。	◇◆◆，◇◆◇◇，◆◇◇◆◇◇。
及至待得融**怡**，未攀条拈蕊，已叹春**归**。	◆◆◆◆◇◇，△◇◇◇◆，◆◆◇◇。
怎得春如天不老，更教花与月相**随**。	◆◆◇◇◇◆◆，◆◆◇◆◆◇◇。
都将命拚与酬花，似岘山落日客犹**迷**。	◇◇◆◆◆◇◇，△◆◇◆◆◆◇◇。
尽归路，拍手拦街，笑人沉醉如**泥**。	◆◇◆，◆◆◇◇，◆◇◇◆◇◇。

同体式作品：无。

【变体二·2·2】21 分句 8 复句。上下片分句数与【变体二·2·1】正相反。上片 10 分句 4 复句，三/二/三/二型复句组；下片 11 分句 4 复句，三/三/三/二型复句组。仄韵，隔句韵。

3，3，5。6，6。4，3，5。7，6。

6，3，6。4，4，6。3，4，8。7，6。——宋·无名氏·《全宋词》第 3611 页

尉迟杯

岁云**暮**，叹光阴，苒苒能几**许**。	◆◇◆，◆◇◇，◆◆◇◆◆。
江梅尚怯余寒，长安信音犹**阻**。	◇◇◆◆◇◇，◇◇◆◇◇◆。
春风无**据**，凭阑久，欲去还凝**伫**。	◇◇◇◆，◇◇◆，◆◆◇◇◆。
忆溪边月下徘徊，暗香疏影庭**户**。	△◇◇◆◆◇◇，◆◇◇◆◇◆。
朝来冻解霜消，南枝上，香英数点微**露**。	◇◇◆◆◇◇，◇◇◆，◇◇◆◆◇◆。

把酒看花，无言有泪，还是那时情**绪**。 ◆◆◇◇，◇◇◆◆，◇◆◆◇◇◆。
花依旧，晨妆何**处**，谩赢得花前愁千**缕**。 ◇◇◆，◇◇◇◆，◆◇◆◇◇◇◇◆。
尽高楼画角频吹，任教纷纷飞**絮**。 △◇◇◆◆◇◇，◆◆◇◇◇◆。

同体式作品：无。

变体二·3

19分句8复句

【变体二·3】19分句8复句。上片第三复句较始词减1分句，下片第三复句减1分句、第四复句增1分句。上片8分句4复句，二/二/二/二/型复句组；下片11分句4复句，三/三/二/三/型复句组。仄韵，隔句韵，间插连句韵。

3，7。6，6。5，8。7，6。
6，5，4。4，4，6。7，8。3，6，4。——北宋·万俟咏·《全宋词》第808页

尉迟杯慢

碎云**薄**，向碧玉枝缀万**萼**。 ◆◇◆，◆◆◆◇◆◆◆。
如将汞粉匀开，疑使柏麝薰**却**。 ◇◇◆◆◇◇，◇◆◆◆◇◆。
雪魄未应**若**，况天赋标艳仍绰**约**。 ◆◆◆◇◆，△◇◆◇◆◇◆◆。
当暄风暖日佳处，戏蝶游蜂看**着**。 △◇◇◆◆◇◆，◆◆◇◇◆◆。

重重绣帘珠**箔**，障秾艳霏霏，异香漠**漠**。 ◇◇◆◆◇◆，△◇◆◇◇，◆◇◆◆。
见说徐妃，当年嫁了，信任玉钿零**落**。 ◆◆◇◇，◇◇◆◆，◆◆◆◇◇◆。
无言自啼露萧**索**，夜深待月上阑干**角**。 ◇◇◆◇◆◇◆，◆◇◆◆◆◇◇◆。
广寒宫，要与姮娥素妆，一夜相**学**。 ◆◇◇，◇◆◇◇◆◇，◆◆◇◆。

同体式作品：无。

256.【慢卷䌷】

1. 始词北宋柳永作。
2. 一写作【幔卷䌷】。
3. 双片，始词每片五韵，变体减一韵；仄韵，隔句韵，间插连句韵。

始词：24分句8复句。双片。每片12分句4复句，三/三/三/三/型复句组。仄韵，隔句韵。

4，4，5。5，6，6。4，4，5。5，4，4。
4，3，5。5，6，6。4，4，5。5，4，4。——北宋·柳永·《全宋词》第21页

慢卷䌷

闲窗烛暗，孤帏夜永，欹枕难成**寐**。 ◇◇◆◆，◇◇◆◆，◇◆◇◇◆。

细屈指寻思，旧事前欢都来，	△◆◆◇◇，◆◆◇◇◇◇，
未尽平生深**意**。	◆◆◇◇◇◆。
到得如今，万般追**悔**，空只添憔**悴**。	◆◆◇◇，◆◇◇◆，◇◆◇◇◆。
对好景良辰，皱著眉儿，成甚滋**味**。	△◆◆◇◇，◆◆◇◇，◇◆◇◆。
红茵翠**被**，当时事，一一堪垂**泪**。	◇◇◆◆，◇◇◆，◆◆◇◇◆。
怎生得依前，似恁偎香倚暖，	◆◇◆◇◇，◆◆◇◇◆◆，
抱著日高犹**睡**。	◆◆◆◇◇◆。
算得伊家，也应随分，烦恼心儿**里**。	◆◆◇◇，◆◇◇◆，◇◆◇◇◆。
又争似从前，淡淡相看，免恁牵**系**。	△◇◆◇◇，◆◆◇◇，◆◆◇◆。

同体式作品：无。

变体一

与始词分句数复句数相同，复句型有变。

【变体一】24 分句 8 复句。上片第二复句较始词增 1 分句、第四复句减 1 分句，下片与始词同。每片 12 分句 4 复句，上片三/四/三/二/型复句组；下片三/三/三/三/型复句组。仄韵，隔句韵。

4，4，5。5，4，4，4。4，4，5。7，6。

4，3，5。5，4，8。4，4，5。5，4，4。——北宋·李甲·《全宋词》第 490 页

慢卷绸

绝羽沉鳞，埋花葬玉，杳杳悲前**事**。	◆◆◇◇，◇◇◆◆，◆◆◇◇◆。
对一盏寒灯，数点流萤，	△◆◆◇◇，◆◆◇◇，
悄悄画屏，巫山十**二**。	◆◆◆◇，◇◇◆◆。
舜脸星眸，蕙情兰性，一旦成流**水**。	◆◆◇◇，◆◇◇◆，◆◆◇◇◆。
便纵有甘泉妙手，洪都方士何**济**。	△◆◆◇◇◆◆，◇◇◇◆◇◆。
香闺宝**砌**，临妆处，迤逦苔痕**翠**。	◇◇◆◆，◇◇◆，◆◆◇◇◆。
更不忍看伊，绣残鸳侣，	△◆◆◇◇，◆◇◇◆，
而今尚有啼红粉**渍**。	◇◇◆◆◇◇◆◆。
好梦不来，断云飞去，黯黯情无**际**。	◆◆◆◇，◆◇◇◆，◆◆◇◇◆。
谩饮尽香醪，奈向愁肠，消遣无**计**。	△◆◆◇◇，◆◆◇◇，◇◆◇◆。

同体式作品：无。

257.【征部乐】

1. 始词北宋柳永作。

2. 唐教坊曲有【征部郎】，或为本调之源。
3. 双片，上片六韵，下片五韵，仄韵，隔句韵，间插连句韵。
4. 此调仅见柳永一首。

始词：20 分句 8 复句。双片。每片 10 分句 4 复句，上片二/二/三/三/型复句组；下片二/三/二/三/型复句组。仄韵，隔句韵、连句韵。

6，5。7，7。3，3，6。3，4，7。
8，6。5，6，5。5，7。3，4，5。——北宋·柳永·《全宋词》第 22 页

征部乐

雅欢幽会良辰，可惜虚抛**掷**。	◆◇◇◆◇◇，◆◆◇◇◆，
每追念狂踪旧**迹**，长祇恁愁闷朝**夕**。	△◇◆◇◇◆◆，◇◇◆◇◆◇◆。
凭谁去，花衢**觅**，细说此中端**的**。	◇◇◆，◇◇◆，◆◆◆◇◇◆。
道向我，转觉厌厌，役梦劳魂苦相**忆**。	◆◆◆，◆◆◇◇，◆◆◇◇◆◇◆。
须知最有风前月下，心事始终难**得**。	◇◇◆◆◇◇◆◆，◇◆◆◇◇◆。
但愿我虫虫，心下把人看待，	◆◆◆◇◇，◇◆◆◇◇◆，
长似初相**识**。	◇◆◇◇◆。
况渐逢春**色**，便是有举场消**息**。	△◆◇◇◆，◆◆◆◆◇◇◆，
待这回，好好怜伊，更不轻离**拆**。	◆◆◇，◆◆◇◇，◆◆◇◇◆。

同体式作品：无。

258.【佳人醉】

1. 始词北宋柳永作。
2. 双片，上片六韵，下片五韵，变体韵数有变；仄韵，连句韵、隔句韵。
3. 此调南宋无继作。

始词：16 分句 5 复句。双片。上片 9 分句 3 复句，三/三/三/型复句组；下片 7 分句 2 复句，四/三/型复句组。仄韵，连句韵、隔句韵。

2，4，6。5，4，4。6，5，3。
4，4，4，7。3，4，6。——北宋·柳永·《全宋词》第 22 页

佳人醉

暮景，萧萧雨**霁**，云淡天高风**细**。	◆◆，◇◇◆◆，◇◆◇◇◇◆。
正月华如**水**，金波银汉，潋滟无**际**。	△◆◇◇◆，◇◇◇◆，◆◆◇◆。
冷浸书帷梦断，却披衣重**起**，临轩**砌**。	◆◆◇◇◆◆，△◇◇◇◆，◇◇◆。

素光遥**指**，因念翠蛾， ◆◇◇◆，◇◆◆◇，
杳隔音尘，何处相望同千**里**。 ◆◆◇◇◇◆，◇◆◇◇◆。
尽凝**睇**，厌厌无**寐**，渐晓雕阑独**倚**。 ◆◇◆，◇◇◇◆，◆◆◇◇◆◆。

同体式作品：无。

变体三

较始词分句数复句数皆变

【变体三】15 分句 6 复句。双片。上片 8 分句 3 复句，二/二/四/型复句组；下片 7 分句 3 复句，二/二/三/型复句组。仄韵，连句韵、隔句韵。

6，6。3，5。3，4，4，5。
3，5。6，6。3，8，5。——北宋·刘弇·《全宋词》第 452 页

佳人醉

元宵上太守

月到楼台第**几**，十里金虫成**缀**。 ◆◆◇◇◆◆，◆◆◇◇◇◆。
袅琅玕，争冒绛球**起**。 ◆◇◇，◇◇◆◇◆。
试新妆，嬉春粉黛， ◆◇◇，◇◇◆◆，
盈盈暗香，结谁家秾**李**。 ◇◇◆◇，△◇◇◇◆。

拥缇**骑**，箫鼓沸三**市**。 ◆◇◆，◇◆◆◇◆。
别指春风画隼，归度鳌山影**里**。 ◆◆◇◇◆◆，◇◆◇◇◆◆。
闲红**翠**，挥觞不待游人分**袂**， ◇◇◆，◇◇◆◆◇◇◇◆，
悄朱帘十**二**。 ◆◇◇◆◆。

同体式作品：无。

259. 【迷仙引】

1. 始词北宋柳永作。
2. 明毛先舒《填词名解》："迷仙引，浙人项升为隋炀帝造迷楼，帝顾左右曰：'使真仙游其中，亦当自迷。'"
3. 双片，始词每片四韵，变体韵数与词式皆大变。仄韵，隔句韵。
4. 此调南宋无继作。

始词：18 分句 8 复句。双片。上片 10 分句 4 复句，三/二/二/三/型复句组；下片 8 分句 4 复句，二/二/二/二/型复句组。仄韵，隔句韵。

4，4，4。4，6。6，5。5，4，4。
5，5。4，7。3，4。5，4。——北宋·柳永·《全宋词》第 22 页

迷仙引

才过笄年，初绾云鬟，便学歌**舞**。	◇◆◇◇，◇◆◇◇，◆◆◇◆。
席上尊前，王孙随分相**许**。	◆◆◇◇，◇◇◇◆◇◆。
算等闲酬一笑，便千金慵**觑**。	△◆◇◇◆◆，△◇◇◇◆。
常只恐容易，蕣华偷换，光阴虚**度**。	△◆◆◇◆，◆◇◇◆，◇◇◇◆。
已受君恩顾，好与花为**主**。	◆◆◇◇◆，◆◆◇◇◆。
万里丹霄，何妨携手同归**去**。	◆◆◇◇，◇◇◇◆◇◇◆。
永弃却，烟花伴**侣**。	◆◆◆，◇◇◆◆。
免教人见妾，朝云暮**雨**。	◆◇◇◆◆，◇◇◆◆。

按：“常只恐容易”：容易，这里指疏忽、糊涂，后蜀欧阳炯《木兰花》诗：“儿家夫婿心容易，身又不来书不寄。”“蕣华偷换”：蕣华，木槿花，朝开暮谢；蕣华偷换，喻像木槿花一样秀色匆匆，风光易逝。

同体式作品：无。

变体三

较始词分句数复句数皆变

【变体三】30 分句 10 复句。上片 17 分句 5 复句，三/三/四/三/四/型复句组；下片 13 分句 5 复句，三/二/三/三/二/型复句组。仄韵，邻韵通押，隔句韵，间插连句韵。

3，4，5。4，3，3。4，5，3，5。4，5，3。4，3，3，7。

5，3，3。4，7。2，4，8。3，3，5。3，5。——北宋·关咏·《全宋词》第 112 页

迷仙引

春阴**霁**，岸柳参差，袅袅金丝**细**。	◇◇◆，◆◆◇◇，◆◆◇◇◆。
画阁昼眠，莺唤**起**，烟光**媚**。	◆◆◆◇，◇◆◆，◇◇◆。
燕燕双高，引愁人如**醉**，	◆◆◇◇，△◇◇◇◆，
慵缓步，眉敛金铺**倚**。	◇◆◆，◇◆◇◇◆。
嘉景易失，懊恼韶光改，花空**委**。	◇◆◆◆，◆◆◇◇◆，◇◇◆。
忍厌厌**地**，施朱粉，临鸾鉴，	◆◇◇◆，◇◇◆，◇◇◆，
腻香销减摧桃**李**。	◆◇◇◆◇◇◆。
独自个凝**睇**，暮云暗，遥山**翠**。	◆◆◆◇◆，◆◇◆，◇◇◆。
天色无情，四远低垂淡如**水**。	◇◆◇◇，◆◆◇◇◆◇◆。
离恨，托征鸿**寄**，旋娇波暗落相思**泪**。	◇◆，◆◇◇◆，△◇◇◆◆◇◇◆。
妆如**洗**，向高楼，日日春风**里**。	◇◇◆，◆◇◇，◆◆◇◇◆。
悔凭栏，芳草人千**里**。	◆◇◇，◇◆◇◇◆。

按：《古今词话》谓该词无名氏作。

同体式作品：无。

260.【归朝欢】

【归朝歌】

1. 始词北宋柳永作。
2. 偶作【归朝歌】。
3. 双片，每片六仄韵，连句韵、隔句韵。
4. 本调无变体。

始词：18 分句 8 复句。双片。每片 9 分句 4 复句，二/二/二/三/型复句组。仄韵，连句韵、隔句韵。

7，7。7，7。5，7。3，4，5。
7，7。7，7。5，7。3，4，5。——北宋·柳永·《全宋词》第 22 页

归朝欢

别岸扁舟三两**只**，葭苇萧萧风淅**淅**。	◆◆◇◇◇◆◆，◇◆◇◇◇◆◆。
沙汀宿雁破烟飞，溪桥残月和霜**白**。	◇◇◆◆◆◇◇，◇◇◇◆◇◇◆。
渐渐分曙**色**，路遥山远多行**役**。	◆◆◇◆◆，◆◇◇◆◇◇◆。
往来人，只轮双桨，尽是利名**客**。	◆◇◇，◆◇◇◆，◆◆◆◇◆。
一望乡关烟水**隔**，转觉归心生羽**翼**。	◆◆◇◇◇◆◆，◆◆◇◇◇◆◆。
愁云恨雨两牵萦，新春残腊相催**逼**。	◇◇◆◆◆◇◇，◇◇◇◆◇◇◆。
岁华都瞬**息**，浪萍风梗诚何**益**。	◆◇◇◆◆，◆◇◇◆◇◇◆。
归去来，玉楼深处，有个人相**忆**。	◇◆◇，◆◇◇◆，◆◆◇◇◆。

同体式作品： 北宋：张先 1 首，苏轼 1 首。南宋：王之道 1 首，辛弃疾 4 首，马子严 1 首，严仁 3 首，赵崇嶓 1 首，刘辰翁 1 首（【归朝歌】），陈德武 1 首，无名氏 1 首。

261.【采莲令】

1. 始词北宋柳永作。
2. 唐教坊曲有【采莲子】（见《教坊记》），宋代教坊“四十大曲”之一为《采莲》，与本调或有关联。
3. 双片，平、仄二韵式，每片四韵，隔句韵。

始词：20 分句 8 复句。双片。每片 10 分句 4 复句，二/二/二/四/型复句组。仄韵，隔句韵。

3，5。3，4。7，5。3，4，4，6。

4，7。3，4。7，5。3，4，4，6。——北宋·柳永·《全宋词》第 23 页

采莲令

月华收，云淡霜天**曙**。	◆◇◇，◇◆◇◇◆。
西征客，此时情**苦**。	◇◇◆，◆◇◇◆，
翠娥执手送临歧，轧轧开朱**户**。	◆◇◆◆◆◇◇，◆◆◇◇◆。
千娇面，盈盈伫立，	◇◇◆，◇◇◆◆，
无言有泪，断肠争忍回**顾**。	◇◇◆◆，◆◇◇◆◇◆。
一叶兰舟，便恁急桨凌波**去**。	◆◆◇◇，◆◆◆◆◇◇◆。
贪行色，岂知离**绪**。	◇◇◆，◆◇◇◆。
万般方寸但饮恨，脉脉同谁**语**。	◆◇◇◆◆◆◆，◆◆◇◇◆。
更回道，重城不见，	◆◇◆，◇◇◆◆，
寒江天外，隐隐两三烟**树**。	◇◇◇◆，◆◆◆◇◇◆。

同体式作品： 无。

增减字：

（一）3，5。3，4。7，5。3，4，6，4。○ 4，7。3，4。7，5。3，4，4，6。南宋：史浩 1 首（《采莲舞》歌词）。

262.【法曲献仙音】

【献仙音】

1. 始词北宋柳永作。
2. 或省作【献仙音】。宋陈旸《乐书》："法曲兴于唐，其声始出清商部。比正律差四律，有铙钹钟磬之音，《献仙音》其一也。"《宋史·乐志》："法曲部，其曲二：一曰道调宫《望瀛》，二曰小石调《献仙音》。"
3. 双片，始词上片三韵，下片五韵，变体韵数有变；仄韵，隔句韵。

始词：20 分句 7 复句。双片。上片 8 分句 3 复句，三/三/二/型复句组；下片 12 分句 4 复句，四/二/三/三/型复句组。仄韵，隔句韵。

6，4，4。5，3，6。5，5。

3，3，5，7。5，6。4，3，4。3，4，6。——北宋·柳永·《全宋词》第 24 页

法曲献仙音

小石调

追想秦楼心事，当年便约，于飞比**翼**。	◇◆◇◇◇◆，◇◇◆◆，◇◇◆◆。
每恨临歧处，正携手，翻成云雨离**拆**。	◆◆◇◇◆，◆◇◆，◇◇◇◆◇◆。
念倚玉偎香，前事顿轻**掷**。	△◆◆◇◇，◇◆◆◇◆。
惯怜**惜**，饶心性，	◆◇◆，◇◇◆，
镇厌厌多病，柳腰花态娇无**力**。	◆◇◇◇◆，◆◇◇◆◇◇◆。
早是乍清减，别后忍教愁**寂**。	◆◆◆◇◆，◆◆◆◇◇◆。
记取盟言，少孜煎，剩好将**息**。	◆◆◇◇，◆◇◇，◆◆◇◆。
遇佳景，临风对月，事须时恁相**忆**。	◆◇◆，◇◇◆◆，◆◇◇◆◇◆。

同体式作品：无。

变体一

与始词分句数复句数相同，复句型有变。

【变体一】20 分句 7 复句。上片第三复句较始词增 1 分句，9 分句 3 复句，三/三/三/型复句组；下片第三复句减 1 分句，11 分句 4 复句，四/二/二/三/型复句组。仄韵，隔句韵。

4，4，6。4，4，6。6，3，3。

3，7，5，4。5，6。5，6。3，5，4。——南宋·王奕·《全宋词》第 3298 页

法曲献仙音

和朱静翁青溪词

九曲青溪，千年陈迹，往事不堪依**据**。	◆◆◇◇，◇◇◇◆，◆◆◆◇◇◆。
老我重来，海干石烂，那复断碑残**础**。	◆◆◇◇，◆◇◆◆，◆◆◆◇◇◆。
应讶野王当日，三弄罢，乍无**语**。	◇◆◆◇◇◆，◇◆◆，◆◇◆。
□□□，高牙大纛船如屋，	□□□，◇◇◆◆◇◇◆，
又少甚笙歌，翠云箫**鼓**。	◆◆◆◇◇，◆◇◇◆。
流恨入寒筝，离合君臣良**苦**。	◇◆◆◇◇，◇◆◇◇◇◆。
花落几春□，无此一番风**雨**。	◇◆◆◇□，◇◆◆◇◇◆。
是何人，尚秦淮门馆，柳桥荷**浦**。	◆◇◇，△◇◇◇◆，◆◇◇◆。

同体式作品：无。

变体二

较始词复句数不变，分句数有变。

变体二·1

19 分句 7 复句

【变体二·1】19 分句 7 复句。上片分句数、复句型与始词同，8 分句 3 复句，三/三/二/型复句组；下片第四复句减 1 分句，11 分句 4 复句，四/二/三/二/型复句组。仄韵，隔句韵，插一连句韵。

4，4，6。4，4，6。6，5。

3，7，3，6。5，7。4，3，4。5，6。——北宋·周邦彦·《全宋词》第 602 页

法曲献仙音

大石

蝉咽凉柯，燕飞尘幕，漏阁签声时**度**。	◇◆◇◇，◆◇◇◆，◆◆◆◇◇◆。
倦脱纶巾，困便湘竹，桐阴半侵朱**户**。	◆◆◇◇，◆◆◇◆，◇◇◆◇◇◆。
向抱影凝情**处**，时闻打窗**雨**。	△◆◆◇◇◆，◇◇◆◇◆。
耿无**语**，叹文园近来多病，	◆◇◆，△◇◇◆◇◇◆，
情绪懒，尊酒易成间**阻**。	◇◆◆，◇◆◆◇◇◆。
缥缈玉京人，想依然京兆眉**妩**。	◆◆◆◇◇，△◇◇◇◆◇◆。
翠幕深中，对徽容，空在纨**素**。	◆◆◇◇，◆◇◇，◇◆◇◆。
待花前月下，见了不教归**去**。	△◇◇◆◆，◆◆◆◇◇◆。

同体式作品： 南宋：姜夔 1 首，楼采 1 首，吴文英 2 首，陈允平 2 首，赵闻礼 1 首，周密 1 首（【献仙音】），王沂孙 1 首。

变体二·2

21 分句 7 复句

【变体二·2】21 分句 7 复句。上片较始词增 1 分句，9 分句 3 复句，三/三/三/型复句组；下片第二复句增 1 分句，第四复句减 1 分句，12 分句 4 复句，四/三/三/二/型复句组。仄韵，隔句韵。

4，4，6。4，4，6。3，3，5。

3，7，3，6。5，3，4。4，3，4。5，6。——南宋·方千里·《全宋词》第 2495 页

法曲献仙音

庭叶飘寒，砌蛩催织，夜色迢迢难**度**。	◇◆◇◇，◆◇◇◆，◆◆◇◇◇◆。
细剔灯花，再添香兽，凄凉洞房朱**户**。	◆◆◇◇，◆◇◇◆，◇◇◆◇◇◆。
见凤枕，羞孤另，相思洒红**雨**。	◆◆◆，◇◇◆，◇◇◆◇◆。
有谁**语**，道年来为郎憔悴，	◆◇◆，◆◇◇◆◇◇◆，
音问隔，回首后期尚**阻**。	◇◆◆，◇◆◆◇◆◆。
寂寞两愁山，锁闲情，无限颦**妩**。	◆◆◆◇◇，◆◇◇，◇◆◇◆。
嫩雪消肌，试罗衣，宽尽腰**素**。	◆◆◇◇，◆◇◇，◇◆◇◆。
问何时梦里，趁得好风飞**去**。	◆◇◇◆◆，◆◆◆◇◇◆。

同体式作品： 南宋：姜夔 1 首，张炎 1 首。
增减字：
（一）4，4，6。4，4，6。3，3，5。○ 3，7，5，4。5，3，4。4，3，4。5，6。南宋：李彭老 1 首，张炎 1 首。
（二）4，4，6。4，4，6。3，3，5。○ 3，7，4，5。5，3，4。4，3，4。7，4。南宋：杨泽民 1 首。

同源词调：【法曲第二】

1. 始词北宋柳永作。
2. 双片，上片三韵，下片四韵，仄韵，隔句韵，插一连句韵。
3. 此调仅见柳永一首。

始词：20 分句 7 复句。双片。与【法曲献仙音】始词分句数复句数相同，复句型不同。上片 9 分句 3 复句，三/三/三/型复句组；下片 11 分句 4 复句，三/二/三/三/型复句组。仄韵，隔句韵，插一连句韵。

4，4，6。5，3，6。3，7，3。
3，5，7。5，4。4，3，4。3，4，4。——北宋 · 柳永 · 《全宋词》第 25 页

法曲第二

青翼传情，香径偷期，自觉当初草**草**。	◇◆◇◇，◇◆◇◇，◆◆◇◇◆◆。
未省同衾枕，便轻许，相将平生欢**笑**。	◆◆◇◇◆，◆◇◆，◇◇◇◇◇◆。
怎生向，人间好事到头**少**，漫悔**懊**。	◆◇◆，◇◇◆◆◆◇◆，◆◆◆。
细追思，恨从前容易，致得恩爱成烦**恼**。	◆◇◇，△◇◇◇◆，◆◆◇◆◇◇◆。
心下事千种，尽凭音**耗**。	◇◆◆◇◆，◆◇◇◆。
以此萦牵，等伊来，自家向**道**。	◆◆◇◇，◆◇◇，◆◇◆◆。
洎相见，喜欢存问，又还忘**了**。	◆◇◆，◆◇◇◆，◆◇◇◆。

同体式作品： 无。

263.【西平乐】

【西平乐慢】

1. 始词北宋柳永作。
2. 或作【西平乐慢】。
3. 双片，始词每片五韵，变体韵数有变；仄韵，或平韵；隔句韵。

始词：22 分句 8 复句。双片。上片 10 分句 4 复句，二/三/二/三/型复句组；下片 12 分句 4 复句，三/二/四/三/型复句组。仄韵，隔句韵。

5，5。6，6，6。4，6。3，3，3。

6，6，5。3，4。4，4，3，3。6，4，6。——北宋·柳永·《全宋词》第 24 页

西平乐

尽日凭高目，脉脉春情**绪**。	◆◆◇◇◆，◆◆◇◇◆。
嘉景清明渐近，时节轻寒乍暖，	◇◆◇◇◆◆，◇◆◇◇◆◆，
天气才晴又**雨**。	◇◆◇◇◆◆。
烟光淡荡，妆点平芜远**树**。	◇◇◆◆，◇◆◇◇◆◆。
黯凝**伫**，台榭好，莺燕**语**。	◆◇◆，◇◆◆，◇◆◆。
正是和风丽日，几许繁红嫩绿，	◆◆◇◇◆◆，◆◆◇◇◆◆，
雅称嬉游**去**。	◆◇◇◇◆。
奈阻隔，寻芳伴**侣**。	◆◆◆，◇◇◆◆。
秦楼凤吹，楚馆云约，空怅望，在何**处**。	◇◇◆◆，◆◆◇◆，◇◆◆，◆◇◆。
寂寞韶华暗**度**，	◆◆◇◇◆◆，
可堪向晚，村落声声杜**宇**。	◆◇◆◆，◇◆◇◇◆◆。

同体式作品：无。

增减字：

（一）6，5。6，6，6。4，6。3，3，3。○ 6，6，6。3，4。4，4，3，3。6，4，6。北宋：晁补之 1 首。

（二）6，5。6，6，6。4，6。3，3，3。○ 6，6，5。3，4。4，4，3，3。6，4，6。南宋：朱雍 1 首。

变体三

较始词分句数复句数皆变

变体三·1

30 分句 7 复句

【变体三·1】30 分句 7 复句。双片。较始词增 8 分句，减 1 复句。上片 14 分句 4 复句，三/三/五/三/型复句组；下片 16 分句 3 复句，四/六/六/型复句组。平韵，隔句韵。

4，4，6。4，4，6。7，6，4，4，4。4，5，5。

4，4，4，4。3，4，4，6，4，7。4，4，4，4，4，6。

——北宋·周邦彦·《全宋词》第 598 页

西平乐

小石。元丰初，予以布衣西上，过天长道中。后四十余年，辛丑正月，避贼复游故地。感叹岁月，偶成此词。

稚柳苏晴，故溪歇雨，川迥未觉春**赊**。	◆◆◇◇，◆◇◆◆，◇◆◆◆◇◇。

驼褐寒侵，正怜初日，轻阴抵死须**遮**。	◇◆◇◇，◆◇◇◆，◇◇◆◆◇◇。
叹事逐孤鸿尽去，身与塘蒲共晚，	△◆◆◇◇◆◆，◇◆◇◇◆◆，
争知向此，征途迢递，贮立尘**沙**。	◇◇◆◆，◇◇◇◆，◆◆◇◇。
追念朱颜，翠发曾到处，故地使人**嗟**。	◇◆◇◇◆◆，◇◆◆，◆◆◆◇◇。
道连三楚，天低四野，	◆◇◇◆，◇◇◆◆，
乔木依前，临路敧**斜**。	◇◆◇◇，◇◆◆◇。
重慕想，东陵晦迹，彭泽归来，	◇◆◆，◇◇◆◆，◇◆◇◇，
左右琴书自乐，松菊相依，	◆◆◇◇◆◆，◇◆◇◇，
何况风流鬓未**华**。	◇◆◇◇◆◆◇。
多谢故人，亲驰郑驿，时倒融尊，	◇◆◆◇，◇◇◆◆，◇◆◇◇，
劝此淹留，共过芳时，翻令倦客思**家**。	◆◆◇◇，◆◆◇◇，◇◆◆◆◇◇。

按：该词较始词体式大变，音乐应亦有变，推其当为周邦彦由母调而度新声。

同体式作品：南宋：陈允平 1 首（【西平乐慢】）。

增减字：

（一）4，4，6。4，4，6。7，4，4，4，4。6，3，5。○ 4，4，4，4。3，4，4，6，4，7。4，4，4，4，4，6。南宋：杨泽民 1 首。

变体三·2

29 分句 7 复句

【变体三·2】29 分句 7 复句。较【变体三·1】减 1 分句。上片 13 分句 4 复句，三/三/四/三/型复句组；下片 16 分句 3 复句，四/六/六/型复句组。平韵，隔句韵。律词。

4，4，6。4，4，6。7，6，4，6。6，3，5。

4，4，4，4。3，4，4，6，4，7。4，4，4，4，4，6。

——南宋·方千里·《全宋词》第 2491 页

西平乐

倦踏征尘，厌驱匹马，凝望故国犹**赊**。	◆◆◇◇，◆◇◆◆，◇◇◆◆◇◇。
孤馆今宵，乱山何许，平林漠漠烟**遮**。	◇◆◇◇，◆◇◇◆，◇◇◆◆◇◇。
怅过眼光阴似瞬，回首欢娱异昔，	△◆◆◇◇◆◆，◇◆◇◇◆◆，
流年迅景，霜风败苇惊**沙**。	◇◇◆◆，◇◇◆◆◇◇。
无奈轻离易别，千里意，制泪独长**嗟**。	◇◆◇◇◆◆，◇◆◆，◆◆◆◇◇。
绮窗人远，青门信杳，	◆◇◇◆，◇◇◆◆，
叙影何时，重见云**斜**。	◆◆◇◇，◇◆◇◇。
空怨忆，吹箫韵曲，旋锦回文，	◇◆◆，◇◇◆◆，◆◆◇◇，
想像宫商蠹损，机杼生尘，	◆◆◇◇◆◆，◇◆◇◇，
谁为新装晕素**华**。	◇◆◇◇◆◆◇。

那信自怜，悠飏梦蝶，浮没书鳞，	◆◆◆◇，◇◇◆◆，◇◆◇◇，
纵有心情，尽为相思，争如傍早归**家**。	◆◆◇◇，◆◆◇◇，◇◇◆◆◇◇。

同体式作品： 南宋：吴文英1首（【西平乐慢】）。

264.【秋蕊香引】

1. 始词北宋柳永作。
2. 双片，上片三韵，下片四韵。仄韵，隔句韵。
3. 此调仅见柳永一首。

始词：15分句5复句。双片。上片7分句2复句，五/二/型复句组；下片8分句3复句，二/三/三/型复句组。仄韵，邻韵通押，隔句韵。律词。

3，4，4，3，3。7，5。

3，6。3，4，5。3，3，4。——北宋·柳永·《全宋词》第25页

秋蕊香引

留不**得**，光阴催促，	◇◆◆，◇◇◇◆，
奈芳兰歇，好花谢，惟顷**刻**。	◆◇◇◆，◆◇◆，◇◆◆。
彩云易散琉璃脆，验前事端**的**。	◆◇◆◆◇◇◆，△◇◆◇◇。
风月夜，几处前踪旧**迹**。	◇◆◆，◆◆◇◇◆◆。
忍思**忆**，这回望断，永作终天**隔**。	◆◇◆，◆◇◇◆，◆◆◇◇◆。
向仙岛，归冥路，两无消**息**。	◆◇◆，◇◇◆，◆◇◇◆。

同体式作品： 无。

同源词调：【秋蕊香】

1. 始词北宋晏殊作。
2. 偶名【秋蕊香令】。双片。短调、长调二体。短调每片四仄韵，连句韵；长调每片五平韵，下片或减一韵，隔句韵。

短调

始词：8分句4复句。双片，每片4分句2复句，二/二/型复句组；仄韵，连句韵。律词。

6，6。7，6。

7，3。7，6。——北宋·晏殊·《全宋词》第 105 页

秋蕊香

梅蕊雪残香**瘦**，罗幕轻寒微**透**。　◇◆◆◇◇◆，◇◆◇◇◇◆。
多情只似春杨**柳**，占断可怜时**候**。　◇◇◆◆◇◇◆，◆◆◆◇◇◆。

萧娘劝我杯中**酒**，翻红**袖**。　◇◇◆◆◇◇◆，◇◇◆。
金乌玉兔长飞**走**，争得朱颜依**旧**。　◇◇◆◆◇◇◆，◇◆◇◇◇◆。

同体式作品：北宋：晏殊 1 首，晏几道 1 首，张耒 1 首，周邦彦 1 首，计 4 人 4 首。南宋：毛开 1 首，方千里 1 首，吴文英 2 首，赵希靓 1 首，黄铸 1 首（【秋蕊香令】），杨泽民 1 首，陈允平 1 首，仇远 1 首，王从叔 1 首，赵清中 1 首，计 10 人 11 首。

长调

始词：20 分句 8 复句。双片。每片 10 分句 4 复句，三/二/三/二/型复句组。仄韵，隔句韵，间插连句韵。

4，4，6。5，5。5，3，6。5，6。

6，3，6。3，5。5，3，6。7，4。——南宋·曹勋·《全宋词》第 1215 页

秋蕊香

秋色宫庭，黄花禁籞，西风乍透罗**衣**。　◇◆◇◇，◇◇◆◆，◇◇◆◆◇◇。
龙山意渐爽，瑶砌叶初**飞**。　◇◇◆◆◆，◇◆◆◇◇。
喜天宇明洁，晓晴**时**，翠楼都卷帘**帷**。　△◇◆◇◆，◆◇◇，◆◇◇◆◇◇。
奉宴赏菊英，环坐金玉成**围**。　◆◆◆◆◇，◇◆◇◆◇◇。

凭阑海山万里，登望处，休论戏马台**池**。　◇◇◆◇◆◆，◇◆◆，◇◇◆◆◇◇。
揽幽芳，泛酒面香**凝**。　◆◇◇，◆◆◆◇◇。
携手与仙姿，共游**嬉**，从他纱帽频**欹**。　◇◆◆◇◇，◆◇◇，◇◇◇◆◇◇。
并宝马何妨归路，月挂天**西**。　△◆◆◇◇◇◆，◆◆◇◇。

同体式作品：无。

变体二

与始词复句数相同，分句数增 1。

【变体二·1】21 分句 8 复句。上片较始词增 1 分句，11 分句 4 复句，三/二/三/三/型复句组；下片分句数与始词同，复句型有变，10 分句 4 复句，四/二/二/二/型复句组。平韵，隔句韵，插一连句韵。

4，4，6。5，5。2，6，6。3，4，4。

4，4，3，4。3，5。7，6。3，7。——南宋·史浩·《全宋词》第 1273 页

秋蕊香

玉露瀼瀼，秋色似画，东堂宴席初**开**。	◆◆◇◇，◇◆◆◆，◇◇◆◆◇◇。
红萸泛寿斝，紫菊上妆**台**。	◇◇◆◆◆，◆◆◆◇◇。
倚栏，见新雁已南**来**，落霞孤鹜徘**徊**。	◆◇，△◇◆◆◇◇，◆◇◇◆◇◇。
最奇处，重阳将近，凉满襟**怀**。	◆◇◆，◇◇◇◆，◇◆◇◇。
萧洒秀眉，华发丹脸，	◇◆◆◇，◇◆◇◆，
映双瞳，的皪如**孩**。	◆◇◇，◆◆◇◇。
擘香笺，听丽句新**裁**。	◆◇◇，◆◆◆◇◇。
池上三回蟠桃熟，玉纤时捧琼**杯**。	◇◆◇◇◇◇◆，◆◇◇◆◇◇。
但愿得，年年此会满蓬**莱**。	◆◆◆，◇◇◆◆◆◇◇。

同体式作品：无。

【变体二·2】21 分句 8 复句。上片分句数与较始同，复句型有变，下片增 2 分句。上片 10 分句 4 复句，三/二/二/三/型复句组；下片 11 分句 4 复句，三/二/三/三/型复句组。平韵，隔句韵，间插连句韵。

4，4，6。5，5。8，6。3，4，4。

6，5，4。3，5。3，5，6。3，4，4。——南宋·赵以夫·《全宋词》第 2663 页

秋蕊香

木樨

一夜金风，吹成万粟，枝头点点明**黄**。	◆◆◇◇，◇◇◆◆，◇◇◆◆◇◇。
扶疏月殿影，雅澹道家**装**。	◇◇◆◆◆，◆◆◆◇◇。
阿谁倩天女散浓**香**，十分熏透霓**裳**。	◇◇◆◇◆◆◇◇，◆◇◇◆◇◇。
徘徊处，玉绳低转，人静天**凉**。	◇◇◆，◆◇◇◆，◇◆◇◇。
底事小山幽咏，浑未识清妍，空自情**伤**。	◆◆◆◇◇◆，◇◆◆◇◇，◇◆◇◇。
忆佳人，执手诉离**湘**。	◆◇◇，◆◆◆◇◇。
招蟾魄，和酒吸秋**光**，碧云日暮何**妨**。	◇◇◆，◆◆◆◇◇，◆◇◆◆◇◇。
惆怅久，瑶琴微弄，一曲清**商**。	◇◆◆，◇◇◇◆，◆◆◇◇。

同体式作品：无。

265. 【一寸金】

1. 始词北宋柳永作。

2. 双片，每片四仄韵，隔句韵。

始词：25 分句 8 复句。双片。上片 12 分句 4 复句，二/四/三/三/型复句组；下片 13 分句 4 复句，三/四/三/三/型复句组。仄韵，隔句韵。

4，7。3，4，4，6。5，3，4。3，4，7。
4，4，5。3，4，6，4。5，3，4。3，4，5。——北宋·柳永·《全宋词》第 25 页

一寸金

井络天开，剑岭云横控西**夏**。	◆◆◇◇，◆◆◇◇◆◇◆。
地胜异，锦里风流，	◆◆◆，◆◆◇◇，
蚕市繁华，簇簇歌台舞**榭**。	◇◆◇◇，◆◆◇◇◆◆。
雅俗多游赏，轻裘俊，靓妆艳**冶**。	◆◆◇◇◆，◇◇◆，◆◇◆◆。
当春昼，摸石江边，浣花溪畔景如**画**。	◇◇◆，◆◆◇◇，◆◇◇◆◆◇◆。
梦应三刀，桥名万里，中和政多**暇**。	◆◆◇◇，◇◇◆◆，◇◇◆◇◆。
仗汉节，揽辔澄清，	◆◆◆，◆◆◇◇，
高掩武侯勋业，文翁风**化**。	◇◆◆◇◇◆，◇◇◇◆。
台鼎须贤久，方镇静，又思命**驾**。	◇◆◇◇◆，◇◆◆，◆◇◆◆。
空遗爱，两蜀三川，异日成嘉**话**。	◇◇◆，◆◆◇◇，◆◆◇◇◆。

同体式作品：无。

增减字：

（一）4，7。5，4，4，4。5，3，4。3，4，7。○4，4，5。5，4，4，4。5，3，4。3，4，5。北宋：周邦彦 1 首，南宋：李弥逊 1 首，吴文英 2 首，陈允平 1 首，仇远 1 首。

（二）4，7。3，4，4，6。5，3，4。3，4，7。○4，4，5。5，4，4，4。5，3，4。3，4，5。南宋：曹勋 1 首。

266.【永遇乐】

【消息】

1. 始词北宋柳永作。
2. 宋代宫廷宴乐曲调，宋周密《武林旧事》“天基圣节排当乐次”：“乐奏夹钟宫，觱篥起《万寿永无疆》引子，王恩。上寿，第一盏，觱篥起《圣寿齐天乐慢》……第五盏，觱篥起《永遇乐慢》。”
3. 宋代通行词调。
4. 双片，每片四仄韵，隔句韵。

始词：24 分句 8 复句。双片。每片 12 分句 4 复句，三/三/三/三/型复句组。仄韵，隔句韵。

4，4，4。4，4，5。4，4，6。5，4，4。

4，4，6。4，4，5。6，4，4。3，4，4。——北宋·柳永·《全宋词》第25页

永遇乐

歇指调

薰风解愠，昼景清和，新霁时**候**。	◇◇◆◆，◆◆◇◇，◇◆◇◆。
火德流光，萝图荐祉，累庆金枝**秀**。	◆◆◇◇，◇◇◆◆，◆◆◇◇◆。
璇枢绕电，华渚流虹，是日挺生元**后**。	◇◇◆◆，◇◆◇◇，◆◆◆◇◇◆。
缵唐虞垂拱，千载应期，万灵敷**祐**。	△◇◇◇◆，◇◆◆◇，◆◇◇◆。
殊方异域，争贡琛赆，架巘航波奔**凑**。	◇◇◆◆，◇◆◇◆，◆◆◇◇◇◆。
三殿称觞，九仪就列，韶頀锵金**奏**。	◇◆◇◇，◆◇◆◆，◇◆◇◇◆。
藩侯瞻望彤庭，亲携僚吏，竞歌元**首**。	◇◇◇◆◇◇，◇◇◇◆，◆◇◇◆。
祝尧龄，北极齐尊，南山共**久**。	◆◇◇，◆◆◇◇，◇◇◆◆。

同体式作品：无。

增减字：

（一）4，4，4。4，4，5。4，4，6。3，4，6。○4，6，4。4，4，5。4，4，6。3，4，4。北宋：柳永1首。

（二）4，4，4。4，4，5。4，4，6。3，4，6。○4，4，6。4，4，5。4，4，6。3，4，4。北宋：解昉1首，苏轼2首，黄裳2首，叶梦得2首，周紫芝1首，李纲1首，李清照1首，计7人10首。南宋：南山居士1首，李弥逊1首，张元幹2首，杨无咎3首，史浩1首，王之望1首，韩元吉1首，赵彦端1首，赵磻老1首，赵长卿1首，辛弃疾3首，赵师侠3首，姜夔1首，刘仙伦1首，高观国1首，黄机1首，葛长庚2首，赵以夫1首，吴潜1首，吴文英3首，洪瑹1首，陈允平1首，奚倬然1首，刘辰翁2首，蒋捷1首，郭子正1首，无名氏1首，计27人38首。

（三）4，4，4。4，4，5。4，4，6。3，4，6。○6，4，4。4，4，5。4，4，6。3，4，4。北宋：叶梦得1首。南宋：吴潜1首。

（四）4，4，4。4，4，5。4，4，6。3，4，5。○4，4，6。4，4，5。4，4，6。3，4，4。南宋：南山居士1首。

（五）4，4，4。4，4，5。4，4，6。3，4，6。○4，4，6。4，4，5。4，4，6。3，4，6。南宋：史浩1首。

（六）4，4，4。4，4，5。4，4，6。3，4，6。○4，4，6。4，4，6。4，4，6。3，4，4。南宋：吴潜1首。

（七）4，4，4。4，4，5。4，4，6。3，4，6。○4，4，6。4，4，5。4，4，4。3，4，4。南宋：李太古1首。

（八）4，4，4。4，4，5。4，4，6。3，4，6。○4，6，4。4，4，5。4，4，6。3，4，4。南宋：无名氏1首。

（九）4，4，4。4，4，5。6，4，5。4，4，4。○6，4，4。4，4，5。4，4，6。3，4，4。南宋：无名氏1首。

（一○）4，4，4。4，4，5。4，4，6。3，4，4。○4，4，6。4，4，5。4，4，6。3，4，4。南宋：无

名氏 1 首。

（一一）4，4，4。4，4，5。4，4，6。4，4，6。〇 4，4，6。4，4，5。4，4，6。3，4，4。南宋：无名氏 1 首。

（一二）4，4，4。4，4，5。4，4，6。5，4，4。〇 4，4，6。4，4，5。4，4，6。5，4，4。南宋：无名氏 2 首。

（一三）4，4，4。4，4，5。4，4，6。3，4，6。〇 4，4，6。4，4，6。4，4，6。3，4，5。南宋：王娇娘 1 首。

变体二

与始词复句数相同，分句数有变。

变体二·1

22 分句 8 复句

【变体二·1·1】22 分句 8 复句。上下片第四复句较始词各减 1 分句，每片 11 分句 4 复句，三/三/三/二/型复句组。仄韵，隔句韵。

4，4，4。4，4，4。4，4，6。6，6。

4，4，6。4，4，5。4，4，7。7，5。——北宋·王仲甫·《全宋词》第 270 页

永遇乐

风折新英，雨肥繁实，又还如**豆**。	◇◆◇◇，◆◇◇◆，◆◇◇◆。
玉核初成，红腮尚浅，齿软酸**透**。	◆◆◇◇，◇◇◆◆，◆◆◇◆。
粉墙低亚，佳人惊见，不管露沾襟**袖**。	◆◇◇◆，◇◇◇◆，◆◆◆◇◇◆。
一枝钗子未插，应把手挼频**嗅**。	◆◇◇◇◆◆，◇◆◆◇◇◆。
相思病酒，只因思此，免使文君眉**皱**。	◇◇◆◆，◆◇◇◆，◆◆◇◇◇◆。
入鼎调羹，攀林止渴，功业还依**旧**。	◆◆◇◇，◇◇◆◆，◇◆◇◇◆。
看看飞燕，衔将春去，又将欲黄昏时**候**。	◇◇◇◆，◇◇◇◆，△◇◆◇◇◇◆。
争如向金盘满捧，共君王对**酒**。	◇◇◆◇◇◆◆，◆◇◇◆◆。

同体式作品：无。

增减字：

（一）4，4，4。4，4，5。4，4，6。7，6。〇 4，4，6。4，4，5。4，4，6。7，4。北宋：晁补之 1 首。南宋：姜夔 1 首。

【变体二·1·2】22 分句 8 复句。与【变体二·1·1】分句数相同，上下片句数句型皆有变。上片 10 分句 4 复句，二/二/三/三/型复句组；下片 12 分句 4 复句，三/三/三/三/型复句组。仄韵，隔句韵。

4，8。4，9。4，4，6。3，4，6。

4，4，6。4，4，5。4，4，6。3，4，4。——南宋·辛弃疾·《全宋词》第 1954 页

永遇乐

京口北固亭怀古

千古江山，英雄无觅孙仲谋**处**。　◆◆◇◇，◇◇◆◆◇◆◇◆。
舞榭歌台，风流总被雨打风吹**去**。　◆◆◇◇，◇◇◆◆◆◆◇◇◆。
斜阳草**树**，寻常巷陌，人道寄奴曾**住**。　◇◇◆◆，◇◇◆◆，◇◆◆◇◇◆。
想当年，金戈铁马，气吞万里如**虎**。　◆◇◇，◇◇◆◆，◆◇◆◆◇◆。

元嘉草草，封狼居胥，赢得仓皇北**顾**。　◇◇◆◆，◇◇◇◆，◇◆◇◇◆◆。
四十三年，望中犹记，烽火扬州**路**。　◆◆◇◇，◆◇◇◆，◇◆◇◇◆。
可堪回首，佛狸祠下，一片神鸦社**鼓**。　◆◇◇◆，◆◇◇◆，◆◆◇◇◆◆。
凭谁问，廉颇老矣，尚能饭**否**。　◇◇◆，◇◇◆◆，◆◇◆◆。

同体式作品：无。

变体二·2

23分句8复句

【变体二·2】23分句8复句。上片句数句型与始词同，下片第四复句减1分句。上片12分句4复句，三/三/三/三/型复句组；下片11分句4复句，三/三/三/二/型复句组。仄韵，隔句韵。

4，4，4。4，4，5。4，4，6。3，4，6。
4，4，6。4，4，5。4，4，6。6，4。——北宋·晁端礼·《全宋词》第428页

永遇乐

龙阁先芬，凤毛荣继，当世英**妙**。　◇◆◇◇，◆◇◇◆，◇◆◇◆。
峻岳储灵，长庚应梦，还庆佳辰**到**。　◆◆◇◇，◇◇◆◆，◇◆◇◇◆。
黄花浥露，碧瓦凝霜，香馥郡斋清**晓**。　◇◇◆◆，◆◆◇◇，◇◆◆◇◇◆。
忆当年，青云平步，共喜骤跻华**要**。　◆◇◇，◇◇◇◆，◆◆◆◇◇◆。

阴功厚德，玉符金篆，锡与世间难**老**。　◇◇◆◆，◆◇◇◆，◆◆◆◇◇◆。
注意方浓，分符屡请，雅志人应**少**。　◆◆◇◇，◇◇◆◆，◆◆◇◇◆。
棠阴无讼，乐府新教，正好醉山频**倒**。　◇◇◇◆，◆◆◇◇，◆◆◆◇◇◆。
有谁莱衣游戏，萱堂寿**考**。　◆◇◇◇◇◆，◇◇◆◆。

同体式作品：北宋：晁端礼1首。

增减字：

（一）4，4，4。4，4，4。4，4，6。7，3，3。○4，4，6。5，5，5。4，4，6。7，4。北宋：晁补之1首（【消息】）。

（二）4，4，4。4，4，5。4，4，6。3，4，6。○4，4，6。4，4，5。4，4，6。5，6。南宋：辛弃疾1首。

（三）4，4，4。4，4，5。4，4，6。3，5，6。○4，4，6。4，4，5。4，4，6。5，6。南宋：危复之

1首。

（四）4，4，4。4，4，5。4，4，6。3，4，6。○4，4，6。4，4，5。4，4，6。3，7。南宋：无名氏1首。

按：晁补之《消息·端午》词序曰："同前自过腔，即越调【永遇乐】。"可知其词音乐是在【永遇乐】母调基础上的"自过腔"，与【永遇乐】原调音乐当有不同，惜无以得知其详。惟知柳词为"歇指调"，晁词为"越调"，歇指调为商调式，越调为羽调式，故音乐上是原调的转调，"变体"是否与转调相关，无以确定。从词式上看，此"自过腔"较柳词增1分句，但与晁端礼《永遇乐》体式相同，仅有几个同句位的分句字数略有差异，可知词调音乐并非刻板的"一调一谱"。兹录晁补之词于下：

消息

端午。同前自过腔，即越调【永遇乐】。

红日葵开，映墙遮牖，小斋端午。杯展荷金，簪抽笋玉，幽事还数。绿窗纤手，朱奁轻缕，争斗彩丝艾虎。想沉江怨魄归来，空惆怅，对菰黍。○朱颜老去，清风好在，未减佳辰欢聚。趣蜡酒深斟，菖菹细糁，围坐从儿女。还同子美，江村长夏，闲对燕飞鸥舞。算何须楚王雄风，方消畏暑。

267.【鹊桥仙】

【鹊桥仙令】【忆人人】

1. 始词北宋柳永作。
2. 以典故为调名。本事为牛郎织女鹊桥相会的传说。唐韩鄂《岁华纪丽》卷三引《风俗通》："织女七夕当渡河，使鹊为桥。"宋陈元靓《岁时广记》卷二六引《淮南子》："乌鹊填河成桥而渡织女。"
3. 宋代通行词调，又名【鹊桥仙令】【忆人人】。
4. 短调、中调二体，以短调为普式。双片，短调每片5分句2复句，中调每片10分句4复句，仅存柳永1首。
5. 中调上片四韵，下片六韵；短调每片二韵或三韵。仄韵，隔句韵、连句韵。

中调

始词：20分句8复句。双片，每片10分句4复句，上片三/二/二/三/型复句组，下片四/二/二/二/型复句组。仄韵，隔句韵，插一连句韵。

3，3，6。3，7。6，5。3，5，4。

2，4，3，4。3，6。6，5。4，5。——北宋·柳永·《全宋词》第26页

鹊桥仙

届征途，携书剑，迢迢匹马东**去**。	◆◇◇，◇◇◆，◇◇◆◆◇◆。
惨离怀，嗟少年易分难**聚**。	◆◇◇，△◆◇◆◇◇◆。

佳人方恁缱绻，便忍分鸳**侣**。 ◇◇◇◆◆◆，△◆◇◇◆。
当媚景，算密意幽欢，尽成轻**负**。 ◇◆◆，△◆◆◇◇，◆◇◇◆。

此际，寸肠万**绪**，惨愁颜，断魂无**语**。 ◆◆，◆◇◆◆，◆◇◇，◆◇◇◆。
和泪眼，片时几番回**顾**。 ◇◆◆，◆◇◆◇◇◆。
伤心脉脉谁**诉**，但黯然凝**伫**。 ◇◇◆◆◇◆，△◆◇◇◆。
暮烟寒雨，望秦楼何**处**。 ◆◇◇◆，△◇◇◇◆。

同体式作品：无。

短调

始词：12分句4复句。双片。每片6分句2复句，三/三/型复句组。仄韵，隔句韵。律词。

4，4，6。7，3，4。

4，4，6。7，3，4。——北宋·张先·《全宋词》第78页

鹊桥仙

星桥火树，长安一夜，开遍红莲万**蕊**。 ◇◇◆◆，◇◇◆◆，◇◆◇◇◆◆。
绮罗能借月中春，风露细，天清似**水**。 ◆◇◇◆◆◇◇，◇◆◆，◇◇◆◆。

重城闭月，青楼夸乐，人在银潢影**里**。 ◇◇◆◆，◇◇◇◆，◇◆◇◇◆◆。
画屏期约近收灯，归步急，双鸳欲**起**。 ◆◇◇◆◆◇◇，◇◆◆，◇◇◆◆。

同体式作品：北宋：朱敦儒2首。南宋：吕渭老1首，曾觌2首，侯寘1首，赵彦端1首，张孝祥3首，吕胜己1首，辛弃疾1首，赵善括3首，刘克庄1首，李濬1首，严蕊1首，无名氏2人2首，计13人18首。

增减字：

（一）4，4，6。5，3，7。○ 4，4，6。3，5，6。南宋：辛弃疾1首。

（二）4，4，7。7，3，4。○ 4，4，7。7，3，4。南宋：方岳1首。

变体二

与始词复句数相同，分句数有变。

变体二·1

10分句4复句

【变体二·1】10分句4复句。上下片较始词各减1分句，每片5分句2复句，三/二/型复句组。仄韵，邻韵通押，隔句韵。

4，4，6。7，7。

4，4，6。7，7。——北宋·欧阳修·《全宋词》第146页

鹊桥仙

月波清**霁**，烟容明淡，灵汉旧期还**至**。 ◇◇◇◆，◇◇◇◆，◇◆◆◇◇◆。

鹊迎桥路接天津，映夹岸星榆点**缀**。　◆◇◇◆◆◇◇，△◆◆◇◇◆◆。

云屏未卷，仙鸡催晓，肠断去年情**味**。　◇◇◆◆，◇◇◇◆，◇◆◆◇◇◆。
多应天意不教长，恁恐把欢娱容**易**。　◇◆◇◇◆◇◇，△◆◆◇◇◇◆。

同体式作品：北宋：杜安世1首，韦骧1首，苏轼1首，李之仪2首，舒亶1首，黄庭坚1首，晁端礼1首，秦观1首，谢逸1首，毛滂2首，谢薖1首，周邦彦1首（【鹊桥仙令】），葛胜仲1首，张继先1首，刘一止1首，朱敦儒3首，李祁1首，计17人21首。南宋：向子諲2首，张元幹1首，王之道2首，杨无咎1首，史浩1首，韩元吉1首，朱淑真1首，张抡1首，赵彦端3首，袁去华2首，管鉴3首，陆游3首，范成大1首，谢懋1首，沈端节1首，张孝祥5首，赵长卿1首，辛弃疾7首，程垓1首，陈三聘1首，刘光祖1首，赵师侠4首，杨炎正2首，张镃2首，卢炳1首，汪莘2首，郭应祥11首，韩淲2首，戴复古2首，陈楠1首，史达祖1首，魏了翁1首，卢祖皋3首，李仲光1首，吴泳1首，王大烈1首，黄机4首，刘克庄10首，赵以夫1首，吴潜3首，方岳1首，赵孟坚1首，陈著2首，翁元龙1首，黄昇1首，刘辰翁4首，苏氏1首，琴操1首，蜀妓1首，梅坡1首，乩仙1首，无名氏5人5首，无名氏2人2首（【忆人人】），计58人115首。

增减字：

（一）4，4，7。7，7。○4，4，7。7，7。北宋：王庭珪1首。
（二）4，4，6。8，7。○4，4，6。8，6。南宋：辛弃疾1首。
（三）4，4，6。7，6。○4，4，6。7，6。南宋：李仲光1首。
（四）4，4，6。7，6。○4，4，6。7，7。南宋：俞良1首。
（五）4，4，7。7，8。○4，4，7。8，7。南宋：詹无咎1首。
（六）4，4，6。7，7。○4，4，5。7，6。宋：无名氏1首。
（七）4，4，7。7，7。○4，4，6。7，7。宋：无名氏1首。
（八）6，7，7。7，7。○4，4，7。7，7。宋：无名氏1首。
（九）4，4，6。7，7。○4，4，6。5，7。宋：无名氏1首。

变体二·2

11分句4复句

【变体二·2·1】11分句4复句。双片。上片与始词同，6分句2复句，三/三/型复句组；下片较始词减1分句，5分句2复句，三/二/型复句组。仄韵，邻韵通押，隔句韵。律词。

4，4，6。7，3，4。
4，4，6。7，7。——北宋·杜安世·《全宋词》第184页

鹊桥仙

日长天**气**，深深庭院，又是春愁滋**味**。　◆◇◇◆，◇◇◇◆，◆◆◇◇◇◆。
池边昨夜雨兼风，战红杏，余香乱**坠**。　◇◇◇◆◇◇◆，◆◇◆，◇◇◆◆。

阴阴亭榭，暖烟轻柳，万缕黄金窣**地**。　◇◇◇◆，◆◇◇◆，◆◆◇◇◆◆。
一双新燕却重来，但暗把罗巾掩**泪**。　◆◇◇◆◆◇，△◆◆◇◇◆◆。

同体式作品：北宋：黄庭坚 1 首，葛胜仲 1 首，朱敦儒 1 首。

增减字：

（一）4，4，6。7，3，4。○ 4，4，6。7，7。南宋：管鉴 1 首。

【变体二·2·2】11 分句 4 复句。上片句型与【变体二·2·1】下片同，下片句型与上片同。上片 5 分句 2 复句，三/二/型复句组；下片 6 分句 2 复句，三/三/型复句组。仄韵，隔句韵。律词。

4，4，6。7，7。

4，4，6。7，3，4。——北宋·苏轼·《全宋词》第 294 页

鹊桥仙

七夕，送陈令举。

缑山仙子，高情云渺，不学痴牛骙**女**。　◇◇◇◆，◇◇◇◆，◆◆◇◇◇◆。

凤箫声断月明中，举手谢时人欲**去**。　◇◇◇◆◆◇◇，◆◆◆◇◇◆◆。

客槎曾犯，银河微浪，尚带天风海**雨**。　◇◇◇◆，◇◇◇◆，◆◆◇◇◆◆。

相逢一醉是前缘，风雨散，飘然何**处**。　◇◇◆◆◆◇◇，◇◆◆，◇◇◇◆。

同体式作品：南宋：陈楠 1 首，刘克庄 1 首，王大烈 1 首，张辑 1 首。

增减字：

（一）4，4，6。7，7。○ 4，4，6。7，5，4。南宋：俞良 1 首。

【变体二·2·3】11 分句 4 复句。双片。上下片分句数与【变体二·2·1】相同，复句型有变。上片 5 分句 2 复句，二/三/型复句组；下片 6 分句 2 复句，三/三/型复句组。仄韵，隔句韵。

8，6。3，5，7。

4，4，5。3，5，8。——北宋·晁端礼·《全宋词》第 441 页

鹊桥仙

从来因被薄情相误，误得人来已**怕**。　◇◇◇◆，◆◇◇◆，◆◆◇◇◆◆。

那回时，有愿不昏沉，甚近日依前又**也**。　◆◇◇，◆◆◆◇◇，◆◆◆◇◇◆◆。

你莫擱就，偎随人便，却骑墙两**下**。　◆◆◇◆，◇◇◇◆，◆◇◇◆◆。

自家懑，都望有前程，　◆◇◆，◇◆◆◇◇，

背地里莫教人咒**骂**。　◆◆◆◆◇◇◆◆。

同体式作品：无。

变体二·3

13 分句 4 复句

【变体二·3】13 分句 4 复句。上下片较始词各增 1 分句。上片 6 分句 2 复句，三/三/型复句组；下片 7 分句 2 复句，四/三/型复句组。仄韵，邻韵通押，隔句韵，插一连句韵。律词。

4，4，6。7，3，4。

4，4，3，4。7，3，4。——宋·熊以宁·《全宋词》第2126页

鹊桥仙

寿帅守硕人，并引某窃承帅闻。太硕人顷自仙班，来瑞人世，诞弥喜届，庆颂骈臻。某仰托门墙，用伸庆贺。辄成小词一，寄声【鹊桥仙】。僭易尘献，上祝椿鹤之算。伏惟懿慈，特赐采览。门下士姓某惶恐再拜上。

隐君仙裔，帅垣佳**配**，谁似硕人清**贵**。　◆◇◇◆，◆◇◇◆，◇◆◆◇◇◆。
几番鸾诰自天来，森绿绶，彩衣当**砌**。　◆◇◇◆◆◇◇，◇◆◆，◆◇◇◆。

莲开十丈，蓂留十荚，　◇◇◆◆，◇◇◆◆，
迟十日，瑶池秋**至**。　◇◆◆，◇◇◇◆。
殷勤祝寿指蟠桃，更重数，三千余**岁**。　◇◇◆◆◆◇◇，◆◇◆，◇◇◇◆。

同体式作品：无。

增减字：

(一) 4，4，7。7，3，4。○ 4，4，3，4。7，3，4。南宋：方岳1首。

268.【夏云峰】

1. 始词北宋柳永作。
2. 双片，始词每片五韵，变体韵数有变。平韵、仄韵二式，隔句韵。

始词：22分句8复句。双片。每片11分句4复句，三/二/三/三/型复句组。平韵，隔句韵。

3，3，6。6，4。4，3，4。2，5，4。

6，3，6。6，4。4，3，4。2，5，4。——北宋·柳永·《全宋词》第27页

夏云峰

宴堂**深**，轩楹雨，轻压暑气低**沉**。　◆◇◇，◇◇◆，◇◆◆◆◇◇。
花洞彩舟泛斝，坐绕清**浔**。　◇◆◆◇◆◆，◆◆◇◇。
楚台风快，湘簟冷，永日披**襟**。　◆◇◇◆，◇◆◆，◆◆◇◇。
坐久，觉疏弦脆管，时换新**音**。　◆◆，△◇◇◆◆，◇◆◇◇。

越娥兰态蕙**心**，逞妖艳，昵欢邀宠难**禁**。　◆◇◇◆◆◇，◆◇◆，◆◇◇◆◇◇。
筵上笑歌间发，舄履交**侵**。　◇◆◆◇◇◆，◆◆◇◇。
醉乡归处，须尽兴，满酌高**吟**。　◆◇◇◆，◇◆◆，◆◆◇◇。
向此，免名缰利锁，虚费光**阴**。　◆◆，△◇◇◆◆，◇◆◇◇。

同体式作品：无。

增减字：

(一) 3，3，6。6，4。4，3，4。2，5，4。○6，5，4。6，4。4，3，4。2，5，4。南宋：张元干1首。

(二) 3，3，6。4，6。4，3，4。3，4，4。○6，5，4。4，6。4，3，4。3，4，4。南宋：曹勋1首。

(三) 3，3，6。6，4。4，3，4。3，4，4。○6，3，6。4，6。4，3，4。3，4，4。南宋：无名氏1首。

变体二

与始词复句数相同，分句数有变。

变体二·1

26分句8复句

【变体二·1】26分句8复句。双片。每片较始词增2分句，13分句4复句，三/四/三/三/型复句组。平韵，隔句韵，间插连句韵。

4，4，6。3，4，3，4。7，5，4。5，4，6。

7，5，4。3，4，3，4。7，5，4。5，4，6。——北宋·仲殊·《全宋词》第550页

夏云峰

伤春

天阔云高，溪横水**远**，晚日寒生轻**晕**。 ◆◆◇◇，◇◇◆◆，◆◆◇◇◇◆。

闲阶静，杨花渐少，朱门掩，莺声犹**嫩**。 ◇◇◆，◇◇◆◆，◇◇◆，◇◇◇◆。

悔匆匆过却清明， △◇◇◆◆◇◇，

旋占得余芳，已成幽**恨**。 △◆◆◇◇，◆◇◇◆。

都几日阴沉，连宵慵**困**，起来韶华都**尽**。 △◆◆◇◇，◇◇◇◆，◆◇◇◇◇◆。

怨入双眉闲斗**损**， ◆◆◇◇◇◆◆，

乍品得情怀，看承全**近**。 △◆◆◇◇，◇◇◇◆。

深深态，无非自许，厌厌意，终羞人**问**。 ◇◇◆，◇◇◆◆，◆◆◆，◇◇◇◆。

争知道梦里蓬莱， ◇◇◇◆◆◇◇，

待忘了余香，时传音**信**。 △◆◆◇◇，◇◇◇◆。

纵留得莺花，东风不住，也则眼前愁**闷**。 △◇◆◇◇，◇◇◆◆，◆◆◆◇◇◆。

同体式作品：无。

变体二·2

21分句8复句

【变体二·2】21分句8复句。上片与始词同，下片第四复句较始词减1分句。上片11分句4复句，三/二/三/三/型复句组；下片10分句4复句，三/二/三/二/型复句组。仄韵，隔句韵，间插连句韵。

3，3，6。5，5。4，3，4。2，4，5。

6，5，4。5，5。4，3，4。2，7。——南宋·曹勋·《全宋词》第1215页

夏云峰

端午

五云开，过夜来，初收几阵梅**雨**。	◆◇◇，◆◆◇，◇◇◆◆◇◆。
画罗携芳扇，正喜逢重**午**。	◆◇◇◇◆，△◆◇◇◆。
角黍星团，巧萦臂，龙纹轻**缕**。	◆◆◇◇，◆◇◆，◇◇◇◆。
细**祝**，降福天中，列箫韶歌**舞**。	◆◆，◆◆◇◇，△◇◇◇◆。
薰风凉殿开**处**，称绡裙雾縠，莲步俦**侣**。	◇◇◇◆◇◆，△◇◇◆◆，◇◆◇◆。
翠铺交枝艾，便手香微**度**。	◆◇◇◇◆，△◆◇◇◆。
菖丝浮玉，向台榭，留连欢**聚**。	◇◇◇◆，◆◇◆，◇◇◇◆。
笑**语**，自有冰姿消烦**暑**。	◆◆，◆◆◇◇◇◇◆。

同体式作品：无。

变体二·3

17分句8复句

【变体二·3】17分句8复句。上片较始词减2分句，9分句4复句，三/二/二/二/型复句组；下片较始词减3分句，8分句4复句，二/二/二/二/型复句组。平韵，隔句韵。

3，3，6。4，6。4，7。5，6。

6，9。4，6。4，7。5，6。——南宋·赵长卿·《全宋词》第1794页

夏云峰

初秋有作

露华**清**，天气爽，新秋已觉凉**生**。	◆◇◇，◇◆◆，◇◇◆◆◇◇。
朱户小窗，坐来低按秦**筝**。	◇◆◆◇，◆◇◇◆◇◇。
几多妖艳，都总是白雪余**声**。	◆◇◇◆，◇◆◆◆◆◇◇。
那更玉肌肤，韵胜体段轻**盈**。	◆◆◆◇◇，◆◆◆◆◇◇。
照人双眼偏明，况周郎自来多病多**情**。	◆◇◇◆◇◇，△◇◇◆◇◇◇◆◇◇。
把酒为伊，再三著意须**听**。	◆◆◆◇，◆◇◆◆◇◇。
销魂无语，一任侧耳与心**倾**。	◇◇◇◆，◆◇◆◆◆◇◇。
是我不卿卿，更有谁可卿**卿**。	◆◆◆◇◇，◆◆◇◆◇◇。

同体式作品：无。

269.【荔枝香】

【荔枝香近】

1. 始词北宋柳永作。
2. 本源为唐曲，创于唐玄宗时。《新唐书·礼乐志》："帝幸骊山，杨贵妃生日，命小部张

乐长生殿，因奏新曲，未有名，会南方进荔枝，因名曰《荔枝香》。”宋张君房《脞说》：“太真妃好食荔枝，每岁忠州置急递上进，五日至都。天宝四年夏，荔枝滋甚，比开笼时，香满一室。供奉李龟年撰此曲进之，宣赐甚厚。”

3. 又名【荔枝香近】，或写作“荔支香近”，调名首见周邦彦词，《钦定词谱》注：“此词之源，亦出柳词，但与柳词校，只前段第三句减二字，第四句减一字不押韵，第六句添一字，结句减一字，换头起句四字，第二句五字，第四句折腰句法不同耳，故名【荔枝香近】。近者，其腔调相近也。”所释“近”之指意可斟酌，“近”通常指词调音乐的体类，大多为中调。

4. 双片，每片四仄韵，隔句韵；“变体三”词体、韵数皆变。

始词：16 分句，7 复句 1 单句。双片。上片 8 分句 4 复句，二/二/二/二/型复句组，下片 8 分句，3 复句 1 单句，三/二/二/一/型复句单句组合。仄韵，隔句韵。

6，3。6，5。6，5。4，5。

3，3，3。4，6。4，7。6。——北宋・柳永・《全宋词》第 27 页

荔枝香

甚处寻芳赏翠，归去**晚**。	◆◆◇◇◆◆，◇◆◆。
缓步罗袜生尘，来绕琼筵**看**。	◆◆◇◆◇◇，◇◆◇◇◆。
金缕霞衣轻褪，似觉春游**倦**。	◇◆◇◇◇◆，◆◆◇◇◆。
遥认众里，盈盈好身**段**。	◇◆◆◆，◇◇◆◇◆。
拟回首，又伫立，帘帏**畔**。	◆◇◆，△◆◆，◇◇◆。
素脸红眉，时揭盖头微**见**。	◆◆◇◇，◇◆◆◇◇◆。
笑整金翘，一点芳心在娇**眼**。	◆◆◇◇，◆◆◇◇◆◇◆。
王孙空恁肠**断**。	◇◇◇◆◇◆。

同体式作品：南宋：方千里 1 首，杨泽民 1 首。

增减字：

（一）6，3。6，5。6，5。4，5。○ 2，3，4。4，6。4，7。6。南宋：陈允平 1 首（【荔枝香近】）。

变体三

较始词分句数、复句数、单句数皆变。

变体三・1

14 分句，6 复句 2 单句。

【变体三・1】14 分句，6 复句 2 单句，较始词减 2 分句 1 复句、增 1 单句。双片，每片 7 分句，3 复句 1 单句，二/二/二/一/型复句单句组合。仄韵，隔句韵。

4，5。6，5。6，5。8。

5，4。4，6。4，7。6。——北宋・周邦彦・《全宋词》第 596 页

荔枝香近

歇指

照水残红，零乱风唤**去**。	◆◆◇◇，◇◆◇◆◆。
尽日测测轻寒，帘底吹香**雾**。	◆◆◆◆◇◇，◇◆◇◇◆，
黄昏客枕无憀，细响当窗**雨**。	◇◇◆◆◇◇，◆◆◇◇◆。
看两两相依燕新**乳**。	△◆◆◇◇◆◇◆。
楼下水渐绿，遍行舟**浦**。	◇◆◆◆◆，◆◇◇◆。
暮往朝来，心逐片帆轻**举**。	◆◆◇◇，◇◆◆◇◇◆。
何日迎门，小槛朱笼报鹦**鹉**。	◇◆◇◇◆◆，◇◇◆◇◆，
共剪西窗蜜**炬**。	◆◆◇◇◆◆。

同体式作品：无。

增减字：

（一）4，5。6，5。6，5。9。○ 3，6。4，6。4，7。6。南宋：吴文英 1 首。

变体三·2

15 分句，6 复句 1 单句。

【变体三·2·1】15 分句，6 复句 1 单句。较始词减 1 分句、1 复句。双片，上片 8 分句 3 复句，二/四/二/型复句组；下 7 分句，3 复句 1 单句，二/二/二/一/型复句单句组合。仄韵，隔句韵。

6，3。4，4，6，6。2，7。

4，5。4，6。4，7。6。——北宋·周邦彦·《全宋词》第 596 页

荔枝香近

歇指

夜来寒侵酒席，露微**泫**。	◆◇◇◇◆◆，◆◇◆。
舄履初会，香泽方薰，	◆◆◇◆，◇◆◇◇，
无端暗雨催人，但怪灯偏帘**卷**。	◇◇◆◆◇◇，◆◆◇◇◇◆。
回顾，始觉惊鸿去云**远**。	◇◆，◆◆◇◇◆◇◆。
大都世间，最苦唯聚**散**。	◆◇◆◇，◆◆◇◆◆。
到得春残，看即是开离**宴**。	◆◆◇◇，◆◆◆◇◇◆。
细思别后，柳眼花须更谁**剪**。	◆◇◆◆◇◇，◆◆◇◇◆◇◆。
此怀何处逍**遣**。	◆◇◇◆◇◆。

同体式作品：无。

增减字：

（一）4，5。6，5，6，5。2，6。○ 4，5。4，6。4，7。6。南宋：方千里 1 首。

（二）4，5。6，5，6，5。4，5。○ 4，5。4，6。4，7。6。南宋：陈允平 1 首。

【变体三·2·2】15 分句，6 复句 1 单句。双片，与【变体三·2·1】分句数、复句数、单句数同，上下片句型不同。上片 7 分句，2 复句 1 单句，二/四/一/型复句单句组合；下片 8 分句 4 复句，二/二/二/二/型复句组。仄韵，隔句韵。

6，3。4，4，6，6。8。

4，5。4，6。4，7。3，3。——南宋·袁去华·《全宋词》第 1498 页

荔枝香近

晓来丹枫过雨，净如**扫**。　◆◇◇◇◆◆，◆◇◆。
霜空横雁，寒日翻鸦，　◇◇◇◆，◇◆◇◇，
惊嗟岁月如流，更被酒迷花**恼**。　◇◇◆◆◇◇，◆◆◆◇◇◆。
转眼吴霜点鬓催**老**。　◆◆◇◇◆◆◇◆。

细思欢游，旧事还自**笑**。　◆◇◇◇，◆◆◇◆◆。
断雨残云，都总似梦初**觉**。　◆◇◇◆，△◆◆◆◇◆。
锦鳞书断，宝篋香销向谁**表**。　◆◇◇◆◆，◆◆◇◇◆◇◆。
尽情说，似啼**鸟**。　◆◇◇，◆◇◆。

同体式作品：无。

变体三·3

15 分句，6 复句 2 单句。

【变体三·3·1】15 分句，6 复句 2 单句。全词复句数、单句数与【变体三·1】同，增 1 分句。双片，上片与【变体三·1】同，7 分句，3 复句 1 单句，二/二/二/一/型复句单句组合；下片增 1 分句，8 分句，3 复句 1 单句，三/二/二/一/型复句单句组合。仄韵，隔句韵。

4，5。6，5。6，5。9。

3，3，3。4，6。4，7。6。——南宋·吴文英·《全宋词》第 2890 页

荔枝香近

七夕

睡轻时闻，晚鹊噪庭**树**。　◆◇◇◇，◆◆◆◇◆。
又说今夕天津，西畔重欢**遇**。　◆◆◇◆◇◇，◇◆◇◇◆。
蛛丝暗锁红楼，燕子穿帘**处**。　◇◇◆◆◇◇，◆◆◇◇◆。
天上未比人间更情**苦**。　◇◆◆◆◇◇◇◆◆。

秋鬓改，妒月姊，长眉**妩**。　◇◆◆，◆◆◆，◇◇◆。
过雨西风，数叶井梧愁**舞**。　◆◆◇◇，◆◆◆◇◇◆。
梦入蓝桥，几点疏星映朱**户**。　◆◆◇◇，◆◆◇◇◆◇◆。
泪湿沙边凝**伫**。　◆◆◇◇◇◆。

同体式作品：无。

【变体三·3·2】15分句，6复句2单句。双片，上片较【变体三·3·1】增1分句，下片减1分句。上片8分句，3复句1单句，二/三/二/一/型复句单句组合；下片7分句，3复句1单句，二/二/二/一/型复句单句组合。仄韵，隔句韵，插一连句韵。

4，5。4，4，4。6，4。7。

5，4。4，6。4，7。6。——南宋·杨泽民·《全宋词》第3001页

荔枝香

未论离亭，话别涕先**泫**。	◆◆◇◇，◆◆◆◇◆。
旋涤瑶觯，深挹芳醪，凝愁满**眼**。	◆◆◇◇，◇◆◇◇，◇◇◆◆。
偎人大白须**卷**，歌遍三**劝**。	◇◇◆◆◇◆，◇◆◇◆。
记得当时送□**远**。	◆◆◇◇◆□◆。
素蟾屡明晦，彩云易**散**。	◆◇◆◇◆，◆◇◆◆。
后约难知，又却似阳关**宴**。	◆◆◇◇，△◆◆◇◇◆。
乌丝写恨，帕子分香为郎**剪**。	◇◇◆◆，◆◆◇◇◆◇◆，
愿郎安信频**遣**。	◆◇◇◆◇◆。

同体式作品：无。

变体三·4

15分句7复句

【变体三·4】15分句7复句。双片，上下片分句数与【变体三·3·2】同，上片增1复句，去1单句，下片复句数同，去一单句。上片8分句4复句，二/二/二/二/型复句组；下片7分句3复句，二/二/三/型复句组。仄韵，换韵抱押，隔句韵。

4，5。6，5。6，5。4，5。

4，5。4，6。4，7，6。——南宋·赵以夫·《全宋词》第2674页

荔支香近

乐府有荔支香调，似因物命题而亡其词，辄为补赋。

翡翠丛中，万点星球**小**。	◆◆◇◇，◆◆◇◇◆。
怪得鼻观香清，凉馆薰风**透**。	◆◆◆◇◇◇，◇◆◇◇◆。
冰盘快剥轻红，滑凝水晶**皱**。	◇◇◆◆◇◇，◆◇◆◇◆。
风姿姑射，仙人正年**少**。	◇◇◇◆，◇◇◆◇◆。
红尘一骑，曾博妃子**笑**。	◇◇◆◆，◇◆◇◆◆。
休比葡萄，也尽压江瑶**倒**。	◇◆◇◇，△◆◆◇◇◆。
诗情放逸，更判琼浆和月酹，	◇◇◆◆，◆◆◇◇◇◆◆，
细度冰霜新**调**。	◆◆◇◇◇◆。

同体式作品：无。

270.【双声子】

1. 始词北宋柳永作。
2. 双片，每片四平韵，隔句韵。
3. 此调仅见柳永一首。

始词：22 分句 8 复句。上片 12 分句 4 复句，三/三/三/三/型复句组；下片 10 分句 4 复句，三/三/二/二/型复句组。平韵，隔句韵。

4，4，6。4，4，6。4，3，4。3，3，6。

3，5，6。4，4，6。5，7。6，6。——北宋·柳永·《全宋词》第 28 页

双声子

晚天萧索，断蓬踪迹，乘兴兰棹东**游**。	◆◇◇◆，◆◇◇◆，◇◆◇◆◇◇。
三吴风景，姑苏台榭，牢落暮霭初**收**。	◇◇◇◆，◇◇◇◆，◇◆◆◆◇◇。
夫差旧国，香径没，徒有荒**丘**。	◇◇◆◆，◇◆◆，◇◆◇◇。
繁华处，悄无睹，惟闻麋鹿呦**呦**。	◇◇◆，◆◇◆，◇◇◇◆◇◇。
想当年，空运筹决战，图王取霸无**休**。	◆◇◇，△◆◇◆◆，◇◇◆◆◇◇。
江山如画，云涛烟浪，翻输范蠡扁**舟**。	◇◇◇◆，◇◇◇◆，◇◇◆◆◇◇。
验前经旧史，嗟漫载当日风**流**。	◆◇◇◆◆，△◆◆◇◆◇◇。
斜阳暮草茫茫，尽成万古遗**愁**。	◇◇◆◆◇◇，◆◇◆◆◇◇。

同体式作品：无。

271.【阳台路】

1. 始词北宋柳永作。
2. 阳台，巫山神女居处，典出宋玉《高唐赋》。五代后唐李存勖词有【阳台梦】一调（见前谱第 156 调），与本调无关联。
3. 双片，每片五仄韵，隔句韵。
4. 此调仅见柳永一首。

始词：22 分句 8 复句。双片。每片 11 分句 4 复句，上片三/三/二/三/型复句组，下片三/二/三/三/型复句组。仄韵，隔句韵。

3，5，4。3，4，6。5，8。3，3，6。

6，3，4。4，7。5，4，4。3，3，4。——北宋·柳永·《全宋词》第28页

阳台路

林钟商

楚天晚，坠冷枫败叶，疏红零**乱**。	◆◇◆，△◆◇◆◆，◇◇◇◆。
冒征尘，匹马驱驱，愁见水遥山**远**。	◆◇◇，◆◆◇◇，◇◆◆◇◇◆。
追念少年时，正恁凤帏倚香偎**暖**。	◇◆◆◇◇，◆◆◆◇◆◇◇◆。
嬉游**惯**，又岂知，前欢云雨分**散**。	◇◇◆，◆◆◇，◇◇◇◆◇◆。
此际空劳回首，望帝里，难收泪**眼**。	◆◆◇◇◇◆，◆◆◆，◇◇◆◆。
暮烟衰草，算暗锁路歧无**限**。	◆◇◇◆，△◆◆◆◇◇◆。
今宵又依前，寄宿甚处，苇村山**馆**。	◇◇◆◇◇，◆◆◇◆，◆◇◇◆。
寒灯**畔**，夜厌厌，凭何消**遣**。	◇◇◆，◆◇◇，◇◇◇◆。

同体式作品：无。

272.【二郎神】

【十二郎】

1. 始词北宋柳永作。
2. 唐教坊曲有【二郎神】（见《教坊记》）。《教坊记笺订》："二郎神之本事有二说：秦李冰次子在蜀之灌江，隋赵昱在吴之灌口，均以灵异被称为'二郎神'。……五代时，有武剧《灌口神队》，可能歌《二郎神》曲。"
3. 一名【十二郎】。
4. 双片，始词每片五仄韵，变体韵数或有变，隔句韵。

始词：24分句8复句。双片。每片12分句4复句，上片三/三/三/三/型复句组；下片三/四/二/三/型复句组。仄韵，隔句韵。律词。

3，3，4。7，4，4。7，3，4。3，4，6。

2，4，4。3，5，3，4。7，7。5，4，4。——北宋·柳永·《全宋词》第29页

二郎神

炎光**谢**，过暮雨，芳尘轻**洒**。	◇◇◆，◆◆◆，◇◇◇◆。
乍露冷风清庭户，爽天如水，玉钩遥**挂**。	△◆◆◇◇◇◆，◆◇◇◆，◆◇◇◆。
应是星娥嗟久阻，叙旧约，飙轮欲**驾**。	◆◆◇◇◇◆◆，◆◆◆，◇◇◆◆。
极目处，微云暗度，耿耿银河高**泻**。	◆◆◆，◇◇◆◆，◆◆◇◇◇◆。
闲**雅**，须知此景，古今无**价**。	◇◆，◇◇◆◆，◆◇◇◆。

运巧思，穿针楼上女， ◆◆◇，◇◇◇◆◆，
抬粉面，云鬟相**亚**。 ◇◆◆，◇◇◇◆。
钿合金钗私语处，算谁在回廊影**下**。 ◆◆◇◇◇◆◆，△◇◆◇◇◆◆。
愿天上人间，占得欢娱，年年今**夜**。 △◇◆◇◇，◆◆◇◇，◇◇◇◆。

同体式作品：无。

变体一

与始词分句数复句数相同，复句型有变。

【变体一】24 分句 8 复句。上片句型与始词同，下片第二复句减 1 分句、第三复句增 1 分句。每片 12 分句 4 复句，三/三/三/三/型复句组。仄韵，隔句韵。

4，3，4。5，4，6。4，4，6。3，4，6。
2，4，4。5，4，6。4，4，6。4，3，4。——南宋·曹勋·《全宋词》第 1225 页

二郎神

半阴未**雨**，霁晓寒，轻烟薄**暮**。 ◆◇◆◆，◆◆◇，◇◇◆◆。
乍过了挑青，名园深院，把酒偏宜细**步**。 △◆◆◇◇，◇◇◇◆，◆◆◇◇◆◆。
满槛梅花，绕堤溪柳，径暖迁莺相**语**。 ◆◆◇◇，◆◇◇◆，◆◆◇◇◇◆。
春澹澹，渐觉清明，相傍小桃才**吐**。 ◇◆◆，◆◆◇◇，◇◆◆◇◇◆。

凝**伫**，山村水馆，难堪羁**旅**。 ◇◆，◇◇◆◆，◇◇◇◆。
甚觑著花开，频惊屈指，谩写奚奴丽**句**。 △◆◆◇◇，◇◇◆◆，◆◆◇◇◆◆。
幸有家山，青鸾应报，为我整齐歌**舞**。 ◆◆◇◇，◇◇◆◆，◆◆◆◇◇◆。
一任待醉，倚群红，花沾酒**污**。 ◆◆◆◆，◆◇◇，◇◇◆◇。

同体式作品：无。

增减字：

（一）4，3，4。3，4，6。7，3，4。5，4，4。○ 2，4，4。5，4，6。4，4，6。3，6，4。南宋：马子严 1 首。

（二）4，3，4。5，4，6。7，3，4。5，4，4。○ 2，4，4。5，4，6。4，4，6。3，4，6。南宋：赵以夫 2 首，吴文英 1 首（【十二郎】）。

（三）4，3，4。5，4，6。7，3，4。5，4，4。○ 2，4，4。5，4，6。4，4，6。3，6，4。南宋：楼采 1 首，吴潜 3 首，周弼 1 首。

（四）4，3，4。5，4，5。7，3，4。5，4，4。○ 2，4，4。5，4，6。4，4，6。3，6，4。南宋：汤恢 1 首。

变体二

与始词复句数相同，分句数有变。

变体二·1

18 分句 8 复句

【变体二·1·1】18 分句 8 复句，较始词减 6 分句。双片，每片 9 分句 4 复句，上片二/二/三/二/型复句组，下片三/二/二/二/型复句组。仄韵，起首二句连韵，继隔句韵。

4，6。7，6。4，6，4。7，6。

2，4，4。6。4，3，7。7，6。——南宋·吕渭老·《全宋词》第 1125 页

二郎神

西池旧**约**，燕语柳梢桃**萼**。	◇◇◆◆，◆◆◆◇◇◆。
向紫陌秋千影下，同绾双双凤**索**。	△◆◆◇◇◆◆，◇◆◇◇◆◆。
过了莺花，休则问风共月，一时闲**却**。	◆◆◇◇，◇◆◆◇◆◆，◆◇◇◆。
知谁去唤得秋阴，满眼败垣红**叶**。	◇◇◆◆◆◇◇，◆◆◆◇◇◆。
飘泊，江湖载酒，十年行**乐**。	◇◆，◇◇◆◆，◆◇◇◆。
甚近日伤高念远，不觉风前泪**落**。	△◆◆◇◇◆◆，◆◆◇◇◆◆。
橘熟橙黄堪一醉，断未负晚凉池**阁**。	◆◆◇◇◇◆◆，△◆◆◆◇◇◆。
只愁被撩拨春心，烦恼怎生安**著**。	◆◇◆◇◆◇◇，◇◆◆◇◇◆。

同体式作品： 无。

【变体二·1·2】18 分句 8 复句。双片，上下片分句数与【变体二·1·1】相同，复句型有变。每片 9 分句 4 复句，三/二/二/二/型复句组。仄韵，隔句韵，连句韵。律词。

3，3，4。8，7。7，7。7，6。

2，4，4。8，7。7，7。7，6。——南宋·王十朋·《全宋词》第 1350 页

二郎神

深深**院**，夜雨过，帘栊高**卷**。	◇◇◆，◆◆◇，◇◇◇◆。
正满槛海棠开欲**半**，仍朵朵红深红**浅**。	△◆◆◆◇◇◇◆◆，△◆◆◇◇◇◆。
遥认三千宫女**面**，匀点点胭脂未**遍**。	◇◆◇◇◇◆◆，△◆◆◇◇◆◆。
更微带春醪宿醉，袅娜香肌娇**艳**。	△◇◆◇◇◆◆，◆◆◇◇◇◆。
日**暖**，芳心暗吐，含羞轻**颤**。	◆◆，◇◇◆◆，◇◇◇◆。
笑繁杏夭桃争烂**漫**，爱容易出墙临**岸**。	△◇◆◇◇◇◇◆◆，△◇◆◆◇◇◆。
子美当年游蜀**苑**，又岂是无心眷**恋**。	◆◆◇◇◇◆◆，△◆◆◇◇◆◆。
都只为天然体态，难把诗工裁**剪**。	◇◆◆◇◇◆◆，◇◆◇◇◇◆。

同体式作品： 无。

变体二·2

20 分句 8 复句

【变体二·2】20 分句 8 复句。较始词减 4 分句，每片 10 分句 4 复句，上片二/二/三/三/型复句组，下片二/三/三/二/型复句组。仄韵，隔句韵。

4，7。9，6。4，4，6。3，4，6。

2，8。5，4，6。4，4，6。7，6。——南宋·杨无咎·《全宋词》第1182页

二郎神

清源生辰

炎光欲谢，更几日薰风吹**雨**。	◇◇◆◆，△◆◆◇◇◆◆。
共说是天公亦嘉神贶，特作澄清海**宇**。	◆◆◆◇◇◆◇◇◆，◆◆◇◇◆◆。
灌口擒龙，离堆平水，休问功超前**古**。	◆◆◇◇，◇◇◇◆，◇◆◇◇◇◆。
当中兴，护我边陲，重使四方安**堵**。	◇◇◆，◆◆◇◇，◇◆◆◇◇◆。
新府，祠庭占得山川佳**处**。	◇◆，◇◇◇◆◇◇◇◆。
看晓汲双泉，晚除百病，奔走千门万**户**。	△◆◆◇◇，◆◇◆◆，◇◆◇◇◆◆。
岁岁生朝，勤勤称颂，可但民无灾**苦**。	◆◆◇◇，◇◇◇◆，◆◆◇◇◇◆。
□愿得地久天长，佐绍兴□□□。	□◆◆◆◆◇◇，◆◆◇□□□。

同体式作品：无。

变体二·3

22分句8复句

【变体二·3】21分句8复句。较始词减3分句。每片11分句4复句，上片二/二/四/三/型复句组，下片10分句4复句，三/二/三/三/型复句组。仄韵，起首二句连韵，继隔句韵。

3，7。8，7。4，3，3，4。3，4，6。

4，6。8，7。3，5，7。5，4，4。——南宋·张孝祥·《全宋词》第1692页

二郎神

七夕

坐中**客**，共千里潇湘秋**色**。	◆◇◆，△◇◆◇◇◇◆。
渐万宝西成农事了，罹秠看黄云阡**陌**。	△◆◆◇◇◇◆◆，◆◆◆◇◇◇◆。
乔□橘洲，风浪稳，岳镇耸，倚天青**壁**。	◇□◆◇，◇◆◆，◆◆◆，◆◇◇◆。
追前事，兴亡相续，空与山川陈**迹**。	◇◇◆，◇◇◇◆，◇◆◇◇◇◆。
南国，都会繁盛，依然似**昔**。	◇◆，◇◆◇◆，◇◇◆◆。
聚翠羽明珠三市满，楼观涌参差金**碧**。	△◆◆◇◇◇◆◆，◇◇◆◇◇◇◆。
乞巧处，家家追乐事，争要做丰年七**夕**。	◆◆◆，◇◇◇◆◆，◇◇◆◇◇◆◆。
愿明年强健，百姓欢娱，还如今**日**。	△◇◇◇◆，◆◆◇◇，◇◇◇◆。

同体式作品：无。

变体二·4

22分句8复句

【变体二·4】22分句8复句。较始词减2分句，每片11分句4复句，上片二/三/三/三/型复句组；下片三/三/三/二/型复句组。仄韵，隔句韵。

4，7。5，4，6。3，4，7。5，4，4。

2，4，4。5，4，6。4，4，6。6，5。——南宋·汤恢·《全宋词》第2980页

二郎神

碧崖倒影，浸一片寒江如**练**。	◆◇◆◆，◆◆◆◇◇◇◆。
正岸岸柳花，村村修竹，唤醒春风笔**砚**。	△◆◆◆◇，◇◇◇◆，◆◆◇◇◆◆。
溯水舟，轻轻如叶，只消得溪风一**箭**。	◆◆◇，◇◇◇◆，◆◇◆◇◇◆◆。
看水部雄文，太师健笔，月寒波**卷**。	△◆◆◇◇，◆◇◆◆，◆◇◇◆。
游**倦**，片云孤鹤，江湖都**遍**。	◇◆，◆◇◇◆，◇◇◇◆。
慨金屋藏妖，绣屏包祸，欲与三郎痛**辨**。	△◇◆◇◇，◆◇◇◆，◆◆◇◇◆◆。
回首前朝，断魂残照，几度山花崖**藓**。	◇◆◇◇，◆◇◇◆，◆◆◇◇◇◆。
无限都付窊尊，漠漠水天**远**。	◇◆◇◆◇◇，◆◆◆◇◆。

同体式作品：无。

同源词调：【转调二郎神】

1. 始词北宋徐伸作。
2. 双片，上片四韵，下片五韵，仄韵，隔句韵。

始词：21分句8复句。双片。上片10分句4复句，二/三/二/三/型复句组；下片11分句4复句，二/三/三/三/型复句组。仄韵，隔句韵，插一连句韵。

4，7。5，4，6。7，7。5，4，4。

2，8。3，6，6。4，4，6。3，6，4。——北宋·徐伸·《全宋词》第814页

转调二郎神

闷来弹雀，又搅破一帘花**影**。	◆◇◇◆，△◆◆◆◇◇◆。
谩试著春衫，还思纤手，薰彻金炉烬**冷**。	◆◆◆◇◇，◇◇◇◆，◇◆◇◇◆◆。
动是愁多如何向，但怪得新来多**病**。	◆◆◇◇◇◇◆，△◆◆◇◇◇◆。
想旧日沉腰，而今潘鬓，不堪临**镜**。	△◆◆◇◇，◇◇◇◆，◆◇◇◆。
重**省**，别来泪滴罗衣犹**凝**。	◇◆，◆◇◆◆◇◇◇◇。
料为我，厌厌日高慵起，长托春酲未**醒**。	◆◆◆，◇◇◆◇◇◆，◇◆◇◇◆◆。
雁翼不来，马蹄轻驻，门闭一庭芳**景**。	◆◆◆◇，◆◇◇◆，◇◆◆◇◇◆。
空伫立，尽日阑干倚遍，昼长人**静**。	◇◆◆，◆◆◇◇◆◆，◆◇◇◆。

同体式作品：南宋：张孝祥1首。

变体一

与始词单句数复句数相同，复句型有变。

【变体一】21 分句 8 复句。上片分句数复句型与始词同，10 分句 4 复句，二/三/二/三/型复句组；下片第一复句增 1 分句，第四复句减 1 分句，11 分句 4 复句，三/三/三/二/型单句复句组。仄韵，叠字韵，隔句韵。

6，5。5，4，6。7，6。5，4，4。

2，4，4。3，6，6。4，4，6。7，6。——南宋·刘克庄·《全宋词》第 2610 页

转调二郎神

用实之韵，三和。

一筇两屦导从，比在京差**省**。　◆◇◆◆◆◇，◆◆◇◇◆。

更不草白麻，不批黄敕，稍觉心清力**省**。　△◆◆◆◇，◆◇◇◆，◆◆◇◇◆◆。

幸有善和书堪读，何必然藜芸**省**。　◆◆◆◇◇◇◆，◇◆◇◇◇◆。

且阁起庄骚，专看老易，课程尤**省**。　△◆◆◇◇，◇◇◆◆，◆◇◇◆。

梦**境**，槐阴禁苑，药翻纶**省**。　◆◆，◇◇◆◆，◆◇◇◆。

纸裹里，有青铜钱三百，送与酒家展**省**。　◆◆◆，△◇◇◇◇◆，◆◆◆◇◆◆。

吊李白坟，挂徐君剑，零落端平同**省**。　△◆◆◇，△◇◇◆，◇◆◇◇◇◆。

仅留得老子婆娑，怎不拂衣华**省**。　△◇◆◆◆◇◇，◆◆◆◇◇◆。

同体式作品：无。

增减字：

（一）4，7。5，4，6。7，7。5，4，4。〇 2，4，4。5，4，6。4，4，6。7，6。南宋：刘克庄 2 首。

变体二

与始词复句数相同，分句数有变。

变体二·1

23 分句 8 复句

【变体二·1】23 分句 8 复句。双片。上片第三复句较始词增 1 分句，11 分句 4 复句，二/三/三/三/型复句组；下片第一复句增 1 分句，12 分句 4 复句，三/三/三/三/型复句组。仄韵，重字韵、隔句韵。

4，7。5，4，6。7，3，4。5，4，4。

2，4，4。5，4，6。4，4，6。5，4，4。——南宋·刘克庄·《全宋词》第 2610 页

转调二郎神

余生日，林农卿赠此词，终篇押一韵，效嚬一首。

抽还手版，受用处十分轻**省**。　◇◇◆◆，◆◆◆◆◇◇◆。

便衣翦家机，饭炊躬稼，且免支移系**省**。　△◇◆◇◇，◆◇◇◆，◆◆◇◇◆◆。

帝悯龙钟斸朝谒，予长假，毋烦申**省**。　◆◆◇◇◇◇◆，◆◇◆，◆◇◇◆。

笑木石虚斋，暮年饮做，端明提**省**。	△◆◆◇◇，◆◇◇◆，◇◇◇◆。
闲**冷**，橐金散尽，书筒来**省**。	◇◆，◆◇◆◆，◇◆◇◆。
有小小楼儿，看山待月，绝胜崔公望**省**。	△◆◆◇◇，◆◇◆◆，◆◆◇◇◆◆。
两鹤随轩，一奴负锸，此外诸余从**省**。	◆◆◇◇，△◆◇◆◆，◆◆◇◇◇◆。
把一身本末，绿章奏过，泰玄都**省**。	△◆◇◆◆，◆◇◆◆，◇◇◇◆。

同体式作品：无。

变体二·2

22 分句 8 复句

【变体二·2】22 分句 8 复句。双片。上片与始词同，10 分句 4 复句，二/三/二/三/型复句组；下片第一复句增 1 分句，12 分句 4 复句，三/三/三/三/型复句组。仄韵，重字韵、隔句韵。

4，7。5，4，6。7，6。5，4，4。

2，4，4。5，4，6。4，4，6。3，4，6。——南宋·刘克庄·《全宋词》第 2610 页

转调二郎神

四和

近来塞上，喜蜡弹羽书清**省**。	◆◇◆◆，△◆◆◆◇◇◆。
更万灶分屯，百年和籴，惭愧而今半**省**。	△◆◆◇◇，◆◇◇◆，◇◆◇◇◆◆。
蒙鞑残兵骑猪遁，永绝生猺侵**省**。	◇◆◇◇◇◇◆，◆◆◇◇◇◆。
做个太平民，戴花身健，催租符**省**。	◆◆◆◇◇，◆◇◇◆，◇◇◆◆。
何**幸**，行人来密，佥军抽**省**。	◇◆，◇◇◇◆，◆◇◇◆。
但进有都俞，退无科琐，不用依时出**省**。	△◆◆◇◇，◆◇◇◆，◆◆◇◇◆◆。
子厚南宫，仲舒四掖，又报岑参东**省**。	◆◆◇◇，◇◇◆◆，◆◆◆◇◇◇◆。
趁此际，纳禄悬车，亦为大司农**省**。	◆◆◆，◆◆◇◇◆，◆◇◆◇◇◆。

体式作品：无。

273.【醉蓬莱】

1. 始词北宋柳永作。
2. 柳永自度曲。宋陈师道《后山诗话》："柳三变游东都南北二巷，作新乐府，骫骳从俗，天下咏之，遂传禁中。仁宗颇好其词，每对酒，必使侍从歌之再三。三变闻之，作宫词号《醉蓬莱》，因内官达后宫，且求其助。仁宗闻而觉之，自是不复歌其词矣。"
3. 宋代通行词调。

4. 双片，每片四仄韵，隔句韵。

始词：23 分句 8 复句。双片，上片 11 分句 4 复句，三/二/三/三/型复句组；下片 12 分句 4 复句，四/二/三/三/型复句组。仄韵，隔句韵。

5，4，4。4，5。4，4，5。4，4，4。

4，4，4，4。4，5。4，4，5。4，4，4。——北宋·柳永·《全宋词》第 29 页

醉蓬莱

渐亭皋叶下，陇首云飞，素秋新**霁**。　△◇◇◆◆，◆◆◇◇，◆◇◇◆。
华阙中天，锁葱葱佳**气**。　◇◆◇◇，△◇◇◇◆。
嫩菊黄深，拒霜红浅，近宝阶香**砌**。　◆◆◇◇，◆◇◇◆，△◆◇◇◆。
玉宇无尘，金茎有露，碧天如**水**。　◆◆◇◇，◇◇◆◆，◆◇◇◆。

正值升平，万几多暇，　◆◆◇◇，◆◆◇◇，
夜色澄鲜，漏声迢**递**。　◆◆◇◇，◆◇◇◆。
南极星中，有老人呈**瑞**。　◇◆◇◇，△◆◇◇◆。
此际宸游，凤辇何处，度管弦清**脆**。　◆◆◇◇，◆◆◇◆，△◆◇◇◆。
太液波翻，披香帘卷，月明风**细**。　◆◆◇◇，◇◇◇◆，◆◇◇◆。

同体式作品：北宋：韦骧 1 首，黄庭坚 1 首，晁端礼 4 首，叶梦得 1 首，刘一止 1 首，万俟咏 1 首，计 6 人 9 首。南宋：赵鼎 1 首，张元幹 1 首，吕渭老 1 首，杨无咎 3 首，孙道绚 1 首，史浩 1 首，洪适 1 首，韩元吉 1 首，赵彦端 1 首，赵磻老 2 首，张孝祥 1 首，李处全 1 首，赵长卿 5 首，赵善括 3 首，赵师侠 1 首，熊以宁 1 首，卢炳 1 首，刘仙伦 1 首，韩淲 1 首，程珌 1 首，魏了翁 1 首，黄机 1 首，赵以夫 1 首，刘子寰 3 首，李曾伯 13 首，吴文英 1 首，陈允平 1 首，吴季子 1 首，王沂孙 1 首，百兰 1 首，伍梅城 1 首，刘性初 1 首，杨绘 1 首，仲殊 4 首，李商英 1 首，赵士毂 1 首，钱处仁 1 首，黄人杰 1 首，陈晔 1 首，段倚 1 首，霍安人 1 首，无名氏 5 人 5 首，计 46 人 72 首。

增减字：

（一）5，4，4。4，5。4，4，6。4，4，4。○ 4，4，4，4。4，5。4，4，5。4，4，4。北宋：欧阳修 1 首，陈瓘 1 首，谢薖 1 首，葛胜仲 1 首。

（二）5，4，4。4，5。4，4，5。4，4，4。○ 4，4，4，4。4，5。6，3，4。4，4，4。南宋：王之道 1 首，史浩 1 首，李流谦 1 首，韩淲 1 首，奚倬然 1 首，百兰 1 首。

（三）5，4，4。4，5。4，4，6。4，4，4。○ 4，4，4，4。4，5。4，4，6。4，4，4。南宋：李石 1 首。

（四）5，4，4。4，5。4，4，4。4，4，4。○ 4，4，4，4。4，5。4，4，5。4，4，4。南宋：曾觌 1 首。

（五）5，4，4。4，5。4，4，5。4，4，4。○ 4，4，4，4。5，5。4，4，5。4，4，4。南宋：王千秋 1 首。

（六）5，4，4。4，5。4，4，5。4，4，4。○ 4，4，4，4。4，5。4，5，4。4，4，4。南宋：张辑 1 首。

（七）5，4，4。4，5。4，4，5。4，4，4。○ 4，4，4，4。4，5。4，4，5。5，3，4。南宋：无名氏 1 首。

变体二

与始词复句数相同，分句数有变。

变体二·1

22分句8复句

【变体二·1·1】22分句8复句。上片与始词同，下片第一复句较始词减1分句。每片11分句4复句，三/二/三/三/型复句组。仄韵，隔句韵。

5，4，4。4，5。4，4，5。4，4，4。

6，6，4。4，5。4，4，5。4，4，4。——北宋·苏轼·《全宋词》第296页

醉蓬莱

重九，上君猷。

笑劳生一梦，羁旅三年，又还重**九**。	△◇◇◆◆，◇◆◇◇，◆◇◇◆。
华发萧萧，对荒园搔**首**。	◇◆◇◇，△◇◇◇◆。
赖有多情，好饮无事，似古人贤**守**。	◆◆◇◇，◆◆◇◆，△◆◇◇◆。
岁岁登高，年年落帽，物华依**旧**。	◆◆◇◇，◇◇◆◆，◆◇◇◆。
此会应须烂醉，	◆◆◇◇◆◆，
仍把紫菊茱萸，细看重**嗅**。	◇◆◆◆◇◇，◆◇◇◆。
摇落霜风，有手栽双**柳**。	◇◆◇◇，△◆◇◇◆。
来岁今朝，为我西顾，酹羽觞江**口**。	◇◆◇◇，◆◆◇◆，△◆◇◇◆。
会与州人，饮公遗爱，一江醇**酎**。	◆◆◇◇，◆◇◇◆，◆◇◇◆。

同体式作品：南宋：程珌2首。

增减字：

（一）5，4，4。4，5。4，4，5。4，4，5。○4，4，5。5，6。4，4，5。4，4，5。北宋：秦观1首。

（二）5，4，4。6，4。4，4，5。4，4，4。○6，6，4。4，5。4，4，5。4，4，4。南宋：丁仲远1首。

（三）5，4，4。4，5。4，4，5。4，4，4。○4，4，5。7，5。4，4，5。4，4，4。南宋：无名氏1首。

【变体二·1·2】22分句8复句。上片与【变体二·1·1】同，下片复句型有变。每片11分句4复句，上片三/二/三/三/型复句组；下片四/二/二/三/型复句组。仄韵，隔句韵。律词。

5，4，4。4，5。4，4，5。4，4，4。

4，4，4，4。4，5。7，6。4，4，4。——北宋·王之道·《全宋词》第1147页

醉蓬莱

追和东坡《重九》，呈彦时兄。

对黄芦卧雨，苍雁横秋，江天重**九**。	△◇◇◆◆，◇◆◇◇，◇◇◇◆。
千载渊明，信风流称**首**。	◇◆◇◇，△◇◇◇◆。
吟绕东篱，白衣何处，谁复当年**偶**。	◇◆◇◇，◆◇◇◆，◇◆◇◇◆。
蓝水清游，龙山胜集，恍然依**旧**。	◇◆◇◇，◇◇◆◆，◆◇◇◆。

荚实嫩红，菊团余馥，	◇◆◆◇，◆◇◇◆，
付与佳人，比妍争**嗅**。	◆◆◇◇，◆◇◇◆。
一曲婆娑，看舞腰萦**柳**。	◆◆◇◇，△◆◇◇◆。
举世纷纷名利逐，罕遇笑来开**口**。	◆◆◇◇◇◆◆，◆◆◆◇◇◆。
慰我寂寥，酬君酩酊，不容无**酒**。	◆◆◆◇，◇◇◆◆，◆◇◇◆。

同体式作品：无。

【变体二·1·3】22 分句 8 复句。上片与【变体二·1】前两式皆同，下片复句型有变。每片 11 分句 4 复句，上片三/二/三/三/型复句组；下片四/二/三/二/型复句组。仄韵，隔句韵。

5，4，4。4，5。4，4，3。4，4，4。

4，4，4，4。4，5。4，4，5。6，6。——宋·李商英《全宋词补辑》第 23 页

醉蓬莱

庆朋良相遇，夷夏均欢，福沾绵**宇**。	△◇◇◇◆，◇◆◇◇，◆◇◇◆。
扶日勋高，更补天力**巨**。	◇◆◇◇，△◆◇◆◆。
学造渊微，文赓三圣，被褒**语**。	◆◆◇◇，◇◇◇◆，◆◇◆。
来自丹台，生逢华日，身登仙**路**。	◇◆◇◇，◇◇◇◆，◇◇◇◆。
衮绣归来，水晶宫里，	◆◆◇◇，◆◇◇◆，
燕处超然，去天尺**五**。	◆◆◇◇，◆◇◆◆。
绿发朱颜，照青春如**故**。	◆◆◇◇，△◇◇◇◆。
一粒刀圭，五更丹灶，与赤松游**处**。	◆◆◇◇，◆◇◇◆，◆◆◇◇◆。
只恐看着蒲轮，趣上沙堤归**去**。	◆◆◆◆◇◇，◆◆◇◇◇◆。

同体式作品：无。

274.【宣清】

1. 始词北宋柳永作。
2. 双片，上每片四韵，下片五韵，仄韵，隔句韵。
3. 此调仅见柳永一首。

始词：26 分句 8 复句。双片。上下片各 13 分句 4 复句，三/四/三/三/型复句组。仄韵，隔句韵。

4，4，6。3，4，3，4。4，4，4。3，3，6。

5，4，5。5，4，4，6。3，4，7。4，5，7。——北宋·柳永·《全宋词》第 29 页

宣清

残月朦胧，小宴阑珊，归来轻寒凛**凛**。	◇◆◇◇，◆◆◇◇，◇◇◇◇◆◆。
背银钉，孤馆乍眠，拥重衾，醉魄犹**噤**。	◆◇◇，◇◆◆◇，◆◇◇，◆◆◇◆。
永漏频传，前欢已去，离愁一**枕**。	◆◆◇◇，◇◇◆◆，◇◇◆◆。
暗寻思，旧追游，神京风物如**锦**。	◆◇◇，◆◇◇，◇◇◇◆◇◆。
念掷果朋侪，绝缨宴会，当时曾痛**饮**。	△◆◆◇◇，◆◇◆◆，◇◇◇◆◆。
命舞燕翩翻，歌珠贯串，	△◆◆◇◇，◇◇◆◆，
向玳筵前，尽是神仙流**品**。	△◆◇◇，◆◆◇◇◇◆。
至更阑，疏狂转**甚**，更相将风帏鸳**寝**。	◆◇◇，◇◇◆◆，△◇◇◆◇◇◆。
玉钗乱横，任散尽高阳，	◆◇◆◇，△◆◆◇◇，
这欢娱甚时重**恁**。	△◇◇◆◇◇◆。

同体式作品：无。

275.【锦堂春】

1. 始词北宋柳永作。
2. 双片，每片四平韵，“变体三”上片增一韵；隔句韵。

始词：20 分句 8 复句。双片。上下片各 10 分句 4 复句，三/二/二/三/型复句组。平韵，隔句韵。

4，4，6。5，4。7，6。5，4，4。

6，5，4。5，4。7，7。3，4，6。——北宋·柳永·《全宋词》第 29 页

锦堂春

坠髻慵梳，愁蛾懒画，心绪是事阑**珊**。	◆◆◇◇，◇◇◆◆，◇◆◆◆◇◇。
觉新来憔悴，金缕衣**宽**。	△◇◇◇◆，◇◆◇◇。
认得这疏狂意下，向人消譬如**闲**。	◆◆◆◇◇◆◆，◆◇◆◆◇◇。
把芳容整顿，恁地轻孤，争忍心**安**。	△◇◇◆◆，◆◆◇◇，◇◆◇◇。
依前过了旧约，甚当初赚我，偷剪云**鬟**。	◇◇◆◆◆◆，△◇◇◆◆，◇◆◇◇。
几时得归来，香阁深**关**。	◆◇◆◇◇，◇◆◇◇。
待伊要尤云殢雨，缠绣衾不与同**欢**。	◆◇◆◇◇◆◆，◇◆◇◆◆◇◇。
尽更深，款款问伊，今后敢更无**端**。	◆◇◇，◆◆◆◇，◇◆◆◆◇◇。

同体式作品：无。

增减字：

(一) 4，4，6。4，6。6，6。5，4，4。○ 6，5，4。6，4。6，7。6，4，4。北宋：司马光 1 首。

（二）4，4，6。5，4。6，6。5，4，4。○6，3，6。6，4。6，6。5，4，4。南宋：黄裳1首。

（三）4，4，6。5，4。6，6。6，4，4。○6，5，4。5，4。6，6。6，4，4。南宋：葛立方1首。

（四）4，4，6。5，4。6，6。5，4，4。○6，5，4。6，4。6，6。5，4，4。南宋：王沂孙1首，王梦应1首。

变体二

与始词复句数相同，分句数有变。

变体二·1

19分句8复句

【变体二·1】19分句8复句。上片与始词同，10分句4复句，三/二/二/三/型复句组；下片第四复句较始词减1分句，9分句4复句，三/二/二/二/型复句组。平韵，隔句韵。

4，4，6。5，4。6，6。5，4，4。

6，5，4。6，4。6，6。5，6。——南宋·王沂孙·《全宋词》第3364页

锦堂春

中秋

露掌秋深，花签漏永，那堪此夕新**晴**。	◆◆◇◇，◇◇◆◆，◆◇◆◆◇◇。
正纤尘飞尽，万籁无**声**。	△◇◇◇◆，◆◆◇◇。
金镜开奁弄影，玉壶盛水侵**稜**。	◇◆◇◇◆◆，◆◇◇◆◇◇。
纵帘斜树隔，烛暗花残，不碍虚**明**。	△◇◇◆◆，◆◆◇◇，◆◆◇◇。
美人凝恨歌黛，念经年间阻，只恐云**生**。	◆◇◇◆◇◆，△◇◇◆◆，◆◆◇◇。
早是宫鞋鸳小，翠鬓蝉**轻**。	◆◆◇◇◇◆，◆◆◇◇。
蟾润妆梅夜发，桂熏仙骨香**清**。	◇◆◇◇◆◆，◆◇◇◆◇◇。
看姮娥此际，多情又似无**情**。	△◇◇◆◆，◇◇◆◆◇◇。

同体式作品：无。

变体二·2

22复句8分句

【变体二·2】22分句8复句。上下片第三复句较始词各增1分句，每片11分句4复句，三/二/三/三/型复句组。平韵，隔句韵。

4，4，6。6，4。6，3，4。5，4，4。

6，5，4。6，4。6，3，4。5，4，4。——宋·无名氏·《全宋词》第3616页

锦堂春

雪梅

腊雪初晴，冰销凝泮，寻幽闲赏名**园**。	◆◆◇◇，◇◇◇◆，◇◇◇◆◇◇。
时向长亭登眺，倚遍朱**阑**。	◇◆◇◇◇◆，◆◆◇◇。
拂面严风冻薄，满阶前，霜叶声**干**。	◆◆◇◇◆◆，◆◇◇，◇◆◇◇。

见小台深处，数叶江梅，漏泄春**权**。　△◆◇◇◆，◆◆◇◇，◆◆◇◇。

百花休恨开晚，奈韶华瞬息，常放教**先**。　◆◇◇◆◇◆，◆◇◇◆◆，◇◆◇◇。
非是东君私语，和煦恩**偏**。　◇◆◇◇◇◆，◇◆◇◇。
欲寄江南音耗，念故人，隔阔云**烟**。　◆◆◇◇◇◆，◆◆◇，◆◆◇◇。
一枝赠春色，待把金刀，剪倩人**传**。　◆◇◆◇◆，◆◆◇◇，◆◆◇◇。

同体式作品：无。

变体三

较始词分句数复句数皆变

【变体三】18 分句 7 复句。上片与始词同，10 分句 4 复句，三/二/二/三/型复句组；下片较始词减 2 分句 1 复句，8 分句 3 复句，三/二/三/型复句组。平韵，隔句韵，间插连句韵。

4，4，6。5，4。6，6。5，4，4。
6，5，4。6，6。5，4，4。——南宋·傅大询·《全宋词》第 1830 页

锦堂春

寿许宰

梅要疏开，雪教迟下，怕他寒入江**天**。　◇◆◇◇，◆◇◇◆，◆◇◇◆◇◇。
有月桥仙客，相伴婵**娟**。　△◆◇◇◆，◇◆◇◇。
巷陌升平气象，一时都在鸣**弦**。　◆◆◇◇◆◆，◆◇◇◆◇◇。
望东家锦里，雁到云**边**，书到云**边**。　△◇◇◆◆，◆◆◇◇，◇◆◇◇。

尊前翠眉环唱，道新腔字稳，花折声**圆**。　◇◇◆◇◇◆，◆◇◇◆◆，◇◆◇◇。
此去凤池游戏，碧波添插金**莲**。　◆◆◆◇◇◆，◆◇◇◆◇◇。
看长生叶上，龟寿千**年**，人寿千**年**。　△◇◇◆◆，◇◆◇◇，◇◆◇◇。

同体式作品：无。

276.【迎春乐】

【迎春乐令】

1. 始词北宋柳永作。
2. 一作【迎春乐令】。
3. 双片，上片四韵，下片三韵，变体韵数或有变。仄韵，隔句韵，间插连句韵。

始词：12 分句 4 复句。双片。上片 6 分句 2 复句，三/三/型复句组；下片 6 分句 2 复句，四/二/型复句组。仄韵，隔句韵，插一连句韵。律词。

7，3，3。3，5，6。

3，5，3，4。6，5。——北宋·柳永·《全宋词》第30页

迎春乐

近来憔悴人惊**怪**，为别后，相思**煞**。 ◆◇◇◆◇◇◆，◇◆◆，◇◇◆。

我前生，负你愁烦**债**，便苦恁难开**解**。 ◆◇◇，◆◆◇◇◆，◆◆◆◇◇◆。

良夜永，牵情无计**奈**， ◇◆◆，◇◇◇◆◆，

锦被里，余香犹**在**。 ◆◆◆，◇◇◇◆。

怎得依前灯下，恣意怜娇**态**。 ◆◆◇◇◇◆，◆◆◇◇◆。

同体式作品：无。

增减字：

（一）7，3，3。8，3，3。○3，5，3，4。6，5。北宋：晏殊1首。

（二）7，3，3。7，3，3。○3，5，3，4。4，7。北宋：欧阳修1首。

变体一

与始词分句数复句数相同，复句型有变。

【变体一】12分句4复句。上片与始词同，6分句2复句，三/三/型复句组；下片第一复句减1分句，第二复句增1分句，6分句2复句，三/三/型复句组。仄韵，隔句韵。律词。

7，3，3。7，3，3。

7，3，4。5，3，3。——北宋·贺铸·《全宋词》第501页

迎春乐

辨弦声

琼琼绝艺真无**价**，指尖纤，态闲**暇**。 ◇◇◆◆◇◇◆，◆◇◇，◆◇◆。

几多方寸关情**话**，都付与，弦声**写**。 ◆◇◇◆◇◇◆，◇◆◆◇◇◆。

三月十三寒食**夜**，映花月，絮风台**榭**。 ◇◆◆◇◇◆◆，◆◇◆，◆◇◇◆。

明月待欢来，久背面，秋千**下**。 ◇◆◆◇◇，◆◆◆，◇◇◆。

同体式作品：北宋：贺铸3首。南宋：无名氏1首（【迎春乐令】）。

增减字：

（一）7，3，3。8，3，3。○7，3，4。5，3，3。南宋：方千里1首。

变体二

与始词复句数皆同，分句数有变。

变体二·1

13分句4复句

【变体二·1·1】13分句4复句。上片与始词同，6分句2复句，三/三/型复句组；下

片第二复句增1分句。7分句2复句，四/三/型复句组。仄韵，隔句韵。

7，3，3。7，3，3。

3，3，3，4。5，3，3。——北宋·张先·《全宋词》第65页

迎春乐

城头画角催夕**宴**，忆前时，小楼**晚**。	◇◇◆◆◇◆◆，◆◇◇，◆◇◆。
残虹数尺云中**断**，愁送目，天涯**远**。	◇◇◆◆◇◇◆，◇◆◆，◇◇◆。
枕清风，停画**扇**，逗蛮篁，碧纱零**乱**。	◆◇◇，◇◆◆，◆◇◆，◆◇◇◆。
怎生得伊来，今夜里，银蟾**满**。	◆◇◆◇◇，◇◆◆，◇◇◆。

同体式作品：无。

【变体二·1·2】13分句4复句。上片与【变体二·1·1】下片同，下片与上片同。上片7分句2复句，三/四/型复句组；下片6分句2复句，三/三/型复句组。仄韵，邻韵通押，隔句韵，间插连句韵。律词。

7，3，3。3，5，3，3。

7，3，4。5，3，3。——北宋·周邦彦·《全宋词》第601页

迎春乐

双调

桃蹊柳曲闲踪**迹**，俱曾**是**，大堤**客**。	◇◇◆◆◇◇◆，◆◇◆，◆◇◆。
解春衣，贳酒城南陌，频醉卧，胡姬**侧**。	◆◇◇，◆◆◇◇◆，◇◆◆，◇◇◆。
鬓点吴霜嗟早**白**，更谁念，玉溪消**息**。	◆◆◇◇◇◆◆，◆◇◆，◆◇◇◆。
他日水云身，相望处，无南**北**。	◇◆◆◇◇，◇◆◆，◇◇◆。

同体式作品：北宋：周邦彦2首；南宋：杨无咎1首，杨泽民1首，陈允平2首。

变体二·2

8分句4复句

【变体二·2】8分句4复句。双片，上下片较始词各减2分句，每片4分句2复句，二/二/型复句组。仄韵，连句韵，下片结尾隔句韵。

7，6。7，6。

7，7。6，5。——北宋·秦观·《全宋词》第459页

迎春乐

菖蒲叶叶知多**少**，惟有个蜂儿**妙**。	◇◇◆◆◇◇◆，◇◆◆◇◇◆。
雨晴红粉齐开**了**，露一点娇黄**小**。	◇◇◇◆◇◇◆，◆◆◆◇◇◆。
早是被晓风力**暴**，更春共斜阳俱**老**。	◆◆◆◆◇◆◆，△◇◆◇◇◆◆。
怎得香香深处，作个蜂儿**抱**。	◆◆◇◇◇◆，◆◆◇◇◆。

同体式作品：无。

变体二·3

11分句4复句

【变体二·3】11分句4复句。上片与始词同，6分句2复句，三/三/型复句组；下片第一复句减2分句，第二复句增1分句，5分句2复句，二/三/型复句组。仄韵，邻韵通押，隔句韵。律词。

7，3，3。8，3，3。

7，7。5，3，3。——南宋·方千里·《全宋词》第2494页

迎春乐

红深绿暗春无迹，芳心荡，冶游**客**。　◇◇◆◆◇◇◆，◇◇◆，◆◇◆。

记摇鞭跋马铜驼陌，凝睇认，珠帘**侧**。　△◇◇◆◆◇◇◆，◇◆◆，◇◇◆。

絮满愁城风卷**白**，递多少相思消息。　◆◆◇◇◇◆◆，△◇◆◇◇◇◆。

何处约欢期，芳草外，高楼**北**。　◇◆◆◇◇，◇◆◆，◇◇◆。

同体式作品：无。

变体二·4

10分句4复句

【变体二·4·1】10分句4复句。上片第二复句较【变体二·2】减1分句，下片分句数同，复句型有变。每片5分句2复句，三/二/型复句组。仄韵，隔句韵，插一连句韵。律词。

7，3，3。8，6。

7，3，4。5，6。——南宋·杨泽民·《全宋词》第3005页

迎春乐

池边刺竹初成**屋**，拨芳瓮，酒初**熟**。　◇◇◆◆◇◇◆，◆◇◆，◆◇◆。

奈巾车秣马催人**速**，还又伴孤云**宿**。　△◇◇◆◆◇◇◆，◇◆◆◇◇◆。

蜗角蝇头相窘**束**，满眼地，水青山**绿**。　◇◆◇◇◇◆◆，◆◆◆，◆◇◇◆。

要解别来愁，除是再偎香**玉**。　◆◆◆◇◇，◇◆◆◇◇◆。

同体式作品：无。

【变体二·4·2】10分句4复句。上下片句型与【变体二·4·1】正相反，每片5分句2复句，上片二/三/型复句组，下片三/二/型复句组。仄韵，连句韵、隔句韵。律词。

7，6。3，5，6。

7，3，4。5，6。——南宋·陈允平·《全宋词》第3133页

迎春乐

依依一树多情**柳**，都未识行人**手**。　◇◇◆◆◇◇◆，△◆◆◇◇◆。

对青青，共结同心**就**，更共饮旗亭**酒**。　◆◇◇，◆◆◇◇◆，△◆◆◇◇◆。

褥上芙蓉铺软**绣**，香不散，彩云春**透**。　◆◆◇◇◇◆◆，◇◆◆，◆◇◇◆。
今岁又相逢，是燕子归来**后**。　◇◆◆◇◇，△◆◆◇◇◆。

按：本词或题【一落索】，兹依《全宋词》归为【迎春乐】。

同体式作品：无。

277. 【隔帘听】

1. 始词北宋柳永作。
2. 取本词“隔帘听”之句为调名。
3. 双片，上片五韵，下片七韵。仄韵，隔句韵，间插连句韵。
4. 此调仅见柳永一首。

始词：16 分句 6 复句。双片。上片 8 分句 3 复句，二/三/三/型复句组；下片 8 分句 3 复句，三/三/二/型复句组。仄韵，隔句韵，间插连句韵。

6，5。7，5，4。3，3，4。
3，4，5。7，3，6。3，6。——北宋·柳永·《全宋词》第 30 页

隔帘听

咫尺凤衾鸳帐，欲去无因**到**。　◆◆◆◇◇◆，◆◆◇◇◆。
虾须窣地重门**悄**，　◇◇◆◆◇◇◆，
认绣履频移，洞房杳**杳**。　◆◆◆◇◇，◆◇◆◆。
强语**笑**，逞如簧，再三轻**巧**。　◇◆◆，◆◇◇，◆◇◇◆。

梳妆**早**，琵琶闲**抱**，爱品相思**调**。　◇◇◆，◇◇◇◆，◆◆◇◇◆。
声声似把芳心**告**，　◇◇◆◆◇◇◆，
隔帘听，赢得断肠多**少**。　◆◇◇，◇◆◆◇◇◆。
恁烦**恼**，除非共伊知**道**。　◆◇◆，◇◇◆◇◇◆。

同体式作品：无。

278. 【留客住】

1. 始词北宋柳永作。
2. 本源为唐教坊曲（见《教坊记》）。《教坊记笺订》：“隋曲有《神仙留客》，或为此曲所

本。可能为戏曲，详《唐戏弄》。北宋已成慢词。又宋人《九张机》序云：‘《醉留客》者，乐府之旧名；《九张机》者，才子之新调。’疑《九张机》《醉留客》皆与本曲有关。”

3. 双片，上片四韵，下片五韵。仄韵，隔句韵。

4. 此调南宋无继作。

始词：22 分句 7 复句。双片。上片 11 分句 3 复句，五/三/三/型复句组；下片 11 分句 4 复句，三/二/三/三/型复句组。仄韵，隔句韵。

3，3，4，4，6。6，4，5。4，5，4。

3，4，4。4，6。6，4，5。4，3，6。——北宋·柳永·《全宋词》第 30 页

留客住

偶登**眺**，凭小阑，艳阳时节，　◆◇◆，◇◆◇，◆◇◇◆，

乍晴天气，是处闲花芳**草**。　◆◇◇◆，◆◆◇◇◇◆。

遥山万叠云散，涨海千里，潮平波浩**渺**。　◇◇◆◆◇◆，◆◆◇◆，◇◇◇◆◆。

烟村院落，是谁家绿树，数声啼**鸟**。　◇◇◆◆，△◇◇◆◆，◆◇◇◆。

旅情**悄**，远信沉沉，离魂杳**杳**。　◇◇◆，◆◆◇◇，◇◇◆◆。

对景伤怀，度日无言谁**表**。　◆◆◇◇，◆◆◇◇◇◆。

惆怅旧欢何处，后约难凭，看看春又**老**。　◇◆◆◇◇◆，◆◆◇◇，◇◇◇◆◆。

盈盈泪眼，望仙乡，隐隐断霞残**照**。　◇◇◆◆，◆◇◇，◆◆◆◇◇◆。

同体式作品：无。

变体二

复句数不变，分句数减 2。

【变体二】20 分句 7 复句。上下片较始词各减 1 分句，每片 10 分句，上片 3 复句，五/二/三/型复句组；下片 4 复句，三/二/二/三/型复句组。仄韵，隔句韵。

3，3，4，6，4。6，4。6，4，6。

3，5，4。4，6。6，4。7，5，4。——北宋·周邦彦·《全宋词》第 620 页

留客住

嗟乌**兔**，正茫茫，相催无定，　◇◇◆，◆◇◇，◇◇◇◆，

只恁东生西没，半均寒**暑**。　◆◆◇◇◇◆，◆◇◇◆。

昨见花红柳绿，处处林**茂**。　◆◆◇◇◆◆，◆◆◇◆。

又睹霜前篱畔，菊散余香，　◆◆◇◇◇◆，◆◆◇◇，

看看又还秋**暮**。　◆◆◆◇◇◆。

忍思虑，念古往贤愚，终归何**处**。　◆◇◆，△◆◆◇◇，◇◇◇◆。

争似高堂，日夜笙歌齐**举**。　◇◆◇◇，◆◆◇◇◇◆。

选甚连宵彻昼，再三留**住**。　◆◆◇◇◆◆，◆◇◇◆。

待拟沉醉扶上马，	◆◆◇◆◇◆◆，
怎生向主人，未肯交**去**。	◆◇◆◆◇，◆◆◇◆。

同体式作品：无。

279. 【殢人娇】

1. 始词北宋柳永作。
2. 双片，每片四仄韵，隔句韵。

始词：16 分句 8 复句。双片。每片 8 分句 4 复句，二/二/二/二/型复句组。仄韵，隔句韵。律词。

4，6。3，4。4，4。3，6。
4，4。3，4。4，5。5，4。——北宋·柳永·《全宋词》第 31 页

殢人娇

当日相逢，便有怜才深**意**。	◇◆◇◇，◆◆◇◇◇◆。
歌筵罢，偶同鸳**被**。	◇◇◆，◆◇◇◆。
别来光景，看看经**岁**。	◆◇◇◆，◇◇◇◆。
昨夜里，方把旧欢重**继**。	◆◆◆，◇◆◆◇◇◆。
晓月将沉，征骖已**鞴**。	◆◆◇◇，◇◇◆◆。
愁肠乱，又还分**袂**。	◇◇◆，◆◇◇◆。
良辰好景，恨浮名牵**系**。	◇◇◆◆，△◇◇◇◆。
无分得与你，恣情浓**睡**。	◇◇◆◆◆，◆◇◇◆。

同体式作品：无。

增减字：

（一）4，6。3，4。4，5。3，6。○ 4，4。3，4。4，5。3，6。北宋：晏殊 3 首，苏轼 2 首，张抃 1 首。南宋：徐都尉 1 首。

（二）4，6。3，4。4，5。3，6。○ 4，4。3，4。4，6。5，4。北宋：苏轼 1 首。

（三）4，4。3，4。4，4。3，6。○ 4，4。3，4。4，4。5，4。北宋：晁端礼 1 首，毛滂 2 首。南宋：李流谦 1 首，无名氏 1 首。

（四）4，4。3，4。4，5。5，4。○ 4，4。3，4。4，5。3，6。北宋：张抃 1 首。

（五）4，4。3，4。4，5。5，4。○ 4，4。3，4。4，5。5，4。北宋：张方仲 1 首，王庭珪 1 首。

（六）4，4。3，4。4，4。3，4。○ 4，4。3，4。4，4。3，6。南宋：向子諲 1 首。

（七）4，6。3，4。4，5。3，6。○ 4，4。3，4。4，5。5，4。南宋：杨无咎 1 首。

（八）4，6。3，4。4，5。5，4。○ 4，4。3，4。4，5。5，4。南宋：杨无咎 1 首。

（九）4，4。3，4。4，4。4，4。○ 4，4。3，4。4，4。3，5。宋：无名氏 1 首。

变体三

较始词分句数复句数皆变。

【变体三】13 分句 4 复句。双片，上片 6 分句 2 复句，三/三/型复句组；下片 7 分句 2 复句，三/四/型复句组。仄韵，隔句韵、连句韵。

4，4，7。4，4，8。

4，4，7。4，4，5，4。——宋·无名氏·《全宋词补辑》第 7 页

殢人娇

解了痴绦，泼煞闷**火**，　◆◆◇◇，◆◆◆◆，
眉尖上放闲愁**锁**。　◇◇◆◆◇◇◆。
高来不**可**，低来不**可**，　◇◇◆◆，◇◇◆◆，
莫是人间剩我一**个**。　◆◆◇◇◆◆◆◆。

富贵谩人，功名赚**我**，　◆◆◆◇，◇◇◆◆，
且舞个采莲曲**破**。　◆◆◆◆◇◆◆。
红裙腰细，酥醅盏**大**，　◇◇◇◆，◆◇◆◆，
须占取名花，艳中醉**卧**。　△◆◆◇◇，◆◇◆◆。

同体式作品：无。

280.【合欢带】

1. 始词北宋柳永作。
2. 双片，上片五韵，下片四韵，变体下片或增一韵。平韵，隔句韵。

始词：22 分句 8 复句。双片。上片 12 分句 4 复句，四/二/三/三/型复句组；下片 10 分句 4 复句，三/二/二/三/型复句组。平韵，隔句韵。律词。

3，4，3，3。7，7。4，4，4。3，6，4。

4，4，6。7，7。7，5。3，4，6。——北宋·柳永·《全宋词》第 32 页

合欢带

身材儿，早是妖**娆**，算风措，实难**描**。　◇◇◇，◆◆◇◇，△◇◆◆◇◇。
一个肌肤浑似玉，更都来占了千**娇**。　◆◆◇◇◇◆◆，△◇◇◆◆◇◇。
妍歌艳舞，莺惭巧舌，柳妒纤**腰**。　◇◇◆◆，◇◇◆◆，◆◆◇◇。
自相逢，便觉韩娥价减，飞燕声**消**。　◆◇◇，◆◆◇◇◆◆，◇◆◇◇。

桃花零落，溪水潺湲，重寻仙径非**遥**。　◇◇◇◆，◇◆◇◇，◇◇◇◆◇◇。
莫道千金酬一笑，便明珠万斛须**邀**。　◆◆◇◇◇◆◆，△◇◇◆◆◇◇。

檀郎幸有凌云词，赋掷果风**标**。　◇◇◆◆◇◇◇，△◆◆◇◇。
况当年，便好相携，凤楼深处吹**箫**。　◆◇◇，◆◆◇◇，◆◇◇◆◆◇。

同体式作品：无。

变体二

与始词复句数相同，分句数有变。

变体二·1

21 分句 8 复句

【变体二·1】21 分句 8 复句。上片第一复句较始词减 1 分句，11 分句 4 复句，三/二/三/三/型复句组；下片复句型与始词同，分句字数有增减，10 分句 4 复句，三/二/二/三/型复句组。平韵，隔句韵。律词。

6，3，3。7，7。4，4，4。3，4，6。
7，3，3。7，7。8，4。3，4，7。——北宋·杜安世·《全宋词》第 177 页

合欢带

楼台高下玲**珑**，斗芳草，绿阴**浓**。　◇◇◇◆◇◇，◆◇◆，◆◇◇。
芍药孤栖香艳晚，见樱桃万颗初**红**。　◆◆◇◇◇◆◆，△◇◇◆◆◇◇。
巢喧乳燕，珠帘镂曳，满户香**风**。　◇◇◆◆，◇◇◆◆，◆◆◇◇。
罩纱帏，象床屏枕，昼眠才似朦**胧**。　◆◇◇，◆◇◇◆，◆◇◇◆◇◇。

起来无语更兼**慵**，念分明，事成**空**。　◆◇◇◆◆◇◇，◆◇◇，◆◇◇。
被你厌厌牵系我，怪纤腰绣带宽**松**。　◆◆◇◇◇◆◆，△◇◇◆◆◇◇。
春来早是分飞两处，长恨西**东**。　◇◇◆◆◇◇◆◆，◇◆◇◇。
到如今，扇移明月，簟铺寒浪与谁**同**。　◆◇◇，◆◇◇◆，◆◇◇◆◆◇◇。

同体式作品：无。

变体二·2

24 分句 8 复句

【变体二·2】24 分句 8 复句。上片第一复句较始词减 1 分句、第二复句增 1 分句；下片第二、三复句各增 1 分句。每片 12 分句 4 复句，三/三/三/三/型复句组。平韵，隔句韵。律词。

7，3，3。7，3，4。4，4，4。5，4，4。
4，4，6。7，3，4。4，4，4。3，4，6。——南宋·仇远·《全宋词》第 3408 页

合欢带

效柳体

令巍巍一段风**流**，看情性，忒温**柔**。　◆◇◇，◆◆◇◇，◆◇◆，◆◇◇。
记得河桥曾识面，雨凝晴，欲问还**羞**。　◆◆◇◇◇◆◆，◆◇◇，◆◆◇◇。

沉吟半晌，蝉敧舞鬓，莺涩歌**喉**。	◇◇◆◆，◇◇◆◆，◇◆◇◇。
到黄昏饮散，□虽未语，心已相**留**。	△◇◇◆◆，□◇◆◆，◇◆◇◇。
纱窗低转，红袖同携，随花归去秦**楼**。	◇◇◇◆，◇◆◇◇，◇◇◇◆◇◇。
酒力难禁花易软，聚眉峰，点点清**愁**。	◆◆◇◇◇◆◆，◆◇◇，◆◆◇◇。
瞋人笑语，朦胧娇眼，鬓鬌扶**头**。	◆◇◆◆，◇◇◇◆，◆◆◇◇。
醒来时，月转西厢，隔窗犹听箜**篌**。	◆◇◇，◆◆◇◇，◆◇◇◆◇◇。

同体式作品：无。

281.【驻马听】

1. 始词北宋柳永作。
2. 双片。始词上片五韵，下片四韵，变体韵数有变；韵式有平韵、仄韵二格，或平仄通押，隔句韵。

始词：20 分句 8 复句。双片。上片 11 分句 4 复句，二/三/三/三/型复句组；下片 9 分句 4 复句，二/二/二/三/型复句组。平韵，隔句韵。

7，6。4，4，6。3，3，4。4，4，4。

6，6。5，4。6，6。3，4，4。——北宋·柳永·《全宋词》第 34 页

驻马听

凤枕鸾帷二三载，如鱼似水相**知**。	◆◆◇◇◆◇◆，◇◇◆◆◇◇。
良天好景，深怜多爱，无非尽意依**随**。	◇◇◆◆，◇◇◇◆，◇◇◆◆◇◇。
奈何**伊**，恣性灵，忒煞些**儿**。	◆◇◇，◆◆◇，◆◆◇◇。
无事孜煎，万回千度，怎忍分**离**。	◇◆◇◇，◆◇◇◆，◆◆◇◇。
而今渐行渐远，渐觉虽悔难**追**。	◇◇◆◇◆◆，◆◆◇◆◇◇。
漫寄消寄息，终久奚**为**。	△◆◇◆◆，◇◆◇◇。
也拟重论缱绻，争奈翻覆思**维**。	◆◆◇◇◆◆，◇◆◇◆◇◇。
纵再会，只恐恩情，难似当**时**。	◆◆◆，◆◆◇◇，◇◆◇◇。

同体式作品：无。

变体一

与始词分句数复句数相同，复句型有变。

【变体一】20 分句 8 复句。上片较始词减 1 分句，下片增 1 分句。每片 10 分句 4 复句，三/二/二/三/型复句组。仄韵，隔句韵、连句韵。

5，5，4。4，6。5，7。3，4，4。

5，3，6。5，5。5，7。3，3，4。——宋·无名氏·《全宋词》第 3673 页

驻马听

雕鞍成漫**驻**，望断也不归，院深天**暮**。	◇◇◇◆◆，◆◆◆◇◇，◆◇◇◆。
倚遍旧日，曾共凭肩门**户**。	◆◆◆◆，◇◆◇◇◇◆。
踏青何处**所**，想醉拍春衫歌**舞**。	◆◇◇◆◆，△◆◆◇◇◇◆。
征旆**举**，一步红尘，一步回**顾**。	◆◆◆，◆◆◇◇，◆◆◇◆。
行行愁独**语**，想媚容，今宵怨郎不**住**。	◇◇◇◆◆，◆◆◇，◇◇◆◇◆◆。
来为相思**苦**，又空将愁**去**。	◇◆◇◇◆，△◇◇◇◆。
人生无定**据**，叹后会不知何**处**。	◇◇◇◆◆，△◆◆◆◇◇◆。
愁万**缕**，仗东风，和泪吹**与**。	◇◆◆，◆◇◇，◆◆◇◆。

同体式作品：无。

变体三

较始词分句数复句数皆变

【变体三】10 分句 5 复句。双片，上片 6 分句 3 复句，二/二/二/型复句组；下片 4 分句 2 复句，二/二/型复句组。平仄通押，邻韵通押，连句韵、隔句韵。

7，5。7，7。6，5。

7，5。5，7。——南宋·沈瀛·《全宋词》第 1664 页

驻马听

人都道四者难**并**，也由在人**心**。	◇◇◆◆◆◇◆，△◇◆◇◇。
烦恼欢喜元无**定**，奸峭底自能称**停**。	◇◆◇◆◇◇◆，◇◆◆◆◇◇◇。
你待前面怎那，且随任咱**分**。	◆◆◇◆◆◇，◆◇◆◇◇。
自家有后自未**奔**，枉劳人方**寸**。	◆◇◆◆◆◆◇，◆◇◇◇◆。
眼前推辞**怎**，那知他人也心**闷**。	◆◇◇◇◆，◆◇◇◇◆◇◆。

同体式作品：无。

282.【尾犯】

1. 始词北宋柳永作。今存二首，姑取其一为始词。
2. “尾犯”，音乐术语，其意不明，或为乐曲尾部乐句犯它调。
3. 北宋·晁补之《尾犯·庐山》本序谓本调“一名【碧芙蓉】”，然今存宋词无“碧芙蓉”调名。
4. 双片，始词上片五韵，下片六韵；变体普式每片五韵或四韵。平韵，或仄韵，隔句韵。

始词：24分句8复句。每片12分句4复句，三/三/三/三/型复句组。仄韵，隔句韵。

4，5，4。4，4，4。4，3，3。3，4，6。

6，3，3。5，4，4。5，3，4。3，4，6。——北宋·柳永·《全宋词》第34页

尾犯

晴烟幂**幂**，渐东郊芳草，染成轻**碧**。	◇◇◆◆，△◇◇◇◆，◆◇◇◆。
野塘风暖，游鱼动触，冰澌微**坼**。	◆◇◇◆，◇◇◆◆，◇◇◇◆。
几行断雁，旋次第，归霜**碛**。	◆◇◆◆，◇◆◆，◇◇◆。
咏新诗，手捻江梅，故人赠我春**色**。	◆◇◇，◆◆◇◇，◆◇◆◆◇◆。
似此光阴催**逼**，念浮生，不满**百**。	◆◆◇◇◇◆，◆◇◇，◆◆◆。
虽照人轩冕，润屋珠金，于身何**益**。	△◆◇◇◆，◆◆◇◇，◇◇◇◆。
一种劳心**力**，图利禄，殆非长**策**。	◆◆◇◇◆，◇◆◆，◆◇◇◆。
除是恁，点检笙歌，访寻罗绮消**得**。	◇◆◆，◆◆◇◇，◆◇◇◆◇◆。

同体式作品：无。

增减字：

（一）5，4，4。4，4，5。4，3，3。3，6，4。○6，3，3。5，4，4。6，3，4。3，6，4。南宋：曹勋1首。

（二）4，5，4。4，4，4。4，3，4。3，4，6。○6，3，4。5，4，4。5，3，4。3，4，6。南宋：无名氏1首。

变体二

与始词复句数相同，分句数有变。

变体二·1

21分句8复句

【变体二·1·1】21分句8复句。上片第二复句较始词减1分句，第三复句增1分句，12分句4复句，三/二/四/三/型复句组；下片较始词减3分句，9分句4复句，二/二/三/二/型复句组。仄韵，隔句韵。

5，4，4。4，5。3，4，3，4。4，4，5。

5，6。4，5。7，3，4。4，7。——北宋·柳永·《全宋词》第13页

尾犯

夜雨滴空阶，孤馆梦回，情绪萧**索**。	◆◆◆◇◇，◇◆◆◇，◇◆◇◆。
一片闲愁，想丹青难貌。	◆◆◇◇，△◇◇◇◆。
秋渐老，蛩声正苦，夜将阑，灯花旋**落**。	◇◆◆，◇◇◆◆，◆◇◇，◇◇◆◆。
最无端处，总把良宵，只恁孤眠**却**。	△◇◇◆，◆◆◇◇，◆◆◇◇◆。
佳人应怪我，别后寡信轻**诺**。	◇◇◇◆◆，◆◆◆◆◇◆。
记得当初，剪香云为**约**。	◆◆◇◇，◆◇◇◇◆。

甚时向幽闺深处，按新词，流霞共**酌**。 ◆◇◆◇◇◇◆，◆◇◇，◇◇◆◆。
再同欢笑，肯把金玉珠珍**博**。 ◆◇◇◆，◆◆◇◆◇◇◆。

同体式作品：无。

【变体二·1·2】21 分句 8 复句。上下片分句数复句数与【变体二·1·1】同，复句型皆有变。上片 12 分句 4 复句，三/二/四/三/型复句组，下片 9 分句 4 复句，二/二/三/二/型复句组。仄韵，隔句韵。

5，4，4。4，5。3，4，3，4。4，4，5。
5，6。4，4。7，3，4。4，7。——南宋·仇远·《全宋词》第 3406 页

尾犯

雪中

宝蜡夜笼花，不碍画楼，无限清**景**。 ◆◆◆◇◇，◆◆◆◇，◇◆◇◆。
病叶分秋，剪愁桐金**井**。 ◆◆◇◇，◆◇◇◇◆。
银汉外，尘飞不到，暮云收，琉璃万**顷**。 ◇◆◆，◇◇◆◆，◆◇◇，◇◇◆◆。
弁山横翠，好倩西风，送上江心**镜**。 ◆◇◇◆，◆◆◇◇，◆◆◇◇◆。

霓裳空楚楚，钧天旧梦难**省**。 ◇◇◇◆◆，◇◇◆◆◇◆。
最忆婵娟，钗钿香**冷**。 ◆◆◇◇，◇◇◇◆。
欲高跨娇鸾归去，又还愁，乌啼酒**醒**。 △◇◆◇◇◇◆，◆◇◇，◇◇◆◆。
独思前事，夜永谁问相如**病**。 ◆◇◇◆，◆◆◇◆◇◇◆。

同体式作品：无。

增减字：

（一）5，4，4。4，5。3，4，3，4。4，4，5。○ 5，7。4，5。7，3，4。4，7。南宋：蒋捷 1 首。

变体二·2

20 分句 8 复句

【变体二·2】20 分句 8 复句。上下片较始词各减 2 分句，每片 10 分句 4 复句，上片三/二/二/三/型复句组；下片二/三/三/二/型复句组。仄韵，邻韵通押，隔句韵。

4，5，4。6，6。4，6。5，4，4。
6，6。5，4，4。5，3，4。7，6。——北宋·晁补之·《全宋词》第 565 页

尾犯

庐山。一名【碧芙蓉】。

庐山小**隐**，渐年来疏懒，浸浓归**兴**。 ◇◇◆◆，△◇◇◇◆，◇◇◇◆。
彩桥飞过深溪，地底奔雷余**韵**。 ◆◇◇◆◇◇，◆◆◇◇◇◆。
香炉照日，望处与青霄**近**。 ◇◇◆◆，◆◆◇◇◇◆。
想群仙呼我，应还怪来，须丝垂**镜**。 △◇◇◇◆，◇◇◆◇，◇◇◇◆。

海上云车回轫，少姑传金母**信**。	◆◆◇◇◇◆，◆◇◇◇◆◆。
森翠裾琼佩，落日初霞，纷纭相**映**。	◇◆◆◇◆，◆◆◇◇，◇◇◇◆。
谁见壶中**景**，花洞里，杳然渔**艇**。	◇◆◇◇◆，◇◆◆，◇◇◇◆。
别是个潇洒乾坤，世情尘土休**问**。	◆◆◆◇◆◇◇，◆◇◇◆◇◆。

按：上片第二复句，或标点为“彩桥飞过，深溪地底，奔雷余韵”，有破句之嫌；第四复句：“想群仙呼我，应还怪来，须丝垂镜。”“应还怪来”，来，语助词；“须丝垂**镜**”，须丝，胡须；“须丝垂镜”，化用唐卢纶《酬李端长安寓居偶咏见寄》诗句“览鬓丝垂镜”，指老态。全句大意为：料想群仙应当觉得（我）老了。或有将本句标点为“想群仙、呼我应还，怪来须丝垂镜”，破句。下片“谁见壶中**景**，花洞里，杳然渔**艇**”，“壶中景”，仙境，“花洞里杳然渔**艇**”，化用陶渊明《桃花源记》：“林尽水源，便得一山，山有小口，仿佛若有光，便舍船，从口入。”下片第二、九两句，或标点为“少姑传、金母信”“别是个、潇洒乾坤”，本谱皆连而不断。

同体式作品：无。

变体二·3

23 分句 8 复句

【变体二·3】23 分句 8 复句。较始词复句数不变，分句数减 1。上片 12 分句 4 复句，三/二/四/三/型复句组；下片 11 分句 4 复句，三/二/四/二/型复句组。仄韵，隔句韵。

5，4，4。4，5。3，4，3，4。4，4，5。

5，3，4。4，5。3，4，3，4。4，7。——南宋·赵以夫·《全宋词》第 2669 页

尾犯

重九，和刘随如。

长啸蹑高寒，回首万山，空翠零**乱**。	◇◆◆◇◇，◇◆◆◇，◇◆◇◆。
渺渺清秋，与斜阳天**远**。	◆◆◇◇，◆◇◇◇◆。
引光禄，清吟兴动，忆龙山，旧游梦**断**。	◆◇◆，◇◇◆◆，◆◇◇，◆◇◆◆。
夹衣初试，破帽多情，自笑霜蓬**短**。	◆◇◇◆，◆◆◇◇，◆◆◇◇◆。
黄花长好在，一俯仰，节物惊**换**。	◇◇◇◆◆，◆◆◆，◆◆◇◆。
紫蟹青橙，觅东篱幽**伴**。	◆◆◇◇，△◇◇◇◆。
感今古，风凄霜冷，想关河，烟昏月**淡**。	◆◇◆，◇◇◇◆，◆◇◇，◇◇◆◆。
举杯相属，殷勤更把茱萸**看**。	◆◇◇◆，◇◇◆◆◇◇◆。

同体式作品：南宋：吴文英 2 首。

变体二·4

20 分句 8 复句

【变体二·4】18 分句 8 复句。上片分句数复句数较【变体二·2】同，复句型有变；下片减 2 分句，复句数不变。上片 10 分句 4 复句，二/二/三/三/型复句组，下片 8 分句 4 复句，二/二/二/二/型复句组。平韵，起首二句连韵，继隔句韵。

5，8。4，5。6，3，4。4，4，5。

5，7。4，5。7，7。3，7。——南宋·张炎·《全宋词》第3522页

尾犯

山庵有梅古甚，老僧云：此树近百年矣。余盘礴花下，竟日忘归，因有感于孤山，为赋此调。

一白受春**知**，独爱老来疏瘦偏**宜**。　◆◆◆◇◇，◆◆◆◇◇◆◇◇。
古月黄昏，许松竹相**依**。　◆◆◇◇，△◇◆◇◇。
晕藓枯槎半折，影浮波，渴龙倒**窥**。　◆◆◇◇◆◆，◆◇◇，◆◇◆◇。
岁华凋谢，水边篱落，雪后忽横**枝**。　◆◇◇◆，◆◇◇◆，◆◆◆◇◇。

百花头上立，且休问向北开**迟**。　◆◇◇◆◆，◆◇◆◆◆◇◇。
老了何郎，不成便无**诗**。　◆◆◇◇，◆◇◆◇◇。
惟只有西州倦客，怕说著西湖旧**时**。　◇◆◆◇◇◆◆，◆◆◆◇◇◆◇。
难忘处，放鹤山空人未**归**。　◇◇◆，◆◆◇◇◇◆◇。

同体式作品：无。

283.【戚氏】

1. 始词北宋柳永作。
2. 三片。始词上片九韵，中片六韵，下片八韵，变体韵数有变。平韵，或平仄通押，连句韵、隔句韵。
3. 此调南宋无继作。

始词：45分句16复句。三片。上片15分句6复句，二/二/三/二/三/三/型复句组；中片12分句4复句，三/三/三/三/型复句组；下片18分句6复句，三/二/三/四/三/三/型复句组。平韵，偶插仄韵，隔句韵，间插连句韵。

3，7。4，7。2，3，7。6，7。4，4，6。5，4，4。

6，4，5。3，4，4。3，4，8。4，4，6。

5，4，4。6，8。6，4，5。3，5，3，4。3，4，8。4，4，4。

——北宋·柳永·《全宋词》第35页

戚氏

晚秋**天**，一霎微雨洒庭**轩**。　◆◇◇，◆◆◇◆◆◇◇。
槛菊萧疏，井梧零乱惹残**烟**。　◆◆◇◇，◆◇◇◆◆◇◇。
凄**然**，望江**关**，飞云黯淡夕阳**间**。　◇◇，◆◇◇，◇◇◆◆◆◇◇。
当时宋玉悲感，向此临水与登**山**。　◇◇◆◆◇◆，◆◆◇◆◆◇◇。
远道迢递，行人凄楚，倦听陇水潺**湲**。　◆◆◇◆，◇◇◇◆，◆◇◆◆◇◇。

正蝉吟败叶，蛩响衰草，相应喧**喧**。	△◇◇◆◆，◇◆◇◆，◇◆◇◇。
孤馆度日如**年**，风露渐变，悄悄至更**阑**。	◇◆◆◆◇◇，◇◆◆◆，◆◆◆◇◇。
长天净，绛河清浅，皓月婵**娟**。	◇◇◆，◆◇◇◆，◆◆◇◇。
思绵**绵**，夜永对景，那堪屈指暗想从**前**。	◆◇◇，◆◆◆◆，◆◇◆◆◆◆◇◇。
未名未禄，绮陌红楼，往往经岁迁**延**。	◆◇◆◆，◆◆◇◇，◆◆◇◆◇◇。
帝里风光好，当年少日，暮宴朝**欢**。	◆◆◇◇◆，△◇◆◆，◆◆◇◇。
况有狂朋怪侣，遇当歌对酒竞留**连**。	◆◆◇◇◆◆，△◇◇◆◆◆◇◇。
别来迅景如梭，旧游似梦，烟水程何限。	◆◇◆◆◇◇，◆◇◆◆，◇◆◇◇◆。
念利名，憔悴长萦绊，	◆◆◇，◇◆◇◇◆，
追往事，空惨愁**颜**。	◇◆◆，◇◆◇◇。
漏箭移，稍觉轻**寒**，渐呜咽画角数声**残**。	◆◆◇，◆◆◇◇，△◇◆◆◆◆◇◇。
对闲窗畔，停灯向晓，抱影无**眠**。	◆◇◇◆，◇◇◆◆，◆◆◇◇。

同体式作品：无。

变体二

较始词复句数不变，分句数增1。

【变体二】46分句17复句。三片。上、中片分句数复句型与始词同，下片增1分句。上片15分句6复句，二/二/三/二/三/三/型复句组；中片12分句4复句，三/三/三/三/型复句组；下片19分句7复句，三/二/三/二/四/二/三/型复句组。平韵，偶插仄韵，隔句韵，间插连句韵。

3，7。4，7。2，3，7。6，7。4，4，6。5，4，4。

6，4，5。3，4，4。3，6，6。4，4，6。

5，4，4。6，8。7，4，5。4，5。3，4，3，4。3，5。4，4，4。

——北宋·苏轼·《全宋词》第296页

戚氏

此词始终指意，言周穆王宾于西王母事。

玉龟**山**，东皇灵媲统群**仙**。	◆◇◇，◇◇◇◆◆◇◇。
绛阙岩峣，翠房深迥倚霏**烟**。	◆◆◇◇，◆◇◇◆◆◇◇。
幽**闲**，志萧**然**，金城千里锁婵**娟**。	◇◇，◆◇◇，◇◇◇◆◆◇◇。
当时穆满巡狩，翠华曾到海西**边**。	◇◇◆◆◇◆，◆◇◇◆◆◇◇。
风露明霁，鲸波极目，势浮舆盖方**圆**。	◇◆◇◆，◇◇◆◆，◆◇◇◆◇◇。
正迢迢丽日，玄圃清寂，琼草芊**绵**。	△◇◇◆◆，◇◆◇◆，◇◆◇◇。
争解绣勒香**鞯**，鸾辂驻跸，八马戏芝**田**。	◇◆◆◆◇◇，◇◆◆◆，◆◆◆◇◇。
瑶池近，画楼隐隐，翠鸟翩**翩**。	◇◇◆，◆◇◆◆，◆◆◇◇。
肆华**筵**，间作脆管鸣**弦**，宛若帝所钧**天**。	◆◇◇，◇◆◆◆◇◇，◆◆◆◆◇◇。
稚颜皓齿，绿发方瞳，圆极恬淡高**妍**。	◆◇◆◆，◆◆◇◇，◇◆◇◆◇◇。

尽倒琼壶酒，献金鼎药，固大椿**年**。	◆◆◇◇◆，△◇◆◆，△◆◇◇。
缥缈飞琼妙舞，命双成奏曲醉留**连**。	◆◆◇◇◆◆，△◇◇◆◆◆◇◇。
云璈韵响泻寒**泉**，	◇◇◆◆◆◇◇，
浩歌畅饮，斜月低河**汉**。	◆◇◆◆，◇◆◇◇◆。
渐渐绮霞，天际红深**浅**。	◆◆◆◇，◇◆◇◇◆。
动归思，回首尘**寰**，烂漫游，玉辇东**还**。	◆◇◇，◇◆◆◇，◆◆◇，◆◆◇◇。
杏花风，数里响鸣**鞭**。	◆◇◇，◆◆◆◇◇。
望长安路，依稀柳色，翠点春**妍**。	◆◇◇◆，◇◇◆◆，◆◆◇◇。

同体式作品：无。

284.【轮台子】

1. 始词北宋柳永作。
2. 唐大曲有《轮台》，原调为西域汉胡交融之乐。任半塘《唐声诗》：“（轮台）此曲应即起于莫贺地方之民间歌舞。天宝间封常清西征时，轮台为重镇，《轮台》歌舞或即于此时传至内地，精制为舞曲，流入晚唐五代不废。宋调既曰《轮台子》，足见原本于大曲《轮台》，必有舞。”
3. 双片，一体每片五韵；一体上片七韵，下片八韵。仄韵，隔句韵。
4. 此调仅见柳永二首，姑取一首为始词。

始词：23 分句 10 复句。双片。上片 12 分句 5 复句，二/二/三/二/三/型复句组；下片 11 分句 5 复句，三/二/二/二/二/型复句组。仄韵，隔句韵。

6，7。6，6。6，3，5。5，7。6，3，4。

3，5，4。5，4。5，5。3，4。7，5。——北宋 · 柳永 · 《全宋词》第 35 页

轮台子

一枕清宵好梦，可惜被邻鸡唤**觉**。	◆◆◇◇◆◆，◆◆◆◇◇◆◆。
匆匆策马登途，满目淡烟衰**草**。	◇◇◆◆◇◇，◆◆◆◇◇◆。
前驱风触鸣珂，过霜林，渐觉惊栖**鸟**。	◇◇◇◆◇◇，◆◇◇，◆◆◇◇◆。
冒征尘远况，自古凄凉长安**道**。	△◇◇◆◆，◆◆◇◇◇◇◆。
行行又历孤村，楚天阔，望中未**晓**。	◇◇◆◆◇◇，◆◇◆，◆◇◆◆。
念劳生，惜芳年壮岁，离多欢**少**。	◆◇◇，△◇◇◆◆，◇◇◇◆。
叹断梗难停，暮云渐**杳**。	△◆◆◇◇，◆◇◆◆。
但黯黯魂消，寸肠凭谁**表**。	△◆◆◇◇，◆◇◇◇◆。
恁驱驱，何时是**了**。	◆◇◇，◇◇◆◆。

又争似却返瑶京，重买千金**笑**。 △◇◆◆◆◇◇，◇◆◇◇◆。

同体式作品：无。

变体二

较始词复句数不变，分句数增2。

【变体二】25分句10复句。上片分句数与始词同，复句型有变，12分句5复句，二/二/二/二/四/型复句组；下片第一复句较始词减1分句、第二、三、四复句各增1分句，13分句5复句，二/三/三/三/二/型复句组。仄韵，邻韵通押，隔句韵，间插连句韵。

4，5。5，8。7，9。7，7。3，4，5，5。

8，7。5，4，4。7，5，4。4，5，7。4，8。——北宋·柳永·《全宋词》第38页

轮台子

雾敛澄江，烟消蓝光**碧**。 ◆◆◇◇，◇◇◇◇◆。

彤霞衬遥天，掩映断续半空残**月**。 ◇◇◇◇◇，◆◆◆◆◆◇◇◆。

孤村望处人寂寞，闻钓叟甚处一声羌**笛**。 ◇◇◆◆◇◆◆，△◆◆◆◆◆◇◇◆。

九疑山畔才雨过，斑竹作血痕添**色**。 ◆◇◇◆◇◆◆，◇◆◆◆◇◇◆。

感行**客**，翻思故国， ◆◇◆，◇◇◆◆，

恨因循阻**隔**，路久沉消**息**。 △◇◇◆◆，◆◆◇◇◆。

正老松枯柏情如**织**，闻野猿啼愁听**得**。 △◆◇◇◆◇◇◆，△◆◇◇◇◇◆。

见钓舟初出，芙蓉渡头，鸳鸯滩**侧**。 △◆◇◇◆，◇◇◆◇，◇◇◇◆。

干名利禄终无**益**， ◇◇◆◆◇◇◆，

念岁岁间阻，迢迢紫**陌**。 △◆◆◆◆，◇◇◆◆。

翠蛾娇艳，从别后经今， ◆◇◇◆，△◆◆◇◇，

花开柳拆伤魂**魄**。 ◇◇◆◆◇◇◆。

利名牵**役**，又争忍把光景抛**掷**。 ◆◇◇◆，△◇◆◆◇◆◇◆。

同体式作品：无。

285.【引驾行】

1. 始词北宋柳永作。
2. 双片，始词每片六韵，变体韵数有变。仄韵，或平韵，隔句韵，间插连句韵。
3. 此调南宋无继作。

始词：24分句8复句。双片。每片12分句4复句，上片二/三/三/四/型复句组；下片三/三/三/三/型复句组。仄韵，首二句连韵，继隔句韵。

4，7。3，3，6。2，5，7。3，4，3，3。

2，4，6。5，4，4。2，5，7。3，4，4。——北宋·柳永·《全宋词》第35页

引驾行

中吕调

虹收残**雨**，蝉嘶败柳长堤**暮**。	◇◇◇◆，◇◇◆◆◇◇◆。
背都门，动消黯，西风片帆轻**举**。	◆◇◇，◆◇◆，◇◇◆◇◇◆。
愁**睹**，泛画鹢翩翩，灵鼍隐隐下前**浦**。	◇◆，△◆◆◇◇，◇◇◆◆◆◇◆。
忍回首，佳人渐远，想高城，隔烟**树**。	◆◇◆，◇◇◆◆，◆◇◇，◆◇◆。
几**许**，秦楼永昼，谢阁连宵奇**遇**。	◆◆，◇◇◆◆，◆◆◇◇◇◆。
算赠笑千金，酬歌百琲，尽成轻**负**。	△◆◆◇◇，◇◇◆◆，◆◇◇◆。
南**顾**，念吴邦越国，风烟萧索在何**处**。	◇◆，△◇◇◆◆，◇◇◇◆◆◇◆。
独自个，千山万水，指天涯**去**。	◆◆◆，◇◇◆◆，◆◇◇◆。

同体式作品：无。

增减字：

（一）4，7。3，5，4。2，5，7。3，4，3，3。○2，4，6。5，4，4。2，5，7。3，4，4。北宋：晁补之1首。

变体二

较始词复句数不变，分句数有变。

变体二·1

28分句8复句

【变体二·1】28分句8复句。上片较始词增5分句，17分句4复句，五/六/三/三/型复句组；下片减1分句，11分句4复句，三/三/三/二/型复句组。平韵，邻韵通押，隔句韵。

4，4，3，6，6。2，4，7，3，3，6。2，5，7。3，5，4。

2，4，6。3，4，6。2，5，7。7，5。——北宋·柳永·《全宋词》第42页

引驾行

仙吕调

红尘紫陌，斜阳暮草，长安道，	◇◇◆◆，◇◇◆◆，◇◇◆，
是离人断魂处，迢迢匹马西**征**。	△◇◇◆◇◆，◇◇◆◆◇◇。
新**晴**，韶光明媚，轻烟淡薄和气暖，	◇◇，◇◇◇◆，◇◇◆◆◇◆◆，
望花村，路隐映，摇鞭时过长**亭**。	◆◇◇，◆◆◆，◇◇◇◆◇◇。
愁**生**，伤凤城仙子，别来千里重行**行**。	◇◇，△◆◇◇◆，◆◇◇◆◆◇◇。
又记得，临歧泪眼湿，莲脸盈**盈**。	◆◆◆，◇◇◆◆◆，◇◆◇◇。
消**凝**，花朝月夕，最苦冷落银**屏**。	◇◇，◇◇◆◆，◆◆◆◆◇◇。
想媚容，耿耿无眠，屈指已算回**程**。	◆◆◇，◆◆◇◇，◆◆◆◆◇◇。

相**萦**，空万般思忆，争如归去睹倾**城**。　◇◇，△◆◇◇◆，◇◇◇◆◆◇◇。
向绣帏深处并枕，说如此牵**情**。　△◆◇◇◆◆◆，△◇◆◇◇。

按：本词与前词乐曲宫调不同，音乐当有差异；二词体式差异颇大，是为“一调活唱”而“一调多谱”的典型之例，两词音乐上的关联无从考辨，从文体形式看，实际上已属两调。

同体式作品：无。

变体二·2

22分句8复句

【变体二·2】22分句8复句。上下片第二复句较始词各减1分句，每片11分句4复句，上片二/二/三/四/型复句组；下片三/二/三/三/型复句组。仄韵，隔句韵。

4，7。6，6。5，4，5。3，4，3，3。
2，4，5。7，6。2，5，7。3，4，4。——北宋·晁补之·《全宋词》第557页

引驾行

梅梢琼绽，东君次第开桃**李**。　◇◇◇◆，◇◇◆◆◇◇◆。
痛年年好风景，无事对花垂**泪**。　△◇◇◆◇◆，◇◆◆◇◇◆。
园里旧赏处，幽葩柔条，一一动芳**意**。　◇◆◆◆◆，◇◇◇◇，◆◆◆◇◆。
恨心**事**，春来间阻，忆年时，把罗**袂**。　◆◇◆，◇◇◆◆，◆◇◇，◆◇◆。

雅**戏**，樱桃红颗，为插边明**丽**。　◆◆，◇◇◇◆，◆◆◇◇◆。
又渐是樱桃尝新，忍把旧游重**记**。　△◆◆◇◇◇◇，◆◆◆◇◇◆。
何**意**，便云收雨歇，瓶沉簪折雨无**计**。　◇◆，△◇◇◆◆，◇◇◇◆◆◇◆。
谩追梅，凭谁向说，只厌厌**地**。　◆◇◇，◇◇◆◆，◆◇◇◆。

同体式作品：无。

变体二·3

23分句8复句

【变体二·3】23分句8复句。上片与始词同，下片第四复句减1分句。上片12分句4复句，二/三/三/四/型复句组；下片11分句4复句，三/三/三/二/型复句组。仄韵，隔句韵。

4，7。3，5，4。2，5，7。3，4，3，3。
2，4，6。5，4，4。2，5，7。7，4。——北宋·晁补之·《全宋词》第574页

引驾行

同前，亦名长春。

春云轻锁，春风乍扇园林**晓**。　◇◇◇◆，◇◇◆◆◇◇◆。
扫华堂，正桃李芳时，诞辰还**到**。　◆◇◇，△◇◆◇◇，◆◇◇◆。
年**少**，记绛蜡光摇，金猊香郁宝妆**了**。　◇◆，△◆◆◇◇，◇◇◇◆◆◇◆。
骤骏马，天街向晚，喜同车，咏窈**窕**。　◆◆◆，◇◇◆◆，◆◇◇，◆◆◆。

多**少**，卢家壶范，杜曲家声荣**耀**。	◇◆，◇◇◇◆，◆◆◇◇◇◆。
庆孟光齐眉，冯唐白首，镇同欢**笑**。	△◆◇◇◇，◇◇◆◆，◆◇◇◆。
缥**缈**，待琅函深**讨**，芝田高隐去偕**老**。	◇◆，△◇◇◇◆，◇◇◇◆◆◇◇。
自别有壶中永日，比人间**好**。	△◆◆◇◇◆◆，△◇◇◆。

同体式作品：无。

286.【彩云归】

1. 始词北宋柳永作。
2. 双片，每片五平韵，隔句韵。
3. 此调仅见柳永一首。

始词：20 分句 8 复句。双片。每片 10 分句 4 复句，三/三/二/二/型复句组。平韵，隔句韵。

7，3，4。8，3，4。7，5。6，4。

2，4，7。4，4，4。7，6。3，8。——北宋·柳永·《全宋词》第 36 页

彩云归

蘅皋向晚舣轻**航**，卸云帆，水驿鱼**乡**。	◇◇◆◆◆◇◇，◆◇◇，◆◆◇◇。
当暮天霁色如晴昼，	◇◆◇◆◆◇◇◆，
江练静，皎月飞**光**。	◇◆◆，◆◆◇◇。
那堪听远村羌管，引离人断**肠**。	◆◇◇◆◇◇◆，△◇◇◆◇。
此际浪萍风梗，度岁茫**茫**。	◆◆◆◇◇◆，◆◆◇◇。
堪**伤**，朝欢暮宴，被多情赋与凄**凉**。	◇◇，◇◇◆◆，△◇◇◆◆◇◇。
别来最苦，襟袖依约，尚有余**香**。	◆◇◆◆，◇◆◇◆，◆◆◇◇。
算得伊鸳衾凤枕，夜永争不思**量**。	◆◆◇◇◇◆◆，◆◆◇◆◇◇。
牵情处，惟有临歧一句难**忘**。	◇◇◆，◇◆◇◇◆◆◇◇。

同体式作品：无。

287.【击梧桐】

1. 始词北宋柳永作。
2. 双片，始词上片五韵，下片四韵，变体韵数有变。仄韵，隔句韵。

始词：20 分句 8 复句。双片。每片 10 分句 4 复句，上片三/三/二/二/型复句组；下片三/二/二/三/型复句组。仄韵，隔句韵，插一连句韵。

4，4，6。4，4，6。6，8。8，6。

4，4，6。7，6。6，7。3，4，5。——北宋·柳永·《全宋词》第 37 页

击梧桐

香靥深深，姿姿媚媚，雅格奇容天**与**。	◇◆◇◇，◇◇◆◆，◆◆◇◇◇◆。
自识伊来，便好看承，会得妖娆心**素**。	◆◆◇◇，◆◆◇◇，◆◆◇◇◇◆。
临歧再约同欢，定是都把平生相**许**。	◇◇◆◆◇◇，◆◆◇◆◇◇◇◆。
又恐恩情易破难成，未免千般思**虑**。	◆◆◇◇◆◆◇◇，◆◆◇◇◇◆。
近日书来，寒暄而已，苦没忉忉言**语**。	◆◆◇◇，◇◇◇◆，◆◆◇◇◇◆。
便认得听人教当，拟把前言轻**负**。	△◆◆◇◇◆◇，◆◆◇◇◇◆。
见说兰台宋玉，多才多艺善词**赋**。	◆◆◇◇◆◆，◇◇◇◆◆◇◆。
试与问，朝朝暮**暮**，行云何处**去**。	◆◆◆，◇◇◆◆，◇◇◇◆◆。

同体式作品：无。

变体一

与始词分句数复句数相同，复句型有变。

【变体一】20 分句 8 复句。双片。上下片分句数复句数皆与始词同，上片复句型不变，下片有变。每片 10 分句 4 复句，三/三/二/二/型复句组。仄韵，邻韵通押，隔句韵。

4，4，6。4，4，6。6，8。6，8。

4，4，6。3，4，6。6，7。7，5。——宋·无名氏·《全宋词》第 3605 页

击梧桐

雪叶红凋，烟林翠减，独有寒梅难**并**。	◆◆◇◇，◇◇◆◆，◆◆◇◇◇◆。
瑞雪香肌，碎玉奇姿，迥得佳人风**韵**。	◆◆◇◇，◆◆◇◇，◆◆◇◇◇◆。
清标暗折芳心，又是轻泄江南春**信**。	◇◇◆◆◇◇，◆◆◇◆◇◇◇◆。
最好山前水畔，幽闲自有横斜疏**影**。	◆◆◇◇◆◆，◇◇◆◇◇◇◇◆。
尽日凭阑，寻思无语，可惜飘琼飞**粉**。	◆◆◇◇，◇◇◇◆，◆◆◇◇◇◆。
但怅望，王孙未赏，空使清香成**阵**。	◆◆◆，◇◇◆◆，◇◆◇◇◇◆。
怎得移根帝苑，开时不许众芳**近**。	◆◆◇◇◆◆，◇◇◆◆◆◇◆。
免教向深岩暗谷，结成千万**恨**。	◆◆◆◇◇◆◆，◆◇◇◆◆。

同体式作品：无。

变体二

复句数不变，分句数有变。

【变体二】22 分句 8 复句。上片第三、四复句较始词各增 1 分句，12 分句 4 复句，三/三/三/三/型复句组；下片分句数与始词上片同，复句型有变，第三复句增 1 分句、第四复句减 1 分句，10 分句 4 复句，三/二/三/二/型复句组。仄韵，邻韵通押，隔句韵，插一连句韵。

5，3，6。5，3，6。4，4，6。5，5，4。
4，4，6。5，9。6，4，5。7，4。——宋·李甲·《全宋词》第 490 页

击梧桐

杳杳春江**阔**，收细雨，风蹙波声无**歇**。	◆◆◇◇◆，◇◆◆，◇◆◇◇◇◆。
雁去汀洲暖，岸芜静，翠染遥山一**抹**。	◆◆◇◇◆，◆◇◆，◆◆◇◇◆◆。
群鸥聚散，征航来去，隔水相望楚**越**。	◇◇◆◆，◇◇◇◆，◆◆◇◇◆◆。
对此凝情久，念往岁上国，嬉游时**节**。	◆◆◇◇◆，△◆◆◆◆，◇◇◇◆。

斗草园林，卖花巷**陌**，触处风光奇**绝**。	◆◆◇◇，◆◇◆◆，◆◆◇◇◇◆。
正恁浓欢里，悄不意顿有天涯离**别**。	◆◆◇◇◆，△◆◆◆◆◇◇◇◆。
看那梅生翠实，柳飘狂絮，没个人共**折**。	◆◆◇◇◆◆，◆◇◇◆，◆◆◇◆◆。
把而今愁烦滋味，教向谁**说**。	△◇◇◇◇◇◆，◇◆◇◆。

同体式作品：南宋：李珏 1 首。

288.【夜半乐】

1. 始词北宋柳永作。
2. 本为唐教坊曲（见《教坊记》）。《新唐书·礼乐志》："民间以帝（唐玄宗）自潞州还京师，举兵夜半诛韦皇后，制《夜半乐》《还京乐》二曲。"
3. 此调仅见柳永 2 首，姑取一首为始词。
4. 三片。一体上片五韵、中片四韵、下片五韵；一体上片四韵、中片五韵、下片六韵。仄韵，隔句韵。

始词：33 分句 12 复句。三片。每片 11 分句 4 复句，上片三/二/三/三/型复句组，中片、下片三/二/四/二/型复句组。仄韵，隔句韵。

6，4，5。5，4。4，4，6。4，3，5。
6，4，4。3，6。4，4，6，4。3，5。
2，6，4。3，5。3，7，3，5。3，4。——北宋·柳永·《全宋词》第 37 页

夜半乐

冻云黯淡天气，扁舟一叶，乘兴离江**渚**。	◆◇◆◆◇◆，◇◇◆◆，◇◆◇◇◆。

渡万壑千岩，越溪深**处**。	◆◆◆◇◇，◆◇◇◆。
怒涛渐息，樵风乍起，更闻商旅相**呼**。	◆◇◆◆，◇◇◆◆，◆◇◇◆◇◆。
片帆高**举**，泛画鹢，翩翩过南**浦**。	◆◇◇◆，◆◆◆，◇◇◆◇◆。
望中酒旆闪闪，一簇烟村，数行霜**树**。	◆◇◆◆◆◆，◆◆◇◇，◆◇◇◆。
残日下，渔人鸣榔归**去**。	◇◆◆，◇◇◇◇◇◆。
败荷零落，衰杨掩映，	◆◇◇◆，◇◇◆◆，
岸边两两三三，浣沙游**女**。	◆◇◆◆◇◇，◆◇◇◆。
避行客，含羞笑相**语**。	◆◇◆，◇◇◆◇◆。
到此，因念绣阁轻抛，浪萍难**驻**。	◆◆，◇◆◆◆◇◇，◆◇◇◆。
叹后约，丁宁竟何**据**。	◆◆◆，◇◇◆◇◆，
惨离怀，空恨岁晚归期**阻**，	◆◇◇，◇◆◆◆◇◇◆，
凝泪眼，杳杳神京**路**。	◇◆◆，◆◆◇◇◆。
断鸿声，远长天**暮**。	◆◇◇，◆◇◇◆。

同体式作品：无。

变体一

与始词分句数复句数相同，复句型有变。

【变体一】33 分句 12 复句。三片，每片分句数与始词同，上片复句型有变，中、下片复句型无变。每片 11 分句 4 复句，三/二/四/二/型复句组。仄韵，隔句韵。

4，4，7。5，4。4，4，6，4。3，5。

6，4，4。3，6。4，4，6，4。3，5。

4，4，4。3，5。5，5，3，5。5，3。——北宋·柳永·《全宋词》第 53 页

夜半乐

艳阳天气，烟细风暖，芳郊澄朗闲凝**伫**。	◆◇◇◆，◇◆◇◆，◇◇◇◆◇◇◆。
渐妆点亭台，参差佳**树**。	△◇◆◇◇，◇◇◇◆。
舞腰困力，垂杨绿映，	◆◇◆◆，◇◇◆◆，
浅桃秾李夭夭，嫩红无**数**。	◆◇◇◆◇◇，◆◇◇◆。
度绮燕，流莺斗双**语**。	◆◆◆，◇◇◆◇◆。
翠娥南陌簇簇，蹑影红阴，缓移娇**步**。	◆◇◇◆◆◆，◆◆◇◇，◆◇◇◆。
抬粉面，韶容花光相**妒**。	◇◆◆，◇◇◇◇◇◆。
绛绡袖**举**，云鬟风颤，	◆◇◆◆，◇◇◇◆，
半遮檀口含羞，背人偷**顾**。	◆◇◇◆◇◇，◆◇◇◆。
竞斗草，金钗笑争**赌**。	◆◆◆，◇◇◆◇◆。
对此嘉景，顿觉消凝，惹成愁**绪**。	◆◆◇◆，◆◆◇◇，◆◇◇◆。

念解佩，轻盈在何**处**。	◆◆◆，◇◇◆◇◆。
忍良时孤**负**，少年等闲**度**，	△◇◇◇◆，◆◇◆◇◆，
空望极，回首斜阳**暮**。	◇◆◆，◇◆◇◇◆。
叹浪萍风梗，知何**去**。	△◆◇◇◆，◇◇◆。

同体式作品：无。

289.【祭天神】

1. 始词北宋柳永作。
2. 双片。一体每片四韵，一体上片四韵，下片三韵。仄韵，隔句韵。
3. 此调仅见柳永2首，姑取一首为始词。

始词：16分句6复句。双片。上片7分句3复句，三/二/二/型复句组；下片9分句3复句，二/三/四/型复句组。仄韵，隔句韵，插一连句韵。

8，3，7。6，5。5，5。

6，8。3，3，5。7，4，4，5。——北宋·柳永·《全宋词》第37页

祭天神

中吕调

叹笑筵歌席轻抛**亸**，	△◆◇◇◆◇◇◆，
背孤城，几舍烟村停画**舸**。	◆◇◇，◆◆◇◇◇◆◆。
更深钓叟归来，数点残灯**火**。	◇◇◆◆◇◇，◆◆◇◇◆。
被连绵宿酒，醺醺愁无**那**。	△◇◇◆◆，◇◇◇◇◆，
寂寞拥重衾**卧**，又闻得行客扁舟**过**。	◆◆◆◇◇◆，◆◇◆◇◆◇◇◆。
篷窗近，兰棹急，好梦还惊**破**。	◇◇◆，◇◆◆，◆◆◇◇◆。
念平生单栖踪迹，多感情怀，	△◇◇◇◇◆◆，◇◆◇◇，
到此厌厌，向晓披衣**坐**。	◆◆◆◆，◆◆◇◇◆。

同体式作品：无。

变体二

较始词复句数不变，分句数有变。

【变体二】17分句6复句。上片较始词增2分句，下片减1分句。上片9分句3复句，四/二/三/型复句组，下片8分句3复句，二/二/四/型复句组。仄韵，隔句韵。

8，3，4，6。4，7。3，4，6。

5，7。6，5。5，4，4，5。——北宋·柳永·《全宋词》第52页

祭天神

忆绣衾相向轻轻**语**，　△◆◇◇◆◇◇◆，
屏山掩，红蜡长明，金兽盛熏兰**炷**。　◇◇◆，◇◆◇◇，◇◆◆◇◇◆。
何期到此，酒态花情顿孤**负**。　◇◇◆◆，◆◆◇◇◆◇◆。
柔肠断，还是黄昏，那更满庭风**雨**。　◇◇◆，◇◆◇◇，◆◆◆◇◇◆。

听空阶和漏，碎声斗滴愁眉**聚**。　△◇◇◇◆，◆◇◆◆◇◇◆。
算伊还共谁人，争知此冤**苦**。　◆◇◇◆◇◇，◇◇◆◇◆。
念千里烟波，迢迢前约，　△◇◆◇◇，◇◇◇◆，
旧欢慵省，一向无心**绪**。　◆◇◇◆，◆◆◇◇◆。

同体式作品：无。

290.【过涧歇近】

【过涧歇】

1. 始词北宋柳永作。
2. 或省写作【过涧歇】。
3. 双片，上片五韵，下片三韵。仄韵，隔句韵。
4. 此调南宋无继作。

始词：17分句6复句。双片。上片9分句3复句，四/三/二/型复句组，下片8分句3复句，二/二/四/型复句组。仄韵，邻韵通押，隔句韵。

2，5，4，6。3，6，5。3，7。
2，9。4，5。4，4，4，7。——北宋·柳永·《全宋词》第37页

过涧歇近

淮**楚**，旷望极千里，　◇◆，◆◆◆◇◆，
火云烧空，尽日西郊无**雨**。　◆◇◇◇，◆◆◇◇◇◆。
厌行**旅**，数幅轻帆旋落，舣棹蒹葭**浦**。　◆◇◆，◆◆◇◇◆◆，◆◆◇◇◆。
避畏景，两两舟人夜深**语**。　◆◆◆，◆◆◇◇◆◇◆。

此际，争可便恁奔名竞利**去**。　◆◆，◇◆◆◆◇◇◆◆◆。
九衢尘里，衣冠冒炎**暑**。　◆◇◇◆，◇◇◆◇◆。
回首江乡，月观风亭，　◇◆◇◇，◆◆◇◇，
水边石上，幸有散发披襟**处**。　◆◇◆◆，◆◆◆◆◇◇◆。

同体式作品：无。

变体二

与始词复句数相同，分句数有变。

变体二・1

18 分句 6 复句

【变体二・1】18 分句 6 复句。双片，上片较始词增 1 分句，10 分句 3 复句，四/三/三/型复句组；下片分句数复句型与始词同，8 分句 3 复句，二/二/四/型复句组。仄韵，邻韵通押，隔句韵。

2，3，6，6。3，4，4。4，4，5。

4，7。4，5。4，4，4，7。——北宋・柳永・《全宋词》第 38 页

过涧歇近

酒**醒**，梦才觉，	◆◆，◆◇◆，
小阁香炭成煤，洞户银蟾移**影**。	◆◆◇◆◇◇，◆◆◇◇◇◆。
人寂**静**，夜永清寒，翠瓦霜**凝**。	◇◆◆，◆◆◇◇，◆◆◇◇。
疏帘风动，漏声隐隐，飘来转愁**听**。	◇◇◇◆，◆◇◆◆，◇◇◆◇◆。
怎向心绪，近日厌厌长似**病**。	◆◆◇◆，◆◆◇◇◇◆◆。
凤楼咫尺，佳期杳无**定**。	◆◇◆◆，◇◇◆◇◆。
展转无眠，粲枕冰冷，香虬烟断，	◆◆◇◇，◆◆◇◆，◇◇◇◆，
是谁与把重衾**整**。	◆◇◆◆◇◇◆。

同体式作品：无。

变体二・2

16 分句 6 复句

【变体二・2】16 分句 6 复句。双片。上片较始词减 1 分句，下片分句数与始词同，复句型有变。每片 8 分句 3 复句，上片三/三/二/型复句组，下片三/二/三/型复句组。仄韵，邻韵通押，隔句韵。

2，9，6。3，6，5。3，7。

2，4，5。4，5。8，4，7。——北宋・晁补之・《全宋词》第 555 页

过涧歇

归**去**，奈故人尚作青眼相期，	◆◆，△◆◇◆◆◇◆◇◇，
未许明时归**去**。	◆◆◇◇◇◆。
放怀**处**，买得东皋数亩，静爱园林**趣**。	◆◇◆，◆◆◇◇◆◆，◆◆◇◇◆。
任过客，剥啄相呼昼扃**户**。	◆◆◆，◆◆◇◇◆◆◆。
堪笑，儿童事业，华颠向谁**语**。	◇◆，◇◇◆◆，◇◇◆◇◆。
草堂人悄，圆荷过微**雨**。	◆◇◇◆，◇◇◆◇◆。

都付邯郸一枕清风，　　◇◆◇◇◆◆◇◇，
好梦初觉，砌下槐影方停**午**。　　◆◆◇◆，◆◆◇◆◇◇◆。

同体式作品： 无。

291. 【安公子】

1. 始词北宋柳永作。
2. 本源隋曲，入唐为教坊曲。《教坊记》："隋大业末，炀帝将幸扬州。乐人王令言以年老不去，其子从焉。其子在家弹琵琶，令言惊问：'此曲何名？'其子曰：'内里新翻曲子，名《安公子》。'令言流涕悲怆，谓其子曰：'尔不必扈从，大驾必不回！'子问其故，令言曰：'此曲宫声往而不返。宫为君，吾是以知之。'"
3. 本调柳永词二首，体式差异颇大，一为短调，全词5复句，一为长调，全词8复句。兹以短调为始词，长调为变体。
4. 双片，短调上片四韵、下片三韵，仄韵，隔句韵；长调每片六仄韵，隔句韵，间插连句韵。

始词：15分句5复句。双片。上片8分句2复句，四/四/型复句组；下片7分句3复句，二/二/三/型复句组。仄韵，隔句韵。

5，6，6，5。5，6，6，5。
6，4。4，7。5，4，6。——北宋·柳永·《全宋词》第38页

安公子

长川波潋**滟**，楚乡淮岸迢递，　　◇◇◇◆◆，◆◇◇◆◇◆，
一霎烟汀雨过，芳草青如**染**。　　◆◆◇◇◆◆，◇◆◇◇◆。
驱驱携书**剑**，当此好天好景，　　◇◇◇◇◆，◇◆◆◇◆◆，
自觉多愁多病，行役心情**厌**。　　◆◆◇◇◇◆，◇◆◇◇◆。

望处旷野沉沉，暮云黯**黯**。　　◆◆◆◆◇◇，◆◇◆◆。
行侵夜色，又是急桨投村**店**。　　◇◇◆◆，◆◆◆◆◇◇◆。
认去程将近，舟子相呼，遥指渔灯一**点**。　　◆◆◇◇◆，◇◆◇◇，◇◆◇◇◆◆。

同体式作品： 无。

变体三

较始词分句数复句数皆变

变体三·1

20分句8复句

【变体三·1】20 分句 8 复句。每片 10 分句 4 复句，二/二/二/四/型复句组。仄韵，上下片首二句连韵，继隔句韵。

5，7。7，5。5，5，3，5，5，6。

5，7。7，5。3，7。3，5，5，6。——北宋·柳永·《全宋词》第 50 页

安公子

远岸收残**雨**，雨残稍觉江天**暮**。	◆◆◇◇◆，◆◇◆◆◇◇◆。
拾翠汀洲人寂静，立双双鸥**鹭**。	◆◆◇◇◇◆◆，△◇◇◇◆。
望几点渔灯，隐映蒹葭**浦**。	△◆◆◇◇，◆◆◇◇◆。
停画桡，两两舟人**语**，	◇◆◇，◆◆◇◇◆，
道去程今夜，遥指前村烟**树**。	△◆◇◇◆，◇◆◇◇◇◆。
游宦成羁**旅**，短樯吟倚闲凝**伫**。	◇◆◇◇◆，◆◇◇◆◇◇◆。
万水千山迷远近，想乡关何**处**。	◆◆◇◇◇◆◆，△◇◇◇◆。
自别后，风亭月榭孤欢**聚**。	◆◆◆，◇◇◆◆◇◇◆。
刚断肠，惹得离情**苦**，	◇◆◇，◆◆◇◇◆，
听杜宇声声，劝人不如归**去**。	△◆◆◇◇，◆◇◆◇◇◆。

同体式作品： 北宋：晁补之 1 首。

增减字：

（一）5，7。7，4。3，7，3，5。5，6。○ 5，7。7，5。3，7，3，5。5，6。北宋：柳永 1 首。

（二）5，7。7，5。4，5，3，5。5，6。○ 5，7。7，5。5，5，3，5。5，6。北宋：晁端礼 1 首。

（三）5，7。7，4。3，7，3，5。5，6。○ 5，7。7，4。3，7，3，5。5，6。北宋：晁补之 1 首。

（四）5，7。7，5。5，5，3，5。5，6。○ 5，7。7，5。5，5，3，5。5，6。南宋：袁去华 1 首。

变体三·2

22 分句 8 复句

【变体三·2】22 分句 8 复句。上下片第四复句较【变体三·1】各增 1 分句，每片 11 分句 4 复句，二/二/四/三/型复句组。仄韵，上下片起首二句连韵，继隔句韵，间插连句韵。

5，7。7，4。3，7，3，5。4，4，4。

5，7。7，4。5，5，3，5。4，4，4。——北宋·杜安世·《全宋词》第 180 页

安公子

又是春将**半**，杏花零落闲庭**院**。	◆◆◇◇◆，◆◇◇◆◇◇◆。
天气有时阴淡淡，绿杨轻**软**。	◇◆◆◇◇◆◆，◆◇◇◆。
连画阁，绣帘半卷招新**燕**，	◇◆◆，◆◇◆◆◇◇◆，
残黛敛，独倚阑干**遍**。	◇◆◆，◆◆◇◇◆。
暗思前事，月下风流，狂踪无**限**。	◆◇◇◆，◆◆◇◇，◇◇◇◆。

惜恐莺花**晚**，更堪容易相抛**远**。 ◆◆◇◇◆，◆◇◇◆◇◇◆。
离恨结成心上病，几时消**散**。 ◇◆◆◇◇◆◆，◆◇◇◆。
空际有断云，片片遥峰**暖**， ◇◆◆◆◇，◆◆◇◇◆，
闻杜宇，终日哀啼**怨**。 ◇◆◇，◇◆◇◇◆。
暮烟芳草，写望迢迢，甚时重**见**。 ◆◇◇◆，◆◆◇◇，◇◇◇◆。

同体式作品：无。

变体三·3

19分句8复句

【变体三·3】19分句8复句。上片分句数与【变体三·1】同，复句型有变，10分句4复句，二/二/四/二/型复句组；下片减1分句，9分句4复句，二/二/二/三/型复句组。仄韵，上下片起首二句连韵，继隔句韵。律词。

5，7。4，7。4，5，3，5。5，6。

5，7。4，7。4，5。8，5，6。——南宋·陆游·《全宋词》第1590页

安公子

风雨初经**社**，子规声里春光**谢**。 ◇◆◇◇◆，◆◇◇◆◇◇◆。
最是无情，零落尽蔷薇一**架**。 ◆◆◇◇，◇◆◆◇◇◆◆。
况我今年，憔悴幽窗**下**， ◆◆◇◇，◇◆◇◇◆，
人尽怪，诗酒消声**价**。 ◇◆◆，◇◆◇◇◆。
向药炉经卷，忘却莺窗柳**榭**。 ◆◆◇◇◆，◆◆◇◇◆◆。

万事收心**也**，粉痕犹在香罗**帕**。 ◆◆◇◇◆，◆◇◇◆◇◇◆。
恨月愁花，争信道如今都**罢**。 ◆◆◇◇，△◆◆◇◇◇◆。
空忆前身，便面章台**马**。 ◇◆◆◇◇，◆◆◇◇◆，
因自来禁得心肠**怕**， △◆◇◇◆◇◇◆，
纵遇歌逢酒，但说京都旧**话**。 △◆◇◇◆，◆◆◇◇◆◆。

同体式作品：无。

292.【菊花新】

1. 始词北宋柳永作。
2. 双片。短调、长调二体。短调每片三仄韵，变体韵数或变，连句韵、隔句韵；长调每片四韵至六韵不等，换韵，遥韵，平仄通押，隔句韵，间插连句韵。
3. 长调仅见南宋葛长庚9首，姑取1首作始词。

短调

始词：10 分句 4 复句。双片。每片 5 分句 2 复句，上片二/三/型复句组；下片三/二/型复句组。仄韵，上片首二句连韵，继隔句韵。律词。

7，7。5，3，4。
7，3，4。5，7。——北宋·柳永·《全宋词》第 38 页

菊花新

欲掩香帏论缱**绻**，先敛双蛾愁夜**短**。	◆◆◇◇◇◆◆，◇◆◇◇◇◆◆。
催促少年郎，先去睡，鸳衾图**暖**。	◇◆◆◇◇，◇◆◆，◇◇◇◆。
须臾放了残针**线**，脱罗裳，恣情无**限**。	◇◇◆◆◇◇◆，◆◇◇，◆◇◇◆。
留取帐前灯，时时待看伊娇**面**。	◇◆◆◇◇，◇◇◆◆◇◇◆。

同体式作品：北宋：张先 1 首，杜安世 1 首。

变体二

较始词复句数不变，分句数增 1。

【变体二】11 分句 4 复句。双片。上片与始词同，5 分句 2 复句，二/三/型复句组；下片增 1 分句，6 分句 2 复句，三/三/型复句组。仄韵，上片起首二句连韵，继隔句韵。

7，7。5，3，4。
7，4，4。5，3，4。——北宋·杜安世·《全宋词》第 184 页

菊花新

怎奈花残又莺**老**，槛里青梅数枝**小**。	◆◆◇◇◆◇◆，◆◆◇◇◆◇◆。
新荷长池**沼**，当晴昼，燕子声**闹**。	◇◇◆◇◆，◇◇◆，◇◆◇◆。
亭栏花绽颜色**好**，风雨催催，等闲开**了**。	◇◇◇◆◇◆◆，◇◆◇◇，◆◇◇◆。
酒醒暗思量，无个事，甚刚烦**恼**。	◆◆◆◇◇，◇◆◆，◆◇◇◆。

同体式作品：无。

长调

始词：22 分句 8 复句。上片 12 分句 4 复句，三/三/三/三/型复句组；下片 10 分句 4 复句，二/二/三/三/型复句组。平仄通押，隔句韵。

7，3，4。3，4，4。7，3，5。3，4，4。
6，4。5，4。7，3，5。3，4，5。——南宋·葛长庚·《全宋词》第 2566 页

菊花新

渺渺烟霄风露冷，夜未艾，凉蟾似**水**。	◆◆◇◇◇◆◆，◆◆◆，◇◇◆◆。
海山外，五云散彩，三峰凝**翠**。	◆◇◆，◆◇◆◆，◇◇◇◆。
一鹤横空何缥缈，见殿阁，笙歌拥罗**绮**。	◆◆◇◇◇◆◆，◆◆◆，◇◇◆◇◆。

笑劳生，空如尺鹦，恋槿花**篱**。　　◆◇◇，◇◇◆◆，△◆◇◇。

于中青鸾唱**美**，丹鹤舞**奇**。　　◇◇◇◇◆◆，◇◆◆◇。
有粉娥琼女，齐捧芳**卮**。　　◆◆◇◇◆，◇◆◇◇。
天真皇人陈玳席，宴太姥，思之暗生**悲**。　　◇◇◇◇◇◆◆，◆◆◆，◇◇◆◇◇。
念如今，红尘满面，漫洒晚风**泪**。　　◆◇◇，◇◇◆◆，◆◆◆◇◆。

同体式作品：无。

变体二

较始词复句数相同，分句数有变。

变体二·1

18 分句 8 复句

【变体二·1·1】18 分句 8 复句。与长调始词复句数相同，分句数减 4。每片 9 分句 4 复句，二/二/二/三/型复句组。平仄通押，隔句韵，插一连句韵。律词。

4，5。5，4。5，5。3，4，3。
4，6。3，6。4，6。5，4，3。——南宋·葛长庚·《全宋词》第 2566 页

菊花新

十二楼台，但前回旧**迹**。　　◆◆◇◇，△◇◇◆◆。
想琪花似雪，忘了还**思**。　　△◇◇◆◆，◆◆◇◇。
朝暮痴痴**地**，只有老天**知**。　　◇◆◇◇◆，◆◆◆◇◇。
却自省，玉阶金**砌**，错抛**离**。　　◆◆◆，◆◇◇◆，◆◇◇。

梧桐声颤，窗外草蛩吟**细**。　　◇◇◇◆，◇◆◆◆◇◇◆。
醉魂觉，又听秋鸿悲**呖**。　　◆◇◆，◆◆◇◇◇◆。
极目寒空，叹未有紫云**梯**。　　◆◆◇◇，△◆◆◆◇◇。
绛阙消息**子**，也无一二，枉垂**涕**。　　◆◆◇◇◆，◆◇◆◆，◆◇◆。

同体式作品：无。

【变体二·1·2】18 分句 8 复句，上下片分句数与【变体二·1】同，复句型有变。每片 9 分句 4 复句，二/二/三/二/型复句组。仄韵，邻韵通押，隔句韵，间插连句韵。

5，5。5，5。4，3，3。5，4。
4，8。3，7。4，3，3。3，6。——南宋·葛长庚·《全宋词》第 2567 页

菊花新

有个闷甚处，一向如痴**醉**。　　◆◆◆◆◆，◆◆◇◇◆。
独倚住危阑，坐咬无名**指**。　　△◆◆◇◇，◆◆◇◇◆。
金鱼玉雁，一从去，绝消**息**。　　◇◇◆◆，◆◇◆，◆◇◆。
念念怀天**帝**，密与冥**契**。　　◆◆◇◇◆，◆◆◇◆。

晴霞照**水**，叹细草新蒲寒萋**萋**。 ◇◇◆◆，△◆◆◇◇◇◇◇。
对夕照，树色烟光相紫**翠**。 ◆◆◆，◆◆◇◇◇◇◆◆。
花落莺**啼**，把往**事**，似川**逝**。 ◇◆◇◇，◆◆◆，◆◇◆。
光阴速，何时是伊归**日**。 ◇◇◆，◇◇◆◇◇◆。

同体式作品：无。

变体二·2

19 分句 8 复句

【变体二·2】19 分句 8 复句。双片。上片分句数复句型与【变体二·1·3】同，9 分句 4 复句，二/二/三/二/型复句组；下片分句数复句型与【变体二·1·2】同，10 分句 4 复句，三/二/三/二/型复句组。平仄通押，连句韵、隔句韵。

4，4。3，4。4，3，3。5，4。
4，3，5。3，7。3，3，3。5，4。——南宋·葛长庚·《全宋词》第 2567 页

菊花新

铜壶四**水**，寒生素**被**。 ◇◇◆◆，◇◇◆◆。
夜迢迢，烟月熹**微**。 ◆◇◇，◇◆◇◇。
池浸霜荷，槛竹响，井枫**飞**。 ◇◆◇◇，◆◆◆，◆◇◇。
宝枕潭无梦，念忡忡**地**。 ◆◆◇◇◆，◆◇◇◆。

形留神往，镇日价，忘食应忘**寐**。 ◇◇◇◆，◆◆◆，◇◆◇◇◆。
省得起，都是天上仙家**事**。 ◆◆◆，◇◆◇◆◇◇◆。
珠歌舞，酌玉液，饭云**子**。 ◇◇◆，◆◆◆，◆◇◆。
怎得麟麟脯，更教知**味**。 ◆◆◇◇◆，◆◇◇◆。

同体式作品：无。

变体二·3

17 分句 8 复句

【变体二·3·1】17 分句 8 复句。上片较【变体二·1·1】减 1 分句，下片分句数同，复句型有变。上片 8 分句 4 复句，二/二/二/二/型复句组；下片 9 分句 4 复句，三/二/二/二/型复句组。平仄通押，隔句韵、连句韵。律词。

4，5。4，4。4，6。3，6。
4，3，5。5，5。7，3。3，6。——南宋·葛长庚·《全宋词》第 2566 页

菊花新

宝鸭温香，诉丝诚寸**意**。 ◆◆◇◇，△◇◇◆◆。
记当年**事**，闷本愁**基**。 △◇◇◆，◆◆◇◇。
人间天上，只争得那些**儿**。 ◇◇◇◆，◆◇◆◆◇◇。
吃禁持，却念九霄风**味**。 ◆◇◇，◆◆◆◇◇◆。

清晨雁**字**，一句句，在天如在**纸**。　◇◇◆◆，◆◆◆，◆◇◇◆◆。
只得向风前，默默自嗟**惜**。　◆◆◆◇◇，◆◆◆◇◆。
业债俱消还未了，甚时**已**。　◆◆◇◇◇◆◆，◆◇◆。
一日**里**，滴了俺儿来**泪**。　◆◆◆，◆◆◆◇◇◆。

同体式作品：无。

增减字：

（一）5，5。3，7。7，3。3，6。○4，3，5。3，7。4，3，3。3，6。南宋：葛长庚1首。

【变体二·3·2】17分句8复句。双片。上片分句数与【变体二·3·1】下片同，复句型不同，9分句4复句，二/二/三/二/型复句组；下片分句数复句型与【变体二·3·1】上片同，分句字数不同，8分句4复句，二/二/二/二/型复句组。仄韵，间插平韵，隔句韵，下片结末连句韵。

5，5。3，7。4，3，3。5，4。
4，8。3，4。4，3。5，5。——南宋·葛长庚·《全宋词》第2568页

菊花新

忽水远天长，笑把玉龙**嘶**。　△◆◆◇◇，◆◆◆◇◇。
一声声，吹断寒云沧波**里**。　◆◇◇，◆◆◇◇◇◇◆。
幽愁暗恨，弄皓月，怨白**日**。　◇◇◆◆，◆◆◆，◆◆◆。
问太虚不尚，则成休**矣**。　△◆◇◆◆，◆◇◇◆。

云心鹤性，死也要冲霄乘风**去**。　◇◇◆◆，◆◆◆◇◇◇◇◆。
分自有，终合仙**飞**。　◆◆◆，◇◆◇◇。
感古怀今，聊把**笔**。　◆◆◇◇，◇◆◆。
落叶寒蝉**悲**，使人增怨**抑**。　◆◆◇◇◇，◆◇◇◆◆。

同体式作品：无。

变体三

较始词分句数复句数皆变

变体三·1

16分句7复句

【变体三·1·1】16分句7复句。全词较短调始词增6分句3复句；较长调始词减6分句1复句。上片7分句3复句，二/三/二/型复句组；下片9分句4复句，三/二/二/二/型复句组。平仄通押，隔句韵，间插连句韵。

7，7。4，3，3。3，7。
4，3，5。5，5。4，6。6，3。——南宋·葛长庚·《全宋词》第2567页

菊花新

念我东皇大帝儿，是操觚弄翰之**职**。　◆◆◇◇◆◆◇，△◇◇◆◆◇◆。

飞落尘寰，似此度，算应**希**。　　◇◆◇◇，◆◆◆，◆◆◇。
向这里，安能便策景御**气**。　　◆◆◆，◇◇◆◆◆◆◆。

灰头土面，千河**水**，把我如何**洗**。　　◇◇◆◆，◇◇◆，◆◆◇◇◆。
纵便有铢**衣**，已失眉峰**翠**。　　△◆◆◇◇，◆◆◇◇◆。
看看皓首，瞒不过镜台**儿**。　　◇◇◆◆，◇◆◆◆◇◇。
除是去青松下，碧云**底**。　　◇◆◆◇◇◆，◆◇◆。

同体式作品：无。

【变体三·1·2】16分句7复句。上片第一复句较【变体三·1·1】增1分句，下片第一复句减1分句。每片8分句，上片3复句，三/三/二/型复句组；下片4复句，二/二/二/二/型复句组。平仄通押，隔句韵，间插连句韵。律词。

6，5，3。4，3，3。5，4。
7，5。5，5。4，6。4，5。——南宋·葛长庚·《全宋词》第2567页

菊花新

雪牖风轩度**岁**，时听芭蕉雨，声凄**恻**。　　◆◆◇◇◆◆，◇◆◇◇◆，◇◇◆。
情多易感，渐不觉，鬓成**丝**。　　◇◇◆◆，◆◆◆，◆◇◇。
忽又成千古，诮如梦**里**。　　◆◆◇◇◆，◆◇◆◆。

西山南浦尽秋**意**，一望芦花**飞**。　　◇◇◇◆，◆◇◆，◆◆◇◇◇。
有一点沙鸥，点破松梢**翠**。　　△◆◆◇◇，◆◆◇◇◆。
凄然念**起**，觉两腋凉飙**细**。　　◇◇◆◆，△◆◆◇◇◆。
诗兴浑**飞**，在渔乡橘**里**。　　◇◆◇◇，△◇◇◆◆。

同体式作品：无。

按：葛长庚9首《菊花新》，按全词字数计，有74、75、77、79、80、97字六体；按分句数复句型分体，9首有8首词体不同，是一人同调之作而词体各不相同的典型之例。宋词一人同调之“同体”与“变体”在“母调”程式框架中并举，可谓习惯常态。

293.【归去来】

1. 始词北宋柳永作。
2. 本词定格句为下片结句“且归去”，“好归去”，调名似借陶渊明《归去来辞》，然词意与陶诗无关联。
3. 南宋杨万里【归去来兮引】与本调无涉，各为一调。
4. 双片，每片四仄韵；隔句韵，或间插连句韵。
5. 此调仅见柳永二首。

始词：11分句4复句。双片。上片5分句2复句，二/三/型复句组；下片6分句2复句，三/三/型复句组。仄韵，起首二句连韵，继隔句韵。

6，5。7，3，3。

5，3，4。7，3，3。——北宋·柳永·《全宋词》第39页

归去来

初过元宵三**五**，慵困春情**绪**。　◇◆◇◇◇◆，◇◆◇◇◆。

灯月阑珊嬉游**处**，游人尽，厌欢**聚**。　◇◆◇◇◇◇◆，◇◇◆，◆◇◆。

凭仗如花**女**，持杯谢，酒朋诗**侣**。　◇◆◇◇◆，◇◇◆，◆◇◇◆。

余酲更不禁香**醑**，歌筵罢，且归**去**。　◇◇◆◆◇◇◆，◇◇◆，◆◇◆。

同体式作品：无。

变体二

较始词复句数不变，分句数增1。

【变体二】12分句4复句。上片第一复句较始词增1分句。每片6分句2复句，三/三/型复句组。仄韵，隔句韵。律词。

5，3，4。7，3，3。

7，3，4。7，3，3。——北宋·柳永·《全宋词》第53页

归去来

一夜狂风**雨**，花英坠，碎红无**数**。　◆◆◇◇◆，◇◇◆，◆◇◇◆。

垂杨漫结黄金**缕**，尽春残，萦不**住**。　◇◇◆◆◇◇◆，◆◇◇，◇◆◆。

蝶稀蜂散知何**处**，殢尊酒，转添愁**绪**。　◆◇◇◆◇◇◆，◆◇◆，◆◇◇◆。

多情不惯相思**苦**，休惆怅，好归**去**。　◇◇◆◆◇◇◆，◇◇◆，◆◇◆。

同体式作品：无。

294.【燕归梁】

1. 始词北宋柳永作。
2. 双片，每片三韵或四韵，平韵，隔句韵，或间插连句韵。

始词：11分句4复句。双片。上片5分句2复句，二/三/型复句组；下片6分句2复句，三/三/型复句组。平韵，上片首二句连韵，继隔句韵。律词。

7，4。7，3，3。

7，3，3。7，3，3。——北宋·柳永·《全宋词》第39页

燕归梁

织锦裁编写意**深**，字值千**金**。　◆◆◇◇◆◆◇，◆◆◇◇。
一回披玩一愁**吟**，肠成结，泪盈**襟**。　◆◇◇◆◆◇◇，◇◇◆，◆◇◇。

幽欢已散前期远，无憀赖，是而**今**。　◇◇◆◆◇◇◆，◇◇◆，◆◇◇。
密凭归雁寄芳**音**，恐冷落，旧时**心**。　◆◇◇◆◆◇◇，◆◆◆，◆◇◇。

同体式作品：北宋：欧阳修1首。

增减字：

（一）7，5。7，3，3。○4，4，5。7，3，3。北宋：张先2首，晏殊2首，石延年1首，欧阳修1首，谢逸1首，周邦彦1首。南宋：石孝友1首，无名氏1首。

（二）7，4。7，3，3。○7，3，3。5，3，3。北宋：杜安世1首。

（三）7，5。7，3，3。○7，3，3。7，3，3。南宋：吕渭老1首，韩元吉1首，史达祖2首，吴文英2首。

变体二

复句数不变，分句数有变。

变体二·1

12分句4复句

【变体二·1】12分句4复句。上片第一复句较始词增1分句，每片6分句2复句，三/三/型复句组。平韵，隔句韵。律词。

7，3，3。7，3，3。

7，3，3。7，3，3。——北宋·柳永·《全宋词》第53页

燕归梁

轻蹑罗鞋掩绛**绡**，传音耗，苦相**招**。　◇◆◇◇◆◆◇，◇◇◆，◆◇◇。
语声犹颤不成**娇**，乍得见，两魂**消**。　◆◇◇◆◆◇◇，◆◆◆，◆◇◇。

匆匆草草难留恋，还归去，又无**聊**。　◇◇◆◆◇◇◆，◇◇◆，◆◇◇。
若谐雨夕与云**朝**，得似个，有嚣**嚣**。　◆◇◆◆◆◇◇，◆◆◆，◆◇◇。

同体式作品：南宋：蒋捷1首。

增减字：

（一）7，3，4。7，3，3。○7，3，4。7，3，3。南宋：飞红1首。

变体二·2

10分句4复句

【变体二·2·1】10分句4复句。双片。较始词减1分句。每片5分句2复句，三/二/型复句组。换韵间押，上片平韵，下片先押仄后押平，抱韵，连句韵。律词。

3，3，5。7，5。

3，3，6。7，5。——北宋·晏几道·《全宋词》第257页

燕归梁

莲叶雨，蓼花**风**，秋恨几枝**红**。	◇◆◆，◆◇◇，◇◆◆◇◇。
远烟收尽水溶**溶**，飞雁碧云**中**。	◆◇◇◆◆◇◇，◇◆◆◇◇。
衷肠事，鱼笺字，情绪年年相似。	◇◇◆，◇◇◆，◇◆◇◇◇◆。
凭高双袖晚寒**浓**，人在月桥**东**。	◇◇◇◆◆◇◇，◇◆◆◇◇。

同体式作品：无。

【变体二·2·2】10分句4复句。与【变体二·2·1】分句数复句数相同，复句型有变，每片5分句2复句，二/三/型复句组。平韵，连句韵、隔句韵。律词。

7，5。7，3，3。

7，5。7，3，3。——北宋·朱敦儒·《全宋词》第867页

燕归梁

帐掩秋风一半**开**，闲将玉笛**吹**。	◆◆◇◇◆◆◇，◇◇◆◆◇。
过云微雨散轻**雷**，夜参差，认楼**台**。	◆◇◇◆◆◇◇，◆◇◇，◆◇◇。
暗香移枕新凉住，竹外漏声**催**。	◆◇◇◆◇◇◆，◆◆◆◇◇。
放教明月上床**来**，共清梦，两徘**徊**。	◆◇◇◆◆◇◇，◆◇◆，◆◇◇。

同体式作品：南宋：赵鼎1首，王质1首。

增减字：

（一）7，5。7，3，3。〇7，6。7，3，3。南宋：赵才卿1首。

（二）7，4。7，3，3。〇7，5。7，3，3。南宋：张孝祥1首。

295.【长寿乐】

1. 始词见北宋柳永二首，姑取一首为始词。
2. 双片，始词每片六仄韵，变体韵数有变；隔句韵，或间插连句韵。

始词：22分句8复句。双片。每片11分句4复句，二/三/二/四/型复句组。仄韵，上下片起首二句连韵，继隔句韵。

4，9。4，4，6。5，7。5，4，3，6。

3，9。6，4，4。5，7。3，6，3，6。——北宋·柳永·《全宋词》第39页

长寿乐

尤红殢**翠**，近日来陡把狂心牵**系**。	◇◇◆◆，<u>◆◆◇◆◆◇◇◇◆</u>。

罗绮丛中，笙歌筵上，有个人人可**意**。	◇◆◇◇，◇◇◇◆，◆◆◇◇◆◆。
解严妆巧笑，取次言谈成娇**媚**。	△◇◇◆◆，◆◆◇◇◇◇◆。
知几度密约，秦楼尽**醉**，	△◆◆◆◆，◇◇◆◆，
仍携手，眷恋香衾绣**被**。	◇◇◆，◆◆◇◇◆◆。
情渐**美**，算好把夕雨朝云相**继**。	◇◆◆，◆◆◆◆◆◇◇◇◆。
便是仙禁春深，御炉香袅，临轩亲**试**。	◆◆◇◆◇◇，◆◇◇◆，◇◇◇◆。
对天颜咫尺，定然魁甲登高**第**。	◆◇◇◆◆，◆◇◇◆◇◇◆。
待恁时，等著回来贺**喜**，	◆◆◇，◆◆◇◇◆◆，
好生地，剩与我儿利**市**。	◆◇◆，◆◆◆◇◆◆。

同体式作品：无。

按：《钦定词谱》本词与《全宋词》局部有异文，且有删减，兹录《钦谱》之词及标点：

尤红殢翠**韵**近日来**读**陡把狂心牵系**韵**罗绮丛中**句**笙歌筵上**句**有个人人可意**韵**解严妆**读**巧笑姿姿**句**别成娇媚**韵**知几度**读**密约秦楼尽醉**韵**○仍携手**句**眷恋香衾绣被**韵**情渐美**韵**算好把**读**夕雨朝云相继**韵**便是仙禁春深**句**御炉香袅**句**临轩亲试对**韵**

《钦谱》将上片“仍携手”二句移作下片首句；下片从“对天颜咫尺”到结尾6句皆删去，注曰：“调见《乐章集》。”就笔者所见的明清辑校《乐章集》，无此版本。

《钦谱》标有“读”的三个九字句，今皆以顿号点断，可斟酌。上片“近日来陡把狂心牵系”，可于第三字点断：“近日来，陡把狂心牵系”；“知几度密约秦楼尽醉”，则宜断为“知几度密约，秦楼尽醉”；下片“算好把夕雨朝云相继”，不断为宜，“算好把”点断，则为破句。

变体二

与始词复句数相同，分句数减2。

【变体二】20分句8复句。上片分句数复句型与始词同，分句字数有变，11分句4复句，二/三/二/四/型复句组；下片较始词减2分句，9分句4复句，二/二/二/三/型复句组。仄韵，隔句韵，间插连句韵。

7，6。4，4，6。7，5。5，4，5，4。

3，9。8，6。7，5。8，6，4。——北宋·柳永·《全宋词》第50页

长寿乐

繁红嫩翠艳阳景，妆点神州明**媚**。	◇◇◆◆◆◇◆，◇◆◇◇◇◆。
是处楼台，朱门院落，弦管新声腾**沸**。	◆◆◇◇，◇◇◆◆，◇◆◇◇◇◆。
恣游人无限驰骤，娇马车如**水**。	△◇◇◇◆◇◆，◇◆◇◇◆。
竟寻芳选胜，归来向晚，	△◇◇◆◆，◇◇◆◆，
起通衢近远，香尘细**细**。	△◇◇◆◆，◇◇◆◆。
太平**世**，少年时忍把韶光轻**弃**。	◆◇◆，◆◇◇◆◆◇◇◇◆。
况有红妆楚腰越艳，一笑千金何**啻**。	◆◆◇◇◆◇◆◆，◆◆◇◇◆◆。

向尊前舞袖飘雪，歌响行云**止**。	△◇◇◆◆◆◇◆，◇◆◇◇◆。
愿长绳且把飞鸟**系**，	△◇◇◆◆◆◇◆◆，
任好从容痛饮，谁能惜**醉**。	◆◆◇◇◆◆，◇◇◆◆。

同体式作品：无。

变体三

较始词分句数复句数皆变

【变体三】24 分句 10 复句。上下片较始词各增 1 分句 1 复句，每片 12 分句 5 复句，三/三/二/二/二/型复句组。仄韵，隔句韵。

4，5，4。6，4，4。5，7。5，4。3，6。

2，4，6。6，4，4。5，7。5，4。3，6。

——北宋·苏氏延安夫人·《全宋词补辑》第 4 页

长寿乐

南昌生日

微寒应**候**，望日边六叶，阶蓂初**秀**。	◇◇◆◆，△◆◇◆◆，◇◇◇◆。
爱景欲挂扶桑，漏残银箭，杓回瑶**斗**。	◆◆◆◆◇◇，◆◇◇◆，◆◇◇◆。
庆高闳此际，掌上一颗明珠**剖**。	△◇◇◆◆，◆◆◆◇◇◇◆。
有令容淑德，归逢佳**偶**。	△◆◇◆◆，◇◇◇◆。
到如今，昼锦满堂贵**胄**。	◆◇◇，◆◆◆◇◆◆。
荣耀，文武紫禁，一一金章绿**绶**。	◇◆，◇◆◆◆，◆◆◇◇◆◆。
更值棠棣连阴，虎符熊轼，夹河分**守**。	◆◆◇◆◇◇，◆◇◇◆，◆◇◇◆。
况青云咫尺，朝暮重入承明**后**。	△◇◇◆◆，◇◆◇◆◇◇◆。
看彩衣争献，兰羞玉**酎**。	△◆◇◆◆，◇◇◆◆。
祝千龄，借指松椿比**寿**。	◆◇◇，◆◆◇◇◆◆。

按：本词或传为李清照作。

同体式作品：无。

296.【望海潮】

1. 始词北宋柳永作。
2. 宋代常用词调，分句字数或有增减，分句数、复句型无变。
3. 双片，上片五韵，下片六韵，平韵，隔句韵。

始词：22 分句 8 复句。双片。每片 11 分句 4 复句，三/三/三/二/型复句组。平韵，隔句韵。

4，4，6。4，4，6。5，5，4。4，7。

6，5，4。4，4，6。5，5，4。6，5。——北宋·柳永·《全宋词》第 39 页

望海潮

东南形胜，三吴都会，钱塘自古繁**华**。 ◇◇◇◆，◇◇◇◆，◇◇◆◆◇◇。

烟柳画桥，风帘翠幕，参差十万人**家**。 ◇◆◆◇，◇◇◆◆，◇◇◆◆◇◇。

云树绕堤**沙**，怒涛卷霜雪，天堑无**涯**。 ◇◆◆◇◇，◆◇◆◇◆，◇◆◇◇。

市列珠玑，户盈罗绮竞豪**奢**。 ◆◆◇◇，◆◇◇◆◆◇◇。

重湖叠巘清**嘉**，有三秋桂子，十里荷**花**。 ◇◇◆◆◇◇，△◇◇◆◆，◆◆◇◇。

羌管弄晴，菱歌泛夜，嬉嬉钓叟莲**娃**。 ◇◆◆◇，◇◇◆◆，◇◇◆◆◇◇。

千骑拥高**牙**，乘醉听箫鼓，吟赏烟**霞**。 ◇◆◆◇◇，◇◆◇◇◆，◇◆◇◇。

异日图将好景，归去凤池**夸**。 ◆◆◇◇◆◆，◇◆◆◇◇。

同体式作品：北宋：晁端礼 1 首，秦观 3 首。南宋：张元幹 2 首，王之道 1 首，杨无咎 1 首，洪适 1 首，石孝友 2 首，史隽之 1 首，赵崇嶓 1 首，鄱阳护戎女 1 首，张藻 1 首，无名氏 1 首，计 10 人 12 首。

增减字：

（一）4，4，6。4，4，6。5，5，4。4，7。○ 6，5，4。4，4，6。5，5，4。4，7。北宋：沈唐 1 首，秦观 1 首，晁补之 1 首，刘一止 2 首，朱敦儒 1 首，计 5 人 6 首。南宋：赵鼎 1 首，吕渭老 1 首，陈德武 6 首，计 3 人 8 首。

（二）4，4，6。4，4，6。5，5，4。6，5。○ 6，5，4。4，4，6。5，5，4。6，5。南宋：史浩 3 首，黄岩叟 1 首。

（三）4，4，6。4，4，6。5，5，4。6，5。○ 6，5，4。4，4，6。5，6，5。4，7。南宋：赵文 1 首。

（四）4，4，7。4，4，6。5，5，4。4，7。○ 6，5，4。4，4，6。5，5，4。6，5。南宋：沈伯文 1 首。

297.【如鱼水】

1. 始词北宋柳永作。
2. 该调仅见柳永二首，姑取一首为始词。
3. 双片，一首上片六韵，下片七韵；一首每片五韵。平韵，隔句韵，间插连句韵。

始词：22 分句 8 复句。双片。每片 11 分句 4 复句，三/二/三/三/型复句组。平韵，隔句韵、连句韵。

4，4，6。4，6，3，3，4。3，4，7。

3，3，5。4，6，3，3，4。3，6，5。——北宋·柳永·《全宋词》第 40 页

如鱼水

仙吕调

轻霭浮空，乱峰倒影，潋滟十里银**塘**。	◇◆◇◇，◆◇◆◆，◆◆◆◆◇◇。
绕岸垂**杨**，红楼朱阁相**望**。	◆◆◇◇，◇◇◇◆◇◇。
芰荷**香**，双双戏，鸂鶒鸳**鸯**。	◆◇◇，◇◇◆，◇◆◇◇。
乍雨过，兰芷汀洲，望中依约似潇**湘**。	◆◆◇，◇◆◇◇，◇◇◇◆◆◇◇。
风淡淡，水茫**茫**，动一片晴**光**。	◇◆◆，◆◇◇，◆◆◆◇◇。
画舫相**将**，盈盈红粉清**商**。	◆◆◇◇，◇◇◇◆◇◇。
紫薇**郎**，修禊饮，且乐仙**乡**。	◆◇◇，◇◆◆，◆◆◇◇。
更归去，遍历銮坡风沼，此景也难**忘**。	◆◇◆，◆◆◇◇◆◆，◆◆◆◇◇。

同体式作品：无。

变体二

与始词复句数相同，分句数减1。

【变体二】21分句8复句。上片与始词同，11分句4复句，三/二/三/三/型复句组；下片第三复句减1分句，10分句4复句，三/二/二/三/型复句组。平韵，隔句韵，间插连句韵。

4，6，4。5，7。3，3，4。3，4，7。

3，3，6。5，6，3，7。3，5，6。——北宋·柳永·《全宋词》第40页

如鱼水

仙吕调

帝里疏散，数载酒萦花系，九陌狂**游**。	◆◆◇◆，◆◆◆◇◇◆，◆◆◇◇。
良景对珍筵，恼佳人自有风**流**。	◇◆◆◇◇，△◇◇◆◆◇◇。
劝琼**瓯**，绛唇启，歌发清**幽**。	◆◇◇，◆◇◆，◇◆◇◇。
被举措，艺足才高，在处别得艳姬**留**。	◆◆◆，◆◆◇◇，◆◆◆◆◆◇◇。
浮名利，拟拚休，是非莫挂心**头**。	◇◇◆，◆◇◇，◆◇◆◆◇◇。
富贵岂由人，时会高志须**酬**。	◆◆◆◇◇，◇◆◇◆◇◇。
莫闲**愁**，共绿蚁红粉相**尤**。	◆◇◇，△◆◆◇◆◇◇。
向绣幄，醉倚芳姿睡，算除此外何**求**。	◆◆◆，◆◆◇◇◆，△◇◆◆◇◇。

按：“恼佳人自有风流”，恼，挠心。

同体式作品：无。

298.【满江红】

1. 始词见北宋柳永二首，姑取一首作始词。

2. 宋代通行词调，作品数量居宋词之首，对考察词之“变体”方式具有典型意义。
3. 双片。始词上片四韵，下片五韵，变体韵数有变；韵格普式为入声韵，偶见平韵；隔句韵，或间插连句韵。

始词：22 分句 8 复句。双片。上片 11 分句 4 复句，三/三/二/三/型复句组；下片 11 分句 4 复句，四/二/二/三/型复句组。仄韵，隔句韵。

4，3，4。3，4，4。7，7。3，5，3。
3，3，3，3。5，4。7，7。3，5，3。——北宋·柳永·《全宋词》第 41 页

满江红

仙吕调

暮雨初收，长川静，征帆夜**落**。	◆◆◇◇，◇◇◆，◇◇◆◆。
临岛屿，蓼烟疏淡，苇风萧**索**。	◇◆◆，◆◇◇◆，◆◇◇◆。
几许渔人飞短艇，尽载灯火归村**落**。	◆◆◇◇◇◆◆，◆◆◇◆◇◇◆。
遣行客，当此念回程，伤漂**泊**。	◆◇◆，◇◆◆◇◇，◇◇◆。
桐江好，烟漠**漠**，波似染，山如**削**。	◇◇◆，◇◆◆，◇◆◆，◇◇◆。
绕严陵滩畔，鹭飞鱼**跃**。	△◇◇◇◆，◆◇◇◆。
游宦区区成底事，平生况有云泉**约**。	◇◆◇◇◇◆◆，◇◇◆◆◇◇◆。
归去来，一曲仲宣吟，从军**乐**。	◇◆◇，◆◆◆◇◇，◇◇◆。

按：“桐江好，烟漠**漠**，波似染，山如**削**。”今皆于“漠”处作句号，将四句划为两个复句。从语意看，四句连贯一气，故将四句作一复句，上下片统一为 4 复句。

同体式作品：北宋：秦观 1 首，晁补之 2 首。南宋：洪适 3 首，袁去华 1 首，曹冠 1 首，范成大 1 首，赵磻老 1 首，沈瀛 1 首，张孝祥 2 首，丘崈 2 首，吕胜己 1 首，京镗 2 首，赵师侠 2 首，葛长庚 1 首（《听陈元举琴》），吴潜 1 首，方岳 2 首，岳飞 1 首（《登黄鹤楼有感》），刘珙 1 首，欧阳光祖 1 首，石孝友 1 首，邓剡 1 首，汪宗臣 1 首，刘守 1 首，白君瑞 1 首，李琳 1 首，无名氏 3 首，计 24 人 33 首。

增减字：

（一）4，3，4。3，4，4。7，7。3，5，3。○ 3，3，3，3。5，4。8，7。3，5，3。北宋：苏轼 1 首。
（二）4，3，4。3，4，4。7，7。3，5，3。○ 3，3，3，3。3，6。7，7。3，5，3。北宋：蔡伸 1 首，曹元吉 1 首，赵善括 1 首（《和李颖士》）。
（三）4，3，4。3，4，4。7，7。3，5，3。○ 3，3，3，3。5，4。7，7。3，5，3。南宋：王千秋 1 首，辛弃疾 1 首，吕胜己 1 首，赵善括 1 首（《中秋邀茶漕二使者》），刘克庄 2 首（《夜雨凉甚》《三黜归来》），陈著 1 首。
（四）4，3，4。4，3，4。7，7。3，5，3。○ 3，3，3，3。5，4。7，7。3，5，3。南宋：袁去华 1 首。
（五）4，3，4。3，4，4。7，7。3，5，3。○ 3，3，3，3。3，6。7，7。5，3，3。南宋：戴复古 1 首。
（六）4，3，4。3，4，4。7，7。3，5，3。○ 3，3，3，3。5，4。7，7。5，3，3。南宋：卢祖皋 1 首。
（七）4，3，4。3，4，4。7，7。5，3，3。○ 3，3，3，3。5，4。7，7。5，3，3。南宋：杨泽民 1 首，石孝友 1 首。

（八）4，3，4。3，4，4。7，7。5，3，3。〇3，3，3，3。5，4。7，7。3，5，3。南宋：陈著1首。
（九）4，3，4。3，4，4。7，7。5，5，3。〇3，3，3，3。5，4。7，7。3，5，3。宋：无名氏1首。

变体一

与始词分句数复句数相同，复句型有变。

【变体一】22分句8复句。双片。与始词分句数复句数相同，复句型大异，上下片第三复句无本调“7/7”定格句型，宋词中仅见此一例，为特殊的“变体一”。上片10分句4复句，三/二/三/二/型复句组；下片12分句4复句，四/三/三/二/型复句组。仄韵，邻韵通押，隔句韵。

4，3，6。7，6。4，4，5。4，6。
4，5，3，3。4，4，5。4，4，5。6，4。——宋·无名氏·《全宋词》第3844页

满江红

寿宪幕

长风送月，近中秋，更无一点尘**俗**。	◇◇◆◆，◆◇◇，◆◇◆◆◇◆
绛阙真仙来瑞世，昨夜翔鸾飞**鹄**。	◆◆◇◇◇◆◆，◇◆◇◇◇◆。
奕世登科，诸昆竞秀，名盖天南**北**。	◆◆◇◇，◇◇◆◆，◇◆◇◇◆。
持心恬退，更能韫椟藏**玉**。	◇◇◇◆，◆◇◆◆◇◆。
须信宪幕，平反据经议，	◇◆◆◆，◇◆◆◇◆，
狱全活，阴功**足**。	◆◇◆，◇◇◆。
川泳云飞，宾主意荐，刬新翻浓**墨**。	◇◆◇◇，◆◇◇◇◆。
一路欢声，几多和气，吹作长生**曲**。	◆◆◇◇，◆◇◇◆，◇◆◇◇◆。
赐环促召清班，两鬓长**绿**。	◆◇◆◇◇◇，◆◆◇◆。

同体式作品：无。

按：该词下片，今通常标点为：

须信宪幕平反，据经议狱，全活阴功足。川泳云飞宾主意，荐刬新翻浓墨。一路欢声，几多和气，吹作长生曲。赐环促召，清班两鬓长绿。

“须信宪幕”，宪幕，宋代行政区划为路、府、县三级制，“宪幕”为州府级官员；本谱将“平反据经议”作一分句，指根据经典道义纠正错案；“狱全活阴功足”，本谱断为“狱全活，阴功足”——“狱全活”，冤狱得以平反，故曰“阴功足”。比对本调诸词，下片起首四句均为3/3/3/3相连四个三字句，惟有本词为4/5/3/3/复句，亦可点断为“须信宪幕平反，据经议，狱全活，阴功足。”下一复句：“川泳云飞宾主意荐刬新翻浓墨”，审其文意，“川泳云飞”为“据经议”的意象化形容；“宾主意荐”，指宪幕与诸僚共同商议；“刬新翻浓墨”，刬新，锐意革新。故本谱点断为“三分”：“川泳云飞，宾主意荐，刬新翻浓墨。”结尾复句：“赐环促召清班两鬓长绿”，“赐环”，赦免，“促召清班”，动宾词组，不可拆分，故当点断为“赐环促召清班”，指平反冤狱而得一班清正官员，赞扬宪幕平反活狱之功；结句“两鬓长绿”，称颂宪幕，本词的祝寿题旨。

变体二

较始词复句数相同，分句数有变。

变体二·1

21 分句 8 复句

【变体二·1·1】21 分句 8 复句。上片第二复句较始词减 1 分句，10 分句 4 复句，三/二/二/三/型复句组；下片与始词同，11 分句 4 复句，四/二/二/三/型复句组。仄韵，隔句韵。

4，3，4。5，4。7，7。3，5，3。

3，3，3，3。5，4。7，7。3，5，3。——北宋·柳永·《全宋词》第 42 页

满江红

仙吕调

匹马驱驱，摇征辔，溪边谷**畔**。　◆◆◇◇，◇◇◆，◇◇◆◆。

望斜日西照，渐沉山**半**。　△◇◆◇◆，◆◇◇◆。

两两栖禽归去急，对人［相］并声相**唤**。　◆◆◇◇◇◆◆，◆◇◆◇◇◆。

似笑我，独自向长途，离魂**乱**。　◆◆◆，◆◆◆◇◇，◇◇◆。

中心事，多伤**感**，人是宿，前村**馆**。　◇◇◆，◇◇◆，◇◆◆，◇◇◆。

想鸳衾今夜，共他谁**暖**。　△◇◇◇◆，◆◇◇◆。

惟有枕前相思泪，背灯弹了依前**满**。　◇◆◆◇◇◇◆，◆◇◇◆◇◇◆。

怎忘得，香阁共伊时，嫌更**短**。　◆◆◆，◇◆◆◇◇，◇◆◆。

按：上片“对人并声相唤”句，传文为“对人相并声相唤”，前之“相”似为衍字。

同体式作品：南宋：吕渭老 1 首，李洪 1 首。

增减字：

（一）4，3，4。7，4。7，7。3，5，3。○ 3，3，3，3。5，4。8，7。3，5，3。北宋：苏轼 1 首。

（二）4，3，4。3，4。7，7。3，5，3。○ 3，3，3，3。5，4。7，7。5，3，3。南宋：吕渭老 1 首。

（三）4，3，4。7，4。7，7。3，5，3。○ 3，3，3，3。5，4。7，7。3，5，3。南宋：洪适 1 首，韩元吉 1 首，管鉴 1 首，丘密 1 首，吕胜己 1 首，辛弃疾 1 首，陈德武 1 首，葛郯 1 首，方岳 1 首。

（四）4，3，4。7，4。7，7。3，5，3。○ 3，3，3，3。5，6。7，7。3，5，3。南宋：吕胜己 1 首（《辛丑年假守沅州》）。

（五）3，3，4。7，4。7，7。3，5，3。○ 3，3，3，3。5，4。7，7。3，5，3。南宋：严羽 1 首。

（六）3，3，4。7，4。7，7。5，3，3。○ 3，3，3，3。5，4。7，7。5，3，3。南宋：范成大 1 首。

（七）4，3，4。5，6。7，7。4，3，3。○ 3，3，3，3。3，6。7，7。3，5，3。南宋：莫起炎 1 首。

（八）4，3，4。3，6。7，7。3，5，3。○ 3，3，3，3。5，4。7，7。3，7，3。宋：无名氏 1 首。

【变体二·1·2】21 分句 8 复句。上片第一复句较始词减 1 分句，下片与始词同。上片 10 分句 4 复句，二/三/二/三/型复句组；下片 11 分句 4 复句，四/二/二/三/型复句组。仄韵，隔句韵。律词。

4，7。3，4，4。7，7。5，3，3。

3，3，3，3。5，4。7，7。3，5，3。——北宋·张先·《全宋词》第83页

满江红

初春

飘尽寒梅，笑粉蝶游蜂未**觉**。	◇◆◇◇，◆◆◆◇◇◆◆。
渐迤逦，水明山秀，暖生帘**幕**。	◆◆◆，◆◇◇◆，◆◇◇◆。
过雨小桃红未透，舞烟新柳青犹**弱**。	◆◆◆◇◇◆◆，◆◇◇◆◇◇◆。
记画桥深处，水边亭，曾偷**约**。	△◆◇◇◆，◆◇◇，◇◇◆。
多少恨，今犹昨，愁和闷，都忘**却**。	◇◆◆，◇◇◆，◇◇◆，◇◇◆。
拚从前烂醉，被花迷**著**。	◇◇◇◆◆，◆◇◇◆。
晴鸽试铃风力软，雏莺弄舌春寒**薄**。	◇◆◆◇◇◆◆，◇◇◆◆◇◇◆。
但只愁，锦绣闹妆时，东风**恶**。	◆◆◇，◆◆◆◇◇，◇◇◆。

同体式作品：南宋：吴潜1首。

增减字：

（一）4，7。3，4，4。7，7。3，5，3。〇3，3，3，3。5，4。8，7。3，5，3。北宋：李婴1首。

（二）4，7。3，4，4。7，7。3，5，3。〇3，3，3，3。5，4。7，7。3，5，3。南宋：洪适2首，侯寘1首，赵彦端1首，曹冠1首，王质1首，赵长卿1首，京镗1首，辛弃疾3首，杨炎正1首，黄机1首，刘科长1首，吴潜1首，李曾伯2首，吴文英1首，陈著1首，黎廷瑞1首，陈允平1首，蒲寿宬1首，王居安1首，留元刚1首，潘牥1首，林革1首，文天祥1首，王清惠（张琼英）1首，张半湖1首，无名氏2首。

（三）7，4。3，4，4。7，7。3，5，3。〇3，3，3，3。5，4。7，7。5，3，3。南宋：侯寘1首，王质1首。

（四）7，4。3，4，4。7，7。3，5，3。〇3，3，3，3。5，4。7，7。3，5，3。南宋：陈三聘1首，卢炳1首，程珌1首，洪咨夔1首，李曾伯1首，仇远1首，无名氏1首。

（五）7，4。3，4，4。7，7。5，3，3。〇3，3，3，3。5，4。7，7。5，3，3。南宋：史达祖1首，无名氏2首。

（六）4，7。3，4，4。7，7。3，5，3。〇3，3，3，3。5，4。7，7。5，3，3。南宋：吴泳1首，刘克庄2首，陈著1首。

（七）4，7。3，4，4。7，7。5，3，3。〇3，3，3，3。5，4。7，7。5，3，3。南宋：王质1首，夏元鼎1首，吴潜4首，郑元秀1首。

（八）4，7。3，4，4。7，7。5，3，3。〇3，3，3，3。5，4。7，7。3，5，3。南宋：吴潜1首。

（九）7，4。3，4，4。7，7。3，5，3。〇3，3，3，3。7，4。7，7。5，3，3。南宋：吴渊1首。

（一〇）4，7。3，4，4。7，7。3，5，3。〇3，3，3，3。7，4。7，7。5，3，3。南宋：李曾伯1首。

（一一）7，4。4，3，4。7，7。3，5，3。〇3，3，3，3。5，4。7，7。3，5，3。南宋：张炎1首。

（一二）4，7。3，4，4。7，7。3，5，3。〇3，3，3，3。3，6。7，7。3，5，3。南宋：徐安国1首，刘仙伦1首，李廷忠1首。

【变体二·1·3】21 分句 8 复句。上下片第一复句较【变体二·1·1】各增 1 分句、第四复句各减 1 分句。上片 10 分句 4 复句，三/三/二/二/型复句组；下片 11 分句 4 复句，四/三/二/二/型复句组。仄韵，邻韵通押，隔句韵。

4，3，4。3，4，4。7，7。8，3。

3，3，3，3。3，4，4。7，7。8，3。——南宋·吕胜己·《全宋词》·第 1058 页

满江红

郡集观舞

檀板频催，双捻袖，飞来趁**拍**。　◇◇◇◆，◇◆◆，◇◇◆◆。
锦裀上，娇抬粉面，浅蛾脉**脉**。　◆◇◆，◇◇◆◆，◆◇◆◆。
鸾觑莺窥秋水净，鸿惊凤翥祥云**白**。　◇◇◇◆◇◆◆，◇◇◆◆◇◇◆。
看妖娆体态与精神，天仙**谪**。　△◇◇◆◆◆◇◇，◇◇◆。

鞓带紧，弓靴**窄**，花压帽，云垂**额**。　◇◆◆，◇◇◆，◇◆◆，◇◇◆。
□回雪，定拚醉倒，厌厌良**夕**。　□◇◆，◆◇◆◆，◆◆◇◆。
明日恨随芳草远，回头目断遥山**隔**。　◇◆◆◇◇◇◆，◇◇◆◆◇◇◆。
料多情应也念行人，思佳**客**。　△◇◇◇◆◆◇◇，◇◇◆。

同体式作品：无。

【变体二·1·4】21 分句 8 复句。上片与【变体二·1·3】同，10 分句 4 复句，三/三/二/二/型复句组；下片第二复句减 1 分句，第四复句增 1 分句，11 分句 4 复句，四/二/二/三/型复句组。仄韵，邻韵通押，隔句韵。律词。

4，3，4。3，4，4。7，7。8，3。

3，3，3，3。5，4。7，7。3，5，3。——南宋·葛长庚·《全宋词》第 2571 页

满江红

咏武夷

忆昔秦时，中秋日，武夷九**曲**。　◆◆◇◇，◇◇◆，◆◇◆◆。
烟寂寂，斜阳数尺，寒鸦枯**木**。　◇◆◆，◇◇◆◆，◇◇◇◆。
三十六峰凝晓翠，一溪流水生秋**绿**。　◇◆◆◇◇◆◆，◆◇◇◆◇◇◆。
正满林桂子散天香，飞金**粟**。　△◆◇◆◆◆◇◇，◇◇◆。

神仙客，金丹**熟**，玉诏下，云生**足**。　◇◇◆，◇◇◆，◆◆◆，◇◇◆。
岩头新换骨，尚黏红**肉**。　◇◇◇◆◆，◆◇◇◆。
夜半月华明似昼，玉皇降辇铺殽**餗**。　◆◆◆◇◇◆◆，◆◇◆◆◇◇◆。
笑曾孙，回首幔亭前，空松**竹**。　◆◇◇，◇◆◆◇◇，◇◇◆。

同体式作品：无。

【变体二·1·5】21分句8复句。上片第二复句较【变体二·1·1】增1分句，11分句4分句，三/三/二/三/型复句组；下片第四复句减1分句，10分句4复句，四/二/二/二/型复句组。仄韵，隔句韵。律词。

4，3，4。3，4，4。7，7。5，3，3。

3，3，3，3。5，4。7，7。8，3。——南宋·方岳·《全宋词》第2834页

满江红

九日冶城楼

且问黄花，陶令后，几番重**九**。	◆◆◇◇，◇◆◆，◆◇◇◆。
应解笑，秋崖人老，不堪诗**酒**。	◆◆◆，◇◇◇◆，◆◇◇◆。
宇宙一舟吾倦矣，山河两戒天知**否**。	◆◆◆◇◆◆◇，◇◇◆◆◇◇◆。
倚西风无奈，剑花寒，虬龙**吼**。	△◇◇◇◆，◆◇◇，◇◇◆。
江欲釂，谈天**口**，秋何负，持螯**手**。	◇◆◆，◇◇◆，◇◇◆，◇◇◆。
尽石麟芜没，断烟衰**柳**。	△◆◇◇◆，◆◇◇◆。
故国山围青玉案，何人印佩黄金**斗**。	◆◆◇◇◇◆◆，◇◇◆◆◇◇◆。
倘只消江左管夷吾，终须**有**。	△◆◇◇◆◆◇◆，◇◇◆。

按：“倘只消江左管夷吾”，管夷吾，管仲，春秋齐国上卿，辅佐齐桓公成为春秋霸主；江左管夷吾，指南宋如同管仲的重臣；只消，只须、只求。该句为一字领八字句：倘//只消/江左管夷吾，“倘只消”不构成独立短语句，不宜点断。

同体式作品：无。

增减字：

(一) 4，3，4。3，4，4。7，7。3，5，3。○3，3，3，3。5，4。7，7。8，3。宋：无名氏1首。

变体二·2

20分句8复句

【变体二·2·1】20分句8复句。较【变体二·1】减1分句。上片9分句4复句，二/二/二/三/型复句组；下片11分句4复句，四/二/二/三/型复句组。仄韵，邻韵通押，隔句韵。

4，7。7，4。7，7。3，5，3。

3，3，3，3。3，6。7，7。3，5，3。——北宋·柳永·《全宋词》第41页

满江红

仙吕调

访雨寻云，无非是奇容艳**色**。	◆◇◇◆，◇◇◆◇◇◆◆。
就中有天真妖丽，自然标**格**。	◆◇◆◇◇◇◆，◆◇◇◆。
乌发姿颜欢喜面，细追想处皆堪**惜**。	◇◆◇◇◇◆◆，◆◇◆◆◇◇◆。
自别后，幽怨与闲愁，成堆**积**。	◆◆◆，◇◆◆◇◇，◇◇◆。

鳞鸿阻，无信**息**，梦魂断，难寻**觅**。	◇◇◆，◇◆◆，◆◆◇，◇◇◆。
尽思量，休又怎生休**得**。	◆◇◇，◇◆◆◇◇◆。
谁恁多情凭向道，纵来相见且相**忆**。	◇◆◇◇◇◆◆，◆◇◇◆◆◇◆。
便不成，常遣似如今，轻抛**掷**。	◆◆◇，◇◆◆◇◇，◇◇◆。

按：“乌发姿颜欢喜面”，传本作“恶发”，语意不合词意，似为“乌”之同音字误写，兹改之。

同体式作品：无。

增减字：

（一）4，7。7，4。7，7。3，5，3。〇 3，3，3，3。5，4。7，7。3，5，3。北宋：晁端礼 1 首，向子諲 1 首。南宋：管鉴 1 首，赵善括 1 首，徐安国 1 首，京镗 1 首，杨炎正 1 首，吴潜 2 首，李曾伯 1 首，何梦桂 2 首，赵必瑑 1 首，刘辰翁 2 首，赵希迈 1 首，曾寓轩 1 首，萧崱 1 首，彭元逊 1 首（【平韵满江红】），赵希蓬 1 首，无名氏 3 首。

（二）7，4。7，4。7，7。5，3，3。〇 3，3，3，3。5，4。8，8。5，3，3。北宋：黄裳 1 首。

（三）7，4。7，4。7，7。3，5，3。〇 3，3，3，3。5，4。7，7。3，5，3。北宋：吕本中 1 首，魏了翁 1 首。南宋：赵师侠 1 首，刘过 1 首，姜夔 1 首（平韵【满江红】），韩淲 1 首，史达祖 1 首，刘学箕 1 首，刘克庄 2 首，张炎 1 首，汪元量 1 首，赵希蓬 1 首。

（四）4，7。7，4。7，7。3，5，3。〇 3，3，3，3。5，4。7，7。5，3，3。南宋：王质 1 首。

（五）4，7。5，6。7，7。3，5，3。〇 3，3，3，3。5，4。7，7。3，5，3。南宋：辛弃疾 1 首，吴泳 1 首。

（六）7，4。7，4。7，7。5，3，3。〇 3，3，3，3。5，4。7，7。5，3，3。南宋：刘过 1 首，韩淲 1 首。

（七）4，7。7，4。7，7。5，3，3。〇 3，3，3，3。5，4。7，7。5，3，3。南宋：赵善括 1 首，刘辰翁 1 首，黄公绍 1 首。

（八）7，4。5，4。7，7。3，5，3。〇 3，3，3，3。5，4。7，7，3，5，3。南宋：姜特立 1 首。

（九）4，7。7，4。6，7。3，5，3。〇 3，3，3，3。5，4。7，7。3，5，3。南宋：陈纪 1 首。

（一〇）4，7。5，4。7，7。3，5，3。〇 3，3，3，3。5，4。7，7。3，5，3。南宋：梁大年 1 首。

按：姜夔《满江红》为首用平韵之作，其序关乎词体音乐与字声相协关系，兹录之：

满江红　姜夔

《满江红》旧调用仄韵，多不协律。如末句云“无心扑”三字，歌者将心字融入去声，方谐音律。予欲以平韵为之，久不能成。因泛巢湖，闻远岸箫鼓声。问之舟师，云：“居人为此湖神姥寿也。”予因祝曰：“得一席风径至居巢，当以平韵满江红为迎送神曲。”言讫，风与笔俱驶，顷刻而成。末句云“闻佩环”，则协律矣。书以绿笺，沈于白浪。辛亥正月晦也。是岁六月，复过祠下，因刻之柱间。有客来自居巢云：“士人祠姥，辄能歌此词。”按曹操至濡须口，孙权遗操书曰：“春水方生，公宜速去。”操曰：“孙权不欺孤。”乃彻军还。濡须口与东关相近，江湖水之所出入。予意春水方生，必有司之者，故归其功于姥云。

仙姥来时，正一望千顷翠**澜**。旌旗共乱云俱下，依约前**山**。命驾群龙金作轭，相从诸娣玉为**冠**。向夜深，风定悄无人，闻佩**环**。

神奇处，君试**看**，奠淮右，阻江**南**。遣六丁雷电，别守东**关**。却笑英雄无好手，一篙春水走曹**瞒**。又怎知，人在小红楼，帘影**间**。

上片“旌旗共乱云俱下”，指仙姥旌旗队伍驾云而下，或标点为“旌旗共、乱云俱下”，破读。

【变体二·2·2】20分句8复句。上片第一、二复句较【变体二·2·1】各增1分句，上下片第四复句各减1分句。每片10分句4复句，上片三/三/二/二/型复句组；下片四/二/二/二/型复句组。仄韵。隔句韵。

4，3，4。3，4，4。7，7。8，3。

3，3，3，3。5，4。8，7。8，3。——北宋·苏轼·《全宋词》第280页

满江红

忧喜相寻，风雨过，一江春**绿**。 ◇◆◇◇，◇◆◆，◆◇◇◆。
巫峡梦，至今空有，乱山屏**簇**。 ◇◇◆，◆◇◇◆，◆◇◇◆。
何似伯鸾携德耀，箪瓢未足清欢**足**。 ◇◆◆◇◇◆◆，◆◇◆◆◇◇◆。
渐粲然光彩照阶庭，生兰**玉**。 △◆◇◇◆◆◇◇，◇◇◆。

幽梦里，传心**曲**，肠断处，凭他**续**。 ◇◆◆，◇◇◆，◇◆◆，◇◇◆。
文君婿知否，笑君卑**辱**。 ◇◇◆◇◆，◆◇◇◆。
君不见周南歌汉广，天教夫子休乔**木**。 ◇◆◆◇◇◇◆◆，◇◆◇◆◇◇◆。
便相将左手抱琴书，云间**宿**。 △◇◇◆◆◆◇◆，◇◇◆。

按：上片“渐//粲然/光彩/照阶庭”、下片“便//相将/左手/抱琴书”，皆一字领八字句，语意连贯，不宜点断。

同体式作品：无。

增减字：

（一）4，3，4。3，4，4。7，7。8，3。〇3，3，3，3。5，4。7，7。8，3。北宋：苏轼1首，周邦彦1首，朱敦儒1首，周紫芝1首，计4人4首。南宋：张元幹1首，吕渭老1首，毛开1首，韩元吉1首，侯寘2首，袁去华1首，赵磻老2首，王质3首，李处全1首，丘崈2首，王炎1首，王千秋1首，辛弃疾4首，赵善括1首，程垓1首，陈三聘1首，韩玉1首，赵师侠2首，魏了翁1首，赵以夫1首，吴潜2首，李曾伯2首，吴文英2首，柴望1首，张炎1首，陈著1首，张昇1首，晦庵1首，方有开1首，刘仙伦1首，胡惠齐1首，吴渊1首，陈策1首，陈纪1首，无名氏1首，计35人47首。

（二）4，3，4。3，4，4。7，7。8，3。〇3，3，3，3。3，6。7，7。8，3。南宋：赵彦端1，杨炎正1首。

（三）4，3，4。3，4，4。7，7。8，3。〇3，3，3，3。4，5。7，7。8，3。南宋：高观国1首。

（四）4，3，4。3，3，5。7，7。8，3。〇3，3，3，3。5，4。7，7。8，3。南宋：李曾伯1首。

（五）4，3，4。3，4，4。7，7。8，3。〇3，3，3，3。5，4。7，7。8，3。南宋：葛长庚2首。

（六）4，3，4。5，3，3。7，7。8，3。〇3，3，3，3。5，4。7，7。8，3。南宋：耿时举1首。

（七）4，3，4。3，4，3。7，7。8，3。〇3，3，3，3。5，4。7，7。8，3。宋：无名氏1首。

【变体二·2·3】20分句8复句。上下片分句数与【变体二·2·1】相同，上片复句型有变，第二复句增1分句，第四复句减1分句，9分句4复句，二/三/二/二/型复句组；下片句型相同，11分句4复句，四/二/二/三/型复句组。仄韵，隔句韵。律词。

6，5。3，4，4。7，7。8，3。

3，3，3，3。5，4。7，7。3，5，3。——南宋·汪元量·《全宋词》第 3388 页

满江红

吴山

一霎浮云都掩，尽日无光**色**。	◆◆◇◇◇◆，◆◆◇◇◆。
遥望处，浮图对峙，梵王新**阙**。	◇◆◆，◇◇◆◆，◇◇◇◆。
燕子自飞关北外，杨花闲度楼西**侧**。	◆◆◆◇◆◆，◇◇◇◆◇◇◆。
慨金鞍玉勒早朝人，经年**歇**。	△◇◇◆◆◆◇◇，◇◇◆。
昭君去，空愁**绝**，文姬去，难言**说**。	◇◇◆，◇◇◆，◇◇◆，◇◇◆。
想琵琶哀怨，泪流成**血**。	△◇◇◇◆，◆◇◇◆。
蝴蝶梦中千种恨，杜鹃声里三更**月**。	◇◆◆◇◇◆◆，◆◇◇◆◇◇◆。
最无情，鸿雁自南飞，音书**缺**。	◆◇◇，◇◆◆◇◇，◇◇◆。

同体式作品： 无。

增减字：

(一) 4，7。3，4，4。7，7。8，3。○ 3，3，3，3。5，4。7，7。3，5，3。南宋：赵希蓬 1 首。

变体二·3

19 分句 8 复句

【变体二·3·1】19 分句 8 复句。上片较始词减 2 分句，9 分句 4 复句，二/三/二/二/型复句组；下片减 1 分句，10 分句 4 复句，四/二/二/二/型复句组。仄韵，隔句韵。

4，7。3，4，4。7，7。8，3。

3，3，3，3。5，4。7，7。8，3。——北宋·苏轼·《全宋词》第 280 页

满江红

正月十三日送文安国还朝

天岂无情，天也解多情留**客**。	◇◆◇◇，◇◆◆◇◇◇◆。
春向暖，朝来底事，尚飘轻**雪**。	◇◆◆，◇◇◆◆，◆◇◇◆。
君过春来纡组绶，我应归去耽泉**石**。	◇◆◇◇◇◆◆，◆◇◇◆◇◇◆。
恐异时杯酒忽相思，云山**隔**。	△◆◇◇◆◆◇◇，◇◇◆。
浮世事，俱难必，人纵健，头应**白**。	◇◇◆，◆◇◆，◇◆◆，◇◇◆。
何辞更一醉，此欢难**觅**。	◇◇◆◆◆，◆◇◇◆。
欲向佳人诉离恨，泪珠先已凝双**睫**。	◆◆◇◇◆◇◆，◆◇◇◆◇◆。
但莫遣新燕却来时，音书**绝**。	△◆◆◇◆◆◇◇，◇◇◆。

同体式作品： 北宋：赵鼎 1 首。南宋：侯寘 1 首，范成大 2 首，吕胜己 1 首，丘崈 1 首，辛弃疾 5 首，赵善括 1 首，陈三聘 1 首，陈亮 1 首，杨炎正 1 首，吴泳 1 首，黄机 1 首，葛长庚 2 首，刘克庄 9 首，刘子寰 1 首，吴潜 7 首，李曾伯 3 首，蒋捷 2 首，陈之贤 1 首，华岳 2 首，臞翁 1 首，黄通判 1 首，彭

芳远1首，黄子行1首，萧允之1首，无名氏4人4首，计28人52首。

增减字：

（一）7，4。3，4，4。7，7。8，3。〇 3，3，3，3。5，4。7，7。8，3。北宋：秦观1首，张镃1首，卢炳2首，汪莘1首，魏了翁1首，洪咨夔1首，葛长庚1首，李公昴1首，吴文英1首，刘将孙1首，岳飞1首，游次公1首，李漳1首，何澹2首，刘仙伦1首，林正大1首，汤恢1首，计17人19首。

（二）4，7。3，4，4。7，7。5，5。〇 3，3，3，3。5，4。7，7。8，3。南宋：葛郯1首。

（三）7，4。3，4，4。7，7。8，3。〇 3，3，3，3。5，4。7，7。8，3。南宋：方千里1首。

（四）4，7。3，4，4。7，7。8，3。〇 3，3，3，3。6，4。7，7。8，3。南宋：邵桂子1首，无名氏1首。

【变体二·3·2】19分句8复句。较【变体二·3·1】复句型有变，上片第一复句增1分句、第二复句减1分句，9分句4复句，三/二/二/二/型复句组；下片同，10分句4复句，四/二/二/二/型复句组。仄韵，邻韵通押，隔句韵。律词。

4，3，4。7，4。7，7。8，3。

3，3，3，3。5，4。8，7。8，3。——北宋·苏轼·《全宋词》第1308页

满江红

江汉西来，高楼下，蒲萄深**碧**。	◇◆◇◇，◇◇◆，◇◇◇◆。
犹自带岷峨云浪，锦江春**色**。	◆◇◇◆◆◆，◇◆◆。
君是南山遗爱守，我为剑外思归**客**。	◇◆◆◇◇◆◆，◆◇◆◆◇◇◆。
对此间风物岂无情，殷勤**说**。	△◇◇◇◆，◆◇◇，◇◇◆。
江表传，君休**读**，狂处士，真堪**惜**。	◇◆◆，◇◇◆，◇◆◆，◇◇◆。
空洲对鹦鹉，苇花萧**瑟**。	◆◆◇◇◆，◆◇◇◆。
不独笑书生争底事，曹公黄祖俱飘**忽**。	◆◆◇◇◇◆◆◆，◆◇◆◆◇◇◆。
愿使君还赋谪仙诗，追黄**鹤**。	◆◆◇◇◆◆◇◇，◇◇◆。

按：本词韵字，按《词林正韵》为十五、十六、十七、十八部之邻韵入声通押，是词体用韵宽于诗韵的典型之例。《钦定词谱》未选本词，所选苏词为《满江红·东武会流怀亭》，注曰："亦与柳词同，惟后段第七句添一字。"东坡【满江红】六首，上片第八句、下片第七、九句，三个句位皆用八字句，当是有意所为。

同体式作品：北宋：晁补之1首，毛开2首。南宋：陆游1首，沈瀛1首，吕胜己2首，京镗1首，辛弃疾1首，程垓1首，吴泳1首，吴潜1首，洪迈1首，王迈1首，无名氏1首。

增减字：

（一）4，3，4。5，4。7，7。8，3。〇 3，3，3，3。5，4。7，7。8，3。北宋：苏轼1首。南宋：吕渭老1首，康与之1首，戴山隐1首。

（二）4，3，4。3，6。7，7。8，3。〇 3，3，3，3。5，4。7，7。8，3。北宋：叶梦得1首。

（三）4，3，4。7，4。7，7。8，3。〇 3，3，3，3。3，6。7，7。8，3。南宋：李曾伯1首。

（四）4，3，4。7，4。7，7。8，3。〇 3，3，3，3。7，4。7，7。8，3。南宋：李曾伯1首。

（五）4，4，4。7，4。7，7。8，3。○ 3，3，3，3。5，4。7，7。8，3。南宋：徐元杰 1 首。
（六）4，3，4。5，6。7，7。8，3。○ 3，3，3，3。5，4。7，7。8，3。南宋：游子蒙 1，文天祥 1 首。
（七）3，3，4。7，4。7，7。8，3。○ 3，3，3，3。5，4。7，7。8，3。宋：无名氏 1 首。

【变体二·3·3】19 分句 8 复句。上片第一复句较【变体二·3·1】减一分句，8 分句 4 复句，二/二/二/二/型复句组；下片第四复句增 1 分句，11 分句 4 复句，四/二/二/二/型复句组。仄韵，隔句韵。

4，7。7，4。7，7。8，3。
3，3，3，3。5，4。7，7。3，5，3。——北宋·秦观·《全宋词》第 480 页

满江红

咏砧声

一派秋声，年年向初寒时**节**。	◆◆◇◇，◇◇◆◇◇◇◆。
早又是半天惊籁，满庭鸣**叶**。	◆◆◆◆◇◇◆，◆◇◇◆。
几处捣残深院日，谁家敲落高楼**月**。	◆◆◆◇◇◆◆，◇◇◇◆◇◇◆。
道声声总是玉关情，情何**切**。	◆◇◇◆◆◆◇◇，◇◆◆。
斗云起，偏激**烈**，随风去，还幽**咽**。	◆◇◆，◇◆◆，◇◇◆，◇◇◆。
正归鸿帘幕，栖鸦城**阙**。	△◇◇◇◆，◇◇◇◆。
闺阁幽人千里思，江湖旅客经年**别**。	◆◆◇◇◇◆◇，◇◇◇◆◇◇◆。
当此时，寂寞倚阑干，成愁**结**。	◇◆◇，◆◆◇◇◇，◇◇◆。

同体式作品：南宋：京镗 2 首。

增减字：

（一）4，7。7，4。7，7。8，3。○ 3，3，3，3。4，5。7，7。5，3，3。南宋：王质 1 首。
（二）4，7。7，4。7，7。8，3。○ 3，3，3，3。5，4。7，7。3，5，3。南宋：辛弃疾 1 首。
（三）7，4。7，4。7，7。8，3。○ 3，3，3，3。5，4。7，7。3，5，3。南宋：戴复古 1 首。
（四）4，7。7，4。7，7。8，3。○ 3，3，3，3。5，4。7，7。5，3，3。南宋：李曾伯 2 首。

【变体二·3·4】19 分句 8 复句。上下片第一复句较【变体二·3·1】各减一分句、第三复句各增 1 分句。上片 9 分句 4 复句，二/二/三/二/型复句组；下片 10 分句 4 复句，三/二/三/二/型复句组。平韵，隔句韵。

5，5。4，7。6，6，5。5，5。
3，3，3。4，7。6，6，5。5，5。——南宋·葛长庚·《全宋词》第 2572 页

满江红

丙子中元后风雨有感

一叶飞何处，天地起西**风**。	◆◆◇◇◆，◇◆◆◆◇。
夜来酒醒，月华千顷浸帘**栊**。	◆◇◆◆，◆◇◇◆◆◇◇。
塞外宾鸿来也，十里碧莲香满，	◆◆◇◇◇◆，◆◆◆◇◆，

泽国蓼花**红**。　　◆◆◇◇。
万象正萧爽，秋雨滴梧**桐**。　　◆◆◆◇◆，◆◆◆◇◇。

钓台边，人把钓，兴何**浓**。　　◆◇◇，◇◆◆，◆◇◇。
吴江波上，烟寒水冷翦丹**枫**。　　◇◇◇◆，◇◇◆◆◆◇◇。
光景暗中催去，览镜朱颜犹在，　　◇◆◆◇◇◆，◆◆◇◇◇◆，
回首鹭巢**空**。　　◇◆◆◇◇。
铁笛一声晓，唤起玉渊**龙**。　　◆◆◆◇◆，◆◆◆◇◇。

同体式作品：南宋：葛长庚6首。

变体二·4

18分句8复句

【变体二·4·1】18分句8复句。与始词复句数相同，分句数减4。上片8分句4复句，二/二/二/二/型复句组；下片10分句4复句，三/二/二/三/型复句组。仄韵，隔句韵。律词。

4，7。5，4。7，7。8，3。
6，3，3。5，4。7，7。3，5，3。——北宋·叶梦得·《全宋词》第768页

满江红

重阳赏菊，时予已除代。

一朵黄花，先催报秋归消**息**。　　◆◆◇◇，△◇◆◇◇◇◆。
满芳枝凝露，为谁装**饰**。　　△◇◇◇◆，◆◇◇◆。
便向尊前拚醉倒，古今同是东篱**侧**。　　◆◆◇◇◇◆◆，◆◇◇◆◇◇◆。
问何须特地赋归来，抛彭**泽**。　　△◇◇◆◆◇◇◆，◇◇◆。

回首去年时**节**，开口笑，真难**得**。　　◇◆◆◇◇◆，◇◆◆，◇◇◆。
史君今郡更，自成行**客**。　　◆◇◇◆◇，◆◇◇◆。
霜鬓不辞重插满，他年此会何人**忆**。　　◇◆◆◇◇◆◆，◇◇◆◆◇◇◆。
记多情，曾伴小阑干，亲攀**摘**。　　◆◇◇，◇◆◆◇◇，◇◇◆。

同体式作品：无。

【变体二·4·2】18分句8复句。上片与【变体二·4·1】同，8分句4复句，二/二/二/二/型复句组；下片第一复句增1分句，第四复句减1分句，10分句4复句，四/二/二/二/型复句组。仄韵，邻韵通押，隔句韵。

4，7。7，4。7，7。8，3。
3，3，3，3。3，6。7，7。8，3。——北宋·程过·《全宋词》第917页

满江红

梅

春欲来时，长是与江梅花**约**。　◇◆◇◇，◇◆◆◇◇◇◆。
又还向竹林疏处，一枝开**却**。　◆◇◆◆◇◇◆，◆◇◇◆。
对酒渐惊身老大，看花应念人离**索**。　◆◆◆◇◇◆◆，◆◇◇◆◇◇◆。
但十分沉醉祝东君，长如**昨**。　△◆◇◇◆◆◇◇，◇◇◆。

芳草渡，孤舟泊，山敛黛，天垂**幕**。　◇◆◆，◇◇◆，◇◆◆，◇◇◆。
黯销魂，无奈暮云残**角**。　◆◇◇，◆◆◆◇◆。
便好折来和雪戴，莫教酒醒随风**落**。　◆◆◆◇◇◆◆，◆◆◆◆◇◇◆。
待殷勤留此记相思，谁堪**托**。　△◇◇◆◆◆◇◇，◇◇◆。

按：本词可谓【满江红】的最简一体，同体作者作品最多。上下片第三复句之7/7连句、下片第一复句“3/3/3/3”四连句，是【满江红】稳定不变的“定式句”，所有的“又一体”，绝大部分都是其他6个复句的分句数增减之变，所变主要在于流水句的断连变化。今存宋词【满江红】537首，是宋代词作数量最多的词调，《钦定词谱》归纳为十七体，本谱按句型类别归纳为十五体。词的“一调多体”，并非随意而为，而是在本调体式框架制约下有规律的“弹性”变体，是词的声歌本性赋予词体生命活力的体现。

同体式作品：南宋：葛郯1首。

增减字：

（一）4，7。7，4。7，7。8，3。○3，3，3，3。5，4。7，7。8，3。北宋：程过1首。南宋：管鉴1首，陆游1首，范成大1首，朱熹1首，京镗1首，辛弃疾14首，石孝友1首，黄人杰1首，杨炎正2首，李壁1首，丁黼1首，吴泳2首，岳甫1首，王迈1首，黄机1首，张辑1首，赵灌园1首，刘克庄13首，宋自逊1首，张榘2首，吴潜14首，李曾伯7首，萧泰来1首，李昴英1首，吴文英1首，卫宗武1首，刘浩1首，陈著1首，姚勉2首，牟巘1首，周密1首，汪元量1首，张炎1首，刘将孙2首，范飞1首，马伯升1首，郑元秀5首，华岳1首，游子蒙1首，赵希蓬1首，无名氏4人4首，计44人97首。

（二）7，4。5，4。7，7。8，3。○3，3，3，3。5，4。7，7。8，3。北宋：胡仔1首，康与之1首。南宋：魏了翁1首。

（三）7，4。7，4。7，7。8，3。○3，3，3，3。5，4。7，7。8，3。南宋：葛郯1首，马子严1首，张镃1首，卢炳1首，汪莘3首，刘仙伦1首，郭应祥3首，韩淲1首，程珌1首，徐鹿卿1首，史达祖1首，魏了翁8首，卢祖皋1首，刘学箕1首，葛长庚1首，刘克庄3首，吴潜1首，刘辰翁1首，刘鉴1首，黄诚之1首，郑元秀1首，华岳1首，赵希蓬2首，无名氏3人3首，计26人40首。

（四）4，7。7，4。7，7。8，3。○3，3，3，3。7，4。7，7。8，3。南宋：赵彦端1首。

（五）4，7。5，4。7，6。8，3。○3，3，3，3。5，4。7，7。8，3。南宋：姜特立1首。

（六）4，7。5，6。7，7。8，3。○3，3，3，3。5，4。7，7。8，3。南宋：吕胜己1首，辛弃疾1首。

（七）4，7。3，6。7，7。8，3。○3，3，3，3。5，4。7，7。8，3。南宋：程垓1首。

（八）4，7。4，4。7，7。8，3。○3，3，3，3。5，4。7，7。8，3。南宋：何师心1首。

299.【竹马子】

【竹马儿】

1. 始词北宋柳永作。
2. 又名【竹马儿】。
3. 双片。始词上片四韵，下片五韵，变体韵数有变。仄韵，隔句韵，间插连句韵。

始词：22 分句 8 复句。双片。上片 12 分句 4 复句，三/三/三/三/型复句组；下片 10 分句 4 复句，三/二/三/二/型复句组。仄韵，隔句韵，间插连句韵。

5，4，4。5，4，4。6，4，4。5，3，6。

5，4，4。6，6。6，4，5。4，5。——北宋·柳永·《全宋词》第 43 页

竹马子

登孤垒荒凉，危亭旷望，静临烟**渚**。	◇◇◆◇◇，◇◇◆◆，◆◇◇◆。
对雌霓挂雨，雄风拂槛，微收烦**暑**。	△◇◇◆◆，◇◇◆◆，◇◇◇◆。
渐觉一叶惊秋，残蝉噪晚，素商时**序**。	◆◆◆◆◇◇，◇◇◆◆，◆◇◇◆。
览景想前欢，指神京，非雾非烟深**处**。	◆◆◆◇◇，◆◇◇，◇◆◇◇◇◆。
向此成追感，新愁易积，故人难**聚**。	◆◆◇◇◆，◇◇◆◆，◆◇◇◆。
凭高尽日凝**伫**，赢得消魂无**语**。	◇◇◆◆◇◆，◇◆◇◇◇◆。
极目霁霭霏微，暝鸦零乱，萧索江城**暮**。	◆◆◆◆◇◇，◇◇◇◆，◇◆◇◇◆。
南楼画角，又送残阳**去**。	◇◇◆◆，◆◆◇◇◆。

同体式作品：无。

增减字：

（一）3，6，4。5，4，4。6，4，4。5，5，4。○ 5，4，4。6，6。6，4，5。4，5。北宋：叶梦得 1 首（【竹马儿】）。

变体一

与始词分句数复句数相同，复句型有变。

【变体一】22 分句 8 复句。上片第四复句较始词减 1 分句，下片第四复句增 1 分句，每片 11 分句 4 复句，上片三/三/三/二/型复句组；下片三/二/三/三/型复句组。仄韵，隔句韵，间插连句韵。

5，4，5。5，4，4。6，4，5。7，6。

5，4，5。6，6。4，4，5。5，3，3。——南宋·曹勋·《全宋词》第 1218 页

竹马子

柳

喜韶景才回，章台向晓，官柳舒香**缕**。　◆◇◆◇◇，◇◇◆◆，◇◆◇◇◆。
正和烟带雨，遮桃映杏，东君先**与**。　△◇◇◆◆，◇◇◆◆，◇◇◇◆。
乍引柔条萦**路**，娇黄照水，经渭城朝**雨**。　◆◆◇◇◇◆，◇◇◆◆，△◆◇◇◆。
翠惹丝垂玉阑干，风静轻轻搭**住**。　◆◆◇◇◆◇◇，◇◆◇◇◆◆。

到此曾追想，陶潜旧隐，忆隋堤津**渡**。　◆◆◇◇◆，◇◇◆◆，△◇◇◇◆。
三眠昼永凝**露**，更许黄鹂娇**语**。　◇◇◆◆◇◆，◆◆◇◇◇◆。
似怕日暖，飞花成**絮**，拟雪堆绣**户**。　◆◆◆◆，◇◇◇◆，△◆◇◆◆。
待放教婆娑，如眉**处**，笼歌**舞**。　◆◆◆◇◇，◇◇◆，◇◇◆。

同体式作品：无。

300.【六幺令】

1. 始词北宋柳永作。
2.【六幺】大曲摘遍单行词调。【六幺】，唐大曲，雅名“绿腰”。
3. 双片，每片五仄韵，隔句韵。

始词：18分句8复句。双片。每片9分句4复句，二/二/二/三/型复句组。仄韵，邻韵通押，隔句韵。

4，5。6，5。6，5。4，4，7。
6，5。6，5。6，5。4，4，7。——北宋·柳永·《全宋词》第44页

六幺令

淡烟残照，摇曳溪光**碧**。　◆◇◇◆，◇◆◇◇◆。
溪边浅桃深杏，迤逦染春**色**。　◇◇◆◇◇◆，◆◆◆◇◆。
昨夜扁舟泊处，枕底当滩**碛**。　◆◆◇◇◆◆，◆◆◇◇◆。
波声渔**笛**，惊回好梦，梦里欲归归不**得**。　◇◇◇◆，◇◇◆◆，◆◆◆◇◇◆◆。

展转翻成无寐，因此伤行**役**。　◆◆◇◇◇◆，◇◆◇◇◆。
思念多媚多娇，咫尺千山**隔**。　◇◆◇◆◇◇，◆◆◇◇◆。
都为深情密爱，不忍轻离**拆**。　◇◆◇◇◆◆，◆◆◇◇◆。
好天良**夕**，鸳帷寂寞，算得也应暗相**忆**。　◆◇◇◆，◇◇◆◆，◆◆◆◇◆◇◆。

同体式作品：北宋：晏几道3首，贺铸1首，周邦彦1首，蔡伸1首。南宋：辛弃疾1首，方千里1首，吴文英1首，杨泽民1首，周密2首，李琳1首。

增减字：
(一) 4，5。4，7。6，5。4，4，7。○ 6，5。6，5。6，5。4，4，7。北宋：李纲 1 首。
(二) 4，5。6，5。6，5。4，4，7。○ 6，5。3，8。6，5。4，4，7。南宋：刘埙 1 首。

变体二

较始词复句数不变，分句数有变。

变体二·1

19 分句 8 复句

【变体二·1】19 分句 8 复句。上片第四复句较始词增 1 分句，10 分句 4 复句，二/二/二/四/型复句组；下片同，9 分句 4 复句，二/二/二/三/型复句组。仄韵，隔句韵。

4，5。6，5。6，5。4，4，4，3。
6，5。6，5。6，5。4，4，7。——南宋·辛弃疾·《全宋词》第 1877 页

六幺令

倒冠一笑，华发玉簪**折**。　◆◇◆◆，◇◆◆◇◆。
阳关自来凄断，却怪歌声**滑**。　◇◇◆◇◇◆，◆◆◇◇◆。
放浪儿童归舍，莫恼比邻**鸭**。　◆◆◇◇◇◆，◆◆◆◇◆。
水连山**接**，看君归兴，　◆◇◇◆，◆◇◇◆，
如醉中醒，梦中**觉**。　◇◆◇◇，◆◇◆。

江上吴侬问我，一一烦君**说**。　◇◆◇◇◆◆，◆◆◇◇◆。
坐客尊酒频空，剩欠真珠**压**。　◆◆◇◆◇◇，◆◆◇◇◆。
手把鱼竿未稳，长向沧浪**学**。　◆◆◇◇◆◆，◇◆◇◇◆。
问愁谁**怯**，可堪杨柳，先作东风满城**雪**。　◆◇◇◆，◆◇◇◆，◇◆◇◇◆◇◆。

同体式作品：无。

变体二·2

20 分句 8 复句

【变体二·2】20 分句 8 复句。上下片第二复句较始词各增 1 分句，每片 10 分句 4 复句，二/三/二/三/型复句组。仄韵，隔句韵。

4，5。3，3，5。6，5。4，4，7。
6，5。3，3，5。6，5。4，4，7。——南宋·陈允平·《全宋词》第 3126 页

六幺令

授衣时节，犹未定寒**燠**。　◆◇◇◆，◇◆◆◇◆。
长空雨，收云霁，湛碧秋容**沐**。　◇◇◆，◇◇◆，◆◆◇◇◆。
还是鲈肥蟹美，橡栗村村**熟**。　◇◆◇◇◆◆，◆◆◇◇◆。
不堪追**逐**，龙山梦远，惆怅田园自黄**菊**。　◆◇◇◆，◇◇◆◆，◇◆◇◇◆◇◆。

醉中还念倦旅，触景伤心**目**。	◆◇◇◆◆◆，◆◆◇◇◆。
羞破帽，把茱萸，更忆尊前**玉**。	◇◆◆，◆◇◇，◆◆◇◇◆。
愁立梧桐影下，月转回廊**曲**。	◇◆◇◇◆◆，◆◆◇◇◆。
归期将**卜**，西风吹雁，懒寄斜封但相**嘱**。	◇◇◇◆，◇◇◇◆，◆◆◇◇◆◇◆。

同体式作品：无。

301.【迷神引】

1. 本调仅见北宋柳永二首，姑取一首为始词。
2. 双片，每片六仄韵，连句韵，隔句韵。

始词：25 分句 8 复句。双片。上片 11 分句 4 复句，二/二/三/四/型复句组；下片 14 分句 4 复句，四/三/三/四/型复句组。仄韵，上片首二句连韵，继隔句韵。

7，6。4，4。3，3，3。5，3，5，3。

4，5，4，3。4，3，3。3，3，3。5，3，5，3。——北宋·柳永·《全宋词》第 44 页

迷神引

中吕调

一叶扁舟轻帆**卷**，暂泊楚江南**岸**。	◆◆◇◇◇◇◆，◆◆◆◇◇◆。
孤城暮角，引胡笳**怨**。	◇◇◆◆，◆◇◇◆。
水茫茫，平沙雁，旋惊**散**。	◆◇◇，◇◇◆，◇◇◆。
烟敛寒林簇，画屏**展**，	◇◆◇◇◆，◆◇◆，
天际遥山小，黛眉**浅**。	◇◆◇◇◆，◆◇◆。
旧赏轻抛，到此成游**宦**，	◆◆◇◇，◆◆◇◇◆，
觉客程劳，年光**晚**。	△◆◇◇，◇◇◆。
异乡风物，忍萧索，当愁**眼**。	◆◇◇◆，◆◇◆，◇◇◆。
帝城赊，秦楼阻，旅魂**乱**。	◆◇◇，◇◇◆，◆◇◆。
芳草连空阔，残照**满**，	◇◆◇◇◆，◇◆◆，
佳人无消息，断云**远**。	◇◇◇◇◆，◆◇◆。

同体式作品：南宋：朱雍 1 首。

增减字：

(一) 7，6。4，4。3，3，3。5，3。5，3。○ 4，5，4，3。4，3，3。4，3，3。5，3。5，3。北宋：晁补之 1 首。

变体二

复句数不变，分句数减 1。

【变体二】24 分句 8 复句。上片与始词同，11 分句 4 复句，二/二/三/二/二/型复句组；下片第一复句较始词减 2 分句、第二复句增 1 分句，13 分句 4 复句，二/四/三/四/型复句组。仄韵，连句韵、隔句韵。

7，6。4，4。3，3，3。5，3，5，3。

4，5。7，4，3，3。3，3，3。5，3，5，3。——北宋 · 柳永 · 《全宋词》第 54 页

迷神引

红板桥头秋光**暮**，淡月映烟方**煦**。	◇◆◇◇◇◇◆，◆◆◆◇◇◆。
寒溪蘸碧，绕垂杨**路**。	◇◇◆◆，◆◇◇◆。
重分飞，携纤手，泪如**雨**。	◇◇◇，◇◇◆，◆◇◆。
波急隋堤远，片帆**举**，	◇◆◇◇◆，◆◇◆，
倏忽年华改，向期**阻**。	◆◆◇◇◆，◆◇◆。
时觉春残，渐渐飘花**絮**。	◇◆◇◇，◆◆◇◇◆。
好夕良天长孤**负**，洞房闲掩，	◆◆◇◇◇◇◆，◆◇◇◆，
小屏空，无心**觑**。	◆◇◇，◇◇◆。
指归云，仙乡杳，在何**处**。	◆◇◇，◇◇◆，◆◇◆。
遥夜香衾暖，算谁**与**，	◇◆◇◇◆，◆◇◆，
知他深深约，记得**否**。	◇◇◇◇◆，◆◆◆。

同体式作品：无。

302.【促拍满路花】

【满路花】【满园花】【归去难】【一枝花】

1. 始词北宋柳永作。
2. 《钦定词谱》谓本调“又名满路花、满园花、归去难、一枝花。”宋词【满园花】仅秦观 1 首、【归去难】仅周邦彦 1 首，【一枝花】仅辛弃疾 1 首，兹将诸调作一调处理。
3. 【满路花】或作【雨中花】，作品较多，体式多变，兹将【雨中花】作同源词调处理。
4. 双片。始词每片四韵，变体韵数或有变；韵格不拘，或押平，或押仄，偶见平仄通押；隔句韵，或间插连句韵。

始词：16 分句 6 复句。双片。每片 8 分句 3 复句，三/二/三/型复句单句组合。平韵，隔句韵，连句韵。

5，5，7。4，5。5，6，4。

6，5，7。4，5。5，4，6。——北宋 · 柳永 · 《全宋词》第 44 页

促拍满路花

香靥融春雪，翠鬓亸秋**烟**，	◇◆◇◇◆，◆◆◆◇◇，
楚腰纤细正笄**年**。	◆◇◇◆◆◇◇。
凤帏夜短，偏爱日高**眠**。	◆◇◆◆，◇◆◆◇◇。
起来贪颠耍，只恁残却黛眉，不整花**钿**。	◆◇◇◇◆，◆◆◇◆◆◇，◆◆◇◇。
有时携手闲坐，偎倚绿窗**前**，	◆◇◇◆◇◆，◇◆◆◇◇，
温柔情态尽人**怜**。	◇◇◇◆◆◇◇。
画堂春过，悄悄落花**天**。	◆◇◇◆，◆◆◆◇◇。
最是娇痴处，尤殢檀郎，未教拆了秋**千**。	◆◆◇◇◆，◇◆◇◇，◆◇◆◆◇◇。

同体式作品：无。

变体一

与始词分句数复句相同，复句型有变。

【变体一】16分句6复句。每片8分句3复句，二/三/三/型复句组。仄韵，隔句韵。

5，5。7，4，5。4，5，6。

4，5。7，4，5。5，4，6。——北宋·廖刚·《全宋词》第702页

满路花

和敏叔中秋词。癸巳，周守约敏叔来，作中秋。

雨霁烟波阔，雁度陇云**愁**。	◆◆◇◇◆，◆◆◆◇◇。
西风庭院不胜**秋**，	◇◇◇◆◆◆◇，
桂华光满，偏照最高**楼**。	◆◇◇◆，◇◆◆◇◆。
东山携妓，约故人千里，夜来为舣仙**舟**。	◇◇◇◆，◆◆◇◇◆，◆◇◇◆◇◇。
明眸皓齿，歌舞总名**流**。	◇◇◆◆，◇◆◆◇◇。
恼人情态物中**尤**，	◇◇◇◆◆◆◇，
阳春一曲，谁把万金**酬**。	◆◇◇◆，◇◆◆◇◆。
便好拼沉醉，此夕姮娥，共须着意攀**留**。	△◆◇◇◆，◆◆◇◇，◆◇◆◆◇◇。

同体式作品：无。

变体三

较始词分句数复句数皆变。

变体三·1

18分句8复句

【变体三·1·1】18分句8复句，上下片较始词各增1分句1复句。双片，每片9分句4复句，二/二/二/三/型复句组。平韵，隔句韵。律词。

5，5。5，3。4，5。4，4，6。

7，5。3，4。4，5。5，4，6。——北宋·欧阳修·《全宋词》第154页

满路花

铜荷融烛泪，金兽啮扉**环**。　◇◇◇◆◆，◇◆◆◇◇。
兰堂春夜疑［移］，惜更**残**。　◇◇◇◆◇，◆◇◇。
落花风雨，向晓作轻**寒**。　◆◇◇◆，◆◆◆◇◇。
金龟朝早，香衾余暖，殢娇由自慵**眠**。　◇◇◇◆，◇◇◇◆，◆◇◇◆◇◇。

小鬟无事须来唤，呵破点唇**檀**。　◆◇◇◇◆◇◇◆，◇◆◆◇◇。
回身还，却背屏**山**。　◇◇◇，◆◆◇◇。
春禽飞下，帘外日三**竿**。　◇◇◇◆，◇◆◆◇◇。
起来云鬓乱，不妆红粉，下阶且上秋**千**。　◆◇◇◆◆，◆◇◇◆，◆◇◆◆◇◇。

按：“兰堂春夜疑”，“疑”似为“移”之误写。

同体式作品：无。

增减字：

（一）5，5。5，3。4，5。5，4，6。○4，5。5，3。4，5。5，4，6。北宋：周邦彦3首（【满路花】2【归去难】1）。南宋：吕渭老1首，吕胜己1首，方千里2首，陈允平1首。

（二）5，5。3，5。5，5。5，5，6。○3，5。5，6。5，5。7，4，6。北宋：秦观1首（【满园花】）。

（三）5，5。5，3。4，5。5，4，6。○7，5。5，3。4，5。3，7，6。南宋：曹勋1首。

（四）5，5。5，3。4，5。4，5，6。○4，5。5，3。4，5。5，4，6。南宋：陈允平1首，杨泽民2首，张淑芳1首。

（五）5，5。5，3。4，5。5，4，6。○6，5。5，3。4，5。5，4，6。南宋：黄裳1首。

（六）5，5。5，3。5，5。5，5，6。○8，5。5，3。5，5。5，4，6。南宋：辛弃疾1首（一枝花）。

（七）5，5。5，3。4，5。5，6，4。○7，5。5，3。4，5。5，4，6。南宋：赵师侠1首。

（八）5，5。5，3。4，5。5，6，4。○8，5。5，3。4，5。5，4，6。南宋：葛长庚1首。

（九）5，5。5，3。4，5。5，6，4。○5，5。5，3。4，5。5，4，6。南宋：徐叔至1首，无名氏3首。

【变体三·1·2】18分句8复句，上下片分句数复句数与【变体三1·1】同，复句型有变。每片9分句4复句，上片二/二/三/二/型复句组，下片二/二/二/三型复句组。仄韵，隔句韵，间插连句韵。

5，5。5，3。4，5。5。4，6。

4，5。5，3。4，5。5，4，6。——北宋·秦观·《全宋词》第457页

促拍满路花

露颗添花色，月彩投窗**隙**。　◆◇◇◇◆，◆◆◇◇◆。
春思如中酒，恨无**力**。　◇◇◇◆◆，◆◇◆。
洞房咫尺，曾寄青鸾**翼**，云散无踪**迹**。　◆◇◆◆，◇◆◇◇◆，◇◆◇◇◆。
罗帐薰残，梦回无处寻**觅**。　◇◆◇◇，◆◇◇◆◇◆。

轻红腻白，步步熏兰**泽**。　◇◇◆◆，◆◆◇◇◆。
约腕金环重，宜装**饰**。　◆◆◇◇◆，◇◇◆。

未知安否，一向无消**息**。　◆◇◇◆，◆◆◇◇◆。

不似寻常**忆**，忆后教人，片时存济不**得**。　◆◆◇◇◆，◆◆◆◇，◆◇◇◆◆◆。

同体式作品：无。

变体三·2

19分句8复句

【变体三·2·1】19分句8复句。上片分句数复句型与【变体三·1·2】同，9分句4复句，二/二/三/二/型复句组；下片第二复句减1分句、第四复句增2分句，10分句4复句，二/二/二/四/型复句组。仄韵，隔句韵，间插连句韵。

5，5。3，5。5，5，5。5，6。

3，5。5，6。5，5。3，4，3，4。——北宋·秦观·《全宋词》第459页

满园花

一向沉吟**久**，泪珠盈襟**袖**。　◆◆◇◇◆，◆◇◇◇◆。

我当初，不合苦撋**就**。　◆◇◇，◆◆◆◇◆，

惯纵得软顽，见底心先**有**，行待痴心**守**。　◆◆◆◆◇，◆◆◇◇◆，◇◆◇◇◆。

甚捻著脉子，倒把人来僝**僽**。　◆◆◆◆◆，◆◆◇◇◇◆。

近日来，非常罗皂**丑**。　◆◆◇，◇◇◇◆◆。

佛也须眉**皱**，怎掩得众人**口**。　◆◆◇◇◆，◆◆◆◆◇◆。

待收了孛罗，罢了从来**斗**。　◆◇◆◆◇，◆◆◇◇◆。

从今**后**，休道共我，梦见也，不能得**句**。　◇◇◆，◇◆◆◆，◆◆◆，◆◇◆◆。

同体式作品：无。

【变体三·2·2】19分句8复句。上下片分句数与【变体二·2·1】同，复句型有变。上片9分句4复句，二/二/二/三/型复句组；下片10分句4复句，三/二/二/三/型复句组。平韵，连句韵、隔句韵。律词。

5，5。5，3。4，5。5，4，6。

3，4，5。5，3。4，5。5，4，6。——南宋·赵师侠·《全宋词》第2077页

促拍满路花

信丰黄师尹跳珠亭

栽花春烂熳，叠石翠巑**岏**。　◇◇◇◆◆，◆◆◆◇◇。

小亭相对倚，数峰**寒**。　◆◇◇◆◆，◆◇◇。

主人寻胜，接竹引清**泉**。　◆◇◇◆，◆◆◆◇◇。

凿破苍苔地，一掬泓澄，六花疑是深**渊**。　◆◆◇◇◆，◆◆◇◇，◆◇◇◆◇◇。

向闲中，百虑翛**然**，情事寄鸣**弦**。　◆◇◇，◆◆◇◇，◇◆◆◇◇。

炉香陪茗椀，可忘**言**。　◇◇◇◆◆，◆◇◇。

喷珠溅雪，历历听潺**湲**。　◇◇◆◆，◆◆◆◇◇。

尘世知何计，不老朱颜，静看日月跳**丸**。 ◇◆◇◇◆，◆◆◇◇，◆◇◆◆◆◇。

同体式作品：南宋：无名氏（托名吕岩）1首。

同源词调：【雨中花】

【雨中花令】【雨中花慢】

1. 始词有北宋张先《雨中花令》、晏殊《雨中花》。张先长晏殊一岁，兹以其词为始词。
2. 将【雨中花】【满路花】作为异名同调，出于南宋袁去华《雨中花》词序："按调乃【满路花】。"但【雨中花】词体较【满路花】复杂，有长、短二体，短调全词4复句，双片，或称【雨中花令】；长调全词8复句，双片，或称【雨中花慢】，长、短调通常皆标以【雨中花】；尚有一首单片体，兹分别谱之。
3. 双片。每片四韵、或三韵，仄韵、平韵二式，连句韵、隔句韵。

短调·双片体

始词：12分句4复句。双片。每片6分句2复句，二/四/型复句组。仄韵，插一平韵，连句韵，间插隔句韵。

7，7。3，5，4，3。
8，8。4，5，3，4。——北宋·张先·《全宋词》第83页

雨中花令

赠胡楚草

近鬓彩钿云雁**细**，好客艳花枝争**媚**。 ◆◆◆◇◇◆◆，◆◆◆◇◇◇◆。
学双燕，同栖还并**翅**， ◆◇◆，◇◇◇◆◆，
我合著**你**，难分**离**。 ◆◆◆◆，◇◇◇。

这佛面前生应布**施**，你更看蛾眉下秋**水**。 △◆◆◇◇◇◆◇，△◆◇◇◇◆◇◆。
似赛九**底**，见他三五**二**， ◆◆◆◆，◇◇◇◆◆，
正闷**里**，也须欢**喜**。 ◆◆◆，◆◇◇◆。

同体式作品：无。

变体二

与始词复句数相同，分句数有变。

变体二·1

9分句4复句

【变体二·1】9分句4复句。双片，上片较始词减2分句，4分句2复句，二/二/型复句组；下片减1分句，5分句2复句，二/三/型复句组。仄韵，连句韵、隔句韵。律词。

6，6。7，5。

7，7。3，5，5。——北宋·晏殊·《全宋词》第102页

雨中花

剪翠妆红欲**就**，折得清香满**袖**。 ◆◆◇◇◆◆，◆◆◇◇◆◆。

一对鸳鸯眠未足，叶下长相**守**。 ◆◆◇◇◇◆◆，◆◆◇◇◆。

莫傍细条寻嫩**藕**，怕绿刺罥衣伤**手**。 ◆◆◆◇◇◆◆，△◆◆◆◇◇◆。

可惜许，月明风露好，恰在人归**后**。 ◆◆◆，◆◇◇◆◆，◆◆◇◇◆。

同体式作品：无。

变体二·2

10分句4复句

【变体二·2】10分句4复句。双片。上下片较始词各减1分句，每片5分句2复句，二/三/型复句组。仄韵，连句韵、隔句韵。律词。

6，6。4，4，5。

7，6。5，4，5。——北宋·欧阳修·《全宋词》第145页

雨中花

千古都门行**路**，能使离歌声**苦**。 ◇◆◇◇◇◆，◇◆◇◇◇◆。

送尽行人，花残春晚，又到君东**去**。 ◆◆◇◇，◇◇◇◆，◆◆◇◇◆。

醉藉落花吹暖**絮**，多少曲堤芳**树**。 ◆◆◆◇◇◆◆，◇◆◆◇◇◆。

且携手留连，良辰美景，留作相思**处**。 △◇◆◇◇，◇◇◆◆，◇◆◇◇◆。

同体式作品：北宋：刘一止2首。

增减字：

(一) 7，7。5，4，5。○ 7，7。5，4，5。北宋：王观1首（【雨中花令】）。

(二) 7，7。4，4，5。○ 8，7。4，4，5。北宋：贺铸2首。

(三) 6，7。4，4，5。○ 7，7。4，4，5。南宋：杨无咎3首。

(四) 7，7。4，4，5。○ 7，7。4，4，5。南宋：程垓3首。

变体二·3

8分句4复句

【变体二·3】8分句4复句。双片，上下片较始词各减2分句，每片4分句2复句，二/二/型复句组。仄韵，连句韵、隔句韵。律词。

6，6。7，5。

6，6。7，6。——北宋·李之仪·《全宋词》第350页

雨中花令

休把身心撋**就**，著便醉人如**酒**。 ◇◆◇◇◇◆，◆◆◆◇◇◆。

富贵功名虽有味，毕竟因谁**守**。　◆◆◇◇◇◆◆，◆◆◇◇◆。

看取刀头切**藕**，厚薄都随他**手**。　◇◆◇◇◆◆，◆◆◇◇◇◆。
趁取日中归去好，□莫待黄昏**后**。　◆◆◆◇◇◆◆，□◆◆◇◇◆。

同体式作品：无。

增减字：

（一）6，6。7，6。○ 6，6。7，6。北宋：李之仪1首。

（二）6，6。7，5。○ 7，6。7，5。北宋：毛滂1首。

（三）6，6。7，5。○ 7，7。7，5。北宋·毛滂1首。

变体三

较始词分句数复句数皆变

【变体三】16分句6复句。双片，每片8分句3复句，三/二/三/型复句组。平韵，隔句韵。律词。

3，4，4。6，6。4，4，4。
3，4，4。6，6。4，4，4。——北宋·周紫芝·《全宋词》第888页

雨中花令

吴兴道中，颇厌行役，作此曲寄武林交旧。

山雨细，泉生幽谷，水满平**田**。　◇◆◆，◇◇◇◆，◆◆◇◇。
雪茧红蚕熟后，黄云陇麦秋**间**。　◆◆◇◇◆◆，◇◇◆◆◇◇。
武陵烟暖，数声鸡犬，别是山**川**。　◆◇◇◆，◆◇◇◆，◆◆◇◇。

嗟老去，倦游踪迹，长恨华**颠**。　◇◆◆，◆◇◇◆，◇◆◇◇。
行尽吴头楚尾，空惭万壑千**岩**。　◇◆◇◇◆◆，◇◇◆◆◇◇。
不如休也，一庵归去，依旧云**山**。　◆◇◇◆，◆◇◇◆，◇◆◇◇。

同体式作品：无。

短调·单片体

单片：12分句，2单句4复句，一/二/三/一/二/三/型单句复句组合。仄韵，连句韵、隔句韵。

7。3，4。8，3，3。7。3，4。4，4，5。——宋·无名氏·《全宋词》第3663页

雨中花

改冯相三愿词

我有五重深深**愿**。　◆◆◆◇◇◇◆。
第一**愿**，且图久**远**。　◆◆◆，◆◇◆◆，
二愿恰如雕梁双**燕**，岁岁后，长相**见**。　◆◆◆◇◇◇◇◆，◆◆◆，◇◇◆。
三愿薄情相顾**恋**。　◇◆◆◇◇◆◆。

第四**愿**，永不分**散**。　◆◆◆，◆◇◇◆。
五愿奴哥，收因结果，做个人宅**院**。　◆◆◇◇，◇◇◆◆，◆◆◇◆◆。

按：词序所曰“冯相三愿词”，研究者多认为指南唐冯延巳《长命女》：“春日宴，绿酒一杯歌一遍，再拜呈三愿，一愿郎君千岁，二愿妾身长健，三愿如同梁上燕，岁岁长相见。”本谱将无名氏词作单片，《全宋词》作双片，以“长相见”为上片结句，“三愿薄情”为下片起句；末句作“五愿奴留收园结果，做个人宅院”。该句一传为“五愿奴哥，收因结果，做个人宅院”。似较通顺，兹取之。

同体式作品：无。

长调·双片体

始词：21 分句 8 复句。双片，上片 10 分句 4 复句，三/二/二/三/型复句组；下片 11 分句 4 复句，三/三/二/三/型复句组。平韵，隔句韵。

4，4，6。5，4。6，6。5，4，4。
4，4，6。3，4，4。6，6。4，4，4。——北宋·张才翁·《全宋词》第 213 页

雨中花

万缕青青，初眠官柳，向人犹未成**阴**。　◆◆◇◇，◇◇◇◆，◆◇◇◆◇◇。
据雕鞍马上，拥鼻微**吟**。　◆◇◇◆◆，◆◆◇◇。
远宦情怀谁问，空嗟壮志销**沉**。　◆◆◇◇◇◆，◇◇◆◆◇◇。
正好花时节，山城留滞，忍负归**心**。　△◆◇◇◆，◇◇◇◆，◆◆◇◇。

别离万里，飘蓬无定，谁念会合难**凭**。　◆◇◆◆，◇◇◇◆，◇◆◆◆◇◇。
相聚里，休辞金盏，酒浅还**深**。　◇◆◆，◇◇◇◆，◆◆◇◇。
欲把春愁抖擞，春愁转更难**禁**。　◆◆◇◇◆◆，◇◇◆◆◇◇。
乱山高处，凭阑垂袖，聊寄登**临**。　◆◇◇◆，◇◇◇◆，◇◆◇◇。

同体式作品：南宋：杨无咎 1 首，吴礼之 1 首，苏泂 1 首。

增减字：

（一）4，4，6。6，4。6，6。5，4，4。○4，4，6。3，4，4。6，6。4，4，4。北宋：晁端礼 1 首，南宋：张孝祥 1 首。
（二）6，4，4。5，4。6，6。5，4，4。○4，4，6。3，4，4。6，6。5，4，4。北宋：秦观 1 首。
（三）4，4，6。6，4。6，6。5，4，4。○4，6，4。3，4，4。6，6。4，4，4。北宋：贺铸 1 首。
（四）6，4，4。5，4。6，6。5，4，4。○4，4，6。3，4，4。6，6。4，4，4。北宋：朱敦儒 1 首。
（五）4，4，6。5，4。6，6。4，4，4。○4，4，6。3，4，4。6，6。4，4，4。南宋：蔡伸 1 首，李石 1 首，京镗 2 首，百兰 1 首。
（六）4，4，6。4，5。6，6。5，4，4。○4，4，6。3，4，4。6，6。4，4，4。南宋：葛立方 2 首。
（七）4，6，4。5，4。6，6。4，4，4。○4，4，6。3，4，4。6，6。4，4，4。南宋：陆凝之 1 首。
（八）4，4，6。4，5。6，6。3，6，4。○4，4，6。3，4，4。6，6。4，4，4。南宋：赵长卿 1 首。
（九）4，4，6。5，4。6，6。5，4，4。○4，4，6。3，4，4。6，6。4，4，4。南宋：辛弃疾 2 首。
（一〇）4，4，6。7，4。6，6。5，4，4。○4，4，6。3，4，4。6，6。4，4，4。南宋：刘褒 1 首。
（一一）4，4，6。4，6。6，6。5，4，4。○4，4，6。3，4，4。6，6。4，4，4。南宋：高观国 1 首。

变体一

与始词分句数复句数相同，复句型有变。

【变体一】21 分句 8 复句。双片，上下片分句数较始词上下片正相反，复句型有变。上片 11 分句 4 复句，三/二/三/三/型复句组；下片 10 分句 4 复句，三/三/二/二/型复句组。平韵，隔句韵。

6，4，4。6，4。4，4，4。5，4，4。

4，4，6。3，4，4。6，6。8，4。——北宋·苏轼·《全宋词》第 282 页

雨中花

今岁花时深院，尽日东风，荡飏茶**烟**。	◇◆◇◇◇◆，◆◆◇◇，◆◇◇◇。
但有绿苔芳草，柳絮榆**钱**。	◆◆◆◇◇◆，◆◆◇◇。
闻道城西，长廊古寺，甲第名**园**。	◇◆◇◇，◇◇◆◆，◆◆◇◇。
有国艳带酒，天香染袂，为我留**连**。	△◆◆◆◆，◇◇◆◆，◆◆◇◇。
清明过了，残红无处，对此泪洒尊**前**。	◇◇◆◆，◇◇◇◆，◆◆◆◆◇◇。
秋向晚，一枝何事，向我依**然**。	◇◆◆，◆◇◇◆，◆◆◇◇。
高会聊追短景，清商不暇余**妍**。	◇◆◇◇◆◆，◇◇◆◆◇◇。
不如留取十分春态，付与明**年**。	◆◇◇◆◆◇◇◆，◆◆◇◇。

同体式作品：无。

增减字：

（一）4，6，4。6，4。4，4，4。3，6，4。○ 4，4，6。3，4，4。6，6。8，4。北宋：苏轼 1 首。

变体二

与始词复句数相同，分句数有变。

变体二·1

22 分句 8 复句

【变体二·1】22 分句 8 复句。双片，上片较始词增 1 分句，下片分句数复句型与始词同。每片 11 分句 4 复句，上片三/二/三/三/型复句组，下片三/三/二/三/型复句组。平韵，隔句韵。

6，4，4。6，4。4，4，4。4，4，4。

4，4，6。3，4，4。6，6。4，4，4。——北宋·苏轼·《全宋词》第 329 页

雨中花慢

邃院重帘何处，惹得多情，愁对风**光**。	◆◆◇◇◇◆，◆◆◇◇，◆◆◇◇。
睡起酒阑花谢，蝶乱蜂**忙**。	◆◆◆◇◇◆，◆◆◇◇。
今夜何人，吹笙北岭，待月西**厢**。	◇◆◇◇，◇◇◆◆，◆◆◇◇。
空怅望处，一株红杏，斜倚低**墙**。	△◆◆◆，◆◇◇◆，◇◆◇◇。

羞颜易变，傍人先觉，到处被著猜**防**。	◇◇◆◆，◇◇◇◆，◆◆◆◆◇◇。
谁信道，些儿恩爱，无限凄**凉**。	◇◆◆，◇◇◇◆，◇◆◇◇。
好事若无间阻，幽欢却是寻**常**。	◆◆◆◇◆◆，◇◇◆◆◇◇。
一般滋味，就中香美，除是偷**尝**。	◆◇◇◆，◆◇◇◆，◇◆◇◇。

同体式作品：无。

增减字：

（一）4，4，6。6，4。4，4，4。5，4，4。○ 4，4，6。4，4，4。6，6。4，4，4。北宋：黄庭坚 1 首。

（二）4，4，6。5，4。4，4，4。5，4，4。○ 4，4，6。3，4，4。6，6。4，4，4。北宋：晁端礼 2 首，杨无咎 2 首。

（三）4，4，6。5，4。4，4，4。3，6，4。○ 4，4，6。3，4，4。6，6。4，4，4。北宋：晁端礼 1 首。

（四）6，4，4。6，4。4，3，4。5，4，4。○ 3，4，6。3，4，4。6，6。4，4，4。南宋：无名氏 1 首。

变体二・2

20 分句 8 复句

【变体二・2・1】20 分句 8 复句。双片，上片分句数复句型与始词同，下片第一复句减 1 分句。每片 10 分句 4 复句，上片三/二/二/三/型复句组；下片二/三/二/三/型复句组。平韵，隔句韵。

4，6，4。5，4。6，6。4，4，4。

8，6。3，4，4。6，6。4，4，4。——北宋・张生・《全宋词》第 787 页

雨中花慢

事往人离，还似暮峡归云，陇上流**泉**。	◆◆◇◇，◇◆◆◆◇◇，◆◆◇◇。
奈强分圆镜，枉断哀**弦**。	△◇◇◇◆，◆◆◇◇。
常记酒阑歌畔，难忘月底花**前**。	◇◆◆◇◇◆，◇◇◆◆◇◇。
旧携手处，层楼朱户，触目依**然**。	◆◇◆◆，◇◇◇◆，◆◆◇◇。
从来惯向绣帏罗帐，镇效比翼纹**鸳**。	◇◇◆◆◆◇◇◆，◆◆◆◆◇◇。
谁念我，而今清夜，常是孤**眠**。	◇◆◆，◇◇◇◆，◇◆◇◇。
入户不如飞絮，傍怀争及炉**烟**。	◆◆◆◇◇◆，◆◇◇◆◇◇。
这回休也，一生心事，为尔萦**牵**。	◆◇◇◆，◆◇◇◆，◆◆◇◇。

按：一传本词为北宋末南宋初任昉作，词文略有小异，词体全同。

同体式作品：无。

增减字：

（一）4，4，6。5，4。6，6。4，4，4。○ 4，4，6。7，4。6，6。4，4，4。南宋：蔡伸 1 首，李石 1 首。

（二）4，4，6。6，4。6，6。5，4，4。○ 4，4，6。7，4。6，6。4，4，4。南宋：张孝祥 1 首。

（三）4，4，6。4，5。6，6。3，6，4。○ 4，4，6。7，4。6，6。4，4，4。南宋：赵长卿 1 首。

（四）4，4，6。5，4。6，6。5，4，4。○ 4，4，6。7，4。6，6。4，4，4。南宋：辛弃疾 2 首。

（五）4，4，6。7，4。6，6。5，4，4。○ 4，4，6。7，4。6，6。4，4，4。南宋：刘褒 1 首。

【变体二·2·2】20 分句 8 复句。双片，上下片较始词各减 1 分句。上片 9 分句 4 复句，二/二/二/三/型复句组；下片 11 分句 4 复句，二/三/二/四/型复句组。仄韵，上片首二句连韵，继隔句韵。律词。

5，5。5，3。5，5。5，4，6。
3，5。5，3，3。5，5。3，4，3，4。——南宋·袁去华·《全宋词》第 1501 页

雨中花

按调乃【满路花】

江上西风**晚**，野水兼天**远**。	◇◆◇◇◆，◆◆◇◇◆，
云衣拖翠缕，易零**乱**。	◇◇◇◆◆，◆◇◆。
见柳叶满梢，秀色惊秋**变**。	△◆◆◆◇，◆◆◇◇◆。
百岁今强**半**，两鬓青青，尽著吴霜偷**换**。	◆◆◇◇◆，◆◆◇◇，◆◆◇◇◇◆。
向老来，功名心事**懒**。	◆◆◇，◇◇◇◆◆，
客里愁难**遣**，乍飘泊，有谁**管**。	◆◆◇◇◆，◆◇◆，◆◇◆。
对照壁孤灯，相与秋虫**叹**。	△◆◆◇◇，◇◆◇◇◆。
人间事，经了万千，这寂寞，几时曾**见**。	◇◇◆，◇◆◆◇，◆◆◆，◆◇◇◆。

同体式作品：无。

【变体二·2·3】20 分句 8 复句。双片，上片第三复句较始词增 1 分句，下片第二、三复句各减 1 分句。上片 11 分句 4 复句，三/二/三/三/型复句组；下片 9 分句 4 复句，二/二/二/三/型复句组。仄韵，隔句韵。

6，4，4。6，4。4，4，4。5，4，4。
8，6。7，4。6，6。4，4，4。——宋·无名氏·《全宋词》第 3623 页

雨中花

梦破江南春信，渐入江梅，暗香初**发**。	◆◆◇◇◇◆，◆◆◇◇，◆◇◇◆。
乞与横斜疏影，为怜清**绝**。	◆◆◇◇◇◆，◆◇◇◆。
梁苑相如，平生有赋，未甘华**发**。	◇◆◆◇，◇◇◆◆，◆◇◇◆。
便广寒争遣，韶华惊怨，讵妨轻**折**。	△◆◇◇◆，◇◇◇◆，◆◇◇◆。
扬州二十四桥歌吹，不道画楼声**歇**。	◇◇◆◆◆◇◇◇，◆◆◆◇◇◆。
生怕有江边一树，要堆轻**雪**。	◇◆◆，◇◇◆◆，◆◇◇◆。
老去苦无欢事，凌波空有纤**袜**。	◆◆◆◇◇◆，◇◇◇◆◇◆。
恨无好语，何郎风味，定教谁**说**。	◆◇◆◆，◇◇◇◆，◆◇◇◆。

同体式作品：无。

变体二·3

23 分句 8 复句

【变体二·3】23 分句 8 复句。上片第二复句较始词增 1 分句，12 分句 4 复句，三/三/三/三/型复句组；下片与始词同，11 分句 4 复句，三/三/二/三/型复句组。平韵，隔句韵。

4，6，4。3，4，4。4，3，6。5，4，4。

4，4，6。3，4，4。6，6。4，4，4。——北宋·叶梦得·《全宋词》第 780 页

雨中花慢

寒食前一日，小雨，牡丹已将开。与客置酒，坐中戏作。

痛饮狂歌，百计强留风光，无奈春**归**。	◆◆◇◇，◆◆◇◇◇◇，◇◆◇◇。
春去也，应知相赏，未忍相**违**。	◇◆◆，◇◇◇◆，◆◆◇◇。
卷地风惊，争催春，暮雨顿回寒**威**。	◆◆◇◇，◇◇◇，◆◆◆◇◇◇。
对黄昏萧瑟，冰肤洗尽，犹覆霞**衣**。	△◇◇◇◆，◇◇◆◆，◇◆◇◇。
多情断了，为花狂恼，故飘万点霏**微**。	◇◇◆◆，◆◇◇◆，◆◇◆◆◇◇。
低粉面，妆台酒散，泪颗频**挥**。	◇◆◆，◇◇◆◆，◆◆◇◇。
可是盈盈有意，只应真惜分**飞**。	◆◆◇◇◆◆，◆◇◇◆◇◇。
拚令吹尽，明朝酒醒，忍对红**稀**。	◆◆◇◆，◇◇◆◆，◆◆◇◇。

同体式作品：无。

变体二·4

19 分句 8 复句

【变体二·4】19 分句 8 复句。上片分句数与始词同，10 分句 4 复句，四/二/二/二/型复句组；下片减 2 分句，9 分句 4 复句，三/二/二/二/型复句组。平韵，隔句韵。

4，4，3，4。6，4。6，6。4，8。

6，4，4。7，4。6，7。4，6。——南宋·赵长卿·《全宋词》第 1814 页

雨中花慢

帊子分香，罗巾拭泪，	◆◆◇◇，◇◇◆◆，
别来时，未觅凄**惶**。	◆◇◇，◆◆◇◇。
上得船儿来了，划地凄**凉**。	◆◆◇◇◇◆，◆◆◇◇。
可惜花前月里，却成水远山**长**。	◆◆◇◇◆◆，◆◇◆◆◇◇。
做成恩爱，如今赢得万里千**乡**。	◆◇◇◆，◇◇◇◆◆◆◇◇。
情知这场寂寞，不干你事，伤我穷**忙**。	◇◇◆◆◇◆，◆◇◆◆，◇◆◇◇。
不道是久长活路，终要称**量**。	◆◆◆，◆◇◆◆，◇◆◇◇。
我则匆匆归去，知你且种种随**娘**。	◆◆◇◇◇◆，◇◆◆◆◆◇◇。
下梢睚彻，有时共你风**光**。	◆◇◇◆，◆◇◆◆◇◇。

同体式作品：无。

303. 【红窗听】

1. 始词北宋柳永作。
2. 双片，上片二韵或三韵，下片三韵，仄韵，隔句韵、连句韵。
3. 此调南宋无继作。

始词：9 分句 4 复句。双片。上片 4 分句 2 复句，二/二/型复句组；下片 5 分句 2 复句，三/二/型单句复句组合。仄韵，隔句韵。

7，7。7，5。

7，7，4。4，5。——北宋·柳永·《全宋词》第 45 页

红窗听

如削肌肤红玉莹，举措有许多端**正**。　◇◆◇◇◇◆◆，◆◆◆◆◇◇◆。

二年三岁同鸳寝，表温柔心**性**。　◆◇◇◆◇◇◆，△◇◇◇◆。

别后无非良夜**永**，　◆◆◇◇◇◆◆，

如何向名牵利役，归期未**定**。　◇◇◆◇◇◆◆，◇◇◆◆。

算伊心里，却冤成薄**幸**。　◆◇◇◆，◆◇◇◆◆。

同体式作品：北宋：晏殊 2 首。

304. 【玉山枕】

1. 始词北宋柳永作。
2. 双片，每片五仄韵，隔句韵。
3. 此调仅见柳永一首。

始词：24 分句 8 复句。双片。每片 12 分句 4 复句，三/四/二/三/型复句组。仄韵，隔句韵。

4，3，3。4，4，4，4。7，7。3，7，5。

7，3，3。4，4，4，4。7，7。7，3，5。——北宋·柳永·《全宋词》第 45 页

玉山枕

骤雨新**霁**，荡原野，清如**洗**。　◆◆◇◆，◆◇◆，◇◇◆。

断霞散彩，残阳倒影，　◆◇◆◆，◇◇◆◆，

天外云峰，数朵相**倚**。	◇◆◇◇，◆◆◇◆。
露荷烟芰满池塘，见次第几番红**翠**。	◆◇◇◆◆◇◇，△◆◆◆◇◇◆。
当是时，河朔飞觞避炎蒸，想风流堪**继**。	◇◆◇，◇◆◇◇◆◇◇，△◇◇◇◆。
晚来高树清风**起**，动帘幕，生秋**气**。	◆◇◇◆◇◇◆，◆◇◆，◇◇◆。
画楼昼寂，兰堂夜静，	◆◇◆◆，◇◇◆◆，
舞艳歌姝，渐任罗**绮**。	◆◆◇◇，◆◆◇◆。
讼闲时泰足风情，便争奈雅歌都**废**。	◆◇◇◆◆◇◇，△◇◆◆◇◇◆。
省教成几阕清歌，尽新声，好尊前重**理**。	◆◇◇◆◆◇◇，◆◇◇，△◇◇◇◆。

同体式作品：无。

305.【西施】

1. 始词北宋柳永作。
2. 此调仅见柳永三首，姑取一首为始词。
3. 双片，上片四韵，下片三韵，平韵，上片首二句连韵，隔句韵。

始词：14 分句 6 复句。双片。每片 7 分句 3 复句，二/二/三/型复句组。平韵，上片首二句连韵，继隔句韵。

7，5。4，5。6，3，5。

7，6。5，5。6，3，5。——北宋·柳永·《全宋词》第 46 页

西施

仙吕调

苎萝妖艳世难**偕**，善媚悦君**怀**。	◆◇◇◆◆◇◇，◆◆◆◇◇。
后庭恃宠，尽使绝嫌**猜**。	◆◇◆◆，◆◆◆◇◇。
正恁朝欢暮宴，情未足，早江上兵**来**。	◆◆◇◇◆◆，◇◆◆，△◇◆◇◇。
捧心调态军前死，罗绮旋变尘**埃**。	◆◇◇◆◇◇◆，◇◆◆◆◇◇。
至今想怨魂，无主尚徘**徊**。	◆◇◆◆◇，◇◆◆◇◇。
夜夜姑苏城外，当时月，但空照荒**台**。	◆◆◇◇◇◆，◇◇◆，△◇◆◇◇。

同体式作品：无。

变体二

较始词复句数不变，分句数增 1。

【变体二】15 分句 6 复句。上片与始词同，7 分句 3 复句，二/二/三/型复句组；下片第

一复句增 1 分句，8 分句 3 复句，三/二/三/型复句组。平韵，上片首二句连韵，继隔句韵。

7，5。4，5。4，5，5。

7，3，3。4，5。4，5，5。——北宋·柳永·《全宋词》第 46 页

西施

柳街灯市好花**多**，尽让美琼**娥**。　◆◇◇◆◆◇◇，◆◆◆◇◇。
万娇千媚，的的在层**波**。　◆◇◇◆，◆◆◆◇◇。
取次梳妆，自有天然态，爱浅画双**蛾**。　◆◆◇◇，◆◆◇◇◆，△◆◆◇◇。

断肠最是金闺客，空怜爱，奈伊**何**。　◆◇◆◆◇◇◆，◇◇◆，◆◇◇。
洞房咫尺，无计枉朝**珂**。　◆◇◆◆，◇◆◆◇◇。
有意怜才，每遇行云处，幸时恁相**过**。　◆◆◇◇，◆◆◇◇◆，◆◇◆◇◇。

同体式作品：北宋：柳永 1 首。

306.【郭郎儿近拍】

1. 始词北宋柳永作。
2. 一作【郭郎儿近】，以戏弄为调名。唐段安节《乐府杂录》“傀儡子”条云：冒顿单于围汉高祖于平城，陈平造木偶人以退阏氏之军，“后乐家翻为戏，其引歌舞有郭郎者，发正秃，善优笑，闾里呼为‘郭郎’，凡戏场必在俳儿之首也”。
3. 双片，上片五韵，下片四韵，仄韵，隔句韵，间插连句韵。
4. 此调仅见柳永一首。

始词：15 分句 6 复句。双片。上片 7 分句 3 复句，三/二/二/型复句组；下片 8 分句 3 复句，三/三/二/型复句组。仄韵，隔句韵，间插连句韵。

2，6，7。2，4。6，7。

2，4，6。4，4，5。7，7。——北宋·柳永·《全宋词》第 47 页

郭郎儿近拍

帝**里**，闲居小曲深坊，庭院沉沉朱户**闭**。　◆◆，◇◇◆◆◇◇，◇◆◇◇◇◆◆。
新**霁**，畏景天**气**。　◇◆，◆◆◇◆。
薰风帘幕无人，永昼厌厌如度**岁**。　◇◇◇◆◇◇，◆◆◇◇◇◆◆。

愁**悴**，枕簟微凉，睡久辗转慵**起**。　◇◆，◆◆◇◇，◆◆◆◆◇◆。
砚席尘生，新诗小阕，等闲都尽**废**。　◆◆◇◇，◇◇◆◆，◆◇◇◆◆。
这些儿寂寞情怀，何事新来常恁**地**。　◆◇◇◆◆◇◇，◇◆◇◇◇◆◆。

同体式作品：无。

307.【透碧霄】

1. 始词北宋柳永作。
2. 双片，上片六韵，下片五韵，变体或增一韵。平韵，隔句韵。

始词：27 分句 10 复句。双片。上片 13 分句 5 复句，二/三/三/二/三/型复句组；下片 14 分句 5 复句，三/三/三/二/三/型复句组。平韵，上片首二句连韵，继隔句韵。

3，7。4，4，4。4，4，4。3，4。5，4，4。
5，4，5。3，3，6。4，4，4。3，4。5，4，4。——北宋·柳永·《全宋词》第 47 页

透碧霄

月华**边**，万年芳村起祥**烟**。	◆◇◇，◆◇◇◇◆◇◇。
帝居壮丽，皇家熙盛，宝运当**千**。	◆◇◆◆，◇◇◇◆，◆◆◇◇。
端门清昼，觚陵照日，双阙中**天**。	◇◇◇◆，◇◇◆◆，◇◆◇◇。
太平时，朝野多**欢**。	◆◇◇，◇◆◇◇。
遍锦街香陌，钧天歌吹，阆苑神**仙**。	△◆◇◇◆，◇◇◇◆，◆◆◇◇。
昔观光得意，狂游风景，再睹更精**妍**。	△◇◇◆◆，◇◇◇◆，◆◆◆◇◇。
傍柳阴，寻花径，空恁亸辔垂**鞭**。	◆◆◇，◇◇◆，◇◆◆◆◇◇。
乐游雅戏，平康艳质，应也依**然**。	◆◇◆◆，◇◇◆◆，◇◆◇◇。
仗何人，多谢婵**娟**。	◆◇◇，◇◆◇◇。
道宦途踪迹，歌酒情怀，不似当**年**。	△◆◇◇◆，◇◆◇◇，◆◆◇◇。

同体式作品：无。

变体二

较始词复句数不变，分句数有变。

变体二·1

28 分句 10 复句

【变体二·1】28 分句 10 复句。上片与始词同，13 分句 5 复句，二/三/三/二/三/型复句组；下片第二复句增 1 分句，15 分句 5 复句，三/四/三/二/三/型复句组。平韵，首句入韵，隔句韵。律词。

3，7。4，4，4。4，4，4。3，4。5，4，4。
5，4，5。3，3，3，3。4，4，4。3，4。5，4，4。

——北宋·查荎·《全宋词》第 916 页

透碧霄

舣兰**舟**，十分端是载离**愁**。　◆◇◇，◆◇◇◆◆◇◇。
练波送远，屏山遮断，此去难**留**。　◆◇◆◆，◇◇◇◆，◆◆◇◇。
相从争奈，心期久要，屡更霜**秋**。　◇◇◇◆，◇◇◆◆，◆◆◇◇。
叹人生，杳似萍**浮**。　◆◇◇，◆◆◇◇，
又翻成轻别，都将深恨，付与东**流**。　△◇◇◇◆，◇◇◇◆，◆◆◇◇。

想斜阳影里，寒烟明处，双桨去悠**悠**。　△◇◇◆◆，◇◇◇◆，◇◆◆◇◇。
爱渚梅，幽香动，须采掇，倩纤**柔**。　◆◆◇，◇◇◆，◇◆◆，◆◇◇。
艳歌粲发，谁传余韵，来说仙**游**。　◆◇◆◆，◇◇◇◆，◇◆◇◇。
念故人，留此遐**洲**。　◆◆◇，◇◆◇◇。
但春风老后，秋月圆时，独倚西**楼**。　△◇◇◆◆，◇◆◇◇，◆◆◇◇。

同体式作品：无。

变体二·2

26分句10复句

【变体二·2】26分句10复句。上片第三复句较始词减1分句，12分句5复句，二/三/二/二/三/型复句组；下片与始词同，14分句5复句，三/三/三/二/三/型复句组。平韵，上片首二句连韵，继隔句韵。

5，7。4，4，5。7，5。3，4。
3，4，7。4，4，4。4，4，4。3，4。5，4，5。

——南宋·曹勋·《全宋词》第1211页

透碧霄

中宫生辰

阆苑喜新**晴**，正桂华飘下太**清**。　◆◆◆◇◇，△◆◇◇◆◆◇。
宝籞凉秋，梦祥明月，天开辅盈**成**。　◆◆◇◇，◆◇◇◆，◇◇◆◇◇。
宫闱女职遵慈训，见海宇仪**型**。　◇◇◆◆◇◇◆，△◆◆◇◇。
奉东朝，晨夕趋**承**。　◆◇◇，◇◆◇◇。
化内外，咸知柔顺，已看彤管赋和**平**。　◆◆◆，◇◇◇◆，◆◇◇◆◆◇◇。

宴坤**宁**，香腾金猊，烟暖秘殿彩衣**轻**。　◆◇◇，◇◇◇◇，◇◆◆◆◆◇◇。
六乐丝竹，绕云萦水，总按新**声**。　◆◆◇◆，◆◇◇◆，◆◆◇◇。
天临帝幄，亲颁寿酒，恩意兼**勤**。　◇◇◆◆，◇◇◆◆，◇◆◇◇。
雁行缀，宰府殊**荣**。　◆◇◆，◆◆◇◇。
愿万亿斯年，南山并永，坤厚赞尧**明**。　△◆◆◇◇，◇◇◆◆，◇◆◆◇◇。

同体式作品：无。

308.【忆帝京】

1. 始词北宋柳永作。
2. 黄庭坚《忆帝京·私情》，与秦观《御街行》多重文（见前谱第 232 调【御街行】“变体三”），兹不计入本调。
3. 双片，每片四韵，变体或增二韵。仄韵，首句入韵，隔句韵。
4. 此调南宋无继作。

始词：13 分句 6 复句。双片。上片 6 分句 3 复句，二/二/二/型复句组；下片 7 分句 3 复句，二/三/二/型复句组。仄韵，上下片起首二句连句韵，继隔句韵。

6，6。5，5。5，5。

7，7。4，4，7。5，5。——北宋·柳永·《全宋词》第 49 页

忆帝京

薄衾小枕天**气**，乍觉别离滋**味**。	◆◇◆◆◇◆，◆◆◆◇◇◆。
展转数寒更，起了还重**睡**。	◆◆◆◇◇，◆◆◇◇◆。
毕竟不成眠，一夜长如**岁**。	◆◆◆◇◇，◆◆◇◇◆。
也拟待却回征**辔**，又争奈已成行**计**。	◆◆◆◆◇◇◆，△◇◆◆◇◇◆。
万种思量，多方开解，只恁寂寞厌厌**地**。	◆◆◇◇，◇◇◇◆，◆◆◆◆◇◇◆。
系我一生心，负你千行**泪**。	◆◆◆◇◇，◆◆◇◇◆。

同体式作品：北宋：黄庭坚 2 首。

变体一

与始词分句数复句数相同，复句型有变。

【变体一】13 分句 6 复句。上片与始词同，6 分句 3 复句，二/二/二/型复句组；下片第二复句较始词减 1 分句、第三复句增 1 分句，7 分句 3 复句，二/二/三/型复句组。仄韵，上下片首二句连韵，继隔句韵。律词。

7，6。5，5。5，5。

7，7。7，7。5，3，3。——北宋·朱敦儒·《全宋词》第 852 页

忆帝京

元来老子曾垂**教**，挫锐和光为**妙**。	◇◇◆◆◇◇◆，◆◆◇◇◇◆。
因甚不听他，强要争工**巧**。	◇◆◆◇◇，◇◆◇◇◆。
只为忒惺惺，惹尽闲烦**恼**。	◆◆◆◇◇，◆◆◇◇◆。
你但莫多愁早**老**，你但且不分不**晓**。	△◆◆◇◇◆◆，△◆◆◆◇◆◆。

第一随风便倒拖，第二君言亦大**好**。	◆◆◇◇◆◆◇，◆◆◇◇◆◆◆。
管取没人嫌，便总道，先生**俏**。	◆◆◆◇◇，◆◆◆，◇◇◆。

同体式作品：无。

309. 【爪茉莉】

1. 始词北宋柳永作。
2. 双片，上片四韵，下片五韵，仄韵，隔句韵。
3. 此调仅见柳永一首。

始词：19 分句 8 复句。双片。上片 8 分句 4 复句，二/二/二/二/型复句组；下片 11 分句 4 复句，三/二/三/三/型复句组。仄韵，隔句韵。

4，5。3，4。4，6。7，6。
4，3，3。3，4。4，3，3。9，3，3。　北宋·柳永·《全宋词》第 54 页

爪茉莉

秋夜

每到秋来，转添甚况**味**。	◆◆◇◇，◆◇◆◆◆。
金风动，冷清清**地**。	◇◇◆，◆◇◇◆。
残蝉噪晚，甚聒得人心欲**碎**。	◇◇◆◆，◆◆◆◇◇◆◆，
更休道宋玉多悲，石人也须下**泪**。	◆◇◆◆◆◇◇，◆◇◆◇◆◆。
衾寒枕冷，夜迢迢，更无**寐**。	◇◇◆◆，◆◇◇，◆◇◆。
深院静，月明风**细**。	◇◆◆，◆◇◇◆。
巴巴望晓，怎生挨，更迢**递**。	◇◇◆◆，◆◇◇，◆◇◆。
料我儿只在枕头根**底**，	◆◆◇◆◆◆◇◇◆，
等人来，睡梦**里**。	◆◇◇，◆◆◆。

同体式作品：无。

310. 【红窗迥】

1. 始词北宋柳永作。
2. 双片，每片三仄韵，变体韵数或有变。隔句韵，或间插连句韵。

始词：13 分句 4 复句。双片。上片 6 分句 2 复句，三/三/型复句组；下片 7 分句 2 复句，三/四/型复句组。仄韵，隔句韵，间插连句韵。

3，3，7。7，3，3。

7，3，4。2，6，3，4。——北宋·柳永·《全宋词》第 55 页

红窗迥

小园东，花共**柳**，红紫又一齐开**了**。　◆◇◇，◇◆◆，◇◆◆◆◇◇◆。
引将蜂蝶燕和莺，成阵价，忙忙**走**。　◆◇◇◆◆◇◇，◇◆◆，◇◇◆。

花心偏向蜂儿**有**，莺共燕，吃他拖**逗**。　◇◇◇◆◇◇◆，◇◆◆，◆◇◇◆。
蜂儿，却入花里藏身，　◇◇，◆◆◇◆◇◇，
胡蝶儿，你且退**后**，　◇◆◇，◆◆◆◆。

同体式作品：无。

变体一

与始词分句数复句数相同，复句型有变。

【变体一·1】13 分句 4 复句。上下片第一复句较始词各增 1 分句，第二复句各减 1 分句。上片 6 分句 2 复句，四/二/型复句组；下片 7 分句 2 复句，四/三/型复句组。仄韵，隔句韵，间插连句韵。

3，3，7，4。6，5。

4，4，6，4。3，4，5。——北宋·周邦彦·《全宋词》第 619 页

红窗迥

仙吕

几日来，真个**醉**，　◆◆◇，◇◆◆，
不知道窗外乱红，已深半**指**。　◆◇◆◇◆◆◇，◆◇◆◆。
花影被风摇**碎**，拥春酲乍**起**。　◇◆◆◇◇◆，◆◇◇◆◆。

有个人人，生得济楚，　◆◆◇◇，◇◆◆◆，
来向耳畔问道，今朝醒**未**。　◇◆◆◆◆◆，◇◇◆◆。
情性儿，慢腾腾地，恼得人又**醉**。　◇◆◇，◆◇◇◆，◆◆◇◆◆。

同体式作品：无。

【变体一·2】13 分句 4 复句。与始词与【变体一·1】分句数相同，复句型有变。上片 5 分句 2 复句，三/二/型复句组；下片 8 分句 2 复句，四/四/型复句组。仄韵，隔句韵，间插连句韵。

5，5，4。7，9。

2，4，4，4。4，7，6，4。——南宋·曹豳·《全宋词》第 2478 页

红窗迥

春闱期近也，望帝乡迢迢，犹在天**际**。　◇◇◇◆◆，◆◆◇◇◇，◇◆◇◆。

懊恨这一双脚**底**，一日厮赶上五六十**里**。　◆◆◆◆◇◆◆，◆◆◇◆◆◆◆◆◆。

争**气**，扶持我去，转得官归，恁时赏**你**。　◇◆，◇◇◆◆，◆◆◇◇，◆◇◆◆。

穿对朝靴，安排你在轿儿**里**，　◇◆◇◇，◇◇◆◆◆◇◆，

更选个宫样鞋，夜间伴**你**。　◆◆◆◇◆◇，◆◇◆◆。

同体式作品：无。

变体二

较始词复句数不变，分句数减 2。

【变体二·1】11 分句 4 复句。上片与始词同，6 分句 2 复句，四/二/型复句组；下片减 2 分句，5 分句 2 复句，三/二/型复句组。仄韵，连句韵、隔句韵。

3，3，5，4。6，5。

7，3，6。6，5。——宋·无名氏·《全宋词》第 3685 页

红窗迥

河可**挽**，石可**转**，　◇◆◆，◆◆◆，

那一个愁字，却难驱**遣**。　◆◆◆◇◆，◆◇◇◆。

眉向酒边暂**展**，酒后依旧**见**。　◇◆◆◇◆◆，◆◆◇◆◆。

枫叶满阶红万**片**，　◇◆◆◇◇◆◆，

待拾来，一一题写教**遍**。　◆◆◇，◆◆◇◆◇◆。

却倩霜风吹**卷**，直到沙岛**远**。　◆◆◇◇◇◆，◆◆◇◆◆。

同体式作品：无。

【变体二·2】11 分句 4 复句。与【变体二·1】分句数相同，上下片复句型不同。上片 5 分句 2 复句，三/二/型复句组；下片 6 分句 2 复句，三/三/型复句组。仄韵，邻韵通押，隔句韵，间插连句韵。

3，3，8。7，5。

7，4，6。3，6，5。——宋·无名氏·《全宋词》第 3840 页

红窗迥

富春坊，好景**致**，两岸尽是歌姬舞**妓**。　◆◇◇，◆◆◆，◆◆◆◆◇◇◆◆。

引调得上界神仙，把凡心都**起**。　◆◆◆◆◆◇◇，◆◇◇◇◆。

内有丙丁并壬**癸**，　◆◆◆◇◆◇◇，

这两尊神，为你争些口**气**。　◆◆◇◇，◆◆◇◇◆◆。

火星道，我待逞些神通，不怕你是**水**。　◆◇◆，◆◆◆◇◇◇，◆◆◆◆◆。

同体式作品：无。

同源词调：【红窗怨】

【市桥柳】

1. 始词南宋王质作。
2. 南宋末周密《齐东野语》载“蜀中妓”词一首，与王质《红窗怨·送邵倅》多有重文，《全宋词》注曰：“按此首《齐东野语》原不著调名，《词综》卷二十五作【市桥柳】，疑出杜撰。又，此首别见王质《雪山集》卷十六，调作【红窗怨】。”按《词综》所标调名【市桥柳】，乃取该词“折尽市桥官柳”句拟为调名，本调当为【红窗怨】，其词与王质词应是一词。王质《雪山集》久佚，今本乃从《永乐大典》中辑得，其《红窗怨·送邵倅》与“蜀中妓”词多有重文，真相如何已难确考，姑以该词为王质作。
3. 【红窗怨】与【红窗迥】意相近，词式略同微异，兹作【红窗迥】同源词调处理。
4. 双片，始词每片三仄韵，变体上片增一韵，隔句韵。

始词：14 分句 4 复句。双片。上片较始词增 1 分句，下片与始词同。上片 7 分句 2 复句，四/三/型复句组；下片 7 分句 2 复句，三/四/型复句组。仄韵，隔句韵。

3，3，4，4。6，3，5。

7，3，4。3，3，3，4。——南宋·王质·《全宋词》第 1648 页

红窗怨

送邵倅

欲寄意，都无**有**，且须折赠，市桥官**柳**。　◆◆◆，◇◇◆，◆◇◆◆，◆◇◇◆。

看君著上征衣，也寻思，榜舟楚江**口**。　◇◇◆◆◇◇，◆◇◇，◆◇◆◇◆。

此会未知何时**又**，恨男儿，不长相**守**。　◆◆◆◇◇◇◆，◆◇◇，◆◇◇◆。

苟富贵，毋相忘，若相忘，有如此**酒**。　◆◆◆，◇◇◆，◆◇◆，◆◇◆◆。

同体式作品：无。

附：（传）蜀中妓词：

欲寄意，浑无所有，折尽市桥官柳。看君著上征衫，又相将放船楚江口。○后会不知何日又，是男儿，休要镇长相守。苟富贵，无相忘，若相忘，有如此酒。

变体二

较始词复句数不变，分句数有变。

【变体二】13 分句 4 复句。上片与始词同，7 分句 2 复句，四/三/型复句组；下片第二复句减 1 分句，6 分句 2 复句，三/三/型复句组。仄韵，隔句韵，间插连句韵。

3，3，4，4。6，3，5。

7，3，4。6，4，3。——南宋·王质·《全宋词》第 1648 页

红窗怨

即事

帘不**卷**，人难**见**，缥缈歌声，暗随香**转**。　◇◆◆，◇◇◆，◆◆◇◇，◆◇◇◆。
记与三五少年，在杭州，曾听得几**遍**。　◆◆◆◆◆◇，◆◇◇，◇◇◆◆◆。

唱到生绡白团**扇**，晚凉初，桐阴满**院**。　◆◆◇◇◇◆◇◆，◆◇◇，◇◇◆◆。
待要图入丹青，奈无缘识，如花**面**。　◆◇◇◆◇◇，△◇◇◆，◇◇◆。

同体式作品：无。

311.【凤凰阁】

1. 始词北宋柳永作。
2. 双片，每片四仄韵，隔句韵。

始词：14 分句 6 复句。每片 7 分句 3 复句，二/三/二/型复句组。仄韵，隔句韵。

4，6。7，6，4。3，4。
4，6。7，6，4。3，4。——北宋·柳永·《全宋词》第 55 页

凤凰阁

匆匆相见，懊恼恩情太**薄**。　◇◇◇◆，◆◆◇◇◆◆。
霎时云雨人抛**却**，　◆◇◇◆◇◇◆，
教我行思坐想，肌肤如**削**。　◆◆◇◇◆◆，◇◇◇◆。
恨只恨，相违旧**约**。　◆◆◆，◇◇◆◆。

相思成病，那更潇潇雨**落**。　◇◇◇◆，◆◆◇◇◆◆。
断肠人在阑干**角**，　◆◇◇◆◇◇◆，
山远水远人远，音信难**托**。　◇◆◆◆◇◆，◇◆◇◆。
这滋味，黄昏又**恶**。　◆◇◆，◇◇◆◆。

同体式作品：南宋：刘克庄 1 首，仇远 1 首。

增减字：

(一) 5，6。7，6，4。3，4。○ 4，6。7，4，6。3，4。南宋：赵师侠 1 首。

(二) 5，4。7，6，4。3，4。○ 4，6。7，3，7。3，4。宋：无名氏 1 首。

变体三

较始词分句数复句数皆变

变体三·1

13 分句，5 复句 1 单句。

【变体三·1】13分句，5复句1单句。上片与始词同，7分句3复句，二/三/二/型复句组；下片减1复句，增1分句，6分句，2复句1单句，二/三/一/型复句单句组合。仄韵，隔句韵。

5，6。7，6，4。3，4。

4，6。7，4，6。7。——南宋·赵师侠·《全宋词》第2079页

凤凰阁

己酉归舟衡阳作

正薰风初扇，雨细梅黄暑**溽**。	△◇◇◇◆，◆◆◇◇◆◆。
并摇双桨去程**速**，	◆◇◇◆◆◇◆，
那更黄流浩淼，白浪如**屋**。	◆◆◇◇◆◆，◆◆◇◆。
动归思，离愁万**斛**。	◆◇◇，◇◇◆◆。
平生奇观，颇快江山寓**目**。	◇◇◇◇，◇◆◇◇◆◆。
日斜云定晚风**熟**，	◆◇◇◆◆◇◆，
白鹭飞来，点破一川明**绿**。	◆◆◇◇，◆◆◆◇◇◆。
展十幅潇湘画**轴**。	△◆◆◇◇◆◆。

同体式作品：无。

变体三·2

12分句4复句

【变体三·2】12分句4复句。双片，每片6分句2复句，三/三/型复句组。仄韵，隔句韵、连句韵。

5，4，7。6，4，7。

4，6，7。3，7，7。——宋·无名氏·《全宋词》第3738页

凤凰阁

遍园林绿暗，浑如翠**幄**，	△◇◇◆◆，◇◇◆◆，
下无一片是花**萼**。	◆◇◆◆◆◇◆。
可恨狂风横雨，忒煞情**薄**，	◆◆◇◇◆◆，◆◆◇◆。
尽底把韶华送**却**。	◆◆◆◇◇◆◆。
杨花无奈，是处穿帘透**幕**，	◇◇◇◆，◆◆◇◇◆◆，
岂知人意正萧**索**。	◆◇◇◆◆◇◆。
春去也，这般愁没处安**著**，	◇◆◆，◇◇◇◇◆◇◆，
怎奈向黄昏院**落**。	◆◆◆◇◇◆◆。

同体式作品：无。

312. 【醉垂鞭】

1. 始词北宋张先作。
2. 双片，每片五韵，平仄换韵，连句韵。
3. 此调仅见张先二首。

始词：10分句4复句。双片。每片5分句2复句，三/二/型复句组。平仄换韵间押，连句韵。律词。

5，3，3。5，5。
5，3，3。5，5。——北宋·张先·《全宋词》第57页

醉垂鞭

双蝶绣罗裙，东池**宴**，初相**见**。　◇◆◆◇◇，◇◇◆，◇◇◆。
朱粉不深匀，闲花淡淡**春**。　◇◆◆◇◇，◇◇◆◆◇。

细看诸处**好**，人人**道**，柳腰**身**。　◆◇◇◆◆，◇◇◆，◆◇◇。
昨日乱山**昏**，来时衣上**云**。　◇◆◆◇◇，◇◇◇◆◇。

同体式作品：北宋：张先1首。

313. 【庆金枝】

【庆金枝令】

1. 始词北宋张先作。
2. 又名【庆金枝令】。
3. 双片，每片三韵或四韵。平韵，隔句韵、连句韵。

始词：10分句4复句。双片。每片5分句2复句，三/二/型复句组。平韵，隔句韵、连句韵。律词。

5，3，3。7，5。
7，3，3。7，5。——北宋·张先·《全宋词》第59页

庆金枝

青螺添远**山**，两娇靥，笑时**圆**。　◇◇◇◆◇，◆◇◆，◆◇◇。
抱云勾雪近灯**看**，妍处不堪**怜**。　◆◇◇◆◆◇◇，◇◆◆◇◇。

今生但愿无离别，花月下，绣屏**前**。　◇◇◆◆◇◇◆，◇◆◆，◆◇◇。
双蚕成茧共缠**绵**，更结后生**缘**。　◇◇◇◆◆◇◇，◆◆◆◇◇。

同体式作品：宋：无名氏1首（【庆金枝令】）。

按：无名氏词上片为唐·无名氏诗《金缕衣》的改写，可窥徒诗转为词唱之一斑。其诗词如下：

金缕衣　唐·无名氏

劝君莫惜金缕衣，劝君惜取少年时。有花堪折直须折，莫待无花空折枝。

庆金枝令　宋·无名氏

莫惜金缕衣，劝君惜，少年时。花开堪折直须折，莫待折空枝。○一朝杜宇才鸣后，便从此，歇芳菲。有花有酒且开眉，莫待满头丝。

变体二

较始词复句数不变，分句数增2。

【变体二】12分句4复句。上下片第二复句较始词各增1分句，每片6分句2复句，三/三/型复句组。平韵，隔句韵。

5，3，3。7，3，3。
7，3，3。7，3，3。——宋·无名氏·《全宋词》第3630页

庆金枝

新春入旧年，绽梅萼，一枝**先**。　◇◇◆◆◇，◆◇◆，◆◇◇。
陇头人待信音**传**，算楚岸，未香**残**。　◆◇◇◆◆◇◇，◆◆◆，◆◇◇。

小枕风雪凭栏**干**，下帘幕，护轻**寒**。　◆◆◇◆◇◇◇，◆◇◆，◆◇◇。
年华永占入芳**筵**，付尊前，渐成**欢**。　◇◇◆◆◆◇◇，◆◇◇，◆◇◇。

同体式作品：无。

314.【师师令】

1. 始词北宋张先作。
2. 师师，罗忼烈考为宋徽宗时汴京名妓李师师（见《两小山斋论文集》）。
3. 双片，每片五仄韵，连句韵、隔句韵。
4. 此调仅见张先一首。

始词：12分句6复句。双片。每片6分句3复句，二/二/二/型复句组。仄韵，连句韵、隔句韵。

4，5。7，7。7，5。
7，5。7，7。7，5。——北宋·张先·《全宋词》第60页

师师令

香钿宝**珥**，拂菱花如**水**。　◇◇◆◆，◆◇◇◇◆。
学妆皆道称时宜，粉色有天然春**意**。　◆◇◇◆◆◇◇，◆◆◆◇◇◇◆。
蜀彩衣长胜未**起**，纵乱云垂**地**。　◆◆◇◇◇◆◆，△◆◇◇◆。

都城池苑夸桃**李**，问东风何**似**。　◇◇◇◆◇◇◆，△◇◇◇◆。
不须回扇障清歌，唇一点小于珠**子**。　◆◇◇◆◆◇◇，◇◆◆◆◇◇◆。
正是残英和月**坠**，寄此情千**里**。　◆◆◇◇◇◆◆，◆◆◇◇◆。

同体式作品：无。

315. 【山亭宴】

1. 始词北宋张先作。
2. 一作【山亭宴慢】。
3. 双片，上片四韵，下片五韵，仄韵，隔句韵。
4. 此调仅见张先二首。

始词：24 分句 8 复句。双片。每片 12 分句 4 复句，三/三/三/三/型复句组。仄韵，隔句韵。律词。

7，3，4。5，3，4。5，3，4。5，3，3。
7，3，4。5，3，4。7，3，4。5，3，3。——北宋·张先·《全宋词》第 84 页

山亭宴

湖亭宴别

碧波落日寒烟聚，望遥山，迷离红**树**。　◆◇◆◆◇◇◆，◆◇◇，◇◇◇◆。
小艇载人来，约尊酒，商量歧**路**。　◆◆◆◇◇，◆◇◆，◇◇◇◆。
衰柳断桥西，共携手，攀条无**语**。　◇◆◆◇◇，◆◇◆，◇◇◇◆。
水际见鹭凫，一对对，眠沙**溆**。　◆◆◆◇◇，◆◆◆，◇◇◆。

西陵松柏青如**故**，剪烟花，幽兰啼**露**。　◇◇◇◆◇◇◆，◆◇◇，◇◇◇◆。
油壁间花骢，那禁得，风吹细**雨**。　◇◆◆◇◇，◆◇◆，◇◇◆◆。
饶他此后更思量，总莫似，当筵情**绪**。　◇◇◆◆◆◇◇，◆◆◆，◇◇◇◆。
镜面绿波平，照几度，人来**去**。　◆◆◆◇◇，◆◆◆，◇◇◆。

同体式作品：无。

增减字：

（一）7，3，4。5，3，4。7，3，4。5，3，3。○ 7，3，4。5，3，4。7，3，4。5，3，3。北宋：张先 1 首（【山亭宴慢】）。

316.【谢池春】

【谢池春慢】

1. 始词北宋张先作。
2. 一作【谢池春慢】。
3. 双片，始词每片五韵，变体每片四韵。仄韵，隔句韵。

始词：21 分句 8 复句。双片。上片 10 分句 4 复句，二/二/二/四/型复句组；下片 11 分句 4 复句，三/二/二/四/型复句组。仄韵，隔句韵。律词。

4，6。5，5。5，5。3，3，4，5。

4，3，3。5，5。5，5。3，3，4，5。——北宋·张先·《全宋词》第 60 页

谢池春慢

玉仙观道中逢谢媚卿

缭墙重院，时闻有啼莺**到**。　◇◇◇◆，◇◇◆◇◇◆。

绣被掩余寒，画幕明新**晓**。　◆◆◆◇◇，◆◆◇◇◆。

朱槛连空阔，飞絮无多**少**。　◇◆◇◇◆，◇◆◇◇◆。

径莎平，池水**渺**，　◆◇◇，◇◆◆，

日长风静，花影闲相**照**。　◆◇◇◆，◇◆◇◇◆。

尘香拂马，逢谢女，城南**道**。　◇◇◆◆，◇◆◆，◇◇◆。

秀艳过施粉，多媚生轻**笑**。　◆◆◆◇◆，◇◆◇◇◆。

斗色鲜衣薄，碾玉双蝉**小**。　◆◆◇◇◆，◆◆◇◇◆。

欢难偶，春过**了**，　◇◇◆，◇◆◆，

琵琶流怨，都入相思**调**。　◇◇◇◆，◇◆◇◇◆。

同体式作品：北宋：李之仪 1 首（【谢池春】）。

变体二

与始词复句数相同，分句数减 6。

【变体二】16 分句 8 复句。上下片第一复句较始词各减 1 分句、第四复句各减 2 分句，每片 8 分句 4 复句，二/二/二/二/型复句组。仄韵，隔句韵。

4，6。3，4。4，5。3，4。

4，6。3，4。4，5。3，4。——宋·李石·《全宋词》第 1302 页

谢池春

烟雨池塘，绿野乍添春**涨**。　◇◆◇◇，◆◆◆◇◇◆。

凤楼高，珠帘卷**上**。	◆◇◇，◇◇◆◆。
金柔玉困，舞腰肢相**向**。	◇◇◆◆，◆◇◇◇◆。
似玉人，瘦时模**样**。	◆◆◇，◆◇◇◆。
离亭别后，试问阳关谁**唱**。	◇◇◆◆，◆◆◇◇◇◆。
对青春，翻成怅**望**。	◆◇◇，◇◇◆◆。
重门静院，度香风屏**障**。	◇◇◆◆，◆◇◇◇◆。
吐飞花，伴人来**往**。	◆◇◇，◆◇◇◆。

同体式作品：南宋：陆游3首，陈著1首。

317.【惜双双】

【惜双双令】【惜分飞】【惜芳菲】

1. 始词北宋张先作。
2. 宋代常用词调，又名【惜双双令】【惜分飞】【惜芳菲】。
3. 双片，始词每片四仄韵，变体或每片增一韵，连句韵，隔句韵、连句韵。

始词：10分句4复句。双片。每片5分句2复句，三/二/型复句组。仄韵，隔句韵、连句韵。

7，3，4。6，7。

7，3，4。6，7。——北宋·张先·《全宋词》第60页

惜双双

溪桥寄意

城上层楼天边**路**，残照里，平芜绿**树**。	◇◆◇◇◇◇◆，◇◆◆，◇◇◆◆。
伤远更惜春**暮**，有人还在高高**处**。	◇◆◆◆◇◆，◆◇◇◆◇◇◆。
断梦归云经日**去**，无计使，哀弦寄**语**。	◆◆◇◇◇◆◆，◇◆◆，◇◇◆◆。
相望恨不相**遇**，倚桥临水谁家**住**。	◇◆◆◆◇◆，◆◇◇◆◇◇◆。

同体式作品：无。

增减字：

（一）7，3，4。5，7。○7，3，4。5，7。北宋：刘弇1首（【惜双双令】）。

变体一

与始词分句数复句数相同，复句型有变。

【变体一】10分句4复句。上下片分句数与始词同，复句型有变，每片5分句2复句，

二/三/型复句组。仄韵，连句韵。律词。

7，6。5，4，3。

7，6。5，4，3。——北宋·毛滂·《全宋词》第677页

惜分飞

富阳僧舍代作别语

泪湿阑干花著**露**，愁到眉峰碧**聚**。	◆◆◇◇◇◆◆，◇◆◇◇◆◆。
此恨平分**取**，更无言**语**，空相**觑**。	◆◆◇◇◆，◆◇◇◆，◇◇◆。
短雨残云无意**绪**，寂寞朝朝暮**暮**。	◆◆◇◇◇◆◆，◆◆◇◇◆◆。
今夜山深**处**，断魂分**付**，潮回**去**。	◇◆◇◇◆，◆◇◇◆，◇◇◆。

同体式作品：北宋：毛滂1首。南宋：汪元量1首。

变体二

与始词复句数相同，分句数有变。

变体二·1

12分句4复句

【变体二·1】12分句4复句。上下片第二复句较始词各增1分句，每片6分句2复句，三/三/型复句组。仄韵，隔句韵。律词。

7，3，4。5，4，5。

7，3，4。5，4，5。——北宋·晁端礼·《全宋词》第435页

惜双双

天上星杓春又**到**，应律管，微阳已**报**。	◇◆◇◇◇◆◆，◆◆◆，◇◇◆◆。
暖信惊梅**早**，昨夜南枝，先得芳菲**耗**。	◆◆◇◇◆，◆◆◇◇，◇◆◇◇◆。
迟日瞳胧光破**晓**，馥绣幄，麝炉烟**袅**。	◇◆◇◇◇◆◆，◆◆◆，◆◇◇◆。
为寿金壶**倒**，四坐簪缨，共比松筠**老**。	◇◆◇◇◆，◆◆◇◇，◆◆◇◇◆。

同体式作品：北宋：仲殊（宝月）1首。

增减字：

（一）7，3，4。5，6，3。〇7，3，4。5，6，3。南宋：无名氏1首。

变体二·2

8分句4复句

【变体二·2】8分句4复句。上下片第一复句较始词各减1分句，每片4分句2复句，二/二/型复句组。仄韵，连句韵。律词。

7，6。5，7。

7，6。5，7。——北宋·贺铸·《全宋词》第538页

惜双双

皎镜平湖三十**里**，碧玉山围四**际**。　　◆◆◇◇◇◆◆，◆◆◇◇◆◆。
莲荡香风**里**，彩鸳鸯觉双飞**起**。　　◇◆◇◇◆，◆◇◇◆◇◇◆。

明月多情随柁**尾**，偏照空床翠**被**。　　◇◆◇◇◇◆◆，◇◆◇◇◆◆。
回首笙歌**地**，醉更衣处长相**记**。　　◇◆◇◇◆，◆◇◇◆◇◇◆。

同体式作品：北宋：晁补之2首，毛滂4首，赵子发1首，张纲1首。南宋：吴淑姬1首，吕渭老1首，王之望1首，曹冠1首（【惜芳菲】），赵彦端1首，袁去华2首，范成大2首，沈端节1首，辛弃疾1首，陈三聘1首，刘学箕1首，陈著1首，陈允平1首，柴元彪1首，计14人16首。（不注调名皆【惜分飞】）

增减字：

(一) 7，6。5，7。○ 7，7。5，7。南宋：赵鼎1首（【惜双双】）。

318.【相思儿令】

1. 始词北宋张先作。
2. 与【长相思】【相思令】调名相近而体式不同，兹作异调处理。
3. 双片，每片三平韵，上片首二句连韵，隔句韵。

始词：9分句4复句。双片。上片4分句2复句，二/二/型复句组；下片5分句2复句，三/二/型复句组。平韵，上片首二句连韵，继隔句韵。律词。

5，5。6，5。
5，3，4。7，5。——北宋·张先·《全宋词》第60页

相思儿令

春去几时**还**，问桃李无**言**。　　◇◆◆◇◇，△◇◆◇◇。
燕子归栖风紧，梨雪乱西**园**。　　◆◆◇◇◇◆，◇◆◆◇◇。

犹有月婵**娟**，似人人，难近如**天**。　　◇◆◆◇◇，◆◇◇，◇◆◇◇。
愿教清影长相见，更乞取长**圆**。　　◆◇◇◆◇◇◆，△◆◆◇◇。

同体式作品：无。

增减字：

(一) 6，5。6，5。○ 6，3，4。6，6。北宋：晏殊2首。

319.【八宝装】

1. 始词北宋张先作。
2. 此调仅见张先一首，与【百宝妆】非同调。
3. 双片，每片三仄韵，隔句韵。

始词：12 分句 4 复句。双片。每片 6 分句 2 复句，三/三/型复句组。仄韵，隔句韵。

7，3，3。5，4，4。
7，3，3。5，4，4。——北宋·张先·《全宋词》第 61 页

八宝装

锦屏罗幌初睡**起**，花阴转，重门**闭**。	◆◇◇◆◇◆◆，◇◇◆，◇◇◆。
正不寒不暖，和风细雨，困人天**气**。	△◆◇◆◆，◇◇◆◆，◆◇◇◆。
此时无限伤春**意**，凭谁诉，厌厌**地**。	◆◇◇◆◇◇◆，◇◇◆，◇◇◆。
这浅情薄幸，千山万水，也须来**里**。	△◆◇◆◆，◇◇◆◆，◆◇◇◆。

同体式作品：无。

320.【一丛花】

【一丛花令】

1. 始词北宋张先作。
2. 又名【一丛花令】。
3. 双片，每片三平韵，变体下片增一韵，上下片首二句连韵，继隔句韵。

始词：14 分句 6 复句。双片。每片 7 分句 3 复句，二/二/三/型复句组。平韵，上片首二句连韵，继隔句韵。

7，5。7，7。4，4，5。
7，5。7，7。4，4，5。——北宋·张先·《全宋词》第 61 页

一丛花令

伤高怀远几时**穷**，无物似情**浓**。	◇◇◇◆◆◇◇，◇◆◆◇◇。
离愁正引千丝乱，更东陌飞絮蒙**蒙**。	◇◇◆◆◇◇◆，△◇◆◇◆◇◇。
嘶骑渐遥，征尘不断，何处认郎**踪**。	◇◆◆◇，◇◇◆◆，◇◆◆◇◇。

双鸳池沼水溶**溶**，南北小桡**通**。 ◇◇◇◆◆◇◇，◇◆◆◇◇。
梯横画阁黄昏后，又还是斜月帘**栊**。 ◇◇◆◆◇◇◆，◆◇◇◆◇◆◇◇。
沉恨细思，不如桃杏，犹解嫁东**风**。 ◇◆◆◇，◆◇◇◆，◇◆◆◇◇。

同体式作品：北宋：苏轼1首，晁端礼1首，晁补之4首。南宋：袁去华1首，陆游2首，赵长卿3首，程垓1首，陈亮1首，韩淲1首，李从周1首（【一丛花令】），林正大1首，王娇娘1首。

增减字：

（一）7，5。7，8。4，4，5。○7，5。7，7。4，4，5。南宋：杨无咎1首。

变体二

与始词复句数相同，分句数增2。

【变体二】16分句6复句。上片第二复句较始词增2分句，9分句3复句，二/四/三/型复句组；下片第一复句增1分句、第三复句减1分句，7分句3复句，三/二/二/型复句组。平韵，连句韵、隔句韵。

7，5。4，3，3，4。4，4，5。
2，5，5。7，7。8，5。——北宋·秦观·《全宋词》第457页

一丛花

年时今夜见师**师**，双颊酒红**滋**。 ◇◇◇◆◆◇◇，◇◆◆◇◇。
疏帘半卷，微灯外，露华上，烟袅凉**飔**。 ◇◇◆◆，◇◇◆，◆◇◆，◇◆◇◇。
簪髻乱抛，偎人不起，弹泪唱新**词**。 ◇◆◆◇，◇◇◆◆，◇◆◆◇◇。

佳**期**，谁料久参**差**，愁绪暗萦**丝**。 ◇◇，◇◆◆◇◇，◇◆◆◇◇。
想应妙舞清歌罢，又还对秋色嗟**咨**。 ◆◆◆◆◇◇◆，◆◇◇◆◇◆◇◇。
惟有画楼当时明月，两处照相**思**。 ◇◆◆◇◇◇◇◆，◆◆◆◇◇。

同体式作品：无。

321.【宴春台】

【宴春台慢】【燕春台】

1. 始词北宋张先作。
2. 一作【宴春台慢】【燕春台】。或谓【夏初临】为本调异名，兹作关联词调处理。
3. 双片，上片四韵，下片六韵，平韵，隔句韵。

始词：23分句8复句。双片。上片11分句4复句，三/二/三/三/型复句组；下片12分句4复句，四/二/三/三/型复句组。平韵，邻韵通押，隔句韵。

4，4，6。4，6。6，3，4。4，4，4。

4，4，4，4。4，6。4，3，5。2，5，4。——北宋·张先·《全宋词》第61页

燕春台慢

东都春日李阁使席上

丽日千门，紫烟双阙，琼林又报春**回**。 ◆◆◇◇，◆◇◇◆，◇◇◆◆◇◇。
殿阁风微，当时去燕还**来**。 ◆◆◇◇，◇◇◆◆◇◇。
五侯池馆频开，探芳菲，走马天**街**。 ◆◇◇◆◇◇，◆◇◇，◆◆◇◇。
重帘人语，辚辚绣轩，远近轻**雷**。 ◇◇◇◆，◇◇◆◇，◆◆◇◇。

雕觞霞滟，翠幕云**飞**， ◇◇◇◆，◆◆◇◇，
楚腰舞柳，宫面妆**梅**。 ◆◇◆◆，◇◆◇◇。
金猊夜暖，罗衣暗裛香**煤**。 ◇◇◆◆，◇◇◆◆◇◇。
洞府人归，放笙歌，灯火下楼**台**。 ◆◆◇◇，◆◇◇，◇◆◆◇◇。
蓬**莱**，犹有花上月，清影徘**徊**。 ◇◇，◇◆◇◆◆，◇◆◇◇。

同体式作品：无。

增减字：

（一）4，4，6。4，6。6，3，4。4，4，4。○4，4，4，4。4，6。4，3，4。3，4，4。北宋：黄裳1首（【宴春台】）。

（二）4，4，6。4，6。6，3，4。4，4，4。○4，4，4，4。4，6。4，3，4。3，4，5。南宋：王之道1首（【宴春台】）。

（三）4，4，6。4，6。6，3，4。4，4，4。○4，4，4，4。4，6。4，3，4。3，5，4。南宋：赵以夫2首（【燕春台】）。

（四）4，4，6。4，6。6，4，4。3，4，4。○4，4，4，4。4，6。4，4，4。3，5，4。南宋：刘辰翁1首（【宴春台】）。

关联词调：【夏初临】

1. 始词北宋刘泾作。
2. 体式与北宋黄裳【燕春台】全同。
3. 双片，上片五韵，下片六韵，平韵，隔句韵。

始词：23分句8复句。双片。上片11分句4复句，三/二/三/三/型复句组；下片12分句4复句，四/二/三/三/型复句组。平韵，邻韵通押，隔句韵。

4，4，6。4，6。6，3，4。4，4，4。
4，4，4，4。4，6。4，3，4。3，4，4。——北宋·刘泾·《全宋词》第372页

夏景

泛水新荷，舞风轻燕，园林夏日初**长**。 ◆◆◇◇，◆◇◇◆，◇◇◆◆◇◇。

庭树阴浓，雏莺学弄新**簧**。　　◇◆◇◇，◇◇◆◆◇◇。
小桥飞入横**塘**，跨青蘋，绿藻幽**香**。　　◆◇◇◆◇◇，◆◇◇，◆◆◇◇。
朱阑斜倚，霜纨未摇，衣袂先**凉**。　　◇◇◇◆，◇◇◆◇，◇◆◇◇。

歌欢稀遇，怨别多同，　　◇◇◇◆，◆◆◇◇，
路遥水远，烟淡梅**黄**。　　◆◇◆◆，◇◆◇◇。
轻衫短帽，相携洞府流**觞**。　　◇◇◆◆，◇◇◆◆◇◇。
况有红**妆**，醉归来，宝蜡成**行**。　　◆◆◇◇，◆◇◇，◆◆◇◇。
拂牙**床**，纱厨半开，月在回**廊**。　　◆◇◇，◇◇◆◇，◆◆◇◇。

同体式作品：南宋：曹冠 3 首，洪咨夔 1 首。

322.【好事近】

1. 始词北宋张先作。
2. 宋代通行词调。双片，每片二仄韵，隔句韵。

始词：8 分句 4 复句。双片。每片 4 分句 2 复句，二/二/型复句组。仄韵，隔句韵。

5，6。6，5。
7，5。6，5。——北宋·张先·《全宋词》第 62 页

好事近

和毅夫内翰《梅花》

月色透横枝，短叶小花无**力**。　　◆◆◆◇◇，◆◆◆◇◇◆。
北客一声长笛，怨江南先**得**。　　◆◆◆◇◇◆，△◇◇◇◆。

谁教强半腊前开，多情为春**忆**。　　◇◆◇◆◆◇◇，◇◇◆◇◆。
留取大家沉醉，正雨休风**息**。　　◇◆◆◇◇◆，△◆◇◇◆。

同体式作品：北宋：张先 1 首，宋祁 1 首，蔡襄 1 首，郑獬 2 首，魏夫人 1 首，苏轼 3 首，李之仪 2 首，舒亶 1 首，黄庭坚 4 首，曾肇 1 首，秦观 1 首，赵令畤 1 首，晁补之 3 首，谢逸 1 首，赵士暕 4 首，曹组 1 首，王庭珪 1 首，陈克 1 首，朱敦儒 14 首，周紫芝 6 首，蒋元龙 2 首，张纲 1 首，计 22 人 53 首。南宋：蒋元龙 1 首，廖世美 1 首，毕良史 1 首，赵鼎 6 首，向子諲 4 首，蔡伸 2 首，王灼 1 首，李弥逊 1 首，王以宁 2 首，王昂 1 首，张元幹 5 首，吕渭老 8 首，王之道 5 首，杨无咎 1 首，曹勋 3 首，胡铨 1 首，史浩 2 首，仲并 7 首，高登 4 首，曾觌 3 首，黄公度 1 首，王之望 5 首，葛立方 2 首，毛开 1 首，洪适 7 首，韩元吉 3 首，赵彦端 9 首，王千秋 3 首，朱雍 1 首，向滈 1 首，程大昌 9 首，曹冠 3 首，姚述尧 2 首，管鉴 4 首，陆游 13 首，范成大 2 首，杨万里 1 首，朱熹 1 首，张孝祥 2 首，李处全 1 首，丘崈 2 首，吕胜己 2 首，赵长卿 8 首，京镗 2 首，王炎 3 首，杨冠卿 2 首，辛弃疾 9 首，赵善扛 1 首，赵善括 3 首，程垓 4 首，陈三聘 2 首，石孝友 2 首，赵师侠 2 首，陈亮 3 首，张镃 1 首，蔡

幼学1首，卢炳1首，姜夔1首，汪莘9首，刘翰1首，刘仙伦2首，郭应祥4首，李壁1首，韩淲8首，吴礼之1首，孙居敬1首，洪咨夔1首，卓田1首，黄机1首，严仁1首，葛长庚2首，刘克庄1首，张榘1首，楼采1首，雷应春1首，张辑2首，刘子寰1首，李曾伯1首，赵孟坚1首，吴文英3首，赵闻礼2首，曾晞颜1首，刘辰翁1首，赵与仁1首，周密3首，邓剡1首，汪元量1首，张炎1首，吴氏1首，申纯1首，无名氏5人5首，计95人242首。

增减字：

（一）5，6。6，6。○7，5。6，5。南宋：李清照1首，刘过1首。

（二）5，6。6，6。○7，5。6，4。南宋：陈东1首。

（三）5，6。6，5。○7，6。6，5。南宋：江史君1首，无名氏1首。

（四）5，6。7，5。○7，5。6，5。南宋：郑意娘1首。

323.【恨春迟】

1. 始词北宋张先作。
2. 双片，上片四韵，下片三韵，换韵，平仄交押，隔句韵。
3. 此调南宋无继作。

始词：12分句4复句。双片。每片6分句2复句，三/三/型复句组。平仄交押，隔句韵。

6，3，4。5，5，5。

7，3，4。6，4，6。——北宋·张先·《全宋词》第62页

恨春迟

好梦才成又**断**，日晚起，云鬟梳**鬟**。	◆◆◇◇◆◆，◆◆◆，◇◆◇◇。
秀脸拂新红，酒入娇眉**眼**，薄衣减春**寒**。	◆◆◆◇◇，◆◆◇◇◆，◆◇◆◇◇。
红柱溪桥波平**岸**，画阁外，落日西**山**。	◇◆◇◇◇◇◆，◆◆◆，◆◆◇◇。
不分闲花并蒂，秋藕连根，	◆◇◇◇◆◆，◇◆◇◇，
何时重得双**眠**。	◇◇◇◆◇◇。

同体式作品：无。

增减字：

（一）6，3，4。6，4，4。○7，3，4。6，4，7。北宋：张先1首。

（二）6，3，4。5，4，6。○7，3，4。6，4，6。北宋：欧阳修1首。

324.【庆佳节】

1. 始词北宋张先作。
2. 此调仅见张先二首。《全宋词》调名标为“双调”，词题为“庆佳节”，今通常以“庆佳节”为调名。
3. 双片，上片五韵，下片三韵或四韵；平、仄二韵式，连句韵、隔句韵。

始词：12 分句 4 复句。双片。上片 7 分句 2 复句，四/三/型复句组；下片 5 分句 2 复句，二/三/型复句组。平韵，上片起首二句连韵，继隔句韵。

3，3，3，3。7，3，3。

7，6。7，3，3。——北宋·张先·《全宋词》第 63 页

庆佳节

莫风**流**，莫风**流**，风流后，有闲**愁**。	◆◇◇，◆◇◇，◇◇◆，◆◇◇。
花满南园月满**楼**，偏使我，忆欢**游**。	◇◆◇◇◆◆◇，◇◆◆，◆◇◇。
我忆欢游无计奈，除却且醉金**瓯**。	◆◆◇◇◇◆◆，◇◆◆◆◇◇。
醉了醒来春复**秋**，我心事，几时**休**。	◆◆◆◇◇◆◇，◆◇◆，◆◇◇。

同体式作品：无。

变体二

与始词复句数相同，分句数有变。

【变体二】9 分句 4 复句。上片较始词减 2 分句，下片减 1 分句。上片 5 分句 2 复句，三/二/型复句组；下片 4 分句 2 复句，二/二/型复句组。仄韵，连句韵。

3，3，6。7，6。

7，6。7，6。——北宋·张先·《全宋词》第 63 页

庆佳节

芳菲**节**，芳菲**节**，天意应不虚**设**。	◇◇◆，◇◇◆，◇◆◇◆◇◆。
对酒高歌玉壶**阙**，慎莫负狂风**月**。	◆◆◇◇◆◇◆，△◆◆◇◇◆。
人间万事何时**歇**，空赢得鬓成**雪**。	◇◇◆◆◇◇◆，◇◇◆◆◇◆。
我有闲愁与君**说**，且莫用轻离**别**。	◆◆◇◇◆◇◆，△◆◆◇◇◆。

同体式作品：无。

325.【玉联环】

【玉连环】【一落索】【一络索】【洛阳春】【上阳春】

1. 始词北宋张先作。
2. 宋代通行词调。别写作【玉连环】【玉莲环】，衍名为【一络索】【一落索】【洛阳春】【上阳春】，以【一落索】为普名。
3. 双片。短调每片三仄韵，变体或增一韵；长调通常每片四韵，变体韵数或有变；连句韵、隔句韵。

短调

始词：8 分句 4 复句。双片。每片 4 分句 2 复句，二/二/型复句组。仄韵，连句韵、隔句韵。

7，4。7，6。

6，4。7，6。——北宋·张先·《全宋词》第 63 页

玉联环

送临淄相公

都人未逐风云**散**，愿留离**宴**。	◇◇◆◆◇◇◆，◆◇◇◆。
不须多爱洛城春，黄花讶归来**晚**。	◆◇◇◆◆◇◇，◇◇◆◇◇◆。
叶落灞陵如**剪**，泪沾歌**扇**。	◆◆◆◇◇◆，◆◇◇◆。
无由重肯日边来，上马便长安**远**。	◇◇◇◆◆◇◇，◆◆◆◇◇◆。

按：上下片结末六字句语读节奏为："黄花/讶/归来/**晚**""上马/便/长安/**远**"。上片结句可作折腰句点断，"黄花讶，归来**晚**"，但下片结句则不可断为"上马便，长安**远**"，故两句皆不断。

同体式作品：北宋：张先 1 首（【玉联环】），贺铸 1 首，陈瓘 1 首，蔡伸 1 首（【上阳春】）。南宋：吕渭老 1 首，方千里 2 首。（按：不注调名皆【一落索】，下同。）

增减字：

（一）7，4。7，6。○ 6，4。7，7。北宋：张先 1 首（【玉联环】）。

（二）7，5。7，6。○ 6，5。7，6。北宋：欧阳修 1 首（【洛阳春】），秦观 1 首。

（三）7，5。7，5。○ 7，5。7，6。北宋：欧阳修 1 首。

（四）7，5。7，6。○ 6，4。7，6。北宋：陈凤仪 1 首。

（五）6，4。7，6。○ 6，4。7，6。北宋：韦骧 1 首（【洛阳春】），舒亶 2 首，陈师道 2 首（【洛阳春】），周邦彦 2 首，毛滂 1 首，王安中 3 首，朱敦儒 2 首，计 7 人 13 首。南宋：王灼 1 首（【一络索】），管鉴 1 首（【玉莲环】），陆游 2 首，辛弃疾 1 首，赵以夫 1 首，方岳 1 首，杨泽民 2 首，陈允平 2 首，仇远 1 首，计 9 人 12 首。

（六）7，5。7，6。○ 7，5。7，6。北宋：黄庭坚 1 首。

（七）6，5。7，6。○ 6，5。7，6。北宋：晁端礼 1 首，李元膺 1 首。南宋：程垓 2 首。

（八）6，5。7，6。○ 6，5。8，6。北宋：晁端礼 1 首。

（九）5，5。7，6。○ 6，4。7，6。北宋：辛弃疾 1 首。

（一〇）6，5。7，6。○ 6，4。7，6。南宋：严仁 1 首。

（一一）7，4。7，6。○ 6，4。7，6。南宋：向子諲 1 首。

（一二）6，4。7，5。○ 6，4。7，6。南宋：吕渭老 2 首。

（一三）6，4。7，5。○ 6，4。7，5。南宋：无名氏 1 首。

变体二

与始词复句数相同，分句数有变。

【变体二·1】9 分句 4 复句。双片。上片与始词同，4 分句 2 复句，二/二/型复句组；下片结末六字句作 3/3 折腰句，5 分句 2 复句，二/三/型复句组。仄韵，邻韵通押，连句韵、隔句韵。

7，4。7，6。

7，4。7，3，3。——北宋·贺铸·《全宋词》第 529 页

玉连环

一落索

别酒更添红粉**泪**，促成愁**醉**。 ◆◆◆◇◆◆，◆◆◇◆。

相逢浅笑合微吟，撩惹到缠绵**地**。 ◇◇◇◆◆◇◇，◇◆◆◇◇◆。

花下解携重附**耳**，佳期深**记**。 ◇◆◆◇◇◆◆，◇◇◇◆。

青翰舟稳绣衾香，谁禁断，东流**水**。 ◇◆◇◆◆◇◇，◇◆◆，◇◇◆。

同体式作品：无。

【变体二·2】9 分句 4 复句。双片。上下片分句数复句型与【变体二·1】相反，上片 5 分句 2 复句，二/三/型复句组；下片 4 分句 2 复句，二/二/型复句组。仄韵，邻韵通押，连句韵，隔句韵。律词。

6，4。7，3，3。

6，4。7，6。——南宋·王之道·《全宋词》第 1138 页

玉连环

题载安僧舍

流水细通何**处**，柳溪新**雨**。 ◇◆◆◇◇◆，◆◇◇◆。

清风十里送篮**舆**，行不尽，山无**数**。 ◇◇◆◆◆◇◇，◇◆◆，◇◇◆。

一簇楼台窣**堵**，老僧常**住**。 ◆◆◇◇◆◆，◆◇◇◆。

悬知俗客不曾来，门外苍苔如**许**。 ◇◇◆◆◆◇◇，◇◆◇◇◇◆。

同体式作品：无。

变体三

较始词分句数复句数皆变

【变体三】14 分句 6 复句。每片 7 分句 3 复句，三/二/二/型复句组。仄韵，隔句韵。律词。

4，3，4。4，6。3，3。

7，4，5。4，6。3，3。——南宋·李吕·《全宋词》第 1477 页

一落索

送游君安解绵竹尉

琢成玉**树**，谁解著，云斤月**斧**。	◆◇◆◆，◇◆◆，◇◇◆◆。
短棰羸骖，朴樕一怀尘**土**。	◆◆◇◇，◆◆◆◇◇◆。
叹雄图，伤别**绪**。	◆◇◇，◇◆◆。
主人不语花能**语**，	◆◇◆◆◇◇◆，
苦欲留君，不是留君**处**。	◆◆◇◇，◆◆◇◇◆。
碧落紫霄，楼观参差烟**雾**。	◆◆◆◇，◇◆◇◇◇◆。
一樽空，鸿鹄**举**。	◆◇◇，◇◆◆。

同体式作品：无。

长调

始词：23 分句 8 复句。双片，上片 11 分句 3 复句，三/二/六/型复句组；下片 12 分句 5 复句，二/二/二/四/二/型复句组。平韵，隔句韵，插一连句韵。

4，4，6。4，5。3，3，3，4，6，5。

2，4。5，4。6，4。5，3，3，3。3，5。——南宋·曹勋·《全宋词》第 1211 页

玉连环

天申寿词

庆云开霁，清华明昼，殿阁风度薰**弦**。	◆◇◇◆，◇◇◇◆，◆◆◇◆◇◇。
电虹敷瑞，应炎运当**千**。	◆◇◇◆，△◇◆◇◇。
端景命，符圣德，三阶正，万国归化，	◇◆◆，◇◆◆，◇◇◆，◆◆◇◆。
远胜文思睿藻，问寝格中**天**。	◆◆◇◇◆◆，◆◆◆◇◇。
深**严**，邃启芳**筵**。	◇◇，◆◆◇◇。
正花拥绛扆，瑶殿神**仙**。	△◇◆◆◇，◇◆◇◇。
缓闻钧韶奏下，歌舞云**边**。	◆◇◇◆◆，◇◆◇◇。
宫闱罄和气，浃南山，罩翠霭，上寿**烟**。	◇◇◆◇◆，◇◇◇，◆◆◆，◆◆◇。
祝无疆，御历万万**年**。	◆◇◇，◆◆◆◆◇。

同体式作品：无。

变体二

与始词复句数相同，分句数有变。

【变体二】20 分句 8 复句。双片。与始词复句数相同，分句数减 3。每片 10 分句 4 复句，三/三/二/二/型复句组。仄韵，邻韵通押，隔句韵。

4，7，4。5，4，6。5，5。4，8。

6，3，4。4，4，4。3，6。4，4。——南宋·冯伟寿·《全宋词》第 3018 页

玉连环

忆李谪仙

谪仙往矣，问当年饮中俦侣，于今谁**在**。	◆◇◆◆，△◇◇◆◇◇◆，◇◇◇◆。
叹沉香醉梦，胡尘日月，流浪锦袍宫**带**。	△◇◇◆◆，◇◇◆◆，◇◆◆◇◇◆。
高吟三峡动，舞剑九州**隘**。	◇◇◇◆◆，◆◆◆◇◆。
玉皇归觐，半空遗下诗囊酒**佩**。	◆◇◇◆，◆◇◇◆◇◇◆◆。
云月仰挹清芬，揽虬髯，尚友千**载**。	◇◆◆◆◇◇，◆◇◆，◆◆◇◆。
晋宋颓波，羲皇春梦，尊前一**慨**。	◆◆◇◇，◇◇◇◆，◇◇◆◆。
待相将，共蹑龙肩鲸**背**。	◆◇◇，◆◆◇◇◇◆。
海山何处，五云叆**叇**。	◆◇◇◆，◆◇◆◆。

同体式作品： 无。

326.【武陵春】

【武林春】

1. 始词北宋张先作。
2. 宋代常用词调，或别写为【武林春】。
3. 双片，每片三韵，变体下片增一韵。平韵，隔句韵、连句韵。

始词：8 分句 4 复句。双片。每片 4 分句 2 复句，二/二/型复句组。平韵，隔句韵，连句韵。律词。

7，5。7，5。

7，5。7，5。——北宋·张先·《全宋词》第 64 页

武陵春

秋染青溪天外水，风棹采菱**还**。	◇◆◇◇◇◆◆，◇◆◆◇◇。
波上逢郎密意**传**，语近隔丛**莲**。	◇◆◇◇◆◆◇，◆◆◆◇◇。
相看忘却归来路，遮日小荷**圆**。	◇◇◆◆◇◇◆，◇◆◆◇◇。

菱蔓虽多不上**船**，心眼在郎**边**。　◇◆◇◇◆◆◇，◇◆◆◇◇。

同体式作品：北宋：张先1首，欧阳修1首，晏几道3首，魏夫人1首，晁端礼1首，贺铸1首，谢逸2首，毛滂5首，李光1首，计9人16首。南宋：曹勋5首，史浩1首，仲并1首，李流谦1首，向滈1首，谢懋1首，杨万里1首，赵长卿2首，辛弃疾2首，石孝友1首，赵师侠1首，宋先生3首，卢炳2首，连静女1首，无名氏1首，计15人24首。

增减字：

（一）7，5。7，5。○7，5。7，6。南宋：李清照1首，赵师侠1首，吴潜1首。

变体二

与始词复句数相同，分句数增4。

【变体二】12分句4复句。上下片较始词各增2分句，每片6分句2复句，三/三/型复句组。平韵，隔句韵。

7，3，3。8，3，3。

7，3，3。8，3，3。——北宋·万俟咏·《全宋词》第811页

武陵春

燕子飞来花在否，微雨退，掩重**门**。　◆◆◇◇◇◆◆，◇◆◆，◆◇◇。

正满院梨花雪照**人**，独自个，怯黄**昏**。　△◆◆◇◇◆◆◇，◆◆◆，◆◇◇。

轻风淡月总消**魂**，罗衣暗，惹啼**痕**。　◇◇◆◆◆◇◇，◇◇◆，◆◇◇。

谩觑着秋千腰褪**裙**，可煞是，不宜**春**。　◆◆◆◇◇◇◆◇，◆◆◆，◆◇◇。

同体式作品：无。

327.【百媚娘】

1. 始词北宋张先作。
2. 始词取本词“百媚”句为调名，调名即词题。
3. 双片，每片五仄韵，连句韵、隔句韵。
4. 此调仅见张先一首。

始词：12分句6复句。双片。每片6分句3复句，二/二/二/型复句组。仄韵，连句韵、隔句韵。律词。

6，6。7，6。8，5。

6，6。7，6。7，5。——北宋·张先·《全宋词》第64页

百媚娘

珠阙五云仙**子**，未省有谁能**似**。　◇◆◆◇◇◆，◆◆◆◇◇◆。

百媚算应天乞与，净饰艳妆俱**美**。 ◆◆◆◇◇◆◆，◆◆◆◇◇◆。
若取次芳华皆可**意**，何处比桃**李**。 △◆◆◇◇◇◆◆，◇◆◆◆◇◆。

蜀被锦纹铺**水**，不放彩鸳双**戏**。 ◆◆◆◇◇◆，◆◆◆◆◇◇◆。
乐事也知存后会，争奈眼前心**里**。 ◆◆◆◇◇◆◆，◇◆◆◆◇◇◆。
绿皱小池红叠**砌**，花外东风**起**。 ◆◆◆◇◇◆◆，◇◆◇◇◆。

同体式作品：无。

328. 【梦仙乡】

1. 始词北宋张先作。
2. 双片，上片四韵，下片五韵。换韵，连句韵，间插隔句韵。
3. 此调仅见张先一首。

始词：12 分句 4 复句。双片。每片 6 分句 2 复句，四/二/型复句组。每片二换韵，先押仄后押平，连句韵，间插隔句韵。律词。

4，4，3，4。5，5。
6，4，3，4。5，5。——北宋·张先·《全宋词》第 64 页

梦仙乡
江东苏**小**，夭斜窈**窕**， ◇◇◇◆，◇◇◆◆，
都不胜，彩鸾娇**妙**。 ◇◆◇，◆◇◇◆。
春艳上新**妆**，肌肉过人**香**。 ◇◆◆◇◇，◇◆◆◇◇。

佳树阴阴池**院**，华灯绣**幔**， ◇◆◇◇◇◆，◇◇◆◆，
花月好，可能长**见**。 ◇◆◆，◆◇◇◆。
离聚此生**缘**，无计问天**天**。 ◇◆◆◇◇，◇◆◆◇◇。

同体式作品：无。

329. 【夜行船】

【夜厌厌】【明月棹孤舟】

1. 始词北宋张先作。
2. 初名【夜厌厌】，普名【夜行船】，一名【明月棹孤舟】。宋代常用词调。

3. 双片，每片三仄韵，隔句韵，或连句韵、隔句韵。

始词：12 分句 4 复句。双片。每片 6 分句 2 复句，三/三/型复句组。仄韵，隔句韵。

6，3，4。7，3，4。

7，3，4。7，3，4。——北宋・张先・《全宋词》第 65 页

夜厌厌

小石调

昨夜小筵欢**纵**，烛房深，舞鸾歌**凤**。 ◆◆◆◇◇◆，◆◇◇，◆◇◇◆。

酒迷花困共厌厌，倚朱弦，未成归**弄**。 ◆◇◇◆◆◇◇，◆◇◇，◆◇◇◆。

峡雨忽收寻断**梦**，依前是，画楼钟**动**。 ◆◆◆◇◇◆◆，◇◇◆，◆◇◇◆。

争拂雕鞍匆匆去，万千恨，不能相**送**。 ◇◆◇◇◇◇◆，◆◇◆，◆◇◇◆。

同体式作品：北宋：谢绛 1 首，欧阳修 2 首，毛滂 2 首。（诸词调名皆【夜行船】）

增减字：

（一）6，3，4。7，3，4。〇7，3，4。4，4，6。北宋：欧阳修 2 首，孙浩然 1 首。

（二）6，3，4。4，4，5。〇7，3，4。4，4，5。北宋：赵轼 1 首。南宋：赵长卿 1 首。

（三）7，3，4。4，4，6。〇7，3，4。4，4，6。北宋：刘一止 1 首。南宋：杨无咎 1 首，葛立方 1 首，韩元吉 1 首，王嵎 1 首，丘密 4 首，史达祖 1 首，高观国 1 首，韩淲 1 首（【明月棹孤舟】），卢祖皋 1 首，黄机 1 首，赵长卿 1 首，许棐 1 首，吴文英 3 首，周密 2 首，仇远 1 首。

（四）7，3，4。4，4，6。〇7，3，4。4，4，7。南宋：杨无咎 1 首。

（五）7，3，4。4，4，6。〇7，3，4。4，4，6。南宋：杨无咎 1 首，姜夔 1 首。

（六）6，3，4。4，4，6。〇7，3，4。4，4，6。南宋：杨无咎 1 首。

（七）6，3，4。4，4，6。〇7，3，4。7，3，4。南宋：杨无咎 1 首。

（八）7，3，4。4，4，5。〇7，3，5。4，4，6。南宋：赵长卿 1 首。

（九）7，3，4。4，4，7。〇7，3，4。4，4，7。南宋：赵长卿 1 首，倪君奭 1 首。

（一〇）6，3，4。7，3，4。〇6，3，4。7，3，4。南宋：石孝友 2 首。

（一一）7，3，4。4，4，5。〇7，3，4。4，4，5。南宋：黄时龙 1 首。

按：不注调名者皆【夜行船】。

变体二

与始词复句数相同，分句数有变。

变体二・1

10 分句 4 复句

【变体二・1】10 分句 4 复句。上下片第一复句较始词各减 1 分句，5 分句 2 复句，二/三/型复句组。仄韵，连句韵、隔句韵。

7，6。4，4，5。

7，6。4，4，5。——南宋・赵长卿・《全宋词》第 1797 页

夜行船

送胡彦直归槐溪

泪眼江头看锦**树**，别离又还秋**暮**。　◆◆◇◇◇◆◆，◆◇◆◆◇◇◆。

细水浮浮，轻风冉冉，稳送扁舟**去**。　◆◆◇◇，◇◇◆◆，◆◆◇◇◆。

归去江山应得**助**，新诗定须多**赋**。　◇◆◇◇◇◆◆，◇◇◆◆◇◇◆。

有雁南来，槐溪千万，寄我惊人**句**。　◆◆◇◇，◇◇◇◆，◆◆◇◇◆。

同体式作品：无。

增减字：

(一) 7，7。4，4，6。○7，7。4，4，6。南宋：黄公绍1首（【明月棹孤舟】）。

变体二·2

13分句4复句

【变体二·2】13分句4复句。上片较始词各增1分句，7分句2复句，三/四/型复句组；下片分句数复句型与始词同，分句字数有变，6分句2复句，三/三/型复句组。仄韵，隔句韵。

7，3，4。4，4，3，4。

7，4，4。4，4，7。——宋·倪君奭·《全宋词》第3321页

夜行船

年少疏狂今已**老**，筵席散，杂剧打**了**。　◇◆◇◇◆◆◆，◇◆◆，◆◆◆◆。

生向空来，死从空去，　◇◆◇◇，◆◇◇◆，

有何喜，有何烦**恼**。　◆◇◆，◆◇◇◆。

说与无常二鬼**道**，福亦不作，祸亦不**造**。　◆◆◇◇◆◆◆，◆◆◆◆，◆◆◆◆。

地狱阎王，天堂玉帝，　◆◆◇◇，◇◇◆◆，

看你去那里押**到**。　◆◆◆◆◆◆◆。

同体式作品：无。

330.【双燕儿】

1. 始词北宋张先作。
2. 双片，上片三韵，下片二韵，平韵，隔句韵。
3. 此调仅见张先一首。

始词：12分句4复句。双片。每片6分句2复句，三/三/型复句组。平韵，隔句韵。律词。

6，3，3。4，4，4。
7，3，4。4，4，4。——北宋·张先·《全宋词》第 66 页

双燕儿

榴花帘外飘**红**，藕丝罩，小屏**风**。	◇◇◇◆◇◇，◆◇◆，◆◇◇。
东山别后，高唐梦短，犹喜相**逢**。	◇◇◆◆，◇◇◆◆，◇◆◇◇。
几时再与眠香翠，悔旧欢，何事匆**匆**。	◆◇◆◆◇◇◆，◆◆◇，◇◆◇◇。
芳心念我，也应那里，蹙破眉**峰**。	◇◇◆◆，◆◇◆◆，◆◆◇◇。

同体式作品：无。

331.【喜朝天】

1. 始词北宋张先作。
2. 唐教坊曲有【朝天乐】，或为本调之源；《宋史·乐志》有越调【朝天乐】。
3. 南宋文人词无此调。南宋初曹冠《喜朝天·绮霞阁》二首，本序曰其调为【踏莎行】，体式亦与【踏莎行】同，而与【喜朝天】不同，兹归入【踏莎行】。
4. 双片，始词上片五韵，下片四韵，变体下片或增一韵。平韵，隔句韵。

始词：24 分句 8 复句。双片。每片 12 分句 4 复句，三/三/三/三/型复句组。平韵，隔句韵。

3，5，4。4，4，4。6，5，3。3，4，4。
6，5，4。4，4，4。6，3，5。3，4，4。——北宋·张先·《全宋词》第 69 页

喜朝天

清暑堂赠蔡君谟

晓云**开**，睨仙馆陵虚，步入蓬**莱**。	◆◇◇，△◇◆◇◇，◆◆◇◇。
玉宇琼甃，对青林近，归鸟徘**徊**。	◆◆◇◆，△◇◇◆，◇◆◇◇。
风月顿消清暑，野色对江山，助诗**才**。	◇◆◆◇◇◆，◆◆◆◇◇，◆◇◇。
箫鼓宴，璇题宝字，浮动持**杯**。	◇◆◆，◇◇◆◆，◇◆◇◇。
人多送目天际，识渡舟帆小，时见潮**回**。	◇◇◆◆◇◆，△◆◇◇◆，◇◆◇◇。
故国千里，共十万室，日日春**台**。	◆◆◇◆，◆◆◆◆，◆◆◇◇。
睢社朝京非远，正和羹，民口渴盐**梅**。	◇◆◇◇◇◆，◆◇◇，◇◆◆◇◇。
佳景在，吴侬还望，分阃重**来**。	◇◆◆，◇◇◇◆，◇◆◇◇。

同体式作品：无。

增减字：

(一) 3，5，4。4，5，4。6，3，5。3，4，4。○ 6，5，4。4，4，4。6，3，5。3，4，4。北宋：晁补之1首。

变体一

与始词分句数复句数相同，复句型有变。

【变体一】24分句8复句。上片第三复句较始词减1分句，下片第一复句增1分句。上片11分句4复句，三/三/二/三/型复句组；下片13分句4复句，四/三/三/三/型复句组。平韵，隔句韵。

3，3，6。4，4，4。6，8。3，4，4。

2，4，5，4。4，4，4。6，5，3。3，4，4。——北宋·黄裳·《全宋词》第375页

喜朝天

腊中雪后东湖闲宴

雪云**浓**，送愁思，衾寒更怯霜**风**。	◆◇◇，◆◇◇，◇◇◆◆◇◇。
惹起离恨，为光阴恼，人意无**穷**。	◆◆◇◆，◆◇◇◆，◇◆◇◇。
谁省年华屡换，渐作个浮生玉鬓**翁**。	◇◆◇◇◆◆，◆◆◆◇◇◆◇◇。
休易感，新醅泛蚁，且共时**同**。	◇◆◆，◇◇◆◆，◆◆◇◇。
相**逢**，笑语相契，	◇◇，◆◆◇◆，
况驾言游处，山里齐**宫**。	△◆◇◇◆，◇◆◇◇。
寂寞时候，自有皓景，粉泽冬**容**。	◆◆◇◆，◆◆◆◆，◆◆◇◇。
先顾丽人期约，痛赏候花开，洛城**红**。	◇◆◆◇◇◆，◆◆◆◇◇，◆◇◇。
三十日，回头过尽，喜对春**工**。	◇◆◆，◇◇◆◆，◆◆◇◇。

同体式作品：无。

附：曹冠《喜朝天·绮霞阁》二首

喜朝天

绮霞阁。即【踏莎行】。

其一

绣水雕栏，绮霞邃宇，薰风飒至清无暑。花间休唱遏云歌，枝头且听娇莺语。

景物撩人，悠然得句，深杯戏把纹楸赌。胸中邱壑自生凉，何须泉石寻佳趣。

其二

翠老红稀，歌慵笑懒，溟蒙烟雨秋千院。芹泥带湿燕双飞，杜鹃啼诉芳心怨。

座客分题，传觞迭劝，送春惜别情何限。不须惆怅怨春归，明年春色重妍暖。

332.【醉红妆】

1. 始词北宋张先作。
2. 双片，上片三韵，下片二韵，平韵，隔句韵。
3. 此调仅见张先一首。

始词：12 分句 4 复句。双片。每片 6 分句 2 复句，三/三/型复句组。平韵，隔句韵。律词。

7，3，3。7，3，3。
7，3，3。7，3，3。——北宋·张先·《全宋词》第 70 页

醉红妆

琼枝玉树不相**饶**，薄云衣，细柳**腰**。	◇◇◆◆◆◇◇，◆◇◇，◆◆◇。
一般妆样百般**娇**，眉眼细，好如**描**。	◆◇◇◆◆◇◇，◇◆◆，◆◇◇。
东风摇草百花**飘**，恨无计，上青**条**。	◇◇◇◆◆◇◇，◆◇◆，◆◇◇。
更起双歌郎且饮，郎未醉，有金**貂**。	◆◆◇◇◇◆◆，◇◆◆，◆◇◇。

同体式作品：无。

333.【于飞乐】

【于飞乐令】

1. 始词北宋张先作。
2. 一作【于飞乐令】。
3. 双片，始词每片四韵，变体或上片四韵、下片三韵。平韵，隔句韵，或间插连句韵。

始词：19 分句 6 复句。双片。上片 11 分句 3 复句，五/三/三/型复句组；下片 8 分句 3 复句，三/二/三/型复句组。平韵，邻韵通押，隔句韵。律词。

3，3，4，3，4。3，3，4。4，3，4。
7，3，4。5，5。4，3，4。——北宋·张先·《全宋词》第 71 页

于飞乐令

宝奁开，菱鉴静，一掬清**蟾**，	◆◇◇，◇◆◆，◆◇◇◇，
新妆脸，旋学花**添**。	◇◇◆，◆◆◇◇。

蜀红衫，双绣蝶，裙缕鹈**鹕**。	◆◇◇，◇◆◆，◇◆◇◇。
寻思前事，小屏风，巧画江**南**。	◇◇◇◆，◆◇◇，◆◆◇◇。
怎空教草解宜**男**，柔桑暗，又过春**蚕**。	◆◇◆◆◆◇◇，◇◇◆，◆◆◇◇。
正阴晴天气，更暝色相**兼**。	△◇◇◇◆，△◆◆◇◇。
幽期消息，曲房西，碎月筛**帘**。	◇◇◇◆，◆◇◇，◆◆◇◇。

按：本词一传为欧阳修作。下片起句“怎空教草解宜男”，宜男，宜男草，萱草。古代习俗，孕妇佩带宜男草可得男孩。另：萱草亦名忘忧草，民俗以观之、伴之、带之可以忘忧，尤与爱情相关。本词“草解宜男”，意指少女有了心上人；“怎空教草解宜男”，指少女寂寞空房，不能和恋人在一起。

同体式作品：无。

变体二

与始词复句数相同，分句数有变。

变体二·1

17分句6复句

【变体二·1·1】17分句6复句。双片。上片第一复句较始词减2分句，第三复句减1分句，8分句3复句，三/三/二/型复句组；下片第二复句增1分句，9分句3复句，三/三/三/型复句组。平韵，隔句韵，插一连句韵。

4，6，6。3，3，4。4，7。

4，4，6。3，3，4。4，3，4。——北宋·晏几道·《全宋词》第243页

于飞乐

晓日当帘，睡痕犹占香**腮**，	◆◆◇◇，◆◇◇◆◇◇，
轻盈笑倚鸾**台**。	◇◇◆◆◇◇。
晕残红，匀宿翠，满镜花**开**。	◆◇◇，◇◆◆，◆◆◇◇。
娇蝉鬓畔，插一枝淡蕊疏**梅**。	◇◇◆◆，<u>◆◆◇◆◆◇◇</u>。
每到春深，多愁饶恨，妆成懒下香**阶**。	◆◆◇◇，◇◇◇◆，◇◇◆◆◇◇。
意中人，从别后，萦系情**怀**。	◆◇◇，◇◆◆，◇◆◇◇。
良辰好景，相思字，唤不归**来**。	◇◇◆◆，◇◇◆，◆◆◇◇。

同体式作品：无。

按：《钦定词谱》推举该词为本调“正体”，而张先词“前后段句法多与晏词不同”，故划为本调之“又一体”。所谓“前后段句法”不同，明显一点为张词下片较晏词多一韵，上下片皆四韵，故张先词前谱标点为每片3复句，亦不妨将上片标点为4复句，下片为1单句3复句：

宝奁开，菱鉴静，一掬清**蟾**。新妆脸，旋学花**添**。蜀红衫，双绣蝶，裙缕鹈**鹕**。寻思前事，小屏风，巧画江**南**。〇怎空教草解宜**男**。柔桑暗，又过春**蚕**。正阴晴天气，更暝色相**兼**。幽期消息，曲房西，碎月筛**帘**。

如此标点，则张、晏两词分句数复句数皆不同，互为变体。而晏词下片仅有三韵，复句划分不能超过3复句；上片四韵，从叙事脉络看亦可划为3复句，如此则保持了上下片复句数的统一。

当然，张、晏二词每片皆可划为3复句，但张词比晏词多一个“韵住”（“大顿小住当韵住”），所以在文体上可将两词理解为复句数相同，但歌唱的音乐仍有微妙不同，显示了词体活态传唱中一定范围内的“一调多谱”和“一调多体”。张、晏二词的互为“变体”，复句划分的微妙“弹性”，正是词体特有的不同于诗体乃至曲体的文体个性，本谱例词中不止一例，兹不一一说明。

【变体二·1·2】17分句6复句。双片。上下片分句数复句型与【变体二·1·1】上下片正相反，上片9分句3复句，三/三/三/型复句组，下片8分句3复句，三/三/二/型复句组。平韵，隔句韵，插一连句韵。

4，6，6。3，3，4。4，3，4。

4，4，6。3，3，4。4，7。——南宋·史达祖·《全宋词》第2331页

于飞乐

鸳鸯怨曲

绮翼翩翩，问谁常借春**陂**，	◆◆◇◇，△◇◇◆◇◇，
生愁近渚风**微**。	◇◇◆◆◇◇，
紫山深，金殿暖，日暮同**归**。	◆◇◇，◇◆◆，◆◆◇◇。
白头相守，情虽定，事却难**期**。	◆◇◇◆，◇◇◆，◆◆◇◇。
带恨飞来，烟埋秦草，年年枉梦红**衣**。	◆◆◇◇，◇◇◇◆，◇◇◇◆◇◇。
旧沙间，香颈冷，合是单**栖**。	◆◇◇，◇◆◆，◆◆◇◇。
将终怨魂，何年化连理芳**枝**。	◇◇◆◇，◇◇◆◇◆◇◇。

按：该词题为“鸳鸯怨曲”，或谓是【于飞乐】异名，然今存宋词未见【鸳鸯怨】调名。

同体式作品：无。

变体二·2

15分句6复句

【变体二·2】15分句6复句。双片，上片较始词减3分句，下片减1分句。上片8分句3复句，二/三/三/型复句组；下片7分句3复句，三/二/二/型复句组。平韵，上片首二句连韵，继隔句韵。

4，6，6。3，7。4，3，4。

3，4，6。5，5。4，7。——北宋·贺铸·《全宋词》第522页

于飞乐

日薄云**融**，满城罗绮芳**丛**。	◆◆◇◇，◆◇◇◆◇◇，
一枝粉淡香**浓**，	◆◇◆◆◇◇，
几销魂，偏健羡紫蝶黄**蜂**。	◆◇◇，△◆◆◆◆◇◇。
繁华梦断，酒醒来，扫地春**空**。	◇◇◆◆，◆◆◇，◆◆◇◇。

武陵原，回头何处，情随流水无**穷**。 ◆◇◇，◇◇◇◆，◇◇◇◆◇◇。
寄两行清泪，想几许残**红**。 △◆◇◇◆，△◆◆◇◇。
惜花人老，年年奈依旧东**风**。 ◆◇◇◆，◇◇◆◇◆◇◇。

同体式作品：无。

变体二·3

14分句6复句

【变体二·3】14分句6复句。双片，上片较始词减3分句，下片减1分句。每片7分句3复句，三/二/二/型复句组。平韵，插一仄韵，隔句韵。

4，4，6。6，4。3，7。
3，4，6。5，5。4，7。——南宋·李流谦·《全宋词》第1487页

于飞乐

为海棠作

薄日烘晴，轻烟笼晓，春风绣出林**塘**。 ◆◆◇◇，◇◇◆◆，◇◇◆◆◇◇。
笑溪桃并坞杏，忒煞寻**常**。 △◇◇◆◆◆，◆◆◇◇。
东君处，没他后成甚风**光**。 ◇◇◆，◆◇◆◇◆◇◇。

翠深深，谁教入骨，夜来过雨淋**浪**。 ◆◇◇，◇◆◆◆，◆◇◆◆◇◇。
这些儿颜色，已恼乱人**肠**。 ◆◇◇◇◆，△◆◆◇◇。
如何更道，可惜处祇是无**香**。 ◇◇◆◆，◆◆◆◆◆◇◇。

同体式作品：无。

变体三

分句数与始词同，增2复句。

【变体三】20分句8复句。双片。全词分句数与始词同，上下片分句数不同，每片较始词各增1复句，10分句4复句，三/二/三/二/型复句组。平韵，邻韵通押，隔句韵。

3，3，4。3，4。3，3，4。4，7。
3，3，4。3，4。3，3，4。4，7。——北宋·毛滂·《全宋词》第686页

于飞乐

和太守曹子方

水边山，云畔水，新出烟**林**。 ◆◇◇，◇◆◆，◇◆◇◇。
送秋来，双桧寒**阴**。 ◆◇◇，◇◆◇◇。
桧堂寒，香雾碧，帘箔清**深**。 ◆◇◇，◇◆◆，◇◆◇◇。
放衙隐几，谁知共云水无**心**。 ◆◇◆◆，◇◇◆◇◆◇◇。

望西园，飞盖夜，月到清**尊**。 ◆◇◇，◇◆◆，◆◆◇◇。

为诗翁，露冷风**清**。　　◆◇◇，◆◆◇◇。
退红裙，云碧袖，花草争**春**。　　◆◇◇，◇◆◆，◇◆◇◇。
劝翁强饮，莫孤负风月留**人**。　　◆◇◇◆，◆◇◆◇◆◇◇。

同体式作品：北宋：毛滂3首。

按：《钦定词谱》该词注曰："此词较晏（几道）词多一句，前后段第五句以下，与晏词第四句以下同，校张（先）词，前段俱同。"张先词上下片的复句划分，上片可作3复句与4复句的弹性处理，兹将毛滂词划为4复句。当然，该词上片第一、二复句亦可合为1复句："水边山，云畔水，新出烟林，送秋来双桧寒阴。"下片第一、二复句亦可同样处理："望西园，飞盖夜，月到清尊，为诗翁露冷风清。"合为1复句，语脉连贯，不破文意。故该词与张先词一样，不妨每片亦划为3复句。

但须注意：张、毛二词之体式有根本不同：毛滂词体十分整饬规则——上下片分句数、复句型及同句位字数完全一致；而张先词体则比较灵活，每片分句数、句字数、复句型，无论怎样弹性断连，上下片体式亦无法统一。《钦谱》不以张先词为"正体"，即在其"体"的灵活性——上下片分句数不同，韵字句位不全一致。两首词，恰体现了词体的灵活性和整饬性两种不同形式的交叉并行，体现了宋文人词体写作的多元方式。所以如此，根本原因乃在词体的"声歌意识"和"文体意识"的复杂交织，从词体演化的角度言，一调词式若干"变体"的互动互补、相反相成，是文人词体历史建构的根本机制。

334.【千秋岁】

【千秋岁令】

1. 始词北宋张先作。
2. 唐教坊曲有【千秋子】【千秋岁】，或为本调之源。
3. 一作【千秋岁令】。宋吴曾《能改斋漫录》："南方释子作《渔父》《拨掉子》《渔家傲》《千秋岁》唱道之辞。"释子，僧人与佛教信徒。
4. 宋代通行词调。
5. 双片，始词片五韵，变体韵数或有变。仄韵，连句韵、隔句韵。

始词：15分句6复句。双片。上片7分句3复句，三/二/二/型复句组；下片8分句3复句，四/二/二/型复句组。仄韵，连句韵、隔句韵。律词。

4，5，7。5，5。3，7。
5，5，3，3。5，5。3，7。——北宋·张先·《全宋词》第72页

千秋岁
数声鶗**鴂**，又报芳菲**歇**，　　◆◇◇◆，◆◆◇◇◆，
惜春更把残红**折**。　　◆◇◆◆◇◇◆。

雨轻风色暴，梅子青时**节**。　◆◇◇◆◆，◇◆◇◇◆。
永丰柳，无人尽日飞花**雪**。　◆◇◆，◇◇◆◆◇◇◆。

莫把幺弦**拨**，怨极弦能**说**，　◆◆◇◇◆，◆◆◇◇◆，
天不老，情难**绝**。　◇◆◆，◇◇◆。
心似双丝网，中有千千**结**。　◇◆◇◇◆，◇◆◇◇◆。
夜过也，东窗未白凝残**月**。　◆◆◆，◇◇◆◆◇◇◆。

同体式作品：北宋：欧阳修1首，李之仪4首，晁端礼1首，叶梦得1首，朱敦儒1首。南宋：张元幹1首，吕渭老2首，无名氏1首。

增减字：

（一）4，5，6。5，5。3，7。○5，5，3，3。5，5。3，7。宋：无名氏1首。

变体二

较始词复句数相同，分句数有变。

变体二·1

16分句6复句

【变体二·1·1】16分句6复句。上片第一复句较始词增1分句，下片与始词同，每片8分句3复句，四/二/二/型复句组。仄韵，隔句韵。律词。

4，5，3，3。5，5。3，7。
5，5，3，3。5，5。3，7。——北宋·欧阳修·《全宋词》第148页

千秋岁

罗衫满袖，尽是忆伊**泪**，　◇◇◆◆，◆◆◆◇◆，
残妆粉，余香**被**。　◇◇◆，◇◇◆。
手把金尊酒，未饮先如**醉**。　◆◆◇◇◆，◆◆◇◇◆。
但向道，厌厌成病皆因**你**。　◆◆◆，◇◇◇◆◇◇◆。

离思迢迢远，一似长江**水**，　◇◆◇◇◆，◆◆◇◇◆，
去不断，来无**际**。　◆◆◆，◇◇◆。
红笺著意写，不尽相思**意**。　◇◇◆◆◆，◆◆◇◇◆。
为个甚，相思只在心儿**里**。　◆◆◆，◇◇◆◆◇◇◆。

同体式作品：北宋：孔平仲1首，李之仪2首，黄庭坚2首，秦观1首，晁补之3首，谢逸1首，惠洪1首，叶梦得1首，陈克1首，周紫芝3首，计10人16首。南宋：王之道6首，曹勋1首，史浩1首，黄公度1首，洪适1首，赵彦端2首，李流谦1首，范成大1首，李洪1首，丘密3首，廖行之1首，辛弃疾1首，陈三聘1首，石孝友1首，杨炎正1首，吴泳1首，张榘1首，吴潜1首，陈著1首，牟巘1首，赵闻礼1首，刘辰翁1首，彭子翔1首，高伯达1首，无名氏3人3首，计27人35首。

【变体二·1·2】16 分句 6 复句。与【变体二·1】分句数复句数相同，复句型不同。每片 8 分句 3 复句，二/三/三/型复句组。仄韵，隔句韵、连句韵。

4，5。7，7，7。3，3，3。

8，8。7，7，7。3，3，3。——宋·无名氏·《全宋词》第 3830 页

千秋岁令

想风流态，种种般般**媚**。	◆◇◇◆，◆◆◇◇◆。
恨别离时太容**易**，	△◆◇◇◆◇◆，
香笺欲写相思**意**，相思泪滴香笺**字**。	◇◇◆◆◇◇◆，◇◇◆◆◇◇◆。
画堂深，银烛暗，重门**闭**。	◆◇◇，◇◆◆，◇◇◆。
似当日欢娱何日遂，愿早早相逢重设**誓**。	△◇◆◇◇◇◆◆，△◆◆◇◇◇◆◆。
美景良辰莫轻拌，	◆◆◇◇◆◇◆，
鸳鸯帐里鸳鸯**被**，鸳鸯枕上鸳鸯**睡**。	◇◇◆◆◇◇◆，◇◇◆◆◇◇◆。
似恁地，长恁地，千秋**岁**。	◆◆◆，◇◆◆，◇◇◆。

同体式作品：无。

变体二·2

14 分句 6 复句

【变体二·2】14 分句 6 复句。上下片皆与始词上片同，每片 7 分句 3 复句，三/二/二/型复句组。仄韵，连句韵，间插隔句韵。律词。

4，5，6。5，5。3，7。

5，5，6。5，5。3，7。——宋·无名氏·《全宋词》第 3790 页

千秋岁

寿翁文叔，三月廿三。

园林翠**幄**，妆点青春**色**，	◇◇◆◆，◇◆◇◇◆，
犹觉蓂留七**叶**。	◇◆◇◇◆◆。
嵩神今日降，产此真英**杰**。	◇◇◇◆◆，◆◆◇◇◆。
蟾宫客，尽推一代文章**伯**。	◇◇◆，◆◇◆◆◇◇◆。
富贵何心**得**，积善多阴**德**，	◆◆◇◇◆，◆◆◇◇◆，
那管青衫白**发**。	◆◆◇◇◆◆。
儿孙俱满**目**，诗礼传衣**钵**。	◇◇◇◆◆，◇◆◇◇◆。
长不老，蓝桥是个神仙**宅**。	◇◆◆，◇◇◆◆◇◇◆。

同体式作品：无。

同源词调：【千秋岁引】

【千秋万岁】

1. 始词北宋李冠作。
2. 偶名【千秋万岁】，普名【千秋岁引】。
3. 双片，上片四韵，下片五韵，变体韵数或变。仄韵，隔句韵，间插连句韵。

始词：19 分句 6 复句。双片，上片 9 分句 3 复句，三/三/三/型复句组；下片 10 分句 3 复句，四/三/三/型复句组。仄韵，隔句韵，连句韵。律词。

3，5，7。3，5，7。3，3，3。

7，7，3，4。3，5，7。3，3，3。——宋·李冠·《全宋词》第 115 页

千秋万岁

杏花好，子细君须**辨**，比早梅深夭桃**浅**。	◆◇◆，◆◆◇◇◆，△◆◇◇◇◇◆。
把鲛绡，淡拂鲜红**面**，蜡融紫萼重重**现**。	◆◇◇，◆◆◇◇◆，◆◇◆◆◇◇◆。
烟外悄，风中笑，香满**院**。	◇◆◆，◇◇◆，◇◆◆。
欲绽全开俱可**羡**，粹美妖娆无处**选**，	◆◆◇◇◇◆◆，◆◆◇◇◇◆◆，
除卿卿，似寻常**见**。	◇◇◇，◆◇◇◆。
倚天真，艳冶轻朱粉，分明洗出胭脂**面**。	◆◇◇，◆◆◇◇◆，◇◇◆◆◇◇◆。
追往事，绕芳榭，千千**遍**。	◇◆◆，◆◇◆，◇◇◆。

同体式作品：无。

变体二

与始词复句数相同，分句数有变。

【变体二】16 分句 6 复句。较始词减 3 分句，与【千秋岁】"变体二·1"分句数相同，复句型不同。双片，每片 8 分句 3 复句，三/二/三/型复句组。仄韵，连句韵、隔句韵。

4，4，7。7，7。3，3，3。

7，7，7。7，7。3，3，3。——北宋·王安石·《全宋词》第 208 页

千秋岁引

秋景

别馆寒砧，孤城画**角**，一派秋声入寥**廓**。	◆◆◇◇，◇◇◆◆，◆◆◇◇◆◇◆。
东归燕从海上去，南来雁向沙头**落**。	◇◇◆◇◆◆◆，◇◇◆◆◇◇◆。
楚台风，庾楼月，宛如**昨**。	◆◇◇，◇◇◆，◆◇◆。
无奈被些名利**缚**，无奈被他情担**阁**，	◇◆◆◇◇◆◆，◇◆◆◇◇◆◆，
可惜风流总闲**却**。	◆◆◇◇◆◇◆。

当初谩留华表语，而今误我秦楼**约**。 ◇◇◆◇◇◆◆，◇◇◆◆◇◇◆。
梦阑时，酒醒后，思量**著**。 ◆◇◇，◆◆◆，◇◇◆。

同体式作品：南宋：陈德武 1 首，梅坡 1 首。

变体三

较始词分句数复句数皆变

【变体三】18 分句 8 复句。上下片较始词各增 1 分句 1 复句，每片 9 分句 4 复句，二/二/二/三/型复句组。仄韵，隔句韵。

4，5。5，3。7，8。3，3，3。
7，7。5，3。7，7。3，3，3。——宋・无名氏・《全宋词》第 3792 页

千秋岁引

寿徐直院。四月十二。

词赋伟人，当代一英**杰**。 ◇◆◆◇，◇◆◆◇◆。
信独步儒林，蟾宫**客**。 △◆◆◇◇，◇◇◆。
名登雁塔正青春，更不历郡县徒劳**力**。 ◇◇◆◆◆◇◇，△◆◆◆◆◇◇◆。
即趋朝，典文衡，居花**掖**。 ◆◇◇，◆◇◇，◇◇◆。

得俦词科推第一，便掌丝纶天上**尺**。 ◆◇◇◇◇◆◆，◆◆◇◇◇◆◆。
见说庆生辰，当此**日**。 ◆◆◆◇◇，◇◆◆，
翠蓂三四叶方新，朱明正属清和**节**。 ◆◇◇◆◆◇◇，◇◇◆◆◇◇◆。
行作个，黑头公，专调**燮**。 ◇◆◆，◆◇◇，◇◇◆。

同体式作品：无。

335.【离亭宴】

1. 始词北宋张先作。
2. 别写作【离亭燕】。
3. 双片，每片五仄韵，连句韵、隔句韵。
4. 此调南宋无继作。

始词：12 分句 6 复句。双片。上下片各 6 分句 3 复句，二/二/二/型复句组。仄韵，连句韵、间插隔句韵。律词。

5，7。7，6。6，6。
6，7。7，7。5，7。——北宋・张先・《全宋词》第 76 页

离亭宴

公择别吴兴

捧黄封诏**卷**，随处是离亭别**宴**。　△◇◇◆◆，◇◆◆◇◇◆◆。
红翠成轮歌未**遍**，已恨野桥风**便**。　◇◆◇◇◇◆◆，◆◆◆◇◇◆。
此去济南非久，惟有凤池鸾**殿**。　◆◆◆◇◇◆，◇◆◆◇◇◆。

三月花飞几**片**，又减却芳菲过**半**。　◇◆◇◇◆◆，△◆◆◇◇◆◆。
千里恩深云海**浅**，民爱比春流不**断**。　◇◆◇◇◇◆◆，◇◆◆◇◇◆◆。
更上玉楼西，归雁与征帆共**远**。　◆◆◆◇◇，◇◆◆◇◇◆◆。

同体式作品：无。

增减字：

(一) 6，6。7，6。5，6。○ 6，6。7，6。5，6。北宋：张昇1首（【离亭燕】），黄庭坚1首（【离亭燕】），晁补之2首。（按：张昇1首，与署名孙浩然《离亭燕》1首全同，惟下片倒数第二句，张词作“怅望倚危栏”；孙词作“怅望倚层楼”；两首当为一词。）

336.【沁园春】

【寿星明】【洞庭春色】

1. 始词北宋张先作。
2. 以典故为调名。沁园，汉明帝刘庄第五女沁水公主庄园。宋吴曾《能改斋漫录》：“今世乐府传《沁园春》词。按《后汉书》，窦宪女弟立为皇后，宪恃宫掖声势，遂以县直请夺沁水公主园。然则沁水园者，公主之园也。故唐人类用之，……李义府《长宁公主东庄》诗云：‘平阳馆外有仙家，沁水园中好物华。’”
3. 宋代通行词调。或偶作【寿星明】【洞庭春色】。
4. 双片，始词上片四韵，下片六韵，变体韵数有变。普式平韵，偶有仄韵；隔句韵，间插连句韵。

始词：26分句8复句。双片。上下片各13分句4复句，三/四/三/三/型复句组。平韵，隔句韵，间插连句韵。律词。

4，4，4。5，4，4，4。4，4，8。3，5，4。
2，4，8。5，4，4，4。4，4，7。3，5，4。——北宋·张先·《全宋词》第76页

沁园春

寄都城赵阅道

心膂良臣，帷幄元勋，左右万**几**。　◇◆◇◇，◇◆◇◇，◆◆◆◇。
暂武林分阃，东南外翰，　△◆◇◇◆，◇◇◆◆，

锦衣乡社，未满瓜**时**。	◆◇◇◆，◆◆◇◇。
易镇梧台，宜条期岁，	◆◆◇◇，◇◇◇◆，
又西指夷桥千骑**移**。	△◇◆◇◇◇◆◇。
珠滩上，喜甘棠翠荫，依旧春**晖**。	◇◇◆，△◇◇◆◆，◇◆◇◇。
须**知**，系国安**危**，料节召还趋浴凤**池**。	◇◇，◆◆◇◇，△◆◆◇◇◆◆◇。
且代工施化，持钧播泽，	△◆◇◇◆，◇◇◆◆，
置盂天下，此外何**思**。	◆◇◇◆，◆◆◇◇。
素卷书名，赤松游道，飙驭云軿仙可**期**。	◆◆◇◇，◆◇◇◆，◇◆◇◇◇◆◇。
湖山美，有啼猿唳鹤，相望东**归**。	◇◇◆，△◇◇◆◆，◇◆◇◇。

同体式作品：无。

增减字：

（一）4，4，4。5，4，4，4。4，4，7。3，5，4。○2，4，8。5，4，4，4。4，4，7。3，5，4。北宋：韦骧1首，黄庭坚1首，陈睦1首，贺铸1首，张继先1首，朱敦儒1首，计6人6首。南宋：曾觌1首，李弥逊2首，张元幹2首，赵善括1首，陆游1首，赵师侠1首，刘过1首，刘镇2首，吴泳1首，黄机1首，葛长庚3首，王迈1首，王埜1首，赵以夫2首，张榘2首，吴渊1首，曾寓轩1首，吴潜5首，李曾伯3首，楼枎1首，陈著5首，陈人杰4首，姚勉1首，陈坦之1首，刘辰翁1首，王奕1首，蒋捷1首，萧仲昺1首，吕岩（托名）1首，无名氏4人4首，计33人53首。

（二）4，4，4。5，4，5，4。4，4，8。3，5，4。○2，4，8。5，4，4，4。4，4，7。3，5，4。北宋：苏轼1首。

（三）4，4，4。5，4，4，4。4，4，7。4，4，4。○2，4，8。5，4，4，4。4，4，7。3，5，4。北宋：毛滂1首。

（四）4，4，4。3，5，5，4。4，4，7。3，5，4。○2，4，8。5，4，4，4。4，4，7。3，5，4。北宋：晁端礼1首。

（五）4，4，4。5，4，4，4。4，4，7。3，5，4。○6，3，5。5，4，4，4。4，4，7。3，5，4。北宋：张继先1首。南宋：曹勋2首，游九言1首，刘过2首，程珌5首，王迈1首，张榘1首，宋自逊1首，李曾伯2首，方岳2首，国学生1首，吴景伯1首，刘氏1首，李团湖1首，计13人21首。

（六）4，4，4。5，4，4，4。4，4，7。4，4，4。○6，5，3。5，4，4，4。4，4，7。3，5，4。北宋：毛滂1首。

（七）4，4，4。5，4，4，4。4，4，7。3，4，4。○2，4，8。5，4，4，4。4，4，7。3，5，4。南宋：吕渭老1首。

（八）4，4，4。5，4，4，4。4，4，7。3，5，4。○6，3，5。5，4，5，4。4，4，7。3，4，4。南宋：王之道1首。

（九）4，4，4。5，4，5，4。4，4，7。3，5，4。○2，4，7。5，4，4，4。4，4，7。3，5，4。南宋：王千秋1首。

（一○）4，4，4。5，4，4，4。4，4，7。3，4，5。○6，3，5。5，4，4，4。4，4，7。3，5，4。南宋：程珌1首。

（一一）4，4，4。5，4，4，4。4，4，7。3，5，4。○6，3，5。5，4，4，4。4，4，7。3，4，4。南

宋：范炎 1 首。

（一二）4，4，4。5，4，5，4。4，4，7。3，5，4。〇 2，4，8。5，4，5，4。4，4，7。3，5，4。南宋：林正大 1 首。

（一三）4，4，4。5，4，4，4。4，4，7。3，4，4。〇 2，4，7。5，4，4，4。4，4，7。3，4，4。南宋：卓田 1 首。

（一四）4，4，4。4，4，4，4。4，4，7。3，5，4。〇 6，3，5。5，4，4，4。4，4，7。3，5，4。南宋：王迈 1 首。

（一五）4，4，4。5，4，4，4。4，4，8。3，5，4。〇 2，4，7。5，4，4，4。4，4，8。3，5，4。南宋：葛长庚 1 首。

（一六）4，4，4。5，4，4，4。4，4，8。3，5，4。〇 2，4，8。5，4，4，4。4，4，8。3，5，4。南宋：葛长庚 2 首。

（一七）4，4，4。5，4，4，4。4，4，7。3，5，4。〇 2，4，8。5，4，4，4。4，4，7。3，4，4。南宋：程正同 1 首，王奕 1 首，夏元鼎 2 首。

（一八）4，4，4。5，4，4，4。4，4，7。3，4，4。〇 6，3，5。5，4，4，4。4，4，7。3，5，4。南宋：李曾伯 1 首，王炎午 1 首。

（一九）4，4，4。5，4，4，4。4，4，7。3，5，4。〇 2，4，8。5，4，4，4。4，4，8。3，5，4。南宋：李曾伯 1 首。

（二〇）4，4，4。5，4，4，4。4，4，7。3，4，4。〇 2，4，8。5，4，4，4。4，4，7。3，4，4。南宋：王质 1 首。

（二一）4，4，4。5，4，4，4。4，4，7。3，6，4。〇 2，4，8。5，4，4，4。4，4，7。3，5，4。南宋：李昴英 1 首。

（二二）4，4，4。5，4，4，4。4，4，8。3，5，4。〇 6，3，5。5，4，4，4。4，4，7。3，5，4。南宋：刘过 1 首。

（二三）4，4，4。5，4，4，4。4，4，7。3，5，4。〇 2，4，7。5，4，4，4。4，4，7。3，5，4。南宋：无名氏 1 首。

变体二

与始词复句数相同，分句数有变。

变体二·1

25 分句 8 复句

【变体二·1·1】25 分句 8 复句。上片与始词同，下片第一复句较始词减 1 分句。上片 13 分句 4 复句，三/四/三/三/型复句组；下片 12 分句 4 复句，二/四/三/三/型复句组。平韵，隔句韵，间插连句韵。律词。

4，4，4。5，4，4，4。4，4，7。3，5，4。

6，8。5，4，4，4。4，4，7。3，5，4。——北宋·苏轼·《全宋词》第 282 页

沁园春

孤馆灯青，野店鸡号，旅枕梦**残**。　◇◆◇◇，◆◆◇◇，◆◆◆◇。

渐月华收练，晨霜耿耿，　△◆◇◇◆，◇◇◆◆，

云山摛锦，朝露湲**渏**。	◇◇◇◆，◇◆◇◇。
世路无穷，劳生有限，似此区区长鲜**欢**。	◆◆◇◇，◇◇◆◆，◆◆◇◇◇◆◇。
微吟罢，凭征鞍无语，往事千**端**。	◇◇◆，△◇◇◇◆，◆◆◇◇。
当时共客长**安**，似二陆初来俱少**年**。	◇◇◆◆◇◇，△◆◆◇◇◆◆◇。
有笔头千字，胸中万卷，	△◆◇◇◆，◇◇◆◆，
致君尧舜，此事何**难**。	◆◇◇◆，◆◆◇◇。
用舍由时，行藏在我，袖手何妨闲处**看**。	◆◆◇◇，◇◇◆◆，◆◆◇◇◇◆◇。
身长健，但优游卒岁，且斗尊**前**。	◇◇◆，△◇◇◆◆，◆◆◇◇。

同体式作品：南宋：曹勋 1 首，陆游 3 首，丘崈 2 首，廖行之 1 首，辛弃疾 13 首，赵善括 2 首，刘过 12 首，汪莘 3 首，刘仙伦 2 首，李廷忠 1 首，危稹 1 首，王居安 1 首，汪晫 1 首，戴复古 1 首，卢祖皋 1 首，刘学箕 1 首，林正大 1 首，洪咨夔 3 首，吴泳 2 首，程公许 1 首，王迈 2 首，黄机 7 首，严参 1 首，张辑 1 首，葛长庚 4 首，刘克庄 23 首，赵福元 3 首，冯取洽 7 首，赵以夫 1 首，吴渊 1 首，雷应春 1 首，刘清夫 1 首，祝穆 1 首，刘子寰 2 首，黄师参 1 首，李曾伯 18 首，赵崇嶓 1 首，方岳 5 首，徐宝之 1 首，周申 1 首，赵汝腾 1 首，赵孟坚 2 首，吴文英 2 首，刘子实 1 首，吴势卿 1 首，赵希汰 1 首，陈草阁 1 首，王云焕 1 首，陈著 10 首，陈若水 1 首，张绍文 1 首，陈人杰 27 首，姚勉 12 首，马廷鸾 1 首，谢枋得 1 首，何梦桂 4 首，施翠岩 1 首，刘辰翁 5 首，文天祥 1 首，赵必𤩪 1 首，蒋捷 2 首，陈德武 1 首，韩信同 1 首，刘将孙 2 首，萧仲芮 1 首，陈士豪 1 首，程和仲 1 首，程节斋 3 首，竹林亭长 1 首，朱元夫 1 首，邵桂子 1 首，任翔龙 1 首，刘省斋 1 首，杨元亨 1 首，崔中 1 首，方岳 2 首，无名氏 11 人 11 首，无名氏 1 首（【寿星明】），计 88 人 243 首。

增减字：

（一）4，4，4。5，4，4，4。4，4，7。3，5，4。○ 6，7。5，4，4，4。4，4，7。3，5，4。北宋：张继先 1 首。南宋：戴复古 1 首。

（二）4，4，4。5，4，4，4。4，4，8。3，5，4。○ 6，8。5，4，4，4。4，4，7。3，5，4。南宋：刘过 1 首，刘克庄 1 首，李曾伯 1 首，姚勉 2 首。

（三）4，4，4。5，4，5，4。4，4，7。3，5，4。○ 6，8。5，4，4，4。4，4，7。3，5，4。南宋：林正大 1 首，立斋 1 首。

（四）4，4，4。5，4，4，4。4，4，7。3，4，4。○ 6，8。5，4，4，4。4，4，7。3，4，4。南宋：严羽 1 首，葛长庚 1 首，夏元鼎 1 首，李曾伯 2 首，刘辰翁 1 首，萧某 1 首，无名氏 2 首。

（五）4，4，4。5，4，4，4。4，4，7。3，4，4。○ 6，8。5，4，4，4。4，4，7。3，5，4。南宋：严参 1 首，李曾伯 1 首，王奕 2 首，熊禾 1 首，刘将孙 1 首，无名氏 3 首。

（六）4，4，4。5，4，4，4。4，4，7。3，5，4。○ 6，8。5，4，4，4。4，4，7。3，4，4。南宋：葛长庚 1 首，无名氏 1 首。

（七）4，4，4。5，4，4，4。4，4，7。3，5，4。○ 6，8。5，4，4，4。4，4，8。3，5，4。南宋：葛长庚 1 首。

（八）4，4，4。5，4，4，4。4，4，7。3，5，4。○ 6，8。5，4，4，4。4，3，7。3，5，4。南宋：李曾伯 1 首。

（九）4，4，4。5，4，4，4。4，4，8。3，5，4。○ 6，8。5，4，4，4。4，4，8。3，5，4。南宋：李曾伯 2 首。

（一〇）4，4，4。5，4，4，4。4，4，8。3，4，4。○6，8。5，4，4，4。4，4，7。3，4，4。南宋：李曾伯1首。

（一一）4，4，4。5，4，4，4。4，4，7。3，5，4。○7，8。5，4，4，4。4，4，7。3，5，4。南宋：李敬则1首。

（一二）4，4，4。5，4，4，4。4，4，7。3，5，4。○6，8。5，4，5，4。4，4，7。3，5，4。南宋：姚勉1首。

（一三）4，4，4。5，4，4，4。4，4，7。3，5，4。○6，8。5，4，4，4。4，4，7。3，6，4。南宋：何梦桂1首。

（一四）4，4，4。5，4，4，4。4，4，7。3，5，4。○6，8。5，4，4，4。4，4，7。3，5，5。南宋：王奕1首。

（一五）4，4，4。5，4，4，4。4，4，7。3，5，4。○6，8。5，4，4，4。4，4，7。4，4，4。南宋：翁溪园1首。

（一六）4，4，4。6，3，5，3。4，4，7。3，5，4。○6，8。5，4，4，4。4，4，7。3，5，4。南宋：陈德武1首。

（一七）4，4，4。5，4，4，4。4，4，7。3，4，4。○6，7。5，4，4，4。4，4，7。3，4，4。南宋：陈彦章妻1首。

（一八）4，4，4。3，6，4，4。4，4，7。3，5，4。○6，8。5，4，4，4。4，4，7。3，5，4。南宋：赵通判1首。

（一九）4，4，4。5，4，4，4。4，4，7。3，5，4。○6，7。5，4，4，4。4，4，7。3，4，4。南宋：程东湾1首。

（二〇）4，4，4。5，4，4，4。4，4，7。3，5，4。○6，8。5，4，4，4。4，4，7。3，4，5。南宋：李慧之1首。

（二一）4，4，4。5，4，4，4。4，4，8。3，4，4。○6，8。5，4，4，4。4，4，7。3，5，4。南宋：李君行1首。

（二二）4，4，4。5，4，4，4。4，4，7。3，5，4。○6，8。5，3，5，4。4，4，8。3，5，4。南宋：无名氏1首。

（二三）4，4，4。5，4，4，4。4，4，7。3，5，4。○6，8。4，4，4，4。4，4，7。3，5，4。南宋：无名氏1首。

（二四）4，4，4。5，4，4，4。4，4，7。3，5，4。○6，8。6，4，4，4。4，4，7。3，4，4。南宋：无名氏1首。

（二五）4，4，4。5，4，4，4。4，4，7。3，4，5。○6，8。5，4，4，4。4，4，7。3，4，5。南宋：无名氏2首。

（二六）4，4，4。5，4，4，4。4，4，7。5，4，4。○6，8。5，4，4，4。4，4，7。3，4，4。南宋：无名氏1首。

（二七）4，4，4。5，4，4，4。4，4，7。3，4，4。○6，8。4，4，4，4。4，4，7。3，5，4。南宋：方岳2首，傅伯达1首。

【变体二·1·2】25分句8复句。上片分句数与【变体二·1·1】下片同，下片分句数与上片同，复句型不同。上片12分句4复句，三/四/二/三/型复句组；下片13分句4复句，三/四/三/三/型复句组。平韵，隔句韵，间插连句韵。

4，4，4。5，4，4，4。7，8。3，5，4。

2，4，8。5，4，4，4。4，4，8。3，5，4。——南宋·吕胜己·《全宋词》第1752页

沁园春

月晃虚窗，风掀斗帐，晓来梦**回**。	◆◆◇◇，◇◇◆◆，◆◇◆◇。
见满川惊鹭，长空瑞鹤，	△◆◇◇◆，◇◇◆◆，
联翩来下，翔舞徘**徊**。	◇◇◇◆，◇◆◇◇。
旋放金盘承积块，更轻撼琼壶撩冻**澌**。	◆◆◇◇◇◆◆，△◇◆◇◇◇◆◇。
毡帏小，近宝炉兽炭，沉水兰**煤**。	◇◇◆，△◆◇◆◆，◇◆◇◇。
寒**威**，酒力相**欺**，荐绿蚁霜螯左右**持**。	◇◇，◆◆◇◇，△◆◆◇◇◆◆◇。
问岁岁祯祥，如何中断，	△◆◆◇◇，◇◇◇◆，
年年梅月，因甚愆**期**。	◇◇◇◆，◇◆◇◇。
上绀碧楼，城高百尺，	◆◆◆◇，◇◇◆◆，
看白玉虬龙奔四**围**。	△◆◆◇◇◆◆◇。
纷争罢，正残鳞败甲，天上交**飞**。	◇◇◆，△◇◇◆◆，◇◆◇◇。

同体式作品：无。

增减字：

（一）4，4，4。5，4，4，4。7，8。3，5，4。○6，3，4。5，4，4，4。4，4，7。3，5，4。南宋：魏了翁1首。

【变体二·1·3】25分句8复句。与【变体二·1】前两式分句数相同，复句型有变。上片12分句4复句，三/三/三/三/型复句组；下片13分句4复句，四/三/三/三/型复句组。平韵，隔句韵。律词。

4，4，4。8，5，4。4，4，7。3，5，4。

3，3，3，5。9，4，4。4，4，7。3，5，4。——北宋·张继先·《全宋词》第756页

沁园春

急急修行，细算人生，能有几**时**。	◆◆◇◇，◆◆◇◇，◇◆◆◇。
任万般千种风流好，	△◆◇◇◆◇◇◆，
奈一朝身死，不免抛**离**。	△◆◇◇◆，◆◆◇◇。
蓦地思量，死生事大，使我心如刀剑**挥**。	◆◆◇◇，◆◇◆◆，◆◆◇◇◇◆◇。
难留住，那金乌箭疾，玉兔梭**飞**。	◇◇◆，△◇◇◆◆，◆◆◇◇。
早觉悟，莫教**迟**，我清净，谁能婚少**妻**。	◆◆◆，◆◇◇，◆◇◆，◇◇◇◆◇。
便假饶月里姮娥见在，	△◆◇◆◆◇◇◆◆，
从他越国，有貌西**施**。	◇◇◆◆，◆◆◇◇。
此个风流，更无心恋，且放宽怀免是**非**。	◆◆◇◇，◆◇◇◆，◆◆◇◇◆◆◇。
蓬莱路，仗三千行满，独跨鸾**归**。	◇◇◆，△◇◇◇◆，◆◆◇◇。

同体式作品：无。

【变体二·1·4】25分句8复句。上片句型与【变体二·1·3】同，12分句4复句，三/三/三/三/型复句组；下片复句型有变，13分句4复句，三/四/三/三/型复句组。平韵，隔句韵，间插连句韵。

4，4，4。5，6，6。4，4，7。3，5，4。

2，4，7。5，4，4，4。4，4，7。3，5，4。——宋·无名氏·《全宋词》第3748页

沁园春

千春词。寿游侍郎。

瞿岭云**齐**，建溪源远，庆衍英**奇**。	◇◆◇◇，◆◇◇◆，◆◆◇◇。
且机乘天巧，臣贤主圣后光，	△◇◇◇◆，◇◇◆◆◆◇，
同日月以为**期**。	◇◆◆◆◇◇。
千载相逢，一朝盛事，自昔人夸今见**之**。	◇◆◇◇，◆◇◆◆，◆◆◇◇◇◆◇。
催归诏，要领班宸殿，捧万年**卮**。	◇◇◆，◆◆◇◇◆，◆◆◇◇。
嘻**嘻**，莫道春**迟**，已著梅梢第一**枝**。	◇◇，◆◆◇◇，◆◆◇◇◆◆◇。
映紫荷持橐，星辰步武，	◆◆◇◇◆，◇◇◆◆，
黄金横带，朝夕论**思**。	◇◇◇◆，◇◆◆◇。
不但斯**时**，重恢事业，整顿乾坤弘所**施**。	◆◆◇◇，◇◇◆◆，◆◆◇◇◇◆◇。
洪钧转，虽寒根雪谷，物物生**辉**。	◇◇◆，△◇◇◆◆，◆◆◇◇。

同体式作品：无。

变体二·2

21分句8复句

【变体二·2】21分句8复句。较始词减5分句。上片11分句4复句，三/三/二/三/型复句组；下片10分句4复句，三/三/二/二/型复句组。仄韵，隔句韵。

4，5，4。4，4，6。5，6。4，4，4。

6，3，6。4，4，6。5，6。6，4。——北宋·晁端礼·《全宋词》第438页

沁园春

寿星明

露湿晴花，散红香清影，建章宫**殿**。	◆◆◇◇，△◇◇◇◆，◆◇◇◆。
玉宇风来，银河云敛，天外老人星**现**。	◆◆◇◇，◇◇◇◆，◇◆◆◇◇◆。
向晓千官入，称庆山呼鳌**抃**。	◆◆◇◇◆，◇◆◇◇◇◆。
凤髓香飘，龙墀翡翠，帘栊高**卷**。	◆◆◇◇，◇◇◆◆，◇◇◇◆。
朝罢仗卫再整，肃鸣鞘，又向瑶池高**宴**。	◇◆◆◆◆◆，◆◇◇，◆◆◇◇◇◆。
海寓承平，君臣相悦，乐奏徽招初**遍**。	◆◆◇◇，◇◇◇◆，◆◆◇◇◇◆。

治极将何报，检玉泥金封**禅**。	◆◆◇◇◆，◆◆◇◇◇◆。
见说山中居民，待看雕**辇**。	◆◆◇◇◇◇，◆◇◇◆。

同体式作品：无。

变体二·3

24 分句 8 复句

【变体二·3·1】24 分句 8 复句。较始词减 2 分句。每片 12 分句 4 复句，三/四/二/三/型复句组。平韵，隔句韵。

4，4，4。5，4，4，4。7，8。3，5，4。

6，5，4。5，4，4，4。7，8。3，5，4。——北宋·秦观·《全宋词》第 455 页

沁园春

宿霭迷空，腻云笼日，昼景渐**长**。	◆◆◇◇，◆◇◇◆，◆◆◆◇。
正兰皋泥润，谁家燕喜，	△◇◇◇◆，◇◇◆◆，
蜜脾香少，触处蜂**忙**。	◆◇◇◆，◆◆◇◇。
尽日无人帘幕挂，更风递游丝时过**墙**。	◆◆◇◇◇◆◆，△◇◆◇◇◇◆◇。
微雨后，有桃愁杏怨，红泪淋**浪**。	◇◆◆，◆◇◇◆◆，◇◆◇◇。
风流寸心易感，但依依伫立，回尽柔**肠**。	◇◇◆◇◆◆，△◇◇◆◆，◇◆◇◇。
念小奁瑶鉴，重匀绛蜡，	△◆◇◇◆，◇◇◆◆，
玉笼金斗，时熨沉**香**。	◆◇◇◆，◇◆◇◇。
柳下相将游冶处，便回首青楼成异**乡**。	◆◆◇◇◇◆◆，△◇◆◇◇◇◆◇。
相忆事，纵蛮笺万叠，难写微**茫**。	◇◆◆，△◇◇◆◆，◆◆◇◇。

同体式作品：南宋：陆游 1 首，京镗 1 首，魏了翁 1 首，无名氏 1 首，黄人杰 1 首。

增减字：

（一）4，4，4。5，4，4，4。7，8。3，4，4。○ 2，4，8。5，4，4，4。7，8。3，5，4。南宋：李吕 1 首。

（二）4，4，4。5，4，4，4。7，8。3，5，4。○ 6，3，4。5，4，4，4。6，8。3，5，4。南宋：程垓 1 首。

【变体二·3·2】24 分句 8 复句。上片与【变体二·3·1】同，12 分句 4 复句，三/四/二/三/型复句组；下片第一复句减 1 分句，第三复句增 1 分句，12 分句 4 复句，二/四/三/三/型复句组。平韵，隔句韵，间插连句韵。

4，4，4。5，4，4，4。7，7。3，4，4。

7，6。5，4，4，4。7，3，5。4，4，4。——南宋·宋先生·《全宋词》第 2119 页

沁园春

速速修行，惜取身中，无价□**珍**。	◆◆◇◇，◆◆◇◇，◇◆□◇。
把金乌玉兔，垆中炼用，	△◇◇◆◆，◇◇◆◆，

阴阳造化，养就阳**神**。	◇◇◆◆，◆◆◇◇。
虎啸龙吟丹田里，顶内时时仙乐**声**。	◆◆◇◇◇◇◆，◆◆◇◇◇◆◇。
泥丸里，烹煎水火，铅汞成**真**。	◇◇◆，◇◇◆◆，◇◆◇◇。
夜来端坐澄心**神**，见真人颜貌**新**。	◆◇◇◆◆◇◇，△◇◇◇◆◇。
用河车搬载，充开牛斗，	△◇◇◇◆，◇◇◇◆，
星辰洁皎，光射分**明**。	◇◇◆◆，◇◆◇◇。
服了刀圭功成后，自知道，仙班有姓**名**。	◆◆◇◇◇◇◆，◆◇◆，◇◇◆◆◇。
诸仙请待，玉皇宣至，朝拜三**清**。	◇◇◆◆，◆◇◇◆，◇◆◇◇。

同体式作品：无。

增减字：

（一）4，4，4。5，4，4，4。7，8。3，5，4。○ 6，8。5，4，4，4。4，4，8。3，5，4。南宋：洪咨夔 1 首。

【变体二 · 3 · 3】24 分句 8 复句。上下片第三复句较【变体二 · 3 · 1】各增 1 分句、第四复句各减 1 分句，每片 12 分句 4 复句，三/四/三/二/型复句组。平韵，隔句韵，间插连句韵。

4，4，4。5，4，4，4。4，4，7。6，5。

2，4，7。4，5，4，4。4，4，7。3，6。——（传）宋 · 章台柳 · 《全宋词》第 3880 页

沁园春

弱质娇姿，黛眉星眼，画工怎**描**。	◆◆◇◇，◆◇◇◆，◆◇◆◇。
自章台分散，隋堤别后，	△◇◇◇◆，◇◇◆◆，
近临绿水，远映红**蓼**。	◆◇◆◆，◆◆◇◆。
半占官街，半侵私道，长被狂风取次**摇**。	◆◆◇◇，◆◇◇◆，◇◆◇◇◆◆◇。
当今桃腮杏脸，难比好妖**娆**。	◇◇◇◇◆◆，◇◆◆◇◇。
春**朝**，晓露才**消**，暗隐黄鹂深处**娇**。	◇◇，◆◆◇◇，◆◆◇◇◇◆◇。
千丝万缕，零零风拂水，	◇◇◆◆，◇◇◇◆◆，
随风随雨，晴雪飘**飘**。	◇◇◇◆，◇◆◇◇。
欲告东君，移归庭院，独对高台舞细**腰**。	◆◆◇◇，◇◇◇◆，◆◆◇◇◆◆◇。
从今后，无人折取柔**条**。	◇◇◆，◇◇◆◆◇◇。

按：本词作者章台柳，宋杭州西湖歌妓。

同体式作品：无。

变体二 · 4

23 分句 8 复句

【变体二 · 4】23 分句 8 复句。较始词减 3 分句，上片 12 分句 4 复句，三/四/二/三/型复句组；下片 11 分句 4 复句，二/四/二/三/型复句组。平韵，邻韵通押，隔句韵。

4，4，4。5，4，4，4。7，8。3，5，4。

6，7。5，4，4，4。7，8。4，4，4。——南宋·陆游·《全宋词》第1592页

沁园春

洞庭春色

壮岁文章，暮年勋业，自昔误**人**。　◆◆◇◇，◆◇◇◆，◆◆◇◇。

算英雄成败，轩裳得失，　△◇◇◇◆，◇◇◆◆，

难如人意，空丧天**真**。　◇◇◇◆，◇◆◇◇。

请看邯郸当日梦，待炊罢黄粱徐欠**伸**。　◇◆◇◇◇◆◆，△◇◆◇◇◇◆◇。

方知道，许多时富贵，何处关**身**。　◇◇◆，◆◇◇◆◆，◇◆◇◇。

人间定无可意，怎换得玉鲙丝**莼**。　◇◇◆◇◆◆，△◆◆◆◆◇◇。

且钓竿渔艇，笔床茶灶，　△◆◇◇◆，◆◇◇◆，

闲听荷雨，一洗衣**尘**。　◇◇◇◆，◆◆◇◇。

洛水秦关千古后，尚棘暗铜驼空怆**神**。　◆◆◇◇◇◆◆，△◆◆◇◇◇◆◇。

何须更慕，封侯定远，图像麒**麟**。　◇◇◆◆，◇◇◆◆，◇◆◇◇。

同体式作品：无。

增减字：

（一）4，4，4。5，4，4，4。7，8。3，5，4。○6，8。5，4，4，4。7，8。3，5，4。南宋：刘光祖1首（【沁园春】）。

（二）4，4，4。5，4，4，4。7，8。3，5，4。○6，7。5，4，4，4。7，8。3，5，4。南宋：魏了翁2首（【洞庭春色】），吴泳2首（【洞庭春色】），无名氏1首（【洞庭春色】）。

变体二·5

22分句8复句

【变体二·5】22分句8复句，较始词减4分句。双片，每片11分句4复句，三/三/二/三/型复句组。仄韵，隔句韵，间插连句韵。

4，5，4。4，5，4。5，6。4，4，4。

6，3，5。4，4，6。4，6。4，4，4。——南宋·莫蒙·《全宋词补辑》第27页

沁园春

寿星明

翠樾阴浓，见嵩山洛水，紫薇光**聚**。　◆◆◇◇，△◇◇◆◆，◆◇◇◆。

鸾雏华飞，黄驹骏天下，夜擎香**露**。　◆◇◇◇，◇◇◆◇◆，◆◇◇◆。

奋身许玉**斧**，来作明堂一**柱**。　◆◇◆◆◆，◇◆◇◇◆◆。

试看人间，谁能具此，神峰眉**宇**。　◆◆◇◇，◇◇◆◆，◇◇◇◆。

烟缕摇曳暗**雾**，想高正，簇清歌妍**舞**。　◇◆◇◆◆◆，◆◇◆，△◇◇◇◆。

黑蚌生珠，蟠桃结子，从此几回相**遇**。　◆◆◇◇，◇◇◆◆，◇◆◆◇◇◆。

去天尺**五**，人望城南韦**杜**。	◆◇◆◆，◇◆◇◇◇◇◆。
画戟衣翻，门施行马，行看开**府**。	◆◆◇◇，◇◇◇◆，◇◇◇◆。

同体式作品：无。

同源词调：【花发沁园春】

1. 始词北宋王诜作。
2. 双片，每片四平韵，隔句韵；变体下片增一韵，仄韵，隔句韵，插一连句韵。

始词：19 分句 8 复句。双片。上片 9 分句 4 复句，二/三/二/二/型复句组；下片 10 分句 4 复句，三/三/二/二/型复句组。平韵，隔句韵。

5，9。4，4，6。4，7。7，6。

4，5，6。4，4，6。7，4。7，6。——北宋·王诜·《全宋词》第 274 页

花发沁园春

帝里春归早，先妆点皇家池馆园**林**。	◆◆◇◇◆，◇◇◆◇◇◇◆◇◇。
雏莺未迁，燕子乍归，时节戏弄晴**阴**。	◇◇◆◇，◆◆◆◇，◇◆◆◆◆◇◇。
琼楼珠阁，恰正在柳曲花**心**。	◇◇◇◆，△◆◆◆◆◇◇。
翠袖艳衣凭阑干，惯闻弦管新**音**。	◆◆◆◇◇◇◇，◆◇◇◆◇◇。
此际相携，宴赏纵行乐，随处芳树遥**岑**。	◆◆◇◇，◆◆◆◇◆，◇◆◇◆◇◇。
桃腮杏脸，嫩英万叶，千枝绿浅红**深**。	◇◇◆◆，◆◇◆◆，◇◇◆◆◇◇。
轻风终日泛暗香，长满衣**襟**。	◇◇◇◆◆◆◇，◇◆◇◇。
洞户醉归访笙歌，晚来云海沉**沉**。	◆◆◆◇◆◇◇，◆◇◇◆◇◇。

同体式作品：无。

变体二

较始词复句数不变，分句数增 1。

【变体二】20 分句 8 复句。上片较始词增 1 分句，下片同。每片 10 分句 4 复句，三/三/二/二/型复句组。仄韵，隔句韵，间插连句韵。

4，4，6。4，4，6。4，7。7，6。

6，5，4。4，4，6。4，7。7，6。——南宋·刘子寰·《全宋词》第 2705 页

花发沁园春

呈史沧洲

换谱伊凉，选歌燕赵，一番乐事重**起**。	◆◆◇◇，◆◇◇◆，◆◇◆◆◇◆。
花新笑靥，柳软纤腰，济楚众芳围**里**。	◇◇◆◆，◆◆◇◇，◆◆◆◇◇◆。

年年佳**会**，长是傍清明天**气**。　　◇◇◇◆，◇◆◆◇◇◇◆。
正魏紫衣染天香，蜀妆红破春**睡**。　　◆◆◆◇◆◇◇，◆◇◇◆◇◆。

一簇猩罗凤**翠**，遍东园西城，点检芳**事**。　　◆◆◇◇◆◆，△◇◇◇◇，◆◆◇◆。
铃斋吏散，昼馆人稀，几阕管弦清**脆**。　　◇◇◆◆，◆◆◇◇，◆◆◆◇◇◆。
人生适**意**，流转共风光游**戏**。　　◇◇◆◆，◇◆◆◇◇◇◆。
到遇景取次成欢，怎教良夜休**醉**。　　△◆◆◆◆◇◇，◆◇◇◆◇◆。

同体式作品：南宋：黄昇 1 首。

337. 【系裙腰】

1. 始词北宋张先作。
2. 双片，始词上片四韵，下片三韵，平韵，隔句韵；变体每片五韵，连句韵，插一隔句韵。

始词：14 分句 4 复句。双片，每片 7 分句 2 复句，三/四/型复句组。平韵，隔句韵。律词。

7，3，3。7，4，3，3。
7，3，3。7，4，4，3。——北宋·张先·《全宋词》第 76 页

系裙腰

惜霜蟾照夜云**天**，朦胧影，画勾**阑**。　　◆◇◇◆◆◇◇，◇◇◆，◆◇◇。
人情纵似长情月，算一年**年**，　　◇◇◆◆◇◇◆，△◆◇◇，
又能得，几番**圆**。　　◆◇◆，◆◇◇。

欲寄西江题叶字，流不到，五亭**前**。　　◆◆◇◇◇◆◆，◇◆◆，◆◇◇。
东池始有荷新绿，尚小如**钱**，　　◇◇◆◆◇◇◆，◆◆◇◇，
问何日藕，几时**莲**。　　△◇◆◆，◆◇◇。

同体式作品：无。
增减字：
（一）7，3，3。7，3，3，3。○ 7，3，3。7，3，3，3。北宋：欧阳修 1 首，魏夫人 1 首。

变体二

与始词复句数相同，分句数减 2。

【变体二】12 分句 4 复句。双片。上下片第一复句较始词各减 1 分句，每片 6 分句 2 复句，二/四/型复句组。平韵，连句韵，间插隔句韵。律词。

7，6。6，3，3，3。

7，6。5，4，3，6。——南宋·刘仙伦·《全宋词》第 2210 页

系裙腰

愁别

山儿矗矗水儿**清**，船儿似叶儿**轻**。	◇◇◆◆◆◇◇，◇◇◆◆◇◇。
风儿更没人**情**，月儿**明**，	◇◇◆◆◇◇，◆◇◇，
厮合造，送人**行**。	◇◆◆，◆◇◇。
眼儿蔌蔌泪儿**倾**，灯儿更冷清**清**。	◆◇◆◆◆◇◇，◇◇◆◆◇◇。
遭逢著雁儿，又没前**程**，	◇◇◆◆◇，◆◆◇◇，
一声**声**，怎生得梦儿**成**。	◆◇◇，◆◇◆◆◇◇。

同体式作品：无。

338.【庆春泽】

1. 始词北宋张先作。
2. 双片，每片四韵，变体韵数或有变；仄、平二韵式，隔句韵。

始词：14 分句 6 复句。双片。每片 7 分句 3 复句，三/二/二/型复句组。仄韵，隔句韵。

6，5，4。5，4。4，5。

6，5，4。3，6。4，5。——北宋·张先·《全宋词》第 77 页

庆春泽

与善歌者

艳色不须妆**样**，风韵好天真，画毫难**上**。	◆◆◆◇◇◆，◇◆◆◇◇，◆◇◇◆。
花影滟金尊，酒泉生**浪**。	◇◆◆◇◇，◆◇◇◆。
镇欲留春，傍花为春**唱**。	◆◆◇◇，◆◇◆◇◆。
银塘玉字空**旷**，冰齿映轻唇，蕊红新**放**。	◇◇◆◆◇◆，◇◆◆◇◇，◆◇◇◆。
声宛转，疑随烟香悠**飏**。	◇◆◆，◇◇◇◇◇◇。
对暮林静，寥寥振清**响**。	△◆◇◆，◆◆◆◇◆。

同体式作品：无。

增减字：

(一) 6，5，4。5，4。4，5。○ 6，5，4。5，4。4，5。北宋：张先 1 首。

变体三

较始词分句数复句数皆变

变体三·1

20 分句 8 复句

【变体三·1】20 分句 8 复句。双片。上下片较始词各增 3 分句 1 复句。每片 10 分句 4 复句，三/二/二/三/型复句组。平韵，隔句韵。律词。

4，4，6。4，6。7，7。3，4，4。

7，5，4。4，6。7，7。3，4，4。——南宋·刘镇·《全宋词》第 2473 页

庆春泽

丙子元夕

灯火烘**春**，楼台浸月，良宵一刻千**金**。	◇◆◇◇，◇◇◆◆，◇◇◆◆◇◇。
锦步承莲，彩云簇仗难**寻**。	◆◆◇◇，◆◇◆◆◇◇。
蓬壶影动星球转，映两行宝珥瑶**簪**。	◇◇◆◆◇◇◆，△◆◇◆◆◇◇。
恣嬉游，玉漏声催，未歇芳**心**。	◆◇◇，◆◆◇◇，◆◆◇◇。
笙歌十里夸张地，	◇◇◆◆◇◇◆，
记年时行乐，憔悴而**今**。	△◇◇◇◆，◇◆◇◇。
客里情怀，伴人闲笑闲**吟**。	◆◆◇◇，◆◇◇◆◇◇。
小桃未静刘郎老，把相思细写瑶**琴**。	◆◇◆◆◇◇◆，△◇◇◆◆◇◇。
怕归来，红紫欺风，三径成**阴**。	◆◇◇，◇◆◇◇，◇◆◇◇。

同体式作品：南宋：陈著 2 首。

变体三·2

22 分句 8 复句

【变体三·2】22 分句 8 复句。较【变体三·1】上下片各增 1 分句，每片 11 分句 4 复句，上片三/三/二/三/型复句组；下片三/二/三/三/型复句组。仄韵，间叶平韵，隔句韵。

3，5，4。7，4，5。3，4。5，4，4。

5，5，4。4，5。7，3，4。5，4，4。——宋·无名氏·《全宋词》第 3611 页

庆春泽

晓风严，正萧然兔园，薄雾微**罩**。	◆◇◇，△◇◇◆◇，◆◆◇◆。
梅渐弄白耸危苞，	◇◆◆◆◆◇◇，
匀胜胭脂，半点琼瑰**小**。	◇◆◇◇，◆◆◇◇◆。
望江南，信息何**杳**。	◆◇◇，◆◆◇◆。
纵寿阳妍姿，学就新妆，暗香须**少**。	△◆◇◇◇，◆◆◇◇，◆◇◇◆。
幽艳满寒梢，更游蜂舞蝶，浑无飞**绕**。	◇◆◆◇◇，△◇◇◆◆，◇◇◇◆。
天赋品格，借东皇施**巧**。	◇◆◆◆，△◇◇◇◆。
孤根占得春前俊，笑雪霜，漫欺容**貌**。	◇◇◆◆◇◇◆，◆◆◇，◆◇◇◆。

况此花高强，终待和羹，肯饶芳**草**。	△◆◇◇◇，◇◆◇◇，◆◇◇◆。

同体式作品： 无。

339.【双韵子】

1. 始词北宋张先作。
2. 双片，上片三韵，下片四韵，仄韵，连句韵、隔句韵。
3. 此调仅见张先一首。

始词：13 分句 4 复句。双片。上片 6 分句 2 复句，三/三/型复句组；下片 7 分句 2 复句，四/三/型复句组。仄韵，邻韵通押，连句韵、隔句韵。

4，3，5。6，3，3。

3，3，3，4。6，3，3。——北宋·张先·《全宋词》第 78 页

双韵子

鸣鞘电过，晓闱**静**，敛龙旗风**定**。	◇◇◆◆，◆◇◆，◆◇◇◇◆。
凤楼远出霏烟，闻笑语，中天迥。	◆◇◆◆◇◇，◇◆◆，◇◇◆。
清光**近**，欢声**竟**，鸳鸯集，仙花斗**影**。	◇◇◆，◇◇◆，◇◇◆，◇◇◆◆。
更闻度曲瑶山，升瑞日，春宫永。	◆◇◆◆◇◇，◇◆◆，◇◇◆。

同体式作品： 无。

340.【剪牡丹】

1. 始词北宋张先作。
2. 大曲摘遍单行。宋有《剪牡丹》队舞，《宋史·乐志》：“女弟子队凡一百五十三人：一曰菩萨蛮队，……四曰佳人剪牡丹队，衣红生色，砌衣戴金冠，剪牡丹花。”
3. 双片，上片四韵，下片六韵，仄韵，隔句韵。
4. 此调仅见张先一首。

始词：21 分句 8 复句。双片。上片 10 分句 4 复句，三/二/三/二/型复句组；下片 11 分句 4 复句，三/二/三/三/型复句组。仄韵，隔句韵。

4，4，6。4，5。6，4，6。4，5。

6，3，4。5，8。7，4，5。2，5，4。——北宋·张先·《全宋词》第 79 页

剪牡丹

舟中闻双琵琶

野绿连空，天青垂水，素色溶漾都**净**。	◆◆◇◇，◇◇◇◆，◆◆◇◆◇◆。
柔柳摇摇，坠轻絮无**影**。	◇◆◇◇，△◇◆◇◆。
汀洲日落人归，	◇◇◆◆◇◇，
修巾薄袂，撷香拾翠相**竞**。	◇◇◆◆，◆◇◆◆◇◆。
如解凌波，泊烟渚春**暝**。	◇◆◇◇，◆◇◆◇◆。
彩绦朱索新**整**，宿绣屏，画船风**定**。	◆◇◇◆◇◆，◆◆◇，◆◇◇◆。
金凤响双槽，弹出今古幽思谁**省**。	◇◆◆◇◇，◇◆◇◆◇◇◇◆。
玉盘大小乱珠迸，	◆◇◆◆◆◇◆，
酒上妆面，花艳媚相**并**。	◆◆◇◆，◇◆◆◇◆。
重**听**，尽汉妃一曲，江空月**静**。	◇◆，△◆◇◆◆，◇◇◆◆。

同体式作品：无。

341.【画堂春】

【画堂春令】

1. 始词北宋张先作。
2. 一作【画堂春令】。
3. 双片，上片四韵，下片三韵，平韵，连句韵，插一隔句韵。

始词：8分句4复句。双片。每片4分句2复句，二/二/型复句组。平韵，连句韵，间插隔句韵。律词。

7，6。7，5。
6，6。7，5。——北宋·张先·《全宋词》第79页

画堂春

外潮莲子长参**差**，雾山青处鸥**飞**。	◆◇◇◆◆◇◇，◆◇◇◆◇◇。
水天溶漾画桡**迟**，人影鉴中**移**。	◆◇◇◆◆◇◇，◇◆◆◇◇。
桃叶浅声双唱，杏红深色轻**衣**。	◇◆◆◇◇◆，◆◇◇◆◇◇。
小荷障面避斜**晖**，分得翠阴**归**。	◆◇◆◆◆◇◇，◇◆◆◇◇。

同体式作品：北宋：苏轼1首，黄庭坚2首，王诜1首。

增减字：

（一）7，6。7，4。〇7，6。7，4。北宋：黄庭坚1首，秦观1首。南宋：龚端1首。

(二) 7，6。7，4。○ 6，6。7，4。北宋：秦观 1 首。南宋：赵鼎 1 首，王灼 1 首，仲并 2 首，毛开 1 首，赵彦端 2 首，沈瀛 1 首，张孝祥 1 首，赵长卿 1 首，石孝友 1 首，赵师侠 1 首，卢炳 1 首，郑域 1 首，卢祖皋 3 首，许棐 1 首，朱埴 1 首，张抡 1 首，郝子直 1 首，计 17 人 21 首。
(三) 7，4。7，4。○ 6，6。7，4。南宋：姜特立 1 首。
(四) 7，5。7，4。○ 6，6。7，4。南宋：谢懋 1 首。
(五) 7，6。7，4。○ 7，7。7，4。南宋：赵长卿 1 首。
(六) 7，6。7，4。○ 6，7。7，4。南宋：赵长卿 1 首。
(七) 7，7。7，5。○ 6，7。7，4。南宋：赵长卿 1 首。
(八) 6，6。7，5。○ 6，7。7，5。南宋：史浩 2 首。

342.【熙州慢】

1. 始词北宋张先作。
2. 源出唐【熙州】大曲。南宋洪迈《容斋随笔》："今乐府所传大曲，皆出于唐，而以州名者五：伊、凉、熙、石、渭也。"唐代熙州，治所在今甘肃临洮。
3. 双片，上片四韵，下片六韵，仄韵，隔句韵，插一连句韵。
4. 此调仅见张先一首。

始词：20 分句 8 复句。双片。上片 11 分句 4 复句，三/三/二/三/型复句组；下片 9 分句 4 复句，三/二/二/二/型复句组。仄韵，间插一平韵，隔句韵，下片结末连句韵。

3，5，4。4，5，4。6，6。4，4，4。
6，3，6。4，6。6，7。3，6。——北宋 · 张先 · 《全宋词》第 81 页

熙州慢

赠述古

武林乡，占第一湖山，咏画争**巧**。	◆◇◇，△◆◆◇◇，◆◆◇◆。
鹫石飞来，倚翠楼烟霭，清猿啼**晓**。	◆◆◇◇，△◆◇◇◆，◇◇◇◆。
况值禁垣师帅，惠政流入欢**谣**。	◆◆◆◇◇◆，◆◆◇◆◇◇。
朝暮万景，寒潮弄月，乱峰回**照**。	◇◆◆◆，◇◇◆◆，◆◇◇◆。
天使寻春不**早**，并行乐，免有花愁花**笑**。	◇◆◇◇◆◆，◇◇◆，◆◆◇◇◇◆。
持酒更听，红儿肉声长**调**。	◇◆◆◇，◇◇◆◇◇◆。
潇湘故人未归，但目送游云孤**鸟**。	◇◇◆◇◆◇，△◆◆◇◇◇◆。
际天**杪**，离情尽寄芳**草**。	◆◇◆，◇◇◆◆◇◆。

同体式作品：无。

同源词调：【熙州摘遍】

【氏州第一】

1. 始词北宋周邦彦作。
2. 南宋调名作【氏州第一】。
3. 双片，上片四韵，下片五韵，仄韵，隔句韵。

始词：22 分句 8 复句，较【熙州慢】增 2 分句。双片。上片 11 分句 4 复句，三/三/二/三/型复句组。下片 11 分句 4 复句，二/三/三/三/型复句组。仄韵，隔句韵，间插连句韵。

4，4，6。4，4，6。4，7。4，4，4。
7，7。4，4，5。6，3，4。4，3，4。——北宋·周邦彦·《全宋词》第 606 页

熙州摘遍

商调。秋景。

波落寒汀，村渡向晚，遥看数点帆**小**。　◇◆◇◇，◇◆◆◆，◇◇◆◆◇◆。
乱叶翻鸦，惊风破雁，天角孤云缥**缈**。　◆◆◇◇，◇◇◆◆，◇◆◇◇◆◆。
官柳萧疏，甚尚挂微微残**照**。　◇◆◇◇，△◆◆◇◇◇◆。
景物关情，川途换目，顿来催**老**。　◆◆◇◇，◇◇◆◆，◆◇◇◆。

渐解狂朋欢意**少**，奈犹被思牵情**绕**。　◆◆◇◇◇◆◆，△◇◆◇◇◇◆。
座上琴心，机中锦字，觉最萦怀**抱**。　◆◆◇◇，◇◇◆◆，△◆◇◇◆。
也知人悬望久，蔷薇谢，归来一**笑**。　◆◇◇◇◆◆，◇◇◆，◇◇◆◆。
欲梦高唐，未成眠，霜空又**晓**。　◆◆◇◇，◆◇◇，◇◇◆◆。

同体式作品： 南宋：方千里 1 首，郑熏初 1 首，刘天游 1 首，赵功可 1 首。（调名均为【氏州第一】）

变体一

与始词分句数复句数相同，复句型有变。

【变体一】22 分句 8 复句。上片句型与始词同，下片第一复句增 1 分句、第三复句减 1 分句，每片 11 分句 4 复句，三/三/二/三/型复句组。仄韵，隔句韵。

4，4，6。4，4，6。4，7。4，4，4。
7，3，4。4，4，5。6，7。4，3，4。——南宋·杨泽民·《全宋词》第 3010 页

氏州第一

潇潇寒庭，深院绣盖，佳人就中娇**小**。　◇◇◇◇，◇◆◆◆，◇◇◆◇◇◆。
半额装成，纤腰浴罢，初著铢衣缥**缈**。　◆◆◇◇，◇◇◆◆，◇◆◇◇◆◆。
徐整鸾钗，向凤鉴低徊斜**照**。　◇◆◇◇，△◆◆◇◇◇◆。

情态方浓，憨痴不管，绿稀红**老**。 ◇◆◇◇，◆◇◆◆，◆◇◇◆。

阆苑春回花枝**少**，漫微步，芳丛频**绕**。 ◆◆◇◇◇◇◆，◇◇◆，◇◇◇◆。
密意难窥，幽欢未讲，时把琵琶**抱**。 ◆◆◇◇，◇◇◆◆，◇◆◇◇◆。
但多才强傅粉，何须用千金买**笑**。 △◇◇◇◆◆，◇◇◆◇◇◆◆。
一枕春酲，笑巫阳，朝云易**晓**。 ◆◆◇◇，◆◇◇，◇◇◆◆。

同体式作品：南宋：赵文1首，陈允平1首。

343.【惜琼花】

1. 始词北宋张先作。
2. 双片，上片五韵，下片四韵，仄韵，上下片首二句连韵，隔句韵。
3. 此调仅见张先一首。

始词：14分句6复句。双片。每片7分句3复句，二/二/三/型复句组。仄韵，隔句韵，间插连句韵。

3，3。5，4。7，4，4。
3，3。5，4。7，4，4。——北宋·张先·《全宋词》第82页

惜琼花

汀蘋**白**，苕水**碧**。 ◇◇◆，◇◆◆。
每逢花驻乐，随处欢**席**。 ◆◇◇◆◆，◇◆◇◆。
别时携手看春**色**，萤火而今，飞破秋**夕**。 ◆◇◇◆◇◇◆，◇◆◇◇，◇◆◇◆。

旱河流，如带**窄**。 ◆◇◇，◇◆◆。
任身轻似叶，何计归**得**。 △◇◇◆◆，◇◆◇◆。
断云孤鹜青山**极**，楼上徘徊，无尽相**忆**。 ◆◇◇◆◇◇◆，◇◆◇◇，◇◆◇◆。

同体式作品：无。

344.【劝金船】

1. 始词北宋张先作。
2. 北宋元素自度曲，词咏调名本意，金船，酒卮。
3. 双片，上片六韵，下片五韵，仄韵，连句韵、隔句韵。
4. 此调南宋无继作。

始词：16 分句 8 复句。双片。每片 8 分句 4 复句，二/二/二/二/型复句组。仄韵，连句韵、隔句韵。

7，5。7，5。5，7。4，6。

7，5。7，5。5，7。6，4。——北宋·张先·《全宋词》第 82 页

劝金船

流杯堂唱和，翰林主人元素自撰腔。

流泉宛转双开**窦**，带染轻纱**皱**。	◇◇◆◆◇◇◆，◆◆◇◇◆。
何人暗得金船**酒**，拥罗绮前**后**。	◇◇◆◆◇◇◆，◆◇◆◇◆。
绿定见花影，并照与艳妆争**秀**。	◆◆◆◇◆，◇◆◆◆◇◇◆。
行尽曲名，休更再歌杨**柳**。	◇◆◆◇，◇◆◆◇◇◆。
光生飞动摇琼**甃**，隔障笙箫**奏**。	◇◇◇◆◇◇◆，◆◆◇◇◆。
须知短景欢无足，又还过清**昼**。	◇◇◆◆◇◇◆，◆◇◆◇◆。
翰阁迟归来，传骑恨留住难**久**。	◆◆◇◇◇，◇◆◆◇◆◇◆。
异日凤凰池上，为谁思**旧**。	◆◆◆◇◇◆，◆◇◇◆。

同体式作品：无。

增减字：

(一) 7，5。7，5。4，6。6，4。○ 7，5。7，5。4，6。6，4。北宋：苏轼 1 首。

345.【汉宫春】

【汉宫春慢】

1. 始词北宋张先作。
2. 宋代通行词调，或作【汉宫春慢】。
3. 双片，每片五平韵，隔句韵；变体每片减一韵，平韵，偶用仄韵，隔句韵。

始词：22 分句 8 复句。双片。每片 11 分句 4 复句，三/二/三/三/型复句组。平韵，隔句韵。律词。

4，5，4。4，6。4，3，4。3，4，6。

6，5，4。4，6。4，3，4。3，4，6。——北宋·张先·《全宋词》第 83 页

汉宫春

蜡梅

红粉苔**墙**，透新春消息，梅粉先**芳**。	◇◆◇◇，△◇◇◇◆，◇◆◇◇。
奇葩异卉，汉家宫额涂**黄**。	◇◇◆◆，◆◇◇◆◇◇。

词句	平仄
何人斗巧，运紫檀，剪出蜂**房**。	◇◇◆◆，◆◆◇，◆◆◇◇。
应为是，中央正色，东君别与清**香**。	◇◇◆，◇◇◆◆，◇◇◆◆◇◇。
仙姿自称霓**裳**，更孤标俊格，非雪凌**霜**。	◇◇◆◆◇◇，◆◇◇◆◆，◇◆◇◇。
黄昏院落，为谁密解罗**囊**。	◇◇◆◆，◆◇◆◆◇◇。
银瓶注水，浸数枝，小阁幽**窗**。	◇◇◆◆，◆◆◇，◆◆◇◇。
春睡起，纤条在手，厌厌宿酒残**妆**。	◇◆◆，◇◇◆◆，◇◇◆◆◇◇。

同体式作品：南宋：王之道1首，康与之1首，史达祖1首。

增减字：

(一) 4，5，4。6，4。4，3，4。3，4，6。○ 6，5，4。4，6。4，3，4。3，6，4。北宋：沈蔚1首。

(二) 4，5，4。6，4。4，3，4。3，4，6。○ 6，5，4。6，4。4，3，4。5，4，4。北宋：晁冲之2首（其中《梅》一首或传为李邴作），周紫芝2首。南宋：李邴1首，程大昌1首，曹冠1首，陆游1首，丘崈2首，京镗2首，辛弃疾4首，赵师侠1首，陈亮2首，张镃1首，姜夔2首，汪莘1首，徐鹿卿2首，洪咨夔1首，刘克庄8首，赵以夫1首，吴潜1首，方岳2首，吴文英2首，陈允平3首，赵汝茪1首，王□□1首，赵时奚1首，刘辰翁2首，詹玉1首，黄公绍1首，汪元量1首，无名氏3人3首，计30人50首。

(三) 4，5，4。4，6。4，3，4。3，4，6。○ 6，5，4。6，4。4，3，4。3，4，6。北宋：李光1首，南宋：陆游1首，赵长卿1首，辛弃疾2首，刘镇1首，刘克庄2首。

(四) 4，5，4。4，6。4，3，4。3，4，6。○ 6，3，6。6，4。4，3，4。3，4，6。南宋：葛长庚1首。

变体二

与始词复句数相同，分句数有变。

变体二·1

20分句8复句

【变体二·1·1】20分句8复句。上下片第三复句较始词各减1分句，每片10分句4复句，上片三/三/二/二/型复句组，下片三/二/二/三/型复句组。平韵，隔句韵。

4，5，4。3，3，4。7，4。7，6。

6，5，4。6，4。4，7。3，4，6。——南宋·卢炳·《全宋词》第2168页

汉宫春

向暖南枝，最是他潇洒，先带春**回**。	◆◆◇◇，◆◆◇◇◆，◇◆◇◇。
因何事，向岁晚，搀占花**魁**。	◇◇◆，◆◆◆，◇◆◇◇。
天公著意安排巧，特地教**开**。	◇◇◆◆，◇◇◆，◆◆◇◇。
知道是仙翁诞节，琼英要泛金**杯**。	◇◆◆◇◇◆◆，◇◇◇◆◇◇。
人学寿阳妆面，正梁州初按，羯鼓声**催**。	◇◆◆◇◇◆，△◇◇◇◆，◆◆◇◇。
年年此花开后，宴启蓬**莱**。	◇◇◆◇◇◆，◆◆◇◇。
朱颜不老，算难教绿野徘**徊**。	◇◇◆◆，△◇◇◆◆◇◇。

消息好，行看父子，和羹鼎鼐盐**梅**。	◇◆◆，◇◇◆◆，◇◇◆◆◇◇。

同体式作品：无。

【变体二·1·2】20分句8复句。上下片第四复句较始词各减1分句，每片10分句4复句，三/二/三/二/型复句组。平韵，隔句韵。

4，5，4。4，6。4，3，4。6，6。

6，4，4。6，4。4，3，4。7，6。——南宋·彭元逊·《全宋词》第3313页

汉宫春

元夕

十日春风，又一番调弄，怕暖愁**阴**。	◆◆◇◇，◆◆◇◇◆，◆◆◇◇。
夜来风雨，摇得杨柳黄**深**。	◆◇◇◆，◇◆◇◆◇◇。
熏篝未断，梦旧寒，浅醉同**衾**。	◇◇◆◆，◆◆◇，◆◆◇◇。
便是闻灯见月，看花对酒惊**心**。	◆◆◇◇◆◆，◇◇◆◆◇◇。
携手满身花影，香雾霏霏，露湿罗**襟**。	◇◆◆◇◇◆，◇◆◇◇，◆◆◇◇。
笙歌行人归去，回首沉**沉**。	◇◇◇◇◇◆，◇◆◇◇。
人间此夜，误春光，一刻千**金**。	◇◇◆◆，◆◇◇，◆◆◇◇。
明日问红巾青鸟，苍苔自拾遗**簪**。	◇◆◆◇◇◇◆，◇◇◆◆◇◇。

同体式作品：无。

增减字：

（一）4，5，4。4，6。4，3，4。7，6。○6，5，4。6，4。4，3，4。7，6。宋·无名氏1首。

（二）4，4，4。4，6。4，3，4。7，6。○6，5，6。4，4。3，4，4。6，6。宋·无名氏1首。

变体二·2

21分句8复句

【变体二·2·1】21分句8复句。上片第四复句较始词减1分句，10分句4复句，三/二/三/二/型复句组，下片与始词同，11分句4复句，三/二/三/三/型复句组。平韵，隔句韵。

4，5，4。4，6。4，3，4。7，6。

6，5，4。4，6。4，3，4。3，4，6。——宋·无名氏·《全宋词》第3603页

汉宫春

点点江梅，对寒威强出，一弄新**奇**。	◆◆◇◇，△◇◇◇◆，◆◆◇◇。
零珠碎玉，为谁密上南**枝**。	◇◇◆◆，◆◇◆◆◇◇。
幽香冷艳，纵孤高，却遣谁**知**。	◇◇◆◆，◆◇◇，◆◆◇◇。
惟只有江头驿畔，征鞍独为迟**迟**。	△◆◆◇◇◆◆，◇◇◆◇◇◇。
聊捻粉香重问，问春来甚日，春去何**时**。	△◆◇◇◇◆，△◇◇◆◆，◇◆◇◇。

移将院落，算应未肯头**低**。	◇◇◆◆，◆◇◆◆◇◇。
无人共折，傍溪桥，雪压霜**欺**。	◇◇◆◆，◆◇◇，◆◆◇◇。
君不见，长安陌上，只夸桃李芳**菲**。	◇◆◆，◇◇◆◆，◆◇◇◆◇◇。

同体式作品：无。

【变体二·2·2】21分句8复句。上下片分句数复句数与【变体二·2·1】同，复句型不同。上片10分句4复句，三/二/二/三/型复句组；下片11分句4复句，四/二/二/三/型复句组。仄韵，隔句韵。

4，5，4。4，6。4，7。3，4，6。

2，4，5，4。4，6。4，7。3，4，4。——宋·无名氏·《全宋词》第3656页

汉宫春

江月初圆，正新春夜永，灯市行**乐**。	◇◆◇◇，△◇◇◆◆，◇◆◇◆。
芙蕖万朵，向晚为谁开**却**。	◇◇◆◆，◆◆◆◇◇◆。
层楼画阁，尽卷上东风帘**幕**。	◇◇◆◆，△◆◆◇◇◇◆。
罗绮拥，欢声和气，惊破柳梢梅**萼**。	◇◆◆，◇◇◇◆，◆◆◆◇◇◆。
绰**约**，暗尘浮动，	◆◆，◆◇◇◆，
正鱼龙曼衍，戏车交**作**。	△◇◇◆◆，◆◇◇◆。
高牙影里，缓控玉羁金**络**。	◇◇◆◆，◆◆◆◇◇◆。
铅华间错，更一部笙歌围**著**。	◇◇◆◆，△◆◆◇◇◇◆。
香散处，厌厌醉听，南楼画**角**。	◇◆◆，◆◆◆◇，◇◇◆◆。

同体式作品：无。

【变体二·2·3】21分句8复句。与【变体二·2】前两式复句型不同。上片10分句4复句，四/二/二/二/型复句组，下片11分句4复句，三/二/三/三/型复句组。平韵，隔句韵。

4，3，3，3。4，6。4，7。7，6。

6，5，4。4，6。4，3，4。5，4，4。——宋·无名氏·《全宋词》第3830页

汉宫春慢

春日迟**迟**，称游人，尽日赏，燕芳**菲**。	◇◆◇◇，◆◇◇，◆◆◆，◆◇◇。
新荷泛水，渐入夏景云**奇**。	◇◇◆◆，◆◆◆◆◇◇。
炎光易息，又早是零落风**西**。	◇◇◆◆，△◆◆◆◆◇◇。
白露点黄金菊蕊，朝云暮雪霏**霏**。	◆◆◆◇◇◆◆，◇◇◇◆◇◇。
光阴迅速如**飞**，邀酒朋共欢，且恁开**眉**。	◇◆◆◇◇◆，△◇◇◇◆，◆◆◇◇。
清歌妙舞，更兼玉管瑶**篪**。	◇◇◆◇◇◆，◆◆◇◇。
人生易老，遇太平，且乐嬉**嬉**。	◇◇◆◆，◆◇◇，◆◆◇◇。

莫待解朱颜，顿觉年来，不似当**时**。	◆◆◆◇◇，◆◆◇◇，◆◆◇◇。

同体式作品：无。

【变体二·2·4】21 分句 8 复句。上片与【变体二·2】上片复句型相同，下片复句型与始词同。上片 10 分句 4 复句，三/二/二/三/型复句组；下片 11 分句 4 复句，三/二/三/三/型复句组。平韵，隔句韵。

4，5，4。6，4。5，6。3，4，6。

6，5，4。6，4。4，3，4。3，4，6。——宋·无名氏·《全宋词》第 3834 页

汉宫春

横吹声沉，倚危楼红日，江转天**斜**。	◇◇◇◇，△◇◇◇◆，◇◆◇◇。
黄尘边火澒洞，何处吾**家**。	◇◇◇◆◆◆，◇◆◆◇。
胎禽怨夜半，乘风玄露丹**霞**。	◇◇◆◆◆，◇◇◇◆◇◇。
先生笑，飞空一剑，东风犹自天**涯**。	◇◇◆，◇◇◆◆，◇◇◇◆◇◇。
情知道山中好，早翠嚣含隐，瑶草新**芽**。	◇◇◆◇◇◆，△◆◇◇◆，◇◆◇◇。
青溪故人信断，梦逐飙**车**。	◇◇◆◇◆◆，◆◆◇◇。
乾坤星火，归来兮，煮石煎**砂**。	◇◇◇◆，◇◇◇，◆◆◇◇。
回首处，幅巾蒲帐，云边独笑桃**花**。	◇◆◆，◆◇◇◆，◇◇◆◆◇◇。

同体式作品：无。

【变体二·2·5】21 分句 8 复句。上下片复句型与【变体二·2·4】相反，上片 11 分句 4 复句，三/二/三/三/型复句组；下片 10 分句 4 复句，三/二/二/三/型复句组。平韵，隔句韵。

4，5，4。6，4。4，3，4。3，4，6。

6，5，4。6，4。4，7。3，4，6。——宋·无名氏·《全宋词》第 3656 页

汉宫春

玉减香销，被婵娟误我，临镜妆**慵**。	◆◆◇◇，△◇◇◆◆，◇◆◇◇。
无聊强开强解，蹙破眉**峰**。	◇◇◆◇◆◆，◆◆◇◇。
凭高望远，但断肠，残月初**钟**。	◇◇◆◆，◆◆◇，◇◆◇◇。
须信道，承恩在貌，如何教妾为**容**。	◇◆◆，◇◇◆◆，◇◇◆◆◇◇。
风暖鸟声和碎，更日高院静，花影重**重**。	◇◆◆◇◇◆，△◆◇◆◆，◇◆◇◇。
愁来待只殢酒，酒困愁**浓**。	◇◇◆◆◆◆，◆◆◇◇。
长门怨感，恨无金买赋临**邛**。	◇◇◆◆，△◇◇◆◆◇◇。
翻动念，年年女伴，越溪共采芙**蓉**。	◇◆◆，◇◇◆◆，◆◇◆◆◇◇。

同体式作品：无。

变体二·3

19 分句 8 复句

【变体二·3】19 分句 8 复句，较始词减 3 分句。上片 9 分句 4 复句，三/二/二/二/型复句组；下片 10 分句 4 复句，四/二/二/二/型复句组。平韵，隔句韵。

4，5，4。4，6。4，7。7，6。

3，3，5，4。4，6。4，7。7，6。——宋·无名氏·《全宋词》第 3602 页

汉宫春

梅萼知春，见南枝向暖，一朵初**芳**。 ◇◆◇◇，△◇◇◆◆，◆◆◇◇。
冰清玉丽，自然赋得幽**香**。 ◇◇◆◆，◆◇◆◆◇◇。
烟庭水榭，更无花争染春**光**。 ◇◇◆◆，△◇◇◇◆◇◇。
休谩说桃夭杏冶，年年蝶闹蜂**忙**。 △◆◆◇◇◆◆，◇◇◆◆◇◇。

立马伫，凝情久， ◆◆◆，◇◇◆，
念美人自别，鳞羽茫**茫**。 △◆◇◆◆，◇◆◇◇。
临岐记伊，尚带宿酒残**妆**。 ◇◇◆◇，◆◆◆◆◇◇。
云疏雨阔，怎知人千里思**量**。 ◇◇◆◆，◆◇◇◇◆◇◇。
除是托多情驿使，殷勤折寄仙**乡**。 ◇◆◆◇◇◆◆，◇◇◆◆◇◇。

同体式作品：无。

346.【青门引】

1. 始词北宋张先作。
2. 北宋黄裳有【青门饮】，不同版本调名或作【青门引】，【青门饮】为长调，尚无证据为短调【青门引】之扩展，兹作另调处理。
3. 双片，每片三仄韵，连句韵、隔句韵。

始词：9 分句 4 复句。双片。上片 5 分句 2 复句，二/三/型复句组；下片 4 分句 2 复句，二/二/型复句组。仄韵，连句韵、隔句韵。

5，6。7，4，5。

7，5。6，7。——北宋·张先·《全宋词》第 83 页

青门引

春思

乍暖还轻**冷**，风雨晚来方**定**。 ◆◆◇◇◆，◇◆◆◇◇◆。
庭轩寂寞近清明， ◇◇◆◆◆◇◇，

残花中酒，又是去年**病**。　◇◇◇◆，◆◆◆◇◆。

楼头画角风吹**醒**，入夜重门**静**。　◇◇◆◆◇◇◆，◆◆◇◇◆。
那堪更被明月，隔墙送过秋千**影**。　◆◇◆◆◇◆，◆◇◆◆◇◇◆。

同体式作品：南宋：王质1首。

增减字：

（一）5，6。7，4，5。○7，5。7，7。南宋：马子严1首。

347.【塞垣春】

1. 始词北宋张先作。
2. 双片，始词上片七韵，下片四韵，变体韵数有变。仄、平二韵式，隔句韵，间插连句韵。

始词：20分句8复句。双片。每片10分句4复句，上片三/三/二/二/型复句组；下片三/二/三/二/型复句组。仄韵，隔句韵，间插连句韵。

5，3，3。4，4，4。8，6。6，6。
5，3，4。5，5。5，4，6。5，5。——北宋·张先·《全宋词》第84页

塞垣春

寄子山

野树秋声**满**，对雨壁，风灯**乱**。　◆◆◇◇◆，◆◆◆，◇◇◆。
云低翠帐，烟销素被，签动重**幔**。　◇◇◆◆，◇◇◆◆，◇◆◇◆。
甚客怀先自无消**遣**，更篱落秋虫**叹**。　△◆◇◇◆◆◇◇◆，△◇◆◇◇◆。
叹樊川风流**减**，旧欢难得重**见**。　△◇◇◇◇◆，◆◇◇◆◇◆。

停酒说扬州，平山月，应照棋**观**。　◇◆◆◇◇，◇◇◆，◇◆◇◆。
绿绮为谁弹，空传广陵**散**。　◆◆◆◇◇，◇◇◆◇◆。
但光纱短帽，窄袖轻衫，犹记竹西庭**院**。　△◇◇◆◆，◆◆◇◇，◇◆◆◇◇◆。
老鹤何时去，认琼花一**面**。　◆◆◇◇◆，△◇◇◆◆。

同体式作品：无。

增减字：

（一）5，3，3。4，4，4。8，6。6，6。○5，4，3。5，5。3，4，8。5，5。南宋：方千里1首。

变体一

与始词分句数复句数相同，复句型有变。

【变体一】20分句8复句。上片第一复句较始词减1分句，第三、四复句各增1分句，

11 分句 4 复句，二/三/三/三/型复句组；下片第一复句减 1 分句，9 分句 4 复句，二/二/三/二/型复句组。仄韵，隔句韵，间插连句韵。

5，6。4，4，4。3，5，6。3，3，6。

5，7。5，5。5，4，6。5，5。——南宋·杨泽民·《全宋词》第 3009 页

塞垣春

绣阁临芳**野**，向晚把花枝**卸**。	◆◆◇◇◆，◆◆◆◇◇◆。
奇容艳质，世间寻觅，除是图**画**。	◇◇◆◆，◆◇◇◆，◇◆◇◆。
这欢娱，已系人心**也**，更翰墨新挥**洒**。	◆◇◇，◆◆◇◇◆，△◆◆◇◇◆。
展蛮笺，明窗底，把□心事都**写**。	◆◇◇，◇◇◆，△□◇◆◇◆。
谢女与檀郎，清才对真态俱**雅**。	◆◆◆◇◇，◇◇◆◇◆◆◆。
凤枕乐春宵，绛帷度秋**夜**。	◆◆◆◇◇，◆◇◆◇◆。
便同云黯淡，冰霰纵横，也并眠鸳衾**下**。	◆◇◇◆◆，◇◆◆◇，△◆◇◇◇◆。
假使过炎暑，共将罗扇**把**。	◆◆◆◇◆，◆◇◇◆◆。

同体式作品：无。

变体二

与始词复句数相同，分句数有变。

变体二·1

18 分句 8 复句

【变体二·1】18 分句 8 复句。上片分句数与始词句数同，复句型有变，10 分句 4 复句，三/三/二/二/型复句组；下片第一、三复句各减 1 分句，8 分句 4 复句，二/二/二/二/型复句组。仄韵，隔句韵。

5，3，3。4，4，4。8，6。6，6。

5，7。5，5。7，8。5，5。——北宋·周邦彦·《全宋词》第 605 页

塞垣春

大石

暮色分平**野**，傍苇岸，征帆**卸**。	◆◆◇◇◆，◆◆◆，◇◇◆。
烟村极浦，树藏孤馆，秋景如**画**。	◇◇◆◆，◆◇◇◆，◇◆◇◆。
渐别离气味难禁也，更物象供潇**洒**。	△◆◇◆◆◇◇◆，△◆◆◇◇◆。
念多材浑衰减，一怀幽恨难**写**。	△◇◇◇◇◆，◆◇◇◆◇◆。
追念绮窗人，天然自风韵娴**雅**。	◇◆◆◇◇，◇◇◆◇◆◇◆。
竟夕起相思，谩嗟怨遥**夜**。	△◆◆◇◇，◇◇◆◇◆。
又还将两袖珠泪，沉吟向寂寥寒灯**下**。	△◇◇◆◆◇◆，◇◇◆◆◇◇◇◆。
玉骨为多感，瘦来无一**把**。	◆◆◇◇◆，◆◇◇◆◆。

同体式作品：无。

增减字：

(一) 5，3，3。4，4，4。8，6。6，6。○ 5，7。5，5。7，8。5，5。南宋：陈允平 1 首。

变体二·2

23 分句 8 复句

【变体二·2】23 分句 8 复句。上片第一复句较始词减 1 分句，第三复句增 2 分句，第四复句增 1 分句，12 分句 4 复句，二/三/四/三/型复句组；下片第三复句增 1 分句，11 分句 4 复句，三/二/四/二/型复句组。仄韵，上片首首句二韵，继隔句韵。

5，6。4，4，4。3，5，3，3。3，3，6。

5，5，4。5，5。5，4，3，3。5，5。——南宋·吴文英·《全宋词》第 2882 页

塞垣春

丙午岁旦

漏瑟侵琼**管**，润鼓借烘炉**暖**。	◆◆◇◇◆，◆◆◆◇◇◆。
藏钩怯冷，画鸡临晓，邻语莺**啭**。	◇◇◆◆，◆◇◇◆，◇◆◇◆。
殢绿窗，细咒浮梅**盏**，换蜜炬，花心**短**。	◆◆◇，◆◆◇◇◆，◆◆◆，◇◇◆。
梦惊回，林鸦起，曲屏春事天**远**。	◆◇◇，◇◇◆，◆◇◇◆◆◇◆。
迎路柳丝裙，看争拜东风，盈灞桥**岸**。	◇◆◆◇◇，△◇◆◇◇，◇◆◇◆。
髻落宝钗寒，恨花胜迟**燕**。	◆◆◆◇◇，△◇◆◇◆。
渐街帘影**转**，还似新年，	△◇◇◆◆，◇◆◇◇，
过邮亭，一相**见**。	◆◇◇，◆◇◆。
南陌又灯火，绣囊尘香**浅**。	◇◆◆◇◆，◆◇◇◇◆。

同体式作品：无。

同源词调：【采绿吟】

1. 始词南宋周密作。
2. 以【塞垣春】为母调而添声，仅见周密一首。
3. 双片，每片四平韵，隔句韵。

始词：22 分句 8 复句。上片较【塞垣春】始词减 1 分句，10 分句 4 复句，二/三/三/二/型复句组；下片第一复句减 1 分句，第二、三、四复句各增 1 分句，12 分句 4 复句，二/三/四/三/型复句组。平韵，隔句韵。

5，6。4，4，4。5，3，6。6，6。

5，5。4，5，5。3，4，3，5。3，4，4。——南宋·周密·《全宋词》第 3270 页

采绿吟

甲子夏，霞翁会吟社诸友逃暑于西湖之环碧。琴尊笔研，短葛练巾，放舟于荷深柳密间。舞影歌尘，远谢耳目。酒酣，采莲叶，探题赋词。余得【塞垣春】，翁为翻谱数字，短箫按之，音极谐婉，因易今名云。

采绿鸳鸯浦，画舸水北云**西**。	◆◆◇◇◆，◆◇◆◆◇◇。
槐薰入扇，柳阴浮桨，花露侵**诗**。	◇◇◆◆，◆◇◇◆，◇◆◇◇。
点尘飞不到，冰壶里，绀霞浅压玻**璃**。	◆◇◇◆◆，◇◇◆，◇◇◆◆◇◇。
想明珰凌波远，依依心事寄**谁**。	△◇◇◇◇◆，◇◇◇◆◆◇。
移棹舣空明，蘋风度琼**丝**。	◇◆◆◇◇，◇◇◇◆◇。
霜管清脆，咫尺挹幽香，怅岸隔红**衣**。	◇◆◇◆，◆◆◆◇◇，△◆◆◇◇。
对沧洲，心与鸥闲，	◆◇◇，◆◆◇◇，
吟情渺，莲叶共分**题**。	◇◇◆，◇◆◆◇◇。
停杯久，凉月渐生，烟合翠**微**。	◇◇◆，◇◆◆◇，◇◆◆◇。

同体式作品：无。

348.【碧牡丹】

1. 始词北宋张先作。
2. 双片，始词每片六仄韵，变体韵数有变；连句韵、隔句韵。

始词：18 分句 8 复句。双片。每片 9 分句 4 复句，三/二/二/二/型复句组。仄韵，连句韵、隔句韵。

5，3，3。4，6。4，5。3，3。

3，5，6。4，6。4，5。3，3。——北宋·张先·《全宋词》第 84 页

碧牡丹

晏同叔出姬

步帐摇红**绮**，晓月**堕**，沉烟**砌**。	◆◆◇◇◆，◆◆◆，◇◇◆。
缓板香檀，唱彻伊家新**制**。	◆◆◇◇，◆◆◇◇◇◆。
怨入眉头，敛黛峰横**翠**。	◆◆◇◇，◆◆◇◇◆。
芭蕉寒，雨声**碎**。	◇◇◇，◆◇◆。
镜华**翳**，闲照孤鸾**戏**，思量去时容**易**。	◆◇◆，◇◆◇◇◆，◇◇◆◇◇◆。
钿盒瑶钗，至今冷落轻**弃**。	◆◆◇◇，◆◇◆◆◇◆。
望极蓝桥，但暮云千**里**。	◆◆◇◇，△◆◇◇◆。

几重山，几重**水**。	◆◇◇，◆◇◆。

同体式作品：北宋：晁补之1首。南宋：程垓1首。

变体二

与始词复句数相同，分句数有变。

【变体二】20分句8复句。较始词增2分句，每片10分句4复句，三/二/三/二/型复句组。仄韵，邻韵通押，隔句韵。

4，4，6。4，5。6，4，4。4，5。

6，3，4。7，6。4，4，7。6，5。——宋·李致远·《全宋词》第2470页

碧牡丹

破镜重圆，分钗合钿，重寻绣户珠**箔**。	◆◆◇◇，◇◇◆◆，◇◇◆◆◇◆。
说与从前，不是我情**薄**。	◆◆◇◇，◆◆◆◇◆。
都缘利役名牵，飘蓬无定，翻成轻**负**。	◇◇◆◆◇◇，◇◇◇◆，◇◇◇◆。
别后情怀，有万千牢**落**。	◆◆◇◇，◆◆◇◇◆。
经时最苦分携，都为伊，甘心寂**寞**。	◇◇◆◆◇◇，◇◆◇，◇◇◆◆。
纵满眼闲花媚柳，终是强欢不**乐**。	△◆◆◇◇◆◆，◇◆◇◇◆◆。
待凭鳞羽，说与相思，水远天长又难**托**。	◆◇◇◆，◆◆◇◇，◆◆◇◇◆◇◆。
而今幸已再逢，把轻离断**却**。	◇◇◆◆◆◇，△◇◇◆◆。

同体式作品：无。

变体三

较始词分句数复句数皆变

变体三·1

15分句6复句

【变体三·1】15分句6复句。上片较始词减2分句，7分句3复句，二/二/三/型复句组；下片减1分句，8分句3复句，二/三/三/型复句组。仄韵，连句韵、隔句韵。

5，5。4，6。4，5，6。

3，5。6，4，6。4，5，6。——北宋·晏几道·《全宋词》第254页

碧牡丹

翠袖疏纨**扇**，凉叶催归**燕**。	◆◆◇◇◆，◇◆◇◇◆。
一夜西风，几处伤高怀**远**。	◆◆◇◇，◆◆◇◇◇◆。
细菊枝头，开嫩香还**遍**，月痕依旧庭**院**。	◆◆◇◇，◇◆◇◇◆，◆◇◇◆◇◆。
事何**限**，怅望秋意**晚**。	◆◇◆，◆◇◇◆◆。
离人鬓华将**换**，	◇◇◆◇◇◆，

静忆天涯，路比此情犹**短**。　　◆◆◇◇，◆◆◆◇◇◆。

试约鸾笺，传素期良**愿**，南云应有新**雁**。　　◆◆◇◇，◇◆◇◇◆，◇◇◇◆◇◆。

同体式作品：无。

变体三·2

16分句6复句

【变体三·2】16分句6复句。上下片第三复句较始词各减1分句。每片8分句3复句，三/二/三/型复句组。仄韵，隔句韵，连句韵。

5，3，3。4，6。4，5，5。

3，5，6。4，6。4，5，5。——北宋·晁补之·《全宋词》第557页

碧牡丹

焦成马上口占

渐老闲情**减**，春山事，撩心**眼**。　　◆◆◇◇◆，◇◇◆，◇◇◆。

似血桃花，似雪梨花相**间**。　　◆◆◇◇，◆◆◇◇◇◆。

望极雅川，阳焰迷归**雁**，征鞍方长**坂**。　　◆◆◆◇，◇◆◇◇◆，◇◇◇◇◆。

正魂**乱**，旧事如云**散**，良游盛年俱**换**。　　◆◇◆，◆◆◇◇◆，◇◇◆◇◆◆。

罢说功名，但觉青山归**晚**。　　◆◆◇◇，◆◆◇◇◇◆。

记插宫花，扶醉蓬莱**殿**，如今霜尘**满**。　　◆◆◇◇，◇◆◇◇◆，◇◇◇◇◆。

同体式作品：无。

349.【撼庭秋】

【感庭秋】

1. 始词北宋晏殊作。
2. 本唐教坊曲（见《教坊记》）。一作【感庭秋】，唐杜光庭《录异记》有云：有蜀道士诣紫极宫，“谒光庭，朝夕饮醉，唯唱《感庭秋》”。宋阮阅《诗话总龟·后集》引《高道传》：“（蜀道士）唯唱《感庭秋》一词，其意感蜀之将亡，如秋庭之衰落。然人未之晓，但呼为‘《感庭秋》道士’。”
3. 双片，始词上片三韵，下片二韵，变体韵数有变；仄韵，连句韵、隔句韵。
4. 此调仅存晏殊、欧阳修各一首。

始词：11分句4复句。上片5分句2复句，二/三/型复句组；下片6分句2复句，三/三/型复句组。仄韵，上片首二句连韵，继隔句韵。

6，5。4，4，4。
4，4，4。5，4，4。——北宋·晏殊·《全宋词》第94页

撼庭秋

别来音信千**里**，怅此情难**寄**。	◆◇◇◆◇◆，◆◆◇◇◆。
碧纱秋月，梧桐夜雨，几回无**寐**。	◆◇◇◆，◇◇◆◆，◆◇◇◆。
楼高目断，天遥云黯，只堪憔**悴**。	◇◇◆◆，◇◇◇◆，◆◇◇◆。
念兰堂红烛，心长焰短，向人垂**泪**。	△◇◇◇◆，◇◇◆◆，◆◇◇◆。

同体式作品：无。

变体二

与始词复句数相同，分句数减2。

【变体二】9分句4复句。上下片第二复句较始词各减1分句。上片4分句2复句，二/二/型复句组；下片5分句2复句，三/二/型复句组。仄韵，连句韵、隔句韵。律词。

7，4。5，8。
4，4，5。5，7。——北宋·欧阳修·《全宋词》第153页

感庭秋

红笺封了还重**拆**，这添追**忆**。	◇◇◇◆◇◇◆，◆◇◇◆。
且教伊见我，别来翠减香销端**的**。	◆◇◇◆◆，◆◇◆◆◇◇◇◆。
渌波平远，暮山重**叠**，算难凭鳞**翼**。	◆◇◇◆，◆◇◇◆，△◇◇◇◆。
倚危楼极**目**，无情细草长天**色**。	◆◇◇◆◆，◇◇◆◆◇◇◆。

同体式作品：无。

350.【胡捣练】

【胡捣练令】

1. 始词北宋晏殊作。
2. 一作【胡捣练令】，本源或与胡乐有关。
3. 双片，始词每片三仄韵，变体上片增一韵；隔句韵、连句韵。

始词：8分句4复句。双片。每片4分句2复句，二/二/型复句组。仄韵，隔句韵，连句韵。律词。

7，6。6，5。
7，6。6，5。——北宋·晏殊·《全宋词》第98页

胡捣练

小桃花与早梅花，尽是芳妍品**格**。　◆◇◇◆◆◇◇，◆◆◇◇◆◆。
未上东风先**拆**，分付春消**息**。　◆◆◇◇◇◆，◇◆◇◇◆。

佳人钗上玉尊前，朵朵秾香堪**惜**。　◇◇◇◆◆◇◇，◆◆◇◇◇◆。
谁把彩毫描**得**，免恁轻抛**掷**。　◇◆◆◇◇◆，◆◆◇◇◆。

同体式作品：北宋：杜安世 1 首，韩维 1 首，晏几道 1 首。

增减字：

(一) 7，6。6，5。○ 6，6。6，5。北宋：晏几道 1 首。

变体二

与始词复句数相同，分句数增 1。

【变体二】9 分句 4 复句。双片。较始词上片第一复句增 1 分句。上片 5 分句 2 复句，三/二/型复句组；下片 4 分句 2 复句，二/二/型复句组。仄韵，隔句韵、连句韵。

4，3，6。6，5。
6，6。6，5。——南宋・仇远・《全宋词》第 3401 页

胡捣练

望仙楼

九仙山**晓**，雾冥冥，一鹤飞来华**表**。　◆◇◇◆，◆◇◇，◆◆◇◇◇◆。
衔得红云花**岛**，双蒂仙桃**小**。　◇◆◇◇◇◆，◇◆◇◇◆。

破罂旋汲香泉，短镬闲锄春**草**。　◆◇◆◆◇◇，◆◇◇◇◇◆。
愁种愁深多**少**，头白鸳鸯**老**。　◇◆◇◇◇◆，◇◆◇◇◆。

同体式作品：无。

351.【望仙门】

1. 始词北宋晏殊作。
2. 同调联章三首，以第三首结句“齐唱望仙门”作联章总题。兹取第一首为始词。
3. 《全宋词补辑》收录南宋初张抡《望仙门》三首，与晏词为同一作品，惟省略下片结句“荷君恩”三字和声，在联章次序上将一、三两首互换。兹依《全宋词》作晏殊词。
4. 单片八平韵，连句韵，间插隔句韵。

始词：9 分句 4 复句。单片。二/二/二/三/型复句组。平韵，连句韵，插一隔句韵。律词。

7，3。7，3。5，6。7，3，5。——北宋・晏殊・《全宋词》第 102 页

望仙门

紫薇枝上露华**浓**，起秋**风**。	◆◇◇◆◆◇◇，◆◇◇。
管弦声细出帘**栊**，象筵**中**。	◆◇◇◆◆◇◇，◆◇◇。
仙酒斟云液，仙歌转绕梁**虹**。	◇◆◇◇◆，◇◇◆◆◇◇。
此时佳会庆相**逢**，	◆◇◇◆◆◇◇，
庆相**逢**，欢醉且从**容**。	◆◇◇，◇◆◆◇◇。

同体式作品：北宋：晏殊2首。

352.【长生乐】

1. 始词北宋晏殊作。
2. 双片，每片四韵，平韵，连句韵、隔句韵。
3. 此调仅见晏殊二首，姑取一首为始词。

始词：15分句6复句。双片。上片8分句3复句，二/二/四/型复句组；下片7分句3复句，二/三/二/型复句组。平韵，隔句韵，间用连句韵。

7，5。4，5。6，4，4，7。
4，4。6，3，5。6，5。——北宋·晏殊·《全宋词》第103页

长生乐

玉露金风月正**圆**，台榭早凉**天**。	◆◆◇◇◆◆◇，◇◆◆◇◇。
画堂嘉会，组绣列芳**筵**。	◆◇◇◆，◆◆◆◇◇。
洞府星辰龟鹤，来添福寿，	◆◆◇◇◇◆，◇◇◆◆，
欢声喜色，同入金炉泛浓**烟**。	◇◇◆◆，◇◆◇◇◆◇◇。
清歌妙舞，急管繁**弦**。	◇◇◆◆，◆◆◇◇。
榴花满酌觥**船**，人尽祝，富贵又长**年**。	◇◇◆◆◇◇，◇◆◆，◆◆◆◇◇，
莫教红日西晚，留著醉神**仙**。	◆◇◇◆◇◆，◇◆◆◇◇。

同体式作品：无。

变体三

较始词减1分句，增1复句。

【变体三】14分句7复句。上片分句数与始词同，增1复句，8分句4复句，二/二/二/二/型复句组；下片复句数与始词同，减1分句，6分句3复句，二/二/二/型复句组。平韵，邻韵通押，隔句韵，间插连句韵。

7，5。4，5。6，4。4，7。

4，4。7，7。6，5。——北宋·晏殊·《全宋词》第103页

长生乐

阆苑神仙平地见，碧海架蓬**瀛**。	◆◆◇◇◇◆◆，◆◆◆◇◇。
洞门相向，倚金铺微**明**。	◆◇◇◆，◆◇◇◇◇。
处处天花撩乱，飘散歌**声**。	◆◆◇◇◇◆，◇◆◇◇。
装真筵寿，赐与流霞满瑶**觥**。	◇◇◇◆，◆◆◇◇◆◇◇。
红鸾翠节，紫凤银**笙**。	◇◇◆◆，◆◆◇◇。
玉女双来近彩**云**，随步朝夕拜三**清**。	◆◆◇◇◆◆◇，◇◆◇◆◆◇◇。
为传王母金箓，祝千岁长**生**。	◇◇◇◆◇◆，◆◇◆◇◇。

同体式作品：无。

353.【拂霓裳】

1. 始词北宋晏殊作。
2. 本为唐教坊曲（见《教坊记》）。《教坊记笺订》："或因《霓裳》舞内参用《拂舞》而得名。拂，麈尾也。宋用《拂霓裳》为小儿舞队，石曼卿曾取作转踏，述开元旧事。"
3. 双片，上片六韵，下片五韵，平韵，起首二句连韵，隔句韵。
4. 此调仅见晏殊三首，体式相同，局部有增减字。

始词：19分句8复句。双片。上片9分句4复句，二/二/二/三/型复句组；下片10分句4复句，三/二/二/三/型复句组。平韵，上片首二句连韵，继隔句韵。律词。

3，7。3，7。5，5。3，4，4。

4，3，3。3，7。5，5。3，5，3。——北宋·晏殊·《全宋词》第104页

拂霓裳

庆生**辰**，庆生辰是百千**春**。	◆◇◇，◆◇◇◆◆◇◇。
开雅宴，画堂高会有诸**亲**。	◇◆◆，◆◇◇◆◆◇◇。
钿函封大国，玉色受丝**纶**。	◆◇◇◆◆，◆◆◆◇◇。
感皇**恩**，望九重天，上拜尧**云**。	◆◇◇，△◆◇◇，◆◆◇◇。
今朝祝寿，祝寿数，比松**椿**。	◇◇◆◆，◆◆◆，◆◇◇。
斟美酒，至心如对月中**人**。	◇◆◆，◆◇◇◇◆◇◇。
一声檀板动，一炷蕙香**焚**。	◆◇◇◆◆，◆◆◆◇◇。
祷仙**真**，愿年年今日，喜长**新**。	◆◇◇，△◇◇◇◆，◆◇◇。

同体式作品： 无。

增减字：

（一）3，7。3，7。5，5。3，3，5。○ 4，3，3。3，7。5，5。3，3，5。北宋：晏殊 1 首。

（二）3，8。3，7。5，5。3，5，3。○ 4，3，3。3，7。5，5。3，5，3。北宋：晏殊 1 首。

354.【山亭柳】

1. 始词北宋晏殊作。
2. 此调仅见晏殊、杜安世各一首。
3. 双片。一首上片五韵，下片四韵，平韵，首句入韵，隔句韵；一首上片三韵，下片五韵，仄韵，隔句韵，插一连句韵。

始词：16 分句 6 复句。双片。每片 8 分句 3 复句，二/四/二/型复句组。平韵，上片首二句连韵，继隔句韵。律词。

4，5。3，3，6，6。6，4。

7，7。3，3，6，6。6，4。——北宋·晏殊·《全宋词》第 106 页

山亭柳

赠歌者

家住西**秦**，赌博艺随**身**。	◇◆◇◇，◆◆◆◇◇。
花柳上，斗尖**新**，	◇◆◆，◆◇◇，
偶学念奴声调，有时高遏行**云**。	◆◆◆◇◇◆，◆◇◇◆◇◇。
蜀锦缠头无数，不负辛**勤**。	◆◆◇◇◇◆，◆◆◇◇。
数年来往咸京道，残杯冷炙谩消**魂**。	◆◇◇◆◇◇◆，◇◇◆◆◆◇◇。
衷肠事，托何**人**，	◇◇◆，◆◇◇，
若有知音见采，不辞遍唱阳**春**。	◆◆◇◇◆◆，◆◇◆◆◇◇。
一曲当筵落泪，重掩罗**巾**。	◆◆◇◇◆◆，◇◆◇◇。

同体式作品： 无。

变体二

较始词复句数不变，分句数减 1。

【变体二】15 分句 6 复句。上片第二复句较始词减 1 分句，7 分句 3 复句，二/三/二/型复句组；下片与始词同，8 分句 3 复句，二/四/二/型复句组。仄韵，隔句韵，下片起首二句连韵。

4，4。5，5，7。6，5。

7，7。3，3，5，6。6，6。——北宋·杜安世·《全宋词》第 177 页

山亭柳

晓来风雨，万花飘**落**。 ◆◇◇◆，◆◇◇◆。
叹韶光虚过，却芳草萋萋， △◇◇◇◆，△◇◆◇◇，
映楼台淡烟漠**漠**。 ◆◇◇◆◇◆◆。
纷纷絮飞院宇，燕子过朱**阁**。 ◇◇◆◇◆◆，◆◆◇◇◆。

玉容淡妆添寂**寞**，檀郎孤愿太情**薄**。 ◆◇◆◇◇◆◆，◇◇◇◆◆◇◆。
数归期，绝信**约**， ◆◇◇，◆◆◆，
暗添春宵恨，平康恣迷欢**乐**。 ◆◇◇◇◆，◇◇◆◇◇◆。
时时闷饮绿醑，甚转转思量**著**。 ◇◇◆◆◆◆，△◆◆◇◇◆。

同体式作品：无。

355. 【睿恩新】

1. 始词北宋晏殊作。
2. 双片，每片三仄韵，隔句韵。
3. 此调仅见晏殊二首。

始词：12 分句 4 复句。双片。每片 6 分句 2 复句，三/三/型复句组。仄韵，隔句韵。律词。

7，3，4。3，4，7。
6，3，4。3，4，7。——北宋·晏殊·《全宋词》第 106 页

睿恩新

芙蓉一朵霜秋**色**，迎晓露，依依先**拆**。 ◇◇◆◆◇◇◆，◇◆◆，◇◇◇◆。
似佳人，独立倾城，傍朱槛暗传消**息**。 ◆◇◇，◆◆◇◇，◆◇◆◆◇◇◆。

静对西风脉**脉**，金蕊绽，粉红如**滴**。 ◆◆◇◇◆◆，◇◆◆，◆◇◇◆。
向兰堂，莫厌重深，免清夜微寒渐**逼**。 ◆◇◇，◆◆◇◇，△◇◆◇◇◆◆。

同体式作品：北宋：晏殊 1 首。

356. 【玉堂春】

1. 始词北宋晏殊作。
2. 双片，上片四韵，下片二韵，换韵，隔句韵，插一连句韵。

3. 此调宋词仅见晏殊三首。金词【玉堂春】有王喆、马钰、刘处玄等数首，上下片分句数复句型皆与晏词上片同。

始词：12 分句 4 复句。双片。上片 7 分句 3 复句，二/二/三/型复句组；下片 5 分句 2 复句，二/三/型复句组。换韵，上片先押仄后押平，二仄韵二平韵；下片二平韵。上片起首二句连韵，继隔句韵。律词。

4，6。4，4。4，5，7。

6，5。4，5，7。——北宋·晏殊·《全宋词》第 107 页

玉堂春

帝城春**暖**，御柳暗遮空**苑**。	◆◇◇◆，◆◆◆◇◇◆。
海燕双双，拂飏帘**栊**。	◆◆◇◇，◆◆◇◇。
女伴相携，共绕林间路，	◆◆◇◇，◆◆◇◇◆，
折得樱桃插髻**红**。	◆◆◇◇◆◆◇。
昨夜临明微雨，新英遍旧**丛**。	◆◆◇◇◇◆，◇◇◆◆◇。
宝马香车，欲傍西池看，	◆◆◇◇，◆◆◇◇◆，
触处杨花满袖**风**。	◆◆◇◇◆◆◇。

同体式作品：北宋：晏殊 2 首。

附：金词【玉堂春】二首

玉堂春 金·王喆

得得修行，有令捷径**走**。子午俱无，何须卯**酉**。只用两珍，於余堪厮**守**，铅汞从教结作**球**。〇恁则成丹，般般尽总**透**。摆正真风，名传不**朽**。搜出元初，那个为的**友**，到此方知是彻**头**。

玉堂春 金·马钰

闲论修持，修持非草**草**。猛舍家缘，方求大**道**。灭尽无明，如轲能养**浩**，肯逐人情似桔**槔**。〇彀食鹑居，自然无烦**恼**。垢面蓬头，心田频**扫**。金木相生，就中成至**宝**，便觉灵光出一**毫**。

357. 【折红梅】

1. 始词北宋吴感作。
2. 调名即词题。
3. 双片，始词上片五韵，下片六韵，变体韵数有变。平、仄二韵式，隔句韵，间插连句韵。

始词：23 分句 8 复句。双片。上片 11 分句 4 复句，三/三/二/三/型复句组，下片 12 分句 4 复句，三/二/三/四/型复句组。仄韵，隔句韵，间插连句韵。

5，4，4。3，4，6。4，7。8，5，4。

4，5，4。7，6。4，3，4。4，4，5，4。——北宋·吴感·《全宋词》第 119 页

折红梅

喜冰澌初泮，微和渐入，东郊时**节**。	△◇◇◇◆，◇◇◆◆，◇◇◇◆。
春消息，夜来顿**觉**，红梅数枝争**发**。	◇◇◆，◆◇◆◆，◇◇◆◇◇◆。
玉溪仙馆，不是个寻常标**格**。	◆◇◇◆，◆◆◆◇◇◇◆。
化工别与一种风情，	◆◇◆◆◆◆◇◇，
似匀点胭脂，染成香**雪**。	△◇◆◇◇，◆◇◇◆。
重吟细**阅**，比繁杏夭桃，品格真**别**。	◇◇◆◆，△◇◆◇◇，◆◆◇◆。
只愁共彩云易散，冷落谢池风**月**。	◆◇◆◆◇◆◆，◆◆◆◇◇◆。
凭谁向说，三弄处，龙吟休**咽**。	◇◇◆◇，◇◆◆，◇◇◇◆。
大家留取，时倚阑干，	◆◇◇◆，◇◆◇◇，
闻有花堪**折**，劝君须**折**。	◇◆◇◇◆，◆◇◇◆。

同体式作品：宋：无名氏 1 首。

增减字：

（一）5，4，4。3，4，6。4，7。4，4，5，4。○ 4，5，4。7，6。4，3，4。4，4，5，4。宋：无名氏 1 首。

变体一

与始词分句数复句数相同，复句型有变。

【变体一】23 分句 8 复句。双片，上片较始词增 1 分句，下片减 1 分句。上片 12 分句 4 分句，三/三/三/三/型复句组；下片 11 分句 4 分句，三/三/二/三/型复句组，仄韵，隔句韵，间插连句韵。

5，4，4。3，4，6。4，3，4。8，5，4。

4，5，4。3，4，6。4，6。4，4，9。——宋·无名氏·《全宋词》第 3614 页

折红梅

忆笙歌筵上，匆匆见了，□□相**别**。	△◇◇◇◆，◇◇◆◆，□□◇◆。
红炉暖，画帘绣阁，曾共鬓边斜**插**。	◇◇◆，◆◇◆◆，◇◆◆◆◇◆。
南枝向暖，北槛里，春风犹**怯**。	◇◇◆◆，◆◆◆，◇◇◇◆。
也应别后不减芳菲，	◆◇◆◆◆◆◇◇，
念咫尺阑干，甚时重**折**。	△◆◆◇◇，◆◇◇◆。
清风间发，如天与浓香，粉匀檀**颊**。	◇◇◆◆，△◇◆◇◇，◆◇◇◆。
纱窗影，故人凝处，冷落暮天残**雪**。	◇◇◆，◆◇◇◆，◆◆◆◇◇◆。

一轩明**月**，怅望花争清**切**。　◆◇◇◆，◆◆◇◇◇◆。
便教尽放，都不思量，　◆◇◆◆，◇◆◇◇，
也须有蓦然上心时**节**。　◆◇◆◆◇◆◇◇◆。

同体式作品：无。

变体二

与始词复句数相同，分句数有变。

变体二·1

22分句8复句

【变体二·1·1】22分句8复句。上片与始词同，下片第三复句减1分句。每片11分句4复句，上片三/三/二/三/型复句组；下片三/二/二/四/型复句组。仄韵，隔句韵，间插连句韵。

5，4，4。3，4，6。4，7。8，5，4。
4，5，4。7，6。4，7。4，5，4，4。——宋·无名氏·《全宋词》第3615页

折红梅

倚花阑清晓，徘回探得，南枝初**绽**。　△◇◇◇◆，◇◇◆◆，◇◇◇◆。
通春意，漏巧斗奇，东君首先回**暖**。　◇◇◆，◆◆◆◇，◇◇◆◇◇◆。
盈盈素面，刚强点胭脂深**浅**。　◇◇◆◆，△◇◆◇◇◇◆。
是他自有标格清香，　◆◇◆◆◇◆◇◇，
恣千种妖饶，万般闲**雅**。　△◇◆◇◇，◆◇◇◆。

移时细看，算浓雪严霜，怎生拘**管**。　◇◇◆◆，△◇◆◇◇，◆◇◇◆。
也拟是小桃未蕊，依约杏添清**伴**。　△◆◆◆◇◆◆，◇◆◆◇◇◆。
笛声休**怨**，怕恐使群芳零**乱**。　◇◇◇◆，△◆◆◇◇◇◆。
待须把酒，守著花枝**愿**，　◆◇◆◆，◆◆◇◇◆，
期与花枝，久长相**见**。　◇◆◇◇，◆◇◇◆。

同体式作品：无。

【变体二·1·2】22分句8复句。上下片分句数与【变体二·1·1】同，上片复句型有变，下片不变。每片11分句4复句，上片三/二/三/三/型复句组；下片三/二/二/四/型复句组。仄韵，隔句韵。

5，4，4。7，6。4，3，4。9，4，4。
4，5，4。7，6。6，5。4，4，5，4。——宋·无名氏·《全宋词》第3615页

折红梅

睹南翔征雁，疏林败叶，凋霜零**乱**。　△◇◇◇◆，◇◇◆◆，◇◇◇◆。
独红梅自守岁寒，天教最后开**绽**。　△◇◇◆◆◆◇，◇◆◆◆◇◆。

盈盈水畔，疏影蘸，横斜清**浅**。	◇◇◆◆，◇◆◆，◇◇◇◇◆。
化工似把深色胭脂怪，	◆◇◆◆◆◇◆◇◇◆，
姑射冰姿，剩与红**间**。	◇◆◇◇，◆◇◇◆。
谁人宠眷，待金锁不开，凭阑先**看**。	◇◇◆◆，△◇◆◆◇，◇◇◇◆。
曾飞落寿阳粉额，妆成汉宫传**遍**。	△◇◆◆◇◆◆，◇◇◆◇◇◆。
江南风暖春信，喜一枝清**远**。	◇◇◇◆◇◆，△◆◇◇◇。
对酒便好，折取奇苞，	◆◆◆◆，◆◆◇◇，
捻清香重嗅，举杯重**劝**。	◆◇◇◇◆，◆◇◇◆。

同体式作品：无。

变体二·2

24分句8复句

【变体二·2】24分句8复句。上片第四复句较始词增1分句，下片第二复句增1分句、第四复句减1分句。每片12分句4复句，上片三/三/二/四/型复句组；下片三/三/三/三/型复句组。平韵，隔句韵。

5，4，4。5，4，4。5，6。4，4，5，4。

4，5，4。3，4，6。4，3，4。8，5，4。——宋·无名氏·《全宋词》第3614页

折红梅

陇上消残雪，曲水流断，淑气潜**通**。	◆◆◇◇◆，◆◆◇◆，◇◆◆◇。
群花冷未吐，夜来梅萼，数枝繁**红**。	◇◇◆◆◆，◆◇◇◆，◆◇◇◇。
光夺化工发，艳色不染东**风**。	◇◆◆◇◆，◆◆◆◆◇◇。
信凭晓风，难压精神，	◆◇◆◇，◇◆◇◇，
占青春未上，别是标**容**。	△◇◇◆◆，◆◆◇◇。
天香渐杳，似蓬阙玉妃，酒困娇**慵**。	◇◇◆◆，△◇◆◆◇，◆◆◇◇。
只愁恐，上阳爱惜，和种移向瑶**宫**。	◆◇◇，◆◇◆◆，◆◆◇◆◇◇。
西归驿使，折赠处，瘐岭溪**东**。	◇◇◆◆，◆◆◆，◇◆◇◇。
又须寄与多感多情，	◆◇◆◇◇◆◇◇，
道此花开早，未识游**蜂**。	△◆◇◇◆，◆◆◇◇。

同体式作品：无。

358.【映山红】

1. 始词北宋文彦博作。

2. 本为唐教坊曲（见《教坊记》）。
3. 此调仅存文彦博残词3句，录之以存调名。

始词：残词一首，仅余3句。仄韵，隔句韵。

3，3。4。

遂请**后**，愿频醉，石楼溪**口**。——北宋·文彦博·《全宋词》第120页

◆◆◆，◆◇◆，◆◇◇◆。

同源词调：【映山红慢】

1. 此调仅见北宋元绛一首。
2. 双片，每片五仄韵，隔句韵，间插连句韵。

始词：18分句8复句。双片。每片9分句4复句，上片二/三/二/二/型复句组；下片二/二/三/二/型复句组。仄韵，隔句韵，间插连句韵。

7，4。5，4，4。7，7。3，8。
7，7。7，6。7，3，4。4，7。——北宋·元绛·《全宋词》第189页

映山红慢

谷雨风前占淑景，名花独**秀**。	◆◆◇◇◆◆◆，◇◇◆◆。
露国色仙姿，品流第一，春工成**就**。	△◆◆◇◇，◆◇◆◆，◇◇◇◆。
罗帏护日金泥**皱**，映霞腮动檀痕**溜**。	◇◇◆◆◇◇◆，◆◇◇◆◇◇◆。
长记得，天上瑶池阆苑曾**有**。	◇◆◆，◇◆◇◇◆◆◇◆。
千匝绕红玉阑干，愁只恐朝云难**久**。	◇◆◆◇◆◇◇，△◆◆◇◇◇◆。
须款折绣囊剩戴，细把蜂须频**嗅**。	△◆◆◆◇◆◆，◆◆◇◇◇◆。
佳人再拜抬娇面，敛红巾，捧金杯**酒**。	◇◇◆◆◇◇◆，◆◇◇，◆◇◇◆。
献千千**寿**，愿长恁天香满**袖**。	◆◇◇◆，△◇◆◇◇◆◆。

同体式作品：无。

359.【朝中措】

1. 始词北宋欧阳修作。
2. 宋代通行词调。
3. 双片，上片三韵，下片二韵，变体下片或增一韵。平韵，连句韵、隔句韵。

始词：9分句4复句。双片。上片4分句2复句，二/二/型复句组；下片5分句2复句，三/二/型复句组。平韵，连句韵、隔句韵。律词。

7，5。6，6。

4，4，4。6，6。——北宋·欧阳修·《全宋词》第122页

朝中措

送刘仲原出守维扬

平山阑槛倚晴**空**，山色有无**中**。　◇◇◇◆◆◇◇，◇◆◆◇◇。

手种堂前垂柳，别来几度春**风**。　◆◆◇◇◇◆，◆◇◆◆◇◇。

文章太守，挥毫万字，一饮千**钟**。　◇◇◆◆，◇◇◆◆，◆◆◇◇。

行乐直须年少，尊前看取衰**翁**。　◇◆◆◇◇◆，◇◇◆◆◇◇。

同体式作品：北宋：杜安世1首，张舜民1首，李之仪5首，晁端礼1首，朱敦儒11首，周紫芝4首，李祁1首，张纲2首，计8人26首。南宋：吕本中1首，向子諲1首，蔡伸1首，都下妓1首，张元幹1首，王之道10首，朱翌1首，曾惇2首，杨无咎2首，曹勋5首，胡铨1首，史浩1首，李石3首，曾觌8首，黄公度2首，葛立方1首，洪适6首，韩元吉2首，张抡11首，倪寘7首，赵彦端6首，李吕2首，李流谦1首，向滈1首，曹冠2首，葛郯1首，姚述尧1首，管鉴4首，吴儆1首，陆游3首，姜特立3首，周必大3首，范成大6首，沈瀛2首，沈端节1首，郭世模1首，李处全2首，周颉1首，王彭年1首，李伯虎1首，丘崈3首，赵长卿5首，王炎2首，辛弃疾4首，赵善括1首，程垓6首，陈三聘5首，马子严1首，赵师侠6首，陈亮1首，张镃1首，郭应祥1首，李壁1首，韩淲4首，王克勤1首，李刘1首，魏了翁3首，熊节1首，林正大1首，洪咨夔2首，王武子1首，黄机2首，刘克庄4首，程正同1首，张榘1首，哀长吉1首，吴潜6首，李曾伯4首，赵孟坚1首，萧𠜂1首，吴文英5首，翁元龙1首，王玉1首，陈允平1首，刘辰翁1首，周密2首，汪梦斗1首，赵必𤩪3首，黎廷瑞1首，张炎1首，菊翁1首，闾丘次杲1首，无名氏11人11首，计93人212首。

增减字：

（一）7，5。6，6。○5，4，4。6，6。南宋：蔡伸1首。

（二）7，5。6，5。○4，4，4。6，6。南宋：卢炳1首。

变体二

与始词复句数相同，分句数有变

变体二·1

8分句4复句

【变体二·1】8分句4复句。上片与始词同，下片第一复句减1分句。每片4分句2复句，二/二/型复句组。平韵，连句韵、隔句韵。

7，5。6，6。

7，5。6，6。——南宋·倪偁·《全宋词》第1335页

朝中措

森然修竹满晴**窗**，山色净明**妆**。　◇◇◇◆◆◇◇，◇◆◆◇◇。

无限凄凉古意，白蘋红蓼斜**阳**。 ◇◆◇◇◆◆，◆◇◇◆◇◇。

松风一枕借僧**床**，馥馥桂花**香**。 ◇◇◆◆◆◇◇，◆◆◆◇◇。
暂远世尘萦染，坐令心地清**凉**。 ◆◆◆◇◇◆，◆◆◇◆◇◇。

同体式作品： 南宋：赵长卿 2 首，辛弃疾 1 首，韩淲 9 首，洪咨夔 1 首。

增减字：

（一）7，5。6，6。○ 6，6。6，6。南宋：石孝友 1 首。

变体二·2

10 分句 4 复句

【变体二·2】10 分句 4 复句。上片与始词同，4 分句 2 复句，二/二/型复句组；下片第二复句增 1 分句，6 分句 2 复句，三/三/型复句组。平韵，上片首二句连韵，继隔句韵。律词。

7，5。6，7。
4，4，4。6，3，4。——南宋·贾逸祖·《全宋词》第 1603 页

朝中措

青山隐隐水斜**斜**，修竹两三**家**。 ◇◇◆◆◆◇◇，◇◆◆◇◇。
又是水寒山瘦，依然行客遍天**涯**。 ◆◆◆◇◇◆，◇◇◇◆◆◇◇。

天教流落，东西南北，不恨年**华**。 ◇◇◇◆，◇◇◇◆，◆◆◇◇。
只恨夜来风雨，投明月，老却梅**花**。 ◆◆◆◇◇◆，◇◇◆，◆◆◇◇。

同体式作品： 无。

360.【清商怨】

【伤情怨】【关河令】

1. 始词北宋欧阳修作。
2. “清商”，战国《韩非子·十过》载：春秋师涓鼓琴，晋平公问曰：“此所谓何声也?”师旷答曰：“此所谓清商也。”晋平公曰：“清商固最悲乎?”师旷曰：“不如清徵。”此“清商”指一种伤感乐调；汉代，乐府相和曲之平调、清调、瑟调，合称“清商三调”，传之隋唐，称清、平、侧三调，为传统汉民族音乐。本调名之“清商”，用先秦以来传统之伤感乐调之意。
3. 一名【伤情怨】；因欧词起句“关河愁思望处满”，或衍名为【关河令】。
4. 双片，每片三仄韵，连句韵，隔句韵。

始词：9 分句 4 复句。双片。上片 4 分句 2 复句，二/二/型复句组；下片 5 分句 2 复句，三/二/型复句组。仄韵，上片首二句连韵，继隔句韵。

7，5。4，5。

6，3，4。4，5。——北宋·欧阳修·《全宋词》第125页

清商怨

关河愁思望处**满**，渐素秋向**晚**。	◇◇◇◇◆◆◆，△◆◇◆◆。
雁过南云，行人回泪**眼**。	◆◆◇◇，◇◇◇◆◆。
双鸾衾裯悔**展**，夜又永，枕孤人**远**。	◇◇◇◇◆◆，◆◆◆，◆◇◇◆。
梦未成归，梅花闻塞**管**。	◆◆◇◇，◇◇◇◆◆。

同体式作品：北宋：贺铸4首。南宋：赵师侠2首（【关河令】）。

增减字：

（一）6，5。4，5。○6，3，4。4，5。北宋：晏几道1首，周邦彦2首（【伤情怨】【关河令】），惠洪1首。南宋：陆游1首，仇远1首，方千里1首（【伤情怨】），杨泽民1首（【伤情怨】），陈允平1首（【伤情怨】）。

（二）6，6。4，5。○6，3，5。4，5。北宋：沈蔚1首。

361.【蓦山溪】

1. 始词北宋欧阳修作。
2. 宋代通行词调。
3. 双片。始词上片三韵，下片五韵。变体韵数有变。仄韵，偶有平仄通押；隔句韵，间插连句韵。

始词：20分句6复句。双片。每片10分句3复句，二/三/五/型复句组。仄韵，隔句韵，间插连句韵。律词。

4，5。5，3，4。4，5，3，3，5。

4，5。5，3，4。4，5，3，3，5。——北宋·欧阳修·《全宋词》第142页

蓦山溪

新正初破，三五银蟾**满**。	◇◇◇◆，◇◆◇◇◆。
纤手染香罗，剪红莲，满城开**遍**。	◇◆◆◇◇，◆◇◇，◆◇◇◆。
楼台上下，歌管咽春风，	◇◇◆◆，◇◆◆◇◇，
驾香轮，停宝马，只待金乌**晚**。	◆◇◇，◇◆◆，◆◆◇◇◆。
帝城今夜，罗绮谁为**伴**。	◆◇◇◆，◇◆◇◇◆。
应卜紫姑神，问归期，相思望**断**。	◆◆◆◇◇，◆◇◇，◇◇◆◆。
天涯情绪，对酒且开颜，	◇◇◇◆，◆◆◆◇◇，

春宵**短**，春寒**浅**，莫待金杯**暖**。	◇◇◆，◇◇◆，◆◆◇◇◆。

同体式作品：北宋：王仲甫1首，陈济翁2首，李之仪5首，黄裳1首，黄庭坚5首，晁端礼4首，李元膺1首，贺铸1首，仲殊1首，晁补之8，周邦彦3首，陈瓘1首，谢逸1首，毛滂3首，周纯1首，廖刚1首，沈蔚1首，葛胜仲3首，叶梦得1首，周铢1首，刘一止2首，曹组1首，万俟咏1首，朱敦儒7首，周紫芝1，张纲1首，计26人58首。南宋：向子諲3首，陈东1首，费时举1首，洪皓1首，蔡伸4首，李弥逊2首，王以宁2首，张元幹1首，吕渭老2首，冯时行1首，张表臣1首，杨无咎4首，曹勋1首，吴舜选1首，刘子翚1首，史浩1首，仲并1首，高登1首，曾觌2首，韩元吉1首，侯寘1首，王千秋1首，袁去华1首，曹冠5首，管鉴2首，吴儆1首，陆游2首，谢懋1首，王质1首，张孝祥2首，李处全1首，丘崈1首，赵长卿6首，张震2首，王炎1首，辛弃疾3首，程垓1首，黄人杰1首，石孝友3首，张镃1首，卢炳2首，姜夔2首，汪莘1首，杜斿1首，易祓1首，吴礼之1首，郑域1首，方千里1首，王大烈1首，陈以庄1首，宋自逊1首，赵孟坚2首，史可堂1首，洪瑹1首，杨泽民1首，陈允平1首，何梦桂3首，刘菊房1首，曹遇1首，傅自得1首，赵师严1首，俞国宝2首，无名氏23人23首，计85人120首。

增减字：

(一) 4，5。4，3，4。4，5，3，3，5。○ 4，5。5，3，4。4，5，3，3，5。南宋：熊良翰1首。

(二) 4，5。5，3，4。4，5，3，3，5。○ 4，5。5，3，5。4，5，3，3，5。南宋：宝月1首。

变体二

与始词复句数相同，分句数减2。

【变体二】18分句6复句。上下片第二复句较始词各减1分句，每片9分句3复句，二/二/五/型复句组。仄韵，上下片首二句连韵，继隔句韵。

4，5。5，7。4，5，3，3，5。

4，5。5，7。4，5，3，3，5。——南宋·赵长卿·《全宋词》第1772页

蓦山溪

早春

晓来雨**霁**，弱柳摇新**翠**。	◆◇◆◆，◆◆◇◇◆。
丽日媚东风，正不暖不寒天**气**。	◆◆◆◇◇，△◆◆◆◇◇◆。
幽禽弄舌，花上诉春光，	◇◇◆◆，◇◆◆◇◇，
高一饷，低一饷，清哓圆还**碎**。	◇◆◆，◇◆◆，◇◆◇◇◆。
那知时**势**，春亦元无**意**。	◆◇◇◆，◇◆◇◇◆。
草木自敷荣，似人生功名富**贵**。	◆◆◆◇◇，△◇◇◇◇◆◆。
我咱谙分，随有亦随无，	◆◆◇◇，◇◆◆◇◇，
不妒富，不憎贫，歌酒闲游**戏**。	◆◆◆，◆◇◇，◇◆◇◇◆。

同体式作品：南宋：赵长卿1首，徐安国1首，徐观国1首。

增减字：

(一) 4，5。5，6。4，5，3，3，5。○ 4，5。5，7。4，5，3，3，5。宋：无名氏1首。

362. 【御带花】

1. 始词北宋欧阳修作。
2. 双片，每片四韵，仄韵，连句韵、隔句韵。
3. 此调仅见欧阳修一首。

始词：21 分句 8 复句。双片。上片 10 分句 4 复句，二/三/二/三/型复句组，下片 11 分句 4 复句，三/三/二/三/型复句组。仄韵，隔句韵。

7，6。4，5，4。7，4。3，4，5。

5，5，4。4，5，4。7，4。3，4，5。——北宋·欧阳修·《全宋词》第 144 页

御带花

青春何处风光好，帝里偏爱元**夕**。 ◇◇◇◆◇◇◆，◆◆◇◆◇◆。
万重缯彩，构一屏峰岭，半空金**碧**。 ◆◇◇◆，◆◆◇◇◆，◆◇◇◆。
宝檠银釭耀绛幕，龙虎腾**掷**。 ◆◆◇◇◆◆◆，◇◆◇◆。
沙堤远，雕轮绣毂，争走五王**宅**。 ◇◇◆，◇◇◆◆，◇◆◆◇◆。

雍容熙熙昼，会乐府神姬，海洞仙**客**。 ◇◇◇◇◆，◆◆◆◇◇，◆◆◇◆。
拽香摇翠，称执手行歌，锦街天**陌**。 ◆◇◇◆，◇◆◆◇◇，◆◇◇◆。
月淡寒轻渐向晓，漏声寂**寂**。 ◆◆◇◇◆◆◆，◆◇◆◆。
当年少，狂心未已，不醉怎归**得**。 ◇◇◆，◇◇◆◆，◆◆◆◇◆。

同体式作品：无。

363. 【越溪春】

1. 始词北宋欧阳修作。
2. 双片，上片三韵，下片四韵，平韵，隔句韵，间插连句韵。
3. 调名即词题。该调仅见欧阳修一首。

始词：16 分句 6 复句。双片。每片 8 分句 3 复句，二/三/三/型复句组。平韵，隔句韵，间插连句韵。

7，5。7，3，4。4，4，4。

6，5。6，4，4。4，3，5。——北宋·欧阳修·《全宋词》第 145 页

越溪春	
三月十三寒食日，春色遍天**涯**。	◇◆◆◇◇◆◆，◇◆◆◇◇。
越溪阆苑繁华地，傍禁垣，珠翠烟**霞**。	◆◇◆◆◇◇◆，◆◆◇，◇◆◇◇。
红粉墙头，秋千影里，临水人**家**。	◇◆◇◇，◇◇◆◆，◇◆◇◇。
归来晚驻香**车**，银箭透窗**纱**。	◇◇◆◆◇◇，◇◆◆◇◇。
有时三点两点，雨霁朱门，柳细风**斜**。	◆◇◇◆◆◆，◆◆◇◇，◆◆◇◇。
沉麝不烧，金鸭冷，笼月照梨**花**。	◇◆◆◇，◇◆◆，◇◆◆◇◇。

同体式作品：无。

364. 【洞天春】

1. 始词北宋欧阳修作。
2. 双片，上片四韵，下片三韵，仄韵，连句韵、隔句韵。
3. 此调仅见欧阳修一首。

始词：9 分句 4 复句。双片。上片 4 分句 2 复句，二/二/型复句组；下片 5 分句 2 复句，二/三/型复句组。仄韵，连句韵，间插隔句韵。

6，6。7，5。

6，6。4，4，4。——北宋·欧阳修·《全宋词》第 145 页

洞天春	
莺啼绿树声**早**，槛外残红未**扫**。	◇◇◆◆◇◆，◆◆◇◇◆◆。
露点真珠遍芳**草**，正帘帏清**晓**。	◆◆◇◇◆◇◆，△◇◇◇◆。
秋千宅院悄**悄**，又是清明过**了**。	◇◇◆◆◆◆，◆◆◇◇◆◆。
燕蝶轻狂，柳丝撩乱，春心多**少**。	◆◆◇◇，◆◇◇◆，◇◇◇◆。

同体式作品：无。

365. 【摸鱼儿】

【摸鱼子】【买陂塘】

1. 始词北宋欧阳修作。
2. 唐教坊曲有【摸鱼子】（见《教坊记》）。

3. 宋代通行词调，一名【摸鱼子】；北宋晁补之《摸鱼儿》词起句“买陂塘，旋栽杨柳”，或衍名为【买陂塘】。

4. 双片，始词上片六韵，下片五韵，变体韵数有变。仄韵，隔句韵，或间插连句韵。

始词：26 分句 8 复句。双片。每片 13 分句 4 复句，三/三/三/四/型复句组。仄韵，隔句韵。

3，5，6。3，5，6。3，5，5。4，5，4，5。

3，6，6。5，4，3。6，4，3。4，5，4，5。——北宋·欧阳修·《全宋词》第 147 页

摸鱼儿

卷绣帘，梧桐秋院落，一霎雨添新**绿**。　◆◆◇，◇◇◇◆◆，◆◆◆◇◇◆。
对小池，闲立残妆浅，向晚水纹如**縠**。　◆◆◇，◇◆◇◇◆，◆◆◆◇◇◆。
凝远**目**，恨人去寂寂，凤枕孤难**宿**。　◇◆◆，△◇◆◆◆，◆◆◇◇◆。
倚阑不**足**，看燕拂风檐，　◆◇◆◆，△◆◆◇◇，
蝶翻露草，两两长相**逐**。　◆◇◆◆，◆◆◇◇◆。

双眉**促**，可惜年华婉娩，西风初弄庭**菊**。　◇◇◆，◆◆◇◇◆◆，◇◇◇◆◇◆。
况伊家年少，多情未已，难拘**束**。　△◇◇◇◆，◇◇◆◆，◇◇◆。
那堪更趁凉景，追寻甚处，垂杨**曲**。　◆◇◆◆◇◆，◇◇◆◆，◇◇◆。
佳期过尽，但不说归来，　◇◇◆◆，△◆◆◇◇，
多应忘了，云屏去时**祝**。　◇◇◆◆，◇◇◆◇◆。

同体式作品：无。

增减字：

(一) 3，6，4。4，3，6。3，5，5。4，5，4，5。○ 3，6，6。4，4，5。3，5，5。4，5，4，5。南宋：刘辰翁 1 首。

变体二

与始词复句数相同，分句数有变。

变体二·1

24 分句 8 复句

【变体二·1】24 分句 8 复句。上下片较始词各减 1 分句，每片 12 分句 4 复句，三/二/三/四/型复句组。仄韵，隔句韵，间插连句韵。

3，4，6。7，6。3，7，3。4，5，4，5。

3，6，6。7，6。3，7，3。4，5，4，5。——北宋·晁补之·《全宋词》第 554 页

摸鱼儿

东皋寓居

买陂塘，旋栽杨柳，依稀淮岸江**浦**。　◆◇◇，◆◇◇◆，◇◇◇◆◇◆。

东皋嘉雨新痕涨，沙觜鹭来鸥**聚**。	◇◇◇◆◇◇◆，◇◆◆◇◇◆。
堪爱处，最好是一川夜月，光流**渚**。	◇◆◆，◆◆◆◆◇◆◆，◇◇◆。
无人独**舞**，任翠幄张天，	◇◇◆◆，◆◆◆◇◇，
柔茵藉地，酒尽未能**去**。	◇◇◆◆，◆◆◆◇◆。
青绫被，莫忆金闺故**步**，儒冠曾把身**误**。	◇◇◆，◆◆◇◇◆◆，◇◇◇◆◇◆。
弓刀千骑成何事，荒了邵平瓜**圃**。	◇◇◇◆◇◇◆，◇◆◆◇◇◆。
君试**觑**，满青镜星星鬓影，今如**许**。	◇◆◆，◆◇◆◇◇◆◆，◇◇◆。
功名浪**语**，便似得班超，	◇◇◆◆，◆◆◆◇◇，
封侯万里，归计恐迟**暮**。	◇◇◆◆，◇◆◆◇◆。

同体式作品：北宋：张继先1首。南宋：赵善括1首，姜夔1首，黄机1首，葛长庚4首，刘克庄3首，李曾伯2首，李昴英1，孙吴会1首，施枢1首，章谦亨1首，柴望1首，张矩1首，何梦桂1首，谭宣子1首，赵瘫斋1首，刘辰翁4首，王奕1首，王沂孙2首，姚云文1首，仇远1首，唐珏1首，张炎1首，吴编修1首，计23人33首。

增减字：

（一）3，4，6。7，6。3，5，5。4，5，4，5。○3，6，6。7，6。3，3，7。4，5，4，5。南宋：赵善括1首，杜旃1首，吴泳1首，曾开国1首，李昴英1首，翁孟寅1，黄昇1首，何梦桂2首，朱嗣发1首，仇远1首，李天骥1首，伍梅城1首，计12人13首。

（二）3，4，6。7，6。3，5，5。4，5，4，6。○3，6，6。7，6。3，5，5。4，5，4，5。南宋：程垓1首。

（三）3，4，7。7，6。3，5，5。4，5，4，5。○3，6，6。7，6。3，5，5。4，5，4，5。南宋：魏了翁1首。

（四）3，4，6。7，6。3，5，5。4，5，4，5。○3，6，6。7，6。3，5，5。4，5，4，5。南宋：魏了翁1首，卢祖皋1首，林正大1首，吴泳1首，王迈1首，冯取洽1首，赵以夫1首，张榘4首，李曾伯1首，李昴英1首，王同祖1首，李演1首，卫宗武2首，柴望1首，陈著2首，赵必瑑1首，陈允平2首，刘辰翁14首，颜奎1首，邓剡2首，汪梦斗1首，王学文1首，韦居安1首，蒋捷1首，梁栋1首，张炎5首，刘澜1首，莫仑1首，王易简1首，刘将孙3首，徐一初1首，李裕翁1首，周伯阳1首，无名氏2人2首，计35人61首。

（五）3，4，6。7，6。3，5，5。4，5，4，5。○3，6，6。7，6。3，5，5。4，4，4，5。南宋：林正大1首，赵与洽1首。

（六）3，4，6。7，6。3，3，7。4，5，4，5。○3，6，6。7，6。3，5，5。4，5，4，5。南宋：苏泂1首，张榘1首，吴潜1首，赵崇嶓1首，李昴英1首，柴望1首，叶阊1首，刘辰翁1首，计8人8首。

（七）3，4，6。7，6。3，5，5。4，5，4，5。○3，6，6。7，6。3，5，5。4，6，4，5。南宋：张榘1首。

（八）3，4，6。7，6。3，4，5。4，5，4，5。○3，6，6。7，6。3，4，5。4，5，4，5。南宋：赵从橐1首。

（九）3，4，6。7，6。3，5，5。4，5，4，5。○3，6，6。7，6。3，3，7。4，5，4，5。南宋：李彭老1首，刘埙2首。

(一〇) 3，4，6。7，6。3，3，7。4，3，4，7。○ 3，6，6。7，6。3，3，7。4，5，4，5。南宋：无名氏 1 首。

(一一) 3，4，6。7，6。3，5，5。4，5，4，5。○ 3，6，6。7，6。3，4，5。4，5，4，5。南宋：无名氏 1 首。

变体二·2

20 分句 8 复句

【变体二·2】20 分句 8 复句。上下片较始词各减 3 分句，每片 10 分句 4 复句，上片二/二/三/三/型复句组，下片二/三/二/三/型复句组。仄韵，连句韵、隔句韵。

7，6。7，6。3，3，7。4，9，5。

3，6。6，7，6。3，10。4，5，9。——南宋·辛弃疾·《全宋词》第 1867 页

摸鱼儿

淳熙己亥，自湖北漕移湖南，同官王正之置酒小山亭，为赋。

更能消几番风**雨**，匆匆春又归**去**。	◆◇◇◆◇◇◆，◇◇◇◆◇◆。
惜春长怕花开早，何况落红无**数**。	◇◇◇◆◇◇◆，◇◆◆◇◇◆。
春且**住**，见说道，天涯芳草无归**路**。	◇◆◆，◆◆◆，◇◇◇◆◇◇◆。
怨春不**语**，	◆◇◆◆，
算只有殷勤画檐蛛网，尽日惹飞**絮**。	△◆◆◇◇◆◇◇◆，◆◆◆◇◆。
长门事，准拟佳期又**误**。	◇◇◆，◆◆◇◇◆◆。
蛾眉曾有人**妒**，千金纵买相如**赋**，	◇◇◇◆◇◆，◇◇◆◆◆◇◆，
脉脉此情谁**诉**。	◆◆◆◇◇◆。
君莫**舞**，君不见玉环飞燕皆尘**土**。	◇◆◆，◇◆◆◆◇◇◆◇◇◆。
闲愁最**苦**，	◆◆，◇◇◆◆，
休去倚危栏，斜阳正在烟柳断肠**处**。	◇◆◆◇◇，◇◇◆◆◇◆◆◇◆。

同体式作品：无。

变体二·3

23 分句 8 复句

【变体二·3·1】23 分句 8 复句。上片较始词减 2 分句，11 分句 4 复句，二/二/三/四/型复句组，下片减 1 分句，12 分句 4 复句，二/三/三/四/型复句组。仄韵，连句韵、隔句韵。

7，6。7，6。3，5，5。4，5，4，5。

3，6。6，7，6。3，3，7。4，5，4，5。——南宋·辛弃疾·《全宋词》第 1868 页

摸鱼儿

观潮上叶丞相

望飞来半空鸥**鹭**，须臾动地鼙**鼓**。	△◇◇◆◇◇◆，◇◇◆◆◇◆。
截江组练驱山**去**，鏖战未收貔**虎**。	◆◇◆◆◇◇◆，◇◆◆◇◇◆。
朝又暮，诮惯得吴儿，不怕蛟龙**怒**。	◇◆◆，◆◆◆◇◇，◆◆◇◇◆。
风波平**步**，看红旆惊飞，	◇◇◇◆，△◇◆◇◇
跳鱼直上，蹙踏浪花**舞**。	◆◇◆◆，◆◆◆◇◆。
凭谁问，万里长鲸吞**吐**。	◇◇◆，◆◆◇◇◇◆。
人间儿戏千**弩**，	◇◇◇◆◇◆，
滔天力倦知何事，白马素车东**去**。	◇◇◇◆◇◇◆，◆◆◆◇◇◆。
堪恨**处**，人道是，子胥冤愤终千**古**。	◇◆◆，◇◆◆，◆◇◇◆◇◇◆。
功名自**误**，谩教得陶**朱**，	◇◇◆◆，◆◆◆◇◇，
五湖西子，一舸弄烟**雨**。	◆◇◇◆，◆◆◆◇◆。

同体式作品：无。

增减字：

（一）7，6。7，6。3，5，5。4，5，4，5。〇5，4。6，7，6。3，5，5。4，5，4，5。南宋：欧阳朝阳1首。

【变体二·3·2】23分句8复句。上下片分句数复句数与【变体二】前两式同，上下片复句型皆变。上片11分句4复句，三/二/二/四/型复句组；下片12分句4复句，三/二/三/四/型复句组。仄韵，隔句韵，间插连句韵。

3，4，6。7，7。7，3。4，5，4，5。

3，6，6。7，6。3，5，5。4，5，4，5。——南宋·静山·《全宋词》第3586页

摸鱼儿

黄时中入郡幕

晓峰高，飞泉如瀑，潜虬鞭驾轩**翥**。	◆◇◇，◇◇◆◆，◇◇◇◆◇◆。
为他一片韩山石，直到红云天尺**五**。	◆◇◆◆◇◇◆，◆◆◇◇◇◆◆。
想应道公皆安在，来何**暮**。	◆◇◆◇◇◇◆，◇◇◆。
金川小**渚**，那韶石参天，	◇◇◆◆，△◇◆◇◇，
郡纲宜**录**，为我分南**顾**。	◆◇◇◆，◆◆◇◇◆。
锦衣昼，满袖尚疑香**雾**，催人富贵如**许**。	◆◇◆，◆◆◆◇◇◆，◇◇◆◆◇◆。
岭云见说今如砥，风挟九成迎**舞**。	◆◇◆◇◇◇◆，◇◆◆◇◇◆。
烦道甫，问金镜铁胎，还记开元**否**。	◇◆◆，△◇◆◆◇，◇◆◇◇◆。
封词寄**与**，但目送河桥，	◇◇◆◆，△◆◆◇◇，

吟消醉拍，载酒满江**浒**。 ◇◇◆◆，◆◆◆◇◆。

同体式作品：无。

变体二·4

26分句8复句

【变体二·4】26分句8复句。上片第二复句较始词减1分句，12分句4复句，三/二/三/四/型复句组；下片第二复句增1分句，14分句4复句，三/四/三/四/型复句组。仄韵，隔句韵，间插连句韵。

3，4，6。7，6。3，3，7。4，5，4，5。

3，3，3。3，3，7，6。3，5，5。4，5，4，5。

——南宋·刘辰翁·《全宋词》第3251页

摸鱼儿

赠友人

醉与君狂歌又**笑**，不知当日何**调**。 ◆◆◇◇◇◆◆，◆◇◇◆◇◆。

孤山梅下吟魂冷，说甚那时苏**小**。 ◇◇◇◆◇◇◆，◆◆◆◇◇◆。

沧波**眇**，奈此**岛**，累累竟是谁家**表**。 ◇◇◆，◆◆◆，◇◇◆◆◇◇◆。

归欤白**鸟**，看四圣飘香， ◇◇◆◆，◆◆◆◇◇，

朱门金榜，化作竺飞**峤**。 ◇◇◇◆，◆◆◆◇◆。

衰也久，旧游梦，翠禽**绕**。 ◇◆◆，◆◇◆，◆◇◆。

坱兮轧，皎兮**窈**， ◆◇◆，◆◇◆，

相思一夜窗前白，谁识余怀渺**渺**。 ◇◇◆◆◇◇◆，◇◆◇◇◆◆。

残年**了**，听画角悲凉，又是霜天**晓**。 ◇◇◆，△◆◆◇◇，◆◆◇◇◆。

余音杳**緲**，叹五十之年， ◇◇◆◆，◆◆◆◇◇，

我加八九，君隔几科**诏**。 ◆◇◆◆，◇◆◆◇◆。

同体式作品：无。

变体二·5

25分句8复句

【变体二·5·1】25分句8复句。上片与始词分句数同，复句型有变，13分句4复句，四/二/三/四/型复句组；下片减1分句，12分句4复句，三/二/三/四/型复句组。仄韵，隔句韵，间插连句韵。

3，4，3，3。7，6。3，5，5。4，5，4，5。

3，6，6。7，6。3，5，5。4，5，4，5。——南宋·刘辰翁·《全宋词》第3248页

摸鱼儿

和谢、李同年

其二

三百年人间天上，遽如**许**，遽如**许**。	◇◆◇◇◇◇◆，◆◇◆，◆◇◆。
落花寒食东风**雨**，漠漠长陵抔**土**。	◆◇◇◆◇◇◆，◆◆◇◇◇◆。
魂归**否**，怕些不分明，又堕人笺**疏**。	◇◇◆，◆◇◆◇◇，◆◆◇◇◆。
且无相**负**，记昔与诸贤共谈洛下，	◆◇◇◆，◆◆◆◇◇◆◇◆◆，
曾识老人**父**。	◇◆◆◇◆。
牛衣泪，冷落闻鸡东**府**，风尘曾独深**虑**。	◇◇◆，◆◆◇◇◇◆，◇◇◇◆◇◆。
子规声断长门晓，春梦不堪重**做**。	◆◇◇◆◇◇◆，◇◆◆◇◇◆。
千万**古**，但目极心伤，宛转虞兮**楚**。	◇◆◆，△◆◆◇◇，◆◆◇◇◆。
江东日**暮**，想野草荒田而今何处，	◇◇◆◆，◆◆◆◇◇◇◇◇◆，
不待雍门**鼓**。	◆◆◇◇◆。

同体式作品：无。

【变体二·5·2】22 分句 8 复句。上片较【变体二·5·1】减 1 分句，10 分句 4 复句，三/二/二/三/型复句组；下片增 1 分句，12 分句 4 复句，四/二/二/四/型复句组。仄韵，隔句韵，间插连句韵。

4，5，4。7，6。6，7。4，7，7。

3，3，5，4。7，6。3，8。4，6，3，7。——宋·无名氏·《全宋词》第 3622 页

摸鱼儿

岁华向晚，遥天布同云，霰雪轻**飞**。	◆◇◆◆，◇◇◆◇◇，◆◆◇◇。
前村昨夜漏春光，楚梅先放南**枝**。	◇◇◇◆◆◇◇，◆◇◇◆◇◇。
叹东君运巧**思**，裁琼镂玉妆繁**蕊**。	△◇◇◆◆◇，◇◇◆◆◇◇◆。
花中偏**异**，解向严冬逞芳**菲**，	◇◇◇◆，◆◆◇◇◆◇◇，
免使游蜂粉蝶**戏**。	◆◆◇◇◆◆◆。
梁台上，汉宫**里**，	◇◇◆，◆◇◆，
殷勤仗高楼，羌管休**吹**。	◇◇◆◇◇，◇◆◇◇。
何妨留取凭阑干，大家吟玩欢**醉**。	◇◇◇◆◇◇◇，◆◇◇◇◇◆。
待明年，念芳草王孙万里**归**。	◆◇◇，△◇◆◇◇◆◆◇。
未得仙源，应是又被花开，	◆◆◇◇，◇◆◆◇◇◇，
向天涯，泪洒东风对桃**李**。	◆◇◇，◆◆◇◇◆◇◆。

同体式作品：无。

变体三

较始词分句数复句数皆变

【变体三】24 分句 9 复句。上片较始词减 2 分句，11 分句 4 复句，二/二/三/四/型复句组；下片分句数与始词同，增一复句，13 分句 5 复句，三/二/三/三/二/型复句组。仄韵，隔句韵，间插连句韵。

7，6。7，6。3，5，5。4，5，4，5。

3，6，6。7，6。3，5，5。4，5，4。3，3。——南宋·魏了翁·《全宋词》第 2371 页

摸鱼儿

送张总领

知年来几番拜**疏**，但言归去归**去**。	△◇◇◆◇◆◆，◆◇◇◆◇◆。
问归有底匆忙事，得恁陈情良**苦**。	◆◇◆◆◇◇◆，◆◆◇◇◇◆。
天未**许**，将花绶藻衣，为插仪庭**羽**。	◇◆◆，◇◇◆◆◇，◆◆◇◇◆。
掉头不**顾**，念白发翁儿，	◆◇◆◆，◆◆◆◇◇，
本来天分，不是折腰**具**。	◆◇◇◆，◆◆◆◇◆。
从头**数**，多少汉庭簪**组**，滔滔车马成**雾**。	◇◇◆，◇◆◆◇◇◆，◇◇◇◆◇◆。
争如祖帐东门外，父子缥缥高**举**。	◇◇◆◆◇◇◆，◆◆◇◇◇◆。
峨眉下，有几许湖山，无著春风**处**。	◇◇◆，△◆◆◇◇，◇◆◇◇◆。
留君不**住**，但远景楼前，追陪杖**屦**。	◇◇◆◆，◆◆◆◇◇，◇◇◆◆。
莫忘却，别时**语**。	◆◇◆，◆◇◆。

同体式作品：无。

366.【水龙吟】

【鼓笛慢】【龙吟曲】【水龙吟慢】【水龙吟令】【小楼连苑】

1. 始词北宋欧阳修作。
2. 宋代流行词调。
3. 源于唐代笛曲。李白《宫中行乐词》八首之三：“笛奏龙吟水，箫鸣凤下空。”宋传调名【鼓笛慢】，首用【水龙吟】调名者苏轼，其《水龙吟·小舟》序曰：“元丰五年，余谪居黄，正月十七日，……乃作此曲，盖越调《鼓笛慢》。”此后遂以东坡词体为普式，【水龙吟】为普用调名。
4. 或名【龙吟曲】【水龙吟慢】，南宋杨樵云因秦观《水龙吟》首句“小楼连苑横空”易调名为【小楼连苑】；《高丽史·乐志》载大晟乐府所制宴乐《抛球乐》组曲歌词，中

有【水龙吟令】一调，慢词而非小令（见本谱《附录·宴乐套词·19》），本谱皆归一调，谱例中凡不标调名者皆【水龙吟】。

5. 双片，始词每片四仄韵，变体韵数有变，隔句韵。

始词：20 分句 8 复句。双片。上下片各 10 分句 4 复句，上片三/二/三/二/型复句组；下片二/二/三/三/型复句组。仄韵，隔句韵。律词。

3，3，7。8，4。4，4，4。9，6。

6，7。4，8。4，4，4。3，6，4。——北宋·欧阳修·《全宋词》第 149 页

鼓笛慢

缕金裙，窣轻纱，透红莹玉真堪**爱**。	◆◇◇，◆◇◇，◆◇◆◆◇◇◆。
多情更把眼儿斜盼，眉儿敛**黛**。	◇◇◆◆◆◇◇◆，◇◇◆◆。
舞态歌阑，困偎香脸，酒红微**带**。	◆◆◇◇，◆◇◇◆，◆◇◇◆。
便直饶更有丹青妙手，应难写天然**态**。	△◆◇◆◆◇◇◆◆，△◇◆◇◇◆。
长恐有时不见，每饶伊百般娇**騃**。	◇◆◆◇◆◆，◆◇◇◆◇◇◆。
眼穿肠断，如今千种思量无**奈**。	◆◇◇◆，◇◇◇◆◇◇◇◆。
花谢春归，梦回云散，欲寻难**再**。	◇◆◇◇，◆◇◇◆，◆◇◇◆。
暗消魂，但觉鸳衾凤枕，有余香**在**。	◆◇◇，◆◆◇◇◆◆，◆◇◇◆。

同体式作品：无。

变体一

与始词分句数复句数相同，复句型有变。

【变体一】20 分句 8 复句。上片第一复句较始词减 1 分句、二、四复句各增 1 分句；下片第四复句减 1 分句。上片 11 分句 4 复句，二/三/三/三/型复句组；下片 9 分句 4 复句，二/二/三/二/型复句组。仄韵，连句韵、隔句韵。

6，7。4，4，4。4，4，4。3，6，6。

6，7。4，8。4，4，4。5，7。——南宋·赵长卿·《全宋词》第 1776 页

水龙吟

莺词

天教占得如簧，巧声乍啭千娇**媚**。	◇◇◆◆◇◇，◆◇◆◆◇◇◆。
金衣衬著，风流模样，于中可**是**。	◇◇◆◆，◇◇◇◆，◇◇◆◆。
红杏香中，绿杨阴处，多应饶**你**。	◇◆◇◇，◆◇◇◆，◇◇◇◆。
向黄昏，苦苦娇啼怨别，那堪更东风**起**。	◆◇◇，◆◆◇◇◆◆，◆◇◆◇◇◆。
别有诗肠鼓**吹**，未关他等闲俗**耳**。	◆◆◇◇◆◆，◆◇◇◆◇◆◆。
双柑斗酒，当时曾是高人留**意**。	◇◇◆◆，◇◇◇◆◇◇◇◆。

南国春归，上阳花落，止添憔**悴**。 ◇◆◇◇，◆◇◇◆，◆◇◇◆。

念啼声欲**碎**，何人解作留春**计**。 △◇◇◆◆，◇◇◆◆◇◇◆。

同体式作品：无。

变体二

复句数不变，分句数有变。

变体二·1

21 分句 8 复句

【变体二·1】21 分句 8 复句。双片，上片第一复句较始词减 1 分句、第四复句增 1 分句，下片第二复句增 1 分句。上片 10 分句 4 复句，二/二/三/三/型复句组；下片 11 分句 4 复句，二/三/三/三/型复句组。仄韵，隔句韵。

6，7。6，6。4，4，4。5，4，6。

6，7。4，4，4。4，4，4。5，4，4。——北宋·章楶·《全宋词》第 213 页

水龙吟

燕忙莺懒花残，正堤上柳花飘**坠**。 ◆◇◇◆◇◇，△◇◆◆◇◇◆。

轻飞点画青林，谁道全无才**思**。 ◇◇◆◆◇◇，◇◆◇◇◇◆。

闲趁游丝，静临深院，日长门**闭**。 ◇◆◇◇，◆◇◇◆，◆◇◇◆。

傍珠帘散漫，垂垂欲下，依前被风扶**起**。 △◇◇◆◆，◇◇◆◆，◇◇◆◇◇◆。

兰帐玉人睡觉，怪春衣雪沾琼**缀**。 ◇◆◆◇◆◆，△◇◇◆◇◇◆。

绣床旋满，香毬无数，才圆却**碎**。 ◆◇◆◆，◇◆◇◆，◇◇◆◆。

时见蜂儿，仰粘轻粉，鱼吹池**水**。 ◇◆◇◇，◆◇◇◆，◇◇◇◆。

望章台路杳，金鞍游荡，有盈盈**泪**。 △◇◇◆◆，◇◇◇◆，△◇◇◆。

同体式作品：无。

变体二·2

22 分句 8 复句

【变体二·2·1】22 分句 8 复句，较始词增 2 分句。双片，上下片各 11 分句 4 复句，二/三/三/三/型复句组。仄韵，隔句韵。

6，7。4，4，4。4，4，4。5，4，6。

6，7。4，4，4。4，4，4。3，4，6。——北宋·苏轼·《全宋词》第 277 页

水龙吟

次韵章质夫杨花词

似花还似非花，也无人惜从教**坠**。 ◆◇◇◆◇◇，△◇◇◆◇◆◆。

抛家傍路，思量却是，无情有**思**。 ◇◇◆◆，◇◇◆◆，◇◇◆◆。

萦损柔肠，困酣娇眼，欲开还**闭**。	◇◆◇◇，◆◇◇◆，◆◇◇◆。
梦随风万里，寻郎去处，又还被莺呼**起**。	△◇◇◆◆，◇◇◆◆，△◇◆◇◇◆。
不恨此花飞尽，恨西园落红难**缀**。	◆◆◆◇◆，△◇◇◆◇◇◆。
晓来雨过，遗踪何在，一池萍**碎**。	◆◇◆◆，◇◇◇◆，◆◇◇◆。
春色三分，二分尘土，一分流**水**。	◇◆◇◇，◆◇◇◆，◆◇◇◆。
细看来，不是杨花，点点是离人**泪**。	◆◆◇，◆◆◇◇，◆◆◆◇◇◆。

同体式作者：无。

【变体二·2·2】22 分句 8 复句。上片第四复句较【变体二·2·1】增 1 分句，下片第二复句减 1 分句。上片 12 分句 4 复句，二/三/三/四/型复句组；下片 10 分句 4 复句，二/二/三/三/型复句组。仄韵，隔句韵。律词。

6，7。4，4，4。4，4，4。5，4，3，3。

6，7。6，6。4，4，4。5，4，4。——北宋·曹组·《全宋词》第 805 页

水龙吟

牡丹

晓天谷雨晴时，翠罗护日轻烟**里**。	◆◇◆◆◇◇，◆◇◆◆◇◇◆。
酴醾径暖，柳花风淡，千葩浓**丽**。	◇◇◆◆，◆◇◇◆，◇◇◇◆。
三月春光，上林池馆，西都花**市**。	◇◆◇◇，◆◇◇◆，◇◇◇◆。
看轻盈隐约，何须解语，	◆◇◇◆◆，◇◇◆◆，
凝情处，无穷**意**。	◇◇◆，◇◇◆。
金殿筠笼岁贡，最姚黄一枝娇**贵**。	◇◆◇◇◆◆，◆◇◇◆◇◇◆。
东风既与花王，芍药须为近**侍**。	◇◇◆◆◇◇，◆◆◇◇◆◆。
歌舞筵中，满装归帽，斜簪云**髻**。	◇◆◇◇，◆◇◇◆，◇◇◇◆。
有高情未已，齐烧绛蜡，向阑边**醉**。	◆◇◇◆◆，◇◇◆◆，◆◇◇◆。

同体式作品：南宋：杨无咎 1 首。

增减字：

（一）6，7。4，4，4。4，4，4。3，6，3，3。○ 6，7。6，6。4，4，4。5，4，4。南宋：史浩 1 首。

（二）6，7。4，4，4。4，4，4。3，6，3，3。○ 6，7。6，6。6，3，4。5，4，4。南宋：赵长卿 1 首。

（三）6，7。4，4，4。4，4，4。5，4，3，3。○ 6，7。6，6。4，4，4。3，6，4。南宋：刘克庄 1 首。

【变体二·2·3】22 分句 8 复句。上下片分句数复句数与【变体二·2·1】相同，复句型有变。每片 11 分句 4 复句，上片二/二/三/四/型复句组；下片三/二/三/三/型复句组。仄韵，隔句韵。律词。

7，6。6，6。4，4，4。3，6，3，3。

6，3，4。6，6。5，3，4。3，4，6。——南宋·赵长卿·《全宋词》第 1775 页

水龙吟

梅词

烟姿玉骨尘埃外，看自有神仙**格**。	◇◇◆◆◇◇◆，△◆◆◇◇◆。
花中越样风流，曾是名标清**客**。	◇◇◆◆◇◇，◇◆◇◇◇◆。
月夜香魂，雪天孤艳，可堪怜**惜**。	◆◆◇◇，◆◇◇◆，◆◇◇◆。
向枝间，且作东风第**一**，	◆◇◇，◆◆◇◇◆◆，
和羹事，期他**日**。	◇◇◆，◇◇◆。
闻道春归未**识**，问伊家，却知消**息**。	◇◆◇◇◆◆，◆◇◇，◆◇◇◆。
当时恼杀林逋，空绕团栾千**百**。	◇◇◆◆◇◇，◇◆◇◇◇◆。
横管轻吹处，余香散，阿谁偏**得**。	◇◆◇◇◆，◇◇◆，◇◇◇◆。
寿阳宫，应有佳人，待与点新妆**额**。	◆◇◇，◇◆◇◇，◆◆◆，◇◇◆。

同体式作品：无。

【变体二·2·4】22分句8复句。上片与【变体二·2·1】上片同，下片与【变体二·2·3】下片同。每片11分句4复句，上片二/三/三/三/型复句组；下片三/二/三/三/型复句组。仄韵，隔句韵，间插连句韵。

7，6。2，6，4。4，4，4。3，6，6。

4，5，6。6，6。4，4，4。5，4，4。——南宋·赵长卿·《全宋词》第1769页

水龙吟

酴醾

韶华迤逦三春**暮**，飞尽繁红无**数**。	◇◇◆◆◇◇◆，◇◆◇◇◇◆。
多情，为与牡丹长约，年年为**主**。	◇◇，◆◆◆◇◇◆，◇◇◇◆。
晓露凝香，柔条千**缕**，轻盈清**素**。	◆◆◇◇，◇◇◇◆，◇◇◇◆。
最堪怜，玉质冰肌婀娜，江梅谩休争**妒**。	◆◇◇，◆◆◇◇◆◆，◇◇◆◇◇◆。
翠蔓扶疏，隐映似碧纱，笼罩越溪游**女**。	◆◆◇◇，◆◆◆◆◇，◆◆◆◇◇◆。
从前爱惜娇姿，终日愁风怕**雨**。	◇◇◆◆◇◇，◇◆◇◇◆◆。
夜月一帘，小楼魂断，有思量**处**。	◆◆◆◇，◆◇◇◆，△◇◇◆。
恐因循易嫁，东风烂熳，暗随春**去**。	△◇◇◆◆，◇◇◆◆，◆◇◇◆。

同体式作品：无。

变体二·3

24分句8复句

【变体二·3·1】24分句8复句。双片，上下片较始词各增2分句，每片12分句4复句，上片二/三/三/四/型复句组；下片三/三/三/三/型复句组。仄韵，隔句韵，间插连句韵。律词。

6，7。4，4，4。4，4，4。5，4，3，3。

6，3，4。4，4，4。4，4，4。5，4，4。——北宋·苏轼·《全宋词》第278页

水龙吟

闾丘大夫孝直公显尝守黄州，作栖霞楼，为郡中绝胜。元丰五年，余谪居黄，正月十七日，梦扁舟渡江，中流回望，楼中歌乐杂作，舟中人言公显方会客也。觉而异之，乃作此词。公显时已致仕在苏州。

小舟横截春江，卧看翠壁红楼**起**。	◆◇◇◆◇◇，◆◇◆◆◇◇◆。
云间笑语，使君高**会**，佳人半**醉**。	◇◇◆◆，◆◇◇◆，◇◇◆◆。
危柱哀弦，艳歌余响，绕云萦**水**。	◇◆◇◇，◆◇◇◆，◆◇◇◆。
念故人老大，风流未减，	△◆◇◆◆，◇◇◆◆，
空回首，烟波**里**。	◇◇◆，◇◇◆。
推枕惘然不见，但空江，月明千**里**。	◇◆◆◇◆◆，◆◇◇，◆◇◇◆。
五湖闻道，扁舟归去，仍携西**子**。	◆◇◇◆，◆◇◇◆，◇◇◇◆。
云梦南州，武昌南岸，昔游应**记**。	◇◆◇◇，◆◇◇◆，◆◇◇◆。
料多情梦**里**，端来见我，也参差**是**。	△◇◇◆◆，◇◇◆◆，△◇◇◆。

同体式作品：北宋：孔夷1首。南宋：史达祖1首（【龙吟曲】），陈著1首，吕同老1首。

增减字：

（一）6，7。4，4，4。4，4，4。5，4，3，3。○6，3，4。4，4，4。4，4，4。3，4，6。北宋：苏轼4首，黄庭坚1首（【鼓笛慢】），秦观2首（【鼓笛慢】），晁补之4首，周邦彦1首，孔榘1首（【鼓笛慢】），王安中1首，周紫芝3首，李纲5首，胡寅1首，计10人23首。南宋：向子諲1首，吕渭老2首（【鼓笛慢】），杨无咎2首，曹勋2首，史浩2首，曾觌1首，毛开1首，韩元吉4首，侯寘1首，赵彦端1首，袁去华3首，管鉴2首，范成大1首，阎苍舒1首，赵长卿1首，辛弃疾7首，石孝友1首，陈亮1首，张镃1首，刘过1首，汪莘1首，高观国2首，魏了翁1首，卢祖皋4首，吴泳1首，陈以庄1首，王迈1首，黄机1首，严仁2首，葛长庚2首，刘克庄13首，赵以夫1首，张榘2首，李曾伯8首，方岳1首，吴文英6首，洪瑹1首，楼枎1首，黄昇1首，陈景沂1首，施岳1首，何梦桂1首，赵闻礼1首，史达祖1首（【龙吟曲】），萧元之1首，刘辰翁6首，周密3首（【龙吟曲】），翁溪园1首，汪元量1首，王沂孙2首，柴元彪1首，王易简1首，陈德武2首，张炎1首，陈恕可1首，陈深1首，曾允云1首，程霁岩1首，赵佥判1首，杨樵云1首（【小楼连苑】），无名氏1首（【鼓笛慢】），计61人117首。

（二）6，7。4，4，4。4，4，4。5，4，3，3。○6，3，4。4，4，4。4，4，4。3，6，4。北宋：苏轼2首，晁端礼1首，晁补之1首。南宋：李弥逊1首，吕渭老1首，辛弃疾3首，马子严2首，陈亮1首，韩淲1首，危稹1首，高观国1首，吴泳1首，严仁1首，张榘2首，黄孝迈1首，李曾伯1首，吴文英1首，杨泽民1首，陈著3首，张绍文1首，史达祖1首（【龙吟曲】），陈允平1首，黎廷瑞1首，陈德武2首，赵彦端1首，无名氏1首（【鼓笛慢】），计23人30首。

（三）7，6。4，4，4。4，4，4。5，4，3，3。○6，3，4。4，4，4。5，3，4。5，4，4。北宋：晁端礼3首。

（四）7，6。4，4，4。4，4，4。5，4，3，3。○6，3，4。4，4，4。4，4，4。5，4，4。北宋：朱敦

儒2首。南宋：蔡伸1首，陆游2首，赵长卿3首，京镗1首，卢炳1首，刘镇1首，蒋捷1首，计7人10首。

（五）6，7。4，4，4。4，4，4。5，4，3，3。○6，3，4。4，4，4。4，4，4。3，4，6。南宋：向子諲1首，程珌1首，赵以夫1首，李曾伯4首，李昴英2首，陈著1首，王沂孙2首，仇远1首，计8人13首。

（六）7，6。4，4，4。4，4，4。5，4，3，3。○6，3，4。4，4，4。4，4，4。5，4，5。南宋：胡仔1首。

（七）6，7。4，4，4。4，4，4。5，4，3，3。○6，3，4。4，4，4。4，4，4。5，6，4。南宋：葛立方1首。

（八）7，6。4，4，4。4，4，4。5，4，3，3。○3，3，7。4，4，4。4，4，4。5，4，4。南宋：辛弃疾1首。

（九）6，7。4，4，4。4，4，4。5，4，3，3。○6，3，4。4，4，4。5，3，4。5，4，4。南宋：程垓1首，孙惟信1首。

（一〇）6，7。4，4，4。4，4，4。5，4，3，3。○7，3，4。4，4，4。4，4，4。5，4，4。南宋：刘褒1首。

（一一）7，6。4，4，4。4，4，4。5，4，3，3。○6，3，4。4，4，4。4，4，4。3，4，6。南宋：姜夔1首，无名氏1首。

（一二）6，7。4，4，4。4，4，4。3，6，3，3。○6，3，4。4，4，4。4，4，4。5，4，4。南宋：李廷忠1首，方岳1首，丁宥1首，周密1首（【龙吟曲】），王沂孙1首。

（一三）7，6。4，4，4。4，4，4。5，4，3，3。○6，3，4。4，4，4。4，4，4。3，6，4。南宋：刘镇1首。

（一四）6，7。4，4，4。4，3，4。4，5，3，3。○6，3，4。4，4，4。5，3，4。5，4，4。南宋：刘克庄1首。

（一五）6，7。4，4，4。4，4，4。5，4，3，3。○6，3，4。4，4，4。5，3，4。3，4，6。南宋：吴文英1首。

（一六）6，7。4，4，4。4，4，4。3，6，3，3。○6，3，4。4，4，4。4，4，4。3，4，6。南宋：陈著1首。

（一七）6，7。4，4，4。4，4，4。5，4，3，3。○6，3，4。4，4，4。4，4，4。3，4，4。南宋：姚勉1首。

（一八）6，7。4，4，4。5，3，4。5，4，3，3。○6，3，4。4，4，4。5，3，4。5，4，4。南宋：无名氏1首（【水龙吟慢】）。

【变体二·3·2】24分句8复句。较【变体二·3·1】上片增1分句，13分句4复句，三/三/三/四/型复句组；下片减1分句，11分句4复句，二/三/三/三/型复句组。仄韵，隔句韵。

7，3，3。4，4，4。4，4，4。5，4，3，3。

6，7。4，4，4。4，4，4。5，4，4。——南宋·赵长卿·《全宋词》第1806页

水龙吟

自遣

暾曾著意斟量过，天下事，无穷**尽**。　◆◇◆◆◇◇◆，◇◆◆，◇◇◆。

贪荣贪富，朝思夕计，空劳方**寸**。	◇◇◇◆，◇◇◆◆，◇◇◇◆。
蹑足封王，功名盖世，谁如韩**信**。	◆◆◇◇，◇◇◆◆，◇◇◇◆。
更堆金积玉，石崇豪侈，	△◇◇◆◆，◆◇◇◆，
当时望，倾西**晋**。	◇◇◆，◇◇◆。
长乐宫中一叹，又何须累累悬**印**。	◇◆◇◇◆◆，△◇◇◆◆◇◆。
坠楼效死，轻车东市，头膏血**刃**。	◆◇◆◆，◇◇◇◆，◇◇◆◆。
尤物虚名，于身何补，一齐休**问**。	◇◆◇◇，◇◇◇◆，◆◇◇◆。
遇当歌临酒，舒眉展眼，且随缘**分**。	△◆◇◇◆，◇◇◆◆，◆◇◇◆。

同体式作品：无。

【变体二·3·3】24分句8复句。上下片句型与【变体二·3·2】正相反。上片11分句4复句，二/三/三/三/型复句组；下片13分句4复句，三/三/三/四/型复句组。仄韵，隔句韵。律词。

6，7。4，4，4。4，4，4。5，5，4。

6，3，4。4，4，4。4，4，4。3，4，3，3。——南宋·方味道·《全宋词》第2527页

庄椿岁

寿赵丞相

恭审某官，间期淑气，特立高标。仰维岳之生贤，一朝献颂；赋缁衣而入相，四海同声。欣逢五百年之期，愿上八千岁之祝。可占耆艾，曷尽形容。音寄【水龙吟】，名为《庄椿岁》。倘蒙省览，万有荣光。

纶巾少驻家山，北窗睡觉南薰**起**。	◇◇◆◆◇◇，◆◇◆◆◇◇◆。
黄庭细看，长生秘诀，神仙奇**趣**。	◇◇◆◆，◇◇◆◆，◇◇◇◆。
奈此苍生，愿苏炎热，仰为霖**雨**。	◆◆◇◇，◆◇◇◆，◆◇◇◆。
趁丹心未老，将整顿乾坤，手为经**理**。	△◇◇◆◆，△◆◆◇◇，◆◇◇◆。
好是今年庆**事**，抱奇孙，一门佳**气**。	◆◆◇◇◆◆，◆◇◇，◆◇◇◆。
蓬山振佩，麟符重锡，褒纶新**美**。	◇◇◆◆，◇◇◇◆，◇◇◇◆。
玉树参庭，桂枝分种，香浮兰**芷**。	◆◆◇◇，◆◇◇◆，◇◇◇◆。
看他年，接武三槐，长是伴，庄椿**岁**。	◆◇◇，◆◆◇◇，◇◆◆，◇◇◆。

同体式作品：无。

增减字：

（一）6，7。4，4，4。4，4，4。5，4，6。○6，3，4。4，4，4。4，4，4。3，4，3，3。南宋：卫宗武1首。

变体二·4

25分句8复句

【变体二·4·1】25 分句 8 复句。较始词分句数增 5，复句数相同。上片 13 分句 4 复句，三/三/三/四/型复句组；下片 12 分句 4 复句，三/三/三/三/型复句组。仄韵，隔句韵。律词。

4，4，5。4，4，4。4，4，4。3，6，3，3。

6，3，4。4，4，4。4，4，4。5，4，4。——北宋·李之仪·《全宋词》第 338 页

水龙吟

中秋

晚来轻拂，游云尽卷，霁色寒相**射**。	◆◇◇◆，◇◇◆◆，◆◆◇◇◆。
银潢半掩，秋毫欲数，分明不**夜**。	◇◇◆◆，◇◇◆◆，◇◇◆◆。
玉琯传声，羽衣催舞，此欢难**借**。	◆◆◇◇，◆◇◇◆，◆◇◇◆。
凛清辉，但觉圆光罩影，	◆◇◇，◆◆◇◇◆◆，
冰壶莹，真无**价**。	◇◇◆，◇◇◆。
闻道水精宫殿，惠炉薰，珠帘高**挂**。	◇◆◆◇◇◆，◆◇◇，◇◇◇◆。
琼枝半倚，瑶觞更劝，莺娇燕**姹**。	◇◇◆◆，◇◇◆◆，◇◇◆◆。
目断魂飞，翠萦红绕，空吟小**砑**。	◆◆◇◇，◆◇◇◆，◇◇◆◆。
想归来醉里，鸾篦凤朵，倩何人**卸**。	△◇◇◆◆，◇◇◆◆，◆◇◇◆。

同体式作品：无。

增减字：

（一）7，3，3。5，4，5。5，3，4。5，4，3，3。○6，3，4。4，4，5。5，3，4。3，6，5。北宋：秦观 1 首。

（二）4，4，5。4，4，4。4，4，4。5，4，3，3。○6，3，4。4，4，4。4，4，4。5，4，4。北宋：吴则礼 1 首，南宋：曹勋 5 首，无名氏 1 首。

（三）7，3，3。4，4，4。4，4，4。5，4，3，3。○6，3，4。4，4，4。4，4，4。5，4，4。南宋：杨无咎 1 首，赵长卿 1 首。

（四）7，3，3。4，4，4。4，4，4。5，4，3，3。○6，3，4。4，4，4。4，4，4。3，4，6。南宋：杨无咎 1 首。

（五）6，3，4。4，4，4。4，4，4。5，4，3，3。○6，3，4。4，4，4。5，3，4。5，4，4。南宋：曹冠 1 首。

（六）6，3，4。4，4，4。4，4，4。5，4，3，3。○6，3，4。4，4，4。4，4，4。5，4，4。南宋：吴潜 1 首。

（七）6，3，4。4，4，4。4，4，4。5，4，3，3。○6，3，4。4，4，4。4，4，4。3，4，6。南宋：静山 1 首。

【变体二·4·2】25 分句 8 复句。上片第一复句较【变体二·4·1】减 1 分句，下片第四复句增 1 分句。上片 12 分句 4 复句，二/三/三/四/型复句组；下片 13 分句 4 复句，三/三/三/四/型复句组。仄韵，隔句韵。律词。

6，7。4，4，4。4，4，4。5，4，3，3。

6，3，4。4，4，4。4，4，4。5，4，3，3。——南宋·张孝祥·《全宋词》第1690页

水龙吟

望九华山作

竹舆晓入青阳，细风凉月天如**洗**。　◆◇◆◆◇◇，◆◇◇◆◇◇◆。
峰回路转，云舒霞卷，了非人**世**。　◇◇◆◆，◇◇◇◆，◆◇◇◆。
转就丹砂，铸成金鼎，碧光相**倚**。　◆◆◇◇，◆◇◇◆，◆◇◇◆。
料天关虎守，箕畴龙负，　◆◇◇◆◆，◇◇◇◆，
开神秘，留兹**地**。　◇◇◆，◇◇◆。

缥缈珠幢羽**卫**，望蓬莱，初无弱**水**。　◆◆◇◇◆◆，◆◇◇，◇◇◆◆。
仙人拍手，山头笑我，尘埃满**袂**。　◇◇◇◆，◇◇◆◆，◇◇◆◆。
春锁瑶房，雾迷芝圃，昔游都**记**。　◇◆◇◇，◆◇◇◆，◆◇◇◆。
怅世缘未了，匆匆又去，　△◆◇◆◆，◇◇◆◆，
空凝伫，烟霄**里**。　◇◇◆，◇◇◆。

同体式作品：南宋：张孝祥1首。

增减字：

（一）6，7。4，4，4。4，4，4。5，4，3，3。○6，3，4。4，4，4。4，4，4。3，5，3，3。南宋：辛弃疾1首。

（二）6，7。4，4，4。4，4，4。5，4，3，3。○6，3，4。4，4，4。4，4，4。3，4，3，3。南宋：刘过1首，吴琚1首，李曾伯10首，陈允平1首，黎廷瑞1首，王槐建1首，赵汝钠1首，张炎2首，杨樵云1首。

（三）6，7。4，4，4。4，4，4。3，6，3，3。○6，3，4。4，4，4。4，4，4。3，4，3，3。南宋：刘镇1首，翁元龙1首，李居仁1首。

【变体二·4·3】25分句8复句。上片分句数复句型与【变体二·4·2】上片同，12分句4复句，二/三/三/四/型复句组；下片分句数同，复句型有变，13分句4复句，四/三/三/三/型复句组。仄韵，隔句韵，间插连句韵。律词。

6，7。4，4，4。4，4，4。5，4，3，3。

2，4，3，4。4，4，4。4，4，4。5，4，4。——南宋·吴文英·《全宋词》第2879页

水龙吟

赋张斗墅家古松五粒

有人独立空山，翠髯未觉霜颜**老**。　◆◇◆◆◇◇，◆◇◆◆◇◇◆。
新香秀粒，浓光绿浸，千年春**小**。　◇◇◆◆，◇◇◆◆，◇◇◇◆。
布影参旗，障空云盖，沉沉秋**晓**。　◆◆◇◇，◆◇◇◆，◇◇◇◆。
驷苍虬万里，笙吹凤女，　◆◇◇◆◆，◇◇◆◆，
骖飞乘，天风**袅**。　◇◇◆，◇◇◆。

般**巧**，霜斤不**到**，汉游仙，相从最**早**。　◇◆，◇◇◆◆，◆◇◇，◇◇◆◆。
皱鳞细雨，层阴藏月，朱弦古**调**。　◇◇◆◆，◇◇◇◆，◇◇◆◆。
问讯东桥，故人南岭，倚天长**啸**。　◆◆◇◇，◆◇◇◆，◆◇◇◆。
待凌霄谢了，山深岁晚，素心才**表**。　△◇◇◆◆，◇◇◆◆，◆◇◇◆。

同体式作品：无。

增减字：

（一）6，7。4，4，4。5，3，4。5，4，3，3。○ 2，4，3，4。4，4，4。5，3，4。5，4，4。南宋：吴文英1首。

变体二·5

23分句8复句

【变体二·5·1】23分句8复句，较始词增3分句。上片12分句4复句，二/三/三/四/型复句组；下片11分句4复句，二/三/三/三/型复句组。仄韵，隔句韵，间插连句韵。律词。

6，7。4，4，4。4，4，4。3，6，3，3。
6，7。4，4，4。4，4，4。5，4，4。——北宋·黄裳·《全宋词》第376页

水龙吟

方外述怀

五城中锁奇书，世间睡里无人**唤**。　◆◇◇◆◇◇，◆◇◆◆◇◇◆。
家家自有，月中丹桂，朱衣**仙**子。　◇◇◆◆，◆◇◇◆，◇◇◇◆。
能驻光阴，解留颜鬓，引君霄**汉**。　◇◆◇◇，◆◇◇◆，◆◇◇◆。
便西归，休梦华胥国□，　◆◇◇，◇◆◇◇◆□，
约无**限**，烟霞**伴**。　◆◇◆，◇◇◆。

谁是采真高士，幻中寻取元非**幻**。　◇◆◆◇◇◆，◆◇◇◆◇◇◆。
时人不为，玉峰三秀，尘缘难**断**。　◇◇◇◆，◆◇◇◆，◇◇◇◆。
莫说英雄，万端愁绪，夕阳孤**馆**。　◆◆◇◇，◆◇◇◆，◆◇◇◆。
到流年过尽，韶华去了，起浮生**叹**。　◆◇◇◆◆，◇◇◆◆，◆◇◇◆。

同体式作品：无。

增减字：

（一）6，7。4，4，4。4，4，4。5，4，3，3。○ 6，7。4，4，4。4，4，4。5，4，4。北宋·李祁1首。

【变体二·5·2】23分句8复句。上片分句数复句型与【变体二·5·1】下片同，11分句4复句，二/三/三/三/型复句组；下片分句数与【变体二·5·1】上片同，复句型不同，12分句4复句，三/三/三/三/型复句组。仄韵，隔句韵。律词。

6，7。4，4，4。4，4，4。5，4，4。
6，3，4。4，4，4。4，4，4。5，4，4。——南宋·张元干·《全宋词》第1099页

水龙吟

周总领生朝

水晶宫映长城，藕花万顷开浮**蕊**。 ◆◇◇◆◇◇，◆◇◆◆◇◇◆。
红妆翠盖，生朝时候，湖山摇**曳**。 ◇◇◆◆，◇◇◇◆，◇◇◇◆。
珠露争圆，香风不断，普熏沉**水**。 ◇◆◇◇，◇◇◆◆，◆◇◇◆。
似瑶池侍女，霞裾缓步，寿烟光**里**。 △◇◇◆◆，◇◇◆◆，◆◇◇◆。

霖雨已沾千里，兆丰年，十分和**气**。 ◇◆◆◇◇◆，◆◇◇，◆◇◇◆。
星郎绿鬓，锦波春酿，碧筒宜**醉**。 ◇◇◆◆，◆◇◇◆，◆◇◇◆。
荷橐还朝，青毡奕世，除书将**至**。 ◆◆◇◇，◇◇◆◆，◇◇◇◆。
看巢龟戏叶，蟠桃著子，祝三千**岁**。 △◇◇◆◆，◇◇◆◆，◆◇◇◆。

同体式作品：无。

增减字：

（一）6，7。4，4，4。4，4，4。5，4，6。○ 6，3，4。4，4，4。4，4，4。5，4，4。南宋：杨无咎 1 首，曾协 1 首，京镗 1 首，方千里 1 首，唐珏 1 首，曾惇 1 首，真知柔 1 首。

（二）6，7。4，4，4。4，4，4。3，4，7。○ 6，3，4。4，4，4。4，4，4。5，4，4。南宋：丘密 1 首。

（三）6，7。4，4，4。4，4，4。5，4，6。○ 6，3，4。4，4，4。4，4，4。4，4，6。南宋：祖吴 1 首。

（四）6，7。4，4，4。4，4，4。5，4，6。○ 6，3，4。4，4，4。4，4，4。3，4，6。南宋：李昴英 1 首，李璮 1 首，何梦桂 1 首。

（五）6，7。4，4，4。4，4，4。4，5，5。○ 6，3，4。4，4，3。4，4，4。4，4，6。南宋：无名氏 1 首（【水龙吟令】）。

【变体二·5·3】23 分句 8 复句，上下片分句数复句数与【变体二 5·2】同，上片复句型有变，下片无变。上片 11 分句 4 复句，二/二/三/四/型复句组；下片 12 分句 4 复句，三/三/三/三/型复句组。仄韵，隔句韵。律词。

6，7。6，6。4，4，4。5，4，3，3。
6，3，4。4，4，4。4，4，4。5，4，4。——南宋·京镗·《全宋词》第 1844 页

水龙吟

寿王漕，是日冬至。

夜来井络参躔，使星一点明如**昼**。 ◆◇◆◆◇◇，◆◇◆◆◇◇◆。
谁将天上麒麟，钟作人间英**秀**。 ◇◇◇◆◇◇，◇◆◇◇◇◆。
从橐仪刑，御屏名姓，暂烦衣**绣**。 ◇◆◇◇，◆◇◇◆，◆◇◇◆。
问西川父老，新来喜跃， △◇◇◆◆，◇◇◆◆，
缘何事，曾知**否**。 ◇◇◆，◇◇◆。

今代澄清妙手，为公家，忧心如**疚**。 ◇◆◇◇◆◆，◆◇◇，◆◇◇◆。
几年繁赋，一朝输代，恩民特**厚**。 ◆◇◇◆，◆◇◇◆，◇◇◆◆。

初度佳辰，恰逢长至，从来希**有**。　◇◆◇◇，◆◇◇◆，◇◇◇◆。
但只将一部，欢声百万，与公为**寿**。　△◆◇◆◆，◇◇◆◆，◆◇◇◆。

同体式作品： 无。

增减字：

（一）6，7。6，6。4，4，4。4，4，3，3。○ 6，3，4。4，4，4。4，4，4。5，4，4。南宋：辛弃疾1首。

变体二 · 6

19分句8复句

【变体二 · 6 · 1】19分句8复句。上片分句数复句型与始词同，10分句4复句，二/二/三/三/型复句组；下片减1分句，9分句4复句，二/三/二/二/型复句组。仄韵，邻韵通押，隔句韵。

6，7。6，6。4，4，4。5，4，6。
6，7。4，4，4。5，7。5，7。——南宋 · 赵长卿 · 《全宋词》第1776页

水龙吟

雨词

淡烟轻霭蒙蒙，望中乍歇凝晴**昼**。　◆◇◇◆◇◇，◇◇◆◆◇◇◆。
才惊一霎催花，还又随风过**了**。　◇◇◆◆◇◇，◇◆◇◇◆◆。
清带梨梢，晕含桃脸，添春多**少**。　◇◆◇◇，◆◇◇◆，◇◇◇◆。
向海棠点点，香红染遍，分明是胭脂**透**。　△◆◇◆◆，◇◇◆◆，◇◇◆◇◇◆。

无奈芳心滴碎，阻游人踏青携**手**。　◇◆◇◇◆◆，△◇◇◆◇◇◆。
檐头线断，空中丝乱，才晴却**又**。　◇◇◆◆，◇◇◇◆，◇◇◆◆。
帘幕闲垂处，轻风送一番寒**峭**。　◇◆◇◇◆，◇◇◆，◆◇◇◆。
正留君不住，潇潇更下黄昏**后**。　△◇◇◆◆，◇◇◆◆◇◇◆。

同体式作品： 无。

【变体二 · 6 · 2】19分句8复句。上下片分句数与【变体二 · 6 · 1】上下片相反，复句型有变。上片9分句4复句，二/二/二/三/型复句组；下片10分句4复句，三/二/二/三/型复句组。仄韵，邻韵换押，抱韵，遥韵；隔句韵，插一连句韵。

6，6。7，5。5，7。7，3，4。
6，3，5。7，4。7，5。7，3，4。——宋 · 无名氏 · 《全宋词》第3829页

水龙吟慢

玉皇金阙长春，民仰高天欣**载**。　◆◇◇◆◇◇，◇◆◇◇◇◆。
年年一度定佳期，风情多感**慨**。　◇◇◆◆◆◇◇，◇◇◇◆◆。
绮罗竞交会，争折花枝两相**对**。　◆◇◆◇◆，◇◆◇◇◆◇◆。

舞袖翩翩歌声妙，掩粉面，斜窥翠**黛**。	◆◆◇◇◇◇◆，◆◆◆，◇◇◆◆。
锦额门开彩架，球儿裳，先秀神仙**队**。	◆◆◇◇◆◆，◇◇◇，◇◆◇◇◆。
融香拂席霓裳动，铿锵环**佩**。	◇◇◆◆◇◇◆，◇◇◇◆。
宝座巍巍五云密，欢呼争拜**退**。	◆◆◇◇◆◇◆，◇◇◇◆◆。
管弦众作欲归去，愿吾皇，万年恩**爱**。	◆◇◆◆◆◇◆，◆◇◇，◆◇◇◆。

同体式作品：无。

367.【品令】

1. 始词北宋欧阳修作。
2. 宋代常用词调。
3. 双片，始词上片五韵，下三韵，变体韵数多变；仄韵，连句韵、隔句韵。

始词：12 分句 4 复句。双片。每片 6 分句 2 复句，上片三/三/型复句组；下片二/四/型复句组。仄韵，邻韵通押，连句韵，间插隔句韵。

3，3，6。3，5，5。

6，5。5，3，3，3。——北宋·欧阳修·《全宋词》第 152 页

品令

渐素**景**，金风**劲**，早是凄凉孤**冷**。	◆◆◆，◇◇◆，◆◆◇◇◇◆。
那堪闻，蛩吟穿金**井**，唤愁绪难**整**。	◆◇◇，◇◇◇◇◆，△◇◆◇◆。
懊恼人人薄**幸**，负云期雨**信**。	◆◆◇◇◆◆，◆◇◇◆◆。
终日望伊来，无凭准，闷损我，也不**定**。	◇◆◆◇◇，◇◇◆，◆◆◆，◆◆◆。

同体式作品：无。

变体二

较始词复句数不变，分句数有变。

变体二·1

10 分句 4 复句

【变体二·1·1】10 分句 4 复句，双片，上下片较始词各减 1 分句。每片 5 分句 2 复句，二/三/型复句组。仄韵，邻韵通押，连句韵，间插隔句韵。

4，7。7，4，6。

7，5。7，4，5。——北宋·周邦彦·《全宋词》第 612 页

品令

商调。梅花。

夜阑人**静**，月痕寄梅梢疏**影**。　◆◆◇◆，◆◇◆◇◇◇◆。
帘外曲角栏干**近**，　◇◆◆◆◇◇◆，
旧携手处，花发雾寒成**阵**。　◆◇◆◆，◇◆◆◇◇◆。

应是不禁愁与**恨**，纵相逢难**问**。　◇◆◆◆◇◆，△◇◇◇◆。
黛眉曾把春衫**印**，　◆◇◇◆◇◇◆，
后期无定，断肠香销**尽**。　◆◇◆◆，◆◇◇◇◆。

同体式作品：无。

增减字：

(一) 6，6。4，4，4。○ 6，6。4，4，4。北宋：李廌 1 首。

(二) 4，7。7，4，5。○ 7，7。7，3，5。南宋：杨无咎 1 首。

(三) 4，7。7，4，5。○ 7，5。7，4，5。南宋：方千里 1 首，杨泽民 1 首。

(四) 4，7。7，4，5。○ 7，5。7，4，5。南宋：刘辰翁 1 首。

(五) 4，7。7，4，4。○ 6，5。7，4，5。南宋：陈允平 1 首。

【变体二·1·2】10 分句 4 复句。上下片分句数与【变体二·2·1】同，每片 5 分句 2 复句，上片复句型有变，三/二/型复句组；下片复句型不变，二/三/型复句组。仄韵，隔句韵，下片结末连句韵。

3，3，6。7，6。

7，6。7，3，3。——南宋·赵长卿·《全宋词》第 1823 页

品令

好事**客**，宫商内，吟得风清月**白**。　◆◆◆，◇◇◆，◇◆◇◇◆◆。
主人幸有豪家意，后堂煞有春**色**。　◆◇◆◆◇◇◆，◆◇◆◆◇◆。

花压金翘俏相映，酒满玉纤无**力**。　◇◆◇◆◆◇◆，◆◆◆◇◇◆。
你若待我些儿酒，尽吃**得**，尽吃**得**。　◆◆◆◆◇◇◆，◆◆◆，◆◆◆。

同体式作品：无。

变体二·2

11 分句 4 复句

【变体二·2】11 分句 4 复句。上片分句数复句型与始词同，6 分句 2 复句，三/三/型复句组；下片第二复句减 1 分句，5 分句 2 复句，二/三/型复句组。仄韵，隔句韵。

3，3，6。3，5，6。

6，6。3，5，6。——北宋·曹组·《全宋词》第 802 页

品令

乍寂**寞**，帘栊静，夜久寒生罗**幕**。　◆◆◆，◇◇◆，◆◆◇◇◇◆。
窗儿外，有个梧桐树，早一叶两叶**落**。　◇◇◆，◆◆◇◇◆，△◆◆◆◆◆。

独倚屏山欲寐，月转惊飞乌**鹊**。　◆◆◇◇◆◆，◆◆◇◇◇◆。
促织儿，声响虽不大，敢教贤睡不**著**。　◆◆◇，◇◆◇◆◆，◆◆◇◆◆◆。

同体式作品：南宋：颜博文 1 首。

增减字：

(一) 3，3，6。7，3，3。○ 7，6。7，3，3。南宋：赵长卿 1 首。

变体二·3

8 分句 4 复句

【变体二·3】8 分句 4 复句。双片，每片较始词各减 2 分句，4 分句 2 复句，二/二/型复句组。仄韵，方言韵，隔句韵。

3，9。8，6。
6，6。8，6。——南宋·辛弃疾·《全宋词》第 1922 页

品令

族姑庆八十，来索俳语。

更休说，便是个住世观音菩**萨**。　◆◇◆，◆◆◆◆◆◇◇◇◆。
甚今年容貌八十岁，见底道才十**八**。　△◇◇◇◆◆◆◆，◆◆◆◇◆◆。

莫献寿星香烛，莫祝灵龟椿**鹤**。　◆◆◆◇◇◆，◆◆◇◇◇◆。
只消得把笔轻轻去，十字上添一**撇**。　◆◇◆◆◆◇◇◆，◆◆◆◇◆◆。

同体式作品：无。

变体三

较始词分句数复句数皆变

变体三·1

12 分句 6 复句

【变体三·1】12 分句 6 复句，分句数与始词同，复句数增 2。每片 6 分句 3 复句，二/二/二/型复句组。仄韵，连句韵、隔句韵。

5，6。6，6。6，4。
4，7。6，6。6，4。——北宋·黄庭坚·《全宋词》第 388 页

品令

送黔守曹伯达供备

败叶霜天**晓**，渐鼓吹催行**棹**。　◆◆◇◇◆，△◆◇◇◇◆。

栽成桃李未开，便解银章归**报**。　◇◇◇◆◆◇，◆◆◇◇◇◆。
去取麒麟图画，要及年**少**。　◆◆◇◇◇◆，◆◆◇◆。

劝公醉**倒**，别语怎向醒时**道**。　◆◇◆◆，◆◆◆◆◇◇◆。
楚山千里暮云，正锁离人情**抱**。　◆◇◇◆◆◇，◆◆◇◇◇◆。
记取江州司马，坐中最**老**。　◆◆◇◇◇◆，◆◇◆◆。

同体式作品：无。

增减字：

(一) 6，7。4，7。4，6。○ 4，6。4，8。4，6。南宋：陈亮 1 首。

(二) 4，6。4，6。4，6。○ 4，5。4，6。4，6。南宋：卓田 1 首。

(三) 4，6。4，8。6，4。○ 4，6。4，8。4，6。宋：无名氏 1 首。

变体三 · 2

16 分句 6 复句

【变体三 · 2】16 分句 6 复句。上片第二、三复句较【变体三 · 1】各增 1 分句，下片第一、二复句各增 1 分句。每片 8 分句 3 复句，三/三/二/型复句组。仄韵，隔句韵。

5，3，3。4，4，4。4，7。

4，3，3。4，4，4。4，6。——北宋 · 黄庭坚 · 《全宋词》第 405 页

品令

茶词

凤舞团团**饼**，恨分破，教孤**令**。　◆◆◇◇◆，◆◇◆，◇◇◆。
金渠体净，只轮慢碾，玉尘光**莹**。　◇◇◆◆，◇◇◆◆，◆◇◇◆。
汤响松风，早减了二分酒**病**。　◇◆◇◇，◆◆◆◆◇◆◆。

味浓香**永**，醉乡路，成佳**境**。　◆◇◇◆，◆◇◆，◇◇◆。
恰如灯下，故人万里，归来对**影**。　◆◇◇◆，◆◇◆◆，◇◇◆◆。
口不能言，心下快活自**省**。　◆◆◇◇，◇◆◆◆◆◆。

同体式作品：无。

增减字：

(一) 4，3，3。4，4，4。4，6。○ 4，3，3。4，4，4。4，6。南宋：吕渭老 1 首，辛弃疾 1 首。

变体三 · 3

13 分句 6 复句

【变体三 · 3】13 分句 6 复句。上片较【变体三 · 1】增 1 分句，下片分句数复句型相同。上片 7 分句 3 复句，三/二/二/型复句组；下片 6 分句 3 复句，二/二/二/型复句组。仄韵，隔句韵。

3，3，6。4，4。3，3。

6，6。3，5。3，3。——北宋·秦观·《全宋词》第468页

品令

掉又臞，天然个，品格于中压**一**。	◆◆◆，◇◇◆，◆◆◇◇◆◆。
帘儿下时，把鞋儿**踢**。	◇◇◆◇，◆◇◇◆，
语低低，笑咭**咭**。	◆◇◇，◆◆◆。
每每秦楼相见，见了无限怜**惜**。	◆◆◇◇◇◆，◆◇◇◆◇◆。
人前强，不欲相沾**识**。	◇◇，◆◆◆◇◇◆。
把不定，脸儿**赤**。	◆◆◆，◆◇◆。

按：“掉又臞”，“掉”疑为“婥”之误写。婥，柔弱，柔美；臞，瘦弱。

同体式作品：无。

增减字：

（一）3，3，6。3，5，3，3。○6，6。3，5，3，3。北宋：贺铸1首，曹组1首。南宋：颜博文1首，辛弃疾1首。

（二）3，3，6。3，5，3，3。○7，6。3，5，3，3。南宋：赵长卿1首。

（三）3，4，4。3，3，3，3。○6，6。3，5，3，3。南宋：石孝友1首。

变体三·4

14分句6复句

【变体三·4·1】14分句6复句。上下片较始词各增1分句，每片7分句3复句，三/二/二/型复句组。仄韵，隔句韵。

3，4，4。3，5。3，3。

3，3，6。5，3。3，3。——北宋·秦观·《全宋词》第468页

品令

幸自**得**，一分索强，教人难**吃**。	◆◆◆，◆◇◆◇，◆◇◇◆。
好好地，恶了十来**日**。	◆◆◇，◆◆◆◇◆。
恰而今，较些**不**。	◆◇◇◆，◆◇◆。
须管**啜**，持教笑，又也何须胳**织**。	◇◆◆，◇◇◆，◆◆◇◇◆◆。
衠倚赖脸儿，得人**惜**。	◇◆◆◇◇，◆◇◆。
放软顽，道不**得**。	◆◆◇，◆◆◆。

同体式作品：无。

【变体三·4·2】14分句6复句。上下片分句数与【变体三·4·1】同，上片复句型有变，下片不变。每片7分句3复句，上片二/三/二/型复句组；下片三/二/二/型复句组。仄韵，隔句韵。

4，5。4，4，4。4，6。

4，3，3。6，6。4，6。——北宋·曾纡·《全宋词》第733页

品令

纹漪涨绿，疏霭连孤**鹭**。 ◇◇◆◆，◇◆◇◇◆。
一年春事，柳飞轻絮，笋添新**竹**。 ◆◇◇◆，◆◇◇◆，◆◇◇◆。
寂寞幽花，独殿小园嫩**绿**。 ◆◆◇◇，◆◆◆◇◆◆。

登临未**足**，怅游子，归期**促**。 ◇◇◆◆，◆◇◆，◇◇◆。
他年清梦千里，犹到城阴溪**曲**。 ◇◇◇◆◇◆，◇◆◇◇◇◆。
应有凌波，时为故人凝**目**。 ◇◆◇◇，◇◆◆◇◇◆。

同体式作品：无。

【变体三·4·3】14分句6复句。上下片分句数复句型皆与【变体三·4·2】上片同，每片7分句3复句，二/三/二/型复句组。仄韵，上下片起首二句连韵，继隔句韵。

4，6。4，4，4。6，4。

4，6。4，4，4。4，6。——北宋·周紫芝·《全宋词》第886页

品令

重九前一日，飞卿携酒相过，坐中歌空青送客词，因用其韵。是日淮上贼军退舍。

西风持**酒**，诮不做愁时**候**。 ◇◇◇◆，△◆◆◇◇◆。
机云兄弟，坐中玉树，琼枝高**秀**。 ◇◇◇◆，◆◇◆◆，◇◇◇◆。
且莫劝人归去，坐来未**久**。 ◆◆◆◇◇◆，◆◇◆◆。

甘泉书**奏**，报幽障沉烽**后**。 ◇◇◇◆，△◇◆◇◇◆。
明朝重**九**，茱萸休恼，泪沾襟**袖**。 ◇◇◇◆，◇◇◇◆，◆◇◇◆。
怕衰黄花，也解笑人白**首**。 ◆◇◇◇，◆◆◆◇◆◆。

同体式作品：无。

增减字：

（一）4，6。4，4，4。6，4。〇4，6。4，4，4。6，4。北宋：周紫芝1首。宋：无名氏1首。

（二）4，6。4，4，4。4，6。〇4，6。4，4，4。4，6。宋：无名氏2首。

变体三·5

15分句6复句

【变体三·5】15分句6复句。上片分句数较【变体三·1】增2分句，8分句3复句，三/三/二/型复句组；下片增1分句，7分句3复句，二/三/二/型复句组。仄韵，隔句韵，间插连句韵。

4，3，3。4，4，4。4，6。

4，6。4，4，4。4，6。——南宋·赵长卿·《全宋词》第1815页

品令

黄昏时候，逍不语，心如**醉**。	◇◇◇◆，◆◆◆，◇◇◆。
无眠凝想，别来绣阁，多应憔**悴**。	◇◇◇◆，◆◇◆◆，◇◇◇◆。
上了灯儿，知是睡哩坐**哩**。	◆◆◇◇，◇◆◆◆◆◆。
蓦思归**计**，又还是重屈**指**。	◆◇◇◆，◆◇◆◇◆◆。
从今已后，睽离千万，且休容**易**。	◇◇◆◆，◇◇◇◆，◆◇◇◆。
这底凄惶，你看是谁不**是**。	◆◆◇◇，◆◆◆◇◆◆。

同体式作品：无。

368. 【锦香囊】

1. 始词北宋欧阳修作。
2. 双片，每片三仄韵，连句韵、隔句韵。
3. 此调仅见欧阳修一首。

始词：10 分句 4 复句。双片。每片 4 分句 2 复句，二/二/型复句组。仄韵，连句韵、隔句韵。

7，5。7，7。

7，5。7，7。——北宋·欧阳修·《全宋词》第 152 页

锦香囊

一寸相思无著**处**，甚夜长难**度**。	◆◆◇◇◇◆◆，◆◆◇◇◆。
灯花前几转寒更，桐叶上数声秋**雨**。	◇◇◇◆◆◇◇，◇◆◆◆◇◇◆。
真个此心终难**负**，况少年情**绪**。	◇◆◆◇◇◇◆，△◆◇◇◆。
已交共春茧缠绵，终不学钿筝移**柱**。	◆◇◆◇◆◇◇，◇◆◆◆◇◇◆。

同体式作品：无。

369. 【怨春郎】

1. 始词北宋欧阳修作。
2. 始词调名即词题。
3. 双片，始词每片三仄韵，隔句韵，间插连句韵；变体韵数有变，平仄换押，连句韵、隔句韵。

始词：11 分句 4 复句。双片。上片 6 分句 2 复句，三/三/型复句组；下片 5 分句 2 复句，三/二/型复句组。仄韵，连句韵、隔句韵。

3，3，6。7，5，5。

3，3，7。8，9。——北宋·欧阳修·《全宋词》第 153 页

怨春郎

为伊家，终日**闷**，受尽恓惶谁**问**。　◆◇◇，◇◆◆，◆◆◇◇◇◆。
不知不觉上心头，　◆◇◆◆◆◇◇，
悄一霎身心，顿也没处**顿**。　◆◆◆◇◇，◆◆◆◆◆。

恼愁肠，成寸**寸**，已恁莫把人萦**损**。　◆◇◇，◇◆◆，◆◆◆◆◇◇◆。
奈每每人前道著伊，　△◆◆◇◇◆◆◇，
空把相思泪眼和衣**揾**。　◇◆◇◇◆◆◇◇◆。

同体式作品：无。

变体三

较始词分句数复句数皆变

【变体三】12 分句 6 复句，双片。上片分句数与始词同，增 1 复句；下片增 1 分句 1 复句。每片 6 分句 3 复句，二/二/二/型复句组。四换韵，每片先押仄后押平，连句韵，插一隔句韵。律词。

4，4，4，4。6，3。

7，3，5。4，6，3。——南宋·王质·《全宋词》第 1639 页

怨春郎

宿池口

芦花已**老**，蓼花已**老**。　◇◇◆◆，◆◇◆◆，
江腹冲风，山头残**照**。　◇◆◇◇，◇◇◇◆。
暮烟不辨栖**鸥**，识归**舟**。　◆◇◆◆◇◇，◆◇◇。

归舟照顾新洲**阁**，惊波**恶**。　◇◇◆◆◇◇◆，◇◇◆，
别拣深湾**泊**，南津北**泺**。　◆◆◇◇◆，◇◇◆◆。
水村总没人**家**，莽平**沙**。　◆◇◆◆◇◇，◆◇◇。

同体式作品：无。

370.【好女儿】

【好女儿令】【绣带儿】【绣带子】

1. 始词北宋欧阳修作。

2. 调名即词题。

3. 一作【好女儿令】【绣带儿】【绣带子】。黄庭坚【好儿女】之词为别调，另谱之。

4. 双片，上片三韵，下片二韵，平韵，上片首二句连韵；隔句韵。

始词：12 分句 4 复句。双片。每片 6 分句 2 复句，上片二/四/型复句组；下片三/三/型复句组。平韵，上片首二句连韵，继隔句韵。

4，4。3，6，8，4。

6，3，3。7，5，8。——北宋·欧阳修·《全宋词》第 154 页

好女儿

眼细眉**长**，宫样梳**妆**。　◆◆◇◇，◇◆◇◇。

靸鞋儿，走向花下立著，　◆◇◇，◆◆◇◆◆◆，

一身绣出两同心字，浅浅金**黄**。　◆◇◆◆◆◇◇◆，◆◆◇◇。

早是肌肤轻渺，抱著了，暖仍**香**。　◆◆◇◇◇◆，◆◆◆，◆◇◇。

姿姿媚媚端正好，怎教人别后，　◇◇◆◆◇◆◆，◆◇◇◆◆，

从头仔细断得思**量**。　◇◇◆◆◆◆◇◇。

同体式作品：无。

增减字：

(一) 4，4。8，5，4，4。○ 6，3，3。8，5，4，4。南宋：仇远 1 首。

变体二

较始词复句数不变，分句数增 2。

【变体二】14 分句 4 复句，上下片较始词各增 1 分句。每片 7 分句 2 复句，二/五/型复句组。平韵，上片起首二句连韵，隔句韵。律词。

4，4。3，5，5，4，4。

6，6。3，5，5，4，4。——北宋·晏几道·《全宋词》第 246 页

好女儿

绿遍西**池**，梅子青**时**。　◆◆◇◇，◇◆◇◇。

尽无端，尽日东风恶，　◆◇◇，◆◆◇◇◆，

更霏微细雨，恼人离恨，满路春**泥**。　△◇◇◆◆，◆◇◇◆，◆◆◇◇。

应是行云归路，有闲泪洒相**思**。　◇◆◇◇◇◆，◆◇◆◆◇◇。

想旗亭，望断黄昏月，　◆◇◇，◆◆◇◇◆，

又依前误了，红笺香信，翠袖欢**期**。　△◇◇◆◆，◇◇◇◆，◆◆◇◇。

同体式作品：北宋：贺铸 4 首。

增减字：

(一) 4，4。3，5，3，6，4。○ 6，6。3，5，5，4，4。北宋：晏几道 1 首。

371.【盐角儿】

1. 始词北宋欧阳修作。
2. 宋王灼《碧鸡漫志》："《盐角儿》，《嘉祐杂志》云：'梅圣俞说：始教坊家人市盐，于纸角中得一曲谱，翻之，遂以名。'今双调《盐角儿令》是也，欧阳永叔尝制词。"
3. 双片，每片四仄韵。隔句韵、连句韵。
4. 此调南宋无继作。

始词：13 分句 4 复句。双片。上片 6 分句 2 复句，三/三/型复句组；下片 7 分句 2 复句，四/三/型复句组。仄韵，隔句韵、连句韵。

4，4，4。4，4，4。

3，3，3，4。3，4，6。——北宋·欧阳修·《全宋词》第 155 页

盐角儿

增之太长，减之太短，出群风**格**。　◇◇◆◇，◆◇◆◆，◆◇◇◆。

施朱太**赤**，施粉太**白**，倾城颜**色**。　◇◇◆◆，◇◆◆◆，◇◇◇◆。

慧多多，娇的**的**，天付与，教谁怜**惜**。　◆◇◇，◇◆◆，◇◆◆，◇◇◇◆。

除非我，偎著抱**著**，更有何人消**得**。　◇◇◆，◇◆◆◆，◆◆◇◇◇◆。

同体式作品：北宋：欧阳修 1 首，晁补之 1 首。

372.【解仙佩】

1. 始词北宋欧阳修作。
2. 双片，每片四韵，平仄通押，隔句韵，间插连句韵。
3. 此调仅见欧阳修一首。

始词：11 分句 4 复句。双片。上片 6 分句 2 复句，三/三/型复句组；下片 5 分句 2 复句，二/三/型复句组。平仄通押，隔句韵，间插连句韵。

6，3，4。7，3，4。

6，7。6，3，4。——北宋·欧阳修·《全宋词》第 158 页

解仙佩

有个人人牵**系**，泪成痕，滴尽罗**衣**。　◆◆◇◇◇◆，◆◇◇，◆◆◇◇。

问海约山盟何时，镇教人，目断魂**飞**。	△◆◆◇◇◇◇，◆◇◇，◆◆◇◇。
梦里似偎人**睡**，肌肤依旧骨香**腻**。	◆◆◆◇◇◆，◇◇◇◆◆◇◆。
觉来但堆鸳**被**，想忡忡，那里争**知**。	◆◇◆◇◇◆，◆◇◇，◆◆◇◇。

同体式作品：无。

373.【维扬好】

1. 始词北宋韩琦作。
2. 此调仅存2句，录之以存调名。从存句看，该调之名即词题。

始词：残词一首，仅余2句。平韵。

二十四桥千步柳，春风十里上珠帘。——北宋·韩琦·《全宋词》第169页

◆◆◆◇◇◆◆，◇◇◆◆◆◇◇。

同体式作品：无。

374.【霜叶飞】

【斗婵娟】

1. 始词北宋沈唐作。
2. 始词缘调名而赋词。
3. 或名【斗婵娟】。
4. 双片，上片五韵，下片四韵，变体韵数有变。仄韵，隔句韵，间插连句韵。

始词：24分句8复句。双片。每片12分句4复句，三/三/三/三/型复句组。仄韵，邻韵通押，隔句韵，间插连句韵。

4，3，6。4，4，4。3，4，7。5，6，4。

6，4，6。4，4，4。3，4，7。6，4，4。——北宋·沈唐·《全宋词》第171页

霜叶飞

霜林凋晚，危楼迥，登临无限秋**思**。	◇◇◇◆，◇◇◆，◇◇◇◆◇◆。
望中闲想，洞庭波面，乱红初**坠**。	◆◇◇◆，◆◇◇◆，◆◇◇◆。
更萧索，风吹渭**水**，长安飞舞千门**里**。	◆◇◆，◇◇◆◆，◇◇◇◆◇◇◆。
变景摧芳榭，唯有兰衰暮丛，菊残余**蕊**。	◆◆◇◇◆，◇◆◇◇◆◇，◆◇◇◆。

回念花满华堂，美人一去， ◇◆◇◆◇◇，◆◇◆◆，
镇掩香闺经**岁**。 ◆◆◇◇◇◆。
又观珠露，碎点苍苔，败梧飘**砌**。 ◆◇◇◆，◆◆◇◇，◆◇◇◆。
谩赢得，相思泪眼，东君早作归来**计**。 ◇◇◆，◇◇◆◆，◇◇◆◆◇◇◆。
便莫惜丹青手，重与芳菲，万红千**翠**。 △◆◆◇◇◆，◇◆◇◇，◆◇◇◆。

同体式作品： 无。

变体二

较始词复句数不变，分句数有变。

变体二·1

20 分句 8 复句

【变体二·1】20 分句 8 复句。上下片较始词各减 2 分句，每片 10 分句 4 复句，三/二/二/三/型复句组。仄韵，隔句韵，间插连句韵。

4，3，6。7，5。7，7。5，7，4。
6，4，6。7，5。7，7。6，4，4。——北宋·周邦彦·《全宋词》第 605 页

霜叶飞

大石

露迷衰**草**，疏星挂，凉蟾低下林**表**。 ◆◇◇◆，◇◇◆，◇◇◇◆◇◆。
素娥青女斗婵娟，正倍添凄**悄**。 ◆◇◇◆◆◇◇，△◆◇◇◆。
渐飒飒丹枫撼**晓**，横天云浪鱼鳞**小**。 △◆◆◇◇◆◆，◇◇◇◆◇◇◆。
似故人相看，又透入清辉半饷， △◆◇◇◆，△◆◆◇◇◆◆，
特地留**照**。 ◆◆◇◆。

迢递望极关山，波穿千里， ◇◆◆◆◇◇，◇◇◇◆，
度日如岁难**到**。 ◆◆◇◆◇◆。
凤楼今夜听秋风，奈五更愁**抱**。 ◆◇◇◆◆◇◇，△◆◇◇◆。
想玉匣哀弦闭**了**，无心重理相思**调**。 △◆◆◇◇◆◆，◇◇◇◆◇◇◆。
见皓月牵离恨，屏掩孤颦，泪流多**少**。 △◆◆◇◇◆，◇◆◇◇，◆◇◇◆。

同体式作品： 南宋：吴文英 1 首。

增减字：

（一）4，3，6。7，5。7，7。5，5，4。○ 6，4，6。7，5。7，7。6，4，4。南宋：方千里 1 首。

变体二·2

23 分句 8 复句

【变体二·2】23 分句 8 复句。上片第一复句较始词减 1 分句，11 分句 4 复句，二/三/三/三/型复句组；下片与始词同，12 分句 4 复句，三/三/三/三/型复句组。仄韵，隔句

韵，间插连句韵。

7，6。4，4，4。3，4，7。6，6，4。

6，5，6。4，4，4。3，4，7。6，4，4。——北宋・黄裳・《全宋词》第375页

霜叶飞

冬日闲宴

谁能留得年华**住**，韶华今在何**处**。	◇◇◇◆◇◇◆，◇◇◇◆◇◆。
万林飞尽，但惊天篆，半空无**数**。	◆◇◇◆，◆◇◇◆，◆◇◇◆。
望消息，霜催雁过，佳人愁起云垂**暮**。	◇◇◆，◇◇◆◆，◇◇◇◆◇◇◆。
就绣幕红炉**去**，金鸭时飘异香，	△◆◆◇◇◆，◇◆◇◇◆◇，
柳腰人**舞**。	◆◇◇◆。
休道行且分飞，共乐还一岁，	◇◆◇◆◇◇，◆◆◇◆◆，
见景长是欢**聚**。	◆◆◇◆◇◆。
大来芳意，既与名园，是花为**主**。	◆◇◇◆，◆◆◇◇，◆◇◇◆。
翠娥说，尊前笑**语**，来年管取人如**故**。	◆◇◆，◇◇◆◆，◇◇◆◆◇◇◆。
向寂寞中先喜，俄顷飞琼，化成寰**宇**。	△◆◆◇◇◆，◇◆◇◇，◆◇◇◆。

同体式作品：无。

变体二・3

22分句8复句

【变体二・3】22分句8复句。上下片较始词各减1分句，每片11分句4复句，三/二/三/三/型复句组。仄韵，隔句韵，间插连句韵。

4，3，6。7，5。3，4，7。5，5，6。

6，4，6。7，5。3，4，7。6，4，4。——南宋・张炎・《全宋词》第3490页

霜叶飞

悼澄江吴立斋。南塘、不碍、云山，皆其亭名。

故园空**杳**，霜风劲，南塘吹断瑶**草**。	◆◇◇◆，◇◇◆，◇◇◇◆◇◆。
已无清气碍云山，奈此时怀**抱**。	◆◇◇◆◆◇◇，△◆◇◇◆。
尚记得，修门赋**晓**，杜陵花竹归来**早**。	◆◆◆，◇◇◆◆，◆◇◇◆◇◇◆。
傍雅亭幽榭，惯款语英游，	△◆◇◇◆，△◆◆◇◇，
好怀无限欢**笑**。	◆◇◇◆◇◆。
不见换羽移商，杏梁尘远，	◆◆◆◆◇◇，◆◇◇◆，
可怜都付残**照**。	◆◇◇◆◇◆。
坐中泣下最谁多，叹赏音人**少**。	◆◇◆◆◆◇◇，△◆◇◇◆。
怅一夜，梅花顿**老**，今年因甚无诗**到**。	◆◆◆，◇◇◆◆，◇◇◇◆◇◇◆。

待唤起清魂□，说与凄凉，定应愁**了**。　△◆◆◇◇□，◆◆◇◇，◆◇◇◆。

同体式作品：南宋：张炎1首。

变体二·4

21分句8复句

【变体二·4·1】21分句8复句。上片第二、三复句较始词各减1分句；下片第二复句减1分句。上片10分句4复句，三/二/二/三/型复句组；下片11分句4复句，三/二/三/三/型复句组。仄韵，隔句韵，间插连句韵。

4，3，6。7，5。7，7。5，7，4。

6，4，6。7，5。3，4，7。6，4，4。——南宋·陈允平·《全宋词》第3118页

霜叶飞

碧天如水，新蟾挂，修眉初画云**表**。　◆◇◇◆，◇◇◆，◇◇◇◆◇◆。

半江枫叶自黄昏，深院砧声**悄**。　◆◇◇◆◆◇◇，◇◆◇◇◆。

渐凉蝶残花梦**晓**，西风篱落寒蛩**小**。　△◇◆◇◇◆◆，◇◇◇◆◇◇◆。

背画阑依依，有数点流萤乱扑，　△◆◇◇◇，△◆◆◇◇◆◆，

扇底微**照**。　◆◆◇◆。

凝望渺漠平芜，蒹葭烟远，　◇◇◆◆◇◇，◇◇◇◆，

过雁还带愁**到**。　◆◆◇◆◇◆。

拚教日日醉斜阳，但素琴横**抱**。　◇◇◆◆◆◇◇，△◆◇◇◆。

记旧谱，归耕未**了**，金徽谁度凄凉**调**。　◆◆◆，◇◇◆◆，◇◇◇◆◇◇◆。

算多少悲秋恨，恨比秋多，比秋犹**少**。　△◇◆◇◇◆，◆◆◇◇，◆◇◇◆。

同体式作品：无。

【变体二·4·2】21分句8复句。上下片分句数与【变体二·4·1】同，复句型不同。上片10分句4复句，二/二/二/四/型复句组；下片11分句4复句，三/三/二/三/型复句组。仄韵，隔句韵，间插连句韵。

7，6。7，5。7，7。3，4，3，6。

6，5，6。4，4，4。7，6。5，5，4。——宋·无名氏·《全宋词》第3842页

霜叶飞

故宫秋晚余芳尽，轻阴闲淡池**阁**。　◆◇◇◆◇◇◆，◇◇◇◆◇◆。

风泥银暗玳纹花，卷断肠帘**幕**。　◆◇◇◆◆◇◇，△◆◇◇◆。

渐砌菊遗金谢**却**，芙蓉才共清霜**约**。　△◆◆◇◇◆◆，◇◇◇◆◇◇◆。

半弄蕊，冰绡波浅，　◆◆◆，◇◇◇◆，

拂胭脂，翠琼连并凋**萼**。　◆◇◇，◆◇◇◆◇◆。

应是曾倚东君，纵艳姿轻盈，　◇◆◇◆◇◇，△◆◇◇◇，

映损丹杏红**药**。　◆◆◇◆◇◆。
旋成深妒，判与西风，任从开**落**。　◆◇◇◆，◆◆◇◇，◆◇◇◆。
况衰晚渊明意**薄**，重阳羞对吟**酌**。　△◇◆◇◇◆◆，◇◇◇◆◇◆。
待说与江梅，早傅粉匀香，慰伊萧**索**。　△◆◆◇◇，◆◆◆◇◇，◆◇◇◆。

同体式作品：无。

375.【念奴娇】

【赤壁词】【酹江月】【大江词】【大江东去】【大江乘】【百字谣】
【百字歌】【百字令】【双翠羽】【壶中天】【壶中天慢】【湘月】【百岁令】

1. 始词北宋沈唐作。
2. 念奴，唐玄宗时京师名妓。唐元稹《连昌宫词》自注："念奴，天宝中名倡，善歌。每岁楼下酺宴，累日之后，万众喧溢，严安之、韦黄裳辈辟易而不能禁，众乐为之罢奏。玄宗遣高力士大呼于楼上曰：'欲遣念奴唱歌，邠二十五郎吹小管逐，看人能听否?'未尝不悄然奉诏。其为当时所重也如此。"南宋王灼《碧鸡漫志》："今大石调《念奴娇》，世以为天宝间所制曲。"惜唐曲无传辞。
3. 宋代流行词调。异名颇多，因全词字数通常为一百字，或名【百字谣】【百字歌】【百字令】；因苏轼《念奴娇·赤壁怀古》词而衍名为【酹江月】【大江词】【大江东去】【大江乘】【赤壁词】；或名【双翠羽】，赵鼎【双翠羽】词序："三月十三日夜饮南园作。旧名【念奴娇】。"或名【壶中天】【壶中天慢】（见本谱南宋曾觌词序）；或名【湘月】（见本谱姜夔《湘月》词序）；南宋朱涣用本调赋词祝寿，因名【百岁令】。本谱凡不标调名者，皆【念奴娇】，其他异名标示之。
4. 双片，普式每片四韵，偶有增韵；普式为仄韵，偶见平韵；隔句韵，或间插连句韵。

始词：22 分句 8 复句。双片。每片 11 分句 4 复句，三/三/三/二/型复句组。仄韵，隔句韵。

4，5，4。4，3，6。4，4，5。4，6。
6，4，5。4，3，6。4，4，5。4，6。——北宋·沈唐·《全宋词》第 171 页

念奴娇

杏花过雨，渐残红零落，胭脂颜**色**。　◆◇◆◆，△◇◇◇◆，◇◇◇◆。
流水飘香，人渐远，难托春心脉**脉**。　◇◆◇◇，◇◆◆，◇◆◇◇◆◆。
恨别王孙，墙阴目断，手把青梅**摘**。　◆◆◇◇，◇◇◆◆，◆◆◇◇◆。
金鞍何处，绿杨依旧南**陌**。　◇◇◇◆，◆◇◇◆◇◆。

消散云雨须臾，多情因甚，有轻离轻**拆**。	◇◆◇◆◇◇，◇◇◇◆，△◇◇◇◆。
燕语千般，争解说，些子伊家消**息**。	◆◆◇◇，◇◆◆，◇◆◇◇◇◆。
厚约深盟，除非重见，见了方端**的**。	◆◆◇◇，◇◇◇◆，◆◆◇◇◆。
而今无奈，寸肠千恨堆**积**。	◇◇◇◆，◆◇◇◆◇◆。

同体式作品：北宋：曾纡1首。

增减字：

(一) 4，5，4。4，5，4。4，4，5。4，6。○6，5，4。4，5，4。4，4，5。4，6。北宋：赵鼎臣1首。

(二) 4，5，4。4，3，6。4，4，5。4，6。○6，5，4。4，5，4。5，4，5。4，6。北宋：曹冠1首。

(三) 4，3，6。4，3，6。4，4，5。4，6。○6，4，5。4，5，4。4，4，5。4，6。北宋：沈瀛1首。

(四) 4，5，4。4，3，6。4，4，5。4，6。○6，4，5。4，3，6。4，4，5。4，6。南宋：姜夔1首（【湘月】），宋·无名氏1首。

(五) 4，3，6。4，5，4。4，4，5。4，6。○6，5，4。4，4，5。4，4，5。4，6。南宋：刘克庄1首。

(六) 4，5，4。4，5，4。4，4，5。4，6。○6，5，4。4，4，5。4，4，5。4，6。南宋：刘克庄1首。

(七) 4，5，4。4，5，4。4，4，5。4，6。○6，4，5。4，5，4。4，4，5。4，6。宋：无名氏1首。

附：姜夔《湘月》并序，可见文人词运行生态一斑：

湘月

长溪杨声伯典长沙楫棹，居濒湘江。窗间所见，如燕公郭熙画图，卧起幽适。丙午七月既望，声伯约予与赵景鲁、景望、萧和父、裕父、时父、恭父大舟浮湘，放乎中流。山水空寒，烟月交映，凄然其为秋也。坐客皆小冠練服，或弹琴、或浩歌、或自酌、或援笔搜句。予度此曲，即【念奴娇】之鬲指声也，于双调中吹之。鬲指，亦谓之过腔，见《晁无咎集》。凡能吹竹者，便能过腔也。

五湖旧约，问经年底事，长负清景。暝入西山，渐唤我，一叶夷犹乘兴。倦网都收，归禽时度，月上汀洲冷。中流容与，画桡不点清镜。○谁解唤起湘灵，烟鬟雾鬓，理哀弦鸿阵。玉麈谈玄，叹坐客，多少风流名胜。暗柳萧萧，飞星冉冉，夜久知秋信。鲈鱼应好，旧家乐事谁省。

变体一

与始词分句数复句数相同，复句型有变。

【变体一·1】22分句8复句。双片。每片11分句4复句，上片与始词同，三/三/三/二/型复句组，下片复句型构成有变，第一复句增1分句、第二复句减1分句，11分句4复句，四/二/三/二/型复句组。仄韵，隔句韵，间插连句韵。

4，5，4。4，3，6。4，4，5。4，6。

2，4，5，4。7，6。4，4，5。4，6。——北宋末-南宋·米友仁·《全宋词》第731页

白雪

夜雨欲霁，晓烟既泮，则其状类此。余盖戏为潇湘写，千变万化不可名，神奇之趣，非古今画家者流也。惟是京口翟伯寿，余生平至交，昨豪夺余自秘著色袖卷，盟于天，而后不复，力取归。往岁挂冠神武门，居京城旧庐，以《白雪词》寄之，世所谓【念奴娇】也。

洞天昼永，正中和时候，凉飙初**起**。	◆◇◆◆，△◇◇◇◆，◇◇◇◆。
羽扇纶巾，云流处，水绕山重云**委**。	◆◆◇◇，◇◇◆，◆◆◇◇◇◆。

好雨新晴，绮霞明丽，全是丹青**戏**。	◆◆◇◇，◆◇◇◆，◆◆◇◇◆。
豪攘横卷，楚天应解深**秘**。	◇◆◇◆，◆◇◇◆◇◆。
留**滞**，字学书林，	◇◆，◆◆◇◇，
折腰缘为**米**，无机涉**世**。	◆◆◇◆◆，◇◇◆◆。
投组归来欣自**肆**，目仰云霄醒**醉**。	◇◆◇◇◇◆◆，◆◆◇◇◆◆。
论少卑**之**，家声接武，月旦评吾**子**。	◆◆◇◇，◇◇◆◆，◆◆◇◇◆。
凭高临望，桂轮徒共千**里**。	◇◇◇◆，◆◇◇◆◇◆。

同体式作品：无。

增减字：

（一）4，5，4。4，3，6。4，4，5。4，6。○ 2，5，4，4。7，6。4，4，5。4，6。南宋：蔡伸 1 首。

【变体一・2】22 分句 8 复句。上下片分句数与始词及【变体一・1】相同，复句型不同。每片 11 分句 4 复句，上片三/二/三/三/型复句组，下片四/二/三/二/型复句组。仄韵，隔句韵。

4，3，4。7，4。4，3，7。3，5，3。

3，3，3，3。3，6。6，3，5。5，6。——宋・无名氏・《全宋词》第 3787 页

壶中天

寿溪园，二月十三。

潇洒幽居，溪园上，新来卜**筑**。	◇◆◇◇，◇◇◆，◇◇◆◆。
况自有一泓流水，万竿修**竹**。	△◆◆◆◇◇◆，◆◆◇◆。
屈指花朝，才两夜，祥烟瑞气腾芳**郁**。	◆◆◇◇，◇◆◆，◇◇◆◆◇◇◆。
问辽空，何物堕人间，长庚**宿**。	◆◇◇，◇◆◆◇◇，◇◆◆。
薰宝鸭，烧银烛，歌窈窕，倾醽**醁**。	◇◆◆，◇◇◆，◇◆◆，◇◇◆。
愿年年，常恁颜红鬓**绿**。	◆◇◇，◇◆◇◇◆◆
长厚而为难老，本慈仁，便是长生**箓**。	◇◆◇◇◇◆，◆◇◇，◆◆◇◇◇◆。
看芝兰玉树，早蜚英青毡**复**。	△◇◇◆◆，△◇◇◇◇◆。

同体式作品：无。

变体二

与始词复句数相同，分句数有变。

变体二・1

19 分句 8 复句

【变体二・1・1】19 分句 8 复句，较始词减 3 分句。上片第一、二复句较始词各减 1 分句，9 分句 4 复句，二/二/三/二/型复句组；下片第二复句减 1 分句，10 分句 4 复句，三/二/三/二/型复句组。仄韵，隔句韵。

4，9。4，9。4，4，5。4，6。

6，5，4。7，6。4，5，4。4，6。——北宋·苏轼·《全宋词》第282页

念奴娇

赤壁怀古

大江东去，浪淘尽千古风流人**物**。	◆◇◇◆，◆◇◆◇◆◇◇◇◆。
故垒西边，人道是三国周郎赤**壁**。	◆◆◇◇，◇◆◆◇◆◇◇◆◆。
乱石穿空，惊涛拍岸，卷起千堆**雪**。	◆◆◇◇，◇◇◆◆，◆◆◇◇◆。
江山如画，一时多少豪**杰**。	◇◇◇◆，◆◇◇◆◇◆。
遥想公瑾当年，小乔初嫁了，雄姿英**发**。	◇◆◇◆◇◇，◆◇◇◆◆，◇◇◇◆。
羽扇纶巾谈笑间，樯橹灰飞烟**灭**。	◆◆◇◇◇◆◇，◇◆◇◇◇◆。
故国神游，多情应笑我，早生华**发**。	◆◆◇◇，◇◇◇◆◆，◆◇◇◆。
人生如梦，一尊还酹江**月**。	◇◇◇◆，◆◇◇◆◇◆。

按：苏轼本词，异文颇多。《钦定词谱》所录为南宋洪迈《容斋随笔》所载该词：

大江东去句浪声沈读千古风流人物韵故垒西边句人道是读三国孙吴赤壁韵乱石崩云句惊涛掠岸句卷起千堆雪韵江山如画句一时多少豪杰韵。〇遥想公瑾当年句小乔初嫁了句雄姿英发韵羽扇纶巾句谈笑处读樯橹灰飞烟灭韵故国神游句多情应是读笑我生华发韵人间如梦句一尊还酹江月韵

《钦谱》注曰："《词综》云：他本是'浪声沈'作'浪淘尽'，与调未协；'孙吴'作'周郎'，犯下'公瑾'；'崩云'作'穿空'、'掠岸'作'拍岸'，又'多情应是、笑我生华发'作'多情应笑我，早生华发'，益非；而'小乔初嫁'宜绝句，以'了'字属下句乃合。按《容斋》洪迈，南渡词家，去苏轼不远，又本黄鲁直手书，必非伪托。《词综》所论，最为谛当，但此词传诵已久，采之以备一体。"

《钦谱》推为"最为谛当"的《词综》所论，今审之，颇可商榷——

其一，《词综》谓"'浪声沈'作'浪淘尽'与调未协"，大概指【念奴娇】"沉"之字位应为平声，但其他作品也有一些用去声（见本谱词例），平声并非该字位的特定字声。

其二，所谓"'孙吴'作'周郎'犯下'公瑾'"，指二者重复，可作一说；所谓"亦非"之三句、"崩云""拍岸"之"益非"二句，不知所"非"何在。声律上以近体诗律衡之，平仄皆无问题。

其三，云"'小乔初嫁'宜绝句，以'了'字属下句乃合"，此所谓"绝句"，指"小乔初嫁了"句位当四字，"了"字应属下句——"了雄姿英发"，尤不可解。古汉语"了"作动词，意为结束、完成，白话作语气助词意为"完了"，"小乔初嫁了"语意通顺平白，何"非"之有？若作动词"明白"、形容词"全然"之义解，则"了雄姿英发"，语意不通；从句法言，本调此句位9字，划为两个"小句"，有4/5、5/4、3/6几种分断之法（见本谱词例），并非该句位只有4/5二分之法，《词综》所云，不知何意。古代文章中虽有以"了"为形容词而用于句首，但其例甚少，更普遍的是作句尾语助词。

其四，"多情应是、笑我生华发"与"多情应笑我，早生华发"，二句语意相同，"多情应笑我"更有意趣，语法更通顺，不知《词综》所指"非"在何处。

其五，《钦谱》特别指出本词上下片第五句"俱九字"——"人道是三国周郎赤壁""谈笑间樯橹灰飞烟**灭**"，"人道是""谈笑间"之"读"，是语读节奏符号，"人道是"9字，主谓宾连贯一气，不宜分断；而"谈笑间"9字，则可"弹性"标点，本谱采用的是"谈笑间"与上相连——"羽扇纶巾谈笑间，樯橹灰飞烟**灭**"；《钦谱》的点断与下相连——"羽扇纶巾，谈笑间樯橹灰飞烟**灭**"，可作现代标点

的参考，但并非唯一标准。

《念奴娇·赤壁怀古》的异文和点断的微妙差异，关系到词体传播学的问题。在词体标点上，不同的断连反映了古人对"流水句"断连的不同理解。《钦定词谱》推举的【念奴娇】"正体"为苏轼《念奴娇·中秋》(见下谱本调"变体二·2·1")，《念奴娇·赤壁怀古》则为"又一体"，注曰："此词前段第二句三字、第三句六字、后段第二句五字、第三句四字、前后段第四句俱四字，第五句俱九字，与前词异(指《中秋》)，宋元人如此填者甚少。"按《中秋》词的同体作品确实远远多于《赤壁怀古》，但本调宋人的"填者"毕竟尚有35人49首，分句数、复句数、复句型与《赤壁怀古》相同，只有个别分句的字数略有增减，并非"如此填者"甚少(见下"增减字"词作)。

同体式作品：无。

增减字：

(一) 4，9。4，9。4，4，5。4，6。○6，4，5。7，6。4，4，5。4，6。北宋：秦观1首。南宋：程大昌1首，吴儆1首，陈亮2首。

(二) 7，6。7，6。4，4，5。4，6。○6，4，5。7，6。4，4，5。4，6。北宋：秦观1首，毛开1首。南宋：袁去华3首，辛弃疾3首，姜夔1首，汪晫1首，魏了翁2首。

(三) 4，9。7，6。4，4，5。4，6。○6，5，4。7，6。4，4，5。4，6。北宋：谢迈1首，米有仁1首，李刚1首。南宋：管鉴2首，赵长卿1首，京镗1首，辛弃疾6首，郑域1首，魏了翁3首，柴望1首，陈著1首，邓剡1首，梁栋1首，计10人18首。

(四) 4，9。7，6。4，4，5。4，6。○6，5，4。4，9。4，4，5。4，6。北宋：朱敦儒1首。

(五) 4，9。7，6。4，4，5。4，6。○6，4，5。7，6。4，4，5。4，6。北宋：邵博1首，王之望1首，张抡1首(【壶中天慢】)。

(六) 7，6。7，6。4，4，5。4，6。○6，4，5。7，6。4，4，5。4，6。北宋：曹冠1首。南宋：无名氏1首(【壶中天】)。

(七) 7，6。7，6。4，4，5。4，6。○6，5，4。7，6。4，4，5。4，6。南宋：葛长庚1首(【酹江月】)。

(七) 7，6。4，9。4，4，5。4，6。○6，4，5。7，6。4，4，5。4，6。南宋：袁去华2首。

(八) 7，6。6，6。4，4，5。4，6。○6，4，5。7，6。4，4，5。4，6。南宋：辛弃疾1首。

(九) 6，7。7，6。4，4，5。4，6。○6，4，5。7，6。4，4，5。4，6。南宋：刘过2首。

(一〇) 7，6。7，6。4，4，5。4，6。○6，3，6。7，6。4，4，5。4，6。南宋：刘克庄1首。

【变体二·1·2】19分句8复句。上片第一复句较【变体二·1·1】增1分句，10分句4复句，三/二/三/二/型复句组；下片第三复句减1分句，9分句4复句，三/二/二/二/型复句组。仄韵，隔句韵。

4，5，4。7，6。4，4，5。4，6。

6，5，4。6，7。8，5。4，6。——北宋·朱敦儒·《全宋词》第836页

念奴娇

杨子安侍郎寿

腊回春近，正日添宫线，香传梅**驿**。	◆◇◇◆，◆◆◇◇◆，◇◇◇◆。
玉律冰壶此际显，天与奇才英**识**。	◆◆◇◇◆◆◆，◇◆◇◇◇◆。

贯日孤忠，凌云独志，曾展回天**力**。	◆◆◇◇，◇◇◆◆，◇◆◇◇◆。
功名由命，等闲却铩鸾**翮**。	◇◇◇◆，◆◇◆◆◇◆。
谁信夫子如今，眠云情意稳，风尘机**息**。	◇◆◇◆◇◇，◇◇◇◆◆，◇◇◇◆。
邂逅初心得计，处伊水鸥闲波**碧**。	◆◆◇◇◆◆，◆◇◆◇◇◇◆。
但恐天教经纶缘在，未遂紫烟**客**。	◆◆◇◆◇◇◇◆，◆◆◆◇◆。
君王图旧，看公归觐京**国**。	◇◇◇◆，◆◇◇◆◇◆。

按：本词“但恐天教经纶缘在”，今见标点通常断为“但恐天教、经纶缘在”，欠妥。该句语步节奏为“但恐//天教/经纶缘/在”，“经纶缘”之“经纶”，意指治理筹划国家事务；“缘”，缘分、机缘。“经纶缘在”四字连读，主谓结构词组，全句大意是：只恐怕天意有（你）当官的缘分，不会让你放闲。“紫烟客”，修仙者。

同体式作品：无。

【变体二·1·3】19 分句 8 复句。上片与【变体二·1·2】上片同，10 分句 4 复句，三/二/三/二/型复句组；下片与【变体二·1·1】上片同，9 分句 4 复句，二/二/三/二/型复句组。仄韵，隔句韵。

4，5，4。7，6。4，4，5。4，6。

6，9。7，6。4，4，5。4，6。——北宋·仲并·《全宋词》第 1289 页

念奴娇

冬至夜作

灰飞嶰**竹**，庆群阴消尽，新阳来**复**。	◇◇◆◆，△◇◇◇◆，◇◇◇◆。
云物呈祥连瑞霭，烟气纷纷馥**馥**。	◇◆◇◇◇◆◆，◇◆◇◇◆◆。
紫陌香衢，朱檐影里，罗绮花成**簇**。	◆◆◇◇，◇◇◆◆，◇◆◇◇◆。
岭梅惊暖，数枝争绽寒**玉**。	◆◇◇◆，◆◇◇◆◇◆。
有人袅袅盈盈，今朝特地为我新妆**束**。	◆◇◆◆◇◇，◇◇◆◆◆◆◇◇◆。
娇倚银床添绣线，长喜修眉舒**绿**。	◇◆◇◇◇◆◆，◇◆◇◇◇◆。
不道多情，锦屏罗幌，难得欢生**足**。	◆◆◇◇，◆◇◇◆，◇◆◇◇◆。
谁知今夜，玉壶银漏催**促**。	◇◇◇◆，◆◇◇◆◇◆。

同体式作品：无。

增减字：

（一）4，3，6。7，6。4，4，5。4，6。〇 6，7。7，6。4，4，5。4，6。南宋：李仲光 1 首（【百字令】）。

【变体二·1·4】19 分句 8 复句。上片与【变体二·1·1】同，9 分句 4 复句，二/二/三/二/型复句组，下片第一复句减 1 分句、第二复句增 1 分句，10 分句 4 复句，二/三/三/二/型复句组。仄韵，隔句韵。

4，9。7，6。4，4，5。4，6。

6，9。4，5，4。4，4，5。4，6。——南宋·松洲·《全宋词》第3022页

念奴娇

题钟山楼

麦场桑陇，道都是六代宫城遗**迹**。	◆◇◇◆，△◇◆◆◆◇◇◇◆。
梦里江山经几觉，还似堠旁征**驿**。	◆◆◇◇◇◆◆，◇◆◇◇◇◆。
燕去燕来，花开花谢，哪个成端**的**。	◆◆◆◇，◇◇◇◆，◆◆◇◇◆。
人烟牢落，晚风何处羌**笛**。	◇◇◇◆，◆◇◇◆◇◆。
堪叹挥泪新亭，算兴亡莫补万分之**一**。	◇◆◇◆◇◇，△◇◇◆◆◆◇◇◆。
到我凭阑，休更向酒畔，是今非**昔**。	◆◆◇◇，△◆◆◆◆，◆◇◇◆。
击楫誓清，闻鸡起舞，毕竟英雄**得**。	◆◆◆◇，◇◇◆◆，◆◆◇◇◆。
伤心残照，塔尖遥露秋**碧**。	◇◇◇◆，◆◇◇◆◇◆。

同体式作品：无。

变体二·2

20分句8复句

【变体二·2·1】20分句8复句。上下片第二复句较始词各减1分句，每片10分句4复句，三/二/三/二/型复句组。仄韵，隔句韵。

4，5，4。7，6。4，4，5。4，6。

6，4，5。7，6。4，4，5。4，6。——北宋·苏轼·《全宋词》第330页

念奴娇

中秋

凭高眺远，见长空万里，云无留**迹**。	◇◇◆◆，△◇◇◆◆，◇◇◇◆。
桂魄飞来光射处，冷浸一天秋**碧**。	◆◆◇◇◇◆◆，◆◆◆◇◇◆。
玉宇琼楼，乘鸾来去，人在清凉**国**。	◆◆◇◇，◇◇◇◆，◇◆◇◇◆。
江山如画，望中烟树历**历**。	◇◇◇◆，◆◇◇◆◆◆。
我醉拍手狂歌，举杯邀月，对影成三**客**。	◆◆◆◆◇◇，◆◇◇◆，◆◆◇◇◆。
起舞徘徊风露下，今夕不知何**夕**。	◆◆◇◇◇◆◆，◇◆◆◇◇◆。
便欲乘风，翻然归去，何用骑鹏**翼**。	◆◆◇◇，◇◇◇◆，◇◆◇◇◆。
水晶宫里，一声吹断横**笛**。	◇◇◇◆，◆◇◇◆◇◆。

同体式作品：北宋：仲殊2首，周邦彦1首，曾纡1首，徐俯1首，叶梦得1首，刘一止5首，田为1首，王庭珪1首，朱敦儒5首，李纲1首，张纲2首，连仲宣1首，计12人22首。南宋：李清照1首，蔡柟1首，赵鼎1首（【双翠羽】），姚孝宁1首，李久善1首，苏仲1首，蔡伸3首，李弥逊2首，王以宁3首，张元幹4首，王之道2首，曾惇1首，杨无咎1首，曹勋3首，俞处俊1首（【百字

令】)，史浩3首，仲并4首，曾觌3首，倪偁1首，王之望1首，刘镇1首，曾协3首（【酹江月】)，毛幵6首，韩元吉3首，黄宰1首（【酹江月】)，朱淑真2首，侯寘3首，赵彦端2首，王千秋1首，黄中辅1首，陆淞1首，曹冠2首，葛郯4首，姚述尧2首，范端臣2首，耿时举1首，吴儆2首，陆游1首（【赤壁词】)，姜特立1首，范成大6首（【酹江月】1)，谢懋1首，沈瀛5首，李洪1首，沈端节3首，张孝祥5首，黄谈1首，崔敦礼1首，王自中1首，李处全1首，丘密1首，赵长卿6首，傅大询1首，廖行之1首，京镗4首（【酹江月】1)，王炎2首，辛弃疾7首，赵善括3首，程垓1首，黄人杰1首，陈三聘2首，石孝友3首，韩玉1首，罗椿1首（【酹江月】)，赵师侠5首（【酹江月】)，杨炎正1首，张镃2首，刘过1首，卢炳4首，姜夔1首，韩淲2首（【百字令】)，汪莘1首，吴琚2首（【念奴娇】1【酹江月】1)，杜旟1首（【酹江月】)，刘仙伦3首，高惟月1首，程珌3首（【酹江月】1)，郑域3首，徐鹿卿2首（【酹江月】)，高观国1首（【酹江月】)，郑清之1首，洪咨夔2首，卓田1首（【酹江月】)，锦溪1首（【酹江月】)，程公许1首，黄机2首（【酹江月】)，张辑2首，葛长庚3首（【酹江月】)，刘克庄8首，李亿1首，冯取洽1首，赵以夫2首，张榘2首，刘清夫1首，周文谟1首，李好古1首（【酹江月】)，熊大经1首（【酹江月】)，吴潜6首（【念奴娇】4【酹江月】2)，王柏2首（【酹江月】)，李曾伯5首，方岳7首（【百字谣】1【酹江月】6)，李昴英2首，吴文英1首，刘子实1首，章谦亨1首，李彭老2首（【壶中天】)，游子西1首，柴望2首，黄昇1首（【酹江月】)，陈景沂1首（【壶中天】)，张枢1首（【壶中天】)，家铉翁1首，王义山1首，张绍文2首（【酹江月】1【壶中天】1)，姚勉1首，陈允平3首（【百字令】1【酹江月】2)，吴季子2首（【念奴娇】1【大江东去】1)，何梦桂2首（【酹江月】)，程武1首，刘辰翁1首（【酹江月】)，黄公绍1首，东冈1首（【百字令】)，赵必瑑1首，陈纪2首，仇远2首（【酹江月】)，董嗣杲1首（【湘月】)，王梦应1首，褚生1首（【百字令】)，王易简1首（【酹江月】)，蒋捷2首，张炎10首（【湘月】2【壶中天】8)，赵汝愉1首，刘景翔1首，彭泰翁1首，禅峰1首（【百字谣】)，张涅1首（【酹江月】)，林横舟1首（【大江词】)，黄革1首（【酹江月】)，张倅1首，白君瑞1首（【百字谣】)，无名氏7人8首（【念奴娇】1【百字谣】1【百字歌】3【酹江月】1【壶中天】2)，计146人288首。

增减字：

(一) 4，3，6。4，9。4，4，5。4，6。○ 6，4，5。7，6。4，4，5。4，6。北宋：黄庭坚1首，米友仁1首，朱敦儒1首。南宋：李邴1首，朱熹1首，刘克庄1首，黄人杰1首。

(二) 4，3，6。7，6。4，4，5。4，6。○ 6，4，5。7，6。4，4，5。4，6。北宋：秦观6首，胡世将1首（【酹江月】)，计2人7首。南宋：李弥逊1首，张元幹2首，吕渭老1首，曹勋1首，陆凝之1首，曾觌1首（【壶中天慢】)，王之望1首，韩元吉1首，赵彦端1首，向滈1首，程大昌1首，曹冠1首，耿时举1首，吴儆1首，赵磻老1首，沈瀛1首，杨万里1首，沈端节3首，张孝祥2首，郭世模1首，阎苍舒1首，赵长卿4首，京镗1首，辛弃疾3首，黄人杰1首（【酹江月】)，陈三聘3首，石孝友2首，赵师侠1首（【酹江月】)，陈亮1首，杨炎正1首，刘过1首，卢炳1首，刘仙伦1首，郭应祥1首，俞国宝1首，汪晫1首，郑域1首，魏了翁3首，刘学箕2首，岳珂1首（【酹江月】)，王迈2首，葛长庚10首（【念奴娇】1【酹江月】8【大江乘】1)，刘克庄3首，郑觉斋1首，吴渊1首，李好古2首（【酹江月】)，沈刚孙1首（【酹江月】)，吴潜1首，周申1首（【壶中天】)，章谦亨1首，黄应武1首，卫宗武1首（【酹江月】)，黄昇1首（【酹江月】)，陈郁1首，家铉翁1首，陈著7首，牟巘1首，林自然1首（【酹江月】)，奚□1首，续雪谷1首，刘辰翁5首，王奕1首（【酹江月】)，文天祥3首（【酹江月】)，汪宗臣1

首（【酹江月】），赵必璩 2 首，黎廷瑞 3 首（【酹江月】2【大江东去】1），张炎 3 首（【壶中天】），高子芳 1 首，赵龙图 1 首，朱元夫 1 首（【壶中天】），芮烨 1 首，刘季裴 1 首，王涣 1 首，华岳 1 首，无名氏 4 人 4 首（【念奴娇】1【百字歌】1【酹江月】2），计 78 人 123 首。

（三）4，5，4。7，6。4，4，5。4，6。〇 6，5，4。7，6。4，4，5。4，6。北宋：周紫芝 1 首（【酹江月】），叶梦得 1 首。南宋：李光 1 首，曾觌 1 首，姚述尧 1 首，邵桂子 1 首（【百字令】），张炎 1 首（【壶中天】）。

（四）4，5，4。7，6。4，4，5。4，6。〇 6，5，4。7，6。4，5，4。4，6。北宋：周紫芝 1 首（【酹江月】）。

（五）4，5，4。7，6。4，4，5。4，6。〇 6，5，4。6，7。4，5，4。4，6。北宋：程珌 1 首（【酹江月】）。

（六）4，5，4。7，6。4，4，5。4，6。〇 6，3，6。7，6。4，4，5。4，6。北宋：姚述尧 1 首。

（七）4，5，4。6，6。4，4，5。4，6。〇 6，4，5。7，6。4，4，5。4，6。南宋：朱涣 1 首。

（八）4，5，4。7，6。4，4，5。4，6。〇 6，4，5。6，6。4，4，5。4，6。南宋：陈之贤 1 首。

（七）4，3，6。7，6。4，4，5。4，6。〇 6，4，5。7，6。4，4，5。4，6。南宋：赵师律 1 首，赵希蓬 1 首，黄仁杰 1 首，方岳 2 首（【酹江月】），陈德武 1 首（【百字谣】）。

（八）4，5，4。7，6。4，4，5。4，6。〇 6，4，5。7，5。4，4，5。4，6。南宋：郑达可 1 首。

（九）4，4，5。7，6。4，4，5。4，6。〇 6，5，4。7，6。4，4，5。4，6。南宋：陈德武 1 首（【百字谣】），刘辰翁 2 首（【酹江月】），无名氏 1 首（【百字谣】）。

（一〇）4，5，4。7，7。4，4，5。4，6。〇 6，4，5。7，6。4，4，5。4，6。南宋：胡惠斋 1 首（【百字令】）。

（一一）4，5，4。7，6。4，4，5。4，6。〇 6，4，5。6，5。4，4，5。4，6。南宋：徐经孙 1 首（【百字令】），无名氏 1 首（【壶中天】）。

（一二）4，3，6。7，6。4，3，5。4，6。〇 6，4，5。7，6。4，4，5。4，6。南宋：吴潜 1 首（【酹江月】），林式之 1 首（【酹江月】），陈潜心 1 首（【百字令】）。

（一三）4，5，4。6，7。4，4，5。4，6。〇 6，4，5。7，6。4，4，5。4，6。南宋：刘辰翁 1 首（【百字令】）。

（一四）4，3，6。7，6。4，4，5。4，6。〇 6，5，4。7，6。4，4，5。4，6。南宋：刘辰翁 3 首（【百字令】1【酹江月】2）。

（一五）4，5，4。7，6。4，4，5。4，6。〇 6，4，5。4，9。4，4，5。4，6。南宋：刘辰翁 1 首（【酹江月】）。

（一六）4，3，6。7，6。3，4，5。4，6。〇 6，3，6。7，6。4，4，5。4，6。南宋：刘辰翁 1 首（【酹江月】）。

（一七）4，3，6。7，6。4，4，5。4，6。〇 6，6，5。7，6。4，4，5。4，6。南宋：无名氏 6 首（【百字谣】1【百字歌】2【酹江月】2【壶中天】1）。

（一八）4，3，6。4，9。4，4，5。4，6。〇 6，6，5。7，6。4，4，5。4，6。南宋：无名氏 1 首（【百字谣】）。

（一九）4，3，6。7，6。4，4，5。4，6。〇 6，6，5。7，5。4，4，5。4，6。南宋：无名氏 1 首（【壶中天】）。

（二〇）4，4，4。7，6。4，4，5。4，6。〇 6，4，5。7，6。4，4，5。4，6。南宋：无名氏 1 首（【壶中天】）。

【变体二·2·2】20 分句 8 复句。上片较【变体二·1】减 1 分句，9 分句 4 复句，二/二/三/二/型复句组，下片增 1 分句，与始词复句型相同，11 分句 4 复句，三/三/三/二/型复句组。仄韵，隔句韵，间插连句韵。

7，6。7，6。4，4，5。4，6。

6，3，6。4，5，4。4，4，5。4，6。——南宋·刘克庄·《全宋词》第 2606 页

念奴娇

和诚斋休致韵（六和）

轮云世故千万态，过眼谁能殚**纪**。	◇◇◆◆◇◆◆，◆◆◇◇◆◆。
只履携归消许急，日暮行人问**邸**。	◆◆◇◇◇◆◆，◆◆◇◇◆◆。
麝以脐灾，狨为尾累，焚象都因**齿**。	◆◆◇◇，◇◇◆◆，◇◆◇◇◆。
后之览者，亦将有感于**此**。	◆◇◆◆，◆◇◆◆◇◆。
检点洛下同盟，萧疏甚，白发戴花人**几**。	◆◆◆◆◇◇，◇◇◆，◆◆◆◇◇◆。
一觉齁齁，笑仆家越石，闻鸡而**起**。	◆◆◇◇，△◆◇◆◆，◇◇◇◆。
颜发俱非，头皮犹在，胜捉来官**里**。	◇◆◆◇，◇◇◇◆，△◆◇◇◆。
俗间俚耳，未曾闻这腔**子**。	◆◇◇◆，◆◇◇◆◇◆。

同体式作品：无。

变体二·3

21 分句 8 复句

【变体二·3·1】21 分句 8 复句。上片 10 分句 4 复句，三/二/三/二/型复句组；下片 11 分句 4 复句，三/三/三/二/型复句组。仄韵，隔句韵。

4，3，6。7，6。4，4，5。4，6。

6，4，5。4，3，6。4，4，5。4，6。——北宋·赵佶·《全宋词》第 896 页

念奴娇

御制

雅怀素态，向闲中，天与风流标**格**。	◆◇◆◆，△◇◇、◇◆◇◇◇◆。
绿锁窗前湘簟展，终日风清人**寂**。	◆◆◇◇◇◆◆，◇◆◇◇◇◆。
玉子声干，纹楸色净，星点连还**直**。	◆◆◇◇，◇◇◆◆，◇◆◇◇◆。
跳丸日**月**，算应局上销**得**。	◆◇◆◆，◆◇◆◆◇◆。
全似落浦斜晖，寒鸦游鹭，乱点沙汀**碛**。	◇◆◆◆◇◇，◇◇◇◆，◆◆◇◇◆。
妙算神机，须信道，国手都无勍**敌**。	◆◆◇◇，◇◆◆，◆◆◇◇◇◆。
玳席欢余，芸堂香暖，赢取专良**夕**。	◆◆◇◇，◇◇◇◆，◇◆◇◇◆。
桃源归路，烂柯应笑凡**客**。	◇◇◇◆，◆◇◇◆◇◆。

同体式作品：无。

增减字：

（一）4，5，4。7，6。4，4，5。4，6。○ 6，4，5。4，4，6。4，4，5。4，6。南宋：钱处仁 1 首。

（二）4，5，4。7，6。4，4，5。4，6。○ 6，4，5。4，3，6。4，4，5。4，6。南宋：王孝严 1 首。

（三）4，3，6。7，6。4，4，5。4，6。○ 6，4，5。4，4，5。4，4，5。4，6。南宋：王澜 1 首。

【变体二·3·2】21 分句 8 复句。与【变体二·3·1】上下片句数相同，复句型构成有变。上片 11 分句 4 复句，三/三/三/二/型复句组；下片 10 分句 4 复句，三/二/三/二/型复句组。仄韵，隔句韵。

4，3，6。4，3，6。4，4，5。4，6。

6，5，4。7，6。4，4，5。4，6。——北宋·李纲·《全宋词》第 902 页

念奴娇

中秋独坐

暮云四卷，淡星河，天影茫茫垂**碧**。　◆◇◆◆，◆◇◇，◇◆◇◇◇◆。

皓月浮空，人尽道，端的清圆如**璧**。　◆◆◇◇，◇◆◆，◇◇◇◇◇◆。

丹桂扶疏，银蟾依约，千古佳今**夕**。　◇◆◇◇，◇◇◇◆，◇◆◇◇◆。

寒光委照，有人独坐秋**色**。　◇◇◆◆，◆◇◆◆◇◆。

怅念老子平生，粗令婚嫁了，超然闲**适**。　◆◆◆◇◇◇，◇◆◇◆◆，◇◇◇◆。

误缚簪缨遭世故，空有当时胸**臆**。　◆◆◇◇◇◆◆，◇◆◇◇◇◆。

苒苒流年，春鸿秋燕，来往终何**益**。　◆◆◇◇，◇◇◇◆，◇◆◇◇◆。

云山深处，这回真是休**息**。　◇◇◇◆，◆◇◇◆◇◆。

同体式作品：南宋：韩驹 1 首，曹勋 1 首。

增减字：

（一）4，3，6。4，5，4。4，4，5。4，6。○ 6，5，4。7，6。4，4，5。4，6。南宋：刘辰翁 2 首（【酹江月】）。

【变体二·3·3】21 分句 8 复句。上片分句数与始词同，11 分句 4 复句，三/三/三/二/型复句组；下片第二复句较始词减 1 分句，10 分句 4 复句，三/二/三/二/型复句组。仄韵，隔句韵。

4，5，4。4，3，6。4，4，5。6，4，6。

6，5，4。4，9。4，4，5。4，6。——南宋·姚述尧·《全宋词》第 1549 页

念奴娇

冬日赏菊次前韵

霜风初过，正仙吏微吟，诗喉清**咽**。　◇◇◇◆，△◇◆◇◇，◇◇◇◆。

静对南山，真赏处，秋后一亭花**月**。　◆◆◇◇，◇◆◆，◇◆◆◇◇◆。

翠簇香茵，光摇金胜，玉女肌凝**雪**。　◆◆◇◇，◇◇◇◆，◆◆◇◇◆。

寒城无伴，烂然还自奇**绝**。　◇◇◇◆，◆◇◆◆◇◆。

况有凫舄朋来，拚金钱都罄，晚酣留**客**。　◆◆◇◆◇◇，△◇◇◇◆，◆◇◇◆。
应笑陶潜，孤负了多少傲霜余**色**。　◆◇◆◆，◇◆◆◇◆◆◇◇◆。
鲸饮方豪，龙吟未已，更著雕胡**设**。　◆◇◇◆，◇◇◆，◆◆◆◇◇。
清欢无限，醉归犹记前**说**。　◇◇◇◆，◆◇◇◆◇◆。

同体式作品：无。

【变体二·3·4】21 分句 8 复句。上片较【变体二·3·1】减 1 分句，下片增 1 分句。上片 10 分句 4 复句，二/三/三/二型复句组，下片 11 分句 4 复句，三/三/三/二型复句组。仄韵，隔句韵。

4，9。4，3，6。4，4，5。4，6。

6，4，5。4，5，4。4，4，5。4，6。——南宋·沈瀛·《全宋词》第 1650 页

念奴娇

阳春布暖，又还见光景如梭催**逼**。　◇◇◆◆，◆◇◆◇◆◇◇◇◆。
帝里皇都，人共道，好个前时春**色**。　◆◆◇◇，◇◆◆，◆◆◇◇◇◆。
默默暗沉，含颦不语，此意谁人**识**。　◆◆◇◇，◇◇◆◆，◆◆◇◇◆。
何如索笑，放井说尽端**的**。　◇◇◆◆，◆◇◇◆◇◆。

须信漏泄风光，百花头上，报一枝消**息**。　◇◆◆◆◇◇，◆◇◇◆，△◆◇◇◆。
多少园林，应次第迤逦，排红骈**白**。　◇◆◇◇，△◆◆◇◇，◇◇◇◆。
金鼎芳滋，玉堂璀璨，趁取佳时**节**。　◇◆◇◇，◆◇◆◆，◆◆◇◇◆。
东君归后，绿阴依旧南**陌**。　◇◇◇◆，◆◇◇◆◇◆。

同体式作品：无。

【变体二·3·5】21 分句 8 复句。与【变体二·3·3】上下片句数相同，复句型构成有变。上片 10 分句 4 复句，三/二/三/二/型复句组；下片 11 分句 4 复句，四/二/三/二/型复句组。仄韵，隔句韵。

4，3，6。7，6。4，4，5。4，6。

2，4，4，5。7，6。4，4，5。4，6。——南宋·姜夔·《全宋词》第 2177 页

念奴娇

予客武陵，湖北宪治在焉。古城野水，乔木参天。予与二三友日荡舟其间，薄荷花而饮。意象幽闲，不类人境。秋水且涸，荷叶出地寻丈，因列坐其下。上不见日，清风徐来，绿云自动。间于疏处窥见游人画船，亦一乐也。竭来吴兴，数得相羊荷花中。又夜泛西湖，光景奇绝。故以此句写之。

闹红一舸，记来时，尝与鸳鸯为**侣**。　◆◇◆◆，◆◇◇，◇◆◇◇◇◆。
三十六陂人未到，水佩风裳无**数**。　◇◆◆◇◇◆◆，◆◆◇◇◇◆。
翠叶吹凉，玉容销酒，更洒菰蒲**雨**。　◆◆◇◇，◆◇◇◆，◆◆◇◇◆。
嫣然摇动，冷香飞上诗**句**。　◇◇◇◆，◆◇◇◆◇◆。

日**暮**，青盖亭亭，	◆◆，◇◆◇◇，
情人不见，争忍凌波**去**。	◇◇◆◆，◇◆◇◇◆。
只恐舞衣寒易落，愁入西风南**浦**。	◆◆◆◇◇◆◆，◇◆◇◇◇◆。
高柳垂阴，老鱼吹浪，留我花间**住**。	◇◆◇◇，◆◇◇◆，◇◆◇◇◆。
田田多少，几回沙际归**路**。	◇◇◇◆，◆◇◇◆◇◆。

同体式作品：无。

【变体二·3·6】21 分句 8 复句。上片与【变体二·3·2】相同，11 分句 4 复句，三/三/三/二/型复句组，下片第一复句减 1 分句、第二复句增 1 分句，10 分句 4 复句，二/三/三/二/型复句组。平韵，隔句韵，插一连句韵。

5，3，3。5，4，4。6，3，5。6，6。

7，5。5，4，4。6，3，5。6，6。——南宋·魏了翁·《全宋词》第 2399 页

念奴娇

绵州表兄生日，绍定壬辰五月。

被东风吹送，都看尽，蜀三**川**。	△◇◇◇◆，◇◆◆，◆◇◇。
向涪水西来，东山右去，剑阁南**旋**。	△◇◆◇◇，◇◇◆◆，◆◆◇◇。
家家露餐风宿，数旬间，浑不见炊**烟**。	◇◇◆◇◇◆，◆◇◇，◇◆◆◇◇。
踏遍王孙草畔，眼明帝子城**边**。	◆◆◇◇◆◆，◆◇◆◆◇◇。
万家赤子日高**眠**，丝管夜喧**阗**。	◆◇◆◆◆◇◇，◇◆◆◇◇。
自梓遂而东，岷峨向里，汉益从**前**。	◆◆◆◇◇，◇◇◆◆，◆◆◇◇。
人人里歌涂咏，愿君侯，长与作蕃**宣**。	◇◇◆◇◇◆，◆◇◇，◇◆◆◇◇。
我愿时清无事，早归相伴华**颠**。	◆◆◇◇◇◆，◆◇◆◆◇◇。

同体式作品：无

【变体二·3·7】21 分句 8 复句。上片与【变体二·3·2】下片相同，下片与上片相同。上片 10 分句 4 复句，三/二/三/二/型复句组，下片 11 分句 4 复句，三/三/三/二/型复句组。仄韵，隔句韵。

4，3，6。7，6。4，4，5。4，6。

6，5，4。4，5，4。4，4，5。4，6。——南宋·刘克庄·《全宋词》第 2605 页

念奴娇

和诚斋休致韵（三和）

四朝遗老，须眉白，巧历不知其**纪**。	◆◇◇◆，◇◇◆，◆◆◆◇◇◆。
真唤九重为座主，肯谒侯门王**邸**。	◇◆◆◇◇◆◆，◆◆◇◇◇◆。
晚会耆英，未论爵德，乡曲无如**齿**。	◆◆◇◇，◆◆◆◆，◇◆◇◇◆。
酒酣度曲，妙音久不闻**此**。	◆◇◆◆，◆◇◆◆◇◆。

堪叹化鹤重来，但累累华表，旧人存**几**。　◇◆◆◆◇◇，△◆◆◇◆，◆◇◇◆。
散尽黄金，留箧中团扇，怕秋风**起**。　◆◆◇◇，△◆◇◇◆，△◇◇◆。
结绮歌阑，披香宴俏，放出深宫**里**。　◆◆◇◇，◇◇◆◆，◆◆◇◇◆。
颠毛虽秃，尚堪封管城**子**。　◇◇◇◆，◆◇◇◆◇◆。

同体式作品：无。

变体三

较始词分句数复句数皆变

【变体三】21 分句 7 复句。较始词减 1 分句 1 复句。上片 11 分句 4 复句，三/三/三/二/型复句组；下片 10 分句 3 复句，三/五/二/型复句组。仄韵，隔句韵，插一连句韵。

4，7，4。4，3，6。4，4，5。4，6。
6，4，5。6，6，4，4，5。4，6。——宋·无名氏·《全宋词》第 3752 页

酹江月

寿倅车

东南钟**秀**，记当年玉麟坠地，风云奔**走**。　◇◇◇◆，△◇◇◆◇◆◆，◇◇◇◆。
别驾风**流**，才展骥，未快经纶大**手**。　◆◆◇◇，◇◆◆，◆◆◇◇◆◆。
风月平分，吏民胥庆，松李阴浓**昼**。　◇◆◇◇，◆◇◆◆，◇◆◇◇◆。
满城灯火，崧高神降时**候**。　◆◇◇◆，◇◇◇◆◇◆。

好是今夕华筵，水沉烟里，竹径松姿**瘦**。　◆◆◇◆◇◆，◆◇◇◆，◆◆◇◇◆。
闻道君王仄席，尺一凤凰飞诏，　◇◆◇◇◆◆，◆◆◆◇◇◆。
堤筑新沙，印垂大**斗**，毡复貂蝉**旧**。　◇◆◇◇，◆◇◆◆，◇◆◇◇◆。
麒麟勋业，壮椿难计眉**寿**。　◇◇◇◆，◆◇◇◆◇◆。

同体式作品：无。

376.【望南云慢】

1. 始词北宋沈唐作。
2. 双片，上片四韵，下片五韵，平韵，隔句韵。
3. 此调仅见沈唐一首。

始词：25 分句 8 复句。双片。上片 12 分句 4 复句，三/三/三/三/型复句组；下片 13 分句 4 复句，四/三/三/三/型单句复句组合。平韵，隔句韵。

4，5，4。7，3，4。5，3，4。4，4，4。
2，4，4，6。4，5，4。5，3，4。4，4，4。——北宋·沈唐·《全宋词》第 171 页

望南云慢	
木芙蓉	
木叶轻飞，乍雨歇亭皋，帘卷秋**光**。	◆◆◇◇，◆◆◆◇◇，◇◆◇◇。
栏隈砌角绽拒霜，几处蓓，深浅红**芳**。	◇◇◆◆◆◆◇，◆◆◆，◇◆◇◇。
应恨开时晚，伴翠菊，风前并**香**。	◇◆◇◇◆，◆◆◆，◇◇◆◇。
晓来寒露，嫩脸低凝，似带啼**妆**。	◆◇◇◆，◆◆◇◇，◆◆◇◇。
堪**伤**，记得佳人，	◇◇，◆◆◇◇，
当时怨别，盈腮泪粉行**行**。	◇◇◆◆，◇◇◆◆◇◇。
而今最苦，奈千里身心，两处凄**凉**。	◇◇◆◆，△◇◆◇◇，◆◆◇◇。
感物成消黯，念旧欢，空劳寸**肠**。	◆◆◇◇◆，◆◆◇，◇◇◆◇。
月斜残漏，梦断孤帏，一枕思**量**。	◆◇◇◆，◆◆◇◇，◆◆◇◇。

同体式作品：无。

377.【玉阑干】

1. 始词北宋杜安世作。
2. 双片，每片三仄韵，连句韵、隔句韵。
3. 此调仅见杜安世一首。

始词：10 分句 4 复句。双片。每片 5 分句 2 复句，二/三/型复句组。仄韵，连句韵、隔句韵。

7，7。7，3，4。

7，7。7，3，4。——北宋·杜安世·《全宋词》第 172 页

玉阑干	
珠帘怕卷春残**景**，小雨牡丹零欲**尽**。	◇◇◆◆◇◇◆，◆◆◆◇◇◆◆。
庭轩悄悄燕高空，风飘絮，绿苔侵**径**。	◇◇◆◆◆◇◇，◇◇◆，◆◇◇◆。
欲将幽恨传愁**信**，想后期无个凭**定**。	◆◇◇◆◇◇◆，△◆◇◇◆◇◆。
几回独睡不思量，还悠悠，梦里寻**趁**。	◆◇◆◆◆◇◇，◇◇◇，◆◆◇◆。

同体式作品：无。

378.【惜春令】

1. 始词北宋杜安世作。
2. 双片，每片三韵，平仄通押，隔句韵。
3. 此调仅见杜安世二首。

始词：10 分句 4 复句。双片。每片 5 分句 2 复句，三/二/型复句组。平仄通押，隔句韵。

7，3，4。7，5。
5，3，4。7，5。——北宋·杜安世·《全宋词》第 173 页

惜春令

春梦无凭犹懒**起**，银烛尽，画帘低**垂**。　◇◆◇◇◇◆◆，◇◆◆，◆◇◇◇。
小庭杨柳黄金翠，桃脸两三**枝**。　◆◇◇◆◇◇◆，◇◆◆◇◇。

妆阁慵梳**洗**，闷无绪，玉箫抛**掷**。　◇◆◇◇◆，◆◇◆，◆◇◇◆。
絮飘纷纷人疏远，空对日迟**迟**。　◆◇◇◇◇◇◆，◇◆◆◇◇。

同体式作品：北宋：杜安世 1 首。

379.【端正好】

【于中好】

1. 始词北宋杜安世作。
2. 一名【于中好】。
3. 双片，每片四仄韵，隔句韵。

始词：双片。每片 6 分句 2 复句，三/三/型复句组。仄韵，隔句韵。

7，3，4。7，3，3。
7，3，4。7，3，3。——北宋·杜安世·《全宋词》第 174 页

端正好

槛菊愁烟沾秋**露**，天微冷，双燕辞**去**。　◆◆◇◇◇◇◆，◇◇◆，◇◆◇◆。
月明空照别离**苦**，透素光，穿朱**户**。　◆◇◇◆◆◇◆，◆◆◇，◇◇◆。

夜来西风雕寒**树**，凭阑望，迢遥长**路**。　◆◇◇◇◇◇◆，◇◇◆，◇◇◇◆。

花笺写就此情**绪**，特寄传，知何**处**。	◇◇◆◆◆◇◆，◆◆◇，◇◇◆。

同体式作品：北宋：杜安世3首。南宋：杨无咎3首。

380.【杜韦娘】

1. 始词北宋杜安世作。
2. 杜韦娘，唐歌妓。《钦定词谱》："唐《教坊记》有《杜韦娘》曲。刘禹锡诗'春风一曲杜韦娘'是也。宋人借旧曲名另翻慢词。"
3. 双片，每片五仄韵，隔句韵。

始词：19分句8复句。双片。上片9分句4复句，二/二/三/二/型复句组；下片10分句4复句，三/二/三/二/型复句组。仄韵，上片起首二句连韵，继隔句韵。

4，7。8，7。5，4，7。3，8。

3，4，7。8，7。7，4，5。3，8。——北宋·杜安世·《全宋词》第178页

杜韦娘

暮春天**气**，莺老燕子忙如**织**。	◆◇◇◆，◇◆◆◆◇◇◆。
间嫩叶题诗哨梅小，乍遍水新萍圆**碧**。	△◆◆◇◇◆◇◆，△◆◆◇◇◇◆。
初牡丹谢了，秋千搭起，	◇◆◇◆◆，◇◇◆◆，
垂杨暗锁深深**陌**。	◇◇◆◆◇◇◆。
暖风轻，尽日闲把榆钱乱**掷**。	◆◇◇，◆◆◇◆◇◇◆◆。
恨寂**寂**，芳容衰减，顿欹玳枕困无**力**。	◆◆◆，◇◇◇◆，◆◇◆◆◆◇◆。
为少年狂荡恩情薄，尚未有归来消**息**。	△◆◇◇◆◇◇◆，◆◆◆◇◇◇◆。
想当初凤侣鸳俦，	△◇◇◆◆◇◇，
唤作平生，更不轻离**拆**。	◆◆◇◇，◆◆◇◇◆。
倚朱扉，泪眼滴损红绡数**尺**。	◆◇◇，◆◆◆◇◇◆◆。

同体式作品：无。

变体二

较始词复句数不变，分句数增4。

【变体二】23分句8复句。复句数较始词不变，分句数增4。上片12分句4复句，二/四/三/三/型复句组；下片11分句4复句，三/三/三/二/型复句组。仄韵，邻韵通押，隔句韵，插一连句韵。

4，7。3，5，3，4。5，4，7。3，4，4。

3，6，5。3，5，7。5，4，7。5，6。——宋·无名氏·《全宋词》第3655页

杜韦娘

华堂深院，霜笼月采生寒**晕**。 ◇◇◇◆，◇◇◆◆◇◇◆。
度翠幄，风触梅香**喷**， ◆◆◆，◇◆◇◇◆，
渐岁晚，春光将**近**。 ◆◆◆，◇◇◇◆。
惹离恨万种，多情易感， △◇◆◆◆，◇◇◆◆，
欢难聚少愁成**阵**。 ◇◇◆◆◇◇◆。
拥红炉，凤枕慵敧，银灯挑**尽**。 ◆◇◇，◆◆◇◇，◇◇◆◆。

当此际，争忍前期后约，度岁无凭**准**。 ◇◆◆，◇◆◇◇◆◆，◆◆◇◇◆。
对好景，空积相思**恨**，但自觉恹恹方**寸**。 ◆◆◆，◇◆◇◇◆，△◆◆◇◇◇◆。
拟蛮笺象管，丹青好手， ◆◇◇◆◆，◇◇◆◆，
写出寄与伊教**信**。 ◆◆◆◆◇◇◆。
尽千工万巧，唯有心期难**问**。 ◆◇◇◆◆，◇◆◇◇◇◆。

同体式作品：无。

381.【采明珠】

1. 始词北宋杜安世作。
2. 双片，上片四韵，下片七韵，仄韵，隔句韵，间插连句韵。
3. 此调仅见杜安世一首。

始词：22 分句 6 复句。双片。上下片各 11 分句 3 复句，三/三/五/型复句组。仄韵，邻韵通押，隔句韵，间插连句韵。

3，4，6。5，5，5。3，4，4，4，6。
3，3，5。3，4，4。5，3，4，6，8。——北宋·杜安世·《全宋词》第 182 页

采明珠

雨乍收，小院尘消，云淡天高露**冷**。 ◆◆◇，◆◆◇◇，◇◆◇◇◆◆。
坐看月华生，射玉楼清**莹**，蟋蟀鸣金**井**。 ◆◆◆◇◇，△◆◇◇◆，◆◆◇◇◆。
下帘帏，悄悄空阶，败叶坠风， ◆◇◇，◆◆◇◇，◆◆◆◇，
惹动闲愁，千端万绪难**整**。 ◆◆◇◇，◇◇◆◆◇◆。

秋夜**永**，凉天**迥**，可不念光**景**。 ◇◆◆，◇◇◆，◆◆◆◇◆。
嗟薄**命**，倏忽少年，忍交孤**令**。 ◇◆◆，◆◆◆◇，◆◇◇◆，
灯闪红窗**影**，步回廊，懒入香闺， ◇◆◇◇◆，◆◇◇，◆◆◇◇，
暗落泪珠满面，谁人知我为伊成**病**。 ◆◆◆◇◆◆，◇◇◇◆◆◇◇◆。

同体式作品：无。

382.【朝玉阶】

1. 始词北宋杜安世作。
2. 双片，每片四平韵，隔句韵。
3. 此调仅见杜安世二首。

始词：12 分句 4 复句。双片。每片 6 分句 2 复句，三/三/型复句组。平韵，隔句韵。

7，5，3。7，5，3。
7，4，3。7，4，4。——北宋·杜安世·《全宋词》第 182 页

朝玉阶

春色欺人拂眼**清**，柳条绿丝软，雪花**轻**。 ◇◆◇◇◆◆◇，◆◇◆◇◆，◆◇◇。
黄金才钺掩银**屏**，阴沉深院静，语娇**莺**。 ◇◇◇◆◆◇◇，◇◇◇◆◆，◆◇◇。

美人春困宝钗**横**，惜花芳态，泪盈**盈**。 ◆◇◇◆◆◇◇，◆◇◇◆，◆◇◇。
风流何处最多**情**，千金一笑，须信倾**城**。 ◇◇◇◆◆◇◇，◇◇◆◆，◇◆◇◇。

同体式作品：无。
增减字：
（一）7，5，3。7，5，3。○ 7，5，3。7，5，3。北宋：杜安世 1 首。

383.【折新荷引】

【新荷叶】【泛兰舟】

1. 始词北宋赵抃作。
2. 初名【折新荷引】，后以【新荷叶】为普名。由始词“画桡稳泛兰舟”句，或衍名为【泛兰舟】。
3. 双片，每片四平韵，变体偶见下片增一韵，隔句韵。

始词：18 分句 8 复句。双片。上下片各 9 分句 4 复句，二/二/三/二/型复句组。平韵，隔句韵。

4，6。4，6。4，3，4。6，4。
4，6。4，6。4，3，4。4，6。——北宋·赵抃·《全宋词》第 187 页

折新荷引

雨过回廊，圆荷嫩绿新**抽**。 ◆◆◇◇，◇◇◆◆◇◇。

越女轻盈，画桡稳泛兰**舟**。　◆◆◇◇，◆◇◆◆◇◇。
芳容艳粉，红香透，脉脉娇**羞**。　◇◇◆◆，◇◇◆，◆◆◇◇。
菱歌隐隐渐遥，依约回**眸**。　◇◇◆◆◆◇，◇◆◇◇。

堤上郎心，波间妆影迟**留**。　◇◆◇◇，◇◇◇◆◇◇。
不觉归时，淡天碧衬蟾**钩**。　◆◆◇◇，◆◇◆，◆◇◇。
风蝉噪晚，余霞际，几点沙**鸥**。　◇◇◆◆，◇◇◆，◆◆◇◇。
渔笛不道，有人独倚危**楼**。　◇◆◆◆，◆◇◆◆◇◇。

同体式作品：北宋：赵彦端1首。南宋：辛弃疾1首。

增减字：

(一) 4，7。4，6。4，3，4。4，6。○ 4，7。4，6。4，3，4。4，6。北宋-南宋：李清照1首。

变体一

与始词分句数复句数相同，复句型有变。

【变体一】18分句8复句。上片与始词同，9分句4复句，二/二/三/二/型复句组；下片第一复句增1分句、第三复句减1分句，9分句4复句，三/二/二/二/型复句组。平韵，隔句韵。

4，6。4，6。4，3，4。4，6。
4，3，4。4，6。4，7。4，6。——南宋·赵彦端·《全宋词》第1443页

新荷叶

秀州作

玉井冰壶，人间有此清**秋**。　◆◆◇◇，◇◇◆◆◇◇。
笑语雍雍，从今庭户初**修**。　◆◆◇◇，◇◇◇◆◇◇。
迎风待月，香凝处，四卷帘**钩**。　◇◇◆◆，◇◇◆，◆◆◇◇。
月波奇观，未饶当日南**楼**。　◆◇◇◇，◆◇◇◆◇◇。

闻说三吴，江湖胜，从古风**流**。　◇◆◇◇，◇◇◆，◇◆◇◇。
况有双幡，旧谙黄阁青**油**。　◆◆◇◇，◆◆◇◆◇◇。
金瓯屡启，应难解久为人**留**。　◇◇◆◆，△◇◆◆◆◇◇。
天池波滟，可怜蘋满汀**洲**。　◇◇◇◆，◇◇◇◆◇◇。

同体式作品：无。

变体二

较始词复句数不变，分句数有变。

变体二·1

16分句8复句

【变体二·1】16 分句 8 复句。上下片第三复句较始词各减 1 分句，每片 8 分句 4 复句，二/二/二/二/型复句组。平韵，邻韵通押，隔句韵。律词。

4，6。4，6。4，7。4，6。

4，6。4，6。6，5。4，6。——北宋·黄裳·《全宋词》第 373 页

新荷叶

雨中泛湖

落日衔山，行云载雨俄**鸣**。　◆◆◇◇，◇◇◆◆◇◇。

一顷新荷，坐间疑是秋**声**。　◆◆◇◇，◆◇◇◆◇◇。

烟波醉客，见快哉风恼娉**婷**。　◇◇◆◆，△◆◇◇◆◇◇。

香和清点，为人吹在衣**襟**。　◇◇◇◆，◆◇◇◆◇◇。

珠佩欢言，放船且向前**汀**。　◇◆◇◇，◆◇◆◆◇◇。

绿伞红幢，自从天汉相**迎**。　◆◆◇◇，◆◇◇◆◇◇。

飞鸥独落芦边，对几朵繁**英**。　◇◇◆◆◇◇，△◆◆◇◇。

侑觞人唱，乍闻应似湘**灵**。　◇◇◇◆，◆◇◇◆◇◇。

同体式作品：无。

增减字：

（一）4，6。4，6。4，7。4，6。○ 4，6。4，6。4，7。4，6。南宋：赵彦端 1 首，辛弃疾 4 首。

（二）4，6。4，6。7，4。4，6。○ 4，6。4，7。6，5。4，6。南宋：辛弃疾 1 首。

（三）4，6。4，6。4，7。4，6。○ 4，6。4，6。7，4。4，6。南宋：辛弃疾 1 首。

变体二·2

17 分句 8 复句

【变体二·2·1】17 分句 8 复句。上片与【变体二·1】同，8 分句 4 复句，二/二/二/二/型复句组；下片与【变体一】同，9 分句 4 复句，三/二/二/二/型复句组。平韵，隔句韵。

4，6。4，6。7，4。4，6。

4，3，4。4，6。4，7。4，6。——南宋·史浩·《全宋词》第 1283 页

新荷叶

真隐先生，家居近在东**湖**。　◇◆◇◇，◇◇◆◆◇◇。

茅屋三椽，自有一种清**虚**。　◇◆◇◇，◆◆◆◆◇◇。

秫来酿酒便无后，也解赊**沽**。　◇◇◆◆◆◇◇，◆◆◇◇。

只愁客至，不能拚此芳**壶**。　◆◇◆◆，◆◇◇◆◇◇。

且乐天真，醉乡里，无限欢**娱**。　◆◆◇◇，◆◇◆，◇◆◇◇。

时倚花枝，困来著枕蘧**蘧**。　◇◆◇◇，◆◇◆◆◇◇。

回观昨梦，徒然使心剿形**臞**。　　◇◇◇◆，◇◇◆◇◆◇◇。
始知今日，得闲却是良**图**。　　◆◇◇◆，◆◇◆◆◇◇。

同体式作品：无。

【变体二·2·2】17分句8复句。上片与始词上片同，下片第三复句减1分句。上片9分句4复句，二/二/三/二/型复句组；下片8分句4复句，二/二/二/二/型复句组。平韵，邻韵通押，隔句韵。律词。

4，6。4，6。4，3，4。4，6。
4，6。4，6。4，7。4，6。——南宋·侯寘·《全宋词》第1431页

新荷叶

金陵府会鼓子词

柳幄飞绵，风池暖泛新**萍**。　　◆◆◇◇，◆◇◆◆◇◇。
燕垒泥香，玉麟堂外春**深**。　　◆◆◇◇，◆◇◇◆◇◇。
晴云丽日，花浓处，蜂蝶纷**纷**。　　◇◇◆◆，◇◇◆，◇◆◇◇。
偿春一醉，管弦声里欢**声**。　　◇◇◆◆，◇◇◇◆◇◇。

况是清时，锦衣重到台**城**。　　◆◆◇◇，◆◇◇◆◇◇。
故国江山，向人依旧多**情**。　　◆◆◇◇，◆◇◇◆◇◇。
趁闲行乐，休辜负冶叶繁**英**。　　◆◇◇◆，◇◇◆◆◆◇◇。
彤庭归觐，恁时难驻前**旌**。　　◆◇◇◆，◆◇◇◆◇◇。

同体式作品：无。

增减字：

（一）4，6。4，6。4，3，4。4，6。○4，6。6，4。4，7。4，6。南宋：赵长卿1首。
（二）4，6。4，6。3，4，4。4，6。○4，6。4，6。4，7。4，6。南宋：郑斗焕1首。
（三）4，5。4，6。3，4，4。4，6。○7，4。4，6。4，7。4，6。南宋：贺及1首。

变体三

较始词分句数复句数皆变

【变体三】16分句6复句。上下片较始词各减2分句1复句。每片8分句3复句，二/二/四/型复句组。平韵，隔句韵，间插连句韵。

6，5。4，7。4，4，4，6。
6，7。4，7。4，4，4，6。——南宋·王质·《全宋词》第1648页

泛兰舟

谯天授画像

萧萧乌帽黄**衫**，烟水拍云**岩**。　　◇◇◇◆◇◇，◇◆◆◇◇。
风清月白，一双碧眼莹秋**潭**。　　◇◇◆◆，◆◇◆◆◆◇◇。

四海九州，茫茫东北，渺渺西**南**，	◆◆◆◇，◇◇◇◆，◆◆◇◇，
松霜杉露毵**毵**。	◇◇◇◆◇◇。
龙门隔如参井，青城佳气与天**参**。	◇◇◆◇◇◆，◇◇◇◆◆◇◇。
蔽山充野，牡丹红外茯苓**甘**。	◆◇◇◆，◆◇◇◆◆◇◇。
鹤顶凝丹，隙驹蹀躞，尽百年**闲**，	◆◆◇◇，◆◇◆◆，◆◆◇◇，
乾坤云海风**帆**。	◇◇◇◆◇◇。

按：本词也可断为每片3复句1单句，上片“渺渺西**南**”、下片“尽百年**闲**”作句号，末句作一单句，每片句型为二/二/三/一/复句单句组合。从文意看，上下片最后四句语意相连，参以宋无名氏该调之词，故将后四句划为一复句。

同体式作品：无。

增减字：

（一）6，5。6，5。4，4，6，7。○4，7。6，5。4，4，6，4。宋：无名氏1首（【泛兰舟】）。

按：该无名氏【泛兰舟】上下片第七句无韵，最后四句为一复句。兹录之以参考：

霜月亭亭时节，野溪开冰**灼**。故人信付江南，归也仗谁**托**。寒影低横，轻香暗度，疏篱幽院何在，秦楼朱阁称帘**幕**。○携酒共看，依依承醉更堪**作**。雅淡一种天然，如雪缀烟**薄**。肠断相逢，手捻嫩枝，追思浑似那人，浅妆梳**掠**。

384.【梅花曲】

1. 始词北宋刘几作。
2. 刘几自度曲。采他诗改词而度曲，调名即词题。
3. 此调仅见刘几三首，姑以第一首为始词。
4. 双片，始词每片四平韵，变体一首上片增一韵，一首下片增二韵。隔句韵。

始词：双片。20分句8复句。上片9分句4复句，二/三/二/二/型复句组；下片11分句4复句，三/四/二/二/型复句组。平韵，隔句韵。

5，5。6，3，4。5，5。8，4。

6，3，5。3，3，3，3。7，6。3，5。——北宋·刘几·《全宋词》第187页

梅花曲

以介父三诗度曲

汉宫中侍女，娇额半涂**黄**。	◆◇◇◆◆，◇◆◆◇◇。
盈盈粉色凌时，寒玉体，先透薄**妆**。	◇◇◆◆◇◇，◇◆◆，◇◆◆◇。
好借月魂来，娉婷画烛**旁**。	◆◆◆◇◇，◇◇◆◆◇。
惟恐随阳春好梦去，所思飞**扬**。	◇◆◇◇◇◆◆◆，◆◆◇◇。

宜向风亭把盏，酬孤艳，醉永夕何**妨**。	◇◆◇◇◆◆，◇◇◆，◆◆◆◇◇。
雪径蕊，真凝密，降回舆，认暗**香**。	◆◆◆，◇◇◆，◆◇◇，◆◆◇。
不为藉我作和羹，肯放结子花**狂**。	◆◇◆◆◆◇◇，◆◆◆◆◇◇。
向上林，留此占年**芳**。	◆◆◇，◇◆◆◇◇。

同体式作品：无。

按：该词取王安石之诗《与微之同赋梅花，得香字》三首改为词，是宋人作词的一种"游艺"方式。由之可领略词体"长短句"的语体特色和"诗""词"叙述方式的不同意趣。兹附本词所改写的王安石咏梅诗三首之《其一》：

汉宫娇额半涂黄，粉色凌寒透薄妆。好借月魂来映烛，恐随春梦去飞扬。

风亭把盏酬孤艳，雪径回舆认暗香。不为调羹应结子，直须留此占年芳。

变体二

与始词复句数相同，分句数有变。

变体二·1

19分句8复句

【变体二·1】19分句8复句。上片第一复句较始词增1分句，10分句4复句，三/三/二/二/型复句组；下片较始词减2分句，9分句4复句，三/二/二/二/型复句组。平韵，隔句韵。

4，4，6。4，5，4。8，4。4，7。

4，4，5。4，7。6，7。4，5。——北宋·刘几·《全宋词》第188页

梅花曲

浅浅池**塘**，深深庭院，复出短短垣**墙**。	◆◆◇◇，◇◇◇◆，◆◆◆◆◇◇。
年年为尔，若九真巡会，宝惜流**芳**。	◇◇◆◆，◆◆◇◇◆，◆◆◇◇。
向人自有绵渺无言，深意深**藏**。	◆◇◆◆，◇◆◇◇，◇◆◇◇。
倾国倾城，天教与抵死芳**香**。	◇◆◇◇，◇◇◆，◆◆◇◇。
袅须金色，轻危欲压，绰约冠中**央**。	◆◇◇◆，◇◇◆◆，◆◆◆◇◇。
蒂团红蜡，兰肌粉艳巧能**妆**。	◆◇◇◆，◇◇◆◆◆◇◇。
婵娟一种风流，如雪如冰衣霓**裳**。	◇◇◆◆◇◇，◇◆◇◇◇◆◇◇。
永日依倚，春风笑野**棠**。	◆◆◇◆，◇◇◆◆◇。

同体式作品：无。

附：王安石诗《其二》：

浅浅池塘短短墙，年年为尔惜流芳。向人自有无言意，倾国天教抵死香。

须袅黄金危欲堕，蒂团红蜡巧能装。婵娟一种如冰雪，依倚春风笑野棠。

变体二・2

18分句8复句

【变体二・2】18分句8复句。上片分句数与始词同，复句型有变，下片较始词减2分句。每片9分句4复句，三/二/二/二/型复句组。平韵，隔句韵，间插连句韵。

4，4，5。7，5。7，7。6，5。

6，3，6。4，8。6，5。7，5。——北宋・刘几・《全宋词》第188页

梅花曲

结子非贪，有香不俗，宜当鼎鼐**尝**。	◆◆◇◇，◆◇◆◆，◇◇◆◆◇。
偶先红紫度韶华，玉笛占年**芳**。	◆◇◇◆◆◇◇，◆◆◆◇◇。
众花杂色满上林，未能教腊雪埋**藏**。	◆◇◆◆◆◆◇，◆◇◇◆◆◇◇。
却怕春风漏泄，一一尽天**香**。	◆◆◇◇◆◆，◆◆◆◇◇。
不须更御铅**黄**，知国色，禀自天真殊**常**。	◆◇◇◆◇◇，◇◆◆，◆◆◇◇◇◇。
祇裁云缕，奈芳滑玉体想仙**妆**。	◇◇◇◆，△◇◆◆◆◆◇◇。
少陵为尔东阁，美艳激诗**肠**。	◆◇◆◆◇◆，◆◆◆◇◇。
当已阴未雨春**光**，无心赋海**棠**。	△◆◇◆◆◇◇，◇◇◆◆◇。

同体式作品：无。

附：王安石诗《其三》：

结子非贪鼎鼐尝，偶先红杏占年芳。从教腊雪埋藏得，却怕春风漏泄香。

不御铅华知国色，只裁云缕想仙装。少陵为尔牵诗兴，可是无心赋海棠。

385.【花发状元红慢】

1. 始词北宋刘几作。
2. 刘几自度曲。南宋叶梦得《避暑录话》："刘几在神宗时，与范蜀公重定大乐。洛阳花品曰'状元红'，为一时之冠。乐工花日新能为新声，汴妓郜懿以色著，秘监致仕刘伯寿（刘几字）精音律，熙宁中，几携花日新就郜懿家赏花欢咏，乃撰此曲，填词以赠之。"
3. 此调仅见刘几一首。
4. 双片，上片四韵，下片五韵，仄韵，隔句韵。

始词：20分句8复句。双片。每片10分句4复句，三/二/二/三/型复句组。仄韵，邻韵通押，隔句韵，插一连句韵。

4，4，5。7，6。5，7。3，5，4。

6，4，4。7，7。5，7。3，5，4。——北宋·刘几·《全宋词》第 188 页

花发状元红慢

三春向暮，万卉成阴，有嘉艳方**坼**。	◇◇◆◆，◆◆◇◇，△◇◆◇◆。
娇姿嫩质冠群品，共赏倾城倾**国**。	◇◇◆◆◆◇◆，◆◆◇◇◇◆。
上苑晴昼暄，千素万红尤奇**特**。	◆◆◇◆◇，◇◆◆◇◇◇◆。
绮筵开，会咏歌才子，压倒元**白**。	◆◇◇，◆◆◇◇◆，◆◆◇◆。
别有芳幽苞小，步障华丝，绮轩油**壁**。	◆◆◇◇◇◆，◆◆◇◇，◆◇◇◆。
与紫鸳鸯素蛱**蝶**，自清旦往往连**夕**。	◆◆◇◇◆◆◆，△◇◆◆◆◇◆。
巧莺喧翠管，娇燕语雕梁留**客**。	◆◇◇◆◆，◇◆◆◇◇◇◆。
武陵人，念梦役意浓，堪遣情**溺**。	◆◇◇，△◆◆◆◇，◇◆◇◆。

同体式作品：无。

386.【满庭芳】

【满庭霜】【满庭芳慢】【转调满庭芳】【潇湘夜雨】

1. 始词北宋张伯端作。
2. 宋代通行词调，以【满庭芳】为普名。或名【满庭霜】【满庭芳慢】【转调满庭芳】。北宋贺铸作有《满庭芳·潇湘雨》，后衍名为【潇湘夜雨】。
3. 双片，始词上片五韵，下片四韵，变体韵数或变；以平韵为普式，偶有仄韵式；隔句韵。

始词：21 分句 8 复句。双片。上片 10 分句 4 复句，三/二/二/三/型复句组；下片 11 分句 4 复句，三/二/三/三/型复句组。平韵，隔句韵。

4，4，6。4，5。6，7。2，4，5。

5，4，4。4，5。6，3，4。3，4，5。——北宋·张伯端·《全宋词》第 194 页

满庭芳

真铁牛儿，形容丑恶，性刚偏好争**驰**。	◇◆◇◇，◇◇◆◆，◆◇◇◆◇◇。
人人皆有，那角解牵**骑**。	◇◇◇◆，◆◆◆◇◇。
种就黄芽满院，更须用神水浇**之**。	◆◆◇◇◆◆，◆◇◆◇◆◇◇。
宫**里**，若无此兽，安得似婴**儿**。	◇◆，◆◇◆◆，◇◆◆◇◇。
乾坤真动静，生成家活，总赖于**伊**。	◇◇◇◆◆，◇◇◇◆，◆◆◇◇。
饥餐虎髓，渴饮水银**池**。	◇◇◆◆，◆◆◆◇◇。
夜半牵车进火，霞光迸，海底腾**辉**。	◆◆◇◇◆◆，◇◇◆，◆◆◇◇。

牧童笑，华池宴罢，乘个月明**归**。 ◆◇◆，◇◇◆◆，◇◆◆◇◇。

同体式作品：无。

增减字：

（一）4，4，6。4，5。6，7。3，4，5。○ 2，6，6。3，6。6，3，4。3，4，5。北宋：苏轼1首。

（二）4，4，6。4，5。6，7。3，4，5。○ 5，3，6。4，4。6，3，4。3，4，5。北宋：刘焘1首。

变体一

与始词分句数复句数相同，复句型有变。

【变体一·1】21分句8复句。双片。上片分句数复句型与始词下片同，下片与始词上片同。上片11分句4复句，三/二/三/三/型复句组；下片10分句4复句，三/二/二/三/型复句组。平韵，隔句韵。

4，4，6。4，5。6，3，4。3，4，5。

5，4，4。5，4。6，7。3，4，5。——北宋·苏轼·《全宋词》第278页

满庭芳

香叆雕盘，寒生冰箸，画堂别是风**光**。 ◇◆◇◇，◇◇◇◆，◆◇◆◆◇◇。

主人情重，开宴出红**妆**。 ◆◇◇◆，◇◆◆◇◇

腻玉圆搓素颈，藕丝嫩，新织仙**裳**。 ◆◆◇◇◆◆，◆◇◆，◇◆◇◇。

双歌罢，虚檐转月，余韵尚悠**飏**。 ◇◇◆，◇◇◆◆，◇◆◆◇◇。

人间何处有，司空见惯，应谓寻**常**。 ◇◇◇◆◆，◇◇◆◆，◆◆◇◇。

坐中有狂客，恼乱愁**肠**。 ◆◇◆◇◆，◆◆◇◇。

报道金钗坠也，十指露春笋纤**长**。 ◆◆◇◇◆◆，◆◆◆◇◆◇◇。

亲曾见，全胜宋玉，想像赋高**唐**。 ◇◇◆，◇◆◆◆，◆◆◆◇◇。

同体式作品：北宋：苏轼1首。南宋：谈羲仲1首，何钮翁1首。

【变体一·2】21分句8复句。上片与始词同，10分句4复句，三/二/二/三/型复句组；下片第一复句增1分句，第三复句减1分句。11分句4复句，四/二/二/三/型复句组。平韵，隔句韵。律词。

4，4，6。4，5。6，6。3，4，5。

2，3，4，4。3，6。6，6。3，4，5。——南宋·黄公度·《全宋词》第1329页

满庭芳

公自高要倅摄恩平郡事，郡有西园，乃退食游息之地，先尝赋诗，其一曰："清樾才十亩，炎陬别一天。华堂依怪石，老木插飞烟。长夏绝无暑，乘风几欲仙。心闲境自胜，底处觅林泉。"其二曰："意得壶觞外，心清杖屦间。簿书休吏早，花鸟向人闲。旧隐在何许，倦游殊未还。天涯赖有此，退食一开颜。"和者甚多。

一径叉分，三亭鼎峙，小园别是清**幽**。 ◆◆◇◇，◇◇◆◆，◆◇◆◆◇◇。

曲阑低槛，春色四时**留**。	◆◇◇◆，◇◆◆◇◇。
怪石参差卧虎，长松偃蹇拏**虬**。	◆◆◇◇◆◆，◇◇◆◆◇◇。
携筇晚，风来万里，冷撼一天**秋**。	◇◇◆，◇◇◆◆，◆◆◆◇◇。
优**游**，销永昼，琴尊左右，宾主风**流**。	◇◇，◇◆◆，◇◇◆◆，◇◆◇◇。
且偷闲，不妨身在南**州**。	◆◇◇，◆◇◇◆◇◇。
故国归帆隐隐，西昆往事悠**悠**。	◆◆◇◇◆◆，◇◇◆◆◇◇。
都休问，金钗十二，满酌听轻**讴**。	◇◇◆，◇◇◆◆，◆◆◆◇◇。

同体式作品：无。

增减字：

（一）4，4，6。4，5。6，7。3，4，5。○ 2，3，4，4。5，4。6，7。3，4，5。南宋：无名氏 1 首。

变体二

较始词复句数不变，分句数有变。

变体二·1

22 分句 8 复句

【变体二·1·1】22 分句 8 复句。上片句数、句型与始词同，下片第一复句增 1 分句。上片 10 分句 4 复句，三/二/二/三/型复句组；下片 12 分句 4 复句，四/二/三/三/型复句组。平仄通押，隔句韵。

4，4，6。9，6。3，4。3，4，5。

2，3，4，4。4，5。6，3，4。3，4，5。——北宋·则禅师·《全宋词》第 220 页

满庭芳

咄这牛儿，身强力健，几人能解牵**骑**。	◆◆◇◇，◇◇◆◆，◆◇◇◆◇◇。
为贪原上嫩草绿离**离**，只管寻芳逐**翠**。	◆◇◇◆◆◆◆◆◇◇，◆◆◇◇◆◆。
奔驰后，不顾倾**危**。	◇◇◆，◆◆◇◇。
争知道，山遥水远，回首到家**迟**。	◇◇◆，◇◇◆◆，◇◆◆◇◇。
牧童，今有**智**，长绳牢把，短杖高**提**。	◆◇，◇◆◆，◇◇◇◆，◆◆◇◇。
入泥入水，终是不生**疲**。	◆◇◆◆，◇◆◆◇◇。
直待心调步稳，青松下，孤笛横**吹**。	◆◆◇◇◆◆，◇◇◆，◇◆◇◇。
当归去，人牛不见，正是月明**时**。	◇◇◆，◇◇◆◆，◆◆◆◇◇。

同体式作品：无。

增减字：

（一）4，4，6。4，5。6，7。3，4，5。○ 2，3，4，4。5，4。6，3，4。3，4，5。南宋：姜特立 1 首，无名氏 2 首。

（二）4，4，6。5，4。6，7。3，4，5。○ 2，3，4，4。5，4。6，3，4。3，4，5。南宋：鲁訔 1 首。

（三）4，4，6。4，5。6，7。3，4，5。○ 2，3，4，4。5，4。7，3，4。3，4，5。南宋：徐去非 1 首。

【变体二·1·2】22 分句 8 复句。分句数与【变体二·1·1】相同，复句型有变。上片增 1 分句，下片减 1 分句。每片 11 分句 4 复句，三/二/三/三/型复句组。平韵，隔句韵。律词。

4，4，6。4，5。6，3，4。3，4，5。

5，4，4。5，4。6，3，4。3，4，5。——北宋·陈偕·《全宋词》第 221 页

满庭芳

西湖

岚影浮春，云容阁雨，澄泓碧展玻**璃**。	◇◆◇◇，◇◇◆◆，◇◇◆◆◇◇。
高低楼观，窗户舞涟**漪**。	◇◇◇◆，◇◆◆◇◇。
别有轻盈水面，清讴起，舟叶如**飞**。	◆◆◇◇◆◆，◇◇◆，◇◆◇◇。
沙堤上，垂鞭信马，柳重绿交**枝**。	◇◇◆，◇◇◆◆，◆◆◆◇◇。
渐残红倒影，金波潋滟，弦管催**归**。	△◇◇◆◆，◇◇◆◆，◇◆◇◇。
看飘香陈粉，满路扶**携**。	△◇◇◇◆，◆◆◇◇。
不尽湖边风月，孤山下，猿鸟须**知**。	◆◆◇◇◇◆，◇◇◆，◇◆◇◇。
东风里，年年此水，贮尽是和**非**。	◇◇◆，◇◇◆◆，◇◆◆◇◇。

同体式作品：北宋：范致虚 1 首。南宋：李弥逊 1 首，李璆 1 首，董颖 1 首，沈瀛 1 首，赵长卿 1 首，辛弃疾 2 首，刘褒 1 首，卓田 1 首，夏元鼎 1 首，方岳 1 首，何梦桂 1 首，刘辰翁 1 首，徐君宝妻 1 首，百兰 1 首，无名氏 1 首，计 15 人 16 首。

增减字：

（一）4，4，6。4，5。6，3，4。3，4，5。○ 5，4，4。5，4。6，4，4。3，4，5。北宋：陈偕 1 首。

（二）4，4，6。4，5。6，3，4。3，4，5。○ 5，4，4。3，6。6，3，4。3，4，5。北宋：晏几道 1 首。南宋：沈瀛 1 首，赵长卿 1 首，辛弃疾 1 首。

（三）4，4，6。4，5。6，3，4。3，4，5。○ 5，4，4。5，5。6，3，4。3，4，5。南宋：张炎 1 首。

（四）4，4，6。4，5。6，3，4。3，4，5。○ 5，4，4。4，5。6，3，4。3，4，5。南宋：杏俏 1 首。

（五）4，4，6。4，5。6，3，4。3，4，5。○ 4，4，4。5，4。6，3，4。3，4，5。南宋：冯观国 1 首。

【变体二·1·3】22 分句 8 复句。上片与【变体二·1·2】同，下片第一复句增 1 分句、第三复句减 1 分句。每片 11 分句 4 复句，上片三/二/三/三/型复句组；下片四/二/二/三/型复句组。平韵，隔句韵。律词。

4，4，6。4，5。6，3，4。3，4，5。

2，3，4，4。5，4。6，7。3，4，5。——南宋·谈羲仲《全宋词辑补》第 72 页

满庭芳

星宿呈祥，溪山钟秀，凛然生此真**贤**。	◇◆◇◇，◇◇◇◆，◇◇◇◆◇◇。
冰清玉润，还称岁寒**天**。	◇◇◇◆◆，◇◆◆◇◇。
正是梅梢酝雪，探江南，春信先**传**。	◆◆◇◇◆◆，◆◇◇，◇◆◇◇。

庭轩爽，涓涓皎月，今夜十分**圆**。	◇◇◆，◇◇◆◆，◆◆◆◇◇。
开**筵**，称寿处，歌尘飞动，舞袖蹁**跹**。	◇◆，◇◆◆，◇◇◇◆，◆◆◇◇。
愿公与椿松，对阅天**年**。	△◇◇◇◆，◆◆◇◇。
第恐宏才重望，不容暂吟醉苕**川**。	◆◆◇◇◆◆，◆◇，◆◇◆◆◆◇◇。
龙光近，行看风诏，来自日华**边**。	◇◇◆，◇◇◆◆，◇◆◆◇◇。

同体式作品：南宋：何铒翁 1 首。

【变体二·1·4】22 分句 8 复句。上片分句数复句型与【变体二·1·1】同，下片分句数相同，复句型有变。上片 10 分句 4 复句，三/二/二/三/型复句组；下片 12 分句 4 复句，三/三/三/三/型复句组。平韵，隔句韵。

4，4，6。4，5。6，7。3，4，5。

5，4，4。3，4，4。6，3，4。3，4，5。——南宋·胡翼龙·《全宋词》第 3068 页

满庭芳

秋彻檐花，吟苦砚海，日长多费茶**烟**。	◇◆◇◇，◇◆◆◆，◆◇◇◆◇◇。
怀芳心苦，持此过年**年**。	◇◇◇◆，◇◆◆◇◇。
雨外飞红何许，应流到采绿洲**边**。	◆◆◇◇◇◆，◇◇◆◆◆◇◇。
销凝处，别离情绪，正是海棠**天**。	◇◇◆，◆◇◇◆，◆◆◆◇◇。
吹花题叶事，如今梦里，记得依**然**。	◇◇◇◆◆，◇◇◆◆，◆◆◇◇。
料归来，莺居春后，燕占人**先**。	◆◇◇，◇◇◇◆，◆◆◇◇。
谁念文园倦客，琴空在，懒向人**弹**。	◇◆◇◇◆◆，◇◇◆，◆◆◇◇。
愁何极，楚天老月，偏是到窗**前**。	◇◇◆，◆◇◆◆，◇◆◆◇◇。

同体式作品：无。

增减字：

（一）4，4，6。4，5。6，3，4。3，4，5。○ 5，4，4。3，3，4。6，3，4。3，4，5。南宋：熊禾 1 首。

【变体二·1·5】22 分句 8 复句。上片复句型与【变体二·1·1】同，下片复句型有变，第一复句减 1 分句，第三复句增 1 分句。上片 10 分句 4 复句，三/二/二/三/型复句组；下片 12 分句 4 复句，三/二/四/三/型复句组。平韵，隔句韵。

4，4，7。4，5。6，7。3，4，5。

5，4，4。5，5。3，4，3，4。3，4，5。——宋·无名氏·《全宋词》第 3734 页

满庭芳

若论风流，无过圆社，拐膁蹬躡搭齐**全**。	◆◆◇◇，◇◆◇◆，◆◆◆◆◆◇◇。
门庭富贵，曾到御帘**前**。	◇◇◆◆，◇◆◆◇◇。
灌口二郎为首，赵皇上下脚流**传**。	◆◆◆◇◇◆，◆◇◆，◆◆◇◇。

人都道，齐云一社，三锦独争**先**。　◇◇◆，◇◇◆◆，◇◆◆◇◇。

花前并月下，全身绣带，偷侧双**肩**。　◇◇，◇◆◆，◇◇◆◆，◇◆◇◇。
更高而不远，一搭打秋**千**。　◆◇◇◆◆，◆◆◆◇◇。
球落处，圆光膁拐，双佩剑，侧蹑相**连**。　◇◆◆，◇◇◆◆，◇◆◆，◆◆◇◇。
高人处，翻身佶料，天下总呼**圆**。　◇◇◆，◇◇◆◆，◇◆◆◇◇。

同体式作品：无。

变体二·2

23 分句 8 复句

【变体二·2·1】23 分句 8 复句，较始词增 2 分句。双片。上片 11 分句 4 复句，三/二/三/三/型复句组；下片 12 分句 4 复句，四/二/三/三/型复句组。平韵，隔句韵。

4，4，6。4，5。6，3，4。3，4，5。
2，3，4，4。3，6。6，3，4。3，4，5。——北宋·苏轼·《全宋词》第 279 页

满庭芳

三十三年，飘流江海，万里烟浪云**帆**。　◇◆◇◇，◇◇◇◆，◆◆◇◆◇◇。
故人惊怪，憔悴老青**衫**。　◆◇◇◆，◇◆◆◇◇。
我自疏狂异趣，君何事，奔走尘**凡**。　◆◆◇◇◆◆，◇◇◆，◇◆◇◇。
流年尽，穷途坐守，船尾冻相**衔**。　◇◇◆，◇◇◆◆，◇◆◆◇◇。

巉巉，淮浦外，层楼翠壁，古寺空**岩**。　◇◇，◇◆◆，◇◇◆◆，◆◆◇◇。
步携手，林间笑挽**攕攕**。　◆◇◆，◇◇◆◆◇◇。
莫上孤峰尽处，萦望眼，云海相**搀**。　◆◆◇◇◆◆，◇◆◆，◇◆◇◇。
家何在，因君问我，归步绕松**杉**。　◇◇◆，◇◇◆◆，◇◆◆◇◇。

按：南宋胡仔《苕溪渔隐丛话》转录北宋杨绘《时贤本事曲子集》，述本词所作之由云："子瞻始与刘仲达往来于眉山，后相逢于泗上，久留郡中。游南山话旧而作。"

同体式作品：北宋：李之仪 2 首，舒亶 3 首，黄裳 1 首，黄庭坚 3 首，秦观 6 首，赵令畤 1 首，贺铸 1 首，陈师道 1 首，晁补之 4 首，周邦彦 5 首，陈瓘 3 首，毛滂 2 首，周纯 1 首（【满庭霜】），李璆 1 首（【满庭霜】），沈蔚 4 首，葛胜仲 1 首，吴则礼 2 首，张继先 3 首，叶梦得 3 首，王庭珪 3 首，朱敦儒 2 首，周紫芝 4 首（【潇湘夜雨】），赵佶 1 首，范致虚 1 首（【满庭芳慢】），张纲 1 首，李清照 2 首（【转调满庭芳】1【满庭霜】1），计 26 人 61 首。南宋：赵鼎 1 首，向子諲 3 首，蔡柟 2 首，蔡伸 5 首，王以宁 4 首，张元幹 4 首，王之道 7 首，杨无咎 1 首，曹勋 3 首，刘子翚 1 首，李石 1 首，康与之 1 首，曾觌 1 首，黄公度 1 首，王之望 2 首，葛立方 9 首，毛开 3 首，洪适 12 首，赵彦端 1 首，葛郯 4 首（【满庭霜】），王千秋 1 首，李吕 1 首，袁去华 3 首，曹冠 1 首，姚述尧 1 首，吴儆 2 首，沈瀛 2 首，李洪 1 首，李洤 1 首，李洬 1 首，李处全 1 首，吕胜己 1 首，赵长卿 3 首，廖行之 1 首，赵善括 1 首，程垓 1 首，虞俦 1 首，石孝友 4 首，马子严 1 首，张镃 1 首，刘过 1 首，汪莘 2 首，韩淲 2 首，程珌 3 首，戴复古 3 首，李刘 1 首，卢祖皋 1 首，彭止 1 首，方千里 1 首，黄机 1 首，刘克庄 1 首，刘颉

1首，吴潜2首，李曾伯2首，方岳2首，杨泽民1首，刘辰翁1首，周密1首，刘埙1首，熊则轩1首，仇远1首，胡浩然1首，杨樵云1首，刘贵翁1首，张宰1首，王娇娘1首，毕大节2首，仲殊1首，王子容2首，李肃1首，甄良友1首，臧鲁子2首，陈秉文1首，赵良玉1首，方岳1首，丁无悔1首，郑达可1首，霍安人1首，去非1首，何锄翁1首，无名氏18人18首（【满庭霜】2)，计98人165首。

增减字：

(一) 4，4，6。4，5。6，3，4。3，4，5。〇 2，3，4，4。3，6。6，3，4。3，4，5。北宋：琴操1首，了元1首，黄庭坚2首，晁端礼1首，秦观1首，晁补之1首，周邦彦1首，刘山老1首，张纲1首，计9人10首。南宋：僧儿1首，潘良贵1首，曹勋2首，史浩1首，葛立方1首，李流谦1首，张风子1首，向滈1首，周必大1首，赵长卿1首，辛弃疾1首，陈允平1首，陈若晦1首，俞国宝1首，计14人15首。

(二) 4，4，6。4，5。6，3，4。3，4，5。〇 2，5，4，4。5，4。6，3，4。3，4，5。北宋：张耒1首。

(三) 4，4，6。4，5。6，2，4。3，4，5。〇 2，3，4，4。6，4。6，3，4。3，4，5。北宋-南宋：李清照1首（【转调满庭芳】)。(按：该词有残缺，姑记于此。)

(四) 4，4，6。4，5。6，3，4。3，4，5。〇 2，3，4，4。6，4。6，3，4。3，4，5。南宋：王之道1首，程正同1首。

(五) 4，4，6。4，5。3，4，7。3，4，5。〇 2，3，4，4。5，4。6，3，4。3，4，5。南宋：曹彦约1首。

(六) 4，4，6。4，5。6，3，4。3，4，5。〇 2，3，4，4。4，4。6，3，4。3，4，5。南宋：邵缉1首。

(七) 4，4，6。6，3。6，3，4。3，4，5。〇 2，3，4，4。4，4。6，3，4。3，4，5。南宋：沈端节1首，葛长庚1首，李曾伯1首，张抡1首。

(八) 4，4，6。4，5。6，3，4。3，4，5。〇 2，3，5，4。5，4。6，3，4。3，4，5。南宋：葛长庚2首，王义山1首。

(九) 4，4，6。4，5。6，3，4。3，4，5。〇 2，3，4，4。5，4。6，3，4。3，4，4。南宋：仲殊1首。

(一〇) 4，4，6。5，5。6，3，4。3，4，5。〇 2，3，4，4。5，4。6，3，3。3，4，5。南宋：王子容1首，丁无悔1首。

(一一) 4，4，6。4，5。6，3，3。4，4，5。〇 2，3，4，4。5，4。6，3，4。3，4，5。南宋：陈晔1首。

(一二) 4，4，6。4，5。6，3，4。3，4，5。〇 2，3，4，4。5，5。6，3，4。3，4，5。南宋：黄判院1首，无名氏1首。

(一三) 4，4，6。4，5。6，3，4。3，5，5。〇 2，3，4，4。5，4。6，3，4。3，4，5。南宋：程霁岩1首。

(一四) 4，4，6。4，5。6，3，4。3，5，5。〇 2，3，4，4。4，5。7，3，4。3，4，5。南宋：无名氏1首。

(一五) 4，4，6。4，5。7，3，4。3，4，5。〇 2，3，4，4。5，4。6，3，4。3，4，5。南宋：无名氏3首。

（一六）4，4，6。4，5。6，3，4。3，4，5。〇 2，3，4，4。5，4。6，6，4。3，4，5。南宋：无名氏 1 首。

（一七）4，4，6。4，5。6，3，4。3，4，5。〇 2，3，4，5。5，4。6，3，4。3，4，5。南宋：无名氏 1 首。

【变体二·2·2】23 分句 8 复句。上片第三复句较【变体二·2·1】增 1 复句，下片分句数复句型同。上片 12 分句 4 复句，三/二/四/三/型复句单句组合；下片 11 分句 4 复句，三/二/三/三/型复句组。平韵，连句韵、隔句韵。

4，4，6。4，3。3，4，3，4。3，4，4。

5，4，4。3，6。3，4，7。3，4，5。——南宋·赵长卿·《全宋词》第 1800 页

潇湘夜雨

灯词

斜点银缸，高擎莲炬，夜寒不奈微**风**。　◇◆◇◇，◇◇◇◆，◆◇◆◆◇◇。

重重帘幕，掩堂**中**。　◇◇◇◆，◆◇◇。

香渐远，长烟袅穟，光不定，寒影摇**红**。　◇◆◆，◇◇◆◆，◇◆◆，◇◆◇◇。

偏奇处，当庭月暗，吐焰为**虹**。　◇◇◆，◇◇◆◆，◆◆◇◇。

红裳呈艳丽，□娥一见，无奈狂**踪**。　◇◇◇◆◆，□◇◆◆，◇◆◇◇。

试烦他，纤手卷上纱**笼**。　◆◇◇，◇◆◆◆◇◇。

开正好，银花照夜，堆不尽金粟凝**空**。　◇◆◆，◇◇◆◆，◇◆◆◇◆◇◇。

叮咛语，频将好事，来报主人**公**。　◇◇◆，◇◇◆◆，◇◆◆◇◇。

同体式作品：无。

变体二·3

20 分句 8 复句

【变体二·3·1】20 分句 8 复句，较始词减 1 分句。双片。每片 10 分句 4 复句，上片三/二/二/三/型复句组；下片四/二/二/二/型复句组。平韵，隔句韵。

4，4，6。4，5。6，7。3，4，5。

2，3，4，4。3，6。6，7。7，5。——北宋·苏轼《全宋词》第 278 页

满庭芳

元丰七年四月一日，余将去黄移汝，留别雪堂邻里二三君子。会李仲览自江东来别，遂书以遗之。

归去来兮，吾归何处，万里家在岷**峨**。　◇◆◇◇，◆◇◇◆，◆◆◇◆◇◇。

百年强半，来日苦无**多**。　◆◇◇◆，◇◆◆◇◇。

坐见黄州再闰，儿童尽楚语吴**歌**。　◆◆◇◇◆◆，◇◇◆◆◆◇◇。

山中友，鸡豚社酒，相劝老东**坡**。　◇◇◆，◇◇◆◆，◇◆◆◇◇。

云**何**，当此去，人生底事，来往如**梭**。　◇◇，◇◆◆，◇◇◆◆，◇◆◇◇。

待闲看，秋风洛水清**波**。	◆◇◆，◇◇◆◆◇◇。
好在堂前细柳，应念我莫翦柔**柯**。	◆◆◇◇◆◆，△◆◆◆◆◇◇。
仍传语江南父老，时与晒渔**蓑**。	△◇◆◇◇◇◆◆，◇◆◆◇◇。

同体式作品：无。

【变体二·3·2】20 分句 8 复句。上片句型与【变体二·2·1】同，下片复句型有变。每片 10 分句 4 复句，三/二/二/三/型复句组。平韵，隔句韵。律词。

4，4，6。4，5。7，6。3，4，5。

5，4，5。5，5。6，6。3，4，5。——南宋·如愚居士·《全宋词》第 2976 页

满庭芳

吾乃当涂，弃儒奉道，遵行圣诲多**年**。	◇◆◇◇，◆◇◆◆，◇◇◆◆◇◇。
已逾三纪，截灭六尘**缘**。	◆◇◇◆，◆◆◆◇◇。
因习业自营度日，未尝谒见豪**贤**。	△◆◆◆◇◆◆，◆◇◆◆◇◇。
般若力，掀翻烦恼，坦荡独翛**然**。	◇◆◆，◇◇◇◆，◆◆◆◇◇。
来斯十四载，装銮佛像，塔宇尽光**鲜**。	◇◇◆◆◆，◇◇◆◆，◆◆◆◇◇。
造遮旸石道，直至水礶**边**。	◆◇◇◆◆，◆◆◆◇◇。
都系束修己镪，舍为助道安**禅**。	◇◆◆◇◆◆，◆◇◆◆◇◇。
知惭愧，了无所得，本觉性明**圆**。	◇◇◆，◆◇◆◆，◆◆◆◇◇。

同体式作品：无。

增减字：

（一）4，4，6。4，5。6，6。3，4，5。○ 6，4，4。4，5。6，6。3，4，5。南宋：梅娇 1 首。

变体二·4

26 分句 8 复句

【变体二·4】26 分句 8 复句。上片第三复句较始词增 2 分句，下片第一、二、三复句各增 1 分句。上片 12 分句 4 复句，三/二/四/三/型复句组；下片 14 分句 4 复句，四/三/四/三/型复句组。平韵，隔句韵。律词。

4，4，7。4，5。3，4，3，4。3，4，5。

2，3，4，4。5，3，4。3，4，3，4。3，4，5。——宋·无名氏·《全宋词》第 3735 页

满庭芳

共庆清朝，四时欢会，贺筵开会集佳**宾**。	◆◆◇◇，◆◇◇◆，◆◇◇◆◆◇◇。
风流鼓板，法曲献仙**音**。	◇◇◆◆，◆◆◆◇◇。
鼓笛令，无双多丽，十拍板，音韵宣**清**。	◆◆◆，◇◇◇◆，◆◆◆，◇◆◇◇。
文序子，双声叠韵，有若瑞龙**吟**。	◇◆◆，◇◇◆◆，◆◆◆◇◇。
当筵，闻品令，声声慢处，丹凤微**鸣**。	◇◇，◇◆◆，◇◇◆◆，◇◆◇◇。

听清风八韵，打拍底，更好精**神**。　◇◇◇◆◆，◆◆◆，◆◆◇◇。
安公子，倾杯未饮，好女儿，齐隔帘**听**。　◇◇◆，◇◇◆◆，◆◆◇，◇◆◇◇。
真无比，最高楼上，一曲称人**心**。　◇◇◆，◆◇◇◆，◆◆◇◇◇。

按：本词为集词调名之游戏词。

同体式作品：无。

387.【家山好】

1. 始词北宋刘述作。
2. 取“水晶宫里家山好”尾三字为调名，调名即词题。
3. 双片，上片四韵，下片三韵，平韵，连句韵兼隔句韵。
4. 此调仅见刘述作一首。

始词：双片。12 分句，5 复句 1 单句。上片 7 分句 3 复句，三/二/二/型复句组；下片 5 分句，2 复句 1 单句，二/二/一/型复句单句组合。平韵，隔句韵。律词。

7，3，3。7，3。3，3。
7，5。4，7。5。——北宋·刘述·《全宋词》第 195 页

家山好

挂冠归去旧烟**萝**，闲身健，养天**和**。　◆◇◇◆◆◇◇，◇◇◆，◆◇◇。
功名富贵非由我，莫贪**他**。　◇◇◆◆◇◇◆，◆◇◇。
这歧路，足风**波**。　◆◇◆，◆◇◇。

水晶宫里家山好，物外胜游**多**。　◆◇◇◆◇◇◆，◆◆◆◇◇。
晴溪短棹，时时醉唱里棱**罗**。　◇◇◆◆，◇◇◆◆◆◇◇。
天公奈我**何**。　◇◇◆◆◇。

同体式作品：无。

388.【合宫歌】

1. 始词北宋赵祯作。
2. 宋代宫廷礼乐仪式曲调，明堂燕飨礼乐套曲用调之一，“合宫歌”为礼乐仪式歌曲，非固定词调名，故各体词式差别较大，兹作一调谱之。
3. 单片，韵数不一，平仄通押，隔句韵，间插连句韵。

始词：单片。28 分句 11 复句，二/二/三/三/三/三/二/三/三/二/二/型复句组。平仄通押，邻韵通押，隔句韵，间插连句韵。

3，5。5，6。7，4，5。6，6，7。3，4，5。3，3，3。5，6。7，4，5。4，4，4。5，5。6，3。——北宋・赵祯・《全宋词》第 195 页

合宫歌

皇佑二年飨明堂

缵重明，端拱保凝**命**。	◆◇◇，◇◆◆◇◆。
广大孝休德，永锡四海有**庆**。	◆◆◆◇◆，◆◆◆◆◆◆。
觚坛寓礼正典名，	◇◇◆◆◆◆◇，
幔室雅奏，彩仗崇制**定**。	◆◆◆◆，◆◆◇◆◆。
五位仿古甚**盛**，蒿宫光符辰**星**，	◆◆◆◆◆◆，◇◇◇◇◇◇，
高秋嘉时款芎灵。	◇◇◇◇◆◇◇。
交累**圣**，上下来顾，寅畏歆纯诚。	◇◆◆，◆◆◇◆，◇◆◇◇◇。
三阶平，金气肃，转和**景**。	◇◇◇，◇◆◆，◆◇◆。
翠葆御双观，巽风兑泽布**令**。	◆◆◆◇◇，◆◇◆◆◆◆。
脂茶刬荡墨索清，	◇◇◆◆◆◆◇，
远迩响附，动植咸遂**性**。	◆◆◆◆，◆◆◇◆◆。
表里穆悦，庶政醇醲，熙然胥庭。	◆◆◆◆，◆◆◇◇，◇◇◇◇。
唐舜华封祝，如南山寿**永**。	◇◆◇◇◆，◇◇◇◆◆。
愿今广怀宁延，昌基**扃**。	◆◇◆◇◇◇，◇◇◇。

同体式作品：无。

变体一

分句数复句数不变，复句型有变。

【变体一】28 分句 11 复句。单片。较始词复句型有变。二/二/三/三/四/二/二/三/三/二/二/型复句组。平仄通押，隔句韵，间插连句韵。

3，5。5，6。7，4，5。6，6，4。3，3，4，5。4，5。5，6。7，4，5。4，4，4。4，6。5，4。——南宋・周必大・《全宋词》第 1610 页

合宫歌

圣明朝，旷典乘秋**举**。	◆◇◇，◆◆◇◇◆。
大飨本仁**祖**，九室八牖四**户**。	◆◆◆◇◆，◆◆◆◆◆◆。
敕躬齐戒格堪**舆**，	◆◇◇◆◆◇◇，
盛牲实**俎**，并侑总稽**古**。	◇◇◆◆，◇◆◆◇◆。
玉露乍肃天**宇**，	◆◆◆◆◇◆，
冰轮下照金**铺**，燎烟嘘**呼**。	◇◇◆◆◇◇，◆◇◇◇。

郁尊香，云门**舞**，	◆◇◇，◇◇◆，
仿佛翔坐，灵心咸嘉**娱**。	◆◆◇◆，◇◇◇◇◇。
众星俞美，光属照烜**珠**。	◆◇◇◆，◇◆◆◇◇。
清晓御丹凤，湛恩遍浃率**溥**。	◇◆◆◇◆，◆◇◆◆◆◆。
欢声雷动岳镇**呼**，	◇◇◇◆◆◆◇，
徐命法驾，万骑花盈**路**。	◇◆◆◆，◆◆◇◇◆。
献胙慈极，寿同箕翼，事超唐**虞**。	◆◆◇◆，◆◇◇◆，◆◇◇◇。
看平燕云，从此兴文偃**武**。	◆◇◇◇，◇◆◇◇◆◆。
待重会诸侯，依旧东**都**。	◆◇◆◇◇，◇◆◇◇。

同体式作品：无。

变体三

分句数复句数皆变

变体三·1

14分句5复句

【变体三·1】单片。14分句5复句，二/二/三/三/四/型复句组。平仄通押，邻韵通押，隔句韵，间插连句韵。

3，5。4，7。7，4，5。6，7，4。3，3，4，5。——宋·无名氏·《全宋词》第3716页

合宫歌

泰阶平，勋业属全**盛**。	◆◇◇，◇◆◆◇◆。
旰昃焦劳，访道缵三朝仁**政**。	◆◆◇◇，◆◆◆◇◇◇◆。
大庭葴事款上**灵**，	◆◇◇◆◆◆◇，
服冕执圭，侑飨尊累**圣**。	◆◆◆◇，◆◆◇◆◆。
豆笾奕奕嘉**靖**，	◆◇◆◆◇◆，
神光四照百礼**成**，回御天**门**。	◇◇◆◆◆◆◇，◇◆◇◇。
讲丕彝，敷大**庆**。	◆◇◇，◇◆◆。
蒙被草木，万国仰声**明**。	◇◆◆◆，◆◆◆◇◇。

同体式作品：无。

变体三·2

30分句12复句

【词体三·2】单片。30分句12复句，二/二/三/三/三/二/三/二/三/三/二/二/型复句组。平仄通押，邻韵通押，隔句韵，间插连句韵。

3，5。5，6。7，4，5。6，3，3。4，3，3。4，4。3，3，3。5，6。7，4，5。4，4，4。4，6。5，4。——宋·无名氏·《全宋词》第3717页

合宫歌

太平**时**，宝殿垂衣**治**。	◆◇◇，◆◆◇◇◆。
驭左右贤俊，万国执玉助**祭**。	◆◆◆◇◆，◆◆◆◆◆◆。
凉秋九月霜华**飞**，	◇◇◆◆◇◇◇，
感发纯孝，五室配上**帝**。	◆◆◇◆，◆◆◆◆◆。
紫汉入夜凝**霁**，房心下，泛华**芝**。	◆◆◆◆◇◆，◇◇◆，◆◇◇。
大田栖粮，岁功成，农歌**沸**。	◆◇◇◇，◆◇◇，◇◇◆。
复道躬拜，肃迎神**嬉**。	◆◆◇◆，◆◇◇◇。
漏声**迟**，玉磬响，递清**吹**。	◆◇◇，◆◆◆，◆◇◇。
嘉荐升雕俎，柘浆屡酌几**醉**。	◇◆◇◇◆，◆◆◆◆◇◆。
云扶灵驾欻若**归**，	◇◇◇◆◆◆◇，
天意留顾，万福如山**委**。	◇◆◇◆，◆◆◇◇◆。
便御丹阙，布为皇泽，与民熙**熙**。	◆◆◇◆，◆◇◇◆，◆◇◇◇。
远观唐虞，未有如兹盛**礼**。	◆◇◇◇，◆◆◇◇◆◆。
愿常遇鸣銮，三岁亲**祠**。	◆◇◆◇◇，◇◆◇◇。

同体式作品：无。

389. 【喜长新】

1. 始词北宋王益柔作。
2. 始源为唐教坊曲（见《教坊记》）。
3. 双片，上片四韵，下片三韵，平韵，连句韵，插一隔句韵。
4. 此调仅见王益柔一首。

始词：8 分句 4 复句。双片。每片 4 分句 2 复句，二/二/型复句组。平韵，连句韵，插一隔句韵。律词。

7，4。7，6。

6，4。7，6。——北宋·王益柔·《全宋词》第 197 页

喜长新

秋云朔吹晓徘**徊**，雪照楼**台**。	◇◇◆◆◆◇◇，◆◆◇◇。
梁王宴召有邹**枚**，相如独逞雄**才**。	◇◇◆◆◆◇◇，◆◇◆◆◇◇。
明烛薰炉香暖，深劝金**杯**。	◇◆◇◇◇◆，◇◆◇◇。
庭前粉艳有寒**梅**，一枝昨夜先**开**。	◇◇◆◆◆◇◇，◆◇◆◆◇◇。

同体式作品：无。

390.【赏南枝】

1. 始词北宋曾巩作。
2. 词咏调名本意。
3. 双片，上片五韵，下片六韵，平韵，隔句韵。
4. 此调仅见北宋曾巩一首。

始词：22 分句 8 复句。双片。上片 10 分句 4 复句，三/二/三/二/型复句组；下片 12 分句 4 复句，三/三/三/三/型复句组。平韵，隔句韵，间插隔句韵。

5，5，4。7，7。3，3，7。7，5。

6，4，5。5，3，6。3，3，7。3，4，5。——北宋·曾巩·《全宋词》第 199 页

赏南枝

暮冬天地闭，正柔木冻折，瑞雪飘**飞**。	◆◇◇◆◆，△◇◆◆◆，◆◆◇◇。
对景见南山岭梅，露儿点清雅容**姿**。	◆◆◆◇◇◆◇，◆◆◆◇◆◇◇。
丹染萼，玉缀**枝**，又岂是一阳有**私**。	◇◆◆，◆◆◇，△◆◆◆◇◆◇。
大抵是化工独许，使占却先**时**。	◆◆◆◆◇◆◆，△◆◆◇◇。
霜威莫苦凌**持**，此花根性，想群卉争**知**。	◇◇◆◆◇◇，◆◇◇◆，△◇◆◇◇。
贵用在和羹，三春里，不管绿是红**非**。	◆◆◆◇◇，◇◇◆，◆◆◆◆◇◇。
攀赏处，宜酒**卮**，醉捻嗅幽香更**奇**。	◇◆◆，◇◆◇，◆◆◆◇◇◆◇。
倚阑干，仗何人去，嘱羌管休**吹**。	◆◇◇，◆◇◇◆，△◇◆◇◇。

同体式作品：无。

391.【凤箫吟】

【芳草】

1. 始词北宋韩缜作。
2. 由始词吟咏芳草之意，调名或衍为【芳草】。
3. 双片，始词上片四韵，下片五韵；变体韵数有变；平韵，隔句韵。

始词：21 分句 8 复句。双片。上片 10 分句 4 复句，三/三/二/二/型复句组；下片 11 分句 4 复句，四/三/二/二/型复句组。平韵，隔句韵。

3，4，6。5，4，4。5，7。5，6。

2，4，3，4。5，5，4。5，7。7，4。——北宋·韩缜·《全宋词》第202页

凤箫吟

锁离愁，连绵无际，来时陌上初**熏**。　◆◇◇，◇◇◇◆，◇◇◆◆◇◇。
绣帏人念远，暗垂珠泪，泣送征**轮**。　◆◇◇◆◆，◆◇◇◆，◆◆◇◇。
长亭长在眼，更重重远水孤**云**。　◇◇◇◆◆，△◇◇◆◆◇◇。
但望极楼高，尽日目断王**孙**。　△◆◆◇◇，◆◆◆◆◇◇。

消**魂**，池塘别后，曾行处，绿妒轻**裙**。　◇◇，◇◇◆◆，◇◇◆，◆◆◇◇。
恁时携素手，乱花飞絮里，缓步香**茵**。　◆◇◇◆◆，◆◇◇◆◆，◆◆◇◇。
朱颜空自改，向年年芳意长**新**。　◇◇◇◆◆，△◇◇◇◆◇◇。
遍绿野嬉游醉眠，莫负青**春**。　△◆◆◇◇◆◇，◆◆◇◇。

同体式作品：无。

增减字：

（一）3，4，6。5，4，5。5，7。5，6。○2，4，4，4。5，5，4。5，7。7，4。北宋：晁补之1首。

（二）3，4，6。5，5，4。5，7。5，6。○2，4，4，4。5，5，4。5，7。7，4。南宋：曹勋1首。

变体二

复句数不变，分句数增1。

【变体二·1】22分句8复句。上片与始词同，10分句4复句，三/三/二/二/型复句组；下片第三复句较始词增1分句，12分句4复句，四/三/三/二/型复句组。平韵，隔句韵。律词。

3，4，6。5，4，5。5，7。5，6。
2，5，3，4。4，4，6。5，3，4。5，6。——北宋·王之道·《全宋词》第1140页

凤箫吟

和彦时兄重九

雨溟**蒙**，年年今日，农夫共卜新**丰**。　◆◇◇，◇◇◇◆，◇◇◆◆◇◇。
登高随处好，银瓶突兀，南峙对三**公**。　◇◇◇◆◆，◇◇◆◆，◇◆◆◇◇。
真珠浲露菊，更芙蓉照水匀**红**。　◇◇◇◆◆，△◇◇◆◆◇◇。
但华发衰颜，不堪频鉴青**铜**。　△◇◆◇◇，◆◇◇◆◇◇。

相**逢**，行藏休借问，且徘徊，目送飞**鸿**。　◇◇，◇◇◇◆◆，◆◇◇，◆◆◇◇。
十年湖海，千里云山，几番残照凄**风**。　◆◇◇◆，◇◆◇◇，◆◇◇◆◇◇。
蟹螯粗似臂，金英碎，虎珀香**浓**。　◆◇◇◆◆，◇◇◆，◆◆◇◇。
请细读离骚，为君一饮千**钟**。　△◆◆◇◇，◆◇◆◆◇◇。

同体式作品：无。

【变体二·2】22 分句 8 复句。分句数与【变体二·1】相同，上下片复句型有变。每片 11 分句 4 复句，上片三/三/三/二/型复句组；下片四/三/二/二/型复句组。平韵，隔句韵。律词。

3，4，6。5，5，3。4，3，4。7，4。
2，4，4，4。5，5，4。5，7。7，4。——南宋·奚倬然·《全宋词》第 3158 页

芳草

南屏晚钟

笑湖山，纷纷歌舞，花边如梦如**薰**。　◆◇◇，◇◇◇◆，◇◇◇◆◇◇。
响烟惊落日，长桥芳草外，客愁**醒**。　◆◇◇◆◆，◇◇◇◆◆，◆◇◇。
天风送远，向两山，唤醒痴**云**。　◇◇◆◆，◆◆◇，◆◆◇◇。
犹自有迷林去鸟，不信黄**昏**。　△◆◆◇◇◆◆，◆◆◇◇。

销**凝**，油车归后，一眉新月，独印湖**心**。　◇◇，◇◇◇◆，◆◇◇◆，◆◆◇◇。
蕊宫相答处，空岩虚谷应，猿语香**林**。　◆◇◇◆◆，◇◇◇◆◆，◇◆◇◇。
正酣红紫梦，便市朝有耳谁**听**。　△◇◇◆◆，△◆◇◆◆◇◇。
怪玉兔金乌不换，只换愁**人**。　△◆◆◇◇◆◆，◆◆◇◇。

同体式作品：无。

392.【花心动】

【花心动慢】【桂飘香】

1. 始词北宋阮逸女作。
2. 宋代常用词调，一名【花心动慢】【桂飘香】。
3. 双片，上片四韵，下片五韵；变体韵数或有变；仄韵，隔句韵，或偶插连句韵。

始词：22 分句 8 复句。双片。上片 12 分句 4 复句，三/三/三/三/型复句组；下片 10 分句 4 复句，三/三/二/二/型复句组。仄韵，隔句韵。

4，3，6。4，4，6。7，3，4。3，4，4。
6，5，4。4，4，6。7，7。3，6。——北宋·阮逸女·《全宋词》第 203 页

花心动

春词

仙苑春浓，小桃开，枝枝已堪攀**折**。　◇◆◇◇，◆◇◇，◇◇◆◇◇◆。
乍雨乍晴，轻暖轻寒，渐近赏花时**节**。　◆◆◆◇，◇◆◇◇，◆◆◆◇◇◆。
柳摇台榭东风软，帘栊静，幽禽调**舌**。　◆◇◇◆◇◇◆，◇◇◆，◇◇◇◆。

断魂远，闲寻翠径，顿成愁**结**。　◆◇◆，◇◇◆◆，◆◇◇◆。

此恨无人共**说**，还立尽黄昏，寸心空**切**。　◆◆◇◇◆◆，△◆◆◇◇，◆◇◇◆。
强整绣衾，独掩朱扉，簟枕为谁铺**设**。　◇◆◆◇，◆◆◇◇，◆◆◆◇◇◆。
夜长更漏传声远，纱窗映银缸明**灭**。　◆◇◇◆◇◇◆，◇◇◆◇◇◇◆。
梦回处，梅梢半笼淡**月**。　◆◇◆，◇◇◆◇◆◆。

同体式作品：北宋：贺铸 1 首。

增减字：

（一）4，5，4。4，4，6。7，3，4。3，4，4。○ 6，3，6。4，4，6。7，7。3，6。北宋：王诜 1 首。

变体一

与始词分句数复句数相同，复句型有变。

【变体一·1】22 分句 8 复句。上片第三复句较始词减 1 分句，下片第三复句增 1 分句。每片 11 分句 4 复句，上片三/三/二/三/型复句组；下片三/三/三/二/型复句组。仄韵，隔句韵。

4，5，4。4，4，6。5，6。3，4，4。
6，5，4。6，4，4。5，3，4。3，6。——南宋·曹勋·《全宋词》第 1216 页

花心动

瑞香

玉井生寒，正枫落吴江，冷侵罗**幕**。　◆◆◇◇，△◇◆◇◇，◆◇◇◆。
翠云剪叶，紫锦攒花，暗香遍熏珠**阁**。　◆◇◆◆，◆◆◇◇，◆◇◆◇◇◆。
瑞非兰麝比，氤氲清彻寥**廓**。　◆◇◇◆◆，◇◇◇◆◇◆。
向燕寝，团团秀色，巧宜围**却**。　◆◆◆，◇◇◆◆，◆◇◇◆。

宝槛浓开对列，蜂共蝶多情，未知花**萼**。　◆◆◇◇◆◆，◇◆◆◇◇，◆◇◇◆。
爱玩置向窗儿，时时更碾，建春浇**著**。　◆◆◆◆◇◇，◇◇◆◆，◆◇◇◆。
最是关情处，惊梦回，酒醒初**觉**。　◆◆◇◇◆，◇◆◇，◆◇◇◆。
楚梅早，前村任他暗**落**。　◆◇◆，◇◇◆◇◆◆。

同体式作品：无。

【变体一·2】22 分句 8 复句。上片与始词同，12 分句 4 复句，三/三/三/三/型复句组；下片第二复句较始词减 1 分句、第三复句增 1 分句，10 分句 4 复句，三/二/三/二/型复句组。仄韵，隔句韵。

4，3，6。4，4，6。7，3，4。3，4，4。
6，5，4。4，6。7，3，4。3，6。——南宋·曹冠·《全宋词》第 1539 页

桂飘香

元名【花心动】

律应清商，嫩凉生，金风乍飘林**叶**。　◆◆◇◇，◆◇◇，◇◇◆◇◇◆。

玉兔腾精，光浸楼台，宛似广寒宫**阙**。	◆◆◇◇，◇◆◇◇，◆◆◆◇◇◆。
远山横翠烟霏敛，鹊枝绕，蛩声凄**切**。	◆◇◇◆◇◇◆，◆◇◆，◇◇◇◆。
气萧爽，一年好处，桂花时**节**。	◆◇◆，◆◇◆◆，◆◇◇◆。
香压群芳妙**绝**，记蟾窟高枝，两曾攀**折**。	◇◆◇◇◆◆，△◇◆◇◇，◆◇◇◆。
思报君亲，何事壮怀犹**郁**。	◇◆◇◇，◇◆◆◇◇◆。
傅岩莘野时方隐，心先定，经纶施**设**。	◆◇◇◆◇◇◆，◇◇◆，◇◇◇◆。
赏花醉，持杯更邀皓**月**。	◆◇◆，◇◇◆◇◆◆。

同体式作品：无。

变体二

较始词复句数不变，分句数有变。

变体二·1

21 分句 8 复句

【变体二·1】21 分句 8 复句。上片第三复句较始词减 1 分句，11 分句 4 复句，三/三/二/三/型复句组；下片与始词同，10 分句 4 复句，三/三/二/二/型复句组。仄韵，隔句韵，插一连句韵。

4，3，6。4，4，6。7，7。3，4，4。

6，3，6。4，4，6。7，7。3，6。——北宋·周邦彦·《全宋词》第 623 页

花心动

双调

帘卷青楼，东风暖，杨花乱飘晴**昼**。	◇◆◇◇，◆◇◇，◇◇◆◇◇◆。
兰袂褪香，罗帐褰红，绣枕旋移相**就**。	◆◆◆◇，◇◆◇◇，◆◆◆◇◇◆。
海棠花谢春融暖，偎人恁娇波频**溜**。	◆◇◇◆◇◇◆，◇◇◆◇◇◇◆。
象床稳，鸳衾谩展，浪翻红**绉**。	◆◇◆，◇◇◆◆，◆◇◇◆。
一夜情浓似**酒**，香汗渍，鲛绡几番微**透**。	◆◆◇◇◆◆，◇◆◆，◇◇◆◇◇◆。
鸾困凤慵，娅姹双眉，画也画应难**就**。	◇◆◆◇，◆◆◇◇，◆◆◆◇◇◆。
问伊可煞于人**厚**，梅萼露胭脂檀**口**。	◆◇◇◆◇◇◆，◇◇◆◇◇◇◆。
从此后，纤腰为郎管**瘦**。	◆◇◆，◇◇◆◇◆◆。

同体式作品：南宋：李弥逊 2 首，张元幹 1 首，潘汾 1 首，史浩 2 首，刘镇 1 首，赵长卿 1 首，马子严 1 首，史达祖 1 首，高观国 1 首，方岳 1 首，吴文英 2 首，仇远 1 首，蒋捷 1 首，无名氏 1 首。

增减字：

（一）4，3，6。4，4，6。7，7。3，4，4。○ 6，4，4。4，4，6。7，7。3，6。南宋：赵鼎 1 首。

（二）4，5，4。4，4，6。5，7。3，4，4。○ 6，5，4。4，4，6。5，7。3，6。南宋：曹勋 2 首。

（三）4，5，4。4，4，6。7，7。3，4，4。○ 6，5，4。4，4，6。7，7。5，4。南宋：曹勋 1 首。

（四）4，5，4。4，4，6。7，7。3，5，4。〇6，3，6。4，4，6。7，7。3，6。南宋：赵长卿1首。
（五）4，5，4。4，4，6。7，7。3，4，4。〇6，3，6。4，4，6。7，7。3，6。南宋：赵孟坚1首，无名氏1首。
（六）4，5，4。4，4，6。7，7。3，4，4。〇6，5，4。4，4，6。7，7。3，6。南宋：史深1首，黄子行1首。
（七）4，5，4。6，4，4。7，7。3，4，4。〇6，5，4。4，4，6。7，7。3，6。南宋：无名氏1首。

变体二·2

20分句8复句

【变体二·2】20分句8复句。上片第三、四复句较始词各减1分句，下片与始词同。每片10分句4复句，三/三/二/二/型复句组。仄韵，隔句韵。

4，5，4。4，4，6。7，7。5，6。
6，5，4。4，4，6。7，7。3，6。——北宋·刘焘·《全宋词》第692页

花心动

偏忆江南，有尘表丰神，世外标**格**。	◇◆◇◇，△◇◆◇◇，◆◆◇◆。
低傍小桥，斜出疏篱，似向陇头曾**识**。	◇◆◆◇，◇◆◇◇，◆◆◆◇◇◆。
暗香孤韵冰雪里，初不怕春寒要**勒**。	◆◇◇◆◇◆◆，◇◆◆◇◇◆◆。
问桃杏贤瞒，怎生向前争**得**。	△◇◆◇◇，◆◇◆◇◇◆。
省共萧娘笑**摘**，玉纤映琼枝，照人一**色**。	◆◆◇◇◆◆，◆◇◆◇◇，◆◇◆◆。
澹粉晕酥，多少工夫，到得寿阳宫**额**。	◆◆◆◇，◇◆◇◇，◆◆◆◇◇◆。
再三留待东君看，管都将别花不**惜**。	◆◇◇◆◇◇◆，△◇◇◆◇◆◆。
但只恐，南楼又三弄**笛**。	◆◆◆，◇◇◆◇◆◆。

同体式作品：无。

393.【桂枝香】

【桂枝香慢】

1. 始词北宋王安石作。
2. 偶名【桂枝香慢】。
3. 双片。普式每片五仄韵，偶见韵数有变；隔句韵，偶插连句韵。

始词：22分句8复句。双片。上片11分句4复句，三/二/三/三/型复句组；下片11分句4复句，四/二/二/三/型复句组。仄韵，隔句韵。

4，5，4。6，4。7，3，4。4，4，4。

3，4，5，4。4，6。7，7。4，4，4。——北宋·王安石·《全宋词》第 204 页

桂枝香

登临送**目**，正故国晚秋，天气初**肃**。	◇◇◆◆，△◆◆◆◇，◇◆◇◆。
千里澄江似练，翠峰如**簇**。	◇◆◇◇◆◆，◆◇◇◆。
归帆去棹残阳里，背西风，酒旗斜**矗**。	◇◇◆◆◇◇◆，◆◇◇，◆◇◇◆。
彩舟云淡，星河鹭起，画图难**足**。	◆◇◇◆，◇◇◆◆，◆◇◇◆。
念往昔，繁华竞**逐**，	◆◆◆，◇◇◆◆，
叹门外楼头，悲恨相**续**。	△◇◆◇◇，◇◆◇◆。
千古凭高，对此谩嗟荣**辱**。	◇◆◇◇，◆◆◆◇◇◆。
六朝旧事随流水，但寒烟芳草凝**绿**。	◆◇◆◆◇◇◆，△◇◇◇◆◇◆。
至今商女，时时犹唱，后庭遗**曲**。	◆◇◇◆，◇◇◇◆，◆◇◇◆。

同体式作品：无。

增减字：

（一）4，5，4。4，6。7，3，4。4，4，4。○ 3，4，5，4。4，6。7，7。4，4，4。北宋：朱敦儒 1 首。

（二）4，5，4。6，4。7，3，4。4，4，4。○ 7，4，3，4。4，6。7，7。4，4，4。南宋：施翠岩 1 首。

变体一

与始词分句数复句数相同，复句型有变。

【变体一】22 分句 8 复句。上片与始词同，下片第一复句减 1 分句、第三复句增 1 分句。每片 11 分句 4 复句，三/二/三/三/型复句组。仄韵，隔句韵。

4，5，4。4，6。7，3，4。4，4，4。

7，5，4。4，6。7，3，4。4，4，4。——南宋·张辑·《全宋词》第 2551 页

疏帘淡月

寓【桂枝香】。秋思。

梧桐雨细，渐滴作秋声，被风惊**碎**。	◇◇◆◆，△◆◆◇◇，◆◇◇◆。
润逼衣篝，线袅蕙炉沉**水**。	◇◆◇◇，◆◆◆◇◇◆。
悠悠岁月天涯**醉**，一分秋，一分憔**悴**。	◇◇◆◆◇◇◆，◆◇◇，◆◇◇◆。
紫箫吟断，素笺恨切，夜寒鸿**起**。	◆◇◇◆，◆◇◆◆，◆◇◇◆。
又何苦凄凉客**里**，	△◇◆◇◇◆◆，
负草堂春绿，竹溪空**翠**。	△◆◇◇◆，◆◇◇◆。
落叶西风，吹老几番尘**世**。	◆◆◇◇，◇◆◆◇◇◆。
从前谙尽江湖**味**，听商歌，归兴千**里**。	◇◇◆◆◇◇◆，◆◇◇，◇◆◇◆。
露侵宿酒，疏帘淡月，照人无**寐**。	◆◇◆◆，◇◇◆◆，◆◇◇◆。

同体式作品：无。

增减字：

(一) 4，5，4。6，4。7，3，4。4，4，4。〇 7，5，4。6，4。7，3，4。4，4，4。南宋：陈允平 1 首。

(二) 4，5，4。6，4。7，3，4。4，4，4。〇 7，5，4。4，6。7，3，4。4，4，4。南宋：刘辰翁 1 首。

(三) 4，5，4。6，4。7，3，4。4，4，4。〇 6，5，4。4，6。4，3，7。4，4，4。南宋：周密 1 首。

变体二

较始词复句数不变，分句数有变。

变体二·1

20 分句 8 复句

【变体二·1·1】20 分句 8 复句。双片，上片分句数与始词同，复句型有变，11 分句 4 复句，四/二/二/三/型复句组；下片较始词减 2 分句，9 分句 4 复句，三/二/二/二性复句。仄韵，隔句韵。

4，3，3，3。4，6。7，7。4，4，4。

7，5，4。6，4。7，7。6，6。——北宋·黄裳·《全宋词》第 372 页

桂枝香

延平阁闲望

人烟一**簇**，正寄演，客飞升，翠微**麓**。　◇◇◆◆，◆◆◆，◆◇◇，◆◇◆。

楼阁参差，下瞰水天红**绿**。　◇◆◇◇，◆◆◆◇◇◆。

腰间剑去人安在，记千年寸阴何**速**。　◇◇◆◆◇◇◆，△◇◇◆◇◇◆。

山趋三岸，潭吞二水，岁丰人**足**。　◇◇◇◆，◇◇◆◆，◆◇◇◆。

是处有雕阑送**目**，　◆◆◆◇◇◆◆，

更无限笙歌，芳酝初**熟**。　△◆◆◇◇，◇◇◇◆。

休诧滕王看处，落霞孤**鹜**。　◇◆◇◇◆◆，◆◇◇◆。

雨中尤爱烟波上，见渔舟来去相**逐**。　◆◇◇◆◇◇◆，△◇◇◇◆◇◆。

数声歌向芦花，还疑是湘灵**曲**。　◆◇◇◆◇◇，◇◇◆◇◇◆。

同体式作品：无。

【变体二·1·2】20 分句 8 复句。双片，上片第三复句较始词减 1 分句，下片第一复句减 1 分句。每片 10 分句 4 复句，三/二/二/三/型复句组。仄韵，隔句韵。

4，5，4。4，6。7，7。4，4，4。

7，5，4。4，6。7，7。4，4，4。——南宋·陈亮·《全宋词》第 2098 页

桂枝香

观木樨有感，寄吕郎中。

天高气**肃**，正月色分明，秋容新**沐**。　◇◇◆◆，△◆◆◆◇，◇◆◇◆。

桂子初收，三十六宫都**足**。　◆◆◇◇，◇◆◆◇◇◆。

不辞散落人间去，怕群花自嫌凡**俗**。	◆◇◆◆◇◇◆，△◇◇◆◇◇◆。
向他秋晚，唤回春意，几曾幽**独**。	◆◇◆◇，◆◇◇◆，◆◇◇◆。
是天上余香剩**馥**，	△◆◆◇◇◆◆，
怪一树香风，十里相**续**。	△◆◆◇◇，◆◆◇◆。
坐对花旁，但见色浮金**粟**。	◆◆◇◇，◆◆◆◇◇◆。
芙蓉只解添秋思，况东篱凄凉黄**菊**。	◇◇◆◆◇◇◆，△◇◇◇◇◇◆。
入时太浅，背时太远，爱寻高**躅**。	◆◇◆◆，◆◇◆◆，◆◇◇◆。

同体式作品：南宋：陈亮1首，徐宝之1首。

增减字：

（一）4，5，4。6，4。7，7。4，4，4。○7，5，4。4，6。7，7。4，4，4。南宋：吴潜1首。

（二）4，5，4。6，4。7，7。4，4，4。○7，5，4。6，4。7，7。4，4，4。南宋：鞠华翁1首。

（三）4，5，4。4，6。7，7。4，4，4。○7，3，6。4，6。7，7。4，4，4。南宋：詹玉1首。

（四）4，5，4。6，4。7，7。4，4，4。○7，5，4。4，6。7，7。3，3，5。宋：无名氏1首。

【变体二·1·3】20分句8复句。上下片分句数与【变体二·1·1】同，复句型有变。上片11分句4复句，三/二/三/三/型复句组，下片9分句4复句，三/二/二/二/型复句组。仄韵，隔句韵。

4，5，4。6，4。7，3，4。4，4，4。

7，5，4。6，4。7，7。6，6。——南宋·葛长庚·《全宋词》第2575页

桂枝香

楼前凝**望**，见水满一溪，云满千**嶂**。	◇◇◇◆，△◆◆◆◇，◇◆◇◆。
将晚欲行无绪，欲眠无**况**。	◇◆◆◇◇◆，◆◇◇◆。
岩花涧草春无极，倚东风，忽然惆**怅**。	◇◇◆◆◇◇◆，◆◇◇，◆◇◇◆。
淡烟飞过，幽禽叫断，远钟嘹**亮**。	◆◇◇◆，◇◆◆◆，◆◇◇◆。
为底事沉吟一**晌**，	◆◆◆◇◇◆◆，
念只影飘浮，寸心虚**旷**。	△◆◆◇◇，◆◇◇◆。
无限游丝落絮，此怀难**状**。	◇◆◇◇◆◆，◆◇◇◆。
江湖淮海行将遍，觉诗肠酒胆超**畅**。	◇◇◇◆◇◇◆，◆◇◇◆◆◇◆。
一丘一壑归来，念我旧家天**上**。	◆◇◆◆◇◇，◆◆◆◇◇◆。

同体式作品：无。

增减字：

（一）4，5，4。6，4。7，3，4。4，4，4。○7，5，4。4，6。7，7。6，6。南宋：柴望1首。

【变体二·1·4】20分句8复句。双片，上下片分句数与【变体二·1·2】同，上片复句型无变，下片有变。每片10分句4复句，上片三/二/二/三/型复句组，下片三/二/三/二/型复句组。仄韵，隔句韵。

4，5，4。6，4。7，7。4，4，4。

7，5，4。4，6。7，3，4。6，6。——南宋·赵以夫·《全宋词》第 2673 页

桂枝香

四明鄞江楼九日

水天一**色**，正四野秋高，千古愁**极**。	◆◇◆◆，△◆◆◇◇，◇◆◇◆。
多少黄花密意，付他欢**伯**。	◇◆◇◇◆◆，◆◇◇◆。
楼前马戏星球过，又依稀东徐陈**迹**。	◇◇◆◆◇◇◆，△◇◇◇◇◇◆。
一时豪俊，风流济济，酒朋诗**敌**。	◆◇◇◆，◇◇◆◆，◆◇◇◆。
画不就江东暮**碧**，	◆◆◆◇◇◆◆，
想阅尽千帆，来往潮**汐**。	△◆◆◇◇，◇◆◇◆。
烟草萋迷，此际为谁心**恻**。	◇◆◇◇，◆◆◆◇◇◆。
引杯抚剑凭高处，黯消魂，目断天**北**。	◆◇◇◆◇◇◆，◆◇◇，◆◆◇◆。
至今人笑新亭，坐间泪珠空**滴**。	◆◇◇◆◇◇，◆◇◆◇◇◆。

同体式作品：无。

【变体二·1·5】20 分句 8 复句。上下片分句数复句型皆与【变体二·1·4】下片同，每片 10 分句 4 复句，三/二/三/二/型复句组。仄韵，隔句韵。

4，5，4。6，4。7，3，4。8，4。

8，4，4。4，6。7，3，4。6，6。——宋·无名氏·《全宋词》第 3832 页

桂枝香慢

暖风迟日，正韶阳时节，淑景明**媚**。	◆◇◇◆，△◇◇◇◆，◇◆◇◆。
一霎雨打红桃，花落满**地**。	◆◆◆◆◇◇，◇◆◆◆。
□闺独坐帘高卷，困春容，懒临香**砌**。	□◇◆◆◇◇◆，◇◇◇，◆◇◇◆。
自从檀郎金门献赋，不绝朱**翠**。	◆◇◇◇◇◇◆◆，◆◆◇◆。
闻上国才有书回应，	△◆◆◇◆◇◇◆，
贤良明庭，已擢高**第**。	◇◇◇◇，◆◆◇◆。
拆破香笺，离恨却成新**喜**。	◆◆◇◇，◇◆◆◇◇◆。
早教宴罢琼林苑，愿归来，永同连**理**。	◆◇◆◆◇◇◆，◆◇◇，◆◇◇◆。
这回良夜从他，桂枝香惹鸳**被**。	◆◇◇◆◇◇，◆◇◇◆◇◆。

同体式作品：无。

变体二·2

21 分句 8 复句

【变体二·2·1】21 分句 8 复句。上片与始词同，11 分句 4 复句，三/二/三/三/型复句组；下片较始词减 1 分句，10 分句 4 复句，三/二/三/二/型复句组。仄韵，隔句韵。

4，4，5。4，6。7，3，4。4，4，4。

7，5，4。4，6。7，3，4。6，6。——北宋·黄裳·《全宋词》第378页

桂枝香

重阳

酸醅初**熟**，竞看九日，西风弄寒**菊**。	◆◇◇◆，◆◆◆◇，◆◇◆◇◆。
姝子新妆，向晓淡黄千**簇**。	◇◆◇◇，◆◆◆◇◇◆。
清香闹处君须住，掺盈头，醉乡相**逐**。	◇◇◆◆◇◇◆，◇◇◇，◆◇◇◆。
马台欢笑，龙山纵逸，佳话重**绪**。	◆◇◇◆◇◇，◆◆◆◇◇◆。
共尽日登临未**足**，	△◆◆◇◇◆◆，
更休问明年，浮世荣**辱**。	△◇◆◇◇，◇◆◇◆。
难得良辰，鬓发见秋尤**绿**。	◇◆◇◇，◇◆◆◇◇◆。
且邀月照金尊上，近人寒，如对飞**瀑**。	◆◇◆◆◇◇◆，◆◇◇，◇◆◇◆。
宴归还趁人来，茱萸佩垂红**玉**。	◆◇◇◆◇◇，◇◇◆◇◇◆。

同体式作品：无。

【变体二·2·2】21分句8复句。上片第三复句较始词减1分句，10分句4复句，三/二/二/三/型复句组；下片分句数复句型与【变体二·2·1】上片同，11分句4复句，三/二/三/三/型复句组。仄韵，隔句韵。

4，5，4。4，6。7，7。4，4，4。

7，5，4。4，6。7，3，4。4，4，4。——南宋·赵功可·《全宋词》第3329页

桂枝香

和詹天游就访

晓天凉**露**，天上玉箫吹，飞声如**雨**。	◆◇◇◆，◇◆◆◇◇，◇◇◇◆。
金阙高寒，闲却一庭梅**雨**。	◇◆◇◇，◇◆◆◇◇◆。
漫漫八表尘埃梦，把文章洗空千**古**。	◆◆◆◆◇◇◆，△◇◇◆◇◇◆。
精神一似，风裳水佩，兰皋蘅**浦**。	◇◇◆◆，◇◇◆◆，◇◇◇◆。
看万里跳龙跃**虎**，	△◆◆◆◇◆◆，
甚花娇英气，剑清尘**妩**。	△◇◇◇◆，◆◇◇◆。
憔悴江南，应念小窗贫**女**。	◇◆◇◇，◇◆◆◇◇◆。
朱楼十二春无际，倚苍寒，青袖如**故**。	◇◇◆◆◇◇◆，◆◇◇，◇◆◇◆。
茶香酒**熟**，月明风细，试教歌**舞**。	◇◇◆◆，◆◇◇◆，◆◇◇◆。

同体式作品：无。

【变体二·2·3】21分句8复句。上片分句数复句型与始词同，11分句4复句，三/二/三/三/型复句组；下片分句数与【变体二·2·1】下片同，复句型有变，10分句4复句，三/二/二/三型复句。仄韵，邻韵通押，隔句韵。

4，5，4。6，4。7，3，4。4，4，4。

7，5，4。6，4。7，7。4，4，4。——南宋·吕同老·《全宋词》第3425页

桂枝香

天柱山房拟赋蟹

松江岩**侧**，正乱叶坠红，残浪收**碧**。	◇◇◇◆，△◆◆◆◇，◇◆◇◆。
犹记灯寒暗聚，簖疏轻**入**。	◇◆◇◇◆◆，◆◇◇◆。
休嫌郭索尊前笑，且开颜，共倾芳**液**。	◇◇◆◆◇◇◆，◆◇◇，◆◇◇◆。
翠橙丝雾，玉葱浣雪，嫩黄初**擘**。	◆◇◇◆，◆◇◆◆，◆◇◇◆。
自那日新诗换**得**，	△◆◆◇◇◆◆，
又几度相逢，落潮秋**色**。	△◇◆◇◇，◆◇◇◆。
常是篱边早菊，慰渠岑**寂**。	◇◆◇◇◆◆，◆◇◇◆。
如今谩有江山兴，更谁怜草泥踪**迹**。	◆◇◆◇◇◇◆，△◇◇◆◇◇◆。
但将身世，浮沉醉乡，旧游休**忆**。	◆◇◇◆，◇◇◆◇，◆◇◇◆。

同体式作品：无。

增减字：

（一）4，3，6。6，4。7，3，4。4，4，4。〇7，5，4。6，4。7，7。4，4，4。南宋：张炎1首。

（二）4，5，4。6，4。7，3，4。4，4，4。〇7，5，4。4，6。7，7。4，4，4。宋：无名氏1首。

【变体二·2·4】21分句8复句。上片较始词减1分句，10分句4复句，三/二/二/三/型复句组；下片分句数与始词同，复句型有变，11分句4复句，四/二/二/三/型复句组。仄韵，隔句韵。

4，5，4。6，4。7，7。4，4，4。

3，4，5，4。6，4。7，7。4，4，4。——南宋·陈恕可·《全宋词》第3530页

桂枝香

天柱山房拟赋蟹

西风故**国**，记乍免内黄，归梦溪**曲**。	◇◇◆◆，△◆◆◆◇，◇◆◇◆。
还是秦星夜映，楚霜秋**足**。	◇◆◇◇◆◆，◆◇◇◆。
无肠枉抱东流恨，任年年褪匡微**绿**。	◇◇◇◆◇◇◆，◆◇◇◆◇◇◆。
草汀篝火，芦洲纬箔，早寒渔**屋**。	◆◇◇◆，◇◇◆◆，◆◇◇◆。
叙旧别，芳蒻荐**玉**，	◆◆◆，◇◇◆◆，
正香擘新橙，清泛佳**菊**。	△◇◆◇◇，◇◆◇◆。
依约行沙乱雪，误惊窗**竹**。	◇◆◇◇◆◆，◆◇◇◆。
江湖岁晚相思远，对寒灯谩怀幽**独**。	◇◇◆◆◇◇◆，◆◇◇◆◇◇◆。
嫩汤浮眼，枯形蜕壳，断魂重**续**。	◆◇◇◆，◇◇◆◆，◆◇◇◆。

同体式作品：无。

增减字：
(一) 4，5，4。6，4。7，3，4。4，4，4。○ 3，4，5，4。4，6。7，3，4。3，3，5。无名氏 1 首。

变体二 · 3
24 分句 8 复句

【变体二 · 3】24 分句 8 复句。上下片较始词各增 1 分句，每片 12 分句 4 复句，三/二/四/三/型复句组。仄韵，隔句韵。

4，5，4。6，4。3，4，3，4。4，4，4。
7，5，4。4，6。4，3，3，4。4，4，4。——南宋 · 詹玉 · 《全宋词》第 3349 页

桂枝香

题写韵轩

紫薇花**露**，潇洒作凉云，点商勾**羽**。	◆◇◇◆，◇◆◆◇◇，◆◇◇◆。
字字飞仙，下笔一帘风**雨**。	◆◆◇◇，◆◆◆◇◇◆。
江亭月，观今如**许**，叹飘零，墨香千**古**。	◇◇◆，◆◇◇◆，◆◇◇，◆◇◇◆。
夕阳芳草，落花流水，依然南**浦**。	◆◇◇◆，◆◇◇◆，◇◇◇◆。
甚两两凌风驾**虎**，	△◆◆◇◇◆◆，
恁天孙标致，月娥眉**妩**。	△◇◇◇◆，◆◇◇◆。
一笑生春，那学世间儿**女**。	◆◆◇◇，◆◆◆◇◇◆。
笔床砚滴，曾窥**处**，有西山，青眼如**故**。	◆◇◆◆，◇◆◆，◆◇◇，◇◆◇◆。
素笺寄**与**，玉箫声彻，凤鸣鸾**舞**。	◆◇◆◆，◆◇◇◆，◆◇◇◆。

同体式作品：无。

变体二 · 4
18 分句 8 复句

【变体二 · 4】18 分句 8 复句。上片第三、四复句较始词各减 1 分句，下片第一复句减 1 分句。每片 9 分句 4 复句，三/二/二/二/型复句组。仄韵，隔句韵，间插连句韵。

4，5，4。6，4。7，7。6，6。
7，5，4。6，4。7，7。4，8。——南宋 · 唐珏 · 《全宋词》第 3427 页

桂枝香

天柱山房拟赋蟹

松江舍北，正水落晚汀，霜老枯**荻**。	◇◇◆◆，△◆◆◆◇，◇◆◇◆。
还见青匡似绣，绀螯如**戟**。	◇◆◇◇◆◆，◆◇◇◆。
西风有恨无肠断，恨东流几番潮**汐**。	◇◇◆◆◇◇◆，◆◇◇◆◇◇◆。
夜灯争聚微光，桂影误投帘**隙**。	◆◇◇◆◇◇，◆◆◆◇◇◆。
更喜荐新笃玉**液**，	△◆◆◇◆◆◆，

正半壳含黄，一醉秋**色**。　　△◆◆◇◇，◆◆◇◆。
纤手香橙风味，有人相**忆**。　　◇◆◇◇◇◆，◆◇◇◆。
江湖岁晚听飞**雪**，但沙痕空记行**迹**。　　◇◇◆◆◇◇◆，△◇◇◇◆◇◆。
至今茶鼎，时时犹认眼波愁**碧**。　　◆◇◇◆，◇◇◇◆◆◇◇◆。

同体式作品：南宋：唐艺孙 1 首。

394. 【甘露歌】

1. 始词北宋王安石作。
2. 单片四韵，换韵，先仄后平，连句韵。
3. 此调仅见王安石三首。

始词：单片。4 分句 2 复句，二/二/型复句组。换韵，连句韵。律词。

7，5。7，5。——北宋 · 王安石 · 《全宋词》第 205 页

甘露歌

折得一枝香在**手**，人间应未**有**。　　◆◆◆◇◇◆◆，◇◇◇◆◆。
疑是经春雪未**消**，今日是何**朝**。　　◇◆◇◇◆◆◇，◇◆◆◇◇。

同体式作品：北宋：王安石 2 首。

395. 【蜡梅香】

1. 始词北宋吴师孟作。
2. 双片，每片四仄韵，隔句韵。

始词：22 分句 8 复句。双片。每片 11 分句 4 复句，三/三/二/三/型复句组。仄韵，隔句韵。

4，5，4。5，5，4。7，4。4，4，4。
5，5，4。5，3，5。7，4。4，4，4。——北宋 · 吴师孟 · 《全宋词》第 209 页

蜡梅香

锦里阳和，看万木凋时，早梅独**秀**。　　◆◆◇◇，△◆◆◇◇，◆◇◆◆。
珍馆琼楼畔，正绛跗初吐，秾华将**茂**。　　◇◆◇◇◆，△◆◇◇◆，◇◇◇◆。
国艳天葩真澹伫，雪肌清**瘦**。　　◆◆◇◇◇◆◆，◆◇◇◆。

似广寒宫，铅华未御，自然妆**就**。　△◆◇◇，◇◇◆◆，◆◇◇◆。

凝睇倚朱阑，喷清香暗度，易袭襟**袖**。　◇◆◆◇◇，△◇◇◆◆，◆◆◇◆。
好与花为主，宜秉烛，频观泛湘**酎**。　◆◆◇◇◆，◇◆◆，◇◇◆◇◆。
莫待南枝随乐府，新声吹**后**。　◆◆◇◇，◇◆◆，◇◇◆◆。
对赏心人，良辰好景，须信难**偶**。　◆◆◇◇，◇◇◆◆，◇◆◇◆。

同体式作品：无。

增减字：

（一）4，5，4。5，5，4。7，4。4，4，4。○ 5，5，4。5，5，4。4，7。4，4，4。北宋：喻陟1首。

（二）4，5，4。4，4，6。4，7。4，4，4。○ 5，3，6。4，4，6。4，7。4，4，4。南宋：无名氏1首。

396.【古调歌】

1. 始词传为北宋俞紫芝作，或传为南宋马子严作。
2. 本调之词最早见于明成化年间杨端编撰的《扬州琼华集》，刊刻于成化二十三年。该集编选了唐宋元人描绘吟咏扬州琼花的文赋诗词，【古调歌】一词署名俞紫芝。此后嘉靖年间，曹璿整理重编《扬州琼华集》，更名为《琼花集》，本词署名改为马子严，词句略同而有异文，调名更变为【苏幕遮】。关于本调及词的这两种版本，目前尚无以考求其说的更早来源。【古调歌】，今存唐宋元词无此调名，传为北宋俞紫芝的《古调歌》词体与宋词《苏幕遮》诸作同体（参见本谱第50调【苏幕遮】），可能曹璿《琼花集》正是据此将【古调歌】更名为【苏幕遮】；但将作者改为南宋马子严，则不知何据。今《全宋词》在俞、马名下皆收录该词，将调名统一为【苏幕遮】，朱德才《增订注释全宋词》则据《扬州琼华集》将俞词调名仍作【古调歌】。从今存唐五代两宋词看来，【古调歌】为孤词孤调，而【苏幕遮】在唐文人声诗和敦煌写本歌辞中即有其调，五代文人词则无其调，至两宋复为文人词调，宋元人对其调和词式应当不陌生，如果俞紫芝词的本调是【苏幕遮】，通常不会在流传中失落调名和讹传为【古调歌】；且唐宋词短调存在体同然非一调的情况；周全一点考虑，即使俞词本调是【苏幕遮】，但流传中或称为“古调歌”，也是值得注意的现象。因此，本谱保留【古调歌】之调名，将俞紫芝词作为该调始词。
3. 双片，每片三仄韵，隔句韵。

始词：14分句4复句。双片。每片7分句2复句，四/三/型复句组。仄韵，邻韵通押，隔句韵。律词。

3，3，4，5。7，4，5。

3，3，4，5。7，4，5。——北宋·俞紫芝·《全宋词》第210页

古调歌

地钟灵，天应**瑞**，	◆◇◇，◇◆◆，
簇簇香苞，团作真珠**蕊**。	◆◆◇◇，◇◆◇◇◆。
玉宇瑶台分十二，	◆◆◇◇◇◆◆，
要伴姮娥，月里双双**睡**。	◇◆◇◇，◆◆◇◇◆。
月如花，花似月，	◆◇◇，◇◆◆，
花月生香，添此真奇**异**。	◇◆◇◇，◇◆◇◇◆。
不许扬州夸间**气**，	◆◆◇◇◇◆◆，
昨夜春风，唤醒琼琼**醉**。	◆◆◇◇，◆◆◇◇◆。

同体式作品：无。

附：《全宋词》所录马子严《苏幕遮》词

苏幕遮 南宋·马子严

地偏灵，天应瑞。簇簇银花，团绕真珠蕊。金阙玉楼分十二。要伴姮娥，与月循环睡。○月如花，花表岁。人道闰年，添个真奇异。不许扬州夸间气。昨夜春风，吹送柴门里。

——《全宋词》第 2072 页

397.【声声令】

【胜胜令】

1. 始词北宋章粢作。
2. 一作【胜胜令】。长调【声声慢】，作同源词调处理。
3. 双片，上片四韵，下片六韵，平韵，隔句韵、连句韵。

始词：15 分句 6 复句。双片。上片 8 分句 3 复句，三/三/二/型复句组；下片 7 分句 3 复句，三/二/二/型复句组。平韵，连句韵、隔句韵。

4，4，7。4，3，3。3，4。

4，3，3。7，7。3，7。——北宋·章粢·《全宋词》第 214 页

声声令

帘移碎影，香褪衣**襟**，旧家庭院嫩苔**侵**。	◇◇◆◆，◇◆◇◇，◆◇◇◆◆◇◇。
东风过尽，暮云锁，绿窗**深**。	◇◇◆◆，◆◇◆，◆◇◇。
怕对人，闲枕剩**衾**。	◆◆◇，◇◆◆◇。
楼底轻**阴**，春信断，怯登**临**。	◇◆◇◇，◇◆◆，◆◇◇。

断肠魂梦两沉**沉**，花飞水远便从**今**。	◆◇◇◆◆◇◇，◇◇◆◆◆◇◇。
莫追**寻**，又怎禁蓦地上**心**。	◆◇◇，△◆◆◆◆◆◇。

同体式作品：无。

变体二

与始词复句数相同，分句数增2。

【变体二】17分句6复句。双片。上片与始词同，8分句3复句，三/三/二/型复句组；下片第一复句增1分句，9分句3复句，四/三/二/型复句组。平韵，隔句韵。连句韵。律词。

4，4，7。4，3，3。3，4。

4，3，3，7。4，3，3。3，4。——南宋·曹勋·《全宋词》第1222页

胜胜令

梅风吹粉，柳影摇**金**，渐看春意入芳**林**。	◇◇◇◆，◆◆◇◇，◆◇◇◆◆◇◇。
波明草嫩，据征鞍，晚烟**沉**。	◇◇◆◆，◆◇◇，◆◇◇。
向野馆，愁绪怎**禁**。	◆◆◆，◇◆◆◇。
过了烧灯，醉别院，	◆◆◇◇，◆◇◆，
阻同**寻**，琐窗还是冷瑶**琴**。	◆◇◇，◆◇◇◆◆◇◇。
灯花灺也，拥春寒，掩闲**衾**。	◇◇◆◆，◆◇◇，◆◇◇。
念翠屏，应倚夜**深**。	◆◆◇，◆◆◆◇。

同体式作品：无。

变体三

较始词分句数复句数皆变

【变体三】14分句4复句。上片6分句2复句，三/三/型复句组；下片8分句2复句，四/四/型复句组。平韵，隔句韵，连句韵。律词。

4，4，7。4，6，7。

4，3，3，7。4，3，3，6。——宋末-元初·彭子翔·《全宋词》第3570页

声声慢

寿六十一

荚房初荐，橙子新**搓**，菊松图下捧金**荷**。	◇◇◇◆，◇◆◇◇，◆◇◇◆◆◇◇。
看翁将息，后生似去年些，	◆◇◇◆，◆◇◆◆◇◇，
更眼前稚子又**多**。	△◆◇◆◆◆◇。
鬓绿颜酡，对花醉，把花**歌**，	◆◆◇◇，◆◇◆，◆◇◇，
熙宁安乐好行**窝**。	◇◇◇◆◆◇◇。
佳辰虽异，翁此兴，不输**他**，	◇◇◇◆，◇◆◆，◆◇◇，

如何欢喜也**呵**。　　◇◇◇◆◆◇。

按：本词调名【声声慢】，实为短调【声声令】的变体。

同体式作品：无。

同源词调：【声声慢】

【胜胜慢】

1. 始词北宋贺铸作。
2. 宋代流行词调。一作【胜胜慢】。
3. 双片，每片较【声声令】增1复句，全词8复句；上片五韵，下片四韵，变体韵数或有变。平、仄二韵式；隔句韵，或间插连句韵。

始词：20分句8复句。双片。每片10分句4复句，三/二/二/三/型复句组。平韵，隔句韵，间插连句韵。

4，4，6。6，4。6，7。4，4，4。

6，3，6。6，4。6，7。4，3，3。——北宋·贺铸·《全宋词》第514页

胜胜慢

凤求凰

园林幂翠，燕寝凝**香**，华池缭绕飞**廊**。　　◇◇◆◆，◆◆◇◇，◇◇◆◆◇◇。

坐按吴娃清丽，楚调圆**长**。　　◆◆◇◇◇◆，◆◆◇◇。

歌阑横流美盼，乍疑生绮席辉**光**。　　◇◇◇◇◆◆，◆◇◇◆◆◇◇。

文园属意，玉觞交劝，宝瑟高**张**。　　◇◇◆◆，◆◇◇◆，◆◆◇◇。

南薰难销幽恨，金徽上，殷勤彩凤求**凰**。　　◇◇◇◇◇◆，◇◇◆，◇◇◆◆◇◇。

便许卷收行雨，不恋高**唐**。　　◆◆◆◇◇◆，◆◆◇◇。

东山胜游在眼，待纫兰撷菊相**将**。　　◇◇◆◇◆◆，△◇◇◆◆◇◇。

双栖安隐，五云溪，是故**乡**。　　◇◇◇◆，◆◇◇，◆◆◇。

同体式作品：北宋：贺铸1首。

增减字：

（一）4，4，6。4，6。6，7。3，5，4。〇6，5，4。6，4。6，7。4，4，4。北宋：晁补之1首。

（二）4，4，6。6，4。6，7。4，4，4。〇6，5，4。6，4。6，7。3，3，4。北宋：曹组1首。

（三）4，4，6。4，6。6，7。3，5，4。〇6，3，6。6，4。6，7。3，3，4。北宋：朱敦儒1首。

（四）4，4，6。6，4。6，7。3，5，4。〇6，3，6。4，6。6，7。3，3，4。北宋：张阁1首。

（五）4，4，6。4，6。6，7。3，4，4。〇6，5，4。4，6。6，7。3，4，4。南宋：曹勋1首。

变体一

较始词分句数复句数不变，复句型有变。

【变体一】20 分句 8 复句。上片与始词同，下片第三复句增 1 分句、第四复句减 1 分句。每片 10 分句 4 复句，上片三/二/二/三/型复句组，下片三/二/三/二/型复句组。仄韵，隔句韵。

4，4，6。6，4。6，7。3，3，6。

6，3，6。4，6。6，3，4。3，7。——北宋-南宋·李清照·《全宋词》第 932 页

声声慢

寻寻觅**觅**，冷冷清清，凄凄惨惨戚**戚**。	◇◇◆◆，◆◆◇◇，◇◇◆◆◆◆。
乍暖还寒时候，最难将**息**。	◆◆◇◇◇◆，◆◇◇◆。
三杯两盏淡酒，怎敌他晚来风**急**。	◇◇◆◆◆◆，◆◆◇◇◇◇◆。
雁过也，正伤心，却是旧时相**识**。	◆◆◆，◆◇◇，◆◆◆◇◇◆。
满地黄花堆**积**，憔悴损，如今有谁忺**摘**。	◆◆◇◇◇◆，◇◆◆，◇◇◆◇◇◆。
守著窗儿，独自怎生得**黑**。	◆◆◇◇◇◆，◆◆◇◇。
梧桐更兼细雨，到黄昏，点点滴**滴**。	◇◇◆◇◆◆，◆◇◇，◆◆◆◆。
这次第，怎一个愁字了**得**。	◆◆◆，△◆◆◇◆◆◆。

同体式作品： 无。

变体二

与始词复句数相同，分句数有变。

变体二·1

21 分句 8 复句

【变体二·1】21 分句 8 复句。上片第三复句较始词增 1 分句，11 分句 4 复句，三/二/三/三/型复句组；下片与始词同，10 分句 4 复句，三/二/二/三/型复句组。仄韵，隔句韵。

4，4，6。4，6。6，3，4。3，4，4。

6，3，6。4，6。6，6。3，5，4。——北宋·吴则礼·《全宋词》第 738 页

声声慢

凤林园词

林塘朱夏，雨过斑斑，绿苔绕地初**遍**。	◇◇◇◆，◆◆◇◇，◆◇◆◆◇◆。
叶底雏莺，犹记日斜春**晚**。	◆◆◇◇，◇◆◆◇◇◆。
芙蕖靓妆红粉，傍高荷，闲倚歌**扇**。	◇◇◆◇◇◆，◆◇◇，◇◆◇◆。
轻风起，縠纹滟滟，翠生波**面**。	◇◇◆，◆◇◆◆，◆◇◇◆。
可是追凉月下，清坐久，微云屡遮星**汉**。	◆◆◇◇◆◆，◇◆◆，◇◇◆◇◇◆。
露湿纶巾，遥望玉清台**殿**。	◆◆◇◇，◇◇◆◇◇◆。
白头共论胜事，须偿五湖深**愿**。	◆◇◆◆◆◆，◇◇◆◇◇◆。

南枝好，有南飞乌鹊，绕枝低**转**。　◇◇◆，△◇◇◇◆，◆◇◇◆。

同体式作品： 无。

增减字：

(一) 4，4，7。4，4。6，3，4。3，5，4。○6，5，4。6，4。7，4。3，5，4。南宋：李商英1首。

变体二·2

22分句8复句

【变体二·2】22分句8复句。上下片均与【变体二·1】上片同。每片11分句4复句，三/二/三/三/型复句组。平韵，隔句韵。

4，4，6。4，6。6，3，4。3，5，4。

6，5，4。4，6。6，3，4。3，3，4。——北宋·赵佶·《全宋词》第896页

声声慢

春

宫梅粉淡，岸柳金匀，皇州乍庆春**回**。　◇◇◆◆，◆◆◇◇，◇◇◆◆◇◇。

凤阙端门，棚山彩建蓬**莱**。　◆◆◇◇，◇◇◆◆◇◇。

沉沉洞天向晚，宝舆还，花满钧**台**。　◇◇◆◇◆◆，◆◆◇，◇◆◇◇。

轻烟里，算谁将金莲，陆地齐**开**。　◇◇◆，△◇◇◇◇，◆◆◇◇。

触处笙歌鼎沸，香鞯趁雕轮，隐隐轻**雷**。　◆◆◇◇◆◆，◇◆◆◇◇，◆◆◇◇。

万家帘幕，千步锦绣相**挨**。　◆◇◇◆，◇◆◆◆◇◇。

银蟾皓月如昼，共乘欢，争忍归**来**。　◇◇◆◆◇◆，◆◇◇，◇◆◇◇。

疏钟断，听行歌，犹在禁**街**。　◇◇◆，◆◇◇，◇◆◆◇。

同体式作品： 北宋：赵佶1首，李商英1首。南宋：史浩1首，高观国1首，石孝友1首，吴文英2首，陈郁1首，陈著1首，刘辰翁1首，周密1首，张炎1首，赵宰1首，无名氏3人3首，计13人14首。

增减字：

(一) 4，4，6。4，6。6，3，4。3，5，4。○6，5，4。4，6。6，3，4。3，3，4。南宋：李弥逊1首，姜特立1首，赵长卿2首，辛弃疾2首，林正大1首，吴潜1首，李曾2首，史可堂1首，吴文英8首，李演1首，刘之才1首，姚勉1首，尹济翁1首，周密3首，郭居安1首，赵功可1首，王沂孙4首，仇远1首，蒋捷1首，张炎11首，计20人45首。

(二) 4，4，6。4，6。6，3，4。3，5，4。○6，6，4。4，6。6，3，4。3，5，4。南宋：王之道2首。

(三) 4，4，6。4，6。6，3，4。3，5，4。○6，4，4。4，6。6，3，4。3，3，4。南宋：王之道1首。

(四) 4，4，6。4，6。6，3，4。3，5，4。○6，5，4。4，6。6，3，4。3，5，4。南宋：赵长卿1首，周密1首。

(五) 4，4，6。6，4。6，3，4。3，5，4。○6，3，6。4，6。6，3，4。3，3，4。南宋：辛弃疾1首。

(六) 4，6，4。4，6。6，3，4。3，5，4。○6，3，4。4，6。6，3，4。3，3，4。南宋：何梦桂1首。

(七) 4，4，6。6，4。6，3，4。3，5，4。○6，3，6。6，4。6，3，4。3，3，4。南宋：奚倬然1首。

(八) 4，4，6。6，4。6，3，4。3，5，4。○6，3，6。4，6。6，3，4。3，5，4。南宋：黄人杰1首。

变体二・3

19分句8复句

【变体二・3】19分句8复句。上与始词同，10分句4复句，三/二/二/三/型复句组，下片第四复句减1分句，9分句4复句，三/二/二/二/型复句组。平韵，隔句韵。

4，4，6。6，4。6，7。3，5，4。

7，5，4。4，6。6，7。3，6。——宋・张枢密・《全宋词》第3850页

声声慢

判道士还俗

星冠懒带，鹤氅慵披，色心顿起兰**房**。	◇◇◆◆，◆◆◇◇，◆◇◆◆◇◇。
离了三清归去，作个新**郎**。	◇◇◇◇◆，◆◆◇◇。
良宵自有佳景，更烧甚清香德**香**。	◇◇◆◆◇◆，△◇◆◇◇◆◇。
瑶台上，便玉皇亲诏，也则寻**常**。	◇◇◆，△◆◇◇◆，◆◆◇◇。
常观里孤孤令令，争如赴鸳闱，	◇◆◆◇◇◇◇，◇◇◆◇◇，
夜夜成**双**。	◆◆◇◇。
救苦天尊，作且远离他**方**。	◆◆◇◇，◆◆◆◇◇◇。
更深酒阑歌罢，殢玉人云雨交**相**。	◇◇◆◇◇◆，◆◆◇◇◆◇◇。
问则甚，咱门这里拜**章**。	◆◆◆，◇◇◆◆◆◇。

按：本词为宋话本小说中词，“张枢密”为故事人物。

同体式作品：无。

398.【黄鹤引】

1. 始词北宋方资作。
2. 缘调名而赋词。
3. 双片，上片七韵，下片六韵，仄韵，连句韵、隔句韵。
4. 此调仅见方资一首。

始词：18分句8复句。双片。每片9分句4复句，二/三/二/二/型复句组。仄韵，连句韵、隔句韵。

4，7。6，4，4。6，4。3，4。

5，5。6，4，4。6，4。3，4。——北宋・方资・《全宋词》第216页

黄鹤引

予生浙东，世业农。总角失所天，稍从里闬儒者游。年十八，婺以充贡。凡八至礼部，始得一青

衫。间关二十年，仕不过县令，擢才南阳教授。绍圣改元，实六十五岁矣。秋风忽起，亟告老于有司，适所愿也。谓同志曰：仕无补于上下，而退号朝士。婚姻既毕，公私无虞。将买扁舟放浪江湖中，浮家泛宅，誓以此生，非太平之幸民而何。因阅阮田曹所制黄鹤引，爱其词调清高，写为一阕，命稚子歌之，以侑尊焉。

生逢垂**拱**，不识干戈免田**陇**。　◇◇◇◆，◆◆◇◇◆◇◆。
士林书圃终年，庸非天**宠**，才初阘**茸**。　◆◇◇◆◇◇，◇◇◇◆，◇◇◆◆。
老去支离何**用**，浩然归**弄**。　◆◆◇◇◇◆，◆◇◇◆。
似黄鹤，秋风相**送**。　◆◇◆，◇◇◇◆。

尘事塞翁心，浮世庄生**梦**。　◇◆◆◇◇，◇◆◇◇◆。
漾舟遥指烟波，群山森**动**，神闲意**耸**。　◆◇◇◆◇◇，◇◇◇◆，◇◇◆◆。
回首利羁名**鞚**，此情谁**共**。　◇◆◆◇◇◆，◆◇◇◆。
问几斛，淋浪春**瓮**。　◆◆◆，◇◇◇◆。

同体式作品：无。

399.【泛清波摘遍】

1. 始词北宋晏几道作。
2. “摘遍”，通常指摘取大曲一遍单行；今存唐宋曲名中未见有【泛清波】大曲。
3. 双片，每片六仄韵，隔句韵。
4. 此调仅见晏几道一首。

始词：21 分句 8 复句。双片。上片 11 分句 4 复句，三/二/四/二/型复句组；下片 10 分句 4 复句，三/二/三/二/型复句组。仄韵，隔句韵。

4，4，7。4，7。3，4，4，7。4，7。
3，6，6。6，4。3，6，6。6，4。——北宋·晏几道·《全宋词》第 234 页

泛清波摘遍

催花雨**小**，著柳风柔，都似去年时候**好**。　◇◇◆◆，◆◆◇◇，◇◆◆◇◇◆◆。
露红烟绿，尽有狂情斗春**早**。　◆◇◇◆，◆◆◇◇◆◇◆。
长安**道**，秋千影里，丝管声中，　◇◇◆，◇◇◆◆，◇◆◇◇，
谁放艳阳轻过**了**。　◇◆◆◇◇◆◆。
倦客登临，暗惜光阴恨多**少**。　◆◆◇◇，◆◆◇◇◆◇◆。

楚天**渺**，归思正如乱云，短梦未成芳**草**。　◆◇◆，◇◆◆◆◇◆◇，◆◆◆◇◇◆。
空把吴霜鬓华，自悲清**晓**。　◇◆◇◇◆◇，◆◇◇◆。

帝城**杳**，双凤旧约渐虚，孤鸿后期难**到**。	◆◇◆，◇◆◆◆◆◇，◇◇◆◇◇◆。
且趁朝花夜月，翠尊频**倒**。	◆◆◇◇◆◆，◆◇◇◆。

同体式作品：无。

400.【归田乐】

1. 始词北宋晏几道作。
2. 双片，每片五仄韵，隔句韵、连句韵。

始词：15 分句 6 复句。双片。上片 7 分句 3 复句，二/三/二/型复句组；下片 8 分句 3 复句，三/二/三/型复句组。仄韵，连句韵、隔句韵。

5，7。5，5，4。4，3。

5，3，6。4，5。5，4，7。——北宋·晏几道·《全宋词》第 238 页

归田乐

试把花期**数**，便早有感春情**绪**。	◆◆◇◇◆，△◆◆◆◇◇◆，
看即梅花**吐**，愿花更不谢，春且长**住**。	◆◆◇◇◆。◆◇◆◆◆，◇◆◇◆，
只恐花飞，又春**去**。	◆◆◇◇，◆◇◆。
花开还不**语**，问此意，年年春还会**否**。	◇◇◇◆◆，◆◆◆，◇◇◇◇◆◆。
绛唇青鬓，渐少花前**语**。	◆◇◇◆，◆◆◇◇◆。
对花又记得，旧曾游**处**，	◆◇◆◆◆，◆◇◇◆，
门外垂杨未飘**絮**。	◇◆◇◇◆◇◆。

同体式作品：无。

变体一

较始词分句数复句数不变，复句型有变。

【变体一】15 分句 6 复句。上片第一复句较始词增 1 分句、第二复句减 1 分句，7 分句 3 复句，三/二/二/型复句组；下片与始词同，8 分句 3 复句，三/二/三/型复句组。仄韵，隔句韵、连句韵。

4，4，4。5，5。4，7。

5，3，5。4，5。5，4，7。——宋·无名氏·《全宋词》第 3658 页

归田乐

水绕溪桥，绿泛蘋汀，步迷花**曲**。	◆◆◇◇，◆◆◇◇，◆◇◇◆，
衣巾散余**馥**，种竹更洗**竹**。	◇◇◆◇◆，◆◆◆◆◆。

咏竹题**竹**，日暮无人伴幽**独**。	◆◆◇◆，◆◆◇◇◆◇◆。
光阴双转**毂**，可惜许，等闲愁万**斛**。	◇◇◆◇◆，◆◆◆，◆◇◇◆◆。
世间种种，只是荣和**辱**。	◆◇◆◆，◆◆◇◇◆。
念足又愿**足**，意足心**足**，	◆◆◆◆◆，◆◆◇◆，
忘了眉头怎生**蹙**。	◆◆◇◇◆◇◆。

同体式作品：无。

变体二

较始词复句数不变，分句数有变。

【变体二】14 分句 6 复句。上片分句数复句型与始词句型同，分句字数有变，7 分句 3 复句，二/三/二/型复句组；下片减 1 分句，7 分句 3 复句，三/二/二型复句组。仄韵，连句韵，间插隔句韵。

5，6。5，5，4。3，7。

7，4，5。4，5。4，3。——南宋·仇远·《全宋词》第 3407 页

归田乐

略彴横溪**曲**，映带短莎修**竹**。	◆◆◇◇◆，◆◆◆◇◇◆。
傍岸谁家**屋**，爱水护遥碧，林拥深**绿**。	◆◆◇◇◆，◆◆◆◇◆，◇◆◇◆。
呼布**谷**，东里西邻才一**簇**。	◇◆◆，◇◆◇◇◇◆◆。
社鼓初鸣春酒**熟**，	◆◆◇◇◇◆◆，
长衫方帽，翁醉扶黄**犊**。	◇◇◇◆，◇◆◇◇◆。
断霞倦鹊，未晚先争**宿**。	◆◇◆◆，◆◆◇◇◆。
门外月明，山六**六**。	◇◆◆◇，◇◆◆。

同体式作品：无。

变体三

较始词分句数复句数皆变

变体三·1

12 分句 5 复句

【变体三·1】12 分句 5 复句。上片与始词复句型相同，分句字数有变，7 分句 3 复句，二/三/二/型复句组；下片减 3 分句 1 复句，5 分句 2 复句，二/三/型复句组。仄韵，隔句韵。

3，7。3，3，3。5，3。

6，5。3，4，5。——北宋·晁补之·《全宋词》第 556 页

归田乐

春又去，似别佳人幽恨**积**。	◇◆◆，◆◆◇◇◇◆◆。

闲庭院，翠阴满，添昼**寂**。 ◇◇◆，◆◇◆，◇◆◆。
一枝梅最好，至今**忆**。 ◆◇◇◆◆，◆◇◆。

正梦断炉烟袅，参差疏帘**隔**。 △◆◆◇◇◆，◇◇◇◇◆。
为何事，年年春恨，问花应会**得**。 ◆◇◆，◇◇◇◆，◆◇◇◆◆。

同体式作品：无。

变体三·2
8 分句 4 复句

【变体三·2】8 分句 4 复句。每片 4 分句 2 复句，二/二/型复句组。仄韵，连句韵、隔句韵。

7，6。5，7。
7，6。5，7。——北宋·蔡伸·《全宋词》第 1023 页

归田乐
风生蘋末莲香**细**，新浴晚凉天**气**。 ◇◇◇◆◇◇◆，◇◆◆◇◇◆。
犹自倚朱阑，波面双双彩鸳**戏**。 ◇◆◆◇◇，◇◆◇◇◆◇◆。

鸾钗委坠云堆**髻**，谁会此时情**意**。 ◇◇◆◆◇◇◆，◇◆◆◇◇◆。
冰簟玉琴横，还是月明人千**里**。 ◇◆◆◇◇，◇◆◆◇◇◇◆。

同体式作品：无。

同源词调一：【归田乐令】

1. 始词北宋黄庭坚作。
2. 单片，六平韵，隔句韵、连句韵。
3. 此调仅见黄庭坚一首。

始词：单片。9 分句 3 复句，三/三/三/型复句组。平韵，隔句韵、连句韵。

3，8，6。3，5，3。8，5，3。——北宋·黄庭坚·《全宋词》第 407 页

归田乐令
引调嗬，甚近日心肠不恋**家**， ◆◇◇，△◆◆◇◇◆◆◇，
宁宁地思量**他**。 ◇◇◆◇◇◇。
思量**他**，两情各自肯，甚忙**咱**。 ◇◇◇，◆◇◆◆◆，◆◇◇。
意思里莫是赚人**哕**， ◆◇◆◆◆◆◇◇，
噷奴真个嗬，共人**嗬**。 ◇◇◇◆◇，◆◇◇。

按：“引调嘚”：引调，引逗、调笑；嘚，方言语气词，读为平声轻音“嗒”（da）。本词口语趣味甚浓，为宋代文人俗词之典型一例。黄庭坚多有俗词之作，是宋代文人俗词的代表作家之一。宋词坛大家苏轼、秦观、晁补之等皆有“俗词”之作，虽非主流，但在宋词史上一脉不断。金文人的词体写作，语体之“俗”尤为普遍，可谓后世文人“曲”的前形态。

同体式作品：无。

同源词调二：【归田乐引】

1. 始词北宋黄庭坚作。
2. 此调仅见黄庭坚二首。
3. 双片。一首每片六韵，一首每片三韵，仄韵，连句韵、隔句韵。

始词：14 分句 6 复句。双片，每片 7 分句 3 复句，二/二/三/型复句组。仄韵，插一平韵，邻韵通押，连句韵、隔句韵。

5，3。4，5。5，4，7。

5，7。4，5。5，4，7。——北宋·黄庭坚·《全宋词》第 407 页

归田乐引

暮雨蒙阶**砌**，漏渐**移**。	◆◆◇◇◆，◆◆◇。
转添寂寞，点点心如**碎**。	◆◇◆◆，◆◆◇◇◆。
怨你又恋**你**，恨你惜**你**，	◆◆◆◆◆，◆◆◆◆，
毕竟教人怎生**是**。	◆◆◇◇◆◇◆。
前欢算未**已**，奈向如今愁无**计**。	◇◇◆◆◆，◆◆◇◇◇◇◆。
为伊聪俊，销得人憔**悴**。	◆◇◇◆，◇◆◇◇◆。
这里诮睡**里**，梦里心**里**，	◆◆◆◆◆，◆◆◇◆，
一向无言但垂**泪**。	◆◆◇◇◆◇◆。

同体式作品：无。

变体一

较始词分句数复句数不变，复句型有变。

【变体一】14 分句，1 单句 5 复句。上片第一复句较始词减 1 分句、第二复句增 1 分句，7 分句，1 单句 2 复句，一/三/三/型单句复句组合；下片与始词同，7 分句 3 复句，二/二/三/型复句组。仄韵，隔句韵。

5。3，4，5。5，4，7。

5，7。4，5。5，6，7。——北宋·黄庭坚·《全宋词》第 407 页

归田乐引

对景还销**瘦**。　◆◆◇◇◆。

被个人，把人调戏，我也心儿**有**。　◆◆◆，◆◇◇◆，◆◇◇◆◆。

忆我又唤我，见我嗔我，　◆◆◆◆◆，◆◆◆◆，

天甚教人怎生**受**。　◇◆◆◇◇◆。

看承幸厮勾，又是樽前眉峰**皱**。　◆◇◆◇◆，◆◆◇◇◇◇◆。

是人惊怪，冤我忒撋**就**。　◆◇◇◆，◇◆◆◆◆。

拚了又舍了，定是这回休了，　◆◆◆◆◆，◆◆◆◇◇◆，

及至相逢又依**旧**。　◆◆◇◇◆◇◆。

同体式作品：无。

401.【留春令】

1. 始词北宋晏几道作。

2. 双片，每片三仄韵，变体或减一韵；隔句韵、连句韵。

始词：9 分句 4 复句。双片。上片 5 分句 2 复句，三/二/型复句组；下片 4 分句 2 复句，二/二/型复句组。仄韵，隔句韵，间插连句韵。

4，4，4。7，6。

7，5。7，6。——北宋·晏几道·《全宋词》第 253 页

留春令

画屏天畔，梦回依约，十洲云**水**。　◆◇◇◆，◆◇◇◆，◆◇◇◆。

手捻红笺寄人书，写无限伤春**事**。　◆◆◇◇◆◇◇，◆◇◆◇◇◆。

别浦高楼曾漫**倚**，对江南千**里**。　◆◆◇◇◇◆◆，△◇◇◇◆。

楼下分流水声中，有当日凭高**泪**。　◇◆◇◇◆◇◇，△◇◆◇◇◆。

同体式作品：北宋：晏几道 2 首。南宋：史达祖 2 首，高观国 4 首。

增减字：

(一) 7，3，4。7，6。○ 7，7。7，6。南宋：彭止 1 首。

变体一

与始词分句数复句数相同，复句型有变。

【变体一】9 分句 4 复句。上片第一复句较始词减 1 分句、第二复句增 1 分句，5 分句 2 复句，二/三/型复句组；下片与始词同，4 分句 2 复句，二/二/型复句组。仄韵，连句韵，隔句韵。

7，7。7，3，3。

7，7。7，6。——北宋·黄庭坚·《全宋词》第 411 页

留春令

江南一雁横秋**水**，叹咫尺断行千**里**。	◇◇◆◆◇◇◆，△◆◆◆◇◇◆。
回纹机上字纵横，欲寄远，凭谁**是**。	◇◇◇◆◆◇◇，◆◆◆，◇◇◆。
谢客池塘春都**未**，微微动短墙桃**李**。	◆◆◇◇◇◇◆，◇◇◆◆◇◇◆。
半阴才暖却清寒，是瘦损人天**气**。	◆◇◇◆◆◇◇，△◆◆◇◇◆。

同体式作品：无。

变体二

较始词复句数不变，分句数增 1。

【变体二】10 分句 4 复句。上片第二复句较始词增 1 分句，6 分句 2 复句，三/三/型复句组；下片与始词同，4 分句 2 复句，二/二/型复句组。仄韵，隔句韵、连句韵。

4，4，4。4，4，5。

7，5。8，5。——北宋·李之仪·《全宋词》第 351 页

留春令

梦断难寻，酒醒犹困，那堪春**暮**。	◆◆◇◇，◆◆◇◆，◆◇◇◆。
香阁深沉，红窗翠暗，莫羡颠狂**絮**。	◇◆◇◇，◇◇◆◆，◆◆◇◇◆。
绿满当时携手**路**，懒见同欢**处**。	◆◆◇◇◇◆◆，◆◆◇◇◆。
何时却得低帏昵枕，尽诉情千**缕**。	◇◇◆◆◇◇◇◆，◆◆◇◇◆。

同体式作品：无。

402.【风入松】

1. 始词北宋晏几道作。
2. 传晋嵇康作有琴曲《风入松》，唐皎然有古风体《风入松歌》，亦可能为琴曲之歌，与本调或有某种渊源关系。
3. 宋代通行词调。
4. 双片，每片四韵，“变体三”韵数颇增；平韵，或平仄通押，连句韵、隔句韵。

始词：12 分句 6 复句。双片。每片 6 分句 3 复句，二/二/二/型复句组。平韵，连句韵、隔句韵。律词。

7，4。7，7。6，6。

7，4。7，7。6，6。——北宋·晏几道·《全宋词》第254页

风入松

柳阴庭院杏梢**墙**，依旧巫**阳**。	◆◇◇◆◆◇◇，◇◆◇◇。
凤箫已远青楼在，水沉谁复暖前**香**。	◆◇◆◆◇◇◆，◆◇◇◆◆◇◇。
临镜舞鸾离照，倚筝飞雁辞**行**。	◇◆◆◇◇◆，◆◇◇◆◇◇。
坠鞭人意自凄**凉**，泪眼回**肠**。	◆◇◇◆◆◇◇，◆◆◇◇。
断云残雨当年事，到如今几处难**忘**。	◆◇◇◆◇◇◆，◆◇◇◆◆◇◇。
两袖晓风花陌，一帘夜月兰**堂**。	◆◆◆◇◇◆，◆◇◆◆◇◇。

同体式作品：北宋：晏几道1首，周紫芝1首。南宋：康与之1首，曹冠1首，陆游1首，谢懋1首，赵师侠1首，张镃1首，韩淲1首，吴礼之1首，史达祖1首，高观国2首，李从周1首，孙居敬2首，刘克庄4首，万俟绍之1首，赵闻礼1首，周密1首，计16人21首。

增减字：

（一）7，5。7，7。6，6。○7，5。7，7。6，6。南宋：侯寘3首，张镃1首，俞国宝2首，吴文英6首，利登1首，张枢1首，陈允平1首，尹济翁1首，周密1首，蒋捷1首，张炎13首，白君瑞1首，无名氏1首，计13人33首。

（二）7，4。7，6。6，6。○7，4。7，7。6，6。北宋：田中行1首，康与之1首。

（三）7，4。7，6。6，6。○7，4。7，6。6，6。南宋：赵彦端1首，李鼐1首。

（四）7，5。7，6。6，6。○7，5。7，6。6，6。南宋：张孝祥1首。

变体二

较始词复句数不变，分句数有变。

【变体二】14分句6复句。上下片第三复句较始词各增1分句。每片7分句3复句，二/二/三/型复句组。平韵，连句韵、隔句韵。

7，5。7，7。6，3，3。

7，5。7，7。6，3，3。——北宋·张继先·《全宋词》第759页

风入松

用王介甫韵

深耕易耨寸田**中**，看真个英**雄**。	◇◇◆◆◆◇◇，△◇◆◇◇。
夜来犹上星台望，全不厌水绿云**红**。	◆◇◇◆◇◇◆，◇◆◆◆◆◇◇。
便是清交素友，频相视，笑晴**空**。	◆◆◇◇◆◆，◇◇◆，◆◇◇。
玉阶瑶甃翠重**重**，带萱草葱**葱**。	◆◇◇◆◆◇◇，△◇◆◇◇。
流霞尽饮何辞醉，更休数尘里千**钟**。	◇◇◆◆◇◇◆，△◇◆◇◆◇◇。
晓夜朝元去也，怎忍舍，大夫**松**。	◆◆◇◇◆◆，◆◆◆，◆◇◇。

同体式作品：无。

变体三

较始词分句数复句数皆变

【变体三】22 分句 8 复句。双片，上片较始词增 6 分句 1 复句，下片增 4 分句 1 复句。上片 12 分句 4 复句，二/三/三/四/型复句组；下片 10 分句 4 复句，二/二/三/三/型复句组。平韵，偶插仄韵，邻韵通押，连句韵、隔句韵。

4，7。3，4，6。7，3，5。4，4，3，4。

3，3。3，7。3，7，8。4，7，4。——南宋·沈瀛·《全宋词》第 1664 页

风入松

金榜初**登**，绮阁朱楼对娉**婷**。	◇◆◇◇，◆◆◇◇◆◇◇。
软红尘，有人相等，归来寝立功**名**。	◆◇◇，◆◇◇◆，◇◇◆◆◇◇。
油盖拥著一书**生**，开宴处，笙歌频奏**声**。	◇◆◆◆◆◇◇，◇◆◆，◇◇◇◆◇。
眼前光景，人生如意，	◆◇◇◆，◇◇◇◆，
享欢荣，得酒娱**情**。	◆◇◇，◆◆◇◇。
没事汉，清闲**人**。	◆◆◆，◇◇◇。
任自由，毁誉利害不上**心**。	◆◆◇，◆◆◆◆◆◆◇。
恣闲**吟**，登山玩水且闲**行**，	◆◇◇，◇◇◆◆◆◇◇，
来主他风花雪月**盟**。	◇◆◇◇◇◆◆◇。
相逢道友，握手闲语百事**真**，得酒忘**情**。	◇◇◆◆，◆◆◇◆◆◆◇，◆◆◇◇。

同体式作品：无。

附：唐·皎然《风入松歌》

风入松歌

西岭松声落日**秋**，千枝万叶风**飕**飗。美人援琴弄成曲，写得松间声断续。声断续，清我**魂**，流波坏陵安足**论**。美人夜坐月明**里**，含少商兮点清**徵**。风何凄兮飘飘□，搅寒松兮又夜起。夜未**央**，曲何**长**，金徽更促声泱**泱**。何人此时不得意，意苦弦悲闻客**堂**。

按本诗为歌行体，是否有乐调和曾经传唱，音乐上是否与词调【风入松】有关联，无以确知。全诗 16 分句 7 复句，五个“二分”复句（7，7），两个“三分”复句（3，3，7）。全诗五换韵，“风何”句应为入韵 7 字句，传本缺一字。

403.【思远人】

1. 始词北宋晏几道作。

2. 双片，上片二韵，下片韵，仄韵，隔句韵，插一连句韵。
3. 此调仅见晏几道一首。

始词：10 分句 4 复句。双片。每片 5 分句 2 复句，二/三/型复句组。仄韵，隔句韵、连句韵。

7，5。4，4，5。
7，5。5，4，5。——北宋·晏几道·《全宋词》第 254 页

思远人

红叶黄花秋意晚，千里念行**客**。	◇◆◇◇◇◆◆，◇◆◆◇◆。
飞云过尽，归鸿无信，何处寄书**得**。	◇◇◆◆，◇◇◇◆，◇◆◆◇◆。
泪弹不尽临窗**滴**，就砚旋研**墨**。	◆◇◆◆◇◇◆，◆◆◇◇◆。
渐写到别来，此情深处，红笺为无**色**。	◆◆◆◆◇，◆◇◇◆，◇◇◆◇◆。

同体式作品：无。

404.【凤孤飞】

1. 始词北宋晏几道作。
2. 双片，上片三韵，下片四韵，仄韵，连句韵，插一隔句韵。
3. 此调仅见晏几道一首。

始词：8 分句 4 复句。双片。上下片各 4 分句 2 复句，二/二/型复句组。仄韵，上片首句不入韵，继连句韵。

6，5。5，6。
7，7。7，5。——北宋·晏几道·《全宋词》第 256 页

凤孤飞

一曲画楼钟动，宛转歌声**缓**。	◆◆◆◇◇◆，◆◆◇◇◆。
绮席飞尘**满**，更少待金蕉**暖**。	◆◆◇◇◆，△◆◆◇◇◆。
细雨轻寒今夜**短**，依前是粉墙别**馆**。	◆◆◇◇◇◆◆，◇◇◆◆◇◆◆。
端的欢期应未**晚**，奈归云难**管**。	◇◆◇◇◇◆◆，△◇◇◇◆。

同体式作品：无。

405.【解佩令】

1. 始词北宋晏几道作。
2. 双片，始词上片四韵，下片三韵，变体韵数有变；仄韵，隔句韵；或间插连句韵。

始词：16 分句 6 复句。双片。每片 8 分句 3 复句，四/二/二/型复句组。仄韵，隔句韵。

4，4，3，4。4，7。3，4。

4，4，3，4。7，4。3，4。——北宋·晏几道·《全宋词》第 256 页

解佩令

玉阶秋感，年华暗**去**，	◆◇◇◆，◇◇◆◆，
掩深宫，团扇无**绪**。	◆◇◇，◇◆◇◆。
记得当时，自剪下机中轻**素**。	◆◆◇◇，◆◆◆◇◇◇◆。
点丹青，画成秦**女**。	◆◇◇，◆◇◇◆。
凉襟犹在，朱弦未改，	◇◇◇◆，◇◇◆◆，
忍霜纨，飘零何**处**。	◆◇◇，◇◇◇◆。
自古悲凉是情事，轻如云**雨**。	◆◆◇◇◆◇◆，◇◇◇◆。
倚么弦，恨长难**诉**。	◆◇◇，◆◇◇◆。

同体式作品：北宋：王庭珪 1 首。南宋：王千秋 1 首，史达祖 1 首，仇远 1 首，无名氏 2 人 2 首。

变体二

较始词复句数不变，分句数有变。

【变体二·1】14 分句 6 复句。上下片第一复句较始词各减 1 分句，每片 7 分句 3 复句，三/二/二/型复句组。仄韵，连句韵、隔句韵。

4，4，7。4，6。3，4。

4，4，7。4，7。3，4。——南宋·蒋捷·《全宋词》第 3441 页

解佩令

春

春晴也**好**，春阴也**好**，著些儿春雨越**好**。	◇◇◆◆，◇◇◆◆，◆◇◇◇◆◆◆。
春雨如丝，绣出花枝红**袅**。	◇◆◇◇，◆◆◇◇◇◆。
怎禁他，孟婆合**皂**。	◆◇◇，◆◇◆◆。
梅花风**小**，杏花风**小**，海棠风蓦地寒**峭**。	◇◇◇◆，◆◇◇◆，◆◇◇◆◆◇◆。

岁岁春光，被二十四风吹**老**。	◆◆◇◇，△◆◆◆◆◇◇◆。
楝花风，尔且慢**到**。	◆◇◇，◆◆◆◆。

同体式作品：无。

【变体二·2】14分句6复句。分句数复句数与【变体二·1】相同，上片复句型不变，下片有变。每片7分句3复句，上片三/二/二/型复句组；下片二/二/三/型复句组。仄韵，隔句韵。

8，3，4。4，7。3，4。

2，6。3，4。7，4，7。——宋·无名氏·《全宋词》第3788页

解佩令

寿李宰。二月三十。

曾妙年拾芥功名**易**，暂栖鸾，何厌小**试**。	△◆◇◆◆◇◇◆，◆◇◇，◇◆◆◆。
迤逦哦松，便整顿河阳桃**李**。	◆◆◇◇，△◆◆◇◇◇◆。
寿几许，也犹固**未**。	◆◆◆，◆◇◆◆。
归来，漫学个陶潜**志**。	◇◇，◆◆◆◇◇◆。
遇诞辰，昴宿降**瑞**。	◆◆◇，◆◆◆◆。
春色三分才过二，寿觞沉**醉**，	◇◆◇◇◇◆◆，◆◇◇◆，
祝等彭祖八百**岁**。	◆◆◇◆◆◆◆。

同体式作品：无。

变体三

较始词分句数复句数皆变

【变体三】12分句4复句。双片，每片较始词减1复句，6分句2复句，三/三/型复句组。仄韵，隔句韵，间插连句韵。

4，4，7。4，7，7。

4，4，7。4，7，7。——北宋·张真人·《全宋词》（中华书局增订版横排本）第250页

解佩令

修行之士，功勤不**小**，识五行逆顺颠**倒**。	◇◇◇◆，◇◇◆◆，◆◆◇◆◆◆◇◆。
妙理玄玄，玉炉中龙蟠虎踞，	◆◆◇◇，◆◇◇◇◇◆◆，
金鼎内炼成至**宝**。	◇◆◆◆◇◆◆。
阳神离体，杳杳冥冥，刹那间游遍三**岛**。	◇◇◇◆，◆◆◇◇，◆◆◇◇◇◆◇◆。
出入纯熟，按捺住别寻玄**妙**，	◆◆◇◆，◆◆◆◆◇◇◆，
合真空太虚是**了**。	◆◇◇◆◇◆◆。

同体式作品：无。

按：本词首见于南宋李简易《玉溪子丹经指要》：“全真瓦张真人道成之日，作《解佩令》，词曰：（词文略）。”张伯端号称“紫阳真人”，《玉溪子丹经指要》即有两处提及“紫阳真人”（“紫阳真人有云……”；“殊不知太一真人与紫阳真人之旨趣……”），而此《解佩令》则曰作者为“全真瓦张真人”（“瓦”疑为衍字），是否即指张伯端，难以确定，故将作者系名“张真人”。该词体式与两宋《解佩令》诸作颇有差异，《玉溪子丹经指要》刻印于南宋景定五年（1264），距张伯端（984—1082）近两百年，传词调名或可能有误，姑将其体作【解佩令】“变体三”处理。

406. 【庆春时】

1. 始词北宋晏几道作。
2. 双片，每片二平韵，隔句韵。
3. 此调仅见晏几道二首。

始词：11 分句 4 复句。双片。上片 6 分句 2 复句，三/三/型复句组；下片 5 分句 2 复句，二/三/型复句组。平韵，隔句韵。

4，4，4。4，4，5。
4，6。4，4，5。——北宋·晏几道·《全宋词》第 257 页

庆春时

倚天楼殿，升平风月，彩仗春**移**。　◆◇◇◆，◇◇◇◆，◆◆◇◇。
鸾丝凤竹，长生调里，迎得翠舆**归**。　◇◇◆◆，◇◇◆◆，◇◆◆◇◇。

雕鞍游罢，何处还有心**期**。　◇◇◇◆，<u>◇◆◇◆◇◇</u>。
浓熏翠被，深停画烛，人约月西**时**。　◇◇◆◆，◇◇◆◆，◇◆◆◇◇。

同体式作品：北宋：晏几道 1 首。

407. 【喜团圆】

【与团圆】

1. 始词北宋晏几道作。
2. 一作【与团圆】。
3. 双片，每片二平韵，隔句韵。

始词：10 分句 4 复句。双片。每片 5 分句 2 复句，三/二/型复句组。平韵，隔句韵。律词。

4，4，4。7，5。

4，4，4。8，4。——北宋·晏几道·《全宋词》第 257 页

喜团圆

危楼静锁，窗中远岫，门外垂**杨**。	◇◇◆◆，◇◇◆◆，◇◆◇◇。
珠帘不禁春风度，解偷送余**香**。	◇◇◆◆◇◇◆，△◇◆◇◇。
眠思梦想，不如双燕，得到兰**房**。	◇◇◆◆，◆◇◇◆，◆◆◇◇。
别来只是凭高泪眼，感旧离**肠**。	◆◇◆◆◇◇◆◆，◆◆◇◇。

同体式作品：无。

变体二

与始词复句数相同，分句数增 2。

【变体二】12 分句 4 复句。上下片第二复句较始词各增 1 分句。每片 6 分句 2 复句，三/三/型复句组。平韵，隔句韵。律词。

4，4，4。4，4，4。

4，4，4。4，4，4。——宋·无名氏·《全宋词》第 3639 页

喜团圆

轻攒碎玉，玲珑竹外，脱去繁**华**。	◇◇◆◆，◇◇◆◆，◆◆◇◇。
尤殢东君，最先点破，压倒群**花**。	◇◆◇◇，◆◇◆◆，◆◆◇◇。
瘦影生香，黄昏月馆，清浅溪**沙**。	◆◆◇◇，◇◇◆◆，◇◆◇◇。
仙标淡伫，偏宜幺凤，肯带栖**鸦**。	◇◇◆◆，◇◇◇◆，◆◆◇◇。

同体式作品：南宋：无名氏 1 首。

增减字：

（一）4，4，4。4，3，6。○ 4，4，4。4，4，4。南宋：无名氏 1 首（【与团圆】）。

（二）4，4，4。4，3，5。○ 4，4，4。4，4，4。南宋：王娇娘 1 首。

408. 【忆闷令】

1. 始词北宋晏几道作。
2. 双片，每片三仄韵，连句韵、隔句韵。

始词：8 分句 4 复句。双片。每片 4 分句 2 复句，二/二/型复句组。仄韵，连句韵、隔句韵。律词。

7，5。6，5。
7，5。7，5。——北宋·晏几道·《全宋词》第257页

忆闷令

取次临鸾匀画**浅**，酒醒迟来**晚**。　◆◆◇◇◇◆◆，◆◆◇◇◆。
多情爱惹闲愁，长黛眉低**敛**。　◇◇◆◆◇◇，◇◆◇◇◆。

月底相逢花不**见**，有深深良**愿**。　◆◆◇◇◇◆◆，△◇◇◇◆。
愿期信似月如花，须更教长**远**。　◆◇◆◆◆◇◇，△◆◇◇◆。

同体式作品：南宋：仇远1首。

409.【扑蝴蝶】

1. 始词北宋晏几道作。
2. 南宋周密《癸辛杂识》：“吴有小妓，善舞《扑蝴蝶》。”
3. 双片，上片四韵，下片五韵，变体韵数有增，仄韵，隔句韵。

始词：15分句，7复句1单句。双片。上片8分句4复句，二/二/二/二/型复句组；下片7分句，3复句1单句，二/二/二/一/型复句单句组合。仄韵，隔句韵，插一连句韵。

4，5。4，5。6，6。6，3。
4，7。4，5。6，6。6。——北宋·晏几道·《全宋词》第258页

扑蝴蝶

风梢雨叶，绿遍江南**岸**。　◇◇◆◆，◆◆◇◇◆。
思归倦客，寻芳来最**晚**。　◇◇◆◆，◇◇◇◆◆。
酒边红日初长，陌上飞花正**满**。　◆◇◇◆◇◇，◆◆◇◇◆◆，
凄凉数声弦**管**，怨春**短**。　◇◇◆◇◇◆，◆◇◆。

玉人应在，明月楼中画眉**懒**。　◆◇◇◆，◇◆◇◇◆◇◆。
鱼笺锦字，多时音信**断**。　◇◇◆◆，◇◇◇◆◆。
恨如去水空长，事与行云渐**远**。　◆◇◆◆◇◇，◆◆◇◇◆◆。
罗衾旧香余**暖**。　◇◇◆◇◇◆。

同体式作品：无。

增减字：

（一）4，5。4，5。6，6。6，3。○4，5。4，5。6，6，6。南宋：赵师侠1首。

变体三

较始词分句数不变，复句数有变。

【变体三】15分句6复句。上片较始词减1分句1复句，7分句3复句，二/二/三/型复句组；下片增1分句减1单句，8分句3复句，三/二/三/型复句组。仄韵，间插平韵，连句韵、隔句韵。

4，5。4，5。6，6，6。

3，3，6。4，5。6，6，6。——北宋·曹组·《全宋词》第802页

扑蝴蝶

人生一**世**，思量争甚**底**。	◇◇◆◆，◇◇◇◆◆。
花开十**日**，已随尘共**水**。	◇◇◆◆，◆◇◇◆◆。
且看欲尽花**枝**，	◆◇◆◆◇◇，
未厌伤多酒盏，何须细推物**理**。	◆◆◇◇◆◆，◇◇◆◇◆◆。
幸容**易**，有人争，奈只知名与**利**。	◆◇◆，◆◇◇，△◆◇◇◆◆。
朝朝日**日**，忙忙劫劫**地**。	◇◇◆◆，◇◇◆◆◆。
待得一晌闲**时**，	◆◆◆◆◇◇，
又却三春过了，何如对花沉**醉**。	◆◆◇◇◇◆，◇◇◆◇◇◆。

同体式作品：无。

增减字：

（一）4，5。4，5。6，6，6。○3，4，7。4，5。6，6，6。南宋：邵叔齐1首，无名氏1首。

（二）4，5。4，5。6，6，6。○3，6，5。4，5。7，6，6。南宋：史浩1首，丘崈1首。

按：无名氏【扑蝴蝶】一首，初见于南宋胡仔《苕溪渔隐丛话》，谓为传世古词。《全宋词》作宋词收录，兹从之。其词如下：

烟条雨叶，绿遍江南岸。思归倦客，寻芳来较晚。岫边红日初斜，陌上飞花正满，凄凉数声羌管。○怨春短，玉人应在，明月楼中画眉懒。蛮笺锦字，多时鱼雁断。恨随去水东流，事与行云共远，罗衾旧香犹暖。

同源词调：【扑蝴蝶近】

1. 始词南宋吕渭老作。
2. 与【扑蝴蝶】体式略异。
3. 该调仅见吕渭老二首。
4. 双片，一首每片四韵，一首下片增一韵；仄韵，隔句韵，间插连句韵。

始词：15 分句 6 复句。上片 8 分句 3 复句，二/二/四/型复句组，下片 7 分句 3 复句，二/二/三/型复句组。仄韵，隔句韵，间插连句韵。

4，5。4，5。4，4，4，6。
5，9。4，5。6，6，6。——南宋·吕渭老·《全宋词》第 1127 页

扑蝴蝶近

分钗绾髻，洞府难分**手**。	◇◇◆◆，◆◆◇◇◆。
离觞短阕，啼痕冰舞**袖**。	◇◇◆◆，◇◇◇◆◆。
马嘶霜滑，桥横路转，	◆◇◇◆，◇◇◆◆，
人依古**柳**，晓色渐分星**斗**。	◇◇◆◆，◆◆◆◇◇◆。
怎分剖心儿，一似倾入离愁万千**斗**。	△◇◆◇◇，◆◆◇◆◇◇◆◇◆。
垂鞭伫立，伤心还病**酒**。	◇◇◆◆，◇◇◇◆◆。
十年梦里婵娟，二月花中豆**蔻**，	◆◇◆◆◇◇，◆◆◇◇◆◆，
春风为谁依**旧**。	◇◇◆◇◇◆。

同体式作品：无。

变体二

与始词复句数相同，分句数增 1。

【变体二】16 分 6 复句。上片与始词同，8 分句 3 复句，二/二/四/型复句组，下片第一复句增 1 分句，8 分句 3 复句，三/二/三/型复句组。仄韵，隔句韵，间插连句韵。

4，5。4，5。4，4，4，6。
3，6，5。4，5。6，6，6。——南宋·吕渭老·《全宋词》第 1127 页

扑蝴蝶近

风荷露竹，秋意侵疏**鬓**。	◇◇◆◆，◇◆◇◇◆。
微灯曲几，有帘通桂**影**。	◇◇◆◆，◆◇◇◆◆。
乍凉衣著，轻明微醉，	◆◇◇◆，◇◇◇◆，
歌声听**稳**，新愁殢人方**寸**。	◇◇◆◆，◇◇◆◇◇◆。
怎不**闷**，当初欲凭燕翼，西飞寄归**信**。	◆◆◆◇◇，◇◇◆◇◆◆，◇◇◆◇◆。
小窗睡起，梁间都去**尽**。	◆◇◆◆，◇◇◇◆◆。
夜长旅枕先知，秋杪黄花渐**近**，	◆◇◆◆◇◇，◇◆◇◇◆◆。
一成为伊销**损**。	◆◇◆◇◇◆。

同体式作品：无。

410.【忆黄梅】

1. 始词北宋王观作。
2. 词咏调名本意，调名即词题。
3. 双片，上片五韵，下片七韵；仄韵，隔句韵，间插连句韵。
4. 此调仅见王观一首。

始词：17 分句，6 复句 2 单句。双片，上片 8 分句 3 复句，二/三/二/一/型复句组；下片 9 分句，3 复句 1 单句，三/三/二/一/型复句单句组合。仄韵，连句韵，隔句韵。

6，6。2，3，3。7，5。6。
3，3，3。4，3，4。7，5。9。——北宋·王观·《全宋词》第 260 页

忆黄梅

枝上叶儿未**展**，已有坠红千**片**。	◇◆◆◇◆◆，◆◆◆◇◇◆。
春意，怎生防，怎不**怨**。	◇◆，◆◇◇，◆◆◆。
被我安排矮牙床，斗帐和娇**艳**，	◆◆◇◇◆◇◇，◆◆◇◇◆，
移在花丛里**面**。	◇◆◇◇◆◆。
请君**看**，惹清香，偎媚**暖**。	◆◇◆，◆◇◇，◇◆◆。
爱香爱**暖**，金杯**满**，问春怎**管**。	◆◇◆◆，◇◇◆，◆◇◆◆。
大家拚便做东风，总吹交零**乱**，	◆◇◆◆◆◇◇，△◆◇◇◆，
犹肯自输我鸳鸯一**半**。	◇◆◆◇◆◇◇◆◆。

按：下片末句语读：犹//肯自/输我/鸳鸯/一半。《钦定词谱》本句为：犹兀自**读**输我鸳鸯一半**韵**。

同体式作品：无。

411.【天香】

1. 始词北宋王观作。
2. 双片，始词上片四韵，下片六韵，变体韵数或变；仄韵，隔句韵。

始词：18 分句 8 复句。双片。上片 10 分句 4 复句，三/三/二/二/型复句组；下片 8 分句 4 复句，二/二/二/二/型复句组。仄韵，隔句韵，间插连句韵。

4，4，6。4，4，6。4，7。6，6。

6，7。6，4。6，8。4，4。——北宋·王观·《全宋词》第260页

天香

霜瓦鸳鸯，风帘翡翠，今年早是寒**少**。　　◇◆◇◇，◇◇◆◆，◇◇◆◆◇◆。
矮钉明窗，侧开朱户，断莫乱教人**到**。　　◆◇◇◇，◆◇◇◆，◆◆◆◇◇◆。
重阴未解，云共雪商量不**了**。　　◇◇◆◆，◇◆◆◇◇◆◆。
青帐垂毡要密，红炉收围宜**小**。　　◇◆◇◇◆◆，◇◇◇◇◇◆。

呵梅弄妆试**巧**，绣罗衣瑞云芝**草**。　　◇◇◆◇◆◆，◆◇◇◆◇◇◆。
伴我语时同语，笑时同**笑**。　　◆◆◆◇◇◆，◆◇◇◆。
已被金尊劝**倒**，又唱个新词故相**恼**。　　◆◆◇◇◆◆，◆◆◆◇◇◆◇◆。
尽道穷冬，元来恁**好**。　　◆◆◇◇，◇◇◆◆。

同体式作品：北宋：贺铸2首。南宋：洪咨夔1首，赵以夫1首，刘镇1首，刘埙1首，汪元量1首，唐艺孙1首，计6人6首。

增减字：

（一）4，4，6。4，4，6。7，4。6，6。〇6，7。6，4。6，8。4，4。南宋：吴文英1首。

变体二

与始词复句数相同，分句数有变。

变体二·1

22分句8复句

【变体二·1】22分句8复句。上片第三、四复句较始词各增1分句，12分句4复句，三/三/三/三/型复句组；下片第三复句增1分句，10分句4复句，二/二/三/二/型复句组。仄韵，隔句韵。

4，4，6。4，4，6。4，3，4。4，4，4。
6，3，4。4，6。6，3，5。4，4。——北宋·毛滂·《全宋词》第667页

天香

宴钱塘太守内翰张公作

进止详华，文章尔雅，金銮恩异群**彦**。　　◆◆◇◇，◇◇◆◆，◇◇◇◆◇◆。
尘断银台，天低鳌禁，最是玉皇香**案**。　　◇◆◇◇，◇◇◇◆，◆◆◆◇◇◆。
燕公视草，星斗动，昭回云**汉**。　　◇◇◆◆，◇◆◆，◇◇◇◆。
对罢宵分，又是金莲，烛引归**院**。　　◆◆◇◇，◆◆◇◇，◆◆◇◆。

年来偃藩江**畔**，赖湖山，慰公心**眼**。　　◇◇◆◇◇◆，◆◇◇，◆◇◇◆。
碧瓦千家，少借袴襦余**暖**。　　◆◆◇◇，◆◆◆◇◇◆。
黄气珠庭渐**满**，望红日，长安殊不**远**。　　◇◆◇◇◆◆，◇◇◆，◇◇◇◆◆。
缓辔端门，青春未**晚**。　　◆◆◇◇，◇◇◆◆。

同体式作品：无。

变体二·2

19 分句 8 复句

【变体二·2·1】19 分句 8 复句。上片与始词同，10 分句 4 复句，三/三/二/二/型复句组；下片第三复句增 1 分句，9 分句 4 复句，二/二/三/二/型复句组。仄韵，隔句韵，插一连句韵。

4，4，6。4，4，6。4，7。6，6。
6，3，4。6，4。6，8。4，4。——南宋·吴文英·《全宋词》第 2908 页

天香

熏衣香

珠络玲珑，罗囊闲斗，酥怀暖麝相**倚**。	◇◆◇◇，◇◇◇◆，◇◇◆◆◇◆。
百和花须，十分风韵，半袭凤箱重**绮**。	◆◇◇◇，◆◇◇◆，◆◆◆◇◇◆。
茜垂四角，慵未揭流苏春**睡**。	◆◇◆◆，◇◆◆◇◇◇◆。
熏度红薇院落，烟销画屏沉**水**。	◇◆◇◇◆◆，◇◇◆◆◇◆。
温泉绛绡乍**试**，露华侵，透肌兰**泚**。	◇◇◆◇◆◆，◆◇◇，◆◇◇◆。
漫省浅溪月夜，暗浮花**气**。	◆◆◆◇◆◆，◆◇◇◆。
荀令如今老**矣**，但未减韩郎旧风**味**。	◇◆◇◇◆◆，△◆◆◇◇◆◇◆。
远寄相思，余熏梦**里**。	◆◆◇◇，◇◇◆◆。

同体式作品：南宋：李彭老 1 首，王沂孙 1 首，冯应瑞 1 首，吕同老 1 首。

增减字：

（一）4，4，6。4，4，7。4，7。6，6。〇6，3，4。4，6。6，8。4，4。南宋：周密 1 首，

【变体二·2·2】19 分句 8 复句。全词分句数与【变体二·2·1】相同，上下片分句数皆不同。上片 11 分句 4 复句，三/三/三/二/型复句组；下片 8 分句 4 复句，二/二/二/二/型复句组。仄韵，隔句韵，间插连句韵。

4，4，6。4，4，6。4，3，4。6，6。
6，7。6，4。6，8。4，4。——南宋·王易简·《全宋词》第 3422 页

天香

宛委山房拟赋龙涎香

烟峤收痕，云沙拥沫，孤槎万里春**聚**。	◇◇◇◇，◇◇◆◆，◇◇◆◆◇◆。
蜡杵冰尘，水研花片，带得海山风**露**。	◆◆◇◇，◇◇◇◆，◆◆◆◇◇◆。
纤痕透晓，银镂小，初浮一**缕**。	◇◇◆◆，◇◆◆，◇◇◆◆。
重剪纱窗暗**烛**，深垂绣帘微**雨**。	◇◆◇◇◆◆，◇◇◆◇◇◆。
余馨恼人最**苦**，染罗衣少年情**绪**。	◇◇◆◇◆◆，△◇◇◆◇◇◆。
谩省珮珠曾解，蕙羞兰**妒**。	◆◆◆◇◇◆，◆◇◇◆。

好是芳钿翠**妩**，恨素被浓熏梦无**据**。　◆◆◇◆◆◇，△◆◆◇◇◆◇◆。
待剪秋云，殷勤寄**与**。　◆◆◇◇，◇◇◆◆。

同体式作品：南宋：李居仁 1 首。

变体二・3
20 分句 8 复句

【变体二・3】20 分句 8 复句。上片第二复句、下片第一复句较始词各增 1 分句。上片 11 分句 4 复句，三/四/二/二/型复句组；下片 9 分句 4 复句，三/二/二/二/型复句组。仄韵，隔句韵，间插连句韵。

4，4，6。4，4，3，3。4，7。6，6。
6，3，4。6，4。6，8。4，4。——南宋・吴文英・《全宋词》第 2909 页

天香
蜡梅

蟫叶黏霜，蝇苞缀冻，生香远带风**峭**。　◇◆◇◇，◇◇◆◆，◇◇◆◆◇◆。
岭上寒多，溪头月冷，北枝瘦，南枝**小**。　◆◆◇◇，◇◇◆◆，◆◇◆，◇◇◆。
玉奴有姊，先占立墙阴春**早**。　◆◇◆◆，△◆◆◇◇◇◆。
初试宫黄澹薄，偷分寿阳纤**巧**。　◇◆◇◇◆◆，◇◇◆◇◇◆。

银烛泪深未**晓**，酒钟悭，贮愁多**少**。　◇◆◆◇◆◆，◆◇◇，◆◇◇◆。
记得短亭归马，暮衙蜂**闹**。　◆◆◆◇◇◆，◆◇◇◆。
豆蔻钗梁恨**袅**，但怅望天涯岁华**老**。　◆◆◇◇◆◆，△◆◆◇◇◆◇◆。
远信难封，吴云雁**杳**。　◆◆◇◇，◇◇◆◆。

同体式作品：无。

412. 【庆清朝慢】

1. 始词北宋王观作。
2. 或省名为【庆清朝】。
3. 双片，始词每片四平韵；变体韵数或有变，平韵，偶见仄韵；隔句韵。

始词：21 分句 8 复句。双片。上片 10 分句 4 复句，三/二/二/三/型复句组；下片 11 分句 4 复句，四/二/二/三/型复句组。平韵，隔句韵。

4，4，6。6，4。6，7。3，4，4。
3，3，5，4。6，4。6，7。3，4，4。——北宋・王观・《全宋词》第 261 页

庆清朝慢

踏青

调雨为酥，催冰做水，东君分付春**还**。	◇◆◇◇，◇◇◆◆，◇◇◇◆◇◇。
何人便将轻暖，点破残**寒**。	◇◇◆◇◇◆，◆◆◇◇。
结伴踏青去好，平头鞋子小双**鸾**。	◆◆◆◇◆◆，◇◇◇◆◆◇◇。
烟郊外，望中秀色，如有无**间**。	◇◆◆，◇◇◆◆，◇◆◇◇。
晴则个，阴则个，	◇◆◆，◇◆◆，
饾饤得天气，有许多**般**。	◆◆◆◇◆，◆◆◇◇。
须教镂花拨柳，争要先**看**。	◇◇◆◇◆◆，◇◆◇◇。
不道吴绫绣袜，香泥斜沁几行**斑**。	◆◆◇◇◆◆，◇◇◇◆◆◇◇。
东风巧，尽收翠绿，吹在眉**山**。	◇◇◆，◆◇◆◆，◆◆◇◇。

同体式作品：无。

增减字：

（一）4，4，6。4，6。6，7。4，4，4。○ 3，3，5，4。4，6。6，7。3，4，4。北宋-南宋：李清照 1 首。

（二）4，4，6。6，4。6，7。3，4，4。○ 3，3，3，6。7，7。6，7。3，4，4。南宋：詹玉 1 首。

（三）4，4，6。4，6。6，7。3，4，4。○ 6，3，3，3。4，6。6，7。3，4，4。南宋：仇远 1 首。

（四）4，4，6。6，4。6，7。3，4，4。○ 3，5，3，4。4，6。6，7。3，4，4。南宋：无名氏 1 首。

变体一

较始词分句数复句数不变，复句型有变。

【变体一】21 分句 8 复句。上片与始词同，10 分句 4 复句，三/二/二/三/型复句组；下片第一复句减 1 分句、第三复句增 1 分句，11 分句 4 复句，三/二/三/三/型复句组。仄韵，隔句韵。

4，4，6。4，6。6，7。3，4，4。

6，5，4。4，6。4，4，5。3，4，4。——南宋·李宏模·《全宋词》第 2958 页

庆清朝

木芙蓉

碧玉云深，彤绡雾薄，芳丛乱迷秋**渚**。	◆◆◇◇，◇◇◆◆，◇◇◆◇◇◆。
重城傍水，中有吹箫俦**侣**。	◇◇◆◆，◇◆◆◇◇◆。
应是琼楼夜冷，月明谁伴乘鸾**女**。	◇◆◇◇◆◆，◆◇◇◆◇◇◆。
仙游**处**，翠帘障尘，红绮随**步**。	◇◇◆，◆◆◇◇，◇◆◇◆。
别岸玉容伫倚，爱浅抹蜂黄，淡笼纨**素**。	◆◆◆◇◆◆，◆◆◆◇◇，◆◇◇◆。
娇羞未语，脉脉悲烟泣**露**。	◇◇◆◆，◆◆◇◇◆◆。
彩扇何人，妙笔丹青，招得花魂**住**。	◆◆◇◇，◆◆◇◇，◇◆◇◇◆。
歌声**暮**，梦入锦江，香里归**路**。	◇◇◆，◆◆◆◇，◇◆◇◆。

同体式作品：无。

增减字：

(一) 4，4，6。4，5。6，7。3，4，4。○ 6，4，5。6，4。6，3，4。3，4，4。宋：无名氏 1 首。

变体二

较始词复句数不变，分句数减 1。

【变体二】20 分句 8 复句。上片与始词同，下片第一复句减 1 分句，每片 10 分句 4 复句，三/二/二/三/型复句组。平韵，隔句韵。

4，4，6。4，6。6，7。3，4，4。

6，5，4。4，6。6，7。3，4，4。——北宋·王之道·《全宋词》第 1136 页

庆清朝

追和郑毅夫及第后作

晓日彤墀，春风黄伞，天颜咫尺清**光**。　◆◆◇◇，◇◇◇◆，◇◇◆◆◇◇。
恩袍初赐，一时玉质金**相**。　◇◇◇◆，◆◇◆◆◇◇。
济济满廷鹓鹭，月卿映日尹星**郎**。　◆◆◆◇◇◆，◆◇◆◆◆◇◇。
鸣鞘绕，锦鞯归路，醉舞醒**狂**。　◇◇◆，◆◇◇◆，◆◆◇◇。

追随宝津琼苑，看穿花帽侧，拂柳鞭**长**。　◇◇◆◇◇◆，◆◇◇◆◆，◆◆◇◇。
临流夹径，参差绿荫红**芳**。　◇◇◆◆，◇◇◆◆◇◇。
宴罢西城向晚，歌呼笑语溢平**康**。　◆◆◇◇◆◆，◇◇◆◆◆◇◇。
休相恼，争揭疏帘，半出新**妆**。　◇◇◆，◇◆◇◇，◆◆◇◇。

同体式作品：南宋：史浩 1 首，史达祖 1 首，王沂孙 1 首，张炎 1 首，无名氏 1 首。

增减字：

(一) 4，4，6。6，4。6，7。3，4，4。○ 6，3，6。4，6。6，7。3，4，4。南宋：曹勋 1 首。

(二) 4，4，6。4，6。6，7。3，4，4。○ 6，5，4。6，4。6，7。3，4，4。南宋：李廷忠 1 首。

(三) 4，4，6。4，6。7，6。3，4，4。○ 6，5，4。4，6。6，7。3，4，4。南宋：李朴 1 首。

(四) 4，4，6。4，5。6，7。3，4，4。○ 6，5，4。4，6。6，7。3，3，4。南宋：无名氏 1 首。

变体三

较始词分句数复句数皆变

【变体三】17 分句 6 复句。较始词减 4 分句 2 复句。上片 9 分句 3 复句，三/三/三/型复句组；下片 8 分句 3 复句，二/三/三/型复句组。仄韵，换韵，遥韵，隔句韵。

4，4，7。7，7，6。3，4，7。

6，6。4，3，4。3，4，6。——宋·无名氏·《全宋词》第 3681 页

庆清朝

银漏花残，红消烛泪，九重鱼钥欢声沸。　◇◆◇◇，◇◇◆◆，◆◇◇◆◇◇◆。

奏万乘祥曦门**外**，盖圣君恭谢灵休， △◆◆◇◇◇◆，△◆◇◇◆◇◇，
谨访景明嘉**礼**。 ◆◆◆◇◇◆。
天意好，祥风瑞月，时正当小春天**气**。 ◇◆◆，◇◇◆◆，△◆◇◆◇◇◆。

禁街十里香中，御辇万红影**里**。 ◆◇◆◆◇◇，◆◆◆◇◆◆。
千官花**底**，控绣勒，宝鞭摇**曳**。 ◇◇◇◆，◆◆◆，◆◇◇◆。
看万年，永庆吾皇，捻指又瞻三**载**。 ◆◆◇，◆◆◇◇，◆◆◆◇◆◆。

同体式作品：无。

413.【高阳台】

1. 始词北宋王观作。
2. 双片，上片六韵，下片四韵，平韵，隔句韵，间插连句韵。

始词：22 分句 8 复句。双片。每片 11 分句 4 复句，三/二/三/三/型复句组。平韵，邻韵通押隔句韵，间插连句韵。律词。

4，4，6。4，6。7，3，4。3，4，4。
7，5，4。4，6。7，3，4。3，4，4。——北宋·王观·《全宋词》第 262 页

高阳台

红入桃腮，青回柳眼，韶华已破三**分**。 ◇◆◇◇，◇◇◆◆，◇◇◆◆◇◇。
人不归来，空教草怨王**孙**。 ◇◆◇◇，◇◇◆◆◇◇。
平明几点催花雨，梦半阑，欹枕初**闻**。 ◇◇◆◆◇◇◆，◆◆◇，◇◆◇◇。
问东**君**，因甚将**春**，老了闲**人**。 ◆◇◇，◇◆◇◇，◆◆◇◇。

东郊十里香尘满， ◇◇◆◆◇◇◆，
旋安排玉勒，整顿雕**轮**。 △◇◇◆◆，◆◆◇◇。
趁取芳时，共寻岛上红**云**。 ◆◆◇◇，◆◇◆◆◇◇。
朱衣引马黄金带，算到头，总是虚**名**。 ◇◇◆◆◇◇◆，◆◆◇，◆◆◇◇。
莫闲愁，一半悲秋，一半伤**春**。 ◆◇◇，◆◆◇◇，◆◆◇◇。

同体式作品：南宋：韩疁 1 首，吴文英 3 首，李彭老 2 首，李莱老 1 首，刘辰翁 1 首，王亿之 1 首，王茂孙 1 首，周密 2 首，王沂孙 3 首，蒋捷 4 首，张炎 2 首，计 11 人 21 首。

增减字：

(一) 4，4，6。4，6。7，3，4。3，4，4。○ 6，5，4。4，6。7，3，4。3，4，4。南宋：吴文英 2 首。

414. 【红芍药】

1. 始词北宋王观作。
2. 双片，每片五仄韵，隔句韵，间插连句韵。
3. 此调仅见王观一首。

始词：16 分句 8 复句。双片。上下片各 8 分句 4 复句，二/二/二/二/型复句组。仄韵，隔句韵，间插连句韵。

4，4。7，5。5，7。7，6。
4，5。6，5。5，7。7，5。——北宋 · 王观 · 《全宋词》第 262 页

红芍药

人生百岁，七十稀**少**。	◇◇◆◆，◆◆◇◆。
更除十年孩童**小**，又十年昏**老**。	◆◇◆◇◇◇◆，◆◆◇◇◆。
都来五十载，一半被睡魔分**了**。	◇◇◆◆◆，◆◆◆◆◇◇◆。
那二十五载之中，宁无些个烦**恼**。	◆◆◆◆◆◇◇，◆◇◇◆◇◆。
仔细思量，好追欢及**早**。	◆◆◇◇，◆◇◇◆◆。
遇酒追朋笑**傲**，任玉山摧**倒**。	◆◆◇◇◆◆，△◆◇◇◆。
沉醉且沉醉，人生似露垂芳**草**。	◇◆◆◇◆，◇◇◆◆◇◇◆。
幸新来有酒如渑，结千秋歌**笑**。	△◇◇◆◆◇◇，△◇◇◇◆。

同体式作品：无。

415. 【万年欢】

【万年欢慢】

1. 始词北宋王安礼作。
2. 始源为唐教坊曲（见《教坊记》）。《教坊记笺订》："《唐会要》所列天宝十三载曲名内，有《万岁乐》《万寿乐》《万寿长生乐》《未央年》等，与此同为祝寿所用。和凝宫词：'教坊齐奏《万年欢》。'宋曲有传辞。"
3. 宋代常用词调，又名【万年欢慢】，或由始词咏花之意衍名为【夜合花】。
4. 双片，始词上片五韵，下片四韵，变体韵数或有增减；平韵，或仄韵，隔句韵。

始词：18 分句 8 复句。双片。上下片各 9 分句 4 复句，三/二/二/二/型复句组。平韵，隔句韵。

4，5，4。4，6。6，7。7，6。

6，5，4。6，4。6，7。5，6。——北宋·王安礼·《全宋词》第 264 页

万年欢

雅出群**芳**，占春前信息，腊后风**光**。	◆◆◇◇，◆◇◇◆◆，◆◆◇◇。
野岸邮亭，繁似万点轻**霜**。	◆◆◇◇，◇◆◆◆◇◇。
清浅溪流倒影，更黯淡月色笼**香**。	◇◆◇◇◆◆，△◆◆◆◆◇◇。
浑疑是姑射冰姿，寿阳粉面初**妆**。	◇◇◆◇◆◇◇，◆◇◆◆◇◇。
多情对景易感，况淮天庾岭，迢递相**望**。	◇◇◆◆◆◆，△◇◇◆◆，◇◆◇◇。
愁听龙吟凄绝，画角悲**凉**。	◇◆◇◇◇◆，◆◆◇◇。
念昔因谁醉赏，向此际空恼危**肠**。	◆◆◇◇◆◆，◆◆◆◇◆◇◇。
终须待结实，恁时佳味堪**尝**。	◇◇◆◆◆，◆◇◇◆◇◇。

同体式作品：无。

增减字：

（一）4，4，4。4，6。6，7。7，6。○ 6，5，4。6，4。6，7。7，6。北宋：晁补之 1 首。

变体二

较始词复句数不变，分句数有变。

变体二·1

22 分句 8 复句

【变体二·1】22 分句 8 复句。上下片第三、四复句较始词各增 1 分句，每片 11 分句 4 复句，三/二/三/三/型复句组。平韵，邻韵通押，隔句韵。

4，5，4。4，6。6，3，4。3，4，6。

6，4，4。4，6。6，3，4。3，4，6。——北宋·李之仪·《全宋词》第 351 页

万年欢

暖律才中，正莺喉竞巧，燕语新**成**。	◆◆◇◇，△◇◇◆◆，◆◆◇◇。
万绿阴浓，全无一点芳**尘**。	◆◆◇◇，◇◇◆◆◇◇。
门巷朝来报喜，庆佳期，此日光**荣**。	◇◆◇◇◆◆，◆◇◇，◆◆◇◇。
开华宴，交酌琼酥，共祝鹤算椿**龄**。	◇◇◆，◇◆◇◇，◆◆◆◆◇◇。
须知最难得处，双双凤翼，一对和**鸣**。	◇◇◆◇◆◆，◇◇◆◆，◆◆◇◇。
造化无私，谁教特地多**情**。	◆◆◇◇，◇◇◆◆◇◇。
惟愿疏封大国，彩笺上，频易佳**名**。	◇◆◇◇◆◆，◆◇◆，◇◆◇◇。

从此去，贤子才孙，岁岁长捧瑶**觥**。　　◇◆◆，◇◆◇◇，◆◆◇◆◇◇。

同体式作品：无。

增减字：

（一）4，5，4。4，6。6，3，4。3，4，6。○ 6，5，4。4，6。6，3，4。3，4，6 北宋：晁补之 1 首，张纲 1 首。南宋：郭应祥 1 首，赵以夫 1 首，无名氏 3 首（【万年欢慢】1）。

（二）4，5，4。4，6。6，3，4。3，4，6。○ 6，5，4。6，4。6，3，4。3，4，6。北宋：晁补之 1 首。南宋：程大昌 1 首，无名氏 1 首。

（三）4，5，4。6，4。6，3，4。3，4，6。○ 6，5，4。6，4。6，3，4。3，4，6。南宋：王质 1 首。

（四）4，5，4。6，4。6，3，4。3，4，6。○ 6，5，4。4，6。6，3，4。3，4，6。南宋：熊上达 1 首。

（五）4，4，6。6，4。6，3，4。3，4，6。○ 6，5，4。6，4。6，3，4。3，4，6。南宋：赵师侠 1 首。

（六）4，3，6。6，4。6，3，4。3，4，6。○ 6，5，4。4，6。6，3，4。3，4，6。南宋：史达祖 1 首。

（七）4，4，4。4，6。6，3，4。3，4，6。○ 6，5，4。4，6。6，3，4。3，4，6。南宋：丁察院 1 首。

（八）4，5，4。4，6。6，3，4。3，4，6。○ 4，7，4。4，6。6，3，4。3，4，6。南宋：胡浩然 1 首。

（九）4，4，6。6，4。6，3，4。3，4，6。○ 6，5，4。4，6。6，3，4。3，4，6。南宋：苏氏 1 首。

（一〇）4，4，6。6，4。6，3，4。3，4，4。○ 6，5，4。4，6。6，3，4。3，4，6。南宋：无名氏 1 首。

变体二 · 2

19 分句 8 复句

【变体二 · 2】19 分句 8 复句。上片与始词同，9 分句 4 复句，三/二/二/二/型复句组；下片增 1 分句，10 分句 4 复句，四/二/二/二/型复句组。平韵，隔句韵。

4，4，6。4，6。6，7。7，6。

4，4，4，4。6，4。6，7。7，6。——北宋 · 贺铸 · 《全宋词》第 510 页

万年欢

断湘弦

淑质柔情，靓妆艳笑，未容桃李争**妍**。　　◆◆◇◇，◆◇◆◆，◆◇◇◆◇◇。

红粉墙东，曾记窥宋三**年**。　　◇◆◇◇，◇◆◆◆◇◇。

不间云朝雨暮，向西楼南馆留**连**。　　◆◆◇◇◆◆，△◇◇◇◆◇◇。

何尝信美景良辰，赏心乐事难**全**。　　◇◇◆◆◆◇◇，◆◇◆◆◇◇。

青门解袂，画桥回首，　　◇◇◆◆，◆◇◇◆，

初沉汉佩，永断湘**弦**。　　◇◇◆◆，◆◆◇◇。

漫写浓愁幽恨，封寄鱼**笺**。　　◆◆◇◇◇◆，◇◆◇◇。

拟话当时旧好，问同谁与醉尊**前**。　　◆◆◇◇◆◆，△◇◇◆◆◇◇。

除非是明月清风，向人今夜依**然**。　　◇◇◆◇◆◇◇，◆◇◇◆◇◇。

同体式作品：无。

增减字：

(一) 4，5，4。4，6。6，7。7，6。○ 3，3，5，4。4，6。6，7。7，6。南宋：程大昌 3 首。

变体二・3

20 分句 8 复句

【变体二・3】20 分句 8 复句。上片较始词增 2 分句，11 分句 4 复句，三/二/三/三/型复句组；下片分句数复句型与始词同，9 分句 4 复句，三/二/二/二/型复句组。平仄通押，隔句韵，间插连句韵。

4，5，4。4，6。6，3，4。3，4，6。

6，5，4。4，6。6，7。7，6。——北宋・晁补之・《全宋词》第 573 页

万年欢

寄韵次膺叔

十里环溪，记当年并游，依旧风**景**。	◆◆◇◇，△◇◇◆◇，◇◆◇◆。
采舫红妆，重泛九秋清**镜**。	◆◆◇◇，◇◆◆◇◇◆。
莫叹歌台蔓草，喜相逢，欢情犹**胜**。	◆◆◇◇◆◆，◆◇◇，◇◇◇◆。
苹洲畔，横玉惊鸾，半天云正愁**凝**。	◇◇◆，◇◆◇◇，◆◇◇◆◇◆。
中秋醉魂未**醒**，又佳辰授衣，良会堪**更**。	◇◇◆◇◆◆，△◇◇◆◇，◇◆◇◆。
早岁功名，豪气尚凌汝**颍**。	◆◆◇◇，◇◆◆◇◆◆。
能致黄金一**井**，也莫负鸱夷高**兴**。	◇◆◇◇◆◆，◆◆◆◇◇◇◆。
别有个潇洒田园，醉乡天地同**永**。	◆◆◆◇◆◇◇，◆◇◇◆◇◆。

同体式作品：无。

变体三

较始词分句数复句数皆变

【变体三】23 分句 9 复句。上片较始词增 3 分句 1 复句，12 分句 5 复句，三/二/二/二/三/型复句组；下片较始词复句数不变，分句数增 2，11 分句 4 复句，三/二/四/二/型复句组。平韵，邻韵通押，隔句韵。

4，4，7。4，6。4，7。7，6。3，4，4。

6，6，4。4，7。3，3，3，4。7，5。——宋・无名氏・《全宋词》第 3814 页

万年欢

寿侍郎，十一月二十。

律应黄钟，蓂飞六荚，今朝是嵩岳生**申**。	◆◆◇◇，◇◇◆◆，◇◇◆◇◆◇◇。
似山堂里，氤氲瑞气先**春**。	◆◇◇◆，◇◇◆◆◇◇。
笙歌度曲，依然在紫府黄**庭**。	◇◇◆◆，◇◇◆◆◆◇◇。

拥出癯仙冰玉洁，梅花个样精**神**。	◆◆◇◇◇◆◆，◇◇◆◆◇◇。
堪羡处，行藏信道，出处无**心**。	◇◆◆，◇◇◆◆，◆◆◇◇。
莫把闲中日月，替了调元公案，	◆◆◇◇◆◆，◆◆◆◇◇◆，
袖手经**纶**。	◆◆◇◇。
黄扉虚左，休顾平泉花石**盟**。	◇◇◇◆，◇◆◇◇◇◆◇。
好看来，年八秩，渭川叟，故事重**新**。	◆◆◇，◇◆◆，◆◇◆，◆◆◇◇。
寿星与三台齐色，政地拜生**辰**。	◆◇◆◇◇◇◆，◆◆◆◇◇。

同体式作品：无。

416. 【潇湘忆故人慢】

1. 始词北宋王安礼作。
2. 双片，每片五平韵，隔句韵。
3. 此调仅见王安礼一首。

始词：22 分句 8 复句。双片。上下片各 11 分句 4 复句，三/三/三/二/型复句组。平韵，隔句韵。

4，5，4。5，5，4。4，3，4。7，6。

3，3，9。5，5，4。4，3，4。7，6。——北宋·王安礼·《全宋词》第 264 页

潇湘忆故人慢

薰风微动，方樱桃弄色，萱草成**窠**。	◇◇◇◆，△◇◇◆◆，◇◆◇◇。
翠帏敞轻**罗**，试冰簟初展，几尺湘**波**。	◆◇◆◇◇，△◇◆◇◆，◆◆◇◇。
疏帘广厦，寄潇洒，一枕南**柯**。	◇◇◆◆，◆◇◆，◆◆◇◇。
引多少梦中归绪，洞庭雨棹烟**蓑**。	△◇◆◆◇◇◆，◆◇◆◆◇◇。
惊回处，闲昼永，但时时燕雏莺友相**过**。	◇◇◆，◇◆◆，△◇◇◆◇◇◆◇◇。
正绿影婆**娑**，况庭有幽花，池有新**荷**。	△◆◆◇◇，△◇◆◇◇，◇◆◇◇。
青梅煮酒，幸随分，赢得高**歌**。	◇◇◆◆，◆◇◇，◇◆◇◇。
功名事到头终在，岁华忍负清**和**。	◇◇◆◆◇◇◆，◆◇◆◆◇◇。

同体式作品：无。

417.【落梅花】

【落梅慢】

1. 始词北宋王诜作。
2. 王诜始词最早见南宋黄大舆辑选词集《梅苑》，词题《落梅花》。今存宋无名氏咏梅二首，一短调、一长调，调名或作【落梅风】，或谓由王诜始词“忍被东风，乱飘满地”之句而衍名。明·陈耀文《花草粹编》短调题【落梅风】，长调作【落梅】或【落梅慢】。兹将长调【落梅花】【落梅慢】归为一调，短调【落梅风】作同源词调处理。
3. 双片，始词上片四韵，下片五韵，变体韵数或有变。仄、平二韵式；隔句韵、连句韵。

始词：26 分句 8 复句。双片。每片 13 分句 4 复句，上片三/三/三/四/型复句组；下片四/三/三/三/型复句组。仄韵，隔句韵。

4，4，6。4，4，5。4，4，4。7，3，3，3。

3，3，3，4。4，4，5。4，4，4。4，3，7。——北宋·王诜·《全宋词》第 273 页

落梅花

寿阳妆晚，慵匀素脸，经宵醉痕堪**惜**。	◆◇◇◆，◇◇◆◆，◇◇◆◇◇◆。
前村雪里，几枝初绽，正冰姿仙**格**。	◇◇◆◆，◆◇◇◆，△◇◇◇◆。
忍被东风，乱飘满地，残英堆**积**。	◆◆◇◇，◆◇◆◆，◇◇◇◆。
可堪江上起离愁，	◆◇◇◆◆◇◇，
凭谁说，寄肠断，未归**客**。	◇◇◆，◆◇◆，◆◇◆。
流恨声，传羌**笛**，感行人，水亭山**驿**。	◇◆◇，◇◇◆，◆◇◇，◆◇◇◆。
越溪信阻，仙乡路杳，但风流尘**迹**。	◆◇◆◆，◇◇◆◆，△◇◇◇◆。
香艳浓时，东君吟赏，已成轻**掷**。	◇◆◇◇，◇◇◇◆，◆◇◇◆。
愿身长健，且凭阑，明年还放春消**息**。	◆◇◇◆，◆◇◇，◇◇◇◆◇◇◆。

同体式作品：无。

变体二

较始词复句数不变，分句数减 6。

【变体二】20 分句 8 复句。上下片较始词各减 3 分句，每片 10 分句 4 复句，上片三/二/二/三/型复句组；下片三/三/二/二/型复句组。仄韵，隔句韵。

4，4，6。7，6。6，6。6，3，6。

6，3，4。4，5，4。6，6。7，7。——宋·无名氏·《全宋词》第 3620 页

落梅慢

带烟和**雪**，繁枝澹伫，谁将粉融酥**滴**。	◆◇◇◆，◇◇◆◆，◇◇◆◇◇◆。
疏枝冷蕊压群芳，年年常占春**色**。	◇◇◆◆◆◇◇，◇◇◇◆◇◆。
江路溪桥谩倒，袅袅风中无**力**。	◇◆◇◇◆◆，◆◆◇◇◇◆。
暗香浮动冰姿，明月里，想无花比高**格**。	◆◇◇◆◇◇，◇◆◆，◆◇◇◇◆◇◆。
争奈光阴瞬**息**，动幽怨，潜生羌**笛**。	◇◆◇◇◆◆，◆◇◆，◇◇◇◆。
新花斗巧，有天然闲态，倚阑堪**惜**。	◇◇◆◆，△◇◇◇◆，◆◇◇◆。
零乱残英片片，飞上舞筵歌**席**。	◇◆◇◇◆◆，◇◆◆◇◇◆。
断肠忍泪念前期，经岁还有芳容**隔**。	◆◇◆◆◆◇◇，◇◆◇◆◇◇◆。

同体式作品：无。

同源词调：【落梅风】

1. 始词宋无名氏作。
2. 双片，上片四韵，下片二韵。平韵，上片连句韵，下片隔句韵。
3. 本调宋词仅此一首。

始词：8分句4复句。双片。每片4分句2复句，二/二/型复句组。平韵，连句韵、隔句韵。律词。

7，6。7，3。

7，6。7，3。——宋·无名氏·《全宋词》第3646页

落梅风

宫烟如水湿芳**晨**，寒梅似雪相**亲**。	◇◇◇◆◇◇，◇◇◆◆◇◇。
玉楼侧畔数枝**春**，惹香**尘**。	◆◇◆◆◆◇◇，◆◇◇。
寿阳娇面偏怜惜，妆成一面花**新**。	◆◇◇◆◇◇◆，◇◇◆◆◇◇。
镜中重把玉纤匀，酒初**醺**。	◆◇◇◆◆◇◆，◆◇◇。

同体式作品：无。

418.【踏青游】

1. 始词北宋王诜作。
2. 词咏调名本意，调名即词题。

3. 双片，始词每片四仄韵，变体韵数有变；隔句韵，或间插连句韵。

始词：18 分句 6 复句。双片。每片 9 分句 3 复句，二/四/三/型复句组。仄韵，隔句韵。

4，6。7，3，3，4。3，6，6。
4，6。7，3，3，4。3，6，6。——北宋·王诜·《全宋词》第 273 页

踏青游

金勒狨鞍，西城嫩寒春**晓**。	◇◆◇◇，◇◇◆◇◇◆。
路渐入垂杨芳**草**，	△◆◆◇◇◇◆，
过平堤，穿绿迳，几声啼**鸟**。	◆◇◇，◇◆◆，◆◇◇◆。
是处里，谁家杏花临水，依约靓妆窥**照**。	◆◆◆，◇◇◆◇◇◆，◇◆◆◇◇◆。
极目高原，东风露桃烟**岛**。	◆◆◇◇，◇◇◆◇◇◆。
望十里红围绿**绕**，	△◆◆◇◇◆◆，
更相将，乘酒兴，幽情多**少**。	◆◇◇，◇◆◆，◇◇◇◆。
待向晚，从头记将归去，说与凤楼人**道**。	◆◆◆，◇◇◆◇◇◆，◆◆◆◇◇◆。

同体式作品：北宋：赵温之 1 首，陈济翁 1 首。

增减字：

（一）4，6。7，3，3，4。3，6，6。○ 4，5。7，3，3，4。3，7，6。宋：无名氏 1 首。

变体二

与始词复句数相同，分句数有变。

变体二·1

17 分句 6 复句

【变体二·1】17 分句 6 复句。上片分句数复句型与始词同，9 分句 3 复句，二/四/三/型复句组；下片第二复句减 1 分句，8 分句 3 复句，二/三/三/型复句组。仄韵，隔句韵、连句韵。

4，6。3，4，3，7。3，6，6。
4，6。7，5，4。3，5，6。——北宋·苏轼·《全宋词》第 332 页

踏青游

改火初晴，绿遍禁池芳**草**。	◆◆◇◇，◆◆◆◇◇◆。
斗锦绣，火城驰**道**，	◆◆◆，◆◇◇◆，
踏青游，拾翠惜袜罗弓**小**。	◆◇◇，◆◆◆◆◇◇◆，
莲步**袅**，腰支佩兰轻**妙**，行过上林春**好**。	◇◆◆，◇◇◆◇◇◆，◇◆◆◇◇◆。
今困天涯，何限旧情相**恼**。	◇◆◇◇，◇◆◆◇◇◆。
念摇落玉京寒**早**，	△◇◆◆◇◇◆，

任刘郎目断，蓬山难**到**。　　△◇◇◆◆，◇◇◇◆。
仙梦**杳**，良宵又过**了**，楼台万家清**晓**。　　◇◆◆，◇◇◆◆◆，◇◇◆◇◇◆。

按：上片“踏青游拾翠惜袜罗弓小”，《钦定词谱》标点为“踏青游**句**拾翠惜**句**袜罗弓小**韵**”，今标点替换为：“踏青游，拾翠惜，袜罗弓小。”拾翠，典出三国魏曹植《洛神赋》：“尔乃众灵杂遝……或采明珠，或拾翠羽，从南湘之二妃，携汉滨之游女。”翠羽，比喻翠绿的树叶，故《钦谱》与今之标点皆误，“拾翠惜袜罗弓**小**”当连为一句，语读节奏为“拾翠//惜/袜罗/弓**小**”，亦可标断为：“踏青游拾翠，惜袜罗弓**小**。”

同体式作品：无。

变体二·2

19分句6复句

【变体二·2】19分句6复句。上片第二复句较始词增1分句，10分句3复句，二/五/三/型复句组；下片分句数复句型与始词同，9分句3复句，二/四/三/型复句组。仄韵，隔句韵。

4，6。3，4，3，3，3。3，6，6。
4，6。3，3，6，5。3，6，6。——宋·无名氏·《全宋词》第3662页

踏青游

游崔念四妓馆

识个人人，恰正二年欢**会**。　　◆◆◇◇，◆◆◆◇◇◆。
似赌赛，六只浑四，　　◆◆◆，◆◆◇◆，
向巫山，重重去，如鱼**水**。　　◆◇◇，◇◇◆，◇◇◆。
两情**美**，同倚画楼十二，倚了又还重**倚**。　　◇◆◆，◇◆◆◇◆◆，◆◇◇◇◆。

两日不来，时时在人心**里**。　　◆◆◆◇，◇◇◆◇◇◆。
拟问卜，常占**归**，　　◇◆◆，◇◆◇，
计拚三八清斋，望永同鸳**被**。　　◆◇◇◆◇◇，△◆◇◇◆。
到梦**里**，蓦然被人惊觉，梦也有头无**尾**。　　◇◆◆，◆◇◆◇◇◆，◆◆◆◇◇◆。

同体式作品：无。

419.【烛影摇红】

1. 始词北宋王诜作。
2. 宋吴曾《能改斋漫录》：“王都尉（诜）有《忆故人》词……徽宗喜其词意，犹以不丰容宛转为恨，遂令大晟别撰腔，周美成增损其词，而以首句为名，谓之《烛影摇红》。”
3. 短调、长调二体。双片。短调上片二韵，下片三韵；长调每片五韵。仄韵，隔句韵。

短调

始词：11分句4复句。双片。上片5分句2复句，三/二/型复句组；下片6分句2复句，三/三/型复句组。仄韵，隔句韵。律词。

7，3，3。7，5。
6，3，4。4，4，4。——北宋·王诜·《全宋词》第273页

烛影摇红

烛影摇红向夜阑，乍酒醒，心情**懒**。 ◆◆◇◇◆◆◇，◆◆◇，◇◇◆。
尊前谁为唱阳关，离恨天涯**远**。 ◇◇◇◆◆◇◇，◇◆◇◇◆。

无奈云沉雨**散**，凭阑干，东风泪**眼**。 ◇◆◇◇◆◆，◆◇◇，◇◇◆◆。
海棠开后，燕子来时，黄昏庭**院**。 ◆◇◇◆，◆◆◇◇，◇◇◇◆。

同体式作品：无。

变体二

较始词复句数不变，分句数减2。

【变体二·1】9分句4复句。双片。上下片第一复句较始词各减1分句。上片4分句2复句，二/二/型复句组；下片5分句2复句，二/三/型复句组。仄韵，隔句韵，插一连句韵。律词。

4，7。7，5。
6，7。4，4，4。——北宋·贺铸·《全宋词》第534页

烛影摇红

波影翻帘，泪痕凝蜡青山**馆**。 ◇◆◇◇，◆◇◇◇◆◇◇◆。
故人千里念佳期，襟佩如相**款**。 ◆◇◇◆◆◇◇，◇◆◇◇◆

惆怅更长梦**短**，但衾枕余芬剩**暖**。 ◇◆◇◇◆◆，△◇◆◇◇◆◆。
半窗斜月，照人肠断，啼乌不**管**。 ◆◇◇◆，◆◇◇◆，◇◇◆◆。

同体式作品：北宋：毛滂2首，王重1首。南宋：张炎1首。

【变体二·2】9分句4复句。上片与【变体二·1】同，4分句2复句，二/二/型复句组；下片复句型有变，5分句2复句，三/二/型复句组。仄韵，隔句韵。律词。

4，7。7，5。
6，3，4。8，4。——北宋·毛滂·《全宋词》第682页

烛影摇红

松窗午梦初觉

一亩清阴，半天潇洒松窗**午**。 ◇◆◇◇，◆◇◇◆◇◇◆。
床头秋色小屏山，碧帐垂烟**缕**。 ◇◇◇◆◇◇，◆◆◇◇◆。

枕畔风摇绿**户**，唤人醒，不教梦**去**。 ◆◆◇◇◆◆，◆◇◆，◆◆◆◆。
可怜恰到瘦石寒泉，冷云幽**处**。 ◆◇◆◆◆◆◇◇，◆◇◇◆。

同体式作品：无。

长调

始词：20 分句 8 复句。双片。每片 10 分句 4 复句，二/二/三/三/型复句组。仄韵，隔句韵。律词。

4，7。7，5。6，3，4。4，4，4。

4，7。7，5。6，3，4。4，4，4。——北宋·周邦彦·《全宋词》第 629 页

烛影摇红

芳脸匀红，黛眉巧画宫妆**浅**。	◇◆◇◇，◆◇◆◆◇◇◆。
风流天付与精神，全在娇波**眼**。	◇◇◇◆◆◇◇，◇◆◇◇◆。
早是萦心可**惯**，向尊前，频频顾**眄**。	◆◆◇◇◆◆，◆◇◇，◇◇◆◆。
几回相见，见了还休，争如不**见**。	◆◇◇◆，◆◆◇◇，◇◇◆◆。
烛影摇红，夜阑饮散春宵**短**。	◆◆◇◇，◆◇◆◆◇◇◆。
当时谁会唱阳关，离恨天涯**远**。	◇◇◇◆◆◇◇，◇◆◇◇◆。
争奈云收雨**散**，凭阑干，东风泪**满**。	◇◆◇◇◆◆，◆◇◇，◇◇◆◆。
海棠开后，燕子来时，黄昏深**院**。	◆◇◇◆，◆◆◇◇，◇◇◇◆。

同体式作品：北宋：廖世美 1 首。南宋：吴亿 1 首，张抡 1 首，赵长卿 1 首，赵善扛 1 首，张镃 1 首，程珌 1 首，高观国 1 首，卢祖皋 1 首，孙惟信 1 首，刘克庄 1 首，赵以夫 1 首，张榘 1 首，方岳 1 首，吴文英 7 首，翁元龙 1 首，翁孟寅 2 首，陈著 4 首，刘辰翁 3 首，邓剡 1 首，刘埙 1 首，赵必瑑 1 首，仇远 1 首，张炎 2 首，鼓峰 1 首，懒堂女子 1 首，无名氏 2 人 2 首，计 27 人 40 首。

420. 【人月圆】

1. 始词北宋王诜作。
2. 始词取本词“人月圆时”句为调名。
3. 又名【人月圆令】。
4. 双片，每片二平韵，隔句韵。

始词：11 分句 4 复句。双片。上片 5 分句 2 复句，二/三/型复句组；下片 6 分句 2 复句，三/三/型复句组。平韵，隔句韵。律词。

7，5。4，4，4。

4，4，4。4，4，4。——北宋·王诜·《全宋词》第 274 页

人月圆

元夜

小桃枝上春来早，初试薄罗**衣**。	◆◇◇◆◇◇◆，◇◆◆◇◇。

年年此夜，华灯盛照，人月圆**时**。	◇◇◆◆，◇◇◆◆，◇◆◇◇。
禁街箫鼓，寒轻夜永，纤手同**携**。	◆◇◇◆，◇◇◆◆，◇◆◇◇。
更阑人静，千门笑语，声在帘**帏**。	◇◇◇◆，◇◇◆◆，◇◆◇◇。

按：本词一传为北宋晚李持正作，调名【人月圆令】，见南宋初吴曾《能改斋漫录》。

同体式作品：南宋：赵鼎 1 首，史浩 2 首，汪梦斗 1 首，双渐 1 首，汪元量 1 首，无名氏 1 首。

变体二

较始词复句数不变，分句数减 1。

【变体二 · 1】10 分句 4 复句。上片与始词同，下片第一复句较始词减 1 分句，每片 5 分句 2 复句，二/三/型复句组。平韵，隔句韵。律词。

7，5。4，4，4。

7，5。4，4，4。——北宋 · 张纲 · 《全宋词》第 925 页

人月圆

壬午生日，时初遇会庆节，至翌日小集。

封人祝望尧云了，归路蔼欢**声**。	◇◇◆◆◇◇◆，◇◆◆◇◇。
何妨明日，开筵笑语，聊庆初**生**。	◇◇◇◆，◇◇◆◆，◇◆◇◇。
官闲岁晚身犹健，兰玉更盈**庭**。	◇◇◆◆◇◇◆，◇◆◆◇◇。
持杯为寿，从教夜醉，谁怕参**横**。	◇◇◇◆，◇◇◆◆，◇◆◇◇。

同体式作品：无。

【变体二 · 2】10 分句 4 复句。上下片分句数与【变体二 · 1】同，上片复句型不变，下片复句型有变。每片 5 分句 2 复句，上片二/三/型复句组，下片三/二/型复句组。平韵，隔句韵。

7，5。4，4，4。

4，4，4。7，5。——南宋 · 杨无咎 · 《全宋词》第 1199 页

人月圆

风和日薄余烟嫩，测测透鲛**绡**。	◇◇◆◆◇◇◆，◆◆◆◇◇。
相逢且喜，人圆玳席，月满丹**霄**。	◇◇◆◆，◇◇◆◆，◆◆◇◇。
烂游胜赏，高低灯火，鼎沸笙**箫**。	◆◇◆◆，◇◇◇◆，◆◆◇◇。
一年三百六十日，愿长似今**宵**。	◆◇◇◆◆◆◆，△◇◆◇◇。

同体式作品：南宋：杨无咎 1 首。

421.【撼庭竹】

1. 始词北宋王诜作。

2. 双片，上片五韵，下片四韵；仄韵，连句韵、隔句韵。
3. 北宋词仅见二首，南宋无继作。

始词：12 分句 6 复句。双片。每片 6 分句 3 复句，二/二/二/型复句组。仄韵，连句韵、隔句韵。

7，5。7，7。5，5。

7，5。7，7。5，5。——北宋·王诜·《全宋词》第 275 页

撼庭竹

绰略青梅弄春**色**，真艳态堪**惜**。　◆◆◇◇◆◇◆，△◆◆◇◆。
经年费尽东君**力**，有情先到探春**客**。　◇◇◆◆◇◇◆，◆◇◇◆◆◇◆。
无语泣寒香，时暗度瑶**席**。　◇◆◆◇◇，△◆◆◇◆。

月下风前空怅望，思携手同**摘**。　◆◆◇◇◇◆◆，△◇◆◇◆。
画栏倚遍无消**息**，佳辰乐事再难**得**。　◆◇◆◆◇◇◆，◇◇◆◆◆◇◆。
还是夕阳天，空暮云凝**碧**。　◇◆◆◇◇，△◆◇◇◆。

同体式作品：北宋：黄庭坚 1 首。

422.【昭君怨】

【洛妃怨】

1. 始词北宋苏轼作。
2. 宋代通行词调，或名【洛妃怨】。
3. 双片，普式每片四韵，变体或增一韵；换韵，平仄错押，先仄后平，连句韵。

始词：8 分句 4 复句。双片。每片 4 分句 2 复句，二/二/型复句组。全篇换四韵，每片先押仄后押平，连句韵。律词。

6，6。5，3。

6，6。5，3。——北宋·苏轼·《全宋词》第 296 页

昭君怨

送别

谁作桓伊三**弄**，惊破绿窗幽**梦**。　◇◆◇◇◇◆，◇◆◆◇◇◆。
新月与愁**烟**，满江**天**。　◇◆◆◇◇，◆◇◇。

欲去又还不**去**，明日落花飞**絮**。　◆◆◆◇◆◆，◇◆◆◇◇◆。
飞絮送行**舟**，水东**流**。　◇◆◆◇◇，◆◇◇。

同体式作品：北宋：朱敦儒2首（【洛妃怨】1），程过1首。南宋：韩驹1首，张元幹1首，侯寘1首，陆游1首，杨万里2首，赵长卿1首，辛弃疾3首，刘光祖1首，张镃3首，郭应祥2首，郑域1首，高观国1首，卓田1首，刘克庄3首，吴潜1首，刘辰翁1首，蒋捷1首，王从叔1首，共18人26首。

增减字：

（一）6，6。5，3。○5，6。5，3。北宋：万俟咏2首。南宋：蔡伸1首。

变体二

较始词复句数不变，分句数增1。

【变体二】9分句4复句。双片。上片与始词同，4分句2复句，二/二/型复句组；下片第一复句增1分句，5分句2复句，三/二/型复句组。四换韵，先押仄后押平，连句韵。律词。

6，6。5，3。

3，3，6。5，3。——北宋·周紫芝·《全宋词》第881页

昭君怨

满院融融花**气**，红绣一帘垂**地**。	◆◆◇◇◇◆，◇◆◆◇◇◆。
往事忆年**时**，只春**知**。	◆◆◆◇◇，◆◇◇。
风又**暖**，花渐**满**，人似行云不**见**。	◇◆◆，◇◆◆，◇◆◇◇◆◆。
无计奈离**情**，恶销**凝**。	◇◆◆◇◇，◆◇◇。

同体式作品：无。

423.【贺新郎】

【贺新凉】【乳燕飞】【金缕衣】【金缕曲】【金缕歌】【金缕词】

1. 始词北宋苏轼作。
2. 一作【贺新凉】。宋杨堤《古今词话》："苏子瞻守钱塘，有官妓秀兰天性黠慧，善于应对。湖中有宴会，群妓毕至，惟秀兰不来。遣人督之，须臾方至。子瞻问其故，具以发结沐浴，不觉困睡，忽有人叩门声，急起而问之，乃乐营将催督之。非敢怠忽，谨以实告。子瞻亦恕之。坐中倅车属意于兰，见其晚来，恚恨未已。责之曰：必有他事，以此晚至。秀兰力辩，不能止倅之怒。是时榴花盛开，秀兰以一枝藉手告倅，其怒愈甚。秀兰收泪无言，子瞻作《贺新凉》以解之，其怒始息。"宋胡仔《苕溪渔隐丛话》："此词腔调寄《贺新郎》，乃古曲名也。"
3. 南宋通行词调。苏轼词起句"乳燕飞华屋"，后衍生调名作【乳燕飞】；北宋叶梦得词结句"谁为我，唱金缕"，后衍名作【金缕衣】【金缕曲】【金缕歌】【金缕词】。

4. 双片。始词每片六韵，变体韵数或有变；仄韵，隔句韵；或间插连句韵。

始词：21 分句 8 复句。上片 11 分句 4 复句，四/二/三/二/型复句组；下片 10 分句 4 复句，三/二/三/二/型复句组。仄韵，隔句韵。

5，3，4，4。7，6。7，7，8。3，3。

7，7，4。7，6。7，7，7。3，3。——北宋·苏轼·《全宋词》第 297 页

贺新郎

夏景

乳燕飞华**屋**，悄无人，桐阴转午，	◆◆◇◇◆，◆◇◇，◇◇◆◆，
晚凉新**浴**。	◆◇◇◆。
手弄生绡白团扇，扇手一时似**玉**。	◆◆◇◇◆◇◆，◆◆◆◇◆◆。
渐困倚孤眠清**熟**，	△◆◆◇◇◇◆，
帘外谁来推绣户，枉教人梦断瑶台**曲**。	◇◆◇◇◇◆◆，◆◇◇◆◆◇◇◆。
又却是，风敲**竹**。	◆◆◆，◇◇◆。
石榴半吐红巾**蹙**，	◆◇◆◆◇◇◆，
待浮花浪蕊都尽，伴君幽**独**。	△◇◇◆◆◇◆，◆◇◇◆。
秾艳一枝细看取，芳心千重似**束**。	◇◆◆◇◆◇◆，◇◇◇◇◆◆。
又恐被秋风惊**绿**，	◆◆◆◇◇◇◆，
若待得君来向此，花前对酒不忍**触**。	△◆◆◇◇◆◆，◇◇◆◆◆◆◆。
共粉泪，两簌**簌**。	◆◆◆，◆◆◆。

同体式作品：无。

增减字：

（一）5，3，4，4。7，6。7，7，8。3，3。○ 7，3，8。7，6。7，7，8。3，3。南宋：戴复古 1 首。

（二）5，3，4，4。7，6。7，7，8。3，3。○ 7，5，6。7，6。7，7，8。3，3。南宋：李昴英 1 首。

（三）5，3，4，4。7，6。7，7，8。3，3。○ 7，5，5。7，6。7，7，8。3，3。南宋：姚勉 1 首。

（四）5，3，4，4。7，6。7，7，8。3，3。○ 7，7，4。7，6。7，7，8。3，3。南宋：何梦桂 1 首，卫宗武 1 首。

变体一

与始词分句数复句数相同，复句型有变。

【变体一·1】21 分句 8 复句。上片与始词同，11 分句 4 复句，四/二/三/二/型复句组，下片第一复句较始词减 1 分句、第二复句增 1 分句，10 分句 4 复句，二/三/三/二/型复句组。仄韵，间插一平韵；隔句韵，插一连句韵。

5，3，4，4。7，6。7，7，8。3，3。

7，7。4，7，6。7，7，8。3，3。——南宋·袁去华·《全宋词》第 1500 页

贺新郎

晓色明窗**绮**，耿灯残，	◆◆◇◇◆，◆◇◇，

寒生翠幕，鸟啼人**起**。	◇◇◆◆，◆◇◇◆。
一夜西园新雨过，细草闲花似**洗**。	◆◆◇◇◇◆◆，◆◆◇◇◆◆。
漾澜影柳塘春**水**，	◆◇◆◇◇◇◆，
闲昼双飞归来燕，正东风漫漫吹桃**李**。	◇◆◇◇◇◇◆，△◇◇◆◆◇◇◆。
还是个，闷天**气**。	◇◆◆，◆◇◆。
回廊小院帘垂**地**，想连天芳草萋**迷**。	◇◇◆◆◇◇◆，△◇◇◇◆◇◇。
短长亭外，愁到春来依然在，	◆◇◇◆，◇◆◇◇◇◇◆，
旧事浑如梦**里**。	◆◆◇◇◆◆。
又生怕人惊憔**悴**，	△◇◆◇◇◆，
楼上谁家吹长笛，向曲中说尽相思**意**。	◇◆◇◇◇◇◆，△◆◇◇◆◇◇◆。
三弄处，寸心**碎**。	◇◆◆，◆◇◆。

同体式作品：无。

【变体一·2】21分句8复句。上片分句数与始词下片同，下片分句数与上片同，复句型皆有变。上片10分句4复句，三/三/二/二/型复句组；下片11分句4复句，四/三/二/二/型复句组。仄韵，隔句韵，间插连句韵。

5，5，6。7，6，7。7，8。3，3。

7，3，4，4。7，6，7。7，8。3，3。——南宋·刘过·《全宋词》第2149页

贺新郎

游西湖

睡觉莺啼**晓**，醉西湖两峰，	◆◆◇◇◆，△◇◇◆◇，
日日买花簪**帽**。	◆◆◆◇◇◆。
去尽酒徒无人问，唯有玉山自**倒**，	◆◆◆◇◇◇◆，◇◆◆◇◆◆。
任拍手儿童争**笑**。	△◆◆◇◇◇◆。
一舸乘风翩然去，避鱼龙不见波声**悄**。	◆◆◇◇◇◇◆，◆◇◇◆◆◇◇◆。
歌韵歇，唤苏**小**。	◇◆◆，◆◇◆。
神仙路远蓬莱**岛**，	◇◇◆◆◇◇◆，
紫云深，参差禁树，有烟花**绕**。	◆◇◇，◇◇◆◆，◆◇◆◆。
人世红尘西障日，百计不如归**好**，	◇◆◇◇◇◆◆，◆◆◆◇◇◆。
付乐事与他年**少**。	△◆◆◇◇◇◆。
费尽柳金梨雪句，问沉香亭北何时**召**。	◆◆◆◇◇◆◆，△◇◇◇◆◇◇◆。
心未惬，鬓先**老**。	◇◆◆，◆◇◆。

同体式作品：南宋：林正大1首。

【变体一·3】21分句8复句。上片分句数与始词同，复句型有变，11分句4复句，三/二/四/二/型复句组；下片分句数复句型与始词同，10分句4复句，三/二/三/二/型复句

组。仄韵，间插一平韵；隔句韵，插一连句韵。

5，5，6。7，6。3，4，7，8。3，3。

7，7，4。7，6。7，7，8。3，3。——南宋·葛长庚·《全宋词》第2578页

贺新郎

送赵师之江州

倏又西风**起**，这一年光景，	◆◆◇◇◆，△◆◇◇◆，
早过三分之**二**。	◆◆◇◇◇◆。
燕去鸿来何日了，多少世间心**事**。	◆◆◇◇◇◆◆，◇◆◆◇◇◆。
待则甚，功成名**遂**，	◆◆◆，◇◇◇◆，
枫叶荻花动凉思，又寻思江上琵琶**泪**。	◇◆◆◇◆◇◇，△◇◇◇◆◇◇◆。
还感慨，劳梦**寐**。	◇◆◆，◇◆◆。
愁来长是朝朝**醉**，	◇◇◇◆◇◇◆，
划地成宋玉伤感，三间憔**悴**。	◆◆◇◆◆◇◆，◇◆◇◆。
况是凄凉寸心**碎**，目断水苍山**翠**。	◆◆◇◇◆◇◆，◆◆◆◇◇◆。
更送客长亭分**袂**，	△◆◆◇◇◇◆，
阁皂山前梧桐雨，起风樯露舶无穷**意**。	◆◆◇◇◇◇◆，△◇◇◆◆◇◇◆。
君此去，趁秋**霁**。	◇◆◆，◆◇◆。

同体式作品：南宋：葛长庚1首。

增减字：

（一）5，7，4。7，6。7，7，3，5。3，3。○7，5，6。7，6。7，7，8。3，3。南宋：王义山1首。

（二）5，7，4。7，6。3，4，7，8。3，3。○7，3，8。7，6。7，7，8。3，3。南宋：刘辰翁1首（【金缕曲】）。

（三）5，7，4。7，6。3，4，7，8。3，3。○7，7，4。7，6。7，7，8。3，3。南宋：汪莘1首。

【变体一·4】21分句8复句。上下片分句数复句数与【变体一·1·2】同，复句型不同。上片10分句4复句，三/二/三/二/型复句组；下片11分句4复句，四/二/三/二/型复句组。仄韵，隔句韵。

5，7，4。7，6。7，7，8。3，3。

7，3，4，4。7，6。7，7，8。3，3。——南宋·刘克庄·《全宋词》第2645页

贺新郎

琼花

辜负东风**约**，忆曾将淮南草木，	◇◆◇◇◆，△◇◇◇◇◆◆，
笔端笼**络**。	◆◇◆◆。
后土祠中明月夜，忽有瑶姬跨**鹤**。	◆◆◇◇◇◆◆，◆◆◇◇◆◆。
迥不比水仙低**弱**，天上人间惟一本，	△◆◆◆◇◇◆，◇◆◇◇◇◆◆，

倒千钟琼露花前**酌**（丹阳酒名）。	△◇◇◇◆◇◇◆。
追往事，怎忘**却**。	◇◆◆，◆◆◆。
移根应费仙家**药**，	◇◇◆◆◇◇◆，
漫回头，关山信断，堡城笳**作**。	◆◇◇，◇◇◆◆，◆◇◇◆。
问讯而今平安否，莫遣玉箫惊**落**。	◆◆◇◇◇◇◆，◆◆◆◇◇◆。
但画卷依稀描**著**（往年崔帅画轴见赐），	△◆◆◇◇◇◆，
白发愧无渡江曲，与君家子敬相酬**酢**。	◆◆◆◇◆◇◆，△◇◇◆◆◇◇◆。
新旧恨，两交**错**。	◇◆◆，◆◆◆。

按：本词一传为南宋王广文作，调名【金缕曲】；括号内为原词夹注。

同体式作品：无。

增减字：

（一）5，5，6。7，6。7，7，8。3，3。○ 7，3，4，4。7，6。7，7，8。3，3。南宋：刘过1首。

【变体一·5】21分句8复句。上下片分句数与【变体一·1·4】同，上片复句型无变，下片复句型有变。上片10分句4复句，三/二/三/二/型复句组，下片11分句4复句，三/二/四/二/型复句组。仄韵，隔句韵，插一连句韵。

5，7，4。7，6。7，7，8。3，3。

7，7，4。7，6。3，4，7，8。3，3。——南宋·赵以夫·《全宋词》第2667页

贺新郎

送郑怡山归里

载酒阳关**去**，正西湖连天烟草，	◆◆◇◇◆，△◇◇◇◇◆◆，
满堤晴**絮**。	◆◇◇◆。
採翠撷芳游冶**处**，应和娇弦艳**鼓**。	◆◆◇◇◇◆◆，◆◆◇◇◆◆。
看柳外画船无**数**，	△◆◆◆◇◇◆，
万顷琉璃浑镜净，陡风波汹汹鱼龙**舞**。	◆◆◇◇◇◆◆，△◇◇◇◇◇◇◆。
谈笑里，遽如**许**。	◇◆◆，◆◇◆。
流觞满引浇离**绪**，	◇◇◆◆◇◇◆，
便东西斜阳立马，绿波前**浦**。	△◇◇◇◇◆◆，◆◇◇◆。
自是莼鲈高兴动，恰值春山杜**宇**。	◆◆◇◇◇◆◆，◆◆◇◇◆◆。
漫回首，软红香**雾**，	◆◇◆，◆◇◇◆，
咫尺佳人千里隔，望空江明月横洲**渚**。	◆◆◇◇◇◆◆，△◇◇◇◆◇◇◆。
清梦断，恨如**缕**。	◇◆◆，◆◇◆。

同体式作品：南宋：赵以夫1首。

变体二

与始词复句数相同，分句数有变。

变体二·1

24 分句 8 复句

【变体二·1·1】24 分句 8 复句。上片第三复句较始词增 1 分句，下片第一、三复句各增 1 分句。每片 12 分句 4 复句，四/二/四/二/型复句组。仄韵，隔句韵。

5，3，4，4。7，6。7，7，3，5。3，3。

7，3，4，4。7，6。7，7，3，5。3，3。——北宋·叶梦得·《全宋词》第 764 页

贺新郎

睡起啼莺**语**，掩青苔，房栊向晚，	◆◆◇◇◆，◆◇◇，◇◇◆◆，
乱红无**数**。	◆◇◇◆。
吹尽残花无人见，惟有垂杨自**舞**。	◇◆◇◇◇◇◆，◇◆◇◇◆◆。
渐暖霭初回轻**暑**，宝扇重寻明月影，	△◆◆◇◇◇◆，◆◆◇◇◇◆◆，
暗尘侵，尚有乘鸾**女**。	◆◇◇，◆◆◇◇◆。
惊旧恨，遽如**许**。	◇◆◆，◆◇◆。
江南梦断横江**渚**，	◇◇◆◆◇◇◆，
浪黏天，葡萄涨绿，半空烟**雨**。	◇◇◆，◇◇◆◆，◆◇◇◆。
无限楼前沧波意，谁采蘋花寄**取**。	◇◆◇◇◇◇◆，◇◆◇◇◆◆。
但怅望兰舟容**与**，万里云帆何时到，	△◆◆◇◇◇◆，◆◆◇◇◇◇◆，
送孤鸿，目断千山**阻**。	◆◇◇，◆◆◇◇◆。
谁为我，唱金**缕**。	◇◆◆，◆◇◆。

同体式作品：北宋：毛幵1首。南宋：廖行之1首，辛弃疾3首，韩玉1首，陈亮1首，刘过1首，戴复古1首，魏了翁2首，卢祖皋2首，刘学箕1首，洪咨夔2首，严仁3首，葛长庚6首，赵以夫1首，刘克庄10首，李曾伯2首，李昴英1首，吴文英2首，翁合1首，黄昇1首，陈著1首，姚勉2首，牟巘1首，赵闻礼1首，曾晞颜1首，王奕2首，赵必瑑1首，李震1首，蒋捷1首，陈和仲1首，林正大1首，吴泳1首，李演1首，刘辰翁7首（【乳燕飞】1首，【金缕曲】6首），石麟1首（【金缕词】），周密1首（【乳燕飞】），计35人66首。

增减字：

（一）5，3，4，4。7，6。3，4，7，8。3，3。○7，3，4，4。7，6。7，7，3，5。3，3。北宋：王千秋1首。南宋：魏了翁2首，洪咨夔1首。

（二）5，3，4，4。7，6。7，7，3，5。3，3。○7，3，4，4。7，6。7，7，5，3。3，3。北宋：李泳1首。

（三）5，3，4，4。7，6。3，4，7，8。3，3。○7，3，4，4。7，6。7，7，3，5。3，3。南宋：李处全1首。

（四）5，3，4，4。7，6。3，4，7，8。3，3。○7，3，4，4。7，6。3，4，7，8。3，3。南宋：辛弃疾1首，刘克庄3首，黄昇1首，刘之才1首，刘埙1首，方岳1首，刘辰翁1首（【金缕曲】），仇远1首（【金缕曲】）。

（五）5，3，4，4。7，6。7，7，3，7。3，3。○7，3，4，4。7，6。7，7，3，5。3，3。南宋：辛弃疾1首。

（六）5，3，6，4。7，6。3，4，7，8。3，3。〇7，3，4，4。7，6。9，7，4，4。3，3。南宋：程珌 1首。

（七）5，3，4，4。7，7。7，7，3，5。3，3。〇7，3，4，4。7，7。7，7，3，5。3，3。南宋：魏了翁1首。

（八）5，3，4，4。7，6。7，5，5，5。3，3。〇7，3，4，4。7，6。7，7，3，5。3，3。南宋：张敬斋1首。

（九）5，3，4，4。7，6。7，7，5，3。3，3。〇7，3，4，4。7，6。7，7，3，5。3，3。南宋：文及翁1首。

（一〇）5，3，4，4。7，6。3，4，7，8。3，3。〇7，3，4，4。7，6。7，7，3，5。3，3。南宋：詹无咎1首，蒋捷1首。

（一一）5，3，4，4。7，6。4，7，7，8。3，3。〇7，3，4，4。7，6。7，7，3，5。3，3。南宋：陈深1首。

（一二）5，3，4，4。7，6。3，4，7，8。3，3。〇7，3，4，4。7，7。4，3，3，5。3，3。宋：无名氏1首。

【变体二·1·2】24分句8复句。上片与【变体二·1·1】上片同，下片第一复句减1分句、第三复句增1分句。每片12分句4复句，上片四/二/四/二/型复句组；下片三/二/五/二/型复句组。仄韵，邻韵通押，隔句韵。

5，3，4，4。7，6。7，7，3，5。3，3。

7，5，6。7，6。3，4，4，3，8。3，3。——南宋·韩淲·《全宋词》第2256页

贺新郎

次韵昌甫雪梅曲

又见年年**雪**，水浮桥，南岸幽处，	◆◆◇◇◆，◆◇◇，◇◆◇◆，
周遭森**列**。	◇◇◇◆。
横碧轩中空旧话，独钓寒江愁**绝**。	◇◆◇◇◇◆◆，◆◆◇◇◇◆。
更一段冰霜高**洁**，忽得两篇强健曲，	△◆◆◇◇◇◆，◆◆◆◇◇◆◆，
倚回风，洒急凭谁**说**。	◆◇◇，◆◆◇◇◆。
嗟巩洛，乃闽**浙**。	◇◆◆，◆◆◆。
何当醉酒扬雄宅，	◇◇◆◆◇◇◆，
问避人避地，其如楚之舆**接**。	△◆◇◆◆，◇◇◆◇◆◆。
览德已而歌风去，千仞辉翔难**蹑**。	◆◆◆◇◇◆◆，◇◆◇◇◇◆。
我和句，却愁狂**辄**，	◇◆◆，◆◇◇◆，
折尽梅花，伤岁暮，□撒盐起絮分才**劣**。	◆◆◇◇，◇◆◆，□◆◇◆◆◇◇◆。
鸡犬静，涧篱**閑**。	◇◆◆，◆◇◆。

同体式作品：无。

【变体二·1·3】24分句8复句。上片句数与始词同，复句型有变，11分句4复句，三/

二/四/二型复句组；下片较始词增3分句，13分句4复句，四/二/五/二型复句组。仄韵，隔句韵。

5，7，4。7，6。7，7，3，5。3，3。

7，3，4，4。7，6。3，4，7，3，5。3，3。——南宋·刘克庄·《全宋词》第2629页

贺新郎

蒙恩主崇禧，再用前韵。

主判茅君**洞**，	◆◆◇◇◆，
有檐间喳喳喜鹊，晓来传**送**。	△◇◇◇◇◆◆，◆◇◇◆。
几度黄符披戴了，此度君恩越**重**。	◆◆◇◇◇◆◆，◆◆◇◇◆◆。
（仆五任祠庙：一南岳、二仙都、三玉局、四云台、五崇禧。）	
被贺监天随调**弄**，做取散人千百岁，	◆◆◆◇◇◇◆，◆◆◆◇◇◆◆，
笑渠侬，一霎邯郸**梦**。	◆◇◇，◆◆◇◇◆。
歌而过，凤兮**凤**。	◇◇◆，◆◇◆。
灌园织屦希陈**仲**，	◆◇◆◆◇◇◆，
问先生，加齐卿相，可无心**动**。	◆◇◇，◇◇◇◆，◆◇◇◆。
除却醴泉中太乙，拣个名山自**奉**。	◆◆◆◇◇◆◆，◆◆◇◇◆◆。
那捷径，输他藏**用**，	◆◆◆，◇◇◇◆，
有耳不曾闻黜陟，	◆◆◆◇◇◆◆，
免教人，贬驳徂徕**颂**。	◆◆◇，◆◆◇◇◆。
服兰佩，结茅**栋**。	◆◇◆，◆◇◆。

按：括号内为原词自注。

同体式作品：无。

【变体二·1·4】24分句8复句。上下片皆与【变体二·1·2】下片同，每片12分句4复句，三/二/五/二/型复句组。仄韵，隔句韵，插一连句韵。

5，7，4。7，6。3，4，7，3，5。3，3。

7，7，4。7，6。3，4，7，3，5。3，3。——南宋·姚勉·《全宋词》第3096页

贺新郎

忆别

薄晚收残**暑**，叹西风暗换流年，	△◇◇◆◆◇◇，◆◆◇◇◆，
又还如**许**。	◆◇◇◆。
鸦背斜阳初敛影，云淡新凉天**宇**。	◇◆◇◇◇◆◆，◇◆◇◇◇◆。
人袖手，阑干凝**伫**，	◇◆◆，◇◇◇◆。
邻笛唤将乡思动，听秋声，又入梧桐**雨**。	◇◆◆◇◇◇◆，◆◇◇，◆◆◇◇◆。
秋到也，尚羁**旅**。	◇◆◆，◆◇◆。
故人只在江南**渚**，	◆◆◆◆◇◇◆，

想应嫌久恋东华，软红尘**土**。　　△◆◇◆◆◇◇，◆◇◇◆。
寄远裁衣知念**否**，新月家家砧**杵**。　　◆◆◇◇◇◆◆，◇◆◇◇◇◆。
魂梦想，鹅黄金**缕**，　　◇◆◆，◇◇◇◆。
雁影不来天更远，写书成，欲寄凭谁**与**。　　◆◆◆◇◇◆◆，◆◇◇，◆◆◇◇◆。
知客恨，两蛩**语**。　　◇◆◆，◆◇◆。

同体式作品：南宋：刘辰翁1首。

增减字：

(一) 5，3，7。7，6。3，4，7，3，5。3，3。○ 5，7，4。7，6。3，4，7，3，5。3，3。南宋：刘辰翁1首。

【变体二·1·5】24分句8复句。上片分句数与始词同，复句型有变，11分句4复句，三/二/四/二/型复句；下片较始词增3分句，13分句4复句，四/三/四/二/型复句组。仄韵，隔句韵，插一连句韵。律词。

5，7，4。7，7。7，7，3，5。3，3。
7，3，4，4。7，3，5。3，4，7，8。3，3。——南宋末-元·王奕·《全宋词》第3296页

贺新郎

仆过鲁，自葛水买舟；至维扬，又自扬州买舟。至孔林，登泰山，复还淮楚，往复六千里。共赋此词，括尽山川所历之妙，真所谓兹行冠平生者也。

有客过东**鲁**，　　◆◆◆◇◆，
自葛水泛舟西下，帆开三**楚**。　　△◆◆◆◇◇◆，◇◇◇◆。
万里湖光磨水镜，际五老落星烟**渚**。　　◆◆◇◇◇◆◆，△◆◆◆◇◇◆。
又飞过二姑门**户**，　　△◇◆◆◇◇◆，
彭泽柳青新旧色，望九华，依约池阳**路**。　　◇◆◆◇◇◆◆，◆◆◇，◇◆◇◇◆。
风雨庙，乌江**羽**。　　◇◆◆，◇◇◆。

蛾眉牛渚皆如**故**，　　◇◇◇◆◇◇◆，
问缘何，鲁港汀洲（德祐败师之地），　　◆◇◇，◆◆◇◇，
江声无**语**。　　◇◇◇◆。
採石书生勋业在，吊锦袍，公子魂何**处**。　　◆◆◇◇◇◆◆，◆◆◇，◇◆◇◇◆。
流恨下，秦淮商**女**，　　◇◆◆，◇◇◇◆，
多景楼头吟北**固**，笑平山堂里谁为**主**。　　◇◆◇◇◆◆◆，△◇◇◇◆◇◇◆。
且烂饮，琼花**露**。　　◆◆◆，◇◇◆。

按：括号为原词夹注。

同体式作品：无。

【变体二·1·6】24分句8复句。上下片第一复句较【变体二·1·1】各减1分句、第二复句各增1分句。每片12分句4复句，三/三/四/二/型复句组。仄韵，隔句韵，插一

连句韵。

5，7，4。7，3，5。7，7，3，5。3，3。

7，7，4。7，3，5。7，7，3，5。3，3。——南宋末-元·王奕·《全宋词》第3296页

贺新郎

醉醒琼花**露**，买扁舟邵伯津头，	◆◆◇◇◆，◆◇◇◆◆◇◇，
向秦邮**去**。	◆◇◇◆。
流水孤村鸦万点，忆少游，回首斜阳**树**。	◇◆◇◇◇◆◆，◆◆◇，◇◆◇◇◆。
又访著山阳酒**侣**，细剔留城碑藓看，	△◆◆◇◇◆◆，◆◆◇◇◇◆◆，
上歌**舞**，一啸江东**主**。	◆◇◆，◆◆◇◇◆。
望凫峄，过邹**鲁**。	◇◇◆，◆◆◆。
孔林百拜瞻茔**墓**，	◆◇◆◆◇◇◆，
历四阜少皞之墟，大庭之**库**。	△◆◆◆◇◇，◆◇◇◆。
竟涉汶河登泰岱，候清光，夜半开玄**圃**。	◆◆◇◇◇◆◆，◆◇◇，◆◆◇◇◆。
迤逦问东平归**路**，蚩冢黄花吟笑罢，	◆◆◆◇◇◇◆，◇◆◇◇◇◆◆，
下新州，醉白楼头**赋**。	◆◇◇，◆◆◇◇◆，
复淮楚，寻故**步**。	◆◇◆，◇◆◆。

同体式作品：无。

变体二·2

22分句8复句

【变体二·2·1】22分句8复句。上片与始词同，下片第三复句增1分句。每片11分句4复句，上片四/二/三/二/型复句组，下片三/二/四/二/型复句组。仄韵，隔句韵。

5，3，4，4。7，6。7，7，8。3，3。

7，5，6。7，6。7，3，6，5。3，3。——北宋·周紫芝·《全宋词》第891页

贺新郎

白首归何**晚**，笑一椽，天教付与，	◆◆◇◇◆，◆◆◇，◇◆◆◇，
楚江南**岸**。	◆◇◇◆。
门外春山晚无数，只有匡庐似**染**。	◇◆◇◇◆◇◆，◆◆◇◇◆◆。
但想像红妆不**见**，	△◆◆◇◇◆◆。
谁念香山当日事，漫青衫泪湿人谁**管**。	◇◆◇◇◇◆◆，△◇◇◆◆◇◇◆。
歌旧曲，空凄**怨**。	◇◆◆，◇◇◆。
将军未老身归**汉**，	◇◇◆◆◇◇◆，
算功名过了，唯有古词尘**满**。	△◇◇◆◆，◇◆◆◇◇◆。
谁似渊明拚得老，饱看云山万**点**。	◇◆◇◇◇◆◆，◆◆◇◇◆◆。

况此老斜川不**远**，	△◆◆◇◇◆◆，
终待我，他年自剪黄花，一酹重阳**盏**。	◇◆◆，◇◇◆◆◇◇，◆◆◇◇◆。
君为我，休辞**劝**。	◇◆◆，◇◇◆。

同体式作品：无。

增减字：

（一）5，3，4，4。7，6。7，7，8。3，3。○ 7，7，4。7，6。3，4，7，8。3，3。南宋：刘德秀 1 首，王迈 1 首，葛长庚 1 首，李昴英 1 首，刘辰翁 1 首（【金缕曲】）。

（二）5，3，4，4。7，6。7，7，8。3，3。○ 7，5，4。7，6。7，7，3，5。3，3。南宋：卢炳 1 首。

【变体二·2·2】22 分句 8 复句。上片与始词同，下片第一复句增 1 分句、第三复句减 1 分句。上下片分句数复句型皆与【变体三·2·1】上片同，每片 11 分句 4 复句，四/二/三/二/型复句组。仄韵，隔句韵。

5，3，4，4。7，6。7，7，8。3，3。

7，3，4，4。7，6。7，7，8。3，3。——北宋·潘汾·《全宋词》第 1040 页

贺新郎

篆缕销香**鼎**，翠沉沉，庭阴转午，	◆◆◇◇◆，◆◇◇，◇◇◆◆，
画堂人**静**。	◆◇◇◆。
芳草王孙知何处，惟有杨花糁**径**。	◇◆◇◇◇◇◆，◇◆◇◇◆◆。
正玉枕腾腾春**醒**，	△◆◆◇◇◇◆，
门外残红春已去，镇无聊殢酒厌厌**病**。	◇◆◇◇◇◆◆，△◇◇◆◆◇◇◆。
云鬓亸，未忺**整**。	◇◆◆，◆◇◆。
江南旧事休重**省**，	◇◇◆◆◇◇◆，
但天涯，寻消问息，断鸿难**倩**。	◆◇◇，◇◇◆◆，◆◇◇◆。
月满西楼凭阑久，依旧归期未**定**。	◆◆◇◇◇◇◆，◇◆◇◇◆◆。
便只恐瓶沉金**井**，	△◆◆◇◇◇◆。
嘶骑不来银烛暗，枉教人立尽梧桐**影**。	◇◆◆◇◇◆◆，△◇◇◆◆◇◇◆。
谁伴我，对鸾**镜**。	◇◆◆，◆◇◆。

按：本词一传为北宋李玉作。

同体式作品：南宋：游次公 1 首，王之道 1 首，辛弃疾 7 首，韩玉 1 首，刘过 4 首，韩淲 1 首，魏了翁 1 首，卢祖皋 1 首，刘镇 1 首，吴泳 1 首，严仁 1 首，葛长庚 3 首，刘克庄 12 首，冯取洽 1 首，赵以夫 3 首，宋自逊 1 首，李好古 1 首，吴潜 7 首，李曾伯 1 首，李昴英 1 首，黄昇 1 首，何梦桂 1 首，刘埙 1 首，赵必瑑 2 首，蒋捷 1 首，李廷忠 1 首，方岳 2 首，魏庭玉 1 首，陆象泽 1 首，石麟 1 首，黄机 1 首，张榘 1 首（【金缕曲】），刘辰翁 7 首（【金缕曲】），刘将孙 1 首（【金缕曲】），黄人杰 3 首，无名氏 3 人 3 首（【贺新郎】【乳燕飞】【金缕词】），计 38 人 78 首。

增减字：

（一）5，3，4，4。7，7。7，7，7。3，3。○ 7，3，4，4。7，6。7，7，8。3，3。南宋：王奕 1 首，无名氏 1 首。

【变体二·2·3】22分句8复句。上下片第一复句较【变体二·2·1】各减1分句、第三复句各增1分句。每片11分句4复句，三/二/四/二/型复句组。仄韵，隔句韵。

5，7，4。7，6。7，4，3，8。3，3。

7，7，4。7，6。7，7，3，5。3，3。——南宋·杨冠卿·《全宋词》第1866页

贺新郎

秋日乘风过垂虹时，与一羽士俱，因泛言弱水蓬莱之胜。旁有溪童，具能歌张仲宗“目尽青天”等句，音韵洪畅，听之慨然。戏用仲宗韵，呈张君量府判。

薄暮垂虹**去**，	◆◆◇◇◆，
正江天残霞冠日，乱鸿遵**渚**。	△◇◇◇◇◆◆，◆◇◇◆。
万顷云涛风浩荡，笑整羽轮飞**渡**。	◆◆◇◇◇◆◆，◆◆◆◇◇◆。
问弱水神仙何**处**，	△◆◇◇◇◇◆，
翳凤骑麟，思往事，记朝元金殿闻钟**鼓**。	◆◆◇◇，◇◆◆，△◇◇◇◆◇◇◆。
环佩响，翠鸾**舞**。	◇◆◆，◆◇◆。
梦中失却江南**路**，	◆◇◆◆◇◇◆，
待西风长城饮马，朔庭张**弩**。	△◇◇◇◇◆◆，◆◇◇◆。
目尽青天何时到，赢得儿童好**语**。	◆◆◇◇◇◇◆，◇◆◇◇◆◆。
怅未复长陵抔**土**，	△◆◆◇◇◇◆，
西子五湖归去后，泛仙舟，尚许寻盟**否**。	◇◆◆◇◇◆◆，◆◇◇，◇◆◇◇◆。
风袂逐，片帆**举**。	◇◆◆，◆◇◆。

同体式作品： 南宋：王迈1首。

增减字：

（一）5，7，4。7，6。7，7，3，5。3，3。○7，7，4。7，6。7，7，3，5。3，3。南宋：陈亮1首，崔与之1首，韩淲1首，高观国1首，魏了翁1首，刘学箕1首，刘克庄1首，吴潜2首，伍梅城1首，吴编修1首（【贺新凉】），刘辰翁4首（【乳燕飞】1【金缕曲】3），无名氏1首，计12人16首。

（二）5，7，4。7，6。7，7，3，5。3，3。○7，7，4。7，6。7，4，3，8。3，3。南宋：张镃1首。

（三）5，5，6。7，6。7，7，3，5。3，3。○7，7，4。7，6。7，7，3，5。3，3。南宋：汪晫1首。

（四）5，5，6。7，6。7，7，3，5。3，3。○7，5，6。7，6。7，7，3，5。3，3。南宋：史达祖1首，冯取洽1首，李昴英1首。

（五）5，7，4。7，6。7，7，3，5。3，3。○7，7，4。7，6。3，4，7，8。3，3。南宋：魏了翁2首。

（六）5，7，4。7，7。7，7，3，5。3，3。○7，7，4。7，6。7，7，3，5。3，3。南宋：卢祖皋1首，平江妓1首。

（七）5，7，4。7，6。3，4，7，8。3，3。○7，7，4。7，6。3，4，7，8。3，3。南宋：王迈1首，刘克庄1首，葛长庚1首，李曾伯1首，李南金1首，彭子翔1首，碧虚1首，方岳1首。

（八）5，3，8。7，6。7，4，3，8。3，3。○7，7，4。7，6。7，7，3，5。3，3。南宋：葛长庚1首。

（九）5，7，4。7，6。7，7，3，5。3，3。○7，5，6。7，6。3，4，7，8。3，3。南宋：葛长庚1首。

(一〇) 5，7，4。7，6。3，4，7，8。3，3。○ 7，7，4。7，6。7，7，3，5。3，3。南宋：葛长庚 1 首，王迈 1 首，刘克庄 1 首。

(一一) 5，3，8。7，6。3，4，7，8。3，3。○ 7，3，8。7，6。7，7，3，5。3，3。南宋：刘克庄 1 首。

(一二) 5，7，4。7，6。7，7，3，5。3，3。○ 7，5，4。7，6。7，7，3，5。3，3。南宋：姚勉 1 首。

(一三) 5，5，6。7，6。3，4，7，8。3，3。○ 7，5，6。7，6。3，4，7，8。3，3。南宋：俞国宝 1 首。

(一四) 5，7，4。7，6。7，7，4，4。3，3。○ 7，7，4。7，6。7，7，5，3。3，3。南宋：吴泳 1 首。

【变体二·2·4】22 分句 8 复句。上片较始词增 1 分句，下片减 1 分句。上片 12 分句 4 复句，三/三/四/二/型复句组；下片 10 分句 4 复句，三/二/三/二/型复句组。仄韵，隔句韵，间插连句韵。

5，3，4。4，7，6。7，7，3，5。3，3。

7，7，4。7，7。7，7，8。3，3。——南宋·辛弃疾·《全宋词》第 1890 页

贺新郎

柳暗清波**路**，送春归，猛风暴**雨**。	◆◆◇◇◆，◆◇◇，◆◇◇◆。
一番新绿，千里潇湘葡萄涨，	◆◇◇◆，◇◆◇◇◇◇◆，
人解扁舟欲**去**。	◇◆◇◇◇◆。
又樯燕留人相**语**，艇子飞来生尘**步**，	△◇◆◇◇◇◆，◆◆◇◇◇◇◆，
唾花寒，唱我新番**句**。	◆◇◇，◆◆◇◇◆。
波似箭，催鸣**橹**。	◇◆◆，◇◇◆。
黄陵祠下山无**数**，	◇◇◇◆◇◇◆，
听湘娥泠泠曲罢，为谁情**苦**。	△◇◇◇◇◆◆，◆◇◇◆。
行到东吴春已**暮**，正江阔潮平稳**渡**。	◇◆◇◇◇◆◆，△◇◆◇◇◆◆。
望金雀觚棱翔**舞**，	△◇◆◇◇◇◆，
前度刘郎今重到，问玄都千树花存**否**。	◆◆◇◇◇◆◆，△◇◇◇◆◇◇◆。
愁为倩，么弦**诉**。	◇◇◆，◇◇◆。

同体式作品：南宋：赵善括 1 首，葛长庚 1 首，刘克庄 1 首。

增减字：

(一) 5，3，4，4。7，6。3，4，7，8。3，3。○ 7，7，4。7，7。7，7，8。3，3。南宋：姚勉 1 首。

(二) 5，3，4，4。7，6。7，7，3，5。3，3。○ 7，5，6。7，6。7，7，7。3，3。宋：无名氏 1 首。

【变体二·2·5】22 分句 8 复句。上下片皆与始词上片同，每片 11 分句 4 复句，四/二/三/二型复句组。仄韵，邻韵通押，隔句韵，间插连句韵。

5，3，4，4。7，6。7，7，8。3，3。

7，3，4，4。7，6。7，7，8。3，3。——南宋·魏了翁·《全宋词》第 2370 页

贺新郎

张总领生日

家住峨山**趾**，	◇◆◇◇◆，
暑风轻，双泉漱玉，五坡攒**翠**。	◆◇◇，◇◇◆◆，◆◇◆◆。
坡上主人归无**计**，梦泛沧波清**泚**。	◇◆◆◇◇◇◆，◆◆◇◇◇◆。
曾拜奏前旒十二，愿上皇华将亲**去**，	△◆◆◇◇◆◆，△◆◇◇◇◇◆，
及翁儿未老相扶**曳**。	△◇◇◆◆◇◇◆。
乘款段，过闾**里**。	◇◆◆，◆◆◆。
玺书未报人相**谓**，	◇◇◆◆◇◇◆，
倚西风，胡尘涨野，隐忧如**猬**。	◆◇◇，◇◇◆◆，◆◇◇◆。
就似东门贤父子，只恐荣亲犹**未**。	◆◆◇◇◇◆◆，◆◆◇◇◇◆。
待洗尽岷峨憔**悴**，	△◆◆◇◇◇◆，
便把手中长杓柄，为八荒更作无边**施**。	◆◆◆◇◇◆◆，△◆◇◆◆◇◇◆。
却上表，乞归**侍**。	◇◆◆，◆◇◆。

同体式作品：无。

【变体二·2·6】22分句8复句。上片分句数复句型与【变体二·2·4】下片同，10分句4复句，三/二/三/二/型复句组；下片分句数与上片同，复句型有变，12分句4复句，四/三/三/二/型复句组。仄韵，隔句韵，间插连句韵。

5，7，4。7，6。7，7，8。3，3。

7，3，4，4。7，6，7。7，3，5。3，3。——南宋·魏了翁·《全宋词》第2400页

贺新郎

荣州表兄生日

幸有天遮**蔽**，为西南空虚一面，	◆◆◇◇◆，△◇◇◇◇◆◆，
挺生男**子**。	◆◇◇◆。
塞下将军支颐卧，夜半揽衣推**起**。	◆◆◇◇◇◇◆，◆◆◆◇◇◆。
扫十万胡人如**洗**，见说巴山槊马**退**，	△◆◆◇◇◇◆，◆◆◇◇◆◆◆，
也都因粮运如流**水**。	◆◇◇◇◆◇◇◆。
剑以北，一人**耳**。	◆◆◆，◆◇◆。
十年梦断斜阳**外**，	◆◇◆◆◇◇◆，
恰归来，昌蒲蘸酒，祝兄千**岁**。	◆◇◇，◇◇◆◆，◆◇◇◆。
入从出藩谁不**是**，谁是难兄难**弟**，	◆◇◆◇◇◆◆，◇◆◆◇◆◆，
正乐意融融未**已**。	△◆◆◇◇◆◆。
莫趣东方千骑去，愿时平，华皓长相**对**。	◆◆◇◇◇◆◆，◆◇◇，◇◆◇◇◆。
闲富贵，祇如**此**。	◇◆◆，◆◇◆。

同体式作品：南宋：刘克庄1首。

【变体二·2·7】22分句8复句。上下片复句型较【变体二·2】前诸式皆不同。每片11分句4复句，上片三/四/二/二/型复句组，下片三/三/三/二/型复句组。仄韵，重字韵，隔句韵，间插连句韵。

5，8，3。7，6，1，6。7，8。3，3。

7，7，4。7，6。7，7，5，3。3，3。——南宋·林正大·《全宋词》第2445页

贺新郎

环滁皆山**也**，望西南蔚然深秀者，琅邪**也**。	◇◇◇◇◆，△◇◇◆◇◇◆◆，◇◇◆。
泉水潺潺峰路转，上有醉翁亭**也**，	◇◆◇◇◇◆◆，◆◆◆◇◇◆，
亭，太守自名之**也**。	◇，◆◆◆◇◇◆。
试问醉翁何所乐，乐在乎山水之间**也**。	◆◆◆◇◇◆◆，◆◆◇◇◆◇◇◆。
得之心，寓酒**也**。	◆◇◇，◆◆◆。
四时之景无穷**也**，	◆◇◇◆◇◇◆，
看林霏日出云归，自朝暮**也**。	△◇◇◆◆◇◇，△◇◆◆。
交错觥筹酣宴处，肴蔌杂然陈**也**，	◇◆◇◇◇◆◆，◇◆◇◇◇◆，
知太守游而乐**也**。	△◆◆◇◇◆◆。
太守醉归宾客从，拥苍颜白发，颓然**也**。	◆◆◆◇◇◆◇，◆◇◇◆◆，◇◇◆。
太守谁，醉翁**也**。	◆◆◇，◆◇◆。

按：本词为檃栝《醉翁亭记》之作。

同体式作品：无。

【变体二·2·8】22分句8复句。上片与【变体二·2·3】同，下片与【变体二·2·2】同。每片11分句4复句，上片三/三/三/二/型复句组，下片四/二/三/二/型复句组。仄韵，连句韵，隔句韵。

5，5，6。7，6，7。7，3，5。3，3。

7，3，4，4。7，6。7，7，8。3，3。——南宋·葛长庚·《全宋词》第2580页

贺新郎

咏雪

银汉千丝**雨**，被东风作**恶**，	◇◆◇◇◆，△◇◇◆◆，
吹落满空柳**絮**。	◇◆◆◇◆◆。
恰自江南消息断，才此六花飞**舞**，	◆◆◇◇◇◆◆，◇◆◇◇◇◆，
最好是鹅毛鹤**羽**。	◆◆◆◇◇◆◆。
万顷平田三尺**玉**，月明中，不见沙头**鹭**。	◆◆◇◇◇◆◆，◆◇◇，◆◆◇◇◆。
苍烟里，一渔**父**。	◇◇◆，◆◇◆。

鹊桥半夜寒云**妒**，　◆◇◆◆◇◇◆，
到晓来，千岩万**壑**，了无认**处**。　◆◆◇，◇◇◆◆，◆◇◆◆。
极目四方银世界，五凤楼前如**许**。　◆◆◆◇◇◆◆，◆◆◇◇◇◆。
应自感伤心凝**伫**，人在神霄玉清**府**，　△◆◆◇◇◇◆，◇◆◇◇◆◇◆，
小狮儿捏就无佳**句**。　◆◇◇◆◆◇◇◆。
骑汗漫，好归**去**。　◇◆◆，◆◇◆。

同体式作品：无。

增减字：

(一) 5，7，4。7，6，7。7，3，5。3，3。○ 7，3，4，4。7，6。7，7，8。3，3。南宋：刘克庄 1 首，夏元鼎 1 首。

【变体二·2·9】22 分句 8 复句。较【变体二·2】前诸式复句型皆不同。每片 11 分句 4 复句，三/三/三/二/型复句组。仄韵，隔句韵，间插连句韵。

5，7，4。7，6，7。7，3，5。3，3。

7，7，4。7，6，7。7，5，3。3，3。——南宋·柴望·《全宋词》第 3027 页

贺新郎

满酌西湖**酒**，觉湖山依然未老，游人如**旧**。　◆◆◇◇◆，△◇◇◇◇◆◆，◇◇◇◆。
数过清明才六日，欲暖未晴时**候**，　◆◆◇◇◇◆◆，◆◆◆◇◇◆，
正画舫春明波**透**。　△◆◆◇◇◇◆。
记得名园曾驻马，锦鞍鞯，浅映堤桥**柳**。　◆◆◇◇◇◆◆，◆◇◆，◇◆◇◇◆。
寻胜赏，重回**首**。　◇◆◆，◇◇◆。

不妨旋摘枝头**有**，　◆◇◇◆◇◇◆，
喜青青垂丸带子，脆圆如**豆**。　△◇◇◇◇◆◆，◆◇◇◆。
想是和羹消息近，报与醉翁太**守**，　◆◆◇◇◇◆◆，◇◆◆◇◆◆。
道玉铉有人启**奏**。　△◆◇◆◇◆◆。
红药当阶明似锦，觉娇莺舞燕，皆称**寿**。　◇◆◇◇◇◆◆，△◇◇◆◆，◇◇◆。
唱此曲，付红**袖**。　◆◆◆，◆◇◆。

同体式作品：无。

增减字：

(一) 5，7，4。7，6，7。7，3，5。3，3。○ 7，7，4。7，6，7。7，3，5。3，3。曹休斋 1 首。

【变体二·2·10】22 分句 8 复句。与【变体二·2】前诸式复句型皆不同，每片 11 分句 4 复句，四/三/二/二/型复句组。仄韵，邻韵通押，上片起首二句连韵，继隔句韵。

2，3，7，4。7，6，7。7，8。3，3。

7，3，4，4。7，6，7。7，8。3，3。——南宋·蒋捷·《全宋词》第 3446 页

贺新郎

乡士以狂得罪，赋此饯行。

甚**矣**，君狂**矣**，	◆◆，◇◇◆，
想胸中些儿磊魂，酒浇不**去**。	△◇◇◇◇◆◆，◆◇◆◆。
据我看来何所**似**，	◆◆◆◇◇◆◆，
一似韩家五鬼，又一似杨家风**子**。	◆◆◇◇◆◆，△◆◆◇◇◇◆。
怪鸟啾啾鸣未了，被天公捉在樊笼**里**。	◆◆◇◇◇◆◆，△◇◇◆◆◇◇◆。
这一错，铁难铸。	◆◆◆，◆◇◆。
濯溪雨涨荆溪**水**，	◇◇◆◆◇◇◆，
送君归，斩蛟桥外，水光清**处**。	◆◇◇◆，◆◇◇◆，◆◇◇◆。
世上恨无楼百**尺**，	◆◆◆◇◇◆◆，
装著许多俊气，做弄得栖栖如**此**。	◇◆◆◇◆◆，◆◆◆◇◇◇◆。
临别赠言朋友事，有殷勤六字君听**取**。	◇◆◆◇◇◆◆，△◇◇◆◆◇◇◆。
节饮食，慎言**语**。	◆◆◆，◆◇◆。

同体式作品：无。

增减字：

（一）5，3，4，4。7，6，7。7，8。3，3。○ 7，3，4，4。7，7，7。7，8。3，3。南宋：蒋捷 1 首，张榘 1 首（【贺新凉】），黄机 1 首（【乳飞燕】）。

变体二·3

23 分句 8 复句

【变体二·3·1】23 分句 8 复句。上片与始词同，11 分句 4 复句，四/二/三/二/型复句组；下片第一、二复句较始词各增 1 分句，12 分句 4 复句，四/三/三/二/型复句组。仄韵，隔句韵。

5，3，4，4。7，6。3，4，7，8。3，3。

7，3，4，4。7，6，7。7，3，5。3，3。——南宋·张元幹·《全宋词》第 1073 页

贺新郎

寄李伯纪丞相

曳杖危楼**去**，斗垂天，沧波万顷，	◆◆◇◇◆，◆◇◇，◇◇◆◆，
月流烟**渚**。	◆◇◇◆。
扫尽浮云风不定，未放扁舟夜**渡**。	◆◆◇◇◇◆◆，◆◆◇◇◆◆。
宿雁落寒芦深**处**，	◆◆◆◇◇◇◆，
怅望关河空吊影，正人间鼻息鸣鼍**鼓**。	◆◆◇◇◇◆◆，△◇◇◆◆◇◇◆。
谁伴我，醉中**舞**。	◇◆◆，◆◇◆。
十年一梦扬州**路**，	◆◇◆◆◇◇◆，

倚高寒，愁生故国，气吞骄**虏**。　◆◇◇，◇◇◆◆，◆◇◇◆。
要斩楼兰三尺剑，遗恨琵琶旧**语**，　◆◆◇◇◇◆◆，◇◆◇◇◆◆，
谩暗涩铜华尘**土**。　△◆◆◇◇◇◆。
唤取谪仙平章看，过苕溪，尚许垂纶**否**。　◆◆◆◇◇◇◆，◆◇◇，◆◆◇◇◆。
风浩荡，欲飞**举**。　◇◆◆，◆◇◆。

同体式作品：无。

增减字：

（一）5，7，4。7，6。7，7，3，5。3，3。○ 7，3，4，4。7，6。7，7，3，5。3，3。南宋：刘镇 1首。

（二）5，5，6。7，6。7，7，3，5。3，3。○ 7，3，4，4。7，6。7，7，3，5。3，3。南宋：刘仙伦 1首。

（三）5，7，4。7，6。3，4，7，8。3，3。○ 7，3，4，4。7，6。3，4，7，8。3，3。南宋：孙居敬 1首。

（四）5，7，4。7，6。7，5，5，5。3，3。○ 7，3，4，4。7，6。3，4，7，8。3，3。南宋：祝穆 1首。

（五）5，7，4。7，6。7，7，3，5。3，3。○ 7，4，3，4。7，6。5，3，6，8。3，3。南宋：刘鉴 1首。

【变体二·3·2】23分句8复句。上片第二复句较【变体二·3·1】增1分句、第三复句减1分句，下片第二复句增1分句，第三复句减1分句。上片11分句4复句，四/三/二/二/型复句组；下片12分句4复句，四/四/二/二/型复句组。仄韵，隔句韵，间插连句韵。

5，3，4，4。7，6，7。7，8。3，3。

7，3，4，4。7，6，3，4。7，8。3，3。——南宋·张元幹·《全宋词》第1073页

贺新郎

送胡邦衡待制

梦绕神州**路**，怅秋风，连营画角，　◆◆◇◇◆，◆◇◇，◇◇◆◆，
故宫离**黍**。　◆◇◇◆。
底事昆仑倾砥**柱**，九地黄流乱**注**，　◆◆◇◇◇◆◆，◆◆◇◇◆◆，
聚万落千村狐**兔**。　△◆◆◇◇◇◆。
天意从来高难问，况人情老易悲如**许**。　◇◆◇◇◇◇◆，△◇◇◆◆◇◇◆。
更南浦，送君**去**。　◆◇◆，◆◇◆。

凉生岸柳催残**暑**，　◇◇◆◆◇◇◆，
耿斜河，疏星淡月，断云微**度**。　◆◇◇，◇◇◆◆，◆◇◇◆。
万里江山知何**处**，回首对床夜**语**，　◆◆◇◇◇◇◆，◇◆◆◇◆◆，
雁不到，书成谁**与**。　◆◆◆，◇◇◇◆，
目尽青天怀今**古**，肯儿曹恩怨相尔**汝**。　◆◆◇◇◇◇◆，△◇◇◇◆◇◆◆。
举大白，听金**缕**。　◆◆◆，◇◇◆。

同体式作品：南宋：葛长庚1首。

增减字：

（一）5，3，4，4。7，6，7。7，8。3，3。○7，3，4，4。7，6，4，3。7，8。3，3。南宋：辛弃疾2首，刘学箕1首，洪咨夔1首。

【变体二·3·3】23分句8复句。上下片与【变体二·3·1】下片同，下片与上片同。上片12分句4复句，四/三/三/二/型复句组；下片11分句4复句，三/三/三/二/型复句组。仄韵，隔句韵，插一连句韵。

5，3，4，4。7，6，7。7，3，5。3，3。

7，3，6。7，6，7。3，3，9。3，3。——南宋·吕渭老·《全宋词》第1125页

贺新郎

别竹西

斜日封残**雪**，记别时，檀槽按舞，	◆◆◇◇◆，◆◇◇，◇◇◆◆，
霓裳初**彻**。	◇◇◇◆。
唱煞阳关留不住，桃花面皮似**热**，	◆◆◇◇◇◆◆，◇◇◆◇◆◆。
渐点点珍珠承**睫**。	△◆◆◇◇◇◆。，
门外潮平风席正，指佳期，共约花同**折**。	◇◆◇◇◇◆◆，◆◇◇，◆◆◇◇◆。
情未忍，带双**结**。	◇◆◆，◆◇◆。
钗金未断肠先**结**，	◇◇◆◆◇◇◆，
下扁舟，更有暮山千**叠**。	◆◇◇，◆◆◆◇◇◆。
别后武陵无好梦，春山子规更**切**，	◇◆◆◇◇◆◆，◇◇◆◇◆◆，
但孤坐一帘明**月**。	△◇◆◆◇◇◆。
蚕共茧，花同蒂，甚人生要见底多离**别**。	◇◆◆，◇◇◆，△◇◇◆◆◆◇◇◆。
谁念我，泪如**血**。	◇◆◆，◆◇◆。

同体式作品：无。

增减字：

（一）5，3，4，4。7，6，7。7，3，5。3，3。○7，7，4。7，6，7。7，3，5。3，3。南宋：王千秋1首，陈亮1首。

（二）5，4，7，4。7，6。7，5，5，5。3，3。○7，3，8。7，6。7，7，3，5。3，3。南宋：辛弃疾1首。

（三）5，3，4，4。7，6。7，7，3，5。3，3。○7，5，6。7，6。7，7，3，5。3，3。南宋：辛弃疾1首，刘仙伦1首，戴复古1首，葛长庚1首，吴潜1首，黄人杰1首，无名氏1首，计7人7首。

（四）5，3，4，4。7，6。7，7，3，5。3，3。○7，7，4。7，6。7，4，5，6。3，3。南宋：辛弃疾1首。

（五）5，3，4，4。7，6。3，4，7，8。3，3。○7，5，6。7，6。3，4，7，8。3，3。南宋：李昴英1首。

（六）5，3，4，4。7，6。7，7，3，5。3，3。○7，3，6。7，6。7，4，4，8。3，3。南宋：丁几仲1首。

（七）5，3，4，4。7，6，7。7，3，5。3，3。○7，5，6。7，6。7，7，3，5。3，3。宋：无名氏1首。

【变体二·3·4】23 分句 8 复句。上片分句数较【变体二·3·1】增 1 分句，12 分句 4 复句，四/四/二/二/型复句组；下片减 1 分句，11 分句 4 复句，三/四/二/二/型复句组。仄韵，隔句韵、连句韵。

5，3，4，4。7，6，3，4。7，8。3，3。

7，7，4。7，6，3，4。7，8。3，3。——南宋·游次公·《全宋词》第 1627 页

贺新郎

宫词

暖霭浮晴**簾**，锁垂杨，笼池罩阁，　◆◆◇◇◆，◆◇◇，◇◇◆◇，
万丝千**缕**。　◇◆◆◆。
池上晓光分宿**雾**，日近群芳易**吐**，　◇◆◆◇◇◆◆，◆◆◇◇◆◆。
寻并蒂，阑干凝**伫**。　◇◆◆，◇◇◇◆。
不信钗头飞凤**去**，但宝刀被妾还留**住**。　◆◆◇◇◇◆◆，△◆◇◆◆◇◇◆。
天一笑，万花**妒**。　◇◆◆，◆◇◆。

阿娇正好金屋**贮**，　◇◇◆◆◇◆◆，
甚西风易得萧疏，扇鸾尘**土**。　△◇◇◆◆◇◇，◆◇◇◆。
一自昭阳扃玉**户**，墙角土花无**数**，　◆◆◇◇◆◆◆，◇◆◆◇◇◆。
况多病，情伤幽**素**。　◆◇◆，◇◇◇◆。
别殿时闻箫鼓奏，望红云冉冉知何**处**。　◆◆◇◇◇◆◆，△◇◇◆◆◇◇◆。
天尺**五**，去无**路**。　◇◆◆，◆◇◆。

同体式作品：无。

【变体二·3·5】23 分句 8 复句。上片与【变体二·3·3】同，下片第一复句增 1 分句、第三复句减 1 分句。上片 12 分句 4 复句，四/二/四/二性复句，下片 11 分句 4 复句，四/二/三/二/型复句组。仄韵，隔句韵。

5，3，4，4。7，6。7，7，3，5。3，3。

7，3，4，4。7，6。7，7，8。3，3。——南宋·韩玉·《全宋词》第 2057 页

贺新郎

柳外莺声**碎**，晚晴天，东风力软，　◆◆◇◇◆，◆◇◇，◇◇◆◆，
嫩寒初**退**。　◆◇◇◆。
花底觅春春已去，时见乱红飞**坠**。　◇◆◆◇◇◆◆，◇◆◆◇◇◆。
又闲傍阑干十二，阑外青山烟缥缈，　△◇◆◇◇◆◆，◇◆◇◇◇◇◆，
远连空，愁与眉峰**对**。　◆◇◇，◇◆◇◇◆。
凝望处，两叠**翠**。　◇◆◆，◆◇◆。

鸳鸯结带灵犀**佩**，　◇◇◆◆◇◇◆，

绮屏深，香罗帐小，宝檠灯**背**。	◆◇◇，◇◇◆◆，◆◇◇◆。
谁谓彩云和梦断，青翼阻寻后**会**。	◇◆◆◇◇◆◆，◇◆◆◇◆◆。
待都把相思情**缀**，便做锦书难写恨，	△◇◆◇◇◇◆，◆◆◆◇◇◆◆，
奈菱花都见人憔**悴**。	△◇◇◇◆◇◇◆。
那更有，枕痕**泪**。	◆◆◆，◆◇◆。

同体式作品：南宋：吴潜1首，李曾伯1首，汪莘1首（【乳燕飞】）。

增减字：

（一）5，3，4，4。7，6。3，4，7，8。3，3。〇7，3，4，4。7，6。7，7，8。3，3。南宋：蒋捷1首。

（二）5，3，4，4。7，6。7，5，5，5。3，3。〇7，3，4，4。7，6。7，7，8。3，3。南宋：张明中1首。

【变体二·3·6】23分句8复句。上片与【变体二·3·4】下片同，下片与上片同。上片11分句4复句，四/二/三/二/型复句组，下片12分句4复句，四/二/四/二/型复句组。仄韵，隔句韵、连句韵。

5，3，4，4。7，6。7，7，8。3，3。

7，3，4，4。7，6。7，7，3，5。3，3。——南宋·葛长庚·《全宋词》第2577页

贺新郎

紫元席上作

飞尽桃花**片**，倚东风，高吟大啸，	◇◆◇◇◆，◆◇◇，◆◇◆◆，
开怀消**遣**。	◇◇◇◆。
芍药牡丹开未**遍**，不道韶华如**电**。	◆◆◆◇◆◆，◆◆◇◇◇◆。
无心向小庭幽**院**，	◇◇◆◆◇◇◆，
秉烛夜游虽不**倦**，奈一番风雨花容**变**。	◆◆◆◇◇◆◆，△◆◇◇◆◇◇◆。
春去也，无人**见**。	◇◆◆，◇◇◆。
何处莺莺啼不**断**，	◇◆◇◇◇◆◆，
探后园，红稀翠减，青稠绿**满**。	◆◆◇，◇◇◆◆，◇◇◆◆。
蝶在花间犹死**恋**，早有行人摇**扇**。	◆◆◇◇◇◆◆，◆◆◇◇◇◆。
故自要与春为**饯**，	◆◆◆◇◇◇◆，
笑指白云归去好，对夕阳，泻酒凭谁**荐**。	◆◆◆◇◇◆◆，◆◆◇，◆◆◇◇◆。
柳深处，有双**燕**。	◆◇◆，◆◇◆。

同体式作品：无。

增减字：

（一）5，3，4，4。7，6。7，7，8。3，3。〇7，3，4，4。7，6。3，4，7，8。3，3。南宋：吴潜1首。

【变体二·3·7】23 分句 8 复句。上片与始词上片同，下片与【变体三·3·2】下片同。上片 11 分句 4 复句，四/二/三/二/型复句组；下片 12 分句 4 复句，四/四/二/二/型复句组。仄韵，隔句韵。

5，3，4，4。7，6。7，7，8。3，3。

7，3，4，4。7，6，3，4。7，8。3，3。——南宋·刘克庄·《全宋词》第 2629 页

贺新郎

席上闻歌有感

妾出于微**贱**，	△◆◆◇◆，
小年时，朱弦弹绝，玉笙吹**遍**。	◆◇◇，◇◇◇◆，◆◇◇◆。
粗识国风关雎乱，羞学流莺百**啭**。	◇◆◇◇◇◇◆，◇◆◇◇◆◆。
总不涉闺情春**怨**，	△◆◆◇◇◇◆，
谁向西邻公子说，要珠鞍迎入梨花**院**。	◇◆◇◇◇◆◇，△◇◇◇◆◇◇◆。
身未动，意先**懒**。	◇◆◆，◆◇◆。
主家十二楼连**苑**，	◆◇◆◆◇◇◆，
那人人，靓妆按曲，绣帘初**卷**。	◆◇◇，◆◇◆◆，◆◇◇◆。
道是华堂箫管唱，笑杀鸡坊拍衮，	◆◆◇◇◇◆◆，◆◆◇◇◆◆，
回首望，侯门天**远**。	◇◆◆，◇◇◇◆。
我有平生离鸾操，颇哀而不愠微而**婉**。	◆◆◇◇◇◇◇，△◇◇◆◆◇◇◆。
聊一奏，更三**叹**。	◇◆◆，◆◇◆。

同体式作品：无。

变体二·4

20 分句 8 复句

【变体二·4】20 分句 8 复句。上片第一复句较始词减 1 分句，下片与始词同。每片 10 分句 4 复句，三/二/三/二/型复句组。仄韵，隔句韵，间插连句韵。

5，7，4。7，6。7，7，8。3，3。

7，7，4。7，6。7，7，8。3，3。——南宋·甄龙友·《全宋词》第 1560 页

贺新郎

思远楼前**路**，望平堤十里湖光，画船无**数**。	◇◆◇◇◆，△◇◇◆◆◇◇，◆◇◇◆。
绿盖盈盈红粉面，叶底荷花解**语**。	◆◆◇◇◇◆◆，◆◆◇◇◆◆。
斗巧结同心双**缕**，	◆◆◆◇◇◇◆，
尚有经年离别恨，一丝丝总是相思**处**。	◆◆◇◇◇◆◆，◆◇◇◆◆◇◇◆。
相见也，又重**午**。	◇◆◆，◆◇◆。

清江旧事传荆**楚**，	◇◇◆◆◇◇◆，
叹人情千载如新，尚沉菰**黍**。	△◇◇◇◆◇◇，◆◇◇◆。
且尽尊前今日醉，谁肯独醒吊**古**。	◆◆◇◇◇◆◆，◇◆◆◆◆◆。
泛几盏菖蒲绿**醑**，两两龙舟争竞**渡**，	△◆◆◇◇◆◆，◆◆◇◇◇◆◆，
奈珠帘暮卷西山**雨**。	△◇◇◆◆◇◇◆。
看未足，怎归**去**。	◆◆◆，◆◇◆。

同体式作品：南宋：李处全1首，赵长卿1首，许及之1首，廖行之1首，京镗1首，辛弃疾3首，赵善扛1首，马子严1首，陈亮3首，杨炎正1首，张镃2首，刘过1首，刘仙伦1首，汪晫2首，戴复古1首，李刘1首，魏了翁1首，刘学箕1首，陈以庄1首，王迈1首，张辑2首，葛长庚1首，张辑1首，刘克庄6首，吴文英1首，程正同1首，周端臣1首，冯取洽6首，宋自逊1首，吴潜4首，李曾伯7首，李昴英1首，万俟绍之1首，黄昇1首，何梦桂1首，王奕1首，蒲寿宬1首，陈纪1首，蒋捷1首，黄子行1首，邵桂子1首，伍梅城1首，叶路钤1首，张槃1首，方岳1首，汪莘1首，徐经孙1首，刘辰翁4首，蔡士裕1首，陶上舍1首，黄人杰1首，无名氏2人2首，计53人82首。

增减字：

（一）5，7，4。7，6。7，7，8。3，3。○7，7，4。7，6。7，6，8。3，3。南宋：赵长卿1首。

（二）5，7，4。7，6。7，7，8。3，3。○7，5，6。7，6。7，7，8。3，3。南宋：辛弃疾1首，杨炎正1首，徐鹿卿1首，史达祖1首，葛长庚1首。

（三）5，5，6。7，6。7，7，8。3，3。○7，7，4。7，6。7，7，8。3，3。南宋：辛弃疾1首，卢炳1首，刘仙伦1首，葛长庚2首，冯取洽1首，刘子寰1首，吴潜2首，王义山1首，刘埙1首，黎廷瑞1首，梁明夫1首，无名氏1首，计12人14首。

（四）5，3，8。7，6。7，7，8。3，3。○7，7，4。7，6。7，7，8。3，3。南宋：韩淲1首，魏了翁1首，张槃1首。

（五）5，5，6。7，6。7，7，8。3，3。○7，5，6。7，6。7，7，8。3，3。南宋：史达祖3首。

（六）4，5，4。7，6。4，4，5。4，6。○6，4，5。7，6。4，4，5。4，6。南宋：刘克庄1首。

（七）5，7，4。7，6。7，7，8。3，3。○7，3，8。7，6。7，7，8。3，3。南宋：曹穉孙1首。

（八）5，7，4。7，6。7，7，8。3，3。○7，5，4。7，6。7，7，8。3，3。南宋：林正大1首，无名氏1首。

（九）5，5，4。7，6。7，7，8。3，3。○7，5，4。7，6。7，7，8。3，3。宋：无名氏1首。

（一○）5，5，6。7，6。7，7，8。3，3。○7，7，4。7，6。7，7，7。3，3。宋：无名氏1首。

（一一）5，5，6。7，6。7，7，8。3，3。○6，5，6。7，6。7，7，8。3，3。宋：无名氏1首。

变体二·5

26分句8复句

【变体二·5】26分句8复句。上片第三复句较始词增2分句，下片第一复句增1分句、第三复句增2分句。每片13分句4复句，四/二/五/二/型复句组。仄韵，隔句韵。

5，3，4，4。7，6。3，4，7，3，5。3，3。

7，3，4，4。7，6。3，4，7，3，5。3，3。——南宋·刘学箕·《全宋词》第2434页

贺新郎

近闻北虏衰乱，诸公未有劝上修饬内治以待外攘者。书生感愤不能已，用辛稼轩《金缕词》韵述怀。此词盖《鹭鸶林》寄陈同甫者，韵险甚，稼轩自和凡三篇，语意俱到。捧心效颦，辄不自揆，同志毋以其迂而废其言。

往事何堪**说**，	◆◆◇◇◆，
念人生，消磨寒暑，漫营裘**葛**。	◆◇◇，◇◇◇◆，◆◇◇◆。
少日功名频看镜，绿鬓鬅鬙未**雪**。	◇◆◇◇◇◆◆，◆◆◇◇◆◆。
渐老矣，愁生华发，	◆◆◆，◇◇◇◆。
国耻家仇何年报，痛伤神，遥望关河**月**。	◆◆◇◇◇◇◆，◆◇◇，◇◆◇◇◆。
悲愤积，付湘**瑟**。	◇◆◆，◆◇◆。
人生未可随时**别**，	◇◇◆◆◇◇◆，
守忠诚，不替天意，自能符**合**。	◆◇◇，◆◆◇◇，◆◇◇◆。
误国诸人今何在，回首怨深次**骨**。	◆◆◇◇◇◆◆，◇◆◆◇◆◆。
叹南北，久成离**绝**，	◆◇◆，◆◇◇◆。
中夜闻鸡狂起舞，袖青蛇，戛击光磨**铁**。	◇◆◇◇◇◆◆，◆◇◇，◇◆◇◇◆。
三太息，眦空**裂**。	◇◆◆，◆◇◆。

同体式作品：南宋：刘克庄 1 首，姚勉 2 首，应法孙 1 首，黄机 1 首（【乳燕飞】），刘辰翁 1 首（【金缕曲】）。

变体二·6

25 分句 8 复句

【变体二·6·1】25 分句 8 复句。上片第三复句较始词增 1 分句，12 分句 4 复句，四/二/四/二/型复句组，下片第一、二复句各增 1 分句，13 分句 4 复句，四/四/三/二/型复句组。仄韵，隔句韵。律词。

5，3，4，4。7，6。7，7，3，5。3，3。

7，3，4，4。7，6，3，4。7，3，5。3，3。——南宋·蒋捷·《全宋词》第 3446 页

贺新郎

弹琵琶者

妾有琵琶**谱**，抱金槽，慢捻轻抛，	◆◆◇◇◆，◆◇◇，◆◆◇◇，
柳梢莺**妒**。	◆◇◇◆。
羽调六么弹遍了，花底灵犀暗**度**。	◆◆◆◇◇◆◆，◇◆◇◇◆◆。
奈敲断玉钗纤**股**，低画屏深朱户掩，	△◇◆◆◇◇◆，◇◆◆◇◇◆◆，
卷西风，满地吹尘**土**。	◆◇◇，◆◆◇◇◆。
芳事往，蝶空**诉**。	◇◆◆，◆◇◆。
天天把妾芳心**误**，	◇◇◆◆◇◇◆，

小楼东，隐约谁家，凤箫鼍**鼓**。	◆◇◇，◆◆◇◇，◆◇◇◆。
泪点染衫双袖翠，修竹凄其又**暮**，	◆◆◆◇◇◆◆，◇◆◇◇◆◆，
背灯影，萧条情**互**。	◆◇◆，◇◇◇◆。
捐佩洲前裙步**步**，渺无边，一片相思**苦**。	◇◆◇◇◇◆◆，◆◇◇，◆◆◇◇◆。
春去也，乱红**舞**。	◇◆◆，◆◇◆。

同体式作品：无。

【变体二·6·2】25 分句 8 复句。上片第三复句较始词增 2 分句，下片第一、三复句各增 1 分句。上片 13 分句 4 复句，四/二/五/二/型复句组；下片 12 分句 4 复句，四/二/四/二/型复句组。仄韵，隔句韵。

5，3，4，4。7，6。3，4，7，3，5。3，3。

7，3，4，4。7，6。3，4，7，8。3，3。——南宋·蒋捷·《全宋词》第 3446 页

贺新郎

题后院画像

绿堕云垂**领**，背琵琶，盈盈袖手，	◆◆◇◇◆，◆◇◇，◇◇◆◆，
粉闲红**靓**。	◆◇◇◆。
依约春游归来倦，又似春眠未**醒**。	◇◆◇◇◇◇◆，◆◆◇◇◆◆。
滟寒沚，低迷蓉**影**，	◆◇◆，◇◇◇◆，
莺带松声飞过也，柳窗深，尚记停针**听**。	◇◆◇◇◇◆◆，◆◇◇，◆◆◇◇◆。
魂浩荡，孤芳**景**。	◇◆◆，◇◇◆。
金钗断股瓶沉**井**，	◇◇◆◆◇◇◆，
问苏城，香销卷子，倩谁题**咏**。	◆◇◇，◇◇◆◆，◆◇◇◆。
灯晕青红残醉在，小院屏昏帐**暝**。	◇◆◇◇◇◆◆，◆◆◇◇◆◆。
误瞋怪，眉心慵**整**，	◆◇◆，◇◇◇◆，
人道真真招得下，任千呼万唤无言**应**。	◇◆◇◇◇◆◆，△◇◇◆◆◇◇◆。
空对此，泪花**冷**。	◇◆◆，◆◇◆。

同体式作品：南宋：刘辰翁 1 首。

【变体二·6·3】25 分句 8 复句。上片较始词增 2 分句，13 分句 4 复句，四/四/三/二/型复句组；下片增 2 分句，12 分句 4 复句，四/三/三/二/型复句组。仄韵，隔句韵，间插连句韵。律词。

5，3，4，4。7，3，4，6。7，3，5。3，3。

7，3，4，4。7，6，7。7，3，5。3，3。——南宋-元·勿翁·《全宋词》第 3589 页

贺新郎

端午，和前韵。

庭外潇潇**雨**，对空山，再度端阳，	◇◆◇◇◆，◆◇◇，◆◆◇◇，

悄无情**绪**。	◆◇◇◆。
旧日文君今瘦损，寻旧曲，	◆◆◇◇◇◆◆，◇◆◆，
不成腔**谱**，更不周郎回**顾**。	◆◇◇◆，◆◆◇◇◇◆。
尚喜庭萱春未老，捧蒲觞，细细歌金**缕**。	◆◆◇◇◇◆◆，◆◇◇，◆◆◇◇◆。
儿女醉，笑还**语**。	◇◆◆，◆◇◆。
醉余更作婆娑**舞**，	◆◇◆◆◇◇◆，
又谁知，灵均心事，菊英兰**露**。	◆◇◇，◇◇◇◆，◆◇◇◆。
最苦当年哀郢意，因甚夫君未**许**，	◆◆◇◇◇◆◆，◇◆◇◇◆◆，
却枉使蛾眉见**妒**。	△◇◆◇◇◆◆。
荏苒章台才十载，笑关河，失报应旁**午**。	◆◆◇◇◇◆◆，◆◇◇，◆◆◇◇◆。
愁读到，楚辞**句**。	◇◆◆，◆◇◆。

同体式作品：无。

424.【三部乐】

1. 始词北宋苏轼作。
2. 双片，始词上片五韵，下片六韵，变体韵数有变。仄韵，隔句韵，或间插连句韵。

始词：22 分句 8 复句。双片。每片 11 分句 4 分句，三/二/四/二/型复句组。仄韵，邻韵通押，隔句韵，间插连句韵。

4，5，4。4，6。2，4，5，4。4，6。

6，3，6。6，4。3，4，3，4。4，7。——北宋·苏轼·《全宋词》第 298 页

三部乐

情景

美人如**月**，乍见掩暮云，更增妍**绝**。	◆◇◇◆，◆◆◆◆◇，◆◇◇◆。
算应无恨，安用阴晴圆**缺**。	◆◇◇◆，◇◆◇◇◇◆。
娇甚，空只成愁，	◇◆，◇◆◇◇，
待下床又懒，未语先**咽**。	◆◆◇◆◆，◆◆◇◆。
数日不来，落尽一庭红**叶**。	◆◆◆◇，◆◆◆◇◇◆。
今朝置酒强起，问为谁，减动一分香**雪**。	◇◇◆◆◇◆，◆◆◇，◆◆◆◇◇◆。
何事散花却病，维摩无**疾**。	◇◆◆◇◆◆，◇◇◇◆。
却低眉，惨然不**答**，唱金缕，一声怨**切**。	◆◇◇，◆◇◆◆，◆◇◆，◆◇◆◆。
堪折便**折**，且惜取少年花**发**。	◇◆◆◆，△◆◆◆◇◇◆。

同体式作品：无。

增减字：

（一）4，5，4。4，6。3，4，5，4。4，6。○6，5，4。6，4。3，4，3，4。4，7。北宋：周邦彦1首。

（二）4，5，4。4，6。3，4，5，4。4，6。○6，5，5。6，4。3，4，3，4。4，7。南宋：方千里1首。

（三）4，5，4。4，6。3，4，5，4。4，6。○6，5，5。4，6。3，4，3，4。4，7。南宋：杨泽民1首。

变体一

较始词分句数不变，复句型有变。

【变体一】22分句8复句。上片第三复句较始词减1分句，10分句4复句，三/二/三/二/型复句组；下片第四复句增1分句，12分句4复句，三/二/四/三/型复句组。仄韵，隔句韵。

4，5，4。4，6。7，5，4。4，6。

6，5，4。6，4。3，4，3，4。4，3，4。——南宋·陈亮·《全宋词》第2098页

三部乐

七月送丘宗卿使虏

小屈穹庐，但二满三平，共劳均**佚**。	◆◇◇◆，△◆◆◆◇，◆◇◇◆。
人中龙虎，本为明时而**出**。	◆◇◇◆，◇◆◇◇◇◆。
只合是端坐王朝，	◆◆◆◇◆◇◇，
看指挥整办，扫荡飘**忽**。	△◆◇◆◆，◆◆◇◆。
也持汉节，聊过旧家宫**室**。	◆◆◆◇，◆◆◆◇◇◆。
西风又还带暑，把征衫著上，有时披**拂**。	◇◇◆◇◆◆，△◇◇◆◆，◆◇◇◆。
休将看花泪眼，闻弦□**骨**。	◇◇◆◇◆◆，◇◇□◆。
对遗民，有如皎日，行万里，依然故**物**。	◆◇◇，◆◇◆◆，◇◆◆，◇◇◆◆。
入奏几**策**，天下里，终定于**一**。	◆◆◆◆，◇◆◆，◇◆◇◆。

同体式作品：无。

变体二

较始词复句数不变，分句数有变。

【变体二】23分句8复句。双片。上片与始词同，11分句4复句，三/二/四/二/型复句组；下片与【变体一】同，12分句4复句，三/二/四/三/型复句组。仄韵，隔句韵。

4，5，4。4，6。3，4，5，4。4，6。

6，5，4。6，4。3，4，3，4。4，3，4。——南宋·吴文英·《全宋词》第2874页

三部乐

黄钟商，俗名大石调。赋姜石帚《渔隐》。

江鸥初飞，荡万里素云，际空如**沐**。	◇◆◇◇，△◆◆◆◇，◆◇◇◆。
咏情吟思，不在秦筝金**屋**。	◆◇◆◇，◆◆◇◇◇◆。

夜潮上，明月芦花，	◆◇◆，◇◆◇◇，
傍钓蓑梦远，句清敲**玉**。	△◆◇◆◆，◆◇◇◆。
翠罂汲晓，欸乃一声秋**曲**。	◆◇◆◆，◇◆◆◇◇◆。
越装片篷障雨，瘦半竿渭水，鹭汀幽**宿**。	◆◇◆◇◆◆，△◆◇◆◆，◆◇◇◆。
那知暖袍挟锦，低帘笼**烛**。	◆◇◆◇◆◆，◇◇◇◆。
鼓春波，载花万**斛**，帆鬣转，银河可**掬**。	◆◇◇，◆◇◆◆，◇◆◆，◇◇◆◆。
风定浪息，苍茫外，天浸寒**绿**。	◇◆◆◆，◇◇◆，◇◆◇◆。

同体式作品：无。

425.【翻香令】

1. 始词北宋苏轼作。
2. 调名即词题。
3. 双片，每片三平韵，连句韵、隔句韵。

始词：10 分句 4 复句。双片。每片 5 分句 2 复句，二/三/型复句组。平韵，连句韵、隔句韵。

7，7。3，3，8。

7，7。6，3，5。——北宋·苏轼·《全宋词》第 306 页

翻香令

金炉犹暖麝煤**残**，惜香更把宝钗**翻**。	◇◇◇◆◆◇◇，◆◇◆◆◆◇◇。
重闻处，余熏在，这一番气味胜从**前**。	◇◇◆，◇◇◆，◆◆◇◆◆◆◇◇。
背人偷盖小蓬**山**，更将沉水暗同**然**。	◆◇◇◆◆◇◇，◆◇◇◆◆◇◇。
且图得氤氲久，为情深，嫌怕断头**烟**。	△◇◆◇◇◆，◆◇◇，◇◆◆◇◇。

同体式作品：无。

增减字：

（一）7，7。6，3，5。○ 7，7。6，3，5。南宋：郘虙 1 首。

426.【哨遍】

1. 始词北宋苏轼作。
2. 或作“稍遍”。苏词本序：“乃取归去来辞，稍加隐括，使就声律。”明毛晋汲古阁本

《东坡词·稍遍》注："其词盖世所谓'般赡'之《稍遍》也。'般赡'，龟兹语也，华言为五声，盖羽声也，于五音之次为第五。今世作'般涉'，误矣。"此说确否，待考。

3. 双片，始词上片八韵，下片十二韵，变体韵数有变；平仄通押，或平仄换韵；隔句韵，间插连句韵。

始词：39 分句 15 复句。双片。上片 17 分句 6 复句，三/三/三/三/二/三/型复句组；下片 22 分句 9 复句，三/二/三/三/二/二/二/二/三/型复句组。仄韵，间叶平韵，隔句韵，间插连句韵。

4，4，5。3，5，7。3，6，7。5，4，6。8，8。4，4，4。

1，4，7。5，6。5，4，7。5，4，6。8，8。3，4。6，5。8，6。7，3，4。

——北宋·苏轼·《全宋词》第 307 页

哨遍

陶渊明赋《归去来》，有其词而无其声。余治东坡，筑雪堂于上，人俱笑其陋。独鄱阳董毅夫过而悦之，有卜邻之意。乃取《归去来辞》，稍加隐括，使就声律，以遗毅夫。使家僮歌之，时相从于东坡，释耒而和之，扣牛角而为之节，不亦乐乎！

为米折腰，因酒弃家，口体交相**累**。　◆◆◆◇，◇◆◆◇，◆◆◇◇◆。
归去来，谁不遣君归，觉从前皆非今**是**。　◇◆◇，◇◆◆◇◇，△◇◇◇◇◇◆。
露未晞，征夫指予归路，　◆◆◇，◇◇◆◇◇◆，
门前笑语喧童**稚**。　◇◇◆◆◇◇◆。
嗟旧菊都荒，新松暗老，吾年今已如**此**。　◇◆◆◇◇，◇◇◆◆，◇◇◇◆◇◆。
但小窗容膝闭柴扉，策杖看孤云暮鸿飞。　◆◆◇◇◆◆◇◇，◆◆◆◇◇◆◇◇。
云山无心，鸟倦知还，本非有**意**。　◇◇◇◇，◆◆◇◇，◆◇◆◆。

噫，归去来兮，我今忘我兼忘**世**。　◆，◇◆◇◇，◆◇◇◆◇◇◆。
亲戚无浪语，琴书中有真**味**。　◇◆◇◆◆，◇◇◇◆◇◆。
步翠麓崎岖，泛溪窈窕，　◆◆◆◇◇，◆◇◆◆，
涓涓暗谷流春**水**。　◇◇◆◆◇◇◆。
观草木欣荣，幽人自感，吾生行且休**矣**。　◇◆◆◇◇，◇◇◆◆，◇◇◇◆◇◆。
念寓形宇内复几时，不自觉皇皇欲何之。　△◆◇◆◆◆◆◇，◆◆◆◇◇◆◇◇。
委吾心，去留谁**计**。　◆◇◇，◆◇◇◆。
神仙知在何处，富贵非吾**志**。　◇◇◇◆◇◆，◆◆◇◇◆。
但知临水登山啸咏，自引壶觞自**醉**。　◆◇◇◆◇◇◆◆，◆◆◇◇◆◆。
此生天命更何疑，且乘流，遇坎还**止**。　◆◇◇◆◆◇◇，◆◇◇，◆◆◇◆。

同体式作品：南宋：李曾伯 1 首。

变体一

与始词分句数复句数相同，复句型有变。

【变体一】39 分句 15 复句。上下片分句数复句数皆与始词同，上片复句型不变，下片复句型微变。上片 17 分句 6 复句，三/三/三/三/二/三/型复句组；下片 22 分句 9 复句，三/二/三/三/二/二/二/三/二/型复句组。换韵，平仄间押，隔句韵，间插连句韵。

4，4，5。5，3，4。4，5，7。5，4，6。8，8。4，4，4。

1，4，7。5，6。5，4，7。5，4，6。3，5，8。7。6，5。6，4，4。7，7。

——南宋·汪莘·《全宋词》第 2202 页

哨遍

余酷喜王摩诘《山中与裴迪书》，因括其语为哨篇歌之。其用韵平侧按稼轩词。

近腊景和，故山可过，足下听余**述**。	◆◆◆◇，◆◇◆◆，◆◆◇◇◆。
便自往山中，憩精蓝，与僧饭**讫**。	△◆◆◇◇，◆◇◇，◆◇◆◆。
北涉灞川，明月华映郭，	◆◆◆◇，◇◆◇◆◆，
夜登华子冈头**立**。	◆◇◆◆◇◇◆。
嗟辋水沦涟，与月上下，寒山远火蒙**茏**。	△◆◆◇◇，◆◆◆◆，◇◇◆◆◇◇。
听林外犬类豹声**雄**，	△◇◆◆◆◆◇◇，
更村落谁家鸣夜**舂**。	△◇◆◇◇◇◆◆。
疏钟相闻，独坐此时，多思往**日**。	◇◇◇◆，◆◆◆◇，◇◇◆◆。
噫，记与君**同**，清流仄径玉琤**琮**。	◆，◆◆◇◇，◇◇◆◆◆◇◇。
携手赋佳**什**，往来萝月松**风**。	◇◆◆◇◆，◆◇◇◆◇◇。
只待仲春天，春山可望，	◆◆◆◇◇，◇◇◆◆，
山中卉木垂萝**密**。	◇◇◆◆◇◇◆。
见出水轻鯈，点溪白鹭，青皋零露方**湿**。	△◆◆◇◇，◆◇◆◆，◇◇◇◆◇◆。
雉朝飞，麦陇鸣俦**匹**。	◆◇◇，◆◆◇◇◆，
念此去非遥莫相**失**，傥能从我敢相**必**。	△◆◆◇◇◆◇◆，◆◇◇◆◆◇◆。
天机非子清者，此事非所**急**。	◇◇◇◆◇◆，◆◆◇◆◆。
是中有趣殊深，愿子无**忽**，不能一**一**。	◆◇◆◆◇◇，◆◆◇◆，◆◇◆◆。
偶因驮檗附吾书，是山人王维摩**诘**。	◆◇◆◆◆◇◇，△◇◇◇◇◇◆。

同体式作品：无。

变体二

较始词复句数不变，分句数有变。

变体二·1

38 分句 15 复句

【变体二·1】38 分句 15 复句。上片与始词同，17 分句 6 复句，三/三/三/三/二/三/型复句组；下片第一、九复句较始词各减 1 分句、第八复句增 1 分句，21 分句 9 复句，二/二/三/三/二/二/二/三/二/型复句组。仄韵，间插平韵，隔句韵，间插连句韵。

4，4，5。3，5，7。7，4，5。5，4，6。8，8。4，4，4。

7，5。4，7。5，4，7。4，4，6。8，8。3，4。6，5。4，4，6。7，7。

——北宋·苏轼·《全宋词》第307页

哨遍

春词

睡起画堂，银蒜押帘，珠幕云垂**地**。	◆◆◆◇，◇◆◆◇，◇◆◇◇◆。
初雨歇，洗出碧罗天，正溶溶养花天**气**。	◇◆◆，◆◆◆◇◇，△◇◇◆◇◇◆。
一霎暖风回芳草，荣光浮动，	◆◆◆◇◇◇◆，◇◇◇◆，
掩皱银塘**水**。	◆◆◇◇◆。
方右靥匀酥，花须吐绣，园林排比红**翠**。	◇◆◆◇◇，◇◇◆◆，◇◇◇◆◇◆。
见乳燕捎蝶过繁枝，忽一线炉香逐游丝。	△◆◆◇◆◆◇◇，△◆◆◇◇◆◇◇。
昼永人闲，独立斜阳，晚来情**味**。	◆◆◇◇，◆◆◇◇，◆◇◇◆。
便乘兴携将佳**丽**，深入芳菲**里**。	△◇◆◇◇◇◆，◇◆◇◇◆。
拨胡琴语，轻拢慢捻总揔**利**。	◆◇◇◆，◇◆◆◆◆◇◆。
看紧约罗裙，急趣檀板，	△◆◆◇◇，◆◆◇◆，
霓裳入破惊鸿**起**。	◇◇◆◆◇◇◆。
颦月临眉，醉霞横脸，歌声悠扬云**际**。	◇◆◇◇，◆◇◇◆，◇◇◇◇◇◆。
任满头红雨落花飞，渐鳷鹊楼西玉蟾低。	△◆◇◇◆◆◇◇，△◇◆◇◇◆◇◇。
尚徘徊，未尽欢**意**。	◆◇◇，◆◆◇◆。
君看今古悠悠，浮宦人间**世**。	◇◇◇◆◇◇，◇◆◇◇◆。
这些百岁，光阴几日，三万六千而**已**。	◆◇◆◆，◇◇◆◆，◇◆◆◇◇◆。
醉乡路稳不妨行，但人生要适情**耳**。	◆◇◆◆◆◇◇，△◇◇◆◆◇◆。

同体式作品：无。

变体二·2

40分句15复句

【变体二·2·1】40分句15复句。上片较始词分句数增1，下片同。上片18分句6复句，三/四/三/三/二/三/型复句组；下片22分句9复句，三/二/三/三/二/二/二/三/二/型复句组。仄韵，间插平韵，隔句韵，间插连句韵。

4，4，5。3，5，3，4。3，6，7。5，4，6。8，8。4，4，4。

1，4，7。5，6。5，4，7。5，4，6。8，8。3，4。4，7。6，4，4。7，7。

——南宋·辛弃疾·《全宋词》第1946页

哨遍

赵昌父之祖季思学士，退居郑圃，有亭名"鱼计"，宇文叔通为作古赋。今昌父之弟成父，于所居凿池筑亭，榜以旧名。昌父为成父作诗，属余赋词，余为赋《哨遍》。庄周论于蚁弃知，于鱼得计，于羊弃意，其义美矣。然上文论虱托于豕而得焚，羊肉为蚁所慕而致残，下文将并结二义，乃独置豕虱不言而遽论鱼，其义无所从起。又间于羊蚁两句之间，使羊蚁之义离不相属，何耶，其必有深意存焉，顾后人未之晓耳。或言蚁得水而死，羊得水而病，鱼得水而活，此最穿凿，不成义趣。余尝反复寻绎，终未能得。意世必有能读此书而了其义者。他日倘见之而问焉，姑先识余疑于此词云尔。

池上主人，人适忘鱼，鱼适还忘**水**。	◇◆◆◇，◇◆◇◇，◇◆◇◇◆。
洋洋乎，翠藻青萍**里**，	◇◇◇，◆◆◇◇◆，
想鱼兮，无便于**此**。	◆◇◇，◇◆◇◆。
尝试思，庄周正谈两**事**，	◇◆◇，◇◇◆◇◆◆，
一明豕虱一羊**蚁**。	◆◇◆◆◆◆◇◆。
说蚁慕于膻，于蚁弃知，又说于羊弃**意**。	◆◆◆◇◇，◇◆◆◇，◆◆◇◇◆◆。
甚虱焚于豕独忘之，却骤说于鱼为得**计**。	△◆◇◇◆◆◇◇，△◆◆◇◇◇◇◆◆。
千古遗文，我不知言，以我非**子**。	◇◆◇◇，◆◆◇◇，◆◆◇◆。
噫，子固非鱼，鱼之为计子焉知。	◆，◆◆◇◇，◇◇◇◆◆◇◇。
河水深且广，风涛万顷堪依。	◇◆◇◆◆，◇◇◆◆◇◇。
有网罟如云，鹈鹕成阵，	△◆◆◇◇，◇◇◇◆，
过而留泣计应非。	◆◇◇◆◆◇◇。
其外海茫茫，下有龙伯，饥时一啖千**里**。	◇◆◆◇◇，◆◆◇◆，◇◇◆◆◇◆。
更任公五十犗为**饵**，使海上人人厌腥**味**。	△◇◇◆◆◆◇◆，△◆◆◇◇◆◇◆。
似鲲鹏，变化能**几**。	◆◇◇，◆◆◇◆。
东游入海，此计直以命为嬉。	◇◇◆◆，◆◆◆◆◆◇◇。
古来谬算狂图，五鼎烹死，指为平**地**。	◆◇◆◆◇◇，◆◆◇◆，◆◇◇◆。
嗟鱼欲事远游时，请三思而行可**矣**。	◇◇◆◆◆◇◇，△◇◇◇◇◆◆。

同体式作品：无。

【变体二·2·2】40 分句 15 复句。上片分句数复句型皆与始词同，17 分句 6 复句，三/三/三/三/二/三型复句组；下片较始词增 1 分句，23 分句 9 复句，三/二/三/三/二/二/二/三/三型复句组。平仄通押，隔句韵，间插连句韵。

4，4，5。3，5，7。3，6，7。5，4，6。8，8。4，4，4。

1，4，7。5，6。5，4，7。5，4，6。8，8。3，4。6，5。4，4，6。7，3，4。

——南宋·李曾伯·《全宋词》第 2817 页

哨遍

天限长江，云扰中原，一局持棋**势**。	◇◆◇◇，◇◆◇◇，◆◆◇◇◆。
汉将谁，盍为扫清**之**，彼伎犹黔驴而**止**。	◆◆◇，◆◆◆◇◇，◆◆◇◇◇◇◆。
客亦**知**，何材不生斯**世**，	◆◆◇，◇◇◆◇◇◆，
丁宁屡费君王**旨**。	◇◇◆◆◇◇◆。

向马首论**诗**，灯前观剑，岂无差强人**意**。	◆◆◆◇◇，◇◇◇◆，◆◇◇◇◇◆。
幸崆峒麦熟且休**师**，又焉用陈琳檄书**飞**。	△◇◇◆◆◆◇◇，◆◇◆◇◇◆◇◇。
一笛楼头，万柳营间，从容麾**帜**。	◆◆◇◇，◆◆◇◇，◇◇◇◆。
噫，代有戎**夷**，时贤患乏经纶**志**。	◆，◆◆◇◇，◇◇◆◆◇◇◆。
紫岩公一出，敌当惊见花**字**。	◆◇◇◆◆，◆◇◇◇◇◆。
谩被发忧邻，汗颜笑斩，	△◆◆◆◇，◆◇◆◆，
客邪终岂婴元**气**。	◆◇◇◆◇◇◆。
待拜表笺天，移文问隐，老夫行且归**矣**。	◆◆◆◇◇，◇◇◆◆，◆◇◇◆◇◆。
怕胡雏穴隙尚相**窥**，有淝水儿曹举兵**麾**。	△◇◇◆◆◆◇◇，△◇◆◇◇◆◇◇。
看中兴，隽烈堪**继**。	◆◇◇，◆◆◇◆。
随世样多能底，卿自为卿**计**。	◇◆◆◇◇◆，◇◆◇◇◆。
不妨老**子**，婆娑矍铄，从渠屦盈户**外**。	◆◇◆◆，◇◇◆◆，◇◇◆◇◆◆。
何须岘万勒丰**碑**，有天**知**，方寸余**地**。	◇◇◆◆◆◇◇，◆◇◇，◇◆◇◆。

同体式作品：无。

变体二·3

41 分句 15 复句

【变体二·3】41 分句 15 复句。上片较始词增 2 分句，19 分句 6 复句，三/三/三/四/三/三/型复句组；下片分句数与始词同，复句型微变，22 分句 9 复句，三/二/三/三/二/二/二/三/二/型复句组。平仄通押，隔句韵，间插连句韵。

4，4，5。3，5，7。3，6，7。5，4，3，3。9，4，4。4，4，4。

1，4，7。5，6。5，4，7。5，4，6。8，8。3，4。6，5。4，4，6。7，7。

——南宋·方岳·《全宋词》第 2846 页

哨遍

问月

月亦老乎，劝尔一杯，听说平生**事**。	◆◆◆◇，◆◆◆◇，◆◆◇◇◆。
吾问汝，开辟自何**时**，有乾坤更应有**尔**。	◇◆◆，◇◆◆◇◇，◆◇◇◆◇◆◆。
年几许，鸿荒邈哉遐**已**，	◇◆◆，◇◇◆◇◇◆，
吾今断自唐虞**起**。	◇◇◆◆◇◇◆。
繄帝曰放勋，甲辰践祚，	◇◆◆◆◇，◆◇◆◆，
数至今，宋嘉**熙**。	◆◆◇，◆◇◇。
凡三千五百二十年**余**，	△◇◇◇◆◆◆◆◇◇，
嗟雨僽风，僝几盈**亏**。	◇◆◆◇，◇◆◇◇。
老兔奔驰，痴蟆吞吐，定应衰**矣**。	◆◆◇◇，◇◇◇◆，◆◇◇◆。
噫，月岂无**悲**，吾观人寿几期**颐**。	◆，◆◆◇◇，◇◇◇◆◆◇◇。

炯炯双眸**子**，明清无过婴**儿**。	◆◆◇◇◆，◇◇◇◆◇◇。
但才到中年，昏然欲眊，	△◇◆◇◇，◇◇◆◆，
那堪老矣知何**似**。	◆◇◆◆◇◇◆。
试以此推**之**，吾言有理，不能不自疑**耳**。	◆◆◆◇◇，◇◇◆◆，◆◇◆◆◇◆。
恐古时月与今时**异**，恨则恨今人不千**岁**。	△◆◇◆◆◇◇◆，◆◆◆◇◇◆◇◆。
但见今，冰轮如**洗**。	◆◆◇，◇◇◇◆。
阿谁曾自前古，看到隋唐**世**。	◇◇◇◆◇◆，◆◆◇◇◆。
几时明洁，几时昏暗，毕竟少晴多**雨**。	◆◇◇◆，◆◇◇◆，◆◆◆◇◇◆。
须臾月落夜何**其**，曰先生寘之姑**醉**。	◇◇◆◆◆◇◇，△◇◇◆◇◇◆。

同体式作品：无。

增减字：

（一）4，4，4。3，5，7。3，6，7。3，4，4，4。8，8。4，4，4。○1，4，7。5，6。5，4，7。5，4，6。8，8。3，4。6，5。6，4，4。7，3，4。南宋：方岳1首。

变体二·4

45分句15复句

【变体二·4】45分句15复句。上片较始词增2分句，19分句6复句，三/四/三/三/三/三/型复句组；下片增4分句，26分句9复句，三/三/三/四/三/二/二/三/三/型复句组。平仄通押，隔句韵，间插连句韵。

4，4，5。3，5，3，4。3，6，7。5，4，6。8，4，4。4，4，4。○1，4，7。5，3，3。5，4，7。5，4，3，3。8，3，5。3，4。6，5。4，4，6。7，3，4。

——南宋·刘克庄·《全宋词》第2591页

哨遍

昔坡翁以《盘谷序》配《归去来词》。然陶词既檃括入律，韩序则未也。暇日，游方氏龙山别墅，试效颦为之，俾主人刻之崖石云。

胜处可宫，平处可田，泉土尤甘**美**。	◆◆◆◇，◇◆◆◇，◇◆◇◇◆。
深复深，路绝住人稀，	◇◆◇，◆◆◆◇◇，
有人兮，盘旋于**此**。	◆◇◇，◇◇◇◆。
送子归，是他隐居求**志**，	◆◆◇，◆◇◆◇◇◆，
是要明主媒当**世**。	◆◆◇◆◇◇◆。
嗟此意谁论，其言甚壮，孔颜犹有遗**旨**。	△◆◆◇◇，◇◇◆◆，◆◇◇◆◇◆。
大丈夫之被遇于时，	◆◆◇◇◆◆◇◇，
入则坐庙，朝出旗**麾**。	◆◆◆◆，◇◆◇◇。
列屋名姬，夹道武夫，满前才**子**。	◆◆◇◇，◆◆◆◇，◆◇◇◆。
噫，有命存焉，吾非恶此而逃之。	◆，◆◆◇◇，◇◇◆◆◇◇◇。

富贵人所欲，如之何，幸而**致**。	◆◆◇◆◆，◇◇◇，◆◇◆。
向茂树堪休，清泉可濯，	△◆◆◇◇，◇◇◆◆，
谷中别有闲天**地**。	◆◇◆◆◇◇◆。
况脍细于**丝**，蕨甜似蜜，	△◆◆◇◇，◆◇◆◆，
采于山，钓于**水**。	◆◇◇，◆◇◆。
大丈夫不遇之所**为**，	◆◆◇◆◆◇◆◆◇，
唐处士，依稀是吾师。	◇◆◆，◇◇◆◇◇。
觉山林，尊如朝**市**。	◆◇◇，◇◇◇◆。
五侯门下宾客，扰扰趋形**势**。	◆◇◇◆◇◆，◆◆◇◇◆。
嗟盘之乐，谁争子所，占断千秋万**岁**。	◇◇◇◆，◇◇◆◆，◆◆◇◇◆◆。
呼童秣马更膏车，便与君，从此逝**矣**。	◇◇◆◆◆◆◇◇，◆◆◇，◇◆◆◆。

同体式作品：无。

变体三

较始词分句数复句数皆变

变体三·1

40 分句 14 复句

【变体三·1·1】40 分句 14 复句。上片较始词分句数增 2，复句数不变，19 分句 6 复句，三/四/三/三/三/三/型复句组；下片较始词减 1 分句 1 复句，21 分句 8 复句，二/二/三/三/三/三/三/二/型复句组。仄韵，间插平韵，隔句韵，间插连句韵。

4，4，5。5，3，3，4。5，4，7。5，4，6。4，6，6。4，4，4。

5，7。5，6。5，4，7。5，4，6。8，3，5。7，6，5。6，4，4。7，7。

——北宋·王安中·《全宋词》第 746 页

哨遍

孔德彰作《北山移文》以讥周彦伦，后之托隐求达，指终南、嵩少为仕宦捷径者，读而羞之，是足为勇退者之鼓吹。阳翟蔡侯原道，恬于仕进，其内吕夫人有林下风，相与营归欤之计而未果，则嘱予以此文度曲，且朝夕使家童歌之，亦可想见泉石之胜。其词曰：

世有达人，潇洒出尘，招隐青霄**际**。	◆◆◆◇，◇◆◆◇，◇◆◇◇◆。
终始追游览，老山**栖**，	◇◆◇◇◆，◆◇◇，
藐千金，轻脱如**屣**。	◆◇◇，◇◆◇◆。
彼假容江皋，滥巾云岳，	△◆◇◇◇，◆◇◇◆，
缨情好爵欺松**桂**。	◇◇◆◆◇◇◆。
观向释谈空，寻真讲道，巢由何足相**拟**。	△◆◆◇◇，◇◇◆◆，◇◇◇◆◇◆。
待诏书来，起便驺驰席**次**，	△◆◇◇，◆◆◇◇◆◆，
早焚烈芰荷**衣**。	△◇◆◆◇◇。

敲朴喧喧，牒诉匆匆，抗颜自**喜**。	◇◆◇◇，◆◆◇◇，◆◇◆◆。
嗟明月高霞，石径幽绝谁回**睇**。	△◇◆◇◇，◆◆◇◆◇◇◆。
空帐猿惊处，凄凉孤鹤嘹**唳**。	◇◆◇◇◆，◇◇◇◆◇◆。
任列壑争讥，众蜂竦诮，	△◆◆◇◇，◆◇◆◆，
林惭涧愧移星**岁**。	◇◇◆◆◇◇◆。
方浪枻神京，腾装魏阙，徘徊经过留**憩**。	△◆◆◇◇，◇◇◆◆，◇◇◇◆◇◆。
致草堂灵怒蒋侯麾，	△◆◇◇◆◆◇◇，
扃岫幌，驱烟勒新移。	◇◆◆，◇◇◆◇◇。
忍丹崖碧岭重**滓**，鸣湍声断深谷，	△◇◇◆◆◇◆，◇◇◇◆◇◆，
逋客归何**计**。	◇◆◇◇◆。
信知一逐浮荣，便丧素守，身成俗**士**。	◆◇◆◆◇◇，◆◆◆◆，◇◇◆◆。
伯鸾家有孟光妻，岂逡巡眷恋名**利**。	◆◇◇◆◆◇◇，△◇◇◆◆◇◆。

同体式作品：无。

【变体三·1·2】40分句14复句。上片较【变体三·1·1】减1分句，下片增1分句。上片18分句6复句，三/四/三/三/二/三/型复句组；下片22分句8复句，三/二/三/三/三/三/三/二/型复句组。平仄通押，隔句韵，间插连句韵。

4，4，5。3，5，3，4。3，6，7。5，4，6。8，8。4，4，4。

1，4，7。5，6。5，4，7。5，4，6。3，5，8。7，6，5。6，4，4。7，7。

——南宋·辛弃疾·《全宋词》第1916页

哨遍

秋水观

蜗角斗争，左触右蛮，一战连千**里**。	◇◆◆◇，◆◆◆◇，◆◆◇◇◆。
君试**思**，方寸此心**微**，	◇◆◇，◇◆◆◇◇，
总虚空，并包无**际**。	◆◇◇，◆◇◇◆。
喻此**理**，何言泰山毫末，	◆◆◆，◇◇◆◇◇◆，
从来天地一稊**米**。	◇◇◇◆◆◇◆。
嗟大少相形，鸠鹏自乐，之二虫又何**知**。	△◆◆◇◇，◇◇◆◆，◇◆◇◆◇◇。
记跖行仁义孔丘**非**，更殇乐长年老彭**悲**。	△◆◇◇◆◆◇◇，△◇◆◇◇◆◇◇。
火鼠论寒，冰蚕语热，定谁同**异**。	◆◆◇◇，◇◇◆◆，◆◇◇◆。
噫，贵贱随**时**，连城才换一羊**皮**。	◆，◆◆◇◇，◇◇◇◆◆◇◇。
谁与齐万物，庄周吾梦见**之**。	◇◆◇◆◆，◇◇◇◆◆◇。
正商略遗篇，翩然顾笑，	△◇◆◇◇，◇◇◆◆，
空堂梦觉题秋**水**。	◇◇◆◆◇◇◆。
有客问洪河，百川灌**雨**，泾流不辨涯**涘**。	◆◆◆◇◇，◆◇◆◆，◇◇◆◆◇◆。

於是焉，河伯欣然**喜**，	◇◆◇，◇◆◇◇◆，
以天下之美尽在**己**。	◆◇◆◇◆◆◆◆。
渺沧溟望洋东**视**，	◆◇◆◆◇◇◆，
逡巡向若惊叹，谓我非逢**子**。	◇◇◆◆◇◇，◆◆◇◇◆。
大方达观之家，未免长见，犹然笑**耳**。	◆◇◆◇◇◇，◆◆◇◆，◇◇◆◆。
北堂之水几何**其**，但清溪一曲而**已**。	◆◇◇◆◆◇◇，△◇◇◆◆◇◆。

同体式作品：南宋：辛弃疾1首。

【变体三·1·3】40分句14复句。上片分句数复句型与始词同，17分句6复句，三/三/三/三/二/三/型复句组；下片较始词增1分句，减1复句，23分句8复句，三/三/三/三/二/二/四/三/型复句组。平仄通押，隔句韵，间插连句韵。

4，4，5。3，5，7。3，6，7。5，4，6。8，8。4，4，4。

1，4，7。5，3，3。5，4，7。5，4，6。8，8。3，4。5，5，4，4。8，3，4。

——南宋·刘学箕·《全宋词》第2433页

哨遍

长桥，天下绝景也。松江太湖，举目千里，风涛不作，水面砥平。归帆征棹，相望于黄芦烟草之际。去来乎桥之左右者，若非人世，极画工之巧所莫能形容。每来维舟，未尝即去，徜徉延伫，意尽然后行。至欲作数语以状风景胜概，辞不意逮，笔随句阁，良可慨叹。己未冬，自云阳归闽。腊月望后一日，漏下二鼓，舣舟桥西，披衣登垂虹。时夜将半，雪月交辉。水天一色，顾影长啸，不知身之寄于旅。返而登舟，谓偕行者周生曰：佳哉斯景也，讵可无乐乎？于是相与破霜蟹，斫细鳞，持两螯，举大白，歌赤壁之赋。酒酣乐甚。周生请曰：今日之事，安可无一言以识之？余曰：然。遂括坡仙之语，为哨遍一阕，词成而歌之。生笑曰：以公之才，岂不能自寓意数语，而乃缀缉古人之词章，得不为名文疵乎？余曰：不然。昔坡仙盖尝以靖节之词寄声乎此曲矣，人莫有非之者。余虽不敏，不敢自亚于昔人。然捧心效颦，不自知丑，盖有之矣。而寓于言之所乐，则虽贤不肖抑何异哉。今取其言之足以寄吾意者，而为之歌，知所以自乐耳，子何哂焉？

木叶尽凋，湖色接天，雪月明江**水**。	◆◆◆◇，◇◆◆◇，◆◆◇◇◆。
凌万顷，一苇纵所**之**，若凭虚驭风仙**子**。	◇◆◆，◆◆◆◆◇，△◇◇◆◇◇◆。
听洞箫，绵延不绝如缕，	◆◆◇，◇◇◆◆◇◆，
余音袅袅游丝**曳**。	◇◇◆◆◇◇◆。
乃举酒赋诗，玉鳞霜蟹，是中风味偏**美**。	△◆◆◆◇，◆◇◇◆，◆◇◇◆◇◆。
任满头堆絮雪花**飞**，更月澹篷窗冻云**垂**。	△◆◇◇◆◆◇◇，△◆◆◇◇◆◇◇。
山郁苍苍，桥卧沉沉，夜鹊惊**起**。	◇◆◇◇，◇◆◇◇，◆◆◇◆。
噫，倚兰桨**兮**，我今恍惚遗身**世**。	◆，◆◇◆◇，◆◇◆◆◇◇◆。
渔樵甘放浪，蜉蝣然，寄天**地**。	◇◇◇◆◆，◇◇◇，◆◇◆。
叹富贵何时，功名浪语，	△◆◆◇◇，◇◇◆◆，
人生寓乐虽情**尔**。	◇◇◆◆◇◇◆。

知逝者如斯，盈虚如**彼**，则知变者如**是**。　△◆◆◇◇，◇◇◇◆，◆◇◆◆◇◆。
且物生宇宙各有**司**，非已有纤毫莫得**之**。　△◆◇◆◆◆◆◇，◇◆◆◇◇◆◆◇。
委吾心，耳目所**寄**。　◆◇◇，◆◆◆◆。
用之而不竭，取则不吾禁，　◆◇◇◆◆，◆◆◆◇◆，
自色自声，本非有**意**。　◆◆◆◇，◆◇◆◆。
望东来孤鹤缟其衣，快乘之，从此仙**矣**。　△◇◇◇◆◆◇◇，◆◇◇，◇◆◇◆。

同体式作品：无。

变体三·2

44 分句 14 复句

【变体三·2】44 分句 14 复句。上片较始词增 2 分句，复句数相同，19 分句 6 复句，三/三/三/三/四/三/型复句组；下片增 3 分句减 1 复句，25 分句 8 复句，三/三/三/三/三/四/三/三/型复句组。平仄通押，隔句韵，间插连句韵。

4，4，5。3，5，7。5，4，7。5，4，6。3，5，5，3。4，4，4。

1，4，7。5，3，3。5，4，7。5，4，6。8，3，5。7，3，3，5。4，4，6。7，4，4。

——南宋·曹冠·《全宋词》第 1540 页

哨遍

东坡采《归去来词》作《哨遍》，音调高古。双溪居士括《赤壁赋》被之声歌，聊写达观之怀，寓超然之兴云。

壬戌孟秋，苏子夜游，赤壁舟轻**漾**。　◇◆◆◇，◇◆◆◇，◆◆◇◇◆。
观水光，弥渺接遥天，月出于东山之**上**。　◇◆◇，◇◆◆◇◇，◆◆◇◇◇◇◆。
与客同清欢，扣舷歌咏，　◆◆◇◇◇，◆◇◇◆，
开怀饮酒情酣**畅**。　◇◇◆◆◇◇◆。
如羽化登仙，乘风独立，飘然遗世高**尚**。　◇◆◆◇◇，◇◇◆◆，◇◇◇◆◇◆。
客吹箫，音韵远悠扬，　◆◇◇，◇◆◆◇◇，
怨慕舞潜蛟，动凄凉。　◆◆◆◇◇，◆◇◇。
自古英雄，孟德周郎，旧踪可**想**。　◆◆◇◇，◆◆◇◇，◆◇◆◆。

噫，水与月兮，逝者如斯曷尝**往**。　◆，◆◆◆◇，◆◆◇◇◆◇◆。
变化如一瞬，盈虚兮，莫消**长**。　◆◆◇◆◆，◇◇◇，◆◇◆。
自不变而观，物我无尽，　◆◆◆◇◇，◆◆◇◆，
何须感物兴悲**怅**。　◇◇◆◆◇◇◆。
夫天地之间，物各有主，惟同风月清**赏**。　△◇◆◇◇，◆◆◆◆，◇◇◇◆◇◆。
念江山美景岂可量，　△◇◇◆◆◆◆◇，
吾与子，乐之兴徜徉。　◇◆◆，◆◇◆◇◇。
听江渚樵歌渔**唱**，侣鱼虾，友麋鹿，　△◇◆◇◇◇◆，◆◇◇，◆◇◆，

举匏尊相**向**。	◆◇◇◇◆。
人生堪笑，蜉蝣一梦，且纵扁舟放**浪**。	◇◇◇◆，◇◇◆◆，◆◆◇◇◇◆。
戏将坡赋度新声，试写高怀，自娱闲**旷**。	◆◇◇◆◆◇◇ ◆◆◇◇ ◆◇◇◆。

同体式作品：无。

变体三·3

43 分句 14 复句

【变体三·3】43 分句 14 复句。上片较始词增 2 分句，复句数不变，19 分句 6 复句，三/三/三/三/四/三/型复句组；下片较始词增 2 分句，减 1 复句，24 分句 8 复句，三/二/三/三/四/二/四/三/型复句组。平仄通押，隔句韵，间插连句韵。

4，4，5。3，5，7。3，6，7。5，4，6。5，3，4，4。5，4，4。

1，4，7。5，6。5，4，7。5，4，6。3，5，3，7。3，4。6，5，6，6。5，3，4。

——南宋·陈韡·《全宋词》第 2488 页

哨遍

陈抑斋乞致仕

多病倦游，在家又贫，毕竟如何**是**。	◇◆◆◇，◆◇◆◇，◆◆◇◇◆。
十万钱，骑鹤更扬州，是人间几曾有**底**。	◆◆◇，◇◆◆◇◇，◆◇◇◆◇◆◆。
算一生，大都能消几屐，	◆◆◇，◆◇◇◇◆◆，
劳神到老成何**事**。	◇◇◆◆◇◇◆。
趁齿落已双，发丝在两，归寻闲里滋**味**。	△◆◆◆◇，◆◇◆◆，◇◇◇◆◇◆。
不见青云路，有危**机**，	◆◆◇◇，◆◆◇◇，
金缕歌声，渐变成**悲**。	◇◆◇◇，◆◆◇◇。
待思大东门，忆鹤华亭，悔之晚**矣**。	◆◇◆◇◇，◆◆◇◇，◆◇◆◆。
休，归去来**兮**，北山幸有闲田**地**。	◇，◇◆◇◇，◆◇◆◆◇◇◆。
地瘠宜瓜菜，引泉凿成方**沚**。	◆◆◇◇◆，◆◇◆◇◇◆。
这仲子蔬园，三公不换，	△◆◆◇◇，◇◇◆◆，
况东陵自来瓜**美**。	△◇◇◆◇◇◆。
间走马溪头，倚阑垂钓，解衣自濯清**泚**。	◇◆◆◇◇，◆◇◇◆，◆◇◆◆◇◆。
酿山泉，时复一中**之**，	◆◇◇，◇◆◆◇◇，
琴横**膝**，古淡无弦有音徽。	◇◇◆，◆◆◇◇◆◇◇。
送归鸿，暮云千**里**。	◆◇◇，◆◇◇◆。
蓬莱自古无路，玄圃何时到，	◇◇◆◆◇◆，◇◆◇◇◆，
只消曲几薄团，镇日闲庐打**睡**。	◆◇◆◆◆◇，◆◆◇◇◆◇。
这乾坤日月，更远游，问他王**子**。	△◇◇◆◆，◆◆◇，◆◇◇◆。

同体式作品：无。

变体三·4

20 分句 8 复句

【变体三·4】20 分句 8 复句。较始词体式大变，长调变为短调，每片 10 分句 4 复句，二/二/三/三/型复句组。三换韵，仄韵，间插平韵，隔句韵，间插连句韵。

4，4。4，4。6，4，4。4，4，7。

4，4。4，4。6，4，4。4，4，6。——南宋·徐经孙·《全宋词》第 2720 页

哨遍

江山风**月**，耳目声**色**。　◇◇◇◆，◆◆◇◆。

取之无禁，用之不**竭**。　◆◇◇◆，◆◇◆◆。

造物之无尽藏，月白风清，有客有**酒**。　◆◆◇◇◆◆，◆◆◇◇，◆◆◆◆。

踞虎登龙，放舟中流，听其所止而休焉。　◆◆◇◇，◆◇◇◇，◇◇◆◆◇◇◇。

归去来兮，昨非今**是**。　◇◆◇◇，◆◇◇◆。

旧菊都荒，新松老**矣**。　◆◆◇◇，◇◇◆◆。

吾年今已如**此**，归去来**兮**，忘我忘**世**。　◇◇◇◆◇◆，◇◆◇◇，◆◆◆◆。

草木欣荣，幽人感**此**，吾生行且休**矣**。　◆◆◇◇，◇◇◆◆，◇◇◇◆◇◆。

同体式作品：无。

变体三·5

36 分句 13 复句

【变体三·5】36 分句 13 复句。上片分句数较始词增 2 分句，19 分句 6 复句，三/三/三/三/五/二/型复句组；下片较始词减 5 分句 2 复句，17 分句 7 复句，二/三/三/三/二/二/二/型复句组。仄韵，邻韵通押，隔句韵。

4，4，5。3，5，7。3，6，7。5，4，6。8，8，4，4，4。5，7。

3，8。5，4，7。5，4，6。8，8，7。6，5。8，6。7，7。

——南宋·吴潜·《全宋词》第 2728 页

哨遍

括兰亭记

在晋永和，癸丑暮春，初作兰亭**会**。　◆◆◆◇，◆◆◆◇，◇◆◇◇◆。

集众贤，临峻岭崇山，有茂林修竹流**水**。　◆◆◇，◇◆◆◇◇，△◆◇◇◆◇◆。

畅幽情，纵无管弦丝竹，　◆◇◇，◆◇◆◇◇◆，

一觞一咏佳天**气**。　◆◇◆◆◇◇◆。

于宇宙之中，游心骋目，此娱信可乐**只**。　◇◆◆◇◇，◇◇◆◆，◆◇◆◆◆◆。

念人生相与放形骸，或一室晤言襟抱开，　△◇◇◇◆◆◇◇，△◆◆◆◇◇◆◇，

静躁虽殊，当其可欣，不知老**至**。　◆◆◇◇，◇◇◆◇，◆◇◆◆。

然倦复何之，情随事改悲相**系**。	△◆◆◇◇，◇◇◆◆◇◇◆。
俯仰间，遗迹往往俱成陈**矣**。	◆◆◇，◇◆◆◆◇◇◇◆。
况约境变迁，终期于尽，	△◆◆◆◇，◇◇◇◆，
修龄短景都能**几**。	◇◇◆◆◇◇◆。
谩古换今移，时消物化，痛哉莫大生**死**。	△◆◆◇◇，◇◇◆◆，◆◇◆◆◇◆。
每临文吊往一兴嗟，亦自悼不能喻于怀，	△◇◇◆◆◆◇◇，△◆◆◆◇◆◇◇，
算彭殇妄虚均**尔**。	△◇◇◆◇◇◆。
今之视昔如**契**，后视今犹**昔**。	◇◇◆◆◇◆，◆◆◇◇◆。
故聊叙录时人所述，慨想世殊事**异**。	◆◇◆◆◇◇◆◆，◆◆◆◇◆◆。
后之来者览斯文，将悠然有感于**此**。	◆◇◇◆◆◇◇，△◇◇◆◆◇◆。

同体式作品：无。

变体三·6

41分句14复句

【变体三·6】41分句14复句。上片较始词增2分句，复句数同，19分句6复句，三/三/三/四/三/三/型复句组；下片分句数与始词同，减1复句，22分句8复句，三/二/三/三/三/二/三/三/型复句组。平仄通押，隔句韵，间插连句韵。

4，4，5。3，5，7。3，6，7。5，4，3，3。3，5，8。4，4，4。

1，4，7。5，6。5，4，7。5，4，6。8，8，7。6，5。4，4，6。7，3，3。

——南宋·方岳·《全宋词》第2846页

哨遍

用韵作月对，和程申父国录。

月曰不然，君亦怎知，天上从前**事**。	◆◆◆◇，◇◆◆◇，◇◆◇◇◆。
吾语汝，月岂有弦时，奈人间井观乃**尔**。	◇◆◆，◆◆◆◇◇，△◇◇◆◇◆◆。
休浪**许**，历家缪悠而**已**，	◇◆◆，◆◇◇◇◇◆，
谁云魄死生明**起**。	◇◇◆◆◇◇◆。
又明死魄生，循环晦朔，	◆◇◆◆◇，◇◇◆◆，
有老兔，自熙熙。	◆◆◆，◆◇◇。
妄相传，月溯日光余，	◆◇◇，◆◆◆◇◇，
嗟万古谁知了无亏。	△◆◆◇◇◆◇◇。
玉斧修成，银蟾奔去，此言荒**矣**。	◆◆◇◇，◇◇◇◆，◆◇◇◆。
噫，世已堪悲，听君歌复解人**颐**。	◆，◆◆◇◇，◆◇◇◆◆◇◇。
桂魄何曾死，寒光不减些儿。	◆◆◇◇◆，◇◇◆◆◇◇。
但与日相望，对如两镜，	△◆◆◇◇，◆◇◆◆，
山河大地无疑**似**。	◇◇◆◆◇◇◆。

待既望观之，冰轮渐侧，转斜才一钩**耳**。　△◆◆◇◇，◇◇◆◆，◆◇◇◆◇◆。
论本来不与中秋**异**，恐天问灵均未知**此**，　△◆◇◆◆◇◇◆，△◇◆◇◇◆◇◆，
又底用咸池重**洗**。　△◆◆◇◇◇◇◆。
乾坤一点英**气**，宁老人间**世**。　◇◇◆◆◇◆，△◆◇◇◆。
飞上天来，摩挲月去，才信有晴无**雨**。　◇◆◇◇，◇◇◆◆，◇◆◆◇◇◆。
人生圆缺几何其，且徘徊，与君同**醉**。　◇◇◇◆◆◇◇，◆◇◇，◆◇◇◆。

同体式作品：无。

427.【华清引】

1. 始词北宋苏轼作。
2. 词咏唐玄宗与杨玉环驾幸骊山华清池故事，因以“华清”为调名。
3. 双片，每片三平韵，连句韵、隔句韵。
4. 此调仅见苏轼一首。

始词：8分句4复句。双片。每片4分句2复句，二/二/型复句组。平韵，连句韵、隔句韵。

7，4。6，5。
7，6。5，5。——北宋·苏轼·《全宋词》第309页

华清引
感旧

平时十月幸兰**汤**，玉甃琼**梁**。　◇◇◆◆◆◇◇，◆◆◇◇。
五家车马如水，珠玑满路**旁**。　◆◇◇◆◇◆，◇◇◆◆◇。

翠华一去掩方**床**，独留烟树苍**苍**。　◆◇◆◆◆◇◇，◆◇◇◆◇◇。
至今清夜月，依前过缭**墙**。　◆◇◇◆◆，◇◇◆◆◇。

同体式作品：无。

428.【皂罗特髻】

1. 始词北宋苏轼作。
2. 双片，上片四韵，下片三韵，仄韵，隔句韵。
3. 此调仅见苏轼一首。

始词：17 分句 7 复句。双片。上片 9 分句 4 复句，三/二/二/二/型复句组；下片 8 分句 3 复句，二/四/二/型复句组。仄韵，隔句韵。

4，5，4。4，5。7，8。4，5。

6，5。3，4，3，5。4，5。——北宋·苏轼·《全宋词》第 319 页

皂罗特髻

采菱拾翠

采菱拾翠，算似此佳名，阿谁消**得**。	◆◇◆◆，△◆◆◇◇，◇◇◇◆。
采菱拾翠，称使君知**客**。	◆◇◆◆，△◆◇◇◆。
千金买采菱拾翠，更罗裙满把珍珠**结**。	◇◇◆◆◇◆◆，△◇◇◆◆◇◇◆。
采菱拾翠，正髻鬟初**合**。	◆◇◆◆，△◆◇◇◆。
真个采菱拾翠，但深怜轻**拍**。	◇◆◆◇◆◆，△◇◇◇◆。
一双手，采菱拾翠，	◆◇◆，◆◇◆◆，
绣衾下，抱著俱香**滑**。	◆◇◆，◆◆◇◇◆。
采菱拾翠，待到京寻**觅**。	◆◇◆◆，△◆◇◇◆。

同体式作品：无。

429.【荷华媚】

1. 始词北宋苏轼作。
2. 词咏调名本意。
3. 双片，上片三韵，下片二韵，仄韵，隔句韵。
4. 此调仅见苏轼一首。

始词：13 分句 4 复句。双片。上片 6 分句 2 复句，三/三/型复句组；下片 7 分句 2 复句，四/三/型复句组。仄韵，邻韵通押，隔句韵。

5，3，6。5，4，5。

3，5，5，4。6，5，4。——北宋·苏轼·《全宋词》第 319 页

荷华媚

荷花

霞苞电荷**碧**，天然地，别是风流标**格**。	◇◇◆◇◆，◇◇◆，◆◆◇◇◇◆。
重重青盖下，千娇照水，好红红白**白**。	◇◇◇◆◆，◇◇◆◆，△◇◇◆◆。
每怅望，明月清风夜，	◆◆◇，◇◆◇◇◆，
甚低迷不语，娇邪无**力**。	△◇◇◆◆，◇◇◇◆。

终须放船儿去，清香深处住，看伊颜**色**。	◇◇◆◇◇◆，◇◇◇◆◆，◆◇◇◆。

同体式作品：无。

430.【占春芳】

1. 始词北宋苏轼作。
2. 取本词“占春芳”之句为调名，调名即词题。
3. 双片，上片二韵，下片三韵，平韵，隔句韵。
4. 此调仅见苏轼一首。

始词：10 分句 4 复句。双片。每片 5 分句 2 复句，三/二/型复句组。平韵，隔句韵。律词。

3，3，5。6，6。

5，3，4。7，4。——北宋·苏轼·《全宋词》第 326 页

占春芳

红杏了，夭桃尽，独自占春**芳**。	◇◆◆，◇◇◆，◆◆◆◇◇。
不比人间兰麝，自然透骨生**香**。	◆◆◇◇◇◆，◆◇◆◆◇◇。
对酒莫相**忘**，似佳人，兼合明**光**。	◆◆◆◇◇，◆◇◇，◇◆◇◇。
只忧长笛吹花落，除是宁**王**。	◆◇◇◆◇◇◆，◇◆◇◇。

同体式作品：无。

431.【祝英台近】

【祝英台】【祝英台令】

1. 始词北宋苏轼作。
2. 亦名【祝英台】【祝英台令】。
3. 北宋仅见苏轼一首，南宋为通行词调。
4. 双片，始词每片四韵，变体韵数或有变；仄韵，隔句韵。

始词：18 分句 6 复句。双片。每片 9 分句 3 复句，三/二/四/型复句组。仄韵，插一平韵，隔句韵。

3，3，5。4，5。6，4，3，4。

3，6，5。4，5。6，4，3，4。——北宋·苏轼·《全宋词》第329页

祝英台近

挂轻帆，飞急桨，还过钓台**路**。	◆◇◇，◇◆◆，◇◆◆◇◆。
酒病无聊，欹枕听鸣**舻**。	◆◆◇◇，◇◆◆◇◇。
断肠簇簇云山，重重烟**树**，	◆◇◆◆◇◇，◇◇◇◆，
回首望，孤城何**处**。	◇◆◆，◇◇◇◆。
间离**阻**，谁念萦损襄王，何曾梦云**雨**。	◆◇◆，◇◆◇◆◇◇，◇◇◆◇◆。
旧恨前欢，心事两无**据**。	◆◆◇◇，◇◆◆◇◆。
要知欲见无由，痴心犹自，	◇◇◆◆◇◇，◇◇◇◆，
倩人道，一声传**语**。	◆◇◆，◆◇◇◆。

同体式作品：南宋：吴淑姬1首，张元幹1首，吕渭老1首，曹勋1首，曾协1首，王嵎1首，赵长卿1首，赵彦端1首，丘密1首，辛弃疾3首，程垓1首，黄人杰1首，陈亮1首，张镃1首，刘过2首，张潞1首，韩淲2首，王澡1首，戴复古1首，戴复古妻1首，史达祖3首，高观国2首，洪咨夔1首，岳珂2首，黄机1首，张辑2首，苏茂一1首，葛长庚1首，刘克庄1首，张榘1首，李义山1首，吴潜1首，吴文英5首，李彭老2首，汤恢1首，李演1首，柴望1首，蒋捷1首，陈著1首，陈允平1首，向希尹1首，刘辰翁2首，张涅1首，周密3首，刘应李1首，张炎7首，黄人杰1首，褚生1首，无名氏4人4首，计52人75首。

增减字：

（一）3，3，5。4，5。6，4，3，4。○ 3，6，4。4，5。7，4，3，4。南宋：吴泳1首。

变体二

较始词复句数不变，分句数有变。

变体二·1

16分句6复句

【变体二·1】16分句6复句。上下片第三复句较始词各减1分句，每片8分句3复句，三/二/三/型复句组。仄韵，隔句韵。

3，3，5。4，5。6，4，7。

3，6，5。4，5。6，4，7。——南宋·陈亮·《全宋词》第2102页

祝英台近

九月一日寿俞德载

嫩寒天，金气雨，揽断一秋**事**。	◆◇◇，◇◆◆，◆◆◆◇◆。
仝样霏微，还作小晴**意**。	◇◆◇◇，◇◆◆◇◆。
世间万宝都成，些儿无欠，	◆◇◆◆◇◇，◇◇◇◆，
只待与黄花为**地**。	◆◆◆◇◇◇◆。
好招**致**，对此郁郁葱葱，新篘未成**醉**。	◆◇◆，◆◆◆◆◇◇，◇◇◆◇◆。

翻手为云，造物等儿**戏**。　　◇◆◇◇，◆◆◆◇◆。
也知富贵来时，一班呈露，　　◆◇◆◆◇◇，◆◇◇◆，
便做出人中祥**瑞**。　　△◆◆◇◇◇◆。

同体式作品：无。

变体二·2

17分句6复句

【变体二·2】17分句6复句。上片第三复句较始词减1分句，8分句3复句，三/二/三/型复句组；下片第一复句较始词增1分句、第三复句减1分句，9分句3复句，四/二/三/型复句组。仄韵，隔句韵，插一连句韵。

3，3，5。4，5。6，4，7。
3，3，4，5。4，5。6，4，7。——南宋·黎廷瑞·《全宋词》第3387页

祝英台近

闺怨

彩云空，香雨**霁**，一梦千年**事**。　　◆◇◇，◇◆◆，◆◆◇◇◆。
碧幌如烟，却扇试新**睡**。　　◆◆◇◇，◆◇◆◇◆。
恁时杨柳阑干，芙蓉池馆，　　◆◇◇◆◇◇，◇◇◇◆，
还只似如今天**气**。　　◇◆◆◇◇◇◆。

远山**翠**，空相思，　　◆◇◆，◇◇◇，
淡扫修眉，盈盈照秋**水**。　　◆◆◇◇，◇◇◆◇◆。
落日西风，借问雁来**未**。　　◆◆◇◇，◆◆◆◇◆。
只愁雁到来时，又无消息，　　◆◇◆◆◇◇，◆◇◇◆，
只落得一番憔**悴**。　　◆◆◆◆◇◇◆。

同体式作品：无。

432.【醉翁操】

1. 始词北宋苏轼作。
2. 本源为琴曲。操，琴曲之称；醉翁，欧阳修自号。
3. 双片，始词上片十韵，下片八韵，变体韵数有变；平韵，连句韵，间插隔句韵。

始词：20分句9复句。双片。每片10分句，上片4复句，四/二/二/二/型复句组；下片5复句，二/二/二/二/二/型复句组。平韵，连句韵，间插隔句韵。

2，2，2，3。2，7。6，3。5，7。

4，4。4，6。6，6。5，5。5，7。——北宋·苏轼·《全宋词》第331页

醉翁操

琅琊幽谷，山水奇丽，泉鸣空涧，若中音会。醉翁喜之，把酒临听，辄欣然忘归。既去十余年，而好奇之士沈遵闻之往游，以琴写其声，曰醉翁操，节奏疏宕，而音指华畅，知琴者以为绝伦。然有其声而无其辞，翁虽为作歌，而与琴声不合。又依楚词作醉翁引，好事者亦倚其辞以制曲，虽粗合韵度，而琴声为词所绳约，非天成也。后三十余年，翁既捐馆舍，遵亦没久矣。有庐山玉涧道人崔闲，特妙于琴，恨此曲之无词，乃谱其声，而请于东坡居士以补之云。

琅**然**，清**圜**，谁**弹**，响空**山**。	◇◇，◇◇，◇◇，◆◇◇。
无**言**，惟翁醉中知其**天**。	◇◇，◇◇◆◇◇◇◇。
月明风露娟**娟**，人未**眠**。	◆◇◇◆◇◇，◇◆◇。
荷蒉过山**前**，曰有心也哉此**贤**。	◆◆◆◇◇，◆◆◇◆◇◆◇。
醉翁啸咏，声和流**泉**。	◆◇◆◆，◇◆◇◇。
醉翁去后，空有朝吟夜**怨**。	◆◇◆◆，◇◆◇◇◆◆。
山有时而童**巅**，水有时而回**川**。	◇◆◇◇◇◇，◆◆◇◇◇◇。
思翁无岁**年**，翁今为飞**仙**。	◇◇◇◆◇，◇◇◇◇◇。
此意在人**间**，试听徽外三两**弦**。	◆◆◆◇◇，◆◇◇◆◇◆◇。

同体式作品： 南宋：楼钥1首。

变体二

较始词复句数不变，分句数有变。

变体二·1

23分句9复句

【变体二·1】23分句9复句。上片与始词同，10分句4复句，四/二/二/二/型复句组；下片增3分句，13分句5复句，三/二/三/三/二/型复句组。平韵，连句韵，间插隔句韵。

2，2，2，3。2，7。6，3。5，5。

2，4，4。4，6。4，2，6。2，3，5。5，7。——北宋·郭祥正·《全宋词》第370页

效东坡

予甥法真祥师以子瞻内相所作《醉翁操》见寄。予以为未工也，倚其声作之，写呈法真，知可意否。谢山醉吟先生书。

泠泠，潺**潺**，寒**泉**，泻云**间**。	◆◆，◇◇，◇◇，◆◇◇。
如**弹**，醉翁洗心逃区**寰**。	◇◇，◆◇◆◇◇◇◇。
自期猿鹤俱**闲**，情未**阑**。	◆◇◇◆◇◇，◇◆◇。
日暮造深**原**，异芳谁与**搴**。	◆◆◆◇◇，◆◇◇◆◇。
忘**还**，琼楼玉阙，归去何**年**。	◆◇，◇◇◆◆，◇◆◇◇。

遗风余思，犹有猿吟鹤**怨**。	◇◇◇◆，◇◆◇◇◆◆。
花落溪**边**，萧**然**，莺语林中清**圆**。	◇◆◇◇，◇◇，◇◆◇◇◇◇。
空**山**，春又**残**，客怀文章**仙**。	◇◇，◇◆◇，◆◇◇◇◇。
度曲响涓**涓**，清商回徵星斗**寒**。	◆◆◆◇◇，◇◇◇◆◇◆◇。

同体式作品：无。

变体二·2

21 分句 9 复句

【变体二·2】21 分句 9 复句。上片第三复句较始词增 1 分句，11 分句 4 复句，四/二/三/二/型复句组；下片与始词同，10 分句 5 复句，二/二/二/二/二/型复句组。平韵，连句韵、隔句韵。

2，2，3，4。2，5。2，4，3。5，7。

4，4。4，6。6，6。5，5。5，7。——南宋·楼钥·《全宋词》第 1825 页

醉翁操

七月上浣游裴园。

茫**茫**，苍**苍**，青山绕，千顷波**光**。	◇◇，◇◇，◇◇◆，◇◆◇◇。
新秋，露风荷吹**香**。	◇◇，◆◇◇◆◇。
悠**飏**，心地翛然，生清**凉**。	◇◇，◇◆◇◇，◇◇◇。
古岸摇垂**杨**，时有白鹭飞来**双**。	◆◆◇◇◇，◇◆◆◆◇◇◇。
隐居如在，鹤与翱**翔**。	◆◇◇◆，◆◆◇◇。
老仙何处，尚有流风未**忘**。	◆◇◇◆，◆◆◇◇◆◇。
琴与君兮宫**商**，酒与君兮杯**觞**。	◇◆◇◇◇◇，◆◆◇◇◇◇。
清欢殊未**央**，西山忽斜**阳**。	◇◇◇◆◇，◇◇◆◇◇。
欲去且徜**徉**，更将霜鬓临沧**浪**。	◆◆◆◇◇，◆◇◇◆◇◇◇。

同体式作品：无。

变体二·3

22 分句 9 复句

【变体二·3】22 分句 9 复句。上片第一复句较始词增 1 分句，11 分句 4 复句，四/二/二/三/型复句组；下片第五复句增 1 分句，11 分句 5 复句，二/二/二/二/三/型复句组。平韵，连句韵、隔句韵。

2，2，2，3。2，7。6，3。1，3，7。

4，4。4，6。6，6。5，5。1，4，7。——南宋·辛弃疾·《全宋词》第 1939 页

醉翁操

顷余从廓之求观家谱，见其冠冕蝉联，世载勋德。廓之甚文而好修，意其昌未艾也。今天子即位，

覃庆中外，命国朝勋臣子孙之无见仕者官之。先是，朝廷屡语甄录元祐党籍家。合是二者，廓之应仕矣。将告诸朝，行有日，请予作歌以赠。属予避谤，持此戒甚力，不得如廓之请。又念先之与予游八年，日从事诗酒间，意相得欢甚，于其别也，何独能恝然。顾廓之长于楚词，而妙于琴，辄拟【醉翁操】，为之词以叙别。异时廓之绾组东归，仆当买羊沽酒，廓之为鼓一再行，以为山中盛事云。

长**松**，之**风**，如**公**，肯余**从**。	◇◇，◇◇，◇◇，◆◇◇。
山**中**，人心与吾兮谁**同**。	◇◇，◇◇◆◇◇◇◇。
湛湛千里之江，上有**枫**。	◆◆◇◆◇◇，◆◆◇。
噫，送子**东**，望君之门兮九**重**。	◆，◆◆◇，◆◇◇◇◇◆◇。
女无悦已，谁适为**容**。	◆◇◆◆，◇◆◇◇。
不龟手药，或一朝兮取**封**。	◆◇◆◆，△◆◇◇◆◇。
昔与游兮皆**童**，我独穷兮今**翁**。	◆◆◇◇◇◇，◆◆◇◇◇◇。
一鱼兮一**龙**，劳心兮忡**忡**。	◆◇◇◆◇，◇◇◇◇◇。
噫，命与时**逢**，子取之食兮万**钟**。	◇，◆◆◇◇，◆◆◇◆◇◆◇。

同体式作品：无。

433.【惜黄花】

1. 始词北宋许将作。
2. 词咏本题，调名即词题。
3. 【惜黄花慢】较本调每片增一复句，作同源词调处理，【惜黄花】中与之同体者计入慢词。
4. 双片，始词每片五仄韵，变体韵数或有变；连句韵、隔句韵。

始词：17 分句 6 复句。双片。上片 8 分句 3 复句，二/三/三/型复句组，下片 9 分句 3 复句，二/三/四/型复句组。仄韵，连句韵、隔句韵。律词。

4，4。4，3，3。5，5，7。

4，4。4，3，3。5，5，3，4。——北宋·许将·《全宋词》第 353 页

惜黄花

雁声晚**断**，寒霄云**卷**。	◆◇◆◆，◇◇◇◆。
正一枝开，风前看，月下**见**。	△◆◇◇，◇◇◆，◆◆◆。
花占千花上，香笑千香**浅**，	◇◆◇◇◆，◇◆◇◇◆。
化工与最先裁**剪**。	◆◇◆◆◇◇◆。
谁把瑶林，闲抛江**岸**。	◇◆◇◇，◇◇◇◆。
恁素英浓，芳心细，意何**限**。	◆◆◇◇，◇◇◆，◆◇◆。

不恨宫妆色，不怨吹羌**管**，　◆◆◇◇◆，◆◆◇◇◆。
恨天**远**，恨春来**晚**。　◆◇◆，◆◇◇◆。

同体式作品：无。

增减字：

(一) 4，4。3，3，4。5，5，7。○ 4，4。3，3，4。5，5，3，4。南宋：史达祖1首。

变体二

较始词复句数不变，分句数有变。

变体二·1

15分句6复句

【变体二·1】15分句6复句。上片第二复句较始词减1分句，下片第四复句减1分句。上片7分句3复句，二/二/三/型复句组；下片8分句3复句，二/三/三/型复句组。仄韵，连句韵、隔句韵。

4，4。4，6。5，5，7。
5，4。3，3，4。5，5，7。——南宋·史浩·《全宋词》第1278页

惜黄花

重阳

秋光将**老**，黄花开**早**。　◇◇◇◆，◇◇◇◆。
露浥清**晓**，金钱万叠犹**小**。　◆◆◇◆，◇◇◆◆◇◆。
簪遍碧云鬟，压倒乌纱**帽**，　◇◆◆◇◇，◆◆◇◇◆，
更把来玉觞同**酾**。　△◆◇◆◇◇◆。

过□添炉鼎，朱颜愈**少**。　◆□◇◇◆，◇◇◆◆。
壮道骨，长仙风，养成灵**宝**。　◆◆◆，◆◇◇，◆◇◇◆。
今日去登高，谩说龙山**好**，　◇◆◆◇◇，◆◆◇◇◆，
悄不如自家蓬**岛**。　◆◆◇◆◇◇◆。

同体式作品：无。

变体二·2

14分句6复句

【变体二·2】14分句6复句。上片第二复句较始词减1分句，下片第二、三复句各减1分句，每片7分句3复句，二/二/三/型复句组。仄韵，连句韵，隔句韵。

4，4。3，5。5，5，7。
4，4。5，4。5，4，7。——南宋·宋先生·《全宋词》第2122页

惜黄花

天机大**道**，达者稀**少**。　◇◇◆◆，◆◆◇◆。

运戊己，龙蟠更虎**绕**。	◆◆◆，◇◇◆◆◆。
这一颗丹砂，凡世人难**晓**，	◆◆◆◇◇，△◆◇◇◆。
间木金坎离颠**倒**。	◆◆◇◆◇◇◆。
阳全阴尽，形容不**老**。	◇◇◇◆，◇◇◆◆。
将水火烹煎，自然炉**灶**。	△◆◆◇◇，◆◇◇◆。
待行功成就，炼无价**宝**，	△◇◇◇◆，△◇◆◆，
去朝元七祖都**了**。	△◇◇◆◆◇◆。

同体式作品：无。

同源词调：【惜黄花慢】

1. 始词北宋田为作。
2. 双片，始词每片五韵，变体韵数或变；仄、平二韵式；隔句韵，间插连句韵。

始词：21 分句 8 复句。双片。上片 11 分句 4 复句，三/三/二/三/型复句组；下片 10 分句 4 复句，三/三/二/二/型复句组。仄韵，隔句韵。

4，3，6。4，6，6。7，7。3，4，4。

6，3，6。4，6，6。7，7。3，6。——北宋·田为·《全宋词》第 813 页

惜黄花慢

雁空浮碧，印晓月，露洗重阳天**气**。	◆◇◇◆，◆◆◆，◆◆◇◇◇◆。
望极楼外，淡烟半隔疏林，	◆◆◇◆，◆◇◆◆◇◇，
掩映断桥流**水**。	◆◆◆◇◇◆。
黄金篱畔白衣人，更谁会渊明深**意**。	◇◇◇◆◆◇◇，△◇◆◇◇◇◆。
晚风**底**，落日乱鸿，飞起无**际**。	◆◇◆，◆◆◆◇，◇◆◇◆。
情多对景凄凉，念旧赏，步屧登高迢**递**。	◇◇◆◆◇◇，◆◆◆，◆◆◇◇◇◆。
兴满东山，共携素手持杯，	◆◆◇◇，◆◇◆◆◇◇，
劝泛玉浆云**蕊**。	△◆◆◇◇◆。
此时霜鬓欲归心，谩老尽悲秋情**味**。	◆◇◇◆◆◇◇，△◆◆◇◇◇◆。
向醉**里**，免得又成憔**悴**。	◆◆◆，◆◆◆◇◇◆。

同体式作品：无。

增减字：

（一）4，5，4。4，6，6。7，7。3，4，4。○ 6，3，6。4，6，6。7，7。3，6。南宋：杨无咎 1 首。

变体二

与始词复句数相同，分句数有变。

变体二·1

22 分句 8 复句

【变体二·1】22 分句 8 复句。双片。每片 11 分句 4 复句，上片三/三/二/三/型复句组；下片三/三/三/二/型复句组。仄韵，隔句韵。

4，3，6。4，6，6。7，7。3，4，4。

6，3，6。4，6，6。7，3，4。3，6。——南宋·赵以夫·《全宋词》第 2664 页

惜黄花

菊

众芳凋**谢**，堪爱处，老圃寒花幽**野**。	◆◇◇◆，◇◆◆，◆◆◇◇◇◆。
照眼如**画**，烂然满地金钱，	◆◆◇◆，◆◇◆◆◇◇，
买断金钱无**价**。	◆◆◇◇◇◆。
古香逸韵似高人，更野服黄冠潇**洒**。	◆◇◆◆◆◇◇，△◆◆◇◇◇◆。
向霜**夜**，冷笑暖春，桃李夭**冶**。	◆◇◆，◆◆◆◇，◇◆◇◆。
襟期问与谁同，记往昔，独自徘徊篱**下**。	◇◇◆◆◇◇，◆◆◆，◆◆◇◇◇◆。
采采盈**把**，此时一段风流，	◆◆◇◆，◆◇◆◆◇◇，
赖得白衣陶**写**。	◆◆◆◇◇◆。
而今为米负初心，且细摘，轻浮三**雅**。	◇◇◆◆◆◇◇，◆◆◆，◇◇◇◆。
沉醉也，梦落故园茅**舍**。	◇◆◆，◆◆◆◇◇◆。

同体式作品：无。

变体二·2

23 分句 8 复句

【变体二·2】23 分句 8 复句。上下片第二复句较始词各增 1 分句。上片 12 分句 4 复句，三/四/二/三/型复句组；下片 11 分句 4 复句，三/四/二/二/型复句组。平韵，隔句韵，间插连句韵。

4，3，6。4，4，4，4。7，7。3，4，4。

6，5，4。4，4，4，4。7，7。3，6。——南宋·吴文英·《全宋词》第 2913 页

惜黄花慢

夷则羽。菊。

粉靥金**裳**，映绣屏，认得旧日萧**娘**。	◆◆◇◇，◆◆◇，◆◆◆◆◇◇。
翠微高处，故人帽底，	◆◇◇◆，◆◇◆◆，
一年最好，偏是重**阳**。	◆◇◆◆，◇◆◇◇。
避春只怕春不远，望幽径偷理秋**妆**。	◆◇◆◆◇◆◆，△◇◆◇◆◇◇。
殢醉**乡**，寸心似剪，飘荡愁**觞**。	◆◆◇，◆◇◆◆，◇◆◇◇。

潮腮笑入清**霜**，斗万花样巧，深染蜂**黄**。　◇◇◆◆◇◇，△◆◇◆◆，◇◆◇◇。
露痕千点，自怜旧色，　◆◇◇◆，◆◇◆◆，
寒泉半掬，百感幽**香**。　◇◇◆◆，◆◆◇◇。
雁声不到东篱畔，满城但风雨凄**凉**。　◆◇◆◆◇◇◆，◆◇◆◇◆◇◇。
最断**肠**，夜深怨蝶飞**狂**。　◆◆◇，◆◇◆◆◇◇。

同体式作品：南宋：吴文英1首。

434.【无愁可解】

1. 始词北宋陈慥作。
2. 调名即词题。据本词自序，该曲调为乐工范日新所创，原名【解愁】，刘几填词而“天下传咏”，惜其词无存；陈慥词题“无愁可解”，反其意而咏之，乃成其调新名。
3. 双片，上片六韵，下片七韵；仄韵，隔句韵、连句韵。
4. 此调仅见陈慥一首。

始词：20分句8复句。双片。每片10分句4复句，上片三/二/二/三/型复句组；下片三/二/三/二/型复句组。仄韵，邻韵通押，隔句韵、连句韵。

4，4，6。5，6。7，6。7，5，3。

2，4，9。5，6。2，5，7。9，6。——宋·陈慥·《全宋词》第354页

无愁可解

国工范日新作《越调·解愁》，洛阳刘几伯寿闻而悦之，戏作俚语之词，天下传咏，以谓几于达者。龙丘子犹笑之，此虽免乎愁，犹有所解也。若夫游于自然而托于不得已，人乐亦乐，人愁亦愁，彼且恶乎解哉。乃反其词，作《无愁可解》云。

光景百年，看便一**世**，生来不识愁**味**。　◇◆◆◇，◆◆◆◆，◇◇◆◆◇◆。
问愁何处来，更开解个甚**底**。　◆◇◇◆◇，△◇◆◆◆◆。
万事从来风过**耳**，何用不著心**里**。　◆◆◇◇◇◆◆，◇◆◆◆◇◆。
你唤做展却眉头，便是达者也，则恐**未**。　◆◆◆◆◆◇◇，◆◆◆◆◆，◆◆◆。

此**理**，本不通言，何曾道欢游胜如名**利**。　◆◆，◆◆◇◇，◇◇◆◇◇◆◇◇◆。
道即浑是错，不道如何即**是**。　◆◆◇◆◆，◆◆◇◇◆◆。
这**里**，元无我与**你**，甚唤做物情之**外**。　◆◆，◇◇◆◆◆，◆◆◆◆◇◇◆。
若须待醉了方开解时，问无酒怎生**醉**。　◆◇◆◆◆◇◇◆◇，△◇◆◆◇◆。

同体式作品：无。

435.【散天花】

1. 始词北宋舒亶作。
2. 本调体式与【朝玉阶】之一式全同。
3. 双片，每片四平韵，隔句韵。
4. 此调仅见舒亶一首。

始词：12 分句 4 复句。双片。每片 6 分句 2 复句，三/三/型复句组。平韵，隔句韵。律词。

7，5，3。7，5，3。

7，5，3。7，5，3。——北宋·舒亶·《全宋词》第 360 页

散天花

次师能韵

云断长空叶落**秋**，寒江烟浪静，月随**舟**。 ◇◆◇◇◆◆◇，◇◇◇◆◆，◆◇◇。

西风偏解送离**愁**，声声南去雁，下汀**洲**。 ◇◇◇◆◆◇◇，◇◇◇◆◆，◆◇◇。

无奈多情去复**留**，骊歌齐唱罢，泪争**流**。 ◇◆◇◇◆◆◇，◇◇◇◆◆，◆◇◇。

悠悠别恨几时**休**，不堪残酒醒，凭危**楼**。 ◇◇◆◆◆◇◇，◆◇◇◆◆，◆◇◇。

同体式作品：无。

436.【醉花阴】

1. 始词北宋舒亶作。
2. 双片，每片三仄韵，连句韵、隔句韵。

始词：10 分句 4 复句。双片。每片 5 分句 2 复句，二/三/型复句组。仄韵，连句韵、隔句韵。

7，5。5，4，5。

7，5。5，4，5。——北宋·舒亶·《全宋词》第 360 页

醉花阴

试茶

露芽初破云腴**细**，玉纤纤亲**试**。 ◆◇◇◆◇◇◆，◆◇◇◇◆。

香雪透金瓶，无限仙风，月下人微**醉**。 ◇◆◆◇◇，◇◆◇◇，◆◆◇◇◆。

相如消渴无佳**思**，了知君此**意**。	◆◇◇◆◇◇◆，◆◇◇◆◆。
不信老卢郎，花底春寒，赢得空无**睡**。	◆◆◆◇◇，◇◆◇◇，◇◆◇◇◆。

同体式作品：北宋：舒亶2首，毛滂2首，沈蔚1首，葛胜仲1首，米友仁1首（调名【醉春风】，与【醉花阴】词式全同），曹组1首，王庭珪2首，李清照1首，计8人11首。南宋：王灼1首，李弥逊4首，张元幹3首，杨无咎5首，王之望1首，丘崈1首，赵长卿1首，辛弃疾1首，陈亮2首，无名氏2人2首，计11人21首。

增减字：

（一）7，5。5，4，5。○7，6。5，4，5。北宋：仲殊1首。

437.【虞神歌】

1. 始词北宋范祖禹作。
2. 宋代虞祭礼乐歌辞。虞祭，古代皇室葬礼。
3. 双片，上片十二韵，下片十韵，变体韵数有变；平韵，连句韵、隔句韵。

始词：33分句12复句。双片。上片17分句6复句，二/三/三/三/三/三/型复句组；下片16分句6复句，二/三/三/三/三/二/型复句组。平韵，连句韵、隔句韵。

3，5。3，4，4。3，4，3。6，5，7。3，4，5。4，4，3。

3，4。5，4，4。3，4，3。6，5，7。3，4，5。4，4。

——北宋·范祖禹·《全宋词》第368页

虞神歌

驾玉**龙**，设初虞祭**终**。	◆◆◇，◆◇◇◆◇。
前旌举，天回洛水，路转崧**峰**。	◇◇◆，◇◇◆◆，◆◆◇◇。
瞻寥廓，烟霏冲**融**，窅无**踪**。	◇◇◆，◇◇◇◇，◆◇◇。
震地鼓吹悲**雄**，谁何羽卫**重**，	◆◆◆◆◇◇，◇◇◆◆◇，
拂云旗帜眩青**红**。	◆◇◇◆◆◇◇。
来渐**东**，清尘洒道，修职百神**恭**。	◇◆◇，◇◇◆◆，◇◆◆◇◇。
回首苍茫，雾雨吹**风**，掩泉**宫**。	◇◆◇◇，◆◆◇◇，◆◇◇。
寰畿入，山川改**容**。	◇◇◆，◇◇◆◇。
鼓钟临近次，千官望拜，涕泪衡**从**。	◆◇◇◆◆，◇◇◆◆，◆◆◇◇。
人如堵，晨光葱**茏**，阙穹**隆**。	◇◇◆，◇◇◇◇，◆◇◇。
驰道禁水相**通**，当年游幸**空**，	◇◆◆◆◇◇，◇◇◇◆◇，
皇仪事毕泣重**瞳**。	◇◇◆◆◆◇◇。
哀未**穷**，巍巍余烈，辉映简编**中**。	◇◆◇，◇◇◇◆，◇◆◆◇◇。

亿万斯年，覆载同**功**。　◆◆◇◇，◆◆◇◇。

同体式作品：无。

变体一

与始词分句数复句数相同，复句型有变。

【变体一·1】33 分句 12 复句。上片第六复句较始词减 1 分句，16 分句 6 复句，二/三/三/三/三/二/型复句组；下片第一复句增 1 分句，17 分句 6 复句，三/三/三/三/三/二/型复句组。平韵，连句韵、隔句韵。

3，5。3，4，4。3，4，3。6，5，7。3，4，5。4，4。

3，3，4。5，4，4。3，4，3。6，5，7。3，4，5。4，4。

——宋·无名氏·《全宋词》第 3722 页

虞神歌

转紫**芝**，指东都帝**畿**。　◆◆◇，◆◇◇◆◇。
愁雾里，箫声宛转，辇路透**迤**。　◇◆◆，◇◇◆◆，◆◆◇◆。
那堪见，郊原芳**菲**，日迟**迟**。　◆◇◆，◇◇◇◇，◆◇◇。
对列凤翣龙**旗**，轻阴黯四**垂**，　◆◆◆◆◇◇，◇◇◆◆◇，
楼台绿瓦沍琉**璃**。　◇◇◆◆◆◇◇。
仙仗**归**，寿原清夜，寒月掩褕**袆**。　◇◆◇，◆◇◇◆，◇◆◆◇◇。
翠幰雕轮，空反灵**螭**。　◆◆◇◇，◇◆◇◇。

憩长**岐**，嵩峰远，伊川渺**弥**。　◆◇◇，◇◇◆，◇◇◆◇。
此时还帝**里**，旌幡上下，葆羽葳**蕤**。　◆◇◇◆◆，◇◇◆◆，◆◆◇◇。
天街回，垂杨依**依**，过端**闱**。　◇◇◇，◇◇◇◇，◆◇◇。
阊阖正辟金**扉**，觚棱射暖**晖**，　◇◆◆◆◇◇，◇◇◆◆◇，
虞神宝篆散轻**丝**。　◇◇◆◆◆◇◇。
空涕**洟**，望陵宫女，嗟物是人**非**。　◇◆◇，◆◇◇◆，◇◆◆◇◇。
万古千秋，烟惨风**悲**。　◆◆◇◇，◇◆◇◇。

同体式作品：无。

【变体一·2】33 分句 12 复句。与【变体一·1】上下片句数相同，复句型有变。上片 16 分句 6 复句，二/三/二/五/二/二/型复句组；下片 17 分句 6 复句，三/四/三/二/三/二/型复句组。平韵，连句韵、隔句韵。

3，5。3，4，4。7，3。3，4，5，4，5。4，5。4，4。

3，3，4。5，3，4，7。3，3，3。5，7。3，4，5。4，4。

——宋·无名氏·《全宋词》第 3725 页

虞神歌

复土**初**，明旌下储**胥**。　◆◆◇，◇◇◆◇◇。
回虚仗，箫笳互奏，旌旆随**驱**。　◇◇◆，◇◇◆◆，◇◆◇◇。

岂知飙御在蓬**壶**，道萦**纡**。　◆◇◇◆◆◇◇，◆◇◇。
风日惨，六马踌**躇**，留恨满山**隅**，　◇◆◆，◆◆◇◇，◇◆◆◇◇，
不堪回首，翠柏已扶**疏**。　◆◇◇◆，◆◆◆◇◇。
帝城渐迩，愁雾锁天**衢**。　◆◇◆◆，◇◆◆◇◇。
公卿百辟，鳞集云**敷**。　◇◇◆◆，◇◆◇◇。

迓龙**舆**，端门辟，金碧凌**虚**。　◆◇◇，◇◇◆，◇◆◇◇。
此时还帝**都**，严清庙，　◆◇◇◆◇，◇◇◆，
入空时升，文物灿烂极嘉**娱**。　◆◆◇◇，◇◆◆◆◆◇◇。
配三宗，号称神，古所**无**。　◆◆◇，◆◇◇，◆◆◇。
帝德协庙**虞**，九歌毕奏斐然**殊**。　◆◆◆◆◇，◆◇◆◆◆◇◇。
会轩**朱**，神具燕喜，锡福集皇**居**。　◆◇◇，◇◆◆◆，◆◆◆◇◇。
更千万祀，佑启邦**图**。　◆◇◆◆，◆◆◇◇。

同体式作品：无。

438. 【极相思】

1. 始词传为北宋太尉夫人作。
2. 始词取“相思泪迸”句为调名，调名即词题。北宋彭乘《墨客挥犀》：“仁庙时，皇族中太尉夫人一日入内，再拜告帝曰：‘臣妾有夫，不幸为婢妾所惑。’帝怒，流婢于千里。夫人亦得罪，居于瑶华宫，太尉罚俸而不得朝。经岁，方春暮，夫人为词曲，名《极相思》。”
3. 一作【极相思令】。
4. 双片，上片三韵，下片二韵；平韵，连句韵、隔句韵。

始词：11 分句 4 复句。双片。上片 5 分句 2 复句，二/三/型复句组；下片 6 分句 2 复句，三/三/型复句组。平韵，上片首二句连韵，继隔句韵。

6，5。4，4，4。
7，3，4。4，4，4。——北宋·太尉夫人·《全宋词》第 370 页

极相思

柳烟霁色方**春**，花露逼金**茎**。　◆◇◆◆◇◇，◇◆◆◇◇。
秋千院落，海棠渐老，才过清**明**。　◇◇◆◆，◆◇◆◆，◇◆◇◇。

嫩玉腕托香脂脸，相传粉，更与谁**情**。　◆◆◆◆◇◇◆，◇◇◆，◆◆◇◇。
秋波绽处，相思泪迸，天阻深**诚**。　◇◇◆◆，◇◇◆◆，◇◆◇◇。

同体式作品： 南宋：蔡伸 2 首，吕渭老 2 首，陆游 1 首，吴文英 1 首。

增减字：

（一）7，5。4，4，4。○ 7，3，4。4，4，4。北宋：谭意哥 1 首。

（二）7，5。4，4，4。○ 6，3，4。4，4，4。南宋：李氏 1 首。

（三）4，7。4，4，4。○ 7，3，4。4，4，4。南宋：仇远 1 首。

439.【绛都春】

1. 始词为北宋官廷教坊乐人丁仙现作。
2. 双片，每片六仄韵，隔句韵。

始词：22 分句 8 复句。双片。每片 11 分句 4 复句，上片三/二/三/三/型复句组；下片四/二/三/二/型复句组。仄韵，隔句韵。

4，5，4。4，7。7，3，4。4，4，4。

2，4，5，4。4，7。7，3，4。6，4。——北宋 · 丁仙现 ·《全宋词》第 371 页

绛都春

上元

融和又**报**，乍瑞霭霁色，皇州春**早**。	◇◇◆◆，△◆◆◆◆，◇◇◇◆。
翠幰竞飞，玉勒争驰都门**道**。	◆◆◆◇，◆◆◇◇◇◇◆。
鳌山彩结蓬莱**岛**，向晚色，双龙衔**照**。	◇◇◆◆◇◇◆，◆◆◆，◇◇◇◆。
绛绡楼上，彤芝盖底，仰瞻天**表**。	◆◇◇◆，◇◇◆◆，◆◇◇◆。
缥**缈**，风传帝乐，	◆◆，◇◇◆◆，
庆三殿共赏，群仙同**到**。	◆◇◆◆◆，◇◇◇◆。
迤逦御香，飘满人间闻嬉**笑**。	◆◆◆◇，◇◆◇◇◇◇◆。
须臾一点星球**小**，渐隐隐，鸣鞘声**杳**。	◇◇◆◆◇◇◆，◆◆◆，◇◇◇◆。
游人月下归来，洞天未**晓**。	◇◇◆◆◇◇，◆◇◆◆。

同体式作品： 南宋：京镗 1 首，翁元龙 1 首，蒋捷 1 首。

增减字：

（一）4，3，6。4，7。7，3，4。4，4，4。○ 2，4，3，6。4，7。7，3，4。6，4。南宋：吴文英 2 首。

（二）4，5，4。4，7。7，3，4。4，4，4。○ 2，4，3，6。4，7。7，3，4。6，4。南宋：吴文英 3 首。

变体二

较始词复句数不变，分句数有变。

变体二 · 1

20 分句 8 复句

【变体二·1·1】20 分句 8 复句。上下片第三复句较始词各减 1 分句。上片 10 分句 4 复句，三/二/二/三/型复句组；下片 10 分句 4 复句，四/二/二/二/型复句组。仄韵，隔句韵，间插连句韵。

4，5，4。4，7。7，6。4，4，4。
2，4，5，4。4，7。7，6。6，4。——北宋·毛滂·《全宋词》第 661 页

绛都春

太师生辰

余寒尚**峭**，早凤沼冻开，芝田春**到**。	◇◇◆◆，△◆◆◆◇，◇◇◇◆。
茂对诞期，天与公春向廊**庙**。	◆◆◆◇，◇◆◇◇◆◇◆。
元功开物争春**妙**，付与秾华多**少**。	◇◇◇◆◇◇◆，◆◆◇◇◇◆。
召还和气，拂开霁色，未妨谈**笑**。	◆◇◇◆，◆◇◆◆，◆◇◇◆。
缥**缈**，五云乱处，	◆◆，◆◇◆◆，
种雕菰向熟，碧桃犹**小**。	◆◇◇◆◆，◆◇◇◆。
雨露在门，光彩充闾乌亦**好**。	◆◆◆◇，◇◆◇◇◇◆◆。
宝熏郁雾城南**道**，天自锡公难**老**。	◆◇◆◆◇◇◆，◇◆◆◇◇◆。
看公身任安危，二十四**考**。	◆◇◇◆◇◇，◆◆◆◆。

同体式作品：无。

增减字：

(一) 4，5，4。4，7。7，6。4，4，4。○ 2，4，3，6。4，7。7，6。6，4。南宋：张榘 1 首，吴则礼 2 首。

(二) 4，5，4。4，7。7，7。4，4，4。○ 2，4，3，6。4，7。7，7。6，4。南宋：无名氏 1 首。

【变体二·1·2】20 分句 8 复句。与【变体二·1】分句数复句数相同，上片复句型有变，下片同。每片 10 分句 4 复句，上片二/二/三/三/型复句组；下片四/二/二/二/型单句复句组合。仄韵，隔句韵，间插连句韵。

4，9。4，7。7，3，4。4，4，4。
2，4，3，6。4，7。7，7。6，4。——南宋·吴文英·《全宋词》第 2911 页

绛都春

夷则羽，俗名仙吕调。为郭清华内子寿。

香深雾**暖**，正人在锦瑟华年深**院**。	◇◇◆◆，△◇◆◆◆◇◇◇◆。
旧日汉宫，分得红兰滋吴**苑**。	◆◆◆◇，◇◆◇◇◇◇◆。
临池羞落梅花**片**，弄水月，初匀妆**面**。	◇◇◇◆◇◇◆，◆◆◆，◇◇◇◆。
紫烟笼处，双鸾共跨，洞箫低**按**。	◆◇◇◆，◇◇◆◆，◆◇◇◆。
歌**管**，红围翠袖，	◆◆，◇◇◆◆，
冻云外，似觉东风先**转**。	◆◇◆，◆◆◇◇◇◆。
绣畔昼迟，花底天宽春无**限**。	◆◆◆◇，◇◆◇◇◇◇◆。

仙郎骄马琼林**宴**，待卷上珠帘教**看**。　◇◇◇◆◇◇◆，△◆◆◇◇◆◆。
更传莺入新年，宝钗梦**燕**。　◆◇◇◆◇◇，◆◇◆◆。

同体式作品：无。

变体二·2

19分句8复句

【变体二·2】19分句8复句。上片第三复句较始词减1分句，10分句4复句，三/二/二/三/型复句组；下片第一、三复句各减1分句，9分句4复句，三/二/二/二/型复句组。仄韵，隔句韵，间插连句韵。

4，5，4。4，7。7，7。4，4，4。
6，5，4。4，7。7，7。6，4。——南宋·赵彦端·《全宋词》第1457页

绛都春

别张子仪

平生相**遇**，算未有笑语，闽山佳**处**。　◇◇◇◆，◆◆◆◆◆，◇◇◇◆。
旧日文章，如今风味浑如**许**。　◆◆◇◇，◇◇◇◆◇◇◆。
眼前都是蓬莱**路**，但莫道有人曾**住**。　◆◇◇◆◇◇◆，△◆◆◆◇◇◆。
异时天上，种种风流，待君如**故**。　◆◇◇◆，◆◆◇◇，◆◇◇◆。

此自君家旧**物**，看九万清风，为君掀**举**。　◆◆◇◇◆◆，△◆◆◇◇，◆◇◇◆。
举上青云，却忆梅花如旧**否**。　◆◆◇◇，◆◆◇◇◇◆◆。
故人衰病今无**绪**，只种得梅花盈**圃**。　◆◇◇◆◇◇◆，◆◆◆◇◇◇◆。
待君一过山家，共斟露**醑**。　◆◇◆◆◇◇，◆◇◆◆。

同体式作品：南宋：陈郁1首；无名氏1首。

增减字：

（一）4，5，4。4，7。7，7。4，4，4。○6，5，4。4，7。7，7。4，6。南宋：刘镇1首。
（二）4，5，4。4，7。7，6。4，4，4。○6，5，4。4，7。7，6。4，6。南宋：陈允平1首。

440.【宴琼林】

1. 始词北宋黄裳作。
2. 双片，上片四韵，下片五韵，变体韵数有变；仄韵，隔句韵，间插连句韵。
3. 此调仅见黄裳四首。

始词：24分句8复句。双片。上下片各12分句4复句，三/三/三/三/型复句组。仄韵，隔句韵，间插连句韵。

5，5，4。5，3，6。3，3，5。3，5，5。

4，5，4。3，4，5。3，4，7。4，4，5。——北宋·黄裳·《全宋词》第377页

宴琼林

木香

红紫趁春阑，独万簇琼英，尤未开**罢**。	◇◆◆◇◇，△◆◆◇◇，◇◆◇◆。
问谁共绿幄，宴群真，皓雪肌肤相**亚**。	△◇◆◆◆，◆◇◇，◆◆◇◇◇◆。
华堂路，小桥边，向晴阴一**架**。	◇◇◆，◆◇◇，△◇◇◆◆。
为香清，把作寒梅看，喜风来偏**惹**。	◆◇◇，◆◆◇◇◆，△◇◇◇◆。
莫笑因缘，见景跨春空，荣称亭**榭**。	◆◆◇◇，◆◆◆◇◇，◇◇◇◆。
助巧笑，晓妆如**画**，有花钿堪**借**。	◆◆◆，◆◇◇◆，△◇◇◇◆。
新醅泛，寒冰几点，拚今日醉尤飞**斝**。	◇◇◆，◇◇◆◆，△◇◆◆◇◇◆。
翠罗帏中，卧蟾光碎，何须待还**舍**。	◆◇◇◇，◆◇◇◆，◇◇◆◇◆。

同体式作品：无。

变体二

较始词复句数不变，分句数减2。

【变体二】22分句8复句。上片第三复句较始词减1分句，11分句4复句，三/三/二/三/型复句组；下片第二复句减1分句，11分句4复句，三/二/三/三/型复句组。仄韵，隔句韵。

5，5，4。5，3，6。7，4。3，5，5。

6，3，4。7，5。7，3，4。3，5，5。——北宋·黄裳·《全宋词》第379页

宴琼林

上元

霜月和银灯，乍送目楼台，星汉高**下**。	◇◆◆◇◇，△◆◆◇◇，◇◆◇◆。
爱东风已暖，绮罗香，竞走去来车**马**。	△◇◇◆◆，◆◇◇，◆◆◆◇◇◆。
红莲万斛开尽处，长安一**夜**。	◇◇◆◆◇◆◆，◇◇◆◆。
少年郎，两两桃花面，有余光相**借**。	◆◇◇，◆◆◇◇◆，△◇◇◇◆。
因甚灵山在此，是何人，能运神**化**。	◇◆◇◇◆◆，◆◇◇，◇◆◇◆。
对景便作神仙会，恐云軿且**驾**。	◆◆◆◆◇◇◆，△◇◇◆◆。
思曾待龙楼俯览，笑声远，洞天飞**斝**。	△◇◆◇◇◆◆，◆◇◆，◆◇◇◆。
向东来，尤幸时如故，群芳未开**谢**。	◆◇◇，◇◆◇◇◆，◇◇◆◇◆。

同体式作品：无。

增减字：

（一）5，5，4。5，3，6。4，7。5，3，5。○ 6，3，4。7，5。3，4，7。3，5，5。北宋：黄裳1首。

变体三

较始词分句数复句数皆变

【变体三】22 分句 7 复句。与【变体二】分句数相同，复句数减 1。上片与始词分句数复句型同，12 分句 4 复句，三/三/三/三/型复句组；下片减 2 分句 1 复句，10 分句 3 复句，三/四/三/型复句组。仄韵，隔句韵，间插连句韵。

5，5，4。5，3，6。3，4，4。3，5，5。

6，4，3。7，5，7，7。3，5，5。——北宋·黄裳·《全宋词》第 380 页

宴琼林

牡丹

已览遍韶容，最后有花王，芳信来**报**。	△◆◆◇◇，◆◆◆◇◇，◇◆◇◆。
魏妃天与色，拥姚黄，去赏十洲仙**岛**。	◆◇◇◆◆，◆◇◇，◆◆◆◇◇◆。
东君到，此缘费尽，天机亦**老**。	◇◇◆，◆◇◆◆，◇◇◆◆。
为娇多，只恐能言**笑**，惹风流烦**恼**。	◇◇◇，◆◆◇◇◆，△◇◇◇◆。
莫道两都迥出，倩多才吟，看谁**好**。	◆◆◆◇◆◆，◆◇◇◇，◆◇◆。
为我惨有如花面，说良辰欲过，	◆◆◆◆◇◇◆，◆◇◇◆◆，
须勤向雕栏秉烛，更休管夕阳芳**草**。	△◇◆◇◇◆◆，△◇◆◆◇◇◆。
算来年，花共人何处，金尊为花**倒**。	◆◇◇，◇◆◇◇◆，◇◇◆◇◆。

同体式作品：无。

441.【瑶池月】

【瑶台月】

1. 始词北宋黄裳作。
2. 一名【瑶台月】。
3. 双片，上片六韵，下片八韵，变体韵数有变；仄韵，隔句韵，或间插连句韵。

始词：29 分句 10 复句。双片。上片 13 分句 5 复句，三/二/三/二/三/型复句组；下片 16 分句 5 复句，三/二/四/四/三/型复句组。仄韵，隔句韵，插一连句韵。

4，3，6。4，6。3，5，6。6，6。2，4，4。

7，3，4。5，4。3，4，3，4。3，3，3，3。2，4，4。

——北宋·黄裳·《全宋词》第 380 页

瑶池月

云山行

紫元翁一日公余，危坐寂寥，幽怀逸思，偶往云山烟波之间，想见其为乐也。因作《云山》《烟波》二行，歌之以【瑶池月】。精严禅老请刻之石，乃书以遗之。

微尘濯尽，栖真处，群山排在云**汉**。	◇◇◆◆，◇◇◆，◇◇◇◆◇◆。
青盘翠跃，掩映平林寒**涧**。	◇◇◆◆，◆◆◇◇◇◆。
流水急，数片桃花逝，自有留春仙**馆**。	◇◆◆，◆◆◇◇◆，◆◆◇◇◇◆。
秦渔问前朝**换**，卢郎待今生**满**。	◇◇◆◇◇◆，◇◇◆◇◇◆。
谁**伴**，元翁笑语，相从未**晚**。	◇◆，◇◇◆◆，◇◇◆◆。
更安得世味堪**玩**，道未立，身尤是**幻**。	△◇◆◆◆◇◆，◆◆◆，◇◇◆◆。
浮生一梭过，梦回人**散**。	◇◇◆◇◆，◆◇◇◆。
卧松庵，当会灵源，现万象，无中须**看**。	◆◇◇，◇◆◇◇，◆◆◆，◇◇◇◆。
乾坤鼎，阴阳**炭**，琼枝秀，金圆**烂**。	◇◇◆，◇◇◆，◇◇◆，◇◇◆。
何**患**，朝元事往，孤云难**管**。	◇◆，◇◇◆◆，◇◇◇◆。

同体式作品：北宋：黄裳《烟波行》1首。

变体二

较始词复句数不变，分句数有变。

变体二·1

30分句10复句

【变体二·1】30分句10复句。上片第三复句较始词减1分句、第三复句增2分句，14分句5复句，三/二/二/四/三/型复句组；下片与始词同，复句型有变，16分句5复句，三/二/四/四/三/型复句组。仄韵，邻韵通押，隔句韵。律词。

4，5，4。4，6。7，7。3，3，3，3。2，5，4。

7，3，4。5，6。3，4，3，4。3，3，3，3。2，5，4。

——北宋·张继先·《全宋词》第758页

瑶台月

元宵庆赏

天开景**运**，记建武中兴，炎刘重**盛**。	◇◇◆◆，◆◆◆◇◇，◇◇◇◆。
明良际会，八表风调雨**顺**。	◇◇◆◆，◆◆◇◇◆◆。
任一时岳降生申，正千载河清诞**圣**。	△◆◇◆◆◇◇，△◇◆◇◇◆◆。
祥云拥，流霞**映**，飞仙拱，魁星**炯**。	◇◇◆，◇◇◆，◇◇◆，◇◇◆。
佳**应**，是师真毓瑞，人天交**庆**。	◇◇，◆◇◇◆◆，◇◇◇◆。
蘅薇香满元宵**景**，耀天目，神光如**镜**。	◇◇◇◆◇◇◆，◆◇◆，◇◇◇◆。
见龙章凤质，降伏群魔归**正**。	△◇◇◆◆，◇◆◇◇◇◆。
禀玄元，立教开先，悟至道，心空神**领**。	◆◇◇，◆◆◇◇，◆◆◆，◇◇◇◆。
昌元嗣，明真**镜**，同无有，怡清**净**。	◇◇◆，◇◇◆，◇◇◆，◇◇◆。
绵永，度三途六道，神仙同**证**。	◇◆，△◆◇◆◆，◇◇◇◆。

同体式作品：无。

变体二·2

31分句10复句

【变体二·2】31分句10复句。上片较始词增3分句，16分句5复句，三/三/四/四/二/型复句组；下片减1分句，15分句5复句，四/二/二/四/三/型复句组。仄韵，隔句韵。

4，5，4。3，3，4。3，4，3，4。3，3，3，3。7，4。

3，4，3，4。5，4。7，7。3，3，3，3。2，5，4。

——南宋·葛长庚·《全宋词》第2574页

瑶台月

烟霄凝**碧**，问紫府清都，今夕何**夕**。	◇◇◇◆，◆◆◆◇◇，◇◆◇◆。
桐阴下，幽情远，与秋无**极**。	◇◇◆，◇◇◆，◆◇◇◆。
念陈**迹**，虎殿虬宫，记往**事**，龙箫凤**笛**。	◆◇◆，◆◆◇◇，◆◆◆，◇◇◆◆。
露华冷，蟾光白，云影净，天籁**息**。	◆◇◆，◇◇◆，◇◆◆，◇◆◆。
知得是蓬莱不远，身无羽**翼**。	◇◆◆◇◇◆◆，◇◇◆◆。
广寒宫，舞彻霓裳，白玉台，歌罢瑶**席**。	◆◇◇，◆◆◇◇，◆◆◇，◇◆◇◆。
争不思下界，有人岑**寂**。	△◆◇◆◆，◆◇◇◆。
羡博望两泛仙槎，与曼倩三偷蟠**实**。	△◆◆◆◆◇◇，△◆◆◇◇◇◆。
把丹鼎，暗融**液**，乘云气，醉挥**斥**。	◆◇◆，◆◇◆，◇◇◆，◆◇◆。
嗟**惜**，但城南老树，人谁我**识**。	◇◆，◆◇◇◆◆，◇◇◆◆。

同体式作品：无。

变体二·3

26分句10复句

【变体二·3】26分句10复句。上片分句数与始词同，复句型有变；下片较始词减3分句。每片13分句5复句，二/二/三/四/二/型复句组。仄韵，邻韵通押，隔句韵，插一连句韵。

7，6。4，6。3，4，7。3，3，3，3。4，4。

7，7。5，4。3，4，7。3，3，3，3。4，4。——宋·无名氏·《全宋词》第3616页

瑶台月

严风凛冽万木冻，园林肃静如**洗**。	◇◇◆◆◆◆◆，◇◇◆◆◇◆。
寒梅占早，争先暗吐香**蕊**。	◇◇◆◆，◇◇◆◆◇◆。
逞素容，探暖欺寒，遍妆点亭台佳**致**。	◆◆◇，◆◆◇◇，△◇◆◇◇◇◆。
通一气，超群**卉**，值腊后，雪清**丽**。	◇◆◆，◇◇◆，◆◆◆，◆◇◆。
开筵共赏，南枝宴**会**。	◇◇◆◆，◇◇◆◆。
好折赠东君驿**使**，把岭头信息远**寄**。	△◆◆◇◇◆◆，△◆◇◆◆◆◆。

遇诗朋酒侣，尊前吟**缀**。	△◇◇◆◆，◇◇◇◆。
且优游，对景欢娱，更莫厌陶陶沉**醉**。	◆◇◇，◆◆◇◇，△◆◆◇◇◇◆。
羌管怨，琼花**缀**，结子用，调鼎**饵**。	◇◆◆，◇◇◆，◆◆◆，◇◆◆。
将军止渴，思得此**味**。	◇◇◆◆，◇◆◆◆。

同体式作品：无。

442. 【青门饮】

1. 始词北宋黄裳作。
2. 与【青门引】（前谱第 364 调）为两调。始词或混题为“青门引”，兹归本调。
3. 双片，上片四韵，下片五韵，仄韵，隔句韵。

始词：24 分句 8 复句。双片。每片 12 分句 4 复句，上片四/三/二/三/型复句组；下片三/三/三/三/型复句组。仄韵，隔句韵。

4，4，4，4。4，4，6。5，7。4，4，4。
6，5，4。4，4，6。5，3，4。4，4，4。——北宋·黄裳·《全宋词》第 383 页

青门饮

社日游云门

鸿落寒滨，燕辞幽馆，	◇◆◇◇，◆◇◇◆，
西成万室，颦眉人**少**。	◇◇◆◆，◇◇◇◆。
自古云阶，洞门何处，南望数峰秋**晓**。	◆◆◇◇，◆◇◇◆，◇◆◆◇◇◇◆。
千骑旌麾远，去寻真忙中心**了**。	◇◆◇◇◆，◆◇◇◇◇◇◆。
佩声盘入，烟霞绝顶，谁闻欢**笑**。	◆◇◇◆，◇◇◆◆，◇◇◇◆。
当候青童相**报**，因待访仙人，长生微**妙**。	◇◆◇◇◇◆，△◆◆◇◇，◇◇◇◆。
置俎争来，四乡宴社，且看翠围红**绕**。	◆◆◇◇，◆◇◆◆，◆◆◆◇◇◇◆。
似可扪青汉，到北扉，两城斜**照**。	◆◆◇◇◆，◆◆◇，◆◇◇◆。
醉翁回首，丹台梦觉，钧天声**杳**。	◆◇◇◆，◇◇◆◆，◇◇◇◆。

同体式作品：无。

变体一

与始词分句数复句数相同，复句型有变。

【变体一】24 分句 8 复句。上片第三复句较始词增 1 分句，13 分句 4 复句，四/三/三/三/型复句组；下片第四复句较始词减 1 分句，11 分句 4 复句，三/三/三/二/型复句组。仄韵，隔句韵。律词。

4，4，4，4。4，4，6。5，3，4。4，4，4。

6，4，4。4，4，6。5，3，4。6，6。——北宋·时彦·《全宋词》第453页

青门饮

寄宠人

胡马嘶风，汉旗翻雪，	◇◆◇◇，◆◇◇◆，
彤云又吐，一竿残**照**。	◇◇◆◆，◆◇◇◆。
古木连空，乱山无数，行尽暮沙衰**草**。	◆◆◇◇，◆◇◇◆，◇◆◆◇◇◆。
星斗横幽馆，夜无眠，灯花空**老**。	◇◆◇◇◆，◆◇◇，◇◇◇◆。
雾浓香鸭，冰凝泪烛，霜天难**晓**。	◆◇◇◆，◇◇◆◆，◇◇◇◆。
长记小妆才**了**，一杯未尽，离怀多**少**。	◇◆◆◇◇◆，◆◇◆◆，◇◇◇◆。
醉里秋波，梦中朝雨，都是醒时烦**恼**。	◆◆◇◇，◆◇◇◆，◇◆◆◇◇◆。
料有牵情处，忍思量，耳边曾**道**。	◆◆◇◇◆，◆◇◇，◆◇◇◆。
甚时跃马归来，认得迎门轻**笑**。	◆◇◆◆◇◇，◆◆◇◇◇◆。

同体式作品：无。

增减字：

（一）4，4，4，4。4，4，6。5，3，4。4，4，4。○6，5，4。4，4，6。5，3，4。6，6。北宋：张刚1首。

（二）4，4，4，4。4，4，6。5，3，4。4，4，4。○6，5，4。4，4，6。5，3，4。4，6。北宋：曹组1首。

变体二

与始词复句数相同，分句数减2。

【变体二】22分句8复句。上片与始词同，12分句4复句，四/三/二/三/型复句组；下片第三、四复句各减1分句，10分句4复句，三/三/二/二/型复句组。仄韵，隔句韵。

4，4，4，4。4，4，6。5，6。4，4，4。

6，5，4。4，4，6。5，7。4，8。——北宋·秦观·《全宋词》第470页

青门饮

风起云间，雁横天末，	◇◆◇◇，◆◇◇◆，
严城画角，梅花三**奏**。	◇◇◆◆，◇◇◇◆。
塞草西风，冻云笼月，窗外晓寒轻**透**。	◆◆◇◇，◆◇◇◆，◇◆◆◇◇◆。
人去香犹在，孤衾长闲余**绣**。	◇◆◇◇◆，◇◇◇◇◇◆。
恨与宵长，一夜薰炉，添尽香**兽**。	◆◆◇◇，◆◆◇◇，◇◆◇◆。
前事空劳回**首**，虽梦断春归，相思依**旧**。	◇◆◇◇◇◆，△◆◆◇◇，◇◇◇◆。
湘瑟声沉，庾梅信断，谁念画眉人**瘦**。	◇◆◇◇，◆◇◆◆，◇◆◆◇◇◆。
一句难忘处，怎忍辜耳边轻**咒**。	◆◆◇◇◆，◆◆◇◆◇◇◆。
任人攀折，可怜又学章台杨**柳**。	◆◇◇◆，◆◇◆◆◇◇◇◆。

同体式作品：无。

443.【倦寻芳】

【倦寻芳慢】

1. 始词北宋王雱作。
2. 始词调名作【倦寻芳慢】，此后诸词皆作【倦寻芳】，无长短调之别，为同调别写，兹以【倦寻芳】为本调名。
3. 双片，上片四韵，下片五韵，变体韵数有变；仄韵，隔句韵，间插连句韵。

始词：22 分句 8 复句。双片。上片 11 分句 4 复句，三/二/三/三/型复句组；下片 11 分句 4 复句，四/二/二/三/型复句组。仄韵，隔句韵，插一连句韵。

4，4，4。4，6。3，3，7。3，5，4。

3，4，4，4。6，4。6，7。3，3，4。——北宋・王雱・《全宋词》第 384 页

倦寻芳慢

中吕宫

露晞向晚，帘幕风轻，小院闲**昼**。	◆◇◆◆，◇◆◇◇，◆◆◇◆。
翠迳莺来，惊下乱红铺**绣**。	◆◆◇◇，◇◆◆◇◇◇◆。
倚危墙，登高榭，海棠经雨胭脂**透**。	◆◇◇，◇◇◆，◆◇◇◆◇◇◆。
算韶华，又因循过了，清明时**候**。	◆◇◇，△◇◇◆◆，◇◇◇◆。
倦游燕，风光满目，	◆◇◆，◇◇◆◆，
好景良辰，谁共携**手**。	◆◆◇◇，◇◆◇◆。
恨被榆钱买断，两眉长**斗**。	◆◆◇◇◆◆，◆◇◇◆。
忆高阳人散**后**，落花流水仍依**旧**。	△◇◇◇◆◆，◆◇◇◆◇◇◆。
这情怀，对东风，尽成消**瘦**。	◆◇◇，◆◇◇，◆◇◇◆。

同体式作品：无。

变体一

与始词分句数复句数相同，复句型有变。

【变体一】22 分句 8 复句。上片第三复句较始词增 1 分句，下片第四复句减 1 分句。上片 12 分句 4 复句，三/二/四/三/型复句组；下片 10 分句 4 复句，四/二/二/二/型复句组。仄韵，隔句韵，间插连句韵。

4，4，4。4，6。3，3，3，5。3，6，4。

3，5，4，4。6，4。7，7。3，6。——南宋・王质・《全宋词》第 1647 页

倦寻芳

试墨

冰壶秋月，去了潘郎，传到梁**老**。	◇◇◇◆，◆◆◇◇，◇◆◇◆。
骑马乘船，麾斥五湖三**岛**。	◇◆◇◇，◇◆◆◇◇◆。
任捎云，兼拂日，搜蛟龙，鳞鬣都推**倒**。	◆◇◇，◇◆◆，◆◇◇，◇◆◇◇◆。
向尘中，分付高人胜士，把云烟**扫**。	◆◇◇，◇◆◇◇◆◆，◆◇◇◆。
乾坤**巧**，自苍筠无汗，	◇◇◆，△◇◇◇◆，
乌锥无刃，此为至**宝**。	◇◇◇◆，◆◇◆◆。
第一君门通**表**，书囊谏**草**。	◆◆◇◇◇◆，◇◇◆◆。
第二文章扬事业，第三编简摅怀**抱**。	◆◆◇◇◇◆◆，◆◇◇◆◆◇◆。
千百般，终久被他磨**了**。	◇◆◇，◇◆◆◇◇◆。

同体式作品：无。

变体二

较始词复句数不变，分句数有变。

变体二·1

21 分句 8 复句

【变体二·1】21 分句 8 复句。上片第三复句较始词减 1 分句，10 分句 4 复句，三/二/二/三/型复句组；下片与始词同，11 分句 4 复句，四/二/二/三/型复句组。仄韵，隔句韵。

4，4，4。4，6。7，7。3，5，4。

3，4，4，4。4，6。7，7。3，3，4。——北宋·潘汾·《全宋词》第 1038 页

倦寻芳

闺思

兽镮半掩，鸳甃无尘，庭院潇**洒**。	◆◇◆◆，◇◆◇◇，◇◆◇◆。
树色沉沉，春尽燕娇莺**姹**。	◆◆◇◇，◇◆◆◇◇◆。
梦草池塘青渐满，海棠轩槛红相**亚**。	△◆◇◇◇◆◆，◆◇◇◆◇◇◆。
听箫声，记秦楼夜约，彩鸾齐**跨**。	◆◇◇，△◇◇◆◆，◆◇◇◆。
渐迤逦，更催银箭，	◆◆◆，◆◇◇◆，
何处贪欢，犹系骄**马**。	◇◆◇◇，◇◆◇◆。
旋剪灯花，两点翠眉谁**画**。	◆◆◇◇，◆◆◆◇◇◆。
香灭羞回空帐里，月高犹在重帘**下**。	◇◆◇◇◇◆◆，◆◇◇◆◇◇◆。
恨疏狂，待归来，碎揉花**打**。	◆◇◇，◆◇◇，◆◇◇◆。

同体式作品：南宋：卢祖皋 1 首，张端义 1 首，吴文英 3 首，翁元龙 1 首，李莱老 1 首，汤恢 1 首，陈允平 1 首。

增减字：

（一）4，4，4。4，6。7，7。3，3，6。〇 3，4，5，4。5，4。7，7。3，3，4。南宋：陈纪 1 首。

变体二·2

23 分句 8 复句

【变体二·2】23 分句 8 复句。上片与【变体一】同，12 分句 4 复句，三/二/四/三/型复句组；下片与始词同，11 分句 4 复句，四/二/二/三/型复句组。仄韵，隔句韵，间插连句韵。

4，4，4。4，6。3，3，3，5。3，5，4。

3，5，4，4。6，4。7，7。3，3，4。——南宋·王质·《全宋词》第 1647 页

倦寻芳

渡口酒家

断崖树老，侧岸槎枯，倒倚斜**插**。	◆◇◆◆，◆◆◇◇，◆◆◇◆。
脚面浅溪，掌样平洲重**叠**。	◆◆◆◇，◆◆◇◇◇◆。
著芒鞋，携竹杖，遇乱莎，幽涧萦纡**涉**。	◆◇◇，◇◆◆，◆◆◇，◇◆◇◇◆。
那人家，有竹笃瓦缶，颇颇清**冽**。	◆◇◇，△◆◇◆◆，◇◇◇◆。
曾微**呷**，正斜阳淡淡，	◇◇◆，△◇◇◆◆，
暮霭昏昏，晚风猎**猎**。	◆◆◇◇，◆◇◆◆。
转眼已成陈**迹**，不堪追**蹑**。	◆◆◆◇◇◆，◆◇◇◆。
试问旧醅还好在，暂停归影留时**霎**。	◆◆◆◇◇◆◆，◆◇◇◆◇◇◆。
待重来，细拈弄，水花山**叶**。	◆◇◇，◆◇◆，◆◇◇◆。

同体式作品：无。

444.【选冠子】

【选官子】【惜余春慢】【过秦楼】【苏武慢】

1. 始词北宋张景修作。
2. 宋代通行词调，一写作【选官子】，或由始词“春易老”之句衍名为【惜余春慢】；又名【过秦楼】，旧说以北宋李甲该调词句“曾过秦楼”而衍名，然周邦彦即有【过秦楼】词，清真与李甲年岁相仿，且周词乃缘调名而赋词，调名即词题（见本调“变体二”），从词坛影响看，由周词衍名为【过秦楼】可能性更大；又名【苏武慢】，衍名之由待考。
3. 双片，每片四仄韵，隔句韵，间插连句韵。

始词：25 分句 8 复句。双片。上片 12 分句 4 复句，三/三/三/三/型复句组；下片 13 分句 4 复句，四/三/三/三/型复句组。仄韵，隔句韵。

4，4，6。4，4，6。4，4，6。3，4，6。

3，4，4，6。4，4，6。6，4，4。5，4，4。——宋·张景修·《全宋词》第 384 页

选冠子

嫩水挼蓝，遥堤映翠，半雨半烟桥**畔**。	◆◆◇◇，◇◇◆◆，◆◆◆◇◇◆。
鸣禽弄舌，蔓草萦心，偏称谢家池**馆**。	◇◇◆◆，◆◆◇◇，◇◆◆◇◇◆。
红粉墙头，柳摇金缕，纤柔舞腰低**软**。	◇◆◇◇，◆◇◇◆，◇◇◆◇◇◆。
被和风，搭在阑干，终日绣帘谁**卷**。	◆◇◇，◆◆◇◇，◇◆◆◇◇◆。
春易老，细叶舒眉，	◇◆◆，◆◆◇◇，
轻花吐絮，渐觉绿阴垂**暖**。	◇◇◆◆，◆◆◆◇◇◆。
章台系马，灞水维舟，追念风城人**远**。	◇◇◆◆，◆◆◇◇，◇◆◆◇◇◆。
惆怅阳关故国，杯酒飘零，惹人肠**断**。	◇◆◇◇◆◆，◇◆◇◇，◆◇◇◆。
恨青青客舍，江头风笛，乱云空**晚**。	△◇◇◆◆，◇◇◇◆，◆◇◇◆。

同体式作品：无。

增减字：

（一）4，4，6。5，5，4。5，3，4。5，4，4。○5，4，4，4。5，5，4。5，3，4。5，4，4。北宋：李甲 1 首（【过秦楼】）。

（二）4，4，6。4，4，6。6，4，4。5，4，4。○3，4，4，6。4，4，6。6，4，4。5，4，4。北宋：孔夷 1 首（【惜余春慢】），南宋：杨泽民 1 首（【选官子】）。

（三）4，4，6。4，4，6。4，4，6。5，4，4。○3，4，4，6。4，4，6。4，4，6。5，4，4。北宋：朱敦儒 1 首（【苏武慢】），南宋：洪适 1 首，侯寘 1 首（【苏武慢】），陆游 1 首（【苏武慢】）。

（四）4，4，6。4，4，6。4，6，4。5，4，4。○3，4，4，6。4，4，6。4，4，6。3，4，4。南宋：蔡伸 1 首（【苏武慢】）。

（五）4，4，6。4，4，6。4，4，6。5，4，4。○3，4，4，6。4，4，6。4，6，4。5，4，4。南宋：杨无咎 1 首。

（六）4，4，6。4，4，6。4，4，6。5，4，4。○3，4，4，6。4，4，6。4，4，6。3，4，4。南宋：曹勋 1 首。

（七）4，4，6。4，4，6。4，4，6。5，4，4。○3，4，4，6。4，4，6。6，4，4。5，4，4。南宋：辛弃疾 1 首（【苏武慢】）。

（八）4，4，6。4，4，6。6，4，4。5，4，4。○3，4，4，6。4，4，6。4，6，4。5，4，4。南宋：赵崇嶓 1 首。

（九）4，4，6。4，4，6。6，4，4。3，4，6。○3，4，4，6。4，4，6。6，4，4。3，4，6。南宋：刘埙 1 首（【惜余春慢】）。

（一○）4，4，6。4，4，6。6，4，4。3，6，4。○3，4，4，6。4，4，6。6，4，4。3，4，6。南宋：陈德武 1 首（【惜余春慢】）。

（一一）4，4，6。4，4，6。6，4，4。3，6，4。〇 3，4，4，6。4，4，6。6，4，4。5，4，4。南宋：陈德武 1 首（【惜余春慢】）。

（一二）4，4，6。4，4，6。4，4，6。5，3，6。〇 3，4，4，6。4，4，6。6，4，4。5，4，4。南宋：杨太尉 1 首。

（一三）4，4，6。4，4，6。4，4，6。3，4，6。〇 3，4，4，6。4，4，6。6，4，4。3，4，6。南宋：无名氏 1 首。

（一四）4，4，6。6，4，4。4，4，6。3，4，6。〇 3，4，4，6。4，4，6。6，4，4。3，4，6。南宋：无名氏 1 首。

变体二

较始词复句数不变，分句数减 1。

【变体二 · 1】24 分 8 复句。上片与始词同，下片第四复句较始词减 1 分句。每片 12 分句 4 复句，上片三/三/三/三/型复句组，下片四/三/三/二/型复句组。仄韵，隔句韵。

4，4，6。4，4，6。6，4，4。5，4，4。

3，4，4，6。4，4，6。4，6，4。5，6。——北宋 · 周邦彦 · 《全宋词》第 602 页

选冠子

大石。过秦楼。

水浴清蟾，叶喧凉吹，巷陌马声初**断**。	◆◆◇◇，◆◇◇◆，◆◆◆◇◇◆。
闲依露井，笑扑流萤，惹破画罗轻**扇**。	◇◇◆◆，◆◆◇◇，◆◆◆◇◇◆。
人静夜久凭阑，愁不归眠，立残更**箭**。	◇◆◆◆◇◇，◇◆◇◇，◆◇◇◆。
叹年华一瞬，人今千里，梦沉书**远**。	△◇◇◆◆，◇◇◇◆，◆◇◇◆。
空见说，鬓怯琼梳，	◇◆◆，◆◆◇◇，
容销金镜，渐懒趁时匀**染**。	◇◇◇◆，◆◆◆◇◇◆。
梅风地溽，虹雨苔滋，一架舞红都**变**。	◇◇◆◆，◇◆◇◇，◆◆◆◇◇◆。
谁信无憀，为伊才减江淹，情伤荀**倩**。	◇◆◇◇，◆◇◇◆◇◇，◇◇◇◆。
但明河影下，还看稀星数**点**。	△◇◇◆◆，◇◆◇◇◆◆。

同体式作品：南宋：邓有功 1 首，陈允平 1 首，刘埙 1 首（【选冠子】）。

增减字：

（一）4，4，6。4，4，6。4，4，4。5，4，4。〇 3，4，4，6。4，4，6。4，4，4。5，6。南宋：吕渭老 2 首（【选冠子】）。

（二）4，4，6。4，4，6。4，4，4。5，4，5。〇 3，4，4，6。4，4，6。6，4，4。5，7。南宋：曹勋 1 首（调名或传为【转调选冠子】，或误作【满庭芳】）。

（三）4，4，6。4，4，6。6，4，4。5，4，4。〇 3，4，4，6。4，4，6。6，4，4。5，6。南宋：方千里 1 首，周密 1 首。

（四）4，4，6。4，4，6。4，6，4。5，4，4。〇 3，4，4，6。4，4，6。4，6，4。5，6。南宋：吴文英 1 首，曾栋 1 首。

（五）4，4，6。4，4，6。4，4，6。5，4，4。〇 3，4，4，6。4，4，6。4，6，4。5，6。南宋：利登 1 首。

【变体二·2】24分句8复句。双片，上下片分句数复句型均与始词上片同，每片12分句4复句，三/三/三/三/型复句组。仄韵，隔句韵。

4，4，6。4，4，6。6，4，4。3，6，4。

6，4，6。4，4，6。4，6，4。5，4，4。——南宋·陈允平·《全宋词》第3110页

过秦楼

寿建安使君谢右司

谷雨收寒，茶烟飏晓，又是牡丹时**候**。	◆◆◇◇，◇◇◇◆，◆◆◆◇◇◆。
浮龟碧水，听鹤丹山，采屋幔亭依**旧**。	◇◇◆◆，◆◆◇◇，◆◆◆◇◇◆。
和气缥缈人间，满谷红云，德星呈**秀**。	◇◆◇◆◇◇，◆◆◇◇，◆◇◇◆。
向东风，种就一亭兰茁，玉香初**茂**。	◆◇◇，◆◆◆◇◇◆，◆◇◇◆。
遥想曲度娇莺，舞低轻燕，	◇◆◆◆◇◇，◆◇◇◆，
二十四帘芳**昼**。	◆◆◆◇◇◆。
清溪九曲，上巳风光，觞咏似山阴**否**。	◇◇◆◆，◆◆◇◇，◇◆◆◇◇◆。
翠阁凝清，正宜沦茗银罂，熨香金**斗**。	◆◆◇◇，◆◇◇◆◇◇，◆◇◇◆。
看双莺飞下，长生殿里，赐蔷薇**酒**。	△◇◇◇◆，◇◇◆◆，◆◇◇◆。

同体式作品：无。

445.【七娘子】

1. 始词北宋黄大临作。
2. 双片，每片四仄韵，连句韵、隔句韵。

始词：10分句4复句。双片。每片5分句2复句，二/三/型复句组。仄韵，连句韵，间插隔句韵。

7，8。4，4，7。

7，8。4，4，7。——北宋·黄大临·《全宋词》第385页

七娘子

画堂银烛明如**昼**，见林宗巾垫羞蓬**首**。	◆◇◇◆◇◇◆，△◇◇◇◆◇◇◆。
针指花枝，线赊罗**袖**，须臾两带还依**旧**。	◇◆◇◇，◆◇◇◆，◇◇◆◆◇◇◆。
劝君倒戴休令**后**，也不须更漉渊明**酒**。	◆◇◆◆◇◆◆，◆◆◇◆◆◇◇◆。
宝篋深藏，浓香熏**透**，为经十指如葱**手**。	◆◆◇◇，◇◇◇◆，◇◇◆◆◇◇◆。

同体式作品：北宋：谢逸1首，毛滂2首。南宋：向子諲1首，王灼1首，陈亮1首，史浩1首，无名氏2人2首。

增减字：

（一）7，7。4，4，7。○ 7，7。4，4，7。北宋：蔡伸 1 首。南宋：吴申 1 首。

变体二

较始词复句数不变，分句数增 2。

【变体二】12 分句 4 复句。上下片较始词各增 1 分句，每片 6 分句 2 复句，上片三/三/型复句组；下片二/四/型复句组。仄韵，隔句韵、连句韵。律词。

7，3，5。4，4，7。

7，8。4，4，3，4。——北宋·贺铸·《全宋词》第 501 页

七娘子

京江抵海边吴**楚**，铁瓮城，形胜无今**古**。	◇◇◆◆◇◇◆，◆◆◇，◇◆◇◇◆。
北固陵高，西津横**渡**，几人携手分襟**处**。	◆◆◇◇，◇◇◇◆，◆◇◇◆◇◇◆。
凄凉渌水桥南**路**，奈玉壶难叩鸳鸯**语**。	◇◇◆◆◇◇◆，△◆◇◇◆◇◇◆。
行雨行云，非花非**雾**，	◇◆◇◇，◇◇◇◆，
为谁来，为谁还**去**。	◆◇◇，◆◇◇◆。

同体式作品：无。

446.【步蟾宫】

【折丹桂】

1. 始词北宋黄庭坚作。
2. 一名【折丹桂】。
3. 双片，普式每片三仄韵，变体韵数或有变；连句韵、隔句韵。

始词：11 分句 4 复句。双片。上片 5 分句 2 复句，二/三/型复句组；下片 6 分句 2 复句，二/四/型复句组。仄韵，连句韵、隔句韵。

7，7。3，5，7。

7，7。3，3，3，7。——北宋·黄庭坚·《全宋词》第 399 页

步蟾宫

妓女

虫儿真个忒灵**利**，恼乱得道人眼**起**。	◇◇◇◆◆◇◆，◆◆◆◆◇◆◆。
醉归来，恰似出桃源，但目送落花流**水**。	◆◇◇，◆◆◆◇◇，△◆◆◆◇◇◆。
何妨随我归云**际**，共作个住山活**计**。	◇◇◇◆◇◇◆，◆◆◆◆◇◆◆。

照清溪，匀粉面，插山花，　◆◇◇，◇◆◆，◆◇◇，
也须胜风尘气**味**。　◆◇◆◇◇◆◆。

同体式作品：南宋：韩淲 1 首。

变体一

与始词分句数复句数相同，复句型有变。

【变体一】11 分句 4 复句。上片分句数复句型与始词下片同，6 分句 2 复句，二/四/型复句组；下片与始词上片同，5 分句 2 复句，二/三/型复句组。仄韵，连句韵、隔句韵。

7，7。5，3，3，4。
7，7。3，5，7。——北宋·晁端礼·《全宋词》第 442 页

步蟾宫

昨宵争个甚闲**事**，又不道被谁调**戏**。　◆◇◇◆◆◇◆，△◆◆◆◇◇◆。
任孜孜求告，不回头，　△◇◇◇◆，◆◇◇，
诮满眼，汪汪地**泪**。　◆◆◆，◇◇◆◆。

奴歌一向不赌**是**，算谁敢共他争**气**。　◇◇◆◆◆◆◆，△◇◆◆◇◇◆。
且偎随，须有喜欢时，待款款说些道**理**。　◆◇◇，◇◆◆◇◇，△◆◆◆◇◆◆。

同体式作品：无。

变体二

与始词复句数相同，分句数有变。

变体二·1

9 分句 4 复句

【变体二·1·1】9 分句 4 复句。上下片较始词各减 1 分句，上片 4 分句 2 复句，二/二/型复句组；下片 5 分句 2 复句，三/二/型复句组。仄韵，起首二句连韵，继隔句韵。

7，7。7，7。
7，3，4。7，7。——北宋·汪存·《全宋词》第 642 页

步蟾宫

玉京此去春犹**浅**，正雪絮马头零**乱**。　◆◇◆◆◇◇◆，△◆◆◆◇◇◆。
姮娥剪就绿云裳，待来步蟾宫与**换**。　◇◇◆◆◆◇◇，◆◇◆◇◇◆◆。

明年二月桃花**岸**，棹双浆，浪平烟**暖**。　◇◇◆◆◇◇◆，◆◇◇，◆◇◇◆。
扬州十里小红楼，尽卷上珠帘一**半**。　◇◇◆◆◆◇◇，△◆◆◇◇◆◆。

同体式作品：南宋：蒋捷 1 首。

【变体二·1·2】9分句4复句。上下片分句数与【变体二·1·1】同，上片复句型不变；下片复句型有变。上片4分句2复句，二/二/型复句组；下片5分句2复句，二/三/型复句组。仄韵，起首二句连韵，继隔句韵。律词。

7，5。7，6。

7，5。7，3，3。——南宋·王之道·《全宋词》第1156页

折丹桂

送蘧、著、迈三子庚辰年省试

照人何处双瞳**碧**，欲去江城**北**。　◆◇◇◆◇◇◆，◆◆◇◇◆。

过江风顺莫迟留，快雁序飞联**翼**。　◆◇◇◆◆◇◇，◆◆◆◇◇◆。

西湖花柳传消息，知是东君**客**。　◇◇◇◆◇◇◆，◇◆◇◇◆。

家书须办写泥金，报科名，题淡**墨**。　◇◇◇◆◆◇◇，◆◇◇，◇◆◆。

同体式作品：南宋：王之道2首。

增减字：

(一) 7，7。7，7。○ 7，7。3，4，7。南宋：杨无咎一首。

【变体二·1·3】9分句4复句。上片分句数复句型与【变体二·1·2】下片同，5分句2复句，二/三/型复句组；下片分句数复句型与【变体二】前二式上片同，4分句2复句，二/二/型复句组；下片。仄韵，起首二句连韵，继隔句韵。律词。

7，5。7，3，3。

7，5。7，6。——南宋·张镃·《全宋词》第2129页

折丹桂

中秋南湖赏月

玉为楼观银为**地**，秋到中分**际**。　◆◇◇◆◇◇◆，◇◆◇◇◆。

淡金光衬水晶球，上碧虚，千万**里**。　◆◇◇◆◆◇◇，◆◆◇，◇◆◆。

香风浩荡吹蟾桂，影落澄波**底**。　◇◇◆◆◇◇◆，◆◆◇◇◆。

揭天萧鼓要诗成，任惊觉鱼龙**睡**。　◆◇◇◆◆◇◇，△◇◆◇◇◆。

同体式作品：无。

变体二·2

10分句4复句

【变体二·2·1】10分句4复句。上下片分句数复句型皆与始词上片同，每片5分句2复句，上片二/三/型复句组；下片三/二/型复句组。仄韵，连句韵、隔句韵。

7，7。7，3，4。

7，3，4。7，6。——南宋·杨无咎·《全宋词》第1204页

步蟾宫

一斑两点从初**起**，这手脚渐不灵**利**。	◆◇◆◆◇◇◆，◆◆◆◆◆◇◆。
背人只待暗搔爬，腥臭**气**，薰天炙**地**。	◆◇◆◆◆◇◇，◇◆◆，◇◇◆◆。
下梢管取好脓**水**，要洁净，怎生堪**洗**。	◆◇◆◆◆◇◆，◆◆◆，◆◇◇◆。
自身作坏匹如闲，更和傍人带**累**。	◆◇◆◆◆◇◇，◆◇◇◇◆◆。

同体式作品：无。

增减字：

（一）7，7。3，5，7。○7，3，4。8，7。南宋：张仲殊1首。

【变体二·2·2】10分句4复句。上片与始词下片分句数复句型相同，6分句2复句，二/四/型复句组；下片与【变体二·1】上片分句数复句型同，4分句2复句，二/二/型复句组。仄韵，连句韵、隔句韵。律词。

7，5。4，3，3，3。

7，5。7，6。——南宋·程大昌·《全宋词》第1525页

折丹桂

端复受官并序

通奉尝欲为先硕人篆帔，命为诗语，某献语曰："诗礼为家庆，貂蝉七叶余。庭闱称寿处，童稚亦金鱼。"通奉喜，自为小篆，缀珠其上。今此小孙端复以近制奏官，感记旧事，为词以歌之，曼往为弟侄一笑。

童年未晓君恩**重**，教得能趋**拱**。	◇◇◆◆◇◇◆，◆◆◇◇◆。
重亲带笑，酌天杯，听祝语，殷勤**捧**。	◆◇◆◆，◆◇◇，◆◇◇，◇◇◆。
青衫得挂尤光**宠**，桂是蟾宫**种**。	◇◇◇◆◆◇◆，◆◆◇◇◆。
诗书浓处便生枝，但只要频浇**壅**。	◇◇◇◆◆◇◇，◆◆◆◇◇◆。

同体式作品：无。

【变体二·2·3】10分句4复句。上片与【变体二·2·1】分句数复句型同，分句字数有变，下片分句数相同，复句型不同。每片5分句2复句，二/三/型复句组。仄韵，连句韵、隔句韵。律词。

7，7。3，5，7。

7，7。4，5，7。——南宋·韩淲·《全宋词》第2241页

三年重到严滩**路**，叹须鬓衣冠尘**土**。	◇◇◇◆◇◇◆，△◇◆◇◇◇◆。
倚孤篷，闲自濯清风，见一片飞鸿归**去**。	◆◇◇，◇◆◇◇◇，△◆◆◇◇◇◆。
人间何用论今**古**，漫赢得个般情**绪**。	◇◇◇◆◆◆◇，◆◇◇◆◇◇◆。
雨吹来云，乱处水东流，	◆◇◇，◇◆◆，◆◇◇，
但只有青山如**故**。	△◆◆◇◇◇◆。

同体式作品：无。

变体二·3

8分句4复句

【变体二·3】8分句4复句。较始词减3分句，双片，每片4分句2复句，二/二/型复句组。仄韵，连句韵、隔句韵。

7，7。7，7。

7，7。7，7。——南宋·章谦亨·《全宋词》第2965页

步蟾宫

守岁

团圞小酌醺醺**醉**，厮捱著没人肯**睡**。　◇◇◆◆◇◇◆，◇◇◇◆◇◆◆。

呼卢直到五更头，便铺了妆台梳**洗**。　◇◇◆◆◇◇◇，△◇◆◇◇◇◆。

庭前鼓吹喧人耳，蓦忽地又添一**岁**。　◇◇◆◇◇◇◆，◆◆◇◆◇◆◆。

休嫌不足少年时，有多少老如我**底**。　◇◇◆◆◆◇◇，◆◇◆◆◇◆◆。

同体式作品：南宋：钟过1首，蒋捷2首，无名氏2首。

增减字：

(一) 7，7。7，7。○7，7。7，8。南宋：章耐轩1首。

(二) 7，7。8，7。○7，7。8，7。宋：无名氏1首。

447.【惜余欢】

1. 始词北宋黄庭坚作。
2. 双片，上片五韵，下片六韵；仄韵，上下片各插一平韵，隔句韵，间插连句韵。
3. 此调仅见黄庭坚一首。

始词：22分句8复句。双片。每片11分句4复句，三/二/三/三/型复句组。仄韵，上下片各插一平韵，邻韵通押，隔句韵。

4，5，4。5，5。7，3，5。4，4，4。

6，5，4。5，5。8，3，5。4，4，4。——北宋·黄庭坚·《全宋词》第404页

惜余欢

茶词

四时美景，正年少赏心，频启东**阁**。　◆◇◆◆，△◇◆◆◇，◇◆◇◆。

芳酒载盈车，喜朋侣簪**合**。　◇◆◆◇◇，△◇◆◇◆。

杯觞交飞劝酬献，正酣饮，醉主公陈**榻**。　◇◇◇◇◆◇◆，◆◇◆，◆◆◇◇◆。

坐来争奈，玉山未颓，兴寻巫**峡**。　◆◇◇◆，◆◇◆◇，◆◇◇◆。

歌阑旋烧绛**蜡**，况漏转铜壶，烟断香**鸭**。	◇◇◇◇◆◆，△◆◆◇◇，◇◆◇◆。
犹整醉中花，借纤手重**插**。	◇◆◆◇◇，△◇◆◇◆。
相将扶上金鞍騕袅，	◇◇◇◆◇◇◆◆，
碾春焙，愿少延欢**洽**。	◆◇◆，△◆◇◇◆。
未须归去，重寻艳歌，更留时**霎**。	◆◇◇◆，◇◇◆◇，◆◇◇◆。

同体式作品：无。

448.【逍遥乐】

1. 始词北宋黄庭坚作。
2. 双片，上片六韵，下片五韵；仄韵，隔句韵，插一连句韵。
3. 此调仅见黄庭坚作一首。

始词：21 分句 8 复句。双片。上片 11 分句 4 复句，三/三/三/二/型复句组；下片 10 分句 4 复句，二/三/二/三/型复句组。仄韵，隔句韵，插一连句韵。

6，6，4。4，4，6。4，7，4。5，4。

6，6。5，3，3。5，6。2，4，4。——北宋·黄庭坚·《全宋词》第 406 页

逍遥乐

春意渐归芳**草**，故国佳人千里，	◇◆◆◇◇◆，◆◆◇◇◇◆，
信沉音**杳**。	◆◇◇◆。
雨润烟光，晚景澄明，极目危栏斜**照**。	◆◆◇◇，◆◆◇◇，◆◆◇◇◇◆。
梦当年**少**，对樽前上客邹枚，小鬟燕**赵**。	◆◇◇◆，△◇◇◆◆◇◇，◆◇◇◆。
共舞雪歌尘，醉里谈**笑**。	△◆◆◇◇，◆◆◇◆。
花色枝枝争**好**，鬓丝年年渐**老**。	◇◆◇◇◇◆，◆◇◇◇◆◆。
如今遇风景，空瘦损，向谁**道**。	◇◇◆◇◆，◇◆◆，◆◇◆。
东君幸赐与，天幕翠遮红**绕**。	◇◇◆◆◆，◇◆◆◇◇◆。
休休，醉乡岐路，华胥蓬**岛**。	◇◇，◆◇◇◆，◇◇◇◆。

同体式作品：无。

449.【鼓笛令】

1. 始词北宋黄庭坚作。

2. 双片，每片四仄韵，隔句韵，变体或插一连句韵。

3. 此调与【鼓笛慢】似非同源，仅见黄庭坚 4 首、朱敦儒 1 首。

始词：12 分句 4 复句。双片。每片 6 分句 2 复句，三/三/型复句组。仄韵，隔句韵。

7，3，4。7，3，4。
6，3，4。7，3，4。——北宋·黄庭坚·《全宋词》第 407 页

鼓笛令

宝犀未解心先**透**，恼杀人，远山微**皱**。	◆◇◆◆◇◇◆，◆◆◇，◆◇◇◆。
意淡言疏情最**厚**，枉教作，著行官**柳**。	◆◆◇◇◇◆◆，◆◇◆，◆◇◇◆。
小雨勒花时**候**，抱琵琶，为谁清**瘦**。	◆◆◆◇◇◆，◆◇◇，◆◇◇◆。
翡翠金笼思珍**偶**，忽拚与，山鸡僝**僽**。	◆◆◇◇◇◇◆，◆◇◆，◇◇◇◆。

同体式作品：北宋：黄庭坚 1 首。

增减字：

（一）7，3，4。7，3，4。○ 7，3，4。7，3，4。北宋：黄庭坚 1 首。

变体二

较始词复句数不变，分句数减 1。

变体二·1

11 分句 4 复句

【变体二·1】11 分句 4 复句。上片与始词同，6 分句 2 复句，三/三/型复句组；下片第一复句减 1 分句，5 分句 2 复句，二/三/型复句组。仄韵，隔句韵，插一连句韵。连句韵。

7，3，4。7，3，4。
6，6。7，3，4。——北宋·黄庭坚·《全宋词》第 407 页

鼓笛令

戏咏打揭

酒阑命友闲为**戏**，打揭儿，非常惬**意**。	◆◇◆◆◇◇◆，◆◆◇，◇◇◆◆。
各自轮赢只赌**是**，赏罚采，分明须**记**。	◆◆◇◇◆◆◆，◆◆◆，◇◇◇◆。
小五出来无**事**，却跋翻和九**底**。	◆◆◆◇◇◆，◆◆◇◇◆◆。
若要十一花下**死**，管十三，不如十**二**。	◆◆◆◆◇◆◆，◆◆◇，◆◇◆◆。

同体式作品：北宋：黄庭坚 1 首。

变体二·2

8 分句 4 复句

【变体二·2】8 分句 4 复句。上下片较始词各减 2 分句，每片 4 分句 2 复句，二/二/型复句组。仄韵，连句韵。

6，7。7，7。

6，7。7，7。——北宋·朱敦儒·《全宋词》第 866 页

鼓笛令

纸帐绸衾忒**暖**，尽自由横翻倒**转**。	◆◆◇◇◆◆，△◆◇◆◆◇◇。
睡觉西窗灯一**盏**，恰听打三更三**点**。	◆◆◇◇◇◆◆，◆◇◆◇◇◇◆。
残梦不须深**念**，这些个光阴煞**短**。	◇◆◆◇◇◆，◆◇◆◆◇◇◆◆。
解散缰绳休系**绊**，把从前一笔勾**断**。	◆◆◇◇◇◆◆，◆◇◇◆◆◇◆。

同体式作品：无。

450.【好儿女】

1. 始词北宋黄庭坚作。
2. 双片，每片三平韵，连句韵、隔句韵。
3. 此调仅见黄庭坚 2 首。

始词：8 分句 4 复句。每片 4 分句 2 复句，二/二/型复句组。平韵，连句韵、隔句韵。

5，5。4，7。

5，7。7，5。——北宋·黄庭坚·《全宋词》第 408 页

好儿女

春去几时**还**，问桃李无**言**。	◇◆◆◇◇，△◇◆◇◇。
燕子归栖，风劲梨雪乱西**园**。	◆◆◇◇，◇◆◇◆◆◇◇。
唯有月婵**娟**，似人人难近如**天**。	◇◆◆◇◇，△◇◇◇◆◇◇。
愿教清影常相见，更乞取团**圆**。	◆◇◇◆◇◇◆，△◆◆◇◇。

同体式作品：无。

增减字：

(一) 5，5。6，5。○ 5，7。8，4。黄庭坚 1 首。

451.【少年心】

1. 始词北宋黄庭坚作。
2. 双片，每片四韵，平仄通押，隔句韵，或插一连句韵。
3. 此调仅见黄庭坚 2 首。

始词：14 分句 6 复句。双片。每片 7 分句 3 复句，三/二/二/型复句组。平仄通押，邻韵通押，隔句韵。

6，3，4。6，4。2，5。

6，3，4。5，4。3，5。——北宋·黄庭坚·《全宋词》第 409 页

少年心

对景惹起愁**闷**，染相思，病成方**寸**。	◆◆◆◆◇◆，◆◇◇，◆◇◇◆。
是阿谁先有意，阿谁薄**幸**。	△◇◇◇◆◆，◇◇◆◆。
斗顿，恁少喜多**嗔**。	◆◆，◆◆◆◇◇。
合下休传音**问**，你有我，我无你**分**。	◆◆◇◇◇◆，◆◆◆，◆◇◆◆。
似合欢桃核，真堪人**恨**。	△◆◇◇◆，◇◇◇◆。
心儿里，有两个人**人**。	◇◇◆，◆◆◆◇◇。

同体式作者：无。

变体一

较始词分句数复句数不变，复句型有变。

【变体一】14 分句 6 复句。上片第二复句较始词增 1 分句，8 分句 3 复句，三/三/二/型复句组；下片第一复句减 1 分句，6 分句 3 复句，二/二/二/型复句组。平仄通押，隔句韵。

4，3，4。7，6，4。3，4。

7，8。3，7。3，4。——北宋·黄庭坚·《全宋词》第 410 页

少年心

添字

心里人人，暂不见，霎时难**过**。	◇◆◇◇，◆◆◆，◆◇◇◆。
天生你要憔悴**我**，	◇◇◆◆◇◆◆，
把心头从前鬼，著手摩挲。	◆◇◇◇◇◆，◆◆◇◇。
抖擞了，百病销**磨**。	◆◆◆，◆◆◇◇。
见说那厮脾鳖热，大不成我便与拆**破**。	◆◆◆◇◇◆◆，◆◆◇◆◆◆◆◆。
待来时，鬲上与厮噷则**个**。	◆◇◇，◆◆◆◇◇◆◆。
温存著，且教推**磨**。	◇◇◆，◆◆◇◇。

同体式作品：无。

452.【喝火令】

1. 始词北宋黄庭坚作。

2. 双片，上片三韵，下片四韵，平韵，隔句韵。
3. 此调仅见黄庭坚 1 首。

始词：12 分句，5 复句 2 单句。双片。上片 5 分句，2 复句 1 单句，二/一/二/型复句单句组合；下片 7 分句，3 复句 1 单句，二/一/二/二/型复句单句组合。平韵，隔句韵。

5，5。7。6，5。
5，5。7。4，5。6，5。——北宋·黄庭坚·《全宋词》第 411 页

喝火令

见晚情如旧，交疏分已**深**。　◆◆◇◇◆，◇◇◆◆◇。
舞时歌处动人**心**。　◆◇◇◆◆◇◇。
烟水数年魂梦，无处可追**寻**。　◇◆◆◇◇◆，◇◆◆◇◇。

昨夜灯前见，重题汉上**襟**。　◆◆◇◇◆，◇◇◆◆◇。
便愁云雨又难**寻**。　◆◇◇◆◆◇◇。
晓也星稀，晓也月西**沉**。　◆◆◇◇，◆◆◆◇◇。
晓也雁行低度，不曾寄芳**音**。　◆◆◆◇◇◆，◆◇◆◇◇。

同体式作品：无。

453.【雪花飞】

1. 始词北宋黄庭坚作。
2. 双片，每片二平韵，隔句韵。
3. 此调仅见黄庭坚 1 首。

始词：8 分句 4 复句。双片。每片 4 分句 2 复句，二/二/型复句组。平韵，隔句韵。律词。

6，6。6，4。
5，5。6，4。——北宋·黄庭坚·《全宋词》第 411 页

雪花飞

携手青云路稳，天声迤逦传**呼**。　◇◆◇◇◆◆，◇◇◆◆◇◇。
袍笏恩章乍赐，春满皇**都**。　◇◆◇◇◆◆，◇◆◇◇。

何处难忘酒，琼花照玉**壶**。　◇◆◇◇◆，◇◇◆◆◇。
归袅丝梢竞醉，雪舞郊**衢**。　◇◆◇◇◆◆，◆◆◇◇。

同体式作品：无。

454.【下水船】

1. 始词北宋黄庭坚作。
2. 始源为唐教坊曲（见《教坊记》）。《教坊记笺订》：“（‘下水船’）三字原指流觞时之酒盏。调名与《回波乐》《上行杯》等同类，皆酒令著词所用。”
3. 双片，上片五韵，下片六韵，仄韵，连句韵、隔句韵。
4. 此调南宋无继作。

始词：15 分句 6 复句。双片。上片 7 分句 3 复句，二/二/三/型复句组；8 分句 3 复句，三/二/三/型复句组。仄韵，连句韵、隔句韵。

5，6。4，6。3，6，6。

3，5，6。4，6。3，6，6。——北宋・黄庭坚・《全宋词》第 411 页

下水船

总领神仙**侣**，齐到青云岐**路**。　◆◆◇◇◆，◇◆◇◇◇◆。

丹禁风微，咫尺谛闻天**语**。　◇◆◇◇，◆◆◆◇◇◆。

尽荣**遇**，看即如龙变化，一掷灵梭风**雨**。　◆◇◆，◆◆◇◇◆◆，◆◆◇◇◇◆。

真游**处**，上苑寻春**去**，芳草芊芊迎**步**。　◇◇◆，◆◆◇◇◆，◇◆◇◇◇◆。

几曲笙歌，樱桃艳里欢**聚**。　◆◆◇◇，◇◇◆◆◇◆。

瑶觞**举**，回祝尧龄万万，端的君恩难**负**。　◇◇◆，◇◆◇◇◆◆，◇◆◇◇◇◆。

同体式作品：无。

增减字：

（一）5，6。6，4。3，6，6。○ 3，5，6。4，6。3，6，6。北宋：贺铸 1 首。

（二）5，6。4，6。3，6，6。○ 3，5，6。6，4。3，6，6。北宋：晁补之 1 首。

（三）5，6。4，6。3，6，6。○ 3，5，7。4，6。3，6，6。北宋：晁补之 1 首。

455.【望江东】

1. 始词北宋黄庭坚作。
2. 取本词“望不见，江东路”之句为调名，调名即词题。
3. 双片，每片四仄韵，连句韵。
4. 此调仅见黄庭坚 1 首。

始词：8 分句 4 复句。双片。每片 4 分句 2 复句，二/二/型复句组。仄韵，连句韵。

7，6。7，6。

7，6。7，6。——北宋·黄庭坚·《全宋词》第 413 页

望江东

江水西头隔烟**树**，望不见江东**路**。　◇◆◇◇◆◇◆，◇◆◆◇◇◆。

思量只有梦来**去**，更不怕江阑**住**。　◇◇◆◆◆◇◆，◆◆◆◇◇◆。

灯前写了书无**数**，算没个人传**与**。　◇◇◆◆◇◇◆，△◆◆◇◇◆。

直饶寻得雁分**付**，又还是秋将**暮**。　◆◇◇◆◆◇◆，◆◇◆◇◇◆。

同体式作品：无。

456. 【瑞鹤仙】

1. 始词北宋黄庭坚作。
2. 南宋通行词调。
3. 短调【瑞鹤仙令】，作同源词调处理。
4. 双片，始词每片六韵，变体韵数有变；仄韵，隔句韵，间插连句韵。

始词：24 分句 8 复句。双片。上片 12 分句 4 复句，三/三/三/三/型复句组；下片 12 分句 4 复句，四/二/三/三/型复句组。仄韵，重字韵，隔句韵，间插连句韵。

5，5，4。5，5，4。4，3，4。5，4，4。

2，4，4，4。4，6。5，4，6。3，4，4。——北宋·黄庭坚·《全宋词》第 415 页

瑞鹤仙

环滁皆山**也**，望蔚然深秀，琅琊山**也**。　◇◇◇◇◆，◆◆◇◇◆，◇◇◇◆。

山行六七里，有翼然泉上，醉翁亭**也**。　◇◇◆◆◆，◆◆◇◇◆，◆◇◇◆。

翁之乐**也**，得之心，寓之酒**也**。　◇◇◆◆，◆◇◇，◆◇◆◆。

更野芳佳木，风高日出，景无穷**也**。　△◆◇◇◆，◇◇◆◆，◆◇◇◆。

游**也**，山肴野蔌，酒洌泉香，沸筹觥**也**。　◇◆，◇◇◆◆，◆◆◇◇，◆◇◇◆。

太守醉**也**，喧哗众宾欢**也**。　◆◆◆◆，◇◇◆◇◇◆。

况宴酣之乐，非丝非竹，太守乐其乐**也**。　△◆◇◇◆，◇◇◇◆，◆◆◆◇◆◆。

问当时，太守为谁，醉翁是**也**。　◆◇◇，◆◆◇◇，◆◇◆◆。

同体式作品：无。

增减字：

(一) 5，5，4。5，5，4。4，3，4。3，4，6。○ 2，4，4，4。4，6。5，4，6。3，4，4。南宋：吕胜

己1首，辛弃疾1首。

（二）5，3，6。5，5，4。4，3，4。3，4，6。○2，4，4，4。4，6。5，4，6。3，4，4。南宋：京镗1首，紫姑1首。

（三）5，3，4。5，5，4。4，3，4。3，4，6。○2，4，4，4。4，6。3，6，6。3，4，4。南宋：方岳1首。

（四）5，5，4。5，5，4。4，3，4。3，4，6。○2，4，4，4。4，6。3，6，6。3，4，4。南宋：徐理1首。

（五）5，5，4。5，5，4。4，3，4。5，4，4。○2，4，4，4。3，7。5，4，6。3，4，4。南宋：无名氏1首。

变体一

与始词分句数复句数相同，复句型有变。

【变体一·1】24分句8复句。上片与始词同，下片第一复句较始词减1分句、第二复句增1分句。每片12分句4复句，三/三/三/三/型复句组。仄韵，隔句韵。

5，5，4。5，5，4。4，3，4。5，4，4。

6，4，4。4，3，3。5，4，6。3，4，4。——南宋·张元幹·《全宋词》第1096页

瑞鹤仙

寿

倚格天峻**阁**，舞庭槐阴转，盆榴红**烁**。　△◆◇◆◆，△◇◇◇◆，◇◇◇◆。
香风泛帘**幕**，拥霞裾琼佩，真珠璎**珞**。　◇◇◆◇◆，△◇◇◇◆，◇◇◇◆。
华阳庆**渥**，诞兰房，流芳秀**萼**。　◇◇◆◆，◆◇◇，◇◇◆◆。
有赤绳系**足**，从来相门，自然媒**妁**。　△◆◇◆◆，◇◇◆◇，◆◇◇◆。

游戏人间荣贵，道要元微，水源清**浊**。　◇◆◇◇◇◆，◆◆◇◇，◆◇◇◆。
长生大**药**，彩鸾韵，凤箫**鹤**。　◇◇◆◆，◆◇◆，◆◇◆。
对木公金母，子孙三世，妇姑为寿满**酌**。　△◆◇◇◆，◆◇◇◆，◆◇◇◆◆◆。
看千龄，举家飞升，玉京更**乐**。　◆◇◇，◆◇◇◇，◆◇◆◆。

同体式作品：无。

增减字：

（一）5，5，4。5，5，4。4，3，4。3，4，6。○6，4，4。4，3，3。5，4，6。3，4，4。南宋：史浩1首，韩元吉1首，侯寘1首，陈允平1首。

（二）5，3，6。5，3，6。4，3，4。4，5，4。○6，4，4。4，3，3。5，4，6。3，4，4。南宋：毛开1首。

（三）5，3，6。5，5，4。4，3，4。3，4，6。○6，4，4。4，3，3。3，6，6。3，4，4。南宋：张镃1首。

【变体一·2】24分句8复句。上片与始词同，12分句4复句，三/三/三/三/型复句组；下片第二复句较始词增1分句，第四复句减1分句，12分句4复句，四/三/三/二/型复句组。仄韵，隔句韵。

5，5，4。5，5，4。4，3，4。5，4，4。

2，4，4，4。4，3，3。5，4，6。5，6。——南宋·曹勋·《全宋词》第1213页

瑞鹤仙

贵妃生辰

小梅凝秀色，泛霁霭晴和，春容初**透**。　◆◇◇◆◆，◆◆◆◇◇，◇◇◇◆。
璇霄降仙格，觉葱葱佳气，先惊花**柳**。　◇◇◆◇◆，△◇◇◇◆，◇◇◇◆。
芝兰户**牖**，庆禀质，天长地**久**。　◇◇◆◆，◆◆◆，◇◇◆◆。
有当熊避辇，嘉声懿德，六宫居**右**。　◆◇◇◆◆，◇◇◆◆，◆◇◇◆。

清**昼**，文箫仪凤，妙舞低云，缓锵钧**奏**。　◇◆，◇◇◇◆，◆◆◇◇，◆◇◇◆。
香传绣幄，腾非雾，上金**兽**。　◇◇◆◆，◇◇◆，◆◇◆。
愿千龄遐算，三宫慈爱，长亭兹辰劝**酒**。　△◇◇◇◆，◇◇◇◆，◇◇◇◇◆◆。
向瑶台阆苑，芳音永嫔万**寿**。　△◇◇◆◆，◇◇◆◇◆◆。

同体式作品：南宋：希叟1首。

增减字：

（一）5，5，4。5，5，4。4，3，4。3，4，6。○2，4，4，4。4，3，3。5，4，6。5，6。南宋：高观国1首，卢祖皋1首。

（二）5，5，4。5，5，4。4，3，4。5，4，4。○2，4，4，4。4，3，3。5，4，6。7，4。南宋：王迈1首。

【变体一·3】24分句8复句。上片第三复句较始词减1分句，下片第二复句增1分句。上片11分句4复句，三/三/二/三/型复句组；下片13分句4复句，四/三/三/三/型复句组。仄韵，隔句韵，间插连句韵。

5，5，4。5，5，4。4，7。3，4，6。

2，4，4，4。4，3，3。4，4，6。3，4，4。——南宋·黄人杰《全宋词补辑》第57页

瑞鹤仙

飞花闲院**落**，渐燕觜泥融，蜂须香**薄**。　◇◇◇◆◆，◆◆◆◇◇，◇◇◇◆。
风光未全**恶**，有出林青杏，殿春红**药**。　◇◇◆◇◆，◆◆◇◇◆，◆◇◇◆。
东皇旧**约**，把余芳一时留**著**。　◇◇◆◆，△◇◇◆◇◇◆。
等君侯，维岳佳辰，惜景为供春**酌**。　◆◇◇，◇◆◇◇，◆◆◇◇◇◆。

新**乐**，谁番清韵，非石非金，武城弦**索**。　◇◆，◇◇◇◆，◇◆◇◇，◆◇◇◆。
如闻荐**鹗**，青云外，有飞**削**。　◇◇◆◆，◇◇◆，◆◇◆。
双凫容与，摩天东上，稳步鸾台凤**阁**。　◇◇◇◆，◇◇◇◆，◆◆◇◇◆◆。
管平泉，昼锦归时，发犹未**鹤**。　◆◇◇，◆◆◇◇，◆◇◆◆。

同体式作品：无。

增减字：

（一）6，5，4。5，5，4。4，6。3，4，4。〇2，4，4，4。4，3，3。5，4，6。3，4，4。宋：无名氏 1首。

【变体一·4】24分句8复句。上片第一复句较始词增1分句，13分句4复句，四/三/三/三/型复句组，下片较始词减1分句，11分句4复句，四/二/三/二/型复句组。仄韵，隔句韵，间插连句韵。

5，3，4，4。5，5，4。4，5，4。4，4，4。

2，4，4，4。4，6。3，6，6。7，4。——宋·无名氏·《全宋词》第3815页

瑞鹤仙

寿妇人七十三，十一月廿三。

正迎长时**节**，细数来，	△◇◇◇◆，◆◆◇，
两旬已**浃**，两朝方**越**。	◆◇◆◆，◆◇◇◆。
画堂人笑**悦**，见瑞烟香袅，寿星明**彻**。	◆◇◇◆◆，△◆◇◇◆，◆◇◇◆。
丝丝华**发**，问瑶池会客，几见桃**结**。	◇◇◇◆，△◇◇◆◆，◆◆◇◆。
才经八十，春秋不记，绛人年**月**。	◇◇◆◆，◇◇◆◆，◆◇◇◆。
奇**绝**，诗书教子，陶母等伦，曹家风**烈**。	◇◆，◇◇◇◆，◇◆◆◇，◇◇◇◆。
鼎来□**德**，儿孙尽蓝袍**客**。	◆◇□◆，◇◇◆◇◇◆。
便从今，一轴金花鸾锦，十藏琅函贝**叶**。	◆◇◇，◆◆◇◇◇◆，◆◆◇◇◆◆。
愿常如秋月圆时，长生真**诀**。	△◇◇◇◆◇◇，◇◇◇◆。

同体式作品：无。

变体二

较始词复句数不变，分句数有变。

变体二·1

25分句8复句

【变体二·1】25分句8复句。上片与始词同，12分句4复句，三/三/三/三/型复句组；下片第二复句较始词增1分句，13分句4复句，四/三/三/三/型复句组。仄韵，隔句韵，间插连句韵。

5，5，4。5，3，6。4，3，4。5，4，4。

2，4，4，4。4，3，3。3，6，6。3，4，4。——北宋·周邦彦·《全宋词》第627页

瑞鹤仙

暖烟笼细柳，弄万缕千丝，年年春**色**。	◆◇◇◆◆，△◆◆◇◇，◇◇◇◆。
晴风荡无际，浓于酒，偏醉情人调**客**。	◇◇◆◇◆，◇◇◆，◇◆◇◇◇◆。
阑干倚处，度花香，微散酒**力**。	◇◇◆◆，◆◇◇，◇◆◆◆。
对重门半掩，黄昏淡**月**，院宇深**寂**。	△◇◇◆◆，◇◇◆◆，◆◆◇◆。

愁**极**，因思前事，洞房佳宴，正值寒**食**。　◇◆，◇◇◇◆，◆◇◇◆，◆◆◇◆。
寻芳遍赏，金谷里，铜驼**陌**。　◇◇◆◆，◇◆◆，◇◇◆。
到而今，鱼雁沉沉无信，天涯常是泪**滴**。　◆◇◇，◇◆◇◇◇◆，◇◇◇◆◆◆。
早归来，云馆深处，那人正**忆**。　◆◇◇，◇◆◇◆，◆◇◆◆。

同体式作品：无。

增减字：

（一）5，5，4。5，3，6。4，3，4。5，4，4。〇2，4，4，4。4，3，3。5，4，6。3，4，4。南宋：蔡伸1首，方千里1首。

（二）5，5，4。5，5，4。4，3，4。3，4，4。〇2，4，4，4。4，3，3。5，4，6。3，4，4。南宋：张元幹1首。

（三）5，3，6。5，5，4。4，3，4。5，4，4。〇2，4，4，4。4，3，3。5，4，6。3，4，4。南宋：杨无咎4首。

（四）5，5，4。5，5，4。4，3，4。3，4，6。〇2，4，4，4。4，3，3。5，4，6。3，4，4。南宋：史浩1首，康与之2首，韩元吉1首，侯寘2首，王千秋3首，赵长卿1首，吕胜己3首，辛弃疾1首，赵善括1，史达祖2首，张辑1首，葛长庚2首，楼采1首，哀长吉2首，黄中1首，方岳1首，洪瑹1首，陆叡1首，李昴英1首，吴文英8首，周氏1首，刘澜1首，陈允平1首，赵闻礼1首，曹邍1首，刘辰翁1首，周密1首，蒋捷2首，无名氏2人2首，计30人47首。

（五）5，3，6。5，5，4。4，3，4。3，4，6。〇2，4，4，4。4，3，3。5，4，6。3，4，4。南宋：史浩1首，辛弃疾1首，陈著2首，赵闻礼1首，张炎1首，计5人6首。

（六）5，5，4。5，5，4。4，3，4。5，4，6。〇2，4，4，4。4，3，3。5，4，6。3，4，4。南宋：史浩1首。

（七）5，5，4。5，5，4。4，3，4。5，4，4。〇2，4，4，4。4，3，3。5，4，6。3，4，4。南宋：仲并1首，赵彦端1首，俞国宝1首，张榘1首，无名氏1首，计5人5首。

（八）5，3，6。5，3，6。4，3，4。5，4，4。〇2，4，4，4。4，3，3。3，6，6。3，4，4。南宋：曾觌1首。

（九）5，5，4。5，5，4。4，3，4。3，6，4。〇2，4，4，4。4，3，3。5，4，6。3，4，4。南宋：赵彦端2首，袁去华1首，杨炎正1首。

（一〇）5，3，6。5，5，4。4，3，4。3，4，6。〇2，4，4，4。4，3，3。3，6，6。3，4，4。南宋：陆淞1首。

（一一）5，5，4。5，5，4。4，3，4。5，3，5。〇2，4，4，4。4，3，3。5，4，6。3，4，4。南宋：赵长卿2首。

（一二）5，5，4。5，5，4。4，3，4。3，4，6。〇2，4，4，4。4，3，3。3，6，6。3，4，4。南宋：吴礼之1首，吴潜1首，蒋捷2首。

（一三）5，5，4。5，5，4。4，3，3。3，4，6。〇2，4，4，4。4，3，3。3，6，6。3，4，4。南宋：李曾伯1首。

（一四）5，5，4。5，3，6。4，3，4。3，4，6。〇2，4，4，4。4，3，4。3，6，6。3，4，4。南宋：张枢1首。

（一五）5，5，4。5，3，6。4，3，4。3，4，6。〇2，4，4，4。4，3，3。3，4，6。3，4，4。南宋：无名氏1首。

(一六) 5，4，4。5，5，4。4，3，4。3，4，6。○ 2，4，4，4。4，3，3。3，6，6。3，4，4。南宋：无名氏1首。

(一七) 5，5，4。5，5，4。4，3，4。4，5，4。○ 2，4，4，4。4，3，3。5，4，6。3，4，4。南宋：无名氏1首。

变体二·2

23分句8复句

【变体二·2·1】23分句8复句。上片与始词同，12分句4复句，三/三/三/三/型复句组；下片第一、四复句较始词各减1分句，第二复句增1分句，11分句4复句，三/三/三/二/型复句组。仄韵，隔句韵，间插连句韵。

5，3，6。5，3，6。4，3，4。5，4，4。

6，4，4。4，3，3。3，6，6。5，6。——北宋·周邦彦·《全宋词》第598页

瑞鹤仙

高平

悄郊原带**郭**，行路永，客去车尘漠**漠**。	△◇◇◆◆，◇◆◆，◆◆◇◇◆◆。
斜阳映山**落**，敛余红，犹恋孤城栏**角**。	◇◇◆◇◆，◆◇◇，◇◆◇◇◇◆。
凌波步**弱**，过短亭，何用素**约**。	◇◇◆◆，◆◆◇，◇◆◆◆。
有流莺劝我，重解绣鞍，缓引春**酌**。	△◇◇◆◆，◇◆◆◇，◆◆◇◆。
不记归时早暮，上马谁扶，醒眠朱**阁**。	◆◆◇◇◆◆，◆◆◇◇，◆◇◇◆。
惊飙动**幕**，扶残醉，绕红**药**。	◇◇◆◆，◇◇◆，◆◇◆。
叹西园，已是花深无地，东风何事又**恶**。	◆◇◇，◆◆◇◇◇◆，◇◇◇◆◆◆。
任流光过**却**，犹喜洞天自**乐**。	△◇◇◆◆，◇◆◆◇◆◆。

同体式作品：无。

增减字：

(一) 5，3，6。5，5，4。4，3，4。5，4，4。○ 6，4，4。4，3，3。5，4，6。5，6。南宋：赵文1首。

【变体二·2·2】23分句8复句。双片，上片第四复句较【变体二·2·1】减1分句，下片第一复句增1分句。上片11分句4复句，三/三/三/二/型复句组；下片12分句4复句，四/三/三/二/型复句组。仄韵，隔句韵。

5，5，4。5，5，4。4，3，4。7，8。

2，4，4，4。4，3，3。5，4，4。5，6。——南宋·朱耆寿·《全宋词》第1354页

瑞鹤仙

寿秦伯，和侍郎。

樱桃抄乳**酪**，正雨厌肥梅，风忺吹**箨**。	◇◇◇◆◆，△◆◆◇◇，◇◇◇◆。
咸瞻格天**阁**，见十眉环侍，争鸣弦**索**。	◇◇◆◇◆，△◆◇◇◆，◇◇◇◆。

茶瓯试**瀹**，更良夜，沉沉细**酌**。 ◇◇◆◆，◆◇◆，◇◇◆◆。
问间生此日为谁，曾向玉皇案前持**橐**。 △◇◇◆◆◆◇，◇◆◆◇◆◇◇◆。

龟**鹤**，从他祝寿，未比当年，阴功堪**托**。 ◇◆，◇◇◆◆，◆◆◇◇，◇◇◇◆。
天应不**错**，教公议，细评**泊**。 ◇◇◆◆，◇◇◆，◆◇◆。
自和戎以来，谋国多少，萧曹卫**霍**。 △◇◇◆◇，◇◆◇◆，◇◇◆◆。
奈胡儿自**若**，惟守绍兴旧**约**。 △◇◇◆◆，◇◆◆◇◆◆。

同体式作品：无。

增减字：

（一）5，5，4。5，5，4。4，3，4。7，6。◯2，4，4，4。4，3，3。5，4，6。7，4。南宋：吕胜己1首。

【变体二·2·3】23分句8复句。双片。上片第三复句较始词减1分句，11分句4复句，三/三/二/三/型复句组；下片分句数复句型与【变体二·2·2】同，12分句4复句，四/三/三/二/型复句组。仄韵，隔句韵。

5，5，4。5，5，4。4，7。5，3，5。
2，4，4，4。4，3，3。5，4，6。7，4。——南宋·赵长卿·《全宋词》第1794页

瑞鹤仙

残秋有感

败荷擎沼面，红叶舞林梢，光阴何**速**。 ◆◇◇◇◆，◇◆◆◇◇，◇◇◇◆。
碧天静如水，金风透帘幕，露清蝉**伏**。 ◆◇◆◇◆，◇◇◆◇◆，◆◇◇◆。
追思往事，念当年悲伤宋**玉**。 ◇◇◆◆，△◇◇◇◇◆◆。
渐危楼向晚，魂销处，倚遍阑干**曲**。 △◇◇◆◆，◇◇◆，◆◆◇◇◆。

凝**目**，一霎微雨， ◇◆，◆◆◇◇，
塞鸿声断，酒病相**续**。 ◆◆◇◇◆，◆◆◇◆。
无情赏处，金井梧，东篱**菊**。 ◇◇◆◆，◇◆◇，◇◇◆。
渐兰桡归去，银蟾满夜， △◇◇◇◆，◇◇◆◆，
水村烟渡怎**宿**。 ◆◇◇◆◆◆。
负伊家万愁千恨，甚时是**足**。 ◆◇◇◆◇◇◆，◇◇◆◆。

同体式作品：无。

变体二·3

22分句8复句

【变体二·3·1】22分句8复句。双片。上片第三、四复句较始词各减1分句，10分句4复句，三/三/二/二/型复句组；下片分句数与始词同，复句型有变，12分句4复句，四/三/三/二/型复句组。仄韵，邻韵通押，隔句韵。

5，5，4。5，5，4。4，7。7，6。

2，4，4，4。4，3，3。5，4，6。7，4。——南宋·吕胜己·《全宋词》第1757页

瑞鹤仙

鄂州

金枝联玉**叶**，世代有宗英，声华烨**烨**。	◇◇◇◆◆，◆◆◆◇◇，◇◇◆◆。
君侯更超**绝**，抱不群才气，壮图英**发**。	◇◇◆◇◆，△◆◇◇◆，◆◇◇◆。
津途轨辙，□武上青霄迥**别**。	◇◇◆◆，□◆◆◇◇◆◆。
自玉阶契合君王，拍拍满怀风**月**。	△◆◇◆◆◇◇，◆◆◆◇◇◆。
奇**绝**，身居萧散，志在功名，眼高天**阔**。	◆◆，◇◇◇◆，◆◆◇◇，◆◇◇◆。
恩来魏**阙**，长江上，驻旌**节**。	◇◇◆◆，◇◇◆，◆◇◆。
待胡尘有警，纶巾羽扇，谈笑周郎事**业**。	△◇◇◆◆，◇◇◆◆，◇◆◇◇◆◆。
恁时看国倚强宗，诏褒伟**烈**。	◇◇◆◆◆◇◇，◆◇◆◆。

同体式作品：无。

【变体二·3·2】22分句8复句。双片。上片第三复句较始词减1分句，下片第一、第四复句各减1分句，第二复句增1分句。每片11分句4复句，上片三/三/二/三/型复句组，下片三/三/三/二/型复句组。仄韵，邻韵通押，隔句韵，插一连句韵。

5，5，4。5，5，4。4，7。5，4，4。

6，4，4。4，3，3。5，4，6。7，4。——南宋·赵长卿·《全宋词》第1784页

瑞鹤仙

暮春有感

海棠花半**落**，正蕙圃风生，兰亭香**扑**。	◆◇◇◆◆，△◆◆◇◇，◇◇◇◆。
青英螟池阁，任翻红飞絮，游丝穿**幕**。	◇◇◇◇◆，△◇◇◇◆，◇◇◇◆。
情怀易**著**，奈宿酲情绪正**恶**。	◇◇◆◆，△◆◇◇◆◆◆。
叹韶光渐改，年华荏苒，旧欢如**昨**。	△◇◇◆◆，◇◇◆◆，◆◇◇◆。
追念凭肩盟誓，枕臂私言，尽成离**索**。	◇◆◇◇◇◆，◆◆◇◇，◆◇◇◆。
记得忘**却**，当时事，那时**约**。	◆◆◆◆，◇◇◆，◆◇◆。
怕灯前月**下**，得见则个，厌厌只待觑**著**。	△◇◇◆◆，◆◆◆◆，◆◆◆◆◇◆。
问新来为谁萦牵，又还瘦**削**。	△◇◇◆◇◇◇，◆◇◆◆。

同体式作品：无。

【变体二·3·3】22分句8复句。双片。上下片第四复句较始词各减1分句，每片11分句4复句，上片三/三/三/二/型复句组，下片四/二/三/二/型复句组。仄韵，邻韵通押，隔句韵。

5，5，4。5，5，4。4，3，4。7，6。

2，4，4，4。4，6。5，4，6。7，4。——南宋·赵长卿·《全宋词》第1792页

瑞鹤仙

张宰生辰

西风苹末**起**，动院落清秋，新凉如**水**。	◇◇◇◆◆，△◆◆◇◇，◇◇◇◆。
纤歌遏云**际**。正美人翻曲，阳春轻**丽**。	◇◇◆◇◆，△◆◇◇◆，◇◇◇◆。
兰衣玉**佩**，拥南斗，光中一**醉**。	◇◇◆◆，◇◇◆，◇◇◆◆。
有邦人万口同声，赞叹我公恺**悌**。	△◇◇◆◆◇◇，◆◆◆◇◆◆。
百**里**，年丰谷稔，事简刑清，颂声盈**耳**。	◆◆，◇◇◆◆，◆◆◇◇，◆◇◇◆。
鹏程九万，摩空展垂天**翼**。	◇◇◆◆，◇◇◆◇◇◆。
定丹书飞下，彤墀归去，秘略家传小**试**。	△◇◇◇◆，◇◇◇◆，◆◆◇◇◆◆。
看封留亘古功名，未容退**避**。	△◇◇◆◆◇◇，◆◇◆◆。

同体式作品：无。

增减字：

(一) 5，3，6。5，5，4。4，3，5。6，6。◯2，4，4，4。4，6。5，4，6。7，4。南宋：欧阳光祖 1首。

【变体二·3·4】22 分句 8 复句。双片。上片与始词同，下片第一、四复句各减 1 分句。上片 12 分句 4 复句，三/三/三/三/型复句组，下片 10 分句 4 复句，三/二/三/二/型复句组。仄韵，重字韵，隔句韵，间插连句韵。

5，5，4。5，5，4。4，3，4。5，4，4。

2，4，8。4，6。5，4，6。5，6。——南宋·赵长卿·《全宋词》第 1086 页

瑞鹤仙

归宁都因成，寄时香诸院。

无言屈指**也**，算年年底事，长为旅**也**。	◇◇◆◆◆，△◇◇◆◆，◇◇◆◆。
凄惶受尽**也**，把良辰美景，总成虚**也**。	◇◇◆◆◆，△◇◇◆◆，◆◇◇◆。
自嗟叹**也**，这情怀，如何诉**也**。	◆◇◆◆，◆◇◇，◇◇◆◆。
谩愁明怕暗，单栖独宿，怎生禁**也**。	◆◇◇◆◆，◆◇◆◆，◆◇◆◆。
闲**也**，有时临镜，渐觉形容日销减**也**。	◇◆，◆◇◇◆，◆◆◇◇◆◇◆◆。
光阴换**也**，空辜负少年**也**。	◇◇◆◆，◇◇◆◆◇◆。
念仙源深处，暖香小院，赢得群花怨**也**。	△◇◇◇◆，◆◇◆◆，◇◆◇◇◆◆。
是亏他见了，多教骂几句**也**。	◆◇◇◆◆，◇◆◆◆◆◆。

同体式作品：无。

变体二·4

21 分句 8 复句

【变体二·4】21 分句 8 复句。上片分句数复句型与【变体二·3·2】同，11 分句 4 复句，三/三/二/三/型复句组，下片第二复句减 1 分句，10 分句 4 复句，三/二/三/二/型

复句组。仄韵，邻韵通押，隔句韵，间插连句韵。

5，5，4。5，5，4。4，7。5，4，4。

6，4，4。4，6。5，4，6。7，4。——南宋·吕胜己·《全宋词》第 1756 页

瑞鹤仙

栽梅

南州春又**到**，向腊尽冬残，冰姑先**报**。	◇◇◇◆◆，△◆◆◇◇，◇◇◇◆。
芳心爱春**早**，露生香馥馥，靓妆皎**皎**。	◇◇◆◇◆，◆◇◇◆◆，◆◇◆◆。
诗人最**巧**，道竹外斜枝更**好**。	◇◇◆◆，△◆◆◇◇◆◆。
旋移根引水，浇培松竹，凑成三**妙**。	△◇◇◆◆，◇◇◇◆，◆◇◇◆。
回首当年客里，荆棘途中，幸陪欢**笑**。	◇◆◇◇◆◆，◇◆◇◇，◆◇◇◆。
闲愁似**扫**，记风雪关山**道**。	◇◇◆◆，△◇◆◇◇◆。
待飘花结子，和羹煮酒，还我山居送**老**。	△◇◇◆◆，◇◇◆◆，◇◆◇◇◆◆。
那青红浪蕊浮花，尽锄去**了**。	△◇◇◆◆◇◇，◆◇◆◆。

同体式作品：无。

变体二·5

20 分句 8 复句

【变体二·5】20 分句 8 复句。上下片较始词各减 2 分句，每片 10 分句 4 复句，上片三/三/二/二/型复句组，下片三/二/三/二/型复句组。仄韵，邻韵通押，隔句韵，间插连句韵。

5，5，4。5，5，4。4，7。7，6。

2，4，8。4，6。5，4，6。7，4。——南宋·吕胜己·《全宋词》第 1756 页

瑞鹤仙

嘲博见楼

倚阑观四**远**，近有客登临，故相磨**难**。	◆◇◇◆◆，◆◆◆◇◇，◆◇◇◆。
山形欠舒**展**，小峰峦云树，晦明更**变**。	◇◇◆◇◆，◆◇◇◇◆，◆◇◇◆。
江淮楚**甸**，又何曾分明在**眼**。	◇◇◆◆，△◇◇◇◇◆◆。
但临深自觉身高，未可便名博**见**。	△◇◇◇◆◆◇，◆◆◆◇◆◆。
休**辨**，吾心乐处，不要他人共同称**善**。	◇◆，◆◇◆◆，◆◆◇◇◆◇◇◆。
痴儿浅**浅**，因他谩说一**遍**。	◇◇◆◆，◇◇◆◇◆◆。
问还知宴坐，回光收视，大地河山尽**现**。	△◇◇◆◆，◇◇◆◆，◇◆◇◇◆◆。
待于中会得些时，举觞奉**劝**。	△◇◇◆◆◇◇，◆◇◆◆。

同体式作品：无。

同源词调：【瑞鹤仙令】

1. 始词南宋康与之作。
2. 令体短调，【瑞鹤仙】长调简化的小令。本调与【临江仙】短调一体通行词式全同（见本谱第23调【临江仙】始词·增减字·五），疑【瑞鹤仙令】与短调【临江仙】为异名同调。【临江仙】亦有长调体，始词柳永作，但仅柳永一首，【瑞鹤仙】分句数复句数与之相同，复句型有变，疑长调【临江仙】为【瑞鹤仙】之母调。
3. 本调仅见康与之、徐似道各一首。

始词：10分句4复句。双片，每片5分句2复句，二/三/型复句组。平韵，隔句韵。律词。

7，6。7，5，5。

7，6。7，5，5。——南宋·康与之·《全宋词》第1308页

瑞鹤仙令

补足李重光词

樱桃落尽春归去，蝶翻金粉双**飞**。	◇◇◆◆◇◇◆，◆◇◇◆◇◇。
子规啼恨小楼**西**，	◆◇◇◆◆◇◇，
曲屏珠箔晚，惆怅卷金**泥**。	◆◇◇◆◆，◇◆◆◇◇。
门巷寂寥人去后，望残烟草低**迷**。	◇◆◆◇◇◆◆，◆◇◇◆◇◇。
闲寻旧曲玉笙**悲**，	◇◇◆◆◆◇◇，
关山千里恨，云汉月重**规**。	◇◇◇◆◆，◇◆◆◇◇。

同体式作品：南宋：徐似道1首。

按：康与之词序曰“补足李重光词”，李重光，南唐后主李煜，然李煜存词无《瑞鹤仙令》。李煜存词中与康与之该词体式相同为《谢新恩》：“秦楼不见吹箫女，空余上苑风光。粉英金蕊自低昂，东风恼我，才发一衿香。○琼窗梦笛残日，当年得恨何长。碧阑干外映垂杨，暂时相见，如梦懒思量。”两词分句数、复句型皆同，仅三个小句之字数相差1字。李煜尚有《谢新恩》残词四首，其中一首起句为“樱桃落尽春将困”，与康词首句类似，康词《瑞鹤仙令》是否即“补足”李煜《谢新恩》残词，无以确断，但【瑞鹤仙令】【谢新恩】二调有关联似可确定。【谢新恩】乃【临江仙】之异名，康与之【瑞鹤仙令】与【临江仙】短调体通行词式全同，疑【瑞鹤仙令】为【临江仙】之异名。

457.【瑶台第一层】

1. 始词北宋黄庭坚作。

2. 宋教坊曲。宋陈师道《后山诗话》："武才人出庆寿宫，色冠后庭，裕陵得之。会教坊献新声，为作词，号《瑶台第一层》。"
3. 双片，上片四韵，下片六韵，平韵，隔句韵。

始词：24 分句 8 复句。双片，每片 12 分句 4 复句，三/三/三/三/型复句组。平韵，邻韵通押，隔句韵。

4，5，3。4，4，4。5，3，4。3，5，4。
2，4，7。4，4，4。5，3，4。3，5，4。——北宋·黄庭坚·《全宋词辑补》第 8 页

瑶台第一层

阆苑归来，因醉上瑶台，第一**层**。　◆◆◇◇，◇◆◆◇◇，◆◆◇。
洞天深处，年年不夜，日日长**春**。　◆◇◇◆，◇◇◆◆，◆◆◇◇。
万花妆烂锦，散异香，馥郁留**人**。　◆◇◇◆◆，◆◆◇，◆◆◇◇。
便乘兴，命玉龙吟笛，彩凤吹**笙**。　◆◇◆，△◆◇◇◆，◆◆◇◇。

身**轻**，先逢瑞景，众中先识董双**成**。　◇◇，◇◇◆◆，◆◇◇◆◆◇◇。
佩环声丽，舞腰袅袅，浓艳腾**腾**。　◆◇◇◆，◆◇◆◆，◇◆◇◇。
翠屏金缕枕，绣被软，梦冷槐**清**。　◆◇◇◆◆，◆◆◆，◆◆◇◇。
乐蓬**瀛**，愿南山同寿，北斗齐**龄**。　◆◇◇，△◇◇◆◆，◆◆◇◇。

同体式作品：无。

增减字：

（一）4，3，5。4，4，4。5，3，4。3，5，4。〇 2，4，7。4，4，4。5，3，4。3，5，4。北宋：赵仲御 1 首，张元干 2 首，史浩 1 首。

（二）4，5，3。4，4，4。5，3，4。3，5，4。〇 2，4，7。4，4，4。4，3，4。3，5，4。南宋：王义山 1 首（《寿宁节致语》）

变体二

与始词复句数相同，分句数有变。

【变体二】25 分句 8 复句。双片。上片与始词同，12 分句 4 复句，三/三/三/三/型复句组；下片增 1 分句，13 分句 4 复句，四/三/三/三/型复句组。平韵，隔句韵。

6，3，3。4，4，4。5，3，4。3，4，4。
2，4，3，4。4，4，4。4，4，4。3，4，5。——北宋·赵顼·《全宋词》第 449 页

瑶台第一层

上元扈跸，同宗室仲御作。

西母池边宴罢，赠南枝，步玉**霄**。　◇◆◇◇◆◆，◆◇◇，◆◆◇。
绪风和扇，冰华发秀，雪质孤**高**。　◆◇◇◆，◇◇◆◆，◆◆◇◇。
汉陂呈练影，问是谁，独立江**皋**。　◆◇◇◆◆，◆◆◇，◆◆◇◇。
便凝望，壶中珪璧，天下琼**瑶**。　◆◇◇，◇◇◇◆，◇◆◇◇。

清**标**，曾陪胜赏，坐忘愁，解使尘**销**。	◇◇，◇◇◆◆，◆◇◇，◆◆◇◇。
况双成与，乳丹点染，都付香**梢**。	△◇◇◆，◆◇◆◆，◇◆◇◇。
寿妆酥冷，郢韵佩举，麝卷云**绡**。	◆◇◇◆，◆◆◆◆，◆◆◇◇。
乐逍**遥**，凤凰台畔，取次忆吹**箫**。	◆◇◇，◆◇◇◆，◆◆◆◇◇。

按：本词一传为南宋朱雍作。

同体式作品：无。

458.【上林春慢】

1. 始词北宋晁端礼作。
2. 或省名为【上林春】。宋教坊曲有【上林春】（《宋史·乐志》），或为该调本源。短调【上林春令】，作同源词调处理。
3. 双片，上片四韵，下片六韵，变体下片韵数减一；仄韵，隔句韵。

始词：20 分句 8 复句。双片。每片 10 分句 4 复句，三/三/二/二/型复句组。仄韵，隔句韵，间插连句韵。

4，4，6。4，4，6。7，4。6，6。

7，5，4。4，4，6。4，7。6，4。——北宋·晁端礼·《全宋词》第 420 页

上林春慢

霖雨成功，堂称继美，旧说安阳家**世**。	◇◆◇◇，◇◇◆◆，◆◆◇◇◇◆。
峻岳降神，长庚应梦，佳辰况当秋**霁**。	◆◆◆◇，◇◇◆◆，◇◇◆◇◇◆。
玉函金篆帝锡与，寿眉鲵**齿**。	◆◇◇◆◆◆◆，◆◇◇◆。
向清时便告老，尽取貂蝉轻**弃**。	△◇◇◆◆◆，◆◆◇◇◇◆。
把朝廷旧勋屈**指**，有谁人似**此**，	△◇◇◆◇◆◆，△◇◇◆◆，
能全终**始**。	◇◇◇◆。
谤书顿释，先芬未泯，君王自为知**己**。	◆◇◆◆，◇◇◆◆，◇◇◆◇◇◆。
看花临**水**，算已号醉吟居**士**。	◆◇◇◆，△◆◆◆◇◇◆。
奈苍生尚满望，谢公重**起**。	△◇◇◆◆◇，◆◇◇◆。

同体式作品：北宋：晁端礼 2 首。

变体二

较始词复句数不变，分句数有变。

变体二·1

22 分句 8 复句

【变体二·1】22 分句 8 复句。上下片第三复句较始词各增 1 分句，每片 11 分句 4 复句，三/四/二/二/型复句组。仄韵，隔句韵。

4，4，6。4，4，3，3。4，7。6，6。
7，5，4。4，4，3，3。4，7。6，4。——北宋·晁端礼·《全宋词》第 439 页

上林春慢

相识来来，真个为伊，尽把精神役**破**。	◇◆◇◇，◇◆◆◇，◆◆◇◇◆◆。
谛殢性□，娇痴做处，双眉镇，长愁**锁**。	◆◆◆□，◇◇◆◆，◇◇◆，◇◇◆。
为伊恁地，便诸事自来饶**过**。	◆◇◆◆，△◇◆◆◇◇◆。
暂时间未觑得，又早孜煎无**那**。	◆◇◇◆◆◆，◆◆◇◇◇◆。
想从来性气恁**么**，那堪更等闲，	△◇◇◆◆◆◆，◆◆◆◆◇，
经时抛**弹**。	◇◇◇◆。
料得那里，千僝万僽，嗔我也，思量**我**。	◆◆◆◆，◇◇◆◆，◇◆◆，◇◇◆。
再归见了，算应是絮得些**个**。	◆◇◆◆，△◇◆◆◆◆◇◆。
但初心尚未改，任从摧**挫**。	△◇◇◆◆◆，◆◇◇◆。

同体式作品：无。

变体二·2

25 分句 8 复句

【变体二·2】25 分句 8 复句。上片较始词增 2 分句，12 分句 4 复句，三/三/三/三/型复句组；下片增 3 分句，13 分句 4 复句，四/三/三/三/型复句组。仄韵，隔句韵。

4，4，6。4，4，6。4，3，4。3，3，6。
3，4，3，6。4，4，6。4，3，4。3，3，4。——北宋·晁补之·《全宋词》第 575 页

上林春

韩相生日

天惜中秋，三夜淡云，占得今宵明**月**。	◇◆◇◇，◇◆◆◇，◆◆◇◇◇◆。
孟陬岁好，金风气爽，清时挺生贤**哲**。	◆◇◆◆，◇◇◆◆，◇◇◆◇◇◆。
相门出相，算钟庆，自应累**叶**。	◆◇◆◆，◆◇◆，◆◇◆◆。
乍归来，暂燕处，共仰赤松高**辙**。	◆◇◇，◆◆◆，◆◆◆◇◇◆。
想人生，会须自**悦**，	◆◇◇，◆◇◆◆，
浮云事，笑里尊前休**说**。	◇◇◆，◆◆◇◇◇◆。
旧有衮衣，公归未晚，千岁盛明时**节**。	◆◆◆◇，◇◇◆◆，◇◆◆◇◇◆。
命圭相印，看重赏，晋公勋**业**。	◆◇◇◆，◇◆◆，◆◇◇◆。
济生灵，共富寿，海深天**阔**。	◆◇◇，◆◆◆，◆◇◇◆。

同体式作品：无。

增减字：

（一）4，4，6。4，4，6。4，3，4。3，5，4。○ 3，4，3，6。4，4，6。4，3，4。3，3，4。南宋：晁冲之 1 首，曾纡 1 首。

同源词调：【上林春令】

1. 始词北宋毛滂作。
2. 双片，每片三仄韵，隔句韵。

始词：8 分句 4 复句。双片。每片 4 分句 2 复句，二/二/型复句组。仄韵，连句韵、隔句韵。

6，7。6，7。

7，7。6，7。——北宋·毛滂·《全宋词》第 676 页

上林春令

十一月三十日见雪

蝴蝶初翻帘**绣**，万玉女齐回舞**袖**。　◇◆◇◇◇◆，◆◆◆◇◇◆◆。

落花飞絮蒙蒙，长忆著灞桥别**后**。　◆◇◇◆◇◇，◇◆◇◆◇◆◆。

浓香斗帐自永**漏**，任满地月深云**厚**。　◇◇◆◆◆◆◆，△◆◆◆◇◇◆。

夜寒不近流苏，只怜他后庭梅**瘦**。　◆◇◆◆◇◇，◆◇◇◆◇◇◆。

同体式作品：南宋：杨无咎 1 首。

459.【玉楼宴】

1. 始词北宋晁端礼作。
2. 亦宋教坊曲，见《宋史·乐志》。
3. 双片，每片四平韵，隔句韵。
4. 此调仅见晁端礼 1 首。

始词：21 分句 8 复句。双片。上片 11 分句 4 复句，三/三/二/三/型复句组；下片 10 分句 4 复句，三/三/二/二/型复句组。平韵，隔句韵。

7，3，3。5，5，4。5，7。4，4，4。

6，5，4。5，5，4。5，7。6，5。——北宋·晁端礼·《全宋词》第 422 页

玉楼宴

记红颜日向瑶阶，得俊饮，散蓬**壶**。　△◇◇◆◆◇◇，◆◆◆，◆◇◇。

绣鞍纵骄马，故坠鞭柳径，缓辔花**衢**。	◆◇◆◇◆，△◆◇◆◆，◆◆◇◇。
斗帐兰釭曲，曾是振声名上**都**。	◆◆◇◇◆，◇◆◆◇◇◆◇。
醉倒旗亭，更深未归，笑倩人**扶**。	◆◆◇◇，◇◇◆◇，◆◆◇◇。
光阴到今二纪，算难寻前好，懒访仙**居**。	◇◇◆◇◆◆，△◇◇◇◆，◆◆◇◇。
近来似闻道，向雾关云洞，自乐清**虚**。	◆◇◆◇◆，△◆◇◇◆，◆◆◇◇。
月帔与星冠，不念我华颠皓**须**。	◆◇◆◇◇，◆◆◆◇◇◆◇。
纵教重有相逢，似得旧时**无**。	◆◇◇◆◇◇，◆◆◆◇◇。

同体式作品：无。

460. 【金人捧露盘】

【铜人捧露盘引】【上平西】【上西平】

1. 始词北宋晁端礼作。
2. 以典故为调名。唐李贺《金铜仙人辞汉歌》序："魏明帝青龙元年八月，诏宫官牵车西取汉孝武捧露盘仙人，欲立置前殿。宫官既拆盘，仙人临载乃潸然泪下。"
3. 又名【铜人捧露盘引】，异名为【上平西】【上西平】。
4. 本调异名同调诸词，体式颇有差异，始词 30 分句 10 复句仅见一例，后之"变体"诸词分句数锐减，复句数收缩，体式大异，是少见的一调变体之例。
5. 双片，始词每片七韵，变体韵数有变；仄、平二韵式，隔句韵。

始词：30 分句 10 复句。双片。每片 15 分句 5 复句，上片三/三/三/三/三/型复句组；下片四/三/三/三/二/型复句组。仄韵，隔句韵，下片结末连句韵。

6，4，4。5，3，6。4，4，5。6，5，4。3，6，4。
2，5，5，4。5，3，6。4，4，5。6，5，4。3，7。

——北宋·晁端礼·《全宋词》第 423 页

金人捧露盘

天锡禹圭尧瑞，君王受釐，未央宫**殿**。	◇◆◆◇◇◆，◇◇◆◆，◆◇◇◆。
三五庆元宵，扫春寒，花外蕙风轻**扇**。	◇◆◆◇◇，◆◇◇，◇◆◆◆◇◆。
龙阙前瞻，凤楼背耸，中有鳌峰**见**。	◇◆◇◇，◆◇◆◆，◇◆◇◇◆。
渐紫宙星河**晚**，放桂华浮动，金莲开**遍**。	△◆◆◇◇◆，△◆◇◇◆，◇◇◇◆。
御帘**卷**，须臾万乐喧天，群仙扶**辇**。	◆◇◆，◇◇◆◆◇◇，◇◇◇◆。
云间，都人望天表，	◇◇，◇◇◆◇◆，
正仙葩竞插，异香飘**散**。	△◇◇◆◆，◆◇◇◆。

春宵苦长**短**，指花阴，愁听漏传银**箭**。	◇◇◆◇◆，◆◇◇，◇◇◆◇◇◆。
京国繁华，太平盛事，野老何因**见**。	◇◆◇◇，◆◇◆◆，◆◆◇◇◆。
但时效华封祝，愿岁岁闻道，金舆游**宴**。	◆◇◆◇◇◆，△◆◆◇◆，◇◇◇◆。
暗魂**断**，天涯望极长安**远**。	◆◇◆，◇◇◆◆◇◇◆。

同体式作品：无。

变体三

较始词分句数复句数皆变

变体三·1

23 分句 8 复句

【变体三·1】23 分句 8 复句。上片较始词减 4 分句 1 复句，11 分句 4 复句，三/二/三/三/型复句组；下片减 3 分句 1 复句，12 分句 4 复句，四/二/三/三/型复句组。平韵，隔句韵。律词。

3，3，3。3，4。4，3，5。4，3，4。

3，3，3，3。3，4。4，3，5。4，3，4。——北宋·贺铸·《全宋词》第 510 页

铜人捧露盘引

凌歊

控沧**江**，排青嶂，燕台**凉**。	◆◇◇，◇◇◆，◆◇◇。
驻彩仗，乐未渠**央**。	◆◆◆，◆◆◇◇。
岩花磴蔓，妒千门，珠翠倚新**妆**。	◇◇◆◆，◆◇◇，◇◆◆◇◇。
舞闲歌悄，恨风流，不管余**香**。	◆◇◇◆，◆◇◇，◆◆◇◇。
繁华梦，惊俄顷，佳丽地，指苍**茫**。	◇◇◆，◇◇◆，◇◆◆，◆◇◇。
寄一笑，何与兴**亡**。	◆◆◆，◇◆◇◇。
量船载酒，赖使君，相对两胡**床**。	◇◇◆◆，◆◆◇，◇◆◆◇◇。
缓调清管，更为侬，三弄斜**阳**。	◆◇◇◆，◆◆◇，◇◆◇◇。

同体式作品：北宋：贺铸 1 首。

变体三·2

16 分句 6 复句

【变体三·2】16 分句 6 复句。全词较始词减 14 分句 4 复句，每片 8 分句 3 复句，三/三/二/型复句组。平韵，隔句韵。

3，3，3。7，4，7。7，4。

5，3，3。7，4，7。7，4。——南宋·张元幹·《全宋词》第 1093 页

上西平

卧扁舟，闻寒雨，数佳**期**。	◆◇◇，◇◇◆，◆◇◇，

又还是轻误仙**姿**， ◆◇◆◇◆◇◇，
小楼梦冷，觉来应恨我归**迟**。 ◆◇◆◆，◆◇◇◆◆◇◇。
鬓云松处枕檀斜，露泣花**枝**。 ◆◇◇◆◆◇◇，◆◆◇◇。

名利空萦系，添憔悴，谩孤**恓**。 ◇◆◇◇◆，◇◇◆，◆◇◇。
得见了说与教**知**， ◆◆◆◆◆◇◇，
偎香倚暖，夜炉围定酒温**时**。 ◇◇◆◆，◆◇◇◆◆◇◇。
任他飞雪洒江天，莫下层**梯**。 ◆◇◇◆◆◇◇，◆◆◇◇。

同体式作品：无。

变体三·3

17 分句 6 复句

【变体三·3】17 分句 6 复句。上片分句数复句型与【变体二·2】同，下片第一复句增 1 分句。上片 8 分句 3 复句，三/三/二/型复句组；下片 9 分句 3 复句，四/三/二/型复句组。平韵，隔句韵。

3，3，3。7，4，7。7，4。
3，3，3，3。7，4，7。7，4。——南宋·曾觌·《全宋词》第 1314 页

金人捧露盘

庚寅岁春，奉使过京师，感怀作。

记神京，繁华地，旧游**踪**。 ◆◇◇，◇◇◆，◆◇◇。
正御沟春水溶**溶**， △◆◇◇◆◇◇，
平康巷陌，绣鞍金勒跃青**骢**。 ◇◇◆◆，◆◇◇◆◆◇◇。
解衣沽酒醉弦管，柳绿花**红**。 ◆◇◇◆◆◇◆，◆◆◇◇。

到如今，余霜鬓，嗟前事，梦魂**中**。 ◆◇◇，◇◇◆，◇◇◆，◆◇◇。
但寒烟满目飞**蓬**， △◇◇◆◆◇◇，
雕栏玉砌，空锁三十六离**宫**。 ◇◇◆◆，◇◆◇◆◆◇◇。
塞笳惊起暮天雁，寂寞东**风**。 ◆◇◇◆◆◇◆，◆◆◇◇。

同体式作品：南宋：程垓 1 首（【上平西】），吴泳 1 首（【上西平】），汪元量 1 首，韩玉 1 首（【上平西】）。

增减字：

（一）3，3，3。7，4，7。3，7。○ 3，3，3，3。7，4，7。4，7。南宋：辛弃疾 1 首（【上西平】）。
（二）3，3，3。7，4，7。7，4。○ 3，3，3，3。6，4，7。7，4。南宋：吴泳 1 首。

变体三·4

20 分句 8 复句

【变体三·4·1】20 分句 8 复句。上片较始词减 6 分句 1 复句，下片减 4 分句 1 复句。

上片 9 分句 4 复句，三/二/二/二/型复句组；下片 11 分句 4 复句，四/二/二/三/型复句组。平韵，隔句韵。律词。

3，3，3。3，4。4，7。4，6。

3，3，3，3。3，3。4，7。4，3，4。——南宋·辛弃疾·《全宋词》第 1956 页

上西平

送杜叔高

恨如新，新恨了，又重**新**。	◆◇◇，◇◆◆，◆◇◇。
看天上，多少浮**云**。	◇◇◆，◇◆◇◇。
江南好景，落花时节又逢**君**。	◇◇◆◆，◆◇◇◆◆◇◇。
夜来风雨，春归似欲留**人**。	◆◇◇◆，◇◇◆◆◇◇。
尊如海，人如玉，诗如锦，笔如**神**。	◇◇◆，◇◇◆，◇◇◆，◆◇◇。
能几字，尽殷**勤**。	◇◆◆，◆◇◇。
江天日暮，何时重与细论**文**。	◇◇◆◆，◇◇◇◆◆◇◇。
绿杨阴里，听阳关，门掩黄**昏**。	◆◇◇◆，◆◇◇，◇◆◇◇。

同体式作品：无。

【变体三·4·2】20 分句 8 复句。全词分句数复句数与【变体三·4·1】同，上下片分句数复句型有变。每片 10 分句 4 复句，三/二/二/三/型复句组。平韵，隔句韵，插一连句韵。

3，3，3。3，4。4，7。4，3，4。

3，3，3。3，7。7，4。4，3，4。——南宋·高似孙·《全宋词》第 2269 页

金人捧露盘

送范东叔给事帅维扬

下明光，违宣曲，上扬**州**。	◆◇◇，◇◇◆，◆◇◇。
玉帐暖，十万貔**貅**。	◆◆◆，◆◆◇◇。
梅花照雪，月随歌吹到江**头**。	◇◇◆◆，◆◇◇◆◆◇◇。
牙樯锦缆，听雁声，夜宿瓜**州**。	◇◇◆◆，◆◆◇，◆◆◇◇。
南山客，东山妓，蒲萄**酒**。	◇◇◆，◇◇◆，◇◇◆。
鹔鹴**裘**，占何逊杜牧风**流**。	◆◇◇，△<u>◇◆◆◆◇◇</u>。
琼花红药做珠帘，十里遨**头**。	◇◇◇◆◆◇◇，◆◆◇◇。
竹西歌吹，理新曲，人在春**楼**。	◆◇◇◆，◆◇◆，◇◆◇◇。

同体式作品：无。

变体三·5

19 分句 8 复句

【变体三·5】19 分句 8 复句。上片较始词减 6 分句 1 复句，9 分句 4 复句，三/二/二/二/型复句组；下片较始词减 5 分句 1 复句，10 分句 4 复句，四/二/二/二/型复句组。平韵，隔句韵。律词。

3，3，3。3，4。4，7。4，7。

3，3，3，3。3，4。4，7。4，7。——南宋·高观国·《全宋词》第 2349 页

金人捧露盘

水仙花

梦湘云，吟湘月，吊湘**灵**。	◆◇◇，◇◇◆，◆◇◇。
有谁见，罗袜尘**生**。	◆◇◆，◇◆◇◇，
凌波步弱，背人羞整六铢**轻**。	◇◇◆◆，◆◇◇◆◆◇◇。
娉娉袅袅，晕娇黄玉色轻**明**。	◇◇◆◆，△◇◇◆◆◇◇。
香心静，波心冷，琴心怨，客心**惊**。	◇◇◆，◇◇◆，◇◇◆，◆◇◇。
怕佩解，却返瑶**京**。	◆◆◆，◆◆◇◇。
杯擎清露，醉春兰友与梅**兄**。	◇◇◇◆，◆◇◇◆◆◇◇，
苍烟万顷，断肠是雪冷江**清**。	◇◇◆◆，◆◇◆◆◆◇◇。

同体式作品：南宋：高观国 3 首。

变体三·6

21 分句 8 复句

【变体三·6】21 分句 8 复句。上片较始词减 5 分句 1 复句，10 分句 4 复句，三/二/二/三/型复句组；下片减 4 分句 1 复句，11 分句 4 复句，四/二/二/三/型复句组。平韵，隔句韵。律词。

3，3，3。3，4。4，7。4，3，4。

3，3，3，3。3，4。4，7。3，3，4。——南宋·罗志仁·《全宋词》第 3429 页

金人捧露盘

丙午钱塘

湿苔青，妖血碧，坏垣**红**。	◆◇◇，◇◆◆，◆◇◇。
怕精灵，来往相**逢**。	◆◇◇，◇◆◇◇。
荒烟瓦砾，宝钗零乱隐鸾**龙**。	◇◇◆◆，◆◇◇◆◆◇◇。
吴峰越巘，翠颦锁，苦为谁**容**。	◇◇◆◆，◆◇◆，◆◆◇◇。
浮屠换，昭阳殿，僧磬改，景阳**钟**。	◇◇◆，◇◇◆，◇◆◆，◆◇◇。
兴亡事，泪老金**铜**。	◇◇◆，◆◆◇◇。
骊山废尽，更无宫女说元**宗**。	◇◇◆◆，◆◇◇◆◇◇◇。
角声起，海涛落，满眼秋**风**。	◆◇◆，◆◇◆，◆◆◇◇。

同体式作品：无。

461. 【金盏倒垂莲】

1. 始词北宋晁端礼作。
2. 始词取本词“金盏倒垂莲”句为调名，调名即词题。
3. 双片，每片四韵，平、仄二韵式，隔句韵。

始词：18 分句 8 复句。双片。每片 9 分句 4 复句，三/二/二/二/型复句组。平韵，隔句韵。

4，5，4。4，5。7，6。6，4。

6，5，4。4，5。7，6。6，4。——北宋·晁端礼·《全宋词》第 426 页

金盏倒垂莲

流水漂花，记同寻阆苑，曾宴桃**源**。	◇◆◇◇，△◇◇◆◆，◇◆◇◇。
痛饮狂歌，金盏倒垂**莲**。	◆◆◇◇，◇◆◆◇◇。
未省负佳时良夜，烂游风月三**年**。	◆◆◆◇◇◇◆，◆◇◇◆◇◇。
别后空抱瑶琴，谁听朱**弦**。	◆◆◇◆◇◇，◇◆◇◇。
风流少年儒将，有威名震虏，谈笑安**边**。	◇◇◆◇◇◆，△◇◇◆◆，◇◆◇◇。
寄我新诗，何事赋归**田**。	◆◆◇◇，◇◆◆◇◇。
想歌酒情怀如旧，后房应也依**然**。	△◇◆◇◇◇◆，◆◇◇◆◇◇。
此外莫问升沉，且斗樽**前**。	◆◆◆◆◇◇，◆◆◇◇。

同体式作品：无。

增减字：

（一）4，5，4。4，5。7，6。4，6。○ 6，5，4。4，5。7，6。4，6。北宋：晁补之 2 首。

（二）4，5，4。4，5。6，7。4，6。○ 6，3，6。4，5。6，7。4，6。南宋：曹勋 1 首（仄韵）。

（三）4，5，4。4，5。7，7。6，4。○ 6，5，4。4，5。6，7。6，4。宋：无名氏 1 首。

462. 【金盏子】

【金盏子慢】

1. 始词北宋晁端礼作。
2. 长调，又名【金盏子慢】。短调【金盏子令】作同源词调处理。
3. 双片，始词上片五韵，下片六韵，变体韵数有变；仄韵，偶有平韵；隔句韵，或间插连句韵。

始词：22 分句 8 复句。双片。每片 11 分句 4 复句，三/三/二/三/型复句组。仄韵，隔句韵，间插连句韵。

4，5，4。4，5，4。6，5。3，6，4。

2，4，8。6，3，6。6，5。3，4，4。——北宋·晁端礼·《全宋词》第 426 页

金盏子

断魂凝**睇**，望故国迢迢，倦摇征**辔**。	◆◇◇◆，△◆◆◇◇，◆◇◇◆。
恨满西风，有千里云山，万重烟**水**。	◆◆◇◇，△◇◆◇◇，◆◇◇◆。
遥夜枕冷衾寒，数更筹无**寐**。	◇◆◆◆◇◇，△◆◇◇◆。
想伊家，应也背著孤灯，暗弹珠**泪**。	◆◇◇，◇◆◆◆◇◇，◆◇◇◆。
屈**指**，重算归期，知他是何时见去**里**。	◆◆，◇◆◇◇，◇◇◆◇◇◆◆◆。
翻思绣阁旧时，无一**事**，只管爱争闲**气**。	◇◇◆◆◆◇，◇◆◆，◆◆◆◇◇◆。
及至恁地单栖，却千般追**悔**。	◆◆◆◆◇◇，△◇◇◇◆。
从今后，彼此记取，厌厌况**味**。	◇◇◆，◆◆◆◆，◇◇◆◆。

同体式作品：无。

增减字：

（一）4，5，4。5，3，6。6，5。3，6，4。○ 5，3，5。6，3，6。6，5。3，5，4。南宋：史达祖 1 首。

（二）4，5，4。5，5，4。6，5。3，6，4。○ 5，3，5。6，3，6。6，5。3，6，4。南宋：吴文英 1 首。

（三）4，3，6。5，3，6。6，5。3，6，4。○ 5，3，5。6，3，6。6，5。3，6，4。南宋：陈著 1 首。

（四）4，4，4。5，3，6。6，5。3，4，6。○ 5，3，5。6，3，6。6，5。3，4，4。南宋：王沂孙 1 首。

（五）4，5，4。5，5，4。6，5。3，6，4。○ 5，5，3。6，5，4。6，5。3，4，4。南宋：赵以夫 1 首。

变体二

较始词复句数不变，分句数增 1。

【变体二·1】23 分句 8 复句。上片与始词同，11 分句 4 复句，三/三/二/三/型复句组；下片第一复句较始词增 1 分句，12 分句 4 复句，四/三/二/三/型复句组。仄韵，邻韵通押，隔句韵，间插连句韵。

4，5，4。5，3，6。6，5。2，7，4。

2，3，3，5。6，3，6。6，5。2，7，4。——南宋·吴文英·《全宋词》第 2909 页

金盏子

吴城连日赏桂，一夕风雨，悉已零落。独寓窗晚花方作小蕾，未及见开。有新邑之役，竭来西馆，篱落间嫣然一枝可爱，见似人而喜，为赋此解。

赏月梧园，恨广寒宫树，晓风摇**落**。	◆◆◇◇，△◆◇◇◆，◆◇◇◆。
莓砌扫珠尘，空肠断，熏炉烬销残**萼**。	◇◆◆◇◇，◇◇◆，◇◇◆◇◇◆。
殿秋尚有余花，锁烟窗云**幄**。	◆◇◆◆◇◇，△◇◇◇◆。
新雁，又无端送人江上，短亭初**泊**。	◇◆，△◇◇◆◇◇◆，◆◇◇◆。

篱**角**，梦依**约**，人一笑，惺忪翠袖**薄**。　◇◆，◆◇◆，◇◆◆，◇◇◆◆◆。
悠然醉魂唤醒，幽丛畔，凄香雾雨漠**漠**。　◇◇◆◇◆◆，◇◇◆，◇◇◆◆◆◆。
晚吹乍颤秋声，早屏空金**雀**。　◆◇◆◆◇◇，△◇◇◇◆。
明朝，想犹有数点蜂黄，伴我斟**酌**。　◇◇，△◇◆◆◆◇◇，◆◆◇◆。

按：上下片第四复句“新雁”“明朝”可不断而连为九字句，语读节奏为：“新雁//又/无端/送人/江上”“明朝//想/犹有/数点/蜂黄”。《钦定词谱》“新雁又”作“句”，不合语法，“又无端送人江上”“想犹有数点蜂黄”，皆一字领七言句，语读节奏“上三下四”。比对本调他词，上下片结尾复句作“三分”为宜，兹将“新雁”“明朝”作双字短语句。

同体式作品：无。

增减字：

(一) 4，5，4。4，4，6。4，6。5，4，4。○ 2，4，3，5。7，4，4。4，6。5，4，4。南宋：无名氏 1 首（【金盏子慢】）。

【变体二·2】23 分句 8 复句。上下片与【变体二·1·1】分句数相同，复句型有变，上片复句型与始词同，11 分句 4 复句，三/三/二/三/型复句组；下片较始词增 1 分句，12 分句 4 复句，三/四/二/三/型复句组。仄韵，隔句韵。

4，3，6。5，3，6。6，5。3，6，4。
5，3，5。3，3，3，6。6，5。3，6，4。——南宋·蒋捷·《全宋词》第 3435 页

金盏子

练月萦窗，梦乍醒，黄花翠竹庭**馆**。　◆◆◇◇，◆◆◆，◇◇◆◆◇◆。
心字夜香消，人孤另，双鹣被池羞**看**。　◇◆◆◇◇，◇◇◆，◇◇◆◇◇◆。
拟待告诉天公，减秋声一**半**。　◆◆◆◆◇◇，◆◇◇◆◆。
无情**雁**，正用恁时飞来，叫云寻**伴**。　◇◇◆，◆◆◆◇◇◇，◆◇◇◆。

犹记杏栊**暖**，银烛下，纤影卸佩**款**。　◇◆◆◇◆，◇◆◆，◇◆◆◆◆。
春涡晕，红豆小，　◇◇◆，◇◆◆，
莺衣嫩，珠痕淡印芳**汗**。　◇◇◆，◇◇◆◆◇◆。
自从信误青骊，想笼莺停**唤**。　◆◇◆◆◇◇，△◇◇◇◆。
风刀快，剪尽画檐梧桐，怎剪愁**断**。　◇◇◆，◆◆◆◇◇◇，◆◆◇◆。

同体式作品：无。

同源词调：【金盏子令】

1. 始词宋无名氏作。
2. 此调载《高丽史·乐志·唐乐》，调名有注“嗺子”，本源当为大曲“催拍”乐遍。
3. 双片，每片二平韵，隔句韵。
4. 本调仅见此一首。

始词：10 分句 4 复句。双片，每片 5 分句 2 复句，上片二/三/型复句组，下片三/二/型复句组。平韵，隔句韵。

4，7。4，5，4。

4，4，4。5，6。——宋·无名氏·《全宋词》第 3824 页

金盏子令

嗺子

东风报暖，到头嘉气渐融**怡**。　◇◇◆◆，◆◇◇◆◆◇◇。

巍峨凤阙，起鳌山万仞，争耸云**涯**。　◇◇◆◆，△◇◇◆◆，◇◆◇◇。

梨园弟子，齐奏新曲，半是埙**篪**。　◇◇◆◆，◇◆◇◆，◆◆◇◇。

见满筵簪绅，醉饱颂鹿鸣**诗**。　△◆◇◇◇，◆◆◆◆◇◇。

同体式作品：无。

463.【百宝妆】

【百宝装】【八宝妆】【新雁过妆楼】【瑶台聚八仙】

1. 始词北宋晁端礼作。
2. 一作【百宝装】；偶见混题【八宝妆】，与张先首作【八宝装】非一调；或衍名为【新雁过妆楼】【瑶台聚八仙】。
3. 双片，每片四平韵，隔句韵。

始词：21 分句 8 复句。双片。上片 11 分句 4 复句，三/二/三/三/型复句组；下片 10 分句 4 复句，三/二/二/三/型复句组。平韵，隔句韵。

4，4，6。4，5。7，3，5。3，6，4。

6，4，6。4，5。7，8。3，4，6。——北宋·晁端礼·《全宋词》第 426 页

百宝妆

枫叶初丹，蘋花渐老，蘅皋谁系扁**舟**。　◇◆◇◇，◇◇◆◆，◇◇◇◆◇◇。

故人思我，征棹少淹**留**。　◆◇◇◆，◇◆◆◇◇。

一尊潋滟西风里，共醉倒，同销万古**愁**。　◆◇◆◆◇◇◆，◆◆◆，◇◇◆◆◇。

况今宵，自有明月照人，逼近中**秋**。　◆◇◇，◆◆◇◆◆◇，◆◆◇◇。

常爱短李家声，金闺彦士，　◇◆◆◆◇◇，◇◇◆◆，

才高沈谢何**刘**。　◇◇◆◆◇◇。

片帆初卷，歌吹是扬**州**。　◆◇◇◆，◇◆◆◇◇。

此心自难拘形役，恨未能相从烂漫**游**。　◆◇◆◇◇◇◆，△◆◇◇◇◆◆◇。

酒醒时，路遥人远，为我频上高**楼**。　◆◆◇，◆◇◇◆，◆◆◇◆◇◇。

按：“常爱短李家声”，短李，李绅。《新唐书·李绅传》：“（绅）为人短小精悍，于诗最有名，时号‘短李’。”金闺彦士，金闺，代指朝廷；彦士，才俊之士。南朝梁江淹《别赋》：“金闺之诸彦，兰台之群英。”“才高沈谢何刘”，指沈约、谢朓、何逊、刘孝绰，南朝齐梁文人名士。

同体式作品：无。

增减字：

（一）4，3，6。4，6。4，3，7。3，4，4。○ 6，5，4。4，6。6，8。3，5，4。南宋：吴文英 2 首（【新雁过妆楼】）。

变体二

较始词复句数不变，分句数有变。

变体二·1

20 分句 8 复句

【变体二·1】20 分句 8 复句。上片第三复句较始词减 1 分句，下片同，每片 10 分句 4 复句，三/二/二/三/型复句组。平韵，邻韵通押，隔句韵。

4，3，6。4，6。7，7。3，4，4。

6，5，4。4，6。6，8。3，3，6。——南宋·陈允平·《全宋词》第 3101 页

八宝妆

秋宵有感

望远秋**平**，初过雨，微茫水满烟**汀**。　◆◆◇◇，◇◇◆，◇◇◆◆◇◇。

乱荭疏柳，犹带数点残**萤**。　◆◇◇◆，◇◆◆◆◇◇。

待月重帘谁共倚，信鸿断续两三**声**。　◆◆◇◇◇◆◆，◆◇◆◆◆◇◇。

夜如何，顿凉骤觉，纨扇无**情**。　◆◇◇，◆◇◆◆，◇◆◇◇。

还思骖鸾素约，念凤箫雁瑟，取次尘**生**。　◇◇◇◇◆◆，△◆◇◆◆，◆◆◇◇。

旧日潘郎，双鬓半已星**星**。　◆◆◇◇，◇◆◆◆◇◇。

琴心锦意暗懒，又争奈西风吹恨**醒**。　◇◇◆◆◆◆，△◇◆◇◇◆◆◇。

屏山冷，怕梦魂，飞度蓝桥不**成**。　◇◇◆，◆◆◇，◇◆◇◇◆◇。

同体式作品：无。

增减字：

（一）4，3，6。4，6。7，7。3，4，4。○ 6，5，4。4，6。6，8。3，5，4。南宋：张炎 6 首（【新雁过妆楼】1【瑶台聚八仙】5）。

（二）4，3，6。4，6。7，7。3，4，4。○ 6，5，4。4，6。6，8。3，4，4。南宋：张炎 2 首（【瑶台聚八仙】）。

变体二·2

19 分句 8 复句

【变体二·2】19 分句 8 复句。上片第一、三、四复句较始词各减 1 分句、第二复句增 1 分句，9 分句 4 复句，二/三/二/二/型复句组；下片第一、四复句各减 1 分句，第二、三复句各增 1 分句，10 分句 4 复句，二/三/三/二/型复句组。平韵，隔句韵，插一连句韵。

5，6。5，4，4。7，7。6，6。
6，6。5，4，4。6，3，5。6，6。——宋·无名氏·《全宋词》第 3753 页

八宝妆

是舍人才调，犹采茅紫芝**峰**。　△◆◇◇◆，△◆◇◆◇◇。
有列宿心胸，清辞太白，雅趣元**龙**。　△◆◆◇◇，◇◇◆◆，◆◆◇◇。
从他暂无毡官冷，怡然怀抱自从**容**。　◇◇◆◇◇◇◆，◇◇◇◆◆◇◇。
枫陛荐章吻合，金闺仙籍名**通**。　◇◆◆◇◆◆，◇◇◇◆◇◇。

暑余凉送薰**风**，圆桂魄丽遥**空**。　◆◇◇◆◇◇，◇◆◆◆◇◇。
庆初度垂弧，莲开十丈，酒满千**钟**。　△◇◆◇◇，◇◇◆◆，◆◆◇◇。
明年称寿何处，看玉犀，人在玉堂**中**。　◇◇◇◆◇◆，◆◆◇，◇◆◆◇◇。
藻鉴正当莲省，诸生来到蟾**宫**。　◆◆◆◇◇◆，◇◇◇◆◇◇。

同体式作品：无。

变体二·3

24 分句 8 复句

【变体二·3】24 分句 8 复句。上片第一、三复句与下片第三复句较始词各增 1 分句，上片 13 分句 4 复句，四/二/四/三/型复句组；下片 11 分句 4 复句，三/二/三/三/型复句组。平韵，隔句韵。

4，4，3，3。4，5。4，4，4，5。4，4，6。
6，4，6。4，5。7，3，5。3，4，7。——宋·无名氏·《全宋词》第 3832 页

百宝妆

一抹弦器，初宴画堂，琵琶人，把当**头**。　◆◆◇◆，◇◆◆◇，◇◇◇，◆◇◇。
髻云腰素，仍占绝风**流**。　◆◇◇◆，△◆◆◇◇。
轻拢慢拈，生情艳态，　◇◆◆◇，◇◇◆◆，
翠眉黛颦，无愁谩似**愁**。　◆◇◆◇，◇◇◆◆◇。
变新声曲，自成获索，共听一奏梁**州**。　◆◇◇◆，◆◇◆◆，◆◇◆◆◇◇。

弹到遍急敲颖，分明似语，　◇◆◆◆◇◆，◇◇◆◆，
争知指面纤**柔**。　◇◇◆◆◇◇。
坐中无语，惟断续金**虬**。　◆◇◇◆，△◆◆◇◇。
曲终暗会王孙意，转步莲，徐徐卸凤**钩**。　◆◇◆◆◇◇◆，◆◆◇，◇◇◆◆◇。
捧瑶觞，为喜知音，劝佳人沉醉迟**留**。　◆◇◇，◆◆◇◇，△◇◇◇◆◇◇。

同体式作品：无。

464.【庆寿光】

1. 始词北宋晁端礼作。
2. 该调为专创之词，调名即词题。
3. 双片，每片四平韵，隔句韵。
4. 此调仅见晁端礼一首。

始词：22 分句 8 复句。双片。上片 10 分句 4 复句，三/二/二/三/型复句组；下片 12 分句 4 复句，四/二/三/三/型复句组。平韵，隔句韵。律词。

4，4，6。4，6。6，6。3，4，6。

4，4，4，4。6，4。6，3，4。3，4，6。——北宋·晁端礼·《全宋词》第 427 页

庆寿光

叔祖母黄氏，年九十一岁。其长子尝齿仕籍，大观赦恩，例许叙封，事在可疑，有司难之；次子论列于朝，特封寿光县太君，诰词有蕴仁积善之褒。因采纶言以名所居之堂曰“积善”，日与亲旧歌酒为寿于其间，命族孙端礼作《庆寿光曲》，以纪一时之美。其词曰：

丹扆疏恩，庆闱受命，圣朝广孝非**常**。	◇◆◇◇，◆◇◆◆，◆◇◆◆◇◇。
大邑高封，名兼寿考辉**光**。	◆◆◇◇，◇◇◆◆◇◇。
闾巷相传盛事，焕丝五色成**章**。	◇◆◇◇◆◆，◆◇◆◆◇◇。
崇新栋，天语荣夸，共瞻积善华**堂**。	◇◇◆，◇◆◇◇，◆◇◆◆◇◇。
灵龟荐祉，紫鸾称寿，	◇◇◆◆，◆◇◇◆，
千钟泛酒，百和焚**香**。	◇◇◆◆，◆◆◇◇。
况有新教歌舞，妙选丝**篁**。	◆◆◇◇◇◆，◆◆◇◇。
余庆从今沓至，看儿孙，朱紫成**行**。	◇◆◇◇◆◆，◆◇◇，◇◆◇◇。
闻说道，贤德阴功，姓名仍在仙**乡**。	◇◆◆，◇◆◇◇，◆◇◇◆◇◇。

同体式作品：无。

465.【黄鹂绕碧树】

1. 始词北宋晁端礼作。
2. 双片，始词每片四韵，变体下片增一韵；平韵、仄韵二式，隔句韵。
3. 该调南宋无继作。

始词：22 分句 8 复句。双片。每片 11 分句 4 复句，上片三/三/二/三/型复句组，下片三/三/三/二/型复句组。平韵，插一仄韵，隔句韵。

4，4，6。4，5，4。4，7。4，5，4。

6，3，4。4，4，4。6，3，4。6，4。——北宋・晁端礼・《全宋词》第 427 页

黄鹂绕碧树

鸳瓦霜轻，玳帘风细，高门瑞气非**烟**。	◇◆◇◇，◆◇◇◆，◇◇◆◆◇◇。
积厚源深，有长庚应梦，乔岳生**贤**。	◆◆◇◇，△◇◇◆◆，◇◆◇◇。
妙龄秀发，庆谢庭兰玉争**妍**。	◆◇◆◆，△◆◇◇◆◇◇。
名动缙绅，况文章政术，俱是家**传**。	◇◆◆◇，△◇◇◆◆，◆◆◇◇。
别有阴功厚德，向东州，治狱平**反**。	◆◆◇◇◆◆，◆◇◇，◆◆◇◆。
玉函高篆，仙风道骨，锡与长**年**。	◆◇◇◆，◇◇◆◆，◆◆◇◇。
最好素秋新霁，对画堂，高启宾**筵**。	◆◆◆◇◇◆，◆◆◇，◇◆◇◇。
何妨纵乐笙歌，剩举觥**船**。	◇◇◆◆◇◇，◆◆◇◇。

同体式作品：无。

变体二

较始词复句数不变，分句数减 2。

【变体二】20 分句 8 复句。上下片分句数较始词各减 1 分句，每片 10 分句 4 复句，三/三/二/二/型复句组。仄韵，隔句韵。

5，4，4。4，5，4。4，7。9，4。

6，3，4。3，5，4。6，6。6，4。——北宋・周邦彦・《全宋词》第 613 页

黄鹂绕碧树

双调。春情。

双阙笼嘉气，寒威日晚，岁华将**暮**。	◇◆◇◇◆，◇◇◆◆，◆◇◇◆。
小院闲庭，对寒梅照雪，淡烟凝**素**。	◆◆◇◇，△◇◇◆◆，◆◇◇◆。
忍当迅景，动无限伤春情**绪**。	◆◇◆◆，△◇◆◇◇◇◆。
犹赖是上苑风光渐好，芳容将**煦**。	◇◆◆◆◆◇◇◆◆，◇◇◇◆。
草荚兰芽渐**吐**，且寻芳，更休思**虑**。	◆◆◇◇◆◆，◆◇◇，◆◇◇◆。
这浮世，甚驱驰利禄，奔竞尘**土**。	◆◇◆，△◇◇◆◆，◇◆◆◇◆。
纵有魏珠照乘，未买得流年**住**。	◆◆◆◇◆◆，◆◆◆◇◇◆。
争如盛饮流霞，醉偎琼**树**。	◇◇◆◆◇◇，◆◇◇◆。

同体式作品：无。

466.【春晴】

1. 始词北宋晁端礼作。
2. 双片，上片四韵，下片五韵，仄韵，隔句韵。
3. 此调仅见晁端礼一首。

始词：18 分句 8 复句。双片。每片 9 分句 4 复句，三/二/二/二/型复句组。仄韵，隔句韵。

4，4，6。4，6。4，6。6，4。

6，5，4。4，6。4，6。4，4。——北宋·晁端礼·《全宋词》第 428 页

春晴

燕子来时，清明过了，桃花乱飘红**雨**。	◆◆◇◇，◇◇◆◆，◇◇◆◇◇◆。
倦客凄凉，千里云山将**暮**。	◆◆◇◇，◇◆◇◇◇◆。
泪眸回望，人在玉楼深**处**。	◆◇◇◆，◇◆◆◇◇◆。
向此多应念远，凭栏无**语**。	◆◆◇◇◆◆，◇◇◇◆。
芳菲可惜轻**负**，空鞭弄游丝，帽冲飞**絮**。	◇◇◆◆◇◆，◇◇◆◇◇，◆◇◇◆。
恨满东风，谁识此时情**绪**。	◆◆◇◇，◇◆◆◇◇◆。
数声啼鸟，劝我不如归**去**。	◆◇◇◆，◆◆◆◇◇◆。
纵写香笺，仗谁寄**与**。	◆◆◇◇，◆◇◆◆。

同体式作品：无。

467.【脱银袍】

1. 始词北宋晁端礼作。
2. 此调仅见晁端礼、曹组各 1 首。
3. 双片，晁词上片五韵，下片四韵；曹词上片四韵，下片五韵；仄韵，隔句韵，插一连句韵。

始词：14 分句 6 复句。双片。每片 7 分句 3 复句，二/二/三/型复句组。仄韵，隔句韵，间插连句韵。律词。

4，6。3，4。4，5，7。

4，4。3，4。4，5。7。——北宋·晁端礼·《全宋词》第 436 页

脱银袍

纤条绿**沁**，春色为伊难**禁**。	◇◇◆◆，◇◆◆◆◇◇◆。
传芳意，东君信**任**。	◇◇◆，◇◇◆◆，
燕愁莺懒，怕轻寒犹**噤**，	◆◇◇◆，△◇◇◇◆，
护占得幽香转**甚**。	◆◆◆◇◇◆◆。
粉面初匀，冰肌未**饮**。	◆◆◇◇，◇◇◆◆。
何须爱，妖桃胜**锦**。	◇◇◆，◇◇◆◆。
夜阑人静，任月华来**浸**，	◆◇◇◆，◆◆◇◇◆，
待抱著花枝醉**寝**。	◆◆◆，◇◇◆◆。

同体式作品：无。

变体二

较始词复句数相同，分句数增2。

【变体二】16分句6复句。上下片第二复句较始词各增2分句、第三复句各减1分句。每片8分句3复句，二/四/二/型复句组。仄韵，隔句韵，间插连句韵。

4，4。5，5，3，6。3，7。

4，4。3，4，3，7。3，6。——北宋·曹组·《全宋词》第806页

脱银袍

济楚风光，升平时**世**。	◆◆◇◇，◇◇◇◆。
端门支散碗，遂逐旋温来，	◇◇◇◆◆，◆◆◆◇◇，
吃得过，那堪更使金**器**。	◆◆◆，◆◇◆◆◇◆。
分明**是**，与穷汉消灾灭**罪**。	◇◇◆，◆◇◆◇◇◆◆。
又没支分，犹然递**滞**。	◆◆◇◇，◇◇◆◆。
打笃磨，搓来根**底**，	◆◆◇，◇◇◇◆，
换头巾，便上弄交番厮**替**。	◆◇◇，△◆◆◇◇◇◆。
告官**里**，驰逗高阳饿**鬼**。	◆◇◆，◇◆◇◇◆◆。

同体式作品：无。

468.【玉叶重黄】

1. 始词北宋晁端礼作。
2. 双片，每片三仄韵，隔句韵。
3. 此调仅见晁端礼一首。

始词：8分句4复句。双片。上下片各4分句2复句，二/二/型复句组。仄韵，连句韵、隔句韵。

7，7。6，6。

7，8。6，6。——北宋·晁端礼·《全宋词》第436页

玉叶重黄

玉纤初捻梅花**蕊**，早忆著上元天**气**。　◆◇◇◆◇◇◆，◆◆◆◆◇◇◆。

重寻旧曲声韵，收拾放灯欢**计**。　◇◇◆◆◇◆，◇◆◆◇◇◆。

况人生百岁能**几**，任东风笑我双鬓**里**。　△◇◇◆◆◇◆，△◇◇◆◆◇◆◆。

重来花下醉也，不减旧时风**味**。　◇◇◇◆◆◆，◆◆◆◇◇◆。

同体式作品：无。

469.【并蒂芙蓉】

1. 始词北宋晁端礼作。
2. 宋大晟乐府歌词。宋吴曾《能改斋漫录》："政和癸巳，大晟乐成。嘉瑞既至，蔡元长以晁端礼次膺荐于徽宗，诏乘驿赴阙。次膺至都，会禁中嘉莲生。分苞合趺，敻出天造，人意有不能形容者。次膺效乐府体属词以进，名《并蒂芙蓉》。"按：所云"效乐府体属词"，则词为晁作，曲非自度，是为宋代文人作词、乐人度曲之一例。
3. 双片，每片五仄韵，隔句韵。
4. 此调仅见晁端礼一首。

始词：20分句8复句。双片。每片10分句4复句，三/二/二/三/型复句组。仄韵，隔句韵。

4，5，4。5，5。6，7。4，3，6。

6，5，4。5，5。6，7。4，3，4。——北宋·晁端礼·《全宋词》第438页

并蒂芙蓉

太液波澄，向鉴中照影，芙蓉同**蒂**。　◆◆◇◇，△◆◇◆◆，◇◇◇◆。

千柄绿荷深，并丹脸争**媚**。　◇◆◆◇◇，△◇◆◇◆。

天心眷临圣日，殿宇分明敞嘉**瑞**。　◇◇◆◇◆◆，◆◆◇◇◇◇◆。

弄香嗅**蕊**，愿君王，寿与南山齐**比**。　◆◇◆◆，◆◇◇，◆◆◇◇◇◆。

池边屡回翠辇，拥群仙醉赏，凭栏凝**思**。　◇◇◆◇◆◆，△◇◇◆◆，◇◇◇◆。

萼绿揽飞琼，共波上游**戏**。　◆◆◆◇◇，△◇◆◇◆。

西风又看露下，更结双双新莲**子**。　◇◇◆◇◆◆，◆◆◇◇◇◇◆。

斗妆竞**美**，问鸳鸯，向谁留**意**。　◆◇◆◆，◆◇◇，◆◇◇◆。

同体式作品：无。

470.【黄河清】

1. 始词北宋晁端礼作。
2. 宋大晟府曲调。宋蔡絛《铁围山丛谈》："有晁次膺者……遂入大晟，亦为制撰。时燕乐初成，八音告备，因作徵招、角招，有曲名《黄河清》《寿香明》，二者音调极韶美。次膺作一词……时天下无间迩遐小大，虽伟男髫女，皆争气唱之。"
3. 双片，上片五韵，下片四韵；仄韵，隔句韵，或插一连句韵。

始词：20分句8复句。双片。上下片各10分句4复句，三/二/三/二/型复句组。仄韵，隔句韵，间插连句韵。

4，3，6。6，4。6，3，4。7，6。

6，5，4。4，6。6，3，4。7，4。——北宋·晁端礼·《全宋词》第439页

黄河清

晴景初升，风细**细**，云收天淡如**洗**。　◇◆◇◇，◇◆◆，◇◇◇◆◇◆。

望外凤凰双阙，葱葱佳**气**。　◆◆◆◇◇◆，◇◇◇◆。

朝罢香烟满袖，近臣报，天颜有**喜**。　◇◆◇◇◆◆，◆◇◆，◇◇◆◆。

夜来连得封章奏，大河彻底清**泚**。　◆◇◇◆◇◇◆，◆◇◆◆◇◆。

君王寿与天齐，馨香动上穹，频降嘉**瑞**。　◇◇◆◆◇◇，◇◇◆◆◇，◇◆◇◆。

大晟奏功，六乐初调清**徵**。　◆◆◆◇，◆◆◇◇◇◆。

合殿春风乍转，万花覆，千官尽**醉**。　◆◆◇◇◆◆，◆◇◆，◇◇◆◆。

内家传敕重开宴，未央宫**里**。　◆◇◇◆◇◇◆，◆◇◇◆。

同体式作品：无。

变体一

与始词分句数复句数相同，复句型有变。

【变体一】20分句8复句。上片与始词同，10分句4复句，三/二/三/二/型复句组；下片第三复句减1分句、第四复句增1分句，10分句4复句，三/二/二/三/型复句组。仄韵，邻韵通押，隔句韵，插一连句韵。

4，3，7。4，6。6，3，4。7，6。

6，3，6。4，6。6，7。4，3，4。——南宋·丘密·《全宋词》第1744页

黄河清

为史帅寿

鼓角清雄，占云**祲**，喜边尘今度还**静**。　◆◆◇◇，◆◇◇，△◇◇◇◆◇◆。
一线乍添，长觉皇州日**永**。　◆◆◆◇，◇◆◇◇◆◆。
楼外祟牙影转，拥千骑，欢声万**井**。　◇◆◇◇◆◆，◆◇◆，◇◇◆◆。
太平官府人初见，梦熊三占佳**景**。　◆◇◇◆◇◇◆，◆◇◇◆◇◆。

皇恩夜出天闱，云章粲，凤鸾飞动相**映**。　◇◇◆◆◇◇，◇◇◆，◆◇◇◆◇◆。
宝带万钉，与作今朝佳**庆**。　◆◆◆◇，◆◆◇◇◇◆。
勋业如斯得也，况整顿江淮大**定**。　◇◆◇◇◆◆，△◆◆◇◇◆◆。
这回恰好，归朝去，共调金**鼎**。　◆◇◆◆，◇◇◆，◆◇◇◆。

同体式作品：无。

471. 【舜韶新】

1. 始词北宋晁端礼作。
2. 宋大晟府曲调。宋王应麟《玉海》："政和二年八月二十八日，曹棐撰徵调《舜韶新》曲，命为大晟府制撰。"
3. 双片，每片四仄韵，隔句韵。

始词：20 分句 8 复句。双片。每片 10 分句 4 复句，三/二/三/二/型复句组。仄韵，隔句韵。律词。

4，3，6。4，6。6，3，4。7，6。
6，3，6。4，6。6，3，4。7，6。——北宋·晁端礼·《全宋词》第 439 页

舜韶新

晨光射牖，新燕子，一一穿帘飞**去**。　◇◇◆◆，◇◆◆，◆◆◇◇◇◆。
露晞鸳瓦，萧瑟风生琼**宇**。　◆◇◇◆，◇◆◇◇◇◆。
香篆烟消昼永，锁深院，榴花半**吐**。　◇◆◇◇◆◆，◆◇◆，◇◇◆◆。
映绛绡冰雪肌肤，自是清凉无**暑**。　△◆◇◇◆◇◇，◆◆◇◇◇◆。

浮荣何用萦怀，冷笑看，车马喧喧尘**土**。　◇◇◇◆◇◇，◆◆◇，◇◆◇◇◇◆。
地偏心远，终日何妨扃**户**。　◆◇◇◆，◇◆◇◇◇◆。
一枕江南好梦，泛孤棹，轻烟细**雨**。　◆◆◇◇◆◆，◆◇◆，◇◇◆◆。
被数声幽鸟惊回，砌下槐阴亭**午**。　△◆◇◇◆◇◇，◆◆◇◇◇◆。

同体式作品：无。

变体二

与始词复句数相同，分句数减3。

【变体二】17分句8复句。上片第一、三复句较始词各减1分句，8分句4复句，二/二/二/二/型复句组；下片第三复句减1分句，9分句4复句，三/二/二/二/型复句组。仄韵，隔句韵。

7，6。7，6。5，7。5，6。

4，4，8。4，9。5，7。3，8。——南宋·郭子正·《全宋词》第2960页

舜韶新

香满西风催岁晚，东篱黄花争**吐**。	◇◆◇◇，◇◆◆，◇◇◇◇◇◆。
嫩英细蕊金艳繁，妆点高秋偏**富**。	◆◇◆◆，◇◆◇，◇◆◇◇◇◆。
寒地花媒少，算自结多情烟**雨**。	◇◆◇◇◆，△◆◆◇◇◇◆。
每年年妆面，谢他拒霜相**顾**。	△◇◇◇◆，◆◇◆◇◇◆。
宝马王孙，休笑孤芳，	◆◆◇◇，◇◆◇◇，
陶令因谁便思归**去**。	◇◆◇◇◆◇◇◆。
负春何事，此恨惟才子登高能**赋**。	◆◇◇◆，◆◆◇◇◆◇◇◇◆。
千古风流在，占定泛重阳芳**醑**。	◇◆◇◇◆，◆◆◆◇◇◇◆。
堪吟看，醉赏何须杏园深**处**。	◇◇◇，◆◆◇◇◆◇◇◆。

同体式作品：无。

472.【吴音子】

1. 始词北宋晁端礼作。
2. 此调仅见晁端礼、贺铸各一首，无名氏残词二句。
3. 双片。晁词上片五韵，下片四韵，平韵，隔句韵；贺词上片四韵，下片六韵。仄韵，隔句韵，插一连句韵。

始词：20分句8复句。双片。每片10分句4复句，上片二/四/二/二/型复句组；下片二/二/四/二/型复句组。平韵，隔句韵。

5，7。3，4，3，4。7，7。7，4。

7，7。2，5。5，6，4，4。5，6。——北宋·晁端礼·《全宋词》第440页

吴音子

细想当初事，又非是取次相**知**。	◆◆◇◇◆，◆◇◆◆◆◇◇。
一年来，觑著尚**迟**，疑□时，敢共些**儿**。	◆◇◇，◆◆◆◇，◇□◇，◆◆◇◇。

似恁秤停期克了，便一成望不相**离**。	◆◆◆◇◇◆◆，△◆◇◆◆◇◇。
却何期恩情陡变，中路分**飞**。	△◇◇◇◇◆◆，◇◆◇◇。
都缘我自心肠软，润就得转转娇**痴**。	◇◇◆◆◇◇◆，◆◆◆◆◆◇◇。
如今，未中再偎**随**。	◇◇，◆◆◆◇◇。
选不甚且从，待他疏狂心性，	△◆◆◆◇，◆◇◇◇◇◆，
足变堆垛，更吃禁**持**。	◆◆◇◆，◆◆◇◇。
管取你回心，却有投奔人**时**。	◆◆◆◇◇，◆◆◇◇◇◇。

同体式作品：无。

变体二

较始词复句数不变，分句数减2。

【变体二】18分句8复句。上片第二复句减2分句，8分句4复句，二/二/二/二/型复句组；下片第一复句增2分句、第三复句减2分句，10分句4复句，四/二/二/二/型复句组。仄韵，隔句韵，插一连句韵。

4，7。6，5。4，4。4，4。

3，3，3，5。4，7。4，4。4，4。——北宋·贺铸·《全宋词》第526页

吴音子

拥鼻吟

别酒初销，怃然弭棹蒹葭**浦**。	◆◆◇◇，◇◇◆◆◇◇◆。
回首不见高城，青楼更何**许**。	◇◆◆◆◇◇，◇◇◆◇◆。
大艑轲峨，越商巴**贾**。	◆◆◇◇，◆◇◇◆。
万恨龙钟，篷下对**语**。	◆◆◇◇，◇◆◆◆。
指征**路**，山缺**处**，孤烟起，历历闻津**鼓**。	◆◇◆，◇◆◆，◇◇◆，◆◆◇◇◆。
江豚吹浪，晚来风转夜深**雨**。	◇◇◆◆，◆◇◇◆◆◇◆。
拥鼻微吟，断肠新**句**。	◆◆◇◇，◆◇◇◆。
粉碧罗笺，封泪寄**与**。	◆◆◇◇，◇◆◆◆。

同体式作品：无。

473.【遍地花】

1. 始词北宋晁端礼作。
2. 双片，上片三韵，下片二韵，仄韵，隔句韵。

始词：10分句4复句。双片，每片5分句2复句，上片二/三/型复句组，下片三/二/型

复句组。仄韵，上片首二句连韵，继隔句韵。

7，7。7，3，4。

7，3，4。7，7。——北宋·晁端礼·《全宋词》第442页

遍地花

密约幽欢试思**忖**，教人又怎生安**隐**。	◆◆◇◇◆◇◆，◇◇◆◆◇◇◆。
算都来些子精神，消烦恼，看看瘦**损**。	△◇◇◇◆◇◇，◆◇◆，◇◇◆◆。
也拟待罗织伊家，图开解，较些可**闷**。	◆◆◆◇◆◇◇，◇◇◆，◆◇◆◆。
把从前已往寻思，又无可教人得**恨**。	◆◇◇◆◆◇◇，△◇◆◇◇◆◆。

同体式作品：北宋：毛滂1首。

变体二

较始词复句数不变，分句数减1。

【变体二】9分句4复句。上片分句数与始词同，复句型有变，5分句2复句，三/二/型复句组；下片较始词减1分句，4分句2复句，二/二/型复句组。仄韵，隔句韵。

7，3，3。7，7。

7，7。6，6。——宋·无名氏·《全宋词》第3840页

遍地花

妓行七。小石调。

元是竹林旧伴**侣**，去人日，偶相**遇**。	◇◆◆◇◆◆◆，◆◇◆，◆◇◆。
笑卢仝狂怪尝茶，问子建诗成几**步**。	△◇◇◇◆◇◇，△◆◆◇◇◆◆。
忆去年乞巧同欢，把琴弦细细与**说**。	△◆◇◆◆◇◇，◆◇◇◆◆◆◆。
伤你爱四勾三，生下五男二**女**。	◇◆◆◆◇◇，◇◆◆◇◆◆。

同体式作品：无。

474.【茶瓶儿】

1. 始词北宋李元膺作。
2. 双片，上片四韵，下片五韵，仄韵，隔句韵，间插连句韵。

始词：11分句4复句。双片。上片6分句2复句，三/三/型复句组；下片5分句2复句，二/三/型复句组。仄韵，隔句韵、连句韵。

7，3，4。5，4，5。

7，7。5，4，5。——北宋·李元膺·《全宋词》第447页

茶瓶儿

去年相逢深院**宇**，海棠下，曾歌金**缕**。　◆◇◇◇◇◆◆，◆◇◆，◇◇◇◆。
歌罢花如**雨**，翠罗衫上，点点红无**数**。　◇◆◇◇◆，◆◇◇◆，◆◆◇◇◆。

今岁重寻携手**处**，空物是人非春**暮**。　◇◆◇◇◇◆◆，△◆◆◇◇◇◆。
回首青门**路**，乱红飞**絮**，相逐东风**去**。　◇◆◇◇◆，◆◇◇◆，◇◆◇◇◆。

同体式作品：无。

增减字：

(一) 6，7。7，3，4。○ 6，7。7，3，4。南宋：赵彦端1首。

变体一

较始词分句数复句数不变，复句型有变。

【变体一】11分句4复句。上片较始词减1分句，下片增1分句。上片5分句2复句，二/三/型复句组；下片6分句2复句，三/三/型复句组。仄韵，连句韵、隔句韵。律词。

6，6。7，3，4。
3，3，7。7，3，4。——南宋·梁意娘·《全宋词》第3845页

茶瓶儿

满地落花铺**绣**，春色著人如**酒**。　◆◆◆◇◇◆，◇◆◆◇◇◆。
晓莺窗外啼杨**柳**，愁不奈，两眉频**皱**。　◆◇◇◆◇◇◆，◇◆◆，◆◇◇◆。

关山**杳**，音尘**悄**，那堪是昔年时**候**。　◇◇◆，◇◇◆，◆◇◆◆◇◇◆。
盟言辜负知多**少**，对好景，顿成消**瘦**。　◇◇◇◆◇◇◆，◆◆◆，◆◇◇◆。

按：本词出于南宋罗烨话本小说集《醉翁谈录》，梁意娘为文学形象，该词则出宋人手。

同体式作品：无。

变体二

较始词复句数相同，分句数有变。

【变体二】12分句4复句。上片与始词，6分句2复句，三/三/型复句组；下片增1分句，6分句2复句，四/二/型复句组。仄韵，隔句韵，连句韵。

6，3，4。4，3，6。
3，3，3，4。7，7。——南宋·石孝友·《全宋词》第2044页

茶瓶儿

相对盈盈一**水**，多声价，开名得**字**。　◇◆◇◇◆◆，◇◇◆，◇◇◆◆。
刚能见也，还抛**弃**，负了万红千**翠**。　◇◇◆◆，◇◇◆，◆◆◆◇◇◆。

留无**计**，来无**计**，□□□，成何况**味**。　◇◇◆，◇◇◆，□□□，◇◇◆◆。
而今若没些儿**事**，却枉了做人一**世**。　◇◇◆◆◇◇◆，◆◆◆◆◇◆◆。

同体式作品：无。

475.【无闷】

1. 始词北宋丁注作。
2. 双片，始词上片四韵，下片六韵，变体韵数有变；仄韵，隔句韵。

始词：20 分句 8 复句。双片。上下片各 10 分句 4 复句，上片三/二/二/三/型复句组；下片四/二/二/二/型复句组。仄韵，隔句韵，插一连句韵。

4，4，6。5，4。6，8。5，4，4。
2，3，5，4。3，6。6，8。7，6。——北宋·丁注·《全宋词》第 451 页

无闷

风急还收，云冻又开，海阔无人剪**水**。 ◇◆◇◇，◇◆◆◇，◆◆◇◇◆◆。
算六出工夫，怎教容**易**。 △◆◆◇◇，◆◇◇◆。
刚被郢歌楚舞，镇独向尊前夸轻**细**。 ◇◆◆◇◆◆，△◆◆◇◇◇◇◆。
想谢庭诗咏，梁园赋赏，未成欢**计**。 △◆◇◇◆，◇◇◆◆，◆◇◇◆。

天**意**，是则**是**，便下得控持，柳梢梅**蕊**。 ◇◆，◆◆◆，△◆◆◆◇，◆◇◇◆。
又争奈，看看渐回春**意**。 ◆◇◆，◆◆◆◇◇◆。
好趁东君未觉，预先把园林都装**缀**。 ◆◆◇◇◆◆，◆◇◆◇◇◇◇◆。
看是处玉树琼枝，胜却万红千**翠**。 △◆◆◆◆◇◇，◆◆◆◇◇◆。

按：《钦定词谱》指本词为姜夔自度曲，调名【催雪】。

同体式作品：无。

增减字：

（一）4，4，6。5，4。6，8。4，4，4。○ 2，3，5，4。5，4。6，8。7，6。南宋：王沂孙 1 首。

变体二

较始词复句数不变，分句数有变。

【变体二·1】21 分句 8 复句。上片与始词同，10 分句 4 复句，三/二/二/三/型复句组；下片第四复句增 1 分句，11 分句 4 复句，四/二/二/三/型复句组。仄韵，隔句韵。

4，4，6。5，4。6，8。3，6，4。
2，3，3，6。5，4。6，9。3，6，4。——北宋·周邦彦·《全宋词》第 621 页

无闷

冬

云作轻阴，风逗细寒，小溪冰冻初**结**。 ◇◆◇◇，◇◆◆◇，◆◇◇◆◇◆。
更听得悲鸣，雁度空**阔**。 △◇◆◇◇，◆◆◇◆。

暮雀喧喧聚竹，听竹上清响风敲**雪**。	◆◆◇◇◆◆，△◆◆◇◆◇◇◆。
洞户悄，时见香消翠楼，兽煤红**爇**。	◆◆◆，◇◆◇◇◆◇，◆◇◇◆。
凄**切**，念旧欢，聚旧约，至此方惜轻**别**。	◇◆，◆◆◇，◆◆◆，◆◆◇◆◇◆。
又还是离亭，楚梅堪**折**。	△◇◆◇◇，◆◇◇◆。
暗想莺时似梦，梦里又却是似莺时**节**。	◆◆◇◇◆◆，◆◆◆◆◆◆◇◇◆。
要无闷，除是拥炉对酒，共谭风**月**。	◆◇◆，◇◆◆◇◆◆，◆◇◇◆。

同体式作品：无。

增减字：

(一) 4，4，6。5，4。6，8。3，6，4。○ 2，3，3，6。5，4。6，8。3，4，6。南宋：程垓1首。

按：《钦定词谱》【无闷】一调，未顾周邦彦词《无闷·冬》，仅录程垓一首，谓该调“宋人只此一词”。《全宋词》收录的丁注《无闷》，《钦谱》指为姜夔自度曲，调名【催雪】，然《白石道人歌曲》无之。吴文英《无闷·催雪》、王沂孙《无闷·雪》，《词律》列入【无闷】一调，《钦谱》谓“与【无闷】调不同，《词律》类列者误”，指其词调为姜夔自度曲【催雪】。

《钦谱》所录的程垓【无闷】与“姜夔”【催雪】字数相同（九十九字。《全宋词》程垓《无闷》100字，较《钦谱》上片第八句多一“想”字），两词形式差异为：【催雪】“前段十句四仄韵，后段九句六仄韵”；【无闷】“前段九句五仄韵，后段十句七仄韵”；“【催雪】前结四字三句，已自不同，后段句读押韵，尤为迥别。”兹将《钦谱》所录二词比对之（下划线为字数不同的小句）：

无闷　程垓（钦定词谱）

天与多才，不合更与，殢柳怜花情**分**。甚总为才情，恼人方**寸**。早是春残花**褪**，也不料一春都成**病**。自失笑，因甚腰围半减，泪珠频**揾**。

难**省**，也怨天，也自**恨**，怎免千般思**忖**。倩人说与，又却不**忍**。拌了一生愁**闷**，又只恐愁多无人**问**。到这里，天也怜人，看他稳也不**稳**。

催雪　姜夔（钦定词谱）

风急还收，云冻又开，海阔无人翦**水**。算六出工夫，怎教容**易**。刚被郢歌楚舞，镇独向尊前夸轻**细**。谢庭诗咏，梁园赋赏，未成欢**计**。

天**意**，是则**是**，便下得控持，柳梢梅**蕊**。又争奈，看看渐回春**意**。好趁东君未觉，预先把园林都装**缀**。看是处，玉树琼枝，胜却万红千**翠**。

两首词，每片皆四复句，分句数、复句型全同，三个复句的分句字数亦全同，只有一个复句对应句位的“小句”字数不同，《无闷》较《催雪》上下片各多一韵，是一调诸词的常有现象。《词律》将标名【无闷】诸词归为一调，《钦谱》将北宋丁注所作咏雪词指为姜夔自度曲【催雪】，不知何据。本谱依《词律》将诸词仍归一调。

【变体二·2】21分句8复句。全词分句数与【变体二·1·1】相同，上下片复句数不变，分句数、复句型有变。上片11分句4复句，三/二/三/三/型复句组；下片10分句4复句，四/二/二/二/型复句组。仄韵，隔句韵，插一连句韵。

4，4，6。5，4。6，3，5。5，4，4。

2，3，5，4。5，4。6，8。5，8。——南宋·吴文英·《全宋词》第 2903 页

无闷

催雪

霓节飞琼，鸾驾弄玉，杳隔平云弱**水**。　◇◆◇◇，◇◆◆◆，◇◆◇◇◆◆。
倩皓鹤传书，卫姨呼**起**。　◆◆◆◇◇，◆◇◇◆。
莫待粉河凝晓，趁夜月，瑶笙飞环**佩**。　◆◆◆◇◇◆，◆◆◆，◇◇◇◇◆。
正蹇驴吟影，茶烟灶冷，酒亭门**闭**。　△◆◇◇◆，◇◇◆◆，◆◇◇◆。

歌**丽**，泛碧**蚁**，放绣帘半钩，宝台临**砌**。　◇◆，◆◆◆，△◆◇◆◇，◆◇◇◆。
要须借东君，灞陵春**意**。　◆◇◆◇◇，◆◇◇◆。
晓梦先迷楚蝶，早风戾重寒侵罗**被**。　◆◆◇◇◇◆，△◇◆◆◇◇◇◆。
还怕掩深院，梨花又作故人清**泪**。　◇◆◆◇◆，◇◇◆◆◆◇◇◆。

同体式作品：无。

476.【宝鼎现】

【三段子】

1. 始词北宋刘弇作。
2. 俗称【三段子】。
3. 三片，始词上、中片各四韵，下片五韵，变体上片韵数无变，中、下片韵数或有变；仄韵，隔句韵，插一连句韵。

始词：33 分句 12 复句。三片，每片 11 分句 4 复句，三/二/三/三/型复句组。仄韵，隔句韵。

4，4，4。7，7。3，5，6。5，4，4。
4，4，6。7，7。3，5，6。3，4，6。
6，3，4。5，6。3，4，5。5，4，4。——北宋·刘弇·《全宋词》第 451 页

宝鼎现

浓阴堆积，迥野空旷，将回微**煦**。　◇◇◇◆，◆◆◇◆，◇◇◇◆。
还是觉早梅依旧，清艳枝枝攒晓**树**。　◇◆◆◆◇◇◆，◇◆◇◇◇◆◆。
弄霁影，尽脂凝香蒂，琼削纤葩竞**吐**。　◆◆◆，△◇◇◇◆，◇◆◇◇◆◆。
对几处园林，芳菲消息，都因传**去**。　△◆◆◇◇，◇◇◇◆，◇◇◇◆。

取次台榭，等闲院落，偏宜独擅芳**步**。　◆◆◇◆，◆◇◆◆，◇◇◆◆◇◆。
长恁恐寿阳妆面，姑射冰肤成暗**妒**。　△◆◆◆◇◇◆，◇◆◇◇◇◆◆。

笑杏坞，共桃蹊夸丽，一霎狂风骤**雨**。	◆◆◆，△◇◇◇◆，◆◆◇◇◆◆。
又争似，年年此际，先得东皇为**主**。	◆◇◆，◇◇◆◆，◇◆◇◇◇◆。
好似雪里精神，曾解恼，游人吟**顾**。	◆◆◆◆◇◇，◇◆◆，◇◇◇◆。
想当时折赠，端的凭谁付**与**。	△◇◇◆◆，◇◆◇◇◆◆。
荡醉目，恨同云**阻**，画角声将**暮**。	◆◆◆，◆◇◇◆，◆◆◇◇◆。
想异时成实，和羹止渴，还应得**路**。	△◆◇◇◆，◇◇◆◆，◇◇◆◆。

同体式作品：无。

增减字：

（一）4，4，4。7，7。3，5，6。5，4，4。○7，3，4。7，7。3，5，6。3，4，6。○6，3，4。5，6。3，4，5。3，4，6。南宋：李弥逊1首（【三段子】）。

（二）4，4，4。7，7。3，5，6。5，4，4。○7，3，4。7，7。3，5，6。5，4，4。○6，3，4。6，6。3，4，5。5，4，4。南宋：张元幹1首。

（三）4，4，4。7，7。3，5，6。3，4，6。○7，3，4。7，7。3，5，5。3，4，6。○6，3，4。5，6。3，4，5。3，4，6。南宋：赵长卿1首。

（四）4，4，4。7，7。3，5，6。3，4，6。○7，3，4。7，7。3，5，6。3，4，6。○6，3，4。5，6。3，4，5。3，4，6。南宋：吴潜1首，陈著2首。

（五）4，3，4。7，7。3，5，6。3，4，6。○7，3，4。7，7。3，5，6。3，4，6。○6，3，4。7，5。3，4，5。3，4，6。南宋：刘辰翁1首。

（六）4，4，4。7，7。3，3，6。3，4，6。○7，3，4。7，7。3，5，6。3，3，6。○6，3，4。5，6。3，4，5。3，4，6。南宋：无名氏1首。

变体一

与始词分句数复句数相同，复句型有变。

【变体一·1】33分句12复句。三片分句数复句数与始词同，复句型有变。每片11分句4复句，三/三/三/二/型复句组。仄韵，邻韵通押，隔句韵，间插连句韵。

4，4，4。3，4，7。3，5，6。7，6。
7，3，4。3，4，7。3，5，6。7，6。
4，3，4。3，4，4。3，4，5。7，6。——北宋·范周·《全宋词》第734页

宝鼎现

夕阳西下，暮霭红隘，香风罗**绮**。	◆◇◇◆，◆◆◇◆，◇◇◇◆。
乘丽景，华灯争放，浓焰烧空连锦**砌**。	◇◆◆，◇◇◇◆，◇◆◇◇◇◆◆。
睹皓月，浸严城如画，花影寒笼绛**蕊**。	◆◆◆，◆◇◇◇◆，◇◆◇◇◆◆。
渐掩映芙蓉万顷，迤逦齐开秋**水**。	△◆◆◇◇◆◆，◆◆◇◇◇◆。
太守无限行歌**意**，拥麾幢，光动珠**翠**。	◆◆◇◆◇◇◆，◆◇◇，◇◆◇◆。
倾万井，歌台舞榭，瞻望朱轮骈鼓**吹**。	◇◆◆，◇◇◆◆，◇◆◇◇◇◆◆。
控宝马，耀貔貅千**骑**，银烛交光数**里**。	◆◆◆，△◇◇◇◆，◇◆◇◇◆◆。

似乱簇寒星万点，拥入蓬壶影**里**。	△◆◆◇◇◆◆，◆◆◇◇◆◆。
宴阁多才，环艳粉，瑶簪珠**履**。	◆◆◇◇，◇◆◆，◇◇◇◆。
恐看看，丹诏催奉，宸游燕**侍**。	◆◇◇，◇◆◇◆，◇◇◆◆。
便趁早，占通宵**醉**，缓引笙歌**妓**。	◆◆◆，◆◇◇◆，◆◆◇◇◆。
任画角吹老寒梅，月落西楼十**二**。	△◆◆◇◆◇◇，◆◆◇◇◆◆。

同体式作品：无。

【变体一·2】33 分句 12 复句。全词分句数复句数与始词同，各片分句数复句型皆有变。上片较始词增 1 分句，12 分句 4 复句，三/三/三/三/型复句组；中片分句数与始词同，复句型有变，11 分句 4 复句，三/四/二/二/型复句组；下片较始词减 1 分句，10 分句 4 复句，三/二/二/三/型复句组。邻韵通押，连句韵、隔句韵。

4，4，4。3，4，7。3，5，6。3，4，6。
7，3，4。4，3，3，5。3，5。6，7。
6，6，7。5，7。3，4。4，7，6。——南宋·石孝友·《全宋词》第 2031 页

宝鼎现

上元上江西刘枢密

雪梅清瘦，月桂圆冷，天街新**霁**。	◆◇◇◆，◆◆◇◆，◇◇◇◆。
想帝辇，三朝薄暮，催促烛龙开扇**雉**。	◆◆◆，◇◇◆◆，◇◆◆◇◇◆◆。
正拜舞，捧玉卮为寿，花满香铺凤**髓**。	◆◆◆，△◆◇◇◆，◇◆◇◇◆◆。
罄禹穴，胥涛万顷，春入南山声**里**。	◆◆◆，◇◇◆◆，◇◆◇◇◇◆。
鼎轴元老诗书帅，体宸衷，双奉亲**意**。	◆◆◇◆◇◇◆，◆◇◇，◇◆◇◆。
勤色养行，春惜花，	◇◆◆◇，◇◆◇，
夜欢宴，瑶池衣彩**戏**。	◆◇◆，◇◇◇◆◆。
鼓淑气，遍湖山千**里**。	◆◆◆，△◇◇◇◆。
惊破悭红涩**翠**，笑那个痴儿无**赖**。	◇◆◇◇◆◆，◆◆◆◇◇◇◆。
打得金鱼坠**地**，	◆◆◇◇◆◆，
休念太守当年，曾手把青藜照**字**。	◇◆◆◆◇◇，△◆◆◇◇◆◆。
对珠帘云栋，收拾太平歌舞**辍**。	△◇◇◇◆，◇◆◆◇◇◆◆。
庆母爱，小宽王**事**。	◆◆◆，◆◇◇◆。
余沥□肠，看不日归步沙堤，	◇◆□◇，△◆◆◇◆◇◇，
又赞重华孝**治**。	◆◆◇◇◆◆。

同体式作品：无。

变体二

与始词复句数相同，分句数有变。

变体二·1

30分句12复句

【变体二·1·1】30分句12复句。三片，每片较始词减1分句，10分句4复句，三/二/三/二/型复句组。仄韵，间插平韵，隔句韵。

4，4，4。7，7。3，5，6。7，6。

7，3，4。7，7。3，5，6。7，6。

6，3，4。5，6。3，4，5。7，6。——南宋·史浩·《全宋词》第1269页

宝鼎现

昔姑苏士人系图圄，元夕以词求免。守一见，破械延之上坐，至今乐府多传之。惜其止叙藩方宴游之盛，而不及皇都。真隐居士用韵以补其遗。

霞霄丹阙，瑞霭佳气，青葱如**绮**。　◇◇◇◆，◆◆◇◆，◇◇◇◆。

才半月东君雨露，无限韶华生宝**砌**。　△◆◆◇◇◆◆，◇◆◇◇◇◆◆。

渐向晚，放烛龙掀舞，周匝红蕖绀**蕊**。　◆◆◆，◆◆◇◇◆，◇◆◇◇◆◆。

况对峙鳌峰赑屃，不隔蓬莱弱**水**。　△◆◆◇◇◆◆，◆◆◇◇◆◆。

圣主有乐升平**意**，引芝华，双辇凝**翠**。　◆◆◆◆◇◇◆，◆◇◇，◇◆◇◆。

纷万俗歌谣弦管，声混莺吟喧凤**吹**。　△◆◆◇◇◇◆，◇◆◇◇◇◆◆。

更漏永，正冰轮掩映，光接康衢万**里**。　◇◆◆，△◇◇◆◆，◇◆◇◇◆◆。

似移下一天星斗，妆点都城表**里**。　△◇◆◆◇◇◆，◇◆◇◇◆◆。

清警跸忽登楼，簇彩仗，锦襦丝**履**。　◇◆◆◆◇◇，◆◆◆，◆◇◇◆。

看柑传万颗，恩浃王公近**侍**。　△◇◇◆◆，◇◆◇◇◆◆。

散异卉，覆千官醉，竞捧瑶觞**起**。　◆◆◆，◆◇◇◆，◆◆◇◇◆。

愿岁岁今宵宴赏，春满山河百**二**。　△◆◆◇◇◆◆，◇◆◇◇◆◆。

同体式作品：无。

增减字：

（一）4，4，4。7，7。3，5，6。7，6。○7，3，4。7，7。4，4，6。7，6。○6，3，4。5，6。3，4，5。7，6。南宋：陈著1首。

【变体二·1·2】30分句12复句。分句数与【变体二·1·1】同，复句型有变。三片，每片10分句4复句，二/二/三/三/型复句组。仄韵，隔句韵，插一连句韵。

6，6。7，7。3，5，6。3，4，6。

7，7。7，7。3，5，6。3，4，6。

6，7。5，6。3，4，6。3，4，5。——南宋·陈郁·《全宋词》第3017页

宝鼎现

虞弦清暑佳气，葱郁非烟非**雾**。　◇◇◇◆◇◆，◇◆◇◇◇◆。

人正在东闱堂上，分瑞祥辉腾翠**渚**。	◇◆◆◇◇◇◆，◇◆◇◇◇◆◆。
奉玉斝，总欢呼称颂，争羡神光葆**聚**。	◆◆◆，△◇◇◇◆，◇◆◇◇◆◆。
庆诞节，弥生二佛，接踵瑶池仙**母**。	◆◆◆，◇◇◆◆，◆◆◇◇◇◆。
最好英慧由天**赋**，有仁慈宽厚襟**宇**。	◆◆◇◆◇◇◆，△◇◇◇◆◇◆。
每留念修身忧意，博问谦勤亲保**傅**。	△◇◆◇◇◇◆，◆◆◇◇◇◆◆。
染宝翰，镇规随宸画，心授家传有**素**。	◆◆◆，◆◇◇◇◆，◇◆◇◇◆◆。
更吟咏，形容雅颂，隐隐赓歌风**度**。	◆◇◆，◇◇◆◆，◆◆◇◇◇◆。
恩重汉殿传觞，宣付祝恭承天**语**。	◇◆◆◆◇◇，◇◆◆◇◇◇◆。
对南薰初试，宫院笙箫竞**举**。	△◇◇◇◆，◇◆◇◇◆◆。
但长愿，际升平世，万载皇基因**睹**。	◆◇◆，◆◇◇◆，◆◆◇◇◇◆。
问寝日，俟鸡鸣舞，拜龙楼深**处**。	◆◆◆，◆◇◇◆，△◇◇◇◆。

同体式作品：无。

【变体二·1·3】30 分句 12 复句。分句数复句数与【变体二·1】前两式同，上片复句型不变，中、下片复句型有变。每片 10 分句 4 复句，上片三/二/三/二/型复句组；中片二/三/二/三/型复句组，下片三/二/二/三/型复句组。仄韵，隔句韵，间插连句韵。

4，4，4。7，7。3，5，6。7，6。
7，7。3，4，7。8，6。3，4，6。
3，3，7。5，6。7，5。3，4，6。——南宋·陈允平·《全宋词》第 3101 页

宝鼎现

云岩师书《灯夕》，命赋。

六鳌初驾，缥缈蓬阆，移来洲**岛**。	◆◇◇◆，◆◆◇◆，◇◇◇◆。
还又是梅飘冰泮，一夜青阳回海**表**。	◆◆◆◇◇◇◆，◆◆◇◇◇◆◆。
渐媚景，傍元宵时候，花底余寒料**峭**。	◆◆◆，△◇◇◇◆，◇◆◇◇◆◆。
更喜报三边晏静，人乐清平宇**宙**。	△◆◆◇◇◆◆，◇◆◇◇◆◆。
画鼓簇队行春**早**，拥烟花粉黛缭**绕**。	◆◆◆◆◇◇◆，△◇◇◆◆◇◆。
开洞府，桃源路**窈**，戟外东风吹岸**柳**。	◇◆◆，◇◇◆◆，◆◆◇◇◇◆◆。
正翠霭映星桥月榭，十里红莲绽**了**。	△◆◆◆◇◇◆◆，◆◆◇◇◆◆。
庆万家，珠帘半卷，绰约歌裙舞**袖**。	◆◆◇，◇◇◆◆，◆◆◇◇◆◆。
重锦绣，幄围香，阖凤管鸾丝环**奏**。	◆◆◆，◆◇◇，◆◆◆◇◇◇◆。
望非烟非雾，春在壶天易**晓**。	△◇◇◇◆，◇◆◇◇◆◆。
早隐隐半空星**斗**，看取收灯**后**。	△◆◆◆◇◇◆，◆◆◇◇◆。
趁凤书，吹入黄扉，立马金门玉**漏**。	◆◆◇，◆◆◇◇，◆◆◇◇◆◆。

同体式作品：无。

变体二·2

31 分句 12 复句

【变体二·2·1】31 分句 12 复句。三片，上、中片分句数与始词同，复句型有变，下片第三、四复句较始词各减 1 分句。上、中片，每片 11 分句 4 复句，三/三/三/二/型复句组；下片 9 分句 4 复句，三/二/二/二/型复句组。仄韵，隔句韵，间插连句韵。

4，4，4。3，4，7。3，5，6。7，6。
7，4，4。3，4，7。3，5，6。7，6。
6，3，4。5，6。7，5。7，6。——南宋·程珌·《全宋词》第 2296 页

宝鼎现

寿李端明

绿杨欲舞，红杏微笑，春工渐**修**。	◆◇◆◆，◇◆◇◆，◇◇◆◆。
试偻指，自从嘉定，数到宝庆□□**里**。	◆◇◆，◆◇◇◆，◆◆◆◇□□◆。
无一岁，不书年大有，问元功谁燮**理**。	◇◆◆，◆◇◇◆◆，△◇◇◇◆◆。
□□□于变雍熙，如此自当千**岁**。	□□□◇◆◇◇，◇◆◆◇◇◆。
况是端笏蓬莱**陛**，但看雍容，玉立山**峙**。	◆◆◇◆◇◇◆，◆◆◇◇，◆◆◇◆。
炼五色，补天无迹，扶日天衢光四**被**。	◆◆◆，◆◇◇◆，◇◆◇◇◇◆◆。
安清祏，填群心声色，恬然如谈笑**耳**。	◇◇◆，◇◇◇◇◆，◇◇◇◇◆◆。
更八荒民生奠枕，此著又当千**岁**。	△◆◇◇◇◆◆，◆◆◆◇◇◆。
又况善述先猷，严武备，不能边**鄙**。	◆◆◆◆◇◇，◇◆◆，◆◇◇◆。
阴功遍南北，千岁未多畴**祉**。	◇◇◆◇◆，◇◆◆◇◇◆。
且说总是三千**岁**，此际方岐**嶷**。	◆◇◆◆◇◇◆，◆◆◇◇◇。
听今日处处笙歌，何止南楼十**二**。	△◇◆◆◆◇◇，◇◆◇◇◆◆。

同体式作品：无。

【变体二·2·2】31 分句 12 复句。上片较始词增 1 分句，12 分句 4 复句，三/三/三/三/型复句组；中片与始词同，11 分句 4 复句，三/三/三/二/型复句组；下片较始词减 3 分句，8 分句 4 复句，二/二/二/二/型复句组。仄韵，邻韵通押，隔句韵。

4，3，5。3，7，4。3，5，6。3，4，6。
7，3，4。3，4，7。3，5，6。7，6。
6，5。5，6。7，5。7，6。——南宋·陈合·《全宋词》第 2989 页

宝鼎现

寿贾师宪

神鳌谁断，几千年，再乾坤初**造**。	◇◇◇◆，◆◇◇，◆◇◇◇◆。
算当日，枰棋如许争一著，吾其衽**左**。	◆◇◆，◇◇◇◆◇◆◆，◇◇◆◆。

谈笑顷，又十年生聚，处处豳风葵**枣**。	◇◆◆，△◆◇◇◆，◆◆◇◇◇◆。
江如镜，楚氛余几，猛听甘泉捷**报**。	◇◇◆，◆◇◇◆，◆◆◇◇◆◆。
天衣细意从头补，烂山龙，华虫黼**藻**。	◇◇◆◆◇◇◆，◆◇◇，◇◇◆◆。
宫漏永，千门鱼钥，截断红尘飞不**到**。	◇◆◆，◇◇◇◆，◆◆◇◇◇◆◆。
街九轨，看千貂避路，庭院五侯深**锁**。	◇◆◆，△◇◇◆◆，◇◆◆◇◇◆。
好一部太平六典，一一周公手**做**。	◆◆◆◆◇◆◆，◆◆◇◇◆◆。
赤舄绣裳消得，道斑斓衣**好**。	◆◆◆◇◇◆，△◇◇◇◆。
尽庞眉鹤发，天上千秋难**老**。	△◇◇◆◆，◇◆◇◇◇◆。
甲子平头才一过，未说汾阳**考**。	◆◆◇◇◇◆◆，◆◆◇◇◆。
看金盘露滴瑶池，龙尾放班回**早**。	△◇◇◆◆◇◇，◇◆◆◇◇◆。

同体式作品：无。

变体二·3

34分句12复句

【变体二·3】34分句12复句。上、中片较始词各增1分句，每片12分句4复句，三/三/三/三/型复句组，下片较始词减1分句，10分句4复句，三/二/二/三/型复句组。仄韵，隔句韵。

4，4，4。5，4，5。3，5，6。5，4，4。

7，3，4。5，4，5。4，4，6。3，4，6。

6，3，4。5，6。7，5。5，4，4。——宋·无名氏·《全宋词》第3613页

宝鼎现

东君着意，化工恩被，灼灼妖**艳**。	◇◇◆◆，◆◇◇◇，◆◆◇◆。
枭嫩梢轻蓓，萦风惹露，偏早香英**绽**。	◆◆◇◇◆，◇◇◆◆，△◆◇◇◆。
似向人，故矜夸标致，倚阑全如顾**盼**。	◆◆◇，△◇◇◇◆，◆◇◇◇◆◆。
尚困怯余**寒**，柔情弱态，天真无**限**。	△◆◆◇◇，◇◇◆◆，◇◇◇◆。
断桥压柳时非**浅**，先百花，风光独**占**。	◆◇◆◆◇◇◆，◇◆◇，◇◇◆◆。
当送腊初归，迎春欲至，芳姿偏婉**娈**。	△◆◆◇◇，◇◇◆◆，◇◇◇◆◆。
料碎剪就，缯纨辉丽，更把胭脂重**染**。	◆◆◆◆，◇◇◇◆，◆◆◇◇◇◆。
自赋得，一般容冶，宛胜神仙妆**脸**。	◆◆◆，◆◇◇◆，◆◆◇◇◇◆。
折送小阁幽窗，酷爱处，令亲几**砚**。	◆◆◆◆◇◇，◆◆◆，◆◇◆◆。
尽孜孜观赏，不枉人称妙**选**。	△◇◇◇◆，◆◇◇◇◆◆。
待密付如膏雨泽，金玉仍妆**点**。	△◆◆◆◇◆◆，◇◆◇◇◆。
任扰扰百卉，千花掩迹，一时羞**见**。	△◆◆◆◆，◇◇◆◆，◆◇◇◆。

同体式作品：无。

477.【金明池】

【金明春】【夏云峰】【昆明池】

1. 始词北宋刘弇作。
2. 宋晁载之《续谈助》："金明池，方八里。太平兴国中，太宗以其地停水，因疏为大池。池中构广殿，通以飞梁。其南琼林苑，面池起楼，楼今号'宝津'。每岁暮春，具楼船水嬉，以备车驾临幸焉。"
3. 又名【金明春】【夏云峰】【昆明池】。
4. 双片，上片四韵，下片五韵，变体上片增一韵；仄韵，隔句韵；变体或插一连句韵。

始词：26 分句 8 复句。双片。上片 13 分句 4 复句，三/三/四/三/型复句组；下片 13 分句 4 复句，三/四/三/三/型复句组。仄韵，隔句韵。律词。

4，4，6。3，4，7。3，4，5，4。5，4，6。
7，5，4。3，4，3，4。7，5，4。5，4，6。——北宋·刘弇·《全宋词》第 451 页

金明春

宝历延洪，昌辰开泰，崧岳储灵特**异**。	◆◆◇◇，◇◇◇◆，◇◆◇◇◆◆。
贤才并，□时间出，尽一一惊人绝**艺**。	◇◇◆，□◇◇◆，△◆◆◇◇◆◆。
捧乡书，气格飘飘，	◆◇◇，◆◆◇◇，
似阆苑神仙，参差相**继**。	△◆◆◇◇，◇◇◇◆。
纵子墨文章，相如才调，骤觉雷声平**地**。	△◆◆◇◇，◆◇◇◆，◆◆◇◇◇◆。
太守宾兴当此**际**，	◆◆◇◇◇◆◆，
正瑞霭寒轻，虚堂风**细**。	△◆◆◇◇，◇◇◇◆。
舞腰旋，飞尘仿佛，歌管递，清声嘹**唳**。	◆◇◇，◇◇◆◆，◇◆◆，◇◇◇◆。
况相将桂籍荣登，	△◇◇◆◆◇◇，
对酒面鳞江，何妨沉**醉**。	◆◆◆◇◇，◇◇◇◆。
但管取明年，宫花重戴，共赏金明春**意**。	△◆◆◇◇，◇◇◇◆，◆◆◇◇◇◆。

同体式作品：无。

变体一

与始词分句数复句数相同，复句型有变。

【变体一】26 分句 8 复句。上片第二复句较始词增 1 分句、第三复句减 1 分句，下片与始词同。每片 13 分句 4 复句，三/四/三/三/型复句组。仄韵，邻韵通押，隔句韵，插一连句韵。

4，4，6。3，4，3，4。7，5，4。5，4，6。
7，5，4。3，4，3，4。7，5，4。5，4，6。——北宋·仲殊·《全宋词》第550页

夏云峰

伤春

天阔云高，溪横水远，晚日寒生轻**晕**。	◇◆◇◇，◇◇◆◆，◆◆◇◇◇◆。
闲阶静，杨花渐少，朱门掩，莺声犹**嫩**。	◇◇◆，◇◇◆◆，◇◇◆，◇◇◇◆。
悔匆匆过却清明，	△◇◇◆◆◇◇，
旋占得余芳，已成幽**恨**。	△◆◆◇◇，◆◇◇◆。
都几日阴沉，连宵慵**困**，起来韶华都**尽**。	◇◆◆◇◇，◇◇◇◆，◆◇◇◇◇◆。
怨入双眉闲斗**损**，	◆◆◇◇◇◆◆，
乍品得情怀，看承全**近**。	△◆◆◇◇，◆◇◇◆。
深深态，无非自许，厌厌意，终羞人**问**。	◇◇◆，◇◇◆◆，◆◆◆，◇◇◇◆。
争知道梦里蓬莱，	◇◇◆◆◆◇◇，
待忘了余香，时传音**信**。	△◆◆◇◇，◇◇◇◆。
纵留得莺花，东风不住，也则眼前愁**闷**。	△◇◆◇◇，◇◇◆◆，◆◆◆◇◇◆。

同体式作品：无。

增减字：

（一）4，4，6。3，4，3，4。7，3，6。5，4，6。○7，5，4。3，4，3，4。7，5，4。5，4，7。南宋：李弥逊1首（【昆明池】）。

（二）4，4，6。3，4，3，4。7，5，4。5，4，6。○7，3，6。3，4，3，4。7，5，4。5，4，6。南宋：赵崇嶓1首（【金明池】）。

（三）4，4，6。3，4，3，4。7，3，6。5，4，6。○7，5，4。3，4，3，4。7，5，4。5，4，6。南宋：无名氏1首（【金明池】）。

478. 【安平乐慢】

【安平乐】

1. 始词北宋刘弇作。
2. 无名氏【安平乐】短调一首，归入本调处理。
3. 双片，上片六韵，下片五韵，不同韵数有变；平韵，隔句韵，间插连句韵。

长调
始词：24分句8复句。双片。每片12分句4复句，上片三/三/三/三/型复句组；下片四/二/三/三/型复句组。平韵，隔句韵，间插连句韵。

4，4，6。4，4，6。4，5，4。5，3，4。

3，4，3，5。6，6。4，3，4。3，4，6。——北宋·刘弇·《全宋词》第452页

安平乐慢

细想劳生，等闲聚散，冉冉轻似秋**烟**。 ◆◆◇◇，◆◇◆◆，◆◆◇◆◇◇。
莲心暗苦，月意难**圆**，神京去路三**千**。 ◇◇◆◆，◆◆◇◇，◇◇◆◆◇◇。
当日风流，有妖饶枕上，软媚尊**前**。 ◇◆◇◇，△◇◇◆◆，◆◆◇◇。
何计访蓬**仙**，断肠中，一叶晴**川**。 ◇◆◆◇◇，◆◇◇，◆◆◇◇。

到而今，追思往事， ◆◇◇，◇◇◆◆，
奈向梦，也难到奴**边**。 ◆◆◆，◆◇◆◇◇。
自恨不如兰灯，通宵尚照伊**眠**。 ◆◆◆◇◇◇，◇◇◆◆◇◇。
恰道无**缘**，被人劝，休莫瞒**天**。 ◆◆◇◇，◆◇◆，◇◆◇◇。
多应是，前生负你，今世使我偿**填**。 ◇◇◆，◇◇◆◆，◇◆◆◆◇◇。

同体式作品：无。

变体二

与始词复句数相同，分句数有变。

变体二·1

20分句8复句

【变体二·1】20分句8复句。上片较始词减1分句，11分句4复句，三/三/三/二/型复句组；下片减2分句，9分句4复句，三/二/二/二/型复句组。平仄通押，隔句韵，间插连句韵。

4，4，6。4，4，6。4，5，4。5，6。

5，4，6。5，7。4，7。7，6。——北宋·万俟咏·《全宋词》第810页

安平乐慢

都门池苑应制

瑞日初迟，绪风乍暖，千花百草争**香**。 ◆◆◇◇，◆◇◆◆，◇◇◆◆◇◇。
瑶池路稳，阆苑春深，云树水殿相**望**。 ◇◇◆◆，◆◆◇◇，◇◆◆◆◇◆。
柳曲沙平，看尘随青盖，絮惹红**妆**。 ◆◆◇◇，△◇◇◇◆，◆◆◇◇。
卖酒绿阴**傍**，无人不醉春**光**。 ◆◆◆◇◇，◇◇◆◆◇◇。

有十里笙歌，万家罗绮，身世疑在仙**乡**。 ◆◆◆◇◇，◆◇◇◆，◇◆◇◆◇◇。
行乐知无禁，五侯半隐少年**场**。 ◇◆◇◇◆，◆◇◆◆◆◇◇。
舞妙歌妍，空妒得莺娇燕**忙**。 ◆◆◇◇，◇◆◆◇◇◆◇。
念芳菲都来几日，不堪风雨疏**狂**。 △◇◇◇◇◆◆，◆◆◇◆◇◇。

同体式作品：无。

变体二·2

22 分句 8 复句

【变体二·2】22 分句 8 复句。上片较始词减 1 分句，下片同。每片 11 分句 4 复句，上片三/三/三/二/型复句组，下片三/二/三/三/型复句组。平韵，隔句韵，插一连句韵。

4，4，6。4，4，6。4，5，4。5，7。

5，4，6。5，7。4，3，4。3，4，6。——南宋·曹勋·《全宋词》第 1212 页

安平乐

圣节

圣德如尧，圣心如舜，欣逢出震昌**期**。	◆◆◇◇，◆◇◇◆，◇◇◆◆◇◇。
中兴继体，抚有寰瀛，三阳方是炎**曦**。	◇◇◆◆，◆◆◇◇，◇◇◇◆◇◇。
万国朝元，奉崇严宸扆，咫尺天**威**。	◆◆◇◇，◆◇◇◇◆，◆◆◇◇。
瑞色满三**墀**，渐嵩呼均庆彤**闱**。	◆◆◆◇◇，△◇◇◇◆◇◇。
正金屋妆成，翠围红绕，香霭高散狻**猊**。	△◇◆◇◇，◆◇◇◆，◇◆◇◆◇◇。
东朝移雕辇，与坤仪同奉瑶**卮**。	◇◇◇◇◆，△◇◇◇◆◇◇。
阖殿花明，亿万载，咸歌寿**祺**。	◆◆◇◇，◆◆◆，◇◇◆◇。
视天民，永祈宝历，垂衣端拱无**为**。	◆◇◇，◆◇◆◆，◇◇◇◆◇◇。

同体式作品：无。

短调

始词：13 分句 4 复句。上片 7 分句 2 复句，三/四/型复句组；下片 6 分句 2 复句，三/三/型复句组。平韵，邻韵通押，隔句韵，间插连句韵。

3，3，7。3，3，5，4。

3，4，7。6，4，6。——宋·无名氏·《全宋词》第 3829 页

安平乐

开琼筵，庆佳**辰**，彩帘当中月华**明**。	◇◇◇，◆◇◇，◆◆◇◇◆◇◇。
笙歌乐，如梦幻，	◇◇◆，◇◆◆，
望丹山彩凤，飞舞邃**庭**。	◆◇◇◆◆，◇◆◆◇。
遐艳异，寿杯同**斟**，抃舞讴歌浃欢**声**。	◇◆◆，◆◇◇◇，◆◆◇◇◆◇◇。
方今永永太平，	◇◇◆◆◆◇，
更衍多男，共集锦昌寿**恩**。	◆◆◇◇，◆◆◆◇◆◇。

同体式作品：无。

479.【梦扬州】

1. 始词北宋秦观作。
2. 取本词结句“频梦扬州”为调名，调名即词题。
3. 双片，每片五平韵，隔句韵。
4. 此调仅见秦观一首。

始词：22 分句 8 复句。双片。每片 11 分句 4 复句，上片二/二/四/三/型复句组；下片三/二/三/三/型复句组。平韵，上片首二句连韵，继隔句韵。

3，7。4，6。3，3，3，4。3，3，6。

6，5，4。4，6。7，3，4。3，4，4。——北宋·秦观·《全宋词》第 456 页

梦扬州

晚云**收**，正柳塘烟雨初**休**。　　◆◇◇，△◆◇◇◆◇◇。
燕子未归，恻恻轻寒如**秋**。　　◆◆◆◇，◆◆◇◇◇◇。
小阑外，东风软，透绣帏，花蜜香**稠**。　　◆◇◆，◇◇◆，◆◆◇，◇◆◇◇。
江南远，人何处，鹧鸪啼破春**愁**。　　◇◇◆，◇◇◆，◆◇◇◇◆◇◇。

长记曾陪燕**游**，酬妙舞清歌，丽锦缠**头**。　　◇◆◇◇◆◇，△◆◆◇◇，◆◆◇◇。
殢酒为花，十载因谁淹**留**。　　◆◆◇◇，◆◆◇◇◇◇。
醉鞭拂面归来晚，望翠楼，帘卷金**钩**。　　◆◇◆◆◇◇◆，◆◆◇，◇◆◇◇。
佳会阻，离情正乱，频梦扬**州**。　　◇◆◆，◇◇◆◆，◇◆◇◇。

同体式作品：无。

480.【添春色】

1. 始词北宋秦观作。
2. 取本词之句“春色又添多少”为调名，调名即词题；一传调名为【醉春乡】。
3. 双片，每片三仄韵，连句韵、隔句韵。
4. 此调仅见秦观一首。

始词：10 分句 4 复句。双片。每片 5 分句 2 复句，二/三/型复句组。仄韵，连句韵、隔句韵。律词。

6，6。3，3，6。

6，6。3，3，7。——北宋·秦观·《全宋词》第 469 页

添春色

唤起一声人**悄**，衾冷梦寒窗**晓**。	◆◆◆◇◇◆，◇◆◆◇◇◆。
瘴雨过，海棠晴，春色又添多**少**。	◆◆◇，◆◇◇，◇◆◆◇◇◆。
社瓮酿成微**笑**，半缺瘿瓢共**舀**。	◆◆◆◇◇◆，◆◆◆◇◆◆。
觉健倒，急投床，醉乡广大人间**小**。	◆◆◆，◆◇◇，◆◇◆◆◇◇◆。

同体式作品：无。

481.【夜游宫】

1. 始词北宋秦观作。
2. 双片，始词每片四仄韵，变体韵数有变，隔句韵。

始词：14 分句 4 复句。双片。每片 7 分句 2 复句，三/四/型复句组。仄韵，隔句韵。

6，3，4。7，3，3，3。

5，3，4。7，3，3，3。——北宋·秦观·《全宋词》第 470 页

夜游宫

何事东君又**去**，空满院，落花飞**絮**。	◇◆◇◇◆◆，◇◆◆，◆◇◇◆。
巧燕呢喃向人**语**，	◆◆◇◇◆◇◆，
何曾解，说伊家，些子**苦**。	◇◇◆，◆◇◇，◇◆◆。
况是伤心**绪**，念个人，又成睽**阻**。	◆◆◇◇◆，◆◆◇，◆◇◇◆。
一觉相思梦回**处**，	◆◆◇◇◆◇◆，
连宵雨，更那堪，闻杜**宇**。	◇◇◆，◆◆◇，◇◆◆。

同体式作品：北宋：贺铸 3 首，周邦彦 3 首，毛滂 1 首。南宋：张元幹 1 首，吕渭老 1 首，陆游 3 首，张孝祥 1 首，辛弃疾 1 首，张镃 1 首，方千里 2 首，吴文英 3 首，杨泽民 2 首，陈允平 2 首。

增减字：

(一) 5，3，4。7，3，3，3。○ 5，3，4。7，3，3，3。南宋：无名氏 1 首。

变体二

较始词复句数不变，分句数有变。

变体二·1

8 分句 4 复句

【变体二·1】8分句4复句。双片，上下片较始词各减3分句，每片4分句2复句，二/二/型复句组。仄韵，连句韵、隔句韵。

7，7。7，7。

7，7。7，7。——南宋·陆凝之·《全宋词》第1249页

夜游宫

东风捏就腰儿**细**，系滴粉裙儿不**起**。	◇◇◆◆◇◇◆，◆◆◆◇◇◆◆。
从来只惯掌中看，怎忍在烛花影**里**。	◇◇◆◆◆◇◇，◆◆◆◆◇◆◆。
酒红应是铅华**褪**，暗蹙损眉峰双**翠**。	◆◇◇◆◇◇◆，◆◆◆◇◇◇◆。
夜深点鞴绣鞋儿，靠那个屏风立**地**。	◆◇◆◆◆◇◇，◆◆◆◇◇◆◆。

同体式作品：南宋：魏了翁1首，无名氏1首。

变体二·2

11分句4复句

【变体二·2】11分句4复句。上片第一、二复句较始词各减1分句，5分句2复句，二/三/型复句组；下片第二复句减1分句，6分句2复句，三/三/型复句组。仄韵，连句韵，插一隔句韵。

6，7。7，3，5。

5，3，4。7，3，7。——宋·无名氏·《全宋词》第3666页

夜游宫

因被吾皇手**诏**，把天下寺来改**了**。	◇◆◇◇◆◆，△◇◆◆◇◆◆。
大觉金仙也不**小**，德士**道**，却我甚头**脑**。	◆◆◇◇◆◆◆，◆◆◆，◆◆◆◇◆。
道袍须索**要**，冠儿戴，恁且休**笑**。	◆◇◇◆◆，◇◇◆，◆◆◇◆。
最是一种祥瑞**好**，	◆◆◆◆◇◆◆，
古来**少**，葫芦上面生芝**草**。	◆◇◆，◇◇◆◆◇◇◆。

同体式作品：无。

482.【解语花】

1. 始词北宋秦观作。
2. 以典故为调名。五代王仁裕《开元天宝遗事》："明皇秋八月，太液池有千叶白莲数枝盛开，帝与贵戚宴赏焉。左右皆叹羡。久之，帝指贵妃示于左右曰：'争如我解语花。'"

3.《全宋词》考秦观词为明张綖作，如此本调始词则为北宋周邦彦作。本谱仍将所传秦观词作始词。

4. 双片，始词每片六仄韵，变体韵数有变，隔句韵。

始词：21 分句 8 复句。双片。上片 11 分句 4 复句，三/三/二/三/型复句组；下片 10 分句 4 复句，三/二/二/三/型复句组。仄韵，隔句韵，间插连句韵。

4，4，5。4，3，6。4，7。3，4，5。
6，5，4。7，6。4，7。3，4，5。——（传）北宋·秦观·《全宋词》第 483 页

解语花

窗涵月影，瓦冷霜华，深院重门**悄**。	◇◇◆◆，◆◆◇◇，◆◆◇◇◆。
画楼雪**杪**，谁家笛，弄彻梅花新**调**。	◆◇◆◆，◇◇◆，◆◆◇◇◇◆。
寒灯凝**照**，见锦帐双鸾翔**绕**。	◇◇◇◆，△◆◆◇◇◇◆。
当此时，倚几沉吟，好景都成**恼**。	◇◆◇，◆◆◇◇，◆◆◇◇◆。
会过云山烟**岛**，对绣襦甲帐，亲逢一**笑**。	◆◆◇◇◇◆，△◆◇◆◆，◇◇◆◆。
人间年少多情子，惟恨相逢不**早**。	◇◇◇◆◇◇◆，◇◆◇◇◆◆。
如今见**了**，却又惹许多愁**抱**。	◇◇◆◆，◆◆◆◆◇◇◆。
算此情，除是青禽，为我殷勤**报**。	◆◆◇，◇◆◇◆，◆◆◇◇◆。

同体式作品：无。

变体一

与始词分句数复句数相同，复句型有变。

【变体一】21 分句 8 复句。上片与始词同，11 分句 4 复句，三/三/三/二/型复句组；下片第二复句增 1 分句、第四复句减 1 分句，10 分句 4 复句，三/三/二/二/型复句组。仄韵，隔句韵，间插连句韵。

4，4，6。4，3，6。4，3，4。7，5。
6，4，5。4，3，6。4，7。7，5。——南宋·周密·《全宋词》第 3270 页

解语花

羽调【解语花】，音韵婉丽，有谱而亡其辞。连日春晴，风景韶媚，芳思撩人，醉捻花枝，倚声成句。

晴丝罥**蝶**，暖蜜酣蜂，重檐卷春寂**寂**。	◇◇◆◆，◆◆◇◇，◇◇◆◇◆◆。
雨萼烟梢，压阑干，花雨染衣红**湿**。	◆◆◇◇，◆◇◇，◇◆◆◇◇◆。
金鞍误**约**，空极目，天涯草**色**。	◇◇◆◆，◇◆◆，◇◇◆◆。
阆苑玉箫人去后，惟有莺知**得**。	◆◆◆◇◇◆◆，◇◆◇◇◆。
余寒犹掩翠户，梁燕乍归，芳信未端**的**。	◇◇◇◆◆◆，◇◆◆◇，◇◆◆◇◆。

浅薄东风，莫因循，轻把杏钿狼**藉**。　◆◆◇◇，◆◇◇，◇◆◆◇◇◆。
尘侵锦**瑟**，残日绿窗春梦**窄**。　◇◇◆◆，◇◆◆◇◇◆◆。
睡起折花无意绪，斜倚秋千**立**。　◆◆◆◇◇◆◆，◇◆◇◇◆。

同体式作品：无。

变体二

较始词复句数不变，分句数有变。

变体二·1

22分句8复句

【变体二·1】22分句8复句。双片。上片与始词同，下片第二复句较始词增1分句。每片11分句4复句，三/三/二/三/型复句组。仄韵，隔句韵，间插连句韵。

4，4，5。4，3，6。4，7。3，4，5。
6，5，4。4，3，6。4，7。3，4，5。——北宋·周邦彦·《全宋词》第608页

解语花

高平。元宵。

风销焰蜡，露浥烘炉，花市光相**射**。　◇◇◆◆，◆◆◇◇，◇◆◇◇◆。
桂华流**瓦**，纤云散，耿耿素娥欲**下**。　◆◇◇◆，◇◇◆，◆◆◆◇◆◆。
衣裳淡**雅**，看楚女纤腰一**把**。　◇◇◆◆，△◆◆◇◇◆◆。
箫鼓喧，人影参差，满路飘香**麝**。　◇◆◇，◇◆◇◇，◆◆◇◇◆。

因念都城放**夜**，望千门如昼，嬉笑游**冶**。　◇◆◇◇◆◆，△◇◇◇◆，◇◆◇◆。
钿车罗**帕**，相逢处，自有暗尘随**马**。　◆◇◇◆，◇◇◆，◆◆◆◇◇◆。
年光是**也**，唯只见旧情衰**谢**。　◇◇◆◆，△◆◆◆◇◇◆。
清漏移，飞盖归来，从舞休歌**罢**。　◇◆◇，◇◆◇◇，◇◆◇◇◆。

同体式作品：无。

增减字：

（一）4，4，5。4，3，6。4，7。3，4，5。○6，5，4。4，3，6。4，7。3，4，5。南宋：方千里1首，吴文英2首，杨泽民1首，陈允平1首，张艾1首，张炎1首，计6人7首。

（二）4，4，5。4，3，6。4，7。3，4，5。○6，4，4。4，3，6。4，7。3，4，5。南宋：赵以夫1首。

（三）4，4，5。4，5，4。4，7。3，4，5。○6，5，4。4，3，6。4，7。3，4，5。南宋：刘子寰1首。

变体二·2

23分句8复句

【变体二·2】23分句8复句。上片第三复句较始词增1分句，12分句4复句，三/三/三/三/型复句组；下片与始词同，11分句4复句，三/三/三/二/型复句组。仄韵，隔句韵。

4，4，5。4，3，6。4，3，4。3，4，5。
6，5，4。4，3，6。4，3，4。3，7。——南宋·施岳·《全宋词》第3135页

解语花

云容冱雪，暮色添寒，楼台共临**眺**。	◇◇◆◆，◆◆◇◇，◇◇◆◇◆。
翠丛深**窅**，无人处，数蕊弄春犹**小**。	◆◇◇◆，◇◇◆，◆◆◆◇◇◆。
幽姿谩**好**，遥相望，含情一**笑**。	◇◇◆◆，◇◇◆，◇◇◆◆。
花解语，因甚无言，心事应难**表**。	◇◆◆，◇◆◇◇，◇◆◇◇◆。
莫待墙阴暗**老**，称琴边月夜，笛里霜**晓**。	◆◆◇◇◆◆，△◇◇◆◆，◆◆◇◆。
护香须**早**，东风度，咫尺画阑琼**沼**。	◆◇◇◆，◇◇◆，◆◆◆◇◇◆。
归来梦**绕**，歌云坠，依然惊**觉**。	◇◇◆◆，◇◇◆，◇◇◇◆。
想恁时，小几银屏冷未**了**。	◆◆◇，◆◆◇◇◆◆◆。

同体式作品：无。

483.【醉太平】

【四字令】

1. 始词北宋米芾作。
2. 一名【四字令】。
3. 双片，每片四韵，普式平韵，偶作仄韵，连句韵。

始词：8分句4复句。双片。每片4分句2复句，二/二/型复句组。平韵，连句韵。

4，4。6，5。
4，4。6，5。——北宋·米芾·《全宋词》第488页

醉太平

风炉煮**茶**，霜刀剖**瓜**。	◇◇◆◇，◇◇◆◇。
暗香微透窗**纱**，是池中藕**花**。	◆◇◇◆◇◇，◆◇◇◆◇。
高梳髻**鸦**，浓妆脸**霞**。	◇◇◆◇，◇◇◆◇。
玉尖弹动琵**琶**，问香醪饮**么**。	◆◇◇◆◇◇，△◇◇◆◇。

同体式作品：南宋：刘过1首（【四字令】），李彭老1首（【四字令】），戴复古1首，孙惟信1首，徐梦龙1首，周密2首（【四字令】1），颜奎1首，王梦应1首，刘埙1首，张炎1首（【四字令】），计10人11首。

增减字：

（一）4，4。7，5。○7，7。7，5。南宋：辛弃疾1首（仄韵），无名氏1首（仄韵）。

484.【望云涯引】

1. 始词北宋李甲作。
2. 缘调名而赋词。
3. 双片，每片四仄韵，隔句韵。
4. 此调仅见李甲一首。

始词：19 分句 8 复句。双片。上片 10 分句 4 复句，三/二/三/二/型复句组；下片 9 分句 4 复句，三/二/二/二/型复句组。仄韵，隔句韵。

4，3，3。4，6。4，5，3。4，5。

4，3，3。4，6。5，3。4，6。——北宋·李甲·《全宋词》第 489 页

望云涯引

秋容江上，岸花老，蘋洲**白**。	◇◇◇◆，◆◇◆，◇◇◆。
露湿蒹葭，浦屿渐增寒**色**。	◆◆◇◇，◆◆◆◇◇◆。
闲渔唱晚，鹜雁惊飞处，映远**碛**。	◇◇◆◆，◆◆◇◇◆，◆◆◆。
数点轻帆，送天际归**客**。	◆◆◇◇，△◇◆◇◆。
凤台人散，漫回首，沉消**息**。	◆◇◇◆，◇◇◆，◇◇◆。
素鲤无凭，楼上暮云凝**碧**。	◆◆◇◇，◇◆◆◇◇◆。
时向西风下，认远**笛**。	◇◆◇◇◆，◆◆◆。
宋玉悲怀，未信金樽消**得**。	◆◆◇◇，◆◆◇◇◇◆。

同体式作品：无。

485.【吊严陵】

1. 始词北宋李甲作。
2. 词咏调名本意，调名即词题。
3. 双片，上片七韵，下片六韵，仄韵，隔句韵。
4. 此调仅见李甲一首。

始词：23 分句 8 复句。双片。上片 13 分句 4 复句，四/三/三/三/型复句组；下片 10 分句 4 复句，三/三/二/二/型复句组。仄韵，邻韵通押，隔句韵，间插连句韵。

4，4，4，8。4，4，6。7，6，6。5，4，5。

2，6，7。4，4，6。6，6。4，7。——北宋·李甲·《全宋词》第 489 页

吊严陵

蕙兰香泛，孤屿潮平，	◆◇◇◆，◇◆◇◇，
惊鸥散雪，迤逦点破澄江秋**色**。	◇◇◆◆，◆◆◆◆◇◇◇◆。
瞑霭向敛，疏雨乍收，染出蓝峰千**尺**。	◇◆◆◆，◇◆◆◇，◆◆◇◇◇◆。
渔舍孤烟锁寒**碛**，	◇◆◇◇◆◇◆，
画鹢翠帆旋解，轻舣晴霞岸**侧**。	◆◆◆◇◇◆，◇◆◇◇◆◆。
正念往悲酸，怀乡惨**切**，何处引羌**笛**。	△◆◆◇◇，◆◇◆◆，◇◆◆◇◆。
追**惜**，当时富春佳地，严光钓址空遗**迹**。	◇◆，◇◇◆◇◇◆，◇◇◆◆◇◇◆。
华星沉后，扁舟泛去，萧洒闲名图**籍**。	◇◇◇◆，◇◇◆◆，◇◆◇◇◇◆。
离觞吊古寓**目**，意断魂消泪**滴**。	◇◇◆◇◆◆，◆◆◇◇◆◆。
渐洞天晚，回首暮云千古**碧**。	△◆◇◆，◇◆◆◇◇◆◆。

同体式作品：无。

486.【梦玉人引】

1. 始词北宋李甲作。
2. 始词缘调名而赋词。
3. 双片，每片四韵；普式仄韵，偶见平韵，隔句韵。

始词：18 分句 8 复句。双片。上下片各 9 分句 4 复句，上片三/二/二/二/型复句组，下片二/二/二/三/型复句组。仄韵，隔句韵。

4，3，3。4，6。4，8。4，5。

4，8。4，6。4，5。4，4，4。——北宋·李甲·《全宋词》第 489 页

梦玉人引

渐东风暖，陇梅残，霁云**碧**。	△◇◇◆，◆◇◇，◆◇◆。
嫩草柔条，又回江城春**色**。	◆◆◇◇，◆◇◇◇◇◆。
乍促银签，便篆香纹蜡有余**迹**。	◆◆◇◇，△◆◇◇◆◆◇◆。
愁梦相兼，尽日高无**力**。	◇◆◇◇，◆◆◇◇◆。
这些离恨，依然是酒醒又如**织**。	◆◇◇◆，◇◇◆◆◆◆◇◆。
料伊怀情，也应向人端**的**。	◆◇◇◇，◆◇◆◇◇◆。
何故近日，全然无消**息**。	◇◆◆◆，◇◇◇◇◆。
问伊看伊，教人到此，如何休**得**。	◆◇◇◇，◇◇◆◆，◇◇◇◆。

同体式作品：无。

变体二

与始词复句数相同，分句数有变。

变体二·1

20分句8复句

【变体二·1】20分句8复句。上下片较始词各增1分句，每片10分句4复句，上片三/二/三/二/型复句组；下片三/二/二/三/型复句组。仄韵，隔句韵。

4，3，3。4，6。4，3，5。4，5。

4，3，5。4，6。4，5。3，3，6。——北宋·朱敦儒·《全宋词》第851页

梦玉人引

和祝圣俞

浪萍风梗，寄人间，倦为**客**。 ◆◇◇◆，◆◇◇，◆◇◆。

梦里瀛洲，姓名误题仙**籍**。 ◆◆◇◇，◆◇◆◇◇◆。

敛翅归来，爱小园，蜕箨筼筜**碧**。 ◆◆◇◇，◆◆◇，◆◆◇◇◆。

新种幽花，戒儿童休**摘**。 ◇◆◇◇，△◇◇◇◆。

放怀随分，各逍遥，飞鹦等鹏**翼**。 ◆◇◇◆，◆◇◇，◇◆◆◇◆。

舍此萧闲，问君携杖安**适**。 ◆◆◇◇，◆◇◇◆◇◆。

诸彦群英，诗酒皆勍**敌**。 ◇◆◇◇，◇◆◇◆◆。

太平时，向花前，不醉如何休**得**。 ◆◇◇，◆◇◇，◆◆◇◇◇◆。

同体式作品：无。

增减字：

（一）4，4，3。4，6。4，3，4。4，5。○4，3，5。4，6。4，5。3，3，4。南宋：吕渭老1首（平韵）。

（二）4，3，3。4，6。4，5，4。4，5。○4，3，5。4，6。4，5。3，3，6。南宋：范成大1首。

（三）4，3，3。4，6。4，3，6。4，5。○4，3，5。4，6。4，5。3，3，6。南宋：陈三聘2首。

变体二·2

19分句8复句

【变体二·1】19分句8复句。上片第三复句较始词增1分句，下片分句数与始词同，复句型有变。上片10分句4复句，三/二/三/二/型复句组；下片9分句4复句，三/二/二/二/型复句组。仄韵，隔句韵。

4，3，3。4，6。4，5，4。4，5。

4，5，3。4，6。4，5。6，6。——南宋·范成大·《全宋词》第1617页

梦玉人引

共登临处，飘风袂，倚空**碧**。 △◇◇◆，◇◇◆，◆◇◆。

雨卷云飞，长有桂娥看**客**。	◆◆◇◇，◇◆◆◇◇◆。
箫鼓生春，遍锦城如画，雪山无**色**。	◇◆◇◇，△◆◇◇◆，◆◇◇◆。
一梦才成，恍天涯南**北**。	◆◆◇◇，△◇◇◇◆。
舞余歌罢，料宣华回首，尽陈**迹**。	◆◇◇◆，△◇◇◇◆，◆◇◆。
万里秦吴，有情应问消**息**。	◆◆◇◇，◆◇◇◆◇◆。
我欲归耕，如何重来**得**。	◆◆◇◇，◇◇◇◇◆。
故人若望江南，且折梅花相**忆**。	◆◇◆◆◇◇，◆◆◇◇◇◆。

同体式作品：无。

增减字：

（一）4，3，3。4，6。4，3，5。4，5。○ 4，3，5。4，6。4，5。5，7。北宋：沈蔚 1 首。

487. 【望春回】

1. 始词北宋李甲作。
2. 缘调名而赋词。
3. 双片，上片四韵，下片五韵，仄韵，隔句韵。
4. 此调仅见李甲一首。

始词：20 分句 8 复句。双片。每片 10 分句 4 复句，上片三/二/三/二/型复句组；下片三/二/二/三/型复句组。仄韵，隔句韵。

4，5，4。5，5。7，3，5。4，8。

6，5，4。6，4。7，8。4，4，4。——北宋·李甲·《全宋词》第 491 页

望春回

雾霞散晓，射水村渐明，渔火方**绝**。	◆◇◆◆，△◆◇◆◇，◇◆◇◆。
滩露夜潮痕，注冻濑凄**咽**。	◇◆◆◇◇，◆◆◆◇◆。
征鸿来时应负书，见疏柳，更忆伊同**折**。	◇◇◇◇◇◆◇，◆◇◆，◆◆◇◇◆。
异乡憔悴，那堪更逢岁穷时**节**。	◆◇◇◆，◆◇◆◇◆◇◇◆。
东风暗回暖**律**，算拆遍江梅，消尽岩**雪**。	◇◇◆◇◆◆，△◆◆◇◇，◇◆◇◆。
唯有这愁肠也，依旧千**结**。	◇◆◆◇◇◆，◇◆◇◆。
私言窃语些誓约，便眠思梦想无休**歇**。	◇◇◆◆◇◆◆，△◇◇◆◆◇◇◆。
这些离恨，除非对著，说似明**月**。	◆◇◇◆，◇◇◆◆，◆◆◇◆。

同体式作品：无。

488. 【怨三三】

1. 始词北宋贺铸作。
2. 调名即词题。"三三"，农历三月初三，一日重三。宋陆游《上巳》诗："残年登八十，佳日遇重三。"明胡震亨《唐音癸签·诂笺一》："五月五日曰重五，九月九日曰重九，则三月三日亦宜曰重三也。"
3. 该调仅见贺铸、李之仪各一首。李之仪年长四岁，其词序曰："登姑熟堂寄旧游，用贺方回韵。"可见贺铸词作在先，故以贺铸词为始词。
4. 双片，每片四平韵，连句韵、隔句韵。

始词：10 分句 4 复句。双片。每片 5 分句 2 复句，二/三/型复句组。平韵，连句韵、隔句韵。

6，4。7，3，4。
6，7。5，4，4。——北宋·贺铸·《全宋词》第 531 页

怨三三

玉津春水如**蓝**，宫柳毵**毵**。　◆◇◇◆◆◇◇，◇◆◇◇。
桥上东风侧帽**檐**，记佳节，约是重**三**。　◇◆◇◇◆◆◇，◆◇◆，◆◆◇◇。

飞楼十二珠**帘**，恨不贮当年彩**蟾**。　◇◇◆◆◇◇，△◆◆◇◇◆◇。
对梦雨廉**纤**，愁随芳草，绿遍江**南**。　◆◆◆◇◇，◇◇◇◆，◆◆◇◇。

同体式作品：无。
增减字：
(一) 7，4。7，3，3。○ 6，3，4。5，4，4。北宋：李之仪 1 首。

489. 【天门谣】

1. 始词北宋贺铸作。
2. 调名即词题。
3. 该调仅见贺铸、李之仪各一首，李词序曰："次韵贺方回登采石蛾眉亭"，兹以贺铸词为始词。
4. 该调南宋无继作。
5. 双片，每片四仄韵，隔句韵、连句韵。

始词：11 分句 4 复句。双片。上片 5 分句 2 复句，三/二/型复句组；下片 6 分句 2 复句，三/三/型复句组。仄韵，隔句韵、连句韵。

5，3，4。3，5。

5，3，7。3，3，4。——北宋·贺铸·《全宋词》第 537 页

天门谣

牛渚天门**险**，限南北，七雄豪**占**。	◇◆◇◇◆，◆◇◆，◆◇◇◆。
清雾**敛**，与闲人登**览**。	◇◆◆，◆◇◇◇◆。
待月上潮平，波滟**滟**，塞管轻吹新阿**滥**。	△◆◆◇◇，◇◆◆，◆◆◇◇◇◇◆。
风满**槛**，历历数，西州更**点**。	◇◆◆，◆◆◆，◇◇◆◆。

同体式作品： 北宋：李之仪 1 首。

490.【梅花引】

【小梅花】

1. 始词北宋贺铸作。
2. 始源唐代笛曲。唐李白《清溪半夜闻笛》："羌笛梅花引，吴溪陇水情。"
3. 又名【小梅花】。
4. 集曲体【江城梅花引】作【江城子】同源词调处理。（见本谱第 146 调"同源词调"）
5. 长调、短调二体。双片，长调始词每片十一韵，变体韵数有变；短调每片六韵；韵格皆为平仄换韵间押，连句韵，间插隔句韵。

长调

始词：26 分句 8 复句。双片。每片 13 分句 4 复句，三/四/二/四/型复句组。平仄换韵间押，连句韵，间插隔句韵。

3，3，7。3，3，4，5。7，7。3，3，4，5。

3，3，7。3，3，4，5。7，7。3，3，4，5。——北宋·贺铸·《全宋词》第 509 页

将进酒

【小梅花】二首

城下**路**，凄风**露**，今人犁田古人**墓**。	◇◆◆，◇◇◆，◇◇◇◇◆◇◆。
岸头**沙**，带蒹**葭**，	◆◇◇，◆◇◇，
漫漫昔时，流水今人**家**。	◆◆◆◇，◇◆◇◇◇。
黄埃赤日长安**道**，倦客无浆马无**草**。	◇◇◆◆◇◇◆，◆◆◇◇◆◇◆。

开函**关**，掩函**关**，	◇◇◇，◆◇◇，
千古如何，不见一人**闲**。	◇◆◇◇，◆◆◆◇◇。
六国**扰**，三秦**扫**，初谓商山遗四**老**。	◆◆◆，◇◇◆，◇◆◇◇◇◆◆。
驰单车，致缄书，	◇◇◇，◆◇◇，
裘荷焚芰，接武曳长**裾**。	◆◇◇◆，◆◆◆◇◇。
高流端得酒中**趣**，深入醉乡安稳**处**。	◇◇◇◆◆◇◆，◇◆◆◇◇◆◆。
生忘**形**，死忘**名**，	◇◆◇，◆◆◇，
谁论二豪，初不数刘**伶**。	◇◆◆◇，◇◆◆◇◇。

同体式作品：北宋：贺铸 2 首。南宋：向子諲 1 首，刘均国 1 首，王炎 1 首，无名氏 1 首。

增减字：

（一）3，3，7。3，3，4，5。7，7。3，3，4，5。〇 3，3，7。3，3，6，3。7，7。3，3，4，5。南宋：朱雍 1 首。

变体一

与始词分句数复句数相同，复句型有变。

【变体一】26 分句 8 复句。上片第三复句较始词增 1 分句，下片第一复句减 1 分句。上片 14 分句 4 复句，三/四/三/四/型复句组；下片 12 分句 4 复句，二/四/二/四/型复句组。仄平换韵间押，连句韵，间插隔句韵。

3，3，7。3，3，4，5。3，3，7。3，3，4，5。

7，7。3，3，4，5。7，7。3，3，4，5。——宋·无名氏·《全宋词》第 3609 页

梅花引

园林**静**，萧索**景**，寒梅漏泄东君**信**。	◇◇◆，◇◆◆，◇◇◆◆◇◇◆。
探春**回**，探春**回**，	◆◇◇，◆◇◇，
四时却**被**，伊家苦相**催**。	◆◇◆◆，◇◇◆◇◇。
江村**畔**，开烂**熳**，看看又近年光**晚**。	◇◇◆，◇◆◆，◇◇◆◆◇◇◆。
绽芬**芳**，喷清**香**，	◆◇◇，◆◇◇，
寿阳宫里，爱学靓梳**妆**。	◆◇◇◆，◆◆◆◇◇。
夭桃红杏夸颜**色**，争似情怀雪中**拆**。	◇◇◇◆◇◇◆，◇◆◇◇◆◇◆。
冒严**寒**，冒严**寒**，	◆◇◇，◆◇◇，
游蜂戏蝶，莫作等闲**看**。	◇◇◆◆，◆◆◆◇◇。
故人别后知何**处**，春色岭头逢驿**使**。	◆◇◆◆◇◇◆，◇◆◆◇◇◆◆。
赠新**诗**，折高**枝**，	◆◇◇，◆◇◇，
楼上一声，羌管不须**吹**。	◇◆◆◇，◇◆◆◇◇。

同体式作品：无。

短调

始词：13 分句 4 复句。双片，上片与长调上片第一、二复句同，下片与长调下片一、二复句同。上片 7 分句 2 复句，三/四/型复句组；下片 6 分句 2 复句，二/四/型复句组。上片平韵，下片仄平换韵，连句韵，插一隔句韵。律词。

3，3，7。3，3，4，5。

7，7。3，3，4，5。——北宋·万俟咏·《全宋词》第 810 页

梅花引

冬怨

晓风**酸**，晓霜**干**，一雁南飞人度**关**。	◆◇◇，◆◇◇，◆◆◇◇◇◆◇。
客衣**单**，客衣**单**，	◆◇◇，◆◇◇，
千里断魂，空歌行路**难**。	◇◆◆◇，◇◇◇◆◇。
寒梅惊破前村雪，寒鸡啼破西楼月。	◇◇◇◆◇◇◆，◇◇◇◆◇◇◆。
酒肠**宽**，酒肠**宽**，	◆◇◇，◆◇◇，
家在日**边**，不堪频倚**阑**。	◇◆◆◇，◆◇◇◆◇。

同体式作品： 南宋：刘辰翁 1 首。

491.【薄倖】

1. 始词北宋贺铸作。
2. 词咏调名本意，一写作【薄幸】。
3. 双片，每片五仄韵，隔句韵。

始词：20 分句 8 复句。双片。每片 10 分句 4 复句，上片二/二/三/三/型复句组，下片二/三/三/二/型复句组。仄韵，隔句韵。

4，7。7，6。3，4，7。5，4，6。

6，7。5，4，7。4，5，7。4，6。——北宋·贺铸·《全宋词》第 513 页

薄倖

艳真多**态**，更的的频回眄**睐**。	◆◇◇◆，△◆◆◇◇◆◆。
便认得琴心相许，与写宜男双**带**。	△◆◆◇◇◇◆，◆◆◇◇◇◆。
记画堂，斜月朦胧，轻颦微笑娇无**奈**。	◆◆◇，◇◆◇◇，◇◇◇◆◇◇◆。
便翡翟屏开，芙蓉帐掩，与把香罗偷**解**。	△◆◆◇◇，◇◇◆◆，◆◆◇◇◇◆。
自过了收灯后，都不见踏青挑**菜**。	◆◆◆◇◇◆，◇◆◆◆◇◇◆。
几回凭双燕，丁宁深意，	◆◇◇◇◆，◇◇◇◆，
往来翻恨重帘**碍**。	◆◇◇◆◇◇◆。

约何时**再**，正春浓酒暖，　　◆◇◇◆，△◇◇◆◆，
人闲昼永无聊**赖**。　　◇◇◆◆◇◇◆。
厌厌睡起，犹有花梢日**在**。　　◇◇◆◆，◇◆◇◇◆◆。

同体式作品：南宋：仇远 1 首。

变体二

较始词复句数不变，分句数有变。

变体二·1

24 分句 8 复句

【变体二·1】24 分句 8 复句。上片第一复句较始词增 1 分句，11 分句 4 复句，三/二/三/三/型复句组；下片第一复句增 2 分句，第三复句增 1 分句，13 分句 4 复句，四/三/四/二/型复句组。仄韵，隔句韵。

4，3，4。7，6。3，4，7。5，4，6。
3，3，3，4。2，7，7。4，3，4，5。4，6。——南宋·吕渭老·《全宋词》第 1112 页

薄倖

青楼春**晚**，昼寂寂，梳匀又**懒**。　　◇◇◇◆，◆◆◆，◇◇◆◆。
乍听得鸦啼莺弄，惹起新愁无**限**。　　◆◇◆◇◇◇◆，◆◆◇◇◇◆。
记年时，偷掷春心，花间隔雾遥相**见**。　　◆◇◇，◇◆◇◇，◇◇◆◆◇◇◆。
便角枕题诗，宝钗贳酒，共醉青苔深**院**。　　△◆◆◇◇，◆◇◆◆，◆◆◇◇◇◆。

怎忘得，回廊下，携手处，花明月**满**。　　◆◇◆，◇◇◆，◇◆◆，◇◇◆◆。
如今，但暮雨蜂愁蝶恨，　　◇◇，△◆◆◇◇◆◆，
小窗闲对芭蕉**展**。　　◆◇◇◆◇◇◆。
却谁拘**管**，尽无言，闲品秦筝，　　◆◇◇◆，◆◇◇，◇◆◇◇，
泪满参差**雁**。　　◆◆◇◇◆。
腰支渐小，心与杨花共**远**。　　◇◇◆◆，◇◆◇◇◆◆。

同体式作品：无。

变体二·2

22 分句 8 复句

【变体二·2】22 分句 8 复句。上下片较始词各增 1 分句，每片 11 分句 4 复句，上片三/三/二/三/型复句组；下片三/三/三/二/型复句组。仄韵，隔句韵。

4，3，4。3，4，6。7，7。5，4，6。
6，3，4。5，4，7。4，5，7。4，6。——南宋·毛幵·《全宋词》第 1367 页

薄倖

柳桥南**畔**，驻骢马，寻春几**遍**。　　◆◇◇◆，◆◇◆，◇◇◆◆。

自见了，生尘罗袜，尔许娇波流**盼**。	◆◆◆，◇◇◇◆，◆◆◇◇◇◆。
为感郎松柏深心，西陵已约平生**愿**。	◆◆◇◇◆◇◇，◇◇◆◆◇◇◆。
记别袖频招，斜门相送，小立钗横鬓**乱**。	△◆◆◇◇，◇◇◇◆，◆◆◇◇◆◆。
恨暗写如蚕纸，空目断，高城人**远**。	△◆◆◇◇◆，◇◆◆，◇◇◇◆。
奈当时消息，黄姑织女，	△◇◇◇◆，◇◇◆◆，
又成王谢堂前**燕**。	◆◇◇◆◇◇◆。
托琴心**怨**，怕娇云弱雨，	◆◇◇◆，◆◇◇◆◆，
东风蓦地轻吹**散**。	◇◇◆◆◇◇◆。
伤春病也，狼藉飞花满**院**。	◇◇◆◆，◇◆◇◇◆◆。

同体式作品： 南宋：韩元吉1首。

变体二·3

23分句8复句

【变体二·3】23分句8复句。上片分句数与始词同，复句型有变；下片分句数复句型与【变体二·1】相同，分句字数有变。上片10分句4复句，三/二/二/三/型复句组；下片13分句4复句，四/三/四/二/型复句组。仄韵，隔句韵，间插连句韵。

4，3，4。7，6。7，7。5，4，6。

3，3，3，4。5，4，7。3，4，4，5。4，6。——南宋·沈端节·《全宋词》第1683页

薄倖

桂轮香**满**，送寒色，轻风剪**剪**。	◆◇◇◆，◆◇◆，◇◇◆◆。
又还是幽窗人静，梅影参差初**转**。	◆◇◆◇◇◇◆，◇◆◇◇◇◆。
念少年孤负芳音，多时不见文君**面**。	△◆◇◇◆◇◇，◇◇◆◆◇◇◆。
漫怏泻琼舟，浓熏宝鸭，终是心情差**懒**。	◆◆◆◇◇，◇◇◆◆，◇◆◇◇◇◆。
谩就枕，浑无寐，□听彻，天边飞**雁**。	◇◆◆，◇◇◆，□◇◆，◇◇◇◆。
闲愁消万缕，如何消**遣**，	◇◇◇◆◆，◇◇◇◆，
绣衾□忆鸳鸯**暖**。	◆◇□◆◇◇◆。
细思量，遍倚屏山，	◆◇◇，◆◆◇◇，
挑尽琴心，谁识相思**怨**。	◆◆◇◇，◇◆◇◇◆。
休文瘦损，陡觉频移带**眼**。	◇◇◆◆，◆◆◇◇◆◆。

同体式作品： 无。

492.【兀令】

1. 始词北宋贺铸作。

2. 双片，每片六仄韵，连句韵、隔句韵。
3. 该调仅见贺铸一首。

始词：双片。每片 8 分句 3 复句，二/三/三/型复句组。仄韵，连句韵、隔句韵。

7，4。5，5，5。6，5，5。
7，4。5，5，5。6，5，5。——北宋·贺铸·《全宋词》第 515 页

兀令
想车音

盘马楼前风日**好**，雪销尘**扫**。	◇◆◇◇◇◆◆，◆◇◇◆，
楼上宫妆**早**，	◇◆◇◇◆，
认帘箔微开，一面嫣妍**笑**。	△◇◆◇◇，◆◆◇◇◆。
携手别院重廊，	◇◆◆◆◇◇，
窈窕花房**小**，任碧罗窗**晓**。	◆◆◇◇◆，△◆◇◇◆。
间阔时多书问**少**，镜鸾空**老**。	◆◆◇◇◇◆◆，◆◇◇◆。
身寄吴云**杳**，	◇◆◇◇◆，
想辘轳车音，几度青门**道**。	△◆◆◇◇，◆◆◇◇◆。
占得春色年年，	◆◆◇◆◇◇，
随处随人**到**，恨不如芳**草**。	◇◆◇◇◆，△◆◇◇◆。

同体式作品：无。

493. 【玉京秋】

1. 始词北宋贺铸作。
2. 双片，上片四韵，下片五韵，变体韵数减一；仄韵，隔句韵，变体插一连句韵。

始词：21 分句 8 复句。双片，上片 10 分句 4 复句，二/三/三/二/型复句组；下片 11 分句 4 复句，四/三/二/二/型复句组。仄韵，邻韵通押，隔句韵。

4，7。4，4，6。4，4，4。7，7。
2，4，4，7。4，4，7。3，7。5，5。——北宋·贺铸·《全宋词》第 519 页

玉京秋

陇首霜晴，泗滨云晚乍摇**落**。	◆◆◇◇，◆◇◇◆◆◇◆。
废榭苍苔，破台荒草，西楚霸图冥**漠**。	◆◆◇◇，◆◇◇◆，◇◆◆◇◇◆。
记登临事，九日胜游，千载如**昨**。	△◇◇◆，◆◆◆◇，◇◆◇◇。
更想像晋客□归，谢生能赋继高**作**。	△◆◆◆◆□◇，◆◇◇◆◆◇◆。

飘**泊**，尘埃倦客，风月羁心，	◇◆，◇◇◆◆，◇◆◇◇，
潘鬓晓来清镜**觉**。	◇◆◆◇◇◆◆。
蜡屐纶巾，羽觞象管，且追随隼旆行**乐**。	◆◆◇◇，◆◇◆◆，△◇◇◆◇◇◆。
东山□，应笑个侬风味**薄**。	◇◇□，◇◆◆◇◇◆◆。
念故园黄花，自有年年**约**。	△◆◇◇◇，◆◆◇◇◆。

同体式作品：无。

变体二

与始词复句数相同，分句数增1。

【变体二】22分句8复句。上片第一、四复句较始词各增1分句、第三复句减1分句；下片第一复句减1分句、第三复句增1分句。每片11分句4复句，上片三/二/三/三/型复句组；下片三/三/三/二/型复句组。仄韵，邻韵通押，隔句韵，下片结末二句连韵。

3，5，4。4，4。6，3，4。3，4，4。

6，3，4。4，4，4。4，3，6。3，6。——南宋·周密·《全宋词》第3269页

玉京秋

长安独客，又见西风，素月丹枫，凄然其为秋也，因调夹钟羽一解。

烟水**阔**，高林弄残照，晚蜩凄**切**。	◇◆◆，◇◇◆◇◆，◆◇◇◆。
碧砧度韵，银床飘**叶**。	◆◇◆◆，◇◇◇◆。
衣湿桐阴露冷，采凉花，时赋秋**雪**。	◇◆◆◇◇◆◆，◆◇◇，◇◆◇◆。
叹轻**别**，一襟幽事，砌蛩能**说**。	◇◇◆，◆◇◇◆，◆◇◇◆。
客思吟商还**怯**，怨歌长，琼壶暗**缺**。	◆◆◇◇◇◆，◆◇◇，◇◇◆◆。
翠扇恩疏，红衣香褪，翻成消**歇**。	◆◆◇◇，◇◇◇◆，◇◇◇◆。
玉骨西风，恨最恨，闲却新凉时**节**。	◆◆◇◇，◆◆◆，◇◆◇◇◇◆。
楚箫**咽**，谁寄西楼淡**月**。	◆◇◆，◇◆◇◇◆◆。

同体式作品：无。

494.【蕙清风】

1. 始词北宋贺铸作。
2. 双片，每片四仄韵，隔句韵。
3. 此调仅见贺铸一首。

始词：14分句6复句。双片。每片7分句3复句，二/二/三/型复句组。仄韵，隔句韵，间插连句韵。律词。

5，4。5，4。5，5，7。

5，4。5，4。5，5，7。——北宋·贺铸·《全宋词》第519页

蕙清风

何许最悲秋，凄风残**照**。	◇◆◆◇◇，◇◇◇◆。
临水复登山，莞然西**笑**。	◇◆◆◇◇，◆◇◇◆。
车马几番尘，自古长安**道**，	◇◆◆◇◇，◆◆◇◇◆，
问谁是后来年**少**。	△◇◆◆◇◇◆。
飞集两悠悠，江滨海**岛**。	◇◆◆◇◇，◇◇◆◆。
乘雁与双凫，强分多**少**。	◇◆◆◇◇，◇◇◇◆。
传语酒家胡，岁晚从吾**好**，	◇◆◆◇◇，◆◆◇◇◆，
待做个醉乡遗**老**。	△◆◆◆◇◇◆。

同体式作品：无。

495.【海月谣】

1. 始词北宋贺铸作。
2. 缘调名赋词。
3. 双片，上片四韵，下片三韵，仄韵，隔句韵。

始词：14分句6复句。双片。每片7分句3复句，二/三/二/型复句组。仄韵，上片起首二句连韵，继隔句韵。律词。

4，6。4，4，4。6，4。

4，6。4，4，4。6，4。——北宋·贺铸·《全宋词》第522页

海月谣

楼平叠巘，瞰瀛海波三**面**。	◇◇◆◆，△◇◆◇◇◆。
碧云扫尽，桂轮浞玉，鲸波张**练**。	◆◇◆◆，◆◇◆◆，◇◇◇◆。
化出无边宝界，是名壮**观**。	◆◆◇◇◆◆，◆◇◆◆。
追游汗漫，顾少借长风**便**。	◇◇◆◆，△◆◆◇◇◆。
麻姑相顾，□然笑指，寒潮清**浅**。	◇◇◇◆，□◇◆◆，◇◇◇◆。
顿觉蓬莱方丈，去人不**远**。	◆◆◇◇◇◆，◆◇◆◆。

同体式作品：南宋：韩淲1首。

496.【琴调相思引】

【相思引】【玉交枝】【镜中人】

1. 始词北宋贺铸作。
2. 唐有声诗调《相思子》，为玄宗时宫中乐人歌王维诗《相思》（红豆生南国）之乐调，又有琴曲《相思怨》，当为本调之始源（见任半塘《唐声诗》）。
3. 或省写为【相思引】，或名【玉交枝】【镜中人】。
4. 双片。始词上片九韵，下片十韵，仄韵，连句韵；变体平、仄二韵式，平韵格上片三韵，下片二韵，首二句连韵，继隔句韵；仄韵格每片四仄韵，首句不入韵，继连句韵。

始词：19 分句 8 复句。双片。上片结句有复沓和声；下片每复句结句加复沓和声。上片 9 分句 4 复句，三/二/二/二/型复句组；下片 10 分句 4 复句，三/二/三/二/型复句组。仄韵，邻韵通押，重韵连押，连句韵。律词。

7，4，3。3，5。3，3。和声 3，3。

7，3，3。和声 3，3。8，3，3。和声 3，3。——北宋·贺铸·《全宋词》第 524 页

琴调相思引

送范殿监赴黄冈

终日怀归翻送**客**，春风祖**席**，南城**陌**。	◇◆◇◇◇◆◆，◇◇◆◆，◇◇◆。
便莫**惜**，离觞频卷**白**。动管**色**，催行**色**。	◆◆◆，◇◇◇◆◆。◆◆◆，◇◇◆。
动管**色**，催行**色**。	◆◆◆，◇◇◆。
何处投鞍风雨**夕**，临水**驿**，空山**驿**。	◇◆◇◇◇◆◆，◇◆◆，◇◇◆。
临水**驿**，空山**驿**。	◆◆◆，◇◇◆。
纵明月相思千里**隔**，梦咫**尺**，勤书**尺**。	△◇◆◇◇◇◆◆，◆◆◆，◇◇◆。
梦咫**尺**，勤书**尺**。	◆◆◆，◇◇◆。

同体式作品：北宋：贺铸 1 首。

变体三

分句数复句数皆变

变体三·1

8 分句 4 复句

【变体三·1】8 分句 4 复句。上片较始词减 5 分句 1 复句、下片减 6 分句 2 复句（包括和声），每片 4 分句 2 复句，二/二/型复句组。平韵，连句韵、隔句韵。

7，7。4，5。

7，7。4，5。——北宋·周邦彦·《全宋词》第621页

琴调相思引

生碧香罗粉兰**香**，冷绡缄泪倩谁**将**。	◇◆◇◇◆◇◇，◆◇◇◆◆◇◇。
故人何在，烟水隔潇**湘**。	◆◇◇◆，◇◆◆◇◇。
花落燕□春欲老，絮吹思浪日偏**长**。	◇◆◆□◇◆◆，◆◇◇◆◆◇◇。
一些儿事，何处不思**量**。	◆◇◇◆，◇◆◆◇◇。

同体式作品：北宋：周紫芝1首。南宋：房舜卿1首（【玉交枝】），赵彦端2首，袁去华2首（【相思引】），卢祖皋2首，许棐1首，陈允平1首，赵与仁1首，汪元量1首，仇远1首，无名氏4人4首（【相思引】1【玉交枝】3)。

变体三·2

9分句4复句

【变体三·2】9分句4复句。上片第一复句较【变体三·1】增1分句，下片同。上片5分句2复句，三/二/型复句组；下片4分句2复句，二/二/型复句组。仄韵，邻韵通押，连句韵，插一隔句韵。律词。

3，3，6。6，5。

7，6。7，5。——宋·无名氏·《全宋词》第3838页

镜中人

柳烟浓，梅雨**润**，芳草绵绵离**恨**。	◆◇◇，◇◆◆，◇◆◇◇◇◆。
花坞风来几**阵**，罗袖沾春**粉**。	◇◆◇◇◆◆，◇◆◇◇◆。
独上小楼迷远**近**，不见浣溪人**信**。	◆◆◆◇◇◆◆，◆◆◆◇◇◆。
何处笛声飘隐**隐**。吹断相思**引**。	◆◆◆◇◇◆◆，◇◆◇◇◆。

同体式作品：无。

增减字：

(一) 3，3，6。7，5。○7，6。7，5。宋：无名氏1首（【相思引】）。

497.【菱花怨】

1. 始词北宋贺铸作。
2. 取本词“菱花怨晚”为调名，调名即词题。
3. 双片，上片四韵，下片五韵，仄韵，隔句韵。
4. 此调仅见贺铸一首。

始词：24 分句 8 复句。双片。上片 13 分句 4 复句，四/三/三/三/型复句组；下片 11 分句 4 复句，三/四/二/二/型复句组。仄韵，邻韵通押，隔句韵，插一连句韵。

4，4，4，4。4，4，6。4，4，4。4，4，4。

5，5，4。4，4，3，3。5，7。6，6。——北宋·贺铸·《全宋词》第 525 页

菱花怨

叠鼓嘲喧，彩旗挥霍，	◆◆◇◇，◆◇◇◆，
蘋汀薄晚，兰舟催**解**。	◇◇◆◆，◇◇◇◆。
别浦潮平，小山云断，十幅饱帆风**快**。	◆◆◇◇，◆◇◇◆，◆◆◆◇◇◆。
回想牵衣，愁掩啼妆，一襟香**在**。	◇◆◇◇，◇◆◇◇，◆◇◇◆。
纨扇惊秋，菱花怨晚，谁共蛾**黛**。	◇◆◇◇，◇◇◆◆，◇◆◇◆。
何处玉尊空，对松陵正美，鲈鱼莼**菜**。	◇◆◆◇◇，△◇◇◆◆，◇◇◇◆。
露洗凉蟾，潦吞平野，三万顷，非尘**界**。	◆◆◇◇，◆◇◇◆，◇◆◆，◇◇◆。
览胜情无**奈**，恨难招越人同**载**。	◆◆◇◇◆，△◇◇◆◇◇◆。
会凭紫燕西飞，更约黄鹂相**待**。	◆◇◆◆◇◇，◆◆◇◇◇◆。

同体式作品：无。

498.【定情曲】

1. 始词北宋贺铸作。
2. 取本词末句“定情永为好”为调名。
3. 双片，上片六韵，下片五韵，仄韵，隔句韵。
4. 此调仅见贺铸一首。

始词：19 分句 8 复句。双片。上片 10 分句 4 复句，三/二/二/三/型复句组；下片 9 分句 4 复句，二/三/二/二/型复句组。仄韵，隔句韵，插一连句韵。

4，4，6。4，9。6，6。5，5，7。

5，4。4，3，6。6，6。7，5。——北宋·贺铸·《全宋词》第 526 页

定情曲

春愁

沉水浓熏，梅粉淡妆，露华鲜映春**晓**。	◇◆◇◇，◇◆◆◇，◆◇◇◆◇◆。
浅颦轻**笑**，真物外一种闲花风**调**。	◆◇◇◆，△◆◆◆◆◇◇◇◆。
可待合欢翠被，不见忘忧芳**草**。	◆◆◆◇◆◆，◆◆◇◆◇◆。
拥膝浑忘羞，回身就郎**抱**，	◆◆◇◇◇，◇◇◆◇◆，

两点灵犀心颠**倒**。	◆◆◇◇◇◇◆。
念乐事稀逢，归期须**早**。	△◆◆◇◇，◇◇◇◆。
五云闻**道**，星桥畔，油壁车迎苏**小**。	◆◇◇◆，◇◇◆，◇◆◇◇◇◇◆。
引领西陵自远，摧手东山偕**老**。	◆◆◇◇◆◆，◇◆◇◇◇◆。
殷勤制双凤新声，定情永为**好**。	◇◇◆◇◆◇◇，◆◇◆◇◆。

同体式作品：无。

499.【惜奴娇】

1. 双片体始词北宋贺铸作；多片体始词为北宋大晟乐府歌词。
2. 宋代通行词调为双片体，多片体今存大晟乐府1篇，巫山神女1篇。
3. 大晟乐府总名【惜奴娇】，下注“曲破”。按“曲破”本为大曲之“破”之乐段，宋代抽取出来独行运用，保留了大曲的多乐遍体制，成为与大曲并行的一种乐曲种类。
4. 双片体始词上片五韵，下片四韵，变体韵数有变；多片体，大晟乐府套词计9首，7首单片，2首双片，以单片计共11片，每片四至七韵不等；“巫山神女”篇计9遍，每遍八韵至十三韵不等。仄韵，隔句韵，间插连句韵。

双片体

始词：16分句8复句。双片。每片8分句4复句，二/二/二/二/型复句组。仄韵，隔句韵，插一连句韵。

4，6。3，4。4，6。2，7。

4，6。3，4。7，3。5，4。——北宋·贺铸·《全宋词》第530页

惜奴娇

玉立佳人，韵不减吴苏**小**。	◆◆◇◇，◆◆◆◇◇◆。
赋深情，华年韵**妙**。	◆◇◇，◇◇◆◆。
叠鼓新歌，最能作江南**调**。	◆◆◇◇，◆◇◆◆◇◇◆。
缥**缈**，似阳台娇云弄**晓**。	◆◆，△◇◇◇◇◆◆。
有客临风，梦后拟池塘**草**。	◆◆◇◇，◆◆◆◇◇◆。
竟装怀，□愁多**少**。	◆◇◇，□◇◇◆。
绿绮芳尊映花月，东山**道**。	◆◆◇◇◆◇◆，◇◇◆。
正要个卿卿，嫣然一**笑**。	◆◆◆◇◇，◇◇◆◆。

同体式作品：无。

增减字：

（一）4，7。3，4。4，6。2，6。○4，6。3，4。4，6。2，6。南宋：王之道1首。

（二）4，6。3，4。4，6。2，6。○4，6。3，4。4，6。2，6。南宋：王之道1首。

（三）4，7。3，4。6，4。2，7。○4，6。3，4。4，6。2，7。南宋：石孝友1首。

（四）4，6。3，4。4，7。2，7。○4，6。3，4。4，6。2，7。南宋：石孝友1首。

（五）4，6。3，4。4，6。2，7。○4，6。2，5。4，6。2，7。南宋：史达祖1首。

变体二

较始词复句数不变，分句数有变。

变体二·1

21分句8复句

【变体二·1】21分句8复句。上片第三、四复句较始词各增1分句，10分句4复句，二/二/三/三/型复句组；下片第一、三、四复句各增1分句，11分句4复句，三/二/三/三/型复句组。仄韵，隔句韵。律词。

4，5。3，4。4，3，3。2，3，4。

4，3，3。2，5。4，3，3。2，3，4。——北宋·晁补之·《全宋词》第571页

惜奴娇

歌阕琼筵，暗失金貂**侣**。	◇◆◇◇，◆◆◇◇◆。
说衷肠，丁宁嘱**付**。	◆◇◇，◇◇◆◆。
棹举帆开，黯行色，秋将**暮**。	◆◆◇◇，◆◇◆，◇◇◆。
欲**去**，待却回，高城已**暮**。	◆◆，◆◆◇，◇◇◆◆。
渔火烟村，但触目，伤离**绪**。	◇◆◇◇，△◆◆，◇◇◆。
此情，向阿谁分**诉**。	◆◇，△◇◇◇◆，
那里思量，争知我，思量**苦**。	◆◆◇◇，◇◇◆，◇◇◆。
最**苦**，睡不著，西风夜**雨**。	◆◆，◆◆◆，◇◇◆◆。

同体式作品：无。

变体二·2

22分句8复句

【变体二·2】22分句8复句。上下片第一、三、四复句较始词各增1分句，每片11分句4复句，三/二/三/三/型复句组。仄韵，隔句韵，间插连句韵。律词。

4，3，3。3，4。4，3，3。2，3，4。

4，3，3。3，3。4，3，3。2，4，4。——北宋·蔡伸·《全宋词》第1026页

惜奴娇

隔阔多时，算彼此，难存**济**。	◆◆◇◇，◆◆◆，◇◇◆。

咫尺**地**，千山万**水**，	◆◆◆，◇◇◆◆。
眼眼相看，要说话，都无**计**。	◆◆◇◇，◆◆◆，◇◇◆。
只**是**，唱曲儿，词中认**意**。	◆◆，◆◆◇，◇◇◆◆。
雪意垂垂，更刮**地**，寒风**起**。	◆◆◇◇，◆◆◆，◇◇◆。
怎禁这，几夜**意**。	◆◇◆，◆◆◆。
未散痴心，便指望，长偎**倚**。	◆◆◇◇，◆◆◇，◇◇◆。
只**替**，那火桶儿，与奴暖**被**。	◆◆，◆◆◆◇，◆◇◆◆。

同体式作品：无。

变体二·3

18分句8复句

【变体二·3】18分句8复句。上下片第四复句较始词各增1分句，每片9分句4复句，二/二/二/三/型复句组。仄韵，隔句韵。

4，6。3，4。4，6。2，3，4。

4，6。3，4。4，6。2，3，4。——南宋·辛弃疾·《全宋词》第1973页

惜奴娇

戏同官

风骨萧然，称独立群仙**首**。	◇◆◇◇，△◆◆◇◇◆。
春江雪，一枝梅**秀**。	◇◇◆，◆◇◆◆。
小样香檀，映朗玉纤纤**手**。	◆◆◇◇，△◆◆◇◇◆。
未**久**，转新声，泠泠山**溜**。	◆◆，◆◇◇，◇◇◇◆。
曲里传情，更浓似尊中**酒**。	◆◆◇◇，△◇◆◇◇◆。
信倾盖，相逢如**旧**。	◆◇◆，◇◇◇◆。
别后相思，记敏政堂前**柳**。	◆◆◇◇，△◆◆◇◇◆。
知**否**，又拚了，一场消**瘦**。	◇◆，◆◇◆，◆◆◇◆。

同体式作品：南宋：赵长卿1首。

多遍体大曲

宋大晟府《惜奴娇》

第一遍：10分句4复句，二/三/二/三/型复句组；仄韵，首句入韵，隔句韵，间插连句韵。

6，7。4，4，6。4，7。3，4，5。——宋·大晟乐府·《全宋词》第3826页

春早皇都冰**泮**，宫沼东风布轻**暖**。	◇◆◇◇◇◆，◇◆◇◇◆◇◆。
梅粉飘香，柳带弄色，瑞霭祥烟凝**浅**。	◇◆◇◇，◆◆◆◆，◆◆◇◇◇◆。

正值元宵，行乐同民总无**间**。	◆◆◇◇，◇◆◇◇◆◇◆。
肆情怀，何惜相邀，是处里容**款**。	◆◇◇，◇◆◇◇，◆◆◆◇◆。
第二遍：12 分句 5 复句，二/二/三/二/三/型复句组。仄韵，隔句韵、间插连句韵。	
2，5。3，5。4，4，6。4，7。3，4，5。	
无**算**，仗委东君**遍**。	◇◆，◆◆◇◇◆。
有风光，占五陵闲**散**。	◆◇◇，◆◆◇◇◆。
从把千金，五夜继赏，并彻春宵游**玩**。	◆◆◇◇，◆◆◆◆，◆◆◇◇◇◆。
借问花灯，金琐琼瑰果曾**罕**。	◆◆◇◇，◇◆◇◇◆◇◆。
洞天里，一掠蓬瀛，第恐今宵**短**。	◆◇◆，◆◆◇◇，◆◆◇◇◆。
第三遍：9 分句 4 复句，二/二/二/三/型复句组。仄韵，隔句韵，间插连句韵。	
3，4。6，5。4，6。3，3，3。	
夸帝**里**，万灵咸**集**。	◇◆◆，◆◇◇◆。
永卫紫陌青楼，富臻既庶**矣**。	◆◆◆◆◇◇，◆◇◆◆◆。
四海升平，文武功勋盖**世**。	◆◆◇◇，◇◆◇◇◆◆。
赖圣主，兴贤佐，恁致**理**。	◆◆◆，◇◇◆，◆◆◆。
第四遍：9 分句 4 复句，三/二/二/二/型复句组。平仄通押，邻韵通押，隔句韵。	
4，3，3。3，4。4，6。5，4。	
气绪凝和，会景新，访雅**致**。	◆◆◇◇，◆◆◇，◆◆◆。
列群公，锡宴在**迩**。	◆◇◇，◆◆◆◆。
上元循典，胜古高超荣**异**。	◆◇◇◆，◆◆◇◇◇◆。
望绛霄龙香，飘飘旖**旎**。	△◆◇◇◇，◇◇◆◆。
第五遍：9 分句 4 复句，三/二/二/二/型复句组。平仄通押，邻韵通押；连句韵、隔句韵。	
4，6，5。3，3。4，6。2，7。	
景云披**靡**，露浥轻寒若**水**，尽是游人**美**。	◆◇◇◆，◆◆◇◇◆◆，◆◆◇◇◆。
陌尘润，宝沉**递**。	◆◇◆，◆◇◆。
笑指扬鞭，多少高门胜**会**。	◆◆◇◇，◇◆◇◇◆◆。
况**是**，只有今夕誓无**寐**。	◆◆，◆◆◇◆◆◇◆。
第六遍：9 分句 4 复句，三/二/二/二/型复句组。仄韵，邻韵通押；连句韵、隔句韵。	
4，4，6。3，3。4，6。2，7。	
盛日凝**理**，羽巢可**窥**，阆苑金关启**扉**。	◆◆◇◆，◆◇◆◇，◆◆◇◇◆◇。

烬连宵，宁防**避**。	◆◇◇，◇◇◆。
暗尘随马，明月逐人无**际**。	◆◇◇◆，◇◆◆◇◇◆。
调**戏**，相歌秾李末阑**已**。	◇◆，◇◇◇◆◆◇◆。
第七遍：10 分句 4 复句，二/三/三/二/型复句组。仄韵，邻韵通押；隔句韵、连句韵。	
4，6。4，5，3。4，3，3。3，6。	
骋轮纵勒，翠羽花钿比**织**。	◆◇◇◆，◆◆◇◇◆◆。
并雅同陪，共越九衢遍，尽遨**逸**。	◆◆◇◇，◆◆◆◇◆，◆◇◆。
料峭云容，香惹风，萦怀**袂**。	◆◆◇◇，◇◆◇，◇◇◆。
遍寓**目**，几处瑶席绣**帟**。	◆◆◆，◆◆◇◆◆◆。
第八遍：9 分句 4 复句，二/二/二/三/型复句组。仄韵，隔句韵。	
4，5。3，4。4，6。3，3，3。	
莫如胜概，景压天街**际**。	◆◇◆◆，◆◆◇◇◆。
彩鳌举，百仞耸**倚**。	◆◇◆，◆◆◆◆。
凤舞龙骧，满目红光宝**翠**。	◆◆◇◇，◆◆◇◇◆◆。
动霁色，余霞映，散成**绮**。	◆◆◆，◇◇◆，◆◇◆。
第九遍：8 分句 4 复句，二/二/二/二/型复句组。仄韵，邻韵通押，隔句韵。	
4，6。3，4。4，6。3，6。	
渐灼兰膏，覆满青烟罩**地**。	◆◆◇◇，◆◆◇◇◆◆。
簇宫花，攒荡纷**委**。	◆◇◇，◇◆◇◆。
万姓瞻仰，苒苒云龙香**细**。	◆◆◇◆，◆◆◇◇◇◆。
共稽首，同乐与众方**纪**。	◆◇◆，◇◆◆◆◇◆。
第十遍：8 分句 4 复句，二/二/二/二/型复句组。仄韵，邻韵通押；连句韵、隔句韵。	
5，7。4，6。6，4。6，5。	
楼起霄宫**里**，五福中天纷绛**瑞**。	◇◆◇◇◆，◆◆◇◇◇◆◆。
弦管齐谐，清宛振逸天**外**。	◇◆◇◇，◇◆◆◆◇◆。
万舞低回纷绕，罗纨摇**曳**。	◆◆◇◇◇◆，◇◇◇◆。
顷刻转轮归**去**，念感激天**意**。	◆◆◆◇◇◆，△◆◆◇◆。
第十一遍：8 分句 4 复句，二/二/二/二/型复句组。平仄通押，邻韵通押。隔句韵、连句韵。	
4，7。4，6。6，6。4，6。	
幸列熙台，洞天遥遥望圣**梓**。	◆◆◇◇，◆◇◇◇◇◆◆。

五夕华**胥**，鱼钥并开十**二**。	◆◆◇◇，◇◆◇◇◆◆。
圣景难逢无**比**，人间动且经**岁**。	◆◆◇◇◇◆，◇◇◆◆◇◆。
娩婉踌躇，再拜五云迤**逦**。	◆◆◇◇，◆◆◆◇◆◆。

按：本套组词无同体式作品。

巫山神女《惜奴娇》

第一遍：19 分句 8 复句，二/二/二/三/二/二/二/四/型复句组。平仄通押，邻韵通押，隔句韵、间插连句韵。

4，6。3，7。5，6。3，3，6。6，5。4，4。4，6。7，7，3，6。

——宋·巫山神女·《全宋词》第 3862 页

其一

瑶阙琼宫，高枕巫山十**二**。	◇◆◇◇，◇◆◇◇◆◆。
睹瞿塘，千载滟滟云涛**沸**。	◆◇◇，◇◆◆◆◇◇◆。
异景无穷好，闲吟满酌金**卮**。	◆◆◇◇◆，◇◇◆◆◇◇。
忆前**时**，楚襄王，曾来梦中相**会**。	◆◇◇，◆◇◇，◇◇◆◇◇◆。
吾正鬓乱钗横，敛霞衣云**缕**。	◇◆◆◆◇◇，◆◇◇◇◆。
向前低**揖**，问我仙**职**。	◆◇◇◆，◆◆◇◆。
桃杏遍开，绿草萋萋铺**地**。	◇◆◆◇，◆◆◇◇◇◆。
燕子来时向巫山，朝朝行雨暮行云，	◆◆◇◇◆◇◇，◇◇◇◆◆◇◇，
有闲**时**，只恁画堂高**枕**。	◆◇◇，◆◆◆◇◇◆。

第二遍：16 分句 6 复句，二/二/二/三/四/三/型复句组；平仄通押，邻韵通押，隔句韵，插一连句韵。律词。

4，6。5，4。4，7。2，5，4。6，5，4，7。3，6，4。

瑶台景第二

绕绕云梯，上彻青霄霞**外**。	◆◆◇◇，◆◆◇◇◇◆。
与诸仙同饮，镇长春**醉**。	△◇◇◇◆，◆◇◇◆。
虎啸猿吟，碧桃香异风飘**细**。	◆◆◇◇，◆◇◇◆◇◇◆。
希**奇**，想人间难识，这般滋**味**。	◇◇，△◇◇◇◆，◆◇◇◆。
姮娥奏乐箫韶，有仙音异品，	◇◇◆◆◇◇，△◇◇◆◆，
自然清**脆**，遏住行云不敢**飞**。	◆◇◇◆，◆◆◇◇◆◆◇。
空凝**滞**，好是波澜澄湛，一溪香**水**。	◇◇◆，◆◆◇◇◇◆，◆◇◇◆。

第三遍：18 分句 8 复句，二/二/三/三/二/二/二/二/型复句组；平仄通押，邻韵通押。隔句韵、连句韵。

6，4。5，5。4，3，4。3，3，6。4，6。3，7。4，6。3，6。

蓬莱景第三

山染青螺缥渺，人间难**陟**。	◇◆◇◇◆◆，◇◇◇◆。
有珍珠光照，昼夜无休**息**。	△◇◇◇◆，◆◆◇◇◆。
仙景无**极**，欲言**时**，汝等何**知**。	◇◆◇◆，◆◇◇，◆◆◇◇。
且修心，要观游，亦非大段难**易**。	◆◇◇，◆◇◇，◆◇◆◆◇◆。
下俯浮生，尚自争名逐**利**。	◆◆◇◇，◆◆◇◇◆◆。
岂不省，来岁扰扰兵戈**起**。	◆◆◆，◇◆◆◆◇◇◆。
天惨云愁，念时衰如何**是**。	◇◆◇◇，△◇◇◇◇◆。
使我**辈**，终日蓬宫下**泪**。	◆◆◆，◇◆◇◇◆◆。

第四遍：17 分句 7 复句，二/四/二/二/二/三/二/型复句组。仄韵，隔句韵，间插连句韵。

4，6，7。4，3，3。5，4。6，4。3，7。4，3，3。3，6。

劝人第四

再启诸公，百岁还如电**急**。	◆◆◇◇，◆◆◇◇◆◆。
高名显位瞬息**尔**，	◇◇◆◆◆◆◆，
泛水轻沤，霎那间，难久**立**。	◆◆◇◇，◆◆◇，◇◆◆。
画烛当风**里**，安能久**之**。	◆◆◇◇◆，◇◇◆◇。
速往茅峰割爱，休名避**世**。	◆◆◇◇◆◆，◇◇◆◆。
等功成，须有上真相引**指**。	◆◇◇，◇◆◆◇◇◆◆。
放死求生，施良药，功无**比**。	◆◆◇◇，◇◇◆，◇◇◆。
千万**记**，此个奇方第**一**。	◇◆◆，◆◆◇◇◆◆。

第五遍：16 分句 6 复句，四/四/二/二/二/二/型复句组。仄韵，隔句韵，插一连句韵。

5，4，4，5。4，5，4，6。4，6。5，5。4，6。2，7。

王母宫食蟠桃第五

方结实累**累**，翠枝交映，	△◆◆◇◇，◆◇◇◆，
蟠桃颗颗，仙味真香**美**。	◇◇◆◆，◇◆◇◇◆。
遂命双成，持灵刀割来，	◆◆◇◇，◇◇◇◆◇，
耳服一粒，令我延年万**岁**。	◆◆◆◆，◆◆◇◇◆◆。
堪笑东方，便启私心盗**饵**。	◇◆◇◇，◆◆◇◇◆◆。
使宫中仙伴，递互相尤**殢**。	△◇◇◇◆，◆◆◇◇◆。
无奈双成，向王母高陈**之**。	◇◆◇◇，△◇◆◇◇◇。
遂**指**，方偷了蟠桃是**你**。	◆◆，△◇◆◇◇◆◆。

第六遍：18 分句 8 复句，二/三/二/二/二/二/三/二/型复句组；仄韵，隔句韵。

4，4。3，4，5。6，3。3，6。4，6。5，5。4，3，3。3，6。

玉清宫第六

紫云绛霭，高拥瑶**砌**。	◆◇◆◆，◇◆◇◆。
晓光中，无限剖列，肃整天仙**队**。	◆◇◇，◇◆◆◆，◆◆◇◇◆。
又有殊音欲举，声还**止**。	◆◆◇◇◆◆，◇◇◆。
朝罢时，亦有清香飘**世**。	◇◆◇，◆◆◇◇◇◆。
玉驾才兴，高上真仙尽**退**。	◆◆◇◇，◇◆◇◇◆◆。
有琼花如雪，散漫飞空**里**。	△◇◇◇◆，◆◆◇◇◆。
玉女金童，捧丹文，传仙**诲**。	◆◆◇◇，◆◇◇，◇◇◆。
抚诸仙，早起劳卿过**耳**。	◆◇◇，◆◆◇◇◆◆。

第七遍：17 分句 7 复句，二/三/三/三/二/二/二/型复句组。平仄通押，邻韵通押。连句韵、隔句韵。

3，4。4，6，3。7，3，3。6，4，6。3，7。7，3。3，6。

扶桑宫第七

光阴**奇**，扶桑宫**里**。	◇◇◇，◇◇◇◆。
日月常昼，风物鲜明可爱，无阴**晦**。	◆◆◇◆，◇◆◇◇◆◆，◇◇◆。
大帝频鉴于瑶**池**，朱阑外，乘凤**飞**。	◆◆◇◆◇◇◇，◇◇◆，◆◆◇。
教主开颜命**醉**，	◆◆◇◇◆◆，
宝乐齐**吹**，尽是琼姿天**妓**。	◆◆◇◇，◆◆◇◇◇◆。
每三杯，须用圣母亲来**揖**。	◆◆◇，◇◆◆◆◇◇◆。
异果名花几千般，香盈**袂**。	◆◆◇◇◆◇◇，◇◇◆。
意欲**归**，却乘鸾车凤**翼**。	◆◆◇，◆◆◇◇◆◆。

第八遍：18 分句 7 复句，四/三/二/二/二/三/二/型复句组。仄韵，隔句韵，间插连句韵。

4，6，5，5。4，3，3。3，6。4，6。3，7。4，6，3。3，3。

太清宫第八

显焕明霞，万丈祥云高布，	◆◆◇◇，◆◆◇◇◇◆，
望仙官衣带，曳曳临香**砌**。	△◇◇◇◆，◆◆◇◇◆。
玉兽齐焚，满高穹，盘龙**势**。	◆◆◇◇，◆◇◇，◇◇◆。
大帝**起**，玉女金童遍**侍**。	◆◆◆，◆◆◇◇◆◆。
奉敕宣言，甚荷诸仙厚**意**。	◆◆◇◇，◆◆◇◇◆◆。
复回奏，感恩顿首皆躬**袂**。	◆◇◆，◆◇◆◆◇◇◆。
奏毕还宫，尚依然云霞**密**，奇更**异**。	◆◆◇◇，△◇◇◇◇◆，◇◆◆。
非我君，何闻**耳**。	◇◆◇，◇◇◆。

第九遍：17 分句 8 复句，二/二/二/二/三/二/二/二/型复句组。平仄通押，邻韵通押。连句韵、隔句韵。

3，4。6，4。5，5。5，3。6，4，6。3，6。6，3。4，3。

归第九

吾归**矣**，仙宫久**离**。	◇◇◆，◇◇◆◇。
洞户无人管之，专俟吾**归**。	◆◆◇◇◆◇，◇◆◇◇。
欲要开金**燧**，千万频修**己**。	◆◆◇◇◆，◇◆◇◇◆。
言讫无忘**之**，哩啰**哩**。	◇◆◇◇◇，◆◇◆。
此去无由再**至**，	◆◆◇◇◆◆，
事冗难言，尔辈须能自**会**。	◆◆◇◇，◆◆◇◇◆◆。
汝之言，还便是如吾**意**。	◆◇◇，◇◆◆◇◇◆。
大抵方寸平平，无忧**耳**。	◆◆◇◆◇◇，◇◆◆。
虽改易**之**，愁何**畏**。	△◆◆◇，◇◇◆。

按：本套组词见于南宋洪迈《夷坚志》，托名"巫山神女"，当为宋人之作，无同体作品。

500.【醉春风】

【怨春风】

1. 始词为北宋贺铸作。
2. 或作【怨春风】。
3. 双片，每片四韵（不计叠字韵），变体每片三韵，仄韵，隔句韵。

始词：18 分句 6 复句。双片。每片 9 分句 3 复句，二/四/三/型复句组。仄韵，连句韵、隔句韵。律词。

5，5。7，1，1，1。4，4，4。

5，5。7，1，1，1。4，4，4。——北宋·贺铸·《全宋词》第 531 页

醉春风

楼外屏山**秀**，凭阑新梦**后**。	◇◆◇◇◆，◇◇◇◆◆。
归云何许误心期，**候**，**候**，**候**。	◇◇◇◆◆◇◇，◆，◆，◆。
到陇梅花，渡江桃叶，断魂招**手**。	◆◆◇◇，◆◇◇◆，◆◇◇◆。
楚制汗衫**旧**，啼妆曾枕**袖**。	◆◆◆◇◆，◇◇◇◆◆。
东阳咏罢不胜情，**瘦**，**瘦**，**瘦**。	◇◇◆◆◆◇◇，◆，◆，◆。
隋岸伤离，渭城怀远，一枝烟**柳**。	◇◆◇◇，◆◇◇◆，◆◇◇◆。

按：“候，候，候”“瘦，瘦，瘦”，通常不断，断之则有强化语气之感。该调同体作品五首，四首该句位皆用三叠字，只有一首例外，是为该调的特定句式，故断之以见其趣。

同体式作品：北宋：朱敦儒1首。南宋：赵鼎1首（【怨春风】），陈德武1首，无名氏1首。

变体三

较始分句数复句数皆变

【变体三】10分句4复句。双片。上下片较始词各减2分句1复句，每片5分句2复句，二/三/型复句组。仄韵，连句韵、隔句韵。律词。

7，5。5，4，5。

7，5。5，4，5。——北宋·米友仁·《全宋词》第730页

醉春风

一阳来复群阴**往**，吾道从今**长**。	◆◇◇◆◇◇◆，◆◆◇◇◆。
万事莫关情，月夕风前，依旧须豪**放**。	◆◆◆◇◇，◆◆◇◇，◆◆◇◇◆。
卿云舒卷浮青**嶂**，从古书珍**赏**。	◇◇◇◆◇◇◆，◇◆◇◇◆。
满引唱新词，春意看看，又到梅梢**上**。	◆◆◆◇◇，◇◆◆◆，◆◆◇◇◆。

同体式作品：无。

501.【金凤钩】

1. 始词北宋贺铸作。
2. 此调仅见贺铸一首，晁补之二首。
3. 双片，一体每片五仄韵，隔句韵、连句韵；一体每片三仄韵，隔句韵。

始词：12分句4复句。双片。每片6分句2复句，三/三/型复句组。仄韵，隔句韵、连句韵。

6，3，4。4，4，6。

7，3，4。4，4，6。——北宋·贺铸·《全宋词》第532页

金凤钩

江南又叹流**寓**，指芳物，伴人迟**暮**。	◇◇◆◆◇◆，◆◇◆，◆◇◇◆。
揽晴风**絮**，弄寒烟**雨**，春去更无寻**处**。	◆◇◇◆，◆◇◇◆，◇◆◆◇◇◆。
石城楼观青霞**举**，想艇子，寄谁容**与**。	◆◇◇◆◇◇◆，◆◆◆，◆◇◇◆。
断云荆**渚**，限潮溢**浦**，不见莫愁归**路**。	◆◇◇◆，◆◇◇◆，◆◆◆◇◇◆。

同体式作品：北宋：晁补之1首。

变体二

复句数不变，分句数有变。

【变体二】10 分句 4 复句。上下片第二复句较始词各减 1 分句。每片 5 分句 2 复句，三/二/型复句组。仄韵，隔句韵。

6，3，4。7，6。

7，3，4。7，7。——北宋·晁补之·《全宋词》第 556 页

金凤钩

雪消闲步花**畔**，试屈指，早春将**半**。	◆◇◇◆◇◆，◆◆◆，◆◇◇◆。
樱桃枝上最先到，却恨小梅芳**浅**。	◇◇◇◆◆◇◆，◆◆◆◇◇◆。
忽惊拂水双来**燕**，暗自忆，故人犹**远**。	◆◇◆◆◇◇◆，◆◆◆，◆◇◇◆。
一分风雨占春愁，一来又对花肠**断**。	◆◇◇◆◆◇◇，◆◇◆◆◇◇◆。

同体式作品：无。

502.【献金杯】

1. 始词北宋贺铸作。
2. 双片，每片四仄韵，隔句韵、连句韵。
3. 此调仅见贺铸一首。

始词：16 分句 4 复句。双片。每片 8 分句 2 复句，四/四/型复句组。仄韵，隔句韵，间插连句韵。律词。

4，4，3，4。4，5，3，6。

4，4，3，4。4，5，3，6。——北宋·贺铸·《全宋词》第 537 页

献金杯

风软香迟，花深漏**短**，	◇◆◇◇，◇◇◆◆，
可怜宵，画堂春**半**。	◆◇◇，◆◇◇◆。
碧纱窗影，卷帐蜡灯红，	◆◇◇◆，◆◆◆◇◇，
鸳枕**畔**，密写乌丝一**段**。	◇◆◆，◆◆◇◇◆◆。
采蘋溪**晚**，拾翠沙空，	◆◇◇◆，◆◆◇◇，
尽愁倚，梦云飞**观**。	◆◇◆，◆◇◇◆。
木兰艇子，几日渡江来，	◆◇◆◆，◆◆◆◇◇，
心目**断**，桃叶青山隔**岸**。	◇◆◆，◇◆◇◇◆◆。

同体式作品：无。

503. 【望湘人】

1. 始词北宋贺铸作。
2. 双片，上片五韵，下片六韵，仄韵，隔句韵，间插连句韵。
3. 此调仅见贺铸一首。

始词：21 分句 8 复句。双片。上片 11 分句 4 复句，三/三/三/二/型复句组；下片 10 分句 4 复句，三/二/三/二/型复句组。仄韵，隔句韵，间插连句韵。

5，4，6。4，4，5。4，4，4。7，6。
6，5，4。5，6。4，4，6。7，6。——北宋·贺铸·《全宋词》第 541 页

望湘人
春思

厌莺声到枕，花气动帘，醉魂愁梦相**半**。	◆◇◇◆◆，◇◆◆◇，◆◇◇◆◇◆。
被惜余薰，带惊剩**眼**，几许伤春**晚**。	◆◆◇◇，◆◇◆◆，◆◆◇◇◆。
泪竹痕鲜，佩兰香老，湘天浓**暖**。	◆◆◇◇，◆◇◇◆，◇◇◇◆。
记小江风月佳时，屡约非烟游**伴**。	△◆◇◇◆◇◇，◆◆◇◇◇◆。
须信鸾弦易**断**，奈云和再鼓，曲终人**远**。	◇◆◇◇◆◆，△◇◇◆◆，◆◇◇◆。
认罗袜无踪，旧处弄波清**浅**。	△◇◆◇◇，◆◆◆◇◇◆。
青翰棹舣，白蘋洲**畔**，尽目临皋飞**观**。	◇◇◆◆，◆◇◇◆，◆◆◇◇◇◆。
不解寄一字相思，幸有归来双**燕**。	◆◆◆◆◆◇◇，◆◆◇◇◇◆。

同体式作品：无。

504. 【簇水近】

1. 始词北宋贺铸作。
2. 或省名作【簇水】。
3. 双片，上片四韵，下片五韵，仄韵，隔句韵。

始词：17 分句 8 复句。双片。上片 8 分句 4 复句，二/二/二/二/型复句组；下片 9 分句 4 复句，三/二/二/二/型复句组。仄韵，隔句韵。

6，5。4，7。4，7。3，4。
3，4，7。6，5。5，6。3，4。——北宋·贺铸·《全宋词》第 542 页

簇水近

一笛清风弄袖，新月梳云**缕**。　◆◆◇◇◆◆，◇◆◇◇◆。
澄凉夜色，才过几点黄昏**雨**。　◇◇◆◆，◇◆◆◆◆◇◇◆。
侠少朋游，正喜九陌消尘**土**。　◆◆◇◇，◆◆◆◆◆◇◇◆。
鞭穗袅，紫骝花**步**。　◇◆◆，◆◇◇◆。

过朱**户**，认得宫妆，为谁重扫新眉**妩**。　◇◇◆，◆◆◇◇，◆◇◇◆◇◇◇◆。
徘徊片向难问，桃李都无**语**。　◇◇◆◆◇◆，◇◆◇◇◆。
十二青楼下，指灯火章台**路**。　◆◆◇◇◆，△◇◆◇◇◆。
不念人，肠断归**去**。　◆◆◇，◇◆◇◆。

同体式作品：无。

变体二

较始词复句数不变，分句数增1。

【变体二】18分句8复句。双片。上片与始词同，8分句4复句，二/二/二/二/型复句组；下片第一复句增1分句，10分句4复句，四/二/二/二/型复句组。仄韵，隔句韵。

4，7。4，7。6，5。3，4。

3，7，3，3。4，6。6，5。3，5。——南宋·赵长卿·《全宋词》第1813页

簇水

长忆当初，是他见我心先**有**。　◇◆◇◇，◆◇◆◆◇◇◆。
一钩才下，便引得鱼儿开**口**。　◆◇◇◆，△◆◆◇◇◇◆。
好是重门深院，寂寞黄昏**后**。　◆◆◇◇◇◆，◆◆◇◇◆。
厮觑著，一面儿**酒**。　◇◆◆，◆◆◇◆。

试撋**就**，便把我得人意处，　◆◇◆，◆◆◆◆◇◆◆，
闵子里，施纤**手**。　◆◆◆，◇◇◆。
云情雨意，似十二巫山**旧**。　◇◇◆◆，△◆◆◇◇◆。
更向枕前言约，许我长相**守**。　◆◆◆◇◇◆，◆◆◇◇◆。
忺人也，犹自眉头**皱**。　◇◇◆，◇◆◇◇◆。

同体式作品：无。

505.【柳梢青】

1. 始词北宋仲殊作。
2. 宋代通行词调。
3. 双片，始词上片二韵，下片三韵，变体每片二韵或三韵；平、仄二韵式，隔句韵。

始词：12 分句 4 复句。双片。每片 6 分句 2 复句，三/三/型复句组。平韵，隔句韵。

4，4，4。4，4，4。

6，3，4。4，4，4。——北宋·仲殊·《全宋词》第 550 页

柳梢青

吴中

岸草平沙，吴王故苑，柳袅烟**斜**。　　◆◆◇◇，◇◇◆◆，◆◆◇◇。

雨后寒轻，风前香软，春在梨**花**。　　◆◆◇◇，◇◇◇◆，◇◆◇◇。

行人一棹天**涯**，酒醒处，残阳乱**鸦**。　　◇◇◆◆◇◇，◆◆◆，◇◇◆◇。

门外秋千，墙头红粉，深院谁**家**。　　◇◆◇◇，◇◇◇◆，◇◆◇◇。

同体式作品：北宋：刘一止 1 首，王庭珪 1 首，朱敦儒 6 首，计 3 人 8 首。南宋：宝月 1 首，蔡伸 2 首，李弥逊 1 首，张元幹 2 首，吕渭老 1 首，董德元 1 首，杨无咎 21 首，曾觌 6 首，张抡 1 首，侯寘 2 首，赵彦端 3 首，袁去华 4 首，曹冠 1 首，葛郯 2 首，管鉴 2 首，陆游 2 首，沈瀛 1 首，张孝祥 4 首，崔敦礼 1 首，李处全 2 首，丘密 1 首，吕胜己 1 首，赵长卿 6 首，傅大询 1 首，林淳 1 首，王炎 1 首，杨冠卿 3 首，赵汝愚 1 首，辛弃疾 3 首，赵善括 1 首，黄人杰 1 首，石孝友 1 首，赵师侠 10 首，陈亮 1 首，杨炎正 1 首，张镃 5 首，刘过 1 首，卢炳 3 首，吴琚 1 首，张履信 1 首，郭应祥 5 首，韩淲 3 首，吴礼之 1 首，程珌 2 首，戴复古 1 首，黄简 1 首，高观国 1 首，魏了翁 4 首，洪咨夔 1 首，刘镇 2 首，吴泳 1 首，黄机 1 首，葛长庚 3 首，刘克庄 1 首，吴潜 4 首，周晋 1 首，李曾伯 1 首，吴文英 2 首，施枢 1 首，张杜 1 首，陈著 2 首，龚日昇 1 首，罗椅 1 首，姚勉 1 首，陈允平 4 首，陈坦之 1 首，刘辰翁 1 首，张林 1 首，赵与仁 1 首，周密 4 首，赵功可 2 首，刘埙 1 首，汪元量 1 首，蒋捷 2 首，张炎 1 首，白君瑞 1 首，无名氏 5 人 5 首，计 81 人 171 首。

增减字：

（一）7，3，4。4，4，4。○ 6，3，4。4，4，4。南宋：赵长卿 1 首。

（二）4，3，4。4，4，4。○ 6，3，4。4，4，4。南宋：无名氏 1 首。

变体二

较始词复句数不变，分句数有变。

变体二·1

9 分句 4 复句

【变体二·1】9 分句 4 复句。上片较始词减 2 分句，4 分句 2 复句，二/二/型复句组；下片减 1 分句，5 分句 2 复句，二/三/型复句组。仄韵，隔句韵。律词。

4，8。4，8。

6，6。4，4，4。——北宋·蔡伸·《全宋词》第 1017 页

柳梢青

联璧寻春，踏青尚忆年时携**手**。　　◇◆◇◇，◆◇◆◆◇◇◇◆。

此际重来，可怜还是年时时**候**。　　◆◆◇◇，◆◇◇◆◇◇◇◆。

阴阴柳下人家，人面桃花似**旧**。	◇◇◆◆◇◇，◇◆◇◇◆◆。
但愿年年，春风有信，人心长**久**。	◆◆◇◇，◇◇◆◆，◇◇◇◆。

同体式作品：南宋：张任国1首，无名氏1首。

变体二·2

10分句4复句

【变体二·2】10分句4复句。上下片较始词各减1分句。每片5分句2复句，二/三/型复句组。平仄通押，连句韵、隔句韵。律词。

6，6。4，4，4。

6，6。4，4，4。——南宋·张孝祥·《全宋词》第1715页

柳梢青

碧云风月无**多**，莫被名缰利**锁**。	◆◇◇◆◇◇，◆◆◇◇◆◆。
白玉为车，黄金作印，不恋休**呵**。	◆◆◇◇，◇◇◆◆，◆◆◇◇。
争如对酒当**歌**，人是人非恁**么**。	◇◇◆◆◇◇，◇◆◇◇◆◆。
年少甘**罗**，老成吕望，必竟如**何**。	◇◆◇◇，◆◇◆◆，◆◆◇◇。

同体式作品：无。

变体二·3

11分句4复句

【变体二·3】11分句4复句。上片与始词同，6分句2复句，三/三型复句组；下片减1分句，5分句2复句，二/三型复句组。平仄通押，连句韵、隔句韵。

4，4，4。4，4，4。

6，6。3，4，4。——南宋·张任国·《全宋词》第3540页

柳梢青

挂起招**牌**，一声喝**采**，旧店新**开**。	◆◆◇◇，◆◇◆◆，◆◆◇◇。
熟事孩儿，家怀老子，毕竟招**财**。	◆◆◇◇，<u>◇◇◆◇</u>，◆◆◇◇。
当初合下安**排**，又不豪门买**呆**。	◇◇◆◆◇◇，<u>◆◆◇◇◆◇</u>。
自古道，正身替**代**，见任添**差**。	◆◆◆，◆◇◆◆，◆◆◇◇。

同体式作品：无。

506.【楚宫春慢】

1. 始词北宋仲殊作。

2. 省名作【楚宫春】。

3. 双片，始词上片五韵，下片三韵，变体每片五韵，仄韵，隔句韵。

始词：20 分句 8 复句。双片。每片 10 分句 4 复句，三/二/二/三/型复句组。仄韵，隔句韵。

4，5，4。6，4。6，7。7，4，6。

4，3，6。6，4。6，7。7，4，6。——北宋·仲殊·《全宋词》第 552 页

楚宫春慢

轻盈绛**雪**，乍团聚同心，千点珠**结**。	◇◇◆◆，△◇◆◇◇，◇◆◇◆。
画馆绣幄低飞，融融香**彻**。	◆◆◆◆◇◇，◇◇◇◆。
笑里精神放纵，断未许年华偷**歇**。	◆◆◇◇◆◆，◆◆◆◇◇◇◆。
信任芳春都不管，淅淅南熏，	◆◆◇◇◇◆◆，◆◆◇◇，
别是一家风**月**。	◆◆◆◇◇◆。
扁舟去后，回望处，娃宫凄凉凝**咽**。	◇◇◆◆，◇◆◆，◇◇◇◇◇◆。
身似断云零落，深心难**说**。	◇◆◆◇◇◆，◇◇◇◆。
不与雕栏寸地，忍觑著漂流离**缺**。	◆◆◇◇◆◆，◆◆◆◇◇◇◆。
尽日厌厌总无语，不及高唐，	◆◆◇◇◆◇◆，◆◆◇◇，
梦里相逢时**节**。	◆◆◇◇◇◆。

同体式作品：无。

变体二

与始词复句数相同，分句数增 2。

【变体二】22 分句 8 复句。上下片第四复句较始词各增 1 分句。每片 11 分句 4 复句，三/二/二/四/型复句组。仄韵，隔句韵。

4，5，4。4，6。6，7。4，3，4，6。

6，3，6。4，6。6，7。4，3，4，6。——南宋·周密·《全宋词》第 3267 页

楚宫春

为洛花度，无射宫。

香迎晓**白**，看烟佩霞绡，弄妆金**谷**。	◇◇◆◆，△◇◆◇◇，◆◇◇◆。
倦倚画阑，无语情深娇**足**。	◆◆◆◇，◇◆◇◇◇◆。
云拥瑶房翠暖，绣帐卷东风倾**国**。	◇◆◇◇◆◆，◆◆◆◇◇◇◆。
半捻愁红，念旧游，	◆◆◇◇，◆◆◇，
凝伫兰翘，瑞鸾低舞庭**绿**。	◇◆◇◇，◆◇◇◆◇◆。
犹想沉香亭**北**，人醉里，芳笔曾题新**曲**。	◇◆◇◇◇◆，◇◆◆，◇◆◇◇◇◆。
自剪露痕，移取春归华**屋**。	◆◆◆◇，◇◆◇◇◇◆。

丝障银屏静掩，悄未许莺窥蝶**宿**。	◇◆◇◇◆◆，◆◆◆◇◇◆◆。
绛蜡良宵，酒半阑，	◆◆◇◇，◆◆◇，
重绕鸳机，醉靥争妍红**玉**。	◇◆◇◇，◆◆◇◇◇◆。

同体式作品：无。

507.【柳垂金】

1. 始词北宋仲殊作。
2. 双片，每片四仄韵，隔句韵，间插连句韵。
3. 此调仅见仲殊一首。

始词：12 分句 4 复句。双片。每片 6 分句 2 复句，三/三/型复句组。仄韵，邻韵通押，隔句韵，间插连句韵。律词。

7，3，4。7，3，4。

4，5，6。7，3，4。——北宋·仲殊·《全宋词补辑》第 11 页

柳垂金

中春天气禁烟**暖**，余七叶，丹蓂未**卷**。	◇◇◇◆◆◇◆，◇◆◆，◇◇◆◆。
海岳灵辉储庆**远**，降非熊，运符亨**旦**。	◆◆◇◇◇◆◆，◆◇◇，◆◇◇◆。
宝雾香凝，非锦筵红**荐**，永算金尊屡**满**。	◆◆◇◇，◇◆◇◇◆，◆◆◇◇◆◆。
酒里千年春烂**熳**，共朱颜，镇长相**见**。	◆◆◇◇◇◆◆，◆◇◇，◆◇◇◆。

同体式作品：无。

508.【永同欢】

1. 始词北宋仲殊作。
2. 此调仅见残词 7 句。录之以存调名。

始词：残词一首，仅余 7 句。仄韵，隔句韵。

3，3。3，4。4，3，7。（下缺）——北宋·仲殊·《全宋词补辑》第 11 页

绣帘卷，沉烟**细**。	◆◇◆，◇◇◆。
燕堂深，玳筵初**启**。	◆◇◇，◆◇◇◆。

庭下芝兰，劝金卮，有多少雍容和**气**。　◇◆◇◇，◆◇◇，◆◇◆◇◇◇◆。

同体式作品：无。

509.【凤凰台上忆吹箫】

【忆吹箫】

1. 始词北宋晁补之之作。
2. 以典故为调名。（传）汉刘向《列仙传》："萧史者，秦穆公时人也，善吹箫，能致孔雀白鹤于庭。穆公有女字弄玉，好之，公遂以女妻焉。日教弄玉作凤鸣。居数年，吹似凤声，凤凰来止其屋。公为作凤台，夫妇止其上，不下数年，一旦皆随凤凰飞去。故秦人为作凤女祠，于雍宫中时有箫声而已。"
3. 或省名作【忆吹箫】。
4. 双片，始词每片四韵，变体下片或增一韵；平韵，隔句韵。

始词：21 分句 8 复句。双片。上片 10 分句 4 复句，三/二/三/二/型复句组，下片 11 分句 4 复句，三/二/三/三/型复句组。平韵，隔句韵。

4，4，6。7，4。6，3，4。3，8。

6，3，6。7，4。6，3，4。3，3，3。——北宋·晁补之·《全宋词》第 554 页

凤凰台上忆吹箫

自金乡之济至羊山迎次膺

千里相思，况无百里，何妨暮往朝**还**。　◇◆◇◇，◆◇◆◆，◇◇◆◆◇◇。

又正是梅初淡伫，禽未绵**蛮**。　△◆◆◇◇◆◆，◇◆◇◇。

陌上相逢缓辔，风细细，云日斑**斑**。　◆◆◇◇◆◆，◇◆◆，◇◆◇◇。

新晴好，得意未妨行尽青**山**。　◇◇◆，◆◆◆◇◇◆◇◇。

应携后房小妓，来为我，盈盈对舞花**间**。　◇◇◆◇◆◆，◇◆◆，◇◇◆◆◇◇。

便拚了松醪翠满，蜜炬红**残**。　△◇◆◇◇◆◆，◆◆◇◇。

谁信轻鞍射虎，清世里，曾有人**闲**。　◇◆◇◇◆◆，◇◆◆，◇◆◇◇。

都休说，帘外夜，久春**寒**。　◇◇◆，◇◆◆，◆◇◇。

同体式作品：无。

变体一

较始词分句数复句数不变，复句型有变。

【变体一·1】21 分句 8 复句。上片第四复句较始词增 1 分句，下片第四复句减 1 分句。上片 11 分句 4 复句，三/二/三/三/型复句组；下片 10 分句 4 复句，三/二/三/二/型复句组。平韵，隔句韵。

4，4，6。5，4。6，3，4。3，4，4。

6，5，4。5，4。6，3，4。3，8。——北宋-南宋·李清照·《全宋词》第 928 页

凤凰台上忆吹箫

香冷金猊，被翻红浪，起来人未梳**头**。	◇◆◇◇，◆◇◇◆，◆◇◇◆◇◇。
任宝奁闲掩，日上帘**钩**。	△◆◇◇◆，◆◆◇◇。
生怕闲愁暗恨，多少事，欲说还**休**。	◇◆◇◇◆◆，◇◆◆，◆◆◇◇。
今年瘦，非干病酒，不是悲**秋**。	◇◇◆，◇◇◆◆，◆◆◇◇。
明朝这回去也，千万遍阳关，也即难**留**。	◇◇◆◇◆◆，◇◆◆◇◇，◆◆◇◇。
念武陵春晚，云锁重**楼**。	△◆◇◇◆，◇◆◇◇。
记取楼前绿水，应念我，终日凝**眸**。	◆◆◇◇◆◆，◇◆◆，◇◆◇◇。
凝眸处，从今更数几段新**愁**。	◇◇◆，◇◇◆◆◆◆◇◇。

同体式作品：无。

增减字：

（一）4，4，6。7，4。6，3，4。3，4，4。○ 6，5，4。6，4。6，3，4。3，6。南宋：彭履道 1 首。

（二）4，4，6。5，4。6，3，4。3，4，4。○ 6，5，4。6，4。6，3，4。7，4。南宋：赵文 1 首。

【变体一·2】21 分句 8 复句。上片分句数与始词同，复句型有变。上片 10 分句 4 复句，三/二/二/三/型复句组，下片 11 分句 4 复句，四/二/三/二/型复句组。平韵，隔句韵。

4，4，6。7，4。6，7。3，4，4。

2，4，3，6。5，6。2，4，7。5，4。——南宋·侯寘·《全宋词》第 1429 页

凤凰台上忆吹箫

耒阳至节戏呈同官

玉管灰飞，云台珥笔，东君飚驭将**还**。	◆◆◇◇，◇◇◆◆，◇◇◇◆◇◇。
又正是霜花□剪，梅粉初**干**。	△◆◆◇◇□◆，◇◆◇◇。
窈窕红窗鬐影，添一线组绣工**闲**。	◆◆◇◇◆◆，◇◆◆◆◆◇◇。
潇湘好，雪意尚遥，绿占群**山**。	◇◇◆，◆◆◆◇，◆◆◇◇。
应思，少年壮气，	◇◇，◆◇◆◆，
贪游乐，追随玉勒雕**鞍**。	◇◇◆，◇◇◆◆◇◇。
更化日舒长，赢得觅醉谋**欢**。	◆◆◆◇◇，◇◆◆◆◇◇。
老去，桑榆趁暖，任从教潘鬓先**斑**。	◆◆，◇◇◆◆，◆◇◆◇◆◇◇。
犹狂在挥翰，快写春**寒**。	◇◇◆◇◇，◆◆◇◇。

同体式作品：无。

【变体一·3】21 分句 8 复句。上下片分句数复句型与始词上下片正相反，上片 11 分句 4 复句，三/二/三/三/型复句组；下片 10 分句 4 复句，三/二/三/二/型复句组。平韵，隔句韵。

4，4，6。7，4。6，3，4。2，5，4。

6，3，6。7，4。6，3，4。3，6。——南宋·侯寘·《全宋词》第 1430 页

凤凰台上忆吹箫

蜡梅。用前韵。

浅染霓裳，轻匀汉额，巫山行雨方**还**。　◆◆◇◇，◇◇◆◆，◇◇◇◆◇◇。
最好是肌香蜡莹，萼嫩红**干**。　◆◆◆◇◇◆◇，◆◆◇◇。
曾见金钟在列，钧天罢，筍簴都**闲**。　◆◆◇◇◆◆，◇◆◆，◆◆◇◇。
妖饶，似晓镜乍开，绿沁眉**山**。　◇◇◆◆◆◆◇，◆◆◇◇。

休夸瘦枝疏影，湘裙窄，一钩龙麝随**鞍**。　◆◇◆◇◇◆，◇◇◆，◆◇◇◆◇◇。
便更做山人倦赏，畏冷无**欢**。　△◆◆◇◇◆◆，◆◆◇◇。
争奈冰瓯彩笔，题诗处，珠琲斓**斑**。　◆◆◇◇◆◆，◇◇◆，◇◆◇◇。
清宵永，相对莫放杯**寒**。　◇◇◆，◇◆◆◆◇◇。

同体式作品：无。

变体二

较始词复句数不变，分句数有变。

变体二·1

23 分句 8 复句

【变体二·1·1】23 分句 8 复句。上片第二、四复句较始词各增 1 分句，12 分句 4 复句，三/三/三/三/型复句组；下片分句数与始词同，复句型有变，11 分句 4 复句，三/三/三/二/型复句组。平韵，隔句韵。

4，4，6。3，4，4。6，3，4。3，4，4。

6，3，6。3，4，4。6，3，4。5，4。——北宋·晁补之·《全宋词》第 554 页

凤凰台上忆吹箫

才短官慵，命奇人弃，年年故里来**还**。　◇◆◇◇，◆◇◇◆，◇◇◆◆◇◇。
记往岁，莲塘送我，远赴荆**蛮**。　◆◆◆，◇◇◆◆，◆◆◇◇。
莫道风情似旧，青镜里，绿鬓新**斑**。　◆◆◇◇◆◆，◇◆◆，◆◆◇◇。
佳人怪，把盏为我，微敛眉**山**。　◇◇◆，◆◆◆◆，◇◆◇◇。

从来嗣宗高韵，独见赏，青云夐绝尘**间**。　◇◇◆◇◇◆，◆◆◆，◇◇◇◆◇◇。

谩回首，平生醉语，一梦惊**残**。　◆◇◆，◇◇◆◆，◆◆◇◇。
莫笑移花种柳，应备办，投老同**闲**。　◆◆◇◇◆◆，◇◆◆，◇◆◇◇。
从枯槁松桧，耐得霜**寒**。　△◇◆◇◆，◆◆◇◇。

同体式作品：南宋：权无染1首，无名氏1首。

增减字：

(一) 4，4，6。3，4，4。6，3，4。3，4，4。○ 6，5，4。3，4，4。6，3，4。3，6。南宋：张炎1首。

【变体二·1·2】23分句8复句。上片分句数复句型与始词下片同，11分句4复句，三/二/三/三/型复句组；下片第一复句较【变体二·1·1】增1分句，12分句4复句，四/三/三/二/型复句组。平韵，邻韵通押，隔句韵。

4，4，6。4，6。6，3，4。3，4，4。
2，4，5，4。3，4，4。6，3，4。3，6。——南宋·吴元可·《全宋词》第3555页

凤凰台上忆吹箫

秋意

更不成愁，何曾是醉，豆花雨后轻**阴**。　◆◆◇◇，◇◇◆◆，◆◇◆◆◇◇。
似此心情，自可多了闲**吟**。　◆◆◇◇，◆◆◇◆◇◇。
秋在西楼西畔，秋较浅，不似情**深**。　◇◆◇◇◇◆，◇◆◆，◆◆◇◇。
夜来月，为谁瘦小，尘镜羞**临**。　◆◇◆，◆◇◆◆，◇◆◇◇。

弹**筝**，旧家伴侣，　◇◇，◆◇◆◆，
记雁啼秋水，下指成**音**。　△◆◇◇◆，◆◆◇◇。
听未稳，当时自误，又况如**今**。　◆◆◆，◇◇◆◆，◆◆◇◇。
那是柔肠易断，人间事，独此难**禁**。　◆◆◇◇◆◆，◇◇◆，◆◆◇◆。
雕笼近，数声别似春**禽**。　◇◇◆，◆◇◆◆◇◇。

同体式作品：无。

【变体二·1·3】23分句8复句。上片分句数与【变体二·1·2】上片同，复句型不同，下片分句数复句型皆同。上片11分句4复句，三/三/二/三/型复句组；下片12分句4复句，四/三/三/二/型复句组。平韵，邻韵通押，隔句韵。

4，4，6。3，4，4。6，6。3，4，4。
2，5，4，4。3，4，4。6，3，4。3，6。——宋·无名氏·《全宋词》第3827页

凤凰台上忆吹箫

血洒霜罗，泪薄艳锦，伊方教我成**行**。　◆◆◇◇，◆◆◆◆，◇◇◇◆◇◇。
渐望断，斜桥暮柳，曲水归**云**。　◆◆◆，◇◇◆◆，◆◆◇◇。
月暗风高露冷，独自才抵孤**城**。　◆◆◇◇◆◆，◆◆◇◆◇◇。

江南远，今夜就中，愁损行**人**。	◇◇◆，◇◆◆◇，◇◆◇◇。
愁**人**，旧香遗粉空，	◇◇，◆◇◇◆◇，
淡淡馀暖，隐隐残**痕**。	◆◆◇◆，◆◆◇◇。
到这里，思量是我，忒晒无**情**。	◆◆◆，◇◇◆◆，◆◆◇◇。
水更无情侣我，催画航，一日三**程**。	◆◆◇◇◆◆，◇◆◇，◆◆◇◇。
休烦恼，相见定约新**春**。	◇◇◆，◇◆◆◆◇◇。

同体式作品：无。

变体二·2

20分句8复句

【变体二·2·1】20分句8复句。上片与始词同，下片减1分句。每片10分句4复句，上片三/二/三/二/型复句组，下片三/三/二/二/型复句组。平韵，隔句韵。

4，4，6。7，4。6，3，4。3，8。

6，5，4。3，4，4。6，7。3，6。——南宋·曹勋·《全宋词》第1215页

忆吹箫

七夕

烦暑衣襟，乍凉院宇，梧桐吹下新**秋**。	◇◆◇◇，◆◇◆◆，◇◇◇◆◇◇。
望鹊羽桥成上汉，绿雾初**收**。	△◆◆◇◇◆◆，◆◆◇◇。
喜见西南月吐，簾尽捲，玉宇珠**楼**。	◆◆◇◇◆◆，◇◆◆，◆◆◇◇。
银潢晚，应是绛河已度牵**牛**。	◇◇◆，◇◆◆◆◇◆◆◇◇。
何妨翠烟深处，佳丽拥缯筵，斗巧嬉**游**。	◇◇◆◇◇◆，◇◆◆◇◆，◆◆◇◇。
是向夕，穿针竞立，香霭飞**浮**。	◆◆◆，◇◇◆◆，◇◆◇◇。
别有回廊影里，应钿合钗股空**留**。	◆◆◇◇◆◆，△◆◆◇◆◇◇。
江天晓，萧萧雨入潮**头**。	◇◇◆，◇◇◆◆◇◇。

同体式作品：无。

【变体二·2·2】20分句8复句。上片分句数复句型与始词下片同，11分句4复句，三/二/三/三/型复句组；下片较始词上片减1分句，9分句4复句，三/二/二/二/型复句组。平韵，隔句韵。

4，4，6。5，6。6，3，4。3，4，4。

6，5，4。7，4。6，7。3，6。——南宋·侯寘·《全宋词》第1429页

凤皇台上忆吹箫

再用韵，赠黄宰。

尘暗双凫，菊明山径，何妨倦羽知**还**。	◇◆◇◇，◆◇◇◆，◇◇◆◆◇◇。
最好是诗翁，醉后瓶罄罍**干**。	◆◆◆◇◇，◆◆◇◆◇◇。

一笑东风打耳，心无竞，远与春**闲**。	◆◆◇◇◆◆，◇◇◆，◆◇◇◇。
时时地，觅伴访梅，寻胜登**山**。	◇◇◇，◆◆◆◇，◇◆◇◇。
清时俊材定用，看捧诏春郊，月露濡**鞍**。	◇◇◆◇◆◆，△◆◇◇◇，◆◆◇◇。
况表识买臣贵骨，琴瑟逾**欢**。	△◆◆◆◇◆◆，◇◆◇◇。
好向玉堂视草，金章映莱子衣**斑**。	◆◆◆◇◆◆，◇◇◆◇◆◇◇。
山人去，蕙帐夜雨空**寒**。	◇◇◆，◆◆◆◆◇◇。

同体式作品：无。

变体二·3

24分句8复句

【变体二·3】24分句8复句。上片较始词增2分句，下片增1分句。每片12分句4复句，上片三/三/三/三/型复句组，下片四/三/三/二/型复句组。平韵，隔句韵。

4，4，6。3，4，4。6，3，4。3，4，4。

2，4，5，4。3，4，4。6，3，4。3，6。——南宋·曹勋·《全宋词》第1212页

凤凰台上忆吹箫

圣节

碧玉烟塘，绛罗艳卉，朱清炎驭升**暘**。	◆◆◇◇，◆◇◆◆，◇◇◇◆◇◇。
正应运，真人诞节，宝绪灵**光**。	◆◆◆，◇◇◆◆，◆◆◇◇。
海宇均颁湛露，环佩拱，北极称**觞**。	◆◆◇◇◆◆，◇◆◆，◆◆◇◇。
欢声浃，三十六宫，齐奉披**香**。	◇◇◆，◇◆◆◇，◇◆◇◇。
芬**芳**，宝薰如霭，	◇◇，◆◇◇◆，
仙仗捧椒扉，秀绕嫔**嫱**。	◇◆◆◇◇，◆◆◇◇。
上万寿，双鬟妙舞，一部丝**簧**。	◆◆◆，◇◇◆◆，◆◆◇◇。
花满蓬莱殿里，光照坐，尊俎生**凉**。	◇◆◇◇◆◆，◇◆◆，◇◆◇◇。
南山祝，常对化日舒**长**。	◇◇◆，◇◆◆◆◇◇。

同体式作品：无。

变体二·4

22分句8复句

【变体一·4·1】22分句8复句。上片较始词增2分句，下片减1分句。上片12分句4复句，三/三/三/三/型复句组，下片10分句4复句，三/二/三/二/型复句组。平韵，隔句韵。

4，4，6。3，4，4。6，3，4。3，4，4。

6，5，4。7，4。6，3，4。3，6。——南宋·侯寘·《全宋词》第1430页

凤皇台上忆吹箫

再用韵，咏梅。

浴雪精神，倚风情态，百端邀勒春**还**。	◆◆◇◇，◆◇◇◆，◆◇◇◆◇◇。
记旧隐，溪桥日暮，驿路泥**干**。	◆◆◆，◇◇◆◆，◆◆◇◇。
曾伴先生蕙帐，香细细，粉瘦琼**闲**。	◇◆◇◇◆◆，◇◆◆，◆◆◇◇。
伤牢落，一夜梦回，肠断家**山**。	◇◇◆，◆◆◆◇，◇◆◇◇。
空教映溪带月，供游客无情，折满雕**鞍**。	◇◆◆◇◆◆，△◇◆◇◇，◆◆◇◇。
便忘了明窗静儿，笔研同**欢**。	△◆◆◇◇◆◆，◆◇◇◇。
莫向高楼喷笛，花似我，蓬鬓霜**斑**。	◆◆◇◇◇◆，◇◆◆，◇◆◇◇。
都休说，今夜倍觉清**寒**。	◇◇◇，◇◆◆◆◇◇。

同体式作品：无。

【变体二·4·2】22 分句 8 复句。上下片分句数复句数与【变体二·4·1】相同，上片复句型不变，下片有变。上片 12 分句 4 复句，三/三/三/三/型复句组；下片 10 分句 4 复句，三/三/二/二/型复句组。平韵，邻韵通押，隔句韵。

4，4，6。3，4，4。6，3，4。3，4，4。

6，5，4。3，4，4。6，7。3，6。——南宋·张炎·《全宋词》第 3470 页

凤凰台上忆吹箫

赵主簿，姚江人也。风流蕴藉，放情花柳，老之将至，况味凄然，以其号孤篷，嘱余赋之。

水国浮家，渔村古隐，浪游惯占花**深**。	◆◆◇◇，◇◇◆◆，◆◇◆◆◇◇。
犹记得，琵琶半面，曾湿衫**青**。	◇◆◆，◇◇◆◆，◇◆◇◇。
不道江空岁晚，桃叶渡，还叹飘**零**。	◆◆◇◇◆◆，◇◆◆，◇◆◇◇。
因乘兴，醉梦醒时，却是山**阴**。	◇◇◆，◇◆◆◇，◆◆◇◇。
投闲倦呼俦侣，竟棹入芦花，俗客难**寻**。	◇◇◆◇◇◆，△◆◆◇◇，◆◆◇◇。
风渺渺，云拖暮雪，独钓寒**清**。	◇◆◆，◇◇◆◆，◆◆◇◇。
远溯流光万里，浑错认叶竹寰**瀛**。	◆◆◇◇◆◆，△◆◆◆◆◇◇。
元来是，天上太乙真**人**。	◇◇◆，◇◆◆◆◇◇。

同体式作品：无。

510. 【夜合花】

1. 始词北宋晁补之作。
2. 双片，上片五韵，下片六韵，平韵，隔句韵，间插连句韵。

始词：20 分句 8 复句。双片。每片 10 分句 4 复句，三/二/二/三/型复句组。平韵，隔句韵，间插连句韵。

4，4，6。6，4。5，7。4，4，4。

6，3，6。6，4。5，7。4，4，4。——北宋·晁补之·《全宋词》第 560 页

夜合花

和李浩季良《牡丹》

百紫千红，占春多少，共推绝世花**王**。　◆◆◇◇，◆◇◇◆，◆◇◆◆◇◇。
西都万家俱好，不为姚**黄**。　◇◇◆◇◆◆，◆◆◇◇。
谩肠断巫**阳**，对沉香亭北新**妆**。　△◇◆◇◇，△◇◇◇◆◇◇。
记清平调，词成进了，一梦仙**乡**。　◆◇◇◆，◇◇◆◆，◆◆◇◇。

天葩秀出无**双**，倚朝晖，半如酣酒成**狂**。　◇◇◆◆◇◇，◆◇◇，◆◇◇◆◇◇。
无言自有檀心，一点偷**芳**。　◇◇◆◆◇◇，◆◆◇◇。
念往事情**伤**，又新艳曾说滁**阳**。　△◆◆◇◇，△◇◆◇◆◇◇。
纵归来晚，君王殿后，别是风**光**。　◆◇◇◆，◇◇◆◆，◆◆◇◇。

同体式作品：无。

增减字：

（一）4，4，6。4，6。6，7。4，4，4。〇 6，6，4。4，6。6，7。4，4，4。南宋：曹勋 1 首。

（二）4，4，6。4，6。6，7。4，4，4。〇 6，5，4。4，6。6，7。4，4，4。南宋：史浩 1 首。

（三）4，4，6。4，6。6，7。3，4，6。〇 6，5，4。6，4。7，7。3，4，6。南宋：厉寺正 1 首。

变体二

较始词复句数不变，分句数有变。

变体二·1

21 分句 8 复句

【变体二·1】21 分句 8 复句。上片第三复句较始词增 1 分句，下片同。上片 11 分句 4 复句，三/二/三/三/型复句组；下片 10 分句 4 复句，三/二/二/三/型复句组。平韵，隔句韵，插一连句韵。

4，4，6。4，6。6，3，4。4，4，4。

6，5，4。4，6。6，7。4，4，4。——南宋·丘密·《全宋词》第 1744 页

夜合花

雨过凉生，风来香远，柳塘池馆清**幽**。　◆◆◇◇，◇◇◇◆，◆◇◇◆◇◇。
圆荷万柄，芙蓉困倚轻**柔**。　◇◇◆◆，◇◇◆◆◇◇。
暮霞映日初**收**，更满意，绿密红**稠**。　◆◇◆◆◇◇，◆◆◆，◆◆◇◇。
是牵情处，低回照影，特地娇**羞**。　△◇◇◆，◇◇◆◆，◆◆◇◇。

惆怅好景难**酬**，慰家山梦绕，十顷新**秋**。	◇◆◆◆◇◇，△◇◇◆◆，◆◆◇◇。
庭空吏散，依然兴在沧**洲**。	◇◇◆◆，◇◇◆◆◇◇。
未容短棹轻**舟**，谩赢得终日迟**留**。	◆◇◆◆◇◇，◇◇◆◇◆◇◇。
笑空归去，篮舆路转，月上西**楼**。	◆◇◇◆，◇◇◆◆，◆◆◇◇。

同体式作品：无。

变体二·2

22 分句 8 复句

【变体二·2】22 分句 8 复句。上下片第三复句较始词各增 1 分句，每片 11 分句 4 复句，三/二/三/三/型复句组。平韵，隔句韵，间插连句韵。

4，4，6。4，6。3，3，7。4，4，4。

6，6，4。4，6。3，3，7。4，4，4。——南宋·史达祖·《全宋词》第 2335 页

夜合花

赋笛

冷截龙腰，偷拿鸾爪，楚山长锁秋**云**。	◆◆◇◇，◇◇◇◆，◆◇◇◇◆◇◇。
梅华未落，年年怨入江**城**。	◇◇◆◆，◇◇◆◆◇◇。
千嶂碧，一声**清**，枉人间儿女箫**笙**。	◇◆◆，◆◇◇，△◇◇◇◆◇◇。
共凄凉处，琵琶湓浦，长啸苏**门**。	△◇◇◆，◇◇◇◆，◇◆◇◇。
当时低度西**邻**，天澹阑干欲暮，曾赋高**情**。	◇◇◇◆◇◇，◇◆◇◇◆◆，◇◆◇◇。
子期老矣，不堪带酒重**听**。	◆◇◆◆，◆◇◆◆◇◇。
纤手静，七星**明**，有新声应更魂**惊**。	◇◆◆，◆◇◇，◆◇◇◇◆◇◇。
梦回人世，寥寥夜月，空照天**津**。	◆◇◇◆，◇◇◆◆，◇◆◇◇。

同体式作品：南宋：史达祖 1 首，高观国 1 首，周密 1 首。

增减字：

（一）4，4，6。4，6。3，3，7。4，4，4。○ 6，5，4。4，6。3，3，7。4，4，4。南宋：孙惟信 1 首，吴文英 1 首。

511.【忆少年】

【忆少年令】

1. 始词北宋晁补之作。
2. 一作【忆少年令】。
3. 双片，始词上片二韵，下片三韵，变体下片减一韵；仄韵，隔句韵，或插一连句韵。

始词：10 分句 4 复句。双片。每片 5 分句 2 复句，三/二/型复句组。仄韵，隔句韵，间插连句韵。

4，4，4。5，5。

4，3，7。5，5。——北宋·晁补之·《全宋词》第 568 页

忆少年

别历下

无穷官柳，无情画舸，无根行**客**。　◇◇◇◆，◇◇◆◆，◇◇◇◆。

南山尚相送，只高城人**隔**。　◇◇◆◇◆，△◇◇◇◆。

罨画园林，溪绀**碧**，算重来尽成陈**迹**。　◆◆◇◇，◇◆◆，△◇◇◆◇◇◆。

刘郎鬓如此，况桃花颜**色**。　◇◇◆◇◆，△◇◇◇◆。

同体式作品：北宋：朱敦儒 1 首。南宋：赵彦端 1 首，谢懋 1 首，无名氏 1 首，乩仙 1 首。

增减字：

（一）4，4，4。5，5。○ 8，3，4。5，5。南宋：曹组 1 首。

变体二

与始词复句数相同，分句数增 2。

【变体二】12 分句 4 复句。上下片较始词各增 1 分句，每片 6 分句 2 复句，三/三/型复句组。平韵，隔句韵。律词。

4，4，5。4，4，5。

4，3，5。4，4，5。——南宋·康与之·《全宋词》第 1307 页

忆少年令

元夕应制

双龙烛影，千门夜色，三五宴瑶**台**。　◇◇◆◆，◇◇◆◆，◆◆◆◇◇。

舞蝶随香，飞蝉扑鬓，人自蕊宫**来**。　◆◆◇◇，◇◇◆◆，◇◆◆◇◇。

太平箫鼓，宸居晓，清漏玉壶**催**。　◆◇◇◆◇◇◆，◇◆◆◇◇。

步辇归时，绮罗生润，花上月徘**徊**。　◆◆◇◇，◆◇◇◆，◇◆◆◇◇。

同体式作品：无。

512. 【紫玉箫】

1. 始词北宋晁补之作。
2. 双片，每片四平韵，隔句韵。
3. 此调仅见晁补之一首。

始词：22 分句 8 复句。双片。每片 11 分句 4 复句，三/三/二/三/型复句组。平韵，邻韵通押，隔句韵。

4，4，6。4，5，4。4，7。3，4，4。

6，5，4。4，3，6。5，6。3，4，4。——北宋·晁补之·《全宋词》第 579 页

紫玉箫

过尧民金部四叔位，见韩相家姬轻盈所留题。

罗绮丛中，笙歌丛里，眼狂初认轻**盈**。	◇◆◇◇，◇◇◇◆，◆◇◇◆◇◇。
无花解比，似一钩新月，云际初**生**。	◇◇◆◆，△◆◇◇◆，◇◆◇◇。
算不虚得，都占与第一佳**名**。	◆◆◇◆，◇◆◆◆◆◇◇。
轻归去，那知有人，别后牵**情**。	◇◇◆，◆◇◆◇，◆◆◇◇。
襄王自是春梦，休谩说东墙，事晚难**凭**。	◇◇◆◆◇◆，△◆◆◇◇，◆◆◇◇。
谁教慕宋，要题诗，曾倚宝柱低**声**。	◇◇◆◆，◆◇◇，◇◆◆◆◇◇。
似瑶台晓空，暗想众里飞**琼**。	△◇◇◆◇，◆◆◆◆◇◇。
余香冷，犹在小窗，一到魂**惊**。	◇◇◆，◇◆◆◇，◆◆◇◇。

同体式作品：无。

513.【瑞龙吟】

1. 始词北宋周邦彦作。
2. 三片。第一、二片体式一致，属短令体，习称“双拽头”，第三片为长调体。《钦定词谱》释曰：“黄昇云：此调前两段，双拽头，属正平调，后一段犯大石调，‘归骑晚’以下，仍属正平调也。”
3. 上、中片各三韵，下片九韵，变体韵数或变；仄韵，隔句韵，插一连句韵。

始词：28 分句 11 复句。三叠。上、中片各 6 分句 2 复句，三/三/型复句组；下片 16 分句 7 复句，三/二/二/二/二/三/二/型复句组。仄韵，隔句韵，下片插一连句韵。

3，6，4。6，4，4。

3，6，4。6，4，4。

6，4，4。6，4。4，5。7，4。5，8。5，3，6。4，4。

——北宋·周邦彦·《全宋词》第 595 页

瑞龙吟

大石

章台**路**，还见褪粉梅梢，试花桃**树**。	◇◇◆，◇◆◆◆◇◇，◆◇◇◆。

愔愔坊陌人家，定巢燕子，归来旧**处**。	◇◇◇◆◇◇，◆◇◆◆，◇◇◆◆。
黯凝**伫**，因念个人痴小，乍窥门**户**。	◆◇◆，◇◆◆◇◇◆，◆◇◇◆。
侵晨浅约宫黄，障风映袖，盈盈笑**语**。	◇◇◆◆◇◇，◇◇◆◆，◇◇◆◆。
前度刘郎重到，访邻寻里，同时歌**舞**。	◇◆◇◇◇◆，◆◇◇◆，◇◇◇◆。
唯有旧家秋娘，声价如**故**。	◇◆◆◇◇◇，◇◆◇◆。
吟笺赋笔，犹记燕台**句**。	◇◇◆◆，◇◆◇◇◆。
知谁伴名园露饮，东城闲**步**。	◇◇◆◇◇◆◆，◇◇◇◆。
事与孤鸿**去**，探春尽是伤离意**绪**。	◆◆◇◇◆，◇◇◆◆◇◇◆◆，
官柳低金**缕**，归骑晚，纤纤池塘飞**雨**。	◇◆◇◇◆。◇◆◆，◇◇◇◇◇◆。
断肠院落，一帘风**絮**。	◆◇◆◆，◆◇◇◆。

同体式作品：南宋：方千里1首，吴文英1首。

增减字：

(一) 3，6，4。6，4，4。○3，6，4。6，4，4。○6，4，4。6，4。4，5。7，4。5，8。5，5，4。4，4。南宋：陈允平1首。

变体一

较始词分句数复句数不变，复句型有变。

【变体一】28分句11复句。三片分句数复句数均与始词同，上、中两片复句型不变，下片复句型有变：第一复句减1分句，第四复句增1分句。上、中片每片6分句2复句，三/三/型复句组；下片16分句7复句，二/二/二/三/二/三/二/型复句组。仄韵，隔句韵，下片插一连句韵。

3，6，4。6，4，4。

3，6，4。6，4，4。

6，8。6，4。4，5。3，4，4。5，7。5，3，6。4，4。

——南宋·翁元龙·《全宋词》第2943页

瑞龙吟

清明**近**，还是递趱东风，做成花**讯**。	◇◇◆，◇◆◆◆◇◇，◆◇◇◆。
芳时一刻千金，半晴半雨，酬春未**准**。	◇◇◆◆◇◇，◆◇◆◆，◇◇◆◆。
雁归**尽**，离字向人欲写，暗云难**认**。	◆◇◆，◇◆◆◇◆◆，◆◇◇◆。
西园猛忆逢迎，翠纨障面，花间笑**隐**。	◇◇◆◆◇◇，◆◇◇◆，◇◇◆◆。
曲径池莲平砌，绛裙曾与濯香湔**粉**。	◆◆◇◇◇◆，◆◇◇◆◆◇◇◆。
无奈燕幕莺帘，轻负娇**俊**。	◇◆◆◆◇◇，◇◆◇◆。
青榆巷陌，蹋马红成**寸**。	◇◇◆◆，◆◆◇◇◆。
十年梦，秋千吊影，袜罗尘**褪**。	◆◇◆，◇◇◆◆，◆◇◇◆。

事往凭谁**问**，昼长病酒添新**恨**。	◆◆◇◇◆，◆◇◆◆◇◇◆。
烟冷斜阳**紧**，山黛远，曲曲阑干凭**损**。	◇◆◇◇◆，◇◆◆，◆◆◇◇◇◆。
柳丝万尺，不如轻**鬓**。	◆◇◆◆，◆◇◇◆。

同体式作品：无。

变体二

较始词复句数不变，分句数有变。

【变体二】30分句11复句。上、中片与始词同，每片6分句2复句，三/三/型复句组；下片第四、五复句各增1分句，18分句7复句，三/二/二/三/三/三/二/型复句组。仄韵，隔句韵。

3，6，4。6，4，4。

3，6，4。6，4，4。

6，4，4。6，4。4，5。3，4，4。5，3，5。5，3，6。4，4。

——南宋·吴文英·《全宋词》第2891页

瑞龙吟

黄钟商，俗名大石调，犯正平调。蓬莱阁。

堕虹**际**，层观翠冷玲珑，五云飞**起**。	◆◇◆，◇◆◆◆◇◇，◆◇◇◆。
玉虬萦结城根，澹烟半野，斜阳半**市**。	◆◇◇◆◇◇，◆◇◆◆，◇◇◆◆。
瞰危**睇**，门巷去来车马，梦游宫**蚁**。	◆◇◆，◇◆◆◇◇◆，◆◇◇◆。
秦鬟古色凝愁，镜中暗换，明眸皓**齿**。	◇◇◆◆◇◇，◆◇◆◆，◇◇◆◆。
东海青桑生处，劲风吹浅，瀛洲清**泚**。	◇◆◇◇◇◆，◆◇◇◆，◇◇◇◆。
山影泛出琼壶，碧树人**世**。	◇◆◆◆◇◇，◆◆◇◆。
枪芽焙绿，曾试云根**味**。	◇◇◆◆，◇◆◇◇◆。
岩流溅，涎香惯揽，娇龙春**睡**。	◇◇◆，◇◇◆◆，◇◇◇◆。
露草啼清**泪**，酒香断，到文丘废**隧**。	◆◆◇◇◆，◆◇◆，◆◇◇◆◆。
今古秋声**里**，情漫黯，寒鸦孤村流**水**。	△◆◇◇◆，◇◆◆，◇◇◇◇◇◆。
半空画角，落梅花**地**。	◆◇◆◆，◆◇◇◆。

同体式作品：无。

增减字：

（一）3，6，4。6，4，4。○3，6，4。6，4，4。○6，4，4。6，4。4，5。3，4，4。5，4，4。5，5，4。4，4。南宋：吴文英1首，杨泽民1首，刘辰翁1首。

（二）3，6，4。6，4，4。○3，6，4。6，4，4。○6，4，4。4，6。4，5。3，4，4。5，4，4。5，3，6。4，4。南宋：王义山1首。

514.【锁窗寒】

【琐窗寒】【锁寒窗】【琐寒窗】

1. 始词北宋周邦彦作。
2. 一作【琐窗寒】【锁寒窗】【琐寒窗】。
3. 双片，始词上片四韵，下片六韵，变体下片韵数或有变；仄韵，隔句韵，或间插连句韵。

始词：23 分句 8 复句。双片。上片 11 分句 4 复句，三/二/三/三/型复句组；下片 12 分句 4 复句，四/二/三/三/型复句组。仄韵，隔句韵，间插连句韵。

4，4，4。4，6。3，4，7。5，4，4。

2，3，5，4。4，6。3，4，7。3，4，5。——北宋·周邦彦·《全宋词》第 595 页

锁窗寒

越调

暗柳啼鸦，单衣伫立，小帘朱**户**。	◆◆◇◇，◇◇◆◆，◆◇◇◆。
桐花半亩，静锁一庭愁**雨**。	◇◇◆◆，◆◆◆◇◇◆。
洒空阶，夜阑未休，故人剪烛西窗**语**。	◆◇◇，◆◇◆◇，◆◇◆◆◇◇◆。
似楚江暝宿，风灯零乱，少年羁**旅**。	△◆◇◇◆，◇◇◇◆，◆◇◇◆。
迟**暮**，嬉游**处**，正店舍无烟，禁城百**五**。	◇◆，◇◇◆，◆◆◆◇◇，◆◇◆◆。
旗亭唤酒，付与高阳俦**侣**。	◇◇◆◆，◆◆◇◇◇◆。
想东园，桃李自春，小唇秀靥今在**否**。	◆◇◇，◇◆◆◇，◆◇◆◆◇◆◆。
到归时，定有残英，待客携尊**俎**。	◆◇◇，◆◆◇◇，◆◆◇◇◆。

同体式作品：南宋：苏茂一 1 首，吴文英 1 首，王沂孙 2 首，赵必瑑 1 首，陈允平 1 首，黄廷璹 1 首。

增减字：

（一）4，4，4。4，6。3，4，7。3，4，6。○ 2，4，5，4。4，6。3，4，7。3，4，5。南宋：杨无咎 1 首。

（二）4，4，4。4，6。3，4，7。3，4，6。○ 2，3，5，4。4，6。3，4，7。3，4，5。南宋：杨泽民 1 首，张炎 1 首。

（三）4，4，4。4，6。3，4，7。5，4，4。○ 2，3，3，6。4，6。3，4，7。3，4，5。南宋：王沂孙 1 首。

（四）4，4，4。4，6。3，4，7。5，4，4。○ 2，4，4，4。4，6。3，4，7。3，4，5。南宋：曾隶 1 首。

（五）4，4，4。4，6。3，4，7。3，4，6。○ 2，3，4，4。4，6。3，4，7。3，4，5。南宋：萧允之 1 首。

变体二

较始词复句数不变，分句数有变。

变体二·1

20 分句 8 复句

【变体二·1·1】20 分句 8 复句。上片第三复句较始词减 1 分句，下片第一、三复句各减 1 分句。每片 10 分句 4 复句，三/二/二/三/型复句组。仄韵，隔句韵。

4，4，4。4，6。7，7。5，4，4。

5，4，4。4，6。7，7。3，4，5。——北宋·程先·《全宋词》第 1354 页

锁窗寒

雨洗红尘，云迷翠麓，小车难**去**。	◆◆◇◇，◇◇◆◆，◆◇◇◆。
凄凉感慨，未有今年春**暮**。	◇◇◆◆，◆◆◇◇◇◆。
想曲江水边丽人，影沉香歇谁为**主**。	△◆◇◆◇◆◇，◆◇◇◆◇◇◆。
但兔葵燕麦，风前摇荡，径花成**土**。	△◆◇◇◆，◇◇◇◆，◆◇◇◆。
空被多情**苦**，庆会难逢，少年几**许**。	◇◆◇◇◆，◆◆◇◇，◆◇◆◆。
纷纷沸鼎，负了青阳百**五**。	◇◇◆◆，◆◆◇◇◆◆。
待何时重享太平，典衣贯酒相尔**汝**。	△◇◇◇◆◆◇，◆◇◆◆◇◆◆。
算兰亭，有此欢娱，又却悲今**古**。	◆◇◇，◆◆◇◇，◆◆◇◇◆。

同体式作品： 南宋：方千里 1 首，张辑 1 首。

增减字：

(一) 4，4，4。4，6。7，7。5，4，4。○ 5，5，4。4，6。6，7。3，4，5。南宋：彭正大 1 首。

【变体二·1·2】20 分句 8 复句。上片与【变体二·1·1】同，下片第一复句增 1 分句、第四复句减 1 分句。每片 10 分句 4 复句，上片三/二/二/三/型复句组；下片四/二/二/二/型复句组。仄韵，隔句韵，间插连句韵。律词。

4，4，4。4，6。7，7。5，4，4。

2，3，5，4。4，6。7，7。7，5。——南宋·刘辰翁·《全宋词》第 3213 页

锁窗寒

和巽吾《闻莺》

嫩绿如新，娇莺似旧，今吾非**故**。	◆◆◇◇，◇◇◆◆，◇◇◇◆。
空山过雨，睍睆留春春**去**。	◇◇◆◆，◆◆◇◇◇◆。
似尊前曲曲阳关，行人回首江南**处**。	△◇◇◆◆◇◇，◇◇◇◆◇◇◆。
漫停云低黯，征衫憔悴，酒痕犹**污**。	△◇◇◇◆，◇◇◇◆，◆◇◇◆。
欲**语**，浑未**住**，记匹马经行，风林烟**树**。	◆◆，◇◆◆，△◆◆◇◇，◇◇◇◆。
家山何在，想见绿窗啼**雾**。	◇◇◇◆，◆◆◆◇◇◆。

又何堪满目凄凉，故园梦里能归**否**。	△◇◇◆◆◇◇，◆◇◆◆◇◇◆。
但数声惊觉行云，重省佳期**误**。	△◆◇◇◆◇◇，◇◆◇◇◆。

同体式作品：无。

变体二·2

21 分句 8 复句

【变体二·2】21 分句 8 复句。上片与始词同，11 分句 4 复句，三/二/三/三/型复句组，下片第一、三复句各减 1 分句，10 分句 4 复句，三/二/二/三/型复句组。仄韵，隔句韵。

4，4，4。4，6。3，4，7。5，4，4。

4，5，4。4，6。7，7。3，4，5。——南宋·仇远·《全宋词》第 3405 页

锁窗寒

小袖啼红，残茸唾碧，深愁如**织**。	◆◆◇◇，◇◇◆◆，◇◇◇◆。
闲愁不断，冉冉舞丝千**尺**。	◇◇◆◆，◆◆◆◇◇◆。
倚修�，袖笼浅寒，望人在水西云**北**。	◆◇◇，◆◇◆◇，△◇◆◆◇◇◆。
想绿杨影里，兰舟轻舣，赤阑桥**侧**。	△◆◇◆◆，◇◇◇◆，◆◇◇◆。
游剧归来，恨汗湿酥融，步悭袜**窄**。	◇◆◇◇，△◆◆◇◇，◆◇◆◆。
兰情蕙盼，付与栖鸾消**息**。	◇◇◆◆，◆◆◇◇◇◆。
奈无情风雨做愁，帐镫闪闪春寂**寂**。	△◇◇◇◆◆◇，◆◇◆◆◇◆◆。
梦相思，一枕巫山，更画楼吹**笛**。	◆◇◇，◆◆◇◇，△◆◇◇◆。

同体式作品：无。

增减字：

（一）4，4，4。4，6。3，4，7。5，4，4。〇 5，5，4。4，7。7，7。3，4，5。南宋：张炎 1 首。

515.【渡江云】

【渡江云三犯】【三犯渡江云】

1. 始词北宋周邦彦作。
2. 又名【渡江云三犯】【三犯渡江云】。此处“犯”，指选取几个曲调的乐句合为一曲，后南曲称为集曲体（参见本谱对诸“犯调”之说明）。【渡江云】与【三犯渡江云】体式并无明显差异，故“渡江云”即集曲体调名，所犯之调，已难考实。
3. 双片，常式上片四韵，下片五韵，平韵，插一仄韵；变体韵数或有变，平、仄二韵式，隔句韵。

始词：24分句8复句。双片。每片12分句4复句，上片三/三/三/三/型复句组；下片四/三/三/二/型复句组。平韵，插一仄韵，隔句韵。律词。

5，4，5。5，4，5。4，3，4。3，4，5。

2，4，4，5。3，4，4。7，3，4。3，6。——北宋·周邦彦·《全宋词》第596页

渡江云

小石

晴岚低楚甸，暖回雁翼，阵势起平**沙**。	◇◇◇◆◆，◆◇◆◆，◆◆◆◇◇。
骤惊春在眼，借问何时，委曲到山**家**。	◆◇◇◆◆，◆◆◇◇，◆◆◆◇◇。
涂香晕色，盛粉饰，争作妍**华**。	◇◇◆◆，◆◆◆，◇◆◇◇。
千万丝，陌头杨柳，渐渐可藏**鸦**。	◇◆◇，◆◇◇◆，◆◆◆◇◇。
堪**嗟**，清江东注，	◇◇，◇◇◇◆，
画舸西流，指长安日**下**。	◆◆◇◇，△◇◇◆◆。
愁宴阑，风翻旗尾，潮溅乌**纱**。	◇◆◇，◇◇◇◆，◇◆◇◇。
今宵正对初弦月，傍水驿，深舣蒹**葭**。	◇◇◆◆◇◇◆，◆◆◆，◇◆◇◇。
沉恨处，时时自剔灯**花**。	◇◆◆，◇◇◆◆◇◇。

同体式作品：南宋：卢祖皋1首，方千里1首，杨泽民1首，萧元之1首，詹玉1首，仇远1首，张炎3首，萧允之1首。

变体二

较始词复句数不变，分句数有变。

变体二·1

21分句8复句

【变体二·1】21分句8复句。双片。上片第三复句较始词减1分句，11分句4复句，三/三/二/三/型复句组；下片第二、三复句各减1分句，10分句4复句，四/二/二/二/型复句组。平韵，插一仄韵，邻韵通押，隔句韵。

5，4，5。5，4，5。4，7。3，4，5。

2，4，4，5。7，4。7，7。3，6。——南宋·吴文英·《全宋词》第2874页

渡江云三犯

中吕商，俗名小石调。西湖清明。

羞红颦浅恨，晚风未落，片绣点重**茵**。	◇◇◇◆◆，◆◇◆◆，◆◆◆◇◇。
旧堤分燕尾，桂棹轻鸥，宝勒倚残**云**。	◆◇◇◆◆，◆◆◇◇，◆◆◆◇◇。
千丝怨碧，渐路入仙坞迷**津**。	◇◇◆◆，△◆◆◇◆◇◇。
肠漫回，隔花时见，背面楚腰**身**。	◇◆◇，◆◇◇◆，◆◆◆◇◇。
逡**巡**，题门惆怅，	◇◇，◇◇◇◆，

堕履牵萦，数幽期难**准**。　◆◆◇◇，△◇◇◇◆。
还始觉留情缘眼，宽带因**春**。　△◆◆◇◇◇◆，◇◆◇◇。
明朝事与孤烟冷，做满湖风雨愁**人**。　◇◇◆◆◇◇◆，△◆◇◇◆◇◇。
山黛暝，尘波澹绿无**痕**。　◇◆◆，◇◇◆◆◇◇。

同体式作品：无。

变体二·2

23分句8复句

【变体二·2·1】23分句8复句。上片与始词同，12分句4复句，三/三/三/三/型复句组；下片第二复句减1分句，11分句4复句，四/二/三/二/型复句组。平韵，插一仄韵，隔句韵。

5，4，5。5，4，5。4，3，4。3，4，5。

2，4，4，5。7，4。7，3，4。3，6。——南宋·陈允平·《全宋词》第3103页

渡江云

三潭印月

三神山路杳，六鳌驾浪，幻境□西**湖**。　◇◇◇◆◆，◆◇◆◆，◆◆□◇◇。
水连天四远，翠台如鼎，簇簇小浮**图**。　◆◇◇◆◆，◆◇◇◆，◆◆◆◇◇。
烟沉雾迥，怪蜃楼，飞入清**虚**。　◇◇◆◆，◆◆◇，◇◆◇◇。
秋夜长，一轮蟾素，渐渐出云**衢**。　◇◆◇，◆◇◇◆，◆◆◆◇◇。

遥看，寒光金镜，　◇◆，◇◇◇◆，
皓彩明珰，正人间三**五**。　◆◆◇◆，△◇◇◇◆。
总输与鸥眠葑蓼，鹭立菰**蒲**。　△◇◆◇◇◇◆，◆◆◇◇。
笙歌唤醒鱼龙睡，向贝阙，争取明**珠**。　◇◇◆◆◇◇◆，◆◆◆，◇◆◇◇。
清梦断，西风醉宿冰**壶**。　◇◆◆，◇◇◆◆◇◇。

同体式作品：无。

【变体二·2·2】23分句8复句。上片与【变体二·2·1】同，12分句4复句，三/三/三/三/型复句组；下片分句数同，复句型有变，第二复句增1分句、第三复句减1分句，11分句4复句，四/三/二/二/型复句组。平韵，插一仄韵，隔句韵。

5，4，5。5，4，5。4，3，4。3，4，5。

2，4，4，5。3，4，4。7，7。3，6。——南宋·周密·《全宋词》第3268页

三犯渡江云

丁卯岁未除三日，乘兴棹雪，访李商隐、周隐于余不之滨。主人喜余至，拥裘曳杖，相从于山巅水涯松云竹雪之间。酒酣，促膝笑语，尽出笈中画、囊中诗以娱客。醉归船窗，纮然夜鼓半矣。归途再雪，万山玉立相映发，冰镜晃耀，照人毛发，洒洒清入肝鬲，凛然不自支，疑行清虚府中，奇绝境也。去idx来故山，恍然隔岁，慨然怀思，何异神游梦适。因窃自念，人间世不乏清景，往往汩汩尘事，

不暇领会，抑亦造物者故为是靳靳乎。不然，戴溪之雪，赤壁之月，非有至高难行之举，何千载之下，寥寥无继之者耶。因赋此解，以寄余怀。

冰溪空岁晚，苍茫雁影，浅水落寒**沙**。　◇◇◇◆◆，◇◇◆◆，◆◆◆◇◇。
那回乘夜兴，云雪孤舟，曾访故人**家**。　◆◇◇◆◆，◇◆◇◇，◇◆◆◇◇。
千林未绿，芳信暖，玉照霜**华**。　◇◇◆◆，◇◆◆，◆◆◇◇。
共凭高，联诗唤酒，暝色夺昏**鸦**。　◆◇◇，◇◇◆◆，◇◆◆◇◇。

堪**嗟**，澌鸣玉佩，　◇◇，◇◇◆◆，
山护云衣，又扁舟东**下**。　◇◆◇◇，△◇◇◇◆。
想故园，天寒倚竹，袖薄笼**纱**。　◆◆◇，◇◇◆◆，◆◆◇◇。
诗筒已是经年别，早暖律春动香**葭**。　◇◆◆◆◇◇◆，△◆◆◇◆◇◇。
愁寄远，溪边自折梅**花**。　◇◆◆，◇◇◆◆◇◇。

同体式作品：无。

【变体二·2·3】23分句8复句。全词分句数与【变体二·2】前两式同，上下片分句数相反。上片11分句4复句，三/二/三/三/型复句组；下片12分句4复句，四/二/三/三/型复句组。仄韵，隔句韵。

3，6，4。4，5。4，4，5。4，4，5。
4，4，4，4。4，5。4，4，5。4，4，4。——南宋·陈梦协·《全宋词》第3546页

渡江云

寿妇人。集曲名。

瑞云浓，缥缈弦月当庭，天香满**院**。　◆◇◇，◆◆◇◆◇◇，◇◇◆◆。
玉女传言，把真珠帘**卷**。　◆◆◇◇，△◇◇◇◆。
拥鹊桥仙，引江城子，拟醉蓬莱**宴**。　△◆◇◇，△◇◇◆，◆◆◇◇◆。
吹紫玉箫，唱黄金缕，按拍声声**慢**。　△◆◆◇，△◇◇◆，◆◆◇◇◆。

昼锦堂前，倾杯为寿，　◆◆◇◇，◇◇◇◆，
祝快活年，应天长**远**。　△◆◆◇，◇◇◇◆。
喜似娘儿，解称人心**愿**。　◆◆◇◇，◆◇◇◇◆。
梦兰蕙芳，种宜男草，丹凤吟非**晚**。　◆◇◆◇，△◇◇◆，◇◆◇◇◆。
更步蟾宫，宴琼林日，汉宫春**暖**。　△◆◇◇，◆◇◇◆，◆◇◇◆。

按：本词为集调名之游戏词，每一句皆嵌有词调名。

同体式作品：无。

变体二·3

22分句8复句

【变体二·3】22分句8复句。上下片第三复句较始词各减1分句，每片11分句4复句，

上片三/三/二/三/型复句组，下片四/三/二/二/型复句组。仄韵，隔句韵。

5，4，5。5，4，5。4，7。3，4，5。

2，4，4，5。3，4，4。7，7。3，6。——南宋·陈允平·《全宋词》第3109页

三犯渡江云

旧平声，今改入声。为竹友谢少保寿。

风流三径远，此君淡薄，谁与伴清**足**。	◇◇◇◆◆，◆◇◆◆，◇◆◆◇◆。
岁寒人自得，傍石锄云，闲里种苍**玉**。	◆◇◇◆◆，◆◆◇◇，◇◆◆◇◆。
琅玕翠立，爱细雨疏烟初**沐**。	◇◇◆◆，△◆◆◇◇◇◆。
春昼长，秋声不断，洗红尘凡**俗**。	◇◆◇，◇◇◆◆，△◇◇◇◆。
高**独**，虚心共许，	◇◆，◇◇◆◆，
淡节相期，几人闲棋**局**。	◆◆◇◇，◆◇◇◇◆。
堪爱处，月明琴院，雪晴书**屋**。	◇◆◆，◆◇◇◆，◆◇◇◆。
心盟更许青松结，笑四时梅矾兰**菊**。	◇◇◆◆◇◇◆，△◆◇◇◇◇◆。
庭砌晓，东风旋添新**绿**。	◇◆◆，◇◇◆◇◇◆。

同体式作品：无。

516.【扫花游】

【扫地花】【扫地游】

1. 始词北宋周邦彦作。
2. 始词取“扫花寻路”句作调名【扫地花】，后以【扫花游】为普名。
3. 双片，上片六韵，下片七韵，仄韵，隔句韵。

始词：22分句8复句。双片。每片11分句4复句，三/三/二/三/型复句组。仄韵，隔句韵。

4，5，4。4，5，4。4，6。3，5，4。

5，5，4。4，5，4。4，6。3，3，4。——北宋·周邦彦·《全宋词》第597页

扫地花

双调

晓阴翳日，正雾霭烟横，远迷平**楚**。	◆◇◆◆，△◆◆◇◇，◆◇◇◆。
暗黄万**缕**，听鸣禽按曲，小腰欲**舞**。	◆◇◆◆，△◇◇◆◆，◆◇◆◆。
细绕回堤，驻马河桥避**雨**。	◆◆◇◇，◆◆◇◇◆◆。
信流**去**，想一叶怨题，今在何**处**。	◆◇◆，△◆◆◆◇，◇◆◇◆。

春事能几**许**，任占地持杯，扫花寻**路**。	◇◆◇◆◆，△◆◆◇◇，◆◇◇◆。
泪珠溅**俎**，叹将愁度日，病伤幽**素**。	◆◇◆◆，△◇◇◆◆，◆◇◇◆。
恨入金徽，见说文君更**苦**。	◆◆◇◇，◆◆◇◇◆◆。
黯凝**贮**，掩重关，遍城钟**鼓**。	◆◇◆，◆◇◇，◆◇◇◆。

同体式作品：南宋：杨无咎1首，方千里1首。南宋：吴文英5首，杨泽民1首，陈允平1首，刘辰翁1首，周密2首，赵文1首，王沂孙4首，张炎1首，张半湖1首。（诸词调名皆【扫花游】）

增减字：

（一）4，5，4。4，5，4。6，4。3，5，4。○5，5，4。4，5，4。4，6。3，3，4。南宋：陈允平1。

（二）4，5，4。4，5，4。4，6。3，5，4。○5，5，4。4，3，6。4，6。3，3，4。南宋：张炎1首。

517. 【解连环】

【望梅】

1. 始词北宋周邦彦作。
2. 始词取本词“信妙手能解连环”之句为调名。由始词“望寄我江南梅**萼**”之句，或衍名为【望梅】。
3. 双片，每片五仄韵，隔句韵。

始词：22分句8复句。双片。每片11分句4复句，上片三/四/二/二/型复句组，下片三/三/二/三/型复句组。仄韵，隔句韵。

4，5，4。3，4，5，4。4，7。5，8。

6，5，4。7，5，4。4，7。3，4，4。——北宋·周邦彦·《全宋词》第597页

解连环

商调

怨怀无**托**，嗟情人断绝，信音辽**邈**。	◆◇◇◆，△◇◇◆◆，◆◇◇◆。
信妙手，能解连环，	◆◆◆，◇◆◇◇，
似风散雨收，雾轻云**薄**。	△◇◆◆◇，◆◇◇◆。
燕子楼空，暗尘锁一床弦**索**。	◆◆◇◇，◆◇◆◆◇◇◆。
想移根换叶，尽是旧时手种红**药**。	△◇◇◆◆，◆◆◆◇◆◆◆◇◆。
汀洲渐生杜**若**，料舟依岸曲，人在天**角**。	◇◇◆◇◆◆，△◇◇◆◆，◇◆◇◆。
谩记得当日音书，	◇◆◆◇◆◇◇，
把闲语闲言，待总烧**却**。	△◇◆◇◇，◆◆◇◆。
水驿春回，望寄我江南梅**萼**。	◆◆◇◇，△◆◆◇◇◇◆。

拚今生，对花对酒，为伊泪**落**。	◆◇◇，◆◇◆◆，◆◇◆◆。

同体式作品：无。

变体一

较始词分句数复句数不变，复句型有变。

【变体一·1】22分句8复句。上下片分句数与始词同，上片复句型有变，下片不变。每片11分句4复句，三/三/二/三/型复句组。仄韵，邻韵通押，隔句韵。

4，5，4。7，5，4。4，7。5，4，4。

6，5，4。7，5，4。4，7。3，4，4。——南宋·陆游·《全宋词》第1601页

解连环

泪淹妆**薄**，背东风伫立，柳绵池**阁**。	◆◇◇◆，◆◇◇◆◆，◆◇◇◆。
漫细字书满芳笺，	△◆◆◇◆◇◇，
恨钗燕筝鸿，总难凭**托**。	△◇◇◇◇，◆◇◇◆。
风雨无情，又颠倒绿苔红**萼**。	◇◆◇◆，△◇◆◆◇◇◆。
仗香醪破闷，怎禁夜阑，酒醒萧**索**。	△◇◇◆◆，◆◆◆◇，◇◇◇◆。
刘郎已忘故**约**，奈重门静院，光景如**昨**。	◇◇◆◆◆◆，△◇◇◆◆，◇◆◇◇。
尽做它别有留心，	△◆◇◆◆◇◇，
便不念当时，雨意初**着**。	△◆◆◇◇，◆◆◇◆。
京兆眉残，怎认为新人梳**掠**。	◇◆◇◇，◆◆◇◇◇◇◆。
尽今生，拚了为伊，任人道**错**。	◆◇◇，◇◆◆◇，◆◇◆◆。

同体式作品：南宋：姜夔1首，仇远1首。

增减字：

（一）4，5，4。7，5，4。4，7。5，4，4。○6，5，4。5，5，6。4，6。3，4，4。南宋：王沂孙1首。

【变体一·2】22分句8复句。上下片分句数复句型皆与始词下片同，每片11分句4复句，三/三/二/三/型复句组。仄韵，邻韵通押，隔句韵。

4，5，4。7，5，4。7，4。5，4，4。

6，5，4。7，5，4。4，7。3，4，4。——南宋·高观国·《全宋词》第2355页

解连环

柳

露条烟**叶**，惹长亭旧恨，几番风**月**。	◆◇◇◆，△◇◇◆◆，◆◇◇◆。
爱细缕先窣轻黄，	△◆◆◇◆◇◇，
渐拂水藏鸦，翠阴相**接**。	△◆◆◇◇，◆◇◇◆。
纤软风流眉黛浅，三眠初**歇**。	◇◆◇◇◇◆◆，◇◇◇◆。
奈年华又晚，萦绊游蜂，絮飞晴**雪**。	△◇◇◆◆，◇◆◇◇，◆◇◇◆。

依依灞桥怨**别**，正千丝万绪，难禁愁**绝**。	◇◇◆◇◆◆，△◇◇◆◆，◇◆◇◆。
怅岁久应长新条，	△◆◆◇◆◇◇，
念曾系花骢，屡停兰**楫**。	△◇◆◇◇，◆◇◇◆。
弄影摇晴，恨闲损春风时**节**。	◆◆◇◇，△◇◆◇◇◆◆。
隔邮亭，故人望断，舞腰瘦**怯**。	◆◇◇，◆◇◆◆，◆◇◆◆。

同体式作品：无。

【变体一·3】22 分句 8 复句。上片第三复句较始词增 1 分句，下片第四复句减 1 分句。上片 12 分句 4 复句，三/四/三/二/型复句组；下片 10 分句 4 复句，三/三/二/二/型复句组。仄韵，隔句韵，插一连句韵。

4，5，4。2，5，5，4。4，3，4。5，8。

6，5，4。7，5，4。4，7。7，4。——南宋·刘克庄·《全宋词》第 2607 页

解连环

乙丑生日

左弧悬**了**，把柴门闩定，悄无人**到**。	◆◇◇◆，△◇◇◇◆，◆◇◇◆。
惭愧，得一二亲朋，	◇◆，◆◆◆◇◆，
□□□□□，温存枯**槁**。	□□□□□，◇◇◇◆。
玉轴银钩，撺掇我，比磻溪**老**。	◆◆◇◇，◇◇◆，◆◇◇◆。
乏琼琚可**报**，惟有声声司马称**好**。	△◇◆◆◆，◇◆◇◇◇◆◇◆。
卷收狨鞯锦**袄**，且行拾遗穗，醉藉芳**草**。	◆◇◇◇◆◆，△◇◆◇◆，◆◆◇◇。
做一个物外闲人，	◆◆◆◆◆◇◇，
省山重担擎，天大烦**恼**。	△◇◆◆◇，◇◆◇◆。
昔似龙鸾，今踏飒不惊鱼**鸟**。	◆◆◇◇，△◆◆◆◇◇◆。
愿从兹亭回仙寿，准汾阳**考**。	△◇◇◇◇◆，◆◇◇◆。

同体式作品：无。

【变体一·4】22 分句 8 复句。上片第四复句较始词增 1 分句，下片第四复句减 1 分句。上片 12 分句 4 复句，三/四/二/三/型复句组；下片 10 分句 4 复句，三/三/二/二/型复句组。仄韵，隔句韵。

4，5，4。3，4，5，4。4，7。5，4，4。

6，5，4。7，5，4。4，7。5，6。——南宋·刘克庄·《全宋词》第 2607 页

解连环

悬弧之**旦**，忆争骑竹马，各怀金**弹**。	◇◇◇◆，△◇◇◆◆，◆◇◇◆。
恨岁月，去我堂堂，	◆◆◆，◆◆◇◇，
向酒畔愁生，镜中颜**换**。	△◆◆◇◇，◆◇◇◆。

灶坏丹飞，漫追悔郧侯婚**宦**。	◆◆◇◇，◆◇◆◆◇◇◆。
已发心忏悔，免去猴冠，卸下麟**楦**。	△◆◇◆◆，◆◆◇◆，◆◆◇◆。
依稀仆家铁**汉**，虽末梢老寿，初节魔**难**。	◇◇◆◇◆◆，△◆◇◆◆，◇◆◇◆。
幸闻早省了柳枝，更送了朝云，	◆◇◆◆◆◆◇，◆◆◆◇◇，
尘念俱**断**。	◇◆◆◆。
丈室萧然，独病与乐天相**伴**。	◆◆◇◇，△◆◆◆◇◇◆。
但归依西方，拈起向来一**瓣**。	△◇◇◇◇，◇◆◆◇◆◆。

同体式作品：无。

变体二

与始词复句数相同，分句数有变。

变体二·1

21分句8复句

【变体二·1·1】21分句8复句。上片第二复句较始词减1分句，下片分句数复句型与始词同。上片10分句4复句，三/三/二/二/型复句组，下片11分句4复句，三/三/二/三/型复句组。仄韵，邻韵通押，隔句韵。

4，5，4。7，5，4。4，7。7，6。

5，6，4。7，5，4。4，7。3，4，4。——南宋·杨无咎·《全宋词》第1198页

解连环

素书谁**托**，嗟鳞沉雁断，水遥山**邈**。	◆◇◇◆，△◇◇◆◆，◆◇◇◆。
问别来几许离愁，	△◆◇◆◆◇◇，
但只觉衣宽，不禁消**薄**。	△◆◆◇◇，◆◆◇◆。
岁岁年年，又岂是春光萧**索**。	◆◆◇◇，△◆◆◇◇◇◆。
自无心强陪醉笑，负他满庭花**药**。	△◇◇◇◇◆◆，◆◇◆◇◇◆。
援琴试弹贺，若尽清于别鹤，悲甚霜**角**。	◇◇◆◇◆，△◆◇◇◆◆，◇◆◇◆。
怎似得斜拥檀槽，	◆◆◆◇◆◇◇，
看小品吟商，玉纤推**却**。	◆◆◆◇◇，◇◇◇◆。
旋暖薰炉，更自炷龙津双**萼**。	◇◆◇◇，△◆◆◇◇◇◆。
正怀思，又还夜永，烛花自**落**。	◆◇◇，◆◇◆◆，◆◇◆◆。

同体式作品：无。

【变体二·1·2】21分句8复句。上下片分句数复句型与【变体二·1·1】相反，上片11分句4复句，三/三/二/三/型单句复句组合；下片10分句4复句，三/三/二/二/型复句组。仄韵，邻韵通押，隔句韵。

4，5，4。7，5，4。4，7。5，4，4。

6，5，4。7，5，4。4，7。7，4。——南宋·杨泽民·《全宋词》第 3001 页

解连环

塞鸿难**托**，奈云深雾阔，水遥山**邈**。	◆◇◇◆，△◇◇◆◆，◆◇◇◆。
感两情浑若连环，	△◆◇◇◆◇◇，
念恩爱厚深，利名浮**薄**。	△◇◆◆◇，◆◇◇◆。
便好归来，怎禁得许多萧**索**。	◆◆◇◇，◆◆◆◆◇◇◆。
免恹恹瘦减，漫滞寐饘，枉费汤**药**。	△◆◆◆◆，◆◆◆◇，◆◆◇◆。
伊心料应未**若**，对香消兽吻，月转楼**角**。	◇◇◆◇◆◆，△◇◇◆◆，◆◆◇◆。
恁便是铁石心肠，	△◆◆◆◆◇◇，
有当日盟言，怎忍辜**却**。	△◇◆◇◇，◆◆◇◆。
冶叶倡条，尚自得连枝双**萼**。	◆◆◆◇，△◆◆◇◇◇◆。
不成将异葩艳卉，便教谢**落**。	◆◇◇◆◆◆◆，◆◆◆◆。

同体式作品：南宋：刘之才 1 首，陈允平 1 首，奚倬然 1 首。

增减字：

（一）4，7，4。5，4，6。5，5。4，4，4。○ 6，3，4。4，4，4。5，4。4，3。南宋：冯伟寿 1 首。

（二）4，5，4。7，5，4。4，7。5，4，4。○ 6，3，6。6，5，4。4，7。6，4。南宋：黄水村 1 首。

（三）4，5，4。7，5，4。4，7。5，4，4。○ 6，5，4。7，5，4。4，7。5，6。南宋：无名氏 1 首（【望梅】）。

变体二·2

20 分句 8 复句

【变体二·2】20 分句 8 复句。较始词减 2 分句，双片，每片 10 分句 4 复句，分句数复句型皆与【变体一·3】下片同，三/三/二/二/型复句组。仄韵，邻韵通押，隔句韵。

4，4，5。7，5，4。4，7。5，8。

6，5，4。7，5，4。4，7。7，4。——南宋·陆游·《全宋词》第 1591 页

解连环

望梅

寿非金**石**，恨天教老，向水程山**驿**。	◆◇◇◆，◆◇◆◆，△◆◇◇◆。
似梦里来到南柯，	△◆◆◇◆◇◇，
这些子光阴，更堪轻**掷**。	◆◇◆◇◇，◆◇◇◆。
戍火边尘，又过了一年春色。	◆◆◇◇，△◆◆◇◇◇◆。
叹名姬骏马，尽付杜陵苑路豪客。	△◇◇◆◆，◆◆◆◇◆◆◇◆。
长绳漫劳系**日**，看人间俯仰，俱是陈**迹**。	◇◇◆◇◆◆，△◇◇◆◆，◆◆◇◆。
纵自倚英气凌云，	△◆◆◇◆◇◇，

奈回尽鹏程，铩残鸾翮。	△◇◆◇◇，◆◇◇◆。
终日凭高，诮不见江东消**息**。	◇◆◇◇，△◆◆◇◇◇◆。
算沙边也有断鸿，倩谁问得。	△◇◇◆◆◆◇，◆◇◆◆。

同体式作品：无。

变体二·3

24分句8复句

【变体二·3·1】24分句8复句。上下片分句数皆与始词下片同，复句型有变。每片12分句4复句，上片三/四/二/三/型复句组，下片三/三/三/三/型复句组。仄韵，隔句韵。

4，5，4。3，4，5，4。4，7。5，4，4。

6，5，4。6，5，4。4，3，4。3，4，4。——南宋·谢懋·《全宋词》第1635页

解连环

雁空辽**邈**，衬鱼鳞浪浅，护霜云**薄**。	◆◇◇◆，◆◇◇◆◆，◆◇◇◆。
念故人，千里音尘，	◆◆◇，◇◆◇◇，
正山月朦胧，水村依**约**。	△◇◆◇◇，◆◇◇◆。
见说瑶姬，拥十二碧峰如**削**。	◆◆◇◇，△◆◆◆◇◇◆。
倚孤芳澹伫，冷笑岁华，可堪寂**寞**。	△◇◇◆◆，◆◆◆◇，◆◇◆◆。
情多为谁瘦**弱**，爱吹芗弄粉，斜搴珠**箔**。	◇◇◆◇◆◆，△◇◇◆◆，◇◇◇◆。
自然林壑精神，想回首东风，万花羞**落**。	◆◇◇◆◇◇，△◇◆◇◇，◆◇◇◆。
梦绕南楼，对皓月，忍思量**著**。	◆◆◇◇，◆◆◆，◆◇◇◆。
但销凝，夜阑酒醒，数声画**角**。	◆◇◇，◆◇◆◆，◆◇◆◆。

同体式作品：无。

【变体二·3·2】24分句8复句。上下片皆与【变体二·3·1】上片同，每片12分句4复句，三/四/二/三/型复句组。仄韵，隔句韵。

4，5，4。3，4，5，4。4，7。5，4，4。

6，5，4。3，4，5，4。4，7。3，4，4。——南宋·方千里·《全宋词》第2490页

解连环

素封谁**托**，空寒潮浪叠，乱山云**邈**。	◆◇◇◆，◇◇◇◆◆，◆◇◇◆。
对倦景，无语消魂，	◆◆◆，◇◆◇◇，
但香断露晞，絮飞风**薄**。	△◇◆◆◇，◆◇◇◆。
杜宇声中，动多少客情离**索**。	◆◆◇◇，△◇◆◆◆◇◇◆。
远阑干伫立，暗记那回，赏遍花**药**。	◆◇◇◆◆，◆◆◆◇，◆◆◇◆。
依依岁华自**若**，更低烟暮草，残照孤**角**。	◇◇◆◇◆◆，△◇◇◆◆，◇◆◇◆。
□叹息，故里春光，	□◆◆，◆◆◇◇，

有幽圃名园，算也闲**却**。	△◇◆◇◇，◆◆◇◆。
早早归休，渐过了芳条华**萼**。	◆◆◇◇，△◆◆◇◇◇◆。
趁良时，按歌唤舞，旧家院**落**。	◆◇◇，◆◇◆◆，◆◇◆◆。

同体式作品：南宋：黄廷璹1首，张炎1首，无名氏1首。

增减字：

（一）4，5，4。3，4，5，4。4，7。5，4，4。○6，5，4。3，4，5，4。4，6。3，4，4。南宋：王沂孙1首。

【变体二·3·3】24分句8复句。上下片较【变体二·3】前二式分句数、复句型有变，上片13分句4复句，三/四/三/三/型复句组；下片11分句4复句，三/四/二/二/型复句组。仄韵，隔句韵。

4，5，4。3，4，5，4。4，3，4。5，4，4。

6，5，4。3，4，3，6。4，7。5，6。——南宋·张辑·《全宋词》第2553页

杏梁燕

寓【解连环】

小楼春**浅**，记钩帘看雪，袖沾芳**片**。	◆◇◇◆，△◇◇◆◆，◆◇◇◆。
似不似，柳絮因风，	◆◆◆，◆◆◇◇，
更细与品题，屡呵冰**砚**。	△◆◆◆◇，◆◇◇◆。
宛转吟情，纵真草，凤笺都**遍**。	◆◆◇◇，◆◇◆，◆◇◇◆。
到灯前笑谑，酒袚峭寒，移尽更**箭**。	△◇◇◆◆，◆◆◆◇，◇◆◇◆。
而今柳阴满**院**，知花空雪似，人隔春**远**。	◇◇◆◇◆◆，△◇◇◆◆，◇◆◇◆。
叹万事，流水斜阳，	◆◆◆，◇◆◇◇，
谩赢得，前诗醉汙团**扇**。	◆◇◆，◇◇◆◇◇◆。
脉脉重来，算惟有画阑曾**见**。	◆◆◇◇，△◇◆◆◇◇◆。
把千种旧愁，付与杏梁语**燕**。	△◇◆◆◇，◆◆◆◇◆◆。

同体式作品：南宋：刘克庄1首，无名氏1首。

增减字：

（一）4，5，4。3，4，5，4。4，3，4。5，4，4。○6，5，4。3，4，5，4。4，7。7，4。南宋：吴文英1首。

【变体二·3·4】24分句8复句。上下片句型皆与【变体二·3·1】下片同，每片12分句4复句，三/三/三/三/型复句组。仄韵，邻韵通押，隔句韵。

4，5，4。7，5，4。4，3，4。5，4，4。

6，5，4。7，5，4。4，3，4。3，4，4。——南宋·刘克庄·《全宋词》第2606页

解连环

戊午生日

旁人嘲**我**，甚鬓毛都秃，齿牙频**堕**。	◇◇◇◆，△◆◇◇◆，◆◇◇◆。

不记是何代何年，	◆◆◆◇◇◆，
尽元祐熙宁，侬常唶**么**。	△◇◆◇◇，◇◇◇◆。
退下驴儿，今老矣，岂堪推**磨**。	◆◆◇◇，◇◆◆，◆◇◇◆。
要挂冠神武，几番说了，这回真**个**。	△◆◇◇◆，◆◇◇◆，◆◇◇◆。
亲朋纷纷来**贺**，况弟兄对榻，儿女团**坐**。	◇◇◇◇◇◆，△◆◇◆◆，◇◆◇◆。
愿世世相守茅檐，	△◆◆◇◆◇◇，
便宰相时来，二郎休**作**。	△◆◆◇◇，◆◇◇◆。
白苎乌巾，谁信道，神仙曾**过**。	◆◆◇◇，◇◆◆，◇◇◇◆。
拣人间，有松风处，曲肱高**卧**。	◆◇◇，△◇◇◆，◆◇◇◆。

同体式作品：南宋：刘克庄 2 首。

增减字：

（一）4，5，4。7，5，4。4，3，4。5，4，4。○ 6，5，4。7，5，4。4，3，4。3，4，4。南宋：吴文英 1 首。

【变体二・3・5】24 分句 8 复句。每片 12 分句 4 复句，上下片分句数复句型与【变体二・3・1】正相反，上片三/三/三/三/型复句组，下片三/四/二/三/型复句组。仄韵，隔句韵。

4，5，4。7，5，4。4，3，4。5，4，4。

6，5，4。3，4，5，4。4，7。3，4，4。——南宋・吴潜・《全宋词》第 2733 页

解连环

彩梳芳**苑**，嗟东风梦断，燕残莺**懒**。	◆◇◇◆，△◇◇◆◆，◆◇◇◆。
谩记得标格精神，	◆◆◆◇◆◇◇，
正云涨暮天，雨荒闲**馆**。	△◇◆◆◇，◆◇◇◆。
嫩绿殷红，但回首，一川波**暖**。	◆◆◇◇，◆◇◆，◆◇◇◆，
想娇情慧态，倚裙淡妆，画楼帘**卷**。	△◆◇◇◆◆，◆◆◆◇，◆◇◇◆。
吴歌数声冉**冉**，料移商变羽，人共天**远**。	◇◇◆◆◇◇，△◇◇◆◆，◇◆◇◆。
须信道，飞絮游丝，	◇◆◆，◇◆◇◇，
尽春去春来，景色偷**换**。	△◇◆◇◇，◆◆◇◆。
扫罢蛮笺，难寄我浓愁深**怨**。	◆◆◇◇，◇◆◆◇◇◇◆。
且如今，问龟问卜，望伊意**转**。	◆◇◇，◆◇◆◆，◆◇◆◆。

同体式作品：无。

变体二・4

26 分句 8 复句

【变体二・4】26 分句 8 复句。上片较始词增 2 分句，下片增 1 分句。每片 13 分句 4 复句，三/四/三/三/型复句组。仄韵，邻韵通押，隔句韵。

4，5，4。3，4，5，4。4，3，4。5，4，4。

6，5，4。3，4，4，4。4，3，4。3，4，4。——南宋·高观国·《全宋词》第2355页

解连环

春水

浪摇新**绿**，漫芳洲翠渚，雨痕初**足**。	◆◇◇◆，△◇◇◆◆，◇◇◇。
荡霁色，流入横塘，	◆◆◆，◇◆◇◇，
看风外漪漪，皱纹如**縠**。	△◇◆◇◇，◆◇◇◆。
藻荇萦回，似留恋，鸳飞鸥**浴**。	◆◆◇◇，◆◇◆，◇◇◇◆。
爱娇云蘸色，媚日挼蓝，远迷心**目**。	△◇◇◆◆，◆◆◇◇，◆◇◇◆。
仙源漾舟岸**曲**，照芳容几树，香浮红**玉**。	◇◇◆◇◆◆，△◇◇◆◆，◇◇◇◆。
记那回，西洛桥边，	◆◆◇，◆◇◇◆，
裙翠传情，玉纤轻**掬**。	◇◆◇◇，◆◇◇◆。
三十六陂，锦鳞渺，芳音难**续**。	◇◆◆◇，◆◇◆，◇◇◇◆。
隔垂杨，故人望断，浸愁万**斛**。	◆◇◇，◆◇◆◆，◆◇◆◆。

同体式作品：无。

变体二·5

23分句8复句

【变体二·5·1】23分句8复句。上片第四复句较始词增1分句，12分句4复句，三/四/二/三/型复句组；下片与始词上片同，11分句4复句，三/四/二/二/型复句组。仄韵，隔句韵。

4，4，5。3，4，5，4。4，7。5，4，4。

6，5，4。3，4，5，4。4，7。7，4。

——南宋·善珍·《全宋词》（中华书局增订版简体本）第3463页

解连环

望梅词

寸阴堪**惜**，趁身强健，去结茅苍**壁**。	◆◇◇◆，◆◇◇◆，△◆◇◇◆。
错料事，临老方知，	◆◆◆，◇◆◇◇，
国师与高僧，二途俱**失**。	◆◇◆◇◇，◆◇◆◆。
识字吟诗，敌不得死生何**益**。	◆◆◇◇，◆◆◆◆◇◇◆。
看寒山着语，李杜也输，莫道元**白**。	△◇◇◆◆，◆◆◆◇，◆◆◇◆。
千年过如瞬**息**，共飞鸿缥缈，沉没空**碧**。	◇◇◆◇◆◆，△◇◇◇◆，◇◆◇◆。
问懒瓒，因甚遭逢，	◆◆◆，◇◆◇◇，
芋魁亦联翩，著名金**石**。	◇◇◆◇◇，◆◇◇◆。
遗臭流芳，老子勿许多心**力**。	◇◆◇◇，◆◇◆◆◇◇◆。
旋消磨数百瓮齑，掩关入**寂**。	△◇◇◆◆◇◇，◆◇◆◆。

同体式作品：南宋：蒋捷1首，张炎1首。

【变体二·5·2】23分句8复句。上下片与【变体二·5·1】分句数正相反，复句型有变。上片11分句4复句，三/三/二/三/型复句组，下片12分句4复句，三/四/三/二/型复句组。仄韵，邻韵通押，隔句韵。

4，5，4。7，5，4。4，7。5，4，4。

6，5，4。3，4，5，4。4，3，4。5，6。——南宋·刘之才·《全宋词》第3071页

解连环

晚云黏湿，正吴峰惨澹，雨迷烟**接**。　◆◇◇◆，△◇◇◆◆，◆◇◇◆。
早陡顿秋事分携，　△◆◆◇◆◇◇，
甚连苑暮墙，菊荒苔**匝**。　△◇◆◆◇，◆◇◇◆。
空阔愁乡，更天外怨鸿声**黠**。　◇◆◇◇，△◇◆◆◇◇◆。
怕吟肩易瘦，料理篝衣，细认香**折**。　△◇◇◆◆，◆◆◇◇，◆◆◇◆。

银缸半明半**灭**，念花营柳阵，何日消**歇**。　◇◇◆◇◆◆，△◇◇◆◆，◆◆◇◆。
可是□，凝黯兰成，　◆◆□，◇◆◇◇，
为情润才松，丽赋多**惬**。　△◇◆◇◇，◆◆◇◆。
洛浦溟蒙，漫伫想，明珰钩**袜**。　◆◆◇◇，◆◆◆，◇◇◇◆。
告梧桐夜深，略住梦时一**霎**。　△◇◇◆◇，◆◆◆◇◆◆。

同体式作品：无。

518.【玲珑四犯】

1. 始词北宋周邦彦作。
2. 四犯，摘取四个词调的乐句、句式组合为新调，惜所"犯"之调不详。
3. 双片，每片五韵，变体韵数或有变；仄韵，隔句韵，间插连句韵。

始词：18分句8复句。双片。每片9分句4复句，三/二/二/二/型复句组。仄韵，隔句韵，间插连句韵。

4，5，4。4，6。6，6。7，6。

7，3，4。7，5。6，7。8，3。——北宋·周邦彦·《全宋词》第597页

玲珑四犯

大石

秾李夭桃，是旧日潘郎，亲试春**艳**。　◇◆◇◇，△◆◆◇◇，◇◆◇◆。
自别河阳，长负露房烟**脸**。　◆◆◇◇，◇◆◆◇◇◆。

憔悴鬓点吴霜，念想梦魂飞**乱**。	◇◆◆◆◇◇，◆◆◆◇◇◆。
叹画阑玉砌都**换**，才始有缘重**见**。	△◆◇◆◆◇◆，◇◆◆◇◇◆。
夜深偷展香罗**荐**，暗窗前，醉眠葱**茜**。	◆◇◇◆◇◇◆，◆◇◇，◆◇◇◆。
浮花浪蕊都相识，谁更曾抬**眼**。	◇◇◆◆◇◇◆，△◆◇◇◆。
休问旧色旧香，但认取芳心一**点**。	◇◆◆◆◆◇，△◆◆◇◇◆◆。
又片时一阵风雨恶，吹分**散**。	△◆◇◆◆◇◆◆，◇◇◆。

同体式作品：无。

增减字：

（一）4，3，6。4，6。6，7。7，6。○ 7，3，4。7，5。6，7。9，4。南宋：李从周 1 首。

变体一

与始词分句数复句数相同，复句型有变。

【变体一·1】18 分句 8 复句。上片与始词同，下片第一复句减 1 分句、第三复句增 1 分句，每片 9 分句 4 复句，上片三/二/二/二/型复句组；下片二/二/三/二/型复句组。仄韵，隔句韵。

4，5，4。4，6。6，7。7，6。

7，7。7，5。6，3，4。9，4。——南宋·史达祖·《全宋词》第 2339 页

玲珑四犯

雨入愁边，翠树晚无人，风叶如**剪**。	◆◆◇◇，◆◆◆◇◇，◇◆◇◆。
竹尾通凉，却怕小帘低**卷**。	◆◆◇◇，◆◆◆◇◇◆。
孤坐便怯诗悭，念俊赏旧曾题**遍**。	◇◆◆◆◇◇，△◆◆◆◇◇◆。
更暗尘偷锁鸾影，心事屡羞团**扇**。	△◆◇◇◆◇◆，◇◆◆◇◇◆。
卖花门馆生秋草，怅弓弯几时重**见**。	◆◇◇◆◇◇◆，△◇◇◆◇◇◆。
前欢尽属风流梦，天共朱楼**远**。	◇◇◆◆◇◇◆，◇◆◇◇◆。
闻道秀骨病多，难自任，从来恩**怨**。	◇◆◆◆◆◇，◇◆◆，◇◇◇◆。
料也和前度金笼鹦鹉，说人情**浅**。	△◆◇◇◆◇◇◇◆，◆◇◇◆。

同体式作品：无。

增减字：

（一）4，3，6。4，6。6，7。7，6。○ 7，7。7，5。4，4，5。9，4。南宋：史达祖 1 首。

（二）4，5，4。4，6。6，7。7，6。○ 7，7。7，5。6，3，4。7，6。南宋：高观国 1 首。

【变体一·2】18 分句 8 复句。上片与始词同，下片第一复句减 1 分句、第四复句增 1 分句。每片 9 分句 4 复句，上片三/二/二/二/型复句组，下片二/二/二/三/型复句组。仄韵，隔句韵，插一连句韵。

4，5，4。4，6。6，7。7，6。

7，7。7，5。6，7。5，4，4。——南宋·曹邍·《全宋词》第3164页

玲珑四犯

被召赋荼蘼

一架幽芳，自过了梅花，独点清**绝**。	◆◆◇◇，◆◆◆◇◇，◆◆◇◆。
露叶檀心，香满万条晴**雪**。	◆◆◇◇，◇◆◆◇◇◆。
肌素净洗铅华，似弄玉乍离瑶**阙**。	◇◆◆◆◇◇，△◆◆◆◇◇◆。
看翠蛟白凤飞舞，不管暮烟啼**鴂**。	△◆◇◆◆◇◆，◆◆◆◇◇◆。
酒中风格天然**别**，记唐宫赐樽芳**冽**。	◆◇◇◆◇◇◆，△◇◇◆◇◇◆。
玉蕤唤得余春住，犹醉迷飞**蝶**。	◆◇◆◆◇◇◆，△◆◇◇◆。
天气乍雨乍晴，长是伴牡丹时**节**。	◇◆◆◆◆◇，◇◆◆◆◇◇◆。
夜散琼楼宴，金铺深掩，一庭香**月**。	◆◆◇◇◆，◇◆◇◆，◆◇◇◆。

同体式作品：无。

变体二

较始词复句数不变，分句数有变。

变体二·1

20分句8复句

【变体二·1·1】20分句8复句。上片第四复句较始词增1分句，10分句4复句，三/二/二/三/型复句组，下片第一复句增1分句，10分句4复句，四/二/二/二/型复句组。仄韵，隔句韵，间插连句韵。

4，4，6。5，5。6，7。4，4，5。

3，3，5，4。5，5。7，7。3，7。——南宋·姜夔·《全宋词》第2178页

玲珑四犯

此曲双调，世别有大石调一曲。越中岁暮闻箫鼓感怀。

叠鼓夜寒，垂灯春浅，匆匆时事如**许**。	◆◆◆◇，◇◇◇◆，◇◇◇◆◇◆。
倦游欢意少，俯仰悲今**古**。	◆◇◇◆◆，◆◆◇◇◆。
江淹又吟恨**赋**，记当时送君南**浦**。	◇◇◆◇◆◆，△◇◇◆◇◇◆。
万里乾坤，百年身世，唯有此情**苦**。	◆◆◇◇，◆◇◇◆，◇◆◆◇◆。
扬州柳，垂官**路**，	◇◇◆，◇◇◆，
有轻盈换马，端正窥**户**。	△◇◇◆◆，◇◆◇◆。
酒醒明月下，梦逐潮声**去**。	◆◇◇◆◆，◆◆◇◇◆。
文章信美知何用，漫赢得天涯羁**旅**。	◇◇◆◆◇◇◆，◆◇◆◇◇◇◆。
教说**与**，春来要寻花伴**侣**。	◇◆◆，◇◇◆◇◇◆◆。

同体式作品：无。

【变体二·1·2】20 分句 8 复句。上片第四复句较【变体二·1·1】减 1 分句，下片第一复句减 1 分句、第二、四复句各增 1 分句。上片 9 分句 4 复句，三/二/二/二型复句组；下片 11 分句 4 复句，三/三/二/三型复句组。仄韵，隔句韵。

4，5，4。4，6。6，7。7，6。

7，3，4。4，3，5。6，7。5，3，3。——南宋·周密·《全宋词》第 3274 页

玲珑四犯

戏调梦窗

波暖尘香，正嫩日轻阴，摇荡清**昼**。	◇◆◇◇，△◆◆◇◇，◇◆◇◆。
几日新晴，初展绮枰纹**绣**。	◆◆◇◇，◇◆◇◆◇◆。
年少忍负韶华，尽占断艳歌芳**酒**。	◇◆◆◆◇◇，△◆◆◆◇◇◆。
看翠帘蝶舞蜂喧，催趁禁烟时**候**。	△◆◇◆◆◇◇，◇◆◆◇◇◆。
杏腮红透梅钿**皱**，燕将归，海棠厮**勾**。	◆◇◇◆◇◆◆，◆◇◇，◆◇◇◆。
寻芳较晚，东风约，还在刘郎**后**。	◇◇◆◆，◇◇◆，◇◆◇◇◆。
凭问柳陌旧莺，人比似垂杨谁**瘦**。	◇◆◆◆◆◇，◇◆◆◇◇◇◆。
倚画阑无语，春恨远，频回**首**。	◆◆◆◇◇，◇◆◆，◇◇◆。

同体式作品：无。

变体二·2

19 分句 8 复句

【变体二·2·1】19 分句 8 复句。上片第三复句较始词增 1 分句，10 分句 4 复句，三/二/三/二/型复句组；下片第一复句减 1 分句，第四复句增 1 分句，9 分句 4 复句，二/二/二/三/型复句组。仄韵，隔句韵，间插连句韵。

4，5，4。4，6。6，3，4。7，6。

7，7。7，5。6，7。5，3，3。——南宋·方千里·《全宋词》第 2490 页

玲珑四犯

倾国名姝，似晕雪匀酥，无限娇**艳**。	◆◆◇◇，△◆◆◇◇，◇◆◇◆。
素质闲姿，天赋淡蛾丰**脸**。	◆◆◇◇，◇◆◆◇◇◆。
还是睡起慵妆，顾鬓影，翠云零**乱**。	◇◆◆◆◇◇，◆◆◆，◆◇◇◆。
怅平生把鉴惊**换**，依约琐窗逢**见**。	△◇◇◆◆◇◆，◇◆◆◇◇◆。
绣帏凝想鸳鸯**荐**，画屏烘兽烟葱**茜**。	◆◇◇◆◇◇◆，◆◇◇◆◇◇◆。
依红傍粉怜香玉，聊慰风流**眼**。	◇◇◆◆◇◇◆，◆◆◇◇◆。
空叹倦客断肠，奈听彻残更急**点**。	◇◆◆◆◆◇，△◆◆◇◇◆◆。
仗梦魂一到，花月底，休飘**散**。	△◆◇◆◆，◇◆◆，◇◇◆。

同体式作品：南宋：杨泽民 1 首。

【变体二·2·2】19 分句 8 复句。上片与始词同，9 分句 4 复句，三/二/二/二/型复句组；下片第一分句减 1 分句，第三、四复句各增 1 分句，10 分句 4 复句，二/二/三/三/型复句组。仄韵，隔句韵。

4，5，4。4，6。6，7。7，6。

7，7。7，5。3，4，5。3，6，4。——南宋·刘之才·《全宋词》第 3070 页

玲珑四犯

几叠云山，隔不断阑干，天外凝**眺**。	◆◆◇◇，◆◆◆◇◇，◇◆◇◆。
秋与愁并，梧迳雨痕先**表**。	◇◇◇◆，◇◆◆◇◇◆。
娇梦半握芙蓉，奈曲曲翠屏深**窈**。	◇◆◆◆◇◇，△◆◆◆◇◇◆。
问愁根当年谁种，漠漠淡烟衰**草**。	△◇◇◇◇◇◆，◆◆◆◇◇◆。
鸳鸯懒拂蘋花影，记眉妩萦情多**少**。	◇◇◆◆◇◇◆，△◇◇◇◇◆◆。
辘轳玉虎牵丝转，听尽秋缸**晓**。	◇◇◆◆◇◇◆，◆◆◇◇◆。
算谁念，卧云衣冷，香压金蟾**小**。	◇◆◆，◆◇◇◆，◇◆◇◇◆。
写新词，先寄江鸿归去，且教知**道**。	◆◇◇，◇◆◇◇◇◆，◆◆◇◆。

同体式作品：无。

【变体二·2·3】19 分句 8 复句。上片第四复句较始词增 1 分句，10 分句 4 复句，三/二/二/三/型复句组，下片与始词同，9 分句 4 复句，三/二/二/二/型复句组。仄韵，隔句韵。

4，4，6。5，5。6，7。4，4，5。

6，5，4。5，5。7，7。3，7。——南宋·谭宣子·《全宋词》第 3168 页

玲珑四犯

重过南楼，用白石体赋。

碧黯塞榆，黄销堤柳，危栏谁料重**抚**。	◆◆◆◇，◇◇◇◆，◇◇◇◆◇◇。
才情犹未减，指点惊如**许**。	◇◇◇◆◆，◆◆◇◇◆。
当时共伊东顾，为辞家怕吟鹦**鹉**。	◇◇◆◇◇◆，◆◇◇◆◇◇◆。
衮衮波光，悠悠云气，陶写几今**古**。	◆◆◇◇，◇◇◇◆，◇◆◆◇◆。
生尘每怜微步，渺江空岁晚，知在何**处**。	◇◇◆◇◇◆，△◇◇◆◆，◇◆◇◆。
土花封玉树，恨极山阳**赋**。	◆◇◇◆◆，◆◆◇◇◆。
吹芗扇底余欢断，怎忘得阴移庭**午**。	◇◇◆◆◇◇◆，◆◆◆◇◇◇◆。
离别苦，那堪听敲窗冻**雨**。	◇◆◆，◆◇◆◇◇◆◆。

同体式作品：无。

变体二·3

22 分句 8 复句

【变体二·3】22分句8复句。上下片第三、四复句较始词各增1分句。每片11分句4复句，三/二/三/三/型复句组。仄韵，隔句韵，间插连句韵。

4，5，4。4，6。6，3，4。3，4，6。
7，3，4。7，5。6，3，4。3，4，4。——南宋·翁元龙·《全宋词》第2944页

玲珑四犯

窗外啼莺，报数日西园，花事都**空**。	◇◆◇◇，△◆◆◇◇，◇◆◇◆。
绣屋专房，姚魏渐邀新**宠**。	◆◆◇◇，◇◆◆◇◇◆。
葱翠试剪春畦，羞对酒，夜寒犹**重**。	◇◆◆◆◇◇，◇◆◆，◆◇◇◆。
误暗期，绿架香**洞**，月黯小阶云**冻**。	◆◆◇，◆◆◇◆，◆◆◆◇◇◆。
算春将揽邮亭**鞚**，柳成圈，记人迎**送**。	◆◇◇◆◇◇◆，◆◇◇，◆◇◇◆。
蜀魂怨染岩花色，泥径红成**陇**。	◆◇◆◆◇◇◆，◇◆◇◇◆。
楼上半揭画帘，料看雨，玉笙寒**拥**。	◇◆◆◆◆◇，◆◆◆，◆◇◇◆。
怕骤晴，无事消遣，日长清**梦**。	◆◆◇，◇◆◇◆，◆◇◇◆。

同体式作品：无。

增减字：

（一）4，5，4。4，6。6，3，4。3，4，6。○7，3，4。7，6。4，5，4。3，5，3。南宋：张炎1首。

变体二·4

17分句8复句

【变体二·4】17分句8复句。上片与始词同，9分句4复句，三/二/二/二/型复句组；下片第一复句减1分句，8分句4复句，二/二/二/二/型复句组。仄韵，隔句韵，间插连句韵。

4，5，4。4，6。6，7。7，6。
7，7。7，5。6，7。8，3。——南宋·陈允平·《全宋词》第3124页

玲珑四犯

金屋春深，似灼灼娉婷，真真娇**艳**。	◇◆◇◇，△◆◆◇◇，◇◇◇◆。
洗净铅华，依旧曲眉丰**脸**。	◆◆◇◇，◇◆◆◇◇◆。
犹记舞歇凉州，渐缥缈碧云缭**乱**。	◇◆◆◆◇◇，△◇◆◆◇◇◆。
自玉环宝镜偷**换**，别后甚时重**见**。	△◆◇◆◆◇◆，◆◆◆◇◇◆。
鸾帏凤席鸳鸯**荐**，但空余蕙芳兰**茜**。	◇◇◆◆◇◇◆，△◇◇◆◇◇◆。
天涯柳色青青恨，不入东风**眼**。	◇◇◆◆◇◇◆，◆◆◇◇◆。
惆怅二十四桥，任落絮飞花乱**点**。	◇◆◆◆◆◇，△◆◆◇◇◆◆。
奈翠屏一枕云雨梦，谁惊**散**。	△◆◇◆◆◇◆◆，◇◇◆。

同体式作品：无。

519.【丹凤吟】

1. 始词北宋周邦彦作。
2. 双片，上片四韵，下片五韵，仄韵，隔句韵。

始词：23 分句 9 复句。双片。上片 12 分句 4 复句，三/二/四/三/型复句组；下片 11 分句 5 复句，二/三/二/二/二/型复句组。仄韵，隔句韵。

6，4，4。4，6。4，4，4，4。6，4，6。

6，7。5，5，4。4，6。7，5。4，5。——北宋·周邦彦·《全宋词》第 597 页

丹凤吟

越调

迤逦春光无赖，翠藻翻池，黄蜂游**阁**。	◆◆◇◇◇◆，◆◆◇◇，◇◇◇◆。
朝来风暴，飞絮乱投帘**幕**。	◇◇◇◆，◇◆◆◇◇◆。
生憎暮景，倚墙临岸，	◇◇◆◆，◆◇◇◆，
杏靥夭斜，榆钱轻**薄**。	◆◆◇◇，◇◇◇◆。
昼永惟思傍枕，睡起无憀，	◆◆◇◇◆◆，◆◆◇◇，
残照犹在亭**角**。	◇◆◇◆◇◆。
况是别离气味，坐来但觉心绪**恶**。	◆◆◆◇◆◆，◆◇◆◆◇◆◆。
痛引浇愁酒，奈愁浓如酒，无计消**铄**。	◆◆◇◇◆，△◇◇◇◆，◇◆◇◆。
那堪昏暝，簌簌半檐花**落**。	◆◇◇◆，◆◆◆◇◇◆。
弄粉调朱柔素手，问何时重**握**。	◆◆◇◇◇◆◆，△◇◇◇◆。
此时此意，长怕人道**著**。	◆◇◆◆，◇◆◇◆◆。

同体式作品：南宋：杨泽民 1 首。

增减字：

(一) 6，4，4。4，6。4，4，4，4。6，6，4。○ 6，7。5，5，4。4，6。7，5。4，5。南宋：吴文英 1 首。

变体二

较始词复句数不变，分句数有变。

【变体二·1】24 分句 9 复句。上片与始词同，12 分句 4 复句，三/二/四/三/型复句组；下片第四复句较始词增 1 分句，12 分句 5 复句，二/三/二/三/二/型复句组。仄韵，隔句韵。

6，4，4。4，6。4，4，4，4。6，4，6。

6，7。5，5，4。4，6。4，3，5。4，5。——南宋·方千里·《全宋词》第 2491 页

丹凤吟

宛转回肠离绪，懒倚危栏，愁登高**阁**。	◆◆◇◇◇◆，◆◆◇◇，◇◇◇◆。
相思何处，人在绣帏罗**幕**。	◇◇◇◆，◇◆◆◇◇◆。
芳年艳齿，枉消虚过，	◇◇◆◆，◆◇◇◆，
会合丝轻，因缘蝉**薄**。	◆◆◇◇，◇◇◇◆。
暗想飞云骤雨，雾隔烟遮，	◆◆◇◇◆◆，◆◆◇◇，
相去还是天**角**。	◇◆◇◆◇◆。
怅望不将梦到，素书谩说波浪**恶**。	◆◆◆◇◆◆，◆◇◇◆◇◇◆。
纵有青青发，渐吴霜妆点，容易凋**铄**。	◆◆◇◇◆，△◇◇◇◆，◇◆◇◆。
欢期何晚，忽忽坐惊摇**落**。	◇◇◇◆，◆◆◆◇◇◆。
顾影无言，清泪湿，但丝丝盈**握**。	◆◆◇◇，◇◆◆，△◇◇◇◆。
染斑客袖，归日须问**著**。	◆◇◆◆，◇◆◇◆◆。

同体式作品： 无。

【变体二·2】24 分句 9 复句。上片与始词同，12 分句 4 复句，三/二/四/三/型复句组；下片第五复句较始词增 1 分句，12 分句 5 复句，二/三/二/二/三/型复句组。仄韵，隔句韵。

6，4，4。4，6。4，4，4，4。6，4，6。

6，7。4，6，4。4，6。7，5。3，3，3。——南宋·陈允平·《全宋词》第 3124 页

丹凤吟

暗柳烟深何处，翡翠帘栊，鸳鸯楼**阁**。	◆◆◇◇◇◆，◆◆◇◇，◇◇◇◆。
芹泥融润，飞燕竞穿珠**幕**。	◇◇◇◆，◇◆◆◇◇◆。
秋千倦倚，还思年少，	◇◇◆◆，◇◇◇◆，
袜步尘轻，衫裁罗**薄**。	◆◆◇◇，◇◇◇◆。
陡顿芳心暗老，强理新妆，	◆◆◇◇◆◆，◇◆◇◇，
离思都占眉**角**。	◇◇◇◆◇◆。
过了几番花信，晓来划地寒意**恶**。	◆◆◆◇◇◆，◆◇◇◆◇◆◆。
可煞东风，甚把夭桃艳杏，故故凌**铄**。	◆◆◇◇，◆◆◇◇◆◆，◆◆◇◆。
伤春憔悴，泪矗粉腮香**落**。	◇◇◇◆，◆◆◆◇◇◆。
挑脱金宽双玉腕，怕人猜偷**握**。	◆◆◇◇◇◆◆，◆◇◇◇◆。
渐芳草，恨画阑，休傍**著**。	◆◇◆，◆◆◇，◇◇◆。

同体式作品： 无。

520.【忆旧游】

【忆旧游慢】

1. 始词北宋周邦彦作。
2. 词咏调名本意，词题即调名。
3. 南宋常用词调，一作【忆旧游慢】。
4. 双片，上片四韵，下片五韵，变体韵数或有变；平韵，隔句韵。

始词：22分句8复句。双片。上下片各11分句4复句，上片三/三/二/三/型复句组；下片四/三/二/二/型复句组。平韵，隔句韵。

5，4，4。5，5，4。6，5。5，4，4。

2，3，5，4。5，5，4。6，5。5，7。——北宋·周邦彦·《全宋词》第599页

忆旧游

越调

记愁横浅黛，泪洗红铅，门掩秋**宵**。	△◇◇◆◆，◆◆◇◇，◇◆◇◇。
坠叶惊离思，听寒螀夜泣，乱雨潇**潇**。	◆◆◇◇◇，△◇◇◆◆，◆◆◇◇。
凤钗半脱云鬓，窗影烛光**摇**。	◆◇◆◆◇◆，◇◆◆◇◇。
渐暗竹敲凉，疏萤照晚，两地魂**销**。	△◆◆◇◇，◇◇◆◆，◆◆◇◇。
迢**迢**，问音信，道径底花阴，时认鸣**镳**。	◇◇，◆◇◆，△◆◆◇◇，◇◆◇◇。
也拟临朱户，叹因郎憔悴，羞见郎**招**。	◆◆◇◇◆，△◇◇◇◆，◇◆◇◇。
旧巢更有新燕，杨柳拂河**桥**。	◆◇◆◆◇◆，◇◆◆◇◇。
但满目京尘，东风竟日吹露**桃**。	△◆◆◇◇，◇◇◆◆◇◆◇。

同体式作品：南宋：方千里1首，赵以夫2首，杨泽民1首，陈允平1首，黄廷璹1首，张炎5首，龙端是1首，彭泰翁1首。

增减字：

（一）5，4，4。5，3，6。6，5。5，4，4。○2，3，5，4。5，5，4。6，5。5，7。南宋：仇远1首。

变体一

与始词分句数复句数相同，复句型有变。

【变体一】22分句8复句。上片与始词同，下片第一复句较始词减1分句、第四复句增1分句。每片11分句4复句，三/三/二/三/型复句组。平韵，隔句韵。

5，4，4。5，5，4。6，5。5，4，4。

5，5，4。5，5，4。6，5。5，4，4。——南宋·周密·《全宋词》第3290页

忆旧游

寄王圣与

记移灯剪雨，换火篝香，去岁今**朝**。	△◇◇◆◆，◆◆◇◇，◆◆◇◇。
乍见翻疑梦，向梅边携手，笑挽吟**梢**。	◆◆◇◇◆，△◇◇◇◆，◆◆◇◇。
依依故人情味，歌舞试春**娇**。	◇◇◆◇◇◆，◇◆◆◇◇。
对婉娩年芳，漂零身世，酒趁愁**消**。	△◆◆◇◇，◇◇◇◆，◆◆◇◇。
天涯未归客，望锦羽沉沉，翠水迢**迢**。	◇◇◆◇◆，△◆◆◇◇，◆◆◇◇。
叹菊荒薇老，负故人猿鹤，旧隐谁**招**。	△◆◇◇◆，△◆◇◇◆，◆◆◇◇。
疏花温撩愁思，无句到寒**梢**。	◇◇◇◇◇◇，◇◆◆◇◇。
但梦绕西泠，空江冷月，魂断随**潮**。	△◆◆◇◇，◇◇◆◆，◇◆◇◇。

同体式作品：无。

变体二

较始词复句数不变，分句数有变。

变体二·1

21 分句 8 复句

【变体二·1】21 分句 8 复句。上片与始词同，11 分句 4 复句，三/三/二/三/型复句组；下片第一复句减 1 分句，10 分句 4 复句，三/三/二/二/型复句组。平韵，隔句韵。

5，3，5。5，5，4。6，5。5，4，4。

5，5，4。5，5，4。6，5。5，7。——南宋·吴文英·《全宋词》第 2939 页

忆旧游

别黄澹翁

送人犹未苦，苦送春，随人去天**涯**。	◆◇◇◆◆，◆◆◇，◇◇◆◇◇。
片红都飞尽，正阴阴润绿，暗里啼**鸦**。	◆◇◇◇◆，△◇◇◆◆，◆◆◇◇。
赋情顿雪双鬓，飞梦逐尘**沙**。	◆◇◆◆◇◆，◇◆◆◇◇。
叹病渴凄凉，分香瘦减，两地看**花**。	△◆◆◇◇，◇◇◆◆，◆◆◇◇。
西湖断桥路，想系马垂杨，依旧欹**斜**。	◇◇◆◇◆，△◆◆◇◇，◇◆◇◇。
葵麦迷烟处，问离巢孤燕，飞过谁**家**。	◇◆◇◇◆，△◇◇◇◆，◇◆◇◇。
故人为写深怨，空壁扫秋**蛇**。	◆◇◆◆◇◆，◇◆◆◇◇。
但醉上吴台，残阳草色归思**赊**。	△◆◆◇◇，◇◇◆◆◇◇◇。

同体式作品：无。

增减字：

（一）5，4，4。5，4，4。6，5。5，4，4。○ 5，5，4。5，5，4。6，5。5，7。南宋：刘辰翁 1 首。

（二）5，4，4。5，5，4。6，5。5，4，4。○ 5，5，4。5，5，4。6，5。5，7。南宋：周密 1 首，彭元逊 1 首，仇远 1 首，张炎 2 首。

(三) 5，4，4。7，4，4。6，5。5，4，4。○ 5，5，4。5，5，4。6，5。5，7。南宋：刘将孙 1 首。
(四) 5，4，4。5，5，4。6，5。5，4，4。○ 5，5，4。5，4，4。6，5。5，7。南宋：刘应几 1 首。

变体二·2

23 分句 8 复句

【变体二·2】23 分句 8 复句。上片与始词同，11 分句 4 复句，三/三/二/三/型复句组；下片第四复句增 1 分句，12 分句 4 复句，四/三/二/三/型复句组。平韵，隔句韵。

5，4，4。5，5，4。6，5。5，4，4。
2，3，5，4。5，5，4。6，5。5，4，4。——南宋·周密·《全宋词》第 3285 页

忆旧游

次韵贯房，有怀东园。

记花阴映烛，柳影飞梭，庭户东**风**。	△◇◇◆◆，◆◆◇◇，◇◆◇◇。
彩笔争春艳，任香迷舞袖，醉拥歌**丛**。	◆◆◇◇◆，△◇◇◆◆，◆◆◇◇。
画帘静掩芳昼，云剪玉璁**珑**。	◆◇◆◆◇◆，◇◆◆◇◇。
奈恨绝冰弦，尘消翠谱，别凤离**鸿**。	△◆◆◇◇，◇◇◆◆，◆◆◇◇。
莺**笼**，怨春远，但翠冷闲阶，坠粉飘**红**。	◇◇，◆◇◆，△◆◆◇◇，◆◆◇◇。
事逐华年换，叹水流花谢，燕去楼**空**。	◆◆◇◇◆，△◆◇◇◆，◆◆◇◇。
绣鸳暗老薇径，残梦绕雕**栊**。	◆◇◆◆◇◆，◇◆◆◇◇。
怅宝瑟无声，愁痕沁碧，江上孤**峰**。	△◆◆◇◇，◇◇◆◆，◇◆◇◇。

同体式作品：无。

521. 【垂丝钓】

【垂丝钓近】

1. 始词北宋周邦彦作。
2. 【垂丝钓近】与本调体式相同，兹作一调处理。
3. 双片，始词上片六韵，下片七韵，仄韵，连句韵，间插隔句韵。

始词：15 分句 6 复句。双片。上片 6 分句 3 复句，二/二/二/型复句组；下片 9 分句 3 复句，四/二/三/型单句复句组合。仄韵，连句韵，间插隔句韵。

4，6。4，4。3，5。
3，5，4，6。4，5。5，4，5。——北宋·周邦彦·《全宋词》第 601 页

垂丝钓

商调

缕金翠**羽**，妆成才见眉**妩**。	◆◇◆◆，◇◇◇◆◇◆。
倦倚绣帘，看舞风**絮**。	◆◆◆◇，◆◆◇◆。
愁几**许**，寄风丝雁**柱**。	◇◆◆，△◆◇◆◆。
春将**暮**，向层城苑**路**，	◇◇◆，△◇◇◆◆，
钿车似水，时时花径相**遇**。	◇◇◆◆，◇◇◇◆◇◆。
旧游伴**侣**，还到曾来**处**。	◆◇◆◆，◇◆◇◇◆。
门掩风和**雨**，梁间燕**语**，问那人在**否**。	◇◆◇◇◆，◇◇◆◆，△◆◇◆◆。

同体式作品：无。

增减字：

（一）4，6。4，5。3，5。○ 3，5，4，6。4，5。5，3，5。南宋：赵彦端 2 首，袁去华 1 首。

（二）4，6。4，4。3，5。○ 3，5，4，6。4，5。5，3，5。南宋：陈亮 1 首。

（三）4，6。4，4。3，5。○ 3，5，4，6。4，5。5，3，5。南宋：丘崈 1 首，方千里 1 首。

按：本调始词上片结句，有各种不同判断，《全宋词》以“寄风丝雁柱”为上片结句，《钦定词谱》以“向层城苑路”为结句，注曰：“《花草粹编》以‘春将暮’句作结，似语气未完，汲古阁本以‘钿车似水’句分段，则又非韵，今照杨无咎词体校正。”《钦谱》以周邦彦词为本调之首，标点断句则“照杨无咎词体”。《全宋词》对本调诸词有三种分片：其一，将周邦彦词“春将暮”3 字句作下片起句；其二，将该句位 3 字句作上片结句，如杨无咎词（见下谱）；其三，依照《钦定词谱》的分片，将“向层城苑路”作上片结句，如此则上片 8 分句 4 复句，下片 6 分句 3 复句。本谱将此三种分片方式俱加展示，以示本调“又一体”的“弹性”意味。

变体一

与始词分句数复句数皆同，复句型有变。

【变体一·1】15 分句 6 复句。双片。上片较始词增 1 分句，下片减 1 分句。上片 7 分句 3 复句，二/二/三/型复句组；下片 8 分句 3 复句，三/二/三/型复句组。仄韵，连句韵，间插隔句韵。

4，6。4，3。3，5，3。

5，4，6。4，5。5，3，5。——南宋·杨无咎·《全宋词》第 1179 页

垂丝钓

燕将旧**侣**，呢喃终日相**语**。	◆◇◆◆，◇◇◇◆◇◆。
似惜别离情，知几**许**。	△◆◆◇◇，◇◆◆。
谁与**度**，为向人代**诉**，空朝**暮**。	◇◆◆，△◆◇◆◆，◇◇◆。
漫千言百**句**，怎生会得，争如作个青**羽**。	△◇◇◆◆，◆◇◆◆，◇◇◆◆◇◆。
又闻院**宇**，不在当时**住**。	◆◇◇◆，◆◆◇◇◆。
飞去无寻**处**，肠万**缕**，寄暴风横**雨**。	◇◆◇◇◆，◇◆◆，△◆◇◆◆。

按：此分片按《全宋词》，《钦定词谱》将“谩千言百句”作上片结句。

同体式作品：南宋：杨无咎1首，吴文英1首（【垂丝钓近】）。

附：杨无咎另一首《垂丝钓》：

垂丝钓 杨无咎

玉纤半**露**，香檀低应鼍**鼓**。逸调响穿空，云不**度**。情几**许**，看两眉碧**聚**，为谁**诉**。○听敲冰戛**玉**，恨云怨**雨**，声声总在愁**处**。放杯未**举**，倾坐惊相**顾**。应也肠千**缕**，人欲**去**。更画檐细**雨**。

按：该词“听敲冰戛玉，恨云怨雨，声声总在愁处”，语意相连，明显为一复句，如此则“为谁诉”当属上一复句：“情几许，看两眉碧聚，为谁诉”后八字可以连为一字领八字句——看//两眉/碧**聚**/为谁**诉**。由此看来，本词该句位3字句作上片结句当是词人本意。当然，《钦定词谱》的分片也可以成立，而《花草粹编》对本调的分片又有不同，可见古人对词体“流水句”的“可断可连”也有不同的理解。

【变体一·2】15分句6复句。双片。调名【垂丝钓近】词仅此一首，体式与【变体一·1】同，惟上片第二复句分句字数有变。上片7分句3复句，二/二/三/型复句组；下片8分句3复句，三/二/三/型复句组。仄韵，插一平韵，连句韵，间插隔句韵。

4，6。4，4。3，5，3。

5，4，6。4，5。5，3，5。——南宋·吴文英·《全宋词》第2890页

垂丝钓近

夷则商。云麓先生以画舫载洛花宴客。

听风听雨，春残花落门**掩**。	◆◇◆◆，<u>◇◇◇◆◇◆</u>。
乍倚玉阑，旋翦夭**艳**。	◆◆◆◇，<u>◇◆◇◆</u>。
携醉**靥**，放溯溪游**缆**，波光**撼**。	◇◆◆，△◆◇◇◆，◇◇◆。
映烛花黯**澹**，碎霞澄水，吴宫初试菱**鉴**。	△◆◇◆◆，◆◇◇◆，<u>◇◇◇◆◇◆</u>。
旧情顿**减**，孤负深杯**滟**。	◆◇◆◆，◇◆◇◇◆。
衣露天香**染**，通夜饮，问漏移几**点**。	◇◆◇◇◆，◇◆◆，△◆◇◆◆。

同体式作品：无。

变体三

与始词分句数相同，复句数有变。

【变体三·1】15分句7复句。双片。上片较始词增2分句1复句，8分句4复句，二/二/二/二/型复句组；下片较始词减2分句，7分句3复句，二/二/三/型复句组。仄韵，连句韵，间插隔句韵。

4，6。4，4。3，5，3，5。

4，6。4，5。5，3，5。——南宋·杨冠卿·《全宋词》第1861页

垂丝钓

翠帘昼**卷**，庭花日影初**转**。	◆◇◆◆，<u>◇◇◆◆◇◆</u>。

酒力未醒，眉黛还**敛**。	◆◆◆◆，◇◆◇◆。
停歌**扇**，背画阑倚**遍**。	◇◇◆，△◆◇◆◆。
情无**限**，怅韶华又**晚**。	◇◇◆，△◇◇◆◆。
锦鞯去后，愁宽珠袖金**钏**。	◆◇◆◆，◇◇◇◆◇◆。
碧云信**远**，难托西楼**雁**。	◆◇◆◆，◇◆◇◇◆。
空写银筝**怨**，肠欲**断**，更落红万**点**。	◇◆◇◇◆，◇◆◆，△◆◇◇◆◆。

同体式作品：无。

按：以上本词的标点，是《全宋词》对本调之词的又一种分片，即《钦定词谱》举为“正体”的分片。本调多为连句韵，而《钦谱》没有今天的“复句”概念，标示的“韵”没有“大顿小顿”之区分，《全宋词》亦凡韵句皆打句号，未区分复句之“大韵”和分句之“小韵”，今视之则上片4复句，下片3复句。实际上，从一调上下片复句数通常相同的规律看，本词以“情无限”作上片结句，每片点断为3复句更通顺，意脉更清晰：

翠帘昼**卷**，庭花日影初**转**。
酒力未醒，眉黛还**敛**。
停歌**扇**，背画阑倚**遍**，情无**限**。

怅韶华又**晚**，锦鞯去后，愁宽珠袖金**钏**。
碧云信**远**，难托西楼**雁**。
空写银筝**怨**，肠欲**断**，更落红万**点**。

如此点断，则本词与本谱该调“变体一”同体。《垂丝钓》这种复句数、复句型乃至分片有某种“弹性”的词调，类似之例不多，但反映了“长短句”之词体与齐言诗不同的文体特色。词体“弹性”句断的深层意味，乃是对词之文意机趣的“弹性”解读。

【变体三·2】15分句7复句。双片。上下片分句数复句数与始词同，与【变体三·1】相反。上片复句型较始词不变，6分句3复句，二/二/二/型复句组；下片较始词增1复句，9分句4复句，二/二/二/三/型复句组。仄韵，连句韵，间插隔句韵。

4，6。4，4。3，5。
3，5。4，6。4，5。5，3，5。——南宋·陈允平·《全宋词》第3134页

垂丝钓

鬓蝉似**羽**，轻纨低映娇**妩**。	◆◇◆◆，◇◇◇◆◇◆。
凭阑看花，仰蜂黏**絮**。	◇◇◆◇，◆◇◇◆。
春未**许**，宝筝闲玉**柱**。	◇◆◆，◆◆◇◆◆。
东风**暮**，武陵溪上**路**。	◇◇◆，◆◇◇◆◆。
娉婷婀娜，刘郎依约曾**遇**。	◇◇◇◇，◇◇◇◆◇◆。
鸳俦凤**侣**，重记相逢**处**。	◇◇◆◆，◇◆◆◇◆。
云隔阳台**雨**，花解**语**，旧梦还记**否**。	◇◆◇◇◆，◇◆◆，◆◆◇◆◆。

按：本词是拟效周邦彦该调词的依韵之作，将下片起首四句作语意连贯的一复句理解："东风暮，武陵溪上路，娉婷婀娜，刘郎依约曾遇。"则本词与周词完全同体，现将下片标点为 4 复句，以示本调复句划分的某种弹性。

同体式作品：无。

522.【隔浦莲】

【隔浦莲近拍】【隔浦莲近】

1. 始词北宋周邦彦作。
2. 一作【隔浦莲近拍】【隔浦莲近】。
3. 双片，每片六仄韵，隔句韵，间插连句韵。

始词：16 分句 6 复句。双片。每片 8 分句 3 复句，上片二/三/三/型复句组；下片三/二/三/型复句组。仄韵，连句韵、隔句韵。

6，5。5，3，3。5，3，5。

3，4，6。4，6。7，2，6。——北宋·周邦彦·《全宋词》第 602 页

隔浦莲

大石

新篁摇动翠**葆**，曲径通深**窈**。　◇◇◇◆◆◆，◆◆◇◇◆。
夏果收新脆，金丸落，惊飞**鸟**。　◆◆◇◇◆，◇◇◆，◇◇◆。
浓霭迷岸**草**，蛙声**闹**，骤雨鸣池**沼**。　◇◆◇◆◆，◇◇◆，◆◆◇◇◆。

水亭**小**，浮萍破处，帘花檐影颠**倒**。　◆◇◆，◇◇◆◆，◇◇◇◆◇◆。
纶巾羽扇，困卧北窗清**晓**。　◇◇◆◆，◆◆◆◇◇◆。
屏里吴山梦自**到**，惊**觉**，依然身在江**表**。　◇◆◇◇◆◆◆，◇◆，◇◇◇◆◇◆。

同体式作品：南宋：史达祖 2 首，吴潜 1 首，赵闻礼 1 首（【隔浦莲近】）。

变体二

较始词复句数不变，分句数有变。

变体二·1

15 分句 6 复句

【变体二·1】15 分句 6 复句。上片第二复句较始词减 1 分句，7 分句 3 复句，二/二/三/型复句组；下片与始词同，8 分句 3 复句，三/二/三/型复句组。仄韵，邻韵通押，连句韵、隔句韵。

6，5。5，6。5，3，5。

3，4，6。4，6。7，2，6。——南宋·杨无咎·《全宋词》第1179页

隔浦莲

墙头低荫翠**幄**，格磔鸣乌**鹊**。	◇◇◇◆◆◆，◆◆◇◇◆。
好梦惊回处，余酲推枕犹**觉**。	◆◆◇◇◆，◇◇◇◆◇◆。
新晴人意**乐**，云容**薄**，丽日明池**阁**。	◇◇◇◆◆，◇◇◆，◆◆◇◇◆。
卷帘**幕**，披衣散策，闲庭吟绕红**药**。	◆◇◆，◇◇◆◆，◇◇◇◆◇◆。
残英几许，尚可一供春**酌**。	◇◇◆◆，◆◆◆◇◇◆。
天气今宵怕又**恶**，凭**托**，东风且慢吹**落**。	◇◆◇◇◆◆◆，◇◆，◇◇◆◆◇◆。

同体式作品：南宋：曾觌1首，赵彦端1首，陆游2首（【隔浦莲近拍】），方千里1首，杨泽民1首（【隔浦莲近拍】），高观国1首，吴潜1首，吴文英1首（【隔浦莲近】），彭元逊1首（【隔浦莲近】），黄载1首。

增减字：

（一）6，5。4，7。5，3，5。○3，3，6。4，6。5，2，6。南宋：赵必㻋1首。

（二）6，5。5，6。5，3，5。○3，6，4。4，6。7，2，6。南宋：翁元龙1首（【隔浦莲近】）。

变体二·2

17分句6复句

【变体二·2】17分句6复句。上片与始词同，8分句3复句，二/三/三/型复句组；下片第一复句增1分句，9分句3复句，四/二/三/型复句组。仄韵，连句韵、隔句韵。

6，5。5，3，3。5，3，5。

3，4，3，3。4，6。7，2，6。——南宋·陈允平·《全宋词》第3115页

隔浦莲近拍

铅霜初褪风**葆**，碧旆侵云**窈**。	◇◇◇◆◆◆，◆◆◇◇◆。
万绿伤春远，林幽乐，多禽**鸟**。	◆◆◇◇◆，◇◇◆，◇◇◆。
斜阳堤畔**草**，游鱼**闹**，暗水流萍**沼**。	◇◇◇◆◆，◇◇◆，◆◆◇◇◆。
翠钿**小**，凉亭醉倚，接罗巾，任欹**倒**。	◆◆◆，◇◇◆◆，◆◇◇，◆◇◆。
月明庭树，夜半鹊飞惊**晓**。	◆◇◇◆，◆◆◆◇◇◆。
隔岸蘋乡梦渐**到**，吹**觉**，一襟风露尘**表**。	◆◆◇◇◆◆◆，◇◆，◆◇◇◆◇◆。

同体式作品：无。

523.【侧犯】

1. 始词北宋周邦彦作。

2. 侧犯，音乐术语。姜夔曰：“唐人乐书云：‘犯有正、旁、偏、侧。宫犯宫为正，宫犯

商为旁，宫犯角为偏，宫犯羽为侧。’”以今日乐理言，“侧犯”之“宫犯羽”，即以本音阶之“宫”（do，简谱 1）转换为别音阶之“羽”（la，简谱 6）。

3. 双片，仄韵，隔句韵，间插连句韵。

始词：18 分句 8 复句。双片。上片 9 分句 4 复句，二/二/二/三/型复句组；下片 9 分句 4 复句，二/三/二/二/型复句组。仄韵，隔句韵，间插连句韵。

4，7。2，8。5，5。2，3，5。

4，5。3，3，5。4，4。4，4。——北宋 · 周邦彦 · 《全宋词》第 602 页

侧犯

大石

暮霞霁雨，小莲出水红妆**靓**。	◆◇◆◆，◆◇◆◆◇◇◆。
风**定**，看步袜江妃照明**镜**。	◇◆，△◆◆◇◇◆◇◆。
飞萤度暗草，秉烛游花**径**。	◇◇◆◆◆，◆◆◇◇◆。
人**静**，携艳质，追凉就槐**影**。	◇◆，◇◆◆，◇◇◆◇◆。
金环皓腕，雪藕清泉**莹**。	◇◇◆◆，◆◆◇◇◆。
谁念**省**，满身香，犹是旧荀**令**。	◇◆◆，◆◇◇，◇◆◆◇◆。
见说胡姬，酒垆寂**静**。	◆◆◇◇，◆◇◆◆。
烟锁漠漠，藻池苔**井**。	◇◆◆◆，◆◇◇◆。

按：“看步袜江妃照明镜”：步袜，散步；江妃，神话传说中的江汉水神，典出汉刘向《列仙传 · 江妃二女》；明镜，喻荷塘。全句大意：水莲的袅娜之态，像江妃散步的身影映在明镜似的水中。语意连贯一气，《钦定词谱》标点为“看步袜江妃读照明镜韵”；《全宋词》于“读”不断，作一字领八字句“看//步袜/江妃/照明镜”；下片该句位亦为 8 字句，《钦谱》标点为“满身香句犹是旧荀令韵”，《全宋词》“满身香”亦以逗号点断。故本词上片第四句为一个 8 字句，下片该句位为 3/5 二分句；上片第二复句“风**定**，看步袜江妃照明**镜**”，2/8 型二分复句，下片第二复句则为“三分”复句：“谁念**省**，满身香，犹是旧荀**令**。”当然，“满身香犹是旧荀令”亦可连而不断，如此则上下片该句位皆是二分复句。本调其他作品亦如此，上片第二复句计 10 字，第二字为韵；下片第二复句计 11 字，第三字为韵，依韵断句则分别为 2/8、3/8 二分复句。在音乐上，上片双字短韵句、下片三字小韵句皆唱为一“小顿”，接之 8 字句唱为一个“大顿”，两个韵拍构成一复句。在音乐上，“大顿”乐句从语读节奏看，由两个小乐节组成；从语文“句法”言，此 8 字为可断可连的流水句，《钦谱》对上片 8 字取“连”——前五字标为“读”，语读节奏“上五下三”8 字句；下片同句位则取“断”——前三字为“句”，8 字划作 3/5 二分句。因此，词文本的点断，对古人所言的音乐“句拍”，不能刻板理解。

同体式作品：南宋：杨泽民 1 首，陈允平 1 首。

增减字：

（一）4，7。2，8。5，5。2，3，5。○ 4，5。3，3，5。4，4。2，6。南宋：方千里 1 首。

变体二

较始词复句数不变，分句数有变。

变体二·1

19 分句 8 复句

【变体二·1】19 分句 8 复句。双片。上片第二复句较始词增 1 分句，10 分句 4 复句，二/三/二/三/型复句组；下片与始词同，9 分句 4 复句，二/三/二/二/型复句组。仄韵，隔句韵。

4，7。2，5，3。5，5。2，3，5。

4，5。3，3，5。4，4。2，6。——南宋·袁去华·《全宋词》第 1500 页

侧犯

篆销余馥，烛堆残蜡房栊**晓**。	◆◇◇◆，◆◇◇◆◇◇◆。
寒**峭**，看杏脸羞红，尚娇**小**。	◇◆，◆◆◆◇◇，◆◇◆。
游蜂静院落，绿水摇池**沼**。	◇◇◆◆◆，◆◆◇◇◆。
闲**绕**，翠树底，揞颐听啼**鸟**。	◇◆，◆◆◆，◇◇◆◇◆。
愁风怕雨，弹指春光**了**。	◇◇◆◆，◇◆◇◇◆。
音信**杳**，最堪恨，归雁过多**少**。	◇◆◆，◆◇◆，◇◆◇◇◆。
困倚孤眠，昼长人**悄**。	◆◆◇◇，◆◇◇◆。
睡起，依然半窗残**照**。	◆◆，◇◇◆◇◇◆。

同体式作品：无。

变体二·2

17 分句 8 复句

【变体二·2】17 分句 8 复句。上片第四复句较始词减 1 分句，8 分句 4 复句，二/二/二/二/型复句组；下片与始词同，9 分句 4 复句，二/三/二/二/型复句组。仄韵，连句韵、隔句韵。

4，7。2，8。5，5。2，8。

4，5。3，3，5。4，4。4，4。——南宋·姜夔·《全宋词》第 2179 页

侧犯

咏芍药

恨春易**去**，甚春却向扬州**住**。	◆◇◆◆，◆◇◆◆◇◇◆。
微**雨**，正茧栗梢头弄诗**句**。	◇◆，△◆◆◇◇◆◇◆。
红桥二十四，总是行云**处**。	◇◇◆◆◆，◆◆◇◇◆。
无**语**，渐半脱宫衣笑相**顾**。	◇◆，△◆◆◇◇◆◇◆。
金壶细叶，千朵围歌**舞**。	◇◇◆◆，◇◆◇◇◆。
谁念我，鬓成丝，来此共尊**俎**。	◇◆◆，◆◇◇，◇◆◆◇◆。
后日西园，绿阴无**数**。	◆◆◇◇，◆◇◇◆。

寂寞刘郎，自修花**谱**。	◆◆◇◇，◆◇◇◆。

同体式作品：南宋：赵文1首。

变体二·3

16分句8复句

【变体二·3】16分句8复句。上片第二复句较始词增1分句、第四复句减1分句，上下片复句型皆与始词下片同。每片8分句4复句，二/二/二/二/型复句组。仄韵，隔句韵，间插连句韵。

4，7。2，8。5，5。3，7。

4，5。3，8。4，4。4，4。——宋·谭宣子·《全宋词》第3167页

侧犯

素秋渐爽，倚香曲枕情依**旧**。	◆◇◆◆，◆◇◆◆◇◇◆。
怀**袖**，浸数尺湘漪簟纹**皱**。	◇◆，◆◆◆◇◇◆◇◆。
悲欢尽梦里，玉骨从消**瘦**。	◇◇◆◆◆，◆◆◇◇◆。
空又思，太液芙蓉未央**柳**。	◇◆◇，◆◆◇◇◇◆◇◆。
翔风何在，乐府传孤**奏**。	◇◆◇◆，◆◆◇◇◆。
人病**酒**，有鸳鸯双字倩谁**绣**。	◇◆◆，◆◇◇◇◆◆◇◆。
拜月西楼，几声滴**漏**。	◆◆◇◇，◆◇◆◆。
应恐纨洁，已疏郎**手**。	◇◆◇◆，◆◇◇◆。

同体式作品：无。

524.【塞翁吟】

1. 始词北宋周邦彦作。
2. 双片，上片六韵，下片四韵，平韵，隔句韵。

始词：20分句，7复句1单句。双片。上片10分句4复句，二/三/二/三/型复句组；下片10分句，1单句3复句，一/三/三/三/型单句复句组合。平韵，隔句韵，间插连句韵。

5，6。3，3，5。7，6。4，3，5。

2。3，4，7。7，7，4。4，4，4。——北宋·周邦彦·《全宋词》第603页

塞翁吟

大石

暗叶啼风雨，窗外晓色珑**璁**。	◆◆◇◇◆，◇◆◆◆◇◇，
散水麝，小池**东**，乱一岸芙**蓉**。	◆◆◆，◆◇◇，△◆◆◇◇。

蕲州簟展双纹浪，轻帐翠缕如**空**。	◇◇◆◆◇◇◆，◇◆◆◆◇◇。
梦念远别，泪痕**重**，淡铅脸斜**红**。	◆◆◆◆，◆◇◇，◆◇◆◇◇。
忡**忡**。	◇◇。
嗟憔悴，新宽带结，羞艳冶都销镜**中**。	◇◇◆，◇◇◆◆，△◆◆◇◇◆◇。
有蜀纸堪凭寄恨，	△◆◆◇◇◆◆，
等今夜洒血书词，剪烛亲**封**。	△◇◆◆◆◇◇，◆◆◇◇。
菖蒲渐老，早晚成花，教见薰**风**。	◇◇◆◆，◆◆◇◇，◇◆◇◇。

同体式作品：无。

增减字：

（一）5，6。3，3，5。7，6。3，3，5。〇2。3，4，7。7，7，4。4，4，4。南宋：方千里1首，吴文英2首，陈允平1首，陈坦之1首，赵文1首，仇远1首，张炎1首，计7人8首。

（二）5，6。3，3，5。7，6。3，3，5。〇2。5，5，4。7，7，4。4，4，4。南宋：赵文1首。

变体二

与始词复句数单句数相同，分句数有变。

变体二·1

18分句，7复句1单句。

【变体二·1】18分句，7复句1单句。上片与始词同，下片减2分句。上片10分句4复句，二/三/二/三/型复句组；下片8分句，1单句3复句，一/二/三/二/型单句复句组合。平韵，隔句韵，间插连句韵。

5，6。3，3，5。7，6。3，3，5。

2，7，7。7，7，4。6，6。——南宋·杨泽民·《全宋词》第3007页

塞翁吟

芙蓉

院宇临池水，桥边绕水茏**葱**。	◆◆◇◇◆，◇◇◆◆◇◇，
桥左右，水西**东**，水木两芙**蓉**。	◇◆◆，◆◇◇，◆◆◆◇◇。
低疑洛浦凌波步，高如弄玉凌**空**。	◇◇◆◆◇◇◆，◇◇◆◆◇◇。
叶百叠，蕊千**重**，更都染轻**红**。	◆◆◆，◆◇◇，△◇◆◇◇。
冲**冲**。	◇◇。
能消尽忧心似结，看艳色浑如梦**中**。	◆◇◆◆◇◆◆，△◆◆◇◇◆◇。
为爱惜芳容未尽，好移去满插家园，	◆◆◆◇◇◆◆，◆◇◆◆◆◇◇，
特与培**封**。	◆◆◇◇。
年年封赏美质，朝朝披玩香**风**。	◇◇◇◆◆◆，◇◇◇◆◇◇。

同体式作品：无。

变体二·2

19分句7复句

【变体二·2】19 分句，7 复句 1 单句。全词分句数与【变体二·1】相同，上下片分句数复句型皆有变。上片 9 分句 4 复句，二/二/二/三/型复句组；下片 10 分句，1 单句 3 复句，一/三/三/三/型单句复句组合。平韵，隔句韵，间插连句韵。

5，6。6，5。7，6。2，4，5。

2。3，4，7。7，5，6。2，6，4。——南宋·仇远·《全宋词》第 3398 页

塞翁吟

短绿抽堤草，芳信未许花**知**。	◆◆◇◇◆，<u>◇◆◆◆◇◇</u>。
尚留冻梗冰**枝**，藓石雪消**迟**。	◆◇◆◆◇◇，◆◆◆◇◇。
方塘水浅鸳鸯冷，沙际水翼相**依**。	◇◇◆◆◇◇◆，<u>◇◆◆◆◇◇</u>。
拾翠，约踏青**期**，终是乐游**稀**。	◆◆，△◆◇◇，◇◆◆◇◇。
相**思**。	◇◇。
江南远，渔汀渺渺，还又是梅花谢**时**。	◇◇◆，◇◇◆◆，◇◆◆◇◇◆◇。
有多少旧愁新恨，	◆◇◆◆◇◇◆，
纵罗虬妙曲，风流怎比红**儿**。	△◇◇◆◆，◇◇◆◆◇◇。
何**时**，再得画鹢摇春，丰乐楼**西**。	◇◇，<u>◆◆◆◆◇◇</u>，◇◆◇◇。

同体式作品：无。

525.【华胥引】

1. 始词北宋周邦彦作。
2. 以典故为调名。华胥，传说中的华胥国，民风朴素，引申为淡泊自然、无争无为之境。《列子·黄帝》："（黄帝）昼寝而梦，游于华胥氏之国……其国无帅长，自然而已；其民无嗜欲，自然而已；不知乐生，不知恶死，故无夭殇。不知亲己，不知疏物，故无爱憎。不知背逆，不知向顺，故无利害。"
3. 双片，每片四仄韵，隔句韵。

始词：17 分句 8 复句。双片。上片 9 分句 4 复句，三/二/二/二/型复句组；下片 8 分句 4 复句，二/二/二/二/型复句组。仄韵，隔句韵。

4，4，4。4，7。6，5。4，6。

4，7。4，6。6，5。4，6。——北宋·周邦彦·《全宋词》第 604 页

华胥引

黄钟。秋思。

川原澄映，烟月冥蒙，去舟如**叶**。	◇◇◇◆，◇◆◇◇，◆◇◇◆。
岸足沙平，蒲根水冷留雁**唼**。	◆◆◇◇，<u>◇◇◆◆◇◆◆</u>。

别有孤角吟秋，对晓风鸣**轧**。　◆◆◇◆◇◇，◆◆◇◇◆。
红日三竿，醉头扶起还**怯**。　◇◆◇◇，◆◇◇◆◇◆。

离思相萦，渐看看鬓丝堪**镊**。　◇◆◇◇，△◇◇◆◇◇◆。
舞衫歌扇，何人轻怜细**阅**。　◆◇◇◆，◇◇◇◇◆◆。
点检从前恩爱，但凤笺盈**箧**。　◆◆◇◇◇◆，△◆◇◇◆。
愁剪灯花，夜来和泪双**叠**。　◇◆◇◇，◆◇◇◆◇◆。

同体式作品：南宋：方千里1首，陈允平1首，张炎2首。

增减字：

（一）4，4，4。4，7。6，5。4，6。○4，7。4，6。7，5。4，6。南宋：丁默1首。

（二）4，4，4。4，7。6，5。4，6。○4，7。4，6。4，7。4，6。南宋：杨泽民1首。

变体二

与始词复句数相同，分句数增1。

【变体二·1】18分句8复句。上片第二复句较【变体二·1】增1分句，10分句4复句，三/三/二/二/型复句组；下片分句数复句型与始词同，8分句4复句，二/二/二/二/型复句组。仄韵，隔句韵。

4，4，4。4，4，4。5，5。4，6。
4，7。4，6。6，5。4，6。——南宋·奚倬然·《全宋词》第3159页

华胥引

中秋紫霞席上

澄空无际，一幅轻绡，素秋弄**色**。　◇◇◇◆，◆◆◇◇，◆◇◆◆。
剪剪天风，飞飞万里，吹净遥**碧**。　◆◆◇◇，◇◇◆◆，◆◆◇◆。
想玉杵芒寒，听佩环无**迹**。　△◆◆◇◇，△◆◇◇◆。
圆缺何心，有心偏向歌**席**。　◇◆◇◇，◆◇◇◆◇◆。

多少情怀，甚年年共怜今**夕**。　◇◆◇◇，△◇◇◆◇◇◆。
蕊宫珠殿，还吟飘香秀**笔**。　◆◇◇◆，◇◇◇◇◆◆。
隐约霓裳声度，认紫霞楼**笛**。　◆◆◇◇◇◆，△◆◇◇◆。
独鹤归来，更无清梦成**觅**。　◆◆◇◇，◆◇◇◆◇◆。

同体式作品：无。

【变体二·2】18分句8复句。上片与始词同，下片第一复句较始词增1分句。每片9分句4复句，三/二/二/二/型复句组。仄韵，隔句韵。

4，4，4。4，7。5，5。4，6。
4，3，4。4，6。4，5。4，6。——南宋·赵必瑑·《全宋词》第3380页

华胥引

舟泊万安，用美成韵。

沧浪矶外，小舣兰舟，旋沽竹**叶**。　◇◆◇◆，◆◆◇◇，◇◇◆◆。

雨过溪肥，波心荡漾鸥地**喽**。　◆◆◇◇，◇◇◆◆◇◆◆。
烟欸乃渔歌，和橹声咿**轧**。　◇◇◆◇◇，◇◆◇◇◆。
要泛五湖，只恐西施羞**怯**。　◆◆◆◇，◆◆◇◇◇◆。

年少飘零，鬓未霜，底须轻**镊**。　◇◆◇◇，◆◆◇，◆◇◇◆。
江南归雁，寄来鸳笺细**阅**。　◇◇◇◆，◆◇◇◇◆◆。
盟言誓语，满鲛绡罗**箧**。　◇◇◆◆，△◇◇◇◆。
撩弄相思，琴心寸寸三**叠**。　◇◆◇◇，◇◇◆◆◇◆。

同体式作品：无。

526.【宴清都】

1. 始词北宋周邦彦作。
2. 双片，始词上片五韵，下片四韵，变体韵数有变；仄韵，隔句韵。

始词：20 分句 8 复句。双片，每片 10 分句 4 复句，三/三/二/二/型复句组。仄韵，隔句韵。

5，3，6。4，4，4。6，7。7，6。
6，4，4。4，4，4。6，7。5，6。——北宋·周邦彦·《全宋词》第 604 页

宴清都

中吕

地僻无钟**鼓**，残灯灭，夜长人倦难**度**。　◆◆◇◇◆，◇◇◆，◆◇◇◆◇◆。
寒吹断梗，风翻暗雪，洒窗填**户**。　◇◇◆◆，◇◇◆◆，◆◇◇◆。
宾鸿谩说传书，算过尽千俦万**侣**。　◇◇◆◆◇◇，△◆◆◇◇◆◆。
始信得庾信愁多，江淹恨极须**赋**。　◆◆◆◆◆◇◇，◇◇◆◆◇◆。

凄凉病损文园，徽弦乍拂，音韵先**苦**。　◇◇◆◆◇◇，◇◇◆◆，◇◆◇◆。
淮山夜月，金城暮草，梦魂飞**去**。　◇◇◆◆，◇◇◆◆，◆◇◇◆。
秋霜半入清镜，叹带眼都移旧**处**。　◇◇◆◆◇◆，△◆◆◇◇◆◆。
更久长不见，文君归时认**否**。　△◆◇◆◆，◇◇◇◇◆◆。

同体式作品：南宋：袁去华 1 首，赵善扛 1 首，方千里 1 首，吴文英 6 首，杨泽民 1 首，黄廷璹 1 首，陈允平 1 首，周密 1 首，计 8 人 13 首。

增减字：

(一) 5，3，6。4，4，4。6，7。7，6。○ 6，4，4。5，4，4。6，7。7，4。南宋：赵必瑑 1 首。

变体二

较始词复句数不变，分句数有变。

变体二·1

23分句8复句

【变体二·1】23分句8复句。上片第四复句较始词增1分句，11分句4复句，三/三/二/三/型复句组；下片第一、三复句各增1分句，12分句4复句，四/三/三/二/型复句组。仄韵，隔句韵，间插连句韵。

5，3，6。4，4，4。6，7。3，6，4。
2，4，4，4。4，4，4。6，3，4。7，4。——北宋·何籀·《全宋词》第915页

宴清都

细草沿阶**软**，迟日薄，蕙风轻蔼微**暖**。	◆◆◇◇◆，◇◆◆，◆◇◇◆◇◆。
春工靳惜，桃红尚小，柳芽犹**短**。	◇◇◆◆，◇◇◆◆，◆◇◇◆。
罗帏绣幕高**卷**，又早是歌慵笑**懒**。	◇◇◆◆◇◆，△◆◆◇◇◆◆。
凭画楼，那更天远山**远**，水远人**远**。	◇◆◇，◆◆◇◆◇◆，◆◆◇◆。
堪**叹**，傅粉疏狂，窃香俊雅，无计拘**管**。	◇◆，◆◆◇◇，◆◇◆◆，◇◆◇◆。
青丝绊马，红巾寄泪，甚处迷**恋**。	◇◇◆◆，◇◇◆◆，◆◆◇◆。
无言泪珠零**乱**，翠袖滴，重重渍**遍**。	◇◇◆◇◇◆，◆◆◆，◇◇◆◆。
故要知别后思量，归时觑**见**。	◆◆◇◆◆◇◇，◇◇◆◆。

同体式作品：无。

增减字：

（一）5，3，6。4，4，4。6，7。3，4，6。○ 2，4，4，4。4，4，5。6，3，4。7，4。南宋：曹勋1首。

（二）5，3，6。4，4，4。6，7。3，4，6。○ 2，4，4，4。4，4，4。6，3，4。7，4。南宋：曹勋1首，胡翼龙1首。

变体二·2

22分句8复句

【变体二·2·1】22分句8复句。上下片较始词各增1分句，每片11分句4复句，上片三/三/二/三/型复句组；下片四/三/二/二/型复句组。仄韵，隔句韵，间插连句韵。

4，4，6。4，4，4。6，7。3，6，4。
2，4，4，4。4，4，4。6，7。5，6。——南宋·曹勋·《全宋词》第1223页

宴清都

野水澄空，远山随眼，筭舆乘兴庐**阜**。	◆◆◇◇，◆◇◇◆，◆◇◇◆◇◆。
天池最极，云溪最隐，翠迷归**路**。	◇◇◆◆，◇◇◆◆，◆◇◇◆。
三峡两龙翔**翥**，尽半月犹贪杖**屦**。	◇◆◆◇◇◆，△◆◆◇◇◆◆。
闲引杯，相赏好处奇**处**，险处清**处**。	◇◆◇，◇◆◆◆◇◆，◆◆◇◆。
凝**伫**，道友重陪，西山胜迹，玉隆风**御**。	◇◆，◆◆◇◇，◇◇◆◆，◆◇◇◆。

滕阁下临，晴峰万里，水云千**古**。	◇◆◆◇，◇◇◆◆，◆◇◇◆。
飞觞且同豪**举**，喜醉客龙吟度**曲**。	◇◇◆◇◇◆，△◆◆◇◇◆◆。
待记成佳话，归时从头细**数**。	△◆◇◇◆，◇◇◇◇◆◆。

同体式作品：无。

变体二·3

18分句8复句

【变体二·3】18分句8复句。上片第二复句较始词减1分句、第四复句增1分句，10分句4复句，三/二/二/三/型复句组；下片第一、二复句较始词各减1分句，8分句4复句，二/二/二/二/型复句组。仄韵，隔句韵，间插连句韵。

5，3，6。8，4。6，7。3，6，4。

6，8。6，6。6，7。7，4。——南宋·程垓·《全宋词》第1992页

宴清都

四代好

翠幕东风**早**，兰窗梦，又被莺声惊**觉**。	◆◆◇◇◆，◇◇◆，◆◆◇◇◇◆。
起来空对平阶弱絮，满庭芳**草**。	◆◇◇◆◇◇◆◆，◆◇◇◆。
厌厌未欣怀**抱**，记柳外人家曾**到**。	◆◆◆◇◇◆，△◆◆◇◇◇◆。
凭画阑，那更春好花**好**，酒好人**好**。	◇◆◇，◆◆◇◆◇◆，◆◆◇◆。
春好尚恐阑珊，花好又怕飘零难**保**。	◇◆◆◆◇◇，◇◆◆◆◇◇◇◆。
直饶酒好□渑，未抵意中人**好**。	◆◇◆◆□◇，◆◆◆◇◇◆。
相逢尽拚醉**倒**，况人与才情未**老**。	◇◇◆◇◆◆，△◇◆◇◇◆◆。
又岂关春去春来，花愁花**恼**。	△◆◇◇◆◇◇，◇◇◇◆。

同体式作品：无。

变体二·4

21分句8复句

【变体二·4·1】21分句8复句。上片第三复句较始词增1分句，11分句4复句，三/三/三/二/型复句组；下片分句数复句型与始词同，分句字数有变，10分句4复句，三/三/二/二/型复句组。仄韵，隔句韵，间插连句韵。

5，3，6。4，4，4。6，3，4。7，6。

6，4，4。4，4，4。6，7。7，4。——南宋·卢祖皋·《全宋词》第2404页

宴清都

初春

春讯飞琼**管**，风日薄，度墙啼鸟声**乱**。	◇◆◇◇◆，◇◆◆，◆◇◇◆◇◆。
江城次第，笙歌翠合，绮罗香**暖**。	◇◇◆◆，◇◇◆◆，◆◇◇◆。

溶溶涧渌冰**泮**，醉梦里，年华暗**换**。	◇◇◆◆◇◆，◆◆◆，◇◇◆◆。
料黛眉重锁隋堤，芳心还动梁**苑**。	△◆◇◇◆◇◇，◇◇◇◆◇◆。
新来雁阔云音，鸾分鉴影，无计重**见**。	◇◇◆◆◇◇，◇◇◆◆，◇◆◇◆。
啼春细雨，笼愁澹月，恁时庭**院**。	◇◇◆◆，◇◇◆◆，◆◇◇◆。
离肠未语先**断**，算犹有凭高望**眼**。	◇◇◆◆◇◆，△◇◆◇◇◆◆。
更那堪芳草连天，飞梅弄**晚**。	△◆◇◇◆◇◇，◇◇◆◆。

同体式作品：无。

【变体二·4·2】21 分句 8 复句。上下片分句数与【变体二·3·1】相反，上片 10 分句 4 复句，三/三/二/二/型复句组；下片 11 分句 4 复句，三/三/二/三/型复句组。仄韵，隔句韵，间插连句韵。

5，3，6。4，4，4。6，7。7，6。

4，6，4。4，4，4。6，7。3，4，4。——南宋·吴文英·《全宋词》第 2883 页

宴清都

万里关河**眼**，愁凝处，渺渺残照红**敛**。	◆◆◇◇◆，◇◇◆，◆◆◇◆◇◆。
天低远树，潮分断港，路回淮**甸**。	◇◇◆◆，◇◇◆◆，◆◇◇◆。
吟鞭又指孤**店**，对玉露金风送**晚**。	◇◇◆◆◇◆，△◆◆◇◇◆◆。
恨自古才子佳人，此景此情多**感**。	△◆◆◇◆◇◇，◆◆◆◇◇◆。
吴王故**苑**，别来良朋雅集，空叹蓬**转**。	◇◇◆◆，◆◇◇◇◇◆，◇◇◇◆。
挥毫记烛，飞觞赶月，梦销香**断**。	◇◇◆◆，◇◇◆◆，◆◇◇◆。
区区去程何**限**，倩片纸丁宁过**雁**。	◇◇◆◇◇◆，◆◆◆◇◇◆◆。
寄相思，寒雨灯窗，芙蓉旧**院**。	◆◇◇，◇◆◇◇，◇◇◆◆。

同体式作品：无。

527.【四园竹】

1. 始词北宋周邦彦作。
2. 据始词本序，该调原名【西园竹】，宋教坊曲。
3. 双片，始词上片四韵，下片五韵，变体韵数有变；平仄通押，隔句韵，间插连句韵。

始词：17 分句 6 复句。双片。上片 9 分句 3 复句，二/三/四/型复句组；下片 8 分句 3 复句，三/三/二/型复句组。平仄通押，隔句韵，插一连句韵。律词。

4，5。4，4，4。3，3，4，6。

3，6，6。6，4，7。3，5。——北宋·周邦彦·《全宋词》第 604 页

四园竹

官本作【西园竹】，小石。

浮云护月，未放满朱**扉**。	◇◇◆◆，◆◆◆◇◇。
鼠摇暗壁，萤度破窗，偷入书**帏**。	◆◇◆◆，◇◆◆◇，◇◆◇◇。
秋意浓，闲伫立，	◇◆◇，◇◆◆，
庭柯影**里**，好风襟袖先**知**。	◇◇◆◆，◆◇◇◆◇◇。
夜何**其**，江南路绕重山，心知谩与前**期**。	◆◇◇，◇◇◆◆◇◇，◇◇◆◆◇◇。
奈向灯前堕**泪**，肠断萧娘，	◆◆◇◇◆◆，◇◆◇◇，
旧日书辞犹在**纸**。	◆◆◇◇◇◆◆。
雁信绝，清宵梦又**稀**。	◆◆◆，◇◇◆◆◇。

同体式作品：南宋：方千里 1 首。

变体一

与始词分句数复句数相同，复句型有变。

【变体一】17 分句 6 复句。上片较始词减 1 分句，下片较始词增 1 分句。上片 8 分句 3 复句，二/三/三/型复句组；下片 9 分句 3 复句，四/二/三/型复句组。平仄通押，隔句韵，间插连句韵。律词。

4，5。4，4，4。6，4，6。

2，3，4，6。6，4。4，3，8。——南宋·杨泽民·《全宋词》第 3008 页

四园竹

残霞殿雨，皞气入窗**扉**。	◇◇◆◆，◆◆◆◇◇。
井梧堕叶，寒砌叫蛩，秋满屏**帏**。	◆◇◆◆，◇◆◆◇，◇◆◇◇。
罗袖匆匆叙别，凄凉客**里**，	◇◆◇◇◆◆，◇◇◆◆，
异乡谁更相**知**。	◆◇◇◆◇◇。
念**伊**，其当**时**，	◆◇，◇◇◇，
芍药同心，谁知又爽佳**期**。	◆◆◇◇，◇◇◆◆◇◇。
直待金风到后，红叶秋**时**。	◆◆◇◇◆◆，◇◆◇◇。
细写情**辞**，何用**纸**，又却恐秋深叶渐**稀**。	◆◆◇◇，◇◆◆，△◆◆◇◇◆◆◇。

同体式作品：无。

变体二

与始词复句数相同，分句数有变。

【变体二·1】15 分句 6 复句。双片。上下片较始词各减 1 分句，上片 8 分句 3 复句，二/三/三/型复句组；下片 7 分句 3 复句，三/二/二/型复句组。平仄通押，隔句韵，间插连句韵。律词。

4，5。4，4，4。3，7，6。

3，6，6。8，9。3，5。——南宋·方千里·《全宋词》第 2497 页

四园竹

花骢纵策，制泪掩斜**扉**。	◇◇◆◆，◆◆◆◇◇。
玉炉细袅，鸳被半闲，萧瑟罗**帏**。	◆◇◆◆，◇◆◆◇，◇◆◇◇。
银漏声，那更杂疏疏雨里，	◇◆◆，◆◆◆◇◇◆◆，
此时怀抱谁**知**。	◆◇◇◆◇◇。
恨凄**其**，西窗自剪寒花，沉吟暗数归**期**。	◇◇◆◆◇◇，◇◇◆◆◆◇◇。
最爱深情密意无限，	◆◆◇◇◆◆◇◆，
当年往复诗辞千万**纸**。	◇◇◆◆◇◇◇◆◆。
甚近日，人来字渐**稀**。	◆◆◆，◇◇◆◆◇。

同体式作品：无。

【变体二·2】15 分句 6 复句。上片与【变体二·1】相同，8 分句 3 复句，二/三/三/型复句组；下片 7 分句 3 复句，二/三/二/型复句组。平仄通押，隔句韵。

4，5。4，4，4。6，4，6。

9，6。6，4，7。3，5。——南宋·陈允平·《全宋词》第 3116 页

四园竹

昏昏暝色，乱叶拥云**扉**。	◇◇◆◆，◆◆◆◇◇。
渚兰风润，庭桂露凉，香动秋**帏**。	◆◇◇◆，◇◆◆◇，◇◆◇◇。
独向闲亭步月，阑干瘦倚，	◇◆◇◇◆◆，◇◇◆◆，
此情惟有天**知**。	◆◇◇◆◇◇。
纵如其黄花时节归来，因循已误心**期**。	◆◇◇◇◇◇◆◇◇，◇◇◆◆◇◇。
欲写相思寄与，愁拂鸾笺，	◆◆◇◇◆◆，◇◆◇◇，
粉泪盈盈先满**纸**。	◆◆◇◇◇◆◆。
正寂寞，楼南雁过**稀**。	◆◆◆，◇◇◆◆◇。

同体式作品：无。

528.【齐天乐】

【济天乐】【齐天乐慢】【台城路】

1. 始词北宋周邦彦作。
2. 本为宋代宫廷宴乐用曲，见《宋史·乐志》。宋周密《武林旧事》“天基圣节排当乐

次”：“乐奏夹钟宫，觱篥起《万寿永无疆》引子，王恩；上寿，第一盏，觱篥起《圣寿齐天乐慢》。”

3. 南宋通行词调。又名【济天乐】【齐天乐慢】，或据清真始词首句“绿芜凋尽台城路”，衍名为【台城路】。
4. 双片，每片五仄韵，隔句韵。

始词：21 分句 8 复句。双片。上片 10 分句 4 复句，二/三/三/二/型复句组；下片 11 分句 4 复句，三/三/三/二/型复句组。仄韵，隔句韵。

7，6。4，4，6。4，5，4。4，7。

6，5，4。4，4，6。4，5，4。4，5。——北宋·周邦彦·《全宋词》第 605 页

齐天乐

正宫。秋思。

绿芜凋尽台城路，殊乡又逢秋**晚**。　◆◇◇◆◇◇◆，◇◇◆◇◇◆。

暮雨生寒，鸣蛩劝织，深阁时闻裁**剪**。　◆◆◇◇，◇◇◆◆，◇◆◇◇◇◆。

云窗静**掩**，叹重拂罗茵，顿疏花**簟**。　◇◇◆◆，△◇◆◇◇，◆◇◇◆。

尚有綀囊，露萤清夜照书**卷**。　◆◆◇◇，◆◇◇◆◆◇◆。

荆江留滞最久，故人相望处，离思何**限**。　◇◇◇◆◆◆，◆◇◇◆◆，◇◇◇◆。

渭水西风，长安乱叶，空忆诗情宛**转**。　◆◆◇◇，◇◇◆◆，◇◆◇◇◆◆。

凭高眺**远**，正玉液新刍，蟹螯初**荐**。　◇◇◆◆，△◆◆◇◇，◆◇◇◆。

醉倒山翁，但愁斜照**敛**。　◆◆◇◇，◆◇◇◆◆。

同体式作品：南宋：杨无咎 2 首，沈端节 1 首，姜夔 1 首，史达祖 5 首，高观国 3 首，卫元卿 1 首，李曾伯 1 首，方岳 1 首，吴文英 9 首，翁元龙 1 首，翁孟寅 1 首，刘澜 1 首，储泳 1 首，洪瑹 1 首，利登 1 首，杨泽民 1 首，柴望 2 首，陈允平 3 首，奚倬然 1 首，曹邍 1 首，丁默 2 首，王月山 1 首，黄廷璹 1 首，张辑 1 首，刘辰翁 3 首，周密 6 首，文天祥 2 首，詹玉 1 首，王沂孙 5 首，姚云文 1 首，赵必𤩪 1 首，李莱老 1 首（【台城路】），仇远 4 首（【台城路】），张炎 14 首（【台城路】），董嗣杲 1 首，王易简 2 首，唐艺孙 1 首，吕同老 1 首，唐珏 1 首，蒋捷 1 首，止禅师 1 首，陈恕可 2 首，陈深 1 首，钟辰翁 1 首，萧东父 1 首，龙紫蓬 1 首，刘天迪 1 首，尹公远 1 首，曾允云 1 首，刘学颜 1 首，赋梅 1 首，无名氏 1 首，计 52 人 101 首。

增减字：

（一）7，6。4，4，6。4，5，4。4，7。○ 6，7，4。4，4，6。4，5，4。4，5。南宋：吕渭老 1 首。

（二）7，6。4，4，6。4，5，4。4，7。○ 6，4，6。4，4，6。4，5，4。4，5。南宋：曹勋 1 首，陆游 2 首。

（三）7，6。4，4，6。4，5，4。4，7。○ 6，5，4。4，4，6。4，5，4。4，7。南宋：李寅仲 1 首。

（四）7，6。4，4，6。4，5，4。4，7。○ 6，5，6。4，4，6。4，5，4。4，5。南宋：方千里 1 首。

（五）7，6。4，4，6。4，5，4。4，7。○ 6，4，5。4，4，6。4，5，4。4，5。南宋：刘子寰 1 首。

（六）7，6。4，4，6。4，5，4。4，7。○ 6，3，4。4，4，6。4，5，4。4，5。南宋：哀长吉 1 首。

（七）7，6。4，4，6。4，5，4。4，7。○ 6，4，4。4，4，6。4，5，4。4，5。南宋：朱涣 1 首。

(八) 7，6。4，4，6。4，5，4。6，5。○ 6，5，4。4，4，6。4，5，4。4，5。南宋：方衡 1 首。
(九) 7，6。4，4，6。4，5，4。4，7。○ 6，4，4。4，4，6。4，5，4。4，7。南宋：无名氏 1 首。

变体二

较始词复句数不变，分句数有变。

变体二・1

22 分句 8 复句

【变体二・1】22 分句 8 复句。上片第一复句较始词增 1 分句。每片 11 分句 4 复句，三/三/三/二/型复句组。仄韵，隔句韵。律词（缺字句不计）。

4，5，4。4，4，6。4，5，4。4，7。
6，5，4。4，4，6。4，5，4。4，5。——南宋・马廷鸾・《全宋词》第 3140 页

齐天乐

和张龙山寿词

老夫耄矣，怪新年顿尔，□衰俱**现**。	◆◇◆◆，△◇◇◆◆，□◇◇◆。
排闷篇诗，浇愁盏酒，自读离骚自**劝**。	◇◆◇◇，◇◇◆◆，◆◆◇◇◆◆。
长安日**远**，怅旧国禾宫，故侯瓜**畹**。	◇◇◆◆，△◆◆◇◇，◆◇◇◆。
风景不殊，江涛如此世缘**浅**。	◇◆◆◇，◇◇◇◆◆◇◆。
莫莫休休□□，□□乾坤毁，幽怀无**限**。	◆◆◇◇□□，□□◇◇◆，◇◇◇◆。
弱羽填波，轻装浮海，其奈沧溟潋**滟**。	◆◆◇◇，◇◇◇◆，◇◆◇◇◆◆。
年华婉**娩**，况六十平头，底须顽**健**。	◇◇◆◆，△◆◆◇◇，◆◇◇◆。
戏唱高词，作还丹九**转**。	◆◆◇◇，△◇◇◆◆。

同体式作品：无。
增减字：
(一) 7，3，3。4，4，6。4，5，4。4，7。○ 6，5，4。4，4，6。4，5，4。4，5。南宋：赵必瑑 1 首。

变体二・2

20 分句 8 复句

【变体二・2】20 分句 8 复句。上片与始词同，下片第二复句减 1 分句。每片 10 分句 4 复句，上片二/三/三/二/型复句组；下片三/二/三/二/型复句组。仄韵，隔句韵。

7，6。4，4，6。4，5，4。4，7。
5，5，4。7，6。4，5，4。4，5。——宋・赵师律・《全宋词补辑》第 49 页

齐天乐

重阳还近秋光好，银屏翠箔凉**透**。	◇◇◇◆◇◇◆，◇◇◆◆◇◆。
凤髓炉温，鱼轩瑞应，天与冰壶清**透**。	◆◆◇◇，◇◇◆◆，◇◆◇◇◇◆。
多文在**手**，更赖玉腰肢，唾花衫**袖**。	◇◇◆◆，◆◆◆◇◇，◆◇◇◆。

旧约梅仙，为来人世作珍**偶**。　◆◆◇◇，◆◇◇◆◆◆◇◆。

虚堂帘半卷，化工何限意，妆点时**昼**。　◇◇◇◆◆，◆◇◇◆◆，◇◆◇◆。
褒真香葵倾劝盏，都把芳心为**寿**。　◆◇◇◇◇◇◆◆，◇◆◇◇◇◆。
当歌对**酒**，愿绿发朱颜，镇长依**旧**。　◇◇◆◆，△◆◆◇◇，◆◇◇◆。
宝篆名高，已书千岁**久**。　◆◆◇◇，◆◇◇◆◆。

同体式作品：无。

529.【蕙兰芳】

【蕙兰芳引】

1. 始词北宋周邦彦作。
2. 一作【蕙兰芳引】。
3. 双片，每片四仄韵，隔句韵。

始词：18 分句 8 复句。双片，每片 9 分句 4 复句，三/二/二/二/型复句组。仄韵，隔句韵。

4，3，4。5，6。4，7。5，6。
4，4，4。5，6。4，4。3，6。——北宋·周邦彦·《全宋词》第 605 页

蕙兰芳引
仙吕

寒莹晚空，点清镜，断霞孤**鹜**。　◇◆◆◇，◆◇◆，◆◇◇◆。
对客馆深扃，霜草未衰更**绿**。　◆◆◆◇◇，◇◆◆◇◆◆。
倦游厌旅，但梦绕阿娇金**屋**。　◆◇◆◆，△◆◆◇◇◇◆。
想故人别后，尽日空疑风**竹**。　△◆◇◆◆，◆◆◇◇◇◆。

塞北氍毹，江南图障，是处温**燠**。　◆◆◇◇，◇◇◇◆，◆◆◇◆。
更花管云笺，犹写寄情旧**曲**。　△◇◆◇◇，◇◆◆◇◆◆。
音尘迢递，但劳远**目**。　◇◇◇◆，◆◇◆◆。
今夜长，争奈枕单人**独**。　◇◆◇，◇◆◆◇◇◆。

同体式作品：南宋：方千里 1 首（【蕙兰芳】），吴文英 1 首（【蕙兰芳引】）。

增减字：

（一）3，4，4。5，6。4，7。5，6。○ 4，4，4。5，6。4，4。5，4。南宋：杨泽民 1 首（【蕙兰芳】）。

（二）4，3，4。5，6。4，7。5，6。○ 4，4，4。5，6。4，4。5，4。南宋：陈允平 1 首（【蕙兰芳引】）。

530.【丁香结】

1. 始词北宋周邦彦作。
2. 双片，每片五仄韵，变体或减一韵；连句韵、隔句韵。

始词：21 分句 8 复句。双片。上片 11 分句 4 复句，三/三/三/二/型复句组；下片 10 分句 4 复句，三/三/二/二/型复句组。仄韵，邻韵通押，隔句韵。

4，4，6。5，3，6。5，3，4。4，8。

2，5，6。4，4，4。6，5。5，6。——北宋·周邦彦·《全宋词》第 606 页

丁香结

商调

苍藓沿阶，冷萤黏屋，庭树望秋先**陨**。	◇◆◇◇，◆◇◇◆，◇◆◆◇◇◆。
渐雨凄风**迅**，淡暮色，倍觉园林清**润**。	△◆◇◇◆，◆◆◆，◆◆◇◇◇◆。
汉姬纨扇在，重吟玩，弃掷未**忍**。	◆◇◇◆◆，◇◇◆，◆◆◆◆。
登山临水，此恨自古销磨不**尽**。	◇◇◇◆，◆◆◆◆◇◇◆◆。
牵**引**，记试酒归时，映月同看雁**阵**。	◇◆，◆◆◆◇◇，◆◆◇◇◆◆。
宝幄香缨，熏炉象尺，夜寒灯**晕**。	◆◆◇◇，◇◇◆◆，◆◇◇◆。
谁念留滞故国，旧事劳方**寸**。	◇◆◇◆◆◆，◆◆◇◇◆。
唯丹青相伴，那更尘昏蠹**损**。	△◇◇◇◆，◆◆◇◇◆◆。

同体式作品：南宋：吴文英 1 首。

增减字：

（一）4，4，6。5，3，6。5，3，4。6，6。○ 2，5，6。4，4，4。6，5。5，6。南宋：方千里 1 首。

变体二

较始词复句数不变，分句数有变。

变体二·1

23 分句 8 复句

【变体二·1】23 分句 8 复句。上片第四复句较始词增 1 分句，12 分句 4 复句，三/三/三/三/型复句组；下片第一复句增 1 分句，11 分句 4 复句，四/三/二/二/型复句组。仄韵，邻韵通押，隔句韵。

4，4，6。5，3，6。5，3，4。4，4，4。

2，5，3，3。4，4，4。6，5。5，6。——南宋·杨泽民·《全宋词》第 3010 页

丁香结

梅雨犹清，冷风乘急，遥送万丝斜**陨**。　◇◆◇◇，◆◇◇◆，◇◆◆◇◇◆。
听水翻雷**迅**，冒雾湿，但觉衣裘皆**润**。　△◆◇◇◆，◆◆◆，◆◆◇◇◇◆。
乱山烟嶂外，轻寒透，未免强**忍**。　◆◇◇◆◆，◇◇◆，◆◆◇◆。
崎岖危石，耸峭峻岭，都齐行**尽**。　◇◇◇◆，◆◆◆◆，◇◇◇◆。

指**引**，看负弩旌旗，谩卷空，排素**阵**。　◆◆，△◆◆◇◇，◆◆◇，◇◆◆。
向晚收云，黎明见日，渐生红**晕**。　◆◆◇◇，◇◇◆◆，◆◇◇◆。
堪叹萍泛浪迹，□事无长**寸**。　◇◇◇◆◆◆，□◆◇◇◆。
但新来纤瘦，谁信非因病**损**。　△◇◇◇◆，◇◆◇◇◆◆。

同体式作品：无。

变体二·2

22分句8复句

【变体二·2】22分句8复句。上片与【变体二·1】同，12分句4复句，三/三/三/三/型复句组；下片与始词同，10分句4复句，三/三/二/二/型复句组。仄韵，邻韵通押，隔句韵。

4，4，6。5，3，6。5，3，4。4，4，4。
2，5，6。4，4，4。6，5。5，6。——南宋·陈允平·《全宋词》第3128页

丁香结

尘拥妆台，翠闲歌扇，金井碧梧风**陨**。　◇◆◇◇，◆◇◇◆，◆◇◆◇◇◆。
听豆虫声小，伴寂寞，冷逼莓墙苍**润**。　△◆◇◇◆，◆◆◆，◆◆◇◇◇◆。
料凄凉宋玉，悲秋恨，此际怎**忍**。　△◇◇◆◆，◇◇◆，◆◆◆◆。
莲塘风露，渐入粉艳，红衣落**尽**。　◇◇◇◆，◆◆◆◆，◇◇◆◆。

勾**引**，记舞歇弓弯，几度柳围花**阵**。　◇◆，△◆◆◇◇，◆◆◆◇◇◆。
酒薄愁浓，霞腮泪渍，月眉香**晕**。　◆◆◇◇，◇◇◆◆，◆◇◇◆。
空对秦镜尚缺，暗结回肠**寸**。　◇◆◇◆◆◆，◆◆◇◇◆。
念纤腰柔弱，都为相如瘦**损**。　△◇◇◇◆，◇◆◇◇◆◆。

同体式作品：无。

531.【解蹀躞】

【玉蹀躞】

1. 始词北宋周邦彦作。

2. 调名一作【玉蹀躞】。蹀躞，唐宋时一种腰带。

3. 双片，上片三韵，下片五韵，仄韵，隔句韵，间插连句韵。

始词：14 分句 6 复句。双片。每片 7 分句 3 复句，二/二/三/型复句组。仄韵，隔句韵，间插连句韵。

6，5。4，5。6，6，4。

3，6。5，9。6，6，4。——北宋·周邦彦·《全宋词》第 606 页

解蹀躞

商调

候馆丹枫吹尽，回旋随风**舞**。	◆◆◇◇◆◆，◆◆◇◇◆。
夜寒霜月，飞来伴孤**旅**。	◆◇◇◆，◇◇◆◇◆。
还是独拥秋衾，	◇◆◆◆◇◇，
梦余酒困都醒，满怀离**苦**。	◆◇◆◆◇◇，◆◇◇◆。
甚情**绪**，深念凌波微**步**。	◆◇◆，◇◆◇◇◇◆。
幽房暗相**遇**，泪珠都作秋宵枕前**雨**。	◇◇◆◇◆，◆◇◇◆◇◇◆◇◆。
此恨音驿难通，	◆◆◇◆◇◇，
待凭征雁归时，带将愁**去**。	◆◇◇◆◇◇，◆◇◇◆。

同体式作品：南宋：杨无咎 1 首。

增减字：

(一) 6，5。4，5。6，4，6。○ 3，6。5，9。6，4，6。南宋：杨无咎 1 首，曹勋 1 首（【玉蹀躞】）。

(二) 6，5。6，3。6，6，4。○ 3，6。5，9。6，4，6。南宋：杨无咎 1 首。

变体二

较始词复句数不变，分句数有变。

【变体二·1】15 分句 6 复句。双片。上片分句数复句型与始词同，7 分句 3 复句，二/二/三/型复句组；下片增 1 分句，8 分句 3 复句，二/三/三/型复句组。仄韵，隔句韵，间插连句韵。

6，5。4，5。6，4，6。

3，6。5，4，5。6，4，6。——南宋·曹勋·《全宋词》第 1232 页

玉蹀躞

雨过池台秋静，桂影凉清**昼**。	◆◆◇◇◇◆，◆◆◇◇◆。
槁叶喧空，疏黄满堤**柳**。	◆◆◇◇，◇◇◆◆◆。
风外残菊枯荷，	◇◆◇◆◇◇，
凭阑一饷，犹喜冷香襟**袖**。	◇◇◆◆，◇◆◆◆◇◆◆。
少欢**偶**，人道消愁须**酒**。	◆◇◆，◇◆◇◇◇◆。

酒又怕醒**后**，这般光景，愁怀煞难**受**。　◇◆◆◇◆，◆◇◇◆，◇◇◆◇◆。
谁念千种秋情，　◆◆◇◆◇◇，
乍凉虽好，还恨夜长时**候**。　◆◇◇◆，◇◆◆◇◇◆。

同体式作品：无。

增减字：

（一）6，5。4，5。6，4，6。○ 3，6。5，4，5。6，6，4。南宋：方千里1首。

【变体二·2】15分句6复句。上下片分句数复句数与【变体二·1】同，上片复句型不变，下片复句型有变。上片7分句3复句，二/二/三/型复句组；下片8分句3复句，三/二/三/型复句组。仄韵，隔句韵。

6，5。6，3。6，6，4。
3，4，7。6，3。6，6，4。——南宋·吴文英·《全宋词》第2892页

解蹀躞

夷则商

醉云又兼醒雨，楚梦时来**往**。　◆◇◆◇◆◆，◆◆◇◇◆。
倦蜂刚著梨花，惹游**荡**。　◆◇◇◆◇◇，◆◇◆。
还作一段相思，　◇◆◆◆◇◇，
冷波叶舞愁红，送人双**桨**。　◆◇◆◆◇◇，◆◇◇◆。

暗凝**想**，情共天涯，秋黯朱桥锁深**巷**。　◆◇◆，◆◇◇◆，◆◆◇◇◆◇◆。
会稀投得轻分，顿惆**怅**。　◆◇◇◆◇◇，◆◇◆。
此去幽曲谁来，　◆◆◇◆◇◇，
可怜残照西风，半妆楼**上**。　◆◇◇◆◇◇，◆◇◇◆。

同体式作品：无。

增减字：

（一）6，5。4，5。6，4，6。○ 3，6，5。6，3。6，6，4。南宋：杨泽民1首。
（二）6，5。4，5。6，6，4。○ 3，6，5。4，5。6，6，4。南宋：陈允平1首。

532.【庆春宫】

【庆宫春】

1. 始词北宋周邦彦作。
2. 一作【庆宫春】。
3. 双片，上片四韵，下片五韵；平韵、仄韵二式，隔句韵。

始词：22 分句 8 复句。双片。每片 11 分句 4 复句，三/三/二/三/型复句组。平韵，隔句韵。

4，4，6。4，4，6。4，7。4，4，4。

6，4，4。4，4，6。4，7。4，4，4。——北宋·周邦彦·《全宋词》第 606 页

庆春宫

越调

云接平冈，山围寒野，路回渐转孤**城**。 ◇◆◇◇，◇◇◇◆，◆◇◆◆◇◇。

衰柳啼鸦，惊风驱雁，动人一片秋**声**。 ◇◆◇◇，◇◇◇◆，◆◇◆◆◇◇。

倦途休驾，淡烟里微茫见**星**。 ◆◇◇◆，◆◇◆◇◇◆◇。

尘埃憔悴，生怕黄昏，离思牵**萦**。 ◇◇◇◆，◇◆◇◇，◇◇◇◇。

华堂旧日逢**迎**，花艳参差，香雾飘**零**。 ◇◇◆◆◇◇，◇◆◇◇，◇◆◇◇。

弦管当头，偏怜娇凤，夜深簧暖笙**清**。 ◇◆◇◇，◇◇◇◆，◆◇◇◆◇◇。

眼波传意，恨密约匆匆未**成**。 ◆◇◇◆，△◆◆◇◇◆◇。

许多烦恼，只为当时，一饷留**情**。 ◆◇◇◆，◆◆◇◇，◆◆◇◇。

同体式作品：南宋：方千里 1 首，姜夔 1 首（【庆宫春】仄韵），刘澜 1 首（【庆宫春】仄韵），张枢 1 首（【庆宫春】），吴文英 2 首，周密 1 首（【庆宫春】仄韵），王沂孙 1 首（【庆宫春】仄韵），王易简 1 首（【庆宫春】仄韵），陈德武 1 首，杨泽民 1 首，陈允平 1 首，仇远 1 首，张炎 2 首，计 13 人 15 首。

533. 【红林檎近】

1. 始词北宋周邦彦作。
2. 双片，上片五韵，下片三韵，平韵，隔句韵、连句韵。

始词：15 分句 7 复句。双片。上片 8 分句 4 复句，二/二/二/二/型复句组；下片 7 分句 3 复句，二/二/三/型复句组。平韵，隔句韵，间插连句韵。

5，5。5，5。6，6。6，5。

5，5。4，6。5，4，7。——北宋·周邦彦·《全宋词》第 608 页

红林檎近

双调

高柳春才软，冻梅寒更**香**。 ◇◆◇◇◆，◆◇◇◆◇。

暮雪助清峭，玉尘散林**塘**。 ◆◆◆◇◆，◆◇◆◇◇。

那堪飘风递冷，故遣度幕穿**窗**。 ◆◇◇◇◆◆，◆◆◆◆◇◇。

似欲料理新**妆**，呵手弄丝**簧**。 ◆◆◆◆◇◇，◇◆◆◇◇。

冷落词赋客，萧索水云**乡**。	◆◆◇◆◆，◇◆◆◇◇。
援毫授简，风流犹忆东**梁**。	◇◇◆◆，◇◇◇◆◇◇。
望虚檐徐转，回廊未扫，	△◇◇◇◆，◇◇◆◆，
夜长莫惜空酒**觞**。	◆◇◆◆◇◆◇。

同体式作品：北宋：周邦彦1首。南宋：袁去华1首，方千里2首，杨泽民2首，陈允平2首。

534.【倒犯】

1. 始词北宋周邦彦作。
2. 倒犯，音乐术语，其意待考。
3. 双片，每片六韵，仄韵，隔句韵，或间插连句韵。

始词：24分句8复句。双片。每片12分句4复句，三/三/二/四/型复句组。仄韵，隔句韵，插一连句韵。

2，5，4。4，3，4。6，5。5，5，3，3。

4，4，5。5，3，3。6，7。5，5，3，3。——北宋·周邦彦·《全宋词》第609页

倒犯

仙吕调。新月。

霁景，对霜蟾乍升，素烟如**扫**。	◆◆，△◇◇◆◇，◆◇◇◆。
千林夜**缟**，徘徊处，渐移深**窈**。	◇◇◆◆，◇◇◆，◆◇◇◆。
何人正弄孤影，蹁跹西窗**悄**。	◇◇◆◆◇◆，◇◇◇◇◆。
冒霜冷貂裘，玉斝邀云**表**，	◆◇◆，◇◇◆◆◇◇◆，
共寒光，饮清**醥**。	◆◇◇，◆◇◆。
淮左旧游，记送行人，归来山路**窎**。	◇◆◆◇，◆◆◇◇，◇◇◇◆◆。
驻马望素魄，印遥碧，金枢**小**。	◆◆◇◆◆，◆◇◆，◇◇◆。
爱秀色初娟**好**，念漂浮绵思远**道**。	△◆◆◇◇◆，△◇◇◇◇◆◆。
料异日宵征，必定还相**照**，	◆◆◆◇◇，◆◆◇◇◆，
奈何人，自衰**老**。	◆◇◇，◆◇◆。

同体式作品：无。

按：本调宋词今存5首，《钦定词谱》以周邦彦词为“正体”，“若吴（文英）词、陈（允平）词之句读或异，皆变格也。……此调前段起句七字，上二字例作一读，如方千里和词‘尽日读任梧桐自飞句翠阶慵扫韵’，悉照此填，不可误作上三下四句法”。此“上二字”之“读”亦可不断，若本词“霁景读对霜蟾乍升”，语读节奏为：“霁景//对/霜蟾/乍升”；方词该句：“尽日//任/梧桐/自飞”，吴词该句“茂苑//共/莺花/醉吟”，皆可连而不断，若断则当标以逗号。下片结句：“奈何人自衰**老**”，亦可不断，

但上片结句"共寒光，饮清醥"则宜断为 3/3 二分句，从上下片同位句型保持一致考虑，下片结句可断为"奈何人，自衰老"。《钦谱》删"衰"而作 5 字句："奈何人自**老**"，大概因本调另四词下片结句皆以 5/5/5"三分"复句作结，惟周邦彦词上下片第四复句皆为 5/5/3/3/"四分"复句，结末 6 字皆为 3/3 折腰句，《钦谱》将周词下片结末 6 字删去一字改为 5 字句，使该调下片结句统一为 5/5/5"三分"复句，过于刻板追求形式统一而不惜修改原词，不可取。

变体一

与始词分句数复句数相同，复句型有变。

【变体一】24 分句 8 复句。上片第一复句较始词减 1 分句、第三复句增 1 分句，12 分句 4 复句，二/三/三/四/型复句组；下片第三复句增 1 分句、第四复句减 1 分句，12 分句 4 复句，三/三/三/三/型复句组。仄韵，隔句韵，间插连句韵。

7，4。4，3，4。3，5，3。5，5，3，3。

4，4，5。5，3，3。6，3，5。5，5，5。——南宋·吴文英·《全宋词》第 2892 页

倒犯

夹钟商。赠黄复庵。

茂苑共莺花醉吟，岁华如**许**。	◆◆◆◇◇◆◇，◆◇◇◆。
江湖夜**雨**，传书问，雁多幽**阻**。	◇◇◆◆，◇◇◆，◆◇◇◆。
清溪上，惯来往扁舟，轻如**羽**。	◇◇◆，△◇◆◇◇，◇◇◆。
到兴懒归来，玉冷耕云**圃**，	△◆◆◇◇，◆◆◇◇◆，
按琼箫，赋金**缕**。	◆◇◇，◆◇◆。
回首词场，动地声名，春雷初启**户**。	◇◆◇◇，◆◆◇◇，◇◇◇◆◆。
枕水卧漱石，数间屋，梅一**坞**。	◆◆◆◆◆，◆◇◆，◇◆◆。
待共结良朋**侣**，载清尊，随花追野**步**。	△◆◆◇◇◆，◆◇◇，◇◇◇◆◆。
要未若城南，分取溪限**住**，昼长看柳**舞**。	△◆◆◇◇，◆◆◇◇◆，◆◇◇◆◆。

同体式作品：无。

变体二

较始词复句数不变，分句数有变。

变体二·1

23 分句 8 复句

【变体二·1】23 分句 8 复句。上片第一复句较始词减 1 分句，11 分句 4 复句，二/三/二/四/型复句组；下片分句数复句型与【变体一】下片同，12 分句 4 复句，三/三/三/三/型复句组。仄韵，隔句韵，间插连句韵。

7，4。4，3，4。4，7。5，5，3，3。

4，4，5。5，3，3。6，3，5。5，5，5。——南宋·方千里·《全宋词》第 2501 页

倒犯

尽日任梧桐自飞，翠阶慵**扫**。　◆◆◆◇◇◆◇，◆◇◇◆。
闲云散**缟**，秋容莹，暮天清**窈**。　◇◇◆◆，◇◇◇，◆◇◇◆。
斜阳到地，楼阁参差帘栊**悄**。　◇◇◆◆，◇◆◇◇◇◇◆。
嫩袖舞凉飔，拂拂生林**表**，　◆◆◆◇◇，◆◆◇◇◆，
荡尘襟，写名**醥**。　◆◇◇，◆◇◆。

携手故园，胜事寻踪，松篁幽径**窈**。　◇◆◆◇，◆◆◇◇，◇◇◇◆◆。
曲沼瞰静绿，荫檐影，龟鱼**小**。　◇◆◆◆◆，◇◇◆，◇◇◆。
信倦迹归来**好**，倩叮咛，长安游子**道**。　△◆◆◇◇◆，◆◇◇，◇◇◆◆◆。
任鬓发霜侵，莫待菱花**照**，醉乡深处**老**。　△◆◆◇◇，◆◆◇◇◆，◆◇◇◇◆。

同体式作品：无。

增减字：

（一）5，6。4，3，4。6，5。7，3。3，3。○ 4，4，5。5，3，3。5，4，5。3，7，5。南宋：杨泽民1首。

变体二·2

20分句10复句

【变体二·2】20分句8复句。上片第一、二复句较始词各减1分句，下片第二、四复句各减1分句。每片10分句4复句，上片二/二/二/四/型复句组；下片三/二/二/三/型复句组。仄韵，隔句韵，间插连句韵。

5，6。4，7。4，7。5，5，3，3。
4，4，5。5，5。6，8。5，5，5。——南宋·陈允平·《全宋词》第3125页

倒犯

百尺凤皇楼，碧天暮云初**扫**。　◆◆◆◇◇，◆◇◆◇◇◆。
冰华散**缟**，双鸾驾镜悬空**窈**。　◇◇◆◆，◇◇◆◆◇◇◆。
婆娑桂影，香满西风阑干**悄**。　◇◇◆◆，◇◆◇◇◇◇◆。
渐玉魄金辉，飞度千山**表**，　△◆◆◇◇，◇◆◇◇◆，
饵玄霜，醉琼**醥**。　◆◇◇，◆◇◆。

身在九霄，独步丹梯，飘飘轻雾**窎**。　◇◆◆◇，◆◆◇◇，◇◇◇◆◆。
缥缈广寒殿，觉世山河**小**。　◆◆◆◇◆，◆◆◇◇◆。
爱十二琼楼**好**，算谁知消息盈虚**道**。　△◆◆◇◇◆，△◇◇◇◆◇◇◆。
任地久天长，今古无私**照**，但仙娥不**老**。　△◆◆◇◇，◇◆◇◇◆，△◇◇◆◆。

同体式作品：无。

535.【玉烛新】

1. 始词北宋周邦彦作。
2. 传秦观【玉烛新】一首，《全宋词》考为明张綖作，兹从之。
3. 双片，始词上片四韵，下片六韵，变体韵数有变；仄韵，隔句韵，间插连句韵。

始词：20 分句 8 复句。双片。每片 10 分句 4 复句，三/二/二/三/型复句组。仄韵，隔句韵，间插连句韵。

5，5，4。7，6。4，7。3，4，6。

6，5，4。4，9。4，7。3，4，4。——北宋·周邦彦·《全宋词》第 609 页

玉烛新

双调。梅花。

溪源新腊**后**，见数朵江梅，剪裁初**就**。	◇◇◇◆◆，△◆◆◇◇，◆◇◇◆。
晕酥砌玉芳英嫩，故把春心轻**漏**。	◆◇◆◆◇◇◆，◆◆◇◇◇◆。
前村昨夜，想弄月黄昏时**候**。	◇◇◆◆，△◆◆◇◇◇◆。
孤岸峭，疏影横斜，浓香暗沾襟**袖**。	◇◆◆，◇◆◇◇，◇◇◆◇◇◆。
尊前赋与多材，问岭外风光，故人知**否**。	◇◇◆◆◇◇，△◆◆◇◇，◆◇◇◆。
寿阳谩**斗**，终不似照水一枝清**瘦**。	◆◇◇◆，◇◆◆◆◆◆◆◇◇◆。
风娇雨**秀**，好乱插繁花盈**首**。	◇◇◆◆，△◆◆◇◇◇◆。
须信道，羌管无情，看看又**奏**。	◇◆◆，◇◆◇◇，◇◇◆◆。

按："寿阳谩斗"，寿阳，寿阳妆。相传南朝宋武帝之女寿阳公主卧于含章殿檐下，梅花落公主额上，成五出之花，拂之不去。此后女子在额心描画梅花称"寿阳妆""梅花妆"。"寿阳谩斗，终不似照水一枝清瘦"，意指女子竞作梅花妆，终不似梅花清秀天然，"终不似"按语法不宜点断，参照上片同句位亦为"二分"复句，故依《钦谱》作 9 字句，所标"读"不断。另："想弄月黄昏时候"，意指词人想起黄昏时赏月的情景，此句《钦定词谱》不断，今或点断为"想弄月、黄昏时候"，兹依《钦谱》不断。下片结末复句，"须信道"，道，语气助词，相当于"得"，"须信道"，即"须信得"；该句此 3 字可断亦可连："须信道羌管无情"，因上片该句位当断为"三分"，故下片该句亦断为"三分"。

同体式作品：南宋：赵文 1 首。

增减字：

(一) 4，4，6。4，7。6，7。3，4，4。○ 3，4，7。6，5。6，7。3，4，4。宋：无名氏 1 首。

变体二

与始词复句数相同，分句数有变。

变体二·1

22分句8复句

【变体二·1】22分句8复句。上片分句数与始词同，复句型有变，10分句4复句，三/三/二/二/型复句组，下片第二、三复句各增1分句，12分句4复句，三/三/三/三/型复句组。仄韵，隔句韵，间插连句韵。

5，5，4。4，3，6。4，7。7，6。

6，5，4。4，3，6。4，3，4。3，4，4。——南宋·杨无咎·《全宋词》第1195页

玉烛新

荒山藏古**寺**，见傍水梅开，一枝三**四**。　◇◇◇◆◆，△◆◆◇◇，◆◇◇◆。

兰枯蕙**死**，登临处，慰我魂消惟**此**。　◇◇◆◆，◇◇◆，◆◆◇◇◇◆。

可堪红**紫**，曾不解和羹结**子**。　◆◇◇◆，△◆◆◇◇◆◆。

高压尽百卉千葩，因君合修花**史**。　◇◇◆◆◆◇◇，◇◇◆◇◇◆。

韶华且莫吹残，待浅揾松煤，写教形**似**。　◇◇◆◆◇◇，△◆◆◇◇，◆◇◇◆。

此时胸**次**，凝冰雪，洗尽从前尘**滓**。　◆◇◇◆，◇◇◆，◆◆◇◇◇◆。

吟安个**字**，判不寐，勾牵幽**思**。　◇◇◆◆，◆◆◆，◇◇◇◆。

谁伴我，香宿蜂媒，光浮月**姊**。　◇◆◆，◇◆◇◇，◇◇◆◆。

同体式作品：无。

变体二·2

21分句8复句

【变体二·2·1】21分句8复句。双片。上片第二复句较始词增1分句，11分句4复句，三/三/二/三/型复句组；下片第二复句增1分句、第四复句减1分句，10分句4复句，三/三/二/二/型复句组。仄韵，隔句韵，间插连句韵。

5，5，4。3，6，4。4，7。3，4，6。

6，5，4。4，5，4。4，7。7，4。——南宋·史达祖·《全宋词》第2346页

玉烛新

疏云萦碧**岫**，带晚日摇光，半江寒**皱**。　◇◇◇◆◆，◆◆◆◇◇，◆◇◇◆。

越溪近，远空频向过雁，风边回**首**。　◆◇◆，◆◇◇◆◆◆，◇◇◇◆。

酸心一缕，念水北寻芳归**后**。　◇◇◆◆，△◆◆◇◇◇◆。

轻醉醒，堤月笼沙，鞍松宝轮飞**骤**。　◇◆◆，◇◆◇◇，◇◇◆◇◇◆。

秦楼屡约芳春，记扇背题诗，帕罗沾**酒**。　◇◇◆◆◇◇，△◆◆◇◇，◆◇◇◆。

瘦愁易**就**，因惊断梦里，桃源难**又**。　◆◇◆◆，△◇◆◆◆，◇◇◇◆。

临风话**旧**，想日暮梅花孤**瘦**。　◇◇◆◆，△◆◆◇◇◇◆。

还静倚修竹相思，盈盈翠**袖**。　△◆◆◇◆◇◇，◇◇◆◆。

同体式作品：无。

增减字：

（一）5，5，4。4，3，7。4，7。3，4，6。○ 6，5，4。4，4，5。4，5。6，4。南宋：方千里 1 首。

（二）5，5，4。4，3，6。4，7。2，5，6。○ 6，5，4。4，4，5。4，7。7，4。南宋：杨泽民 1 首。

【变体二·2·2】21 分句 8 复句。双片。上下片分句数复句数与【变体二·2·1】同，复句型有变。上片 11 分句 4 复句，三/二/三/三/型复句组；下片 10 分句 4 复句，三/二/二/三/型复句组。仄韵，邻韵通押，隔句韵，间插连句韵。

5，5，4。7，6。4，3，4。3，4，6。

4，7，4。6，7。4，7。3，4，4。——南宋·吴文英·《全宋词》第 2881 页

玉烛新

夹钟商

花穿帘隙**透**，向梦里销春，酒中延**昼**。	◇◇◇◆◆，◆◆◆◇◇，◆◇◇◆
嫩篁细掐相思字，堕粉轻黏練**袖**。	◆◇◆◆◇◇◆，◆◆◇◇◇◆。
章台别**后**，展绣络，红蔫香**旧**。	◇◇◆◆，◆◆◆，◇◇◇◆。
□□□，应数归舟，愁凝画阑眉**柳**。	□□□，◆◆◇◇，◇◇◆◇◇◆。
移灯夜语，西窗逗晓帐迷香，问何时**又**。	◇◇◆◆，◇◇△◆◆◇◇，△◇◇◆。
素纨乍试还忆，是绣懒思酸时**候**。	◆◇◆◆◇◆，△◆◆◇◇◇◆。
兰清蕙**秀**，总未比蛾眉蝶**首**。	◇◇◆◆，△◆◆◇◇◇◆。
谁诉与，惟有金笼，春簧细**奏**。	◇◆◆，◇◆◇◇，◇◇◆◆。

同体式作品：无。

【变体二·2·3】21 分句 8 复句。双片。上下片与【变体二·2·1】分句数复句数相同，复句型有变。上片 11 分句 4 复句，二/三/三/三/型复句组；下片 10 分句 4 复句，三/二/二/三/型复句组。仄韵，隔句韵，间插连句韵。

4，4。6，6，5。6，3，4。3，4，4。

5，4，5。6，5。6，7。3，4，4。——宋·无名氏·《全宋词》第 3757 页

玉烛新

寿监岳

养高梓**里**，袖手珍**祠**。	◇◇◆，◆◆◇◇。
太平五福人物，	◆◇◆◆◇◆，
自是昔年场屋，文章旧豪**杰**。	◆◆◆◇◆◆，◇◇◆◇◇。
诗书平生事**业**，问造物，为谁悭**惜**。	◇◇◇◇◆◆，◆◆◆，◆◇◆◆。
谩眷怀，兰玉桂香，已露消**息**。	◆◆◇，◇◆◆◇，◆◆◇◆。
尝试问天公，好事鼎来，家庆自因**袭**。	△◆◆◇◇，◆◆◆◇，◇◆◆◇◆。
更看绶蓝森**列**，映灵椿双**碧**。	◆◆◆◇◇◆，△◇◇◇◆。

诸郎击鲜奏**食**，笑贾陆一更十**日**。	◇◇◆◇◆◆，△◆◆◇◇◆◆。
画堂上，鹤算延长，兕觥无**极**。	◆◇◆，◆◆◇◇，◇◇◇◆。

同体式作品：无。

变体二·3

19分句8复句

【变体二·3】19分句8复句。上片第四复句较始词减1分句；下片第二复句增1分句、第四复句减1分句。上片9分句4复句，三/二/二/二/型复句组；下片10分句4复句，三/三/二/二/型复句组。仄韵，邻韵通押，隔句韵，间插连句韵。

5，5，4。7，6。4，7。7，6。

6，5，4。4，3，6。4，7。7，4。——南宋·赵以夫·《全宋词》第2669页

玉烛新

和方时父，并怀孙季蕃。

寒宽一雁**落**，正万里相思，被渠惊**觉**。	◇◇◇◆◆，△◆◆◇◇，◆◇◇◆。
春风字字吹香雪，唤起西湖盟**约**。	◆◇◆◆◇◇◆，◆◆◇◇◇◆。
当时醉处，仿佛记青楼珠**箔**。	◇◇◆◆，◆◆◆◇◇◇◆。
又不是南国花迟，徘徊酒边慵**酌**。	◇◆◆◇◆◇◇，◇◇◆◇◇◆。
家山月色依然，想竹外横枝，玉明冰**薄**。	◇◇◆◆◇◇，△◆◆◇◇，◆◇◇◆。
而今话昨，空对景，怅望美人天**角**。	◆◇◇◆，◇◆◆，◆◆◆◇◇◆。
清尊淡**薄**，便翠羽殷勤难**托**。	◇◇◆◆，△◆◆◇◇◇◆。
休品入三叠琴心，教人瘦**却**。	△◆◆◇◆◇◇，◇◇◆◆。

同体式作品：无。

附：（传）秦观【玉烛新】（《全宋词》考为明·张綖作）

20分句8复句。双片。上下片各10分句4复句，三/二/二/三/型复句组。仄韵，邻韵通押，隔句韵，插一连句韵。

5，5，4。7，6。4，7。3，4，5。

6，3，6。7，6。4，7。3，4，4。——（传）北宋·秦观·《全宋词》第483页

玉烛新

泰阶开景**运**，见金锁绿沉，辕门春**静**。	◆◇◇◆◆，△◇◆◆◇，◇◇◇◆。
几年淮海烟波**境**，贮此风流标**韵**。	◆◇◇◆◇◇◆，◆◆◇◇◇◆。
连天笳鼓，又催把经纶管**领**。	◇◇◇◆，△◇◆◇◇◆◆。
文武事，细柳长杨，从头属齐**整**。	◇◆◆，◆◆◇◇，◇◇◆◇◆。
早闻横槊燕然，画图里，争传麒麟旧**影**。	◆◇◇◆◇◆，◇◆◆，◇◇◇◇◆◆。
临岐笑问谁得似，占了山林钟**鼎**。	◇◇◆◆◇◆◆，◆◆◇◇◇◆。

古来难并，才信是人间英**俊**。 ◆◇◇◆，◇◆◆◇◇◇◆。
试看取，紫绶金章，朱颜绿**鬓**。 ◆◆◆，◆◆◇◇，◇◇◆◆。

同体式作品：无。

536.【花犯】

【绣鸾凤花犯】

1. 始词北宋周邦彦作。
2. 花犯，曲调音乐术语，其意不详。
3. 一名【绣鸾凤花犯】。
4. 双片，始词上片六韵，下片四韵，变体韵数有变；仄韵，隔句韵；或间插连句韵。

始词：24 分句 8 复句。双片。上下片各 12 分句 4 复句，三/三/三/三/型复句组。仄韵，隔句韵，间插连句韵。

3，4，5。4，5，4。4，3，5。3，4，5。
7，5，4。3，3，4。3，4，8。3，4，5。——北宋·周邦彦·《全宋词》第 609 页

花犯

小石。梅花。

粉墙低，梅花照眼，依然旧风**味**。 ◆◇◇，◇◇◆◆，◇◇◆◇◆。
露痕轻**缀**，疑净洗铅华，无限佳**丽**。 ◆◇◇◆，△◆◆◇◇，◇◆◇◆。
去年胜赏，曾孤**倚**，冰盘同宴**喜**。 ◆◇◆◆，◇◇◆，◇◇◇◆◆。
更可惜，雪中高树，香篝熏素**被**。 ◆◆◆，◆◇◇◆，◇◇◇◆◆。

今年对花最匆匆， ◇◇◆◇◆◇◇，
相逢似有恨，依依愁**悴**。 ◇◇◆◆◆，◇◇◇◆。
吟望久，青苔上，旋看飞**坠**。 ◇◆◆，◇◇◆，◆◇◇◆。
相将见，脆丸荐酒，人正在空江烟浪**里**。 ◇◇◆，◆◇◆◆，△◆◆◇◇◇◆◆。
但梦想，一枝潇洒，黄昏斜照**水**。 ◆◆◆，◆◇◇◆，◇◇◇◆◆。

同体式作品：南宋：方千里 1 首，杨泽民 1 首，陈允平 1 首。

增减字：

（一）3，4，5。4，5，4。3，4，5。3，4，5。○ 7，3，6。3，3，4。3，4，8。3，4，5。南宋：吴文英 2 首。

（二）3，4，5。4，5，4。3，4，5。3，4，5。○ 7，3，6。3，3，4。7，3，5。3，4，5。南宋：周密 1 首（【绣鸾凤花犯】）。

（三）3，4，5。4，5，4。4，3，5。3，4，5。○ 5，4，5。3，3，4。3，4，8。3，4，5。南宋：赵文 1 首。

变体二

较始词复句数不变，分句数有变。

变体二·1

23 分句 8 复句

【变体二·1·1】23 分句 8 复句。上片与始词同，12 分句 4 复句，三/三/三/三/型复句组；下片第二复句减 1 分句，11 分句 4 复句，三/二/三/三/型复句组。仄韵，隔句韵，间插连句韵。

3，4，5。4，5，4。4，3，5。3，4，5。

7，5，4。6，4。7，5，3。3，4，5。——南宋·刘辰翁·《全宋词》第 3220 页

花犯

旧催雪词，苦不甚佳，因复作此。

海山昏，寒云欲下，低低压吹**帽**。	◆◇◇，◇◇◆◆，◇◇◆◇◆。
平沙浩**浩**，想关塞无烟，时动衰**草**。	◇◇◆◆，△◇◆◇◇，◇◆◇◆。
苏郎卧处，愁难**扫**，江南春不**到**。	◇◇◆◆，◇◇◆，◇◇◇◆◆。
但怅望，雪花夜白，人间憔悴**好**。	◆◆◇，◆◇◆◆，◇◇◇◆◆。
谁知广寒梦无僇，	◇◇◆◇◆◇◇，
丁宁白玉炼，不关怀**抱**。	◇◇◆◆◆，◆◇◇◆。
看清浅桑田外，尘生热**恼**。	△◇◆◇◇◆，◇◇◆◆。
待说与天公知**道**，期腊尽春来，事宜**早**。	△◆◆◇◇◇◆，△◆◆◇◇，◆◇◆。
更几日，银河信断，梅花容易**老**。	◆◆◆，◇◇◆◆，◇◇◇◆◆。

同体式作品：无。

【变体二·1·2】23 分句 8 复句。上片与始词同，12 分句 4 复句，三/三/三/三/型复句组；下片第二、四复句各减 1 分句、第三复句增 1 分句，11 分句 4 复句，三/二/四/二/型复句组。仄韵，隔句韵，间插连句韵。

3，4，5。4，5，4。4，3，5。3，4，5。

7，5，4。3，7。3，4，3，5。7，5。——南宋·王沂孙·《全宋词》第 3352 页

花犯

苔梅

古婵娟，苍鬟素靥，盈盈瞰流**水**。	◆◇◇，◇◇◆◆，◇◇◆◇◆。
断魂十**里**，叹绀缕飘零，难系离**思**。	◆◇◆◆，△◇◆◇◇，◇◆◇◆。
故山岁晚，谁堪**寄**，琅玕聊自**倚**。	◆◇◆◆，◇◇◆，◇◇◇◆◆。
谩记我，绿蓑冲雪，孤舟寒浪**里**。	◆◆◆，◆◇◆◆，◇◇◇◆◆。
三花两蕊破蒙茸，	◇◇◆◆◆◇◇，

依依似有恨，明珠轻**委**。	◇◇◆◆◆，◇◇◇◆。
云卧稳，蓝衣正护春憔**悴**。	◇◆◆，◇◇◆◆◇◇◆。
罗浮梦，半蟾挂晓，	◇◇◆，◆◇◆◆，
么凤冷，山中人乍**起**。	◇◆◆，◇◇◇◆◆。
又唤取玉奴归去，余香空翠**被**。	△◆◆◆◇◇◆，◇◇◇◆◆。

同体式作品：无。

变体二·2

20分句8复句

【变体二·2】20分句8复句。上下片较始词各减2分句，每片10分句4复句，三/三/二/二/型复句组。仄韵，隔句韵，间插连句韵。

3，4，5。4，5，4。7，5。7，5。

7，5，4。3，3，4。7，8。6，6。——南宋·刘辰翁·《全宋词》第3220页

花犯

再和中甫

甚天花，纷纷坠也，偏偏著余**帽**。	◆◇◇，◇◇◆◆，◇◇◆◇◆。
乾坤清**皓**，任海角荒荒，都变瑶**草**。	◇◇◇◆，△◆◆◇◇，◇◆◇◆。
落梅天上无人**扫**，角吹吹不**到**。	◆◇◇◇◆◇◇◆，◆◇◇◆◆。
想特为东皇开宴，琼林依旧**好**。	△◆◆◇◇◇◆，◇◇◇◆◆。
看儿贪要不知寒，	◆◇◇◆◆◇◇，
须塑就玉狮，置儿怀**抱**。	△◆◆◆◇，◆◇◇◆。
奈转眼，今何在，泪痕成**恼**。	◆◆◆，◇◇◆，◆◇◇◆。
白发翁翁向儿**道**，那曲巷袁安爱晴**早**。	◆◆◇◇◆◇◆，△◆◆◇◇◆◇◆。
便把似一年春，看惜花花自**老**。	△◆◆◆◇◇，◆◆◇◇◆◆。

同体式作品：南宋：黄公绍1首。

537.【六丑】

1. 始词北宋周邦彦作。
2. 周邦彦自制曲。宋周密《浩然斋雅谈》："宣和中，……朝廷赐酺，师师又歌《大酺》《六丑》二解，上顾教坊使袁绹问，绹曰：'此起居舍人新知潞州周邦彦作也。'问'六丑'之义，莫能对，急召邦彦问之。对曰：'此犯六调，皆声之美者，然绝难歌。昔高阳氏有子六人，才而丑，故以比之。'"故"六丑"即"六犯"，指摘取六个曲调的乐句而成一曲，后世南曲谓此形式为"集曲"，惜本调所集之调已不可考。

3. 双片，始词上片八韵，下片九韵，变体韵数有变；仄韵，隔句韵，间插连句韵。

始词：29 分句 10 复句。双片。上片 14 分句 5 复句，二/三/四/三/二/型复句组；下片 15 分句 5 复句，二/二/三/四/四/型复句组。仄韵，邻韵通押，隔句韵，间插连句韵。

5，7。4，5，4。5，4，5，7。4，4，6。5，4。

4，5。4，4。6，5，4。3，4，7，6。3，4，8，4。

——北宋·周邦彦·《全宋词》第 610 页

六丑

中吕。落花。

正单衣试酒，恨客里光阴虚**掷**。	△◇◇◆◆，△◆◆◇◇◇◆。
愿春暂留，春归如过**翼**，一去无**迹**。	◆◇◆◇，◇◇◇◆◆，◆◆◇◆。
为问花何在，夜来风雨，	◆◆◇◇◆，◆◇◇◆，
葬楚宫倾**国**，钗钿堕处遗香**泽**。	△◆◇◇◆，◇◆◆◆◇◇◆。
乱点桃蹊，轻翻柳**陌**，多情为谁追**惜**。	◆◆◇◇，◇◇◆◆，◇◇◆◇◇◆。
但蜂媒蝶使，时叩窗**隔**。	△◇◇◆◆，◇◆◇◆。
东园岑**寂**，渐蒙笼暗**碧**。	◇◇◇◆，△◇◇◆◆。
静绕珍丛，底成叹**息**。	◆◆◇◇，◆◇◆◆。
长条故惹行**客**，似牵衣待话，别情无**极**。	◇◇◆◆◇◆，△◇◇◆◆，◆◇◇◆。
残英小，强簪巾**帻**，	◇◇◆，◇◇◇◆，
终不似一朵钗头，颤袅向人攲**侧**。	◇◆◆◆◆◇◇，◆◆◆◇◇◆。
漂流处，莫趁潮**汐**，	◇◇◆，◆◆◇◆，
恐断红尚有相思字，何由见**得**。	△◆◇◆◆◇◇◆，◇◇◆◆。

同体式作品：无。

增减字：

（一）5，7。4，5，4。5，4，5，7。4，4，6。5，4。○ 4，5。4，4。6，5，4。7，3，6，4。7，5，3，4。南宋：杨泽民 1 首。

（二）5，7。4，5，4。5，4，5，7。4，4，6。5，4。○ 4，5。4，4。6，5，4。3，4，9，4。7，5，3，4。南宋：刘辰翁 1 首。

变体一

较始词分句数复句数不变，复句型有变。

【变体一】29 分句 10 复句。双片。上片第三分句较始词增 1 分句、第五复句减 1 分句，14 分句 5 复句，二/三/三/三/三/型复句组；下片第二复句增 1 分句、第三复句减 1 分句，15 分句 5 复句，二/三/二/四/四/型复句组。仄韵，隔句韵，间插连句韵。

5，7。4，5，4。5，4，5。7，4，4。6，5，4。

4，5。4，4，6。5，4。3，4，7，4。3，4，8，4。

——南宋·彭元逊·《全宋词》第 3315 页

六丑

杨花

似东风老大，那复有当时风**气**。	△◇◇◆◆，◆◆◆◇◇◇◆。
有情不收，江山身是寄，浩荡何**世**。	◆◇◆◇，◇◇◇◆◆，◆◆◇◆。
但忆临官道，暂来不住，便出门千**里**。	◆◆◇◇◆，◆◇◆◆，△◆◇◇◆。
痴心指望回风**坠**，扇底相逢，钗头微**缀**。	◇◇◆◆◇◇◆，◆◆◇◇，◇◇◇◆。
他家万条千缕，解遮亭障驿，不隔江**水**。	◇◇◆◇◇◆，△◇◇◆◆，◆◆◇◇。
瓜洲曾**舣**，等行人岁**岁**。	◇◇◇◆，△◇◇◆◆。
日下长秋，城乌夜**起**，帐庐好在春**睡**。	◆◆◇◇，◇◇◆◆，◆◇◆◆◇◆。
共飞归湖上，草青无**地**。	△◇◇◇◆，◆◇◇◆。
愔愔雨，春心如**腻**，	◇◇◆，◇◇◇◆，
欲待化丰乐楼前，青门都**废**。	◆◆◆◇◆◇◇，◇◇◆◆。
何人念，流落无**几**，	◇◇◆，◇◆◇◆，
点点抟作雪绵松润，为君裛**泪**。	◆◆◇◆◆◇◇◆，◇◇◆◆。

同体式作品：无。

变体二

较始词复句数不变，分句数有变。

变体二·1

30分句10复句

【变体二·1·1】30分句10复句。上片与始词同，14分句5复句，二/三/四/三/二/型复句组；下片第四复句增1分句，16分句5复句，二/二/三/五/四/型复句组。仄韵，隔句韵，间插连句韵。

5，7。4，5，4。5，4，5，7。4，4，6。5，4。

4，5。3，5。6，5，4。3，4，3，6，4。3，4，7，5。

——南宋·方千里·《全宋词》第2503页

六丑

看流莺度柳，似急响金梭飞**掷**。	△◇◇◆◆，△◆◆◇◇◇◆。
护巢占泥，翩翩飞燕翼，昨梦前**迹**。	◆◇◆◇，◇◇◇◆◆，◇◆◇◆。
暗数欢娱处，艳花幽草，	◆◆◇◇◆，◆◇◇◆，
纵冶游南国，芳心荡漾如波**泽**。	△◆◇◇◆，◇◇◆◆◇◇◆。
系马青门，停车紫陌，年华转头堪**惜**。	◆◆◇◇，◇◇◆◆，◇◇◆◇◇◆。
奈离襟别袂，容易疏**隔**。	△◇◇◆◆，◇◆◇◆。
人间春**寂**，谩云容暮**碧**。	◇◇◇◆，△◇◇◆◆。

远水沉，双鲤无信**息**。	◆◆◇，◇◆◇◆◆。
天涯渐老羁**客**，叹良宵漏断，独眠愁**极**。	◇◇◆◆◇◆，△◇◇◆◆，◆◇◇◆。
吴霜皎，半侵华**帻**，	◇◇◆，◇◇◇◆，
谁复省，十载匀香晕粉，髻倾鬟**侧**。	◇◆◆，◆◆◇◆◆◆，◇◇◇◆。
相思意，不离潮**汐**，	◇◇◆，◆◆◇◆，
想旧家接酒巡歌，计今难再**得**。	△◆◇◆◆◇◇，◆◇◇◆◆。

同体式作品：无。

【变体二·1·2】30 分句 10 复句。上片分句数复句数与始词同，复句型有变，14 分句 5 复句，二/二/五/三/二/型复句组；下片分句数与【变体二·1·1】同，复句型有变，16 分句 5 复句，二/二/三/四/五/型复句组。仄韵，邻韵通押，隔句韵，间插连句韵。

5，7。4，5。4，5，4，5，7。4，4，6。5，4。

4，5。4，4。6，5，4。7，3，4，6。3，4，5，3，4。

——南宋·陈允平·《全宋词》第 3117 页

六丑

自清明过了，渐柳底莺梭慵**掷**。	△◇◇◆◆，△◆◆◇◇◇◆。
万红御风，飘飘如附**翼**。	◆◇◆◇，◇◇◇◆◆。
锦绣陈**迹**，障地香尘暗，乱蜂似雨，	◆◆◇◆，◆◆◇◇◆，◆◇◆◆，
漫冶游南国，兰襟缥缈辞湘**泽**。	△◆◇◇◆，◇◇◇◆◇◇◆。
马迹郊原，燕泥巷陌，伤春为花深**惜**。	◆◆◇◇，◆◇◆◆，◇◇◆◇◇◆。
叹芳菲薄幸，容易疏**隔**。	△◇◇◆◆，◇◆◇◆。
庭闲人**寂**，空余芳草**碧**。	◇◇◇◆，◇◇◇◆◆。
梦里惊春，去如瞬**息**。	◆◆◇◇，◆◇◆◆。
长安市上狂**客**，为桃源解佩，醉浓欢**极**。	◇◇◆◆◇◆，△◇◇◆◆，◆◇◇◆。
无心整雾襟烟**帻**，	◇◇◆◆◇◇◆，
惊回处，断雨残云，倦倚画阑干侧。	◇◇◆，◆◆◇◇，◆◆◆◇◇◆。
相思恨，暗度流**夕**，	◇◇◆，◆◆◇◆，
更杜鹃院落，黄昏近，谁禁受得。	△◆◇◆◆，◇◇◆，△◆◆◆。

同体式作品：无。

变体二·2

32 分句 10 复句

【变体二·2】32 分句 10 复句。上片较始词增 1 分句，15 分句 5 复句，三/二/四/四/二/型复句组；下片增 2 分句，17 分句 5 复句，四/三/五/二/三/型复句组。仄韵，邻韵通押，隔句韵。

5，3，4。4，5。4，5，4，5。7，4，4，6。5，4。

4，5，4，4。6，5，4。3，4，3，4，6。3，4。3，5，4。

——南宋·吴文英·《全宋词》第 2935 页

六丑

壬寅岁，吴门元夕风雨。

渐新鹅映柳，茂苑锁，东风初**掣**。	△◇◇◆◆，◆◆◆，◇◇◇◆。
馆娃旧游，罗襦香未**灭**。	◆◇◆◇，◇◇◇◆◆。
玉夜花**节**，记向留连处，	◆◆◇◆，◆◆◇◇◆，
看街临晚，放小帘低**揭**。	◆◇◇◆，△◇◇◇◆。
星河潋艳春云**热**，	◇◇◆◆◇◇◆，
笑靥欹梅，仙衣舞缬，澄澄素娥宫**阙**。	◆◆◆◇，◇◇◆◇，◇◇◆◇◇◆。
醉西楼十二，铜漏催**彻**。	△◇◇◆◆，◇◆◇◆。
红消翠**歇**，叹霜簪练**发**，	◇◇◆◆，△◇◇◆◆，
过眠年光，旧情尽**别**。	◆◇◇◇，◆◇◆◆。
泥深厌听啼**鴂**，恨愁霏润沁，陌头尘**袜**。	◇◇◆◆◇◇，△◇◇◆◆，◆◇◇◆。
青鸾杳，钿车音**绝**，	◇◇◇，◆◇◇◆，
却因甚，不把欢期，付与少年华**月**。	◆◇◆，◆◆◇◇，◆◆◆◇◇◆。
残梅瘦，飞趁风**雪**。	◇◇◆，◇◆◇◆。
向夜永，更说长安梦，灯花正**结**。	◆◆◆，◆◆◇◇◆，◇◇◆◆。

同体式作品：无。

538.【兰陵王】

1. 始词北宋周邦彦作。
2. 本源为唐教坊曲。唐崔令钦《教坊记》：“大面出北齐，兰陵王长恭性胆勇，而貌若妇人。自嫌不足以威敌，乃刻木为假面，临阵着之。因为此戏，亦入歌曲。”
3. 传秦观有【兰陵王】（“雨初歇”）一首，始见明崇祯年间刻本《少游诗余》，此前万历间钱允治编辑、陈仁锡释《类编笺释国朝诗余》收有该词，署名张綖，《全宋词》定为张綖词，兹从之。
4. 南宋常用词调。
5. 三片，上片六韵，中片五韵，下片六韵，变体韵数有变；仄韵，连句韵、隔句韵。

始词：28 分句，10 复句 2 单句。三片。上片 10 分句 4 复句，二/三/二/三/型复句组；中片 8 分句，2 复句 2 单句，三/一/三/一/型复句单句组合；下片 10 分句 4 复句，二/三/二/三/型复句组。仄韵，邻韵通押，隔句韵，间插连句韵。

3，6。3，6，5。5，6。3，4，7。
5，5，4。7。5，4，7。5。
2，3。5，4，7。5，4。4，3，3。——北宋·周邦彦·《全宋词》第 611 页

兰陵王

越调。柳。

柳阴**直**，烟里丝丝弄**碧**。	◆◇◆，◇◆◇◇◆◆。
隋堤上，曾见几番拂水，飘绵送行**色**。	◇◇◆，◇◆◆◇◆◆，◇◇◆◇◆。
登临望故**国**，谁识京华倦**客**。	◇◇◇◆◆，◇◆◇◇◆◆。
长亭路，年去岁来，应折柔条过千**尺**。	◇◇◆，◇◆◆◇，◇◆◇◇◆◇◆。
闲寻旧踪**迹**，又酒趁哀弦，灯照离**席**。	◇◇◆◇◆，△◆◆◇◇，◇◆◇◆。
梨花榆火催寒**食**。	◇◇◇◆◇◇◆。
愁一箭风快，半篙波暖，	△◆◆◇◆，◆◇◇◆，
回头迢递便数**驿**。	◇◇◇◆◆◆◆，
望人在天**北**。	◇◇◆◇◆。
凄**恻**，恨堆**积**。	◇◆，◆◇◆。
渐别浦萦回，津堠岑**寂**，	◆◆◆◇◇，◇◆◇◆，
斜阳冉冉春无**极**。	◇◇◆◆◇◇◆。
念月榭携手，露桥闻**笛**。	△◆◆◇◆，◆◇◇◆。
沉思前事，似梦里，泪暗**滴**。	◇◇◇◆，◆◆◆，◆◆◆。

同体式作品：南宋：张元幹 2 首，袁去华 2 首，曹冠 1 首，葛郯 1 首，辛弃疾 2 首，张镃 1 首，史达祖 1 首，高观国 2 首，方千里 1 首，葛长庚 3 首，李曾伯 2 首，李昴英 1 首，杨泽民 1 首，叶隆礼 1 首，刘之才 1 首，陈允平 1 首，施岳 1 首，曹邍 1 首，黄廷璹 1 首，赵必瑑 1 首，计 20 人 27 首。

增减字：

（一）3，6。3，4，7。5，6。3，4，7。○ 5，5，4。7。5，4，7。5。○ 2，3。5，4，7。5，4。4，3，3。南宋：陈韡 1 首，陈允平 1 首，彭履道 1 首。

变体三

较始词分句数复句数皆变

【变体三】29 分句，11 复句 1 单句。三片，上片分句数复句型与始词同，10 分句 4 复句，二/三/二/三/型复句组；中片较始词增 1 分句，减 1 单句，增 1 复句，9 分句 3 复句 1 单句，二/三/三/一/型复句单句组合；下片分句数复句数与始词同，复句型有变，10 分句 4 复句，二/二/三/三/型复句组。仄韵，邻韵通押，兼方言韵，遥韵，隔句韵，间

插连句韵。

3，6。3，4，7。5，6。3，4，7。

2，3。5，4，7。5，4，7。5。

2，3。5，4。7，5，4。4，3，3。——南宋·刘辰翁·《全宋词》第 3213 页

兰陵王

丁丑感怀，和彭明叔韵。

雁归**北**，渺渺茫茫似**客**。	◆◇◆，◆◆◇◇◆◆。
春湖**里**，曾见去帆，谁遣江头絮风**息**。	◇◇◆，◇◆◆◇，◇◆◇◇◆◇◆。
千年记当**日**，难得宽闲抱**膝**。	◇◇◆◇◆，◇◆◇◇◆◆。
兴亡**事**，马上飞花，看取残阳照亭**驿**。	◇◇◆，◆◆◇◇，◆◆◇◇◆◇◆。
哀拍，愿归骨。	◇◆，◆◇◆。
怅毡帐何**匹**，湩酪何**食**，	△◇◆◇◆，◆◆◇◆。
相思青冢头应**白**。	◇◇◇◆◇◇◆。
想荒坟酹酒，过车回首，	△◇◇◆◆，◆◇◇◆，
香魂携手抱相**泣**。	◇◇◇◆◆◇◆。
但青草无**色**。	△◇◆◇◆。
语**绝**，更愁**极**。	◆◆，◆◇◆，
漫一番青青，一番陈**迹**。	△◆◇◇◇，◆◇◇◆，
瑶池黄竹哀离**席**，	◇◇◇◆◇◇◆，
约八骏犹到，露桃重**摘**。	◆◆◆◇◆，◆◇◇◆。
金铜知道，忍去**国**，忍去**国**。	◇◇◇◆，◆◆◆，◆◆◆。

同体式作品：南宋：刘辰翁 1 首。

附：明代《少游诗余》署名秦观《兰陵王》

26 分句 10 复句。三片。上片与周邦彦词同，10 分句 4 复句；中片较周词增 1 分句、减 1 单句，9 分句 3 复句；下片 7 分句 3 复句。

雨初**歇**，帘卷一钩淡**月**。望河汉，几点疏星，冉冉纤云度林**樾**。此景清更**绝**，谁念温柔蕴**结**。孤灯暗，独步华堂，蟋蟀莎阶弄时**节**。

沉思恨难说，忆花底相逢，亲赠罗**缬**。春鸿秋雁轻离**别**，拟寻个锦鳞，寄将尺素，又恐烟波路隔**越**。歌残唾壶**缺**，凄咽意空**切**。

但醉损琼卮，望断蕉瑶**阙**。御沟曾解流红**叶**，待何日重**见**。霓裳听彻，彩楼天远，夜夜襟袖染啼**血**。

539.【西河】

1. 始见北宋周邦彦二首，且取一首作始词。
2. 唐教坊曲与太乐署供奉曲有【西河长命女】，唐五代文人词有【长命女】一调，或为本调之源。
3. 三片，上片三韵，中片五韵，下片四韵，变体韵数有变；仄韵，隔句韵，间插连句韵。

始词：21 分句 9 复句。三片。上片 6 分句 3 复句，二/二/二/型复句组；中片 7 分句 3 复句，二/三/二/型复句组；下片 8 分句 3 复句，二/二/四/型复句组。仄韵，邻韵通押，上片首二句连韵，继隔句韵。

3，6。7，4。7，6。

3，3。6，7，4。7，6。

4，3。3，4。6，7，6，3。——北宋·周邦彦·《全宋词》第 612 页

西河

大石。金陵。

佳丽**地**，南朝盛事谁**记**。	◇◆◆，◇◇◆◆◇◆。
山围故国绕清江，髻鬟对**起**。	◇◇◆◆◆◇◇，◆◆◆◆。
怒涛寂寞打孤城，风樯遥度天**际**。	◆◇◆◆◆◇◇，◇◇◇◆◇◆。
断崖树，犹倒**倚**。	◆◇◆，◇◆◆。
莫愁艇子曾**系**，	◆◇◆◆◇◆，
空余旧迹郁苍苍，雾沉半**垒**。	◇◇◆◆◆◇◇，◆◇◆◆。
夜深月过女墙来，赏心东望淮**水**。	◆◇◆◆◆◇◇，◆◇◇◆◇◆。
酒旗戏鼓，甚处**市**。	◆◇◆◆，◆◆◆。
想依稀，王谢邻**里**。	◆◇◇，◇◆◇◆。
燕子不知何**世**，入寻常巷陌人家，	◆◆◆◇◇◆，△◇◇◆◆◇◇，
相对如说兴亡，斜阳**里**。	◇◆◇◆◇◇，◇◇◆。

同体式作品：无。

增减字：

(一) 3，6。7，4。7，6。○ 3，3。6，7，4。7，6。○ 4，3。3，4。6，8，7。王埜 1 首。

变体一

较始词分句数复句数不变，复句型有变。

【变体一·1】21分句9复句。三片。每片分句数复句数与始词同，上、中片复句型不变，下片复句型有变。上片6分句3复句，二/二/二/型复句组；中片7分句3复句，二/三/二/型复句组；下片8分句3复句，二/三/三/型复句组。仄韵，隔句韵，间插连句韵。

3，6。7，4。7，6。

3，3。6，7，4。7，6。

3，4。3，4，6。7，5，3。——北宋·周邦彦·《全宋词》第627页

西河

长安道，潇洒西风时**起**。 ◇◇◆，◇◆◇◇◇◆。

尘埃车马晚游行，霸陵烟**水**。 ◇◇◇◆◆◇◇，◆◇◇◆。

乱鸦栖鸟夕阳中，参差霜树相**倚**。 ◆◇◇◆◆◇◇，<u>◇◇◇◆◇◆</u>。

到此**际**，愁如**苇**。 ◆◆◆，◇◇◆。

冷落关河千**里**， ◆◆◇◇◇◆，

追思唐汉昔繁华，断碑残**记**。 ◇◇◇◆◆◇◇，◆◇◇◆。

未央宫阙已成灰，终南依旧浓**翠**。 ◆◇◇◆◆◇◇，<u>◇◇◇◆◇◆</u>。

对此景，无限愁**思**。 ◆◆◆，<u>◇◆◇◆</u>。

绕天涯，秋蟾如**水**，转使客情如**醉**。 ◆◇◇，◇◇◇◆，◆◆◆◇◇◆。

想当时万古雄名，尽作往来人，凄凉**事**。 △◇◇◆◆◇◇，◆◆◆◇◇，◇◇◆。

同体式作品：无。

增减字：

(一) 3，6。7，4。7，6。〇 3，3。6，7，4。7，6。〇 3，3。3，4，6。7，6，3。南宋：丘崈1首。

(二) 3，6。7，4。7，6。〇 3，3。6，7，4。7，6。〇 3，4。3，4，6。3，6，7。南宋：辛弃疾1。

(三) 3，6。7，4。7，6。〇 3，3。6，7，4。7，6。〇 4，3。5，4，6。5，4，7。南宋：王奕1首。

【变体一·2】21分句9复句。三片。每片分句数复句数与始词同，上片复句型与始词同，中片、下片复句型有变。上片6分句3复句，二/二/二/型复句组；中片7分句3复句，三/二/二/型复句组；下片8分句3复句，二/三/三/型复句组合。仄韵，邻韵通押，上片首二句连韵，继隔句韵。

3，6。7，4。7，6。

3，3，6。7，4。7，6。

4，3。3，4，6。3，6，7。——南宋·吴文英·《全宋词》第2890页

西河

中吕商。陪鹤林登袁园。

春乍**霁**，清涟画舫融**泄**。 ◇◆◆，<u>◇◇◆◆◇◆</u>。

螺云万叠暗凝愁，黛蛾照**水**。 ◇◇◆◆◆◇◇，◆◇◆◆。

漫将西子比西湖，溪边人更多**丽**。	◆◇◇◆◆◇◇，◇◇◇◆◇◆。
步危径，攀艳蕊，掬霞到手红**碎**。	◆◇◆，◇◆◆，◇◇◆◆◇◆。
青蛇细折小回廊，去天半**咫**。	◇◇◆◆◆◇◇，◆◇◆◆。
画阑日暮起东风，棋声吹下人**世**。	◆◇◆◆◆◇◇，◇◇◇◆◇◆。
海棠藉雨，半绣**地**。	◆◇◆◆◆，◆◆◆。
正残寒，初御罗绮，除酒销春何**计**。	◆◇◇，◇◆◇◇，◇◆◇◇◇◆。
向沙头，更续残阳一**醉**，	◆◇◇，◆◆◇◇◆◆，
双玉杯和流花**洗**。	◇◆◇◇◇◇◆。

同体式作品：无。

【变体一·3】21 分句 9 复句。三片。每片分句数复句数与【变体一·2】同，上片复句型相同，中、下片复句型有变。上片 6 分句 3 复句，二/二/二/型复句组；中片 7 分句 3 复句，二/三/二/型复句组；下片 8 分句 3 复句，三/三/二/型复句组。仄韵，邻韵通押，隔句韵。

3，6。7，4。7，6。
3，3。6，7，4。7，6。
7，3，4。6，5，4。4，3。——南宋·张炎·《全宋词》第 3478 页

西河

依绿庄赏荷，分净字韵。

花最盛，西湖曾泛烟**艇**。	◇◆◆，◇◇◇◆◇◆。
闹红深处小秦筝，断桥夜**饮**。	◆◇◇◆◆◇◇，◆◇◆◆。
鸳鸯水宿不知寒，如今翻被惊**醒**。	◇◇◆◆◆◇◇，◇◇◇◆◇◆。
那时事，都倦**省**。	◆◇◆，◇◆◆。
阑干来此闲凭，是谁分得半机云，	◇◇◇◆◇◇，◆◇◇◆◆◇◇，
恍疑昼**锦**。	◆◇◆◆。
想当飞燕皱裙时，舞盘微堕珠**粉**。	◆◇◇◆◆◇◇，◆◇◇◆◇◆。
软波不剪素练**净**，碧盈盈，移下秋**影**。	◆◇◆◆◆◆◆，◆◇◇，◇◆◇◆。
醉里玉书难**认**，且脱巾露发，飘然乘**兴**。	◆◆◆◇◇◆，△◆◇◆◆，◇◇◇◆。
一叶浮香，天风**冷**。	◆◆◇◇，◇◇◆。

同体式作品：无。

变体二

较始词复句数不变，分句数有变。

变体二·1

20分句9复句

【变体二·1·1】20分句9复句，三片。上片分句数复句型与始词同，分句字数有变，6分句3复句，二/二/二/型复句组；中片增1分句，8分句3复句，三/二/三/型复句组；下片减2分句，6分句3复句，二/二/二/型复句组。仄韵，邻韵通押，隔句韵，间插连句韵。

3，6。7，4。7，6。

3，3，6。7，4。2，5，6。

7，7。6，8。2，5。——南宋·曹豳·《全宋词》第2478页

西河

和王潜斋韵

今日事，何人弄得如**此**。	◇◆◆，◇◇◆◆◇◆。
漫漫白骨蔽川原，恨何日**已**。	◆◆◆◆◆◇◇，◆◇◆◆。
关河万里寂无烟，月明空照芦**苇**。	◇◇◆◆◆◇◇，◆◇◇◆◇◆。
谩哀痛，无及**矣**，无情莫问江**水**。	◆◇◆，◇◆◆，◇◇◆◆◇◆。
西风落日惨新亭，几人坠**泪**。	◇◇◆◆◆◇◇，◆◇◆◆。
战和，何者是良筹，扶危但看天**意**。	◆◇，◇◆◆◇◇，◇◇◆◆◇◆。
只今寂寞数泽**里**，岂无人高卧闾**里**。	◆◇◆◆◆◆◆，△◇◇◇◆◆◆。
试问安危谁**寄**，定相将有诏催公**起**。	◆◆◇◇◇◆，△◇◇◆◆◇◇◆。
须信，前书言犹**未**。	◇◆，◇◇◇◇◆。

按：本词一传为南宋·曾揆作。

同体式作品：无。

【变体二·1·2】21分句9复句。三片。上、中片分句数复句数与始词同，上片复句型有变，中片复句型不变，下片较始词减1分句。上片7分句3复句，二/二/三/型复句组；中片7分句3复句，二/三/二/型复句组；下片7分句3复句，二/二/三/型单句复句组。仄韵，邻韵通押，隔句韵，间插连句韵。

3，6。7，4。4，3，6。

3，3。6，7，4。7，6。

4，3。7，6。5，4，7。——南宋·黄昇·《全宋词》第2996页

西河

己亥秋作

天似**洗**，残秋未有寒**意**。	◇◆◆，◇◇◆◆◇◆。
何人短笛弄西风，数声壮**伟**。	◇◇◆◆◆◇◇，◆◇◆◆。

倚栏感慨，展双眸，离离烟树如**荠**。　◆◇◆◆◆◇◇，◇◇◇◆◇◆。

少年事，成梦**里**。　◆◇◆，◇◆◆。
客愁付与流**水**，　◆◇◆◆◇◆，
笔床茶具老空山，未妨肆**志**。　◆◇◇◆◆◇◇，◆◇◆◆。
世间富贵要时贤，深居宜有余**味**。　◆◇◆◆◆◇◇，◇◇◇◆◇◆。

大江东去，日西**坠**。　◆◇◇◆，◆◇◆。
想悠悠千古兴**废**，此地阅人多**矣**。　△◇◇◇◆◇◆，◆◆◆◇◇◆。
且挥弦寄兴，氛埃之外，　◆◇◇◆◆，◇◇◇◆，
目送蜚鸿归天**际**。　◆◆◇◇◇◇◆。

同体式作品：无。

变体二·2

19分句9复句

【变体二·2】19分句9复句。上片分句数与始词同，中片减1分句，每片6分句3复句，二/二/二/型复句组；下片较始词减1分句，7分句3复句，二/三/二/型复句组。仄韵，邻韵通押，隔句韵，间插连句韵。

3，6。7，4。7，6。
6，6。7，4。7，6。
4，3。3，4，6。9，7。——南宋·方千里·《全宋词》第2504页

西河

钱塘

都会**地**，东南王气须**记**。　◇◆◆，◇◇◇◆◇◆。
龙盘凤舞到钱塘，瑞烟回**起**。　◇◇◆◆◆◇◇，◆◇◇◆。
画图彩笔写西湖，波光溶漾无**际**。　◆◇◆◆◆◇◇，◇◇◇◆◇◆。

翠栏最宜半**倚**，柳阴骏马谁**系**。　◆◆◆◇◆◆，◆◇◆◆◇◆。
鳞差观阁接飞翚，衙庐万**垒**。　◇◇◆◆◆◇◇，◇◇◆◆。
倒空碧浸软琉璃，云收天净如**水**。　◆◇◆◆◆◇◇，◇◇◇◆◇◆。

夕阳照晚，听近**市**。　◆◇◆◆，◇◆◆。
沸笙箫，欢动闾**里**，比屋乐逢尧**世**。　◆◇◇，◇◆◆◆，◆◆◆◇◇◆。
好相将载酒寻歌玄**对**，酬答年华莺花**里**。　△◇◇◆◆◇◇◇◆，◇◆◇◇◇◇◆。

同体式作品：无。

变体三

较始词分句数复句数皆变

变体三·1

20 分句，8 复句 1 单句。

【变体三·1】20 分句，8 复句 1 单句。较始词减 1 分句 1 复句，增 1 单句。三片，上片 6 分句 3 复句，二/二/二/型复句组；中片 7 分句 3 复句，三/二/二/型复句组；下片 7 分句，2 复句 1 单句，一/三/三/型单句复句组合。仄韵，邻韵通押，隔句韵，间插连句韵。

3，6。7，4。6，7。

3，3，6。7，4。7，6。

7。3，4，6。5，4，7。——北宋·刘一止·《全宋词》第 796 页

西河

山驿晚，行人昨停征**辔**。	◇◆◆，◇◇◆◇◇◆。
白沙翠竹锁柴门，乱峰相**倚**。	◆◇◆◆◆◇◇，◆◇◇◆。
一番急雨洗天，回扫云风定还**起**。	◆◇◆◆◆◇，◇◆◇◇◆◇◆。
念凄断，谁与**寄**，双鱼尺素难**委**。	◆◇◆，◇◆◆，◇◇◆◆◇◆。
遥知洞户隔烟窗，簟横秋**水**。	◇◇◆◆◆◇◇，◆◇◇◆。
淡花明玉不胜寒，绿尊初试冰**蚁**。	◆◇◇◆◆◇◇，◆◇◇◆◇◆。
小欢细酌任欹**醉**。	◇◇◆◆，◆◆◆。
扑流萤，应卜心**事**，谁记天涯憔**悴**。	◆◇◇，◆◆◇◇，◇◆◇◇◇◆。
对今宵皓月，明河千**里**，	△◇◇◆◇，◇◇◆◆，
梦越空城疏烟**里**。	◆◆◇◇◇◇◆。

同体式作品：无。

变体三·2

17 分句 8 复句

【变体三·2】17 分句 8 复句。上、中片分句数复句型与【变体二·2】同，每片皆 6 分句 3 复句，二/二/二/型复句组；下片减 2 分句 1 复句，5 分句 2 复句，二/三/型复句组。仄韵，邻韵通押，隔句韵，间插连句韵。

3，6。7，4。7，6。

6，6。4，7。7，6。

7，7。6，7，9。——南宋·吴潜·《全宋词》第 2767 页

西河

和旧韵

都会**地**，东南盛府堪**记**。	◇◆◆，◇◇◆◆◇◆。

蓬莱缥缈十洲中，雉城拥**起**。	◇◇◇◆◆◇◇，◇◇◆◆。
凭高一盼大江横，遥连沧海无**际**。	◇◇◆◆◆◇◇，◇◇◇◆◇◆。
壁衔众山翠**倚**，赤龙白鹞争**系**。	◆◆◆◇◆◆，◆◇◆◇◇◆。
风帆指顾，便青齐势雄万**垒**。	◇◇◆◆，△◇◇◆◇◆◆。
越栖吴沼古难凭，兴亡都付流**水**。	◆◇◇◆◆◇◇，◇◇◇◆◇◆。
画堂绮屋锦绣**市**，是洛阳耆旧州**里**。	◆◇◇◆◆◆◆，△◆◇◇◇◆◇◆。
富贵荣华当**世**，问昔年贺老疏狂，	◆◆◇◇◇◆，△◆◇◇◇◆◆，
何事轻寄平生烟波**里**。	◇◆◇◆◇◇◇◇◆。

同体式作品：无。

变体三·3

18分句，8复句1单句

【变体三·3】18分句，8复句1单句。上、中片复句数单句数与【变体三·2】同，每片6分句3复句，二/二/二/型复句组；下片较【变体三·2】增1单句，2复句1单句，二/三/一/型复句单句组合。仄韵，邻韵通押，连句韵、隔句韵。

3，6。7，4。7，6。

6，6。7，4。7，6。

7，7。6，3，6。7。——南宋·杨泽民·《全宋词》第3015页

西河

岳阳

形势**地**，岳阳事见图**记**。	◇◆◆，◆◇◆◆◇◆。
因山峭拔耸孤城，画楼涌**起**。	◇◇◆◆◆◇◇，◆◇◆◆。
楚吴巨泽坼东南，惊涛浮动空**际**。	◆◇◆◆◆◇◇，◇◇◇◆◇◆。
半天楼栏翠**倚**，记人凤舸难**系**。	◆◇◇◇◆◆，◆◇◆◆◇◆。
空余细草没章华，但存故**垒**。	◇◇◆◆◆◇◇，◆◇◆◆。
二妃祠宇隔黄陵，精魂遥接云**水**。	◆◇◇◆◆◇◇，◇◇◇◆◇◆。
蟹鱼橘柚渐上**市**，是当年屈宋乡**里**。	◆◇◆◆◆◆◆，◆◇◇◆◆◇◆。
别有老仙高**世**，袖青蛇，屡入都无人**对**。	◆◆◆◇◇◆，◆◇◇，◆◆◇◇◇◇◆。
唯有枯松城南**里**。	◇◆◇◇◇◇◆。

同体式作品：无。

540.【绮寮怨】

1. 始词北宋周邦彦作。

2. 双片，始词上片四韵，下片七韵，变体韵数或有变；平韵，隔句韵，或间插连句韵。

始词：24 分句 8 复句。双片。上片 12 分句 4 复句，二/四/三/三/型复句组；下片 12 分句 4 复句，三/三/三/三/型复句组。平韵，邻韵通押，隔句韵。

6，5。3，4，3，4。6，3，5。7，3，5。

6，4，6。4，3，3。6，3，3。4，5，3。——北宋·周邦彦·《全宋词》第 613 页

绮寮怨

中吕。思情。

上马人扶残醉，晓风吹未**醒**。	◆◆◇◇◇◆，◆◇◇◆◆。
映水曲，翠瓦朱檐，垂杨里，乍见津**亭**。	◆◆◆，◆◆◇◇，◇◇◆，◆◆◇◇。
当时曾题败壁，蛛丝罩，淡墨苔晕**青**。	◇◇◇◇◆◆，◇◇◆，◆◆◇◆◇。
念去来岁月如流，徘徊久，叹息愁思**盈**。	△◆◇◆◆◇◇，◇◇◆，◆◆◇◆◇。
去去倦寻路**程**，	◆◆◆◇◆◇，
江陵旧事，何曾再问杨**琼**。	◇◇◆◆，◇◇◆◆◇◇。
旧曲凄**清**，敛愁黛，与谁**听**。	◆◆◇◇，◆◇◆，◆◇◇。
尊前故人如在，想念我，最关**情**。	◇◇◆◇◇◆，◆◆◆，◆◇◇。
何须渭**城**，歌声未尽处，先泪**零**。	◇◇◆◇，◇◇◆◆◆，◇◆◇。

按：杨琼，北宋初太宗帐下将领。琼，读若晴（《广韵》：琼，渠营切。）

同体式作品：南宋：石正伦 1 首，陈允平 1 首。

增减字：

（一）6，5。3，4，3，4。6，3，5。7，3，5。○ 6，4，6。4，3，3。6，3，3。4，3，5。南宋：赵文 1 首，赵功可 1 首。

变体一

较始词分句数不变，复句型有变。

【变体一】24 分句 8 复句。上片第四复句较始词增 1 分句，下片第四复句减 1 分句。上片 13 分句 4 复句，二/四/三/四/型复句组；下片 11 分句 4 复句，三/三/三/二/型复句组。平韵，邻韵通押，连句韵、隔句韵，下片结末二句连句韵。

6，5。3，4，3，4。6，3，5。3，4，3，5。

6，4，6。4，3，3。6，3，3。4，7。——宋·鞠华翁·《全宋词》第 3185 页

绮寮怨

月下残棋

又见花阴如水，两心犹未**平**。	◆◆◇◇◇◆，◆◇◇◆◇。
正坐久，主客成三，空无语，影落楸**枰**。	◆◆◆，◆◆◇◇，◇◇◆，◆◆◇◇。
千年人间事业，垂成处，一著容易**倾**。	◇◇◇◇◆◆，◇◇◆，◆◆◇◆◇。
便解围，小住何妨，	◆◆◇，◆◆◇◇，
机锋在，瞬息天又**明**。	◇◇◆，◆◆◇◆◇。
甚似汉吴对**营**，	◆◆◆◇◆◇，
纷纷不了，孤光照彻连**城**。	◇◇◆◆，◇◇◆◆◇◇。
又似残星，向零落，有余**情**。	◆◆◇◇，◆◇◆，◆◇◇。
姮娥笑人迟暮，念才力，底须**争**。	◇◇◆◇◇◆，◆◇◆，◆◇◇。
从亏又**成**，何人正听隔壁**声**。	◇◇◆◇，◇◇◆◆◆◆◇。

同体式作品：无。

变体二

较始词复句数不变，分句数有变。

【变体二】22分句8复句。上下片较始词各减1分句，每片11分句4复句，上片二/四/二/三/型复句组；下片三/二/三/三/型复句组。平韵，隔句韵，间插连句韵。

6，5。3，4，3，4。6，8。7，3，5。

6，4，6。4，6。6，3，3。4，3，5。——南宋·刘辰翁·《全宋词》第3254页

绮寮怨

青山和前韵，忆旧时学馆，因复感慨，同赋。

漫道十年前事，闷怀天又**阴**。	◆◆◆◇◇◆，◆◇◇◆◇。
何须恨，典了西湖，更笑君，宴罢琼**林**。	◇◇◆，◆◆◇◇，◆◆◇，◆◆◇◇。
闲时数声啼鸟，凄然似上阳宫女**心**。	◇◇◆◇◇◆，◇◇◆◆◇◇◆◇。
记断桥急管危弦，	△◆◇◆◆◇◇，
歌声远，玉树金缕**沉**。	◇◇◆，◆◆◇◆◇。
看万年枝上**禽**，	△◆◇◇◆◇，
徊徨落月，断肠理绝弦**琴**。	◇◇◆◆，◆◇◆◆◇◇。
魂梦追**寻**，挥泪赋白头**吟**。	◇◆◇◇，◇◆◆◆◇◇。
当年未知行乐，无日夜，望乡**音**。	◇◇◆◇◇◆，◇◆◆，◆◇◇。
何期至**今**，绿杨外，芳草庭院**深**。	◇◇◆◇，◆◇◆，◇◆◇◆◇。

同体式作品：无。

541.【绕佛阁】

1. 始词北宋周邦彦作。
2. 双片，始词上片八韵，下片六韵，变体韵数有变；仄韵，隔句韵。

始词：22 分句 8 复句。双片。上片 12 分句 4 复句，三/三/三/三/型复句组；下片 10 分句 4 复句，二/二/二/四/型复句组。仄韵，隔句韵，下片结末二句连句韵。

4，4，4。4，4，5。4，4，4。4，4，5。
5，7。4，5。5，4。4，5，4，7。——北宋·周邦彦·《全宋词》第 614 页

绕佛阁

大石。旅情。

暗尘四**敛**，楼观迥出，高映孤**馆**。	◆◇◆◆，◇◇◆◆，◇◆◇◆。
清漏将**短**，厌闻夜久，签声动书**幔**。	◇◆◇◆，◆◇◆◆，◇◇◆◇◆。
桂华又**满**，闲步露草，偏爱幽**远**。	◆◇◆◆，◇◆◆◆，◇◆◇◆。
花气清**婉**，望中迤逦，城阴度河**岸**。	◇◆◇◆，◇◇◆◆，◇◇◆◇◆。
倦客最萧索，醉倚斜桥穿柳**线**。	◆◆◆◇◆，◆◆◇◇◇◆◆。
还似汴堤，虹梁横水**面**。	◇◆◆◇，◇◇◇◆◆。
看浪飐春灯，舟下如**箭**。	△◆◆◇◇，◇◆◇◆。
此行重**见**，叹故友难逢，	◆◇◇◆，△◆◆◇◇，
羁思空**乱**，两眉愁向谁舒**展**。	◇◇◇◆，◆◇◇◆◇◇◆。

同体式作品：南宋：陈允平 1 首。

变体二

与始词复句数相同，分句数减 1。

【变体二】21 分句 8 复句。上片第四复句较始词减 1 分句，11 分句 4 复句，三/三/三/二/型复句组；下片与始词同，10 分句 4 复句，二/二/二/四/型复句组。仄韵，隔句韵，间插连句韵。

4，4，4。4，6，3。4，6，6。4，5。
5，7。4，5。5，4。4，5，4，7。——宋·张艾·《全宋词》第 3182 页

绕佛阁

渚云弄**湿**，烟缕际晚，江国遥**碧**。	◆◇◆◆，◇◆◆◆，◇◆◇◆。
鸿过无**迹**，怕闻野寺孤钟，动凄**恻**。	◇◇◇◆，◆◇◆◆◇◇，◆◇◆。
小桥路**窄**，疏袖暗拂衰草，	◆◇◆◆，◇◆◆◆◇◆，

愁听蛩语还**寂**。	◇◇◇◆◇◆。
可堪过了，龟纱负瑶**席**。	◆◇◆◆，◇◇◆◇◆。
荏苒露华**白**，一夜秋窗惊晓**色**。	◆◆◆◇◆，◆◆◇◇◇◆◆。
柳影孤危，残蝉空抱**叶**。	◆◆◇◇，◇◇◇◆◆。
想摇落关情，归梦频**折**。	△◇◆◇◇，◇◆◇◆。
物华消**歇**，尽倒断寒塘，	◆◇◇◆，△◆◆◇◇，
幽香先**灭**，怨红供拒霜啼**颊**。	◇◇◇◆，◆◇◇◆◇◇◆。

同体式作品：无。

变体三

较始词分句数复句数皆变

【变体三】23 分句 9 复句。上片与始词同，12 分句 4 复句，三/三/三/三/型复句组；下片较始词增 1 分句 1 复句，11 分句 5 复句，二/二/二/三/二/型复句组。仄韵，隔句韵。

4，4，4。4，4，5。4，4，4。4，4，5。

5，7。4，5。5，4。4，5，4。3，4。——南宋·吴文英·《全宋词》第 2876 页

绕佛阁

黄钟商。与沈野逸东皋天街卢楼追凉小饮。

夜空似水，横汉静立，银浪声**杳**。	◆◇◆◆，◇◆◆◆，◇◆◇◆。
瑶镜奁**小**，素娥乍起，楼心弄孤**照**。	◇◆◆◆，◆◇◆◆，◇◇◆◇◆。
絮云未**巧**，梧韵露井，偏借秋**早**。	◆◇◆◆，◇◆◆◆，◇◆◇◆。
晴暗多**少**，怕教彻胆，蟾光见怀**抱**。	◇◆◇◆，◆◆◆◆，◇◇◆◇◆。
浪迹尚为客，恨满长安千古**道**。	◆◆◆◇◆，◆◆◇◇◇◆◆。
还记暗萤，穿帘街语**悄**。	◇◆◆◇，◇◇◇◆◆。
叹步影归来，人鬓花**老**。	△◆◆◇◇，◇◆◇◆。
紫箫天**渺**，又露饮风前，凉坠轻**帽**。	◆◇◇◆，△◆◆◇◇，◇◆◇◆。
酒杯空，数星横**晓**。	◆◇◇，◆◇◇◆。

同体式作品：无。

542.【意难忘】

1. 始词北宋周邦彦作。
2. 始词咏调名本意。
3. 双片，每片六平韵，隔句韵，间插连句韵。

始词：22 分句 8 复句。双片。每片 11 分句 4 复句，三/二/三/三/型复句组。平韵，隔句韵，间插连句韵。律词。

4，5，4。5，5。3，3，5。3，4，4。

6，5，4。5，5。3，3，5。3，4，4。——北宋·周邦彦·《全宋词》第 616 页

意难忘

中吕。美咏。

衣染莺**黄**，爱停歌驻拍，劝酒持**觞**。	◇◆◇◇，△◇◇◆◆，◆◆◇◇。
低鬟蝉影动，私语口脂**香**。	◇◇◇◆◆，◇◆◆◇◇。
檐露滴，竹风**凉**，拚剧饮淋**浪**。	◇◆◆，◆◇◇，△◆◆◇◇。
夜渐深，笼灯就月，子细端**相**。	◆◆◇，◇◇◆◆，◆◆◇◇。
知音见说无**双**，解移宫换羽，未怕周**郎**。	◇◇◆◆◇◇，△◇◇◆◆，◆◆◇◇。
长颦知有恨，贪耍不成**妆**。	◇◇◇◆◆，◇◆◆◇◇。
些个事，恼人**肠**，试说与何**妨**。	◇◆◆，◆◇◇，△◆◆◇◇。
又恐伊，寻消问息，瘦减容**光**。	◆◆◇，◇◇◆◆，◆◆◇◇。

同体式作品： 南宋：程垓 1 首，朱用之 1 首，高观国 1 首，林正大 1 首，陈允平 1 首，何梦桂 1 首，刘辰翁 1 首，刘埙 1 首，范晞文 1 首，赵必瑑 1 首，计 10 人 10 首。

增减字：

（一）4，5，4。5，5。3，3，6。3，4，4。○ 6，5，4。5，5。3，3，5。3，4，4。南宋：林正大 1 首。

543. 【红罗袄】

1. 始词北宋周邦彦作。
2. 本源为唐教坊曲，见唐崔令钦《教坊记》。
3. 双片，上片二韵，下片四韵，平韵，隔句韵，插一连句韵。

始词：12 分句 4 复句。双片。上片 6 分句 2 复句，二/四/型复句组；下片 6 分句 2 复句，三/三/型复句组。平韵，隔句韵，间插连句韵。律词。

5，5。5，4，4，4。

3，4，6。5，3，5。——北宋·周邦彦·《全宋词》第 616 页

红罗袄

大石。秋悲。

画烛寻欢去，羸马载愁**归**。	◆◆◇◇◆，◇◆◆◇◇。
念取酒东垆，尊罍虽近，	△◆◆◇◇，◇◇◇◆，

采花南浦，蜂蝶须**知**。	◆◇◇◆，◇◆◇◇。
自分袂，天阔鸿**稀**，空怀梦约心**期**。	◆◇◆，◇◆◇◇，◇◇◆◆◇◇。
楚客忆江**蓠**，算宋玉，未必为秋**悲**。	◆◆◆◇◇，◆◆◆，◆◆◆◇◇。

同体式作品：无。

增减字：

（一）5，5。5，4，4，4。○3，4，6。5，5，3。南宋：陈允平1首。

544.【夜飞鹊】

【夜飞鹊慢】

1. 始词北宋周邦彦作。
2. 一作【夜飞鹊慢】。
3. 双片，上片五韵，下片四韵，平韵，隔句韵。

始词：22分句8复句。双片。上下片各11分句4复句，上片三/二/三/三/型复句组；下片三/三/二/三/型复句组。平韵，隔句韵，插一连句韵。

5，4，6。7，6。5，5，4。4，3，4。

6，5，4。6，4，4。7，4。5，4，4。——北宋·周邦彦·《全宋词》第617页

夜飞鹊

道宫。别情。

河桥送人处，凉夜何**其**，斜月远堕余**辉**。	◇◇◆◇◆，◇◆◇◇，◇◆◆◆◇◇。
铜盘烛泪已流尽，霏霏凉露沾**衣**。	◇◇◆◆◆◇◆，◇◇◇◆◇◇。
相将散离会，探风前津鼓，树杪参**旗**。	◇◇◆◇◆，△◇◇◇◆，◆◆◇◇。
华骢会意，纵扬鞭，亦自行**迟**。	◇◇◆◆，◆◇◇，◆◆◇◇。
迢递路回清野，人语渐无闻，空带愁**归**。	◇◆◆◇◇◆，◇◆◆◇◇，◇◆◇◇。
何意重红满地，遗钿不见，斜迳都**迷**。	◇◆◇◇◆◆，◇◇◆◆，◇◆◇◇。
兔葵燕麦向残阳，欲与人**齐**。	◆◇◆◆◆◇◇，◆◆◇◇。
但徘徊班草，欷歔酹酒，极望天**西**。	△◇◇◇◆，◇◇◆◆，◆◆◇◇。

同体式作品：南宋：卢祖皋1首（【夜飞鹊慢】），吴文英1首，胡翼龙1首，张艾1首，张炎1首。

增减字：

（一）5，4，6。7，6。5，5，4。4，3，4。○6，5，4。6，4，4。7，4。3，4，6。南宋：赵以夫1首。

（二）5，4，6。7，6。5，5，4。4，3，4。○6，5，4。6，4，4。4，7。3，6，4。南宋：陈允平1首。

（三）5，4，6。7，6。6，5，4。4，3，4。○6，5，4。6，4，4。4，7。5，4，4。南宋：刘辰翁1首。

545.【凤来朝】

1. 始词北宋周邦彦作。
2. 双片，始词上片四韵，下片三韵，变体下片增一韵。仄韵，隔句韵。

始词：10 分句 4 复句。双片。每片 5 分句 2 复句，三/二/型复句组。仄韵，隔句韵，插一连句韵。

5，3，4。8，6。
6，3，4。5，6。——北宋·周邦彦·《全宋词》第 617 页

凤来朝

越调。佳人。

逗晓看娇**面**，小窗深，弄明未**遍**。　◆◆◇◇◆，◆◇◇，◆◇◆◆。
爱残朱宿粉云鬟**乱**，最好是帐中**见**。　△◇◇◆◆◇◇◆，◆◆◆◆◇◆。

说梦双蛾微**敛**，锦衾温，酒香未**断**。　◆◆◇◇◇◆，◆◇◇，◆◇◆◆。
待起难舍拚，任日炙画栏**暖**。　◆◆◇◆◇，△◆◆◆◇◆。

同体式作品：无。

增减字：

（一）5，3，4。3，5，6。○ 6，3，4。3，3，6。南宋：陈允平 1 首。

变体二

较始词复句数不变，分句数有变。

【变体二】12 分句 4 复句。上下片第二复句较始词各增 1 分句，每片 6 分句 2 复句，三/三/型复句组。仄韵，隔句韵，连句韵。律词。

5，3，4。3，5，6。
6，3，4。3，3，6。——南宋·史达祖·《全宋词》第 2339 页

凤来朝

五日感事

晕粉就妆**镜**，掩金闺，彩丝未**整**。　◆◆◆◇◆，◆◇◇，◆◇◆◆。
趁无人，学指鸳鸯**颈**，恨谁踏藓花**径**。　◆◇◇，◆◆◇◇◆，△◇◆◆◇◆。

一梦蒲香葵**冷**，堕银瓶，脆绳挂**井**。　◆◆◇◇◇◆，◆◇◇，◆◇◆◆。
扇底并，团圆**影**，只此是沈郎**病**。　◆◆◆，◇◇◆，◆◆◆◆◇◆。

同体式作品：无。

546.【玉团儿】

1. 始词北宋周邦彦作。
2. 双片，每片三仄韵，隔句韵。

始词：12 分句 4 复句。双片。每片 6 分句 2 复句，三/三/型复句组。仄韵，隔句韵。

7，3，4。4，4，4。
7，3，4。4，4，4。——北宋·周邦彦·《全宋词》第 618 页

玉团儿

双调

铅华淡伫新妆**束**，好风韵，天然异**俗**。　◇◇◆◆◇◇◆，◆◇◆，◇◇◆◆。
彼此知名，虽然初见，情分先**熟**。　◆◆◇◇，◇◇◇◆，◇◆◇◆。

垆烟淡淡云屏**曲**，睡半醒，生香透**肉**。　◇◇◆◆◇◇◆，◆◆◇，◇◇◆◆。
赖得相逢，若还虚过，生世不**足**。　◆◆◇◇，◆◇◇◆，◇◆◆◆。

同体式作品：北宋：周邦彦 1 首。南宋：袁去华 1 首，张镃 1 首，卢炳 1 首。

547.【粉蝶儿慢】

【粉蝶儿】

1. 始词北宋周邦彦作。
2. 普名为【粉蝶儿】。
3. 双片，始词上片四韵，下片六韵；变体每片四韵；仄韵，隔句韵；或间插连句韵。

始词：19 分句 8 复句。双片。上片 9 分句 4 复句，三/二/二/二/型复句组；下片 10 分句 4 复句，四/二/二/二/型复句组。仄韵，隔句韵，插一连句韵。

4，4，6。4，5。7，6。6，6。
2，4，3，6。5，5。7，6。6，4。——北宋·周邦彦·《全宋词》第 619 页

粉蝶儿慢

宿雾藏春，余寒带雨，占得群芳开**晚**。　◆◆◇◇，◇◇◆◆，◆◆◇◇◇◆。
艳初弄秀，倚东风娇**懒**。　◆◇◆◆，◆◇◇◇◆。
隔叶黄鹂传好音，唤入深丛中**探**。　◆◆◇◇◇◆◇，◆◆◇◇◇◆。
数枝新比昨朝，又早红稀香**浅**。　◆◇◇◆◆◇，◆◆◇◇◇◆。

眷**恋**，重来倚**槛**，	◆◆，◇◇◆◆，
当韶华，未可轻辜双**眼**。	◇◇◇，◆◆◇◇◇◆。
赏心随分乐，有清尊檀**板**。	◆◇◇◆◆，△◇◇◇◆。
每岁嬉游能几日，莫使一声歌**欠**。	◆◆◇◇◇◆◆，◆◆◆◇◇◆。
忍因循片花飞，又成春**减**。	△◇◇◆◇◇，◆◇◇◆。

同体式作品： 无。

变体二

较始词复句数不变，分句数有变。

变体二·1

17 分句 8 复句

【变体二·1·1】17 分句 8 复句。双片。上片第一复句较始词减 1 分句、第三复句增 1 分句，9 分句 4 复句，二/二/三/二/型复句组；下片第一复句减 2 分句，8 分句 4 复句，二/二/二/二/型复句组。仄韵，隔句韵。

4，6。3，4。3，3，4。3，6。

4，6。3，4。5，5。3，6。——北宋·毛滂·《全宋词》第 688 页

粉蝶儿

雪遍梅花，素光都共奇**绝**。	◆◆◇◇，◆◇◇◆◇◆。
到窗前，认君时**节**。	◆◇◇，◆◇◇◆。
下重帏，香篆冷，兰膏明**灭**。	◆◇◇，◇◆◆，◇◇◇◆。
梦悠扬，空绕断云残**月**。	◆◇◇，◇◆◆◇◇◆。
沈郎带宽，同心放开重**结**。	◆◇◆◇，◇◇◆◇◇◆。
褪罗衣，楚腰一**捻**。	◆◇◇，◆◇◆◆。
正春风新著，摸花花叶**叶**。	△◇◇◇◆，△◇◇◆◆。
粉蝶儿，这回共花同**活**。	◆◆◇，◆◇◆◇◇◆。

同体式作品： 无。

【变体二·1·2】17 分句 8 复句。上片分句数与始词同，复句型有变，9 分句 4 复句，二/二/二/三/型复句组，下片与【变体二·1·1】下片同，8 分句 4 复句，二/二/二/二/型复句组。仄韵，隔句韵。

4，6。3，4。3，7。3，3，4。

4，6。3，4。6，4。3，6。——南宋·史浩·《全宋词》第 1272 页

粉蝶儿

咏圆子

玉屑轻盈，鲛绡雾时铺**遍**。	◆◆◇◇，◇◇◆◇◇◆。

看仙娥，骋些神**变**。　◆◇◇，◆◇◇◆。
咄嗟间，如撒下真珠一**串**。　◆◇◇，◇◆◆◇◇◆◆。
火方然，汤初滚，尽浮锅**面**。　◆◇◇，◇◇◆，◆◇◇◆。

歌楼酒垆，今宵任伊索**唤**。　◇◇◆◇，◇◇◆◇◆◆。
那佳人，怎生得**见**。　◆◇◇，◆◇◆◆。
更添糖拚折本，供他几**碗**。　△◇◇◇◆◆，◇◇◆◆。
浪儿门，得我这些方**便**。　◆◇◇，◆◆◆◇◇◆。

同体式作品：无。

变体二·2

16 分句 8 复句

【变体二·2】16 分句 8 复句。上片第四复句较始词减 1 分句，下片减 2 分句，每片 8 分句 4 复句，二/二/二/二/型复句组。仄韵，隔句韵。

4，6。3，4。3，7。3，7。
4，6。3，4。3，7。6，4。——南宋·史浩·《全宋词》第 1272 页

粉蝶儿

元宵

一箭和风，秾熏许多春**意**。　◆◆◇◇，◇◇◆◇◇◆。
闹蛾儿，满城都**是**。　◆◇◇，◆◇◇◆。
向深闺，争剪碎吴绫蜀**绮**。　◆◇◇，◇◆◆◇◇◆◆。
点妆成，分明是粉须香**翅**。　◆◇◇，◇◇◆◆◇◇◆。

玉容似花，全胜故园桃**李**。　◆◇◆◇，◇◆◆◇◇◆。
最相宜，鬓云秋**水**。　◆◇◇，◆◇◇◆。
怎教他，却去与庄周同**睡**。　◆◇◇，◆◆◆◇◇◇◆。
愿年年伴星球，烂游灯**市**。　△◇◇◆◇◇，◆◇◇◆。

同体式作品：南宋：史浩 2 首。

增减字：

（一）4，6。3，4。5，5。3，6。○ 4，6。3，4。5，5。3，6。南宋：曹冠 1 首。
（二）4，6。3，4。3，7。3，6。○ 4，6。3，4。3，7。3，6。南宋：辛弃疾 1 首。

变体二·3

18 分句 8 复句

【变体二·3】18 分句 8 复句。上片分句数与始词同，复句型有变，9 分句 4 复句，二/二/三/二/型复句组；下片减 1 分句，9 分句 4 复句，二/二/三/二/型复句组。仄韵，隔句韵。

4，6。3，4。3，3，4。5，4。

4，6。3，4。3，3，4。3，6。——南宋·蒋捷·《全宋词》第 3445 页

粉蝶儿

残春

啼鸠声中，春光化成春**梦**。	◇◇◇◇，◇◇◆◇◆◆。
问东君，仗谁诗**送**。	◆◇◇，◆◇◇◆。
燕怜晴，莺爱暖，一窗芳**哄**。	◆◇◇，◇◆◆，◆◇◇◆。
奈匆匆催他，柳绵狂**纵**。	△◇◇◇◇，◆◇◇◆。
轻罗扇小，桐花又飞么**凤**。	◇◇◆◆，◇◇◆◇◇◆。
记寒吟，沁梅霜**冻**。	◆◇◇，◆◇◇◆。
古今□，人易老，莫闲双**鞚**。	◆◇□，◇◆◆，◆◇◇◆。
尚堪游，荼蘼粉云香**洞**。	◆◇◇，◇◇◆◇◇◆。

同体式作品：无。

变体三

较始词分句数复句数皆变

【变体三】16 分句 6 复句。上片较始词减 1 分句 1 复句，下片减 2 分句 1 复句，每片 8 分句 3 复句，上片二/三/三/型复句组；下片三/二/三/型复句组。仄韵，隔句韵。

4，6。7，6，4。3，3，4。

6，4，7。3，7。3，3，4。——南宋·史浩·《全宋词》第 1279 页

粉蝶儿

劝酒

一盏阳和，分明至珍无**价**。	◆◆◇◇，◇◇◆◇◇◆。
解教人啰哩哩啰，	△◆◇◇◇◇◇，
把胸中些磊块，一时熔**化**。	△◇◇◇◆◆，◆◇◇◆。
悟从前，恁区区，总成虚**假**。	◆◇◇，◇◇◇，◆◇◇◆。
何妨竟夕交酬，玉觞金斝，	◇◇◆◆◇◇，◆◇◇◆，
更休辞醉眠花**下**。	△◇◇◆◇◇◆。
待明朝，红日上三竿方**罢**。	◆◇◇，◇◆◆◇◆◇◆。
引笙歌，拥珠玑，笑扶归**马**。	◆◇◇，◇◇◇，◆◇◇◆。

同体式作品：无。

548.【南浦】

1. 始词北宋周邦彦作。
2. 唐教坊曲有【南浦子】（见《教坊记》），或为本调始源。
3. 始词缘调名而赋词。
4. 双片，每片四韵，平、仄二韵式，隔句韵。

始词：22 分句 8 复句。双片。每片 11 分句 4 复句，三/三/二/三/型复句组。仄韵，隔句韵。

5，3，6。5，3，6。4，7。4，4，4。
6，5，4。5，3，6。4，7。5，4，4。——北宋·周邦彦·《全宋词》第 620 页

南浦

中吕

浅带一帆风，向晚来，扁舟稳下南**浦**。	◆◆◆◇◇，◆◆◇，◇◇◆◆◇◆。
迢递阻潇湘，衡皋迥，斜舣蕙兰汀**渚**。	◇◆◆◇◇，◇◇◆，◇◆◆◇◇◆。
危樯影里，断云点点遥天**暮**。	◇◇◆◆，◆◇◆◆◇◇◆。
菡萏里风，偷送清香，时时微**度**。	◆◆◆◇，◇◆◇◇，◇◇◇◆。
吾家旧有簪缨，甚顿作天涯，经岁羁**旅**。	◇◇◆◆◇◇，△◆◆◇◇，◇◆◇◆。
羌管怎知情，烟波上，黄昏万斛愁**绪**。	◇◆◆◇◇，◇◇◆，◇◇◆◆◇◆。
无言对月，皓彩千里人何**处**。	◇◇◆◆，◆◆◇◆◇◇◆。
恨无凤翼身，只待而今，飞将归**去**。	◆◇◆◆◇，◆◆◇◇，◇◇◇◆。

同体式作品：无。

增减字：

（一）5，3，6。5，3，6。4，7。4，5，4。○ 6，5，4。5，3，6。4，7。4，5，4。南宋：史浩 1 首，史达祖 1 首。

（二）5，5，4。5，3，6。4，7。4，3，6。○ 6，5，4。5，3，6。4，7。4，5，4。南宋：程垓 1 首。

变体二

与始词复句数相同，分句数有变。

变体二·1

18 分句 8 复句

【变体二·1】18 分句 8 复句。双片。上片第一、二复句较始词各减 1 分句；下片第二、四复句各减 1 分句。每片 9 分句 4 复句，上片二/二/二/三/型复句组；下片三/二/二/二/型复句组。平韵，隔句韵。律词。

4，8。6，5。6，8。5，4，5。

6，3，5。6，5。6，8。5，7。——北宋·孔夷·《全宋词》第 638 页

南浦

旅怀

风悲画角，听单于三弄落谯**门**。	◇◇◆◆，△◇◇◇◆◆◇◇。
投宿骎骎征骑，飞雪满孤**村**。	◇◆◇◇◇◆，◇◆◆◇◇。
酒市渐闲灯火，正敲窗乱叶舞纷**纷**。	◆◆◆◇◇◆，△◇◇◆◆◆◇◇。
送数声惊雁，下离烟水，嘹唳度寒**云**。	◆◆◇◇◆，◆◇◇◆，◇◆◆◇◇。
好在半胧溪月，到如今，无处不销**魂**。	◆◆◆◇◇◆，◆◇◇，◇◆◆◇◇。
故国梅花归梦，愁损绿罗**裙**。	◆◆◇◇◇◆，◇◆◆◇◇。
为问暗香闲艳，也相思万点付啼**痕**。	◆◆◆◇◇◆，△◇◇◆◆◆◇◇。
算翠屏应是，两眉余恨倚黄**昏**。	△◆◇◇◆，◆◇◇◆◆◇◇。

按：画角，古代木制号角，相传本为西羌乐器；“单于三弄”，单于，匈奴首领称号；“三弄”，三遍乐段；“单于三弄”，泛指画角所吹之胡乐。“正敲窗乱叶舞纷纷”，指纷纷乱叶敲窗，“敲窗乱叶舞纷纷”不宜断。

同体式作品：无。

变体二·2

21 分句 8 复句

【变体二·2】21 分句 8 复句。上片第四复句较始词减 1 分句，10 分句 4 复句，三/三/二/二/型复句组；下片与始词同，11 分句 4 复句，三/三/二/三/型复句组。仄韵，隔句韵。

5，3，6。5，3，6。4，7。7，6。

6，3，6。5，5，4。4，7。4，5，4。——南宋·史浩·《全宋词》第 1275 页

南浦

四月八日

天气正清和，庆西乾，释迦如来出**世**。	◇◆◆◇◇，◆◇◇，◆◇◇◇◆◆。
毓质向金盆，祥云布，层霄九龙喷**水**。	◆◆◆◇◇，◇◇◆，◇◇◆◇◇◆。
东传震旦，正令此日人人**记**。	◇◇◆◆，◆◆◆◆◇◇◆。
露盘百卉拥金容，香汤争来拂**洗**。	◆◇◆◆◆◇◇，◇◇◇◇◆◆。
谁知这个因缘，化众生，令求尘埃脱**离**。	◇◇◆◆◇◇，◆◆◇，◆◇◇◇◆◇。
一点本昭昭，当须向兹时，便知瞥**地**。	◆◆◆◇◇，◇◇◆◇◇，◆◇◆◆。
何烦费手，自然作个惺惺**底**。	◇◇◆◆，◆◇◆◆◇◇◆。
若犹未晤，且管令师僧，八丈十**二**。	◆◇◆◆，◆◆◆◇◇，◆◆◆◆。

同体式作品：无。

变体二·3

20分句8复句

【变体二·3】20分句8复句。上下片第四复句较始词各减1分句。每片10分句4复句，三/三/二/二/型复句组。仄韵，隔句韵。

5，5，4。5，3，6。4，7。7，6。
6，5，4。5，3，6。4，7。7，6。——南宋·王沂孙·《全宋词》第3353页

南浦

春水

柳下碧粼粼，认曲尘乍生，色嫩如**染**。 ◆◆◆◇◇，△◆◇◆◇，◆◆◇◆。
清溜满银塘，东风细，参差縠纹初**遍**。 ◇◆◆◇◇，◇◇◆，◇◇◆◇◇◆。
别君南浦，翠眉曾照波痕**浅**。 ◆◇◇◆，◆◇◇◆◇◇◆。
再来涨绿迷旧处，添却残红几**片**。 ◆◇◆◆◇◆◆，◇◆◇◇◆◆。

葡萄过雨新痕，正拍拍轻鸥，翩翩小**燕**。 ◇◇◆◆◇◇，△◆◆◇◇，◇◇◆◆。
帘影蘸楼阴，芳流去，应有泪珠千**点**。 ◇◆◆◇◇，◇◇◆，◇◆◆◇◇◆。
沧浪一舸，断魂重唱蘋花**怨**。 ◇◇◆◆，◆◇◇◆◇◇◆。
采香幽径鸳鸯睡，谁道湔裙人**远**。 ◆◇◇◆◇◇◆，◇◆◆◇◇◆。

同体式作品：南宋：王沂孙1首。

增减字：

(一) 5，3，6。5，3，6。4，7。7，6。○6，5，4。5，3，6。4，7。7，6。南宋：张炎1首。

549.【月下笛】

1. 始词北宋周邦彦作。
2. 调名即词题。
3. 双片，上片五韵，下片四韵，变体韵数有变；仄韵，隔句韵，间插连句韵。

始词：22分句8复句。双片。上片10分句4复句，三/二/二/三/型复句组；下片12分句4复句，三/二/四/三/型复句组。仄韵，隔句韵，间插连句韵。

4，4，4。4，6。7，7。5，4，4。
4，5，4。4，6。3，4，4，3。3，6，3。——北宋·周邦彦·《全宋词》第621页

月下笛

越调

小雨收尘，凉蟾莹彻，水光浮**璧**。 ◆◆◇◇，◇◇◆◆，◆◇◇◆。

谁知怨**抑**，静倚官桥吹**笛**。	◇◇◆◆，◆◆◇◇◆◆。
映宫墙风叶乱飞，品高调侧人未**识**。	△◇◇◇◆◆◇，◆◇◆◆◇◆◆。
想开元旧谱，柯亭遗韵，尽传胸**臆**。	△◇◇◆◆，◇◇◇◆，◆◇◇◆。
阑干四绕，听折柳徘徊，数声终**拍**。	◇◇◆◆，△◆◆◇◇，◆◇◇◆。
寒灯陋馆，最感平阳孤**客**。	◇◇◆◆，◆◆◇◇◇◆。
夜沉沉，雁啼甚哀，片云尽卷，清漏**滴**。	◆◇◇，◆◇◆◇，◆◇◆◆，◇◆◆。
黯凝魂，但觉龙吟万壑，天籁**息**。	◆◇◇，◆◆◇◇◆◆，◇◆◆。

同体式作品：无。

变体一

与始词分句数复句数相同，复句型有变。

【变体一】22 分句 8 复句。上片第二复句较始词增 1 分句，下片第一复句较始词增 1 分句、第三复句减 2 分句。每片 11 分句 4 复句，上片三/三/二/三/型复句组；下片四/二/二/三/型复句组。仄韵，隔句韵，间插连句韵。

4，4，4。4，3，3。7，7。5，4，4。

2，3，5，4。4，6。7，7。3，3，6。——南宋·姜夔·《全宋词》第 2177 页

月下笛

与客携壶，梅花过了，夜来风**雨**。	◆◆◇◇，◇◇◆◆，◆◇◇◆。
幽禽自**语**，啄香心，度墙**去**。	◇◇◆◆，◆◇◇，◆◇◆。
春衣都是柔荑剪，尚沾惹残茸半**缕**。	◇◇◇◆◇◇◆，△◇◆◇◇◆◆。
怅玉钿似扫，朱门深闭，再见无**路**。	△◆◇◆◆，◇◇◇◆，◆◆◇◆。
凝**伫**，曾游**处**，但系马垂杨，认郎鹦**鹉**。	◇◆，◇◇◆，△◆◆◇◇，◆◇◇◆。
扬州梦觉，彩云飞过何**许**。	◇◇◆◆，◆◇◇◆◇◆。
多情须倩梁间燕，问吟袖弓腰在**否**。	◇◇◇◆◇◇◆，△◇◆◇◇◆◆。
怎知道，误了人，年少自恁虚**度**。	◆◇◆，◆◆◇，◇◆◆◆◇◆。

同体式作品：无。

增减字：

（一）4，4，4。4，3，3。7，7。5，4，4。○ 2，3，5，4。4，6。7，7。3，5，4。南宋：曾允云 1 首。

变体二

与始词复句数相同，分句数有变。

变体二·1

20 分句 8 复句

【变体二·1】20 分句 8 复句。上片分句数复句型与始词同，下片第三复句减 2 分句。每片 10 分句 4 复句，三/二/二/三/型复句组。仄韵，隔句韵，间插连句韵。

4，4，4。4，6。7，6。4，4，4。

6，5，4。4，6。7，6。3，5，4。——南宋·彭元逊·《全宋词》第 3315 页

月下笛

江上行人，竹间茅屋，下临深**窈**。　◇◆◇◇，◆◇◇◆，◆◇◇◆。
春风袅**袅**，翠鬟窥树犹**小**。　◇◇◆◆，◆◇◇◆◇◆。
遥迎近倚归还顾，分付横枝未**了**。　◇◇◆◆◇◇◆，◇◆◇◇◆◆。
扁舟却去，中流回首，惊散飞**鸟**。　◇◇◆◆，◇◇◇◆，◇◆◇◆。

重踏新亭屐齿，耿山抱孤城，月来华**表**。　◇◆◇◇◆◆，◆◇◆◇◇，◆◇◇◆。
鸡声人语，隔江相半歌**笑**。　◇◇◇◆，◆◇◇◆◇◆。
壮游历历同高李，未拟诗成草**草**。　◆◇◆◆◇◇◆，◆◆◇◇◆◆。
长桥外，有醒人吹笛，并在霜**晓**。　◇◇◆，◆◆◇◇◆，◆◆◇◆。

同体式作品：无。

增减字：

(一) 4，4，4。4，6。7，7。5，4，4。○5，5，4。4，6。7，7。3，3，6。南宋：张炎 1 首。

变体二·2

21 分句 8 复句

【变体二·2】21 分句 8 复句。上片与始词同，10 分句 4 复句，三/二/二/三/型复句组；下片分句数复句型与【变体二·1】同，11 分句 4 复句，四/二/二/三/型复句组。仄韵，隔句韵，间插连句韵。

4，4，4。4，7。7，7。5，4，4。

2，3，3，6。4，6。7，7。3，3，6。——南宋·张炎·《全宋词》第 3472 页

月下笛

孤游万竹山中，闲门落叶，愁思黯然，因动黍离之感。时寓甬东积翠山舍。

万里孤云，清游渐远，故人何**处**。　◆◆◇◇，◇◇◆◆，◆◇◇◆。
寒窗梦里，犹记经行旧时**路**。　◇◇◆◆，◇◆◇◇◆◇◆。
连昌约略无多柳，第一是难听夜**雨**。　◇◇◆◆◇◇◆，◆◆◆◇◇◆◆。
谩惊回凄悄，相看烛影，拥衾谁**语**。　◆◇◇◇◆，◇◇◆◆，◇◇◇◆。

张**绪**，归何**暮**，半零落，依依断桥鸥**鹭**。　◇◆，◇◇◆，◆◇◆，◇◇◆◆◇◆。
天涯倦**旅**，此时心事良**苦**。　◇◇◆◆，◆◇◇◆◇◆。
只愁重洒西州泪，问杜曲人家在**否**。　◆◇◇◆◇◇◆，△◆◆◇◇◆◆。
恐翠袖，正天寒，犹倚梅花那**树**。　◆◆◆，◆◇◇，◇◆◇◇◆◆。

同体式作品：无。

550.【青房并蒂莲】

1. 始词北宋周邦彦作。
2. 双片，上片五韵，下片四韵，平韵，隔句韵。

始词：20 分句 8 复句。双片。每片 10 分句 4 复句，三/二/二/三/型复句组。平韵，隔句韵。

3，5，4。4，5。7，7。3，4，7。

6，5，4。7，4。6，8。3，4，7。——北宋·周邦彦·《全宋词》第 621 页

青房并蒂莲

维扬怀古

醉凝**眸**，正楚天秋晚，远岸云**收**。	◆◇◇，△◆◇◇◆，◆◆◇◇。
草绿莲红，□映小汀**洲**。	◆◆◇◇，□◆◆◇◇。
芰荷香里鸳鸯浦，恨菱歌惊起眠**鸥**。	◆◇◇◆◇◇◆，△◇◇◇◆◇◇。
望去帆，一派湖光，棹声咿哑橹声**柔**。	◆◆◇，◆◆◇◇，◆◇◇◇◆◇◇。
愁窥汴堤细柳，曾舞送莺时，锦缆龙**舟**。	◇◇◆◇◆◆，◇◆◆◇◇，◆◆◇◇。
拥倾国纤腰皓齿，笑倚迷**楼**。	△◇◆◇◇◆◆，◆◆◇◇。
空令五湖夜月，也羞照三十六宫**秋**。	◇◆◆◇◆◆，△◇◆◇◆◆◇◇。
正浪吟，不觉回桡，水花风叶两悠**悠**。	◆◆◇，◆◆◇◇，◆◇◇◆◆◇◇。

同体式作品：南宋：王沂孙 1 首。

551.【一剪梅】

1. 始词北宋周邦彦作。
2. 始词取首句“一剪梅”三字为调名，调名即词题。
3. 宋代常用词调。
4. 双片，每片三平韵，隔句韵、连句韵。

始词：11 分句 4 复句。双片。上片 5 分句 2 复句，三/二/型复句组，下片 6 分句 2 复句，三/三/型复句组。平韵，隔句韵，间插连句韵。律词。

7，4，4。7，7。

3，4，7。7，4，4。——北宋·周邦彦·《全宋词》第 623 页

一剪梅

一剪梅花万样**娇**，斜插梅枝，略点眉**梢**。 ◆◆◇◇◆◆◇，◇◆◇◇，◆◆◇◇。
轻盈微笑舞低回，何事尊前拍误**招**。 ◇◇◇◆◆◇◇，◇◆◇◇◇◆◇。

夜渐寒，深酒渐**消**，袖里时闻玉钏**敲**。 ◆◆◇，◇◆◆◇，◆◆◇◇◆◆◇。
城头谁恁促残更，银漏何如，且慢明**朝**。 ◇◇◇◆◆◇◇，◇◆◇◇，◆◆◇◇。

同体式作品：无。

增减字：

（一）7，4，4。7，7。○7，4，4。7，4，4。北宋：蔡伸1首。南宋：赵长卿1首，赵师侠1首，无名氏1首。

变体二

复句数不变，分句数有变。

变体二·1

12分句4复句

【变体二·1】12分句4复句。双片。上片第二复句较始词增1分句。每片6分句2复句，三/三/型复句组。平韵，隔句韵。律词。

7，4，4。7，4，4。

7，4，4。7，4，4。——北宋·周紫芝·《全宋词》第892页

一剪梅

送杨师醇赴官

无限江山无限**愁**，两岸斜阳，人上扁**舟**。 ◇◆◇◇◇◆◇，◆◆◇◇，◇◆◇◇。
阑干吹浪不多时，酒在离尊，情满沧**洲**。 ◇◇◆◆◆◇◇，◆◆◇◇，◇◆◇◇。

早是霜华两鬓**秋**，目送飞鸿，那更难**留**。 ◆◆◇◇◆◆◇，◆◆◇◇，◆◆◇◇。
问君尺素几时来，莫道长江，不解西**流**。 ◆◇◆◆◆◇◇，◆◆◇◇，◆◆◇◇。

同体式作品：北宋-南宋：李纲1首，李清照1首。南宋：蔡伸2首，王之道1首，黄公度1首，韩元吉1首，丘密1首，辛弃疾5首，程垓3首，徐似道1首，石孝友1首，韩玉1首，赵师侠1首，卢炳1首，刘仙伦1首，韩淲4首，易祓妻1首，史达祖2首，周文璞1首，葛长庚1首，刘克庄2首，李曾伯1首，方岳1首，吴文英2首，陈著1首，刘辰翁2首，杨佥判1首，汪元量1首，黎廷瑞1首，醴陵士人1首，蒋捷2首，陈德武1首，张炎1首，张幼谦1首，王娇娘1首，无名氏2人2首，计35人50首。

变体二·2

10分句4复句

【变体二·2·1】10分句4复句。上片与始词同，下片减1分句。每片5分句2复句，上片三/二/型复句组，下片二/三/型复句组。平韵，隔句韵，插一连句韵。律词。

7，4，4。7，7。

7，7。7，4，4。——南宋·郑刚中·《全宋词》第1031页

一剪梅

汉粉重番内样**妆**，新染冰肌，浅浅莺**黄**。 ◆◆◇◇◆◆◇，◇◆◇◇，◆◆◇◇。
广寒宫迥阻归期，襟袖空余黯淡**香**。 ◇◇◇◆◆◇◇，◆◆◇◇◆◆◇。

江路迢迢楚塞**长**，梦里题诗欲寄**将**。 ◇◆◇◇◆◆◇，◆◆◇◇◆◆◇。
觉来斜月又沉西，一点檀心，半染微**霜**。 ◆◇◇◆◆◇◇，◆◆◇◇，◆◆◇◇。

同体式作品：南宋：李石2首。

【变体二·2·2】10分句4复句。双片。上下片分句数复句型均与【变体二·2·1】下片同，每片5分句2复句，二/三/型复句组。平韵，连句韵、隔句韵。律词。

7，7。7，4，4。

7，7。7，4，4。——南宋·曹勋·《全宋词》第1235页

一剪梅

不占前村占宝**阶**，芳影横斜积渐**开**。 ◆◆◇◇◆◆◇，◇◆◇◇◆◆◇。
水边竹外冷摇春，一带冲寒，香满襟**怀**。 ◆◇◆◆◆◇◇，◆◆◇◇，◇◆◇◇。

管领东风要有**才**，频携歌酒上春**台**。 ◆◆◇◇◆◆◇，◇◇◇◆◆◇◇。
直须日日玉花前，金殿仙人，同赏同**来**。 ◆◇◆◆◆◇◇，◇◆◇◇，◇◆◇◇。

同体式作品：无。

变体二·3

8分句4复句

【变体二·3】8分句4复句。双片。上片第一复句、下片第一、二复句较始词各减1分句，每片4分句2复句，二/二/型复句组。平韵，连句韵、隔句韵。律词。

7，7。7，7。

7，7。7，7。——北宋·邓肃·《全宋词》第1110页

一剪梅

题泛碧斋

雨过春山翠欲**浮**，影落寒溪碧玉**流**。 ◆◆◇◇◆◆◇，◆◆◇◇◆◆◇。
片帆乘兴挂东风，夹岸花香拥去**舟**。 ◆◇◇◆◆◇◇，◆◆◇◇◆◆◇。

尊酒时追李郭**游**，醉卧烟波万事**休**。 ◇◆◇◇◆◆◇，◆◆◇◇◆◆◇。
梦回风定斗杓寒，渔笛一声天地**秋**。 ◆◇◇◆◆◇◇，◇◆◆◇◇◆◇。

按：本词为长短句小令变体为七言声诗之一例。

同体式作品：无。

552.【双头莲】

1. 始词北宋周邦彦作。
2. 短调【双头莲令】，作同源词调处理。
3. 双片。始词上片四韵，下片五韵，变体韵数有变，仄韵，隔句韵。

始词：24 分句 7 复句。双片，上片 13 分句 3 复句，七/四/二/型复句组；下片 11 分句 4 复句，三/三/三/二/型复句组。仄韵，邻韵通押，隔句韵，插一连句韵。

4，4，4，4，4，6，3。4，4，4，4。4，5。

3，5，4。4，4，6。4，4，4。5，5。——北宋·周邦彦·《全宋词》第 623 页

双头莲

双调

一抹残霞，几行新雁，天染云断，	◆◆◇◇，◆◇◇◆，◇◆◇◆，
红迷阵影，隐约望中，	◇◇◆◆，◆◆◇◇，
点破晚空澄**碧**，助秋**色**。	◆◆◆◇◇◆，◆◇◆。
门掩西风，桥横斜照，	◇◆◇◇，◇◇◇◆，
青翼未来，浓尘自**起**。	◇◆◆◇，◇◇◆◆。
咫尺凤帏，合有人相**识**。	◆◆◆◇，◆◆◇◇◆。
叹乖**隔**，知甚时恣与，同携欢**适**。	◇◇◆，△◆◇◆◆，◇◇◇◆。
度曲传觞，并鞯飞辔，绮陌画堂连**夕**。	◆◆◇◇，◆◇◇◆，◆◆◆◇◇◆。
楼头千里，帐底三更，尽堪泪**滴**。	◇◇◇◆，◆◆◇◇，◆◇◆◆。
怎生向无聊，但只听消**息**。	◆◇◆◇◇，△◆◇◇◆。

同体式作品：无。

按：《钦定词谱》曰本词“前段十三句三仄韵，后段十二句五仄韵”。上片三韵为“碧”“色”“识”，“起”字不为韵，标点如下：

一抹残霞句几行新雁句天染断红句云迷阵影句隐约望中句点破晚空澄碧韵助秋色韵门掩西风句桥横斜照句青翼未来句浓尘自起句咫尺凤帏句合有人相识韵

如此，以今之句型的定义和规则看，从首句到“助秋色”，7 分句构成 1 复句；从“门掩西风”到“合有人相识”为 1 复句，全片 13 分句 2 复句，七/六/型复句组。但本调其他诸词，上片皆四韵以上，均可点断为 4 复句，故本调通式为上下片各 4 复句。或疑周邦彦该词在传写中有误，《钦谱》否定之，注曰：“此词《清真集》不载，故方千里、杨泽民、陈允平皆无和词，或疑前段直至第六句始用韵，似有伪脱，不知宋人以韵少者为慢曲子，韵多者为急曲子。细玩此词，文法甚顺，决无伪脱，但无他词援证耳。”《钦谱》谓“韵少者为慢曲子，韵多者为急曲子”，宋人无此说，姑不论；所谓“文法甚顺”，尚可推敲，有论者“或疑”并非没有理由，从叙述意脉看，很可能在传抄中语句次序有错乱，且上下

片韵数及复句数相差如此，颇为反常，不合词体常规。可考虑的一点是：本词押仄韵，《钦谱》认定的三个韵脚字皆入声，故上声“起”不作韵字，但词体仄韵上去入通押本属正常，本调即有其例（见本调【变体二】），如将“起”作韵脚，考虑传抄可能有误，根据文意脉络略调整一下句子的次序，上片亦可断为 4 复句：

一抹残霞，几行新雁，点破晚空澄**碧**。

天染断红，云迷阵影，隐约望中助秋**色**。

门掩西风，桥横斜照，青翼未来，浓尘自**起**。

咫尺凤帏，合有人相**识**。

当然，这一调整只是一种假设。但参校该调诸家之词上片通式为 4 复句，今见该词版本大概率当有误传。

另：本词下片第四复句，《钦谱》较《全宋词》多一“总”字，断为三句：“怎生向**句**总无聊**句**但只听消**息韵**”，本谱依《全宋词》断为二分句。

变体三

较始词分句数复句数皆变

【变体三】22 分句 8 复句。上片较始词减 2 分句，增 1 复句，下片分句数复句数与始词同，复句型有变。每片 11 分句 4 复句，三/三/二/三/型复句组。仄韵，隔句韵，间插连句韵。

4，5，4。4，3，6。6，5。3，4，6。

6，5，4。4，3，6。6，5。3，4，4。——南宋·陆游·《全宋词》第 1594 页

双头莲

呈范至能待制

华鬓星星，惊壮志成虚，此身如**寄**。	◇◆◇◇，△◆◆◇◇，◆◇◇◆。
萧条病**骥**，向暗**里**，消尽当年豪**气**。	◇◇◆◆，◆◆◆，◇◆◇◇◇◆。
梦断故国山川，隔重重烟**水**。	◆◆◆◆◇◇，◆◇◇◇◆。
身万**里**，旧社凋零，青门俊游谁**记**。	◇◆◆，◆◆◇◇，◇◇◆◇◇◆。
尽道锦里繁华，叹官闲昼永，柴荆添**睡**。	◆◆◆◆◇◇，△◇◇◆◆，◇◇◇◆。
清愁自**醉**，念此**际**，付与何人心**事**。	◇◇◆◆，◆◆◆，◆◆◇◇◇◆。
纵有楚柂吴樯，知何时东**逝**。	◆◆◆◆◇◇，△◇◇◇◆。
空怅望，鲙美菰香，秋风又**起**。	◇◆◆，◆◆◇◇，◇◇◆◆。

同体式作品：无。

增减字：

（一）4，3，6。4，5，4。6，5。3，4，6。○ 6，5，4。4，3，6。6，5。3，4，4。南宋：陆游 1 首。

（二）4，5，4。4，5，4。6，5。3，4，6。○ 6，5，4。4，3，6。6，5。3，4，4。宋：无名氏 1 首。

同源词调：【双头莲令】

1. 始词南宋赵师侠作。
2. 双片。每片四平韵，连句韵。
3. 本调仅见此一首。

始词：8 分句 4 复句。双片。每片 4 分句 2 复句，二/二/型复句组。平韵，连句韵。律词。

7，5。7，5。

7，5。7，5。——南宋·赵师侠·《全宋词》第 2094 页

双头莲令

信丰双莲

太平和气兆嘉**祥**，草木总成**双**。　◆◇◇◆◆◇◇，◆◆◆◇◇。

红苞翠盖出横**塘**，两两斗芬**芳**。　◇◇◆◆◆◇◇，◆◆◆◇◇。

干摇碧玉并青**房**，仙髻拥新**妆**。　◇◇◆◆◆◇◇，◇◆◆◇◇。

连枝不解引鸾**皇**，留取映鸳**鸯**。　◇◇◆◆◆◇◇，◇◆◆◇◇。

同体式作品：无。

553.【大有】

1. 始词北宋周邦彦作。
2. 双片，上片四韵，下片五韵，仄韵，隔句韵。

始词：20 分句 8 复句。双片。上片 10 分句 4 复句，四/二/二/二/型复句组。下片 9 分句 4 复句，三/二/二/二/型复句组。仄韵，隔句韵，间插连句韵。

4，4，3，4。3，6。7，7。6，6。

6，5，4。4，6。6，7。7，4。——北宋·周邦彦·《全宋词》第 624 页

大有

小石

仙骨清羸，沈腰憔悴，　◇◆◇◇，◇◇◇◆，

见傍人，惊怪消**瘦**。　◆◇◇，◇◆◇◆。

柳无言，双眉尽日齐**斗**。　◆◇◇，◇◇◆◆◇◆。

都缘薄幸赋情浅，许多时不成欢**偶**。　◇◇◆◆◆◇◆，◆◇◇◆◇◇◆。
幸自也总由他，何须负这心**口**。　◆◆◆◆◇◇，◇◇◆◆◇◆。

令人恨行坐儿，断了更思量，没心求**守**。　◆◇◆◇◆◇，◆◆◆◇◇，◆◇◇◆。
前日相逢，又早见伊仍**旧**。　◇◆◇◇，△◆◆◇◇◆。
却更被温存**后**，都忘了当时僝**僽**。　△◆◆◇◇◆，△◆◆◇◇◇◆。
便挡撮九百身心，依前待**有**。　△◇◆◆◆◇◇，◇◇◆◆。

按：“柳无言，双眉尽日齐**斗**”，文意欠联络，前三字短语疑有误，或有脱字。按下片该句位为“4/6”二分复句，试添一字：“倚柳无言，双眉尽日齐**斗**。”

同体式作品：无。

变体二

较始词复句数不变，分句数增 1。

【变体二】21 分句 8 复句。上片与始词同，10 分句 4 复句，四/二/二/二/型复句组；下片 11 分句 4 复句，四/二/二/三/型复句组。仄韵，隔句韵。

4，4，3，4。3，6。7，7。6，6。
3，3，5，4。4，6。6，7。3，4，4。——南宋·潘希白·《全宋词》第 3137 页

大有

九日

戏马台前，采花篱下，　◆◆◇◇，◆◇◇◆，
问岁华，还是重**九**。　◆◆◇，◇◆◇◆。
恰归来，南山翠色依**旧**。　◆◇◇，◇◇◆◆◇◆。
帘栊昨夜听风雨，都不似登临时**候**。　◇◇◆◆◇◇◆，◇◆◆◇◇◇◆。
一片宋玉情怀，十分卫郎清**瘦**。　◆◆◆◆◇◇，◆◇◆◇◇◆。

红萸佩，空对**酒**，　◇◇◆，◇◆◆，
砧杆动微寒，暗欺罗**袖**。　◇◇◆◇◇，◆◇◇◆。
秋已无多，早是败荷衰**柳**。　◇◆◇◇，◆◆◆◇◇◆。
强整帽檐欹侧，曾经向天涯搔**首**。　◇◆◆◇◇◆，◇◇◆◇◇◇◆。
几回忆，故国莼鲈，霜前雁**后**。　◆◇◆，◆◆◇◇，◇◇◆◆。

按：下片结尾复句之“几回忆”若不断，即与始词同体。细味之，“几回忆”是该复句的话题，接之两句则是“忆”的分述，断之意绪更明确。兹断之，且示词体流水句“可断可连”之一斑。

同体式作品：无。

554.【万里春】

1. 始词北宋周邦彦作。
2. 双片，每片三仄韵，隔句韵，连句韵。
3. 此调仅见周邦彦一首。

始词：10 分句 4 复句。双片。每片 5 分句 2 复句，二/三/型复句组。仄韵，连句韵、隔句韵。

4，6。3，4，5。
5，7。3，4，5。——北宋·周邦彦·《全宋词》第 627 页

万里春

千红万**翠**，簇定清明天**气**。	◇◇◆◆，◆◆◇◇◇◆。
为怜他，种种清香，好难为不**醉**。	◆◇◇，◆◆◇◇，◆◇◇◆◆。
我爱深如**你**，我心在个人心**里**。	◆◆◇◇◆，◆◇◆◆◆◇◇◆。
便相看，老却春风，莫无些欢**意**。	◆◇◇，◆◆◇◇，◆◇◇◇◆。

同体式作品：无。

555.【眼儿媚】

【秋波媚】【小阑干】

1. 始词为北宋阮阅作。
2. 宋代通行词调。或作【秋波媚】，或由始词“斜月小阑干”衍名为【小阑干】。
3. 双片，上片三韵，下片二韵，平韵，首起连句韵，继隔句韵。

始词：10 分句 4 复句。双片。每片 5 分句 2 复句，二/三/型复句组。平韵，连句韵、隔句韵。

7，5。4，4，4。
7，5。4，4，4。——北宋·阮阅·《全宋词》第 642 页

眼儿媚

楼上黄昏杏花**寒**，斜月小阑**干**。	◇◆◇◇◆◇◇，◇◆◆◇◇。
一双燕子，两行征雁，画角声**残**。	◆◇◆◆，◆◇◇◆，◆◆◇◇。

绮窗人在东风里，洒泪对春**闲**。　◆◇◇◆◇◇◆，◆◆◆◇◇。
也应似旧，盈盈秋水，淡淡春**山**。　◆◇◆◆，◇◇◇◆，◆◆◇◇。

按：本词一传为宋左誉作。

同体式作品：北宋：（传）贺铸 1 首，朱敦儒 3 首，赵佶 1 首，李德载 1 首，刘一止 1 首，王赏 1 首，计 6 人 8 首。南宋：宋齐愈 1 首，张元幹 1 首，吕渭老 2 首，杨无咎 1 首，赵恒 1 首，仲并 1 首，曾觌 2 首，黄公度 1 首，毛开 1 首，洪适 2 首，朱淑真 1 首，侯寘 1 首，赵彦端 2 首，李流谦 1 首，陆游 2 首（【秋波媚】），范成大 1 首，王质 1 首，某教授 1 首，张孝祥 1 首，赵长卿 8 首，辛弃疾 1 首，石孝友 2 首，陈亮 1 首，张镃 3 首，韩淲 3 首，高似孙 1 首，黄简 1 首，史达祖 2 首，高观国 1 首，魏了翁 4 首，卢祖皋 2 首（【小阑干】1），刘学箕 1 首，洪咨夔 2 首，曾揆 1 首，卓田 1 首，黄机 3 首，尹焕 1 首，李曾伯 1 首，方岳 1 首，陈诜 1 首，冯伟寿 1 首，薛梦佳 1 首，周密 1 首，汪元量 1 首，黎廷瑞 1 首，仇远 3 首，危昂霄 1 首，王氏 1 首，王娇娘 1 首，无名氏 6 人 6 首，计 55 人 82 首。

变体二

较始词复句数不变，分句数减 2。

【变体二】8 分句 4 复句。上下片第二复句较始词各减 1 分句，每片 4 分句 2 复句，二/二/型复句组。平韵，连句韵、隔句韵。律词。

7，5。6，7。
7，5。6，6。——宋・无名氏・《全宋词》第 3747 页

眼儿媚

深闺小院日初**长**，娇女绮罗**裳**。　◇◇◆◆◆◇◇，◇◆◆◇◇。
不做东君造化，金针刺绣群芳**样**。　◆◆◇◇◆◆，◇◇◆◆◇◇◆。

斜枝嫩叶包开蕊，唯只欠馨**香**。　◇◇◆◆◇◇◆，◇◆◆◇◇。
曾向园林深处，引教蝶乱蜂**狂**。　◇◆◇◇◇◆，◆◇◆◆◇◇。

同体式作品：无。

556. 【八节长欢】

1. 始词北宋毛滂作。
2. 双片，每片五平韵，隔句韵。
3. 此调仅见毛滂二首。

始词：21 分句 8 复句。双片。上片 10 分句 4 复句，三/二/三/二/型复句组；下片 11 分句 4 复句，三/三/二/三/型复句组。平韵，隔句韵。

4，4，4。5，5。7，3，4。6，4。

6，5，4。5，3，6。3，7。3，4，6。——北宋·毛滂·《全宋词》第671页

八节长欢

送孙守公素

名满人**间**，记黄金殿，旧赐清**闲**。　◇◆◇◇，△◇◇◆，◆◆◇◇。
才高鹦鹉赋，风懔惠文**冠**。　◇◇◇◆◆，◇◆◆◇◇。
涛波何处试蛟鳄，到白头，犹守溪**山**。　◇◇◇◆◆◇◆，◆◆◇，◇◆◇◇。
且做龚黄样度，留与人**看**。　◆◆◇◇◆◆，◇◆◇◇。

桃溪柳曲阴**圆**，离唱断旌旗，却卷春**还**。　◇◇◆◆◇◇，◇◆◆，◇◇◆◆◇◇。
襦袴寄余温，双石畔，唯闻吏胆长**寒**。　◇◆◆◇◇，◇◆◆，◇◇◆◆◇◇。
诗翁去，谁细绕屈曲阑**干**。　◇◇◆，△◆◆◆◆◇◇。
从今后，南来幽梦，应随月度云**端**。　◇◇◆，◇◇◇◆，◇◇◆◆◇◇。

同体式作品：北宋：毛滂1首。

557.【散余霞】

1. 始词北宋毛滂作。
2. 双片，每片三韵，平仄通押，连句韵、隔句韵。
3. 此调仅见毛滂一首。

始词：8分句4复句。双片。每片4分句2复句，二/二/型复句组。仄韵，连句韵、隔句韵。

6，5。6，5。
6，5。6，5。——北宋·毛滂·《全宋词》第688页

散余霞

墙头花寒犹**噤**，放绣帘昼**静**。　◇◇◇◇◇◆，△◆◇◆◆。
帘外时有蜂儿，趁杨花不**定**。　◇◆◇◆◇◇，△◇◇◆◆。

阑干又还独**凭**，念翠低眉**晕**。　◇◇◆◇◆◆，△◆◇◇◆。
春梦枉恼人肠，更厌厌酒**病**。　◇◆◆◆◇◇，△◇◇◆◆。

同体式作品：无。

558.【最高楼】

【醉高楼】

1. 始词北宋毛滂作。
2. 一作【醉高楼】。
3. 双片，始词每片四韵，变体韵数或有变。普式平韵，偶见间插仄韵换押；隔句韵，或间插连句韵。

始词：19 分句 8 复句。双片。上片 9 分句 4 复句，二/二/二/三/型复句组；下片 10 分句 4 复句，二/三/二/三/型复句组。平韵，隔句韵。律词。

3，5。3，3。7，7。3，3，3。

3，5。8，3，3。7，7。3，3，3。——北宋·毛滂·《全宋词》第 688 页

最高楼

散后

微雨过，深院芰荷**中**。	◇◆◆，◇◆◆◇◇。
香冉冉，绣重**重**。	◇◆◆，◆◇◇。
玉人共倚阑干角，月华犹在小池**东**。	◆◇◆◆◇◇◆，◆◇◇◆◆◇◇。
入人怀，吹鬓影，可怜**风**。	◆◇◇，◇◆◆，◆◇◇。
分散去，轻如云与**梦**。	◇◆◆，◇◇◇◆◆。
剩下了许多风与月，侵枕簟，冷帘**栊**。	◆◆◆◆◇◇◆◆，◇◆◆，◆◇◇。
副能小睡还惊觉，略成轻醉早醒**松**。	◆◇◆◆◇◇◆，◆◇◇◆◆◇◇。
仗行云，将此恨，到眉**峰**。	◆◇◇，◇◆◆，◆◇◇。

同体式作品：无。

变体一

与始词分句数复句数相同，复句型有变。

【变体一】19 分句 8 复句。上片与始词同，9 分句 4 复句，二/二/二/三/型复句组；下片第二复句减 1 分句，第三复句增 1 分句，10 分句 4 复句，二/二/三/三/型复句组。平韵，隔句韵。律词。

4，5。3，3。7，7。3，3，3。

7，7。3，3。7，3，3。3，3，3。——北宋·柳富·《全宋词》第 1041 页

最高楼

别妓王幼玉

人间最苦，最苦是分**离**。 ◇◇◆◆，◆◆◆◇◇。
伊爱我，我怜**伊**。 ◇◆◆，◆◇◇。
青草岸头人独立，画船东去橹声**迟**。 ◇◆◆◇◇◆◆，◆◇◇◆◆◇◇。
楚天低，回望处，两依**依**。 ◆◇◇，◇◆◆，◆◇◇。

后会也知俱有愿，未知何日是佳**期**。 ◆◆◆◇◇◆◆，◆◇◇◆◆◇◇。
心下事，乱如**丝**。 ◇◆◆，◆◇◇。
好天良夜还虚过，辜负我，两心**知**。 ◆◇◇◆◇◇◆，◇◆◆，◆◇◇。
愿伊家，衷肠在，一双**飞**。 ◆◇◇，◇◇◆，◆◇◇。

同体式作品：无。

增减字：

（一）4，5。3，3。7，7。3，3，3。○ 7，7。3，3。3，4，7。3，3，3。南宋：张镃 1 首（【醉高楼】）。

变体二

较始词复句数不变，分句数有变。

【变体二】18 分句 8 复句。上片与始词同，下片第二复句减 1 分句，每片 9 分句 4 复句，二/二/二/三/型复句组。平韵，隔句韵。

3，5。3，3。7，7。3，3，3。
3，5。8，6。7，7。3，3，3。——北宋·毛滂·《全宋词》第 688 页

最高楼

春恨

新睡起，熏过绣罗**衣**。 ◇◆◆，◇◆◆◇◇。
梳洗了，百般**宜**。 ◇◆◆，◆◇◇。
东风淡荡垂杨院，一春心事有谁**知**。 ◇◇◆◆◇◇◆，◆◇◇◆◆◇◇。
苦留人，娇不尽，曲眉**低**。 ◆◇◇，◇◆◆，◆◇◇。

漫良夜，月圆空好**意**。 ◇◇◆，◆◇◇◆◆，
恐落花流水终寄恨，悲欢往往相**随**。 <u>△◆◇◇◆◇◆◆</u>，◇◇◆◆◇◇。
凤台痴望双双羽，高唐愁著梦回**时**。 ◆◇◇◆◇◇◆，◇◇◇◆◆◇◇。
又争如，遵大路，合逢**伊**。 ◆◇◇，◇◆◆，◆◇◇。

同体式作品：无。

增减字：

（一）4，4。3，3。7，7。3，3，3。○ 8，8。3，3。7，7。3，3，3。南宋：史浩 1 首。

（二）3，5。3，3。7，7。3，3，3。○8，8。3，3。7，7。3，3，3。南宋：陈亮1首。

（三）4，5。3，3。7，6。3，3，3。○7，7。3，3。7，7。3，3，3。南宋：徐架阁1首。

（四）4，5。3，3。7，7。3，3，3。○8，8。3，3。7，7。3，3，3。南宋：崔木1首，无名氏1首。

变体三

较始词分句数复句数皆变

变体三·1

14分句6复句

【变体三·1·1】14分句6复句。上片较始词各减2分句1复句，下片减3分句1复句。每片7分句3复句，上片二/三/二/型复句组；下片二/二/三/型复句组合。平韵，隔句韵。

4，5。5，7，7。5，4。

7，7。3，3。7，7，8。——南宋·向子諲·《全宋词》第977页

最高楼

无双亭下，琼树正花**敷**。	◇◇◇◆，◇◆◆◇◇，
玉骨莹云**腴**，已知倾国无能比，	◆◆◆◇◇，◆◇◇◆◇◇◆，
除非天上有仙**姝**。	◇◇◇◆◆◇◇。
到扬州才见，是处俱**无**。	◆◇◇◇◆，◆◆◇◇。
比碧桃也无二朵，算丹桂止是一**株**。	◆◆◇◆◇◆◆，◆◇◆◆◆◆◇。
千万卉，尽花**奴**。	◇◆◆，◆◇◇。
天教芍药来骖乘，一春桃李作先**驱**，	◇◇◆◆◇◇◆，◆◇◇◆◆◇◇，
尽红遮绿拥驻江**都**。	△◇◇◆◆◆◇◇。

同体式作品：无。

按：向子諲《丑奴儿·宣和辛丑》与本词多有重文，其词如下：

无双亭下琼花树，玉骨云腴。倾国称姝，除却扬州是无处。○天教红药来参乘，桃李先驱。总作花奴，翠拥红遮到玉都。

【变体三·1·2】14分句6复句。上下片分句数复句数与【变体三·1·1】相同，复句型有变。每片7分句3复句，三/二/二/型复句组。平仄通押，连句韵、隔句韵。

4，5，6。7，7。5，4。

8，8，6。7，7。5，4。——宋·无名氏·《全宋词》第3676页

最高楼

司春有序，排次到荼**蘼**，远预报在庭**知**。	◇◇◆◆，◇◆◆◇◇，◆◆◆◆◇◇。

蕊珠宫里晨妆罢，披香殿下晓班**齐**。	◆◇◇◆◇◇◆，◇◇◆◆◆◇◇。
探花正驱使，问菊花**期**。	◆◇◆◆◆，△◇◇◇。
元不逊梅花浮月影，也知妒梨花带雨**枝**，偏恨柳绿条**垂**。	◇◆◆◇◇◇◇◆◆，◆◇◆◇◇◇◆◆◇，◇◆◆◆◇◇。
与其向晚包团絮，不如对酒折芳**蕤**。	◇◇◆◆◇◇◆，◆◇◆◆◆◇◇。
谢东君收拾，在牡丹**时**。	△◇◇◇◆◇，△◆◇◇。

同体式作品：无。

变体三·2

17分句6复句

【变体三·2·1】17分句6复句。每片较始词减1分句1复句，上片8分句3复句，三/二/三/型复句组；下片9分句3复句，四/二/三/型复句组。平仄间押，隔句韵，插一连句韵。

3，5，5。7，7。3，3，3。

8，8，3，3。7，7。3，3，3。——南宋·辛弃疾·《全宋词》第1875页

最高楼

醉中有四时歌者，为赋。

长安道，投老倦游**归**，七十古来**稀**。	◇◇◆，◇◆◆◆◇◇，◆◆◆◇◇。
藕花雨湿前湖夜，桂枝风澹小山**时**。	◆◇◆◆◇◇◆，◆◇◇◆◆◇◇。
怎消除，须殢酒，更吟**诗**。	◆◇◇，◇◆◆，◆◇◇。
也莫向竹边孤负雪，也莫向柳边孤负月，闲过了，总成**痴**。	◆◆◆◆◇◇◇◆◆，◆◆◆◆◇◇◇◆◆，◇◇◆，◆◇◇。
种花事业无人问，对花情味只天**知**。	◆◇◆◆◇◇◆，◆◇◇◆◆◇◇。
笑山中，云出早，鸟归**迟**。	◆◇◇，◇◆◆，◆◇◇。

同体式作品：南宋：辛弃疾5首，刘克庄7首，赵文1首，何梦桂1首，刘辰翁4首，蒋捷1首，伍梅城1首。

增减字：

（一）3，5，6。7，7。3，3，3。○8，8，3，3。7，7。3，3，3。南宋：马子严1首，张炎1首。

（二）3，5，7。7，7。3，3，3。○7，7，3，3。7，7。3，3，3。宋：无名氏1首。

【变体三·2·2】17分句6复句。上下片分句数复句数与【变体三·2·1】同，上片复句型有变，下片不变。上片8分句3复句，二/三/三/型复句组；下片9分句3复句，四/二/三/型复句组。平仄间押，隔句韵。律词。

4，5。6，7，7。3，3，3。

8，8，3，3。7，7。3，3，3。——南宋·程垓·《全宋词》第 1990 页

最高楼

旧时心事，说著两眉**羞**。	◆◇◇◆，◇◆◆◇◇。
长记得凭肩**游**，	◇◆◆◇◇◇，
缃裙罗袜桃花岸，薄衫轻扇杏花**楼**。	◇◇◇◆◇◇◆，◆◇◇◆◆◇◇。
几番行，几番醉，几番**留**。	◆◇◇，◆◇◆，◆◇◇。
也谁料春风吹已断，又谁料朝云飞亦散，	△◇◆◇◇◇◆◆，△◇◆◇◇◇◆◆，
天易老，恨难**酬**。	◇◇◆，◆◇◇。
蜂儿不解知人苦，燕儿不解说人**愁**。	◇◇◆◆◇◇◆，◆◇◆◆◇◇◇。
旧情怀，消不尽，几时**休**。	◆◇◇，◇◆◆，◆◇◇。

同体式作品：无。

增减字：

（一）3，5。5，8，8。3，3，3。○ 8，8，3，3。8，7。3，3，3。南宋：方岳 1 首。

（二）3，5。6，7，7。3，3，3。○ 8，8，3，3。7，7。3，3，3。南宋：张炎 1 首。

（三）3，5。5，7，7。3，3，3。○ 8，8，3，3。7，7。3，3，3。南宋：留晚香 1 首。

【变体三·2·3】17 分句 6 复句。双片。上下片分句数复句数与【变体三·2·1】同，上片复句型不变，下片复句型有变，较【变体三·2·2】下片复句型不同。上片 8 分句 3 复句，三/二/三/型复句组；下片 9 分句 3 复句，五/二/二/型复句组。平韵，隔句韵，插一连句韵。律词。

3，5，5。7，7。3，3，3。

3，4，3，4，7。7，7。6，3。——宋·无名氏·《全宋词》第 3783 页有变

最高楼

寿人七十三

蟾宫客，未老得清**闲**，寿算过稀**年**。	◇◇◆，◆◆◆◇◇，◆◆◆◇◇。
利名缰锁非关我，浮云富贵付苍**天**。	◆◇◇◆◇◇◆，◇◇◆◆◆◇◇。
且归休，对松菊，乐林**泉**。	◆◇◇，◆◇◆，◆◇◇。
比吕望，数犹欠七，	◆◆◇，◆◇◆◆，
问师旷，恰符绛一，从今遐算更绵**延**。	◆◇◆，◆◇◆◆，◇◇◇◆◆◇◇。
称觞欣近小春候，月当明夜又团**圆**。	◇◇◇◆◆◇◆，◆◇◇◆◆◇◇。
愿长如天上月，地行**仙**。	△◇◇◇◆◆，◆◇◇。

同体式作品：无。

变体三·3

19 分句 6 复句

【变体三·3】19 分句 6 复句。分句数与始词同，复句数减 2。上片复句型与【变体三·2·1】同，8 分句 3 复句，三/二/三/型复句组；下片增 2 分句，复句数相同，11 分句 3 复句，六/二/三/型复句组。平仄通押，邻韵通押，连句韵、隔句韵，律词。

3，5，5。8，8。3，3，3。

3，5，3，5，3，3。7，7。3，3，3。——南宋·辛弃疾·《全宋词》第 1894 页

最高楼

送丁怀忠入广渠赴调都下，久不得书，或谓从人辟置，或谓径归闽中矣。

相思苦，君与我同**心**，鱼没雁沉**沉**。	◇◇◆，◇◆◆◇◇，◇◆◆◇◇。
是梦他松后追轩冕，是化为鹤后去山**林**。	△◆◇◇◆◇◇◆，△◆◇◆◆◆◇◇。
对西风，直怅望，到如**今**。	◆◇◇，◆◆◆，◆◇◇。
待不**饮**，奈何君有**恨**，	◆◆◆，◆◇◇◆◆，
待痛**饮**，奈何吾有**病**，	◆◆◆，◆◇◇◆◆，
君起舞，试重**斟**。	◇◆◆，◆◇◇。
苍梧云外湘妃泪，鼻亭山下鹧鸪**吟**。	◇◇◇◆◇◇◆，◆◇◇◆◆◇◇。
早归来，流水外，有知**音**。	◆◇◇，◇◆◆，◆◇◇。

同体式作品：南宋：辛弃疾 1 首，方岳 2 首。

变体三·4

16 分句 6 复句

【变体三·4】16 分句 6 复句。较始词减 3 分句 2 复句。双片，上下片分句数复句型皆与【变体三·2·2】上片同，每片 8 分句 3 复句，二/三/三/型复句组。平韵，隔句韵，插一连句韵。律词。

3，5。7，7，7。3，3，3。

7，7。7，7，7。3，3，3。——宋·无名氏·《全宋词》第 3612 页

最高楼

梅花好，千万君须**爱**。	◇◇◆，◇◆◇◇◆。
比杏兼桃犹百倍，	◆◆◇◇◇◆◆，
分明学得嫦娥样，不施朱粉天然**态**。	◇◇◆◆◇◇◆，◆◇◆◆◇◇◆。
蟾宫里，银河畔，风霜**耐**。	◇◇◆，◇◇◆，◇◇◆。
岭上故人千里**外**，寄去一枝君要**会**。	◆◆◆◇◇◆◆，◆◆◆◇◇◆◆。
表江南信相思瞰，	◆◇◇◆◇◇◆，

清香素艳应难对，满头宜向尊前**戴**。	◇◇◆◆◇◇◆，◆◇◇◆◇◇◆。
岁寒心，春消息，年年**在**。	◆◇◇，◇◇◆，◇◇◆。

同体式作品：无。

559.【八宝妆】

【八犯玉交枝】

1. 始词北宋刘焘作。
2. 本调仅存刘焘、仇远各一首，刘焘词调名【八宝妆】，仇远调名【八犯玉交枝】，二词同体，个别分句字数略异。【玉交枝】本琴曲（见前谱第496调），“八犯”，指摘取不同词调的八个乐句或句式组成新调，本调所犯诸调已不可考。
3. 偶见【八宝妆】混题为【百宝妆】（本谱第463调），实为异调。
4. 双片。刘词上片四韵，下片五韵；仇词上片五韵，下片七韵；仄韵，隔句韵，间插连句韵。

始词：20分句8复句。双片。上片10分句4复句，三/二/三/二/型复句组；下片10分句4复句，三/三/二/二/型复句组。仄韵，隔句韵。

4，4，6。7，6。6，4，7。6，4。

6，4，6。7，3，4。7，7。7，5。——北宋·刘焘·《全宋词》第692页

八宝妆

门掩黄昏，画堂人寂，暮雨乍收残**暑**。	◇◆◇◇，◆◇◇◆，◆◆◆◇◇◆。
帘卷疏星门户悄，隐隐严城钟**鼓**。	◇◆◇◇◇◆◆，◆◆◇◇◇◆。
空街烟暝半开，斜日朦胧，	◇◇◇◆◆◇，◇◆◇◇，
银河澄淡风凄**楚**。	◇◇◇◆◇◇◆。
还是凤楼人远，桃源无**路**。	◇◆◆◇◇◆，◇◇◇◆。
惆怅夜久星繁，	◇◆◆◆◇◇，
碧空望断，玉箫声在何**处**。	◆◇◇◆，◆◇◇◆◇◆。
念谁伴茜裙翠袖，共携手，瑶台归**去**。	△◇◆◆◇◆◆，◆◇◆，◇◇◇◆。
对修竹森森院**宇**，曲屏香暖凝沉**炷**。	△◇◆◇◇◆◆，◆◇◇◆◇◇◆。
问对酒当歌情怀，记得刘郎**否**。	△◆◆◇◇◇◇，◆◆◇◇◆。

同体式作品：无。

增减字：

（一）4，4，6。7，6。4，6，7。6，4。○ 6，4，6。7，3，4。7，7。5，7。南宋：仇远 1 首（【八犯玉交枝】）。

附：仇远《八犯玉交枝·招宝山观月上》：

沧岛云连，绿瀛秋入，暮景欲沉洲**屿**。无浪无风天地白，听得潮生人**语**。擎空孤**柱**，翠倚高阁凭虚，中流苍碧迷烟**雾**。惟见广寒门外，青无重**数**○遥想贝阙珠宫，琼林玉**树**，不知还是何**处**。倩谁问凌波轻**步**，谩凝睇，乘鸾秦**女**。想庭曲霓裳正**舞**，莫须长笛吹愁**去**。怕唤起鱼龙，三更喷作前山**雨**。

560.【玉漏迟】

1. 始词北宋韩嘉彦作。
2. 双片，始词上片五韵，下片四韵，变体韵数有变；仄韵，隔句韵。

始词：20 分句 8 复句。双片。上片 11 分句 4 复句，三/二/三/三/型复句组；下片 9 分句 4 复句，三/二/二/二/型复句组。仄韵，隔句韵。

5，4，4。4，6。4，5，4。3，4，4。

6，5，4。4，6。6，7。3，6。——北宋·韩嘉彦·《全宋词》第 703 页

玉漏迟

杏香消散尽，须知自昔，都门春**早**。	◆◇◇◆◆，◇◇◆◆，◇◇◇◆。
燕子来时，绣陌乱铺芳**草**。	◆◆◇◇，◆◆◆◇◇◆。
蕙圃妖桃，过雨弄笑脸，红筛碧**沼**。	◆◆◇◇◆◆，◆◆◆，◇◇◆◆。
深院**悄**，绿杨巷陌，莺声争**巧**。	◇◆◆，◆◇◆◆，◇◇◇◆。
早是赋得多情，更遇酒临花，镇辜欢**笑**。	◆◆◆◆◇◇，△◆◆◇◇，◆◇◇◆。
数曲阑干，故国谩劳凝**眺**。	◆◆◇◇，◆◆◆◇◇◆。
汉外微云尽处，乱峰锁一竿修**竹**。	◆◆◇◇◆◆，◆◇◆◆◇◇◆。
间琅玕，东风泪零多**少**。	◆◇◇，◇◇◆◇◇◆。

同体式作品：南宋：葛立方 1 首，李流谦 1 首，林表民 1 首，楼采 1 首，刘子寰 1 首，吴文英 1 首，陈著 1 首，赵闻礼 1 首，周密 1 首，蒋捷 1 首，张炎 1 首，计 11 人 11 首。

增减字：

（一）4，3，6。4，6。6，3，4。3，4，4。○ 6，5，4。4，6。6，7。3，6。南宋：何梦桂 2 首。

（二）5，4，4。4，6。6，3，4。3，4，4。○ 6，5，4。4，5。6，7。3，6。南宋：史深 1 首。

变体一

与始词分句数复句数相同，复句型有变。

【变体一】20 分句 8 复句。上片第三复句较始词减 1 分句，10 分句 4 复句，三/二/二/三/型复句组；下片第一复句增 1 分句，10 分句 4 复句，四/二/二/二/型复句组。仄韵，隔句韵。律词。

5，4，4。4，6。6，7。3，4，4。
2，4，5，4。4，6。6，7。3，6。——南宋·蒋捷·《全宋词》第 3448 页

玉漏迟

寿东轩

客窗空翠**杪**，前生饮惯，长生琼**醥**。	◆◇◇◆◆，◇◇◆◆，◇◇◇◆。
回首红尘，换了□花幰**草**。	◇◆◇◇，◆◆□◇◆◆。
隔水神仙洞府，但只有飞霞能**到**。	◆◆◇◇◆◆，△◆◆◇◇◇◆。
谁信**道**，西风送我，还陪清**啸**。	◇◆◆，◇◇◆◆，◇◇◇◆。
缥**渺**，柳侧双楼，	◆◆，◆◆◇◇，
正绣幕围春，露深烟**悄**。	△◆◆◇◇，◆◇◇◆。
鱼尾停时，雪上鬓云犹**少**。	◇◆◇◇，◆◆◆◇◇◆。
醉傍芙蓉自语，愿来此年年簪**帽**。	◆◆◇◇◆◆，△◇◆◇◇◇◆。
青屿**小**，鹤立淡烟秋**晓**。	◇◆◆，◆◆◆◇◇◆。

同体式作品：无。

变体二

较始词复句数不变，分句数减 3。

【变体二】17 分句 8 复句。上片较始词减 3 分句，8 分句 4 复句，二/二/二/二/型复句组；下片分句数复句数与始词同，9 分句 4 复句，三/二/二/二/型复句组。仄韵，隔句韵，间插连句韵。

5，8。6，4。6，7。3，8。
6，5，4。4，6。6，6。3，8。——南宋·程垓·《全宋词》第 1992 页

玉漏迟

一春浑不见，那堪又是花飞时**节**。	◆◇◇◆◆，◆◇◆◆◇◇◇◆。
忍对危栏数**曲**，暮云千**叠**。	◆◆◇◇◆◆，◆◇◇◆。
门外星星柳眼，看还似当时风**月**。	◇◆◇◇◆◆，△◇◆◇◇◇◆。
愁万**结**，凭谁为我殷勤低**说**。	◇◆◆，◇◇◆◆◇◇◇◆。
不是惯却春心，奈新燕传情，旧莺饶**舌**。	<u>◆◆◆◆◇◇</u>，△◇◆◇◇，◆◇◇◆。
冷篆余香，莫放等闲消**歇**。	◆◆◇◇，◆◆◆◇◇◆。
纵使繁红褪尽，犹有酴醾堪**折**。	◆◆◇◇◆◆，◇◆◇◇◇◆。
魂梦**切**，如今不奈飞来蝴**蝶**。	◇◆◆，◇◇◆◆◇◇◇◆。

同体式作品： 无。

561.【寻梅】

1. 始词北宋沈蔚作。
2. 词咏调名本意。
3. 此调仅见沈蔚、无名氏各一首。
4. 双片，每片四仄韵，隔句韵。

始词：12 分句 4 复句。双片。每片 6 分句 2 复句，三/三/型复句组。仄韵，隔句韵。

7，3，4。7，5，4。

7，3，4。7，5，4。——北宋·沈蔚·《全宋词》第 707 页

寻梅

今年早觉花信**蹉**，想芳心，未应误**我**。	◇◇◆◆◇◆◇，◆◇◇，◆◇◆◆。
一月小径几回**过**，	◆◆◆◆◆◇◆，
始朝来寻见，雪痕微**破**。	△◇◇◇◆，◆◇◇◆。
眼前大抵情无**那**，好景色，只消些**个**。	◆◇◆◆◇◇◆，◆◆◆，◆◇◇◆。
春风烂熳却且**可**，	◇◇◆◆◆◆◆，
是而今枝上，一朵两**朵**。	△◇◇◇◆，◆◆◆◆。

同体式作品： 无。

增减字：

(一) 7，3，4。7，3，6。○ 7，3，4。7，3，6。宋：无名氏 1 首。

562.【柳摇金】

1. 始词北宋沈蔚作。
2. 双片，上片四韵，下片三韵；仄韵，隔句韵。
3. 此调仅见沈蔚一首。

始词：10 分句 4 复句。双片。每片 5 分句 2 复句，三/二/型复句组。仄韵，隔句韵，连句韵。

7，3，4。7，7。

7，3，4。7，7。——北宋·沈蔚·《全宋词》第709页

柳摇金

相将初下蕊珠**殿**，似醉粉，生香未**遍**。	◇◇◇◆◆◇◆，◆◆◆，◇◇◆◆。
爱惜娇心春不**管**，被东风赚开一**半**。	◆◆◇◇◇◆◆，△◇◇◆◇◆◆。
中黄宫里赐仙衣，斗浅深，妆成笑**面**。	◇◇◇◆◆◇◇，◆◆◇，◇◇◆◆。
放出妖娆难系**管**，笑东君自家肠**断**。	◆◆◇◇◇◆◆，△◇◇◆◇◇◆。

同体式作品：无。

563.【江楼令】

1. 始词北宋吴则礼作。
2. 始词取本词“试觅红楼句”为调名，疑原为【红楼令】，“江”为“红”传写之讹。
3. 吴则礼有【红楼慢】一首，兹作同源词调处理。
4. 双片，每片四仄韵，隔句韵、连句韵。
5. 此调仅见吴则礼一首。

始词：8分句4复句。双片。每片4分句2复句，二/二/型复句组。仄韵，隔句韵，连句韵。

7，7。7，5。
7，7。7，5。——北宋·吴则礼·《全宋词》第735页

江楼令

晚眺

凭栏试觅红楼**句**，听考考城头暮**鼓**。	◇◇◆◆◇◇◆，△◆◆◇◇◆◆。
数骑翩翩度孤**戍**，尽雕弓白**羽**。	◆◆◇◇◆◇◆，△◇◇◆◆。
平生正被儒冠**误**，待闲看将军射**虎**。	◇◇◆◆◇◇◆，△◇◆◇◇◆◆。
朱槛潇潇过微**雨**，送斜阳西**去**。	◇◆◇◇◆◇◆，△◇◇◇◆。

同体式作品：无。

同源词调：【红楼慢】

1. 始词北宋吴则礼作。
2. 双片，上片四韵，下片五韵；仄韵，隔句韵。

3. 此调仅见吴则礼一首。

始词：18 分句 8 复句。双片。每片 9 分句 4 复句，三/二/二/二/型复句组。仄韵，邻韵通押，隔句韵。

4，4，6。7，6。6，6。7，5。

7，5，4。7，6。6，6。3，7。——北宋·吴则礼·《全宋词》第 738 页

红楼慢

赠太守杨太尉

声慑燕然，势压横山，镇西名重榆**塞**。	◇◆◇◇，◆◆◇◇，◆◇◇◆◇◆。
干霄百雉朱阑下，极目长河如**带**。	◆◇◆◆◇◇◆，◆◆◇◇◇◆。
玉垒凉生过雨，帘卷晴岚凝**黛**。	◆◆◇◇◆◆，◇◆◇◇◇◆。
有城头钟鼓连云，殷春雷天**外**。	△◇◇◇◆◇◇，△◇◇◇◆。
长啸畴昔驰边**骑**，	◇◆◇◆◇◇◆，
听陇底呜笳，风搴双**旆**。	△◆◆◇◇，◇◇◇◆。
霜髯飞将曾百战，欲掳名王朝**帝**。	◇◇◇◆◇◆◆，◆◆◇◇◇◆。
锦带吴钩未解，谁识凭栏深**意**。	◆◆◇◇◆◆，◇◆◇◇◇◆。
空沙场，牧马萧萧晚无**际**。	◇◇◇，◆◆◇◇◆◇◆。

同体式作品：无。

564.【东风第一枝】

1. 始词北宋吴则礼作。
2. 双片，普式上片四韵，下片五韵，变体下片或减一韵；仄韵，隔句韵，间插连句韵。

始词：21 分句 8 复句。双片。上片 9 分句 4 复句，三/二/二/二/型复句组；下片 12 分句 4 复句，四/四/二/二/型复句组。仄韵，邻韵通押，隔句韵。

4，4，6。6，6。4，7。7，6。

3，4，3，4。4，4，4，4。3，4。7，6。——北宋·吴则礼·《全宋词补辑》第 15 页

东风第一枝

经国谋猷，补天气力，岳祗来佐兴**运**。	◇◆◇◇，◆◇◆◆，◆◇◇◆◇◆。
王当华阙春融，共仰相门地**峻**。	◇◇◇◆◇◇，◆◆◇◇◆◆。
清台占象，见璧月珠星明**润**。	◇◇◆◆，△◆◆◇◇◇◆。
对一百五日风光，二十四番花**信**。	△◆◆◆◆◇◇，◆◆◆◇◇◆。

勋共德，继增篆**鼎**，今共古，问谁比**并**。　◇◆◆，◆◇◆◆，◇◆◆，◆◇◆◆。
广乐初出，层霄寿罼，　◆◆◇◆，◇◇◆◆，
旋颁紫叶，湘桃浓**杏**。　◇◇◆◆，◇◇◇◆。
映彩服，朱颜青**鬓**。　◆◆◆，◇◇◇◆。
看千岁桀阁飞楼，燕赏太平光**景**。　△◇◆◆◆◇◇，◆◆◆◇◇◆。

同体式作品：无。

变体二

与始词复句数相同，分句数有变。

变体二·1

19 分句 8 复句

【变体二·1·1】19 分句 8 复句。双片。上片分句数复句型与始词同，9 分句 4 复句，三/二/二/二/型复句组；下片第二复句减 2 分句，10 分句 4 复句，四/二/二/二/型复句组。仄韵，邻韵通押，隔句韵。

4，4，6。6，6。7，4。7，6。
3，4，3，4。6，6。4，6。6，6。——南宋·吕渭老·《全宋词》第 1135 页

东风第一枝

咏梅

老树浑苔，横枝未叶，青春肯误芳**约**。　◆◆◇◇，◇◇◆◆，◇◇◆◆◇◆。
背阴未返冰魂，阳梢已含红**萼**。　◆◇◆◆◇◇，◇◇◆◇◇◆。
佳人寒怯谁惊起，晓来梳**掠**。　◇◇◇◆◇◇◆，◆◇◇◆。
是月斜窗外栖禽，霜冷竹间幽**鹤**。　△◆◇◇◆◇◇，◇◆◆◇◇◆。

云澹澹，粉痕渐**薄**，风细细，冻香又**落**。　◇◆◆，◆◇◆◆，◇◆◆，◆◇◆◆。
叩门喜伴金尊，倚阑怕听画**角**。　◆◇◆◆◇◇，◆◇◆◆◆◆。
依稀梦里，半面浅窥珠**箔**。　◇◇◆◆，◆◆◆◇◇◆。
甚时重写鸾笺，去访旧游东**阁**。　◆◇◇◆◇◇，◆◆◆◇◇◆。

同体式作品：无。

增减字：

（一）4，4，6。6，6。4，7。7，6。○ 3，4，3，4。6，6。4，7。7，6。南宋：王之道 1 首，史达祖 1 首，高观国 2 首，黄载 1 首，周密 1 首，无名氏 1 首（“腊雪犹凝”）。

【变体二·1·2】19 分句 8 复句。双片。全词分句数复句数与【变体二·1·1】同，上下片分句数、复句型皆变。上片 11 分句 4 复句，三/三/二/三/型复句组；下片 8 分句 4 复句，二/二/二/二/型复句组。仄韵，隔句韵。

4，4，6。4，4，4。4，7。3，4，6。

7，7。6，6。4，7。7，6。——宋·无名氏·《全宋词》第3618页

东风第一枝

探梅

溪侧风回，前村雾散，寒梅一枝初**绽**。	◇◆◇◇，◇◇◆◆，◇◇◆◇◇◆。
雪艳凝酥，冰肌莹玉，嫩条细**软**。	◆◆◇◇，◇◇◇◆，◆◇◆◆。
歌台舞榭，似万斛珠玑飘**散**。	◇◇◆◆，△◆◆◇◇◇◆。
异众芳，独占东风，第一点装琼**苑**。	◆◆◇，◆◆◇◇，◆◆◆◇◇◆。
青萼点绛唇疏影，潇洒喷紫檀龙**麝**。	◇◆◆◆◇◇◆，◇◆◆◆◇◇◆。
也知青女娇羞，寿阳懒匀粉**面**。	◆◇◇◆◇◇，◆◇◆◇◆◆。
江梅腊尽，武陵人应知春**晚**。	◇◇◆◆，◆◇◇◇◇◇◆。
最苦是皎月临风，画楼一声羌**管**。	◆◆◆◆◆◇◇，◆◇◆◇◇◆。

同体式作品：无。

变体二·2

22分句8复句

【变体二·2·1】22分句8复句。双片。上片第四复句较始词增1分句，10分句4复句，三/二/二/三/型复句组；下片第二复句减1分句，第四复句增1分句，12分句4复句，四/三/二/三/型复句组。仄韵，插一平韵，邻韵通押，隔句韵。

4，4，6。6，6。7，4。5，4，4。

3，4，3，4。4，4，4。7，4。3，4，6。——南宋·曹勋·《全宋词》第1214页

东风第一枝

元夕

宝苑明春，青霞射晚，六幕云闲风**静**。	◆◆◇◇，◇◇◆◆，◆◆◇◇◇◆。
茂林修竹昂霄，素月照人澄**莹**。	◆◇◇◆◇◇，◆◆◆◇◇◆。
梅花十顷递暗香，琼瑶真**景**。	◇◇◆◆◆◆◇，◇◇◇◆。
散万斛金莲，崇山秀岭，尽开花**径**。	◆◆◆◇◇，◇◇◆◆，◆◇◇◆。
真个好，月灯相**映**，真个乐，圣驾游**幸**。	◇◆◆，◆◇◇◆，◇◆◆，◆◆◇◆。
四部箫韶，群仙奏乐，万光耀**境**。	◆◆◇◇，◇◇◆◆，◆◇◆◆。
玉华不夜向洞天，暖烟回**冷**。	◆◇◆◆◆◆◇，◆◇◇◆。
好大家，酒色醺醺，任教漏移花**影**。	◆◆◇，◆◆◇◇，◆◆◆◇◇◆。

同体式作品：无。

【变体二·2·2】22分句8复句。双片。全词分句数复句数与【变体二·2·1】同，上下片分句数恰相反，复句型有变。上片12分句4复句，三/四/三/二/型复句组；下片10分句4复句，四/二/二/二/型复句组。仄韵，隔句韵。

4，4，6。3，3，3，3。4，3，4。7，6。

3，4，3，4。6，6。4，7。8，5。——南宋·张辑·《全宋词》第 2556 页

东风第一枝

代寿李夫人

雨蕊方桃，晴梢渐杏，东风娇语弦**管**。	◆◆◇◇，◇◇◆◆，◆◆◇◆◇◆。
爱香帘，约余寒，唤舞袖，翻嫩**暖**。	◆◇◇，◆◇◇，◆◆◆，◇◆◆。
红颜清健，旧墨竹，扶疏手**段**。	◇◇◇◆，◆◆◆，◇◇◆◆。
且碧窗写就黄庭，画楫海山开**卷**。	△◆◇◆◆◇◇，◆◆◆◇◇◆。
春自好，得花不淡，花又好，得春不**浅**。	◇◆◆，◆◇◆◆，◇◆◆，◆◇◆◆。
晓莺瑶佩秋生，月蘸翠尊波**满**。	◆◇◇◆◇◇，◆◆◆◇◇◆。
长逢花处，笑西母霜娥偷**换**。	◇◇◇◆，△◇◆◇◇◇◆。
要日边争看貂蝉彩，侍更迎宣**劝**。	△◆◇◇◆◇◇◆，△◆◇◇◆。

同体式作品：无。

变体二·3

18 分句 8 复句

【变体二·3】18 分句 8 复句。双片。上片与始词同，下片第二复句减 2 分句、第三复句增 1 分句。每片 9 分句 4 复句，上片三/二/二/二/型复句组，下片二/二/三/二/型复句组。仄韵，隔句韵，间插连句韵。

4，4，6。6，6。4，7。7，6。

7，7。6，6。4，3，4。7，6。——南宋·史达祖·《全宋词》第 2327 页

东风第一枝

壬戌闰腊望，雨中立癸亥春，与高宾王各赋。

草脚愁苏，花心梦醒，鞭香拂散牛**土**。	◆◆◇◇，◇◇◆◆，◇◇◆◆◇◆。
旧歌空忆珠帘，彩笔倦题绣**户**。	◆◇◇◆◇◇，◆◆◆◇◆◆。
黏鸡贴燕，想立断东风来**处**。	◇◇◆◆，△◆◆◇◇◇◆。
暗惹起一掬相思，乱若翠盘红**缕**。	◆◆◆◆◆◇◇，◆◆◆◇◇◆。
今夜觅梦池秀**句**，明日动探花芳**绪**。	◇◆◆◆◇◆◆，◇◆◆◆◇◇◆。
寄声沽酒人家，预约俊游伴**侣**。	◆◇◇◆◇◇，◆◆◆◇◆◆。
怜它梅柳，乍忍俊，天街酥**雨**。	◇◇◇◆，◆◆◆，◇◇◇◆。
待过了一月灯期，日日醉扶归**去**。	◆◇◆◆◆◇◇，◆◆◆◇◇◆。

同体式作品：南宋：赵崇嶓 1 首。

变体二·4

20 分句 8 复句

【变体二·4·1】20 分句 8 复句。双片。上片第四复句较始词增 1 分句，下片第一复句增 2 分句、第二复句减 2 分句。每片 10 分句 4 复句，上片三/二/二/三/型复句组；下片四/二/二/二/型复句组。仄韵，隔句韵。

4，4，6。6，6。7，4。3，4，6。

3，4，3，4。6，6。4，7。7，6。——南宋·史达祖·《全宋词》第 2327 页

东风第一枝

灯夕清坐，或作元夕。

酒馆歌云，灯街舞绣，笑声喧似箫**鼓**。	◆◆◇◇，◇◇◆◆，◆◇◇◆◇◆。
太平京国多欢，大酺绮罗几**处**。	◆◇◇◆◇◇，◆◆◇◇◆◆。
东风不动照花影，一天春**聚**。	◇◇◆◆◆◇◆，◆◇◇◆。
耀翠光，金缕相交，苒苒细吹香**雾**。	◆◆◇，◇◆◇◇，◇◇◆◇◇◆。
羞醉玉，少年丰**度**，怀艳雪，旧家伴**侣**。	◇◆◆，◆◇◇◆，◇◆◆，◆◇◆◆。
闭门明月关心，倚窗小梅索**句**。	◆◇◇◆◇◇，◆◇◆◇◆◆。
吟情欲断，念娇俊知人无**据**。	◇◇◆◆，△◇◆◇◇◇◆。
想袖寒珠络藏香，夜久带愁归**去**。	△◆◇◇◆◇◇，◆◆◆◇◇◆。

同体式作品：无。

【变体二·4·2】20 分句 8 复句。双片。上片第二复句较【变体二·4·1】增 1 分句、第四复句减 1 分句，下片同。每片 10 分句 4 复句，上片三/三/二/二/型复句组；下片四/二/二/二/型复句组。仄韵，邻韵通押，间带方言韵，隔句韵。

4，4，6。6，3，3。4，7。7，6。

3，4，3，4。6，6。4，7。7，6。——南宋·黄载·《全宋词》第 2690 页

东风第一枝

探梅

迅影凋年，嫩晴贯暖，意行问讯春**色**。	◆◆◇◇，◆◇◆◆，◆◇◆◆◇◆。
不知春在谁家，闯香幔，拢玉**勒**。	◆◇◇◆◇◇，◆◇◆，◆◆◆。
一枝竹外，似欲诉经年相**忆**。	◆◇◆◆，△◆◆◇◇◇◆。
奈情多难剪愁来，寂寞水寒烟**碧**。	△◇◇◇◆◇◇，◆◆◆◇◇◆。
吟正好，悲笳唤恨，酒正殢，夕阳催**客**。	◆◆◆，◇◇◆◆，◆◆◆，◆◇◇◆。
殷勤片月飞来，更随暗香细**索**。	◇◇◆◆◇◇，◆◇◆◇◆◆。
横斜瘦影，看尽未开时消**息**。	◇◇◆◆，◆◆◆◇◇◇◆。
为春来还怕春多，肠断夜阑霜**笛**。	◆◇◇◇◆◇◇，◇◆◆◇◇◆。

同体式作品：无。

变体二·5

17 分句 8 复句

【变体二·5】17 分句 8 复句。上片与始词同，下片第二复句减 2 分句。上片 9 分 4 复句，三/二/二/二/型复句组，下片 8 分句 4 复句，二/二/二/二/型复句组。仄韵，隔句韵，间插连句韵。

4，4，6。6，6。4，7。7，6。

7，7。6，6。4，7。7，6。——南宋·吴文英·《全宋词》第 2928 页

东风第一枝

黄钟商

倾国倾城，非花非**雾**，春风十里独**步**。　◇◆◇◇，◇◇◇◆，◇◇◆◆◆◆。

胜如西子妖娆，更比太真淡**泞**。　◆◇◇◆◇◇，◆◆◆◇◇◆。

铅华不**御**，漫道有巫山洛**浦**。　◇◇◆◆，◆◆◆◇◇◆◆。

似恁地标格无双，镇锁画楼深**处**。　△◆◆◇◆◇◇，◆◆◆◇◇◆。

曾被风容易送**去**，曾被月等闲留**住**。　△◆◇◇◆◆◆，△◆◆◆◇◇◆。

似花翻使花羞，似柳任从柳**妒**。　◆◇◇◆◇◇，◆◆◆◇◆◆。

不教歌**舞**，恐化作彩云轻**举**。　◆◆◇◆，△◆◆◆◇◇◆。

信下蔡阳城俱迷，看取宋玉词**赋**。　△◆◆◇◇◆◇，◆◆◆◆◇◆。

同体式作品：无。

565.【徵招调中腔】

1. 始词北宋王安中作。
2. 宋大晟乐府所制曲。“徵招调”，以“徵”为主音的乐调，晁端礼《沁园春·寿明星》：“海寓承平，君臣相悦，乐奏徵招初**遍**。”“中腔”，大曲“歌头”后相对完整的乐段。【徵招调中腔】，摘取徵招调大曲中腔乐遍为单行词调。
3. 姜夔自度曲【徵招】与本调不同，兹作两调处理。
4. 双片，上片四韵，下片三韵，仄韵，连句韵、隔句韵。
5. 此调仅见王安中一首。

始词：双片。11 分句 4 复句。上片 6 分句 2 复句，三/三/型复句组；下片 5 分句 2 复句，三/二/型复句组。仄韵，连句韵、隔句韵。

7，3，4。7，3，3。

7，3，4。7，7。——北宋·王安中·《全宋词》第 750 页

徵招调中腔

天宁节

红云茜雾笼金**阙**，圣运**叶**，星虹佳**节**。　◇◇◆◆◇◇◆，◆◆◆，◇◇◇◆。
紫禁晓风馥天香，奏九韶，帝心**悦**。　◆◆◆◇◆◇◇，◆◆◇，◆◇◆。

瑶阶万岁蟠桃**结**，睿算永，壶天风**月**。　◇◇◆◆◇◇◆，◆◆◆，◇◇◇◆。
日观几时六龙来，金缕玉牒告功**业**。　◆◇◆◇◆◇◇，◇◆◆◆◆◇◆。

同体式作品：无。

566. 【雪夜渔舟】

1. 始词北宋张继先作。
2. 词咏调名本意，调名即词题。
3. 双片，每片六仄韵，隔句韵。
4. 此调仅见张继先一首。

始词：20分句8复句。双片。每片10分句4复句，三/三/二/二/型复句组。仄韵，隔句韵，间插连句韵。

3，5，4。4，4，6。4，7。4，8。
5，5，4。4，4，6。4，7。4，8。——北宋·张继先·《全宋词》第759页

雪夜渔舟

晚风**歇**，谩自棹扁舟，顺流观**雪**。　◆◇◆，◆◆◆◇◇，◆◇◇◆。
山耸瑶峰，林森玉树，高下尽无分**别**。　◇◆◇◇，◇◇◆◆，◇◆◆◇◇◆。
性情澄**彻**，更没个故人堪**说**。　◆◇◇◆，△◆◆◆◇◇◆。
恍然身世，如居天上水晶宫**阙**。　◆◇◇◆，◇◇◇◆◆◇◇◆。

万尘声影**绝**，透尘空无外，水天相**接**。　◆◇◇◆◆，◆◇◇◇◆，◆◇◇◆。
浩气冲盈，真宫深厚，永夜不愁寒**冽**。　◆◆◇◇，◇◇◇◆，◆◆◆◇◇◆。
愧怜鄙**劣**，只解道赴炎趋**热**。　◆◇◆◆，◆◆◆◆◇◇◆。
停棹失笑，知心都付野梅江**月**。　◇◇◆◆，◇◇◇◆◆◇◇◆。

同体式作品：无。

567.【春从天上来】

1. 始词北宋张继先作。

2. 双片，每片六平韵，隔句韵，间插连句韵。

始词：24 分句 8 复句。双片。每片 12 分句 4 复句，三/三/三/三/型复句组。平韵，隔句韵，间插连句韵。

4，5，4。4，4，6。5，3，4。3，5，4。

6，5，4。4，4，6。5，3，4。3，5，4。——北宋・张继先・《全宋词》第 759 页

春从天上来

鹤鸣。奉旨。

王土平平，正海息波**澜**，岳敛云**烟**。　◇◆◇◇，△◆◆◇◇，◆◆◇◇。

三景虚明，八表澄清，一月普照诸**天**。　◇◆◇◇，◆◆◇◇，◆◆◆◆◇◇。

有流霞洞焕，映黍珠，徐下空**玄**。　△◇◇◆◆，◆◆◇，◇◆◇◇。

绝形**言**，见千真拱极，万气朝**元**。　◆◇◇，△◇◇◆◆，◆◆◇◇。

当时鹤鸣夜半，感真符宝篆，特地清**传**。　◇◇◆◇◆◆，△◇◇◆◆，◆◆◇◇。

碧湛龙文，红凝龟篆，绛衣舞鬣蹁**跹**。　◆◆◇◇，◇◇◇◆，◆◇◆◆◇◇。

计功成果就，无真教，郭景飞**仙**。　△◇◇◆◆，◇◇◆，◆◆◇◇。

已千**年**，亘灯灯续焰，光朗无**边**。　◆◇◇，△◇◇◆◆，◇◆◇◇。

同体式作品：无。

增减字：

（一）4，5，4。4，4，6。5，3，4。3，4，4。○ 6，5，4。4，4，6。5，3，4。3，4，4。南宋：周伯阳 1 首。

变体二

较始词复句数不变，分句数增 1。

【变体二】25 分句 8 复句。上片与始词同，12 分句 4 复句，三/三/三/三/型复句组；下片第一复句增 1 分句，13 分句 4 复句，四/三/三/三/型复句组。平韵，隔句韵。律词。

4，5，4。4，4，6。6，3，4。3，5，4。

2，4，5，4。4，4，6。6，3，4。3，5，4。——南宋・张炎・《全宋词》第 3479 页

春从天上来

己亥春，复回西湖，饮静传董高士楼，作此解以写我忧。

海上回**槎**，认旧时鸥鹭，犹恋蒹**葭**。　◆◆◇◇，△◆◇◇◆，◇◆◇◇。

影散香消，水流云在，疏树十里寒**沙**。	◆◆◇◇，◆◇◇◆，◇◆◆◆◇◇。
难问钱塘苏小，都不见，擘竹分**茶**。	◇◆◇◇◇◆，◇◆◆，◆◆◇◇。
更堪**嗟**，似荻花江上，谁弄琵**琶**。	◆◇◇，△◆◇◇◆，◇◆◇◇。
烟**霞**，自延晚照，	◇◇，◆◇◆◆，
尽换了西林，窈窕纹**纱**。	◆◆◆◇◇，◆◆◇◇。
蝴蝶飞来，不知是梦，犹疑春在邻**家**。	◇◆◇◇，◆◇◆◆，◇◇◇◆◇◇。
一掬幽怀难写，春何处，春已天**涯**。	◆◆◇◇◇◆，◇◇◆，◇◆◇◇。
减繁**华**，是山中杜宇，不是杨**花**。	◆◇◇，◆◇◇◆◆，◆◆◇◇。

同体式作品： 无。

568.【度清霄】

1. 始词北宋张继先作。
2. 缘调名而赋词。
3. 七言声诗体。单片八平韵，连句韵。
4. 此调仅见张继先联章六首。

始词：单片。声诗体，8 分句 4 复句，二/二/二/二/型复句组。平韵，连句韵。

7，7。7，7。7，7。7，7。——北宋·张继先·《全宋词》第 763 页

度清霄

其一

一更一点一更**初**，城门半掩行人**疏**。	◆◇◆◆◆◇◇，◇◇◆◆◇◇◇。
茅庵潇洒一事**无**，孤灯相对光清**虚**。	◇◇◇◆◆◆◇，◇◇◇◆◇◇◇。
蒲团安稳身不**拘**，跏趺大坐心如**如**。	◇◇◇◆◇◆◇，◇◇◆◆◇◇◇。
月轮微出天东**隅**，空中露出无名**珠**。	◆◇◇◆◇◇◇，◇◇◆◆◇◇◇。

同体式作品： 北宋：张继先 5 首。

按： 本调联章组词计六首："一更"至"五更"5 首、"结语"1 首，皆七言八句声诗体，本源为唐民间曲子连章体【五更转】，"度清霄"为文人化词题。

569.【锦缠绊】

【锦缠道】

1. 始词北宋江衍作。
2. 一名【锦缠道】。
3. 双片，始词每片三韵，变体韵数有变；仄韵，隔句韵。

始词：13 分句，5 复句 1 单句。双片。上片 6 分句，2 复句 1 单句，二/一/三/型复句单句组合；下片 7 分句 3 复句，二/二/三/型复句组。仄韵，隔句韵。

4，6。7。7，4，5。
3，5。3，4。7，4，5。——北宋·江衍·《全宋词》第 783 页

锦缠绊

黄钟宫

屈曲新堤，占断满村佳**气**。	◆◆◇◇，◆◆◆◇◇◆。
画檐两行连云**际**。	◆◇◆◇◇◇◆。
乱山叠翠水回还，	◆◇◆◆◆◇◇，
岸边楼阁，金碧遥相**倚**。	◆◇◇◆，◇◆◇◇◆。
柳阴低，艳映花光**美**。	◆◇◇，◆◆◇◇◆。
好升平，为谁初**起**。	◆◇◇，◆◇◇◆。
大都风物只由人，	◆◇◇◆◆◇◇，
旧时荒垒，今日香烟**地**。	◆◇◇◆，◇◆◇◇◆。

同体式作品：无。

变体三

较始词分句数复句数皆变

变体三·1

12 分句，4 复句 2 单句。

【变体三·1】12 分句，4 复句 2 单句。上片与始词同，下片减 1 分句、1 复句，增 1 单句。每片 6 分句，2 复句 1 单句，二/一/三/型复句单句组合。仄韵，隔句韵。

4，6。6。7，4，5。
5，4。7。5，3，8。——南宋·马子严·《全宋词》第 2071 页

锦缠道

桑

雨过园林，触处落红凝**绿**。　◆◆◇◇，◆◆◆◇◇◆。
正桑叶齐如**沃**。　△◇◆◇◇◆。
娇羞只恐人偷**目**，　◇◇◆◆◇◇◆，
背立墙阴，慢展纤纤**玉**。　◆◆◇◇，◆◆◇◇◆。

听鸠啼几声，耳边相**促**。　△◇◇◆◇，◆◇◇◆，
念蚕饥四眠初**熟**。　△◇◇◆◇◇◆。
劝路旁立马，莫踟蹰，　△◆◇◆◆，◆◇◇，
是那里唱道秋胡**曲**。　◆◆◆◆◆◇◇◆。

同体式作品：无。

变体三·2

14分句6复句

【变体三·2】14分句6复句。双片。上片较始词同减1单句、增1复句，6分句3复句，二/二/二/型复句组；下片第三复句增1分句，8分句3复句，二/二/四/型复句组。仄韵，隔句韵，间插连句韵。

4，6。7，7。4，5。
5，4。3，4。3，5，4，5。——宋·无名氏·《全宋词》第3736页

锦缠绊

燕子呢喃，景色乍长春**昼**。　◆◆◇◇，◆◆◆◇◇◆。
睹园林万花如**绣**，海棠经雨胭脂**透**。　△◇◇◆◇◇◆，◆◇◇◆◇◇◆。
柳展宫眉，翠拂行人**首**。　◆◆◇◇，◆◆◇◇◆。

向郊原踏青，恣歌携**手**。　△◇◇◆◇，◆◇◇◆。
醉醺醺，尚寻芳**酒**。　◆◇◇，◆◇◇◆。
问牧童，遥指孤村道，　◆◆◇，◇◆◇◇◆，
杏花深处，那里人家**有**。　◆◇◇◆，◆◆◇◇◆。

同体式作品：无。

570.【向湖边】

1. 始词北宋江纬作。
2. 始词取本词“向湖边”句为调名。

3. 双片，上片四韵，下片六韵，仄韵，隔句韵。

始词：22 分句 8 复句。双片。每片 11 分句 4 复句，四/二/三/二/型复句组。仄韵，邻韵通押，隔句韵。

4，4，3，3。4，5。7，4，6。4，5。

4，5，5，5。4，5。8，7，3。4，5。——北宋·江纬·《全宋词》第 788 页

向湖边

江纬读书堂

退处乡关，幽栖林薮，舍宇第，须茅**盖**。	◆◆◇◇，◇◇◇◆，◆◆◆，◇◇◆。
翠巘清泉，启轩窗遥**对**。	◆◆◇◇，△◇◇◇◆。
遇等闲邻里过从，亲朋临顾，	△◆◇◇◆◆◇，◇◇◇◆，
草草便成幽**会**。	◆◆◆◇◇◆。
策杖携壶，向湖边柳**外**。	◆◆◇◇，△◇◇◆◆。
旋买溪鱼，便斫银丝**脍**，	◆◆◇◇，◆◆◇◇◆。
谁复欲痛饮，如长鲸吞**海**。	△◆◆◆◆，△◇◇◇◆，
共惜醺酣，恐欢娱难**再**。	◆◆◇◇，△◇◇◇◆。
矧清风明月非钱**买**，	△◇◇◇◆◇◇◆，
休追念金马玉堂，心胆**碎**。	◆◇◆◇◆◆◇，◇◆◆。
且斗尊前，有阿谁身**在**。	◆◆◇◇，△◇◇◇◆。

同体式作品： 南宋：张拭 1 首。

571. 【望明河】

1. 始词北宋刘一止作。
2. 双片，上片四韵，下片五韵，仄韵，隔句韵。
3. 此调仅见刘一止一首。

始词：22 分句 8 复句。双片。每片 11 分句 4 复句，三/三/二/三/型复句组。仄韵，隔句韵。

4，5，4。4，5，4。5，7。3，6，4。

6，5，4。5，4，4。5，8。3，4，6。——北宋·刘一止·《全宋词》第 795 页

望明河

赠路侍郎使高丽

华旌耀日，报天上使星，初辞金**阙**。	◇◇◆◆，△◇◆◆◇，◇◇◇◆。

许国精忠，试此日傅岩，济川舟**楫**。　◆◆◇◇，△◆◆◆◇，◆◇◇◆。
向来鸡林外，况传咏篇章雄**绝**。　◆◇◇◇◆，△◇◆◇◇◇◆。
问人地，真是唐朝第一，未论勋**业**。　◆◇◆，◇◆◇◇◆◆，◆◇◇◆。

鲸波霁云千**叠**，望仙驭缥缈，神山明**灭**。　◇◇◆◇◇◆，△◇◆◇◆，◇◇◇◆。
万里勤劳也，等是壮年，绣衣持**节**。　◆◆◇◇◆，◆◆◆◇，◆◇◇◆。
丈夫功名事，未肯向尊前轻伤**别**。　◆◇◇◇◆，◆◆◆◇◇◇◇◆。
看飞棹，归侍宸游，宴赏太平风**月**。　◇◇◆，◇◆◇◇，◆◆◆◇◇◆。

同体式作品：无。

572.【梦横塘】

1. 始词北宋刘一止作。
2. 双片，每片四仄韵，隔句韵。
3. 此调仅见刘一止一首。

始词：24 分句 8 复句。双片。每片 12 分句 4 复句，上片三/二/三/四/型复句组；下片三/三/三/三/型复句组。仄韵，隔句韵。

4，4，6。4，7。4，4，4。5，4，3，3。
6，5，4。4，3，4。3，4，7。4，4，5。——北宋·刘一止·《全宋词》第 796 页

梦横塘

浪痕经雨，鬓影吹寒，晓来无限萧**瑟**。　◆◇◇◆，◆◆◇◇，◆◇◇◆◇◆。
野色分桥，剪不断溪山风**物**。　◆◆◇◇，◆◆◆◇◇◇◆。
船系朱藤，路迷烟寺，远鸥浮**没**。　◇◆◇◇，◆◇◇◆，◆◇◇◆。
听疏钟断鼓，似近还遥，　△◇◇◆◆，◆◆◇◇，
惊心事，伤羁**客**。　◇◇◆，◇◇◆。

新醅旋压鹅黄，拚清愁在眼，酒病萦**骨**。　◇◇◆◆◇◇，△◇◇◆◆，◆◆◇◆。
绣阁娇慵，争解说，短封传**忆**。　◆◆◇◇，◇◆◆，◆◇◇◆。
念谁伴，涂妆绾结，嚼蕊吹花弄秋**色**。　◆◇◆，◇◇◆◆，◆◆◇◇◆◇◆。
恨对南云，此时凄断，有何人知**得**。　◆◆◇◇，◆◇◇◆，◆◇◇◇◆。

同体式作品：无。

573.【相思会】

【千年调】

1. 始词北宋曹组作。
2. 或取始词“刚作千年调”之句衍名为【千年调】。
3. 双片，始词上片五韵，下片四韵，变体上片减一韵；仄韵，隔句韵，间插连句韵。

始词：18 分句 8 复句。双片。每片 9 分句 4 复句，二/二/二/三/型复句组。仄韵，隔句韵，间插连句韵。

5，5。6，4。4，5。3，3，3。

4，5。4，6。4，5。3，3，5。——北宋·曹组·《全宋词》第 802 页

相思会

人无百年人，刚作千年**调**。	◇◇◆◇◇，◇◆◇◇◆。
待把门关铁铸，鬼见失**笑**。	◆◆◇◇◆◆，◆◆◆◆。
多愁早**老**，惹尽闲烦**恼**。	◇◇◆◆，◆◆◇◇◆。
我醒也，枉劳心，谩计**较**。	◆◆◆，◆◇◇，◇◆◆。
粗衣淡饭，赢取暖和**饱**。	◇◇◆◆，◇◆◆◇◆。
住个宅儿，只要不大不**小**。	◆◆◆◇，◆◆◆◆◆◆。
常教洁净，不种闲花**草**。	◇◇◆◆，◆◆◇◇◆。
据见定，乐平生，便是神仙**了**。	◆◆◆，◆◇◇，◆◆◇◇◆。

同体式作品：无。

增减字：

(一) 5，5。6，4。4，5。3，3，3。○ 4，5。6，4。4，5。3，3，3。南宋：辛弃疾 2 首（【千年调】）。

变体二

较始词复句数不变，分句数减 1。

【变体二】17 分句 8 复句。上片第三复句较始词增 1 分句，第四复句减 1 分句，9 分句 4 复句，二/二/三/二/型复句组；下片第四复句减 1 分句，8 分句 4 复句，二/二/二/二/型复句组。仄韵，隔句韵。

5，5。6，4。4，4，4。3，3。

4，5。6，4。4，5。5，3。——南宋·王义山·《全宋词》第 3058 页

千年调

游葛岭归，有感。

胜地独湖山，满堂贮风**月**。	◆◆◆◇◇，◆◇◆◇◆。
歌舞太平气象，雪回云**遏**。	◇◆◆◇◆◆，◆◇◇◆。
红鞋朱帽，隔岸唤船，芙蓉万**叠**。	◇◇◇◆，◆◆◆◇，◇◇◆◆。
人稀到，这清**绝**。	◇◇◆，◆◇◆。
因思旧事，庄敞平泉**宅**。	◇◇◆◆，◇◆◇◇◆。
莫与他人树石，对儿孙**说**。	◆◆◇◇◆◆，◆◇◇◆。
难全晚节，不如一丘**壑**。	◇◇◆◆，◆◇◆◇◆。
住茅屋三间，任穷**达**。	◆◇◆◆◇，◆◇◆。

同体式作品：无。

574.【忆瑶姬】

【别瑶姬慢】【别素质】

1. 始词北宋曹组作。
2. 借典故作调名。"瑶姬"，高唐神女。《文选·高唐赋》引《襄阳耆旧传》："赤帝女曰瑶姬，未行而卒，葬于巫山之阳，故曰巫山之女。楚怀王游于高唐，昼寝，梦见与神遇，自称是巫山之女，王因幸之。遂为置观于巫山之南，号为朝云。"
3. 又名【别瑶姬慢】【别素质】。
4. 双片，始词上片五韵，下片六韵，仄韵；变体韵数有变，韵式有三：平韵、仄韵、平仄通押；隔句韵，间插连句韵。

始词：20分句8复句。双片。上下片各10分句4复句，三/二/二/三/型复句组。仄韵，间插一平韵（上片第二复句），邻韵通押，隔句韵、连句韵。

4，4，6。6，4。7，7。3，4，6。

6，5，4。6，4。7，7。3，6，4。——北宋·曹组·《全宋词》第806页

忆瑶姬

雨细云轻，花娇玉软，于中好个情**性**。	◆◆◇◇，◇◇◆◆，◇◇◆◆◇◆。
争奈无缘相见，有分孤零。	◇◆◇◇◇◆，◆◆◇◇。
香笺细写频相**问**，我一句句儿都**听**。	◇◇◆◆◇◇◆，△◆◆◆◇◇◆。
到如今，不得同欢，伏惟与他耐**静**。	◆◇◇，◆◆◇◇，◆◇◆◇◆◆。
此事凭谁执**证**，有楼前明月，窗外花**影**。	◆◆◇◇◆◆，△◇◇◇◆，◇◆◇◆。

拚了一生烦恼，为伊成**病**。　◇◆◆◇◇◆，◆◇◇◆。

只恐更把风流**逞**，便因循误人无**定**。　◆◆◆◆◇◇◆，△◇◇◆◇◇◆。

恁时节，若要眼儿厮觑，除非会**圣**。　◆◇◆，◆◆◆◇◇◆，◇◇◆◆。

同体式作品：无。

增减字：

（一）4，4，6。6，4。8，8。6，3，4。○ 7，5，4。6，4。7，7。3，5，4。南宋：王质 1 首（【别素质】）。

变体一

较始词分句数复句数不变，复句型有变。

【变体一】20 分句 8 复句。上下片第三复句较始词各增 1 分句、第四复句各减 1 分句，每片 10 分句 4 复句，三/二/三/二/型复句组。平韵，插一仄韵，隔句韵。

4，5，4。5，9。4，4，5。8，4。

7，5，4。5，9。4，4，5。3，7。——北宋·万俟咏·《全宋词》第 812 页

别瑶姬慢

可惜香**红**，又一番骤雨，几阵狂**风**。　◆◆◇◇，△◆◇◆◆，◆◆◇◇。

霎时留不住，便夜来和月飞过帘**栊**。　◆◇◇◆◆，△◆◇◇◆◇◆◇◇。

离愁未了，酒病相仍，便堪此恨**中**。　◇◇◆◆，◆◆◇◇，◆◇◆◆◇。

片片随流水斜阳去，各自西**东**。　◆◆◇◇◆◇◇◆，◆◆◇◇。

又还是九十春光，　◆◇◆◆◆◇◇，

误双飞戏蝶，并采游**蜂**。　△◇◇◆◆，◆◆◇◇。

人生能几许，细算来何物得似情**浓**。　◇◇◇◆◆，◆◆◇◇◆◆◆◇◇。

沉腰暗减，潘鬓先秋，寸心不易供。　◇◇◆◆，◇◆◇◇，◆◇◆◆◇。

望暮云，千里沉沉障翠**峰**。　◆◆◇，◇◆◇◇◆◆◇。

同体式作品：无。

变体二

较始词复句数不变，分句数有变。

变体二·1

24 分句 8 复句

【变体二·1】24 分句 8 复句。上片第二、三复句较始词各增 1 分句，下片第一、二复句各增 1 分句。每片 12 分句 4 复句，上片三/三/三/三/型复句组；下片四/三/二/三/型复句组。仄韵，邻韵通押，隔句韵，间插连句韵。律词。

4，5，4。5，5，4。4，4，5。3，5，4。

3，4，5，4。5，5，4。4，4。5，3，7。——北宋·蔡伸·《全宋词》第 1009 页

忆瑶姬

南徐连沧观赏月

微雨初**晴**，洗瑶空万里，月挂冰**轮**。	◇◆◇◇，◆◇◇◆◆，◆◆◇◇。
广寒宫阙近，望素娥缥缈，丹桂亭**亭**。	◆◇◇◆◆，△◆◇◇◆，◇◆◇◇。
金盘露冷，玉树风**轻**，倍觉秋思**清**。	◇◇◆◆，◆◆◇◇，◆◆◇◇◇。
念去年，曾共吹箫侣，同赏蓬**瀛**。	◆◆◇，◇◆◇◇◆，◇◆◇◇。
奈此夜，旅泊江**城**，	◆◆◆，◆◆◇◇，
漫花光眩目，绿酒如**渑**。	△◇◇◆◆，◆◆◇◇。
幽怀终有恨，恨绮窗清影，虚照娉**婷**。	◇◇◇◆◆，△◆◇◇◆，◇◆◇◇。
蓝桥□杳，楚馆云**深**。	◇◇□◆，◆◆◇◇。
似凭归梦去，强就枕，无奈孤衾梦易**惊**。	◆◇◇◆◆，◇◆◆，◇◆◇◇◆◆◇。

同体式作品：无。

变体二·2

21 分句 8 复句

【变体二·2】21 分句 8 复句。上片第二复句较始词增 1 分句、第四复句减 1 分句，10 分句 4 复句，三/三/二/二/型复句组；下片第二复句增 1 分句，11 分句 4 复句，三/三/二/三/型复句组。平韵，隔句韵。

4，3，6。5，5，4。6，7。7，7。

6，4，6。5，5，4。6，7。3，4，5。——南宋·史达祖·《全宋词》第 2329 页

忆瑶姬

骑省之悼也

娇月笼烟，下楚领，香分两朵湘**云**。	◇◆◇◇，◆◆◆，◇◇◆◆◇◇。
花房渐密时，弄杏笺初会，歌里殷**勤**。	◇◇◆◆◇，△◆◇◇◆，◇◆◇◇。
沉沉夜久西窗，屡隔兰灯幔影**昏**。	◇◇◆◆◇◇，◆◆◇◇◆◆◇。
自彩鸾飞入芳巢，绣屏罗荐粉光**新**。	△◆◇◇◆◇◇，◆◇◇◆◆◇◇。
十年未始轻**分**，	◆◇◆◆◇◇，
念此飞花，可怜柔脆销**春**。	◆◆◇◇，◆◇◇◆◇◇。
空余双泪眼，到旧家时郎，漫染愁**巾**。	◇◇◇◆◆，◆◆◇◇◇，◆◆◇◇。
袖止说道凌虚，一夜相思玉样**人**。	◆◆◆◆◇◇，◆◆◇◇◆◆◇。
但起来，梅发窗前，哽咽疑是**君**。	◆◆◇，◇◆◇◇，◆◆◇◆◇。

同体式作品：无。

575. 【雪明鳷鹊夜慢】

1. 始词北宋万俟咏作。
2. 双片，每片四仄韵，隔句韵。
3. 此调仅见万俟咏一首。

始词：20 分句 8 复句。双片。上片 11 分句 4 复句，三/二/三/三/型复句组；下片 9 分句 4 复句，三/二/二/二/型复句组。仄韵，隔句韵。

5，5，4。5，4。7，3，4。3，4，4。

6，5，4。3，5。7，7。5，4。——北宋·万俟咏·《全宋词》第 807 页

雪明鳷鹊夜慢

望五云多处，春深开阆苑，别就蓬**岛**。	△◆◇◇◆，◇◇◇◆◆，◆◆◇◆。
正梅雪韵清，桂月光**皎**。	△◇◆◆◇，◆◆◇◆。
凤帐龙帘萦嫩风，御座深，翠金间**绕**。	◆◆◇◇◇◆◇，◆◆◇，◆◇◆◆。
半天中，香泛千花，灯挂百**宝**。	◆◇◇，◇◆◇◇，◇◆◆◆。
圣时观风重腊，有箫鼓沸空，锦绣匝**道**。	◆◇◇◇◆◆，△◇◆◆◇，◆◆◇◆。
竞呼卢，气贯调欢**笑**。	◆◇◇，◆◆◇◇◆。
暗里金钱掷下来，侍燕歌太平睿**藻**。	◆◆◇◇◆◆◇，◆◆◇◆◇◆◆。
愿年年此际，迎春不**老**。	△◇◇◆◆，◇◇◆◆。

按：《钦定词谱》指本词为宋徽宗赵佶作，上片“春深”作“探春”；下片“竞呼卢气贯调欢**笑**”，《钦谱》连为一句。“呼卢”，古代一种博彩游戏，典故有“呼卢喝雉”，“竞呼卢”宜点断为三字句；“暗里金钱掷下，来侍燕，歌太平睿藻”，掷金钱，古代过年的一种游戏，故曰“暗里金钱掷下来”（参见本谱第 604 调【撒金钱】调名解）；后七字句，“燕”通“宴”，“侍宴”，群臣陪同君王的宴会，该句语读节奏为“侍燕//歌/太平/睿藻”，故本谱点断为“二分”复句。

同体式作品：无。

576. 【凤皇枝令】

1. 始词北宋万俟咏作。
2. 双片，上片四韵，下片五韵，平韵，插一仄韵；连句韵，插一隔句韵。
3. 此调仅见万俟咏一首。

始词：10 分句 4 复句。双片。每片 5 分句 2 复句，二/三/型复句组。平韵，插一仄韵，连句韵、隔句韵。

4，7。7，3，5。
6，7。7，3，5。——北宋·万俟咏·《全宋词》第 808 页

凤皇枝令

景龙门，古酸枣门也。自左掖门之东为城南北道，北抵景龙门。自腊月十五日放灯，纵都人夜游。妇女游者，珠帘下邀住，饮以金瓯酒。有妇人饮酒毕，辄怀金瓯，左右呼之，妇人曰：妾之夫性严，今带酒容，何以自明，怀此金瓯为证耳。隔帘闻笑声曰：与之。其词曰：

人间天**上**，端楼龙凤灯先**赏**。　◇◇◇◆，◇◇◇◆◇◇◆。
倾城粉黛月明中，春思**荡**，醉金瓯仙**酿**。　◇◇◆◆◆◇◇，◇◆◆，△◇◇◇◆。

一从鸾辂北**向**，旧时宝座应蛛**网**。　◆◇◇◆◆◆，◆◇◆◆◇◇◆。
游人此际客江**乡**，空怅**望**，梦连昌清**唱**。　◇◇◆◆◆◇◇，◇◆◆，△◇◇◇◆。

同体式作品：无。

577.【明月照高楼慢】

1. 始词北宋万俟咏作。
2. 词咏调名本意。
3. 双片，每片六平韵，隔句韵。
4. 此调仅见万俟咏一首。

始词：20 分句 8 复句。双片。每片 10 分句 4 复句，三/三/二/二/型复句组。平韵，插一仄韵，隔句韵。

4，4，4。5，5，4。6，6。7，5。
7，4，4。5，5，4。6，6。7，3。——北宋·万俟咏·《全宋词》第 808 页

明月照高楼慢

中秋应制

平分素**商**，四垂翠幕，斜界银**潢**。　◇◇◆◇，◆◇◆◆，◇◆◇◇。
颢气通建**章**，正烟澄练色，露洗水**光**。　◆◆◇◆◇，△◇◇◆◆，◆◆◆◇。
明映波融太液，影随帘挂披**香**。　◇◆◇◇◆◆，◆◇◇◆◇◇。
楼观壮丽附霁云，耀绀碧相望。　◇◇◆◆◆◆◇，△◆◆◇◇。

宫妆三千从赭**黄**，万年世代，一部笙**簧**。　◇◇◇◇◇◆◇，◆◇◆◆，◆◆◇◇。

夜宴花漏**长**，乍莺歌断续，燕舞回**翔**。　◆◆◇◆◇，△◇◇◆◆，◆◆◇◇。
玉座频燃绛蜡，素娥重按霓**裳**。　◆◆◇◇◆◆，◆◇◇◆◇◇。
还是共唱御制词，送御**觞**。　◇◆◆◆◆◆◇，◆◆◇。

同体式作品：无。

578.【钿带长中腔】

1. 始词北宋万俟咏作。
2. 钿带长，曲调名；中腔，较大型乐曲的中间乐段。
3. 双片，上片四韵，下片五韵；平韵，连句韵、隔句韵。
4. 此调仅见万俟咏一首。

始词：14 分句 6 复句。双片。每片 7 分句 3 复句，二/二/三/型复句组。平韵，连句韵、隔句韵。

3，6。4，4。4，5，6。
6，4。3，4。4，5，6。——北宋·万俟咏·《全宋词》第 809 页

钿带长中腔

簇真**香**，似风前拆麝**囊**。　◆◇◇，△◇◇◆◆◇。
嫩紫轻红，间斗异**芳**。　◆◆◇◇，◆◆◆◇。
风流富贵，自觉兰蕙**荒**，独占蕊珠春**光**。　◇◇◆◆，◆◆◇◆◇，◆◆◆◇◇◇。

绣结流苏密致，魂梦悠**飏**。　◆◆◇◇◆◆，◇◆◇◇。
气融液，散满洞**房**。　◆◇◆，◆◆◆◇。
朝寒料峭，殢娇不易**当**，着意要得韩**郎**。　◇◇◆◆，◆◇◆◆◇，◆◆◆◆◇◇。

同体式作品：无。

579.【春草碧】

1. 始词北宋万俟咏作。
2. 词咏调名本意，调名即词题。
3. 双片，上片四韵，下片五韵，仄韵，隔句韵。
4. 此调仅见万俟咏作一首。

始词：24 分句 8 复句。双片。上片 11 分句 4 复句，三/三/三/二/型复句组；下片 13 分句 4 复句，四/三/三/三/型复句组。仄韵，隔句韵。

5，5，4。3，5，4。4，3，4。7，5。

2，5，5，4。3，5，4。4，3，4。4，3，3。——北宋·万俟咏·《全宋词》第 809 页

春草碧

又随芳绪生，看翠霁连空，愁遍征**路**。 ◆◇◇◆◇，△◆◆◇◇，◇◆◇◆。

东风里，谁望断西塞，恨迷南**浦**。 ◇◇◆，△◆◆◇◆，◆◇◇◆。

天涯地角，意不尽，消沉万**古**。 ◇◇◆◆，◆◆◆，◇◇◆◆。

曾是送别长亭下，细绿暗烟**雨**。 ◇◆◆◆◇◇◆，◆◆◆◇◆。

何**处**，乱红铺绣茵， ◇◆，◆◇◇◆◇，

有醉眠荡子，拾翠游**女**。 △◆◇◆◆，◆◆◇◆。

王孙远，柳外共残照，断云无**语**。 ◇◇◆，◆◆◆◇◆，◆◇◇◆。

池塘梦生，谢公后，还能继**否**。 ◇◇◆◇，◆◇◆，◇◇◆◆。

独上画楼，春山暝，雁飞**去**。 ◆◆◆◇，◇◇◆，◆◇◆。

同体式作品：无。

580.【恋芳春慢】

1. 始词北宋万俟咏作。
2. 缘调名赋词。
3. 双片，每片四平韵，隔句韵。
4. 此调仅见万俟咏一首。

始词：23 分句 8 复句。双片。上片 11 分句 4 复句，三/二/三/三/型复句组；下片 12 分句 4 复句，四/二/三/三/型复句组。平韵，隔句韵。

4，4，6。4，6。6，3，4。3，4，6。

4，4，4，4。4，6。6，3，4。3，6，4。——北宋·万俟咏·《全宋词》第 809 页

恋芳春慢

寒食前进

蜂蕊分香，燕泥破润，暂寒天气清**新**。 ◇◆◇◇，◆◇◆◆，◆◇◇◆◇◇。

帝里繁华，昨夜细雨初**匀**。 ◆◆◇◇，◆◆◆◆◇◇。

万品花藏四苑，望一带，柳接重**津**。 ◆◆◇◇◆◆，◆◆◆，◆◆◇◇。

寒食近，蹴鞠秋千，又是无限游**人**。 ◇◆◆，◆◆◇◇，◆◆◇◆◇◇。

红妆趁戏，绮罗夹道，	◇◇◆◆，◆◇◆◆，
青帘卖酒，台榭侵**云**。	◇◇◆◆，◇◆◇◇。
处处笙歌，不负治世良**辰**。	◆◆◇◇，◆◆◇◆◇◇。
共见西城路好，翠华定，将出严**宸**。	◆◆◇◇◆◆，◆◇◆，◇◆◇◇。
谁知道，仁主祈祥为民，非事行**春**。	◇◇◆，◇◆◇◇◆◇，◇◆◇◇。

同体式作品：无。

581.【卓牌子】

【卓牌儿】

1. 始词北宋万俟咏作。
2. 又名【卓牌儿】。【卓牌子近】【卓牌子慢】与本调词式差异较大，兹作同源词调处理。
3. 双片，上片四韵，下片七韵，变体下片减一韵；仄韵，隔句韵，间插连句韵。

始词：22分句8复句。双片。上片13分句4复句，三/四/二/四/型复句组；下片9分句4复句，三/二/二/二/型复句组。仄韵，隔句韵，间插连句韵。

5，3，4。4，4，4，4。5，7。6，3，4，4。

4，3，4。4，5。7，6。2，5。——北宋·万俟咏·《全宋词》第810页

卓牌子

春晚

东风绿杨天，如画出，清明院**宇**。	◇◇◆◇◇，◇◆◆，◇◇◆◆。
玉艳淡泊，梨花带月，	◆◆◆◆，◇◇◆◆，
胭脂零落，海棠经**雨**。	◇◇◇◆，◆◇◇◆。
单衣怯黄昏，人正在珠帘笑**语**。	◇◇◆◇◇，△◆◆◇◇◆◆。
相并戏蹴秋千，共携手，	◇◇◆◆◇◇，◆◇◆，
同倚阑干，暗香时**度**。	◇◆◇◇，◆◇◇◆。
翠窗绣**户**，路缭绕，潜通幽**处**。	◆◇◆◆，◆◇◆，◇◇◇◆。
断魂凝**伫**，嗟不似飞**絮**。	◆◇◇◆，△◆◆◇◆。
闲闷闲愁难消遣，此日年年意**绪**。	◇◆◇◇◇◇◆，◆◆◇◇◆◆。
无**据**，奈酒醒春**去**。	◇◆，◆◆◇◇◆。

同体式作品：无。

变体二

较始词减3分句，复句数不变。

【变体二】19 分句 8 复句。上片第一、四复句较始词各减 1 分句，11 分句 4 复句，二/四/二/三/型复句组；下片第一复句减 1 分句，8 分句 4 复句，二/二/二/二/型复句组。仄韵，隔句韵。

5，6。4，4，4，4。5，7。4，4，6。

4，7。4，5。7，6。2，5。——宋・无名氏・《全宋词》第 3657 页

卓牌子

当年早梅芳，曾邂逅飞琼**侣**。	◇◇◆◇◇，△◆◆◇◇◆。
肌云莹玉，颜开嫩桃，	◇◇◆◆，◇◇◆◇，
腰支轻袅，未胜金**缕**。	◇◇◇◆，◆◇◇◆。
佯羞整云鬟，频向人娇波寄**语**。	◇◇◆◇◇，◇◆◇◇◇◆◆。
湘佩笑解，韩香暗传，幽欢后期难**诉**。	◇◆◆◆，◇◇◆◇，◇◇◆◇◇◆。
梦魂顿**阻**，似一枕高唐云**雨**。	◆◇◆◆，△◆◆◇◇◇◆。
蕙心兰态，知何计重**遇**。	◆◇◇◆，◇◇◆◇◆。
试问春蚕丝多少，未抵离愁半**缕**。	◆◆◇◇◇◇◇◆，◆◆◇◇◆◆。
凝**伫**，望凤楼何**处**。	◇◆，△◆◇◇◆。

同体式作品：无。

同源词调一：【卓牌子近】

1. 始词南宋袁去华作。
2. “近”，音乐术语，多为中调，或曰“近”之音乐为每片 6 拍。
3. 双片，上片四韵，下片五韵，仄韵，隔句韵，偶插连句韵。
4. 此调仅见袁去华一首。

始词：15 分句 6 复句。双片。上片 8 分句 3 复句，二/二/四/型复句组；下片 7 分句 3 复句，二/二/三/型复句组。仄韵，隔句韵，间插连句韵。

4，6。3，4。6，4，6，3。

3，6。3，6。4，6，7。——南宋・袁去华・《全宋词》第 1498 页

卓牌子近

曲沼朱阑，缭墙翠竹晴**昼**。	◆◆◇◇，◇◇◆◆◇◆。
金万缕，摇摇风**柳**。	◇◆◆，◇◇◇◆。
还是燕子归时，花信来**后**，	◇◆◆◆◇◇，◇◆◇◆，
看淡净洗妆态，梅样**瘦**。	△◆◆◆◇◆，◇◆◆。

春初**透**，尽日明窗相**守**。	◇◇◆，◆◆◇◇◇◆。
闲共我，焚香伴伊刺**绣**。	◇◆◆，◇◇◆◇◆◆。
睡眼腾腾，今朝早是病**酒**，	◆◆◇◇，◇◇◆◆◆◆，
那堪更困人时**候**。	◆◇◆◆◇◇◆。

同体式作品：无。

同源词调二：【卓牌子慢】

1. 始词南宋杨无咎作。
2. 短调小令体，疑“慢”为误传；或谓此“慢”为旋律节奏缓慢之“慢声”，与歌词篇幅长短无涉，可作一说。
3. 双片，每片三仄韵，隔句韵。
4. 此调仅见杨无咎一首。

始词：12 分句 4 复句。双片。每片 6 分句 2 复句，三/三/型复句组。仄韵，隔句韵。

5，3，4。6，6，4。

5，3，4。6，4，6。——南宋·杨无咎·《全宋词》第 1191 页

卓牌子慢

中秋，次田不伐韵。

西楼天将**晚**，流素月，寒光正**满**。	◇◇◇◇◆，◇◆◆，◇◇◆◆。
楼上笑揖姮娥，似看罗袜尘生，	◇◆◆◆◇◇，◆◇◇◆◇◇，
鬓云风**乱**。	◆◇◇◆。
珠帘终夕**卷**，判不寐，阑干凭**暖**。	◇◇◇◆◆，◆◆◆，◇◇◇◆。
好在影落清尊，冷侵香幄，	◆◆◆◆◇◇，◆◇◇◆，
欢余未教人**散**。	◇◇◆◇◇◆。

同体式作品：无。

582.【快活年近拍】

1. 始词北宋万俟咏作。
2. “近拍”，即“近”体。此调仅见万俟咏一首，无名氏【快活年】残词一句。
3. 双片，上片三韵，下片四韵，仄韵，隔句韵。

始词：17 分句 6 复句。双片。上片 8 分句 3 复句，二/二/四/型复句组；下片 9 分句 3 复句，三/二/四/型复句组。仄韵，隔句韵。

5，5。5，5。4，4，4，6。

3，4，5。4，5。4，4，4，6。——北宋·万俟咏·《全宋词》第 811 页

快活年近拍

千秋万岁君，五帝三王**世**。	◇◇◆◆◇，◆◆◇◇◆。
观风重令节，与民乐盛**际**。	◇◇◇◆◆，◆◇◆◆◆。
蕊宫长春，洞天不老，	◆◇◇◇，◆◇◆◆，
花艳蝉辉，十里照春珠**翠**。	◇◆◇◇，◆◆◆◇◇◆。
闹罗**绮**，遥望太极，一族通明**里**。	◆◇◆，◇◇◆◆，◆◆◇◇◆。
钧台奏寿，蓬山呈妙**戏**。	◇◇◆◆，◇◇◇◆◆。
六宫人来，五云楼迥，	◆◇◇◇，◆◇◇◆，
风送歌声，依约睿思圣**制**。	◇◆◇◇，◇◆◆◇◆◆。

同体式作品：无。

583. 【芰荷香】

1. 始词北宋万俟咏作。
2. 词咏调名本意，调名即词题。
3. 双片，上片六韵，下片五韵，平韵，隔句韵。

始词：20 分句 8 复句。双片。每片 10 分句 4 复句，三/二/二/三/型复句组。平韵，隔句韵。

3，5，4。4，6。4，7。6，4，4。

7，5，4。4，6。7，4。6，4，4。——北宋·万俟咏·《全宋词》第 812 页

芰荷香

小潇**湘**，正天影倒碧，波面容**光**。	◆◇◇，△◇◆◆◆，◇◆◇◇。
水仙朝罢，间列绿盖红**幢**。	◆◇◇◆，◆◆◆◆◇◇。
吹风细雨，荡十顷浥浥清**香**。	◇◇◆◆，△◆◆◆◆◇◇。
人在水晶中**央**，霜绡雾縠，襟袂收**凉**。	◇◆◆◇◇◇，◇◇◆◆，◇◆◇◇。
款放轻舟闹红里，	◆◆◇◇◆◇◆，
有蜻蜓点水，交颈鸳**鸯**。	△◇◇◆◆，◇◆◇◇。
翠阴密处，曾觅相并青**房**。	◆◇◆◆，◇◆◇◆◇◇。

晚霞散绮泛远近，一叶鸣**榔**。 ◆◇◆◆◆◆◆，◆◆◇◇。
拟去尽促雕**觞**，歌云未断，月上飞**梁**。 ◆◆◆◆◇◇，◇◇◆◆，◆◆◇◇。

按："人在水晶中央"，《全宋词》"水晶"作"水精"，兹据《钦谱》改之。

同体式作品：无。

增减字：

（一）3，5，4。4，6。4，7。6，4，4。○ 7，5，4。4，6。7，4。6，4，4。北宋：朱敦儒1首。南宋：曹勋1首，史浩1首。

（二）3，5，4。6，4。4，7。6，4，4。○ 7，4，4。4，6。4，7。6，4，4。南宋：仲并1首。

（三）3，5，4。4，6。4，7。6，4，4。○ 7，5，4。4，6。4，7。6，4，4。南宋：赵彦端1首，赵以夫1首。

584.【探春慢】

1. 始词北宋田为作。
2. 始词缘调名而赋词。探春，春游，宋周密《武林旧事》："都城自过收灯，贵游巨室争先出郊，谓之探春。"
3. 或省名作【探春】。别有短调【探春令】，作同源词调处理。
4. 双片，上片四韵，下片五韵，仄韵，隔句韵。

始词：20分句8复句。双片。每片10分句4复句，三/三/二/二/型复句组。仄韵，隔句韵。

4，4，6。4，4，6。5，7。6，6。
6，3，6。4，4，6。5，6。6，4。——北宋·田为·《全宋词》第813页

探春慢

小雨分山，断云镂日，丹青欢难清**晓**。 ◆◆◇◇，◆◇◆◆，◇◇◇◇◇◆。
柳眼窥晴，梅妆迎暖，林外幽禽啼**早**。 ◆◆◇◇，◇◇◇◆，◇◆◇◇◇◆。
烟径润如酥，正浓淡遥看堤**草**。 ◇◆◆◇◇，△◇◆◇◇◇◆。
望中新景无穷，最是一年春**好**。 ◆◇◇◆◇◇，◆◆◆◇◇◆。

骄马黄金络**脑**，争探得，东君何处先**到**。 ◇◆◇◇◆◆，◇◆◆，◇◇◇◆◇◆。
万盏飞觞，千金倚玉，不肯轻辜年**少**。 ◆◆◇◇，◇◇◆◆，◆◆◇◇◇◆。
桃李怯残寒，半吐芳心犹**小**。 ◇◆◆◇◇，◆◆◇◇◇◆。
谩教蜂蝶多情，未应知**道**。 ◆◇◇◆◇◇，◆◇◇◆。

同体式作品：南宋：姜夔1首，赵以夫3首，周密1首，张炎2首。

增减字：

（一）4，4，6。4，4，6。5，7。6，6。○ 6，5，4。4，4，6。5，7。6，4。南宋：陈允平1首。

变体二

较始词复句数不变，分句数增3。

【变体二】23 分句 8 复句。上片增 2 分句，12 分句 4 复句，三/二/四/三/型复句组；下片增 1 分句，11 分句 4 复句，三/二/三/三/型复句组。仄韵，隔句韵。

3，5，4。4，6。3，3，3，3。3，3，6。

6，5，4。4，6。6，3，3。3，3，4。——南宋·吴文英·《全宋词》第 2928 页

探春慢

龟翁下世后，登研意。

径苔深，念断无故人，轻敲幽**户**。	◆◇◇，◆◆◇◆◇，◇◇◇◆。
细草春回，目送流光一**羽**。	◆◆◇◇，◆◆◇◇◆◆。
重云冷，哀雁断，翠微空，愁蝶**舞**。	◇◇◆，◇◆◆，◆◇◇，◇◆◆。
荡鸣澌，游蓬小，梦枕残云惊**寤**。	◆◇◇，◇◇◆，◆◆◇◇◇◆。
还识西湖醉**路**，向柳下并鞍，银袍吹**絮**。	◇◆◇◇◆◆，△◆◆◇◇，◇◇◆◆。
事影难追，那负灯床闻**雨**。	◆◆◇◇，◆◆◇◇◇◆。
冰溪凭谁照影，有明月，乘兴**去**。	◇◇◇◇◆◆，◆◇◆，◇◆◆。
暗相思，梅孤瘦，共江亭**暮**。	◆◇◇，◇◇◆，△◇◇◆。

按：龟翁，翁逢龙，字际可，号龟翁，吴文英嫡兄。吴文英本翁姓，出嗣吴家。研意，研意山。

同体式作品：无。

同源词调：【探春令】

1. 始词宋徽宗赵佶作。
2. 双片，每片三仄韵，变体韵数或变；隔句韵，偶插连句韵。

始词：9 分句 4 复句。双片。上片 5 分句 2 复句，三/二/型复句组；下片 4 分句 2 复句，二/二/型复句组。仄韵，隔句韵、连句韵。

4，4，4。7，6。

7，5。7，7。——北宋·赵佶·《全宋词》第 897 页

探春令

帘旌微动，峭寒天气，龙池冰**泮**。	◇◇◇◆，◆◇◇◆，◇◇◇◆。
杏花笑吐香犹**浅**，又还是春将**半**。	◆◇◆◆◇◇◆，◆◇◆◇◇◆。
清歌妙舞从头**按**，等芳时开**宴**。	◇◇◆◆◇◇◆，△◇◇◇◆。
记去年对著东风，曾许不负莺花**愿**。	△◆◇◆◆◇◇，◇◆◆◆◇◇◆。

同体式作品：无。

增减字：

（一）4，4，4。8，6。〇 7，5。8，6。南宋：杨无咎 2 首。

（二）4，4，4。8，6。〇 7，5。9，5。南宋：赵长卿 3 首。

（三）4，4，4。9，5。〇 7，5。9，5。南宋：赵长卿 3 首。

（四）4，4，4。8，5。〇 7，6。9，5。南宋：沈端节 1 首。

变体一

与始词分句数复句数相同，复句型有变。

【变体一】9 分句 4 复句。双片。上片第一复句较始词减 1 分句，下片第二复句增 1 分句。上片 4 分句 2 复句，二/二/型复句组；下片 5 分句 2 复句，二/三/型复句组。仄韵，连句韵，插一隔句韵。

7，5。7，6。

7，5。5，4，5。——南宋·赵长卿·《全宋词》第 1778 页

探春令

早春

笙歌间错华筵**启**，喜新春新**岁**。	◇◇◆◆◇◇◆，△◇◇◇◆。
菜传纤手青丝**细**，和气入东风**里**。	◆◇◇◆◇◇◆，◇◆◆◇◇◆。
幡儿胜儿都姑**婂**，戴得更忔**戏**。	◇◇◆◇◇◇◆，◆◆◆◆◆。
愿新春已后，吉吉利**利**，百事都如**意**。	△◇◇◆◆，◆◆◆◆，◆◆◇◇◆。

同体式作品：无。

变体二

较始词复句数不变，分句数有变。

变体二·1

10 分句 4 复句

【变体二·1·1】10 分句 4 复句。双片。上片与始词同，下片第二复句增 1 分句。每片 5 分句 2 复句，上片三/二/型复句组；下片二/三/型复句组。仄韵，隔句韵、连句韵。律词。

4，4，4。8，6。

7，5。8，3，3。——南宋·杨无咎·《全宋词》第 1198 页

探春令

梅英粉淡，柳梢金软，兰芽依**旧**。	◇◇◆◆，◆◇◇◆，◇◇◇◆。
见万家灯火明如**昼**，正人月圆时**候**。	△◆◇◇◇◆◇◇◆，△◇◆◇◇◆。
挨香傍玉偷携**手**，尽轻衫寒**透**。	◇◇◆◆◇◇◆，△◇◇◇◆。

听一声画角催残**漏**，惜归去，频回**首**。　△◆◇◆◆◇◇◆，◆◇◆，◇◇◆。

同体式作品：无。

【变体二·1·2】10分句4复句。双片。上下片分句数复句型与【变体二·1·1】下片同，每片5分句2复句，二/三/型复句组。仄韵，隔句韵、连句韵。

4，8。5，4，5。

7，5。5，4，5。——南宋·赵长卿·《全宋词》第1775页

探春令

元夕

去年元夜，正钱塘看天街灯**烛**。　◆◇◇◆，△◇◇◆◇◇◇◆。

闹蛾儿转**处**，熙熙语笑，百万红妆**女**。　◆◇◇◆◆，◇◇◆◆，◆◆◇◇◆。

今年肯把轻辜**负**，列荧煌千**炬**。　◇◇◆◆◇◇◆，△◇◇◇◆。

趁闲身未老，良辰美景，款醉新歌**舞**。　△◇◇◆◆，◇◇◆◆，◇◆◇◇◆。

同体式作品：无。

增减字：

（一）7，5。3，5，6。○7，5。3，5，6。南宋：韩淲1首。

变体二·2

11分句4复句

【变体二·2·1】11分句4复句。双片。上下片第二复句较始词各增1分句，上片6分句2复句，三/三/型复句组；下片5分句2复句，二/三/型复句组。仄韵，隔句韵、连句韵。

4，4，4。5，4，5。

7，5。5，4，5。——南宋·赵长卿·《全宋词》第1780页

探春令

溪桥山**路**，竹篱茅舍，凄凉风**雨**。　◇◇◇◆，◇◇◇◆，◇◇◇◆。

被摧残沮挫，精神依旧，无奈相思**苦**。　△◇◇◆◆，◇◇◇◆，◇◆◇◇◆。

东君故与收拾**取**，忍教他尘**土**。　◇◇◆◆◇◆◆，◆◆◇◇◇。

向绿窗绣**户**，朱栏小槛，做个名花**主**。　△◆◇◆◇，◇◇◆◆，◆◆◇◇◆。

同体式作品：南宋：赵长卿1首。

增减字：

（一）4，4，4。5，4，5。○7，5。3，5，5。南宋：赵长卿1首。

（二）4，4，4。3，6，6。○7，5。5，4，5。南宋：赵长卿1首。

（三）4，4，4。3，6，6。○7，5。3，6，5。南宋：赵长卿1首。

（四）4，4，4。3，6，5。○7，5。5，4，5。南宋：赵长卿1首。

【变体二·2·2】11分句4复句。双片。上片第一复句较【变体二·2·1】减1分句，下片第二复句增1分句。上片5分句2复句，二/三/型复句组；下片6分句2复句，二/四/型复句组。仄韵，隔句韵，间插连句韵。

7，5。3，5，6。

7，5。5，3，3，3。——南宋·蒋捷·《全宋词》第3449页

探春令

玉窗蝇字记春寒，满茸丝红**处**。	◆◇◇◆◆◇◇，△◇◇◇◆。
画翠鸳，双展金蜩**翅**，未抵我愁红**腻**。	◆◆◇，◇◆◇◇◆，◆◆◆◇◇◆。
芳心一点天涯去，絮蒙蒙遮**住**。	◇◇◆◆◇◇◆，◆◇◇◇◆。
旧对花弹阮，纤琼**指**，为粉靥，空弹**泪**。	△◆◇◇◆，◇◇◆，◆◇◆，◇◇◆。

同体式作品：无。

变体二·3

8分句4复句

【变体二·3】8分句4复句。双片。上片较始词减1分句，下片同。每片4分句2复句，二/二/型复句组。仄韵，隔句韵、连句韵。

7，5。8，6。

7，5。7，7。——宋·无名氏·《全宋词》第3739页

探春令

绿杨枝上晓莺啼，报融和天**气**。	◆◇◇◆◆◇◇，△◇◇◇◆。
被数声吹入纱窗**里**，又惊起娇娥**睡**。	△◆◇◇◆◇◇◆，△◇◆◇◇◆。
绿云斜亸金钗**坠**，惹芳心如**醉**。	◆◇◇◆◇◇◆，△◇◇◆◇◆。
为少年湿了鲛绡，帕上都是相思**泪**。	△◆◇◆◆◇◇，◆◆◇◆◇◇◆。

同体式作品：无。

585.【寰海清】

1. 始词北宋王庭珪作。
2. 本宋教坊琵琶曲，见《宋史·乐志》。
3. 双片，上片四韵，下片五韵，平韵，隔句韵。
4. 此调仅见王庭珪一首。

始词：18 分句 7 复句。上片 7 分句 3 复句，三/二/二/型复句组；下片 11 分句 4 复句，三/二/三/三/型复句组。平韵，隔句韵。

4，5，4。6，4。5，9。

6，3，6。6，4。5，5，4。5，3，3。——北宋·王庭珪·《全宋词》第 823 页

寰海清

上元

画鼓轰**天**，暗尘随宝马，人似神**仙**。	◆◆◇◇，◆◇◇◆◆，◇◆◇◇。
天恁不教昼短，明月长**圆**。	◇◆◆◇◆◆，◇◆◇◇。
天应未知道，天天须肯放三夜如**年**。	◇◇◆◇◆，◇◇◇◆◆◇◆◇◇。
流酥拥上香**軿**，为个甚，晚妆特地鲜**妍**。	◇◇◆◆◇◇，◆◆◆，◆◇◆◆◇◇。
花下清阴乍合，曲水桥**边**。	◇◆◇◇◆◆，◆◆◇◇。
高人到此也，乘兴任横街，一一须**穿**。	◇◇◆◆◆，◇◆◆◇◆，◆◆◇◇。
莫言无国艳，有朱门，锁婵**娟**。	◆◇◇◆◆，◆◇◇，◆◇◇。

同体式作品：无。

586.【双雁儿】

1. 始词北宋朱敦复作。
2. 朱敦复，朱敦儒之兄，其词存世仅此一首。
3. 双片，每片四平韵，隔句韵。

始词：12 分句 4 复句。双片。每片 6 分句 2 复句，三/三/型复句组。平韵，隔句韵。

7，3，3。7，3，3。

7，3，3。7，3，3。——北宋·朱敦复·《全宋词》第 832 页

双雁儿

尚志服事跛神**仙**，辛勤了，万千**般**。	◆◆◆◆◆◇◇，◇◇◆，◆◇◇。
一朝身死入黄**泉**，至诚地，哭皇**天**。	◆◇◇◆◆◇◇，◆◇◆，◆◇◇。
旁人苦苦叩玄**言**，不免得，告诸**贤**。	◇◇◆◆◆◇◇，◆◆◆，◆◇◇。
禁法蝎儿不曾**传**，吃畜生，四十**年**。	◆◆◆◇◆◇◇，◆◆◇，◆◆◇。

同体式作品：南宋：杨无咎 2 首。

587.【聒龙谣】

1. 始词北宋朱敦儒作。
2. 谣，徒歌，多指民间口传歌谣。唐元稹《乐府古题序》：“在音声者，……采民甿者为讴、谣。”
3. 双片，每片四仄韵，隔句韵。

始词：26 分句 8 复句。双片。每片 13 分句 4 复句，上片三/二/四/四/型复句组；下片四/二/四/三/型复句组。仄韵，隔句韵。律词。

4，4，6。4，5。3，4，3，4。3，4，3，3。

3，3，3，6。4，5。3，4，3，4。3，4，4。——北宋·朱敦儒·《全宋词》第 832 页

聒龙谣

肩拍洪崖，手携子晋，梦里暂辞尘**宇**。	◇◆◇◇，◆◇◆◆，◆◆◆◇◇◆。
高步层霄，俯人间如**许**。	◇◆◇◇，△◇◇◇◆。
算蜗战，多少功名，问蚁聚，几回今**古**。	◆◇◆，◇◆◇◇，◆◆◆，◆◇◇◆。
度银潢，展尽参旗，桂花淡，月飞**去**。	◆◇◇，◆◆◇◇，◆◇◆，◆◇◆。
天风紧，玉楼斜，	◇◇◆，◆◇◇，
舞万女，霓袖光摇金**缕**。	◆◆◆，◇◆◇◇◇◆。
明廷宴阕，倚青冥回**顾**。	◇◇◆◆，△◇◇◇◆。
过瑶池，重借双成，就楚岫，更邀巫**女**。	◆◇◇，◇◆◇◇，◆◆◆，◆◇◇◆。
转云车，指点虚无，引蓬莱**路**。	◆◇◇，◆◆◇◇，◆◇◇◆。

同体式作品：北宋：朱敦儒 1 首，赵佶 1 首。南宋：汪莘 1 首。

588.【踏歌】

1. 始词北宋朱敦儒作。
2. 踏歌，本为民间小歌舞。起于汉，盛于唐。李白《赠汪伦》：“李白乘舟将欲行，忽闻岸上踏歌声。”宋代踏歌依然流行，宋宁宗赵扩《题马远图》：“丰年人乐业，陇上踏歌行。”
3. 宋郭茂倩《乐府诗集》录唐崔液咏歌舞诗二首，明杨慎《词品》收之，加题曰“踏歌词”，其一为：“彩女迎金屋，仙姬出画堂。鸳鸯裁锦袖，翡翠帖花黄。歌响舞行分，艳色动流光。”其二为：“庭际花微落，楼前汉已横。金壶催夜尽，罗袖舞寒轻。调笑

畅欢情，未半著天明。”二诗描述歌舞情景，文人徒诗，未必是声诗曲调“踏歌”。

4. 三片，始词每片四仄韵，变体韵数有变；连句韵、隔句韵。

始词：21 分句 9 复句。三片。每片 7 分句 3 复句，上、中片皆三/二/二/型复句组，下片二/二/三/型复句组。仄韵，邻韵通押，隔句韵、连句韵。

2，5，3。3，5。5，3。

2，5，3。3，5。5，3。

3，3。3，5。5，5，7。——北宋·朱敦儒·《全宋词》第 840 页

踏歌

宴**阕**，散津亭鼓吹，扁舟**发**。	◆◆，△◇◇◆◆，◇◇◆。
离魂黯，隐隐阳关**彻**。	◇◇◆，◆◆◇◇◆，
更风愁雨细，添凄**切**。	△◇◇◆◆，◇◇◆。
恨**结**，叹良朋雅会，轻离**诀**。	◆◆，△◇◇◆◆，◇◇◆。
一年价，把酒风花**月**。	◆◇◆，◆◆◇◇◆。
便山遥水远，分吴**越**。	△◇◇◆◆，◇◇◆。
书倩雁，梦借**蝶**。	◇◆◆，◆◆◆。
重相见，且把归期**说**。	◇◇◆，◆◆◇◇◆。
只愁到他日，彼此萍踪**别**，	◆◇◆◇◆，◆◆◇◇◆，
总难如前会时**节**。	△◇◇◇◆◇◆。

同体式作品：无。

变体二

较始词复句数不变，分句数有变。

【变体二】19 分句 9 复句。三片。上、中片较始词各减 1 分句，6 分句 3 复句，二/二/二/型复句组，下片与始词同，7 分句 3 复句，二/二/三/型复句组。仄韵，邻韵通押，隔句韵，下片结末连句韵。连句韵。

5，5。3，5。3，5。

2，8。3，5。3，5。

3，3。3，5。3，5，7。——南宋·辛弃疾·《全宋词》第 1883 页

踏歌

攧厥看精神，压一庞儿**劣**。	◇◆◆◇◇，◆◆◇◇◆。
更言语，一似春莺**滑**。	◆◇◆，◆◆◇◇◆。
一团儿，美满香和**雪**。	◆◇◇，◆◆◇◇◆。
去也，把春衫换却同心**结**。	◆◆，△◇◇◆◆◇◇◆。

向人道，不怕轻离**别**。　◆◇◆，◆◆◇◇◆。
问昨宵，因甚歌声**咽**。　◆◇◇，◇◆◇◇◆。

秋被梦，春闺**月**。　◇◆◆，◇◇◆。
旧家事，却对何人**说**。　◆◇◆，◆◆◇◇◆。
告弟弟，莫趁蜂和**蝶**，有春归花落时**节**。　◆◆◆，◆◆◇◇◆，△◇◇◇◆◇◆。

同体式作品：无。

变体三

较始词分句数复句数皆变

【变体三】16 分句，6 复句 3 单句。三片。上、中片较始词各减 2 分句，每片 5 分句，2 复句 1 单句，二/二/一/型复句单句组合；下片较始词减 1 分句，6 分句，2 复句 1 单句，三/二/一/型复句单句组合。仄韵，邻韵通押，隔句韵，间插连句韵。

5，5。3，5。8。
3，8。3，5。7。
7，3，5。5，5。7。——宋·无名氏·《全宋词》第 3628 页

踏歌

带雪向南枝，一朵江梅**坼**。　◆◆◆◇◇，◆◆◇◇◆。
许多时，甚处收香**白**。　◆◇◇，◆◆◇◇◆。
占千葩百卉先春**色**。　△◇◇◆◆◇◇◆。

拟莹**洁**，正广寒宫殿人窥**隔**。　◆◇◆，△◆◇◇◆◇◇◆。
销魂处，画角数声**彻**。　◇◇◆，◆◆◆◇◆。
暗香浮动黄昏**月**。　◆◇◇◆◇◇◆。

最潇洒处最奇**绝**，孤标迥，不与群芳**列**。　◆◇◆◆◆◇◆，◇◇◆，◆◆◇◇◆。
吟赏竟连宵，痛饮无休**歇**。　◇◆◆◇◇，◆◆◇◇◆。
输有心牧童偷**折**。　△◆◇◆◇◇◆。

同体式作品：无。

589.【醉思仙】

1. 始词北宋朱敦儒作。
2. 双片、单片二体。双片体上片五韵，下片四韵，隔句韵；单片体仅见南宋刘埙一首，八平韵，连句韵，插一隔句韵。

双片体

始词：21 分句 8 复句。双片。上片 11 分句 4 复句，三/二/三/三/型复句组；下片 10 分句 4 复句，二/二/三/三/型复句组。平韵，隔句韵。

3，5，4。5，4。3，3，7。3，5，4。

5，6。5，4。3，3，7。3，5，4。——北宋·朱敦儒·《全宋词》第 848 页

醉思仙

淮阴与杨道孚

倚晴**空**，正三洲下叶，七泽收**虹**。	◆◇◇，△◆◇◆◆，◆◆◇◇。
叹年光催老，身世飘**蓬**。	△◇◇◇◆，◇◆◇◇。
南歌客，新丰酒，但万里云水俱**东**。	◇◇◆，◇◇◆，△◆◆◇◆◇◇。
谢故人，解系船访我，脱帽相**从**。	◆◆◇，△◆◇◆◆，◆◆◇◇。
人世欢易失，尊俎且更从**容**。	◇◆◇◆◆，◇◆◆◆◇◇。
任酒倾波碧，烛剪花**红**。	△◆◇◇◆，◆◆◇◇。
君向楚，我归秦，便分路青竹丹**枫**。	◇◆◆，◆◇◇，△◇◆◇◆◇◇。
恁时节，漫梦凭夜蝶，书倩秋**鸿**。	◆◇◆，△◆◇◆◆，◇◆◇◇。

同体式作品：无。

增减字：

(一) 3，5，4。5，4。3，3，6。3，3，6。○ 5，6。5，4。3，3，6。3，3，6。南宋：吕渭老 1 首。

(二) 3，5，4。5，4。3，3，7。3，5，4。○ 5，6。5，4。3，3，6。3，3，6。南宋：曹勋 1 首。

变体二

与始词复句数相同，分句数增 2。

【变体二】23 分句 8 复句。双片，上下片第三复句较始词各增 1 分句。上片 12 分句 4 复句，三/二/四/三/型复句组；下片 11 分句 4 复句，二/二/四/三/型复句组。平韵，隔句韵。律词。

3，5，4。5，4。3，3，3，3。3，3，6。

5，6。5，4。3，3，3，3。3，3，6。——南宋·孙道绚·《全宋词》第 1248 页

醉思仙

寓居妙湛，悼亡作此。

晚霞**红**，看山迷暮霭，烟暗孤**松**。	◆◇◇，△◇◇◆◆，◇◆◇◇。
动翩翩风袂，轻若惊**鸿**。	△◇◇◇◆，◇◆◇◇。
心似鉴，鬓如云，弄清影，月明**中**。	◇◆◆，◆◇◇，◆◇◆，◆◇◇。
谩悲凉，岁冉冉，蕣华潜改衰**容**。	◆◇◇，◆◆◆，◆◇◇◆◇◇。
前事销凝久，十年光景匆**匆**。	◇◆◇◇◆，◆◇◇◆◇◇。

念云轩一梦，回首春**空**。 △◇◇◆◆，◇◆◇◇。
彩凤远，玉箫寒，夜悄悄，恨无**穷**。 ◆◆◆，◆◇◇，◆◆◆，◆◇◇。
叹黄尘，久埋玉，断肠挥泪东**风**。 ◆◇◇，◆◇◆，◆◇◇◆◇◇。

同体式作品：无。

单片体

始词：单片。9 分句 4 复句，二/三/二/二/型复句组。平韵，连句韵，间插隔句韵。

4，4。3，3，5。4，4。6，5。——南宋·刘埙《全宋词》第 3331 页

醉思仙

黄南山县寄所寓

琼楼几**间**，瑶徽几**弹**。 ◇◇◆◇，◇◇◆◇。
觅花声，绕回**阑**，悄微闻佩**环**。 ◆◇◇，◆◇◇，◆◇◇◆◇。
帘栊昼**闲**，炉薰昼**残**。 ◇◇◆◇，◇◇◆◇。
午风摇曳屏**山**，露裙红一**班**。 ◇◇◆◆◇◇，△◇◇◆◇。

按：刘埙（1240—1319），29 岁南宋灭而入元。本词与该调诸词一片之分句数、复句型均有不同，韵格为连句韵，有明显曲体色彩，由此可窥词、曲演化之一斑。

同体式作品：无。

590.【杏花天】

【杏花天影】

1. 始词北宋朱敦儒作。
2. 宋代常用词调，小令体。姜夔【杏花天影】，作本调变体处理；长调【杏花天慢】，作同源词调处理。
3. 双片，普式每片四韵，变体韵数或变；仄韵，连句韵、隔句韵。

始词：8 分句 4 复句。双片。上下片各 4 分句 2 复句，二/二/型复句组。仄韵，连句韵。

7，7。7，6。
7，7。7，6。——北宋·朱敦儒·《全宋词》第 848 页

杏花天

挂帘等月阑干**曲**，厌永昼劳烟倦**局**。 ◆◇◆◆◇◇◆，△◆◆◇◇◆◆。
单衣汗透鲛绡**缩**，脱帽梳犀枕**玉**。 ◇◇◆◆◇◇◆，◆◆◇◇◆◆。

移床就碧梧翠**竹**，寄语倩姮娥伴**宿**。 ◇◇◆◆◇◆◆，◆◆◆◇◇◆◆。

轻风澹露清凉**足**，云缀银河断**续**。　◇◇◆◆◇◇◆，◇◆◇◇◆◆。

同体式作品： 南宋：陆游1首，赵长卿1首，辛弃疾2首。

增减字：

(一) 7，7。7，6。○7，7。7，7。南宋：吕胜己1首。

变体二

较始词复句数不变，分句数有变。

变体二·1

9分句4复句

【变体二·1·1】9分句4复句。上片与始词同，4分句2复句，二/二/型复句组；下片第一复句增1分句，5分句2复句，三/二/型复句组。仄韵，连句韵，间插隔句韵。

7，7。7，6。

3，4，7。7，6。——北宋·朱敦儒·《全宋词》第849页

杏花天

听蝉剪叶迎秋**燕**，画戟散金铺开**遍**。　◆◇◆◆◇◇◆，◆◆◆◇◇◇◆。
清风占住秦筝**怨**。楼上衙牌易**晚**。　◇◇◆◆◇◇◆，◇◆◇◇◆◆。

飞雨过，绣幕尽**卷**，借水沉龙涎旋**碾**。　◇◆◆，◆◆◆◆，△◆◇◇◇◇◆。
金盆弄水停歌**扇**，凉在冰肌粉**面**。　◇◇◆◆◇◇◆，◇◆◇◇◆◆。

同体式作品： 南宋：史浩1首，辛弃疾1首，汪莘1首，周密1首，无名氏1首。

【变体二·1·2】9分句4复句。全词与【变体二·1·1】分句数相同，上下片分句数复句型相反。上片5分句2复句，三/二/型复句组；下片4分句2复句，二/二/型复句组。仄韵，连句韵，间插隔句韵。律词。

7，3，4。7，7。

7，7。7，6。——南宋·侯寘·《全宋词》第1438页

杏花天

豫章重午

宝钗整鬓双鸾**斗**，睡未醒，熏风襟**袖**。　◆◇◆◆◇◇◆，◆◆◆，◇◇◆◆。
彩丝皓腕宜清**昼**，更艾虎衫儿新**就**。　◆◇◆◆◇◇◆，△◆◆◇◇◇◆。

玉杯共饮菖蒲**酒**，愿耐夏宜春厮**守**。　◆◇◆◆◇◇◆，△◆◆◇◇◇◆。
榴花故意红添**皱**，映得人来越**瘦**。　◇◇◆◆◇◇◆，◆◆◇◇◆◆。

同体式作品： 南宋：谢懋1首。

变体二·2

10分句4复句

【变体二·2·1】10 分句 4 复句。上片与始词同，4 分句 2 复句，二/二/型复句组；下片第一复句增 2 分句，6 分句 2 复句，四/二/型复句组。仄韵，连句韵，间插隔句韵。

7，7。7，6。

3，4，3，4。7，6。——北宋·朱敦儒·《全宋词》第 849 页

杏花天

残春庭院东风**晓**，细雨打鸳鸯寒**峭**。 ◇◇◇◆◇◇◆，◆◆◆◇◇◆◆。

花尖望见秋千**了**，无路踏青斗**草**。 ◇◇◆◆◇◇◆，◇◆◆◇◆◆。

人别后，碧云信**杳**，对好景，愁多欢**少**。 ◇◆◆，◆◇◆◆，◆◆◆，◇◇◇◆。

等他燕子传音**耗**，红杏开也未**到**。 ◆◇◆◆◇◇◆，◇◆◇◆◆◆。

同体式作品：南宋：康与之 1 首，赵彦端 1 首，张孝忠 1 首，吴礼之 1 首，高观国 1 首，吴文英 3 首，李莱老 1 首，无名氏 1 首。

增减字：

(一) 7，7。7，7。○ 3，4，3，4。7，7。南宋：卢炳 1 首。

【变体二·2·2】10 分句 4 复句。全词分句数与【变体二·2·1】同，上下片分句数复句型有变。每片 5 分句 2 复句，三/二/型复句组。仄韵，连句韵，间插隔句韵。律词。

7，3，4。7，6。

3，4，7。7，6。——南宋·石孝友·《全宋词》第 2047 页

杏花天

借朱希真韵，送司马德远。

把杯莫唱阳关**曲**，行客**去**，居人恨**局**。 ◆◇◆◆◇◇◆，◇◆◆，◇◇◆◆。

屏山似展江如**簇**，不见尊前醉**玉**。 ◇◇◆◆◇◇◆，◆◆◇◇◆◆。

鹃啼处，怨声裂**竹**，问后夜兰舟那**宿**。 ◇◇◆，◆◇◆◆，△◆◆◇◇◆◆。

帛书早系征鸿**足**，肠断弦孤怎**续**。 ◆◇◆◆◇◇◆，◇◆◇◇◆◆。

同体式作品：南宋：江开 1 首。

变体二·3

11 分句 4 复句

【变体二·3·1】11 分句 4 复句。上片 5 分句 2 复句，二/三/型复句组；下片 6 分句 2 复句，三/三/型复句组。仄韵，连句韵、隔句韵。律词。

7，7。7，5，3。

3，4，7。7，5，3。——南宋·姜夔·《全宋词》第 2173 页

杏花天影

丙午之冬，发沔口。丁未正月二日，道金陵，北望淮楚，风日清淑，小舟挂席，容与波上。

绿丝低拂鸳鸯**浦**，想桃叶当时唤**渡**。 ◆◇◇◆◇◇◆，△◇◆◇◇◆◆。

又将愁眼与春风，待去倚兰桡，更少**驻**。　◆◇◇◆◆◇◇，◆◆◆◇◇，◆◆◆。

金陵**路**，莺吟燕**舞**，算潮水知人最**苦**。　◇◇◆，◇◇◆◆，△◆◆◇◇◆◆。

满汀芳草不成归，日暮更移舟，向甚**处**。　◆◇◇◆◆◇◇，◆◆◆◇◇，◆◆◆。

同体式作品：无。

【变体二·3·2】11分句4复句。全词与【变体二·3·1】分句数相同，上下片分句数复句型不同。上片5分句2复句，三/二/型复句组；下片6分句2复句，四/二/型复句组。仄韵，隔句韵、连句韵。律词。

7，3，4。7，6。

3，4，3，4。7，6。——南宋·史达祖·《全宋词》第2330页

杏花天

清明

软波拖碧蒲芽**短**，画桥外，花晴柳**暖**。　◆◇◇◆◇◇◆，◆◇◆，◇◇◆◆。

今年自是清明**晚**，便觉芳情较**懒**。　◇◇◆◆◇◇◆，◆◆◇◇◆◆。

春衫瘦，东风剪**剪**，过花坞，香吹醉**面**。　◇◇◆，◇◇◆◆，◆◇◆，◇◇◆◆。

归来立马斜阳**岸**，隔岸歌声一**片**。　◇◇◆◆◇◇◆，◆◆◇◇◆◆。

同体式作品：南宋：周密1首，张炎1首。

同源词调：【杏花天慢】

1. 始词南宋曹勋作。
2. 此调仅见曹勋一首；另有无名氏【杏花天】长调一首，归入本调处理。
3. 双片，始词上片六韵，下片五韵；变体每片四韵；仄韵，隔句韵，间插连句韵。

始词：20分句8复句。双片。每片10分句4复句，三/三/二/二/型复句组。仄韵，隔句韵，间插连句韵。

4，4，6。5，3，6。4，7。7，6。

6，5，4。5，3，6。4，7。7，4。——南宋·曹勋·《全宋词》第1217页

杏花天慢

杏花

桃蕊初谢，双燕来后，枝上嫩苞时**节**。　◇◆◇◆，◇◆◇◆，◇◆◆◇◇◆。

绛萼滋浩露，照晓景，裁剪冰绡标**格**。　◆◆◇◆◆，◆◆◆，◇◆◇◇◇◆。

烟传靓**质**，似淡拂妆成香**颊**。　◇◇◆◆，△◆◆◇◇◇◆。

看暖日催吐繁英，占断上林风**月**。　△◆◆◇◆◇◇，◆◆◆◇◇◆。

坛边曾见数枝，算应是真仙，故留春**色**。	◇◇◇◆◆◇，△◆◆◇◇，◆◇◇◆。
顿觉偏造化，且任他，桃李成蹊谁**说**。	◆◆◇◆◆，◆◆◇，◇◆◇◇◇◆。
晴霁易**雪**，待对饮清赏无**歇**。	◇◆◆◆，△◆◆◇◆◇◆。
更爱惜留引鹏禽，未须再**折**。	◆◆◆◇◆◇◇，◆◇◆◆。

同体式作品：无。

变体一

与始词分句数复句数相同，复句型有变。

【变体一】20分句8复句。双片。上下片第二复句较始词各减1分句、第三复句各增1分句，每片10分句4复句，三/二/三/二/型复句组。仄韵，隔句韵。

4，5，4。7，6。4，4，5。4，6。
6，4，5。7，6。4，4，5。4，6。——宋·无名氏·《全宋词》第3791页

杏花天

任寿姑，三月二七。

婺星呈瑞，对春余几许，日临三**九**。	◆◇◇◆，△◇◇◆◆，◆◇◇◆。
正属我姑初度旦，帨设当年门**右**。	◆◆◆◇◆◆，◆◆◇◇◇◆。
绿鬓犹新，红颜未改，真月宫仙**友**。	◆◆◇◇，◇◇◆◆，△◆◇◇◆。
柏舟节义，富而荣贵长**守**。	◆◇◆◆，◆◇◇◆◇◆。
况有诜桂青春，潜心黄卷，指日功名**就**。	◆◆◇◆◇◇，◆◇◇◆，◆◆◇◇◆。
女郎乘龙全四德，未老得闲仁**寿**。	◆◇◇◇◇◆◆，◆◆◆◇◇◆。
天命方知，岁饥常赈，阴德还多**有**。	◇◆◇◇，◆◇◇◆，◇◆◇◇◆。
麻姑王母，年年同宴春**酒**。	◇◇◇◆，◇◇◇◆◇◇。

同体式作品：无。

591.【恋绣衾】

1. 始词北宋朱敦儒作。
2. 双片，始词每片二韵，变体韵数有变；平韵，隔句韵，或间插连句韵。

始词：10分句4复句。双片。每片5分句2复句，三/二/型复句组。平韵，隔句韵。

7，3，4。6，7。
7，3，4。6，7。——北宋·朱敦儒·《全宋词》第849页

恋绣衾

木落江南感未平，雨萧萧，衰鬓到**今**。	◆◆◇◇◆◆◇，◆◇◇，◇◆◆◇。

甚处是长安路，水连空山锁暮**云**。 ◆◆◆◇◇◆，◆◇◇◇◆◆◇。

老人对酒今如此，一番新，残梦暗**惊**。 ◆◇◆◆◇◇◆，◆◇◇，◇◆◆◇。
又是洒黄花泪，问明年此会怎**生**。 ◆◆◆◇◇◆，△◇◇◆◆◆◇。

同体式作品：南宋：陆游 1 首，刘学箕 1 首，翁元龙 1 首，林洪 1 首，陈允平 1 首，蒋捷 1 首。

增减字：

(一) 7，3，4。5，7。○ 7，3，4。6，7。南宋：张枢 1 首。

变体一

与始词分句数复句数相同，复句型有变。

【变体一】10 分句 4 复句。上片第一复句较始词减 1 分句、第二复句增 1 分句，下片与始词同。每片 5 分句 2 复句，上片二/三/型复句组，下片三/二/型复句组。平韵，上片首二句连韵，继隔句韵。律词。

7，7。3，3，7。
7，3，4。6，7。——南宋・高观国・《全宋词》第 2362 页

恋绣衾

碧梧偷恋小窗**阴**，恨芭蕉不展寸**心**。 ◆◇◇◆◆◇◇，△◇◇◆◆◆◇。
暗语**近**，阳台远，奈秋宵砧断漏**沉**。 ◆◆◆，◇◇◆，△◇◇◇◆◆◇。

月明欲教吹箫去，隔骖鸾，空留怨**音**。 ◆◇◆◆◇◇◆，◆◇◇，◇◇◆◇。
从此是天涯阻，这一场愁梦更**深**。 ◇◆◆◇◇◆，◆◆◆◇◆◆◇。

同体式作品：无。

变体二

较始词复句数不变，分句数有变。

变体二・1

9 分句 4 复句

【变体二・1・1】9 分句 4 复句。上片与始词同，5 分句 2 复句，三/二/型复句组，下片第一复句减 1 分句，4 分句 2 复句，二/二/型复句组。平韵，隔句韵。

7，3，4。6，7。
7，7。6，7。——南宋・陆游・《全宋词》第 1598 页

恋绣衾

不惜貂裘换钓**篷**，嗟时人，谁识放**翁**。 ◆◆◇◇◆◆◇，◇◇◇，◇◆◆◇。
归棹借樵风稳，数声闻林外暮**钟**。 ◇◆◆◇◇◆，◆◇◇◇◆◆◇。

幽栖莫笑蜗庐小，有云山烟水万**重**。 ◇◇◆◆◇◇◆，△◇◇◇◆◆◇。
半世向丹青看，喜如今身在画**中**。 ◆◆◆◇◇◆，△◇◇◇◆◆◇。

同体式作品：南宋：韩淲 2 首，史达祖 1 首。

【变体二·1·2】9 分句 4 复句。双片。上片分句数复句型与【变体二·1·1】下片同，下片分句数复句型与上片同，分句字数不同。上片 4 分句 2 复句，二/二/型复句组；下片 5 分句 2 复句，三/二/型复句组。平仄通押，连句韵、隔句韵。

7，7。7，7。
3，3，7。7，7。——南宋·赵汝茪·《全宋词》第 3165 页

恋绣衾

柳丝空有千万**条**，系不住溪头画**桡**。　◆◇◇◆◇◆◇，◆◆◆◇◇◆◇。
想今宵也对新月，过轻寒何处小**桥**。　△◇◇◆◆◇◆，◆◇◇◇◆◆◇。

玉箫榭，春多**少**，溜啼红脸霞未**消**。　◆◇◆，◇◇◆，◇◇◇◆◇◆◇。
怪别来胭脂慵傅，被东风偷在杏**梢**。　△◆◇◇◆◇◇，△◇◇◇◆◆◇。

同体式作品：无。

变体二·2

8 分句 4 复句

【变体二·2】8 分句 4 复句。上下片第一复句较始词各减 1 分句，每片 4 分句 2 复句，二/二/型复句组。平韵，连句韵、隔句韵。

7，7。7，7。
7，7。6，7。——南宋·辛弃疾·《全宋词》第 1970 页

恋绣衾

无题

长夜偏冷添被**儿**，枕头儿移了又**移**。　◇◆◇◆◇◆◇，◆◇◇◇◆◆◇。
我自是笑别人**底**，却元来当局者**迷**。　◆◆◆◆◆◇◆，△◇◇◇◆◆◇。

如今只恨因缘浅，也不曾抵死恨**伊**。　◇◇◆◆◇◇◆，△◆◇◆◆◆◇。
合手下安排了，那筵席须有散**时**。　△◆◆◇◇◆，△◆◆◇◆◆◇。

同体式作品：无。

增减字：

（一）7，7。6，7。〇7，7。6，7。南宋：史达祖 2 首，赵崇嶓 1 首，萧崱 1 首，陈著 1 首，陈允平 1 首，赵时奚 1 首，刘辰翁 1 首，周密 1 首，刘埙 1 首，张炎 1 首，李太古 1 首，无名氏 1 首。计 12 人 13 首。

变体二·3

11 分句 4 复句

【变体二·3】11 分句 4 复句。上片第一复句较始词减 1 分句，4 分句 2 复句，二/二/型复句组，下片较始词增 2 分句，7 分句 2 复句，三/四/型复句组。平韵，连句韵、隔句韵。

7，7。6，7。

7，3，4。3，3，3，4。——南宋·韩淲·《全宋词》第2247页

恋绣衾

泪珠弹

溪风吹雨晚打**窗**，把心情阑入醉**乡**。	◇◇◇◆◆◆◇，△◇◇◇◆◆◇。
记取在山深处，我如今双鬓已**苍**。	◆◆◆◇◇◆，△◇◇◇◆◆◇。
夜阑寒影灯花淡，梦难成，清漏更**长**。	◆◇◇◆◇◇◆，◆◇◇，◇◆◆◇。
宝瑟断，鸾胶续，泪珠弹，犹带粉**香**。	◆◆◆，◇◇◆，◆◇◇，◇◆◆◇。

同体式作品：无。

变体二·4

14分句4复句

【变体二·4】14分句4复句。上下片第二复句较始词各增2分句，每片7分句2复句，三/四/型复句组。平仄通押，隔句韵。

7，3，4。3，3，3，4。

7，3，4。3，3，3，4。——南宋·吴文英·《全宋词》第2938页

恋绣衾

频摩书眼怯细**文**，小窗阴，天气似**昏**。	◇◇◇◆◆◆◇，◆◇◇，◇◆◆◇。
兽炉暖，慵添**困**，带茶烟，微润宝**薰**。	◆◇◆，◇◇◆，◆◇◇，◇◆◆◇。
少年娇马西风**冷**，旧春衫，犹涴酒**痕**。	◆◇◇◆◇◇◆，◆◇◇，◇◆◆◇。
梦不到，梨花路，断长桥，无限暮**云**。	◆◆◆，◇◇◆，◆◇◇，◇◆◆◇。

同体式作品：无。

592.【沙塞子】

1. 始词北宋朱敦儒作。
2. 唐教坊曲有【沙碛子】，或为本调之源。
3. 双片，每片二平韵，隔句韵。

始词：10分句4复句。双片。每片5分句2复句，三/二/型复句组。平韵，隔句韵。律词。

6，3，3。6，3。

6，3，3。6，3。——北宋·朱敦儒·《全宋词》第855页

沙塞子

万里飘零南越，山引泪，酒添**愁**。　◆◆◇◇◇◆，◇◆◆，◆◇◇。
不见凤楼龙阙，又惊**秋**。　◆◆◆◇◇◆，◆◇◇。

九日江亭闲望，蛮树绕，瘴云**浮**。　◆◆◇◇◇◆，◇◆◆，◆◇◇。
肠断红蕉花晚，水西**流**。　◇◆◇◇◇◆，◆◇◇。

同体式作品： 北宋：朱敦儒1首。

增减字：

（一）7，3，4。7，4。○7，3，4。7，4。北宋：周紫芝1首。

（二）6，3，4。7，4。○7，3，4。7，4。南宋：葛立方1首，赵彦端1首。

593. 【双鸂鶒】

1. 始词北宋朱敦儒作。
2. 六言声诗体，双片，每片四仄韵，连句韵。
3. 此调仅见朱敦儒一首。

始词：8分句4复句。双片。每片4分句2复句，二/二/型复句组。仄韵，连句韵。

6，6。6，6。

6，6。6，6。——北宋·朱敦儒·《全宋词》第866页

双鸂鶒

拂破秋江烟**碧**，一对双飞鸂**鶒**。　◆◆◇◇◇◆，◆◆◇◇◇◆。
应是远来无**力**，捎下相偎沙**碛**。　◇◆◆◇◇◆，◇◆◇◇◇◆。

小艇谁吹横**笛**，惊起不知消**息**。　◆◆◇◇◇◆，◇◆◆◇◇◆。
悔不当时描**得**，如今何处寻**觅**。　◆◆◇◇◇◆，◇◇◇◆◇◆。

同体式作品： 无。

594. 【春晓曲】

【西楼月】

1. 始词北宋朱敦儒作。
2. 词咏调名本意，调名即词题。
3. 或取始词首句“西楼落月”衍名为【西楼月】。

4. 单片，三仄韵，隔句韵。

始词：单片。4分句2复句，二/二/型复句组。仄韵，连句韵、隔句韵。律词。

7，6。7，7。——北宋·朱敦儒·《全宋词》第868页

春晓曲

西楼落月鸡声**急**，夜浸疏香淅**沥**。　◇◇◆◆◇◇◆，◆◆◇◇◆◆。

玉人酒渴嚼春冰，晓色入帘横宝**瑟**。　◆◇◆◆◆◇◇，◆◆◆◇◇◆◆。

同体式作品：无。

变体二

复句数不变，分句数增1。

【变体二】较始词增1分句，5分句2复句，三/二/型复句组。仄韵，隔句韵。律词。

7，3，3。7，7。——南宋·张元干·《全宋词》第1104页

西楼月

瑶轩倚槛春风**度**，柳垂烟，花带**露**。　◇◇◆◆◇◇◆，◆◇◇，◇◆◆。

半闲鸳被怯余寒，燕子时来窥绣**户**。　◆◇◇◆◆◇◇，◆◆◇◇◇◆◆。

同体式作品：无。

595.【西地锦】

1. 始词北宋周紫芝作。
2. 双片，始词每片三仄韵，变体下片或增一韵；连句韵、隔句韵。

始词：9分句4复句。双片。上片5分句2复句，二/三/型复句组；下片4分句2复句，二/二/型复句组。仄韵，连句韵、隔句韵。律词。

6，5。4，4，4。

6，5。7，5。——北宋·周紫芝·《全宋词》第880页

西地锦

雨细欲收还**滴**，满一庭秋**色**。　◆◆◆◇◇◆，△◆◇◇◆。

阑干独倚，无人共说，这些愁**寂**。　◇◇◆◆，◇◇◆◆，◆◇◇◆。

手把玉郎书**迹**，怎不教人**忆**。　◆◆◆◇◇◆，◆◆◇◇◆。

看看又是黄昏也，敛眉峰轻**碧**。　◇◇◆◆◇◇◆，△◇◇◇◆。

同体式作品：无。

变体一 与始词句数相同，复句型有变。
【变体一】9 分句 4 复句。上片第二复句较始词减 1 分句，下片第一复句增 1 分句。上片 4 分句 2 复句，二/二/型复句组；下片 5 分句 2 复句，三/二/型复句组。仄韵，连句韵、隔句韵。 6，5。7，5。 6，3，3。7，5。——宋·无名氏·《全宋词》第 3628 页 **西地锦** 不与群花相**续**，独占春光**速**。 ◆◆◇◇◇◆，◆◆◇◇◆。 幽香远远散西东，惟竹篱茅**屋**。 ◇◇◆◆◆◇◇，◇◆◇◇◆。 羌管谁调一**曲**，送月夜，犹芬**馥**。 ◇◆◇◇◆◆，◆◆◆，◇◇◆。 凭君折取向玉堂，只这些清**福**。 ◇◇◆◆◆◆◇，◆◆◇◇◆。 **同体式作品：**无。 **增减字：** （一）6，5。7，5。○ 6，3，4。7，5。南宋：无名氏 1 首。
变体二 较始词复句数不变，分句数增 1。
【变体二】10 分句 4 复句。上片与始词同，下片第二复句增 1 分句，每片 5 分句 2 复句，二/三/型复句组。仄韵，连句韵、隔句韵。律词。 6，5。4，4，4。 6，5。4，4，4。——北宋·蔡伸·《全宋词》第 1023 页 **西地锦** 寂寞悲秋怀**抱**，掩重门悄**悄**。 ◆◆◇◇◇◆，◆◇◇◆◆。 清风皓月，朱阑画阁，双鸳池**沼**。 ◇◇◆◆，◇◇◆◆，◇◇◇◆。 不忍今宵重**到**，惹离愁多**少**。 ◆◆◇◇◇◆，△◇◇◇◆。 蓬山路**杳**，蓝桥信阻，黄花空**老**。 ◇◇◆◆，◇◇◆◆，◇◇◇◆。 **同体式作品：**南宋：无名氏 1 首。 **增减字：** （一）6，5。4，4，5。○ 6，5。4，4，5。南宋：石孝友 1 首。

596.【月上海棠】

1. 始词见宋徽宗赵佶残词；完篇始词南宋陆游作。
2. 全词有6复句、8复句二体，8复句题【月上海棠慢】，或省题【月上海棠】，兹将8复句一体归入【月上海棠慢】，作同源词调处理。
3. 双片，每片四仄韵，隔句韵。

始词：残词一首，仅存2句。

孟婆且与我，做些方便。◆◇◆◆◆，◆◇◇◆。——宋·赵佶·《全宋词》第897页

同体式作品：无。

完篇始词：14分句6复句。双片。每片7分句3复句，三/二/二/型复句组。仄韵，隔句韵。

7，3，5。4，7。3，6。
7，3，5。4，7。3，6。——南宋·陆游·《全宋词》第1588页

月上海棠

成都城南有蜀王旧苑，尤多梅，皆二百余年古木。

斜阳废苑朱门**闭**，吊兴亡，遗恨泪痕**里**。	◇◇◆◆◇◇◆，◆◇◇，◆◆◆◇◆。
淡淡宫梅，也依然点酥剪**水**。	◆◆◇◇，◆◇◇◆◇◆◆。
凝愁处，似忆宣华旧**事**。	◇◇◆，◆◆◇◇◆◆。
行人别有凄凉**意**，折幽香，谁与寄千**里**。	◇◇◆◆◇◇◆，◆◇◇，◇◆◆◇◆。
伫立江皋，杳难逢陇头归**骑**。	◆◆◇◇，◆◇◇◆◇◇◆。
音尘远，楚天危楼独**倚**。	◇◇◆，◆◇◇◇◆◆。

同体式作品：南宋：陆游1首。

增减字：

(一) 7，3，5。5，7。3，6。○7，3，5。4，7。3，6。宋：无名氏1首。

变体二

较始词复句数不变，分句数增2。

【变体二】16分句6复句。双片。上下片较始词各增1分句，每片8分句3复句，三/三/二/型复句组。仄韵，隔句韵、连句韵。

7，3，5。5，3，4。3，6。
7，3，5。5，3，4。3，6。——南宋·张侃·《全宋词》第2476页

月上海棠

南枝消息凭谁**送**，北枝寒，清晓破余**冻**。 ◇◇◆◆◇◇◆，◆◇◇，◆◆◆◇◆。
横溪浸疏影，月黄昏，暗香浮**动**。 ◇◇◆◇◆，◆◇◇，◆◇◇◆。
真仙**种**，不与梨花同**梦**。 ◇◇◆，◆◆◇◇◇◆。

洛阳姚魏争先**贡**，妒纷纷，红紫眩新**宠**。 ◆◇◇◆◇◇◆，◆◇◇，◇◆◆◇◆。
尽雪压风欺，□和羹，此时须**用**。 △◆◆◇◇，□◇◆，◆◇◇◆。
烦珍**重**，莫作桓伊三**弄**。 ◇◇◆，◆◆◇◇◇◆。

同体式作品：无。

同源词调：【月上海棠慢】

1. 始词北宋-南宋曹勋作。
2. 【月上海棠】的扩展，上下片较【月上海棠】各增一复句，或省题【月上海棠】。
3. 双片，始词上片四韵，下片五韵，变体韵数或有变；仄韵，隔句韵。

始词：22分句8复句。双片。上下片较【月上海棠】各增3分句1复句，每片11分句4复句，上片三/二/三/三/型复句组；下片四/二/三/二/型复句组。仄韵，邻韵通押，隔句韵。

4，4，5。5，4。6，3，4。3，4，4。
2，4，4，4。5，4。6，3，4。3，6。——南宋·曹勋·《全宋词》第1214页

月上海棠慢

咏题

东风飏暖，渐是春半，海棠丽烟**径**。 ◇◇◇◆，◆◆◇◆，◆◇◆◇◆。
似蜀锦晴展，翠红交**映**。 △◆◆◇◆，◆◇◇◆。
嫩梢万点胭脂，移西溪，浣花真**景**。 ◆◇◆◆◇◇，◇◇◇，◆◇◇◆。
蒙蒙雨，黄鹂飞上，数声宜**听**。 ◇◇◆，◇◇◇◆，◆◇◇◆。

风**定**，朱阑夜悄，蟾华如水，初照清**影**。 ◇◆，◇◇◆◆，◇◇◇◆，◇◆◇◆。
喜浓芳满地，暗香难**并**。 △◇◇◆◆，◆◇◇◆。
悄如彩云光中，留翔鸾，静临芳**镜**。 ◆◇◆◇◇◇，◇◇◇，◆◇◇◆。
携酒去，何妨花边露**冷**。 ◇◆◆，◇◇◇◇◆◆。

同体式作品：南宋：陈允平1首（【月上海棠】）。

变体二

较始词复句数不变，分句数减4。

【变体二】19 分句 8 复句。原调题【月上海棠】。上片较始词减 2 分句，9 分句 4 复句，三/二/二/二/型复句组；下片减 1 分句，10 分句 4 复句，三/二/三/二/型复句组。仄韵，隔句韵，间插连句韵。

4，5，4。3，6。6，7。4，6。
5，3，6。5，4。3，3，7。3，6。——南宋·姜夔·《全宋词》第 2188 页

月上海棠

夹钟商，赋题。

红妆艳色，照浣花溪影，绝代姝**丽**。	◇◇◆◆，△◆◇◇◆，◆◆◇◆。
弄轻风，摇荡满林罗**绮**。	◆◇◇，◇◆◆◇◇◆。
自然富贵天姿，都不比等闲桃**李**。	◆◇◆◆◇◇，◇◆◆◆◇◇◆。
帘栊静悄，月上正贪春**睡**。	◇◇◆◆，◆◆◆◇◇◆。
长记初开日，逞妖**丽**，如与人面争**媚**。	◇◆◇◇◆，◆◇◆，◇◆◇◆◇◆。
过韶光一瞬，便成流**水**。	△◇◇◆◆，◆◇◇◆。
对此日，叹浮华，惜芳菲易成憔**悴**。	◆◆◆，◆◇◇，△◇◇◆◇◇◆。
留无**计**，惟有花边尽**醉**。	◇◇◆，◇◆◇◇◆◆。

同体式作品：无。

597. 【燕山亭】

【宴山亭】

1. 始词北宋赵佶作。
2. 或作【宴山亭】。
3. 双片，每片五仄韵，隔句韵。

始词：22 分 8 复句。双片。每片 11 分句 4 复句，三/三/二/三/型复句组。仄韵，邻韵通押，隔句韵。

4，4，6。4，4，6。4，7。2，5，4。
6，3，6。4，4，6。4，7。2，3，4。——北宋·赵佶·《全宋词》第 898 页

燕山亭

裁剪冰绡，打叠数重，冷淡燕脂匀**注**。	◇◆◇◇，◆◆◆◇，◆◆◇◇◇◆。
新样靓妆，艳溢香融，羞杀蕊珠宫**女**。	◇◆◆◇，◆◆◇◇，◇◆◆◇◇◆。
易得凋零，更多少无情风**雨**。	◆◆◇◇，△◇◆◇◇◇◆。
愁**苦**，闲院落凄凉，几番春**暮**。	◇◆，◇◆◆◇◇，◆◇◇◆。

凭寄离恨重重，这双燕，何曾会人言**语**。	◆◆◇◆◇◇，◆◇◆，◇◇◆◇◇◆。
天遥地远，万水千山，知他故宫何**处**。	◇◇◆◆，◆◆◇◇，◇◇◆◇◇◆。
怎不思量，除梦里有时曾**去**。	◆◆◇◇，△◆◆◆◇◇◆。
无**据**，和梦也，有时不**做**。	◇◆，◇◆◆，◆◇◆◆。

同体式作品：南宋：张镃 1 首（【宴山亭】）。

增减字：

（一）4，4，6。4，4，6。4，7。2，5，4。○ 6，5，4。4，4，6。4，7。2，3，4。南宋：王之道 1 首（【宴山亭】），曾觌 2 首，曹遷 1 首（【宴山亭】）。

（二）4，4，6。4，4，6。4，7。2，3，6。○ 6，5，4。4，4，6。4，7。2，3，4。南宋：毛开 1 首。

（三）4，4，6。4，4，6。4，7。2，5，4。○ 6，4，4。4，4，6。4，7。2，3，4。南宋：无名氏 1 首。

598.【金莲绕凤楼】

1. 始词北宋赵佶作。
2. 双片，每片四仄韵，隔句韵。
3. 此调仅见赵佶一首。

始词：12 分句 4 复句。双片。每片 6 分句 2 复句，三/三/型复句组。仄韵，隔句韵。

7，3，4。7，3，4。
6，3，4。7，3，4。——北宋·赵佶·《全宋词》第 898 页

金莲绕凤楼

绛烛朱笼相随**映**，驰绣毂，尘清香**衬**。	◆◆◇◇◇◇◆，◇◆◆，◇◇◇◆。
万金光射龙轩**莹**，绕端门，瑞雷轻**振**。	◆◇◇◆◇◇◆，◆◇◇，◆◇◇◆。
元宵为开圣**景**，严敷坐，观灯锡**庆**。	◇◇◆◇◆◆，◇◇◆，◇◇◆◆。
帝家华英乘春**兴**，搴珠帘，望尧瞻**舜**。	◆◇◇◇◇◇◆，◇◇◇，◆◇◇◆。

同体式作品：无。

国家出版基金项目
NATIONAL PUBLICATION FOUNDATION

唐五代两宋词调体式源流谱

下

李昌集 著

凤凰出版社

四、南宋文人始用词调

南宋文人始用词调，包括出生于北宋而主要生平在南宋的文人始用词调。南宋是词体建构史上的成熟期和完成期，唐五代北宋的文人词调，大部分为南宋文人词沿用，文人词的新生词调增势减缓，数量约为北宋的一半，相当一些新生词调为孤词孤调，群体性写作的新生词调较少，传统词调日益成为南宋文人词的主流。相应的是：词体的规则化趋势增强，一调同体之作增多；汲取近体诗声律程式的“律化”程度增强。北宋文人词偶有所作的“带过”和“集曲”，在南宋有所发展——北宋文人词的“带过”之体，仅见王观【江城梅花引】，以【江城子】上片与【梅花引】下片合为一调，南宋则出现了史浩【太清歌】与【破子】的“带过”、沈瀛《醉乡曲》【醉乡曲】【驻马听】【风入松】三调“带过”等，虽然只是少数文人的尝试，但却是研究词体及后之曲体异调“带过”发生和演变轨迹的珍贵资料；“犯调”之集曲体，北宋文人词作偶有所试，南宋文人词有所延续，典型之例如曹勋【八音谐】、陆游【江月晃重山】、刘过【四犯剪梅花】等，是为后世南曲集曲体的先声。尤值得注意的是：南宋时期，少数文人词作出现了此前未有的“多遍体”大曲歌辞，如董颖《薄媚》、曹勋《法曲》等；上流礼乐歌辞、宴乐歌辞和队舞表演则出现了不同曲调组合的“多调体”套词，成为上层礼乐和宴乐的通用形式，可谓后世文人曲体“套数”的历史发生源和初始形态，虽然作品不多，但在古代“歌辞体”演变史上具有重要的枢纽意义。本谱收录的南宋文人始用词调 218 名，同源词调 8 名，总计 226 调。

599.【苏武令】

1. 始词南宋李纲作。
2. 双片，上片四韵，下片三韵，仄韵，隔句韵，插一连句韵。
3. 此调仅见李纲一首。

始词：20 分句 6 复句。双片。每片 10 分句 3 复句，上片三/三/四/型复句组，下片四/三/三/型复句组。仄韵，隔句韵，间插连句韵。

4，4，6。4，4，6。3，4，3，4。

3，4，4，6。4，4，6。5，4，4。——南宋·李纲·《全宋词》第 909 页

苏武令

塞上风高，渔阳秋**早**，惆怅翠华音**杳**。　◆◆◇◇，◇◇◇◆，◇◆◆◇◇◆。

驿使空驰，征鸿归尽，不寄双龙消**耗**。	◆◆◇◇，◇◇◇◆，◆◆◇◇◇◆。
念白衣，金殿除恩，归黄阁，未成图**报**。	◆◆◇，◇◆◇◇，◇◇◆，◆◇◇◆。
谁信我，致主丹衷，	◇◆◆，◆◆◇◇，
伤时多故，未作救民方**召**。	◇◇◇◆，◆◆◆◇◇◆。
调鼎为霖，登坛作将，燕然即须平**扫**。	◇◆◇◇，◇◇◆◆，◇◇◆◇◇◆。
拥精兵十万，横行沙漠，奉迎天**表**。	◆◇◇◆◆，◇◇◇◆，◆◇◇◆。

同体式作品：无。

600.【苍梧谣】

【归字谣】

1. 始词南宋蔡伸作。
2. 又名【归字谣】。全词 16 字，元代衍名为【十六字令】。
3. 单片，三平韵，连句韵、隔句韵。

始词：单片。4 分句，2 单句 1 复句，一/一/二/型单句复句组合。平韵，隔句韵。

1。7。3，5。——南宋·蔡伸·《全宋词》第 1030 页

苍梧谣

天。	◆。
休使圆蟾照客**眠**。	◇◆◇◇◆◇◇。
人何在，桂影自婵**娟**。	◇◇◆，◆◆◆◇◇。

同体式作品：南宋：袁去华 1 首（【归字谣】），张孝祥 3 首。

按：明杨慎《词品》所记周邦彦《十六字令》，学界考为元代周玉晨作，兹不计入。其词为："眠。月影穿窗白玉钱。无人弄，移过枕函边。"

601.【瑞庭花引】

1. 始词南宋莫蒙作。
2. 双片，每片四仄韵，隔句韵。
3. 此调仅见莫蒙一首。

始词：20 分句 8 复句。双片。上片 9 分句 4 复句，二/二/三/二/型复句组；下片 11 分句

4 复句，四/三/二/二/型复句组。仄韵，换韵，隔句韵。

4，8。3，3。4，4，5。5，5。

5，3，3，3。3，3，4。6，5。5，5。——南宋·莫蒙《全宋词补辑》第27页

瑞庭花引

对画帘卷，正钩挂虾须细锦**幄**。	◆◆◇◆，△◇◆◇◇◆◆◆。
展风屏，开朱**户**。	◆◆◇，◇◇◆。
初启宝兽，香飘龙麝，袅袅烟成**穗**。	◇◆◆◆，◇◇◇◆，◆◆◇◇◆。
神仙宴满座，瑞色笼金**翠**。	◇◇◆◆◆，◆◆◇◇◆。
□□□窈窕，秦娥唱，行云散，梁□**坠**。	□□□◆◆，◇◇◆，◇◇◆，◇□◆。
花满帽，酒盈樽，长富长**贵**。	◇◆◆，◆◇◇，◇◆◇◆。
唯愿如松似□，永保千秋**岁**。	◇◆◇◇◆□，◆◆◇◇◆。
红日晚笙歌，拥入瑶池**醉**。	◇◆◆◇◇，◆◆◇◇◆。

同体式作品：无。

602.【明月逐人来】

1. 始词南宋李持正作。
2. 始词调名即词题。
3. 双片，上片五韵，下片四韵，仄韵，连句韵、隔句韵。

始词：13 分句 4 复句。双片。上片 6 分句 2 复句，三/三/型复句组；下片 7 分句 2 复句，四/三/型复句组。仄韵，隔句韵，间插连句韵。律词。

4，4，7。4，5，6。

4，6，3，4。4，5，6。——南宋·李持正·《全宋词》第983页

明月逐人来

星河明**淡**，春来深**浅**，红莲正满城开**遍**。	◇◇◇◆，◇◇◇◆，◇◇◆◆◇◇◆。
禁街行乐，暗尘香拂**面**，皓月随人近**远**。	◆◇◇◆，◆◇◇◆◆，◆◆◇◇◆◆。
天半鳌山，光动凤楼两**观**，	◇◆◇◇，◇◆◆◇◆◆。
东风静，珠帘不**卷**。	◇◇◆，◇◇◆◆。
玉辇待归，云外闻弦**管**，认得宫花影**转**。	◆◆◆◇，◇◆◇◇◆，◆◆◇◇◆◆。

同体式作品：无。

增减字：

(一) 4，4，7。4，5，6。○ 6，4，3，4。4，5，6。南宋：张元幹1首。

变体二

较始词复句数不变，分句数减 1。

【变体二】12 分句 6 复句。上片与始词同，下片第一复句减 1 分句。每片 6 分句 2 复句，三/三/型复句组。仄韵，连句韵、隔句韵。律词。

4，4，7。4，5，6。

4，6，7。4，5，6。——南宋·史浩·《全宋词》第 1270 页

明月逐人来

寿仙翁

莫嫌春**浅**，寒威俱**敛**，阳和至此时方**见**。	◆◇◇◆，◇◇◇◆，◇◇◆◆◇◇◆。
木君敷令，把雪霜扫**断**，要集德星胜**伴**。	◆◇◇◆，△◆◇◆◆，◇◆◆◇◇◆。
为有仙翁，正尔名喧蕃**汉**，	◆◆◇◇，◆◆◇◇◇◆，
眉寿比聃彭更**远**。	◇◆◆◇◇◆◆。
兼资勋业，已中双雕**箭**，清步槐庭影**满**。	◇◇◇◆，◆◆◇◇◆，◇◆◇◇◆◆。

同体式作品：无。

603.【五福降中天】

1. 始词南宋江致和作。
2. 或曰本调与【齐天乐】为同调异名，本谱作两调处理。
3. 双片，每片四平韵，隔句韵。
4. 此调仅见江致和一首。

始词：16 分句 8 复句。双片。上下片各 8 分句 4 复句，二/二/二/二/型复句组。平韵，隔句韵。

5，6。5，4。6，6。4，7。

4，7。6，4。4，7。4，7。——南宋·江致和·《全宋词》第 984 页

五福降中天

喜元宵三五，纵马御柳沟**东**。	△◇◇◇◆，◆◆◆◆◇◇。
斜日映珠帘，瞥见芳**容**。	◇◆◆◇◇，◆◆◇◇。
秋水娇横俊眼，腻雪轻铺素**胸**。	◇◆◇◇◆◆，◆◆◇◇◆◇。
爱把菱花，笑匀粉面露春**葱**。	◆◆◇◇，◆◇◆◆◆◇◇。
徘徊步懒，奈一点灵犀未**通**。	◇◇◆◆，△◆◆◇◇◆◇。

惆望七香车去，慢辗春**风**。 ◆◆◆◇◇◆，◆◆◇◇。
云情雨态，愿暂入阳台梦**中**。 ◇◇◆◆，△◆◆◇◇◆◇。
路隔烟霞，甚时还许到蓬**宫**。 ◆◆◇◇，◆◇◇◆◆◇◇。

同体式作品：无。

604.【撒金钱】

1. 始词南宋袁绹作。
2. 即事为题，调名即词题。相传为袁绹自创调，宋元话本《大宋宣和遗事》："宣和六年正月十四日夜，……却去宣德门，直上有三四个贵官，金燃线幞头，舒角紫罗窄袖袍，簇花罗。那三四个贵官姓甚名谁？杨戬、王仁、何霍、六黄大尉。这四个得了圣旨，交撒下金钱、银钱，与万姓抢金钱。那教坊大使袁绹曾作一词，名做《撒金钱》。"
3. 双片，每片五仄韵，隔句韵。
4. 此调仅见袁绹一首。

始词：16 分句 6 复句。双片。上下片各 8 分句 3 复句，三/三/二/型复句组。仄韵，隔句韵，间插连句韵。

3，3，6。5，3，4。6，4。
4，3，4。3，3，7。3，7。——南宋·袁绹·《全宋词》第 986 页

撒金钱

频瞻**礼**，喜升平，又逢元宵佳**致**。 ◇◇◆，◆◇◇，◆◇◇◇◇◆。
鳌山高耸**翠**，对端门，珠玑交**制**。 ◇◇◇◆◆，◆◇◇，◇◇◇◆。
似嫦娥降仙宫，乍临凡**世**。 △◇◇◆◇◇，◆◇◇◆。

恩露匀施，凭御栏，圣颜垂**视**。 ◇◆◇◇，◆◆◇，◆◇◇◆。
撒金钱，乱抛**坠**，万姓推抢没理**会**。 ◆◇◇，◆◇◆，◆◆◇◇◆◆◆。
告官**里**，这失仪且与免**罪**。 ◆◇◆，△◆◇◆◆◆◆。

同体式作品：无。

605.【远朝归】

1. 始词南宋赵耆孙作。
2. 双片，始词每片五韵，变体韵数有变；仄韵，隔句韵。

始词：20分句8复句。双片。每片10分句4复句，三/二/二/三/型复句组。仄韵，隔句韵。

4，5，4。4，6。4，7。3，5，4。

6，5，4。4，6。4，7。3，3，4。——南宋·赵耆孙·《全宋词》第992页

远朝归

金谷先春，见乍开江梅，晶明玉**腻**。	◇◆◇◇，△◆◇◇◇，◇◇◆◆。
珠帘院落，人静雨疏烟**细**。	◇◇◆◆，◇◆◆◇◇◆。
横斜带月，又别是一般风**味**。	◇◇◆◆，△◆◆◆◇◇◆。
金尊**里**，任遗英乱点，残粉低**坠**。	◇◇◆，△◇◇◆◆，◇◆◇◆。
惆怅杜陇当年，念水远天长，故人难**寄**。	◇◆◆◆◇◇，△◆◆◇◇，◆◇◇◆。
山城倦眼，无绪更看桃**李**。	◇◇◆◆，◇◆◆◇◇◆。
当时醉魄，算依旧裴回花**底**。	◇◇◆◆，△◇◆◇◇◇◆。
斜阳**外**，谩回首，画楼十**二**。	◇◇◆，◇◇◆，◆◇◆◆。

同体式作品：无。

变体二

较始词复句数不变，分句数增1。

【变体二】21分句8复句。上片与始词同，10分句4复句，三/二/二/三/型复句组；下片第一复句增1分句，11分句4复句，四/二/二/三/型复句组。仄韵，隔句韵。

4，5，4。4，6。4，7。3，5，4。

2，4，5，4。4，6。4，7。3，3，4。——宋·无名氏·《全宋词》第3605页

远朝归

新律才交，早旧梢南枝，朱污粉**腻**。	◇◆◇◇，◆◆◇◇◇，◇◇◆◆。
烟笼淡妆，恰值雨膏初**细**。	◇◇◆◇，◆◆◆◇◇◆。
而今看了，记他日酸甜滋**味**。	◇◇◆◆，△◇◆◇◇◇◆。
多应**是**，伴玉簪凤钗，低揠斜**坠**。	◇◇◆，△◆◇◆◇，◇◆◇◆。
迤**逦**，对酒当歌，	◆◆，◆◆◇◇，
眷恋得芳心，竟日何**际**。	◆◆◆◇◇，◆◆◇◆。
春光付与，尤是见欺桃**李**。	◇◇◆◆，◇◆◆◇◇◆。
叮咛寄语，且莫负尊前花**底**。	◇◇◆◆，◆◆◆◇◇◇◆。
拚沉**醉**，尽铜壶，漏传三**二**。	◇◇◆，◆◇◇，◆◇◇◆。

同体式作品：无。

606.【孤馆深沉】

1. 始词南宋权无染作。
2. 双片，上片三韵，下片二韵；平韵，起首二句连韵，继隔句韵。
3. 此调仅见权无染一首。

始词：10 分句 4 复句。双片。每片 5 分句 2 复句，二/三/型复句组。平韵，连句韵、隔句韵。

7，5。5，4，4。
7，5。3，4，6。——南宋·权无染·《全宋词》第 994 页

孤馆深沉

琼英雪艳岭梅**芳**，天付与清**香**。　◇◇◆◆◆◇◇，◇◆◆◇◇。
向腊后春前，解压万花，先占东**阳**。　△◆◆◇◇，◆◆◆◇，◇◆◇◇。

拟待折一枝相赠，奈水远天**长**。　◆◆◆◆◇◇◆，△◆◆◇◇。
对妆面，忍听羌笛，又还空断人**肠**。　◆◇◆，◆◇◇◆，◆◇◇◆◇◇。

同体式作品：无。

607.【遂宁好】

1. 始词南宋马咸作。
2. 取首句为调名，调名即词题。
3. 此调仅见马咸残词一首，录之以存调名。

始词：残词。4 分句 2 复句，二/二/型复句组。平韵，隔句韵。

3，5。7，7。——南宋·马咸·《全宋词》第 1000 页

遂宁好

武信旧藩，遂宁新府。乃东川之会邑，据涪水之上游。人物富繁，山川洒落。……（脱落）宴东馆之靓深，傲北湖之清旷。

遂宁好，胜地产糖**霜**。　◆◇◆，◆◆◆◇◇。
不待千年成琥珀，真疑六月冻琼**浆**。　◆◆◇◇◇◆◆，◇◇◆◆◆◇◇。
（下佚）

同体式作品：无。

608.【飞雪满群山】

【飞雪满堆山】

1. 始词南宋蔡伸作。
2. 始词原注“又名《扁舟寻旧约》”，今存宋词无此调名。
3. 或作【飞雪满堆山】。
4. 双片，每片四平韵，隔句韵。

始词：23 分句 8 复句。双片。上片 11 分句 4 复句，三/三/二/三/型复句组；下片 12 分句 4 复句，四/三/三/二/型复句组。平韵，隔句韵。

4，4，6。4，4，6。5，7。4，4，5。

3，5，5，4。4，4，6。5，3，4。4，7。——南宋·蔡伸·《全宋词》第 1006 页

飞雪满群山

又名扁舟寻旧约

冰结金壶，寒生罗幕，夜阑霜月侵**门**。	◇◆◇◇，◇◇◇◆，◆◇◇◆◇◇。
翠�敲竹，疏梅弄影，数声雁过南**云**。	◆◇◇◆，◇◇◆◆，◆◇◆◆◇◇。
酒醒欹檠枕，怆犹有残妆泪**痕**。	◆◇◇◆◆，△◇◆◇◇◆◇。
绣衾孤拥，余香未减，犹是那时**熏**。	◆◇◇◆，◇◇◆◆，◇◆◆◇◇。
长记得，扁舟寻旧约，	◇◆◆，◇◇◇◆◆，
听小窗风雨，灯火昏**昏**。	△◆◇◇◆，◇◆◇◇。
锦茵才展，琼签报曙，宝钗又是轻**分**。	◆◇◇◆，◇◇◆◆，◆◇◆◆◇◇。
黯然携手处，倚朱箔，愁凝黛**颦**。	◆◇◇◆◆，◆◇◆，◇◇◆◇。
梦回云散，山遥水远空断**魂**。	◆◇◇◆，◇◇◆◆◇◆◇。

同体式作品：无。

增减字：

（一）4，4，6。4，4，6。5，7。4，4，4。○ 3，5，5，4。4，4，6。5，3，4。4，7。南宋：蔡伸 1 首，张榘 1 首（【飞雪满堆山】）。

609.【恨来迟】

【恨欢迟】

1. 始词南宋王灼作。

2. 一名【恨欢迟】。

3. 双片，始词上片二韵，下片三韵，变体每片四韵；平韵，隔句韵，间插连句韵。

始词：12 分句 4 复句。双片。每片 6 分句 2 复句，三/三/型复句组。平韵，隔句韵，间插连句韵。律词。

4，4，4。5，4，4。

3，5，6。5，4，4。——南宋·王灼·《全宋词》第 1035 页

恨来迟

柳暗汀洲，最春深处，小宴初**开**。　◆◆◇◇，◆◇◇◆，◆◆◇◇。

似泛宅浮家，水平风软，咫尺蓬**莱**。　△◆◆◇◇，◆◇◇◆，◆◆◇◇。

更劝君，吸尽紫霞**杯**，醉看鸾凤徘**徊**。　◆◆◇，◆◆◆◇◇，◆◇◇◆◇◇。

正洞里桃花，盈盈一笑，依旧怜**才**。　△◆◆◇◇，◇◇◆◆，◇◆◇◇。

同体式作品：无。

变体二

较始词复句数不变，分句数减 1。

【变体二】11 分句 4 复句。双片。上片与始词同，6 分句 2 复句，三/三/型复句组；下片减 1 分句，5 分句 2 复句，二/三/型复句组。平仄通押，邻韵通押，隔句韵、连句韵。

4，4，4。3，6，4。

8，7。3，6，4。——南宋·张焘·《全宋词》第 1111 页

恨欢迟

淡薄情**怀**，浅缀胭脂，独占江**梅**。　◆◆◇◇，◆◆◇◇，◆◆◇◇。

最好**是**，严凝苦寒天气，却是开**时**。　◆◆◆，◆◇◆◇◇◇，◆◆◇◇。

也不许桃杏斗妍**媸**，也不许雪霜相**欺**。　◆◆◆◇◆◆◇◇，◆◆◆◆◇◇◇。

又只恐，谁家一声羌**笛**，落尽南**枝**。　◆◆◆，◇◇◆◇◇◆，◆◆◇◇。

同体式作品：无。

610. 【孟家蝉】

1. 始词南宋潘汾作。

2. 双片，上片五韵，下片六韵；平韵，隔句韵。

3. 此调仅见潘汾一首。

始词：21 分句 8 复句。双片。上片 10 分句 4 复句，三/二/二/三/型复句组；下片 11 分

句 4 复句，四/二/二/三/型复句组。平韵，隔句韵。

5，4，4。6，5。6，7。3，4，4。

2，5，4，4。4，6。6，7。3，4，4。——南宋·潘汾·《全宋词》第 1038 页

孟家蝉

蝶

向卖花担上，落絮桥边，春思难**禁**。 △◆◇◆◆，◆◆◇◇，◇◆◇◇。

正暖日温风里，斗采遍香**心**。 △◆◆◇◇◆，◆◆◆◇◇。

夜夜稳栖芳草，还处处先弹春**禽**。 ◆◆◆◇◇◆，△◆◆◇◆◇◇。

满园**林**，梦觉南华，直到如**今**。 ◆◇◇，◆◆◇◇，◆◆◇◇。

情深，记那人小扇， ◇◇，△◆◇◆◆，

扑得归来，绣在罗**襟**。 ◆◆◇◇，◆◆◇◇。

芳意赠谁，应费万线千**针**。 ◇◆◆◇，◇◆◆◆◇◇。

漫道滕王画得，枉谢客多少清**吟**。 ◆◆◇◇◆◆，◇◆◆◇◆◇◇。

影沉**沉**，舞入梨花，何处相**寻**。 ◆◇◇，◆◆◇◇，◇◆◇◇。

同体式作品：无。

611. 【伊州令】

1. 始词南宋花仲胤妻作。
2. 唐宋教坊有【伊州】大曲（见《教坊记》《宋史·乐志》），本调为【伊州】大曲摘遍单行词调。别写为【伊川令】。
3. 宋郭茂倩《乐府诗集》“近世曲辞”录有无名氏《伊州歌》两组，每组五遍，每遍四句，皆五、七言诗，兹不收入。
4. 双片，上片四韵，下片三韵；仄韵，连句韵，插一隔句韵。
5. 此调仅见花仲胤妻一首。

始词：8 分句 4 复句。双片。上下片各 4 分句 2 复句，二/二/型复句组。仄韵，连句韵、隔句韵。

7，5。6，6。

6，5。7，7。——南宋·花仲胤妻·《全宋词》第 1043 页

伊州令

寄外

西风昨夜穿帘**幕**，闺院添消**索**。 ◇◇◆◆◇◇◆，◇◆◇◇◆。

最是梧桐零**落**，迤逦秋光过**却**。　◆◆◇◇◇◆，◆◆◇◇◆◆。

人情音信难**托**，鱼雁成耽**阁**。　<u>◇◇◇◆◇◆</u>，◇◆◇◇◆。

教奴独自守空房，泪珠与灯花共**落**。　◇◇◆◆◆◇◇，◆◇◆◇◇◆◆。

同体式作品：无。

同源词调：【伊州曲】

1. 始词宋无名氏作。
2. 源出【伊州】大曲，作者姓名年代无考，与前谱【伊州令】孰为先出难断，兹作【伊州令】同源词调处理。
3. 取白居易《长恨歌》檃栝成词，其唱可能为一遍，兹据叙事情节分为三小段。
4. 全词十五韵，仄韵，隔句韵，间插连句韵。
5. 此调仅见无名氏一首。

始词：25 分句 9 复句，三段。前段、中段各 9 分句 3 复句，前段三/三/三/型复句组，中段二/四/三/型复句组，后段 7 分句 3 复句，三/二/二/型复句组。仄韵，插一平韵，隔句韵、连句韵。

7，4，4。4，4，6。6，3，4。

4，6。4，4，4，4。4，4，6。

3，3，4。8，8。5，5。——宋・无名氏・《全宋词》第 3674 页

伊州曲

金鸡障下胡雏**戏**，乐极祸来，渔阳兵**起**。　◇◇◆◆◇◇◆，◆◆◆◇，◇◇◇◆。

鸾舆幸蜀，玉环缢**死**，马嵬坡下尘**滓**。　◇◇◆◆，◆◇◆◆，<u>◆◇◇◆◇◆</u>。

夜对行宫皓月，恨最恨，春风桃**李**。　◆◆◇◇◆◆，◆◆◆，◇◇◇◆。

洪都方**士**，念君萦系妃**子**。　◇◇◇◆，<u>◆◇◇◆◇◆</u>。

蓬莱殿**里**，觅寻太真，　◇◇◆◆，<u>◆◇◆◇</u>，

宫中睡**起**，遥谢君**意**。　◇◇◆◆，<u>◇◆◇◆</u>。

泪流琼脸，梨花带雨，仿佛霓裳初**试**。　◆◇◇◆，◇◇◆◆，◆◆◇◇◇◆。

寄钿合，共金钗，私言徒**尔**。　◆◇◆，◆◇◇，◇◇◇◆。

在天愿为比翼同**飞**，居地应为连理双**枝**。　<u>◆◇◆◇◆◆◇◇</u>，◇◆◇◇◇◆◇◇。

天长与地久，唯此恨无**已**。　◇◇◆◆◆，◇◆◆◇◆。

同体式作品：无。

612.【期夜月】

1. 始词南宋刘濬作。
2. 明陈耀文《花草粹编》："濬，滁洲人，有才名。乐部中，惟杖鼓鲜有能工之者，京师官妓杨素娥最工，刘濬酷爱之，作《期夜月》词，素娥以此名动京师。"
3. 双片，上片八韵，下片五韵，仄韵，连句韵、隔句韵。
4. 此调仅见刘濬一首。

始词：24 分句 8 复句。双片。上片 13 分句 4 复句，二/四/三/四/型复句组；下片 11 分句 4 复句，三/二/二/四/型复句组。仄韵，连句韵、隔句韵。

7，5。3，3，4，6。2，7，5。3，3，4，6。

6，4，4。6，5。2，7。6，5，4，6。——南宋·刘濬·《全宋词》第 1043 页

期夜月

金钩花绶系双**月**，腰肢软低**折**。	◇◇◇◆◆◇◆，◇◇◆◇◆。
揎皓腕，萦绣**结**，	◇◆◆，◇◆◆，
轻盈宛转，妙若凤鸾飞**越**。	◇◇◆◆，◆◆◆◇◇◆。
无**别**，香檀急扣转清**切**，翻纤手飘**瞥**。	◇◆，◇◇◆◆◆◇◆，◇◇◆◇◆。
催画鼓，追脆管，	◇◆◆，◇◆◆，
锵洋雅奏，尚与众音为**节**。	◇◇◆◆，◆◆◆◇◇◆。
当时妙选舞袖，慧性雅资，名为殊**绝**。	◇◇◆◆◆◆，◆◆◆◇，◇◇◇◆。
满座倾心注目，不甚窥回**雪**。	◆◆◇◇◆◆，◆◆◇◇◆。
纤**怯**，逡巡一曲霓裳**彻**。	◇◆，◇◇◆◆◇◇◆。
汗透鲛绡肌润，教人传香粉，	◆◆◇◇◇◆，◇◇◇◇◆，
媚容秀发，宛降蕊珠宫**阙**。	◆◇◆◆，◆◆◆◇◇◆。

同体式作品：无。

613.【十月桃】

1. 始词南宋李弥逊作。
2. 双片，上片四韵，下片五韵，平韵，隔句韵。

始词：21 分句 8 复句。双片。上片 10 分句 4 复句，三/二/二/三/型复句组；下片 11 分

句 4 复句，四/二/二/三/型复句组。平韵，隔句韵。

4，5，4。4，6。6，7。4，4，4。

3，4，5，4。4，6。6，7。4，4，4。——南宋·李弥逊·《全宋词》第 1051 页

十月桃

【十月桃】二首，同富季申赋梅花。

浮云无定，任春风万点，吹上寒**枝**。	◇◇◇◆，△◇◇◆◆，◇◆◇◇。
砌外珑璁，暗香夜透帘**帏**。	◆◆◇◇，◆◇◆◆◇◇。
闲情最宜酒伴，胜黄昏冷月清**溪**。	◇◇◆◇◆◆，△◇◇◆◆◇◇。
风流谢傅，梦到华胥，长是相**随**。	◇◇◆◆，◆◆◇◇，◇◆◇◇。
似凝愁，不语谁**知**，	◆◇◇，◆◆◇◇，
芳思乱微酸，已带离**离**。	◇◆◆◇◇，◆◆◇◇。
传语花神，任教横竹三**吹**。	◇◆◇◇，◆◇◇◆◆◇。
枝头要看如豆，趁和羹百卉开**时**。	◇◇◆◆◇◆，△◇◇◆◆◇◇。
十分金蕊，先与东君，一笑相**期**。	◆◇◇◆，◇◆◇◇，◆◆◇◇。

同体式作品：南宋：李弥逊 1 首。

变体二

与始词复句数相同，分句数增 1。

【变体二】22 分句 8 复句。上片第三复句较始词增 1 分句，下片第一复句减 1 分句、第三复句增 1 分句。每片 11 分句 4 复句，三/二/三/三/型复句组。平韵，隔句韵。

4，5，4。4，6。6，3，4。4，4，4。

7，5，4。4，6。6，3，4。4，4，4。——南宋·张元幹·《全宋词》第 1098 页

十月桃

年华催晚，听尊前偏唱，冲暖欺**寒**。	◇◇◇◆，△◇◇◇◆，◇◆◇◇。
乐府谁知，分付点化金**丹**。	◆◆◇◇，◇◆◆◆◇◇。
中原旧游何在，频入梦，老眼空**潸**。	◇◇◆◇◇◆，◇◆◆，◆◆◇◇。
撩人冷蕊，浑似当时，无语低**鬟**。	◇◇◆◆，◇◆◇◇，◇◆◇◇。
有多情多病文**园**，	△◇◇◇◆◇◇，
向雪后寻春，醉里凭**阑**。	◆◆◆◇◇，◆◆◇◇。
独步群芳，此花风度天**然**。	◆◆◇◇，◆◇◇◆◇◇。
罗浮淡妆素质，呼翠凤，飞舞斓**斑**。	◇◇◆◇◆◆，◇◆◆，◇◆◇◇。
参横月落，留恨醒来，满地香**残**。	◇◇◆◆，◇◆◆◇，◆◆◇◇。

同体式作品：南宋：张元幹 1 首。

增减字：

(一) 4，5，4。4，6。6，3，4。4，4，4。○ 7，5，4。6，4。6，3，4。4，4，4。南宋：无名氏 1 首。

614. 【十样花】

1. 始词南宋李弥逊作。
2. 单片，四仄韵，连句韵、隔句韵。
3. 此调仅见李弥逊七首。

始词：单片。6 分句，2 复句 1 单句，二/三/一/型复句单句组合。仄韵，连句韵、隔句韵。律词。

6，6。5，3，3。5。——南宋·李弥逊·《全宋词》第 1061 页

十样花

陌上风光浓**处**，第一寒梅先**吐**。　◆◆◇◇◇◆，◆◆◇◇◇◆。
待得春来也，香销减，态凝**伫**。　◆◆◇◇◆，◇◇◆，◆◇◆。
百花休漫**妒**。　◆◇◇◆◆。

同体式作品：南宋：李弥逊 6 首。

615. 【楼上曲】

1. 始词南宋张元幹作。
2. 双片，每片四韵，换韵，每片先押仄后押平，连句韵。
3. 此调仅见张元幹二首。

始词：8 分句 4 复句。双片。每片 4 分句 2 复句，二/二/型复句组。换韵，每片先押仄后押平，连句韵。

7，7。7，7。
7，7。7，7。——南宋·张元幹·《全宋词》第 1095 页

楼上曲

楼外夕阳明远**水**，楼中人倚东风**里**。　◇◆◆◇◇◆◆，◇◇◇◆◇◇◆。
何事有情怨别**离**，低鬟背立君应**知**。　◇◆◆◇◆◆◇，◇◇◆◆◇◇◇。

东望云山君去**路**，断肠迢迢尽愁**处**。　◇◆◇◇◇◆◆，◆◇◇◇◆◇◆。
明朝不忍见云**山**，从今休傍曲阑**干**。　◇◇◆◆◆◇◇，◇◇◇◆◆◇◇。

同体式作品：南宋：张元幹 1 首。

616. 【彩鸾归令】

【青山远】

1. 始词南宋张元幹作。
2. 《词律》《钦定词谱》指本调异名为【青山远】，兹作一调处理。
3. 本调仅见张元幹、袁去华各一首。
4. 双片，上片四韵，下片三韵，平韵，连句韵，插一隔句韵。

始词：8分句4复句。双片。每片4分句2复句，二/二/型复句组。平韵，连句韵，插一隔句韵。律词。

4，7。7，3。
7，7。7，3。——南宋·张元幹·《全宋词》第1101页

彩鸾归令
为张子安舞姬作

珠履争**围**，小立春风趁拍**低**。	◇◆◇◇，◆◆◇◇◆◆◇。
态闲不管乐催**伊**，整钗**衣**。	◆◇◆◆◆◇◇，◆◇◇。
粉融香润随人劝，玉困花娇越样**宜**。	◆◇◇◆◇◇◆，◆◆◇◇◆◆◇。
凤城灯夜旧家**时**，数他**谁**。	◆◇◇◆◆◇◇，◆◇◇。

同体式作品：南宋：袁去华1首（【青山远】）。

617. 【情久长】

1. 始词南宋吕渭老作。
2. 双片，每片四仄韵，隔句韵。
3. 此调仅见吕渭老作二首。

始词：26分句8复句。双片。每片13分句4复句，二/三/三/五/型复句组。仄韵，隔句韵，下片结末连句韵。

4，7。3，4，4。5，3，6。3，4，4，3，3。
4，5。3，4，4。4，3，6。3，4，4，3，3。

——南宋·吕渭老·《全宋词》第1113页

情久长

锁窗夜永，无聊尽作伤心**句**。	◆◇◆◆，◇◇◆◆◇◇◆。
甚近日，带红移眼，梨脸择**雨**。	◆◆◆，◆◇◇◆，◇◆◆◆。
春心偿未足，怎忍听，啼血催归杜**宇**。	◇◇◇◆◆，◆◆◇，◇◆◇◇◇◆◆。
暮帆挂，沉沉暝色，	◆◇◆，◇◇◆◆，
衮衮长江，流不尽，来无**据**。	◆◆◇◇，◇◆◆，◇◇◆。
点检风光，岁月今如**许**。	◆◆◇◇，◆◆◇◇◆。
趁此际，浦花汀草，一棹东**去**。	◆◆◆，◆◇◇◆，◆◆◇◆。
云窗雾阁，洞天晓，同作烟霞伴**侣**。	◇◇◆◆，◆◇◆，◇◆◇◇◇◆◆。
算谁见，梅帘醉梦，	◆◇◆，◇◇◆◆，
柳陌晴游，应未**许**，春知**处**。	◆◆◇◇，◇◆◆，◇◇◆。

同体式作品：南宋：吕渭老1首。

618.【握金钗】

【戛金钗】

1. 始词南宋吕渭老作。
2. 一作【戛金钗】。
3. 双片，每片四仄韵，隔句韵、连句韵。

始词：14分句6复句。双片。每片7分句3复句，二/二/三/型复句组。仄韵，邻韵通押，隔句韵、连句韵。

5，5。6，7。3，3，3。

5，5。6，7。3，3，3。——南宋·吕渭老·《全宋词》第1120页

握金钗

风日困花枝，晴蜂自相**趁**。	◇◆◆◇◇，◇◇◆◇◆。
晚来红浅香**尽**，整顿腰肢晕残**粉**。	◆◇◇◆◇◆，◆◆◇◇◆◇◆。
弦上语，梦中人，天外**信**。	◇◆◆，◆◇◇，◇◆◆。
青杏已成双，新尊荐樱**笋**。	◇◆◆◇◇，◇◇◆◇◆。
为谁一和销**损**，数著佳期又不**稳**。	◆◇◆◇◇◆，◆◆◇◇◆◇◆。
春去也，怎当他，清昼**永**。	◇◆◆，◆◇◇，◇◆◆。

同体式作品：南宋：吕渭老1首。

增减字：

(一) 5，5。3，4。7，3，5。○ 5，5。3，4。7，3，5。宋：无名氏1首。

619.【百宜娇】

【眉妩】

1. 始词为南宋吕渭老作。
2. 一名【眉妩】。
3. 双片，上片四韵，下片五韵，仄韵，隔句韵。

始词：22 分句 9 复句。双片。每片 11 分句，上片 4 复句，三/三/二/三/型复句组；下片 5 复句，二/二/三/二/二/型复句组。仄韵，隔句韵。

4，4，6。4，4，6。4，7。3，4，6。

3，4。5，4。4，4，6。4，7。8，4。——南宋·吕渭老·《全宋词》第 1125 页

百宜娇

隙月垂篦，乱蛩催织，秋晚嫩凉房**户**。　◆◆◇◇，◆◇◇◆，◇◆◆◇◇◆。
燕拂帘旌，鼠窥窗网，寂寂飞萤来**去**。　◆◆◇◇，◆◇◇◆，◆◆◇◇◇◆。
金铺镇掩，谩记得花时南**浦**。　◇◇◆◆，◇◆◆◇◇◇◆。
约重阳，萸糁菊英，小楼遥夜歌**舞**。　◆◇◇，◇◆◆◇，◆◇◇◆◇◆。

银烛暗，佳期细**数**。　◇◆◆，◇◇◆◆。
帘幕渐西风，午窗秋**雨**。　◇◆◆◇◇，◆◇◇◆。
叶底翻红，水面皱碧，灯火裁缝砧**杵**。　◆◆◇◇，◆◆◆◆，◇◆◇◇◇◆。
登高望极，正雾锁官槐归**路**。　◇◇◆◆，△◆◆◇◇◇◆。
定须相将宝马钿车，访吹箫**侣**。　◆◇◇◇◆◆◇◇，◆◇◇◆。

同体式作品：无。

变体三

较始词增 2 分句，减 1 复句。

【变体三】24 分句 8 复句。上下片较始词各增 1 分句，上片复句数不变，下片减 1 复句。每片 12 分句 4 复句，三/三/三/三/型复句组。仄韵，隔句韵。

5，4，5。5，3，6。4，3，4。3，5，5。

6，5，4。5，3，6。4，3，4。3，5，3。——南宋·姜夔·《全宋词》第 2177 页

眉妩

一名【百宜娇】。戏张仲远。

看垂杨连苑，杜若侵沙，愁损未归**眼**。　△◇◇◇◆，◆◆◇◇，◇◆◆◇◆。
信马青楼去，重帘下，娉婷人妙飞**燕**。　◆◆◇◇◆，◇◇◆，◇◇◇◆◇◆。

翠尊共**款**，听艳歌，郎意先**感**。	◆◇◆◆，◆◆◇，◇◆◇◆。
便携手，月地云阶里，爱良夜微**暖**。	◆◇◆，◆◆◇◇◆，△◇◆◇◆。
无限风流疏**散**，有暗藏弓履，偷寄香**翰**。	◇◆◇◇◇◆，△◆◇◇◆，◇◆◇◆。
明日闻津鼓，湘江上，催人还解春**缆**。	◇◆◇◇◆，◇◇◆，◇◇◇◆◇◆。
乱红万**点**，怅断魂，烟水遥**远**。	◆◇◆◆，◆◆◇，◇◆◇◆。
又争似，相携乘一舸，镇长**见**。	◆◇◆，◇◇◇◆◆，◆◇◆。

同体式作品：南宋：王沂孙1首（【眉妩】）。

620.【恋香衾】

1. 始词南宋吕渭老作。
2. 双片，每片四平韵，隔句韵。
3. 此调仅见吕渭老一首。

始词：18分句8复句。双片。每片9分句4复句，三/二/二/二/型复句组。平韵，隔句韵。

7，3，4。4，4。7，7。6，4。

7，3，4。4，4。7，7。6，4。——南宋·吕渭老·《全宋词》第1131页

恋香衾

记得花阴同携手，指定日，许我同**欢**。	◆◆◇◇◇◇◆，◆◆◆，◆◆◇◇。
唤做真成，耳热心**安**。	◆◆◇◇，◆◆◇◇。
打叠从来不成器，待做个平地神**仙**。	◆◆◇◇◆◇◆，◆◆◆◇◆◇◇。
又却不成些事，蓦地心**残**。	◆◆◆◇◇◆，◆◆◇◇。
据我如今没投奔，见著你，泪早偷**弹**。	◆◆◇◇◆◇◇，◆◆◆，◆◆◇◇。
对月临风，一味埋**冤**。	◆◆◇◇，◆◆◇◇。
笑则人前不妨笑，行笑里斗觉心**烦**。	◆◆◇◇◆◇◆，◇◆◆◆◆◇◇。
怎生分得烦恼，两处匀**摊**。	◆◇◇◆◇◆，◆◆◇◇。

同体式作品：无。

621.【忆东坡】

1. 始词南宋王之道作。

2.《钦定词谱》本调注："调见《相山居士词》，盖忆东坡作也，即以题为调名。"
3. 双片，每片四仄韵，隔句韵。
4. 此调仅见王之道二首。

始词：18 分句 8 复句。双片。每片 9 分句 4 复句，二/二/三/二/型复句组。仄韵，隔句韵。

5，5。5，7。6，6，5。4，7。
4，5。6，5。6，6，5。6，5。——南宋·王之道·《全宋词》第 1158 页

忆东坡

追和黄鲁直

雪霁柳舒容，日薄梅摇**影**。	◆◆◆◇◇，◆◆◇◇◆。
新岁换符来，天上初见颁桃**梗**。	◇◆◆◇◇，◇◆◇◆◇◇◆。
试问我酬君唱，何如博塞欢娱，	◆◆◆◇◇◆，◇◇◆◆◇◇，
百万呼卢**胜**。	◆◆◇◇◆。
投珠报玉，须放骚人遣春**兴**。	◇◇◆◆，◇◆◇◇◆◇◆。
诗成谈笑，写出无穷**景**。	◇◇◇◆，◆◆◇◇◆。
不妨时作颠草，驰骋张芝**圣**。	◆◇◇◆◇◆，◇◆◇◇◆。
谁念杜陵野老，心同流水必东，	◇◆◆◇◆◆，◇◇◇◆◆◇，
与物初无**竞**。	◆◆◇◇◆。
公侯应有种哉，倾否由天**命**。	◇◇◇◆◆◇，◇◆◇◇◆。

同体式作品：南宋：王之道 1 首。

622.【薄媚】

1. 南宋董颖作。
2. 大曲歌辞。叙述吴越相争中的西施故事，计 10 曲：【排遍第八】【排遍第九】【第十撷】【入破第一】【第二虚催】【第三衮遍】【第四催拍】【第五衮遍】【第六歇拍】【第七煞衮】。词史上最早之长篇叙事组词，参以后世"套曲"之名，可谓"套词"。
3. 每遍双片，体式有异，韵数不一；平仄通押，连句韵、隔句韵。

【排遍第八】

28 分句 10 复句。双片。上片 14 分句 5 复句，三/二/二/四/三/型复句组；下片 14 分句 5 复句，三/三/三/三/二/型复句组。平仄通押，隔句韵，间插连句韵。律词。

4，4，6。4，4。3，5。3，5，4，4。5，7，5。
3，3，5。6，4，4。4，4，7。4，4，5。7，5。

——南宋·董颖·《全宋词》第1165—1167页

怒潮卷雪，巍岫布云，越襟吴带如**斯**。	◆◇◆◆，◇◆◆◇，◆◇◇◆◇◇。
有客经游，月伴风**随**。	◆◆◇◇，◆◆◇◇。
值盛**世**，观此江山**美**。	◆◆◆，◇◆◇◇◆。
合放怀，何事却兴**悲**，	◆◆◇，◇◆◆◇◇，
不为回头，旧谷天**涯**。	◆◆◇◇，◆◆◇◇。
为想前君**事**，越王嫁祸献西**施**，	◆◆◇◇◆，◆◇◆◆◆◇◇，
吴即中深**机**。	◇◆◆◇◇。
阖庐**死**，有遗**誓**，句践必诛**夷**。	◆◇◆，◆◇◆，◆◆◆◇◇。
吴未干戈出境，仓卒越兵，投怒夫**差**。	◇◆◇◇◆◆，◇◆◆◇，◇◆◇◇。
鼎沸鲸**鲵**，越遭劲敌，	◆◆◇◇，◆◇◆◆，
可怜无计脱重**围**。	◆◇◇◆◆◇◇。
归路茫然，城郭丘墟，飘泊稽山**里**。	◇◆◇◇，◇◆◇◇，◇◆◇◇◆。
旅魂暗逐战尘**飞**，天日惨无**辉**。	◆◇◆◆◆◇◇，◇◆◆◇◇。

【排遍第九】

26分句10复句。双片。上片13分句5复句，三/三/三/二/二/型复句组；下片13分句5复句，三/三/二/三/二/型复句组。平仄通押，隔句韵，间插连句韵。

4，4，6。4，4，6。4，3，3。6，5。7，5。
4，3，5。6，4，4。5，8。4，4，5。7，5。

自笑平生，英气凌云，凉然万里宣**威**。	◆◆◇◇，◇◆◇◇，◇◇◆◆◇◇。
那知此**际**，熊虎涂穷，来伴麋鹿卑**栖**。	◆◇◆◆，◇◆◇◇，◇◆◇◆◇◇。
既甘臣妾，犹不许，何为**计**。	◆◇◇◆，◇◆◆，◇◇◆。
争若都燔宝**器**，尽诛吾妻**子**。	◇◆◇◇◆◆，◆◇◇◇◆。
径将死战决雄**雌**，天意恐怜**之**。	◆◇◆◆◆◇◇，◇◆◆◇◇。
偶闻太宰，正擅权，贪赂市恩**私**。	◆◇◆◆，◆◆◇，◇◆◆◇◇。
因将宝玩献诚，虽脱霜戈，石室囚**系**。	◇◇◆◆◆◇，◇◆◇◇，◆◆◇◆。
忧嗟又经**时**，恨不如巢燕自由**归**。	◆◇◆◇◇，△◆◇◇◆◆◇◇。
残月朦胧，寒雨萧萧，有血都成**泪**。	◇◆◇◇，◇◆◇◇，◆◆◇◇◆。
备尝险厄返邦**畿**，冤愤刻肝**脾**。	◆◇◆◆◆◇◇，◇◆◆◇◇。

【第十攧】

26分句9复句。双片。上片14分句5复句，三/二/三/二/四/型复句组；下片12分句4复句，二/三/三/四/型复句组。平仄通押，隔句韵，间插连句韵。

3，5，4。3，3。5，4，3。5，4。4，5，7，5。

4，4。3，4，7。6，4，4。3，5，4，4。

种陈谋，谓吴兵正**炽**，越勇难**施**。	◆◇◇，△◇◇◆◆，◆◆◇◇。
破吴策，唯妖**姬**。	◆◇◆，◇◇◇。
有倾城妙**丽**，名称西**子**，岁方**笄**。	△◇◇◆◆，◇◇◇◆，◆◇◇。
算夫差惑**此**，须致颠**危**。	△◇◇◆◆，◇◆◇◇。
范蠡微行，珠贝为香**饵**，	◆◆◇◇，◇◆◇◇◆，
苎萝不钓钓深闺，吞饵果殊**姿**。	◆◇◇◆◆◇◇，◇◆◆◇◇。
素肌纤弱，不胜罗**绮**。	◆◇◇◆，◆◇◇◆。
鸾镜畔，粉面淡匀，梨花一朵琼壶**里**。	◇◆◆，◆◆◆◇，◇◇◆◆◇◇◆。
嫣然意态娇春，寸眸剪**水**，斜鬟松**翠**。	◇◇◆◆◇◇，◆◇◆◆，◇◇◇◆。
人无双，宜名动君王，	◇◇◇，△◇◆◇◇，
绣履容**易**，来登玉**陛**。	◆◆◇◆，◇◇◆◆。

【入破第一】

22 分句 8 复句。双片。上片 11 分句 4 复句，三/三/二/三/型复句组；下片 11 分句 4 复句，二/三/三/三/型复句组。平仄通押，隔句韵，间插连句韵。

3，3，5。3，3，6。4，6。3，4，7。

6，5。3，3，7。4，4，5。4，4，3。

窣湘裙，摇汉**佩**，步步香风**起**。	◆◇◇，◇◆◆，◆◆◇◇◆。
敛双蛾，论时**事**，兰心巧会君**意**。	◆◇◇，◇◇◆，◇◇◆◆◇◆。
殊珍异宝，犹自朝臣未**与**。	◇◇◆◆，◇◆◇◇◆◆。
妾何人，被此隆恩，虽令效**死**奉严**旨**。	◆◇◇，◆◆◇◇，◇◇◆◆◆◇◆。
隐约龙姿怕**悦**，重把甘言**说**。	◆◆◇◇◆◆，◇◆◇◇◆。
辞俊雅，质娉婷，天教汝众美兼**备**。	◇◆◆，◆◇◇，◇◇◆◆◆◇◆。
闻吴重色，凭汝和亲，应为靖边**陲**。	◇◇◆◆，◇◆◇◇，◇◆◆◇◇。
将别金门，俄挥粉**泪**，靓妆**洗**。	◇◆◇◇，◇◇◆◆，◆◇◆。

【第二虚催】

20 分句 7 复句。双片。上片 11 分句 4 复句，二/二/四/三/型复句组；下片 9 分句 3 复句，三/二/二/二/型复句组。平仄通押，隔句韵，间插连句韵。

3，7。4，6。4，3，3，4。5，4，4。

7，3，4。6，5。3，4。4，4。

飞云**驶**，香车故国难回**睇**。	◇◇◆，◇◇◆◆◇◇◆。
芳心渐摇，迤逦吴都繁**丽**。	◇◇◆◇，◆◆◇◇◇◆。

忠臣子**胥**，预知道，为邦祟，谏言先**启**。	◇◇◆◇，◆◇◆，◇◇◆，◆◇◇◆。
愿勿容其**至**，周亡褒**姒**，商倾妲**己**。	◆◆◇◇◆，◇◇◇◆，◇◇◆◆。
吴王却嫌胥逆**耳**，才经眼，便深恩**爱**。	◇◇◆◇◇◆◆，◇◇◆，◆◇◇◆。
东风暗绽娇**蕊**，彩鸾翻妒**伊**。	◇◇◆◆◇◆，◆◇◇◆◇。
得取**次**，于飞共**戏**。	◆◆◆，◇◇◆◆。
金屋看承，他宫尽**废**。	◇◆◆◇，◇◇◆◆。

【第三衮遍】

26 分句 8 复句。双片。上片 14 分句 4 复句，四/四/四/二/型复句组；下片 12 分句 4 复句，二/四/三/三/型复句组。平仄通押，隔句韵，间插连句韵。

3，3，3，3。3，3，3，3。3，4，4，5。4，4。

5，7。3，3，3，4。4，3，3。4，4，4。

华宴**夕**，灯摇**醉**，粉菡萏，笼蟾**桂**。	◇◆◆，◇◇◆，◆◆◆，◇◇◆。
扬翠袖，含风舞，轻妙处，惊鸿**态**。	◇◆◆，◇◇◆，◇◆◆，◇◇◆。
分明**是**，瑶台琼榭，	◇◇◆，◇◇◇◆，
阆苑蓬壶，景尽移此**地**。	◆◆◇◇，◆◆◇◆◆。
花绕仙步，莺随管**吹**。	◇◆◇◆，◇◇◆◆。
宝帐暖留春，百和馥郁融鸳**被**。	◆◆◆◇◇，◆◇◆◆◇◇◆。
银漏永，楚云浓，三竿**日**，犹褪霞**衣**。	◇◆◆，◆◇◇，◆◇◆，◇◆◇◇。
宿酲轻腕，嗅宫花，双带**系**。	◆◇◇◆，◆◇◇，◇◆◆。
合同心**时**，波下比目，深怜到**底**。	◆◇◇◇，◇◆◆◆，◇◇◆◆。

【第四催拍】

21 分句 7 复句。双片。上片 10 分句 4 复句，二/二/二/四/型复句组；下片 11 分句 3 复句，三/四/四/型复句组。平仄通押，隔句韵、连句韵。

4，4。3，3。2，5。4，4，5，8。

3，4，5。3，3，3，4。4，6，5，6。

耳盈丝竹，眼摇珠**翠**。	◆◇◇◆，◆◇◇◆。
迷乐**事**，宫闱**内**。	◇◆◆，◇◇◆。
争**知**，渐国势凌**夷**。	◇◇，△◆◆◇◇。
奸臣献佞，转恣奢淫，天谴岁屡**饥**，	◇◇◆◆，◆◆◇◇，◇◆◆◆◇，
从此万姓离心解**体**。	◇◆◆◆◇◇◆◆。
越遣**使**，阴窥虚**实**，蚤夜营边**备**。	◆◆◆，◇◇◇◆，◆◆◇◇◆。
兵未动，子胥存，虽堪伐，尚畏忠**义**。	◇◆◆，◆◇◇，◇◇◆，◆◆◇◆。
斯人既戮，又且严兵卷土，	◇◇◆◆，◆◆◇◇◆◆，
赴黄池观衅，种蠡方云可**矣**。	△◇◇◇◆，◆◆◇◇◆◆。

【第五衮遍】

25 分句 8 复句。双片。上片 13 分句 4 复句，三/五/三/二/型复句组；下片 12 分句 4 复句，三/四/三/二/型复句组。平仄通押，隔句韵，间插连句韵。

3，4，5。3，3，3，3，3。4，4，5。4，4。

3，4，5。3，3，3，4。4，4，5。4，4。

机有神，征鼙一鼓，万马襟喉**地**。	◇◆◇，◇◇◆◆，◆◆◇◇◆。
庭喋血，诛留守，怜屈服，	◇◆◆，◇◇◆，◇◆◆，
敛兵还，危如**此**。	◆◇◇，◇◇◆。
当除祸本，重结人心，争奈竟荒**迷**。	◇◇◆◆，◇◆◇◇，◇◆◆◇◇。
战骨方埋，灵旗又**指**。	◆◆◇◇，◇◇◆◆。
势连败，柔荑携泣，不忍相抛**弃**。	◆◇◆，◇◇◇◆，◆◆◇◇◆。
身在兮，心先**死**，宵奔**兮**，兵已前**围**。	◇◆◇，◇◇◆，◇◇◇，◇◆◇◇。
谋穷计尽，唳鹤啼猿，闻处分外**悲**。	◇◇◆◆，◆◆◇◇，◇◆◆◆◇。
丹穴纵近，谁容再**归**。	◇◆◆◆，◇◇◆◇。

【第六歇拍】

23 分句 8 复句。双片。上片 11 分句 4 复句，二/四/三/二/型复句组；下片 12 分句 4 复句，三/四/三/二/型复句组。平仄通押，隔句韵，间插连句韵。

4，4。3，3，3，4。4，4，5。4，4。

3，4，5。3，3，3，4。4，4，5。4，4。

哀诚屡吐，甬东分**赐**。	◇◇◆◆，◆◇◇◆。
垂暮日，置荒隅，心知**愧**，宝锷红**委**。	◇◆◆，◆◇◇，◇◇◆，◆◆◇◆。
鸾存凤去，辜负恩怜，情不似虞**姬**。	◇◇◆◆，◇◆◇◇，◇◆◆◇◇。
尚望论功，荣还故**里**。	◆◆◇◇，◇◇◆◆。
降令曰，吴亡赦汝，越与吴何**异**。	◆◆◆，◇◇◆◆，◆◆◇◇◆。
吴正怨，越方**疑**，从公论，合去妖**类**。	◇◆◆，◆◇◇，◇◇◇，◆◆◇◆。
蛾眉宛转，竟殒鲛绡，香骨委尘**泥**。	◇◇◆◆，◆◆◇◇，◇◆◆◇◇。
渺渺姑苏，荒芜鹿**戏**。	◆◆◇◇，◇◇◆◆。

【第七煞衮】

19 分句 8 复句。双片。上片 10 分句 4 复句，三/二/三/二/型复句组；下片 9 分句 4 复句，三/二/二/二/型复句组。平仄通押，连句韵，隔句韵。

3，5，5。4，6。4，4，5。4，4。

3，4，7。5，5。4，4。3，3。

王公**子**，青春更才**美**，风流慕连**理**。	◇◇◆，◇◇◆◇◆，◇◇◆◇◆。
耶溪一日，悠悠回首凝**思**。	◇◇◆◆，◇◇◇◆◇◇。
云鬟烟鬓，玉佩霞裾，依约露妍**姿**。	◇◇◇◆，◆◆◇◇，◇◆◆◇◇。
送目惊**喜**，俄迂玉**趾**。	◆◆◇◆，◇◇◆◆。
同仙**骑**，洞府归去，帘栊窈窕戏鱼**水**。	◇◇◆，◆◆◇◆，◇◇◆◆◆◇◆。
正一点犀通，遽别恨何**已**。	△◆◆◇◇，◆◆◆◇◆。
媚魄千载，教人属**意**。	◆◆◇◆，◇◇◆◆。
况当**时**，金殿**里**。	◆◇◇，◇◆◆。

同源词调：【薄媚摘遍】

1. 南宋赵以夫作。
2. 双片，每片六韵；平仄通押，隔句韵，间插连句韵。
3. 此调仅见赵以夫一首。

始词：23 分句 8 复句。双片。上片 12 分句 4 复句，三/三/三/三/型复句组；下片 11 分句 4 复句，二/四/三/二/型复句组。平仄通押，隔句韵，间插连句韵。

3，3，5。3，3，6。4，4，5。4，4，3。
6，5。3，3，3，4。4，4，5。4，4。——南宋・赵以夫・《全宋词》第 2666 页

薄媚摘遍

重九登九仙山，和张另崩韵。

桂香消，梧影瘦，黄菊迷深**院**。	◆◇◇，◇◆◆，◇◆◇◇◆。
倚西风，看落日，长江东去如**练**。	◆◇◇，◇◆◆，◇◇◇◆◇◆。
先生底事，有赋飘**然**，刚道为田**园**。	◇◇◆◆，◆◆◇◇，◇◆◆◇◇。
独醒何为，持杯自**劝**，未能**免**。	◆◆◇◇，◇◇◆◆，◆◇◆。
休把茱萸吟**玩**，但管年年**健**。	◇◆◇◇◇◆，◆◆◇◇◆。
千古事，几凭**阑**，吾生早，九十强**半**。	◇◆◆，◆◇◇，◇◇◆，◆◆◇◆。
欢娱终日，富贵何时，一笑醉乡**宽**。	◇◇◇◆，◆◆◇◇，◆◆◆◇◇。
倒载归来，回廊月**满**。	◆◆◇◇，◇◇◆◆。

同体式作品：无。

623.【梦兰堂】

1. 始词南宋冯时行作。

2. 双片，每片四仄韵，首起二句连韵，继隔句韵。

3. 此调仅见冯时行一首。

始词：12 分句 4 复句。双片。上片 5 分句 2 复句，二/三/型复句组；下片 7 分句 2 复句，四/三/型复句组。仄韵，连句韵、隔句韵。

7，6。6，3，4。

3，3，3，4。6，4，3。——南宋·冯时行·《全宋词》第 1170 页

梦兰堂

送史谊伯倅潼川

小雨清尘淡烟**晚**，官柳殢花待**暖**。 ◆◆◇◇◆◇◆，◇◆◆◇◆◆。

君愁入伤□**眼**，芳草绿，断云归**雁**。 ◇◇◆◇□◆，◇◆◆，◆◇◇◆。

酒重斟，须再**劝**，今夕近，明朝乍**远**。 ◆◇◇，◇◆◆，◇◆◆，◇◇◆◆。

到时暗花飞**乱**，千里断肠，春不**管**。 ◆◇◆◇◇◆，◇◆◆◇，◇◆◆。

同体式作品：无。

624. 【一井金】

1. 始词南宋李鼐作。

2. 单片七韵，仄韵；或换韵，平仄间押；隔句韵、连句韵。

3. 此调仅见李鼐二首。

始词：单片。9 分句 3 复句，三/三/三/型复句组。仄韵，隔句韵、连句韵。律词。

4，3，5。4，5，5。5，4，6。——南宋·李鼐·《全宋词补辑》第 35 页

一井金

绿阴清**昼**，两茸茸，梅子黄时**候**。 ◆◇◇◆，◆◇◇，◇◆◇◇◆。

华堂金**兽**，香润炉烟**透**，舞燕回轻**袖**。 ◇◇◇◆，◇◆◇◇◆，◆◆◇◇◆。

歌风翻新**奏**，院静人稀，永日迟迟花**漏**。 ◇◆◇◇◆，◆◆◇◇，◆◆◇◇◇◆。

同体式作品：无。

变体三

较始词增 1 分句 1 复句

【变体三】单片。10 分句 4 复句，三/三/二/二/型复句组。平仄换韵间押，隔句韵、连句韵。

4，3，6。4，4，4。6，7。3，4。——南宋·李鼐《全宋词补辑》第35页

一井金

一杯为**寿**，笑捧处，自传纤手钗**头**。 ◆◇◇◆，◆◆◆，◆◇◇◆◇◇。
况有瑞**草**，齐眉偕**老**，应难比**效**。 ◆◆◆◆，◇◇◇◆，◇◇◆◆。
鸳鸾镇日于飞，惟愿一百二十**岁**。 ◇◇◆◆◇◇，◇◆◆◆◆◆◆。
永同欢，如鱼似**水**。 ◆◇◇，◇◇◆◆。

同体式作品：无。

625.【阳春】

【阳春曲】

1. 始词南宋杨无咎作。
2. 词咏调名本意，又名【阳春曲】。
3. 双片，始词每片五韵，变体下片增一韵；仄韵，隔句韵，间插连句韵。

始词：21分句8复句。双片。上片11分句4复句，三/三/三/二/型复句组；下片10分句4复句，三/二/二/三/型复句组。仄韵，隔句韵，间插连句韵。

3，3，6。5，3，7。4，3，4。7，6。
3，5，7。6，7。6，7。3，5，4。——南宋·杨无咎·《全宋词》第1179页

阳春

蕙风轻，莺语巧，应喜乍离幽**谷**。 ◆◇◇，◇◆◆，◇◆◆◇◇◆。
飞过北窗前，递晴晓，丽日明透翠帏**縠**。 ◇◆◆◇◇，◆◇◆，◆◆◇◆◆◇◆。
篆台芬**馥**，初睡起，横斜簪**玉**。 ◆◇◇◆，◇◆◆，◇◇◇◆。
因甚自觉腰肢瘦，新来又宽裙**幅**。 ◇◆◆◆◇◇◆，◇◇◆◇◇◆。

对清镜，无心饮梳裹，谁问著余酲带**宿**。 ◆◇◆，◇◇◇◇◆，◇◆◆◇◇◆◆。
寻思前欢往事，似惊回好梦难**续**。 ◇◇◇◇◆◆，△◇◇◆◆◇◆。
花亭遍倚槛**曲**，厌满眼争春凡**木**。 ◇◇◆◆◆◆，△◆◆◇◇◇◆。
尽憔悴，过了清明候，愁红惨**绿**。 ◆◇◆，◆◆◇◇◆，◇◇◆◆。

按：“递晴晓”，《钦定词谱》作“迎清晓”。按“递晴晓”承上“莺语”“飞过北窗”，谓莺儿声声传报已是晴晓，较“迎清晓”生动有趣。“对青镜”三句，《钦谱》标点为“对青镜无心读饮梳裹句谁问著读余酲带宿韵”，按“无心饮梳裹”作一句为宜；“谁问著余酲带宿”，著，通“着”，语助词，“谁问著”，意为无人关心，亦不断为宜。

同体式作品：无。

变体三

较始词分句数复句数皆变

【变体三】22 分句 9 复句。上片与始词同，11 分句 4 复句，三/三/三/二/型复句组；下片增 1 分句 1 复句，11 分句 5 复句，二/二/三/二/二/型复句组。仄韵，隔句韵，间插连句韵。

3，3，6。5，3，7。4，3，4。6，7。

5，4。3，4。6，3，4。6，7。7，5。——南宋·史达祖·《全宋词》第 2326 页

阳春曲

杏花烟，梨花月，谁与晕开春**色**。	◆◇◇，◇◇◆，◇◆◆◇◇◆。
坊巷晓愔愔，东风断，旧火销处近寒**食**。	◇◆◆◇◇，◇◇◆，◆◆◇◆◆◇◆。
少年踪**迹**，愁暗隔，水南山**北**。	◆◇◇◆，◆◆◆，◆◇◇◆。
还是宝络雕鞍，被莺声唤来香**陌**。	◇◆◆◆◇◇，△◇◇◆◇◇◆。
记飞盖西园，寒犹凝**结**。	△◇◆◇◇，◇◇◇◆。
惊醉耳，谁家夜**笛**。	◇◆◆，◇◇◆◆。
灯前重帘不挂，殢华裾，粉泪曾**拭**。	◇◇◇◇◆◆，◆◇◇，◆◆◇◆。
如今故里信**息**，赖海燕年时相**识**。	◇◇◆◆◆◆，△◆◆◇◇◇◆。
奈芳草正锁江南，梦春衫怨**碧**。	△◇◆◆◆◇◇，◆◇◇◆◆。

同体式作品：无。

626.【瑞云浓】

1. 始词南宋杨无咎作。
2. 别有【瑞云浓慢】，较本调增 5 分句 2 复句，兹作同源词调处理。
3. 双片，每片四仄韵，隔句韵。
4. 本调仅见杨无咎一首。

始词：14 分句 6 复句。双片。每片 7 分句 3 复句，三/二/二/型复句组。仄韵，隔句韵，间插连句韵。

4，6，7。4，7。5，5。

7，4，7。4，7。4，4。——南宋·杨无咎·《全宋词》第 1184 页

瑞云浓

睽离漫久，年华谁信曾**换**，	◇◇◆◆，◇◇◇◇◆◇◆，
依旧当时似花**面**。	◇◆◇◇◆◇◆。

幽欢小会，记永夜杯行无**算**。　◇◇◆◆，△◆◆◇◇◇◆。
醉里屡忘归，任虚檐月**转**。　◆◆◆◇◇，△◇◇◆◆。

能变新声随语意，悲欢感**怨**，　◇◆◇◇◇◆◆，◇◇◆◆，
可更余音寄羌**管**。　◆◆◇◇◆◇◆。
倦游江浙，问似伊阿谁曾**见**。　◆◇◇◆，△◆◇◇◇◇◆。
度已无肠，为伊可**断**。　◆◆◇◇，◆◇◆◆。

同体式作品： 无。

同源词调：【瑞云浓慢】

1. 始词南宋陈亮作。
2. 较【瑞云浓】增7分句2复句。双片，上片四韵，下片五韵，仄韵，隔句韵。
3. 此调仅见陈亮一首。

始词：21分句8复句。双片。上片11分句4复句，三/三/二/三/型复句组；下片10分句4复句，三/三/二/二/型复句组。仄韵，隔句韵。

4，4，6。4，4，6。4，8。3，5，4。
3，3，8。4，4，6。4，7。6，4。——南宋·陈亮·《全宋词》第2099页

瑞云浓慢

六月十一日寿罗春伯

蔗浆酪粉，玉壶冰醑，朝罢更闻宣**赐**。　◆◇◆◆，◆◇◇◆，◇◆◆◇◇◆。
去天咫尺，下拜再三，幸今有母可**遗**。　◆◇◆◆，◆◆◆◆，△◇◆◆◆◆。
年年此日，共道月入怀中最**贵**。　◇◇◆◆，◆◆◆◆◇◇◆◆。
向暑天，正风云会遇，有恁嘉**瑞**。　◆◆◇，△◇◇◆◆，◆◆◇◆。

鹤冲霄，鱼得**水**，一超便直入神仙**地**。　◆◇◇，◇◆◆，◆◇◆◆◆◇◇◆。
植根江表，开拓两河，做得黑头公**未**。　◆◇◇◆，◇◆◆◇，◆◆◆◇◇◆。
骑鲸赤手，问如何长鞭尺**棰**。　◇◇◆◆，△◇◇◇◇◆◆。
向来王谢风流，只今管**是**。　◆◇◇◆◇◇，◆◇◆◆。

同体式作品： 无。

627.【锯解令】

1. 始词南宋杨无咎作。

2. 双片，上片二韵，下片三韵，仄韵，隔句韵，间插连句韵。
3. 此调仅见杨无咎一首。

始词：9 分句 4 复句。双片。上片 5 分句 2 复句，三/二/型复句组；下片 4 分句 2 复句，二/二/型复句组。仄韵，隔句韵，间插连句韵。

7，3，4。7，7。

4，6。7，7。——南宋·杨无咎·《全宋词》第 1185 页

据解令

送人归后酒醒时，睡不稳，衾翻翠**缕**。 ◆◇◇◆◆◇◇，◆◆◆，◇◇◆◆。
应将别泪洒西风，尽化作断肠夜**雨**。 ◇◇◆◆◆◇◇，◆◆◆◆◇◆◆。

卸帆浦**溆**，一种恓惶两**处**。 ◆◇◆◆，◆◆◇◇◆◆。
寻思却是我无情，便不解寄将梦**去**。 ◇◇◆◆◆◇◇，◆◆◆◆◇◆◆。

同体式作品： 无。

628.【倒垂柳】

1. 始词南宋杨无咎作。
2. 唐教坊曲有【倒垂柳】（见《教坊记》）。
3. 双片，每片五仄韵，隔句韵，间插连句韵。
4. 此调仅见杨无咎二首。

始词：17 分句 8 复句。双片。上片 9 分句 4 复句，三/二/二/二/型复句组；下片 8 分句 4 复句，二/二/二/二/型复句组。仄韵，隔句韵，间插连句韵。

5，3，3。5，5。5，5。5，6。

4，7。5，5。6，3。4，5。——南宋·杨无咎·《全宋词》第 1192 页

倒垂柳

重九

晓来烟露重，为重阳，增胜**致**。 ◆◇◇◆◆，◆◇◇，◇◆◆。
记一年好处，无似此天**气**。 △◆◇◆◆，◇◆◆◇◆。
东篱白衣**至**，南陌芳筵**启**。 ◇◇◆◇◆，◇◆◇◇◆。
风流曾未远，登临都在眼**底**。 ◇◇◇◆◆，◇◇◇◆◆◆。

人生如**寄**，谩把茱萸看子**细**。 ◇◇◇◆，◆◆◇◇◆◆◆。
击节听高歌，痛饮莫辞**醉**。 ◆◆◆◇◇，◆◆◆◇◆。
乌帽任教颠倒，风里**坠**。 ◇◆◇◇◇◆，◇◆◆。

黄花明日，纵好无情**味**。　◇◇◇◆，◆◆◇◇◆。

同体式作品：南宋：杨无咎1首。

629.【天下乐】

1. 始词南宋杨无咎作。
2. 唐教坊曲有【天下乐】（见《教坊记》）。
3. 双片，每片四仄韵，隔句韵。
4. 此调仅见杨无咎一首。无名氏【天下乐令】一首，作同源词调处理。

始词：13分句4复句。双片。上片6分句2复句，三/三/型复句组；下片7分句2复句，四/三/型复句组。仄韵，隔句韵。

7，3，3。7，3，4。

3，5，3，3。7，3，3。——南宋·杨无咎·《全宋词》第1202页

天下乐

雪后雨儿雨后**雪**，镇日价，长不**歇**。　◆◆◆◇◆◆◆，◆◆◆，◇◆◆。

今番为寒忒太**切**，和天地，也来厮**鳖**。　◇◇◇◇◆◆◆，◇◇◆，◆◇◇◆。

睡不著，身心自暗**撇**，这况味，凭谁**说**。　◆◆◆，◇◇◆◆◆，◆◆◆，◇◇◆。

枕衾冷得浑似**铁**，只心头，些个**热**。　◆◇◆◆◇◆◆，◆◇◇，◇◆◆。

同体式作品：无。

同源词调：【天下乐令】

1. 始词宋无名氏作。
2. 《钦定词谱》将【天下乐令】归入【减字木兰花】（见前谱），两调上片有别，下片同式，韵格不同。兹作【天下乐】同源词调。
3. 双片，每片四韵，平仄换韵，连句韵。
4. 此调仅无名氏一首。

始词：9分句4复句。双片。上片5分句2复句，二/三/型复句组；下片4分句2复句，二/二/型复句组。换韵，平仄间韵，连句韵，间插隔句韵。律词。

4，7。4，4，4。

4，7。4，7。——宋·无名氏·《全宋词》第3832页

天下乐令

寿星明**久**，寿曲高歌沉醉**后**。 ◆◇◇◆，◆◆◇◇◇◆◆。
寿烛荧煌，手把金炉，燃一寿香。 ◆◆◇◇，◆◆◇◇，◇◆◆◇。

满斟寿**酒**，我意殷勤来祝**寿**。 ◆◇◆◆，◆◆◇◇◇◆◆。
问寿如何，寿比南山福更多。 ◆◆◇◇，◆◆◇◇◆◆◇。

同体式作品：无。

630.【玉抱肚】

1. 始词南宋杨无咎作。
2. 双片，每片七仄韵，隔句韵，间插连句韵。
3. 此调仅见杨无咎一首；另存无名氏残词二句，不录。

始词：26 分句 10 复句。双片。每片 13 分句 5 复句，上片二/二/二/三/四/型复句组；下片二/二/三/四/二/型复句组。仄韵，连句韵、隔句韵。

4，4。7，6。5，10。4，4，6。4，3，4，5。
8，8。7，6。4，3，7。7，3，3，3。8，7。

——南宋·杨无咎·《全宋词》第 1202 页

玉抱肚

同行同**坐**，同携同**卧**。 ◇◇◇◆，◇◇◇◆。
正朝朝暮暮同欢，怎知终有抛**弹**。 △◇◇◆◆◇◇，◆◇◇◆◇◆。
记江皋惜别，那堪被流水无情送轻**舸**。 △◇◇◆◆，◆◇◆◇◆◇◇◆◇◆。
有愁万种，恨未说**破**，知重见甚时**可**。 ◆◇◆◆，◆◆◇◆，△◇◆◆◇◆。
见也浑闲，堪嗟处， ◆◆◇◇，◇◇◆，
山遥水远，音书也无**个**。 ◇◇◆◆，◇◇◆◇◆。

这眉头强展依前**锁**，这泪珠强拉依前**堕**。 ◆◇◇◇◆◇◇◆，◆◆◇◇◆◇◇◆。
我平生不识相思，为伊烦恼忒**大**。 ◆◇◇◆◆◇◇，◆◇◇◆◆◆。
你还知么，你知后，我也甘心受摧**挫**。 ◆◇◇◆，◆◇◆，◆◆◇◇◆◇◆。
又只恐你背盟誓，似风**过**， ◆◆◆◆◆◇◆，◆◇◆，
共别人，忘著**我**。 ◆◆◇，◇◆◆。
把洋澜在都卷尽与，杀不得这心头**火**。 △◇◇◆◇◆◆◆，◆◆◆◆◇◇◆。

按：“那堪被流水无情送轻舸”，为词体罕见之 10 字句，《钦定词谱》“那堪被”标“读”，兹不断。该词短语连句与长言连句交错，白话口语风味甚浓。

同体式作品：无。

631.【曲江秋】

1. 始词南宋杨无咎作。
2. 双片，每片六仄韵，隔句韵。

始词：23 分句 8 复句。双片。上片 12 分句 4 复句，三/三/三/三/型复句组；下片 11 分句 4 复句，三/三/二/三/型复句组。仄韵，邻韵通押，隔句韵，间插连句韵。

4，5，4。4，4，5。5，3，3。4，4，4。
2，4，7。5，4，5。5，7。3，4，6。——南宋·杨无咎·《全宋词》第 1205 页

曲江秋

前山雨**歇**，爱竹树低阴，轩窗无**热**。	◇◇◆◆，△◆◆◇◇，◇◇◇◆。
珠箔半垂，清风细绕，萧萧吹华**发**。	◇◆◆◇，◇◇◆◆，◇◇◇◇◆。
珍簟粲枕**设**，珊瑚瘦，琉璃**滑**。	◇◆◆◆◆，◇◇◆，◇◇◆。
永日欹枕，知谁是伴，旧书重**揭**。	◆◆◇◆，◇◇◆◆，◆◇◇◆。
清**绝**，轻云淡**月**，梦同泛沧波万**叠**。	◇◆，◇◇◆◆，△◇◆◇◇◆◆。
杯盘狼藉处，相扶就枕，欢笑歌翻**雪**。	◇◇◇◆◆，◇◇◆◆，◇◆◇◇◆。
转棹小溪湾，人家灯火断明**灭**。	◆◆◆◇◇，◇◇◇◆◆◇◆。
正携手，无端惊回，槛外数声鶗**鴂**。	◆◇◆，◇◇◇◇，◆◆◆◇◇◆。

同体式作品：南宋：杨无咎 1 首。

增减字：

（一）4，5，4。4，4，5。5，3，3。4，4，4。○ 2，4，7。5，4，5。5，7。3，6，4。南宋：杨无咎 1 首。

（二）4，5，4。4，4，5。5，3，3。5，5，4。○ 6，3，4。5，4，5。6，7。3，6，4。南宋：韩玉 1 首。

632.【大椿】

1. 始词南宋曹勋作。
2. 双片，每片四仄韵，隔句韵。
3. 此调仅见曹勋一首。

始词：19 分句 8 复句。双片。上片 10 分句 4 复句，三/二/三/二/型复句组；下片 9 分句 4 复句，三/二/二/二/型复句组。仄韵，隔句韵。

4，4，6。5，5。6，3，4。6，6。

7，4，4。5，5。7，7。4，7。——南宋·曹勋·《全宋词》第1209页

大椿

太母庆七十

梅拥繁枝，香飘翠帘，钧奏严陈华**宴**。　◇◆◇◇，◇◇◆◇，◇◆◇◇◇◆。

诚孝感南极，老人星垂**眷**。　◇◆◆◇◆，◆◇◇◇◆。

东朝功崇庆远，享五福，长乐金**殿**。　◇◇◇◇◆◆，◆◆◆，◇◆◇◆。

兹时寿协七旬，庆古今来稀**见**。　◇◇◆◆◆◇，△◆◇◇◇◆。

慈颜绿发看更新，玉色粹温，体力加**健**。　◇◇◆◆◆◇◇，◆◆◆◇，◆◆◇◆。

导引冲和气，觉春生酒**面**。　◆◆◇◇◆，△◇◇◆◆。

龙章亲献龟台祝，与中宫同诚欢**忭**。　◇◇◇◆◇◇◆，△◇◇◇◇◇◆。

亿万斯年，当蓬莱海波清**浅**。　◆◆◇◇，△◇◇◆◇◇◆。

同体式作品：无。

633.【保寿乐】

1. 始词南宋曹勋作。
2. 保寿乐，宋末元初周密《武林旧事·天基圣节乐次》："再坐第六盏，觱篥独吹商角调筵前《保寿乐》。"
3. 双片，上片四韵，下片五韵，仄韵，隔句韵。
4. 此调仅见曹勋一首。

始词：20分句8复句。双片。每片10分句4复句，上片二/三/三/二/型复句组；下片三/三/二/二/型复句组。仄韵，隔句韵。

6，7。5，4，4。4，5，6。5，4。

6，3，4。5，3，3。5，6。5，4。——南宋·曹勋·《全宋词》第1209页

保寿乐

太母庆七十

和气暖回元日，四海充庭琛贡**至**。　◇◆◆◇◇◆，◆◆◇◇◇◆◆。

仗卫俨东朝，郁郁葱葱，响传环**佩**。　◆◆◆◇◇，◆◆◇◇，◆◇◇◆。

凤历无穷，庆慈闱上寿，皇情与天俱**喜**。　◆◆◇◇，△◇◇◆◆，◇◇◆◇◇◆。

念永锡难老，在昔难**比**。　△◆◆◇◆，◆◆◇◆。

六宫嫔嫱罗**绮**，奉圣德，坤宁俱**备**。　◆◇◇◇◇◆，◆◆◆，◇◇◇◆。

箫韶动钧奏，花似锦，广筵**启**。　◇◇◆◇◆，◇◆◆，◆◇◆。
同祝宴赏处，从教月明风**细**。　◇◆◆◆◆，◇◆◆◇◇◆。
亿载享温清，长生久**视**。　◆◆◆◇◇，◇◇◆◆。

按：“亿载享温清”，清，清凉，音同清，去声。《礼记·曲礼上》：“凡为人子之礼，冬温而夏凊，昏定而辰省。”

同体式作品：无。

634.【国香】

【国香慢】

1. 始词南宋曹勋作。
2. 一作【国香慢】。
3. 双片，始词上片五韵，下片四韵，变体韵数或有变；平韵，隔句韵。

始词：20 分句 8 复句。双片。每片 10 分句 4 复句，三/二/二/三/型复句组。平韵，隔句韵。

4，5，4。4，6。6，7。5，4，4。
5，5，4。4，6。6，7。5，4，4。——南宋·曹勋·《全宋词》第 1210 页

国香

太母诞辰

十月新**阳**，喜桃杏秀发，宫殿春**香**。　◆◆◇◇，△◇◆◆◆，◇◆◇◇。
宝历开图，文母协应时**康**。　◆◆◇◇，◇◆◆◆◇◇。
诞庆欣逢令旦，向花闱罄列嫔**嫱**。　◆◆◇◇◆◆，△◇◇◆◆◇◇。
欢荣是九五，侍膳芳筵，翠扆龙**章**。　◇◇◆◆◆，◆◆◇◇，◆◆◇◇。

天心人共喜，拱三钗瑞彩，同捧瑶**觞**。　◇◇◇◆◆，△◇◇◆◆，◇◆◇◇。
禁中和气，都入法部丝**簧**。　◆◇◇◆，◇◆◆◆◇◇。
一片神仙锦绣，正珠帘高卷云**光**。　◆◆◇◇◆◆，△◇◇◇◆◇◇。
遐龄祝亿载，永奉慈颜，地久天**长**。　◇◇◆◆◆，◆◆◇◇，◆◆◇◇。

同体式作品：南宋：张炎 2 首。

增减字：

（一）4，5，4。4，6。6，6。5，4，4。○ 5，5，4。4，6。6，6。5，4，4。南宋：曹勋 1 首。

变体二

较始词复句数不变，分句数增 2。

【变体二】22 分句 8 复句。上下片第三复句较始词各增 1 分句，每片 11 分句 4 复句，三/二/三/三/型复句组。平韵，隔句韵。

4，5，4。4，6。6，3，4。5，4，4。

5，5，4。4，6。6，3，4。5，4，4。——南宋·周密·《全宋词》第 3290 页

国香慢

夷则商。赋子固凌波图。

玉润金明，记曲屏小儿，剪叶移**根**。　◆◆◇◇，△◇◆◆◆，◆◆◇◇。

经年汜人，重见瘦影娉**婷**。　◇◇◆◇，◇◆◆◆◇◇。

雨带风襟零乱，步云冷，鹅管吹**春**。　◆◆◇◇◇◆，◆◇◆，◇◆◇◇。

相逢旧京洛，素靥尘缁，仙掌霜**凝**。　◇◇◆◇◆，◆◆◇◇，◇◆◇◇。

国香流落恨，正冰铺翠薄，谁念遗**簪**。　◆◇◇◆◆，△◇◇◆◆，◇◆◇◇。

水天空远，应念矾弟梅**兄**。　◆◇◇◆，◇◆◇◆◇◇。

渺渺鱼波望极，五十弦，愁满湘**云**。　◆◆◇◇◆◆，◆◆◇，◇◆◇◇。

凄凉耿无语，梦入东风，雪尽江**清**。　◇◇◆◇◆，◆◆◇◇，◆◆◇◇。

同体式作品：无。

按：始词上下片第七句皆为一字领七字句："向//花闹/馨列/嫔嫱""正//珠帘/高卷/云光"，本词该句位则为 3/4 语读："步云冷//鹅管吹**春**""五十弦//愁满湘**云**"，"步云冷""五十弦"皆可作相对独立的短语句，是词之"句法"之变体的常用方式，故标点为二分句。从"文学"角度言，两种不同句法的意象构成方式有微妙不同。

635.【赏松菊】

1. 始词南宋曹勋作。
2. 双片，上片四韵，下片五韵，仄韵，隔句韵。
3. 此调仅见曹勋一首。

始词：20 分句 8 复句。双片。每片 10 分句 4 复句，上片二/二/三/三/型复句组，下片三/二/二/三/型复句组。仄韵，隔句韵。

7，6。5，5。6，3，4。3，3，6。

6，3，5。5，5。6，7。3，3，4。——南宋·曹勋·《全宋词》第 1213 页

赏松菊

寿圣诞辰

凉飙应律惊潮韵，晓对彩蟾如**水**。　◇◇◆◆◇◇◆，◆◆◆◇◇◆。

庆霄占梦月，已祥开天**地**。	◆◇◇◆◆，△◇◇◇◆。
圣主中兴大业，二南化，恭勤辅**翊**。	◆◆◇◇◆◆，◆◇◆，◇◇◆◆。
抚宫闱，看仪型，海宇尽成和**气**。	◆◇◇，◆◇◇，◆◆◆◇◇◆。
禁掖西瑶宴**席**，泛天风，响钧韶空**外**。	◆◆◇◇◆◆，◆◇◇，△◇◇◇◆。
贵是至尊母，极人间崇**贵**。	◆◆◆◇◆，△◇◇◇◆。
缓引长生丽曲，翠林正香传瑞**桂**。	◆◆◇◇◆◆，◆◇◆◇◇◆◆。
向灵华，奉光尧，同万万**岁**。	◆◇◇，◆◇◇，△◆◆◆。

按：“二南化”，二南，《诗经》之《周南》《召南》。“二南化”，指天下风化。

同体式作品：无。

636.【松梢月】

1. 始词南宋曹勋作。
2. 调名即词题。
3. 双片，上片五韵，下片四韵，平韵，隔句韵。
4. 此调仅见曹勋一首。

始词：20 分句 8 复句。双片。每片 10 分句 4 复句，三/二/三/二/型复句组。平韵，隔句韵。

4，5，4。4，6。7，3，4。7，5。

6，5，4。4，6。7，3，4。4，6。——南宋·曹勋·《全宋词》第 1214 页

松梢月

院静无**声**，天边正皓月，初上重**城**。	◆◆◇◇，◇◇◆◆◆，◇◆◇◇。
群木摇落，松路径暖风**轻**。	◇◆◆◇◆，◇◆◆◆◇◇。
喜揖蟾华当松顶，照榭阁，细影纵**横**。	◆◆◇◇◇◇◆，◆◆◆，◆◆◇◇。
杖策徐步空明里，但襟袖皆**清**。	◆◆◇◆◇◇◆，△◇◆◇◇。
恍若如临异境，漾风沼岸阔，波净鱼**惊**。	◆◆◇◇◆◆，◆◆◆◆◆，◇◆◇◇。
气入层汉，疑有素鹤飞**鸣**。	◆◆◇◆，◇◆◆◆◇◇。
夜色徘徊迟宫漏，渐坐久，露湿金**茎**。	◆◆◇◇◇◇◆，◆◆◆，◆◆◇◇。
未忍归去，闻何处重吹**笙**。	◆◆◇◆，△◇◆◇◆◇。

同体式作品：无。

637.【隔帘花】

1. 始词南宋曹勋作。
2. 调名即词题。
3. 双片，上片四韵，下片六韵，仄韵，隔句韵，间插连句韵。
4. 此调仅见曹勋一首。

始词：20 分句 8 复句。双片。上下片各 10 分句 4 复句，三/二/三/二/型复句组。仄韵，隔句韵，间插连句韵。

4，4，6。5，5。3，3，7。7，5。

6，5，4。5，5。3，3，7。3，7。——南宋·曹勋·《全宋词》第 1214 页

隔帘花

咏题

宿雨初晴，花艳迎阳，槛前如绣如**绮**。 ◆◆◇◇，◇◆◇◇，◆◇◇◆◇◆。

向晓峭寒轻，窣真珠十**二**。 △◆◆◇◇，△◇◇◆◆。

正朝曦，桃杏暖，透影帘栊烘春**霁**。 ◆◇◇，◇◆◆，◆◆◇◇◇◇◆。

似暂隔祥烟香雾，朝仙侣庭**际**。 △◆◆◇◇◇◆，△◇◆◇◆。

更值迟迟丽**日**，且休约寻芳，与开瑶**席**。 ◆◆◇◇◆◆，△◇◆◇◇，◆◇◇◆。

未拟上金钩，尽围红遮**翠**。 ◆◆◆◇◇，△◇◇◇◆。

命佳名，坤殿**喜**，为写新声传新**意**。 ◆◇◇，◇◆◆，◆◆◇◇◇◇◆。

待向晚，迎香临月须卷**起**。 ◆◆◆，◇◇◇◆◇◆◆。

同体式作品：无。

638.【十六贤】

1. 始词南宋曹勋作。
2. 双片，上片七韵，下片九韵，平仄通押，隔句韵、连句韵。
3. 此调仅见曹勋一首。

始词：21 分句 8 复句。双片。上片 11 分句 4 复句，三/二/三/三/型复句组；下片 10 分句 4 复句，三/三/二/二/型复句组。平仄通押，隔句韵，间插连句韵。

3，3，4。5，4。3，7，7。4，4，5。

3，3，3。5，4，8。7，7。3，5。——南宋·曹勋·《全宋词》第 1216 页

十六贤

闲暇

拱皇图，御宝历，上圣垂**衣**。 ◆◇◇，◆◆◆，◆◆◇◇。
旰食亲万**机**，海宇熙**熙**。 ◆◆◇◆◇，◆◆◇◇。
登寿域，瑞霞彩云常捧日， ◇◆◆，◆◇◆◇◇◆◆，
花阴麦垅四民**齐**。 ◇◇◆◆◆◇◇。
宫卫仗肃，阆苑瑶**池**，台殿倚晴**晖**。 ◇◆◆◆，◆◆◇◇，◇◆◆◇◇。

当盛际，风俗美，寻胜事。 ◇◆◆，◇◆◆，◇◆◆。
人物总游**嬉**，太平何处， ◇◆◆◇◇，◆◇◇◆，
知不摇征旗摇酒**旗**。 △◆◇◇◇◇◆◇。
四方感格臻上瑞，官家闲暇宴芳**菲**。 ◆◇◆◆◇◆◆，◇◇◇◆◆◇◇。
千万岁，嘉会明盛**时**。 ◇◆◆，◇◆◇◆◇。

同体式作品：无。

639. 【蜀溪春】

1. 始词南宋曹勋作。
2. 缘调名赋词。
3. 双片，上片四韵，下片五韵，平韵，隔句韵。
4. 此调仅见曹勋一首。

始词：21 分句 8 复句。双片。上片 10 分句 4 复句，三/三/二/二/型复句组；下片 11 分句 4 复句，三/三/二/三/型复句组。平韵，隔句韵。

4，4，4。4，4，6。5，7。5，6。
6，5，4。4，4，6。5，7。3，3，3。——南宋·曹勋·《全宋词》第 1217 页

蜀溪春

黄海棠

蜀景风迟，浣花溪边，谁种芬**芳**。 ◆◆◇◇，◆◇◇◇，◇◆◇◇。
天与蔷薇，露华匀脸，繁蕊竞拂娇**黄**。 ◇◆◇◇，◆◇◇◆，◇◆◆◆◇◇。
枝上标韵别，浑不染铅粉红**妆**。 ◇◆◇◆◆，◇◆◆◇◆◇◇。
念杜陵曾见，时也为赋篇**章**。 △◆◇◇◆，◇◆◆◆◇◇。

如今盛开禁掖，千万朵莺羽，先借朝**阳**。 ◇◇◆◇◆◆，◇◆◆◇◆，◇◆◇◇。

待得君**王**，看花明艳，都道赭袍同**光**。	◆◆◇◇，◆◇◇◆，◇◆◆◇◇◇。
须趁排宴席，偏宜带疏雨笼**香**。	△◆◇◆◆，◇◇◆◇◆◇◇。
占上苑，留住春，奉玉**觞**。	◆◆◆，◇◆◇，◆◆◇。

同体式作品：无。

640.【倚楼人】

1. 始词南宋曹勋作。
2. 双片，上片四韵，下片五韵，仄韵，隔句韵。
3. 此调仅见曹勋一首。

始词：22 分句 8 复句。双片。上下片各 11 分句 4 复句，三/三/二/三/型复句组。仄韵，隔句韵。

4，4，7。4，4，6。5，6。4，4，7。
6，5，4。4，4，6。5，6。4，4，5。——南宋·曹勋·《全宋词》第 1218 页

倚楼人

茶蘼

清明池馆，芳菲渐晚，晴香满架笼永**昼**。	◇◇◇◆，◇◇◆◆，◇◇◆◆◇◆◆。
翠拥柔条，玉铺繁蕊，袅袅舞低襟**袖**。	◆◆◇◇，◆◇◇◆，◆◆◆◇◇◆。
秀蓓凝浩露，疑挂六铢衣**绉**。	◆◆◇◆◆，◇◆◆◇◇◆。
檀点芳心，体薰清馥，粉容宜撚春风**手**。	◇◆◇◇，◆◇◇◆，◆◇◇◆◇◇◆。
肯与芝兰共**嗅**，向夜阑凝月，素芳依**旧**。	◆◆◇◇◆◆，◆◆◇◇◆，◆◇◇◆。
剪取长梢，青蛟喷雪，挽住晓云争**秀**。	◆◆◇◇，◇◇◆◆，◆◆◆◇◇◆。
楼上人未去，常恐风欺雨**瘦**。	◇◆◇◆◆，◇◆◇◇◆◆。
红绡收取，举觞犹喜，窨得醺醺**酒**。	◇◇◇◆，◆◆◇◆，◆◆◇◇◆。

同体式作品：无。

641.【二色莲】

1. 始词南宋曹勋作。
2. 词咏调名本意，调名即词题。
3. 双片，上片四韵，下片五韵，仄韵，隔句韵，间插连句韵。

4. 此调仅见曹勋一首。

始词：18 分句 8 复句。双片。每片 9 分句 4 复句，三/二/二/二/型复句组。仄韵，隔句韵，插一连句韵。

4，4，4。4，6。6，7。6，6。
5，5，5。4，6。6，7。6，4。——南宋·曹勋·《全宋词》第 1218 页

二色莲

咏题

风沼湛碧，莲影明洁，清泛波**面**。　◆◆◆◆，◇◆◇◆，◇◆◇◆。
素肌鉴玉，烟脸晕红深**浅**。　◆◇◆◆，◇◆◆◇◇◆。
占得薰风弄色，照醉眼梅妆相**间**。　◆◆◇◇◆◆，△◆◆◇◇◇◆。
堤上柳垂轻帐，飞尘尽教遮**断**。　◇◆◆◇◇◆，◇◇◆◇◇◆。

重重翠荷净，列向横塘**暖**，争映芳草**岸**。　◇◇◆◇◆，◆◆◇◇◆，◇◆◇◆◆。
画船未桨，清晓最宜遥**看**。　◆◇◆◆，◇◆◆◇◇◆。
似约鸳鸯并侣，又更与春锄为**伴**。　◆◆◇◇◆◆，△◆◆◇◇◇◆。
频宴赏香成阵，瑶池任**晚**。　◇◆◆◇◇◆，◇◇◆◆。

同体式作品：无。

642.【夹竹桃花】

1. 始词南宋曹勋作。
2. 词咏调名本意，调名即词题。
3. 双片，上片四韵，下片五韵，仄韵，隔句韵，间插连句韵。
4. 此调仅见曹勋一首。

始词：20 分句 8 复句。双片。每片 10 分句 4 复句，三/二/二/三/型复句组。仄韵，隔句韵，插一连句韵。

4，4，6。4，6。6，8。5，4，5。
3，5，7。6，6。5，6。3，4，5。——南宋·曹勋·《全宋词》第 1218 页

夹竹桃花

咏题

绛彩娇春，苍筠静锁，掩映夭姿凝**露**。　◆◆◇◇，◇◇◆◆，◆◆◇◇◇◆。
花腮藏翠，高节穿花遮**护**。　◇◇◇◆，◇◆◇◇◇◆。

重重蕊叶相怜，似青帔艳妆神仙**侣**。 ◇◇◆◆◇◇，△◇◇◆◇◇◇◆。
正武陵溪暗，淇园晓色，宜望中烟**雨**。 △◆◇◇◆，◇◇◆◆，△◆◇◇◆。

向暖景，谁见斜枝**处**，喜上苑韶华渐**布**。 ◆◆◆，◇◆◇◇◆，△◆◆◇◇◆◆。
又似瑞霞低拥，却恐随风飞**去**。 ◆◆◆◇◇◆，◆◆◇◇◇◆。
要留最妍丽，须且闲凭佳**句**。 ◇◇◆◇◆，◇◆◇◇◇◆。
更秀容，分付徐熙，素屏画图**取**。 ◆◆◇，◇◆◇◇，◆◇◆◇◆。

同体式作品：无。

643.【峭寒轻】

1. 始词南宋曹勋作。
2. 取本词“峭寒天气”句为题，调名即词题。
3. 双片，上片四韵，下片七韵，平仄通押，隔句韵，间插连句韵。
4. 此调仅见曹勋一首。

始词：23分句8复句。双片。上片11分句4复句，三/三/二/三/型复句组；下片12分句4复句，四/三/二/三/型复句组。平仄通押，隔句韵，间插连句韵。

5，5，4。5，5，4。5，7。4，3，5。
2，4，5，4。5，3，6。5，7。4，3，3。——南宋·曹勋·《全宋词》第1218页

峭寒轻

赏残梅

照溪流清浅，正万梅都开，峭寒天气。 △◇◇◇◆，△◆◇◇◇，◆◇◇◆。
才过了元宵，渐昼长禁宇，迤逦佳**时**。 ◇◆◆◇◇，△◆◇◇◆，◆◆◇◇。
断肠枝上雪，残英已片影初**飞**。 ◆◇◇◆◆，◇◇◆◆◆◇◇。
苒苒随风，送春到，便烂漫香**迟**。 ◆◆◇◇，◆◇◆，△◆◆◇◇。

凝**睇**，迎芳菲**至**， ◇◆，◇◇◇◆，
觉欣欣桃李，嫩色依**微**。 △◇◇◇◆，◆◆◇◇。
应是有新酸，向嫩梢，定须一点藏**枝**。 ◇◆◆◇◇，◆◆◇，◆◇◆◆◇◇。
乍晴还又冷，从尊前自落轻**细**。 ◆◇◇◆◆，△◇◇◆◆◇◆。
寄语高楼，夜笛声，且缓**吹**。 ◆◆◇◇，◆◆◇，◆◆◇。

同体式作品：无。

644.【八音谐】

1. 始词南宋曹勋作。
2. 曹勋自度曲，集曲体，取八曲乐句合为一调。
3. 双片，每片四仄韵，隔句韵。
4. 本调仅见曹勋一首。

始词：20分句8复句。双片。每片10分句4复句，上片三/二/二/三/型复句组；下片三/二/三/二/型复句组。仄韵，隔句韵。

5，5，4。5，5。6，8。3，5，4。

7，5，4。5，5。6，3，4。5，6。——南宋·曹勋·《全宋词》第1219页

八音谐

赏荷花。以八曲声合成，故名。

芳景到横塘，官柳阴低覆，新过疏**雨**。	◇◆◆◇◇，◇◆◇◇◆，◇◇◇◆。
望处藕花密，映烟汀沙**渚**。	◆◆◆◇◆，△◇◇◇◆。
波静翠展琉璃，似伫立飘飘川上**女**。	◇◆◆◆◇◇，△◆◆◇◇◇◆◆。
弄晓色，正鲜妆照影，幽香潜**度**。	◆◆◆，△◇◇◆◆，◇◇◇◆。
水阁薰风对万姝，	◆◆◇◇◆◆◇，
共泛泛红绿，闹花深**处**。	△◆◆◇◆，◆◇◇◆。
移棹采初开，嗅金缨留**取**。	◇◆◆◇◇，◆◇◇◇◆。
趁时凝赏池边，预后约，淡云低**护**。	◆◇◇◆◇◇，◆◆◆，◆◇◇◆。
未饮且凭阑，更待满荷珠**露**。	◆◆◆◇◇，◆◆◆◇◇◆。

同体式作品：无。

645.【清风满桂楼】

1. 始词南宋曹勋作。
2. 双片，上片五韵，下片六韵，仄韵，隔句韵。
3. 此调仅见曹勋一首。

始词：20分句8复句。双片。上片10分句4复句，三/二/二/三/型复句组；下片10分句4复句，三/三/二/二/型复句组。仄韵，隔句韵，间插连句韵。

4，4，6。5，9。5，7。3，4，4。
5，4，6。5，3，6。5，7。3，6。——南宋·曹勋·《全宋词》第1219页

清风满桂楼

丹桂

凉飙霁**雨**，万叶吟秋，团团翠深红**聚**。	◇◇◆◆，◆◆◇◇，◇◇◆◇◇◆。
芳桂月中来，应是染仙禽顶砂匀**注**。	◇◆◆◇◇，◇◆◆◇◇◆◇◇◆。
晴光助绛色，更都润丹霄风**露**。	◇◇◆◆◆，△◇◆◇◇◇◆。
连朝看，枝间粟粟，巧裁霞**缕**。	◇◇◆，◇◇◆◆，◆◇◇◆。
烟姿照琼**宇**，上苑移时，根连海山佳**处**。	◇◇◆◇◆，◆◆◇◇，◇◇◆◇◇◆。
回看碧岩边，薇露过，残黄韵低尘**污**。	◇◆◆◇◇，◇◆◆，◇◇◆◇◇◆。
诗人谩自**许**，道曾向蟾宫折**取**。	◇◇◇◆◆，△◇◆◇◇◆◆。
斜枝戴，惟称瑶池伴**侣**。	◇◇◆，◇◆◇◇◆◆。

同体式作品：无。

646.【雁侵云慢】

1. 始词南宋曹勋作。
2. 双片，每片五韵，平仄通押，隔句韵。
3. 此调仅见曹勋作一首。

始词：20分句8复句。双片。每片10分句4复句，三/二/三/二/型复句组。平仄通押，抱韵，隔句韵，间插连句韵。

3，5，4。4，5。3，3，7。5，8。
6，5，4。4，5。6，3，4。6，5。——南宋·曹勋·《全宋词》第1219页

雁侵云慢

咏题

晓云**低**，是残暑渐消，凉意初**至**。	◆◇◇，△◇◆◆◇，◇◆◇◆。
翠帘燕去，觉商飙天**气**。	◆◇◆◆，△◇◇◇◆。
凝华吹，动绣额，乍殿阁金茎风**细**。	◇◇◆，◆◆◆，△◆◆◇◇◇◆。
夜雨笼微阴，满绮窗疏影响清**吹**。	◆◆◆◇◇，△◆◇◇◆◆◇◇。
轻飔嫩细透**衣**，想宵长漏迟，香动罗**袂**。	◇◇◆◆◆◇，△◇◇◆◇，◇◆◇◆。
戏曾计**日**，忆宾鸿来**期**。	◆◇◆◆，△◇◇◇◇。
杯盘排备宴**适**，乍好景，心情先**喜**。	◇◇◇◆◆◆，◆◆◆，◇◇◇◆。

待淡月疏烟里，试寻岩桂蕊。	△◆◆◇◇◆，◆◇◇◆◆。

同体式作品：无。

647. 【锦标归】

1. 始词南宋曹勋作。
2. 双片，上片五韵，下片四韵，仄韵，隔句韵，间插连句韵。
3. 此调仅见曹勋一首。

始词：22 分句 8 复句。双片。每片 11 分句 4 复句，上片三/三/二/三/型复句组；下片三/三/三/二/型复句组。仄韵，隔句韵，间插连句韵。

4，4，6。4，4，6。5，7。3，4，6。

6，6，4。5，5，4。5，3，4。7，6。——南宋·曹勋·《全宋词》第 1219 页

锦标归

待雪

风搅长空，冷入寒云，正是严凝初**至**。	◇◆◇◇，◆◆◇◇，◆◆◇◇◇◆。
围炉坐久，珠帘卷**起**，准拟六花飞**砌**。	◇◇◆◆，◇◇◆◆，◆◆◆◇◇◆。
渐苒苒晴烟，更暗觉远天开**霁**。	△◆◆◇◇，△◆◆◆◇◇◆。
阻琼瑶，不舞蓝田，但有蟾华铺**地**。	◆◇◇，◆◆◇◇，◆◆◇◇◇◆。
想像如今剡溪，	◆◆◇◇◆◇，
应误幽人访客，轻舟闲**舣**。	◇◆◇◇◆◆，◇◇◇◆。
翠幕登临处，散无限清兴，顿孤沉**醉**。	◆◆◇◇◆，△◇◆◇◆，◆◇◇◆。
念好景佳时，谩望极，祥霙为**瑞**。	△◆◆◇◇，◇◆◆，◇◇◇◆。
却梅花知我心情，故把飞英飘**坠**。	△◇◇◇◆◇◇，◆◆◇◇◇◆。

同体式作品：无。

648. 【六花飞】

1. 始词南宋曹勋作。
2. 双片，每片四仄韵，隔句韵。
3. 此调仅见曹勋一首。

始词：20分句8复句。双片。每片10分句4复句，上片三/二/二/三/型复句组；下片三/二/三/二/型复句组。仄韵，隔句韵。

4，4，5。4，5。3，7。4，7，5。

5，4，5。4，5。5，5，7。4，3。——南宋·曹勋·《全宋词》第1220页

六花飞

册宝

寅杓乍正，瑞云开晓，罩紫府宫**殿**。	◇◆◆◆，◆◇◇◆，△◆◆◇◆。
圣孝虔恭，率宸庭冠**剑**。	◆◆◇◇，△◇◇◇◆。
上徽称，天明地察奉玉**简**。	◆◇◇，◇◇◆◆◆◆◆。
璇耀金辉，仰吾君亲被衮龙，	◇◆◇◇，△◇◇◇◇◆◇，
当槛俯旒**冕**。	◇◆◆◇◆。
中兴明天子，舜心温凊，示未尝闲**燕**。	◇◇◇◇◆，◆◇◇◆，△◆◇◇◆。
礼无前比，出渊衷深**念**。	◆◇◇◆，△◇◇◇◆。
赞木父金母，	△◆◆◇◆，
至乐万亿载，日月荣光俱欢**忭**。	◆◆◆◆◆，◆◆◇◇◆◇◆。
罗绮管弦，开寿**宴**。	◇◆◆◇，◇◆◆。

同体式作品：无。

按：本词题“册宝”，指册封帝王、皇后之尊号或追加谥号、徽号而奉载于玉册的仪式。《钦定词谱》亦有该词，上下片较《全宋词》版本各有一句异文，兹以该句关联的复句示之：

《钦谱》：上徽称**读**天明地察**句**奉玉简**句**璇曜金辉非常典**韵**仰吾君**读**亲被衮龙**句**当槛俯旒冕**韵**

《全宋词》：上徽称、天明地察，奉玉检、璇耀金辉，仰吾君，亲被衮龙，当槛俯旒冕。

《钦谱》：赞木父金母至乐**句**万亿载**句**日月荣光俱欢忭**韵**喜春风罗绮**句**管弦开寿宴**韵**

《全宋词》：赞木父金母至乐，万亿载、日月荣光俱欢忭。罗绮管弦开寿宴。

上片的“璇耀金辉”，《钦谱》较《全宋词》增“非常典”三字——“璇耀金辉非常典”，以“典”作韵脚，故《钦谱》将7小句划为2复句；《全宋词》则到“冕”结韵，7个小句为1复句；下片结末“罗绮管弦开寿宴”，《全宋词》作一个单句，《钦谱》则增字而作二分句：“喜春风罗绮，管弦开寿宴。”本词的出处，《钦谱》注曰：“调见《松隐集》”，但查《四库全书》所收曹勋《松隐文集》、民国《嘉业堂丛书》刻本所收明刻本之曹勋《松隐集》，第三十九卷“长短句”有《六花飞·册宝》一词，语句与《全宋词》版全同，看来《钦谱》的异文是编谱者的增饰，目的是将本词体式整饬化——“前后段各十句，四仄韵”，即今言每片10分句4复句。而《全宋词》该词上片为11分句3复句，下片9分句，3复句1单句，全词体式可谓“参差”，但《钦谱》为了词体的“规则化”而改动原文，今天看来并不可取。当然，《钦谱》将“奉玉检”改作“奉玉简”是正确的，可谓纠正错别字。而“简”（或“检”）为本词韵字，但《钦谱》和《全宋词》皆未作“韵”处理，如果以“简”为韵，“上徽称，天明地察奉玉简”即为一个“二分”复句——“上徽称”，指加封逝帝的徽称（徽号、尊号），可作一个短语句；“天明地察奉玉简”，意指“上徽称”为天、人共鉴而载之玉册，是为“册宝”仪式的主题。还可推敲的是本词下片“赞木父”几句，《钦谱》和《全宋词》的句断标点为：“赞木父金母至乐**句**，万亿载**句**、

日月荣光俱欢忭**韵**。”木父金母，古老神话中的仙祖，通常指东皇和西王母，“赞木父金母”，指拜见仙祖，是道教及民俗“登仙”典仪的常规程式，唐五代杜光庭《仙传拾遗》：“著青裙，入天门，揖金母，拜木公。”宋代“册宝”仪式大概也有此一项，故此几句的点断宜乎为：“赞木父金母，至乐万亿载，日月荣光俱欢忭。”当然，汉语“流水句”的断连有一定的弹性，《钦谱》《全宋词》的点断亦可通，但可作更细致的推敲，故本谱取《全宋词》文本而重新标点之。

649.【索酒】

1. 始词南宋曹勋作。
2. 词咏调名本意，调名即词题。
3. 双片，每片四仄韵，隔句韵。
4. 此调仅见曹勋一首。

始词：20 分句 8 复句。双片。每片 10 分句 4 复句，三/三/二/二/型复句组。仄韵，隔句韵。

6，4，4。6，4，4。4，8。6，6。

7，5，4。5，3，6。7，5。6，4。——南宋·曹勋·《全宋词》第 1220 页

索酒

四时景物，须酒之意。

乍喜惠风初到，上林翠红，竞开时**候**。　◆◆◆◇◇◆，◆◇◆◇，◆◇◇◆。
四吹花香扑鼻，露裁烟染，天地如**绣**。　◆◆◇◇◆◆，◆◇◇◆，◇◆◇◆。
渐觉南薰，总冰绡纱扇避烦**昼**。　◆◆◇◇，△◇◇◇◆◆◇◆。
共游凉亭消暑，细酌轻讴须**酒**。　◆◇◇◇◇◆，◆◆◇◇◇◆。

江枫装锦雁横秋，　◇◇◇◆◆◇◇，
正皓月莹空，翠阑侵**斗**。　△◆◆◇◇，◆◇◇◆。
况素商霜晓，对径菊，金玉芙蓉争**秀**。　△◆◇◇◆，◆◆◆，◇◆◇◇◇◆。
万里彤云散飞霙，炉中焰红**兽**。　◆◆◇◇◆◇◇，◇◇◆◇◆。
便须点水傍边，最宜著**酉**。　◆◇◆◆◇◇，◆◇◆◆。

同体式作品：无。

650.【四槛花】

1. 始词南宋曹勋作。

2. 双片，每片五平韵，隔句韵。
3. 此调仅见曹勋一首。

始词：24 分句 8 复句。双片。每片 12 分句 4 复句，三/二/四/三/型复句组。平韵，隔句韵。

4，4，4。5，5。4，3，3，4。3，6，4。
6，3，5。5，5。4，3，3，4。3，3，4。——南宋·曹勋·《全宋词》第 1222 页

四槛花

鸳瓦霜浓，兽炉烟冷，琐窗渐**明**。	◇◆◇◇，◆◇◇◆，◆◇◆◇。
芙蓉红晕减，疏篁晓风**清**。	◇◇◇◆◆，◇◇◆◇◇。
睡觉犹眠，怯新寒，仍宿酒，尚有余**醒**。	◆◆◇◇，◆◇◇，◇◆◆，◆◆◇◇。
拥闲**衾**，先记早梅糁糁，流水泠**泠**。	◆◇◇，◇◆◆◇◆◆，◇◆◇◇。
须记岁月堪**惊**，最难管，苍华满镜**生**。	◇◆◆◆◇◇，◆◇◆，◇◇◆◆◇。
心地常自乐，谁能问枯**荣**。	◇◆◇◆◆，◇◇◆◇◇。
一味情尘，揩摩尽，人间世，更没亏**成**。	◆◆◇◇，◇◇◆，◇◇◆，◆◆◇◇。
惟萧散，眠食外，且乐升**平**。	◇◇◆，◇◆◆，◆◆◇◇。

同体式作品：无。

651. 【饮马歌】

1. 始词南宋曹勋作。
2. 据词序，此调本为金国横吹曲。
3. 单片，六仄韵，连句韵，间插隔句韵。
4. 此调仅见曹勋一首。

始词：单片。8 分句 3 复句，二/二/四/型复句组。仄韵，连句韵，间插隔句韵。

5，5。5，5。3，3，5，3。——南宋·曹勋·《全宋词》第 1230 页

饮马歌

此腔自虏中传至边，饮牛马即横笛吹之，不鼓不拍，声甚凄断。闻兀术每遇对阵之际吹此，则鏖战无还期也。

边头春未**到**，雪满交河**道**。	◇◇◇◆◆，◆◆◇◇◆。
暮沙明残**照**，塞烽云间**小**。	◆◇◇◇◆，◆◇◇◇◆。
断鸿悲，陇月低，	◆◇◇，◆◆◇，
泪湿征衣**悄**，岁华**老**。	◆◆◇◇◆，◆◇◆。

同体式作品：无。

652.【长寿仙促拍】

1. 始词南宋曹勋作。
2. 促拍，音乐术语，通常指音乐节奏较短促。
3. 双片，每片六仄韵，隔句韵。
4. 此调仅见曹勋二首。

始词：19 分句 6 复句。双片。上片 10 分句 3 复句，四/三/三/型复句组；下片 9 分句 3 复句，四/三/二/型复句组。平仄通押，隔句韵，间插连句韵。

5，5，3，3。3，5，4。4，4，3。

4，3，3，3。3，5，4。4，4。——南宋·曹勋·《全宋词》第 1231 页

长寿仙促拍

太母生辰

舜德日辉光，正初冬盛**期**，	◆◆◆◇◇，△◇◇◆◇，
东朝**喜**，诞生**时**。	◇◇◆，◆◇◇。
向彤闱，清净均化有，自然和**气**。	◆◇◇，◇◆◇◆◆，◆◇◇◆。
长生久**视**，金殿熙熙，宴瑶**池**。	◇◇◆◆，◇◆◇◇，◆◇◇。
祎衣俱**侍**，玳筵**启**，花如锦，耀朝**晖**。	◇◇◇◆，◆◇◆，◇◇◆，◆◇◇。
太平**际**，天子天下养，共瞻诚**意**。	◆◇◆，◇◆◇◆◆，◆◇◇◆。
南山虔祝，亿万同**岁**。	◇◇◇◆，◆◆◇◆。

同体式作品：无。

增减字：

（一）4，5，3，3。3，5，4。4，4，3。○ 4，5，3，3。5，3，4。4，4。南宋：曹勋 1 首。

653.【法曲】

1. 始词南宋曹勋作。
2. 法曲，多乐段组合而成的大型歌舞乐曲，音乐体制与大曲同类。“法曲”始源于东晋，时称佛教法会所用大型音乐为“法乐”，华乐和西域音乐的融合体，此后逐步成为中国本土传统乐种。隋代“法乐”加入了汉代以来传统华乐体系的清商乐，成为与“燕乐”

不同的华乐种类，称“法曲”。唐玄宗于宫廷教坊之外设“梨园”专习法曲，玄宗亲自教学。

3. 全套计十一首歌辞：【散序】【歌头】【排遍第一】【排遍第二】【排遍第三】【第四攧】【入破第一】【入破第二】【入破第三】【入破第四】【第五煞】。今存宋代【法曲】套词仅此一篇。前谱柳永【法曲献仙音】【法曲第二】，皆法曲摘遍单行词调。
4. 全套体制颇类后世“曲”体之“套数”，每遍歌辞皆单片，分句数与复句型不尽相同，韵数不等；全套同韵，平仄通押，邻韵通押，连句韵、隔句韵。

【散序】

单片。18 分句 8 复句，二/三/三/二/二/二/二/二/型复句组。平韵，隔句韵，间插连句韵。

7，4。7，3，5。5，4，6。2，7。4，4。3，8。3，7。2，6。

——南宋·曹勋·《全宋词》第 1206—1209 页

飞金走玉常奔**驰**，日上还**西**。	◇◇◆◆◇◇◇，◆◆◇◇。
自古待著长绳系，算尘心，谩劳役堪**悲**。	◆◆◆◆◇◇◆，◆◇◇，△◆◆◇◇。
盘古到此际，桑田变海，海复成陆高**低**。	◇◆◆◆◆，◇◇◆◆，◆◆◇◆◇◇。
噫**嘻**，下土是凡质容**仪**。	◇◇，◆◆◆◇◆◇◇。
寿考能消，几日支**持**。	◆◆◇◇，◆◆◇◇。
念一世，真若朝荣暮落难**期**。	◆◆◆，◇◆◇◇◆◆◇◇。
幸有志，日传得神仙希**夷**。	◆◆◆，◆◇◆◇◇◇◇。
希**夷**，堪为千古人**师**。	◇◇，◇◇◇◆◇◇。

【歌头】

单片。32 分句 10 复句，四/二/二/三/四/三/二/五/四/三/型复句组。平仄通押，隔句韵，间插连句韵。

4，4，4，6。4，5。3，6。4，4，7。3，6，4，4。4，4，6。4，7。4，4，4，3，3。4，6，5，4。7，4，3。

柱史乘车，青牛驾轭，	◆◆◇◇，◇◇◆◆，
紫云覆顶，函关令已前**知**。	◆◇◆◆，◇◇◆◆◇◇。
西升稍驻，尹喜虔恭**誓**。	◇◇◆◆，◆◆◇◇◆。
求老**子**，亲谈道德微**旨**。	◇◆◆，◇◇◆◆◇◆。
五千余言，俱救末俗，度脱令咸归生**理**。	◆◇◇◇，◇◆◆◆，◆◆◆◇◇◇◆。
体元**机**，人间方解道术，	◆◇◇，◇◇◇◆◆◆，
兼明治身，与国阶**梯**。	◇◇◇◇，◆◆◇◇。
更有黄庭，专分二境，内外皆举璇**题**。	◆◆◇◇，◇◇◆◆，◆◆◇◆◇◇。

羽客见者，倾诚恳诵合彝**仪**。	◆◆◆◆，◇◇◆◆◆◇◇。
万神潜**礼**，密奉二经，炷香静默，	◆◇◇◆，◆◆◆◇，◆◇◆◆，
心无竞，靡端**倪**。	◇◇◆，◆◇◇。
得失扫去，意海澄流要**体**，	◆◆◆◆，◆◆◇◇◆◆，
内景防愆**失**，外景忘**疲**。	◆◆◇◇◆，◆◆◇◇。
阆风蓬岛岂能**移**，念诵灵**辞**，指群**迷**。	◆◇◇◆◆◇◇，◆◆◇◇，◆◇◇。

【排遍第一】

单片。23 分句 8 复句，二/三/三/二/三/四/二/四/型复句组。平仄通押，隔句韵，间插连句韵。

5，5。4，4，6。6，7，6。6，4。4，4，6。2，3，4，4。7，7。3，4，4，4。

丽景早春**时**，正花漏初**迟**。	◆◆◆◇◇，△◇◆◇◇。
东君出震，太和应物，恍惚中立丹**基**。	◇◇◆◆，◆◇◆◆，◆◆◇◆◇◇。
天风卦成随象，记合成□□□□，	◇◇◆◇◇◆，◆◆◇□□□□，
□□□必相**契**。	□□□◆◇◆。
三千六百火候，密运精**微**。	◇◇◆◆◆◆，◆◆◇◇。
蒸入肌肤，嫩红潮颊，自然旧容生**辉**。	◇◆◇◇，◆◇◇◆，◆◇◆◇◇◇。
情**志**，鄙凡尘，瑶圃满眼，都看桃**李**。	◇◆，◆◇◇，◇◆◆◆，◇◇◇◆。
晴云万叠开异色，灵光湛湛增秀**逸**。	◇◇◆◆◇◆◆，◇◇◆◆◇◆◆。
与道合，真境丹房，	◆◆◆，◇◆◇◇，
随时沐浴，亦向朝**夕**。	◇◇◆◆，◆◆◇◆。

【排遍第二】

单片。24 分句 8 复句，三/三/三/三/四/三/三/二/型复句组。平仄通押，隔句韵，间插连句韵。

5，4，4。4，4，6。3，4，4。4，4，4。6，4，6，4。5，6，6。3，7，5。4，6。

向虚靖晨**起**，朝元意达，冲漠怡**怡**。	△◇◆◇◆，◇◇◆◆，◇◆◇◇。
三天澄映，九光霁碧，如有鹤舞鸾**飞**。	◇◇◇◆，◆◇◆◆，◇◆◆◆◇◇。
泛空**际**，瑶室明**辉**，动与真**期**。	◆◇◆，◇◆◇◇，◆◆◇◇。
至理常寂，户庭无远，欣欣端**比**。	◆◆◇◆，◆◇◇◆，◇◇◇◆。
侍宴日在瑶**池**，师友多闲，	◆◆◆◆◇◇，◇◆◇◇，
抱琴沽酒度曲，笑采华**芝**。	◆◇◇◆◆◆，◆◆◇◇。
九节倚筇**时**，	◆◆◆◇◇，
何须钓月眠石，寻觅占渊静**逸**。	◇◇◆◆◇◆，◇◆◇◇◆◆。
乐修**持**，澹然灵府泳真**谛**，怡养丹光**里**。	◆◇◇，◆◇◇◆◆◇◆，◇◆◇◇◆。
春已收功，自育火枣交**梨**。	◇◆◇◇，◆◆◆◆◇◇。

【排遍第三】

单片。22 分句 8 复句，二/三/三/二/四/二/三/三/型复句组。平仄通押，隔句韵，间插连句韵。

4，6。6，4，4。5，4，4。4，4。6，4，4，6。5，6。4，6，6。3，3，4。

珠星璧月，昼景夜色相**催**。	◇◇◆◆，◆◆◆◆◇◇。
正阳炎序火府，龙珠蕴照，冰海融**澌**。	△◇◇◆◆◆，◇◇◆◆，◇◆◇◇。
洞天春常好，日日琪花，琼蕊芳**菲**。	◆◇◇◇◆，◆◆◇◇，◇◆◇◇。
绛景无别，惟似琉**璃**。	◆◆◇◆，◇◆◇◇。
平地环绕清**泚**，火中生莲，	◇◆◇◆◇◆，◆◇◇◇，
会成真物，更取海底龟**儿**。	◆◇◇◆，◆◆◆◆◇◇。
胜热涤暑风，全形莹若冰**肌**。	△◆◆◆◇，◇◇◆◆◇◇。
常存道**意**，	◇◇◆◆，
铄石流金无**畏**，共协混元一**气**。	◆◆◇◇◇◆，◆◆◆◇◆◆。
入冲**极**，觉自**己**，乾体还**归**。	◆◇◆，◆◆◆，◇◆◇◇。

【第四撷】

单片。19 分句 8 复句，二/二/四/二/二/三/二/二/型复句组。平仄通押，邻韵通押，隔句韵，间插连句韵。

4，5。5，5。4，4，4，6。4，4。4，6。3，4，4。4，5。7，5。

南薰殿阁，卷窗户新**翠**。	◇◇◆◆，△◇◆◇◆。
池沼十顷净，俯桥影横**霓**。	◇◆◆◆◆，◆◇◆◇◇。
龟鱼自乐，潺潺螭口，	◇◇◆◆，◇◇◇◆，
流水照碧，芰荷绿满长**堤**。	◇◆◆◆，◆◇◆◆◇◇。
柳烟水色，一派涟**漪**。	◆◇◆◆，◆◆◇◇。
松竹阴中，细风缓引凉**吹**。	◇◆◇◇，◆◇◆◆◇◇。
琴韵响，玉德风轸，声转瑶**徽**。	◇◆◆，◆◆◆◆，◇◆◇◇。
疏襟曳**履**，或行或凭**几**。	◇◇◆◆，◆◇◆◇◇。
待饮御玉鼎云英，怎更有炎**曦**。	△◆◆◆◆◇◇，◆◆◆◇◇。

【入破第一】

单片。19 分句 8 复句，三/二/二/二/二/三/三/二/型复句组。平仄通押，隔句韵，间插连句韵。

4，6，5。5，5。3，3。5，5。4，6。5，3，3。5，3，3。5，6。

秋容应节，渐肃景入窗**扉**，碧洞连翠**微**。	◇◇◆◆，△◆◆◆◇◇，◆◆◇◆◇。
南律回岩**桂**，金精壮盛**时**。	◇◆◇◇◆，◇◇◆◆◇。

拥蟾轮，生素**辉**。	◆◇◇，◇◆◇。
启口天为侣，是列仙行**缀**。	◆◆◇◇◆，△◆◇◇◆。
心均太上，欲度世缘无**亏**。	◇◇◆◆，◆◆◆◇◇◇。
用定力坚**持**，奉真常，惟凝**寂**。	△◆◆◇◇，◆◇◇，◇◇◆。
忱诚贯斗**极**，赐长生，仍久**视**。	◇◇◆◆◆，◆◇◇，◇◆◆。
洞达虚皇**位**，德寿高与天**齐**。	◆◆◇◇◆，◆◆◇◆◇◇。

【入破第二】

单片。20 分句 7 复句，二/三/四/二/三/三/三/型复句组。平仄通押，邻韵通押，隔句韵，间插连句韵。

6，5。5，5，5。3，3，5，5。6，4。5，3，3。5，3，3。2，4，5。

清昼静居香冷，风动万年**枝**。	◇◆◆◇◇◆，◇◆◆◇◇。
凉应兑卦**体**，秋色鸣轻**飔**，冥心运正**一**。	◇◇◆◆◆，◇◆◇◇◇，◇◇◆◆◆。
御铁牛，耕寸**地**，	◆◆◇，◇◆◆，
都种金钱花，秀色照戊**己**。	◇◆◇◇◇，◆◆◆◆◆。
新霜万物凋谢，我常无**为**。	◇◇◆◆◇◆，◆◇◇◇。
冲起浩然**气**，抱冲和，人间**世**。	◇◆◆◇◆，◆◇◇，◇◇◆。
登高共赏宴，泛东**篱**，菊尽**醉**。	◇◇◆◆◆，◆◇◇，◆◆◆。
谁**会**，登高意表，迥出凡尘**外**。	◇◆，◇◇◆◆，◆◆◇◇◆。

【入破第三】

单片。18 分句 8 复句，二/三/三/二/二/二/二/二/型复句组。平仄通押，隔句韵，连句韵。

4，5。5，3，3。4，3，3。5，5。4，6。5，6。5，6。4，7。

光铺晓**曦**，云影拂霜**低**。	◇◇◆◇，◇◆◆◇◇。
空阔飞鸿过，两三行，向天**际**。	◇◆◇◇◆，◆◇◇，◆◇◆。
晴景乍升，晃疏棂，蜂翅**迷**。	◇◆◆◇，◆◇◇，◇◆◇。
密障红炉暖，香缕飘烟**细**。	◆◆◇◇◆，◇◆◇◇◆。
超然坐久，幽径试寻寒**梅**。	◇◇◆◆，◇◆◆◇◇◇。
酥点竹间**稀**，正疏蓓吐南**枝**。	◇◆◆◇◇，△◇◆◆◇◇。
微阳动细**蕊**，任斜日沉澹**晖**。	◇◇◆◆◆，△◇◆◇◆◇。
惨惨寒**威**，晚知皓雪欲垂**垂**。	◆◆◇◇，◆◇◆◆◆◇◇。

【入破第四】

单片。17 分句 8 复句，二/二/三/二/二/二/二/二/型复句组。平仄通押，隔句韵，间插连句韵。

5，5。5，5。5，3，3。5，5。4，6。5，6。5，6。4，5。

黄钟正严凛，飞舞屑琼**瑰**。	◇◇◆◇◆，◇◆◆◇◇。
清赏丰年**瑞**，云液喜传**杯**。	◇◆◇◇◆，◇◆◆◇◇。
阴爻会见复，动一阳，生浩**气**。	◇◇◆◆◆，◆◆◇，◇◆◆。
谁问添宫线，炼功在金**液**。	◇◆◇◇◆，◆◇◆◇◆。
晴檐试暖，表里莹如无**疵**。	◇◇◆◆，◆◆◆◇◇◇。
庭柳漏春信，更萱色侵苔**砌**。	◇◆◆◇◆，△◇◆◇◇◆。
优游岁向晚，叹人间时序**疾**。	◇◇◆◆◆，△◇◇◇◆◆。
还捧椒觞，羽衣礼无**极**。	◇◆◇◇，◆◇◆◇◆。

【第五煞】

单片。14 分句 6 复句，二/二/二/二/三/三/型复句组。平仄通押，连句韵，隔句韵。

4，5。4，6。4，5。3，7。4，2，6。4，5，8。

多景推**移**，便似风灯**里**。	◇◆◇◇，◆◆◇◇◆。
将尘寰喻，尘里白驹过**隙**。	◇◇◇◆，◇◆◆◇◆◆。
今世过却，来生何处**觅**。	◇◆◆◆，◇◇◇◆◆。
失时**节**，生死到来嗟何**及**。	◆◇◆，◇◆◆◇◇◇◆。
勤而行**之**，竞**力**，待与钟吕相**期**。	◇◇◇◇，◆◆，◆◆◇◆◇◇。
三千行满，连环脱下**已**，	◆◇◇◆，◇◇◆◆◆，
驾青鸾素鹤朝太**微**。	◆◇◇◆◆◇◆◇。

654. 【太清歌】

1. 始词南宋史浩作。
2. 宋代《太清舞》歌辞，由六首《太清歌》和一首《破子》组成。六首【太清歌】为“同调联章”，其源见于唐敦煌民间写本歌辞之“联章体”，最终以【破子】结束，音乐上【太清歌】与【破子】有“带过”之意味。
3. 六首【太清歌】体式相同，双片，上片三韵，下片二韵，连句韵、隔句韵；【破子】单片九仄韵，首起隔句韵，继连句韵。
4. 【太清歌】见史浩六首，另存无名氏《太清歌词》残词二句，不录。

太清歌

9 分句 4 复句。双片。上片 4 分句 2 复句，二/二/型复句组；下片 5 分句 2 复句，三/二/型复句组。仄韵，首二句连韵，隔句韵。律词。

7，5。5，5。

7，3，4。5，5。——南宋·史浩·《全宋词》第1254页

其一

武陵自古神仙**府**，有渔人迷**路**。	◆◇◆◆◇◇◆，△◇◇◇◆。
洞户迸寒泉，泛桃花容**与**。	◆◆◆◇◇，△◇◇◇◆。
寻花迤逦见灵光，舍扁舟，飘然入**去**。	◇◇◆◆◆◇◇，◆◇◇，◇◇◆◆。
注目渺红霞，有人家无**数**。	◆◆◆◇◇，△◇◇◇◆。

同体式作品：南宋：史浩《太清舞·太清歌》5首。

破子

【破子】单片。10分句5复句，二/二/二/二/二/型复句组。平韵，连句韵，间插隔句韵。律词。

3，3。3，4。5，5。7，5。5，5。——南宋·史浩·《全宋词》第1254页

游尘世，到仙**乡**。	◇◇◆，◆◇◇。
喜君**王**，跻治虞**唐**。	◆◇◇，◆◆◇◇。
文德格遐**荒**，四裔尽来**王**。	◇◆◆◇◇，◇◇◆◇◇。
干戈偃息岁丰**穰**，三万里农**桑**。	◇◇◇◆◆◇◇，◇◆◆◇◇。
归去告穹**苍**，锡圣寿无**疆**。	◇◆◆◇◇，◆◆◆◇◇。

同体式作品：无。

655.【迎仙客】

1. 始词南宋史浩作。
2. 词咏调名本意。
3. 双片，每片六仄韵，连句韵，间插隔句韵。
4. 此调仅见史浩一首。

始词：14分句6复句。双片。每片7分句3复句，三/二/二/型复句组。仄韵，连句韵，间插隔句韵。律词。

3，3，7。3，3。4，5。

3，3，7。3，3。4，5。——南宋·史浩·《全宋词》第1271页

迎仙客

洞天

瑞云**绕**，四窗**好**，何须隔水寻蓬**岛**。	◆◇◆，◆◇◆，◇◇◆◆◇◇◆。

日常**晓**，春不**老**。 ◆◇◆，◇◆◆。
玉蕊楼台，果是无尘**到**。 ◆◆◇◇，◆◆◇◇◆。

没智**巧**，没华**妙**，个中只喜风波**少**。 ◆◆◆，◆◇◆，◆◇◆◆◇◇◆。
清尊**倒**，朱颜**笑**。 ◇◇◆，◇◇◆。
回首行人，犹在长安**道**。 ◇◆◇◇，◇◆◇◇◆。

同体式作品：无。

656. 【教池回】

1. 始词南宋史浩作。
2. 双片，每片五平韵，隔句韵，间插连句韵。
3. 此调仅见史浩一首。

始词：22 分句 8 复句。双片。每片 11 分句 4 复句，三/二/三/三/型复句组。平韵，隔句韵，间插连句韵。

4，4，6。5，5。3，5，6。3，4，4。
6，3，6。3，5。2，6，6。3，4，4。——南宋·史浩·《全宋词》第 1272 页

教池回

竞渡

云淡天低，疏雨乍霁，桃溪嫩绿蒙**茸**。 ◇◆◇◇，◇◆◆◆，◇◇◆◆◇◇。
珠帘映画毂，金勒耀花**骢**。 ◇◇◆◆◆，◇◆◆◇◇。
绕湖上，罗衣隘香**风**，擘波双引蛟**龙**。 ◆◇◆，◇◇◆◇◇，◆◇◇◆◇◇。
寻奇处，高标锦段，各骋英**雄**。 ◇◇◆，◇◇◆◆，◆◆◇◇。

缥缈初登彩舫，箫鼓沸，群仙玉佩丁**东**。 ◆◆◇◇◆◆，◇◆◆，◇◇◆◆◇◇。
夕阳**中**，拚一饮千**钟**。 ◆◇◇，△◆◆◇◇。
看看，见璧月穿林杪，十洲三岛春**容**。 ◆◆，△◆◆◇◇◆，◆◇◆◆◇◇。
醉归去，双旌摇曳，夹路金**笼**。 ◆◇◆，◇◇◇◆，◆◆◇◇。

同体式作品：无。

657. 【白苎】

1. 始词南宋史浩作。

2. 始源为六朝江南吴地民间《白纻舞》歌调。《宋书·乐志》《乐府诗集》录有南朝齐梁沈约《四时白纻歌》、张率《白纻歌》九首，皆七言体。《白纻》曲调在宋代民间仍然流行，张先《天仙子》“杯休数，清夜为君歌白苎”，但文人作者甚少。
3. 双片，始词上片九韵，下片六韵，变体韵数有变；仄韵，隔句韵。

始词：29 分句 10 复句。双片。上片 14 分句 5 复句，三/二/二/三/四/型复句组；下片 15 分句 5 复句，五/二/三/三/二/型复句组。仄韵，隔句韵，间插连句韵。

3，3，4。4，6。6，3。2，3，6。2，7，6，3。

2，4，4，4，6。4，6。4，4，6。4，4，4。6，3。

——南宋·史浩·《全宋词》第 1281 页

白苎

次韵真书，记梅花。

腊天寒，晓风劲，幽香频**吐**。	◆◇◇，◆◇◆，◇◇◇◆。
精神绰约，谁羡姑射居**处**。	◇◇◆◆，◇◆◇◆◇◆。
江南探春独**步**，恨无**侣**。	◇◇◆◇◆◆，◆◇◆。
微**语**，又谁管，雪势霜威埋**妒**。	◇◆，◆◇◆，◆◆◇◇◇◆。
且**图**，少陵东阁作诗**苦**，	◆◇，◆◇◇◆◆◇◆，
拟烦玉纤轻拗，宁相**许**。	◆◇◆◇◇◆，◆◇◆。
惜**取**，栏干遍倚，月淡黄昏，	◆◆，◇◇◆◆，◆◆◇◇，
水边清浅，不放红尘染**污**。	◆◇◇◆，◆◆◇◇◆◆。
似名画手，丹青罢施缃**素**。	△◇◆◆，◇◇◆◇◇◆。
不随艳卉，强媚韶光，一瞬飘荡无**据**。	◆◇◆◆，◇◆◇◇，◆◆◇◆◇◆。
只恐金门，宝鼎方调，时时来**觑**。	◆◆◇◇，◆◆◇◇，◇◇◇◆。
便把枝头豆颗，朝天**去**。	◆◆◇◇◆◆，◇◇◆。

同体式作品：无。

增减字：

(一) 3，3，4。4，6。6，3。5，3，4。4，6，3，5。○ 2，4，4，4，6。3，6。4，6，4。4，4，4。4，5。南宋：(传) 紫姑 1 首。

变体二

较始词复句数不变，分句数增 1

【变体二】30 分句 10 复句。双片。上片第四复句较始词增 1 分句，下片与始词同。每片 15 分句 5 复句，上片三/二/二/四/四/型复句组；下片五/二/三/三/二/型复句组。仄韵，隔句韵。

3，3，4。4，6。3，7。2，3，3，4。4，6，3，7。

2，4，4，4，6。5，4。4，5，4。4，4，4。4，5。

——南宋·蒋捷·《全宋词》第 3443 页

白苎

正春晴，又春冷，云低欲**落**。	◆◇◇，◆◇◆，◇◇◆◆。
琼苞未剖，早是东风作**恶**。	◇◇◆◆，◆◆◇◇◆◆。
旋安排，一双银蒜镇罗**幕**。	◆◇◇，◆◇◇◆◆◇◆。
幽**壑**，水生漪，皱嫩绿，潜鳞初**跃**。	◇◆，◆◇◇，◆◆◆，◇◇◇◆。
愔愔门巷，桃树红才约**略**，	◇◇◇◆，◇◆◇◇◆◆，
知甚时，霁华烘破青青**萼**。	◇◆◇，◆◇◇◆◇◇◆。
忆**昨**，□□□□，引蝶花边，	◆◆，□□□□，◆◆◇◇，
近来重见，身学垂杨瘦**削**。	◆◇◇◆，◇◆◇◇◆◆。
问小翠眉山，为谁攒**却**。	◆◆◆◇◇，◆◇◇◆。
斜阳院宇，任蛛丝罥遍，玉筝弦**索**。	◇◇◆◆，◆◇◇◆◆，◆◇◇◆。
户外惟闻，放剪刀声，深在妆**阁**。	◆◆◇◇，◆◆◇◇，◇◆◇◆。
料想裁缝，白苎春衫**薄**。	◆◆◇◇，◆◆◇◇◆。

同体式作品：无。

附：南朝·梁·沈约《四时白纻歌》

春白纻

兰叶参差桃半红，飞芳舞縠戏春风。如娇如怨状不同，含笑流眄满堂中。

（和）翡翠群飞飞不息，愿在云间长比翼。佩服瑶草驻容色，舜日尧年欢无极。

夏白纻

朱光灼烁照佳人，含情送意遥相亲。嫣然一转乱心神，非子之故欲谁因。

（和）翡翠群飞飞不息，愿在云间长比翼。佩服瑶草驻容色，舜日尧年欢无极。

秋白纻

白露欲凝草已黄，金管玉柱响洞房。双心一影俱回翔，吐情寄君君莫忘。

（和）翡翠群飞飞不息，愿在云间长比翼。佩服瑶草驻容色，舜日尧年欢无极。

冬白纻

寒闺昼密罗幌垂，婉容丽色心相知。双去双还誓不移，长袖拂面为君施。

（和）翡翠群飞飞不息，愿在云间长比翼。佩服瑶草驻容色，舜日尧年欢无极。

夜白纻

秦筝齐瑟燕赵女，一朝得意心相许。明月如规方袭予，夜长未央歌白纻。

（和）翡翠群飞飞不息，愿在云间长比翼。佩服瑶草驻容色，舜日尧年欢无极。

658.【采莲】

1. 南宋史浩作。
2. 大曲。曲名《采莲》，词题总名《寿乡词》。全套八“遍”歌辞：【延遍】【攧遍】【入破】【衮遍】【实催】【衮】【歇拍】【煞衮】。
3. 据《全宋词》文本，每遍有双片、单片二体，词式各异；亦可考虑每遍皆为单片，兹据《全宋词》的分片为谱。全套通韵，平仄通押，邻韵通押，连句韵、隔句韵。

采莲·寿乡词

【延遍】

双片。18分句5复句。上片9分句3复句，二/三/四/型复句组；下片9分句2复句，四/五/型复句组。平仄通押，隔句韵、连句韵。

3，7。4，4，4。4，4，6，3。
6，4，4，4。4，4，4，6，3。——南宋·史浩·《全宋词》第1250页（下同）

霞霄上，有寿乡广袤无**际**。	◇◇◆，△◆◇◆◆◇◆。
东极沧海，缥缈虚无，蓬莱弱**水**。	◇◆◇◆，◆◆◇◇，◇◇◆◆。
风生屋浪，鼓楫扬旌，	◇◇◆◆，◆◆◇◇，
不许凡人得至，甚幽**邃**。	◆◆◇◇◆◆，◆◇◆。
试右望金枢**外**，西母楼阁，	△◆◆◇◇◆，◇◆◇◆，
玉阙瑶**池**，万顷琉**璃**。	◆◆◇◇，◆◆◇◇。
双成倩巧，方朔诙谐，来往徜徉，	◇◇◆◆，◇◆◇◇，◇◆◇◇，
霓裳飘摇宝**砌**，更希**奇**。	◇◇◇◇◆◆，◆◇◇。

【攧遍】

双片。17分句6复句。上片8分句3复句，二/三/三/型复句组；下片9分句3复句，二/四/三/型复句组。平仄通押，连句韵、隔句韵。

5，5。5，3，4。7，3，4。
4，4。4，5，3，4。5，7，3。

南邻幄丹宫，赤伏显符**记**。	◇◇◆◇◇，◆◆◆◇◆。
朱陵曜绮绣，箕翼炯，瑞光腾**起**。	◇◇◆◆◆，◇◆◆，◆◇◇◆。
每岁秋分老人见，表皇家，袭庆迎**祺**。	◆◆◇◇◆◇◆，◆◇◇，◆◆◇◇。
天子当膺，无疆万**岁**。	◇◆◇◇，◇◇◆◆。

北窥玄冥，魁杓拥佳**气**，	◆◇◇◇，◇◆◆◇◆，
长拱**极**，终古无**移**。	◇◆◆，◇◆◇◇。
论南北东**西**，相直何啻千万**里**，信难**计**。	△◆◆◇◇，◇◆◇◆◇◆◆，◆◇◆。
【入破】	
单片。17分句7复句，二/二/二/三/三/二/三/型复句组。平仄通押，连句韵、隔句韵。	
6，5。7，6。6，5。6，3，4。3，3，3。4，4。4，4，6。	
璇穹层云上覆，光景如梭**逝**。	◇◇◇◇◆◆，◇◆◇◇◆。
惟此过隙缓征**辔**，垂象森列昭**回**。	◇◆◆◆◆◇◆，◇◆◇◆◇◇。
碧落卓然躔度，炳曜更腾**辉**。	◆◆◆◇◇◆，◆◆◆◇◇。
永永清光晔**炜**，绵四野，金璧为**地**。	◆◆◇◇◆◆，◇◆◆，◇◆◇◆。
蕊珠馆，琼玖**室**，俱高**峙**。	◆◇◆，◇◆◆，◇◇◆。
千种奇葩，松椿可**比**。	◇◆◇◇，◇◇◆◆。
暗香幽馥，岁岁长春，阳乌何曾西**委**。	◆◇◇◆，◆◆◇◇，◇◇◇◇◇◆。
【衮遍】	
单片。19分句5复句，四/三/三/五/四/型复句组。平仄通押，隔句韵，间插连句韵。	
3，3，4，4。5，6，4。4，4，6。5，5，3，3，4。3，3，6，6。	
遍此境，人乐康，挟难老术，悟长生**理**。	◆◆◆，◇◆◇，◆◇◆◆，◆◇◇◆。
尽阿僧祇劫，赤松王令安**期**，彭篯盛**矣**。	◆◇◇◇◆，◆◇◇◆◇◇，◇◇◆◆。
尚为婴**稚**，鹤算龟龄，绛老休夸甲**子**。	◆◇◇◆，◆◆◇◇，◆◆◇◇◆◆。
鲐背耸黄发，垂**髫**更童颜，	◇◆◆◇◆，◇◆◆◇◇，
长鼓腹，同游**戏**，真是华**胥**。	◇◆◆，◇◇◆，◇◆◇◇。
行有歌，坐有乐，	◇◆◇，◆◆◆，
献笑都是神仙，时见群翁启**齿**。	◆◆◇◆◇◇，◇◆◇◇◆◆。
【实催】	
双片。19分句6复句。上片9分句3复句，三/二/四/型复句组；下片10分句3复句，三/二/五/型复句组。平仄通押，隔句韵、连句韵。	
4，4，5。5，3。4，4，6，4。 3，4，6。3，4。3，3，4，4，4。	
露华霞液，云浆椒醑，恣玉斝金**罍**。	◆◇◇◆，◇◇◇◆，◆◆◆◇◇。
交酬成雅**会**，拚沉**醉**。	◇◇◇◆◆，◇◇◆。
中山千日，未为长久，	◇◇◇◆，◆◇◇◆，
今此陶陶一饮，动经万**祀**。	◇◆◇◇◆◆，◆◇◆◆。

陈果蔬，皆是奇**异**，似瓜如斗尽**备**。	◇◆◆，◇◆◇◆，◆◇◇◆◆◆。
三千**岁**，一熟珍**味**。	◆◇◆，◆◆◇◆。
饤坐中，莹似玉，爽口流涎，	◆◆◇，◇◆◆，◆◆◇◇，
三偷不枉，西真指**议**。	◆◇◆◆，◇◇◆◆。

【衮】

单片。19 分句 5 复句。三/三/三/五/五/型复句组。平仄通押，连句韵、隔句韵。

3，3，4。4，4，7。6，6，6。3，4，3，3，3。4，3，4，4，7。

有珍馔，时时**馈**，滑甘丰**腻**。	◆◇◆，◇◇◆，◆◇◇◆。
紫芝荧煌，嫩菊秀**媚**，贮玛瑙琥珀精**器**。	◆◇◇◇，◆◆◆◆，◆◆◆◆◆◇◆。
延年益寿莫**拟**，人间烹饪徒**费**，	◇◇◆◆◆◆，◇◇◇◆◇◆，
休说龙肝凤**髓**。	◇◆◇◇◆◆。
动妙乐，仙音鼎**沸**，	◆◆◆，◇◇◆◆，
玉箫清，瑶瑟**美**，龙笛**脆**。	◆◇◇，◇◆◆，◇◆◆。
杂还飞鸾，花茵上，趁拍红牙，	◆◇◇◇，◇◇◆，◆◆◇◇，
余韵修扬，竟海变桑田未**止**。	◇◆◇◇，△◆◆◇◇◆◆。

【歇拍】

单片。18 分句 6 复句，二/四/二/五/三/二/型复句组。平仄通押，隔句韵、连句韵。

6，4。4，4，4，4。4，6。3，4，3，3，3。4，4，6。4，4。

其间有洞天侣，思游尘**世**。	◇◇◆◆◇◆，◇◇◇◆。
珠葆摇**曳**，华表真人，	◇◆◇◆，◇◆◇◇，
清江使者，相从密**议**。	◇◇◆◆，◇◇◆◆。
此老邀**嬉**，我辈应须随**侍**。	◆◆◇◇，◆◆◇◇◇◆。
正举步，忽思同**类**，	◆◆◆，◆◇◇◆，
十八公，方耸壑，宜邀**致**。	◆◆◇，◇◆◆，◇◇◆。
夙驾星言，人争图**绘**，揭来鄞山甬**水**。	◆◆◇◇，◇◇◇◆，◆◇◇◇◆◆。
因此崇成，四明里**第**。	◇◆◇◇，◆◇◆◆。

【煞衮】

单片。14 分句 4 复句，三/五/二/四/型复句组。平仄通押，连句韵、隔句韵。

3，4，6。4，4，4，6，6。6，4。6，7，5，6。

吾皇**喜**，光宠无**贰**，玉带金鱼荣**贵**。	◇◇◆，◇◆◇◆，◆◆◇◇◇◆。
或者疑**之**，岂识圣明，曾主斯乡，	◆◆◇◇，◆◆◆◇，◇◆◇◇，
尝相与尽缱绻，胶漆何可相**离**。	◇◇◆◆◆◆，◇◆◇◆◇◇。

今日风云合**契**，此实天**意**。	◇◆◇◇◆◆，◆◆◇◆。
吾皇圣寿无**极**，享晏粲千载相逢，	◇◇◆◆◇◆，◆◆◆◇◆◇◇，
我翁亦昌**炽**，永作升平上**瑞**。	◆◇◆◇◆，◆◆◇◇◆◆。

659.【大圣乐令】

1. 始词南宋仲并作。
2. 大曲摘遍单行小令。【大圣乐】，宫廷宴乐曲调，宋教坊四十大曲之一（见《宋史·乐志》），亦为宋杂剧曲调，南宋·周密《武林旧事》卷十“官本杂剧段数”，录有《柳毅大圣乐》等三种。
3. 长调【大圣乐】，作同源词调处理。
4. 双片，每片三仄韵，隔句韵。
5. 此调仅见仲并一首。

始词：12 分句 4 复句。双片。每片 6 分句 2 复句，三/三/型复句组。仄韵，隔句韵。

7，3，4。4，4，4。
7，3，4。4，4，4。——南宋·仲并·《全宋词》第 1287 页

大圣乐令

赠小妓

豆蔻梢头春正**早**，敛修眉，未经重**扫**。	◆◆◇◇◇◆◆，◆◇◇，◆◇◇◆。
湖山清远，几年牢落，风韵初**好**。	◇◇◇◆，◆◇◇◆，◇◆◇◆。
慢绾垂螺最娇**小**，是谁家，舞腰袅**袅**。	◆◆◇◇◆◇◆，◆◇◇，◆◇◆◆。
而今莫谓，春归等闲，分付芳**草**。	◇◇◆◆，◇◇◆◇，◇◆◇◆。

同体式作品：无。

同源词调：【大圣乐】

1. 署名始词为南宋陆游作；传无名氏《大圣乐》一首，南宋刘辰翁谓之“古词”，《钦定词谱》署名为南宋初康与之作。兹以陆游词为始词，无名氏词姑列其后。
2. 宋教坊大曲《大圣乐》摘遍单行词调。
3. 双片，每片五韵，变体韵数或有变；平、仄二韵式，或平仄通押，隔句韵。

始词：24 分句 8 复句。双片。每片 12 分句 4 复句，二/四/三/三/型复句组。平韵，隔句韵，间插连句韵。

4，8。5，4，4，4。4，4，7。3，5，4。

6，8。5，4，4，4。4，4，7。3，5，4。——南宋·陆游·《全宋词》第 1601 页

大圣乐

电转雷惊，自叹浮生四十二**年**。	◆◆◇◇，◆◆◇◇◆◆◆◇。
试思量往事，虚无似梦，	△◇◇◆◆，◇◇◆◆，
悲欢万状，合散如**烟**。	◇◇◆◆，◆◆◇◇。
苦海无**边**，爱河无底，流浪看成百漏**船**。	◆◆◇◇，◆◇◇◆，◇◆◆◇◆◆◇。
何人解，问无常火里，铁打身**坚**。	◇◇◆，△◇◇◆◆，◆◆◇◇。
须臾便是华**颠**，好收拾形体归自**然**。	◇◇◆◆◇◇，△◇◆◇◆◇◆◇。
又何须着意，求田问舍，	△◇◇◆◆，◇◇◆◆，
生须宦达，死要名**传**。	◇◇◆◆，◆◆◇◇。
寿夭穷通，是非荣辱，此事由来都在**天**。	◆◇◇◇，◆◇◇◆，◆◆◇◇◇◆◇。
从今去，任东西南北，作个飞**仙**。	◇◇◆，△◇◇◇◆，◆◆◇◇。

同体式作品：无。

变体二

较始词复句数不变，分句数有变。

变体二·1

23 分句 8 复句

【变体二·1】23 分句 8 复句。双片。上片分句数与始词同，复句型有变，12 分句 4 复句，三/三/三/三/型复句组；下片第二复句较始词减 1 分句，11 分句 4 复句，二/三/三/三/型复句组。平仄通押，隔句韵。

4，4，4。7，6，4。7，3，5。3，5，4。

6，8。5，4，4。4，4，7。3，5，4。——宋·无名氏·《全宋词》第 3740 页

大圣乐

初夏

千朵奇峰，半轩微雨，晓来初**过**。	◇◆◇◇，◆◇◇◆，◆◇◇◆。
渐燕子引教雏飞，	△◆◆◆◇◇◇，
菡萏暗薰芳草，池面凉**多**。	◆◆◆◇◇◆，◇◆◇◇。
浅斟琼卮浮绿蚁，展湘簟，双纹生细**波**。	◆◇◇◇◇◆◆，◆◇◆，◇◇◇◆◇。
轻纨举，动团圆素月，仙桂婆**娑**。	◇◇◆，◆◇◇◆◆，◇◆◇◇。
临风对月恣乐，便好把千金邀艳**娥**。	◇◇◆◆◆◆，◆◆◆◇◇◇◆◇。
幸太平无事，击壤鼓腹，携酒高**歌**。	△◆◇◇◆，◆◆◆◆，◇◆◇◇。
富贵安居，功名天赋，争奈皆由时命**呵**。	◆◆◇◇，◇◇◇◆，◇◆◇◇◇◆◇。

休眉**锁**，问朱颜去了，还更来**么**。 ◇◇◆，△◇◇◆◆，◇◆◇◇。

按： 本词一传为南宋初康与之作。

同体式作品： 无。

变体二·2

27分句8复句

【变体二·2】27分句8复句。上片较始词增3分句，15分句4复句，三/五/四/三/型复句组；下片复句数与始词同，复句型有变，12分句4复句，三/三/三/三/型复句组。平仄通押，隔句韵。

4，4，4。3，4，3，4，4。3，4，3，6。3，4，4。

3，7，3。4，4，4。4，4，7。3，5，4。——南宋·刘辰翁·《全宋词》第3214页

大圣乐

伤春

余尝爱古词云："休眉锁，问朱颜去也，还更来么。"音韵低黯，辞情跌宕，庶几哀而不怨，有益于幽忧憔悴者。然二语外率鄙俚，因依声仿佛，反之和之。此曲少有作者，流为善歌，则或数十叠，其声皆不可考。今特以意高下，未必尽合本调，聊以纾思志感云尔。

芳草如云，飞红似雨，卖花声**过**。 ◇◆◇◇，◇◇◆◆，◆◇◇◆。
况回首，洗马塍荒，更寒食， ◆◇◆，◆◆◇◇，◆◇◆，
宫人斜闭，烟雨铜**驼**。 ◇◇◇◆，◇◆◇◇。
提壶卢，何所得酒， ◇◇◇，◇◆◆◆，
泥滑滑，行不得也哥**哥**。 ◇◆◆，◇◆◆◆◇◇。
伤心处，斜阳巷陌，人唱西**河**。 ◇◇◆，◇◇◆◆，◇◆◇◇。

天下事，不如意十常八九，无奈**何**。 ◇◆◆，◆◇◆◆◇◆◆，◇◆◇。
论兵忍事，对客称好，面皱如**靴**。 ◇◇◆◆，◆◆◇◆，◆◆◇◇。
广武噫嘻，东陵反覆，欢乐少兮哀怨**多**。 ◆◆◇◇，◇◇◆◆，◇◆◆◇◇◆◇。
休眉**锁**，问朱颜去也，还更来**么**。 ◇◇◆，◆◇◇◆◆，◇◆◇◇。

同体式作品： 无。

变体二·3

21分句8复句

【变体二·3·1】21分句8复句，上片分句数与始词同，复句型有变，12分句4复句，三/四/二/三/型复句组；下片第二、三、四复句较始词各减1分句，9分句4复句，二/三/二/二/型复句组。仄韵，隔句韵，间插连句韵。

4，4，4。3，4，4，6。7，8。3，5，4。

6，8。5，4，4。7，8。3，7。——南宋·周密·《全宋词》第3267页

大圣乐

东园饯春，即席分题。

娇绿迷云，倦红颦晓，嫩晴芳**树**。	◇◆◇◇，◆◇◇◆，◆◇◇◆。
渐午阴，帘影移香，	◆◆◇，◇◆◇◇，
燕语梦回，千点碧桃吹**雨**。	◆◆◆◇，◇◆◆◇◇◆。
冷落锦宫人归后，记前度兰桡停翠**浦**。	◆◆◆◇◇◇◆，△◇◆◇◇◇◆◆。
凭阑久，谩凝想凤翘，慵听金**缕**。	◇◇◆，△◇◆◆◆，◇◇◇◆。
留春问谁最**苦**，奈花自无言莺自**语**。	◇◇◆◇◆◆，△◇◆◇◇◇◆◆。
对画楼残照，东风吹远，天涯何**许**。	△◆◇◇◆，◇◇◇◆，◇◇◇◆。
怕折露条愁轻别，更烟暝长亭啼杜**宇**。	◆◆◆◇◇◇◆，△◇◆◇◇◇◆◇。
垂杨晚，但罗袖暗沾飞**絮**。	◇◇◆，△◇◆◆◇◇◆。

同体式作品：南宋：周密 1 首。

【变体二·3·2】21 分句 8 复句。全词分句数复句数与【变体二·3·1】同，每片分句数复句型有变。上片 11 分句 4 复句，三/三/二/三/型复句组；下片 10 分句 4 复句，二/三/二/三/型复句组。仄韵，隔句韵，间插连句韵。

4，4，4。7，4，6。7，8。3，5，4。

6，8。5，4，6。7，8。3，3，4。——南宋·张炎·《全宋词》第 3484 页

大圣乐

华春堂分韵，同赵学舟赋。

隐市山林，傍家池馆，顿成佳**趣**。	◆◆◇◇，◆◇◇◆，◆◇◇◆。
是几番临水看云，就树揽香，	△◆◇◇◆◇◇，◆◆◆◇，
诗满阑干横**处**。	◇◆◇◇◇◆。
翠径小车行花影，听一片春声人笑**语**。	◆◆◆◇◇◇◆，△◆◆◇◇◇◆◆。
深庭**宇**，对清昼渐长，闲教鹦**鹉**。	◇◇◆，△◇◆◆◇，◇◇◇◆。
芳情缓寻细**数**，爱碧草平烟红自**雨**。	◇◇◆◇◆◆，△◆◆◇◇◇◆◆。
任燕来莺**去**，香凝翠暖，歌酒清时钟**鼓**。	△◆◇◇◆，◇◇◆◆，◇◆◇◇◇◆。
二十四帘冰壶里，有谁在箫台犹醉**舞**。	◆◆◆◇◇◇◆，◆◇◆◇◇◇◆◆。
吹笙**侣**，倚高寒，半天风**露**。	◇◇◆，◆◇◇，◆◇◇◆。

同体式作品：无。

变体二·4

22 分句 8 复句

【变体二·4】22 分句 8 复句。上片分句数与始词同，复句型有变。12 分句 4 复句，三/三/三/三/型复句组；下片减 2 分句，10 分句 4 复句，二/二/三/三/型复句组。平仄通押，隔句韵，间插连句韵。

4，4，4。7，6，4。7，3，5。3，5，4。

6，8。9，4。4，4，7。3，5，4。——南宋·蒋捷·《全宋词》第 3434 页

大圣乐

陶成之生日

笙月凉边，翠翘双舞，寿仙曲**破**。	◇◆◇◇，◆◇◇◆，◆◇◆◆。
更听得艳拍流星，	◆◇◆◆◆◇◇，
慢唱寿词初了，群唱莲**歌**。	◆◆◆◇◇◆，◇◆◇◇。
主翁楼上披鹤氅，展一笑，微微红透**涡**。	◆◇◇◆◇◆◆，◆◆◆，◇◇◇◆◇。
襟怀好，纵炎官驻伞，长是春**和**。	◇◇◆，△◇◇◆◆，◇◆◇◇。
千年鼻祖事业，记曾趁雷声飞快**梭**。	◇◇◆◆◆◆，△◇◆◇◇◇◆◇。
但也曾三径抚松采菊，随分吟**哦**。	◆◆◇◆◆◆◇◆◆，◇◆◇◇。
富贵云浮，荣华风**过**，淡处还他滋味**多**。	◆◆◇◇，◇◇◇◆，◆◆◇◇◇◆◇。
休辞饮，有碧荷贮酒，深似金**荷**。	◇◇◆，△◆◇◆◆，◇◆◇◇。

同体式作品：无。

660.【四犯令】

【四和香】

1. 始词南宋关注作。
2. 一名【四和香】。“四犯”、“四和”，指本调摘取四曲乐句合为一调。所取具体曲调不详。
3. 双片，每片四仄韵，连句韵、隔句韵。

始词：10 分句 4 复句。双片。每片 5 分句 2 复句，二/三/型复句组。仄韵，邻韵通押，连句韵、隔句韵。

7，5。7，3，3。

7，5。7，3，3。——南宋·关注·《全宋词》第 1295 页

四犯令

桂华明

缥缈神京开洞**府**，遇广寒宫**女**。	◆◆◇◇◇◆◆，△◆◇◇◆。
问我双鬟梁溪**舞**，还记得，当时**否**。	◆◆◇◇◇◇◆，◇◆◆，◇◇◆。
碧玉词章教仙**侣**，为按歌宫**羽**。	◆◆◇◇◆◇◆，◆◆◇◇◆。
皓月满窗人何**处**，声永断，瑶台**路**。	◆◆◆◇◇◇◆，◇◆◆，◇◇◆。

同体式作品：南宋：侯寘 1 首，李处全 1 首（【四和香】）。

661.【舞杨花】

1. 始词南宋康与之作。
2. 宋高宗赵构自制曲。宋张端义《贵耳集》："慈宁殿赏牡丹，时椒房受册，三殿极欢。上洞达音律，自制曲，赐名《舞杨花》，停觞命小臣赋词俾贵人歌，以侑玉卮为寿，左右皆呼万岁。"
3. 双片，每片五平韵，隔句韵，间插连句韵。
4. 此调仅见康与之一首。

始词：19 分句 8 复句。双片。上片 9 分句 4 复句，二/二/三/二/型复句组；下片 10 分句 4 复句，三/二/三/二/型复句组。平韵，隔句韵，间插连句韵。

7，6。5，5。7，3，4。6，6。

6，5，4。4，5。7，3，4。6，6。——南宋·康与之·《全宋词》第 1303 页

舞杨花

牡丹半坼初经雨，雕槛翠幕朝**阳**。	◆◇◆◆◇◇◆，◇◆◆◆◇◇。
娇困倚东风，羞谢了群**芳**。	◇◆◆◇◇，◇◆◆◇◇。
洗烟凝露向清晓，步瑶台，月底霓**裳**。	◆◇◇◆◆◇◆，◆◇◇，◆◆◇◇。
轻笑淡拂宫**黄**，浅拟飞燕新**妆**。	◇◆◆◆◇◇，◆◆◇◆◇◇。
杨柳啼鸦昼永，正秋千庭馆，风絮池**塘**。	◇◆◇◇◆◆，△◇◇◇◆，◇◆◇◇。
三十六宫，簪艳粉浓**香**。	◇◆◆◇，◇◆◆◇◇。
慈宁玉殿庆清赏，占东君，谁比花**王**。	◇◇◆◆◇◇◆，◆◇◇，◇◆◇◇。
良夜万烛荧**煌**，影里留住年**光**。	◇◆◆◆◇◇，◆◆◇◆◇◇。

同体式作品：无。

662.【金菊对芙蓉】

1. 始词南宋康与之作。
2. 双片，上片四韵，下片六韵，平韵，隔句韵。

始词：22 分句 8 复句。双片。每片 11 分句 4 复句，三/二/三/三/型复句组。平韵，邻韵通押，隔句韵，间插连句韵。

4，4，6。5，4。7，3，4。4，4，4。

6，5，4。5，4。7，3，4。4，4，4。——南宋·康与之·《全宋词》第1308页

金菊对芙蓉

秋怨

梧叶飘黄，万山空翠，断霞流水争**辉**。	◇◆◇◇，◆◇◇◆，◆◇◇◆◇◇。
正金风西起，海燕东**归**。	△◇◇◇◆，◆◆◇◇。
凭栏不见南来雁，望故人，消息迟**迟**。	◇◇◆◆◇◇◆，◆◆◇，◇◆◇◇。
木樨开后，不应误我，好景良**时**。	◆◇◇◆，◆◇◆◆，◆◆◇◇。
只念独守孤**帏**，把枕前嘱付，一旦分**飞**。	◆◆◆◆◇◇，△◆◇◆◆，◆◆◇◇。
上秦楼游赏，酒殢花**迷**。	△◇◇◇◆，◆◆◇◇。
谁知别后相思苦，悄为**伊**，瘦损香**肌**。	◇◇◆◆◇◇◆，◆◆◇，◆◆◇◇。
花前月下，黄昏院落，珠泪偷**垂**。	◇◇◆◆，◇◇◆◆，◇◆◇◇。

同体式作品：南宋：刘清夫1首，无名氏1首。

变体二

较始词复句数不变，分句数有变。

变体二·1

19分句8复句

【变体二·1】19分句8复句。上片第三复句较始词减1分句，10分句4复句，三/二/二/三/型复句组；下片第三、四复句各减1分句，9分句4复句，三/二/二/二/型复句组。平韵，隔句韵。

4，4，6。5，4。7，7。4，4，4。

6，5，4。5，4。7，7。6，6。——南宋·辛弃疾·《全宋词》第1976页

金菊对芙蓉

重阳

远水生光，遥山耸翠，霁烟深锁梧**桐**。	◆◆◇◇，◇◇◆◆，◆◇◇◆◇◇。
正零瀼玉露，淡荡金**风**。	△◇◇◆◆，◆◆◇◇。
东篱菊有黄花吐，对映水几簇芙**蓉**。	◇◇◆◆◇◇◆，△◆◆◆◆◇◇。
重阳佳致，可堪此景，酒酽花**浓**。	◇◇◇◆，◆◇◆◆，◆◆◇◇。
追念景物无**穷**，叹少年胸襟，忒煞英**雄**。	◇◆◆◆◇◇，△◆◇◇◇，◆◆◇◇。
把黄英红萼，甚物堪**同**。	△◇◇◇◆，◆◆◇◇。
除非腰佩黄金印，座中拥红粉娇**容**。	◇◇◇◆◇◇◆，◆◇◆◇◆◇◇。
此时方称情怀，尽拚一饮千**钟**。	◆◇◇◆◇◇，◆◇◆◆◇◇。

同体式作品：无。

变体二·2

20分句8复句

【变体二·2】20分句8复句。上下片第三复句较始词各减1分句，每片10分句4复句，三/二/二/三/型复句组。平韵，隔句韵。律词。

4，4，6。5，4。7，7。4，4，4。

6，5，4。5，4。7，7。4，4，4。——宋·冯取洽·《全宋词》第2658页

金菊对芙蓉

奉同刘篁栗、魏菊庄、冯竹溪、吕柳溪、道士王溪云赏西渚荷花，醉中走笔，用篁栗韵。庚寅。

宝镜缘空，玉簪点水，荡摇千顷寒**光**。	◆◆◇◇，◆◇◆◆，◆◇◇◆◇◇。
正江妃月姊，斗理明**妆**。	△◇◇◆◆，◆◆◇◇。
扶阑一笑开诗眼，少容我吟讽其**旁**。	◇◇◆◆◇◇◆，◆◇◆◆◆◇◇。
一川风露，满怀冰雪，云海弥**茫**。	◆◇◇◆，◆◇◇◆，◇◆◇◇。
不妨倚醉乘**狂**，问天公觅取，几曲渔**乡**。	◆◇◆◆◇◇，△◇◇◆◆，◆◆◇◇。
听小楼哀管，偷弄初**凉**。	△◆◇◇◆，◇◆◇◇。
夜深欢极忘归去，锦江酿透碧筒**香**。	◆◇◇◆◇◇◆，◆◇◆◆◆◇◇。
对花无语，花应笑我，不似张**郎**。	◆◇◇◆，◇◇◆◆，◆◆◇◇。

同体式作品：无。

663.【荷叶铺水面】

1. 始词南宋康与之作。
2. 双片，每片五韵，平韵，插一仄韵；连句韵、隔句韵。
3. 此调仅见康与之一首。

始词：11分句4复句。双片。上片5分句2复句，二/三/型复句组；下片6分句2复句，三/三/型复句组。平韵，间插仄韵，连句韵，插一隔句韵。

4，5。7，5，7。

5，5，6。5，5，3。——南宋·康与之·《全宋词》第1309页

荷叶铺水面

春游

春光艳冶，游人踏绿**苔**。	◇◇◆◆，◇◇◆◆◇。
千红万紫竞香**开**，暖风拂鼻**籁**，	◇◇◆◆◆◇◇，◆◇◆◆◆，
蓦地暗香透满**怀**。	◆◆◆◇◆◆◇。

茶蘼似锦**裁**，娇红间绿**白**，　◇◇◆◆◇，◇◇◇◆◆，
只怕迅速春**回**。　◆◆◆◆◇◇。
误落在尘**埃**，折向鬓云间，金凤**钗**。　◆◆◆◇◇，◆◆◆◇◇，◇◆◇。

同体式作品：无。

664.【撷芳词】

【钗头凤】【清商怨】【玉珑璁】【折红英】【惜分钗】

1. 民间始词宋无名氏作；文人始词南宋曾觌作。
2. 本源为宋教坊曲。南宋杨湜《古今词话》："政和间，京师妓之姥曾嫁伶官，常入内教舞，传禁中《撷芳词》以教其妓。人皆爱其声，又爱其词，类唐人所作。张尚书帅成都，蜀中传此词，竞唱之。却于前段下添'忆忆忆'三字，后段下添'得得得'三字，又名《摘红英》，殊失其义。不知禁中有'撷芳园'，故名'撷芳词'也。"
3. 文人词调名多作【钗头凤】，当从市井所传无名氏【撷芳词】"可怜孤似钗头凤"之句而衍名。《古今词话》云【钗头凤】上下片本无三叠字，今存两首宋代无名氏【撷芳词】，尚无三字重叠之格，故本谱以无名氏【撷芳词】为始词，将【钗头凤】作同调变体处理。
4. 南宋【撷芳词】或衍名为【玉珑璁】【折红英】【惜分钗】，均作同调处理；或偶名【清商怨】，与北宋【清商怨】非同调（见前谱第360调）。
5. 相传秦观【钗头凤】（"临江壑"）一首，始见明沈际飞《草堂诗余新集》卷三，署名为明张綖作，《全宋词》列入秦观词"存目"；或传陆游发妻唐婉【钗头凤】一首，古今论者考为明人伪托，本谱对二词不予计入。
6. 双片，始词上片五韵，下片六韵，变体韵数有变；换韵，连句韵，间插隔句韵。

始词：14分句4复句。双片。每片7分句2复句，三/四/型复句组。换韵间押，邻韵通押，仄韵，隔句韵，连句韵。律词。

3，3，7。3，3，4，4。
3，3，7。3，3，4，4。——宋·无名氏·《全宋词》第3840页

撷芳词

风摇荡，雨蒙茸，翠条柔弱花头**重**。　◇◇◆，◆◇◇，◆◇◇◇◆◇◇◆。
春衫**窄**，香肌**湿**，记得年时，共伊曾**摘**。　◇◇◆，◇◇◆，◆◆◇◇，◆◇◇◆。

都如**梦**，何曾**共**，可怜孤似钗头**凤**。　◇◇◆，◇◇◆，◆◇◇◆◇◇◆。
关山**隔**，晚云**碧**，燕儿来也，又无消**息**。　◇◇◆，◆◇◆，◆◇◇◆，◆◇◇◆。

同体式作品：南宋：赵汝茪1首（【摘红英】），刘辰翁1首（【摘红英】），无名氏1首。

按：今存无名氏【撷芳词】二首，词句略有重文，当为民间传播中的词文衍变，兹录另首对读之：

月如年，风轻扇，文园多病寻芳倦。春衫窄，庭院阒，独步回廊，体娇无力〇如花面，亲曾见，千方百计寻方便。蓝桥隔，暮云碧，燕儿堕也，又无消息。

变体三

较始词分句数复句数皆变。

【变体三】20分句6复句。双片。每片10分句3复句，三/四/三/型复句组。换韵，连句韵，间插隔句韵。律词。

3，3，7。3，3，4，4。1，1，1。

3，3，7。3，3，4，4。1，1，1。——南宋·曾觌·《全宋词》第1316页

钗头凤

华灯**闹**，银蟾**照**，万家罗幕香风**透**。　◇◇◆，◇◇◆，◆◇◇◆◇◇◆。

金尊侧，花颜**色**，醉里人人，向人情**极**。　◇◇◆，◇◇◆，◆◆◇◇，◆◇◇◆。

惜，惜，**惜**。　◆，◆，◆。

春寒**峭**，腰肢**小**，鬓云斜亸蛾儿**袅**。　◇◇◆，◇◇◆，◆◇◇◆◇◇◆。

清宵**寂**，香闺**隔**，好梦难寻，雨踪云**迹**。　◇◇◆，◇◇◆，◆◆◇◇，◆◇◇◆。

忆，忆，**忆**。　◆，◆，◆。

同体式作品：南宋：陆游1首（【钗头凤】），程垓1首（【折红英】），史达祖1首（【钗头凤】），无名氏1首（【玉珑璁】）。

增减字：

（一）3，3，7。3，3，4，4。2〇3，3，7。3，3，4，4。2。南宋：吕渭老2首（【惜分钗】）。

665.【南州春色】

1. 始词南宋王十朋作。
2. 取本词“管取南州春色”句为调名，调名即词题。
3. 双片，上片四韵，下片三韵，平韵，隔句韵。
4. 此调仅见王十朋一首。

始词：17分句6复句。双片。上片9分句3复句，四/二/三/型复句组；下片8分句3复句，三/三/二/型复句组。平韵，隔句韵。

3，3，3，5。7，5。6，4，5。

6，4，4。4，4，7。6，5。——南宋·王十朋·《全宋词》第1353页

南州春色

清溪曲，一株**梅**，无修采，独立古墙**隈**。　◇◇◆，◆◇◇，◇◇◆，◆◆◆◇◇。
莫恨东风吹不到，著意挽春**回**。　◆◆◇◇◇◆◆，◆◆◆◇◇。
一任天寒地冻，南枝香动，花傍一阳**开**。　◆◆◇◇◆◆，◇◇◇◆，◇◆◆◇◇。

更待明年首夏，酸心结子，天自栽**培**。　◆◆◇◇◆◆，◇◇◆◆，◇◆◇◇。
金鼎调羹，仁心犹在，还种取无限根**荄**。　◇◆◇◇，◇◇◇◆，◇◆◆◇◆◇◇。
管取南州春色，都自此中**来**。　◆◆◇◇◇◆，◇◆◆◇◇。

同体式作品：无。

666.【奉禋歌】

1. 始词南宋洪适作。
2. 宋代礼乐专用调，郊祀、籍田用之。禋，始于先秦的传统祭祀仪式。
3. 双片，上片九韵，下片八韵，变体韵数有变；普式平韵，偶见仄韵，或平仄通押；连句韵、隔句韵。

始词：34分句11复句。双片。上片17分句6复句，二/三/二/三/四/三/型复句组；下片17分句5复句，三/四/三/三/四/型复句组。平韵，邻韵通押，连句韵，隔句韵。律词。

7，7。3，3，6。3，4。3，3，5。4，3，3，3。4，4，3。
3，3，4。3，5，6，6。4，6，3。4，4，4。3，4，4，4。

——南宋·洪适·《全宋词》第1390页

奉禋歌

吹葭缇籥气潜**分**，云采宜书壤效**珍**。　◆◇◇◆◆◇◇，◇◆◇◇◆◆◇。
长日至，一阳**新**，四时玉烛和**匀**。　◇◆◆，◆◇◇，◆◇◆◆◇◇。
物欣欣，化转洪**钧**。　◆◇◇，◆◆◇◇。
郊之祭，孤竹管，六变舞云**门**。　◇◇◆，◇◆◆，◆◆◆◇◇。
自古严禋，牺牲具，粢盛洁，豆笾**陈**。　◆◆◇◇，◇◇◆，◇◇◆，◆◇◇。
衮龙陟降，币玉纷**纶**，彻高**阍**。　◆◇◆◆，◆◆◇◇，◆◇◇。

灵之斿，神哉沛，排历昆**仑**。　◇◇◇，◇◇◆，◇◆◇◇。
九歌毕，盈郊瞻槱燎，　◆◇◆，◇◇◇◆◆，
斗转参横将旦，天开地辟如**春**。　◆◆◇◇◇◆，◇◇◆◆◇◇。

清跸移**轮**，阗然鼓吹相**闻**，籥祥**云**。	◇◆◇◇，◇◇◆◆◇◇，◆◇◇。
欢胪八陛，厘逆三**神**，圣矣吾**君**。	◇◇◆◆，◇◆◆◇，◆◆◇◇。
华封祝，慈宫万寿，	◇◇◆，◇◇◆◆，
椒掖多男，六合同**文**。	◇◆◇◇，◆◆◇◇。

同体式作品：无。

变体二

较始词复句数不变，分句数有变。

变体二・1

35 分句 11 复句

【变体二・1・1】35 分句 11 复句。上片第二、四复句较始词各增 1 分句，第五复句减 1 分句，18 分句 6 复句，二/四/二/四/三/三/型复句组；下片第二复句减 1 分句，第五复句增 1 分句，17 分句 5 复句，三/三/三/三/五/型复句组。平仄通押，换韵间押；隔句韵，间插连句韵。

4，3。4，3，6，6。5，3。3，3，3，4。5，3，3。4，3，4。
3，4，7。4，4，4。4，4，5。4，4，4。3，3，3，3，3。

——宋・无名氏・《全宋词》第 3716 页

奉禋歌

皇泽均普，群生**遂**。	◇◆◇◆，◇◇◆。
万宇和祔，讲天津，	◆◆◇◆，◆◇◇，
合祭圣宗神祖，八音钧奏谐**节**。	◆◆◆◇◇◆，◆◇◇◆◇◆。
堂上荐鸣球，琴瑟**击**。	◇◆◆◇◇，◇◆◆。
越布濩，霜空静，月华凝，光景蔼**蔼**。	◆◆◆，◇◇◆，◆◇◇，◇◆◆◆。
纷纷晓霞**披**，和铃作，鸾舆**回**。	◇◇◆◇◇，◇◇◆，◇◇◇。
天人共睹，庆无疆，祚崇明**祀**。	◇◇◆◆，◆◇◇，◆◇◇◆。
五辂驾，腾黄纯**驷**，旗常扈跸严环**卫**。	◆◆◆，◇◇◇◆，◇◇◆◆◇◇◆。
公卿奉引，虚徐弛道，祲容藿**靡**。	◇◇◆◆，◇◇◆◆，◇◇◆◆。
葱葱郁郁，祥风瑞霭，发天光旖**旎**。	◇◇◆◆，◇◇◆◆，◆◇◇◆◆。
锡羡丰融，漏泉该浃，上恩遐**被**。	◆◆◇◇，◆◇◇◆，◆◇◇◆。
群心豫，颂声作，皇德**至**，	◇◇◆，◆◇◆，◇◆◆，
侔乾贶，浩浩**霈**。	◇◇◆，◆◆◆。

同体式作品：无。

【变体二・1・2】35 分句 11 复句。全词与【变体二・1・1】分句数相同，复句型有变。上片 18 分句 6 复句，三/三/二/三/四/三/型复句组；下片 17 分句 5 复句，三/四/三/三/四/型复句组。平韵，连句韵、隔句韵。律词。

7，4，3。3，3，6。3，5。3，3，5。4，3，3，3。4，4，3。

3，3，4。3，5，6，6。4，6，3。4，4，4。3，4，4，4。

——宋·无名氏·《全宋词》第3727页

奉禋歌

苍苍天色是还**非**，视下应**疑**，亦若**斯**。　◇◇◇◆◆◇◇，◆◆◇◇，◆◆◇。
统元气，覆无**私**，四时寒暑推**移**。　◆◇◆，◆◇◇，◆◇◇◆◇◇。
物蕃**滋**，造化有谁**知**。　◆◇◇，◆◆◆◇◇。
严大报，反本始，礼重祀神**祇**。　◇◆◆，◆◆◆，◆◆◆◇◇。
律管灰**吹**，黄宫动，阳来复，景长**时**。　◆◆◇◇，◇◇◆，◇◇◆，◆◇◇。
车陈法驾，仗列黄**麾**，帝心**祇**。　◇◇◆◆，◆◆◇◇，◆◇◇。

紫霄霁，霜华薄，星烂明**垂**。　◆◇◆，◇◇◆，◇◆◇◇。
祥烟起，纷敷浮衮冕，　◇◇◆，◇◇◇◆◆，
六变笙镛迭奏，一诚币玉交**持**。　◆◆◇◇◆◆，◆◇◆◆◇◇。
宫漏声**迟**，千官显相多**仪**，百神**嬉**。　◇◆◇◇，◇◇◆◆◇◇，◆◇◇。
风马云车，来止来**绥**，诞降纯**禧**。　◇◆◇◇，◇◆◇◇，◆◆◇◇。
受神策，万年无极，　◆◇◆，◆◇◇◆，
歌颂昊天，成命周**诗**。　◇◆◆◇，◇◆◇◇。

同体式作品：无。

变体二·2

33分句11复句

【变体二·2】33分句11复句。上片第二复句较始词减1分句，16分句6复句，二/二/二/三/四/三/型复句组；下片与始词同，17分句5复句，三/四/三/三/四/型复句组。平韵，邻韵通押，间插抱韵，连句韵、隔句韵。

7，7。5，6。3，4。3，3，5。4，3，3，3。4，4，3。

3，3，4。3，5，6，6。4，6，3。4，4，4。3，3，3，5。

——宋·无名氏·《全宋词》第3719页

奉禋歌

皇天眷命集珍**符**，上圣膺期起天**衢**。　◇◇◆◆◆◇◇，<u>◆◆◇◇◆◇◇</u>。
环紫极鸿**枢**，此时朝野欢**娱**。　◇◆◆◇◇，◆◇◇◆◇◇。
乐于**于**，似住华**胥**。　◆◇◇，◆◆◇◇。
和气至，嘉生遂，豆实正芬**敷**。　◇◆◆，◇◇◆，◆◆◆◇◇。
礼与诚**俱**，风飘洒，灵来下，喜怡**愉**。　◆◆◇◇，◇◇◆，◇◇◆，◆◇◇。
斗随车转，月上坛**觚**，奉禋**初**。　◆◇◇◆，◆◆◇◇，◆◇◇。

至诚**孚**，如山岳，福委祥**储**。　◆◇◇，◇◇◆，◆◆◇◇。

车旋轨，云间双阙峙，	◇◇◆，◇◇◇◆◆，
百尺朱绳到地，两行雉扇排**虚**。	◆◆◇◇◆◆，◆◇◆◆◇◇。
仙鹤衔**书**，珍袍上笏相**趋**，共**欢呼**。	◇◆◇◇，◇◇◆◆◇◇，◆◇◇。
号令崇朝，遍满寰**区**，阳动春**嘘**。	◆◆◇◇，◆◆◇◇，◇◆◇◇。
躬盛事，受多祉，千万祀，天长久皇**图**。	◇◆◆，◆◇◆，◇◆◆，◇◇◆◇◇。

同体式作品：无。

变体二·3

32 分句 11 复句

【变体二·3】32 分句 11 复句。上下片较始词各减 1 分句。上片 16 分句 6 复句，三/三/二/二/四/二/型复句组；下片 16 分句 5 复句，二/六/二/二/四/型复句组。平韵，插一仄韵，隔句韵、连句韵。

7，4，3。3，5，4。5，4。3，7。4，3，3，7。4，3。

3，7。3，5，4，4，4，4。6，5。3，3。7，3，5，4。

——宋·无名氏·《全宋词》第 3728 页

奉禋歌

吾皇端立太平**基**，奉祀肃雍，格神**祈**。	◇◇◇◆◆◇◇，◆◆◆◇，◆◇◇。
抚御耦，降嘉种何**辞**，手览洪**縻**。	◆◆◆，△◇◆◇◇，◆◆◇◇。
命太史视日，祇告前**期**。	△◆◆◆◆，◇◆◇◇。
验穹象，天田入望更光**辉**。	◆◇◆，◇◇◆◆◆◇◇。
掌礼陈**仪**，搜巨典，	◆◆◇◇，◇◆◆，
迎春令，颁宣温诏遍九**围**。	◇◇◆，◇◇◇◆◆◆◇。
人尽熙**熙**，仰明**时**。	◇◆◇◇，◆◇◇。
俨垂**衣**，佳气氤氲表庞**禧**。	◆◇◇，◇◆◇◇◆◇◇。
丰年屡，大田生异粟，含滋吐秀，	◇◇◆，◆◇◇◆◆，◇◇◆◆，
九种传图，尽来丹阙，瑞应昌**时**。	◆◆◇◇，◆◇◇◆，◆◆◇◇。
亨运正当摄**提**，伫见咏京**坻**。	◇◆◆◇◆◇，◆◆◆◇◇。
躬稼穑，重耘**耔**。	◇◆◆，◇◇◆。
盛礼兴行先百姓，崇本业，	◆◆◇◇◇◆◆，◇◆◆，
忧勤如禹**稷**，播在声**诗**。	◆◇◇◆◆，◆◆◇◇。

同体式作品：无。

变体二·4

38 分句 11 复句

【变体二·4】38 分句 11 复句。上片较始词增 3 分句，20 分句 6 复句，四/四/二/三/

四/三/型复句组；下片增 1 分句，18 分句 5 复句，三/五/三/三/四/型复句组。平韵，隔句韵，间插连句韵。

4，3，4，3。3，3，3，3。3，5。3，3，5。4，3，3，3。4，4，3。

3，3，4。3，5，4，5，3。4，6，3。4，4，4。3，4，4，4。

——宋・无名氏・《全宋词》第 3733 页

奉禋歌

葭飞璇龠，孕初**阳**，云绝清台，荐景**祥**。	◇◇◇◆，◆◇◇，◇◆◇◇，◆◆◇。
风应律，日重**光**，岁功顺，底金**穰**。	◇◆◆，◆◇◇，◆◇◆，◆◇◇。
寿而**康**，庭壶乐无**疆**。	◆◇◇，◇◇◆◇◇。
皇展报，新礼乐，觚陛咏宾**乡**。	◇◆◆，◇◆◆，◇◆◆◇◇。
珠幄煟**黄**，登瑞缫，陈俎豆，澹嘉**觞**。	◇◆◇◇，◇◆◇，◇◆◆，◆◇◇。
衮衣辉焕，宝佩琳**琅**，奠椒**浆**。	◆◇◇◆，◆◆◇◇，◆◇◇。
庆阴阴，神来下，凤翥龙**骧**。	◆◇◇，◇◇◆，◆◆◇◇。
灵燕喜，锡符仍降嘏，镛管琳**琅**，	◇◆◆，◆◇◇◆◆，◇◆◇◇，
欢亮神之出，袚兰**堂**。	◇◆◇◇◆，◆◇◇。
辇路天**香**，轻烟半袅旗**常**，祉滂**洋**。	◆◆◇◇，◇◇◆◆◇◇，◆◇◇。
受厘宣室，返驭斋**房**，恩与风**翔**。	◆◇◇◆，◆◆◇◇，◇◆◇◇。
华封祝，皇来有庆，	◇◇◆，◇◇◆◆，
八荒同寿，宝历无**疆**。	◆◇◇◆，◆◆◇◇。

同体式作品：无。

变体三

较始词复句数分句数皆变

【变体三】36 分句 12 复句。上片较始词减 1 分句，复句数相同，16 分句 6 复句，三/三/二/三/三/二/型复句组；下片增 3 分句 1 复句，20 分句 6 复句，四/四/二/三/三/四/型复句组。平仄通押，隔句韵、连句韵。

4，3，7。3，3，6。3，5。3，3，5。4，3，3。7，4。

3，3，4，4。3，5，4，5。3，4。3，3，5。3，3，4。3，3，5，4。

——宋・无名氏・《全宋词》第 3712 页

奉禋歌

六龙承**驭**，紫坛平，瑞蔼葱笼拥神**都**。	◆◇◇◆，◆◇◇，◆◆◇◇◆◇◇。
肃环卫，严貔**虎**，鸡人行漏传**呼**。	◆◇◆，◇◇◆，◇◇◇◆◇◇。
灵景霁，星斗临帝**居**。	◇◆◆，◇◆◇◆◇。
旷天**宇**，微风来，翠幄绕相**乌**。	◆◇◆，◇◇◇，◆◆◆◇◇。
对越方**初**，笳鼓震，铙箫**举**。	◆◆◇◇，◇◆◆，◇◇◆。

阳律才动协气**舒**，氛祲交**袪**。	◇◆◇◆◆◆◇，◇◇◇◇。
物昭**苏**，抚瑶**图**，柴类精诚，当契唐**虞**。	◆◇◇，◆◇◇，◇◆◇◇，◇◆◇◇。
思前**古**，泰平承多祐，	◇◇◆，◆◇◇◇◆，
包戈偃革，柔远咏皇**谟**。	◇◇◆◆，◇◆◆◇◇。
称文**武**，四表覆**盂**。	◇◇◆，◆◆◆◇。
端冕出，从路**车**，兵帅谨储**胥**。	◇◆◆，◇◆◇，◇◆◆◇◇。
唯奏凯，乐康**衢**，朝野欢**娱**。	◇◆◆，◆◇◇，◇◆◇◇。
歌帝烈，扬盛节，	◇◆◆，◇◆◆，
园丘礼大洽，霈泽绵**区**。	◇◇◆◆◆，◆◆◇◇。

同体式作品：无。

667.【降仙台】

1. 始词南宋洪适作。
2. 宋代礼乐专用调，郊祀礼用之。
3. 双片，始词上片六韵，下片七韵，变体韵数有变；平韵，隔句韵，间插连句韵。

始词：22 分句 8 复句。双片。上片 10 分句 4 复句，三/三/二/二/型复句组；下片 12 分句 4 复句，四/二/三/三/型复句组。平韵，连句韵、隔句韵。律词。

7，3，3。5，5，4。7，4。7，5。

3，3，4，5。4，5。7，3，4。4，3，3。——南宋·洪适·《全宋词》第 1390 页

降仙台

漏残柝静鸡声远，到高**燎**，入层**霄**。	◆◇◆◆◇◇◆，◆◇◆，◆◇◇。
云裘蟠瑞霭，天步下嘉坛，旗旆飘**摇**。	◇◇◇◆◆，◇◆◆◇◇，◇◆◇◇。
黄麾列仗貔貅整，气压江**潮**。	◇◇◆◆◇◇◆，◆◆◇◇。
导前从后盛官**僚**，玉佩间金**貂**。	◆◇◇◆◆◇◇，◆◆◆◇◇。
望扶桑，日渐**高**，	◆◇◇，◆◆◇，
阴霾霜雪，底处不潜**消**。	◇◇◇◆，◆◆◆◇◇。
辇路祥**飙**，披拂绛纱**袍**。	◆◆◇◇，◇◆◆◇◇。
云间瑞阙仰岧**峣**，播春泽，喜浃黎**苗**。	◇◇◆◆◆◇◇，◆◇◆，◆◆◇◇。
礼成大庆，鳌三抃，受昕**朝**。	◆◇◆◆，◇◆◆，◆◇◇。

同体式作品：无。

变体二

较始词复句数不变，分句数有变。

变体二·1

24 分句 8 复句

【变体二·1·1】24 分句 8 复句。上片较始词增 3 分句，13 分句 4 复句，三/四/三/三/型复句组；下片减 1 分句，11 分句 4 复句，三/三/三/二/型复句组。平韵，隔句韵、连句韵。

4，4，5。5，3，3，3。4，3，4。3，4，3。

3，3，6。3，4，5。7，3，4。4，6。——宋·无名氏·《全宋词》第 3720 页

降仙台

清都未晓，万乘并驾，煌煌拥天**行**。	◇◇◆◆，◆◆◆◆，◇◇◆◇◇。
祥风散瑞霭，华盖耸，旗常建，耀层**城**。	◇◇◆◆◆，◇◆◆，◇◇◆，◆◇◇。
四列兵卫，爟火映，金支翠**旌**。	◆◆◇◆，◆◆◆，◇◇◆◇。
众乐警，作充宫**庭**，皦绎**成**。	◆◆◆，◆◇◇◇，◆◆◇。
绀幄掀，衮冕**明**，妥帖坛陛霄**升**。	◆◆◇，◆◆◇，◆◆◇◆◇◇。
振珩璜，神格至**诚**，云车下冥**冥**。	◆◇◇，◇◆◆◇，◇◇◆◇◇。
储祥降嘏莫可**名**，御端阙，肹号敷**荣**。	◇◇◆◆◆◆◇，◆◇◆，◇◆◇◇。
泽翔施溥，茂祉均被含**生**。	◆◇◇◆，◆◆◇◆◇◇。

同体式作品：无。

【变体二·1·2】24 分句 8 复句。上片较始词增 2 分句，下片与始词同。每片 12 分句 4 复句，上片三/四/三/二/型复句组，下片四/二/三/三/型复句组。平韵，隔句韵、连句韵。

4，4，5。4，3，3，4。4，3，4。7，5。

3，3，4，6。4，5。7，3，4。4，3，3。——宋·无名氏·《全宋词》第 3733 页

降仙台

星芒收采，云容放晓，羲驭渐扬**明**。	◇◇◇◆，◇◇◆◆，◇◆◆◇◇。
觚坛竣事，斋风袭，衮衣**轻**，銮路尘**清**。	◇◇◆◆，◇◇◆，◆◇◇，◇◆◇◇。
甘泉卤簿，祲威肃，回轸旋**衡**。	◇◇◆◆，◇◇◆，◇◆◆◇。
千官导从粲簪**缨**，钧奏间韶**英**。	◇◇◆◆◆◇◇，◇◆◆◇◇。
瞻龙闱，近凤**城**，	◇◇◇，◆◆◇，
都人云会，芬茀夹道欢**迎**。	◇◇◇◆，◇◆◆◆◇◇。
宸极尊荣，卮玉庆熙**成**。	◇◆◇◇，◇◆◆◇◇。
琼楼天上起和**声**，布春泽，洪畅寰**瀛**。	◇◇◇◆◆◇◇，◆◇◆，◇◆◇◇。

嵩呼万岁，鳌三抃，颂升**平**。	◇◇◆◆，◇◇◆，◆◇◇。

同体式作品：无。

变体二·2

23分句8复句

【变体二·2】23分句8复句。上片较始词增1分句，11分句4复句，三/三/三/二/型复句组；下片与始词同，12分句4复句，四/二/三/三/型复句组。平韵，隔句韵，间插连句韵。

4，4，5。5，5，4。4，3，4。7，5。

3，3，4，5。4，5。7，3，4。4，3，3。——宋·无名氏·《全宋词》第3727页

降仙台

升烟既罢，良夜未晓，天步下神**丘**。	◇◇◆◆，◇◆◆◆，◇◆◆◇◇。
锵锵鸣玉佩，炜炜照金莲，杳蔼云**裘**。	◇◇◇◆◆，◆◆◆◇◇，◆◆◇◇。
彩仗初转，回龙驭，旌旆悠**悠**。	◆◆◇◆，◇◇◆，◇◆◇◇。
星影疏动与天**流**，漏尽五更**筹**。	◇◆◇◆◆◇◇，◆◆◆◇◇。
大明升，东海**头**，	◆◇◇，◇◆◇，
杲杲灵曜，倒影射旗**旒**。	◆◆◇◆，◆◆◆◇◇。
辇路具**修**，葱郁瑞光**浮**。	◆◆◆◇，◇◆◆◇◇。
归来双阙看御**楼**，有仙鹤，衔书赦**囚**。	◇◇◇◆◆◆◇，◆◇◆，◇◇◆◇。
万方喜气，均祉福，播歌**讴**。	◆◇◆◆，◇◆◆，◆◇◇。

同体式作品：无。

668.【月华清】

【月华清慢】

1. 始词南宋朱淑真作。
2. 一作【月华清慢】。
3. 双片，上片五韵，下片六韵，仄韵，隔句韵。

始词：18分句8复句。双片。每片9分句4复句，三/二/二/二/型复句组。仄韵，邻韵通押，隔句韵。

4，4，6。4，6。7，7。5，6。

6，5，4。4，6。7，7。5，5。——南宋·朱淑真·《全宋词》第1408页

月华清

梨花

雪压庭春，香浮花月，揽衣还怯单**薄**。　◆◆◇◇，◇◇◇◆，◆◇◇◆◇◆。
欹枕裴回，又听一声乾**鹊**。　◇◆◇◇，◆◆◆◇◇◆。
粉泪共宿雨阑干，清梦与寒云寂**寞**。　◆◆◆◆◆◇◇，◇◆◆◇◇◆◆。
除却是江梅，曾许诗人吟**作**。　◇◆◆◇◇，◇◆◇◇◇◆。

长恨晓风漂**泊**，且莫遣香肌，瘦减如**削**。　◇◆◆◇◇◆，◆◆◆◇◇，◆◆◇◆。
深杏夭桃，端的为谁零**落**。　◇◆◇◇，◇◆◆◇◇◆。
况天气妆点清明，对美景不妨行**乐**。　△◇◆◇◆◇◇，△◆◆◆◇◇◆。
拌著向花时，取一杯独**酌**。　◆◆◆◇◇，△◆◇◆◆。

同体式作品：无。

增减字：

（一）4，4，6。5，5。7，7。7，4。○ 6，5，4。6，4。7，7。7，4。南宋：无名氏 1 首（【月华清慢】）。

变体二

较始词复句数不变，分句数有变。

变体二·1

24 分句 8 复句

【变体二·1】24 分句 8 复句。双片。上下片较始词各增 3 分句，每片 12 分句 4 复句，三/二/四/三/型复句组。仄韵，邻韵通押，隔句韵。

4，4，6。4，6。3，4，3，4。2，5，4。

6，5，4。4，6。3，4，3，4。2，3，6。——南宋·马子严·《全宋词》第 2609 页

月华清

忆别

瑟瑟秋声，萧萧天籁，满庭摇落空**翠**。　◆◆◇◇，◇◇◇◆，◆◇◇◆◇◆。
数遍丹枫，不见叶间题**字**。　◇◆◇◇，◆◆◆◇◇◆。
人何处，千里婵娟，　◆◆◆，◆◆◇◇，
愁不断，一江流**水**。　◇◆◆，◆◇◇◆。
遥**睇**，见征鸿几点，碧天无**际**。　◇◆，△◇◇◆◆，◆◇◇◆。

怅望月中仙桂，问窃药佳人，谁与同**岁**。　◆◆◆◇◇◆，△◆◆◇◇，◇◆◇◆。
把镜当空，照尽别离情**意**。　◆◆◇◇，◆◆◆◇◇◆。
心里恨，莫结丁香，　◇◆◆，◆◆◇◇，
琴上曲，休弹秋**思**。　◇◆◆，◆◇◇◆。
怕**里**，又悲来，老却兰台公**子**。　◆◆，◆◇◇，◆◆◇◇◇◆。

同体式作品：无。

变体二·2

20分句8复句

【变体二·2】20分句8复句。双片。上下片较始词各增1分句，每片10分句4复句，三/二/二/三/型复句组。仄韵，插一平韵，邻韵通押，隔句韵。

4，4，6。4，6。7，7。2，5，4。

6，5，4。4，6。7，7。2，5，4。——南宋·洪瑹·《全宋词》第2962页

月华清

春夜对月

花影摇春，虫声吟暮，九霄云幕初**卷**。	◇◆◇◇，◇◇◇◆，◆◇◇◆◇◆。
谁驾冰蟾，拥出桂轮天**半**。	◆◆◇◇，◇◆◆◇◇◆。
素魄映青琐窗前，皓彩散画阑干**畔**。	◆◆◆◇◆◇◇，◆◆◆◆◇◇◆。
凝**眄**，见金波滉漾，分辉鹊**殿**。	◆◆，△◇◇◆◆，◇◇◆◆。
况是风柔夜**暖**，正燕子新来，海棠微**绽**。	◆◆◇◇◆◆，△◆◆◇◇，◆◇◇◆。
不似秋光，只照离人肠**断**。	◆◆◇◇，◆◆◇◇◇◆。
恨无奈利锁名缰，谁为唤舞裙歌**扇**。	△◇◆◆◆◇◇，◇◆◆◆◇◇◆。
吟**玩**，怕铜壶催晓，玉绳低**转**。	◆◆，△◇◇◇◆，◆◇◇◆。

同体式作品：无。

669.【遥天奉翠华引】

1. 始词南宋侯寘作。
2. 双片，上片六韵，下片五韵，平韵，隔句韵，间插连句韵。
3. 此调仅见侯寘一首。

始词：19分句8复句。双片。上片9分句4复句，二/二/三/二/型复句组；下片10分句4复句，三/二/三/二/型复句组。平韵，连句韵、隔句韵。

5，7。4，6。5，3，5。4，6。

4，3，4。4，6。5，5，3。4，6。——南宋·侯寘·《全宋词》第1429页

遥天奉翠华引

雪消楼外**山**，正秦淮翠溢回**澜**。	◆◇◇◆◇，△◇◇◆◆◇◇。
香梢豆蔻，红轻犹怕春**寒**。	◇◇◆◆，◇◇◇◆◇◇。
晓光浮画戟，卷绣**帘**，风暖玉钩**闲**。	◆◇◇◆◆，◆◆◇，◇◆◆◇◇。
紫府仙人，花园羽帔星**冠**。	◆◆◇◇，◇◇◆◆◇◇。

蓬莱阆苑，意倦游，常戏世**间**。	◇◇◆◆，◆◆◇，◇◆◆◇。
佩麟旧都，江左襦裤歌**欢**。	◆◇◆◇，◇◆◇◆◇◇。
只恐催归觐，剩宴都休诉，酒杯**宽**。	◆◆◇◇◆，◆◆◇◇◆，◆◇◇。
明岁应**看**，钧容舞袖歌**鬟**。	◇◆◇◇，◇◇◆◆◇◇。

同体式作品：无。

670.【蕊珠闲】

1. 始词南宋赵彦端作。
2. 双片，上片五韵，下片六韵，仄韵，隔句韵，间插连句韵。
3. 此调仅见赵彦端一首。

始词：16 分句 6 复句。双片。每片 8 分句 3 复句，三/二/三/型复句组。仄韵，隔句韵、连句韵。

3，3，6。6，4。4，4，6。

3，6，6。4，6。4，4，6。——南宋 · 赵彦端 · 《全宋词》第 1456 页

蕊珠闲

浦云融，梅风断，碧水无情轻**度**。	◆◇◇，◇◇◆，◆◆◇◇◇◆。
有娇黄上林梢，向春欲**舞**。	△◇◇◆◇◇，◆◇◆◆。
绿烟迷昼，浅寒欺**暮**，不胜小楼凝**伫**。	◆◇◇◆，◆◇◇◆，◆◆◆◇◇◆。
倦游**处**，故人相见易**阻**，花事从今堪**数**。	◆◇◆，◆◇◇◆◆◆，◇◆◇◇◇◆。
片帆无恙，好在一篙新**雨**。	◆◇◇◆，◆◆◆◇◇◆。
醉袍宫锦，画罗金**缕**，莫教恨传幽**句**。	◆◇◇◆，◆◇◇◆，◆◆◆◇◇◆。

同体式作品：无。

671.【五彩结同心】

1. 始词南宋赵彦端作。
2. 双片，每片四平韵，或仄韵，隔句韵。

始词：24 分句 8 复句。双片。每片各 12 分句 4 复句，三/三/三/三/型复句组。平韵，隔句韵。

4，4，6。5，3，6。7，3，4。3，4，6。

6，5，4。5，3，6。7，3，4。3，4，6。——南宋·赵彦端·《全宋词》第1455页

五彩结同心

为渊卿寿

人间尘断，雨外风回，凉波自泛仙**槎**。　◇◇◇◆，◆◆◇◇，◇◇◆◆◇◇。
非郭还非野，闲莺燕，时傍笑语清**佳**。　◇◆◇◇◆，◇◇◆，◇◇◆◆◇◇。
铜壶花漏长如线，金铺碎，香暖檐**牙**。　◇◇◇◆◇◇◆，◇◇◆，◇◆◇◇。
谁知道，东园五亩，种成国艳天**葩**。　◇◇◆，◇◇◆◆，◆◇◆◆◇◇。

主人汉家龙种，正翩翩迥立，雪纻乌**纱**。　◆◇◆◇◇◆，△◇◇◆◆，◆◆◇◇。
歌舞承平旧，围红袖，诗兴自写春**华**。　◇◆◇◇◆，◇◇◆，◇◆◆◆◇◇。
未知三斗朝天去，定何似，鸿宝丹**砂**。　◆◇◆◆◇◇◆，◆◇◆，◇◆◇◇。
且一醉，朱颜相庆，共看玉井浮**花**。　◆◆◆，◇◇◇◆，◆◇◆◆◇◇。

同体式作品：无。

增减字：

（一）4，4，6。5，3，6。7，3，4。3，4，6。○6，3，6。4，4，6。7，3，4。3，4，4。南宋：无名氏1首。

672.【月中桂】

1. 始词南宋赵彦端作。
2. 双片，每片五仄韵，隔句韵。
3. 此调仅见赵彦端一首。

始词：21分句8复句。双片。上片11分句4复句，三/三/二/三/型复句组；下片10分句4复句，三/三/二/二/型复句组。仄韵，隔句韵，间插连句韵。

4，5，4。4，5，4。5，7。5，4，5。

7，5，4。4，5，4。5，7。5，7。——南宋·赵彦端·《全宋词》第1455页

月中桂

送杜仲微赴阙

露醑无情，送长歌未终，已醉离**别**。　◆◆◇◇，△◇◇◆◇，◆◆◇◆。
何如暮雨，酿一襟凉润，来留佳**客**。　◇◇◆◆，△◆◇◇◆，◇◇◇◆。
好山侵座**碧**，胜昨夜疏星淡**月**。　◆◇◇◆◆，△◆◆◇◇◆◆。
君欲翩然去，人间底许，员峤问帆**席**。　◇◆◇◇◆，◇◇◆◆，◇◆◆◇◆。

诗债酒病非畴**昔**，	◇◇◆◆◇◇◆，
赖亲朋对影，且慰良**夕**。	△◇◇◆◆，◆◆◇◆。
风流雨散，定几回肠断，能禁头**白**。	◇◇◆◆，△◆◇◇◆，◇◇◇◆。
为君烦素手，荐碧藕轻丝细**雪**。	◆◇◇◆◆，△◆◆◇◇◆◆。
去去江南路，犹应水云秋共**色**。	◆◆◇◇◆，◇◇◆◇◇◆◆。

同体式作品：无。

673.【剑器近】

1. 始词南宋袁去华作。
2. 大曲摘遍单行词调。唐宋教坊皆有【剑器】大曲（见《教坊记》《宋史·乐志》）。
3. 双片，上片八韵，下片六韵，仄韵，隔句韵，间插连句韵。
4. 此调仅见袁去华一首。

始词：21 分句 8 复句。双片。上片 9 分句 4 复句，二/三/二/二/型复句组；下片 12 分句 4 复句，四/三/三/二/型复句组。仄韵，连句韵、隔句韵。

3，7。6，3，3。3，4。6，3。

7，4，3，5。7，5，6。4，4，6。4，3。——南宋·袁去华·《全宋词》第 1498 页

剑器近

夜来**雨**，赖倩得东风吹**住**。	◆◇◆，△◆◆◇◇◇◆。
海棠正妖饶**处**，且留**取**，悄庭**户**。	◆◇◆◇◇◆，◆◇◆，◆◇◆。
试细听，莺啼燕**语**。	◆◆◇，◇◇◆◆。
分明共人愁**绪**，怕春**去**。	◇◇◆◇◇◆，◆◇◆。
佳树翠阴初转**午**，重帘未卷，	◇◆◆◇◇◆◆，◇◇◆◆，
乍睡起，寂寞看风**絮**。	◆◆◆，◆◆◇◇◆。
偷弹清泪寄烟波，	◇◇◇◆◆◇◇，
见江头故人，为言憔悴如**许**。	△◇◇◆◇，◆◇◇◆◇◆。
彩笺无**数**，去却寒暄，到了浑无定**据**。	◆◇◇◆，◆◆◇◇，◆◆◇◇◆◆。
断肠落日，千山**暮**。	◆◇◆◆，◇◇◆。

同体式作品：无。

674.【东坡引】

1. 始词南宋袁去华作。
2. 始词调名或传为【东城引】，宋人词中无见。
3. 双片，始词每片四韵，变体韵数有变；仄韵，连句韵，或间插隔句韵。

始词：9 分句 4 复句。双片。上片 4 分句 2 复句，二/二/型复句组；下片 5 分句 2 复句，三/二/型复句组。仄韵，连句韵，间插隔句韵。

5，5。7，5。
4，4，7。7，5。——南宋·袁去华·《全宋词》第 1509 页

东坡引

陇头梅半**吐**，江南岁将**暮**。	◆◇◇◆◆，◇◇◆◇◆。
闲窗尽日将愁**度**，黄昏愁更**苦**。	◇◇◆◆◇◇◆，◇◇◇◆◆。
归期望断，双鱼尺**素**，念嘶骑今到何**处**。	◇◇◆◆，◇◇◆◆，△◇◆◇◆◇◆。
残灯背壁三更**鼓**，斜风吹细**雨**。	◇◇◆◆◆◇◆，◇◇◇◆◆。

同体式作品：无。
增减字：
(一) 5，5。7，5。○ 4，4，3，3。7，5。南宋：曹冠 1 首。

变体二

较始词复句数单句数同，分句数有变。

变体二·1

11 分句 4 复句

【变体二·1·1】11 分句 4 复句。双片。上片与始词同，4 分句 2 复句，二/二/型复句组；下片增 2 分句，7 分句 2 复句，四/三/型复句组。仄韵，连句韵，间插隔句韵。

5，5。7，5。
4，4，3，3。7，5，5。——南宋·赵师侠·《全宋词》第 2092 页

东坡引

别周诚可

相看情未**足**，离觞已催**促**。	◇◇◇◆◆，◇◇◆◇◆。
停歌欲语眉先**蹙**，何期归太**速**。	◇◇◆◆◇◇◆，◇◇◇◆◆。
如今去也，无计追**逐**，怎忍听，阳关**曲**。	◇◇◆◆，◇◆◇◆，◆◆◇，◇◇◆。

扁舟后夜滩头**宿**， ◇◇◆◆◇◇◆，
愁随烟树**簇**，愁随烟树**簇**。 ◇◇◇◆◆，◇◇◇◆◆。

同体式作品： 南宋：赵师侠 2 首。

【变体二·1·2】11 分句 4 复句。双片。上片较【变体二·1·1】增 1 分句，5 分句 2 复句，二/三/型复句组；下片减 1 分句，6 分句 2 复句，三/三/型复句组。仄韵，连句韵，插一隔句韵。

5，5。7，5，5。
4，4，6。7，5，5。——南宋·辛弃疾·《全宋词》第 1938 页

东坡引

玉纤弹旧**怨**，还敲绣屏**面**。 ◆◇◇◆◆，◇◇◆◇◆。
清歌目送西风**雁**， ◇◇◆◆◇◇◆，
雁行吹字**断**，雁行吹字**断**。 ◆◇◇◆◆，◆◇◇◆◆。

夜深拜月，琐窗西**畔**，但桂影空阶**满**。 ◆◇◆◆，◆◇◇◆，△◆◆◇◇◆。
翠帏自掩无人**见**， ◆◇◆◆◇◇◆，
罗衣宽一**半**，罗衣宽一**半**。 ◇◇◇◆◆，◇◇◇◆◆。

同体式作品： 南宋：辛弃疾 1 首，无名氏 1 首。

增减字：

(一) 5，5。7，5，5。○ 4，4，7。7，5，5。南宋：辛弃疾 1 首。

变体二·2

10 分句 4 复句

【变体二·2】10 分句 4 复句。双片。上片较始词增 1 分句，下片同。每片 5 分句 2 复句，二/三/型复句组。仄韵，连句韵。

5，5。7，5，5。
7，7。7，5，5。——南宋·赵长卿·《全宋词》第 1821 页

东坡引

茅斋无客**至**，冰砚冻寒**泚**。 ◇◇◇◆◆，◇◆◆◇◆。
南枝喜入新诗**里**， ◇◇◆◆◇◇◆，
恼人频嚼**蕊**，恼人频嚼**蕊**。 ◆◇◇◆◆，◆◇◇◆◆。

因思去腊江头醉，倚动客兴伤春**意**。 ◇◇◆◆◇◇◆，◆◆◆◇◇◇◆。
经年自叹人如**寄**， ◇◇◆◆◇◇◆，
光阴如捻**指**，光阴如捻**指**。 ◇◇◇◆◆，◇◇◇◆◆。

同体式作品： 无。

增减字：

(一) 5，5。7，5，5。○ 7，6。7，5，5。南宋：杨冠卿 1 首。

675.【亭前柳】

【厅前柳】

1. 始词南宋朱雍作。
2. 一写作【厅前柳】。
3. 双片，始词每片三韵，变体韵数有变；平韵，隔句韵。

始词：15 分句 6 复句。双片。上片 7 分句 3 复句，三/二/二/型复句组；下片 8 分句 3 复句，四/二/二/型复句组。平韵，隔句韵。

5，3，4。5，3。3，3。

3，5，3，4。5，3。3，3。——南宋·朱雍·《全宋词》第 1510 页

亭前柳

拜月南楼上，面婵娟，恰对新**妆**。	◆◆◇◇◆，◆◇◇，◆◆◇◇。
谁凭阑干处，笛声**长**。	◇◇◇◇◆，◆◇◇。
追往事，遍凄**凉**。	◇◆◆，◆◇◇。
看素质，临风消瘦尽，	◇◆◆，◇◇◇◆◆，
粉痕轻，依旧真**香**。	◆◇◇，◇◆◇◇。
潇洒春尘境，过横**塘**。	◇◆◇◇◆，◆◇◇。
度清影，在回**廊**。	◆◇◆，◆◇◇。

同体式作品：南宋：朱雍 2 首。

变体一

较始词分句数复句数不变，复句型有变。

【变体一】15 分句 6 复句。双片。上下片分句数复句型与始词相反，上片 8 分句 3 复句，四/二/二/型复句组；下片 7 分句 3 复句，三/二/二/型复句组。平韵，隔句韵。律词。

3，3，3，3。6，3。3，3。

3，5，7。5，3。3，3。——南宋·赵师侠·《全宋词》第 2086 页

厅前柳

晚秋**天**，过暮雨，云容敛，月澄**鲜**。	◆◇◇，◆◆◆，◇◇◆，◆◇◇。
正风露凄清处，砌蛩**喧**。	△◇◆◇◇◆，◆◆◇。
更黄蝶，舞翩**翩**。	◆◇◇，◆◇◇。
念故里，千山云水隔，被名缰利锁萦**牵**。	◇◆◆，◇◇◇◆◆，△◇◇◆◆◇◇。
莫作悲秋意，对尊**前**。	◆◆◇◇◆，◆◇◇。

且同乐，太平**年**。　◆◇◆，◆◇◇。

同体式作品：南宋：赵师侠1首（【厅前柳】）。

变体三

较始词分句数复句数皆变

【变体三】12分句4复句。上片较始词减1分句1复句，下片减2分句1复句。每片6分句2复句，上片三/三/型复句组，下片四/二/型复句组。平韵，隔句韵。

4，3，4。7，3，6。

7，7。4，5，3，5。——南宋·石孝友·《全宋词》第2043页

亭前柳

有件伴遮，算好事，大家都**知**。　◆◆◇◇，◆◆◆，◆◇◇◇。

被新冤家矍索后，　△◇◇◇◆◆◆，

没别底，似别底也难**为**。　◆◆◆，◆◆◆◆◇◇。

识尽千千并万万，那得恁海底猴**儿**。　◆◆◇◇◆◆◆，◆◆◇◆◆◇◇。

这百十钱，一个泼性命，　◆◆◆◇，◆◆◆◆◆，

不分付，待分付与**谁**。　◆◇◆，◆◇◆◆◇。

同体式作品：无。

676.【韵令】

1. 始词南宋程大昌作。
2. 源出民间曲调。宋周辉《清波杂志》："宣和间，衣着曰'韵缬'，果实曰'韵梅'，词曲曰'韵令'。"宋张世南《游宦纪闻》："宣和间，闻市井竞唱《韵令》，程（大昌）曰：'五声皆往而不返，不祥也。'后二帝播迁。"
3. 双片，每片五平韵，隔句韵。
4. 此调宋词仅见程大昌一首，金词见王喆《三光会合》一首，序曰："俗名【韵令】。"

始词：18分句8复句。双片。每片9分句4复句，三/二/二/二/型复句组。平韵，隔句韵，间插连句韵。律词。

4，4，5。4，4。4，4。4，5。

4，4，5。4，4。4，4。4，5。——南宋·程大昌·《全宋词》第1525页

韵令

硕人生日

是男是女，都有官**称**，孙儿仕也**登**。　◆◇◆◆，◇◆◇◇，◇◇◆◆◇。

时新衣著，不待经**营**。	◇◇◇◆，◆◆◇◇。
寒时火柜，春里花**亭**。	◇◇◆◆，◇◆◇◇。
星辰上履，我只唤卿**卿**。	◇◇◆◆，△◆◆◇◇。
寿开八秩，两鬓全**青**，颜红步武**轻**。	◆◇◆◆，◆◆◇◇，◇◇◆◆◇。
定知前面，大有年**龄**。	◆◇◇◆，◆◆◇◇。
芝兰玉树，更愿充**庭**。	◇◇◆◆，◆◆◇◇。
为询王母，桃颗几时**赪**。	◆◇◇◆，◇◆◆◇◇。

同体式作品：无。

677.【使牛子】

1. 始词南宋曹冠作。
2. 观调名，本源当是民间小曲。
3. 双片，上片二韵，下片三韵，仄韵，隔句韵。
4. 此调仅见曹冠一首。

始词：8 分句 4 复句。双片。每片 4 分句 2 复句，二/二/型复句组。仄韵，隔句韵，间插连句韵。

7，6。5，7。
7，6。5，7。——南宋·曹冠·《全宋词》第 1542 页

使牛子

晚天雨霁横雌霓，帘卷一轩月**色**。	◆◇◆◆◇◇◆，◇◆◆◇◆◆。
纹簟坐苔茵，乘兴高歌饮琼**液**。	◇◆◆◇◇，◇◆◇◇◆◇◆。
翠瓜冷浸冰壶**碧**，茶罢风生两**腋**。	◆◇◆◆◇◇◆，◇◆◇◇◆◆。
四座沸欢声，喜我投壶全中**的**。	◆◆◆◇◇，◆◆◇◇◇◆◆。

同体式作品：无。

678.【绣停针】

1. 始词南宋陆游作。
2. 以民间节令风俗为调名。唐宋时代，妇女春、秋社日不事针线，周邦彦《秋蕊香》：“闻知社日停针线。”

3. 双片，上片五韵，下片六韵，仄韵，隔句韵。

4. 此调仅见陆游一首。

始词：20 分句 8 复句。双片。每片 10 分句 4 复句，三/三/二/二/型复句组。仄韵，隔句韵，间插连句韵。

3，5，4。4，4，6。4，7。6，6。

5，5，4。4，4，6。4，7。4，6。——南宋·陆游·《全宋词》第 1592 页

绣停针

叹半纪，跨万里秦吴，顿觉衰**谢**。	◇◆◆，△◆◆◇◇，◆◆◇◆。
回首鹓行，英俊并游，咫尺玉堂金**马**。	◇◆◇◇，◇◆◆◇，◆◆◆◇◇◆。
气凌嵩**华**，负壮略纵横王**霸**。	◆◇◇◆，◆◆◆◇◇◇◆。
梦经洛浦梁园，觉来泪流如**泻**。	◆◇◆◆◇◇，◆◇◆◇◇◆。
山林定去**也**，却自恐说著，少年时**话**。	◇◇◆◆◆，△◆◆◆◆，◆◇◇◆。
静院焚香，闲倚素屏，今古总成虚**假**。	◆◆◇◇，◇◆◆◇，◇◆◆◇◇◆。
趁时婚**嫁**，幸自有湖边茅**舍**。	◆◇◇◆，◆◆◆◇◇◇◆。
燕归应笑，客中又还过**社**。	◆◇◇◆，◆◇◆◇◆◆。

同体式作品：无。

679.【真珠帘】

【珍珠帘】

1. 始词南宋陆游作。

2. 一写作【珍珠帘】。

3. 双片，每片六韵，变体下片减一韵；仄韵，隔句韵，或间插连句韵。

始词：22 分句 8 复句。双片。每片 11 分句 4 复句，上片三/二/三/三/型复句组；下片四/二/二/三/型复句组。仄韵，隔句韵，间插连句韵。

7，3，6。4，6。7，3，4。2，5，4。

2，4，5，4。5，5。7，7。2，3，6。——南宋·陆游·《全宋词》第 1599 页

真珠帘

灯前月下嬉游**处**，	◇◇◆◆◇◇◆，
向笙歌，锦绣丛中相**遇**。	◆◇◇，◆◆◇◇◇◆。
彼此知名，才见便论心**素**。	◆◆◇◇，◇◆◆◇◇◆。
浅黛娇蝉风调别，最动人，时时偷**顾**。	◆◆◇◇◇◆◆，◆◆◇，◇◇◇◆。

归**去**，想闲窗深院，调弦促**柱**。	◇◆，△◇◇◇◆，◇◇◆◆。
乐**府**，初翻新**谱**，	◆◆，◇◇◇◆，
漫裁红点翠，闲题金**缕**。	△◇◇◆◆，◇◇◇◆。
燕子入帘时，又一番春**暮**。	◆◆◆◇◇，△◆◇◇◆。
侧帽燕脂坡下过，料也记前年崔**护**。	◆◆◇◇◇◆◆，◆◆◆◇◇◇◆。
休**诉**，待从今，须与好花为**主**。	◇◆，◆◇◇，◇◆◆◇◇◆。

同体式作品：无。

增减字：

（一）7，3，6。5，5。7，3，4。2，5，4。○ 6，5，4。5，5。7，3，4。2，5，4。南宋：王质 1 首，陈著 2 首，吴文英 1 首（【珍珠帘】），徐某 1 首，朱令则 1 首，蒋捷 1 首（【珍珠帘】），张炎 1 首，无名氏 1 首。

（二）7，3，5。5，5。7，3，4。2，3，5。○ 6，5，4。5，4。7，3，4。2，5，4。南宋：葛长庚 1 首（【珍珠帘】）。

（三）7，3，6。5，5。7，3，4。2，5，4。○ 6，5，4。5，5。7，3，4。2，4，4。南宋：周密 1 首（【珍珠帘】）。

（四）7，3，6。5，5。7，3，4。2，5，4。○ 6，3，6。5，5。7，3，4。2，5，4。南宋：陈著 3 首，张炎 1 首。

变体二

较始词复句数不变，分句数有变。

变体二·1

21 分句 8 复句

【变体二·1】21 分句 8 复句。双片。上片较始词减 1 分句，10 分句 4 复句，三/二/二/三/型复句组；下片与始词同，11 分句 4 复句，四/二/二/三/型复句组。仄韵，隔句韵，间插连句韵。律词。

7，3，6。4，6。7，7。2，5，4。

2，4，3，6。5，5。7，7。2，5，4。——南宋·陆游·《全宋词》第 1589 页

真珠帘

山村水馆参差**路**，	◇◇◆◆◇◇◆，
感羁游，正似残春风**絮**。	◆◇◇，◆◆◇◇◇◆。
掠地穿帘，知是竟归何**处**。	◆◆◇◇，◇◆◆◇◇◆。
镜里新霜空自悯，问几时鸾台鳌**署**。	◆◆◇◇◇◆◆，△◆◇◇◇◇◆。
迟**暮**，谩凭高怀远，书空独**语**。	◇◆，◆◆◇◇◆，◇◇◆◆。
自**古**，儒冠多**误**，	◆◆，◇◇◇◆，
悔当年，早不扁舟归**去**。	◆◇◇，◆◆◇◇◇◆。
醉下白蘋洲，看夕阳鸥**鹭**。	◆◆◆◇◇，◆◆◇◇◆。

菰菜鲈鱼都弃了，只换得青衫尘**土**。　◇◆◇◇◇◆◆，◆◆◆◇◇◇◆。
休**顾**，早收身江上，一蓑烟**雨**。　◇◆，△◇◇◇◆，◆◇◇◆。

同体式作品：无。

变体二·2

19分句8复句

【变体二·2】19分句8复句。上片第一、三复句较始词各减1分句，下片第一复句减1分句。上片9分句4复句，二/二/二/三/型复句组；下片10分句4复句，三/二/二/三/型复句组。仄韵，隔句韵，间插连句韵。

7，7。5，5。7，7。2，5，4。
6，5，4。5，5。7，7。2，5，4。——南宋·陈楠·《全宋词》第2313页

真珠帘

赠海南子白玉蟾

金丹大药人人**有**，要须是心传口**授**。　◇◇◆◆◇◇◆，◆◇◆◇◇◆◆。
一片白龙肝，一盏醍醐**酒**。　◆◆◆◇◇，◆◆◇◇◆。
只为离无寻坎**有**，移却南宸回北**斗**。　◆◆◇◇◇◆◆，◇◆◇◇◇◆◆。
好笑，见金翁姹女，两个厮**斗**。　◆◆，△◇◇◆◆，◆◆◇◆。

些儿铅汞调匀，观汉月海潮，抽添火**候**。　◇◇◇◆◇◇，△◆◆◆◇，◇◇◆◆。
一箭透三关，方表神仙**手**。　◆◆◆◇◇，◇◆◇◇◆。
兔子方来乌处住，龟儿便把蛇吞**了**。　◆◆◇◇◇◆◆，◇◇◆◆◇◇◆。
知**否**，那两个钟吕，是吾师**友**。　◇◆，△◆◆◇◆，◆◇◇◆。

同体式作品：无。

680.【江月晃重山】

1. 始词南宋陆游作。
2. 集曲词调，每片各取【西江月】前二句（第一复句）、【小重山】后三句（第二复句）合成，集二调之名作“江月晃重山”。（参见前谱第47调【西江月】、第51调【感皇恩】之同调异名【小重山】。）
3. 此调宋词仅见陆游一首；金词有元好问、侯善渊各一首，体式与本词全同。
4. 双片，每片三平韵，隔句韵。

始词：10分句4复句。双片。每片5分句2复句，二/三/型复句组。平韵，隔句韵。律词。

6，6。7，3，5。

6，6。7，3，5。——南宋·陆游·《全宋词》第1602页

江月晃重山

雪

芳草洲前道路，夕阳楼上阑**干**。 ◇◆◇◇◆◆，◆◇◇◆◇◇。

碧云何处问归**鞍**，从军客，耽乐不思**还**。 ◆◇◇◆◆◇◇，◇◇◆，◇◆◆◇◇。

洞里仙人种玉，江边楚客滋**兰**。 ◆◆◇◇◆◆，◇◇◆◆◇◇。

鸳鸯沙暖鹡鸰**寒**，菱花晚，不奈鬓毛**斑**。 ◇◇◇◆◆◇◇，◇◇◆，◆◆◆◇◇。

按：本词一传元刘秉忠作。

同体式作品：无。

681. 【宜男草】

1. 始词南宋范成大作。
2. 宜男草，萱草。古代谓孕妇佩戴萱草可生男。欧阳修《桃源忆故人·碧纱影》："薄幸不来春老，羞带宜男草。"赵长卿《夜行船·咏美人》："菱花重照，带朵宜男草。"
3. 双片，每片三仄韵，隔句韵。

始词：14分句4复句。双片。每片7分句2复句，三/四/型复句组。仄韵，隔句韵。

7，3，4。3，6，3，4。

7，3，4。3，6，3，4。——南宋·范成大·《全宋词》第1615页

宜男草

篱菊滩芦被霜**后**，袅长风，万重高**柳**。 ◇◆◇◇◆◇◆，◆◇◇，◆◇◇◆。

天为谁，展尽湖光渺渺， ◇◆◇，◆◆◇◇◆◆，

应为我，扁舟入**手**。 ◇◆◆，◇◇◆◆。

橘中曾醉洞庭**酒**，辗云涛，挂帆南**斗**。 ◆◇◇◆◆◇◆，◆◇◇，◆◇◇◆。

追旧游，不减商山杳杳， ◇◆◇，◆◆◇◇◆◆，

犹有人，能相记**否**。 ◇◆◇，◇◇◆◆。

同体式作品：南宋：陈三聘1首。

增减字：

(一) 7，3，4。3，4，4，4。○7，3，4。3，4，4，4。南宋：陈三聘1首。

变体二

较始词复句数不变，分句数减2。

【变体二】12 分句 4 复句。上下片第二复句较始词各减 1 分句，每片 6 分句 2 复句，三/三/型复句组。仄韵，隔句韵。

7，3，4。3，4，8。

7，3，4。3，4，8。——南宋·范成大·《全宋词》第 1615 页

宜男草

舍北烟霏舍南**浪**，雪倾篱，雨荒薇**涨**。　◆◆◇◇◆◇◆，◆◇◇，◆◇◇◆。

问小桥，别后谁过，惟有迷鸟羁雌来**往**。　◆◆◇，◆◆◇◇，◇◆◇◆◇◇◇◆。

重寻山水问无**恙**，扫柴荆，土花尘**网**。　◇◇◇◆◆◇◆，◆◇◇，◆◇◇◆。

留小桃，先试光风，从此芝草琅玕日**长**。　◇◆◇，◇◆◇◇，◇◆◇◆◇◇◆◆。

同体式作品：无。

682.【三登乐】

1. 始词南宋范成大作。
2. 三登，连续二十七年五谷丰收曰“三登”。东汉班固《汉书·食货志》：“三考黜陟，余三年食，进业曰登；再登曰平，余六年食；三登曰泰平，二十七岁，余九年食。然后王德流洽，礼乐成焉。”
3. 双片，始词上片五韵，下片四韵，变体韵数有变；仄韵，隔句韵。

始词：18 分句 8 复句。双片。每片 9 分句 4 复句，二/二/三/二/型复句组。仄韵，隔句韵，间插连句韵。律词。

7，4。3，4。3，3，4。4，4。

6，4。3，4。3，3，4。4，4。——南宋·范成大·《全宋词》第 1620 页

三登乐

一碧鳞鳞横万里，天垂吴**楚**。　◆◆◇◇◇◆◆，◇◇◇◆。

四无人，橹声自**语**。　◆◇◇，◆◇◆◆。

向浮云，西下**处**，水村烟**树**。　◆◇◇，◇◆◆，◆◇◇◆。

何处系船，暮涛涨**浦**。　◇◆◆◇，◆◇◆◆。

正江南遥落后，好山无**数**。　△◇◇◇◆◆，◆◇◇◆。

尽乘流，兴来便**去**。　◆◇◇，◆◇◆◆。

对青灯，独自叹，一生羁**旅**。　◆◇◇，◆◆◇，◆◇◇◆。

欹枕梦寒，又还夜**雨**。　◇◆◆◇，◆◇◆◆。

同体式作品： 南宋：范成大 1 首，陈三聘 3 首。

增减字：

(一) 7，4。3，4。3，3，4。4，4。○ 6，4。3，4。3，3，3。4，4。南宋：范成大 1 首。

变体二

较始词复句数不变，分句数减 2。

【变体二】16 分句 8 复句。上下片第三复句较始词各减 1 分句，每片 8 分句 4 复句，二/二/二/二/型复句组。仄韵，隔句韵。

4，7。3，4。5，5。4，4。

3，7。3，4。3，7。4，4。——南宋・范成大・《全宋词》第 1620 页

三登乐

方帽冲寒，重检校旧时农**圃**。	◇◆◇◇，◇◆◆◆◇◇◆。
荒三径，不知何**许**。	◇◇◆，◆◇◇◆。
但姑苏台下，有苍然平**楚**。	△◇◇◇◆，△◇◇◇◆。
人笑此翁，又来访**古**。	◇◆◆◇，◆◇◆◆。
况五湖，元自有扁舟祖**武**。	◆◆◇，◇◆◆◇◇◆◆。
记沧洲，白鸥伴**侣**。	◆◇◇，◆◇◆◆。
叹年来，孤负了一蓑烟**雨**。	◆◇◇，◇◆◆◆◇◇◆。
寂寞暮潮，唤回棹**去**。	◆◆◆◇，◆◇◆◆。

同体式作品： 南宋：陈三聘 1 首。

变体三

较始词分句数复句数皆变

【变体三】16 分句 7 复句。上片与【变体二】分句数复句型同，8 分句 4 复句，二/二/二/二/型复句组；下片较始词减 1 分句 1 复句，8 分句 3 复句，三/三/二/型复句组。仄韵，隔句韵。

4，6。3，4。5，6。4，4。

5，4，7。3，3，5。4，5。——南宋・罗子衎・《全宋词》第 3580 页

三登乐

庆黄守，正月二二。

过了元宵，见七叶蓂又**飞**。	◆◆◇◇，△◆◆◇◆◇。
恰今朝，昴宿降**瑞**。	◆◇◇，◆◆◆◆。
初度果生贤，尽道丰姿绝**异**。	◇◆◆◇◇，◆◆◇◇◆◆。
翰林人物，云霄富**贵**。	◆◇◇◆，◇◇◆◆。
自栖鸾展**骥**，迤逦黄堂，	△◇◇◆◆，◆◆◇◇，

每登要路无留**滞**。 ◆◇◆◆◇◇◆。
暂归来，访松菊，趣装行用**济**。 ◆◇◇，◆◇◆，◆◇◇◆◆。
增崇福禄，寿延千百**岁**。 ◇◇◆◆，◆◇◇◆◆。

同体式作品：无。

683.【凤时春】

1. 始词南宋王质作。
2. 双片，每片四仄韵，隔句韵。
3. 此调仅见王质一首。

始词：11 分句 4 复句。双片。上片 6 分句 2 复句，三/三/型复句组；下片 5 分句 2 复句，二/三/型复句组。仄韵，隔句韵。

6，5，4。7，4，4。
7，9。8，4，4。——南宋·王质·《全宋词》第 1648 页

凤时春

见残梅

标格风流前**辈**，才瞥见春风，萧然无**对**。 ◇◆◇◇◇◆，◇◆◆◇◇，◇◇◇◆。
只有月娥心不**退**，依旧断桥，横在流**水**。 ◆◆◆◇◇◆◆，◇◆◆◇，◇◆◇◆。

我亦共月娥同**意**，肯将情移在粗红俗**翠**。 ◆◆◆◆◇◇◆，◆◇◇◇◆◇◇◆◆。
除丁香蔷薇酴醿**外**，便作花王，不是此**辈**。 △◇◇◇◇◇◇◆，◆◆◇◇，◆◆◆◆。

同体式作品：无。

684.【无月不登楼】

1. 始词南宋王质作。
2. 双片，上片四韵，下片七韵，仄韵，隔句韵，间插连句韵。
3. 此调仅见王质一首。

始词：23 分句 8 复句。双片。上片 11 分句 4 复句，二/三/四/二/型复句组；下片 12 分句 4 复句，二/三/三/四/型复句组。入声韵，邻韵通押，隔句韵。

5，7。4，4，6。4，4，4，4。3，4。

7，6。4，4，6。5，3，4。2，3，3，3。——南宋·王质·《全宋词》第1649页
无月不登楼 种花
池塘生春草，梦中共水仙相**识**。　◇◇◇◇◆，◆◇◆◆◇◇◆。 细拨冰绡，低沉玉骨，搅动一池寒**碧**。　◆◆◇◇，◇◇◆◆，◆◆◆◇◇◆。 吹尽杨花，糁毡消白，　◆◆◇◇，◆◇◇◆， 却有青钱，点点如**积**。　◆◆◇◇，◆◆◇◆。 渐成翠，亭亭如**立**。　◆◇◆，◇◇◇◆。
汉女江妃入奁**室**，擘破靓妆拥**出**。　◆◆◇◇◆◇◆，◆◆◆◇◆◆。 夜月明前，夕阳欹后，清妙世间标**格**。　◆◆◇◇，◆◇◇◆，◇◆◆◇◇◆。 中贮琼瑶**汁**，才嚼破，露飞霜**泣**。　◇◆◇◇◆，◇◆◆，◆◇◇◆。 何**益**，未转眼，度秋风，成陈**迹**。　◇◆，◆◆◆，◆◇◇，◇◇◆。
同体式作品：无。

685.【野庵曲】

1. 南宋沈瀛作。
2. 多曲成套组词，全套总名《野庵曲》。共10首单曲，每首体式不同，最后一曲与南曲套数煞尾“三句儿”类似。
3.《全宋词》注本篇为“套曲”，任中敏先生《〈全宋词〉批注》认为本篇为元曲体制而非宋词，值得研究。
4. 全篇通韵，平仄通押，连句韵、隔句韵。

第一曲
单片。12分句4复句，三/四/二/三/型复句组。平仄通押，隔句韵，间插连句韵。
5，3，6。4，3，3，3。7，4。4，3，6。 ——南宋·沈瀛·《全宋词》第1663页（下同）
野叟最昏**迷**，叹世间，光阴奔走如**驰**。　◆◆◆◇◇，◆◆◇，◇◇◇◆◇◇。 逢这闲**时**，忽寻忖，一生里，事都**非**。　◇◆◇◇，◆◇◆，◆◇◆，◆◇◇。 从头到尾都改了，重立根**基**。　◇◇◆◆◇◆◆，◇◆◇◇。 枕上披**衣**，浑无**寐**，时时摩挲行**气**。　◆◆◇◇，◇◇◆，◇◇◇◇◇◆。
第二曲

单片。13分句5复句，二/二/三/三/三/型复句组。平仄通押，连句韵、隔句韵。

3，3。5，4。5，3，6。4，3，4。4，3，6。

才睡**起**，避户**扉**。	◇◆◆，◆◆◇。
爇一炷清香，烟气霏**霏**。	△◆◆◇◇，◇◆◇◇。
膜拜更归**依**，冥心坐，看经念佛行**持**。	◆◆◆◇◇，◇◇◆，◇◇◆◆◇◇。
消除秽恶，光洒洒，禅律威**仪**。	◇◇◆◆，◇◆◆，◇◆◇◇。
佛力慈悲，愿今**世**，永没冤债相**随**。	◆◆◇◇，◆◇◆，◆◆◇◆◇◇。

第三曲

单片。17分句7复句，三/二/三/二/二/二/三/型复句组。平仄通押，连句韵、隔句韵。

4，3，5。4，6。4，4，3。4，5。3，5。3，7。7，5，4。

食将惭**愧**，才饭了，一枕茶香**美**。	◆◇◇◆，◇◆◆，◆◆◇◇◆。
迟迟日长，觅伴相对围**棋**。	◇◇◆◆，◆◆◇◆◇◇。
安排势**子**，相望相**窥**，闭心**机**。	◇◇◆◆，◇◆◇◇，◆◇◇。
输赢成败，却似人居**世**。	◇◇◇◆，◆◆◇◇◆。
跳脱去，唤方帽杖**藜**。	◆◆◆，△◇◆◆◇。
为伴侣，小桥那面一庵**儿**。	◇◆◆，◆◇◆◆◆◇◇。
登高望远输情**思**，	◇◇◆◆◇◇◆，
叹物荣物枯，节换时**移**。	△◆◇◆◇，◆◆◇◇。

第四曲

单片。9分句4复句。二/三/二/二/型复句组。平仄通押，首二句连韵、继隔句韵。

7，5。4，6，4。4，7。4，5。

春到园中见寒**梅**，同春雪乱**飞**。	◇◆◇◇◆◇◇，△◇◆◆◇。
冷艳冰**肌**，须臾李杏开偏，一日芳**菲**。	◆◆◇◇，◇◇◆◆◇◆，◆◆◇◇。
和风骀荡，两岸细柳捻金**丝**。	◇◇◆◆，◆◆◆◆◇◇。
清明时候，景物尤韶**媚**。	◇◇◇◆，◆◆◇◆◆。

第五曲

单片。7分句3复句，二/三/二/型复句组。平仄通押，连句韵、隔句韵。

3，8。3，5，7。5，4。

春事**退**，叹万红狼籍飞满**堤**。	◇◆◆，△◆◇◇◆◇◆◇。
水平**池**，风到卷涟**漪**，	◆◇◇，◇◆◆◇◇，
荷花一望如霞**绮**。	◇◇◆◆◇◇◆。
对好些景物，敌去炎**威**。	△◆◇◆◆，◆◆◇◇。

第六曲

单片。13 分句 5 复句，二/二/三/三/三/型复句组。平仄通押，连句韵、隔句韵。

4，7。3，7。6，4，4。5，3，6。4，3，4。

秋景凄**凄**，长空明月正扬**辉**。	◇◆◇◇，◇◇◇◆◆◇◇。
蒹葭岸，浮云侧畔坐钓**矶**。	◇◇◆，◇◇◆◆◆◆◇。
正桂花香喷**鼻**，黄花满眼，风劲霜**坠**。	△◆◇◇◆◆，◇◇◆◆，◇◆◇◆。
做寒来天**气**，秋光老，草木一齐似**洗**。	△◇◇◇◆，◇◇◆，◆◆◆◇◆◆。
独修篁径，青松路，残岁方**知**。	◆◇◇◆，◇◇◆，◇◆◇◇。

第七曲

单片。11 分句 5 复句，二/三/二/二/二/型复句组。平仄通押，隔句韵、连句韵。

3，5。3，4，3。3，7。7，4。5，5。

日将斜，园里缓行**归**。	◆◇◇，◇◆◆◇◇。
听流**水**，明窗净**几**，调数**徽**。	◇◇◆，◇◇◆◇，◇◆◇。
到妙处，古曲幽闲韵渐**稀**。	◆◆◆，◆◆◇◇◆◆◇。
徐徐弹了融心**意**，忽然惊**起**。	◇◇◇◆◇◇◆，◆◇◇◆。
外时闻车履，故人来相**对**。	△◇◇◇◆，◆◇◇◇◆。

第八曲

单片。14 分句 6 复句，二/三/二/三/二/二/型复句组。平仄通押，连句韵、隔句韵。

3，7。3，4，4。6，7。4，3，3。4，4。6，4。

瓮浮**蚁**，草草杯盘灯正**辉**。	◆◇◆，◆◆◇◇◇◆◇。
漏声**迟**，浮斝飞觞，言渐嘻**嘻**。	◆◇◇，◇◆◇◇，◇◆◇◇。
轩渠一笑高歌，野庵新唱劝**些儿**。	◇◇◆◆◇◇，◆◆◇◆◆◇◇。
人听村歌，一霎**时**，好娱**戏**。	◇◆◇◇，◆◆◇，◆◇◆。
休笑颠狂，也是大**奇**。	◇◆◇◇，◆◆◆◇。
能赶气闷忧**悲**，自然沉**醉**。	◇◆◆◆◆◇，◆◇◇◆。

第九曲

单片。8 分句 3 复句，三/二/三/型复句组。平仄通押，连句韵。

4，4，7。3，4。4，4，6。

客都去后，睡齁齁**地**，一枕华胥惊又**起**。	◆◇◆◆，◆◇◇◇，◆◆◇◇◆◇◆。
晓鸡**啼**，重起着**衣**。	◆◇◇，◇◆◆◇。
心火烧**脐**，龙行虎**驰**，依前啰啰哩**哩**。	◇◆◇◇，◇◇◆◇，◇◇◇◇◇◇。

第十曲	
单片。3分句，1单句1复句。平仄通押，连句韵。	
7。7，7。	
从头到尾今如**此**。	◇◇◆◆◇◇◆。
若唱此曲没休**时**，保取长年到期**颐**。	◆◆◆◆◆◇◇，◆◆◇◇◆◇◇。

686. 【醉乡曲】

1. 始词南宋沈瀛作。
2. 异调词组。组词以“醉乡”为总名，由【醉乡曲】【驻马听】【风入松】三调组成。《全宋词》注为“套曲”，其体源自唐民间歌辞“兼带”体，元代北曲“带过”体先声。任中敏先生《〈全宋词〉批注》认为本套曲从体式、韵式、语体看，三调之词极似元曲，值得重视。
3. 组曲首词【醉乡曲】似为沈瀛自度曲，取本词“醉乡道路”句为调名；【驻马听】【风入松】为宋代流传词调，词体见前谱（第281调【驻马听】、402调【风入松】），兹不重复。
4. 双片，上片四韵，下片六韵，平仄通押，隔句韵，间插连句韵。
5. 此调仅见沈瀛一首。

始词：18分句6复句。双片。每片9分句3复句，上片三/三/三/型复句组，下片四/二/三/型复句组。平仄通押，邻韵通押，隔句韵、连句韵。	
4，3，5。5，3，5。7，3，5。	
3，3，8，9。7，8。3，3，3。——南宋·沈瀛·《全宋词》第1664页	
醉乡曲	
说与贤瞒，这躯壳，安能久仗**凭**。	◆◆◇◇，◆◇◆，◇◇◆◆◇。
幸尊中有酒，浇磊块，先交神气**平**。	△◇◇◆◆，◇◆◆，◇◇◇◆◇。
醉乡道路无他**径**，任陶陶，现出真如**性**。	◆◇◆◆◇◇◆，◆◇◇，◆◆◇◇◆。
没闲恼，没闲**争**，也能使情怀长似**春**，	◆◇◆，◆◇◇，◆◇◆◇◇◇◆◇，
也能使飘然逸气如**云**。	◆◇◆◇◇◆◆◇◇。
饶君万劫修功**行**，又争如一盏乐天**真**。	◇◇◆◆◇◇◇，△◇◇◆◆◆◇◇。
这些儿，休放过，且重**斟**。	◆◇◇，◇◆◆，◆◇◇。
同体式作品：无。	

687.【归去来兮引】

1. 南宋杨万里自创调。
2.《全宋词》该词不分片，划为九小节，本谱作四首同调联章词组。每首双片，体式相同，惟第二首上片略有变，兹取两首谱之。
3. 上片六韵，下片七韵或六韵；平韵，连句韵、隔句韵。
4. 本调仅见杨万里一篇。

第一首

19 分句 8 复句。双片。上片 9 分句 4 复句，二/二/二/三/型复句组；下片 10 分句 4 复句，三/二/三/二/型复句组。平韵，间插连句韵，隔句韵。律词。

7，5。6，6。7，5。7，3，4。

4，4，4。5，5。8，5，5。5，4。——南宋·杨万里·《全宋词》第 1664 页

侬家贫甚诉长**饥**，幼稚满庭**闱**。	◇◇◇◆◆◇◇，◆◆◆◇◇。
正坐瓶无储粟，漫求为吏东**西**。	◆◆◇◇◇◆，◆◇◇◆◇◇。
偶然彭泽近邻**圻**，公秫滑流**匙**。	◆◇◇◆◆◇◇，◇◆◆◇◇。
葛巾劝我求为酒，黄菊怨，冷落东**篱**。	◆◇◆◆◇◇◆，◇◆◆，◆◆◇◇。
五斗折腰，谁能许事，归去来**兮**。	◆◆◆◇，◇◇◆◆，◇◆◇◇。
老圃半榛**茨**，山田欲蒺**藜**。	◆◆◆◇◇，◇◇◆◆◇。
念心为形役又奚**悲**，	△◇◇◇◆◆◇◇，
独惆怅前**迷**，不谏后方**追**。	△◇◆◇◇，◆◆◆◇◇。
觉今来是了，觉昨来**非**。	△◇◇◆，◆◆◇◇◇。

同体式作品：本词组第三、四首。

第二首

20 分句 8 复句。双片。上片较第一首增 1 分句（第四分句 6 字句摊破为 3/3 两小句），下片同。每片 10 分句 4 复句，上片二/三/二/三/型复句组，下片三/二/三/二/型复句组。平韵，间插连句韵，隔句韵。律词。

7，5。6，3，3。7，5。7，3，4。

4，4，5。5，5。8，5，5。5，4。——南宋·杨万里·《全宋词》第 1664 页

扁舟轻飏破朝**霏**，风细漫吹**衣**。	◇◇◇◆◆◇◇，◇◆◆◇◇。
试问征夫前路，晨光小，恨熹**微**。	◆◆◇◇◇◆，◇◇◆，◆◇◇。

乃瞻衡宇戴奔**驰**，迎候满荆**扉**。	◆◇◇◆◆◇◇，◇◆◆◇◇。
已荒三径存松菊，喜诸幼，入室相**携**。	◆◇◆◆◇◇◆，◆◇◆，◆◆◇◇。
有酒盈尊，引觞自酌，庭树遣颜**怡**。	◆◆◇◇，◆◆◆◆，◇◆◆◇◇。
容膝易安**栖**，南窗寄傲**睨**。	◇◆◆◇◇，◇◇◆◆◇。
更小园日涉趣尤**奇**，	△◆◇◆◆◆◇◇，
尽虽设柴门，长是闭斜**晖**。	◆◇◆◇◇，◇◆◆◇◇。
纵遐观矫首，短策扶**持**。	△◇◇◆◆，◆◆◇◇。

同体式作品：无。

附：杨万里《归去来兮引》全篇

归去来兮引

侬家贫甚诉长饥，幼稚满庭闱。正坐瓶无储粟，漫求为吏东西。偶然彭泽近邻圻，公秫滑流匙。葛巾劝我求为酒，黄菊怨，冷落东篱。〇五斗折腰，谁能许事，归去来兮。老圃半榛茨，山田欲蒺藜。念心为形役又奚悲，独惆怅前迷，不谏后方追。觉今来是了，觉昨来非。

扁舟轻飏破朝霏，风细漫吹衣。试问征夫前路，晨光小，恨熹微。乃瞻衡宇载奔驰，迎候满荆扉。已荒三径存松菊，喜诸幼，入室相携。〇有酒盈尊，引觞自酌，庭树遣颜怡。容膝易安栖，南窗寄傲睨。更小园日涉趣尤奇，尽虽设柴门，长是闭斜晖。纵遐观矫首，短策扶持。

浮云出岫岂心思，鸟倦亦归飞。翳翳流光将入，孤松抚处凄其。息交绝友堑山溪，世与我相违。驾言复出何求者，旷千载，今欲从谁。〇亲戚笑谈，琴书觞咏，莫遣俗人知。邂逅又春熙，农人欲载菑。告西畴有事要耘耔，容老子舟车，取意任委蛇。历崎岖窈窕，丘壑随宜。

欣欣花木向荣滋，泉水始流澌。万物得时如许，此生休笑吾衰。寓形宇内几何时，岂问去留为。委心任运无多虑，顾皇皇，将欲何之。〇大化中间，乘流归尽，喜惧莫随伊。富贵本危机，云乡不可期。趁良辰孤往恣游嬉，独临水登山，舒啸更哦诗。除乐天知命，了复奚疑。

688.【太常引】

1. 始词南宋沈端节作。
2. 太常，古代宫廷礼乐机构。该调本为宫廷雅乐曲调，流入民间而成一般词调。宋吴曾《能改斋漫录》：“京师僧念《梁州八相》《太常引》《三皈依》《柳含烟》等，号‘唐赞’。”
3. 双片，上片四韵，下片三韵，平韵，隔句韵。

始词：12分句4复句。双片。每片6分句2复句，三/三/型复句组。平韵，隔句韵。

7，3，3。5，3，4。

4，4，5。5，3，4。——南宋·沈端节·《全宋词》第1680页

太常引

三三五五短长**亭**，都只解，送人**行**。	◇◇◆◆◆◇◇，◇◆◆，◆◇◇。
天远树冥**冥**，怅好梦，才成又**惊**。	◇◆◆◇◇，◆◆◆，◇◇◆◇。
夜堂歌罢，小楼钟断，归路已闻**莺**。	◆◇◇◆，◆◇◇◆，◇◆◆◇◇。
应是困瞢**腾**，问心绪，而今怎**生**。	◇◆◆◇◇，◆◇◆，◇◇◆◇。

同体式作品：南宋：丘崈1首，辛弃疾2首，韩玉2首，宋先生1首，韩淲1首，高观国1首，刘埙1首，汪元量1首，无名氏2人2首，计10人12首。

变体二

较始词复句数不变，分句数减3。

【变体二】9分句4复句。上片较始词减2分句，4分句2复句，二/二/型复句组；下片减1分句，5分句2复句，三/二/型复句组。平韵，连句韵，间插隔句韵。

7，5。5，7。

4，4，5。5，7。——南宋·辛弃疾·《全宋词》第1927页

太常引

建康中秋，为吕叔潜赋。

一轮秋影转金**波**，飞镜又重**磨**。	◆◇◇◆◆◇◇，◇◆◆◇◇。
把酒问姮**娥**，被白发欺人奈**何**。	◆◆◆◇◇，△◆◆◇◇◆◇。
乘风好去，长空万里，直下看山**河**。	◇◇◆◆，◇◇◆◆，◆◆◆◇◇。
斫去桂婆**娑**，人道是清光更**多**。	◆◆◆◇◇，◇◆◆◇◇◆◇。

同体式作品：南宋：辛弃疾1首，卢祖皋1首，刘辰翁1首，王清观1首。

增减字：

（一）7，6。5，7。○4，4，5。5，7。南宋：刘辰翁1首。

689.【拾翠羽】

1. 始词南宋张孝祥作。
2. 双片，每片四仄韵，隔句韵。
3. 此调仅见张孝祥一首。

始词：14 分句 6 复句。双片。每片 7 分句 3 复句，二/三/二/型复句组。仄韵，隔句韵。

4，6。7，4，4。3，6。

4，6。7，4，4。3，6。——南宋·张孝祥·《全宋词》第 1717 页

拾翠羽

春入园林，花信总诸迟**速**。	◇◆◇◇，◇◆◆◇◇◆。
听鸣禽稍迁乔**木**，夭桃弄色，海棠芬**馥**。	△◇◇◆◇◇◆，◇◇◆◆，◆◇◇◆。
风雨霁，芳径草心频**绿**。	◇◆◆，◇◆◆◇◇◆。
禊事才过，相次禁烟追**逐**。	◆◆◇◇，◇◆◆◇◇◆。
想千岁楚人遗**俗**，青旗沽酒，各家炊**熟**。	△◇◆◆◇◇◆，◇◇◇◆，◆◇◇◆。
良夜游，明月胜烧花**烛**。	◇◆◇，◇◆◆◇◇◆。

同体式作品：无。

690.【梅弄影】

1. 始词南宋丘崈作。
2. 取本词“弄影”句作调名，调名即词题。
3. 双片，每片四仄韵，连句韵、隔句韵。
4. 此调仅见丘崈作一首。

始词：10 分句 4 复句。双片。每片 5 分句 2 复句，二/三/型复句组。仄韵，连句韵、隔句韵。律词。

4，5。6，4，5。

4，5。6，4，5。——南宋·丘崈·《全宋词》第 1748 页

梅弄影

雨晴风**定**，一任春寒**逞**。	◆◇◇◆，◆◆◇◇◆。
要勒群芳未**醒**，不废梅花，晚来妆面**靓**。	◆◆◇◇◆◆，◆◆◇◇，◆◇◇◆◆。
曲阑斜**凭**，水槛临清**镜**。	◆◇◇◆，◆◆◇◇◆。
翠竹萧骚相**映**，付与幽人，巡池看弄**影**。	◆◆◇◇◇◆，◆◆◇◇，◇◇◇◆◆。

按：靓，读若境（jìng），梳妆打扮。

同体式作品：无。

691.【锦帐春】

1. 始词南宋丘崈作。
2. 双片，每片四韵，变体韵数或有变；仄韵，隔句韵，间插连句韵。

始词：12 分句 4 复句。双片。每片 6 分句 2 复句，三/三/型复句组。仄韵，隔句韵、连句韵。

4，4，7。5，4，4。
4，4，7。5，4，4。——南宋·丘崈·《全宋词》第 1749 页

锦帐春

己未孟冬，乐净见梅英作。

翠竹如屏，浅山如**画**，小池面危桥一**跨**。	◆◆◇◇，◆◇◇◆，◆◇◆◇◇◆◆。
著棕亭临水，宛然郊**野**，竹篱茅**舍**。	△◇◇◇◆，◆◇◇◆，◆◇◇◆。
好是天寒，倍添幽**雅**，正雪意垂垂欲**下**。	◆◆◇◇，◆◇◇◆，△◆◆◇◇◆◆。
更朦胧月影，弄明初**夜**，梅花动**也**。	△◇◇◆◆，◆◇◇◆，◇◇◆◆。

同体式作品：南宋：戴复古 1 首。

变体二

较始词复句数不变，分句数有变。

变体二·1

14 分句 4 复句

【变体二·1】14 分句 4 复句。上下片第二复句较始词各增 1 分句，每片 7 分句 2 复句，三/四/型复句组。仄韵，隔句韵、连句韵。律词。

4，4，7。3，3，5，4。
4，4，7。3，3，5，4。——南宋·辛弃疾·《全宋词》第 1919 页

锦帐春

席上和叔高韵

春色难留，酒杯常**浅**，把旧恨新愁相**间**。	◇◆◇◇，◆◇◇◆，△◆◆◇◇◇◆。
五更风，千里梦，	◆◇◇，◇◆◆，
看飞红几**片**，这般庭**院**。	△◇◇◆◆，◆◇◇◆。
几许风流，几般娇**懒**，问相见何如不**见**。	◆◆◇◇，◆◇◇◆，△◇◆◇◇◆◆。
燕飞忙，莺语**乱**，	◆◇◇，◇◆◆，

恨重帘不**卷**，翠屏平**远**。　　△◇◇◆◆，◆◇◇◆。

同体式作品：无。

变体二·2

11分句4复句

【变体二·2】11分句4复句。上片分句数复句数与始词同，复句型有变，6分句2复句，二/四/型复句组；下片第二复句减1分句，5分句2复句，三/二/型复句组。仄韵，连句韵，隔句韵。

8，6。3，3，5，4。

4，4，7。6，9。——南宋·程珌·《全宋词》第2294页

锦帐春

留春

最是元来苦无风**雨**，只恁匆匆归**去**。　　◆◆◇◇◆◇◇◆，◆◆◇◇◇◆。

看游丝，都不恨，　　◆◇◇，◇◆◆，

恨秦淮新涨，向人东**注**。　　△◇◇◇◆，◆◇◇◆。

醉里仙人，惜春曾**赋**，却不解留春且**住**。　　◆◆◇◇，◆◇◇◆，△◆◆◇◇◆◆。

问何人留得**住**，怕小山更有碧芜春**句**。　　△◇◇◇◆◆，△◆◇◇◆◆◇◇◆。

同体式作品：无。

692.【有有令】

1. 始词南宋赵长卿作。
2. 双片，上片四韵，下片七韵，仄韵，隔句韵，间插连句韵。
3. 此调仅见赵长卿一首。

始词：18分句6复句。双片。上片8分句3复句，三/二/三/型复句组；下片10分句3复句，四/四/二/型复句组。仄韵，邻韵通押，隔句韵，间插连句韵。

4，5，5。5，6。7，4，4。

2，4，3，4。6，5，6，4。3，4。——南宋·赵长卿·《全宋词》第1799页

有有令

岁残

前山减**翠**，疏竹度轻风，日移金影**碎**。　　◇◇◆◆，◇◆◆◇◇，◆◇◇◆◆。

还又年华暮，看看是新春**至**。　　◇◆◇◇◆，◇◇◆◇◇◆。

那更堪有个人人，似花似玉，温柔伶**俐**。	◆◆◇◆◆◇◇，◆◇◆◆，◇◇◇◆。
准**拟**，恩情忔**戏**，拈弄上，则人难**比**。	◆◆，◇◇◆◆，◇◆◆，◆◇◇◆。
我也埋根竖柱，你也争些**气**，	◆◆◇◇◆◆，◆◆◇◇◆，
大家一捺头**地**，美中更**美**。	◆◇◆◆◆◇◆，◆◇◆◆。
断守定，共伊百**岁**。	◇◆◆，◆◇◆◆。

同体式作品：无。

693.【别怨】

1. 始词南宋赵长卿作。
2. 词咏调名本意。
3. 双片，上片四韵，下片三韵，平韵，隔句韵，间插连句韵。
4. 此调仅见赵长卿一首。

始词：13分句4复句。双片。上片6分句2复句，三/三/型复句组；下片7分句2复句，三/四/型复句组。平韵，隔句韵，插一连句韵。

4，3，4。5，7，7。
5，3，4。4，6，6，5。——南宋·赵长卿·《全宋词》第1802页

别怨

霜寒

娇马频**嘶**，晓霜浓，寒色侵**衣**。	◇◆◇◇，◆◇◇，◇◆◇◇。
凤帷私语处，翻成离怨不胜**悲**，	◆◇◇◆◆，◇◇◇◆◆◇◇，
更与叮咛祝后**期**。	◆◆◇◇◆◆◇。
素约谐心事，重来了，比看相**思**。	◆◆◇◇◆，◇◇◆，◆◆◇◇。
如何见得，明年春事浓**时**，	◇◇◆◆，◇◇◇◆◇◇，
稳乘金腰袅来，烂醉玉东**西**。	◆◆◇◇◆◇，◆◆◆◇◇。

按：金腰袅：嵌有金丝的系马丝带，代指马；玉东西：宋代酒盅俗称。

同体式作品：无。

694.【辊绣球】

1. 始词南宋赵长卿作。

2. 元北曲调牌作【滚绣球】。
3. 双片，上片二韵，下片三韵，仄韵，隔句韵。
4. 此调仅见赵长卿一首。

始词：16 分句 4 复句。双片。每片 8 分句 2 复句，三/五/型复句组。仄韵，隔句韵。律词。

5，3，4。4，4，4，4，4。
6，3，4。4，4，4，4，4。——南宋·赵长卿·《全宋词》第 1822 页

辊绣球

和康伯可韵

流水奏鸣琴，风月净，天无星**斗**。　◇◆◆◇◇，◇◆◆，◇◇◇◆。
翠岚堆里，苍岩深处，　◆◇◇◆，◇◇◇◆，
满林霜腻，暗香冻了，那禁频**嗅**。　◆◇◇◆，◆◇◆◆，◆◇◇◆。

马上再三回**首**，因记省，去年时**候**。　◆◆◆◇◇◆，◇◆◆，◆◇◇◆。
十分全似，那人风韵，　◆◇◇◆，◆◇◇◆，
柔腰弄影，冰腮退粉，做成清**瘦**。　◇◇◆◆，◇◇◆◆，◆◇◇◆。

同体式作品：无。

695.【王孙信】

1. 始词南宋辛弃疾作。
2. 双片，上片三韵，下片四韵，仄韵，连句韵、隔句韵。
3. 此调仅见辛弃疾一首。

始词：10 分句 4 复句。双片。每片 5 分句 2 复句，二/三/型复句组。仄韵，连句韵、隔句韵。

5，7。3，5，6。
5，7。3，5，6。——南宋·辛弃疾·《全宋词》第 1907 页

王孙信

调陈萃叟

有得许多**泪**，又闲却许多鸳**被**。　◆◆◆◇◆，△◇◆◆◇◇◆。
枕头儿，放处都不**是**，旧家时怎生**睡**。　◆◇◇，◆◆◇◇◆，◆◇◇◆◇◆。

更也没书来，那堪被雁儿调**戏**。　◇◆◆◇◇，◆◇◆◆◇◇◆。
道无书，却有书中**意**，排几个人人**字**。　◆◇◇，◆◆◇◇◆，△◆◆◇◇◆。

同体式作品：无。

696.【糖多令】

【唐多令】【南楼令】

1. 始词南宋辛弃疾作。
2. 南宋常用词调，别写作【唐多令】，衍名为【南楼令】。
3. 双片，普式每片各四韵，变体上片或减一韵；平韵，连句韵、隔句韵。

始词：14 分句 6 复句。双片。每片 7 分句 3 复句，二/二/三/型复句组。平韵，连句韵、隔句韵。律词。

5，5。3，4。7，3，3。
5，5。3，4。7，3，3。——南宋·辛弃疾·《全宋词》第 1907 页

糖多令

淑景斗清**明**，和风拂面**轻**。	◆◆◆◇◇，◇◇◆◆◇。
小杯盘，同集郊**坰**。	◆◇◇，◇◆◇◇。
著个篰儿不肯上，须索要，大家**行**。	◆◆◇◇◇◆◆，◇◆◆，◆◇◇。
行步渐轻**盈**，行行笑语**频**。	◇◆◆◇◇，◇◇◆◆◇。
凤鞋儿，微褪些**根**。	◆◇◇，◇◆◇◇。
忽地倚人陪笑道，真个是，脚儿**疼**。	◆◆◆◇◇◆◆，◇◆◆，◆◇◇。

同体式作品：南宋：宋先生 1 首，刘过 2 首，魏了翁 3 首，刘学箕 1 首，吴潜 2 首，张榘 1 首，尹焕 1 首，李曾伯 1 首，陈著 3 首，陈允平 2 首，刘辰翁 7 首，周密 4 首，张林 1 首，王奕 1 首，邓剡 1 首，汪元量 1 首，黎廷瑞 1 首，王洧 1 首，仇远 1 首，张炎 9 首（【南楼令】），蒋捷 1 首，计 21 人 45 首。

增减字：

(一) 5，5。3，5。7，3，3。○ 5，5。3，4。7，3，3。南宋：吴文英 1 首。
(二) 5，5。3，5。7，3，3。○ 5，5。3，5。7，3，3。南宋：周密 1 首（【南楼令】）。
(三) 5，5。3，4。7，3，3。○ 5，5。4，3。7，3，3。南宋：刘辰翁 1 首。

变体二

复句数不变，分句数有变。

变体二 · 1

12 分句 6 复句

【变体二 · 1】12 分句 6 复句。上下片第三复句较始词各减 1 分句，6 分句 3 复句，二/二/二/型复句组。平韵，连句韵、隔句韵。律词。

5，5。3，4。7，6。

5，5。3，4。7，6。——南宋·陈允平·《全宋词》第 3108 页

糖多令

秋暮有感

休去采芙**蓉**，秋江烟水**空**。 ◇◆◆◇◇，◇◇◇◆◇。
带斜阳，一片征**鸿**。 ◆◇◇，◆◆◇◇。
欲顿闲愁无顿处，都著在两眉**峰**。 ◆◆◇◇◇◆◆，◇◆◆◆◇◇。

心事寄题**红**，画桥流水**东**。 ◇◆◆◇◇，◆◇◇◆◇。
断肠人，无奈秋**浓**。 ◆◇◇，◇◆◇◇。
回首层楼归去懒，早新月挂梧**桐**。 ◇◆◇◇◇◆◆，△◇◆◆◇◇。

同体式作品：无。

变体二·2

13 分句 6 复句

【变体二·2】13 分句 6 复句。上片与【变体二·1】同，6 分句 3 复句，二/二/二/型复句组；下片与始词同，7 分句 3 复句，二/二/三/型复句组。平韵，连句韵、隔句韵。

5，5。3，4。7，6。

5，5。3，4。7，3，3。——南宋·刘辰翁·《全宋词》第 3216 页

糖多令

丙子中秋前，闻歌此词者，即席借“芦叶满汀洲”韵。

明月满沧**洲**，长江一意**流**。 ◇◆◆◇◇，◇◇◆◆◇。
更何人，横笛危**楼**。 ◆◇◇，◇◆◇◇。
天地不知兴废事，三十万八千**秋**。 ◇◆◆◇◇◆◆，◇◆◆◆◇◇。

落叶女墙**头**，铜驼无恙**不**。 ◆◆◆◇◇，◇◇◇◆◇。
看青山，白骨堆**愁**。 ◆◇◇，◆◆◇◇。
除却月宫花树下，尘坱莽，欲何**游**。 ◆◆◆◇◇◆◆，◇◇◆，◆◇◇。

同体式作品：无。

按：本词序所云“芦叶满汀洲”，为南宋刘过《糖多令》词首句，全词如下：

唐多令

安远楼小集，侑觞歌板之姬黄其姓者，乞词于龙洲道人，为赋此《糖多令》。同柳阜之、刘去非、石民瞻、周嘉仲、陈孟参、孟容。时八月五日也。

芦叶满汀**洲**，寒沙带浅**流**。二十年，重过南**楼**。柳下系舟犹未稳，能几日，又中**秋**○黄鹤断矶**头**，故人今在**不**。旧江山，浑是新**愁**。欲买桂花同载**酒**，终不是，少年**游**。

变体三

较始词分句数复句数皆变

【变体三】12 分句 5 复句。上片较始词减 2 分句 1 复句，5 分句 2 复句，二/三/型复句组；下片与始词同，7 分句 3 复句，二/二/三/型复句组。平韵，连句韵、隔句韵。律词。

5，5。7，3，3。

5，5。3，4。7，3，3。——宋·无名氏·《全宋词》第 3833 页

糖多令

天上滴星**班**，青牛初度**关**。　◇◆◆◇◇，◇◇◇◆◇。

幻出蓬莱新院宇，花外竹，竹边**山**。　◆◆◇◇◇◆◆，◇◆◆，◆◇◇。

轩冕倘来**闲**，人生闲最**难**。　◇◆◆◇◇，◇◇◇◆◇。

算真闲，不到人**间**。　◆◇◇，◆◆◇◇。

一半神仙先占取，留一半，与公**闲**。　◆◆◇◇◇◆◆，◇◆◆，◆◇◇。

同体式作品：无。

697.【瑶阶草】

1. 始词南宋程垓作。
2. 双片，上片四韵，下片五韵，仄韵，隔句韵，间插连句韵。
3. 此调仅见程垓一首。

始词：17 分句 6 复句。双片。上片 8 分句 3 复句，二/二/四/型复句组；下片 9 分句 3 复句，三/二/四/型复句组。仄韵，邻韵通押，隔句韵，连句韵。

5，5。4，5。4，4，4，6。

3，4，7。4，7。4，4，4，6。——南宋·程垓·《全宋词》第 1993 页

瑶阶草

空山子规叫，月破黄昏**冷**。　◇◇◆◇◆，◆◆◇◇◆。

帘幕风轻，绿暗红又**尽**。　◇◆◇◇，◆◆◇◆◆。

自从别后，粉销香腻，　◆◇◆◆，◆◇◇◆，

一春成**病**，那堪昼闲日**永**。　◆◇◇◆，◆◇◆◇◆◆。

恨难**整**，起来无语，绿萍破处池光**净**。　◆◇◆，◆◇◇◆，◆◇◆◆◇◇◆。

闷理残妆，照花独自怜瘦**影**。　◆◆◇◇，◆◇◆◆◇◆◆。

睡来又怕，饮来越醉，　◆◇◆◆，◆◇◆◆，

醒来却**闷**，看谁似我孤**令**。　◇◇◆◆，◇◇◆◆◇◆。

同体式作品：无。

698.【雪狮儿】

1. 始词南宋程垓作。
2. 双片，上片五韵，下片七韵，仄韵，隔句韵，间插连句韵。

始词：20分句8复句。双片。每片10分句4复句，三/二/三/二/型复句组。仄韵，隔句韵，间插连句韵。律词。

4，4，4。4，6。4，3，4。3，8。

6，3，6。4，6。4，3，4。3，6。——南宋·程垓·《全宋词》第1993页

雪狮儿

断云低晚，轻烟带暝，风惊罗**幕**。	◆◇◇◆，◇◇◆◆，◇◇◇◆。
数点梅花，香倚雪窗摇**落**。	◆◆◇◇，◇◆◆◇◇◆。
红炉对**谑**，正酒面，琼酥初**削**。	◇◇◆◆，◆◆◆，◇◇◇◆。
云屏暖，不知门外月寒风**恶**。	◇◇◆，◆◇◇◆◆◇◇◆。
迤逦慵云半**掠**，笑盈盈，闲弄宝筝弦**索**。	◆◆◇◇◆◆，◆◇◇，◇◆◆◇◇◆。
暖极生春，已向横波先**觉**。	◆◆◇◇，◆◆◇◇◇◆。
花娇柳**弱**，渐倚醉，要人搂**著**。	◇◇◆◆，◆◆◆，◆◇◇◆。
低告**托**，早把被香熏**却**。	◇◆◆，◆◆◆◇◇◆。

同体式作品：无。

增减字：

（一）4，4，6。4，6。4，3，4。3，4，4。○6，3，6。4，6。4，3，4。3，6。南宋：仇远1首。

699.【芭蕉雨】

1. 始词南宋程垓作。
2. 双片，每片四仄韵，隔句韵，间插连句韵。
3. 此调仅见程垓一首。

始词：13分句4复句。双片。上片6分句2复句，三/三/型复句组；下片7分句2复句，二/五/型复句组。仄韵，隔句韵，间插连句韵。

6，5，3。6，6，4。

6，5。8，3，3，6，4。——南宋·程垓·《全宋词》第1996页

芭蕉雨

雨过凉生藕**叶**，晚庭消尽暑，浑无**热**。	◆◆◇◇◆◆，◆◇◇◆◆，◇◇◆。
枕簟不胜香**滑**，	◆◆◆◇◇◆，
争奈宝帐情生，金尊意**惬**。	◇◆◆◆◇◇，◇◇◆◆。
玉人何处梦**蝶**，思一见冰**雪**。	◆◇◇◆◇◆，◇◆◆◇◆。
须写个帖儿丁宁**说**，试问道，肯来么，	◇◆◆◆◇◇◇◆，◆◆◆，◆◇◇，
今夜小院无人，重楼有**月**。	◇◆◆◆◇◇，◇◇◆◆。

同体式作品：无。

700.【酷相思】

1. 始词南宋程垓作。
2. 词咏调名本意。
3. 双片，每片五仄韵，隔句韵。
4. 此调仅见程垓一首。

始词：18 分句 6 复句。双片。上下片各 9 分句 3 复句，三/二/四/型复句组。仄韵，隔句韵。律词。

7，3，3。3，5。3，3，3，3。

7，3，3。3，5。3，3，3，3。——南宋·程垓·《全宋词》第 1999 页

酷相思

月挂霜林寒欲**坠**，正门外，催人**起**。	◆◆◇◇◇◆◆，◆◇◆，◇◇◆。
奈离别，如今真个**是**。	◆◇◆，◇◇◇◆◆。
欲住也，留无**计**，欲去也，来无**计**。	◆◆◆，◇◇◆，◆◆◆，◇◇◆。
马上离魂衣上**泪**，各自个，供憔**悴**。	◆◆◇◇◇◆◆，◆◆◆，◇◇◆。
问江路，梅花开也**未**。	◆◇◆，◇◇◇◆◆。
春到也，须频**寄**，人到也，须频**寄**。	◇◆◆，◇◇◆，◇◆◆，◇◇◆。

同体式作品：无。

701.【入塞】

1. 始词南宋程垓作。

2. 双片。平韵，上片五平韵，下片五平韵，隔句韵、连句韵。
3. 此调仅见程垓一首。

始词：13 分句 5 复句。双片。上片 7 分句 3 复句，三/二/二/型复句组；下片 6 分句 2 复句，三/三/型复句组。平韵，连句韵、隔句韵。

3，3，3。5，5。3，3。
7，3，4。7，3，3。——南宋·程垓·《全宋词》第 2010 页

入塞

好思**量**，正秋风，半夜**长**。	◆◇◇，◆◇◇，◆◆◇。
奈银缸一点，耿耿背西**窗**。	△◇◇◆◆，◆◆◆◇◇。
衾又**凉**，枕又**凉**。	◇◆◇，◆◆◇。
露华凄凄月半**床**，照得人，真个断**肠**。	◆◇◇◇◆◆◇，◆◆◇，◇◆◆◇。
窗前谁浸木犀**黄**，花也**香**，梦也**香**。	◇◇◇◆◆◇◇，◇◆◇，◆◆◇。

同体式作品：无。

702.【番枪子】

1. 始词南宋韩玉作。
2. 唐教坊曲有【蕃将子】（见《教坊记》），或与本调有关联。
3. 双片，每片四仄韵，隔句韵。
4. 宋词此调仅见韩玉一首。金代完颜璹、李献能有该调词作。

始词：15 分句，7 复句 1 单句。双片。上片 7 分句，1 单句 3 复句，一/二/二/二/型单句复句组合；下片 8 分句 4 复句，二/二/二/二/型复句组。入声仄韵，邻韵通押，隔句韵，间插连句韵。

7。5，3。6，7。5，3。
6，4。5，3。6，7。5，3。——南宋·韩玉·《全宋词》第 2056 页

番枪子

莫把团扇双鸾**隔**。	◆◆◇◆◇◇◆。
要看玉溪头，春风**客**。	◆◆◆◇◇，◇◇◆。
妙处风骨潇闲，翠罗金缕瘦宜**窄**。	◆◆◇◆◇◇，◆◇◇◆◆◇◆。
转面两眉攒，青山**色**。	◆◆◆◇◇，◇◇◆。
到此月想精神，花似秀**质**。	◆◆◆◆◇◇，◇◆◆◆。

待与不清狂，如何**得**。　　◆◆◆◇◇，◇◇◆。
奈向难驻朝云，易成春梦恨又**积**。　　◆◆◇◆◇◇，◆◇◇◆◆◆◆。
送上七香车，春草**碧**。　　◆◆◆◇◇，◇◆◆。

同体式作品：无。

703.【且坐令】

1. 始词南宋韩玉作。
2. 双片。上片五韵，下片六韵，仄韵，连句韵，隔句韵。
3. 此调宋词仅见韩玉一首。

始词：15 分句 6 复句。双片。上片 7 分句 3 复句，二/二/三/型复句组；下片 8 分句 3 复句，四/二/二/型复句组。仄韵，连句韵、隔句韵，间插连句韵。律词。

3，5。7，5。4，4，4。
4，3，3，3。7，6。7，5。——南宋·韩玉·《全宋词》第 2058 页

且坐令

闲院**落**，误了清明**约**。　　◇◆◆，◆◆◇◇◆。
杏花雨过胭脂**绰**，紧了秋千**索**。　　◆◇◆◆◇◇◆，◆◆◇◇◆。
斗草人归，朱门悄掩，梨花寂**寞**。　　◆◆◇◇，◇◇◆◆，◇◇◆◆。

书万纸恨，凭谁**托**，才封了，又揉**却**。　　△◆◆◆，◇◇◆，◇◇◆，◆◇◆。
冤家何处贪欢**乐**，引得我心儿**恶**。　　◇◇◇◆◇◇◆，◆◆◆◇◇◆。
怎生全不思量**著**，那人人情**薄**。　　◆◇◇◆◇◇◆，△◇◇◇◆。

同体式作品：无。

704.【孤鸾】

1. 始词南宋马子严作。
2. 双片。每片五仄韵，隔句韵。

始词：20 分句 8 复句。双片。每片 10 分句 4 复句，上片三/二/三/二/型复句组；下片三/二/三/二/型复句组。仄韵，隔句韵。

4，5，4。4，6。6，3，4。6，5。

8，5，4。4，6。6，3，4。6，5。——南宋·马子严·《全宋词》第2070页

孤鸾

早春

沙堤香**软**，正宿雨初收，落梅飘**满**。	◇◇◇◆，△◆◆◇◇，◆◇◇◆。
可奈东风，暗逐马蹄轻**卷**。	◆◆◇◇，◆◆◆◇◇◆。
湖波又还涨绿，粉墙阴，日融烟**暖**。	◇◇◆◇◆◆，◆◇◇，◆◇◇◆。
蓦地刺桐枝上，有一声春**唤**。	◆◆◆◇◇◆，△◆◇◇◆。
任酒帘飞动画楼**晚**，	△◆◇◇◆◆◇◆，
便指数烧灯，时节非**远**。	◆◆◆◇◇，◇◆◇◆。
陌上叫声，好是卖花行**院**。	◆◆◆◇，◆◆◆◇◇◆。
玉梅对妆雪柳，闹蛾儿，象生娇**颤**。	◆◇◆◇◆◆，◆◇◇，◆◇◇◆。
归去争先戴取，倚宝钗双**燕**。	◇◆◇◇◆◆，△◆◇◇◆。

同体式作品：南宋：张榘1首。

增减字：

(一) 4，5，4。5，5。6，3，4。6，5。○8，5，4。5，5。6，3，4。6，5。南宋：赵以夫1首，黄载1首。

(二) 4，5，4。4，6。6，3，4。6，5。○8，5，4。5，4。6，3，4。6，5。南宋：张榘1首。

(三) 4，5，4。4，6。6，3，4。6，5。○8，5，4。5，5。6，3，4。6，5。南宋：无名氏1首。

705.【海棠春】

【海棠春令】

1. 始词南宋马子严作。
2. 又名【海棠春令】。
3. 双片。每片三仄韵，连句韵、隔句韵。

始词：8分句4复句。双片。每片4分句2复句，二/二/型复句组。仄韵，连句韵、隔句韵。

7，6。5，5。

7，6。5，5。——南宋·马子严·《全宋词》第2070页

海棠春

春景

柳腰暗怯花风**弱**，红映秋千院**落**。	◆◇◆◆◇◇◆，◇◆◇◇◆◆。
归逐燕儿飞，斜撼真珠**箔**。	◇◆◆◇◇，◇◆◇◇◆。

满林翠叶胭脂**萼**，不忍频频觑**著**。 ◆◇◆◆◇◇◆，◆◆◇◇◆◆。
护取一庭春，莫弹花间**鹊**。 ◆◆◆◇◇，◆◇◇◇◆。

同体式作品：无。

变体二

较始词复句数不变，分句数增1。

【变体二】9分句4复句。上片与始词同，4分句2复句，二/二/型复句组；下片第一复句增1分句，5分句2复句，三/二/型复句组。仄韵，连句韵、隔句韵。

7，7。5，5。
4，4，6。5，5。——南宋·吴潜·《全宋词》第2737页

海棠春

郊行

天涯芳草迷征**路**，还又是匆匆春**去**。 ◇◇◇◆◇◇◆，◆◆◆◇◇◇◆。
乌兔里光阴，莺燕边情**绪**。 ◇◆◆◇◇，◇◆◇◇◆。

云梢雾末，溪桥野**渡**，尽是春愁落**处**。 ◇◇◆◆，◇◇◆◆，◆◆◇◇◆◆。
把酒劝斜阳，小向花间**驻**。 ◆◆◆◇◇，◆◆◇◇◆。

同体式作品：无。

增减字：

（一）7，7。5，5。○7，3，4。5，5。南宋：史达祖1首（【海棠春令】），魏了翁1首（【海棠春令】），吴潜3首，柴元彪1首，无名氏1首。

706.【彩凤飞】

1. 始词南宋陈亮作。
2. 双片。上片三韵，下片四韵，仄韵，隔句韵。
3. 此调仅见陈亮一首。

始词：16分句6复句。双片。上片8分句3复句，三/二/三/型复句组；下片8分句3复句，三/三/二/型复句组。仄韵，隔句韵。

3，3，5。5，4。3，9，7。
3，6，5。7，8，4。5，4。——南宋·陈亮·《全宋词》第2101页

彩凤飞

十月十六日寿钱伯同

人立玉，天如水，特地如何**撰**。 ◇◆◆，◇◇◆，◆◆◇◇◆。

海南沉烧著，欲寒犹**暖**。　◆◇◇◇◆，◆◇◇◆。
算从头，有多少厚德阴功人家，　◆◇◇，◆◇◆◆◆◇◇◇◇，
上一一旧时香**案**。　◆◆◆◆◇◇◆。

煞经**惯**，小驻吾州才尔，依然欢声**满**。　◆◇◆，◆◆◇◇◇◆，◇◇◇◇◆。
莫也教公子王孙，　◆◆◇◇◆◇◇，
眼见这些儿颖脱处，高出书**卷**。　◆◆◆◇◇◇◆◆，◇◆◇◆。
经纶自入手，不了判**断**。　◇◇◆◆◆，◆◆◆◆。

按：“海南沉烧著”，海南沉，出产于海南一带的名贵沉香；烧著，烧着。

同体式作品：无。

707.【秋兰香】

1. 始词南宋陈亮作。
2. 双片。每片五平韵，隔句韵，间插连句韵。
3. 此调仅见陈亮一首。

始词：22 分句 8 复句。双片。上下片各 11 分句 4 复句，三/二/三/三/型复句组。平韵，隔句韵，间插连句韵。

4，4，6。5，5。3，5，6。3，4，4。
6，5，4。3，5。5，4，4。3，4，4。——南宋·陈亮·《全宋词》第 2107 页

秋兰香

未老金茎，些子正气，东篱淡伫齐**芳**。　◆◆◇◇，◇◆◆◆，◇◇◆◆◇◇。
分头添样白，同局几般**黄**。　◇◇◇◆◆，◇◆◆◇◇。
向闲处，须一一排**行**，浅深饶间新**妆**。　◆◇◆，◇◆◆◇◇，◆◇◇◆◇◇。
那陶令，漉他谁酒，趁醒消**详**。　◆◇◆，◆◇◇◆，◆◆◇◇。

况是此花开后，便蝶乱无花，管甚蜂**忙**。　◆◆◆◇◇◆，△◆◆◇◇，◆◆◇◇。
你从今，采却蜜成**房**。　◆◇◇，◆◆◆◇◇。
秋英诚商**量**，多少为谁，甜得清**凉**。　◇◇◇◇◇，◇◆◆◇，◇◆◇◇。
待说破，长生真诀，要饱风**霜**。　◆◆◆，◇◇◇◆，◆◆◇◇。

同体式作品：无。

708.【玉人歌】

1. 始词南宋杨炎正作。
2. 双片。每片五仄韵，隔句韵。
3. 此调仅见杨炎正一首。

始词：19 分句 8 复句。双片。上片 10 分句 4 复句，三/二/二/三/型复句组；下片 9 分句 4 复句，三/二/二/二/型复句组。仄韵，隔句韵。律词。

3，5，4。4，5。7，5。3，4，4。
5，5，4。4，5。7，5。3，6。——南宋·杨炎正·《全宋词》第 2116 页

玉人歌

风西**起**，又老尽篱花，寒轻香**细**。　◇◇◆，△◆◆◇◇，◇◇◇◆。
漫题红叶，句里意谁**会**。　◆◇◇◆，◆◆◆◇◆。
长天不恨江南远，苦恨无书**寄**。　◇◇◆◆◇◇◆，◆◆◇◇◆。
最相思，盘橘千枚，脍鲈十**尾**。　◆◇◇，◇◆◇◇，◆◇◆◆。

鸿雁阻归**计**，算愁满离肠，十分岂**止**。　◇◆◆◇◆，△◇◆◇◇，◆◇◆◆。
倦倚阑干，顾影在天**际**。　◆◆◇◇，◆◆◆◇◆。
凌烟图画青山约，总是浮生**事**。　◇◇◇◆◇◇◆，◆◆◇◇◆。
判从今，买取朝醒夕**醉**。　◆◇◇，◆◆◇◇◆◆。

同体式作品：无。

709.【四犯剪梅花】

【轳辘金井】【锦园春三犯】【锦园春】【月城春】

1. 始词南宋刘过作。
2. 集曲。摘取【解连环】【醉蓬莱】【雪狮儿】【醉蓬莱】四调各一复句合成，故曰“四犯”。清万树《词律》：“此调为改之所创，采各曲句合成，前后各四段，故曰四犯。……词中题名‘犯’字者，有二义：一则犯调，如依宫犯商、角之类。梦窗云‘十二宫住字不同，惟道调与双调，俱上字住’，可犯是也。一则犯他词句法，若【玲珑四犯】【八犯玉交枝】等，所犯竟不止一调。”
3.《钦定词谱》本词注：“调见《龙洲词》。上下片首句不叶韵者，名《四犯剪梅花》；叶韵者，名《轳辘金井》；卢祖皋词名《月城春》，又名《锦园春》，一名《三犯锦园

春》。”兹将诸调一并展示。

4. 双片，每片五韵或六韵，仄韵，隔句韵。

【四犯剪梅花】

始词：22 分句 8 复句。双片。上片 11 分句 4 复句，三/二/三/三/型复句组；下片 11 分句 4 复句，四/二/二/三/型复句组。每片五仄韵，隔句韵，间插连句韵。

4，3，6。4，5。4，3，4。4，4，4。

2，5，5，4。5，4。4，7。4，4，4。——南宋·刘过·《全宋词》第 2155—2156 页

四犯剪梅花

上建康钱大郎寿

水殿风凉，赐环归，正是梦熊华**旦**。（解连环） ◆◆◇◇，◆◇◇，◆◆◆◇◇◆。

叠雪罗轻，称云章题**扇**。（醉蓬莱） ◆◆◇◇，△◇◇◇◆。

西清侍**宴**，望黄伞，日华笼**辇**。（雪狮儿） ◇◇◆◆，◆◇◆，◆◇◇◆。

金券三王，玉堂四世，帝恩偏**眷**。（醉蓬莱） ◇◆◇◇，◆◇◆◆，◆◇◇◆。

临安，记龙飞凤舞， ◇◇，◆◇◇◆◆，

信神明有后，竹梧阴**满**。（解连环） △◇◇◆◆，◆◇◇◆。

櫜荷香红润，笑折花**看**。（醉蓬莱） ◇◇◇◇◆，◆◆◇◆。

功名岁**晚**，带河与砺山长**远**。（雪狮儿） ◇◇◆◆，◆◇◆◆◇◇◆。

麟脯杯行，狨鞯坐稳，内家宣**劝**。（醉蓬莱） ◇◆◇◇，◇◇◆◆，◆◇◇◆。

按：括弧中调名为该词原注。下片第二复句，诸本皆作：“笑折花看，櫜荷香红润，功名岁晚。”参校本调诸词及从文意看，此句位皆是“二分”复句，当以“笑折花看，櫜荷香红润”为一复句，但“润”字失韵，疑传抄中前后句次序错反，姑将二句前后次序调换为“櫜荷香红润，笑折花看”作一复句，将“功名岁晚，带河与砺山长远”作一复句。“砺山带河”，喻时间长远，典出《史记·高祖功臣侯者列表》：“封爵之誓曰：‘使河如带，泰山若砺，国以永宁，爰及苗裔。’”

同体式作品：无。

【轳辘金井】

20 分句 8 复句。双片。上片 9 分句 4 复句，三/二/二/二/型复句组；下片 11 分句 4 复句，四/二/二/三/型复句组。仄韵，隔句韵，间插连句韵。律词。

4，3，6。4，5。4，7。4，8。

3，4，5，4。4，5。4，7。4，4，4。——南宋·刘过·《全宋词》第 2151 页

轳辘金井

席上赠马佥判舞姬

翠眉重拂，后房深，自唤小蛮娇**小**。 ◆◇◇◆，◆◇◇，◆◆◆◇◇◆。

绣带罗垂，报浓妆才**了**。 ◆◆◇◇，△◇◇◇◆。

堂虚夜**悄**，但依约鼓箫声**闹**。 ◇◇◆◆，△◇◆◆◇◇◆。

一曲梅花，尊前舞彻梨园新**调**。	◆◆◇◇，◇◇◆◆◇◇◇◆。
高阳醉，玉山未**倒**，	◇◇◆，◆◇◆◆，
看鞋飞凤翼，钗梁微**袅**。	◆◇◇◆◆，◇◇◇◆。
秋满东湖，更西风凉**早**。	◇◆◇◇，△◇◇◇◆。
桃源路**杳**，记流水泛舟曾**到**。	◇◇◆◆，△◇◆◆◇◇◆。
桂子香浓，梧桐影转，月寒天**晓**。	◆◆◇◇，◇◇◆◆，◆◇◇◆。

按：该词首句有“翠眉重扫”“翠眉重拂”两种版本，前者入韵，后者不韵，依《钦定词谱》之说，首句入韵为【四犯剪梅花】，不入韵为【铲辘金井】，故取“翠眉重拂”。

同体式作品：无。

【锦园春三犯】

21 分句 8 复句。上片与始词同，11 分句 4 复句，三/二/三/三/型复句组；下片第一复句减 1 分句，10 分句 4 复句，三/二/二/三/型复句组。仄韵，隔句韵，间插连句韵。

4，5，4。4，5。4，3，4。4，4，4。

6，5，4。4，5。4，7。4，4，4。——南宋·卢祖皋·《全宋词》第 2409 页

锦园春三犯

赋牡丹

昼长人**倦**，正凋红涨绿，	◆◇◇◆，△◇◇◆◆，
懒莺忙**燕**。（解连环）	◆◇◇◆。
丝雨蒙晴，放珠帘高**卷**。（醉蓬莱）	◇◆◇◇，△◇◇◇◆。
神仙笑**宴**，半醒醉，彩鸾飞**遍**。（雪狮儿）	◇◇◆◆，◆◆◆，◆◇◇◆。
碧玉阑干，青油幢幕，沉香庭**院**。（醉蓬莱）	◆◆◇◇，◇◇◇◆，◇◇◇◆。
洛阳图画旧**见**，	◆◇◇◆◆◆，
向天香深处，犹认娇**面**。（解连环）	△◇◇◇◆，◇◆◇◆。
雾縠霞绡，闻绮罗裁**剪**。（醉蓬莱）	◆◆◇◇，◇◆◇◇◆。
情高意**远**，怕容易晓风吹**散**。（雪狮儿）	◇◇◆◆，△◇◆◆◇◇◆。
一笑何妨，银台换蜡，铜壶催**箭**。（醉蓬莱）	◆◆◇◇，◇◇◆◆，◇◇◇◆。

同体式作品：无。

【锦园春】

即【锦园春三犯】之一片。10 分句 4 复句，三/二/二/三/型复句组。仄韵，隔句韵，间插连句韵。

4，5，4。4，5。4，7。4，4，4。——南宋·张孝祥·《全宋词》第 1719 页

锦园春

醉痕潮**玉**，爱柔英未吐，露花如**簇**。	◆◇◇◆，△◇◇◆◆，◆◇◇◆。
绝艳矜春，分流芳金**谷**。	◆◆◇◇，△◇◇◇◆。

风梳雨**沐**，偏只欠夜阑清**淑**。　◇◇◆◆，◇◆◆◆◇◇◆。
杜老情疏，黄州恨冷，谁怜幽**独**。　◆◆◇◇，◇◇◆◆，◇◇◇◆。

同体式作品：无。

【月城春】

【月城春】20 分句 8 复句。双片。上下片较始词各减 1 分句，每片 10 分句 4 复句，三/二/二/三/型复句组。上片六韵，下片五韵，仄韵，隔句韵，间插连句韵。

4，5，4。4，5。4，7。4，4，4。
6，5，4。4，5。4，7。4，4，4。——南宋·卢祖皋·《全宋词》第 2420 页

月城春

寿无为赵秘书

五云腾**晓**，望凝香画戟，恍然蓬**岛**。　◆◇◇◆，△◇◇◆◆，◆◇◇◆。
玉露冰壶，照神仙风**表**。　◆◆◇◇，△◇◇◇◆。
诗书坐**啸**，唤淮楚满城春**好**。　◇◇◆◆，△◇◆◆◇◇◆。
雨谷催耕，风帘戏鼓，家家欢**笑**。　◆◆◇◇，◇◇◆◆，◇◇◇◆。

南湖细吟未**了**，看金莲夜直，丹凤飞**诏**。　◇◇◆◇◆◆，△◇◇◆◆，◇◆◇◆。
鬓影青青，办功名多**少**。　◆◆◇◇，△◇◇◇◆。
持杯满酾，听千里载歌难**老**。　◇◇◆◆，△◇◆◆◇◇◆。
试问尊前，蟠桃次第，红芳犹**小**。　◆◆◇◇，◇◇◆◆，◇◇◇◆。

同体式作品：无。

710. 【竹香子】

1. 始词南宋刘过作。
2. 双片，上片三韵，下片二韵，仄韵，首句入韵，隔句韵。
3. 此调仅见刘过一首。

始词：8 分句 4 复句。双片。上下片各 4 分句 2 复句，二/二/型复句组。上片三仄韵，下片二仄韵，上片首二句连韵，继隔句韵。

6，6。7，5。
6，7。7，6。——南宋·刘过·《全宋词》第 2156 页

竹香子

同郭季端访旧不遇，有作。

一琐窗儿明**快**，料想那人不**在**。　◆◆◇◇◇◆，◆◆◆◇◆◆。

熏笼脱下旧衣裳，件件香难**赛**。	◇◇◆◆◆◇◇，◆◆◇◇◆。
匆匆去得忒煞，这镜儿也不曾**盖**。	◇◇◆◆◆◆，◆◆◇◆◆◇◆。
千朝百日不曾来，没这些儿个**采**。	◇◇◆◆◆◇◇，◆◆◇◇◆◆。

同体式作品：无。

711. 【西吴曲】

1. 始词南宋刘过作。
2. 双片。上片五韵，下片四韵，仄韵，隔句韵。
3. 此调仅见刘过一首。

始词：20 分句 6 复句。双片。上片 9 分句 3 复句，三/二/四/型复句组；下片 11 分句 3 复句，三/四/四/型复句组。仄韵，隔句韵，间插连句韵。

3，4，8。5，6。4，7，7，7。

4，5，6。3，6，4，6。4，6，5，5。——南宋·刘过·《全宋词》第 2157 页

西吴曲

怀襄阳

说襄阳，旧事重**省**，记铜驼巷陌醉还**醒**。	◆◇◇，◆◆◇◆，△◇◇◆◆◆◇◆。
笑莺花别后，刘郎憔悴萍**梗**。	△◇◇◆◆，◇◇◇◆◇◆。
倦客天涯，还买个西风轻**艇**，	◆◆◇◇，◇◆◆◇◇◇◆，
便欲访骑马山翁，问岘首那时风**景**。	◆◆◆◇◆◇◇，△◆◆◆◇◇◆。
楚王城里，知几度经过，摩挲故宫柳**瘿**。	◆◇◇◆，△◆◆◇◇，◇◇◆◇◆◆。
漫吊**景**，冷烟衰草凄迷，	◇◆◆，◆◇◇◆◇◇，
伤心兴废，赖有阳春古**郢**。	◇◇◇◆，◆◆◇◇◆◆。
乾坤谁望，陆百里路中原，	◇◇◇◆，◆◆◆◆◇◇，
空老尽英雄，肠断剑锋**冷**。	△◆◆◇◇，◇◆◆◇◆。

同体式作品：无。

按：上片“倦客天涯，还买个西风轻艇”可作一个二分复句。如此则上片为 4 复句，下片为 3 复句。考虑上、下片复句数保持统一，故此二句仍作两个分句处理。

712. 【冉冉云】

1. 始词南宋卢炳作。

2. 双片。每片四仄韵，隔句韵。

始词：12 分句 4 复句。双片。上下片各 6 分句 2 复句，三/三/型复句组。仄韵，隔句韵，间插连句韵。

7，3，4。3，6，7。

7，3，4。3，6，6。——南宋·卢炳·《全宋词》第 2167 页

冉冉云

牡丹盛开，招同官小饮，赋此。

雨洗千红又春**晚**，留牡丹，倚阑初**绽**。 ◆◆◇◇◆◇◆，◇◆◇，◆◇◇◆。
娇娅姹，偏赋精神君**看**， ◇◆◆，◇◆◇◇◇◆，
算费尽工夫点**染**。 △◆◆◇◇◆◆。

带露天香最清**远**，太真妃，院妆体**段**。 ◆◆◇◇◆◇◆，◆◇◇，◆◇◆◆。
拚对花，满把流霞频**劝**，怕逐东风零**乱**。 ◆◆◇，◆◆◇◇◇◆，◆◆◇◇◇◆。

同体式作品：南宋：韩淲 1 首。

713. 【莺声绕红楼】

1. 始词南宋姜夔作。
2. 双片。上片四韵，下片三韵，平韵；隔句韵、连句韵。
3. 此调仅见姜夔作一首。

始词：9 分句 4 复句。双片。上片 5 分句 2 复句，三/二/型复句组；下片 4 分句 2 复句，二/二/型复句组。平韵，隔句韵、连句韵。

7，3，4。7，5。

5，7。7，5。——南宋·姜夔·《全宋词》第 2170 页

莺声绕红楼

甲辰春，平甫与予自越来吴，携家妓观梅于孤山之西村，命国工吹笛，妓皆以柳黄为衣。

十亩梅花作雪**飞**，冷香下，携手多**时**。 ◆◆◇◇◆◆◇，◆◇◆，◇◆◇◇。
两年不到断桥**西**，长笛为予**吹**。 ◆◇◆◆◆◇◇，◇◆◆◇◇。

人妒垂杨绿，春风为染作仙**衣**。 ◇◆◇◇◆，◇◇◆◆◆◇◇。
垂杨却又妒腰**肢**，近前舞丝**丝**。 ◇◇◆◆◆◇◇，◆◇◆◇◇。

同体式作品：无。

714.【鬲溪梅令】

1. 始词南宋姜夔作。
2. 姜夔自度曲，《白石道人歌曲》有乐字谱。
3. 双片。每片四平韵，连句韵。
4. 本调仅见姜夔一首。

始词：10 分句 4 复句。双片。每片 5 分句 2 复句，二/三/型复句组。平韵，连句韵。律词。

7，3。6，3，5。
7，3。6，3，5。——南宋·姜夔·《全宋词》第 2170 页

鬲溪梅令

仙吕调。丙辰冬自无锡归，作此寓意。

好花不与殢香**人**，浪粼**粼**。　◆◇◆◆◆◇◇，◆◇◇。
又恐春风归去，绿成**阴**，玉钿何处**寻**。　◆◆◇◇◇◆，◆◇◇，◆◇◇◆◇。

木兰双桨梦中**云**，小横**陈**。　◆◇◇◆◆◇◇，◆◇◇。
漫向孤山山下，觅盈**盈**，翠禽啼一**春**。　◆◆◇◇◇◆，◆◇◇，◆◇◇◆◇。

同体式作品：无。

715.【玉梅令】

1. 始词南宋姜夔作。
2. 范成大之家伎度曲，姜夔填词，调名即词题。
3. 调名或传为【杏花天影】，与姜夔【杏花天影】体式不同（见前谱第 590 调），兹作两调处理。
4. 双片。上片四韵，下片三韵，仄韵，起首二句连韵，继隔句韵。
5. 此调仅见姜夔作一首。

始词：16 分句 4 复句。双片。每片 8 分句 3 复句，二/二/四/型复句组。仄韵，上片首句入韵，隔句韵。律词。

4，5，3，4。5，5，4，4。
4，4，3，4。5，5，3，4。——南宋·姜夔·《全宋词》第 2173 页

玉梅令

高平调。石湖家自制此声，未有语实之，命予作。石湖宅南隔河有圃曰范村，梅开雪落，竹院深静，而石湖畏寒不出，故戏及之。

疏疏雪**片**，散入溪南**苑**。　◇◇◆◆，◆◆◇◇◆，
春寒锁，旧家亭**馆**。　◇◇◆，◆◇◇◆。
有玉梅几树，背立怨东风，　△◆◇◆◆，◆◆◆◇◇，
高花未吐，暗香已**远**。　◇◇◆◆，◆◇◆◆。

公来领略，梅花能**劝**。　◇◇◆◆，◇◇◇◆，
花长好，愿公更**健**。　◇◇◆，◆◇◆◆。
便揉春为酒，剪雪作新诗，　△◇◇◇◆，◆◆◆◇◇，
拚一日，绕花千**转**。　◇◆◆，◆◇◇◆。

同体式作品：无。

716. 【醉吟商小品】

1. 始词南宋姜夔作。
2. “小品”，短调。据姜夔词序，该调音乐有取传世琵琶曲【醉吟商胡渭州】。《胡渭州》本唐教坊曲（见《教坊记》），清初沈雄《古今词话》从《乐府衍义》转录唐代张仲素七言声诗、张祜五言声诗《胡渭州》各一首，其调是否为琵琶曲，无以考。
3. 本词《全宋词》作单片，《钦定词谱》调名作【醉吟商】，双片。兹从《全宋词》作单片，五仄韵，连句韵。
4. 此调仅见姜夔作一首。

始词：单片。6 分句 3 复句，二/二/二/型复句组。仄韵，隔句韵、连句韵。律词。

5，6。4。5。6，4。——南宋·姜夔·《全宋词》第 2173 页

醉吟商小品

石湖老人谓予云：琵琶有四曲，今不传矣：曰《濩索梁州》（一曰濩弦）、《转关绿腰》、《醉吟商胡渭州》、《历弦薄媚》也。予每念之，辛亥之夏，予谒廷秀丈于金陵邸中，遇琵琶工，解作《醉吟商胡渭州》，因求得品弦法，译成此谱，实双声耳。

又正是春归，细柳暗黄千**缕**。　◆◆◆◇◇，◆◆◆◇◇◆。
暮鸦啼**处**，梦逐金鞍**去**。　◆◇◇◆，◆◆◇◇◆。
一点芳心休**诉**，琵琶解**语**。　◆◆◇◇◇◆，◇◇◆◆。

按：词序所云琵琶曲“梁州”“绿腰”“胡渭州”“薄媚”，皆唐大曲名；“濩索”“转关”“醉吟商”“历弦”，琵琶弹奏术语。调名“醉吟商小品”，吟，吟咏；“商”，商调曲；小品，短调。所云“实双声耳”，“双声”即双调，唐宋“商声七调”之一。（《新唐书·礼乐志》之商声七调：越调、大食调、高大食调、双调、小食调、歇指调、林钟商。）

同体式作品：无。

附：《钦定词谱》本词分双片，标点如下：

醉吟商

又正是春归句细柳暗黄千缕韵暮鸦啼处韵〇梦逐金鞍去韵一点芳心休诉韵琵琶解语韵

717.【霓裳中序第一】

1. 始词南宋姜夔作。
2. 姜夔自度曲，《白石道人歌曲》有该调乐字谱。“霓裳”，唐大曲《霓裳羽衣曲》简称，白居易《琵琶行》“初为《霓裳》后《六幺》”；“中序”，大曲中段的一个完整乐段，“第一”指“中序”乐段的第一遍。姜词序云该调为姜夔所见宋代乐工流传“故书”中的《霓裳》乐曲，参以“沈氏乐律”（沈括《梦溪笔谈》）的二度创作。
3. 双片，每片八仄韵，连句韵、隔句韵。

始词：21分句8复句。双片。上片10分句4复句，二/三/二/三/型复句组；下片11分句4复句，三/三/二/三/型复句组。仄韵，连句韵、隔句韵。

5，7。6，5，4。4，7。3，4，5。

2，4，7。6，4，4。5，7。3，4，5。——南宋·姜夔·《全宋词》第2175页

霓裳中序第一

丙午岁，留长沙，登祝融，因得其祠神之曲，曰《黄帝盐》《苏合香》。又于乐工故书中得商调《霓裳》曲十八阕，皆虚谱无辞；按沈氏乐律《霓裳》道调，此乃商调，乐天诗云：“散序六阕”，此特两阕，未知孰是。然音书闲雅，不类今曲。予不暇尽作，作《中序》一阕传于世。予方羁游，感此古音，不自知其辞之怨抑也。

亭皋正望**极**，乱落江莲归未**得**。　◇◇◆◇◆，◆◆◇◇◇◆◆。
多病却无气**力**，况纨扇渐疏，罗衣初**索**。　◇◆◆◇◆◆，△◇◆◆◇，◇◇◇◆。
流光过**隙**，叹杏梁双燕如**客**。　◇◇◆◆，△◆◇◇◇◆◇◆。
人何在，一帘淡**月**，仿佛照颜**色**。　◇◇◆，◆◇◆◆，◆◆◆◇◆。

幽**寂**，乱蛩吟**壁**，动庾信清愁似**织**。　◇◆，◆◇◇◆，△◆◆◇◇◆◆。
沉思年少浪**迹**，笛里关山，柳下坊**陌**。　◇◇◇◆◆◆，◆◆◇◇，◆◆◇◆。
坠红无信**息**，漫暗水涓涓溜**碧**。　◆◇◇◆◆，△◆◆◇◇◆◆。
漂零久，而今何意，醉卧酒炉**侧**。　◇◇◆，◇◇◇◆，◆◆◆◇◆。

同体式作品：南宋：尹焕1首，石正伦1首，胡翼龙1首，刘辰翁1首，周密1首，姜个翁1首。

增减字：

（一）5，7。6，5，4。4，7。3，4，5。○2，6，7。6，4，4。5，7。3，4，5。南宋：罗志仁1首。

变体二

较始词复句数不变，分句数有变。

变体二·1

22分句8复句

【变体二·1】22分句8复句。上片第三复句较始词增1分句，下片与始词同。每片11分句4复句，上片二/三/三/三/型复句组，下片三/三/二/三/型复句组。仄韵，邻韵通押，隔句韵、连句韵。

5，7。6，5，4。4，3，4。3，4，5。

2，4，7。6，5，4。5，6。3，4，5。——南宋·应法孙·《全宋词》第3261页

霓裳中序第一

愁云翠万**叠**，露柳残蝉空抱**叶**。　◇◇◆◆◆，◆◆◇◇◇◆◆。

帘卷流苏宝**结**，乍庭户嫩凉，阑干微**月**。　◇◆◇◇◆◆，△◇◆◆◇，◇◇◇◆。

玉纤胜**雪**，委素纨，尘锁香**箧**。　◆◇◆◆，◆◆◇，◇◆◇◆。

思前事，莺期燕**约**，寂寞向谁**说**。　◇◇◆，◇◇◆◆，◆◆◆◇◆。

悲**切**，漏签声**咽**，渐寒灺兰缸未**灭**。　◇◆，◆◇◇◆，△◇◆◇◇◆◆。

良宵长是闲**别**，恨酒凝红绡，纷涴瑶**玦**。　◇◇◇◆◇◆，△◆◇◇◇，◇◆◇◆。

镜盟鸾影**缺**，吹笛西风数**阕**。　◆◇◇◆◆，◇◆◇◇◆◆。

无言久，和衣成梦，睡损缕金**蝶**。　◇◇◆，◇◇◇◆，◆◆◆◇◆。

同体式作品：无。

变体二·2

20分句8复句

【变体二·2】20分句8复句。上片较始词减1分句，9分句4复句，二/三/二/二/型复句组；下片与始词同，11分句4复句，三/三/二/三/型复句组。仄韵，邻韵通押，连句韵、隔句韵。

5，7。7，5，4。4，7。7，5。

2，4，7。6，5，4。5，6。3，4，5。——南宋·詹玉·《全宋词》第3348页

霓裳中序第一

至元间，监醮长春宫，偶见羽士丈室古镜，状似秋叶，背有金刻“宣和玉宝”四字，有感因赋。

一规古蟾**魄**，瞥过宣和几春**色**。　◆◇◆◇◆，◆◆◇◇◆◇◆。

知那个柳松花**怯**，　◇◆◆◆◇◇◆，

曾磋玉团香，涂云抹**月**。　△◆◆◇◇，◇◇◆◆。

龙章凤**刻**，是如何儿女消**得**。	◇◇◆◆，◆◇◇◇◆◇◆。
便孤了翠鸾何限，人更在天**北**。	◆◇◆◆◇◇◆，◇◆◆◇◆。
磨**灭**，古今离**别**，幸相从蓟门仙**客**。	◇◆，◆◇◇◆，◆◇◇◆◇◇◆。
萧然林下秋**叶**，对云淡星疏，眉青影**白**。	◇◇◇◆◇◆，△◇◆◇◇，◇◇◆◆。
佳人已倾**国**，赢得痴铜旧**画**。	◇◇◆◇◆，◇◆◇◇◆◆。
兴亡事，道人知否，见了也华**发**。	◇◇◆，◆◇◇◆，◆◆◆◇◆。

同体式作品：无。

718.【一萼红】

1. 始词南宋姜夔作。
2. 姜夔自度曲，调名即词题。
3. 双片。平、仄二韵式。始词平韵式，上片五韵，下片四韵，变体韵式、韵数或有变；隔句韵。

始词：21 分句 8 复句。双片。上片 11 分句 4 复句，三/三/二/三/型复句组；下片 10 分句 4 复句，三/三/二/二/型复句组。平韵，隔句韵。

3，5，5。4，4，6。7，8。4，4，4。

6，5，4。4，4，6。7，8。6，4。——南宋·姜夔·《全宋词》第 2176 页

一萼红

丙午人日，予客长沙别驾之观政堂。堂下曲沼，沼西负古垣，有卢橘幽篁，一径深曲。穿径而南，官梅数十株，如椒如菽，或红破白露，枝影扶疏。著屐苍苔细石间，野兴横生，亟命驾登定王台。乱湘流，入麓山，湘云低昂，湘波容与。兴尽悲来，醉吟成调。

古城**阴**，有官梅几许，红萼未宜**簪**。	◆◇◇，△◇◇◆◆，◇◆◆◇◇。
池面冰胶，墙腰雪老，云意还又沉**沉**。	◇◆◇◇，◇◇◆◆，◇◆◇◆◇◇。
翠藤共闲穿径竹，渐笑语惊起卧沙**禽**。	◆◇◆◇◇◆◆，△◆◆◇◆◆◇◇。
野老林泉，故王台榭，呼唤登**临**。	◆◆◇◇，◆◇◇◆，◇◆◇◇。
南去北来何事，荡湘云楚水，目极伤**心**。	◇◆◆◇◇◆，△◇◇◆◆，◆◆◇◇。
朱户黏鸡，金盘簇燕，空叹时序侵**寻**。	◇◆◇◇，◇◇◆◆，◇◇◇◆◇◇。
记曾共西楼雅集，想垂杨还袅万丝**金**。	△◇◆◇◇◆◆，△◇◇◇◆◆◇◇。
待得归鞍到时，只怕春**深**。	◆◆◇◇◆◇，◆◆◇◇。

同体式作品：南宋：郑熏初 1 首，李彭老 1 首，周密 1 首，詹玉 1 首，王沂孙 5 首，梁栋 1 首，张炎 3 首。

增减字：
(一) 3，5，5。4，4，6。7，8。4，4，4。○ 6，5，4。4，4，6。7，7。6，4。南宋：尹济翁1首。
(二) 3，5，5。4，4，6。7，8。4，4，4。○ 6，5，4。4，4，6。7，8。4，6。南宋：刘天迪1首。

变体二

较始词复句数不变，分句数有变。

变体二·1

25分句8复句

【变体二·1】25分句8复句。双片。上下片第三复句较始词各增2分句，上片13分句4复句，三/三/四/三/型复句组；下片12分句4复句，三/三/四/二/型复句组。平韵，隔句韵。

3，5，5。4，4，6。3，4，3，5。4，4，4。
6，5，4。4，4，6。3，4，3，5。6，4。——南宋·李彭老·《全宋词》第2969页

一萼红

寄弁阳翁

过蔷**薇**，正风暄云淡，春去未多**时**。　◆◇◇，△◇◇◆◆，◇◆◆◇◇。
古岸停桡，单衣试酒，满眼芳草斜**晖**。　◇◆◇◇，◇◇◆◆，◇◆◇◆◇◇。
故人老，经年赋别，　◆◇◆，◇◇◆◆，
灯晕里，相对夜何**其**。　◇◆◆，◇◆◆◇◇。
泛剡清愁，买花芳事，一卷新**诗**。　◆◆◇◇，◆◇◇◆，◆◆◇◇。

流水孤帆渐远，想家山猿鹤，喜见重**归**。　◇◆◇◇◆◆，△◇◇◇◆，◆◆◇◇。
北阜寻幽，青津问钓，多情杨柳依**依**。　◆◆◇◇，◇◇◆◆，◇◇◇◆◇◇。
最难忘，吟边旧雨，　◆◇◆，◇◇◆◆，
数菖蒲，花老是来**期**。　◆◇◆，◇◆◆◇◇。
几夕相思梦蝶，飞绕蘋**溪**。　◆◆◇◇◆◇，◇◆◇◇。

同体式作品：无。

变体二·2

22分句8复句

【变体二·2】22分句8复句。双片。上片第三复句较始词增1分句、第四复句减1分句；下片第一复句增1分句。每片11分句4复句，上片三/三/三/二/型复句组，下片四/三/二/二/型复句组。仄韵，隔句韵，间插连句韵。

4，3，6。4，4，6。3，7，5。4，8。
2，4，5，4。4，4，6。7，8。3，7。——宋·无名氏·《全宋词》第3842页

一萼红

断云漏**日**，青阳布，渐入融和天**气**。　◆◇◆◆，◇◇◆，◆◆◇◇◇◆。

糁缀夭桃，金绽垂杨，妆点亭台佳**致**。	◆◆◇◇，◇◆◇◇，◇◆◇◇◇◆。
晓露染，风裁雨晕是牡丹，偏称化工**美**。	◆◆◆，◇◇◆◆◆◆◇，◇◇◆◇◆。
向此际**会**，未教一萼红开鲜**蕊**。	◆◆◆◆，◆◇◆◆◇◇◇◆。
迤**逦**，渐成春**意**，	◆◆，◆◇◇◆，
放秀色妖艳，天真难**比**。	◆◆◆◇◆，◇◇◇◆。
粉惹蝶**翅**，香上蜂须，忍把芳心萦**碎**。	◆◆◆◆，◇◆◇◇，◆◆◇◇◇◆。
争似便移归深院，将绿盖青帏护风**日**。	◇◆◆◇◇◇◆，△◆◆◇◇◆◇◆。
恁时节，占断与偎红倚**翠**。	◆◇◆，◇◆◆◇◇◆◆。

同体式作品：无。

719.【清波引】

1. 始词南宋姜夔作。
2. 双片，始词每片六仄韵，变体每片七仄韵，隔句韵。

始词：17 分句 8 复句。双片。上片 9 分句 4 复句，二/二/二/三/型复句组；下片 8 分句 4 复句，二/二/二/二/型复句组。仄韵，连句韵、隔句韵。

4，7。4，5。5，6。6，3，3。

4，7。4，5。5，6。6，4。——南宋·姜夔·《全宋词》第 2178 页

清波引

予久客古沔，沧浪之烟雨，鹦鹉之草树，头陀黄鹤之伟观，郎官大别之幽处，无一日不在心目间。胜友二三极意赏，尝揭来湘浦。岁晚凄然，步绕园梅，摛笔以赋。

冷云迷**浦**，倩谁唤玉妃起**舞**。	◆◇◇◆，◆◇◆◆◇◆◆。
岁华如**许**，野梅弄眉**妩**。	◆◇◇◆，◆◇◆◇◆。
屐齿印苍藓，渐为寻花来**去**。	◆◆◆◇◆，◆◆◇◇◇◆。
自随秋雁南来，望江国，渺何**处**。	◆◇◇◆◇◇，◇◇◆，◆◇◆。
新诗漫**与**，好风景长是暗**度**。	◇◇◆◆，◆◇◆◇◆◆◆。
故人知**否**，抱幽恨难**语**。	◆◇◇◆，△◇◆◇◆。
何时共渔艇，莫负沧浪烟**雨**。	◇◇◆◇◆，◆◆◇◇◇◆。
况有清夜啼猿，怨人良**苦**。	◆◆◇◆◇◇，◆◇◇◆。

同体式作品：无。

变体二

较始词复句数不变，分句数减 1。

【变体二】16 分句 8 复句，上片第四复句较始词减 1 分句。每片 8 分句 4 复句，二/二/二/二/型复句组。仄韵，连句韵，间插隔句韵。

4，7。4，5。5，6。6，6。

4，6。4，5。5，6。6，4。——南宋·张炎·《全宋词》第 3489 页

清波引

横舟。是时以湖湘廉使归。

江涛如**许**，更一夜听风听**雨**。　◇◇◇◆，△◆◆◇◇◇◆。
短篷容**与**，盘礴那堪**数**。　◆◇◇◆，◇◇◆◇◆。
弭节澄江**树**，不为莼鲈归**去**。　◆◆◇◇◆，◆◆◇◇◇◆。
怕教冷落芦花，谁招得旧鸥**鹭**。　◆◇◆◆◇◇，△◇◆◆◇◆。

寒汀古**溆**，尽日无人唤**渡**。　◇◇◆◆，◆◆◇◇◆◆。
此中清**楚**，寄情在谭**麈**。　◆◇◇◆，◆◇◆◇◆。
难觅真闲**处**，肯被水云留**住**。　◇◆◇◇◆，◆◆◆◇◇◆。
泠然棹入川流，去天尺**五**。　◇◇◆◆◇◇，◆◇◆◆。

同体式作品：无。

720.【琵琶仙】

1. 始词南宋姜夔作。
2. 双片。每片四仄韵，隔句韵。
3. 此调仅见姜夔作一首。

始词：19 分句 8 复句。双片。上片 10 分句 4 复句，二/二/三/三/型复句组；下片 9 分句 4 复句，二/二/三/二/型复句组。仄韵，隔句韵。

4，9。6，5。3，4，7。4，4，4。

7，8。6，5。3，4，7。6，4。——南宋·姜夔·《全宋词》第 2178 页

琵琶仙

黄钟商。吴都赋云：户藏烟浦，家具画船。唯吴兴为然。春游之盛，西湖未能过也。己酉岁，予与萧时父载酒南郭，感遇成歌。

双桨来时，有人似旧曲桃根桃**叶**。　◇◆◇◇，◆◇◆◆◆◇◇◇◆。
歌扇轻约飞花，蛾眉正奇**绝**。　◇◇◇◆◇◇，◇◇◆◇◆。
春渐远，汀洲自绿，更添了几声啼**鴂**。　◇◆◆，◇◇◆◆，△◇◆◆◇◇◆。
十里扬州，三生杜牧，前事休**说**。　◆◆◇◇，◆◇◆◆，◇◆◇◆。

又还是宫烛分烟，奈愁里匆匆换时**节**。	◆◇◆◇◆◇◇，△◇◆◇◇◆◇◆。
都把一襟芳思，与空阶榆**荚**。	◇◆◆◇◇◆，△◇◇◇◆。
千万缕，藏鸦细柳，为玉尊起舞回**雪**。	◇◆◆，◇◇◆◆，△◆◇◆◆◇◆。
想见西出阳关，故人初**别**。	◆◆◇◆◇◇，◆◇◇◆。

按：“有人似旧曲桃根桃叶”，传东晋王献之有两爱妾，名桃根、桃叶。郭茂倩《乐府诗集·清商曲辞二·桃叶歌》解题：“《桃叶歌》者，晋王子敬所作也。桃叶，子敬妾名，缘于笃爱，所以歌之。《隋书·五行志》：‘陈时江南盛歌王献之《桃叶》，诗云：“桃叶复桃叶，渡江不用楫。但渡无所苦，我自迎接汝。”’”本词“双桨来时，有人似旧曲桃根桃叶”，指划桨女子美如旧曲传唱的桃根、桃叶，故九字不宜分断。

同体式作品：无。

721.【八归】

1. 始词南宋姜夔作。
2. 双片。上片五韵，下片四韵，仄韵，隔句韵；变体或作平韵，上下片各五韵，隔句韵。

始词：23 分句 8 复句。双片。上片 11 分句 4 复句，三/三/二/三/型复句组；下片 12 分句 4 复句，三/三/二/四/型复句组。仄韵，隔句韵。

4，4，6。7，6，4。7，7。3，4，5。

6，4，6。4，4，6。5，7。3，4，4，5。——南宋·姜夔·《全宋词》第 2179 页

八归

湘中送胡德华

芳莲坠粉，疏桐吹绿，庭院暗雨乍**歇**。	◇◇◆◆，◇◇◆◆，◇◆◆◆◆◆。
无端抱影销魂处，	◇◇◆◆◇◇◆，
还见筱墙萤暗，藓阶蛩**切**。	◇◆◆◇◇◆，◆◇◇◆。
送客重寻西去路，问水面琵琶谁**拨**。	◆◆◇◇◇◆◆，△◆◆◇◇◇◆。
最可**惜**，一片江山，总付与啼**鴂**。	◆◆◆，◆◆◇◇，◆◆◆◇◆。
长恨相从未款，	◇◆◇◇◆◆，
而今何事，又对西风离**别**。	◇◇◇◆，◆◆◇◇◇◆。
渚寒烟淡，棹移人远，飘渺行舟如**叶**。	◆◇◇◆，◆◇◇◆，◇◆◇◇◇◆。
想文君望久，倚竹愁生步罗**袜**。	△◇◇◆◆，◆◆◇◇◆◇◆。
归来后，翠尊双饮，	◇◇◆，◆◇◇◆，
下了珠帘，玲珑闲看**月**。	◆◆◇◇，◇◇◇◆◆。

同体式作品：无。

增减字：

(一) 4，4，6。7，6，4。7，7。3，4，5。○ 6，3，6。4，4，6。5，7。3，4，4，5。南宋：史达祖 1首。

变体二

较始词复句数不变，分句数有变。

【变体二】22 分句 8 复句。上片第四复句较始词减 1 分句，10 分句 4 复句，三/三/二/二/型复句组；下片分句数与始词同，复句型有变，12 分句 4 复句，四/三/二/三/型复句组。平韵，隔句韵，间插连句韵。

4，4，6。7，6，4。7，7。7，5。

2，4，4，6。4，4，6。5，7。3，4，5。——南宋 · 高观国 · 《全宋词》第 2365 页

八归

重阳前二日怀梅溪

楚峰翠冷，吴波烟远，吹袂万里西**风**。	◆◇◆◆，◇◇◇◆，◇◆◆◆◇◇。
关河迥隔新愁外，	◇◇◆◆◇◇◆，
遥怜倦客音尘，未见征**鸿**。	◇◇◆◆◇◇，◆◆◇◇。
雨帽风巾归梦杳，想吟思吹入飞**蓬**。	◆◆◇◇◇◆◆，△◇◇◆◆◇◇。
料恨满幽苑离**宫**，正愁黯文**通**。	△◆◆◇◆◇◇，△◇◆◇◇。
秋**浓**，新霜初试，	◇◇，◇◇◇◆，
重阳催近，醉红偷染江**枫**。	◇◇◇◆，◆◇◇◆◇◇。
瘦筇相伴，旧游回首，吹帽知与谁**同**。	◆◇◇◆，◆◇◇◆，◇◆◇◆◇◇。
想萸囊酒盏，暂时冷落菊花**丛**。	△◇◇◆◆，◆◇◆◆◆◇◇。
两凝伫，壮怀立尽，微云斜照**中**。	◆◇◆，◆◇◆◆，◇◇◇◆◇。

同体式作品：无。

722.【扬州慢】

1. 始词南宋姜夔作。
2. 姜夔自度曲，调名即词题。《白石道人歌曲》记有乐字谱。
3. 双片，每片四平韵，隔句韵。

始词：22 分句 8 复句。双片。每片 11 分句 4 复句，上片三/二/三/二/型复句组，下片三/三/三/二/型复句组。平韵，邻韵通押，隔句韵。律词。

4，4，6。5，5。7，4，4。3，4，4。

4，3，4。5，4，4。6，3，4。5，6。——南宋·姜夔·《全宋词》第2180页

扬州慢

中吕宫。淳熙丙申至日，予过维扬。夜雪初霁，荠麦弥望。入其城，则四顾萧条，寒水自碧，暮色渐起，戍角悲吟。予怀怆然，感慨今昔，因自度此曲。千岩老人以为有黍离之悲也。

淮左名都，竹西佳处，解鞍少驻初**程**。 ◇◆◇◇，◆◇◇◆，◆◇◆◆◇◇。
过春风十里，尽荠麦青**青**。 △◇◇◆◆，△◆◆◇◇。
自胡马窥江去后，废池乔木，犹厌言**兵**。 △◇◆◇◇◆◆，◆◇◇◆，◇◆◇◇。
渐黄昏，清角吹寒，都在空**城**。 ◆◇◇，◇◆◇◇，◇◆◇◇。

杜郎俊赏，算而今，重到须**惊**。 ◆◇◆◆，◆◇◇，◇◆◇◇。
纵豆蔻词工，青楼梦好，难赋深**情**。 △◆◆◇◇，◇◇◆◆，◇◆◇◇。
二十四桥仍在，波心荡，冷月无**声**。 ◆◆◆◇◇◆，◇◇◆，◆◆◇◇。
念桥边红药，年年知为谁**生**。 △◇◇◇◆，◇◇◇◆◇◇。

按：本词下片结句之“二分”复句，龙榆生《词曲概论》、陈邦炎《说词百篇》点断为“三分”：“念桥边，红药年年，知为谁生。”亦可成立，是词体“流水句”可断可连与不同断连的典型之例。本词的一些句子皆可作不同断连，如：“渐黄昏清角吹寒”“算而今重到须**惊**”，连之则成《钦定词谱》所云“上三下四”七字句。此类七字句，《钦谱》皆将三字标为“读”而提示语读节奏，今天看来，有些点断为宜，有些则不可点断，如“自戎马**读**窥江去后”（原文“胡马”改为“戎马”），即是不可断的一字领七字句：“自//胡马/窥江/去后。”类似之例，在《钦谱》中大量存在，今天的词体点断当予注意。

同体式作品：无。

变体一

较始词分句数复句数不变，复句型有变。

【变体一】22分句8复句。上片第四复句较始词减1分句，下片第四复句增1分句。上片10分句4复句，三/二/三/二/型复句组；下片12分句4复句，三/三/三/三/型复句组。平韵，隔句韵。

4，4，6。5，5。7，4，4。7，4。

4，3，4。5，4，4。6，3，4。3，4，4。——南宋·赵以夫·《全宋词》第2664页

扬州慢

琼花唯扬州后土殿前一本，此聚八仙大率相类，而不同者有三：琼花大而瓣厚，其色淡黄，聚八仙花小而瓣薄，其色微青，不同者一也；琼花叶柔而莹泽，聚八仙叶粗而有芒，不同者二也；琼花蕊与花平，不结子而香，聚八仙蕊低于花，结子而不香，不同者三也。友人折赠数枝，云移根自鄱阳之洪氏。赋而感之，其调曰【扬州慢】。

十里春风，二分明月，蕊仙飞下琼**楼**。 ◆◆◇◇，◆◇◇◆，◆◇◇◆◇◇。
看冰花剪剪，拥碎玉成**球**。 △◇◇◆◆，◆◆◆◇◇。
想长日云阶伫立，太真肌骨，飞燕风**流**。 △◇◆◇◇◆◆，◆◇◇◆，◇◆◇◇。

敛群芳清丽精神，都付扬**州**。	◆◇◇◇◆◇◇，◇◆◇◇。
雨窗数朵，梦惊回，天际香**浮**。	◆◇◆◆，◆◇◇，◇◆◇◇。
似阆苑花神，怜人冷落，骑鹤来**游**。	△◆◆◇◇，◇◇◆◆，◇◆◇◇。
为问竹西风景，长空淡，烟水悠**悠**。	◆◆◆◇◇◆，◇◇◆，◇◆◇◇。
又黄昏，羌管孤城，吹起新**愁**。	◆◇◇，◇◆◇◇，◇◆◇◇。

按：本词下片结句，亦可点断为“二分”：“又黄昏羌管，孤城吹起新**愁**。”或“又黄昏羌管孤城，吹起新**愁**”。而上片两个七字句：“想//长日/云阶/伫立”“敛//群芳/清丽/精神”，则皆不宜点断。

同体式作品：南宋：李莱老1首。

变体二

较始词复句数不变，分句数有变。

变体二·1

21分句8复句

【变体二·1】21分句8复句。上片第四复句较始词减1分句，10分句4复句，三/二/三/二/型复句组；下片与始词同，11分句4复句，三/三/三/二/型复句组。平韵，隔句韵。

4，4，6。5，5。7，4，4。7，4。

4，3，4。5，4，4。6，3，4。7，4。——南宋·赵以夫·《全宋词》第2664页

扬州慢

诸贤咏赏琼花之次日，复得牡丹数枝，方兹溪又以词来索和，遂并为二花著语。

梁苑吟新，高阳饮散，玉容寂寞妆**楼**。	◇◆◆◇，◇◇◆◆，◆◇◆◆◇◇。
故人应念我，折赠水晶**球**。	◆◇◇◆◆，◆◇◆◇◇。
不须倩东风说与，吹箫云路，解佩江**流**。	◇◆◆◇◇◇◆，◇◇◇◆，◆◆◇◇。
似天涯邂逅相逢，低问东**州**。	△◇◇◆◆◇◇，◇◆◇◇。
为花更醉，细挼香，酒面酥**浮**。	◆◇◆◆，◆◆◇，◆◆◇◇。
记桥月同看，帘风共笑，仙枕曾**游**。	△◇◆◇◆，◇◇◆◆，◇◆◇◇。
无奈乍晴还雨，江天暮，飞絮悠**悠**。	◇◆◆◇◆◆，◇◇◆，◇◆◇◇。
莫先教偷取春归，满地清**愁**。	△◇◆◇◆◇◇，◆◆◇◇。

按：前录本调赵以夫词，下片结句若点断为“二分”：“又黄昏羌管，孤城吹起新**愁**”，则与本词同体。兹将两词划为“又一体”，以见词体流水句的断连与词的“变体”关系。从“乐”“文”关系言，两词复句数相同，复句型之“变”，只在下片第四复句的不同断连产生增减1分句的差异。故一调之词书面标点的各种“变体”，存在两种情况：一是音乐上“加减其声”，歌词亦随之有变，从而产生“变体”；一是音乐其实无变，因“流水句”的不同断连而产生的“变体”，姜夔和赵以夫的《扬州慢》，即是由文本断句而发生的“变体”。

同体式作品：无。

增减字：

（一）4，4，6。5，5。7，4，4。5，6。○ 4，3，4。5，4，4。6，3，4。5，6。南宋：郑觉斋1首，罗志仁1首。

变体二·2

20分句8复句

【变体二·2】20分句8复句。上片第四复句较始词减1分句，下片第一复句减1分句。每片10分句4复句，上片三/二/三/二/型复句组，下片二/三/三/二/型复句组。平韵，隔句韵。

4，4，6。5，4。7，4，4。7，4。

4，7。5，4，4。6，3，4。5，6。——南宋·吴元可·《全宋词》第3556页

扬州慢

初秋

露叶犹青，岩药迟动，幽幽未似秋**阴**。	◆◆◇◇，◇◆◆◆，◇◇◆◆◇◇。
似梅风带溽，吹度长**林**。	△◇◇◆◆，◇◆◇◇。
记当日西廊共月，小屏轻扇，人语凉**深**。	△◇◆◇◇◆◆，◆◇◇◆，◇◆◇◇。
对清觞醉笑醒颦，何似如**今**。	△◇◇◆◆◆◇，◇◆◇◇。
临高欲赋，甚年来渐减狂**心**。	◇◇◆◆，△◇◇◆◆◇◇。
为谁倚多才，难凭易感，早付销**沉**。	◆◇◆◇◆，◇◇◆◆，◆◆◇◇。
解事张郎风致，鲈鱼好，归听吴**音**。	◆◆◇◇◇◆，◇◇◆，◇◆◇◇。
又夜阑闻笛，故人忽到幽**襟**。	△◆◇◇◆，◆◇◆◆◇◇。

按：上片"似梅风带溽"，《钦定词谱》加一"暑"字："似梅风读带溽暑。"梅风，初夏黄梅季节之风；溽，潮湿，全句指初秋时节的风还像黄梅时节的风那样湿润，故《钦谱》所添一字实画蛇添足；"临高欲赋"句，《钦谱》改为"临风欲赋"，原词该句取义《汉书·艺文志》"登高能赋可以为大夫"，故下句有曰"渐减狂心"。《钦谱》所改则不免游离了原词本义。本谱所录宋词以《全宋词》为准，《钦定词谱》的改字和加减字，除个别之词，原则上不取。

同体式作品：无。

723.【长亭怨慢】

【长亭怨】

1. 始词南宋姜夔作。
2. 姜夔自度曲，调名即词题。《白石道人歌曲》有乐字谱。
3. 一作【长亭怨】。
4. 双片，每片五仄韵，隔句韵。

始词：18分句8复句。双片。每片9分句4复句，三/二/二/二/型复句组。仄韵，隔句韵。

7，4，4。4，7。4，6。5，7。

2，5，6。4，7。7，7。5，6。——南宋·姜夔·《全宋词》第2181页

长亭怨慢

中吕宫。予颇喜自制曲，初率意为长短句，然后协以律，故前后阕多不同。桓大司马云："昔年种柳，依依汉南。今看摇落，凄怆江潭。树犹如此，人何以堪。"此语予深爱之。

渐吹尽枝头香**絮**，是处人家，绿深门**户**。	△◇◆◇◇◇◆，◆◆◇◇，◆◇◇◆。
远浦萦回，暮帆零乱向何**许**。	◆◆◇◇，◆◇◇◆◆◇◆。
阅人多矣，谁得似长亭**树**。	◆◇◇◆，△◆◆◇◇◆。
树若有情时，不会得青青如**此**。	◆◆◆◇◇，◆◆◆◇◇◇◆。
日**暮**，望高城不见，只见乱山无**数**。	◆◆，◆◇◇◆◆，◆◆◆◇◇◆。
韦郎去也，怎忘得玉环分**付**。	◇◇◆◆，◆◇◆◆◇◇◆。
第一是早早归来，怕红萼无人为**主**。	◆◆◆◆◆◇◇，△◇◆◇◇◆◆。
算空有并刀，难剪离愁千**缕**。	△◇◆◇◇，◇◆◇◇◇◆。

同体式作品：南宋：王沂孙1首（【长亭怨】）。

增减字：

（一）7，4，4。4，7。4，7。4，7。〇2，5，6。4，7。7，7。5，6。南宋：张炎1首（【长亭怨】）。

（二）7，4，4。4，7。4，7。4，7。〇2，5，6。4，7。7，7。7，4。南宋：张炎1首（【长亭怨】）。

变体二

较始词复句数不变，分句数有变。

变体二·1

19分句8复句

【变体二·1】19分句8复句。双片。上片第四复句较始词增1分句，10分句4复句，三/二/二/三/型复句组；下片与始词同，9分句4复句，三/二/二/二型复句组。仄韵，隔句韵，间插连句韵。律词。

7，4，4。4，7。4，6。5，3，4。

2，5，6。4，7。7，7。5，6。——南宋·周密·《全宋词》第3275页

长亭怨慢

岁丙午丁未，先君子监州太末。时刺史杨泳斋员外、别驾牟存斋、西安令翁浩堂、郡博士洪恕斋，一时名流星聚，见为奇事。倅居据龟阜，下瞰万室，外环四山，先子作堂曰"啸咏"。撮登览要，蜿蜒入后圃。梅清竹癯，亏蔽风月，后俯官河，相望一水，则小蓬莱在焉。老柳高荷，吹凉竟日。诸公载酒论文，清弹豪吹，笔研琴尊之乐，盖无虚日也。余时甚少，执杖屦，供洒扫，诸老绪论殷殷，金石声犹在耳。后十年过之，则径草池萍，怃然葵麦之感，一时交从，水逝云飞，无人识令威矣。徘徊水

竹间，怅然久之，因谱白石自制调，以寄前度刘郎之怀云。

记千竹万荷深**处**，绿净池台，翠凉亭**宇**。 △◇◆◆◇◇◆，◆◆◇◇，◆◇◇◆。
醉墨题香，闲箫横玉尽吟**趣**。 ◆◆◇◇，◇◇◇◆◆◇◆。
胜流星**聚**，知几诵燕台**句**。 ◆◇◇◆，△◆◆◇◇◆。
零落碧云空，叹转眼，岁华如**许**。 ◇◆◆◇◇，◆◆◆，◆◇◇◆。

凝**伫**，望涓涓一水，梦到隔花窗**户**。 ◇◆，◆◇◇◆◆，◆◆◆◇◇◆。
十年旧事，尽消得庾郎愁**赋**。 ◆◇◆◆，◆◇◆◆◇◇◆。
燕楼鹤表半飘零，算惟有盟鸥堪**语**。 ◆◇◆◆◆◇◇，△◇◆◇◇◇◆。
谩倚遍河桥，一片凉云吹**雨**。 ◆◆◆◇◇，◆◆◇◇◆◆。

按：《钦定词谱》将该词作为本调“又一体”，注曰：“此与姜词同，惟前段第六句多押一韵（胜流星**聚**），后段第六句（燕楼鹤表半飘零）不作上三下四句法异。”本谱关注的“异”，则是姜词上片结句“不会得青青如**此**”，其“上三”与“下四”为动宾关系，语义不宜断；而周词上片结句“叹转眼岁华如**许**”，“上三”具有相对独立的意义，与“下四”可连亦可断。从“文学”角度看，将“叹转眼”断为一个短语小句，可增强叹息“转眼”的意味，故将《钦谱》之“读”作“句”而以逗号标断之。是为现代词体标点与传统词谱标点对语文“句法”关注点的微妙不同之一。

同体式作品：无。

变体二·2

20分句8复句

【变体二·2】20分句8复句。上下片第三复句较始词各增1分句，每片10分句4复句，三/二/三/二/型复句组。仄韵，隔句韵。律词。

7，4，4。4，7。4，3，4。7，4。
2，5，6。4，7。3，4，7。5，6。——南宋·张炎·《全宋词》第3483页

长亭怨

旧居有感

望花外小桥流水，门巷愔愔，玉箫声**绝**。 △◇◆◆◇◇◆，◇◆◇◇，◆◇◇◆。
鹤去台空，佩环何处弄明**月**。 ◆◆◇◇，◆◇◇◆◆◇◆。
十年前事，愁千折，心情顿**别**。 ◆◇◇◆，◇◇◆，◇◇◆◆。
露粉风香谁为主，都成消**歇**。 ◆◆◇◇◇◆◆，◇◇◇◆。

凄**咽**，晓窗分袂处，同把带鸳亲**结**。 ◇◆，◆◇◇◆◆，◇◆◆◇◇◆。
江空岁晚，便忘了尊前曾**说**。 ◇◇◆◆，△◆◆◇◇◇◆。
恨西风，不庇寒蝉，便扫尽一林残**叶**。 ◆◇◇，◆◆◇◇，△◆◆◆◇◇◆。
谢杨柳多情，还有绿阴时**节**。 △◇◆◇◇，◇◆◆◇◇◆。

同体式作品：无。

变体二·3

21分句8复句

【变体二·3】21分句8复句。上片第一、三复句较始词各增1分句，11分句4复句，四/二/三/二/型复句组；下片第三复句增1分句，10分句4复句，三/二/三/二/型复句组。仄韵，隔句韵，间插连句韵。

3，4，4，4。4，7。4，3，4。4，7。

2，5，6。4，7。3，4，7。5，6。——南宋·张炎·《全宋词》第3515页

长亭怨

别陈行之

跨匹马，东瀛烟**树**， ◆◆◆，◇◇◇◆，
转首十年，旅愁无**数**。 ◆◆◆◇，◇◆◇◆。
此日重逢，故人犹记旧游**否**。 ◆◆◇◇，◆◇◇◆◆◇◆。
雨今云**古**，更秉烛，浑疑梦**语**。 ◆◇◇◆，◆◆◆，◇◇◆◆。
衮衮登台，叹野老白头如**许**。 ◆◆◇◇，△◆◆◆◇◇◆。

归**去**，问当初鸥**鹭**，几度西湖霜**露**。 ◇◆，△◆◇◇◆，◆◆◇◇◇◆。
漂流最**苦**，便一似断蓬飞**絮**。 ◇◇◆◆，△◆◆◆◇◇◆。
情可恨，独棹扁舟，浩歌向清风来**处**。 ◇◆◆，◆◆◆◇，◆◇◆◇◇◇◆。
有多少相思，都在一声南**浦**。 △◇◆◇◇，◇◆◆◇◇◆。

同体式作品：无。

724.【淡黄柳】

1. 始词南宋姜夔作。
2. 姜夔自度曲，调名即词题。《白石道人歌曲》配有乐字谱。
3. 双片。始词每片五仄韵，变体的韵句数或有变；连句韵、隔句韵。

始词：13分句4复句。双片。上片5分句2复句，二/三/型复句组；下片8分句2复句，四/四/型复句组。仄韵，连句韵、隔句韵。

4，5。7，6，7。

3，5，3，3。8，4，4，6。——南宋·姜夔·《全宋词》第2181页

淡黄柳

正平调。近客居合肥南城赤阑桥之西，苍陌凄凉，与江左异。唯柳色夹道，依依可怜，因度此阕，以纾客怀。

空城晓**角**，吹入垂杨**陌**。　◇◇◆◆，◆◆◇◇◆。
马上单衣寒恻**恻**，看尽鹅黄嫩**绿**，　◆◆◇◇◇◆◆，◆◆◇◇◆◆，
都是江南旧相**识**。　◇◆◇◇◆◇◆。

正岑**寂**，明朝又寒**食**，强携酒，小桥**宅**。　◆◇◆，◇◇◆◇◆，◇◇◆，◆◇◆。
怕梨花落尽成秋**色**，　△◇◇◆◆◇◇◆，
燕燕飞来，问春何在，唯有池塘自**碧**。　◆◆◇◇，◆◇◇◆，◇◆◇◇◆◆。

同体式作品： 南宋：张炎 1 首。

变体三

较始词分句数复句数皆变

【变体三】14 分句 6 复句。上片较始词增 1 分句 1 复句，6 分句 3 复句，二/二/二/型复句组；下片与始词分句数同，增 1 复句，8 分句 3 复句，二/二/四/型复句组。仄韵，连句韵、隔句韵。

4，5。4，3。6，7。
3，5。3，3。8，4，4，6。——南宋·王沂孙·《全宋词》第 3365 页

淡黄柳

甲戌冬，别周公谨丈于孤山中。次冬，公谨游会稽，相会一月。又次冬，公谨自剡还，执手聚别，且复别去，怅然于怀，敬赋此解。

花边短**笛**，初结孤山**约**。　◇◇◆◆，◇◆◇◇◆。
雨悄风轻，寒漠**漠**。　◆◆◇◇，◇◆◆。
翠镜秦鬟钗**别**，同折幽芳怨摇**落**。　◆◆◇◇◇◆，◇◆◇◇◆◇◆。

素裳**薄**，重拈旧红**萼**。　◆◇◆，◇◇◆◇◆。
叹携手，转离**索**。　◇◇◆，◆◇◆。
料青禽一梦春无几，后夜相思，　△◇◇◆◆◇◇◆，◆◆◇◇，
素蟾低照，谁扫花阴共**酌**。　◆◇◇◆，◇◆◇◇◆◆。

按： 本词与姜夔词字数相同，亦可标点为每片 2 复句（上片：四/二/型复句组；下片：四/四/型复句组），兹标点为每片 3 复句，以示词体“流水句”标点的某种弹性。

同体式作品： 无。

725.【石湖仙】

1. 始词南宋姜夔作。
2. 姜夔自度曲，取本词句“须信石湖仙”为题，词题即调名。《白石道人歌曲》有乐

字谱。

3. 双片。每片六仄韵，隔句韵，间插连句韵。

4. 此调仅见姜夔一首。

始词：18 分句 8 复句。双片。每片 9 分句 4 复句，上片二/三/二/二/型复句组，下片二/二/三/二/型复句组。仄韵，连句韵，隔句韵。

4，9。5，3，4。4，7。2，7。

6，7。4，6。4，4，4。3，6。——南宋·姜夔·《全宋词》第 2181 页

石湖仙

越调。寿石湖居士。

松江烟**浦**，是千古三高游衍佳**处**。	◇◇◇◆，△◇◆◇◇◇◆◇◆。
须信石湖仙，似鸱夷，翩然引**去**。	◇◆◆◇◇，◆◇◇，◇◇◆◆。
浮云安在，我自爱绿香红**舞**。	◇◇◇◆，△◆◆◆◇◇◆。
容**与**，看世间几度今**古**。	◇◆，△◆◇◆◆◇◆。
卢沟旧曾驻马，为黄花闲吟秀**句**。	◇◇◆◇◆◆，△◇◇◇◇◆◆。
见说胡儿，也学纶巾攲**雨**。	◆◆◇◇，◆◆◇◇◇◆。
玉友金蕉，玉人金**缕**，缓移筝**柱**。	◆◆◇◇，◆◇◇◆，◆◇◇◆。
闻好**语**，明年定在槐**府**。	◇◆◆，◇◇◆◆◇◆。

按：“是千古三高游衍佳处”，三高，三位高士，《南史·何胤传》记述何氏数代仕宦之家，但至何求、何胤、何点三兄弟，皆隐居不仕，世称“何氏三高”，故此 9 字句不宜断。

同体式作品：无。

726.【暗香】

1. 始词南宋姜夔作。
2. 姜夔自度曲，《白石道人歌曲》记有乐字谱。
3. 取北宋·林逋《山园小梅》“暗香浮动月黄昏”诗句为调名，调名即词题。
4. 本调与【疏影】本为二曲一体之“异调联章”，后之词人或将【暗香】【疏影】各取一片合为一调，名曰【暗香疏影】，为后世南北曲异调“带过”之体的前形态，兹将【暗香疏影】作【暗香】【疏影】的同源词调处理。
5. 双片。上片五仄韵，下片六仄韵，隔句韵，间插连句韵。

始词：18 分句 8 复句。双片。每片 9 分句 4 复句，三/二/二/二/型复句组。仄韵，邻韵通押，隔句韵，间插连句韵。

4，5，4。4，7。6，7。7，5。

5，5，4。4，7。6，7。6，4。——南宋·姜夔·《全宋词》第2181页

暗香

仙吕宫辛亥之冬，予载雪诣石湖。止既月，授简索句，且征新声。作此两曲，石湖把玩不已，使工妓隶习之，音节谐婉，乃名之曰《暗香》《疏影》。

旧时月**色**，算几番照我，梅边吹**笛**。	◆◇◆◆，△◆◇◆◆，◇◇◇◆。
唤起玉人，不管清寒与攀**摘**。	◆◆◆◇，◆◆◇◇◆◇◆。
何逊而今渐老，都忘却春风词**笔**。	◇◆◇◇◆◆，△◇◆◇◇◇◆。
但怪得竹外疏花，香冷入瑶**席**。	△◆◆◆◆◇◇，◇◆◆◆◇◆。
江国正寂**寂**，叹寄与路遥，夜雪初**积**。	◇◆◆◆◆，△◆◆◆◇，◆◆◇◆。
翠尊易**泣**，红萼无言耿想**忆**。	◆◇◆◆，◇◆◇◇◆◆◆。
长记曾携手处，千树压西湖寒**碧**。	◇◆◇◇◆◆，◇◆◆◇◇◇◆。
又片片吹尽也，几时见**得**。	△◆◆◇◆◆，◆◇◆◆。

同体式作品：南宋：姜夔1首，赵以夫1首，吴潜4首，吴文英1首，陈允平1首，张炎2首。

变体二

较始词复句数不变，分句数有变。

变体二·1

20分句8复句

【变体二·1】20分句8复句。上片与始词同，9分句4复句，三/二/二/二/型复句组；下片第三、四复句各增1分句，11分句4复句，三/二/三/三/型复句组。入声韵，隔句韵。

4，5，4。4，7。6，7。7，6。

5，5，4。4，7。6，3，4。3，3，4。——南宋·汪元量·《全宋词》第3343页

暗香

西湖社友有千叶红梅，照水可爱。问之自来，乃旧内有此种，枝如柳梢，开花繁艳，兵后流落人间。对花泫然，承脸而赋。

馆娃艳骨，见数枝雪里，争开时**节**。	◆◇◆◆，△◆◇◆◆，◇◇◇◆。
底事化工，著意阳和暗偷**泄**。	◆◆◆◇，◆◆◇◇◆◇◆。
偏把红膏染质，都点缀枝头如**血**。	◇◆◇◇◆◆，△◆◆◇◇◇◆。
最好是院落黄昏，压栏照水清**绝**。	◆◆◆◆◆◇◇，◆◇◆◆◇◆。
风韵自迥**别**，谩记省故家，玉手曾**折**。	◇◆◆◆◆，△◆◆◆◇，◆◆◇◆。
翠条袅娜，犹学宫妆舞残**月**。	◆◇◆◇，◇◆◇◇◆◇◆。
肠断江南倦客，歌未了，琼壶敲**缺**。	◇◆◇◇◆◆，◇◆◆，◇◇◇◆。

更忍见，吹万点，满庭绛**雪**。　◆◆◆，◇◆◆，◆◇◆◆。

同体式作品：无。

变体二·2

21分句8复句

【变体二·2】21分句8复句。上片较始词增1分句，10分句4复句，三/二/二/三/型复句组；下片与【变体二·1】下片同，11分句4复句，三/二/三/三/型复句组。仄韵，邻韵通押，隔句韵，间插连句韵。

4，3，6。4，7。6，7。7，3，3。

2，3，9。4，7。6，3，4。3，3，4。——南宋·彭子翔·《全宋词》第3570页

暗香

寿停云翁七十。其年，云山风月亭火后重建。

停云望**极**，问秀溪，何似英溪风**月**。　◇◇◆◆，◆◆◇，◇◆◇◇◇◆。
劫火灰飞，又见雕檐照寒**碧**。　◆◆◇◇，◆◆◇◇◆◇◆。
何事归来归去，似熙载江南江**北**。　◇◆◇◇◇◆，△◇◆◇◇◇◆。
还又向殊乡初度，故乡人，却为**客**。　◇◆◆◇◇◇◆，◆◇◇，◆◇◆。

是**则**，家咫**尺**，不是有莼羹鲈鲙堪**忆**。　◆◆，◇◆◆，◆◆◆◇◇◇◆◆◆。
从心时节，消得山阴几双**屐**。　◇◇◇◆，◇◆◇◇◆◇◆。
莫把放翁笑我，又似**忆**，平泉花**石**。　◆◆◆◇◆◆，◆◆◆，◇◇◇◆。
篱菊老，梅枝亚，不归怎**得**。　◇◆◆，◇◇◆，◆◇◆◆。

同体式作品：无。

727.【疏影】

1. 始词南宋姜夔作。
2. 姜夔自度曲，《白石道人歌曲》记有乐字谱。
3. 姜夔本调与【暗香】为连调词组，后人或独用一调单行。
4. 双片。始词上片五仄韵，下片四仄韵，变体韵数有变；隔句韵，或间插连句韵。

始词：20分句8复句。双片。每片10分句4复句，三/三/二/二/型复句组。仄韵，隔句韵。

4，5，4。4，4，6。7，7。7，6。

6，5，4。4，4，6。7，7。7，6。——南宋·姜夔·《全宋词》第2182页

疏影

苔枝缀**玉**，有翠禽小小，枝上同**宿**。　◇◇◆◆，△◆◇◆◆，◇◆◇◆。
客里相逢，篱角黄昏，无言自倚修**竹**。　◆◆◇◇，◇◆◇◇，◇◇◆◆◇◆。
照君不惯胡沙远，但暗忆江南江**北**。　◆◇◆◆◇◇◆，△◆◆◇◇◇◆。
想佩环月夜归来，化作此花幽**独**。　△◆◇◆◆◇◇，◆◆◆◇◇◆。

犹记深宫旧事，那人正睡里，飞近蛾**绿**。　◇◆◇◇◆◆，◆◇◆◆◆，◇◆◇◆。
莫似春风，不管盈盈，早与安排金**屋**。　◆◆◇◇，◆◆◇◇，◆◆◇◇◇◆。
还教一片随波去，又却怨玉龙哀**曲**。　◇◇◆◆◇◇◆，◆◆◆◆◇◇◆。
等恁时重觅幽香，已入小窗横**幅**。　△◆◇◇◆◇◇，◆◆◆◇◇◆。

同体式作品：南宋：赵以夫1首，吴潜4首，施枢1首，陈允平1首，刘辰翁1首，邓剡1首，王沂孙1首，彭履道1首，王梦应1首，张炎3首。

增减字：

（一）4，5，4。4，4，6。7，7。3，4，6。○ 6，3，6。4，4，6。7，7。3，4，6。南宋：周密1首，张炎1首。

（二）4，5，4。4，4，6。7，7。3，6，4。○ 6，5，4。4，4，6。7，7。3，4，6。南宋：赵文1首。

（三）4，5，4。4，4，6。7，7。3，4，6。○ 6，5，4。4，4，6。7，6。5，4，4。南宋：彭元逊1首。

变体二

较始词复句数不变，分句数增1。

【变体二】21分句8复句。上片与始词同，10分句4复句，三/三/二/二/型复句组；下片第一复句增1分句，11分句4复句，四/三/二/二/型复句组。仄韵，隔句韵。

4，5，4。4，4，6。7，7。7，6。
2，4，5，4。4，4，6。7，7。7，6。——南宋·汪元量·《全宋词》第3343页

疏影

西湖社友赋红梅，分韵得“落”字。

虬枝茜**萼**，使轻盈态度，香透帘**幕**。　◇◇◆◆，◆◇◇◆◆，◇◆◇◆。
净洗铅华，浓抹胭脂，风前伴我孤**酌**。　◆◆◇◇，◇◆◇◇，◇◇◆◆◇◆。
诗翁瘦硬□□□，断不被春风熔**铄**。　◇◇◆◆□□□，◆◆◆◇◇◇◆。
有陇头折赠殷勤，又恐暮笳吹**落**。　◆◆◇◆◆◇◇，◆◆◆◇◇◆。

寂**寞**，孤山月夜，　◆◆，◇◇◆◆，
玉人万里外，空想前**约**。　◆◇◆◆◆，◇◆◇◆。
雁足书沉，马上弦哀，不尽寒阴砂**漠**。　◆◆◇◇，◆◆◇◇，◆◆◇◇◇◆。
昭君滴滴红冰泪，但顾影未忺梳**掠**。　◇◇◆◆◇◇◆，△◆◆◆◇◇◆。
等恁时环佩归来，却慰此况萧**索**。　△◆◇◇◆◇◇，◆◆◆◆◇◆。

同体式作品：无。

同源词调一：【暗香疏影】

1. 始词南宋吴文英作。
2. 取【暗香】上片【疏影】下片合为一调。
3. 词咏调名本意。
4. 双片。每片四仄韵，隔句韵。

始词：19 分句 8 复句。双片。上片与姜夔【暗香】词上片同，9 分句 4 复句，三/二/二/二/型复句组；下片与姜夔【疏影】下片同，10 分句 4 复句，三/三/二/二/型复句组。仄韵，隔句韵。

4，5，4。4，7。6，7。7，5。

6，5，4。4，4，6。7，7。7，6。——南宋·吴文英·《全宋词》第 2902 页

暗香疏影

夹钟宫。赋墨梅。

占春压一，卷峭寒万里，平沙飞**雪**。　◇◇◆◆，◆◆◇◆◆，◇◇◇◆。
数点酥钿，凌晓东风□吹**裂**。　◆◆◇◇，◇◆◇◇□◇◆。
独曳横梢瘦影，入广平裁冰词**笔**。　◆◆◇◇◆◆，△◆◇◇◇◇◆。
记五湖清夜推篷，临水一痕**月**。　△◆◇◇◆◇◇，◇◆◆◇◆。

何逊扬州旧事，五更梦半醒，胡调吹**彻**。　◇◆◇◇◆◆，◆◇◆◆◇，◇◆◇◆。
若把南枝，图入凌烟，香满玉楼琼**阙**。　◆◆◇◇，◇◆◇◇，◇◆◆◇◇◆。
相将初试红盐味，到烟雨青黄时**节**。　◇◇◇◆◇◇◆，△◇◆◇◇◇◆。
想雁空北落冬深，澹墨晚天云**阔**。　△◆◇◆◆◇◇，◆◆◆◇◇◆。

按：“入广平裁冰词笔”，广平，唐玄宗时宰相宋璟，封爵“广平郡公”；裁冰词**笔**，指宋璟《梅花赋》，其赋多有冰雪寒梅之描绘，故此句为一字领七字句：入//广平/裁冰/词笔。今或点断为“入广平、裁冰词**笔**”，破读。

同体式作品：无。

同源词调二：【红情】【绿意】

1. 始词南宋张炎作。
2. 【暗香】【疏影】二调之异名，连调词组，属于词体中的“带过曲”，故合谱之。
3. 以词题为调名。
4. 双片。【红情】上片五韵，下片七韵，隔句韵；【绿意】上片五韵，下片四韵。两词同韵，仄韵，隔句韵。

【红情】：22 分句 8 复句。双片。上下片较姜夔【暗香】各增 2 分句，每片 11 分句 4 复句，上片三/二/三/三/型复句组，下片四/二/二/三/型复句组；【绿意】：上下片分句数复句型与姜夔【疏影】同，上片第二、三分句字数有变，每片 10 分句 4 复句，三/三/二/二/型复句组。两词同韵，仄韵，隔句韵。

【红情】：4，5，4。6，5。6，3，4。3，4，5。
2，3，5，4。4，7。6，7。3，3，4。

【绿意】：4，5，4。4，4，6。7，7。7，6。
6，3，6。4，4，6。7，7。7，6。——南宋・张炎・《全宋词》第 3502 页

红情绿意

《疏影》《暗香》，姜白石为梅著语，因易之曰《红情》《绿意》，以荷花荷叶咏之。

红情

无边香**色**，记涉江自采，锦机云**密**。	◇◇◇◆，△◆◇◆◆，◆◇◇◆。
剪剪红衣学舞，波心旧曾**识**。	◆◆◇◇◆◆，◇◇◆◇◆。
一见依然似语，流水远，几回空**忆**。	◆◆◇◇◆◆，◇◆◆，◆◇◇◆。
看□□，倒影窥妆，玉润露痕**湿**。	◆□□，◆◆◇◇，◆◆◆◇◆。
闲**立**，翠屏侧，爱向人弄芳，背酣斜**日**。	◇◆，◆◇◆，◆◆◇◆◇，◆◇◇◆。
料应太**液**，三十六宫土花**碧**。	◆◇◆◆，◇◆◆◇◆◇◆。
清兴凌风更爽，无数满汀洲如**昔**。	◇◆◇◇◆◆，◇◆◆◇◇◇◆。
泛片**叶**，烟浪里，卧横紫**笛**。	◆◆◆，◇◆◆，◆◇◆◆。

绿意

碧圆自**洁**，向浅洲远渚，亭亭清**绝**。	◆◇◆◆，△◆◇◆◆，◇◇◇◆。
犹有遗簪，不展秋心，能卷几多炎**热**。	◇◆◇◇，◆◆◇◇，◇◆◆◇◇◆。
鸳鸯密语同倾盖，且莫与浣纱人**说**。	◇◇◆◆◇◇◆，△◆◇◆◇◇◆。
恐怨歌忽断花风，碎却翠云千**叠**。	△◆◇◆◆◇◇，◆◆◆◇◇◆。
回首当年汉舞，怕飞去，谩皱留仙裙**折**。	◇◆◇◇◆◆，◆◇◆，△◆◇◇◇◆。
恋恋青衫，犹染枯香，还叹鬓丝飘**雪**。	◆◆◇◇，◇◆◇◇，◇◆◆◇◇◆。
盘心清露如铅水，又一夜西风吹**折**。	◇◇◇◆◇◇◆，△◆◆◇◇◇◆。
喜静看匹练秋光，倒泻半湖明**月**。	△◆◇◆◆◇◇，◆◆◆◇◇◆。

同体式作品：无。

728.【角招】

1. 始词南宋姜夔作。

2. 姜夔自度曲，《白石道人歌曲》记有乐字谱。
3. “角招”，本先秦乐曲名，《孟子·梁惠王》：“召太师曰为我作君臣相悦之乐，盖《徵招》《角招》是也。”《白石道人歌曲》乐谱注本调为“黄钟清角调”，词序注“黄钟角”，即以黄钟为调高，以清角为乐曲主音，是中国古代相传已久的一种调式，西晋成公绥《啸赋》：“协黄宫于清角，杂商羽于流徵。”
4. 双片。始词上片七仄韵，下片八仄韵，变体韵数有变；隔句韵，间插连句韵。

始词：22分句8复句。双片。每片11分句4复句，三/三/二/三/型复句组。仄韵，隔句韵，间插连句韵。

3，6，4。5，4，4。4，7。6，6，5。

6，4，5。5，4，4。4，7。6，6，3。——南宋·姜夔·《全宋词》第2182页

角招

黄钟角。甲寅春，予与俞商卿燕游西湖，观梅于孤山之西村。玉雪照映，吹香薄人。已而商卿归吴兴，予独来，则山横春烟，新柳被水，游人容与飞花中。怅然有怀，作此寄之。商卿善歌声，稍以儒雅缘饰，予每自度曲，吟洞箫，商卿辄歌而和之，极有山林缥缈之思。今予离忧，商卿一行作吏，殆无复此乐矣。

为春**瘦**，何堪更绕西湖，尽是垂**柳**。	◆◇◆，◇◇◆◆◇◇，◆◆◇◆。
自看烟外**岫**，记得与君，湖上携**手**。	◆◇◇◆◆，◆◆◆◇，◇◆◇◆。
君归未**久**，早乱落香红千**亩**。	◇◇◆◆，△◆◆◇◇◇◆。
一叶凌波缥缈，过三十六离宫，	◆◆◇◇◆◆，△◇◆◆◇◇，
遣游人回**首**。	△◇◇◇◆。
犹有画船障**袖**，青楼倚扇，相映人争**秀**。	◇◆◆◇◇◆，◇◇◆◆，◇◆◇◇◆。
翠翘光欲**溜**，爱著宫黄，而今时**候**。	◆◆◇◆◆，◆◆◇◇，◇◇◇◆。
伤春似**旧**，荡一点春心如**酒**。	◇◇◆◆，△◆◆◇◇◇◆。
写入吴丝自**奏**，问谁识曲中心，花前**友**。	◆◆◇◇◆◆，△◇◆◆◇◇，◇◇◆。

同体式作品：无。

变体二

较始词复句数不变，分句数增1。

【变体二】23分句8复句。上片分句数与始词同，复句型有变，11分句4复句，三/三/三/二/型复句组；下片第一复句增1分句，12分句4复句，四/三/二/三/型复句组。仄韵，邻韵通押，隔句韵，间插连句韵。

3，3，6。5，4，4。4，7，6。6，5。

2，4，4，5。5，4，4。4，7。6，6，3。——南宋·赵以夫·《全宋词》第2663页

角招

姜白石制【角招】【徵招】二曲，仆赋梅花，以【角招】歌之。盖古乐府有大小《梅花》，皆角声也。

晓风**薄**，苔枝上，剪成万点冰**萼**。	◆◇◆，◇◇◆，◆◇◆◆◇◆。
暗香无处**著**，立马断魂，晴雪篱**落**。	◆◇◇◆◆，◆◆◆◇，◇◆◇◆。
横溪略**彴**，恨寄驿音书辽邈，	◇◇◆◆，△◆◆◇◇◇◆，
梦绕扬州东**阁**。	◆◆◇◇◇◆。
风流旧日何郎，想依然林**壑**。	◇◇◆◆◇◇，△◇◇◇◆。
离**索**，引杯自**酌**，	◇◆，◆◇◆◆，
相看冷淡，一笑人如**削**。	◇◇◆◆，◆◆◇◇◆。
水云寒漠**漠**，底处群仙，飞来霜**鹤**。	◆◇◇◆◆，◆◆◇◇，◇◇◇◆。
芳姿绰**约**，正月满瑶台珠**箔**。	◇◇◆◆，△◆◆◇◇◇◆。
徙倚阑干寂**寞**，尽分付许多愁，城头**角**。	◆◆◇◇◆◆，△◇◆◆◇◇，◇◇◆。

同体式作品：无。

729.【惜红衣】

1. 始词南宋姜夔作。
2. 姜夔自度曲。《白石道人歌曲》记有乐字谱。
3. 始词取本词“红衣”句为调名，调名即词题。
4. 双片。每片五仄韵，隔句韵，间插连句韵。

始词：19 分句 8 复句。双片。上片 10 分句 4 复句，三/二/二/三/型复句组；下片 9 分句 4 复句，三/二/二/二/型复句组。仄韵，隔句韵。

4，4，4。4，5。4，7。2，4，5。

4，4，5。6，3。6，6。5，6。——南宋·姜夔·《全宋词》第 2182 页

惜红衣

吴兴号水晶宫，荷花盛丽。陈简斋云：“今年何以报君恩，一路荷花相送到青墩”，亦可见矣。丁未之夏，予游千岩，数往来红香中。自度此曲，以无射宫歌之。

簟枕邀凉，琴书换日，睡余无**力**。	◆◆◇◇，◇◇◆◆，◆◇◇◆。
细洒冰泉，并刀破甘**碧**。	◆◆◇◇，◇◇◆◇◆。
墙头唤酒，谁问讯城南诗**客**。	◇◇◆◆，△◆◆◇◇◇◆。
岑**寂**，高柳晚蝉，说西风消**息**。	◇◆，◇◆◆◇，△◇◇◇◆。

虹梁水**陌**，鱼浪吹香，红衣半狼**藉**。	◇◇◆◆，◇◆◆◇，◇◇◆◇◆。
维舟试望故国，眇天**北**。	◇◇◆◇◆◆，◆◇◆。
可惜渚边沙外，不共美人游**历**。	◆◆◆◇◇◆，◆◆◆◇◇◆。
问甚时同赋，三十六陂秋**色**。	△◆◇◇◆，◆◆◆◇◇◆。

同体式作品：南宋：吴文英1首，李莱老1首。

增减字：

(一) 4，4，4。4，5。4，7。2，4，5。○ 4，4，5。4，5。6，6。5，6。南宋：张炎1首。

730. 【徵招】

1. 始词南宋姜夔作。
2. 姜夔自度曲，取传世【齐天乐慢】度为新声。《白石道人歌曲》记有乐字谱。
3. “徵招”，以徵音（今简谱5，音名so）为旋律主音的曲调，习称“徵调”。《宋史·乐志》：“政和间，诏以大晟雅乐施于燕飨，御殿按试，补徵、角二调，播之教坊。”
4. 双片。始词上片五仄韵一平韵，下片五仄韵，变体韵数有变；隔句韵，或间插连句韵。

始词：20分句8复句。双片。上片9分句4复句，二/二/二/三/型复句组；下片11分句4复句，四/二/二/三/型复句组。仄韵，插一平韵，隔句韵，间插连句韵。

7，6。5，5。5，7。4，4，4。

2，3，3，6。5，5。5，7。3，4，5。——南宋·姜夔·《全宋词》第2183页

徵招

越中山水幽远，予数上下西兴钱清间，襟抱清旷。越人善为舟，卷篷方底，舟师行歌，徐徐曳之，如偃卧榻上，无动摇突兀势，以故得尽情骋望。予欲家焉而未得，作《徵招》以寄兴。“徵招”“角招”者，政和间大晟府尝制数十曲，音节驳矣。予尝考唐田畸《声律要诀》，云徵与二变之调咸非流美，故自古少徵调曲也。徵为去母调，如黄钟之徵，以黄钟为线，不用黄钟乃谐，故隋唐旧谱不用母声。琴家无媒调商调之类，皆徵也，亦皆具母弦而不用。其说详于予所作《琴书》。然黄钟以林钟为徵，住声于林钟，若不用黄钟声，便自成林钟宫矣，故大晟府徵调兼母声，一句似林钟均，所以当时有落韵之语。予尝使人吹而听之，寄君声于臣民事物之中，清者高而亢，浊者下而遗，万宝常所谓宫离而不附者是已，因再三推寻唐谱并琴弦法而得其意：黄钟徵虽不用母声，亦不可多用变徵、蕤宾、变宫，磬钟声若不用黄钟而用蕤宾、应钟，即是林钟宫矣，余十一均徵调仿此，其法可谓善矣。然无清声，只可施之琴瑟，难入燕乐，故燕乐阙徵调，不必补可也。此一曲乃予昔所制，因旧曲《正宫·齐天乐慢》，前两拍是徵调，故足成之，虽兼用母声，较大晟曲为无病矣。此曲，依晋史名，曰“黄钟下徵调”；角招，曰“黄钟清角调”。

潮回却过西陵浦，扁舟仅容居**士**。	◇◇◆◆◇◇◆，◇◇◆◇◇◆。
去得几何时，黍离离如**此**。	◆◆◆◇◇，◆◇◇◇◆。

客途今倦**矣**，漫赢得一襟诗**思**。　◆◇◇◆◆，◇◇◆◆◇◇◆。

记忆江南，落帆沙**际**，此行还**是**。　◆◆◇◇，◆◇◇◆，◆◇◇◆。

迤**逦**，剡中山，重相见，依依故人情**味**。　◆◆，◆◇◇，◇◇◆，◇◇◆◇◇◆。

似怨不来游，拥愁鬟十**二**。　◆◆◆◇◇，◆◇◇◆◆。

一丘聊复尔，也孤负幼舆高**志**。　◆◇◇◆◆，◆◇◆◆◇◇◆。

水荭晚，漠漠摇烟，奈未成归**计**。　◆◇◆，◆◆◇◇，△◆◇◇◆。

同体式作品：南宋：张辑 1 首，赵以夫 1 首，周密 1 首，张炎 1 首。

变体一

较始词句数不变，复句型有变。

【变体一】20 分句 8 复句。上片第三复句较始词增 1 分句、第四复句减 1 分句；下片第一复句减 1 分句、第三复句增 1 分句。上片 9 分句 4 复句，二/二/三/二/型复句组；下片 11 分句 4 复句，三/二/三/三/型复句组。仄韵，隔句韵。

7，6。5，5。5，3，4。4，8。

5，3，6。5，5。5，3，4。3，4，5。——南宋·李亿·《全宋词》第 2653 页

徵招

梅

翠壶浸雪明遥夜，初疑玉虬飞**动**。　◆◇◆◆◇◇◆，◇◇◆◇◇◆。

莫弄紫箫吹，堕寒琼惊**梦**。　◆◆◆◇◇，◆◇◇◇◆。

把红炉对**拥**，怕清魄，不禁霜**重**。　△◇◇◆◆，◆◇◆，◆◇◇◆。

爱护殷勤，待长留作道人香**供**。　◆◆◇◇，△◇◇◆◆◇◇◆。

尘暗古南州，风流远，谁寻故枝么**凤**。　◇◆◆◇◇，◇◇◆，◇◇◆◇◇◆。

漫举目销凝，对愁云曚**晗**。　△◆◆◇◇，△◇◇◆◆。

向霞扉月**洞**，且嚼蕊，细开春**瓮**。　△◇◇◆◆，◆◆◆，◆◇◇◆。

这奇绝，好唤苍髯，与竹君来**共**。　◆◇◆，◆◆◇◇，△◆◇◇◆。

同体式作品：南宋：张炎 1 首。

变体二

较始词复句数不变，分句数减 1。

【变体二】19 分句 8 复句。上片与始词同，9 分句 4 复句，二/二/二/三/型复句组；下片第一复句减 1 分句，10 分句 4 复句，三/二/二/三/型复句组。仄韵，隔句韵。律词。

7，6。4，6。5，7。4，4，4。

5，3，6。4，7。4，6。3，4，4。——南宋·彭元逊·《全宋词》第 3313 页

徵招

和焕甫秋声。君有远游之兴，为道《行路难》以感之。

人间无欠秋风处，偏到霜痕月**杪**。　◇◇◇◆◇◇◆，◇◆◇◇◆◆。

风雨船篷，日夜风波未**了**。	◇◆◇◇，◆◆◇◇◆◆。
忽潮生海立，又天阔江清欲**晓**。	△◇◇◆◆，△◇◆◇◇◆◆。
孤迴幽深，激扬悲壮，浮沉浩**渺**。	◇◆◇◇，◆◇◇◆，◇◇◆◆。
行路古来难，貂裘敝，匹马关山人**老**。	◇◆◆◇◇，◇◇◆，◆◆◇◇◇◆。
锦字未成，寒到君边书到**否**。	◆◆◆◇，◇◆◇◇◇◆◆。
倚门回首，儿女灯前娭**笑**。	◆◇◇◆，◇◆◇◇◇◆。
早斟酌，万里封侯，镜迟霜**照**。	◆◇◆，◆◆◇◇，◆◇◇◆。

同体式作品：无。

731. 【秋宵吟】

1. 始词南宋姜夔作。
2. 姜夔自度曲，调名即词题。《白石道人歌曲》记有乐字谱。
3. 双片。上片六仄韵，下片五仄韵，隔句韵，间插连句韵。
4. 此调仅见姜夔一首。

始词：23 分句 8 复句。双片。上片 12 分句 4 复句，三/三/三/三/型复句组；下片 11 分句 4 复句，二/三/三/三/型复句组。仄韵，隔句韵，间插连句韵。

3，3，6。3，5，4。3，3，6。3，5，4。
4，7。4，4，5。5，4，4。7，4，3。——南宋·姜夔·《全宋词》第 2183 页

秋宵吟
越调

古帘空，坠月**皎**，坐久西窗人**悄**。	◆◇◇，◆◆◆，◆◆◇◇◇◆。
蛩吟苦，渐漏水丁丁，箭壶催**晓**。	◇◇◆，△◆◆◇◇，◆◇◇◆。
引凉飔，动翠**葆**，露脚斜飞云**表**。	◆◇◇，◆◆◆，◆◆◇◇◇◆。
因嗟念，似去国情怀，暮帆烟**草**。	◇◇◆，△◆◆◇◇，◆◇◇◆。
带眼销磨，为近日愁多顿**老**。	◆◆◇◇，△◆◆◇◇◆◆。
卫娘何在，宋玉归来，两地暗萦**绕**。	◆◇◇◆，◆◆◇◇，◆◆◆◇◆。
摇落江枫**早**，嫩约无凭，幽梦又**杳**。	◇◆◇◇◆，◆◆◇◇，◇◆◆◆。
但盈盈泪洒单衣，今夕何夕，恨未**了**。	△◇◇◆◆◇◇，◇◆◇◆，◆◆◆。

同体式作品：无。

732.【凄凉犯】

【瑞鹤仙影】

1. 始词南宋姜夔作。
2. 姜夔自度曲，《白石道人歌曲》记有乐字谱，其词序云“亦曰【瑞鹤仙影】”，与【瑞鹤仙】无涉；吴文英《凄凉犯》词序曰“犯双调【重台水仙】”，今存宋词中无此调名。
3. 双片。始词上片六仄韵，下片四仄韵，变体韵数有变；隔句韵，间插连句韵。

始词：20 分句 8 复句。双片。每片 10 分句 4 复句，三/三/二/二/型复句组。仄韵，隔句韵，间插连句韵。

4，3，6。4，4，4。4，7。7，5。
5，4，4。4，3，4。4，7。7，3。——南宋·姜夔·《全宋词》第 2184 页

凄凉犯

仙吕调犯商调。合肥巷陌皆种柳，秋风夕起骚骚然。予客居阖户，时闻马嘶，出城四顾，则荒烟野草，不胜凄黯，乃著此解。琴有【凄凉调】，假以为名。凡曲言犯者，谓以宫犯商、商犯宫之类。如道调宫上字住，双调亦上字住，所住字同，故道调曲中犯双调，或于双调曲中犯道调，其他准此。唐人乐书云：“犯有正、旁、偏、侧，宫犯宫为正，宫犯商为旁，宫犯角为偏，宫犯羽为侧。”此说非也。十二宫所住字各不同，不容相犯，十二宫特可犯，商、角、羽耳。予归行都，以此曲示国工田正德，使以哑觱栗角吹之，其韵极美，亦曰【瑞鹤仙影】。

绿杨巷**陌**，秋风起，边城一片离**索**。	◆◇◆◆，◇◇◆，◇◇◆◆◇◆。
马嘶渐远，人归甚处，戍楼吹**角**。	◆◇◆◆，◇◇◆◆，◆◇◇◆。
情怀正**恶**，更衰草寒烟淡**薄**。	◇◇◆◆，△◇◆◇◇◆◆。
似当时将军部曲，迤逦度沙**漠**。	△◇◇◇◇◆◆，◆◆◆◇◆。
追念西湖上，小舫携歌，晚花行**乐**。	◇◆◇◇◆，◆◆◇◇，◆◇◇◆。
旧游在否，想如今，翠凋红**落**。	◆◇◆◆，◆◇◇，◆◇◇◆。
漫写羊裙，等新雁来时系**著**。	◆◆◇◇，△◇◆◇◇◆◆。
怕匆匆不肯寄与，误后**约**。	△◇◇◆◆◆◆，◆◆◆。

同体式作品：无。

变体二

较始词复句数不变，分句数有变。

变体二·1

23 分句 8 复句

【变体二·1·1】23 分句 8 复句。上片第三、四复句较始词各增 1 分句，12 分句 4 复句，三/三/三/三/型复句组；下片第三复句增 1 分句，11 分句 4 复句，三/三/三/二/型复句组。仄韵，隔句韵，间插连句韵。

4，3，6。4，4，4。4，3，4。3，4，5。
5，4，4。4，3，4。4，3，4。3，7。——南宋·吴文英·《全宋词》第 2927 页

凄凉犯

夷则羽。俗名仙吕调，犯双调【重台水仙】。

空江浪**阔**，清尘凝，层层刻碎冰**叶**。 ◇◇◆◆，◇◇◇，◇◇◆◆◇◆。
水边照影，华裾曳翠，露搔泪**湿**。 ◆◇◆◆，◇◇◆◆，◆◇◆◆。
湘烟暮**合**，□尘袜，凌波半**涉**。 ◇◇◆◆，□◇◆，◇◇◆◆。
怕临风，□欺瘦**骨**，护冷素衣**叠**。 ◆◇◇，□◇◆◆，◆◆◆◇◆。

樊姊玉奴恨，小钿疏唇，洗妆轻**怯**。 ◇◆◆◇◆，◆◆◇◇，◆◇◇◆。
汜人最苦，粉痕深，几重愁**靥**。 ◆◇◆◆，◆◇◇，◆◇◇◆。
花隘香浓，猛熏透，霜绡细**折**。 ◇◆◇◇，◆◇◆，◇◇◆◆。
倚瑶台，十二金钱晕半**掐**。 ◆◇◇，◆◆◇◇◆◆◆。

同体式作品：无。

【变体二·1·2】23 分句 8 复句。上下片分句数与【变体二·1·1】同，上片复句型无变，下片复句型有变。上片 12 分句 4 复句，三/三/三/三/型复句组；下片 11 分句 4 复句，三/三/二/三/型复句组。仄韵，隔句韵，间插连句韵。

7，3，4。4，4，4。4，3，4。3，4，5。
5，4，4。4，3，4。4，7。3，4，3。——南宋·张炎·《全宋词》第 3463 页

凄凉犯

北游道中寄怀

萧疏野柳嘶寒马，芦花深，还见游**猎**。 ◇◇◆◆◇◇◆，◇◇◇，◇◆◇◆。
山势北来，甚时曾到，醉魂飞**越**。 ◇◆◆◇，◆◇◇◆，◆◇◇◆。
酸风自**咽**，拥吟**鼻**，征衣暗**裂**。 ◇◇◆◆，◆◇◆，◇◇◆◆。
正凄迷，天涯羁旅，不似灞桥**雪**。 ◆◇◇，◇◇◇◆，◆◆◆◇◆。

谁念而今老，懒赋长杨，倦怀休**说**。 ◇◆◇◇◆，◆◆◇◇，◆◇◇◆。
空怜断梗，梦依依，岁华轻**别**。 ◇◇◆◆，◆◇◇，◆◇◇◆。
待击歌壶，怕如意和冰冻**折**。 ◆◆◇◇，△◇◆◇◇◆◆。
且行行，平沙万里，尽是**月**。 ◆◇◇，◇◇◆◆，◆◆◆。

按：“怕如意和冰冻折”，如意，此处指仿灵芝状手执器物。

同体式作品：无。

变体二·2

21 分句 8 复句

【变体二·2】21 分句 8 复句。上片分句数与始词同，复句型有变，10 分句 4 复句，二/三/三/二/型复句组；下片第三复句增 1 分句，11 分句 4 复句，三/三/三/二/型复句组。仄韵，隔句韵，间插连句韵。

7，6。4，4，4。4，3，4。7，5。

5，4，4。4，3，4。4，3，4。5，5。——南宋·张炎·《全宋词》第 3478 页

凄凉犯

过邻家见故园有感

西风暗剪荷衣碎，柔丝不解重**缉**。	◇◇◆◆◇◇◆，◇◇◆◆◇◆。
荒烟断浦，晴晖历乱，半江摇**碧**。	◇◇◆◆，◇◇◆◆，◆◇◇◆。
悠悠望**极**，忍独听，秋声渐**急**。	◇◇◆◆，◆◆◇，◇◇◆◆。
更怜他萧条柳发，相与动秋**色**。	◆◇◇◇◇◆◆，◇◆◆◇◆。
老态今如此，犹自留连，醉筇游**屐**。	◆◆◇◇◆，◇◆◇◇，◆◇◇◆。
不堪瘦影，渺天涯，尽成行**客**。	◆◇◆◆，◆◇◇，◆◇◇◆。
因甚忘归，谩吹**裂**，山阳夜**笛**。	◇◆◇◇，◇◇◆，◇◇◆◆。
梦三十六陂，流水去未**得**。	△◆◆◆◇，◇◆◆◆◆。

同体式作品：无。

733.【翠楼吟】

1. 始词南宋姜夔作。
2. 姜夔自度曲，《白石道人歌曲》记有乐字谱。
3. 双片。上片六仄韵，下片七仄韵，隔句韵，间插连句韵。
4. 此调仅见姜夔一首。

始词：22 分句 8 复句。双片。每片 11 分句 4 复句，上片三/二/三/三/型复句组，下片四/二/三/二/型复句组。仄韵，隔句韵，间插连句韵。

4，4，6。5，7。4，5，4。3，4，4。

2，4，5，4。5，7。4，5，4。3，8。——南宋·姜夔·《全宋词》第 2184 页

翠楼吟

双调。淳熙丙午冬，武昌安远楼成，与刘去非诸友落之，度曲见志。予去武昌十年，故人有泊舟鹦鹉洲者，闻小姬歌此词，问之颇能道其事，还吴为予言之。兴怀昔游，且伤今之离索也。

月冷龙沙，尘清虎落，今年汉酺初**赐**。	◆◆◇◇，◇◇◆◆，◇◇◆◆◇◆。
新翻胡部曲，听毡幕元戎歌**吹**。	◇◇◇◆◆，△◇◆◇◇◇◆。
层楼高**峙**，看槛曲萦红，檐牙飞**翠**。	◇◇◇◆，△◆◆◇◇，◇◇◇◆。
人姝**丽**，粉香吹下，夜寒风**细**。	◇◇◆，◆◇◇◆，◆◇◇◆。
此**地**，宜有词仙，	◆◆，◇◆◇◇，
拥素云黄鹤，与君游**戏**。	△◆◇◇◆，◆◇◇◆。
玉梯凝望久，叹芳草萋萋千**里**。	◆◇◇◆◆，△◇◆◇◇◇◆。
天涯情**味**，仗酒祓清愁，花销英**气**。	◇◇◇◆，◆◆◆◇◇，◇◇◇◆。
西山**外**，是来还卷一帘秋**霁**。	◇◇◆，◆◇◇◆◆◇◇◆。

同体式作品：无。

734.【绕池游慢】

1. 始词南宋韩淲作。
2. 据韩词本序，该词为韩淲与其友赵倅“约同赋”所作，可见本调在南宋词人中有所流传，惜赵倅之词失传，今仅见韩淲一首。此外尚有无名氏【绕池游】一首，与本调词式全然不同，兹作同源词调处理。
3. 双片。每片四平韵，隔句韵。

始词：22 分句 8 复句。双片。每片 11 分句 4 复句，三/二/三/三/型复句组。平韵，隔句韵。

4，5，4。7，7。5，3，4。4，4，4。

6，5，4。7，7。5，3，4。4，4，4。——南宋・韩淲・《全宋词》第 2253 页

绕池游慢

赵倅游濠，作《绕池游慢》，约同赋。

荷花好处，是红酣落照，翠蔼余**凉**。	◇◇◆◆，△◇◇◆◆，◆◆◇◇。
绕郭从前无此乐，空浮动山影林**篁**。	◆◆◇◇◇◆◆，◇◇◆◇◆◇◇。
几度薰风晚，留望眼，立尽濠**梁**。	◆◆◇◇◆，◇◆◆，◆◆◇◇。
谁知好事，初移画舫，特地相**将**。	◇◇◆◆，◇◇◆◆，◆◆◇◇。
惊起双飞属玉，萦小楫冲岸，犹带生**香**。	◇◆◇◇◆◆，◇◆◆◇◆，◇◆◇◇。
莫问西湖西畔□，□九里松下侯**王**。	◆◆◇◇◇◆□，□◆◆◇◆◇◇。
且举觞寄兴，看闲人，来伴吟**章**。	△◆◇◆◆，◆◇◇，◇◆◇◇。
寸折柏枝，蓬分莲实，徒系柔**肠**。	◆◆◆◇，◇◇◇◆，◇◆◇◇。

同体式作品：无。

同源词调：【绕池游】

1. 始词宋无名氏作。
2. 双片。上片四仄韵，下片六仄韵，隔句韵，间插连句韵。
3. 此调宋词仅见无名氏一首。

始词：16 分句 8 复句。双片。每片 8 分句 4 复句，二/二/二/二/型复句组。仄韵，隔句韵，间插连句韵。

4，6。3，5。4，6。4，4。

4，6。3，5。4，6。4，4。——宋・无名氏・《全宋词》第 3659 页

绕池游

渐春工巧，玉漏花深寒**浅**。	◆◇◇◆，◆◆◇◇◇◆。
韶景变，融晴蕙风**暖**。	◇◆◆，◇◇◆◇◆。
都门十二，三五银蟾光**满**。	◇◇◆◆，◇◆◇◇◇◆。
瑞烟葱茜，禁城阆**苑**。	◆◇◇◆，◆◇◆◆。
棚山雉**扇**，绛蜡交辉星**汉**。	◇◇◆◆，◆◆◇◇◇◆。
神仙籍，梨园奏弦**管**。	◇◇◆，◇◇◆◇◆。
都人游**玩**，万井山呼欢**抃**。	◇◇◇◆，◆◆◇◇◇◆。
岁岁天仗，愿瞻风**辇**。	◆◆◇◆，◆◇◆◆。

同体式作品：无。

735. 【莺啼序】

1. 始词南宋高似孙作。
2. 四片。始词一、二片各四韵，第三片六韵，第四片七韵，变体韵数有变；仄韵，隔句韵。
3. 金王喆、丘处机各有【莺啼序】一首。金王喆（1112—1170）年长于高似孙（1158—1231），然金词【莺啼序】为冷调，兹仍以南宋高似孙词为始词。

始词：54 分句 16 复句。四片。第一片 10 分句 4 复句，二/三/三/二/型复句组；第二片 13 分句 4 复句，三/三/四/三/型复句组；第三片 15 分句 4 复句，三/四/五/三/型复句组；第四片 16 分句 4 复句，三/五/五/三/型复句组。仄韵，邻韵通押，隔句韵。

6，5。3，4，6。5，4，5。5，6。
4，4，5。3，4，6。3，4，3，4。3，4，4。
4，4，5。5，4，6，4。4，4，7，3，5。4，6，6。
4，4，4。3，3，6，4，4。4，4，7，3，5。6，4，4。

——南宋·高似孙·《全宋词》第2269页

莺啼序

屈原《九歌·东皇太一》，春之神也。其词凄惋，含意无穷。略采其意，以度春曲。

青旗报春来了，玉鳞鳞风**旋**。	◇◇◆◇◇◆，◆◇◇◇◆。
陈瑶席，新奏琳琅，窈窕来荐嘉**祉**。	◇◇◆，◇◆◇◇，◆◆◇◆◇◆。
桂酒洗琼芳，丽景晖晖，日夜催红**紫**。	◆◆◆◇◇，◆◆◇◇，◆◆◇◇◆。
湛青阳新沐，人声澹荡花**里**。	△◇◇◇◆，◇◇◆◆◇◆。
光泛崇兰，拆遍桃李，把深心料**理**。	◇◆◇◇，◆◆◇◆，△◇◇◆◆。
共携手，蘅室兰房，奈何新恨如**此**。	◆◇◆，◇◆◇◇，◆◇◇◆◇◆。
对佳时，芳情脉脉，眉黛蹙，羞搴琼**珥**。	◆◇◇，◇◇◆◆，◇◆◆，◇◇◇◆。
折微馨，聊寄相思，莫愁如**水**。	◆◇◇，◇◆◇◇，◆◇◇◆。
青蘋再转，淑思菲菲，春又过半**矣**。	◇◇◆◆，◆◆◇◇，◇◆◆◆◆。
细雨湿香尘，未晓又**止**，	◆◆◆◇◇，◆◆◆◆，
莫教一鸩无聊，群芳**亹**亹。	◆◇◆◆◇◇，◇◇◆◆。
伤情漠漠，泪痕轻**洗**，	◇◇◆◆，◆◇◇◆，
曲琼桂帐流苏暖，望美人，又是论千**里**。	◆◇◆◆◇◇◆，◆◆◇，◆◆◆◇◆。
佳期杳渺，香风不肯为媒，	◇◇◆◆，◇◇◆◆◇◇，
可堪玩此芳**芷**。	◆◇◆◆◇◆。
春今渐歇，不忍零花，犹恋余**绮**。	◇◇◆◆，◆◆◇◇，◇◆◇◆。
度美曲，造新声，乐莫乐此新**知**，	◆◆◆，◆◇◇，◆◆◆◆◇◇，
思美人兮，有花同**倚**。	◇◆◇◇，◆◇◇◆。
年华做了，功成如**委**，	◇◇◆◆，◇◇◇◆，
天时相代何日**已**，怅春功，非与他时**比**。	◇◇◇◆◇◆◆，◆◇◇，◇◆◇◇◆。
殷勤举酒酬春，春若能留，□还亦**喜**。	◇◇◆◆◇◇，◇◆◇◇，□◇◆◆。

同体式作品：无。

增减字：

（一）6，5。3，4，6。3，4，7。5，6。○4，4，5。3，4，6。3，4，3，4。3，4，4。○4，4，5。5，4，6，4。4，4，7，3，5。6，4，4。○4，4，5。3，4，4，4，4。4，4，7，3，5。6，4，4。南宋：赵文1首。

（二）6，5。3，4，6。3，4，7。5，6。○4，4，5。3，4，6。3，4，3，4。3，4，4。○4，4，5。3，6，6，4。4，4，7，3，5。6，4，6。○4，4，5。3，4，4，4，4。4，4，7，3，5。6，4，4。南宋：赵文1首。

附：金·王喆《莺啼序》：

莺啼序，时绕红**树**。应当做**主**，骋嘤嘤莹莹声音，弄睛调舌秤**羽**。潜身在朱林茂**处**，愈绵变百般言**语**。喜新铅新汞俱齐，叫归宗**祖**。○唤觉呼惺，顿晓本元初，天然规**矩**。定分他甲乙庚辛，九宫八卦门**户**。驱四象，通推七返，用千朝，炼成文**武**。这金丹，由此三年，渐令堪**睹**。○婴儿跨**虎**，姹女骑龙，白云招翠**雾**。各各擎钢刀慧剑，接刃交锋，隐密藏机，两家无**惧**。乌龟赤凤，前来降伏，和合罢战休兵**戍**。被灵童结构同相**聚**，从玆慢慢搜寻宝贝完全，要见便教知**数**。○明珠万颗，吐出神光，倒颠笼罩**住**。迸一条银霞袅袅，撞透清霄，晃耀晴空，偏开琼**路**。中间独现真妙真玄，星冠月帔端严**具**。把双眸高举频回顾，观瞻了了清清，湛湛澄澄，害风得**遇**。

按：本词较南宋诸家词每片复句数相同，复句型不同；语体有"曲"体风味。

变体一

与始词分句数复句数相同，复句型有变。

【变体一】54分句16复句。第一片第三复句较始词减1分句，第四复句增1分句，第二片第四复句减1分句，第三片第二复句增1分句，第四片第一复句增1分句，第三复句减1分句。第一片10分句4复句，二/三/二/三/型复句组；第二片12分句4复句，三/三/四/二/型复句组；第三片16分句4复句，三/五/五/三/型复句组；第四片16分句4复句，四/五/四/三/型复句组。仄韵，邻韵通押，隔句韵。

6，5。3，4，6。5，7。3，4，4。

4，4，5。4，5，4。3，4，3，4。5，6。

4，4，5。3，4，4，4，4。4，4，7，3，5。4，4，4。

4，4，4，5。3，4，4，4，4。6，6，6，5。6，4，4。

——南宋·汪元量《全宋词补辑》第85页

莺啼序

宫中新进黄莺

檀栾宫墙数仞，敞朱帘绣**户**。	◇◇◇◇◆◆，△◇◇◆◆。
正春暖，飘拂和风，衮入红尘香**雾**。	◆◇◆，◇◆◇◇，◆◆◇◇◇◆。
见丝柳青青，袅娜如学宫腰**舞**。	△◇◆◇◇，◆◆◇◆◇◇◆。
有黄莺，恰恰飞来，一梭金**羽**。	◆◇◇，◆◆◇◇，◆◇◇◆。
小巧身儿，锦心绣口，圆滑遽如**许**。	◆◆◇◇，◆◇◆◆，◇◆◆◇◆。
避人渐飞，入琼林藏身，桃杏深**处**。	◆◇◆◇，△◇◇◇◇，◇◆◇◆。
对银屏，珠圆翠陈，隔叶底，恣歌金**缕**。	◆◇◇，◇◇◆◇，◆◆◆，◆◇◇◆。
忽群妃拍手，惊飞奋然高**举**。	◆◇◇◆◆，◇◇◆◇◇◆。
晓来雨湿，花娜柳垂，误投罗网**去**。	◆◇◆◆，◇◆◆◇，◆◇◇◆◆。
缓缓访，六宫寻问，玉纤争**握**，	◆◆◆，◆◇◇◆，◆◇◇◆，
放入金笼，眼娇眉**妩**。	◆◆◇◇，◆◇◇◆。
身如旅琐，无心求友，	◇◇◆◆，◇◇◇◆，

烟窗分影光阴里，听蛮声，似怨还如**诉**。	◇◇◇◆◇◇◆，◆◇◇，◆◆◇◇◆。
青山隔断，红妆满眼，谁怜一**掬**。	◇◇◆◆，◇◇◆◆，◇◇◆◆。
幽恨难吐，沉香拂**拂**，	◇◆◇◆，◇◇◆◆，
亭北阑干，已得君王**顾**。	◇◆◇◇，◆◆◇◇◆。
但暗忆，西湖美景，雨色晴光，	◆◆◆，◇◇◆◆，◆◆◇◇，
入翠穿红，巧转娇**语**。	◆◆◇◇，◆◆◇◆。
莺莺休怨天家，已赠金衣公子，	◇◇◇◆◇◇，◆◆◇◇◇◆，
生前号这恩荣，物类将何**补**。	◇◇◆◆◇◇，◆◆◇◇◆。
娇黄白奏词臣，为尔翻成，太平乐**府**。	◇◇◆◆◇◇，◆◆◇◇，◆◇◆◆。

同体式作品：无。

变体二

与始词复句数相同，分句数有变。

变体二·1

51分句16复句

【变体二·1】51分句16复句。第一片第三复句较始词减1分句、第四复句增1分句，10分句4复句，二/三/二/三/型复句组；第二片第二复句减1分句，12分句4复句，三/二/四/三/型复句组；第三片与始词同，15分句4复句，三/四/五/三/型复句组；第四片第二、三复句各减1分句，14分句4复句，三/四/四/三/型复句组。仄韵，隔句韵，间插连句韵。

6，5。3，4，6。7，7。3，4，4。
4，4，5。7，6。3，4，3，4。3，4，4。
4，4，5。7，4，4，4。4，4，7，3，5。6，4，6。
4，4，5。7，4，4，4。4，4，7，8。6，4，4。

——南宋·徐宝之·《全宋词》第2851页

莺啼序

荼蘼一番过雨，洒残花似**雪**。	◇◇◆◇◇◆，◆◇◇◆◆。
向清晓，步入东风，细拾苔砌余**靥**。	◆◇◆，◆◆◇◇，◆◆◇◆◇◆。
有数片飞沾翠柳，萦回半著双归**蝶**。	△◆◆◇◇◆◆，◇◇◆◆◇◇◆。
悄无人，共立幽禽，呢呢能**说**。	◆◇◇，◆◆◇◇，◇◇◇◆。
因念年华，最苦易**失**，对春愁暗**结**。	◇◆◇◇，◆◆◆◆，◆◇◇◆◆。
叹自古曾有佳人，长门深闭修**洁**。	△◆◆◇◆◇◇，◇◇◇◆◇◆。
寄么弦，千言万语，闷满眼，欲弹难**彻**。	◆◇◇，◇◇◆◆，◆◆◆，◆◇◇◆。
靠珠栊，风雨微收，落花时**节**。	◆◇◇，◇◆◇◇，◆◇◇◆。

春工渐老，绿草连天，别浦共一**色**。	◇◇◆◆，◆◆◇◇，◆◆◆◆◆。
但暮霭朝烟无际，尽日目**极**，	△◆◆◇◇◇◆，◆◆◆◆，
江北江南，杜鹃叫**裂**。	◇◆◇◇，◆◇◆◆。
此时此意，危魂黯黯，渭城客舍青青树，	◆◇◆◆，◇◇◆◆，◆◇◆◆◇◇◆，
问何人，把酒来看**别**。	◆◇◇，◆◆◇◇◆。
思量怎向迟回，独掩青扉，	◇◇◆◆◇◇，◆◆◇◇，
夕阳犹照南**陌**。	◆◇◇◆◇◆。
春应记**得**，旧日疏狂，等受今磨**折**。	◇◇◆◆，◆◆◇◇，◆◆◇◇◆。
便永谢五湖烟艇，	△◆◆◆◇◇◆，
只有吟诗，曲坞煎茶，小窗眠**月**。	◆◆◇◇，◆◆◇◇，◆◇◇◆。
春还自省，把融和事，	◇◇◆◆，◆◇◇◆，
长留芳昼人间世，与羁臣恨妾销离**恻**。	◇◇◇◆◇◇◆，△◇◇◆◆◇◇◆。
自题蕙叶回春，坐听蓬壶，漏声细**咽**。	◆◇◆◆◇◇，◆◆◇◇，◆◇◆◆。

同体式作品：无。

变体二・2

53 分句 16 复句

【变体二・2・1】53 分句 16 复句。第一片分句数、复句型与始词同，10 分句 4 复句，二/三/三/二/型复句组；第二片第三复句减 1 分句，12 分句 4 复句，三/三/三/三/型复句组；第三片第二复句增 1 分句，16 分句 4 复句，三/五/五/三/型复句组；第四片第二复句减 1 分句，15 分句 4 复句，三/四/五/三/型复句组。仄韵，隔句韵。

6，5。3，4，6。3，4，7。5，6。

4，4，5。3，4，6。7，3，4。3，4，4。

4，4，5。3，4，4，4，4。4，4，7，3，5。4，6，6。

4，4，5。7，4，4，4。4，4，7，3，5。6，4，4。

——南宋・吴文英・《全宋词》第 2907 页

莺啼序

丰乐楼节斋新建

天吴驾云阆海，凝春空灿**绮**。	◇◇◆◇◆◆，◇◇◇◆◆。
倒银海，蘸影西城，四碧天镜无**际**。	◆◇◆，◆◆◇◇，◇◆◇◆◇◆。
彩翼曳，扶摇宛转，雩龙降尾交新**霁**。	◆◆◆，◇◇◆◆，◇◇◆◆◇◇◆。
近玉虚高处，天风笑语吹**坠**。	◆◆◇◇◆，◇◇◆◆◇◆。
清濯缁尘，快展旷眼，傍危阑醉**倚**。	◇◆◇◇，◆◆◆◆，◆◇◇◆◆。
面屏障，一一莺花，薜萝浮动金**翠**。	◆◇◇，◆◆◇◇，◆◇◇◆◇◆。
惯朝昏晴光雨色，燕泥动，红香流**水**。	△◇◇◇◇◆◆，◆◇◆，◇◇◇◆。

步新梯，藐视年华，顿非尘**世**。　◆◇◇，◆◆◇◇，◆◇◇◆。

麟翁衮舄，领客登临，座有诵鱼**美**。　◇◇◆◆，◆◆◇◇，◆◆◆◇◆。
翁笑起，离席而语，　◇◆◆，◇◆◇◆，
敢诧京兆，以役为功，落成奇**事**。　◆◆◇◆，◆◆◇◇，◆◇◇◆。
明良庆会，赓歌熙载，　◇◇◆◆，◇◇◇◆，
隆都观国多闲暇，遣丹青，雅饰繁华**地**。　◇◇◆◆◇◇◆，◆◇◇，◆◆◇◇◆。
平瞻太极，天街润纳璇题，　◇◇◆◆，◇◇◆◆◇◇，
露床夜沉秋**纬**。　◆◇◆◇◇◆。

清风观阙，丽日罘罳，正午长漏**迟**。　◇◇◆◆，◆◆◇◇，△◆◇◆◇。
为洗尽脂痕茸唾，　◇◆◆◇◇◇◆，
净卷曲尘，永昼低垂，绣帘十**二**。　◆◆◆◇，◆◆◇◇，◆◇◆◆。
高轩驷马，峨冠鸣**佩**，　◇◇◆◆，◇◇◇◆，
班回花底修禊饮，御炉香，分惹朝衣**袂**。　◇◇◇◆◇◆◆，◆◇◇，◆◆◇◇◆。
碧桃数点飞花，涌出宫沟，溯春万**里**。　◆◇◆◆◇◇，◆◆◇◇，◆◇◆◆。

同体式作品：南宋：吴文英2首。

【变体二·2·2】53分句16复句。第一片与始词同，第二片减1分句，第三片增1分句。第四片减1分句。第一片10分句4复句，二/三/三/二/型复句组；第二片12分句4复句，三/二/四/三/型复句组；第三片16分句4复句，三/五/五/三/型复句组；第四片15分句4复句，三/四/五/三/型复句组。仄韵，隔句韵。

6，5。3，4，6。3，4，7。5，6。
4，4，5。7，6。3，4，3，4。3，4，4。
4，4，6。2，5，2，6，4。4，4，7，3，5。6，5，6。
4，4，5。7，4，4，4。6，6，4，3，5。4，4，6。

——南宋·叶润·《全宋词》第3024页

莺啼序

离骚困吟梦醒，访台城旧**路**。　◇◇◆◇◆◆，△◇◇◆◆。
问流水，东入沧溟，还解流转西**否**。　◆◇◆，◇◆◇◇，◇◆◇◆◇◆。
乌衣梦，浪传故国，晴烟冉冉宫墙**树**。　◇◇◆，◇◇◆◆，◇◇◆◆◇◇◆。
念吟魂凄断，待随燕子来**去**。　△◇◇◇◆，◆◇◆◆◇◆。

回首十年，阑锦花场，趁吟云赋**雨**。　◇◆◆◇，◇◆◇◇，◆◇◇◆◆。
可曾对宝瑟知音，高轩为谁轻**驻**。　◆◇◆◆◆◇◇，◇◇◆◇◇◆。
倚东风，愁长笑短，水云深，春江日**暮**。　◆◇◇，◇◇◆◆，◆◇◇，◇◇◆◆。
伴羁怀，唯有征衫，贮寒半**缕**。　◆◇◇，◇◆◇◇，◆◇◆◆。

高情谩**赋**，蕙带兰襟，蛾眉古来相**妒**。	◇◇◆◆，◆◆◇◇，◇◇◆◇◇◆。
英雄，到江南易老，	◇◇，◆◇◇◆◆，
后来，谁更风景伤心，泪沾樽**俎**。	◆◇，◇◆◇◆◇◇，◆◇◇◆。
登山宴水，横江酹酒，	◇◇◆◆，◇◇◆◆，
倾将慷慨酬形势，付兴亡，一笑翻歌**舞**。	◇◇◆◆◇◇◆，◆◇◇，◆◆◇◇◆。
独醒难继山公，上马旌旗动，	◆◆◇◆◇◇，◆◆◇◇◆，
又还惊起鸥**鹭**。	◆◇◇◆◇◆。
危亭恨极，落尽寒香，怕道断肠**句**。	◇◇◆◆，◆◆◇◇，◆◆◆◇◆。
有多少行星翠点，春浅寒深，	◆◇◆◇◇◆◆，◇◆◇◇，
孕粉藏香，蝶清蜂**瘦**。	◆◆◇◇，◆◇◇◆。
因孤彩笔芳笺，拟待倩取游丝，	◇◇◆◆◇◇，◆◆◆◆◇◇，
系却离**绪**，旋□□，写入鸣弦**柱**。	◆◆◇◆，◆□□，◆◆◇◇◆。
曲高调**古**，更人何在，谁比和此幽**素**。	◆◇◆◆，◆◇◇◆，◇◆◆◆◇◆。

同体式作品：无。

【变体二·2·3】53 分句 16 复句。第一、二片较始词各减 1 分句，第三片增 2 分句，第四片减 1 分句。第一片 9 分句 4 复句，二/三/二/二/型复句组；第二片 12 分句 4 复句，三/三/四/二/型复句组；第三片 17 分句 4 复句，三/五/五/四/型复句组；第四片 15 分句 4 复句，三/四/五/三/型复句组。仄韵，隔句韵，间插连句韵。

6，5。3，4，6。7，7。5，6。

4，4，5。3，4，6。3，4，3，4。7，4。

4，4，5。3，4，4，4，4。4，4，7，4，4。4，4，4，4。

4，4，5。7，4，4，4。4，4，7，3，5。6，4，4。

——南宋·刘辰翁·《全宋词》第 3232 页

莺啼序

赵宜可以余讥其韵，苦心改为之，复和之。

愁人更堪秋日，长似岁难**度**。	◇◇◆◇◇◆，◇◆◆◇◆。
相携去，畹晚登高，高极正犯愁**处**。	◇◇◆，◆◆◇◇，◇◆◆◆◇◆。
常是恨古人无计，看今人痴绝如**许**。	◇◆◆◆◇◇◆，△◇◇◇◆◇◆。
但东篱半醉，残灯自修菊**谱**。	△◇◇◆◆，◇◇◆◇◆◆。
归去来兮，怨调又**苦**，有寒蛩余**赋**。	◇◆◇◇，◆◇◆◆，△◇◇◇◆。
湖山外，风笛阑干，胡床夜月谁**据**。	◇◇◆，◇◆◇◇，◇◇◆◆◇◆。
恨当时，青云跌宕，天路断，险艰如**许**。	◆◇◇，◇◇◆◆，◇◆◆，◆◇◇◆。
便桥边卖镜重圆，断肠无**数**。	△◇◇◆◆◇◇，◆◇◇◆。
是谁玉斧，惊堕团团，失上界楼**宇**。	◆◇◆◆，◇◆◇◇，◆◆◆◇◆。

甚天**误**，婵娟余**误**，	◆◇◆，◇◇◇◆，
悔却初念，不合梦他，霓裳楚**楚**。	◆◆◇◆，◆◆◆◇，◇◇◆◆。
而今安在，枫林关塞，	◇◇◇◆，◇◇◇◆，
回头忆著神仙**处**，漫断魂飞，过湖江**去**。	◇◇◆◆◇◇◆，◆◆◇◇，◆◇◇◆。
时时说**与**，地上群儿，	◇◇◆◆，◆◆◇◇，
青琐瑶台，阆风悬**圃**。	◇◆◇◇，◆◇◇◆。
琵琶往往，凭鞍劝酒，千载能胡**语**。	◇◇◆◆，◇◇◆◆，◇◆◇◇◆。
叹自古宫花薄命，汉月无情，	△◆◆◇◇◆◆，◆◆◇◇，
战地难青，故人成**土**。	◆◆◇◇，◆◇◇◆。
江南憔悴，荒村流落，伤心自失梨园**部**，	◇◇◇◆，◇◇◇◆，◇◇◆◆◇◇◆，
渺空江，泪隔芦花**雨**。	◆◇◇，◆◆◇◇◆。
相逢司马风流，湿尽青衫，欲归无**路**。	◇◇◇◆◇◇，◆◆◇◇，◆◇◇◆。

同体式作品：无。

变体二·3

50 分句 16 复句

【变体二·3·1】50 分句 16 复句。第一片较始词减 1 分句，第二片减 2 分句，第三片减 1 分句，第四片与始词同。第一片 9 分句 4 复句，二/三/二/二/型复句组；第二片 11 分句 4 复句，三/三/三/二/型复句组；第三片 14 分句 4 复句，三/四/四/三/型复句组；第四片 16 分句 4 复句，三/五/五/三/型复句组。仄韵，隔句韵，间插连句韵。

6，5。5，4，4。7，7。5，6。

4，4，5。3，4，6。3，4，7。5，6。

4，4，5。6，3，6，4。7，7，3，6。6，4，6。

4，4，5。3，4，4，4，4。4，4，7，3，5。6，4，4。

——南宋·刘辰翁·《全宋词》第 3231 页

莺啼序

感怀

匆匆何须惊觉，唤草庐人**起**。	◇◇◇◇◇◆，△◆◇◇◆。
算成败利钝，非臣逆睹，至死后**已**。	△◇◆◆◆，◇◇◆◆，◆◆◆◆。
又何似采桑八百，看蚕夜织小窗**里**。	△◇◆◆◇◆◆，◇◇◆◆◆◇◆。
漫二升自苦，教人吊卧龙**里**。	△◆◇◆◆，◇◇◆◆◇◆。
别有佳人，追桃恨**李**，拥凝香绣**被**。	◆◆◇◇，◇◇◆◆，◆◇◇◆◆。
争知道，壮士悲歌，萧萧正度寒**水**。	◇◇◆，◆◆◇◇，◇◇◆◆◇◆。
问荆卿，田横古墓，更谁载酒为君**酹**。	◆◇◇，◇◇◆◆，◆◇◆◆◆◇◆。
过霜桥落月，老人不见遗**履**。	◆◇◇◆◆，◆◇◆◆◇◆。

置之勿道，逝者如斯，甚矣衰久**矣**。	◆◇◆◆，◆◆◇◇，◆◆◇◆◆。
君其为吾归**计**，为耕**计**，	◇◇◆◇◇◆，◆◇◆，
但问某所泉甘，何乡鱼**美**。	◆◆◆◆◇◇，◇◇◇◆。
此生不愿多才**艺**，功名马上兜鍪出，	◆◇◆◆◇◇◆，◇◇◆◆◇◇◆，
莫书生，误尽了人间**事**。	◆◇◇，◆◆◆◇◇◆。
昔年种柳江潭，攀枝折条，	◆◇◆◆◇◇，◇◇◆◇，
噫嘻树犹如**此**。	◇◇◆◇◇◆。
登高一笑，把菊东篱，且复聊尔**耳**。	◇◇◆◆，◆◆◇◇，◆◆◇◆◆。
试回首，龙山路断，走马台荒，	◆◇◆，◇◇◆◆，◆◆◇◇，
渭水秋风，沙河夜**市**。	◆◆◇◇，◇◇◆◆。
休休莫莫，毋多酌我，我狂最喜高歌去，	◇◇◆◆，◇◇◆◆，◆◇◆◆◇◇◆，
但高歌，不是番腔**底**。	◆◇◇，◆◆◇◇◆。
此时对影成三，呼娥起舞，为何人**喜**。	◆◇◆◆◇◇，◇◇◆◆，◆◇◇◆。

同体式作品：无。

【变体二·3·2】50 分句 16 复句。全词与【变体二·3·1】分句数复句数相同，每片分句数复句型不同。第一片增 1 分句，10 分句 4 复句，二/三/三/二/型复句组；第二片减 1 分句，10 分句 4 复句，三/三/二/二/型复句组；第三片增 1 分句，15 分句 4 复句，三/六/二/四/型复句组；第四片减 1 分句，15 分句 4 复句，三/四/五/三/型复句组。仄韵，隔句韵，间插连句韵。

6，5。5，4，4。3，4，7。5，6。

4，4，5。4，3，6。7，7。5，6。

4，4，5。5，4，4，4，4，4。7，8。4，4，4，6。

4，4，5。7，4，4，4。4，4，7，3，5。6，4，4。

——南宋·刘辰翁·《全宋词》第 3231 页

莺啼序

闷如愁红著雨，卷地吹不**起**。	◆◇◇◇◆◆，◆◆◇◆◆。
便故人渺渺，相逢前事，欲语还**已**。	△◆◇◆◆，◇◇◇◆，◆◆◇◆。
凝望久，荒城落日，五湖四海烟浪**里**。	◇◆◆，◇◇◆◆，◆◇◆◆◇◇◆。
问而今何处，寄声旧时邻**里**。	△◇◇◇◆，◆◇◆◇◇◆。
闲说那回，海上苏**李**，雪深夜如**被**。	◇◆◆◇，◆◆◇◆，◆◇◆◇◆。
想携手汉，天不语，叫□不应疑**水**。	◆◇◆◆，◇◆◆，◆□◆◇◇◆。
待河梁一尊落月，生非死别君如**酹**。	△◇◇◆◇◆◆，◇◇◆◆◇◇◆。
望故人阁上，依稀长剑方**履**。	△◆◇◆◆，◇◇◇◆◇◆。
古人已矣，垂名青史，谓当如此**矣**。	◆◇◆◆，◇◇◇◆，◆◇◇◆◆。

又谁料浮沉，自得鱼**计**，赏心乐**事**，	△◇◆◇◇，◆◆◇◆，◆◇◆◆，
良辰美景，撞钟舞女，朱门大**第**。	◇◇◆◆，◇◇◆◆，◇◇◆◆。
雕鞍骏马番装笠，笑虚名何与身前**事**。	◇◇◆◆◇◇◆，△◇◇◇◆◇◇◆。
区区相望，饿死西山，	◇◇◇◆，◆◆◇◇，
悬目东门，人生何乐为**此**。	◇◆◇◇，◇◇◇◆◇◆。
古人已**矣**，天下英雄，使君与操**耳**。	◆◇◆◆，◇◆◇◇，◆◇◆◇◆。
听喔喔鸡鸣早**起**，屡舞徘徊，	◇◆◆◇◇◆◆，◆◆◇◇，
痛饮高楼，狂歌过**市**。	◆◆◇◇，◇◇◆◆。
苍苍万古，羲农周孔，文章事业星辰上，	◇◇◆◆，◇◇◇◆，◇◇◆◆◇◇◆，
到而今，枯见银河**底**。	◆◇◇，◇◆◇◇◆。
笑他黄纸除君，红旗报我，为君助**喜**。	◆◇◇◆◇◇，◇◇◆◆，◇◇◆◆。

同体式作品：无。

【变体二·3·3】50分句16复句。全词分句数与【变体二·3·1】同，各片句数与复句型有变。第一片9分句4复句，二/三/二/二/型复句组；第二片11分句4复句，三/二/三/三/型复句组；第三片16分句4复句，三/五/五/三/型复句组；第四片14分句4复句，三/四/四/三/型复句组。仄韵，邻韵通押，隔句韵。

6，5。3，4，6。7，7。5，6。

4，4，5。7，6。3，4，7。3，4，4。

4，4，5。3，4，4，4，4。4，4，7，3，5。6，4，6。

4，4，5。7，4，4，4。4，4，7，8。6，4，4。

——南宋·赵文·《全宋词》第3326页

莺啼序

寿胡存斋

初荷一番濯雨，锦云红尚**卷**。	◇◇◆◇◆◆，◆◇◇◆◆。
溢华屋，赋客吟仙，候望南极天**远**。	◆◇◆，◆◆◇◇，◆◇◇◆◇◆。
还报道飘然紫气，山奇水胜都行**遍**。	△◆◆◇◇◆◆，◇◇◆◇◇◇◆。
却归来领客，水晶庭院开**宴**。	△◇◇◆◆，◆◇◇◆◇◆。
窗户青红，正似京洛，按笙歌一**片**。	◇◆◇◇，◆◆◇◆，◆◇◇◆◆。
似别有金屋佳人，桃根桃叶清**婉**。	△◆◆◇◆◇◇，◇◇◇◆◇◆。
倚薰风，虬须正绿，人似玉手挼纨**扇**。	◆◇◇，◇◇◆◆，◇◆◆◆◇◇◆。
算风流，只有蓬瀛，画图曾**见**。	◆◇◇，◆◆◇◇，◆◇◇◆。
谁知老子，正自萧然，于此兴颇**浅**。	◇◇◆◆，◆◆◇◇，◇◆◇◇◆。
只拟问，金砂玉蕊，兔髓乌肝，	◆◆◆，◇◇◆◆，◆◆◇◇，
偃月炉中，七还九**转**。	◆◆◇◇，◆◇◆◆。
今来古往，悠悠史**传**，神仙本是英雄做，	◇◇◆◆，◇◇◆◆，◇◇◆◆◇◇◆，

笑英雄，到此多留**恋**。	◆◇◇，◆◆◇◇◆。
看看破晓耕龙，跨海骑鲸，	◇◇◆◆◇◇，◆◆◇◇，
千年依旧丹**脸**。	◇◇◇◆◇◆。
便教乞与，万里封侯，奈朔风如**箭**。	◇◇◆◆，◆◆◇◇，◆◆◇◇◆。
又何似广山一任，种竹栽花，	△◇◆◆◇◆◆，◆◆◇◇，
棋局思量，墨池挥**染**。	◇◆◇◇，◆◇◇◆。
天还记得，生贤初意，	◇◇◆◆，◇◇◇◆，
乾坤正要人撑拄，便公能安稳天宁**肯**。	◇◇◆◆◇◇◆，△◇◇◇◆◇◆◆。
待看佐汉功成，伴赤松游，恁时未**晚**。	◆◇◆◆◇◇，◆◆◇◇，◆◇◆◆。

同体式作品：无。

变体二·4

52分句16复句

【变体二·4】52分句16复句。第一片第四复句较始词增1复句，11分句4复句，二/三/三/三/型复句组；第二片第二复句减1分句，12分句4复句，三/二/四/三/型复句组；第三片第二复句减1分句，14分句4复句，三/三/五/三/型复句组；第四片第二复句减1分句，15分句4复句，三/四/五/三/型复句组。仄韵，隔句韵，间插连句韵。

6，5。3，4，6。5，4，5。3，4，4。
4，4，5。5，6。3，4，3，4。3，4，4。
4，4，5。7，6，4。4，4，7，3，5。4，6，6。
4，4，4。3，3，6，7。4，5，7，3，5。6，4，4。

——南宋·汪元量·《全宋词》第3339页

莺啼序

重过金陵

金陵故都最好，有朱楼迢**递**。	◇◇◆◇◆◆，△◇◇◇◆。
嗟倦客，又此凭高，槛外已少佳**致**。	◇◆◆，◆◆◇◇，◆◆◆◆◇◆。
更落尽梨花，飞尽杨花，春也成憔**悴**。	△◆◆◇◇，◇◆◇◇，◇◆◇◇◆。
问青山，三国英雄，六朝奇**伟**。	◆◇◇，◆◆◇◇，◆◇◇◆。
麦甸葵丘，荒台败**垒**，鹿豕衔枯**荠**。	◆◆◇◇，◇◇◆◆，◆◆◇◇◆。
正潮打孤城，寂寞斜阳影**里**。	△◇◆◇◇，◆◆◇◇◆◆。
听楼头，哀笳怨角，未把酒，愁心先**醉**。	◆◇◇，◇◇◆◆，◆◆◆，◇◇◇◆。
渐夜深，月满秦淮，烟笼寒**水**。	◆◆◇，◆◆◇◇，◇◇◇◆。
凄凄惨惨，冷冷清清，灯火渡头**市**。	◇◇◆◆，◆◆◇◇，◇◆◆◇◆。
慨商女不知兴**废**，	△◇◆◆◇◇◆，
隔江犹唱庭花，余音亹**亹**。	◆◇◇◆◇◇，◇◇◆◆。

伤心千古，泪痕如**洗**，	◇◇◇◆，◆◇◇◆，
乌衣巷口青芜路，认依稀，王谢旧邻**里**。	◇◇◆◆◇◇◆，◆◇◇，◇◆◆◇◆。
临春结**绮**，可怜红粉成灰，	◇◇◆◆，◆◇◇◆◇◇，
萧索白杨风**起**。	◇◆◆◇◇◆。
因思畴昔，铁索千寻，谩沉江**底**。	◇◇◇◆，◆◆◇◇，◆◇◇◆。
挥羽扇，障西尘，	◇◆◆，◆◇◇，
便好角巾私**第**，清谈到底成**何事**。	◆◆◆◇◇◆，◇◇◆◆◇◇◆。
回首新亭，风景今**如此**，	◇◆◇◇，◇◆◇◇◆，
楚囚对泣何时**已**，叹人间，今古真儿**戏**。	◆◇◆◆◇◇◆，◆◇◇，◇◆◇◇◆。
东风岁岁还来，吹入钟山，几重苍**翠**。	◇◇◆◆◇◇，◆◆◇◇，◆◇◇◆。

同体式作品：无。

变体二·5

49 分句 16 复句

【变体二·5】49 分句 16 复句。第一片第二复句较始词减 1 分句，9 分句 4 复句，二/二/三/二/型复句组；第二片较始词减 2 分句，11 分句 4 复句，三/二/三/三/型复句组；第三片分句数与始词同，复句型有变，15 分句 4 复句，三/五/四/三/型复句组；第四片较始词减 2 分句，14 分句 4 复句，三/四/五/二/型复句组。仄韵，邻韵通押，隔句韵。

6，5。7，6。3，4，7。5，6。

4，4，5。7，6。3，4，7。3，4，4。

4，4，5。3，4，4，4，4。4，4，7，8。4，6，6。

4，4，5。7，4，4，4。4，4，3，4，8。6，8。

——南宋·黄公绍·《全宋词》第 3369 页

莺啼序

吴江长桥

银云卷晴缥渺，卧长龙一**带**。	◇◇◆◇◆◆，◆◇◇◆◆。
柳丝蘸几簇柔烟，两市帘栋如**画**。	◆◇◆◆◆◇◇，◆◆◇◆◇◆。
芳草岸，弯环半玉，鳞鳞曲港双流**会**。	◇◆◆，◇◇◆◆，◇◇◆◆◇◇◆。
看碧天连水，翻成箭样风**快**。	△◆◇◇◆，◇◇◆◆◇◆。
白露横江，一苇万顷，问灵槎何**在**。	◆◆◇◇，◆◆◆◆，△◇◇◇◆。
空翠湿衣不胜寒，日华金掌沉**瀣**。	◇◆◆◇◆◇◇，◆◇◇◆◆◆。
甃花平，绿文衬步，琼田涌出神仙**界**。	◆◇◇，◆◇◆◆，◇◇◆◆◇◇◆。
黛眉修，依约雾鬟，在秋波**外**。	◆◇◇，◇◆◆◇，◆◇◇◆。
阁嘘青蜃，楼啄彩虹，飞盖蹴鳌**背**。	◆◇◇◆，◇◆◆◇，◇◆◆◇◆。

灯火暮，相轮倒影，偷睇别浦，	◇◆◆，◇◇◆◆，◇◆◆◆，
片片归帆，远自天**际**。	◆◆◇◇，◆◆◇◆。
舞蛟幽壑，栖鸦古木，	◆◇◇◆，◇◇◆◆，
有人剪取松江水，忆细鳞巨口鱼堪**鲙**。	◆◇◆◆◇◇◆，△◆◇◆◆◇◇◆。
波涵笠泽，时见静影浮光，	◇◇◆◆，◇◆◆◆◇◇，
霏阴万貌千**态**。	◇◇◆◆◇◆。
蒹葭深处，应有闲鸥，寄语休见**怪**。	◇◇◆◆，◇◆◇◇，◆◆◇◆◆。
倩洗却香红尘面，买个扁舟，	△◆◆◇◇◇◆，◆◆◇◇，
身世飘萍，名利微**芥**。	◇◆◇◇，◇◆◇◆。
阑干拍遍，除东曹掾，	◇◇◆◆，◇◇◇◆，
与天随，子是我辈，尽胸中著得乾坤**大**。	◆◇◇，◆◆◆◆，△◇◇◆◆◇◇◆。
亭前无限惊涛，总把遥吟月明满**载**。	◇◇◇◆◇◇，◆◆◇◇◆◇◆◆。

同体式作品：无。

736.【耍鼓令】

1. 始词南宋陈晔作。
2. 此调仅见陈晔残词 16 句，录之以存调名。
3. 平韵，隔句韵，间插连句韵。

始词：残词一首，存 16 句。平韵，隔句韵，间插连句韵。

3，3，3。7，3，3。3，4，3，5。7，3，3。3，6。7，1（下佚）

——南宋·陈晔·《全宋词补辑》第 69 页

耍鼓令

化日**长**，政莺语，啭新**篁**。	◆◆◇，◆◇◆，◆◇◇。
到处园林垂绿幄，槐风细，梅雨**凉**。	◆◆◇◇◇◆◆，◇◇◆，◇◆◇。
见庭户，瑞霭回**翔**，	◆◇◆，◆◆◇◇，
拥真仙，鸾驭临华**堂**。	◆◇◇，◇◆◇◇◇。
阗阗珠履争相庆，	◇◇◇◆◇◇◆，
笙箫奏，绮筵**张**。	◇◇◆，◆◇◇。
捧玉**觞**，好深酌九霞**浆**。	◆◆◇，◆◇◆◆◇◇。
舞袖弓弯呈妙态，更（下佚）	◆◆◇◇◇◆◆，◆

同体式作品：无。

737.【绮罗香】

1. 始词南宋史达祖作。

2. 双片。始词每片四仄韵，变体韵数有变；隔句韵。

始词：21分句8复句。双片。上片10分句4复句，三/二/二/三/型复句组；下片11分句4复句，三/二/三/三/型复句组。仄韵，隔句韵。

4，4，6。4，6。7，7。3，4，7。

6，6，4。4，6。3，4，7。3，4，5。——南宋·史达祖·《全宋词》第2325页

绮罗香

咏春雨

做冷欺花，将烟困柳，千里偷催春**暮**。	◆◆◇◇，◇◇◆◆，◇◆◇◇◇◆。
尽日冥迷，愁里欲飞还**住**。	◆◆◇◇，◇◆◆◇◇◆。
惊粉重蝶宿西园，喜泥润燕归南**浦**。	△◆◆◆◆◇◇，△◇◆◆◇◇◆。
最妨它，佳约风流，钿车不到杜陵**路**。	◆◇◇，◇◆◇◇，◇◇◆◆◆◇◆。
沉沉江上望极，还被春潮晚急，	◇◇◇◆◆◆，◇◆◇◇◆◆，
难寻官**渡**。	◇◇◇◆。
隐约遥峰，和泪谢娘眉**妩**。	◆◆◇◇，◇◆◆◇◇◆。
临断岸，新绿生时，是落红带愁流**处**。	◇◆◆，◇◆◇◇，△◆◇◆◇◇◆。
记当日，门掩梨花，剪灯深夜**语**。	◆◇◆，◇◆◇◇，◆◇◇◆◆。

同体式作品：南宋：张辑1首，陈著3首，陈允平1首，张磐1首，王沂孙3首，张炎1首。

增减字：

（一）4，4，6。4，6。3，4，3，4。3，4，7。○ 6，5，4。4，6。3，4，3，4。3，4，5。南宋：张炎1首。

变体二

较始词复句数不变，分句数增1。

【变体二】22分句8复句。双片。上片第三复句较始词增1分句，下片分句数复句型与始词同。每片11分句4复句，三/二/三/三/型复句组。仄韵，隔句韵，间插连句韵。

4，4，6。4，6。3，4，7。3，4，7。

6，6，4。7，3。3，4，7。4，3，5。——南宋·赵必瑑·《全宋词》第3379页

绮罗香

和百里春暮游南山

办一枝藤，蜡一双屐，纵步翠微深**处**。	◆◆◇◇，◆◆◇◆，◆◆◆◇◇◆。

无限芳心，付与蜂媒蝶**侣**。	◇◆◇◇，◆◆◇◇◆◆。
红堆里，杏脸匀妆，翠围外柳腰娇**舞**。	◇◇◆，◆◆◇◇，◆◇◆◆◇◇◆。
有吟翁，热恼心肠，肯拈出美成佳**句**。	◆◇◇，◆◆◇◇，◆◇◆◆◇◇◆。
九十光阴箭过，趁取芳晴追逐，	◆◆◇◇◆◆，◆◆◇◇◇◆，
春风杖**屦**。	◇◇◆◆。
消得几番风和**雨**，春归**去**。	◇◆◆◇◇◇◆，◇◇◆。
怅莺老，对景多愁，倩燕语苦留难**住**。	◆◇◆，◆◆◇◇，△◆◆◆◇◇◆。
秋千影里，送斜阳，梨花深院**宇**。	◇◇◆◆，◆◇◇，◇◇◇◆◆。

同体式作品：无。

738. 【双双燕】

1. 始词南宋史达祖作。
2. 调名即词题。
3. 双片。每片五仄韵，隔句韵、连句韵。

始词：19 分句 8 复句。双片。上片 9 分句 4 复句，三/二/二/二/型复句组；下片 10 分句 4 复句，四/二/二/二/型复句组。仄韵，隔句韵，间插连句韵。

4，5，4。4，6。6，7。6，6。

2，4，5，4。4，6。6，7。6，6。——南宋·史达祖·《全宋词》第 2326 页

双双燕

咏燕

过春社了，度帘幕中间，去年尘**冷**。	◆◇◆◆，△◇◆◇◇，◆◇◇◆。
差池欲住，试入旧巢相**并**。	◇◇◆◆，◆◆◆◇◇◆。
还相雕梁藻**井**，又软语商量不**定**。	◇◆◇◇◆◆，△◆◆◇◇◆◆。
飘然快拂花梢，翠尾分开红**影**。	◇◇◆◆◇◇，◆◆◇◇◇◆。
芳**径**，芹泥雨润，	◇◆，◇◇◆◆，
爱贴地争飞，竞夸轻**俊**。	△◆◆◇◇，◆◇◇◆。
红楼归晚，看足柳昏花**暝**。	◇◇◇◆，◆◆◆◇◇◆。
应自栖香正稳，便忘了天涯芳**信**。	◇◆◇◇◆◆，△◆◆◇◇◇◆。
愁损翠黛双蛾，日日画阑独**凭**。	◇◆◆◆◇◇，◆◆◆◇◆◆。

同体式作品：无。

增减字：

(一) 4，3，6。4，6。6，7。6，6。○ 2，4，3，6。4，6。6，7。4，6。南宋：吴文英 1 首。

739.【三姝媚】

1. 始词南宋史达祖作。

2. 双片。始词每片五仄韵，变体每片四平韵；仄、平二韵式，隔句韵。

始词：21 分句 8 复句。双片。上片 11 分句 4 复句，三/三/二/三/型复句组；下片 10 分句 4 复句，三/三/二/二/型复句组。仄韵，隔句韵。

5，5，4。4，5，4。4，7。4，4，4。

6，5，4。4，5，4。4，7。6，4。——南宋·史达祖·《全宋词》第 2330 页

三姝媚

烟光摇缥**瓦**，望晴檐多风，柳花如**洒**。	◇◇◇◆◆，△◇◇◇◇，◆◇◇◆。
锦瑟横床，想泪痕尘影，凤弦常**下**。	◆◆◇◇，△◆◇◇◆，◆◇◇◆。
倦出犀帷，频梦见王孙骄**马**。	◆◆◇◇，◆◆◆◇◇◇◆。
讳道相思，偷理绡裙，自惊腰**衩**。	◆◆◇◇，◇◆◇◇，◆◇◇◆。
惆怅南楼遥**夜**，记翠箔张灯，枕肩歌**罢**。	◇◆◇◇◇◆，△◆◆◇◇，◆◇◇◆。
又入铜驼，遍旧家门巷，首询声**价**。	◆◆◇◇，◆◆◇◇◆，◆◇◇◆。
可惜东风，将恨与闲花俱**谢**。	◆◆◇◇，◇◆◆◇◇◆◆。
记取崔徽模样，归来暗**写**。	◆◆◇◇◇◆，◇◇◆◆。

同体式作品：南宋：吴文英 1 首，周密 1 首，张炎 1 首。

增减字：

（一）5，3，6。4，5，4。4，7。4，4，4。○ 6，3，6。4，5，4。4，7。6，4。南宋：吴文英 1 首。

（二）5，5，4。4，5，4。4，7。4，4，4。○ 6，5，4。4，3，6。4，7。6，4。南宋：吴文英 1 首，王沂孙 1 首。

（三）5，3，6。4，5，4。4，7。4，4，4。○ 6，5，4。4，5，4。4，7。6，4。南宋：詹玉 1 首。

（四）5，5，4。4，3，6。4，7。4，4，4。○ 6，5，4。4，5，4。4，7。6，4。南宋：王沂孙 1 首，张炎 1 首。

（五）5，3，6。4，5，4。4，7。4，4，4。○ 6，3，6。4，5，4。6，5。4，6。南宋：薛梦佳 1 首。

变体二

较始词复句数不变，分句数增 1。

【变体二】22 分句 8 复句。上片第三复句较始词增 1 分句、第四复句减 1 分句，下片第三复句增 1 分句。每片 11 分句 4 复句，三/三/三/二/型复句组。平韵，隔句韵。

5，5，4。4，5，4。4，3，4。6，6。

6，5，4。4，5，4。4，3，4。6，4。——南宋·杜良臣·《全宋词》第 3163 页

三姝媚

花浮深岸树，迎新曦窗影，细触游**尘**。	◇◇◇◆◆，△◇◇◇◆，◆◆◇◇。
映叶青梅，记共折南枝，又及尝**新**。	◆◆◇◇，△◆◆◇◇，◆◆◇◇。
驻屐危亭，烟墅杳，风物撩**人**。	◆◆◇◇，◇◆◆，◇◆◇◇。
虹外斜阳留晚，莺边落絮催**春**。	◇◆◇◇◇◆，◇◇◆◆◇◇。
心事应辜桃叶，但自把新诗，遍写修**筠**。	◇◆◇◇◇◆，△◆◆◇◇，◆◆◇◇。
恨满芳洲，倩晚风吹梦，暗逐江**云**。	◆◆◇◇，△◆◇◇◆，◆◆◇◇。
慢捻轻拢，幽思切，清音谁**闻**。	◆◆◇◆，◇◇◆，◇◇◇◇。
谩有鸳鸯结带，双垂绣**巾**。	◆◆◇◇◆◆，◇◇◆◇。

同体式作品： 无。

740. 【寿楼春】

1. 始词南宋史达祖作。
2. 双片。每片六平韵，隔句韵。
3. 此调仅见史达祖一首。

始词：23 分句 8 复句。双片。上片 11 分句 4 复句，三/二/三/三/型复句组；下片 12 分句 4 复句，四/二/三/三/型复句组。平韵，隔句韵，间插连句韵。

5，5，4。6，4。3，3，7。5，4，5。

3，3，5，4。6，4。3，3，7。3，4，5。——南宋·史达祖·《全宋词》第 2330 页

寿楼春

寻春服感念

裁春衫寻**芳**，记金刀素手，同在晴**窗**。	◇◇◇◇◇，△◇◇◆◆，◇◆◇◇。
几度因风残絮，照花斜**阳**。	◆◆◇◇◇◆，◆◇◇◇。
谁念我，今无**肠**，自少年消磨疏**狂**。	◇◆◆，◇◇◇，△◆◇◇◇◇◇。
但听雨挑灯，攲床病酒，多梦睡时**妆**。	△◇◆◆◇，◇◇◆◆，◇◆◆◇◇。
飞花去，良宵**长**，	◇◇◆，◇◇◇，
有丝阑旧曲，金谱新**腔**。	△◇◇◆◆，◇◆◇◇。
最恨湘云人散，楚兰魂**伤**。	◆◆◇◇◇◆，◆◇◇◇。
身是客，愁为**乡**，算玉箫犹逢韦**郎**。	◇◆◆，◇◇◇，△◆◇◇◇◇◇。
近寒食，人家相思，未忘蘋藻**香**。	◆◇◆，◇◇◇◇，◆◆◇◆◇。

同体式作品： 无。

741.【探芳信】

【探芳讯】

1. 始词南宋史达祖作。
2. 始词咏调名本意。
3. 一写作【探芳讯】。
4. 双片。每片五仄韵，变体韵数有变；隔句韵。

始词：20分句8复句。双片。上片11分句4复句，三/二/三/三/型复句组；下片9分句4复句，三/二/二/二/型复句组。仄韵，隔句韵。

3，5，4。5，5。4，3，5。3，4，4。
5，5，4。4，6。7，4。3，6。——南宋·史达祖·《全宋词》第2331页

探芳信

谢池**晓**，被酒滞春眠，诗萦芳**草**。 ◆◇◆，◆◆◆◇◇，◇◇◇◆。
正一阶梅粉，都未有人**扫**。 △◆◇◇◆，◇◆◆◇◆。
细禽啼处，东风软，嫩约关心**早**。 ◆◇◇◆，◇◇◆，◆◆◇◇◆。
未烧灯，怕有残寒，故园稀**到**。 ◆◇◇，◆◆◇◇，◆◇◇◆。

说道试妆**了**，也为我相思，占它怀**抱**。 ◆◆◆◇◆，◆◆◆◇◇，◆◇◇◆。
静数窗棂，最欢听鹊声**好**。 ◆◆◇◇，◆◇◇◆◇◆。
半年白玉台边话，屡见钩**小**。 ◆◇◆◆◇◇◆，◆◆◇◆。
指芳期，夜月花阴梦**老**。 ◆◇◇，◆◆◇◇◆◆。

同体式作品：无。

增减字：

（一）3，5，4。5，5。4，3，5。3，4，4。○5，5，4。4，5。7，5。3，6。南宋：吴文英2首，李彭老1首，周密1首，张炎1首。

（二）3，5，4。5，5。7，5。3，4，4。○5，5，4。4，6。7，5。3，6。南宋：仇远1首。

变体二

较始词复句数不变，分句数增2。

【变体二】22分句8复句。下片第二、三复句较始词各增1分句。每片11分句4复句，上片三/二/三/三/型复句组，下片三/三/三/二/型复句组。仄韵，隔句韵。

3，5，4。5，5。3，4，5。3，4，4。
5，5，4。4，3，3。3，4，5。3，6。——南宋·吴文英·《全宋词》第2919页

探芳信

夹钟羽。与李方庵联舟入杭，时方庵至嘉兴，索旧燕同载。是夕，雪大作，林麓洲渚皆琼瑶。方庵驰小序求词，且约访蔡公甫。

夜寒**重**，见羽葆将迎，飞琼入**梦**。　◆◇◆，△◆◆◇◇，◇◇◆◆。
整素妆归处，中宵按瑶**凤**。　△◆◇◇◆，◇◇◆◇◆。
舞春歌，夜棠梨岸，月冷和云**冻**。　◆◇◇，◆◇◇◆，◆◆◇◇◆。
画船中，太白仙人，锦袍初**拥**。　◆◇◇，◆◆◇◇，◆◇◇◆。

应过语溪否，试笑挹中郎，还叩清**弄**。　◇◇◆◇◆，△◆◆◇◇，◇◆◇◆。
粉黛湖山，欠携酒，共飞**鞚**。　◆◆◇◇，◆◇◆，◆◇◆。
洗杯时，换铜觚水，待作梅花**供**。　◆◇◇，◆◇◇◆，◆◆◇◇◆。
问何时，带雨锄烟自**种**。　◆◇◇，◆◆◇◇◆◆。

同体式作品：南宋：吴文英 2 首，蒋捷 1 首。

742.【玉簟凉】

1. 始词南宋史达祖作。
2. 双片。每片五平韵，隔句韵。
3. 此调仅见史达祖一首。

始词：21 分句 8 复句。双片。上片 10 分句 4 复句，三/二/二/三/型复句组；下片 11 分句 4 复句，四/二/三/二/型复句组。平韵，隔句韵。

4，5，4。5，5。6，7。3，5，4。
2，4，4，6。5，5。6，3，4。3，7。——南宋・史达祖・《全宋词》第 2339 页

玉簟凉

秋是愁**乡**，自锦瑟断弦，有泪如**江**。　◇◆◇◇，△◆◆◆◇，◆◆◇◇。
平生花里活，奈旧梦难**忘**。　◇◇◇◆◆，△◆◆◇◇。
蓝桥云树正绿，料抱月几夜眠**香**。　◇◇◇◆◆◆，△◆◆◆◆◇◇。
河汉阻，但凤音传恨，阑影敲**凉**。　◇◆◆，△◆◇◇◆，◇◆◇◇。

新**妆**，莲娇试晓，梅瘦破春，　◇◇，◇◇◆◆，◇◆◆◇，
因甚却扇临**窗**。　◇◆◆◆◇◇。
红巾衔翠翼，早弱水茫**茫**。　◇◇◇◆◆，△◆◆◇◇。
柔指各自未剪，问此去，莫负王**昌**。　◇◆◆◆◆◆，◆◆◆，◆◆◇◇。

芳信准，更敢寻红杏西**厢**。	◇◆◆，△◆◇◇◆◇◇。

同体式作品：无。

743.【湘江静】

【潇湘静】

1. 始词南宋史达祖作。
2. 一作【潇湘静】。
3. 双片。每片五仄韵，变体韵数有变；隔句韵。

始词：25 分句 8 复句。双片。上片 13 分句 4 复句，三/三/三/四/型复句组；下片 12 分句 4 复句，三/三/三/三/型复句组。仄韵，隔句韵，间插连句韵。

3，4，7。4，4，5。5，3，4。4，4，3，3。

3，3，7。4，4，5。5，3，4。4，4，4。——南宋・史达祖・《全宋词》第 2339 页

湘江静

暮草堆，青云浸**浦**，记匆匆倦篙曾**驻**。	◆◆◇，◇◇◆◆，△◇◇◆◇◇◆。
渔榔四起，沙鸥未落，怕愁沾诗**句**。	◇◇◆◆，◇◇◆◆，△◇◇◇◆。
碧袖一声歌，石城怨，西风随**去**。	◆◆◆◇◇，◆◇◆，◇◇◇◆。
沧波荡晚，菰蒲弄秋，还重到，断魂**处**。	◇◇◆◆，◇◇◆◇，◇◇◆，◆◇◆。
酒易醒，思正**苦**，想空山桂香悬**树**。	◆◆◇，◇◆◆，△◇◇◆◇◇◆。
三年梦冷，孤吟意短，屡烟钟津**鼓**。	◆◇◆◆，◇◇◆◆，△◇◇◇◆。
屐齿厌登临，移橙后，几番凉**雨**。	◆◆◆◇◇，◇◇◆，◆◇◇◆。
潘郎渐老，风流顿减，闲居未**赋**。	◇◇◆◆，◇◇◆◆，◇◇◆◆。

同体式作品：无。

变体二

较始词复句数不变，分句数减 4。

【变体二】21 分句 8 复句。上片第一复句较始词减 1 分句，12 分句 4 复句，二/三/三/四/型复句组；下片第一、二、三复句各减 1 分句，9 分句 4 复句，二/二/二/三/型复句组。仄韵，上片起首二句连韵，继隔句韵。

7，7。4，4，5。5，3，4。4，4，3，3。

6，7。8，5。5，7。4，4，4。——宋・无名氏・《全宋词》第 3656 页

潇湘静

画帘微卷香风**逗**，正明月乍圆时**候**。　◆◇◇◆◇◇◆，△◇◆◆◇◇◆。
金盘露冷，玉炉篆消，渐红鳞生**酒**。　◇◇◆◆，◆◇◆◇，△◇◇◇◆。
娇唱倚繁弦，琼枝碎，轻回云**袖**。　◇◆◆◇◇，◇◇◆，◇◇◇◆。
风台歌短，铜壶漏永，人欲醉，夜如**昼**。　◇◇◇◆，◇◇◆◆，◇◆◆，◆◇◆。

因念流年迅景，被浮名暗辜欢**偶**。　◇◆◇◇◆◆，△◇◇◆◇◇◆。
人生大抵离多会少，更相将白**首**。　◇◇◆◆◇◇◆◆，△◇◇◆◆。
何似猛寻芳，都莫问积金过**斗**。　◇◆◆◇◇，△◆◆◆◇◇◆。
歌阑宴阕，云窗风枕，钗横麝**透**。　◇◇◆◆，◇◇◆◆，◇◇◆◆。

同体式作品：无。

744.【月当厅】

1. 始词南宋史达祖作。
2. 调名即词题。
3. 双片。上片五韵，下片四韵；平韵，隔句韵。
4. 此调仅见史达祖一首。

始词：21 分句 8 复句。双片。上片 11 分句 4 复句，三/二/三/三/型复句组；下片 10 分句 4 复句，三/二/二/三/型复句组。平韵，隔句韵，间插连句韵。

7，4，4。4，6。6，3，5。3，4，4。
7，3，6。4，6。7，7。3，3，5。——南宋·史达祖·《全宋词》第 2342 页

月当厅

白壁旧带秦城梦，因谁拜下，杨柳楼**心**。　◆◆◆◆◇◇◆，◇◇◆◆，◇◆◇◇。
正是夜**分**，鱼钥不动香**深**。　◆◆◆◇，◇◆◆◆◇◇。
时有露萤自照，飐风裳，可喜影麸**金**。　◇◆◆◇◆◆，◆◇◇，◆◆◆◇◇。
坐来久，都将凉意，尽付沉**吟**。　◆◇◆，◇◇◇◆，◆◆◇◇。

残云事绪无人舍，　◇◇◆◆◇◇◆，
恨匆匆，药娥归去难**寻**。　◆◇◇，◆◇◇◆◇◇。
缀取雾窗，会唱几拍清**音**。　◆◆◆◇，◆◆◆◆◇◇。
犹怕老来印愁处，冷光应念雪翻**簪**。　◇◆◆◇◆◇◆，◆◇◇◆◆◇◇。
空独对，西风紧，弄一井桐**阴**。　◇◆◆，◇◇◆，◆◆◆◇◇。

同体式作品：无。

745. 【换巢鸾凤】

1. 始词南宋史达祖作。
2. 取本词“换巢鸾凤”句为调名。
3. 双片。平仄通押，每片六韵；隔句韵。
4. 此调仅见史达祖一首。

始词：21 分句 8 复句。双片。上片 10 分句 4 复句，三/二/三/三/型复句组；下片 11 分句 4 复句，三/三/二/三/型复句组。平仄通押，隔句韵，间插连句韵。

4，5，4。5，5。7，3，5。3，7。

5，4，5。4，4，6。7，7。3，3，4。——南宋·史达祖·《全宋词》第 2344 页

换巢鸾凤

梅意花庵，作春情。

人若梅**娇**，正愁横断坞，梦绕溪**桥**。	◇◆◇◇，△◇◇◆◆，◆◆◇◇。
倚风融汉粉，坐月怨秦**箫**。	◆◇◇◆◆，◆◆◆◇◇。
相思因甚到纤**腰**，定知我，今无魂可**销**。	◇◇◇◆◆◇◇，◆◇◆，◇◇◇◆◇。
佳期晚，谩几度泪痕相**照**。	◇◇◆，△◆◆◆◇◇◆。
人**悄**，天眇**眇**，花外语香，时透郎怀**抱**。	◇◇，◇◆◆，◇◆◆◇，◇◆◇◇◆。
暗握荑**苗**，乍尝樱颗，犹恨侵阶芳**草**。	◆◆◇◇，◆◇◇◆，◇◆◇◇◇◆。
天念王昌忒多情，换巢鸾凤教偕**老**。	◇◆◇◇◆◇◇，◆◇◇◆◆◇◆。
温柔乡，醉芙蓉，一帐春**晓**。	◇◇◇，◆◇◇，◆◆◇◆。

同体式作品：无。

746. 【步月】

1. 始词南宋史达祖作。
2. 双片。始词上片四韵，下片五韵；变体上片四韵，下片五韵；平、仄二韵式，隔句韵。

始词：20 分句 8 复句。双片。上下片各 10 分句 4 复句，上片三/二/二/三/型复句组，下片四/二/二/二/型复句组。平韵，隔句韵。

4，4，6。4，5。7，7。3，4，5。

2，3，5，4。4，5。7，7。3，7。——南宋·史达祖·《全宋词》第 2347 页

步月

翦柳章台，问梅东阁，醉中携手初**归**。	◆◆◇◇，◆◇◇◆，◆◇◇◆◇◇。
逗香帘下，璀璨镂金**衣**。	◆◇◇◆，◆◆◆◇◇。
正依约冰丝射眼，更茬苒蟾玉四**飞**。	△◇◆◇◇◆◆，△◆◆◇◆◆◇。
轻尘外，双鸳细蹙，谁赋洛滨**妃**。	◇◇◆，◇◇◆◆，◇◆◆◇◇。
霏**霏**，红雾绕，步摇共鬓影，吹入花**围**。	◇◇，◇◆◆，◆◇◇◆◆，◆◆◇◇。
管弦将散，人静烛笼**稀**。	◆◇◇◆，◇◆◆◇◇。
泥私语香樱乍破，怕夜寒罗袜先**知**。	◇◇◆◇◇◆◆，◆◆◇◇◆◇◇。
归来也，相偎未肯入重**帏**。	◇◇◆，◇◇◆◆◆◇◇。

按：上片第三复句"正依约冰丝射眼，更茬苒蟾玉四**飞**"，"依约冰丝""茬苒蟾玉"皆连贯词组，故为两个一字领七字句，皆不宜分断。而下片同句位两个七字句则不妨点断为"二分"："泥私语，香樱乍破，怕夜寒，罗袜先知。"为保持上下片同句位句型一致，故不断。

同体式作品：无。

变体二

较始词复句数不变，分句数有变。

【变体二】23 分句 8 复句。上片第三复句较始词增 2 分句，12 分句 4 复句，三/二/四/三/型复句组；下片第一复句减 1 分句，第三复句增 2 分句，11 分句 4 复句，三/二/四/二/型复句组。仄韵，隔句韵。

4，4，6。4，5。3，4，3，4。3，4，4。

5，5，4。4，5。3，4，3，4。3，6。——宋·施岳·《全宋词》第 3136 页

步月

茉莉

玉宇薰风，宝阶明月，翠丛万点晴**雪**。	◆◆◇◇，◆◇◇◆，◆◇◆◆◇◆。
炼霜不就，散广寒霏**屑**。	◆◇◆◆，△◆◇◇◆。
采珠蓓，绿萼露滋，嗔银艳，小莲冰**洁**。	◆◇◆，◆◆◆◇，◇◇◆，◆◇◇◆。
花痕在，纤指嫩痕，素英重**结**。	◇◇◆，◇◆◆◇，◆◇◇◆。
枝头香未**绝**，还是过中秋，丹桂时**节**。	◇◇◇◆◆，◇◆◆◇◇，◇◆◇◆。
醉乡冷境，怕翻成悄**歇**。	◆◇◆◆，△◇◇◆◆。
玩芳味，春焙旋熏，贮秾韵，水沉频**爇**。	◆◇◆，◇◆◆◆，◆◇◆，◆◇◇◆。
堪怜处，输与夜凉睡**蝶**。	◇◇◆，◇◆◆◇◆◆。

同体式作品：无。

747. 【昼锦堂】

1. 始词南宋孙惟信作。
2. 以典故为调名。“昼锦”，《史记·项羽本纪》：“项王见秦宫室皆以烧残破，又心怀思欲东归，曰：‘富贵不归故乡，如衣绣夜行，谁知之者！’”后称衣锦还乡为“昼锦”。宋代宰相韩琦、章得象致仕归里，各建“昼锦堂”，欧阳修为韩琦作《相州昼锦堂记》。
3. 双片。始词上片五韵，下片六韵，变体韵数或变；平韵，隔句韵，间插连句韵。

始词：22 分句 8 复句。双片。每片 11 分句 4 复句，上片三/三/二/三/型复句组，下片四/二/二/三/型复句组。平韵，隔句韵，间插连句韵。

4，4，6。4，3，3。7，7。3，4，6。

2，3，3，6。4，6。7，7。3，4，6。——南宋·孙惟信·《全宋词》第 2485 页

昼锦堂

薄袖禁**寒**，轻妆媚晚，落梅庭院春**妍**。 ◆◆◇◇，◇◇◆◆，◆◇◇◆◇◇。
映户盈盈，回倩笑，整花**钿**。 ◆◆◇◇，◇◆◆，◆◇◇。
柳裁云剪腰支小，凤蟠鸦耸髻鬟**偏**。 ◆◇◇◆◇◇◆，◆◇◇◆◆◇◇。
东风里，香步翠摇，蓝桥那日因**缘**。 ◇◇◆，◇◆◆◇，◇◇◆◆◇◇。

婵**娟**，留慧盼，浑当了，匆匆密爱深**怜**。 ◇◇，◇◆◆，◇◇◆，◇◇◆◆◇◇。
梦过阑**干**，犹认冷月秋**千**。 ◆◆◇◇，◇◆◆◆◇◇。
杏梢空闹相思眼，燕翎难系断肠**笺**。 ◆◇◇◆◇◇◆，◆◇◇◆◆◇◇。
银屏下，争信有人，真个病也天**天**。 ◇◇◆，◇◆◆◇，◇◆◆◆◇◇。

同体式作品：无。

变体二

较始词复句数不变，分句数有变。

变体二·1

20 分句 8 复句

【变体二·1】20 分句 8 复句。上片第二复句较始词减 1 分句，下片第一复句减 1 分句。每片 10 分句 4 复句，三/二/二/三/型复句组。平韵，隔句韵。

4，4，6。6，4。7，7。3，4，6。

5，5，4。6，4。7，7。3，6，4。——南宋·宋自逊·《全宋词》第 2689 页

昼锦堂

上李真州

荷叶龟游，庭皋鹤舞，应是秋满淮**涯**。	◇◆◇◇，◇◇◆◆，◇◆◇◆◇◇。
昨夜将星明处，仿佛峨**眉**。	◆◆◇◇◇◆，◆◆◇◇。
干戈已净银河淡，尘沙不动翠烟**微**。	◇◇◆◆◇◇◆，◇◇◆◆◆◇◇。
邦人道，半月中秋，当歌不饮何**为**。	◇◇◆，◆◆◇◇，◇◇◆◆◇◇。
谁知心事远，但感慨登临，白羽频**挥**。	◇◇◇◆◆，△◆◆◇◇，◆◆◇◇。
恨不明朝出塞，猎猎旌**旗**。	◆◆◇◇◆◆，◆◆◇◇。
文南一矢澶渊劲，夔门三箭武关**奇**。	◇◇◆◆◇◇◆，◇◇◆◆◆◇◇。
挑灯看，龙吼传家旧剑，曾斩吴**曦**。	◆◇◇，◇◆◇◇◆◆，◇◆◇◇。

同体式作品：无。

增减字：

（一）4，4，6。6，4。7，7。3，6，4。○ 5，5，4。6，4。7，7。3，6，4。南宋：黄载 1 首。

（二）4，4，6。6，4。7，7。3，4，6。○ 5，3，6。6，4。7，7。3，6，4。南宋：吴潜 1 首，蒋捷 1 首。

变体二·2

21 分句 8 复句

【变体二·2】21 分句 8 复句。上片第二复句较始词减 1 分句，10 分句 4 复句，三/二/二/三/型复句组；下片与始词同，11 分句 4 复句，四/二/二/三/型复句组。平韵，隔句韵。

4，4，6。6，4。7，7。3，4，6。

2，3，3，6。6，4。7，7。5，4，4。——南宋·吴文英·《全宋词》第 2924 页

昼锦堂

中吕商

舞影灯前，箫声酒外，独鹤华表重**归**。	◆◆◇◇，◇◇◆◆，◆◆◇◆◇◇。
旧雨残云仍在，门巷都**非**。	◆◆◇◇◇◆，◇◆◇◇。
愁结春情迷醉眼，老怜秋鬓倚蛾**眉**。	◇◆◇◇◇◆◆，◆◇◇◆◆◇◇。
难忘处，犹恨绣笼，无端误放莺**飞**。	◇◇◆，◇◆◆◇，◇◇◆◆◇◇。
当**时**，征路远，欢事差，十年轻负心**期**。	◇◇，◇◆◆，◇◆◇，◆◇◇◆◇◇。
楚梦秦楼相遇，共叹相**违**。	◆◆◇◇◇◆，◆◆◇◇。
泪香沾湿孤山雨，瘦腰折损六桥**丝**。	◆◇◇◆◇◇◆，◆◇◆◆◆◇◇。
何时向窗下，剪残红烛，夜杪参**移**。	◇◇◆◇◆，◆◇◇◆，◆◆◇◇。

同体式作品：南宋：无名氏 1 首。

增减字：

（一）4，4，6。4，6。7，7。3，4，6。○ 2，3，5，4。4，6。7，7。3，6，4。南宋：陈允平 1 首。

748.【山坡羊】

1. 始词南宋葛长庚作。
2. 由调名测之，该调本源当为民歌。后世北曲【山坡羊】，体式与词大异。
3. 单片。十一韵，平仄通押，邻韵通押，抱韵，遥韵，连句韵、隔句韵。
4. 此调宋词仅见葛长庚四首。

始词：单片。14 分句 6 复句，二/二/二/二/二/二/二/型复句组。平仄通押，换韵间押，连句韵、隔句韵。

6，6。4，5。7，7。7，7。5，6。2，7。2，7。——南宋·葛长庚·《全宋词》第 2590 页

山坡羊

默坐寒灰清**静**，会向时中一**定**。	◆◆◇◇◇◆，◆◆◇◇◆◆。
金城贼返，报乐流星**奔**。	◇◇◆◆，◆◆◇◇◆。
用将须分左右**军**，出师交征定主**宾**。	◆◆◇◇◆◆◇，◆◇◇◇◆◆◇。
排的是天文地理，九宫八卦天魂**阵**。	◇◆◆◇◇◆◆，◆◇◆◆◇◇◆。
捉住金精也，送黄庭土釜**封**。	◆◆◇◇◆，◆◇◇◆◆◇。
神**通**，战罢方能见圣**人**。	◇◇，◆◆◇◇◆◆◇。
英**雄**，不时干戈定太**平**。	◇◇，◆◇◇◇◆◆◇。

同体式作品：无。

增减字：

（一）7，6。4，6。6，6。4，6。5，6。2，5。2，7。南宋：葛长庚 1 首。

（二）6，6。6，6。6，6。4，6。4，6。2，7。2，7。南宋：葛长庚 1 首。

（三）6，7。4，5。6，6。4，5。6，6。2，7。2，7。南宋：葛长庚 1 首。

749.【春归怨】

1. 始词南宋周端臣作。
2. 双片。上片四韵，下片五韵，仄韵，隔句韵。
3. 此调仅见周端臣一首。

始词：24 分句 8 复句。双片。上片 13 分句 4 复句，四/三/三/三/型复句组；下片 11 分句 4 复句，三/二/三/三/型复句组。仄韵，隔句韵，间插一连句韵。

2，3，3，4。4，4，6。4，4，5。2，6，5。

5，4，4。5，6。3，3，6。5，4，7。——南宋·周端臣·《全宋词》第2649页

春归怨

越调

问春，为谁来，为谁去，匆匆太**速**。	◆◇，◆◇◇，◆◇◆，◇◇◆◆。
流水落花，夕阳芳草，此恨年年相**触**。	◇◆◆◇，◆◇◇◆，◆◆◇◇◇◆。
细履名园，闲看嘉树，蔼翠阴成**簇**。	◆◆◇◇，◇◇◇◆，◆◆◇◇◆。
争知，也被韶华换却，诗人鬓边**绿**。	◇◇，◆◆◇◇◆◆，◇◇◆◇◆。
小花深院静，旋引清尊，自歌新**曲**。	◆◇◇◆◆，◆◆◇◇，◆◇◇◆。
燕子不归来，风絮乱吹帘**竹**。	◆◆◆◇◇，◇◆◆◇◇◆。
误文姬，凝望久，心事想劳频**卜**。	◆◇◇，◇◆◆，◇◆◆◇◇◆。
但门掩黄昏，数声啼**鴂**，	△◇◆◇◇，◆◇◇◆，
又唤起相思一**掬**。	△◆◆◇◇◆◆。

同体式作品：无。

750.【清夜游】

1. 始词南宋周端臣作。
2. 双片。上片五韵，下片六韵，仄韵，隔句韵。
3. 此调仅见周端臣一首。

始词：19分句8复句。双片。上片9分句4复句，二/三/二/二/型复句组；下片10分句4复句，四/二/二/二/型复句组。仄韵，隔句韵，间插连句韵。

4，7。5，5，4。4，7。6，7。

2，4，5，4。4，5。7，6。7，4。——南宋·周端臣·《全宋词》第2649页

清夜游

越调

西园昨夜，又一番阑风伏**雨**。	◇◇◆◆，◆◆◇◇◇◆◆。
清晨按行**处**，有新绿照人，乱红迷**路**。	◇◇◆◇◆，△◇◆◆◇，◆◇◇◆。
归吟窗底，但瓶儿留连春**住**。	◇◇◇◆，△◇◇◇◇◇◆。
窥晴小蝶翩翩，等闲飞来似相**妒**。	◇◇◆◆◇◇，◆◇◇◇◆◇◆。
迟**暮**，家山信杳，	◇◆，◇◇◆◆，
奈锦字难凭，清梦无**据**。	△◆◆◇◇，◇◆◇◆。

春尽江头，啼鹃最凄**苦**。	◇◆◇◇，◇◇◆◇◆。
蔷薇几度花开**误**，风前翠樽谁**举**。	◇◇◆◆◇◇◆，◇◇◆◇◇◆。
也应念留滞周南，思归未**赋**。	◆◇◆◇◆◇◇，◇◇◆◆。

同体式作品：无。

751.【六桥行】

1. 始词南宋周端臣作。
2. 双片。上片七韵，下片九韵，平仄通押，隔句韵，间插连句韵。
3. 此调仅见周端臣二首。

始词：21 分句 8 复句。双片。上片 10 分句 4 复句，三/三/二/二/型复句组；下片 11 分句 4 复句，三/三/二/三/型复句组。仄韵，间插平韵通押，隔句韵，间插连句韵。

3，5，4。4，3，6。4，7。7，6。

6，5，4。4，3，6。4，7。3，4，4。——南宋·周端臣·《全宋词》第 2650 页

六桥行

西湖

芙蓉**苑**，记试酒清狂，辨鞭游**遍**。	◇◇◆，△◆◆◇◇，◆◇◇◆。
翠红照**眼**，凝芳露，洗出青霞一**片**。	◆◇◆◆，◇◇◆，◆◆◇◇◆◆。
垂杨两**岸**，窥镜底新妆深**浅**。	◇◇◆◆，△◆◆◇◇◇◆。
应料似锦帐行春，三千粉春矜**艳**。	◇◆◆◆◆◇◇，◇◇◆◇◇◆。
邂逅系马堤边，念玉笋轻攀，笑簪同欢。	◆◆◆◆◇◇，△◆◆◇◇，◆◇◇◇。
岁华暗**换**，西风路，几许愁肠凄**断**。	◆◇◆◆，◇◇◆，◆◆◇◇◇◆。
仙城梦**黯**，还又是六桥秋**晚**。	◇◇◆◆，◇◆◆◆◇◇◆。
凝望处，烟淡云寒，人归雁**远**。	◇◆◆，◇◆◇◇，◇◇◆◆。

同体式作品：南宋：周端臣 1 首。

752.【龙山会】

1. 始词南宋赵以夫作。
2. 始词以典故为调名。龙山会，本事为东晋桓温九月九日率众僚游龙山，后成登高典故。（见《晋书·桓温列传·孟嘉》《世说新语·识鉴》）

3. 双片。始词上片六仄韵，下片五仄韵；变体韵数有变；隔句韵。

始词：24 分句 8 复句。双片。每片 12 分句 4 复句，三/三/三/三/型复句组。仄韵，隔句韵，间插连句韵。

5，4，5。5，3，6。5，3，4。3，4，4。
6，4，5。5，3，6。5，3，4。3，4，4。——南宋·赵以夫·《全宋词》第 2662 页

龙山会

南丰登高

重整登高**屐**，群玉峰头，万里秋无**极**。	◇◆◇◇◆，◇◆◇◇，◆◆◇◇◆。
远山青欲**滴**，新雁过，缥缈孤云天**北**。	◆◇◇◆◆，◇◆◆，◆◆◇◇◇◆。
烟入小桥低，水痕退，寒流澄**碧**。	◇◆◆◇◇，◆◇◆，◇◇◇◆。
对佳辰，惊心客里，鬓丝堪**摘**。	◆◇◇，◇◇◆◆，◆◇◇◆。
风流晋宋诸贤，骑台龙山，俯仰皆陈**迹**。	◇◇◆◆◇◇，<u>◆◇◇◇</u>，◆◆◇◇◆。
凭阑看落**日**，嗟往事，唯有黄花如**昔**。	◇◇◇◆◆，◇◆◆，◇◆◇◇◇◆。
醉袖舞西风，任教笑，参差帩**舄**。	◆◆◆◇◇，◇◇◆，◇◇◇◆。
但回首，东篱久负，有谁知**得**。	◆◇◆，◇◇◆◆，◆◇◇◆。

同体式作品：南宋：赵以夫 2 首。

变体二

较始词复句数不变，分句数减 3。

【变体二】21 分句 8 复句。上片第三复句较始词减 1 分句，11 分句 4 复句，三/三/二/三/型复句组；下片第三、四复句各减 1 分句，10 分句 4 复句，三/三/二/二/型复句组。仄韵，邻韵通押，隔句韵，下片结末二句连韵。

5，4，5。5，3，6。5，7。3，4，4。
6，4，5。5，3，6。5，7。3，8。——南宋·吴文英·《全宋词》第 2926 页

龙山会

夷则商。陪毗陵幕府，诸名胜载酒双清赏芙蓉。

石径幽云冷，步障深深，艳锦青红**亚**。	◆◆◇◇◆，◆◆◇◇，◆◆◇◇◆。
小桥和梦过，仙佩杳，烟水茫茫城**下**。	◆◇◇◆◆，◇◆◆，◇◆◇◇◇◆。
何处不秋阴，问谁借东风艳**冶**。	◇◆◆◇◇，<u>◆◇◆◇◇◆◆</u>。
最娇娆，愁侵醉颊，泪绡红**洒**。	◆◇◇，◇◇◆◆，◆◇◇◆。
摇落翠莽平沙，竞挽斜阳，驻短亭车**马**。	<u>◇◆◆◆◇◇</u>，◆◆◇◇，◆◆◇◇◆。
晓妆羞未堕，沉恨起，金谷魂飞深**夜**。	◆◇◇◆◆，◇◆◆，◇◆◇◇◇◆。
惊雁落清歌，酹花倩觞船快**泻**。	◇◆◆◇◇，<u>◆◇◆◇◇◆◆</u>。
去未**舍**，待月向井梧梢上**挂**。	◆◆◆，△◆◆◆◇◇◆◆。

同体式作品：无。

753.【芙蓉月】

1. 始词南宋赵以夫作。
2. 双片。上片四韵，下片六韵；仄韵，隔句韵，间插连句韵。
3. 此调仅见赵以夫一首。

始词：21 分句 8 复句。双片。上片 10 分句 4 复句，三/二/二/三/型复句组；下片 11 分句 4 复句，三/二/三/三/型复句组。仄韵，隔句韵，插一连句韵。

5，3，6。4，6。6，6。3，3，6。
5，5，4。4，6。6，3，3。3，3，4。——南宋·赵以夫·《全宋词》第 2662 页

芙蓉月

黄叶舞碧空，临水处，照眼红苞齐**吐**。	◇◆◆◆◇，◇◆◆，◆◆◇◇◇◆。
柔情媚态，伫立西风如**诉**。	◇◇◆◆，◆◆◇◇◇◆。
遥想仙家城阙，十万绿衣童**女**。	◇◆◇◇◇◆，◆◆◆◇◇◆。
云缥缈，玉娉婷，隐隐彩鸾飞**舞**。	◇◆◆，◆◇◇，◆◆◆◇◇◆。
樽前更风**度**，记天香国色，曾占春**暮**。	◇◇◆◇◆，△◇◇◆◆，◇◆◇◆。
依然好在，还伴清霜凉**露**。	◇◇◆◆，◇◆◇◇◇◆。
一曲阑干敲遍，悄无**语**，空相**顾**。	◆◆◇◇◇◆，◆◇◆，◇◇◆。
残月淡，酒阑时，满城钟**鼓**。	◇◆◆，◆◇◇，◆◇◇◆。

同体式作品：无。

754.【双瑞莲】

1. 始词南宋赵以夫作。
2. 词咏调名本意，调名即词题。
3. 双片。每片六仄韵，隔句韵，间插连句韵。
4. 此调仅见赵以夫一首。

始词：21 分句 8 复句。双片。上片 11 分句 4 复句，三/二/三/三/型复句组；下片 10 分句 4 复句，三/二/三/二/型复句组。仄韵，邻韵通押，隔句韵，间插连句韵。

5，5，4。4，6。6，3，4。3，4，4。
6，5，4。4，6。6，3，4。3，6。——南宋·赵以夫·《全宋词》第 2672 页

双瑞莲

千机云锦**里**，看并蒂新房，骈头芳**蕊**。	◇◇◇◆◆，△◆◆◇◇，◇◇◇◆。
清标艳态，两两翠裳霞**袂**。	◇◇◆◆，◆◆◆◇◇◆。
似是商量心**事**，倚绿盖，无言相**对**。	◆◆◇◇◇◆，◆◆◆，◇◇◇◆。
天蘸**水**，彩舟过处，鸳鸯惊**起**。	◇◆◆，◆◇◇◆，◇◇◇◆。
缥缈漾影摇香，想刘阮风流，双仙姝**丽**。	◆◆◆◆◇◇，△◇◆◇◇，◇◇◇◆。
闲情不断，犹恋人间欢**会**。	◇◇◆◆，◇◆◇◇◇◆。
莫待西风吹老，荐玉**醴**，碧筒拚**醉**。	◆◆◇◇◆◆，◆◆◆，◆◇◇◆。
清露**底**，明月一襟归**思**。	◇◆◆，◇◆◆◇◇◆。

同体式作品：无。

755.【醉高歌】

1. 始词南宋姚镛作。
2. 双片。每片四韵，平仄通押，连句韵。
3. 此调仅见姚镛一首。

始词：8 分句 4 复句。双片。每片 4 分句 2 复句，二/二/型复句组。平仄通押，连句韵。

6，6。7，6。

6，6。7，6。——南宋·姚镛·《全宋词》第 2708 页

醉高歌

十年燕月歌声，几点吴霜鬓**影**。	◆◇◇◆◇◇，◆◆◇◇◆◆。
西风吹起鲈鱼**兴**，已在桑榆暮**景**。	◇◇◆◆◇◇◆，◆◆◇◇◆◆。
荣枯枕上三更，傀儡场头四**并**。	◇◇◆◆◆◇，◇◆◇◇◆◆。
人生幻化如泡**影**，几个临危自**省**。	◇◇◆◆◇◆◆，◆◆◇◇◆◆。

按：本词一说为元姚燧作。

同体式作品：无。

756.【秋夜雨】

1. 始词南宋吴潜作。
2. 始词缘调名而赋词。

3. 双片。每片三仄韵，隔句韵，间插连句韵。

始词：8 分句 4 复句。双片。每片 4 分句 2 复句，二/二/型复句组。仄韵，连句韵、隔句韵。

7，6。5，7。

7，7。6，7。——南宋·吴潜·《全宋词》第 2766 页

秋夜雨

和韵刘制几《立秋夜观月》，喜雨。

不嫌天上云遮**月**，雨来正是双**绝**。　◆◇◇◆◇◇◆，◆◇◆◆◇◆。

雷公驱电母，尽收卷十分袢**热**。　◇◇◇◆◆，◆◇◆◆◇◇◆。

三更又报初秋了，少待他西风凄**冽**。　◆◇◆◆◇◇◆，◆◆◇◇◇◇◆。

灵悟话头莫**说**，且唱饮刘郎一**阕**。　◇◆◆◇◆◆，◆◆◆◇◇◆◆。

同体式作品：南宋：吴潜 6 首，蒋捷 4 首。

757.【湘春夜月】

1. 始词南宋黄孝迈作。
2. 词咏调名本意，调名即词题。
3. 双片。上片五平韵，下片四仄韵；连句韵、隔句韵并用。
4. 此调仅见黄孝迈一首。

始词：21 分句 8 复句。双片。上片 10 分句 4 复句，二/二/三/三/型复句组；下片 11 分句 4 复句，三/三/二/三/型复句组。平韵，上片起首二句连韵、继隔句韵。

3，6。6，5。6，5，4。5，4，4。

4，4，4。4，7，4。4，7。3，7，6。——南宋·黄孝迈·《全宋词》第 2773 页

湘春夜月

近清**明**，翠禽枝上消**魂**。　◆◇◇，◆◇◇◆◇◇。

可惜一片清歌，都付与黄**昏**。　◆◆◆◆◇◇，△◆◆◇◇。

欲共柳花低诉，怕柳花轻薄，不解伤**春**。　◆◆◆◇◇◆，△◆◇◇◆，◆◆◇◇。

念楚乡旅宿，柔情别绪，谁与温**存**。　△◆◇◆◆，◇◇◆◆，◇◆◇◇。

空樽夜泣，青山不语，残月当**门**。　◇◇◆◆，◇◇◆◆，◇◆◇◇。

翠玉楼前，惟是有一波湘水，摇荡湘**云**。　◆◆◇◇，◇◆◆◆◇◇◆，◇◆◇◇。

天长梦短，问甚时重见桃**根**。　◇◇◆◆，△◆◇◇◆◇◇。

这次第，算人间没个并刀，剪断心上愁**痕**。 ◆◆◆，△◇◇◆◆◇◇，◆◆◇◆◇◇。
同体式作品： 无。

758. 【城头月】

1. 始词南宋马天骥作。
2. 始词取首句“城头月”为调名。
3. 双片。每片三仄韵，连句韵、隔句韵。

始词：9 分句 4 复句。双片。上片 5 分句 2 复句，二/三/型复句组；下片 4 分句 2 复句，二/二/型复句组。仄韵，连句韵、隔句韵。律词。

7，5。4，4，5。
7，5。6，5。——南宋·马天骥·《全宋词》第 2859 页

城头月

城头月色明如**昼**，总是青霞**有**。 ◇◇◆◆◇◇◆，◆◆◇◇◆。
酒醉茶醒，饥餐困睡，不把双眉**皱**。 ◆◆◇◇，◇◇◆◆，◆◆◇◇◆。

坎离龙虎勤交**媾**，炼得丹将**就**。 ◆◇◇◆◇◇◆，◆◆◇◇◆。
借问罗浮鹤侣，还似先生**否**。 ◆◆◇◇◆◆，◇◆◇◇◆。

同体式作品： 无。

变体二

较始词复句数不变，分句数增 1。

【变体二】10 分句 4 复句。上片与始词同，下片第二复句增 1 分句。每片 5 分句 2 复句，二/三/型复句组。仄韵，连句韵、隔句韵。律词。

7，5。4，4，5。
7，5。4，4，5。——南宋·黎道静·《全宋词》第 2859 页

城头月

赠梁弥仙

阳光子夜开清**昼**，照了无何**有**。 ◇◇◆◆◇◇◆，◆◆◇◇◆。
弱水蓬莱，河车忽动，万顷金波**皱**。 ◆◆◇◇，◇◇◆◆，◆◆◇◇◆。

红铅墨汞相交**媾**，片饷丹成**就**。 ◇◇◆◆◇◇◆，◆◆◇◇◆。
把握阴阳，一钟造化，此诀人知**否**。 ◆◆◇◇，◆◇◆◆，◆◆◇◇◆。

同体式作品： 南宋：李昴英 1 首。

759.【满宫春】

1. 始词南宋许棐作。
2. 双片。每片三仄韵，连句韵、隔句韵。
3. 此调仅见许棐一首。

始词：10 分句 4 复句。双片。每片 5 分句 2 复句，三/二/型复句组。仄韵，邻韵通押，隔句韵，间插连句韵。律词。

3，3，6。7，6。
3，3，6。7，6。——南宋·许棐·《全宋词》第 2864 页

满宫春

懒抟香，慵弄**粉**，犹带浅醒微**困**。 ◆◇◇，◇◆◆，◇◆◆◇◇◆。
金鞍何处掠新欢，偷倩燕寻莺**问**。 ◇◇◇◆◆◇◇，◇◆◆◇◇◆。

柳供愁，花献**恨**，衮絮猎红成**阵**。 ◆◇◇，◇◆◆，◆◆◆◇◇◆。
碧楼能有几番春，又是一番春**尽**。 ◆◇◇◆◆◇◇，◆◆◆◇◇◆。

同体式作品：无。

760.【西子妆慢】

1. 始词南宋吴文英作。
2. 吴文英自度曲。南宋·张炎《西子妆慢》（“白浪摇天”）词序：“吴梦窗自制此曲，余喜其声调妍雅，久欲述之而未能。……惜旧谱零落，不能倚声而歌也。”
3. 双片。上片五仄韵，下片六仄韵，隔句韵。

始词：21 分句 8 复句。双片。上片 11 分句 4 复句，三/三/二/三/型复句组；下片 10 分句 4 复句，三/三/二/二/型复句组。仄韵，隔句韵，间插连句韵。律词。

4，4，6。7，3，4。4，7。3，5，4。
3，4，5。7，3，4。4，7。3，6。——南宋·吴文英·《全宋词》第 2900 页

西子妆慢

湖上清明薄游

流水曲尘，艳阳醅酒，画舸游情如**雾**。 ◇◆◆◇，◆◇◇◆，◆◆◇◇◇◆。
笑拈芳草不知名，乍凌波，断桥西**堍**。 ◆◇◇◆◆◇◇，◆◇◇，◆◇◇◆。

垂杨漫**舞**，总不解将春系**住**。	◇◇◆◆，◆◆◆◇◇◆◆。
燕归来，问彩绳纤手，如今何**许**。	◆◇◇，△◆◇◇◆，◇◇◇◆。
欢盟**误**，一箭流光，又趁寒食**去**。	◇◇◆，◆◆◇◇，◆◆◇◇◆。
不堪衰鬓著飞花，傍绿阴，冷烟深**树**。	◆◇◇◆◆◇◇，◆◆◇，◆◇◇◆。
玄都秀**句**，记前度刘郎曾**赋**。	◇◇◆◆，△◇◆◇◇◇◆。
最伤心，一片孤山细**雨**。	◆◇◇，◆◆◇◇◆◆。

同体式作品：南宋：张炎 1 首。

761. 【江南春】

1. 始词南宋吴文英作。
2. 双片。上片五韵，下片六韵，仄韵，隔句韵。
3. 此调仅见吴文英一首。

始词：24 分句 8 复句。双片。每片 12 分句 4 复句，上片三/二/三/四/型复句组；下片四/二/三/三/型复句组。仄韵，邻韵通押，隔句韵。

4，4，6。4，7。5，3，4。3，4，4，6。

3，3，5，4。4，7。5，3，4。4，4，6。——南宋·吴文英·《全宋词》第 2900 页

江南春

中吕商。赋张药翁杜衡山庄。

风响牙签，云寒古砚，芳铭犹在棠**笏**。	◇◆◇◇，◇◇◆◆，◇◇◇◆◇◆。
秋床听雨，妙谢庭春草吟**笔**。	◇◇◆◆，△◆◇◇◆◇◆。
城市喧鸣**辙**，清溪上，小山秀**洁**。	◇◆◇◇◆，◇◇◆，◆◇◆◆。
便向此，搜松访石，	◆◆◆，◇◇◆◆，
葺屋营花，红尘远避风**月**。	◆◆◇◇，◇◇◆◆◇◆。
瞿塘路，随汉**节**，	◇◇◆，◇◆◆，
记羽扇纶巾，气凌诸**葛**。	△◆◆◇◇，◆◇◇◆。
青天万里，料漫忆莼丝鲈**雪**。	◇◇◆◆，△◇◆◇◇◇◆。
车马从休**歇**，荣华事，醉歌耳**热**。	◇◆◇◇◆，◇◇◆，◆◇◆◆。
天与此翁，芳芷嘉名，纫兰佩兮琼**玦**。	◇◆◆◇，◇◆◇◇，◆◇◆◇◇◆。

同体式作品：无。

762.【梦芙蓉】

1. 始词南宋吴文英作。
2. 双片。每片六仄韵，隔句韵，间插连句韵。
3. 此调仅见吴文英一首。

始词：20 分句 8 复句。双片。每片 10 分句 4 复句，三/二/二/三/型复句组。仄韵，邻韵通押，隔句韵，间插连句韵。

5，5，4。4，5。5，6。4，5，5。

6，4，5。4，5。5，6。4，5，5。——南宋·吴文英·《全宋词》第 2900 页

梦芙蓉

赵昌芙蓉图，梅津所藏。

西风摇步**绮**，记长堤骤过，紫骝十**里**。	◇◇◇◆◆，△◇◇◆◆，◆◇◆◆。
断桥南岸，人在晚霞**外**。	◆◇◇◆，◇◆◆◇◆。
锦温花共**醉**，当时曾共秋**被**。	◆◇◇◆◆，◇◇◇◆◇◆。
自别霓裳，应红销翠冷，霜枕正慵**起**。	◆◆◇◇，△◇◇◆◆，◇◆◆◇◆。
惨澹西湖柳**底**，摇荡秋魂，夜月归环**佩**。	◆◆◇◇◆◆，◇◆◇◇，◆◆◇◇◆。
画图重展，惊忍旧梳**洗**。	◆◇◇◆，◇◆◆◇◆。
去来双翡**翠**，难传眼恨眉**意**。	◆◇◇◆◆，◇◇◆◆◇◆。
梦断琼娘，仙云深路杳，城影蘸流**水**。	◆◆◇◇，◇◇◇◆◆，◇◆◆◇◆。

同体式作品：无。

763.【高山流水】

1. 始词南宋吴文英作。
2. 以典故为调名。“高山流水”，《列子·汤问》中伯牙与钟子期的“知音”故事。
3. 双片。每片六平韵，隔句韵。
4. 此调仅见吴文英一首。

始词：24 分句 10 复句。双片。每片 12 分句 5 复句，三/二/二/三/二/型复句组。平韵，隔句韵。

7，3，4。5，6。3，4。3，6，4。5，5。

2，5，7。5，6。3，4。3，6，4。3，7。——南宋·吴文英·《全宋词》第2901页

高山流水

黄钟商。丁基仲侧室善丝桐赋咏，晓达音吕，备歌舞之妙。

素弦一一起秋**风**，写柔情，都在春**葱**。	◆◇◆◆◆◇◇，◆◇◇，◇◆◇◇。
徽外断肠声，霜宵暗落惊**鸿**。	◇◆◆◇◇，◇◇◆◆◇◇。
低颦处，剪绿裁**红**。	◇◇◆，◆◆◇◇。
仙郎伴，新制还赓旧曲，映月帘**栊**。	◇◇◆，◇◆◇◇◆◆，◆◆◇◇。
似名花并蒂，日日醉春**浓**。	△◇◇◆◆，◆◆◆◇◇。
吴**中**，空传有西子，应不解换徵移**宫**。	◇◇，◇◇◆◇◆，△◆◆◆◆◇◇。
兰蕙满襟怀，唾碧总喷花**茸**。	◇◆◆◇◇，◆◆◆◇◇◇。
后堂深，想费春**工**。	◆◇◇，◆◆◇◇。
客愁重，时听蕉寒雨碎，泪湿琼**钟**。	◆◇◆，◇◆◇◇◆◆，◆◆◇◇。
恁风流，也称金屋贮娇**慵**。	◆◇◇，◆◇◇◆◆◇◇。

同体式作品：无。

764.【霜花腴】

1. 始词南宋吴文英作。
2. 取本词“霜饱花腴”句为调名。梦窗词集名《霜花腴》，惜完本散佚。
3. 双片。每片五平韵，隔句韵。
4. 此调仅见吴文英一首。

始词：22分句8复句。双片。每片11分句4复句，三/三/三/二/型复句组。平韵，隔句韵。

4，3，6。4，4，6。4，3，4。7，7。

6，5，4。4，4，6。4，3，4。7，5。——南宋·吴文英·《全宋词》第2901页

霜花腴

无射商。重阳前一日，泛石湖。

翠微路窄，醉晚风，凭谁为整攲**冠**。	◆◇◆◆，◆◆◇，◇◇◆◆◇◇。
霜饱花腴，烛消人瘦，秋光作也都**难**。	◇◆◇◇，◆◇◇◆，◇◇◆◆◇◇。
病怀强**宽**，恨雁声，偏落歌**前**。	◆◇◇◇，◆◆◇，◇◆◇◇。
记年时旧宿凄凉，暮烟秋雨野桥**寒**。	△◇◇◆◆◇◇，◆◇◇◆◆◇◇。
妆靥鬓英争艳，度清商一曲，暗坠金**蝉**。	◇◆◆◇◇◆，△◇◇◆◆，◆◆◇◇。

芳节多阴，兰情稀会，晴晖称拂吟**笺**。　◇◆◇◇，◇◇◇◆，◇◇◇◆◇◇。
更移画**船**，引佩环，邀下婵**娟**。　◆◇◆◇，◆◆◇，◇◆◇◇。
算明朝未了重阳，紫萸应耐**看**。　△◇◇◆◆◇◇，◆◇◇◆◇。

同体式作品：无。

附：周密《玉漏迟·题吴梦窗〈霜花腴〉词集》：

老来欢意少，锦鲸仙去，紫霞声杳。怕展金奁，依旧故人怀抱。犹想乌丝醉墨，惊俊语，香红围绕。闲自笑，与君共是承平年少○雨窗短梦难凭，是几番宫商，几番吟啸。泪眼东风，回首四桥烟草。载酒倦游甚处，已换却花间啼鸟。春恨悄，天涯暮云残照。

765.【玉京谣】

1. 始词南宋吴文英作。
2. 吴文英自度曲。谣，民间徒歌。从本词序看，该调为梦窗采用民歌的再创作。
3. 双片。上片五仄韵，下片六仄韵，隔句韵。
4. 此调仅见吴文英一首。

始词：21 分句 8 复句。双片。上片 11 分句 4 复句，三/二/三/三/型复句组；下片 10 分句 4 复句，三/二/三/二/型复句组。仄韵，隔句韵，间插连句韵。

5，4，5。4，6。3，4，7。3，4，4。

7，3，5。4，6。3，4，7。3，6。——南宋·吴文英·《全宋词》第 2901 页

玉京谣

陈仲文自号“藏一”，盖取坡诗中“万人如海一身藏”语。为度夷则商犯无射宫腔，制此赠之。

蝶梦迷清晓，万里无家，岁晚貂裘**敝**。　◆◆◇◇◆，◆◆◇◇，◆◆◇◇◆。
载取琴书，长安闲看桃**李**。　◆◆◇◇，◇◇◇◆◇◆。
烂绣锦，人海花场，任客燕飘零谁**计**。　◆◆◆，◇◆◇◇，△◆◆◇◇◇◆。
春风**里**，香泥九陌，文梁孤**垒**。　◇◇◆，◇◇◆◆，◇◇◇◆。

微吟怕有诗声**翳**，镜慵看，但小楼独**倚**。　◇◇◆◆◇◇◆，◆◇◇，△◆◇◆◆。
金屋千娇，从他鸳暖秋**被**。　◇◆◇◇，◇◇◇◆◇◆。
蕙帐移，烟雨孤山，待对影落梅清**泚**。　◆◆◇，◇◆◇◇，△◆◆◆◇◇◆。
终不**似**，江上翠微流**水**。　◇◆◆，◇◆◆◇◇◆。

同体式作品：无。

766.【澡兰香】

1. 始词南宋吴文英作。
2. 取本词“澡兰”句为调名。
3. 双片。每片四仄韵，隔句韵。
4. 此调仅见吴文英一首。

始词：20 分句 8 复句。双片。每片 10 分句 4 复句，三/三/二/二/型复句组。仄韵，隔句韵。

4，4，6。4，4，6。7，6。6，4。

6，4，4。4，4，6。7，6。7，4。——南宋·吴文英·《全宋词》第 2901 页

澡兰香

林钟羽。淮安重午。

盘丝系腕，巧篆垂簪，玉隐绀纱睡**觉**。	◇◇◆◆，◆◆◇◇，◆◆◆◇◆◆。
银瓶露井，彩箑云窗，往事少年依**约**。	◇◇◆◆，◆◆◇◇，◆◆◆◇◇◆。
为当时曾写榴裙，伤心红绡褪**萼**。	△◇◇◇◆◇◇，◇◇◇◇◆◆。
黍梦光阴渐老，汀洲烟**蒻**。	◆◆◇◇◆◆，◇◇◇◆。
莫唱江南古调，怨抑难招，楚江沉**魄**。	◆◆◇◇◆◆，◆◆◇◇，◆◇◇◆。
薰风燕乳，暗雨梅黄，午镜澡兰帘**幕**。	◇◇◆◆，◆◆◇◇，◆◆◆◇◇◆。
念秦楼也拟人归，应剪菖蒲自**酌**。	△◇◇◆◆◇◇，◇◆◇◇◆◆。
但怅望一缕新蟾，随人天**角**。	△◆◆◆◆◇◇，◇◇◇◆。

同体式作品：无。

767.【凤池吟】

1. 始词南宋吴文英作。
2. 托典立意，以词意为调名。“凤池”，中书省别称，南朝齐谢朓《直中书省》：“兹言翔凤池，鸣佩多清响。”本词序所云称“右司郎官”，中书省职官。
3. 双片。每片四平韵，隔句韵。
4. 此调仅见吴文英一首。

始词：22 分句 8 复句。双片。每片 11 分句 4 复句，三/三/二/三/型复句组。平韵，隔句韵。

4，4，6。5，4，4。4，7。4，4，4。

6，5，4。5，4，4。4，7。3，3，4。——南宋·吴文英·《全宋词》第2902页

凤池吟

庆梅津自畿漕除右司郎官

万丈巍台，碧罘罳外，衮衮野马游**尘**。　◆◆◇◇，◆◇◇◆，◆◆◆◆◇◇。

旧文书几阁，昏朝醉暮，覆雨翻**云**。　◆◇◇◆◆，◇◇◆◆，◆◆◇◇。

忽变清明，紫垣敕使下星**辰**。　◆◆◇◇，◆◇◆◆◆◇◇。

经年事静，公门如水，帝甸阳**春**。　◇◇◆◆，◇◇◇◆，◆◆◇◇。

长安父老相语，几百年见此，独驾冰**轮**。　◇◇◆◆◇◆，◆◆◇◆◆，◆◆◇◇。

又凤鸣黄幕，玉霄平溯，鹊锦新**恩**。　△◆◇◇◆，◆◇◇◆，◆◆◇◇。

画省中书，半红梅子荐盐**新**。　◆◆◇◇，◆◇◇◆◆◇◇。

归来晚，待赓吟，殿阁南**薰**。　◇◇◆，◆◇◇，◆◆◇◇。

同体式作品：无。

768.【探芳新】

1. 始词南宋吴文英作。
2. 双片。上片四韵，下片五韵，仄韵，隔句韵。
3. 此调仅见吴文英一首。

始词：20分句8复句。双片。每片10分句4复句，上片三/二/三/二/型复句组，下片三/二/二/三/型复句组。仄韵，间插平韵，隔句韵。

3，5，4。4，6。6，3，3。6，6。

6，5，4。4，6。6，6。3，3，4。——南宋·吴文英·《全宋词》第2902页

探芳新

林钟羽。吴中元日，承天寺游人。

九街头，正软尘润酥，雪销残**溜**。　◆◇◇，△◆◇◆◇，◆◇◇◆。

禊赏祇园，花艳云阴笼**昼**。　◆◆◇◇，◇◆◇◇◇◆。

层梯峭空麝散，拥凌波，萦翠**袖**。　◇◇◆◇◆◆，◆◇◇，◇◆◆。

叹年端连环转，烂漫游人如**绣**。　△◇◇◇◇◆，◆◆◇◇◇◆。

肠断回廊伫**久**，便写意溅波，传愁蹙**岫**。　◇◆◇◇◆◆，△◆◆◇◇，◇◇◆◆。

渐没飘鸿，空惹闲情春**瘦**。　◆◆◇◇，◇◆◇◇◇◆。

椒杯香乾醉醒，怕西窗人散**后**。　◇◇◇◇◆◆，△◇◇◇◆◆。

暮寒深，迟回处，自攀庭**柳**。　　◆◇◇，◇◇◆，◆◇◇◆。

同体式作品：无。

769.【秋思】

1. 始词南宋吴文英作。
2. 双片。上片六韵，下片八韵，仄韵，隔句韵。
3. 此调仅见吴文英一首。

始词：27 分句 10 复句。双片。上片 14 分句 5 复句，三/三/二/二/四/型复句组；下片 13 分句 5 复句，三/三/二/二/三/型复句组。仄韵，隔句韵，下片结末二句连韵。

5，3，6。4，4，4。5，7。3，3。5，4，6，4。

6，3，4。4，4，4。7，5。3，3。5，6，6。——南宋·吴文英·《全宋词》第 2904 页

秋思

夹钟商。荷塘。为括苍名姝求，赋其"听雨"小阁。

堆枕香鬟**侧**，骤夜声，偏称画屏秋**色**。　　◇◆◇◇◆，◆◆◇，◇◇◆◇◇◆。
风碎串珠，润侵歌板，愁压眉**窄**。　　◇◆◆◇，◆◇◇◆，◇◆◇◆。
动罗箑清商，寸心低诉叙怨**抑**。　　△◇◆◇◇，◆◇◇◆◆◆◆。
映梦窗，零乱**碧**。　　◆◆◇，◇◆◆。
待涨绿春深，落花香泛，　　△◆◆◇◇，◆◇◇◆，
料有断红流处，暗题相**忆**。　　◆◆◆◇◇◆，◆◇◇◆。

欢酌檐花细**滴**，送故人，粉黛重**饰**。　　◇◆◇◇◆◆，◆◆◇，◆◆◇◆。
漏侵琼**瑟**，丁东敲断，弄晴月**白**。　　◆◇◇◆，◇◇◇◆，◆◇◆◆。
怕一曲霓裳未终，催去骖凤**翼**。　　△◆◆◇◇◆◇，◇◆◇◆◆。
叹谢客，犹未**识**。　　◇◆◆，◇◆◆。
漫瘦却东阳，灯前无梦到**得**，　　△◆◆◇◇，◇◇◇◆◆◆，
路隔重云雁**北**。　　◆◆◇◇◆◆。

同体式作品：无。

770.【惜秋华】

1. 始词南宋吴文英作。

2. 词咏调名本意，调名即词题。

3. 双片。始词上片四韵，下片六韵，变体韵数有变；仄韵，隔句韵。

4. 此调仅见吴文英五首，姑取一首作始词。

始词：20 分句 8 复句。双片。每片 10 分句 4 复句，上片三/二/三/二/型复句组，下片三/三/二/二/型复句组。仄韵，隔句韵，下片结末二句连韵。

4，3，6。4，6。6，3，4。5，6。

5，5，4。2，4，4。6，7。2，7。——南宋·吴文英·《全宋词》第 2912 页

惜秋华

夹钟商。重九。

细响残蛩，傍灯前，似说深秋怀**抱**。　◆◆◇◇，◆◇◇，◆◆◇◇◇◆。
怕上翠微，伤心乱烟残**照**。　◆◆◆◇，◇◇◆◇◇◆。
西湖镜掩尘沙，翳晓影，秦鬟云**扰**。　◇◇◆◆◇◇，◆◆◆，◇◇◇◆。
新鸿唤凄凉，渐入红萸乌**帽**。　◇◇◆◇◇，◆◆◇◇◇◆。

江上故人**老**，视东篱秀色，依然娟**好**。　◇◆◆◇◆，△◇◇◆◆，◇◇◇◆。
晚梦，趁邻杵断，乍将愁**到**。　◆◆，◆◇◆◆，◆◇◇◆。
秋娘泪湿黄昏，又满城雨轻风**小**。　◇◇◆◆◇◇，△◆◇◆◇◇◆。
闲**了**，看芙蓉画船多**少**。　◇◆，△◇◇◆◇◇◆。

同体式作品：无。

变体一

较始词分句数复句数不变，复句型有变。

【变体一】20 分句 8 复句。上片第三复句较始词减 1 分句、第四复句增 1 分句；下片第二复句减 1 分句，第四复句增 1 分句。每片 10 分句 4 复句，三/二/二/三/型复句组。仄韵，隔句韵。

4，5，4。4，6。6，7。2，5，4。

5，5，4。4，6。6，7。2，3，4。——南宋·吴文英·《全宋词》第 2913 页

惜秋华

木芙蓉

路远仙城，自王郎去后，芳卿憔**悴**。　◆◆◇◇，△◇◇◆◆，◇◇◇◆。
锦段镜空，重铺步障新**绮**。　◆◆◆◇，◇◇◆◇◇◆。
凡花瘦不禁秋，幻腻玉腴红鲜**丽**。　◇◇◆◆◆◇，△◆◆◇◇◇◆。
相**携**，试新妆乍毕，交扶轻**醉**。　◇◇，◆◇◇◆◆，◇◇◇◆。

长记断桥**外**，骤玉骢过处，千娇凝**睇**。　◇◆◆◇◆，△◆◇◇◆，◇◇◇◆。
昨梦顿醒，依约旧时眉**翠**。　◇◆◆◆，◇◆◆◇◇◆。
愁边暮合碧云，倩唱入六幺声**里**。　◇◇◆◆◆◇，△◆◆◆◇◇◆。

风**起**，舞斜阳，阑干十**二**。　　◇◆，◆◇◇，◇◇◆◆。

同体式作品：南宋：吴文英1首。

变体二

较始词复句数不变，分句数增3。

【变体二】23分句8复句。双片。上片第四复句较始词增1分句，11分句4复句，三/二/三/三/型复句组；下片第三、四复句各增1分句，12分句4复句，三/三/三/三/型复句组。仄韵，隔句韵。

4，3，6。4，6。6，3，4。2，3，6。

5，3，6。3，3，4。6，3，4。2，3，4。——南宋·吴文英·《全宋词》第2912页

惜秋华

八日，飞翼楼登高。

思渺西风，怅行踪，浪逐南飞高**雁**。　　◇◆◇◇，◆◇◇，◆◆◇◇◇◆。
怯上翠微，危楼更堪凭**晚**。　　◆◆◆◇，◇◇◆◇◇◆。
蓬莱对起幽云，澹野色，山容愁**卷**。　　◇◇◆◆◇◇，◆◆◆，◇◇◇◆。
清**浅**，瞰沧波，静衔秋痕一**线**。　　◇◆，◆◇◇，◆◇◇◇◆◆。

十载寄吴**苑**，惯东篱，深把露黄偷**剪**。　　◆◆◆◇◆，◆◇◇，◇◆◆◇◇◆。
移暮影，照越镜，意销香**断**。　　◇◆◆，◆◆◆，◆◇◇◆。
秋娥赋得闲情，倚翠尊，小眉初**展**。　　◇◇◆◆◇◇，◆◆◇，◆◇◇◆。
深**劝**，待明朝，醉巾重**岸**。　　◇◆，◆◇◇，◆◇◇◆。

同体式作品：无。

增减字：

（一）4，5，4。4，6。6，3，4。2，3，6。○5，5，4。3，3，4。6，3，4。2，3，4。南宋：吴文英1首。

771.【梦行云】

1. 始词南宋吴文英作。
2. 取旧曲赋新名。梦窗词序谓原调为【六幺花十八】，宋代流行词调之一。六幺，唐大曲名，雅名"绿腰"；"花十八"，宋王灼《碧鸡漫志》"六幺"条："欧阳永叔云：'贪看六幺花十八。'此曲一迭名'花十八'，前后十八拍，又四花拍，共二十二拍。乐家者流所谓'花拍'，盖非其正也，曲节抑扬可喜，舞亦随之。"（按：欧阳修词句见其《玉楼春》词："杯深不觉琉璃滑，贪看六幺花十八。"）【六幺花十八】存词仅见吴文英一首，上下片句型完全一致，同句位分句字数略有增减，全词最多可断为16分句，不知如何对应王灼所云"前后十八拍，又四花拍，共二十二拍"。有云曲子音乐节拍乃是语

句与乐句相对应之“句拍”，以本词观之，乐句与词句的对应、音乐上的“正拍”与“非其正”的“花拍”，尚需进一步探究。

3. 双片。上片五仄韵，下片三仄韵；上片第一复句三连韵，其余复句皆隔句韵。
4. 此调仅见吴文英一首。

始词：14 分句 6 复句。双片。每片 7 分句 3 复句，三/二/二/型复句组。仄韵，连句韵、隔句韵。

5，3，3。4，5。7，5。
4，4，6。4，5。7，5。——南宋·吴文英·《全宋词》第 2933 页

梦行云

即六幺花十八。和赵修全韵。

簟波皱纤**縠**，朝炊**熟**，眠未**足**。　◆◇◆◇◆，◇◇◆，◇◆◆。
青奴细腻，未拌真珠**斛**。　◇◇◆◆，◆◆◇◇◆。
素莲幽怨风前影，搔头斜坠**玉**。　◆◇◇◆◇◇◆，◇◇◇◆◆。

画阑枕水，垂杨梳雨，青丝乱如乍**沐**。　◆◇◆◆，◇◇◇◆，◇◇◆◇◆◆。
娇笙微韵，晚蝉理秋**曲**。　◇◇◇◆，◆◇◆◇◆。
翠阴明月胜花夜，那愁春去**速**。　◆◇◇◆◇◇◆，◆◇◇◆◆。

同体式作品：无。

772.【瑶华】

【瑶花】【瑶华慢】

1. 始词南宋吴文英作。
2. 又名【瑶花】【瑶华慢】。
3. 双片。始词每片四仄韵，变体韵数有增，隔句韵。

始词：18 分句 8 复句。双片。每片 9 分句 4 复句，三/二/二/二/型复句组。仄韵，邻韵通押，隔句韵。

4，4，5。7，6。4，7。7，6。
6，5，4。7，6。4，7。7，6。——南宋·吴文英·《全宋词》第 2934 页

瑶华

分韵得“作”字，戏虞宜兴。

秋风采石，羽扇挥兵，认紫骝飞**跃**。　◇◇◆◆，◆◆◇◇，△◆◇◇◆。
江蓠塞草应笑春，空锁凌烟高**阁**。　◇◇◆◆◇◆◇，◇◆◇◇◇◆。

胡歌秦陇，问铙鼓新词谁**作**。　◇◇◇◆，△◇◆◇◇◇◆。
有秀荪来染吴香，瘦马青刍南**陌**。　△◆◇◇◆◇◇，◆◆◇◇◇◆。

冰澌细响长桥，荡波底蛟腥，不涴霜**锷**。　◇◇◆◆◇◇，◆◇◆◇◇，◆◆◇◆。
乌丝醉墨红袖暖，十里湖山行**乐**。　◇◇◆◆◇◆◆，◆◆◇◇◇◆。
老仙何处，算洞府光阴如**昨**。　◆◇◇◆，△◆◆◇◇◇◆。
想地宽多种桃花，艳锦东风成**幄**。　△◆◇◇◇◆◇◇，◆◆◇◇◇◆。

同体式作品：南宋：周密1首（【瑶华慢】），仇远1首（【瑶华慢】）。

变体二

较始词复句数不变，分句数增2。

【变体二】20分句8复句。上片第二、四复句较始词各增1分句，11分句4复句，三/三/二/三/型复句组；下片分句数复句型与始词同，9分句4复句，三/二/二/二/型复句组。仄韵，隔句韵，间插连句韵。

4，4，5。4，5，4。7，4。3，4，6。
6，5，4。7，6。7，4。7，6。——南宋·汪元量《全宋词补辑》第85页

瑶花

天中树**木**，高耸玲珑，向濯缨亭**曲**。　◇◇◆◆，◇◆◇◇，◆◆◇◇◆。
繁枝缀**玉**，开朵朵九**出**，飞琼环**簇**。　◇◇◆◆，◇◆◆◆◆，◇◇◇◆。
唐昌曾见有玉女，来送春**目**。　◇◇◇◆◆◆◆，◇◆◇◆。
更月夜，八仙相聚，素质粲然幽**独**。　◆◆◆，◆◇◇◆，◆◆◆◇◇◆。

江淮倦客再游，访后土琼英，树已倾**覆**。　◇◇◆◆◆◇，◆◆◆◇◇，◆◆◇◆。
攀条掐干细嗅来，尚有微微清**馥**。　◇◇◆◆◆◆◇，◆◆◇◇◇◆。
却疑天上列燕赏，催汝归**速**。　◆◇◇◆◆◆◆，◇◆◇◆。
恐后时重谪人间，剩把铅华妆**束**。　△◆◇◇◆◇◇，◆◆◇◇◇◆。

同体式作品：无。

773.【花上月令】

1. 始词南宋吴文英作。
2. 双片。上片四韵，下片三韵，平韵，插一仄韵，隔句韵。
3. 此调仅见吴文英一首。

始词：14分句6复句。双片。每片7分句3复句，三/二/二/型复句组。平韵，插一仄韵，邻韵通押，隔句韵。律词。

7，3，3。7，3。3，3。

7，3，3。7，3。3，3。——南宋·吴文英·《全宋词》第2937页

花上月令

文园消渴爱江**清**，酒肠怯，怕深**觥**。 ◇◇◇◆◆◇◇，◆◇◆，◆◇◇。

玉舟曾洗芙蓉水，泻清**冰**。 ◆◇◇◆◇◇◆，◆◇◇。

秋梦浅，醉云**轻**。 ◇◆◆，◆◇◇。

庭竹不收帘影去，人睡起，月空**明**。 ◇◆◆◇◇◆◆，◇◆◆，◆◇◇。

瓦瓶汲井和秋叶，荐吟**醒**。 ◆◇◆◆◇◇◆，◆◇◇。

夜深重，怨遥**更**。 ◆◇◆，◆◇◇。

同体式作品：无。

774.【古香慢】

1. 始词南宋吴文英作。
2. 吴文英自度曲。
3. 双片。上片四韵，下片五韵，仄韵，隔句韵。
4. 此调仅见吴文英一首。

始词：20分句8复句。双片。每片10分句4复句，三/二/三/二/型复句组。仄韵，隔句韵。

4，4，4。4，6。5，3，4。7，6。

7，4，4。4，6。5，3，4。6，4。——南宋·吴文英·《全宋词》第2941页

古香慢

自度腔，夷则商犯无射宫。赋沧浪看桂。

怨娥坠柳，离佩摇蕻，霜讯南**圃**。 ◆◇◆◆，◇◆◇◇，◇◆◇◆。

漫忆桥扉，倚竹袖寒日**暮**。 ◆◆◇◇，◆◆◆◇◆◆。

还问月中游，梦飞过，金风翠**羽**。 ◇◆◆◇◇，◆◇◇，◇◇◆◆。

把残云剩水万顷，暗熏冷麝凄**苦**。 △◇◇◆◆◆◆，◆◇◆◆◇◆。

渐浩渺凌山高**处**，秋澹无光，残照谁**主**。 △◆◆◇◇◇◆，◇◆◇◇，◇◆◇◆。

露粟侵肌，夜约羽林轻**误**。 ◆◆◇◇，◆◆◆◇◇◆。

剪碎惜秋心，更肠断，珠尘藓**路**。 ◆◆◆◇◇，◆◇◆，◇◇◆◆。

怕重阳又催近，满城细**雨**。 △◇◇◆◇◆，◆◇◆◆。

同体式作品：无。

775.【晴偏好】

1. 始词南宋李霜涯作。
2. 取本词“晴偏好”句拟调名。《全宋词》该词注：“原无调名，此据《花草粹编》卷一，疑出杜撰。”
3. 单片，四仄韵，连句韵。
4. 此调仅见李霜涯一首。疑其词未全，或为传播中的残句。

始词：单片。4 分句 2 复句，二/二/型复句组。仄韵，连句韵。律词。

7，7。3，7。——南宋·李霜涯·《全宋词》第 2954 页

晴偏好

平湖百顷生芳**草**，芙蓉不照红颠**倒**。　◇◇◆◆◇◇◆，◇◇◆◆◇◇◆。
东坡**道**，波光潋滟晴偏**好**。　◇◇◆，◇◇◆◆◇◇◆。

同体式作品：无。

776.【春风袅娜】

1. 始词南宋冯伟寿作。
2. 双片。每片五平韵，隔句韵。
3. 此调仅见冯伟寿一首。

始词：28 分句 8 复句。上片 13 分句 4 复句，四/四/三/二/型复句组；下片 15 分句 4 复句，四/四/四/三/型复句组。平韵，隔句韵。

5，4，3，3。3，6，4，4。4，4，7。7，7。
6，4，3，4。3，3，4，4。4，4，4，4。4，5，8。

——南宋·冯伟寿·《全宋词》第 3018 页

春风袅娜

黄钟羽，春恨。

被梁间双燕，话尽春**愁**，　△◇◇◇◆，◆◆◇◇，
朝粉谢，午花**柔**。　◇◆◆，◆◇◇。
倚红阑，故与蝶围蜂绕，　◆◇◇，◆◆◆◇◇◆，
柳绵无数，飞上搔**头**。　◆◇◇◆，◇◆◇◇。

风管声圆，蚕房香暖，笑挽罗衫须少**留**。	◆◆◇◇，◇◇◇◆，◆◆◇◇◇◆◇。
隔院兰馨趁风远，邻墙桃影伴烟**收**。	◆◆◇◇◆◇◆，◇◇◇◆◆◇◇。
些子风情未减，眉头眼尾，	◇◆◇◇◆◆，◇◇◆◆，
万千事，欲说还**休**。	◆◇◆，◆◆◇◇。
蔷薇露，牡丹**球**，殷勤记省，前度绸**缪**。	◇◇◆，◆◇◇，◇◇◆◆，◇◆◇◇。
梦里飞红，觉来无觅，	◆◆◇◇，◆◇◇◆，
望中新绿，别后空**稠**。	◆◇◇◆，◆◆◇◇。
相思难偶，叹无情明月，	◇◇◇◆，△◇◇◇◆，
今年已是三度如**钩**。	◇◇◆◆◆◆◇◇。

同体式作品：无。

777.【云仙引】

1. 始词南宋冯伟寿作。
2. 双片。每片四平韵，隔句韵。
3. 此调仅见冯伟寿一首。

始词：22 分句 8 复句。双片。上片 10 分句 4 复句，三/二/二/三/型复句组；下片 12 分句 4 复句，三/三/三/三/型复句组。平韵，隔句韵。

4，4，6。3，3。6，7。4，4，4。

4，5，5。4，4，4。4，4，7。4，4，4。——南宋·冯伟寿·《全宋词》第 3018 页

云仙引

夹钟羽。桂花。

紫凤台高，戏鸾镜里，翡翡几度秋**馨**。	◆◆◇◇，◆◇◆◆，◇◇◆◆◇◇。
黄金重，绿云**轻**。	◇◇◆，◆◇◇。
丹砂鬓边滴粟，翠叶玲珑烟剪**成**。	◇◇◆◇◆◆，◆◆◇◇◇◆◇。
含笑出帘，月香满袖，天雾萦**身**。	◇◆◆◇，◆◇◆◆，◇◆◇◇。
年时花下，逢迎有游女，翩翩如五**云**。	◇◇◇◆，◇◇◆◇◆，◇◇◇◆◇。
乱掷芳英，为簪斜朵，事事关**心**。	◆◆◇◇，◆◆◇◆，◆◆◇◇。
长向金风，一枝在手，噢蕊悲歌双黛**嚬**。	◇◆◇◇，◆◇◆◆，◆◆◇◇◇◆◇。
远临溪树，对初弦月，露下更**深**。	◆◇◇◆，△◇◇◆，◆◆◆◇。

同体式作品：无。

778.【春云怨】

1. 始词南宋冯伟寿作。
2. 双片。每片五仄韵，隔句韵。
3. 此调仅见冯伟寿一首。

始词：22 分句 8 复句。双片。上下片各 11 分句 4 复句，三/二/三/三/型复句组。仄韵，邻韵通押，隔句韵。

4，5，4。6，7。4，4，7。4，4，5。
7，5，4。4，3。4，4，4。4，4，6。——南宋·冯伟寿·《全宋词》第 3018 页

春云怨

黄钟商。上巳。

春风恶**劣**，把数枝香锦，和莺吹**折**。	◇◇◆◆，◆◆◇◇◆，◇◇◆◆。
雨重柳腰娇困，燕子欲扶扶不**得**。	◆◆◆◇◇◆，◆◆◆◇◇◆◆。
软日烘烟，乾风吹雾，芍药荼蘼弄颜**色**。	◆◆◇◇，◇◇◆◆，◆◆◇◇◆◇◆。
帘幕轻阴，图书清润，日永篆香**绝**。	◇◆◇◇，◇◇◇◆，◆◆◆◇◆。
盈盈笑靥宫黄**额**，	◇◇◆◆◇◇◆，
试红鸾小扇，丁香双**结**。	△◇◇◆◆，◇◇◇◆。
团凤眉心，倩郎**贴**。	◇◆◇◇，◆◇◆。
教洗金罍，共看西堂，醉花新**月**。	◇◆◇◇，◆◆◇◇，◆◇◇◆。
曲水成空，丽人何处，往事暮云万**叶**。	◆◆◇◇，◆◇◇◆，◆◆◆◇◆◆。

同体式作品：无。

779.【惜花春起早慢】

【惜花春起早】

1. 始词宋无名氏作。文人词见南宋张枢词残句 3 字。
2. 张枢词调名【惜花春起早】；无名氏词调名【惜花春起早慢】。
3. 双片。上片四仄韵，下片五仄韵；隔句韵，间插连句韵。

始词：22 分句 8 复句。双片。上下片各 11 分句 4 复句，三/三/二/三/型复句组。仄韵，隔句韵，间插连句韵。

3，3，6。4，4，6。7，4。3，5，4。

6，5，4。6，3，4。7，4。3，3，6。——宋·无名氏·《全宋词》第3830页

惜花春起早慢

向春来，睹林园，绣出满槛鲜**萼**。　◆◇◇，◆◇◇，◆◆◆◆◇◆。

流莺海棠，枝上弄舌，紫燕飞绕池**阁**。　◇◇◆◇，◇◆◆◆，◆◆◇◆◇◆。

三眠细柳垂万条，罗带柔**弱**。　◆◇◆◆◇◆◇，◇◆◇◆。

为思量，昨夜去看花，犹自斑**驳**。　◆◇◇，◆◆◆◇◇，◇◆◇◆。

须伴尽日樽前，当媚景良辰，且恁欢**谑**。　◇◆◆◆◇◇，△◆◆◇◇，◆◆◇◆。

更阑夜深秉烛，对花**酌**，莫辜轻**诺**。　◇◇◆◇◆◆，◆◇◆，◆◇◇◆。

邻鸡唱晓惊觉来，连忙梳**掠**。　◇◇◆◆◇◆◇，◇◇◇◆。

向西园，惜群葩，恐怕狂风吹**落**。　◆◇◇，◆◇◇，◆◆◇◇◆◆。

同体式作品：无。

780.【一枝春】

1. 始词南宋杨缵作。
2. 双片。每片五仄韵，隔句韵。

始词：18分句8复句。双片。每片9分句4复句，三/二/二/二/型复句组。仄韵，隔句韵，间插连句韵。

4，3，6。4，6。4，7。7，6。

6，3，6。4，6。4，7。7，4。——南宋·杨缵·《全宋词》第3075页

一枝春

除夕

竹爆惊春，竞喧填，夜起千门箫**鼓**。　◆◆◇◇，◆◇◇，◆◆◇◇◇◆。

流苏帐暖，翠鼎缓腾香**雾**。　◇◇◆◆，◆◆◆◇◇◆。

停杯未**举**，奈刚要送年新**句**。　◇◇◆◆，△◇◆◆◇◇◆。

应自有歌字清圆，未夸上林莺**语**。　△◆◆◇◆◇◇，◆◇◆◇◇◆。

从他岁穷日**暮**，纵闲愁，怎减刘郎风**度**。　◇◇◆◇◆◆，◆◇◇，◆◆◇◇◇◆。

屠苏办了，迤逦柳欺梅**妒**。　◇◇◆◆，◆◆◆◇◇◆。

宫壶未晓，早骄马绣车盈**路**。　◇◇◆◆，△◇◆◆◇◇◆。

还又把月夜花朝，自今细**数**。　◇◆◆◆◆◇◇，◆◇◆◆。

同体式作品：无。

增减字：

（一）4，3，6。4，6。4，7。7，6。○ 6，5，4。4，6。4，7。7，4。南宋：周密 2 首，张炎 1 首。

781.【被花恼】

1. 始词南宋杨缵作。
2. 杨缵自度曲。取本词“被花恼”句为调名。
3. 双片。每片四仄韵，隔句韵，间插连句韵。
4. 此调仅见杨缵一首。

始词：19 分句 8 复句。双片。上片 10 分句 4 复句，上片二/二/三/三/型复句组；下片 9 分句 4 复句，二/三/二/二/型复句组。仄韵，隔句韵。

7，6。4，3。4，4，5。3，3，7。

5，7。4，4，5。8，8。3，7。——南宋·杨缵·《全宋词》第 3076 页

被花恼

自度腔

疏疏宿雨酿寒轻，帘幕静垂清**晓**。	◇◇◆◆◆◇◇，◇◆◆◇◇◆。
宝鸭微温，瑞烟**少**。	◆◆◇◇，◆◇◆。
檐声不动，春禽对语，梦怯频惊**觉**。	◇◇◆◆，◇◇◆◆，◆◆◇◇◆。
欹珀枕，倚银床，半窗花影明东**照**。	◇◆◆，◆◇◇，◆◇◇◆◇◇◆。
惆怅夜来风，生怕娇香混瑶**草**。	◇◆◆◇◇，◇◆◇◇◆◇◆。
披衣便起，小径回廊，处处多行**到**。	◇◇◆◆，◆◆◇◇，◆◆◇◇◆。
正千红万紫竞芳妍，又还似年时被花**恼**。	△◇◇◆◆◆◇◇，△◇◆◇◇◆◇◆。
蓦忽地，省得而今双鬓**老**。	◆◆◆，◆◆◇◇◇◆◆。

同体式作品：无。

782.【梅子黄时雨】

1. 始词南宋张矩作。
2. 双片。上片六仄韵，下片七仄韵；隔句韵，间插连句韵。

始词：20 分句 9 复句。双片。每片 10 分句，上片 4 复句，三/二/二/三/型复句组；下片 5 复句，二/二/二/二/二/型复句组。仄韵，隔句韵，间插连句韵。

4，5，4。5，4。7，7。3，4，4。

2，4。5，4。5，4。7，7。3，6。——南宋·张矩·《全宋词》第 3088 页

梅子黄时雨

云宿江楼，爱留人夜**语**，频断灯**炷**。	◇◆◇◇，△◇◇◆◆，◇◆◇◆。
奈倦情如醉，黑甜清**午**。	△◆◇◇◆，◆◇◇◆。
谩道迎薰何曾是，簟纹成浪衣成**雨**。	◆◆◇◇◇◇◆，◆◇◇◆◇◇◆。
茶瓯**注**，新期竹院，残梦莲**渚**。	◇◇◆，◇◇◆◆，◇◆◇◆。
应**误**，重帘凄**伫**。	◇◆，◇◇◇◆。
记并刀剪翠，秋扇留**句**。	△◆◇◆◆，◇◆◇◆。
信那回轻道，而今归**否**。	△◆◇◇◆，◇◇◇◆。
十二曲阑随意凭，楚天不放斜阳**暮**。	◆◆◆◇◇◆◆，◆◇◆◆◇◇◆。
沉吟**处**，池草暗喧蛙**鼓**。	◇◇◆，◇◆◆◆◇◇◆。

同体式作品：无。

增减字：

(一) 4，5，4。5，4。6，7。3，4，4。○ 2，4。5，4。5，4。7，7。3，6。南宋：张炎 1 首。

783. 【垂杨】

1. 始词南宋陈允平作。
2. 调名即词题。
3. 双片。每片六仄韵，隔句韵。
4. 此调仅见陈允平一首。

始词：20 分句 8 复句。双片。每片 10 分句 4 复句，三/二/三/二/型复句组。仄韵，隔句韵。

4，5，4。4，7。7，3，4。7，5。

6，5，4。4，7。7，3，4。7，3。——南宋·陈允平·《全宋词》第 3113 页

垂杨

银屏梦**觉**，渐浅黄嫩绿，一声莺**小**。	◇◇◆◆，△◆◇◆◆，◆◇◇◆。
细雨轻尘，建章初闭东风**悄**。	◆◆◇◇，◆◇◇◆◇◇◆。
依然千树长安**道**，翠云锁，玉窗深**窈**。	◇◇◇◆◇◇◆，◆◇◆，◆◇◇◆。
断桥人空倚斜阳，带旧愁多**少**。	◆◇◇◇◆◇◇，△◆◇◇◆。
还是清明过**了**，任烟缕露条，碧纤青**袅**。	◇◆◇◇◆◆，△◇◆◆◇，◆◇◇◆。

恨隔天涯，几回惆怅苏堤**晓**。　◆◆◇◇，◆◇◇◆◇◇◆。
飞花满地谁为**扫**，甚薄幸，随波缥**缈**。　◇◇◆◆◇◇◆，◆◆◆，◇◇◆◆。
纵啼鹃不唤春归，人自**老**。　△◇◇◆◆◇◇，◇◆◆。

同体式作品：无。

784.【曲游春】

1. 始词见南宋初康与之词残句，完篇始词南宋晚施岳作。
2. 词咏调名本意。
3. 双片。上片五仄韵，下片六仄韵，隔句韵。

始词：22 分句 8 复句。双片。每片 11 分句 4 复句，上片三/三/二/三/型复句组，下片三/三/三/二/型复句组。入声韵，邻韵通押，隔句韵，间插连句韵。

5，5，4。4，5，4。5，7。3，4，6。
6，5，4。4，5，4。5，3，4。7，4。——南宋·施岳·《全宋词》第 3136 页

曲游春

清明湖上

画舸西泠路，占柳阴花影，芳意如**织**。　◆◆◇◇◆，△◆◇◇◆，◇◆◇◆。
小楫冲波，度曲尘扇底，粉香帘**隙**。　◆◆◇◇，△◆◇◇◆，◆◇◇◆。
岸转斜阳**隔**，又过尽别船箫**笛**。　◆◆◇◇◆，△◇◆◆◇◇◆。
傍断桥，翠绕红围，相对半篙晴**色**。　◆◆◇，◆◆◇◇，◇◆◆◇◇◆。

顷刻千山暮**碧**，向沽酒楼前，犹击金**勒**。　◆◆◇◇◆◆，△◇◆◇◇，◇◆◇◆。
乘月归来，正梨花夜缟，海棠烟**幂**。　◇◆◇◇，△◇◇◆◆，◆◇◇◆。
院宇明寒**食**，醉乍醒，一庭春**寂**。　◆◆◇◇◆，◆◆◇，◆◇◇◆。
任满身露湿东风，欲眠未**得**。　△◆◇◆◆◇◇，◆◇◆◆。

同体式作品：无。

变体二

较始词复句数不变，分句数有变。

变体二·1

20 分句 8 复句

【变体二·1】20 分句 8 复句。双片。上片第四复句较始词减 1 分句，下片第三复句减 1 分句。每片 10 分句 4 复句，三/三/二/二/型复句组。入声韵，依施岳词韵，隔句韵，间插连句韵。

5，5，4。4，5，4。5，7。7，6。

6，5，4。4，5，4。5，7。7，4。——南宋·周密·《全宋词》第 3271 页

曲游春

禁烟湖上薄游，施中山赋词甚佳，余因次其韵。盖平时游舫，至午后则尽入里湖，抵暮始出，断桥小驻而归，非习于游者不知也，故中山极击节余“闲却半湖春色”之句，谓能道人之所未云。

禁苑东风外，飏暖丝晴絮，春思如**织**。	◆◆◇◇◆，◇◆◇◇◆，◇◇◇◆。
燕约莺期，恼芳情偏在，翠深红**隙**。	◆◆◇◇，△◇◇◇◆，◆◇◇◆。
漠漠香尘**隔**，沸十里乱弦丛**笛**。	◆◆◇◇◆，△◆◆◆◇◇◆。
看画船尽入西泠，闲却半湖春**色**。	△◆◇◆◆◇◇，◇◆◆◇◇◆。
柳陌新烟凝**碧**，映帘底宫眉，堤上游**勒**。	◆◆◇◇◇◆，△◇◆◇◇，◇◆◇◆。
轻暝笼寒，怕梨云梦冷，杏香愁**幂**。	◇◇◆◇，△◇◇◆◆，◆◇◇◆。
歌管酬寒**食**，奈蝶怨良宵岑**寂**。	◇◆◇◇◆，△◆◆◇◇◇◆。
正满湖碎月摇花，怎生去**得**。	△◆◇◆◆◇◇，◆◇◆◆。

同体式作品：无。

变体二·2

21 分句 8 复句

【变体二·2】21 分句 8 复句。上片与【变体二·1】同，10 分句 4 复句，三/三/二/二/型复句组；下片与始词同，11 分句 4 复句，三/三/三/二/型复句组。仄韵，邻韵通押，隔句韵，间插连句韵。

5，5，4。4，5，4。5，7。6，6。

6，5，4。4，5，4。5，3，4。6，4。——南宋·赵功可·《全宋词》第 3329 页

曲游春

千树玲珑罩，正蒲风微过，梅雨新**霁**。	◇◆◇◇◆，△◇◇◇◆，◇◆◇◆。
客里幽窗，算无春可到，和愁都**闭**。	◆◆◇◇，△◇◇◆◆，◇◇◇◆。
万种人生**计**，应不似午天闲**睡**。	◆◆◇◇◆，△◆◆◆◇◇◆。
起来踏碎松阴，萧萧欲动疑**水**。	◆◇◆◆◇◇，◇◇◆◆◇◆。
借问归舟归**未**，望柳色烟光，何处明**媚**。	◆◆◇◇◇◆，△◆◆◇◇，◇◆◇◆。
抖擞人间，除离情别恨，乾坤余**几**。	◆◆◇◇，△◇◇◆◆，◇◇◇◆。
一笑晴凫**起**，酒醒后，阑干独**倚**。	◆◆◇◇◆，◆◇◆，◇◇◆◆。
时见双燕飞来，斜阳满**地**。	◇◆◇◆◇◇，◇◇◆◆。

同体式作品：无。

附：康与之【曲游春】残句：

“脸薄难藏泪，恨柳风，不与吹断行色。”

“但掩袖转面，面啼红，无言应得。”

“哭得浑无气力。”

785.【惜余妍】

1. 始词南宋曹邍作。
2. 双片。每片四仄韵，隔句韵。
3. 此调仅见曹邍一首。

始词：20 分 8 复句。双片。每片 10 分句 4 复句，三/二/三/二/型复句组。仄韵，隔句韵。

4，5，4。4，6。6，3，4。5，6。

6，5，4。4，6。6，3，4。5，4。——南宋·曹邍·《全宋词》第 3164 页

惜余妍

被召，赋二色木香。

同根异色，看镂玉雕檀，芳艳如**簇**。	◇◇◆◆，△◆◆◇◇，◇◆◇◆。
秀叶玲珑，嫩条下垂修**绿**。	◆◆◇◇，◆◇◆◇◇◆。
禁华深锁清妍，香满架，风梳露**浴**。	◆◇◇◆◇◇，◇◆◆，◇◇◆◆。
轻盈便似觉，酴醾格调粗**俗**。	◇◇◆◆◆，◇◇◆◆◇◆。
蜂黄间涂蝶粉，疑旧日二乔，各样妆**束**。	◇◇◆◇◆◆，△◆◆◆◇，◆◆◇◆。
费却春工，斗合靓芳秾**馥**。	◆◆◇◇，◆◆◆◇◇◆。
翠华临槛清赏，飞凤翣，休辞醉**玉**。	◆◇◇◆◇◆，◇◆◆，◇◇◆◆。
晴昼镇贮春，瑶台金**屋**。	◇◆◆◆◇，◇◇◇◆。

同体式作品：无。

786.【西窗烛】

1. 始词南宋谭宣子作。
2. 自度曲。取李商隐《夜雨寄北》“何当共剪西窗烛”诗句为调名。
3. 双片。每片四仄韵，隔句韵。
4. 此调仅见谭宣子一首。

始词：17 分句，6 复句 1 单句。双片。上片 8 分句 3 复句，三/三/二/型复句组；下片 9 分句，3 复句 1 单句，一/三/三/二/型单句复句组合。仄韵，邻韵通押，隔句韵。

4，4，6。7，5，4。7，6。

3。4，4，6。7，3，6。7，6。——南宋·谭宣子·《全宋词》第3166页

西窗烛

雨霁江行，自度。

春江骤涨，晓陌微干，断云如梦相**逐**。	◇◇◆◆，◆◆◇◇，◆◇◇◆◇◆。
料应怪我频来**去**，	◆◇◆◆◇◇◆，
似千里迢遥，伤心极**目**。	△◇◆◇◇，◇◇◆◆。
为楚腰惯舞东风，芳草萋萋衬**绿**。	△◆◇◆◆◇◇，◇◆◇◇◆◆。
燕飞**独**。	◆◇◆。
知是谁家，箫声多事，吹咽寻常怨**曲**。	◇◆◇◇，◇◇◇◆，◆◆◇◇◆◆。
仅教衿袖香泥涴，	◆◇◇◆◇◇◆，
君不见，扬州三生杜**牧**。	◇◆◆，◇◇◇◇◆◆。
待泪华暗落铜盘，甚夜西窗剪**烛**。	△◆◇◆◆◇◇，◆◆◇◇◆◆。

同体式作品： 无。

787.【春声碎】

1. 始词南宋谭宣子作。
2. 自度曲。取本词上片结句“春声碎”为调名。
3. 双片。上片四仄韵，下片五仄韵；隔句韵，间插连句韵。
4. 此调仅见谭宣子一首。

始词：17分句6复句。双片。上片9分句3复句，二/三/四/型复句组；下片8分句3复句，二/三/三/型复句组。仄韵，隔句韵，间插连句韵。

5，6。4，4，5。3，5，3，3。

5，6。4，5，4。3，6，6。——南宋·谭宣子·《全宋词》第3167页

春声碎

南浦送别，自度腔。

津馆贮轻寒，脉脉离情如**水**。	◇◆◆◇◇，◆◆◇◇◇◆。
东风不管，垂杨无力，总雨鬟烟**寐**。	◇◇◆◆，◇◇◇◆，△◆◇◇◆。
栏干**外**，怕春燕掠天，疏鼓叠，春声**碎**。	◇◇◆，△◇◆◆◇，◇◆◆，◇◇◆。
刘郎易憔**悴**，况是恹恹病**起**。	◇◇◆◇◆，◆◆◇◇◆◆。
蛮笺漫展，便写就新词，倩谁将**寄**。	◇◇◆◆，△◆◆◇◇，◆◇◇◆。
当此**际**，浑似梦峡啼湘，一寸相思千**里**。	◇◆◆，◇◆◆◆◇◇，◆◆◇◇◇◆。

同体式作品：无。

788.【鸣梭】

1. 始词南宋谭宣子作。
2. 自度曲。取本词首句“鸣梭”为调名，调名即词题。
3. 双片。每片六平韵，连句韵、隔句韵。
4. 此调仅见谭宣子一首。

始词：16分句8复句。双片。上下片各8分句4复句，二/二/二/二/型复句组。平韵，连句韵、隔句韵。律词。

7，5。4，8。6，5。4，5。
7，5。4，8。6，5。4，5。——南宋·谭宣子·《全宋词》第3168页

鸣梭

自度

织绡机上度鸣**梭**，年光容易**过**。	◆◇◇◆◆◇◇，◇◇◇◆◇。
萦萦情绪，似水烟山雾两相**和**。	◇◇◇◆，△◆◇◇◆◆◇◇。
谩道当时何事，流盼动层**波**。	◆◆◇◇◇◆，◇◆◆◇◇。
巫影嵯**峨**，翠屏牵薜**萝**。	◇◆◇◇，◆◇◇◆◇。
不须微醉自颜**酡**，如今难恁**么**。	◆◇◇◆◆◇◇，◇◇◇◆◇。
烛花销艳，但替人垂泪满铜**荷**。	◆◇◇◆，△◆◇◇◆◆◇◇。
赋罢西城残梦，犹问夜如**何**。	◆◆◇◇◇◆，◇◆◆◇◇。
星耿斜**河**，候虫声更**多**。	◇◆◇◇，◆◇◇◆◇。

同体式作品：无。

789.【斗鸡回】

1. 始词南宋杜龙沙作。
2. 词咏调名本意，调名即词题。
3. 双片。每片三仄韵，隔句韵。
4. 此调仅见杜龙沙一首。

始词：12 分句 4 复句。双片。每片 6 分句 2 复句，二/四/型复句组。仄韵，隔句韵。律词。

4，5。3，3。4，5。

6，6。3，3。4，5。——南宋·杜龙沙·《全宋词》第 3178 页

斗鸡回

夹钟商

莺啼人起，花露真珠**洒**。	◇◇◇◆，◇◆◇◇◆。
白苎衫，青骢**马**，	◆◆◇，◇◇◆，
绣陌相将，斗鸡寒食**下**。	◆◆◇◇，◆◇◇◆◆。
回廊暝色愔愔，应是待归来**也**。	◇◇◆◆◇◇，◇◆◆◇◇◆。
月渐高，门犹**亚**，	◆◆◇，◇◇◆，
闷剔银缸，漏声初入**夜**。	◆◆◇◇，◆◇◇◆◆。

同体式作品：无。

790.【露华】

1. 始词南宋周密作。
2. 双片。每片四平韵，仄韵，隔句韵。

始词：19 分句 8 复句。双片。上片 10 分句 4 复句，三/二/二/三/型复句组；下片 9 分句 4 复句，三/二/二/二/型复句组。平韵，隔句韵。

4，5，4。4，6。6，7。3，4，4。

6，5，4。4，6。6，7。3，6。——南宋·周密·《全宋词》第 3268 页

露华

次张窗云韵

暖消蕙雪，渐水纹漾锦，云淡波**溶**。	◆◇◆◆，△◆◇◆◆，◇◆◇◇。
岸香弄蕊，新枝轻袅条**风**。	◆◇◆◆，◇◇◇◆◇◇。
次第燕归将近，爱柳眉桃靥烟**浓**。	◆◆◆◇◇◆，△◆◇◇◆◇◇。
鸳径小，芳屏聚蝶，翠渚飘**鸿**。	◇◆◆，◇◇◆◆，◆◆◇◇。
六桥旧情如梦，记扇底宫眉，花下游**骢**。	◆◇◆◇◇◆，△◆◆◇◇，◇◆◇◇。
选歌试舞，连宵恋醉珍**丛**。	◆◇◆◆，◇◇◆◆◇◇。
怕里早莺啼醒，问杏钿谁点愁**红**。	◆◆◆◇◇◆，◆◆◆◇◆◇◇。
心事悄，春娇又入翠**峰**。	◇◆◆，◇◇◆◆◆◇。

同体式作品：南宋：王沂孙 1 首，张炎 1 首。
增减字：
（一）4，5，4。4，6。6，6。3，4，4。○ 6，5，4。6，4。6，6。3，6。南宋·王沂孙 1 首。

791.【绿盖舞风轻】

1. 始词南宋周密作。
2. 缘调名而赋词。
3. 双片。每片四仄韵，隔句韵。
4. 此调仅见周密一首。

始词：22 分句 8 复句。双片。每片 11 分句 4 复句，上片三/三/二/三/型复句组，下片三/三/三/二/型复句组。仄韵，邻韵通押，隔句韵。

5，4，5。4，5，4。4，7。3，4，4。
6，5，4。4，3，6。4，3，4。3，6。——南宋·周密·《全宋词》第 3274 页

绿盖舞风轻

白莲赋

玉立照新妆，翠盖亭亭，凌波步秋**绮**。	◆◆◆◇◇，◆◆◇◇，◇◇◆◇◆。
真色生香，明珰摇淡月，舞袖斜**倚**。	◇◆◇◇，◇◇◇◆◆，◆◆◇◆。
耿耿芳心，奈千缕情丝萦**系**。	◆◆◇◇，△◇◆◇◇◇◆。
恨开迟，不嫁东风，颦怨娇**蕊**。	◆◇◇，◆◆◇◇，◇◆◇◆。
花底谩卜幽期，素手采珠房，粉艳初**退**。	◇◆◆◆◇◇，◆◆◆◇◇，◆◆◇◆。
雨湿铅腮，碧云深，暗聚软绡清**泪**。	◆◆◇◇，◆◇◇，◆◆◆◇◇◆。
访藕寻莲，楚江远，相思谁**寄**。	◆◆◇◇，◆◇◆，◇◇◇◆。
棹歌回，衣露满身花**气**。	◆◇◇，◇◆◆◇◇◆。

同体式作品：无。

792.【月边娇】

1. 始词南宋周密作。
2. 调名即词题。
3. 双片。上片四仄韵一平韵，下片六仄韵；隔句韵。
4. 此调仅见周密一首。

始词：24分句8复句。双片。每片12分句4复句，上片三/三/三/三/型复句组，下片四/三/三/二/型复句组。仄韵，邻韵通押，隔句韵。律词。

4，5，4。4，4，6。4，3，4。4，3，4。

2，4，4，4。4，4，6。4，3，4。4，5。——南宋·周密·《全宋词》第3275页

月边娇

元夕怀旧

酥雨烘晴，早柳盼颦娇，兰芽愁**醒**。 ◇◆◇◇，△◆◆◇◇，◇◇◇◆。

九街月淡，千门夜暖，十里宝光花**影**。 ◆◇◆◆，◇◇◆◆，◆◆◆◇◇◆。

尘凝步袜，送艳笑，争夸轻**俊**。 ◇◇◆◆，◆◆◆，◇◇◇◆。

笙箫迎晓，翠幕卷，天香宫**粉**。 ◇◇◇◆，◆◆◆，◇◇◇◆。

少年，紫曲疏狂，絮花踪迹，夜蛾心**性**。 ◆◇，◆◆◇◇，◆◇◇◆，◆◇◇◆。

戏丛围**锦**，灯帘转玉，拚却舞勾歌**引**。 ◆◇◇◆，◇◇◆◆，◆◆◆◇◇◆。

前欢谩**省**，又辇路，东风吹**鬓**。 ◇◇◆◆，◆◆◆，◇◇◆◆。

醺醺倚醉，任夜深春**冷**。 ◇◇◆◆，△◆◇◇◆。

同体式作品：无。

793.【倚风娇近】

1. 始词南宋周密作。
2. 取本词“弄娇风”句为调名。
3. 双片。上片三仄韵，下片五仄韵；隔句韵，间插连句韵。
4. 此调仅见周密一首。

始词：13分句，5复句1单句。双片。上片7分句，2复句1单句，二/一/四/型复句单句组合；下片6分句3复句，二/二/二/型复句组。仄韵，隔句韵、连句韵。

4，6。7。5，5，4，6。

4，6。6，7。3，7。——南宋·周密·《全宋词》第3276页

倚风娇近

填霞翁谱，赋大花。

云叶千重，麝尘轻染金**缕**。 ◇◆◇◇，◆◇◇◆◇◆。

弄娇风软霞绡**舞**。 ◆◇◇◆◇◇◆。

花国选倾城，暖玉倚银屏， ◇◆◆◆◇◇，◆◆◆◇◇，

绰约娉婷，浅素宫黄争**妩**。 ◆◆◇◇，◆◆◇◇◇◆。

生怕春知，金屋藏娇深**处**。 ◇◆◇◇，◇◆◇◇◇◆。
蜂蝶寻芳无**据**，醉眼迷花映红**雾**。 ◇◆◇◇◇◆，◆◆◇◇◆◇◆。
修花**谱**，翠毫夜湿天香**露**。 ◇◇◆，◆◇◆◆◇◇◆。

同体式作品： 无。

794.【子夜歌】

1. 始词南宋彭元逊作。
2. 子夜歌，本源为六朝清商曲。《旧唐书·礼乐志》："《子夜》，晋曲也。晋有女子夜造此声，声过哀苦，晋日常有鬼歌之。"
3. 双片。上片四仄韵，下片五仄韵，隔句韵。
4. 此调仅见彭元逊一首。传贺铸【子夜歌】一首，实【秦楼月】。

始词：25 分句 9 复句。双片。上片 12 分句 4 复句，三/三/三/三/型复句组；下片 14 分句 5 复句，三/三/二/三/三/型复句组。仄韵，隔句韵。

3，4，6。3，4，6。4，4，5。7，6，4。
2，5，6。4，4，5。7，4。4，4，5。3，4，4。

——南宋·彭元逊·《全宋词》第 3314 页

子夜歌

和尚友

视春衫，箧中半在，浥浥酒痕花**露**。 ◆◇◇，◆◇◆◆，◆◆◆◇◇◆。
恨桃李，如风过尽，梦里故人成**雾**。 ◆◇◆，◇◇◆◆，◆◆◆◇◇◆。
临颍美人，秦川公子，晚共何人**语**。 ◇◆◆◇，◇◇◇◆，◆◆◇◇◆。
对人家花草池台，回首故园咫尺，未成归**去**。 △◇◇◇◆◇◇，◇◆◆◇◆◆，◆◇◇◆。

昨宵，听危弦急管，酒醒不知何**处**。 ◆◇，△◇◇◆◆，◆◆◆◇◇◆。
飘泊情多，衰迟感易，无限堪怜**许**。 ◇◆◇◇，◇◇◆◆，◇◆◇◇◆。
似尊前眼底红颜，消几寒**暑**。 △◇◇◆◆◇◇，◇◆◇◆。
年少风流，未谙春事，追与东风**赋**。 ◇◆◇◇，◆◇◇◆，◇◆◇◇◆。
待他年，君老巴山，共君听**雨**。 ◆◇◇，◇◆◇◇，◆◇◇◆。

同体式作品： 无。

附： 贺铸有一词，传本误作【子夜歌】，实【秦楼月】。其词如下：

三更月，中庭恰照梨花雪。梨花雪，不胜凄断，杜鹃啼血。○王孙何许音尘绝，柔桑陌上吞声别。吞声别，陇头流水，替人呜咽。

795. 【玉女迎春慢】

1. 始词南宋彭元逊作。
2. 双片，上片六韵，下片五韵；仄韵，隔句韵、连句韵。
3. 此调仅见彭元逊一首。

始词：19 分句 8 复句。双片。上片 10 分句 4 复句，三/二/二/三/型复句组；下片 9 分句 4 复句，三/二/二/二/型复句组。仄韵，隔句韵，间插连句韵。

4，3，6。6，6。4，7。4，4，4。
6，4，4。6，6。4，7。4，6。——南宋·彭元逊·《全宋词》第 3316 页

玉女迎春慢

柳

浅入新年，逢人日，拂拂淡烟无**雨**。	◆◆◇◇，◇◇◆，◆◆◆◇◇◆。
叶底妖禽自**语**，小啄幽香还**吐**。	◆◆◇◇◆◆，◆◆◇◇◇◆。
东风辛**苦**，便怕有踏青人**误**。	◇◇◇◆，◆◆◆◆◇◇◆。
清明寒食，消得渡江，黄翠千**缕**。	◇◇◇◆，◇◆◆◇，◇◆◇◆。
看临小帖宜春，填轻晕湿，碧花生**雾**。	◇◇◆◆◇◇，◇◇◆◆，◆◇◇◆。
为说钗头袅袅，系著轻盈不**住**。	◆◆◇◇◆◆，◆◆◇◇◆◆。
问郎留**否**，似昨夜教成鹦**鹉**。	◆◇◇◆，△◆◆◇◇◇◆。
走马章台，忆得画眉归**去**。	◆◆◇◇，◆◆◆◇◇◆。

同体式作品：无。

796. 【个侬】

1. 始词南宋廖莹中作。
2. 取本词首句为调名，调名即词题。“个侬”，“那人”，宋元俗语。
3. 双片。上片六仄韵，下片九仄韵；连句韵、隔句韵并用。
4. 此调仅见廖莹中一首。

始词：36 分句 12 复句。双片。上片 19 分句 6 复句，三/二/四/四/三/三/型复句组；下片 17 分句 6 复句，二/三/四/四/二/二/型复句组。仄韵，入声统韵，邻韵通押，隔句韵，插一连句韵。

5，3，4。4，7。4，4，5，4。4，4，3，4。4，3，4。2，4，4。
4，5。4，4，7。4，4，5，4。4，4，3，4。4，7。6，4。

——南宋·廖莹中·《全宋词》第3318页

个侬

恨个侬无赖，卖娇眼，春心偷**掷**。	△◆◇◇◆，◆◇◆，◇◇◇◆。
苍苔花落，先印下一双春**迹**。	◇◇◇◆，◇◆◆◆◇◇◆。
花不知名，香才闻气，	◇◆◇◇，◇◇◇◆，
似月下箜篌，蒋山倾**国**。	△◆◆◇◇，◆◇◇◆。
半解罗襟，蕙薰微度，	◆◆◇◇，◆◇◇◆，
镇宿粉，栖香双**蝶**。	◆◆◆，◇◇◇◆。
语态眠情，感多情，轻怜细**阅**。	◆◆◇◇，◆◇◇，◇◇◆◆。
休问，望宋墙高，窥韩路**隔**。	◇◆，△◆◇◇，◆◇◆◆。
寻寻觅**觅**，又暮雨凝**碧**。	◇◇◆◆，△◆◆◇◆。
花径横烟，红扉映月，尽一刻千金堪**值**。	◇◆◇◇，◇◇◆◆，◆◆◆◇◇◇◆。
卸袜熏笼，藏灯衣桁，	◆◆◇◇，◇◇◇◆，
任裹臂金斜，搔头玉**滑**。	△◆◆◇◇，◇◇◆◆。
更恨檀郎，恶怜深**惜**，	◆◆◇◇，◆◇◇◆，
尽颤袅，周旋倾**侧**。	◆◆◆，◇◇◇◆。
软玉香钩，怪无端风珠微**脱**。	◆◆◇◇，△◇◇◆◇◇◆。
多少怕晓听钟，琼钗暗**擘**。	◇◆◆◆◇◇，◇◇◆◆。

同体式作品：无。

797. 【湘灵瑟】

1. 始词南宋刘埙作。
2. 取唐钱起《湘灵鼓瑟》诗题为调名。
3. 单片。七平韵，连句韵，插一隔句韵。

始词：单片。8分句4复句，二/二/二/二/型复句组。平韵，连句韵，插一隔句韵。

4，5。4，3。3，3。6，5。——南宋·刘埙·《全宋词》第3331页

湘灵瑟

故妓周鬶葬桥南

酸风泠**泠**，哀箭吹数**声**。	◇◇◇◇，◇◇◆◆◇。

碎雨冥**冥**，泣瑶**英**。	◆◆◇◇，◆◇◇。
花心路，芙蓉**城**。	◇◇◆，◇◇◇。
相思几回魂**惊**，肠断坟草**青**。	◇◇◆◇◇◇，◇◆◇◆◇。

同体式作品：南宋：无名氏1首。

798.【凤鸾双舞】

1. 始词南宋汪元量作。
2. 献宋端宗生母杨太妃生辰寿词。
3. 双片。上片四仄韵，下片六仄韵；隔句韵。
4. 此调仅见汪元量一首。

始词：22分句8复句。双片。上片13分句4复句，三/四/三/三/型复句组；下片9分句4复句，二/二/三/二/型复句组。仄韵，隔句韵，间插连句韵。

3，4，5。4，4，4，4。3，5，4。8，4，4。

4，7。4，5。4，3，6。2，5。——南宋·汪元量·《全宋词》第3342页

凤鸾双舞

慈元殿，薰风宝鼎，喷香云飘**坠**。	◇◇◆，◇◇◆◆，◆◇◇◇◆。
环立翠羽，双歌丽调，	◇◆◆◆，◇◇◆◆，
舞腰新束，舞缨新**缀**。	◆◇◇◆，◆◇◇◆。
金莲步，轻摇彩凤儿，翩翻作**戏**。	◇◇◆，◇◇◆◆◇，◇◇◆◆。
便似月里仙娥谪来，	◆◆◆◆◇◇◆◇，
人间天上，一番游**戏**。	◇◇◇◆，◆◇◇◆。
圣人乐**意**，任乐部箾韶声**沸**。	◆◇◆◆，△◆◆◇◇◇◆。
众妃欢也，渐调笑微**醉**。	◆◇◇◆，△◇◆◇◆。
竞奉霞觞，深深愿，圣母寿如松**桂**。	◆◆◇◇，◇◇◆，◆◆◆◇◇◆。
迢**递**，更万年千**岁**。	◇◆，△◆◇◇◆。

同体式作品：无。

799.【锦瑟清商引】

1. 始词南宋汪元量作。

2. 锦瑟，本词之赋题；清商，清商调；引，词调音乐之一体。
3. 双片。上片五韵，下片六韵，平韵，隔句韵。
4. 此调仅见汪元量一首。

始词：24 分句 8 复句。双片。每片 12 分句 4 复句，三/二/五/二/型复句组。平韵，隔句韵，插一连句韵。

7，3，4。5，6。3，4，5，4，4。5，5。
4，3，6。7，4。3，4，3，6，4。5，5。——南宋·汪元量《全宋词补辑》第 88 页

锦瑟清商引

玉窗夜静月流**光**，拂鸳弦，先奏清**商**。	◆◇◆◆◆◇◇，◆◇◇，◇◆◇◇。
天外塞鸿飞，呼群夜渡潇**湘**。	◇◆◆◇◇，◇◇◆◆◇◇。
风回处，戛玉铿金，	◇◇◆，◆◆◇◇，
翩翻作新势，声声字字，历历锵**锵**。	◇◇◆◇◆，◇◇◆◆，◆◆◇◇。
忽低颦有恨，此意极凄**凉**。	△◇◇◆◆，◆◆◆◇◇。
炉香帘栊，正清洒，转调促柱成**行**。	◇◇◇◇，◆◇◆，◆◆◆◆◇◇。
机籁杂然鸣素手，击碎琳**琅**。	◇◆◆◇◇◆◆，◆◆◇◇。
翠云深，梦里昭**阳**，	◆◇◇，◆◆◇◇，
此心**长**，回顾穷阴绝漠，片影悠**扬**。	◆◇◇，◇◆◇◇◆◆，◆◆◇◇。
那昭君更苦，香泪湿红**裳**。	◆◇◇◆◆，◇◆◆◇◇。

同体式作品：无。

800.【玲珑玉】

1. 始词南宋姚云文作。
2. 双片。每片五平韵，隔句韵。
3. 此调仅见姚云文一首。

始词：20 分句 8 复句。双片。上片 9 分句 4 复句，二/二/三/二/型复句组；下片 11 分句 4 复句，三/二/三/三/型复句组。平韵，隔句韵，上片结末二句连韵。

4，7。4，6。6，5，4。2，7。
6，5，4。4，7。6，7，4。2，3，7。——南宋·姚云文·《全宋词》第 3377 页

玲珑玉

半闲堂赋春雪

开岁春迟，早赢得一白潇**潇**。	◇◆◇◇，◆◇◆◆◆◇◇。

风窗澌簌，梦惊金帐春**娇**。　◇◇◆◆，◆◇◇◆◇◇。
是处貂裘透暖，任尊前回舞，红偻柔**腰**。　◆◆◇◇◆◆，△◇◇◇◆，◇◆◇◇。
今**朝**，亏陶家茶鼎寂**寥**。　◇◇，△◇◇◇◆◆◇。

料得东皇戏剧，怕蛾儿街柳，先斗元**宵**。　◆◆◇◇◆◆，△◇◇◇◆，◇◆◇◇。
宇宙低迷，倩谁分浅凸深**凹**。　◆◆◇◇，◆◇◇◆◆◇◇。
休嗟空花无据，便真个琼雕玉琢，　◇◇◇◇◇◆，△◇◆◇◇◆◆，
总是虚**飘**。　◆◆◇◇。
虚**飘**，且沉醉，趁楼头零片未**消**。　◇◇，◆◇◆，△◇◇◇◆◆◇。

同体式作品：无。

801.【紫萸香慢】

1. 始词南宋姚云文作。
2. 取本词“紫萸一枝”句为调名。
3. 双片。上片五韵，下片七韵，平韵，隔句韵，间插连句韵。
4. 此调仅见姚云文一首。

始词：24分句8复句。双片。每片12分句4复句，上片三/三/三/三/型复句组，下片三/三/二/四/型复句组。平韵，插一仄韵，邻韵通押，隔句韵，间插连句韵。

3，4，6。5，3，3。6，5，4。3，7，7。
2，4，6。5，4，4。7，5。7，4，6，4。——南宋·姚云文·《全宋词》第3378页

紫萸香慢

近重阳，偏多风雨，绝怜此日暄**明**。　◆◇◇，◇◇◇◆，◆◇◆◆◇◇。
问秋香浓未，待携客，出西**城**。　△◇◇◇◆，◆◇◆，◆◇◇。
正自羁怀多感，怕荒台高处，更不胜**情**。　◆◆◇◇◇◆，△◇◇◇◆，◆◆◇◇。
向尊前，又忆漉酒插花**人**，　◆◇◇，◆◆◆◆◆◇◇，
只座上已无老**兵**。　◆◆◆◆◇◆◇。

凄**情**，浅醉还**醒**，愁不肯与诗**平**。　◇◇，◆◆◇◇，△◆◆◆◇◇。
记长楸走马，雕弓榨柳，前事休**评**。　△◇◇◆◆，◇◇◆◆，◇◆◇◇。
紫萸一枝传赐梦，谁到汉家**陵**。　◆◇◆◇◇◆◆，◇◆◆◇◇。
尽乌纱便随风去，要天知道，　△◇◇◆◇◇◆，◆◇◇◆，
华发如此星**星**，歌罢涕**零**。　◇◆◇◆◇◇，◇◆◆◇。

同体式作品：无。

802.【夏日燕黉堂】

1. 始词南宋赵必瑑作。
2. “燕”通“宴”，“燕黉堂”即“宴黉堂”；黉堂，学堂。
3. 双片。每片五平韵，隔句韵。

始词：22 分句 8 复句。双片。每片 11 分句 4 复句，三/二/三/三/型复句组。平韵，隔句韵。

3，5，4。5，5。7，3，4。5，4，4。
5，5，4。4，5。7，3，4。5，4，4。——南宋·赵必瑑·《全宋词》第 3383 页

夏日燕黉堂

和竹磵韵，寿匝峰使君。

赤城**中**，奏鹤笙一曲，玉佩丁**东**。	◆◇◇，△◆◇◆◆，◆◆◇◇。
蒲节后七日，宴翠阆琼**宫**。	◇◆◆◆◆，△◆◆◇◇。
年年王母来称寿，醉蟠桃，几度东**风**。	◇◇◇◆◇◇◆，◆◇◇，◆◆◇◇。
簇花间五马，轻裘短帽，雪鬓吟**翁**。	△◇◇◆◆，◇◇◆◆，◆◆◇◇。
魁宿耀三**雍**，曾归车共载，非虎非**熊**。	◇◆◆◆◇，◇◇◇◆◆，◇◆◇◇。
急流勇退，渊底卧骊**龙**。	◆◇◆◆，◇◆◆◇◇。
山中不用官三品，垫角巾，人慕林**宗**。	◇◇◆◆◇◇◆，◆◆◇，◇◆◇◇。
记亳州旧事，画鸱夷子，献与恭**公**。	△◇◇◆◆，△◇◇◆，◆◆◇◇。

同体式作品：无。

变体二

与始词复句数相同，分句数减 2。

【变体二】20 分句 8 复句。上下片第三复句较始词各减 1 分句，每片 10 分句 4 复句，三/二/二/三/型复句组。平韵，隔句韵。

3，5，4。4，5。7，7。5，4，4。
5，5，4。4，5。7，7。5，4，4。——宋·无名氏·《全宋词》第 3657 页

夏日燕黉堂

日初**长**，正园林换叶，瓜李飘**香**。	◆◇◇，△◇◇◆◆，◇◆◇◇。
帘外雨过，送一霎微**凉**。	◇◆◆◇，△◆◆◇◇。
萍芜径曲凝珠颗，衬汀沙细簇蜂**房**。	◇◇◆◆◇◇◇，◆◇◇◆◆◇◇。
被晚风轻飐，圆荷翻水，泼觉鸳**鸯**。	△◆◇◇◆，◇◇◇◆，◆◆◇◇。

此景最难**忘**，趁芳樽泛蚁，筠簟铺**湘**。 ◆◆◆◇◇，△◇◇◆◆，◇◆◇◇。
兰舟棹稳，倚何处垂**杨**。 ◇◇◆◆，△◇◆◇◇。
岂能文字成狂饮，更红裙闲也何**妨**。 ◆◇◇◆◇◇◆，△◇◇◇◆◇◇。
任醉归明月，虾须帘筛，几线余**霜**。 △◆◇◇◆，◇◇◇◇，◆◆◇◇。

同体式作品：无。

803.【爱月夜眠迟】

【爱月夜眠迟慢】

1. 始词南宋仇远作。另有宋无名氏一首，结句“爱月每夜眠迟”，或为本调始词。
2. 一作【爱月夜眠迟慢】。
3. 双片。每片四平韵，隔句韵。

始词：22 分句 8 复句。每片 11 分句 4 复句，上片三/三/三/二/型复句组，下片三/三/二/三/型复句组。平韵，邻韵通押，隔句韵，间插连句韵。

4，5，4。4，4，6。6，4，5。5，4。
6，5，4。6，4，4。6，6。3，4，4。——南宋·仇远·《全宋词》第 3401 页

爱月夜眠迟

小市收灯，渐柝声隐隐，人语沉**沉**。 ◆◆◇◇，△◆◇◆◆，◇◆◇◇。
月华如水，香街尘冷，阑干琐碎花**阴**。 ◆◇◇◆，◇◇◇◆，◇◇◆◆◇◇。
罗帏不隔婵娟，多情伴人，孤枕最分**明**。 ◇◇◆◆◇◇，◇◇◆◇，◇◆◆◇◇。
见屏山翠叠，遮断行**云**。 △◇◇◆◆，◇◆◇◇。

因记款曲西厢，趁凌波步影，笑拾遗**簪**。 ◇◆◆◆◇◇，△◇◇◆◆，◆◆◇◇。
元宵相次近也，沙河箫鼓，恰是如**今**。 ◇◇◇◆◆◆，◇◇◇◆，◆◆◇◇。
行行舞袖歌**裙**，归还不管更**深**。 ◇◇◆◆◇◇，◇◇◆◆◇◇。
黯无言，新愁旧月，空照黄**昏**。 ◆◇◇，◇◇◆◆，◇◆◇◇。

同体式作品：无。

变体二

较始词复句数不变，分句数有变。

【变体二】20 分句 8 复句。双片。上片第三复句较始词减 1 分句，下片第四复句减 1 分句，每片 10 分句 4 复句，三/三/二/二/型复句组。平韵，偶插一仄韵，隔句韵。

4，5，4。4，4，6。6，6。6，6。
6，5，4。4，4，6。6，6。6，6。——宋·无名氏·《全宋词》第 3829 页

爱月夜眠迟慢

禁鼓初敲，觉六街夜悄，车马人**稀**。	◆◆◇◇，△◆◇◆◆，◇◆◇◇。
暮天澄淡，云收雾卷，亭亭皎月如**珪**。	◆◇◇◆，◇◇◆◆，◇◇◆◆◇◇。
冰轮碾出遥空，无私照临千**里**。	◇◇◆◆◇◇，◇◇◆◇◇◆。
最堪怜有情风，送得丹桂香**微**。	◆◇◇◆◇◇，◆◆◇◆◇◇。
唯愿素魄长圆，把流霞对饮，满泛觥**卮**。	◇◆◆◆◇◇，◆◇◇◆◆，◆◆◇◇。
醉凭栏处，赏玩不忍，辜却好景良**时**。	◆◇◇◆，◆◆◆◆，◇◆◆◆◇◇。
清歌妙舞连宵，踟蹰懒入罗**帏**。	◇◇◆◆◇◇，◇◇◆◆◇◇。
任佳人尽嗔我，爱月每夜眠**迟**。	△◇◇◆◇◆，◆◆◆◆◇◇。

同体式作品：无。

804.【睡花阴令】

1. 始词南宋仇远作。
2. 取本词“倚木犀花睡，满衣花影碎”句意为调名。
3. 双片。上片三韵，下片四韵，仄韵，隔句韵、连句韵。
4. 此调仅见仇远一首。

始词：11 分句 4 复句。双片。上片 5 分句 2 复句，二/三/型复句组；下片 6 分句 2 复句，三/三/型复句组。仄韵，隔句韵、连句韵。律词。

4，6。3，4，5。

4，3，4。2，5，5。——南宋·仇远·《全宋词》第 3401 页

睡花阴令

愁云歇雨，净洗一奁秋**霁**。	◇◇◆◆，◆◆◆◇◇◆。
枝上鹊，欲栖还**起**，曲阑人独**倚**。	◇◆◆，◆◇◇◆，◆◇◇◆◆。
持杯酹月，月未醉，笑人先**醉**。	◇◇◆◆，◆◆◆，◆◇◇◆。
忘**醉**，倚木犀花**睡**，满衣花影**碎**。	◆◆，△◆◇◇◆，◆◇◇◆◆。

同体式作品：无。

805.【阳台怨】

1. 始词南宋仇远作。

2. 以典故为调名。阳台怨，闺阁之怨。宋玉《高唐赋》："妾在巫山之阳，高丘之阻，旦为朝云，暮为行雨。朝朝暮暮，阳台之下。"
3. 双片。每片三仄韵，连句韵、隔句韵。
4. 此调仅见仇远一首。

始词：8分句4复句。双片。每片4分句2复句，二/二/型复句组。仄韵，连句韵、隔句韵。律词。

5，6。7，5。

5，6。7，5。——南宋·仇远·《全宋词》第3403页

阳台怨

月明如白**日**，遮径花阴密**密**。	◆◇◇◆◆，◇◆◇◇◆◆。
未见黄云衬袜来，空伴花阴**立**。	◆◆◇◇◆◆◇，◇◆◇◇◆。
疑是碧瑶台，不放彩鸾飞**出**。	◇◆◆◇◇，◆◆◆◇◇◆。
隐隐隔花清漏**急**，一巾红露**湿**。	◆◆◆◇◇◆◆，◆◇◇◆◆。

同体式作品：无。

806.【荐金蕉】

1. 始词南宋仇远作。
2. 单片。换韵，先二仄韵、后二平韵，连句韵、隔句韵。
3. 此调仅见仇远一首。

始词：单片。5分句2复句，二/三/型复句组。换韵，先仄后平，连句韵、隔句韵。律词。

7，5。7，4，5。——南宋·仇远·《全宋词》第3404页

荐金蕉

梅边当日江南**信**，醉语无凭**准**。	◇◇◇◆◇◇◆，◆◆◇◇◆。
斜阳丹叶一帘**秋**，	◇◇◇◆◆◇◇，
燕去鸿来，相忆几时**休**。	◆◆◇◇，◇◆◆◇◇。

同体式作品：无。

807.【春夏两相期】

1. 始词南宋蒋捷作。

2. 双片。每片五仄韵，连句韵、隔句韵。
3. 此调仅见蒋捷一首。

始词：19 分句 8 复句。双片。上片 9 分句 4 复句，二/二/二/三/型复句组；下片 10 分句 4 复句，三/二/二/三/型复句组。仄韵，上片起首二句连韵，继隔句韵。

7，6。6，4。7，7。4，4，4。

6，5，4。4，6。7，7。4，4，4。——南宋·蒋捷·《全宋词》第 3438 页

春夏两相期

寿谢令人

听深深谢家庭**馆**，东风对语双**燕**。　△◇◇◆◇◇◆，◇◇◆◆◇◆。
似说朝来天上，婺星光**现**。　◆◆◇◇◇◆，◆◇◇◆。
金裁花诰紫泥香，绣里藤舆红茵**软**。　◇◇◇◆◆◇◇，◆◆◇◇◇◇◆。
散蜡宫辉，行鳞厨品，至今人**羡**。　◆◆◇◇，◇◇◇◆，◆◇◇◆。

西湖万柳如**线**，料月仙当此，小停飙**辇**。　◇◇◆◆◇◆，△◆◇◇◆，◆◇◇◆。
付与长年，教见海心波**浅**。　◆◆◇◇，◇◆◆◇◇◆。
萦云玉佩五侯门，洗雪华桐三春**苑**。　◇◇◆◆◆◇◇，◆◆◇◇◇◇◆。
慢拍调莺，急鼓催鸾，翠阴生**院**。　◆◆◇◇，◆◆◇◇，◆◇◇◆。

同体式作品：无。

808.【翠羽吟】

1. 始词南宋蒋捷作。
2. 取旧曲度新调。
3. 双片。上片八韵，下片六韵，仄韵，连句韵、隔句韵。
4. 此调仅见蒋捷一首。

始词：24 分句 10 复句。双片。每片 12 分句 5 复句，三/二/二/二/三/型复句组。平韵，上片起首三句连句韵，下片插一连句韵，余皆隔句韵。

3，3，5。4，7。6，6。7，6。7，4，4。

6，4，5。6，6。5，7。6，6。4，4，4。——南宋·蒋捷·《全宋词》第 3446 页

翠羽吟

响林王君本示予越调【小梅花引】，俾以飞仙步虚之意为其辞。予谓泛泛言仙，似乎寡味，越调之曲【与梅花宜】【罗浮梅花】，真仙事也，演而成章，名【翠羽吟】。

绀露**浓**，映素**空**，楼观峭玲**珑**。　◆◆◇，◆◆◇，◇◆◆◇◇。

粉冻霁英，冷光摇荡古青**松**。	◆◆◆◇，◆◇◇◆◆◇◇。
半规黄昏淡月，梅气山影溟**蒙**。	◆◇◇◇◆◆，◇◆◇◆◇◇。
有丽人步依修竹，萧然态若游**龙**。	△◆◇◆◇◇◆，◇◇◆◆◇◇。
绡袂微皱水溶**溶**，仙茎清瀣，净洗斜**红**。	◇◆◇◆◆◇◇，◇◇◇◆，◆◆◇◇。
劝我浮香桂酒，环佩暗解，声飞芳霭**中**。	◆◆◇◇◆◆，◇◆◆◆，◇◇◇◆◇。
弄春弱柳垂丝，慢按翠舞娇**童**。	◆◇◆◆◇◇，◆◆◆◆◇◇。
醉不知何处，惊剪剪凄紧霜**风**。	△◆◇◇◆，△◆◆◇◆◇◇。
梦醒寻痕访**踪**，但留残星挂**穹**。	◆◆◇◇◆◇，◆◇◇◇◆◇。
梅花未老，翠羽双吟，一片晓**峰**。	◇◇◆◆，◆◆◇◇，◆◆◆◇。

同体式作品：无。

809.【珍珠令】

1. 始词南宋张炎作。
2. 双片。上片四韵，下片三韵，仄韵，连句韵、隔句韵。
3. 此调仅见张炎一首。

始词：9 分句 4 复句。双片。上片 5 分句 2 复句，二/三/型复句组；下片 4 分句 2 复句，二/二/型复句组。仄韵，连句韵、隔句韵。律词。

7，3。7，5，5。
7，7。5，4。——南宋·张炎·《全宋词》第 3516 页

珍珠令

桃花扇底歌声**杳**，愁多**少**。	◇◇◆◆◇◇◆，◇◇◆。
便觉道花阴闲**了**，	◆◆◆◇◇◇◆，
因甚不归来，甚归来不**早**。	◇◆◆◇◇，△◇◇◆◆。
满院飞花休要**扫**，待留与薄情知**道**。	◆◆◇◇◇◆◆，△◇◆◆◇◇◆。
怕一似飞花，和春都**老**。	△◆◆◇◇，◇◇◇◆。

同体式作品：无。

810.【东风齐著力】

1. 始词南宋胡浩然作。

2. 双片。上片四韵，下片五韵，平韵，隔句韵。
3. 此调仅见胡浩然一首。

始词：21 分句 8 复句。双片。上片 11 分句 4 复句，三/二/三/三/型复句组；下片 10 分句 4 复句，三/二/二/三/型复句组。平韵，隔句韵。律词。

4，4，4。4，5。6，3，4。3，4，4。
5，3，6。4，5。6，7。3，4，4。——南宋·胡浩然·《全宋词》第 3536 页

东风齐著力

除夕

残腊收寒，三阳初转，已换年**华**。　◇◆◇◇，◇◇◇◆，◆◆◇◇。
东君律管，迤逦到山**家**。　◇◇◆◆，◆◆◆◇◇。
处处笙簧鼎沸，会佳宴，坐列仙**娃**。　◆◆◇◇◆◆，◆◇◆，◆◆◇◇。
花丛里，金炉满爇，龙麝烟**斜**。　◇◇◆，◇◇◆◆，◇◆◇◇。

此景转堪**夸**，深意祝，寿山福海增**加**。　◆◆◆◇◇，◇◆◆，◆◇◆◆◇◇。
玉觥满泛，且莫厌流**霞**。　◆◇◆◆，◆◆◆◇◇。
幸有迎春寿酒，银瓶浸几朵梅**花**。　◆◆◇◇◆◆，◇◇◆◆◆◇◇。
休辞醉，园林秀色，百草萌**芽**。　◇◇◆，◇◇◆◆，◆◆◇◇。

同体式作品：无。

811. 【送入我门来】

1. 始词南宋胡浩然作。
2. 取本词“入此门来”句为调名。
3. 双片。每片四平韵，隔句韵。
4. 此调仅见胡浩然一首。

始词：20 分句 8 复句。双片。每片 10 分句 4 复句，三/二/二/三/型复句组。平韵，隔句韵。律词。

4，4，6。4，5。7，8。3，6，4。
6，6，4。4，5。7，8。5，4，4。——南宋·胡浩然·《全宋词》第 3536 页

送入我门来

除夕

荼垒安扉，灵馗挂户，神傩烈竹轰**雷**。　◇◆◇◇，◇◇◆◆，◇◇◆◆◇◇。
动念流光，四序式周**回**。　◆◆◇◇，◆◆◆◇◇。

须知今岁今宵尽，似顿觉明年明日**催**。	◇◇◇◆◇◇◆，△◆◆◇◇◇◆◇。
向今夕，是处迎春送腊，罗绮筵**开**。	◆◇◆，◆◆◇◇◆◆，◇◆◇◇。
今古遍同此夜，贤愚共添一岁，	◇◆◆◇◆◆，◇◆◆◇◆◆，
贵贱仍**偕**。	◆◆◇◇。
互祝遐龄，山海固难**摧**。	◆◆◇◇，◇◆◆◇◇。
石崇富贵篯铿寿，更潘岳仪容子建**才**。	◆◇◆◆◇◇◆，△◇◆◇◇◆◆◇。
仗东风尽力，一齐吹送，入此门**来**。	△◇◇◆◆，◆◇◇◆，◆◆◇◇。

同体式作品：无。

812.【风中柳】

【风中柳令】

1. 始词南宋孙夫人作。
2. 一作【风中柳令】。
3. 双片。每片四仄韵，隔句韵。

始词：14 分句 4 复句。每片 7 分句 2 复句，四/三/型复句组。仄韵，隔句韵。律词。

4，6，3，4。4，5，7。

4，6，3，4。4，5，7。——南宋·孙夫人·《全宋词》第 3538 页

风中柳

闺情

销减芳容，端的为郎烦**恼**，	◇◆◇◇，◇◆◆◇◇◆，
鬓慵梳，宫妆草**草**。	◆◇◇，◇◇◆◆。
别离情绪，待归来都**告**，	◆◇◇◆，△◇◇◇◆，
怕伤郎又还休**道**。	◆◇◇◆◇◇◆。
利锁名缰，几阻当年欢**笑**，	◆◆◇◇，◆◆◇◇◇◆，
更那堪，鳞鸿信**杳**。	◆◆◇，◇◇◆◆。
蟾枝高折，愿从今须**早**，	◇◇◇◆，△◇◇◇◆，
莫辜负凤帏人**老**。	◆◇◆◆◇◇◆。

同体式作品：无。

变体二

较始词复句数不变，分句数减 1。

【变体二】13 分句 4 复句。上片与始词同，7 分句 2 复句，四/三/型复句组；下片减 1 分句，6 分句 2 复句，三/三/型复句组。仄韵，隔句韵，连句韵。

4，3，4，4。4，6，7。

4，6，7。5，4。7。——南宋·无名氏·《全宋词》第 3830 页

风中柳令

爱鬓云长，惜眉山，	◆◆◇◇，◆◇◇，
寻乍相见，一时眠**起**。	◇◆◇◆，◆◇◇◆。
为伊尚验，未欲将言相**戏**，	◆◇◆◆，◆◆◇◇◇◆，
早樽前会人深**意**。	△◇◇◆◇◇◆。
霎时间阻，眼儿早巴巴**地**，	◆◇◇◆，◆◇◆◇◇◆，
便也解封题相**寄**。	◆◆◆◇◇◇◆。
怎生是款曲，终成连**理**，	◆◇◆◆◆，◇◇◇◆，
管胜如旧来识**底**。	△◆◇◆◇◆◆。

同体式作品：无。

813.【西湖月】

1. 始词南宋黄子行作。
2. 自度曲。
3. 双片。每片四仄韵，隔句韵。
4. 此调仅见黄子行二首。

始词：20 分句 8 复句。双片。每片 10 分句 4 复句，三/三/二/二/型复句组。仄韵，隔句韵。

6，5，4。4，4，4。5，8。7，6。

6，5，4。4，4，4。5，8。6，4。——南宋·黄子行·《全宋词》第 3557 页

西湖月

自度。商调。

湖光冷浸玻璃，荡一饷薰风，小舟如**叶**。	◇◇◆◆◇◇，△◆◆◇◇，◆◇◇◆。
藕花十丈，云梳雾洗，翠娇红**怯**。	◆◇◆◆，◇◇◆◆，◆◇◇◆。
壶觞围坐处，正酒醁吹波红映**颊**。	◇◇◇◆◆，△◆◆◇◇◇◆◆。
尚记得玉臂生凉，不放汗香轻**浃**。	◆◆◆◆◆◇◇，◆◆◆◇◇◆。
殢人小摘墙榴，为碎掐猩红，细认裙**褶**。	◆◇◆◆◇◇，△◆◆◇◇，◆◆◇◆。

旧游如梦，新愁似织，泪珠盈**睫**。　◆◇◇◆，◇◇◆◆，◆◇◇◆。
秋娘风味在，怎得对银釭生笑**靥**。　◇◇◇◆◆，◆◆◆◇◇◇◆◆。
消瘦沈约诗腰，仿佛堪**捻**。　◇◆◆◆◇◇，◆◆◇◆。

同体式作品：无。

增减字：

(一) 6，5，4。4，4，4。5，8。7，6。○ 6，5，4。4，4，4。5，8。7，4。南宋：黄子行1首。

814.【升平乐】

1. 始词南宋吴奕作。
2. 本为宋教坊曲。《宋史·乐志》："建隆中，教坊都知李德升作《长春乐》曲，乾德元年又作《万岁升平乐》曲。"周密《武林旧事》"天基圣节排档乐次"云："乐奏夹钟宫……第三盏，笙起《升平乐慢》。"
3. 词咏调名本义。
4. 双片。每片四平韵，隔句韵。
5. 此调仅见吴奕一首。

始词：22 分句 8 复句。双片。每片各 11 分句 4 复句，三/三/二/三/型复句组。平韵，邻韵通押，隔句韵。

4，4，6。4，4，6。4，6。4，4，4。
6，5，4。4，4，6。7，4。3，5，4。——南宋·吴奕·《全宋词》第 3597 页

升平乐

水阁层台，短亭深院，依稀万木笼**阴**。　◆◆◇◇，◆◇◇◆，◇◇◆◆◇◇。
飞暑无涯，行云有势，晚来细雨回**晴**。　◇◆◇◇，◇◇◆◆，◆◇◆◆◇◇。
庭槐转影，纱厨两两蝉**鸣**。　◇◇◆◆，◇◇◆◆◇◇。
幽梦断枕，金猊旋热，兰炷微**薰**。　◇◆◆◆，◇◇◆◆，◇◆◇◇。

堪命俊才俦侣，对华筵坐列，朱履红**裙**。　◇◆◆◇◇◆，△◇◇◆◆，◇◆◇◇。
檀板轻敲，金樽满泛，纵交畏日西**沉**。　◇◆◇◇，◇◇◆◆，◆◇◆◆◇◇。
金丝玉管间歌喉，时奏清**音**。　◇◇◆◆◆◇◇，◇◆◇◇。
唐虞景，尽陶陶沉醉，且乐升**平**。　◇◇◆，△◇◇◇◆，◆◆◇◇。

同体式作品：无。

815.【浦湘曲】

1. 始词南宋蔡士裕作。
2. 双片。每片四韵，仄韵，连句韵、隔句韵。
3. 此调仅见蔡士裕一首。

始词：11 分句 4 复句。双片。上片 5 分句 2 复句，三/二/型复句组；下片 6 分句 2 复句，三/三/型复句组。仄韵，连句韵、隔句韵。

3，6，6。7，6。
3，5，5。4，8，5。——南宋·蔡士裕·《全宋词》第 3599 页

浦湘曲

为全坛教谕干寿道考满帐词

功名**早**，步武青云缭**绕**，斯文近有成**效**。	◇◇◆，◆◆◇◇◇◆，◇◇◆◆◇◆。
绛纱拍拍春风满，香动一池芹**藻**。	◆◇◆◆◇◇◆，◇◆◆◇◇◆。
瓜期**到**，便勇撤皋比，此去应光**耀**。	◇◇◆，△◆◆◇◆，◆◆◇◇◆。
立登枢**要**，向红药阶前紫薇阁，	◆◇◇◆，△◇◆◇◇◆◇◆，
管不负年**少**。	◆◆◆◇◆。

按：本词作者蔡士裕，宋末元初人，宋度宗咸淳年间（1265—1274）授丹阳学正。本词为赋干寿道应试而作。干寿道，生于 1266 年，13 岁入元，故本词当写于入元后，其调当为南宋词调。

同体式作品：无。

816.【锦被堆】

1. 始词南宋徐去非作。
2. 双片。上片三韵，下片四韵，平韵，隔句韵。
3. 徐去非，宋末元初人，生平不详。此调仅见此一首。

始词：14 分句 4 复句。双片。每片 7 分句 2 复句，三/四/型复句组。平韵，间插仄韵，隔句韵。律词。

5，3，4。7，4，4，4。
5，3，4。7，4，4，4。——南宋·徐去非·《全宋词补辑》第 102 页

锦被堆

一种两容**仪**，红共白，交映南**枝**。	◆◆◆◇◇，◇◆◆，◇◆◇◇。
紫霞仙指冰翁语，花如醉玉，	◆◇◇◆◇◇◆，◇◇◆◆，
香同臭雪，别样风**姿**。	◇◇◆◆，◆◆◇◇。
相守岁寒**期**，春造化，密与天**知**。	◇◆◆◇◇，◇◆◆，◆◆◇◇。
羞将脂粉限桃李，独先结**实**，	◇◇◇◆◇◇◆，◆◇◆◆，
还同戴胜，归宴瑶**池**。	◇◇◆◆，◇◆◇◇。

按：紫霞仙，道教所奉的仙女；冰翁，冰清高洁之翁；戴胜，戴胜鸟，古代象征吉祥之鸟。

同体式作品：无。

五、宋代无名氏独用词调

宋代佚名之词，宫廷礼乐歌词的作者当是宫廷乐署职官；大部分无名氏词为市井流传的平民文人之作，其词有些与文人雅词相近，有些则偏于市井气息，属于文人俗词一类，可见宋词的写作和传唱是普行于不同阶层的广泛行为。今见无名氏独用词调，绝大部分为孤词孤调，但与文人自度曲的孤词孤调性质不同，不少当是市井传唱的熟调，只是不被文人重视而偶得记录的散翎片羽，但对考察宋词的多元生态和多层面文化内涵颇有意义。《全宋词》及《辑补》中的无名氏词，包括宋代词话、笔记中的佚名词作、宋话本小说中拟名之词的独用词调，总计55调。

817.【误桃源】

1. 宋无名氏作。
2. 双片。每片二平韵，隔句韵。

始词：8分句4复句。双片。每片4分句2复句，二/二/型复句组。平韵，隔句韵。律词。

5，5。5，3。
5，5。5，3。——宋・无名氏・《全宋词》第3601页

误桃源

砥柱勒铭赋，本赞禹功**勋**。	◆◆◆◇◆，◆◆◆◇◇。
试官亲处分，赞唐**文**。	◆◇◇◆◇，◆◇◇。
秀文冥子里，銮驾幸并**汾**。	◆◇◇◆◆，◇◆◆◇◇。
恰似郑州去，出曹**门**。	◆◆◆◇◆，◆◇◇。

同体式作品：无。

818.【真珠髻】

1. 宋无名氏作。

2. 双片。上片四仄韵，下片五仄韵，隔句韵。

始词：22 分句 8 复句。双片。每片 11 分句 4 复句，三/三/二/三/型复句组。仄韵，隔句韵。

4，4，6。4，4，6。6，5。3，4，6。

6，5，4。7，3，4。7，4。3，4，6。——宋·无名氏·《全宋词》第 3605 页

真珠髻

红梅

重重山外，苒苒流光，又是残冬时**节**。	◇◇◇◆，◆◆◇◇，◆◆◇◇◇◆。
小园幽径，池边楼畔，翠木嫩条春**别**。	◆◇◇◆，◇◇◇◆，◆◆◆◇◇◆。
纤蕊轻苞粉萼，染猩猩鲜**血**。	◇◆◇◇◆◆，△◇◇◇◆。
乍几日，好景和风，次第一齐催**发**。	◆◆◆，◆◆◇◇，◆◆◆◇◇◆。
天然香艳殊**绝**，比双成皎皎，倍增芳**洁**。	◇◇◇◆◇◆，△◇◇◆◆，◆◇◇◆。
去年因遇东归使，指远恨，意曾攀**折**。	◆◇◇◆◇◇◆，◆◆◆，◆◇◇◆。
岂谓浮云终不放，满枝明**月**。	◆◆◇◇◇◆◆，◆◇◇◆。
但叹息，时饮金钟，更绕从从繁**雪**。	◆◆◆，◇◆◇◇，◆◆◇◇◇◆。

同体式作品：无。

819.【罥马索】

1. 宋无名氏作。

2. 双片。上片四仄韵，下片五仄韵，隔句韵。

始词：21 分句 8 复句。双片。上片 9 分句 4 复句，二/二/三/二/型复句组；下片 12 分句 4 复句，四/二/三/三/型复句组。仄韵，隔句韵。

3，7。4，7。4，4，7。7，7。

2，4，4，7。6，7。4，4，7。3，6，5。——宋·无名氏·《全宋词》第 3610 页

罥马索

晓窗明，庭外寒梅向残**月**。	◆◇◇，◇◆◇◇◇◆◇◆。
吴溪庾岭，一枝偷把阳和**泄**。	◇◇◆◆，◆◇◇◇◆◇◇◆。
冰姿素艳，自然天赋，品格真香殊常**别**。	◇◇◆◆，◆◇◇◆，◆◆◇◇◇◇◇◆。
奈北人不识南枝，唤作腊前杏先**发**。	△◆◇◆◆◇◇，◆◆◆◇◆◇◆。
奇**绝**，照溪临水，素禽飞下，	◇◆，◆◇◇◆，◆◇◇◆，

玉羽琼芳斗清**洁**。 ◆◆◇◇◆◇◆。

懊恨春来何晚，伤心邻妇争先**折**。 ◆◆◇◇◇◆，◇◇◇◆◇◇◆。

多情立马，待得黄昏，疏影斜斜微酸**结**。 ◇◇◆◆，◆◆◇◇，◇◆◇◇◇◇◆。

恨马融，一声羌笛起处，纷纷落如**雪**。 ◆◆◇，◆◇◇◆◆◆，◇◇◆◇◆。

同体式作品：无。

820.【玉梅香慢】

1. 宋无名氏作。
2. 词咏调名本义。
3. 双片。上片六韵，下片五韵，仄韵，隔句韵，间插连句韵。

始词：19 分句 8 复句。双片。上片 11 分句 4 复句，三/三/三/二/型复句组；下片 8 分句 4 复句，二/二/二/二/型复句组。仄韵，邻韵通押，隔句韵、连句韵。

4，4，6。4，4，6。4，3，3。6，6。

6，7。4，6。6，8。4，4。——宋·无名氏·《全宋词》第 3616 页

玉梅香慢

寒色犹高，春力尚**怯**，微律先催梅**折**。 ◇◆◇◇，◇◆◆◆，◇◆◇◇◇◆。

晓日轻烘，清风烦**触**，凝散数枝残**雪**。 ◆◆◇◇，◇◇◇◆，◇◆◆◇◇◆。

嫩英妒粉，嗟素艳，有蜂**蝶**。 ◆◇◆◆，◇◆◆，◆◇◆。

全似人人向我，依然顿成离**缺**。 ◇◆◇◇◆◆，◇◇◆◇◇◆。

徘回寸肠万**结**，又因花暗成凝**咽**。 ◇◇◆◇◆◆，△◇◇◆◇◇◆。

捻蕊怜香，不禁恨深难**绝**。 ◆◆◇◇，◆◆◆◇◇◆。

若是芳心解语，应共把此情细细**说**。 ◆◆◇◇◆◆，△◆◆◆◇◆◆◆。

泪满阑干，无言强**折**。 ◆◆◇◇，◇◇◇◆。

同体式作品：无。

821.【早梅香】

1. 宋无名氏作。
2. 词咏调名本意，调名即词题。
3. 双片。每片四仄韵，隔句韵。

始词：20 分句 8 复句。双片。每片 10 分句 4 复句，三/三/二/二/型复句组。仄韵，邻韵通押，隔句韵。

4，5，4。4，4，4。4，7。5，6。

5，5，4。4，4，5。4，7。4，8。——宋 · 无名氏 · 《全宋词》第 3620 页

早梅香

北帝收威，又探得早梅，漏春消**息**。	◆◆◇◇，△◇◆◆◇，◆◇◇◆。
粉蕊琼苞，拟将胭脂，轻染颜**色**。	◆◆◇◇，◆◇◇◇，◇◆◇◆。
素质盈盈，终不许雪霜欺**得**。	◆◆◇◇，◇◆◆◆◇◇◆。
奈化工偏宜，赋与寿阳妆**饰**。	△◆◇◇◇，◆◆◆◇◇◆。
独自逞冰姿，比夭桃繁杏，迥然殊**别**。	◆◆◆◇◇，△◇◇◇◆，◆◇◇◆。
为报山翁，逢此有花，樽前须攀**折**。	◆◆◇◇，◇◆◆◇，◇◇◇◇◆。
醉赏吟恋，莫辜负好天风**月**。	◆◆◇◆，△◇◆◆◇◇◆。
恐笛声悲，纷纷便似乱飞香**雪**。	◆◆◇◇，◇◇◆◆◆◇◇◆。

同体式作品：无。

822.【马家春慢】

1. 宋无名氏作。
2. 双片。上片四韵，下片五韵，仄韵，隔句韵。

始词：19 分句 8 复句。双片。上片 9 分句 4 复句，三/二/二/二/型复句组；下片 10 分句 4 复句，三/三/二/二/型复句组。仄韵，隔句韵。

4，4，6。4，7。6，7。7，6。

6，5，4。4，4，4。6，7。5，6。——宋 · 无名氏 · 《全宋词》第 3620 页

马家春慢

珠箔风轻，绣帘浪卷，乍入人间蓬**岛**。	◇◆◇◇，◆◇◆◆，◆◆◇◇◇◆。
斗玉阑干，渐庭馆帘栊春**晓**。	◆◆◇◇，△◇◆◇◇◇◆。
天许奇葩贵品，异繁杏夭桃轻**巧**。	◇◆◇◇◆◆，△◇◆◇◇◇◆。
命化工倾国风流，□与一枝纤**妙**。	△◆◇◇◆◇◇，□◆◆◇◇◆。
樽前五陵年**少**，纵丹青异格，难别颜**貌**。	◇◇◆◇◇◆，△◇◇◆◆，◇◆◇◆。
悲露凝烟，困红娇额，微颦低**笑**。	◇◆◇◇，◆◇◇◆，◇◇◇◆。
须信浓香易歇，更莫惜醉攀吟**绕**。	◇◆◇◇◆◆，△◆◆◆◇◇◆。
待舞蝶游蜂，细把芳心都**告**。	△◆◆◇◇，◆◆◇◇◇◆。

同体式作品：无。

823. 【春雪间早梅】

1. 宋无名氏作。
2. 取唐韩愈五言排律《春雪间早梅》改写为词，以诗题为词题，词题即调名。
3. 双片。上片六韵，下片五韵，平韵，首句入韵，隔句韵。

始词：20 分句 10 复句。双片。每片 10 分句 5 复句，二/二/二/二/二/型复句组。平韵，上片起首二句连韵，继隔句韵。

5，7。7，7。6，6。5，5。7，5。

6，9。7，7。6，6。5，7。7，5。——宋·无名氏·《全宋词》第 3622 页

春雪间早梅

梅将雪共**春**，彩艳灼灼不相**因**。	◇◇◆◆◇，◆◆◆◆◆◇◇。
逐吹霏霏能争密，排枝碎碎巧妆**新**。	◆◆◇◇◇◇◆，◇◇◆◆◆◇◇。
谁令香来满座，独使净敛无**尘**。	◇◆◇◇◆◆，◆◆◆◆◇◇。
芳意饶呈瑞，寒光助照**人**。	◇◆◇◇◆，◇◇◆◆◇。
玲珑次第开已遍，点缀坐来**频**。	◇◇◆◆◇◆◆，◆◆◆◇◇。
那是俱怀疑似，须知造化两各逼天**真**。	◆◆◇◇◇◆，◇◇◆◆◆◆◆◇◇。
荧煌清影初乱眼，浩荡逸气忽迷**神**。	◇◇◇◆◇◆◆，◆◆◆◆◆◇◇。
未许琼花并重，将从玉树相**亲**。	◆◆◇◇◆◆，◇◇◆◆◇◇。
先期迎献岁，更同歌酒占兹**辰**。	◇◇◇◆◆，◆◇◇◆◆◇◇。
六华蜡蒂相辉映，轻盈敢自**珍**。	◆◇◆◆◇◇◆，◇◇◆◆◇。

同体式作品：无。

附：唐·韩愈《春雪间早梅》

梅将雪共春，彩艳不相因。逐吹能争密，排枝巧妒新。谁令香满座，独使净无尘。芳意饶呈瑞，寒光助照人。玲珑开已遍，点缀坐来频。那是俱疑似，须知两逼真。荧煌初乱眼，浩荡忽迷神。未许琼华比，从将玉树亲。先期迎献岁，更伴占兹晨。愿得长辉映，轻微敢自珍。

824. 【枕屏儿】

1. 宋无名氏作。

2. 双片。每片四仄韵，隔句韵，间插连句韵。

始词：18 分句 6 复句。双片。每片 9 分句 3 复句，二/三/四/型复句组。仄韵，隔句韵，间插连句韵。

4，6。3，3，4。3，3，4，7。

4，6。3，3，4。3，3，4，7。——宋 · 无名氏 · 《全宋词》第 3629 页

枕屏儿

江国春来，留得素英肯**住**。	◇◆◇◇，◇◆◆◇◆◆。
月笼香，风弄粉，诗人尽**许**。	◆◇◇，◇◆◆，◇◇◆◆。
酥蕊嫩，檀心小，	◇◆◆，◇◇◆，
不禁风**雨**，须东君与他做**主**。	◆◇◇◆，△◇◇◆◇◆◆。
繁杏夭桃，颜色浅深难**驻**。	◇◆◇◇，◇◆◆◇◇◆。
奈芳容，全不称，冰姿伴**侣**。	◆◇◇，◇◆◇，◇◇◆◆。
水亭边，山驿畔，	◆◇◇，◇◆◆，
一枝风**措**，十分似那人淡**伫**。	◆◇◇◆，◆◇◆◆◇◆◆。

同体式作品：无。

825. 【鬓边华】

1. 宋无名氏作。
2. 双片。上片三韵，下片二韵，仄韵，隔句韵。

始词：12 分句 4 复句。双片。每片 6 分句 2 复句，三/三/型复句组。仄韵，隔句韵。

6，3，4。3，4，7。

6，3，4。3，4，7。——宋 · 无名氏 · 《全宋词》第 3636 页

鬓边华

小梅香细艳**浅**，过楚岸，尊前偶**见**。	◆◇◇◆◆◆，◇◆◆，◇◇◆◆。
爱闲谈，天与精神，掠青鬓开人醉**眼**。	◆◇◆，◇◆◇◇，◆◇◆◇◇◆◆。
如今抛掷经春，恨不见，芳枝寄**远**。	◇◇◇◆◇◇，◆◆◆，◇◇◆◆。
向心上，谁解相思，赖长对妆楼粉**面**。	◆◇◆，◇◆◇◇，△◇◆◇◇◆◆。

同体式作品：无。

826. 【二色宫桃】

1. 宋无名氏作。
2. 本词初见宋黄大舆《梅苑》卷九，无署名；民国李文裿辑《漱玉词》署名为李清照词。
3. 七言声诗双叠。每片三仄韵，连句韵、隔句韵。

始词：8 分句 4 复句。双片。上下片各 4 分句 2 复句，二/二/型复句组。仄韵，连句韵、隔句韵。

7，7。7，7。
7，7。7，7。——宋·无名氏·《全宋词》第 3643 页

二色宫桃

镂玉香苞酥点**萼**，正万木园林萧**索**。　◆◆◇◇◇◆◆，△◆◆◇◇◇◆。
惟有一枝雪里开，江南有信凭谁**托**。　◇◆◆◇◆◆◇，◇◇◆◆◇◇◆。

前年记赏登高**阁**，叹年来旧欢如**昨**。　◇◇◆◆◇◇◆，△◇◇◆◇◇◆。
听取乐天一句云，花开处且须行**乐**。　◆◆◆◇◆◆◇，◇◇◆◆◇◇◆。

同体式作品：无。

827. 【九张机】

1. 宋无名氏作。
2. 同调联章词组。今存无名氏两篇，见南宋曾慥辑选《乐府雅词》。一篇 9 章，一篇 11 章，各章词式略同，或有微变。兹以 9 章篇之第一章为“始词”。
3. 每章四韵或三韵，平韵，连句韵、隔句韵。

始章：6 分句，1 单句 2 复句，一/二/三/型单句复句组合。平韵，连句韵、隔句韵。律词。

3。7，7。4，4，5。——宋·无名氏·《全宋词》第 3650 页

一张**机**。　◆◇◇。
采桑陌上试春**衣**，风晴日暖慵无**力**。　◆◇◆◆◆◇◇，◇◇◆◆◇◇◆。
桃花枝上，啼莺言语，不肯放人**归**。　◇◇◇◆，◇◇◇◆，◆◆◆◇◇。

同体式作品：宋：无名氏《九张机》（9 章篇）第一、四、五、六、八、九章；无名氏《九张机》（11 章篇）第一至九章。

增减字：

(一) 2。7，7。4，4，5。宋：无名氏《九张机》(11 章篇) 第十、十一章。

变体一

与始词分句数复句数相同，复句型有变。

【变体一·1】单片。较始词增 1 单句，减 1 复句。6 分句，2 单句 1 复句，一/一/四/型单句复句组合。平韵，隔句韵。律词。

3。7。7，4，4，5。——宋·无名氏·《全宋词》第 3650 页

两张**机**。	◆◇◇。
行人立马意迟**迟**。	◇◇◆◆◆◇◇。
深心未忍轻分付，回头一笑，	◇◇◆◆◇◇◆，◇◇◆◆，
花间归去，只恐被花**知**。	◇◇◇◆，◇◆◆◇◇。

同体式作品：宋：无名氏《九张机》(9 章篇) 第二、三、七章。

【变体一·2】单片。较始词分句数不变，减 1 单句；复句数不变，复句型有变。6 分句 2 复句，三/三/型复句组。平仄通押，连句韵、隔句韵。律词。

2，7，7。4，4，5。——宋·无名氏·《全宋词》第 3650 页

轻**丝**，象床玉手出新**奇**，	◇◇，◆◇◆◆◆◇◇，
千花万草光凝**碧**。	◇◇◆◆◇◇◆。
裁缝衣著，春天歌舞，飞蝶语黄**鹂**。	◇◇◇◆，◇◇◇◆，◇◆◆◇◇。

同体式作品：宋：无名氏《九张机》(11 章篇) 第十一、十二章。

附：《九张机》全文两篇

九张机

一张**机**。采桑陌上试春**衣**，风晴日暖慵无**力**。桃花枝上，啼莺言语，不肯放人**归**。

两张**机**。行人立马意迟**迟**。深心未忍轻分付，回头一笑，花间归去，只恐被花**知**。

三张**机**。吴蚕已老燕雏**飞**。东风宴罢长洲苑，轻绡催趁，馆娃宫女，要换舞时**衣**。

四张**机**。咿哑声里暗颦**眉**，回梭织朵垂莲**子**。盘花易绾，愁心难整，脉脉乱如**丝**。

五张**机**。横纹织就沈郎**诗**，中心一句无人**会**。不言愁恨，不言憔悴，只恁寄相**思**。

六张**机**。行行都是耍花**儿**，花间更有双蝴**蝶**。停梭一晌，闲窗影里，独自看多**时**。

七张**机**。鸳鸯织就又迟**疑**。只恐被人轻裁剪，分飞两处，一场离恨，何计再相**随**。

八张**机**。回纹知是阿谁**诗**，织成一片凄凉**意**。行行读遍，厌厌无语，不忍更寻**思**。

九张**机**。双花双叶又双**枝**，薄情自古多离**别**。从头到底，将心萦系，穿过一条**丝**。

九张机

《醉留客》者，乐府之旧名；《九张机》者，才子之新调。凭戛玉之清歌，写掷梭之春怨。章章寄恨，句句言情。恭对华筵，敢陈口号：

一掷梭心一缕**丝**，连连织就九张**机**。从来巧思知多少，苦恨春风久不**归**。

一张**机**。织梭光景去如**飞**，兰房夜永愁无**寐**。呕呕轧轧，织成春恨，留著待郎**归**。
两张**机**。月明人静漏声**稀**，千丝万缕相萦**系**。织成一段，回纹锦**字**，将去寄呈**伊**。
三张**机**。中心有朵耍花**儿**，娇红嫩绿春明**媚**。君须早折，一枝浓艳，莫待过芳**菲**。
四张**机**。鸳鸯织就欲双**飞**，可怜未老头先**白**。春波碧草，晓寒深处，相对浴红**衣**。
五张**机**。芳心密与巧心**期**，合欢树上枝连**理**。双头花下，两同心处，一对化生**儿**。
六张**机**。雕花铺锦半离**披**，兰房别有留春**计**。炉添小篆，日长一线，相对绣工**迟**。
七张**机**。春蚕吐尽一生**丝**，莫教容易裁罗**绮**。无端剪破，仙鸾彩凤，分作两般**衣**。
八张**机**。纤纤玉手住无**时**，蜀江濯尽春波**媚**。香遗囊麝，花房绣**被**，归去意迟**迟**。
九张**机**。一心长在百花**枝**，百花共作红堆**被**。都将春色，藏头里面，不怕睡多**时**。
轻**丝**，象床玉手出新**奇**，千花万草光凝**碧**。裁缝衣著，春天歌舞，飞蝶语黄**鹂**。
春**衣**，素丝染就已堪**悲**，尘世昏污无颜**色**。应同秋扇，从兹永弃，无复奉君**时**。

828.【结带巾】

1. 北宋无名氏作。
2. 调名即词题。南宋龚明之《中吴纪闻》："宣和初，予在上庠，俄有旨，令士人结带巾，否则以违制论，当时有谑词即此。"
3. 双片。每片三仄韵，隔句韵。

始词：12 分句 6 复句。双片。每片 6 分句 3 复句，二/二/二/型复句组。仄韵，邻韵通押，隔句韵。

3，3。5，4。6，5。
3，3。5，4。6，5。——宋·无名氏·《全宋词》第 3667 页

结带巾

头巾带，谁理**会**。	◇◇◆，◇◆◆。
三千贯赏钱，新行条**例**。	◆◇◆◆◇，◇◇◇◆。
不得向后长垂，与胡服相**类**。	◆◆◆◆◇◇，◆◇◆◇◆。
法甚严，人尽**畏**。	◆◆◇，◇◆◆。
便缝阔大带，向前面**系**。	◆◇◆◆◆，◆◇◆◆。
和我太学先辈，被人呼保**义**。	◇◆◆◆◇◆，◆◇◇◆◆。

同体式作品：无。

829.【汪秀才】

1. 宋无名氏作。
2.《全宋词》列为“失调名”，姑据词拟名。
3. 单片。三平韵，连句韵、隔句韵。
4. 此调仅见无名氏联章二首，民间顺口溜。

始词：单片。4分句2复句，二/二/型复句组。平韵，连句韵、隔句韵。

6，6。5，6。——宋·无名氏·《全宋词》第3670页

汪秀才

有个秀才姓**汪**，骑个驴儿过**江**。　　◆◆◆◇◆◇，◇◆◇◇◆◇。
江又过不得，做尽万千趋**锵**。　　◇◆◇◇◆，◆◆◆◇◇◇。

同体式作品：无。

增减字：

（一）6，6。6，6。北宋：无名氏1首。（该词原文：有个秀才姓汪，住在祁门下乡。行第排来四八，做尽万千趋锵。）

830.【金钱子】

1. 宋无名氏作。
2. 本源为唐教坊曲（见《教坊记》）。
3. 双片。每片四仄韵，隔句韵。

始词：14分句6复句。双片。每片7分句3复句，二/三/二/型复句组。仄韵，隔句韵。

4，6。7，4，5。4，7。
4，6。7，5，5。4，7。——宋·无名氏·《全宋词》第3671页

金钱子

昨夜金风，黄叶乱飘阶**下**。　　◆◆◇◇，◇◆◆◇◇◆，
听窗前芭蕉雨**打**，　　△◇◇◇◇◆◆，
触处池塘，睹风荷凋**谢**。　　◆◆◇◇，△◇◇◇◆。
景色凄凉，总闲却舞台歌**榭**。　　◆◆◇◇，◆◇◆◆◇◇◆。

独倚阑干，惟有木犀幽**雅**。　◆◆◇◇，◇◆◆◆◇◇◆。
吐清香胜如兰**麝**，　◆◇◇◇◆◇◇◆，
似金垒妆成，想丹青难**画**。　△◇◆◇◇，△◇◇◇◆。
纤手折来，胆瓶中一枝潇**洒**。　◇◆◆◇，◆◇◇◆◇◇◆。

同体式作品：无。

831.【新水令】

1. 宋无名氏作。
2. 宋代民间歌调。南宋朱翌《猗觉寮杂记》：“宣和末，京师盛歌《新水》，皆北狩之谶。”与《水调》大曲或有关联。传世【新水令】仅此一首，兹作宋无名氏独用词调处理。
3. 双片。平仄通押，隔句韵，间插连句韵。

始词：26分句8复句。双片。每片13分句4复句，上片三/三/四/三/型复句组，下片三/四/二/四/型复句组。平仄通押，隔句韵。

7，5，4。5，4，6。4，6，6，4。3，3，5。
3，3，7。4，6，6，4。7，5。2，4，4，4。——宋·无名氏·《全宋词》第3673页

新水令

冒风连骑出金城，　◆◇◇◆◆◇◇，
闻孤猿韵切，怀念亲**眷**。　△◇◇◆◆，◇◆◇◆。
为笑徐都尉，徒夸彩绘，写出盈盈娇**面**。　◆◆◇◇◆，◇◇◆◆，◆◆◇◇◇◆。
振旅阗阗，讶睹阆苑神仙，　◆◆◇◇，◆◆◆◆◇◇，
越公深骤万马，侵凌转**盼**。　◆◇◇◆◆◆，◇◇◆◆。
感先锋，容放镜，收鸾鉴一**半**。　◆◇◇，◇◆◆，△◇◆◆◆。

归前阵，惨怛切，同陪元帅恣欢**恋**。　◇◇◆，◆◆◆，◇◇◇◆◆◇◆。
二岁偶尔，将军沉醉连绵，　◆◆◆◆，◇◇◇◆◇◇，
私令婢捧菱花，都市寻**遍**。　◇◆◆◆◇◇，◇◆◇◆。
新官听说邀郎**宴**，因令赋悲欢。　◇◇◆◆◇◇◆，◇◆◆◇◇。
孰**敢**，做人甚难，梅妆复照，傅粉重**见**。　◆◆，◆◇◆◇，◇◇◆◆，◆◆◇◆。

同体式作品：无。

832.【楼心月】

1. 宋无名氏作。
2. 七言声诗。四句三平韵，首句入韵。
3. 宋词本调存无名氏三首。

始词：单片。4 分句 2 复句，二/二/型复句组。首句入韵声诗。律词。

7，7。7，7。——宋 · 无名氏 · 《全宋词》第 3679 页

楼心月

柳下争挐画桨**摇**，水痕不觉透红**绡**。	◆◆◇◇◆◆◇，◆◇◆◆◆◇◇。
月明相顾羞归去，都坐池头合凤**箫**。	◆◇◇◆◇◇◆，◇◆◇◇◆◆◇。

同体式作品：宋：无名氏 2 首。

833.【青门怨】

1. 宋无名氏作。
2. 双片。四换韵，每片五韵，先押仄、后押平，连句韵，间插隔句韵。

始词：13 分句 6 复句。双片。上片 6 分句 3 复句，二/二/二/型复句组；下片 7 分句 3 复句，二/二/三/型复句组。四换韵，每片先押仄后押平，连句韵，间插隔句韵。

4，4。4，4。6，3。

2，5。3，5。6，4，3。——宋 · 无名氏 · 《全宋词》第 3680 页

青门怨

月痕烟**景**，远思孤**影**。	◆◆◇◆，◆◇◇◆。
旧梦云飞，离魂冰**冷**。	◆◆◇◇，◇◇◇◆。
脉脉恨满东**风**，对孤**鸿**。	◆◆◆◆◇◇，◆◇◇。
翠珠，尘冷香如**雾**。	◆◇，◇◆◇◇◆。
人何**许**，心逐章台**絮**。	◇◇◆，◇◆◇◇◆。
夜深酒醒烛暗，独倚危**楼**，为谁**愁**。	◆◇◆◆◆◆，◆◆◇◇，◆◇◇。

同体式作品：无。

834.【祔陵歌】

1. 宋无名氏作。
2. 皇室丧葬殡仪歌词，作者当为宫廷乐署职官。
3. 单片二十韵，平韵，连句韵、隔句韵。

始词：单片。29 分句 11 复句，二/三/三/二/二/三/四/三/二/二/三/型复句组。平韵，隔句韵，间插连句韵。

3，5。3，3，5。4，4，4。4，5。7，5。5，4，4。7，3，3，5。4，3，5。4，5。7，5。5，4，5。——宋·无名氏·《全宋词》第 3721 页

祔陵歌

真人地，瑞应待圣**时**。	◇◇◆，◆◇◆◆◇。
巩原**西**，荥河会，润洛与瀍**伊**。	◆◇◇，◇◇◆，◆◆◆◇◇。
众水萦**回**，嵩高映抱，几叠屏**帏**。	◆◆◇◇，◇◇◆◆，◆◆◇◇。
秀岭参**差**，遥山群凤**随**。	◆◆◇◇，◇◇◇◆◇。
共瞻陵寝浮佳气，非烟朝暮**飞**。	◆◇◇◆◇◇◆，◇◇◇◆◇。
龟筮告前**期**，奠收玉斝，篴卷时**衣**。	◇◆◆◇◇，◆◇◆◆，◇◆◇◇。
銮辂晓驾载龙**旗**，路逶**迟**，	◇◆◆◆◆◆◇◇，◆◇◇，
铃歌怨，画翣引华**芝**。	◇◇◆，◆◆◆◇◇。
雾薄风**微**，真游远，闭宝阁金**扉**。	◆◆◇◇，◇◇◆，◆◆◆◇◇。
侍女悲**啼**，玉阶春草**滋**。	◆◆◇◇，◆◇◇◆◇。
露桃结子灵椿翠，青车何日**归**。	◆◇◆◆◇◇◆，◇◇◇◆◇。
衔恨望西**畿**，便房一锁，夜台晓无**期**。	◇◆◆◇◇，◆◇◆◆，◆◇◆◇◇。

同体式作品：无。

835.【永裕陵歌】

1. 宋无名氏作。
2. 皇室丧葬祭祀歌词，作者当为宫廷乐署职官。永裕陵，宋神宗赵顼陵墓。
3. 单片二十韵，平韵，连句韵、隔句韵。

始词：单片。29 分句 11 复句，二/三/二/二/二/三/六/二/二/二/三/型复句组。平韵，隔句韵、连句韵。

3，5。3，3，5。7，5。4，5。7，5。5，4，5。3，3，3，3，3，7。7，5。4，5。7，5。5，5，3。——宋·无名氏·《全宋词》第 3724 页

永裕陵歌

升龙德，当位富春**秋**。	◇◇◆，◇◆◆◇◇。
受天**球**，膺骏命，玉帛走诸**候**。	◆◇◇，◇◆◆，◆◆◆◇◆。
宝阁珠楼临上苑，百卉弄春**柔**。	◆◆◇◇◇◆◆，◆◆◆◇◇。
隐约瀛**洲**，旦旦想宸**游**。	◆◆◇◇，◆◆◆◇◇。
那知羽驾忽难**留**，八马入丹**丘**。	◆◇◆◆◆◇◇，◆◆◆◇◇。
哀仗出神**州**，笳声凝咽，旌旗去悠**悠**。	◇◆◆◇◇，◇◇◇◆，◇◇◆◇◇。
碧山**头**，真人地，龟洛奥，凤台**幽**，	◆◇◇，◇◇◆，◇◆◆，◆◇◇，
绕伊**流**，嵩峰冈势结蛟**虬**。	◆◇◇，◇◇◇◆◆◇◇。
皇堂一闭威颜杳，寒雾带天**愁**。	◇◇◆◆◇◇◆，◇◆◆◇◇。
守陵嫔御，想像奉龙**輈**。	◆◇◇◆，◆◆◆◇◇。
牙盘赭案肃神**休**，何日觌云**裘**。	◇◇◆◆◆◇◇，◇◆◆◇◇。
红泪滴衣**襟**，那堪风点缀，柏城**秋**。	◇◆◆◇◇，◆◇◇◆◆，◆◇◇。

同体式作品：无。

836. 【花酒令】

1. 宋无名氏作。
2. 全词以“花”“酒”贯穿，因名“花酒令”。
3. 双片。上片三韵，下片四韵，仄韵，连句韵、隔句韵。

始词：8 分句 4 复句。双片。每片 4 分句 2 复句，二/二/型复句组。仄韵，连句韵、隔句韵。

2，9。5，5。

7，7。7，5。——宋·无名氏·《全宋词》第 3736 页

花酒令

花**酒**，是我平生结底亲朋**友**。	◇◆，◆◆◇◇◆◆◇◇◆。
十朵五枝花，三杯两盏**酒**。	◆◆◆◇◇，◇◇◆◆◆。
休问南辰共北**斗**，任从他鸟飞兔**走**。	◇◆◇◇◇◆◆ ◆◇◇◆◇◆◆。
酒满金卮花在**手**，且戴花饮**酒**。	◆◆◇◇◇◆◆，△◆◇◆◆。

同体式作品：无。

837.【醉瑶池】

1. 宋无名氏作。
2. 双片。每片四仄韵，连句韵，间插隔句韵。

始词：9 分句 4 复句。双片。上片 5 分句 2 复句，三/二/型复句组；下片 4 分句 2 复句，二/二/型复句组。仄韵，连句韵、隔句韵。律词。

7，4，5。7，7。
7，7。7，7。——宋·无名氏·《全宋词》第 3762 页

醉瑶池

寿妇人

柳捻金丝花吐**绣**，蝶拍莺歌，　◆◆◇◇◇◆◆，◆◆◇◇，
来献天人**寿**。　◇◆◇◇◆。
一点红黄眉上**秀**，玻璃满泛长生**酒**。　◆◆◇◇◇◆◆，◇◇◆◆◇◇◆。

丁祝遐龄天样**久**，年年岁岁笙歌**奏**。　◇◆◇◇◇◆◆，◇◇◆◆◇◇◆。
早晚郎君纡紫**绶**，归来色共斑衣**斗**。　◆◆◇◇◇◆◆，◇◇◆◆◇◇◆。

同体式作品：无。

838.【水仙子】

1. 宋无名氏作。
2. 本源为唐教坊曲（见《教坊记》）。
3. 双片。每片五仄韵，连句韵，间插隔句韵。
4. 宋词本调今存无名氏词二首。

始词：12 分句，4 复句 2 单句。双片。每片 6 分句，2 复句 1 单句，二/三/一/型复句单句组合。仄韵，连句韵，间插隔句韵。律词。

7，7。7，3，3。7。
7，7。7，3，3。7。——宋·无名氏·《全宋词》第 3773 页

水仙子

贺生孙生子

晚节寒花犹带**蕊**，隐映老人星瑞**世**。　◆◆◇◇◇◆◆，◆◆◆◇◇◆◆。

绿衣初是政成归，真盛**事**，谁可**比**。　◆◇◇◆◆◇◇，◇◆◆，◇◆◆。
那更新来孙又**子**。　◆◆◇◇◇◆◆。

烟细金炉香旖**旎**，想像瑶池生绿**蚁**。　◇◆◇◇◇◆◆，◆◆◇◇◇◆◆。
酿成佳气郁葱葱，当此**际**，将一**醉**。　◆◇◇◆◆◇◇，◇◆◆，◇◆◆。
百岁从交今日**始**。　◆◆◇◇◇◆◆。

同体式作品：南宋：无名氏 1 首。

839.【福寿千春】

1. 宋无名氏作。
2. 双片。每片五仄韵，隔句韵，间插连句韵。

始词：21 分句 8 复句。双片。上片 10 分句 4 复句，三/二/二/三/型复句组；下片 11 分句 4 复句，三/三/二/三/型复句组。仄韵，邻韵通押，连句韵、隔句韵。

4，4，6。7，6。4，7。3，3，6。
6，5，4。4，5，4。5，5。3，3，4。——宋·无名氏·《全宋词》第 3790 页

福寿千春

寿黄排岸。三月廿二。

柳暗三眠，蓂翻七荚，禀昴萧生时**叶**。　◆◆◆◇，◇◇◆◆，◆◆◇◇◇◆。
信道凤毛池上种，却胜河东鸑**鷟**。　◆◆◆◇◇◆◆，◆◆◇◇◆◆。
笃志典坟，经旨素得欧阳**学**。　◆◆◆◇，◇◆◆◆◇◇◆。
妙文章，赴飞黄，姓名即登雁**塔**。　◆◇◇，◆◇◇，◆◇◆◇◆◆。

要成发轫勋**业**，便先教济川，整顿舟**楫**。　◆◇◆◆◇◆，◆◇◇◆◇，◆◆◇◆。
兆朕于今，须从此超迁，荣膺异**渥**。　◆◆◇◇，△◇◆◇◇，◇◇◆◆。
它日趣装事，待还乡欢**洽**。　◇◆◆◇◆，△◇◇◇◆。
颂椒觞，祝遐算，寿同龟**鹤**。　◆◇◇，◆◇◆，◆◇◇◆。

同体式作品：无。

840.【水晶帘】

1. 宋无名氏作。
2. 双片。上片四韵，下片五韵，仄韵，隔句韵。

始词：20 分句 8 复句。双片。上下片各 10 分句 4 复句，上片二/三/二/三/型复句组，下片三/二/二/三/型复句组。仄韵，隔句韵。

5，7。4，5，4。7，7。3，4，4。

5，5，4。5，4。7，7。3，4，4。——宋·无名氏·《全宋词》第 3799 页

水晶帘

上定斋。六月廿七。

谁道秋期远，正旬浃双星相**见**。	◇◆◇◇◆，△◇◆◇◇◇◆。
雨足西帘，正玉井莲开，寿筵初**展**。	◆◆◇◇，△◆◆◇◇，◆◇◇◆。
麈尾呼风袢暑净，那更著纶巾羽**扇**。	◆◆◇◇◇◆◆，◆◆◆◇◇◆◆。
殢清歌，不记杯行，任深任**浅**。	◆◇◇，◆◆◇◇，◆◇◆◆。
湖边小池**苑**，渐苔痕竹色，青青如**染**。	◇◇◆◇◆，△◇◇◆◆，◇◇◇◆。
辨橘中荷屋，晚芳自**占**。	△◆◇◇◆，◆◇◆◆。
蜗角虚名身外事，付骰子纷纷戏**选**。	◇◆◇◇◇◆◆，◆◇◆◇◇◆◆。
喜时平，公道开明，话头正**转**。	◆◇◇，◇◆◇◇，◆◇◆◆。

同体式作品：无。

841.【献仙桃】

1. 宋无名氏作。
2. 双片，七言声诗双叠。上片三仄韵，连句韵、隔句韵；下片二仄韵，隔句韵。

始词：8 分句 4 复句。双片。每片 4 分句 2 复句，二/二/型复句组。平韵，连句韵、隔句韵。律词。

7，7。7，7。

7，7。7，7。——宋·无名氏·《全宋词》第 3823 页

献仙桃

元宵嘉会赏春**光**，盛事当年忆上**阳**。	◇◇◇◆◆◇◇，◆◆◇◇◆◆◇。
尧颡喜瞻天北极，舜衣深拱殿中**央**。	◇◆◆◇◇◆◆，◆◇◇◆◆◇◇。
欢声浩荡连韶曲，和气氤氲带御**香**。	◇◇◆◆◇◇◆，◇◆◇◇◆◆◇。
壮观大平何以报，蟠桃一朵献千**祥**。	◆◆◆◇◇◆◆，◇◇◆◆◆◇◇。

同体式作品：无。

842.【献天寿】

【献天寿慢】

1. 宋无名氏作。
2. 词咏调名本意。一作【献天寿慢】。
3. 双片。上下片共七韵，或上三、下四；或上四、下三；隔句韵、连句韵。
4. 宋词本调今存无名氏二首，姑取一首为始词。

始词：9 分句 4 复句。双片。上片 4 分句 2 复句，二/二/型复句组；下片 5 分句 2 复句，三/二/型复句组。平韵，隔句韵，连句韵。

6，6。7，6。
7，3，3。7，6。——宋·无名氏·《全宋词》第 3823 页

献天寿

阆苑人间虽隔，遥闻圣德弥**高**。	◆◆◇◇◇◆，◇◇◆◆◇◇。
西离仙镜下云**霄**，来献千岁灵**桃**。	◇◇◇◆◆◇◇，◇◆◇◆◇◇。
上祝皇龄齐天久，犹舞**蹈**，贺圣**朝**。	◆◆◇◇◇◇◆，◇◆◆，◆◆◇。
梯航交凑四方**遥**，端拱永保宗**祧**。	◇◇◇◆◆◇◇，◇◆◆◆◇◇。

同体式作品：无。

变体一

与始词分句数复句数相同，复句型有变。

【变体一】9 分句 4 复句。上片与始词同，4 分句 2 复句，二/二/型复句组；下片第一复句减 1 分句、第二复句增 1 分句，5 分句 2 复句，二/三/型复句组。平韵，连句韵、隔句韵。律词。

7，4。7，5。
7，4。7，3，3。——宋·无名氏·《全宋词》第 3823 页

献天寿慢

日暖风和春更**迟**，是太平**时**。	◆◆◇◇◇◆◇，◆◆◇◇。
我从蓬岛整容**姿**，来降贺丹**墀**。	◆◇◇◆◆◇◇，◇◆◆◇◇。
幸逢灯夕真佳会，喜近天**威**。	◆◇◇◆◇◇◆，◆◆◇◇。
神仙寿算远无**期**，献君寿，万千**斯**。	◇◇◆◆◆◇◇，◆◇◆，◆◇◇。

同体式作品：无。

843.【中腔令】

1. 宋无名氏作。
2. 中腔，大曲中段的主体乐曲；中腔令，取大曲“中腔”的某个乐段为单行小令。
3. 双片。上片一仄韵三平韵，下片四平韵，隔句韵。

始词：9 分句 4 复句。双片。上片 4 分句 2 复句，二/二/型复句组；下片 5 分句 2 复句，二/三/型复句组，首句仄韵，继平韵，邻韵通押，连句韵，插一隔句韵。

7，7。7，6。
7，7。7，3，3。——宋·无名氏·《全宋词》第 3824 页

中腔令
寿延长

彤云映彩色相**映**，御座中天簇簪**缨**。　◇◇◆◆◆◇◆，◆◆◇◇◆◇◇。
万花铺锦满高**庭**，庆敞需宴欢**声**。　◆◇◇◆◆◇◇，◆◆◇◆◇◇。

千龄启统乐功**成**，同意贺元珪丰**擎**。　◇◇◆◆◆◇◇，◇◆◆◇◇◇◇。
宝觞频举侠群**英**，万万载，乐升**平**。　◆◇◇◆◆◇◇，◆◆◆，◆◇◇。

同体式作品：无。

844.【破字令】

1. 宋无名氏作。
2. 双片。每片四仄韵，或三仄韵，隔句韵。
3. 本调宋词今存无名氏二首。

始词：10 分句 4 复句。双片。每片 5 分句 2 复句，二/三/型复句组。仄韵，连句韵、隔句韵。

7，5。7，3，4。
7，7。6，3，4。——宋·无名氏·《全宋词》第 3824 页

破字令

青春玉殿和风**细**，奏箫韶络**绎**。　◇◇◆◆◇◇◆，◆◇◇◆◆。
瑞绕行云飘飘**曳**，泛金尊，流霞艳**溢**。　◆◆◇◇◇◇◆，◆◇◇，◇◇◆◆。

瑞日晖晖临丹**扆**，广布慈德宸遐**迩**。　◆◆◇◇◇◇◆，◆◆◇◆◇◇◆。

愿听歌声舞**缀**，万万年，仰瞻宴**启**。　◆◆◇◇◆◆，◆◆◇，◆◇◆◆。

同体式作品：无。

变体二

复句数不变，分句数增1。

【变体二】11分句4复句。第一复句较始词增1分句，第二复句减1分句，5分句2复句，三/二/型复句组；下片第一复句增1分句，6分句2复句，三/三/型复句组。仄韵，隔句韵。律词。

5，3，4。7，5。

7，3，4。4，4，4。——宋·无名氏·《全宋词》第3824页

破字令

缥缈三山**岛**，十万岁，方分昏**晓**。　◆◆◆◇◆，◆◆◆，◇◇◇◆。

春风开遍碧桃花，为东君一**笑**。　◇◇◇◆◆◇◇，△◇◇◆◆。

祥飙暂引香尘**到**，祝高龄，后天难**老**。　◇◇◆◆◇◇◆，◆◇◇，◆◇◇◆。

瑞烟散碧，归云弄暖，一声长**啸**。　◆◇◆◆，◇◇◆◆，◆◇◇◆。

同体式作品：无。

845.【折花令】

1. 宋无名氏作。
2. 双片。上片三仄韵，下片二仄韵，隔句韵。

始词：12分句4复句。双片。每片6分句2复句，四/二/型复句组。仄韵，隔句韵。

4，7，3，3。5，4。

8，4，4，5。4，4。——宋·无名氏·《全宋词》第3825页

折花令

翠幕华筵，相将正是多欢**宴**，　◆◆◇◇，◇◇◆◆◇◇◆，

举舞袖，回旋**遍**。　◆◆◆，◇◇◆。

罗绮簇宫商，共歌清**羡**。　◇◆◆◇◇，◆◇◇◆。

当琼浆泛泛满金尊，莫惜沉醉，　△◇◇◆◆◆◇◇，◆◆◇◆，

莫惜沉醉，永日长游**衍**。　◆◆◇◆，◆◆◇◇◆。

愿乐嘉宾，嘉宾式**燕**。　◆◆◇◇，◇◇◆◆。

同体式作品：无。

846.【荔子丹】

1. 宋无名氏作。
2. 双片。每片三平韵，连句韵、隔句韵。

始词：10 分句 4 复句。双片。每片 5 分句 2 复句，二/三/型复句组。平韵，连句韵、隔句韵。律词。

7，5。7，3，5。
7，5。7，3，4。——宋·无名氏·《全宋词》第 3828 页

荔子丹

斗巧宫妆扫翠**眉**，相唤折花**枝**。	◆◆◇◇◆◆◇，◇◆◆◇◇。
晓来深入艳芳里，红香散，露浥在罗**衣**。	◆◇◇◆◆◇◆，◇◇◆，◆◆◆◇◇。
盈盈巧笑咏新**词**，舞态画娇**姿**。	◇◇◆◆◆◇◇，◆◆◆◇◇。
袅娜文回迎宴处，簇神仙，会赴瑶**池**。	◆◆◇◇◇◆◆，◆◇◇，◆◆◇◇。

同体式作品：无。

847.【还宫乐】

1. 宋无名氏作。
2. 双片。上片三韵，下片二韵，平韵，隔句韵，间插连句韵。

始词：9 分句 4 复句。双片。上片 5 分句 2 复句，三/二/型复句组；下片 4 分句 2 复句，二/二/型复句组。平韵，隔句韵，间插连句韵。

4，4，4。8，6。
7，7。7，6。——宋·无名氏·《全宋词》第 3828 页

还宫乐

喜贺我皇，有感蓬莱，尽降神**仙**。	◆◆◆◇，◆◆◇◇，◆◆◇◇。
到乘鸾驾鹤御楼**前**，来献长寿仙**丹**。	△◇◇◆◆◆◇◇，◇◆◇◆◇◇。
玉殿阶前排筵会，今宵秋日到神**仙**。	◆◆◇◇◇◇◆，◇◇◇◆◆◇◇。
笙歌寥亮呈玉庭，为报圣寿万**年**。	◇◇◇◆◇◆◇，◆◆◆◆◆◇。

同体式作品：无。

848.【太平年慢】

1. 宋无名氏作。
2. 本调体式为小令，调名标“慢”，或其调音乐节拍缓慢。
3. 双片。每片四仄韵，连句韵。

始词：8 分句 4 复句。双片。每片 4 分句 2 复句，二/二/型复句组。仄韵，连句韵。

7，5。7，5。
7，5。5，4。——宋·无名氏·《全宋词》第 3829 页

太平年慢

皇州春满群芳**丽**，散异香旖**旎**。　◇◇◇◆◇◇◆，△◆◇◆◆。
鳌宫开宴赏佳**致**，举笙歌鼎**沸**。　◇◇◇◆◆◇◆，◆◇◇◆◆。

永日迟迟和风**媚**，柳色烟凝**翠**。　◆◆◇◇◇◇◆，◆◆◇◇◆。
唯恐日西**坠**，且乐欢**醉**。　◇◆◆◇◆，◆◆◇◆。

同体式作品：无。

849.【游月宫令】

1. 宋无名氏作。
2. 取本词“游月宫”句为调名。
3. 双片。每片一平韵，上片起句与下片结句同韵部平仄遥叶，其余各句不韵。

始词：11 分句 4 复句。双片。上片 4 分句 2 复句，二/二/型复句组；下片 7 分句 2 复句，三/四/型复句组。无韵，上片首句、下片尾句平仄遥韵。

7，5。5，5。
4，5，4。3，3，3，3。——宋·无名氏·《全宋词》第 3832 页

游月宫令

当今圣主座龙**楼**，圣寿应天长。　◇◇◆◆◆◇◇，◆◆◆◇◇。
实钱喷香烟，玄宗游月宫。　◆◇◆◇◇，◇◇◇◆◇。

海晏河清，盛朝侍群臣，喜呼万岁。　◆◆◇◇，◆◇◆◇◇，◆◇◆◆。
万人民，开乐业，愿吾皇，增福**寿**。　◆◇◇，◇◆◆，◆◇◇，◇◆◆。

同体式作品：无。

850.【倚西楼】

1. 宋无名氏作。
2. 取本词“西楼萧洒”句为调名。
3. 双片。上片三仄韵，下片一平韵二仄韵；平仄通押，连句韵、隔句韵。

始词：8 分句 4 复句。双片。上下片各 4 分句 2 复句，二/二/型复句组。平仄通押，连句韵、隔句韵。

7，7。7，7。
7，6。7，9。——宋·无名氏·《全宋词》第 3836 页

倚西楼

禁鼓初传时下**打**，虚过清风明月**夜**。	◆◆◇◇◇◆◆，◇◆◇◇◇◆◆。
眼如鱼目几曾干，心似酒旗终日**挂**。	◆◇◇◆◆◇◇，◇◆◆◇◇◆◆。
银汉低垂星斗**斜**，院宇空寥烛**卸**。	◇◆◇◇◇◆◇，◆◆◇◇◆◆。
西楼萧洒有谁知，教我独自上来独自**下**。	◇◇◇◆◆◇◇，◇◆◆◆◆◇◆◆◆。

同体式作品：无。

851.【花前饮】

1. 宋无名氏作。
2. 取本词“花前饮”句为调名。
3. 双片。每片三仄韵，隔句韵。

始词：10 分句 4 复句。双片。每片 5 分句 2 复句，三/二/型复句组。仄韵，隔句韵。

7，3，4。5，5。
7，3，4。5，6。——宋·无名氏·《全宋词》第 3839 页

花前饮

雨余天色渐寒**渗**，海棠绽，胭脂如**锦**。	◆◇◇◆◆◇◆，◆◇◆，◇◇◇◆。
告你休看书，共我花前**饮**。	◆◆◇◆◇，◆◆◇◇◆。
皓月穿帘未成**寝**，篆香透，鸳衾双**枕**。	◆◆◇◇◆◇◆，◆◇◆，◇◇◇◆。
似恁天色时，你道是好做**甚**。	◆◇◇◆◇，◆◆◆◆◆◆。

同体式作品：无。

852.【香山会】

1. 宋无名氏作。
2. 双片。每片四仄韵，隔句韵、连句韵。

始词：11 分句 4 复句。双片。上片 5 分句 2 复句，三/二/型复句组；下片 6 分句 2 复句，三/三/型复句组。仄韵，隔句韵，连句韵。

5，4，7。9，7。

6，4，7。4，4，7。——宋·无名氏·《全宋词》第 3841 页

香山会

向神前发愿，烧香做**咒**，	◆◇◇◆◆，◇◇◆◆，
断了去娼家吃**酒**。	◆◆◆◇◇◆◆。
果子钱早是遭他毒**手**，更一个瓶儿渗**漏**。	◆◆◇◆◆◇◇◆◆，△◆◆◇◇◆◆。
才斟两盏三盏，早斟不**勾**，	◇◇◆◆◇◆，◆◇◆◆，
又添和薄漓半**斗**。	△◇◆◆◇◆◆。
奴哥有我，奴哥道**有**，有我时当面荡**酒**。	◇◇◆◆，◇◇◆◆，◆◆◇◇◆◆◆。

同体式作品：无。

853.【惜寒梅】

1. 宋无名氏作。
2. 词咏调名本义，调名即词题。
3. 双片。上片五韵，下片六韵，仄韵，隔句韵。

始词：20 分句 8 复句。双片。每片 10 分句 4 复句，上片三/二/三/二/型复句组，下片三/二/二/三/型复句组。仄韵，隔句韵，间插连句韵。

4，3，6。4，6。7，3，4。4，7。

6，5，4。4，6。7，7。4，4，4。——宋·无名氏·《全宋词》第 3841 页

惜寒梅

看尽千花，爱寒梅，暗与雪期霜**约**。	◆◆◇◇，◆◇◇，◆◆◆◇◇◆。
雅态香肌，迥有天然淡**泊**。	◆◆◇◇，◆◆◇◇◆◆。
五侯园囿姿游**乐**，凭阑处，重开绣**幕**。	◆◇◇◆◇◇◆，◇◇◆，◇◇◆◆。

秦娥妆罢，遥相纵艳过京**洛**。	◇◇◇◆，◇◇◆◆◇◇◆。
天涯再见素**萼**，似凝然向人，玉容寂**寞**。	◇◇◆◆◆◆，△◇◇◆◇，◆◇◆◆。
江上飘零，怎把芳心付**托**。	◇◆◇◇，◆◆◇◇◆◆。
那堪风雨夜来**恶**，便减动一分瘦**削**。	◆◇◇◆◆◇◆，△◆◆◆◇◆◆。
直须沉醉，尤香殢云，莫待改**落**。	◆◇◇◆，◇◇◆◇，◆◆◆◆。

同体式作品：无。

854.【檐前铁】

1. 宋无名氏作。
2. 取本词“听檐前铁马”句为调名。
3. 双片。每片三仄韵，隔句韵。

始词：16 分句 6 复句。双片。每片 8 分句 3 复句，三/二/三/型复句组。仄韵，隔句韵。律词。

3，4，4。8，6。3，3，6。
3，3，6。3，7。4，5，3。——宋・无名氏・《全宋词》第 3842 页

檐前铁

悄无人，宿雨厌厌，空庭乍**歇**。	◆◇◇，◆◆◇◇，◇◇◆◆。
听檐前铁马戛叮当，敲破梦魂残**结**。	△◇◇◆◆◆◇◇，◇◆◆◇◇◆。
丁年事，天涯恨，又早在心头**咽**。	◇◇◆，◇◇◆，△◆◆◇◇◆。
谁怜我，绮帘前，镇日鞋儿双**跌**。	◇◇◆，◆◇◇，◆◆◇◇◇◆。
今番也，石人应下千行**血**。	◇◇◆，◆◇◇◆◇◇◆。
拟展青天，写作断肠文，难尽**说**。	◆◆◇◇，◆◆◆◇◇，◇◆◆。

同体式作品：无。

855.【林钟商小品】

1. 宋无名氏作。
2. 宋代官制曲调。“林钟商”，以十二律之林钟为调高，以商音为主音和煞音；小品，小曲调。明王骥德《曲律》录宋代官修《乐府混成集》，其中有该调音乐残谱。
3. 本调宋词存无名氏二首，姑取一首为始词。

4. 单片。始词三平韵，隔句韵、连句韵；变体二平韵，隔句韵。

始词：单片。5 分句，2 单句 1 复句，一/三/一/型单句复句组合。仄韵，隔句韵。律词。

4。4，4，5。4。——宋·无名氏·《全宋词》第 3843 页

林钟商小品

戴花帰**酒**。	◆◇◆◆。
酒泛金樽，花枝满帽，笑歌醉拍**手**。	◆◆◇◇，◇◇◆◆，◆◇◆◆◆。
戴花帰**酒**。	◆◇◆◆。

同体式作品：无。

变体三

与始词分句数相同，减 1 单句。

【变体三】单片。5 分句，1 复句 1 单句，四/一/型复句单句组合。平韵，隔句韵。律词。

5，3，3，4。4。——宋·无名氏·《全宋词》第 3843 页

林钟商小品

正天气凄凉，鸣幽砌，	△◇◆◇◇，◇◇◆，
向枕畔，偏恼愁**心**。	◆◆◆，◇◆◇◇。
尽夜苦**吟**。	◆◆◆◇。

同体式作品：无。

856.【娇木笪】

1. 始词宋无名氏作。
2. 始源为唐教坊曲，见唐崔令钦《教坊记》。五代孙光宪《北梦琐言》："王蜀黔南节度使王保义有女……性聪敏，善弹琵琶。因梦异人，频授乐曲。……其曲名一同人世，有《凉州》《伊州》《胡渭州》《甘州》《缘腰》《莫靼》《项盆乐》《安公子》《水牯子》《阿滥泛》之属。"按："莫靼"，即"木笪"。宋代官修乐谱《乐府混成集》有林钟商【木笪】【娇木笪】，南宋周密《齐东野语》"混成集"条："太皇最知音，极喜歌《木笪》，人者以歌《杏花天》《木笪》遂补教坊都管。"任半塘先生《唐戏弄》考"笪"为"妲"之别写，即戏弄之旦脚；"木"可能为戏弄脚色"木大"之省文。
3. 单片。三仄韵，隔句韵。

始词：单片。6 分句 2 复句，三/三/型复句组。仄韵，隔句韵。

4，3，6。7，3，5。——宋·无名氏·《全宋词》第 3843 页

娇木笪

酒入愁肠，谁信道，都做泪珠儿**滴**。 ◆◆◇◇，◇◆◆，◇◆◆◇◇◆。

又怎知道恁他**忆**，再相逢，瘦了才信**得**。 ◆◆◇◆◆◇◆，◆◇◇，◆◆◇◆◆。

同体式作品：无。

857.【甘露滴乔松】

1. 宋无名氏作。
2. 双片。上片四仄韵，下片四仄韵一平韵，隔句韵。

始词：19 分句 8 复句。双片。上片 10 分句 4 复句，三/二/二/三/型复句组；下片 9 分句 4 复句，三/二/二/二/型复句组。仄韵，隔句韵，插一平韵。

4，5，4。6，4。6，7。4，4，4。

6，5，4。4，6。6，7。4，6。——宋·无名氏·《全宋词》第 3843 页

甘露滴乔松

沙堤露近，喜五年相遇，朱颜依**旧**。 ◇◇◆◆，△◆◇◇◆，◇◇◇◆。

尽道名世半千，公望三**九**。 ◆◆◇◆◆◇，◇◇◇◆。

是今日富民侯，早生聚考堂户**口**。 ◆◇◆◆◇◇，△◇◆◆◇◆◆。

谁欤兼致，文章燕许，歌辞苏**柳**。 ◇◇◇◆，◇◇◆◆，◇◇◇◆。

更饶万卷图书，把藤笈芸编，遍题青**镂**。 ◆◇◆◆◇◇，△◇◆◇◇，◆◇◇◆。

一经传得，旧事韦平先**后**。 ◆◇◇◆，◆◆◇◇◇◆。

试衮衮数英游，问好事如今能**否**。 △◆◆◆◇◇，△◆◆◇◇◇◆。

曲车正满，自酉太和春**酒**。 ◆◇◆◆，◆◆◆◇◇◆。

按："文章燕许"，唐代张说、苏颋的并称；"歌辞苏柳"，北宋词人苏轼、柳永。

同体式作品：无。

858.【飞龙宴】

1. 宋话本故事中"苏小娘"作。苏小娘，相传为南宋吴七郡王爱姬。
2. 双片。上片四韵，下片八韵，仄韵，隔句韵，间插连句韵。

始词：21 分句 8 复句。双片。上片 11 分句 4 复句，三/三/二/三/型复句组；下片 10 分句 4 复句，四/二/二/二/型复句组。仄韵，隔句韵、连句韵。

5，4，4。4，6，6。3，4。4，4，5。

2，5，5，4。4，6。6，7。4，7。——南宋·苏小娘·《全宋词》第 3850 页

飞龙宴

炎炎暑气时，流光闪烁，闲扃深**院**。	◇◇◆◆◇，◇◇◆◆，◇◇◇◆。
水阁凉亭，半开帘幕遥观，	◆◆◇◇，◆◇◇◆◇◇，
灼灼榴花吐**艳**。	◆◆◇◇◆◆。
细雨洒，小荷香**浅**。	◆◆◆，◆◇◇◆。
树影竹影，清凉潇洒，枕簟摇纨**扇**。	◆◆◆◆，◇◇◇◆，◆◆◇◇◆。
堪**叹**，浮世忙如**箭**，	◇◇，◇◆◇◇◆，
对良辰欢乐，莫辞频**劝**。	△◇◇◇◆，◆◇◇◆。
遇酒逢歌，恣情遂意迷**恋**。	◆◆◇◇，◆◇◆◆◇◆。
须信人生聚**散**，奈区区利牵名**绊**。	◇◆◇◇◆◆，△◇◇◆◇◇◆。
少年未**倦**，良天皓月金尊**满**。	◆◇◆◆，◇◇◆◆◇◇◆。

同体式作品：无。

859.【醉亭楼】

1. 宋代《京本通俗小说·志成张主管》中“刘使君”作，为小说作者拟词。
2. 双片。上片六仄韵，下片四仄韵；连句韵、隔句韵。

始词：16 分句 6 复句。双片。每片 8 分句 3 复句，三/二/三/型复句组。仄韵，连句韵、隔句韵。

4，6，5。7，7。3，3，3。

7，7，5。7，7。3，3，3。——宋·无名氏·《全宋词》第 3853 页

醉亭楼

平生性**格**，随分好些春**色**，沉醉恋花**陌**。	◇◇◆◆，◇◆◆◇◇◆，◇◆◆◇◆。
虽然年老心未老，满头花压巾帽**侧**。	◇◇◇◆◇◆◆，◆◇◇◆◇◆◆。
鬓如霜，须似**雪**，自嗟**恻**。	◆◇◇，◇◆◆，◆◇◆。
几个相知劝我染，几个相知劝我**摘**，	◆◆◇◇◆◆◆，◆◆◇◇◆◆◆，
染摘有何**益**。	◆◆◆◇◆。
当初怕成短命鬼，如今已过中年**客**。	◇◇◆◇◆◆◆，◇◇◆◆◇◇◆。
且留些，妆晚景，尽教**白**。	◆◇◇，◇◆◆，◆◇◆。

按：本词见宋话本《京本通俗小说·志诚张主管》，“刘使君”为文学形象。《京本通俗小说》的年代尚有争议，但民间口传文学转化的文本具有累积性，不排除其母本为宋话本而该词出于宋人之手。姑录之。

同体式作品：无。

860.【应景乐】

1. 始词宋无名氏作。
2. 明陈耀文《花草粹编》云本词为宋萧回作，姑作宋无名氏词。
3. 双片。上片五仄韵，下片四仄韵；隔句韵，间插连句韵。

始词：18分句6复句。双片。每片9分句3复句，上片三/三/三/型复句组，下片五/二/二/型复句组。仄韵，隔句韵，间插连句韵。

4，4，5。3，5，5。4，6，5。
5，3，4，5，4。4，4。5，5。——宋·无名氏（萧回）·《全宋词》第3856页

应景乐

金陵故**国**，极目长江，浩渺千重**隔**。　◇◇◆◆，◆◆◇◇，◆◆◇◇◆。
山无际，临湍怒涛**碛**，俯春城苇**寂**。　◇◇◆，△◇◆◇◆，△◇◇◆◆。
芳昼迤逦，一簇烟村将晚，严光旧台**侧**。　◇◆◆◆，◆◆◇◇◇◆，◇◇◆◇◆。

何处倦游**客**，对此景，惹起离怀，　◇◆◆◇◆，◆◆◆，◆◆◇◇，
顿觉旧日意，魂黯愁**积**。　◆◆◆◆◆，◇◆◇◆。
幽恨绵绵，何计消**溺**。　◇◆◇◇，◇◆◇◆。
回首洛城东，千里暮云**碧**。　◇◆◆◇◇，◇◆◆◇◆。

同体式作品：无。

861.【梧桐影】

1. 始词宋无名氏作。
2. 本词出于宋代《竹坡老人诗话》，托名“吕岩”。
3. 单片，二仄韵，隔句韵。

始词：单片。4分句2复句，二/二/型复句组。仄韵，隔句韵。

3，3。7，7。——宋·（传）吕岩·《全宋词》第3858页

梧桐影

落日斜，西风**冷**。　◆◆◇，◇◇◆。

幽人今夜来不来，教人立尽梧桐**影**。　◇◇◇◆◇◆◇，◇◇◆◆◇◇◆。

同体式作品：无。

862.【胜州令】

1. 始词宋无名氏作。
2. 本词为《花草粹编》从宋代话本《郑意娘传》采录的“郑意娘”词。
3. 四片。第一片七韵，第二、三片各六韵，第四片五韵，仄韵，隔句韵、连句韵。

始词：43分句15复句。四片。第一片11分句4复句，三/二/二/四/型复句组；第二片12分句4复句，四/二/二/四/型复句组；第三片11分句4复句，三/二/二/四/型复句组；第四片9分句，3复句1单句，二/三/三/一/型复句单句组合。仄韵，邻韵、近韵通押，隔句韵，间插连句韵。

5，4，4。7，6。4，7。3，5，5，5。

4，3，3，6。7，6。6，5。4，5，5，5。

5，4，4。7，6。4，7。3，5，5，5。

7，7。5，4，4。6，3，5。5。——宋·无名氏（郑意娘）·《全宋词》第3890页

胜州令

杏花正喷**火**，朦朦微雨，晓来初**过**。　◆◇◆◇◆，◇◇◇◆，◆◇◇◆。

梦回听乳莺调舌，紫燕竞穿帘**幕**。　◆◇◇◆◇◇◆，◆◆◆◇◇◆。

垂杨阴里，粉墙映出秋千**索**。　◇◇◇◆，◆◇◆◆◇◇◆。

对媚景，赢得双眉**锁**，　◆◆◆，◇◆◇◇◆，

翠鬟信任**亸**，谁更忺梳掠。　◆◇◆◆◆，◇◆◇◇◆。

追思向日，共个人，同携手，　◇◇◆◆，◆◆◇，◇◇◆，

略无暂时抛**堕**。　◆◇◆◇◇◆。

到今似海角天涯，无由见得则**个**。　◆◇◆◆◆◇◇，◇◇◆◆◆◆。

番思往事上心，向他谁行**诉**。　◇◇◆◆◆◇，◆◇◇◇◆。

却会旧欢，泪滴真珠颗，　◆◆◆◇，◆◆◇◇◆，

意中人未**睹**，觉凤帏冷**落**。　◆◇◇◆◆，△◆◇◆◆。

都是唵嗏**错**，被他闲言，伏语啜**做**。　◇◆◇◇◆，◆◇◇◇，◆◆◆◆。

到此近四五千里，为水远山遥**阔**。　◆◆◆◆◆◇◆，△◆◆◇◇◆。

当初曾言，尽老更不重婚却。	◇◇◇◇，◆◆◆◆◇◇◆。
甚镇日，共人同欢乐，	◆◆◆，◆◇◇◇◆，
傅粉在那里，肯念人寂**寞**。	◇◆◆◆◆，△◆◇◆◆。
终待把云笺细写，把衷肠尽总说**破**。	◇◆◆◇◇◆◆，◆◇◇◆◆◆◆。
问伊怎下**得**，怜新弃旧，顿乖盟约。	◆◇◆◆◆，◇◇◆◆，◆◇◇◆。
可怜命掩黄泉，细寻思，都为他一**个**。	◆◇◆◆◇◇，◆◇◇，◇◆◇◆◆。
你忒煞亏**我**。	◆◆◆◇◆。

同体式作品：无。

863.【缕缕金】

1. 宋无名氏作。
2. 单片。五仄韵，隔句韵，间插连句韵。
3. 本词为明陈耀文《花草粹编》从宋话本《西湖三塔记》摘取的无名氏词。

始词：单片。11 分句 3 复句，三/三/五/型复句组。仄韵，隔句韵，间插连句韵。律词。

7，3，4。3，5，6。2，3，3，2，5。——宋·无名氏·《全宋词》第 3898 页

缕缕金

几回见你帘儿**下**，佯不采，把人斜**抹**。	◆◇◆◆◇◇◆，◇◆◆，◆◇◇◆。
问着他，插地推聋**哑**，到学三郎改**话**。	◆◆◇，◆◆◇◇◆，◆◆◆◇◆◆。
不也，不和我，巧时休，	◆◆，◆◇◆，◆◇◇，
和我，巧时都不**怕**。	◇◆，◆◇◇◆◆。

同体式作品：无。

增减字：

(一) 7，3，4。3，4，7。2，3，3，2，5。宋话本：无名氏 1 首。

864.【碧玉箫】

1. 宋无名氏作。
2. 双片。每片三仄韵，连句韵、隔句韵。

始词：10 分句 4 复句。双片。每片 5 分句 2 复句，二/三/型复句组。仄韵，隔句韵。律词。

4，4。7，4，5。
4，4。7，4，5。——宋·无名氏·《全宋词》第3907页

碧玉箫

轻暖吹香，薰风涨**绿**。 ◇◆◇◇，◇◇◆◆。
此窗添得琅玕**玉**， ◆◇◇◆◇◇◆，
新粉微含，翠浪明如**玉**。 ◇◆◇◇，◆◆◇◇◆。

珠泪偷弹，纤腰减**束**。 ◇◆◇◇，◇◇◆◆。
天涯劳我危楼**目**， ◇◇◇◆◇◇◆，
燕子无情，斜语阑干**曲**。 ◆◆◇◇，◇◆◇◇◆。

同体式作品：无。

865.【花落寒窗】

1. 宋无名氏作。
2. 双片。上片三平韵，下片二平韵；连句韵、隔句韵。

始词：8分句4复句。双片。每片4分句2复句，二/二/型复句组。平韵，连句韵、隔句韵。律词。

7，7。3，3。
7，7。3，3。——宋·无名氏·《全宋词》第3907页

花落寒窗

徘徊无语倚南**楼**，目送归鸿泪转**流**。 ◇◇◇◆◆◇◇，◆◆◇◇◆◆◇。
罗带缓，倩谁**收**。 ◇◆◆，◆◇◇。

人情惟有相思切，乍去还来无尽**头**。 ◇◇◇◆◇◇◆，◆◆◇◇◇◆◇。
争似水，只东**流**。 ◇◆◆，◆◇◇。

同体式作品：无。

866.【头盏曲】

1. 宋无名氏作。
2. 仅存无名氏残词2句，录之以存调名。

始词：残词一首，仅余 2 句。

4，7。

黄阁方**开**，金鼎和羹正待**梅**。——宋·无名氏·《全宋词》第 3601 页

◇◆◇◇，◇◆◇◇◆◆◇。

同体式作品：无。

867.【宴清堂】

1. 始词宋无名氏作。
2. 仅存无名氏残词一句，录之以保留调名。

始词：残词一首，仅存 1 句。

旋折枝头新果。——宋·无名氏·《全宋词》第 3695 页

◆◆◇◇◇◆。

同体式作品：无。

868.【啄木儿】

1. 始词宋无名氏作，仅存残词一句。
2. 南宋周密《武林旧事》“官本杂剧段数”有《双罗罗啄木儿》，惜无传词。金词有王喆《啄木儿》联章六首。

始词：残词 1 句。

洗出养花天气。——宋·无名氏·《全宋词》第 3664 页

◆◆◆◇◇◆。

附：金·王喆《啄木儿》联章六首

啄木儿

观浮世，为人贵，舍荣华，全神气。保养丹田绝滋味，便将来免不讳。自诰自讳，修取长生计。自誓自誓，今朝说子细。且通边际开灵慧，酒色财气一齐制。做深根，永固蒂，怎生得虎龙交位，如何令姹婴同睡。把尘劳事俱捐弃，二道合和归本类。想玄玄，寻密秘。

自行自行，见性不用命。自惺自惺，黑飚先捉定。使倒颠并唯堪咏，两脉来回皆吉庆，辨清清与静静。乌龟儿从兹警省，放眼耀光明焕炳。恣水中游涛间逞，望见赫曦山上景。转波恬，又浪静。

自住自住，离宫受坎户。自悟自悟，汞中建铅库。好频频顾长相觑，上下冲和知去处，渐渐入云霞路。赤凤儿飞来振羽，饮尽乌江见水府。与神为主作宗祖，只把刀圭长安抚。方能教，子伴午。

自坐自坐，木上见真火。自哿自哿，从前没灾祸。雨东方妥诚堪可，润叶滋枝成花朵，结团团，宝珠颗。翠雾腾空外遍锁，白露凝虚上负荷。换构交睡同舒他，性命方知无包裹。不由天，只由我。

自卧自卧，西方憩息么。自佐自佐，灵台聚真火。发庚辛课相应和，物物拈来都打破，元来现此一个，跳出后无小无大，敲着后不刚不懦。使却如这音声那，响嘵玎珰明堂过。遇玲珑，共庆贺。

自知自知，只此分明是。自此自此，得一并无四。在虚空里撒金蕊，万道霞光通表里。复元初，见本始。要炼正灵真范轨，更不用木金火水。把良因坐从心起，方寸清凉无忧喜，澄长生，并久视。重阳子，害风是，王哲名，知明字。说修行旨没虚诡，啄木词中开真理，向诸公，取知委。

——《全金元词》第 181—182 页

869.【金落索】

1. 宋无名氏作。
2. 仅存残词 2 句，录之以存调名。

始词：残词一首，仅存 2 句。仄韵，连句韵。

风撼梧桐影碎，凄凉天气。——宋 · 无名氏 · 《全宋词》第 3696 页

◇◆◇◇◆◆，◇◇◇◆。

870.【秋千儿词】

1. 宋无名氏作。
2. 残词 3 句，录之以存调名。

始词：残词一首，仅存3句。仄韵，隔句韵。

小子**里**，灯□声，明年又添一**岁**。——宋・无名氏・《全宋词》第3699页

◆◆◆，◇□◇，<u>◇◇◆◇◆◆</u>。

871.【庆青春】

1. 宋无名氏作。
2. 残词1句，录之以存调名。

始词：残词1句。

平明一阵催花雨。　◇◇◆◆◇◇◆。　——宋・无名氏・《全宋词》第3702页

六、金代新生词调

金与南宋划地分治，文人词体写作远较两宋冷落，唐圭璋《全金元词》收辑金词作者71人，词作3572首，较南宋词人词作少甚。金代新生词调57调，较同时段的南宋文人新生词调亦少甚，词作总共不到百首，为金词总数（3572首）的1/35，可见金人词作主要是传统词调。

金代士夫文人新用词调仅7调：蔡松年【怕春归】、王寂【红袖扶】、赵秉文【缺月挂疏桐】、高宪【三莫子】、元好问【秋色横空】【思仙会】【愿成双】，余48调为王喆、马钰等几位全真道士始用调，诸调多为孤词孤调，同调写作者甚少。后世词作，极少采用金词体式，故本谱各调之“变体”未计金词。《钦定词谱》选金文人词二调：【三莫子】【秋色横空】，全真道词之新调一首未选。全真道词新生调大多源于北地民间歌曲，调名通俗，民间色彩浓厚，篇制短小，语体平白，颇有后世所称“曲”体风味，可谓北曲的前形态。

872.【怕春归】

1. 始词金蔡松年作。
2. 双片。每片四仄韵一平韵，平仄通押，连句韵，间插隔句韵。

始词：12分句6复句。双片。每片6分句3复句，二/二/二/型复句组。平仄通押，邻韵通押，上下片首句不入韵，继连句韵。

4，6。7，7。2，7。

4，6。7，7。2，7。——金·蔡松年·《全金元词》第15页

怕春归

秋山道中。中夜闻落叶声有作。

老去心情，乐在故园生**处**。	◆◆◇◇，◆◆◆◇◇◆。
客愁如隋堤乱**絮**，秋岚照水度黄**衣**。	◆◇◇◇◇◆◆，◇◇◆◆◆◇◇。
微**雨**，记篷窗旧年吴**楚**。	◇◆，△◇◇◆◇◇◆。
飘萧鬓绿，日日西风吹**去**。	◇◇◆◆，◆◆◇◇◇◆。
梦频频萧闲风**土**，橙黄蟹紫醉琴**书**。	◆◇◇◇◇◇◆，◇◇◆◆◆◇◇。
容**与**，向他年尚堪接**武**。	◇◆，△◇◇◆◇◆◆。

同体式作品：无。

873.【红袖扶】

1. 始词金王寂作。
2. 双片。每片四仄韵，变体韵数韵式有变；连句韵、隔句韵。

始词：20 分句 8 复句。双片。每片 10 分句 4 复句，二/二/三/三/型复句组。仄韵，隔句韵。

4，7。5，6。4，5，5。3，4，4。
5，7。5，6。5，4，5。3，4，4。——金·王寂·《全金元词》第 36 页

红袖扶

酌酒

风拂冰檐，镇犀动翠帘珠**箔**。　◇◆◇◇，△◇◆◆◇◇◆。
秘壶暖宫黄，破萼宝薰闲**却**。　◆◇◆◇◇，◆◆◆◇◇◆。
玻璃瓮头，漉雪擘新橙，秀色浮杯**杓**。　◇◇◆◇，◆◆◆◇◇，◆◆◇◇◆。
双蛾小，骊珠一串，梁尘惊**落**。　◇◇◆，◇◇◆◆，◇◇◇◆。

俗事何时了，便可束置之高**阁**。　◆◆◇◇◆，◆◆◆◆◇◇◆。
笑半纸功名，何物被人拘**缚**。　△◆◆◇◇，◆◆◆◇◇◆。
青春等闲背，我趁良时，莫惜追行**乐**。　◇◇◆◇◆，◆◆◇◇，◆◆◇◇◆。
玉山倒，从教唤起，红袖扶**着**。　◆◇◆，◇◆◆◆，◇◆◇◆。

同体式作品：无。

变体一

与始词分句数复句数相同，复句型有变。

【变体二】20 分句 8 复句。双片。上下片与始词分句数复句数相同，复句型有变。每片 10 分句 4 复句，上片三/三/二/二/型复句组，下片三/二/三/二/型复句组。仄韵，隔句韵；下片结句换韵，连句韵。

4，5，4。4，4，5。6，7。3，8。
6，3，6。2，5。6，5，3。5，5。——金·无名氏·金代磁州窑瓷罐

红袖扶

高平调，春词。

微雨初晴，是禁烟院落，秋千时**节**。　◇◆◇◇，△◆◇◆◆，◇◇◇◆。
海燕新来，绕梁飞戏，认巢安方**歇**。　◆◆◇◇，◆◇◇◆，◆◇◇◇◆。

望处郊野铺茵，睹园园花竞争**折**。　◆◆◇◆◇◇，△◇◇◇◆◇◆。
游春处，人人乍试春衫欢**悦**。　◇◇◆，◇◇◆◆◇◇◇◆。

驰骋香车宝马，践青青，是处杯盘罗**列**。　◇◆◇◇◆◆，◆◇◇，◆◆◇◇◇◆。
好景，饮香醪须**竭**。　◆◆，△◇◆◇◆。
经日命友邀宾，敧花阴深处，管弦**揭**。　◇◆◆◆◇◇，◆◇◇◇◆，◇◇◆。
归来多沉醉，任教袖扶归。　◇◇◇◇◆，◆◆◆◇◇。

按：本词为金哀宗正大年间当阳窑瓷罐上所书之词，是金代民间歌词的珍贵资料。（见廖奔《金代磁州窑系标官调曲辞瓷器探析》，《中华戏曲》第58辑，2019年。）原词“竞”作“竟”、“试”作“弑”、“教”作“交”、“袖”作“紬”，皆民间书手的别字，兹俱改之。

同体式作品：无。

874.【缺月挂疏桐】

1. 始词金赵秉文作。
2. 双片。每片四仄韵，变体韵数韵式有变；连句韵、隔句韵。

始词：8分句4复句。双片。每片4分句2复句，二/二/型复句组。平仄通押，连句韵，隔句韵。律词。

5，5。7，5。
5，5。7，5。——金·赵秉文·《全金元词》第47页

缺月挂疏桐

拟东坡作

乌鹊不多惊，贴贴风枝**静**。　◇◆◆◇◇，◆◆◇◇◆。
珠贝横空冷不收，半湿秋河**影**。　◇◆◇◇◆◆◇，◆◆◇◇◆。

缺月堕幽窗，推枕惊深**省**。　◆◆◆◇◇，◇◆◇◇◆。
落叶萧萧听雨**声**，帘外霜华**冷**。　◆◆◇◇◆◆◇，◇◆◇◇◆。

同体式作品：无。

875.【三莫子】

1. 始词金高宪作。
2. 双片。每片四平韵，隔句韵。

始词：18 分句 8 复句。双片。每片 9 分句 4 复句，二/二/二/三/型复句组。平韵，隔句韵。律词。

5，4。3，3。5，5。3，3，3。

4，4。3，3。5，5。3，3，3。——金·高宪·《全金元词》第 54 页

三莫子

留襄州

上楚山高处，回望襄**州**。	△◆◇◇◆，◇◆◇◇。
兴废事，古今**愁**。	◆◆◆，◆◇◇。
草封诸葛庙，烟锁仲宣**楼**。	◆◇◇◆◆，◇◆◇◇◇。
英雄骨，繁华梦，几荒**邱**。	◇◇◆，◇◇◆，◆◇◇
雁横别浦，鸥戏芳**洲**。	◆◇◆◆，◇◆◇◇。
花又老，水空**流**。	◇◆◆，◆◇◇。
著人何处在，倦客若为**留**。	◆◇◇◆◆，◆◆◆◇◇。
习池饮，庞陂钓，鹿门**游**。	◆◇◆，◇◇◆，◆◇◇。

同体式作品： 金：元好问 2 首。

876. 【秋色横空】

1. 始词金-元元好问作。
2. 双片。每片六平韵，隔句韵。

始词：20 分句 8 复句。双片。每片 10 分句 4 复句，三/二/三/二/型复句组。平韵，邻韵通押，隔句韵，间插连句韵。

4，5，4。7，6。3，3，8。6，4。

6，5，4。6，7。3，3，8。5，4。——金-元·元好问·《全金元词》第 113 页

秋色横空

松液香**凝**，澹幽姿一洗，若下宜**城**。	◇◆◇◇，◆◇◇◆◆，◆◆◇◇。
甘腴小苦中山赋，千古齿颊春**生**。	◇◇◆◆◇◇◆，<u>◇◆◆◇◇◇</u>。
灯花喜，缸面**清**，爱竹港冰泉落枕**声**。	◇◇◆，◇◆◇，△◆◆◇◇◆◆◇。
恰值刘纲夫妇，此日丹**成**。	◆◆◇◇◇◆，◆◆◇◇。
云峰翠展画**屏**，更晴楼水阁，树拥烟**横**。	◇◇◆◆◆◇，△◇◇◆◆，◆◆◇◇。
留连光景中年，要歌管淘写襟**灵**。	◇◇◇◆◇◇，<u>△◇◆◇◆◇◇</u>。

人间世，身外**名**，笑朝马晨钟梦易**惊**。　◇◇◆，◇◆◇，△◇◆◇◇◆◆◇。
且留看神仙，白昼地**行**。　△◇◆◇◇，◆◆◆◇。

同体式作品：无。

877.【思仙会】

【神仙会】

1. 始词金-元元好问作。
2. 一作【神仙会】。
3. 双片。每片四仄韵，隔句韵。

始词：17 分句 8 复句。双片。上片 9 分句 4 复句，二/二/二/三/型复句组；下片 8 分句 4 复句，二/二/二/二/型复句组。仄韵，隔句韵。

5，5。4，6。4，5。3，3，3。

4，5。4，6。4，5。4，4。——金-元·元好问·《全金元词》第 113 页

思仙会

效杨吏部体

人无百年人，枉作千年**计**。　◇◇◆◇◇，◇◆◇◇◆。
傀儡棚头，看过几场兴**废**。　◇◆◇◇，◆◆◆◆◆◆。
朱颜易改，可惜欢娱**地**。　◇◇◆◆，◆◆◇◇◆。
劝君酒，唱君歌，为君**醉**。　◆◇◆，◆◇◇，◆◇◆◆。

沧溟一叶，正在横流**际**。　◇◇◆◆，◆◆◇◇◆。
阮籍途穷，啼得血流何**济**。　◇◆◇◇，◇◆◆◇◇◆。
天公老大，不管人间**世**。　◇◇◆◆，◆◆◇◇◆。
莫莫休休，莫问甚**底**。　◆◆◇◇，◆◆◆◆。

同体式作品：无。

变体二

与始词复句数相同，分句数增 1。

【变体二】18 分句 8 复句。双片。每片 9 分句 4 复句，二/二/二/三/型复句组。仄韵，隔句韵。

5，5。4，6。4，5。3，3，3。

4，5。4，6。4，5。3，3，3。——金-元·长筌子·《全金元词》第 591 页

神仙会

堪嗟世上人，个个蚕成**茧**。	◇◇◆◆◇，◆◆◇◇◆。
不肯回头，抵孔火坑贪**恋**。	◆◆◇◇，◆◆◆◇◇◆。
千辛万苦，甘受无辞**叹**。	◇◇◆◆，◇◆◇◇◆。
置家计，虑妻男，恐不**办**。	◆◇◆，◆◇◇，◆◆◆。
一朝业满，看你如何**免**。	◆◇◆◆，◆◆◇◇◆。
眼光落地，别改一般头**面**。	◆◇◆◆，◆◆◇◇◇◆。
披毛戴角，恁时难分**辩**。	◇◇◆◆，◆◇◇◇◆。
早下手，出迷津，应仙**选**。	◆◆◆，◆◇◇，◆◇◆。

同体式作品：金-元：长筌子1首。

878. 【愿成双】

1. 始词金-元元好问作。
2. 双片。每片三仄韵，隔句韵。

始词：12分句4复句。双片。每片6分句，1单句2复句，一/三/二/型单句复句组合。仄韵，邻韵通押，隔句韵。

7。3，4，7。3，4。

7。3，4，7。3，4。——金-元·元好问·《全金元词》第134页

愿成双

绣帘高卷沉烟**细**。	◆◇◇◆◇◇◆。
燕堂深，玳筵初开，阶下芝兰劝金**卮**。	◆◇◇，◆◇◇◇，◇◆◇◇◆◇◆。
有多少，雍容和**气**。	◆◇◆，◇◇◇◆。
翠眉偕老应难**比**。	◆◇◇◆◇◇◆。
效鸾凤，镇日于飞，惟愿一千二百**岁**。	◆◇◆，◆◆◇◇，◇◆◆◇◆◆◆。
永同欢，如鱼如**水**。	◆◇◇，◇◇◇◆。

同体式作品：无。

879. 【川拨棹】

1. 始词金王喆作。

2. 两宋之交南戏《张协状元》有【川拨棹】，体式与该调不同，是否有关联，值得研究。
3. 始词每片五韵，变体韵数或有变。仄韵，隔句韵、连句韵。

始词：13分句6复句。双片。上片6分句3复句，二/二/二/型复句组；下片7分句3复句，三/二/二/型复句组。仄韵，将插平韵；连句韵、隔句韵。

3，6。8，4。6，6。
7，3，3。6，6。6，6。——金·王喆·《全金元词》第170页

川拨棹

酆都**路**，定置个凌迟**所**。	◇◇◆，◆◆◆◇◇◆。
便安排了铁床镬汤，刀山剑**树**。	△◇◇◆◆◇◆◇，◇◇◆◆。
造恶人有缘**觑**，造恶人有缘**觑**。	◆◆◇◆◇◇，◆◆◇◆◇◇。
鬼使勾名持黑**簿**，没推辞，与他**去**。	◆◆◇◇◆◆，◇◇◇，◆◇◆。
早掉下这髭骸，不藉妻儿与**女**。	◆◆◆◆◆◆，◆◆◇◇◆◆。
地狱中长受**苦**，地狱中长受**苦**。	◆◆◇◇◆◆，◆◆◇◇◆◆。

同体式作品：无。

增减字：

(一) 4，7。6，7。3，3。○7，3，3。5，7。3，3。金：王喆1首。

变体二

较始词复句数不变，分句数有变。

变体二·1

15分句6复句

【变体二·1】15分句6复句。双片。上片较始词增2分句，复句数不变，8分句3复句，三/三/二/型复句组；下片与始词同，7分句3复句，三/二/二/型复句组。仄韵，间插平韵；隔句韵、连句韵。

3，3，3。4，4，4。6，6。
7，3，3。6，6。6，6。——金·王喆·《全金元词》第170页

川拨棹

蓬莱**路**，显自在，逍遥**所**。	◇◇◆，◆◆◆，◇◇◆。
现长生景，琼花玉叶，金枝宝**树**。	△◇◇◆，◇◇◆◆，◇◇◆◆。
作善人得观**觑**，作善人得观**觑**。	◆◆◇◆◇◇，◆◆◇◆◇◇。
童子青衣掌仙**簿**，行功成，上升**去**。	◇◆◇◇◆◇◆，◇◇◇，◆◇◆。
结就一粒金丹，深谢婴儿姹**女**。	◆◆◆◆◇◇，◇◆◇◇◆◆。

永不遭三界**苦**，永不遭三界**苦**。　　◆◆◇◇◆◆，◆◆◇◇◆◆。

同体式作品：无。

变体二·2

12 分句 6 复句

【变体二·2】12 分句 6 复句。双片。上下片分句数复句型皆与始词上片同，分句字数有增减。每片 6 分句 3 复句，二/二/二/型复句组。仄韵，邻韵通押，连句韵，隔句韵。

4，7。5，6。3，3。
7，7。6，6。3，3。——金·王喆·《全金元词》第 250 页

川拨棹

这修行**诀**，便安排得有次**节**。　　◆◇◇◆，△◇◇◆◆◆◆。
把清静天机，今朝分明漏**泄**。　　△◇◆◇◇，◇◇◇◇◆◆。
使人人，玉花**结**。　　◆◇◇，◆◇◆。

从头一一稳铺**设**，向五更里看摆**拽**。　　◇◇◆◆◆◇◆，△◆◇◆◆◆◆。
将此脱壳神仙，玲珑玎珰做**绝**。　　◇◆◆◆◇◇，◇◇◇◇◆◆。
害风儿，怎生**说**。　　◆◇◇，◆◇◆。

同体式作品：无。

增减字：

（一）3，7。6，6。4，3。○ 7，6。5，7。3，3。金：王喆 1 首（《川拨棹·一更里》）。
（二）3，7。6，6。4，3。○ 7，6。6，6。3，3。金：王喆 4 首（《川拨棹·二更里》等四首）。

按：此五首为《川拨棹·五更》联章词组。

附一：王喆《川拨棹·五更》联章词组

川拨棹

一更里，瞥看参罗万象列。搜出那坐正昙，内中位貌偏别。向北方也，玉花结。○银素将来细得热，把乌龟牢缠绁。然后四只脚，狞狞子一齐打折。害风儿，怎生说。

二更里，瞥看天河流无竭。忽见耿耿洪波，泼滟滟底昭彻。向西方也，玉花结。○灌出黄芽色非担，甲尖上持白雪。有此一个灵童，摆手亲自去折。害风儿，怎生说。

三更里，瞥看银蟾圆不缺。吐出一轮光明，满天莹然有别。向南方也，玉花结。○白鹿前来行得窃，便衔他新皎洁。将去圭峰山头，独自口中啮啮。害风儿，怎生说。

四更里，瞥看牛斗光如爇。照遍满宽清虚，放尽灵辉凛冽。向东方也，玉花结。○攒烛三山似电掣，熠耀如琼瑶屑。被这惺惺了了，一齐中宵盗窃。害风儿，怎生说。

五更里，瞥看斗杓无差缺。正合天心斡运，堪作上天喉舌。向中央也，玉花结。○捉得清虚这回决，便永永除生灭。此个自在逍遥，唯予独会拈捻。害风儿，怎生说。

附二：南戏《张协状元》第四十五出【川拨棹】

【川拨棹】为孩儿，特特来蜀地。满目薄芜见古庙，教人转悲，我寻思珠泪垂。

880.【恨欢迟】

【下手迟】

1. 始词金王喆作。
2. 又名【下手迟】。与南宋词调【恨欢迟】（前谱第609调）为同名异调。
3. 双片。始词上片四平韵，下片三平韵；变体上下片各三平韵；连句韵、隔句韵。

始词：12分句4复句。双片。上下片各6分句2复句，二/四/型复句组。平韵，连句韵、隔句韵。律词。

7，7。3，4，3，3。
7，7。3，5，3，2。——金·王喆·《全金元词》第175页

恨欢迟

名喆排三本姓**王**，字知明子号重**阳**。	◇◆◇◇◆◆◇，◆◇◇◆◆◇◇。
似菊花，如要清**香**，吐缓缓，等浓**霜**。	◆◆◇，◇◆◇◇，◆◆◆，◆◇◇。
学易年高便道**装**，遇渊明语我嘉**祥**。	◆◆◇◇◆◆◇，◆◇◇◆◆◇◇。
指蓬莱，云路如归去，慢慢地，休**忙**。	◆◇◇，◇◆◇◇◆，◆◆◆，◇◇。

同体式作品：无。

变体二

与始词复句数相同，分句数有变。

【变体二】8分句4复句。双片。上下片较始词各减2分句，每片4分句2复句，二/二/型复句组。平韵，连句韵、隔句韵。

7，7。8，5。
7，7。8，5。——金·丘处机·《全金元词》第474页

下手迟

落魄闲人本姓**丘**，住山东东路登**州**。	◆◆◇◇◆◆◇，△◇◇◇◆◇◆。
自少年割断攀缘网，从师父西**游**。	△◆◇◆◆◇◇◆，△◇◇◇◇。
兀兀腾腾不系**留**，似长江一叶孤**舟**。	◆◆◇◇◆◆◇，△◇◇◆◆◇◇。
任红尘白日忙如火，但云漾无**忧**。	△◇◇◆◆◇◇◆，△◇◆◇◇。

（景金本注：二首本名【恨欢迟】）

同体式作品：金：丘处机2首。

881.【换骨骰】

1. 始词金王喆作。
2. 双片。上片四韵，下片五韵，仄韵，隔句韵。

始词：17 分句 7 复句。双片。上片 8 分句 3 复句，二/四/二/型复句组；下片 9 分句 4 复句，二/二/三/二/型复句组。平韵，隔句韵，间插连句韵。

4，6。7，3，3，4。2，5。3

4，6。3，4。3，3，5。2，5。3——金·王喆·《全金元词》第 164 页

换骨骰

叹脱祸不改过

昨遇饥年，为甚累增劝**教**。	◆◆◇◇，◆◆◆◇◆◆。
怎奈向人人忒惚，	◆◆◆◇◇◆◆，
越贪心，生狠妒，百端奸**巧**。	◆◇◇，◇◆◆，◆◇◇◆。
计**较**，骋风流卖**俏**。	◆◆，◆◇◇◆◆。
也兀底	◆◆◆
忽尔临头，却被阎王来**到**。	◆◆◇◇，◆◆◇◇◇◆。
问罪过，讳无谈**矫**。	◆◆◆，◆◇◇◇。
当时间，令小鬼，将业镜前**照**。	◇◇◇，◆◆◆，△◆◆◇◆。
失**尿**，和骨骸软**了**。	◆◆，◇◆◆◆◇。
也兀底	◆◆◆

同体式作品：金：王喆 1 首。

882.【水云游】

1. 始词金王喆作。
2. 或曰为北曲。
3. 单片六韵，变体韵数或有变；仄韵，或平仄通押，隔句韵。

始词：单片。9 分句 4 复句，三/二/二/二/型复句组。仄韵，隔句韵，间插连句韵。

4，4，4。7，5。7，5。7，5。——金·王喆·《全金元词》第 165 页

水云游

思算思**算**，四假凡躯，干甚断**玩**。 ◇◆◇◆，◆◆◇◇，◆◆◇◆。
元来是走骨行尸，更夸张体**段**。 ◇◇◆◆◆◇◇，△◇◇◆◆。
明灵慧性真灿**烂**，这骨骸须**换**。 ◇◇◆◆◇◆◆，△◆◇◇◆。
害风子不藉人身，与神仙结**伴**。 ◆◇◇◆◆◇◇，◆◇◇◆◆。

同体式作品：金：王喆2首，丘处机1首（见金·朱抱一编撰《重阳教化集·中卷·分梨十化》）。

变体二

较始词复句数不变，分句数有变。

【变体二】单片。11分句4复句，三/三/二/三/型复句组。仄韵，隔句韵，连句韵。

4，4，4。3，4，5。7，5。3，4，5。——金·王喆·《重阳教化集·分梨十化》卷上

水云游

玉性玉**性**，玉锁紧严，金关牢**钉**。 ◆◆◆◆，◆◆◆◇，◇◇◇◆。
玉房深，百日清**清**，玉辉光一**并**。 ◆◇◇，◆◆◇◇，◆◇◇◆◆。
玉匙开阐通仙**径**，玉门中传**令**。 ◆◇◇◆◇◇◆，◆◇◇◇◆。
玉童来，便许全真，玉皇宣已**定**。 ◆◇◇，◆◆◇◇，◆◇◇◆◆。

同体式作品：金：王喆2首，马钰3首（见金·朱抱一编撰《重阳教化集·中卷·分梨十化》）。

883.【金鸡叫】

1. 始词金王喆作。
2. 南宋朱淑真七言声诗《阿那曲》俗名“鸡叫子”（见前谱第112调之同源词调），其调始源为唐民间声诗；王喆此调未必从唐宋声诗调来，采自金地民间小调的可能性更大。
3. 双片。每片四仄韵，隔句韵。

始词：12分句4复句。双片。每片6分句2复句，三/三/型复句组。仄韵，隔句韵，间插连句韵。

4，3，7。7，4，5。
5，3，4。7，4，5。——金·王喆·《全金元词》第187页

金鸡叫

宁海军结金莲社

社结金莲，都不**晓**，金盘献七珠明**了**。 ◆◆◇◇，◇◆◆，◇◇◆◆◇◇◆。
金陵河里知多**少**， ◇◇◇◆◇◇◆，
要现金光，须得金匙**搅**。 ◆◆◇◇，◆◆◇◇◆。

牵过般密**妙**，金风内，好香笼**罩**。	◆◆◇◆◆，◇◇◆，◆◇◆◆。
金枝玉叶同成**俏**，	◇◇◆◆◇◇◆，
唤出金翁，便做金鸡**叫**。	◆◆◇◇，◆◆◇◇◆。

同体式作品：无。

增减字：

（一）7，3，4。7，4，5。〇 7，3，4。7，4，6。金：马钰 9 首。

（二）7，3，4。7，4，5。〇 7，3，4。7，5，6。金：马钰 1 首。

变体二

较始词复句数不变，复句数有变。

变体二·1

13 分句 4 复句

【变体二·1】13 分句 4 复句。双片。上片 6 分句 2 复句，三/三/型复句组；下片 7 分句 2 复句，四/三/型复句组。仄韵，隔句韵。

7，3，4。7，4，5。

4，4，4，4。7，4，5。——金·王喆·《全金元词》第 173 页

金鸡叫

警刘公

占得虚空呈俊**俏**，玄中玄，妙中绝**妙**。	◆◆◇◇◇◆◆，◆◇◆，◆◇◆◆。
自然五彩通灵**照**，	◇◇◆◆◇◇◆，
一颗明珠，万道霞光**罩**。	◇◇◇◇，◆◆◇◇◆。
净净清清，泠泠晓**晓**，	◆◆◇◇，◇◇◆◆，
昏昏默默，冥冥窈**窈**。	◇◇◆◆，◆◆◇◇。
森罗万象辉辉**耀**，	◇◇◆◆◇◇◆，
月里蟾鸣，日里金鸡**叫**。	◆◆◇◇，◆◆◇◇◆。

同体式作品：无。

变体二·2

10 分句 4 复句

【变体二·2】10 分句 4 复句。双片。上下片较始词各减 1 分句，每片 5 分句 2 复句，二/三/型复句组。仄韵，连句韵，间插隔句韵。

7，7。7，4，6。

7，7。7，4，6。——金·王喆·《全金元词》第 187 页

金鸡叫

警刘公

识得希夷方见**妙**，自然是无烦无**恼**。	◆◆◇◇◇◆◆，◆◇◆◇◇◇◆。

妻男孙女长缭**绕**， ◇◇◇◆◇◇◆，
爱狱恩山，把身躯紧缚**抓**。 ◆◆◇◇，◆◇◇◆◆◆。
苦要玲珑於已**俏**，把慧刀快磨频**挑**。 ◆◆◇◇◇◆◆，◆◆◇◆◇◇◆。
万斤铁索都碎**了**， ◆◇◆◆◇◆◆，
奉报刘公，省悟我金鸡**叫**。 ◆◆◇◇，◆◆◆◇◇◆。

同体式作品：无。

增减字：

（一）7，7。7，4，6。○7，7。7，4，6。金：王喆1首。

（二）7，7。7，4，5。○7，7。7，4，6。金：马钰1首。

884.【刮鼓社】

1. 始词金王喆作。
2. 从王喆词看，“刮鼓”为一种民间演艺，刮鼓社，似为金地市井演艺团体之称。
3. 两宋之交南戏《张协状元》中有曲调【刮鼓令】，南宋词调有【耍鼓令】（前谱第736调），可见“刮鼓”之类小调在当时南北民间颇为流行。
4. 单片体，五仄韵，隔句韵；双片体，上片六韵，下片七韵，仄韵，隔句韵、连句韵。

单片体

始词：单片。9分句4复句，二/二/二/三/型复句组。仄韵，换韵，隔句韵，插一连句韵。

3，6。7，6。7，7。7，6，6。——金·王喆·《全金元词》第250页

刮鼓社

刮鼓社，这刮鼓食中**拍**。 ◆◆◆，△◆◆◇◇◆。
且说豌豆出来后，却胜如大小**麦**。 ◆◆◇◆◆◇◆，△◆◇◆◆◆。
便接着五方颜色，青红黄黑更兼**白**。 ◆◇◇◆◇◇◆，◇◇◇◆◆◇◇。
又同那五方标格，蒸炒煮烧生**吃**， ◆◇◆◇◇◇◆，◇◆◆◇◇◆，
蒸炒煮烧生**吃**。 ◇◆◆◇◇◆。

同体式作品：无。

双片体

始词：20分句8复句。双片。每片9分句4复句，二/三/二/三/型复句组。仄韵，隔句韵，连句韵。

3，8。4，4，5。7，7。7，6，6。

3，5。4，4，4。7，7。7，6，6。——金·王喆·《全金元词》第250页

刮鼓社

刮鼓社，这刮鼓本是仙家**乐**。	◆◆◆，△◆◆◆◆◇◇◆。
见个灵童，於中傻俏，自然能做**作**。	◆◆◇◇，◇◇◆◆，◆◇◇◆◆。
长长把玉绳辉**霍**，金花一朵头边**烁**。	◇◇◆◆◇◇◆，◇◇◆◆◇◇◆。
便按定五方跳**跃**，早展起踏云**脚**，	△◆◆◇◇◆◆，◆◆◆◆◇◆，
早展起踏云**脚**。	◆◇◆◆◇◆。
会戏谑，正洽真欢**乐**。	◆◆◆，◆◆◇◇◆。
显现玲珑，玎铛了了，遍体缨**络**。	◆◆◇◇，◇◇◆◆，◆◆◇◆。
遂引下满空鸾**鹤**，迎来接去同盘**礴**。	△◆◆◆◇◇◆，◇◇◇◆◇◇◆。
共舞出九光丹**药**，蓬莱路有期**约**，	△◆◆◇◇◇◆，◇◇◆◆◇◆，
蓬莱路有期**约**。	◇◇◆◆◇◆。

同体式作品：无。

885.【俊蛾儿】

1. 始词金王喆作。
2. 双片。上片一仄韵、三叠韵，下片三叠韵（语气词“儿”）；连句韵、隔句韵。

始词：8 分句 4 复句。双片。上下片各 4 分句 2 复句，二/二/型复句组。平韵，重字韵，连句韵，插一隔句韵。

7，5。7，4。

7，6。7，5。——金·王喆·《全金元词》第 176 页

俊蛾儿

劝吏人

见个惺惺真脱**洒**，堪比大丈**儿**。	◆◆◇◇◇◇◆，◇◆◆◆◇。
莫睎灯下俊蛾**儿**，坏了命**儿**。	◆◇◇◆◆◇◇，◆◆◆◇。
早早回头搜密妙，营养姹女婴**儿**。	◆◆◇◇◇◆◆，◇◆◆◆◇◇。
道袍换了皂衫**儿**，与太上做**儿**。	◆◇◆◆◆◇◇，△◆◆◆◇。

同体式作品：无。

886.【挂金灯】

1. 始词金王喆作。

2. 双片。始词上片二平韵、三仄韵，下片四仄韵；变体上片三仄韵，下片一平韵四仄韵；平仄通押，连句韵，间插隔句韵。

始词：10 分句 4 复句。双片。每片 5 分句 2 复句，二/三/型复句组。平仄通押，邻韵通押，连句韵，插一隔句韵。

3，5。4，4，6。

6，5。4，4，6。——金・王喆・《全金元词》第 186 页

挂金灯

好池**亭**，华丽於中**莹**。 ◆◇◇，◇◆◇◇◇。

善修外**景**，装成内**景**，这两事谁能**省**。 ◆◇◆◆，◇◇◆◆，△◆◆◇◇◆。

谨按黄庭缉整，表里通贤圣。 ◆◆◇◇◆◆，◆◆◇◇◆。

水心炎炎，火焰猛**劲**，溉炼出真清**净**。 ◆◇◇◇，◆◆◆◆，◆◆◆◇◇◆。

同体式作品：无。

变体二

与始词复句数相同，分句数增 1。

【变体二】11 分句 4 复句。双片。上片与始词同，5 分句 2 复句，二/三/型复句组；下片增 1 分句，6 分句 2 复句，三/三/型复句组。平仄通押，邻韵通押，隔句韵、连句韵。

3，5。4，4，6。

3，3，5。4，4，6。——金・马钰・《全金元词》第 345—346 页

挂金灯

赠重阳师父侄王周臣

绝攀缘，心上生光**莹**。 ◆◇◇，◇◆◇◇◇。

朗然变化，无穷异**景**，这密妙教贤**省**。 ◆◇◆◆，◇◇◆◆，△◆◆◆◇◆。

内貌宜，手速整，悟后分凡圣。 ◆◆◇，◆◆◆，◆◆◇◇◆。

亘初灵**明**，火内正**劲**，锻炼出清中**静**。 ◇◇◇◇，◆◆◆◆，◆◆◆◇◇◆。

同体式作品：无。

887.【圣葫芦】

1. 始词金王喆作。
2. 金《刘知远诸宫调》有【圣葫芦】，元北曲作【胜葫芦】。
3. 双片。上片三平韵，下片二平韵，隔句韵。

始词：10 分句 4 复句。双片。每片 5 分句 2 复句，二/三/型复句组。平韵，上片首二句连韵，继隔句韵。

8，5。7，4，5。

8，5。7，4，5。——金・王喆・《全金元词》第 189 页

圣葫芦

这一葫芦儿有神**灵**，会会做惺**惺**。　◆◆◇◇◇◆◇◇，◆◆◆◇◇。

占得逍遥真自在，　◆◆◇◇◇◆◆，

头边口里，长是诵仙**经**。　◇◇◆◆，◇◆◆◇◇。

把善因缘却腹中盛，净净转清**清**。　△◆◇◇◆◆◇◇，◆◆◆◇◇。

玉杖挑将何处去，　◆◆◇◇◇◆◆，

紧随师父，云水是前**程**。　◆◇◇◇，◇◆◆◇◇。

同体式作品：无。

888.【郭郎儿慢】

1. 始词金王喆作。
2. 北宋有【郭郎儿近拍】，始词为北宋柳永作，其调源于唐戏弄，唐段安节《乐府杂录》“傀儡子”条载：冒顿单于围汉高祖于平城，陈平造木偶人以退阏氏之军，“后乐家翻为戏，其引歌舞有郭郎者，发正秃，善优笑，闾里呼为‘郭郎’，凡戏场必在俳儿之首也”。该调【郭郎儿慢】与北宋【郭郎儿近拍】分句数相同，复句数与复句型皆不同，可知一个母调的“近”“慢”二体在音乐上颇有不同，故将该调作金代新调。
3. 双片。每片三仄韵，隔句韵。

始词：14 分句 6 复句。双片。每片 7 分句 3 复句，二/二/三/型复句组。仄韵，隔句韵。

4，6。3，4。8，5，5。

3，6。3，4。8，5，5。——金・王喆・《全金元词》第 189 页

郭郎儿慢

日放银霞，甘雨滴成珠**露**。　◆◆◇◇，◆◆◆◇◇◆。

召清风，气神同**助**。　◇◇◇，◆◇◇◆。

便致令相守镇相随，　△◆◆◇◇◆◇◇，

更宝种三田，九转灵丹**聚**。　△◆◆◇◇，◆◆◇◇◆。

碧虚前，遍生玉芝金**树**。　◆◇◇，◆◇◆◇◇◆。

绽瑶花，满空无**数**。　◆◇◇，◆◇◇◆。

烂熳开琼蕊吐馨香，	◆◆◇◇◆◆◇◇，
正馥郁当中，一点光明**住**。	△◆◇◇◇，◆◆◇◇◆。

同体式作品：无。

同源词调：【憨郭郎】

1. 始词金王喆作。
2. 本词民间色彩浓厚，与【郭郎儿近拍】【郭郎儿慢】调名有牵连，兹作同源词调。
3. 双片。上片二平韵抱一仄韵，下片二平韵抱二仄韵；变体每片二平韵，隔句韵。

始词：8分句4复句。双片。每片4分句2复句，二/二/型复句组。平仄间韵，隔句韵，抱韵。律词。

5，5。5，3。

5，5。5，3。——金·王喆·《全金元词》第189页

憨郭郎

或同难免，赠爱心。

深憎憎愈甚，深爱爱尤**多**。	◇◇◇◆◆，◇◆◆◇◇。
两般都在**意**，看如**何**。	◆◇◇◆◆，◆◇◇。
他欢如自**喜**，他病似身**病**。	△◇◇◆◆，△◆◆◇◇。
心中成一**体**，各消**磨**。	◇◇◇◆◆，◆◇◇。

同体式作品：无。

变体二

与始词复句数相同，分句数增1。

【变体二】9分句4复句。双片。上片第二复句较始词增1分句，下片同。上片5分句2复句，二/三/型复句组；下片4分句2复句，二/二/型复句组。平韵，隔句韵。律词。

6，5。3，3，3。

6，5。5，3。——金·王喆·《全金元词》第252页

憨郭郎

牛子却如浇墨，牵拽不回**头**。	◇◆◆◇◇◆，◇◆◆◇◇。
向川原，贪水草，骋风**流**。	◆◇◇，◆◆◆，◆◇◇。
禁得这茫儿躁，加力用鞭**勾**。	◆◆◆◇◇◆，◇◆◆◇◇。
浑身都打遍，变霜**球**。	◇◇◇◆◆，◆◇◇。

同体式作品：金：马钰1首。

889.【菊花天】

1. 始词金王喆作。
2. 双片。上片四平韵，下片三平韵，隔句韵。

始词：10 分句 4 复句。双片。每片 5 分句 2 复句，二/三/型复句组。平韵，邻韵通押，连句韵、隔句韵。

7，6。5，4，4。
7，6。6，4，4。——金·王喆·《全金元词》第 199 页

菊花天

此药神功别有**欢**，专医性命完**全**。　△◆◇◇◆◇◇，◇◇◇◆◇◇。
名唤紫金**丹**，服之一粒，永保康**安**。　◇◆◆◇◇，◆◇◆◆，◆◆◇◇。

宝结三田搬运过，明珠透出泥**丸**。　◆◆◇◇◆◆◆，◇◇◆◆◇◇。
五彩九霞光共，并攒并**攒**，捧入仙**坛**。　◆◆◆◇◇◇，◆◆◆◆，◆◆◇◇。

同体式作品：无。
增减字：
(一) 7，6。5，4，4。○ 8，6。6，4。4。金：王喆 1 首。

890.【得道阳】

1. 始词金王喆作。
2. 双片。上片四平韵，下片三平韵，隔句韵。

始词：8 分句 4 复句。双片。每片 4 分句 2 复句，二/二/型复句组。平韵，插一仄韵；连句韵，插一隔句韵。律词。

7，6。7，7。
7，7。7，7。——金·王喆·《全金元词》第 211 页

得道阳

得道阳来得道**阳**，自然碧洞云**房**。　◆◆◇◇◆◆◇，◇◇◆◆◇◇。
玉诀灵符清气**爽**，金丹大药胜衣**装**。　◆◆◇◇◇◆◆，◇◇◆◆◆◇◇。

岂似人间轻薄**郎**，徒夸黄白满箱**筐**。　◆◆◇◇◇◆◇，◇◇◇◆◆◇◇。

我宝三田常运转，吾家一性没惊**惶**。　　◆◆◇◇◇◆◆，◇◇◆◆◆◇◇。

同体式作品：金：王喆 12 首。

增减字：

（一）7，7。7，7。○7，7。7，7。金：王喆 1 首。

891.【五更令】

1. 始词金王喆作。
2. 民歌“五更转”定格联章传统程式。“五更转”是民歌的一种叙事程式，一种特殊的“联章调名”，具体乐调各有不同，可用不同曲调作“五更转”，敦煌写本歌词和宋金词中即有不同曲调的“五更转”联章词组（见本谱第 70 调【五更转】说明）。此【五更令】，与唐敦煌曲子辞【五更转】词式多有不同，当是新创曲调。
3. 全篇五章，每章体式全同，兹取一章为谱。
4. 第一章七韵，其余各章六韵，每章同韵，一章一换韵；仄韵，隔句韵，间插连句韵。

始词第一章：10 分句 5 复句，二/二/二/二/二/型复句组。仄韵，隔句韵、连句韵。

3，3。3，6。7，5。7，9。7，5。——金·王喆·《全金元词》第 213 页

五更令

一更初，鼓声**傻**。　　◆◇◆，◆◇◆。

槌槌**耍**，敲著心猿意**马**。　　◇◇◆，◇◆◇◇◆◆。

细细而击动铮铮，使俱齐擒**下**。　　◆◆◇◆◆◇◇，◆◆◇◇◆。

万象森罗空里**挂**，泼焰焰神辉惺惺洒**洒**。　　◆◆◇◇◇◆◆，◆◆◆◇◇◇◇◆◆。

明光射入宝瓶宫，早儿娇女**姹**。　　◇◇◆◆◆◇◇，△◇◇◆◆。

同体式作品：无。

附：王喆《五更令》全词

一更初，鼓声**傻**。槌槌**耍**，敲著心猿意**马**。细细而击动铮铮，使俱齐擒**下**。万象森罗空里**挂**，泼焰焰神辉惺惺洒**洒**。明光射入宝瓶宫，早儿娇女**姹**。

二更分，鼓声**按**。匀匀打，自然虎龙交**换**。清气神各住丹房，也并无错**乱**。撞透重楼知片**段**，这玉液琼浆往来浇**灌**。便须教溉出黄芽，渐生来好**看**。

三更端，鼓声**正**。冬冬响，韵音转令鸣**莹**。其中便□现灵根，会通贤道**圣**。慢慢来回游捷**径**，传银箭这番穿成雅**令**。用亲镝镝上红心，现清清静**静**。

四更高，鼓声**锐**。忽然间，振动天花偏**坠**。前面却有个真人，载星冠月**帔**。得此妙玄成吉**利**，望北斗杓星西南正**指**。看看底剔绽琼花，做祥祥瑞**瑞**。

五更终，鼓声**闹**。被那人，播动做成颠**倒**。金盘内托出神珠，放霞光万**道**。窈窈冥冥真个**好**，从此复通他当初至**宝**。如今却归去何方，住十州三**岛**。

关联词调：【五更出舍郎】

1. 始词金王喆作。
2. 以词题为调名。传统“五更转”联章体，曲调为新创。
3. 全词七章，每章体式全同，兹取一章为谱。
4. 每章五韵，七章同韵，仄韵，隔句韵，插一连句韵。

始词第一章：8分句，1单句3复句，一/三/二/二/型单句复句组合。平韵，隔句韵。

7。3，3，3。7，3。3，3。——金·王喆·《全金元词》第202页

五更出舍郎

一更哩啰出舍**郎**。	◆◇◇◇◆◆◇。
离家**乡**，前程路，稳排**行**。	◇◇◇，◇◇◆，◆◇◇。
便把黑飚先捉定，入皮**囊**。	◆◆◆◇◇◆◆，◆◇◇。
牢封系，任飘**扬**。	◇◇◆，◆◇◇。

同体式作品：无。

附：王喆《五更出舍郎》全篇

一更哩啰出舍**郎**。离家**乡**，前程路，稳排**行**。便把黑飚先捉定，入皮**囊**。牢封系，任飘**扬**。

二更哩啰出舍**郎**。变银**霜**，汤烧火，火烧**汤**。夫妇二人齐下拜，住丹**房**。同眠宿，卧牙**床**。

三更哩啰出舍**郎**。最相**当**，神丹就，养儿**娘**。一对阴阳真个好，坐车**厢**。金牛子，载搬**忙**。

四更哩啰出舍**郎**。得清**凉**，重楼上，饮琼**浆**。任舞任歌醒复醉，愈堪**尝**。真滋味，万般**香**。

五更哩啰出舍**郎**。没堤**防**，无遮碍，过明**堂**。一颗明珠颠倒衮，瑞中**祥**。昆仑上，放霞**光**。

认得五般出舍**郎**。黑白**彰**，当中赤，间青**黄**。哩啰啰凌哩啰哩，妙玄**良**。玲珑了，便玎**珰**。

反会做他出舍**郎**。便风**狂**，成功**行**，到蓬**庄**。奉报那人如惺悟，好商**量**。五更**里**，细消**详**。

892.【酴醾香】

1. 始词金王喆作。

2. 双片。上片四平韵、三仄韵，下片五仄韵，隔句韵。

始词：22 分句 8 复句。双片。每片 11 分句 4 复句，二/三/三/三/型复句组。平仄通押，隔句韵，间插连句韵。

4，7。3，3，4。3，3，4。7，3，7。

7，4。3，3，4。3，3，4。7，3，7。——金·王喆·《全金元词》第 215 页

酴醾香

自在随缘，信脚而无思没**算**。	◆◆◇◇，◆◆◇◇◇◆◆。
召清飚，邀皓月，同为侣**伴**。	◇◇◇，◇◆◆，◇◇◆◆。
步长路，成欢乐，唇歌舌弹。	◆◇◆，◇◇◆，◇◇◆◇。
忽经过洞府嘉山，堪一玩，	△◇◆◆◇◇◇，◇◆◆，
正逢著祥瑞频**赞**。	△◇◆◇◆◇◆。
异果名花滋味美，馨香撒**散**。	◆◆◇◇◇◆◆，◇◇◆◆。
对良辰，虽好景，难为惹**绊**。	◆◇◇，◇◆◆，◇◇◆◆。
任水云，前程至，天涯海**畔**。	◆◆◇，◇◇◆，◇◇◆◆。
便遭遇清净神舟，超彼**岸**，	△◇◆◇◆◇◇，◇◆◆，
这回做真害风**汉**。	◆◇◆◇◆◇◆。

按：下片结句语步结构："这回/做//真/害风/汉。"害风，发疯，本词用为反语，指脱俗。

同体式作品：无。

893.【登仙门】

1. 始词金王喆作。

2. 双片。上片五韵，下片四韵，叠字韵，上片起首二句连韵，继隔句韵。

始词：17 分句 8 复句。双片。上片 8 分句 4 复句，二/二/二/二/型复句组；下片 9 分句 4 复句，三/二/二/二/型复句组。仄韵，叠字韵，上片起首二句连韵，继隔句韵。

4，4。3，4。5，5。3，4。

3，3，4。3，4。6，4。3，4。——金·王喆·《全金元词》第 220 页

登仙门

归也归**也**，本元归**也**。	◇◆◇◆，◆◇◇◆。
两郡人，没观瞻**也**。	◆◆◇，◇◇◇◆。
被清风白云，全日常招**也**。	△◇◇◆◇，◇◆◇◇◆。
王害风，此翻去**也**。	◇◆◇，◆◇◆◆。
劝诸公，寻玄妙，更休思**也**。	◆◇◇，◇◇◆，◆◇◇◆。
看假躯，不如无**也**。	◆◆◇，◆◇◇◆。
到今方超彼岸，我咱知**也**。	◆◇◇◇◆◆，◆◇◇◆。
要重见，这回难**也**。	◆◇◆，◆◇◇◆。

同体式作品：无。

变体二

较始词复句数不变，分句数有变。

【变体二】19 分句 8 复句。双片。上下片较始词各增 1 分句，上片 9 分句 4 复句，二/二/三/二/型复句组；下片 10 分句 4 复句，三/二/三/二/型复句组。仄韵，重字韵，上片起首二句连韵，继隔句韵。

4，4。3，4。3，3，4。3，4。

3，3，4。3，4。3，3，4。3，4。——金·马钰·《全金元词》第 348 页

登仙门

师也师**也**，重阳师**也**。	◇◆◇◆，◇◇◇◆。
处玄机，静中清**也**。	◆◇◇，◇◇◆◆。
起金莲，玉花社，有谁知**也**。	◆◇◇，◆◇◆，◆◇◇◆。
化人人，渐归道**也**。	◆◇◇，◆◇◆◆。
这扶风，非开悟，亦非愚**也**。	◆◇◇，◇◇◆，◆◇◇◆。
辨假真，稍能明**也**。	◆◇◆，◇◇◇◆。
细寻思，心豁畅，略无疑**也**。	◆◇◇，◇◆◆，◆◇◇◆。
想师范，没人过**也**。	◆◇◆，◇◇◆◆。

同体式作品：无。

变体三

较始词分句数复句数皆变

【变体三】15 分句，6 复句 2 单句。双片。较始词减 2 分句 2 复句，增 2 单句。上片 7 分句，3 复句 1 单句，二/二/二/一/型复句单句组合；下片 8 分句，3 复句 1 单句，三/二/二/一/型复句单句组合。仄韵，重字韵，上片起首二句连韵，继隔句韵。

4，4。3，4。5，5。7。

3，3，4。3，4。6，4。7。——金·马钰·《全金元词》第348页

登仙门

难也难**也**，舍家难**也**。 ◇◆◇◆，◆◇◇◆。

绝爱憎，屏尘难**也**。 ◆◆◇，◇◇◇◆。

处无为清静，有始终难**也**。 △◇◇◇◆，◆◆◇◇◆。

譬如死又何难**也**。 ◆◇◆◆◇◇◆。

论玄元，谈微妙，要人听**也**。 ◆◇◇，◇◇◆，◆◇◇◆。

但小童，肯来询**也**。 ◆◆◇，◆◇◇◆。

便须当开言路，与其进**也**。 ◆◇◇◇◇◆，◆◇◆◆。

我不能保其往**也**。 ◆◆◇◆◇◆◆。

按：上下片结句亦可断为二分句："譬如死，又何难也。""我不能，保其往也。"为显示汉语流水句可断可连之弹性，本词且连而不断为一单句。

同体式作品：无。

894.【转调斗鹌鹑】

1. 始词金王喆作。
2. 斗鹌鹑，一种由来已久的游戏。唐玄宗时，西凉进献鹌鹑，能随金鼓声而搏击，宫中养以为戏，后流行市井间。【转调斗鹌鹑】，本调为【斗鹌鹑】，金董解元《西厢记诸宫调》有【斗鹌鹑】。亦为元北曲常用曲牌，是为渊源既久的金元市井汉语小调。
3. 双片。上片五平韵，下片六平韵，隔句韵、连句韵。
4. 本调金词仅见此一首，元北曲有此曲牌。

始词：14分句6复句。双片。上片8分句3复句，二/三/三/型复句组；下片6分句3复句，二/二/二/型复句组。平韵，隔句韵、连句韵。

4，4。4，4，7。3，4，4。

8，3。6，7。3，8。——金·王喆·《全金元词》第220页

转调斗鹌鹑

一个灵明，作仙子**材**。 ◆◆◇◇，◆◇◆◆。

响彻瑶宫，蕊金自**开**，为忒玲珑出蓬**莱**。 ◆◆◇◇，◆◇◆◇，△◆◇◇◆◇◇。

降下**来**，谪在凡间，托生俗**胎**。 ◆◆◇，◆◆◇◇，◆◇◆◇。

只恐身便酒色气**财**，混一**回**。 ◆◆◇◆◆◆◆◇，◆◆◇。

风流此心便**灰**，复悟前真免轮**回**。　◇◇◆◇◆◇，◆◆◇◇◆◇◇。
没甚**灾**，看看却得重上玉**台**。　◆◇◆，◇◇◆◆◆◇◆◇。

同体式作品：无。

895.【雪梅春】

1. 始词金王喆作。
2. 双片。上片四平韵，下片二仄韵、四平韵，隔句韵。
3. 本调仅见王喆一首。

始词：18 分句 8 复句。双片。每片 9 分句 4 复句，二/二/二/三/型复句组。平韵，下片第一复句换韵押仄，继归原韵；隔句韵，间插连句韵。

3，7。5，6。7，7。3，6，4。
3，6。6，6。7，7。3，4，4。——金·王喆·《全金元词》第 225 页

雪梅春

睹尘世，人人尽总斗芳**容**。　◆◇◆，◇◇◆◆◆◇◇。
炫珠珍金玉，绫罗锦绣情**悰**。　△◇◇◇◆，◇◇◆◇◇◇。
儿女妻孥共团聚，管弦歌舞趁时**从**。　◇◆◇◇◆◇◆，◆◇◇◆◆◇◇。
没休歇，昨夜今宵来晚，重重颙**颙**。　◆◇◆，◇◆◇◇◇◆，◇◇◇◇。

日常做，怎得回头省悟。　◆◇◆，◆◆◇◇◆◆。
深洒直待阴**公**，取来恁则方**忡**。　◇◆◆◆◇◇，◆◇◆◆◇◇。
千状悲颜钉心剑，百端愁思敛眉**峰**。　◇◆◇◇◆◇◆，◆◇◇◇◆◇◆。
见追帖，兹番悔恨，难已藏**踪**。　◆◇◆，◇◇◆◆，◇◆◇◇。

同体式作品：无。

896.【耍蛾儿】

1. 始词金王喆作。
2. 观调名为民间小调。
3. 双片。每片四仄韵，连句韵。

始词：8 分句 4 复句。双片。每片 4 分句 2 复句，二/二/型复句组。仄韵，连句韵。律词。

7，6。7，6。

7，6。7，6。——金·王喆·《全金元词》第 226 页

耍蛾儿

不会修行空养**肚**，肾肺心肝脾**祖**。	◆◆◇◇◇◆◆，◆◆◇◇◇◆。
五团臭肉怎为**主**，先把黄婆咄**去**。	◆◇◆◆◆◇◆，◇◆◇◇◆◆。
赶退青龙兼白**虎**，不用婴儿姹**女**。	◆◆◇◇◇◆◆，◆◆◇◇◆◆。
诸公要觅长生**路**，别有一般门**户**。	◇◇◆◆◇◇◆，◆◆◇◇◇◆。

同体式作品：无。

897.【七骑子】

1. 始词金王喆作。
2. 单片八韵，平韵，隔句韵、连句韵。
3. 本调仅存王喆二首，姑取一首为始词。

始词：单片，12 分句 4 复句，三/三/三/三/型复句组，有和声。平韵，隔句韵，连句韵。

5，5，4。5，5，5。7，3，3。5，7，7。——金·王喆·《全金元词》第 227 页

七骑子

真个重阳子，得个好因**缘**因缘，待做神**仙**神仙。	◇◆◇◇◆，◆◆◆◇◇，◇◇◆◆。
惺惺诚了了了了，金丹一粒**圆**圆圆，	◇◇◇◆◆，◇◇◆◆◇，
祥云送上**天**上天。	◇◇◆◆◇。
明师更与白花**莲**，花莲莹，最新**鲜**新鲜。	◆◇◆◆◇◇◇，◇◇◇，◆◇◇。
辉辉清洒洒，清香馥郁妙玄**玄**，	◇◇◇◆◆，◇◇◆◇◆◇◇。
玄上长生玉帝**前**。	◇◆◇◇◆◆◇。

按：小字为和声。

同体式作品：无。

变体三

较始词分句数复句数皆变

【变体三】单片。较始词增1单句，无和声，12分句4复句1单句，四/三/三/二/一/型复句单句组合。平韵，隔句韵，连句韵。

4，5，3，3。6，8，7。4，5，7。7，7。7。——金·王喆·《全金元词》第227页

七骑子

纵步闲闲，游玩出郊**西**，	◆◆◇◇，◇◇◆◇◇。
见骷髅，卧沙**堤**。	◆◇◇，◆◇◇。
问你因缘由恁，似为恋儿孙女与**妻**，	◆◆◇◇◇◆，◆◆◇◇◆◆◇。
致得如今受苦**恓**。	◆◆◇◇◆◆◇。
眼内生莎，口里更填**泥**，	◆◆◇◇，◆◆◆◇◇。
气应难吐吐虹**霓**。	◆◇◇◆◆◇◇。
雨洒风吹浑可可，大抵孩童任蹈**跻**。	◆◆◇◇◇◆◆，◆◆◇◇◆◆◆。
悔不生前善事**稽**。	◆◆◇◇◆◆◇。

同体式作品：无。

898.【七宝玲珑】

1. 始词金王喆作。
2. 双片。每片五仄韵，连句韵、隔句韵。

始词：12分句4复句2单句。双片。每片6分句，2复句1单句，三/二/一/型复句单句组合。平韵，连句韵，隔句韵。

4，5，6。7，7。7。

4，5，6。7，7。7。——金·王喆·《全金元词》第258页

七宝玲珑

人人每日，问我要求**玄**，你便待做神**仙**。	◇◇◆◆，◆◆◆◇◇，◆◆◆◆◇◇。
四四一十六个字，二十八字在众**贤**。	◆◆◆◆◆◆◆，◆◆◆◆◆◆◇。
会得之时也未**然**。	◆◆◇◇◆◆◇。
既要修行，先念乐花**莲**，次弃了冗家**缘**。	◆◆◇◇，◇◆◆◇◇，◆◆◆◆◇◇。
物物拈来俱不**染**，打破般般出上**田**。	◆◆◇◇◆◆◆，◆◆◇◇◆◆◇。
一道光明入碧**天**。	◆◆◇◇◆◆◇。

同体式作品：金：马钰1首。

899.【风马令】

1. 始词金王喆作。
2. 双片。每片三仄韵一平韵，上下片结句换韵遥押；隔句韵。
3. 本调仅见王喆一首。

始词：10 分句，2 单句 4 复句。双片。每片 5 分句，1 单句 2 复句，一/二/二/型单句复句组合。平韵，隔句韵；上下片结句换韵遥押。

7。7，8。4，7。
7。7，8。4，7。——金·王喆·《全金元词》第 259 页

风马令

意马擒来莫容**纵**。	◆◆◇◇◆◇◆。
常堤备珰滴琉玎，被槽头猢狲相调**弄**。	◇◇◆◇◆◇◇，△◇◇◇◇◇◆◆。
蹄攒耳举，早临风珰滴琉**玎**。	◇◆◆◆，◆◇◇◇◆◇◇。
椿上缰儿缠**鞚**。	◇◆◇◇◇◆。
这回你珰滴琉玎，待驯良牵归白云**洞**。	◆◇◆◇◆◇◇，△◆◇◇◇◆◇◆。
逍遥自在，更不肯珰滴琉**玎**。	◇◇◆◆，◆◆◆◇◆◇◇。

同体式作品：无。

900.【特地新】

1. 始词金王喆作。
2. 双片。每片四仄韵，变体增一韵；隔句韵，间插连句韵。

始词：20 分句 6 复句。双片。每片 10 分句 3 复句，三/三/四/型复句组。仄韵，隔句韵，间插连句韵。律词。

4，4，7。3，3，4。3，3，3，4。
4，4，7。3，3，4。3，3，3，4。——金·王喆·《全金元词》第 234 页

特地新

天地人生，同来相**遇**，应将甚昭彰显**务**。	◇◆◇◇，◇◇◇◆，△◇◆◇◇◆◆。
道门开，释门阐，儒门堪**步**。	◆◇◇，◆◇◆，◇◇◇◆。
识元初，习元本，睹元辰，元阳自**固**。	◆◇◇，◆◆◇，◆◇◇，◇◇◆◆。

日月星辰，齐旋躔**度**，唯临莅虚空照**布**。	◆◆◇◇，◇◇◇◆，△◇◆◇◇◆◆。
精关扃，气关达，神关超**露**。	◇◇◆，◆◇◆，◇◇◇◆。
禀三才，立三教，得三光，三丹宝**聚**。	◆◇◇，◆◇◆，◆◇◇，◇◇◆◆。

同体式作品：无。

变体二

与始词复句数相同，分句数减 2。

【变体二】18 分句 6 复句。双片。上片第三复句较始词减 2 分句，8 分句 3 复句，三/三/二/型复句组；下片与始词同，10 分句 3 复句，三/三/四/型复句组，仄韵，隔句韵，连句韵。

4，4，7。3，3，4。5，8。

4，4，7。3，3，4。3，3，3，4。——金·王喆·《全金元词》第 235 页

特地新

骋俏多能，身呈体**段**，把衣衫频频脱**换**。	◆◆◇◇，◇◇◆◆，△◇◇◇◇◆◆。
穿茶枋，入酒**店**，总夸好**汉**。	◇◇◇，◆◆◆，◆◇◆◆。
蓦然遇天高，这精神早减了一**半**。	◆◇◆◇◇，◆◇◇◆◆◆◆◆。
奉劝风流，惺惺早**断**，保元阳休教紊**乱**。	◆◆◇◇，◇◇◆◆，◆◇◇◇◆◆◆。
稍回头，开道**眼**，金莲长**看**。	◇◇◇，◇◆◆，◇◇◇◆。
玉花放，异香来，吐光明，满空炳**焕**。	◇◆◆，◆◇◇，◆◇◇，◆◇◆◆。

同体式作品：无。

901.【带马行】

1. 始词金王喆作。
2. 调名即词题。
3. 双片。始词每片六仄韵，变体韵数有减；隔句韵，间插连句韵。

始词：14 分句 6 复句。双片。每片 7 分句 3 复句，二/三/二/型复句组。平仄通韵，邻韵通押，连句韵，间插隔句韵。律词。

7，6。7，4，4。3，5。

7，6。7，4，4。3，5。——金·王喆·《全金元词》第 235 页

带马行

亘初独许能骑**坐**，这骏驷从牵**拖**。	◇◇◆◆◇◇◆，△◆◆◇◇◇。

直走盘旋双庆**贺**，三山骨健，力筋偏**大**。　◆◆◇◇◇◆◆，◇◇◆◆，◆◇◇◆。
马辅**佐**，万丈红崖**过**。　◆◆◆，◆◆◇◇◆。

谢伊驼出深坑**祸**，炫玉簪金缨**弹**。　◆◇◇◆◇◇◆，◇◆◆◇◇◆。
喊雾嘶风游水**火**，月华前面，四蹄轻**锁**。　◆◆◇◇◇◆◆，◆◇◇◆，◆◇◇◆。
马负**荷**，与我成因**果**。　◆◆◆，◆◆◇◇◆。

同体式作品：无。

变体三

较始词分句数复句数皆变

变体三·1

12 分句 4 复句

【变体三·1】12 分句 4 复句。双片。上下片较始词各减 1 分句 1 复句，每片 6 分句 2 复句，三/三/型复句组。仄韵，连句韵，隔句韵。

7，6，7。4，4，5。
7，6，7。4，4，5。——金·王喆·《全金元词》第 235 页

带马行

既要修持心不**晓**，这火院须先**跳**，　◆◆◇◇◇◆◆，△◆◆◇◇◆，
猛把家缘都不**要**。　◆◆◇◇◇◆◆。
元初一点，认来真所，做个惺惺**了**。　◇◇◆◆，◆◇◇◆，◆◆◇◇◆。

欲要妻男固处**妙**，且只在红尘**罩**，　◆◆◇◇◆◆◆，△◆◆◇◇◆，
节色微财应事**俏**。　◆◆◇◇◇◆◆。
慈悲广施，作均乎也，决定分分**晓**。　◇◇◆◇，◆◇◇◆，◆◆◇◇◆。

同体式作品：无。

变体三·2

10 分句 4 复句

【变体三·2】10 分句 4 复句。双片。上下片较始词各减 2 分句 1 复句，每片 5 分句 2 复句，二/三/型复句组。仄韵，隔句韵。

5，5。5，5，5。
5，3。5，5，5。——金·王喆·《全金元词》第 236 页

带马行

锁户真成也，百朝甚惺**洒**。　◆◆◇◇◆，◆◇◆◇◆。
冰餐非苟且，玄妙就中超，弹马眸粘**惹**。　◇◇◇◆◆，◇◆◆◇◇，◆◆◇◇◆。

恩爱俱齐舍，闲游**冶**。　◇◆◆◇◆，◇◇◆。

教余同幽**雅**，仙子共成修，写马明星**下**。　◆◇◇◇◆，◇◆◆◇◇，◆◆◇◇◆。

同体式作品：无。

902. 【金花叶】

1. 始词金王喆作。
2. 双片。每片三仄韵，连句韵、隔句韵。

始词：8 分句 4 复句。双片。每片 4 分句 2 复句，二/二/型复句组。仄韵，连句韵，隔句韵。

6，7。7，5。

6，7。7，5。——金·王喆·《全金元词》第 249 页

金花叶

名利牵缠怎**彻**，谁肯把善缘总**结**。　◇◆◇◇◆◆，◇◆◆◆◇◆◆。

在火宅居常炙□，尚穿聊恶**业**。　◆◆◆◇◇◆◆，◆◇◇◆◆。

斗巧争如守拙，早离了机心切**切**。　◆◆◇◇◆◆，△◇◆◇◇◆◆。

稍能悟三教秘**诀**，也无生无**灭**。　◇◇◆◇◆◆◆，◆◇◇◇◆。

同体式作品：金：马钰 1 首。

903. 【瓦盆歌】

1. 始词金王喆作。
2. 原调当为民间俗曲。
3. 双片。上片四仄韵，下片六仄韵，隔句韵，间插连句韵。

始词：20 分句 6 复句。双片。每片 10 分句 3 复句，四/三/三/型复句组。仄韵，邻韵通押，隔句韵，间插连句韵。

3，5，3，3。5，7，7。4，3，5。

5，5，3，3。5，7，7。4，3，5。——金·王喆·《全金元词》第 253 页

瓦盆歌

你敲著，得恁响声大，无祥瑞，没灾**祸**。　◆◇◇，◆◆◆◇◆，◇◇◆，◆◇◆。

元谁知得那，外唇有口能发**课**，　◇◇◇◆◆，◆◇◆◆◇◆◆，

内虚有腹成因**果**。	◆◇◆◆◇◇◆。
贵贱贤愚，细思量，人人放一**个**。	◆◆◇◇，◆◇◇，◇◇◆◆◆。
这风狂悟斯，不肯争人**我**，	△◇◇◆◇，◆◆◇◇◆，
除烦恼，灭心**火**。	◇◇◆，◆◇◆。
日日随缘**过**，逍遥自在任行**坐**，	◆◆◇◇◆，◇◇◆◆◆◇◆，
功成行满携云**朵**。	◇◇◇◆◆◇◆。
带壳升腾，恁时节，方知不打**破**。	◆◆◇◇，◆◇◆，◇◇◆◆◆。

同体式作品：无。

904. 【遇仙亭】

1. 始词金王喆作。
2. 单片，九韵。平韵，隔句韵，间插连句韵。

始词：单片。14 分句 6 复句。二/三/二/三/二/二/型复句组。仄韵，隔句韵，间插连句韵。

4，4。6，4，8。6，6。7，7，5。5，7。6，6。——金·王喆·《全金元词》第 254 页

遇仙亭

急急回**头**，得得因**由**。	◆◆◇◇，◆◆◇◇。
物物更不追**求**，见见分明，	◆◆◆◆◇◇，◆◆◇◇，
把个般般打破优**游**。	◆◆◇◇◆◆◇◇。
净净自然莹彻，清清至是真**修**。	◆◆◆◇◇◆，◇◇◆◆◇◇。
妙妙中间通出入，	◆◆◇◇◇◆◆，
玄玄里面细寻**搜**，了了达冥**幽**。	◇◇◆◆◆◇◇，◆◆◆◇◇。
稳稳拈银棹，惺惺驾般若神**舟**。	◆◆◇◇◆，◇◇◆◇◆◇◇。
速速去超彼岸，灵灵现住瀛**洲**。	◆◆◆◇◆◆，◇◇◆◆◇◇。

同体式作品：无。

905. 【真欢乐】

1. 始词金王喆作。
2. 双片。每片六仄韵，隔句韵、连句韵。

始词：22 分句 8 复句。双片。每片 11 分句 4 复句，三/三/三/二/型复句组。仄韵，隔句韵。律词。

7，3，3。7，3，4。7，3，4。5，5。

7，3，3。7，3，4。7，3，4。5，5。——金·王喆·《全金元词》第 262 页

真欢乐

便把户门安锁**钥**，内更蕴，最奇**略**。	◆◆◆◇◇◆◆，◆◆◆，◆◇◆。
安炉灶锻炼金精，养元神，修完丹**药**。	◇◇◆◆◆◇◇，◆◇◇，◇◇◇◆。
二粒圆成光灼**灼**，虚空外，往来盘**礴**。	◆◆◇◇◇◆◆，◇◇◆，◆◇◇◆。
五彩总扶持，也无施无**作**。	◆◆◆◇◇，△◇◇◇◆。
冥冥杳杳非投**托**，占盈盈，赴盟**约**。	◆◆◇◇◇◆◆，◆◇◇，◆◇◆。
蓬莱路永结前期，定长春，瑶芳琼**萼**。	◇◇◆◆◆◇◇，◆◇◇，◇◇◇◆。
等接清凉光偏**烁**，放馨香，自然雯**作**。	◆◆◇◇◇◆◆，◆◇◇，◆◇◇◆。
里面礼明师，现真欢真**乐**。	◆◆◆◇◇，△◇◇◇◆。

同体式作品：金：马钰 1 首。

906.【玉花洞】

1. 始词金王喆作。
2. 双片。每片二仄韵，隔句韵、连句韵。

始词：12 分句 4 复句。双片。每片 6 分句 2 复句，三/三/型复句组。仄韵，隔句韵。

4，4，4。4，4，5。

4，4，4。4，4，5。——金·王喆·《全金元词》第 263 页

玉花洞

要知端的，默默细想，须凭因**果**。	◆◇◇◇，◆◆◆◆，◇◇◇◆。
致令喜悦，投归玄妙，便把门儿**锁**。	◆◆◆◆，◇◇◇◆，◆◆◇◇◆。
惺惺了了，真堪可有，自然香**火**。	◇◇◆◆，◇◇◆◆，◇◇◇◆。
净中寂阒，分明一个，师父来看**我**。	◆◇◆◆，◇◇◆◆，◇◇◇◆◆。

同体式作品：金：马钰 1 首。

907.【蜀葵花】

1. 始词金王喆作。
2. 双片。每片五仄韵，连句韵、隔句韵。

始词：15 分句 6 复句。双片。上片 8 分句 3 复句，二/三/三/型复句组；下片 7 分句 3 复句，二/二/三/型复句组。仄韵，连句韵，隔句韵。

5，5。5，3，3。5，6，8。

5，5。5，5。5，6，8。——金·王喆·《全金元词》第 267 页

蜀葵花

上仙传秘**诀**，只要尘情**灭**。 ◆◇◇◆◆，◆◆◇◇◆。

意马与心猿，牢锁闭，莫放**劣**。 ◆◆◆◇◇，◇◆◆，◆◆◆。

戒悭贪是非，人我无明断**绝**， △◇◇◆◇，◇◆◇◇◆◆，

把巧辩聪明都守**拙**。 △◆◆◇◇◇◆◆。

紫殿元君**歇**，宝鼎丹砂**结**。 ◆◆◇◇◆，◆◆◇◇◆。

也休问龙虎，铅汞絮繁**说**。 △◇◆◇◆，◇◆◆◇◆。

向迷云堆里，捧出一轮皎**月**， △◇◇◇◆，◆◆◆◇◇◆，

方表信希夷门户**列**。 △◆◆◇◇◇◆◆。

同体式作品：无。

908.【清心月】

【软翻鞋】【步云鞋】

1. 始词金马钰作。
2. 又名【软翻鞋】【步云鞋】。
3. 双片。每片四平韵，连句韵、隔句韵。

始词：14 分句 4 复句。双片。每片 7 分句 2 复句，二/五/型复句组。平韵，连句韵、隔句韵。律词。

5，5。7，3，5，3，3。

5。5。7，3，5，3，3。——金·马钰·《全金元词》第 322 页

清心月

起念破清**斋**，贪爱必为**灾**。 ◆◆◆◇◇，◇◆◆◇◇。
灵明何事别三**台**， ◇◇◇◆◆◇◇，
窃蟠桃，非止两三次，因谪降，出蓬**莱**。 ◆◇◇，◇◆◆◇◆，◇◆◆，◆◇◇。

岂比栋梁**材**，仙质肯尘**埋**。 ◆◆◆◇◇，◇◆◆◇◇。
大罗天上好安**排**， ◆◇◇◆◆◇◇，
炼金丹，九转功成日，重去也，免投**胎**。 ◆◇◇，◆◆◇◇◆，◇◆◆，◆◇◇。

同体式作品：金：王丹桂1首（【步云鞋】）。

增减字：

（一）5，5。7，5，3，3，3。○5，5。7，5，3，3，3。金·王处一1首（【软翻鞋】）。

909.【养家苦】

1. 始词金马钰作。
2. 双片。每片二平韵，连句韵、隔句韵。

始词：10分句4复句。双片。每片5分句2复句，二/三/型复句组。平韵，隔句韵。律词。

3，3。7，3，3。
3，3。7，3，3。——金·马钰·《全金元词》第341页

养家苦

赠宁伯功

养家苦，火坑**深**。 ◆◇◆，◆◇◇。
万尘埋没不能禁，遇风仙，物外**寻**。 ◆◇◇◆◆◇◆，◆◇◇，◆◆◇。

修行好，炼阳**阴**。 ◇◇◆，◆◇◇。
净清能见水中金，现光辉，罩宝**岑**。 ◆◇◇◆◆◇◇，◆◇◇，◆◆◇。

同体式作品：金：马钰11首。

910.【斗修行】

【斗百花犯正宫】

1. 始词金马钰作。

2. 调名本为【斗百花犯正宫】。北宋词调有【斗百花】【斗百花近拍】（前谱第 238 调），本调与之复句数相同，复句型不同，为【斗百花】“犯调”而衍生的新调。
3. 双片。上片四仄韵，下片四仄韵一平韵，连句韵、隔句韵。

始词：15 分句 6 复句。双片。上片 7 分句 3 复句，二/二/三/型复句组；下片 8 分句 3 复句，三/二/三/型复句组。邻韵通押，仄韵，插一平韵，隔句韵。

6，6。3，7。7，5，4。
5，4，6。5，5。4，7，5。——金・马钰・《全金元词》第 358 页

斗修行

本名【斗百花犯正宫】

同流宜斗修行，斗把刚强摧**挫**。　◇◇◇◆◇◇，◆◆◇◆◇◆。
斗降心，忘酒色财气人**我**。　◆◆◇，△◆◆◇◆◇◆。
斗不还乡时时**斗**，　◆◆◇◇◇◇◆，
悟清贫逍遥，放慵闲**过**。　◆◇◇◇◇，◆◇◇◆。

斗要成功**果**，斗没纤尘，斗进长生真**火**。　◆◆◇◇◆，◆◆◇◇，◆◆◇◇◇◆。
斗炼七返九，还灿烂丹**颗**。　◆◆◆◆◆，◇◆◆◇◇。
斗起慈悲，常常似斗无争**斗**，　◆◆◇◇，◇◇◆◆◇◇◆，
早得携云**朵**。　◆◆◇◇◇。

同体式作品：无。

911.【白观音】

【白鹤子】

1. 始词金马钰作。
2. 曲调本名【白鹤子】。
3. 双片。上片三平韵，下片二平韵，连句韵、隔句韵。

始词：8 分句 4 复句，五言声诗双叠。每片 4 分句 2 复句，二/二/型复句组。平韵，邻韵通押，起首二句连韵，继隔句韵。律词。

5，5。5，5。
5，5。5，5。——金・马钰・《全金元词》第 372 页

白观音

本名【白鹤子】。赠吴知纲。

谑号不勤**勤**，名为养拙**人**。　◆◆◆◇◇，◇◇◆◆◇。

穿衣慵举臂，吃饭懒抬**唇**。　◇◇◇◆◆，◆◆◆◇◇。

面垢但寻水，头蓬倦裹**巾**。　◆◆◆◇◆，◇◇◆◆◇

尘劳不复梦，悟彻个中**真**。　◇◇◆◆◆，◆◆◆◇◇。

同体式作品：无。

912.【孤鹰】

1. 始词金马钰作。
2. 双片。上片一平韵、四仄韵，下片六仄韵、一平韵，连句韵、隔句韵。

始词：26 分句 8 复句。双片。上片 12 分句 4 复句，三/三/三/三/型复句组；下片 14 分句 4 复句，三/五/三/三/型复句组。平仄通押，隔句韵，间插连句韵。

4，4，6。5，4，4。4，4，6。3，4，5。

4，4，5。4，7，5，5，4。4，3，4。4，3，4。——金·马钰·《全金元词》第 395 页

孤鹰

苦海为人，随波逐浪，茫茫甚日休**期**。　◆◆◇◇，◇◇◆◆，◇◇◆◆◇◇。

为酒色财**气**，一向粘惹，瞒心昧**己**。　△◆◆◇◆，◆◆◇◆，◇◇◆◆。

不算前程，幼躯有限，待作千年之**计**。　◆◆◇◇，◆◇◆◆，◆◆◇◇◇◆。

忽一朝，阴公来请，看你教谁**替**。　◆◆◇，◇◇◇◆，◆◆◆◇◆。

千间峻宇，金玉满堂，毕竟成何**济**。　◇◇◆◆，◇◆◆◇，◆◆◇◇◆。

劝诸公省，早把凡笼猛跳出，　◆◇◇◆，◆◆◇◇◆◆◆，

向物外飘蓬，放落魄萎耽，鹑居鷇**食**。　△◆◆◇◇，△◆◆◇◇，◇◇◆◆。

昏昏炼**已**，默默**地**，怡神养**气**。　◇◇◆◆，◆◆◆，◇◇◆◆。

丹成既**济**，乘彩云，跨凤**归**。　◇◇◆◆，◇◆◇，◆◆◇。

同体式作品：无。

913.【两只雁儿】

1. 始词金马钰作。
2. 以【两只雁儿】曲调歌唱之传统“五更转”联章体。与南宋词调【双雁儿】为两调。
3. 五章同韵，每章四韵，平韵，隔句韵，连句韵。

始词第一章：单片。13 分句 4 复句，三/三/四/三/型复句组。平韵，隔句韵、连句韵。律词。

3，3，6。3，3，5。3，3，3，3。3，3，5。——金・马钰・《全金元词》第 397 页

两只雁儿

一更里，要精**专**，安闲静坐眼**看**。	◆◇◆，◆◇◇，◇◇◆◆◆◇。
猿猴耍，莫放**颠**，先须减睡**眠**。	◇◇◆，◆◆◇，◇◇◆◆◇。
眠心散，露青**天**，恒沙功，满大**千**。	◇◇◆，◆◇◇，◇◇◇，◆◆◇。
工夫要，行功**圆**，非干是自**然**。	◇◇◆，◇◇◆，◇◇◆◆◇。

同体式作品：金：马钰《两只雁儿》第五章。

变体二

较始词第一章复句数不变，分句数有变。

始词第二章：单片。12 分句 4 复句，三/三/三/三/型复句组。平韵，隔句韵，连句韵。律词。

3，3，5。3，3，5。3，3，5。3，3，5。——金・马钰・《全金元词》第 397 页

两只雁儿

二更里，二气运，铅消汞焰**煎**。	◆◇◇，◆◆◆，◇◇◆◆◇。
铅是汞，汞成**铅**，冲和满洞**天**。	◇◆◆，◆◇◇，◇◇◆◆◇。
冲和气，任虚**源**，九曲明珠**串**。	◇◇◆，◆◇◇，◆◆◇◇◆。
双阙透，射碧**天**，元来是自**然**。	◇◆◆，◆◆◇，◇◇◆◆◇。

同体式作品：金：马钰《两只雁儿》第三、四章。

附：《两只雁儿》联章词组

一更里，要精专，安闲静坐眼**看**。猿猴耍，莫放颠，先须减睡**眠**。眠心散，露青**天**，恒沙功，满大**千**。工夫要，行功**圆**，非干是自**然**。

二更里，二气运，铅消汞焰**煎**。铅是汞，汞成**铅**，冲和满洞**天**。冲和气，任虚**源**，九曲明珠**串**。双阙透，射碧**天**，元来是自**然**。

三更里，月正**圆**，笙歌消夜**天**。金童喜，玉女**欢**，凡间不一**般**。长生酒，醉不**颠**，饮了还少**年**。曲江上，望悬**悬**，酣买不用**钱**。

四更里，彻玲珑，玲珑彻碧**天**。登彼岸，跨凤**鸾**，辛苦三二**年**。言非大，莫虚**传**，传了无一**言**。猿是马，马是**猿**，休教付两**边**。

五更里，画角**喧**，惊回清梦游**仙**。眠是梦，梦是**眠**，方知心是**天**。天生地，地生**天**，一炁合混**元**。添一岁，减一**年**，真空不动**然**。

914.【挂金索】

1. 始词金马钰作。
2. 以【挂金索】曲调歌唱之传统“五更转”定格联章。
3. 全词五章，一章换韵；每章四仄韵，隔句韵。

始词第一章：单片。8 分句 4 复句，二/二/二/二/型复句组。仄韵，间插一平韵，隔句韵，结末二句连句韵。

3，7。4，5。4，5。5，5。——金·马钰·《全金元词》第 397 页

挂金索

一更里，端坐慢慢调龙**虎**。	◆◇◆，◇◆◆◆◇◇◆。
运转三关，透入泥丸**去**。	◆◆◇◇，◆◆◇◇◆。
龙蟠金鼎，虎绕黄庭**户**。	◇◇◇◆，◆◆◇◇◆。
这些儿工**夫**，等闲休分**付**。	◆◇◇◇◇，◆◇◇◇◆。

同体式作品：无。

附：马钰《挂金索·五更》联章词组

一更里，端坐慢慢调龙**虎**。运转三关，透入泥丸**去**。龙蟠金鼎，虎绕黄庭**户**。这些儿工**夫**，等闲休分**付**。

二更里，二点阴阳真炁**妙**。上下三关，休教差错**了**。姹女婴儿，两个都放**娇**。金公黄婆，自然匹配**了**。

三更里，明月正把乾坤**照**。吓得邪魔，千里不见**了**。退尽阴兵，不用刀圭**妙**。海底龟蛇，自然相盘**绕**。

四更里，无事好把真经**看**。句句幽玄，说道教修**炼**。不用水火，不用柴和**炭**。炼就灵丹，万两金不**换**。

五更里，天晓架上金鸡**叫**。有个忙儿，拍手呵呵**笑**。放饱牛儿，快活睡一**觉**。行满功成，自有丹书**诏**。

按：本词语体一派“北曲”风味，可谓金代之“北曲”。金代全真道词，大多如此。

915.【绣薄眉】

1. 始词金孙不二作。
2. 单片，五仄韵，连句韵、隔句韵。

始词：单片。7 分句 3 复句，二/三/二/型复句组。仄韵，首句入韵，隔句韵。

3，7。7，4，5。4，4。——金·孙不二·《全金元词》第 399 页

绣薄眉

劝人**悟**，修行脱免三涂**苦**。	◆◇◆，◇◇◆◆◇◇◆。
明放着跳出门**户**，	◇◆◇◆◆◇◆，
谭马丘刘，孙王郝太**古**。	◇◆◇◇，◇◇◆◆◆。
法海慈航，寰中普**度**。	◆◆◇◇，◇◇◆◆。

同体式作品：无。

916.【四块玉】

1. 始词金-元侯善渊作。
2. 双片。每片四仄韵，隔句韵。

始词：10 分句 4 复句。双片。每片 5 分句 2 复句，二/三/型复句组。仄韵，连句韵、隔句韵。

7，5。7，3，3。

7，5。7，3，3。——金-元·侯善渊·《全金元词》第 507 页

四块玉

一点皎然冰玉**洁**，浩劫无生**灭**。	◆◆◆◇◇◆◆，◆◆◇◇◆。
跨古腾今无暂**歇**，遍极目，真空**摄**。	◆◆◇◇◇◆◆，◆◆◆，◇◇◆。
此法方知通妙**诀**，玄理人难**别**。	◆◆◇◇◇◆◆，◇◆◇◇◆。
两路曹溪分关**节**，映水照，天空**月**。	◆◆◇◇◇◇◆，◆◆◆，◇◇◆。

同体式作品：无。

917.【棹棹楫】

1. 始词金-元侯善渊作。
2. 双片。上片三韵，下片四韵，仄韵，隔句韵、连句韵。

始词：10 分句 4 复句。双片。每片 5 分句 2 复句，二/三/型复句组。仄韵，邻韵通押，方言混押，隔句韵。

7，7。7，3，5。

7，7。7，3，5。——金-元·侯善渊·《全金元词》第512页

棹棹楫

锐出玄精终宵末，阳焰瑛华祛妖**恶**。　◆◆◇◇◇◇◆，◇◆◇◇◆◇◆。
宝梵晶空通照**过**，丹风秀，万灵无不**可**。　◆◇◇◇◇◆◆，◇◇◆，◆◇◇◆◆。

自然妙用无为**作**，结角罗纹勿差**错**。　◇◇◆◆◇◇◆，◆◆◇◇◆◇◆。
朋俦那里全无**个**，说与呵，清风明月**我**。　◇◇◆◆◇◇◆，◆◆◇，◇◇◇◆◆。

同体式作品： 金-元：侯善渊1首。

918.【玉笼璁】

1. 始词金-元侯善渊作。
2. 双片。每片四平韵，隔句韵。

始词：20分句8复句。双片。每片10分句4复句，三/二/三/二/型复句组。平韵，邻韵通押，隔句韵。

3，3，4。3，4。3，3，4。4，3。

3，3，4。3，4。3，3，4。3，3。——金-元·侯善渊·《全金元词》第535页

玉笼璁

守清净，凭志恳，绝尽荒**淫**。　◆◇◆，◇◆◆，◆◆◇◇。
持内境，月透双**林**。　◇◆◆，◆◆◇◇。
玉童戏，遥指处，碧潭波**心**。　◇◇◆，◇◆◆，◆◇◇◇。
捞摝取起，水中**金**。　◆◆◆◆，◆◇◇。

灵宝灿，慧灯明，神光相**任**。　◇◆◆，◆◇◇，◇◇◇◆。
对面有，没人推**寻**。　◆◆◆，◇◇◇◆。
君还省，明了了，灾祸不**侵**。　◇◇◆，◇◆◆，◇◆◆◇。
龙虎伏，鬼神**钦**。　◇◆◆，◆◇◇。

同体式作品： 无。

919. 【太平令】

1. 始词金-元侯善渊作。
2. 双片。每片三平韵，隔句韵。

始词：12 分句 4 复句。双片。每片 6 分句 2 复句，四/二/型复句组。平仄通押，邻韵通押，隔句韵。律词。

7，3，3，6。5，7。

7，3，3，7。5，7。——金-元·侯善渊·《全金元词》第 540 页

太平令

芝堂无事启丹**经**，	◇◇◆◆◆◇◇，
香烟袅，慧灯明，声和流玉音**清**。	◇◇◆，◆◇◇，◇◇◇◆◇◇。
云收绝雾敛，眄平一色瑶池**净**。	◇◇◆◆◆，◆◇◆◆◇◇◆。
洞天玄照瑞光**凝**，	◆◇◇◆◆◇◇，
分明见，豁然惺，回眸返入道圆**成**。	◇◇◆，◆◇◆，◇◇◆◆◆◇◇。
便忘形羽化，虚皇付我天符**令**。	△◆◇◆◆，◇◇◆◆◇◇◆。

同体式作品：无。

920. 【老君吟】

1. 始词金-元王吉昌作。
2. 双片。上片四仄韵，下片五仄韵，隔句韵。

始词：18 分句 7 复句 1 单句。双片。上片 9 分句 4 复句，二/二/二/三/型复句组；下片 9 分句，1 单句 3 复句，一/二/三/三/型单句复句组合。仄韵，邻韵通押，隔句韵。

5，5。5，5。4，7。7，4，5。

3。5，5。5，3，3。7，5，4。——金-元·王吉昌·《全金元词》第 556 页

老君吟

三千功

清神夺凤髓，止息收乌**血**。	◇◇◆◆◇，◆◆◇◇◆。
六阳飞宇宙，五气通关**节**。	◆◇◇◆◆，◆◆◇◇◆。
云雷风电，击向三天降冰**雪**。	◇◇◇◆，◆◆◇◇◆◇◆。

瑶山海峤喷红雾，	◇◇◆◇◇◇◆，
赫赫如晴，昼性光明**彻**。	◆◆◇◇，◆◆◇◇◆。
两情**结**。	◆◇◆。
禅天齐物变，意写成欢**悦**。	◇◇◇◆◆，◆◆◇◇◆。
阳魂全造化，号真功，功妙**绝**。	◇◇◇◆◆，◆◇◇，◇◆◆。
三千数合无圆**缺**，	◇◇◆◆◇◇◆，
神超归物外，永离生**灭**。	◇◇◇◆◆，◆◇◇◆。

同体式作品：金-元：王吉昌2首。

921.【放心闲】

1. 始词金-元王吉昌作。
2. 双片。上片五韵，下片四韵，平韵，隔句韵。

始词：23分句8复句。双片。上片11分句4复句，三/二/三/三/型复句组；下片12分句4复句，三/三/三/三/型复句组。平韵，隔句韵。

4，4，6。4，6。3，4，7。4，4，4。
4，4，7。4，3，3。7，3，4。4，5，4。——金-元·王吉昌·《全金元词》第556页

放心闲

返老还童

地水火**风**，装成四大，到头衰老成**空**。	◆◆◆◇，◇◇◆◆，◆◇◇◆◇◇。
死生蝉脱，凭据妙用修**崇**。	◆◇◇◆，◇◆◆◆◇◇。
合天地，推移真造，阴阳运匹配雌**雄**。	◆◇◆，◇◇◇◆，◇◇◆◆◆◇◇。
神胎剖判，氤氲圣体，轻健还**童**。	◇◇◆◆，◇◇◆◆，◇◆◇◇。
养就如如，玄皇消息，匠至虚法像灵**通**。	◆◆◇◇，◇◇◇◆，◆◆◇◆◆◇◇。
密藏浩气，廓变化，体无**穷**。	◆◇◆◆，◆◆◆，◆◇◇。
恣烜赫元初模样，跨鸾鹤，笑傲天**宫**。	◇◇◆◇◇◇◆，◆◇◆，◆◆◇◇。
纵横自在，显超凡入圣，千古清**风**。	◆◇◆◆，△◇◇◆◆，◇◆◇◇。

同体式作品：金-元：王吉昌1首。

922.【降中央】

1. 始词金-元王吉昌作。
2. 双片。上片五韵，下片四韵，平韵，隔句韵。

始词：16 分句 8 复句。双片。每片 8 分句 4 复句，二/二/二/二/型复句组。平韵，邻韵通押，隔句韵，间插连句韵。

5，6。6，4。6，6。6，5。

4，7。4，6。4，7。4，7。——金-元·王吉昌·《全金元词》第 568 页

降中央

盗天地冲和，一气造化丹**基**。　△◇◆◇◇，◆◆◆◆◇◇。

玄牝辅弼枢**机**，四象三**奇**。　◇◆◆◆◆◇◇，◆◆◇◇。

消息盈虚否泰，铅汞抽添坎**离**。　◇◆◇◇◆◆，◇◆◇◇◇◇。

进退循环玉关，风透九霄**吹**。　◆◆◇◇◆◇，◇◆◆◇◇。

云行雨施，遍浇溉黄芽雪**肌**。　◇◇◆◇，◆◇◆◇◇◆◇。

五彩腾辉，低荫二八香**姿**。　◆◆◇◇，◇◇◆◆◇◇。

六阳鼎沸，运火候周天数**随**。　◆◇◆◆，◆◆◆◇◇◆◇。

引养形全，雾收云敛入无**为**。　◆◆◇◇，◆◇◇◆◆◇◇。

同体式作品：金-元：王吉昌 1 首。

923.【莺穿柳】

1. 始词金-元王吉昌作。
2. 双片。始词上片七韵，下片四韵；变体每片七韵；仄韵，隔句韵。

始词：21 分句 8 复句。双片。上片 10 分句 4 复句，三/三/二/二/型复句组；下片 11 分句 4 复句，三/三/三/二/型复句组。平仄通押，邻韵通押，隔句韵，间插连句韵。

4，5，4。4，4，6。6，6。5，6。

6，5，4。6，5，4。4，4，4。4，5。——金-元·王吉昌·《全金元词》第 570 页

莺穿柳

观天能**尽**，向三山四海，氤氲风**趁**。　◇◇◇◆，△◇◇◆◆，◇◇◇◆。

金木玄**冥**，云聚一时，六卦火记潜**进**。	◇◆◇◇，◇◆◆◆，◆◆◆◆◆◆。
七返功宜紧炼，丹质蕙兰香**阵**。	◆◆◇◇◆◆，◇◆◆◇◇◆。
到此鬼神**钦**，不许三尸亲**近**。	◆◆◆◇◇，◆◆◇◇◇◆。
尘情碎为残粉，泼无明恚火，翻作冷**烬**。	◇◇◆◇◇◆，△◇◇◆◆，◇◆◆◆。
智藏挥开神耀，占上清选院，名科精**俊**。	◆◆◇◇◇◆，△◆◇◆◆，◇◇◇◆。
实相峥嵘，障步虚际，烂霞光**衬**。	◆◆◇◇，◆◆◇◆，◆◇◇◆。
体显九阳，腾出尘堪**信**。	◆◆◆◇，◇◆◇◇◆。

同体式作品：无。

变体二

与始词复句数相同，分句数减 1。

【变体二】20 分句 8 复句。双片。上片与始词同，下片第三复句减 1 分句。每片 10 分句 4 复句，三/三/二/二/型复句组。仄韵，插一平韵，邻韵通押，隔句韵，间插连句韵。

4，5，4。6，4，4。5，7。5，6。

6，5，4。5，5，4。5，7。4，4。——金-元·长筌子·《全金元词》第 589 页

莺穿柳

乘桴默**契**，便休休倦**役**，结茅归**里**。	◇◇◆◆，△◇◇◆◆，◆◇◇◆。
一任貔貅威镇，虎韬熊略，旌麾争**起**。	◆◆◇◇◇◆，◆◇◇◆，◇◇◇◆。
赳赳成何**济**，只赢得玉颜先**弊**。	◇◇◇◇◆，◆◇◆◆◆◇◆。
覆手一场空，过眼繁华虚**矣**。	◆◆◆◆◇，◆◆◇◇◇◆。
争似乐然从**己**，赏花浓上苑，鱼游春**水**。	◇◆◆◇◇◆，◆◇◇◆◆，◇◇◇◆。
满泛红潮**美**，且郁陶襟怀，青门歌**吹**。	◆◆◇◇◆，△◆◇◇◇，◇◇◇◇。
醉卧东风**里**，看隋堤柳摇金**蕊**。	◆◆◇◇◆，△◇◇◆◇◇◆。
放适簪缨，乱铺苍**翠**。	◆◆◇◇，◆◇◇◆。

同体式作品：无。

924.【爱芦花】

1. 始词金-元王吉昌作。
2. 双片。上片四韵，下片五韵，仄韵，隔句韵。

始词：18 分句，7 复句 1 单句。双片。上片 10 分句 4 复句，二/二/三/三/型复句组；下片 8 分句，1 单句 3 复句，一/二/二/三/型单句复句组合。仄韵，隔句韵。

5，5。5，5。5，3，3。7，5，4。
3。5，5。5，6。7，5，4。——金-元·王吉昌·《全金元词》第 572 页

爱芦花

心开五对忘，性逸六情**绝**。 ◇◇◆◆◆，◆◆◆◇◆。
气神形变化，首级空飞**血**。 ◆◇◇◆◆，◆◆◇◇◆。
功旌丹品莹，产阳魂，奋威**烈**。 ◇◇◇◆◇，◆◇◇，◆◇◆。
始终不变实相露， ◆◇◆◆◆◆◆，
贯通无内外，貌难分**别**。 ◆◆◇◆◆，◆◇◇◆。

出生**灭**。 ◆◇◆。
纵横清净体，无像天中**彻**。 ◆◇◇◇◆，◇◆◇◇◆。
究竟真法眼，剔眉毛纤翳**抉**。 ◆◆◇◆◆，◆◇◇◇◆◆。
辉开万古清光洁， ◇◇◆◆◇◇◆，
圆明物物显，了然如**缺**。 ◇◇◆◆◆，◆◇◇◆。

同体式作品：无。

925.【醉中归】

1. 始词金-元长筌子作。
2. 双片。上片七仄韵，下片五仄韵，隔句韵。

始词：20 分句 8 复句。双片。每片 10 分句 4 复句，二/二/三/三/型复句组。仄韵，连句韵、隔句韵。

5，5。4，6。3，3，6。3，4，4。
4，5。4，6。3，3，6。3，4，4。——金-元·长筌子·《全金元词》第 591 页

醉中归

过隙时光**促**，人身似风**烛**。 ◆◆◇◇◆，◇◇◆◇◆。
谁信神明，暗里报人灾**福**。 ◆◇◇◇，◆◆◆◇◇◆。
观二曜，如转**毂**，昼夜翻腾荣**辱**。 ◇◆◆，◇◆◆，◆◆◇◇◇◆。
群情苦，攒攒簇**簇**，贪迷嗜**欲**。 ◇◇◆，◆◆◆◆，◇◇◆◆。

独我回头，归来隐山**谷**。 ◆◆◇◇，◇◇◆◇◆。
水钓云耕，雅种数枝松**菊**。 ◆◆◇◇，◆◆◆◇◇◆。
闲来后，歌一**曲**，不羡权门红**绿**。 ◇◇◆，◇◆◆，◆◆◇◇◇◆。
养愚鲁，清贫自在，平生愿**足**。 ◆◇◆，◇◇◆◆，◇◇◆◆。

同体式作品：无。

926.【大官乐】

1. 始词金-元长筌子作。
2. 单片，七言声诗体，四仄韵，连句韵。

始词：七言声诗。4 分句 2 复句，二/二/型复句组。仄韵，连句韵。律词。

7，7。7，7。——金-元·长筌子·《全金元词》第 594 页

大官乐

春

踏青放适游人**悦**，江山明媚阳和**节**。　◆◇◆◆◇◇◆，◇◇◇◆◇◇◆。
出谷新莺声软**怯**，柳绵零落如飞**雪**。　◆◆◇◇◇◆◆，◆◇◆◆◇◇◆。

同体式作品：金-元：长筌子 3 首。

七、元代文人新生词调

据唐圭璋《全金元词》、杨镰《全元词》，元代文人新生词调极少，意味着元代进入了词调生成史的尾声。这一历史走向的根本原因，在于文人操作运行的“词”从本初之“歌辞”逐步成为“文辞”，日益明显的“词、乐分离”消解了音乐词调的生成机制；另一方面，在元初北方文人的主导和影响下，活态传唱的“北曲”——散曲和戏曲，成为文人“歌辞”写作的主要取向。在此氛围中，“南曲”也开始向文人群渗透扩散，埋下了后世兴起的种子，而“词”则成为一种案头文体，传统词调依托传统作品成为既定程式。当然，“词”依然可唱，即使词乐失传，有兴趣的文人也可根据文词“依腔寻调”而歌之，只是新兴“曲唱”取代了“词唱”成为当下主流。当然也有基于个人兴趣的少量新生词调，但“填者”甚少，而传统词调中一直在民间动态流传的若干曲子，则在乐体、辞体上以新的形态成为人们所称的“曲”体，雅称为“乐府”，恋旧文人称为“词余”，昔日文人所称的“诗余”之词，沿着南宋文人词的雅化之路，全面跻身“雅文学”行列。本谱择取元代文人新生词调计27调，其中有些属于“雅词”一格，有些则具有浓厚的“曲”体风味，可谓“亦词亦曲”，其作者多非“正统”文人，恰反映了本是声歌的“词”终将被“曲”取代的历史趋势。

927. 【六国朝】

1. 始词元杨弘道作。
2. 双片。每片六韵，平仄通押，隔句韵。

始词：24分句12复句。双片。每片12分句6复句，二/二/二/二/二/二/型复句组。仄韵，隔句韵。

4，4。5，3。6，4。6，4。4，7。5，3。

4，4。5，3。6，4。6，4。4，7。5，3。——元·杨弘道·《全金元词》第602页

六国朝

繁花烟暖，落叶风**高**。	◇◇◇◆，◆◆◇◇。
岁月去如流，身渐**老**。	◆◆◆◇◇，◇◆◆。
叹三十年虚度，月堕鸡**号**。	△◇◆◇◇◆，◆◆◇◇。

痛离散人何在，云沉雁**杳**。	◆◇◆◇◇◆，◇◇◆◆。
浮萍断梗，任风水东泛西**漂**。	◇◇◆◆，△◇◆◇◆◇◇。
万事总无成，忧患**绕**。	◆◆◆◇◇，◇◆◆。
虚名何益，薄宦徒**劳**。	◇◇◇◆，◆◆◇◇。
得预俊游中，观望**好**。	◆◆◆◇◇，◇◆◆。
漫能出惊人语，瑞锦秋**涛**。	△◇◆◇◇◆，◆◆◇◇。
莫夸有如神句，鸣禽春**草**。	◆◇◆◇◇◆，◇◆◇◆。
干戈满地，甚处用儒雅风**骚**。	◇◇◆◆，◆◆◆◇◆◇◇。
援笔赋归田，宜去**早**。	◇◆◆◇◇，◇◆◆。

同体式作品：无。

同源词调：【六国朝令】

1. 始词元耶律铸作。
2. 较【六国朝】减 6 分句 4 复句。
3. 双片。每片五韵，平韵，隔句韵。

始词：18 分句 8 复句。双片。每片 9 分句 4 复句，二/三/二/二/型复句组。仄韵，隔句韵。

4，4。8，3，7。2，9。2，6。

4，4。8，6，4。7，4。5，3。——元·耶律铸·《全金元词》第 623 页

六国朝令

家园席间作

鸣珂绣毂，锦带吴**钩**。	◇◇◆◆，◆◆◇◇。
曾雅称量金结胜**游**，	△◆◇◆◇◆◆◆，
信人间，无点事可挂心**头**。	◆◇◇，◇◆◆◆◆◇◇。
须知，不待把闲情酿做闲**愁**。	◇◇，◆◆◆◇◇◆◆◇◇。
只恐，落高人第二**筹**。	◆◆，△◇◇◆◆◇。
歌云容裔，梦雨迟**留**。	◇◇◇◇，◆◆◇◇。
殢惯振芳尘不夜**楼**，	△◆◆◇◇◆◆◇，
光饰仙春盛迹，点化温**柔**。	◆◇◇◇◆◆，◇◆◇◇。
索教颓纵惜花人，标榜风**流**。	◆◆◇◆◆◇◇，◇◆◇◇。
快入醉乡来，刘醉**侯**。	◆◆◆◇◇，◇◆◇。

（刘醉侯：刘伶。唐皮日休《夏景冲淡偶然作·其二》："他年谒帝言何事，请赠刘伶作醉侯。"）

同体式作品：无。

928. 【梅梢月】

1. 始词元杨弘道作。
2. 双片。每片四仄韵，隔句韵。

始词：22 分句 8 复句。双片。上片 12 分句 4 复句，三/三/四/二/型复句组；下片 10 分句 4 复句，三/三/二/二/型复句组。仄韵，隔句韵。

4，5，4。4，4，6。4，3，3，4。3，8。

4，5，6。4，4，6。7，7。3，6。——元·杨弘道·《全金元词》第 601 页

梅梢月

歌女

春到人间，嫩黄染长条，暖烟晴**昼**。	◇◆◇◇，◆◇◆◇◇，◆◇◇◆。
未按舞腰，学画妆眉，二八女儿纤**瘦**。	◆◆◆◇，◆◆◇◇，◆◆◆◇◇◆。
绛桃秾李，携佳伴，陈步障，青红如**绣**。	◆◇◇◆，◇◇◆，◇◆◆，◇◇◇◆。
过微雨，年年好在禁烟时**候**。	◆◇◆，◇◇◆◆◆◇◇◆。
娇困如酣，卯酒应恼杀，翩翻燕朋莺**友**。	◇◆◇◇，◆◆◇◆◆，◇◇◆◇◆◆。
绿水灞桥，斜日章台，雪絮乱飘襟**袖**。	◆◆◆◇，◇◆◇◇，◆◆◆◇◇◆。
劝伊休管别离事，但赢取青青依**旧**。	◆◇◇◆◆◇◆，△◇◆◇◇◇◆。
再相见，清阴渐成数**亩**。	◆◇◆，◇◇◆◇◆◆。

同体式作品：无。

929. 【黑漆弩】

【鹦鹉曲】

1. 始词元王恽作。
2. 元卢挚《黑漆弩》序："晚泊采石，醉歌田不伐《黑漆弩》，因次其韵，寄蒋长卿佥司、刘芜湖巨川。"惜田词无存。宋金词无此调，元文人词调一名【鹦鹉曲】。
3. 双片。上片三韵，下片二韵；仄韵，首起连句韵，继隔句韵。

始词：8 分句 4 复句。双片。每片 4 分句 2 复句，二/二/型复句组。仄韵，起首二句连句韵，继隔句韵。

7，8。7，6。

6，6。7，7。——元·王恽·《全金元词》第683页

黑漆弩

游金山寺

邻曲子严伯昌尝以【黑漆弩】侑酒，省郎仲先谓予曰："词虽佳，曲名似未雅，若就以江南烟雨目之，何如？"予曰："昔东坡作念奴曲，后人爱之，易其名曰'酹江月'，其谁曰不然！"仲先因请予效颦，遂追赋《游金山寺》一阕，倚其声而歌之。昔汉儒家畜声妓，唐人例有音学，而今之乐府，用力多而难为工，纵使有成，未免笔墨劝淫为侠耳。渠辈年少气锐，渊源正学，不致费日力于此可也。其词曰：

苍波万顷孤岑**矗**，是一片水面上天**竺**。　◇◇◆◆◇◆，△◆◆◆◆◆◇◆。
金鳌头满咽三杯，吸尽江山浓**绿**。　◇◇◇◆◆◇◇，◆◆◇◇◇◆。

蛟龙恐下然犀，风起浪翻如**屋**。　◇◇◆◆◇◇，◇◆◆◇◇◆。
任夕阳归棹纵横，待偿我平生不**足**。　△◆◇◇◆◆◇，△◇◆◇◇◆◆。

同体式作品：元：王恽1首。

增减字：

（一）7，7。7，6。○7，6。7，7。元：卢挚1首，姚燧1首，白贲1首（【鹦鹉曲】）。

（二）7，7。7，6。○6，6。7，6。元：刘敏中1首。

（三）7，8。7，6。○7，6。7，7。元：冯子振1首（【鹦鹉曲】），张可久1首（【黑漆弩】）。

变体二

较始词复句数不变，分句数有变。

变体二·1

10分句4复句

【变体二·1】10分句4复句。双片。上下片较始词各增1分句，每片5分句2复句，二/三/型复句组。仄韵，连句韵、隔句韵。

7，7。3，4，6。

6，6。3，4，6。——元·刘敏中·《全金元词》第777页

黑漆弩

次前韵

吾庐恰近江鸥**住**，更几个好事农**父**。　◇◇◆◆◇◇◆，△◆◆◆◆◇◆。
对青山，枕上诗成，一阵沙头风**雨**。　◆◆◇，◆◆◇◇，◆◆◇◇◆◆。

酒旗只隔横塘，自过小桥沽**去**。　◇◇◆◆◇◇，◆◆◆◇◇◆。
尽疏狂，不怕人嫌，是我生平喜**处**。　△◆◇，◆◆◇◇，◆◆◇◇◆◆。

同体式作品：元：刘敏中1首。

变体二·2

12分句4复句

【变体二·2】12 分句 4 复句。双片。上下片较始词各增 2 分句，每片 6 分句 2 复句，三/三/型复句组。仄韵，连句韵、隔句韵。

7，3，6。3，4，6。

3，4，6。3，4，7。——元·吕济民·《全金元词》第 923 页

黑漆弩

心猿意马羁难**住**， ◇◇◆◆◇◇◆，

举酒**处**，记送别那梁**父**。 ◆◆◆，△◆◆◆◇◆。

想人生，碌碌纷纷，几度落红飞**雨**。 ◆◇◇，◆◆◇◇，◆◆◆◇◇◆。

瞬息间，地北天南，又是便鸿书**去**。 ◆◆◇，◆◆◇◇，◆◆◆◇◇◆。

问多娇，芳信何期，笑指到玉梅吐**处**。 ◆◇◇，◇◆◆◇，◆◆◆◆◇◆◆。

同体式作品：元：吕济民 1 首。

930.【南乡一剪梅】

1. 始词元虞集作。
2. “摘句”式集曲词调。每片前二句摘【南乡子】上片二句（参见本谱第 160 调【南乡子】双片体冯延巳词），后三句摘【一剪梅】下片三句（参见本谱第 551 调【一剪梅】周邦彦词）。
3. 双片。每片四韵，平韵，连句韵、隔句韵。

始词：10 分句 4 复句。双片。每片 5 分句 2 复句，二/三/型复句组。平韵，邻韵通押，连句韵、隔句韵。律词。

5，7。7，4，4。

5，7。7，4，4。——元·虞集·《全金元词》第 861 页

南乡一剪梅

招熊少府

南阜小亭**台**，薄有山花取次**开**。 ◇◆◆◇◇，◆◆◇◇◆◆◇。

寄语多情熊少府，晴也须**来**，雨也须**来**。 ◆◆◇◇◇◆◆，◇◆◇◇，◆◆◇◇。

随意且衔**杯**，莫惜春衣坐绿**苔**。 ◇◆◆◇◇，◆◆◇◇◆◆◇。

若待明朝风雨过，人在天**涯**，春在天**涯**。 ◆◆◇◇◇◆◆，◇◆◇◇，◇◆◇◇。

同体式作品：无。

931.【狮儿词】

1. 始词元张雨作。
2. 双片。上片五韵，下片六韵；仄韵，隔句韵，插一连句韵。

始词：20 分句 8 复句。双片。每片 10 分句 4 复句，三/二/三/二/型复句组。仄韵，隔句韵，下片结末二句连韵。

4，7，4。6，4。4，3，4。7，4。
6，5，4。4，6。4，3，4。3，6。——元・张雨・《全金元词》第 913 页

狮儿词

赋梅，次仇山村韵。

含香弄粉，便勾引游骑寻芳，城南城**北**。	◇◇◆◆，△◇◆◇◆◇◇，◇◇◇◆。
别有西村断港，冰澌微**绿**。	◆◆◇◇◆◆，◇◇◇◆。
孤山路**熟**，伴老鹤，晚先寻**宿**。	◇◇◆◆，◆◆◆，◆◇◇◆。
怕冻损三花两蕊，寒泉幽**谷**。	△◆◆◇◇◆◆，◇◇◇◆。
几番花阴濯**足**，记归来醉卧，雪深平**屋**。	◆◇◇◇◆◆，△◇◇◆◆，◆◇◇◆。
春梦无凭，鬓底闹蛾争**扑**。	◇◆◇◇，◆◆◆◇◇◆。
不如图画，相对展，官奴风**竹**。	◆◇◇◆，◇◆◆，◇◇◆◆。
烧黄**独**，自听瓶笙调**曲**。	◇◇◆，◆◆◇◇◇◆。

同体式作品：元：凌云翰 1 首。

932.【早春怨】

1. 始词元张雨作。
2. 双片。上片二韵，下片三韵；平韵，隔句韵。

始词：12 分句 4 复句。双片。每片 6 分句 2 复句，三/三/型复句组。平韵，隔句韵。

4，4，4。4，4，4。
6，3，4。4，4，4。——元・张雨・《全金元词》第 915 页

早春怨

拟白石

盼得春来，春寒春困，陡顿无**聊**。	◆◆◇◇，◇◇◇◆，◆◆◇◇。

半剔残釭，片时春梦，过了元**宵**。　　◆◆◇◇，◆◇◇◆，◆◆◇◇。

空山暮暮朝**朝**，到此际，无魂可**消**。　　◇◇◆◆◇◇，◆◆◆，◇◇◆◇。

却倚东风，水如衣带，草似裙**腰**。　　◆◆◇◇，◆◇◇◆，◆◆◇◇。

同体式作品：无。

933.【茅山逢故人】

1. 始词元张雨作。
2. 双片。上片三韵，下片二韵，平韵，连句韵、隔句韵。

始词：10分句4复句。双片。每片5分句2复句，二/三/型复句组。仄韵，邻韵通押，上片起首二句连韵，继隔句韵。律词。

6。6。4，4，4。

6，6。4，4，4。——元·张雨·《全金元词》第915页

茅山逢故人

勾曲，道中送友。

山下寒林平**楚**，山外云帆烟**渚**。　　◇◆◇◇◇◆，◇◆◇◇◇◆。

不饮如何，吾生如梦，鬓毛如**许**。　　◆◆◇◇，◆◇◇◆，◆◇◇◆。

能消几度相逢，遮莫而今归**去**。　　◇◇◆◆◇◇，◇◆◇◇◇◆。

壮士黄金，昔人黄鹤，美人黄**土**。　　◆◆◇◇，◆◇◇◆，◆◇◇◆。

同体式作品：无。

934.【陌上花】

1. 始词元张翥作。
2. 苏轼有《陌上花》绝句三首，自叙云："游九仙山，闻里中儿歌《陌上花》，父老云：吴越王妃每岁春必归临安，王以书遗妃曰：'陌上花开，可缓缓归矣。'吴人用其语为歌，含思宛转，听之凄然。而其词鄙野，为易之云。"吴人之歌词无存，歌名当是《陌上花》，歌词不知是否为绝句体；东坡闻其歌而以歌名为题作绝句三首，是否以吴歌曲调为唱，亦无以得知；后晁补之步东坡韵而作三绝句，此外无人有作。今存宋词无此调名，故学界多不以苏、晁之诗为"词"，可谓宋代稀见的有特定曲调的七言声诗。张

翥《陌上花》，则是孤调孤词，别无他作，其调是否为唐末五代吴越歌调【陌上花】之流传，难以确定，故将该调作为元代新生词调。

3. 双片。每片四韵，仄韵，隔句韵。

始词：17 分句 8 复句。双片。上片 8 分句 4 复句，二/二/二/二/型复句组；下片 9 分句 4 复句，三/二/二/二/型复句组。仄韵，隔句韵。律词。

4，8。4，6。7，6。9，4。

5，4，6。4，6。7，6。9，4。——元・张翥・《全金元词》第 1011 页

陌上花

使归闽浙，岁暮有怀。

关山梦里，归来还又岁华催**晚**。	◇◇◆◆，◇◇◇◆◆◇◇◆。
马影鸡声，谙尽倦邮荒**馆**。	◆◆◇◇，◆◆◆◇◇◆。
绿笺密记多情事，一看一回肠**断**。	◆◇◆◆◇◇◆，◆◆◆◇◇◆。
待殷勤寄与旧游莺燕，水流云**散**。	△◇◇◆◆◆◇◇◆，◆◇◇◆。
满罗衫是酒，香痕凝处，唾碧啼红相**半**。	△◇◇◆◆，◇◇◇◆，◆◆◇◇◇◆。
只恐梅花，瘦倚夜寒谁**暖**。	◆◆◇◇，◆◆◆◇◇◆。
不成便没相逢日，重整钗鸾筝**雁**。	◆◇◆◆◇◇◆，◇◆◇◇◇◆。
但何郎纵有春风词笔，病怀浑**懒**。	△◇◇◆◆◇◇◇◆，◆◇◇◆。

同体式作品：无。

附一：苏轼《陌上花》声诗三首

陌上花 苏轼

游九仙山，闻里中儿歌《陌上花》，父老云，吴越王妃每岁春必归临安，王以书遗妃曰："陌上花开，可缓缓归矣。"吴人用其语为歌，含思宛转，听之凄然。而其词鄙野，为易之云。

一

陌上花开蝴蝶飞，江山犹是昔人非。遗民几度垂垂老，游女长歌缓缓归。

二

陌上山花无数开，路人争看翠軿来。若为留得堂堂去，且更从教缓缓回。

三

生前富贵草头露，身后风流陌上花。已作迟迟君去鲁，犹教缓缓妾还家。

——《苏轼诗集》，中华书局 1982 年版，第 493 页。

附二：晁补之《陌上花》声诗八首

陌上花 晁补之

一

郊外金軿步帐随，道边游女看王妃。内官走马传书报，陌上花开缓缓归。

二

朝云暮雨山头宅，暖日晴风陌上花。绛幕何妨行缓缓，送春归尽妾还家。

三

娘子歌传乐府悲，当年陌上看芳菲。曼声更缓何妨缓，莫似东风火急归。

四

荆王梦罢已春归，陌上花随暮雨飞。却唤江船人不识，杜秋红泪满罗衣。

五

吴歌白纻怨芳菲，肠断怀王去不归。陌上如今小花伴，山前山后白鹇飞。

六

临安城郭半池台，曾是香尘扑面来。不见当时翠軿女，今年陌上又花开。

七

云母蛮笺作信来，佳人陌上看花回。妾行不似东风急，为报花须缓缓开。

八

陌上偷来为看花，饶声鹦鹉莫夭斜。犊车缓缓随芳草，不去桃源阿母家。

——《全宋诗》，北京大学出版社 1995 年版，第 112866 页。

935. 【玉耳坠金环】

1. 始词元赵雍作。
2. 双片。每片五韵，仄韵，隔句韵。

始词：20 分句 4 复句。双片。每片 10 分句 4 复句，二/二/三/三/型复句组。仄韵，隔句韵。

4，7。7，5。6，3，4。4，4，4。
4，7。7，5。6，3，4。4，4，4。——元・赵雍・《全金元词》第 1032 页

玉耳坠金环

乳燕交飞，晓莺轻啭花深**处**。	◆◆◇◇，◆◇◇◆◇◇◆。
画堂帘幕卷东风，晴雪飘香**絮**。	◆◇◇◆◆◇◇，◇◆◇◇◆。
犹记当时院**宇**，悄寒轻，梨花暮**雨**。	◇◆◇◇◆◆，◆◇◇，◇◇◆◆。
绣衾同梦，鸳枕双敧，绿窗低**语**。	◆◇◇◆，◇◆◇◆，◆◇◇◆。
春已阑珊，落红飘满西园**路**。	◇◆◇◇，◆◇◇◆◇◇◆。
强拈针线解春愁，只是无情**绪**。	◆◇◇◆◆◇◇，◇◆◇◇◆。
无奈年华暗**度**，黛眉颦，柔肠万**缕**。	◇◆◇◇◆◆，◆◇◇，◇◇◆◆。
章台人远，芳草和烟，萋萋南**浦**。	◆◇◇◆，◇◆◇◆，◇◇◇◆。

同体式作品：无。

936.【穆护砂】

1. 始词元宋褧作。
2. 明杨慎《词品》："《穆护砂》，隋朝曲，与《水调》《河传》同时，皆开汴河时词人所制劳歌，其声犯角。"然传世唐宋词皆无此调，《钦定词谱》【穆护砂】词例即宋褧词，释其调名曰："唐人张祜有五言绝句一首，题曰《穆护砂》，调名本此。盖因旧曲名，另倚新声也。"任半塘先生《唐声诗》释"穆护砂"："唐教坊曲，玄宗开元以前人作，原为祆教《穆护》曲之煞尾，故名。又名'穆护歌''穆护煞''木斛沙'。犯角调。五言四句二平韵。"故元词该调为旧曲翻新，姑作元代新生词调。
3. 双片，上片九韵，下片八韵。《钦谱》解说本词韵格云："此词'语''麌'韵中间入'枯''腴''书'三平韵，盖用三声叶也。"是为平仄通押，隔句韵，间插连句韵。

始词：33 分句 12 复句。双片。上片 17 分句 6 复句，二/三/四/二/三/三/型复句组；下片 16 分句 6 分句，二/三/四/二/三/二/型复句组。平仄通押，上下片起首二句连韵，继隔句韵。

5，7。5，4，6。3，5，3，4。7，7。4，4，7。5，4，5。

6，7。5，4，6。3，5，3，4。7，7。4，4，7。7，5。

——元·宋褧·《全金元词》第 1051 页

穆护砂

烛泪

底事兰心**苦**，便凄然泣下如**雨**。	◆◆◇◇◆，△◇◇◆◆◇◆。
倚金台独立，揾香无**主**，肠断封家相**妒**。	◆◇◇◆◆，◆◇◇◆，◇◆◇◇◇◆。
乱扑簌，骊珠愁有**许**，	◆◆◆，◇◇◇◆◆，
向午夜，铜盘倾**注**。	◆◆◆，◇◇◇◆。
便不似红冰缀颊，也湿透仙人烟**树**。	△◆◆◇◇◆◇，△◆◆◇◇◇◆。
罗绮筵前，海棠花下，淫淫尝怕凤脂**枯**。	◇◆◇◇，◆◇◇◆，◇◇◇◆◆◆◇。
比洛阳年少，江州司马，多少定谁**如**。	◆◆◇◇◆，◇◇◇◆，◇◆◆◇◇。
照破别离心**绪**，学人生有情酸**楚**。	◆◆◇◇◇◆，◆◇◇◆◇◇◆。
想洞房佳会，而今寥落，谁能暗收玉**箸**。	△◆◇◇◆，◇◇◇◆，◇◇◆◇◆◆。
算只有，金钗曾巧**补**，	◆◆◆，◇◇◇◆◆，
轻湿了，粉痕如**故**。	◇◆◆，◆◇◇◆。
愁思减舞腰纤细，清血尽媚脸肤**腴**。	◇◇◆◆◇◇◆，◇◆◆◆◆◇◇。

又恐娇羞，绛纱笼却，绿窗伴我检诗**书**。 ◆◆◇◇，◆◇◇◆，◆◇◆◆◆◇◇。
更休教邻壁偷窥，幽兰啼晓**露**。 △◇◆◇◆◇◆，◇◇◇◆◆。

同体式作品：无。

937.【缑山月】

1. 始词元梁寅作。
2. 双片。每片三韵，平仄通押，隔句韵。

始词：14 分句，4 复句 2 单句。双片。每片 7 分句，2 复句 1 单句，二/一/四/型复句单句组合。平仄通押，邻韵通押，隔句韵。律词。

5，5。7。5，3，3，3。
7，5。7。5，3，3，3。——元·梁寅·《全金元词》第 1079 页

缑山月

雨夕

急雨响岩阿，阴云暗薜**萝**。 ◆◆◆◇◇，◇◇◆◆◇。
山中春去更寒**多**。 ◇◇◇◆◆◇◇。
纵柴门不闭，花满径，苍苔润，少人**过**。 △◆◇◆◆，◇◆◆，◇◇◆，◆◇◆。

兰舟曾记兰汀宿，牵恨是烟**波**。 ◇◇◇◆◇◇◆，◇◆◆◇◇。
而今林下和樵**歌**。 ◇◇◇◆◆◇◇。
看风风雨雨，滋造物，时时变，总心**和**。 △◇◇◆◆，◇◆◆，◇◇◆，◆◇◇。

同体式作品：无。

938.【燕归慢】

1. 始词元梁寅作。
2. 双片。每片四平韵，连句韵、隔句韵。

始词：21 分句 8 复句。双片。上片 10 分句 4 复句，三/二/二/三/型复句组；下片 11 分句 4 复句，四/二/二/三/型复句组。平韵，换韵间押，隔句韵，间插连句韵。

4，5，4。5，5。7，8。5，3，3。
3，3，3，3。7，6。7，8。5，3，3。——元·梁寅·《全金元词》第 1080 页

燕归慢

上巳雨

花径萧**条**，恰桃霞已尽，梨雪初**飘**。	◇◆◇◇，△◇◇◆◆，◇◆◇◇。
云霾嗔丽景，风雨妒佳**朝**。	◇◇◆◆◆，◇◆◆◇◇。
山中行乐本寥**寥**，那更值年荒酒价**高**。	◇◇◇◆◆◇◇，△◆◆◇◇◆◆◇。
诸生共高咏，只闲静，胜嬉**游**。	◇◇◆◇◆，◆◇◆，◆◇◇。
千嶂暝，故人远，泞妨马，水平**桥**。	◇◆◇，◆◇◆，◇◇◆，◆◇◇。
象筵宝瑟何由见，与谁共羽觞**浮**。	◆◇◆◆◇◇◆，◆◇◆◆◇◇。
兰亭遗迹长蓬**蒿**，怎能勾山阴棹小**舟**。	◇◇◇◆◆◇◇，◆◇◆◇◇◆◆◇。
对景度新曲，独堪向，故人**求**。	◆◆◆◇◆，◆◇◆，◆◇◇。

按：本词韵字，按《词林正韵》：条、飘、朝、寥、高、桥、蒿，为第八部平声二萧、三肴、四豪通用韵；游、浮、舟、求，为第十二部平声十一尤独用韵，故本词为换韵间押。

同体式作品：无。

939.【松风慢】

1. 始词元赵汸作。
2. 双片。每片四平韵，连句韵、隔句韵。

始词：14 分句 6 复句。双片。每片 7 分句 3 复句，二/三/二/型复句组。平韵，每片起首二句连韵，继隔句韵。

7，5。7，3，4。6，6。

7，5。7，3，4。6，6。——元·赵汸·《全金元词》第 1129 页

松风慢

代送吴德夫衡阳巡检

溪亭春晚共离**觞**，何许是衡**阳**。	◇◇◇◆◆◇◇，◇◆◆◇◇。
香罗初剪征衫好，东风里，快马轻**装**。	◇◇◇◆◇◇◆，◇◇◆，◆◆◇◇。
市远擘张闲暇，年丰虎落相**羊**。	◆◆◆◇◇◇，◇◇◆◆◇◇。
苍梧云尽暮天**长**，山色似吾**乡**。	◇◇◇◆◆◇◇，◇◆◆◇◇。
莺啼绿树飞红雨，三千里，处处耕**桑**。	◇◇◆◆◇◇◆，◇◇◆，◆◆◇◇。
说与年年归雁，重来应念潇**湘**。	◆◆◇◇◇◆，◇◇◆◆◇◇。

同体式作品：无。

940.【江南弄】

1. 始词元周巽作。
2. 双片。每片五韵，换韵，平仄通押，连句韵。

始词：10 分句 4 复句。双片。每片 5 分句 2 复句，上片三/二/型复句组，下片二/三/型复句组。换韵，平仄通押，连句韵。律词。

3，5，7。7，7。
7，7。3，3，7。——元·周巽·《全金元词》第 1134 页

江南弄

春意**动**，池塘初解**冻**，花间啼鸟惊人**梦**。	◇◆◆，◇◇◇◆◆，◇◇◇◆◇◇◆。
绮户微开曙色**明**，沉香火暖晓寒**轻**。	◆◆◇◇◆◆◇，◇◇◆◆◆◇◇。
夭桃半吐传芳**讯**，新莺百啭感中**情**。	◇◇◆◆◇◇◆，◇◇◆◆◆◇◇。
感中**情**，怜淑**景**，思君望断青鸾**影**。	◆◇◇，◇◆◆，◇◇◆◆◇◇◆。

同体式作品：元：周巽 3 首。

941.【如此江山】

1. 始词元虞荐发作。
2. 双片。每片五韵，换韵，平仄通押，连句韵。

始词：21 分句 8 复句。双片。上片 10 分句 4 复句，二/三/三/二/型复句组；下片 11 分句 4 复句，三/三/三/二/型复句组。仄韵，上片起首二句连韵，继隔句韵。律词。

7，6。4，4，6。4，5，4。4，6。
6，7，4。4，4，6。4，5，4。4，6。——元·虞荐发·《全金元词》第 1143 页

如此江山

泛曲阿后湖

依依杨柳青丝**缕**，掩映绿波南**浦**。	◇◇◇◆◇◇◆，◆◆◆◇◇◆。
燕掠横斜，鳞游荡漾，恰是湔裙时**序**。	◆◆◇◇，◇◇◆◆，◆◆◇◇◇◆。
清泠如**许**，恍镜影空磨，簟痕密**聚**。	◇◇◇◆，△◆◆◇◇，◆◇◆◆。
欲问伊人，且自溯洄前**渚**。	◆◆◇◇，◆◆◆◇◇◆。
并倚木兰无**语**，	◆◆◆◇◇◆，

到来还远树遥山，凝眸同**睹**。	◆◇◇◆◆◇◇，◇◇◇◆。
雁齿参差，汉流逦迤，多少鸥群鸳**侣**。	◆◆◇◇，◆◇◆◆，◇◆◇◇◇◆。
最饶闲**趣**，且酒斟绿蚁，玉杯时**举**。	◆◇◇◆，△◆◇◆◆，◆◇◇◆。
欸乃一声，移入柳阴深**处**。	◇◆◆◇，◇◆◆◇◇◆。

同体式作品： 元：周巽 3 首。

942. 【威仪辞】

1. 始词元原妙（天目山大觉寺方丈）作。
2. 四首联章词组，每首词式相同；单片三平韵，一章一换韵；连句韵、隔句韵。
3. 本调仅见此联章四首。

始词：单片。4 分句 2 复句，二/二/型复句组；连句韵、隔句韵。律词。

3，5。3，5。——元·原妙·《全金元词》第 1157 页

威仪辞

山中**行**，步高身尽**轻**。	◇◇◇，◇◇◇◆◇。
拟飞去，惟恐世人**惊**。	◇◇◆，◇◆◆◇◇。

同体式作品： 无。

附：原妙《威仪辞》联章四首

山中行，步高身尽轻。拟飞去，惟恐世人惊。
山中住，黯淡云无数。誓相去，共守无生路。
山中坐，静看落花堕。问何为，待结团圞果。
山中卧，月落猿啼过。正堪眠，石室从教破。

943. 【道无情】

1. 始词元尹志平作（清和真人，山东潍县玉清宫道长）。
2. 双片。每片四韵，换韵，前两句押仄，后两句押平；连句韵。

始词：8 分句 4 复句。双片。每片 4 分句 2 复句，二/二/型复句组；换韵，每片先押仄，后押平，连句韵。律词。

6，6。5，3。
6，6。5，3。——元·尹志平·《全金元词》第 1181 页

道无情

时在龙阳观，东川秋阳来请。丙戌元宵后，临行以词别之。

每夜三更问**话**，说破人情虚**假**。　◆◆◇◇◆◆，◆◆◇◇◇◆。
个个悟真宗，道心**通**。　◆◆◆◇◇，◆◇◇。

要望秋阳回**意**，莫纵高眠春**睡**。　◆◆◇◇◇◆，◆◆◇◇◇◆。
指日复归**来**，笑颜**开**。　◆◆◇◇◇，◆◇◇。

同体式作品：元：尹志平 12 首。

944. 【逍遥令】

1. 始词元高道宽作。
2. 双片。每片三平韵，隔句韵。

始词：10 分句，4 复句 2 单句。双片。每片 5 分句，2 复句 1 单句，二/二/一/型复句单句组合。平韵，隔句韵。律词。

3，5。7，7。5。
3，5。7，7。5。——元·高道宽·《全金元词》第 1195 页

逍遥令

真大道，脱体做神**仙**。　◇◆◆，◆◆◆◇◇。
两个一般无二样，功成行满玉皇**宣**。　◆◆◆◇◇◆◆，◇◇◇◆◆◇◇。
鹤驾赴朝**元**。　◆◆◆◇◇。

浮空去，万法总无**言**。　◇◇◆，◆◆◆◇◇。
我本独超三界外，玄元不二妙真**全**。　◆◆◆◇◇◆◆，◇◇◆◆◆◇◇。
寰海度人**船**。　◇◆◆◇◇。

同体式作品：元：高道宽 1 首。

945. 【跨金鸾】

1. 始词元牛真人作。
2. 双片。上片七韵，下片五韵，平韵，隔句韵。

始词：29 分句 11 复句。双片。上片 15 分句 6 复句，二/三/二/三/二/三/型复句组；下

片 14 分句 5 复句，二/三/三/三/三/型复句组。平韵，隔句韵。

3，6。3，4，7。7，7。4，4，7。6，5。3，4，4。
7，7。3，4，4。4，4，4。4，4，5。3，4，4。——元·牛真人·《全金元词》第 1247 页

跨金鸾

锦堂春，璚仙朝列琼**筵**。	◆◇◇，◇◇◇◆◇◇。
遇良辰，名香共爇，吐氤氲瑞蔼祥**烟**。	◆◇◇，◇◇◆◆，△◇◇◆◆◇◇。
庆三真重阳五祖，愿当今圣主遐**延**。	△◇◇◇◇◆◆，△◇◇◆◆◇◇。
昔有轩**辕**，驾龙腾飞，上朝玉帝自争**先**。	◆◆◇◇，◆◇◇◇，◆◇◆◆◆◇◇。
恁时万圣齐会，宴赏共留**连**。	◇◇◆◆◇◆，◆◆◆◇◇。
箫韶美，金童捧盏，玉女传**宣**。	◇◇◆，◇◇◆◆，◆◆◇◇。
观神宫仙苑异景，降鸾凤鹤舞翩**翩**。	△◇◇◇◆◆◆，△◇◆◆◆◇◇。
仙童报，蟠桃正结，丹桂初**圆**。	◇◇◆，◇◇◆◆，◇◆◇◇。
万载金龟，千秋玉兔，老人星**见**。	◆◆◇◇，◇◇◆◆，◆◇◇◆。
庆这些事，洞天佳景，还也胜尘**缘**。	△◆◇◆，◆◇◇◆，◇◆◆◇◇。
无来去，天地同寿，日月齐**年**。	◇◇◆，◇◆◇◆，◆◆◇◇。

同体式作品：无。

946. 【上升花】

1. 始词元吴真人作。
2. 双片。上片五韵，下片六韵，仄韵，隔句韵。

始词：25 分句 8 复句。双片。上片 12 分句 4 复句，三/三/三/三/型复句组；下片 13 分句 4 复句，三/三/四/三/型复句组。平韵，隔句韵。

4，5，4。4，4，6。7，3，4。3，4，4。
6，5，4。4，4，6。3，3，3，4。3，4，4。——元·吴真人·《全金元词》第 1247 页

上升花

紧锁心猿，悟光阴尘世，百年遄**速**。	◆◆◇◇，△◇◇◇◆，◆◇◆◆。
下手顿修，元本真灵，此日要住行**屋**。	◆◆◆◇，◇◆◇◇，◆◆◆◆◇◇。
居家坑堑先须跳，将身己，使令孤**宿**。	◇◇◇◆◇◇◆，◇◇◆，◆◆◇◆。
静无**触**，气财色酒，一齐须**逐**。	◆◇◆，◆◇◆◆，◆◇◇◆。
俗景般般绝**欲**，更舍尽爷娘，共妻骨**肉**。	◆◆◇◇◆◆，△◆◆◇◇，◆◇◆◆。
自在逍遥，落魄清闲，认取里头金**玉**。	◆◆◇◇，◆◆◇◇，◆◆◆◇◇◆。

琼英蕊，花心动，放香味，满空馥**郁**。　◇◇◆，◇◇◆，◆◇◆，◆◇◆◆。
异光**簇**，祥光灿烂，结成仙曲。　◆◇◆，◇◇◆◆，◆◇◇◆。

同体式作品：无。

947.【辊金丸】

1. 始词元杨真人作。
2. 以【辊金丸】填唱的“五更转”组词，计五章；一章六韵，每章换韵，仄韵，隔句韵，间插连句韵。兹取第一章谱之。

始词：单片。12 分句 4 复句，三/三/三/三/型复句组。仄韵，隔句韵，插一连句韵。

3，3，6。3，5，6。7，3，3。8，3，3。——元·杨真人·《全金元词》第 1250 页

辊金丸

一更里，擒意**马**，猿猴儿莫颠**耍**。　◆◇◆，◆◆◆，◇◇◇◆◇◆。
大悟来，心地觉清凉，管自然都放**下**。　◆◆◇，◇◆◆◇◇，◆◆◇◇◆◆。
本来面目常潇**洒**，真清净，更幽**雅**。　◆◇◆◆◇◇◆，◇◇◆，◆◇◆。
更减口颐养气神全，按四时，分造**化**。　△◆◆◇◇◆◇◇，◆◆◇，◇◆◆。

同体式作品：本调联章词组第三章。

增减字：

(一) 3，3，7。3，5，6。7，3，3。7，3，3。第二章。
(二) 3，3，6。3，5，6。7，3，3。8，3，3。第四章。
(三) 3，3，6。3，5，5。7，3，3。8，3，3。第五章。

附：《辊金丸》全五章

一更里，擒意马，猿猴儿莫颠耍。大悟来，心地觉清凉，管自然都放下。本来面目常潇洒，真清净，更幽雅。更减口颐养气神全，按四时，分造化。

二更里，夫妇会，和婴儿姹女交泰。复宇宙，颠倒任循环，把坎离相匹配。土牛木马撼山海，随羊□，运搬载。泼焰都辊入泥丸，教鬼神，须惊骇。

三更里，根蒂固，玲珑现日端午。要返覆，泥里倒推车，便即时扬勃土。木金间隔腾乌兔，刀圭至，汞铅聚。降满地白雪注黄芽，看玉华，金莲朵朵。

四更里，法鼓响，金鸡儿木头唱。便斡旋，升降透双关，早起随明堂过。虎龙自在通来往，能抽添，运水火。炼黑赤炉内辊金丸，迸雪白，硃砂颗。

五更里，天欲晓，功圆满行都了。便脱壳，来往有无间，显出真容貌。古今快乐仙家，延长生，永无老。降紫诏传报玉皇宣，驾祥云，归蓬岛。

948.【步步娇】

1. 始词元范真人作。
2. 本词最早收录于元代道士彭致中编选的词集《鸣鹤余音》，今视之更类“曲”。南北曲皆有【步步娇】曲牌。
3. 单片，五韵，连句韵、隔句韵。

始词：单片。6 分句 3 复句，二/二/二/型复句组。仄韵，连句韵，插一隔句韵。

5。5。5，2。7。7。——元·范真人·《全金元词》第 1251 页

步步娇

住在古窑**墓**，行坐立歌**舞**。	◆◆◆◇◆，◇◆◆◇◆。
捉住这真空，猛**悟**。	◆◆◆◇◇，◆◆。
自古及今说龙**虎**，无一无一个人**悟**。	◆◆◆◇◇◇◆，◇◆◇◆◆◇◆。

同体式作品：元：无名氏 9 首。

949.【梧桐树】

1. 始词元牧常晁作。
2. 本词初收录于元代道士彭致中编选词集《鸣鹤余音》，“曲”体风味甚淡。
3. 单片，六韵，连句韵、间韵，插一隔句韵。

始词：单片。7 分句 3 复句，二/二/三/型复句组。仄韵，换韵间押，抱韵；隔句韵，连句韵。

3，3。7，5。7，7，7。——元·牧常晁·《全金元词》第 1254 页

梧桐树

世间人，须觉**悟**。	◆◆◇，◇◆◆。
难得人身休辜**负**，莫把时虚**度**。	◇◆◇◇◇◇◆，◆◆◇◇◆。
不离方寸蓬莱岛，多少时人行不到，	◆◇◇◆◇◇◆，◇◆◇◇◇◆◆，
劝君早觅长生**路**。	◆◇◆◆◇◇◆。

同体式作品：元：牧常晁 11 首，无名氏 5 首。

增减字：

(一) 3，3。7，5。7，7。5。元：无名氏 5 首。

950.【玉交梭】

1. 始词元无名氏作。
2. 《全金元词》疑调名有误："梭疑枝之误。"宋词调有【玉交枝】，词式与该调不同，姑作元代新生词调。
3. 双片，每片四韵，仄韵，上下片首二句连韵，继隔句韵。

始词：双片。15 分句 6 复句。上片 7 分句 3 复句，二/二/三/型复句组；下片 8 分句 3 复句，二/四/二/型复句组。仄韵，每片起首二句连韵，继隔句韵。

5，5。4，6。3，5，5。

5，5。4，4，4，4。3，5。——元·无名氏·《全金元词》第 1286 页

玉交梭

我已叮咛**劝**，展手心休**倦**。	◆◆◇◇◆，◆◆◇◇◆。
后巷前街，茶坊酒肆且**遍**。	◆◇◇◆，◇◇◆◆◆◆。
绕巡门，散喏好降心，与修行方**便**。	◆◇◇，◆◆◆◆◇，◆◇◇◇◆。
一志休回**转**，趁了今生**愿**。	◆◆◇◇◆，◆◆◇◇◇◆。
神气冲和，阴阳升降，	◇◆◇◇，◇◇◇◆，
虎龙争斗，迸金灿**烂**。	◆◇◇◆，◆◇◆◆。
绕丹田，看真人出**现**。	◆◇◇，△◇◇◇◆。

同体式作品：无。

951.【青梅引】

1. 始词元无名氏作。
2. 双片，每片五韵，仄韵，隔句韵。

始词：23 分句 8 复句。双片。上片 12 分句 4 复句，四/四/二/二/型复句组；下片 11 分句 4 复句，四/三/二/二/型复句组。仄韵，隔句韵。

4，4，4，4。4，6，4，4。4，4。8，6。

6，5，4，5。6，4，5。6，8。4，5。——元·无名氏·《全金元词》第 1287 页

青梅引

我笑迷人，不信乖**劣**，	◆◆◇◇，◆◆◇◆，
痴心恋贪，名利萦**系**。	◇◇◆◇，◇◆◇◆。

落魄狂游，每将术艺养道，	◆◆◇◇，◆◇◆◆◇◆，
用安身已，道知和**息**。	◆◇◇◆，◆◇◇◆。
藜杖药瓢，蓑衣蛮**笠**。	◇◆◆◇，◇◇◇◆。
纵大地有满地正珠，那的直甚闲**气**。	△◆◆◆◆◆◆◇，◆◇◆◆◇◇。

无限峰峦耸**翠**，略撰个茅庵，	◇◆◇◇◆◆，
用做栖心，幸有灵苗**裔**。	◆◆◆◇◇，◆◆◇◇，◆◆◇◇◆。
更兼泉水饥渴，自然无痴，独坐深山**里**。	◆◇◇◆◇◆，◆◇◇◇，◆◆◇◇◆。
闷看乾坤间隔，望落落如晓星之**势**。	◆◆◇◇◆◆，△◆◆◇◆◇◇◆。
再遇何年，驾云朝上**帝**。	◆◆◇◇，◆◇◇◆◆。

按：我笑迷人，迷人，糊涂人；不信乖劣，不信，没有信仰；乖劣，愚蠢、恶劣。

同体式作品：无。

952.【玉液泉】

1. 始词元无名氏作。
2. 双片，上片六韵，下片七韵，仄韵，隔句韵，间插连句韵。

始词：27 分句 8 复句。双片。上片 14 分句 4 复句，三/三/四/四/型复句组；下片 13 分句 4 复句，三/二/四/四/型复句组。仄韵，隔句韵，间插连句韵。

3，3，5。3，7，6。3，3，3，5。3，5，5，4。

4，3，4。6，4。4，4，4，6。6，4，6，3。——元·无名氏·《全金元词》第 1288 页

玉液泉

这消息，几人知，独我全真**好**。	◆◇◇，◆◇◇，◆◆◇◇◆。
大悟来，心地清凉便分**晓**，	◆◆◇，◇◆◇◇◆◇◆，
本来面目常**照**。	◆◇◆◆◇◆。
最玄**妙**，金关开，玉户闭，来往通关**窍**。	◆◇◆，◇◇◇，◆◆◆，◇◆◇◇◆。
遍三田，觉上下和冲，	◆◇◇，△◆◆◇◇，
降银雪黄芽，遍生芝**草**。	△◇◆◇◇，◆◇◇◆。

姹婴舞**跳**，透引动，龙吟虎**啸**。	◆◇◆◆，◆◆◆，◇◇◆◆。
搬运在斡旋中，坎离颠**倒**。	◇◆◆◇◇◇，◇◇◇◆。
龟蛇战斗，水火抽添，	◇◇◆◆，◆◆◇◇，
炉内烧丹，结就明珠晃**耀**。	◇◆◇◇，◆◆◇◇◆◆。
玉皇深恩宣**诏**，祥云攒**罩**，	◆◇◇◇◇◆，◇◇◆◆，
恁时稳跨青鸾，归蓬**岛**。	◇◇◆◆◇◇，◇◇◆。

同体式作品：无。

附录一：宋代套曲歌词

《全宋词》将几个不同词调组合为完整一篇的歌词称为“套曲”。如沈瀛《野庵曲》，以10支单曲之词组成，每曲没有调名，音乐体制相当于由若干“遍”乐段组合的“大曲”；沈瀛《醉乡曲》，以【醉乡曲】【驻马听】【风入松】三首词合成，可谓后世曲体之“带过曲”的前形态，亦称“短套”。两篇“套曲”之词，皆为多支曲子相连而表达某种完整意义的词组，可谓词体的“套曲”，简称“套词”。在“异调相联”体制上，与南北曲体习称的“套曲”“套数”体制相同。

《全宋词》收录有“套词”四十余篇，本谱分为“大曲歌词”“队舞歌词”“宴乐歌词”“礼乐套词”四类，每套所用单支曲调之词体见前谱，这里仅录完整的套曲词组，以见套词体制及构成方式。凡同调联章词组，不录；队舞套词中或有同调联章，因器乐伴奏多有异调相连之套曲，故录之。

一、大曲歌词

“大曲”，最初指体量较大的乐曲，与“小曲”相对举。其称最早见于汉末蔡邕《女训》：“大曲，三终则止。”所指“大曲”为琴曲，“三终”，即三“遍”，指三个较长的完整乐段。此后的魏晋大曲，以“艳”“曲”“趋”（或曰“乱”）三部分构成，各部分的音乐有所不同，在“大曲”行进展开中的结构功能不同，三个部分通常各有几个相对完整的小乐段，体量相当于一首单支乐曲，称为“解”，每“解”音乐有同有异。故一个“大曲”相当于关系协调的数首不同乐曲相连组合的“套曲”。到了唐代，大曲进一步发展，唐崔令钦《教坊记》曲名中有“大曲”专类，惜对唐大曲的体制没有具体说明，幸宋人作有具体呈述，宋王灼《碧鸡漫志》：“凡大曲有散序、靸、排遍、攧、正攧、入破、虚催、实催、衮遍、歇拍、杀衮，始成一曲，此谓大遍。”所谓“大遍”，即是一个完整的“大曲”，从“散序”开始到“杀衮”有十一“遍”，每遍的音乐和小乐段数量不等，属于上层的专业性大型器乐曲，在演奏中伴有歌舞。唐大曲的歌辞为采用既有作品的“选诗入乐”，宋郭茂倩《乐府诗集》所录唐大曲歌辞，来自王维、张祜、薛逢等名家及佚名之诗，皆五、七齐言，与“因声度词”的词体写作不同。唐代敦煌民间写本中几首曲子组合的词组，如《阿曹婆辞》（镇陇西）三首、《斗百草辞》（喜去觅草）四首、《河满子辞》（长城侠客）四首、《剑器辞》（上秦王）三首、《苏幕遮》（大唐五台曲子）六首，每组曲辞标有一、二、三前后次序，均为同调联章词组，不同于“异调相连”的“套词”。宋代大曲，承唐大曲而演变，延续了唐大曲多“遍”音乐组合的“套曲”体制，一个重要的转变，是将器乐演奏为主转化为以歌唱为主体，歌词自创，词体为当下流行的“长短句”。今存宋大曲体制的“套词”计5篇，音乐体制为“多遍体”套曲，每“遍”没有曲调名，可谓后世“曲”体“套数”的前历史形态。

1.《水调歌头·冯燕传》

1. 北宋曾布作。
2. 以唐司空图《冯燕歌》为底本改编的叙事词组。“水调歌头”，水调大曲“歌头”部分乐段，计7首“排遍”，每“遍”词体不同，类似7首不同曲调的歌词组合；全套一韵，平仄通押，邻韵通押；隔句韵交用连句韵。
3. 每“遍”词体见前谱（第28调【水调辞】“同源词调二”），兹不复示。宋郭茂倩《乐府诗集》卷七十九“近代曲辞”录有【水调】【凉州】【大和】【伊州】【陆州】组词五篇，皆五、七言声诗，兹不录。

【排遍第一】

魏豪有冯燕，年少客幽**并**。击球斗鸡为戏，游侠久知**名**。因避仇，来东**郡**，元戎留属中**军**。直气凌貙虎，须臾叱咤风**云**，凛凛坐中**生**。〇偶乘佳兴，轻裘锦带，东风跃马，往来寻访幽**胜**，游冶出东**城**。堤上莺花撩乱，香车宝马纵**横**，草软平沙**稳**。高楼两岸春风，语笑隔帘**声**。

【排遍第二】

袖笼鞭敲镫，无语独闲**行**。绿杨下，人初静，烟澹夕阳**明**。窈窕佳人，独立瑶阶，掷果潘郎，瞥见红颜横波盼，不胜娇软倚银**屏**。〇曳红裳，频推朱户，半开还掩，似欲倚，咿哑声里，细说深**情**。因遣林间青鸟，为言彼此心期，的的深相许，窃香解佩，绸缪相顾不胜**情**。

【排遍第三】

说良人滑将张**婴**，从来嗜酒还家，镇长酩酊狂**酲**。屋上鸣鸠空斗，梁间客燕相**惊**。谁与花为主，兰房从此朝云夕雨，两牵**萦**。〇似游丝飘荡，随风无**定**。奈何岁华荏苒，欢计苦难**凭**。唯见新恩缱绻，连枝并翼，香闺日日为郎，谁知松萝托蔓，一比一毫**轻**。

【排遍第四】

一夕还家醉，开户起相**迎**。为郎引裾相庇，低首略潜**形**。情深无**隐**，欲郎乘间起佳**兵**。〇授青**萍**，茫然抚叹，不忍欺**心**。尔能负心于彼，于我必无**情**。熟视花钿不足，刚肠终不能**平**。假手迎天意，一挥霜刃，窗间粉颈断瑶**琼**。

【排遍第五】

凤凰钗宝玉凋**零**。惨然怅，娇魂怨，饮泣吞**声**。还被凌波呼唤，相将金谷同游，想见逢迎处，揶揄羞面，妆脸泪盈**盈**。〇醉眠人，醒来晨起，血凝螓首，但惊喧，白邻里，骇我卒难**明**。思败幽囚推究，覆盆无计哀**鸣**。丹笔终诬服，阛门驱拥，衔冤垂首欲临**刑**。

【排遍第六】

向红尘里，有喧呼攘臂，转声辟众，莫遣人冤滥杀张室，忍偷**生**。僚吏惊呼呵叱，狂辞不变如初，投身属吏，慷慨吐丹**诚**。〇仿佛缧绁，自疑梦中，闻者皆**惊**，叹为不**平**。割爱无心，泣对虞姬，手戮倾城宠，翻然起死，不教仇怨负冤**声**。

【排遍第七】

义城元靖贤相国，喜慕英雄士，赐金**缯**。闻斯事，频叹赏，封章归**印**。请赎冯燕罪，日边紫泥封诏，阖境赦深**刑**。〇万古三河风义在，青简上，众知**名**。河东注，任流水滔滔，水涸名难**泯**。至今乐府歌**咏**，流入管弦**声**。

2.《薄媚·西子词》

1. 北宋-南宋董颖作。
2. 薄媚，大曲名；“西子词”，本套词的题目，叙述春秋吴越争霸牵引的西施故事。
3. 全套由10遍乐曲组成，每“遍”双片，体式不同（见前谱第622调【薄媚】）；全套一韵，平仄通押，邻韵通押；隔句韵，间插连句韵。

【排遍第八】

怒潮卷雪，巍岫布云，越襟吴带如**斯**。有客经游，月伴风**随**。值盛**世**，观此江山**美**。合放怀，何事却兴**悲**，不为回头，旧谷天**涯**。为想前君**事**，越王嫁祸献西**施**，吴即中深**机**。〇阖庐**死**，有遗**誓**，句践必诛**夷**。吴未干戈出境，仓卒越兵，投怒夫**差**。鼎沸鲸**鲵**，越遭劲敌，可怜无计脱重**围**。归路茫然，城郭丘墟，飘泊稽山**里**。旅魂暗逐战尘**飞**，天日惨无**辉**。

【排遍第九】

自笑平生，英气凌云，凉然万里宣**威**。那知此**际**，熊虎涂穷，来伴麋鹿卑**栖**。既甘臣妾，犹不许，何为**计**。争若都燔宝**器**，尽诛吾妻**子**。径将死战决雄**雌**，天意恐怜**之**。〇偶闻太宰，正擅权，贪赂市恩**私**。因将宝玩献诚，虽脱霜戈，石室囚**系**。忧嗟又经**时**，恨不如巢燕自由**归**。残月朦胧，寒雨萧萧，有血都成**泪**。备尝险厄返邦**畿**，冤愤刻肝**脾**。

【第十撷】

种陈谋，谓吴兵正**炽**，越勇难**施**。破吴策，唯妖**姬**。有倾城妙**丽**，名称西**子**，岁方**笄**。算夫差惑**此**，须致颠**危**。范蠡微行，珠贝为香**饵**，苎萝不钓钓深闺，吞饵果殊**姿**。〇素肌纤弱，不胜罗**绮**。鸾镜畔，粉面淡匀，梨花一朵琼壶**里**。嫣然意态娇春，寸眸剪**水**，斜鬟松**翠**。人无双，宜名动君王，绣履容**易**，来登玉**陛**。

【入破第一】

窣湘裙，摇汉**佩**，步步香风**起**。敛双蛾，论时**事**，兰心巧会君**意**。殊珍异宝，犹自朝臣未**与**。妾何人，被此隆恩，虽令效**死**奉严**旨**。○隐约龙姿怕**悦**，重把甘言**说**。辞俊雅，质娉婷，天教汝众美兼**备**。闻吴重色，凭汝和亲，应为靖边**陲**。将别金门，俄挥粉**泪**，靓妆**洗**。

【第二虚催】

飞云**驶**，香车故国难回**睇**。芳心渐摇，迤逦吴都繁**丽**。忠臣子**胥**，预知道，为邦祟，谏言先**启**。愿勿容其**至**，周亡褒**姒**，商倾妲**己**。○吴王却嫌胥逆**耳**，才经眼，便深恩**爱**。东风暗绽娇**蕊**，彩鸾翻妒**伊**。得取**次**，于飞共**戏**。金屋看承，他宫尽**废**。

【第三衮遍】

华宴**夕**，灯摇**醉**，粉菡萏，笼蟾**桂**。扬翠袖，含风舞，轻妙处，惊鸿**态**。分明**是**，瑶台琼榭，阆苑蓬壶，景尽移此**地**。花绕仙步，莺随管**吹**。○宝帐暖留春，百和馥郁融鸳**被**。银漏永，楚云浓，三竿**日**，犹褪霞**衣**。宿酲轻腕，嗅宫花，双带**系**。合同心**时**，波下比目，深怜到**底**。

【第四催拍】

耳盈丝竹，眼摇珠**翠**。迷乐**事**，宫闱**内**。争**知**，渐国势凌**夷**。奸臣献佞，转恣奢淫，天谴岁屡**饥**，从此万姓离心解**体**。○越遣**使**，阴窥虚**实**，蚤夜营边**备**。兵未动，子胥存，虽堪伐，尚畏忠**义**。斯人既戮，又且严兵卷土，赴黄池观衅，种蠡方云可**矣**。

【第五衮遍】

机有神，征鼙一鼓，万马襟喉**地**。庭喋血，诛留守，怜屈服，敛兵还，危如**此**。当除祸本，重结人心，争奈竟荒**迷**。战骨方埋，灵旗又**指**。○势连败，柔荑携泣，不忍相抛**弃**。身在兮，心先**死**，宵奔**兮**，兵已前**围**。谋穷计尽，唳鹤啼猿，闻处分外**悲**。丹穴纵近，谁容再**归**。

【第六歇拍】

哀诚屡吐，甬东分**赐**。垂暮日，置荒隅，心知**愧**，宝锷红**委**。鸾存凤去，辜负恩怜，情不似虞**姬**。尚望论功，荣还故**里**。○降令曰，吴亡赦汝，越与吴何**异**。吴正怨，越方**疑**，从公论，合去妖**类**。蛾眉宛转，竟殒鲛绡，香骨委尘**泥**。渺渺姑苏，荒芜鹿**戏**。

【第七煞衮】

王公**子**，青春更才**美**，风流慕连**理**。耶溪一日，悠悠回首凝**思**。云鬟烟鬓，玉佩霞裾，依约露妍**姿**。送目惊**喜**，俄迁玉**趾**。○同仙**骑**，洞府归去，帘栊窈窕戏鱼**水**。正一点犀通，遽别恨何**已**。媚魄千载，教人属**意**。况当**时**，金殿**里**。

3.《野庵曲》

1. 传为南宋沈瀛作。
2. 野庵曲，全套歌词总名。
3. 全套10曲，歌词为单片体，每首体式不同，相当于异调组合（每曲词式见前谱第685调），类似后世的北曲套数；全套同韵，平仄通押，邻韵通押；隔句韵，交用连句韵。

第一曲

野叟最昏**迷**，叹世间，光阴奔走如**驰**。逢这闲**时**，忽寻忖，一生里，事都**非**。从头到尾都改了，重立根**基**。枕上披**衣**，浑无**寐**，时时摩挲行**气**。

第二曲

才睡**起**，避户**扉**。爇一炷清香，烟气霏**霏**。膜拜更归**依**，冥心坐，看经念佛行**持**。消除秽恶，光洒洒，禅律威**仪**。佛力慈**悲**，愿今**世**，永没冤债相**随**。

第三曲

食将惭**愧**，才饭了，一枕茶香**美**。迟迟日长，觅伴相对围**棋**。安排势**子**，相望相**窥**，闭心**机**。输赢成败，却似人居**世**。跳脱去，唤方帽杖**藜**。为伴侣，小桥那面一庵**儿**。登高望远输情**思**，叹物荣物枯，节换时**移**。

第四曲

春到园中见寒梅，同春雪乱**飞**。冷艳冰**肌**，须臾李杏开偏，一日芳**菲**。和风骀荡，两岸细柳捻金**丝**。清明时候，景物尤韵**媚**。

第五曲

春事**退**，叹万红狼籍飞满**堤**。水平**池**，风到卷涟**漪**，荷花一望如霞**绮**。对好些景物，敌去炎**威**。

第六曲

秋景凄**凄**，长空明月正扬**辉**。蒹葭岸，浮云侧畔坐钓**矶**。正桂花香喷**鼻**，黄花满眼，风劲霜**坠**。做寒来天**气**，秋光老，草木一齐似**洗**。独修篁径，青松路，残岁方**知**。

第七曲

日将斜，园里缓行**归**。听流**水**，明窗净**几**，调数**徽**。到妙处，古曲幽闲韵渐**稀**。徐徐弹了融心**意**，忽然惊**起**。外时闻车履，故人来相**对**。

第八曲

瓮浮**蚁**，草草杯盘灯正**辉**。漏声**迟**，浮斝飞觞，言渐嘻**嘻**。轩渠一笑高歌，野庵新唱劝**些儿**。人听村歌，一霎**时**，好娱**戏**。休笑颠狂，也是大**奇**。能赶气闷忧**悲**，自然沉**醉**。

第九曲

客都去后，睡齁齁**地**，一枕华胥惊又**起**。晓鸡**啼**，重起着**衣**。心火烧**脐**，龙行虎**驰**，依前啰啰哩**哩**。

第十曲

从头到尾今如**此**。若唱此曲没休**时**，保取长年到期**颐**。

4.《法曲·道情》

1. 南宋曹勋作。
2. “法曲”，东晋南朝佛教法会所用的大型组曲音乐称“法乐”，华乐和西域音乐的融合体，逐步成为中国本土的传统乐种。隋唐“法乐”融入华乐体系的传统清商乐，成为与“燕乐”不同的华乐种类，体制为多乐段组合的大型器乐歌舞曲。唐开元年间，唐玄宗在大明宫内梨园别设内教坊，专习法曲，玄宗亲自教学。南宋程大昌《雍录·梨园》：“开元二年置教坊于蓬莱宫，上自教法曲，谓之梨园弟子。”

3. “道情”，本套法曲歌词总名。“道情”概念始于六朝，指道家的思想情性；作为一种曲类专名，始于唐代的道观音乐和道教徒向民间大众宣传的道教歌曲。宋代以后，“道情”成为一种专题歌词，可用不同的曲调传唱，若【步虚词】，即是不同曲调的合称，本套组词则是以“法曲”传唱的“道情”。宋代以后到明清，“道情”渐成为一种专类曲艺的称名。
4. 全套计 11 曲，每曲为单片体，词式不同（见前谱第 653 调）；全套同韵，平仄通押。连句韵、隔句韵。
5. 宋代标名【法曲】的套词仅此一篇。

【散序】

飞金走玉常奔**驰**，日上还**西**。自古待著长绳系，算尘心，谩劳役堪**悲**。盘古到此际，桑田变海，海复成陆高**低**。噫**嘻**，下土是凡质容**仪**。寿考能消，几日支**持**。念一世，真若朝荣暮落难**期**。幸有志，日传得神仙希**夷**。希**夷**，堪为千古人**师**。

【歌头】

柱史乘车，青牛驾轭，紫云覆顶，函关令已前**知**。西升稍驻，尹喜虔恭**誓**。求老**子**，亲谈道德微**旨**。五千余言，俱救末俗，度脱令咸归生**理**。体元**机**，人间方解道术，兼明治身，与国阶**梯**。更有黄庭，专分二境，内外皆举璇**题**。羽客见者，倾诚恳诵合彝**仪**。万神潜**礼**，密奉二经，炷香静默，心无竞，靡端**倪**。得失扫去，意海澄流要**体**，内景防愆**失**，外景忘**疲**。阆风蓬岛岂能**移**，念诵灵**辞**，指群**迷**。

【排遍第一】

丽景早春**时**，正花漏初**迟**。东君出震，太和应物，恍惚中立丹**基**。天风卦成随象，记合成□□□□，□□□必相**契**。三千六百火候，密运精**微**。蒸入肌肤，嫩红潮颊，自然旧容生**辉**。情**志**，鄙凡尘，瑶圃满眼，都看桃**李**。晴云万叠开异色，灵光湛湛增秀**逸**。与道合，真境丹房，随时沐浴，亦向朝**夕**。

【排遍第二】

向虚靖晨**起**，朝元意达，冲漠怡**怡**。三天澄映，九光霁碧，如有鹤舞鸾**飞**。泛空**际**，瑶室明**辉**，动与真**期**。至理常寂，户庭无远，欣欣端**比**。侍宴日在瑶**池**，师友多闲，抱琴沽酒度曲，笑采华**芝**。九节倚筇**时**，何须钓月眠**石**，寻觅占渊静**逸**。乐修**持**，澹然灵府泳真**谛**，怡养丹光**里**。春已收功，自育火枣交**梨**。

【排遍第三】

珠星璧月，昼景夜色相**催**。正阳炎序火府，龙珠蕴照，冰海融**澌**。洞天春常好，日日琪花，琼蕊芳**菲**。绛景无别，惟似琉**璃**。平地环绕清**泚**，火中生莲，会成真物，更取海底龟**儿**。胜热涤暑风，全形莹若冰**肌**。常存道**意**，铄石流金无**畏**，共协混元一**气**。入冲**极**，觉自**己**，乾体还**归**。

【第四撷】

南薰殿阁，卷窗户新**翠**。池沼十顷净，俯桥影横**霓**。龟鱼自乐，潺潺螭口，流水照碧，芰荷绿满长**堤**。柳烟水色，一派涟**漪**。松竹阴中，细风缓引凉**吹**。琴韵响，玉德风轸，声转瑶**徽**。疏襟曳**履**，或行或凭**几**。待饮彻玉鼎云英，怎更有炎**曦**。

【入破第一】

秋容应节，渐肃景入窗**扉**，碧洞连翠**微**。南律回岩**桂**，金精壮盛**时**。拥蟾轮，生素**辉**。启口天为侣，是列仙行**缀**。心均太上，欲度世缘无**亏**。用定力坚**持**，奉真常，惟凝**寂**。忱诚贯斗**极**，赐长生，仍久**视**。洞达虚皇**位**，德寿高与天**齐**。

【入破第二】

清昼静居香冷，风动万年**枝**。凉应兑卦**体**，秋色鸣轻**飔**，冥心运正**一**。御铁牛，耕寸**地**，都种金钱花，秀色照戊**己**。新霜万物凋谢，我常无**为**。冲起浩然**气**，抱冲和，人间**世**。登高共赏宴，泛东**篱**，菊尽**醉**。谁**会**，登高意表，迥出凡尘**外**。

【入破第三】

光铺晓**曦**，云影拂霜**低**。空阔飞鸿过，两三行，向天**际**。晴景乍升，晃疏棂，蜂翅**迷**。密障红炉暖，香缕飘烟**细**。超然坐久，幽径试寻寒**梅**。酥点竹间**稀**，正疏蓓吐南**枝**。微阳动细**蕊**，任斜日沉澹**晖**。惨惨寒**威**，晚知皓雪欲垂**垂**。

【入破第四】

黄钟正严凛，飞舞屑琼**瑰**。清赏丰年**瑞**，云液喜传**杯**。阴爻会见复，动一阳，生浩**气**。谁问添宫线，炼功在金**液**。晴檐试暖，表里莹如无**疵**。庭柳漏春信，更萱色侵苔**砌**。优游岁向晚，叹人间时序**疾**。还捧椒觞，羽衣礼无**极**。

【第五煞】

多景推**移**，便似风灯**里**。将尘寰喻，尘里白驹过**隙**。今世过却，来生何处**觅**。失时**节**，生死到来嗟何**及**。勤而行**之**，竞**力**，待与钟吕相**期**。三千行满，连环脱下**已**，驾青鸾素鹤朝太**微**。

5.《采莲·寿乡词》

1. 南宋史浩作。
2. 采莲，唐《教坊记》曲名中有【采莲子】【踏金莲】；宋代队舞有专门的《采莲舞》。
3. 本套计8曲，属于典型的大曲体制，推测《采莲》为宋代的大曲专名，套词主名为《寿乡词》。
4. 每曲单片，词体不同（见前谱第658调【采莲】），全套同韵贯押，平仄通押，邻韵通押，连句韵、隔句韵。

【延遍】

霞霄上，有寿乡广袤无**际**。东极沧海，缥缈虚无，蓬莱弱**水**。风生屋浪，鼓楫扬旌，不许凡人得至，甚幽**邃**。〇试右望金枢**外**，西母楼阁，玉阙瑶**池**，万顷琉**璃**。双成倩巧，方朔诙谐，来往徜徉，霓裳飘摇宝**砌**，更希**奇**。

【攧遍】

南邻幄丹宫，赤伏显符**记**。朱陵曜绮绣，箕翼炯，瑞光腾**起**。每岁秋分老人见，表皇家，袭庆迎**祺**。〇天子当膺，无疆万岁。北窥玄冥，魁杓拥佳**气**，长拱**极**，终古无**移**。论南北东**西**，相直何啻千万**里**，信难**计**。

【入破】

璇穹层云上覆，光景如梭**逝**。惟此过隙缓征**辔**，垂象森列昭**回**。碧落卓然躔度，炳曜更腾**辉**。永永清光晔**炜**，绵四野，金璧为**地**。蕊珠馆，琼玖**室**，俱高**峙**。千种奇葩，松椿可**比**。暗香幽馥，岁岁长春，阳乌何曾西**委**。

【衮遍】

遍此境，人乐康，挟难老术，悟长生**理**。尽阿僧祇劫，赤松王令安**期**，彭篯盛**矣**。尚为婴**稚**，鹤算龟龄，绛老休夸甲**子**。鲐背耸黄发，垂**髫**更童颜，长鼓腹，同游**戏**，真是华**胥**。行有歌，坐有乐，献笑都是神仙，时见群翁启**齿**。

【实催】

露华霞液，云浆椒醑，涂玉斝金**罍**。交酬成雅**会**，拚沉**醉**。中山千日，未为长久，今此陶陶一饮，动经万**祀**。〇陈果蓏，皆是奇**异**，似瓜如斗尽**备**。三千**岁**，一熟珍**味**。饤坐中，莹似玉，爽口流涎，三偷不枉，西真指**议**。

【衮】

有珍馔，时时**馈**，滑甘丰**腻**。紫芝荧煌，嫩菊秀**媚**，贮玛瑙琥珀精**器**。延年益寿莫**拟**，人间烹饪徒**费**，休说龙肝凤**髓**。动妙乐，仙音鼎**沸**，玉箫清，瑶瑟**美**，龙笛**脆**。杂还飞鸾，花茵上，趁拍红牙，余韵修扬，竟海变桑田未**止**。

【歇拍】

其间有洞天侣，思游尘**世**。珠葆摇**曳**，华表真人，清江使者，相从密**议**。此老遨**嬉**，我辈应须随**侍**。正举步，忽思同**类**，十八公，方耸壑，宜邀**致**。夙驾星言，人争图**绘**，趋来鄞山甬**水**。因此崇成，四明里**第**。

【煞衮】

吾皇**喜**，光宠无**贰**，玉带金鱼荣**贵**。或者疑**之**，岂识圣明，曾主斯乡，尝相与尽缱绻，胶漆何可相**离**。今日风云合**契**，此实天**意**。吾皇圣寿无**极**，享晏粲千载相逢，我翁亦昌**炽**，永作升平上**瑞**。

6.《破子·惜奴娇》

1. 今存两套。宋大晟乐府、“巫山神女”各一套。
2. 大晟乐府总题“惜奴娇”，题下注“曲破”。“曲破”，大曲中的一个乐段，可有若干分乐段组成，该套词组为《惜奴娇》大曲之“曲破”乐段11“遍”构成的套词。署名为“巫山神女”之《惜奴娇》，道观之词，与大晟乐府套词音乐体制类同。两篇套词，各遍词体皆不同，均为异曲相连。韵格，大晟乐府套第一、二曲同韵，第三曲换韵，从第四曲到十一曲，一韵到底，平仄通押，邻韵通押；“巫山神女”套，一韵到底，平仄通押，邻韵通押。两篇套词皆连句韵为主，间插隔句韵，可谓后世曲体套数的前形态。

大晟乐府《惜奴娇》

曲破

春早皇都冰**泮**，宫沼东风布轻**暖**。梅粉飘香，柳带弄色，瑞霭祥烟凝**浅**。正值元宵，行乐同民总无**间**。肆情怀，何惜相邀，是处里容**款**。

无**算**，仗委东君**遍**。有风光，占五陵闲**散**。从把千金，五夜继赏，并彻春宵游**玩**。借问花灯，金琐琼瑰果曾**罕**。洞天里，一掠蓬瀛，第恐今宵**短**。

夸帝**里**，万灵咸**集**。永卫紫陌青楼，富臻既庶**矣**。四海升平，文武功勋盖**世**。赖圣主，兴贤佐，倸致**理**。

气绪凝和，会景新，访雅**致**。列群公，锡宴在**迩**。上元循典，胜古高超荣**异**。望绛霄龙香，飘飘旖**旎**。

景云披**靡**，露浥轻寒若**水**，尽是游人**美**。陌尘润，宝沉**递**。笑指扬鞭，多少高门胜**会**。况**是**，只有今夕誓无**寐**。

盛日凝**理**，羽巢可**窥**，阆苑金关启**扉**。烬连宵，宁防**避**。暗尘随马，明月逐人无**际**。调**戏**，相歌秾李末阑**已**。

骋轮纵勒，翠羽花钿比**织**。并雅同陪，共越九衢遍，尽遨**逸**。料峭云容，香惹风，萦怀**袂**。遍寓**目**，几处瑶席绣**帟**。

莫如胜概，景压天街**际**。彩鳌举，百仞耸**倚**。凤舞龙骧，满目红光宝**翠**。动霁色，余霞映，散成**绮**。

渐灼兰膏，覆满青烟罩**地**。簇宫花，撋荡纷**委**。万姓瞻仰，苒苒云龙香**细**。共稽首，同乐与众方**纪**。

楼起霄宫**里**，五福中天纷绛**瑞**。弦管齐谐，清宛振逸天**外**。万舞低回纷绕，罗纨摇**曳**。顷刻转轮归**去**，念感激天**意**。

幸列熙台，洞天遥遥望圣**梓**。五夕华**胥**，鱼钥并开十**二**。圣景难逢无**比**，人间动且经**岁**。娩婉踌躇，再拜五云迤**逦**。

巫山神女《惜奴娇》

其一

瑶阙琼宫，高枕巫山十**二**。睹瞿塘，千载滟滟云涛**沸**。异景无穷好，闲吟满酌金**卮**。

忆前**时**，楚襄王，曾来梦中相**会**。吾正鬓乱钗横，敛霞衣云**缕**。向前低**揖**，问我仙**职**。桃杏遍开，绿草萋萋铺**地**。燕子来时向巫山，朝朝行雨暮行云，有闲**时**，只恁画堂高**枕**。

瑶台景第二

绕绕云梯，上彻青霄霞**外**。与诸仙同饮，镇长春**醉**。虎啸猿吟，碧桃香异风飘**细**。希**奇**，想人间难识，这般滋**味**。姮娥奏乐箫韶，有仙音异品，自然清**脆**，遏住行云不敢**飞**。空凝**滞**，好是波澜澄湛，一溪香**水**。

蓬莱景第三

山染青螺缥渺，人间难**陟**。有珍珠光照，昼夜无休**息**。仙景无**极**，欲言**时**，汝等何**知**。且修心，要观游，亦非大段难**易**。下俯浮生，尚自争名逐**利**。岂不省，来岁扰扰兵戈**起**。天惨云愁，念时衰如何**是**。使我**辈**，终日蓬宫下**泪**。

劝人第四

再启诸公，百岁还如电**急**。高名显位瞬息**尔**，泛水轻沤，霎那间，难久**立**。画烛当风**里**，安能久**之**。速往茅峰割爱，休名避**世**。等功成，须有上真相引**指**。放死求生，施良药，功无**比**。千万**记**，此个奇方第**一**。

王母宫食蟠桃第五

方结实累**累**，翠枝交映，蟠桃颗颗，仙味真香**美**。遂命双成，持灵刀割来，耳服一粒，令我延年万**岁**。堪笑东方，便启私心盗**饵**。使宫中仙伴，递互相尤**殢**。无奈双成，向王母高陈**之**。遂**指**，方偷了蟠桃是**你**。

玉清宫第六

紫云绛霭，高拥瑶**砌**。晓光中，无限剖列，肃整天仙**队**。又有殊音欲举，声还**止**。朝罢时，亦有清香飘**世**。玉驾才兴，高上真仙尽**退**。有琼花如雪，散漫飞空**里**。玉女金童，捧丹文，传仙**诲**。抚诸仙，早起劳卿过**耳**。

扶桑宫第七

光阴**奇**，扶桑宫**里**。日月常昼，风物鲜明可爱，无阴**晦**。大帝频鉴于瑶**池**，朱阑外，乘凤**飞**。教主开颜命**醉**，宝乐齐**吹**，尽是琼姿天**妓**。每三杯，须用圣母亲来**揖**。异果名花几千般，香盈**袂**。意欲**归**，却乘鸾车凤**翼**。

太清宫第八

显焕明霞，万丈祥云高布，望仙官衣带，曳曳临香**砌**。玉兽齐焚，满高穹，盘龙**势**。大帝**起**，玉女金童遍**侍**。奉敕宣言，甚荷诸仙厚**意**。复回奏，感恩顿首皆躬**袂**。奏毕还宫，尚依然云霞**密**，奇更**异**。非我君，何闻**耳**。

归第九

吾归**矣**，仙宫久**离**。洞户无人管之，专俟吾**归**。欲要开金**燧**，千万频修**己**。言讫无忘**之**，哩啰**哩**。此去无由再**至**，事冗难言，尔辈须能自**会**。汝之言，还便是如吾**意**。大抵方寸平平，无忧**耳**。虽改易**之**，愁何**畏**。

二、队舞歌词

队舞，亦称舞队，多人集体表演的歌舞形式。其原始形态在汉代“鱼龙曼延百戏”中初见端倪。唐代队舞，若刘禹锡《柳枝词》序：“巴儿联歌，吹短笛、击鼓以赴节，歌者扬袂睢舞”，可谓民间形态的一种“队舞”；唐苏鹗《杜阳杂编》载唐代西域有“菩萨蛮”之舞，宫廷伶官李可及采之加工为“菩萨蛮队舞”，传李可及还创制了《叹百年》队舞《龙灯队舞》，故体制化、专业化的“队舞”建立于唐，至宋代成为宫廷及地方官府流行的歌舞形式。从各种文献资料看，宋代队舞有小儿队和女弟子队，各种名目的队舞有几十种，是宴乐中的主要娱乐节目之一。场上表演由“竹竿子”指挥勾队（演员出场排阵）、放队（变换队形）、遣队（退场）；表演形式有念诵（致语、口号、问答等）、舞蹈和歌唱；演员妆演或有一点简单的角色意味（如渔父、仙女等）。在音乐上，队舞器乐延续了大曲的多“遍”套曲体制，但大为简化，全场多则四五曲，少则一两曲，每曲都是一个词调；在“词组”形式上，有一诗一词“互迎”的“转踏”循环，亦有一调联章和异调相连的交叉展开；有些开头和结尾或有两三个异调相连的“带过”，可谓大曲“套词”的一种简化形态。

《全宋词》所录的队舞演出本计10部，兹全录之，无歌词的队舞演出本不录（如南宋洪适的《勾南吕薄媚舞》《勾降黄龙舞》）。队舞套曲中的单支词调体式见前谱，兹仅录文本。

7.《调笑转踏》

1. 北宋郑仅作。
2. 转踏，一种歌舞形式，初生于唐，兴盛于宋，以一诗一词“两腔互迎”循环展开。宋代“转踏”的诗词连接常采用顶针法，词之首句以诗之结句的收尾单词为起步。
3. “调笑转踏”，以【调笑令】曲调伴奏和歌唱的转踏歌舞，词体为宋代【调笑令】普式（见前谱第114调）。

（竹竿子）上助清欢，女伴相将，调笑入队。

春楼有女字罗敷，二十未满十五余。金钚约腕携笼去，攀枝摘叶城南隅。
使君春思如飞絮，五马徘徊芳草路。东风吹鬓不可亲，日晚蚕饥欲归去。

归**去**，携笼**女**，南阳柔桑三月**暮**。
使君春思如飞**絮**，五马徘徊频**驻**。
蚕饥日晚空留**顾**，笑指秦楼归**去**。

石城女子名莫愁，家住石城西渡头。拾翠每寻芳草路，采莲时过绿苹洲。
五陵豪客青楼上，醉倒金壶待清**唱**。风高江阔白浪飞，争催艇子操双**桨**。

双桨，小舟荡，唤取莫愁迎叠浪。
五陵豪客青楼上，不道风高江广。
千金难买倾城样。那听绕梁清唱。

绣户朱帘翠幕张，主人置酒宴华堂。相如年少多才调，消得文君暗断肠。
断肠初认琴心挑，么弦暗写相思调。从来万曲不关心，此度伤心何草草。
草**草**，最年**少**，绣户银屏人窈**窕**。
瑶琴暗写相思**调**，一曲关心多**少**。
临邛客舍成都**道**，苦恨相逢不**早**。

湲湲流水武陵溪，洞里春长日月迟。红英满地无人扫，此度刘郎去后迷。
行行渐入清流浅，香风引到神仙馆。琼浆一饮觉身轻，玉砌云房瑞烟暖。
烟**暖**，武陵**晚**，洞里春长花烂**熳**。
红英满地溪流**浅**，渐听云中鸡**犬**。
刘郎迷路香风**远**，误到蓬莱仙**馆**。

少年锦带佩吴钩，铁马追风塞草秋。凭仗匣中三尺剑，扫平骄虏取封侯。
红颜少妇桃花脸，笑倚银屏施宝靥。明眸妙齿起相迎，青楼独占阳春艳。
春**艳**，桃花**脸**，笑倚银屏施宝**靥**。
良人少有平戎胆，归路光生弓**剑**。
青楼春永香帏**掩**，独把韶华都**占**。

翠盖银鞍冯子都，寻芳调笑酒家胡。吴姬十五夭桃色，巧笑春风当酒垆。
玉壶丝络临朱户，结就罗裙表情素。红裙不惜裂香罗，区区私爱徒相慕。
相**慕**，酒家**女**，巧笑明眸年十**五**。
当垆春永寻芳**去**，门外落花飞**絮**。
银鞍白马金吾子，多谢结裙情**素**。

楼上青帘映绿杨，江波千里对微茫。潮平越贾催船发，酒熟吴姬唤客尝。
吴姬绰约开金盏，的的娇波流美盼。秋风一曲采菱歌，行云不度人肠断。
肠**断**，浙江**岸**，楼上青帘新酒**软**。
吴姬绰约开金**盏**，的的娇波流**盼**。
采菱歌罢行云**散**，望断侬家心**眼**。

花阴转午漏频移，宝鸭飘帘绣幕垂。眉山敛黛云堆髻，醉倚春风不自持。
偷眼刘郎年最少，云情雨态知多少。花前月下恼人肠，不独钱塘有苏小。
苏**小**，最娇**妙**，几度尊前曾调**笑**。
云情雨态知多**少**，悔恨相逢不**早**。
刘郎襟韵正年**少**，风月今宵偏**好**。

金翘斜亸淡梳妆，绰约天葩自在芳。几番欲奏阳关曲，泪湿春风眼尾长。

落花飞絮青门道，浓愁不散连芳草。骖鸾乘鹤上蓬莱，应笑行云空梦悄。
梦**悄**，翠屏**晓**，帐里薰炉残蜡**照**。
赏心乐事能多**少**，忍听阳关声**调**。
明朝门外长安**道**，怅望王孙芳**草**。

绰约妍姿号太真，肌肤冰雪怯轻尘。霞衣乍举红摇影，按出霓裳曲最新。
舞钗斜蝉乌云发，一点春心幽恨切。蓬莱虽说浪风轻，翻恨明皇此时节。
时**节**，白银**阙**。洞里春晴百和**爇**。
兰心底事多悲**切**，消尽一团冰**雪**。
明皇恩爱云山**绝**，谁道蓬莱安**悦**。

江上新晴暮霭飞，碧芦红蓼夕阳微。富贵不牵渔父目，尘劳难染钓人衣。
白鸟孤飞烟柳杪，采莲越女清歌妙。腕呈金钏掉鸣榔，惊起鸳鸯归调笑。
调**笑**，楚江**渺**，粉面修眉花斗**好**。
擎荷折柳争相**调**，惊起鸳鸯多**少**。
渔歌齐唱催残**照**，一叶归舟轻**小**。

千里潮平小渡边，帘歌白纻絮飞天。苏苏不怕梅风软，空遣春心著意怜。
燕钗玉股横青发，怨托琵琶恨难说。拟将幽恨诉新愁，新愁未尽弦声切。
声**切**，恨难**说**，千里潮平春浪**阔**。
梅风不解相思**结**，忍送落花飞**雪**。
多才一去芳音**绝**，更对珠帘新**月**。

8.《番禺调笑》

1. 南宋洪适作。
2. “番禺”，地名，宋代翔龙府治所（今广州）。该篇描写赞美番禺景点，故以“番禺【调笑】”为题。全场以一诗一词“两腔互迎”循环展开，诗、词采用顶针连接法；歌词为单片体【调笑令】10首和结尾【破子】，【破子】乐调即双片体【调笑令】。诸词体式一致，为宋代【调笑令】普式。
3. 每词各韵，仄韵，邻韵通押，连句韵。

勾队：

盖闻五岭分疆，说番禺之大府；一尊属客，见南伯之高情。摭遗事于前闻，度新词而屡舞。

羊仙

黄木湾头声哄然，碧云深处起非烟。骑羊执穗衣分锦，快睹浮空五列仙。
腾空昔日持铜虎，嘉瑞能名灼前古。羽人叱石会重来，治行于今最南土。

南**土**，贤铜**虎**，黄木湾头腾好**语**。
骑羊执穗神仙**五**，拭目摩肩争**睹**。
无双治行今犹**古**，嘉瑞流传乐**府**。

药洲

传闻南汉学飞仙。炼药名洲雉堞边。炉寒灶毁无踪迹，古木闲花不计年。
惟余九曜巉岩石。寸寸沦漪湛天碧。画桥彩舫列歌亭，长与邦人作寒食。

寒**食**，人如**织**，藉草临流罗饮**席**。
阳春有脚森双**戟**，和气欢声洋**溢**。
洲边药灶成陈**迹**，九曜摩挲奇**石**。

海山楼

高楼百尺迩严城，披拂雄风襟袂清。云气笼山朝雨急，海涛侵岸暮潮生。
楼前箫鼓声相和，戢戢归樯排几柁。须信官廉蚌蛤回，望中山积皆奇货。

奇**货**，归帆**过**，击鼓吹箫相应**和**。
楼前高浪风掀**簸**，渔唱一声山**左**。
胡床邀月轻云**破**，玉尘飞谈惊**座**。

素馨巷

南国英华赋众芳，素馨声价独无双。未知蟾桂能相比，不是人间草木香。
轻丝结蕊长盈穗，一片瑞云萦宝髻。水沉为骨麝为衣，剩馥三熏亦名世。

名**世**，花无**二**，高压阇提倾末**利**。
素丝缕缕联芳**蕊**，一片云生宝**髻**。
屑沉碎麝香肌**细**，剩馥熏成心**字**。

朝汉台

尉佗怒臂帝番禺，远屈王人陆大夫。只用一言回倔强，遂令魋结换襟裾。
使归已实千金橐，朝汉心倾比葵藿。高台突兀切星辰，后代登临奏音乐。

音**乐**，传佳**作**，盖海旌幢开观**阁**。
绮霞飞渡青油**幕**，好是登临行**乐**。
当时朝汉心倾**藿**，望断长安城**郭**。

浴日亭

扶胥之口控南溟，谁凿山尖筑此亭。俯窥贝阙蛟龙跃，远见扶桑朝日升。
蜃楼缥缈擎天际，鹏翼缤翻借风势。蓬莱可望不可亲，安得轻舟凌弱水。

弱**水**，天无**际**，相去扶胥知几**里**。
高亭东望阳乌**起**，杲杲晨光初**洗**。
蓬莱欲往宁无**计**，一展弥天鹏**翅**。

蒲涧

古涧清泉不歇声，昌蒲多节四时青。安期驾鹤丹霄去，万古相传此化城。
依然丹灶留岩穴，桃竹连山仙境别。年年正月扫松关，飞盖倾城赏佳节。

佳**节**，初春**月**，飞盖倾城尊俎**列**。
安期驾鹤朝金**阙**，丹灶分留岩**穴**。
山中花笑秦皇**拙**，祠殿荒凉虚**设**。

贪泉

桄榔色暗芭蕉繁，中有贪泉涌石门。一杯便使人心改，属意金珠万事昏。
晋时贤牧夷齐比，酌水题诗心转厉。只今方伯擅真清，日日取泉供饮器。

饮**器**，贪泉**水**，山乳涓涓甘似**醴**。
怀金嗜宝随人**意**，枉受恶名难**洗**。
真清方伯端无**比**，未使吴君专**美**。

沉香浦

炎区万国侈奇香，稛载归来有巨航。谁人不作芳馨观，巾箧宁无一片藏。
饮泉太守回瓜戍，搜索越装舟未去。慧苡何从起谤言，沉香不惜投深浦。

深**浦**，停舟**处**，只恐越装相染**污**。
奇香一见如泥**土**，投著水中归**去**。
令公早晚回朝**著**，无物迟留鸣**橹**。

清远峡

腰支尺六代难双，雾鬓风鬟巧作妆。人间不似山间乐，身在帝乡思故乡。
南来万里舟初歇，三峡重过惊久别。玉环留著缀相思，归向青山啸明月。

明**月**，舟初**歇**，三峡重过惊久**别**。
玉环留与人间**说**，诗罢离肠千**结**。
相思朝暮流泉**咽**，雾锁青山愁**绝**。

破子

南**海**，繁华**最**，城郭山川雄岭**外**。
遗踪嘉话垂千**载**，竹帛班班俱**在**。
元戎好古新声**改**，调笑花前分**队**。

高**会**，尊罍**对**，笑眼茸茸回盼**睐**。
蹋筵低唱眉弯**黛**，翔凤惊鸾多**态**。
清风不用一钱**买**，醉客何妨倒**载**。

遣队：

十眉争艳眼波横，蜕袖回风曲已成。绛蜡飘花香卷穗，月林乌鹊两三声。
歌舞既终，相将好去。

9.《采莲舞》

1. 南宋史浩作。
2. 全套乐曲歌词为【采莲令】【渔家傲】【画堂春】【河传】四调；以异调带过与同调联章两种方式交替展开，与南曲戏文的套曲方式类似。
3. 每调双片，词体相同；各词自韵，或押平或押仄，或平仄通押，邻韵通押；隔句韵，间插连句韵。

五人一字对厅立，竹竿子勾念：

伏以浓阴缓辔，化国之日舒以长。清奏当筵，治世之音安以乐。霞舒绛彩，玉照铅华。玲珑环佩之声，绰约神仙之伍。朝回金阙，宴集瑶池。将陈倚棹之歌，式侑回风之舞。宜邀胜伴，用合仙音。女伴相将，采莲入队。

勾念了。后行吹【双头莲令】，舞上，分作五方。竹竿子又勾念：

伏以波涵碧玉，摇万顷之寒光；风动青蘋，听数声之幽韵。芝华杂遝，羽幰飘摇，疑紫府之群英，集绮筵之雅宴，更凭乐部，齐迓来音。

勾念了。后行吹【采莲令】，舞转作一直了，众唱：

【采莲令】

练光浮，烟敛澄波**渺**。燕脂湿，靓妆初**了**。绿云伞上露滚滚，的皪真珠**小**。笼娇媚，轻盈伫**眺**，无言不见仙娥，凝望蓬**岛**。〇玉阙葱葱，镇锁佳丽春难**老**。银潢急，星槎飞**到**。暂离金砌，为爱此，极目香红**绕**。倚兰棹，清歌缥**缈**，隔花初见，楚楚风流年**少**。

唱了。后行吹【采莲令】，舞分作五方。竹竿子勾念：

伏以遏云妙响，初容与于波间；回雪奇容，乍婆娑于泽畔。爱芙蕖之艳冶，有兰芷之芳馨；躞蹀凌波，洛浦未饶于独步；雍容解佩，汉皋谅得以齐驱。宜到阶前，分明祇对。

花心出，念：

但儿等玉京侍席，久陟仙阶；云路驰骖，乍游尘世。喜圣明之际会，臻夷夏之清宁。聊寻泽国之芳，雅寄丹台之曲。不惭鄙俚，少颂升平。未敢自专，伏候处分。

竹竿子问，念：既有清歌妙舞，何不献呈？

花心答，问：旧乐何在？

竹竿子再问，念：一部俨然。

花心答，念：再韵前来。念了。

后行吹【采莲曲破】，五人众舞。到【入破】，先两人舞出，舞到茵上住，当立处，讫；又二人舞，又住，当立处；然后花心舞彻。竹竿子念：

伏以仙裾摇曳，拥云罗雾縠之奇。红袖翩翩，极鸾翮凤翰之妙。再呈献瑞，一洗凡容已奏新词，更留雅咏。

念了。花心念诗：

我本清都侍玉皇，乘云驭鹤到仙乡。轻舠一叶烟波阔，嗜此秋潭万斛香。

念了。后行吹【渔家傲】。花心舞上。折花了。唱：

【渔家傲】

蕊沼清冷涓滴**水**，迢迢烟浪三千**里**。微孕青房包绣**绮**，薰风**里**，幽芳洗尽闲桃**李**。〇羽氅飘萧尘外**侣**，相呼短棹轻偎**倚**。一片清歌天际**起**，声尤**美**，双双惊起鸳鸯**睡**。

唱了。后行吹【渔家傲】。五人舞。换坐。当花心立人念诗：

我昔瑶池饱宴游，朅来乐国已三秋。水晶宫里寻幽伴，菡萏香中荡小舟。

念了。后行吹【渔家傲】。花心舞上。折花了。唱：

【渔家傲】

翠盖参差森玉**柄**，迎风浥露香无**定**。不著尘沙真体**净**，芦花**径**，酒侵酥脸霞相**映**。〇掉拨木兰烟水**暝**，月华如练秋空**静**。一曲悠扬沙鹭**听**，牵清**兴**，香红已满蒹葭**艇**。

唱了。后行吹【渔家傲】。五人舞。换坐。当花心立人念诗：

我弄云和万古声，至今江上数峰青。幽泉一曲今凭棹，楚客还应著耳听。

念了。后行吹【渔家傲】。花心舞上。折花了。唱：

【渔家傲】

草软沙平风掠**岸**，青蓑一钓烟江**畔**。荷叶为茵花作**幔**，知谁**伴**，醇醪只把鲈鱼**换**。〇盘缕银丝杯自**暖**，篷窗醉著无人**唤**。逗得醒来横脆**管**，清歌**缓**，彩鸾飞去红云**乱**。

唱了。后行吹【渔家傲】。五人舞。换坐。当花心立人念诗：

我是天孙织锦工，龙梭一掷度晴空。兰桡不逐仙槎去，贪撷芙蕖万朵红。

念了。后行吹【渔家傲】。花心舞上。折花了。唱：

【渔家傲】

太华峰头冰玉**沼**，开花十丈干云**杪**。风散天香闻四**表**，知多**少**，亭亭碧叶何曾**老**。〇试问霏烟登鸟**道**，丹崖步步祥光**绕**。折得一枝归月**峤**，蓬莱**岛**，霞裾侍女争言**好**。

唱了。后行吹【渔家傲】。五人舞。换坐。当花心立人念诗：

我入桃源避世纷，太平才出报君恩。白龟已阅千千岁，却把莲巢作酒尊。

念了。后行吹【渔家傲】。花心舞上。折花了。唱：

【渔家傲】

珠露涔涔清玉**宇**，霞标绰约消烦**暑**。时驭清风之帝**所**，寻旧**侣**，三千仙仗临烟**渚**。〇舴艋飘摇来复**去**，渔翁问我居何**处**。笑把红蕖呼鹤**驭**，回头**语**，壶中自有朝天**路**。

唱了。后行吹【渔家傲】。五人舞。

换坐如初。竹竿子勾念：

伏以珍符涔至，朝廷之道格高深；年谷屡丰，郡邑之和薰遐迩。式均欢宴，用乐清时。感游女于仙衢，咏奇葩于水国。折来和月，露浥霞腮；舞处随风，香盈翠袖。既徜徉于玉砌，宜宛转于雕梁。爰有佳宾，冀闻清唱。

念了。众唱：

【画堂春】

彤霞出水弄幽**姿**，娉婷玉面相**宜**。棹歌先得一枝**枝**，波上画鲸**飞**。○向此画堂高**会**，幽馥散，堪引瑶**卮**。幸然逢此太平**时**，不醉可无**归**。

唱了。后行吹【画堂春】。众舞。舞了。又唱：

【河传】

蕊宫阆**苑**，听钧天帝乐，知他几**遍**。争似人间，一曲采莲新**传**，柳腰轻，莺舌**啭**。○逍遥烟浪谁羁**绊**，无奈天阶，早已催班**转**。却驾彩**鸾**，芙蓉斜**盼**，愿年**年**，陪此**宴**。

唱了。后行吹【河传】。众舞。舞了。竹竿子念遣队：

浣花一曲湄江城，雅合凫鹥醉太平。楚泽清秋余白浪，芳枝今已属飞琼。

歌舞既阑，相将好去。

念了。后行吹【双头莲令】。五人舞，转作一行，对厅杖鼓出场。

10.《太清舞》

1. 南宋史浩作。
2. 全套乐曲为6首【太清歌】1首【破子】。【太清歌】词调仅见本队舞，双片，6首体式全同（参见前谱第654调）；【破子】为尾曲，单片，与【太清歌】为异调。终场“后行吹【太清歌】众舞”—“众唱【破子】”，两调相连，类似宋金诸宫调中的“一曲带尾”，众唱结束，“后行吹【步虚子】”而入舞，三个曲调连贯展开，音乐结构为异曲“带过”。

后行吹【道引】曲子，迎五人上，对厅一直立。乐住。竹竿子勾念：

洞天门阙锁烟**萝**，琼室瑶台瑞气**多**。

欲识仙凡光景异，欢谣须听太平**歌**。

花心念：

伏以兽炉缥缈喷祥烟，玳席荧煌开邃幄。谛视人间之景物，何殊洞府之风光。恭惟衮绣主人，簪缨贵客。或碧瞳漆发，或绿鬓童颜。雄辩风生，英姿玉立。曾向蕊宫贝阙，为逍遥游；俱膺丹篆玉书，作神仙伴。故今此会，式契前踪。但儿等偶到尘寰，欣逢雅宴；欲陈末艺，上助清欢。未敢自专，伏候处分。

竹竿问，念：既有清歌妙舞，何不献呈？

花心答，念：旧乐何在？

竹竿子问，念：一部俨然。

花心答，念：再韵前来。

念了。后行吹【太清】。众舞讫。众唱：

武陵自古神仙**府**，有渔人迷**路**。

洞户迸寒泉，泛桃花容**与**。

寻花迤逦见灵光，舍扁舟，飘然入**去**。

注目渺红霞，有人家无**数**。

唱了。后行吹【太清歌】，众舞。舞讫。花心唱：

须臾却有人相**顾**，把肴浆来**聚**。

礼数既雍容，更衣冠淳**古**。

渔人方问此何乡，众颦眉，皆能深**诉**。

元是避嬴秦，共携家来**住**。

唱了。后行吹【太清歌】，众舞。换坐。当花心一人唱：

当时脱得长城**苦**，但熙熙朝**暮**。

上帝锡长生，任跳丸乌**兔**。

种桃千万已成阴，望家乡，杳然何**处**。

从此与凡人，隔云霄烟**雨**。

唱了。后行吹【太清歌】，众舞。换坐。当花心一人唱：

渔舟之子来何**所**，尽相猜相**语**。

夜宿玉堂空，见火轮飞**舞**。

凡心有虑尚依然，复归指，维舟沙**浦**。

回首已茫茫，叹愚迷不**悟**。

唱了。后行吹【太清歌】，众舞。换坐。当花心一人唱：

我今来访烟霞**侣**，沸华堂箫**鼓**。

疑是奏钧天，宴瑶池金**母**。

却将桃种散阶**除**，俾华实，须看三**度**。

方记古人言，信有缘相**遇**。

唱了。后行吹【太清歌】，众舞。换坐。当花心一人唱：

云軿羽幰仙风**举**，指丹霄烟**雾**。

行作玉京朝，趁两班鹓**鹭**。

玲珑环佩拥霓裳，却自有，箫韶随**步**。

含笑嘱芳筵，后会须来**赴**。

唱了。后行吹【太清歌】，众舞。舞讫。

竹竿子念：

欣听嘉音，备详仙迹。固知玉步，欲返云程。宜少驻于香车，伫再闻于雅咏。

念了。花心念：

但儿等暂离仙岛，来止洞天。属当嘉节之临，行有清都之觐。芝华羽葆，已杂遝于青冥；玉女仙童，正逢迎于黄道。既承嘉命，聊具新篇。篇曰：

仙家日月如天远，人世光阴若电飞。绝唱已闻惊列坐，他年同步太清归。

念了。众唱【破子】：

游尘世，到仙**乡**。

喜君**王**，跻治虞**唐**。

文德格遐**荒**，四裔尽来**王**。

干戈偃息岁丰**穰**，三万里农**桑**。

归去告穹**苍**，锡圣寿无**疆**。

唱了。后行吹【步虚子】，四人舞上。劝心酒。花心复劝。劝讫，众舞列作一字行。

竹竿子念遣队：

仙音缥缈，丽句清新。既归美于皇家，复激昂于坐客。桃源归路，鹤驭迎风。抃手阶前，相将好去。

念了。后行吹【步虚子】，出场。

11.《柘枝舞》

1. 南宋史浩作。
2. 队舞表演场记本。全场乐曲依次为【引子】【柘枝令】【三台】【射雕】【歌头】【朵肩】【扑胡蝶】【画眉】【柘枝令】，整体音乐结构为异调相连之“套曲”；合乐歌词仅【歌头】【柘枝令】两首。
3. 【歌头】【柘枝令】体式见前谱（第157调、212调），兹不复出。

五人对厅，一直立。

竹竿子勾念：

伏以瑞日重光，清风应候。金石丝竹，闲六律以皆调；傑休兜离，贺四夷之率伏。请翻妙舞，来奉多欢。鼓吹连催，柘枝入队。

念了。后行吹【引子】半段，入场。连吹【柘枝令】，分作五方舞。舞了。

竹竿子又念：

适见金铃错落，锦帽蹁跹。芳年玉貌之英童，翠袂红绡之丽服。雅擅西戎之舞，似非中国之人。宜到阶前，分明祇对。

念了。花心出，念：

但儿等名参乐府，幼习舞容。当芳宴以宏开，属雅音而合奏。敢呈末技，用赞清歌。未敢自专，伏候处分。

念了，竹竿子问，念：既有清歌妙舞，何不献呈？

花心答，念：旧乐何在？

竹竿问，念：一部俨然。

花心答，念：再韵前来。

念了。后行吹【三台】一遍，五人舞。拜，起舞。后行再吹【射雕】遍，连【歌头】，舞了。众唱【歌头】：

□人奉圣□□朝，□□□□主□□□□□□留**伊**。
得荷云**戏**，幸遇文明，尧阶上，太平**时**。
□□□□何不罢岁□征舞柘**枝**。

唱了。后行吹【朵肩】遍。吹了。又吹【扑胡蝶】遍，又吹【画眉】遍。舞转。谢酒了。众唱【柘枝令】：

我是柘枝娇**女**，□□多风**措**。
□□□，□住深□，妙学得柘枝**舞**。

□□头戴凤冠□，□□纤腰束**素**。
□□遍体锦衣装，来献呈歌**舞**。

又唱：

回头却望尘寰**去**，喧画堂箫**鼓**。
整云鬟，摇曳青绡，爱一曲柘枝**舞**。

好趁华封盛祝笑，共指南山烟**雾**。
蟠桃仙酒醉升平，望凤楼归**路**。

唱了。后行吹【柘枝令】。众舞了。

竹竿子念遣队：

雅音震作，既呈仪凤之吟；妙舞回翔，巧著飞鸾之态。已洽欢娱绮席，暂归缥缈仙都。再拜阶前，相将好去。

念了。后行吹【柘枝令】。出队。

12.《花舞》

1. 南宋史浩作。
2. 队舞表演本。念、唱表演形式为民间流行的“一诗一曲互迎”之“转踏”，念诗音乐伴奏为【折花三台】；歌词为单片体【蝶恋花】11 首、双片体【折花三台】4 首。【蝶恋花】【折花三台】的两曲连唱，可谓词体的“带过曲”。

两人对厅立。

自勾念：

伏以骚赋九章，灵草喻如君子；诗人十咏，奇花命以佳名。因其有香，尊之为客。欲知标格，请观一字之褒；爰藉品题，遂作群英之冠。适当丽景，用集仙姿。玉质轻盈，共庆一时之会；金尊潋滟，式均四坐之欢。女伴相将，折花入队。

念了。后行吹【折花三台】。舞。取花瓶。又舞上，对客放瓶。念牡丹花诗：

花是牡丹推上**首**，天家侍宴为宾**友**。
料应雨露久承恩，贵客之名从此**有**。

念了。舞。唱【蝶恋花】，侍女持酒果上，劝客饮酒。

贵客之名从此**有**，多谢风**流**，飞驭陪尊**酒**。
持此一卮同劝**后**，愿花长在人长**寿**。

舞，唱了。后行吹【三台】。

舞转。换花瓶。又舞上，次对客放瓶，念《瑞香花》诗：

花是瑞香初擢秀，达人鼻观通庐阜。
遂令声价满寰区，嘉客之名从此有。

念了。舞。唱【蝶恋花】，侍女持酒果上，劝客饮酒。

嘉客之名从此**有**，多谢风**流**，飞驭陪尊**酒**。
持此一卮同劝**后**，愿花长在人长**寿**。

舞，唱了。后行吹【三台】。舞转。换花瓶。又舞上，次对客放瓶，念《丁香花》诗：

花是丁香花未剖，青枝碧叶藏琼玖。
如居翠幄道家妆，素客之名从此有。

念了。舞。唱【蝶恋花】，侍女持酒果上，劝客饮酒。

素客之名从此**有**，多谢风**流**，飞驭陪尊**酒**。
持此一卮同劝**后**，愿花长在人长**寿**。

舞，唱了。后行吹【三台】。舞转。换花瓶。又舞上，次对客放瓶，念《春兰花》诗：

花是春兰栖远岫，竹风松露为交旧。
仙家剑佩羽霓裳，幽客之名从此有。

念了。舞。唱【蝶恋花】，侍女持酒果上，劝客饮酒。

幽客之名从此**有**，多谢风**流**，飞驭陪尊**酒**。
持此一卮同劝**后**，愿花长在人长**寿**。

舞，唱了。后行吹【三台】。舞转。换花瓶。又舞上，次对客放瓶，念《蔷薇花》诗：

花是蔷薇如绮绣，春风满架晖晴昼。
为多规刺少拘挛，野客之名从此有。

念了。舞。唱【蝶恋花】，侍女持酒果上，劝客饮酒。

野客之名从此**有**，多谢风**流**，飞驭陪尊**酒**。
持此一卮同劝**后**，愿花长在人长**寿**。

舞，唱了。后行【吹三台】。舞转。换花瓶。又舞上，次对客放瓶，念《酴醿花》诗：

花是酴醿纡翠袖，酿泉曾入真珠溜。
更无尘气到杯盘，雅客之名从此有。

念了。舞。唱【蝶恋花】，侍女持酒果上，劝客饮酒。

雅客之名从此**有**，多谢风**流**，飞驭陪尊**酒**。
持此一卮同劝**后**，愿花长在人长**寿**。

舞，唱了。后行吹【三台】。舞转。换花瓶。又舞上，次对客放瓶，念《荷花诗》：

花是芙蕖冰玉漱，人间暑气何曾受。
本来泥滓不相关，净客之名从此有。

念了。舞。唱【蝶恋花】，侍女持酒果上，劝客饮**酒**。

净客之名从此**有**，多谢风**流**，飞驭陪尊**酒**。
持此一卮同劝**后**，愿花长在人长**寿**。

舞，唱了。后行吹【三台】。舞转。换花瓶。又舞上，次对客放瓶，念《秋香花》诗：
花是秋香偏郁茂，姮娥月里亲栽就。
一枝平地合登瀛，仙客之名从此有。

念了。舞。唱【蝶恋花】，侍女持酒果上，劝客饮酒。

仙客之名从此**有**，多谢风**流**，飞驭陪尊**酒**。
持此一卮同劝**后**，愿花长在人长**寿**。

舞，唱了。后行吹【三台】。舞转。换花瓶。又舞上，次对客放瓶，念《菊花》诗：
花是菊英真耐久，长年只有临风嗅。
东篱况是见南山，寿客之名从此有。

念了。舞。唱【蝶恋花】，侍女持酒果上，劝客饮酒。

寿客之名从此**有**，多谢风**流**，飞驭陪尊**酒**。
持此一卮同劝**后**，愿花长在人长**寿**。

舞，唱了。后行吹【三台】。舞转。换花瓶。又舞上，次对客放瓶，念《梅花》诗：
花是寒梅先节候，调羹须待青如豆。
为于雪底倍精神，清客之名从此有。

念了。舞。唱【蝶恋花】，侍女持酒果上，劝客饮酒。

清客之名从此**有**，多谢风**流**，飞驭陪尊**酒**。
持此一卮同劝**后**，愿花长在人长**寿**。

舞，唱了。后行【吹三台】。舞转。换花瓶。又舞上，次对客放瓶，念《芍药花》诗：

芍药来陪群客后，矜其未至当居右。
奇姿独许侍花王，近客之名从此有。

念了。舞。唱【蝶恋花】，侍女持酒果上，劝客饮酒。

近客之名从此**有**，多谢风**流**，飞驭陪尊**酒**。
持此一卮同劝**后**，愿花长在人长**寿**。

舞，唱了。后行吹【三台】。舞转，换花瓶。又舞上花茵，背花对坐，唱【折花三台】：

算仙家，真巧**数**，能使众芳长绣**组**。
羽軿芝葆，曾到世间，谁共凡花为**伍**。

桃李漫夸艳阳，百卉又无香可**取**。
岁岁年年长是春，何用芳菲分四**序**。
又唱：

对芳辰，成良**聚**，珠服龙妆环宴**俎**。
我御清风，来此纵观，还须折枝归**去**。

归去蕊珠绕头，一一是东君为**主**。
隐隐青冥怯路遥，且向台中寻伴**侣**。

唱了。起舞。后行吹【折花三台】一遍。舞讫。相对坐，取盆中花插头上，又唱：

叹尘寰，乌兔走，花谢花开能几**许**。
十分春色，一半遣愁，那堪飘零风**雨**。

争似此花自然，悄不待根生下**土**。
花既无凋春又长，好带花枝倾寿**醑**。

又唱：

是非场，名利海，得丧炎凉徒自**苦**。

至乐陶陶，唯有醉乡，谁向此间知**趣**。

花下一杯一杯，且莫把光阴虚**度**。

八极神游长寿仙，蜾蠃螟蛉休更**觑**。

唱了。侍女持酒果置茵上。舞。相对自饮。饮讫。起舞【三台】一遍，自念遣队：

伏以仙家日月，物外烟霞。能令四季之奇葩，会作一筵之重客。莫不香浮绮席，影覆瑶阶。森然群玉之林，宛在列真之府。相逢今日，不醉何时。敢持万斛之流霞，用介千春之眉寿。欢腾丝竹，喜溢湖山。观者虽多，叹未曾有。更愿九重万寿，四海一家。屡臻年谷之丰登，永锡田庐之快乐。于时花骢嘶晚，绛蜡迎宵。饮散瑶池，春在乌纱帽上；醉归蕊馆，香分白玉钗头。式因天上之芳容，流作人间之佳话。尚期再集，益侈遐龄。歌舞既终，相将好去。

念了。后行吹【三台】出队。

13.《剑舞》

1. 南宋史浩作。
2. 队舞表演本。乐曲有【剑器曲破】【霜天晓角】，歌词仅一首【霜天晓角】，体式与本调始词相同（见前谱第226调）。

二舞者对厅立茵上。竹竿子勾，念：

伏以玳席欢浓，金尊兴逸。听歌声之融曳，思舞态之飘摇。爰有仙童，能开宝匣。佩干将莫邪之利器，擅龙泉秋水之嘉名。鼓三尺之莹莹，云间闪电；横七星之凛凛，掌上生风。宜到芳筵，同翻雅戏。

二舞者自念：

伏以五行擢秀，百炼呈功。炭炽红炉，光喷星日；硎新雪刃，气贯虹霓。斗牛间紫雾浮游，波涛里苍龙缔合。久因佩服，粗习回翔。兹闻阆苑之群仙，来会瑶池之重客。辄持薄技，上侑清欢。未敢自专，伏候处分。

竹竿子问：既有清歌妙舞，何不献呈？

二舞者答：旧乐何在？

竹竿子再问：一部俨然！

二舞者答：再韵前来。

乐部唱【剑器曲破】，作舞一段了。二舞者同唱【霜天晓角】：

荧荧巨**阙**，左右凝霜**雪**。

且向玉阶掀舞，终当有，用时**节**。

唱彻人尽说，宝此制无**折**。
内使奸雄落胆，外须遣，豺狼**灭**。

乐部唱曲子，作舞【剑器曲破】一段。舞罢。二人分立两边。

别两人汉装者出，对坐，卓上设酒果。竹竿子念：

伏以断蛇大泽，逐鹿中原。佩赤帝之真符，接苍姬之正统。皇威既振，天命有归。势虽盛于重瞳，德难胜于隆准。鸿门设会，亚父输谋。徒矜起舞之雄姿，厥有解纷之壮士。想当时之贾勇，激烈飞扬；宜后世之效颦，回旋宛转。双鸾奏技，四坐腾欢。

乐部唱曲子，舞【剑器曲破】一段：一人左立者上茵舞，有欲刺右汉装者之势；又一人舞进前翼蔽之。舞罢，两舞者并退，汉装者亦退。复有两人唐装出，对坐。卓上设笔砚纸，舞者一人换妇人装立茵上。竹竿子勾，念：

伏以云鬟耸苍壁，雾縠罩香肌。袖翻紫电以连轩，手握青蛇而的皪。花影下，游龙自跃；锦茵上，跄凤来仪。轶态横生，瑰姿谲起。倾此入神之技，诚为骇目之观。巴女心惊，燕姬色沮。岂唯张长史草书大进，抑亦杜工部丽句新成。称妙一时，流芳万古。宜呈雅态，以洽浓欢。

乐部唱曲子，舞【剑器曲破】一段，作龙蛇蜿蜒曼舞之势。两人唐装者起。二舞者一男一女对舞，结【剑器曲破】，彻。竹竿子念：

项伯有功扶帝业，大娘驰誉满文场。合兹二妙甚奇特，堪使佳宾釂一觞。霍如羿射九日落，矫如群帝骖龙翔。来如雷霆收震怒，罢如江海凝清光。歌舞既终，相将好去。

念了。二舞者出队。

14.《渔父舞》

1. 南宋史浩作。
2. 队舞表演本。乐曲为【渔家傲】，歌词为单片体【渔家傲】7首，体式与本调始词同。

四人分作两行迎上，对筵立。渔父自勾，念：

鄮城中有蓬莱岛，不是神仙那得到。万顷澄波舞镜鸾，千寻叠嶂环旌纛。光天圆玉夜长清，衬地湿红朝不扫。宾主相逢欲尽欢，升平一曲渔家傲。

勾念了。二人念诗：

渺渺平湖浮碧满，奇峰四合波光暖。
绿蓑青笠镇相随，细雨斜风都不管。

念了。齐唱【渔家傲】。舞，戴笠子。

细雨斜风都不**管**，柔蓝软绿烟堤**畔**。
鸥鹭忘机为主**伴**，无羁**绊**，等闲莫许金章**换**。

唱了。后行吹【渔家傲】，舞。舞了。念诗：

喜见同阴垂匝地，琼珠簌簌随风絮。

轻丝圆影两相宜，好景侬家披得去。

念了。齐唱【渔家傲】。舞，披蓑衣。

好景侬家披得**去**，前村雪屋云深**处**。

一棹清歌归晚**浦**，真佳**趣**，知谁画得归缣**素**。

唱了。后行吹【渔家傲】，舞。舞了。念诗：

波面初惊秋叶委，风来又觉船头起。

滔滔平地尽知津，济涉还渠渔父子。

念了。齐唱【渔家傲】。舞，取楫鼓动。

济涉还渠渔父**子**，生涯只在烟波**里**。

练静忽然风又**起**，赢得**底**，吹来别浦看桃**李**。

唱了。后行吹【渔家傲】，舞。舞了。念诗：

碧玉粼粼平似**掌**，山头正吐冰轮**上**。

水天一色印寒**光**，万斛黄金迷俯**仰**。

念了。齐唱【渔家傲】。将楫作摇橹势。

万斛黄金迷俯**仰**，轻舠不碍飞双**桨**。

光透碧霄千万**丈**，真堪**赏**，恰如镜里人来**往**。

唱了。后行吹【渔家傲】，舞。舞了。念诗：

手把丝纶浮短**艇**，碧潭清泚风初**静**。

未垂芳饵向沧浪，已见白鱼翻翠**荇**。

念了。齐唱【渔家傲】，取钓竿作钓鱼势。

已见白鱼翻翠**荇**，任公一掷波千**顷**。

不是六鳌休便**领**，清昼**永**，悠扬要在神仙**境**。

唱了。后行吹【渔家傲】，舞。舞了。念诗：

新月半钩堪作钓，钓竿直欲干云表。

鱼虾细碎不胜多，一引修鳞吾事了。

念了。齐唱【渔家傲】。钓，出鱼。

一引修鳞吾事**了**，棹船归去歌声**杳**。

门俯清湾山更**好**，眠到**晓**，鸣榔艇子方云**扰**。

唱了。后行吹【渔家傲】，舞。舞了，念诗：

提取赪鳞归竹坞，儿孙迎笑交相语。

西风满袖有余清，试倩霜刀登玉缕。

念了。齐唱【渔家傲】，取鱼在杖头，各放鱼，指酒尊。

试倩霜刀登玉**缕**，银鳞不忍供盘**俎**。

掷向清波方圉**圉**，休更**取**，小槽且听真珠**雨**。

唱了。后行吹【渔家傲】，舞。舞了。念诗：

明月满船唯载酒，渔家乐事时时有。
醉乡日月与天长，莫惜清尊长在手。

念了。齐唱【渔家傲】，取酒尊，斟酒对饮。

莫惜清尊长在**手**，圣朝化洽民康**阜**。
说与渔家知得**否**，齐稽**首**，太平天子无疆**寿**。

起，面外稽首祝圣。

唱了。后行吹【渔家傲】，舞。舞了。渔父自念遣队：

湖山佳气霭纷纷，占得风光日满门。
宾主相陪欢意足，却横烟笛过前村。

歌舞既终，相将好去。

念了。后行吹【渔家傲】，舞者两行引退，出散。

15. 《渔家傲舞》

1. 南宋洪适作。
2. 队舞简本。有致语、主歌、破子、遣队四部分，“致语”与“遣队”为念诵，歌唱为12首【渔家傲引】，双片，词体与【渔家傲】全同；【破子】2首为歌唱的结束段落，曲调亦为【渔家傲】，全场歌词为【渔家傲】联章14首。

勾：

羽觞棋布，洽主礼于良辰；翠袖弓弯，奏女妖之妍唱。游丝可倩，本事愿闻。

答：

踏软尘之陌，倾一见于月肤；会采蘋之洲，迷千娇于雨梦。且蛾眉有伐性之戒，而狐媚无伤人之心。既吐艳于幽闺，能齐芳于节妇。果六尺之躯不庇其伉俪，非三寸之舌可脱于艰难。尚播遗声，得尘高会。

遣：

兽质人心冰雪肤，名齐节妇古来无。纤罗不蜕西州路，争得人知是艳狐。歌舞既阑，相将好去。

念：

伏以黄童白叟，皆是烟波之钓徒；青笠绿蓑，不识衣冠之盛事。长浮家而醉月，更辍棹以吟风。乐哉生涯，翻在乐府。相烦女伴，渔父分行。

渔家傲引

正月东风初解**冻**，渔人撒网波纹**动**。不识雕梁并绮**栋**，扁舟**重**，眠鸥浴雁相迎**送**。
溪北画桥弯蝃**蝀**，溪南古岸添青**葑**。长把鱼钱寻酒**瓮**，春一**梦**，起来拈笛成三**弄**。

二月垂杨花糁**地**，荻芽迸绿春无**际**。细雨斜风浑不**避**，青笠**底**，三三两两鸣榔**起**。

新妇矶边云接**袂**，女儿浦口山堆**髻**。一拥河豚千百**尾**，摇食**指**，城中虚却鱼虾**市**。

三月愁霖多急**雨**，桃江绿浪迷洲**渚**。西塞山边飞白**鹭**，烟横**素**，一声欸乃山深**处**。
红雨缤纷因水**去**，行行寻得神仙**侣**。楼阁五云心不**住**，分凤**侣**，重来翻恨花相**误**。

四月圆荷钱学**铸**，鳞鳞波暖鸳鸯**语**。无数燕雏来又**去**，鱼未**取**，钓丝直上晴蜓**聚**。
风弄碧漪摇岛**屿**，奇云蘸影千峰**舞**。骑马官人江上**驻**，天且**暮**，借舟送过沧浪**渡**。

五月河中菱荇**遍**，丝纶欲下相萦**绊**。却掉船来芳草**岸**，呼侣**伴**，蓑衣不把金章**换**。
碧落云高星烂**烂**，波心举网星光**乱**。跃出鲤鱼长尺**半**，回首**看**，孤灯一点风吹**散**。

六月长江无暑**气**，怒涛漱壑侵沙**觜**。飐飐轻舟随浪**起**，何不**畏**，从来惯作风波**计**。
别溆藕花舒锦**绮**，采莲三五谁家**子**。问我买鱼相调**戏**，飘芰**制**，笑声咭咭花香**里**。

七月凉秋飞叶**响**，长吟杳杳澄江**上**。秃尾槎头添一**网**，丝自**纺**，新炊菰饭更相**饷**。
渡口青烟藏叠**嶂**，岸旁红蓼翻轻**浪**。鸂鶒沉浮双漾**漾**，闻鸣**桨**，高飞拍拍穿林**莽**。

八月紫莼浮绿**水**，细鳞巨口鲈鱼**美**。画舫问渔篙暂**舣**，欣然**喜**，金虀顷刻尝珍**味**。
涌雾驱云天似**洗**，静看星斗迎蟾**桂**。枕棹眠蓑清不**睡**，无名**利**，谁人分得逍遥**意**。

九月芦香霜旦**旦**，丹枫落尽吴江**岸**。长濑黄昏张蟹**断**，灯火**乱**，圆沙惊起行行**雁**。
半夜系船桥北**岸**，三杯睡著无人**唤**。睡觉只疑桥不**见**，风已**变**，缆绳吹断船头**转**。

十月橘洲长鼓**枻**，潇湘一片尘缨**洗**。斩得钓竿斑染**泪**，中夜**里**，时闻鼓瑟湘妃**至**。
白发垂纶孙又**子**，得钱沽酒长长**醉**。小艇短篷真活**计**，家云**水**，更无王役并田**税**。

子月水寒风又**烈**，巨鱼漏网成虚**设**。圉圉从它归丙**穴**，谋自**拙**，空归不管旁人**说**。
昨夜醉眠西浦**月**，今宵独钓南溪**雪**。妻子一船衣百**结**，长欢**悦**，不知人世多离**别**。

腊月行舟冰凿**罅**，潜鳞透暖偏堪**射**。岁岁年年篷作**舍**，三冬**夜**，牛衣自暖何须**借**。
滕六晚来方命**驾**，千山绝影飞禽**怕**。江上雪如花片下，宜入**画**，一蓑披著归来**也**。

破子

渔父饮时花作**菂**，羹鱼煮蟹无它**品**。世代太平除酒**禁**，酒父**饮**，绿蓑藉地胜如**锦**。
渔父醉时收钓饵，鱼梁瞰翅闲乌鬼。白浪撼船眠不起，渔父醉，滩声无尽清双**耳**。

渔父醒时清夜**永**，澄澜过尽征鸿**影**。略略风来欹舴**艋**，渔父**醒**，月高露下衣裳**冷**。
渔父笑时莺未老，提鱼入市归来早。一叶浮家生计了，渔父笑，笑中起舞渔家傲。

遣队：

春留冬及一年中，杜若洲边西又东。舞散曲终人不见，一天明月一溪风。
水绿山青，持竿好去。

16.《乐语·寿崇节致语隆兴府》

1. 南宋王义山作。
2. 大型队舞表演本。“花心”“吴仙”“谌仙”“鹅山”“龙仙”“柏仙”“王母”及诸“花”，皆演员妆演。
3. 全套用5曲：【瑶台第一层】一首，【柘枝令】联唱三首，一诗一曲“转踏”联章五首，【玉女瑶仙佩】一首，一诗一曲“转踏”联章十一首。有调名三曲，词体见前谱；“转踏”用曲失调名，前五曲同调，单片体，与【青玉案】始词下片词式相同（见前谱第207调）；后十一曲同调，双片体，词式与【鹊踏枝】同（见前谱第16调“变体二·1”）。
4. 口头表演以“致语”“祝语”“勾问”领起，以一诗一词的念、唱“转踏”循环展开。

寿崇节致语：

万年介寿，星辰拱文母之尊；四海蒙恩，雨露宠周臣之宴。颂声交作，协气横流。与天同心，为民立命。以圣子承承继继，九州番臣；奉太后怡怡愉愉，亿载永久。宝册加徽称于汉典，彩衣绚瑞色于舜庭。捧金炉香，胥庆寿崇之旦；□玉卮酒，永延长乐之春。躬禀聪明，性纯爱敬。晋福介王母，三千年之桃晕新红；华封祝圣人，八九叶之蓂开并绿。耳凤韶之雅奏，身鱼藻之深仁。臣等幸囿明时，忻逢盛事。遥瞻禁卫，蔼播衢谣。

东极承颜肃紫宸，恩酺湛露宴群臣。
香传禁柳鸣球瑟，影颤宫花蔼缙绅。
璀璨神光三殿晓，怡愉和气万年春。
明朝又纪流虹瑞，更效封人祝圣人。

对厅致语：

怡愉奉太后，称觞盛长乐之仪；普率皆王臣，会□接镐京之饮。欢浮鱼藻，光射斗牛。恭惟特进大观文大丞相国公，四海儒宗，两朝元老，巨川舟楫，旱岁霖雨；不有其功，清时钟鼓，胜事园林，自乐以道。暂游洛社，更筑沙堤。宫使端明相公吟遍玉堂，来寻绿野。听星辰履，久联紫殿之清；依日月光，已觉黄扉之近。宫使阁学尚书为国喉舌，同姓腹心。寄兴西山，虽喜林泉萧散；召还北阙，要推社稷经纶。观使提刑户部曾策驹马因，肯盟鸥鹭。入直天上，尚记青藜；趣起山中，便持紫橐。提刑诏使提刑部洒人寒露，厉古清风。衡岳云开，会见郎官列宿；甘泉地近，即依天子九重。观使提刑判府监丞玉节犹香，幅巾自适。胸中宇宙，素存开济之心；足下风云，直峻清华之武。观使判府刑部老成器局，光霁襟怀。赞白云之司，早培朝望；翔紫霄之表，简在帝心。众位判府郎卿金石春鸣，琳琅映照。吟万柳阴中之句，香入诏芝；接五花影里之班，望高玉笋。及梓里满前之材俊，皆兰台向上之镃基。我知府，运使，华文，国史，秘监，侍郎，渠观联辉，节麾叠组。不知昼锦为邦家之光，闾里之荣；但喜阳春在天庭之间，湖山之外。嘉与十一郡黎献之众，载歌万亿载慈祥之诗。寿崇方庆于坤闱，既醉共分于天禄。合星垣之宾佐，偕月乘之儒流。蓉府材能，柳营韬略。客坐联杏坛之秀，男邦蔼花县之英。笾豆肆陈，笙簧迭奏。福介于王母，幸永瞻慈极之尊；河清生圣人，更同效华对之祝。□等敷陈俚词，扬厉休期。

八叶蓂香夏气**清**，坤闱有庆佛同**生**。枫宸称寿云霄迥，苹野沾恩雨露**深**。
祚永万年齐晋福，孝濡九有乐升平。电枢又报祥光绕，虎拜扬休天子**明**。

唱：

瑶台第一层

金阙深深，正夏日初长，禁柳**青**。祥烟纷簇，红云一朵，飞度彤**庭**。千妃随步处，觉薰风，微拂觚**棱**。天颜喜，向东朝长乐，献九霞**觥**。

分**明**，西昆王母，来从光碧驾飞**軿**。为言今日，金仙新浴，共庆长**生**。捧桃上寿，天一笑，赐宴蓬**瀛**。沸欢声，道明朝前殿，又祝椿**龄**。

勾问队心：

妾闻舜殿重华，薰风初奏；唐宫兴庆，寿日新逢。远方称赞效微诚，女队蹁跹呈妙舞。腰翻翠柳，步趁金莲。岂无皓齿之歌，可表丹心之祝。相携纤手，共蹑华裀。

唱：

柘枝令

西山元是神仙境，瑞气郁森**森**。彩鸾飞下五云**深**，急管递繁**音**。
碧鬓□斜花欲颤，轻盈莲步移**金**。柴檀催拍莫沉**吟**，传入柘枝**心**。

花心唱：

慈元宫殿五云**开**，寿献九霞**杯**。步随王母共徘**徊**，仙子下瑶**台**。
红袖引翻鸾镜媚，婆娑雪□风**回**。繁弦脆管莫相**催**，齐唱柘枝**来**。

四角唱：

风吹仙袂飘飘举，底事下蓬**莱**。东朝遥祝万年**杯**，玉液泻金**罍**。
天上蟠桃又熟，晕酡颜，红染芳**腮**。年年摘取献天**阶**，齐舞柘枝**来**。

遣队：

铜壶漏转，屡惊花影之移；桂棹风轻，已觉蓬莱之近。覆裀已蹙，雪鼓重催。歌舞既周，好去好去。

勾队：

瞻寿星于南极，瑞启东朝；移仙驭于西山，望倾北阙。式歌且舞，共祝无疆。

吴仙诗：

一曲清歌艳彩**鸾**，金炉香拥气如**兰**。
西山高与南山接，剩有当时却老**丹**。

唱：

千年紫极锁烟**萝**，艳质含羞敛翠**蛾**。

远睇慈元称寿处，不妨连臂，大家重与，楚舞更吴**歌**。

谌仙诗：

冉冉飞霜缀绮**裳**，遥知谌母下丹**阳**。
黄金炼就三山药，来采蒲花献寿**觞**。

唱：

秘传玉诀自灵**修**，家在仙山最上**头**。
理会有仙茅香馥**郁**，年年今日，薰风时**候**，掇取献龙**楼**。

鹅山诗：

饮马池边号浴仙，仙姿化鹤古今传。
金经尤有延年诀，未数庄椿寿八千。

唱：

自在云间白鹤**飞**，晴川浴罢不胜**衣**。
旋裁五色冰蚕锦，千花覆处，三呼声里，惹得御香**归**。

龙仙诗：

楚尾吴头风乍**薰**，沧波深拥小龙**君**。
愿朝帝母龙楼晚，来曳霞裾驾五**云**。

唱：

闲云潭影日悠**悠**，暮倚朱帘更少**留**。
龙寿本齐箕与翼，□从今日，一年一度，东极庆千**秋**。

柏仙诗：

古柏林间小剑**仙**，云鬓低绾辫轻**蝉**。
愿持天上长生箓，来祝东朝亿万**年**。

唱：

新吴曾遇许旌**阳**，宝气横空一剑**长**。
愿祝慈闱长不老，天长地久，有如此柏，万古镇苍**苍**。

遣队：

花朝日转，睹妙舞之初停；莲步云生，学飞仙之难驻。遥瞻翠阆，已启金扃。待拟重来，不妨好去。

王母祝语：

长乐宫中，永壶天之日月；蓬莱岛上，曳洞府之烟霞。不辞弱水之遥，来祝南山之寿。恭惟体坤至静，与佛同生。德比周任，知文王之所以圣；尊为太后，喜唐帝之孝于亲。和蔼一堂，庆流万宇。昆圃五城宅，幸居至治之朝；云璈九霞觞，因献长生之箓。恭惟丕丞慈训，克绍洪休。八九叶蓂开，接虹流于华渚；三千年桃熟，侑宴饮于瑶池。薰风迭奏于虞弦，湛露载沾于周泽。臣□喜游化国，适际昌辰。密依天阙之光，好诵仙家之句：

壶峤天低乐圣**时**，南薰初试度兰**池**。
影飞霞佩朝金殿，曲奏云和献玉**卮**。
稽首万年尧历永，承颜五色舜衣**垂**。
仙家更有蟠桃在，明日重来谒帝**墀**。

唱：

玉女瑶仙佩

龙楼日永，鹤禁风薰，拂晓寿星光**现**。无限霞裾，欣传帝母，与佛同生华**旦**。佳气慈闱，看龙颜欢动，玉卮亲**劝**。捧祝殷勤，对萱草青松，菖蒲翠**软**。奇香喷，阶前芍药，频繁红深紫**浅**。

遥望千官鹭序，晓仗初齐，趋觐慈元宫**殿**。更喜明朝，虹流佳节，同听嵩山呼**万**。湛露重重，燕庆两宫，盛事如今亲**见**。齐祝愿，西昆凝碧，南山增绿，与天齐**算**。身长好，年年拜舞，宫花**颤**。

勾队：

万岁山前，三呼祝寿；千花海里，一□□□。从来无日不春，况是薰风初夏。蔷薇□□，芍药翻阶。葵欲向阳，榴将喷火。正好共寻奇卉，来献芳筵。对仙李之盘根，今朝一转；庆蟠桃之结实，明日重来。上侑清欢，千花入队。

万年枝诗：

百子池边景最**奇**，无人识是万年**枝**。
细花密叶青青子，常得披香雨露**滋**。
东风向晚薰风**早**，禁路飞花沾寿**草**。
年年圣主寿慈闱，先献此花名字**好**。

唱：

先献此花名字**好**，密叶长青，翠羽摇仙**葆**。紫禁风薰惊夏**到**，花飞细□香堪**扫**。

拂晓宫娃争报**道**，无限琼妃，缥缈来蓬**岛**。来向慈闱勤颂**祷**，万年枝□同难**老**。

长春花诗：

东风不与世情**同**，多付春光向此**中**。
叶里尽藏云外绿，枝头剩带日边**红**。
百花能占春多**少**，何似春颜长自**好**。
清和时候卷红绡，端的长春春不**老**。

唱：

端的长春春不**老**，玉颊微红，酒晕精神**好**。多谢天工相懊**恼**，花间不问春迟**早**。

风外新篁摇翠**葆**，长乐宫边，绿荫笼驰**道**。此际称觞非草**草**，绛仙亲下蓬莱**岛**。

菖蒲花诗：

昔年有母见花**轮**，富贵长年不记**春**。
今报紫茸依碧节，献来慈极寿庄**椿**。

汉家天子嵩山**路**，又见蒲仙相与**语**。
而今帝母两怡愉，莫忘九疑山上**侣**。

唱：

莫忘九疑山上**侣**，住在山中，白石清泉**处**。好与长年沾雨**露**，灵根下遣蟠虬**护**。
青青九节长如**许**，早晚成花，教见薰风**度**。十二节添须记**取**，千年一节从头**数**。

萱草花诗：

当年子建可诗**章**，绿叶丹花有晔**光**。
为道宜男仍永世，福齐太姒炽而**昌**。
犹记夏侯曾与**赋**，灼灼朱华人嘉**句**。
紫微右极是慈闱，岁岁丹霞天近**处**。

唱：

岁岁丹霞天近**处**，借问殷勤，何以逢兰**杜**。碧砌玉阑春不**去**，清香长逐薰风**度**。
况是恩光新雨**露**，绿叶青青，葱翠长如**许**。端的萱花仙伴**侣**，年年今日阶前**舞**。

石榴花诗：

待阙南风欲上**场**，阴阴稚绿绕丹**墙**。
石榴已著乾红蕾，无尽春光尽更**强**。
不因博望来西**域**，安得名花出安**石**。
朝元阁上旧风光，犹是太真亲手**植**。

唱：

犹是太真亲手**植**，猩染鲜葩，岁岁如曾**拭**。绛节青旌光耀**日**，分明是个神仙**匹**。
引领金扉红的**的**，下有仙妃，纤手轻轻**摘**。为道朱颜常似**得**，今朝摘取呈慈**极**。

栀子花诗：

当年曾记晋华**林**，望气红黄栀子**深**。
有敕诸官勤守护，花开如玉子如**金**。
此花端的名蘑**卜**，千佛林中清更**洁**。
从知帝母佛同**生**，移向慈元供寿**佛**。

唱：

移向慈元供寿**佛**，压倒群花，端的成清**绝**。青萼玉包全未**拆**，薰风微处留香**雪**。
未拆香包香已**冽**，沉水龙涎，不用金炉**爇**。花露轻轻和玉**屑**，金仙付与长生**诀**。

蔷薇花诗：

碎剪红绡间绿**丛**，风流疑在列仙**宫**。
朝真更欲薰香去，争掷霓衣上宝**笼**。
忽惊锦浪洗春色，又似宫娃逞妆饰。
会当一遣移花根，还比蒲桃天上植。

唱：

还比蒲桃天上**植**，稚柳阴中，蜀锦开如**织**。万岁藤边娇五**色**，宜春馆里香寻**觅**。

七十二行鲜的**的**，岁岁如今，早趁薰风**摘**。金掌露浓堪爱**惜**，龙涎华润凝光**碧**。

芍药花诗：

倚竹佳人翠袖**长**，阿姨天上舞霓**裳**。

娇红凝脸西施醉，青玉阑干说叠香。

晚春早夏扬州**路**，浓妆初试鹅红**妒**。

何如御庭掖垣中，日日传宣金掌**露**。

唱：

日日传宣金掌**露**，当殿芳菲，似约春长**驻**。微紫深红浑谩**与**，淡妆偏趁泥金**缕**。

拂早薰风花里**度**，吹送香尘，东殿称觞**处**。歌罢花仙归洞**府**，采鸾驾雾来南**浦**。

宫柳花诗：

御墙侧畔绿垂垂，接夏连春花点衣。

好似雪茵胡旋舞，楼台帘幕燕初飞。

薰风日永龙墀晓，宫妃簇仗呈千巧。

就中妙舞最工奇，戏衮玉球添一笑。

唱：

戏衮玉球添一**笑**，笑道轻狂，似恁人间**少**。偏倚龙池依凤**沼**，随风得得低回**绕**。

掠面点衣夸百**巧**，似雪飞花，点束梁园**好**。惹住金虬香篆**袅**，上林不放春光**老**。

蟠桃花诗：

蕊珠仙子驾红云，来说瑶池□□春。

道是当年和露种，三千花实又从**新**。

红云元透西昆**路**，青鸟衔枝花□□。

薰风初动子成初，消息一年传一**度**。

唱：

消息一年传一**度**，万岁枝香，总是留春**处**。曾倚东风娇不**语**，玉阶霞袂飘飘**举**。

蓬莱清浅红云**路**，结子新成，要荐金盘**去**。一实三千须记**取**，东朝宴罢回青**羽**。

众唱：

十样仙葩天也**爱**，留住春光，一一娇相**赛**。万里莺花开世**界**，园林点检随时**采**。

□□□眉仙体**态**，天与司花，舞彻歌还**再**。献与千官头上**戴**，年年万岁声中**拜**。

三、宴乐歌词

宴乐，通常写作燕乐，集体宴饮活动的音乐歌唱。中国古代宴乐始于上古，历代相延。宴乐亦为礼乐活动，但属于娱乐之“乐”，不同于庄重严肃的仪式性“雅乐”。隋唐燕乐在宫廷乐部中属于“俗乐部”，宋代沿之。前述队舞，实际上亦属宴乐，这里所指的宴乐套词，指只歌不舞之词。《全宋词》收录的宋代宫廷宴乐歌词5篇，乐、词皆大晟乐府所制，其中《惜奴娇》另有道教同名套词一篇，托名“巫山神女”作，俱见前谱（第499调）。

宋代宴乐套词约有三体：一是数支不同曲调相连组合的套曲词组；二是两支曲调相连组合的“带过”词组；三是大曲体制的多遍体词组。三种形式，是古代异曲相连之“套曲”发生演化轨迹的缩影。宋代队舞的乐体以“带过曲”为主，同时期宋金诸宫调中的“缠令”，亦主要为两三支曲调的“带过”，同时也出现了少数六、七支曲调的“联套”，联系唐代敦煌曲辞中两曲“兼带”的零星闪现，从事物演变从简单到复杂的一般规律看，两三支曲调的“带过”乃是多曲“联套”的起步，“带过”的扩展即“套数”。因此，从学界提出的“歌辞总体观念”，将宋词与南北曲共有的乐体——只曲、集曲、带过、套曲——连接为一条历史线索，辨析词、曲二体异调相连组合的同与不同，梳理中国古代歌辞的乐体和文体的演变轨迹，探究音乐演变的自身机制与雅俗音乐文化交流的社会机制，解析音乐本体与现实运行二维机制的交叉互动，是“中国歌辞形态学”关于“词曲递变”的重要课题。

17.《献仙桃》

1.《高丽史·乐志》所载大晟乐府所制歌词。
2. 全套计【献仙桃】【献天寿慢】【献天寿令】【金盏子慢】【金盏子令】【瑞鹧鸪慢】6调，每调自韵；各调词式见前谱诸调，兹不复示。

【献仙桃】

元宵嘉会赏春**光**，盛事当年忆上**阳**。尧颡喜瞻天北极，舜衣深拱殿中**央**。○欢声浩荡连韶曲，和气氤氲带御**香**。壮观大平何以报，蟠桃一朵献千**祥**。

【献天寿慢】

日暖风和春更**迟**，是太平**时**。我从蓬岛整容**姿**，来降贺丹**墀**。○幸逢灯夕真佳会，喜近天**威**。神仙寿算远无**期**，献君寿，万千**斯**。

【献天寿令】（嗺子）

阆苑人间虽隔，遥闻圣德弥**高**。西离仙镜下云**霄**，来献千岁灵**桃**。○上祝皇龄齐天久，犹舞**蹈**，贺圣**朝**。梯航交凑四方**遥**，端拱永保宗**祧**。

【金盏子慢】

丽日舒长，正葱葱瑞气，遍满神**京**。九重天上，五云开处，丹楼碧阁峥**嵘**。盛宴初开，锦帐绣幕交**横**。应上元佳节，君臣际会，共乐升**平**。○广**庭**，罗绮纷**盈**，动一部笙歌尽新**声**。蓬莱宫殿神仙景，浩荡春光，迤逦王**城**。烟收雨歇，天色夜更澄**清**。又千寻火树，灯山参差，带月鲜**明**。

【金盏子令】（嗺子）

东风报暖，到头嘉气渐融**怡**。巍峨凤阙，起鳌山万仞，争耸云**涯**。〇梨园弟子，齐奏新曲，半是埙**篪**。见满筵簪绅，醉饱颂鹿鸣**诗**。

【瑞鹧鸪慢】

东今日太平**天**，喜望龙云庆会**筵**。尾扇初开明黼座，画帘高卷罩祥**烟**。〇梯航交凑端门外，玉帛森罗殿陛**前**。妾献皇龄千万岁，封人何更祝遐**年**。

【瑞鹧鸪慢】（慢嗺子）

北暴东顽，纳款慕义争**来**。日新君德更明**哉**，歌咏载衢**街**。〇清宁海宇无余事，乐与民同燕春**台**。一年一度上元**回**，愿醉万年**杯**。

18.《寿延长》

1.《高丽史·乐志》所载宋大晟乐府所制歌词。

2.【中腔令】【破字令】二曲“带过”。两调词式见前谱本调。

【中腔令】

彤云映彩色相映，御座中天簇簪**缨**。万花铺锦满高**庭**，庆敞需宴欢**声**。〇千龄启统乐功**成**，同意贺元珪丰**擎**。宝觞频举侠群**英**，万万载，乐升**平**。

【破字令】

青春玉殿和风**细**，奏箫韶络**绎**。瑞绕行云飘飘**曳**，泛金尊，流霞艳**溢**。〇瑞日晖晖临丹**扆**，广布慈德宸遐**迩**。愿听歌声舞**缀**，万万年，仰瞻宴**启**。

19.《五羊仙》

1.《高丽史·乐志》所载大晟乐府所制歌词。

2.【步虚子令】【破字令】二曲“带过”。两调词式见前谱本调。

【步虚子令】

碧烟笼晓海波**闲**，江上数峰**寒**。佩环声里，异香飘落人**间**。弭绛节，五云**端**。〇宛然共指嘉禾瑞，开一笑，破朱**颜**。九重峣阙，望中三祝高**天**。万万载，对南**山**。

【破字令】

缥缈三山**岛**，十万岁，方分昏**晓**。春风开遍碧桃花，为东君一**笑**。〇祥飙暂引香尘**到**，祝高龄，后天难**老**。瑞烟散碧，归云弄暖，一声长**啸**。

20.《抛球乐》

1.《高丽史·乐志》所载大晟乐府所制歌词。
2. 套词总名《抛球乐》，由【折花令】【水龙吟令】【小抛球乐令】【清平令破子】四曲组成，各曲之词自韵，词式见前谱本调。

抛球乐
【折花令】（三台词） 翠幕华**筵**，相将正是多欢**宴**，举舞袖，回旋**遍**。罗绮簇宫商，共歌清**羡**。〇当琼浆泛泛满金尊，莫惜沉醉，莫惜沉醉，永日长游**衍**。愿乐嘉宾，嘉宾式**燕**。 【水龙吟令】 洞天景色常春，嫩红浅白开轻**萼**。琼筵镇起，金炉烟重，香凝锦**幄**。窈窕神仙，妙呈歌舞，攀花相**约**。彩云月转，朱丝网徐在，语笑抛球**乐**。〇绣袂风翻凤举，转星眸，柳腰柔**弱**。头筹得胜，欢声近地，光容**约**。满座佳宾，喜听仙**乐**，交传觥**爵**。龙吟欲罢，彩云摇曳，相将归去寥**廓**。 【小抛球乐令】 两行花窍占风**流**，缕金罗带系抛**球**。玉纤高指红丝网，大家著意胜头**筹**。 【清平令破子】 满庭罗绮流**粲**，清朝画楼开**宴**。似初发芙蓉正烂**熳**，金尊莫惜频**劝**。〇近看柳腰似**折**，更看舞回流**雪**。是欢乐宴游时**节**，且莫催欢歌声**阕**。

21.【醉乡曲】

1. 南宋沈瀛作。
2. 异调相联，类同“带过曲”。“醉乡曲”为首曲调名，亦为词组总题。
3. 三词同韵，邻韵通押，隔句韵，间插连句韵。
4. 有研究者或疑本篇为元曲，待探讨。

醉乡曲
说与贤瞒，这躯壳，安能久仗**凭**。幸尊中有酒，浇磊块，先交神气**平**。醉乡道路无他**径**，任陶陶，现出真如**性**。〇没闲恼，没闲争，也能使情怀长似春，也能使飘然逸气如云。饶君万劫修功**行**，又争如一盏乐天真。这些儿，休放过，且重斟。 【驻马听】人都道四者难**并**，也由在人心。烦恼欢喜元无定，奸峭底自能称**停**。你待前面怎那，且随任咱分。〇自家有后自未奔，枉劳人方寸。眼前推辞怎，那知他人也心闷。

【风入松】金榜初**登**，绮阁朱楼对娉**婷**。软红尘，有人相等，归来寝立功**名**。油盖拥著一书**生**，开宴处，笙歌频奏**声**。眼前光**景**，人生如意，享欢荣，得酒娱**情**。〇没事汉，清闲**人**。任自由，毁誉利害不上**心**。恣闲**吟**，登山玩水且闲**行**，来主他风花雪月**盟**。相逢道友，握手闲语百事**真**，得酒忘**情**。

四、礼乐歌词

礼乐，指制度性典仪之乐，包括器乐与声乐。《全宋词》收录的宋代宫廷礼乐歌词有独词和套词两类，这里仅录异调组合之套词22篇。综观之，各类礼乐套词的通用词组为【导引】【六州】【十二时】三调，以后世“曲”体异调连接方式类比之，此“礼乐三调”可谓宋词程式化的“带过曲”；以此三调为基础，插入或增加词调，构成四个以上的异调相连，即后世习称的“套数”。宋代虽无“套”的称谓，但从权威性宫廷礼乐歌词的异调相连词组看，异曲“带过”及由之扩展的“套曲”已成为一种稳定的连调方式，只是这种“套词”没有成为文人词写作的普遍形式。宋金民间诸宫调中也有“套曲”之萌生，从现有资料尚难断定上层与民间“套曲”孰先发生，稳妥的判断是雅俗音乐交流互动的产物。但“套词”在文人词中极少，而“套曲”则是曲体的普遍形式，原因在于民间“套曲”广泛运用于叙事说唱，继用于“敷演话本”的戏曲表演，“套数”乃成南北曲的常用曲体。但从“歌辞体”演变史角度言，宋代“套词”乃是“套曲”的前身。

22. 封禅曲

1. “封禅”，中国古代天子祭祀天帝神灵的典礼。
2. 全套计【导引】【六州】【十二时】三调。结尾【告庙导引】即【导引】，词式全同，“告庙”为仪轨指示，指典礼即将结束而告别太庙。诸调词式见前谱，兹不复示。
3. 宋词“带过”与北曲“带过”之别，词之“带过”可各词自韵，北曲“带过”则必一韵到底。

真宗封禅曲

【导引】

民康俗阜，万国乐升**平**。庆海晏河**清**，唐尧禹舜垂衣化，讵比我皇**明**。九天宝命垂丕贶，云物效祥**英**。星罗羽卫登乔岳，亲告禅云**亭**。〇我皇垂拱，惠化洽文**明**。盛礼庆重**行**，登封降禅燔柴毕，天仗入神**京**。云雷布泽遍寰**瀛**，遐迩振欢**声**。巍巍圣寿南山固，千载贺承**平**。

【六州】

良夜永，玉漏正迟**迟**。丹禁肃，周庐列，羽卫绕皇**闱**。严鼓动，画角声**齐**，金管飘雅韵，远逐轻**飔**。荐嘉玉，躬祀神**祇**，祈福为黔**黎**。升中盛礼，增高益厚，登封检玉，时迈合周**诗**。〇玄文锡，庆云五色相**随**。甘露降，醴泉涌，三秀发灵**芝**。皇猷播，史册光辉受鸿**禧**，万年永固丕**基**。吾君德，荡荡巍**巍**，迈尧舜文**思**。从今寰宇，休牛归马，耕田凿井，鼓腹乐昌**期**。

【十二时】

圣明代，海县澄**清**，惠化洽寰**瀛**。时康岁足，治定功**成**。遐迩贺升**平**，嘉坛上，昭事神**灵**。荐明诚，报本禅云**亭**。俎豆列牺**牲**，宸心蠲洁，明德荐惟**馨**。纪鸿**名**，千载播天**声**。〇燔柴毕，云罕回仙仗，庆銮辂还**京**。八神扈跸，四隩来**庭**。嘉气覆重**城**，殊常礼，旷古难**行**。遇文**明**，仁恩苏品汇，沛泽被簪**缨**。祥符锡祚，武库永销**兵**。育群生，景运保千**龄**。

【告庙导引】

明明我后，至德合高**穹**，祗翼励精**衷**。上真紫殿回飙驭，示圣胄延**鸿**。躬承宝训表钦**崇**，庆泽布寰**中**。告虔备物朝清庙，荷景福来**同**。

23. 郊祀曲词

1. 郊祀，古代宫廷祭祀天帝神灵的传统典礼，每年冬至，天子率百官于南郊举行。汉代始用鼓、钲、箫、笳等合奏的鼓吹乐，此后历代相沿，成为宫廷典礼仪式的专类音乐。
2. 宋代郊祀歌辞今存《天禧三年南郊鼓吹曲》等7首，以【导引】【六州】【十二时】“礼乐三调”为套词主干；结尾或减【告庙导引】，增【奉禋歌】；或以【六州】开始，于【奉禋歌】后增【降仙台】为结尾。兹将7首歌词一并示之。

天禧三年南郊鼓吹曲

【导引】

皇穹锡瑞，帝业愈蕃**昌**。会万玉来**王**，名山珍馆神游接，实信降云**房**。卜兹显位严坛埠，奕奕睹辉**光**。精衷昭格灵心答，天历保无**疆**。〇皇家立极，炎德赫中**区**。执契应萝**图**，文章焕烂垂星斗，威略定方**隅**。丹扉翠巘锡灵符，瑞物纪神**输**。紫坛大报陈昭配，福庆降清**都**。

【六州】

齐天宇，四海洽淳**风**。接宝胄，垂真检，景祚无**穷**。成玉牒，日观归**功**，冀野升方鼎，脽上由**祟**。钦桧井，云跸巡**东**，国本震为**宫**。乾文焕炳，真祠曲密，重祥叠瑞，琼蕴降高**穹**。〇膺丕烈，虔心建垂**鸿**。询吉土，郊兆执玉荐**衷**。钟律应，云物迎**空**，乐和轮囷，嘉气葱**葱**。天神来降发冲**融**，玉烛四时**通**。星回金辂雷作解，昆蚑被惠，亿载帝基**隆**。

【十二时】

雕戈偃玉塞清**明**，道德洽和**平**。龟畴凤枏，腾实飞**英**。岱畎让功**成**，汾水上，寅辂銮**声**。荐精**诚**，仙宇玉为**京**，圭洁奉高**明**。瑶山银榜，固国本丕**闳**。诏公**卿**，绵蕝殉舆**情**。〇稽阳位，报本郊坛畤，助祭俨簪**缨**。祖宗配侑，朱燎晶**荧**。百礼备丰**盈**，答天地，用厚怀**生**。泰黎**氓**，千畿先润泽，万宝尽开**荣**。龙沙日窟，文轨永来**并**。保嘉亨，史册焕鸿**名**。

天圣二年南郊鼓吹曲

【导引】

真人临御，实瑞集丰**融**，万国仰天**聪**。嘉礼盛礼文章焕，齐洁致清**衷**。笙镛六变三神格，喜备盛仪**容**。乾穹上达昭灵飨，庆绪蔼丕**隆**。〇阳郊报本，礼意弥勤禋，太一下威神。天临两观推三赦，庆祉被臣民。徽名荐册缛仪陈，盛节焕书筠。涂歌邑诵扬徽懿，鼎命协惟新。

【六州】

承皇统，天地洽清**宁**。熙帝载，建民极，百度推**明**。崇讲肄，博考儒**经**，游豫腾谣诵，星跸天**行**。留绀宇，顺拜金**庭**，兆庶动欢**声**。灵心上达，卿云成盖，祥风袭物，瑞日耀圜**清**。〇列圣孝德被寰**瀛**。就阳位协吉，周正俨簪**缨**。交对越群**灵**，皇威赫奕盛仪**成**，徽册受鸿**名**。鸡竿肆赦，鸳行均庆，翾飞浸泽，期万保升**平**。

【十二时】

嘉亨运，璇历均**调**，光烈迈唐**尧**。珍图缘错，垂锡乾**霄**。封岱顺车杓，修合答，万玉来**朝**。瑞丕昭，构宇结瑛**瑶**，虚气下仙**飙**。钦崇道祖，舆驾动临**谯**。整銮**镳**，郊报厚黎**苗**。〇均纯贶，渗漉咸滋液，能事播欢**谣**。继明缵绪，缓赋轻**徭**。京庾比丰**饶**，勤中昃，采善询**荛**。五风飘，授人时吏正，休马橐兵**销**。良肱隆栋，助化率皇**僚**。德声**遥**，懿铄简书**标**。

隆兴二年南郊鼓吹曲

【六州歌头】

严更永，今夕是何**年**。玉衡正，钩陈灿，天宇起祥**烟**。协风应，江海安**澜**。重规仍叠矩，圣主乘**乾**。尧授舜，盛事光**前**，称寿玉卮**边**。三年亲祀，一阳回律，八乡承宇，觚陛紫为**坛**。〇仰天**颜**，斋居寂，诚心肃，礼容**专**。存钟石，约舆卫，五辂不求**全**。听金钥，虎旅无**眠**。俨千**官**，须期显，相嘉**筵**。一人俭德动天**渊**，费减大农**钱**。神示格，宗祧燕，人民悦，祉福正绵**绵**。

【十二时】

庭有燎，叠鼓鸣**鼍**，更问夜如**何**。信星彪列，天象森**罗**。虞旦闷宫毕，觞清庙，浆柘尊牺继猗**那**。嘉颂可同**科**，扈圣万肩**摩**。饬躬三宿，泰畤缛仪**多**。丘泽合，岳渎从曦

娥。○神光烛，云车风马，芝作盖，玉为**珂**。奉瑄成礼，燔柴竣事，休嘉砰，隐丹阙，湛恩**波**。共愿乾坤隤祉，边鄙投**戈**。覆盂连瀚海，洗甲挽天**河**。欣欣喜色，长遇六龙**过**。奏云**和**，三春荐嘉**禾**。

【奉禋歌】

吹葭缇篇气潜**分**，云采宜书壤效**珍**。长日至，一阳**新**，四时玉烛和**匀**。物欣欣，化转洪**钧**。郊之祭，孤竹管，六变舞云**门**。自古严禋，牺牲具，粢盛洁，豆笾**陈**。衮龙陟降，币玉纷**纶**，彻高**阍**。○灵之旂，神哉沛，排历昆**仑**。九歌毕，盈郊瞻槱燎，斗转参横将旦，天开地辟如**春**。清跸移**轮**，阗然鼓吹相**闻**。籥祥**云**。欢胪八陛，厘逆三**神**，圣矣吾**君**。华封祝，慈宫万寿，椒掖多男，六合同**文**。

【降仙台】

漏残柝静鸡声远，到高**燎**，入层**霄**。云裘蟠瑞霭，天步下嘉坛，旗旆飘**摇**。黄麾列仗貔貅整，气压江**潮**。导前从后盛官**僚**，玉佩间金**貂**。○望扶桑，日渐**高**，阴霾霜雪，底处不潜**消**。辇路祥**飙**，披拂绛纱**袍**。云间瑞阙仰岧**峣**，播春泽，喜浃黎**苗**。礼成大庆，鳌三抃，受昕**朝**。

【正宫导引】

重华天子，长至奉神虞，九奏会轩**朱**。星晖云润东方晓，拜贶竹宫**初**。归来千乘护皇舆，瑞景集金**铺**。鸡竿高唱恩书下，惠露匝中**区**。

治平二年南郊鼓吹曲

【导引】

治平天子，景至肇严禋，华玉礼威**神**。六龙齐捧銮舆动，采仗转钩**陈**。归来瑞气满清**晨**，金石舜韶**新**。楼前山鹤衔书下，天地已为**春**。

【六州】

垂炎运，真主嗣瑶**图**。海波晏，卿云烂，日月丽皇**都**。年屡稔，万宝山**储**，广莫风生律，一气潜**嘘**。陈法驾，翠羽装**舆**，清跸下天**衢**。金匏六变，欻然灵顾，来车风马，拜贶紫坛**初**。○奉神**娱**，嘉笾荐，美玉奠，照荧**朱**。星彩动，霜华薄，禁阁漏声**疏**。回龙驭，宝瑞纷**敷**，众心**愉**，钧天别奏箫**竽**。仙人楼上捧赦**书**，舞鹤更踌**躇**。丹徼北，穷沙漠，涵皇泽，盛德迈唐**虞**。

【十二时】

千年运，五叶升**平**，法扆坐中**楹**。天高日润，雷动风**行**。三万里声**明**，灵台偃伯仆边**兵**。事农耕，一气重滋**萌**，万宝迄登**成**。天生嘉谷，博硕又芳**馨**。馨齐**精**，谒款谢嘉**生**。○神明地，当阳**定**，天位来助见人**情**。璧珪葱璨，金石铿鈜，仪礼盛西**京**。灵祇喜，福禄来**盈**。咏夷庚，幔城班上笏，銮路趣还**衡**。觚棱双阙，赭案切三**清**。动欢声，恩泽遍寰**瀛**。

【奉禋歌】

皇天眷命集珍**符**，上圣膺期起天**衢**。环紫极鸿**枢**，此时朝野欢**娱**。乐于**于**，似住华

胥。和气至，嘉生遂，豆实正芬**敷**。礼与诚**俱**，风飘**洒**，灵来下，喜怡**愉**。斗随车转，月上坛**觚**，奉禋**初**。〇至诚**孚**，如山岳，福委祥**储**。车旋轨，云间双阙峙，百尺朱绳到地，两行雉扇排**虚**。仙鹤衔**书**，珍袍上笏相**趋**，共欢**呼**。号令崇朝，遍满寰**区**，阳动春**嘘**。躬盛**事**，受多**祉**，千万**祀**，天长久皇**图**。

宁宗朝郊祀大礼歌

【六州】

皇抚极，明德贯乾**坤**。信星列，卿云烂，辉亘紫微**垣**。思报贶，明诏祠宫，练时搜旷典，紫畤觚**坛**。昭孝德，亲御和**銮**，振鹭玉珊**珊**。精纯谒款，肸蕃熿炀，黄流湛瀹，百末布生**兰**。〇扣天阊，延飞驾，相仿佛，降云**端**。神光集，嘉向应，霱霱万衣**冠**。竣熙事清晓轻**寒**，悉荣**观**，华衣雾縠般**般**。乾坤并贶庆君**欢**，翘首圣恩**宽**。遵皇极，沛天泽，灵心怿，龟鼎永尊**安**。

【十二时】

宵景霁，河汉清**夷**，旷典讲明**时**。合祛升侑，孝德爰**熙**。陈祼閟宫，瀹觞太室，来奏天**仪**。驷苍**螭**，玉辂驭蕤绥，觚陛展躬**祠**。长梢饰玉，翠羽秀金**支**。华始倡，雅韵出宫**垂**。〇神来下，云车风马，缤晻蔼，宴栖**迟**。毕觞流胙，柴烟竣**事**。棠梨回谒，宣室受蕃**厘**。盛德无心专飨，端为民**祈**。云恩有截，雨泽霈无**涯**。君王愉乐，和气溢瑶**卮**。寿天**齐**，长拥神**基**。

【奉禋歌】

葭飞璇龠，孕初**阳**，云绝清台，荐景**祥**。风应律，日重**光**，岁功顺，底金**穰**。寿而**康**，庭壶乐无**疆**。皇展报，新礼乐，觚陛咏宾**乡**。珠幄煩**黄**，登瑞缫，陈俎豆，瀹嘉**觞**。衮衣辉焕，宝佩琳**琅**，奠椒**浆**。〇庆阴阴，神来下，凤翥龙**骧**。灵燕喜，锡符仍降嘏，镛管琳**琅**，欢亮神之出，祓兰**堂**。辇路天**香**，轻烟半袭旗**常**，祉滂**洋**。受厘宣室，返驭斋**房**，恩与风**翔**。华封祝，皇来有庆，八荒同寿，宝历无**疆**。

【降仙台】

星芒收采，云容放晓，羲驭渐扬**明**。觚坛竣事，斋风袭，衮衣**轻**，銮路尘**清**。甘泉卤簿，祲威肃，回轸旋**衡**。千官导从棨簪**缨**，钧奏间韶**英**。〇瞻龙闱，近凤**城**，都人云会，芬茀夹道欢**迎**。宸极尊荣，卮玉庆熙**成**。琼楼天上起和**声**，布春泽，洪畅寰**瀛**。嵩呼万岁，鳌三抃，颂升**平**。

南郊恭谢曲

【导引】

躬朝太室，列圣大功**宣**，彩仗耀甘**泉**。秘文升辂空歌发，一路覆祥**烟**。珠旒荐献极精虔，列侍俨貂**蝉**。穰穰降福均寰宇，垂拱万斯**年**。

【六州】

承天统，圣主应昌**辰**。宝箓降，飙游至，瑞命庆惟**新**。崇大号，仰奉高**真**，献岁当初吉，天下皆**春**。谒秘宇，藻卫星**陈**，芗霱极纷**纶**。琼编焜耀，仙衣绛蔡，垂旒俯拜，荐献礼惟**寅**。〇芬芳备，精衷上达穹**旻**。尊道祖，享清庙，助祭万方**臻**。升泰畤，缛典弥**文**，侍群**臣**，汉庭儒雅彬**彬**。烟飞火举毕严**禋**，天地降氤**氲**。高临华阙，恩覃动植，庆延宗社，圣寿比灵**椿**。

【十二时】

享嘉会，万宇欢**康**，圣化迈陶**唐**。元符锡命，天鉴昭**彰**。徽号奉琳**房**，陈缛礼，献岁惟**良**。耀旗**章**，翠辇驻仙**乡**，睿意极齐**庄**。仙衣渥彩，玉册共荧**煌**。荐芬**芳**，飚驭降灵**场**。〇回云罕，尊祖趋仙宇，金石韵锵**洋**。聿朝清庙，躬奠瑶**觞**。报本国之**阳**，执笾豆，列侍貂**珰**。对穹**苍**，洪恩霈夷夏，大庆浃家**邦**。垂衣紫极，圣寿保遐**昌**。集祺祥，地久与天**长**。

高宗郊祀大礼鼓吹曲

【导引】

圣皇巡狩，清跸驻三**吴**，十世嗣瑶**图**。边尘不动干戈戢，文德溥天**敷**。灰飞缇室气潜**嘘**，郊见紫坛**初**。归来赦令楼前下，喜气溢寰**区**。

【六州】

双凤落，佳气蔼龙**山**。澄江左，清湖右，日夜海潮**翻**。因吉地，卜筑圜**坛**，宏基隆陛级，神位周**环**。边陲静，挂起櫜鞬，奠枕海隅**安**。三年亲祀，一阳初动，虔修大报，高处紫烟**燔**。〇看鸣銮，钩陈肃，天仗转，朔风**寒**。孤竹管，云和瑟，乐奏彻天**关**。嘉笾荐，玉奠玙**璠**，奉神**欢**，九霄瑞气起祥**烟**。来如风马欻**然**，还留福，已滋**繁**。回龙驭，升丹阙，布皇泽，春色满人**间**。

【十二时】

日将旦，阴曀潜**消**，天宇扇祥**飙**。边陲静谧，夜熄鸣**刁**。文教普旁**昭**，兴太学，多士舒**翘**。奉宗**祧**，新庙榜宸**毫**，配侑享于**郊**。慈宁万寿，四海仰东**朝**。男女正，中壶至桃**夭**。〇年屡稔，漕舟衔尾夥，高廪接楹**饶**。庙堂自有，擎天一柱，功比汉庭**萧**。多少群工同德，俊乂旁**招**。吉祥诸福集，燮理四时**调**。三年郊见，六变奏咸**韶**。望云**霄**，降福与唐**尧**。

【奉禋歌】

苍苍天色是还**非**，视下应**疑**，亦若**斯**。统元气，覆无**私**，四时寒暑推**移**。物蕃**滋**，造化有谁**知**。严大报，反本始，礼重祀神**祇**。律管灰**吹**，黄宫动，阳来复，景长**时**。车陈法驾，仗列黄**麾**，帝心**祗**。〇紫霄霁，霜华薄，星烂明**垂**。祥烟起，纷敷浮衮冕，六变笙镛迭奏，一诚币玉交**持**。宫漏声**迟**，千官显相多**仪**，百神**嬉**。风马云车，来止来**绥**，诞降纯**禧**。受神策，万年无极，歌颂昊天，成命周**诗**。

【降仙台】

升烟既罢，良夜未晓，天步下神**丘**。锵锵鸣玉佩，炜炜照金莲，杳蔼云**裘**。彩仗初转，回龙驭，旌旆悠**悠**。星影疏动与天**流**，漏尽五更**筹**。〇大明升，东海**头**，杲杲灵曜，倒影射旗**旒**。辇路具**修**，葱郁瑞光**浮**。归来双阙看御**楼**，有仙鹤，衔书赦**囚**。万方喜气，均祉福，播歌**讴**。

24. 籍田歌词

1. 籍田，中国古代春耕典礼，孟春正月，天子亲率诸侯举行。
2. 于宋代礼乐常规三调【导引】【六州】【十二时】后增加【奉禋歌】一曲。

亲耕籍田歌词
【导引】 春融日暖，四野瑞烟浮，柳菀更桑**柔**。土膏脉起条风扇，宿雪润田**畴**。金根毂转如雷动，羽卫拥貔**貅**。扶携老稚康衢满，延跂望凝**旒**。〇斗移星转，一气又环**周**，六府要时**修**。务农重谷人胥劝，耕籍礼殊**尤**。坛壝岳峙文明地，黛耜驾青**牛**。雍容南亩三推了，玉趾更迟**留**。 【六州】 昭圣武，不战屈人**兵**。干戈戢，烽燧息，海宇清**宁**。民丰业，歌咏升**平**，愿咸归畎亩，力穑为**氓**。经界正，东作西成，农务轸皇**情**。躬亲耒耜，相劝深耕，人心感悦，击壤沸欢**声**。〇乘鸾辂，羽旗彩仗鲜**明**。传清跸，行黄道，缇骑出重**城**。仰瞻日表，映朱纮，环佩更锵**鸣**。百执公**卿**，不辞染履意专**精**。准拟奉粢盛，田多稼，风行遐迩，家家给足，胥庆三**登**。 【十二时】 临寰宇，恭己岩廊，属意在耕**桑**。爱民利物，德迈陶**唐**。跻俗尽淳庞，开千亩，帝籍神**仓**。举彝章，祇祓坛**场**，为农事祈**祥**。涓辰行礼，节物值春**阳**。罄齐**庄**，明德荐馨**香**。〇宫禁邃，嫔妃并御侍，穜稑献君**王**。中闱表率，阴教逾**光**。帐殿霭熉**黄**，梐枑设，翠幕高**张**。庆云**翔**，樽罍陈酒醴，金石奏宫**商**。神灵感格，岁岁富仓**箱**。庆明昌，行旅不赍**粮**。 【奉禋歌】 吾皇端立太平**基**，奉祀肃雍，格神**祈**。抚御耦，降嘉种何**辞**，手览洪**縻**。命太史视日，祇告前**期**。验穹象，天田入望更光**辉**。掌礼陈**仪**，搜巨典，迎春令，颁宣温诏遍九**围**。人尽熙**熙**，仰明**时**。〇俨垂**衣**，佳气氤氲表庞**禧**。丰年屡，大田生异粟，含滋吐秀，九种传图，尽来丹阙，瑞应昌**时**。亨运正当摄**提**，伫见咏京**坻**。躬稼穑，重耘**耔**。盛礼兴行先百姓，崇本业，忧勤如禹**稷**，播在声**诗**。
明道二年籍田歌词
【导引】 绵区浃宇，三万里封**疆**，躬稼穑重**光**。神宗昔举殊尤礼，今复睹吾**皇**。先农祀罢东郊晓，玉趾染游**场**。三推初毕公卿遍，从此万斯**箱**。〇务农敦本，自古属明**王**，方册布彝**章**。吾皇睿圣躬千亩，将欲积神**仓**。去年宿雪田膏极，黛耜应农**祥**。尧郊击壤迎归辂，解雨遍遐**荒**。

【六州】

寰宇定，四海奉文**思**。书轨混，梯航凑，共戴昌**期**。稽古典，方咏京**坻**，耕籍丰民稼，敦本农**时**。陈羽卫，日月旌**旗**，衮冕次坛**壝**。帷宫宿设，梐枑相**差**，穆清端拱，星毕照罘**罳**。〇良宵永，为民广**洽**，庞褫奏，行漏昭庭燎，铙吹鼓曾**飔**。百神拥卫斗东**移**，明发俨皇**仪**，手揽洪**縻**。丰年万亿与千**斯**，德泽遍华**夷**。回旋辂，天临双阙，四方在宥，永保鸿**基**。

【十二时】

君天下，万国来**王**，玉帛凑梯**航**。五风十雨，品物蕃**昌**。栖垅有余**粮**，躬千亩，天步龙**翔**。化重**光**，举祖彝**章**，验晨正农**祥**。东郊如砥，黛耜御游**场**。荐芬**芳**。稼穑仡丰**穰**。〇成耨礼，三事并卿尹，执耒有经**常**。此仪旷绝，行自吾**皇**。玉振复金**相**，睹九色，流衍仓**箱**。洽欢**康**，虫鱼皆茂育，戈祋永韬**藏**。两闱至圣，辅以股肱**良**。祚延长，寿岳保无**疆**。

【奉禋歌】

六龙承**驭**，紫坛平，瑞蔼葱笼拥神**都**。肃环卫，严貔**虎**，鸡人行漏传**呼**。灵景霁，星斗临帝**居**。旷天**宇**，微风来，翠幄绕相**乌**。对越方**初**，箾鼓震，铙箫**举**。阳律才动协气**舒**，氛祲交**祛**。〇物昭**苏**，抚瑶**图**，柴类精诚，当契唐**虞**。思前**古**，泰平承多祐，包戈偃革，柔远咏皇**谟**。称文**武**，四表覆**盂**。端冕出，从路**车**，兵帅谨储**胥**。唯奏凯，乐康**衢**，朝野欢**娱**。歌帝烈，扬盛节，园丘礼大洽，霈泽绵**区**。

25. 加谥册宝歌辞

1. 封谥册宝，皇帝皇后逝世后的加谥典礼。将谥号记于玉册谓之“册宝”。
2. 今存宋代封谥典仪歌词有两组，一为《庆历七年真宗加上谥号册宝辞》，宋真宗初谥“文明章圣元孝皇帝”，后累加谥为“膺符稽古神功让德文明武定章圣元孝皇帝”；二为《庄献明肃皇后恭谢太庙辞》，亦为封谥典礼之词。（按：该篇【十二时】上片结句：“复曾城，宝册受鸿名。”曾城，仙乡；复曾城，指归仙。）兹将两篇并录之。
3. 两组套词，皆为宋礼乐常规三调【导引】【六州】【十二时】的“三曲带过”。《真宗加上谥号册宝辞》之【导引】与【明堂导引】，词式全同，一曲复歌两遍。

庆历七年真宗加上谥号册宝辞

【导引】

圣真下武，淳烈缉丕隆，绝瑞与天**通**。封山育谷声名举，仙驭邈轩**龙**。腾金篆玉显成**功**，业业承垂**鸿**。惟皇孝述光前志，保祐福来**同**。

【明堂导引】

膺乾兴运，辰火正心**房**，宗祀继文**王**。典容希阔成昭备，彬郁亶晖**光**。因心崇孝申郊侑，内外罄斋**庄**。神灵欢嘉昌绵飏，受福介无**疆**。

【六州】

崇严配，衢室飨中**宸**。寻汉礼，崇唐典，袭暎情**文**。方宝辂，羽卫星**陈**，藻绣填驰路，昭烂如**云**。灵顾禔，德升**闻**，旷瑞集纷**纶**。承平嘉靖，收成和熟，万方歌舞，喜气满青**旻**。〇成熙事，宣和舆物惟**新**。展宫寝，疑庙室，飨帝极尊**亲**。罄宸虑，四海骈**臻**，肃簪绅，斋明际，浃人**神**。乾元盛则属兹**辰**，皇业协华**勋**。房心正位，端居报政，三年美荐，广孝福吾**民**。

【十二时】

恢皇统，宵旰勤考，正朔亶同**规**。留谈经幄，来谏书**帷**。稽古极文思，尊耀魄，宝秩神**祈**。礼从宜，显相协钦**祇**，颢气结华**滋**。西成献瑞，百谷满京**坻**。化无为，斯万卜年**期**。〇隆昌运，大报同姬成，文武绍重**熙**。历朝缺典，自我亲**祠**。容采炳葳蕤，嘉能事，秀错多**仪**。太平**时**，清风涵溥惠，浩露浃深**慈**。群方昭泰，保定宅华**夷**。拥灵**禧**，万叶累鸿**基**。

庄献明肃皇后恭谢太庙辞

【导引】

母仪天下，圣祚保延长，声教被遐**方**。严恭孝飨来清庙，鸾辂历康**庄**。箫韵九奏凤来**翔**，袆翟焕祥**光**。惟馨蕊醴奠瑶**觞**，万寿永无**疆**。〇亲承先顾，保祐助吾**皇**，亿载正乾**纲**。宗文祖武尊邦社，天下锡蕃**昌**。六宫扈从亲重翟，清庙荐萧**芗**。礼行乐备神祈飨，四海永来**王**。

【六州】

炎灵永，长乐助文**明**。居靖懿，敷皇化，四海升**平**。慈是宝，万物怀生，耀德不观**兵**。大治欢**声**，金辂饬，藻卫天**行**，春色满皇**京**。登歌清庙，神祈顾飨，瑄玉纯**精**，亿万载持**盈**。〇膺天贶，尤祥纷委来**呈**。木连芝三秀，玉烛协和**平**。仲春月，万杏初荣，整羽卫葱**衡**，亲款神**明**。九韶叠奏罄箫**笙**，上以继咸**英**。黄流玉瓒，殊庭肸蚃，宸仪回复，景祐遍寰**瀛**。

【十二时】

母仪下，国祚和平，玉帛凑寰**瀛**。尤祥极瑞，茂实英**声**。两耀比皇**明**，昭孝飨，躬荐精**诚**。祥并保佑洽由**庚**，和乐遍怀**生**。柔远能迩，海宇永澄**清**。复曾**城**，宝册受鸿**名**。〇绵龙绪，十治同齐**圣**，至治播欢**声**。止戈为武，顿纲搜**英**。察万物人**情**，损服御，不尚瑛**琼**。俗怀生动，修文考制，颛法上天**明**。地不爱宝，人不爱其**诚**。帝图宏，寿岳永峣**峥**。

26. 明堂曲

1. 明堂，古代皇宫的正殿。明堂曲，皇帝朝会的仪式歌曲。《宋史》《宋会要》载有“郊庙朝会歌辞”数十首（齐言诗）。北宋王安石《明堂乐章二首》，其一：“穆穆在堂，肃肃在庭。于显辟公，来相思成。神既歆止，有闻惟馨。锡我休嘉，燕及群生。”（《歆安之曲》）其二：“有奕明堂，万方时会。宗予圣考，作帝之配。乐酌虞典，礼从周制。厘事既成，于皇来塈。”（《皇帝还大次憩安之曲》）

2. 套词曲调于宋代常规“礼乐三调”增【合宫歌】一调。

嘉祐七年明堂曲
【导引】 帝皇盛烈，教孝谨民**常**，严父位明**堂**。管丝金石含天韵，笾豆荐芬**芳**。肃然音响灵来下，容与动祥**光**。四方内外交欣喜，钦福万年**觞**。 【合宫歌】 太平**时**，宝殿垂衣**治**。驭左右贤俊，万国执玉助**祭**。凉秋九月霜华**飞**，感发纯孝，五室配上**帝**。紫汉入夜凝**霁**，房心下，泛华**芝**。大田栖粮，岁功成，农歌**沸**。复道躬拜，肃迎神**嬉**。漏声**迟**，玉磬响，递清**吹**。嘉荐升雕俎，柘桨屡酌几**醉**。云扶灵驾欻若**归**，天意留顾，万福如山**委**。便御丹阙，布为皇泽，与民熙**熙**。远观唐虞，未有如兹盛**礼**。愿常遇鸣銮，三岁亲**祠**。 【六州】 承景运，天子奉明**堂**。玉烛应，金飙动，万宝盈**箱**。严法驾，天路龙**骧**。采仗迎祥，日色动扶**桑**。款清庙，我诚**将**，回御八鸾**锵**。於皇仁孝，祖宗来顾，熙于四极，令问载无**疆**。〇躬严配，笙镛奏凤来**翔**。瑞烟起，浮帝衮，玉步间天**香**。升重宇，璧玉华**光**，桂流**觞**，神虞夕照煌**黄**。九霄鸣佩下清**厢**，齐拱太微**傍**。群心同愿，长临路寝，三年讲礼，显祀文**王**。 【十二时】 承平世，嘉祐壬**寅**，九月上旬**辛**。酒醪香旨，谷实丰**珍**。宗祀敞中**宸**，宾延上帝五方**神**。以严**亲**，诚心通杳杳，文物盛彬**彬**。金声玉色，和奏翕铿**纯**。荡无**垠**，天地一洪**钧**。〇明天子，至化深**仁**，壹意奉精**禋**。感时怵惕，即事恭**寅**。用孝教斯**民**，多仪举，大恩**沦**。福来**臻**，清风动阊阖，皓气下天**津**。币诚玉腆，朱燎焜槱**薪**。积欢**欣**，皇历万斯**春**。

27. 祫享太庙辞

1. 太庙，古代帝王供奉祖先的殿堂。祫享，皇帝于太庙祭祀祖先的典礼。

2. 与籍田礼乐歌词所用曲调相同，词调排列次序有变，词式有变。四曲词组，三曲单片，一曲双片；一、二两曲贯韵，前曲押平，后曲押仄，邻韵通押；三、四两曲押平，各自韵，然皆鼻音韵尾，在南方一带方言中韵相近。

嘉祐四年祫享太庙辞

【导引】

天仪安豫洽无**为**，九域被雍**熙**。鸾刀亲割升圭瓒，清庙展孝**思**。箫韶九变皇灵格，嘏告显深**慈**。精诚动感归能飨，福祚衍金**枝**。

【奉禋歌】

皇泽均普，群生**遂**。万宇和祔，讲天津，合祭圣宗神祖，八音钧奏谐**节**。堂上荐鸣球，琴瑟**击**。越布濩，霜空静，月华凝，光景蔼**蔼**。纷纷晓霞**披**，和铃作，鸾舆**回**。天人共睹，庆无疆，祚崇明**祀**。〇五辂驾，腾黄纯**驷**，旗常扆跸严环**卫**。公卿奉引，虚徐弛道，祲容藿**靡**。葱葱郁郁，祥风瑞**霭**，发天光旖**旎**。锡羡丰融，漏泉该浃，上恩遐**被**。群心豫，颂声作，皇德**至**，侔乾覎，浩浩**霈**。

【六州】

深仁化，穹厚格成**平**。徇诚虑，托皇统，万宇光**亨**。申孝致洁飨宗祊，金驾徐徐动，容礼辉**明**。躬道祖谒款殊**庭**，列圣固纯**诚**。灵心底豫，休祥充塞，端闱肆眚，爱日灿然**明**。

【十二时】

明昌世，乾统弥**文**，皇德揆华**勋**。三辰顺晷，庆霭轮**囷**。潜宝耀坤**珍**，躬祫飨，肃荐牺**尊**。孝仪**申**，助祭俨缨**绅**，大乐奏韶**钧**。阳开阴闭，幽显尽欣**欣**。庆霄**文**，思结在黎**民**。

28. 奉祀太清宫辞

1. 太清官，道观，首建于西汉崂山。宋初，太祖赐封道士刘若拙为“华盖真人”，敕重修太清官，此后乃成宋帝王等奉祀之圣殿。
2. 宋代常规“礼乐三调”之词组，每调双片。【导引】一韵，【六州】【十二时】同韵，可见宋之“带过曲”词组亦有初步同韵之迹象。

【导引】

穹旻锡祐，盛德日章**明**。见地平天**成**，垂衣恭己干戈偃，亿载祐黎**氓**。羽旄饰驾当春候，款谒届殊**庭**。精衷昭感膺多福，夷夏保咸**宁**。〇圣君御宇，祗翼奉三**灵**。已偃革休**兵**，区中海外鸿禧浃，恭馆励虔**诚**。九斿七萃著声**明**，徯后徇舆**情**。丕图宝绪承繁祉，率土仰隆**平**。

【六州】

千载运，宝业正遐**昌**。钦至道，崇明祀，盛礼迈前**王**。銮辂动，万骑腾**骧**，驰道纷彩仗，瑞日煌**煌**。奉秘检，玉羽群**翔**，非雾满康**庄**。躬朝真馆，齐心绎思，顺风俯拜，奠酒爇萧**芗**。〇精衷达，飙轮降格昭**彰**。回羽旆，驻雕辇，旧地访睢**阳**。享清庙，孝德辉**光**，届灵**场**，星罗万国圭**璋**。陈牲币，金石锵**洋**，景福降穰**穰**。垂衣法坐，恩覃群品，庆均海宇，圣寿保无**疆**。

【十二时】

乾坤泰，帝寿遐**昌**，宇县乐平**康**。真游降格，宝诲昭**彰**。宸跸造仙**乡**，崇妙道，精意齐**庄**。款灵**场**，洁豆荐芬**芳**，备乐奏铿**锵**。犹龙垂裕，千古播休**光**。极褒**扬**，明号洽徽**章**。〇朝修展，春豫谐民**望**，睹文物煌**煌**。言旋羽卫，肃设坛**场**。报本达萧**芗**，申严祀，礼备烝**尝**。答穹**苍**，纯禧沾品汇，庆赉浃穷**荒**。封人献寿，德化掩陶**唐**。保绵长，锡祐永无**疆**。

29. 殡葬礼乐歌词

今存宋代殡仪丧葬礼乐歌词7套，分为两类：一是帝、后出灵安葬典礼歌词；二是安葬后将帝、后灵位供奉太庙的礼乐歌词。兹分类录之。

（一）帝、后灵驾发引歌辞

1. 套词构成为【导引】【六州】【十二时】【永裕陵歌】四调。
2. 【永裕陵歌】为葬礼专用曲调。
3. 【导引】单片，余三调双片；平韵、仄韵，或平仄通押；连句韵，间插隔句韵。

元丰二年慈圣光献皇后发引曲

【导引】

驾斑**龙**，忽催金母转仙仗，去瑶**宫**。绛阙深沉杳无**踪**，渐尘**空**。丝网琼林，花似怨东**风**，垂清露啼**红**。犹想旧春**中**，献万寿，宝船**空**。

警场内

【六州】

九龙**舆**，记春暮，幸蓬**壶**。琼囿敞，绣仗**趋**，年华与逝水**俱**。瑶京远，信息断**无**，宝津池面落花**铺**。愁晚容车来禁**涂**，风箫鸾翣，西指昭陵**去**。旧赏蟠桃熟，又见涨海**枯**，应共灵真母，曳霞**裾**。〇宴清**都**，恨满山**隅**，春城翠柏藏**乌**。扃户剑，照灯**鱼**，人间一梦觉**余**。泉宫窈窕锁夜龙，银江澄澹浴仙**凫**。烟冷金炉玉殿**虚**，绿苔新长，雕辇曾行**处**。夜夜东朝月，似旧照锦**疏**，侍女盈盈泪**珠**。

【十二时】

治平**时**，暂垂帘，佑圣**子**。解危**疑**，坐安天下逾**岁**。厌避万**机**，退处宸**闱**。殿开庆养，志入希**夷**，扶皓日，浴咸**池**。看神孙，抚御千载，重雍累**熙**。四方钦仰洪**慈**，阴德远，仁功**积**。欢养罄九域，礼无**违**。〇事难**期**，乘霞去，乍睹升仙，诰下九**围**。泣血涟如，更鸾**车**。动春晚，雾暗翠**旗**，路指嵩**伊**，薤歌风**吹**。悠扬逐风**悲**，珠殿悄，网尘**垂**。

空坐湿，罔极吾皇孝**思**，镂玉写音**徽**。彤管炜，青编**纪**。宁更羡周雅，播声**诗**。

【祔陵歌】

真人地，瑞应待圣**时**。巩原**西**，荥河会，涧洛与瀍**伊**。众水萦**回**，嵩高映抱，几叠屏**帏**。秀岭参**差**，遥山群风**随**。共瞻陵寝浮佳气，非烟朝暮**飞**。龟筮告前**期**，奠收玉斝，筵卷时**衣**。銮辂晓驾载龙**旗**，路逶**迟**，铃歌怨，画翣引华**芝**。雾薄风**微**，真游远，闭宝阁金**扉**。侍女悲**啼**，玉阶春草**滋**。露桃结子灵椿翠，青车何日**归**。衔恨望西**畿**，便房一锁，夜台晓无**期**。

元丰八年神宗灵驾发引曲辞

【导引】

金殿晚，注目望宫**车**，忽听受遗**书**。白云缥缈帝乡去，抱弓空慕龙**湖**。瑶津风物胜蓬**壶**，春色至，望雕**舆**。花飞人寂寂，凄凉一梦清**都**。

【六州】

炎图盛，六叶正，协重**光**。膺宝瑞，更法度，智勇超轶成**汤**。昭回云汉烂文**章**，震扬威武慑多**方**。生民帖泰拥殊**祥**，封人祝颂，万寿与天**长**。岂知丹鼎就，龙下五云**旁**，飘然真**驭**，游衍仙**乡**。〇泣彤**裳**，伊落洋**洋**，嵩峰少室相**望**。藏弓剑，游衣冠，俊功盛德难**忘**。泉台寂，鱼烛荧**煌**，银海深，凫雁翱**翔**。想像平居谩焚**香**，望陵人散，翠柏忽成**行**。犹余嵩峰月，夜夜照幽**堂**，千秋陈迹凄**凉**。

【十二时】

珍符锡佑启真**人**，储思在斯**民**。勤劳日升万物，皆入陶**钧**。收威柄，更法令，鼎从**新**。东风吹百卉，上苑正青**春**。流虹节近，衣冠玉帛，交奏严**宸**，万寿祝尧**仁**。〇忽听宫车晚出，但号慕，瞻云路，企龙**鳞**。〇穷天**英**，冠古精**神**。杳然上俵，人空望，属车**巡**。虚仗星**陈**，画翣环拥龙**辎**。泉宫掩，帝乡远，邈难**亲**。反雕轮，飞羽盖，还渡天**津**。雾迷朱服，风摇细扇，触目悲**辛**。列嫔嫱，垂红泪，浥行**尘**。相将**问**，何日下青**旻**。

【永裕陵歌】

升龙德，当位富春**秋**。受天**球**，膺骏命，玉帛走诸**候**。宝阁珠楼临上苑，百卉弄春**柔**。隐约瀛**洲**，旦旦想宸**游**。那知羽驾忽难**留**，八马入丹**丘**。哀仗出神**州**，笳声凝咽，旌旗去悠**悠**。碧山**头**，真人地，龟洛奥，凤台**幽**，绕伊**流**，嵩峰冈势结蛟**虬**。皇堂一闭威颜杳，寒雾带天**愁**。守陵嫔御，想像奉龙**辀**。牙盘赭案肃神**休**，何日觌云**裘**。红泪滴衣**褠**，那堪风点缀，柏城**秋**。

显仁皇后上仙发引

【导引】

长乐晚彩戏莱**衣**，奄忽梦报仙**期**。帝乡渺渺乘鸾去，啼红嫔御不胜**悲**。苍梧烟水杳难**追**，肠断处，过江**时**。银涛千万叠，不知何处是瑶**池**。

【六州】

中兴运，孝治格升**平**。回騩驭，弭凤驾，册宝初上鸿**名**。龙楼问寝候鸡**鸣**，更翻莱戏彩衣**轻**。坤躔夜照老人**星**，金觞上寿，长愿燕慈**宁**。乘云何处去，愁断紫箫**声**，追思金殿，椒壁丹**楹**。○又谁知，勤俭仁**明**，风行化被宫**庭**。佑圣主，底明**时**，阴功暗及生**灵**。离宫晚，花卉娉**婷**。甲观高，潮海峥**嵘**。往事回头忽飘**零**，空留嫔御，掩泣望霓**旌**。会稽山翠，永祐陵高，而今便是蓬**瀛**。

【十二时】

炎图景运正延**鸿**，文思坐深**宫**。慈宁大养，乐事时奏宸**聪**。皇龄永，恩霈下，遍寰**中**。君王乘彩服，嫔御上瑶**钟**。年年诞节，就盈吉月，交庆流**虹**。欢洽意方**浓**，不觉仙游渺邈，但号泣苍**穹**，追慕念音**容**。○诗书慈俭，配古追**踪**。躬行四德，谁知继，二南**风**。移盼俄空，宝鉴脂泽尘**封**。清都远，帝乡遥，杳难**通**，想云軿，还上瀛**蓬**。稽山何在，当年禹宅，万古葱**葱**。最难堪，潮头定，海波**融**。

安恭皇后上仙发引

【黄钟羽导引】

金殿晚，愁结坤**宁**，天下母，忽仙**升**。云山浩浩归何处，但闻空际彩鸾**声**。紫箫断后无踪迹，烟霭霭，夜澄**澄**。晓梦到瑶**城**，当时花木正冥**冥**。

【六州】

娟娟月，初未缺，忽沉**西**。桂枝残，寒兔下，惟见露脚斜**飞**。六宫歌笑奉瑶**墀**，一朝寂寞掩袆**衣**。夜星不动玉鸾**嘶**，沉沉何处，愁雾锁金**扉**。群仙瞻道范，肃驾到蓬**池**，紫清逸辔，飞电奔**驰**。○又谁**知**，一世柔**仪**，椒涂玉钮金**螭**。赞圣主，膺天命，功勤曾佐雍**熙**。瑶天隔，玉阏低**迷**，五云高，绛府参**差**。往事如今好寻**思**，留得香笺镂管，写新**诗**。但看芳猷美，宝册传**徽**，隆名万古昭**垂**。

【十二时】

皇家景运合无**疆**，天子坐明**堂**。丰年多黍，四方争报时**康**。酒常清，花易好，寿君**王**。天宫见玉女，大笑亿千**场**。不知何事，椒涂暗淡，瑶殿凄**凉**。宝镜玉台**光**，可奈画眉人去，脂泽散余**芳**。极目望潇**湘**，波遥草远，只见残**阳**。○南山古阜，松柏茂，蔚苍**苍**。杳霭宫**商**，风过金殿琳**瑯**。导歌繁，严鼓近，惨悲**伤**。水凝愁，山攒恨，烟淡云**黄**。神山何在，蟠桃已远，弱水何**长**。最难堪，回翟雉，返鸾**凰**。向芙蓉别殿，谩焚**香**。

（二）帝、后灵位奉安太庙礼乐歌辞

1. 先秦逝者安葬后的祭礼称“虞祭”（《仪礼·士虞礼》），此后列代相沿。帝王、后妃丧葬后，将丧帝后妃“虞主”的灵位供奉京都太庙，称“虞祭”。《清史稿·礼志十一》：“既卜葬……题主、虞祭如常仪，归奉升祔太庙。”
2. 《全宋词》收录虞祭词组3篇，2篇《虞主回京曲》，由【导引】【六州】【十二时】【虞神歌】（或名【虞主歌】）4调合成，【导引】单片，另3调皆双片；【导引】【十二时】两调同韵，另两调各自换韵。
3. 《太宗元德皇后御容赴启圣院奉安辞》，北宋早期套曲词组。元德皇后，宋太宗赵光义

（赵炅）嫔妃，太宗即位后封夫人；宋真宗赵恒生母，真宗即位后追封元德皇后，祔葬永熙陵，配享太庙。"启圣院"，本指丧主出生家院，这里指太庙。全套词组由【导引】【恭谢导引】【合宫歌】【六州】【十二时】五曲组成，《恭谢导引》，"恭谢"为仪轨指示，曲调即【导引】，故实为 4 调，每调皆单片；《导引》《恭谢导引》二词同韵，《合宫歌》《六州》二词同韵，《十二时》自韵。

虞主回京曲（其一）

【导引】

上林寒早，仙仗转郊圻，笳鼓入云**悲**。逶迤辇路过西池，楼阁锁参**差**。都人瞻望意如**疑**，犹想翠华**归**。玉京传信杳无**期**，空掩赭黄**衣**。

【六州】

承圣绪，垂意在升**平**。驱貔虎，策豪**英**，号令肃天**兵**。四方无复羽书**征**，德泽浸群**生**。睿谋雄俊，绌汉高狭陋，慕三皇二帝，登闳缉乐缀文**明**。将升岱狱告功**成**，玉牒金**绳**，腾宝飞**声**，事难**评**。〇轩鼎就，清都一梦俄**顷**。飞霞佩，乘龙驭，羽卫入高**清**。祥光浮动五色，迎鸾凤，杂箫**笙**。因山功就，同轨人至，铭旌画翣，行背重**城**。楚笳凝咽，汉仪雄盛，攀慕伤**情**，惟余内传，知向蓬**瀛**。

【十二时】

太平**时**，御华**夷**，躬听断破危**疑**。春秋鼎盛，绌声乐游**嬉**。日升繁**机**，长驾远驭**垂**，意在轩**羲**。恢六典，斥三**垂**，有殊尤绝迹，盛德魄周**施**，方将缀缉声**诗**。扩皇纲，明帝典，绍累圣重**熙**。高拱无**为**，事难**知**。〇春色盛，逼千秋嘉节，忽闻玉**几**。颁命彤**闱**，厌世御云**归**。翊翠凤，驾文**螭**，缥缈难**追**。侍臣宫女，但攀慕号**悲**。玉轮动，指嵩**伊**，龙镳日益远空游，汉庙冠**衣**，惟盛德巍**巍**。镂玉册，传青**史**，昭示无**期**。

【虞神歌】

复土**初**，明旌下储**胥**。回虚仗，箫笳互奏，旌旆随**驱**。岂知飙御在蓬**壶**，道萦**纡**。风日惨，六马踌**躇**，留恨满山**隅**，不堪回首，翠柏已扶**疏**。帝城渐迩，愁雾锁天**衢**。公卿百辟，鳞集云**敷**。〇迓龙**舆**，端门辟，金碧凌**虚**。此时还帝**都**，严清庙，入空时升，文物灿烂极嘉**娱**。配三宗，号称神，古所**无**。帝德协庙**虞**，九歌毕奏斐然**殊**。会轩**朱**，神具燕喜，锡福集皇**居**。更千万祀，佑启邦**图**。

虞主回京曲（其二）

【导引】

龙舆春**晚**，晓日转三川，鼓吹惨寒**烟**。清明过后落花**天**，望池馆依**然**。东风百宝泛楼**船**，共荐寿当**年**。如今又到苑西**边**，但魂断香**軿**。

警场内三曲

【六州】

庆深**恩**，宝历正乾**坤**。前帝子，后圣**孙**，援立两仪**轩**。西宫大母朝寝**门**，望椒闼常

温。芳时媚景，有三千宫女，相将奉，玉辇金**根**，上林红英**繁**。缥缈钧**天**，奏梨**园**，望绝瑶池，影断桃**源**，恨难**论**。〇开禁**阍**，春风丹旐翩**翩**。飞翠盖，驾雕**辒**，容卫入西**原**。管箫动地清**喧**，陵上柏烟**昏**。残霞弄影，孤蟾浮天外，行人触目是销**魂**。问苍**天**，尘世光阴去如**奔**，河洛潺**湲**，此恨长**存**。

【十二时】

望嵩**邙**，永昭陵畔，王气压龙**冈**。巩洛灵**光**，郁郁起嘉**祥**。虚彩帟，转哀仗，闷幽**堂**。叹仙乡路**长**，景霞飞松**上**。珠襦宵掩，细扇晨归，昆阆茫**茫**。满目东郊好，红葩斗**芳**。〇韶景空骀**荡**，对春色，倍凄**凉**。最情**伤**，从辇嫔**嫱**。指瑶津路，泪雨泣千**行**，翠珥明**珰**。曾忆荐琼**觞**，春又至，人何**往**。事难**忘**，向斜阳断**肠**，听钧天嘹**亮**。清都风细，朱栏花满，谁奏清**商**。紫幄重帘外，时飘宝**香**，环佩珊珊**响**。问何日，反雕**房**。

【虞神歌】

转紫**芝**，指东都帝**畿**。愁雾里，箫声宛转，辇路逶**迤**。那堪见，郊原芳**菲**，日迟**迟**。对列凤翣龙**旗**，轻阴黯四**垂**，楼台绿瓦沍琉**璃**。仙仗**归**，寿原清夜，寒月掩褕**袆**。翠幰雕轮，空反灵**螭**。〇憩长**岐**，嵩峰远，伊川渺**弥**。此时还帝**里**，旌幡上下，葆羽葳**蕤**。天街回，垂杨依**依**，过端**闱**。阊阖正辟金**扉**，觚棱射暖**晖**，虞神宝篆散轻**丝**。空涕**洟**，望陵宫女，嗟物是人**非**。万古千秋，烟惨风**悲**。

太宗元德皇后御容赴启圣院奉安辞

【导引】

宝图全盛，端拱信巍**巍**，声教暨华**夷**。辰髦尽入英雄彀，齐筑太平**基**。仙舆前指玉霄**归**，夹道九鸾**飞**。真宫秘殿严崇奉，圣治永无**为**。

【恭谢导引】

龙驰驾，玉辂俨宸**威**，天仗下端**闱**。华旌翠羽笼黄道，赫奕照晨**晖**。大哉仁孝逾尧舜，圭瓒罄虔**祗**。神灵肸蚃来歆答，万寿保纯**禧**。

【合宫歌】

泰阶平，勋业属全**盛**。旰昃焦劳，访道缵三朝仁**政**。大庭葳事款上**灵**，服冕执圭，侑飨尊累**圣**。豆笾奕奕嘉**靖**，神光四照百礼**成**，回御天**门**。讲丕彝，敷大**庆**。蒙被草木，万国仰声**明**。

【六州】

严太寝，容礼绎前**经**。仰苍粹，钦厚顺，式报生**成**。至信洽，上格神**灵**，太和凝气象，霄宇澄**清**。圭币列，鼓钟**铿**，群品荐丰**盈**。熙事既备，大仪交举，百嘉允集，万福来**迎**。

【十二时】

金徒箭，晓漏延**长**，霄极烂星**芒**。珠旒绚采，黼衮交**章**。宸表寝永**昂**，上交合奠鬯流**香**。燎扬**光**，神锡以百**祥**，寿延于无**疆**。三时告稔，万亿满仓**箱**。思边**防**，蛮貊尽来**王**。

附录二：词调检索表

词调排序，以调名首字汉语拼音声母对应的英语 26 字母先后顺延；首字声母相同的词调，按首字笔画从少到多顺延排序，括号中数字为该调的本谱序号，检索本谱目录即可得该调页码。

十二画

十三画

十四画

H

五画

六画

七画

八画

九画

十画

十一画

十二画

十五画

十六画

J

二画

四画

五画

六画

七画

八画

九画

十画

十一画

八画

九画

十画

十一画

十二画

十三画

十四画

二十一画

M

三画

四画

五画

六画

P

五画

七画

八画

九画

十画

十一画

十二画

Q

二画

三画

四画

五画

六画

七画

十五画

十六画

十七画

Z

三画

四画

五画

六画

七画

八画

九画

十画

附录三：唐五代两宋词人年序表

排序	姓名	
		唐
1	杜审言	唐高宗咸亨元年（670）进士，约中宗景龙二年（708）卒。
2	沈佺期	高宗上元二年（675）进士，玄宗开元初卒。
3	杨廷玉	武则天表侄，曾任苏州嘉兴令。
4	李景伯	中宗景龙中为给事中，玄宗开元中卒。
5	中宗朝优	中宗时人。
6	李隆基	约睿宗垂拱元年至肃宗宝应元年（685—762）。
7	王翰	睿宗景云元年（710）进士，卒于玄宗开元中。约687—726。
8	李白	武后长安元年至代宗宝应元年，701—762。
9	哥舒翰	武后圣历二年至肃宗至德二年，699—757。
10	元结	天宝十二载（753）进士，卒于代宗大历中。约719—772。
11	戴叔伦	玄宗开元二十年至德宗贞元五年，732—789。
12	刘长卿	玄宗天宝间进士，约卒于德宗贞元六年（790）。
13	韦应物	玄宗天宝后期供职宫中侍卫，约卒于德宗贞元七年（791）。
14	张志和	肃宗时曾为待诏翰林，代宗大历九年（774）曾谒湖州刺史颜真卿。
15	张松龄	张志和之兄，曾任浦阳尉。
16	王建	德宗贞元中历佐淄青、幽州、岭南军幕，文宗大和二年（828）任陕州司马。
17	释德诚	文宗大和、开成中，覆舟入水而逝。
18	刘禹锡	代宗大历七年至武宗会昌二年，772—842。
19	白居易	代宗大历七年至武宗会昌六年，772—846。
20	吴二娘	与白居易同时之江南歌女。
21	卢贞	敬宗宝历中为度支员外郎，宣宗大中初入太子宾客，卒。

续表

排序	姓名	
22	滕迈	宪宗元和十年（815）进士。
23	窦弘余	武宗会昌元年（841）为黄州刺史，宣宗大中五年（851）为台州刺史。
24	张祜	穆宗长庆中令狐楚荐于朝廷，文宗大和间寓居扬州。约785—849。
25	李德裕	德宗贞元三年至宣宗大中四年，787—850。
26	韩琮	穆宗长庆四年（824）进士，宣宗大中十二年（858）任湖南观察使。
27	杜牧	德宗贞元十九年至宣宗大中七年，803—853。
28	李忱	宪宗元和五年至宣宗大中十三年，810—859。
29	皇甫松	皇甫湜之子，牛僧孺表甥。昭宗光化四年（901）追赐进士第。
30	温庭筠	宪宗元和七年至懿宗咸通十一年，812—870。
31	裴诚	宣宗大中间，任主客员外郎。
32	薛逢	武宗会昌元年（841）进士，懿宗咸通七年（866）为太常少卿。
33	袁郊	宰相袁滋子，懿宗咸通中为祠部郎中。
34	薛能	武宗会昌六年（846）进士，僖宗广明元年（880）卒。
35	刘瞻	宣宗大中初进士，卒于僖宗初。
36	陆岩	生于敬宗宝历三年（827），宣宗大中间进士。
37	锺辐	懿宗咸通末为苏州院巡。
38	方干	懿宗咸通中举进士不第，约卒于僖宗末。
39	韦庄	文宗开成元年至前蜀武成三年，836—910。
40	司空图	文宗开成二年至后梁开平二年，837—908。
41	康骈	僖宗乾符四年（877）进士。
42	韩偓	昭宗龙纪元年（889）进士，唐亡后入闽，约卒于闽乾化四年（914）。
43	张曙	昭宗大顺二年（891）进士。
44	李晔	懿宗咸通八年至昭宗天祐元年，867—904。
45	封特卿	登进士第，曾任湖州军倅。卒于懿宗咸通以后。
46	易静	晚唐时曾任武安军左押衙。

续表

排序	姓名	
		五代
47	李梦符	后梁开平初流寓洪州。
48	伊用昌	唐末人，天祐十年（913）流寓抚州。
49	李存勖	唐僖宗光启元年至后唐同光四年，885—926。
50	陈金凤	唐昭宗景福二年至闽永和元年，893—935。
51	欧阳炯	唐昭宗乾宁三年至宋太祖开宝四年，896—971。
52	和凝	唐昭宗光化元年至后周显德二年，898—955。
53	魏承班	前蜀光天元年（918）为驸马都尉、太尉，咸康元年（925）后唐攻蜀被杀。
54	王衍	唐昭宗光化二年至后唐同光四年，899—926。
55	张格	唐昭宗天复三年（903）入蜀，前蜀亡后入洛，后唐天成二年（927）卒。
56	庾传素	前蜀天汉元年（917）为工部尚书，前蜀亡后降后唐。
57	薛昭蕴	昭宗乾宁中为礼部侍郎。《花间集》列于韦庄、牛峤间，当是前蜀时人。
58	牛峤	牛僧孺之孙，乾符五年（878）进士，后入蜀卒。
59	张泌	《花间集》列于牛峤、毛文锡之间，当是前蜀时人。
60	毛文锡	唐太仆卿毛龟范之子，唐亡后仕前蜀，或云前蜀亡后随王衍入洛而卒。
61	牛希济	牛峤之侄，前蜀亡后降后唐，拜雍州节度副使。
62	顾夐	前蜀通正元年（916）以小臣给事内庭，后擢茂州刺史。后蜀累官至太尉。
63	鹿虔扆	后蜀永泰军节度使，进检校太尉，加太保。
64	阎选	后蜀时人，不仕，时人称为“阎处士”。
65	尹鹗	曾仕前蜀为校书郎。
66	毛熙震	仕蜀，官秘书郎。
67	李珣	曾事前蜀后主王衍，前蜀亡，不仕。
68	刘侍读	或即刘保乂，后蜀广政初官户部郎中，充储王宫侍读。广政十年（947）卒。

续表

排序	姓名	
69	欧阳彬	前蜀翰林学士；后蜀广政初为嘉州刺史，广政十三年（950）卒。
70	孙光宪	前蜀陵州判官，前蜀亡仕后唐，后入宋，宋太祖乾德六年（968）卒。
71	韩熙载	唐昭宗天复二年至宋开宝三年，902—970。
72	冯延巳	唐昭宗天复三年至宋建隆元年，903—960。
73	陶穀	唐昭宗天复三年至宋开宝三年，903—970。
74	成彦雄	南唐时进士。
75	杨花飞	南唐中主李璟时乐工。
76	李璟	南吴天祐十三年至南唐建隆二年，916—961。
77	徐昌图	以明经入仕，宋太祖时为国子监博士，累迁殿中丞。
78	孟昶	后唐天祐十六年至宋乾德三年，919—965。
79	花蕊夫人	孟蜀后主孟昶贵妃，蜀亡后入宋，备后宫。
80	卢绛	仕南唐为本院承旨，拜上柱国。南唐亡后降宋，开宝八年（975）被杀。
81	钱俶	吴越宝正四年至宋端拱元年，929—988。
82	李煜	南唐昇元元年至宋太平兴国三年，937—978。
83	林楚翘	《全唐诗》录作五代时人。
84	许岷	《全唐诗》录作五代时人，《全五代诗》列为后蜀人。
85	文珏	宋本《群芳备祖》录词一首，署名“西蜀文珏”。
86	顾卞	五代时人，生平不详不详。
		北宋
87	和岘	后唐长兴四年至宋太宗端拱元年，933—988。
88	王禹偁	周世宗显德元年至宋真宗咸平四年，954—1001。
89	苏易简	周世宗显德五年至宋太宗至道二年，958—996。
90	寇准	太祖建隆二年至仁宗天圣元年，961—1023。
91	钱惟演	太祖建隆三年至仁宗景祐元年，962—1034。
92	陈尧佐	太祖乾德元年至仁宗庆历四年，963—1044。
93	潘阆	太宗至道元年（995）赐进士第，真宗大中祥符二年（1009）卒。

续表

排序	姓名	
94	丁谓	太祖乾德四年至仁宗景祐四年，966—1037。
95	林逋	太祖乾德五年至仁宗天圣六年，967—1028。
96	杨亿	太祖开宝七年至真宗天禧四年，974—1020。
97	陈亚	真宗咸平五年（1002）进士。
98	夏竦	太宗雍熙元年至仁宗皇祐二年，984—1050。
99	聂冠卿	太宗端拱元年至仁宗庆历二年，988—1042。
100	李遵勖	太宗端拱元年至仁宗宝元元年，988—1038。
101	范仲淹	太宗端拱二年至仁宗皇祐四年，989—1052。
102	沈邈	进士及第，仁宗庆历初为侍御史，卒于仁宗庆历七年（1047）。
103	杨适	仁宗嘉祐六年（1061），以荐授将仕郎。
104	柳永	约生于太宗太平兴国九年（984），仁宗景祐元年（1034）进士，仁宗皇祐六年（1054）前后卒。
105	张先	太宗淳化元年至神宗元丰元年，990—1078。
106	晏殊	太宗淳化二年至仁宗至和二年，991—1055。
107	滕宗谅	太宗淳化二年至仁宗庆历七年，991—1047。
108	张昪	太宗淳化三年至神宗熙宁十年，992—1077。
109	王益	太宗淳化四年至仁宗宝元元年，993—1038。
110	石延年	太宗淳化五年至仁宗庆历四年，994—1044。
111	关咏	仁宗庆历八年（1048）知通州，嘉祐八年（1063）知湖州。
112	刘潜	举进士，与石延年、李冠同时。
113	李冠	仁宗时人，官乾宁主簿。
114	谢绛	太宗至道元年至仁宗宝元二年，995—1039。
115	宋祁	真宗咸平元年至仁宗嘉祐六年，998—1061。
116	贾昌朝	真宗咸平元年至英宗治平二年，998—1065。
117	尹洙	真宗咸平四年至仁宗庆历七年，1001—1047。
118	梅尧臣	真宗咸平五年至仁宗嘉祐五年，1002—1060。
119	叶清臣	真宗咸平六年至仁宗皇祐元年，1003—1049。

续表

排序	姓名	
120	吴感	仁宗天圣二年（1024）省试第一，九年（1031）为湖州归安县主簿。
121	文彦博	真宗景德三年至哲宗绍圣四年，1006—1097。
122	欧阳修	真宗景德四年至神宗熙宁五年，1007—1072。
123	荣諲	真宗景德四年至神宗熙宁四年，1007—1071。
124	王琪	仁宗天圣三年（1025）召试，授大理评事、馆阁校勘。
125	陈凤仪	仁宗时成都乐妓，与张方平同时。
126	苏舜钦	真宗大中祥符元年至仁宗庆历八年，1008—1048。
127	解昉	仁宗嘉祐间官苏州司理。
128	韩琦	真宗大中祥符元年至神宗熙宁八年，1008—1075。
129	沈唐	韩琦门客，官大名府佥判。
130	杜安世	生平不详，《群芳备祖》称“杜郎中”。
131	赵抃	真宗大中祥符元年至神宗元丰七年，1008—1084。
132	刘几	真宗大中祥符元年至哲宗元祐三年，1008—1088。
133	元绛	真宗大中祥符二年至神宗元丰七年，1009—1084。
134	程师孟	真宗大中祥符二年至哲宗元祐元年，1009—1086。
135	陈朴	著有《陈先生内丹诀》，序言元丰间张方平曾请其延寿，当与张方平同时。
136	张伯端	相传神宗熙宁间适蜀，元丰中卒。
137	卢氏	仁宗天圣时人，其父为汉州县令。
138	刘述	仁宗景祐元年（1034）进士。
139	赵祯	真宗大中祥符三年至仁宗嘉祐八年，1010—1063。
140	王拱辰	真宗大中祥符五年至神宗元丰八年，1012—1085。
141	蔡襄	真宗大中祥符五年至英宗治平四年，1012—1067。
142	韩绛	真宗大中祥符五年至哲宗元祐三年，1012—1088。
143	李师中	真宗大中祥符六年至神宗元丰元年，1013—1078。
144	蔡挺	真宗大中祥符七年至神宗元丰二年，1014—1079。
145	王益柔	真宗大中祥符八年至哲宗元祐元年，1015—1086。

续表

排序	姓名	
146	韩维	真宗天禧元年至哲宗元符元年，1017—1098。
147	曾巩	真宗天禧三年至神宗元丰六年，1019—1083。
148	司马光	真宗天禧三年至哲宗元祐元年，1019—1086。
149	苏氏	苏颂之妹，仁宗时人。
150	刘敞	真宗天禧三年至神宗熙宁元年，1019—1068。
151	王珪	真宗天禧三年至神宗元丰八年，1019—1085。
152	韩缜	真宗天禧三年至哲宗绍圣四年，1019—1097。
153	韩缜姬	韩缜之女，仁宗时人。
154	裴湘	仁宗朝内臣。
155	阮逸女	仁宗天圣五年（1027）进士，皇祐中为兵部员外郎。
156	滕甫	真宗天禧四年至哲宗元祐五年，1020—1090。
157	王安石	真宗天禧五年至哲宗元祐元年，1021—1086。
158	吴氏	王安石之妻，与王安石同时。
159	吴师孟	真宗天禧五年至徽宗大观四年，1021—1110。
160	俞紫芝	王安石门客，与王安石同时。
161	郑獬	真宗乾兴元年至神宗熙宁五年，1022—1072。
162	强至	真宗乾兴元年至神宗熙宁九年，1022—1076。
163	沈注	生平不详，约为仁宗时人。
164	蒲宗孟	仁宗皇祐五年（1053）进士，神宗元丰二年（1079）知制诰。
165	陈汝义	仁宗皇祐五年（1053）进士，神宗元丰元年（1078）知应天府。
166	汪辅之	仁宗皇祐间进士，神宗元丰二年（1079）为河北东路转运判官。
167	范纯仁	仁宗天圣五年至徽宗建中靖国元年，1027—1101。
168	张才翁	与张公庠同时，尝仕临邛秋官。
169	寿涯禅师	与胡宿、周敦颐交游，当与二人同时。
170	章楶	仁宗天圣五年至徽宗崇宁元年，1027—1102。
171	徐积	仁宗天圣六年至徽宗崇宁二年，1028—1103。
172	沈括	仁宗天圣七年至哲宗元祐八年，1029—1093。

续表

排序	姓名	
173	范宽之	约为仁宗时人，终尚书刑部郎中、知濠州。
174	方资	仁宗天圣八年（1030），嘉祐八年（1063）进士。
175	王安国	仁宗天圣八年至神宗熙宁九年，1030—1076。
176	孙洙	仁宗天圣九年至神宗元丰二年，1031—1079。
177	李清臣	仁宗明道元年至徽宗崇宁元年，1032—1102。
178	韦骧	仁宗明道二年至徽宗崇宁四年，1033—1105。
179	圆禅师	仁宗时人，主湖州甘露寺。
180	则禅师	仁宗时人，主潼川天宁寺。
181	陈偕	仁宗时广陵人。
182	晏几道	晏殊幼子，崇宁四年（1105）间为开封府推官。
183	王观	仁宗嘉祐二年（1057）进士，神宗元丰二年（1079）为大理寺丞。
184	王安礼	仁宗景祐元年至哲宗绍圣二年，1034—1095。
185	张舜民	英宗治平二年（1065）进士，徽宗朝坐元祐党贬商州，卒。
186	曾布	仁宗景祐二年至徽宗大观元年，1035—1107。
187	魏夫人	曾布之妻，与曾布同时。
188	王仲甫	仁宗时人，官翰林。
189	孙浩然	生平不详，王诜曾以其词意作山秋晚图，当较王诜稍前。
190	王诜	神宗熙宁二年（1069）为英宗驸马，哲宗元祐元年（1086）为登州刺史、驸马都尉。
191	陈济翁	疑即陈济公，仁宗景祐二年至哲宗元符三年，1035—1100。
192	苏轼	仁宗景祐三年至徽宗建中靖国元年，1036—1101。
193	赵轨	仁宗时人，为陕漕属。
194	郭讵	哲宗元祐初为承议郎。
195	李之仪	苏轼幕僚，徽宗政和七年（1117）终朝请大夫。约 1037—1117。
196	蔡确	仁宗景祐四年至哲宗元祐八年，1037—1093。
197	许将	仁宗景祐四年至徽宗政和元年，1037—1111。
198	郑无党	仁宗时人，生平不详。

续表

排序	姓名	
199	陈慥	尝与苏轼游，当与苏轼同时。
200	苏辙	仁宗宝元二年至徽宗政和二年，1039—1112。
201	陈睦	仁宗嘉祐六年（1061）进士，神宗元丰间为史馆修撰。
202	马成	仁宗时合肥人。
203	李婴	元丰中为蕲水令。
204	王齐愈	仁宗时嘉州人。
205	王齐叟	太原掾官，《过庭录》云宣和时人，与《碧鸡漫志》不合。
206	舒氏	王齐叟之妻，与王齐叟同时。
207	琴操	杭州歌妓，与苏轼同时。
208	舒亶	仁宗庆历元年至徽宗崇宁二年，1041—1103。
209	范祖禹	仁宗康定二年至哲宗元符元年，1041—1098。
210	孔平仲	英宗治平二年（1065）进士，徽宗时召为户部员外郎。
211	了元	即佛印，仁宗时禅僧，与苏轼同时，主镇江金山寺、杭州灵隐寺。
212	太尉夫人	仁宗时宗室夫人。
213	郭祥正	神宗熙宁间为殿中丞、签书保信军节度判官。
214	董乂	英宗治平二年（1065）进士。
215	丁仙现	神宗至徽宗时教坊使。
216	刘泾	神宗熙宁六年（1073）进士，卒于哲宗元符末。
217	黄裳	仁宗庆历四年至高宗建炎四年，1044—1130。
218	王雱	仁宗庆历四年至神宗熙宁九年，1044—1076。
219	张景修	英宗治平四年（1067）进士，徽宗大观中为郎中。
220	黄大临	黄庭坚之兄，哲宗绍圣中官萍乡令。
221	黄庭坚	仁宗庆历五年至徽宗崇宁四年，1045—1105。
222	黄叔达	黄庭坚之弟，与黄庭坚同时。
223	盼盼	泸南妓，与黄庭坚同时。
224	晁端礼	仁宗庆历六年至徽宗政和三年，1046—1113。
225	曾肇	仁宗庆历七年至徽宗大观元年，1047—1107。

续表

排序	姓名	
226	郑仅	仁宗庆历七年至徽宗政和三年，1047—1113。
227	蔡京	仁宗庆历七年至钦宗靖康元年，1047—1126。
228	苏琼	苏州官妓，与蔡卞同时。
229	李元膺	南京教官，与蔡京同时。
230	吕南公	仁宗庆历七年至哲宗元祐元年，1047—1086。
231	赵顼	仁宗庆历八年至神宗元丰八年，1048—1085。
232	吕希纯	哲宗时为中书舍人，徽宗建中靖国出召为待制知瀛州，改颍州。
233	喻陟	哲宗元祐元年（1086）官福建提点刑狱。
234	朱服	仁宗庆历八年（1048）生，卒于徽宗朝。
235	丁注	神宗熙宁六年（1073）进士。
236	刘弇	仁宗庆历八年至徽宗崇宁元年，1048—1102。
237	时彦	神宗元丰二年（1079）进士，大观元年（1107）卒。
238	廖正一	神宗元丰二年（1079）进士，哲宗绍圣间为信州玉山监税。
239	哑女	与周锷同时。锷，元丰二年（1079）进士。
240	秦观	仁宗皇祐元年至哲宗元符三年，1049—1100。
241	米芾	仁宗皇祐三年至徽宗大观三年，1051—1109。
242	李甲	哲宗元符中为武康令。
243	赵令畤	仁宗皇祐三年至高宗绍兴四年，1051—1134。
244	贺铸	仁宗皇祐四年至徽宗宣和七年，1052—1125。
245	赵仲御	仁宗皇祐四年至徽宗宣和四年，1052—1122。
246	仲殊	尝举进士，后出家，居杭州宝月寺，卒于徽宗崇宁中。
247	晁补之	仁宗皇祐五年至徽宗大观四年，1053—1110。
248	陈师道	仁宗皇祐五年至徽宗建中靖国元年，1053—1101。
249	青幕子妇	歌妓，与陈师道同时。
250	张耒	仁宗至和元年至徽宗政和四年，1054—1114。
251	侯蒙	仁宗至和元年至徽宗宣和三年，1054—1121。
252	周邦彦	仁宗嘉祐元年至徽宗宣和三年，1056—1121。

续表

排序	姓名	
253	陈瓘	仁宗嘉祐二年至徽宗宣和四年，1057—1122。
254	刘山老	政和中，人传其寿一百四十五岁。
255	邵伯温	仁宗嘉祐二年至高宗绍兴四年，1057—1134。
256	净端	徽宗崇宁二年（1103）坐化。
257	李廌	仁宗嘉祐四年至徽宗大观三年，1059—1109。
258	孔夷	哲宗元祐间隐士，与李廌为诗酒侣。
259	孔榘	孔夷之侄，二人同时。
260	邹浩	仁宗嘉祐五年至徽宗政和元年，1060—1111。
261	曾诞	徽宗崇宁间，守衡阳。
262	李坦然	生平不详，约生于仁宗朝末。
263	阮阅	神宗元丰八年（1085）进士，高宗建炎初致仕。
264	赵企	神宗朝进士，徽宗大观间宰绩溪。
265	汪存	神宗元丰七年（1084）领乡荐，徽宗政和间辞官乞归。
266	谢逸	神宗熙宁元年至徽宗政和二年，1068—1112。
267	夏倪	夏竦之孙，宣和中知江州。
268	晁冲之	晁补之从弟，终生未仕，哲宗绍圣中隐于阳翟具茨山。
269	苏庠	英宗治平二年至高宗绍兴十七年，1065—1147。
270	祖可	苏庠之弟，为僧住庐山。
271	蔡嶷	英宗治平四年至徽宗宣和五年，1067—1123。
272	张阁	神宗熙宁三年至徽宗政和三年，1070—1113。
273	毛滂	神宗元符二年知武康县，徽宗政和间守嘉禾。
274	刘焘	哲宗元祐三年（1088）进士，钦宗靖康时为李光所劾。
275	宇文元质	晚宋蜀人，生平不详。
276	范致虚	哲宗元祐三年（1088）进士，高宗建炎三年（1129）卒。
277	郑少微	哲宗元祐三年（1088）进士，徽宗政和中知德阳。
278	李新	哲宗元祐三年（1088）进士，徽宗宣和间为资州司录。
279	欧阳辟	哲宗元祐六年（1091）进士。

续表

排序	姓名	
280	司马槱	哲宗元祐六年（1091）为河中府司理参军。
281	王重	哲宗元祐间人。
282	某两地	徽宗政和、宣和时人。
283	王寀	神宗熙宁元年至徽宗宣和元年，1068—1119。
284	周纯	与王寀相友善，二人同时。
285	曹希蕴	世号“曹仙姑”，苏轼曾赞赏其诗。
286	廖刚	神宗熙宁三年至高宗绍兴十二年，1070—1143。
287	赵鼎臣	神宗熙宁三年至徽宗宣和元年，1070—1119。
288	韩嘉彦	哲宗元祐间尚神宗女曹国长公主，高宗建炎三年（1129）卒。
289	谢薖	神宗熙宁七年至徽宗政和六年，1074—1116。
290	沈蔚	吴兴人，生卒不详。
291	唐庚	神宗熙宁四年至徽宗宣和三年，1071—1121。
292	惠洪	神宗熙宁四年至高宗建炎二年，1071—1128。
293	吕颐浩	神宗熙宁四年至高宗绍兴九年，1071—1139。
294	苏过	神宗熙宁五年至徽宗宣和五年，1072—1123。
295	陆蕴	哲宗绍圣四年（1097）进士，徽宗宣和二年（1120）卒。
296	谢克家	哲宗绍圣四年（1097）进士，高宗绍兴四年（1134）卒。
297	葛胜仲	神宗熙宁五年至高宗绍兴十四年，1072—1144。
298	米友仁	神宗熙宁五年至高宗绍兴二十一年，1072—1151。
299	曾纡	神宗熙宁六年至高宗绍兴五年，1073—1135。
300	秦湛	秦观之子，高宗绍兴二年（1132）为常州通判。
301	范周	赞善大夫范纯古之子，范仲淹侄孙，约徽宗宣和前后在世。
302	吴则礼	哲宗元符元年（1098）为卫尉寺主簿，徽宗宣和三年（1121）卒。
303	李德载	北宋姓李字德载者有李公辅、李乘，不知孰是。
304	赵子发	燕王德昭五世孙，生卒不详。
305	徐俯	神宗熙宁八年至高宗绍兴十一年，1075—1141。
306	王安中	神宗熙宁八年至高宗绍兴四年，1075—1134。

续表

排序	姓名	
307	张继先	徽宗崇宁四年（1105），赐号“靖虚先生”，北宋末卒。
308	叶梦得	神宗熙宁十年至高宗绍兴十八年，1077—1148。
309	赵士暕	哲宗元符元年（1098）赐进士出身，高宗绍兴五年（1135）为密州观察使。
310	江衍	徽宗建中靖国时士人。
311	周铢	徽宗崇宁二年（1103）进士。
312	王赏	徽宗崇宁二年（1103）进士，高宗绍兴十九年（1149）卒。
313	李光	神宗元丰元年至高宗绍兴二十九年，1078—1159。
314	张生	哲宗元符中太学生。
315	江纬	哲宗元符中太学生，徽宗宣和四年（1122）除直秘阁知洺州。
316	美奴	陆藻侍儿。陆藻，徽宗崇宁二年（1103）进士，高宗建炎三年（1129）卒。
317	张扩	徽宗崇宁五年（1106）进士，高宗绍兴十七年（1147）卒。
318	赵子崧	徽宗崇宁二年（1103）进士，高宗绍兴二年（1132）卒。
319	鉴堂	禅僧，南宋初主杭州上天竺寺。
320	梅窗	北宋人，生卒不详。
321	欧阳珣	徽宗崇宁五年（1106）进士，钦宗靖康二年（1127），使金被杀。
322	刘一止	神宗元丰二年至高宗绍兴三十年，1079—1160。
323	汪藻	神宗元丰二年至高宗绍兴二十四年，1079—1154。
324	曹组	徽宗宣和三年（1121）召殿试，赐进士出身。
325	万俟咏	哲宗元祐时以诗赋见称当时，徽宗政和初为大晟府制撰，高宗绍兴五年（1135）补下州文学。
326	田为	徽宗政和末充大晟府典乐。
327	徐伸	徽宗政和初为太常典乐，出知常州。
328	江汉	徽宗政和初为大晟府制撰，高宗绍兴二年（1132）通判郴州。
329	田中行	北宋人，生卒不详。
330	赵温之	宋宗室，官修武郎，生卒不详。
331	王庭珪	神宗元丰二年至孝宗乾道七年，1079—1171。

续表

排序	姓名	
332	薛式	徽宗崇宁五年（1106）受业张伯端弟子石泰。
333	陈克	生于神宗元丰四年（1081），淮西事变后送吏部与远小监当。
334	朱敦复	朱希真之兄，生卒不详。
335	朱敦儒	神宗元丰四年至高宗绍兴二十九年，1081—1159。
336	孙觌	神宗元丰四年至孝宗乾道五年，1081—1169。
337	慕容嵓卿妻	姑苏士人慕容嵓卿之妻，与周紫芝同时。
338	周紫芝	尝从李之仪、吕本中游，绍兴二十一年（1151）知兴国军。
339	莫将	高宗绍兴八年（1138）赐进士出身，绍兴十六年（1146）卒。
340	邵博	邵雍之孙，高宗绍兴八年（1138）赐进士出身，绍兴二十八年（1158）卒。
341	赵佶	神宗元丰五年至高宗绍兴五年，1082—1135。
342	侯彭老	徽宗大观间进士，高宗绍兴三年（1133）知藤州。
343	李纲	神宗元丰六年至高宗绍兴十年，1083—1140。
344	胡舜陟	神宗元丰六年至高宗绍兴十三年，1083—1143。
345	李祁	徽宗宣和间，责监汉阳酒税。
346	叶祖义	曾为杭州教授，生卒不详。
347	左誉	徽宗大观三年（1109）进士。
348	吕直夫	徽宗宣和三年（1121）进士。
349	杨景	北宋末曾官洛阳工曹。
350	范智闻	高宗绍兴中为惠州守。
351	蒋元龙	以特科入官，终县令，生卒年不详。
352	周格非	徽宗宣和间为严州守。
353	程邻	北宋末为桂林帅。
354	何籀	信安人，生卒年不详，当是北宋末至南宋初时人。
355	廖世美	生卒年不详，北宋末至南宋初人。
356	李元卓	生卒年不详，北宋末至南宋初人。
357	张方仲	生卒年不详，北宋末至南宋初人。

续表

排序	姓名	
358	查荎	生卒年不详，北宋末至南宋初人。
359	李敦诗	生卒年不详，北宋末至南宋初人。
360	康仲伯	生卒年不详，北宋末至南宋初人。
361	程过	生卒年不详，北宋末至南宋初人。
362	曾慥	钦宗靖康初为仓部员外郎，高宗绍兴二十五年（1155）为右文殿修撰。
363	张纲	神宗元丰六年至孝宗乾道二年，1083—1166。
364	李清照	周格非之女，生于神宗元丰七年（1084），高宗绍兴间卒。
365	吕本中	神宗元丰七年至高宗绍兴十五年，1084—1145。
366	毕良史	生于北宋，卒于高宗绍兴二十年（1150）。
367	沈晦	神宗元丰七年至高宗绍兴十九年，1084—1149。
368	郭章	约与龚明之同时。哲宗元祐至孝宗时人。
369	胡世将	神宗元丰八年至高宗绍兴十二年，1085—1142。
370	赵鼎	神宗元丰八年至高宗绍兴十七年，1085—1147。
371	蒋璨	神宗元丰八年至高宗绍兴二十九年，1085—1159。
372	李邴	神宗元丰八年至高宗绍兴十六年，1085—1146。
373	向子諲	神宗元丰八年至高宗绍兴二十二年，1085—1152。
374	吴穆仲	与向子諲交游唱和，二人同时。
375	杨适	约宋徽宗宣和中前后在世，尝学诗于陈师道，与向子諲交游唱和。
376	莫蒙	北宋哲宗至南宋高宗时人。
377	李璆	徽宗政和二年（1112）上舍及第，高宗绍兴二十一年（1151）卒。
378	韩驹	神宗元丰三年至高宗绍兴五年，1080—1135。
379	颜博文	徽宗政和八年（1118）进士，南渡初责授果州别驾。
380	沈与求	哲宗元祐元年至高宗绍兴七年，1086—1137。
381	陈东	生于哲宗元祐元年（1086），高宗建炎初被斩于市。
382	姚孝宁	徽宗宣和间太学生。
383	胡松年	哲宗元祐二年至高宗绍兴十六年，1087—1146。

续表

排序	姓名	
384	李持正	徽宗政和五年（1115）进士。
385	王道亨	两宋之交僧人。
386	江致和	徽宗崇宁间太学生。
387	韩璜	高宗建炎四年（1130），赐进士出身。
388	李邦献	徽宗宣和七年（1125）直秘阁，孝宗乾道六年（1170）兴元路提点刑狱。
389	宋齐愈	徽宗宣和三年（1121）上舍第一，高宗建炎元年（1127）因推举张邦昌论死。
390	宋江	徽宗政和中领导梁山泊起义，宣和间被杀。
391	袁绹	徽宗政和中为教坊判官，钦宗靖康中，籍其家。
392	连仲宣	徽宗宣和中，特免文解。
393	邢俊臣	北宋末，汴京戚里子。
394	幼卿	徽宗宣和时人。
395	蒋氏女	蒋兴祖之女。蒋兴祖钦宗靖康间为阳武令，金人侵宋被杀，其女被掳。
396	蔡枏	生于徽宗宣和以前，卒于孝宗乾道六年（1170）。
397	李久善	蜀人，官至提刑，生卒年不详。
398	宝月	高宗绍兴五年（1135），以献兵书特补下州文学。
399	苏仲及	北宋末至南宋初时人，生平不详。
400	赵耆孙	北宋末至南宋初时人，生平不详。
401	费时举	北宋末至南宋初时人，生平不详。
402	刘均国	颍川人，生卒年不详。
403	权无染	北宋末至南宋初时人，生平不详。
404	南山居士	北宋末至南宋初时人，生平不详。
405	郭仲宣	北宋末至南宋初时人，生平不详。
406	邵叔齐	北宋末至南宋初时人，生平不详。
407	李子正	北宋末至南宋初时人，生平不详。
408	房舜卿	北宋末至南宋初时人，生平不详。

续表

排序	姓名	
409	石耆翁	蜀人，生卒年不详。
410	杜安道	北宋末至南宋初时人，生平不详。
411	史远道	北宋末至南宋初时人，生平不详。
412	郭仲循	北宋末至南宋初时人，生平不详。
413	范梦龙	北宋末至南宋初时人，生平不详。
414	薛几圣	北宋末至南宋初时人，生平不详。
415	马咸	徽宗宣和间人，官大理少卿。
416	洪皓	哲宗元祐三年至高宗绍兴二十五年，1088—1155。
417	蔡伸	哲宗元祐三年至高宗绍兴二十六年，1088—1156。
418	何㮚	哲宗元祐四年至钦宗靖康二年，1089—1127。
419	郑刚中	哲宗元祐四年至高宗绍兴二十四年，1089—1154。
420	韩世忠	哲宗元祐四年至高宗绍兴二十一年，1089—1151。
421	黄大舆	两宋之交蜀人。
422	王灼	高宗绍兴中尝为幕官，约卒于绍兴三十年（1160）前后。
423	陈袭善	北宋末至南宋初时人，尝为河朔掾。
424	曾乾曜	北宋末至南宋初时人，生平不详。
425	孙惔	北宋末至南宋初时人，与李之仪、王铚等同时。
426	如晦	曾与王铚相酬答，二人同时。
427	孙觌	字济师，北宋末至南宋初时人。
428	潘汾	北宋末至南宋初时金华人。
429	李重元	北宋末至南宋初时人，生平不详。
430	李玉	北宋末至南宋初时人，生平不详。
431	吴淑姬	北宋末至南宋初时人，生平不详。
432	柳富	北宋末至南宋初时开封人。
433	王幼玉	北宋末至南宋初时衡阳歌妓。
434	李生	当是北宋末至南宋初时廪延人。
435	谭意哥	长沙妓，后适张正字。张正字，与陈与义同时。

续表

排序	姓名	
436	李氏	洛阳人，适张浩，生卒年不详。
437	花仲胤	北宋末至南宋初人，官相州录事。
438	花仲胤妻	花仲胤之妻。
439	刘濬	北宋末至南宋初潞州人。
440	施酒监	北宋末至南宋初时人，生平不详。
441	乐婉	当是北宋末至南宋初时人，与施酒监同时。
442	虞某	虞策子弟。虞策，仁宗嘉祐八年（1063）进士。
443	巴谈	北宋末至南宋初时人，生平不详。
444	杨师纯	北宋末至南宋初庐陵人。
445	杨端臣	北宋末至南宋初时人，生平不详。
446	聂胜琼	北宋末至南宋初时人，都下歌妓。
447	赵才卿	北宋末至南宋初时人，成都歌妓。
448	任昉	北宋末至南宋初太学生。
449	都下妓	北宋末至南宋初时人，都下歌妓。
450	李弥逊	哲宗元祐四年至高宗绍兴二十三年，1089—1153。
451	王以宁	徽宗宣和三年（1121）为从事郎，高宗绍兴十年（1140）为右朝奉郎知全州。
452	陈与义	哲宗元祐五年至高宗绍兴八年，1090—1138。
453	刘彤	江宁张文虎之妻，生平不详。
454	僧儿	广汉营妓，生平不详。
455	胡仔	胡舜陟之子，高宗绍兴十二年（1142）为右从事郎。
456	王昂	哲宗元祐五年（1090）生，徽宗重和元年（1118）进士。
457	张元干	哲宗元祐六年（1091）生，约卒于高宗绍兴三十一年（1161）前后。
458	邓肃	哲宗元祐六年至高宗绍兴三年，1091—1133。
459	谢明远	尝与邓肃唱和，二人同时。
460	张焘	哲宗元祐七年至孝宗乾道二年，1092—1166。
461	姚述尧	卒于北宋末。

续表

排序	姓名	
462	吕渭老	宣和、靖康间朝士。
463	林季仲	徽宗宣和三年（1121）上舍，高宗绍兴八年（1138）知婺州。
464	王之道	哲宗元祐八年至孝宗乾道五年，1093—1169。
465	董颖	徽宗宣和六年（1124）进士，高宗绍兴初从汪藻、徐俯游。
466	潘良贵	哲宗绍圣元年至高宗绍兴二十年，1094—1150。
467	李彭	约生于绍圣元年（1094）前后。
468	董德元	哲宗绍圣三年至孝宗隆兴元年，1096—1163。
469	冯时行	高宗绍兴中知万州，隆兴元年（1163）卒。
470	朱松	哲宗绍圣四年至高宗绍兴十三年，1097—1143。
471	朱翌	哲宗绍圣四年至孝宗乾道三年，1097—1167。
472	陈康伯	哲宗绍圣四年至孝宗乾道元年，1097—1165。
473	欧阳澈	哲宗绍圣四年至高宗建炎元年，1097—1127。
474	曾惇	高宗绍兴中守台州、黄州，二十六年（1156）知光州。
475	张表臣	高宗绍兴十二年（1142）为右承务郎，十三年（1143）通判常州。
476	吴亿	南渡初为靖江倅。
477	刘袤	两宋间人，卒于高宗绍兴年间。
478	李鼐	两宋间人，官迪功郎、淮西安抚司准备差遣。
479	杨无咎	哲宗绍圣四年至孝宗乾道七年，1097—1171。
480	曹勋	哲宗元符元年至孝宗淳熙元年，1098—1174。
481	胡寅	哲宗元符元年至高宗绍兴二十六年，1098—1156。
482	吴舜选	哲宗元符三年至孝宗淳熙十六年，1100—1189。
483	赵恒	哲宗元符三年至高宗绍兴三十年，1100—1160。
484	李子翚	徽宗建中靖国元年至高宗绍兴十七年，1101—1147。
485	何大圭	徽宗建中靖国元年（1101）生，政和八年（1118）进士，孝宗隆兴元年（1163），由浙西安抚司参议官主管台州崇道观。
486	胡铨	徽宗崇宁元年至孝宗淳熙七年，1102—1180。
487	俞处俊	高宗建炎二年（1128）进士。

续表

排序	姓名	
488	岳飞	徽宗崇宁二年至高宗绍兴十一年，1103—1141。
489	邵缉	与李弥逊相交游，二人同时。
490	吴芾	徽宗崇宁三年至孝宗淳熙十年，1104—1183。
491	孙道绚	黄铢之母。黄铢，高宗绍兴元年（1131）生。
492	何蓑衣	道人，避乱渡江，孝宗时赐号“通神先生”，宁宗庆元六年（1200）卒。
493	陆凝之	隐居洞霄，高宗以布衣召见，辞不赴。
494	史浩	徽宗崇宁五年至光宗绍熙五年，1106—1194。
495	仲并	高宗绍兴二年（1132）进士，孝宗时擢光禄寺丞。
496	赵构	徽宗大观元年至孝宗淳熙十四年，1107—1187。
497	崔若砺	徽宗大观元年至高宗绍兴十九年，1107—1149。
南宋		
498	高登	徽宗宣和间为太学生，高宗绍兴二年（1132）进士，绍兴十八年（1148）卒。
499	闻人武子	高宗绍兴三年（1133）特补从政郎。
500	关注	高宗绍兴五年（1135）进士。
501	李石	徽宗大观二年（1108）生，高宗时为转运使判官，孝宗淳熙二年（1175）罢。
502	康与之	秦桧门客，桧死坐狱，高宗绍兴二十八年（1158）移雷州，复送新州牢城。
503	曾觌	徽宗大观三年至孝宗淳熙七年，1109—1180。
504	黄公度	徽宗大观三年至高宗绍兴二十六年，1109—1156。
505	黄童	黄公度从弟，高宗绍兴八年（1138）进士。
506	倪偁	高宗绍兴八年（1138）进士。
507	王之望	高宗绍兴八年（1138）进士，孝宗乾道七年（1171）卒。
508	葛立方	葛胜仲之子，高宗绍兴八年（1138）进士，卒于孝宗隆兴二年（1164）。
509	魏杞	高宗绍兴十二年（1142）进士，孝宗淳熙十一年（1184）卒。

续表

排序	姓名	
510	陈知柔	高宗绍兴十二年（1142）进士，孝宗淳熙十一年（1184）卒。
511	王识	南宋初永春人。
512	许庭	南宋初濠梁人。
513	邵某	南宋初镇江士人。
514	陈祖安	高宗建炎四年（1130）监都税院，卒于秦桧后。
515	王十朋	徽宗政和三年至孝宗乾道七年，1113—1171。
516	吴淑姬	与王十朋同时。
517	程先	其父抵御金兵南侵被杀，父死遂隐。
518	朱耆寿	约生于徽宗政和初，孝宗乾道八年监临安赤山酒，年八十余而终。
519	石安民	高宗绍兴十五年（1145）进士。
520	刘镇	徽宗政和四年（1114）生，高宗绍兴十八年（1148）进士。
521	曾协	曾肇之孙，高宗绍兴中举进士不第，卒于孝宗乾道九年（1173）。
522	郑庶	南宋初人，曾官襄阳。
523	曾逮	曾几次子，孝宗隆兴二年（1164）为太常丞。
524	王炎	高宗绍兴中为蕲水令，孝宗淳熙五年（1178）卒。
525	毛幵	于尤袤相友善，二人同时。
526	洪适	徽宗政和七年至孝宗淳熙十一年，1117—1184。
527	韩元吉	徽宗重和元年至孝宗淳熙十四年，1118—1187。
528	黄宰	与韩元吉同时。
529	朱淑真	南宋初钱塘女词人。
530	张抡	高宗绍兴间知阁门事，孝宗淳熙五年（1178）为宁武军承宣使。
531	侯寘	南渡后居长沙，卒于孝宗乾道、淳熙间。
532	赵彦端	徽宗宣和三年至孝宗淳熙二年，1121—1175。
533	王千秋	南宋初东平人。
534	李吕	徽宗宣和四年至宁宗庆元四年，1122—1198。
535	陈从古	徽宗宣和四年至孝宗淳熙九年，1122—1182。
536	姚宽	高宗绍兴三十二年（1162）卒。

续表

排序	姓名	
537	刘珙	徽宗宣和四年至孝宗淳熙五年，1122—1178。
538	黄格	南宋初人，生平不详。
539	汤思退	高宗绍兴十五年（1145）中宏词科，孝宗隆兴二年（1164）卒。
540	张仲宇	高宗绍兴时人。
541	李流谦	徽宗宣和五年至孝宗淳熙三年，1123—1176。
542	洪迈	徽宗宣和五年至宁宗嘉泰二年，1123—1202。
543	赵缩手	南宋初普州士人。
544	张风子	生平不详，高宗绍兴间来鄱阳。
545	张珍奴	南宋初吴兴妓。
546	洪惠英	南宋初会稽歌妓。
547	何作善	南宋初时人。
548	刘之翰	南宋初荆南人，官峡州远安主簿。
549	周某	周德才之子，生平姓名不详。
550	太学诸生	南宋初时人，与洪迈同时。
551	仪珏	南宋初临安妓。
552	袁去华	高宗绍兴十五年（1145）进士。
553	朱雍	高宗绍兴中乞召试。
554	晁公武	晁冲之之子，约生于徽宗崇宁间，卒于孝宗淳熙间。
555	林仰	高宗绍兴十五年（1145）进士。
556	邵伯雍	高宗绍兴时人。
557	黄中辅	南宋初义乌人，元黄溍六世祖。
558	郑闻	高宗绍兴二十一年（1151）进士，孝宗淳熙元年（1174）卒。
559	刘望之	高宗绍兴二十一年（1151）进士，绍兴二十九年（1159）卒
560	法常	孝宗淳熙七年（1180）卒。
561	陆淞	南宋初时隐士。
562	卓世清	南宋初时人，官津阳令。
563	李结	孝宗乾道二年（1166）监进奏院，光宗绍熙二年（1191）为四川总领。

续表

排序	姓名	
564	向滈	南宋初人，曾官县令。
565	程大昌	徽宗宣和五年至宁宗庆元元年，1123—1195。
566	曹冠	秦桧门客，高宗绍兴二十四年（1154）进士，光宗绍熙初为郴州守。
567	葛郯	高宗绍兴二十四年（1154）进士，孝宗淳熙八年（1181）卒。
568	姚述尧	高宗绍兴二十四年（1154）进士，孝宗淳熙十五年（1188）知信州。
569	石敦夫	与姚述尧同时。
570	甄龙友	高宗绍兴二十四年（1154）进士，孝宗时尝召见御前。
571	范端臣	高宗绍兴二十四年（1154）进士，孝宗淳熙五年（1178）起居舍人。
572	韦能谦	韦寿隆之侄。韦寿隆，神宗元丰八年（1085）进士，钦宗靖康间给事中。
573	耿时举	南宋初人，常为太学生，以恩科得文学，为岳庙卒。
574	管鉴	孝宗淳熙十三年（1186）官广东提刑。
575	吴儆	徽宗宣和七年至孝宗淳熙十年，1125—1183。
576	陆游	徽宗宣和七年至宁宗嘉定二年，1125—1209。
577	唐婉	陆游妻，与陆游同时。
578	陆游妾某氏	陆游妾，与陆游同时。
579	王嵎	绍兴、淳熙间名士，与陆游同学，卒于孝宗淳熙九年（1182）。
580	贾逸祖	南宋初人，官兴化令。
581	蜀妓	与陆游同时。
582	姜特立	徽宗宣和七年（1125）生，宁宗朝拜庆远军节度使。
583	周必大	钦宗靖康元年至宁宗嘉泰四年，1126—1204。
584	无际道人	张渊道侍郎之女大慧门人，生卒年不详。
585	周辉	钦宗靖康元年（1126）生。
586	范成大	钦宗靖康元年至光宗绍熙四年，1126—1193。
587	游次公	范成大幕僚，孝宗淳熙十四年（1187）通判汀州。
588	赵磻老	高宗绍兴三十年（1160）为宝应县主簿，孝宗淳熙四年（1177）知临安府。

续表

排序	姓名	
589	尤袤	钦宗靖康二年至光宗绍熙五年，1127—1194。
590	赵昚	高宗建炎元年至光宗绍熙五年，1127—1194。
591	谢懋	卒于孝宗淳熙十三年（1186）前后。
592	王质	高宗建炎元年至孝宗淳熙十六年，1127—1189。
593	沈瀛	高宗绍兴三十年（1160）进士。
594	杨万里	高宗建炎元年至宁宗开禧二年，1127—1206。
595	某教授	南宋初人，姓名生平不详。
596	陈居仁	高宗建炎元年至宁宗庆元三年，1127—1197。
597	李洪	高宗建炎三年（1129）生。
598	李漳	南宋初人，生平不详。
599	李泳	孝宗淳熙间为溧水令，淳熙末卒。
600	李洤	南宋初人，生平不详。
601	李淛	南宋初人，为新城邑丞、柯山别驾。
602	朱熹	高宗建炎四年至宁宗庆元六年，1130—1200。
603	黄铢	高宗绍兴元年至宁宗庆元五年，1131—1199。
604	高宣教	孝宗淳熙间人。
605	严蕊	南宋初人，天台营妓。
606	晦庵	南宋初僧人。
607	徐逸	与朱熹为友，二人同时。
608	沈端节	孝宗淳熙三年（1176）知衡州。
609	张孝祥	高宗绍兴二年至孝宗乾道五年，1132—1169。
610	郭世模	与张孝祥交游，高宗绍兴三十年（1160）卒。
611	黄仁荣	绍兴、隆兴间两为两浙路转运副使。
612	许左之	高宗绍兴间天台人。
613	黄谈	受知于胡寅，成为张孝祥僚属，年未满五十卒。
614	张栻	高宗绍兴三年至孝宗淳熙七年，1133—1180。
615	阎苍舒	高宗绍兴二十七年（1157）进士，宁宗嘉泰初卒。

续表

排序	姓名	
616	崔敦礼	崔敦诗之兄，高宗绍兴三十年（1160）进士，孝宗淳熙八年（1181）卒。
617	陈造	高宗绍兴三年至宁宗嘉泰三年，1133—1203。
618	黄定	生于高宗绍兴三年（1133），孝宗乾道八年（1172）进士。
619	王自中	高宗绍兴四年至宁宗庆元五年，1134—1199。
620	李处全	高宗绍兴四年至孝宗淳熙十六年，1134—1189。
621	韩仙姑	南宋初人，生平不详。
622	周颉	高宗绍兴十五年（1145）进士，孝宗淳熙十四年（1187）为湖北转运判官。
623	王彭年	南宋初人，生平不详。
624	李伯虎	南宋初人，生平不详。
625	丘崈	高宗绍兴五年至宁宗嘉定二年，1135—1209。
626	朱晞颜	高宗绍兴五年至宁宗庆元六年，1135—1200。
627	吕胜己	朱熹门生。
628	唐致政	南宋初金华人。
629	楼锷	高宗绍兴三十年（1160）进士，孝宗淳熙元年（1174）知武昌府。
630	林外	高宗绍兴三十年（1160）进士。
631	梁安世	高宗绍兴六年（1136）生，孝宗淳熙中官广南西路转运判官。
632	黄岩叟	高宗绍兴三十年（1160）进士。
633	富摭	高宗绍兴七年至孝宗淳熙十三年，1137—1186。
634	邵怀英	与张孝祥同时，孝宗时在世。
635	赵长卿	宗室，卒于张孝祥后，宁宗嘉定间在世。
636	罗愿	高宗绍兴六年至孝宗淳熙十一年，1136—1184。
637	楼钥	高宗绍兴七年至宁宗嘉定六年，1137—1213。
638	张良臣	孝宗隆兴元年（1163）进士，淳熙末卒。
639	舒邦佐	高宗绍兴七年至宁宗嘉定七年，1137—1214。
640	张孝忠	孝宗隆兴元年（1163）进士，宁宗嘉定八年（1215）知金州。

续表

排序	姓名	
641	方有开	孝宗隆兴元年（1163）进士。
642	许及之	孝宗隆兴元年（1163）进士，宁宗嘉定二年（1209）卒。
643	傅大询	南宋初宜春人。
644	刘德秀	孝宗隆兴元年（1163）进士，宁宗嘉定元年（1208）卒。
645	吴镒	约生于高宗绍兴十三年（1143）前后，孝宗隆兴元年（1163）进士，宁宗庆元三年（1197）卒。
646	林淳	孝宗乾道八年（1172）为泾县令。
647	廖行之	高宗绍兴七年至孝宗淳熙十六年，1137—1189。
648	京镗	高宗绍兴八年至宁宗庆元六年，1138—1200。
649	张震	宁宗庆元三年（1197）守湖州。
650	张颁	南宋初人，曾守高邮。
651	王炎	高宗绍兴八年至宁宗嘉定十一年，1138—1218。
652	杨冠卿	生于高宗绍兴八年（1138）。
653	崔敦诗	高宗绍兴九年至孝宗淳熙九年，1139—1182。
654	赵汝愚	高宗绍兴十年（1140）生，卒于宁宗朝。
655	辛弃疾	高宗绍兴十年至宁宗开禧三年，1140—1207。
656	赵善扛	高宗绍兴十一年（1141），孝宗淳熙间卒。
657	赵善括	孝宗朝登进士，淳熙十六年（1189）知常州。
658	程垓	孝宗淳熙十三年（1186）游临安，光宗绍熙三年（1192）年五十许，杨万里荐以应贤良方正科。
659	虞俦	孝宗隆兴初入太学，举进士，宁宗嘉泰间为兵部侍郎。
660	徐似道	孝宗乾道二年（1166）进士，宁宗嘉定二年（1209）为江西提刑。
661	徐安国	孝宗乾道二年（1166）进士，宁宗嘉泰二年（1202）为湖南提举。
662	黄人杰	孝宗乾道二年（1166）进士。
663	蔡戡	高宗绍兴十一年（1141）生，宁宗庆元元年（1195）帅豫章。
664	何澹	孝宗乾道二年（1166）进士，宁宗嘉定元年（1208）知建康府。
665	陈三聘	与范成大同时。

续表

排序	姓名	
666	石孝友	孝宗乾道二年（1166）进士。
667	韩玉	孝宗隆兴初自金归宋，乾道七年（1171）为提点御前军器所。
668	熊良翰	南宋初上舍生。
669	熊可量	孝宗乾道五年（1169）进士。
670	熊上达	南宋初人，生平不详。
671	苏十能	孝宗乾道五年（1169）进士，宁宗嘉定三年（1210）知江阴军。
672	朱景文	孝宗乾道五年（1169）进士。
673	欧阳光祖	孝宗乾道八年（1172）进士。
674	罗椿	孝宗淳熙四年（1177）解试，不第。
675	游九言	高宗绍兴十二年至宁宗开禧二年，1142—1206。
676	刘光祖	高宗绍兴十二年至宁宗嘉定十五年，1142—1222。
677	何师心	孝宗淳熙间知叙州。
678	赵蕃	高宗绍兴十三年至理宗绍定二年，1143—1229。
679	何令修	孝宗淳熙间仁寿人。
680	马子严	孝宗淳熙二年（1175）进士。
681	赵师侠	孝宗淳熙二年（1175）进士。
682	陈亮	高宗绍兴十三年至光宗绍熙四年，1143—1193。
683	李訦	高宗绍兴十四年至宁宗嘉定十三年，1144—1220。
684	杨炎正	生于高宗绍兴十五年（1145），宁宗嘉定三年（1210）为大理司直。
685	俞灏	高宗绍兴十六年至理宗绍定四年，1146—1231。
686	连久道	南宋初道士。
687	赵师罣	高宗绍兴十八年至宁宗嘉定十年，1148—1217。
688	宋先生	南宋初时人，生平不详。
689	叶适	高宗绍兴二十年至宁宗嘉定十六年，1150—1223。
690	王楙	高宗绍兴二十一年至宁宗嘉定六年，1151—1213。
691	刘褒	孝宗淳熙五年（1178）进士，宁宗嘉定六年（1213）监尚书六部门。
692	章良能	孝宗淳熙五年（1178）进士，宁宗嘉定七年（1214）卒。

续表

排序	姓名	
693	熊以宁	孝宗淳熙五年（1178）进士。
694	詹克爱	孝宗淳熙五年（1178）进士。
695	李寅仲	孝宗淳熙五年（1178）进士。
696	张镃	高宗绍兴二十三年至理宗端平二年，1153—1235。
697	刘过	高宗绍兴二十四年至宁宗开禧二年，1154—1206。
698	蔡幼学	高宗绍兴二十四年至宁宗嘉定十年，1154—1217。
699	卢炳	宁宗嘉定七年（1214）守融州。
700	姜夔	高宗绍兴二十五年至宁宗嘉定十四年，1155—1221。
701	汪莘	高宗绍兴二十五年（1155）生，宁宗嘉定中尝诣阙。
702	曹彦约	高宗绍兴二十七年至理宗绍定元年，1157—1228。
703	张潞	生于高宗绍兴末，牧昭州。
704	崔与之	高宗绍兴二十八年至理宗嘉熙三年，1158—1239。
705	吴琚	孝宗乾道九年（1173）为临安通判，宁宗嘉泰二年（1202）迁少保。
706	刘翰	吴琚门客，二人同时。
707	赵廱	宁宗开禧间为处州太守。
708	杜旟	尝登吕祖谦之门，淳熙、开禧间两以制科荐。
709	刘仙伦	生于高宗绍兴末。
710	杜旃	杜旟之弟，二人同时。
711	韩彦古	韩世忠幼子，孝宗隆兴二年（1164）将作监丞，光宗绍熙三年（1192）卒。
712	张祥	孝宗淳熙十三年（1186）为合州守。
713	张履信	孝宗淳熙中尝监江口镇。
714	赵昂	孝宗时为御前应对。
715	徐珌	孝宗乾道或以前人。
716	郭应祥	高宗绍兴二十八年（1158）生，孝宗淳熙八年（1181）进士。
717	李壁	高宗绍兴二十九年至宁宗嘉定十五年，1159—1222。
718	韩淲	高宗绍兴二十九年至宁宗嘉定十七年，1159—1224。

续表

排序	姓名	
719	李廷忠	孝宗淳熙八年（1181）进士，宁宗嘉定八年（1215）知夔州。
720	胡惠斋	胡元功之女，尚书黄由之妻。
721	谢直宋	孝宗淳熙十一年（1184）进士，宁宗嘉定十五年（1222）为嘉兴府通判。
722	高似孙	孝宗淳熙十一年（1184）进士，理宗宝庆元年（1225）知处州。
723	易祓	孝宗淳熙十一年（1184）上舍释褐，至理宗嘉熙间尚在。
724	易祓妻	易祓之妻，二人同时。
725	章斯才	孝宗淳熙十三年（1186）太学生，赐进士。
726	危稹	孝宗淳熙十四年（1187）进士，宁宗嘉定十一年（1218）知潮州。
727	王居安	高宗绍兴二十年（1150）生，孝宗淳熙十四年（1187）进士，理宗初为龙图阁直学士。
728	王克勤	孝宗淳熙二年（1175）童子科补从事郎，宁宗开禧元年（1205）为太常寺主簿。
729	钟将之	宁宗庆元二年（1196），监登闻鼓院。
730	吴礼之	南宋孝宗时人，生平不详。
731	陈善	孝宗淳熙间豪士。
732	丁黼	孝宗淳熙间进士，理宗嘉熙三年（1239）被元兵所害。
733	俞国宝	孝宗淳熙间太学生。
734	徐冲渊	孝宗淳熙中召居太一宫，后主豫章玉隆观卒。
735	李好义	宁宗开禧三年（1207）为兴州中军副将，同年卒。
736	程准	孝宗时游士。
737	高翥	宋高宗、孝宗时人。
738	高惟月	光宗绍熙元年（1190）进士。
739	彭叔夏	光宗绍熙四年（1193）进士，曾与周必大同校《文苑英华》。
740	应傃	光宗绍熙四年（1193）进士，官乌程尉。
741	吴康	生于高宗绍兴间。
742	汪晫	高宗绍兴三十二年至理宗嘉熙元年，1162—1237。
743	虞刚简	孝宗隆兴二年至理宗宝庆二年，1164—1226。

续表

排序	姓名	
744	张拭	宁宗嘉泰四年（1204）为象山县令。
745	赵希明	宁宗嘉定元年（1208）守处州。
746	程珌	孝宗隆兴二年至理宗淳祐二年，1164—1242。
747	朱用之	孝宗时人，生平不详。
748	厉元范	孝宗时人，为庐陵郡守。
749	郑域	孝宗淳熙十一年（1184）进士，宁宗嘉定十三年（1220）诸司粮料院干办。
750	王澡	孝宗乾道二年（1166）生，宁宗嘉定十三年（1220）国子博士。
751	赵希俩	孝宗乾道二年至理宗嘉熙元年，1166—1237。
752	戴复古	孝宗乾道三年（1167）生。
753	戴复古妻	戴复古之妻。
754	李子酉	孝宗初时人，官转运判官。
755	徐梦龙	孝宗初时人，生卒不详。
756	赵扩	孝宗乾道四年至宁宗嘉定十七年，1168—1224。
757	方信孺	孝宗乾道四年至宁宗嘉定十五年，1168—1222。
758	龚大明	孝宗乾道四年至理宗嘉熙二年，1168—1238。
759	陈楠	孝宗乾道五年至宁宗嘉定四年，1169—1211。
760	史弥巩	孝宗乾道六年至理宗淳祐九年，1170—1249。
761	徐鹿卿	孝宗乾道六年至理宗淳祐九年，1170—1249。
762	邹应龙	孝宗乾道八年至理宗淳祐四年，1172—1244。
763	邹应博	宁宗开禧元年（1205）进士。
764	黄某	与邹应博同时。
765	叶秀发	宁宗庆元二年（1196）进士。
766	李刘	孝宗淳熙二年（1175）生，宁宗嘉定元年（1208）进士。
767	郑清之	孝宗淳熙三年至理宗淳祐十一年，1176—1251。
768	陈鹄	孝宗时南阳人。
769	李仲虺	光宗绍熙间人。

续表

排序	姓名	
770	黄简	卒于理宗嘉熙中。
771	陈耆卿	孝宗淳熙七年至理宗端平三年，1180—1236。
772	林表民	孝宗时东鲁人。
773	薛师石	孝宗淳熙五年至理宗绍定元年，1178—1228。
774	史达祖	韩侂胄僚属，二人同时。
775	高观国	孝宗时山阴人。
776	魏了翁	孝宗淳熙五年至理宗嘉熙元年，1178—1237。
777	李从周	魏了翁门客，二人同时。
778	卢祖皋	宁宗庆元五年（1199）进士。
779	孙居敬	孝宗时人，生平不详。
780	郑梦协	孝宗时人，尝官秘阁修撰。
781	真德秀	孝宗淳熙五年至理宗端平二年，1178—1235。
782	留元刚	孝宗开禧元年（1205）举博学鸿词科。
783	熊节	宁宗庆元五年（1199）进士。
784	范炎	辛弃疾之婿，曾为朝散郎。
785	汪相如	宁宗嘉定元年（1208）进士。
786	张敬斋	孝宗时人，生平不详。
787	徐照	永嘉四灵之一，与赵师秀等同时，宁宗嘉定四年（1211）卒。
788	可旻	孝宗时僧人，号“北山法师”。
789	净圆	孝宗时僧人，号“白云法师”。
790	刘学箕	孝宗时隐士，崇安人。
791	林正大	宁宗开禧间为严州学官。
792	洪咨夔	宁宗嘉泰二年（1202）进士，理宗端平三年（1236）卒。
793	赵与洽	理宗绍定二年（1229）进士。
794	李致远	与洪咨夔同时。
795	张琳	孝宗时人，官都监。
796	邬虙	孝宗时临川人。

续表

排序	姓名	
797	冯镕	宁宗嘉泰间乡贡进士。
798	刘镇	宁宗嘉泰二年（1202）进士。
799	张侃	与赵师秀、周文璞游，理宗端平二年（1235）为镇江佥判。
800	曾揆	孝宗时南丰人。
801	曹豳	宁宗嘉泰二年（1202）进士，理宗端平元年（1234）为左司谏。
802	周文璞	孝宗时阳谷人，官溧阳县丞。
803	王武子	宁宗开禧元年（1205）进士。
804	魏子敬	孝宗时人，生平不详。
805	韩嘐	孝宗时人，生卒不详。
806	卓田	宁宗开禧元年（1205）进士。
807	锦溪	孝宗时人，生平不详。
808	李仲光	宁宗开禧元年（1205）进士。
809	孙惟信	孝宗淳熙六年至理宗淳祐三年，1179—1243。
810	张端义	孝宗淳熙六年（1179）生，理宗端平中谪居化州而卒。
811	卫元卿	生于孝宗淳熙间，尝领乡荐。
812	彭止	孝宗时崇安人，生卒不详。
813	陈韡	孝宗淳熙五年至理宗景定元年，1178—1260。
814	方千里	生于孝宗时，官舒州佥判。
815	吴泳	孝宗淳熙八年（1181）生，宁宗嘉定元年（1208）进士，理宗朝为宝章阁学士，知泉州。
816	李铨	宁宗时人，曾官通判。
817	王大烈	宁宗嘉定四年（1211）进士。
818	程公许	孝宗淳熙九年（1182）生，理宗淳祐二年（1242）为太常少卿。
819	包恢	孝宗淳熙九年至度宗咸淳四年，1182—1268。
820	岳甫	岳飞之孙，孝宗淳熙十三年（1186）以朝奉郎知台州。
821	岳珂	岳飞之孙，孝宗淳熙十年至理宗端平元年，1183—1234。
822	朱藻	孝宗时人，生平不详。

续表

排序	姓名	
823	陈以庄	黄铢之甥，建安人。
824	苏泂	苏颂四世孙，山阴人。
825	许玠	理宗端平三年（1236）以荐补初品官衡州户掾。
826	王迈	孝宗淳熙十一年至理宗淳祐八年，1184—1248。
827	叶路钤	孝宗时人，生卒不详。
828	曾开国	孝宗时人，生卒不详。
829	彭耜	孝宗时长乐人，拜大都功。
830	赵葵	孝宗淳熙十三年至度宗咸淳二年，1186—1266。
831	方味道	孝宗时人，生卒不详。
832	黄机	尝与岳珂唱酬，二人同时。
833	严羽	生于宁宗开禧北伐后，卒于理宗淳祐前后。
834	严仁	约宋宁宗庆元前后在世。
835	严参	宁宗庆元间人。
836	张辑	宁宗时人，曾师姜夔学诗。
837	苏茂一	与邹登龙同时。孝宗至理宗淳祐时人。
838	史愚	生于孝宗时，生平不详。
839	赵灌园	生于孝宗时，号耐得翁。
840	葛长庚	宁宗嘉定中应召赴阙，馆太一宫。
841	刘克庄	孝宗淳熙十四年至度宗咸淳五年，1187—1269。
842	赵癯斋	约生于孝宗朝末，具体生卒不详。
843	程正同	约生于孝宗朝末，具体生卒不详。
844	阳枋	孝宗淳熙十四年至度宗咸淳三年，1187—1267。
845	周端臣	卒于理宗淳祐、宝祐间，为御前应制。
846	赵福元	与刘克庄同时。
847	李亿	与刘克庄同时。
848	刘颉	与刘克庄同时。
849	冯取洽	约生于孝宗朝末，延平人。

续表

排序	姓名	
850	赵以夫	孝宗淳熙十六年至理宗宝祐四年，1189—1256。
851	郑觉斋	约生于孝宗朝末，具体生卒不详。
852	张榘	理宗淳祐间为句容令。
853	刘克逊	孝宗淳熙十六年至理宗淳祐六年，1189—1246。
854	王广文	与赵汝鐩同时。约孝宗至理宗时人。
855	宋自道	约生于孝宗朝末，生卒年不详。
856	宋自逊	约生于孝宗朝末，生卒年不详。
857	黄载	约生于孝宗朝末，广东兵马钤辖。
858	王平子	约生于孝宗朝末，吴郡人。
859	俞文豹	理宗淳祐间在世。
860	赵希迈	理宗时知武冈军。
861	吴渊	光宗绍熙元年至理宗宝祐五年，1190—1257。
862	曾寓轩	与吴渊同时。
863	吴淇	宁宗嘉定七年（1214）进士。
864	杜东	宁宗嘉定七年（1214）进士。
865	赵汝迕	宁宗嘉定七年（1214）进士。
866	楼采	宁宗嘉定十年（1217）进士。
867	雷应春	宁宗嘉定十年（1217）进士。
868	包荣父	宁宗嘉定十年（1217）进士。
869	游文仲	约生于光宗时，生平不详。
870	刘清夫	约生于光宗时，建阳人。
871	祝穆	理宗时除迪功郎，为兴化军涵江书院山长。
872	周文谟	与史弥远同时。约孝宗至理宗时人。
873	李好古	约生于光宗时，自署乡贡免解进士。
874	阮秀实	早年见知于赵蕃，曾为岳珂、贾似道门客，咸淳初摄芜湖茶局。
875	刘子寰	宁宗嘉定十年（1217）进士，朱熹门生。
876	姚镛	宁宗嘉定十年（1217）进士。

续表

排序	姓名	
877	尹焕	宁宗嘉定十年（1217）进士，理宗淳祐八年（1248）为朝奉大夫。
878	夏元鼎	理宗宝庆中为小校武官。
879	王埜	宁宗嘉定十三年（1220）进士，理宗宝祐二年（1254）拜端明殿学士。
880	哀长吉	宁宗嘉定十三年（1220）进士。
881	黄师参	宁宗嘉定十三年（1220）进士。
882	李义山	宁宗嘉定十三年（1220）进士。
883	牟子才	宁宗嘉定十六年（1223）进士，度宗咸淳初授翰林学士。
884	戴翼	宁宗嘉定十六年（1223）进士。
885	徐经孙	光宗绍熙三年至度宗咸淳九年，1192—1273。
886	冯去非	光宗绍熙三年至约度宗咸淳八年，1192—1272。
887	熊大经	约生于光宗时，曾为建阳县主簿。
888	张□□	约生于光宗时，生平不详。
889	赵某	约生于光宗时，生平不详。
890	翁定	宁宗、理宗时建安人。
891	留元崇	理宗宝庆中曾知连州。
892	沈刚孙	理宗宝庆元年（1225）为昌国县令。
893	王澜	约生于光宗、宁宗时，蕲州乡贡进士。
894	善珍	光宗绍熙五年至端宗景炎二年，1194—1277。
895	吴潜	宁宗庆元二年至理宗景定三年，1196—1262。
896	方君遇	约生于宁宗初，疑是湖州人。
897	平江妓	宁宗嘉定间平江歌妓。
898	陈垲	度宗咸淳四年（1268）卒。
899	淮上女	淮上良家女，宁宗嘉定间，金人南侵被掳。
900	黄孝迈	约生于宁宗时，生卒年不详。
901	吴千能	理宗绍定间知永州。
902	史隽之	史浩之孙，理宗绍定初知江阴军。

续表

排序	姓名	
903	张友仁	宁宗时人，官永州郡丞。
904	王柏	宁宗庆元三年至度宗咸淳十年，1197—1274。
905	刘震孙	生于宁宗庆元三年（1197），理宗嘉熙元年（1237）守湖州。
906	周晋	周密之父，理宗绍定四年（1231）宰富阳。
907	曾原一	理宗绍定四年（1231）解试。
908	赵希囿	理宗端平二年（1235）进士。
909	江万里	宁宗庆元四年至约恭帝德祐元年，1198—约1275。
910	萧廷之	与彭耜游，二人同时。彭耜，孝宗淳熙十二年（1185）生。
911	朱涣	宁宗嘉定十六年（1223）进士。
912	周弼	宁宗嘉定间进士。
913	黄时龙	与周弼同时。
914	陈云崖	与周弼同时。
915	陈东甫	或说与陈云崖为昆季，二人同时。
916	黄中	宁宗时婺州人。
917	李曾伯	宁宗庆元四年（1198），理宗宝祐间进士。
918	郑熏初	宁宗时人，生卒不详。
919	余玠	曾为赵葵幕僚，理宗宝祐元年（1253）卒。
920	赵崇嶓	宁宗庆元四年至理宗宝祐三年，1198—1255。
921	方岳	宁宗庆元五年至理宗景定三年，1199—1262。
922	楼槃	生于宁宗时，官庆元府教谕。
923	徐宝之	理宗宝庆元年（1225）解试。
924	祖吴	理宗宝庆二年（1226）进士。
925	周申	理宗宝庆二年（1226）进士。
926	赵汝腾	理宗宝庆二年（1226）进士，景定二年（1261）卒。
927	赵孟坚	宁宗庆元五年至端宗景炎二年，1199—1277。
928	赵崇霄	理宗宝庆二年（1226）进士。
929	马光祖	理宗宝庆二年（1226）进士。

续表

排序	姓名	
930	李南金	理宗宝庆二年（1226）进士。
931	萧崱	理宗绍定五年（1232）进士。
932	萧泰来	理宗绍定二年（1229）进士。
933	马天骥	理宗绍定二年（1229）进士。
934	黎道静	约生于宁宗时，道士，主持广州斗南楼。
935	黄判院	约生于宁宗时，生平不详。
936	薛泳	约生于宁宗时，天台人，生平不详。
937	徐元杰	理宗绍定五年（1232）进士，理宗淳祐五年（1245）卒。
938	国学生	约生于宁宗时，生平不详。
939	陆叡	理宗绍定五年（1232）进士，度宗咸淳二年（1266）卒。
940	史可堂	与陆叡同时。
941	陈诜	约生于宁宗时，登第授岳阳教官。
942	余桂英	约生于宁宗时，生平不详。
943	曾原郕	曾原一从弟，东湖书院山长。
944	许棐	理宗嘉熙中隐居秦溪，卒于淳祐九年（1249）。
945	陈策	宁宗庆元六年至度宗咸淳十年，1200—1274。
946	李昴英	宁宗嘉泰元年至理宗宝祐五年，1201—1257。
947	吴文英	约宁宗嘉泰二年至理宗景定元年，约1202—1260。
948	翁元龙	吴文英亲伯仲，杜范之客。
949	翁孟寅	约生于宁宗时，为贾似道门客。
950	万俟绍之	约生于宁宗时，万俟卨曾孙。
951	丁宥	约生于宁宗时，钱塘人。
952	周氏	丁宥侧室，二人同时。
953	潘牥	宁宗嘉泰四年至理宗淳祐六年，1204—1246。
954	赵希彭	宁宗开禧元年至度宗咸淳二年，1205—1266。
955	孙吴会	理宗端平二年（1235）进士。
956	赵溍	度宗咸淳中知建康府。

续表

排序	姓名	
957	刘澜	卒于端宗景炎元年（1276）。
958	魏庭玉	理宗嘉熙四年（1240）任吴县令。
959	李霜涯	理宗嘉熙间人。
960	王谌	约生于宁宗时，阳羡人。
961	厉寺正	约生于宁宗时，生平不详。
962	施枢	理宗嘉熙从幕浙东转运司，淳祐三年（1243）从事郎知溧阳。
963	储泳	约生于宁宗时，云间人。
964	刘子实	理宗嘉熙二年（1238）进士。
965	翁合	理宗嘉熙二年（1238）进士，度宗咸淳时知赣州。
966	王庚	约生于宁宗时，官教授。
967	黄铸	约生于宁宗时，官柳州守。
968	李宏模	与胡仲弓同时。度宗咸淳前后在世，登进士为会稽令。
969	杨子咸	约生于宁宗时，卒于宋末。
970	太学士人	约生于宁宗时，生平不详。
971	李之问	约生于宁宗时，生平不详。
972	吴敏德	约生于宁宗时，生平不详。
973	郭子正	约生于宁宗时，生平不详。
974	鄱阳护戎女	约生于宁宗时，生平不详。
975	尹词客	约生于宁宗时，成都官妓。
976	王氏	约生于宁宗时，张熙之妻。
977	虞珏	虞刚简之子，理宗淳祐八年（1248）通判建康府。
978	洪瑹	约生于宁宗时，自号空同词客。
979	楼扶	理宗端平中为沿江制置司干官，卒于淳祐间。
980	章谦亨	理宗绍定间为铅山令。
981	王同祖	理宗嘉熙元年（1237）为朝散郎、大理寺主簿。
982	杨伯嵒	理宗淳祐间除工部郎，宝祐二年（1254）卒。
983	李彭老	理宗淳祐中为沿江制置司属官。

续表

排序	姓名	
984	李莱老	度宗咸淳六年（1270）任严州知州
985	黄应武	约生于宁宗时，生卒不详。
986	如愚居士	约生于宁宗时，生平不详。
987	林革	约生于宁宗时，生卒不详。
988	曾宏正	理宗淳祐中直秘阁，湖南提刑。
989	吴景伯	宁宗开禧三年（1207）生，理宗宝祐四年（1256）进士。
990	邓有功	宁宗嘉定三年至约末帝祥兴二年，1210—约1279。
991	李振祖	宁宗嘉定四年（1211）生，理宗宝祐四年（1256）进士。
992	汤恢	约生于宁宗时，生平不详。
993	李演	约生于宁宗时，生平不详。
994	卫宗武	理宗淳祐间知常州，入元不仕，卒于至元二十六年（1289）。
995	李敬则	理宗淳祐间人。
996	吴益	约生于宁宗时，生平不详。
997	利登	理宗淳祐元年（1241）进士。
998	吴势卿	理宗淳祐元年（1241）进士。
999	刘浩	理宗淳祐元年（1241）进士。
1000	赵希汰	宗室子，约生于宁宗时。
1001	徐俨夫	理宗淳祐元年（1241）进士。
1002	陈合	理宗淳祐四年（1244）进士。
1003	李芸子	约生于宁宗时，昭武人，生平不详。
1004	张辒	理宗嘉熙间沿江制置使属官。
1005	游子西	约生于宁宗时，龙溪人，生平不详。
1006	施乘之	约生于宁宗时，生平不详。
1007	周济川	约生于宁宗时，生平不详。
1008	应次蘧	约生于宁宗时，生平不详。
1009	李璮	尝仕元为益都行省江淮大都督，理宗景定三年（1262）降宋拜宝信宁武军节度使，旋为元兵所杀。

续表

排序	姓名	
1010	黄昇	约生于宁宗时，理宗时在世。
1011	杨泽民	约生于宁宗时，理宗时在世。
1012	陈郁	理宗时充缉熙殿应制。
1013	冯伟寿	约生于宁宗时，生平不详。
1014	陈无咎	约生于宁宗时，生平不详。
1015	陈草阁	约生于宁宗时，生平不详。
1016	徐介轩	约生于宁宗时，生平不详。
1017	章耐轩	约生于宁宗时，生平不详。
1018	昭顺老人	约生于宁宗时，生平不详。
1019	陈舜翁	约生于宁宗时，生平不详。
1020	洪子大	约生于宁宗时，生平不详。
1021	郑子玉	约生于宁宗时，生平不详。
1022	文珏	约生于宁宗时，生平不详。
1023	顾卞	约生于宁宗时，生平不详。
1024	陈景沂	约生于宁宗时，天台人，生平不详。
1025	松洲	约生于宁宗时，生平不详。
1026	韩淮	约生于宁宗时，生平不详。
1027	王云焕	约生于宁宗时，生平不详。
1028	王淮	约生于宁宗时，天台人，生卒不详。
1029	叶润	约生于宁宗时，生平不详。
1030	张杜	约生于宁宗时，生平不详。
1031	王泳祖	理宗宝祐中为沿江制置司机宜文字。
1032	刘天游	约生于宁宗时，生平不详。
1033	柴望	宁宗嘉定五年至元至元十七年，1212—1280。
1034	王玉	约生于宁宗时，与柴望同时。
1035	张桂	张俊裔孙，约生于宁宗时，曾官大理司直。
1036	张枢	张炎之父，约生于宁宗时。

续表

排序	姓名	
1037	叶隆礼	理宗淳祐七年（1247）进士。
1038	家铉翁	宁宗嘉定六年至元至元三十一年，1213—1294。
1039	石正伦	约生于宁宗时，理宗时在世。
1040	陈著	宁宗嘉定七年至元大德元年，1214—1297。
1041	赵与御	宗室子，约生于宁宗时。
1042	王义山	宁宗嘉定七年至元至元二十四年，1214—1287。
1043	刘云甫	约生于宁宗时，赣州人。
1044	龚日昇	约生于宁宗时，为知县后官侍郎。
1045	陈若水	理宗淳祐十年（1250）进士。
1046	胡翼龙	理宗淳祐十年（1250）进士。
1047	刘之才	约生于宁宗时，生平不详。
1048	萧汉杰	理宗淳祐十年（1250）进士。
1049	罗椅	宁宗嘉定七年（1214）生，理宗宝祐四年（1256）进士，度宗后尚在世。
1050	徐霖	宁宗嘉定八年至理宗景定二年，1215—1261。
1051	朱埴	宁宗嘉定八年（1215）生，理宗宝祐四年（1256）进士。
1052	张绍文	张榘之子，南徐人，约生于宁宗时。
1053	杨缵	约生于宁宗时，张炎曾从其学习音律。
1054	史铸	约生于宁宗时，山阴人。
1055	林洪	林逋七世孙，淳祐间以诗名世。
1056	吴大有	理宗宝祐间游太学，与仇远等交游。
1057	金淑柔	理宗宝祐间人。
1058	陈人杰	约生于宁宗时，生平不详。
1059	毛珝	约生于宁宗时，桐山人。
1060	张矩	约生于宁宗时，生平不详。
1061	吴申	理宗时为潼川运判。
1062	姚勉	宁宗嘉定九年至理宗景定三年，1216—1262。

续表

排序	姓名	
1063	陈允平	恭帝德祐时授沿海制置司参议官，宋亡后曾征至大都。
1064	胡仲弓	约生于宁宗时，与蒲寿宬同时。
1065	施岳	约生于宁宗时，吴县人。
1066	薛梦佳	理宗宝祐元年（1253）进士。
1067	潘希白	理宗宝祐元年（1253）进士。
1068	文及翁	理宗宝祐元年（1253）进士，宋亡不仕。
1069	李珏	宁宗嘉定十二年至元大德十一年，1219—1307。
1070	钟过	宝祐三年（1255）解试。
1071	谭方平	宁宗嘉定十四年（1221）生，理宗宝祐四年（1256）进士。
1072	马廷鸾	宁宗嘉定十六年至元至元二十六年，1223—1289。
1073	李仁本	约生于宁宗末理宗初，生平不详。
1074	谢枋得	理宗宝庆二年至元至元二十六年，1226—1289。
1075	莫起炎	理宗宝庆二年至元至元三十一年，1226—1294。
1076	牟巘	理宗宝庆三年至元至大四年，1227—1311。
1077	徐理	理宗绍定元年（1228）生，宝祐四年（1256）进士。
1078	吴季子	宝祐四年（1256）进士。
1079	何梦桂	理宗绍定元年（1228）生，元至元间，屡征不至。
1080	赵必岊	理宗绍定元年（1228）生，宋亡不仕。
1081	林自然	理宗淳祐间人。
1082	奚倬然	理宗时人，生平不详。
1083	赵闻礼	理宗时临濮人。
1084	叶阊	度宗咸淳间守南康，宋亡降元。
1085	杜良臣	理宗时豫章士人。
1086	曹豳	理宗时人，贾似道门客。
1087	郑雪岩	理宗时人，生平不详。
1088	赵汝茪	宗室子，理宗时人。
1089	谭宣子	理宗时浙江人，生平不详。

续表

排序	姓名	
1090	薛燧	理宗时人，生平不详。
1091	杨韶父	理宗时人，生平不详。
1092	史深	理宗时人，生平不详。
1093	丁默	理宗时人，生平不详。
1094	曾栋	理宗时人，生平不详。
1095	江开	理宗时人，生平不详。
1096	戴平之	理宗时人，生平不详。
1097	王□□	理宗时人，姓名、生平不详。
1098	程武	理宗时人，生平不详。
1099	王月山	理宗时人，生平不详。
1100	王万之	理宗时人，生平不详。
1101	钱宀孙	理宗时人，生平不详。
1102	陈璧	理宗时人，生平不详。
1103	赵时奚	理宗时人，宗室子。
1104	向希尹	理宗时人，生平不详。
1105	萧元之	理宗时临江人，生平不详。
1106	陈成之	理宗时人，生平不详。
1107	王师锡	理宗时人，生平不详。
1108	赵时行	宗室子，理宗时人。
1109	郭□□	理宗时人，姓名、生平不详。
1110	王大简	理宗时人，生平不详。
1111	刘菊房	理宗时人，生平不详。
1112	杜龙沙	理宗时人，生平不详。
1113	王苍	理宗时人，生平不详。
1114	宋德广	理宗时人，生平不详。
1115	黄廷璹	理宗时人，生平不详。
1116	陈坦之	理宗时人，生平不详。

续表

排序	姓名	
1117	张艾	理宗时人，生平不详。
1118	徐□	理宗时人，生平不详。
1119	施翠岩	理宗时人，生平不详。
1120	续雪谷	理宗时人，生平不详。
1121	荣樵仲	理宗时人，生平不详。
1122	陆象泽	理宗时人，生平不详。
1123	鞠华翁	理宗时吉水人，生平不详。
1124	曾晞颜	理宗景定三年（1262）进士。
1125	朱子厚	理宗时人，生平不详。
1126	刘辰翁	理宗绍定五年至元大德元年，1232—1297。
1127	吴蒙庵	生于理宗时，与刘辰翁同时。
1128	颜奎	理宗时太和人，生平不详。
1129	尹济翁	理宗时庐陵人，生平不详。
1130	郑楷	理宗时三山人，生平不详。
1131	赵淇	宋末直龙图阁、广南东路发运使，入元署广东宣抚使。
1132	张磐	宋末为嵊州令。
1133	张林	宋末为池州守，元兵至，降元。
1134	曹良史	约生于理宗时，卒于元至大元年以前。
1135	赵与仁	宗室子，生于理宗时，宋末为临安判官，入元为辰州教授。
1136	陈逢辰	理宗时人，生平不详。
1137	史介翁	理宗时人，生平不详。
1138	何光大	理宗时人，生平不详。
1139	应法孙	理宗时人，生平不详。
1140	王亿之	理宗时人，生平不详。
1141	王茂孙	理宗时人，生平不详。
1142	朱晰	理宗时人，生平不详。
1143	郑斗焕	理宗时人，生平不详。

续表

排序	姓名	
1144	蜀中妓	理宗时人，蜀中歌妓。
1145	周容	理宗时四明人，生平不详。
1146	张涅	理宗时人，生平不详。
1147	周密	理宗绍定五年至约元大德二年，1232—约1298。
1148	林式之	理宗时人，林希逸门人，为朝阳通判。
1149	王奕	生于理宗时，与谢枋得相善，入元后曾补玉山教谕。
1150	蒲寿宬	度宗咸淳间守梅州，叛宋降元。
1151	吴龙翰	理宗绍定六年（1233）生，度宗咸淳间乡贡。
1152	朱嗣发	理宗端平元年至元大德八年，1234—1304。
1153	陈达叟	宋末时人，生平不详。
1154	文天祥	理宗端平三年至元至元十九年，1236—1282。
1155	邓剡	理宗景定三年（1262）进士，崖山败后为张宏范所得，得放还。
1156	刘鉴	生于理宗时，宋亡隐居不仕，年逾七十而终。
1157	臞翁	与刘鉴同时。
1158	王洧	宝祐、咸淳间人，曾守道州。
1159	汪梦斗	理宗景定二年（1261）赴江东漕试，宋亡不仕。
1160	彭元逊	理宗景定二年（1261）解试，与刘辰翁相唱和。
1161	方衡	理宗时人，生平不详。
1162	郭居安	贾似道门客，宋末赴崖山。
1163	赵从橐	尝作词寿贾似道，当与贾似道同时。
1164	廖莹中	贾似道门客，贾似道贬，廖自杀。
1165	丁察院	理宗时人，姓名、生平不详。
1166	黄石曹	理宗时人，生平不详。
1167	翁溪园	尝作词寿贾似道，当与贾似道同时。
1168	倪君奭	理宗时四明人，生平不详。
1169	杨佥判	度宗时人，生平不详。
1170	萧某	度宗时太学生。

续表

排序	姓名	
1171	赵文	理宗嘉熙二年（1238）生，入元后为东湖书院山长。
1172	赵功可	赵文之弟，二人同时。
1173	汪宗臣	理宗嘉熙三年至元至顺元年，1239—1330。
1174	刘埙	理宗嘉熙四年至元延祐六年，1240—1319。
1175	王清观	生于理宗时，生平不详。
1176	熊则轩	生于理宗时，生平不详。
1177	阮槃溪	生于理宗时，生平不详。
1178	危西麓	生于理宗时，与刘埙同时。
1179	汪元量	约理宗淳祐元年至元延祐四年，约 1241—1317。
1180	王学文	生于理宗时，眉山人，生平不详。
1181	王清惠	度宗昭仪，宋亡徙北。
1182	章丽贞	宋末宫人。
1183	袁正真	宋末宫人。
1184	金德淑	宋末宫人。
1185	连妙淑	宋末宫人。
1186	黄静淑	宋末宫人。
1187	陶明淑	宋末宫人。
1188	柳华淑	宋末宫人。
1189	杨慧淑	宋末宫人。
1190	华清淑	宋末宫人。
1191	梅顺淑	宋末宫人。
1192	吴昭淑	宋末宫人。
1193	周容淑	宋末宫人。
1194	吴淑真	宋末宫人。
1195	张琼英	宋末宫人。
1196	詹玉	宋末古郢人。
1197	王沂孙	约生于理宗绍定间，元至元时为庆元路学正。

续表

排序	姓名	
1198	黄公绍	度宗咸淳元年（1265）进士。
1199	彭履道	度宗咸淳元年（1265）进士，卒于元大德八年（1304）。
1200	韦居安	度宗咸淳四年（1268）进士，端宗景炎元年（1276）司纠三衢。
1201	柴元彪	度宗咸淳四年（1268）进士，入元后隐居。
1202	东冈	宋末人，入元隐居不仕。
1203	范晞文	理宗时太学生，入元为长兴丞。
1204	叶李	理宗淳祐二年至元至元二十九年，1242—1292。
1205	梁栋	理宗淳祐二年至元大德九年，1242—1305。
1206	莫仑	度宗咸淳四年（1268）进士。
1207	姚云文	度宗咸淳四年（1268）进士，入元授承直郎。
1208	赵必𤩪	理宗淳祐五年至元至元三十一年，1245—1294。
1209	黎廷瑞	度宗咸淳七年（1271）进士，卒于元大德二年（1298）。
1210	李震	度宗咸淳七年（1271）进士。
1211	陈纪	度宗咸淳十年（1274）进士，宋亡不仕。
1212	仇远	理宗淳祐七年至约元泰定三年，1247—约 1326。
1213	董嗣杲	理宗景定间榷茶富池，宋亡后入道。
1214	高晞远	咸淳、德祐间通判平江府，宋亡隐居不仕。
1215	杨均	宋末临安盐官人，生平不详。
1216	胡幼寅	度宗咸淳十年（1274）进士，宋亡隐世不出。
1217	熊禾	理宗淳祐七年至元皇庆元年，1247—1312。
1218	詹无咎	生于理宗时，生平不详。
1219	王槐建	生于理宗时，生平不详。
1220	刘应李	度宗咸淳十年（1274）进士，入元不仕。
1221	王梦应	度宗咸淳十年（1274）进士，元人攻临安，兵败遁匿。
1222	孙锐	度宗咸淳十年（1274）进士，恭帝德祐三年（1277）卒。
1223	李琳	度宗咸淳十年（1274）进士。
1224	醴陵士人	生于理宗时，姓名、生平不详。

续表

排序	姓名	
1225	褚生	恭帝德祐间太学生。
1226	徐君宝妻	徐君宝之妻，宋末被掳，不从敌，透水而死。徐君宝，宋末岳州人。
1227	刘氏	宋末时人，被元兵所掳。
1228	张淑芳	西湖樵家女，被贾似道匿为妾，后自度为尼。
1229	王易简	宋末登进士，除瑞安簿，不赴。
1230	冯应瑞	宋末人，生平不详。
1231	唐艺孙	宋末人，生平不详。
1232	吕同老	宋末济南人，生平不详。
1233	李居仁	宋末人，生平不详。
1234	唐珏	理宗淳祐七年（1247）生。元至元间，杨琏真珈尽掘南宋诸帝陵，义民唐珏、林景熙收葬诸帝遗骨，为时所称。
1235	赵汝钠	宗室子，南宋末人。
1236	曹稆孙	宋末瑞安人，官承直郎。
1237	林横舟	宋末平阳人，生平不详。
1238	杨舜举	王应麟门生，宋末金华人。
1239	危复之	宋末太学生，入元隐居。
1240	罗志仁	宋末人，入元曾作诗颂文天祥而讥留梦炎，几得祸，逃而免。
1241	曾寅孙	宋末山阴人，生平不详。
1242	沈钦	宋末汴人，生平不详。
1243	刘沆	宋末鄘州人，生平不详。
1244	止禅师	宋末僧人，生平不详。
1245	蒋捷	度宗咸淳十年（1274）进士。
1246	陈德武	宋末三山人，生平不详。
1247	张炎	理宗淳祐八年至约元延祐七年，1248—约 1320。
1248	韩信同	理宗淳祐十一年至元至顺三年，1251—1332。
1249	王炎午	理宗淳祐十二年至元泰定元年，1252—1324。
1250	徐瑞	理宗宝祐二年至约元延祐七年，1254—约 1320。

续表

排序	姓名	
1251	王去疾	宋末为乡贡进士，入元后为吉州路、杭州路儒学教授。
1252	刘将孙	刘辰翁之子，生于理宗宝祐五年（1257）。
1253	陈恕可	理宗宝祐六年至元至元五年，1258—1339。
1254	陈深	生于理宗景定间，宋亡隐居。
1255	刘铉	宋末人，尝为浏阳教官。
1256	梁明天	宋末人，生平不详。
1257	梅坡	宋末人，生平不详。
1258	徐观国	宋末江左士子，生平不详。
1259	俞克成	宋末人，生平不详。
1260	胡浩然	宋末人，生平不详。
1261	宋丰之	宋末人，生平不详。
1262	孙夫人	宋末人，生平不详。
1263	陈若晦	宋末云间人，生平不详。
1264	徐一初	宋末人，生平不详。
1265	陈彦章妻	理宗嘉熙间兴化人。
1266	郑文妻	郑文之妻。郑文，宋末秀州太学生。
1267	刘鼎臣妻	宋末人，生平不详。
1268	张任国	宋末人，生平不详。
1269	福建士子	宋末人，生平不详。
1270	钟辰翁	宋末人，生平不详。
1271	萧仲芮	宋末人，生平不详。
1272	陈士豪	宋末人，生平不详。
1273	赵通判	宋末人，生平不详。
1274	赵汝恂	宋末人，生平不详。
1275	石麟	宋末人，生平不详。
1276	黄通判	宋末人，生平不详。
1277	高子芳	宋末人，生平不详。

续表

排序	姓名	
1278	萧仲昺	宋末人，生平不详。
1279	熊德修	宋末人，生平不详。
1280	范飞	宋末人，生平不详。
1281	程和仲	宋末人，生平不详。
1282	咏槐	宋末人，生平不详。
1283	陈梦协	宋末人，生平不详。
1284	静春	宋代号静春者颇多，此静春系何人不详，或谓即刘清之，绍兴三年（1133）生，淳熙十六年（1189）卒。
1285	王绍	宋末人，生平不详。
1286	程节斋	宋末人，生平不详。
1287	张仲殊	宋末妇人，生平不详，非僧人仲殊。
1288	吴氏	宋末妇人，生平不详。
1289	吴编修	宋末人，姓名、生平不详。
1290	赵龙图	宋末人，生平不详。
1291	竹林亭长	宋末人，生平不详。
1292	杨樵云	宋末涂川人，生平不详。
1293	刘应雄	宋末西昌人，生平不详。
1294	曾隶	宋末人，生平不详。
1295	黄水村	宋末宜春人，生平不详。
1296	姜个翁	宋末清江人，生平不详。
1297	彭芳远	宋末人，生平不详。
1298	戴山隐	宋末人，生平不详。
1299	李裕翁	宋末人，生平不详。
1300	龙端是	宋末人，生平不详。
1301	萧东父	宋末人，生平不详。
1302	王从叔	宋末庐陵人，生平不详。
1303	吴元可	宋末禾川人，生平不详。

续表

排序	姓名	
1304	李太古	宋末古芸人，生平不详。
1305	黄子行	黄庭坚裔孙，修水人。
1306	龙紫蓬	宋末人，生平不详。
1307	萧允之	宋末人，生平不详。
1308	段宏章	宋末禾川人，生平不详。
1309	刘贵翁	宋末庐陵人，生平不详。
1310	黄霁宇	宋末人，生平不详。
1311	刘天迪	宋末西昌人，生平不详。
1312	张半湖	宋末人，生平不详。
1313	刘景翔	宋末安成人，生平不详。
1314	周伯阳	泰州人，生于南宋末，入元隐居，月泉吟社成员。
1315	尹公远	宋末人，生平不详。
1316	李天骥	宋末庐陵人，生平不详。
1317	刘应几	宋末安成人，生平不详。
1318	周孚光	宋末西昌人，生平不详。
1319	彭泰翁	宋末安成人，生平不详。
1320	曾允元	宋末西昌人，生平不详。
1321	朱元夫	宋末人，生平不详。
1322	邵桂子	宋末人，生平不详。
1323	彭子翔	宋末人，生平不详。
1324	百兰	宋末人，生平不详。
1325	丁持正	宋末人，生平不详。
1326	李石才	宋末人，生平不详。
1327	魏顺之	宋末人，生平不详。
1328	伍梅城	宋末人，生平不详。
1329	丁几仲	宋末人，生平不详。
1330	禅峰	宋末人，生平不详。

续表

排序	姓名	
1331	刘涧谷	宋末人，生平不详。
1332	游稚仙	宋末人，生平不详。
1333	李团湖	宋末人，生平不详。
1334	黄诚之	宋末人，生平不详。
1335	熊子默	宋末人，生平不详。
1336	陈惟喆	宋末人，生平不详。
1337	欧阳朝阳	宋末人，生平不详。
1338	碧虚	宋末人，生平不详。
1339	彭正大	宋末人，生平不详。
1340	叶巽斋	宋末人，生平不详。
1341	铁笔翁	宋末人，生平不详。
1342	刘性初	宋末人，生平不详。
1343	刘学颜	宋末人，生平不详。
1344	江史君	宋末人，生平不详。
1345	徐架阁	宋末人，生平不详。
1346	立斋	宋末人，生平不详。
1347	黄革	宋末人，生平不详。
1348	陈潜心	宋末人，生平不详。
1349	罗子衎	宋末人，生平不详。
1350	刘公子	宋末人，生平不详。
1351	三槐	宋末人，生平不详。
1352	程东湾	宋末人，生平不详。
1353	张倅	宋末人，生平不详。
1354	胡德芳	宋末人，生平不详。
1355	赵宰	宋末人，生平不详。
1356	张宰	宋末人，生平不详。
1357	梁大年	宋末人，生平不详。

续表

排序	姓名	
1358	鼓峰	宋末人，生平不详。
1359	程霁岩	宋末人，生平不详。
1360	翠微翁	宋末人，生平不详。
1361	菊翁	宋末人，生平不详。
1362	赵佥判	宋末人，生平不详。
1363	李慧之	宋末人，生平不详。
1364	留晚香	宋末人，生平不详。
1365	杨守	宋末人，生平不详。
1366	草夫人	宋末人，生平不详。
1367	游慈	宋末人，生平不详。
1368	静山	似是汪静山，度宗咸淳四年（1268）进士。
1369	刘守	宋末人，生平不详。
1370	逸民	宋末人，生平不详。
1371	无何有翁	宋末人，生平不详。
1372	任翔龙	宋末人，生平不详。
1373	程梅斋	宋末人，生平不详。
1374	刘省斋	宋末人，生平不详。
1375	刘仁父	宋末人，生平不详。
1376	刘南翁	宋末人，生平不详。
1377	勿翁	宋末人，生平不详。
1378	李君行	宋末人，生平不详。
1379	赋梅	宋末人，生平不详。
1380	易少夫人	宋末人，生平不详。
1381	胡平仲	宋末人，生平不详。
1382	曹遇	宋末人，生平不详。
1383	白君瑞	宋末人，生平不详。
1384	贾应	宋末人，生平不详。

续表

排序	姓名	
1385	杨元亨	宋末人，生平不详。
1386	林实之	宋末人，生平不详。
1387	刘灏	宋末人，生平不详。
1388	曾中思	宋末人，生平不详。
1389	黄子功	宋末人，生平不详。
1390	张嗣初	宋末人，生平不详。
1391	沈明叔	宋末荆溪人，生平不详。
1392	寇寺丞	宋末人，生平不详。
1393	苏小小	宋末人，生平不详。
1394	李秀兰	宋末人，生平不详。
1395	胡夫人	宋末人，生平不详。
1396	洛阳女	宋末人，生平不详。
1397	丁义叟	宋末人，生平不详。
1398	陶氏	宋末人，生平不详。
1399	吴奕	宋末人，生平不详。
1400	杨太尉	宋末人，生平不详。
1401	李子申	宋末人，生平不详。
1402	闾丘次杲	宋末人，生平不详。
1403	危昂霄	宋末隐士，时称“渠潹先生”。
1404	万某	宋末人，生平不详。
1405	蔡士裕	宋末人，蔡必荐长子。蔡必荐，度宗咸淳间授丹阳学正。
1406	覃怀高	宋末人，生平不详。
1407	巴州守	宋末人，生平不详。
1408	江无□	宋末人，生平不详。
1409	崔中	南宋时人，生平不详
1410	何钽翁	南宋时人，生平不详。
作者名见于《全宋词补辑》而未见于《全宋词》者		

续表

排序	姓名	
1411	毕大节	宋初时人，生平不详。
1412	庞籍	太宗端拱元年至仁宗嘉祐八年，988—1063。
1413	周起	真宗咸平三年（1000）进士，约卒于仁宗天圣六年（1028）前后。
1414	杨绘	仁宗天圣五年至哲宗元祐三年，1027—1088。
1415	吴淑虎	徽宗宣和间知清江。
1416	吴叔虎	徽宗政和时人。
1417	张伯寿	高宗绍兴五年（1135）为建昌军判官。
1418	曹宰	北宋时人，生平不详。
1419	王子容	或为北宋时人，生平不详。
1420	叶景山	或为北宋时人，生平不详。
1421	李商英	或为北宋时人，生平不详。
1422	马伯升	或为北宋时人，生平不详。
1423	严抑	高宗建炎二年（1128）进士。
1424	沈长卿	钦宗靖康二年（1127）以太学生上书论时事，高宗建炎二年（1128）进士。
1425	张浚	哲宗绍圣四年至孝宗隆兴二年，1097—1164。
1426	鲁訔	哲宗元符元年至孝宗淳熙三年，1098—1176。
1427	鲖阳居士	南渡初人，生平不详。
1428	赵士彀	宗室子，生平不详。
1429	李朴	高宗绍兴时人。
1430	温镗	徽宗大观四年（1110）生，孝宗淳熙三年（1176）以朝奉大夫倅严州。
1431	芮烨	徽宗政和四年至孝宗乾道七年，1114—1171。
1432	傅自得	徽宗政和五年至孝宗淳熙十年，1115—1183。
1433	芮辉	徽宗宣和三年（1121）生，孝宗淳熙间提刑浙东。
1434	刘季裴	徽宗宣和五年（1123）生，乾道四年（1168）除秘书丞。
1435	徐叔至	与姜特立同时，当是北宋末南宋初时人。

续表

排序	姓名	
1436	□阳	疑为京镗，不详。
1437	赵彦逾	高宗建炎四年至宁宗开禧三年，1130—1207。
1438	卫时敏	高宗绍兴二年至孝宗淳熙七年，1132—1180。
1439	高伯达	南渡初人，生平不详。
1440	郝子直	南渡初人，生平不详。
1441	何安中	南宋初人，生平不详。
1442	徐明仲	南宋初人，生平不详。
1443	陈之贤	南宋初人，生平不详。
1444	丁求安	高宗、孝宗时人，生平不详。
1445	赵师律	宗室子，生平不详。
1446	赵师岩	宗室子，尝于高宗末、孝宗初添差通判吴兴。
1447	沈伯文	南宋初人，生平不详。
1448	钱处仁	孝宗时有钱端礼，字处和。处仁或为其兄弟辈。
1449	李焕	南宋有二李焕：其一长溪人，孝宗隆兴元年（1163）进士；其二都昌人，宁宗嘉定元年（1208）进士。
1450	林伯镇	南渡后人，生平不详。
1451	王涣	孝宗乾道末为武陵宰。
1452	陈甹	当是孝宗时人，生平不详。
1453	甄良友	孝宗时人，生平不详。
1454	郑元秀	宋孝宗时人，生平不详。
1455	周云	与周必大、刘过同时，宁宗开禧间为枢密府机宜文字。
1456	王孝严	孝宗乾道八年（1172）进士。
1457	陈晔	宁宗庆元二年（1196）知汀州。
1458	邵元实	南渡后人，生平不详。
1459	卑叔文	南宋时人，生平不详。
1460	臧鲁子	南宋时人，生平不详。
1461	陈秉文	南宋时人，生平不详。

续表

排序	姓名	
1462	谈羲仲	南宋时人，生平不详。
1463	王罙高	南宋时人，生平不详。
1464	江衮	南宋时衢州人，生平不详。
1465	华岳	宁宗时人，尝为韩侂胄僚属，后谋去史弥远，下狱杖死。
1466	赵希蓬	宗室子，与华岳唱和甚多。
1467	程伯春	理宗时人，生平不详。
1468	赵良玉	南宋末宗室子，生平不详。
1469	赵孟谦	南宋末宗室子，生平不详。
1470	张明中	南宋末人，生平不详。
1471	张埴	年代较刘克庄为晚，吉水人。
1472	丁无悔	不详。
1473	杨再可	不详。
1474	刘仲讷	不详。
1475	蒋思恭	不详。
1476	张成可	不详。
1477	丁仲远	不详。
1478	真知柔	不详。
1479	张时甫	不详。
1480	李朝卿	不详。
1481	谈元范	不详。
1482	倪翼周	不详。
1483	段倚	不详。
1484	贺及	不详。
1485	傅伯达	不详。
1486	郑达可	不详。
1487	臧余庆	不详。
1488	胡于	不详。

续表

排序	姓名	
1489	申国章	不详。
1490	陈日章	不详。
1491	李景良	不详。
1492	张思济	不详。
1493	李夫人	不详。
1494	张藻	不详。
1495	胡文卿	不详。
1496	杨道居	不详。
1497	史佐尧	不详。
1498	徐去非	不详。
1499	舒大成	不详。
1500	贾少卿	不详。
1501	陆汉广	不详。
1502	王阜民	不详。
1503	霍安人	不详。
1504	希叟	不详。
1505	沈元实	不详。
1506	游子蒙	不详。
1507	贾逋	不详。
1508	吴文若	不详。
1509	去非	不详。
1510	潘熊飞	不详。
1511	黄庭佐	南宋人，不详。
1512	赵□	不详。
1513	吴氏	不详。
金代新生词调首作者		
1	蔡松年	1107—1159。字伯坚，号萧闲老人。冀州真定人。金天会年间授真定府判官，累官至右丞相，封卫国公。谥文简，追封吴国公。

续表

排序	姓名	
2	王喆	1112—1170。咸阳（今陕西咸阳）人，原名中孚，字允卿，后改名世雄，字德威。创立全真教，易名喆，字知明，号重阳子。
3	马钰	1123—1183。原名从义，字宜甫，入道后更名钰，字玄宝，号丹阳子，世称马丹阳。金全真教道二代掌教。
4	孙不二	1119—1182。名富春，志童，马丹阳之妻。入道后法名不二，号清静散人，世称孙仙姑。
5	王寂	1128—1194。字元老，号拙轩，蓟州玉田（今河北玉田）人。金天德三年进士，历官至真定少尹兼河北西路兵马副都总管。谥文肃。
6	赵秉文	1159—1232。字周臣，号闲闲居士，磁州滏阳（今河北磁县）人。金大定二十五年进士，历官至资善大夫、上护军、天水郡侯。
7	高宪	金辽东人，字仲常。金章宗泰和三年进士，仕博州防御判官。
8	元好问	1190—1257。字裕之，号遗山。山西人。金兴定五年进士及第，授权国史院编修，官至知制诰。入元居家隐居。
9	侯善渊	金末元初道士，号太玄子。
10	王吉昌	金末元初道士，号超然子。
11	长筌子	金末元初道士，生平不详。
宋代话本、笔记等拟名词		
排序	人物	出处
1	梁意娘	《醉翁谈录》
2	越娘	《绿窗新话》引《丽情集》
3	张师师	《醉翁谈录》
4	钱安安	《醉翁谈录》
5	张商英	《宣和遗事》
6	徐都尉	《问答录》
7	崔木	《醉翁谈录》
8	黄舜英	《醉翁谈录》
9	贾奕	《宣和遗事》
10	窃杯女子	《宣和遗事》
11	刘锜	《京本通俗小说·碾玉观音》
12	陈义	《京本通俗小说·菩萨蛮》

续表

排序	人物	出处
13	梅娇	《彤管遗编后集》
14	杏俏	《彤管遗编后集》
15	苏小娘	《花草粹编》
16	张魁	《事林广记》
17	张枢密	《事林广记》
18	申二官人	《事林广记》
19	杨岛仙	《醉翁谈录》
20	吴德远	《醉翁谈录》
21	连静女	《古今词统》
22	楚娘	《醉翁谈录》
23	谢福娘	《醉翁谈录》
24	张时	《醉翁谈录》
25	双渐	《醉翁谈录》
26	黄夫人	《京本通俗小说·碾玉观音》
27	刘使君	《京本通俗小说·志诚张主管》
28	李氏	《京本通俗小说·西山一窟鬼》
29	朱希真	《彤管遗编后集》
30	张幼谦	《情史》
31	罗惜惜	《彤管遗编续集》
32	萧回	《花草粹编》
33	春娘	《彤管遗编别集》
34	张生	《古今词统》
35	郑云娘	《花草粹编》
宋人托名神仙鬼怪词		
排序	人物	出处
1	海哥	《玉照新志》
2	何仙姑	《鹤鸣余音》

续表

排序	人物	出处
3	宋媛	《云斋广录》
4	吴城小龙女	《冷斋夜话》
5	蔡真人	《复斋漫录》
6	懒堂女子	《夷坚志补》
7	巫山神女	《夷坚志》
8	玉英	《碧鸡漫志》
9	紫姑	《碧鸡漫志》
10	清源真君	《夷坚志》
11	李季萼	《夷坚志》
12	随车娘子	《夷坚志》
13	紫姑	《夷坚志》
14	玉真	《续夷坚志》
15	乩仙	《齐东野语》《古今别肠词选》
16	琴精	《江湖纪闻》
17	珍娘	《花草粹编》
18	吕岩	《诗话总龟》《竹坡老人诗话》《填词图谱》《苕溪渔隐丛话》《夷坚志》《湖海新闻夷坚续志》《扬州琼华集》

引用与参考书目举要

总集

任中敏编著《敦煌歌辞总编》，南京：凤凰出版社，2014

任半塘、王昆吾编著《隋唐五代燕乐杂言歌辞集》，成都：巴蜀书社，1990

曾昭岷、曹济平、王兆鹏、刘尊明编撰《全唐五代词》，北京：中华书局，1999

张璋、黄畲编《全唐五代词》，上海：上海古籍出版社，1986

唐圭璋编《全宋词》，北京：中华书局，1965

唐圭璋编《全金元词》，北京：中华书局，1979

孔凡礼辑《全宋词补辑》，北京：中华书局，1981

杨镰主编《全元词》，北京：中华书局，2019

北京大学古文献研究所编《全宋诗》，北京：北京大学出版社，1991

（宋）郭茂倩编《乐府诗集》，北京：中华书局，2017

（后蜀）赵崇祚编，杨景龙校注《花间集校注》，北京：中华书局，2017

词集、词话

（宋）无名氏编，朱祖谋校、蒋哲伦增校《尊前集 附金奁集》，南昌：江西人民出版社，1984

（宋）黄大舆编《梅苑》，北京：中国书店，2018

（宋）曾慥编《乐府雅词 附拾遗》，北京：中华书局，1985

（宋）黄昇选《花庵词选》，北京：中华书局，1958

（宋）赵闻礼选《阳春白雪 附外集》，北京：中华书局，1985

（宋）周密辑，（清）查为仁、厉鹗笺《绝妙好词笺》，北京：中华书局，1957

（宋）何士信编《草堂诗余》，北京：中华书局，1958

（明）陈耀文辑，龙建国、杨月山点校《花草粹编》，保定：河北大学出版社，2010

（清）朱彝尊、汪森编，孟斐标校《词综》，上海：上海古籍出版社，1999

（清）张惠言辑《词选 附续词选》，北京：中华书局，1957

（清）沈辰垣等编《历代诗余》，上海：上海书店，1985

（清）沈时栋辑《古今词选》，清康熙刊本

唐圭璋编《词话丛编》，北京：中华书局，1986

词谱

（明）周瑛撰《词学筌蹄》，清初钞本

（明）张綖撰《诗余图谱》，《四库全书存目丛书》集部第四二五册，济南：齐鲁书社，1997

（明）徐师曾撰《词体明辨》，《四库全书存目丛书》集部第四二五册，济南：齐鲁书社，1997

（明）程明善撰《啸余谱》，明万历四十七年刊本

（明）万惟檀撰《诗余图谱》，明崇祯十年万氏自刻本

（清）赖以邠撰，吴熊和点校《填词图谱》，书目文献出版社，1986

（清）万树编著《词律》，上海：上海古籍出版社，1984

（清）孙致弥撰，楼俨补订《词鹄初编》，清康熙四十四年刊本

（清）王奕清等编撰《钦定词谱》，北京：中国书店，1983

（清）秦巘编著《词系》，北京：北京师范大学出版社，1996

（清）叶申芗撰《天籁轩词谱》，清道光刊天籁轩五种本

（清）徐立本撰《词律拾遗》，清同治刊刻本

（清）徐棨撰《词律笺榷》，龙榆生《词学季刊》二卷、三卷，北京：国家图书馆出版社，2015

龙榆生著《唐宋词格律》，上海：上海古籍出版社，2014

蔡国强著《钦定词谱考正》，上海：华东师大出版社，2017

谢桃坊著《唐宋词谱校正》，上海：上海古籍出版社，2012

田玉琪著《北宋词谱》，北京：中华书局，2018

江合友著《明清词谱史》，上海：上海古籍出版社，2008

韵书

周祖谟著《广韵校本》，北京：中华书局，1960

周祖谟编《唐五代韵书集存》，北京：中华书局，1983

（宋）《礼部韵略》，《四部丛刊续编》，上海：上海书店出版社，2015

（元）黄公绍、熊忠著，宁忌浮整理《古今韵会举要》，北京：中华书局，1997

（清）《佩文韵府》，上海：上海古籍出版社，2019

（清）戈载撰《词林正韵》，上海：上海古籍出版社，2009

（元）周德清撰《中原音韵》，张玉来、耿军著《中原音韵校本》，北京：中华书局，2013

史书乐志

（后晋）刘昫等撰《旧唐书·音乐志》，北京：中华书局，1975

（宋）欧阳修、宋祁等撰《新唐书·礼乐志》，北京：中华书局，1975

（宋）薛居正等撰《旧五代史·乐志》，北京：中华书局，1976

（宋）欧阳修撰，徐无党注《新五代史》，北京：中华书局，1974

（宋）王溥撰《唐会要》，北京：中华书局，2017

（元）脱脱等撰《宋史·乐志》，北京：中华书局，1977
（清）徐松加辑《宋会要辑稿》，北京：中华书局，1957

专著

（唐）崔令钦撰，任中敏笺订，喻意志、吴安宁校理《教坊记笺订》，南京：凤凰出版社，2013
（唐）段安节撰《乐府杂录》，北京：中华书局，1985
（宋）李昉等撰《太平御览》，北京：中华书局，2000
（宋）陈旸撰，张国强点校《〈乐书〉点校》，郑州：中州古籍出版社，2019
（宋）王灼著，岳珍校正《碧鸡漫志校正》，成都：巴蜀书社，2000
（宋）计有功辑撰《唐诗纪事》，上海：上海古籍出版社，2013
（宋）阮阅编，周本淳校点《诗话总龟》，北京：人民文学出版社，1987
（宋）吴曾撰《能改斋漫录》，北京：中华书局，1985
（宋）胡仔纂集，廖德明校点，周本淳重订《苕溪渔隐丛话》，北京：人民文学出版社，1993
（宋）王应麟辑《玉海》，扬州：广陵书社，2003
（宋）周密著，李小龙、赵锐评注《武林旧事》，北京：中华书局，2007
（宋）马端临著《文献通考》，北京：中华书局，2011
（清）毛先舒撰《填词名解》，《四库全书存目丛书》集部第四二五册，济南：齐鲁书社，1997
（清）徐釚撰，唐圭璋校注《词苑丛谈》，北京：中华书局，2008
任中敏著，张之为、戴伟华校理《唐声诗》，南京：凤凰出版社，2013
任中敏著，张长彬校理《敦煌曲研究》，南京：凤凰出版社，2013
龙榆生著《词曲概论》，上海：上海古籍出版社，1980
施蛰存著《词学名词释义》，北京：中华书局，1988
丘琼荪著《白石道人歌曲通考》，上海：音乐出版社，1959
马兴荣等主编《中国词学大辞典》，杭州：浙江教育出版社，1996
夏敬观著《词调溯源》，孙克强、和希林主编《民国词学史著集成》第三卷，天津：南开大学出版社，2016
吴藕汀著《词名索引》，北京：中华书局，2004
吴熊和著《唐宋词通论》，杭州：浙江古籍出版社，1985
洛地著《词乐曲唱》，北京：人民音乐出版社，1995
洛地著《词体构成》，北京：中华书局，2009
施议对著《词与音乐关系研究》，北京：中国社会科学出版社，1989
刘尊明著《唐宋词调研究》，南京：凤凰出版社，2019
田玉琪著《词调史研究》，北京：人民出版社，2012

刘少坤、王立娟著《民国时期词律批评研究》，北京：科学出版社，2019

（注：本稿阅读参考的文献甚多，凡稿中引录的词例、古代词话、笔记、史书乐志等有关词体的各种记载和论述，书稿当页皆有脚注，兹不一一列举。当代有关词调、词乐、词律等词体学专著，仅择要而示之，还有相当数量有关词体学的专著和论文未予俱录，谨致谢意！）

后 记

2011年，本人主持申报国家社会科学基金重大招标项目《中国诗词曲源流史》。当时该项目的申报，由国家社科工作办公室公示招标项目，申报竞标的主持人及项目组成员经各级审查通过后，赴京参加国家社科办组织的答辩会，项目主持人向答辩专家们呈述研究规划，接受专家组的质询和建议。是年秋，本人赴京答辩，答辩组专家们针对项目申报书指出："诗词曲源流史"包括文体形态、文学精神、风格流派等各种层面和视角，关涉政治制度、文化习俗、社会生态等若干领域，从微观到宏观，可研究的问题可谓无止境，虽然申报书提出的子项目和若干研究专题不无新意，但要防止表面规模宏大和泛泛而论，重在切实而专精，在内容和方法上较以往研究应有所创新和突破。

答辩会后不久，感谢专家组和国家社科办的信任，本项目组的申报获得立项，尤令人感动的是国家社科办转达了答辩组组长杨义先生亲笔手书的专家组意见。按国家社科办的要求，立项后应根据答辩会的要求修订研究计划，并举行开题报告会。本年冬，江苏省社科办主持开题报告，来自全国各地的11位资深专家（包括此前答辩会部分专家）对研究规划提出很多深刻意见，结合此前答辩会专家组的意见，要求项目组集中精力，深化研究，重在突破。专家组与项目组反复讨论，决定将原规划中的重点内容——文体形式研究提取出来，凝练为诗词曲文体源流专史。这里我要特别感谢开题报告会和答辩会的各位专家所提的各种意见和建议以及为整个项目确定的大方针和学术框架，这是本项目展开和完成的重要保证。

开题报告会结束后，省社科办将开题报告会决议与项目组进一步修订的研究规划上报国家社科办。2012年初，项目组进入具体研究，历经10年，完成五部专著，2021年底申请结项，省社科办聘请五位专家审阅项目成果，听取和评议项目主持人和子课题负责人的结项报告。最后的评审结果报请国家社科办公室审批，以良好结项。

本《源流谱》为总项目的子项目"词体源流史"研究成果。词体，包括乐体和文体，有口头和文本两种形态，今天面对的直接对象是文本之词，"词体"通常指词的文体。在传统词学中，词体专学为"词谱"——古汉语的"谱"，指对某类事物予以系统化有序记录和展示（如家谱、书谱等），"词谱"，即以历史时序为纲，具体词作为目，标注句读、韵脚与字声，辅以简要说明，从而直观呈现词体的起始与衍变的历史过程。如《钦定词谱》，取全部唐五代宋元词加以"对证"，按时序先后梳理归纳各调之词的"正""变"诸体，出示各体词例，标示韵式、句读和平仄字声及要点解说，可谓一部以"词谱"形式呈现的词体源流史。所以我们一开始进行的工作，便是查阅古今各种词谱，得到很多启发，但有些我们打算深入研究的方面，如词的“变体”方式和规律、“律化”的历史轨迹等，既有的各种词谱不能满足我们的需要，起初打算对《钦定词谱》做一些扩充性工作，但发现对词体的构成及词体“源流史”的理解不尽相同，于是决定重新制作一部词谱，借鉴传统词谱“对证”作品而归纳和划分词体的方法，根据我们对词体结构和词意的理解，重新标点唐五代两宋词作，在此基础上确定简明统一的分“体”标准，将每一调所有词作划分为“同体”和“变体”。传统词谱没有完全出示“对证”的结果，我们则把每一调所有词作的“对证”结果全部展示，严格按照词调发生先后和词作者的年辈依次排序，以更加直观、具体、有序、全面地呈现“词体源流史”。最后的工作，则是以本《源流谱》为实证资料，以“歌辞总体观念”为基本立场，以“词体结构与历史演变”为总论题，对“词体源流史”予以整体说明和理论阐释。

确定了制作词谱的总体构想，接着是确定词谱的起止年代。古代词调，90%以上生成于唐宋，宋以后词体建构开始进入尾声，因此将下限确定为南宋，“对证”的词作不涉金元词。只取金元新生词调入谱，以示词体建构的历史趋势。确定下限后，上限的确定却有些踌躇，因为“词”起于何时是个从古到今有争议的话题。“起源”是个模糊概念，不同视野、不同向度、不同层面都会产生不同观点，清人甚至有将词的起源直溯《诗经》中的杂言诗。斟酌以后，确定了判断“词”之成立和起始的两点依据：一从“词”的大类“歌辞”出发，看“词”什么时候成了一种专类歌辞之名；二看“词”在哪些方面不同于以往的歌辞，所以才得此专称。由此得出的结论是：普行于雅俗文化圈、用一个曲调传唱不同作者、不同内容的长短句歌辞，是为“词”。检索历史文献，中唐文人开始将自己写作的、继承文人“乐府”传统的合乐歌辞称作“词”[①]；与以往文人歌辞的不同，则在文人们有意识据曲调音乐“因声度词”，一曲可以“依调”填写不同内容的歌辞。因此，“词”作为一种特定的专类歌辞体，起始于唐，因为文人的群体性“依调填词”到唐代才开始出现。当然，唐文人的“因声度词”是对雅、俗歌唱技术尤其是民间歌唱的总结提炼，从现有资料看，民间歌辞一脉在唐代敦煌民间写本曲子辞中才开始批量出现“一调多辞”，所以从雅俗文化圈的共同情况看，可谓“词”从唐始。

当然，这并不是说唐前没有“一调多辞”的杂言歌曲，有的论者即认为“词”的起始在南六朝，如东晋刘妙容《宛转歌》二首[②]、南朝梁武帝《江南弄》联章组曲七首[③]、梁

① 唐元稹《乐府古题序》：“备曲度者，总得谓之歌曲词调，皆斯由乐以定词，非选调以配乐也。”《元稹集》，中华书局1982年版，第254页。

② 兹录其一：“月既明，西轩琴复清。寸心斗酒争芳夜，千秋万岁同一情。歌宛转，宛转凄以哀。愿为星与汉，光影共徘徊。”宋郭茂倩《乐府诗集·琴曲歌辞》，中华书局1979年版，第872—873页。

③ 梁武帝萧衍《江南弄》七首：《江南曲》《采莲曲》《采菱曲》《龙笛曲》《凤笙曲》《朝云曲》《游女曲》，体式全同，皆为7，7，7。3，3，3，3。有可能七首用统一曲调歌唱。兹举第一、二两首：其一《江南曲》：“众花杂色满上林，舒芳耀绿垂轻阴，连手躞蹀舞春心。舞春心，临岁腴，中人望，独踟蹰。”其二《采莲曲》：“游戏五湖采莲归，发花田叶芳袭衣，为君艳歌世所希。世所希，有如玉，江南弄，采莲曲。”梁简文帝、沈约亦作有《江南弄》，体式与梁武帝曲辞全同。

黄门侍郎张率、陆琼、徐陵、陈后主等所作的《长相思》①，还有隋炀帝和朝散大夫王胄各有两首《纪辽东》②。古人称这些六朝杂言歌辞为“乐府”，是六朝文人“拟乐府古题”演化的“乐府新题”——此“乐府”，《文心雕龙·乐府》称为“乐篇”，今语即“歌辞”。南朝文人的这些“乐篇”是不是“因声度词”的“依调”之作，无法断定，从其同调之作体式全同看，很有可能是，所以有论者推之为最早的“词”。其中的《长相思》，唐宫廷教坊也有该曲（见唐崔令钦《教坊记》），惜无传辞；中唐白居易则有著名词作《长相思》③，唐敦煌写本亦有《长相思》曲子辞，两首体式都与南朝文人《长相思》不同（见本谱第44调），是否与南朝《长相思》有源流关系，有可能，难确定。当然，南朝有曲调流传到唐代完全可以肯定，但南朝文人写作的歌辞极少，还没有成为一种群体性写作，与唐五代文人“一调多辞”的“词”尚不是一回事。从文体形式看，歌辞大类分支的“词”之源，上游可溯至汉代乐府杂言歌诗，顺之而下为魏晋南北朝隋代的杂言乐府诗，继之唐前期雅俗曲子辞，直到中唐五代两宋文人词——前面的皆可视为后面的“源”，在此意义上，完全可将六朝文人杂言歌辞视为“词”之“源”，或者说是唐宋文人词的“前形态”。但话说回来，“源”并不直接等于“是”，“前形态”与“此形态”也不直接等同，严谨一点还是归入“乐府”系列为宜，所以我们还是按照传统词谱的惯例以唐代为始④。

在读明清词谱时，冒出一个问题：为什么宋人不制作词谱？联想到明中期文人兴起南曲写作后，晚明就有文人作起了文体格式的南曲谱，而词史上第一次、也是最重要的高潮是宋文人词，为什么宋代却没有词谱？这个似乎“无中生有”的问题，却怎么也丢不掉，思来想去，从“歌辞运行生态”得出一个答案：宋词是在“活态传唱”中运行的，“一调多辞”且“一调多体”，所以无需文体格式之“词谱”。“一调多体”是宋词歌唱艺术丰富性的体现，越是歌场“热调”和“填者”众多，“同体”“又一体”就越多，士夫文人和平民大众对“一调多体”皆习以为常，所以无须为词体确立统一规格，当然不会去做讲规矩的“词谱”。

① 兹录徐陵《长相思》：“长相思，望归难。传闻奉诏戍皋兰，龙城远，雁门寒。愁来瘦转剧，衣带自然宽。念君今不见，谁为抱腰看。”《乐府诗集·杂曲歌辞》，第992页。

② 隋代《纪辽东》，体式皆为7，5。7，5。7，5。7，5。兹各举一首：杨广《纪辽东·其一》：“辽东海北翦长鲸，风云万里清。方当销锋散马牛，旋师宴镐京。前歌后舞振军威，饮至解戎衣。判不徒行万里去，空道五原归。”王胄《纪辽东·其一》：“辽东浿水事龚行，俯拾信神兵。欲知振旅旋归乐，为听凯歌声。十乘元戎才渡辽，扶濊已冰消。讵似百万临江水，按辔空回镳。”按：宋人即有将“词”的发源溯自隋一说，王灼《碧鸡漫志》卷一：“盖隋以来，今之所谓曲子者渐兴。”张炎《词源·卷上》：“粤自隋唐以来，声诗间为长短句。”惜未作具体说明。中国古代列朝皆有各种新的“曲子”产生，隋代虽短，亦不例外，《隋书·音乐志》载炀帝“大制艳篇，辞极淫绮”，“命乐正白明达造新声”，乐曲和歌词多已失传，《乐府诗集》卷四十七录有署名隋炀帝之《泛龙舟》，七言八句声诗；唐敦煌写本歌辞则有民间曲子辞《斗百草》《十二时》，其曲或来源于隋。

③ 敦煌写本歌辞《长相思》：“估客在江西，富贵世间稀。终日红楼上，□□舞着辞。○频频满酌醉如泥，轻轻更换金卮。尽日贪欢逐乐，此是富不归。”白居易《长相思》：“汴水流，泗水流，流到瓜洲古渡头。吴山点点愁。○思悠悠，恨悠悠，恨到归时方始休。月明人倚楼。”

④ 实际上，唐文人的一些杂言诗（如《将近酒》）也是“拟乐府古题”，相当一些杂言诗是六朝文人“新题乐府”传统的延伸扩展，诗题或有“歌”“曲”字样，或吟之诵之，但和群体性“依调填词”的“调”——词调，尚不可等同言之，不可笼统称之为“歌辞”。

而明清文人所以制作“词谱”，因为词的生态发生改变：宋以后元代的文人词写作明显下滑，明代开始逐渐升温，清代则形成了历史上规模最大的词人群体，而此时的“词”已成一种案头文学，第一身份从过去的歌词转变为书面之词。古代书面韵文体建构的传统观念，以确立统一的文体格式为指归，所以明清文人作词的第一要务是确定词体格式。但词“体”本是依乐“因声度词”的产物，而原生词乐到明清已消亡，面对唐宋词的诸多词调和“一调多体”，明清文人无法用“词、乐相协”复核哪一体更标准，所以只能从书面词作选择范式，这就是明清文人所以制作“词谱”的动机和目的，典范之作是清代康熙年间奉旨而作的《钦定词谱》，以韵数、句型、声律的整饬规则为标准推举“正体”，不够“正”的则划为“变格”之“又一体”，从而将词的“一调多体”潜在导向“一调一体”。

《钦定词谱》推举“正体”，多是一调的初期词作，以之为准归纳此后的“变体”，所以具有某种“词体源流史”意味，但整个词谱毕竟不是“既在”的“词体源流史”，而是“被设计”的、以“正体”为统领的“词调分体史”。而这，正是《钦定词谱》的首要目的和实用功能：每一调以“正体”为填词的第一样板，在词乐亡失的无奈中，将“因声度词”的音乐学“依调填词”转化为文体学的“依词填词”。清代民国的“词史”正是这样展开运行的：作词者多信守《钦谱》推举的“正体”，“一调一体”成为文人词写作的主流。当然也有少量新创词调（包括“犯调”和自度曲），但罕有别家“填者”，只是一种个人玩趣。

《钦定词谱》以“正体”导向的“一调一体”和词体的“规则化”意识，对近世以来的词体研究也颇有影响。晚清民国以来，“词体学”的主要研究指向在词体的普遍结构规则，尤其是词调音乐与词体构成的关系，产生一批很有价值的研究成果。但对词体的“弹性”和“变体”的研究则比较薄弱，有的研究不免过于刻板地解说词体“乐”“文”对应的“唯一性”。之所以如此，与词体研究的方法有关：词的本性是歌唱之辞，词体“始”与“变”的原生机制是“活态歌唱”，但我们的研究依靠的是文献资料，用古代文本中的乐理来阐释词调音乐和词体的关系，再结合当代音乐理论加以推论。但古代专业音乐理论与大众的歌唱实际不尽相合，词体的生成——尤其是“变体”机制的研究，不能仅靠“纸上谈兵”，关键在于把握词的活态歌唱方式。遗憾的是唐宋人的原态歌唱已永远消亡，所以无法对唐宋词的“变体”予以实证研究。好在现代文化人类学提供了一个“间接实证”方法：调查当下尚存的、没有受到现代文化侵入影响、保留着过去文化意味的人之行为方式，研究和解释其行为的动因和文化意义。用这方法探讨古代词唱的“一调多辞”和“变体”机制，具体操作是调查考察一个地方祖祖辈辈传下的、没有一点“洋气”的“唱曲儿”，由之体会和理解古代的词唱方式。而我十几年来正好陆续进行了传统吟诵的调查，采访了各地八九十岁老先生的传统古诗文吟诵，每位先生儿时尚在清末民国，从小上私塾就是用一两个先生教的“吟诵调”吟诵古典诗词散文，高雅一点称之“吟诵”“吟唱”，其实就是很“土”很“原始”的“哼唱”。不由得回想起当年下乡插队时乡土小调的“唱曲儿”——我是大队“毛泽东思想宣传队”的骨干，农闲时唱歌跳舞混工分，宣传队里有“土歌手”，擅长当地的“下淮调”，三四个小调调，什么歌词都可以唱，长的短的、齐言杂言，张口就来。我们知青跟着学，很快也能“一调唱多辞”，有本事的知青还能“土为今用”，用四五个“下淮调”演唱《沙家浜》。现在把乡下的“土唱”和传统吟诵联系起来，忽然顿悟：这不就是“活态歌唱”嘛！具体唱法用我现在知道的古代“词唱”术语说，也就是“摊破”“折腰”“叠唱”“添字”“减字”“犯调”“小住”“大顿”“加减节奏”等等。所以我给学生讲中国古代的“活态歌唱”，就演示一下传统吟诵和“土唱”，用“古老”的扬州小调——如《好一朵茉莉花》《拔根芦柴花》之类，哼唱古代诗词散文，以领略“一调多辞”“一调多体”的“活唱”。当然，古代“词唱”比这不知要高出多少档次，但唱法的基本“原理”是相通的。

我不知道学界同仁是否同意这“以今通古”的方法，而我觉得必须要懂一点“词唱”的具体操作，才能切实靠近词之“变体”的发生机制。细读古代文献中有关“词唱”的描述和解析，结合传统吟唱和乡下唱小曲的“土”方法，我以为对古代“词唱”可作这样的解释：词之“变体”的原生机制，依托雅俗群体同行共举、互通交流的“活态歌唱”，而不是文人的独家发明。这一解释，可以得到历史事实的支持：今见唐五代宋金的所有“歌辞体”：敦煌写本“曲子辞”、有主名文人词、无名氏平民词、宫廷大曲、杂剧、队舞、诸宫调、鼓子词、南戏、缠令、唱赚等等，其“辞”都是一定框架下的“一调多体”。因此，唐宋词体的“弹性型态”乃是当时雅俗“歌辞体”的共性。这一点很重要，说明词之“变体”是唐宋时代整个“声歌文化”的一种表现。遗憾的是我们制作的词谱难以囊括唐宋市井民间的“歌辞体”，这里且稍作一瞥，请看宋金南戏和诸宫调各一例：

《西厢记诸宫调·卷一》【惜奴娇】：

【双调·惜奴娇】绝早侵晨，早与他忙梳裹，不寻思虚脾真个。你试寻思，秀才家，平生饿，无那，空倚着门儿咽唾。〇去了红娘，会圣肯书帏里坐，坐不定一地里笃么。觑着日头儿，暂时间斋时过。杀剁，又不成红娘邓我。

【双调·惜奴娇】再见红娘，五脏神儿都欢喜，请来后何曾推避。逐定红娘，见夫人，忙施礼，道前日想娘娘，可来惊悸。〇相国夫人，谨陪奉张君瑞，道辄敢便屈邀先辈。子母孤孀，又无个，别准备。可怜客寄，愿先生高情勿罪！①

句字句型谱：

(一) 4，6，7。4，3，3，2，7。〇4，7，7。5，6。2，7。

15分句5复句，三/五/〇三/二/二/型复句组。

(二) 4，7，7。4，3，3，6，4。〇4，6，8。4，3，3。4，7。

16分句5复句，三/五/〇三/三/二/型复句组。

---

① （金）董解元撰，侯岱麟校订《西厢记诸宫调》，文学古籍刊行社1955年版。

南戏《张协状元·第十四出》【红衫儿】：

【红衫儿】（生）独步廊西魂欲断，自觉孤凄，奈眼前尽成怨忆。（旦）此处村僻荒羌，那人烟最稀。早晚奴独坐独行，□便过得。

【同前换头】（生）才到黄昏至，虎啸猿啼起。论娘行恁娇媚，何不嫁个良婿？（旦）孰敢痴迷！貌丑犹过一壁，奈身无寸缕。况兼亲戚俱无，谁来管你。

【同前换头】（生）算来张协病，相将渐效可。虽然恁地，归犹未得。娘子无夫协无归，好共成比翼。饱学在肚里，异日风云际。身定到凤凰池，一举登科，强在庙里。带汝归到吾乡，真个好哩。

【同前换头】（旦）你好不度己，你好忒容易，这言语甚张志。还嫁汝好殢人疑，惹人非。奴似水彻底澄清，没纤毫点翳。请君目即出门，休在这里。①

句字句型谱：

（一）7，4，7。6，5。7，4。（7分句3复句，三/二/二/型复句组。）

（二）5，5。6，6。4，6，5。6，4。（9分句4复句，二/二/三/二/型复句组。）

（三）5，5。4，4。7，5。5，5。6，4，4。6，4。（13分句6复句，二/二/二/三/二/型复句组。）

（四）5，5，6。7，3。7，5。6，4。（9分句4复句，三/二/二/二/型复句组。）

《西厢记诸宫调》双片【惜奴娇】，其实就是宋金民间的“词”，两首曲辞的复句数相同，分句数有变，按我们的分体类型，两曲互为“变体二”。宋文人词也有【惜奴娇】，始词北宋贺铸作，两宋同调词作7人9首，6首与贺词同体而略有增减字，余3首为“变体二”，但诸词与诸宫调2首的分句数复句数都不同。此外还有宋大晟乐府的大曲体《惜奴娇》9遍，托名“巫山神女”的道教歌词【惜奴娇】套曲词组7首（见本谱第499调），体式与文人词和诸宫调皆不同。

宋南戏《张协状元》的【红衫儿】四曲，第一曲是原调，后三曲【同前换头】，与前曲同一个曲调叫“同前”，把原调开头的一个或几个乐句改换一下叫“换头”。原调曲辞7分句3复句，“换头”三曲的分句数、复句数较原调变化都很大，可谓“变体三”。但第二、四两曲分句数复句数相同而复句型不同，可谓互为“变体一”，依我们的谱例为原曲的“变体三·1·1”“变体三·1·2”，第三曲与二、四两曲和原调的分句数复句数都不同，则为“变体三·2”。

由此看来，宋代文人词和民间曲都是同一类“弹性型态”。因此，“一调多辞”“一调多体”的意义就不仅在文人“词”了。从“歌辞总体观念”看，唐五代两宋文人词和市井俗曲并肩同行，在“活态歌唱”中成为古代文人歌辞创作史上一个新的里程碑。从此，“同体”“变体”纷呈并举的“一曲多体”——以“一曲”为基本单位、既有大体规则、又有局部变化的“弹性”文体，成为古代文人为赋唱写作的“歌辞体”最富特色的型态，一

① 宋《张协状元·第十四出》，钱南扬《永乐大典戏文三种校注》，中华书局1979年版，第77页。

直延续到元明清。且看明清文人所作登场戏曲中的几首同调之曲：

明·梁辰渔《浣纱记》：

【天下乐】自笑堂堂六尺躯，奸回性格似穿窬。全凭三寸烂斑舌，忠义全然半字无。（第四出《伐越》）

【天下乐】渔父江头将性命抛，多也波娇，水面上漂，这两个无辜为伊没处捞。兄弟，你乱丛丛百结衣，冷萧萧双鬓毛，每日价浪悲歌去吴市讨。（第十二出《谈义》）

【天下乐】〔净〕满目西风木叶黄，秋来杀气遍林塘。〔旦〕试听刁斗疑清漏，不似吴宫一夜长。（第三十九出《行成》）

清·洪昇《长生殿》：

【麻郎儿】他夜夜向星前扪心泣诉，对月明叩首悲吁。切自悔愆尤积聚，要祈求罪业消除。

【幺篇】因此上怨呼，恨吐意苦。虽不能贯白虹上达天都，早则是结紫孛冲开地府，不提防透青霄横当仙路。（第三十三出《神诉》）

清·孔尚任《桃花扇》：

【懒画眉】乍暖风烟满江乡，花里行厨携着玉缸。笛声吹乱客中肠，莫过乌衣巷，是别姓人家新画梁。（第一出《听稗》）

【懒画眉】为甚的玉真重溯武陵源，也只为水点花飞在眼前。是他天公不费买花钱，则咱人心上有啼红怨，咳！辜负了春三二月天。

【前腔】锁重门垂杨暮鸦，映疏帘苍松碧瓦。凉飕飕风吹罗袖，乱纷纷梅落宫鬟。想起那拆鸳鸯，离魂惨，隔云山，相思苦，会期难拿。倩人寄扇，擦损桃花。到今日情丝割断，芳草天涯。（第二十五出《选优》）

《浣纱记》的【天下乐】三首，一、三两首同体，类似七言声诗，第二首为长短句，一调而有七言、杂言二体；《长生殿》的【麻郎儿】二首，复句数同，分句数不同，两首互为“变体二”；《桃花扇》【懒画眉】三首，一、二两首分句数、复句数、复句型皆同，同句位分句字数不同，为同体“增减字”，第三首【前腔】，较前两首增8分句3复句，是为变化很大的“变体三”。由此可见，“活态传唱”中的“曲”和“词”一样，都是弹性型态的“一调多体”，皆有同体、变体一、变体二、变体三。

以上所示虽然仅是一斑，但窥一斑而知全豹，由此可对施于场上的文人曲体型态有一大概印象。以“歌辞总体观念”考察文人一脉的“歌辞写作史”，唐代以来融汇了雅俗群体智慧的“一调多体”，在越来越多的文人加入词体写作后，一步步造就了文人歌辞写作的新时代，而“导夫先路”最出色的是宋文人的词体写作。作为“声歌”和“文学”二重属性的“词”，“一调多体”原生机制固然是“活态歌唱”，但“变体”的“文学”机制也不可忽视，高明的词人可以运用“变体”加强情感意绪的表达。如北宋柳永将传自唐代的短调【洞仙歌】扩展为长调，且不说短调扩展为长调可谓最大的“变体”，长调慢词是词体建构完型的最重要标志，这里且看具体的一点：下片开首运用了一个“六分”超长复句：“羁旅，渐入三吴风景，水村渔市，闲思更远，神京抛掷，幽会小欢何处。”扩大了一个复句的叙述容量，体现了词体的“铺叙”意趣。其后，略晚于柳永的晁补之作《洞仙歌·填卢仝诗》，将唐卢仝的古题乐府诗《有所思》改写为词，所用的【洞仙歌】是柳永创始的长调，但再“变”而增 4 分句 1 复句，尤令人注意的是把下片开头的超长复句再加 1 分句，成为词体中最长的“七分复句”：

心绝，顿成凄凉，千里音尘，一梦欢娱，推枕惊，巫山远，洒泪对湘江阔。[①]

所改卢仝乐府的对应诗句是：

心断绝，几千里。梦中醉卧巫山云，觉来泪滴湘江水。[②]

词句保持了原诗句的情景，加强了叙事的连贯性和细节刻画，体现了词体的“铺叙”特色。晁补之所以把已经超长的复句再添 1 分句，想来是为了更加充分细腻地描述渲染“有所思”的情景意境。因此，词之“变体”的音乐机制是“活态歌唱”，文学的机制则是词人以“变体”追求更佳的文学表达效果。这才是文人词“词、乐相协”的深层意义：“歌唱”与“文学”互动相生，“活态歌唱”支持文学写作动机促发的“变体”，文学的“变体”促进乐人歌手“活态歌唱”的发挥。

如此认知和解说文人词体“弹性型态”的时代意义及实用价值，随之一个疑问摆在我们面前：既然“一调多体”具有如此意义，为什么元明清文人词却走向“一调一体”？

这确实是个问题。从整个词史说，以文人词为主体的“词体源流史”包括两个段落：前段为唐五代两宋文人词，主流为弹性型态的“一调多体”；后段的元明清文人词则逐步走向“一调一体”的固化型态——元代文人词作下滑，明代文人词开始复苏，清代则形成了词史上规模最大的词人群体。自文人编纂“词谱”后，尤其是挟皇家之势的《钦定词谱》问世后，文人词便集体性逐步固化为“一调一体”。

为何如此？一个明显的答案是：元明清文人词与歌唱越离越远而成纯粹的“文学”，词的“变体”失去“活态歌唱”的支撑，所以走向“一调一体”。历史的现实确实如此，但在此现象背后，“一调多体”所以反向流变为“一调一体”，深层逻辑是“一调一体”与

① 唐圭璋《全宋词》，中华书局 1965 年版，第 558 页。
② 彭定求等《全唐诗》增订本，中华书局 2013 年版，第 4391 页。

"一调多体"文体功能上的本质差异。

"一调一体"，即把"一调"词体统一为固定格式，姑称为"固化文体"。在"词"之前，文坛的固化文体范式是近体诗。中国古代书面"诗歌体"建构的历史之路，齐言一脉以五、七言格律诗为终极样式——字数、句数、句式、韵式、复句型、对偶句格、平仄声律，绝对统一，可谓古代最典型的"固化诗体"；杂言一脉，就是明清时代"一调一体"的"词"与"曲"，包括明清文人词、明代文人北散曲、清代文人的所有散曲，都是以调牌为基本单位的固化杂言"诗歌体"。从文学写作与传播角度说，固化文体是一种考量工具，以统一的无差别固化文体写作，考量作者的写作能力、文学功底和智慧才华，是为固化文体最突出的"文体功能"，所以古代科举将近体诗写作立为考试科目之一。当元明清文人词成为单纯的"文体"后，"一调一体"的固化词体便被赋予了类似近体诗的"文体功能"，成为"词坛"的考量工具——所有词作首先要经过"一体"标准格式的衡量，然后才有资格进一步接受各种评价。这种文学的社会运行所要求的固化文体及文体功能，体现了中国古代文体建构特有的文化逻辑，明清"词坛"以"一调一体"消解所有的"变体"，就是这种文化逻辑的必然结果。

由此回看"词体源流史"，唐宋文人词以"一调多体"为主流，而"一调一体"实际上始终未息，最明显的迹象是"填者"百人以上几百首词的"热调"，"同体""变体"皆有，而"同体"作者作品的数量远超"变体"。虽然如此"热调"为数不多，但却是古代追求文体格式统一的传统意识根深蒂固的表现。所以，文人词从一开始就是"一调一体"与"一调多体"并举，对应着词的"歌唱"和"文学"的双重属性和既交叉又分途的运行方式。唐文人词多为"一调一体"，不仅是"依调填词"的结果，也是文人诗歌文学运行的文体要求；五代文人词的"变体"较唐人多，但变体幅度较小；两宋文人词在"活态歌唱"的集体氛围中，主流为"变体"纷纭而"一调多体"，其实"一调多体"也有规则，但只是比较宽松的框架性限定，除了少量"变体三"，90%以上词调的"变体"都保持着复句数不变，所以"一调多体"并不是脱缰野马而仍有规定的跑道。但"一调多体"缺乏考量词人写作水准的"文体功能"，正如"一调一体"缺乏配合"活态歌唱"的功能，所以在唐宋时代"活态歌唱"的集体氛围中，"一调一体"不占上风；到了明清时代，脱离歌唱的文人词在纯文学运行中，"一调一体"终于翻身成为独当一面的绝对主角。说到底，弹性词体和固化词体具有不同的"文体功能"，可以共存，但不能互相替代，所以在"词体源流史"的前、后两段各为主流，最终因文人词的彻底"文学化"而固化为"一调一体"。中国古代"词体源流史"，是词的文体建构与文体功能相联一体的"源流史"，是音乐文学之"词"走向纯文学之"词"的演变史。

遗憾的是，音乐文学之词的"音乐"已离我们远去，若古代文本之词偶尔标注的词乐宫调与词体形式的关系，今天亦已不甚了然，即使南宋姜夔留下的歌词曲谱，今天也只能领略不免模糊的"声影"，所以我们制作的这部《源流谱》和传统词谱一样，都是"纯文学之词"的"外部形式"——词体语文格式之"谱"。想到这，就不免有点沮丧，但记起任中敏先生曾对我说：歌辞的根本是“辞”，唱歌不是只唱音乐而首先是唱“词”，心中便豁然开朗，遗憾还有，沮丧没了。“文学”的词体建构也有深刻的文化内涵，所体现的文人文化与民间文化的交流和互融，民间文化的动态性和稳定性的交叉，文人文化一脉不断的传统和独立品格等等，可谓“词体源流史”乃至“中国古代歌辞史”运行的深层机制，涉及中国古代文化的基本架构，有若干需要进一步深化研究的课题。对此，本书只进行了一些初步工作，《源流谱》直观呈现的词体建构历史轨迹和《前言》论述的“词体构成与历史演变”，希望对有兴趣的朋友们稍有裨益，不足不当之处，诚请学界老少同仁直言赐教！

说到此，“后记”就要结束了，按照惯例，最后总要说几句“动情”的话。想来想去，好像要说的有很多，但又觉得无非是读书写书的“职业书生”说过的套话，只不过细节不同而已，很难有什么新意。只好先说几句实在话，再加点以往感受过无数次的“诗意”：本书十年成初稿，又经三年修改，历十三年方成。其间辛辛苦苦，快快乐乐，都沉淀在一个个字中。摩挲书稿，感慨万千，心中愉悦丝丝缕缕，随拂面微风荡漾，共天边白云徜徉。回首笑看镜中，白发又添几许矣！

回想十多年来，我的研究生缪碧玉、段国鹏、王一汀、尤云轩在制作本谱的过程中付出很多辛劳，尤云轩下力尤多。我当年的博士生曹明升对我这项工作很关心，他主攻词学，现在是我母校扬州大学文学院的博导教授，在初稿完成后，明升和他扬大文学院同仁姚鹏举教授通阅了全稿，指出谱中不易觉察的讹误，提出一些商榷意见，对本稿的修改颇有助益。本稿的一些思路和观点，曾向施议对、王兆鹏、张宏生、朱惠国诸位仁兄讨教，收益颇多，在此谨致谢意！

李昌集

2024 年 8 月 6 日，徐州牛山脚下